Materiaalkunde

Ook verschenen bij Pearson:

Rudolph J. Eggert, *Technisch ontwerpen*
Russell C. Hibbeler, *Dynamica*
Russell C. Hibbeler, *Statica*
Russell C. Hibbeler, *Sterkteleer*
Paul Holmes, *Elektrische netwerken*
Jos van Kempen, *Besturingstechniek*
Jos van Kempen, *Regeltechniek*
Robert L. Mott, *Machineonderdelen, theorie en praktijk*
Robert L. Mott, *Toegepaste stromingsleer*
Jo van de Put, *Moderne industriële productie*
Jop Timmers en Mirjam van der Waals, *Het ontwerpproces in de praktijk*

Materiaalkunde

9e editie

Kenneth G. Budinski
Michael K. Budinski

Nederlandse bewerking: William Wei

PEARSON

ISBN: 978-90-430-2613-0
NUR: 173
Trefw: materiaalkunde

Dit is een uitgave van Pearson Benelux BV, Amsterdam
Website: www.pearson.nl – e-mail: amsterdam@pearson.com

Vertaling: Jan Wagenaar, Westzaan
Opmaak: Goedhart Ontwerp, Woubrugge
Omslag: Kok Korpershoek, Amsterdam

Vakinhoudelijke beoordeling: Gijs de Jonge, Hogeschool van Amsterdam; Udo Fekken, Hanzehogeschool Groningen; Ludo Naelaerts, KHLim.

Eerste druk, juni 2014
Tweede druk, juni 2015
Derde druk, juni 2016

Dit boek is gedrukt op een papiersoort die niet met chloorhoudende chemicaliën is gebleekt. Hierdoor is de productie van dit boek minder belastend voor het milieu.

XTRA
Actief leren online **www.pearsonxtra.nl**

Wat is **Pearson XTRA?**

Pearson XTRA is de naam van de studiewebsites van Pearson. Ook bij deze uitgave is aanvullend materiaal beschikbaar via Pearson XTRA. Je kunt de website gebruiken om de lesstof nader te bestuderen, je kennis te verdiepen en te testen of je de lesstof al beheerst.
Registreer je snel en ontdek de voordelen!

Pearson XTRA voor studenten

Waaruit bestaat **Pearson XTRA?**

XTRA **eText**

De digitale versie van je boek

XTRA **vragen**

Test je kennis!

XTRA **begrippentrainer**

Oefen de belangrijkste begrippen

XTRA **beeldbank**

Alle afbeeldingen beschikbaar voor eigen gebruik

Extra bij **Pearson XTRA**

Daarnaast is er in veel gevallen nog specifiek op jouw boek toegespitst studie- en oefenmateriaal beschikbaar.

Gedetailleerde informatie over de inhoud van Pearson XTRA voor deze uitgave vind je verderop in het boek.

Hoe krijg je toegang tot **Pearson XTRA?**

Dit boek wordt nieuw geleverd met een registratiekaartje met een eenmalige toegangscode.

Vragen, feedback en voorwaarden

Ga voor aanvullende informatie en feedback op Pearson XTRA naar **www.pearsonxtra.nl/studenten**

Pearson XTRA voor docenten

Voor docenten biedt Pearson exclusief XTRA lesmateriaal aan. Dit materiaal kan worden gebruikt ter ondersteuning van colleges of opdrachten. Docenten die toegang wensen tot het XTRA docentmateriaal kunnen op www.pearsonxtra.nl/docenten een speciale toegangscode aanvragen. Deze code geeft dan toegang tot zowel het XTRA studenten- als het docentmateriaal.

Voor Pat Schneider
Geliefde zus en tante
1936–2007

Verkorte inhoud

Inhoud

Voorwoord

Sinds de eerste editie van dit boek, gepubliceerd in 1979, is er veel veranderd, maar niet de fundamenten van technische materialen en hoe ze moeten worden gebruikt voor het maken van producten en constructies die ons leven verbeteren. Het doel van dit boek is en blijft, zoals het altijd geweest is, om de lezers praktische kennis te geven van technische materialen. Deze kennis wordt hopelijk vertaald in producten en constructies die goed werken, de geplande tijd meegaan en voldoen aan de bruikbaarheidsverwachtingen.

Wel veranderd in de laatste dertig jaar is onder andere ons lezerspubliek. Toen dit boek voor het eerst werd uitgegeven, hadden de Verenigde Staten en de rest van de geïndustrialiseerde wereld zelfregulerende, onbelemmerde productie-economieën. Er bestonden grote productiebedrijven en de meeste studenten die het boek gebruikten, traden daar op den duur in dienst. Ze waren ontwerpers, technici en ingenieurs, gericht op het vervaardigen van producten uit ruwe grondstoffen. In 2008 bevonden we ons helemaal in de 'globale economie'. De grote productiebedrijven zijn minder talrijk geworden, en ingenieurs en technici werken vaak voor kleinere productiebedrijven of in niet-fabricagetechnologieën op het gebied van milieu, medicijnen, infrastructuur of voorzieningen. Minder studenten zijn bestemd om machineontwerpers te worden, maar de situatie in de globale economie vereist nog steeds een solide begrip van technische materialen. Vaak bestaat een deel van de verantwoordelijkheden die mensen in diverse loopbanen dragen uit het selecteren van materialen. Deze editie van *Materiaalkunde* heeft een nieuwe opbouw om deze evolutie te weerspiegelen en is geschreven voor alle materiaalgebruikers, welke technische specialiteit ze ook hebben. Hun taken vereisen beslissingen over materiaalkeuze. Dit boek geeft ze de basis en kan daarna levenslang dienst doen als bruikbare referentie. Wij menen dat deze herziene editie up-to-date is, en voldoet aan de eisen van de globale economie. Ze is toegankelijker voor zowel de docent als de student.

Velen hebben bijgedragen aan deze uitgave en we geven hierbij uiting aan onze dank. We bedanken Angela Leisner voor haar hulp bij typewerk en organisatie. We bedanken Beth Carle, Rochester Institute of Technology, en C. E. Price, Oklahoma State University, voor hun begripvolle proeflezing van de tekst. We bedanken Jeff Talbot, Talbot Associates, voor informatie over gieten; Keith Heidon, Rochester Steel Treating, voor foto's van en strategieën bij warmtebehandeling; John Magee, Cartech, voor informatie over roestvast staal en gereedschapsstaal; Bret Blasidell, Eastman Kodak, voor informatie over plastics; Roy Hopkins, IMR, voor informatie over mechanische testen; Professor David A. Dillard, Virginia Polytechnic Institute, voor informatie over kleefstoffen; Dr. Timothy Fuller, General Motors Research and Development, voor het proeflezen van de hoofdstukken over polymeren; Dr. Keith Newman, General Motors Research and Development, Thaddeus Gaeek, Business Systems, en Dr. Zhongi Liu, General Motors Research and Development, voor hun bijdrage aan de informatie over nanomaterialen. En natuurlijk bedanken we onze echtgenotes Linda en Marilyn voor hun geduld en begrip voor het feit dat we 14 maanden niet in hun leven aanwezig waren.

Vriendelijke groet,
Ken Budinski
Michael Budinski

Voorwoord bij de Nederlandse editie

Beste lezer,

Voor je ligt de Nederlandse bewerking van de negende editie van het Engelstalige boek *Engineering Materials – Properties and Selection* van Kenneth en Michael Budinski. Het boek van de Budinski's is een van de bekendste informatiebronnen over technische materialen voor (beginnende) ontwerpers. Het boek geeft veel basisinformatie om hen op weg te helpen bij de keuze van materialen voor vele toepassingen in het bedrijfsleven.

Uit het Nederlandstalige veld kwamen steeds meer verzoeken om de Nederlandse versie te moderniseren en toegankelijker te maken voor de Nederlandse/Europese lezers. Met deze editie hoop ik daaraan tegemoet te komen.

Als je de Engelse en deze Nederlandse versie van dit boek naast elkaar legt, zal het je niet ontgaan dat ze niet een op een overeenkomen. Ten eerste is waar mogelijk gerelateerde informatie op één plek bijeengebracht en gepresenteerd. Ook is veel aan de volgorde van de tekst veranderd, zodat alle hoofdstukken ongeveer dezelfde opbouw hebben, vooral de hoofdstukken over specifieke soorten materialen. Dit vermindert de vele herhalingen in het boek, en komt de leesbaarheid en het begrip van de materie ten goede. Als naslagwerk is het boek op deze manier beter hanteerbaar; de meeste materie over een bepaald onderwerp kan de lezer terugvinden op een of twee plekken in het boek.

Daarnaast hebben we een aantal inhoudelijke verbeteringen uitgevoerd. De belangrijkste hiervan zijn:

- Het deel over niet-destructief onderzoek uit hoofdstuk 1 is verplaatst naar hoofdstuk 4, waar het beter past.
- Hoofdstuk 4 over mechanische eigenschappen is verbeterd en de discussie over de elasticiteitsmodulus is vanuit hoofdstuk 3 hier naartoe verplaatst.
- Hoofdstuk 5 over tribologie is gereorganiseerd en technisch verbeterd.
- Hoofdstuk 21 over oppervlaktebehandelingen is ook gereorganiseerd.
- In het nieuwe hoofdstuk 22 staan we stil bij de materiaalkeuzemethode van Ashby.
- Het nieuwe slothoofdstuk (hoofdstuk 23) vervangt de 'Global Considerations'-kaders, alsmede hoofdstuk 22 over nanomaterialen. De voorspellingen die in de 'Global Considerations' worden gedaan, zijn inmiddels grotendeels verouderd, en het heeft ons inziens sowieso geen zin om de ontwikkelingen in de snel veranderende wereld van de materiaalkunde te voorspellen in een naslagwerk zoals dit. Voor de toepassingen die in dit boek worden beschreven, zijn nanomaterialen nog steeds een toekomstdroom.

Verder zijn de fouten die door de jaren heen in de tekst waren geslopen verbeterd.

Ten slotte zijn een aantal zaken aangepast om rekening te houden met de Nederlandstalige lezer aan de ene kant en de internationalisering van zowel het vak als ook de industrie in het algemeen aan de andere kant. Zo zijn bijna alle materiaalgegevens omgerekend naar SI-eenheden. Verder zijn vele verwijzingen naar Europese, Nederlandse en soms Duitse standaarden en materiaalaanduidingen toegevoegd. Het was niet mogelijk om voor iedere vermelde Amerikaanse norm een Nederlands of Europees equivalent te vinden, maar de bedoeling is de lezer een gevoel te geven voor wat hij/zij moet zoeken.

Aan de andere kant wordt het internationale vakvocabulaire voor materiaalkunde vaak bepaald door het Engels. Er zijn meerdere specialistische termen die niet zonder meer te vertalen zijn, ook niet door Nederlandstalige vakmensen. Verder moet worden opgemerkt dat deze termen continu aan verandering onderhevig zijn, vooral bij de meest recent ontwikkelde materialen en processen. Sinds het verschijnen van de Engelse versie van dit boek heeft vooral de IUPAC (International Union of Pure and Applied Chemistry) de benamingen van vele polymeren en kunststoffen gemoderniseerd en gestandaardiseerd. In deze editie van het boek hebben wij ervoor gekozen om de traditionele benamingen van deze materialen nog te handhaven. Dit zijn namelijk nog steeds de meest voorkomende benamingen in de literatuur en op internet. Door deze aan te houden wordt het gemakkelijker voor studenten om hun weg te vinden in de kunststofwereld. Wij volgen de ontwikkelingen echter op de voet en zullen in een toekomstige editie van dit boek ongetwijfeld voor weer andere benamingen kiezen.

Hierbij wil ik de meelezers en de redactie van harte danken voor hun commentaar, correcties en wensen. Zij hielden me scherp. Door plaatsgebrek kon ik helaas niet aan alle verzoeken om meer informatie voldoen. Tevens wil ik mijn vrouw Ida van der Lee danken voor haar liefde en geduld tijdens de bewerking van dit boek.

Rest mij je veel plezier en succes te wensen met het je eigen maken van dit uiterst belangrijke vakgebied.

Dr. W. Wei
Amsterdam, 2014

Pearson XTRA – actief leren online

Dit boek wordt geleverd met een toegangscode voor Pearson XTRA: een studiewebsite met studie- en lesmateriaal voor zowel studenten als docenten. Op www.pearsonxtra.nl vind je het volgende materiaal:

XTRA eText

Met de eText beschik je over een digitale versie van je boek. Je kunt het boek op iedere computer met internetverbinding bekijken, gemakkelijk doorzoeken, aantekeningen in de tekst maken en belangrijke tekstdelen markeren.

XTRA vragen

De meerkeuzevragen helpen je ontdekken of je de theorie uit het boek voldoende onder de knie hebt.

XTRA begrippentrainer

De begrippentrainer is een handige tool waarmee je alle kernbegrippen uit het boek kunt leren. Je kunt zowel de begrippen als de betekenissen trainen. Je kunt alles tegelijk oppakken, maar je kunt ook zelf een selectie maken van de begrippen die jij lastig of belangrijk vindt.

XTRA beeldbank

In de beeldbank zijn alle afbeeldingen uit het boek opgenomen. Je kunt ze eenvoudig opslaan en gebruiken in bijvoorbeeld verslagen en presentaties.

XTRA videomateriaal

De theorie uit het boek wordt inzichtelijk gemaakt met deze video's.

XTRA woordenlijst

De woordenlijst is een handig overzicht van veelvoorkomende Engelse terminologie en de Nederlandse vertalingen daarvan.

Voor docenten

XTRA vragen

Deze vragen kunt u inzetten als oefen- of toetsmateriaal.

XTRA uitwerkingen

Dit zijn de uitwerkingen van de vragen uit het boek.

XTRA powerpoints

De powerpoints kunt u naar believen aanpassen en gebruiken in colleges.

Hoofdstuk 1

Het belang van technische materialen

Afritspiraal op een parkeergarage die instortte vanwege corrosie van de staalversterkingen in de vrijdragende constructie

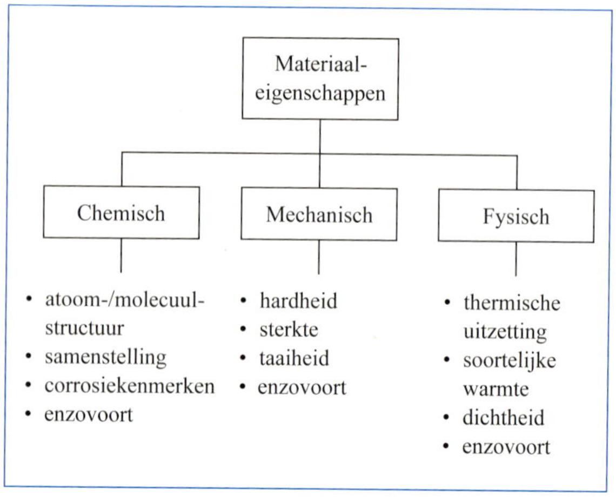

FIGUUR 1-3 Indeling van materiaaleigenschappen

eigenschappen van een materiaal in elke categorie te bekijken bij het selecteren van een materiaal voor een bepaalde toepassing.

We zullen veel ruimte besteden aan hoe deze eigenschappen worden gemeten en aan de eigenschapskenmerken van diverse technische materialen, maar op dit punt is het vooral belangrijk om het verschil te zien tussen deze categorieën:

> *Chemische eigenschappen*: kenmerken van een stof die behoren bij de formule ervan en bij de reactiviteit met andere stoffen en omgevingen.
> *Mechanische eigenschappen*: kenmerken van een stof die behoren bij het vermogen om bestand te zijn tegen uitgeoefende fysieke krachten.
> *Fysische eigenschappen*: kenmerken van een stof die kunnen veranderen zonder de chemische samenstelling te veranderen of te vernietigen.

We zijn deze bespreking begonnen met te zeggen dat wanneer iets niet aan de verwachtingen over de bruikbaarheid voldoet, dat is vanwege een verkeerd ontwerp of een verkeerde materiaalkeuze. We hebben een voorbeeld gegeven van een verkeerd ontwerp; nu zullen we een voorbeeld geven van een verkeerde materiaalkeuze. De foto aan het begin van dit hoofdstuk laat een parkeergarage met acht verdiepingen zien, waarin een groot stuk van de helixstructuur van de afrit ontbreekt. Het spiraalvormige wegdek was vrijdragend bevestigd aan een centrale betonnen buis. De helix was in de buis gegoten, en de gespannen kabels waren ingebed in het beton en ontworpen om het vrijdragende gedeelte te vrijwaren van de buigbelastingen door het gewicht van het autoverkeer.

De helix faalde, zoals weergegeven op de foto, na ongeveer zeven jaar dienst. Gelukkig raakte niemand gewond. Dit defect trad op door een verkeerde materiaalkeuze in het gedeelte van het beton en de staalversterking. Het beton had onvoldoende mechanische eigenschappen om de buigwerking van het verkeer op de vrijdragende weg op te nemen en de staalversterking had niet de nodige chemische eigenschappen om bestand te zijn tegen corrosie die werd veroorzaakt door het strooien van zout in de winter. Het beton had ook onvoldoende 'ductiliteit' om bestand te zijn tegen herhaalde thermische cycli; het ontwikkelde scheuren. Door de scheuren kon het zoute water het versterkte staal bereiken en de diameter van de versterkende staaldraden verminderen tot een fractie van hun ontwerpdiameter. Zodoende hadden de krachten van het naar buiten rijdende autoverkeer tot gevolg dat de staalversterking defect raakte en de weg instortte. Dit is hoe eigenschappen invloed hebben op de bruikbaarheid. Elk ontwerp moet werken. Daarbij moet het materiaal de juiste eigenschappen hebben om het product gedurende de verwachte levensduur te laten werken.

Voordat we verdergaan moeten we 'levensduur' definiëren.

> *Levensduur* is de schatting van de fabrikant hoelang het product moet werken zoals het deed toen het was gemaakt.

De meeste dingen, de meeste producten en de meeste mensen hebben een verwachte levensduur. Voedselleveranciers weten hoelang een bepaald product mee zal gaan zonder te bederven (chemische eigenschap); werktuigbouwers garanderen dat gereedschappen een bepaald aantal jaren meegaan zonder te breken (mechanische eigenschap); en fabrikanten van kunststofgevels garanderen dat de gevels niet verbleken binnen tien jaar (fysische eigenschap). Producten moeten dus een bepaalde ontwerplevensduur hebben. Voor de meeste dingen is het niet economisch om ze zo te ontwerpen dat ze voor altijd meegaan. Dat zou immers vereisen dat ze gemaakt worden van materialen die voor altijd meegaan, en behalve edele metalen en enkele speciale metaallegeringen hebben de meeste materialen net als mensen een eindige levensduur. Bijvoorbeeld:

> Dimensioneel timmerhout: 5 jaar buitenshuis
> Behandeld timmerhout: 10 tot 20 jaar buitenshuis
> Polyethyleen: 3 jaar in zonlicht
> Beton: 50 jaar in vries-/dooiklimaten
> Onbehandeld koolstofstaal: corrodeert met 1 tot 2 mils per jaar buitenshuis

Helaas bestaat er geen 'eigenschap' die overeenkomt met de levensduur buitenshuis, of in zeewater, of in de grond. In plaats daarvan zijn we chemische, mechanische en fysische standaardeigenschapsproeven overeengekomen die worden gebruikt als indicatoren voor de levensduur. Autogaranties bedragen nu bijvoorbeeld maximaal tien jaar voor enkele onderdelen van de auto. Dat betekent dat ontwerpers moeten besluiten welke eigenschappen een rol spelen in het tien jaar lang meegaan van de auto en materialen moeten selecteren met voldoende eigenschappen om dat te laten gebeuren. Het is de ethische verantwoordelijkheid van ontwerpingenieurs om de invloed te onderzoeken van materiaaleigenschappen op de levensduur van wat ze ontwerpen en al het mogelijke te doen om een product te laten voldoen aan de verwachte levensduur. Garanties moeten echter ook worden onderzocht door gebruikers, om te bepalen of ze gebaseerd zijn op metingen die deze claims steunen.

Fouten bij het voorspellen van de levensduur kunnen erg kostbaar zijn. Fouten betekenen een aanslag op de reputatie van een bedrijf, ze verminderen de verkoop en kunnen de oorzaak zijn van dure juridische procedures.

1.4 Technische materialen zoals ze op jouw wereld van toepassing zijn

Elke ingenieur, ontwerper en wetenschapper heeft een basis in materiaalkunde nodig. Alleen al het bezitten en onderhouden van een huis vereist kennis van technische materialen. Er zijn vele verschillende materialen beschikbaar voor zo ongeveer alles. Kennis van technische materialen kan helpen bij het nemen van beslissingen over de vele productopties die verkrijgbaar zijn op huishoudelijk gebied.

Thuis vindt men vele consumentenproducten waarvan men verwacht dat ze lang meegaan. Een wekker produceert geluid door activering van een elektromechanische zoemer of door het aanzetten van een radio of een ander geluidsapparaat. Een wekker zit vol componenten die gemaakt zijn van metaal of kunststof, allemaal producten van materiaalselectie en materiaaltechnologie.

Je kleding bestaat uit vele weefsels die mengsels zijn van natuurlijke en synthetische vezels. Van natuurlijke planten zoals katoen worden draden en garens gemaakt met ingewikkelde mechanische machines die allerlei onderdelen vereisen die tegen elkaar wrijven en niet snel mogen verslijten.

De synthetische vezels in je kleding, bijvoorbeeld polyester, zijn afkomstig van chemische basismaterialen zoals petroleum. Polyesters worden gemaakt van een organische alcohol en een organisch zuur. Het hanteren van deze chemische stoffen vereist speciale corrosiebestendige materialen. Het spinnen van synthetische materialen zoals polyesterharsen tot garen vereist het extruderen van het gesmolten polymeer door minieme gaatjes en afkoelen in zuur. Het spinnen van de vezels tot garen en draad creëert nog andere materiaaltechnische uitdagingen. Deze vezels bewegen bijvoorbeeld met een snelheid tot 160 kilometer per uur bij het maken van garen en draad. Bij deze snelheden kunnen ze in minuten door massief staal snijden, tenzij de garengeleiders gecoat zijn met speciale keramische materialen. Ten slotte worden de draden en garens door breimachines geleid, waar ze worden gecombineerd met natuurlijke draden en garens in jouw kreukvrije kleren.

Een doodgewoon broodrooster bevat een van de wonderen van de materiaaltechnologie – een verwarmingselement dat zo'n hoge weerstand heeft tegen elektrische stroom dat het snel roodgloeiend wordt om de benodigde hitte voor het roosteren te leveren. Nog wonderbaarlijker is dat dit materiaal van het verwarmingselement afbraak door lucht voor zeer lange periodes kan weerstaan. Bijna alle broodroosters gebruiken een materiaal dat een legering is van nikkel en chroom – een product van materiaalonderzoek. Vergelijk dit eens met de roosters in de meeste stalen barbecuegrills, die bij normaal gebruik binnen een jaar oxideren, roesten en defect raken.

Een kopje thee bij je toast? Je kunt het water opwarmen in je magnetron, een ander wonder van materiaaltechnologie. Magnetrons werken door het activeren van elektronische materialen die specifieke vormen van elektromagnetische straling produceren. Die straling veroorzaakt extra activiteit in de atomen van de watermoleculen in je kopje. Een belangrijk aspect van het maken van magnetrons is het leveren van metalen bescherming in de behuizing om de straling opgesloten te houden.

Ten slotte spelen materialen in de badkamer en de keuken een belangrijke rol in onder andere de afvoerbuizen. Hiervoor moet de ontwerper materialen selecteren die tientallen jaren lang de corrosie en erosie door het warme en koude water – met diverse verontreinigingniveaus – kunnen weerstaan.

Auto's zijn meesterwerken van materiaaltechnologie, en ze worden dat elk jaar meer. Sommige auto's hebben bijvoorbeeld tegenwoordig kunststof carrosserieën, zodat doorroesten geen bron van zorg meer is. De banden op zeer recente auto's kunnen een fractie hebben van de bandenhoogte van een paar jaar geleden. Deze 'vlakke' banden verminderen de rolwrijving ter verbetering van het brandstofverbruik. Net zo vereisten de velgen rond sommige van deze vlakke banden de ontwikkeling van nieuwe magnesium- en aluminiumlegeringen, alsmede allerlei uitvindingen om de kunstzinnige vormen te maken die nu verkrijgbaar zijn. Autoruiten zijn getint met diverse zonblokkerende coatings – producten van vacuümcoatingtechnologie, een materiaalbehandelingstechnologie die ook de basis vormt voor computers en alle andere elektronische gadgets waarvan we houden en afhankelijk van geworden zijn. Een ander resultaat van materiaaltechnologie in auto's, dat waarschijnlijk vaak onopgemerkt en ongewaardeerd blijft, is dat het niet langer nodig is om de ophangingsverbindingen elke 20.000 kilometer in te vetten. In de laatste circa twintig jaar zijn de materialen in de ophanging voor de gehele levensduur zelfsmerend geworden. Materiaaltechnici werken op het moment aan zuiger-/ring-/cilinder-/oliesystemen die de levensduur van olie zullen verlengen met tienduizenden kilometers.

Op je werk of opleiding zul je ongetwijfeld een computer gebruiken, waarschijnlijk het ultieme voorbeeld van het succesvol toepassen van materiaalkunde. Computertechnologie is gebaseerd op chips, elektrische circuits die microscopisch gemaakt zijn door zeer geavanceerde technologie. Computerchips zijn in wezen stukken die gesneden zijn uit een wafer van een enkel kristal silicium. Het nam tientallen jaren van materiaalonderzoek in beslag alleen om te leren hoe een éénkristal (waarin alle atomen zijn uitgelijnd) silicium te laten groeien tot 400 mm in diameter. Ook was er zeer geavanceerde materiaalexpertise nodig om manieren te vinden om schijfjes af te snijden die dunner dan 1 mm kunnen zijn, en die vervolgens te vacuümcoaten met geleiders en isolatoren. Dit alles zonder defecten, met spiegelafwerkingen, en soms met diktes niet groter dan tien nanometer.

Een biertje na het werk? Ook voor het maken van bier is uitgebreide kennis van materiaalkunde nodig. Het vereist een hygiënische behandeling van chemische stoffen en graan. Fermentatievaten vereisen materialen die bestand zijn tegen corrosieve omstandigheden en verhoogde temperaturen, daarnaast mogen ze natuurlijk niet de smaak beïnvloeden van de vloeistoffen die ze bevatten. Flessenvulapparatuur vereist ook veel materiaaldeskundigheid – op het gebied van transportbanden, doppenmachines, dopmateriaal, bierblikjesmateriaal, enzovoort. In feite zijn bierblikjes van staal en aluminium heel verbazingwekkende dingen. Elk jaar vinden materiaalingenieurs manieren om ze dunner (en dus goedkoper) te maken en toch nog functioneel te laten zijn. Elk bierblikje is een drukvat met een corrosief materiaal.

Na het avondeten wil je misschien het nieuws op televisie zien. Je schakelt je televisie met LCD- of plasmascherm in. Heb je ooit nagedacht over de materiaaltechnische aspecten van deze schermen? LCD staat voor *liquid crystal display*. De ouderwetse kathodestraalbuis, die al aanzienlijke materiaaltechnologie vereiste om te ontwikkelen, is vervangen door iets dat nog uitdagender is. Het actieve materiaal in een LCD-scherm is een materiaal dat de atoomrangschikking van een kristal in de vloeibare toestand laat zien. Deze vloeistof zit vast tussen een speciale glassoort en een drager die stroom naar de vloeistof brengt in matrixformaat. De elektronische excitatie van de vloeistof levert het beeld op het scherm. Het genereren van een plasmascherm vereist dat een materiaal in een unieke materietoestand wordt gebracht: niet het eenvoudig omzetten van het materiaal in een vaste stof, vloeistof of gas, maar de ionen en elektronen van een atoom in een aangeslagen toestand brengen. Het creëren van een plasma vereist daardoor zeer hoge voltages. Voor de televisietoestellen die we tegenwoordig als vanzelfsprekend beschouwen, was dus een aanzienlijke technische vooruitgang nodig.

We zouden nog veel meer voorbeelden van materiaaltechnologische uitdagingen kunnen geven. Het belangrijkste punt is dat technische materialen vaak de beperkende factor vormen bij nieuwe producten of processen. Rotsboren van diamantcomposiet moesten ontwikkeld worden om de ontginning van diepzeeolievelden mogelijk te maken. Een nieuw type thermische isolatie moest ontwikkeld worden om ruimtereizen mogelijk te maken. Het oplossen van de materiaalproblemen is de sleutel tot het ontwikkelen van vele nieuwe producten en nieuwe energiebronnen.

1.5 Doelstelling van dit boek

Dit boek is bedoeld voor studenten in alle technische vakken, alsook voor technische mensen in industriële omgevingen. Het allesomvattende doel is het ontwikkelen van praktische kennis van technische materialen voor het specificeren van materialen voor diverse projecten. Je zult daarbij het exacte materiaal willen identificeren door het gebruik van een wereldwijd erkend aanduidingensysteem, en je zult ook de vereiste materiaalbehandeling willen aangeven. Wanneer je naar een houtbedrijf gaat en om materiaal voor het bouwen van een boekenkast vraagt, zal de verkoper je verzoeken om je vraag nader te specificeren. Welke soort hout? Welke nominale afmetingen? Welke afwerking? Welke kwaliteit? Als je dan niet weet wat SRJ235Q betekent, zal het niet meevallen om het materiaal te krijgen dat je wilt hebben. Ook de taal van staalproducten moet de gebruiker leren beheersen. Het grootste deel van de terminologie en de grondbegrippen van staalproducten zijn ook van toepassing op de meeste andere metaalsystemen. Profielen, platen, banden en andere producten van nikkel worden in wezen op dezelfde manier van een ingot gemaakt als dezelfde soorten staalproducten.

Er zijn meer dan 15.000 kunststoffen commercieel verkrijgbaar in de Verenigde Staten, en zelfs nog meer metaallegeringen en keramische materialen. Geen enkele ontwerper of ingenieur kan vertrouwd zijn met al deze materialen of de aanduidingsnummers voor alles kennen. Het is daarom de strategie van dit boek om voor elke materiaalcategorie een repertoire van materialen te presenteren dat voldoet aan de meeste ontwerpbehoeften. We zullen kennis aanbevelen van koolstofstaal, gietijzersoorten, geselecteerde aluminiumlegeringen, kunststoffen enzovoort. Van de materialen die we noemen weten we dat ze wereldwijd beter verkrijgbaar zijn dan andere materiaalopties binnen een categorie van materialen. Hopelijk zal deze beperking van het toepassingsgebied je het vertrouwen geven dat je nodig hebt om de juiste materiaalkeuze te maken. ■

Termenlijst*

corrosie: materiaalverlies of verlies van eigenschappen door chemische aantasting of omgevingsaantasting

materiaalkunde: de wetenschap die behoort bij de studie en behandeling van de vaste stoffen die worden gebruikt voor het maken van nuttige producten en constructies

natuurkunde: de wetenschap die de toestanden van materie en energie behandelt die behoren bij materie, acties en reacties

scheikunde: de wetenschap van de samenstelling van materie en de reacties wanneer stoffen worden gevormd of met elkaar verbonden

technische materialen: de vaste stoffen waarvan nuttige producten en constructies gemaakt worden

wiskunde: de wetenschap van het gebruik van getallen en logische technieken en regels om exacte oplossingen voor problemen te produceren

**Opmerking:* Deze definities en die aan het eind van de volgende hoofdstukken zijn verkort voor beknoptheid en zijn van toepassing op het gebruik in het hoofdstuk.

Opgaven

1. Wat onderscheidt technische materialen van andere materialen zoals papier, water, lucht enzovoort?

2. Noem vijf technische materialen die in het dagelijks leven worden gebruikt en identificeer een technologie die elk van deze materialen mogelijk heeft gemaakt (bijvoorbeeld koper: elektronische toestellen).

3. Productlevensduur wordt bepaald door
   a. schattingen
   b. marktkrachten
   c. verplichtingen
   d. beproeving van eigenschappen
   e. defectenanalyse
   f. alle bovenstaande antwoorden

4. Geef een voorbeeld dat de rol van materiaaltechnologie karakteriseert in elk van de volgende gebieden:
   a. mechanische techniek
   b. chemische techniek
   c. elektrische techniek
   d. luchtvaarttechniek
   e. civiele techniek
   f. geneeskunde
   g. biomedische techniek

5. Wat is je doel bij de studie van materiaalkunde? Deel het de klas mee.

Hoofdstuk 2

Het vervaardigen van technische materialen uit de elementen

© Chad Ehlers / Imageselect

Ruw materiaal in de haven van Singapore voor het maken van technische materialen

Doelstellingen

1. Begrijpen hoe technische materialen uit de elementen gevormd zijn.
2. Kennismaken met de grondslagen van de scheikunde, van de aard van het atoom en van hoe de elementen verbindingen maken.
3. Begrijpen hoe technische materialen, metalen, polymeren, keramische materialen en composieten met elkaar in verband staan wat betreft oorsprong en structuureigenschappen.
4. Kennismaken met de terminologie van de materiaalkunde.

2.1 De oorsprong van technische materialen

Materiaalkunde is grotendeels gebaseerd op de wetten van de zuivere wetenschappen scheikunde en natuurkunde. Het materiaalgedrag van producten kan rechtstreeks worden gerelateerd aan het gedrag van de atomen waaruit deze producten bestaan. Dit laatste valt onder het vakgebied van de chemie en daarom wordt de bespreking van materialen voorafgegaan door een kort overzicht van enkele van de belangrijkste grondslagen en de basisterminologie van de scheikunde.

Volgens de scheikunde kunnen materialen worden ontleed tot zogeheten elementaire deeltjes oftewel de elementen. De kleinste hoeveelheid van een element die nog de eigenschappen van dat element heeft, is het *atoom*. Atomen zijn de bouwstenen van technische materialen. Alle materie is samengesteld uit atomen die met elkaar verbonden zijn in verschillende patronen en met verschillende soorten bindingen. Zoals in figuur 2-1 duidelijk wordt gemaakt, kunnen de meeste stoffen waarmee we in de industrie of het dagelijks leven te maken hebben, worden geclassificeerd als organisch of anorganisch. In *organische materialen* is het element koolstof een belangrijk deel van de structuur, naast waterstof, stikstof en/of zuurstof, en deze materialen zijn meestal afkomstig van levende organismen. Olieproducten zijn bijvoorbeeld organisch; ruwe olie is in feite het restant van planten die miljoenen jaren geleden leefden. Olie is de grondstof voor veel kunststoffen. *Anorganische materialen* zijn de stoffen die niet afkomstig zijn van levende organismen. Zand, gesteenten, water, metalen en edelgassen zijn anorganische materialen. De technische metalen en keramieken zijn overwegend anorganisch. De scheikunde wordt op basis van deze twee criteria vaak onderverdeeld in twee vakgebieden. Sommige scheikundigen zijn gespecialiseerd in organische scheikunde, andere in anorganische scheikunde.

Om de technische materialen logisch te kunnen bespreken, geven we hieronder een overzicht van de elementen, de basisbestanddelen waaruit zowel organische als anorganische materialen zijn opgebouwd. Een *element* is een zuivere stof die niet met chemische middelen kan worden afgebroken tot een eenvoudiger substantie. In de aardkorst vinden we ongeveer 90 verschillende elementen, waarvan sommige niet stabiel zijn en het resultaat van kernsplijting- of kernfusiereacties. In dit boek staan 113 elementen vermeld, maar als we ook de elementen opnemen die het resultaat zijn van laboratoriumsynthese komen we op een totaal aantal van meer dan 140.

Het is in de materiaalkunde van belang om de namen en chemische symbolen van de bruikbaarste elementen te kennen. Dit zijn de elementen waaraan de technische materialen hun eigenschappen danken. Je kunt hierbij denken aan koolstof, dat in veel kunststoffen, technische keramieken en in moderne composieten de dienst uitmaakt. Maar ook aan ijzer en aluminium, die de basis vormen voor een groot deel van de metalen producten die ons omringen. In figuur 2-2 wordt een gangbare versie van het periodiek systeem weergegeven, waarin de elementen worden gerangschikt op volgorde van atoomnummer. Het *atoomnummer* geeft het aantal protonen weer in de kern van een atoom. Het element waterstof heeft dus atoomnummer 1 gekregen. Atomen zijn waarschijnlijk nog veel ingewikkelder dan we nu weten, maar we volstaan in dit boek met een eenvoudig model waarbij atomen zijn samengesteld uit *protonen* (positief geladen deeltjes), *neutronen* (ongeladen deeltjes) en *elektronen* (negatief geladen deeltjes) die in een baan om de *kern* van een atoom bewegen. Dit is het atoommodel ontwikkeld door Niels Bohr, een Deense natuurkundige. Zijn model geeft atomen weer als een 'zon' (de kern), omgeven door 'planeten' (elektronen). Elektronen, neutronen en protonen hebben elk een bepaalde massa. Algemeen is afgesproken dat protonen een nominale massa hebben van 1 eenheid van atoommassa (AMU = *atomic mass unit* = $1.66053886 \times 10^{-24}$ grams). Neutronen hebben een enigszins grotere massa dan protonen. Elektronen hebben een relatief kleine massa vergeleken met protonen en neutronen (ongeveer 1/1837 van de massa van een proton). Veel elementen kennen naast de in het periodiek systeem vermelde atoomopbouw ook nog varianten, met meer of minder neutronen. Dit zijn de zogeheten *isotopen*. Sommige isotopen zijn instabiel

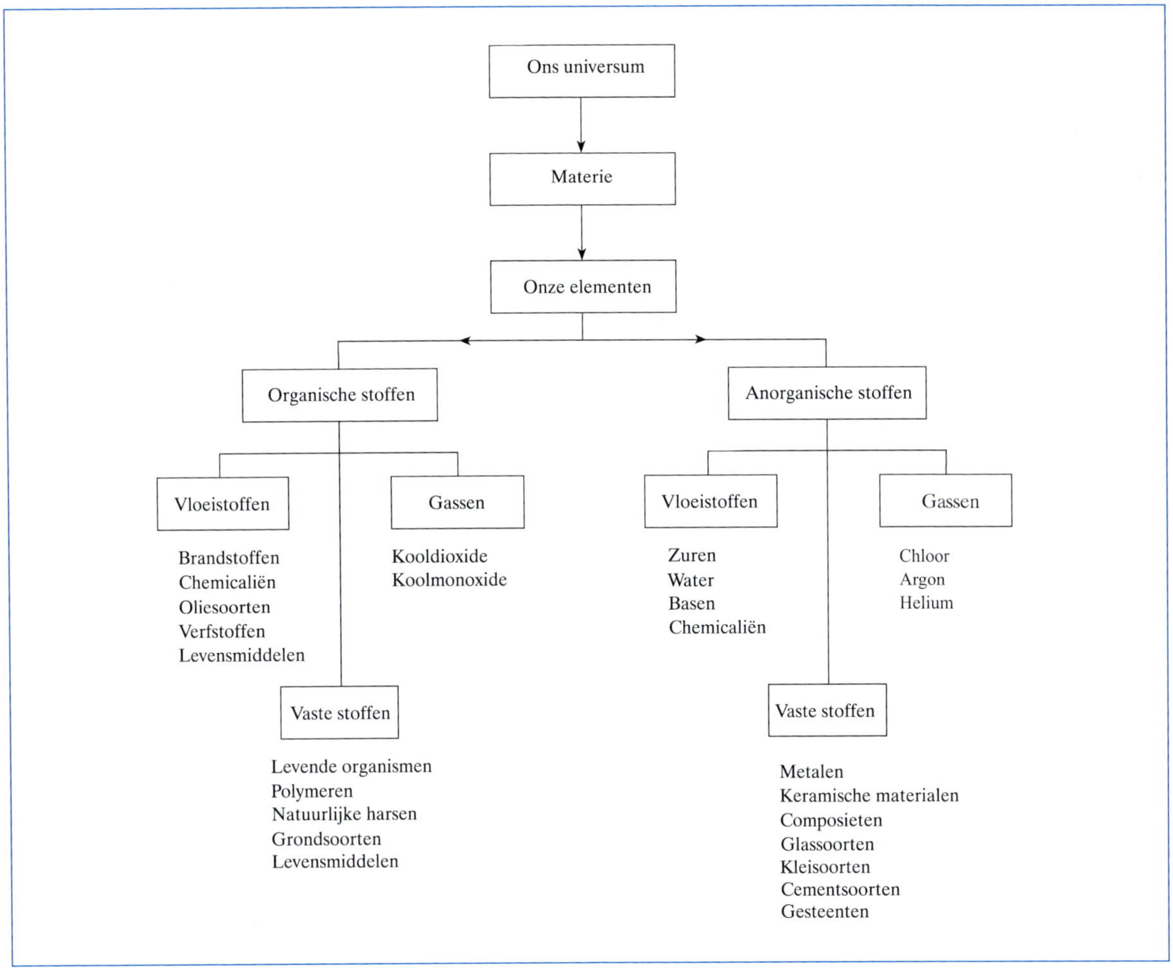

FIGUUR 2-1 De elementen – de bouwstenen van alle materialen

en vallen uit elkaar, waarbij radioactieve straling vrijkomt. Hiervan wordt gebruikgemaakt in de medische wereld, maar ook bij het opwekken van (letterlijk) kernenergie.

Bij ieder element in het periodiek systeem in figuur 2-2 ziet men linksboven de atoommassa. Dit is het gewogen gemiddelde van alle natuurlijk voorkomende isotopen van een bepaald element. Dezelfde waarde geeft ook het gewicht van een mol van het element aan, waarbij een mol uit ongeveer 6,022 × 10^{23} atomen bestaat (het zogenoemde getal van Avogadro). Het atoomgewicht geeft een indicatie van de dichtheid van een element, een fysische eigenschap die ook van belang kan zijn bij de materiaalkeuze. Men weet intussen dat elektronenbanen geen goed gedefinieerde ringen zijn. De kwantummechanica leert ons dat elektronen zowel eigenschappen van deeltjes hebben als eigenschappen die vergelijkbaar zijn met die van energiegolven. De elektronenconfiguratie van een atoom wordt gedefinieerd met behulp van kwantumgetallen. Het verschil tussen het atoommodel van Bohr en het atoommodel volgens de kwantummechanica wordt geïllustreerd in figuur 2-3. Elektronen in een atoom bezetten schillen en onderschillen binnen deze schillen.

Men kan niet zeggen dat een specifiek elektron een baan om de kern van een atoom beschrijft op bijvoorbeeld een afstand van 1 Å van de kern. In plaats daarvan wordt de positie van elektronen in hun schillen gedefinieerd door vier kwantumgetallen die betrekking hebben op respectievelijk de energie van het elektron (hoofdkwantumgetal), de vorm van een schil (nevenkwantumgetal), de oriëntatie van een schil (magnetisch kwantumgetal) en de spin van een elektron (spinkwantumgetal). Deze vier getallen geven in wezen de waarschijnlijkheid aan dat een bepaald elektron in een bepaald verband staat met de kern van een atoom. Dit concept

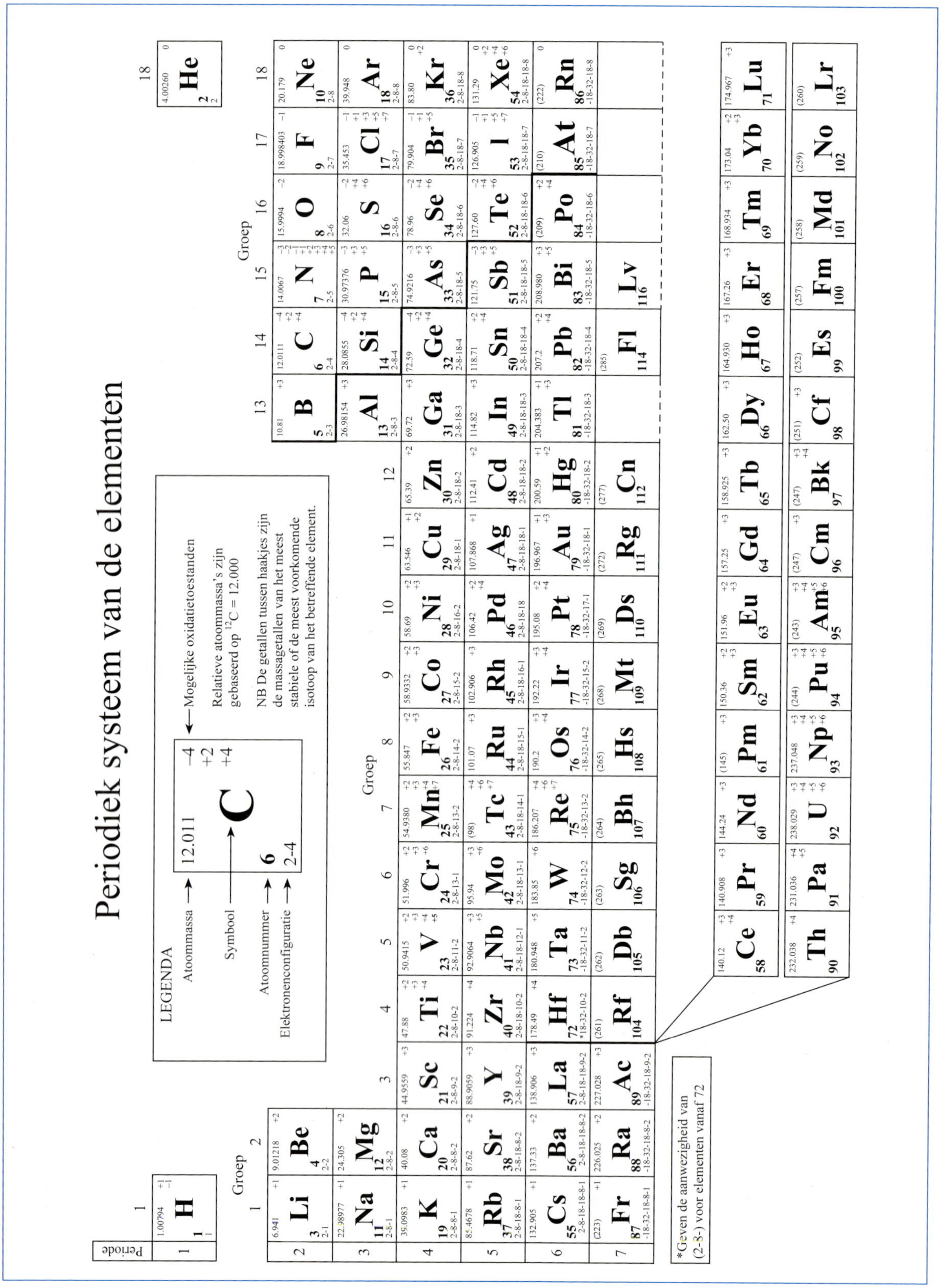

FIGUUR 2-2 Periodiek systeem van de elementen
Op pagina 779 staat een lijst met de volledige namen van alle elementen in dit systeem.

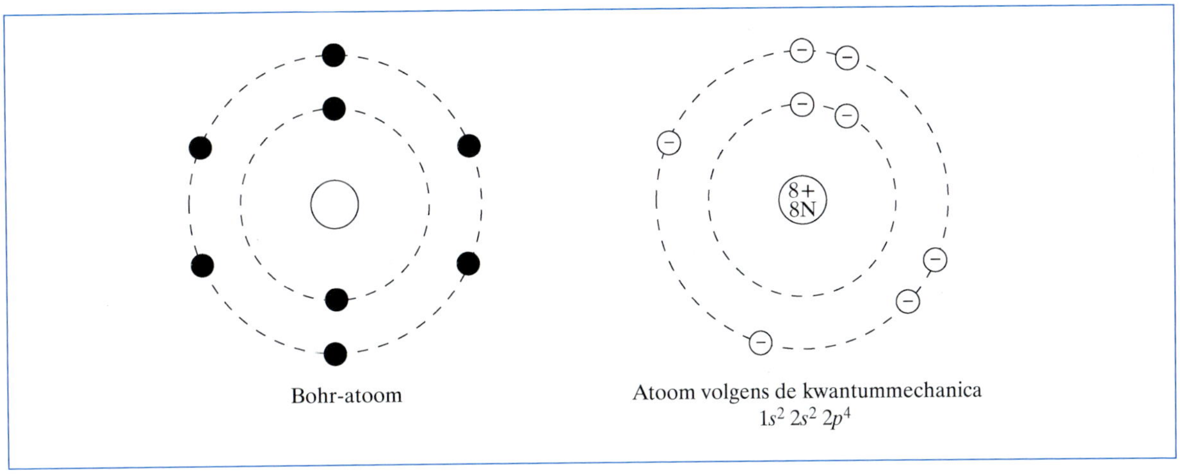

FIGUUR 2-3 Een zuurstofatoom volgens de kwantummechanica vergeleken met een zuurstofatoom volgens het Bohr-model

wordt geïllustreerd in figuur 2-4. Voorbeelden van de elektronenconfiguratie van atomen zijn in figuur 2-5 te zien.

Een aantal algemene regels voor de elektronenconfiguratie van atomen zijn het waard om genoemd te worden:

1. Twee elektronen kunnen nooit dezelfde vier kwantumgetallen hebben (ze kunnen zich niet op hetzelfde moment op dezelfde plaats bevinden). Dit is het uitsluitingsprincipe van Pauli.
2. Wanneer twee elektronen zich in dezelfde schil bevinden, moeten hun spins gekoppeld zijn.
3. Het maximale aantal mogelijke elektronen in een gegeven schil is $2n^2$, waarbij n het hoofdkwantumgetal is.
4. Bij wisselwerking tussen atomen, bijvoorbeeld om verbindingen te vormen, gaan de elektronen eerder naar een lege schil dan naar een gedeeltelijk bezette schil.
5. De buitenste of *valentie*-elektronen bepalen grotendeels het chemische gedrag van elementen. Het maximale aantal valentie-elektronen is acht.
6. In chemische reacties proberen de meeste elementen om een elektronenstructuur te bereiken met acht elektronen in het buitenste energieniveau. Dit is de meest stabiele configuratie.

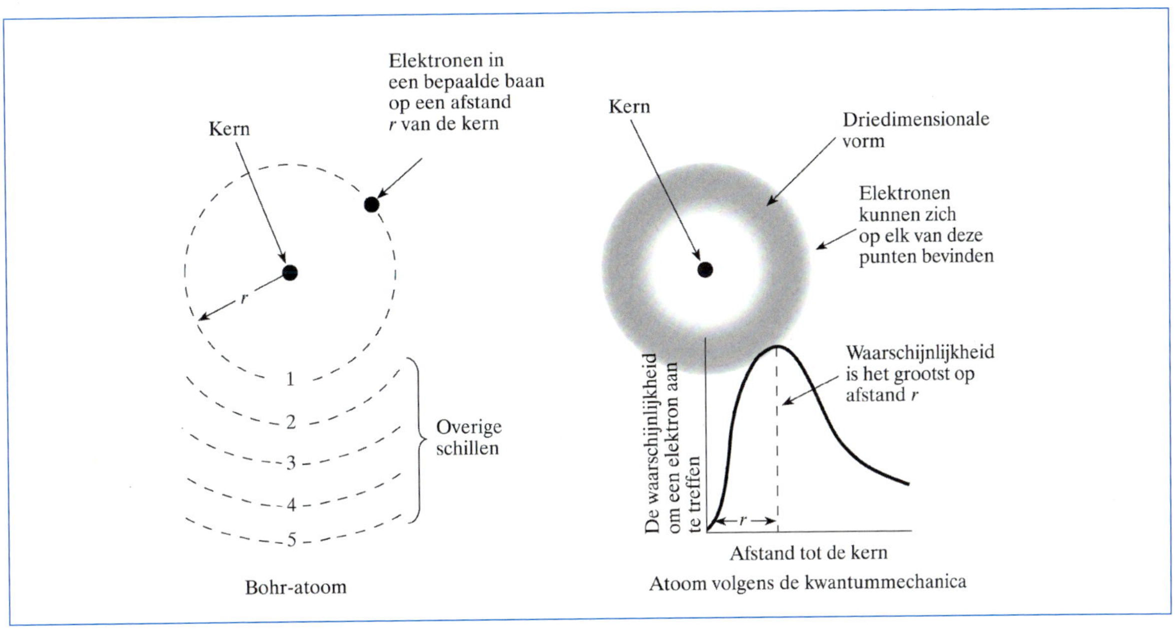

FIGUUR 2-4 Het Bohr-atoom vergeleken met een door de kwantummechanica beschreven atoom

		Hoofdkwantumgetal (n) Toenemende energie→																			Schillen
		1	2		3			4				5				6				7	Onderschillen
		Aantal elektronen in onderschil ($2n^2$)																			
Atoom-getal	Element	*s*	*s*	*p*	*s*	*p*	*d*	*s*	*p*	*d*	*f*	*s*	*p*	*d*	*f*	*s*	*p*	*d*	*f*	*s*	Notatie voor de elektronenconfiguratie
1	Waterstof, H	1																			$1s^1$
2	Helium, Me	2																			$1s^2$
3	Lithium, Li	2	1																		$1s^2 2s^1$
4	Beryllium, Be	2	2																		$1s^2 2s^2$
5	Borium, B	2	2	1																	$1s^2 2s^2 2p^1$
6	Koolstof, C	2	2	2																	$2p^1 1s^2 2p^2$
7	Stikstof, N	2	2	3																	$1s^2 2s^2 2p^3$
8	Zuurstof, O	2	2	4																	$1s^2 2s^2 2p^4$
9	Fluor, F	2	2	5																	$1s^2 2s^2 2p^5$
10	Neon, Ne	2	2	6																	$1s^2 2s^2 2p^6$
18	Argon, Ar	2	2	6	2	6															$1s^2 2s^2 2p^6 3s^2 3p^6$
26	Ijzer, Fe	2	2	6	2	6	6	2													$(Ar) 3d^6 4s^2$
54	Xenon, Xe	2	2	6	2	6	6	2	6	10	–	2	6								$1s^2 2s^2 2p^6 3s^2 3p^6 3d^6 4s^2 4p^6 4d^{10} 5s^2 5d^6$
74	Wolfraam, W	2	2	6	2	6	10	2	6	10	14	2	6	4	–	2					$(Xe) 5d^4 6s^2$
86	Radon, Pn	2	2	6	2	6	10	2	6	10	14	2	6	10	–	2	6				$(Xe) 5d^{10} 6s^2 6p^6$

FIGUUR 2-5 Elektronenconfiguratie van enkele elementen. Een elektron wordt geheel beschreven door vier kwantumgetallen: *n*, het hoofdkwantumgetal; *l*, het nevenkwantumgetal (impulsmoment) (gaat van $l = 0$ tot $n - l$); het magnetisch kwantumgetal (gaat van $-l$ tot $+l$); en het spinkwantumgetal (+ ½ of – ½). Geen twee elektronen hebben dezelfde vier kwantumgetallen.

In de materiaalkunde worden kwantumgetallen en de elektronenconfiguratie van atomen op diverse manieren gebruikt. Zo bepaalt bijvoorbeeld de elektronenconfiguratie van koolstofatomen de moleculaire bindingseigenschappen in polymeren. In de organische scheikunde is de elektronenconfiguratie vaak verbonden met de kristalstructuur. Elektronenconfiguraties en beschikbare energieniveaus zijn uitermate belangrijk in de vastestoffysica en de elektronica.

Technische ontwerpers denken misschien dat ze dit concept nooit zullen gebruiken in hun werk, maar het is mogelijk dat ze er onbewust gebruik van maken. Met behulp van geavanceerde analytische technieken die de aard van oppervlaktelaagjes onderzoeken (bijvoorbeeld XPS en Auger-spectroscopie), worden vaak energieniveaus – bijvoorbeeld 1*s*, 2*s*, 2*p* – geanalyseerd om oppervlakverontreinigingen en de chemische samenstelling van het oppervlak vast te stellen. Door andere instrumenten die verbindingen afbreken tot atomen voor chemische analyse, worden karakteristieke pieken aangegeven door de elektronen waarop deze betrekking hebben – bijvoorbeeld 2*s* of 2*p* – en vergelijkbare kwantummechanische aanduidingen. Ontwerpers kunnen deze analytische technieken gebruiken voor het oplossen van bijvoorbeeld een vraagstuk over de hechting van verf of een probleem bij lassen.

2.2 Het periodiek systeem

De eigenschappen van elementen blijken een periodieke functie van hun atoomnummer. Het periodiek systeem (zie figuur 2-2) is ontwikkeld in het midden van de negentiende eeuw door scheikundigen die probeerden om de in die tijd bekende elementen te rangschikken volgens overeenkomsten in chemisch gedrag. Een Russische wetenschapper, D. I. Mendelejev, wordt beschouwd als de uitvinder van de tabel, die in vergelijkbare vorm nog altijd wordt gebruikt. De horizontale rijen zijn de perioden. Het atoomnummer van de elementen neemt in de tabel van links naar rechts toe. De elementen in de verticale groep 1 worden de alkalimetalen genoemd; groep 2 bevat de aardalkalimetalen. De als overgangselementen vermelde groepen zijn metalen met een specifieke onderschilconfiguratie van de elektronen (een onvolledig bezette onderschil). De groepen 13, 14, 15, 16 en 17 zijn in de meeste gevallen niet-metalen (zoals aangegeven door de dikke lijn) en de elementen in de laatste verticale groep zijn edelgassen met acht elektronen in hun valentieschil (de buitenste schil). De groepen elementen in de afzonderlijke horizontale blokken, de lanthaniumreeks en de actiniumreeks, horen in feite thuis in respectievelijk de zesde en zevende periode (dat wil zeggen, de zesde en zevende rij), maar een dergelijke weergave zou de vorm van de tabel onevenwichtig maken. De elementen in deze reeksen vertonen hetzelfde chemische gedrag en daarom is deze afwijkende weergave zowel logisch als praktisch.

Deze periodieke variatie in elektronenconfiguratie is de oorzaak van de periodieke variaties in eigenschappen. Elementen in een bepaalde verticale groep hebben alle hetzelfde aantal elektronen in hun valentieschil (met enkele uitzonderingen), en dit wordt geacht de reden te zijn waarom ze vele overeenkomsten in de chemische en fysische eigenschappen vertonen. De edelgassen hebben bijvoorbeeld de overeenkomst dat zij op geen enkele manier reageren met andere stoffen. Vandaar dat argon nuttig werk doet in sommige gloeilampen; het voorkomt verbranding van de gloeidraad door het uitsluiten van zuurstof en het voorkomt verdamping van de gloeidraad doordat er geen vacuüm is. En het reageert niet met de gloeidraad, die daardoor heter kan zijn en feller kan schijnen. De elementen in groep 17, de *halogenen*, hebben chemische overeenkomsten, en zo verder voor elke groep.

De elementen in het periodiek systeem met een hoger atoomnummer dan 92 komen in de natuur niet voor; deze zijn geproduceerd door kernreacties. Het periodiek systeem heeft geen definitief einde. Er zijn elementen gevonden met atoomnummers tot 140, maar deze zijn betrekkelijk onstabiel, en sommige hebben zelfs geen naam.

Wat is de betekenis van het periodiek systeem voor de materiaalkunde? Er is een vijftigtal elementen waaruit al onze productmaterialen gemaakt kunnen worden. De gegevens die in het periodiek systeem verwerkt zijn, verschaffen veel informatie over hoe deze productmaterialen opgebouwd kunnen zijn. Het is daarnaast vooral een woordenboek voor de namen en chemische symbolen van de elementen die de bouwstenen zijn van alle technische materialen. De chemische symbolen voor de elementen worden consequent gebruikt in de navolgende besprekingen van materialen en hun verwerking. De familiegroepen geven aan welke elementen zich overeenkomstig gedragen. Dit kan soms een handig hulpmiddel zijn bij vraagstukken op het gebied van materiaalkeuze.

De vereenvoudigde elektronenstructuur die men in figuur 2-2 ziet voor ieder element onderaan laat het aantal elektronen in de diverse schillen zien. De getallen helemaal rechtsboven geven mogelijke oxidatiegetallen aan, dat wil zeggen, hoeveel elektronen het element in de valentieschil zou kunnen afstaan. Deze getallen en de groepsindeling van de elementen geven aanwijzingen over de manier waarop een bepaald element combinaties met andere elementen vormt.

2.3 De vervaardiging van technische materialen uit de elementen

Sommige elementen worden in zuivere vorm gebruikt als technische materialen. Vele metalen behoren tot deze categorie, waaronder beryllium, titanium, koper, goud, zilver, platina, lood en kwik. Veel hittebestendige metalen (W, Ta, Mo, Hf) worden gebruikt voor het maken van industriële producten. Een aantal metalen wordt in zuivere toestand gebruikt voor het galvaniseren van duurzame artikelen, gereedschappen en elektrische apparaten: Cr, Ni, Cd, Sn, Zn, Os, Re, Rh. In de categorie niet-metalen wordt koolstof gebruikt in industriële toepassingen voor koolborstels in motoren en slijtdelen, in kubusvorm als diamant voor gereedschappen en in nog weer een andere kristalstructuur in koolstofvezel. De edelgassen zijn andere niet-metalen die in elementvorm (als *ionen* of *moleculen*) worden gebruikt voor industriële toepassingen, onder andere om te zorgen voor een beschermende atmosfeer. Tabel 2-1 geeft enige informatie over de eigenschappen van elementen die vaak worden gebruikt in de materiaalkunde.

Een groter aantal technische materialen maakt gebruik van de elementen in gecombineerde vorm, als *legering* (een metaal gecombineerd met een of meer andere elementen), als *verbinding* (bestaande uit chemisch gecombineerde elementen met duidelijk andere eigenschappen dan de samenstellende elementen) en, hoewel minder vaak, als *mengsel* (een fysisch mengsel van twee of meer stoffen). Het verschil tussen een legering en een mengsel is dat in legeringen de aan het metaal toegevoegde elementen zich in een vaste oplossing bevinden. Deze atomen kunnen posities innemen in de *kristalstructuur*. De componenten in een mengsel bevinden zich niet in een vaste oplossing, zijn als afzonderlijke componenten te herkennen en hebben op lokaal niveau

Element	Symbool	Smeltpunt °C	Dichtheid[a] (g/cm^3)	Soortelijke weerstand bij 20°C (10^{-6} Ω cm)	Lineaire thermische uitzettings-coëfficiënt (10^{-6} mm/mm °C)	Warmte-geleidings vermogen bij 25 °C (W/cm/°C)
Zilver	Ag	960	10,49	1,59	19,6	4,29
Aluminium	Al	660	2,70	2,66	23,6	2,37
Goud	Au	1062	19,32	2,44	14,2	3,19
Beryllium	Be	1285	1,84	4,20	11,5	2,01
Koolstof	C	3726[b]	2,25	75,00	0,5-4,3	2,1
Calcium	Ca	851	1,54	4,60[e]	22,3	2,01
Niobium[c]	Nb	2467	8,57	14,60	7,3	0,537
Cerium	Ce	795	6,66	75,00[e]	8,0	0,113
Kobalt	Co	1492	8,90	5,68[d]	13,78	1,00
Chroom	Cr	1825	7,19	12,80	6,1	0,939
Koper	Cu	1082	8,94	1,69	16,6	4,01
IJzer	Fe	1535	7,87	10,70	11,8	0,804
Germanium	Ge	936	5,32	60×10^6	5,7	–
Hafnium	Hf	2222	13,29	35,5	5,6	0,230
Kwik	Hg	-38	13,55	95,78	–	0,083
Iridium	Ir	2410	22,42	5,30[d]	6,8	1,47
Lanthaan	La	892	6,17	57,00[e]	6,79	0,134
Magnesium	Mg	651	1,74	4,46	27,1	1,56
Mangaan	Mn	1244	7,49	185	22,0	0,078
Molybdeen	Mo	2610	10,22	5,78[e]	4,9	1,38
Nikkel	Ni	1452	8,90	7,8	13,3	0,909
Osmium	Os	3000	22,50	9,5	4,7	0,076
Lood	Pb	327	11,34	22	29,3	0,353
Palladium	Pd	1552	12,02	10,3	11,8	0,718
Platina	Pt	1768	21,40	10,58	8,8	0,716
Plutonium	Pu	639	19,84	146,45	55,0	0,067
Rhenium	Re	3179	21,02	19,14	6,7	0,480
Rhodium	Rh	1960	12,44	4,7	8,3	1,50
Silicium	Si	1382	2,33	15×10^6[f]	2,9-7,4	1,49
Tin	Sn	232	7,30	11,5	23,4	0,668
Tantaal	Ta	2996	16,60	13,6[e]	6,5	0,575
Thorium	Th	1750	11,66	18[e]	12,4	0,540
Titanium	Ti	1668	4,54	42	8,4	0,219
Uranium	U	1132	19,07	30	6,8-14,0	0,275
Vanadium	V	1918	6,11	24,8	8,3	0,307
Wolfraam	W	3410	19,30	5,5	4,6	1,73
Yttrium	Y	1508	4,47	65	–	0,172
Zink	Zn	419	7,13	5,75	39,6	1,16
Zirkonium	Zr	1852	6,45	44	10,4	0,227

[a] Bij 20 °C
[b] Sublimeert
[c] Ook bekend als columbium (Cb)
[d] Bij 0 °C
[e] Bij 25 °C
[f] Bij 300 °C

TABEL 2-1 Eigenschappen van enkele elementen die vaak worden gebruikt in de materiaalkunde

nog hun eigen eigenschappen. Een *suspensie* is een mengsel van vaste deeltjes in een vloeistof. Er bestaat hierbij geen binding tussen de vloeistof en de deeltjes. Deze combinaties van de elementen kunnen vaste stoffen, vloeistoffen of gassen vormen. Onze besprekingen concentreren zich echter op elementen die combinaties vormen om vaste stoffen te maken. Een groot aantal vaste stoffen zijn door chemische reacties gevormde verbindingen.

De kleinste hoeveelheid van een verbinding die nog de eigenschappen van deze verbinding bezit, is de *molecuul*. Moleculen bevatten diverse atomen met vaste verhoudingen tussen het ene atoom en het andere. Zo ontstaat een chemische binding waarvan de bindingsneigingen worden geregeld door vele wetten van de natuur- en scheikunde. Een eenvoudige regel die opgaat voor de meeste reacties, is dat atomen de neiging hebben om op zo'n manier combinaties te vormen dat hun buitenste elektronenschil (waarin zich de valentie-elektronen bevinden) compleet is wanneer deze acht elektronen bevat. In het watermolecuul H_2O, zie figuur 2-6, heeft waterstof bijvoorbeeld een valentie van 1 en zuurstof een valentie van 6. Wanneer deze gecombineerd worden in een verhouding van twee waterstofatomen tot een zuurstofatoom kunnen de atomen elektronen delen en hun buitenste schillen completeren. De valentieband van het zuurstofatoom is dan geheel gevuld en het atoom deelt de elektronen van de twee waterstofatomen. De elektronenconfiguraties die in het periodiek systeem zijn weergegeven, kunnen dus worden gebruikt om te voorspellen hoe atomen met elkaar verbindingen vormen. Het is niet altijd zo eenvoudig, maar in principe wordt de neiging om te combineren bepaald door de valentie van een atoom of een groep atomen, waardoor nieuwe stoffen worden gevormd.

Gassen vormen vaak moleculen met identieke atomen, bijvoorbeeld H_2 – een molecuul waterstofgas, samengesteld uit twee waterstofatomen. Ze lenen over en weer elektronen van elkaar om de edelgasconfiguratie van helium te krijgen.

De indexen geven het aantal atomen in een chemische verbinding of in een reagerende soort aan. Wanneer meer dan een molecuul van een stof deelneemt aan een chemische reactie, wordt er een prefix gebruikt om dit aantal aan te geven:

$4H_2O$ – 4 watermoleculen.

Chemische reacties worden genoteerd als vergelijkingen met behulp van het systeem van symbolen:

$H_2O \rightarrow H_2\uparrow + O$ – een formule voor de ontbinding van water in de onderdelen waterstof en zuurstof.

In dit geval weten we uit de praktijk dat dissociatie (uiteenvallen) van water tweeatomige (twee identieke atomen in een molecuul) waterstof en zuurstof oplevert. Om hier rekening mee te houden moet de vergelijking als volgt in evenwicht worden gebracht:

$$2H_2O \rightarrow 2H_2\uparrow + O_2\uparrow \text{ (gas)}$$

Alle chemische reactievergelijkingen moeten in evenwicht zijn. Dat wil zeggen dat het aantal atomen van de reagerende stoffen gelijk moet zijn aan het aantal atomen in de reactieproducten. De manier van reageren wordt deels bepaald door het kunnen vormen van een edelgasconfiguratie. De truc van het over en weer uitlenen van elektronen om dit te bereiken, wordt een *covalente binding* genoemd. Deze sterke binding speelt een grote rol in de kunststoffen en in sommige keramieken.

Een tweede manier om de edelgasconfiguratie te bereiken, wordt de *ionbinding* genoemd. Hierbij wordt min of meer permanent een klein aantal elektronen afgestaan aan een ander atoom. Het metaal natrium heeft bijvoorbeeld één elektron in de

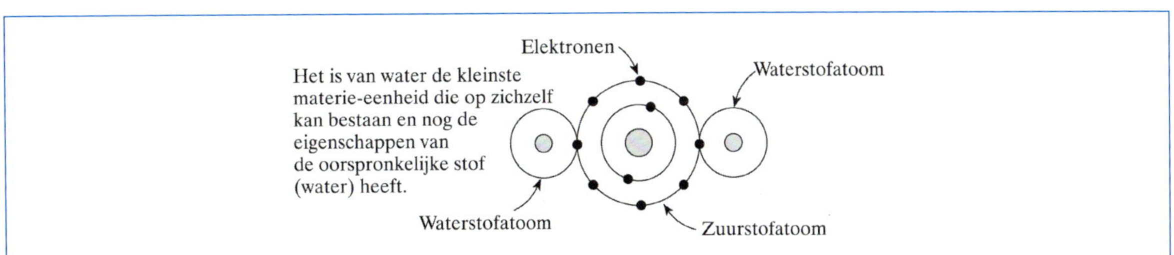

FIGUUR 2-6 Watermolecuul

buitenste schil en acht in de schil eronder. Door er één uit te lenen lijkt natrium er acht te hebben in de buitenste zichtbare schil. Het niet-metaal chloor heeft er zeven in de buitenste schil, en zou er één bij kunnen lenen zodat dit er ook acht worden. Hierdoor is het natriumatoom eenwaardig positief geworden en heet het nu een natrium-ion; door het lenen is het chlooratoom eenwaardig negatief geworden en heet het nu een chloor-ion. Een *ion* is een atoom dat een elektron meer of minder heeft gekregen. In een ionenbinding worden de betrokken atomen bij elkaar gehouden door de elektrostatische aantrekking tussen de twee tegengesteld geladen ionen. De ontstane stof, natriumchloride, NaCl, is niets anders dan het ons bekende keukenzout, vandaar dat we deze binding ook wel de *zoutbinding* noemen. Zo'n binding tussen een metaal en een niet-metaal is karakteristiek voor de meeste keramieken. De bindingsterkte is iets lager dan die van de covalente binding.

2.4 Vaste stoffen

We hebben technische materialen eerder omschreven als vaste stoffen die uit diverse elementen samengesteld zijn. Een vaste stof kan een zuiver element zijn zoals goud, een verbinding zoals zand, een combinatie van silicium en zuurstof (SiO_2) of een combinatie van moleculen. De meeste levende planten bestaan uit een ingewikkeld netwerk van cellulosemoleculen. Sommige vaste stoffen zijn mengsels van de voorafgaande verbindingen, waarin elke component zijn eigen identiteit behoudt. Beton is bijvoorbeeld een samenstelling van cement (een verbinding) en aggregaat (een andere verbinding).

Vaste stoffen worden gevormd wanneer er vaste bindingen bestaan tussen de samenstellende atomen of moleculen. De bindingen kunnen zeer specifiek en ordelijk zijn, maar ze kunnen ook minder goed gedefinieerd zijn. Vaste stoffen van de eerste soort hebben een *kristalstructuur*. Vaste stoffen van de tweede soort worden *amorf* genoemd. De woordenboekdefinitie van amorf is 'vormloos'. De meeste metalen en anorganische verbindingen hebben een kristalstructuur, terwijl glas- en kunststofsoorten vaak grotendeels amorf zijn. De structuur bepaalt een groot deel van de materiaaleigenschappen.

Wanneer een vaste stof een kristalstructuur heeft, zijn de atomen gerangschikt in repeterende structuren, de *eenheidscellen*. De cellen vormen een grotere driedimensionale structuur, een *rooster*. Enkele van de meest voorkomende kristalcellen zijn afgebeeld in figuur 2-7. Ze hebben allemaal een andere naam, zoals kubisch ruimtelijk gecentreerd (bcc, *body-centered cubic*), kubisch vlakgecentreerd (fcc, *face-centered cubic*), hexagonaal dichtste stapeling (hcp, *hexagonal close-packed*) enzovoort. (NB In deze Nederlandse versie van dit boek houden wij vast aan de Engelse afkortingen, omdat deze ook in het Nederlands gebruikelijk zijn.) Wanneer uit een gesmolten of gasvormige stof een kristallijne vaste stof begint te ontstaan, stapelen de cellen zich op in een driedimensionaal patroon waarin elke cel perfect is uitgelijnd, en vormen zo een kristal. Als er in een smeltproces gelijktijdig vele kristallen ontstaan en groeien, dan zullen die elkaar op den duur raken en korrels vormen. De grensvlakken tussen de kristal-

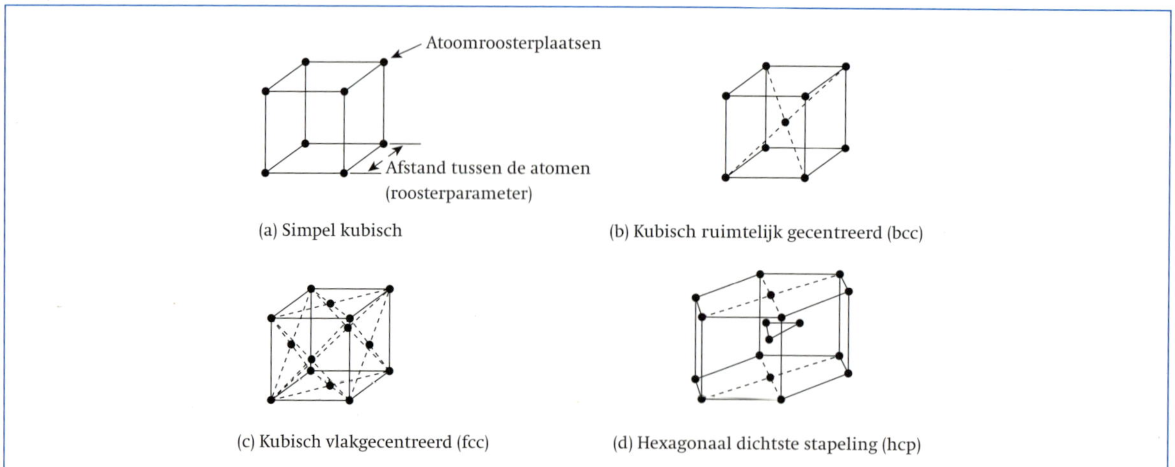

FIGUUR 2-7 Karakteristieke kristalstructuren

len oftewel *korrels* worden *korrelgrenzen* genoemd (zie figuur 2-8). De eigenschappen van kristallijne materialen zijn afhankelijk van het type kristalstructuur, van de grootte van de korrels en van de sterkte van de bindingen tussen de atomen.

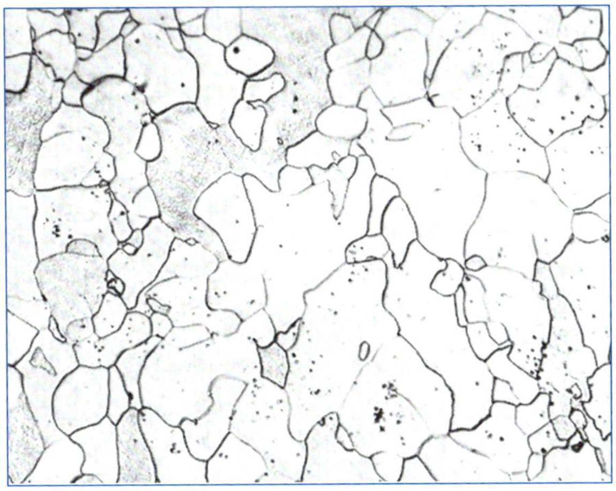

FIGUUR 2-8 Microstructuur van zuiver ijzer (×100). De donkere lijnen zijn korrelgrenzen. Elke korrel is een kristal.

Amorfe materialen zijn in werkelijkheid minder ongeorganiseerd dan hun naam suggereert. Een amorf materiaal kan bijvoorbeeld bestaan uit lange ketens van moleculen met een significante ordening tussen de moleculen die de ketens vormen (kleinschalige orde), terwijl er sprake is van weinig ordening tussen de ketens onderling (grootschalige orde). Amorfe materialen kunnen stollingseigenschappen hebben die verschillen van kristallijne materialen, maar dat betekent niet noodzakelijkerwijs dat hun technische eigenschappen onbruikbaar zijn. Een kristalstructuur kan een belangrijke selectiefactor bij kunststoffen zijn. Dit wordt in een volgend hoofdstuk gedetailleerd behandeld.

Een kristalstructuur of het ontbreken daarvan wordt gemeten met behulp van elektron- of Röntgendiffractie. Wanneer een kristallijne vaste stof wordt blootgesteld aan een gelijkgerichte bundel Röntgenstralen, wordt de bundel afgebogen door de geordende vlakken van de atomen, en zodoende kunnen de grootte van de kristalcellen en de locatie van de atomen worden gemeten. Op deze manier bepaalt de materiaalkundige welk type structuur een vaste stof heeft. Amorfe materialen hebben geen structuur die voldoende geordend is om diffractiepatronen te vertonen.

2.5 De kenmerken van metalen

In de scheikunde kan een metaal worden gedefinieerd als een element met een valentie van 1, 2 of 3. Het kan echter nog beter worden gedefinieerd door de aard van de bindingen tussen de atomen in de metaalkristallen, de *metallische verbinding*. De atomen in metalen worden bij elkaar gehouden door een 'wolk' van elektronen (zie figuur 2-9). De bij elk afzonderlijk atoom behorende elektronen kunnen zich vrij verplaatsen door het kristallichaam, oftewel het stuk metaal. Dat is de reden dat metalen goede geleiders van warmte en elektriciteit zijn. Een elektrische stroom vereist vrijstromende elektronen. Andere eigenschappen die metalen onderscheiden van andere materialen, zijn hun vervormbaarheid, hun ondoorzichtigheid (licht wordt niet doorgelaten) en de mogelijkheid om versterkt te worden.

Wanneer er krachten op kristallijne stoffen worden uitgeoefend, worden de atomen als het ware uit elkaar getrokken. Als de bindingen tussen de atomen zeer sterk zijn, kan er een tendens bestaan om de kristallen uit elkaar te trekken (zie figuur 2-10). In metalen en enkele andere kristallijne materialen zijn de bindingen tussen de atomen echter zodanig dat een belasting geen kristalsplijting, maar een verschuiving van atomen veroorzaakt. Hiervoor is dus een ander bezwijkmodel nodig. Voor een deel maakt dit model gebruik van de theorie dat er tal van roosterfouten in kristallen kunnen voorkomen, oftewel *dislocaties* (verkeerd geplaatste atomen).

Een *dislocatie* is een imperfectie in een kristal, gekarakteriseerd door vlakken van atomen in het kristal die niet correct worden gerangschikt ten opzichte van de rest van het kristal. Het eenvoudigste type dislocatie, de randdislocatie, wordt schematisch weergegeven in figuur 2-11. De dislocatie is het extra

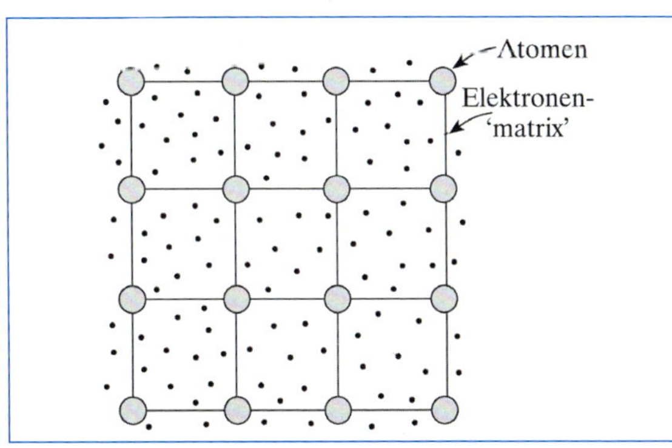

FIGUUR 2-9 Elektronenmatrix in een metaalatoom

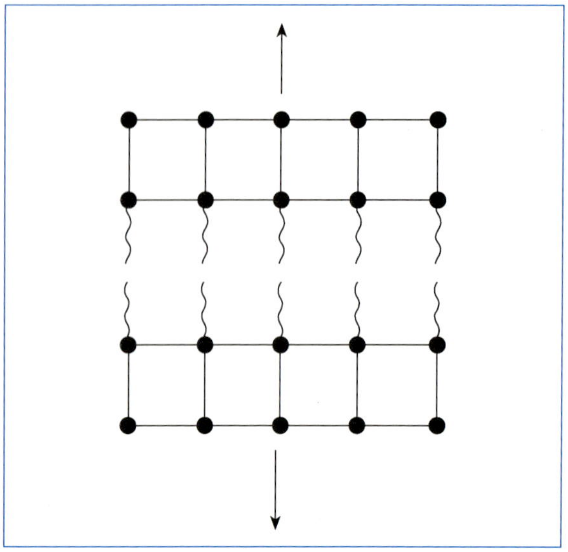

FIGUUR 2-10 Splijtbreuk in brosse kristallijne materialen

halfvlak atomen in figuur 2-11(a). Wanneer de dislocatie een buitenoppervlak van het kristal bereikt, ontstaat daar een slipstap, figuur 2-11(b). Dit kan men op een speciaal voorbereid monster zien met een microscoop.

Als men de theoretische sterkte van een metaal berekent, aangenomen dat het een perfecte kristalstructuur bezit, stelt men vast dat deze een of twee ordes van grootte hoger is dan de feitelijke sterkte van het metaal. De theoretische sterkte van ijzer zit bijvoorbeeld op ongeveer 21000 N/mm^2. In figuur 2-12 is te zien dat als er een schuifspanning wordt uitgeoefend op een perfect kristal, alle atomaire bindingen langs het schuifvlak verbroken en opnieuw gemaakt moeten worden om zo'n kristalrooster te deformeren. Het op deze wijze vervormen van een kristal is analoog aan het slepen van een lang stuk tapijt over een vloer. Wanneer het tapijt op deze manier wordt gesleept is er duidelijk heel veel energie nodig om de wrijvingskrachten te overwinnen. Net zo is er heel wat energie nodig om een kristal te deformeren door alle bindingen langs het schuifvlak gelijktijdig te breken en te herstellen.

Als hetzelfde kristalrooster dislocaties zou hebben, zoals in figuur 2-12 het geval is, kan het materiaal onder een uitgeoefende schuifspanning vervormen door slechts een enkele rij bindingen tegelijkertijd te breken en te herstellen, terwijl de dislocatie zich langs het schuifvlak verplaatst. Het deformeren is op deze manier analoog aan het verplaatsen van een tapijt over een vloer door een 'hobbel' of 'golf' in het tapijt te creëren en deze over de hele lengte van het tapijt te duwen. Het vervormen van een metaal of het verplaatsen van een tapijt kost

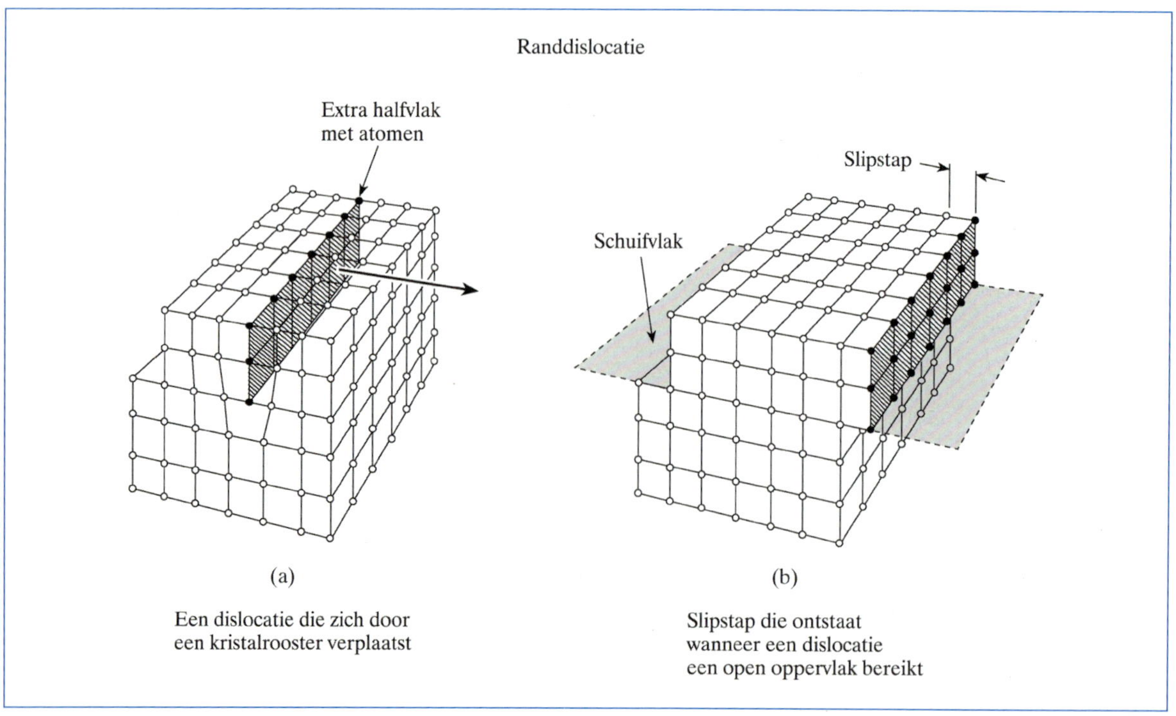

FIGUUR 2-11 Een afschuiving die wordt veroorzaakt door de verplaatsing van een randdislocatie

op deze wijze veel minder energie. In de praktijk zit er wel voor een lengte van diverse kilometers aan dislocaties in elke kubieke millimeter van een metaal. De praktische sterkte van ijzer komt dan ook neer op slechts ongeveer 200 N/mm^2.

Dislocaties zijn voor de gebruiker van metalen van belang omdat metalen door de wisselwerking tussen de dislocaties binnen een metaal vervormd en versterkt kunnen worden. Ook het belemmeren van de beweeglijkheid van de dislocaties in het materiaal zorgt voor versterking van het materiaal. Er bestaan vele types dislocaties en mechanismen waarmee dislocaties in wisselwerking treden.

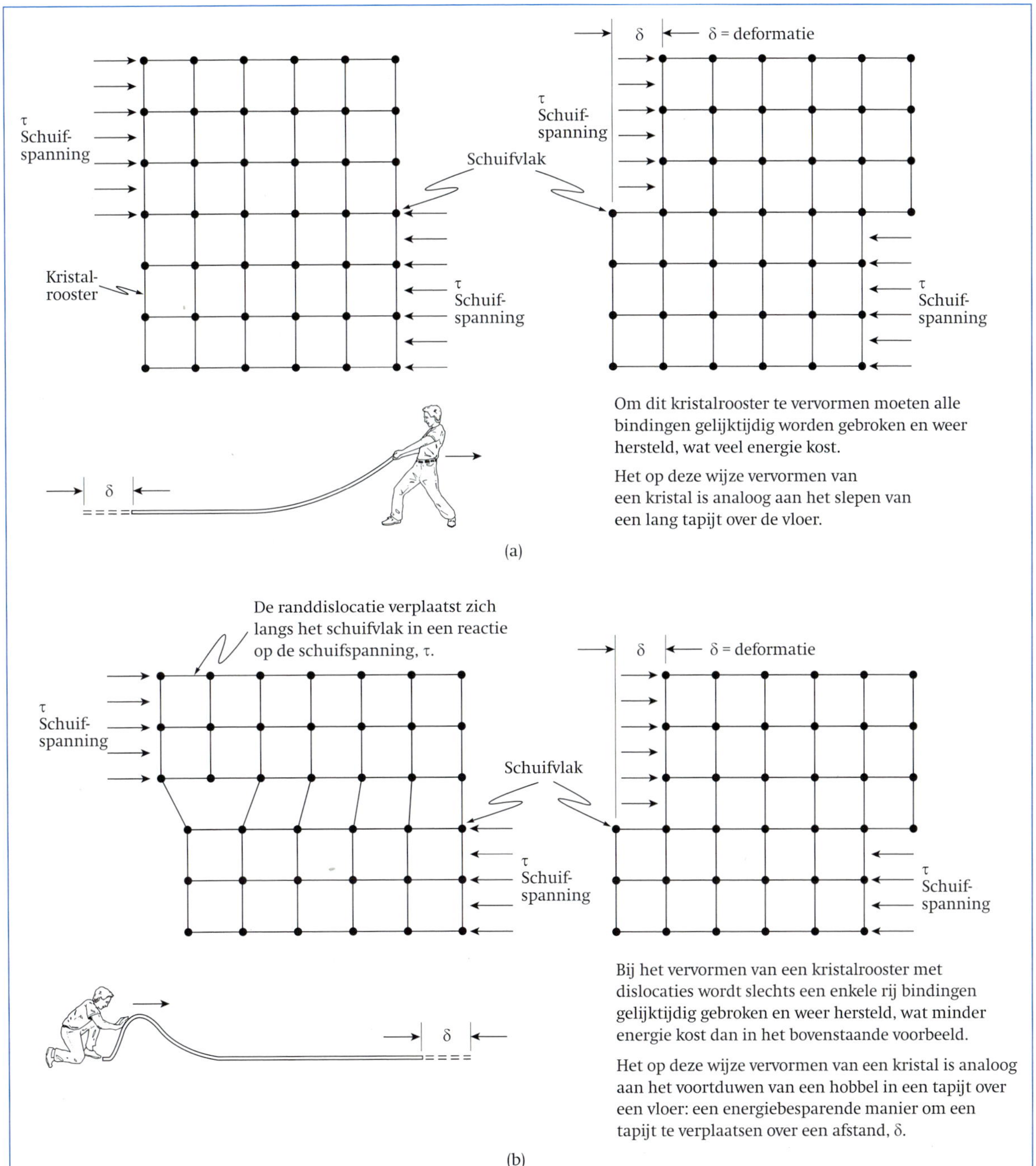

FIGUUR 2-12 Deformatie van een kristallijn materiaal met dislocaties, analoog aan het verplaatsen van een tapijt door middel van het voortbewegen van een tapijt-'golf'.

Deformatie door dislocatieverplaatsing is een van de eigenschappen die metalen tot de meest bruikbare technische materialen maken. De metallische binding is zodanig dat het kristalrooster zich door dislocatieverplaatsing aanpast aan spanningen erop. Vele metalen kunnen daardoor behoorlijke permanente (plastische) vervormingen verdragen voordat ze breken. Ze kunnen worden verbogen tot ze een bepaalde gewenste vorm hebben, of gewalst worden zonder te breken, in tegenstelling tot keramieken en kunststoffen. Materialen met sterke covalente bindingen of ionenbindingen, zoals vele kunststofsoorten, keramische materialen en composieten of cermets (mengsels van keramiek en metaal), zullen eerder splijten dan vervormen door verplaatsing van atomen.

Wanneer metalen vervormen door dislocatieverplaatsing, geldt dat het metaal sterker is naarmate de dislocaties meer barrières tegenkomen. Metalen kunnen bijvoorbeeld worden versterkt door *vasteoplossingsharding*. Daarbij worden aan het zuivere metaal andere elementen toegevoegd, zodat er een legering ontstaat. Grotere atomen komen dan op de plaats van enkele van de oorspronkelijke atomen en leiden tot spanningen in het rooster, waardoor de dislocaties belemmerd worden (zie figuur 2-13a). We spreken dan van *substitutionele atomen*. Op een vergelijkbare wijze kan het rooster ook versterkt worden door kleinere atomen, die als legeringelementen *tussen* de oorspronkelijke atomen in gaan zitten: *interstitiële atomen*. Deze veroorzaken eveneens spanningen rond dislocaties door de ruimtes hierin op te vullen.

Mechanische bewerking maakt metalen steviger door de dislocaties te vermeerderen. De dislocaties vertonen een wisselwerking met elkaar en met de korrelgrenzen; zodoende wordt de verplaatsing van afzonderlijke dislocaties bemoeilijkt en het metaal versterkt (zie figuur 2-13b). Dit effect wordt *werkversteviging* genoemd.

Precipitatieharding wordt gebruikt voor de versteviging van vele non-ijzerhoudende metalen. Door een geschikt legeringselement te kiezen en door warmtebehandelingstechnieken te gebruiken is het mogelijk dat de legeringselementen zich uitscheiden binnen het metaalrooster. Deze uitscheidingen heten 'precipitaten' (regen en sneeuw zijn ook vormen van precipitatie). De uitscheidingen veroorzaken roosterfouten en spanningen die werken als belemmeringen voor de verplaatsing van de dislocaties, en versterken zodoende het metaal (zie figuur 2-13c). De grenzen tussen de eigenlijke roosterkristallen zoals die in figuur 2-8 te zien zijn vertonen hetzelfde effect. Elke overgang van het ene kristal naar het andere zorgt voor een obstakel voor de dislocaties. Fijnkorrelige metalen van dezelfde samenstelling en met hetzelfde roostertype hebben daardoor vaak een hogere sterkte. Ook dit kan soms met een warmtebehandeling worden bereikt.

Dispersieharding werkt ongeveer hetzelfde als precipitatieharding. Er worden fijne, niet-vervormbare deeltjes toegevoegd aan de metalen. Deze deeltjes vormen een dispersie in de gesmolten legering en versterken later de vastgeworden metalen door de verplaatsing van dislocaties te hinderen. Aluminiumoxidedeeltjes, verspreid in een aluminiummatrix, zijn een voorbeeld van een dispersiegeharde legering, evenals thoriumoxide in staalsoorten. Beide zijn in wezen een voorbeeld van een mengsel van metaal en keramiek. Ook de zogeheten cermets zijn hiervan een voorbeeld. Hoge slijtvastheid wordt hierin gekoppeld aan een redelijke taaiheid.

Als laatste noemen we een van de belangrijkste versterkingsmechanismen in metalen, vooral in staalsoorten, het *afschrikharden* (zie figuur 2-13d). Afschrikharden is een warmtebehandelingsproces dat wordt gebruikt om een plotselinge verandering in een metaalrooster op te wekken. Er wordt gebruikgemaakt van verschillen in de oplosbaarheid van legeringatomen bij een verschillende temperatuur. Bij een hoge temperatuur wordt het materiaal oplosgegloeid, waardoor de legeringatomen netjes verdeeld over het materiaal zitten. Bij afkoeling zouden de atomen zich moeten uitscheiden, omdat de oplosbaarheid dan vermindert. Door het materiaal zeer snel af te koelen worden de legeringatomen echter ingevangen in het rooster. De ingevangen atomen veranderen het kristalrooster, bemoeilijken daardoor de verplaatsing van de dislocaties en versterken zodoende het metaal. In figuur 2-14 wordt het versterkende effect van enkele van deze processen op legeringen van ijzer en koolstof(staal) geïllustreerd.

2.6 De kenmerken van keramische materialen

Een keramisch materiaal kan worden gedefinieerd als een combinatie, of verbinding, van een of meer metalen met een niet-metallisch element. Voor de meeste keramische materialen zijn de verbindingen ionische verbindingen. Het keramische materiaal aluminiumoxide, afgebeeld in figuur 2-15, wordt bijvoorbeeld gevormd door een combinatie van drie

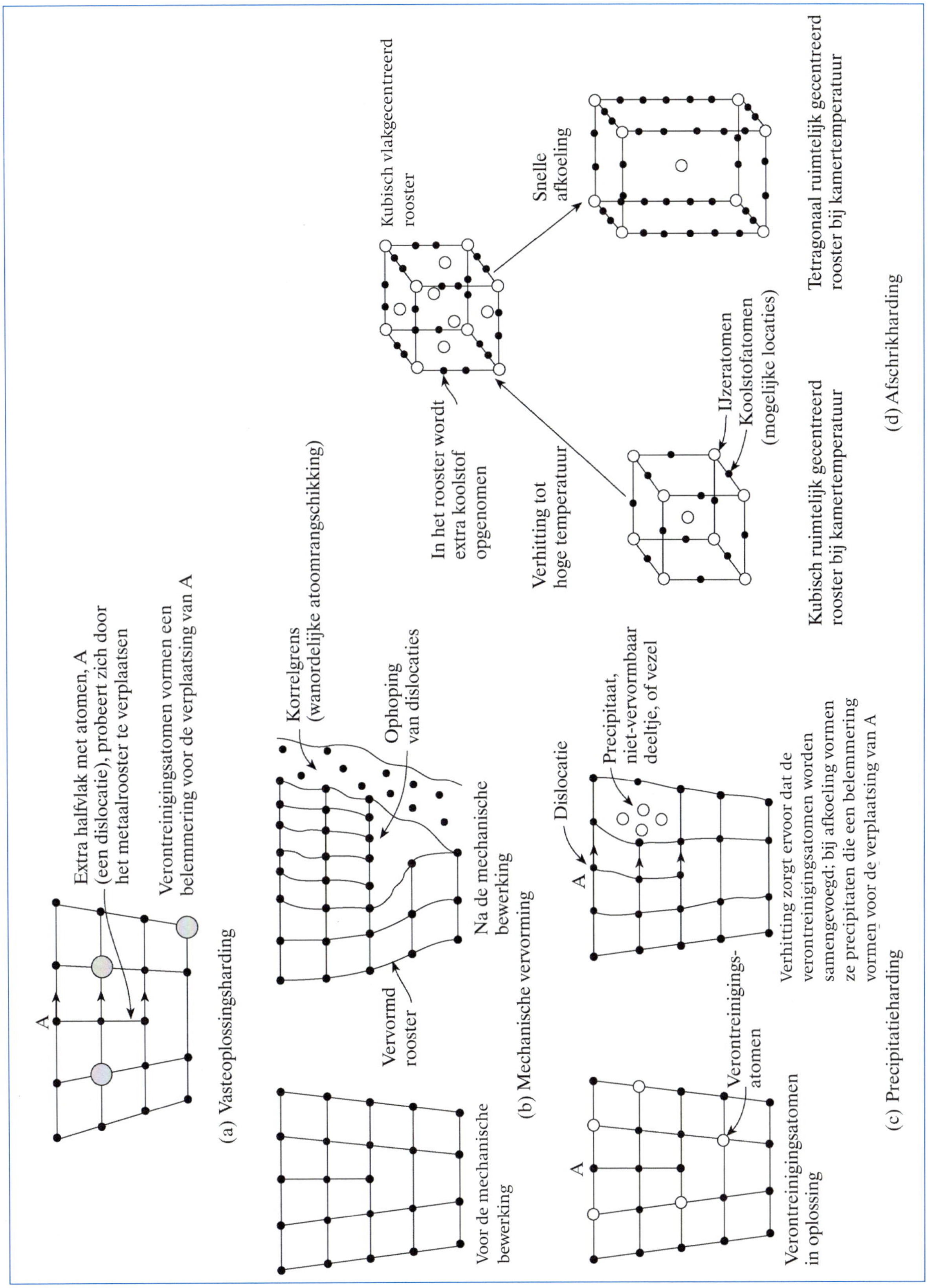

FIGUUR 2-13 Methoden voor het versterken van metalen

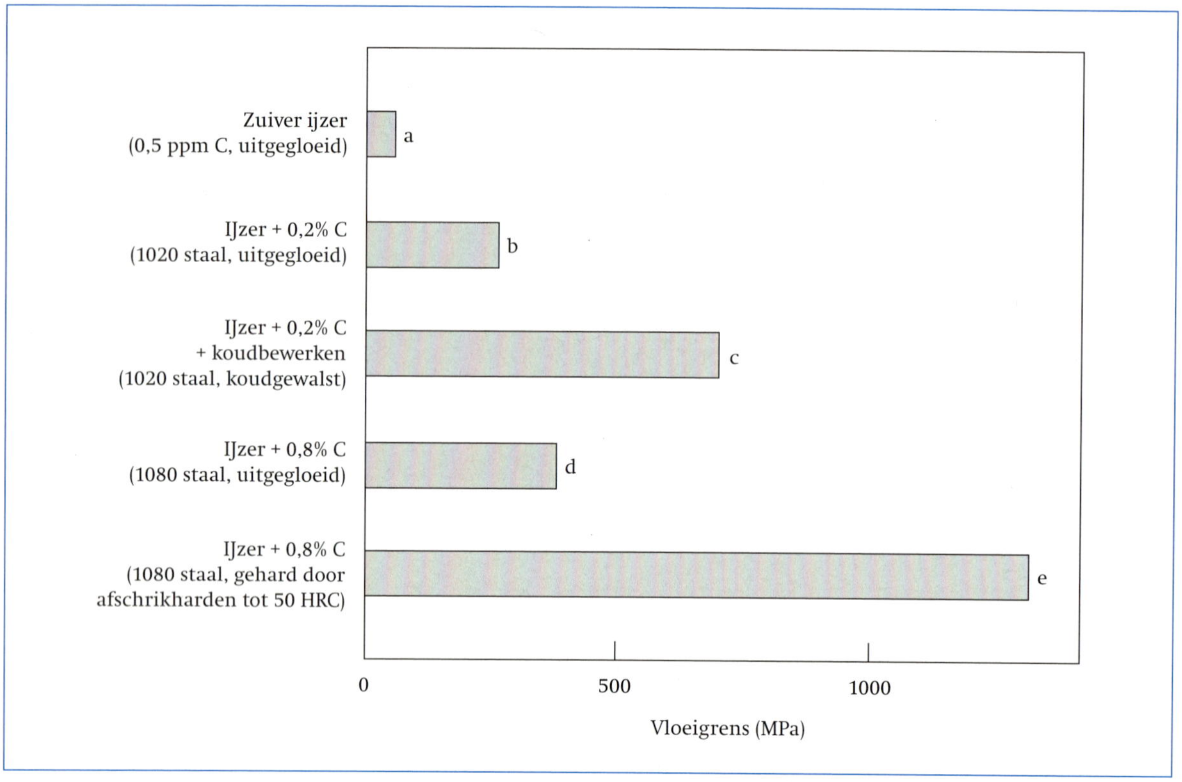

FIGUUR 2-14 Versterken van ijzer: door het te legeren met koolstof (a → b; b → d); door koudbewerken (b → c); door afschrikharden (d → e). Merk het significante effect op van legeren en afschrikharden.

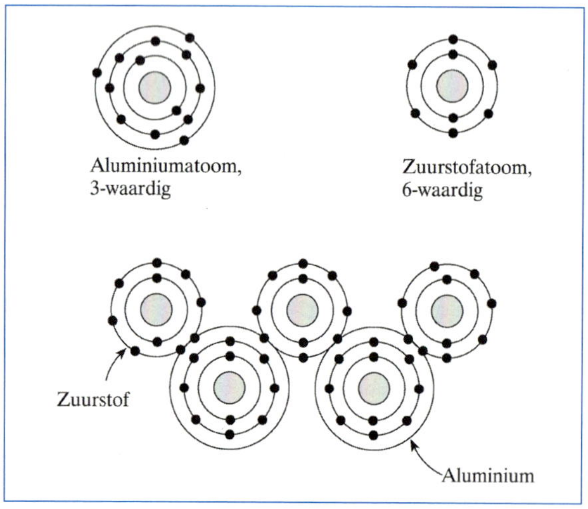

FIGUUR 2-15 Structuur van aluminiumoxide (Al_2O_3)

zuurstofatomen en twee aluminiumatomen, waarbij de valentie-elektronen zodanig worden gedeeld dat elk atoom acht elektronen in zijn buitenste schil heeft.

Anders dan bij metalen is vervorming moeilijk doordat een verschuiving van dislocaties in het kristalrooster tot een afstotende kracht tussen gelijksoortige atomen leidt. Kristallijne keramische materialen met ionische bindingen zijn dan ook vaak erg bros. Andere eigenschappen die verband houden met deze sterke bindingen zijn een grote hardheid, een geringe chemische activiteit en een gering elektrisch geleidingsvermogen. Keramische materialen zijn meestal elektrische isolatoren omdat de elektronen deel uitmaken van de binding en zich niet vrij door het kristal kunnen verplaatsen.

De meeste keramische materialen kunnen niet sterker worden gemaakt door middel van koudbewerken of precipitatieharden. Sommige keramische materialen kunnen wel worden versterkt door de kristalstructuur te veranderen. Dit geldt bijvoorbeeld voor boriumnitride, dat in hexagonale vorm zeer zacht is maar in kubische vorm erg hard. Zulke gevallen zijn echter eerder uitzondering dan regel. Sommige keramische onderdelen kunnen ook worden versterkt door middel van vezels en andere materialen. Siliciumcarbidevezels worden bijvoorbeeld toegevoegd aan siliciumnitride om betere eigenschappen te verkrijgen voor metaalsnijwerktuigen. Zirkonia (zirkoniumoxide) wordt toegevoegd aan aluminiumoxide om een grotere sterkte en taaiheid te krijgen dan zuiver aluminiumoxide heeft.

2.7 De kenmerken van polymeren

De technische materialen die we kunststoffen noemen, heten ook wel polymeren. Deze term is een samenvoeging van de Griekse woorden *poly*, dat 'veel' betekent, en *meros* ('deel'). Sommige mensen spreken van plastics, maar dit is slechts een deel van de kunststoffen, de thermoplasten. Daarnaast zijn er nog andere groepen, zoals de rubbers en de thermoharders. Polymeren zijn stoffen die bestaan uit lange ketens van zich herhalende moleculen (monomeren). In de meeste gevallen vormt het element koolstof de ruggengraat van de keten (een organisch materiaal). De atomen binnen het zich repeterende molecuul zijn sterk aan elkaar gebonden (meestal covalent). De bindingen tussen de moleculen bestaan uit zwakkere secundaire elektrostatische bindingen (*Van der Waalskrachten*) of vergelijkbare covalente bindingen. Het veelgebruikte polymeer polyethyleen bijvoorbeeld bestaat uit zich herhalende ethyleenmoleculen (C_2H_4). De regel van acht zegt dat de koolstofatomen incomplete valentiebanden hebben (koolstof heeft een valentie van 4 en waterstof heeft een valentie van 1). Als zich aan beide kanten van een ethyleenmolecuul (zie figuur 2-16) nog een ethyleenmolecuul hecht, zijn de valentiebanden van de koolstofatomen in het centrale molecuul volledig bezet. Door koolstof-koolstofbindingen wordt voldaan aan de valentievereisten. Zodoende vormen deze materialen lange ketens. Wanneer de ketens erg lang worden en met elkaar verstrengeld raken,

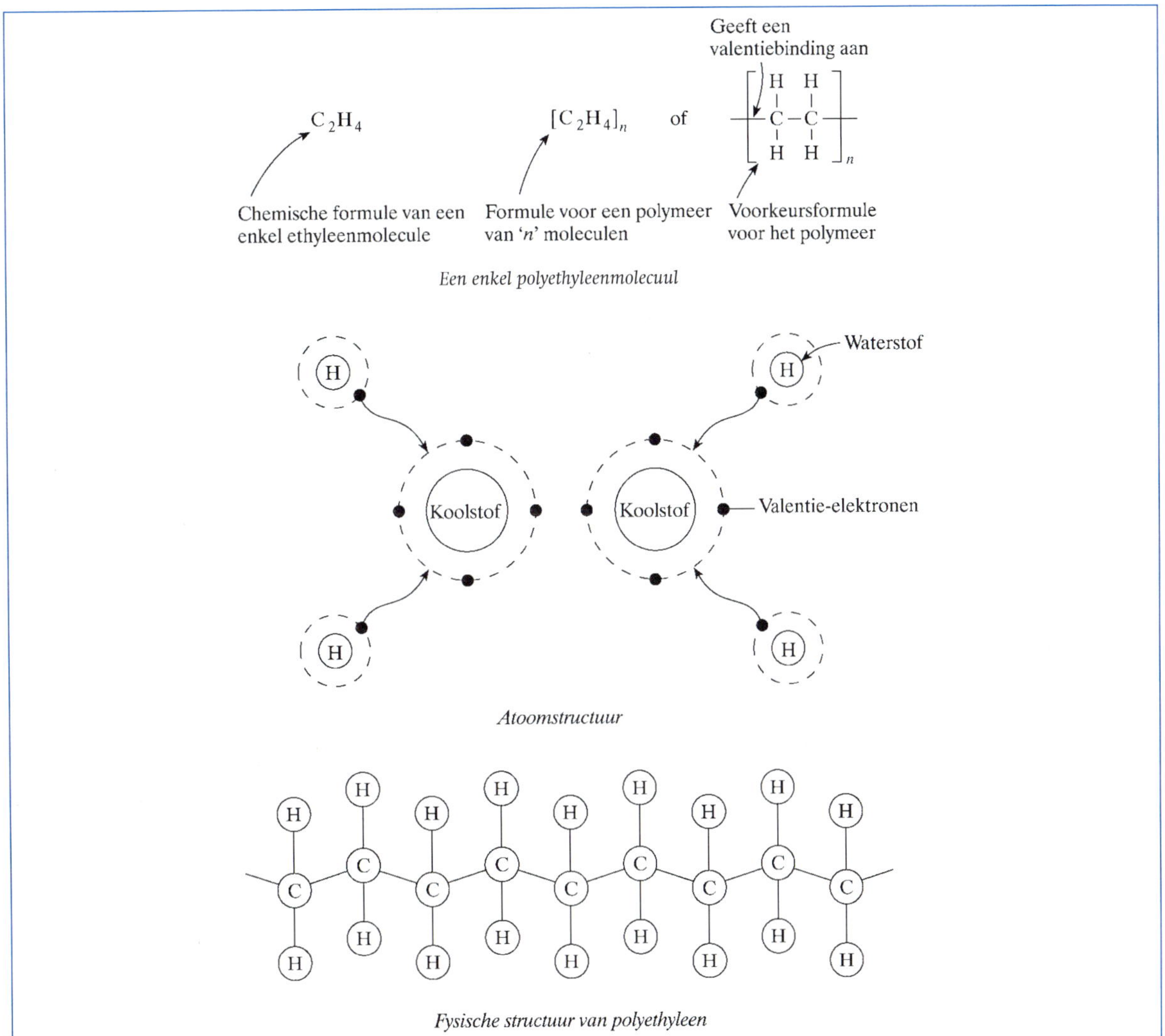

FIGUUR 2-16 Structuur van polyethyleen

verliezen ze hun driedimensionale symmetrie, zodat ze bij analyse een amorfe indruk geven. De mate van kristalliniteit in een polymeer hangt dus vaak af van de uitlijning van de ketens. Sommige polymeren vertonen een hoge mate van kristalliniteit, andere polymeren niet.

Polymeren die uit lange ketens bestaan, zijn meestal zwakker dan de meeste keramische materialen en metalen, vanwege de zwakke Van der Waalsbindingen. Onder belasting schuiven de lange ketenvormige moleculen langs elkaar. Polymeren kunnen worden versterkt door technieken die de onderlinge beweging van de ketens bemoeilijken: het toevoegen van vulstoffen, het overbruggen (*cross-linking*) van ketens, het vertakken van ketens en dergelijke.

Thermoplastische kunststoffen kunnen worden omgesmolten en worden gebruikt in producten als koffiezetapparaten, tuinslangen en frisdrankflessen. Ook de rubberachtige stripjes in sommige tandenborstels zijn thermoplastisch, namelijk gemaakt van thermoplastische elastomeren. Thermoharders zijn harde, sterk vernette, chemisch bestendige kunststoffen die niet meer om te smelten zijn. De eigenlijke rubbers zijn thermohardend: zij worden harder door verwarming, en maken meestal gebruik van roet als versterkingsmiddel – vandaar dat ze vaak zwart zijn. Thermoharders worden onder andere gebruikt in aanrechtbladen, duurzaam keukengerei en in sterke lijmsoorten. Ook voor de kunststoffen geldt dat de samenstelling en de structuur een groot deel van de eigenschappen bepalen.

2.8 De kenmerken van composieten

Een *composiet* is een combinatie van twee of meer materialen, waarbij het resulterende materiaal andere eigenschappen heeft dan de afzonderlijke componenten. In de natuur vinden we de eerste composieten in levende organismen. Hout is een composiet van cellulosevezels die bijeen worden gehouden door een matrix van zachte lignine. Technische composietmaterialen worden gevormd door het toevoegen van vulstoffen en door laminaten te vormen. Ook multiplex is een veelvoorkomende composiet. Hout is zwakker in de dwarsrichting dan in de lengterichting. Deze tekortkoming wordt in multiplex overwonnen door de wisselende oriëntatie van de nerven van de houtlagen.

Tegenwoordig zijn de belangrijkste composieten combinaties van zeer sterke, maar breukgevoelige keramische materialen en polymeren. Het bekendste voorbeeld van zo'n materiaal is met fiberglas versterkte kunststof. Glasvezels zijn zeer sterk, maar breken gemakkelijk bij beschadigingen door krasjes. Wanneer deze vezels omkleed zijn met een matrix van polyesterhars, worden ze beschermd tegen beschadigingen. Belastingen worden dan via het polyester overgedragen op de glasvezels, zodat hun stijfheid en sterkte kunnen worden benut. In meer geavanceerde componenten wordt gebruikgemaakt van grafiet- en boriumvezels. Deze vezels hebben een zeer grote stijfheid en sterkte, maar zijn toch licht van gewicht. Het versterkende effect van de verstevigingen in composieten hangt af van de oriëntatie van de verstevigingen ten opzichte van de richting van de belasting.

Geschikte composietmatrixmaterialen zijn, naast polyester, polypropyleen, polyamiden, polyetherimiden, epoxyharsen en zelfs metalen zoals aluminium en koper. Metaalmatrixcomposieten zijn metalen die versterkt zijn met keramische of andere materialen, in de vorm van vezels of deeltjes. Net zoals bij kunststofcomposieten draagt bij metaalmatrixcomposieten continue vezelversterking bij aan het verdelen van de spanningen door de structuur heen, waardoor de stijfheid van het materiaal toeneemt. Deeltjesversterking bemoeilijkt de verplaatsing van dislocaties. Dit laatste is een voorbeeld van een mengsel, maar men spreekt hier van een composiet omdat de schaal waarop de beide samenstellende delen te herkennen zijn in het materiaal veel groter is.

Composieten worden algemeen gebruikt voor sportapparatuur (tennisrackets, ski's, snowboards, boten enzovoort), in vliegtuigen (liggers, radarkoepels, cabinebekleding enzovoort) en in de chemische procesindustrie voor pijpleidingen en tanks. De meeste benzinestations hebben tegenwoordig ondergrondse opslagtanks van vezelversterkte kunststof. Het Airbus-vliegtuig maakt gebruik van een laminaat van aluminium en vezelversterkte kunststof. Aluminium versterkt met siliciumcarbide wordt gebruikt voor drijfstangen in zwaar belaste automotoren. ■

Samenvatting

Het belangrijkste concept dat in dit hoofdstuk naar voren is gebracht, is dat metalen, kunststoffen, keramische materialen en composieten, dus alle technische materialen, hun oorsprong hebben in de elementen en hun atoomstructuur. De aard van de binding tussen de atomen en/of moleculen bepaalt de eigenschappen van macroscopische dingen. Oftewel: de eigenschappen van materialen hangen een-op-een samen met de samenstelling, de structuur en de spanningstoestand van die materialen. Hieronder zetten we een aantal belangrijke punten uit dit hoofdstuk op een rij:

- Het periodiek systeem is de referentie voor de circa vijftig elementen die kunnen worden gebruikt om technische materialen te maken.
- De valentie-elektronen in de buitenste schil van de atomen bepalen de neiging van die atomen om verbindingen met andere atomen te vormen.
- Organische stoffen zijn gebaseerd op het element koolstof en zijn afkomstig van levende materie; alle andere materialen zijn anorganisch.
- Materialen in vaste toestand kunnen amorf of kristallijn zijn (of mengsels van beide, zoals in sommige kunststoffen). De kristalliniteit, of het ontbreken ervan, bepaalt vaak de toepassingseigenschappen van een materiaal.
- Sommige elementen (vooral de metalen) worden in zuivere vorm gebruikt als technische materialen. De overige technische materialen (kunststoffen, keramische materialen, sommige composieten) bestaan uit verbindingen die worden gevormd door de elementen.
- Metalen hebben een kristalstructuur en de binding tussen de atomen wordt gekenmerkt door een elektronenwolk. Deze structuur zorgt voor een goed elektrisch en thermisch geleidingsvermogen en een goede vervormbaarheid.
- Bij vervorming van een metaal treedt verplaatsing van de dislocaties op, en dit type atoombewegingen is verantwoordelijk voor de vervormbaarheid van metalen.
- Keramische materialen zijn kristallijn van aard, met meestal verbindingen met sterke ionenbindingen en soms covalente bindingen tussen de atomen. Zij zijn dus bros.
- Kunststoffen zijn materialen die bestaan uit repeterende organische moleculen. Ze kunnen kristallijn, amorf, flexibel of bros zijn, afhankelijk van de aard van de moleculen en de bindingen tussen de polymeermoleculen.
- Composieten zijn fysische combinaties van de belangrijke materiaalsystemen (metalen, kunststoffen en keramische materialen).

Termenlijst

afschrikharden: het proces waarbij een materiaal wordt verwarmd tot een verhoogde temperatuur, gevolgd door snelle afkoeling; een techniek om de sterkte te verhogen

amorf: de eigenschap van stoffen waarbij ze samengesteld zijn uit atomen/moleculen zonder orde over lange afstand (vormloos)

anorganisch materiaal: een stof die niet is gebaseerd op het element koolstof

atoombinding: de krachten waardoor atomen zich met elkaar verbinden

atoomnummer: het aantal protonen in de kern van een atoom

cel: in de kristaltheorie de kleinste zich herhalende configuratie van atomen in een kristal; ook 'eenheidscel' genoemd

chemische verbinding: een stof die wordt gevormd door de combinatie van twee of meer elementen met eigenschappen die verschillen van die van de elementen die de verbinding vormen

composiet: een materiaal dat wordt gevormd uit een combinatie van andere materialen om een materiaal te produceren met andere (verbeterde) eigenschappen dan de beginmaterialen

covalente binding: sterke gedeelde elektronenbindingen tussen atomen

diatomisch: het kenmerk van een molecuul dat is samengesteld uit twee gelijke atomen

dislocatie: een kristaldefect dat wordt gekenmerkt door verplaatste atoomrijen; door hun beweging kunnen metalen plastisch vervormen

eenheidscel: de kleinste zich herhalende configuratie in een kristal

elektron: het kleinste van de subatomaire basisdeeltjes in een atoom. Elektronen draaien in een baan om de kern van een atoom

elektronenconfiguratie: in de atoomtheorie de ordening van elektronen rond de kern van een atoom

element: een stof die niet verandert of uiteenvalt bij gewone chemische bewerkingen

evenwicht: een reactie waarbij er met de tijd geen verdere verandering optreedt

getal van Avogadro: aantal atomen in een mol van een stof, ongeveer $6{,}022 \times 10^{23}$

halogenen: de elementen in groep 7 van het periodiek system (F, Cl, Br, I, At); al deze elementen komen een elektron te kort in de buitenste schil en hebben een sterke neiging verbindingen te vormen

interatomische afstand: de afstand tussen atomen in een kristallijne vaste stof

ion: een atoom dat een elektron meer of minder heeft gekregen

isotoop: atomen van een element met verschillende aantallen neutronen (massa), maar chemisch identiek (zelfde aantal protonen)

keramisch materiaal: een stof die wordt gevormd met sterke covalente of ionenbindingen, vaak een combinatie van een metaal en een niet-metaal

kern: het binnenste van een atoom, dat subatomaire deeltjes bevat zoals protonen en neutronen

korrel: in kristallijne materialen een driedimensionaal kristal dat zich aan andere kristallen bindt om een polykristallijn materiaal te maken. Elk atoom in elke korrel is uitgelijnd met andere in drie dimensies, maar er is wanorde onder de atomen waar de korrels elkaar tegenkomen (de korrelgrenzen).

kristal: een driedimensionale ordening van atomen, ionen of moleculen

kristalstructuur: het type van de driedimensionale ordening van atomen, ionen of moleculen (bijvoorbeeld kubisch of hexagonaal)

kwantumgetal: de in de atoomtheorie gebruikte notatie om te beschrijven wat bij benadering de locatie van een subatomair deeltje is

legering: vaste stoffen waaraan opzettelijk elementen zijn toegevoegd die materiaaleigenschappen veranderen

massagetal: het totaal aantal neutronen en protonen in de kern van een atoom

mengsel: een fysische (in plaats van chemische) combinatie van stoffen

metaalbinding: de binding die atomen bij elkaar houdt met een 'wolk' van elektronen

metaalmatrixcomposiet: een materiaal dat wordt gevormd door toevoeging van versterkend materiaal aan een metaal (bijvoorbeeld siliciumcarbidevezels toegevoegd aan aluminium)

metalloïde: het kenmerk van een stof die eigenschappen heeft van een metaal en van een niet-metaal; hier horen de bekende halfgeleiders bij

molecuul: het kleinste deel van een element of verbinding die nog de eigenschappen van dat element of die verbinding bezit

molecuulformule: de representatie van een stof door middel van atoomsymbolen voor de elementen en subscripten voor het aantal atomen

niet-metaal: een element of stof met andere atoombindingen dan een metaalbinding

oplossing: een homogeen mengsel van een stof in een oplosmiddel

organisch materiaal: een stof die gebaseerd is op het element koolstof

oxidatie: het proces waarbij een stof zuurstof wint of elektronen kwijtraakt

periodiek systeem: een universeel aanvaarde standaardordening van de elementen door overeenkomsten in reactiviteit bij toenemend atoomnummer

pH: concentratie van positieve waterstofionen in een vloeistof; maat voor de zuurgraad (laag) of alkaliteit (hoog)

plastic: een organisch materiaal met een hoog molecuulgewicht dat in zijn uiteindelijke vorm een vaste stof is, maar bij hogere temperaturen in een gewenste vorm kan worden gegoten

polymeer: organisch materiaal bestaande uit ketens van zich herhalende moleculen (monomeren)

precipitatieharding: een proces voor het verbeteren van de sterkte van een materiaal door middel van warmte en de vorming van uitscheidingen (precipitaten)

proton: een deeltje met een positieve lading in de kern van een atoom

reductie: het proces waarbij een stof elektronen wint

Röntgendiffractie: methode om de structuur van kristallen te bepalen

rooster: een driedimensionale ordening van atomen (moleculen, ionen) in een kristal

samenstelling: de hoeveelheid elementen in een materiaal

schil: in de atoomtheorie een *n* baan op een gegeven afstand van de kern van een atoom

slip: in metalen: verplaatsing van dislocaties

slipstap: een oppervlakkenmerk dat aan het licht komt wanneer een dislocatie aan het oppervlak verschijnt

valentie: het aantal elektronen dat een atoom nodig heeft om een verbinding te vormen

Van der Waalskracht: een betrekkelijk zwakke binding die wordt geproduceerd door de nabijheid van atomen tot elkaar

vaste oplossing: in metalen de atomen van verontreinigingselementen die posities innemen in de structuur van een basismetaal

vaste stof: een toestand van materie die gekenmerkt wordt door deeltjes in vaste posities, maar met de vrijheid om op die plaats te trillen en te oscilleren

verbinding: de connectie tussen twee atomen door het delen van elektronen op de een of andere manier

waterstofbinding: de binding die wordt gevormd door een waterstofatoom met een ander element

zout: het reactieproduct dat ontstaat door de combinatie van een zuur en een base

Opgaven

1. Wat is een atoom?
   a. een element
   b. neutronen en protonen
   c. het kleinste gedeelte van een stof
   d. een vorm van energie

2. Wat is een element?
   a. een toestand van materie
   b. een soort metaal
   c. een groep van moleculen
   d. een unieke stof

3. Wat maakt het ene element anders dan het andere?
   a. het aantal protonen
   b. de atomaire krachten
   c. de elektronspin
   d. de ladingen

4. De kern van een atoom bevat
   a. actonen
   b. protonen en neutronen
   c. protonen, elektronen en neutronen
   d. gedeelde elektronen

5. Elektronen
   a. draaien in een baan om de kern van een atoom
   b. trillen op een karakteristieke manier
   c. bepalen de reactiviteit van een element
   d. hebben duidelijke energieën
   e. zijn al het bovenstaande

6. Valentie-elektronen
   a. zijn de atomaire grootte van een element
   b. bevinden zich in de buitenste baan
   c. hebben een negatieve spin
   d. roteren in een cirkel

7. Het periodiek systeem is
   a. een overzicht van elementen
   b. een categorisatie van de elementen door middel van chemische kenmerken
   c. een lijst met valenties
   d. een tabulatie van atoomladingen

8. Welk van de volgende elementen is een inert gas?
   a. Li
   b. Ar
   c. Cl
   d. O
   e. H
   f. Ca

9. Een legering is
   a. een diatoom
   b. amfoteer
   c. samengesteld uit twee of meer elementen
   d. samengesteld uit moleculen bestaande uit elementen

10. Een molecuul bevat
    a. hetzelfde type atomen
    b. aan elkaar gebonden atomen
    c. hetzelfde type bindingen
    d. diverse soorten atomen

11. Chemische formules
    a. moeten in evenwicht zijn
    b. bevatten diverse elementen
    c. tonen de toestand van moleculen
    d. zijn al het bovenstaande

12. Verklaar de rol van de kristalstructuur in technische materialen en beschrijf hoe kristallijn verschilt van amorf.

13. Teken eenheidsroosters voor de volgende kristalstructuren: hcp, simpel kubisch, fcc, bcc.

14. Hoe worden het soort kristalstructuur en de chemische aard van een vaste stof bepaald?

15. Wat is een metaal?

16. Wat zijn dislocaties en wat is hun rol in materialen?

17. Wat is een keramisch materiaal?

18. Wat is anders aan de kristalstructuur van een keramisch materiaal, vergeleken met een metaal?

19. Wat is een plastic?

20. Wat is een composiet?

Hoofdstuk 3

De rol van chemische en fysische eigenschappen in technische materialen

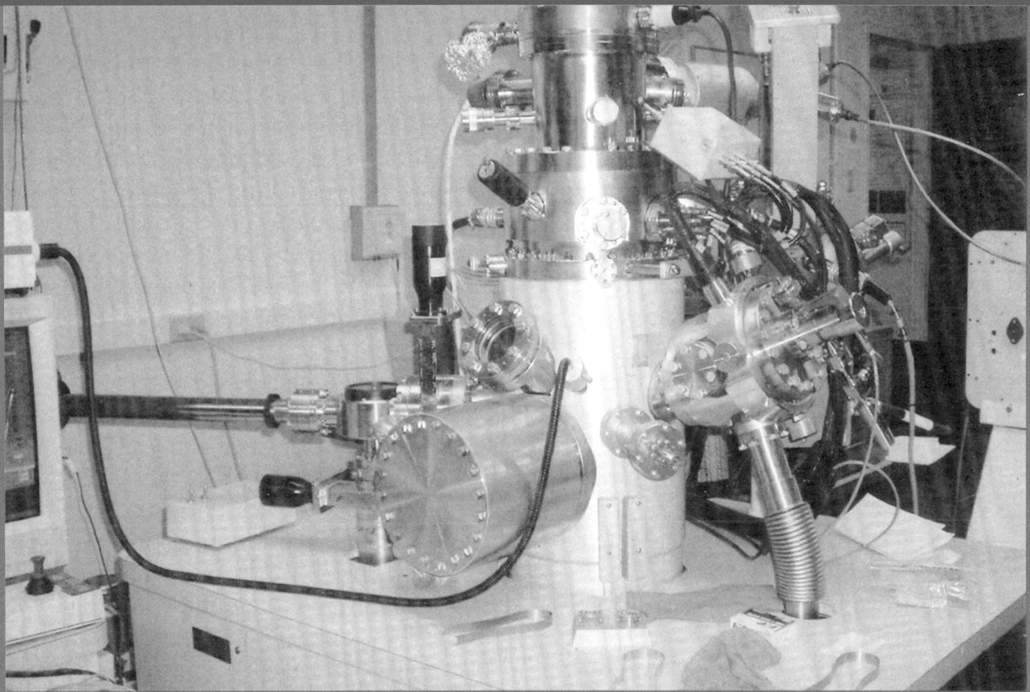

Analytische procedures zoals Auger Electron Spectroscopy (AES) worden gebruikt voor het bepalen van oppervlaktesamenstellingen

Doelstellingen

1. Vertrouwd raken met de chemische en fysische eigenschappen van materialen.
2. Kennis opdoen van de eigenschappen die van toepassing zijn op verschillende materiaalsystemen en op het ontwerp.

Materiaalkeuze is gebaseerd op gewenste eigenschappen. De materiaalgebruiker moet beslissen welke eigenschappen vereist zijn voor het materiaal voor een bepaalde toepassing en vervolgens de eigenschappen van de kandidaat-materialen tegen elkaar afwegen. Voordat we de voor- en nadelen van allerlei materiaalsystemen kunnen bespreken, moeten we eerst de terminologie van eigenschappen vaststellen. In dit hoofdstuk definiëren we daarom de eigenschappen uit verschillende technische domeinen, te weten de chemische en de fysische eigenschappen. We bespreken de belangrijkste van deze eigenschappen, en laten zien hoe ze van toepassing zijn op de belangrijke materiaalsystemen (polymeren, metalen en keramische materialen). We leggen ook uit hoe deze eigenschappen gebruikt worden bij de materiaalkeuze. In hoofdstuk 4 behandelen we andere belangrijke materiaaleigenschappen, de mechanische eigenschappen.

3.1 Het spectrum van eigenschappen

We bespreken de *materiaaleigenschappen* vrij aan het begin van dit boek omdat we materialen kiezen op basis van deze eigenschappen. Eigenschappen zijn *kenmerken*. Ze onderscheiden het ene materiaal van het andere. Om het juiste materiaal voor een bepaalde toepassing te kunnen kiezen (ons uiteindelijke doel) is het nodig om te begrijpen wat die eigenschappen betekenen, hoe ze worden gemeten en hoe ze tijdens het selectieproces met elkaar moeten worden vergeleken.

Wie een auto of een koelkast gaat kopen stelt enkele selectiecriteria vast voor bijvoorbeeld de grootte, het uiterlijk, het vermogen en de prijs. Voor elk van deze punten gelden bepaalde wensen, en elke auto of koelkast heeft zo zijn eigen kwaliteiten op dit gebied. Een verstandige koper bekijkt verschillende merken, beoordeelt die afzonderlijk op diverse eigenschappen, en maakt vervolgens een keuze. Het doel is een product dat het beste aan de wensen voldoet en tegelijkertijd betaalbaar is. Wie een materiaal moet selecteren gaat feitelijk op dezelfde wijze te werk.

De belangrijkste categorieën van chemische en fysische eigenschappen die bij de materiaalkeuze moeten worden overwogen, worden weergegeven in figuur 3-1.

Chemische eigenschappen zijn materiaaleigenschappen die verband houden met de structuur van een materiaal, hoe het uit de samenstellende elementen wordt vervaardigd, en de reactiviteit met chemische stoffen, andere materialen en de omgeving. Deze eigenschappen worden gemeten in een chemisch laboratorium en kunnen niet worden vastgesteld door visuele waarneming.

Fysische eigenschappen zijn de eigenschappen van materialen die verband houden met de wisselwerking van deze materialen met diverse vormen van energie en met de menselijke zintuigen. Ze vallen onder de natuurkunde. Ze kunnen meestal worden gemeten zonder het materiaal te vernietigen of te veranderen. Kleur is bijvoorbeeld een fysische eigenschap die kan worden bepaald door gewoon naar een stof te kijken of met behulp van een instrument. Gevoel is een fysische eigenschap die van groot belang is bij het maken van consumptieartikelen. Hout voelt anders aan dan metaal, plastic voelt anders aan dan glas, en bont voelt anders aan dan katoenweefsel. De dichtheid kan worden vastgesteld door het object te wegen en het volume te meten.

Beschikbaarheid en *fabriceerbaarheid* worden niet vermeld in de meeste handboeken over materialen en worden volgens de meeste normen zelfs niet beschouwd als een echte categorie. De beschikbare grootte, vorm, afwerking en toleranties van de materialen zijn echter vaak de belangrijkste factoren bij de materiaalkeuze. Daarom noemen we hier een aparte categorie van eigenschappen die verband houden met de vorm van een materiaal en de oppervlakte-eigenschappen. Dit zijn strikt genomen geen materiaaleigenschappen maar producteigenschappen, die dus op een ander niveau een rol spelen. Oppervlakteruwheid is bijvoorbeeld een afmetingseigenschap die kan worden gemeten en die van belang is voor een groot aantal toepassingen.

Materiaaleigenschappen gelden voor alle categorieën van materialen, maar bepaalde specifieke eigenschappen gelden mogelijk alleen voor een bepaalde groep materialen. Zo is de ontvlambaarheid een belangrijke chemische eigenschap van kunststoffen, maar meestal niet relevant voor de keuze bij metalen en keramische materialen.

In figuur 3-1 hebben we voor de belangrijkste groepen technische materialen (metalen, kunststoffen, keramische materialen en composieten) een aantal chemische en fysische eigenschappen ver-

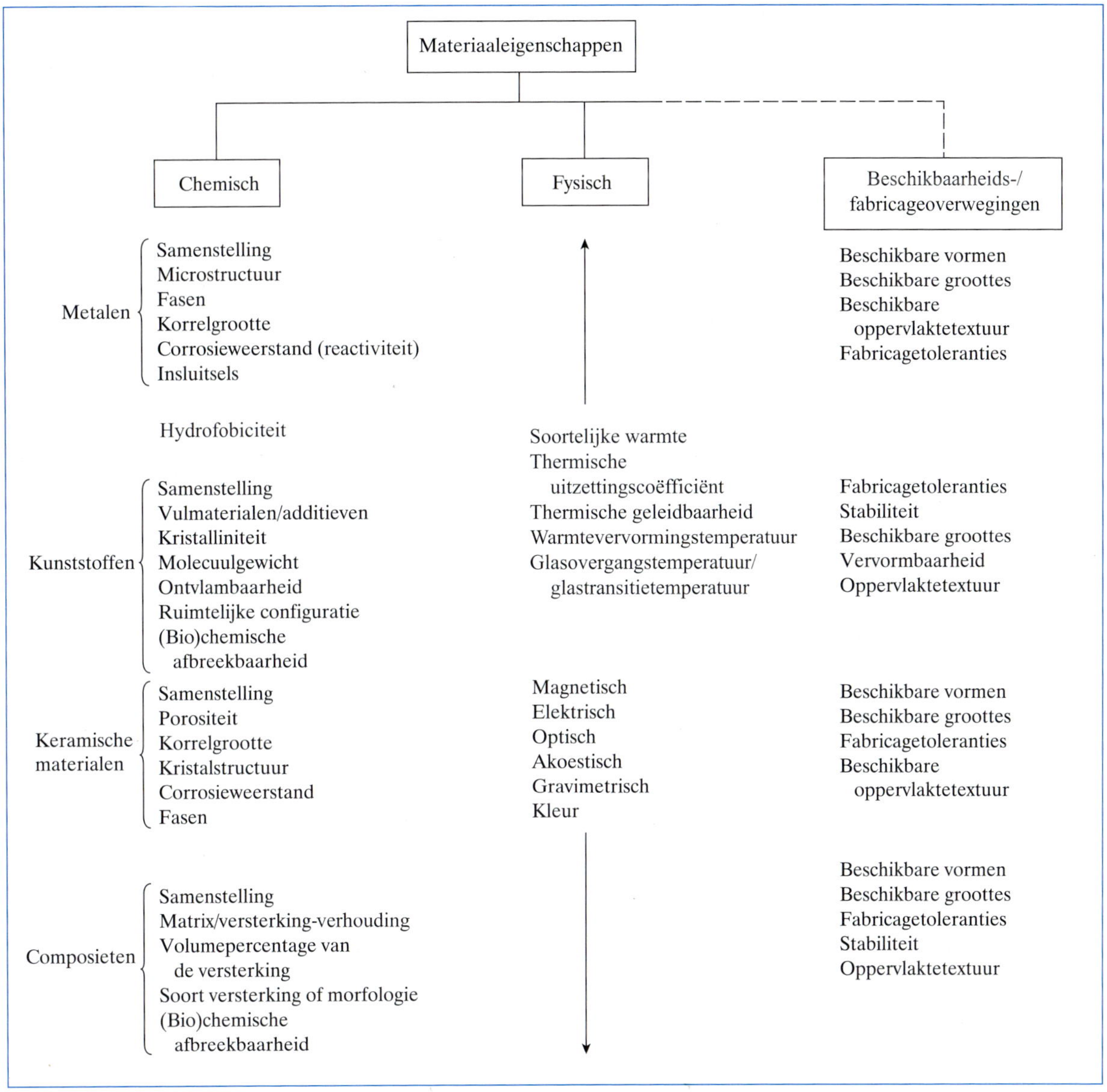

FIGUUR 3-1 Spectrum van materiaaleigenschappen en hoe deze gelden voor diverse materiaalsystemen
NB Fysische eigenschappen zijn in gelijke mate geldig voor alle systemen

meld, samen met een aantal beschikbaarheidsoverwegingen die waarschijnlijk belangrijk en relevant zijn bij de keuze van deze materialen voor een specifieke toepassing. In principe kunnen alle genoemde eigenschappen voor elk materiaal worden bepaald, maar bij de materiaalkeuze zijn ze niet altijd even relevant; dit hangt af van de toepassing.

Vaak zijn bepaalde eigenschappen voor een bepaalde toepassing niet bekend. De ontwerper moet dan testen (laten) uitvoeren om ze te bepalen. Diverse internationale normenorganisaties (zie tabel 3-1) hebben standaardtesten ontwikkeld voor het meten van de meeste materiaaleigenschappen. Ze worden beschreven in zogeheten normbladen, die voorschrijven op welke manier een test moet worden uitgevoerd en hoe de eigenschappen die eruit voortkomen benoemd moeten worden. Vele standaardtestmethoden zijn geschreven voor een specifiek materiaal. Er bestaan bijvoorbeeld testmethoden voor de chemische analyse van aluminiumlegeringen, koperlegeringen, staalsoorten enzovoort. Inmiddels zijn alle testen te vinden op de websites van de betreffende norminstituten of hun uitgeverijen. Vele testen, vooral die van de ASTM, zijn ook nog in boekvorm te vinden in de bibliotheken van de technische universiteiten in Nederland.

TABEL 3-1 Internationale normenorganisaties

NORMENORGANISATIE	AFKORTING
ASTM International*	ASTM
American National Standards Institute	ANSI
British Standards Institution	BSI
European Committee for Standardization	CEN
Deutsches Institut für Normung e.V. (Duits normeninstituut)	DIN
International Standards Organization	ISO

*Vroeger de American Society for Testing and Materials.

Het gebruik van deze standaardtesten wordt aangeraden. Zo wordt voor de ontwerper, materiaalgebruiker en eindgebruiker gewaarborgd dat iedereen op dezelfde manier testen uitvoert en interpreteert. Bovendien heeft de trend in de richting van wereldwijde industriële markten die in de jaren negentig begon, vele industrieën ertoe aangezet om hun kwaliteitsprogramma's te laten certificeren door de International Standards Organization (ISO). Sommige bedrijven werken alleen nog met organisaties die aantoonbaar voldoen aan de ISO 9000 en andere kwaliteitscriteria. Een onderdeel van het certificatieproces is het op schrift vastleggen van alle testprocedures. Toepassing van de normen maakt dus accreditatie voor ISO 9000 en dergelijke veel gemakkelijker.

In de rest van dit hoofdstuk bespreken we enkele van de meest gebruikte chemische, fysische en maatvoeringeigenschappen. Het is de verantwoordelijkheid van de ontwerper en materiaalgebruiker om vast te stellen welke eigenschappen belangrijk zijn voor een toepassing en om na te gaan aan welke voorwaarden die eigenschappen moeten voldoen. We zullen bij het beschrijven van specifieke eigenschappen ook aangeven hoe ze gebruikt moeten worden in het selectieproces, zowel op productniveau als op materiaalniveau.

3.2 Chemische eigenschappen

Chemische samenstelling

De chemische samenstelling is een essentieel onderdeel van elk technisch materiaal. Het is voor fabrikanten en technici nog altijd belangrijk om te weten wat de chemische samenstelling is van een in producten of constructies gebruikt materiaal. De samenstelling bepaalt immers mede de eigenschappen van het materiaal.

De gebruikelijke manier om de samenstelling van metalen weer te geven is het vermelden van de naam van het metaal of de legering, de elementen in het metaal (Cu, Zn, Sn, enzovoort) en de nominale samenstelling, bijvoorbeeld:

Loodhoudend roodkoper (85 Cu, 5 Zn, 5 Sn, 5 Pb)

We zullen verderop in dit boek zien dat er vaak een toelaatbaar samenstellingsbereik wordt aangegeven voor legeringen, bijvoorbeeld 80/85% Cu, 4/6% Zn, 4/6% Sn enzovoort voor het net genoemde roodkoper. De *nominale samenstelling* geeft gewoonlijk het gemiddelde weer van het samenstellingsbereik. Tenzij anders vermeld hebben de percentages betrekking op het gewicht, zie figuur 3-2.

Keramische materialen en glas zijn vaak mengsels of legeringen van verbindingen, en deze verbindingen worden in een soortgelijke vorm vermeld als in de elementenlijst voor metalen. Elke soort kunststof heeft een afkorting die het polymeer aanduidt die de basis vormt van de kunststof, alsmede percentages van andere polymeren of vulstoffen:

PPS 40% GF (glasvezel)
PPS = polyfenyleensulfide

Samenstellingen van in de natuur voorkomende technische materialen worden meestal niet vermeld, maar er bestaan zeker samenstellingsverschillen in composietmaterialen zoals multiplex. Gebruikers moeten zich bewust zijn van de 'chemische' opbouw van materialen waaruit een constructie is samengesteld.

FIGUUR 3-2 Het vermelden van de samenstelling van diverse technische materialen

TECHNISCH MATERIAAL	NOMINALE CHEMISCHE SAMENSTELLING
Geelkoper C26000*	70% Cu, 30% Zn
D2-gereedschapsstaal	86% Fe, 12% Cr, 2% C
Vensterglas	72% SiO_2, 1% AlO_2, 10% CaO, 14% Na_20, 3% MgO
Versterkt zirkoniumoxide	4% MgO, Zr_2O rest
PPS plastic composiet	40% glasvezels, polyfenyleensulfidehars rest
Aluminiumoxide	98% Al_2O_3, verontreinigingen rest
Hout van gele spar	Cellulosevezels, lignine bindmiddel

* Europese aanduiding CW505L

Samenvattend kan worden gezegd dat de samenstelling een fundamentele eigenschap is van ieder technisch materiaal, en dat materiaalgebruikers de samenstelling als eerste in overweging moeten nemen bij elke materiaalevaluatie. Technische materialen moeten niet door de handelsnaam worden gespecificeerd, maar alleen door een aanduidingssysteem dat betrekking heeft op een specifieke samenstelling.

Microstructuur

De microstructuur van materialen is voor de materiaalkeuze uiterst belangrijk. Zo bepalen bij metalen eigenschappen zoals de korrelgrootte, de aanwezige fasen, de warmtebehandelingen, de insluitsels en dergelijke onder andere de corrosie en het mechanische gedrag. Het analyseren van de microstructuur van materialen wordt gedaan door een soort polijst- en etsmethode, die *metallografie* heet voor metalen en *keramografie* voor keramische materialen. Als de metaalkundige bijvoorbeeld de korrelgrootte van een bepaalde staalsoort wil meten, dan zaagt hij of zij een klein stukje af van het voorwerp, plaatst het in een gietvorm, polijst het oppervlak hoogglanzend en laat er vervolgens een chemisch etsmiddel op inwerken. Korrelgrenzen lossen met een andere snelheid in het etsmiddel op dan de korrels zelf, waardoor de korrels zich duidelijk aftekenen en met een optische microscoop zichtbaar zijn. In figuur 3-3 is een metallurgische microscoop te zien en in figuur 3-4 een typische microfoto van een metaalstructuur. Dit soort polijst- en etsmethoden wordt ook gebruikt om de microstructuur van keramische materialen en van composieten met een metaalmatrix zichtbaar te maken. Omdat polymeren resistent zijn tegen chemische etsmiddelen wordt de microstructuur van polymeren vaak vastgesteld door middel van speciale kleurings- en belichtingstechnieken.

FIGUUR 3-3 Metallurgische microscoop

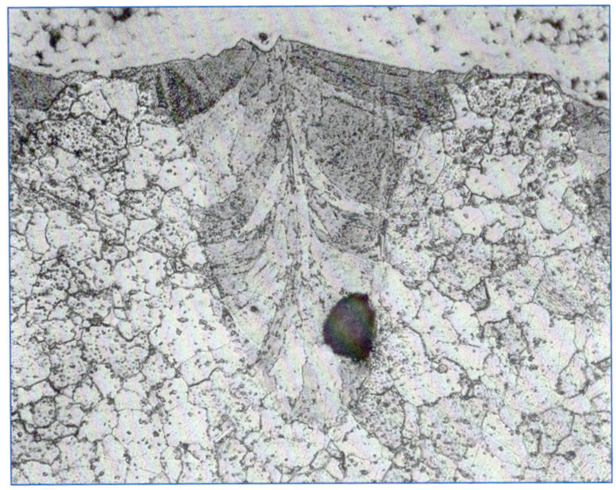

FIGUUR 3-4 Optische fotomicrograaf van een laserpuntlas in 1006 steel (400x)

Men laat dan bijvoorbeeld gepolariseerd licht door dunne plakjes of schijfjes schijnen die met een *microtoom* (microzaag) van het proefmonster afgehaald zijn. Deze techniek wordt *microtomie* genoemd.

Microstructuurgegevens zijn van onschatbare waarde voor de materiaalkundige bij het oplossen van problemen, en om te kunnen begrijpen hoe een materiaal op behandelingen reageert. Door structuuronderzoek kan een complete product(ie)historie worden blootgelegd, waardoor processen en materialen verbeterd kunnen worden. Stel bijvoorbeeld dat een gebruiker leest over een supercoating die alle slijtageproblemen kan oplossen. Hij of zij kan het materiaal dan laten analyseren met metaalkundige technieken voordat wordt besloten om de coating op een duur onderdeel aan te brengen. Microstructuuronderzoek is ook een belangrijk hulpmiddel bij het analyseren waarom een bepaald onderdeel niet werkt. Figuur 3-4 toont een fotomicrograaf van een laserpuntlas in doorsnede, gepolijst en 400 keer vergroot. De figuur toont de microstructuur van het staal (korrelgrootte) en de laspenetratie, en laat zien dat er porositeit bestaat bij de wortel van de las. Dit is een voorbeeld van hoe optische microscopie kan helpen bij het oplossen van materiaalproblemen.

Kristalstructuur en stereospecificiteit

De atomaire of moleculaire structuur van metalen, polymeren en keramische materialen is geen eenvoudig te bepalen eigenschap. Daar zijn geavanceerde technieken voor nodig, zoals Röntgendiffractie. Door structuuranalyse kan de materiaalgebruiker bijvoorbeeld vaststellen of het materiaal een kubisch vlakgecentreerd (fcc) rooster heeft of een kubisch ruimtelijk gecentreerd (bcc) rooster, en het wordt ook gebruikt om structuurveranderingen tijdens de verwerking te onderzoeken. Het begrip kristalstructuur is in feite alleen van toepassing op kristallijne materialen, maar ook vele polymeren hebben een structuur met voldoende ordening om te kunnen spreken van kristallijn materiaal.

De eigenschap stereospecificiteit heeft betrekking op de driedimensionale ruimtelijke rangschikking van de elementen in polymeermoleculen. In figuur 3-5 is een isotactische vorm van polypropyleen weergegeven. Met behulp van speciaal ontwikkelde technieken hebben onderzoekers kunnen aantonen dat in deze vorm van polypropyleen alle methylgroepen (CH_3) zich aan dezelfde kant van de polymeerketen bevinden. Als deze groepen op willekeurige wijze aan de keten verbonden waren, zou er geen sprake zijn van stereospecificiteit.

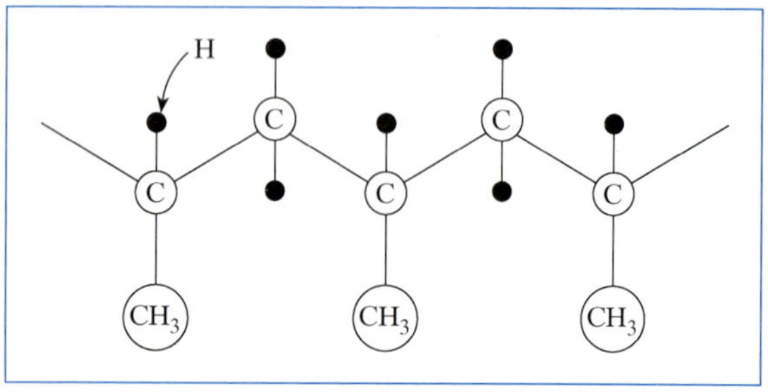

FIGUUR 3-5 Isotactische vorm van polypropyleen

Technici kiezen materialen vaak mede op basis van de kristalstructuur. In metalen en keramische materialen is kristalstructuur een eigenschap die de gebruiker kan helpen om andere, meer met het ontwerp verband houdende, eigenschappen te begrijpen. Zo worden bijvoorbeeld koolstofstalen met een bcc-structuur bij temperaturen lager dan 0 ºC erg bros, maar metalen met een fcc-rooster meestal niet. In polymeren zijn de kristalliniteit en de stereospecificiteit van invloed op de smelteigenschappen en een groot aantal mechanische eigenschappen. Ook veel eigenschappen van keramische materialen worden beïnvloed door het type kristalstructuur of het ontbreken van een kristalstructuur.

Chemische reactiviteit

Wanneer technische materialen worden gemaakt, veranderen de bindingseigenschappen van de elementen. Dit heeft gevolgen voor de chemische reactiviteit van de materialen. Chemische reactiviteit en de chemische weerstand van materialen zijn bijna altijd keuzefactoren. Voor elk technisch materiaal is er een lijst beschikbaar met chemische reacties en omgevingen waarin het achteruit kan gaan. Materiaalgebruikers moeten deze omgevingen en chemische reacties identificeren en ervoor zorgen dat het materiaal deze vermijdt.

Voor metalen is corrosie een van de schadelijkste chemische reacties. Hoofdstuk 6 is geheel aan dit onderwerp gewijd. Er bestaan vele vormen van corrosie en talrijke manieren om deze te meten. In wezen is corrosie de afbraak van een materiaal doordat het reageert met de omgeving. Het materiaal hoeft daarvoor niet te worden ondergedompeld in chemische stof. Het roesten van staal is bijna iedereen bekend. Aluminium kan niet zonder deklaag worden gebruikt in zoute omgevingen. Het wordt ook aangetast door zeepsoorten (basen). Deze reactiviteit beperkt de inzetbaarheid van aluminium. Lithium is het lichtste bruikbare metaal dat ons bekend is en het zou nuttig zijn om er dingen van te maken, ware het niet dat het reageert (exothermisch) met vocht in de lucht, net als de buren in het periodiek systeem, natrium (Na) en kalium (K).

De meeste kunststoffen reageren – meestal op een ongewenste manier – met organische oplosmiddelen. Dat is de reden dat het vaak moeilijk is om kunststoffen te reinigen. De chemische weerstand van rubbersoorten en elastomeren kan vaak een beperkende factor zijn in een machine of een proces. Rubbersoorten zijn vooral vatbaar voor degeneratie in oliesoorten. Wanneer rubberen afdichtingen en pakkingen degenereren in automotoren of -transmissies, kunnen de repercussies zeer kostbaar zijn. De term *chemische weerstand* wordt gebruikt omdat rubbersoorten in feite niet corroderen; ze worden niet roestig. Vaak barsten ze, zwellen op of absorberen chemische stoffen en dichten dan niet langer af, hoewel ze er intact uitzien.

Sommige elementen zijn juist nuttig als technische materialen omdat ze niet graag deelnemen aan chemische reacties: de inerte gassen He, Ne, Ar enzovoort. Deze worden bijvoorbeeld gebruikt als beschermingsgassen bij het lassen en recentelijk als bandvulling (Ar).

3.3 Fysische eigenschappen

Gebruik van fysische eigenschappen

Er bestaan zoveel fysische eigenschappen dat het niet mogelijk is om ze allemaal zelfs maar in het kort te beschrijven en aan te geven hoe ze worden gemeten. De lijst in figuur 3-1 is een poging om ze in groepen in te delen, maar deze lijst (van thermische, elektrische, magnetische, dichtheids-, optische en akoestische eigenschappen) is nog niet compleet. Met de opkomst van radioactieve materialen in de techniek is er een geheel nieuwe groep fysische eigenschappen ontstaan. Natuurkundigen meten in die groep bijvoorbeeld de neutronenabsorptie-eigenschappen van een materiaal en de gevoeligheid voor stralingsschade.

Thermische eigenschappen

De materiaalgebruiker dient zich bezig te houden met de thermische eigenschappen van materialen wanneer een onderdeel gebruikt moet worden bij een andere temperatuur dan die waarin het gemaakt is, of wanneer het moet dienen voor warmteoverdracht. Hieronder bespreken we de vier belangrijkste soorten thermische eigenschappen.

Soortelijke warmte

Soortelijke warmte is de hoeveelheid energie die nodig is om een gegeven massa van een bepaald materiaal een gegeven temperatuurverandering te geven (J/kg-K in het metrisch systeem; BTU/lb-°F in het Engelse systeem). Deze fysische eigenschap is zeer belangrijk bij de warmtebehandeling van metalen omdat zij grotendeels de kosten bepaalt. Elke eenheid energie, zoals de kilowatt, heeft een bepaalde prijs, en berekeningen van soortelijke warmte zoals die in figuur 3-6 worden gebruikt om de energiekosten van de warmtebehandeling te schatten. Deze parameter is ook van toepassing op afkoelingskosten; hij wordt onder andere gebruikt bij het bepalen van de grootte van koelsystemen.

Opdracht: Bereken de hoeveelheid warmte die vereist is om de temperatuur van een ovenlading stalen onderdelen te verhogen van kamertemperatuur (20°C) to 980°C.

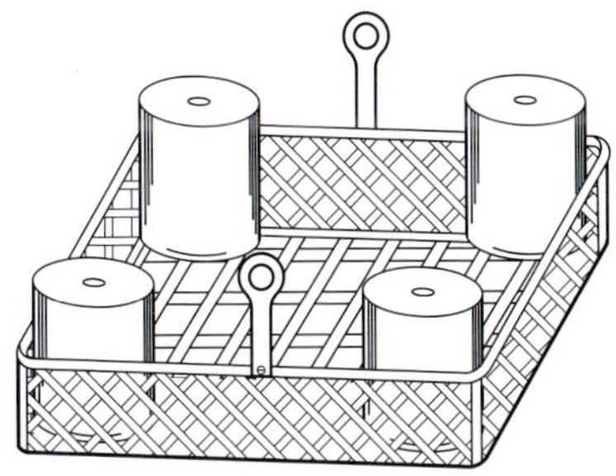

De soortelijke warmte van deze staalsoort is 502 J/kg-K.
De onderdelen wegen 110 kg.

Q = 502 J/kg-K × 110 kg × (980 − 20)°C

Q = 53.021.760 J, oftewel 53.022 kJ.

FIGUUR 3-6 Gebruik van soortelijke warmte om te bepalen hoeveel warmte-energie nodig is om een lading staal te verwarmen tot diens uithardingstemperatuur

Thermische uitzetting

Thermische uitzetting is de verandering in de dimensies van een materiaal bij een verandering in temperatuur. De eenheden voor thermische uitzetting zijn mm/mm-°C (millimeter/millimeter-graden Celsius). Let op: doordat mm/mm = 1, vindt men in handboeken vaak alleen 1/°C als eenheid. Thermische uitzetting is een fysische eigenschap die van toepassing is op alle materialen, en in de techniek is het van belang bij ieder ontwerp. Het is onder andere belangrijk wanneer ongelijksoortige materialen aan elkaar gehecht en verwarmd worden, en wanneer materialen plaatselijk worden verwarmd. Zo klaagde bijvoorbeeld een ontwerper bij een materiaalkundige dat zijn aluminium laskop (een verwarmde plaat om plastic verpakkingen rond de producten te hechten) niet stabiel was bij hogere temperaturen. De ontwerper was vergeten dat hij het aluminium met een boutverbinding aan het staal had bevestigd en dat de uitzettingscoëfficiënt van aluminium twee keer zo groot is als die van staal. Daardoor ontstond vervorming van de laskop.

Een constante bron van verwarring betreffende deze eigenschap houdt verband met de volgende vraag: als een ringvormig product wordt verhit, wordt het gat in het midden dan groter of kleiner? Er worden hele discussies gevoerd over wat er gebeurt, maar het is een feit dat in een voorwerp de thermische uitzetting in alle delen van het materiaal plaatsvindt. Het gat in de ring wordt dus groter, net als de buitendiameter en de dikte van de ring. Elke afmeting van het stuk materiaal moet met deze factor worden vermenigvuldigd. Figuur 3-7 laat zien hoe deze eigenschap wordt gebruikt om de grootte te bepalen van de thermische uitzetting en inkrimping waarmee rekening moet worden gehouden in een stalen brug. Er zal onvermijdelijk iets verzakken, verbuigen of defect raken als de brug niet ontworpen is om op zijn steunpunten te bewegen bij temperatuurfluctuaties.

Toen de beroemde 192 meter hoge boog over de Mississippi Rivier in St. Louis, Missouri in de Verenigde Staten werd gebouwd, begonnen de staalconstructeurs bij beide basispunten. Op de dag dat het afsluitende stuk dat de boog zou voltooien op zijn plaats zou worden gezet, verwarmde de zon het oostelijke gedeelte meer dan het westelijke gedeelte en werd het te hoog om aan te sluiten op de andere

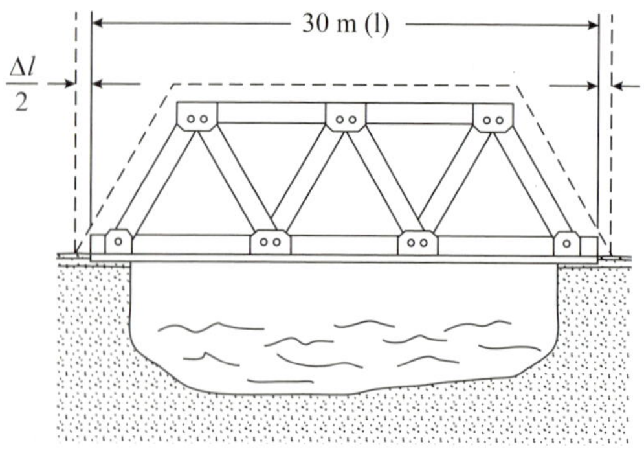

Opdracht: Hoeveel zet een stalen brug uit met temperatuurfluctuaties tijdens de seizoenen van –20°C tot 38°C? Neem aan dat de thermische uitzettingscoëfficiënt voor de staalsoort $10{,}8 \times 10^{-6}$ mm/mm-°C is.

ΔT (het temperatuurverschil) = 38 – (–20) = 58°C
Δl (de lengteverandering) =
30 m × $10{,}8 \times 10^{-6}$ mm/mm-°C × 1000 mm/m × 58°C
$\Delta l = 18792000 \times 10^{-6}$ mm
Δl = 18,8 mm

FIGUUR 3-7 Gebruik van de thermische uitzettingscoëfficiënt om de verwachte uitzetting/inkrimping van een constructie te berekenen

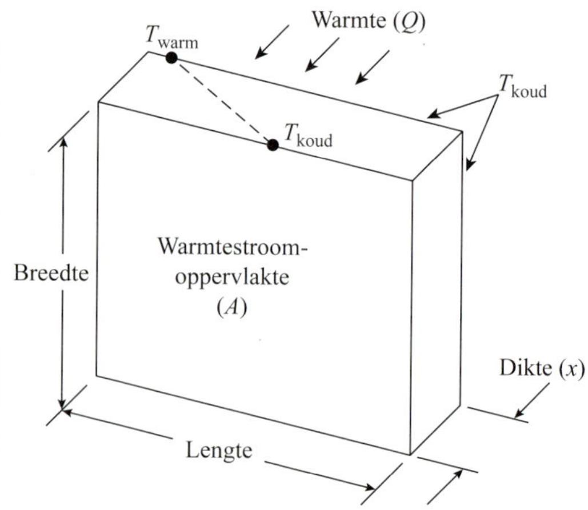

$$Q = kA\frac{\Delta t}{x}$$

waarbij

Q = Warmtestroom door een materiaal per tijdseenheid
k = Thermische geleidbaarheid $BTU/hr^{-1}m^{-1}°C^{-1}$
A = Oppervlakte waardoor warmte zal stromen
$\Delta T = (T_{warm} - T_{koud})$ temperatuurverschil
x = Dikte

FIGUUR 3-8 Basisvergelijking voor stabiele warmtegeleiding

zijde. De brandweer zorgde voor ladderwagens om water te spuiten op het te hoge segment totdat het voldoende gekrompen was om het andere segment erop aan te sluiten.

Thermische geleidbaarheid

Thermische geleidbaarheid is de vaste hoeveelheid warmte die wordt overgebracht door een materiaal met een gegeven dikte (t) en temperatuurverschil (ΔT) per eenheidsoppervlakte (A). Deze eigenschap heeft dus de eenheid W/m-K (watt/meter-Kelvin) in het metrische systeem en BTU/hr/ft/°F in het Engelse systeem. Figuur 3-8 geeft de basisvergelijking en figuur 3-9 laat een voorbeeld zien van het gebruik van deze eigenschap bij het vergelijken van de isolatiecapaciteit van verschillende venstermaterialen. De fysische eigenschap thermische geleidbaarheid is de k in de warmtestroomvergelijking. Er is een analoge parameter voor vloeistoffen, zodat warmteoverdracht ook kan worden berekend bij convectie (door een vloeistof) in plaats van geleiding.

Thermische geleidbaarheid is belangrijk in vele machinetoepassingen, waaronder warmteafdichtingskoppen, warmtewisselaars, warmteputten, verwarmingsplaten, gietvormen en kunststofgietholten. Vanwege steeds toenemende energieprijzen is het een fysische eigenschap van groeiend belang. De meeste isolatiematerialen gebruiken een gas als hun basis. Lucht heeft een thermische geleidbaarheid bij 20°C van ongeveer 0,15 W/m-K, vergeleken met 35 voor staal, 4 voor baksteen, en meer dan 200 voor koper. De meeste isolatiesystemen gebruiken daarom nog steeds lucht als isolatiemedium. Bewegende lucht brengt warmte over via zowel convectie als geleiding. In piepschuim of glasvezels is de lucht echter gevangen. Deze materialen zijn dus thermische isolatoren, omdat de lucht daarin stilstaat.

De thermische geleidbaarheid van een vaste stof kan worden gemeten door het plaatsen van een warmtebron, zoals een elektrisch verwarmd blok aluminium of koper, op de bovenkant van het te meten materiaal en een watergekoeld blok met een vergelijkbare grootte op de onderkant. Deze 'sandwich' wordt in een adiabatische kamer gezet – een vat dat zo goed geïsoleerd is dat er geen warmte in of uit gaat behalve door de elektriciteitsdraad die het vat ingaat en door het verwarmde water (of een andere vloeistof) dat eruit komt. De temperatuurverhoging in het water is de testmeeteenheid. Dit levert Q in de basisgeleidingsvergelijking op, zie figuur 3-8. De

Opdracht: Vergelijk de warmtestroom door een glazen venster met de warmtestroom door een venster van acrylkunststof.

Neem aan dat de dikte van het glas en de kunststof gelijk is, 5 mm = 0,005 m.

$$Q = kA\frac{\Delta T}{x}$$

Glas:

$$k_{glas} = 1 \text{ W/m-K}$$
$$x = 8 \text{ mm} = 0{,}008 \text{ m}$$
$$\Delta T = 10°C$$

$A = 0{,}1$ m^2 (neem aan dat glas en kunststof dezelfde oppervlakte hebben)

$$Q_{glas} = 1 \text{ W/m-K} \times 0{,}1 \text{ m}^2 \times 10°C / 0{,}008 \text{ m}$$

$$Q_{glas} = \boxed{125 \text{ W}}$$

Kunststof:

$$k_{plastic} = 0{,}3 \text{ W/m-K}$$

Neem dezelfde ΔT, A, x aan

$$Q_{plastic} = 0{,}3 \text{ W/m-K} \times 0{,}1 \text{ m}^2 \times 10°C / 0{,}008 \text{ m}$$

$$Q_{plastic} = \boxed{37{,}5 \text{ W}}$$

FIGUUR 3-9 Gebruik van thermische geleidbaarheid voor het vergelijken van warmteverliezen bij vensters

temperaturen van de blokken aan beide kanten van het testmateriaal worden gemeten door thermokoppels. Dit geeft ΔT in de vergelijking, en de geleidingsoppervlakte is de oppervlakte van de blokken en het testmonster. Wanneer al deze parameters bekend zijn, is k de enige onbekende.

De glasvezel- en kunststofschuimisolaties waarmee de meeste huiseigenaren vertrouwd zijn, worden gewaardeerd met R-waarden. De R-waarde is in feite de omgekeerde van de k-waarde in de geleidingsvergelijking. R is een geheel getal, bedoeld om de weerstand tegen warmtestroom weer te geven. Tabellen van technische materialen geven echter de traditionele thermische geleidbaarheidsfactor k, zoals ook gebruikt in ons voorbeeld in figuur 3-9.

Gebruikstemperatuur

Een van de belangrijkste selectiefactoren voor polymeren is de maximale gebruikstemperatuur. Veel polymeren raken bij temperaturen boven 100 °C alle technisch bruikbare eigenschappen kwijt. De maximale gebruikstemperatuur van polymeren wordt echter voortdurend verbeterd. De eigenschap *verwerkingstemperatuur* (*heat distortion temperature* of HDT-waarde) is meer kwantitatief en geeft aan hoe het materiaal reageert onder een bepaalde spanning. Wanneer een polymeer wordt gebruikt bij hoge temperaturen, moet men altijd zorgvuldig onderzoeken hoe het op de te verwachten omgevingsomstandigheden zal reageren.

Stel bijvoorbeeld dat je een verlichtingsarmatuur ontwerpt en je enkele onderdelen van kunststof wilt maken. Metingen tonen echter aan dat bij continu gebruik de plastic onderdelen te maken krijgen met temperaturen van 93 °C. Hoe selecteer je een geschikte kunststof voor deze toepassing? Je kunt maximale gebruikstemperatuurtabellen raadplegen, maar deze gegevens gelden zonder mechanische belasting. Verwerkingstemperatuur is daarom een betere eigenschap om op te vergelijken (zie figuur 3-10). Deze gegevens kunnen worden gebruikt om kunststoffen te rangschikken op basis van de weerstand tegen verbuiging onder een bepaalde belasting bij hoge temperatuur. PS en PMMA zijn in dit geval mogelijk geen geschikte kandidaten. PEEK is de kandidaat met de hoogste veiligheidsfactor voor de verlichtingstoepassing, maar wel veel duurder dan andere kunststoffen.

Bij 264 psi (1820 kPa)

PEEK	=	166°C
PF	=	149°C
PC	=	132°C
POM	=	124°C
PA	=	107°C
PMMA	=	71°C
ABS	=	93°C
PS	=	88°C

FIGUUR 3-10 Verwerkingstemperatuur van enkele veelvoorkomende kunststoffen

Overigens vormt bij polymeren het *waterabsorptievermogen* ook een zeer belangrijke selectiefactor als de afmetingen van een bepaald onderdeel maar heel weinig mogen afwijken. Veel polymeren nemen aanzienlijk in volume toe als de relatieve vochtigheid van de omgeving toeneemt. Als de afmetingen van het onderdeel essentieel zijn, dient het waterabsorptievermogen dus zo laag mogelijk te zijn.

Elektrische eigenschappen

De elektrische eigenschappen van materialen zijn zeer belangrijk wanneer een ontwerp vraagt om een onderdeel dat elektrisch geleidend of isolerend is. Een materiaal dat geleidend is heeft een lage soortelijke weerstand tegen de beweging van elektronen, een isolator heeft juist een zeer hoge soortelijke weerstand. De soortelijke weerstand bepaalt hoeveel elektrische stroom door een gegeven dwarsdoorsnede en over een gegeven lengte passeert. Voor metalen gebruikt men als eenheid van soortelijke weerstand de μΩ-cm (micro-ohm-centimeter) of Ω-m (ohm-meter) in het SI-stelsel. De soortelijke weerstand, ρ, wordt afgeleid uit de formule

$$\rho = \frac{AR}{L}$$

waarbij
A = doorsnede van de draad
R = weerstand in ohm
L = lengte van de draad waarover de meting wordt uitgevoerd

Let wel, de weerstand, R, is geen materiaaleigenschap. Deze is immers afhankelijk van de maat van het materiaal. Alle vormen van koper hebben bijvoorbeeld dezelfde soortelijke weerstand, maar een lange dunne koperen draad heeft een hogere weerstand dan een korte dikke koperen draad. Daarom geeft men de soortelijke weerstand als materiaaleigenschap aan.

Er bestaan nog andere manieren om de elektrische weerstand van een materiaal te meten en weer te geven, maar voor metalen is de soortelijke weerstand voldoende. De geleidbaarheid, σ, is eenvoudig het omgekeerde van de soortelijke weerstand. De soortelijke weerstand van metalen ligt tussen 1 en 200 Ω-cm, terwijl de weerstand van keramische materialen en andere goede isolatoren meestal groter is dan 10^{15} Ω-cm.

Keramische materialen en polymeren worden om die reden vaak gebruikt als elektrische isolatoren. Hun relatieve isolerende vermogen wordt gemeten met behulp van bijvoorbeeld een lichtboogweerstand, diëlektrische spanning of dissipatiefactor. Sommige meettechnieken voor het bepalen van deze eigenschappen worden besproken in hoofdstuk 11.

Magnetische eigenschappen

Het gebruik van magnetische eigenschappen bij de materiaalkeuze kan ingewikkelder zijn dan het gebruik van elektrische eigenschappen. Niet minder dan twintig van deze eigenschappen worden vermeld in de handboeken (ASTM A 340): permeabiliteit, verzadiging, hystereseverlies, coërciviteit, intrinsieke inductie enzovoort. Net als bij de elektrische eigenschappen laat de ruimte in dit boek niet toe dat we het gebruik van magnetische eigenschappen uitvoerig bespreken. Het vraagstuk waarmee ontwerpers het meest te maken zullen hebben, is eenvoudig of een materiaal wordt aangetrokken door een magnetisch veld of niet.

Van de stabiele elementen zijn er slechts vijf die deze eigenschap, *ferromagnetisme,* bezitten: ijzer, nikkel, kobalt, gadolinium en dysprosium. De belangrijke ferromagnetische materialen bestaan uit legeringen van de eerste drie elementen. Ferromagnetisme is het resultaat van een aantal omstandigheden die verband houden met de magnetische momenten van elektronen en de configuratie van atomen in een materiaal. Vele oxiden en andere keramische verbindingen kunnen ferromagnetisch zijn. We bespreken deze in hoofdstuk 11.

Alle metalen en vele niet-metalen reageren op de een of andere manier op magnetische velden. Een gebruikelijke manier om de reactie van een materiaal op een magnetisch veld te meten is met behulp van de magnetische inductie (B) in het materiaal wanneer het wordt geplaatst in een magnetisch veld waarvan men de magnetische veldsterkte (H) laat toenemen en afnemen. De helling van de B-H-kromme is een maat voor de magnetische eigenschappen van een materiaal. Als men in een cyclisch magnetisch veld test, is de vorm van de kromme een maat voor hoe het materiaal zich onder zulke omstandigheden gedraagt.

Als een materiaal gemakkelijk gemagnetiseerd en gedemagnetiseerd kan worden, is de B-H-kromme een hysteresislus van de vorm die in figuur 3-11(a) wordt weergegeven. Een materiaal dat de neiging heeft om bij afname van de veldsterkte gemagnetiseerd te blijven, vertoont een hysteresislus van de vorm in figuur 3-11(b). Een materiaal met dit type hysteresislus zou een goede permanente magneet zijn, maar zou niet geschikt zijn voor een elektrisch apparaat zoals de kern van een elektromagneet, die gemakkelijk gemagnetiseerd en gedemagnetiseerd moet kunnen worden. Staalsoorten met een laag koolstofgehalte en een siliciumgehalte van 0,5 tot 5 procent hebben een smalle hysteresislus en worden vaak gebruikt voor lamellen in elektromotoren. De oppervlakte van het gebied binnen de hysteresislus is een maat voor de energie die verloren gaat in een magnetisatie/demagnetisatiecyclus. In elektromotoren is het gewenst om deze verliezen tot een minimum te beperken, want deze produceren

Oog op duurzaamheid

De smartphone, zeldzame aarden en het milieu

We bevinden ons nog aan het begin van dit boek, maar we kunnen niet vroeg genoeg beginnen met nadenken over de invloed van het gebruik van materialen op het milieu en de consequenties daarvan voor de materiaalkeuze. In dit hoofdstuk bespreken we de fysieke eigenschappen van materialen, eigenschappen zoals kleur, geleidbaarheid, magnetisme enzovoort. Een van de recente ontwikkelingen van de moderne technologie is de smartphone. Om de smartphone goed te laten functioneren maakt men veel gebruik van zeldzame aarden, onder andere dysprosium, gadolinium, lanthalium, praseodymium en terbium. Zulke elementen vindt men in het kleurenscherm, het telefooncircuit, de luidsprekers en het trilmechanisme van smartphones. Zeldzame aarden maken deel uit van 's werelds krachtigste magneten en worden onder andere ook gebruikt in spaarlampen.

Zeldzame aarden zorgen echter voor veel milieuvervuiling. Het winnen van zeldzame aarden is extreem moeilijk en heeft veel zuur en andere chemicaliën nodig. Er wordt ook veel radioactiviteit bij geproduceerd, omdat deze elementen vaak in de buurt van uraan worden gevonden. Door het gebrek aan milieuwetgeving is het niet verassend dat China bijna alle zeldzame aarden in de wereld produceert. Recycling van zeldzame aarden uit smartphones is niet rendabel, omdat het om zulke kleine hoeveelheden gaat. Maar die kleine hoeveelheden zorgen er wel voor dat smartphones doen wat we willen.

© Oleksiy Mark / 123RF

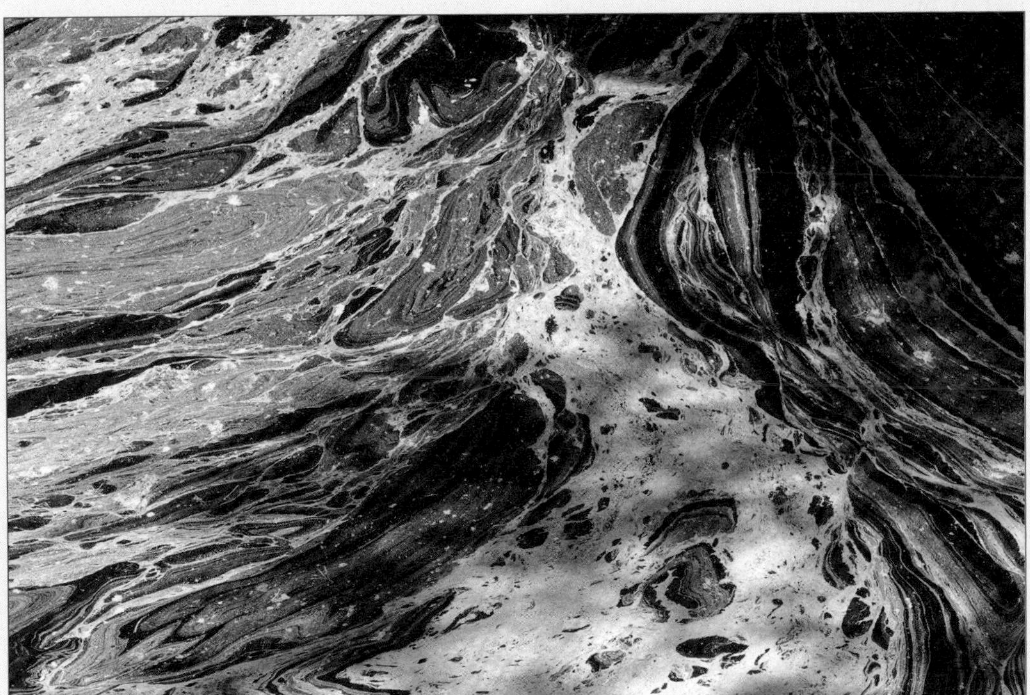

© Naturbild / Imageselect

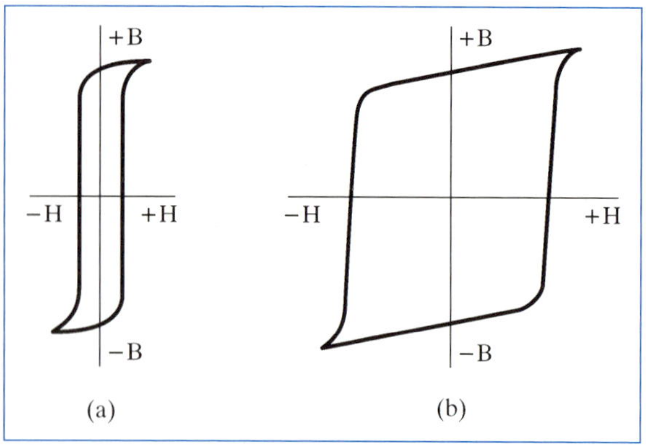

FIGUUR 3-11 Magnetische hysteresekrommen. (a) Een zacht magnetisch materiaal (gemakkelijk te magnetiseren en te demagnetiseren). (b) Een hard magnetisch materiaal dat zijn magnetisatie vasthoudt, zoals in een permanente magneet.

ongewenste opwarming van de motor. Harde magnetische materialen, waaruit goede permanente magneten bestaan, zijn onder andere geharde laaggelegeerde staalsoorten en speciale ijzerlegeringen die aluminium, nikkel en kobalt bevatten (zogenaamde alnico's).

Alle staalsoorten, behalve de austenitische structuren (fcc), zijn ferromagnetisch bij temperaturen lager dan de Curietemperatuur, en alle overige metalen, met uitzondering van enkele nikkel- en kobaltlegeringen, zijn niet ferromagnetisch. Bij gebruik van de laatstgenoemde is het raadzaam om de gegevensbladen voor deze materialen te raadplegen als de eigenschap van ferromagnetisme een selectiefactor is. Sommige nikkel- en kobaltlegeringen zijn zelfs niet ferromagnetisch bij kamertemperatuur, terwijl de niet-magnetische austenitische roestvaste staalsoorten soms magnetisch kunnen worden door vervorming.

Elektronische eigenschappen

Heden ten dage is een van de belangrijkste eigenschappen van bepaalde materialen het vermogen om functies te vervullen op atomair en subatomair niveau. Hoewel deze eigenschappen met de beweging van elektronen te maken hebben, noemt men ze op dit niveau elektronische eigenschappen in plaats van elektrische eigenschappen. De transistor is een van de eerste onderdelen die gebruikmaakte van dit soort eigenschappen. Een transistor is een schakelaar die wordt geproduceerd door een metalloïde om als een metaal of een niet-metaal te functioneren. Transistors zijn nu heel klein en worden gecombineerd in geïntegreerde schakelingen voor gebruik in computerchips. Computerchips worden gemaakt van silicium éénkristallen die kunnen uitgroeien tot 350 mm in diameter en in dunne plakken worden gesneden. Op deze substraten worden dan geïntegreerde circuits gemaakt door er diverse geleidende en niet-geleidende films op af te zetten.

Het onderliggende principe dat wordt gebruikt in apparaten op transistorbasis is dat elektrische geleiding in metalen gemakkelijk is, omdat de valentie-elektronen in metaalatomen zich bevinden in overlappende energiebanden. De elektronen kunnen zich daardoor vrij bewegen door het hele materiaal. De valentie-elektronen van covalent gebonden niet-metalen zitten vast – waardoor het kristal bij elkaar wordt gehouden – en kunnen niet vrij bewegen en geleiden. Er bestaat een grote ruimte tussen de energieniveaus van valentie-elektronen. Metalloiden zoals silicium en germanium hebben weinig ruimte tussen de energiebanden van de elektronen. Wanneer verontreinigingsatomen zoals boor (B) en fosfor (P) aan silicium worden toegevoegd, kan van het resulterende materiaal een halfgeleiderschakelaar worden gemaakt. Computers zijn gebaseerd op de 'enen' en 'nullen' die worden gecreëerd door schakelaars van het transistortype. De huidige computerchips kunnen honderden miljoenen activeringen per seconde produceren op een enkele chip.

Andere elektronische apparaten maken gebruik van materialen die taken uitvoeren door het veranderen van de toestand van atomen. Een voorbeeld: lichtemitterende diodes (LED's) nemen de plaats in van conventionele gloeilampen in keuken- of winkelverlichting nu de verkoop van gloeilampen in Europa verboden is. Cholesterische vloeibare kristallen, het actieve materiaal in liquid crystal displays (LCD's), zijn vloeistoffen die geleiden en reageren op elektronische prikkels. Lasers worden gemaakt door elektronen te dwingen in metastabiele energieniveaus. Wanneer de elektronen terugvallen naar hun basistoestand, zenden ze energie uit in de vorm van fotonen. Deze energie-uitbarsting (licht) wordt versterkt en levert zo een laserstraal op.

In dit boek gaan we niet in op de details van al deze apparaten, maar we willen wel dat de lezer begrijpt dat fysische eigenschappen op atomair niveau deel uitmaken van de materiaaltechniek. Meer materialen en methoden produceren steeds kleinere, steeds verbazingwekkender elektronische apparaten, dit onder andere op basis van recentelijke vooruitgang in de zogenaamde nanotechnologie. Elektronische eigenschappen van materialen vormen een groeiend vakgebied en zullen dat in de toekomst nog wel even blijven.

Gravimetrische eigenschappen

Een andere categorie van fysische eigenschappen die in figuur 3-1 wordt genoemd, gravimetrische eigenschappen, heeft te maken met het gewicht of de massa van materialen. De belangrijkste eigenschappen op dit gebied in verband met de materiaalkeuze zijn de *dichtheid* en de relatieve dichtheid. Het is een goede gewoonte om bij het vergelijken van de prijzen van diverse materialen ook rekening te houden met de dichtheden. Veel technische kunststoffen kosten ongeveer € 3 per kilogram. Het zou kunnen lijken alsof deze kunststoffen te duur zijn om te gebruiken als vervanging voor een stalen onderdeel dat € 1,50 per kilogram kost. Kunststof heeft echter een dichtheid heeft van 1,2 g/cm^3 en staal van 7,85 g/cm^3. Als men aanneemt dat kunststof aan alle eigenschapseisen voldoet waaraan het staal voldoet, kan men het onderdeel zes keer lichter maken. Het kunststof onderdeel gaat dus van twee keer zo duur naar drie keer goedkoper. Dichtheid kan op die manier de materiaalkeuze in hoge mate bepalen (zie figuur 3-12).

Informatie over dichtheid of relatieve dichtheid van een materiaal kan ook bruikbaar zijn voor het vaststellen van porositeit. Keramische materialen en poedermetalen die door verdichten en sinteren worden gemaakt, zijn in uiteenlopende mate poreus. Soms vermelden de eigenschapstabellen het percentage van de theoretische dichtheid of de schijnbare dichtheid. Dit soort gegevens geeft informatie over porositeit. In constructieonderdelen is porositeit vaak ongewenst vanwege verminderde sterkte. In lagerdelen van poedermetaal is porositeit daarentegen vaak wel gewenst voor het vasthouden van smeermiddelen.

Opdracht: Vergelijk de kosten van het maken van een gegoten onderdeel uit kandidaat-gietlegeringen. Het onderdeel heeft een volume van 50 cm^3. De gietmetaalkandidaten zijn de volgende:

Zink	à 1,35 €/kg
Gietijzer	à 0,85 €/kg
Aluminium	à 1,52 €/kg
Epoxy	à 2,03 €/kg
Magnesium	à 1,52 €/kg

	Dichtheid	*Onderdeelkosten*
Zn	7140 kg/m^3 × 50 cm^3 × 1,35 €/kg × (1/10^6 m^3/cm^3)	= € 0,48
G	7150 kg/m^3 × 50 cm^3 × 0,85 €/kg × (1/10^6 m^3/cm^3)	= € 0,30
Al	2710 kg/m^3 × 50 cm^3 × 1,52 €/kg × (1/10^6 m^3/cm^3)	= € 0,21
E	1100 kg/m^3 × 50 cm^3 × 2,03 €/kg × (1/10^6 m^3/cm^3)	= € 0,13
Mg	1740 kg/m^3 × 50 cm^3 × 1,52 €/kg × (1/10^6 m^3/cm^3)	= € 0,13

FIGUUR 3-12 Gebruik van dichtheid bij de materiaalkeuze

Kleur

Kleur is een belangrijke eigenschap die te vaak vanzelfsprekend gevonden wordt en niet de juiste plaats krijgt in de hiërarchie van materiaalkeuze-eigenschappen. Kleur is regelmatig selectiefactor nummer één voor decoratieve producten. De messing deurknoppen in figuur 3-13 kosten meer dan de deur en worden door gebruik bijvoorbeeld te snel mat. Om de glanzende messingkleur te houden, werd een deklaag van harde titaniumnitride met dezelfde kleur aangebracht.

Kleur is op zich echter geen technische, fysische eigenschap. Kleuren zijn namen die mensen geven aan dat deel van het zichtbare lichtspectrum van elektromagnetische straling dat een materiaal weerkaatst. Iedere cultuur benoemt kleuren op haar eigen wijze. Sommige vormen van *yellow* in het Engels ('geel') noemt men in het Nederlands 'oranje', terwijl sommige vormen van *orange* in het Engels 'rood' genoemd worden in het Nederlands.

Hoewel men kleur niet als zodanig meten kan, kan men wel de spectra meten zonder een materiaal kapot te maken. Op basis van diverse theoretische modellen kan men een spectrum met de naam van een bepaalde kleur in verband brengen, en deze in een bepaald systeem onderbrengen. Zo hebben de meeste verfwinkels een systeem dat een kleurformulering geeft vanuit een kleurmonster van de klant.

Samenvattend kunnen we stellen dat kleur behandeld moet worden als elke andere materiaalkeuzefactor. Wanneer een bepaalde kleur elke keer

FIGUUR 3-13 Kleur (messing) was de belangrijkste fysische eigenschap bij de keuze van een materiaal voor dit decoratieve deurbeslag

gereproduceerd moet worden, is een technische aanduiding van de kleur gewenst, gebaseerd op een gemeten spectrum.

Elasticiteitsmodulus

In de Engelse versie van dit boek wordt de elasticiteitsmodulus als fysische eigenschap behandeld. Men kan het meten zonder het materiaal kapot te maken, dus is het in feite een fysische eigenschap. De elasticiteitsmodulus wordt in de technische en natuurwetenschappelijke wereld echter bijna uitsluitend gebruikt om het mechanisch gedrag van materialen en structuren te beschrijven. Daarom vindt men de discussie over de elasticiteitsmodulus in het volgende hoofdstuk, waarin het gaat over mechanische eigenschappen. ■

Samenvatting

In de bovenstaande bespreking van chemische en fysische eigenschappen zijn ongeveer vijftig eigenschappen die bij sommige toepassingen belangrijk kunnen zijn ongenoemd gebleven. Helaas bestaan er te veel fysische eigenschappen om ze allemaal gedetailleerd te behandelen in dit boek. De optische eigenschappen van polymeren en keramische materialen zijn bijvoorbeeld soms belangrijke selectiefactoren. Er zijn ontwerpsituaties waarbij de snelheid van het geluid in een materiaal (een akoestische eigenschap) een belangrijke selectiefactor is. Het hier besproken beperkte aantal eigenschappen behoort echter wel tot de belangrijkste eigenschappen bij de meeste selectieproblemen van materialen. De essentiële ideeën die men uit dit hoofdstuk moet onthouden zijn:

- Elk onderdeel- of constructieontwerp heeft chemische en fysische eigenschappen die belangrijk zijn. Deze moeten worden herkend en vergeleken met de eigenschappen van kandidaat-materialen.
- Tot de algemeen gebruikte chemische eigenschappen die van toepassing zijn op alle materialen behoren samenstelling, microstructuur, kristalliniteit en chemische reactiviteit.
- Tot de algemeen gebruikte fysische eigenschappen die van toepassing zijn op alle materialen behoren thermische uitzetting, thermische en elektrische geleidbaarheid, ferromagnetisme, dichtheid en kleur.
- Diverse soorten materialen hebben unieke fysische en chemische eigenschappen. Kunststoffen hebben bijvoorbeeld een fysische eigenschap die verwerkingstemperatuur heet. Deze is niet van toepassing op metalen en keramische materialen. Keramische materialen hebben kristalliniteitseigenschappen die sommige kunststoffen niet hebben, en metalen hebben elektrische weerstandskenmerken die anders zijn dan die van kunststoffen, cermets en veel composieten.
- Materiaalgebruikers moeten prioriteit geven aan de eigenschappen die vereist zijn voor een bepaalde toepassing.

Illustratief voorbeeld

Gevelbedekking van PVC

In de afgelopen twintig jaar zijn de meeste huizen in de Verenigde Staten voorzien van een gevelbedekking van kunststof, vooral vinyl (polyvinylchloride oftewel PVC). Toen deze gevelbedekking ontwikkeld werd, was al snel duidelijk dat het losjes bevestigd moest worden en dat longitudinale verbindingen een aanzienlijke overlapping nodig hadden om te kunnen omgaan met een specifieke fysische eigenschap: de thermische uitzettingscoëfficiënt. PVC-platen waren normaal gesproken 20 foot (ongeveer 6,1 meter) lang in de Verenigde Staten, en in noordelijke staten kan de gevelbeplating worden blootgesteld aan temperatuurverschillen van bijna 56 °C (een verschil van 100 °F). De thermische uitzettingscoëfficiënt voor stijve PVC is ongeveer $5,4 \times 10^{-5}$ mm/mm-°C. Het hout waaraan de gevelbeplating is bevestigd, heeft een thermische uitzettingscoëfficiënt van ongeveer $1,8 \times 10^{-5}$ mm/mm-°C. In de winter kan bij zo'n groot temperatuurverschil een 6,1 m lange plaat ongeveer 12,3 mm krimpen ten opzichte van de houten ondersteuning ($56\,°C \times 3,6 \times 10^{-5}$ mm/mm-°C × 6100 mm). Door de overlapping van de platen heeft deze 'winterkrimp' geen gevolgen meer voor de gevel.

Samenvattend kan gezegd worden dat een fysische eigenschap zoals thermische uitzetting een belangrijke factor kan zijn bij het gebruik van een bepaald technisch materiaal. Materiaaleigenschappen moeten voor een nieuwe toepassing soms rigoureus worden herzien. Er wordt bijvoorbeeld gewerkt aan composietplanken die het PVC-decoratieprobleem kunnen oplossen.

Termenlijst

ASTM (vroeger American Society for Testing and Materials): een internationale organisatie voor standaardisatie
corrosieweerstand: het vermogen van een materiaal om zonder eigenschapdegeneratie of massaverlies bestand te zijn tegen een omgeving
dichtheid: de massa van een gegeven volume van een materiaal
ferromagnetisme: het vermogen van een materiaal om aangetrokken te worden door een magneet
gebruikstemperatuur: de temperatuur die een kunststof continu kan weerstaan zonder te smelten of aanzienlijk in sterkte af te nemen
hard magnetisch: een ferromagnetisch materiaal dat de neiging heeft om gemagnetiseerd te blijven na magnetisatie
ISO: een internationale organisatie voor standaardisatie
magnetische hysterese: de energie die vereist is om een materiaal te magnetiseren en te demagnetiseren
metallografie: de techniek om metaalstructuren zichtbaar te maken voor microscopisch onderzoek
microstructuur: de interne kenmerken (korrels, fasen, insluitsels enzovoort) van een materiaal die kunnen worden bestudeerd via microscopie
omgevingsweerstand: hetzelfde als corrosieweerstand, maar meestal toegepast op polymeermaterialen
samenstelling: de elementaire opmaak (gewicht % of atomair %) van een materiaal
soortelijke warmte: de hoeveelheid energie (Joules) die vereist is om de temperatuur (°C) van een hoeveelheid materiaal (kg) te verhogen
stereospecificiteit: de neiging van een polymeermolecuul om een voorkeur te hebben voor een bepaalde driedimensionale ordening van atomaire of polyatomaire componenten
thermische geleidbaarheid: het vermogen van een materiaal om warmte te transporteren
thermische uitzettingscoëfficiënt: de kenmerkende volumeverandering van een materiaal bij verwarming of afkoeling (mm/mm-°C of 1/°C)
weerstandsvermogen: de weerstand van een materiaal tegen de beweging van elektronen
zacht magnetisch: een ferromagnetisch materiaal dat gemagnetiseerd kan worden maar dat niet blijft

Opgaven

1. Leg uit hoe fabricagetechnieken de beschikbare groottes en toleranties van technische materialen beïnvloeden.

2. Geef de chemische en fysische eigenschappen die belangrijk zijn voor een materiaal dat gebruikt gaat worden voor een deurknop.

3. Hoe specificeer je de samenstelling van een kunststof?

4. Welke van de volgende zaken speelt geen rol in de chemische eigenschappen van een materiaal?
   a. valentie
   b. smeltpunt
   c. samenstelling
   d. atoomnummer
   e. corrosiviteit
   f. wrijving

5. Hoe specificeer je de samenstelling van een keramiek?

6. Bereken de energie die vereist is om een gietijzeren braadpan met een gewicht van 1 kg te verwarmen tot de schroeitemperatuur van 200 °C. (Neem aan dat er geen warmte verloren gaat.)

7. Je wilt een stalen mof passen over een stalen schacht met een diameter van 10 mm. De mof heeft een buitendiameter van 40 mm en een lengte van 80 mm. Welke binnendiameter heb je nodig om 25 μm speling te krijgen? Tot welke temperatuur moet je de mof verwarmen om deze op de schacht te schuiven?

8. Welk element is de beste warmte-isolator?
   a. Fe
   b. Ni
   c. Ag
   d. Ti
   e. W
   f. Mo

9. Welk van de volgende materialen is de veiligste keuze voor gebruik in een lampreflector die warm kan worden?
   a. polystyreen
   b. PVC
   c. piepschuim
   d. fenol
   e. polypropyleen
   f. acryl

10. Vergelijk de Ohmse weerstand van 100 m koperdraad met een diameter van 1 mm met de Ohmse weerstand van dezelfde lengte nikkeldraad.

11. Welk van de volgende elementen is de beste elektrische geleider?
   a. Cu
   b. Ag
   c. Pt
   d. Hg
   e. Ni
   f. Au

12. De afmetingen van een baksteen zijn 60 × 80 × 400 mm en het gewicht is 3 kilogram. Wat is de klaarblijkelijke dichtheid?

13. Wat is de dichtheid van de legering Monel (30% nikkel, Cu rest)?

14. Waardoor hebben materialen verschillende kleuren?

15. Wat is het verschil tussen elektrische geleidbaarheid en weerstand?

XTRA

Kijk op www.pearsonxtra.nl voor meer studie- en lesmateriaal.

Referenties voor eigenschappengegevens

Metalen

Alloy Digest. ASM International, Materials Park, OH, wordt jaarlijks vernieuwd.

Aluminum Standards and Data. Washington, DC: Aluminum Association, 2009.

Materials Selector – Materials Engineering. Cleveland, OH: Penton Publishing, 2005.

Metals Handbook, 10th ed. *Volume 1, Properties and Selection: Irons, Steels and High Performance Alloys* (1990); *Volume 2, Properties and Selection: Nonferrous Alloys and Special Purpose Materials.* Materials Park, OH: ASM International, 1991.

Standards Handbook – Cast Copper, Bronze and Copper Alloy Products. New York: Copper Development Association, 1978.

Standards Handbook — Wrought Copper Alloy Mill Products. New York: Copper Development Association, 1973.

Steel Products Manual. Washington, DC: American Iron and Steel Institute. (Er is een publicatie voor elk type staalproduct, bijvoorbeeld gereedschapsstaal, plaatstaal, tinwalsstaal enzovoort.)

Woldman's Engineering Alloys, 8th ed. Materials Park, OH: ASM International, 1994. (Ook beschikbaar op cd-rom.)

Kunststoffen

Engineering Plastics. Volume 2, Engineered Materials Handbook. Metals Park, OH: ASM International, 1988.

Juran, R., bew. *Plastics Encyclopedia*, Volume 66, Number 11. New York: McGraw-Hill Book Co., 1993.

Keramische materialen

Chaing, Y., D. P. Birnie, en W. D. Kingery, *Physical Ceramics: Principles for Ceramics Science and Engineering.* New York: John Wiley & Sons, Inc., 1996.

Kingery, W. D., H. K. Bowen, en D. R. Uhlman. *Introduction to Ceramics*, 2nd ed. New York: John Wiley & Sons, Inc., 1976.

Composieten

Composites. Volume 1, Engineered Materials Handbook. Metals Park, OH: ASM International, 1987.

Testmethoden

Annual Book of ASTM Standards. West Conshohocken, PA: American Society for Testing and Materials, jaarlijks bijgewerkt en gepubliceerd.

Alle materialen

Cide, D. R., *CRC Handbook of Chemistry and Physics.* Boca Raton: CRC Press, nieuwe edities verschijnen jaarlijks.

Hoofdstuk 4

De rol van mechanische eigenschappen in technische materialen

Een toepassing waarbij mechanische eigenschappen de primaire punten van overweging zijn

Doelstellingen

1. De terminologie en definities van mechanische eigenschappen begrijpen.
2. Kennismaken met mechanische testmethodes.
3. Leren hoe mechanische eigenschappen gebruikt moeten worden bij materiaalkeuze en ontwerpen.

In het vorige hoofdstuk is gesteld dat een fysische of chemische eigenschap soms van primair belang is voor een bepaalde toepassing. Specifieke mechanische eigenschappen moeten echter hoog op de lijst staan van gewenste eigenschappen *voor elke toepassing*. Een materiaal met de hoogste elektrische geleidbaarheid ter wereld is bijvoorbeeld van weinig nut als de mechanische eigenschappen niet voldoende zijn om het een draad te laten vormen, rond een schakelaar te buigen, met een schroef vast te houden, en/of zijn eigen gewicht te dragen. Alle producten stellen minimumeisen aan mechanische eigenschappen. In dit hoofdstuk bespreken we de mechanische eigenschappen die het meest gebruikt worden bij de materiaalkeuze voor product- en constructietoepassingen, en we laten het belang zien van mechanische eigenschappen bij het voorkomen van storingen. De meest gebruikte proeven voor mechanische eigenschappen worden gedetailleerd beschreven. We verwachten dat de lezer na het voltooien van dit hoofdstuk een stevig begrip heeft van mechanische eigenschappen en hoe deze moeten worden gebruikt.

4.1 Mechanische eigenschappen

Mechanische eigenschappen zijn de materiaaleigenschappen die zich manifesteren wanneer een bepaalde kracht op het materiaal wordt uitgeoefend. Ze zijn van groot belang bij de keuze van materialen voor constructiecomponenten. Het gaat om de kracht die het product moet kunnen weerstaan, of de vervorming die daarbij kan optreden. In figuur 4-1 staan de meest gebruikte mechanische eigenschappen van materialen vermeld. De meeste van deze eigenschappen gelden voor de vier hoofdcategorieën van materialen die we in figuur 3-1 hebben gezien. Figuur 4-1 zou kunnen dienen als een controlelijst voor ieder te ontwerpen onderdeel. Er worden eisen gesteld aan de sterkte, stijfheid en taaiheid. Als een onderdeel gemaakt moet worden met behulp van vormgevingstechnieken, zouden er ook vormbaarheidseisen aan gesteld kunnen worden. Uiteraard zijn er duurzaamheidseisen, want alle onderdelen moeten een verwachte levensduur of een bruikbaarheidsperiode hebben.

Een sleutelwoord bij het bespreken van mechanische eigenschappen is *spanning*. We definiëren spanning als een kracht die verdeeld wordt over een oppervlakte (het draagvlak):

$$\sigma = \frac{F}{A}$$

waarbij
F = kracht
A = oppervlakte

Constructieonderdelen kunnen worden blootgesteld aan verschillende soorten spanning (zie figuur 4-2): trek-, druk-, buig-, schuif- en torsiespanning. Er kunnen zich bovendien combinaties van deze soorten spanning voordoen in een onderdeel of component. Spanning wordt gemeten in eenheden van Newtons per vierkante millimeter in SI, en in pounds per square inch in het Engelse systeem. Vaak ziet men de spanning uitgedruk in mega-Pascal (MPa). Een

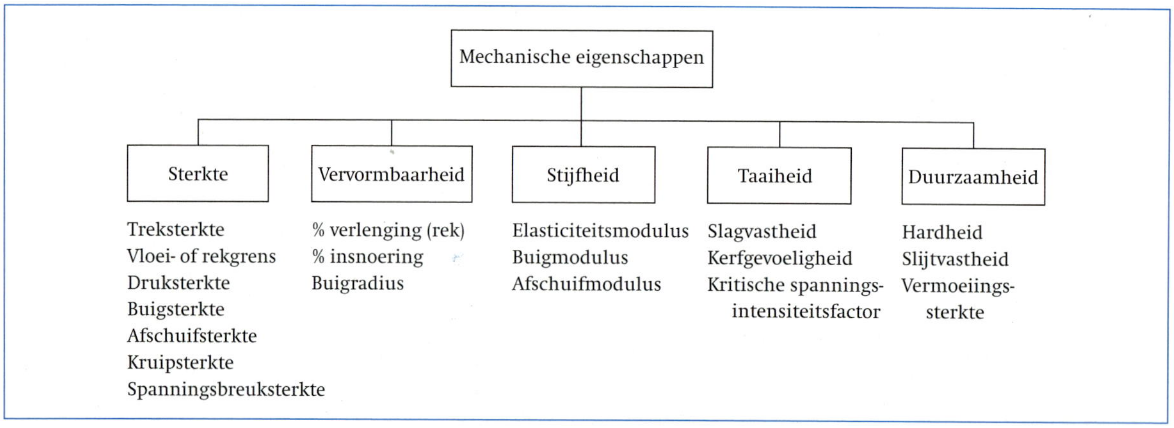

FIGUUR 4-1 Het spectrum van mechanische eigenschappen die van toepassing zijn op technische materialen

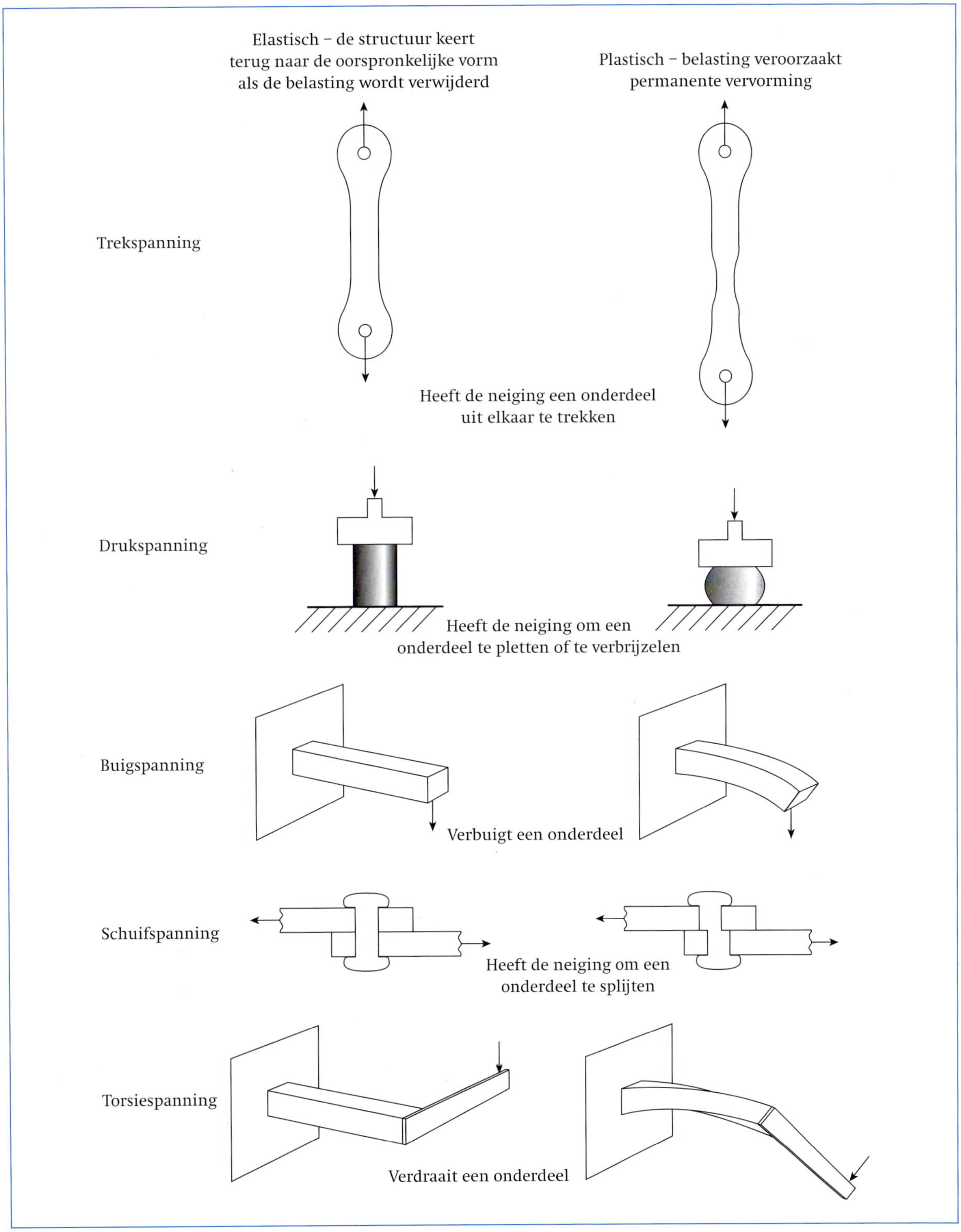

FIGUUR 4-2 Voorbeelden van vijf basistypes van spanning

MPa is gelijk aan 1 N/mm². De kracht in Newton is de massa in kilogram vermenigvuldigd met de versnelling door de zwaartekracht op aarde, ongeveer 9,8 m/s². Als iets met 1 kilogram massa wordt belast op aarde, voelt het dus een kracht van ongeveer 9,8 N. Figuur 4-3 illustreert hoe spanning wordt verdeeld op een denkbeeldig vlak door de axiaal belaste verbinding boven in figuur 4-2. Een ander sleutelwoord in de taal van mechanische eigenschappen is *sterkte*. Sterkte is de maximale spanning die verdragen kan worden bij de diverse soorten belasting die beschreven staan in figuur 4-2. Materialen hebben een treksterkte, een torsiesterkte, een afschuifsterkte, een druksterkte, een kruipsterkte, een spanningsbreuksterkte en – in het geval van plastic en andere soortgelijke materialen – een buigsterkte. Als de sterkte wordt overschreden, dan zal het onderdeel of de component falen en in principe breken.

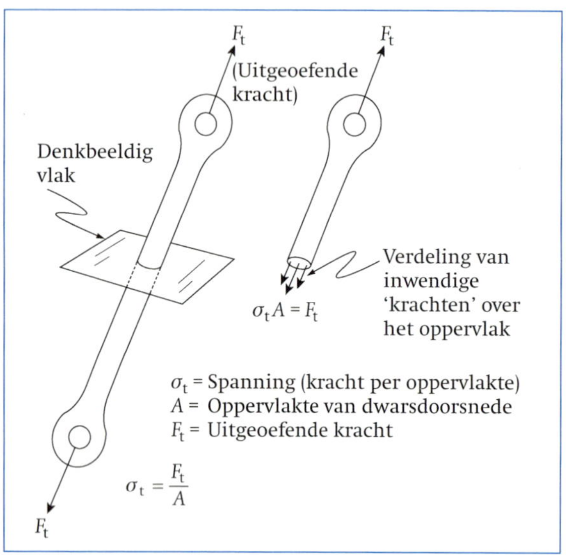

FIGUUR 4-3 Vorming van trekspanningen in een onderdeel als gevolg van een uitgeoefende belasting

4.2 Trekproeven

De sterkte van materialen wordt bepaald door mechanische proeven. Monsters worden getrokken, gebogen, gedraaid, samengedrukt en afgeschoven totdat ze breken. De spanning die bij de breuk wordt gemeten is de sterkte van het materiaal voor het gebruikte belastingstype. Uiteraard moeten ontwerpspanningen veel lager worden gehouden dan deze sterkten en moeten er veel monsters worden getest om sterktewaarden van betekenis te ontwikkelen. Er zal bovendien statistiek aan te pas komen.

Een sterktewaarde zal altijd een bepaald bereik hebben, bijvoorbeeld:

> De treksterkte bij kamertemperatuur van SAE 1020 staal (EN 3A) is 400 tot 420 MPa.
> De vloeigrens bij kamertemperatuur van SAE 1020 staal (EN 3A) is 245 tot 255 MPa.

De trekproef is de gebruikelijke laboratoriumtechniek voor het bepalen van een aantal belangrijke materiaaleigenschappen (zie figuur 4-4):

- treksterkte
- vloeigrens
- elasticiteitsmodulus
- % reductie in een oppervlakte (RA)
- rek

Bij een trekproef (maar ook bij een drukproef) is de belasting loodrecht op het draagvlak, zie figuren 4-5 en 4-6. Trekproefmonsters zijn vaak cilindrische staven met in het midden een gereduceerde diameter of platte platen met een smal segment in het centrum, zoals afgebeeld in figuur 4-7. Het monster wordt in de trekbank (zie figuur 4-4) gemonteerd door de uiteinden vast te klemmen. Een klem zit vast ingebouwd in de machine, de andere wordt bijvoorbeeld in een traverse gemonteerd. De traverse brengt de belasting aan door omhoog of omlaag te bewegen, zie linksboven in figuur 4-5. Een meetcel aan een van de klemmen meet de belasting.

Voordat met de test wordt begonnen, wordt de oorspronkelijke oppervlakte dwars door het dunne middendeel van de trekstaaf berekend en worden

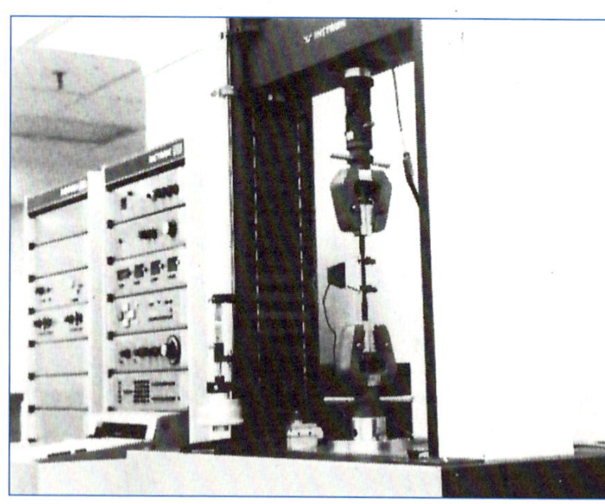

FIGUUR 4-4 Typisch universeel testapparaat

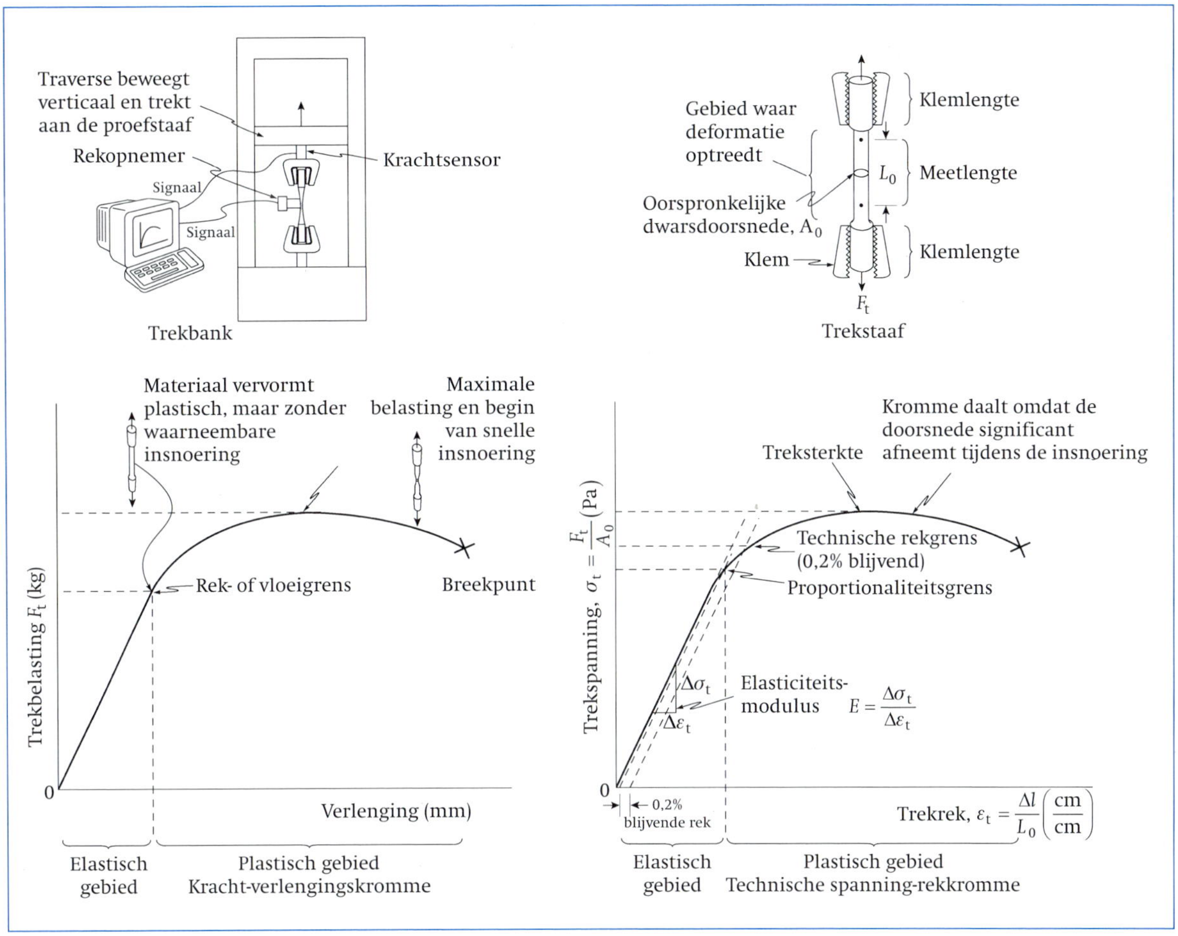

FIGUUR 4-5 Trekproefmethode en de resulterende gegevens

er twee ijkmerktekens (ijkpunten) op een bekende afstand van elkaar (de meetlengte) op dit middendeel aangebracht. Vervolgens worden tijdens de test de kracht en de verlenging gemeten. Dit laatste kan met een verlengingsopnemer die op de ijkpunten wordt geklemd.

Een typisch resultaat van een trekproef kan men zien in de grafiek linksonder in figuur 4-5. In deze grafiek is de verlenging van het monster uitgezet tegen de belasting. Voor de materiaalkeuze moet dit worden omgerekend in spanning en rek. De krachten worden gedeeld door de oorspronkelijke doorsnedeoppervlakte om spanning te krijgen. De verlenging wordt omgerekend naar een fractie of percentage van de verlenging, de zogenaamde rek. De *rek* is de verandering in de afstand tussen de twee ijkpunten gedeeld door de oorspronkelijke afstand tussen de ijkpunten, oftewel

$$\varepsilon = \frac{\Delta l}{l_0}$$

waarbij

ε = rek

Δl = verandering in de afstand (lengte) tussen de ijkpunten en

l_0 = oorspronkelijke afstand tussen de ijkpunten.

Merk op dat de rek een dimensielose fractie is. Om het percentage verlenging of de rek te krijgen moet men ε met 100 vermenigvuldigen. Het spanning-rekdiagram oftewel de trek-rekkromme die omgerekend is vanuit het kracht-verlengingsdiagram is weergegeven rechtsonder in figuur 4-5. In het spanning-rekdiagram kan men zien dat als de test begint, de spanning in de proefstaaf en de rek toeneemt. De proefstaaf reageert aanvankelijk elastisch. Dat wil zeggen dat als men op dat punt de proef stopt en de spanning wegneemt de proefstaaf zijn oorspronkelijke lengte weer zal aannemen. Er is dan geen sprake van blijvende rek. De spanning-rekkromme is voor metalen en keramieken bij benadering lineair, en de helling van dit deel van de kromme is de zogenaamde *elasticiteitsmodulus* of E-modulus. De E-modulus wordt berekend als:

$$E = \frac{\Delta \text{spanning}}{\Delta \text{rek}} = \frac{\Delta\sigma}{\Delta\varepsilon}$$

waarbij Δspanning en Δrek de toename in respectievelijk spanning en rek is in het lineaire gedeelte van de spanning-rekkromme.

Dit is de wet van Hooke. Hookes wet geldt ook voor drukbelasting. Men spreekt in dat verband van een *compressiemodulus*, de verhouding tussen nominale spanning en volumerek. Volumerek treedt op bij hydrostatische belasting, en de compressiemodulus is bij benadering gelijk aan de elasticiteitsmodulus of Young's modulus.

Als de spanning toeneemt, begint bij metalen de spanning-rekkromme af te wijken van een rechte lijn, hoewel er nog steeds sprake is van het elastische gebied. De overgang naar niet-lineariteit treedt op op een punt dat bekendstaat als de *proportionaliteitsgrens*. Tot aan dit punt vertoont het materiaal elastisch, lineair gedrag (zie figuur 4-5). In sommige gevallen kan het materiaal zich bij een kleine rektoename boven de proportionaliteitsgrens toch elastisch gedragen, hoewel op een niet-lineaire, non-Hookeaanse wijze.

Kort daarna wordt er een punt bereikt waarop permanente deformatie optreedt. Als de belasting op dit punt wordt weggenomen, zal de proefstaaf iets langer zijn dan oorspronkelijk het geval was. Deze permanente toename in lengte heet *plastische deformatie*. Het punt waarop de deformatie van het materiaal overgaat van elastisch naar plastisch, heet de *rekgrens* of de *vloeigrens*. Omdat deze moeilijk nauwkeurig te bepalen is, wordt de vloeigrens door technici vaak het punt genoemd waarop een blijvende rek van 0,2% optreedt (voor metallische materialen), zoals weergegeven in figuur 4-5. De vloeigrens wordt ook aangegeven in MPa.

Terwijl de testbank de proefstaaf verder uitrekt, wordt de trekspanning in de proefstaaf voortdurend groter op niet-lineaire wijze, zoals weergegeven in figuur 4-5. Er treden dan twee met elkaar wedijverende effecten op. Het materiaal wordt voortdurend harder en sterker doordat het aantal vervormingsmogelijkheden in het materiaal uitgeput begint te raken, maar tegelijkertijd begint de doorsnede van de proefstaaf snel te verminderen, waardoor de proefstaaf als geheel minder belasting kan verdragen. De trek-rekkromme bereikt een piek en begint vervolgens bij voortgaande uitrekking te dalen. De bij deze piekbelasting berekende spanning is de *treksterkte* van het materiaal. Voordat dit punt wordt bereikt, neemt de mate van *werkversteviging* in het materiaal sneller toe dan de doorsnede afneemt. Dit is het proces dat we in paragraaf 2.5 zagen: wanneer een metaal plastisch wordt vervormd, kunnen de wisselwerkingen tussen dislocaties en korrelgrenzen het aantal dislocaties doen vermeerderen, waardoor het materiaal sterker en harder wordt. Bij het uiteindelijke maximum is de snelheid van de doorsnedereductie groter dan de snelheid van de werkversteviging, waardoor de belastingcapaciteit van de proefstaaf afneemt en de kromme begint te dalen. De vermindering van de doorsnede op een duidelijk bepaalde plaats op de proefstaaf staat bekend als *insnoering*, zie figuur 4-6. Bij voorzetting van de test breekt de proefstaaf ten slotte in tweeën.

De proefstaaf wordt vervolgens uit het testapparaat gehaald en er worden twee metingen verricht, zie figuur 4-6:

- De twee helften van de gebroken proefstaaf worden zo goed mogelijk weer aan elkaar gepast en de uiteindelijke lengte van het meetsegment wordt gemeten.
- Ook de uiteindelijke diameter van het ingesnoerde gedeelte van de proefstaaf wordt gemeten.

Deze twee metingen worden gebruikt om de *ductiliteit* van het materiaal vast te stellen. Ductiliteit is een maat voor de capaciteit van een materiaal om te worden uitgerekt Deze capaciteit wordt vermeld als *breukrek* of *percentage insnoering*. *Ductiele* materialen hebben een grote breukrek, *brosse* materialen hebben een kleine breukrek. De breukrek als percentage (zie figuur 4-6) is de (uiteindelijke meetlengte – aanvankelijke meetlengte) / aanvankelijke meetlengte, vermenigvuldigd met 100, oftewel

$$\varepsilon_{breuk} = \frac{\Delta l_{breuk}}{l_0} \times 100\%$$

Hoe hoger het percentage verlenging, hoe ductieler en hoe beter gelijkmatig vervormbaar het materiaal zal zijn.

Het percentage insnoering wordt bepaald door de oorspronkelijke doorsnede in het ijksegment van de proefstaaf te vergelijken met de ingesnoerde doorsnede van de proefstaaf na de breuk. Het percentage insnoering (zie figuur 4-6) is de aanvankelijke doorsnede – uiteindelijke doorsnede / aanvankelijke doorsnede, vermenigvuldigd met 100, oftewel

$$Z = \frac{A_0 - A_{eind}}{A_0} \times 100\%$$

Er bestaan in wezen twee soorten spanning-rekkrommen: technische spanning-rekkrommen en

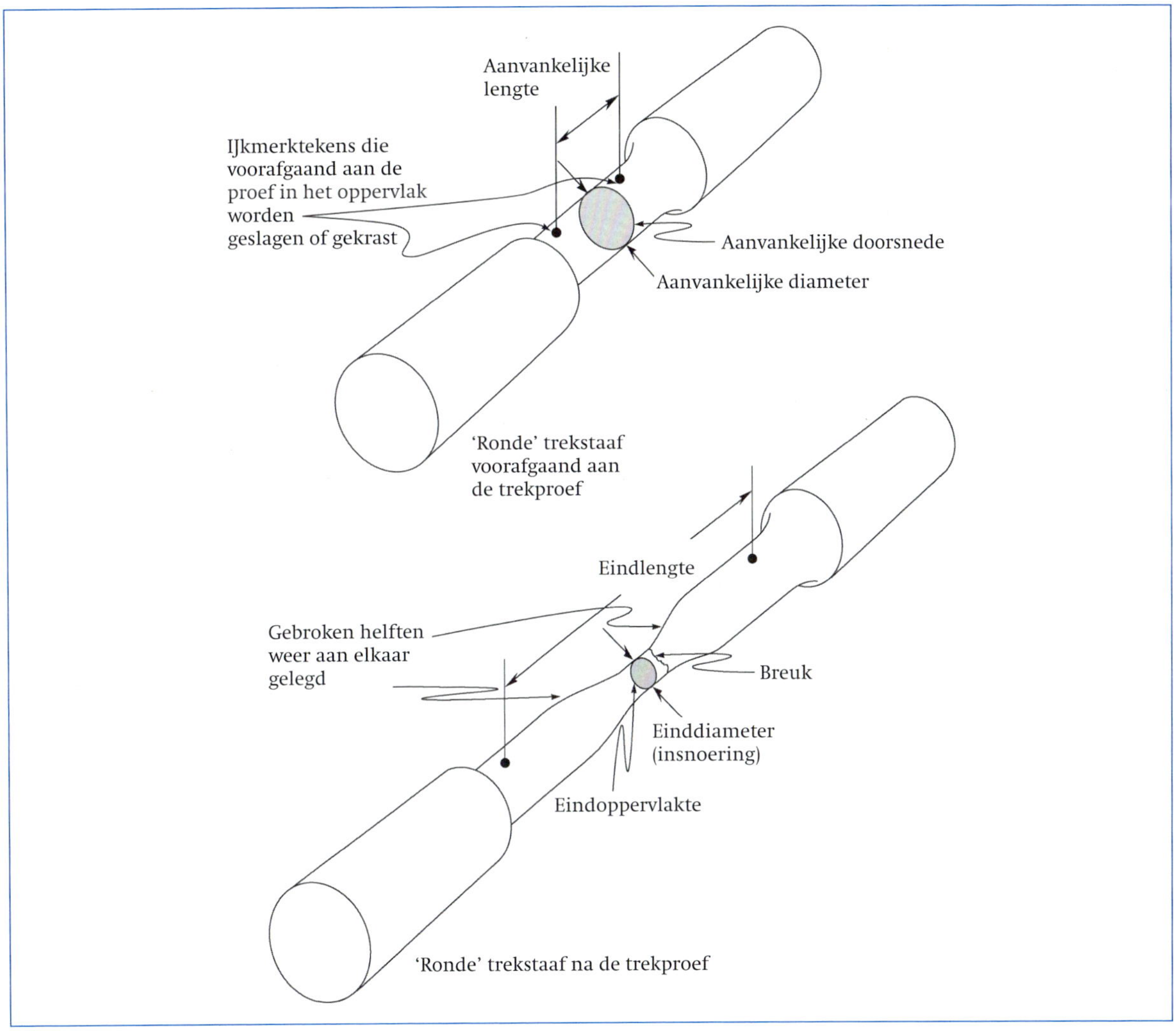

FIGUUR 4-6 Trekproefstaven voor en na een trekproef, en de metingen die nodig zijn voor het berekenen van het percentage verlenging en de insnoering

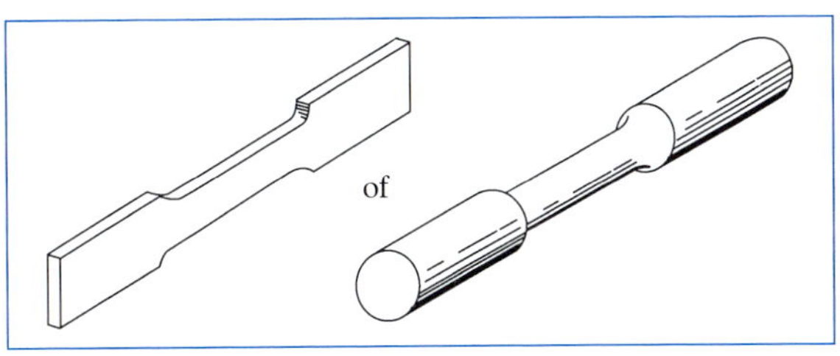

FIGUUR 4-7 Trekproefstaven

ware spanning-rekkrommen. De spanningswaarden in *technische* spanning-rekkrommen worden berekend door de tijdens de trekproef gemeten kracht te delen door de oorspronkelijke dwarsdoorsnede A_0 van de proefstaaf. In werkelijkheid wordt de doorsnede van de proefstaaf echter kleiner als de proefstaaf wordt belast in de trekbank, zie figuur 4-6. In *ware* spanning-rekkrommen wordt de spanning berekend door de tijdens de trekproef gemeten kracht te delen door de feitelijke of momentane dwarsdoorsnede van de proefstaaf. Net zo wordt de ware rek berekend door gebruik te maken van een momentane ijklengte in plaats van de oorspronkelijke ijklengte die gebruikt wordt voor technische spanningsberekeningen. Figuur 4-8(a) geeft technische en ware spanning-rekkrommen weer.

Een ware spanning-rekproef kan gebruikt worden om de werkversteviging te beschrijven in de vorm van het plastische gebied van de spanning-rekkromme, te benaderen door de volgende formule:

$$\sigma_{\text{waar}} = K\varepsilon^{n}_{\text{waar}}$$

waarbij

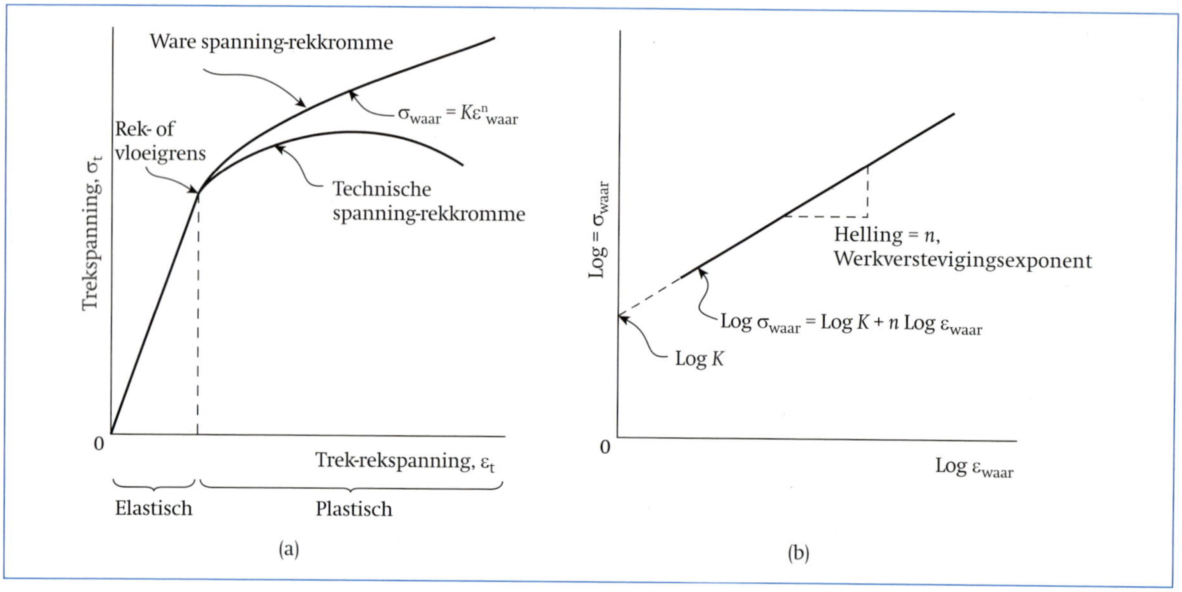

FIGUUR 4-8 Vergelijking van ware en technische spanning-rekkrommen en de berekening van de werkverstevigingsexponent uit ware spanning-rekgegevens

σ_{waar} = ware spanning
ε_{waar} = ware rek
K = sterktecoëfficiënt
n = werkverstevigingsexponent

De werkverstevigingsexponent is een parameter die aangeeft hoe groot de neiging van een materiaal is tot werkversteviging bij plastische vervorming. Een materiaal met een hoge werkverstevigingsexponent wordt zeer sterk bij plastische vervorming, terwijl de sterkte van een materiaal met een lage werkverstevigingsexponent niet significant toeneemt bij plastische vervorming, zie figuur 4-8(a) en 4-8(b).

De werkverstevigingsexponent is een belangrijke parameter voor omvormprocessen zoals het maken van een spatbord voor een auto. Een spatbord wordt gemaakt van een stalen plaat door middel van een proces dat dieptrekken heet. De plaat wordt tussen een duwvorm en een matrijs geplaatst. Het metaal wordt in de matrijs getrokken terwijl de duwvorm in de plaat wordt geduwd. Om met succes een dieptrokken onderdeel zoals een spatbord te kunnen maken, dient het staal een lage vloeigrens, een hoge ductiliteit (hoog percentage verlenging) en een hoge werkverstevigingsexponent te hebben. Een hoge werkverstevigingsexponent voor koudtrekken lijkt misschien onaannemelijk, maar het is een voordeel dat het materiaal sterker wordt als het wordt vervormd, zodat het meer nieuw materiaal in het werktuig trekt tijdens de voortgang van het koudtrekproces.

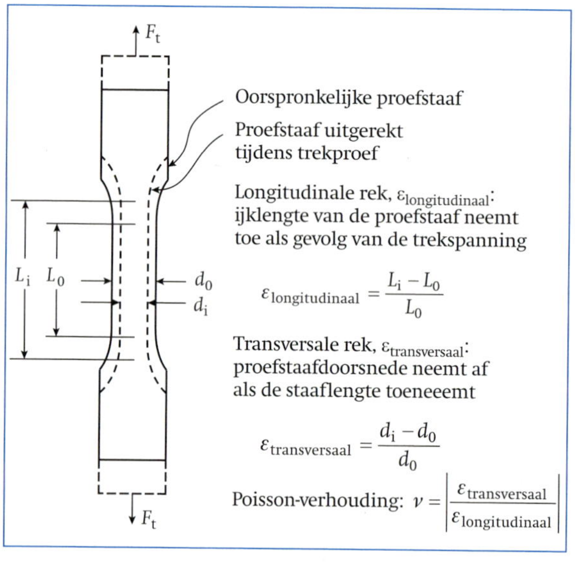

FIGUUR 4-9 De Poisson-factor kan worden berekend uit de trekproef door de ratio van de dwarsvervorming en de axiale vervorming te meten

Wanneer een trekstaaf zoals in figuur 4-6 of figuur 4-7 tijdens een trekproef wordt uitgerekt, neemt de diameter van het middendeel (ijksegment) af om een constant volume te handhaven, zie figuur 4-9. De vermindering in diameter is een rek in een richting die loodrecht (dwars) op de longitudinale (axiale) richting van de proefstaaf staat. De rek in de axiale richting kan in verband worden gebracht met de dwarsrek door middel van een constante, de *Poisson-factor*:

$$\nu = \varepsilon_{\text{transversaal}} \,/\, \varepsilon_{\text{longitudinaal}}$$

waarbij ν de Poisson-factor is, $\varepsilon_{\text{longitudinaal}}$ de axiale spanning, en $\varepsilon_{\text{transversaal}}$ een spanning die loodrecht staat op de axiale spanning. De Poisson-factor ligt voor vele materialen tussen 0,2 en 0,35, en is alleen van belang in het elastisch gebied. Het is een belangrijke eigenschap voor de analyse van vervorming.

Wat betreft de eigenschappen die in deze paragraaf en elders worden vermeld, zijn er internationale standaards die testmethodes voorschrijven voor het meten van de mechanische eigenschappen van specifieke soorten materialen. Er wordt – ook in Europa – vaak gebruikgemaakt van een hele reeks standaards van ASTM (vroeger de American Society for Testing en Materials), zie tabel 4-1. Vele meetgegevens in de literatuur en van leveranciers worden gepubliceerd met vermelding van de gebruikte testmethodes.

TABEL 4-1 Enkele testen van ASTM International voor mechanische eigenschappen. De testen zijn materiaalspecifiek.

ASTM-TEST	BESCHRIJVING
Trekproeven	
A 370	Standaardmethoden voor staalproducten
B 208	Gietkoperlegeringen
B 557	Gietaluminium- en gietmagnesiumlegeringen
D 638	Kunststoffen
D 3039	Harsmatrixcomposieten
D 3379	Enkele vezels met hoge modulus
E 8	Trekproeven van metallische materialen
E 21	Hogetemperatuurtesten, metallische materialen
E 292	Tijd tot breuk, kerfspanning
E 329	Beton, staal en bitumineuze materialen
E 338	Scherpe kerf, hogesterkteplaatmateriaal
E 345	Metaalfolie
E 517	Plastische rekverhouding voor plaatmetaal
E 607	Cilindrisch proefstuk, scherpe kerf
E 646	Werkverstevigingsexponenten
F 606	Bevestigingsmiddelen

ASTM-TEST	BESCHRIJVING
Drukproeven	
A 256	Gietijzersoorten
C 773	Keramische materialen
D 695	Kunststoffen
E 9	Metallische materialen bij kamertemperatuur
E 209	Metallische materialen bij hoge temperatuur
Meten van elasticiteitsconstante	
C 674	Keramische materialen
D 790	Kunststoffen, buigingsmodulus
D 3379	Enkele vezels met hoge modulus
E 111	Metalen bij kamertemperatuur
E 133	Metalen, Poisson-factor
Afschuifsterkte	
B 562	Aluminium klinknagels
D 732	Kunststoffen
D 4255	Composieten
E 229	Constructiekleefstoffen

4.3 Betekenis van trekproeven

Trekproeven geven fundamentele informatie over de stijfheid, sterkte en ductiliteit van een materiaal. Tabel 4-2 geeft een samenvatting van de door trekproeven verkregen basisparameters. De vorm van de trekkromme kan ook eigenschappen van het materiaal aan het licht brengen zoals in figuur 4-10. Brosse materialen zoals keramiek vertonen zeer weinig plastische vervorming voordat ze breken (zie figuur 4-10(c)). Sommige polymeren vertonen juist significante oriëntatieversterking en veel rek voordat ze breken (zie figuur 4-10(d)). In de volgende alinea's beschrijven we een aantal belangrijke toepassingen van trekproeven en de achterliggende concepten.

Elasticiteitsmodulus

De elasticiteitsmodulus, ook bekend als Young's modulus, is waarschijnlijk de belangrijkste materiaaleigenschap voor technische materialen die worden gebruikt in constructietoepassingen. Het is een maat voor de stijfheid van een materiaal, de mate waarmee het elastisch verbuigt onder belasting (zie figuur 4-11).

Alle koolstofstalen hebben een elasticiteitsmodulus van ongeveer 30×10^6 psi (206 GPa); alle aluminiumlegeringen hebben een elasticiteitsmodulus van ongeveer 10×10^6 psi (69 GPa); alle koperlegeringen hebben een elasticiteitsmodulus van ongeveer 18×10^6 psi (124 GPa), en dit is ongeveer het bereik voor alle metalen bij kamertemperatuur. Alleen een paar veelvoorkomende constructiematerialen zijn stijver dan staal, zie tabel 4-3.

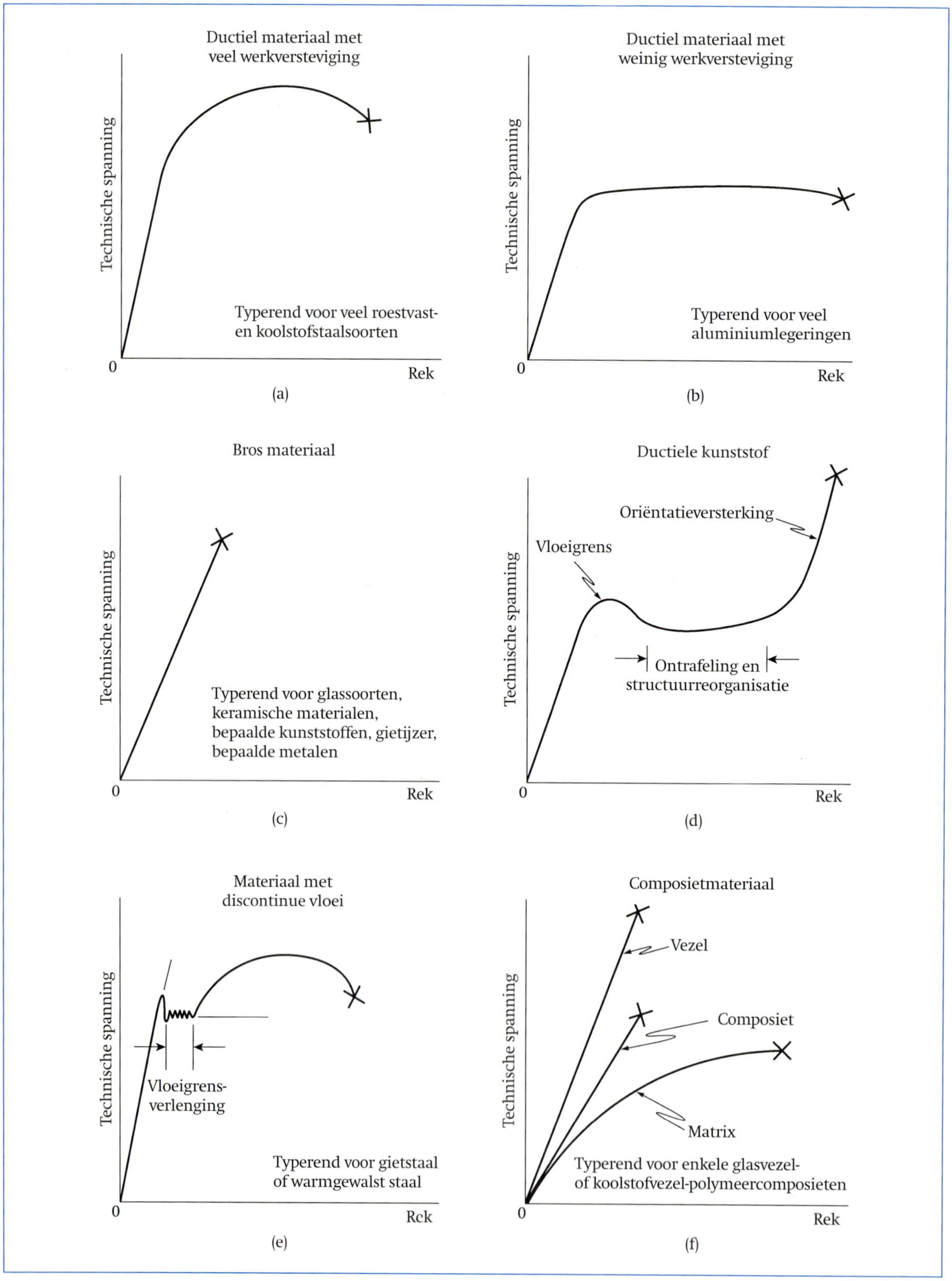

FIGUUR 4-10 Voorbeelden van spanning-rekgedrag in diverse materialen

TABEL 4-2 Materiaaleigenschappen verkregen uit trekproeven

PARAMETER	BESCHRIJVING
Elasticiteitsmodulus	Gebruikt voor het meten van de relatieve stijfheid van materialen.
Vloeigrens/rekgrens	Ontwerpspanningen dienen lager te zijn dan de rekgrens, om te garanderen dat een onderdeel niet faalt door plastische vervorming.
Treksterkte	De treksterkte is de maximale spanning gemeten/berekend in een trekproef. Insnoering begint vaak bij het bereiken van deze waarde.
Verhouding treksterkte/vloei-grens	De verhouding tussen de treksterkte en de vloeigrens geeft een indicatie van de mate van de optredende werkversteviging.
Rek	Indicatie van de ductiliteit van een materiaal.
Percentage insnoering	Indicatie van de ductiliteit van een materiaal.
Algemene vorm van de kromme	Oppervlakte onder de kromme geeft een relatieve indicatie van materiaaltaaiheid.

TABEL 4-3 Typische elasticiteitsmodules voor een aantal constructiematerialen

	ELASTICITEITS-MODULES (*E*) GPa
Koolstofstalen	206
Aluminiumlegeringen	69
Koperlegeringen	124
Siliciumnitride keramiek	214
Beryllium	290
Aluminiumoxide keramiek	345
Molybdenum	365
Wolfraam	407
Gebonden carbide cermets	621
Siliciumcarbide keramiek	641

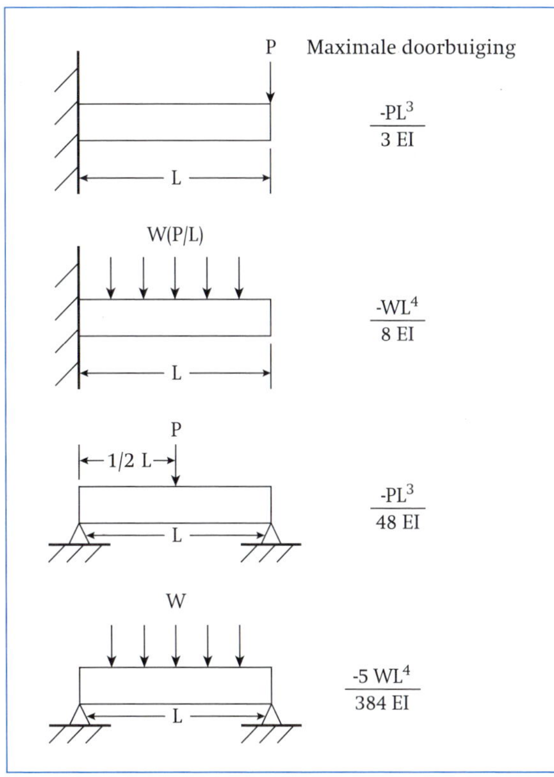

FIGUUR 4-11 Karakteristieke balkverbuigingsformule, waarbij P =de uitgeoefende kracht; L = een afstand; $W = P/L$; E = elasticiteitsmodulus; en I = traagheidsmoment voor een bepaalde balkdoorsnede

Figuur 4-12 laat zien hoe de elasticiteitsmodulus de verbuiging beïnvloedt van een vrijdragende balk van diverse materialen. De meeste kunststoffen hebben een elasticiteitsmodulus van minder dan 1×10^6 psi (7 GPa), vele nog aanzienlijk lager. Beton heeft een elasticiteitsmodulus van ongeveer $7{,}5 \times 10^6$ psi (52 GPa); constructiehout heeft een elasticiteitsmodulus van ongeveer $1{,}8 \times 10^6$ psi (12 GPa). Deze stijfheden, ingesteld voor kamertemperatuur, zullen met de temperatuur veranderen, maar de elasticiteitsmodulus van staal verandert betrekkelijk weinig tot aan temperaturen van ongeveer 425°C. Door de hoge elasticiteitsmodulus en betrekkelijke ongevoeligheid voor temperatuur bij de meeste toepassingen is staal het belangrijkste technische materiaal.

Hoewel de elasticiteitsmodulus eigenlijk in te delen is bij de fysische eigenschappen, is deze vooral belangrijk voor de berekening van spanningen en vervormingen in structuren en onderdelen. Reksensoren kunnen worden aangesloten op kritische zwaarbelaste stukken; zo kunnen bijvoorbeeld de grootste trucks over een brug rijden en kan de vervorming bij de kritische stukken gemeten. Met behulp

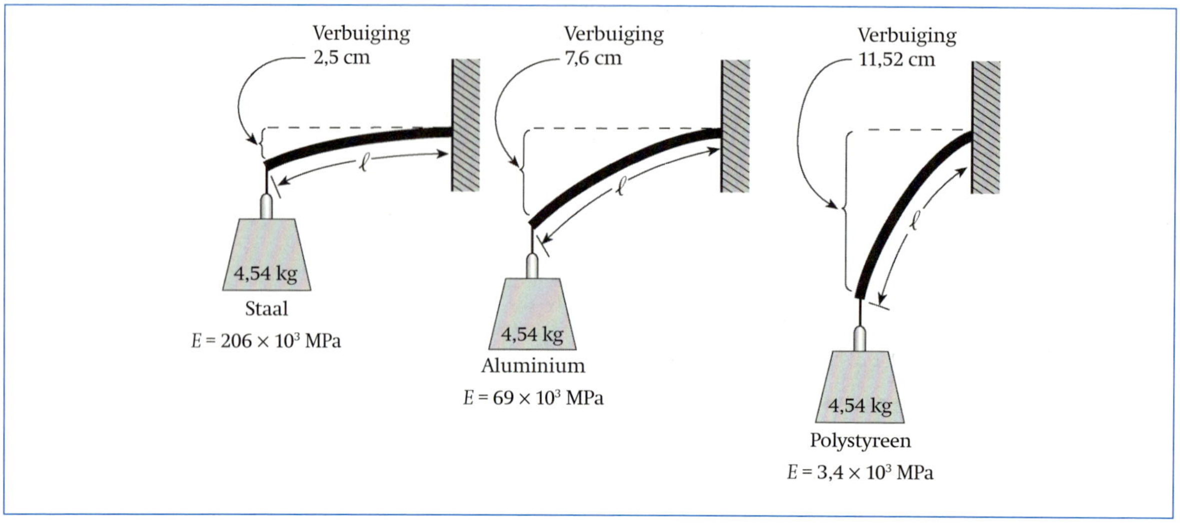

FIGUUR 4-12 Effect van de elasticiteitsmodulus op elastische verbuiging. Alle balken hebben dezelfde lengte en doorsnede.

van de wet van Hooke en de waarde van de elasticiteitsmodules van de constructiematerialen in de brug kan de spanning worden berekend en een antwoord worden gegeven op de vraag of de spanningen te groot zijn voor veilig gebruik van de constructie.

De voor het meten van constructie-integriteit algemeen gebruikte *rekstroken* werken ook op basis van Hooke-rek. Een serpentinepatroon van zeer dunne draden wordt gehecht aan de constructie waarin een rekmeting wordt gevraagd. Wanneer de draden worden uitgerekt door constructieverbuigingen, wordt de draad uitgerekt en langer, en de diameter wordt kleiner. De wijziging van de diameter wordt elektrisch gemeten en geregistreerd. Figuur 4-13 is een diagram van een karakteristieke draadrekmeter.

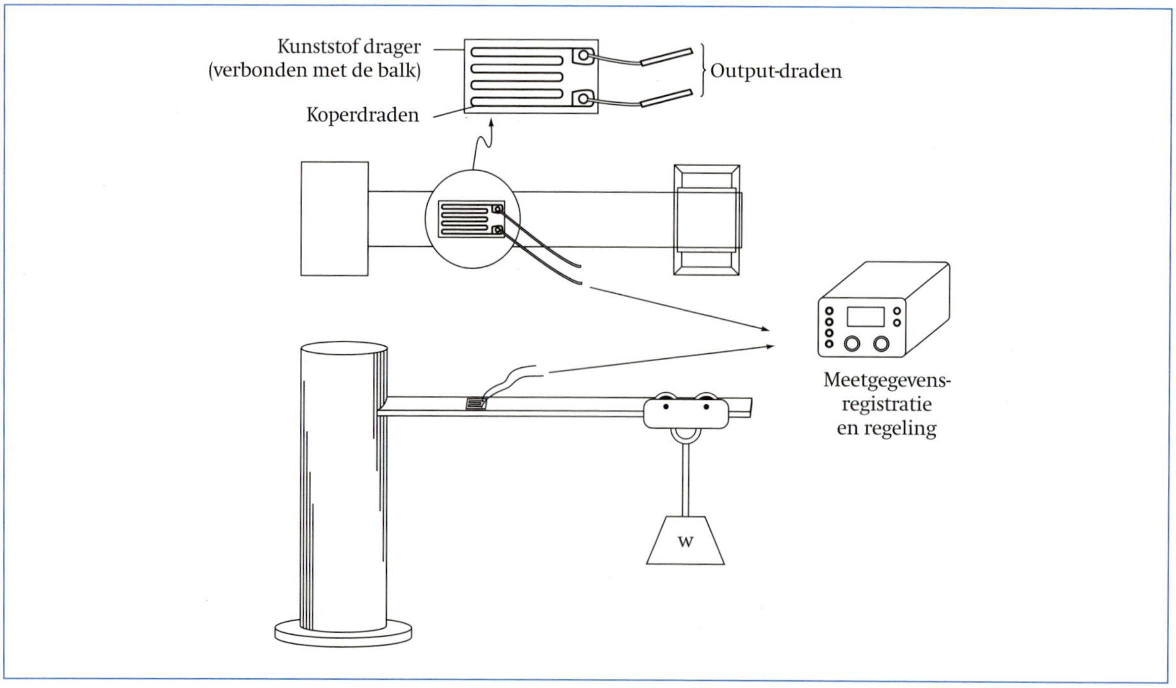

FIGUUR 4-13 Gebruik van een rekstrookje om spanning (rek) in een vrijdragende balk te bewaken. De uitrekking van de draden wordt elektronisch gemeten en omgezet in rek, die wordt gebruikt om de spanning te berekenen

Veerkracht en taaiheid

Veerkracht is een eigenschap die aangeeft wat het vermogen van een materiaal is om elastische energie te absorberen. Zo zal een veer die wordt gebruikt voor het absorberen van schokken waarschijnlijk een grote veerkracht hebben. Het gebied onder het elastische gedeelte van de spanning-rekkromme geeft een indicatie van de veerkracht van een materiaal. Voor lineaire elastische (Hookeaanse) materialen geldt de volgende vergelijking:

$$\text{Veerkracht} = \frac{1}{2}\sigma_{el}^{2}\varepsilon_{el} = \frac{\sigma_{el}^{2}}{2E}$$

In deze vergelijking is σ_{el} de spanning bij de elasticiteitsgrens, ε_{el} de rek bij de elasticiteitsgrens, en E de elasticiteitsmodulus. Geschikte materialen voor toepassingen waarbij grote energieabsorptie vereist is, hebben een hoge elasticiteitsgrens (of vloeigrens) en een lage elasticiteitsmodulus.

Taaiheid is ook een eigenschap die men van een spanning-rekkromme kan bepalen. Taaiheid wordt dan gedefinieerd als het vermogen van een materiaal om energie te absorberen voordat het breekt. Een manier om aldus taaiheid te schatten is het berekenen van de totale oppervlakte onder de trek-rekkromme tot aan het breekpunt. De trek-rekkromme in figuur 4-14 laat zien hoe veerkracht en taaiheid worden bepaald.

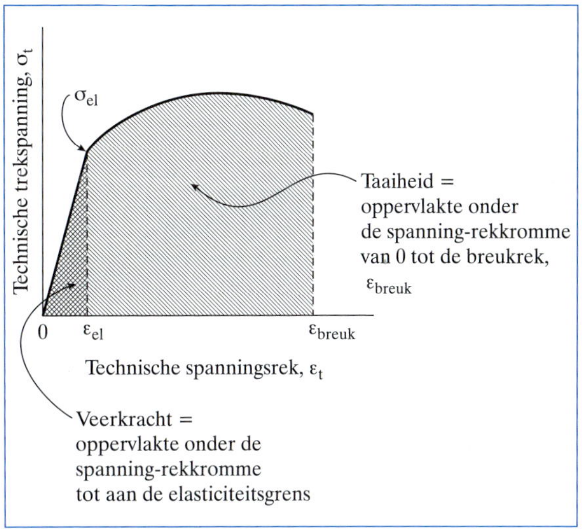

FIGUUR 4-14 Veerkracht en taaiheid van een materiaal kunnen worden geschat op basis van de spanning-rekgegevens

4.4 Afschuifeigenschappen

In technische ontwerpen komen vaak schuifbelastingen voor. Bouten, klinknagels en contactsleutels worden zodanig belast dat het materiaal in twee wordt gespleten (zie figuur 4-2 onderaan). De afschuifsterkte van een materiaal is de spanning waarbij een onderdeel parallel tot de belasting breekt. Deze kan worden bepaald in een trekbank, maar hiervoor zijn speciale klemmen en proefstaven nodig (zie figuur 4-16). Dubbele schuifspanning is een standaardtest voor metalen, en ASTM 732 is een geschikte test voor kunststoffen.

De spanningen door torsiebelastingen zijn schuifspanningen. Figuur 4-15 laat de verdraaiing zien die optreedt in een staaf die onder torsiebelasting staat. De afschuiving is de hoeveelheid draaiing of hoekverdraaiing die optreedt als gevolg van de uitoefening van een schuifspanning. Schuifspanningen

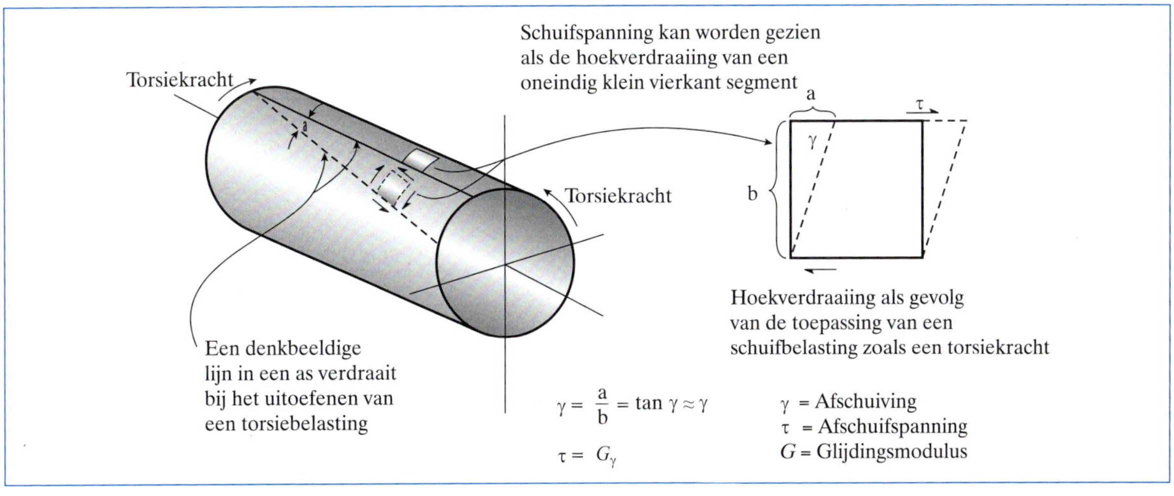

FIGUUR 4-15 Weergave van schuifspanning en rek in een ronde staaf met torsiebelastingen

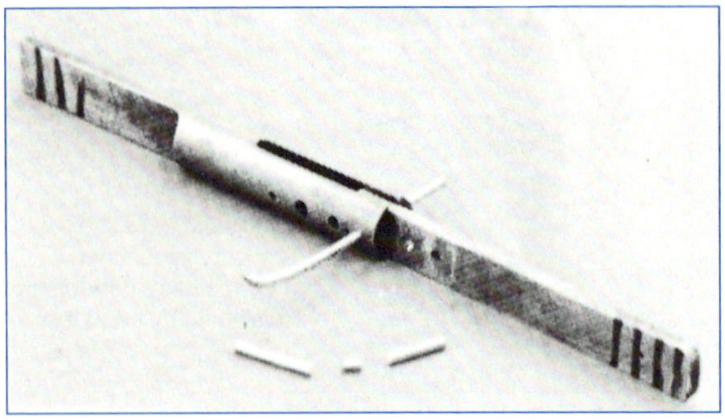

FIGUUR 4-16 Afschuiftestklem voor gebruik in een trekbank

staan in een evenredig verband met de afschuivingen door een elastische constante, de *glijdings-* of *afschuifmodulus*:

$$\tau = G\gamma$$

waarbij
τ = schuifspanning
γ = afschuiving
G = glijdingsmodulus

Materialen gedragen zich ook elastisch bij afschuiving analoog aan de wet van Hooke voor elastische spanningen in trekproeven. Voor lineair elastische materialen kan men G berekenen van E door

$$G = \frac{E}{2(1+v)}$$

De glijdingsmodulus is een belangrijke eigenschap voor het berekenen van de stijfheid of onbuigzaamheid van een torsiestang of een andere met schuifspanning belaste component. Zo gedragen bijvoorbeeld torsiestangen voor auto-ophangingen zich als elastische veren die door verdraaien energie gekregen hebben.

Helaas is het vaak moeilijk om goede tabellen betreffende afschuifsterkte in de literatuur te vinden. Typische waarden voor G zijn in tabel 4-4 te zien.

TABEL 4-4 Typische glijdingsmodules voor een aantal constructiematerialen

	AFSCHUIFMODULUS (G) GPa
Staal	79
Brons	41
Roestvast staal	62
Berylliumkoper	48

Een globale ontwerpregel is dat de afschuifsterkte tussen de 50 en 70 procent van de treksterkte is, maar dit is erg afhankelijk van het soort materiaal dat men gebruikt. Voor een ontwerp is het dan ook beter de afschuifsterkte te laten meten als men de gegevens niet kan vinden.

4.5 Hardheidsproeven

Hardheid is waarschijnlijk een van de meest gebruikte selectiefactoren. De hardheid van materialen wordt vaak gelijkgesteld aan slijtvastheid en duurzaamheid. Dit is niet geheel correct, zoals we nog zullen zien in hoofdstuk 5, maar voor stalen dient het wel als maat voor de weerstand tegen abrasieve slijtage, en ook voor de sterkte.

Er bestaan vele methoden om de hardheid te meten, afhankelijk van het soort van materiaal (zie tabel 4-5). In het begin van de materiaalkunde werd de hardheid van warmtebehandelde stalen getest door een kant te vijlen. Als het niet te vijlen was, was het hard. De hardheid van keramische materialen en mineralen werd en wordt nog steeds gemeten door het oppervlak met verschillende soorten mineralen te bekrassen. Dit is de hardheidstest van *Mohs* (zie tabel 4-6).

TABEL 4-5 Enkele ASTM-hardheidstestmethoden

ASTM-TEST	BESCHRIJVING
A 370	Staalproducten
E 10	Brinell, metallische materialen
B 299	Gesinterde carbiden
B 578	Metaalplaten
C 730	Glas
C 748	Koolstof/grafiet
C 849	Keramische materialen
D 530	Hardrubberproducten
D 785	Kunststoffen, door Rockwell Indenter
D 1474	Organische coatings
D 2134	Kunststoffen, door Sward Rocker
D 2240	Kunststoffen/elastomeren, door Durometer
D 2583	Kunststoffen, door Barcol Impressor
E 18	Metalen, Rockwell
E 92	Vickers
E 110	Draagbare testapparaten
E 140	Conversietabellen
E 384	Microhardheid
E 448	Metalen, scleroscoop

TABEL 4-6 Mohs hardheidsschaal

MINERAAL	MOHS HARDHEID	
	BEKRASSINGS-KENMERKEN	MOHS HARDHEID
Talk	Bekrast door vingernagel	1
Gips	Nauwelijks bekrast door vingernagel	2
Calciet	Wordt door koper bekrast	3
Fluoriet	Niet bekrast door koper, bekrast glas niet	4
Apatiet	Bekrast glas net; net bekrast door mes	5
Orthoklaas	Net bekrast door een vijl; bekrast glas gemakkelijk	6
Kwarts	Niet bekrast door een vijl	7
Topaas	Bekrast kwarts	8
Korund	Bekrast topaas	9
Diamant	Bekrast korund	10

In de meeste hardheidsproeven wordt een indruklichaam in het materiaal gedrukt en wordt vervolgens het effect gemeten. In figuur 4-17 zijn enkele van de meest gebruikelijke indruklichamen afgebeeld. Het belastingsmechanisme is in de diverse proeven anders, net als het mechanisme voor het meten van het effect van de indrukking. Bij de hardheidsproef van *Brinell* wordt een kogel met een diameter van 10 millimeter in het oppervlak gedrukt. Er wordt een optisch meetapparaat gebruikt om de *diameter* van de resulterende indrukking te meten. Vervolgens wordt deze diameter gebruikt voor het berekenen van het Brinell-hardheidsgetal (HB). De methode van *Vickers* werkt vergelijkbaar, alleen wordt hier gedrukt met een piramidevormige punt, en dan wordt de lengte van de diagonalen na het indrukken gemeten. Rockwell-hardheidsmeters (zie figuur 4-18) gebruiken weer andere belastingen en indruklichamen. De *diepte* van de indrukking wordt hierbij gemeten door de machine, tijdens een belasting, en op een afleesschaal omgezet in een hardheidsgetal.

Microhardheidsmeters gebruiken veel lagere drukbelastingen dan voor de Rockwell-test gebruikt worden. Op conventionele microhardheidsmeters worden belastingen tot 10 g gebruikt en op nano-indentor-apparaten tot enkele nano-Newtons. Nanohardheidsmetingen worden uitgevoerd met geavanceerde optische en elektronische technieken. Dit soort meters wordt gebruikt voor het meten van de hardheid van afzonderlijke microbestanddelen in een materiaalstructuur, de hardheid van dunnefilmcoatings – die misschien slechts enkele tientallen nanometers dik zijn en die een hardheid van 40 GPa of meer kunnen hebben – maar ook van zachte materialen zoals plasticfolie.

Een veelgebruikte hardheidsproef voor polymeren en elastomeren (kunststoffen die zich gedragen als rubber) is de durometerproef van Shore. De hardheid wordt in die proef gemeten met behulp van een

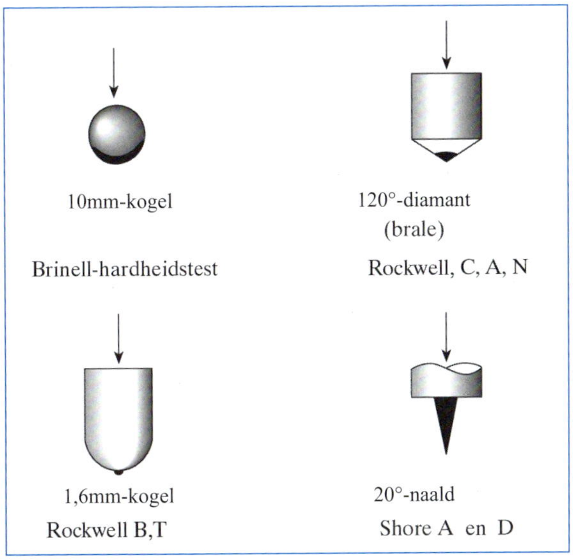

FIGUUR 4-17 Typische indruklichamen voor hardheidsproeven

FIGUUR 4-18 Hardheidsmeter

naald die door een veer in het materiaal wordt gedrukt, zie figuren 4-17 en 4-19.

Elke hardheidsproef heeft voor- en nadelen, maar de hardheidsproeven die bij de materiaalkeuze het belangrijkst zijn, worden in de onderste helft van figuur 4-20 aangegeven. Elke methode heeft andere indruklichamen, belastingen en toepassingsgebieden. Helaas kunnen hardheidsgetallen die met de ene test zijn bepaald, niet altijd worden omgezet in vergelijkbare hardheidswaarden op een andere schaal. Boven in figuur 4-20 is een vergelijking tussen enkele schalen weergegeven. Het is de verantwoordelijkheid van de ontwerper om de gewenste hardheid op technische tekeningen te specificeren, daar waar het materiaal gehard kan worden door

FIGUUR 4-19 Durometer van Shore voor hardheidsmetingen. De naald op de bodem is het indruklichaam (ASTM D 2240)

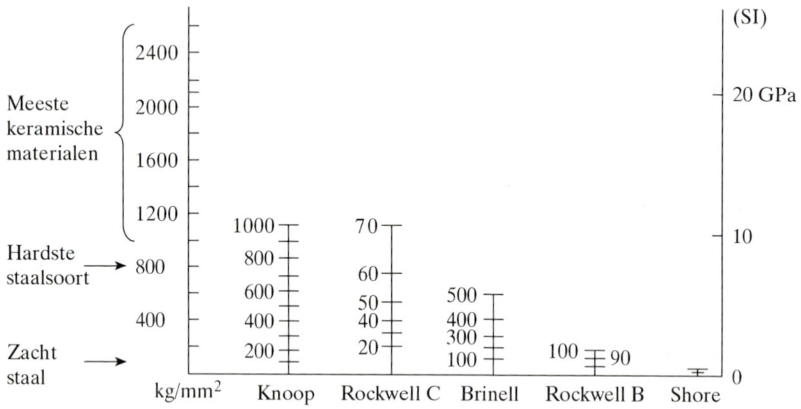

Hardheidsproef	Indruklichaam	Belasting	Toepassing
Knoop of Vickers[a]	Diamant	1 g tot 2000 g	Microhardheid van zacht staal tot aan keramische materialen
Brinell[b]	Kogel	500 & 3000 kg	Zacht staal en metalen tot 40 HRC*
Rockwell B[c]	Kogel	100 kg	Zacht staal en non-ferrometalen
Rockwell T[c]	Kogel	15, 30 & 45 kg	Dunne zachte metalen
Rockwell N[c]	Diamant	15, 30 & 45 kg	Harde dunne metaalplaten
Rockwell A[d]	Diamant	50 kg	Gesinterde carbiden
Rockwell R[e]	Kogel	10 kg	Polymeren
Shore Durometer[f]	Naald	Veer	Elastomeren
Rockwell C[c]	Diamant	150 kg	Geharde metalen (dik)

*HRC = Hardheid Rockwell C
ASTM-testmethoden: [a] = E 364, [b] = E 10, [c] = E 18, [d] = B 294, [e] = D 785, [f] = D 2240

FIGUUR 4-20 Vergelijking van hardheidsproeven

warmtebehandeling of mechanische harding. Van primaire betekenis hierbij zijn hardbare metalen en elastomeren. De hardheid van elastomeren, gemeten met de Shore-durometer, kunnen over een groot bereik variëren. Een typische specificatie voor een elastomeer op een werktekening is de volgende:

Materiaal: *Polyurethaan*, Durometer 60, Shore A

De hardheid van metalen kan op verschillende manieren worden gespecificeerd. Een veelgebruikt systeem in de industrie wordt weergegeven in figuur 4-21. De hardheid van keramische materialen kan normaal gesproken niet worden gemeten met de in figuur 4-20 vermelde testmethoden, behalve die van Knoop (HK, zie figuur 4-22) of Vickers (HV). In figuur 4-20 eindigt de schaal bij 1000 HK, maar deze loopt nog door tot ruim boven deze waarde. Absolute hardheid wordt gemeten met een microhardheidsmeter en de meting wordt uitgedrukt als een

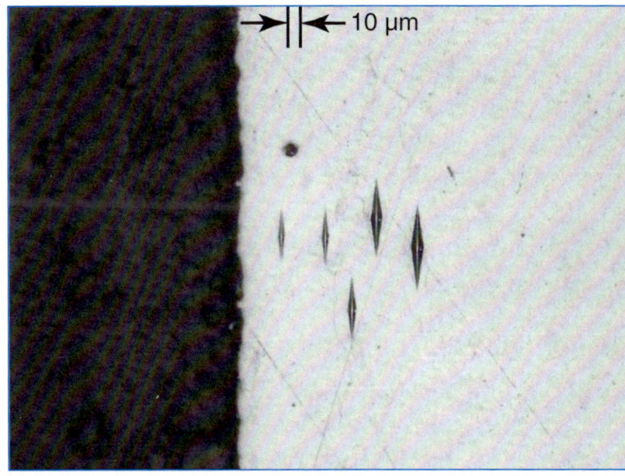

FIGUUR 4-22 Knoop-hardheidsindrukkingen in een 200x-doorsnede van een genitrificeerd oppervlak. Merk de gradiënt in hardheid op. De effectieve diepte is 70 µm.

XXX *H* *X* *X*

Hardheidswaarde: Vermeld de waarden op de juiste hardheidsschaal. Specificeer zo nodig de grenzen of het maximum of minimum

Lettercode voor de hardheid

Letteraanduiding voor de hardheid

Meetmethode
- R = Rockwell
- V = Vickers (DPH, Diamant Piramide Hardheid)
- K = Knoop
- B = Brinell

Aanduidingen voor de Rockwell-hardheid
(Deze aanduidingen worden alleen gebruikt wanneer de Rockwell-testmethode voorgeschreven is.)
- B = Rockwell B-schaal
- C = Rockwell C-schaal
- 15T = Rockwell superficial 15T-schaal
- 15N = Rockwell superficial 15N-schaal
- etc.

Voorbeelden

1. 50–60 HRC betekent: een hardheidswaarde van 50 tot 60 op de Rockwell C-schaal.
2. 85 HR15T max betekent: een maximale hardheid van 85 op de Rockwell superficial 15T-schaal.
3. 185–240 HV_{100} betekent: een hardheidswaarde van 185–240, gevonden met de hardheidsmeter van Vickers, gebruik HK voor Knoop.
4. 200 HB min betekent: een minimale hardheidswaarde van 200, gevonden met de hardheidsmeter van Brinell.

FIGUUR 4-21 Specificatie van hardheidsgetallen voor metalen (ASTM E 10, E 384 en E 18). Zie ASTM E 140 voor schaalconversies.

druk in kilogram-force per vierkante millimeter (kg_f/mm^2), waarbij 1 kg_f = 9,8 N. Deze hardheidswaarden worden verkregen door de indrukbelasting te delen door de geprojecteerde oppervlakte van de indrukking. Deze manier om de hardheid uit te drukken wordt ook gebruikt in natuurwetenschappelijk onderzoek en wordt dan gewoonlijk weergegeven in giga-Pascals (GPa).

Beschrijving van de hardheidscode

Hardheid kan gespecificeerd worden volgens de in figuur 4-21 beschreven code. Deze code is in overeenstemming met de methode van aanduiding die wordt gebruikt door de volgende normenorganisaties:

1. ASTM International (ASTM)
2. American National Standards Institute (ANSI)
3. International Standards Organization (ISO)

4.6 Taaiheid

Taaiheid wordt vaak verward met sterkte. Een ontwerper kan dan bijvoorbeeld zeggen: 'Ik wil dat dit onderdeel echt taai is. Laten we een staalsoort gebruiken met een hoge sterkte.' Taaiheid komt echter niet noodzakelijkerwijs overeen met sterkte. Zo heeft gewoon goedkoop staal met een laag koolstofgehalte een grote taaiheid, maar het is de zwakste staalsoort. Brosse materialen kunnen een hoge sterkte hebben maar een lage taaiheid. In figuur 4-14 hebben we al laten gezien dat een maat voor taaiheid de oppervlakte onder een spanning-rekkromme is. Het is de energie die vereist is om een gegeven volume materiaal te breken. Daarentegen is de sterkte de maximale spanning die een materiaal kan dragen voordat het breekt. Dat is dus alleen het hoogste punt op de spanning-rekkromme (zie figuur 4-5). Taaiheid wordt vaak gemeten door een slagproef, die in de volgende paragraaf wordt beschreven.

Een andere factor betreffende taaiheid die sommige materiaalgebruikers in verwarring brengt, is dat taaiheidsmetingen niet zonder meer geschikt zijn voor gebruik in materiaalsterkteberekeningen. Als een component belast wordt in een trek-, compressie- of schuifproef, kan de materiaalgebruiker de spanning berekenen in een onderdeel bij de ontwerpbelasting. Die spanning kan worden vergeleken met tabellen van toelaatbare spanning op diverse technische materialen. Een ontwerper kan dan ook een veiligheidsfactor berekenen. Traditionele technische handboeken bevatten geen ontwerpvergelijkingen die taaiheidsgegevens van botsingsproeven accepteren.

Slagproeven

Taaiheid houdt verband met het vermogen van een materiaal om klappen op te vangen zonder te breken, zoals de beitel en hamerkop in figuur 4-23. De meest gebruikte technieken voor het schatten van taaiheid zijn *slagvastheidsproeven*. Hiermee meet men het vermogen van een materiaal om schokbelastingen op te vangen. Volgens de klassieke definitie is slagvastheid de energie die nodig is om een gegeven volume materiaal te breken. In de literatuur wordt de eenheid van deze eigenschap gegeven als Joules (J) of Joules per vierkante centimeter (J/cm^2).

De soorten slagproeven die tegenwoordig het meest gebruikt worden, worden weergegeven in figuur 4-24. De slagvastheid van metalen en polymeren wordt meestal gemeten met een slagapparaat van het slingertype. Voor de meeste metalen heeft de afgebeelde proefstaaf een inkeping om hem op de gewenste plaats te laten breken. Men spreekt bijvoorbeeld van een Charpy V- of Izod-kerfslagproef. Wanneer in de gegevens niet is aangegeven dat de proefstaaf gekerfd is, is het mogelijk dat het materiaal werkelijk erg bros is. Waarden voor gekerfde proefstaven mogen niet worden vergeleken met waar-

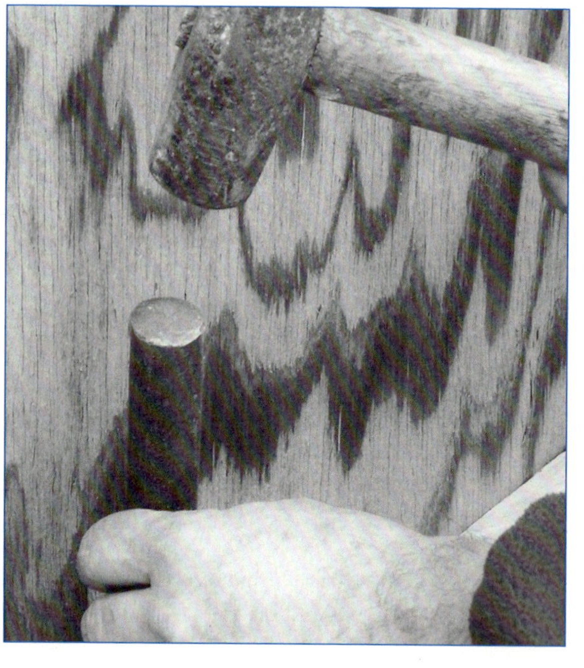

FIGUUR 4-23 Materiaaltoepassing met stootbelasting. Het materiaal voor de hamerkop en het slagoppervlak op de beitel vereist de mechanische eigenschap *slagvastheid*

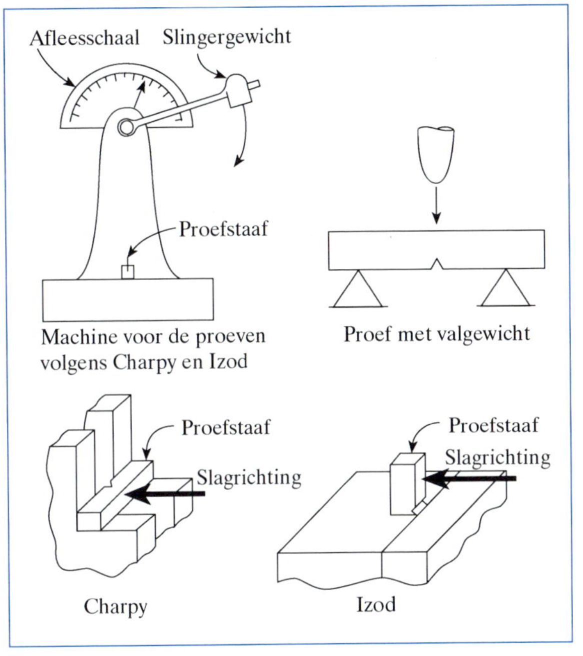

FIGUUR 4-24 Veelgebruikte slagproeven (ASTM E 23)

den voor ongekerfd materiaal. De test van het valgewichttype is een toevoeging van recenter datum aan de slagvastheidstestmethoden. Het grote voordeel is dat daarbij betrekkelijk grote proefstaven worden gebruikt (met doorsneden van enkele honderden vierkante centimeters). Het gebruik van grote proefstaven werd ingegeven door onderzoeksrapporten die aangaven dat de gegevens met kleine proefstaven volgens de standaard Charpy V- en Izod-proeven geen betrouwbaar beeld geven van het gedrag van zware constructieonderdelen tijdens het gebruik. De gekerfde en ongekerfde standaard slingerproefstaven hebben slechts een doorsnede in de orde van 1 cm^2. De valgewichtproeven (sommige types worden ook wel *dynamische scheurproeven* genoemd) hebben het belangrijke nadeel dat ze erg duur zijn.

De temperatuur kan van invloed zijn op de slagvastheid. Dit geldt in het bijzonder voor koolstofstaalsoorten en andere metalen met een bcc- of een hcp-kristalstructuur. Metalen met een fcc-structuur (zoals austenitisch roestvast staal, koper en aluminium) worden bij lage temperaturen wat sterker, maar er treedt geen significante verlaging van de slagvastheid op, zoals het geval kan zijn bij koolstofstaalsoorten. Tijdens de Tweede Wereldoorlog vertoonden veel schepen in de koude Noord-Atlantische zeeën catastrofale breuken. Men ontdekte dat deze breuken zo gemakkelijk konden ontstaan omdat het staal van deze schepen in erg koud water veel van zijn slagvastheid kwijtraakte. Als een onderdeel moet functioneren bij lage omgevingstemperaturen, is het dan ook raadzaam om rekening te houden met de *ductiel-bros-overgangstemperatuur*. Dit wordt gedefinieerd als de temperatuur waarbij de slagvastheid van het materiaal lager wordt dan een bepaalde vooraf gekozen waarde (rond 20 J) uit de Charpy V-test. Een typische slagvastheid-versus-temperatuurkromme die ook de overgang laat zien, wordt in figuur 4-25 weergegeven. Als de overgangstemperatuur van een staalsoort 0 °C is, dan moet men dit staal niet gebruiken voor onderdelen die stootbelastingen zullen ondergaan bij die temperatuur of lager.

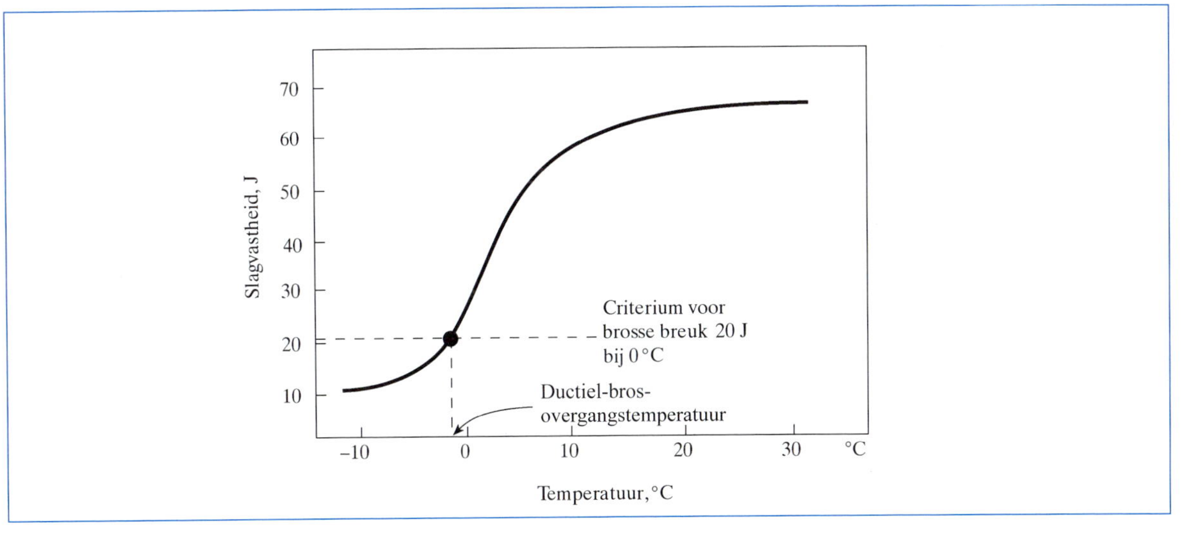

FIGUUR 4-25 Gebruik van slagvastheidsproeven om de ductiel-bros-overgangstemperatuur te bepalen

Tot slot van deze bespreking van slagvastheid merken we op dat alleen gegevens die met identieke testmethoden verkregen zijn met elkaar vergeleken mogen worden. Als de temperatuur een factor is bij een ontwerp, moet de invloed van de temperatuur op de slagvastheid onderzocht worden. Slagvastheid wordt het meest gebruikt voor het vergelijken van de taaiheid van staalsoorten met verschillende hardheid en voor het selecteren van polymeermaterialen op basis van hun relatieve weerstand tegen schokbelasting. Keramische materialen en brosse metalen zoals grijs gietijzer hebben een verwaarloosbare taaiheid, daarom vermelden de handboeken zelden taaiheidsgegevens over deze materialen.

4.7 Functioneren op lange termijn

Trekproeven geven informatie die gebruikt kan worden om de sterkte van technische materialen met elkaar te vergelijken. Omdat deze proeven gewoonlijk slechts enkele minuten duren, zijn ze geen goede methode om te bepalen in hoeverre een materiaal bestand is tegen dynamische belastingen of belasting bij hoge temperaturen. Voor het beoordelen van het langetermijngedrag van materialen worden dan ook andere mechanische eigenschappen gebruikt. In deze paragraaf bespreken we deze eigenschappen.

Vermoeiingsgrens

De vermoeiingsgrens of *vermoeiingssterkte* van een materiaal wordt verkregen door een proefmonster herhaaldelijk aan een bepaalde belasting te onderwerpen tot het breekt. In figuur 4-26 wordt een opstelling weergegeven voor het bepalen van vermoeiing door middel van buiging. De proefstaaf wordt belast totdat de maximale spanning in de proefstaaf bijvoorbeeld 275 MPa is. Bij dit spanningsniveau zal de staaf misschien na 10 cycli breken. Deze gegevens worden geregistreerd en het spanningsniveau wordt gereduceerd tot bijvoorbeeld 206 MPa. Bij dit lagere spanningsniveau breekt de staaf misschien pas na 1000 spanningscycli. Deze procedure wordt herhaald totdat er een spanningsniveau wordt gevonden waaronder geen breuk optreedt. Een test-

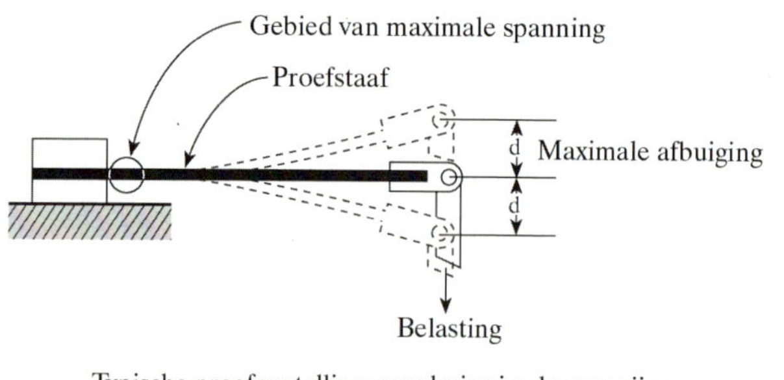

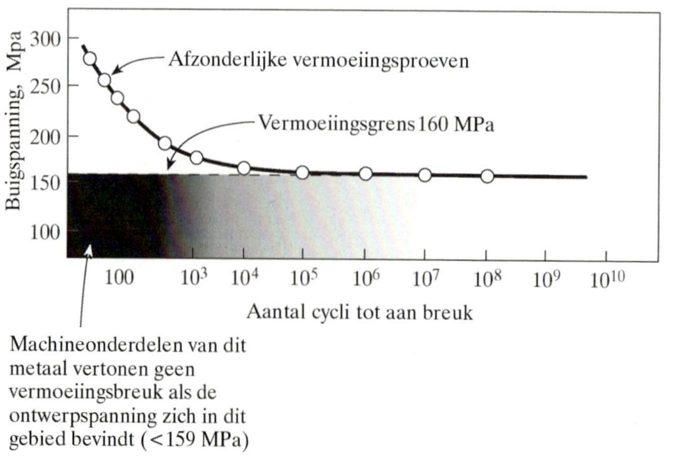

FIGUUR 4-26 Gebruik van een *S*-*N*-diagram (S = spanning, N = aantal cycli) voor het vaststellen van de vermoeiingsgrens

duur van 10 miljoen spanningscycli wordt vaak beschouwd als een oneindige levensduur. Sommige materialen kennen echter niet echt een minimumspanning waaronder geen breuk optreedt; ze zullen ooit een keer bezwijken. Voor deze materialen wordt de spanning genoteerd waarbij het materiaal pas na 10 miljoen wisselingen breekt. Het is duidelijk dat deze test kostbaar is. Hij vereist een groot aantal proefmonsters en veel statistische evaluatie. Het eindresultaat, de vermoeiingsgrens of vermoeiingssterkte van een materiaal, is echter een uiterst belangrijke ontwerpeigenschap.

Cyclische belasting reduceert in belangrijke mate de toelaatbare spanning die een materiaal kan weerstaan. Wanneer er geen gegevens over de vermoeiingssterkte beschikbaar zijn, wordt vaak gebruikgemaakt van een fractie van de treksterkte (bijvoorbeeld 40 procent voor staal, 30 procent voor kunststoffen, 20 procent voor gietijzer enzovoort). Dit percentage verschilt voor verschillende materiaalsystemen, maar voor stalen met een treksterkte onder 140 MPa (en geen spanningsconcentraties) kan de vermoeiingssterkte geschat worden op 50 procent van de treksterkte. Een waarde van 30-40 procent van de treksterkte kan gebruikt worden voor non-ferrolegeringen.

Keramische materialen worden zelden onderworpen aan cyclische belastingen. In feite spreken sommige keramici in dit verband nog steeds over 'statische vermoeiing', een proces zoals spanningscorrosie of kruip van metalen.

Veel kunststoffen en composieten zijn gevoelig voor cyclische belastingen. Voor kritische toepassingen is het belangrijk dat men over voldoende gegevens beschikt over de vermoeiingsgrens van deze materialen.

Kruip

Onder een statische belasting vervormt een materiaal elastisch of plastisch tot een bepaalde rek, en dat blijft dan constant met de tijd. Echter, bij 'hoge' temperaturen kan de vervorming onder een constante belasting doorgaan. Dit fenomeen heet *kruip*. Kruip treedt in de praktijk bij verschillende materialen op bij temperaturen boven 0,4 maal de smelttemperatuur in Kelvin. In het algemeen betekent dat dat kunststoffen kruip vertonen vanaf ca 240 K, oftewel boven de −35°C. De meeste metalen gaan pas kruipen vanaf enkele honderden graden Celsius. Voor metalen en polymeren met een laag smeltpunt kunnen de kruipeigenschappen dus een belangrijke selectiefactor vormen.

Kruip is een belangrijke oorzaak van defecten aan bevestigingsklemmen en hangstaven in warmtebehandelingsovens. In pijpleidingsystemen met epoxybindingen is de kruipgevoeligheid van de epoxy vaak de zwakke schakel in het systeem. Polymeerlagers vertonen vaak overmatige speling vanwege kruip door drukspanningen. In figuur 4-27 ziet men de kruip in een plastic hek dat twee jaar lang dienst heeft gedaan. De horizontale delen bogen door door kruip vanwege het gewicht van de staketsels.

Een typische kruipgevoeligheidstest wordt afgebeeld in figuur 4-28. Voor elke component of constructie die wordt onderworpen aan langdurige belasting moet rekening worden gehouden met de kruipvastheid. Voor metalen wordt de kruipgevoeligheid vaak uitgedrukt als de spanning die nodig is voor het produceren van 0,1 procent rek in 1000 uur. Voor polymeren wordt vaak een percentage rek bij een gegeven spanning gebruikt. Plastische kruipgegevens worden vaak uitgedrukt in eenheden van percentage rek (ASTM D 2990) over een bepaalde periode, bijvoorbeeld 10.000 uur. Bij kruipgegevens moet ook de testtemperatuur worden vermeld.

Spanningsbreuk

Spanningsbreuk (*stress rupture*) is het proces van het falen (breken) van een materiaal onder langdurige belasting bij hoge temperatuur (kruip). In figuur 4-29 zien we typische gegevens van spanningsbreukproeven voor een metaal. Zulke gegevens worden verkregen door te meten hoelang het duurt tot een monster breekt onder een bepaalde belasting bij een bepaalde temperatuur. Men ziet bijvoorbeeld dat een onderdeel dat wordt gebruikt bij 538°C na slechts 1000 uur zou breken bij een bedrijfsspanning van 359 MPa. Als de bedrijfsspanning verlaagd wordt tot 138 MPa, is de verwachte levensduur meer dan 20.000 uur. Bij 816°C zou een spanningsniveau

FIGUUR 4-27 Kruip in een plastic hek van twee jaar oud

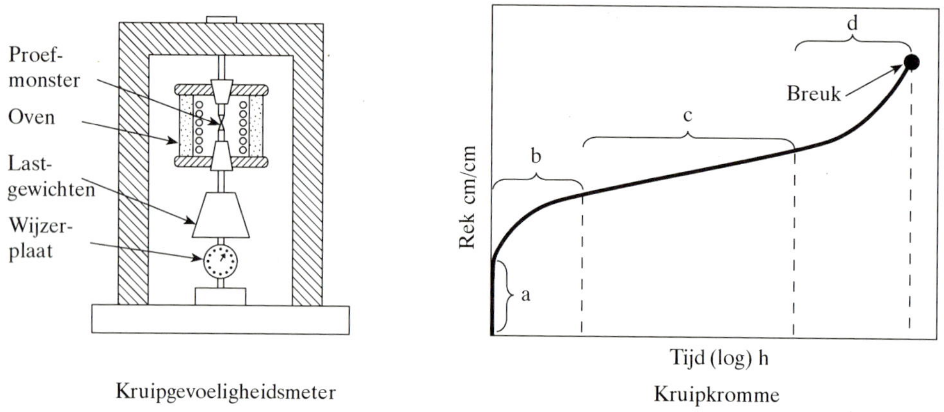

FIGUUR 4-28 Testen van de kruipgevoeligheid van metalen. In de schematische kruipkromme is gebied a een elastische rek, b is de primaire kruip met afnemende kruipsnelheid, c is de secundaire gelijkmatige kruip en gebied d is ternaire kruip met toenemende kruipsnelheid (ASTM E 139)

van 138 MPa een levensduur opleveren van minder dan 1000 uur. Een belangrijk punt om te onthouden is dat de spanningsbreuksterkte bij een bepaalde temperatuur veel lager kan zijn dan de vloeigrens en treksterkte van het materiaal die men meet bij een gewone trekproef.

Kunststoffen worden ook gebruikt als constructieonderdelen bij hoge temperaturen, waarbij 'hoog' voor kunststoffen soms lager dan 100 °C betekent. Polycarbonaat kan bijvoorbeeld een treksterkte bij kamertemperatuur hebben van 60 MPa. De spanningsbreuksterkte kan echter laag zijn, bijvoorbeeld 7 MPa bij 50 °C. In feite is het niet ongewoon dat een zonnebrilmontuur breekt door spanningsbreuk als het op een warme zomerdag op het dashboard van een auto ligt. De temperatuur van het plastic kan dan gemakkelijk oplopen tot 50 à 60 °C, en er kunnen breuken ontstaan door de resterende gietspanningen die onvermijdelijk zijn in gegoten kunststoffen (zie figuur 4-30). Figuur 4-31 laat een klem zien van een nieuwe halogeenwerklamp die 24 uur nadat hij op een 38 millimeter dik stuk hout was geklemd bezweek. Blijkbaar was de ontwerper ervan uitgegaan dat de lamp alleen zou worden geklemd aan veel dunnere dingen. Hij was gemaakt van polycarbonaat, een kunststof die bijzonder gevoelig is voor spanningsbreuken. Als de vloeisterkte bij kamertemperatuur van een bepaalde soort polycarbonaat 41 MPa is, kan het materiaal niet worden gebruikt bij een hogere ontwerpspanning dan ongeveer 10 MPa. Bij 43 °C is de toelaatbare spanning waarschijnlijk lager dan 7 MPa.

Het punt is dat veel kunststoffen gevoelig kunnen zijn voor spanningsbreuk door niet te grote,

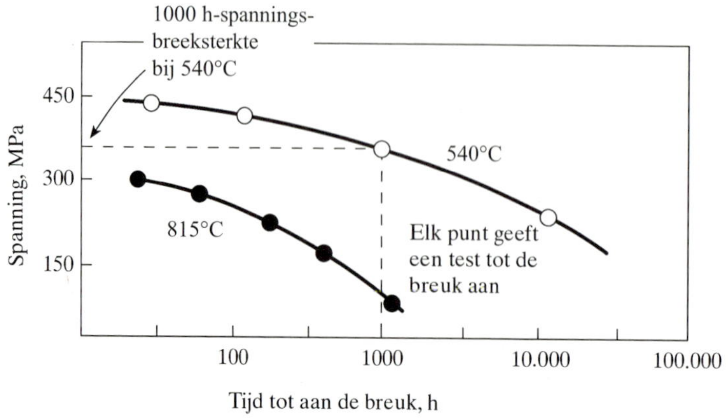

FIGUUR 4-29 Typische spanningsbreukgegevens (ASTM E 139)

FIGUUR 4-30 Spanningsbreuk van een zonnebrilmontuur van polycarbonaat (plus mislukte lijmpoging). De breuk werd veroorzaakt door restspanningen van het gieten, in combinatie met zonnewarmte op een autodashboard

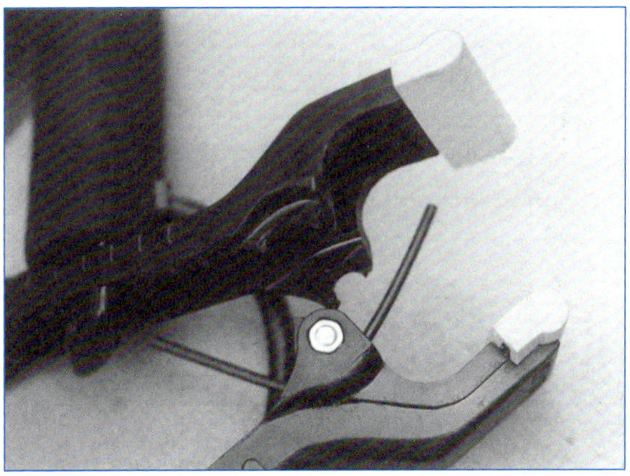

FIGUUR 4-31 Spanningsbreukdefect van een klem van een werklamp van kunststof. De klem bezweek bij het eerste gebruik binnen 24 uur nadat hij aan een houten plaat geklemd was

maar onverwachte temperatuurschommelingen. Als een kunststof wordt blootgesteld aan hogere temperaturen dan 40 °C, zou het aan te raden zijn om zijn gevoeligheid voor spanningsbreuk te onderzoeken.

Breukmechanica

In paragraaf 4.3 hebben we de taaiheid van materialen besproken, de oppervlakte onder een trek-rekkromme. Deze taaiheid gaat ervan uit dat er geen defecten in het materiaal zijn. Vele onderdelen kunnen echter moeilijk gemaakt worden zonder defecten, dit geldt onder andere voor grotere onderdelen zoals vliegtuigvleugels en drukketels. Onder hoge belastingen spelen defecten zoals kleine scheuren een belangrijke rol in de energie die een materiaal kan opnemen voordat het breekt. De taaiheid is dus niet alleen afhankelijk van onder andere het soort materiaal, de toestand van warmtebehandeling, de microstructuur en de resterende spanningsomstandigheden, maar ook van de grootte van het defect. De energie die nodig is om een onderdeel of object te doen breken met zo'n defect (scheur) heet breuktaaiheid.

Om de breuktaaiheid te bepalen is in de jaren vijftig en zestig van de vorige eeuw de breukmechanica ontwikkeld. Belangrijk om te weten is dat de breukmechanica gebaseerd is op de analyse van de spanningstoestand bij het uiteinde van een scheur, de ultieme 'kerf' in een materiaal. De belangrijkste materiaalparameter in de breukmechanica is de spanningsintensiteitsfactor, K_I. (De subscript 'I' is voor het vaak voorkomende geval dat de belasting zich loodrecht tot de scheurgroeirichting verhoudt.) Dit wordt gemeten in een universeel testapparaat dat vergelijkbaar is met het apparaat dat wordt gebruikt voor trekproeven. De populairste proefmonsters (ASTM E 399) zijn zware gekerfde platen. Eerst wordt door middel van vermoeiing een kleine scheur aangebracht bij de wortel van de inkeping. De plaat wordt vervolgens belast tot hij faalt. Het resultaat van de test is de kritische spanningsintensiteitsfactor, oftewel de breuktaaiheid, K_{IC}. Dit kan men berekenen door middel van de formule

$$K_{IC} = \sigma_c Y \sqrt{\pi a}$$

waarbij
σ_c = kritische spanning die de breuk veroorzaakt
K_{IC} = kritische spanningsintensiteitsfactor
Y = geometrische factor
a = lengte van de aangebrachte scheur

Tabellen voor de kritische spanningsintensiteitsfactoren vindt men in handboeken en materiaalkeuzetabellen, zie bijvoorbeeld tabel 4-7. Hoe hoger de kritische spanningsintensiteitsfactor, hoe beter bestand dat materiaal is tegen mechanische breuk. In een onderdeel is de grootte van de scheur (a) meestal die van het grootste defect dat onopgemerkt kan blijven in het niet-destructieve testprogramma van een onderneming (zie paragraaf 4.9 over niet-destructief onderzoek).

Door deze vergelijking te herschikken kan de kritische lengte van de scheur worden berekend die een breuk (a_c) veroorzaakt wanneer het onderdeel met een bepaalde spanning σ_n wordt belast:

$$a_c = \left(\frac{K_c}{Y\sigma_n} \right)^2$$

TABEL 4-7 Breuktaaiheid van diverse technische materialen. Gegevens uit diverse bronnen

MATERIAAL		KRITISCHE SPANNINGSINTENSITEITS-FACTOREN[a] $MN\ m^{-3/2}$
Metalen	Zuivere ductiele metalen (Cu, Ni, Ag, enz.)	100–350
	HY 130 staal	170–175
	Staal met laag koolstofgehalte	120–140
	18% Ni sterke staalsoorten	75–100
	PH roestvaste staalsoorten	66–143
	Titaniumlegeringen	35–108
	4340 staal	44–78
	Staal met doorsnee koolstofgehalte	40–50
	Aluminiumlegeringen	22–50
	Grijs gietijzer	6–20
	Gesinterde carbiden	14–16
	Beryllium	4
Kunststoffen	Glasversterkte epoxy	42–60
	(ABS) Acrylo-nitril-butadieenstyreen	3–4
	Polypropyleen, nylon	3
	Polyethyleen met hoge dichtheid	2
	Polystyreen	2
	Polycarbonaat	1–2,6
Keramische materialen	Aluminiumoxide, Al_2O_3	3–5
	Siliciumnitride, Si_3N_4	4–5
	Siliciumcarbide, SiC	3
	Magnesiumoxide, MgO	3
	Natronkalkglas	0,7–0,8

a MN, Mega-Newton

Bij wisselbelastingen kan men met verwante concepten uit de breukmechanica ook het aantal belastingwissels (cycli) berekenen die een scheur nodig heeft om uit te groeien tot een kritische grootte die een breuk veroorzaakt. Verder kan de breukmechanica worden gebruikt voor het analyseren van breuken van onderdelen (schadeanalyse).

4.8 Preventie van mechanisch falen door een goed ontwerp

Bij het ontwerpen van mechanische constructies wordt het ontwerp bepaald door de besproken sterkteparameters, de nauwkeurigheid van de sterktegegevens, de statistische variaties van het materiaal van partij tot partij of tussen verschillende leveranciers, en de fabricagevariaties. Voor toepassingen waarbij hoge efficiëntie belangrijk is, is een goed begrip van mechanische eigenschappen en de spanningstoestand van onderdelen essentieel, omdat de veiligheidsfactor klein gehouden moeten worden. Bouwprojecten maken juist gebruik van grotere veiligheidsfactoren om rekening te houden met onbekende factoren.

Als een onderdeel van een machine of een structuur faalt door breuk of permanente vervorming, is de oorzaak simpelweg dat de spanning hoger was dan het materiaal kon weerstaan. De meeste ontwerpers berekenen bedrijfsspanningen op essentiële onderdelen om er zeker van te zijn dat deze lager zijn dan de toelaatbare spanning voor het in het ontwerp gebruikte materiaal. Hoe komt het dat het soms dan toch misgaat?

Het antwoord op deze vraag geldt waarschijnlijk voor 90 procent van de mechanische defecten in de industrie: spanningsconcentraties (zie figuur 4-32). De berekeningen die door de meeste ontwerpers worden uitgevoerd, geven het nominale of schijnbare spanningsniveau. Als er spanningsconcentra-

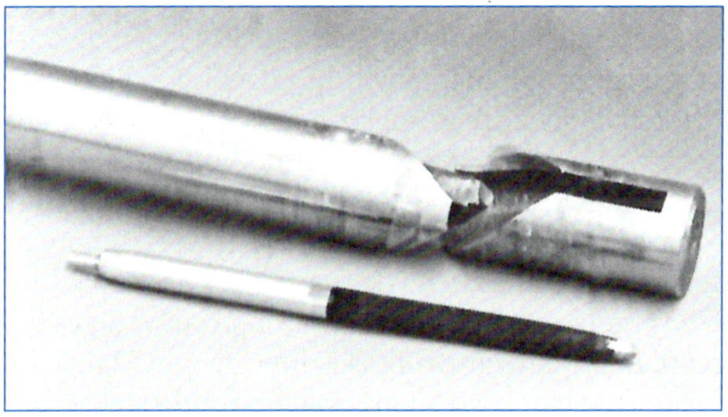

FIGUUR 4-32 Vermoeiingsbreuk waarvan de oorsprong zich in een spiegleuf bevindt

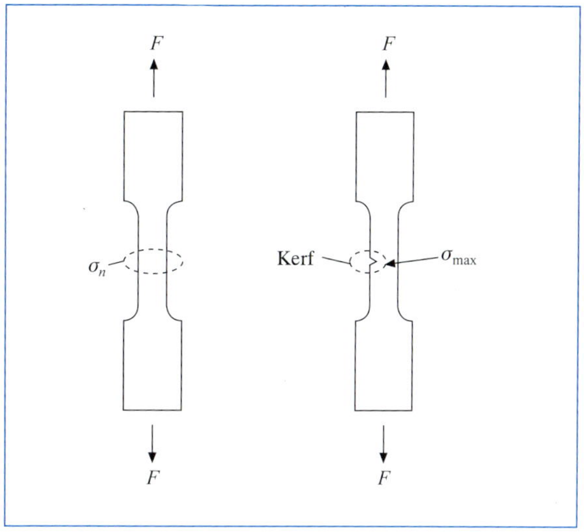

FIGUUR 4-33 Spanningsconcentraties in een trekproefstaaf

ties aanwezig zijn, kan de spanning plaatselijk echter veel hoger zijn dan de berekende spanning. De defecten beginnen meestal in deze plaatselijke gebieden van hoge spanning. De ontwikkeling van defecten door spanningsconcentraties gaat vaak gepaard met andere mechanische 'gebeurtenissen', zoals stootbelasting en vermoeiing, alsmede corrosie.

Hoe voorkomt een ontwerper mechanische defecten? Er kan niets worden gedaan tegen de mechanische defecten die ontstaan als een achteruitrijdende vorkheftruck tegen een montagemachine botst, maar de ontwerper van een machine kan de meeste defecten als gevolg van spanningsconcentraties voorkomen door ze aan de tekentafel te elimineren. Sommige mechanische defecten kunnen worden voorkomen door een beter begrip van de breukweerstand van metalen. In de rest van deze paragraaf zullen we ons bezighouden met deze twee factoren, spanningsconcentraties en breukweerstand.

Spanningsconcentraties

Hoe kan men rekening houden met spanningsconcentraties bij het ontwerp? Wanneer een onderdeel bijvoorbeeld aan een trekbelasting wordt onderworpen, is de spanning op het onderdeel eenvoudig de belasting (F) gedeeld door de doorsnede (A): F/A. Als het belaste onderdeel een kerf of een gat bevat, of een onregelmatige geometrische vorm heeft, is de spanning die het onderdeel bij de kerf voelt, verhoogd met een *spanningsconcentratiefactor*:

$$\sigma_{max} = K_f \sigma_n$$

waarbij
σ_{max} = plaatselijke spanning in het gebied van een spanningsconcentratie (zie figuur 4-33)
K_f = spanningsconcentratiefactor
σ_n = schijnbare macroscopische spanning (zie figuur 4-33)

Als de spanningsconcentratiefactor bekend is, kan deze worden gebruikt in ontwerpberekeningen om de plaatselijke spanning vast te stellen. De toelaatbare spanningsgrenzen moeten dan worden toegepast op deze waarde (σ_{max}), en niet op de schijnbare spanning die is afgeleid uit de traditionele spanningsberekeningen voor een belast onderdeel.

Spanningsconcentratiefactoren zijn van toepassing op alle vormen van belasting: trekbelasting, buigbelasting en torsiebelasting. De wiskundige waarde van een spanningsconcentratiefactor is een functie van de geometrische vorm van het belaste onderdeel en de wijze van belasting. In het algemeen is de spanningsconcentratiefactor omgekeerd evenredig met de kerfradius. Hoe kleiner de kerfradius, des te groter dus de spanningsconcentratiefactor. In veel handboeken[1] worden spanningsconcentratiegegevens weergegeven zoals in figuur 4-34. Figuur 4-35 toont een schatting van enkele spanningsconcentratiefactoren voor diverse soorten ronde assen, aangenomen dat de diameterverhouding $D/d = 2$ en de kerfstralen <0,75 mm.

Als je een ingewikkelde vorm onder handen hebt die niet voorkomt in de handboeken, kunnen de spanningsconcentratiefactoren op de computer worden berekend met behulp van eindige-elemententechnieken (EEM). Veel programma's voor *computer-assisted design* (CAD) combineren massieve modellen en eindig-elementanalyse in een software-

1 Bijvoorbeeld Peterson, R. E., *Stress Concentration Factors.* New York: John Wiley & Sons, 1974.

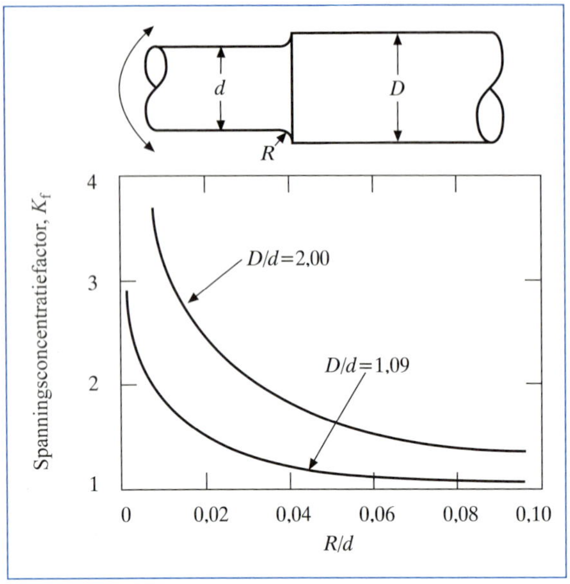

FIGUUR 4-34 Spanningsconcentratiefactoren voor de buiging van een getrapte as

pakket. Deze methode maakt schattingen mogelijk van spanningen, afbuiging en vervorming van onderdelen met een vorm die te ingewikkeld is om met de traditionele spannings-/afbuigingsvergelijkingen te analyseren. Het is een krachtig technisch hulpmiddel, maar er moet verstandig mee worden omgegaan. Accepteer niet ieder antwoord dat uit de analyse rolt als een feit. De softwareontwikkelaars hebben immers misschien een aantal dingen aangenomen die niet gelden voor jouw speciale geval. Voer dus altijd je eigen analyse uit en controleer het model met spanningsmetingen, proeven of aanvullende berekeningen.

Spanningsconcentratiegegevens worden vaak verkregen door een onderdeel met een kerf van een bepaalde vorm te onderwerpen aan een vermoeiingstest. Daarna maakt men de kerf scherper en wordt de proef herhaald. Uit het verschil tussen de resultaten van deze proeven leidt men de numerieke waarde van de spanningsconcentratiefactor af. Het verzamelen van deze gegevens is bijzonder duur en tijdrovend. Een eenvoudiger methode voor het bepalen van de gevoeligheid voor spanningsconcentraties en de breukweerstand van een materiaal is een kerftrekproef. Voor zo'n proef wordt er op de gewone manier een proefstaaf gemaakt, die vervolgens wordt onderworpen aan een trekbelasting tot hij breekt. Daarna wordt de proef herhaald met een tweede staaf, waarin een kerf in het meetgebied is aangebracht. De verhouding tussen de treksterkten van de gekerfde en ongekerfde staven is een maat voor de gevoeligheid van een materiaal voor spanningsconcentraties. Hoe hoger deze verhouding, des te groter de breukweerstand.

Helaas zijn goede gegevens over deze parameter schaars. Als een ontwerper de breukweerstand van een aantal materialen voor een kritische toepassing wil vergelijken, kan de beschreven proef van pas komen. Een waarschuwing is echter op zijn plaats: de resultaten van kerftrekproeven op ronde trekstaven kunnen misleidend zijn als de toepassing om een andere vorm vraagt. Proeven met ronde staven geven hoge resultaten, als gevolg van de geometrische effecten van een kerf over de hele omtrek. De resultaten van proeven op vlakke platen (ASTM A 338) stemmen beter overeen met het gedrag van een materiaal in dikke segmenten van echte onderdelen.

Het belang van spanningsconcentraties bij het voorkomen van mechanische defecten kan niet genoeg worden benadrukt. In alle ontwerpen moet rekening worden gehouden met spanningsconcentraties, maar hun betekenis stijgt nog veel verder wanneer het om een onderdeel gaat dat dynamisch wordt belast. Hieronder volgen enkele belangrijke richtlijnen:

1. Specificeer voor zwaarbelaste onderdelen bij *alle* inspringende hoeken de grootste stralen die toelaatbaar zijn.
2. Plaats bij selectief harden of oppervlakharden de overgangen in gebieden met lage spanning. Plaatsen waar de structuur verandert, kunnen als kerven gaan werken.
3. Een grote oppervlakteruwheid kan kerfwerking veroorzaken. Hoe lager de oppervlakteruwheid, des te kleiner de kans op spanningsconcentraties. De textuur van het oppervlak moet in dezelfde richting lopen als de uitgeoefende belasting.
4. Zorg voor een afgerond slijpreliëf, zodat er bij het naslijpen geen kerfvorming optreedt.
5. Maak verstandig gebruik van borgringen. Het kerfeffect van de borgringgroeven kan niet door afronden worden weggewerkt. Plaats de borgringen aan het uiteinde van assen of in gebieden met lage spanning.
6. Spanningsconcentraties kunnen vaak worden voorkomen door het verhogen van de flexibiliteit (verlagen van de stijfheid) van de onderdelen. Geef gladde, rechte gedeelten van onderdelen de mogelijkheid om te buigen.
7. Beperk schroefdraden op assen tot de gedeelten met lage spanning.

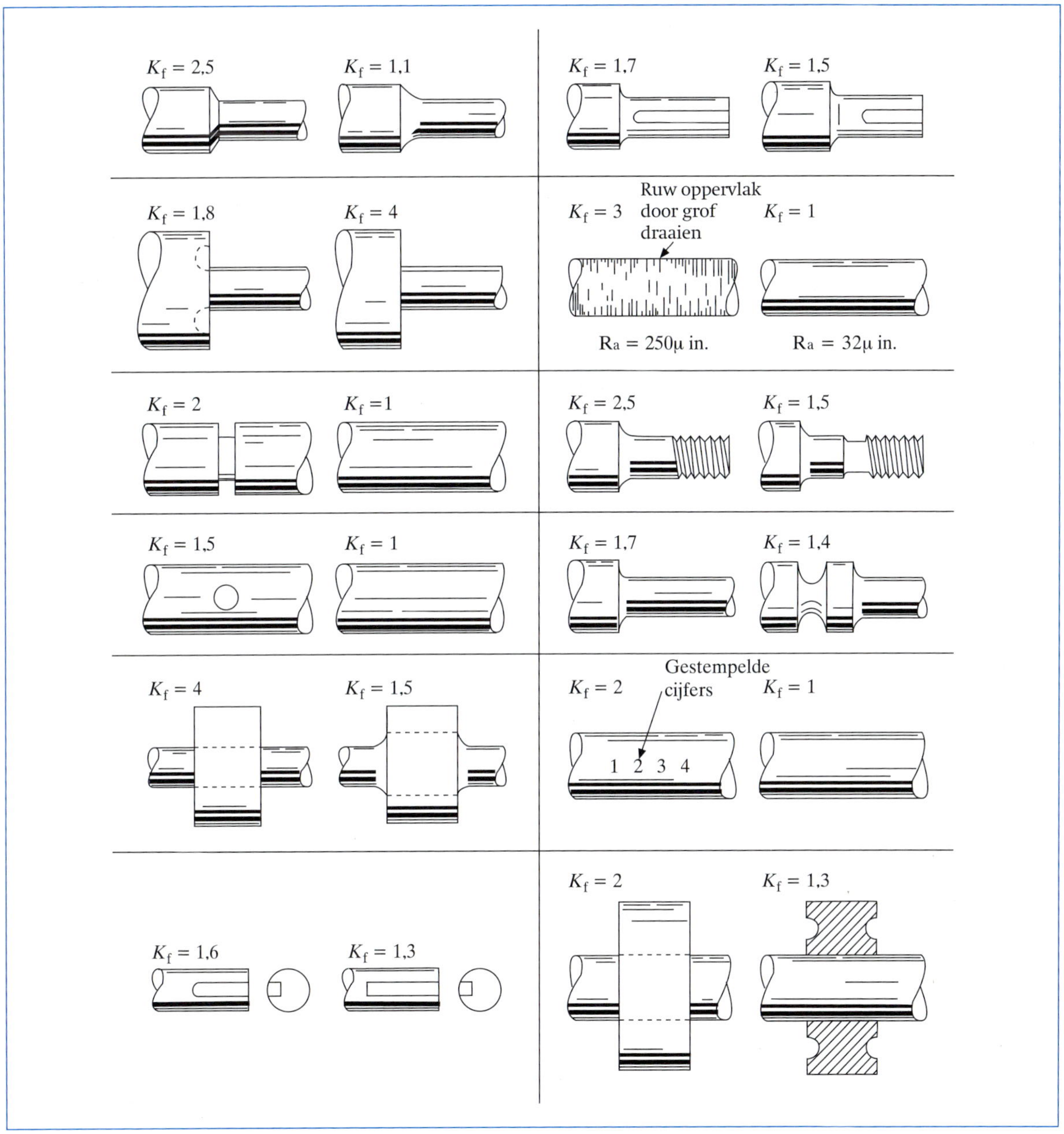

FIGUUR 4-35 Benaderde spanningsconcentratiefactoren voor diverse asconfiguraties

8. Vermijd lassen met onvolledige doorlassing op plaatsen waar de kans op vermoeiing groot is.
9. Veel kunststoffen zijn kerfgevoelig. Vermijd dus kerven en krassen op dit soort kunststoffen wanneer ze zwaar worden belast, zie figuur 4-36.
10. Smeltverbindingen (hechtnaden) in gegoten kunststoffen leiden vaak tot spanningsconcentraties. Controleer op smeltverbindingen en wijzig de toevoerkanalen om ze weg te werken, of verplaats ze naar gebieden met een minder hoge spanning.

Oppervlakteafwerking

Inwendige defecten kunnen onzichtbare spanningsconcentraties veroorzaken, maar de oorzaken van spanningsconcentraties die het meest over het hoofd worden gezien liggen aan de oppervlakte. De oppervlakte-eigenschappen van technische materialen hebben vaak een grote invloed op het mechanisch functioneren van onderdelen en mogen door de ontwerper dus niet genegeerd worden. Vele vermoeiingsbreuken hebben hun oorsprong in oppervlakgroeven die veroorzaakt zijn door harde

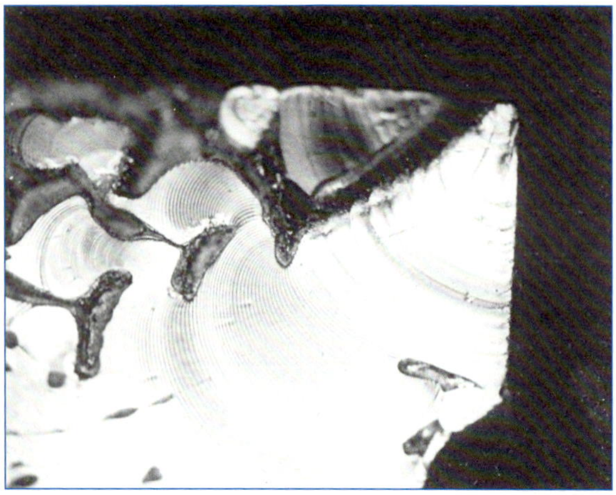

FIGUUR 4-36 Vermoeiingsbreuk die zich uitbreidt vanuit een inkeping in een hoek van een onderdeel van polycarbonaat (×32). Elke 'cirkel' is een uitbreiding van het breukfront.

machinebewerkingen of slijptechnieken. De hinderlijkste spanningsconcentratiegroeven in assen worden veroorzaakt door een draaibank. Een draaibankbeitel met een straal van 0,25 millimeter is een verbazingwekkende kerfgenerator. De ontwerper kan deze door machinaal bewerken veroorzaakte kerven echter tegengaan door te specificeren dat gebieden met een hoge spanning een fijne afwerking moeten krijgen.

Het is de verantwoordelijkheid van de ontwerper om de aard van het oppervlak van machinecomponenten te specificeren. Tegenwoordig worden er meer dan twintig wiskundige parameters gebruikt voor het karakteriseren van een oppervlak, maar de meest gebruikte zijn *ruwheid*, *golving* en *textuur* (zie figuur 4-37). Deze parameters en hoe zij worden gemeten worden uitvoeriger besproken in hoofdstuk 21.

Hoe staat de oppervlakteafwerking in verband met de keuze en het functioneren van een materiaal? Er bestaat een optimaal bereik van ruwheidswaarden voor onderdelen die bedoeld zijn om precies te passen, voor slijtagetoepassingen (zie hoofdstuk 5) en uitschakelmechanismen, en zelfs voor niet-functionele oppervlakken. Als een draaiende as te ruw is, kan deze zacht lagermateriaal doen afslijten. Grove krassen door machinale bewerking veroorzaken spanningsconcentraties die tot vermoeiingsbreuk kunnen leiden. Oppervlakken met een 'te goede' afwerking zorgen evenwel voor hoge fabricagekosten.

De eisen voor oppervlakteafwerking moeten altijd worden gespecificeerd door middel van kwantitatieve grenzen, in ieder geval wat betreft de oppervlakteruwheid. Een mogelijk systeem voor zo'n specificatie is te zien in figuur 4-38. Figuur 4-39 geeft voor een aantal geselecteerde machinecomponenten enkele op ervaring gebaseerde richtlijnen wat betreft de afwerking. Figuur 4-40 toont voor verschillende machinale bewerkingen de mogelijke afwerkingen. Deze afbeelding geeft aan dat het niet voldoende is om een beschrijving te geven van de kwaliteit van het oppervlak, zoals geslepen, gedraaid en geboord. Een geslepen oppervlak kan een ruwheid hebben van wel 3 μm R_a of zo glad zijn als 0,1 μm R_a.

Sommige fabricageafdelingen hebben mogelijk niet de juiste apparatuur voor kwantitatieve meting

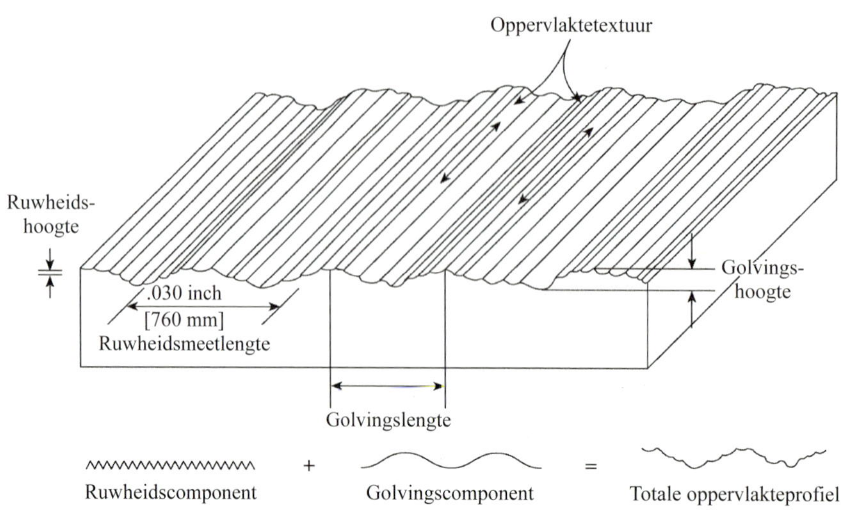

FIGUUR 4-37 Componenten van oppervlakmicrotopografie

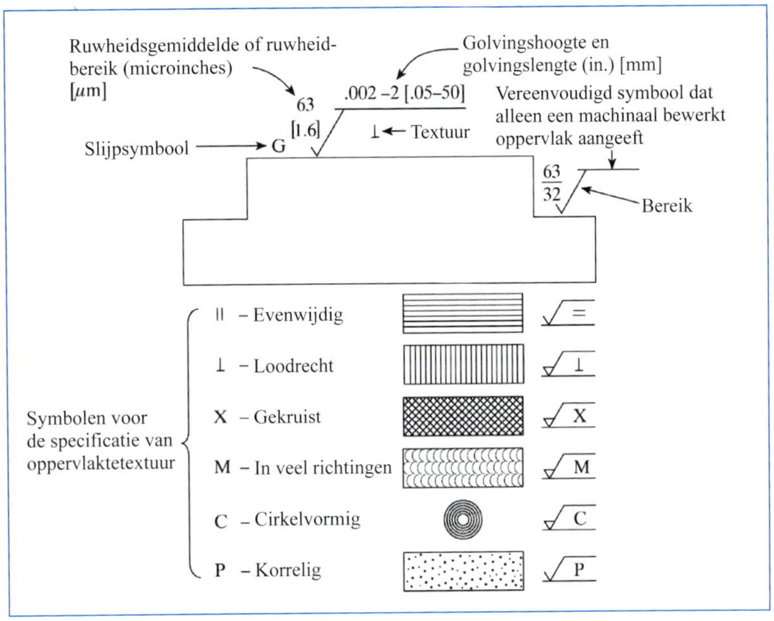

FIGUUR 4-38 Specificatie van oppervlaktetextuur (American Standard Surface Texture ASME Y14.36M 2002)

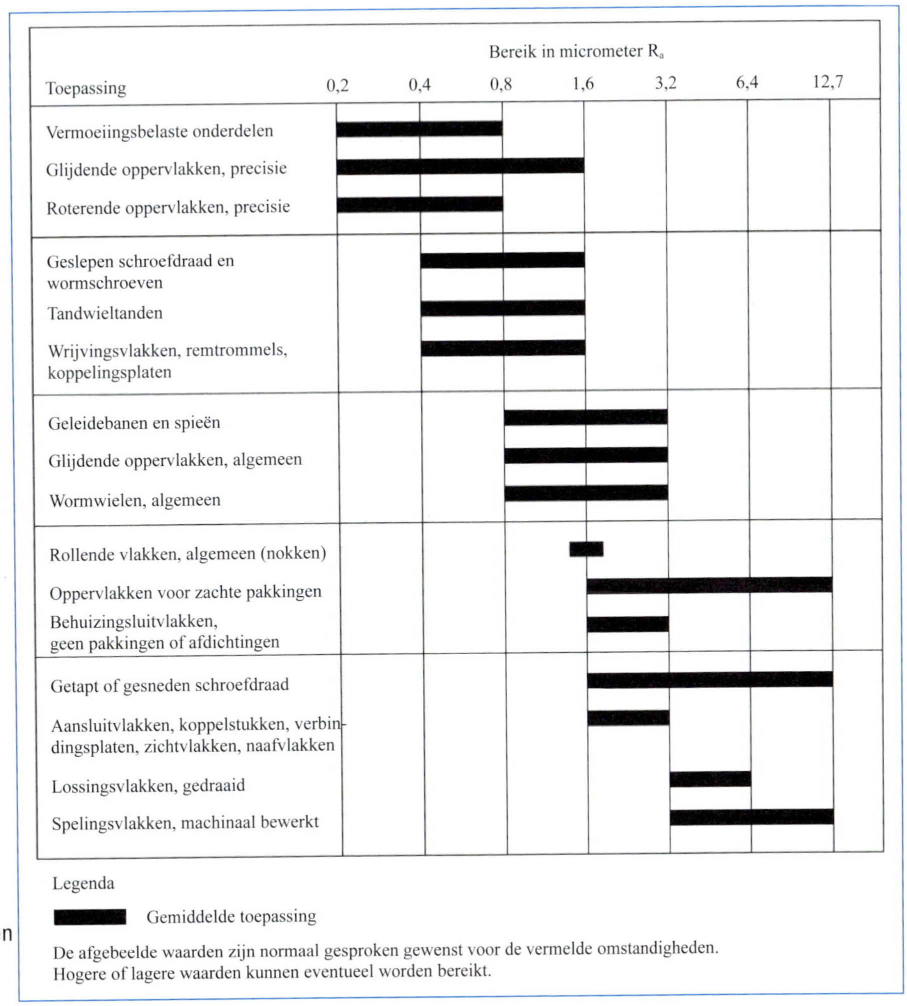

FIGUUR 4-39 Aanbevolen oppervlakteruwheid voor machineonderdelen

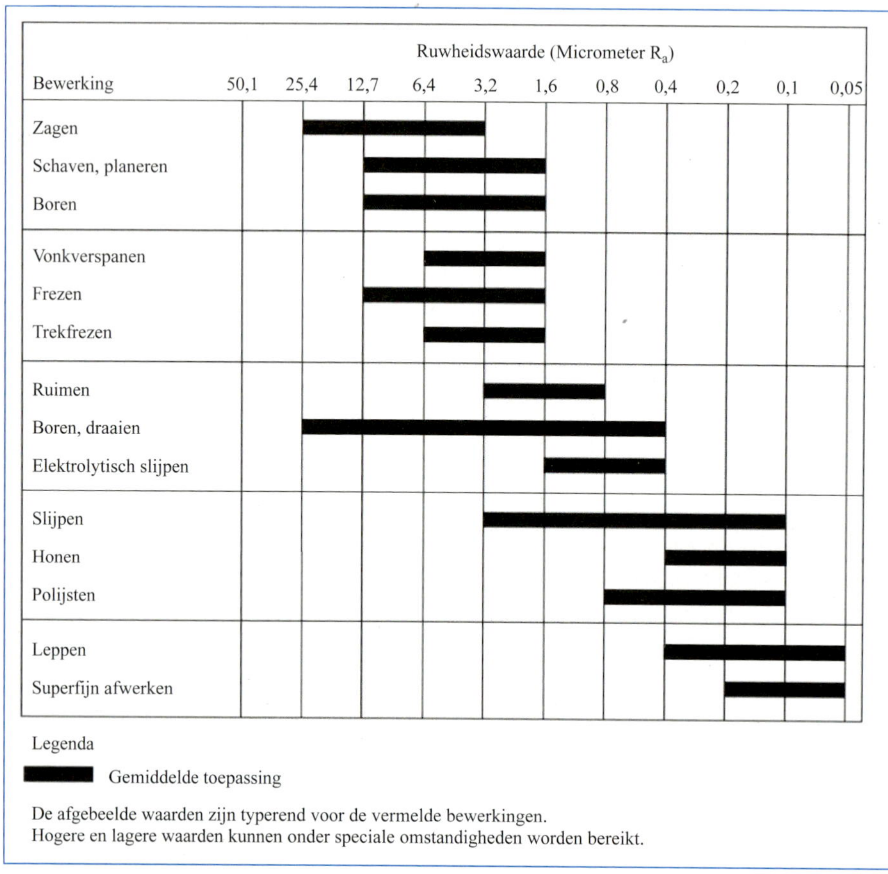

FIGUUR 4-40 Oppervlakteruwheid die wordt geproduceerd door diverse bewerkingstechnieken

van oppervlaktetextuur. In dat geval is het zeer moeilijk om te voldoen aan de tekeningspecificaties daarvoor. Visueel onderzoek is dan gewoonlijk de enige mogelijkheid, maar slechts weinig machinebewerkers zijn voldoende getraind in het onderscheiden van verschillende niveaus van oppervlakteruwheid of andere textuurparameters. Als voorbeeld ziet men in figuur 4-41 geslepen staaloppervlakken zeven keer vergroot. Deze illustratie simuleert wat een machinebewerker ziet met behulp van een ×7-loep bij het onderzoeken van zijn/haar werk. Het is duidelijk dat een machinebewerker waarschijnlijk wel kan zeggen of een oppervlakteruwheid minder is dan 0,2 μm R_a, omdat daar de slijpkrassen beginnen te verdwijnen, maar het is moeilijk om het verschil aan te geven tussen een ruwheid van 1,6 en 0,8 μm R_a. Visueel onderzoek van oppervlakteafwerking is dus geen goede vervanging van een instrumentmeting.

Breukweerstand

De ontwerper kan mechanische defecten niet alleen proberen te voorkomen door het elimineren van spanningsconcentraties, maar ook door een materiaal te selecteren met een goede breukweerstand. Er zijn diverse maten voor de breukweerstand van een technisch materiaal, maar de term betekent, eenvoudig gesteld, het vermogen dat een materiaal heeft om de uitbreiding van een scheurtje tegen te gaan. Alle mechanische defecten beginnen met de een of ander scheurtje. Er treedt een breuk op wanneer de krachten die de uitbreiding van de scheur bevorderen, groter zijn dan de krachten die de uitbreiding van de scheur verhinderen.

Hoe de uitbreiding van scheuren precies in zijn werk gaat, valt buiten het bereik van deze bespreking, maar de ontwerper kan een indruk krijgen van de inherente breukweerstand van een voor een ontwerp geselecteerd materiaal aan de hand van de volgende factoren, die we eerder in dit hoofdstuk al hebben besproken:

1. Spanning-rekkromme
2. Slagvastheid
3. Kritische spanningsintensiteitsfactor/breuktaaiheid

Spanning-rekgegevens

Zoals eerder vermeld wordt de taaiheid van een materiaal gemeten als de energie die nodig is om een gegeven volume van het materiaal te laten breken. De eenvoudigste maat hiervoor is de oppervlakte

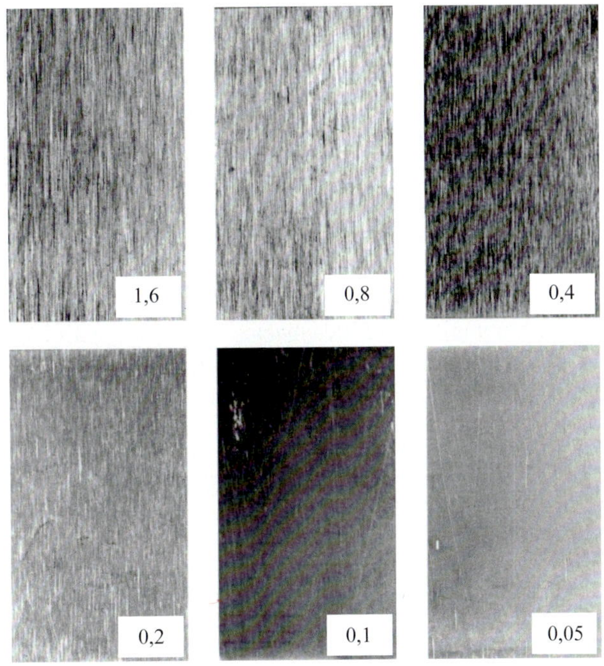

FIGUUR 4-41 Foto's van gepolijste staaloppervlakken (×7). Het nummer rechtsonder geeft de gemiddelde oppervlakteruwheid aan in micrometer.

van het gebied onder de spanning-rekkromme. Als we de oppervlakte onder elk van de spanning-rekkrommen in figuur 4-42 vergelijken, kunnen we zien dat materialen zoals staal taaier zijn dan gietijzer. Het verschil tussen hoogkoolstof- en laagkoolstofstaal is echter niet zo duidelijk. In ieder geval geven de meeste materiaalhandboeken geen complete spanning-rekdiagrammen voor technische materialen, maar wel bijna altijd tabellen met de treksterkte en de breukrek. Een ontwerper die twee materialen beschouwt als kandidaten voor een toepassing, waarbij beide materialen een gelijke treksterkte hebben, maar het ene heeft 2 procent breukrek en het andere 10 procent breukrek, kan er vrijwel zeker van zijn dat het laatstgenoemde materiaal een betere taaiheid en breukweerstand heeft. De ductiliteit van het materiaal kan dus een indicatie geven voor de taaiheid bij gelijke sterkte.

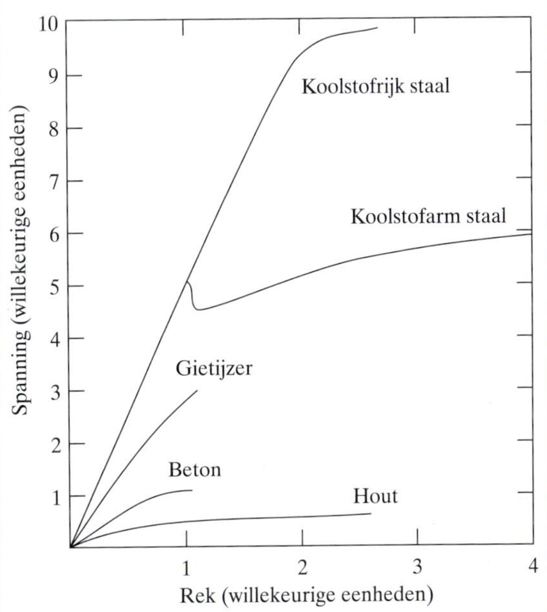

FIGUUR 4-42 Typische spanning-rekdiagrammen voor diverse materialen

Slagvastheid

De handboektabellen met de slagvastheidsgegevens van materialen zouden een goede indicatie moeten zijn van de taaiheid en de breukweerstand. Maar zoals reeds vermeld is het moeilijk om de diverse materiaalsystemen met elkaar te vergelijken als gevolg van de grote verschillen tussen de gebruikte testmethoden. De gegevens zijn wel te gebruiken om legeringen die tot dezelfde groep behoren met elkaar te vergelijken, en voor de vergelijking van materialen uit verschillende materiaalgroepen, als de tabelgegevens afkomstig zijn van dezelfde testmethoden. Hoe hoger de slagvastheid, des te groter de breukweerstand.

Breuktaaiheid

Tabellen met *kritische spanningsintensiteitsfactoren* kunnen worden gebruikt voor het selecteren van materialen met een hogere breukweerstand. Deze parameter zal nog belangrijker worden, want men gebruikt hem bij voorkeur als maat voor de taaiheid van keramische materialen, en die zouden in het nieuwe millennium wel eens de belangrijkste technische materialen met hoge sterkte kunnen zijn. Deze parameter komt uit de *breukmechanica*, een vakgebied voor het analyseren van de breukweerstand van een materiaal met een reeds bestaande scheur.

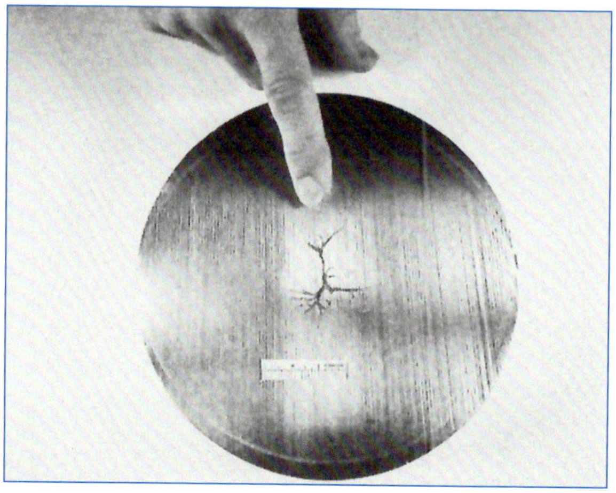

FIGUUR 4-43 Smeedbarst in het midden van een roestvast stalen balk met een diameter van 19 cm

4.9 Inspectie en niet-destructief onderzoek

Ook een ontwerp dat aan alle eisen voor materiaaleigenschappen voldoet, kan nog steeds falen door productiefouten. Misschien functioneert een lasrobot niet goed of breekt een fietsframe omdat er een vorklas ontbreekt. Hoe zou dit kunnen worden voorkomen? Inspectie in het bedrijf van de fabrikant is de gebruikelijke manier om defecten vanwege fabricageafwijkingen te voorkomen. In dit geval zou het defect gedetecteerd kunnen zijn door visuele inspectie van de framelassen door een persoon of met een gecomputeriseerd machine-inspectiestation. Maar materiaalfouten die niet op het eerste gezicht zichtbaar zijn, kunnen ook de oorzaak van een breuk zijn. Sommige toestelgebreken, zoals in elektronische circuits, vereisen misschien microscopische of elektronische detectie. Ze zijn te klein om met het blote oog te zien. Een gehele tak van de technologie heeft te maken met foutdetectie; deze wordt niet-destructief onderzoek (NDO) of niet-destructieve evaluatie (NDE) genoemd (in het Engels *non-destructive testing* of NDT). NDO is het identificeren van oppervlaktefouten of interne fouten die van invloed zouden kunnen zijn op de bruikbaarheid van een ruw materiaal of van een component, zonder dit te beschadigen of te vernietigen.

In figuur 4-43 is een voorbeeld te zien van een fout in een ruw materiaal. Een grote balk had een 'barst' in het midden die optrad toen de balk op grootte werd gevormd. Het zou kunnen dat hij tijdens het smeden koeler was dan verondersteld. Het is duidelijk dat dit soort fouten in ruw materiaal zou kunnen leiden tot het falen van een afgewerkt onderdeel dat van deze balk gemaakt was. NDO wordt gebruikt op alle soorten van materialen, standaardvormen van materialen als ze van de fabrikant komen, en eindproducten. Het wordt gebruikt voor de detectie van scheuren, inwendige holtes, oppervlakteholtes, delaminatie, incomplete of defecte lassen – kortom elke soort fout die zou kunnen leiden tot voortijdig falen.

Tabel 4-8 vermeldt de gebruikelijkste NDO-technieken. Een schematische weergave hiervan wordt gepresenteerd in figuur 4-44. Er zijn talloze andere technieken die proces- of materiaalspecifiek zijn. Zo zijn er zeer speciale proeven ontwikkeld om de integriteit van naden te bepalen op drankblikjes die bestaan uit drie stukken, of de kwaliteit van de coatings op de blikken te meten. Dit zijn specifieke in plaats van universele NDO-proeven. NDO-proeven worden bijna altijd gebruikt bij het beoordelen van de ongeschonden staat van fabrieksvormen. Niet-destructieve proeven worden gebruikt om te bepalen of het fabricageproces onbeheersbaar is en defect materiaal produceert.

Zoals ook blijkt uit tabel 4-8, is visuele inspectie de eenvoudigste soort NDO die kan worden toegepast. Vele fouten kunnen met deze techniek worden ontdekt, maar visuele inspectie is vooral effectief voor het ontdekken van slechte lassen in constructies. Vele lasfouten zijn macroscopisch: kraterscheuren, ondersnijdingen, slakinsluitsels, incomplete penetratielassen, koude lassen en dergelijke. Vaak is visuele inspectie ook geschikt voor het ontdekken van fouten in composietstructuren en pijpleidingen van alle types. Een paar dingen waarop gelet moet worden bij visuele inspectie zijn:

- verkeerde materialen (roest of kleur);
- slechte lassen of verbindingen;
- ontbrekende bevestigingen of componenten;
- slechte passingen;

TABEL 4-8 Veelgebruikte NDO-technieken

TECHNIEK	CAPACITEITEN	BEPERKINGEN
Visuele inspectie	Macroscopische oppervlaktefouten	Kleine fouten zijn moeilijk te ontdekken; geen fouten onder de oppervlakte
Microscopie (optisch/elektronen)	Kleine oppervlaktefouten	Niet toepasbaar op grote structuren; geen fouten onder de oppervlakte
Radiografie (Röntgen-/gammastralen)	Fouten onder de oppervlakte	Kleinste detecteerbare gebrek is 2% van de dikte; stralingsbescherming nodig
Kleurstofpenetratie	Oppervlaktefouten	Geen fouten onder de oppervlakte; niet voor poreuze materialen
Ultrasoon	Fouten onder de oppervlakte	Materiaal moet een goede geleider van geluiden zijn
Magnetisch deeltje	Fouten op en net onder de oppervlakte	Beperkte capaciteit voor fouten onder de oppervlakte; alleen voor ferromagnetische materialen
Wervelstroom	Fouten op en net onder de oppervlakte	Moeilijk te interpreteren in sommige toepassingen; alleen voor metalen
Akoestische emissie	Kan gehele structuren analyseren	Moeilijk te interpreteren; dure apparatuur

- verkeerde afmetingen;
- geen goede oppervlakteafwerking;
- delaminaties (coatings en gelaagde materialen);
- grote scheuren, holtes of indeukingen;
- aanduidingen voor mechanische beschadiging (verbogen onderdelen, krassen, deuken, enzovoort);
- inadequate grootte, verkeerde onderdelen;
- gebrek aan goedkeuringsstempels of vergelijkbare bewijzen van het testen;
- niet-gecategoriseerde bevestigingen.

Microscopisch onderzoek kan worden uitgevoerd om verdachte gebieden te bekijken die er niet goed uitzien bij visuele inspectie. Men onderzoekt dan bijvoorbeeld of de gebieden werkelijk gescheurd zijn, of een put veroorzaakt wordt door een materiaalgebrek of door corrosie, of een matrijsrand afgesplinterd of gewoon bot is, of een vlek een insluitsel is of een oppervlakverontreiniging enzovoort.

Radiografie maakt gebruik van Röntgenstraling om inwendige fouten in materialen en producten te vinden. De apparatuur is een veel sterkere versie van de apparatuur die men in ziekenhuizen gebruikt voor het maken van Röntgenfoto's. In beide gevallen wordt gebruikgemaakt van de verschillende dichtheden in een materiaal dat meer of minder Röntgenstraling doorlaat. Het vermogen van de Röntgenstraling om door te dringen in metalen is een functie van het versnellingsvoltage in de Röntgenbuis. Een industriële Röntgenfaciliteit wordt weergegeven in figuur 4-45. Een 300-kV-machine kan bijvoorbeeld 75 millimeter in staal doordringen. Als er een holte of scheur aanwezig is in het voorwerp dat wordt onderworpen aan radiografie, passeren meer Röntgenstralen in dat gebied dan in de niet-holle gebieden. De gevoeligheid van Röntgenstralen is nominaal 2 procent van de dikte van het materiaal. Zodoende, als je een stuk staal met een dikte van 25 millimeter aan Röntgenstraling blootstelt, heeft de kleinste holte die je zou kunnen ontdekken een afmeting van 0,5 millimeter. Daarom worden onderdelen vaak onderworpen aan radiografie in diverse verschillende vlakken. Een dunne scheur zou niet zichtbaar zijn, tenzij de Röntgenstraal zich evenwijdig aan het vlak van de scheur beweegt. *Gammaradiografie* is in functie identiek aan Röntgenradiografie. Het verschil is de bron van de penetrerende elektromagnetische straling. Gammaradiografie is minder populair dan Röntgenstraling, vanwege de risico's bij het hanteren van radioactieve materialen.

Het traditionele registratiemedium voor radiografie is fotografische film. Een scheur zou zichtbaar worden als een zwarte lijn op een grijze achtergrond in normale radiografie. In plaats van op film kan de straling ook worden geregistreerd op een scherm dat oplicht wanneer het wordt bestraald. Dat is *fluoroscopie*, hetzelfde proces dat wordt gebruikt in luchthavens voor de veiligheidsscreening van bagage. Deze registratietechniek wordt gebruikt in de industrie op plaatsen waar snel veel onderdelen bekeken moeten worden. Een gieterij kan bijvoorbeeld een fluoroscoop opstellen op een transportband met kleine gietstukken.

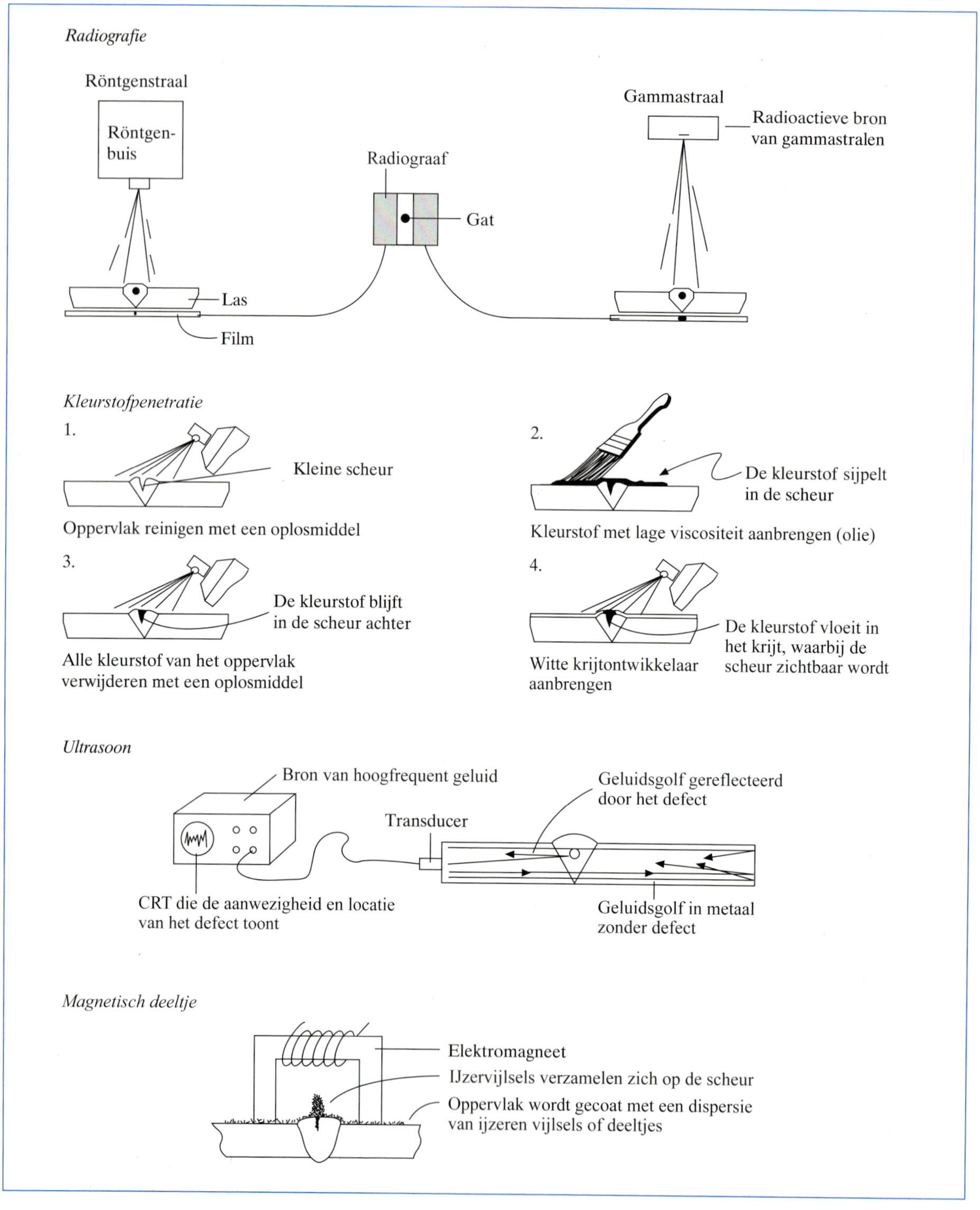

FIGUUR 4-44 Schematische weergave van technieken voor non-destructief testen

Een nieuwere methode van het registreren van straling door een volume is *computertomografie* (CT). Dit is het proces dat ziekenhuizen een CAT-scan noemen. In dit proces wordt straling op het onderwerp gericht onder vele verschillende hoeken –bijvoorbeeld in stappen van 20° rond 360° in diverse vlakken. De doordringende straling wordt elektronisch geregistreerd en daardoor kan er een gedigitaliseerd, driedimensionaal beeld worden gecreëerd op een beeldscherm. CT levert een driedimensionale

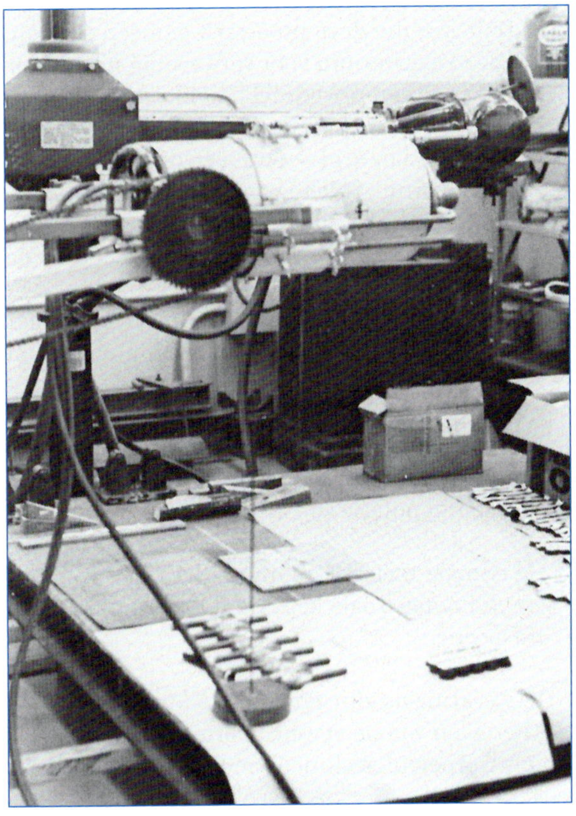

FIGUUR 4-45 Röntgenmachine die wordt gebruikt op een groep kleine lassen

dichtheidskaart die scheuren, holtes en andere gebreken aangeeft, alsmede de vorm van het onderdeel. Dit is een uiterst krachtig hulpmiddel voor het vinden van inwendige gebreken, en het wordt tegenwoordig gebruikt bij een grote verscheidenheid aan onderdelen en machines.

Kleurstofpenetratiefaciliteiten zijn essentieel voor elke werkplaats waar gelast wordt. De enige vereiste apparatuur is een spuitbus met reinigingsmiddel, kleurstof en ontwikkelaar. Je kunt niet vertrouwen op het blote oog voor het ontdekken van lasscheuren. *Kleurstofpenetratie* is zeer gevoelig, en je kunt er alle scheuren en holtes die aan het oppervlak komen mee ontdekken. Kleurstofpenetratie registreert echter geen suboppervlaktefouten.

Bij *ultrasone inspectie* wordt een hoogfrequente geluidsgolf door het te inspecteren onderdeel gezonden. De geluidsgolf gaat door het onderdeel en wordt gereflecteerd door het tegenoverliggende oppervlak. Als een fout voorkomt in het onderdeel, wordt de geluidsgolf gereflecteerd voordat deze de tegenoverliggende oppervlakte bereikt. Dit wordt zichtbaar gemaakt op een scherm. Er zijn vele details betrokken bij de juiste interpretatie van ultrasone inspectie met behulp van conventionele CRT-weergave (zoals een oud televisiescherm).

Ontwikkelingen in ultrasone inspectie maken pseudodriedimensionale kaarten van defecten mogelijk. Een onderdeel wordt daarbij ondergedompeld in een watervat, waarna ultrasone golven door het water worden gezonden en geregistreerd op *xy*-posities op het onderdeel. De ultrasone zender/ontvanger wordt gehandhaafd op een vaste afstand vanaf de bodem van de watertank. Een computer analyseert de ultrasone golf die door het onderdeel (en door defecten) gereflecteerd wordt en de *z*-afmeting wordt vastgelegd voor elke *xy*-positie. Er wordt een kaart gegenereerd die het onderdeel afbeeldt en alle inwendige defecten binnen het onderdeel. De belangrijkste voordelen van ultrasoon testen zijn dat het uiterst gevoelig is en er geen werkelijke diktegrens is voor het materiaal dat kan worden gepenetreerd. Het kan bijvoorbeeld doordringen in 6 meter staal, en er zijn eenheden die werken op kunststoffen en composieten.

Magnetische-deeltjesinspectie houdt wat meer in dan wordt gesuggereerd door het schema. In de eenvoudigste toepassing wordt een elektromagneetjuk geplaatst op het oppervlak van het te onderzoeken onderdeel, een kerosine-ijzervijlselsuspensie wordt op het oppervlak gegoten (soms worden droge ijzervijlsels gebruikt), en de elektromagneet wordt geactiveerd. Als er een scheur of fout op het oppervlak van het onderdeel voorkomt, worden er een noord- en zuidpool op de holte gevormd. Er is dan sprake van een fluxverlies, en de ijzervijlsels zullen zich verzamelen en rond de holte zichtbaar worden. Wat deze vorm van inspectie compliceert is dat de magnetische krachtlijnen voor het beste resultaat loodrecht op het defect moeten staan.

Wervelstroomproeven werken door het principe dat minieme elektrische stromen die magnetisch in een materiaal worden geïnduceerd, worden beïnvloed door holtes, scheuren en wijzigingen in korrelgrootte, alsmede door fysische separatie van de inductiespoel van het materiaal. In de praktijk wordt een sonde geplaatst op het oppervlak van het te inspecteren onderdeel, en elektronische apparatuur bekijkt de wervelstromen in het werkstuk via dezelfde sonde. De stromen in het werkstuk worden veroorzaakt door hoogfrequente stroomomkeringen in de contactspoel. Het registratiecircuit is onderdeel van de zendspoel. Corrosie in een pijpleiding kan worden bekeken door een van deze sondes door de pijp te sturen. Een putje leidt ertoe dat het materiaal zich verder van de spoel bevindt en dat wordt geregistreerd. Dit soort toestellen wordt veel gebruikt voor het testen van de integriteit van weerstandgelaste pijpen en buizen. Automatische systemen kunnen lassen testen bij snelheden tot 50 cm/s. In de eenvoudigste vorm zijn wervelstroommeters commercieel verkrijgbaar om coatingdikte te controleren. Magnetische meters zijn goedkoper. Deze werken goed voor het registreren van niet-ferromagnetische coatings op een ferromagnetisch substraat, maar in tegenstelling tot wervelstroom niet op niet-ferrometalen.

Akoestische emissie is waarschijnlijk het moeilijkst te interpreteren proces van de in tabel 4-8 vermelde processen. Het is uniek, omdat het kan worden gebruikt voor het onderzoeken van een constructie als complete eenheid. Het concept is eenvoudig: men zet een mechanische belasting op een constructie en luistert naar het geluid dat deze veroorzaakt door gevoelige microfoons te bevestigen aan de constructie. Een constructie als een drukvat kan bijvoorbeeld onder spanning worden gezet door een serie drukken uit te oefenen, en de akoestische reacties kunnen dan worden geregistreerd en door een computer geanalyseerd.

Het gezamenlijke kenmerk van de door ons besproken testtechnieken is het testen op fouten of gebreken zonder de constructie te vernietigen. Een andere factor die deze processen gemeen hebben, is dat ze een criterium voor verwerping nodig hebben. Het is de verantwoordelijkheid van de ontwerper om het in een NDO-studie te gebruiken proces te noemen en aan te geven wat een onaanvaardbaar onderdeel vormt. Enkele van de ultrasone processen zijn uiterst gevoelig. Ze kunnen omstandigheden registreren die geen invloed uitoefenen op de bruikbaarheid van een onderdeel. Carbidefasen in gereedschapsstalen kunnen bijvoorbeeld zichtbaar zijn als indicaties, maar dat zijn geen fouten; ze zijn te verwachten. Verwerpingsgrenzen kunnen worden gespecificeerd door te verwijzen naar ASTM of vergelijkbare inspectienormen, of door eenvoudig je wensen op de onderdeeltekening te vermelden. Een typische tekeningnotatie zou als volgt kunnen luiden:

> Maximaal toelaatbare inwendige holte is 2 mm in diameter, zoals bepaald door radiografische inspectie.

NDO-werktuigen zijn effectieve hulpmiddelen bij het bereiken van de gewenste bruikbaarheid, maar de ontwerper of technicus moet de maker altijd vertellen welk proces te gebruiken en hoe het te gebruiken. ■

Samenvatting

Het doel van dit hoofdstuk was het presenteren van de terminologie van mechanische eigenschappen: de eigenschappen die bepalen hoe materialen reageren op krachten. De betekenis van mechanische eigenschappen voor de materiaalkeuze en voor het ontwerpen werd ook besproken. In de figuren 4-46 en 4-47 zijn voorbeelden te zien van hoe men een spanningsberekening uitvoert en hoe men op basis daarvan materiaalkeuzes kan maken.

De belangrijkste concepten met betrekking tot mechanische eigenschappen zijn de volgende:

- Voor het beschrijven van mechanische eigenschappen zijn de concepten van spanning en rek essentieel.
- Tot de belangrijkste mechanische eigenschappen die gelden voor alle materialen behoren treksterkte, elasticiteitsmodulus, hardheid en slagvastheid.
- Voor metalen zijn ook de vloeigrens (rekgrens) en taaiheid van groot belang.
- Voor kunststoffen zijn ook de verwekingstemperatuur en de druksterkte essentieel.
- Gegevens voor materiaalsterkte worden in eenheden van spanning gegeven, met name in N/mm^2 of MPa.
- Uit een trekproef verkrijgt men trek-rekkrommen, waaruit men vele mechanische eigenschappen kan afleiden.
- De meest gebruikte mechanische eigenschappen moeten goed begrepen worden. Sterkte en taaiheid mogen bijvoorbeeld niet door elkaar gehaald worden.
- Op de lange termijn kunnen cyclische beslastingen tot falen van een constructie of product leiden (vermoeiing). De levensduur van een onderdeel of materiaal kan men bepalen door middel van een S-N-diagram.

Opdracht: Bereken welke grootte nodig is om de verbuiging van de balk op minder dan 12,5 mm te houden voor een

uniform belaste balk $= \dfrac{PL^3}{192EI}$ met vastgezette uiteinden

waarbij P = uniforme belasting benaderd als een enkele belasting op het middelpunt
L = spanwijdte van de balk
E = elasticiteitsmodulus

I = traagheidsmoment $= \dfrac{bh^3}{12}$ voor een rechthoek

waarbij b = basis
h = hoogte

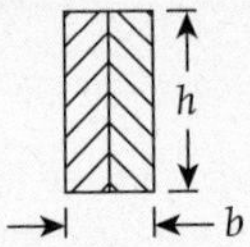

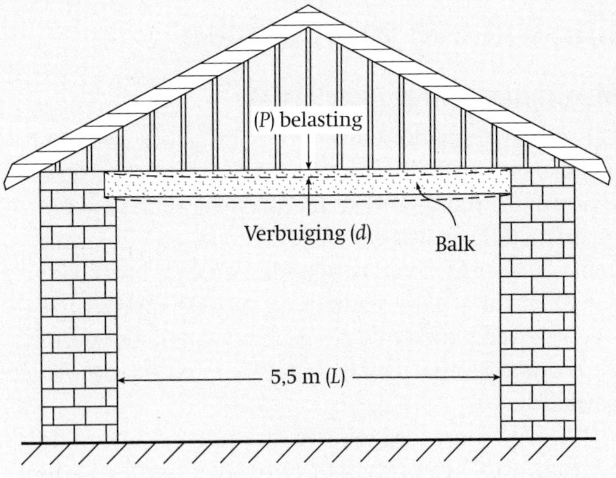

- Probeer twee houten delen van 50 mm × 300 mm, aangenomen dat P = 63.700 N, E = 6890 MPa, I = 2,25 × 10^6 mm^4

d = 35,6 mm (te veel verbuiging)

- Probeer een stalen I-balk van 125 mm × 300 mm, aangenomen dat E = 200.000 MPa, I = 9,45 × 10^7 mm^4

d = 2,92 mm (goed, maar duur)

- Probeer twee houten balken van 45 mm × 600 mm, aangenomen dat E = 6890 MPa, I = 1,62 × 10^9 mm^4

d = 4,94 mm (goed, uiteindelijke keuze)

FIGUUR 4-46 Gebruik van de elasticiteitsmodulus om de grootte van een balk te evalueren voor een gewenste elastische verbuiging

- Bij hoge temperaturen moet rekening worden gehouden met de tijdsafhankelijke vervorming van materialen: kruip.
- Bij het ontwerpen maar ook bij de fabricage moet men rekening houden met spanningsconcentraties.
- Voor keramische materialen en metalen is de breuktaaiheid een van de belangrijkste mechanische eigenschappen. Het bepaalt de weerstand tegen scheurgroei (kritische spanningsintensiteitsfactor) vanuit kleine defecten.
- Materialen, structuren en componenten kunnen worden getest op defecten met NDO-technieken (NDO staat voor niet-destructief onderzoek).
- Sommige NDO-technieken (radiografie, ultrasone inspectie, wervelstroomproeven, akoestische emissie) kunnen worden gebruikt voor het bepalen van de aanwezigheid van suboppervlaktefouten. Andere technieken identificeren alleen defecten die aan het oppervlak komen (magnetische-deeltjesinspectie, kleurstofpenetratie, visuele inspectie enzovoort).

Opdracht: Bereken de spanning op de stalen balk voor de garagedeuropening in figuur 4-46.

$$\sigma_{\text{Max. spanning}} = \frac{MC}{I}$$

waarbij M = het maximale buigmoment op de balk

$$= \frac{\text{belasting} \times \text{spanwijdte}}{8}$$

$$= \frac{63.700 \text{ N} \times 5500 \text{ mm}}{8}$$

$$= 43.793.750 \text{ N-mm}$$

C = afstand van de neutrale as van de balk tot de buitenste vezel

$$= \frac{300 \text{ mm hoog}}{2} = 150 \text{ mm}$$

I = traagheidsmoment (uit het *AISI Steel Construction Handbook*) = 9,45 × 10^7 mm^4

$$\sigma = \frac{43.793.750 \text{ N-mm} \times 150 \text{ mm}}{9{,}45 \times 10^7 \text{ mm}^4}$$

σ = 69,5 MPa Goed
toelaatbaar = 89,6 MPa

FIGUUR 4-47 Berekening van spanning op een balk

Illustratieve voorbeelden

Materialen voor keukenkasten

Een duur nieuwbouwhuis had een grote keuken, uitgerust met de 'best verkrijgbare' vloer van kersenhout en hangende keukenkastjes. Enkele jaren na de installatie was een vrijdragende, aan de muur gemonteerde kast van bescheiden grootte merkbaar van de muur af gaan staan (> 2,5 cm). De kast bevatte slechts twee planken waarop de bewoners ongeveer 20 kilo aan serviesgoed (schotels, kopjes, enzovoort) bewaarden.

De kast werd leeggehaald en onderzocht om de oorzaak van het probleem te ontdekken. Er werd vastgesteld dat de achterkant van composiet (spaanplaat) die aan de muur was bevestigd op muurbouten, ongeveer 5 centimeter was verbogen vanwege kruip, en daardoor was de kast van de muur af gaan staan. Dit kruipdefect werd behandeld door de achterkant en de planken te vervangen door 3/4" (19 mm) multiplex. Er waren echter in totaal 22 kasten in de keuken, dus werd er, om de ernst van het probleem te bepalen, een kruiptest uitgevoerd op het composietmateriaal dat voor de achterkant van de kasten en de planken was gebruikt. (De zijkanten waren van multiplex met kersenhoutfineer, de voorkanten van massief kersenhout.)

Er werd een plank van composiet uit de defecte kast gehaald en er werden passende planken gemaakt van massief dennenhout en dennenmultiplex. Allemaal hadden ze dezelfde dikte, breedte en lengte. De planken werden geplaatst in een testruimte met hetzelfde vochtigheids- en temperatuurbereik als het huis. Elke plank werd beladen met 20 kilo bakstenen (zie figuur 4-48) en de doorbuiging in het midden werd vier jaar lang geobserveerd. De kruip in de planken volgde de traditionele kruipkromme en hoopte zich op in de planken na vier jaar belasting (gemeten 48 uur na verwijdering van de belasting). Deze wordt als volgt berekend:

	ELASTISCHE VERBUIGING ONDER 20 KG BELASTING	KRUIP NA 4 JAAR
Multiplex	2 mm	1,5 mm
Dennenhout	1,6 mm	0,1 mm
Composiet	4,3 mm	3 mm

Het is haast overbodig om te vermelden dat deze proef suggereert dat sommige composiethoutproducten kruipgedrag vertonen, wat ze aanzienlijk inferieur maken ten opzichte van concurrerende houtproducten, en dat kruipsterkte een belangrijke keuzefactor in het ontwerp had moeten zijn. Bepaalde mechanische eigenschappen mogen in een ontwerp nu eenmaal nooit worden genegeerd.

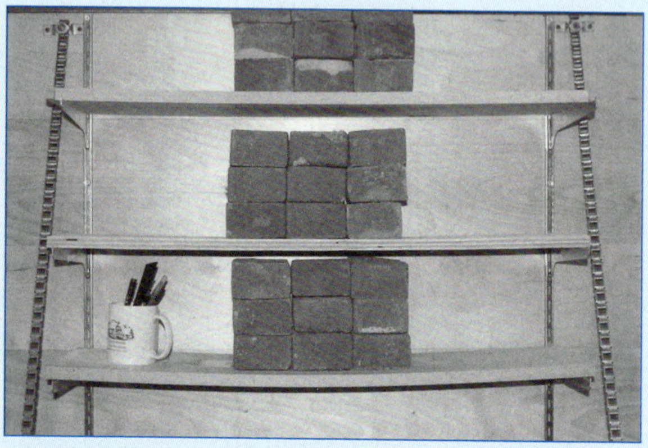

FIGUUR 4-48 Verbuiging in een houtcomposietplank (onder), vergeleken met multiplex (midden) en massief dennen (boven). Alle planken waren 4 jaar lang beladen met 20 kilo bakstenen.

Defecten in ondergrondse pijpleidingen

De jaarlijkse kosten van het falen van ondergrondse pijpleidingen waren in de Verenigde Staten in 2007 hoger dan 40 miljard dollar. Er bestaan vele redenen voor defecten aan pijpleidingen, maar de meest gebruikelijke is versnelde corrosie veroorzaakt door corrosieve grondomstandigheden. De grond op afzonderlijke locaties kan verontreinigd zijn met zuren, of met oplosmiddelen die reageren met water en zuren vormen. Pijpleidingen onder wegen kunnen bovendien in een koud klimaat corroderen door zoutintrusie.

Gelukkig zijn er NDO-technieken die kunnen worden gebruikt om de kosten van corrosie te verminderen. Op een grote industriële locatie werd een metaalkundige opgeroepen om elk pijpleidingprobleem te onderzoeken. De oorzaak van de defecten werd ontdekt, de locaties van de defecten werden in kaart gebracht en in gebieden met veel defecten werden apparaten gebruikt die in wezen de corrosiviteit van de grond maten. Waar de grond 'slecht' was, werden de pijpen die de defecte pijpen vervingen verpakt in polyethyleenfolie. Waar de grond corrosief werd bevonden in gebieden (vooralsnog) zonder defecten, werden NDO-apparaten gebruikt om de wanddikte van de pijpen te meten. Als de wanden aanzienlijk dunner waren geworden, werd een vervanging gepland. Een geplande vervanging is immers veel goedkoper dan een lekkage of iets dergelijks.

Het falen van ondergrondse pijpleidingen is een ernstig materiaalprobleem, maar NDO-technieken en verbeterde pijpmaterialen (zoals ductiel ijzer) kunnen worden gebruikt om de enorme jaarlijkse kosten van deze problemen te reduceren.

Termenlijst

afschuifsterkte: de spanning die nodig is om een breuk te laten optreden in het vlak van een doorsnede van het materiaal, waarbij dit vlak evenwijdig is aan de uitgeoefende kracht (eenheid = MPa)

akoestische emissie: een NDT-techniek die gebruikmaakt van het onder spanning brengen van een constructie, waarbij vervolgens geluisterd wordt naar de reactie met gevoelige microfoons

breuktaaiheid: een numerieke parameter die een maat is voor de weerstand van een materiaal tegen de groei van een bestaande kerf of defect (eenheid = MN × $m^{-3/2}$)

buigingsmodulus: de door middel van een buigingstest (flex) bepaalde stijfheid van een materiaal (eenheid = MPa)

buigsterkte: de maximale spanning die een materiaal kan verdragen in de buitenrand van een balk onder buigbelasting (eenheid = MPa)

druksterkte: de maximale drukspanning die een materiaal kan verdragen, op basis van de oorspronkelijke oppervlakte (eenheid = MPa)

ductiliteit: het vermogen van een materiaal om in te snoeren

elasticiteitsmodulus: de verhouding tussen de spanning en de rek in een materiaal dat in het elastische gebied belast wordt; een maat voor de stijfheid van een materiaal (eenheid = GPa)

elastische vervorming: grootte- of vormverandering die weer verdwijnt als de kracht die de verandering veroorzaakt wordt verwijderd

hardheid: de weerstand van een materiaal tegen plastische deformatie, gewoonlijk door indrukking (eenheid = talrijke schalen: kracht/eenheidsoppervlakte van indrukking, kg/mm^2)

kerfgevoeligheid: het vermogen van een materiaal om weerstand te bieden tegen breuk bij inspringende hoeken en geometrische spanningsconcentraties

kruip: tijdsafhankelijke permanente rek onder spanning (eenheid = %/tijd)

kruipsterkte: de constante nominale spanning die in een gegeven tijd bij een constante temperatuur een bepaalde kruiprek veroorzaakt (eenheid = MPa)

magnetische-deeltjesinspectie: een techniek waarbij ijzerdeeltjes wijzen op oppervlaktegebreken op een onderdeel doordat ze erop accumuleren wanneer geschikte magnetische velden op het onderdeel worden uitgeoefend

niet-destructief onderzoek (NDO): het nauwkeurig bekijken van een onderdeel of constructie op gebreken die de bruikbaarheid in gevaar zouden kunnen brengen

percentage insnoering: in trekproeven de verhouding tussen de dwarsdoorsnede bij breuk van een proefstaaf en de oorspronkelijke oppervlakte van de doorsnede, uitgedrukt als percentage van de oorspronkelijke doorsnede (eenheid = %)

Poisson-factor: de absolute waarde van de verhouding tussen de dwarsrek en de corresponderende axiale rek in een lichaam dat wordt onderworpen aan een eenassige spanning

radiografie: het gebruik van Röntgenstraling om interne gebreken en kenmerken in een vaste stof in beeld te brengen

rek: het percentage grootteverandering van een materiaal in een bepaalde richting bij blootstelling aan een kracht in die richting (dimensieloos – mm/mm)

rekgrens (of vloeigrens): in trekproeven de spanning waarbij een materiaal plastisch (in plaats van elastisch) begint te vervormen, een rekgrens van 0,2% wordt het meest gebruikt (eenheid = MPa)

ruwheid: oppervlakteonregelmatigheden met betrekkelijk kleine tussenafstanden, waarvan de hoogte, breedte en richting een oppervlaktepatroon vormen

slagvastheid: de hoeveelheid energie die nodig is om een gegeven volume van een materiaal te breken (eenheid = J)

spanningsbreuksterkte: de nominale spanning bij breuk in een kruiptrekproef, bij een constante belasting en een constante verhoogde temperatuur (eenheid = MPa)

specifieke sterkte: treksterkte gedeeld door de dichtheid

specifieke stijfheid: elasticiteitsmodulus gedeeld door de dichtheid

taaiheid: de energie die nodig is om een gegeven volume van een materiaal te breken (eenheid = gegeven monstergrootte, J/m^3)

textuur: de richting van een dominant oppervlaktepatroon, gewoonlijk na machinale bewerking

tomografie: een techniek waarbij computers de Röntgenbestraling van een vaste stof vanuit vele hoeken regelen en waarbij driedimensionale beelden worden gegenereerd door de computer om de inwendige integriteit van de vaste stof te tonen

treksterkte: de verhouding tussen de maximale belasting in een trekproef en de oorspronkelijke doorsnede van de proefstaaf (eenheid = MPa)

ultrasone inspectie: het gebruik van uitgezonden of gereflecteerde geluidsgolven om een vaste stof te inspecteren op suboppervlaktefouten

vermoeiingsgrens: de maximale spanning waaronder een materiaal theoretisch in staat is een oneindig aantal spanningscycli te ondergaan (eenheid = MPa)

vermoeiingssterkte: gelijk aan vermoeiingsgrens

vervormbaarheid: het gemak waarmee metalen een bepaalde vorm aannemen, gemeten door middel van proeven die trekken, buigen, uitrekken of op een andere manier plastisch vervormen

vloeigrens (of rekgrens): de spanning waarbij een materiaal een gespecificeerde afwijking van de evenredigheid tussen spanning en rek vertoont (eenheid = MPa)

wervelstroom: een inspectieproces dat gebruikmaakt van geïnduceerde magnetische velden om minieme stroompjes op te wekken in een materiaal die kunnen worden geregistreerd en gerelateerd aan de inwendige toestand van het materiaal

Opgaven

1. Een staaf met een diameter van 25 mm draagt een axiale kracht van 80 kN. De spanning is
   a. 23.637 psi
   b. 38.270 kPa
   c. 7,3 GPa
   d. 382 MPa

2. Wat is de rek in de staaf in opgave 1 wanneer deze van staal gemaakt is? En wat wanneer hij van aluminium is?

3. Waarbij wordt de Poisson-factor gebruikt?
   a. spanningsberekening
   b. trekresultaten
   c. chemische vergelijkingen
   d. hardheidsproeven
   e. verlengingsberekeningen
   f. berekeningen van reductie in oppervlakte

4. Leg uit wat het verschil is tussen rekgrens en treksterkte.

5. Hoe wordt de elasticiteitsmodulus verkregen uit een spanning-rekdiagram?

6. Leg uit hoe rek en insnoering worden gemeten en waarvoor ze worden gebruikt.

7. Verklaar het verschil tussen schuifspanning en trekspanning.

8. Hoe meet je afschuifsterkte?

9. Waarbij wordt de afschuifmodulus gebruikt? Geef een voorbeeld.

10. Hoe wordt hardheid gemeten en wat bepaalt de hardheid van een materiaal?

11. Wat is het hardst?
    a. 40 GPA
    b. 70 HRC
    c. 450 HB
    d. 95 HRB
    e. 300 kg/mm^2
    f. 3125 MPa

12. Welk van de volgende voorwerpen en materialen bekrast waarschijnlijk glas?
    a. een vijl
    b. een gouden ring
    c. een schroevendraaier
    d. een skistok
    e. marmer
    f. hexagonale koolstof

13. Verklaar het concept van de overgangstemperatuur voor brosse breuk, hoe het wordt gemeten en waarbij het wordt gebruikt.

14. Verklaar het concept van de vermoeiingsgrens en hoe deze wordt verkregen. Geef een gebruiksvoorbeeld.

15. Wat is de rol van oppervlaktetextuur bij vermoeiing?

16. Wat is een spanningsconcentratie? Hoe worden spanningsconcentratiefactoren gemeten en hoe worden ze in een ontwerp gebruikt?

17. Noem vier voorzorgen die je zou nemen als

ontwerper om mechanische defecten in bladveren in een auto te voorkomen.

18. Wat is het principe achter een draadreksensor (-meter)?

19. Je staat op het uiteinde van een vrijdragende houten balk met afmetingen van 10 centimeter dik, 50 centimeter breed en 180 centimeter lang. Het is vurenhout met een elasticiteitsmodulus van 7 GPa, en je weegt 75 kilo. Wat is de verbuiging aan het uiteinde van de balk?

20. NDO kan worden gebruikt in
   a. gietstukken
   b. lassen
   c. plaat
   d. strip
   e. extrusies
   f. alle bovenstaande antwoorden

21. Het gebruikelijke doel van kleurstofpenetratie-inspectie is
   a. inwendige holtes vinden
   b. oppervlaktescheuren identificeren
   c. poreusheid meten
   d. dichtheid meten
   e. oppervlaktebevochtiging beoordelen
   f. oppervlaktetextuur beoordelen

22. Het kleinste defect dat een Röntgenstraal kan detecteren in een plaat van 10 millimeter dik is
   a. 4 mm
   b. 1 mm
   c. 0,2 mm
   d. 200 nm
   e. 50 nm
   f. 2 nm

23. De diktegrens voor ultrasone inspectie is
   a. 10 mm
   b. 100 mm
   c. 1 m
   d. 10 m
   e. technisch gezien niet-bestaand
   f. alle bovenstaande antwoorden

24. Wat is juist? Magnetische-deeltjesinspectie
   a. werkt op alle materialen
   b. werkt op aluminiumlegeringen
   c. werkt op staalsoorten
   d. gebruikt ontwikkelaar
   e. werkt op kunststoffen
   f. vereist waterkoeling

25. Hoe specificeer je de toelaatbare defectgrootte in ultrasone inspectie?
   a. door de dikte
   b. de blindegatdiameter
   c. 10% van de dikte
   d. 25% van de dikte
   e. 10% van de diepte
   f. 1 mm

26. Waarom is het gebruikelijk om radiografie uit te voeren in meerdere richtingen?
   a. veroorzaakt minder straling
   b. gevoeligheidsbeperkingen
   c. sneller
   d. levert diepte
   e. simuleert fluoroscopie
   f. levert een referentie

27. Leg uit wat CT-tomografie is en hoe het wordt gebruikt.

28. Wat is de gevoeligste techniek voor het detecteren van inwendige gebreken in een aluminium drijfstang van een auto?
   a. Röntgenstraling
   b. deeltjesemissie
   c. magnetische-deeltjesinspectie
   d. kleurstofpenetratie-inspectie
   e. holografie
   f. microscopie

29. Wanneer is wervelstroom de geprefereerde NDO-techniek, vergeleken met de andere technieken die vermeld staan in tabel 4-8?

30. Wat zijn drie beperkingen van kleurstofpenetratie-inspectie?

31. Leg uit hoe je NDO zou gebruiken in een omtrekgelaste pijpleiding.

Hoofdstuk 5

De rol van tribologie in technische materialen

Stik-slipwrijving is een grote irritatie voor mensen die in de buurt van bochten in spoorlijnen wonen

Doelstellingen

1. Kennismaken met tribologie en de betekenis ervan.
2. Basiskennis opdoen van de grondslagen van wrijving.
3. Kennis vergaren van de soorten slijtage.
4. Een overzicht presenteren van de fundamentele kennis van lagers en smeermiddelen.

Belangrijke oorzaken van defecten aan de meeste machines zijn wrijving en slijtage. Wrijving ontstaat als men probeert twee oppervlakken die in contact staan ten opzichte van elkaar te bewegen. Als gevolg hiervan kan beschadiging en materiaalverlies van een of beide oppervlaktes ontstaan, dat wil zeggen: slijtage. Smeermiddelen kunnen worden gebruikt om beide te verminderen, maar slijtage wint uiteindelijk altijd en verwoest motoren en andere bewegende installaties.

De betekenis van *wrijving*, *slijtage* en *smering* kan in deze tijd het best worden geïllustreerd met een auto als voorbeeld. Wrijving tussen de banden en de weg is essentieel voor het voortbewegen van een auto, de wrijving tussen remblokken en wielen is nodig om het voertuig te laten stoppen. Slijtage en wrijving in onder andere kogellagers, de aandrijving en in de motor zelf (cilinder/zuiger) zijn echter niet gewenst. Slijtage is de belangrijkste doodsoorzaak van auto's. Het einde kan komen na 150.000 kilometer of pas na 200.000 kilometer, maar komen doet het.

Ook in het menselijk lichaam zijn wrijving en slijtage van grote betekenis. Artrose is het gevolg van het verlies van kraakbeen met een smerende werking. Een belangrijk deel van het tribologisch onderzoek is gericht op protheses, voor heup en knie bijvoorbeeld. Welke materialen vormen de beste combinaties? Is roestvast staal op UHMWPE (ultra-high molecular-weight polyethylene) beter voor een heupgewricht dat vijf jaar meegaat en een keramisch materiaal op UHMWPE beter voor tien jaar?

Dit hoofdstuk laat de lezer kennis opdoen over wrijving, slijtage en smering, met andere woorden, over de grondslagen van de zogenaamde *tribologie*, en hoe tribologische materiaaleigenschappen van invloed zijn op de materiaalkeuze. Tribologie is nog steeds voor veel mensen een onbekend begrip, terwijl aan een aanzienlijk aantal universiteiten onderzoek wordt gedaan naar en college wordt gegeven over dit onderwerp. In Nederland is bijvoorbeeld een aparte vakgroep van de Universiteit Twente hieraan gewijd.

Technici die zich met tribologie bezighouden, kunnen allerlei wetenschappelijke achtergronden hebben. De voornaamste zijn natuurkunde, scheikunde, werktuigbouwkunde en materiaalkunde. De natuurkundigen houden zich gewoonlijk vooral bezig met de atomaire aspecten van elkaar rakende oppervlakken. Chemici werken aan de opbouw van draagkrachtige organische materialen die de oppervlakken moeten scheiden en smeren. Werktuigbouwkundigen houden zich bezig met het ontwerpen van onderdelen en machines, de mechanica van tribosystemen – vloeistofmechanica, temperatuurswisselingen, spanningen en andere mechanische aspecten. Materiaaldeskundigen richten zich ten slotte op de reacties van verschillende materialen op slijtageprocessen.

In dit hoofdstuk bespreken we de verschillende vormen van slijtage die men tegen kan komen. Wrijving, smering en smeermiddelen komen ook aan bod. Slijtage en wrijving van specifieke materialen worden besproken in de hoofdstukken over die materialen.

NB In dit hoofdstuk wordt melding gemaakt van testen van de American Society for Testing and Materials (ASTM). In Nederland wordt daarnaast ook gebruikgemaakt van NEN-standaarden en DIN-standaarden, respectievelijk afkomstig van het Nederlands Normalisatie-Instituut en het Deutsche Institut für Normung.

5.1 Wrijving

Het concept van wrijving is al sinds de prehistorie ten minste in de praktijk bekend. De prehistorische volkeren ontdekten dat het handiger was om een hert of een ander groot dier dat ze gedood hadden te verslepen dan om het te dragen. De vroege inwoners van Egypte gebruikten vloeibare smeermiddelen bij het verplaatsen van de stenen die ze nodig hadden voor hun monumenten. Leonardo da Vinci beschreef in 1495 een aantal testapparaten om wrijving te bestuderen. Deze apparaten worden nog steeds voor dat doel gebruikt. In 1699 poneerde Guillaume Amontons in wezen de eerste wrijvingswet: de wrijvingskracht is evenredig aan de kracht die wordt uitgeoefend op het voorwerp dat in beweging wordt gebracht, en die kracht is onafhankelijk van de oppervlakte van de elkaar rakende vlakken.

De huidige definitie van wrijvingskracht stelt dat het de weerstandskracht is die tangentiaal met het grensvlak tussen twee lichamen staat, wanneer onder de werking van een uitwendige kracht het ene lichaam beweegt of wil bewegen ten opzichte van het andere (ASTM G 40). Naar aanleiding van Amontons' voorstel wordt dit wiskundig geschreven als

$$F = \mu N$$

waarbij
F = wrijvingskracht
μ = zogenaamde wrijvingscoëfficiënt
N = normaalkracht op het te verplaatsen voorwerp

De wrijvingscoëfficiënt is geen materiaaleigenschap maar een eigenschap van het tribosysteem. Bij het glijden van een object over een ander object zonder smeermiddel, is de wrijvingscoëfficiënt een eigenschap van de twee materialen en hun oppervlaktetoestand, onder andere afhankelijk van de ruwheid en de chemische samenstelling. Wrijving omvat echter meer dan vaste stoffen die over andere vaste stoffen glijden; zij treedt bijvoorbeeld ook op tussen een vloeistof en de oppervlakken waar de vloeistof overheen stroomt.

De wrijvingskracht die vereist is om een object te laten beginnen met schuiven verschilt meestal van de kracht die nodig is om de beweging in stand te houden. Men spreekt dan van *statische wrijving* (het begin) en *kinetische wrijving* (tijdens de beweging). Ontwerpers moeten ervoor zorgen dat in berekeningen de juiste waarde wordt gebruikt.

Wat is de oorzaak van wrijving?

Sommige tribologen menen dat door 'oppervlakterimpels' hellende vlakken ontstaan die overwonnen moeten worden om beweging te creëren en te handhaven (zie figuur 5-1). De oppervlakken haken mechanisch in elkaar op microscopisch niveau en er is kracht nodig om de twee oppervlakken ten opzichte van elkaar te laten bewegen. Werkelijke oppervlakken tonen niet alleen scherpe uitsteeksels, maar ook andere oneffenheden, zoals golfpatronen, bewerkingssporen of textuurpatronen die het gevolg zijn van kenmerken van de machine waarmee het oppervlak gecreëerd is. Als de uitstekende elementen in wisselwerking treden met het tegenoverliggende oppervlak, kan er een ploegende wrijvingscomponent bijkomen. Andere tribologen denken dat wrijving veroorzaakt wordt door atomaire krachten, waardoor de twee lichamen elkaar aantrekken. Wanneer twee atomen bij elkaar worden gebracht trekken ze elkaar aan totdat de afstand tussen de atomen klein genoeg is (enkele atoomlengten), waarna er afstoting plaatsvindt. De wrijvingsomstandigheden kunnen zodanig zijn dat atomen van het ene oppervlak bij de toppen van de oneffenheden in het aantrekkingsgebied komen van de atomen van het andere oppervlak.

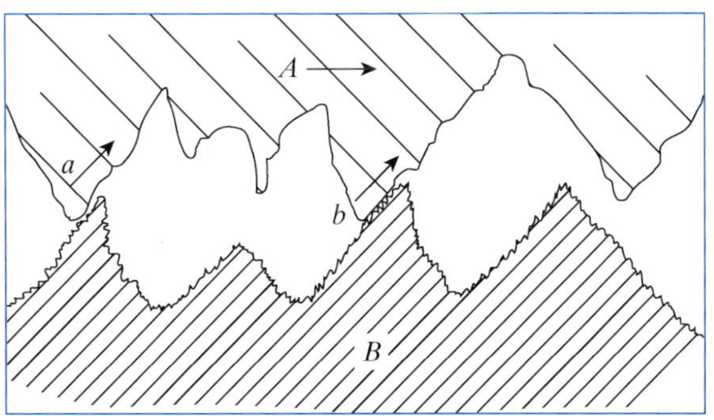

FIGUUR 5-1 De kracht die nodig is om oppervlak *A* over de oneffenheden van oppervlak *B* te verplaatsen

Weer anderen beweren dat oppervlakken zijn bedekt met films die met elkaar in wisselwerking kunnen treden. In zeer vochtige omstandigheden hebben oppervlakken de neiging om aan elkaar te plakken. Je armen plakken aan je bureau. Ramen en deuren klemmen. Er kan kortom een vloeistof-grensvlakinteractie ontstaan als vochtige oppervlakken elkaar raken en dit kan bijdragen aan de wrijvingskracht. Glijdende oppervlakken in machines zijn bijna altijd bedekt met films zoals opgenomen vuil, olie, verontreinigingen en oxides. De aanwezigheid van andere lichamen, zanddeeltjes bijvoorbeeld, tussen elkaar rakende oppervlakken zijn van invloed op de wrijving. De kracht die nodig is om deze films af te schuiven om beweging te laten plaatsvinden, is een component van de wrijvingskracht.

Het vakgebied van de werktuigbouwkunde die deze vragen onderzoekt is de *contactmechanica*. De contactmechanica richt zich op de spanningen en vervormingen in microscopisch kleine gebieden, die de werkelijke contactvlakken tussen twee vaste stoffen zijn. Figuur 5-2 illustreert het idee van werkelijke contactvlakken en schijnbare contactvlakken. Werkelijke contactvlakken vertonen vormfouten door fabricageprocessen. Wanneer twee oppervlakken op elkaar worden geplaatst, zullen ze elkaar slechts raken op de hoogste punten van de vlakken, waardoor er contactbruggen ontstaan van verschillende grootte, afhankelijk van de belasting. Hoe groter de belasting, hoe groter de *contactoppervlakte* zal zijn. In de contactmechanica gaat men ervan uit dat de oppervlaktetextuureigenschappen, zoals scherpe uitsteeksels, de lasten dragen (zie figuur 5-3).

Een van de bruikbaarste aspecten van contactmechanica is het bepalen van punt- en lijncontactspanningen met behulp van de *Hertz-spanningsvergelijkingen*. Heinrich Hertz ontwikkelde in de negentiende eeuw modellen waarmee de berekening van de elastische spanningen voor systemen

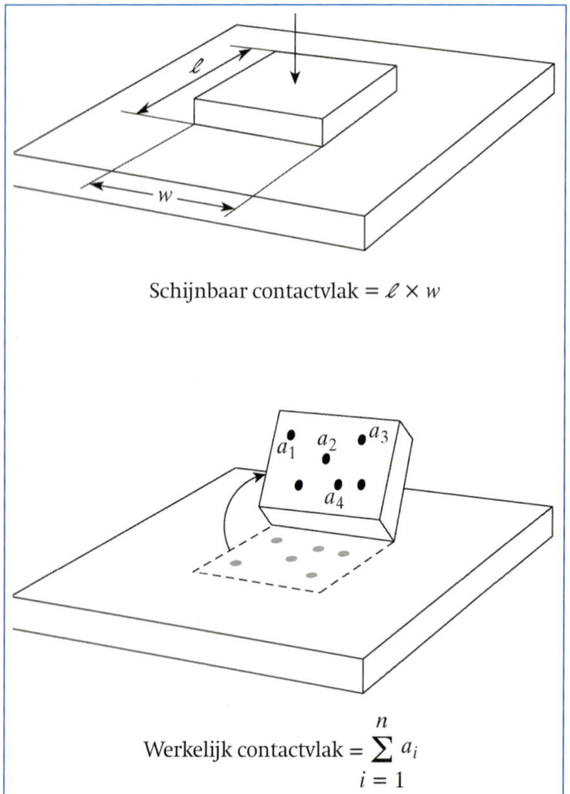

FIGUUR 5-2 Werkelijke versus schijnbare contactvlakken

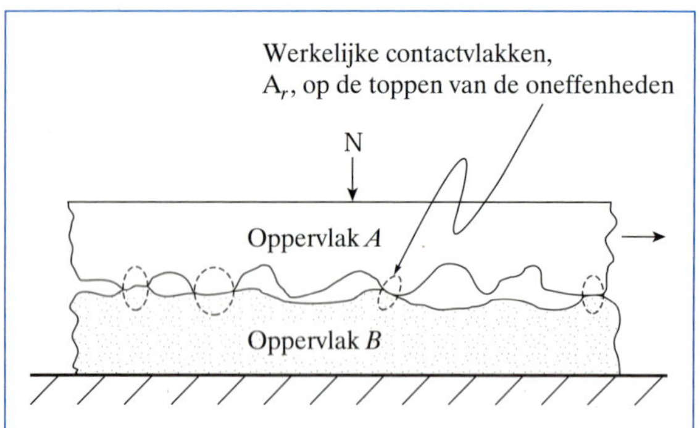

FIGUUR 5-3 Bij het contact tussen werkelijke oppervlakken dragen de hoogste toppen van de oneffenheden de last

zoals een kogel op een plat oppervlak, kruislings op elkaar liggende cilinders of een cilinder op een plat oppervlak mogelijk is. Deze relaties worden nog steeds veel gebruikt en geven een benadering van de spanningen in vele soorten tribosystemen. Figuur 5-4 illustreert de klassieke vergelijking voor een bol op een plat oppervlak. De Hertz-spanningsvergelijkingen, gepubliceerd in vele handboeken, geven inzicht in de materiaalspanningen die een belangrijke rol spelen in tribologische processen.

Hertz-vergelijking voor elastisch contact van een bol op een plat vlak

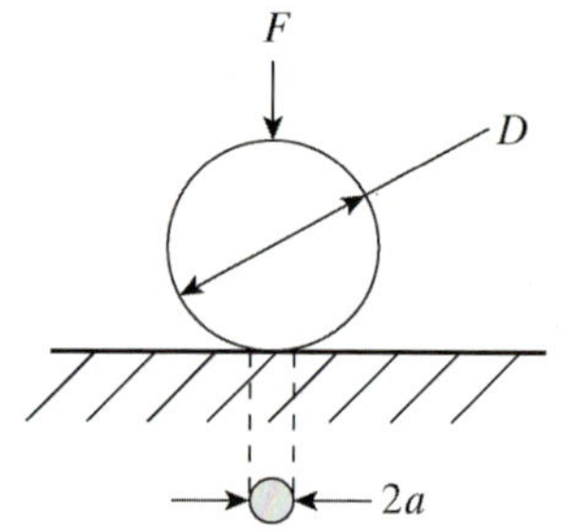

$$a = 0{,}721 \sqrt[3]{FD\left(\frac{1-\nu_1^2}{E_1} + \frac{1-\nu_2^2}{E_2}\right)}$$

$$\text{Max. spanning } S = \frac{1{,}5F}{\pi a^2}$$

Waarbij

a = radius van het contactvlak
D = de diameter van de bol
E_1 = elasticiteitsmodulus van het bolmateriaal
ν_1 = Poisson-factor van het bolmateriaal
E_2 = elasticiteitsmodulus van het tegenvlak
ν_2 = Poisson-factor van het tegenvlak
F = kracht op de bol

FIGUUR 5-4 Hertz-vergelijking voor het contactvlak van een bol op een plat oppervlak onder elastische omstandigheden

Allerlei wiskundige modellen maken het mogelijk om een verband te leggen tussen wrijving en slijtage aan de ene kant en wat er gebeurt als de oneffenheden contact maken aan de andere kant. Deze modellen worden echter door weinig technici gebruikt voor het oplossen van praktische slijtagevraagstukken, omdat tribologische systemen heel complex zijn.

Welk van deze factoren is nu verantwoordelijk voor de wrijvingskracht? Waarschijnlijk dragen ze allemaal bij aan de wrijvingskracht, zodat

$$F = F_a + F_p + F_s + F_n$$

waarbij
F = waargenomen wrijvingskracht
F_a = krachten die nodig zijn om aan elkaar vastzittende contactbruggen los te maken
F_p = krachten voor het ploegen en vervormen van de oppervlakoneffenheden
F_s = krachten om de films tussen de oppervlakken te verschuiven
F_n = krachten als gevolg van de aard van het glijsysteem

Dat de wrijvingskracht onafhankelijk is van de contactoppervlakte, wordt verklaard doordat de wrijvingskracht gelijk is aan de werkelijke contactoppervlakte (A_r) tussen oppervlakken, vermenigvuldigd met de afschuifsterkte (τ) van de contactbruggen die tussen de twee oppervlakken worden gevormd. In een formule:

$$F = \tau A_r$$

Aangenomen wordt dat de werkelijke contactoppervlakte wordt bepaald door de normaalkracht (N) waarmee de twee lichamen op elkaar drukken en door de indrukkingshardheid (H) van de zwakste van de twee:

$$A_r = \frac{N}{H}$$

Het combineren van deze vergelijkingen geeft een relatie voor de wrijvingscoëfficiënt die een functie is van de schuifspanning van de contactbruggen en de hardheid van het zachtste lichaam:

$$\mu = \frac{F}{N} = \frac{\tau A_r}{HA_r} = \frac{\tau}{H}$$

Dit model verklaart waarom de wrijvingscoëfficiënt nooit nul is (een materiaal heeft altijd een afschuifsterkte en een hardheid) en zelden groter is dan 1. Het komt immers niet vaak voor dat de afschuifsterkte van een materiaal veel groter is dan de hardheid, zoals bij sommige rubbersoorten het geval is. Het model verklaart ook waarom de wrijvingscoëfficiënt nauwelijks wordt beïnvloed door temperatuur of glijsnelheid, tenzij de omstandigheden zodanig zijn dat er thermische verweking van het materiaal optreedt (lage H, lage τ).

Vanzelfsprekend wordt de wrijving beïnvloed door de aard van het materiaal. τ en H zijn verschillend voor verschillende materialen en films, en elkaar rakende oppervlakken storen de vorming van contactbruggen en beïnvloeden zodoende de wrijving. Er is ook een chemische invloed op de afschuifsterkte van de contactbruggen. Sommige metalen en kunststoffen (zoals koper en siliconen) hechten gemakkelijk aan allerlei andere oppervlakken. Door deze neiging om adhesieve contactbruggen te vormen, hebben sommige materialen andere wrijvingseigenschappen dan andere. Rubbersoorten hebben soms zeer hoge wrijvingscoëfficiënten ten opzichte van de meeste andere vaste stoffen, onder andere omdat ze zo gemakkelijk vervormbaar zijn.

Er zijn verschillende soorten wrijving (zie figuur 5-5). Wat we zojuist hebben besproken is wrijving waarbij een object over een ander object glijdt. Vast-op-vastwrijving – glijdende wrijving – vindt vooral plaats op tribo-componenten die nieuw zijn of zelden gebruikt. In dat geval spelen alle genoemde factoren waarschijnlijk een rol. In een slijtagesysteem zijn de oppervlakken echter vaak gescheiden door slijtageafval (een derde lichaam), waardoor de adhesiefactor (F_a) en filmfactor (F_s) waarschijnlijk niet van belang zijn. In vloeistofwrijving en gesmeerd vast-op-vastwrijving is de filmfactor (F_s) waarschijnlijk het belangrijkst. In rolsystemen ten slotte is de vervormingsfactor (F_p) misschien het belangrijkst.

Rolwrijving is de weerstandskracht die een rond lichaam (kogel, rol, tandwiel enzovoort) ervan weerhoudt om te beginnen met rollen en te blijven rollen. Hierbij spreekt men van een rolwrijvingscoëfficiënt, μ_r.

Rollen heeft nuances die misschien niet direct duidelijk zijn. De definitie van *rollen* is 'de beweging van een ronde vorm in een bepaalde richting zonder onderling glijden tussen de ronde vorm en het rollende oppervlak'. Het zuivere rollen vindt alleen

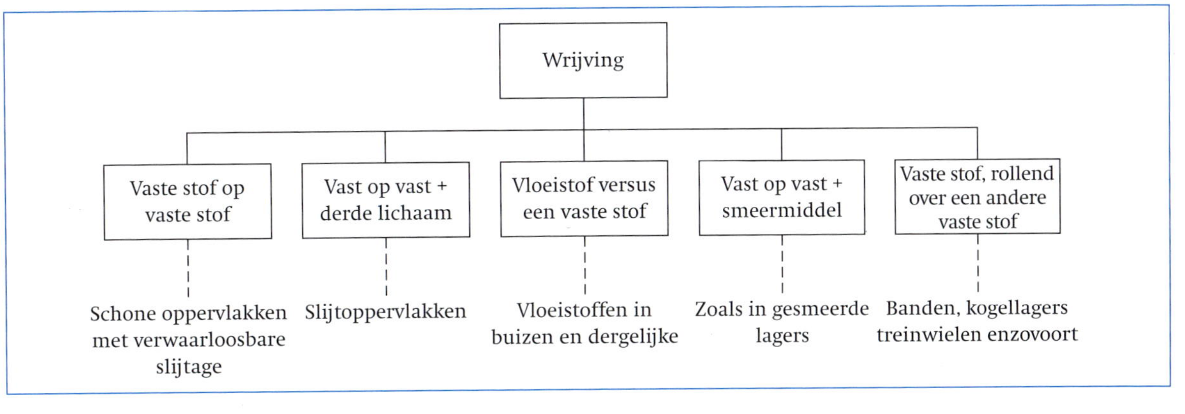

FIGUUR 5-5 Soorten wrijving

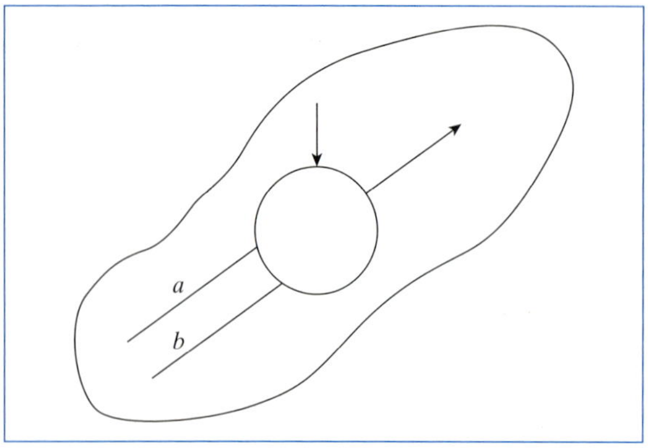

FIGUUR 5-6 Zuiver rollen treedt alleen op in de gebieden *a* en *b*

plaats in een klein gedeelte van een Hertziaans contact. Figuur 5-6 toont het gebied van zuiver rollen voor een kogel op een vlak oppervlak. Kogellagers vertonen een *verplaatsingslijn* na aanzienlijk gebruik, waarbij de kogel over zijn baan wrijft, buiten het gebied van het zuivere rollen. Als er sprake is van zuiver rollen, is er nauwelijks sprake van slijtage, en geen sprake van glijden. Net als glijwrijving wordt rolwrijving beïnvloed door vele factoren. Een van de meer prominente factoren is de straal van de ronde vorm: een grotere straal rolt gemakkelijker dan een kleine (een wagen met wielen met een diameter van 1 meter trekt dus gemakkelijker dan eentje met wielen met een diameter van 10 centimeter). Ook rollen harde ronde of stijve vormen gemakkelijker dan zachte (fietsbanden met 4,5 bar luchtdruk zullen dus gemakkelijker rollen dan fietsbanden met slechts 1,5 bar druk). Ten slotte is het gemakkelijker om je koffer over een gelijkmatige marmeren vloer te rollen dan over een stenen stoep; oppervlaktetextuur speelt een rol. Zodoende zou een formule voor rolwrijving (als er één was) de volgende factoren kunnen bevatten: hardheid (H), elasticiteitsmodulus (E), straal van de rollende vorm (R), oppervlakteruwheid (R_a), en de aard van het tribosysteem (K_p).

Meting van wrijving

In de honderden jaren dat wrijving bestudeerd is, zijn vele glijwrijvingsproeven ontwikkeld, maar de meest gebruikte testen zonder smering worden geïllustreerd in figuur 5-7. Figuur 5-8 toont een rolwrijvingsproef op een auto. De rolweerstand wordt berekend als de hoogte van de heuvel gedeeld door de verplaatsing bij het rollen over de heuvel naar beneden. Van de geregistreerde wrijvingskrachten zijn vooral de kracht waarbij de beweging begint en de kracht die nodig is om een beweging te handhaven

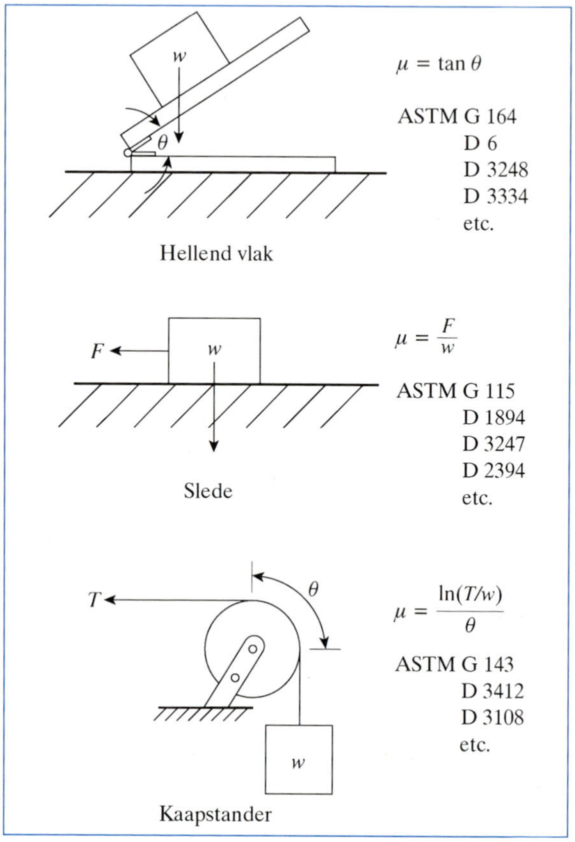

FIGUUR 5-7 Vergelijkingen voor de wrijvingskracht

FIGUUR 5-8 Rolwrijvingtest: het rolweerstandsgetal is de hoogte van de heuvel gedeeld door de verplaatsing bij rollen vanaf de top. (Auto staat in zijn vrij met draaiende motor.)

van belang, dit om de statische respectievelijk de kinetische wrijvingscoëfficiënt te kunnen berekenen. Kenmerkende wrijvingskrachtkrommen worden afgebeeld in figuur 5-9. Geval I en geval III geven de normale resultaten. De krachten *a* en *c* worden gebruikt voor het berekenen van de statische wrijvingscoëfficiënt, kracht *b* wordt gebruikt voor het bepalen van

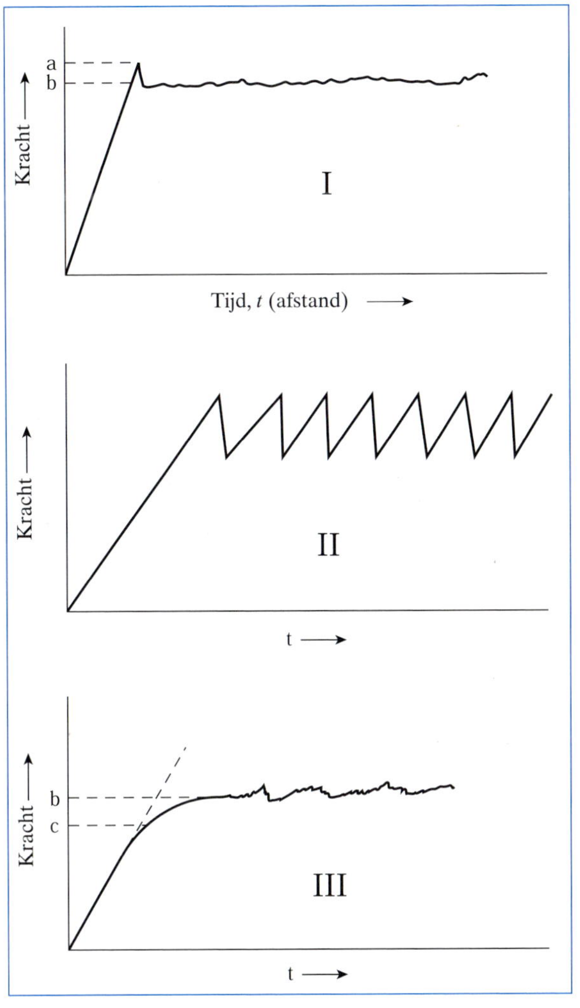

FIGUUR 5-9 Soorten registraties van wrijvingskracht

de kinetische wrijving. Soms wordt wrijving over verschillende afstanden gemeten. Tijdens een slijtagetest kunnen slijtagedeeltjes van invloed zijn op de wrijving. Bij het gebruiken van de gegevens moet daarmee rekening worden gehouden.

Wrijvingscoëfficiënten zijn nodig voor allerlei soorten technische berekeningen en modellen. Geldige gegevens zijn afkomstig van proeven die de toepassing simuleren. Gegevens uit de onderzoeksliteratuur kunnen niet zonder meer worden gebruikt, tenzij ze afkomstig zijn van een tribosysteem dat lijkt op het te ontwerpen systeem (bijvoorbeeld het glijdende systeem uit figuur 5-10). Vergeet niet dat één stuk materiaal geen wrijvingscoëfficiënt heeft. De wrijvingscoëfficiënt is een eigenschap van een systeem, meerdere materialen in een bepaalde toestand (bijvoorbeeld droog of nat). Let ook op dat de grafiek alleen is bedoeld om een globale indruk te geven van de wrijving in glijsystemen voor sanitaire toepassingen, waarbij een van de oppervlakken moet bestaan uit type 316 roestvast staal.

Merk op dat smerende en rollende wrijving zeer klein kunnen zijn. Zoals uit figuur 5-10 blijkt, kan de wrijvingscoëfficiënt bij goed gesmeerde oppervlakken dalen tot 0,15. De meeste metalen en kunststoffen vertonen een lage wrijvingscoëfficiënt wanneer de normale belasting zeer groot wordt. Dit komt doordat de oppervlakdeformatie domineert en de kracht die nodig is om het oppervlak te vervormen, constant blijft bij toenemende belasting. Temperatuur en snelheid kunnen een vergelijkbaar effect hebben in sommige systemen, in het bijzonder van kunststof op metaal of kunststof op kunststof. Schone metalen zonder oppervlakfilms en verontreinigingen kunnen een wrijvingscoëfficiënt hebben van tegen de 1. Rollagers en systemen met hydrodynamische smering hebben soms wrijvingscoëfficiënten van minder dan 0,1. Daarin schuilt ook het belang van de uitvinding van het wiel: de kracht nodig om iets te verplaatsen is bij rollende wrijving minder dan een tiende van het gewicht van het voorwerp.

De afname van de wrijvingscoëfficiënt bij toenemende druk in figuur 5-10 kan ook optreden bij glijdende beweging. Bij hoge snelheden kan het materiaal in het contactvlak plastisch vervormen of zelfs smelten, en in dat geval kan de wrijving sterk afnemen omdat er vloeistofsmering optreedt. Schaatsen op ijs is een goed voorbeeld van dit fenomeen. Deze toestand wordt ook vaak waargenomen bij wrijving bij hoge snelheden van kunststof op metaal.

De wrijvingsgrafiek in figuur 5-10 is verkregen door een heen-en-weergaande schuivende beweging van een aan het tegenoppervlak conforme schijf over een plat oppervlak. Als het glijsysteem of oppervlak anders is, kan de grafiek er volkomen anders uitzien. De wrijving verloopt ook niet altijd gelijkmatig in glijsystemen. Ruwe oppervlakken hebben minstens tien keer zoveel tijd nodig om een toestand van lage wrijving te verkrijgen als minder ruwe oppervlakken. Grensvlakdeformatie gaat samen met de vervorming van de scherpe uitsteeksels. Bij metalen en harde vaste stoffen kan er ineens een soort las ontstaan, waardoor de beweging stopt. Ruwe oppervlakken (gezandstraald) zijn beter bestand tegen dit *aanlassen* dan gepolijste oppervlakken. De periodieke zaagtandvorm van de reactiekracht in geval II in figuur 5-9 wordt *stick-slip* (plak-slip) genoemd. Het lichaam is in rust terwijl er (elastisch) aan getrokken wordt. Op een zeker moment wordt het object losgetrokken en schuift het naar het trektoestel toe, waarna het weer stopt. Dit proces wordt steeds herhaald. Wanneer een glijsysteem piept, gaat het

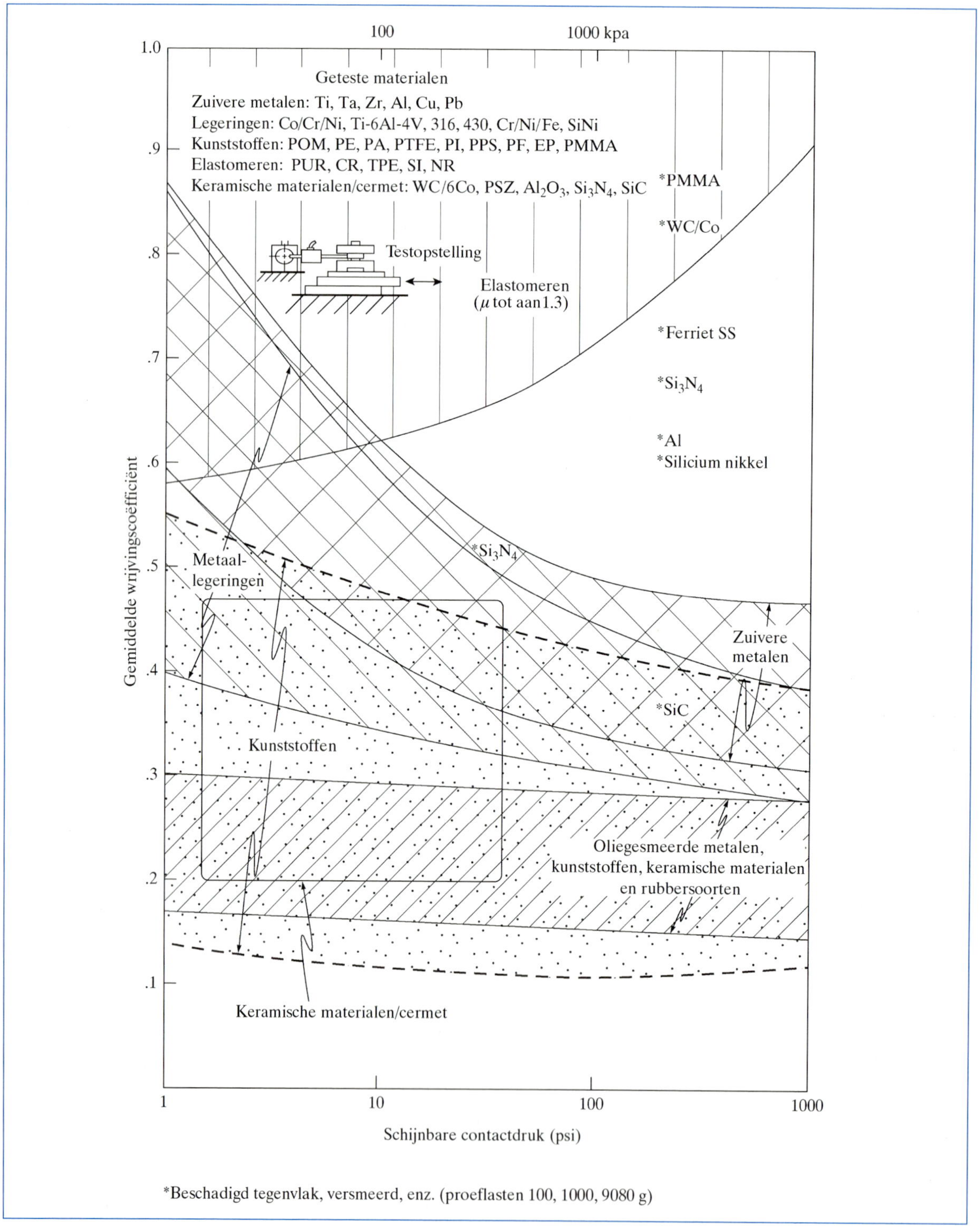

FIGUUR 5-10 Gemiddelde wrijvingscoëfficiënten voor verschillende materialen bij een heen-en-weergaande beweging van een ringvormige schijf (oppervlakte 63 mm²) op een oppervlak van type 316 roestvast staal bij 20°C en 50% relatieve vochtigheid (RV) bij diverse normaalkrachten. De slag was 50 mm en de frequentie was 0,5 Hz. Gemiddelde waarde voor de wrijvingskracht uit acht cycli in elke proef.

waarschijnlijk om dit type wrijving. Het piepen van autobanden bij een noodstop is stick-slip tussen de banden en het wegoppervlak. Het piepen van treinen door bochten of wissels is stick-slip tussen de wielen en de rails omdat de wielen op een vaste as zitten. Het buitenste wiel maakt dus een grotere bocht dan het binnenste wiel.

Voor remschijf- en koppelingsmaterialen wil men uiteraard juist een hoge wrijving tegen metaal. Hiervoor zijn hun wrijvingseigenschappen gemodificeerd. Remschijfmaterialen worden vaak gemaakt door het toevoegen van wrijvingsverhogende stoffen aan een polymeerbasis totdat er een bepaalde wrijving, een bepaalde druk of een bepaald snelheidsprofiel bereikt is.

5.2 Smering

Om wrijving en ook slijtage te verminderen maakt men gebruik van smeermiddelen. Smeervloeistoffen hebben verschillende wrijvingseigenschappen. Dit geldt in het bijzonder voor vetten, die meestal combinaties zijn van olie en een verdikkingsmiddel om de olie op zijn plaats te houden. Sommige vetten en oliesoorten kunnen onder bepaalde omstandigheden behoorlijk plakkerig zijn. Wrijving is dus een factor in gesmeerde systemen, en verschillende smeermiddelen leiden tot verschillen in de wrijvingscoëfficiënt voor het systeem. De wrijving kan zelfs betrekkelijk hoog zijn, zoals in het geval van tractievloeistoffen.

De wrijving van olie- en vetfilms kan in het laboratorium worden gemeten met glijlagers. De binnenring wordt dan aangedreven en het uitgangskoppel van de buitenring gemeten. De wrijving in gesmeerde systemen wordt echter meestal bepaald door bij de betreffende machines het uitgangsvermogen van krachtwerktuigen te meten. Een motor met interne verbranding wordt bijvoorbeeld op een dynamometer geplaatst, waarna een energiebalans kan worden opgemaakt die de in- en uitgaande energie weergeeft. Deze balans geeft informatie over de energie die door wrijving verloren gaat. Figuur 5-10 laat een klein wrijvingsbereik zien voor vloeistofgesmeerde oppervlakken, maar van de wrijving in vloeistofgesmeerde systemen is bekend dat deze afhankelijk is van de aard van het smeermiddel en de glijsnelheid.

De Stribeck-kromme (zie figuur 5-11) geeft een klassieke smeermiddelrelatie weer en laat zien dat de wrijvingscoëfficiënt afhankelijk is van de *viscositeit* van het smeermiddel, de bedrijfsomstandigheden in een gesmeerd lager-/as-tribosysteem – onder andere de relatieve snelheid tussen de twee oppervlakken – en de belasting. Er zijn drie gebieden zichtbaar in de kromme. In het begin (links) is er sprake van *grenslaagsmering*. De smeerfilm is op dat

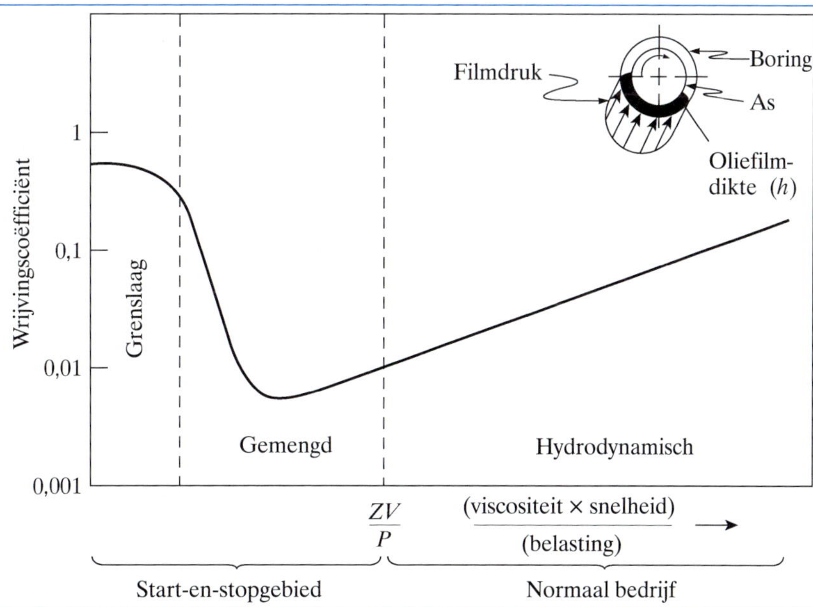

FIGUUR 5-11 Stribeck-kromme die laat zien hoe de wrijving bij gesmeerde glijsystemen varieert met de bedrijfsomstandigheden en smeermiddeleigenschappen

moment heel dun, zodat er veel contact is tussen de pieken van de oppervlakken. De frictiecoëfficiënt daalt naarmate ZV/P toeneemt naar het gebied van *gemengde smering*. De filmdikte neemt dan toe, en er is minder contact tussen de pieken. Eventueel kan de filmdikte meer zijn dan de hoogte van de pieken; in dat geval draagt de film volledig de belasting tussen de twee oppervlaktes. Dit laatste gebied komt overeen met zogenaamde *hydrodynamische* smering, terwijl het gemengde gebied ook wel aangeduid wordt als *elastohydrodynamische* smering.

Grenslaagsmering komt onder andere voor bij het starten van een machine voordat de smeerfilm zich kan ontwikkelen. Een motor die bijvoorbeeld draait met een toerental van 500 rpm, vertoont grenslaagsmering en pas bij 1500 rpm hydrodynamische smering. Toevoegingen in het smeermiddel kunnen dit probleem verhelpen. Men probeert een smeermiddel te vinden dat het systeem in het gemengde of hydrodynamische gebied zet. Het lijkt misschien raar dat de wrijvingscoëfficiënt stijgt als men verdergaat in het hydrodynamische gebied. Dit komt onder andere door de hogere viscositeit van vele vloeistoffen bij hogere snelheden. Zelf kun je zoiets voelen als je probeert harder te rennen in diep water.

Een ander aspect van smeervloeistoffen dat op het gebied van wrijving van belang is, is de tractiekracht van de vloeistof. In sommige bedrijfstakken is het gebruikelijk de rolwrijvingscoëfficiënt de *tractiecoëfficiënt* te noemen. Het fysische verschil wordt geïllustreerd in figuur 5-12. Als je een vaste stof op een vaste stof trekt, werkt de wrijvingskracht het trekken tegen, terwijl de tractiekracht een lichaam op een ander lichaam (autobanden op wegdek) stuwt. Vloeistoffen die dit doen zijn tractievloeistoffen. De vloeistof in de automatische transmissie van een auto die het aandrijfkoppel tussen platen overbrengt om een voertuig voort te bewegen, is een voorbeeld hiervan. Deze tractievloeistof is onderworpen aan een schuifspanning, en bij een hoge schuifsnelheid gaat de film zich gedragen als een 'pseudovaste stof' om kracht over te dragen. In wezen veroorzaken tractievloeistoffen een hoge wrijving.

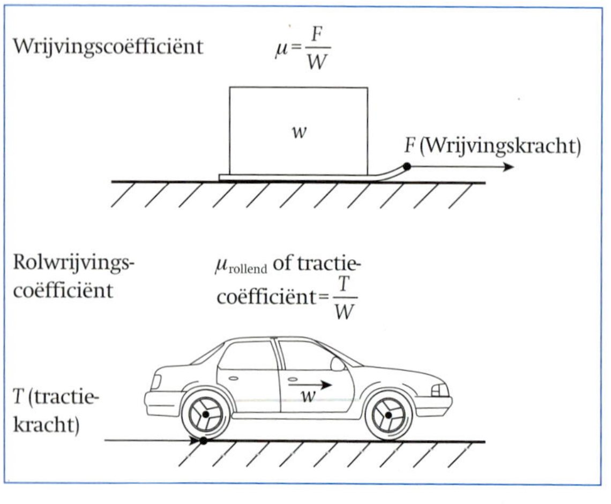

FIGUUR 5-12 Het verschil tussen de wrijvingscoëfficiënt en de tractiecoëfficiënt, die wiskundig gelijk zijn, maar verschillen in het punt van krachttoepassing

5.3 Slijtage

Slijtage wordt in de Amerikaanse standaard ASTM G 40 gedefinieerd als 'schade aan een massief oppervlak, met in het algemeen toenemend verlies van materiaal als gevolg van relatieve beweging tussen het oppervlak en het oppervlak rakende substanties'. Een belangrijke vorm van slijtage is *erosie*, gedefinieerd als 'toenemend verlies van oorspronkelijk materiaal van een massief oppervlak als gevolg van mechanische wisselwerking tussen dat oppervlak en een vloeistof, een meercomponentenvloeistof of inslaande vloeistof of vaste deeltjes'. Soms wordt bij glijdend contact tussen vaste stoffen geen materiaal geheel verwijderd, maar door plastische deformatie verplaatst. De definitie van slijtage geldt dan toch, omdat slijtage 'schade' aan een oppervlak is en deformatie in zekere zin ook. Materiaalverplaatsing in plaats van -verwijdering komt algemeen voor in kunststof-tegen-metaalslijtagesystemen. Het verplaatste materiaal kan worden gemeten en opgenomen in slijtagevolumemetingen.

Slijtage is in zoverre vergelijkbaar met wrijving dat men er ook al sinds de prehistorie mee bezig is. De evolutie van gereedschappen is in wezen een historisch overzicht van de behandeling van slijtage. De eerste werktuigen waren waarschijnlijk van hout. Deze gingen niet bijzonder lang mee. Toen werden er stenen aan het hout bevestigd om bijlen, hamers, messen en pijlen te maken. Vervolgens ontdekte men dat met metalen gereedschappen konden worden gemaakt die langer meegingen en beter werkten dan stenen werktuigen. De volgende stap was de ontdekking dat metalen harder en slijtvaster konden worden gemaakt. Samenhangend met de ontwikkeling van gereedschappen werden smeermiddelen en speciale lagermaterialen ontdekt, waarmee een vermindering van de schadelijke effecten van wrijving in mechanische werktuigen kon worden bereikt.

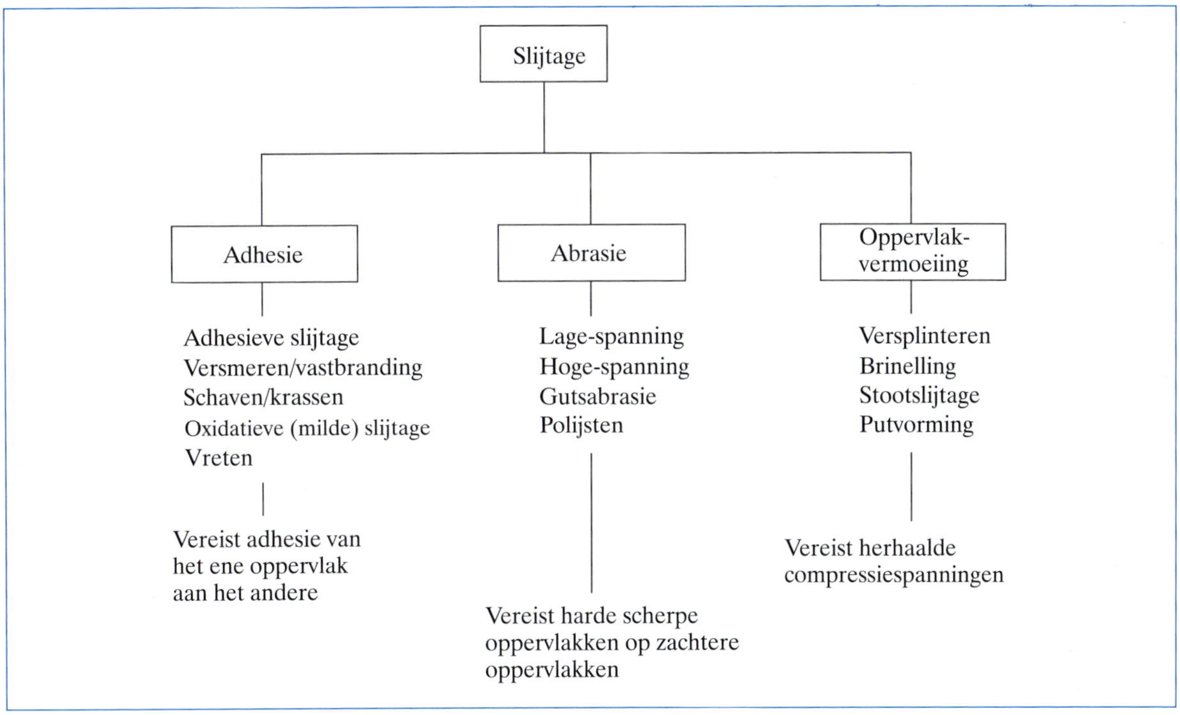

FIGUUR 5-13 Belangrijkste slijtagecategorieën en specifieke soorten slijtage in elke categorie

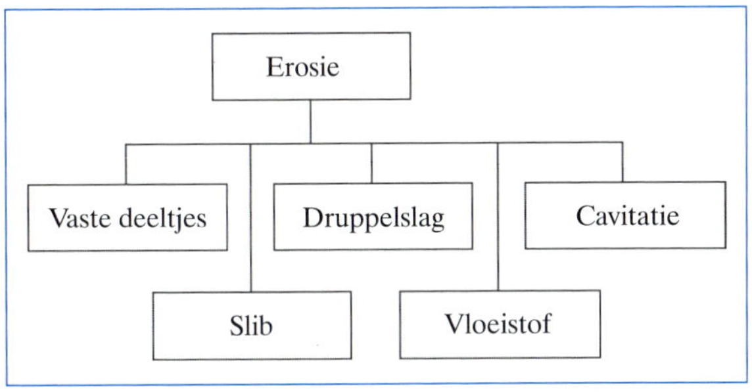

FIGUUR 5-14 Soorten erosie

Er bestaan ongeveer dertien vormen van slijtage en vijf vormen van erosie die algemeen worden erkend in de tribologiegemeenschap (zie figuren 5-13 en 5-14). De materiaaleigenschappen die de slijtage bepalen, beginnen op atomair niveau en worden verder bepaald door de oppervlaktetextuur van een onderdeel (zie figuur 5-15). Op atomair niveau kan adhesie van oppervlakken worden beïnvloed door de aard van de elkaar rakende atomen. Op nanometerschaal kunnen dislocaties in de beide lichamen de slijtage bepalen. Op het tussenniveau kan de korreldiameter, of de grootte van een tweede fase, een rol spelen bij het bepalen van de slijtage-eigenschappen. Op nog weer grotere schaal kunnen de oppervlakte-uitsteeksels en vervolgens de vormfouten op gelijkvormige oppervlakken van invloed zijn.

In de volgende hoofdstukken over diverse soorten materialen zullen we ons in de besprekingen van slijtage concentreren op het microstructuurniveau. We geven ook informatie over hoe de diverse materiaalsystemen op verschillende soorten slijtage reageren. Het mag duidelijk zijn dat er diverse materialen zijn die deze verschillende soorten slijtage vermijden of reduceren. Geen enkel materiaal is echter volkomen slijtagebestendig, zeker niet tegen alle achttien processen.

Soorten slijtage

Glijdend contact

Adhesieve slijtage: In onze bespreking van wrijving lieten we zien dat een deel van de wrijvingskracht tussen twee gelijkvormige oppervlakken onder meer afhankelijk is van de binding tussen de uitstekende toppen van de tegenover elkaar liggende oppervlakken. Als deze binding belangrijk wordt – vooral op betrekkelijk schone oppervlakken – kunnen deeltjes van het ene oppervlak zich gaan hechten aan het andere. Er kan dan sprake zijn van adhesieve slijtage of verwijdering van materiaal (zie figuur 5-16). Dit kan in alle materiaalsystemen optreden en de factoren die deze vorm van slijtage bepalen, worden vaak beschreven met de *Archard-vergelijking*:

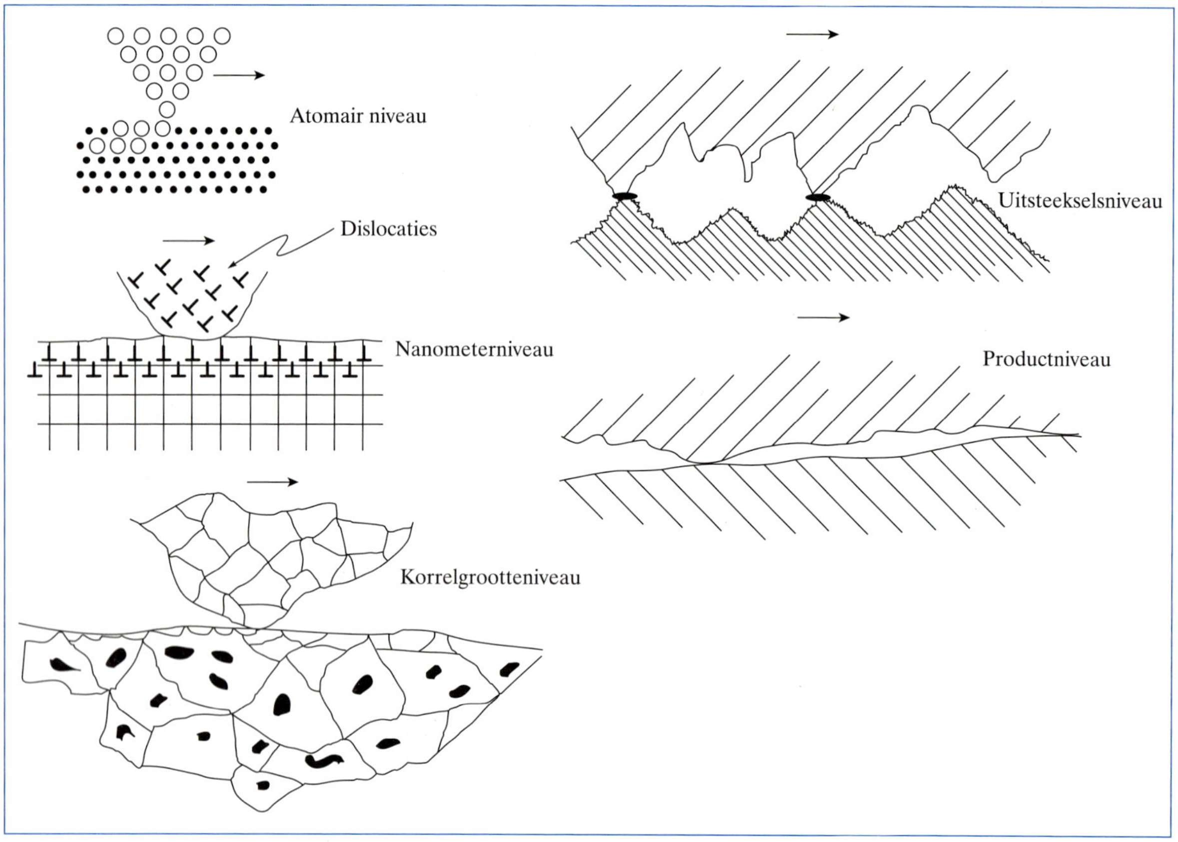

FIGUUR 5-15 Factoren die slijtage en wrijving op verschillende schalen beïnvloeden

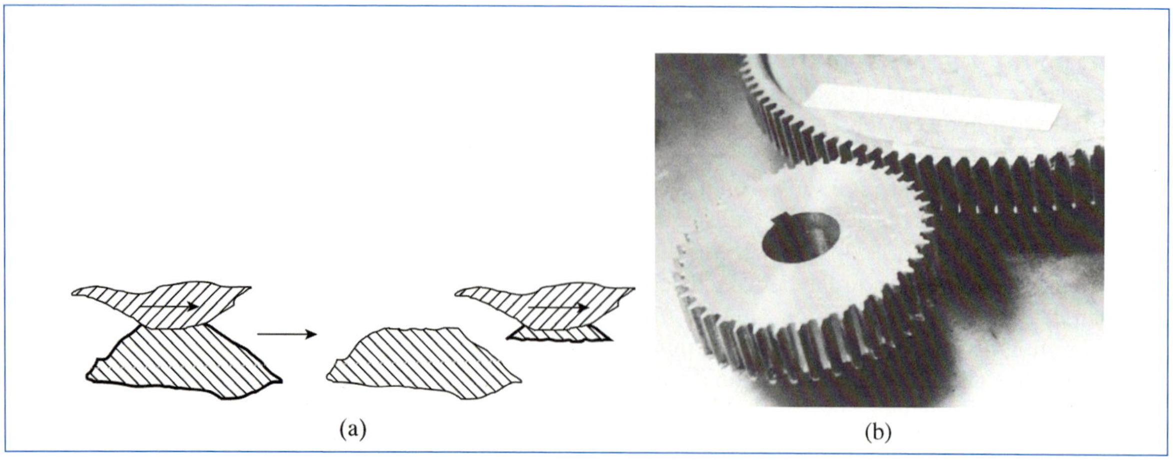

FIGUUR 5-16 (a) Adhesie van uitstekende delen in adhesieve slijtage; (b) Metaal-op-metaalslijtage op tandwielen (zonder smering)

$$W = k\frac{dF}{H}$$

waarbij
W = weggesleten volume (mm^3)
k = een evenredigheidsconstante voor het systeem (dimensieloos)
d = afstand waarover het glijden heeft plaatsgevonden (m)
F = normaalkracht (N)
H = hardheid van het zachtste van de twee lichamen (kg/mm^2)

Tribologen meten vaak het weggesleten volume met behulp van de blok-op-ringtest (ASTM G 77) en lossen dan de vergelijking op voor k. Ze gebruiken k in dat geval als een maat voor de slijtagegevoeligheid van diverse materiaalcombinaties. Helaas is adhesieve slijtage niet erg voorspelbaar met behulp van laboratoriumproeven; de variatiecoëfficiënten kunnen oplopen tot 50 procent. In de literatuur worden slijtagecoëfficiënten gegeven, zie bijvoorbeeld tabel 5-1. Het is echter raadzaam om voorzichtig te zijn bij het gebruik van deze gegevens. Slijtage is immers afhankelijk van het systeem en als jouw systeem te veel verschilt van het in de literatuur gebruikte systeem, zijn de literatuurgegevens uiteraard niet geldig.

TABEL 5-1 Archard-slijtagecoëfficiënten k voor adhesieve slijtage

Schoon ongesmeerd zacht metaal op zichzelf	1 tot 3 × 10^{-3}
Schoon ongesmeerd hard metaal op zichzelf	2 tot 5 × 10^{-5}
Schoon ongesmeerd hard metaal op kunststof	1 tot 3 × 10^{-6}
Schone ongesmeerde kunststof op kunststof	1 × 10^{-3} tot 3 × 10^{-6}
Goedgesmeerd hard metaal op zichzelf	1 tot 3 × 10^{-7}

Een groot aantal glijsystemen vertoont snelle inloopslijtage of een overgang van aanvankelijk lage slijtage naar snellere slijtage later. De Archard-vergelijking gaat niet goed met deze situaties om en de slijtagecoëfficiënten zijn, op zijn best, slechts benaderingen van de slijtagesnelheid.

Versmeren: Wanneer adhesieve slijtage ernstig wordt, leidt dit tot *versmeren* en overdracht van materiaal van het ene oppervlak naar het andere en vice versa. Deze vorm van slijtage wordt gekarakteriseerd door de vorming van macroscopische ophopingen. Er stroomt materiaal vanaf het oppervlak omhoog (zie figuur 5-17) en deze ophopingen leiden vaak tot *vastbranding* in systemen waar de lichamen met een geringe speling langs elkaar glijden. Zachte enkelfasemetalen (roestvast staal) zijn bijzonder vatbaar voor versmering. De standaard versmeringstest ASTM G 98 bepaalt een versmeringsweerstand voor een bepaalde materialencombinatie met een drempelspanning voor versmering. Een afgevlakte ronde pen wordt geheel rondgedraaid tegen een proefstuk van hetzelfde of een ander materiaal. De pen wordt belast met een willekeurige nominale contactdruk, bijvoorbeeld 1 ksi (6,9 N/mm^2), en over 360 graden gedraaid. Beide oppervlakken worden vervolgens onderzocht op ernstige deformatie in het spoor en in de ophopingen. Als er geen vervormingen zijn, wordt de test herhaald met nieuwe proefmonsters en een hogere druk. Zo gaat men verder totdat er versmering optreedt. De drempelwaarde voor versmering is de hoogste spanning die het materialenpaar kan weerstaan zonder te versmeren. Een 316 roestvaststalen paar heeft bijvoorbeeld een drempelspanning voor versmering van ongeveer 6,9 N/mm^2. De drempel voor een gehard 440C roestvast paar kan 138 N/mm^2 bedragen. Deze test is bruikbaar voor het vinden van goede materialen voor toepassingen die gevoelig zijn voor versmering, zoals slagventielen.

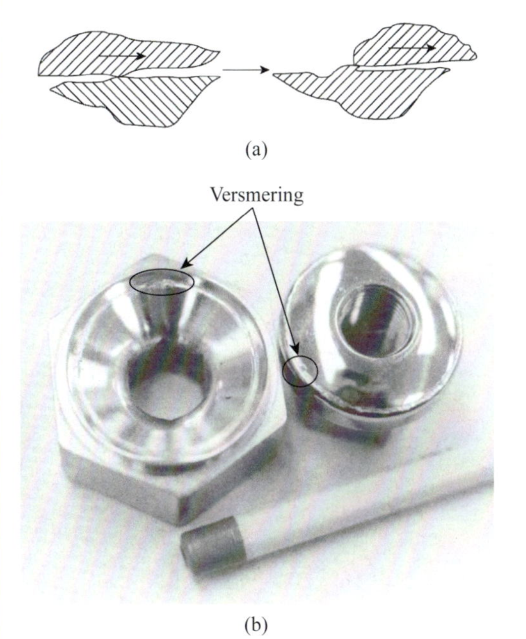

FIGUUR 5-17 (a) Schematische weergave van een ophoping bij versmeren; (b) Versmering in twee conform gepolijste oppervlakken van speciale moeren na eenmalig gebruik

Schaven en groefvorming: Dit zijn vormen van matige adhesieve slijtage. Ze worden gekenmerkt door macroscopische krassen of oppervlaktedeformatie in de richting van de beweging. Als een zuiger in een cilinder goed beweegt, treedt er niet meer dan geringe slijtage op. De cilinder blijft glad, en de binnendiameter wordt langzamerhand groter als gevolg van slijtage. Door groefvorming wordt het oppervlak ruwer. Groefvorming leidt tot een onaanvaardbaar hoge slijtage. Overbelaste of onvoldoende gesmeerde tandwielen vertonen vaak krassen en dit heeft invloed op de tandwielnauwkeurigheid. Groefvorming is een vorm van slijtage die vermeden moet worden.

Oxidatieve slijtage: Dit wordt ook wel *milde slijtage* genoemd. Het is de minst ernstige vorm van adhesieve slijtage. Het begint met adhesie aan de werkelijke contactvlakken, waarna er slijtdeeltjes gevormd worden. Bij herhaald wrijven reageren deze deeltjes met de omgeving en vormen een oxide. Geharde stalen materiaalparen vertonen vaak deze vorm van slijtage (zie figuur 5-18). Bijna alle deurscharnierpennen in woonhuizen vertonen oxidatieve slijtage, omdat de meeste huiseigenaren ze niet oliën. De glijdende oppervlakken zien er roestig uit. Ze zijn geoxideerd door wrijving in plaats van door contact met water of chemicaliën.

Vreten: Trillingsbewegingen met een kleine amplitude (minder dan 300 μm) kunnen *vreetslijtage* of *vreetcorrosie* veroorzaken. Door de kleine bewegingen ontstaan op de uitsteeksels aan het oppervlak lokale adhesiebruggen. Deze worden gebroken en na verschillende bewegingen rollen er kleine slijtdeeltjes heen en weer tussen de oppervlakken. Vreetslijtage wordt gekenmerkt door een verweerd en pokdalig oppervlak (zie figuur 5-19). Vreetcorrosie ziet eruit als roest, met putjes in het roestige gebied. Als de deeltjes door herhaald wrijven met de omringende lucht reageren, spreekt men van vreetcorrosie. Als de oppervlakken en de deeltjes niet met de omgeving reageren, staat het resultaat bekend als vreetslijtage. IJzerhoudende metalen vertonen onder bepaalde omstandigheden bijna altijd vreetcorrosie, terwijl kunststoffen vreetslijtage laten zien.

Abrasie

Abrasieve slijtage ontstaat door de beweging van harde en/of scherpe deeltjes of ophopingen tegen een

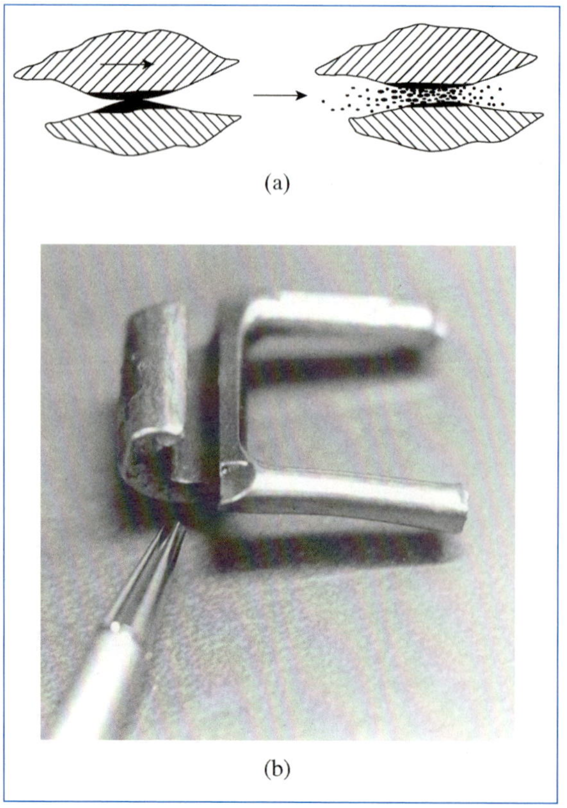

FIGUUR 5-18 (a) Schematische weergave van oxidatieve slijtage; (b) Oxidatieve slijtage in een kettingschakel (donker gebied) als gevolg van lage snelheden

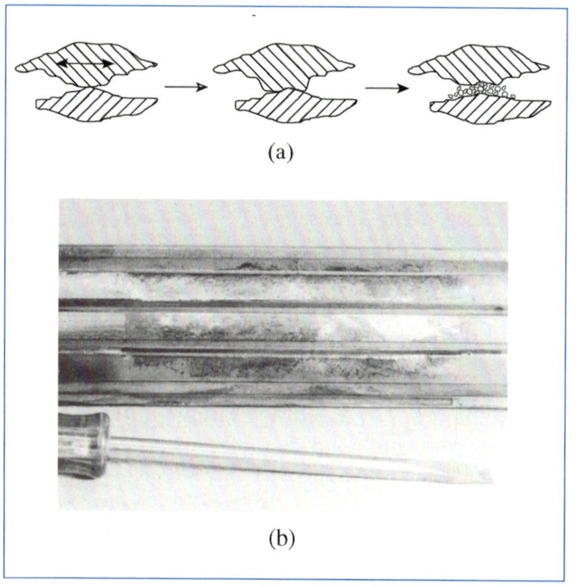

FIGUUR 5-19 (a) Schematische weergave van adhesiebrugwisselwerking bij vreten; (b) Vreetschade op een veelspievertanding-as als gevolg van de relatieve beweging tegen een ander onderdeel

zachter oppervlak. De harde deeltjes kunnen vastzitten, zoals in schuurpapier, stoeptegels of slijpstenen, maar ze kunnen ook los tussen twee conforme oppervlakken rollen. De eerste mogelijkheid wordt *tweelichamenabrasie* genoemd. De tweede heet *drielichamenabrasie*, waarbij de abrasieve deeltjes het *derde lichaam* vormen. Je schoenzolen slijten bijvoorbeeld door beide abrasievormen: wrijven over ruw beton geeft tweelichamenabrasie (vastzittende deeltjes), en los zand tussen je zolen en de bodem veroorzaakt drielichamenabrasie. De tweelichamenabrasie is meestal ernstiger.

Er bestaan geen algemeen geaccepteerde modellen voor abrasieve slijtage, maar tribologen hebben de Archard-vergelijking aangepast door het toevoegen van een factor B die verband houdt met de scherpte van de abrasieve deeltjes. Dus,

$$W = \frac{kdF}{H} B$$
$$B = 2 \cot \theta / \pi$$

waarbij θ de ingesloten hoek is van de indringende punt van het abrasieve deeltje. Hoe scherper het deeltje, des te groter de slijtage zal zijn.

Net als bij de adhesieve slijtageprocessen is het model nog niet zover uitgewerkt dat het kan worden gebruikt voor het berekenen van slijtageoplossingen. Het zegt de gebruiker alleen welke factoren van belang zijn. Hieronder beschrijven we de verschillende soorten abrasieve slijtage.

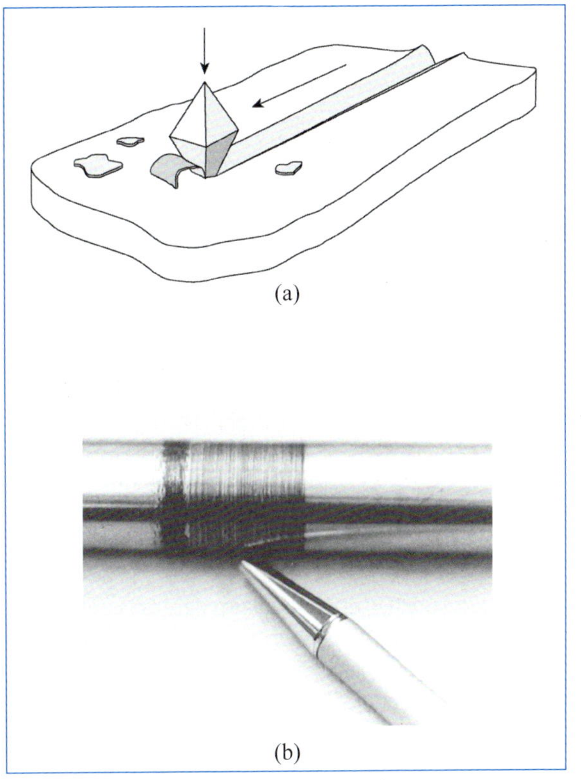

FIGUUR 5-20 (a) Schematische weergave van lagespanningabrasie; (b) Lagespanningabrasie op een as als gevolg van verontreiniging met harde deeltjes in een plastic lagerbus

Lagespanningabrasie: Deze slijtagevorm wordt gekenmerkt door fijne krassen op het oppervlak en ontstaat bijvoorbeeld op een troffel die gebruikt wordt voor het mengen van zand en portlandcement om beton te maken. Het werktuig wordt rondom beschadigd door contact met zand en stenen. Deze slijtage wordt ook veroorzaakt door steenkolen die over een transportgoot glijden, scharen voor het knippen van papier en met glas gevulde kunststoffen. Het mechanisme van materiaalverwijdering kan bestaan uit de vorming van schilfers doordat een vastzittende korrel langs een oppervlak glijdt en een kras ploegt. Er kunnen meteen schilfers ontstaan, of ze kunnen later worden gevormd uit de opstaande randen van de krassen. Het metaalverwijderingsmechanisme lijkt veel op slijpen (zie figuur 5-20).

De rubberwielzandtest (ASTM G 65) simuleert lagespanningabrasie in het laboratorium. Een vlak proefstuk (van welk materiaal dan ook) wordt tangentiaal tegen een rubberen wiel geplaatst, terwijl men zand tussen wiel en proefstuk giet. Het wiel maakt een vastgesteld aantal omwentelingen ten opzichte van het stilstaande proefstuk. Dit is drielichamenabrasie, en het slijtagevolume wordt berekend uit het massaverlies van het proefstuk. Deze test correleert met vele industriële processen zoals stansen, waarbij de abrasieve slijtage aan de gereedschappen een gevolg is van vuile grondstof, niet-metallische insluitsels of abrasief werkmateriaal.

Hogespanningabrasie: Dit is een ernstiger vorm van abrasie, waarbij de abrasieve stof met voldoende kracht in het oppervlak wordt gedrukt om het abrasief te laten bezwijken of te breken. Vlakslijpen is een vorm van hogespanningabrasie. De slijpkorrels of de slijpschijf zelf breken tijdens het proces. Dit gebeurt ook met bewegende delen op de rupsbanden van bulldozers en andere grondverzetapparatuur. Materiaalverwijdering vindt plaats door krassen. Er worden groeven in het materiaal geploegd door de scherpe randen van de abrasieve stof en zodoende worden er schilfers gevormd. Figuur 5-21 toont hogespanningabrasie in een afvalpers.

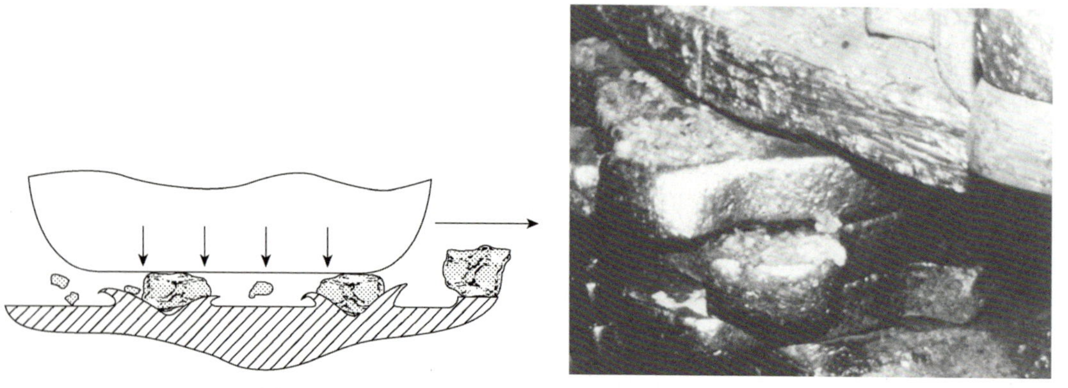

(a) (b)

FIGUUR 5-21 (a) Schematische weergave van hogespanningabrasie; (b) Sterwielen (50 mm dik) op een afvalpers die onderworpen zijn geweest aan hogespanningabrasie

Gutsenslijtage: Dit is schade aan een massief oppervlak door macroscopische plastische deformatie als gevolg van een enkele inslag. De schade wordt gekenmerkt door een diepe gutsgroef of diepe kras (zie figuur 5-22). Dit soort schade ontstaat als grote stenen op metaal vallen of op een metalen oppervlak worden gedrukt met voldoende kracht om ze te pletten. Deze vorm van abrasie treedt op in mijnbouwapparatuur en steenbrekers, of aan de tanden en emmers van schuivers en andere grondverzetmachines. De ASTM-test voor de weerstand van een materiaal tegen deze vorm van slijtage (ASTM G 81) bestaat uit een grote pers die vijfhonderd pond steen met een diameter van 2,5 tot 5 millimeter vergruizelt tussen een plaat van referentiestaal en een plaat van het testmateriaal. Het massaverlies aan de testplaten en de referentieplaten wordt vervolgens gemeten. Dit is een speciale vorm van abrasie, economisch van belang omdat hij mede bepalend is voor de kosten van het winnen en verwerken van erts, het aanleggen van wegen, en bij veel verborgen infrastructuurwerk.

Polijsten: Dit wordt veroorzaakt door fijne abrasieve stoffen die geen zichtbare krassen of groeven doen ontstaan. Polijsten van metaal wordt bijvoorbeeld vaak uitgevoerd op staal met aluminiumoxide of diamantdeeltjes met een gemiddelde diameter van

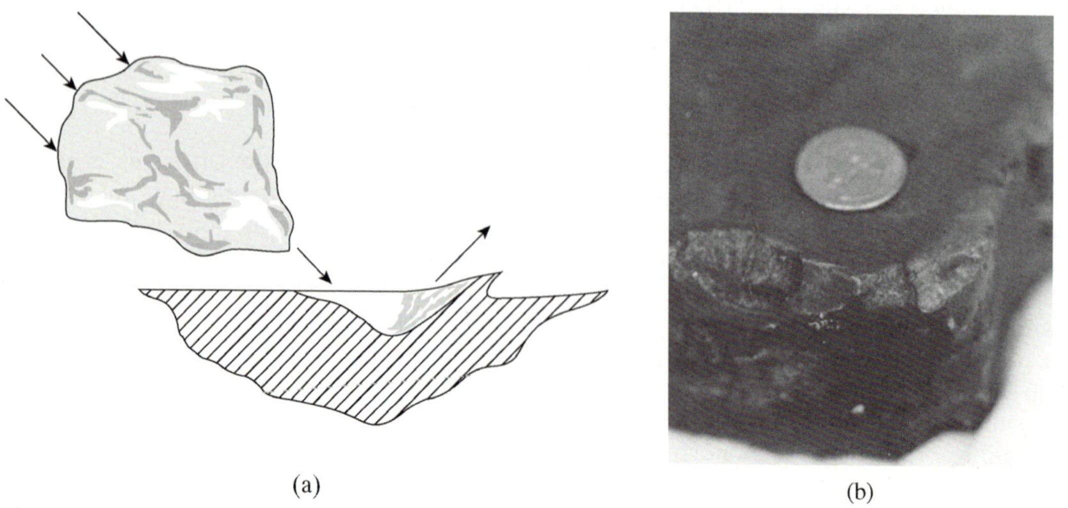

(a) (b)

FIGUUR 5-22 (a) Schematische weergave van gutsenslijtage; (b) Gutsenslijtage als gevolg van het breken van stenen

1 µm (micrometer). Deze deeltjes veroorzaken geen krassen op het oppervlak, maar verwijderen krassen juist en polijsten het oppervlak. Voor het maken van silicium voor de fabricage van geïntegreerde circuits wordt het proces van *chemisch-mechanisch polijsten* toegepast. Aluminiumoxide en andere abrasieve stoffen worden gebruikt in een vloeistof die in staat is om het materiaal aan te tasten. De deeltjes verwijderen de oxidelaag en de polijstende vloeistoffen corroderen het oppervlak, waardoor er materiaal wordt verwijderd.

Oppervlaktevermoeiing

Putvorming: Dit is een van de meest voorkomende vormen van oppervlaktevermoeiing. Putvorming bestaat uit de vorming van holtes wanneer een gedeelte van een tribo-oppervlak versplintert. Figuur 5-23 laat putvorming zien op het loopvlak van een 500 kiloton druklager uit een extrusiemachine. De putjes beginnen als kleine scheurtjes onder het oppervlak, die groeien totdat er een fragment losgescheurd wordt. Wanneer het loopvlak eenmaal door een metaal of hard materiaal verontreinigd is, worden deze deeltjes in het oppervlak gedrukt. Daar veroorzaken ze weer nieuwe putjes, en in korte tijd is het hele lager verwoest. Er worden vermoeiing-levensduurtesten gebruikt voor het meten van de verwachte levensduur van rollagers. Putvorming treedt ook op in bijna alle veel bereden treinrails.

Stootslijtage: Deze vorm van slijtage treedt op op oppervlakken die herhaaldelijk klappen opvangen. Klinkhamers, aambeelden en werktuigen worden blootgesteld aan dit soort slijtage, evenals beitels, slagwerktuigen en allerlei soorten hamers. Er vindt plastische vervorming plaats, zoals aan het uiteinde van een veelgebruikte koude beitel. Soms ontstaan er scheuren onder het oppervlak en kunnen er fragmenten uit het oppervlak breken. Figuur 5-24 toont het uiteinde van een smeedhamer die door vermoeiingsscheuren onder het oppervlak versleten is. Het uiteinde viel eraf. In kwaliteitshamers worden speciale hardheidsprofielen aangebracht die stootslijtage en vermoeiing onder het oppervlak tot een minimum beperken.

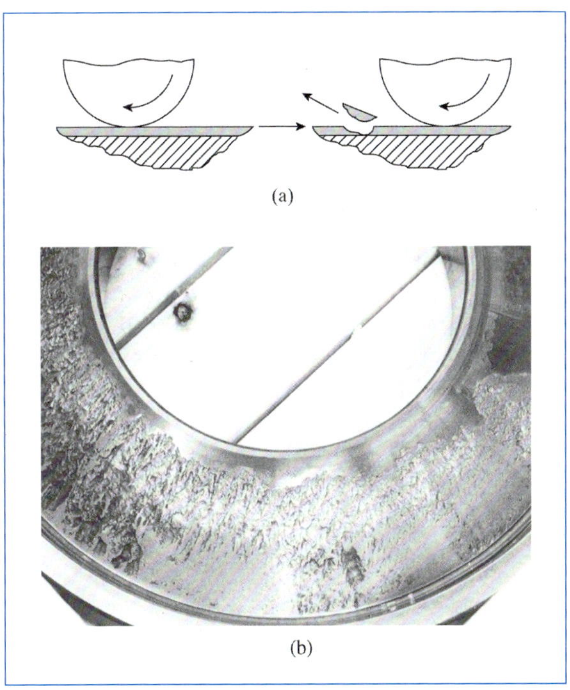

FIGUUR 5-23 (a) Schematische weergave van putvorming als gevolg van oppervlaktevermoeiing; (b) Putvorming van een grote kogellagerring als gevolg van oppervlaktevermoeiing

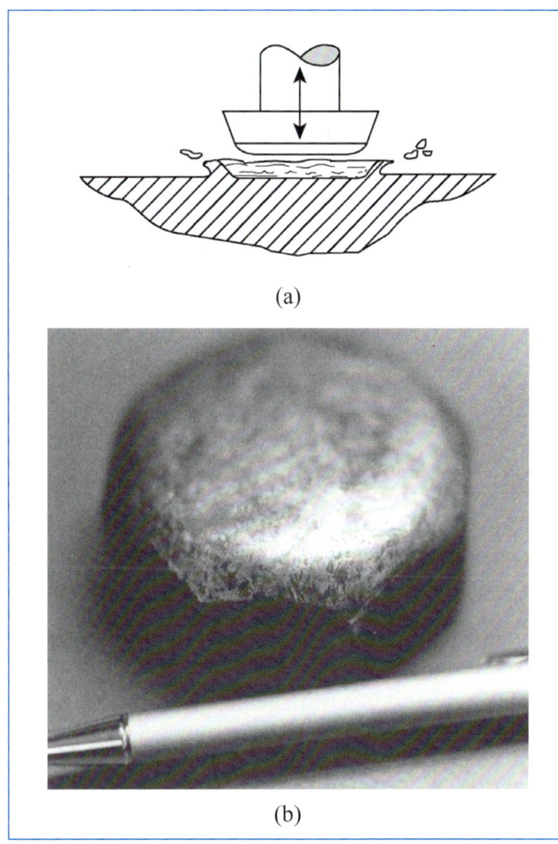

FIGUUR 5-24 (a) Schematische weergave van stootslijtage; (b) Stootslijtage op de kop van een smeedhamer

Versplinteren: Versplinteren is het breken van een gedeelte van het oppervlak van een materiaal dat wordt blootgesteld aan herhaalde spanningen, meestal Hertziaanse drukspanningen. Versplintering kan worden veroorzaakt door andere spanningen dan de spanningen die worden geproduceerd door rolcontact, zoals thermische cyclische spanningen, maar in mechanische systemen zijn rolelementen er hoe dan ook zeer gevoelig voor. Figuur 5-25 laat zien hoe een chroomlaag versplintert onder kogelcontacten in een zuiger met een betrekkelijk korte slag. Wanneer een harde brosse of geharde laag wordt aangebracht op een veel zachtere laag, kan een Hertziaanse belasting versplintering veroorzaken. In de gebruikelijke oplossing wordt een dunne harde coating aangebracht op een laag die niet meer dan 20 procent zachter is. In PVD-coatings (*physical vapor deposition*) op snijwerktuigen worden diverse lagen aangebracht om de spanningen aan te kunnen. Dit is de beste manier om het gevaar van het versplinteren van harde oppervlaklagen te reduceren.

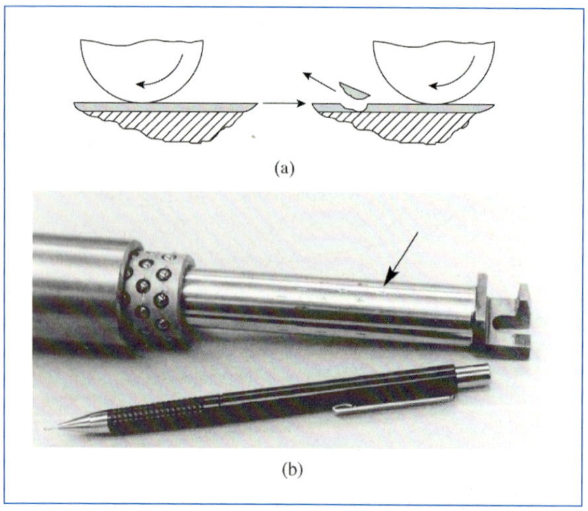

FIGUUR 5-25 (a) Versplinteren van een deklaag door oppervlaktevermoeiing; (b) Versplinteren van een plaat als gevolg van oppervlaktevermoeiing (oscillerende beweging van ongeveer 5 mm)

Brinelling: Dit is eigenlijk geen slijtageproces, maar de vorming van deuken in het oppervlak door statische overbelasting van kogels of rollen (zie figuur 5-26). Dit verschijnsel wordt echter vaak opgenomen in besprekingen van slijtage, omdat het op kogel- en rollagers voorkomt. Deze bezwijken bij brinelling op dezelfde manier als door putvorming en versplinteren. De oplossing is het vermijden van schokbelastingen op tribosystemen met Hertziaanse contacten.

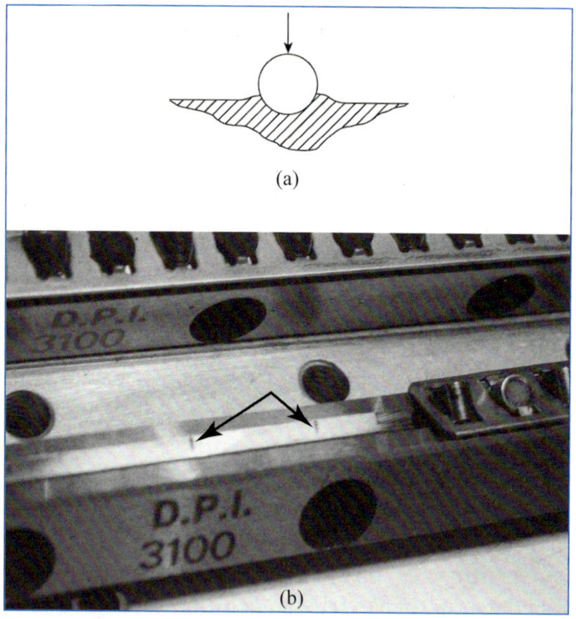

FIGUUR 5-26 (a) Schematische weergave van brinelling; (b) Brinelling van een lagerring door statische overbelasting

Soorten erosie

Vastedeeltjeserosie: Dit type erosie wordt veroorzaakt door inslag van deeltjes die door een gas worden aangevoerd. Dit gas is vaak lucht, maar kan ook een ander gas zijn. Er bestaat een standaardtest, die wordt uitgevoerd door een massief oppervlak een bepaalde tijd bloot te stellen aan een stroom oxidedeeltjes in een luchtstraal (ASTM G 76). Deze vorm van slijtage treedt op in deeltjestransportsystemen zoals roetblazers en cycloonafscheiders. Ook ventilators in vervuilde lucht en straalmotorbladen hebben ermee te maken. De mate van beschadiging is een functie van de massa van de inslaande deeltjes (M), hun snelheid (V), de hoek van inslag (r) en de scherpte van de deeltjes (P). In een formule:

$$\text{Erosie (deeltje)} = \alpha M V^2 (r)(P)$$

waarbij α de constante is voor het systeem.

Het effect van de inslaghoek hangt af van het systeem. Brosse materialen vertonen de meeste erosie bij loodrechte inslag (ze versplinteren), terwijl ductiele metalen de meeste erosie oplopen bij een inslaghoek tussen 20 en 30 graden (ze verspanen). Abrasieve korrels bij zandstralen kunnen roteren bij de inslag en werken dan als kleine mesjes die schilfers maken. Het meeste materiaal gaat verloren door een vermoeiingsmechanisme. Een inslaand deeltje vormt een krater, de volgende deeltjes slaan het uitstekende materiaal van de rand van de krater weg en op den duur breekt de rand af (zie figuur 5-27).

Sliberosie: Dit is materiaalverwijdering door stroming van slib over een vast oppervlak. Deze vorm van erosie komt vaak voor in pompen die boorafval of mijnwater verwerken of bij het vervoeren van slib of steenkool in pijpleidingen (zie figuur 5-28). Sommige steenkoolpijpleidingen zijn honderden kilometers lang. De erosiviteit van een bepaald soort slib – het vermogen van een materiaal om erosie door een bepaald soort slib te weerstaan – kan worden getest door middel van de Millergetal-test (ASTM G 75). Dit getal van 1 tot 1000 geeft de erosiviteit van een slib aan. Een Millergetal van 1000 is het meest erosief. Bij deze vorm van slijtage is het verwijderingsmechanisme vergelijkbaar met dat bij vaste deeltjes, en dezelfde factoren als bij vastedeeltjeserosie zijn bepalend: de massa van de deeltjes die contact maken met het oppervlak, hun snelheid en hun vorm. De slib stroomt parallel aan het oppervlak en de werking van de deeltjes lijkt meer op krassen. Zeer vaak gaat sliberosie samen met corrosie door de stromende vloeistof (zie hoofdstuk 6). De Millergetal-test bevat een procedure voor het bepalen van de corrosiecomponent (het oplossend materiaal) van de erosie, en eveneens voor de erosiecomponent.

Druppelslagerosie: Dit is een speciale vorm van erosie die optreedt wanneer vloeistofdruppels met zeer hoge snelheid op een oppervlak botsen. Het klassieke voorbeeld is regenerosie op vliegtuigen.

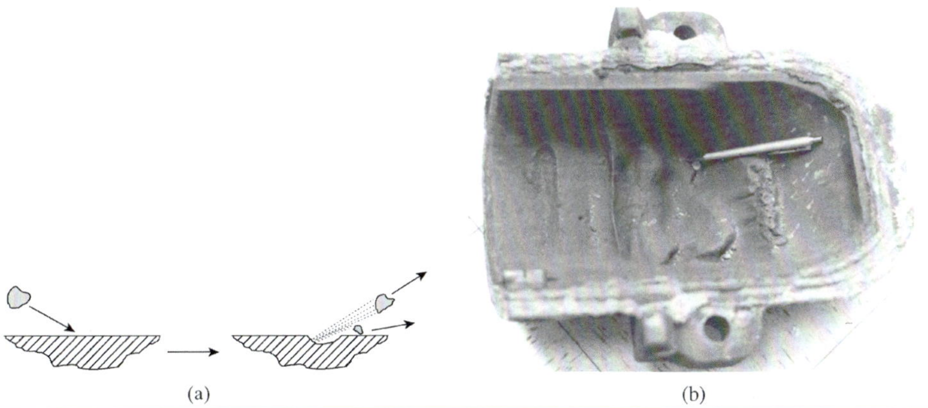

(a) (b)

FIGUUR 5-27 (a) Schematische weergave van vastedeeltjeserosie; (b) Erosie van de slijtplaat van een pijpleiding voor vliegastransport (let op het gat en de golfvorm van het oppervlak)

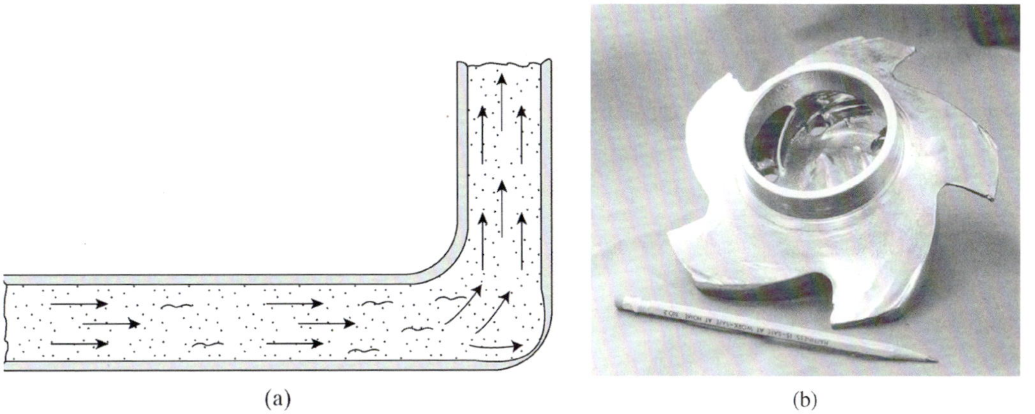

(a) (b)

FIGUUR 5-28 (a) Schematische weergave van sliberosie; (b) Pomprotor met erosieschade als gevolg van het oppompen van slib met water en zand

Wanneer een vliegtuig met hoge snelheid door een regengordijn trekt, kan de inslag van de regendruppels veel schade toebrengen aan de buitenkant. De neus van een vliegtuig (gemaakt van vezelversterkte kunststoffen) is bijzonder gevoelig voor deze vorm van erosie, evenals de voorkant van de vleugels en de stuurvinnen. In de industrie kan dit soort erosie worden waargenomen bij stoomturbines als er condensaat in de stoom zit. Vooral niet-metalen zijn gevoelig voor beschadigingen. De ASTM G 73-test voor druppelslagerosie maakt gebruik van een stukje proefmateriaal op het uiteinde van de bladen van een propeller die kan draaien met snelheden van honderden meters per seconde. De propeller draait in een kunstmatig regengordijn en de schade aan het proefmateriaal wordt bepaald door het volumeverlies in een bepaalde tijd.

Vloeistoferosie: Deze vorm van slijtage wordt gekarakteriseerd door materiaalverwijdering vanwege de werking van een vloeistof die inslaat op of beweegt langs het oppervlak van een vaste stof (zie figuur 5-29). Zoals in hoofdstuk 6 wordt besproken, komt deze vorm van erosie vaak voor in combinatie met corrosie, zogenaamde *erosie-corrosie*. In pijpleidingen die gemaakt zijn van materialen met een beschermende passieve oxidefilm verwijdert de vloeistof deze film door de mechanische werking. Deze groeit weer aan en wordt opnieuw verwijderd. Als de vloeistofsnelheid hoog is, kunnen er door deze herhaalde werking gaten ontstaan in bijvoorbeeld de elleboogstukken van de pijp. Kunststoffen en keramische materialen die voor hun corrosieweerstand niet afhankelijk zijn van beschermende lagen, zijn minder gevoelig voor deze vorm van erosie. Onder een bepaalde kritische snelheid komt erosie niet voor. Vaak helpt het dus om de vloeistofsnelheid op een veilig niveau te houden.

Cavitatie: *Cavitatie* is schade aan een massief oppervlak door implosie van gasbellen aan het oppervlak. Wanneer een gasbel inklapt, stroomt de omringende vloeistof met grote snelheid naar dit gebied om de lege ruimte op te vullen. Er ontstaat dan een straal die spanningen kan ontwikkelen die de vloeisterkte van materialen te boven gaat. Het mechanisme van materiaalverwijdering bestaat uit het ontstaan van microscopisch kleine barstjes en daarna putjes (zie figuur 5-30). Cavitatie treedt bijvoorbeeld op bij vloeistofstuwing in apparaten zoals pompen, bij scheepsschroeven en bij damoverlaten. Door het algemene industriële gebruik van ultrasonische bronnen voor het verwijderen van bellen en voor reiniging is deze vorm van erosie een zeer belangrijke factor geworden. In de buurt van de bevestigingen van omzetters vallen vaak gaten in tanks.

Slijtageproeven

In deze paragraaf werden een aantal slijtageproeven vermeld. Een slijtageonderzoek dient altijd te worden begonnen met het bepalen van de slijtagemodus in het te onderzoeken systeem. Slijtageproeven zijn nodig voor vele situaties. Tabel 5-2 vermeldt enkele veelvoorkomende wrijvings- en slijtageproeven. Het is belangrijk om proeven te gebruiken die een slijtage veroorzaken die lijkt op het te behandelen probleem. Daarnaast kunnen proefresultaten enorm variëren. Test dus ook voldoende exemplaren.

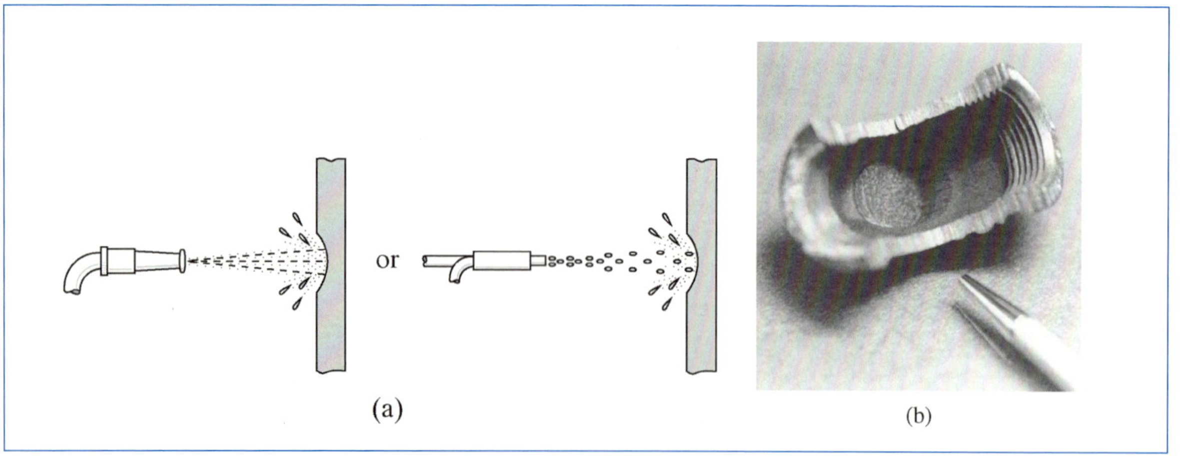

FIGUUR 5-29 (a) Schematische weergave van vloeistofinslagerosie; (b) Pijpelleboogstuk dat geperforeerd is door de inslag van vloeistof met een hoge snelheid in een pijpleiding

TABEL 5-2 Enkele standaardtriboproeven

DOEL	BESCHRIJVING	ASTM-NR.
Wrijvingstestnormen		
Doek op roller	Kaapstander-testopstelling	G 143
Conforme oppervlakken	Sledetest	D 1894
Met was ingesmeerde oppervlakken	Paperclip/hellend vlak	G 164
Testen en registreren van gegevens	Vermeldt vele verschillende proeven	G 115
Erosietestnormen		
Cavitatie	Trillingshoorn ondergedompeld in vloeistof	G 32
Vloeistofinslag	Proefmonsters op een rotor in een regengordijn	B 73
Vastedeeltjesinslag	Zandstraalmondstuk gericht op oppervlak	G 76
Sliberosie	Millergetal-proef	G 75
Cavitatie	Waterstraal	G 134
Slijtagetestnormen		
Lagespanningabrasie	Droogzand/rubberwiel	G 65
Metaal op metaal	Blok op ring	G 77
Gutsabrasie	Stenen verbrijzelen met metaalplaten	G 81
Metaal op metaal	Gekruiste cilinder	G 83
Versmeren	Penrotatie op vlak	G 98
Onderzoeken van elkaar rakende oppervlakken	Pen op schijf	G 99
Hogespanningabrasie	Pen op schuurpapier	G 132
Heen-en-weer glijden	Pen pendelend op vlak	G 133
Kunststof op metaal	Kunststofblok op metalen ring	G 137

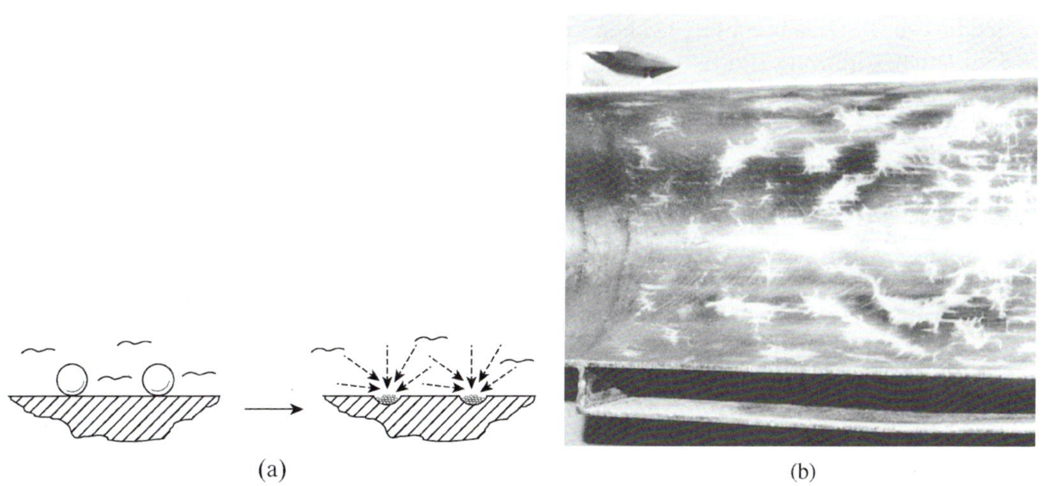

FIGUUR 5-30 (a) Schematische weergave van cavitatie; (b) Cavitatie op een roestvaststalen tank. Aan de andere zijde van dit gedeelte van de tank was een ultrasonisch trilapparaat bevestigd (diameter van de tank = 15 cm)

5.4 Lagers

In figuur 5-2 hebben we laten zien dat tribologie meer omvat dan alleen de materiaalaspecten van wrijving en slijtage. Het mechanisch-technische aspect van de tribologie houdt zich bezig met de verschillende soorten lagers, de vloeistofmechanica van vloeistofsmering en de selectie van andere tribocomponenten zoals tandwielen, koppelingen, remmen, afdichtingen, krachtoverbrengingsapparatuur en sinds ongeveer 1990 ook protheses. In deze paragraaf bespreken we in het kort een van de belangrijkste onderdelen van de tribologie: de lagertechnologie.

Lagers bestaan in talrijke vormen. Het zijn onderdelen die roterende of glijdende elementen ondersteunen en op hun plaats houden ten opzichte van andere onderdelen van een mechanisme of constructie. Er bestaan twee soorten lagers: glijlagers (zie figuur 5-31) en rollagers (zie figuren 5-32 en 5-33). Elk type beweging kan worden ondergebracht in een combinatie van vlakke en roterende lagers. Figuur 5-34 laat de technische materialen zien die gebruikt worden voor lagers.

Glijlagers staan in pasvormcontact met het glijdende oppervlak. Ze kunnen talloze vormen hebben, maar ze worden in het algemeen gekenmerkt door het feit dat de wrijving binnen een bepaald gedefinieerd contactgebied optreedt, in tegenstelling tot de situatie bij *rollagers*, waarbij de last wordt gedragen door rollers die een Hertziaans contact hebben met de tribo-elementen. Glijlagers zijn tweelichamenglijsystemen (het lager en wat er tegen het lager glijdt), rollagers zijn drielichamentribosystemen (stationair oppervlak, kogel/roller en bewegend lichaam).

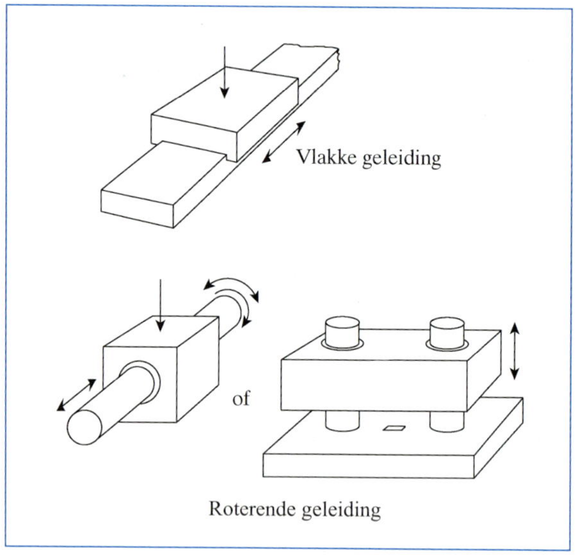

FIGUUR 5-31 Basiscategorieën van lagers

Glijlagers: Glijlagers kunnen werken met hydrodynamische smering als de smering, het lagermodel en de bedrijfsomstandigheden daarvoor geschikt zijn. De oppervlakken kunnen door een smeermiddelfilm van elkaar worden gescheiden, en slijtage treedt slechts op bij opstarten en uitschakelen. Het glijdende lichaam kan ook worden ondersteund door een vloeistof onder druk in het grensvlak tussen lager en bewegend lichaam te pompen, om zo een hydrostatisch lager (vloeistof als het fluïdum) of luchtlager (gas als het fluïdum) te vormen.

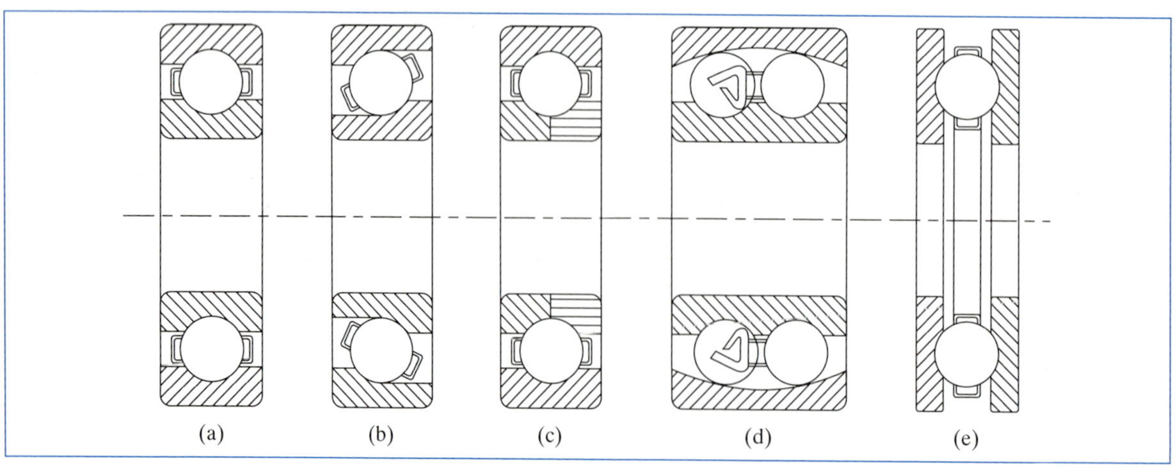

FIGUUR 5-32 Voorbeelden van diverse soorten kogellagers: (a) Diepgroef, enkelrij (voor radiale belasting, beperkt axiaal); (b) Hoekcontact (zet de radiale belasting en axiale belastingen om in een enkele richting); (c) Splitbinnenring (speciale toepassingen); (d) Zelfrichtende dubbelrij (tolereert enige foutieve uitlijning); (e) Kogeldruklager (alleen voor axiale belasting)

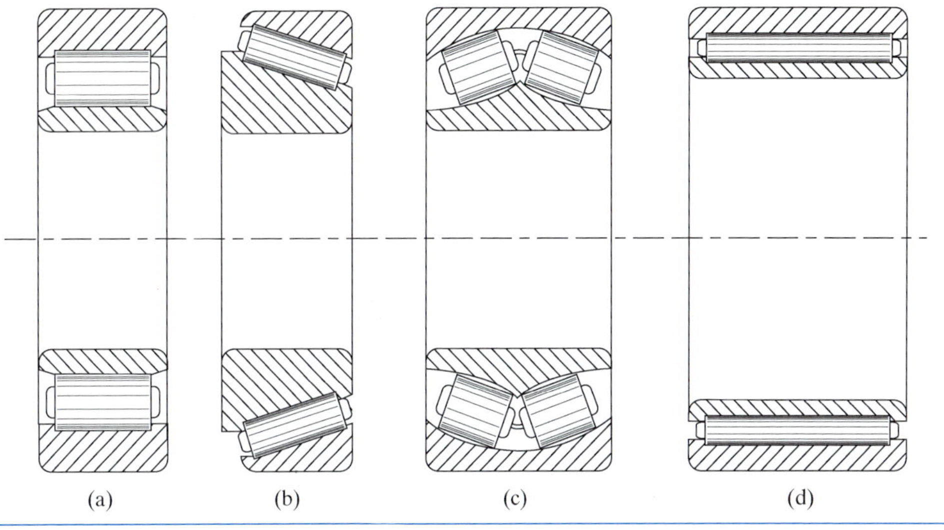

FIGUUR 5-33 Voorbeelden van rollagers: (a) Cilindrisch (bestand tegen hoge radiale belasting, maar niet tegen axiale belastingen); (b) Taps (bestand tegen radiale en axiale belastingen); (c) Bolvormig (bestand tegen foutieve uitlijning); (d) Naald (hoge radiale belastingcapaciteit voor de grootte)

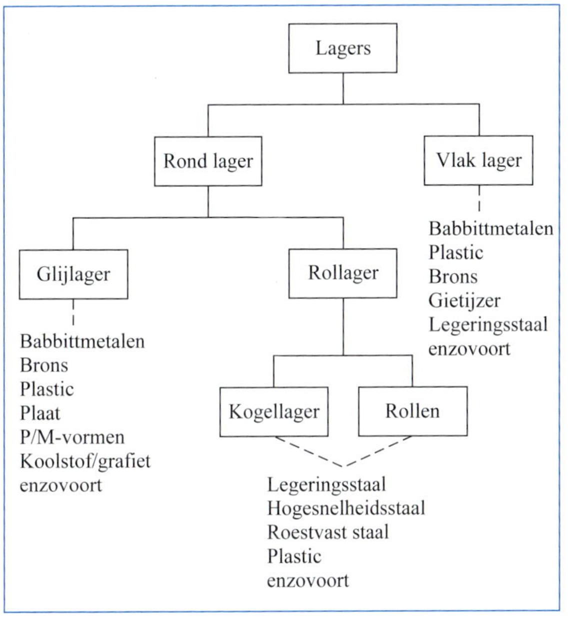

FIGUUR 5-34 Technische materialen die gebruikt worden voor lagers

Zelfsmerende glijlagers worden vaak gebruikt omdat ze onderhoudsvrij zijn. Vele zijn gemaakt van oliegeïmpregneerd poedermetallurgisch metaal of zelfsmerende kunststof. Deze worden ook wel lagerbussen genoemd als ze de vorm van een cilinder hebben. Poedermetallurgische glijlagers zijn vaak gesinterd van staal- of bronspoeders en zijn druk- en vacuümgeïmpregneerd met een smeermiddel, meestal aardolie. De in de poriën opgesloten olie wordt tijdens het bedrijf in de tussenruimtes van het lager gezogen en maakt zodoende hydrodynamische smering mogelijk. Kunststof glijlagers kunnen elke vorm hebben en de smeerstoffen kunnen bestaan uit fluorkoolstof of een vastestoffilm van molybdeendisulfide of grafiet. Grote platformlagers en roterende lagers zijn vaak gemaakt van zachte metalen zoals lood, tin en combinaties ervan (Babbittmetalen). De zachte metalen kunnen verontreinigingen integreren die hun weg vinden in de lagers, en ze kunnen het glijden bij opstarten en uitschakelen verdragen. Bij stationair bedrijf houdt een oliefilm het zachte metaal en het bewegende lichaam apart. In de volgende hoofdstukken bespreken we de lagereigenschappen van diverse technische materialen.

Glijlagers zijn de goedkoopste lagers en de beste keus voor talrijke toepassingen. Zij verschillen van rollagers op de volgende belangrijke punten:

Kosten: Lager dan rollagers
Precisie: Minder goed dan rollagers; vereisen een vrijloop
Wrijving: Glijwrijving is meestal hoger dan rolwrijving
Toerental: Beperkt tot een lager toerental dan rollagers
Belastingcapaciteit: Mogelijk beter dan rollagers (groter contactoppervlakte)

Als je een apparaat moet ontwerpen voor beweging met een laag toerental, zijn glijlagers waarschijnlijk de beste keus vanwege de lage kosten. Als je echter bijvoorbeeld een koelventilator moet ontwerpen met een toerental van meer dan 3000 rpm, hebben kogellagers de voorkeur. Als je een lager moet ontwerpen voor een autokofferdeksel, is een zelfsmerend kunststof glijlager waarschijnlijk de juiste keus. De ontwerper moet altijd de voor- en nadelen van elk systeem tegen elkaar afwegen.

Rolcontactlagers: Gesmeerde precisierollagers zijn meestal de eerste keus bij fabricageapparatuur voor continubedrijf. Het is gebruikelijk om het rendement van fabricageapparatuur aan te geven door een getal dat in wezen het aantal uren is dat een machine een goed product produceert (in een dag, in een week of in een maand), gedeeld door het aantal uren dat de machine beschikbaar voor bedrijf is. Het is niet ongebruikelijk om slechts twee weken per jaar stilstand te plannen bij 24-uursbedrijf. Gesmeerde rollagers worden vaak gebruikt in een dergelijke omgeving, maar om ervoor te zorgen dat deze lagers het beoogde aantal uren kunnen werken, is een aantal overwegingen van belang.

Rolcontactlagers bestaan uit kogellagers (zie figuur 5-32) en rollagers (zie figuur 5-33). Er zijn rond de veertig verschillende soorten kogellagers, en deze hebben alle hun eigen unieke bedrijfseigenschappen en vermogens. Kogellagers draaien normaliter bij een hoger toerental en een lager belastingvermogen dan rollagers. Diepgroef-radiaalkogellagers zijn de meest gebruikte lagers in de industrie. Ze worden in ongeveer 80 procent van de toepassingen gebruikt. Dit lagertype kan 70 procent van de radiale capaciteit omzetten in druk. Bolvormige rol- en naaldlagers zijn, in het algemeen, de meest gebruikte soorten rollagers. Figuur 5-35 kan worden gebruikt om op basis van belasting en toerental globaal te bepalen of er een kogel- of rollager vereist is voor een toepassing. De feitelijke selectie van het exacte type lager (taps rollager, maximumcapaciteit kogellager, bolvormig rollager, naaldlager, nok en volger enzovoort) is echter altijd gebaseerd op de vereisten voor toepassing en bedrijf.

Levensduur van rollagers: Als een lager goed gekozen is en op de juiste manier gemonteerd, gesmeerd en onderhouden, zal hij zijn normale levensduur bereiken. Het faalmechanisme is in dat geval oppervlakvermoeiing.

De nominale levensduur is het aantal omwentelingen (of uren) bij een gegeven constant toerental dat 90 procent van een identieke groep lagers overleeft voordat er tekenen van vermoeiing zichtbaar worden. De vergelijking die wordt gebruikt voor het bepalen van de nominale levensduur voor kogellagers en rollagers is

$$L_{10} = \frac{16700}{N}\left(C/P\right)^k$$

waarbij

L_{10} = nominale levensduur, omwentelingen
C = fundamentele dynamische belastingkwalificatie, (N)
P = equivalente radiale belasting, (N)
k = constante: 3 voor kogellagers, 10/3 voor rollagers
N = rpm

De fundamentele belastingkwalificatie (C) is de radiale belasting die een kogellager kan weerstaan bij een miljoen omwentelingen van de ring. De waarde hangt af van het lagertype, de geometrische vorm van het lager, de fabricagenauwkeurigheid en het lagermateriaal. De equivalente belasting (P) is de constante, stationaire radiale belasting, uitgeoefend op een lager met roterende binnenring en stationaire buitenring, die dezelfde levensduur oplevert als het lager bereikt onder de feitelijke belasting en rotatie.

In de volgende paragrafen worden verschillende factoren besproken die belangrijk zijn voor de selectie van rollagers. Hierbij moet men ook denken aan:

- de betrouwbaarheidsvereisten van het systeem;
- de onderhoudsoverwegingen voor nasmering;
- het bedrijfskoppelniveau;
- de selectie van goede omhullingen (afdichtingen/bescherming, materiaalsoorten);
- de temperatuur- en toerentalgrenzen van de lagersoorten;
- de foutuitlijningscapaciteiten.

Selectie van de juiste lagerprecisie: Er zijn industrienormen vastgesteld voor lagertoleranties. In de Verenigde Staten zijn dat de ANSI-/ABMA-normen (ABEC) van de American Bearing Manufacturers Association. In Europa gebruikt men onder andere de ISO-492- en de Duitse DIN-620-standaarden. Deze drie systemen worden in tabel 5-3 vergeleken. Er bestaan vijf precisieklassen (ABEC 1, 3, 5, 7 en 9). Voor elke precisieklasse neemt de gecontroleerde tolerantie op de buitendiameter (OD), binnendiameter (ID), breedte, binnen- en buitenringvrijloop toe. ABEC 1-lagers kunnen normaal gesproken worden gebruikt in 80 procent van de toepassingen; ABEC 7 en 9 worden gespecificeerd in toepassingen voor

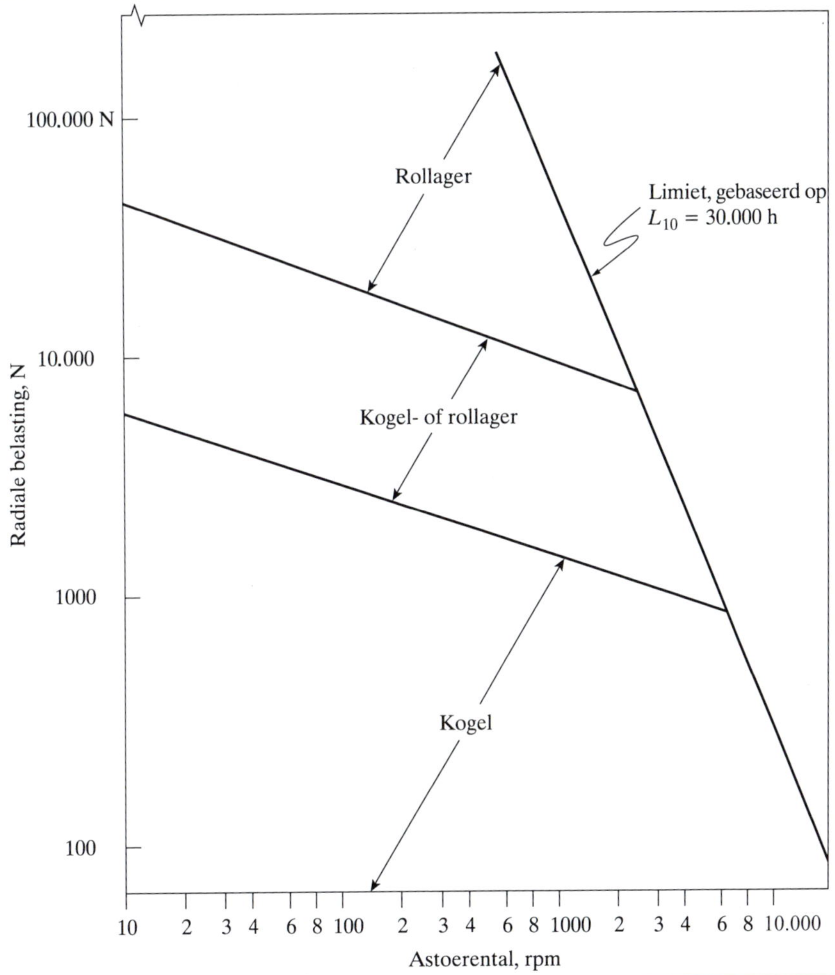

FIGUUR 5-35 Selectie van kogellager versus rollager

extreme precisie; ABEC 3 en 5 worden zelden gespecificeerd. Opvallend is dat de nummering van de klassen in de VS oploopt naarmate de precisie toeneemt, terwijl dat bij de ISO- en DIN-standaarden precies andersom is.

TABEL 5-3 Vergelijking tussen Amerikaanse en Europese standaarden voor lagerprecisie

ANSI-STANDAARD	ISO 492	DIN 620
ABEC 1	Class Normal	P0
ABEC 3	Class 6	P6
ABEC 5	Class 5	P5
ABEC 7	Class 4	P4
ABEC 9	Class 2	P2

Selectie van het lagertype per toepassing

Vereiste interne vrijloop: Het functioneren van rolcontactlagers houdt rechtstreeks verband met de grootte van de interne vrijloop in het lager. Interne vrijloop is de vrijheid oftewel speling die de lagerringen ten opzichte van elkaar hebben. De grootte van de interne vrijloop is van invloed op het geluid, de trillingen, de warmteopbouw en de vermoeiingslevensduur. De keuze van de aanvankelijke interne vrijloop van een lager wordt meestal beïnvloed door perspassing en temperatuurgradiënt in het systeem. Interne vrijlopen worden onderverdeeld in de klassen C1, C2, C0, C3, C4 en C5, waarbij C1 de strakste speling is en C5 de meest vrije. C0 is de standaardvrijloop, maar C3-lagers worden langzamerhand de standaardspecificatie voor interne vrijloop.

Selectie van kooimateriaal: De *lagerkooi* is bedoeld om de afstand tussen de rolelementen (kogels of rollers) gelijk te houden en contact ertussen te vermijden, maar deze tegelijkertijd toch vrij te laten draaien. De kooi zorgt er ook voor dat het vet in het lager blijft, zodat het doelmatig gesmeerd wordt.

Het model van de kooi en het materiaal vormen een essentieel onderdeel van het rolcontactlager, vooral omdat het laatste verband houdt met de toerentalgrens. De toerentalgrens van een lager is gebaseerd op verscheidene factoren, zoals smeermiddeltype, lagermateriaal en kooimateriaal. Hieronder volgen de meest gebruikte gespecificeerde kooien:

a. Gegoten nylon kooien zijn de standaard voor de meeste kleine kogellagers, naast kooien uit twee stukken geperst staal.
b. Miniatuurkogellagers maken vaak gebruik van stalen klik-inkooien uit een stuk.
c. Hoge-precisielagers (ABEC 7 en 9) bestaan meestal uit fenolkooien uit een stuk.
d. Grote rollagers worden vaak gemaakt van machinaal bewerkt massief messing.

Selectie van passing voor de as en behuizing en materiaalspecificaties: Zowel ABMA als lagerfabrikanten adviseren toleranties (voor de passing van de as en behuizing) voor het monteren van lagers onder diverse toepassingen en omstandigheden. Zonder de juiste montage hebben lagers een gereduceerde levensduur. Een minder goede passing tussen as en binnenring kan leiden tot relatieve beweging en kan slijtage of vreetcorrosie veroorzaken. Het is gebruikelijk om voor de (stationaire) buitenring een losse passing te gebruiken om montage en thermische uitzetting mogelijk te maken. Daarom is het belangrijk om de volgende criteria te gebruiken bij de keuze van een lagerpassing:

a. **Vereiste nauwkeurigheid.** Bij toenemende precisie van de toepassing worden de lagertoleranties en passingen nauwer.
b. **Toerental.** Bij toenemend toerental moet de montage nauwkeuriger zijn en een precisielager worden gebruikt.
c. **Belastingvereisten.** Hoe groter de druk- of schokbelasting, des te stijver moet de houder zijn.
d. **Temperatuurvereisten.** Bij hoge temperaturen moet rekening gehouden worden met de ruimte voor thermische uitzetting en moeten de passingen losser zijn.
e. **Kostenbesparing.** Er moet rekening worden gehouden met de aanvankelijke constructiekosten en het onderhoudsgemak. Hoe meer precisie er vereist is, des te duurder de fabricage zal zijn.
f. **Ringrotatie.** Is het de binnen- of de buitenring die roteert? In het algemeen dient het roterende onderdeel de nauwste passing te hebben.
g. **Materialen.** Bepaal de samenstelling van de materialen voor de behuizing en as. Vanwege de variërende sterkten en thermische uitzetting is de juiste passing voor elke materiaal verschillend.

Keuze van het lagermateriaal: De lagerindustrie gebruikt SAE 52100 staal (DIN100Cr6, Werkstofnr. 1.2067) met een hardheid van 60–62 HRC als het standaard lagermateriaal. Dit is een chroomstaalsoort met een hoog koolstofgehalte. Voor corrosieve omgevingen is roestvast staal AISI 440C (NEN-EN staalnr. 1.4125, X105CrMo17) bij 58 HRC de standaard. Deze staalsoort heeft evenwel een lagere dynamische capaciteit dan SAE 52100. Andere veelvoorkomende materialen zijn onder meer:

a. AISI M50 (DIN Werkstofnr. 1.3551) gereedschapsstaal dat wordt gebruikt voor hoge temperaturen tot 350 °C.
b. Hybridelagers, gebruikmakend van stalen ringen en kogels van keramisch siliciumnitride, die zorgen voor een verhoogde belasting- en toerentalcapaciteit.

5.5 Smeermiddelen

Smeermiddelen zijn per definitie stoffen die elkaar rakende oppervlakken gescheiden houden en gemakkelijk afschuiven bij adhesie aan de oppervlakken. In figuur 5-36 zien we drie belangrijke categorieën smeermiddelen: oliesoorten, vetten en vastestofsmeermiddelen. Oliesoorten en vetten kunnen worden gemaakt van ruwe olie of van chemisch basismateriaal. In het eerste geval heten ze *minerale oliën*, in het andere *synthetische oliën*. *Vetten* zijn een combinatie van 80 tot 90 procent olie, een *verdikkingsmiddel* en enkele *additieven*. Het verdikkingsmiddel werkt als een driedimensionale spons, die olie vrijgeeft bij gebruik van het apparaat en anders de olie vasthoudt. *Vastestofsmeermiddelen* worden gebruikt als deklagen op metalen en worden gebonden in (vermengd met) kunststoffen. Grafiet is een aloud vastestofsmeermiddel.

Vele ontwerpers worden geconfronteerd met de uitdaging om smeermiddelen voor een tribosysteem te specificeren. In deze paragraaf worden enkele richtlijnen voor de selectie van smeermiddelen gegeven.

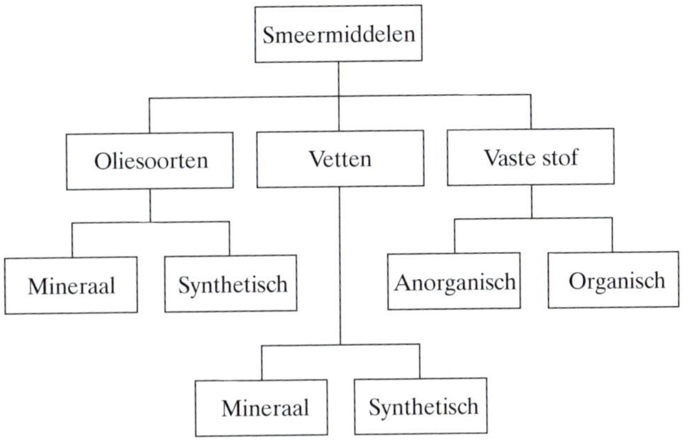

FIGUUR 5-36 Soorten smeermiddelen

Waar het op neerkomt, is dat de keuze van het smeermiddel bij een essentiële toepassing niet vanzelfsprekend geacht mag worden.

Olieselectie: Olie is geschikt om te gebruiken voor systemen die kunnen worden gesmeerd door middel van spatsmering of een pompinstallatie. Olie verwijdert warmte uit tribosystemen, terwijl vetten dat slechts in geringe mate doen. Minerale oliesoorten zijn geschikt voor de meeste toepassingen. De viscositeitsindex (VI) is de gebruikelijke maat voor het vermogen van een olie om hoge temperaturen te weerstaan. Hoe hoger de VI, des te beter. Multiklasse minerale oliesoorten hebben hoge VI's. De viscositeit die nodig is voor een toepassing (en het specifieke type olie) wordt meestal geadviseerd door de fabrikant van het apparaat. Kogellagers hebben soms een viscositeit nodig van 13 centistokes (CSt), rollagers van 21 en druklagers van 30 centistokes.

Er zijn talloze oliesoorten commercieel verkrijgbaar. Welke moet je specificeren voor onderdelen in een te ontwerpen machine? Het gebruik van de aanbevelingen van de onderdeelfabrikant is een goed startpunt. Als je een fabrikant en een klasse moet specificeren, heb je waarschijnlijk meer informatie nodig dan we in deze beperkte bespreking kunnen geven, maar we geven je in ieder geval iets om mee te beginnen.

Smeervloeistoffen hebben verschillende wrijvingseigenschappen. Dit geldt in het bijzonder voor vetten, die meestal combinaties zijn van olie en een verdikkingsmiddel om de olie op zijn plaats te houden. Sommige vetten en oliesoorten kunnen onder bepaalde omstandigheden behoorlijk plakkerig zijn.

Minerale oliesoorten worden geraffineerd uit aan de aarde onttrokken ruwe olie. Geraffineerde ruwe olie levert een basisolie (paraffinehoudend, naftenisch of aromatisch). Handelsoliesoorten worden gemaakt uit basisolie door het toevoegen van chemicaliën, onder andere voor het wijzigen van het vloeipunt (lagetemperatuurvloeibaarheid) en viscositeitsregulatoren. *Viscositeitsindex-* of VI-regulatoren zijn belangrijk omdat ze de verandering in viscositeit met de warmte regelen, en de viscositeit is een belangrijke parameter in de vorming van films, zoals in figuur 5-11 te zien is. De additieven zijn onder andere chemicaliën voor het vormen van bindingen met het contactoppervlak (ZDDP), oxidatie- en corrosieremmers, middelen voor het reduceren van schuimvorming, wrijvingsregulatoren, detergenten/dispersanten enzovoort. Additieven kunnen soms 30 procent van het volume van de olie uitmaken.

Als een toepassing de temperatuurgrenzen van minerale oliesoorten benadert, is het gebruik van synthetische olie gerechtvaardigd. Synthetische oliesoorten hebben alle dezelfde moleculen als basisgrondstof. De meest voorkomende synthetische oliesoorten zijn polyalfaolefinen (PAO's). Andere synthetische basisoliesoorten zijn onder meer diverse esters en siliconen. Deze oliesoorten kunnen vijf tot twintig keer zo duur zijn als minerale oliesoorten, maar hebben een betere warmtebestendigheid, een langere levensduur, minder verdamping en bovendien produceren ze in enkele gevallen lagere wrijving in glijsystemen dan minerale olie. Het gebruik van deze smeermiddelen is vaak een economische beslissing. De kosten van frequentere olieverversingen en machinestilstand moeten afgewogen worden tegen de vijfmaal zo hoge aanschafkosten. Sommige vervoersbedrijven met vrachtwagens claimen nettobrandstofbesparingen van enkele procenten bij gebruik van synthetische smeermiddelen.

Er bestaat wel enig risico. Sommige synthetische oliesoorten tasten conventionele rubberafdichtingen aan in tandwielen, transmissies en motoren. Dat moet onderzocht worden, maar toch worden PAO's in deze sectoren het meest gebruikt. PAO's kunnen ook worden vermengd met minerale olie. De meeste industriële oliegebruikers passen synthetische oliesoorten toe voor strategische toepassingen als speciale tandwielen, compressoren, motoren en hydraulische vloeistoffen – voor zware toepassingen dus. Vloeistofsmering van kunststoflagers moet verstandig worden uitgevoerd. Smeermiddelen kunnen de kunststof immers aantasten.

Vetten

De olie in een vet zorgt voor de smering. 90 procent van de meeste vetten bestaat uit minerale of synthetische olie. De redenen voor het verkiezen van het ene vet boven het andere zijn dezelfde als die al vermeld zijn voor oliesoorten. Er bestaan drie categorieen vetten, op basis van het type verdikkingsmiddel (zie tabel 5-4).

TABEL 5-4 Vetsoorten voor smering

MAXIMALE BEDRIJFS-TEMPERATUUR	VERDIKKINGSMIDDEL
65°C	Lithium Natrium
177°C	Polyurea Lithiumcomplex Aluminiumcomplex
>177°C	Bentonietklei Polytetrafluoroethyleen Perfluoropolyether

Vetsmering is meestal de goedkoopste manier om een rollager te smeren. Het lagertoerental is van invloed op het te gebruiken soort smeermiddel. Voor roterende lagers wordt vaak een *DN*-waarde gebruikt voor het bepalen van de 'toerentalgrens' van lagers. De *DN*-waarde, die verschillend is voor smering met olie of vet, wordt gebruikt om te bepalen of een lager moet worden gesmeerd met vet of met olie. De *DN*-waarde is numeriek gelijk aan het product van de lagerboring in millimeters (mm) en het toerental in omwentelingen per minuut:

$$DN = \text{boring (mm)} \times \text{toerental (rpm)}$$

Tabel 5-5 vergelijkt de *DN*-grenzen voor vetten en oliesoorten bij een specifieke temperatuur.

Deze gegevens laten zien dat lagers hogere *DN*'s hebben met oliesmering dan met vetsmering. Voor de meeste toepassingen moet men echter toch kiezen voor vetten als smeermiddel. Vetten zijn simpelweg het handigste en gemakkelijkste smeermiddel om te gebruiken, en met behulp van afdichtingen kan een apparaat twintig jaar lang gesmeerd worden. Oliesmering vereist daarentegen voortdurende controle van de olietoevoer.

TABEL 5-5 *DN*-grenzen voor vetten en oliesoorten

LAGERTYPE	VET	OLIE
Enkelrijkogellager	200.000	300.000
Dubbelrijkogellager	160.000	220.000
Bolvormige rollager	150.000	170.000
Cilindrische rollager	170.000	200.000
Kegelvormige rollager	150.000	170.000

Vastestofsmeermiddelen

Vastestofsmeermiddelen zijn bruikbaar waar oliesoorten en vetten niet toepasbaar zijn (bijvoorbeeld op het gebied van sanitair, vacuüm, in vloeistoffen enzovoort). Er zijn zowel organische als anorganische vastestofsmeermiddelen (zie figuur 5-36). Polymeren zijn de belangrijkste organische vastestofsmeermiddelen, waarbij fluorpolymeren de populairste zijn. Typische anorganische vastestofsmeermiddelen zijn in tabel 5-6 opgenomen.

Deze materialen worden aangebracht als coatings met een dikte van een fractie van een micrometer tot 50 µm of meer. Methodes om coatings aan te brengen zijn onder meer fysische opdampinstallaties, sproeien, polijsten en inslag.

Al deze vastestofsmeermiddelen hebben een bepaald toepassingsgebied. Richtlijnen voor de keuze zijn vaak te vinden bij de leveranciers. Er zijn leveranciers die je onderdelen van een coating voorzien of die het materiaal leveren voor zelfcoating. Men moet echter altijd voorzichtig omgaan met dit soort informatie. Een van de leveranciers vergelijkt bijvoorbeeld de drie populairste smeermiddelen op basis van de grenzen in schijnbare druk als volgt:

Molybdeendisulfide ≈ 700 N/mm^2
Grafiet ≈ 275 N/mm^2
PTFE-fluorkoolstof ≈ 40 N/mm^2

Deze gegevens suggereren dat molybdeendisulfide de meest robuuste coating is, maar dit is niet altijd de beste keus. Het oxideert namelijk snel bij gebruikstemperaturen boven 400 °C, in tegenstelling tot sommige andere stoffen op de lijst. De keuze voor een bepaald type vereist dus testen en evalueren.

TABEL 5-6 Anorganische vastestofsmeermiddelen

Molybdeendisulfide	Indium
Wolfraamdisulfide	Zilver
Antimoontrioxide	Zinkoxide
Boorzuur	Bismut
Calciumfluoride	Loodoxide

Biosmeermiddelen

Recentelijk kunnen zogenaamde biosmeermiddelen worden gemaakt van geoogste planten. Zij hebben vergelijkbare eigenschappen als van petroleum afgeleide smeermiddelen. Men maakt gebruik van onder andere zonnebloemen, pindaplant, katoenzaad en raapzaad, maar sojabonen zijn de belangrijkste bron. Natuurlijke oliën die uit planten worden gehaald, hebben vaak zogenaamde 'moleculaire modificatie' nodig en een pakket additieven om de prestaties van smeermiddelen op petroleumbasis te evenaren. Biosmeermiddelen kunnen echter wel biologisch afbreekbaar zijn en zouden daardoor minder schadelijk voor de mens en het milieu zijn dan petroleumsmeermiddelen.

5.6 Ontwerpen en preventie van slijtageschade

Bij het ontwerpen van machines, onderdelen, producten enzovoort waar oppervlakken in bewegend contact met elkaar komen, is het van het grootste belang eerst vast te stellen wat voor soort contactbelasting en wrijving er voorkomt, en eventueel welke slijtage er in een bepaald systeem waarschijnlijk zal optreden. Als dit eenmaal gebeurd is, kun je met deze ontwerpadviezen in gedachten een keuze maken uit de slijtvaste materialen en smeermiddelen. In paragraaf 5.5 werd de selectie van smeermiddelen reeds kort besproken. Hier geven we een aantal adviezen over hoe men wrijving en slijtage moet meenemen in een ontwerp.

Gebruik van wrijvingsgegevens in ontwerpen

Wrijving is een belangrijke kostenpost. Sommige schattingen geven aan dat 20 procent van de warmteenergie van de brandstof in een automotor puur gebruikt wordt voor het overwinnen van de wrijving in de diverse tribosystemen in de motor: de ring- en cilindersystemen, de kleppen, het drijfstang-kruksysteem, het lagers-kruksysteem, de oliepomp enzovoort. Lagere wrijving in auto's zou dus kunnen leiden tot enorme besparingen in het brandstofverbruik en daarmee tot een belangrijke reductie van de door auto's veroorzaakte milieuvervuiling.

De doelstelling van de tribologie kan worden samengevat als het onder controle brengen van wrijving en slijtage. Wrijving is evenwel iets anders dan slijtage. De begrippen sluiten vaak niet op elkaar aan. Zo vertoont PTFE (Teflon) lage wrijving in glijcontact met andere oppervlakken, maar het materiaal is berucht vanwege de snelle slijtage. Het moet versterkt worden met glas of andere materialen voordat het voor een lager gebruikt kan worden. Aan het andere einde van de schaal bevindt zich polyurethaan rubber met een hoge wrijving tegen de meeste andere oppervlakken en een hoge slijtweerstand. Er moet dus niet alleen gebruikgemaakt worden van wrijvingsgegevens bij het kiezen van materialen op het gebied van slijtvastheid.

Bij ontwerpen met roterende machines moet men altijd de wrijving controleren van elk tribosysteem dat de bewegende delen aandrijft. Men heeft deze informatie nodig om de grootte van de motor te kunnen selecteren. Hetzelfde geldt voor lineaire systemen. In de techniek wordt steeds meer gebruikgemaakt van eindige elementenmodellen voor het berekenen van spanningen en beweging in producten en belangrijke machineonderdelen. Als je een analyse uitvoert van de spanning op een stans die een stalen strip perforeert, moet je de wrijvingscoëfficiënt van het staal tegen de stans en de matrijs in de computer invoeren. De bruikbaarheid van het model hangt af van de wrijvingsgegevens die je invoert.

Handboeken bevatten betrouwbare gegevens over de elasticiteitsmodulus en de Poisson-factor, maar er bestaat geen handboek met wrijvingscoëfficiënten. Figuur 5-10 kan slechts worden gebruikt voor dat specifieke tribosysteem. Testen onder gesimuleerde bedrijfsomstandigheden produceren de beste gegevens. Als in de gegevens van de leverancier wordt aangegeven dat een materiaal een lage wrijvingscoëfficiënt heeft, moet je dat met enige scepsis bekijken. Een materiaal heeft immers geen wrijvingscoëfficiënt. Zoals we eerder al opmerkten is een hoge wrijving soms gewenst (bijvoorbeeld bij remschijven, koppelingsplaten, banden enzovoort). In andere gevallen is juist een lage wrijving wenselijk (in lagers, sledes, nokken enzovoort). Ontwerpers dienen systeemwrijving te beschouwen als een te behandelen bedrijfsparameter.

Wrijvingsinformatie is ook zeer belangrijk bij de fabricage van producten in geweven vorm. Producten als papier, plastic films, metaalplaat, textiel en vloerbedekkingen worden in continubedrijf getransporteerd door en op rollers. Als het weefsel niet de juiste wrijvingseigenschappen heeft in het contact met de rollers, kan het niet goed getransporteerd worden. Als het op de rollers slipt, kan het oppervlak zelfs beschadigd raken. Aanbevolen wordt dan ook om de wrijvingseigenschappen van het product en de rollers te meten en doekbespanningen te ontwerpen die aangepast zijn aan het betreffende wrijvingsniveau. Dit soort analyse is ook nodig voor het hanteren van touw, garen en andere draadsoorten die bij de fabricage in grote lengtes worden getransporteerd.

Slijtage in het ontwerp

We hebben al gezien dat er meerdere vormen van slijtage zijn. Voor iedere toepassing en vorm van slijtage moeten de juiste materialen worden gekozen. Figuur 5-37 illustreert het bereik aan technische materialen die gebruikt worden voor abrasieweerstand. Figuur 5-38 toont de soorten materialen die bruikbaar zijn voor niet-abrasieve slijtagesystemen. Figuur 5-39 toont de soorten technische materialen die nuttig zijn bij het bestrijden van erosie. In figuur 5-34 hebben we gebruikelijke lagermaterialen reeds genoemd. Tribocomponenten gebruiken materialen uit alle belangrijke materiaalsystemen – metalen, kunststoffen, keramische materialen, cermets

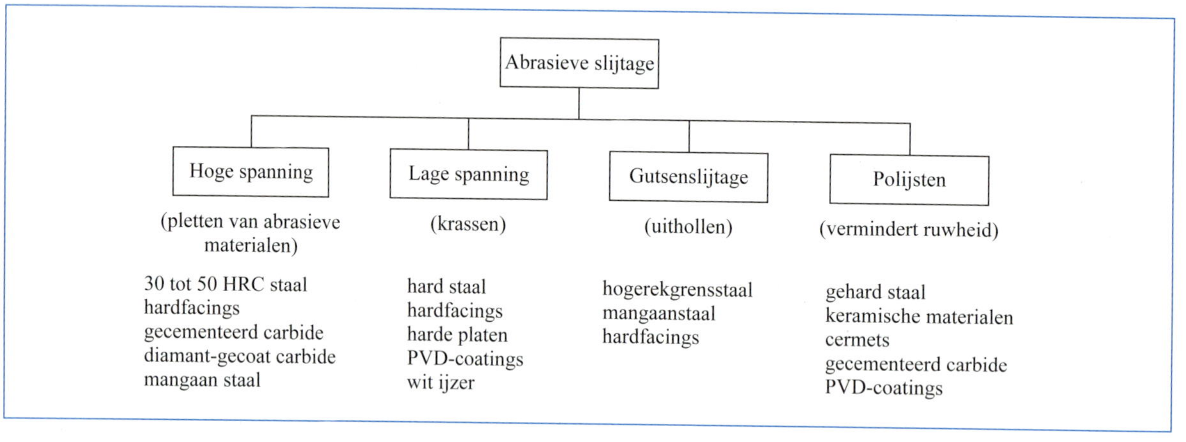

FIGUUR 5-37 Technische materialen die worden gebruikt om abrasieve slijtage te bestrijden

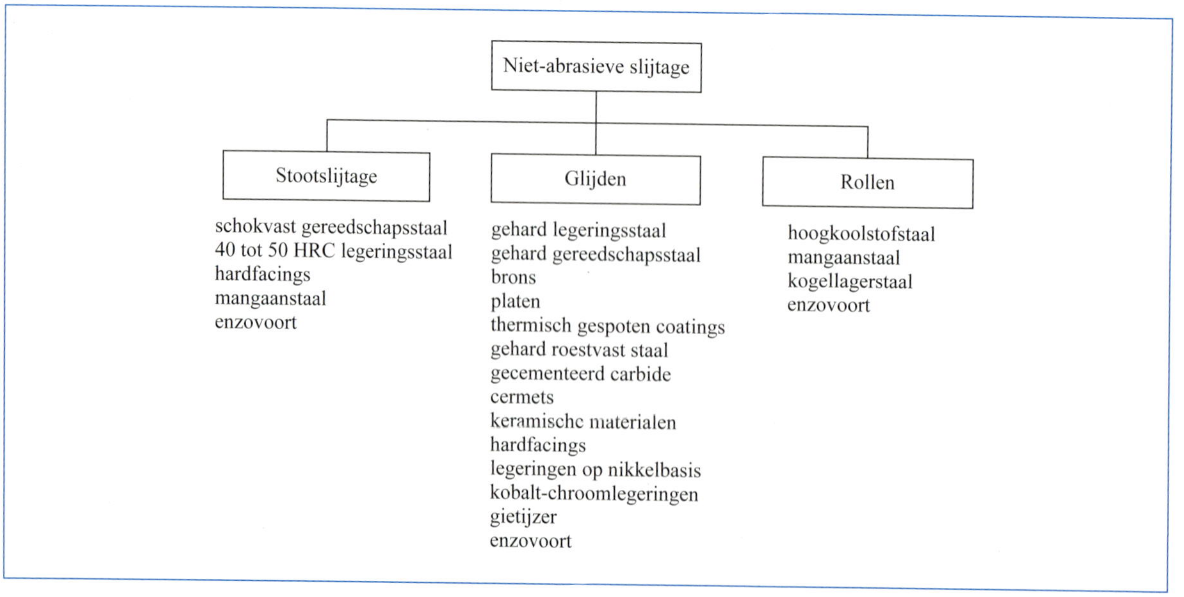

FIGUUR 5-38 Technische materialen die gebruikt worden voor niet-abrasieve slijtagesituaties

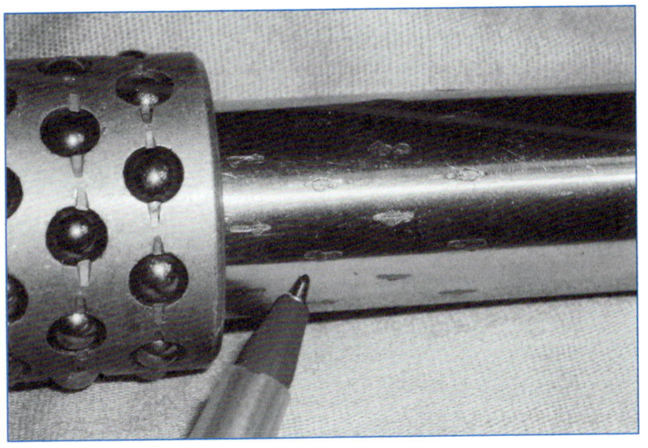

FIGUUR 5-39 Versplinteren van chroomplaat op een geharde stalen geleidestang, geproduceerd door oppervlaktevermoeiing door herhaaldelijk kogelcontact

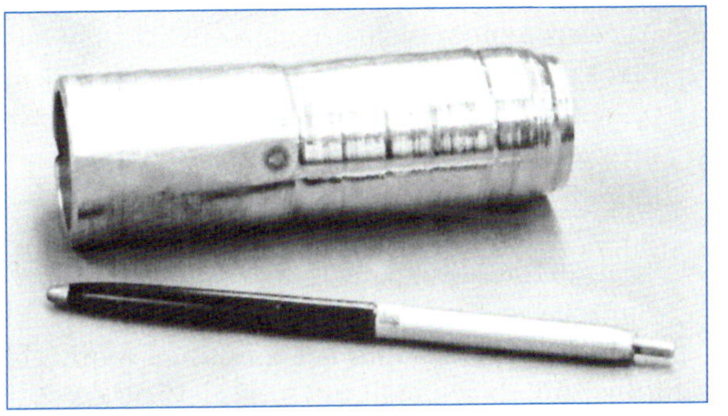

FIGUUR 5-40 Een defect onderdeel als gevolg van abrasieve slijtage. Een asbestpakking gleed tegen deze lagerbus van roestvast staal (type 316)

en composieten – en ze variëren in eigenschappen van zacht Babbittmetaal tot diamant.

In de meeste machines heeft de ontwerper mogelijkheden om de slijtage tot een minimum te beperken en ervoor te zorgen dat de onvermijdelijke slijtage in ieder geval aanvaardbaar is. Hieronder volgen enkele ontwerpadviezen die gelden voor de diverse soorten slijtage.

Abrasie, lage spanning (figuur 5-40)

1. Probeer de abrasieve stof te verwijderen. Als de abrasieve stof afkomstig is van bijvoorbeeld zwevende deeltjes van een asplaat, zet dan een waterspuit op de asplaat om te voorkomen dat er deeltjes de lucht ingaan. Vaak zijn dergelijke eenvoudige oplossingen gemakkelijk te vinden.
2. Scherm essentiële oppervlakken af voor abrasieve stoffen. Het afdichten van lagerbussen en assen, en het zuiveren van de lucht zijn bijvoorbeeld effectieve manieren om te voorkomen dat abrasieve stoffen glijdende oppervlakken bereiken.
3. Als de hardheid van een abrasieve stof hoger is dan ongeveer 900 kg/mm^2, dan zijn alleen cermets of keramische materialen hard genoeg om de snijdende werking te weerstaan. Als het kan, maak het onderdeel dat aan abrasie blootgesteld wordt dan harder, het liefst harder dan de stof die de abrasie veroorzaakt.
4. Reduceer de contactspanningen tussen de abrasieve stof en de glijdende oppervlakken. Als er een grote kans is dat vuil of een andere abrasieve stof in een glijsysteem binnendringt, kan het schadelijke effect tot een minimum worden beperkt door het tegenoppervlak van een kunststof te maken of van een antifrictiemateriaal zoals Babbittmetaal. De abrasieve stof kan zich dan inbedden in dit oppervlak, waarbij de contactspanning en de snijdende werking van de abrasieve stof vermindert.
5. Maak gebruik van coatings of oppervlaktebehandelingen die het oppervlak harder maken. Enkele oppervlakken met een hoge hardheid zijn gemaakt door plasmaspuiten of van gesinterde carbiden. Ook gereedschapsstalen met een hoog volumegehalte aan carbiden in hun microstructuur zijn zeer hard. Tegels van gesinterd carbide of aluminiumoxide bieden een abrasieweerstand die veel hoger is dan de meeste andere materialen.
6. Maak gebruik van polyethyleen met een ultrahoog molecuulgewicht of 90A polyurethaan om abrasie te weerstaan in systemen waarin niet-metalen aanvaardbaar zijn (pijpen, rollen, stortgoten enzovoort).

Adhesieve slijtage

1. Zorg altijd voor smering. In alle ongesmeerde glijsystemen van metaal op metaal komt veel slijtage voor. Als er geen smeermiddelen toegestaan zijn, probeer dan een van de glijdende oppervlakken van een zelfsmerende kunststof te maken (bijvoorbeeld acetaal met PTFE-vulling).
2. De adhesieve slijtage en de weerstand tegen versmeren in een glijsysteem zijn het laagst bij een combinatie van twee harde materialen. Men gebruikt bij voorkeur metalen met een hoge hardheid (>60 HRC) en fijne carbiden in hun microstructuur, gecombineerd met hetzelfde metaal of andere harde metalen (snelstaal, gecarboneerd gelegeerd staal, P/M-gereedschapsstaal). Onthoud wel dat combinaties van twee dezelfde materialen hoge wrijvingscoëfficiënten kunnen hebben.

3. Bij een combinatie van een hard en een zacht metaal zal er meer slijtage aan beide oppervlakken optreden dan bij een combinatie van twee harde metalen. Een oppervlak van een harde staalsoort (60 HRC) kan niet tegen slijtage worden beschermd door het tegenoppervlak van zacht staal (20 HRC) te maken. Als een van beide oppervlakken van een vergankelijk materiaal gemaakt moet worden, kies voor het ene dan bijvoorbeeld kunststof, rood messing of grijs gietijzer en voor het andere gehard staal (60 HRC). Voor keramische materialen en kunststoffen kan een compatibiliteitsproef noodzakelijk zijn.
4. Laat geen zacht metaal tegen een zacht metaal glijden. Ongeharde metalen zijn alleen geschikt voor lichte belastingen en wanneer het systeem zelden of met tussenpozen wordt gebruikt. Zulke combinaties veroorzaken namelijk zeer hoge slijtagesnelheden.
5. Als het te vermijden is, gebruik dan geen austenitisch, ferritisch en precipitatiegehard (PH) roestvast staal, aluminiumlegeringen (zonder hardcoating), nikkellegeringen (zonder borium) en zuivere metalen. De meeste legeringen in deze groepen veroorzaken veel adhesieve slijtage, ongeacht of ze tegen hetzelfde materiaal of tegen een ander metaal glijden.
6. Laat kunststoffen niet tegen hetzelfde materiaal glijden, want dan hebben ze de neiging te versmelten.
7. Keramische materialen neigen naar versmeren wanneer ze tegen hetzelfde materiaal glijden. Gesinterd carbide vormt meestal een aanvaardbaar tegenoppervlak.

Oppervlaktevermoeiing

1. Gebruik materialen met een hoge hardheid en een hoge druksterkte.
2. Dunne, geharde oppervlakken en deklagen hebben de neiging om te splinteren onder Hertziaanse spanningen als het substraat niet sterk genoeg is om de geharde schil te dragen. Gebruik alleen coatings waarvan bekend is dat ze bestand zijn tegen dit soort spanningen. Sommige toepassingen zijn geschikt voor chroombeklede kogellagers, andere niet. Recent is het in trek om gebruik te maken van getrapte hardcoating. In plaats van het TiN direct op een hard gereedschapsstaal aan te brengen, wordt het gereedschapsstaal eerst genitreerd, waarna een TiN-laag wordt aangebracht, gevolgd door een TiCN-laag. Dit proces geeft een betere ondersteuning en bestendigheid tegen splinteren.
3. Men dient rollende oppervlakken vrij te houden van vuil en abrasieve stoffen. Stof kan de levensduur van lagerbussen immers met 50 procent verminderen. In het algemeen is het niet raadzaam om vastefilmsmeermiddelen te gebruiken in rollagers. Droogsmeermiddelen en oliën die grafiet of MoS_2 bevatten, bevorderen oppervlaktevermoeiing. De fijne deeltjes in dat soort smeermiddelen worden bij buitengewone spanningen in het oppervlak gedrukt. Gebruik liever olie of vet.
4. Voor zwaarbelaste rails en wielen gebruikt men bij voorkeur een diepe oppervlakharding.

Slijtage in glijsystemen met niet-metalen

1. Combineer metalen niet met kunststoffen met glas- of mineraalvulling. Deze vulstoffen veroorzaken abrasie, zelfs op gehard metaal.
2. Gebruik in glijsystemen met kunststoffen zo mogelijk altijd een smeermiddel. Controleer wel of het smeermiddel geschikt is voor de kunststof. Veroorzaakt het geen chemische aantasting? Maak zo mogelijk gebruik van zelfsmerende kunststoffen.
3. Laat kunststoffen niet tegen hetzelfde materiaal glijden. Veel soorten kunststoffen zullen in zo'n geval door de wrijving met elkaar versmelten. De soorten met glas- en mineraalvulling zijn hier minder vatbaar voor, maar het kan nodig zijn om compatibiliteitsproeven te doen.
4. Zorg ervoor dat de PV-grenswaarde (zie paragraaf 10.3) van kunststoffen niet wordt overschreden. De meeste kunststoffabrikanten geven PV-grenswaarden voor hun lagermaterialen. De PV-waarden zijn niet genormeerd, dus zorg dat je in dezelfde eenheden rekent. De bedrijfsomstandigheden moeten zodanig zijn dat de grenswaarden niet worden overschreden, maar gebruik ook je gezonde verstand. Probeer na te gaan wat de testomstandigheden waren alvorens de PV-gegevens toe te passen. Je eigen bedrijfsomstandigheden dienen vergelijkbaar te zijn.
5. Wees voorzichtig met het combineren van een keramisch materiaal met een ander keramisch materiaal, want in zo'n geval kan er behalve hoge wrijving versmering optreden. De meeste keramische materialen veroorzaken ernstige slijtage van tegenoppervlakken van gehard staal. Voor het ontwikkelen van geschikte glijcombinaties van keramische materialen en cermets zijn meestal compatibiliteitsproeven nodig. Alle gebruikelijke combinaties moeten worden gesmeerd. Een succesvolle combinatie die al jaren

wordt gebruikt voor vlakafdichtingen is koolstofgrafiet met aluminiumoxide. Siliciumcarbide in combinatie met WC/Co is met succes gebruikt in pomplagers met watersmering (het gaat dan om een SiC-bus met een WC/Co-deklaag op de as).

Erosie-corrosie

1. *Cavitatie*: Materialen met een hoge corrosieweerstand en een grote treksterkte, bijvoorbeeld Stellite en titaniumlegeringen, zijn het beste bestand tegen cavitatie. Ook roestvast staal van de 300-serie met een chroomlaag is veelbelovend.
2. *Vloeistoferosie*: Elk metaal heeft een stroomsnelheidsgrens voor erosie. Als de stroomsnelheid van de vloeistof deze grens overschrijdt, raken actieve/gepassiveerde metalen hun beschermende film kwijt en treedt er corrosie op. Het gebruik van kunststoffen en keramische materialen kan soms een oplossing zijn.
3. *Vreten*: De beste manier om vreten en vreetslijtage te vermijden, is het verhinderen van de beweging die het vreten veroorzaakt. Als dat niet mogelijk is, moeten de aaneensluitende oppervlakken gescheiden worden gehouden door een oliefilm, een droogsmeermiddel, een kunststoffilm of een deklaag van zacht metaal (bijvoorbeeld zilver of lood).

Erosie door vaste deeltjes

1. Vermijd ongewenste *inslaghoeken*. Zachte metalen eroderen het snelst bij scherpe hoeken (circa 20°); brosse materialen eroderen het snelst als de inslag loodrecht op het oppervlak plaatsvindt.
2. Elastomeren kunnen voor sommige toepassingen een oplossing zijn. Rubbers zijn bijvoorbeeld veerkrachtig en zullen bij de inslag van snelle deeltjes niet worden gesneden, maar plastisch vervormen. Probeer de inslaghoek laag te houden of de vloeistof evenwijdig aan het oppervlak te laten stromen.
3. Gesinterde carbiden zijn vaak beter bestand tegen zanderosie dan de meeste andere materialen (elastomeren, harde staalsoorten en kunststoffen).
4. Heel vaak vormen vervangbare stalen inslagplaten (slijtplaten) de goedkoopste oplossing voor problemen door deeltjeserosie. Ontstaat er een gat, dan plaatst men een nieuwe plaat. ■

Samenvatting

Dit hoofdstuk kan worden samengevat door te verklaren dat wrijving, slijtage en smeermodellen nog niet zo ver ontwikkeld zijn dat ze kunnen worden gebruikt voor het geven van specifieke antwoorden op specifieke vraagstukken. De tribologie is nog altijd sterk afhankelijk van triboproeven. Diverse onderzoeksteams, onder andere aan de universiteiten van Delft, Twente, Eindhoven en Leuven, houden zich hiermee bezig. Enkele factoren waarmee rekening moet worden gehouden bij het omgaan met wrijvingsslijtage en smering zijn:

- Wrijving en slijtage zijn systeemeffecten. Eén materiaal heeft dus geen wrijvingscoëfficiënt.
- Wrijvingsgegevens voor technische vraagstukken moeten worden verkregen door te testen met een simulatie van de bedrijfsomstandigheden.
- Rollagers hebben normaal gesproken de voorkeur boven glijlagers voor toepassingen met een hoog toerental.
- Smering leidt altijd tot lagere slijtage en wrijving en moet daarom in elk tribosysteemontwerp worden overwogen.
- In het ontwerp van essentiële tribosystemen moeten specifieke oliesoorten en vetten (en hun toepassing) worden gespecificeerd.
- Vetten zijn de goedkoopste smeermiddelen voor rollagers.
- Synthetische oliën en vetten kunnen eventueel rubber en plastic aantasten, die niet worden aangetast door minerale oliën. Controleer de verdraagbaarheid van het materiaal voordat je de synthetische stoffen gebruikt.
- Hoge temperaturen (boven 120°C) verlagen het belastingvermogen van een smeermiddel en vereisen mogelijk speciale smeermiddelen.
- Zelfsmerende kunststoffen (in tegenstelling tot metalen) kunnen geen smeermiddelen verdragen.

Illustratief voorbeeld

Oppervlaktebehandeling lost tribologieproblemen bij buisconnectoren op

Een fabrikant van roestvast staal en buisconnectoren van corrosiebestendige legeringen kreeg klachten van klanten over lekkende fittingen. In de fabriek worden buizen die moeten worden verbonden in de connector geschoven. Aan beide zijden wordt een moer een hele slag en een kwartslag gedraaid. Deze handeling dwingt een roestvaststalen ferrule in de buis (zoals een spanhuls) en zet de buis op zijn plaats vast. De meeste retourzendingen van klanten waren het gevolg van onvoldoende buisinzet en onvoldoende spanning.

Er werd een project uitgevoerd om te onderzoeken of lagetemperatuurdiffusieharden zou helpen om de neiging tot versmeren te reduceren bij het persen van de ferrule door de roestvaststalen moer. De behandeling produceerde een geharde laag van ongeveer 25 μm diep en met een hardheidstoename van ongeveer 200 HV tot 1000 HV.

Het harde oppervlak verminderde het versmeren en de wrijving zodanig dat het veel gemakkelijker was om de de moer te draaien, en de geharde ferrule paste beter in de buis, waardoor trillingslekkages werden voorkomen. De retourzendingen behoorden daardoor tot het verleden. Een tribologische materiaalinnovatie verbeterde in dit geval dus een product aanzienlijk.

Termenlijst

abrasieve slijtage: slijtage geproduceerd door de actie van harde deeltjes of uitsteeksels gedwongen tegen en bewegend langs een vast oppervlak
additief: een materiaal dat wordt toegevoegd aan een smeermiddel, meestal in kleine hoeveelheden, om een bepaalde eigenschap te verbeteren
adhesieve slijtage: slijtage als gevolg van plaatselijke vastestofbindingen tussen elkaar rakende oppervlakken
Archard-vergelijking: in de tribologie de waargenomen relatie tussen slijtage (*W*), belasting (*P*), glij-afstand (*D*), materiaalhardheid (*H*) en systeemeffecten (*K*)
axiaallager: een lager dat ontworpen is om te werken onder axiale belasting
basisgrondstof: in smeermiddelen de beginkoolwaterstofcomponent voor een olie
brinelling: het indeuken van een vast oppervlak als gevolg van statische overbelasting van elkaar rakende kogels, rollen, enzovoort
contactoppervlakte: in de tribologie het gedeelte van een vast oppervlak waarop een ander vast oppervlak steunt
detergent: aan een smeermiddel toegevoegde stof om aanzettingen te verwijderen op oppervlakken die in contact staan met het smeermiddel
DN-waarde: in de tribologie een waarde voor het bepalen van de 'toerentalgrens' van lagers
elastohydrodynamische smering: smering waarbij de oppervlakken nauwelijks contact hebben, ook wel gemengde smering genoemd
filmdikte: in de tribologie de dikte van een smeerfilm tussen twee vaste oppervlakken
gemengde smering: *zie* elastohydrodynamische smering
glijlager: een lager waarin twee pasvorme oppervlakken in contact langs elkaar heen bewegen
grenslaagsmering: in de tribologie een smering waarbij de oppervlakken nog sterk contact hebben; de smeerfilm is zeer dun
gutsenslijtage: een vorm van abrasie, onder andere plaatselijke plastische vervorming en 'indeuken' van het schurende oppervlak door krachten als gevolg van grote stukken abrasieve stof, zoals rotsen en gebroken beton
Hertziaanse spanning: een kracht op een gebied als gevolg van een punt- of lijncontact
hoekcontactlager: een rolelementlager, ontworpen om radiale krachten en drukkrachten te ontvangen
hogespanningabrasie: slijtage als gevolg van harde deeltjes die tegen en langs een vast oppervlak worden gedwongen, met voldoende kracht om de deeltjes in stukken te breken
hydrodynamische smering: in de tribologie een smering van glij-/roloppervlakken waarbij er geen vast-vastcontact bestaat
kinetische wrijvingscoëfficiënt: de wrijvingscoëfficiënt die correspondeert met de wrijvingskracht die moet worden overwonnen om de beweging van een vast lichaam op een ander lichaam te handhaven
kogellager: rollager met bol-, cilinder- of tonvormige kogels
krassen: plastische vervorming van en groeven in een vast oppervlak in de richting van de beweging, als gevolg van wrijvend contact met een andere vaste stof
lagespanningabrasie: abrasie als gevolg van de actie van deeltjes of uitsteeksels die intact

blijven als ze worden gedwongen tegen en bewegen langs een oppervlak

minerale olie: smeervloeistof gevormd uit ruwe olie; een in de natuur voorkomend koolwaterstoffenmengsel

nominale levensduur (L_{10}): levensduur van kogel- en rollagers, gebaseerd op de radiale belasting en het toerental

oppervlaktevermoeiing: slijtage als gevolg van herhaalde compressiespanningen in een vast oppervlak door een ander vast oppervlak

polijsten: materiaalverwijdering door de mechanische actie van harde deeltjes – minder dan 1 μm in diameter – die over een vast oppervlak schuren. Chemische verwijderingseffecten kunnen elkaar versterken

putvorming: in de tribologie gaten en holten (sommige microscopisch; sommige macroscopisch) in een vast oppervlak vanwege herhaalde compressiespanningen in het oppervlak

rollager: een lager dat gebruikmaakt van kogels of cilindrische vormen die eerder rollen dan glijden om relatieve beweging te laten plaatsvinden

rolwrijvingscoëfficiënt: de dimensieloze verhouding van de kracht die het rollen van een rond lichaam op een oppervlak tegenwerkt en de kracht die het ronde lichaam op het oppervlak drukt

schaven: plastische vervorming van en groeven in een vast oppervlak in de richting van de beweging, als gevolg van wrijvend contact met een andere vaste stof

smeermiddel: een materiaal dat wordt geplaatst tussen twee oppervlakken om de wrijving, slijtage of beide te reduceren

statische wrijvingscoëfficiënt: de wrijvingscoëfficiënt die correspondeert met de wrijvingskracht die moet worden overwonnen om macroscopische beweging te laten beginnen tussen twee vaste lichamen

stick-slipwrijving: in de tribologie een fluctuatie in de magnitude van de wrijvingskracht met de tijd tussen twee elementen in glijcontact, waarbij de oppervlakken continu plakken en loslaten

synthetische olie: smeervloeistof die afkomstig is van de synthese van betrekkelijk zuivere organische verbindingen

vastestofsmeermiddel: een niet-vloeibare film of coating die oppervlakken kan scheiden en smeren

vastlopen: stoppen van de relatieve beweging tussen contactmakende vaste stoffen door een slijtage-effect

verdikker: in smeermiddelen fijnverdeelde deeltjes, verspreid in een vloeibaar smeermiddel, toegevoegd om de weerstand tegen migratie te verhogen en een vet te maken

versmeren: een ernstige vorm van adhesieve slijtage, gekenmerkt door plastische vervorming van de wrijvende oppervlakken, de vorming van uitstulpingen en/of de wederzijdse overdracht van materiaal; versmeren kan leiden tot vastlopen

versplinteren: separatie van macroscopische deeltjes, schilfers, gedeelte van een coating enzovoort van een vast oppervlak door herhaalde (druk)spanningen van het oppervlak

vet: een semi-vloeibaar tot vast product van een dispersie van een dikte in een vloeibaar smeermiddel

viscositeit: de verhouding van de uitgeoefende schuifspanning en de afschuifsnelheid in een vloeistof; een maat voor de weerstand tegen stromen. De SI-eenheid is Pascal-seconde (Pa.s)

viscositeitsindex: in smeermiddelen een arbitrair nummer, gebruikt om de variatie van de kinematische viscositeit met de temperatuur te karakteriseren

vreetcorrosie: materiaalverwijdering uit een vast oppervlak door relatieve beweging met een kleine amplitude, waarin de reactie met de omgeving een rol speelt

vreten/vreetslijtage: slijtage door relatieve oscillatiebeweging met kleine amplitude (10 tot 300 μm)

wrijving: de energieverliezen die het gevolg zijn van krachten die de beweging van een lichaam of substraat tegenwerken

wrijvingscoëfficiënt: de dimensieloze verhouding (μ) van de wrijvingskracht (F) tussen twee lichamen en de normaalkracht (N) die de lichamen tegen elkaar drukt: $\mu = F/N$

wrijvingsmodificatoren: materialen toegevoegd aan glijmaterialen, zoals remblokjes, om de wrijvingskenmerken tegen een bepaald tegenoppervlak te veranderen

Opgaven

1. Een blok beton weegt 20 kilogram. Er is 40 N nodig om het blok te laten beginnen met glijden over een betonnen vloer en 10 N om het glijden te handhaven. Bereken
   a. de statische wrijvingscoëfficiënt;
   b. de kinetische wrijvingscoëfficiënt.

2. Bespreek de ware contactoppervlakte tussen de straat en autobanden onder droge en natte omstandigheden en bij sneeuw.

3. Bereken de contactspanning tussen een stalen kogel met een diameter van 100 millimeter en een gewicht van 500 gram en een geharde stalen plaat.

4. Hoe verschilt rolwrijving van glijwrijving?

5. Welke van de volgende eigenschappen beïnvloeden rolwrijving?
   a. wielsoort
   b. bandenhardheid
   c. straattextuur
   d. straathardheid
   e. wieldiameter
   f. alle bovenstaande eigenschappen

6. Leg uit wat stick-slipgedrag is, waar het vandaan komt en wat de betekenis ervan is.

7. Wat is het effect van vloeistofsmering op de wrijvingscoëfficiënt van een as-buskoppel?

8. Bij welke van de volgende materialen is sprake van lage wrijving?
   a. staal
   b. PTFE
   c. koper
   d. zilver
   e. geolied gietijzer
   f. geen van bovenstaande

9. De wrijvingscoëfficiënt van staal op staal is
   a. 0,1
   b. 0,2
   c. 0,8
   d. 1
   e. geen van bovenstaande antwoorden

10. Waarin verschilt abrasie van erosie en glijslijtage?

11. Adhesieve slijtage kan optreden in
   a. looppaden
   b. een nok-volgerpaar
   c. een ploegschaar
   d. een spoelpomp
   e. een kolenstortkoker
   f. een bulldozerblad

12. De meest waarschijnlijke defecten bij kogellagers zijn het gevolg van
   a. abrasie
   b. vlamboog
   c. cavitatie
   d. oppervlaktevermoeiing
   e. stoot
   f. vreetbeweging

13. Welke van de volgende begrippen passen bij elkaar? (bijvoorbeeld a = 1, b = 2, 3)

a. adhesieve slijtage	1. gutsen
b. abrasieve slijtage	2. polijsten
c. oppervlaktevermoeiing	3. groeven
	4. putvorming
	5. cavitatie
	6. vastlopen
	7. krassen
	8. versmeren
	9. asslijtage

14. Beschrijf wanneer rollagers de voorkeur krijgen boven kogellagers en waarom.

15. Wat is de rol van snelheid in lagerselectie?

16. Wat is het verschil tussen een olie, een vet en een vastestofsmeermiddel?

17. Noem vijf materialen die algemeen gebruikt worden om metaal-op-metaalslijtageproblemen op te lossen.

18. Noem vijf materialen die algemeen gebruikt worden om abrasieproblemen op te lossen.

19. Noem vijf materialen die algemeen gebruikt worden om erosieproblemen op te lossen. Geef ook aan welk soort erosie elk materiaal oplost.

Hoofdstuk 6

De rol van corrosie in technische materialen

Corrosie van het chassis eist zijn tol

Doelstellingen

1. Inzicht krijgen in de aard van corrosie en de diverse manieren waarop corrosie zich manifesteert.
2. Kennismaken met corrosiemeettechnieken.
3. Presenteren en begrijpen van richtlijnen voor corrosiewering in een ontwerp.

De invloed van de omgeving op de levensduur van een technisch materiaal kan niet worden genegeerd. Als je een auto koopt van 30.000 euro met een zwarte elastomeerbumper en na zo'n anderhalf jaar ziet deze er dof en verkleurd uit, zou je wel eens minder gelukkig met je aankoop kunnen zijn. In de medische industrie, de chemische industrie en de levensmiddelenindustrie staan alle materialen voor het verwerken van grondstoffen bloot aan aantasting door vloeibare en gasvormige omgevingen. Er moet dus een strategie voor het behoud van het materiaal op lange termijn worden bedacht, en men moet problemen met verontreiniging en vergiftiging zien te vermijden. Met omgevingsafbraak moet ook rekening worden gehouden bij elk onderdeel van de *computer-aided design*-terminal (CAD-terminal) waarop je als ontwerper of technicus werkt. Hoe zorg je ervoor dat het onderdeel zijn beoogde levensduur in een bepaalde omgeving haalt? De beslissing is aan jou, en jij bent verantwoordelijk als het onderdeel in drie weken corrodeert, na twee jaar bezwijkt vanwege door de omgeving veroorzaakte scheuren, of na tien jaar in poeder veranderd is.

In dit hoofdstuk willen we je bewust maken van de bekendste vorm van omgevingsinvloeden op technische materialen: de corrosie van metalen. Andere belangrijke vormen van omgevingsinvloeden, zoals de veroudering van kunststoffen of de corrosie van keramieken, worden in latere hoofdstukken besproken.

6.1 De aard van corrosie

Wat is *corrosie*? Veel mensen denken bij corrosie aan roest. Roest is een bijproduct van corrosie, maar een eenvoudige definitie van corrosie is 'de achteruitgang van een materiaal of de eigenschappen van een metaal als gevolg van een reactie met de omgeving'. Deze achteruitgang kan bestaan uit materiaalverlies dat bijvoorbeeld tot lekkage of vermindering van de sterkte van een onderdeel kan leiden. Ook het verlies aan elektrische geleidbaarheid en kortsluiting worden vaak veroorzaakt door corrosie. Men gaat er vaak van uit dat corrosie per definitie ongewenst is. Maar een groenkoperen dak of standbeeld vind men vaak mooi en de groene corrosielaag beschermt bovendien het onderliggende koper.

Corrosiepreventie moet je niet onderschatten. Een assemblagemachine die niet in contact komt met chemicaliën en alleen binnen werkt in een gecontroleerde omgeving, kan wel degelijk door corrosie tot stilstand worden gebracht. Lokale omstandigheden of een verkeerd smeermiddel kunnen leiden tot lokale corrosie, productie-uitval en hoge reparatiekosten. Soms is een zeer kleine hoeveelheid roest al in staat om het functioneren van een onderdeel te beïnvloeden.

De kosten van corrosie liggen in de Benelux al jaren rond de 4 tot 5 procent van het bruto nationaal product. Schattingen voor Nederland lopen uiteen tussen 15 en 30 miljard euro (2011). De sectoren waarin de hoogste corrosiekosten optreden, zijn onder meer drinkwaterleidingsystemen en rioleringen, de automobielbranche, de chemische industrie, defensie en bruggen. Het leeuwendeel van de kosten in deze bedrijfstakken wordt waarschijnlijk veroorzaakt door de corrosieve invloed van strooizout en zoutwateromgevingen. Andere consequenties van corrosie, zoals de gevolgen van schrootverwerking en het vervangen van roestige auto's voor het milieu en de economie, en bouwvertragingen als gevolg van reparaties aan wegen en bruggen en stilstand van machines, zijn eveneens bepalend voor bovenstaande kosten.

Waarom corrosie optreedt

De vraag naar de oorzaak van corrosie van metalen kan worden beantwoord door berekeningen te maken die te maken hebben met de thermodynamica en de reactiekinetica. Bijna alle metalen worden in de natuur aangetroffen in de vorm van oxiden, sulfiden of andere verbindingen. Slechts een paar metalen, waaronder goud, komen in de natuur in metallische vorm voor. Alle metalen die uit ertsen gehaald zijn, hebben de neiging naar deze vorm terug te keren door middel van corrosie.

De corrosie van metalen is een *elektrochemisch* proces. In elektrochemische processen komt het tot een wisselwerking van ionen (geladen atomen) en elektronen. Voordat we deze processen bespreken, moeten we eerst een paar begrippen introduceren.

Natriumchloride (keukenzout) is een witte, in water oplosbare vaste stof (die gewoonlijk uit korreltjes bestaat). Deze vaste stof bevat ionenverbindingen en kristalliseert tot de kubische steenzoutstructuur in figuur 6-1. Als natriumchloride oplost in water, scheiden de natrium- en chlooratomen zich van elkaar (*dissociatie*) en vormen de ionen Na^+ en Cl^-. Een ion

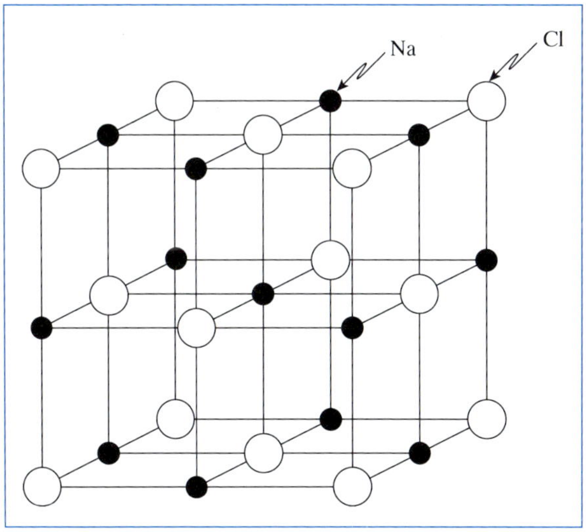

FIGUUR 6-1 Kristalstructuur van natriumchloride (NaCl). De chlooranionen en natriumkationen zijn elk voor zichzelf in een kubisch vlakgecentreerd (fcc) rooster gerangschikt. De NaCl-structuur bestaat uit de twee in elkaar geweven roosters

met een positieve lading (zoals Na^+) staat bekend als een *kation* en een ion met een negatieve lading (zoals Cl^-) als een *anion*. Metalen zijn geen verbindingen zoals natriumchloride, maar bestaan als element op zich. Een metaal corrodeert niet door eenvoudig in een vloeistof op te lossen. Voordat het metaal in de vloeistof oplost, moeten de atomen eerst ionen worden. Bij dat proces komen er elektronen vrij, waardoor het metaal gepolariseerd of geladen wordt.

Een essentiële voorwaarde voor elektrochemische corrosie is dus de aanwezigheid van een elektrolyt. Een *elektrolyt* is simpelweg een vloeistof die elektriciteit geleidt. Vloeistoffen geleiden elektriciteit door de verplaatsing van ionen. Water is een goede geleider omdat het mineraalionen, waterstofionen en hydroxylionen (OH^-) bevat. Wanneer vaste stoffen zoals metalen, zouten, zuren of basen oplossen in een vloeistof of een waterhoudende oplossing, bestaat de gedissocieerde stof uit ionen. Dit wil zeggen dat ze ook onderdeel uit kunnen maken van een elektrische stroom, door middel van ionentransport en ionenuitwisseling. Als deze ionen verwijderd worden, is de oplossing geen elektrische geleider en treedt er geen elektrochemische corrosie op. Bij atmosferische corrosie werkt de waterdamp in de lucht als elektrolyt. In een woestijnklimaat verloopt roestvorming dus langzaam, omdat de vochtigheid laag is en droge lucht een slechte elektrolyt is.

Als een stuk ijzer in verdund zoutzuur wordt geplaatst, treedt er een corrosiereactie op (zie figuur 6-2). Het ijzer gaat de oplossing in als een ion en reageert met het chloor in het zuur, waardoor er een ijzer-chloridecomplex ontstaat. Tegelijkertijd vormt zich waterstofgas bij het ijzeroppervlak. De chemische vergelijking voor deze reactie kan als volgt worden samengevat:

$$Fe + 2HCl \rightarrow FeCl_2 + H_2 \uparrow$$

Fe: elementair metaal vast
2HCl: vloeistof
$FeCl_2$: opgeloste ionen Cl^- en Fe^{2+} uit een $FeCl_2$-ionencomplex
H_2: gas

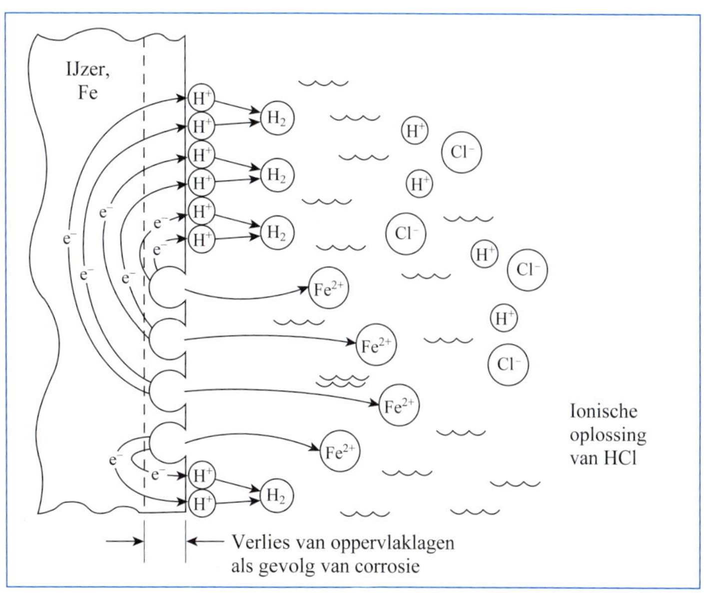

FIGUUR 6-2 De corrosie van ijzer in zoutzuur. Terwijl het ijzer oplost worden de vrijgekomen elektronen beschikbaar om te reageren met de waterstofionen in het zuur (de *corrosieve stof*)

Omdat het chloride-ion niet werkelijk meedoet aan de chemische reactie (het verandert niet van oxidatietoestand in deze reactie), kan de vergelijking vereenvoudigd worden:

$Fe + 2H^+ \rightarrow Fe^{2+} + H_2$

Deze vergelijking zegt eenvoudig dat elementair ijzer reageert met de waterstofionen in het zuur en dat daarbij opgelost ijzer en waterstofgas worden gevormd. Deze reactievergelijking bestaat uit twee *partiële processen*, een *anodisch* proces en een *kathodisch* proces:

$Fe \rightarrow Fe^{2+} + 2e^-$ (anodisch partieel proces)

$2H^+ + 2e^- \rightarrow H_2$ (kathodisch partieel proces)

Bij de overgang van een ijzeratoom naar een ion komen twee elektronen vrij (aangeduid als e^-). Wanneer elementair ijzer wordt omgezet in Fe^{2+}, wordt het *geoxideerd* en de corresponderende reactie is het *anodisch* partieel proces.

Het waterstofion in het zuur vangt een elektron in en wordt elementaire waterstof. Omdat waterstof echter stabieler is als een *tweeatomig* molecuul, combineren twee waterstofatomen onmiddellijk tot H_2. In deze reactie wordt de waterstof *gereduceerd* en de corresponderende reactie is het *kathodisch* partieel proces.

In beide partiële processen vindt een reactie plaats tussen een ion en een elektron. Chemische reacties tussen ionen en elektronen zijn *elektrochemische* reacties en vormen de grondslag van de wetenschap der corrosie. In elektrochemische corrosieprocessen in metalen vinden altijd gelijktijdig *oxidatie-* en *reductieprocessen* plaats. Als een van deze twee processen gestopt wordt, stopt ook de corrosiereactie. Als een van de twee processen versneld wordt, neemt ook de corrosiesnelheid toe. Als men de electrolyt verwijdert, stopt ook de corrosie.

Een los stuk ijzer is eigenlijk elektrisch neutraal. Hoe komt het dan tot corrosie? In het algemeen is bij corrosie van een metaal het metaaloppervlak bedekt met heel veel microscopische anodegebiedjes (oxidatie) en kathodegebiedjes (reductie). Korrelgrenzen, insluitsels en andere oppervlakdefecten of oppervlakkenmerken kunnen beginnende anode- of kathodegebiedjes zijn.

Het roesten van staal in water wordt veroorzaakt door een vergelijkbare reactie. Wanneer men bijvoorbeeld een stalen artikel buiten laat liggen, gaat het roesten. Regenwater en condens bevatten opgeloste zuurstof (uit de lucht). De anodische corrosiereactie is de oxidatie van ijzer:

$Fe \rightarrow Fe^{2+} + 2e^-$ (anodisch partieel proces)

en de kathodische reactie of reductiereactie is de reductie van zuurstof:

$O_2 + 2H_2O + 4e^- \rightarrow 4OH^-$ (kathodisch partieel proces)

In dit geval wordt de in het water opgeloste zuurstof gereduceerd tot een ionische toestand, waarin het met de waterstof in het water een hydroxylgroep vormt. De totale corrosiereactie kan worden verkregen door de anodische en kathodische partiële processen te combineren:

$2Fe + 2H_2O + O_2 \rightarrow 2Fe^{2+} + 4OH^- \rightarrow 2Fe(OH)_2 \downarrow$
precipitaat van ferrohydroxide

Aan de rechterzijde van de vergelijking reageert het ijzerion met de hydroxylgroep (OH^-), waarbij een precipitaat van ferrohydroxide (een bekende oranjekleurige verbinding) wordt gevormd. Als men het oppervlak van het gecorrodeerde ijzer laat drogen, ontwatert de ferrohydroxide en vormt een ferrooxide, Fe_2O_3 (rode roest):

$4Fe(OH)_2 + O_2 \rightarrow 2Fe_2O_3 \cdot H_2O + 2H_2O$

Onthoud dat ook andere ionen dan die van waterstof kunnen worden gereduceerd als deel van het corrosieproces.

De thermodynamica van corrosie en de redoxpotentialen

Zoals eerder opgemerkt wil een metaal door middel van corrosie terugkeren naar zijn oorspronkelijke, of natuurlijke, toestand. Om te kunnen begrijpen en voorspellen wanneer corrosie zal optreden, dienen we de chemische thermodynamica van corrosie te bekijken. Corrosie vindt alleen plaats als er gelijktijdig een oxidatiereactie en een reductiereactie optreden. Deze twee reacties hoeven evenwel niet op hetzelfde metaaloppervlak op te treden. Een uitstekend voorbeeld hiervan is een elektrische accu. Men kan een eenvoudige accucel maken door staven zink en koolstof te plaatsen in een elektrolyt zoals een natriumchlorideoplossing (zie figuur 6-3). Als we een voltmeter op de cel aansluiten, vinden we een voltage- of potentiaalverschil tussen het zink en de koolstof. Vervang de voltmeter door een geschikte gloeilamp

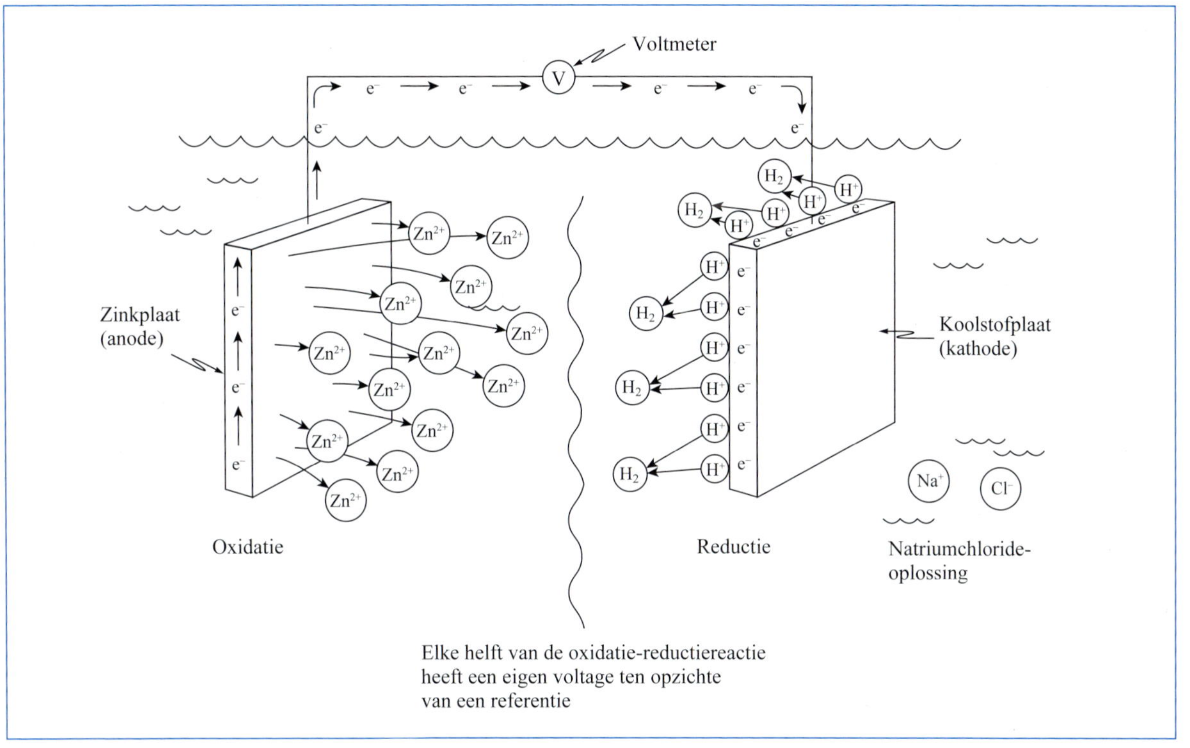

FIGUUR 6-3 Model van een elektrochemische accu. Wanneer er een elektrische verbinding bestaat tussen zink en koolstof, stromen de elektronen die vrijkomen bij de zinkoxidatie naar de koolstofkathode

en de laatste gaat branden. In dit voorbeeld treedt de anodische reactie

$$Zn \rightarrow Zn^{2+} + 2e^-$$

op aan het zinkoppervlak en de kathodische reactie

$$2H^+ + 2e^- \rightarrow H_2$$

bij de kathode. Dat betekent dat aan beide onderdelen – zogenaamde halfcellen – van de oxidatie-reductiereactie een voltage of potentiaal verbonden is. In de praktijk zijn accu's veel ingewikkelder, maar fundamenteel gezien werken ze op deze manier.

De potentiaal van een halfcel kan men niet direct meten, alleen het verschil tussen twee halfcellen. Internationaal is afgesproken gebruik te maken van *standaard halfcelpotentialen* of *oxidatie-reductiepotentialen* of *redoxpotentialen*. In figuur 6-4 is een cel weergegeven waarin een zinkelektrode geplaatst

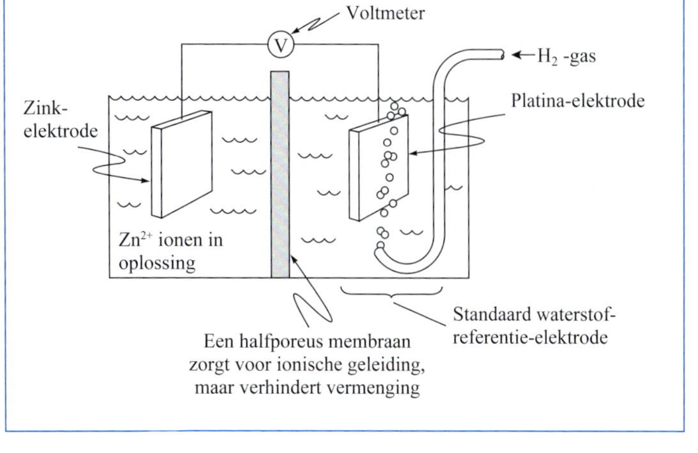

FIGUUR 6-4 Tekening van de opstelling voor het meten van de halfcelpotentiaal van zink

is in een oplossing met een standaardconcentratie van zinkionen. Een naburige cel bevat een platina-elektrode in een oplossing met een gecontroleerde waterstofionconcentratie. Deze platina-elektrode wordt gebruikt als referentie en staat bekend als een *waterstofreferentie-elektrode*. De potentiaal van de waterstofreductie die optreedt aan de waterstofreferentie-elektrode, E_{H_2}, is internationaal vastgelegd als 0 volt. Een speciale voltmeter met een hoge impedantie meet het potentiaalverschil tussen de twee elektroden. De potentiaal van de cel, E_{cel}, wordt berekend als het potentiaalverschil tussen de reductie-halfcelpotentiaal ($E_{reductie}$) en de oxidatie-halfcelpotentiaal ($E_{oxidatie}$):

$$E_{cel} = E_{reductie} - E_{oxidatie}$$

In het geval van de cel in figuur 6-4 is het voltage van deze cel, E_{cel}, ongeveer 0,763 volt. E_{H_2} = 0,000 volt, dus de redoxpotentiaal van de zinkoxidatie (E_{Zn})

$$Zn \rightarrow Zn^{2+} + 2e^-$$

is −0,763 volt ten opzichte van de waterstofreductiereactie.

Deze techniek wordt gebruikt voor het meten van de redoxpotentiaal van de oxidatie en reductie van talrijke metalen en metaalionen, en ook wel van andere stoffen zoals zuurstof. In diverse handboeken worden tabellen met de redoxpotentialen van metalen en chemische stoffen gepubliceerd. In tabel 6-1 zijn enkele karakteristieke redoxpotentialen te zien.

TABEL 6-1 Karakteristieke redoxpotentialen

EVENWICHTSREACTIE	POTENTIAAL, V_{SHE}*
$Au^{3+} + 3e^- = Au$	+1,49
$O_2 + 4H^+ + 4e^- = 2H_2O$	+1,23
$Pt^{2+} + 2e^- = Pt$	+1,20
$Fe^{3+} + e^- = Fe^{2+}$	+0,77
$O_2 + H_2O + 4e^- = 4OH^-$	+0,40
$Cu^{2+}\ 2e^- = Cu$	+0,34
$2H^+ + 2e^- = Cu$	0,00
$Ni^{2+} + 2e^- = Ni$	−0,25
$Fe^{2+} + 2e^- = Fe$	−0,44
$Zn^{2+} + 2e^- = Zn$	−0,76
$Al^{3+} + 3e^- = Al$	−1,66

*V_{SHE} = potentiaal (voltage) ten opzichte van een standaard waterstofelektrode.

De redoxpotentialen zijn een hulpmiddel om vast te stellen of een corrosiereactie de thermodynamische drijfkracht heeft om spontaan op te treden. Voor elke twee oxidatie-reductiereacties wordt de meest negatieve halfcel geoxideerd en de meest positieve halfcel gereduceerd. We kunnen bijvoorbeeld in tabel 6-1 zien dat de metalen Fe en Zn, die een meer negatieve potentiaal hebben dan waterstof, zullen corroderen in ontluchte zuuroplossingen (waarin geen opgeloste zuurstof voorkomt). Koper daarentegen heeft ten opzichte van waterstof een positieve redoxpotentiaal, wat betekent dat koper niet zal corroderen in een zuurstofvrije zwavelzuuroplossing. Wanneer het zwavelzuur opgeloste zuurstof bevat, zal het koper spontaan corroderen, omdat de halfcelpotentiaal van koper negatiever is dan de zuurstofreductiereactie.

In thermodynamische termen wordt de neiging van een metaal om in een gegeven oplossing te corroderen bepaald door de verandering in *vrije energie*, ΔG. Vrije energie is het verschil in energie tussen de aanvankelijke en de uiteindelijke toestand van een proces. Als ΔG voor een gegeven systeem negatief is, zal het proces spontaan optreden; als ΔG positief is niet. Een vergelijkbare situatie bestaat voor een kogel die op de bovenkant van een hellend vlak wordt geplaatst. De kogel rolt langs het vlak naar beneden en komt op de bodem tot rust. Aan de bovenkant van de helling heeft de kogel een hogere energietoestand dan op de bodem. De vrije energie voor dit systeem is dus negatief en de kogel zal spontaan naar beneden rollen. Een kogel die op de bodem ligt, heeft energie nodig om omhoog te kunnen bewegen. De kogel komt dus niet spontaan naar boven en de vrije energie voor dit systeem is positief.

De vrije energie voor elektrochemische corrosie is gerelateerd aan de redoxpotentiaal door de volgende vergelijking:

$$\Delta G = -nFE_{cel}$$

waarbij
ΔG = verandering van de vrije energie
n = aantal mol van de elektronen die aan de reactie meedoen
F = de constante van Faraday, de lading op 1 mol elektronen (96487 Coulomb)
E_{cel} = het verschil tussen de reductie- en oxidatiehalfcelpotentialen: $E_{cel} = E_{reductie} - E_{oxidatie}$

Als voorbeeld nemen we het geval van koper in een zuurstofvrije omgeving, bijvoorbeeld koper ondergedompeld in ontluchte H_2SO_4:

$$Cu + H_2SO_4 \leftrightarrow CuSO_4 + H_2$$

We hebben gezien dat de halfcelreactie voor koper in dit geval hoger is dan die voor waterstof:

$$Cu^{2+} + 2e^- \leftrightarrow Cu \qquad E_{reductie} = 0{,}34\ V_{SHE}$$
$$2H^+ + 2e^- \leftrightarrow H_2 \qquad E_{oxidatie} = 0\ V_{SHE}$$

We verwachten dus dat koper niet spontaan gaat corroderen in ontluchte H_2SO_4. Als we de vrije energie voor de reactie berekenen, krijgen we

$$E_{cel} = E_{reductie} - E_{oxidatie}$$
$$= (0\ V_{SHE}) - (0{,}34\ V_{SHE}) = -0.34\ V_{SHE}$$
$$\Delta G = -(2 \text{ mol } e^-)(96487 \text{ C/mol } e^-) \times (-0{,}34\ V_{SHE}) = 65611 \text{ J}$$

De verandering in vrije energie is positief en er treedt zoals verwacht geen corrosie op. Merk op dat als de halfcelpotentiaal voor de oxidatiereactie groter is dan voor de reductiereactie, E_{cel} negatief is. Door het minteken in de vergelijking voor de verandering van de vrije energie wordt ΔG echter positief. Er treedt geen spontane corrosie op.

Er zijn ook gevallen waarin geen corrosie optreedt, ook al is ΔG negatief. Passivering van sommige metalen kan bijvoorbeeld de corrosiesnelheid reduceren tot zeer lage waarden, ook al is ΔG negatief. De waarde van de thermodynamische vrije energie geeft geen enkele indicatie van de kinetische aspecten van het corrosieproces (zoals de corrosiesnelheid). In veel gevallen corroderen metalen wel in hun omgeving, maar is de corrosiesnelheid zo laag dat het onderdeel lang genoeg meegaat om te voldoen aan de ontwerpeisen.

Polarisatie

Corrosie kan onder gecontroleerde omstandigheden worden bestudeerd door de corrosiereactie in een speciaal apparaat te laten verlopen, en het voltage en de stroomsterkte tussen een corroderend metaal en een referentie-elektrode te meten. Het in zo'n opstelling gemeten voltage wordt de *corrosiepotentiaal* genoemd, en de gemeten stroomsterkte de *corrosiestroom*. De potentiaalverandering bij toenemende of afnemende sterkte van de corrosiestroom is de *polarisatie*. Zoals we nog zullen laten zien, kan polarisatie worden gebruikt om de corrosie-eigenschappen te onderzoeken, maar we noemen het hier vooral omdat polarisatie van invloed is op corrosie. Bij laboratoriumonderzoek naar corrosie worden meestal diverse soorten polarisatie waargenomen: (1) activeringspolarisatie, (2) concentratiepolarisatie en (3) *IR*-val. *Activeringspolarisatie* treedt op wanneer een elektrodereactie niet zo snel verloopt als de bedoeling is. Er is extra tijd of energie nodig voor de activering. Dit soort polarisatie komt vaak voor bij de kathode in een corrosiecel, waarin waterstof wordt gereduceerd. De reductiereactie is

$$2H^+ + 2e^- \rightarrow H_2 \uparrow$$

waarbij waterstof als gasbellen vrijkomt. Deze reactie verloopt soms een beetje traag en er wordt dan gezegd dat er polarisatie optreedt. De gasbellen bij de kathode verhinderen dat andere waterstofionen het oppervlak bereiken en daardoor neemt de corrosiesnelheid af.

Concentratiepolarisatie treedt op wanneer er bij een actieve elektrode niet genoeg reagerende stoffen zijn. In het voorbeeld van waterstofreductie aan de kathode is er sprake van concentratiepolarisatie als er onvoldoende waterstofionen beschikbaar zijn voor de reactie aan de kathode, waardoor de corrosiepotentiaal afneemt. Dit concept wordt weergegeven in figuur 6-5.

De laatste vorm van polarisatie, *IR-val*, is eenvoudigweg een spanningsval in de elektrochemische cel als gevolg van weerstand in de elektrolyt. Een voorbeeld van *IR*-valpolarisatie is de ophoping van corrosieproducten bij een etsbewerking. De stroming van de corrosieve stof naar het metaaloppervlak wordt belemmerd door de oppervlakfilm en de corrosie neemt af.

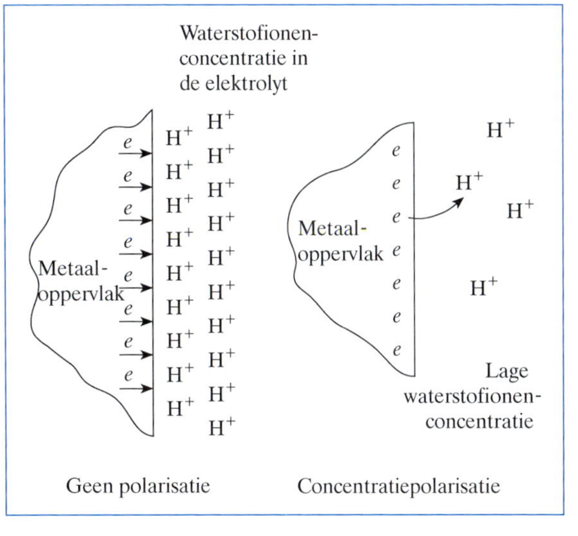

FIGUUR 6-5 Concentratiepolarisatie

Polarisatie kan dus de corrosieprocessen beïnvloeden door de reactiesnelheid bij de anode of kathode in een corroderend systeem te wijzigen. Soms is dit effect wenselijk (langzame corrosie), soms niet (bij galvaniseerbewerkingen).

Samenvatting

De volgende eisen zijn fundamenteel voor elektrochemische corrosie van metalen:

1. Het metaal wordt geoxideerd aan de anode van een elektrolytische cel.
2. Ionen worden gereduceerd aan de kathode.
3. Oxidatie en reductie treden gelijktijdig op, met dezelfde snelheid.
4. Er is een potentiaalverschil tussen de anode en kathode.
5. Er moet een elektrolyt aanwezig zijn waarmee het metaal in contact blijft.
6. Het elektrische circuit moet gesloten zijn (op de een of andere manier moet de anode met de kathode verbonden zijn).

Als aan een van deze voorwaarden niet voldaan is, zal er geen elektrochemische corrosie optreden. De ontwerper kan een zekere controle uitoefenen op sommige van deze factoren, en dus ook op de elektrochemische corrosie. Electrolyt contact kan bijvoorbeeld worden vermeden door verflagen of door droog houden, isolatie kan het stroomcircuit doen sluiten, gebruik van de juiste materialen kan het potentiaalverschil tenietdoen.

6.2 Factoren die van invloed zijn op corrosie

Zoals we zagen in paragraaf 6.1 zijn er veel factoren die van invloed kunnen zijn op de neiging van een materiaal om te corroderen. De belangrijkste zijn de materiaaleigenschappen en de aard van de omgeving. Zoals figuur 6-6 laat zien wordt corrosie ook beïnvloed door fysische omstandigheden als het ontwerp en opgelegde spanningen. Deze factoren bespreken we in deze paragraaf.

Materiaaleigenschappen

Een van de materiaaleigenschappen die van invloed zijn op corrosie is vanzelfsprekend de chemische samenstelling. Zoals besproken in paragraaf 6.1 zijn redoxpotentialen een hulpmiddel om vast te stellen of een corrosieproces van een bepaald metaal thermodynamisch gezien begunstigd wordt. De gemeten

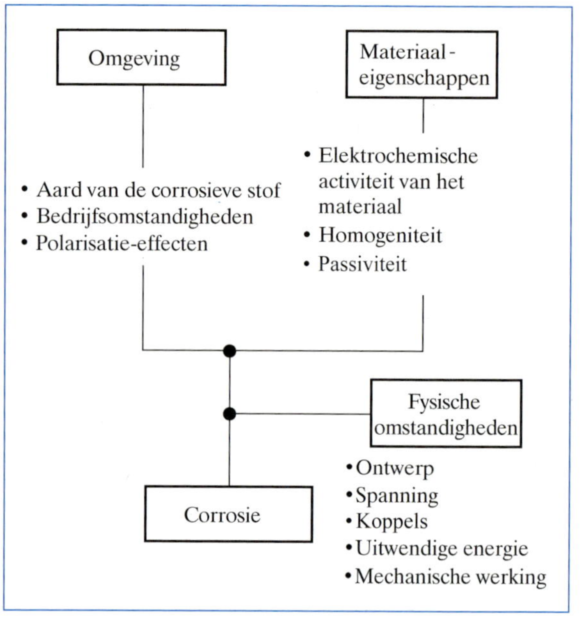

FIGUUR 6-6 Factoren die van invloed zijn op corrosie

potentiaal is een eigenschap van het metaal of combinatie van metalen in een bepaalde omgeving. Er is dus sprake van enige samenhang tussen de aard van een materiaal en de mogelijkheid van corrosie.

Welke materiaaleigenschappen zijn van invloed op corrosie? Zoals eerder gezegd zijn voor elektrochemische corrosie een anode en een kathode nodig. In zuivere metalen zijn de anodegebieden gewoonlijk korrelgrenzen of zelfs nog kleinere microheterogeniteiten. In legeringen en gewone metalen met onzuiverheden is er een groot aantal metaalkundige factoren die van invloed kunnen zijn op corrosie:

1. Chemische segregatie
2. Aanwezigheid van verschillende fasen
3. Insluitsels
4. Koudvervorming
5. Ongelijkmatige spanningen

Er zijn er nog meer, maar de reden dat deze metaalkundige factoren invloed hebben op corrosie is altijd dezelfde: ze creëren anodische gebieden. Als sommige gebieden van een gietstuk veel sneller afkoelen dan de hoofdmassa, is het mogelijk dat die gebieden zuiverder zijn (chemische segregatie). Bij onderdompeling in een corrosieve stof vormt het zuivere gebied een verbinding met het onzuivere gebied en kan er celwerking ontstaan. Hetzelfde geldt voor legeringen met meerdere fasen. Als een metaal een hoog volumegehalte aan een minder corrosiebestendige fase bevat, kan die fase de anode in een corrosiecel worden. Dit komt vaak voor in gietstukken van austenitisch roestvast staal. In wat geacht wordt een eenfasige legering te zijn (austeniet), komt vaak een tweede fase (ferriet) voor, wat de neiging tot corroderen verhoogt. Als insluitsels in metalen metallisch van aard zijn, kunnen ze galvanische reacties tot gevolg hebben. Zijn ze inert, dan kunnen ze soms corrosie belemmeren. Smeedijzer bevat ongeveer 3 procent slak (silicaten), dat in veel vloeistoffen niet corrodeert. Men denkt dat dit de reden is dat smeedijzer in water minder roestvorming vertoont dan staal.

Plaatselijke verschillen in korrelgrootte, bijvoorbeeld als gevolg van hamerbewerkingen, kunnen soms corrosie door celwerking bevorderen. Zelfs als de korrelgrootte niet wordt verminderd, kunnen spanningen in een metaal corrosie-effecten veroorzaken die bij het ontbreken van deze spanningen niet optreden. Neem bijvoorbeeld een met bouten bijeengehouden eenheid die in een corrosieve stof wordt ondergedompeld. Het gebied onder de boutkop staat onder drukspanning en reageert daardoor anders op de corrosieve stof dan het gebied dat niet onder spanning staat. Daardoor kan een corrosiecel ontstaan. Er is dus een groot aantal metaalkundige factoren die van invloed kunnen zijn op corrosie (zie figuur 6-7).

Omgeving

Verschillende soorten metalen reageren verschillend op diverse omgevingen. De volgende lijst geeft een paar belangrijke soorten omgevingen waaraan materialen blootgesteld kunnen worden:

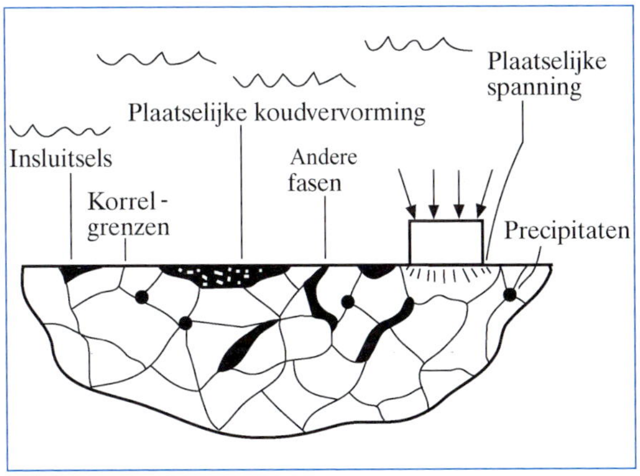

FIGUUR 6-7 Metaalkundige factoren die van invloed kunnen zijn op corrosie

1. Zuren (oxiderend en reducerend)
2. Basen
3. Zouten (zuur, neutraal, basisch)
4. Gassen
5. Oplosmiddelen

Sommige materialen houden van een oxiderende omgeving, sommige van een reducerende omgeving en andere van een basische omgeving. Figuur 6-8 laat zien hoe diverse metalen reageren op oxiderende en reducerende omgevingen. Voor een ontwerper is het belangrijk om de aard van een omgeving te bestuderen. Dat is een noodzakelijke eerste stap voor corrosiewering. Sommige gassen zijn oxiderend, andere reducerend. Hetzelfde geldt voor zuren. De *pH-waarde* (positieve waterstofionenconcentratie) van een omgeving kan dienen als een maat voor de sterkte van zuren of basen. Een oplossing met een pH-waarde van 7 is neutraal, oplossingen met pH-waarden tussen 7 en 14 zijn in toenemende mate basisch, en oplossingen met waarden kleiner dan 7 zijn zuur, waarbij het sterkste zuur een pH-waarde van nul heeft. De aanwezigheid van halogeenionen (bijvoorbeeld chloor en jood) kan leiden tot corrosie in oplossingen die normaal gesproken geen corrosie veroorzaken.

Passiviteit

Veel belangrijke technische metalen, waaronder roestvaste stalen en aluminium legeringen, ontlenen hun corrosieweerstand aan de spontane vorming van een beschermende laag. Het metaal toont zogenaamd passief gedrag. De eenvoudigste vorm van passiviteit ontstaat wanneer een metaal onaangetast is in een omgeving waarvan verwacht wordt dat die dat bepaalde metaal wel kan aantasten. Het klassieke voorbeeld van deze toestand is staal in salpeterzuur. Verdunde oplossingen veroorzaken een snelle aantasting, terwijl geconcentreerde oplossingen weinig zichtbaar effect hebben. De verklaring voor dit verschijnsel is dat er in geconcentreerd salpeterzuur op het oppervlak van het staal een film wordt gevormd die leidt tot passivering van het oppervlak.

Bedrijfsomstandigheden

Hieronder volgen enkele bedrijfsomstandigheden waarmee rekening moet worden gehouden bij het kiezen van een materiaal voor corrosieweerstand:

1. Temperatuur
2. Stroming
3. Onzuiverheden
4. Concentratie
5. Beluchting

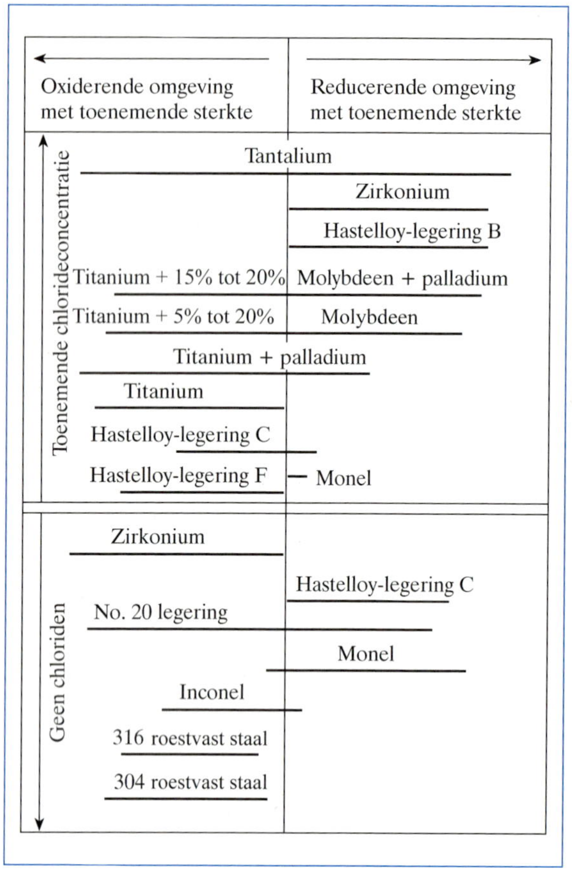

Bron: Overgenomen met toestemming van Carpenter Technology Corp.

FIGUUR 6-8 Bedrijfsomstandigheden waarbij diverse metalen in oxiderende en reducerende omgevingen bevredigend kunnen werken

Bij de meeste chemische reacties betekent een verhoging van de temperatuur een toenemende reactiesnelheid. Dat geldt ook voor de meeste corrosiesystemen. De snelheid waarmee een corrosieve stof langs een metaaloppervlak beweegt is van invloed op de corrosiesnelheid. Bij metalen die passief gedrag vertonen kan de mechanische werking van een snel bewegende corrosieve stof de passieve laag verwijderen. Ook verontreinigingen bestaande uit abrasieve deeltjes kunnen de corrosie versnellen, omdat deze deeltjes de passiverende lagen verwijderen. Heel vaak zijn corrosiedefecten echter te wijten aan onzuiverheden in een bepaalde oplossing. Als de verontreiniging in zeer lage concentraties voorkomt, zoals water in een organisch oplosmiddel, kan dit putcorrosie veroorzaken. De beste manier om vast te stellen of er potentieel gevaarlijke onzuiverheden in een oplossing aanwezig zijn, bestaat uit periodieke controles.

De concentratie van de oplossing heeft dus een grote invloed, maar niet altijd in de richting die verwacht mag worden. Zoals werd opgemerkt in onze bespreking van de passivering van ijzer in salpeterzuur, veroorzaken verdunde oplossingen soms een hoge corrosiesnelheid en geconcentreerde oplossingen een lage corrosiesnelheid. Het effect van de concentratie is niet altijd intuïtief voorspelbaar, daarom moeten corrosiegegevens worden geraadpleegd.

Soms heeft *beluchting* invloed op de corrosie, óf versnellend óf vertragend. Metalen die voor hun corrosieweerstand niet afhankelijk zijn van passieve films vertonen vaak een versnelde corrosie in oplossingen die in contact staan met de lucht. Koper is een voorbeeld van zo'n metaal. Als roestvast staal onder bepaalde omstandigheden aan het corroderen is, kan het door beluchting zijn passieve laag terugkrijgen, zodat de corrosie afneemt. Als het metaal niet corrodeert, is de passieve film nog intact en heeft beluchting van de oplossing geen effect. In alle gevallen is beluchting een factor waarmee rekening moet worden gehouden bij het hanteren van corrosieve stoffen.

6.3 Soorten corrosie

De preventie en analyse van corrosieproblemen vereisen dat je de omstandigheden herkent waarin verschillende soorten corrosie in het systeem kunnen voorkomen. De meeste mensen die in dit gebied werkzaam zijn, zijn het eens over een achttal basissoorten corrosie in vloeibare omgevingen:

1. Gelijkmatige corrosie
2. Putcorrosie
3. Spleetcorrosie
4. Galvanische corrosie
5. Spanningscorrosie
6. Interkristallijne aantasting
7. Selectieve corrosie
8. Erosie-corrosie

Verder is er sprake van:

9. Oxidatie en corrosie bij hoge temperaturen

In deze paragraaf definiëren we elk van deze soorten corrosie en zullen we iets zeggen over de verantwoordelijke mechanismen.

Gelijkmatige corrosie

De eenvoudigste vorm van corrosie is *gelijkmatige* oftewel *uniforme aantasting* van alle oppervlakken die blootgesteld zijn aan een corrosieve stof (zie figuur 6-9). De corrosie kan elektrochemisch van aard zijn, maar ook eenvoudigweg een *directe aantasting*.

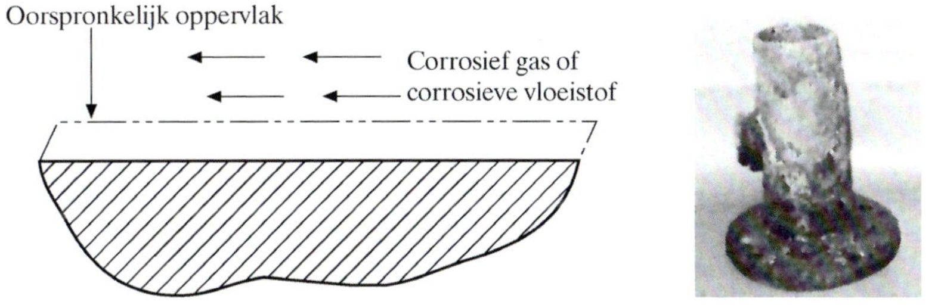

FIGUUR 6-9 Gelijkmatige corrosie

Bij directe aantasting van een metaal is er geen elektrochemische celwerking. De aantasting vindt overal op dezelfde manier plaats. Een voorbeeld van directe aantasting van een metaal dat geen oppervlakfilm heeft, is molybdeen bij een hoge temperatuur in lucht (hoger dan 750 °C). Er lijkt daarbij geen aanslag of film gevormd te worden, maar het metaal verdwijnt langzamerhand (sublimatie). Vergelijkbare situaties kunnen zich voordoen bij metalen die worden gebruikt om vloeibare metalen te verwerken, bij metalen in gesmolten zouten en bij metalen in bepaalde corroderende gassen. Een aantal metalen wordt direct aangetast door chloorgas.

Gewone atmosferische roestvorming kan gelijkmatig van aard zijn. De celwerking doet zich voor tussen metaalkorrels, korrelgrenzen en dergelijke. Schoonbeitsen van metaal levert meestal gelijkmatige aantasting op, dat is tenminste de bedoeling. Gelijkmatige corrosie kan worden voorkomen door de elektrolyt te verwijderen of een materiaal te kiezen dat niet wordt aangetast door de betreffende corrosieve stof. Bij atmosferische roestvorming houdt het verwijderen van de elektrolyt in dat de relatieve vochtigheid (RV) verlaagd wordt tot een waarde die bij voorkeur lager is dan 30 procent. Het kiezen van een materiaal dat niet wordt aangetast door een bepaalde corrosieve stof, is soms gemakkelijker gezegd dan gedaan. Gedetailleerde corrosiegegevens kunnen een goed startpunt vormen.

Putcorrosie

Putcorrosie is een plaatselijke vorm van corrosie waarbij putten in het oppervlak ontstaan (zie figuur 6-10). Dit is een bijzonder verraderlijke vorm van corrosie omdat een onderdeel onbruikbaar kan worden door verwijdering van een betrekkelijk kleine hoeveelheid metaal, denk aan ernstige lekkage door corrosieputten die in de wand van een tank of van een pijpleiding dringen.

Putcorrosie wordt in veel gevallen veroorzaakt door de chemische aard van de omgeving. Van halogeenhoudende oplossingen, brak water, zout water, chloorhoudende bleekmiddelen en reducerende anorganische zuren is bekend dat ze putcorrosie veroorzaken. Ook bepaalde metalen, bijvoorbeeld bepaalde soorten roestvast staal, zijn bijzonder gevoelig voor putcorrosie.

Het mechanisme achter putcorrosie verschilt van metaal tot metaal. In het algemeen treedt putcorrosie vaker op in stilstaande oplossingen dan in bewegende oplossingen, en lijken de putten zichzelf voort te planten. De gebieden rond de putten vertonen nauwelijks aantasting. Deze waarnemingen impliceren dat putcorrosie begint in bepaalde kernen, zoals kleine hiaten in een passiverende film, insluitsels zoals sulfiden in roestvast staal of krassen. Het actieve metaal begint daar te corroderen. Op de plaats waar de put zich vormt krijgt de oplossing een steeds hogere concentratie aan metaalionen.

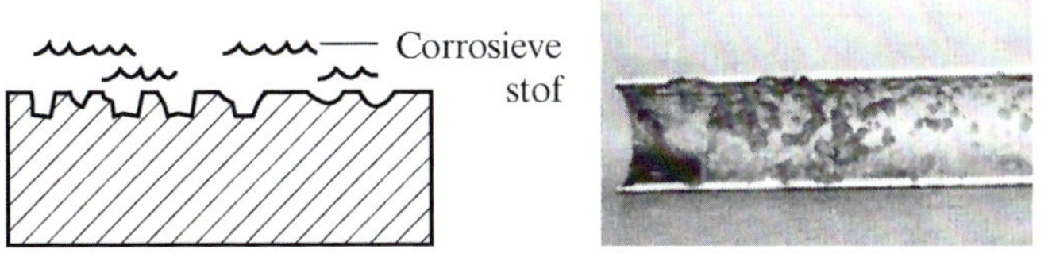

FIGUUR 6-10 Putcorrosie van koper in stilstaand water

Extra ionen van de corrosieve stof verplaatsen zich naar het gebied van de put en stimuleren het metaal om nog meer ionen te vormen. Het lijkt op een heel plaatselijk hyperactieve corrosiecel.

Het is gebruikelijk om bij corrosieve stoffen die vaak putcorrosie veroorzaken, het gebruik van metalen die vatbaar zijn voor deze vorm van corrosie te vermijden. Niet erg creatief misschien, maar het werkt wel. Austenitische roestvaste staalsoorten vertonen bijvoorbeeld putten in zout water. De meeste ontwerpers geven daarom de voorkeur aan koperlegeringen, brons en andere materialen die minder vatbaar zijn voor putcorrosie. Sommige ontwerpers gebruiken in zout water bepaalde koolstofstalen. De totale corrosiesnelheid daarvan is veel hoger dan bij roestvast staal, maar de manier van aantasting is gelijkmatiger dan bij putcorrosie, en perforatie is minder waarschijnlijk.

Spleetcorrosie

Spleetcorrosie (zie figuur 6-11) is een plaatselijke aantasting in een spleet tussen twee metaaloppervlakken of tussen een metaaloppervlak en een ander materiaal, zoals een plaatselijke materiaalafzetting. Spleetcorrosie treedt vaak op in slecht afgedichte pijpflenzen, en onder boutkoppen en aanzetstukken die in vloeistof ondergedompeld zijn. Algemeen wordt aangenomen dat de chemische samenstelling van de corrosieve stof in het stilstaande gebied van de spleet veranderingen ondergaat, bijvoorbeeld dat het zuurstofgehalte van de corrosieve stof in het stilstaande gebied van de spleet anders is dan daarbuiten, in de (bewegende) rest van de oplossing (zie figuur 6-12). Er kan versnelde corrosie ontstaan doordat er een oplossingsconcentratiecel ontstaat met het gebied in de spleet als anode, of doordat de oplossing in de spleet op zo'n manier van samenstelling verandert dat de oplossing als zodanig agressiever wordt. In spleten die ondergedompeld waren in zeewater is bijvoorbeeld een afname van de pH-waarde gemeten; het neutrale zeewater werd in de spleet zuur.

Net als putcorrosie kan spleetcorrosie zeer schadelijk zijn omdat de schade zo plaatselijk is. Roestvast staal en aluminium worden gemakkelijk aangetast door spleetcorrosie en stilstaande oplossingen.

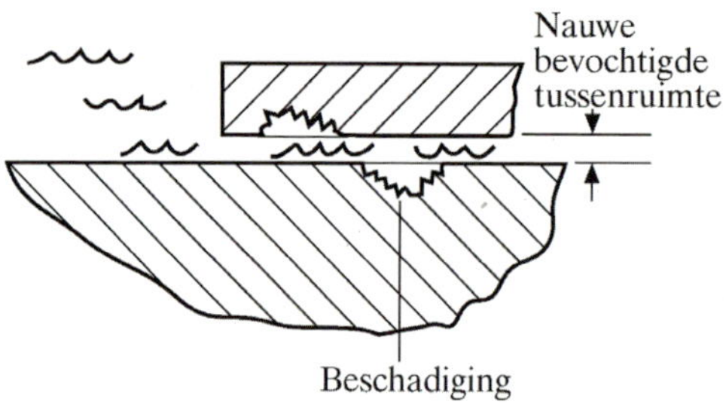

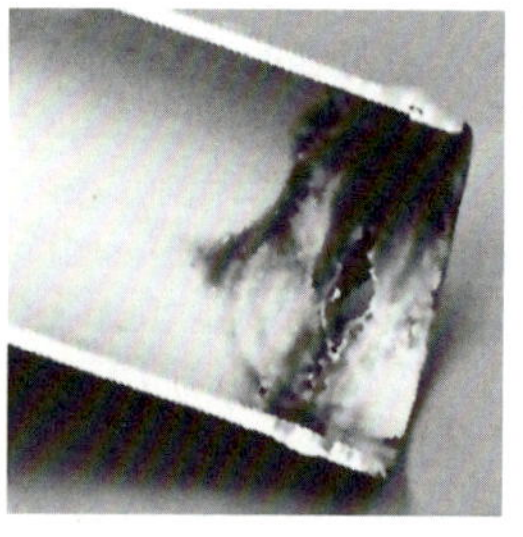

FIGUUR 6-11 Spleetcorrosie in een onvolledige pijplas

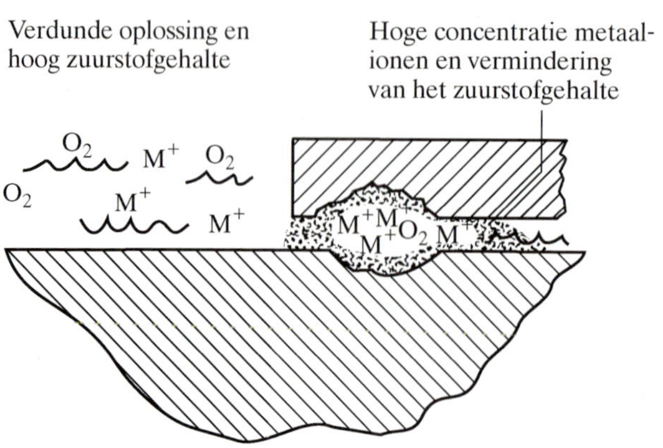

FIGUUR 6-12 Spleetcorrosie

Het gebruik van goede pakkingen is een mogelijke oplossing, met de nadruk op *goede*. Als er ook maar een klein beetje van een oplossing in de verbinding doordringt, zal er spleetcorrosie optreden. Gebruik dus geen pakkingen die de corrosieve stof kunnen absorberen. Vermijd nauwsluitende oppervlakteverbindingen zonder pakking en afzettingen op een oppervlak. Ook moet men constructies vrij van vuil en afzetting houden om plaatselijke spleetcorrosie te vermijden.

Een bijzondere vorm van spleetcorrosie is filiforme corrosie, die voorkomt onder organische coatings op metalen en die bestaat uit haardunne, golvende lijnen (zie figuur 6-13).

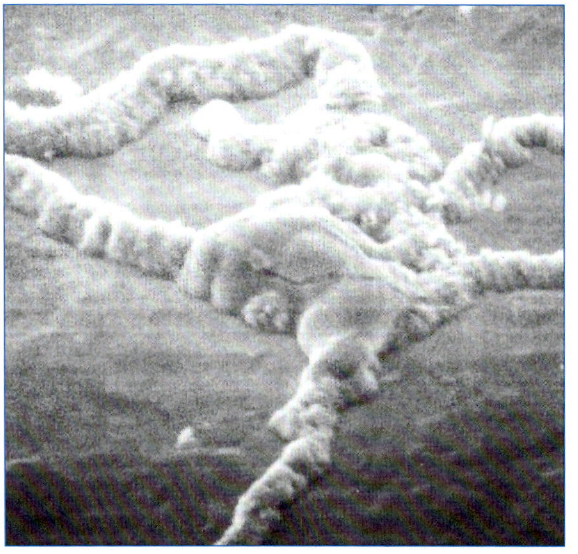

FIGUUR 6-13 Filiforme corrosie, een vorm van spleetcorrosie, op verchroomd staal. De aantasting bevindt zich onder de coating en plant zich voort als filamenten (scanning-elektronenmicroscoopfoto, ×1000)

Galvanische corrosie

Als twee ongelijksoortige metalen elektrisch verbonden zijn in een elektrolyt, dan ontstaat er een elektrochemische cel. Als de twee metalen voldoende van elkaar verschillen, zal het ene gaan fungeren als de anode en corroderen door galvanische celwerking (zie figuur 6-14). Dit is ook het geval als twee gelijksoortige metalen met een verschillende samenstelling elektrisch in oplossingen worden verbonden.

Met behulp van technieken die al genoemd zijn in onze bespreking van de elektrochemische aard van corrosie, kunnen metalen in een elektrolyt worden gerangschikt in een *spanningsreeks*. Tabel 6-2 is een spanningsreeks voor metalen in zeewater. Hoe verder twee metalen in deze reeks van elkaar staan, des te groter de corrosie zal zijn wanneer ze in zeewater verbonden worden. Magnesium en staal vormen een zeer slechte combinatie, waarbij magnesium het metaal is dat wordt aangetast. Monel en roestvast staal vertonen samen een te verwaarlozen activiteit. Let op: hoewel de elektrochemische reeks in tabel 6-1 en de spanningsreeks in tabel 6-2 een goede indicatie geven voor de neiging tot galvanische corrosie, kunnen de reeksen voor andere elektrolyten verschillen.

De andere factor waardoor galvanische corrosie bepaald wordt, is de relatieve grootte van de anode en de kathode. Als de anode klein is ten opzichte van de kathode, wordt de anode sterk aangetast. In het omgekeerde geval is de aantasting gering, ook al is het verschil in de spanningsreeks groot. Zo is bijvoorbeeld een aluminium bout in een staalplaat zeer vatbaar voor galvanische aantasting, omdat er een kleine anode (de aluminium bout) is en een grote kathode (de staalplaat). In de omgekeerde situatie, dus een stalen bout in een aluminium plaat, zou er geen merkbare aantasting optreden, omdat de anode dan groot is in vergelijking met de kathode.

Galvanische corrosie is gemakkelijk te voorkomen door geen verschillende metalen te verbinden in dezelfde elektrolyt. Als het combineren van metalen onvermijdelijk is, dan moet men de twee metalen

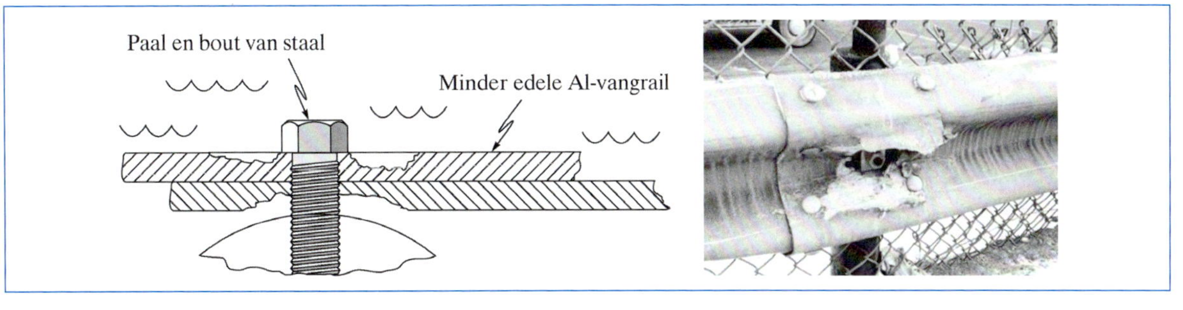

FIGUUR 6-14 Galvanische aantasting van een aluminium vangrail die met bouten aan een stalen paal bevestigd is

TABEL 6-2 Spanningsreeks voor enkele metalen in zeewater

↑	Magnesium en magnesiumlegeringen
	Zink
	Gegalvaniseerd staal
	Aluminium 5052
	Aluminiumlegeringen 3003, 1100, 6061, 356
Anodisch of het minst edel (actief)	Cadmium
	Laagkoolstofstaal
	Smeedijzer
	Gietijzer
	Type 410 roestvast staal (actief)
	Type 304 (actief)
	Type 316 (actief)
	Lood
	Tin
	Mangaanbrons (C 67000)
	Marinemessing (C 46400)
	Nikkel (actief)
	78% Ni, 13,5% Cr, 6% Fe (Inconel) (actief)
	Geel messing (C 36000)
	Admiraliteitsmessing (C 44300)
	Rood messing (C 23000)
	Koper
	Siliciumbrons (C 64700)
	5% Zn, 20% Ni, 75% Cu (C 73200)
	90% Cu, 10% Ni (C 70600)
	70% Cu, 30% Ni (C 71500)
	88% Cu, 2% Zn, 10% Sn (C 90500-gegoten)
	Nikkel (passief)
Kathodisch of het meest edel (passief)	78% Ni, 13.5% Cr, 6% Fe (Inconel) (gepassiveerd)
	70% Ni, 30% Cu
	Type 304 roestvast staal (gepassiveerd)
	Type 316 roestvast staal (gepassiveerd)
	Hastelloy C
	Titanium
	Goud
↓	Platina

Bron: F. L. LeQue, *Introduction to Corrosion*, National Association of Corrosion Engineers, Houston, TX, 1970, p. 27.

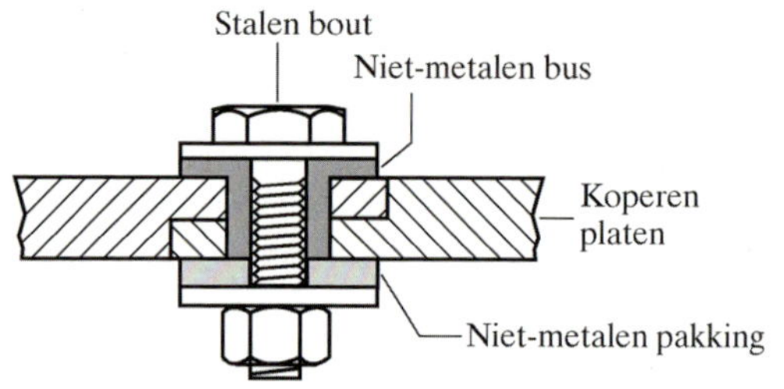

FIGUUR 6-15 Galvanische isolatie van een bout

elektrisch van elkaar isoleren, zodat er geen stroom van het ene naar het andere metaal kan lopen (zie figuur 6-15).

Spanningscorrosie

Scheurvorming door *spanningscorrosie* is een verraderlijke vorm van schade omdat ze vaak ontstaat in omgevingen waarin het materiaal als geheel weinig corrodeert, of in materialen met een hoge sterkte. Het onverwachte en tragische falen van stalen bruggen of vliegtuigen is vaak te herleiden tot spanningscorrosie, of de daaraan gerelateerde corrosievermoeiing, de combinatie van corrosie en wisselspanningen. Het mechanisme achter dit verschijnsel is soms vrij complex, maar wordt inmiddels goed begrepen voor vele legeringen. Het treedt op in veel aluminiumlegeringen, koperlegeringen, magnesiumlegeringen, koolstofstalen, roestvaste staalsoorten, titanium en andere metaallegeringen. Spanningscorrosie wordt sterk beïnvloed door de omstandigheden bij de warmtebehandeling en de spanning in het onderdeel. Hoge opgelegde spanningen of restspanningen verhogen de neiging tot scheuren als gevolg van spanningscorrosie. De corrosieve stoffen en de omgevingsomstandigheden die tot scheurvorming leiden, verschillen per metaalsysteem. Roestvaste staalsoorten zijn vatbaar voor scheurvorming bij hoge temperaturen (50 tot 60 °C) in chloorhoudende oplossingen, staalsoorten scheuren in loogoplossingen, aluminiumlegeringen in chloride oplossingen, koperlegeringen in een ammoniakatmosfeer en soms zelfs in neutraal water. Spanningscorrosie ontwikkelt zich geleidelijk en het duurt soms maanden voordat ze problemen veroorzaakt.

Gelukkig treedt deze vorm van corrosie alleen op wanneer de oppervlakken onder trekspanningen staan, vaak restspanningen. Een veelgebruikte remedie is dus het voorkomen van dergelijke spanningen. Spanningsarmgloeien is een hulpmiddel voor het verminderen van het restspanningsniveau. Het vermijden van scheurvorming door spanningscorrosie gebeurt meestal door het raadplegen van de beschikbare corrosiegegevens en vervolgens een materiaal te zoeken dat in de beoogde omgeving niet vatbaar is voor spanningscorrosie. Tabel 6-3 geeft enkele omgevingsomstandigheden die scheurvorming door spanningscorrosie veroorzaken in roestvast staal. Zuivere metalen zijn in het algemeen immuun voor spanningscorrosie.

TABEL 6-3 Waterige omgevingen die spanningscorrosie veroorzaken in roestvast staal

Materiaal	Klasse	Cl^-, zuur	Cl^-, neutraal	Cl^-, oxiderend	Br^-	I^-	OH^-	F^-	S^{2-}	S^{2-}/Cl^-	$S_4O_6^{2-}$	SO_3^{2-}	SO_4^{2-}	CrO_4^{2-}	NO_3^-	NH_3	Extra zuiver $H_2O + O_2$	Zeewater
405			1				1		4					1	5	1	1	x
18-2		4	1	4			3		1	1						1		x
26-1	Ferritisch	4	1	4			4		2				5	1	1	1		x
26-1S		4	1	4			4		2				5	1	1	1		x
29-4		1	1	1			4		2					1	1	1		4
430			1						1	1				1	1	1		x
434			1							3								
431		5	5	5			4	2	5				2	1	1	1		x
410		5	2		5	5	2	5	5	5				1	2	1	2	x
Ca-6NM	Martensitisch,		5						5	2								x
440 A, B, C	afgeschrikt en	5	5	5					5									x
PH15-7Mo	ontlaten of	5	4					1	5				5	1	1	1		x
17-4PH	precipitatie-	5	4					1	5	5			5	1	1	1		x
PH13-8Mo	gehard	5	4						5									x
17-7PH		5	5					1	5									x
Custom 450		4	1	4			4	2	2	2			2	1	1	1		x
Custom 455		4	1	4			4	2	2				2	1	1	1		x
202		5	5	5		1	4	1	2		3	3	1	1	1	1		x
216		5	5	5		1	4	1	2		3	3	1	1	1	1		x
216L		5	5	5		1	4	1	2		3, 4	3, 4	1	1	1	1		x
Nitronic 50		5	4	5		1	4	1	2		3	3	4	1	1	1	1	4
Nitronic 60		5	5	5		1	4	1	2		3	3	1	1	1	1		x
304		5	5	5		1	4		2	5	3	3	4	1	1	1	3	x
304L		5	5	5		1	4	1	2	5	3, 4	3, 4	4	1	1	1	3, 4	x
309S	Austenitisch	5	5	5		1	4	1	2		3	3	1	1	1	1	3	x
310S		5	5	5		1	4	1	2		3	3	1	1	1	1	3	x
316		5	5	5	4	1	4	1	2	5	3	3	1	1	1	1	3	x
316L		5	5	5			4		2		3, 4	3, 4	1	1	1	1	3, 4	x
317		5	5	5		1	4	1	2		3	3	1	1	1	1	3	x
317L		5	5	5		1	4	1	2		3, 4	3, 4	1	1	1	1	3	x
321		5	5	5		1	4	1	2	5	1	1	1	1	1	1	1	x
347		5	5	5		1	4	1	2	5	1	1	4	1	1	1	1	x
329		4	5	5		2	4	2					1	1	1	1		x
3RE60	Duplex	4	1	5			3		4	4			1	1	1	1	3	4
18-18-2		4	4	5		1	4	1					1	1	1	1		x

Code: 1 Resistent
2 Resistent tenzij koudvervormd of gehard
3 Resistent tenzij gesensitiseerd
4 Resistent behalve bij hoge temperaturen en hoge concentraties
5 Niet resistent
x Niet aanbevolen voor deze omgeving

Bron: *Chemical Engineering*, met toestemming overgenomen.

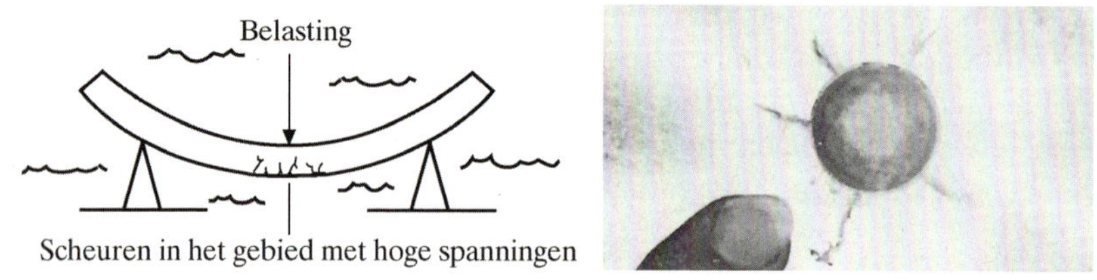

FIGUUR 6-16 Scheurvorming door spanningscorrosie in roestvast staal

Interkristallijne aantasting

Interkristallijne aantasting treedt vooral op bij de korrelgrenzen in metalen (zie figuur 6-17). De oorzaak van dit soort corrosie is vaak segregatie van legeringselementen bij de korrelgrenzen. Korrelgrenzen hebben een enigszins hogere energie dan de korrels (als gevolg van een wanordelijke rangschikking van de atomen) en in gelijkmatige corrosie werken ze ten opzichte van de korrels als een anode, maar slechts in geringe mate. Na bewerking van een legering kunnen de korrelgrenzen een andere chemische samenstelling hebben dan de korrels en kan er interkristallijne aantasting ontstaan.

Het meest voorkomende voorbeeld van interkristallijne aantasting is *sensitisatie* van roestvast staal. Bij de verwarming van austenitisch roestvast staal tot een temperatuur tussen ongeveer 400 en 850°C ontstaan er chroomcarbiden in de korrelgrenzen. De carbiden worden gevormd uit de koolstof en het chroom, die beide in de legering in vaste oplossing verkeren. Chroom in roestvast staal zorgt voor de beschermende chroomoxidepassieflaag die kenmerkend is voor dat materiaal. Wanneer er chroom uit de matrix diffundeert en carbiden vormt, wordt het matrixmateriaal bij de korrelgrens zo arm aan chroom dat het in essentie een laaggelegeerd staal wordt. In veel omgevingen worden de chroomarme korrelgrenzen gemakkelijk aangetast.

De meest voorkomende oorzaak van sensitisatie in roestvast staal is lassen. In de directe omgeving van de lasafzetting, de zogenaamde warmtebeïnvloede zone, krijgt het metaal een temperatuur waarbij sensitisatie kan optreden. Na het lassen kan men een warmtebehandeling toepassen om de carbiden weer in oplossing te brengen, maar dit is niet altijd praktisch. Een andere manier is het gebruik van gemodificeerde staalsoorten. Er zijn koolstofarme soorten van roestvast staal, de L-versies, verkrijgbaar die niet vatbaar zijn voor sensitisatie vanwege het feit dat het koolstofgehalte te laag is om chroomcarbiden te kunnen vormen. Een andere aanpak is het gebruik van *gestabiliseerde legeringen.* Aan het staal worden dan elementen als titanium en niobium toegevoegd die de koolstofatomen binden en zodoende chroomverarming voorkomen.

Interkristallijne aantasting treedt ook op in sommige aluminiumlegeringen met hoge sterkte, en in sommige koperlegeringen. Het is een bijzonder ondermijnende vorm van corrosie, want in ver voortgeschreden gevallen kunnen de korrelgrenzen in dikke segmenten geheel worden weggecorrodeerd, waarna er een zwak, sponsachtig metaal overblijft. De Amerikaanse standaard ASTM A 262 beschrijft ontvankelijkheidsproeven voor interkristallijne aantasting.

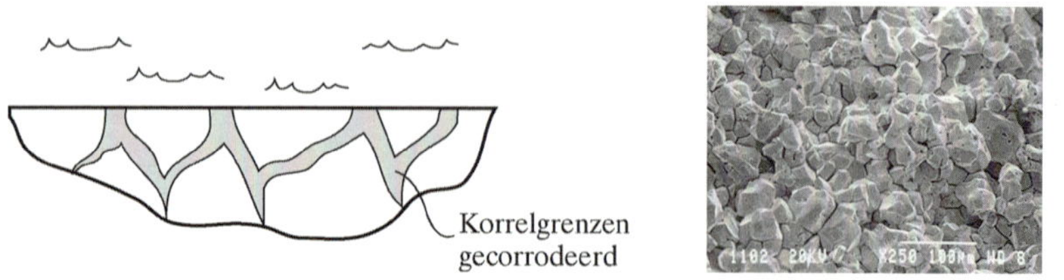

FIGUUR 6-17 Scanning-elektronenmicroscoopfoto van interkristallijne aantasting aan het oppervlak van gesensibiliseerd austenitisch roestvast staal. Een verkeerde warmtebehandeling is de oorzaak van de sensitisatie. Let op de spleten tussen de korrelgrenzen. De corrosieve stof heeft het materiaal in de directe omgeving van de korrelgrenzen opgelost, waardoor de korrels uit het oppervlak wegvallen

Selectieve corrosie

Dit is een corrosieproces waarbij een bestanddeel van een metaallegering selectief uit de legering wordt verwijderd, zodat er een gewijzigde microstructuur overblijft (zie figuur 6-18). Een aantal legeringen is vatbaar voor dit proces, maar men ziet het meestal bij geel messing. Zink wordt uit messing gehaald in een proces dat men *ontzinking* noemt. Het gevolg is vaak mechanisch falen, omdat het na de *selectieve corrosie* resterende metaal sponsachtig en zwak is, net als bij interkristallijne aantasting. Een theorie betreffende het mechanisme van ontzinking is dat het messing oplost en het koper door een plateerproces in het oppervlak terugkeert. De zinkionen blijven in oplossing en worden weggevoerd.

Andere voorbeelden van selectieve corrosie zijn de selectieve uitloging van aluminium uit aluminiumbrons, de selectieve uitloging van nikkel uit nikkelkoperlegeringen en *grafitisatie*, het oplossen van het ijzer in grijs gietijzer, waarbij dus alleen grafiet overblijft. Het aluminiumbronsprobleem wordt opgelost door ongeveer 4 procent nikkel aan de legering toe te voegen. De selectieve uitloging van nikkel kan worden bestreden door het kiezen van de juiste omgevingsomstandigheden en oplossingssnelheid.

Grafitisatie is uiterst moeilijk te beheersen. Het is waarschijnlijk de kostbaarste vorm van selectieve corrosie. De meeste grote ondergrondse waterleidingen, ook voor bluswater, zijn gemaakt van grijs ijzer en werden geacht 30 tot 100 jaar mee te gaan. Over de jaren heen is veel boven zulke leidingen gebouwd, dus wanneer een van deze pijpleidingen defect raakt, bijvoorbeeld onder een snelweg, zijn de reparatiekosten behoorlijk hoog. Grafitisatie treedt op in corrosieve grondsoorten, in een grindbed, en in met industrieel afval verontreinigde grond. De oplossing voor grafitisatie is het gebruik van pijpleidingen van austenitisch, met nikkel gelegeerd gietijzer, maar dit is meestal te duur voor een gemeentelijk waterleidingbedrijf. Nog steeds worden de hoofdwaterleidingen gemaakt van grijs gietijzer, maar bij de aanleg van nieuwe pijpleidingen in corrosieve omgevingen worden de leidingen met polyethyleenfolie omwikkeld voordat ze worden aangelegd.

In het algemeen is de oplossing voor selectieve corrosie het vermijden van omgevingen die deze vorm van aantasting veroorzaken of het gebruik van minder vatbare legeringen. Ontzinking kan worden voorkomen door in warmwatersystemen geen geel messing te gebruiken. Koperlegeringen met minstens 85 procent koper zijn immuun voor selectieve corrosie. Inmiddels worden vaker kunststof en kunststofcomposieten voor ondergrondse pijpleidingen gebruikt.

Erosie-corrosie

In hoofdstuk 5 hebben we een aantal soorten van erosie als vorm van slijtage gedefinieerd, onder andere druppelslagerosie, vloeistoferosie, sliberosie en cavitatie. Veel materialen lijden echter ook onder de combinatie van erosie en corrosie, vaak erosie-corrosie genoemd (zie figuur 6-25). Hieronder bekijken we de genoemde vormen van erosie met het oog op die combinatie.

Druppelslagerosie

Dit is materiaalverwijdering als gevolg van de werking van een inslaande stroom druppels of fluïdum. Het hoeft niet per se te gaan om een vloeistof; stoom of andere 'gassen' kunnen dit effect ook veroorzaken. Het mechanisme voor de verwijdering van het materiaal verwijdert in sommige metalen de beschermende (passiverende) films, en veroorzaakt

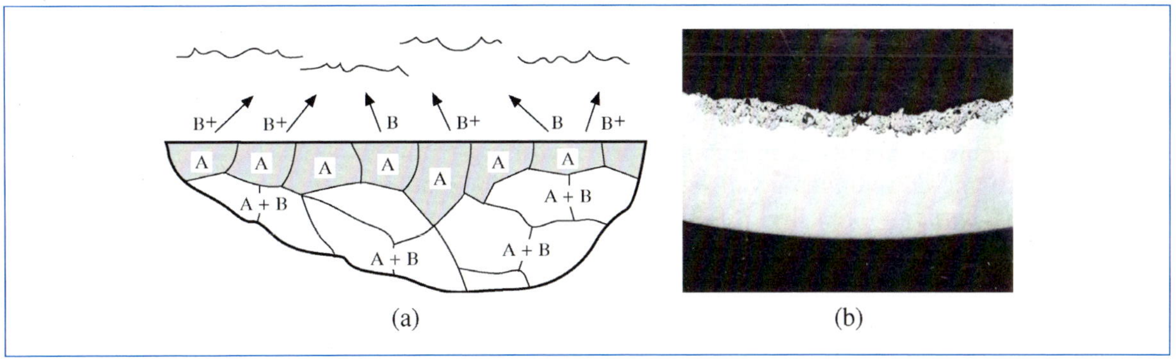

FIGUUR 6-18 (a) Selectieve corrosie in de vorm van ontzinking van een messing onderdeel. Er wordt zink verwijderd uit het oppervlak, waardoor er zwak koper overblijft; (b) Dwarsdoorsnede

daardoor versnelde corrosie. De aantasting kan voorkomen worden door absorberende schotten, ontworpen om de inslagwerking tegen te gaan.

Vloeistoferosie

Deze vorm van corrosie lijkt op druppelslagerosie, maar in dit geval beweegt de vloeistof evenwijdig aan het oppervlak. In metalen bestaat het mechanisme uit verwijdering van films of metaal door mechanische werking in combinatie met corrosie van het actieve metaal. Vloeistoferosie wordt vaak gekenmerkt door groeven of golven in het metaaloppervlak. De beste remedie tegen vloeistoferosie is het verlagen van de snelheid van de vloeistof. De meeste metalen hebben een bepaalde tolerantie voor vloeistofsnelheden, dus is het mogelijk om de vloeistoferosie zo klein mogelijk te houden door het gebruik van metalen die hoge vloeistofsnelheden kunnen verdragen, zoals 316 roestvast staal, titanium en sommige soorten aluminiumbrons. Bij het ontwerpen van leidingsystemen kan men ook proberen scherpe bochten te vermijden.

Sliberosie

Dit is materiaalverwijdering als gevolg van de gecombineerde werking van corrosie en slijtage. De bron van de slijtage, die ook de corrosie versnelt, bestaat uit in een slib verspreide abrasieve deeltjes. Hetzelfde mechanisme als bij druppel- en vloeistoferosie speelt ook hier een hoofdrol, maar door de aanwezigheid van abrasieve deeltjes is de verwijdering van metaal en beschermende films nog sterker. Er zijn zeer weinig metalen waarvan de beschermende laag sterk genoeg is om bestand te zijn tegen de erosiewerking van slib met siliciumdioxide, aluminiumoxide en andere harde verbindingen. Zoals hierboven vermeld kan men echter door slim te ontwerpen vele gevoelige plekken in een leidingsysteem vermijden.

De belangrijkste materialen voor het omgaan met abrasief slib zijn keramische materialen en elastomeren. Keramische materialen zijn vaak immuun voor chemische aantasting en kunnen hard genoeg zijn om de werking van abrasieve verbindingen te weerstaan. Elastomeren veranderen van vorm om de werking van scherpe abrasieve deeltjes het hoofd te bieden; zodoende hebben ze meestal een goede slijtweerstand. Er zijn pompen met een binnenbekleding van keramisch materiaal of elastomeer in de handel. Voor sommige soorten slib kunnen kunststof pijpen geschikt zijn. Corrosie is daarbij geen factor, maar de kunststoffen kunnen wel eroderen vanwege de mechanische werking van de deeltjes.

Cavitatie

Cavitatie is materiaalverwijdering door de werking van imploderende gasbellen. Materialen die bestand zijn tegen cavitatie hebben taaie passiverende films, een grote hardheid en een hoge sterkte. Helaas zijn er niet veel metalen met deze eigenschappen. Titanium en corrosiebestendige kobaltlegeringen lijken in een groot aantal omgevingen de beste weerstand tegen cavitatie te bieden. Een voorbeeld van cavitatieschade vindt men bij slecht ontworpen scheepsschroeven.

Oxidatie en corrosie bij hoge temperaturen

De meeste metalen die worden gebruikt bij hoge temperaturen, zoals in ovens, oxideren en gaan op den duur achteruit. Vaak is dit type corrosie elektrochemisch van aard, waarbij de elektrolyt een metaaloxide of metaalsulfide is. De oxidelaag geleidt metaalionen die afkomstig zijn van het metaaloppervlak. De metaalionen combineren met de zuurstofkationen die aan het grensvlak tussen de oxidelaag en de zuurstof worden gevormd, wat een metaaloxide oplevert. Om deze reden bieden oxidelagen in een ovenatmosfeer geen bescherming. Ze worden steeds dikker of ze bladderen af, waardoor de onderdelen dunner worden.

Microbiologisch geïnduceerde corrosie (MIC)

Microbiologisch geïnduceerde corrosie is geen aparte vorm van corrosie. Bij MIC worden bekende vormen van corrosie, zoals sulfidatie, bevorderd door de aanwezigheid en de groei van levende organismen, zoals algen, schimmels en bacteriën. Deze vorm van corrosie komt het meest voor in de grond en in koelwatersystemen waarin het water vaak stilstaat. Het gebruik van biociden is de gebruikelijke remedie, maar dit is niet altijd gewenst. Koperlegeringen zijn voor vele levende organismen giftig en bieden dus een mogelijke oplossing.

Samenvatting

We hebben zo de nadruk gelegd op de verschillende corrosiesoorten, omdat de ontwerper zich bewust moet zijn van de soorten situaties die tot corrosie kunnen leiden. De ontwerper moet weten dat spleten een abnormaal hoge corrosiesnelheid in toevoerwater kunnen veroorzaken, dat geringe concentraties chloor kunnen leiden tot spanningscorrosie in roestvast staal, dat het combineren van ongelijksoortige metalen de oorzaak van galvanische aantasting kan zijn enzovoort. De ontwerper kan dergelijke problemen vermijden door er in het ontwerp rekening mee te houden. Dit soort kennis is ook van

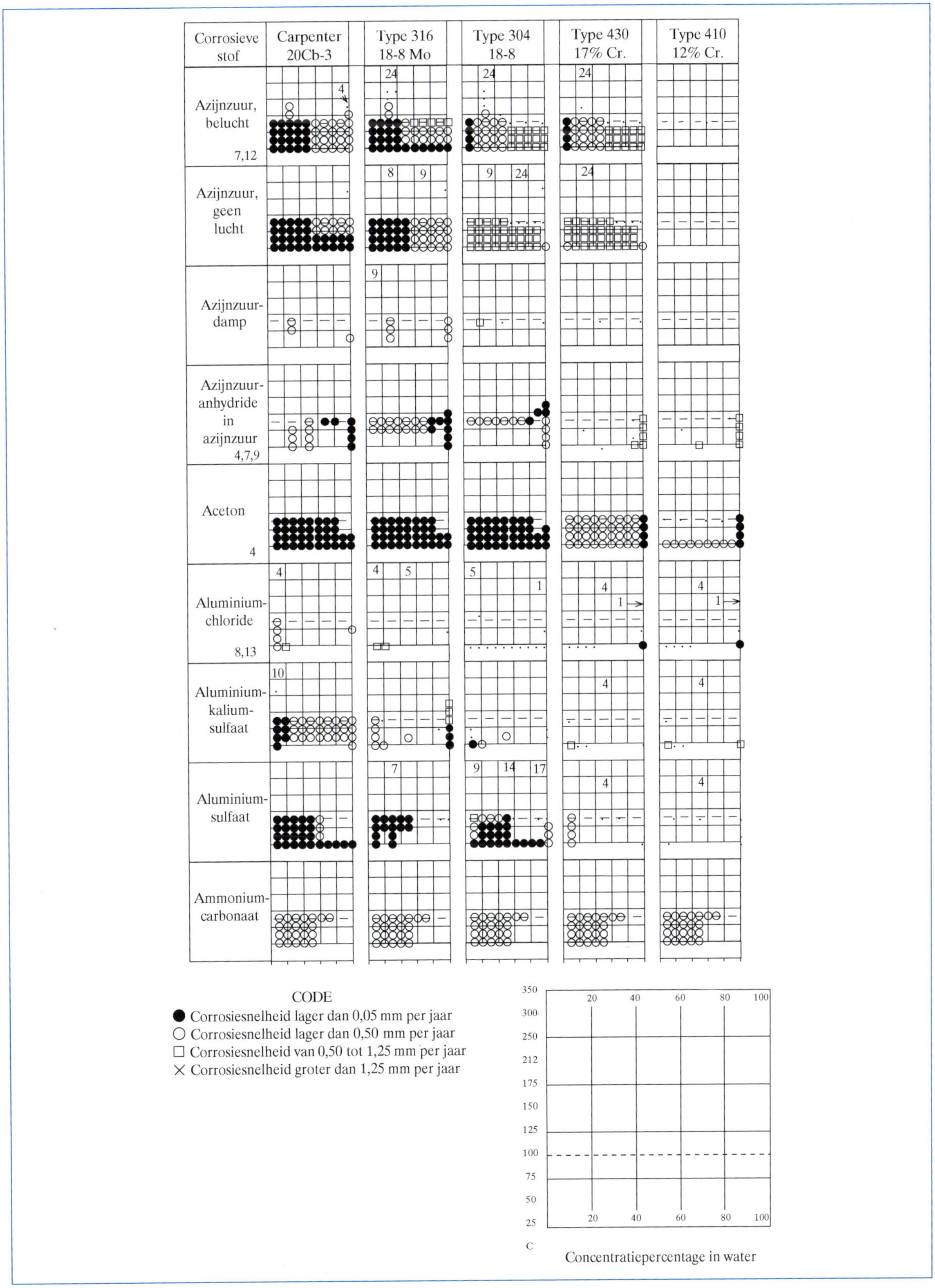

FIGUUR 6-19 Typische corrosiegegevens

Bron: Overgenomen met toestemming van de National Association of Corrosion Engineers, © NACE International 2008.

belang wanneer een onderdeel als gevolg van corrosie tijdens het gebruik bezwijkt en er een oplossing moet worden gevonden.

6.4 Bepalen van corrosie-eigenschappen

Voor de keuze van materialen voor toepassingen in corrosieve omgevingen is het niet nodig om iedere keer een corrosietest uit te voeren. Er zijn uitgebreide gegevens over de corrosie-eigenschappen van allerlei soorten materialen in allerlei soorten omgevingen beschikbaar. Figuur 6-19 is een typisch voorbeeld van een tabel met corrosiegegevens. Zulke gegevens zijn tegenwoordig ook te vinden in computerdatabases. Om deze gegevens te kunnen gebruiken moet de ontwerper wel weten wat de chemische aard, de concentratie en de temperatuur van de corrosieve omgeving zijn. Andere relevante informatie, zoals de beluchting en de spanningstoestand, kan daarnaast van pas komen. Uit de corrosiegegevens kan de reactie van diverse metalen op een specifieke omgeving worden afgeleid. We nemen als voorbeeld azijnzuur. De zwarte cirkels geven lage corrosiesnelheden aan. We zien dat de vermelde metalen alleen lage corrosiesnelheden hebben onder een beperkt aantal bedrijfsomstandigheden.

Voor gelijkmatige corrosie is het gebruikelijk om de corrosiesnelheden aan te geven in eenheden van materiaalverwijdering van het oppervlak of penetratie per tijdseenheid, bijvoorbeeld in millimeters per jaar (mm/j), micrometers per jaar (μm/j), milligrammen per vierkante decimeter per dag (mdd) of, in de VS, in inches per jaar (ipy) of mils per jaar (mpy). De eenheid penetratie per tijdseenheid kan bijzonder nuttig zijn om de levensduur van een onderdeel te bepalen.

Als eenmaal vastgesteld is dat een vat een corrosiesnelheid heeft van 1 millimeter per jaar, de wanddikte 10 millimeter is en de minimale wanddikte die nodig is voor de bedrijfsspanningen 5 millimeter, dan betekent dit dat de levensduur van het vat 5 jaar is. Het is gebruikelijk om de wanddikte van opslagtanks elk jaar te meten met behulp van een ultrasone diktemeter, zodat de voorspelling van de corrosiesnelheid nog een keer gecontroleerd kan worden. Bedenk wel dat de gegevens voor gelijkmatige corrosie niets zeggen over plaatselijke corrosievormen zoals put- en spleetcorrosie. Men moet daarvoor gericht zoeken naar gegevens voor specifieke omgevingen en spanningstoestanden.

Als de bestaande corrosiegegevens niet van toepassing zijn op een specifiek materiaal en een bepaalde omgeving, zijn laboratoriumcorrosieproeven wellicht gerechtvaardigd. Kleine concentraties van verontreinigingen (die wellicht niet opgenomen zijn in de gegevens in handboeken) kunnen bijvoorbeeld op dramatische wijze de corrosiesnelheid van een metaal in een bepaalde omgeving wijzigen. Veel van de bestaande gegevens zijn verkregen door middel van betrekkelijk eenvoudige onderdompelingsproeven, zoals te zien is in de figuren 6-20 en 6-21. Onderdompeling in een beker is de meest gebruikte proef voor gelijkmatige corrosie en putcorrosie. De vatbaarheid voor galvanische aantasting kan worden gemeten met behulp van elektronische instrumenten die de corrosiepotentiaal en de corrosiestroom meten. De vatbaarheid voor spleetcorrosie kan eenvoudig gemeten worden door een elastiekje om een proefmonster te doen en het geheel in de corrosieve omgeving onder te dompelen. Het elastiek simuleert een spleet. Er bestaan talrijke proeven voor spanningscorrosie en een trekspanning in het proefmonster kan op allerlei manieren worden opgelegd. De laatste proef in figuur 6-21 is een methode voor het vaststellen van het effect van vloeistofsnelheid op corrosie. Sliberosie kan worden bepaald door abrasieve deeltjes aan de vloeistof toe te voegen.

Veel van bovengenoemde laboratoriumproeven hebben het bezwaar dat het weken, maanden of zelfs jaren kan duren voordat men de gewenste gegevens over de corrosiesnelheid in handen heeft. Voor vele toepassingen met hoge veiligheidseisen zijn ze bovendien niet geschikt. Dit geldt in het bijzonder voor roestvast staal en andere corrosiebestendige materialen.

FIGUUR 6-20 Onderdompelingsproeven voor het meten van corrosie

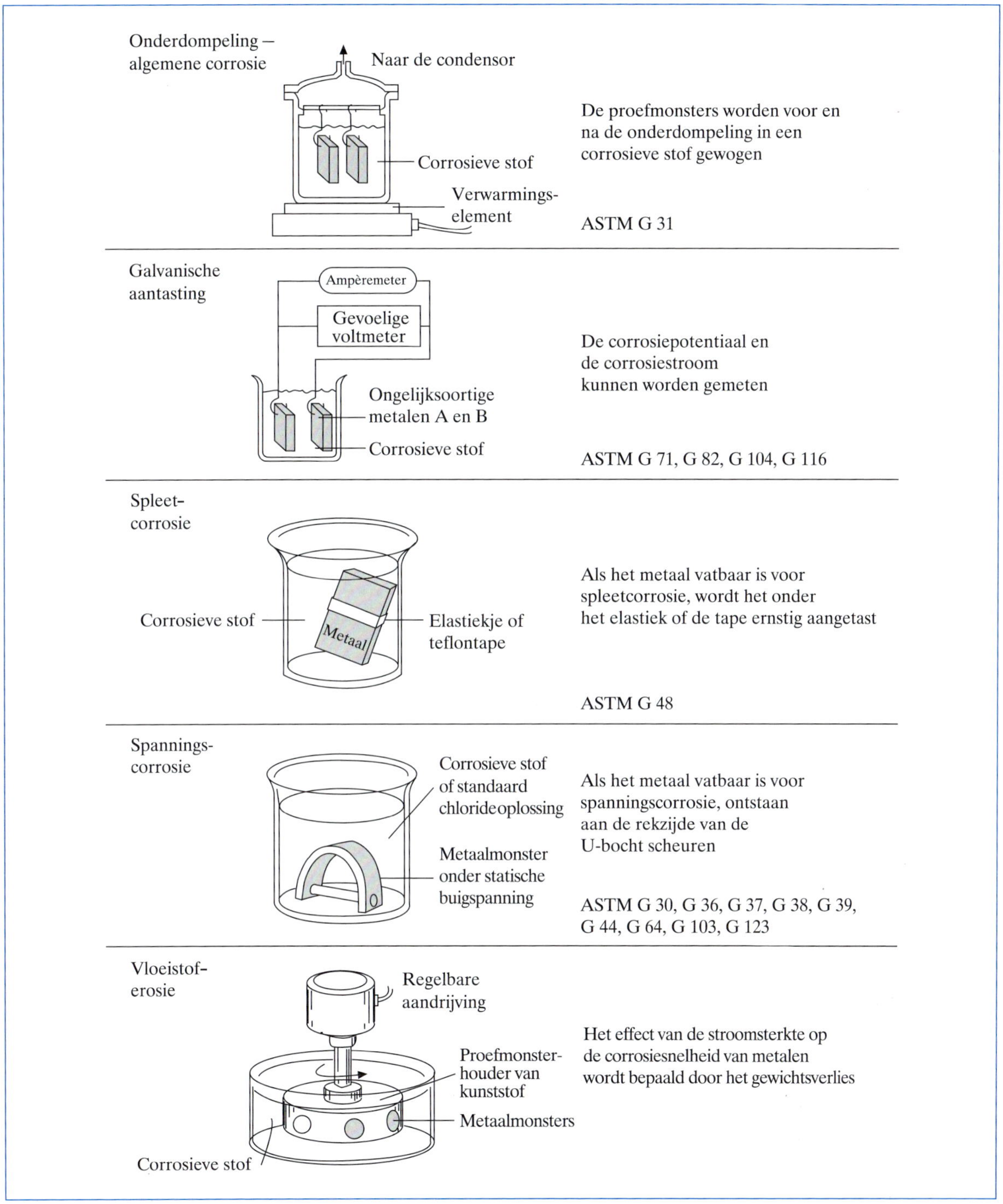

FIGUUR 6-21 Laboratoriumproeven voor het meten van corrosie

Omdat de meeste vormen van corrosie elektrochemisch van aard zijn, kunnen voor het bepalen en voorspellen van corrosiegedrag elektrochemische technieken worden gebruikt. Corrosieprocessen kunnen worden gesimuleerd en bestudeerd door gebruik van een speciale elektrochemische cel. Dit soort proeven wordt *polarisatieonderzoek* genoemd. Links boven in figuur 6-22 is een schema te zien van een polarisatieopstelling en het soort gegevens dat met anodische polarisatie verkregen wordt. Deze technieken worden gedetailleerd beschreven in de Amerikaanse standaarden ASTM G 5 en G 61.

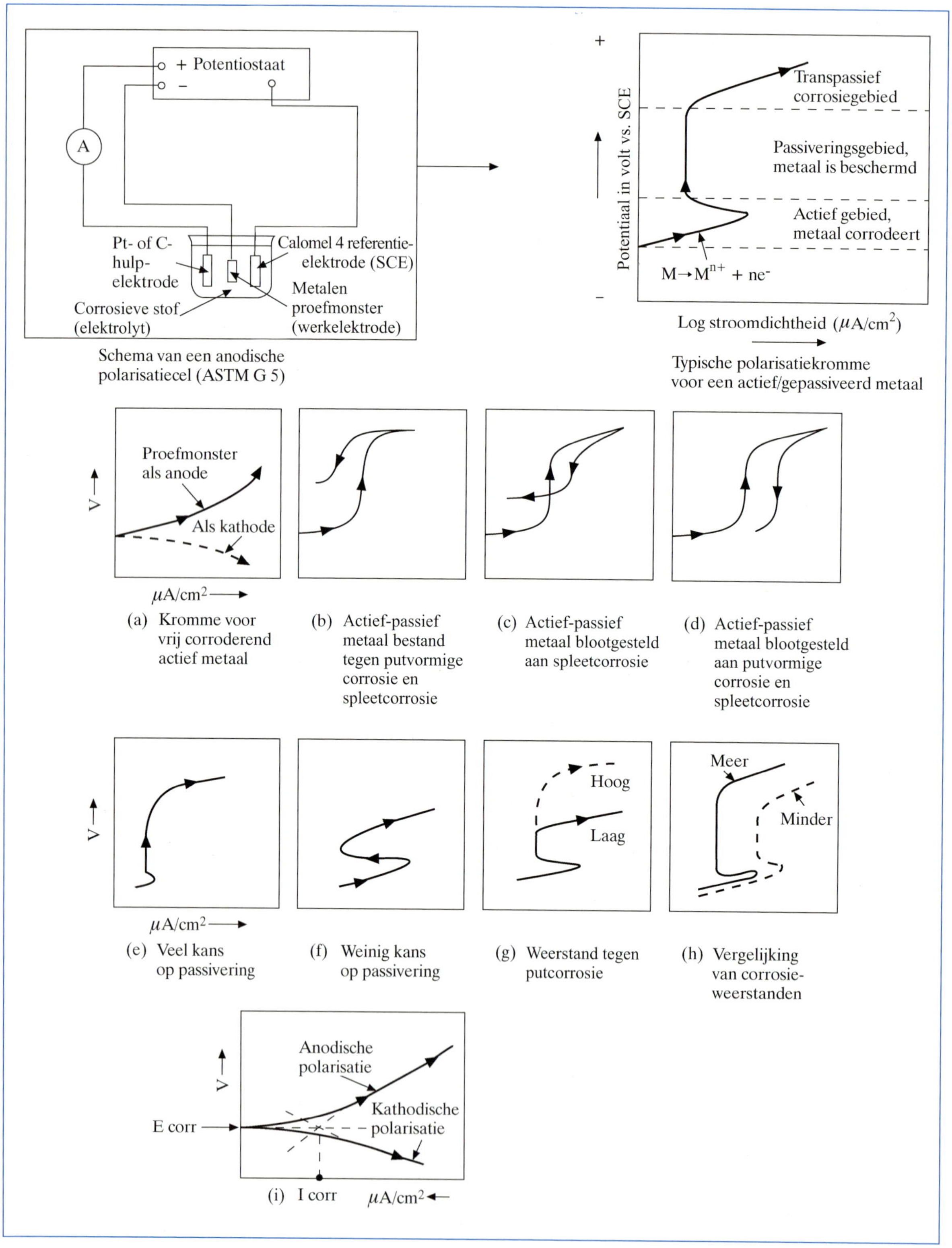

FIGUUR 6-22 Schematisch overzicht van een potentiostatische polarisatieopstelling. De figuren (a) tot (i) zijn voorbeelden van de te verkrijgen krommen en hun interpretatie

Het metalen monster – de zogenaamde werkelektrode – wordt samen met een zogenaamde tegenelektrode – meestal een edelmetaal zoals platinum – in een elektrolyt (de omgeving) ondergedompeld. De werkelektrode is waar de anodische reactie (corrosie) plaatsvindt, en de tegenelektrode is waar de kathodische reactie plaatsvindt. De elektroden worden verbonden met een potentiostaat, een instrument dat de corrosiepotentiaal (het voltage) of de corrosiesnelheid (stroom) kan meten.

Men kan echter ook de corrosiereacties bestuderen met de potentiostaat door een bepaalde potentiaal of een bepaalde stroom op het monster te leggen. De polarisatie drijft de oxidatie- of reductiereactie van het metaal aan door middel van een aangelegde potentiaal ten opzichte van een referentie-elektrode. Twee veelvoorkomende referentie-elektroden zijn kalomel (SCE, *standaard calomel elektrode*) en platina-waterstofgas. Het proefmonster wordt geacht gepolariseerd te zijn als de potentiaal van het monster bij het aanleggen van een stroom verandert. Als de potentiaal positief is ten opzichte van de corrosiepotentiaal, is het monster anodisch gepolariseerd en zien we een oxidatiereactie aan het oppervlak van het monster. Het aanleggen van een stroom die de potentiaal negatief maakt ten opzichte van de corrosiepotentiaal, polariseert het monsteroppervlak kathodisch, waardoor de reductiereactie wordt opgewekt en het monster beschermd is. De lineaire gedeelten van deze krommen kunnen worden geëxtrapoleerd om de corrosiestroom vast te stellen, die op zijn beurt omgezet kan worden in een corrosiesnelheid (zie figuur 6-22(i)).

Er zijn twee belangrijke methoden voor het bestuderen van corrosie-eigenschappen: (1) De corrosiestroom wordt over enkele decaden gevarieerd, en de potentiaal van het monster ten opzichte van een referentie-elektrode wordt continu geregistreerd: dit is *potentiostatische polarisatie*. (2) De potentiaal ten opzichte van de referentie-elektrode wordt over een vooraf bepaald bereik gevarieerd, en de corrosiestroom wordt continu geregistreerd: dit is *potentiodynamische polarisatie*. Beide methoden produceren krommen waaruit conclusies kunnen worden getrokken over de corrosiefactoren die in figuur 6-22 worden vermeld.

Waar het in deze bespreking om gaat is dat de materiaalgebruiker gepubliceerde gegevens over corrosie-eigenschappen moet raadplegen als hulpmiddel bij de materiaalkeuze. Als er geen goede gegevens beschikbaar zijn, kan men een eenvoudige test uitvoeren. Waar hoge eisen aan corrosiebestendigheid worden gesteld kan men met elektrochemische polarisatietechnieken allerlei eigenschappen bepalen, bijvoorbeeld de corrosiesnelheid van een metaal in een bepaalde oplossing, de invloed van de temperatuur op corrosieprocessen, de kinetische eigenschappen of het mechanisme van een corrosieproces, de passivering van een metaal in een oplossing, en zelfs de elektrische parameters die nodig zijn om een metaal in een bepaalde omgeving tegen corrosie te beschermen.

6.5 Corrosiewering

Als men geen geschikt materiaal kan vinden voor een bepaalde corrosieve omgeving en toepassing, vanwege eisen aan mechanische eigenschappen, kosten enzovoort, moet men zoeken naar oplossingen zoals corrosiewering, coatings (deklagen) en oppervlaktebehandeling, monitoring, beheersing en verandering van het ontwerp. In figuur 6-23 zijn een aantal methoden voor corrosiewering weergegeven.

In deze paragraaf bespreken we de algemene principes van de corrosiewering die gelden voor veel metaalsystemen. Corrosie-informatie over specifieke metalen geven we in de hoofdstukken over die materialen.

Coatings en oppervlaktebehandeling

De eenvoudigste coating voor corrosiewering is een conversiecoating. Het te beschermen onderdeel wordt daarbij ondergedompeld in een chemische oplossing zoals een fosfaat- of chromaatbad, of de oplossing kan op het onderdeel gesproeid worden. De oplossing reageert vervolgens met het metaal en vormt een corrosiewerende laag. Zulke lagen zijn meestal alleen geschikt tegen atmosferische corrosie. Vele van zulke lagen dienen eigenlijk als tussenlaag voor andere coatings. Polymeercoatings zijn alleen effectief tegen corrosie als ze dik (ongeveer 1 millimeter) zijn, geen gaatjes bevatten en niet met de beoogde omgeving reageren. Dit geldt ook voor coatings uit keramiek of bepaalde glassoorten. Coatings gaan niet oneindig mee en moeten gecontroleerd en goed onderhouden worden. Waar nodig moeten ze worden vervangen. Plateren met metaal wordt ook wel gedaan bij wijze van corrosiewering, maar dit is bijzonder riskant. Metalen deklagen zijn namelijk nooit geheel vrij van scheurtjes of gaatjes. Ze werken vaak goed tegen atmosferische corrosie, maar bij gebruik in chemicaliën moet men voorzichtig zijn.

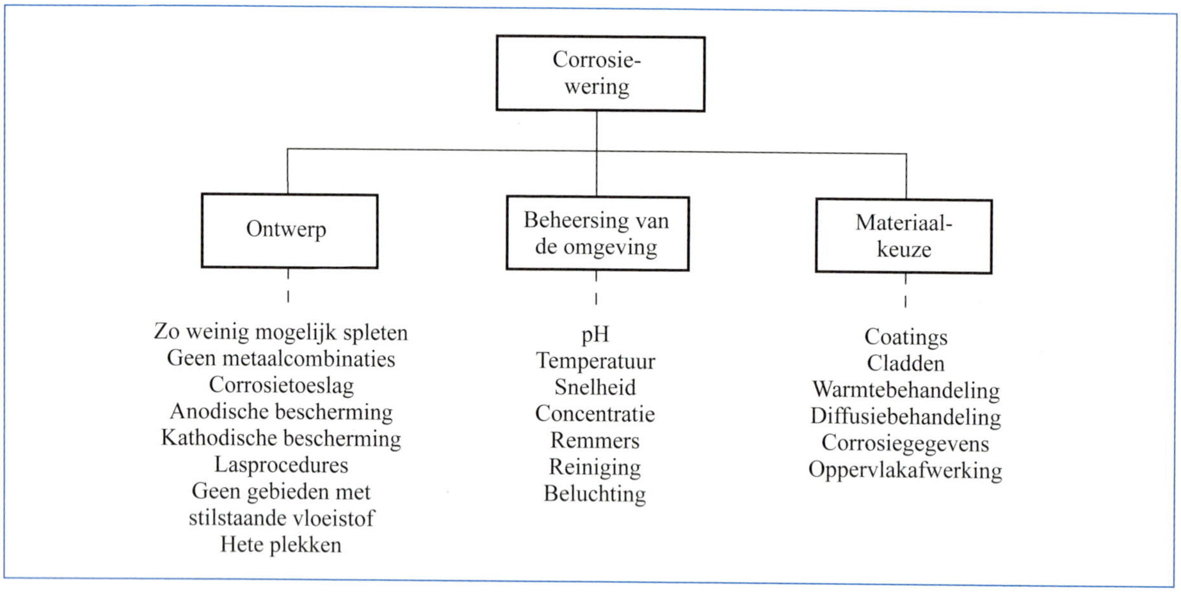

FIGUUR 6-23 Methoden voor corrosiewering

Metaalcoatings die anodisch zijn ten opzichte van het substraat, zoals zinken deklagen, zijn zeer effectief voor het beheersen van atmosferische corrosie, omdat eventuele gaatjes geen effect hebben.

Soms kunnen diffusiebehandelingen worden gebruikt om corrosieweerstand te verkrijgen. Verchromen is een effectieve manier om de corrosieweerstand van staal te verbeteren. Het is bekend dat nitreren helpt om het roesten van staal aan de atmosfeer te voorkomen. Aan de andere kant vermindert nitreren van roestvast staal de chemische bestendigheid.

In sommige gevallen kan de corrosieweerstand verbeterd worden met warmtebehandelingen. Roestvast staal dat als gevolg van bijvoorbeeld een lasbewerking gesensitiseerd is, keert weer terug naar een ongesensitiseerde toestand door middel van oplosgloeien en afschrikken in water. De heterogeniteit van gietstukken kan ook van invloed zijn op de corrosieweerstand. Sommige gietlegeringen moeten worden gegloeid of genormaliseerd voordat ze worden gebruikt in corroderende omgevingen.

Wanneer je metallische coatings gebruikt voor corrosiebescherming, probeer dan een metaal te gebruiken dat anodisch is ten opzichte van het substraat, zodat er in gaatjes en krassen geen putcorrosie optreedt. Niet-metallische coatings moeten op gaatjes worden gecontroleerd met behulp van geleidende oplossingen en een elektrische doorslagproef. Dunne coatings (minder dan ongeveer 125 μm) bieden nooit een langdurige bescherming tegen corrosie. Dikke coatings (dikker dan 2,5 millimeter) worden vaak op gaatjes gecontroleerd met behulp van een vonktest.

Nog een laatste opmerking over de materialen: de oppervlakteafwerking moet worden gecontroleerd. Er bestaat weinig documentatie over de invloed van de oppervlakteruwheid op de corrosiesnelheid, maar bestaande laboratorium- en praktijkgegevens en ervaring leren dat de investering die nodig is voor het polijsten van tankwanden tot een ruwheid van 0,5 tot 1 μm kan lonen. Een oppervlak met een lage ruwheid is gemakkelijker te reinigen, wat aantasting door afzettingen en vuil, oftewel spleetcorrosie, voorkomt.

Beheersing van de omgeving

De betekenis van factoren als temperatuur, snelheid en oplossingsconcentratie is nu wel duidelijk. Er zijn ook minder vanzelfsprekende factoren in het proces die moeten worden bekeken. Het is bijvoorbeeld vaak nodig om roestvast staal te gebruiken voor het vervoeren van iets schijnbaar onschuldigs als gedestilleerd water. Het is bekend dat opgeloste gassen de pH van gedestilleerd water tot 2 of 3 kunnen verlagen. Chlorideconcentraties van slechts enkele parts per million kunnen spanningscorrosiescheuren in roestvast staal veroorzaken. Er zijn tanks voor organische oplosmiddelen bezweken als gevolg van corrosie. Hoe is dat mogelijk als de meeste organische oplosmiddelen geen enkel effect hebben op staal? Gechloreerde oplosmiddelen bevatten soms een klein beetje water, en dat kan leiden tot de vorming van zoutzuur.

Het schoonmaken van pijpleidingen en tanks die in contact komen met corrosieve stoffen is essentieel. Een aantal besproken corrosievormen (spleetcorrosie, aantasting onder afzettingen, corrosie door concentratieverschillen) wordt bevorderd door afzettingen en ophopingen in containers voor corrosieve stoffen. Een voorbeeld van het belang van schoonmaken: op vele gebouwen en buitenkunst gemaakt met roestvast staal ziet men bruine corrosievlekken aan gewone lucht. Hoe kan dat? Stof en luchtvervuiling zetten zich constant af op de oppervlakte. Na een regenbui kunnen waterdruppeltjes gemakkelijk hieraan blijven hangen, en een plaatselijke vorm van spleetcorrosie veroorzaken. De leek denkt dat roestvast staal niet roest, maar om dat te bereiken in de buitenlucht, moeten de oppervlaktes wel schoon worden gehouden.

Het gebruik van *remmers* oftewel inhibitoren kan corrosie bestrijden door de omgeving te veranderen. Ze worden aan een corrosieve stof toegevoegd, in de meeste gevallen in lage concentraties. Een concentratie van een gram per liter is gebruikelijk. Remmers kunnen ingewikkelde verbindingen zijn, zoals sulfieten, chromaten, alcoholen, polaire stikstofverbindingen en zelfs zouten van metalen als arsenicum en antimoon.

Remmers werken op verschillende manieren. De corroderende stof in waterinstallaties is vaak zuurstof. Sommige remmers helpen de zuurstof te verwijderen en verlagen zo de corrosiviteit van de oplossing. Andere remmers, de zogenaamde absorptieve remmers, vertragen de snelheidscontrolerende stappen in de elektrochemische corrosiecel, de anodische óf de kathodische reacties en vertragen zodoende ook het gehele corrosieproces. Andere remmers werken door de passivering gemakkelijker te maken. Alvorens men remmers gaat gebruiken, zou men advies moeten inwinnen bij een corrosiedeskundige.

Elektrochemische methodes

Een laatste methode van corrosiewering is om de elektrochemische celwerking in je voordeel te laten werken. We hebben laten zien dat er bij de koppeling van een actief metaal met een edeler metaal een stroom gaat lopen en het actieve metaal corrodeert. Dit principe van galvanische corrosie kan worden gebruikt voor *kathodische bescherming*. In figuur 6-24 is een ingegraven stalen buis via een geïsoleerde koperen geleider verbonden met een metaal dat actiever is, bijvoorbeeld magnesium. Dat metaal dient als zogenaamde *offeranode* en corrodeert. De buis blijft intact. Als alternatief voor de opofferingsanoden kan men een stroom laten lopen tussen een inerte elektrode en de buis. Dezelfde techniek wordt gebruikt in opslagvaten zoals boilers. Er zijn zelfs speciale aftappluggen van magnesium die kathodische bescherming geven aan carters van automotoren.

Een variant van deze methode is het bevestigen van een actief metaal aan de te beschermen component (zie figuur 6-24 (c)). Er zijn zinkanodeplaten verkrijgbaar voor stalen casco's van boten en zinkkragen die men op de as van de schroef van een boot kan monteren om het grootste deel van de corrosie op zich te nemen als offeranode en galvanische aantasting tussen de meer edele metalen (de bronzen as en de stalen romp) te voorkomen.

Een andere techniek die volgens hetzelfde principe werkt als kathodische bescherming is *anodische bescherming* (zie figuur 6-24(d)). Bij anodische bescherming wordt de potentiaal van het te beschermen object zo geregeld dat het metaal gepassiveerd blijft (zie rechtsboven in figuur 6-22). Het metaal wordt eigenlijk in het anodische gebied van het polarisatiediagram gezet, maar dan in het passieve deel. Deze systemen zijn betrekkelijk ingewikkeld en vereisen laboratoriumproeven om vast te stellen wanneer het systeem zich actief of passief gedraagt, maar ze worden gebruikt voor opslagtanks en chemischeprocesapparatuur. In de chemischeprocesindustrie zijn bovendien nog volop mogelijkheden voor toekomstig gebruik van deze techniek.

Monitoren

Naast deze laboratoriumproeven zijn er talrijke methoden en apparaten voor het monitoren van corrosie *in situ*, dat wil zeggen, in de praktijksituatie. Er zijn slimme instrumenten voor het elektronisch meten van corrosiesnelheden in corroderende productieomgevingen. Een voorbeeld van zo'n instrument is een draadsonde die in een vat of pijpleiding wordt gestoken. Naarmate de draad corrodeert neemt zijn weerstand toe. Die weerstand kan met regelmatige tussenpozen worden gemeten, waardoor de corrosiesnelheid kan worden vastgesteld. De draad is gemaakt van het materiaal waarin we geïnteresseerd zijn. Er zijn ook elektronische apparaten voor het meten van putvorming en het dunner worden van de wanden.

Figuur 6-26(e) laat een bruikbare techniek zien voor het bekijken van eventuele corrosieactiviteit en microbiologische activiteit in een ondergrondse pijpleiding. Zonder een proces stil te zetten kan er een kort stukje pijp worden verwijderd door twee kleppen dicht te draaien en twee koppelstukken los te maken. Inspecteren op corrosie is een belangrijk deel van corrosiewering.

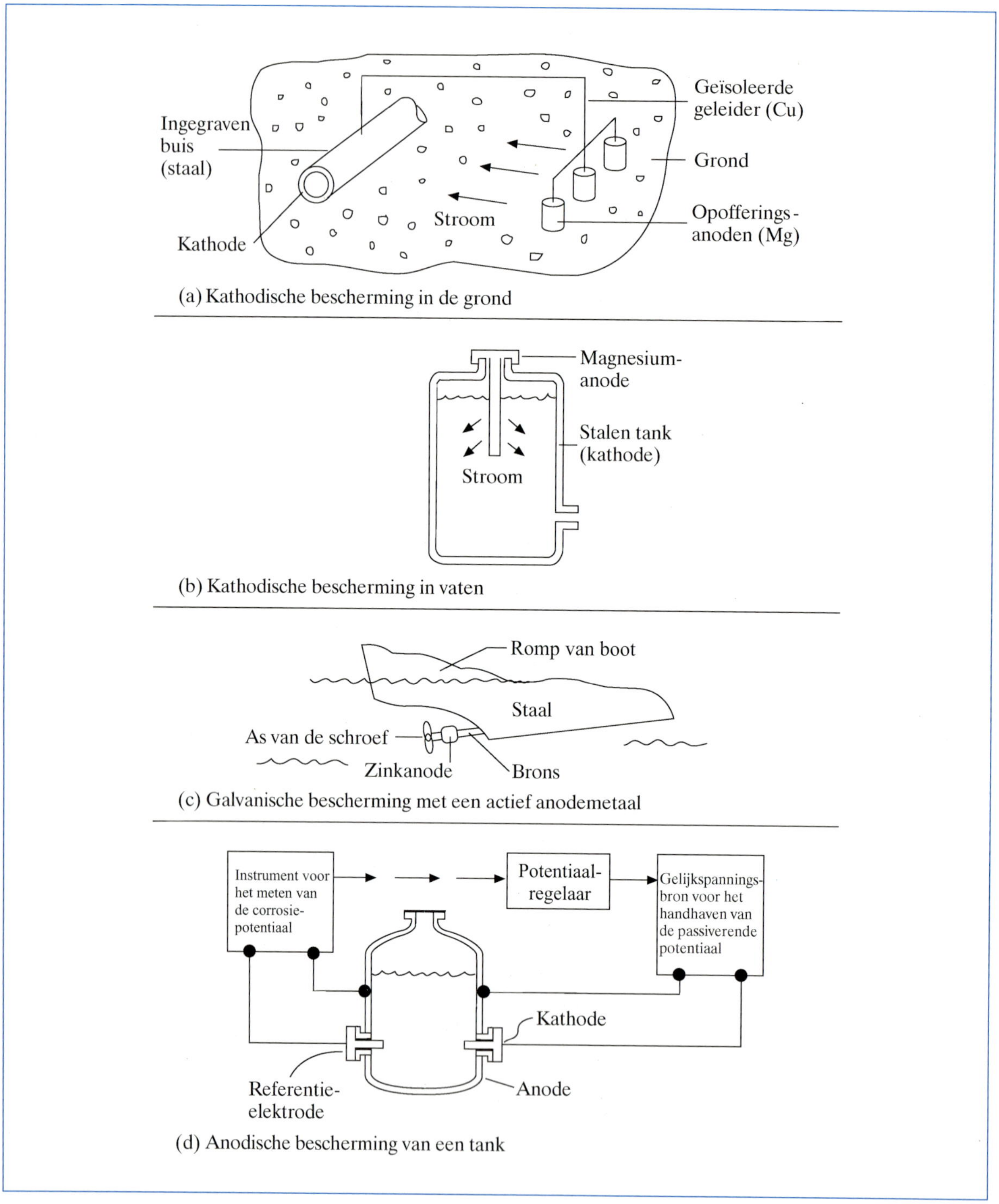

FIGUUR 6-24 Technieken voor corrosiebescherming

6.6 Preventie door goed ontwerpen

Eerder in dit hoofdstuk hebben we aanbevolen om corrosie te bestrijden door een grondig onderzoek van de omgevingsomstandigheden waarmee de apparatuur of de constructie te maken krijgt en daarna corrosiegegevens te raadplegen zodat de materialen kunnen worden afgestemd op de omstandigheden. Als er geen gegevens beschikbaar zijn, moeten er corrosieproeven worden gedaan. We hebben ook een aantal methodes voor corrosiewering besproken. Dit is nog altijd ons advies voor het voorkomen van corrosieproblemen.

Corrosie kan echter in belangrijke mate worden verminderd door een goed ontwerp. Spleten komen gewoonlijk voort uit een ontwerp of zijn een gevolg van een ontwerpfout. Afzettingen van vaste stoffen in pijpleidingen en tanks zijn vaak een gevolg van ontwerpen die problemen bij de reiniging en drainage veroorzaken. De meeste problemen met auto's zijn een gevolg van een slecht ontwerp. Sommige autofabrikanten hebben inmiddels een goed geplaatste afvoer van de juiste grootte onder de deuren ingevoerd, om te voorkomen dat water zich ophoopt in deurbodems. Spleten in de sproeizone van autowieluitsparingen zijn vaak ook een bron van onnodige corrosie. In deze paragraaf bespreken we een aantal typische ontwerpproblemen en geven een aantal adviezen om de kans op corrosieproblemen te verminderen (zie figuur 6-26).

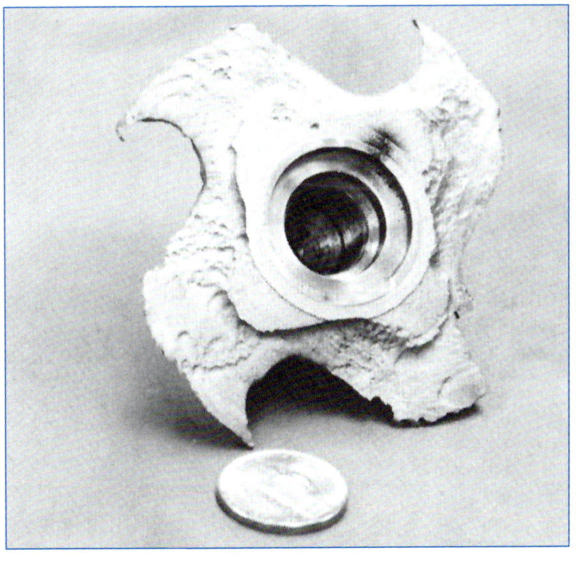

FIGUUR 6-25 Pomprotor die het begeven heeft als gevolg van corrosie

Goede lastechniek

Onvolledige lasverbindingen, zoals schematisch te zien in figuur 6-26 (a en g), kunnen de oorzaak zijn van spleetcorrosie, de concentratie van elektrolyten en cellen door verschillende beluchting. In corroderende omgevingen zijn onvolledige lassen in het algemeen slecht. Het niet gesmolten gedeelte van de verbinding kan een concentratiecel worden (een spleet). Lasverbindingen moeten daarom zo worden ontworpen dat ze gemakkelijk na te slijpen zijn. Bij het pijplassen dient men onvolledig doorgelaste steunringen te vermijden.

Wanneer er door lasprocessen sensitisatie ontstaat die tot interkristallijne corrosie kan leiden, gebruik dan koolstofarme of gestabiliseerde soorten austenitisch roestvast staal. Controleer gelaste buizen en pijpen op sensitisatie (bij de fabricage) alvorens ze te gebruiken. Gebruik geen roestvast staal bij temperaturen in het sensitisatiebereik van 427 tot 899 °C. Bij roestvast staal is afschermen met een inert gas of schoonbeitsen na het lassen nodig om corrosie door verontreiniging te voorkomen.

In figuur 6-26(a) bestaat het probleem uit het lassen van koolstofstaal aan roestvast staal. Bij smeltlassen wordt het basismetaal gesmolten en daardoor is het mogelijk dat het roestvast staal plaatselijk verarmd wordt. De oplossing is een roestvaste stalen bus, gelast met een roestvast lasmetaal.

Vermijd spleten

Zoals in figuur 6-26(b) te zien is, kan er onder boutkoppen spleetcorrosie ontstaan. Een oplossing kan bestaan uit een goed passende pakking die de corrosieve stof tegenhoudt. Een pakking die uit een mechanische verbinding steekt, kan echter zelf als een spleet gaan werken. We hadden het net al over het belang van goed doorlassen (zie figuur 6-26(g)).

Ontwerp op zo'n manier dat de apparatuur goed gereinigd kan worden. Als apparatuur die in contact komt met chemische stoffen moeilijk grondig gereinigd kan worden, bestaat er een kans dat het helemaal niet gebeurt. Wanneer men chemicaliën op oppervlakken laat accumuleren, kan er onder de afzettingen ernstige plaatselijke corrosie optreden. Figuur 6-26(c) toont enkele valkuilen bij het ontwerpen van een tank die kunnen leiden tot reinigingsproblemen. Als de tank niet geheel leeggemaakt kan worden, kan de resterende corrosieve stof zich concentreren en abnormale corrosie-effecten veroorzaken.

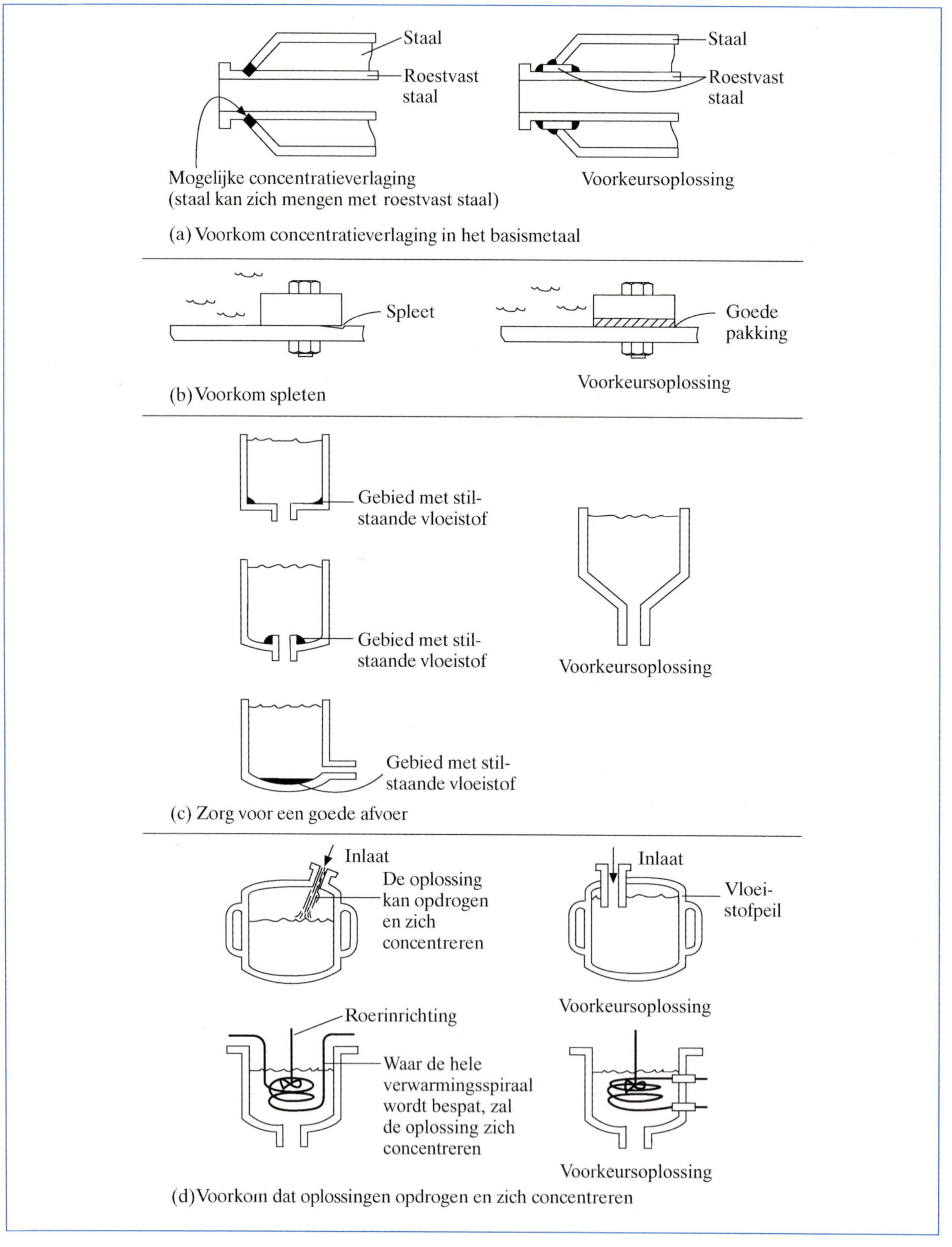

FIGUUR 6-26 Corrosiewering met behulp van een goed ontwerp

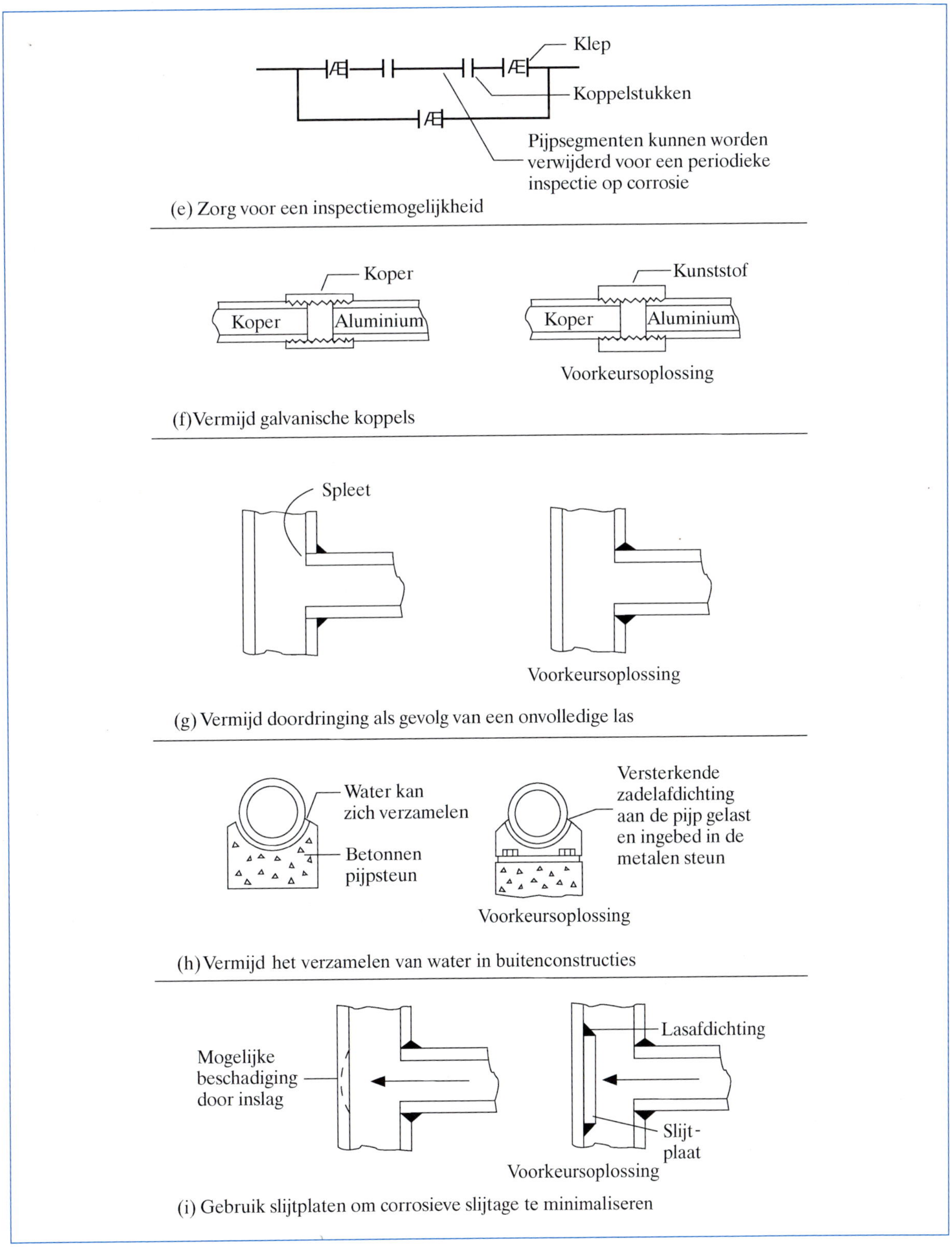

FIGUUR 6-26 Corrosiewering met behulp van een goed ontwerp

Waterkoelingsystemen

Gebruik zo mogelijk een hercirculatiesysteem en voeg aan het water corrosieremmers toe. Door het gebruik van deze stoffen kan de corrosiesnelheid met een factor 10 worden verminderd. Corrosiebescherming is ook nodig in leidingen voor gekoelde pekel of gekoeld water die blootstaan aan condensatie. Galvaniseren, het gebruik van beschermende coatings en isolatie zijn mogelijke oplossingen voor condensatiecorrosie.

Figuur 6-26(d) laat nog een andere manier zien waarop corrosieve stoffen zich kunnen concentreren. Als de toevoerleidingen zich boven het vloeistofniveau bevinden, kan de corrosieve stof langs de zijkant van het vat omlaagdruppelen, verdampen en een residu of afzetting van zouten vormen. De oplossing is het uiteinde van de toevoerleiding in de vloeistof te plaatsen. Spetters op de hete wanden van stoomverhittingsspoelen kunnen op een vergelijkbare manier leiden tot verdamping en concentratie. Dit probleem kan worden opgelost door de spoel geheel onder te dompelen.

Oliecarters

Voeg aan de olie *vapor space inhibitors* (vluchtige remmende stoffen) toe om te voorkomen dat het gedeelte van de tank boven het oliepeil corrodeert.

Corrosie bij opslag

Gebruik *vapor space inhibitors*, afscherming door een inert gas, ontwateringsmiddelen, hermetisch afgesloten containers of vochtwerende olie ter bescherming van metalen oppervlakken die langdurig worden opgeslagen voordat ze gebruikt worden. Sla geen organische oplosmiddelen op in gedeeltelijk gevulde containers, want daarin kan condensatievocht (uit de lucht) ontstaan. Veel oplosmiddelen worden bij verontreiniging met water uiterst corrosief (gechloreerde oplosmiddelen vormen HCl). Opslagtanks moeten daarom indien mogelijk geheel gevuld zijn.

Bij ondersteuningen van pijpen en vaten moet erop gelet worden dat er geen uitsparingen zijn waarin oplossingen zich kunnen verzamelen. Bij ondersteuningen voor vaten moeten procedures worden gebruikt die lijken op die in figuur 6-26(h).

Ondergrondse pijpleidingen

Controleer de bodemcondities. Bouw de mogelijkheid voor inspecties in (zie figuur 6-26(e)). Ontwerp geen systemen die gevoelig zijn voor selectieve corrosie. Het gebruik van geel messing in een waterleidingnet leidt (vooral bij heet water) vrijwel altijd tot ontzinking. Het gebruik van gietijzeren buizen in een corrosieve bodem leidt altijd tot grafitisatie (verlies van ijzer, waarbij alleen het grafietnetwerk overblijft, zie figuur 6-27). Maak indien nodig gebruik van kathodische bescherming, van buizen van kunststof, van buizen met een deklaag van bitumen of van buizen die met polyethyleen omwikkeld zijn.

FIGUUR 6-27 Schade door grafitisatie aan een buis van grijs gietijzer die acht jaar lang onder de grond heeft gelegen

Vermijd galvanische koppels

Vermijd combinaties van metalen die in de spanningsreeks ver uit elkaar staan. Zorg dat er geen spanningscellen ontstaan. Als er koudvervormde elleboogstukken aan een gegloeide buis worden gelast, kan er een galvanisch koppel ontstaan. Alle onderdelen moeten in dezelfde spanningstoestand verkeren. Om het ontstaan van concentratiecellen te voorkomen, mogen er in ontwerpen van vaten en buizen geen gebieden voorkomen waar zich stilstaande vloeistof kan verzamelen. Oplossingen met verschillende zuurstofconcentraties kunnen een oplossingsconcentratiecel doen ontstaan waardoor het zuurstofarme deel van de cel snel corrodeert.

Als een combinatie van twee ongelijksoortige metalen onvermijdelijk is, kun je de metalen elektrisch isoleren (zie figuur 6-26(f)), of gebruikmaken van een gunstige grootteverhouding tussen anode en kathode. Een bout van roestvast staal in een grote aluminium plaat zorgt voor een dergelijke gunstige verhouding. De anode (het materiaal dat gecorrodeerd wordt) is heel groot en de kathode (het beschermde materiaal) is klein. De omgekeerde combinatie zou rampzalig zijn.

Erosie-corrosie

Bij het gebruik van metalen die hun corrosieweerstand ontlenen aan passiverende films, moeten de vloeistofstroomsnelheden lager blijven dan de drempelwaarden waarboven deze films worden afgebroken (zie tabel 6-4).

TABEL 6-4 Drempelsnelheid voor erosie in zeewater*

METAAL	SNELHEID (M/S)
Koper	1,0
Admiraliteitsmessing	1,5
Aluminium	2,0
Aluminiumbrons	2,5
Kopernikkel	3,5

*Soortgelijke tabellen bestaan voor andere vloeistoffen.

Figuur 6-26(i) laat zien dat ontwerpprocedures kunnen worden gebruikt om het effect van vloeistofinslag te voorkomen. Dit soort technieken kan ook worden gebruikt bij slib. In het ideale geval heeft het vloeistoftraject een vorm waarbij inslag helemaal wordt vermeden.

De genoemde voorbeelden zijn slechts een paar ontwerptechnieken die kunnen worden gebruikt om corrosie te bestrijden. Een goed ontwerp kan extra constructiekosten met zich meebrengen, maar vergeleken met wat de vervanging van een opslagvat of een pijpleiding kost, is dat geld welbesteed.

Spanningscorrosie (SCC)

Vermijd het gebruik van een metaal in een omgeving waarvan bekend is dat de combinatie SCC veroorzaakt. Geel messing en enkele koperlegeringen zijn zeer gevoelig voor SCC in een ammoniakatmosfeer. De meest voorkomende oorzaak van SCC van austenitisch roestvast staal is contact met chloriden (figuur 6-28). Soms kan er al SCC optreden bij een chlorideconcentratie van slechts 0,5 ppm. De meeste metalen hebben een bepaalde drempelwaarde op het gebied van temperatuur. Bij lagere temperaturen dan de drempel (50°C voor austenitisch roestvast staal in chlorideoplossingen, 150°C voor koolstofstaal in basen) zal er niet snel SCC optreden. Elimineer restspanningen en probeer opgelegde spanningen te verminderen. SCC treedt niet op als lassen spanningsarm gegloeid worden of als in het ontwerp de bedrijfstemperaturen laag blijven. Maak geen ontwerp waarin als gevolg van verdamping plaatselijke chlorideconcentraties kunnen ontstaan in spleten of doordat het materiaal met tussenpozen wordt ondergedompeld. Veel gechloreerde oplossingen veroorzaken SCC van kunststoffen. Vermijd dit soort blootstelling.

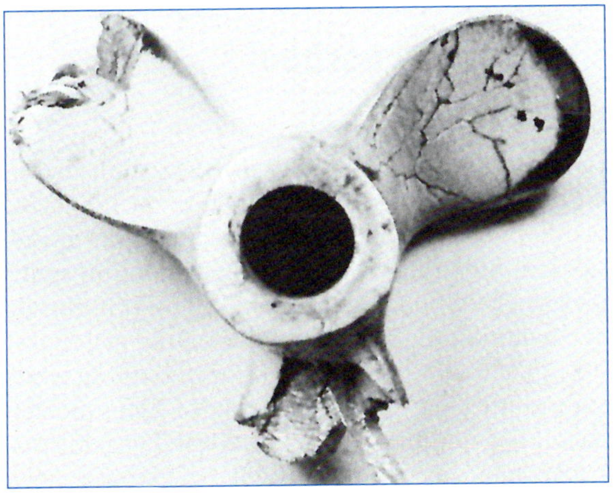

FIGUUR 6-28 Spanningscorrosie in een mengschoep van roestvast staal

Hogetemperatuuroxidatie

Gebruik metalen niet bij hogere temperaturen dan de maximale gebruikstemperatuur in lucht. Temperaturen boven dit maximum veroorzaken overmatig schilferen van het metaal (zie tabel 6-5).

TABEL 6-5 Maximale bedrijfstemperatuur in lucht

STAAL	TEMPERATUUR °C
1 Cr, 0.5 Mo	565
410 SS	205
430 SS	845
446 SS	1095
304 SS	900
316 SS	900
310 SS	1095

Zwerfstroomcorrosie

Zwerfstroomcorrosie is een vorm van aantasting die wordt veroorzaakt door een elektrische stroom die onbedoelde wegen volgt. Dit komt onder andere voor bij ondergrondse pijpleidingen waarbij een stroombron zoals een ondergrondse kabel in de buurt ligt.

Passivering

Vaten en apparatuur van roestvast staal moeten altijd worden gebeitst (gepassiveerd) of geslepen om ijzerdeeltjes van het fabricageproces te verwijderen. Als dit wordt nagelaten kan er putcorrosie optreden onder de ijzerafzettingen.

Contact met zeewater

Van laaggelegeerd koper en brons is gebleken dat het betrouwbare materialen zijn voor gebruik in zeewater. Monels en kopernikkelsoorten hebben een hogere sterkte bij een vergelijkbare corrosieweerstand. Zuiver titanium wordt gebruikt voor allerlei veeleisende toepassingen in zeewater, zoals ontziltingsinstallaties. Conventionele austenitische soorten roestvast staal hebben een geringe weerstand tegen zeewater (bij kamertemperatuur), maar bepaalde soorten roestvast staal zijn speciaal ontworpen voor veeleisende toepassingen in zeewater.

Corrosietoeslagen

Als van een stof bekend is dat deze een bepaald metaal corrodeert, moet aan de wanddikte van een opslagvat van dat metaal een corrosietoeslag worden toegevoegd die gebaseerd is op de jaarlijkse corrosie en de verwachte levensduur. Zorgvuldige metingen van de corrosiesnelheden maken een nauwkeurige bepaling van de benodigde corrosietoeslag mogelijk, zodat al te royale toeslagen niet nodig zijn. ■

Samenvatting

Het grootste deel van dit hoofdstuk is besteed aan de theorie van corrosie en de factoren die van invloed zijn op corrosie. Het is niet mogelijk om in een enkel hoofdstuk de reactie van een groot aantal materialen op diverse omgevingen te bespreken. Wie echter de grondslagen van corrosie begrijpt, kan veel corrosieproblemen oplossen met behulp van bestaande corrosiegegevens. We hebben je aandacht gevestigd op het belang van kennis van je omgeving en de materiaaleigenschappen. Te vaak nog bezwijkt een onderdeel door corrosie omdat iemand nalaat om de vloeistofsnelheid te berekenen of de verkeerde warmtebehandeling kiest. Tot slot wezen we op een paar incorrecte ontwerpmethoden die ontelbaar veel corrosiedefecten in de industrie hebben veroorzaakt. Deze fouten worden veel te vaak herhaald. Een doordacht ontwerp is essentieel voor corrosiewering. Hieronder volgen enkele belangrijke punten betreffende corrosie die het waard zijn om te onthouden:

- Corrosie van metalen is elektrochemisch van aard. Er is een anode, een kathode en een elektrolyt voor nodig. Corrosie is een anodisch proces.
- De ernst van galvanische corrosie hangt af van de verhouding tussen de oppervlakken van anode en kathode en van het verschil in activiteit van de metalen.
- Er zijn verschillende vormen van corrosie, onder andere gelijkmatige corrosie, putcorrosie, spleetcorrosie, galvanische corrosie, spanningscorrosie, interkristallijne aantasting, selectieve uitloging, erosie-corrosie en oxidatie en sulfidatie bij hoge temperaturen.
- Een aantal metalen vertoont passief gedrag, onder andere roestvaste stalen en aluminiumlegeringen.
- Het type corrosie van een materiaal in een bepaalde omgeving is niet vanzelfsprekend te bepalen.
- Wanneer er geen relevante gegevens voor een bepaalde combinatie van materiaal en omgeving te vinden zijn, moeten er corrosieproeven worden uitgevoerd.
- De corrosieweringsmethode met het grootste rendement is vaak een goed ontwerp. Andere methodes zijn een goede materiaalkeuze, coatings, beheersing van de omgeving, elektrochemische bescherming en goed onderhoud.
- Metalen coatings die anodisch zijn ten opzichte van het substraat (zink of staal) kunnen zelfs bij aanwezigheid van gaatjes een goede bescherming vormen.
- De belangrijkste aanbevelingen die we kunnen geven wat betreft corrosiebeïnvloedende factoren, zijn (a) ken je omgeving, en (b) ken je materiaal.

Illustratief voorbeeld

Spuitgietmatrijscorrosie

Corrosieremmers, commercieel verkrijgbaar om corrosie in gesloten koelsystemen te verminderen, werden gebruikt om de corrosie zo gering mogelijk te houden in koelmiddeldoorgangen in spuitgietmatrijzen voor kunststoffen. Hier werd gebruikgemaakt van recirculatie-eenheden die zich naast elke machine bevonden. De arbeiders in de werktuigruimte die de matrijzen onderhielden, voelden aan dat er een corrosieprobleem was. Bepaalde matrijzen hadden corrosiesnelheden die groot genoeg waren om de matrijs lek te maken. Enkele matrijzen werden gekoeld door koelmiddelonderstukken rond de periferie van de matrijs. Er werd voorkomen dat er water in de onderdeelholte lekte door O-ringafdichtingen rond de holte. Er ontstond putvorming en lekkage op enkele matrijzen.

Er werd een studie uitgevoerd om te onderzoeken wat de oorzaak was van de hoge corrosiesnelheden op sommige matrijzen. De studie bestond uit een onderdompelingstest van gietstaal in de twee verschillende koelwatersoorten die op de gietafdeling werden gebruikt. Drie matrijsmaterialen werden bij het gieten gebruikt: A2 gereedschapsstaal, P20 gereedschapsstaal en 420 roestvast staal. Monsters van elk matrijsmateriaal werden ondergedompeld in een circulerende oplossing van elk koelmiddel bij 20 °C en bij 80 °C, de twee temperaturen die werden gebruikt bij productiegieten. Drie monsters van elk materiaal werden dertig dagen lang opgehangen in circulerende kolven met koelmiddel 1 en koelmiddel 2. Na dertig dagen werd de massawijziging gemeten. Er werd vastgesteld dat één koelmiddel ernstige corrosie produceerde van het P20 matrijsstaal bij de testtemperatuur van 80 °C. Het probleem was dat één remmer niet werkte bij 80 °C.

Zodoende kan een eenvoudige onderdompelingstest informatie opleveren over de corrosiviteit van een vloeistof op een bepaald materiaal. Het hoeft niet veel te kosten, alleen wat tijd (in dit geval dertig dagen). In plaats van studies uit te voeren om een betere remmer te vinden werd besloten om het P20 matrijsmateriaal niet langer te gebruiken. In plaats daarvan werd het 420 roestvast staal, dat te verwaarlozen corrosie liet zien in de koelmiddeltest, gestandaardiseerd als het materiaal voor alle nieuwe matrijzen. De P20-matrijzen werden gefaseerd buiten gebruik gesteld.

Termenlijst

aeratie: het inbrengen van zuurstof (lucht) in een reactie
afbladdering: verlies van corrosieproducten, vooral bij hoge temperaturen
anodische bescherming: bescherming van een metaal door het met een actiever metaal te verbinden
beluchting: zie aeratie
cavitatie: vorm van erosie/corrosie door implodeerende gasbellen in een vloeistof
corrodent: een stof die in staat is om een materiaal te verslechteren
corrosie: verlies van materiaal vanwege reactie met een omgeving
corrosiepotentiaal: potentiaal van metaal tijdens corrosie waarbij de anodische en kathodische reacties dezelfde snelheid hebben
corrosievermoeiing: scheurvorming door een combinatie van corrosie en wisselbelasting
directe aantasting: verslechtering van een materiaal zonder betrokkenheid van elektrochemische effecten
elektrochemisch: toestandswijzigingen, geholpen door elektronen-/ionenbeweging (geleiding)
elektrolyt: een vloeistof die (of ander medium dat) elektrische stroom geleidt
Faraday: een eenheid van elektrische lading
galvanische corrosie: materiaalverslechtering vanwege elektrochemische effecten wanneer twee verschillende metalen zijn gekoppeld in een electrolyt; het minder edele materiaal corrodeert sneller
gelijkmatige (uniforme) aantasting: verslechtering waarbij een geheel blootgesteld oppervlak wordt beïnvloed (niet plaatselijk)
interkristallijne aantasting: selectieve aantasting van korrelgrenzen
kathodische bescherming: beschermen van een metaal door het als een kathode te laten fungeren
oxidatie: elektronenverlies of zuurstoftoename door een chemische of elektrochemische reactie
passiviteit: het vermogen van een metaal om een oppervlaktelaag te vormen die corrosie remt
polarisatie: de ontwikkeling van gebieden van lage chemische activiteit in een chemische cel
putcorrosie: vorm van lokale corrosie gekenmerkt door kleine gaatjes (putten)
redox: reductie-/oxidatiereacties
reductie: elektronentoename in een chemische of elektrochemische reactie
selectieve corrosie: vorm van corrosie waarbij een bestanddeel van een legering selectief wordt verwijderd
sensitisatie: verandering van de chemie van de korrelgrens die tot interkristallijne corrosie kan leiden
spanningscorrosie: scheurvorming door een combinatie van corrosie en mechanische spanning
spleetcorrosie: materiaalverslechtering als gevolg van plaatselijke elektrochemische celeffecten
vrije energie: de drijvende kracht achter elektrochemische reacties

Opgaven

1. Noteer de chemische vergelijking voor het roesten van ijzer en leg uit wat er gebeurt.

2. Waarom weerstaan roestvaste staalsoorten corrosie in vele omgevingen?

3. Welk van de volgende factoren verergert corrosie van materialen waarschijnlijk het meest?
   a. oppervlaktekrassen
   b. materiaalheterogeniteit
   c. kristalliniteit
   d. kleine korrelgrootte
   e. isotropie
   f. een trekspanning

4. Hoe wordt galvanische corrosie aangepakt?

5. Wat is het mechanisme van spleetcorrosie?

6. Wat kan worden gedaan om spanningscorrosiebreuken te voorkomen?

7. Verklaar kathodische bescherming van metalen.

8. Verklaar anodische bescherming van metalen.

9. Hoe kan de corrosiviteit van waterige omgevingen worden verminderd?

10. Noem vier manieren om spleetcorrosie te verminderen.

11. Wat kan worden gedaan om corrosie van roestvaste staalsoorten door zeewater aan te pakken?

12. Hoe is sensibilisering van roestvaste staalsoorten te voorkomen?

Hoofdstuk 7

Grondslagen van de polymeerkunde

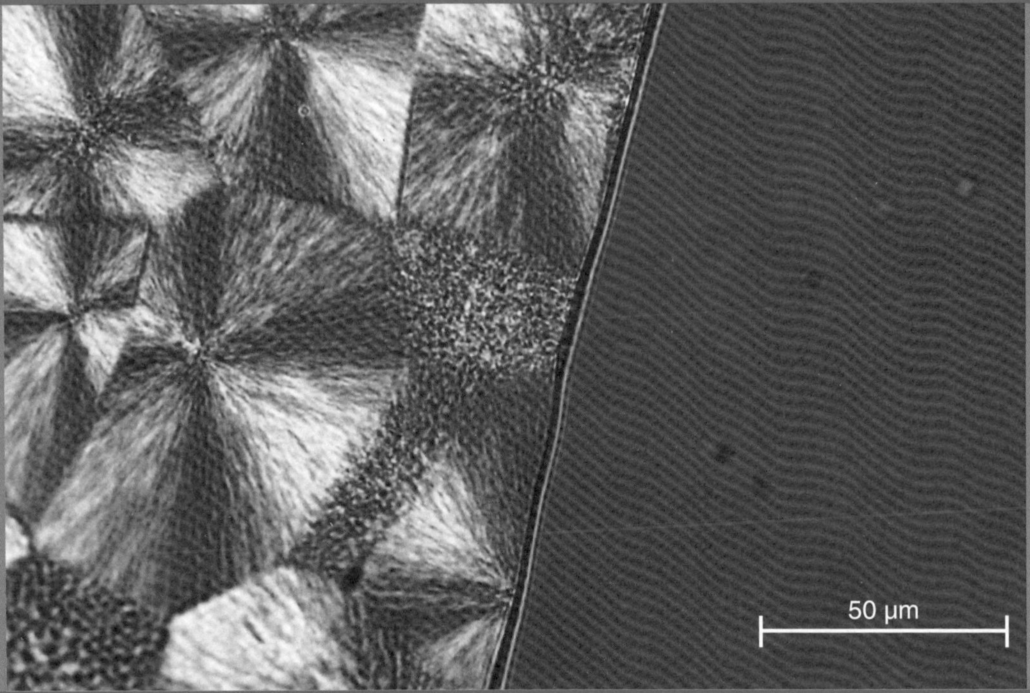

Microstructuur van de binnenwand van een buis gemaakt uit PVDF

Doelstellingen

1. Begrijpen hoe de chemische opbouw van polymere materialen en polymerisatie van organische stoffen leidt tot de vorming van technische materialen.
2. De technieken begrijpen die gebruikt worden voor het versterken van polymeren.

Dit hoofdstuk en de volgende drie hoofdstukken zitten vol 'poly's'. Er bestaan duizenden commercieel verkrijgbare kunststoffen met chemische namen die gewoonlijk beginnen met poly: polyethyleen, polypropyleen, polysulfide, poly-watdanook. Als je klaar bent met dit boek heb je heel veel van deze namen voorbij zien komen, maar omdat ze vast niet allemaal in je geheugen blijven hangen, blijft het boek een bruikbare referentie.

In hoofdstuk 2 hebben we polymeren beschreven als lange ketens van zich herhalende moleculen op basis van koolwaterstoffen, koolstof-waterstofverbindingen. Polymeren hebben hun oorsprong in de natuur. De bouwstenen van dierlijk leven, eiwitten, zijn polymeren en hetzelfde geldt voor hars, schellak, natuurrubber en een groot aantal andere bekende stoffen. Hout bestaat bijvoorbeeld uit ketens van cellulosemoleculen die bij elkaar worden gehouden door een ander natuurlijk polymeer: lignine. Polymeren komen in de natuur voor sinds de oorsprong van het leven.

De polymere materialen die we tegenwoordig gebruiken in machines, verpakkingen, huishoudelijke apparaten, auto's en dergelijke zijn niet gemaakt van natuurlijke polymeren, maar worden kunstmatig gefabriceerd. Ze zijn als technische materialen pas in de laatste 75 jaar belangrijk geworden (zie figuur 7-1). Het eerste synthetisch vormbare polymeer was cellulosenitraat (celluloid). Dat materiaal werd niet algemeen gebruikt, maar de volgende generatie van polymeren, de fenolpolymeren – beter bekend als bakeliet – werd uitgebreid toegepast als constructie- en isolatiemateriaal in elektrische apparaten. Van 1920 tot 1950 werd het gebruikt in radiobehuizingen, luidsprekers en huishoudelijke producten als opbergdozen en keukenmachines. Lichtschakelaars worden nog steeds vaak gemaakt van fenolpolymeren.

Tijdens de Tweede Wereldoorlog werden allerlei materialen schaars, waardoor de ontwikkeling van polymeren in een stroomversnelling raakte. Zijde werd vervangen door nylon, leer door vinylsoorten enzovoort. In 1979 overschreed de productie van kunststoffen (op tonnagebasis) die van staal en dat is sindsdien zo gebleven.

In dit hoofdstuk geven we de grondslagen weer van de polymeerchemie en behandelen we de eigenschappen van polymeren, zodat de ontwerper inzicht krijgt in de verschillen tussen de diverse polymeersystemen. Met deze basis kun je de polymeergroepen en alle andere bijzonderheden begrijpen die je nodig hebt voor het goed gebruiken en specificeren van de belangrijke technische materialen die we kennen en waarderen als 'kunststoffen'.

In het Engels en Nederlands worden de termen '*polymer*' ('polymeer') en 'plastic' ('plastic' of 'kunststof') vaak door elkaar gebruikt. Geen van beide is evenwel nauwkeurig. *Plastic* betekent 'plastisch', maar de meeste technische polymeren zijn helemaal niet plastisch bij kamertemperatuur. Aan de

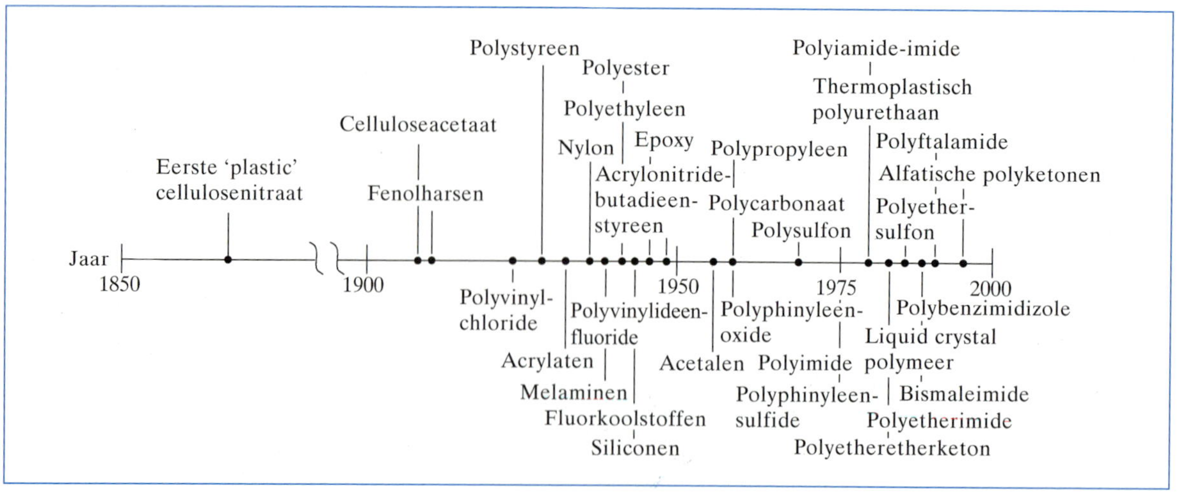

FIGUUR 7-1 Chronologische ontwikkeling van belangrijke technische polymeren

andere kant valt onder de noemer *polymeer* elk type materiaal dat door middel van *polymerisatie* met zich herhalende moleculen ontstaan is. In de Amerikaanse ASTM-norm D883 wordt plastic gedefinieerd als 'een materiaal dat in hoofdzaak bestaat uit een organische stof met een hoog molecuulgewicht, waarvan het eindproduct een vaste stof is, en dat in een bepaald stadium van het fabricageproces of tijdens de verwerking door middel van vloeien zijn vorm heeft gekregen'. De term *polymeer* wordt gebruikt wanneer het over de chemische bereiding van polymeren gaat en de term *kunststof* voor polymere materialen in afgewerkte vorm. Een kunststof is in wezen een organische stof met zich repeterende moleculaire eenheden die een bruikbare vaste vorm kan worden gegeven door middel van gieten, sinteren of smeltfabricage.

Hier moet ook worden opgemerkt dat de IUPAC (International Union of Pure and Applied Chemistry) sinds een aantal jaar een nieuwe standaard voor de benoeming van meerdere materialen, waaronder polymeren en kunststoffen, hanteert. Bekende voorbeelden zijn het vervangen van ethyleen door 'etheen', bijvoorbeeld in polyetheen (voorheen polyethyleen). De oude 'populaire' versies worden echter nog wel geaccepteerd, en de Engelse versie van dit boek, waarop deze Nederlandse versie gebaseerd is, is niet helemaal consequent in het gebruik van de oude of nieuwe namen. Daarom, en omdat de oude benoemingen nog steeds gangbaar en bekender zijn, is ervoor gekozen in deze Nederlandse versie de oude benoemingen te gebruiken in dit hoofdstuk en de hoofdstukken 8, 9 en 10.

7.1 Polymerisatiereacties

De meeste polymeren bestaan uit lange ketens van zich repeterende moleculen. Er bestaan twee manieren waarop de afzonderlijke moleculen zich aan elkaar hechten:

1. De moleculen kunnen een fysische verbinding met elkaar aangaan, zoals kralen aan een ketting: additiepolymerisatie.
2. Een nieuw molecuul hecht zich door middel van een chemische reactie aan een ander molecuul tijdens het vormingsproces, waarbij een deel van het uitgangsmateriaal verdampt: condensatiepolymerisatie.

Bij additiepolymerisatie is het uitgangsmateriaal een monomeer in een oplossing, in een emulsie, in dampvorm of zelfs als onverdunde vloeistof. Het door de polymerisatie gevormde polymeer bestaat uit een zich repeterende eenheid die hetzelfde is als de uitgangsmonomeer.

Bij condensatiepolymerisatie hebben de zich repeterende moleculen in de polymeerketen een andere samenstelling dan de uitgangsmaterialen. Water is meestal een bijproduct van de betreffende chemische reactie, vandaar de term *condensatie*. In sommige thermohardende polymere materialen, zoals epoxyharsen, bestaan sterke primaire chemische (dwars)bindingen die door *cross-linking* ontstaan. Het resulterende materiaal kan worden beschouwd als een enkel macromolecuul.

In figuur 7-2 worden de verschillende vormen van polymeersynthese geïllustreerd. Deze reacties zijn niet zo eenvoudig als in de illustratie wordt aangegeven. Zowel de additie- als de condensatiereacties komen vaak pas op gang in aanwezigheid van een katalysator of bij een verhoogde temperatuur of druk. Een katalysator is een stof die de reactie helpt, maar die zelf niet wordt omgezet. De lengte van de polymeerketens (het molecuulgewicht) kan in veel gevallen worden geregeld door de juiste procesparameters of het juiste type katalysator te kiezen. Dit is een belangrijk gegeven, want de lengte van de polymeerketens heeft een grote invloed op de materiaaleigenschappen. Voor de fabrikant is het molecuulgewicht een factor die een belangrijke rol speelt in het gemak waarmee een polymeer zich laat vormen. Voor de ontwerper is het molecuulgewicht belangrijk bij het bepalen van de materiaaleigenschappen. Polyethyleen met een hoog molecuulgewicht heeft bijvoorbeeld andere eigenschappen dan polyethyleen met een laag molecuulgewicht. Een synthetische olie met een laag molecuulgewicht heeft andere eigenschappen dan een oliesoort met een hoog molecuulgewicht.

In de scheikunde wordt een polymeer beschreven door de fysische structuurformule van de atomen te tekenen. Polyethyleen wordt als volgt beschreven:

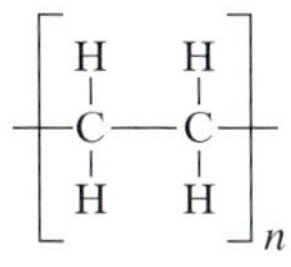

waarbij
H = waterstofatoom
C = koolstofatoom
n = aantal zich repeterende eenheden
[ ] = symbool voor monomeer
— = elektronenbinding

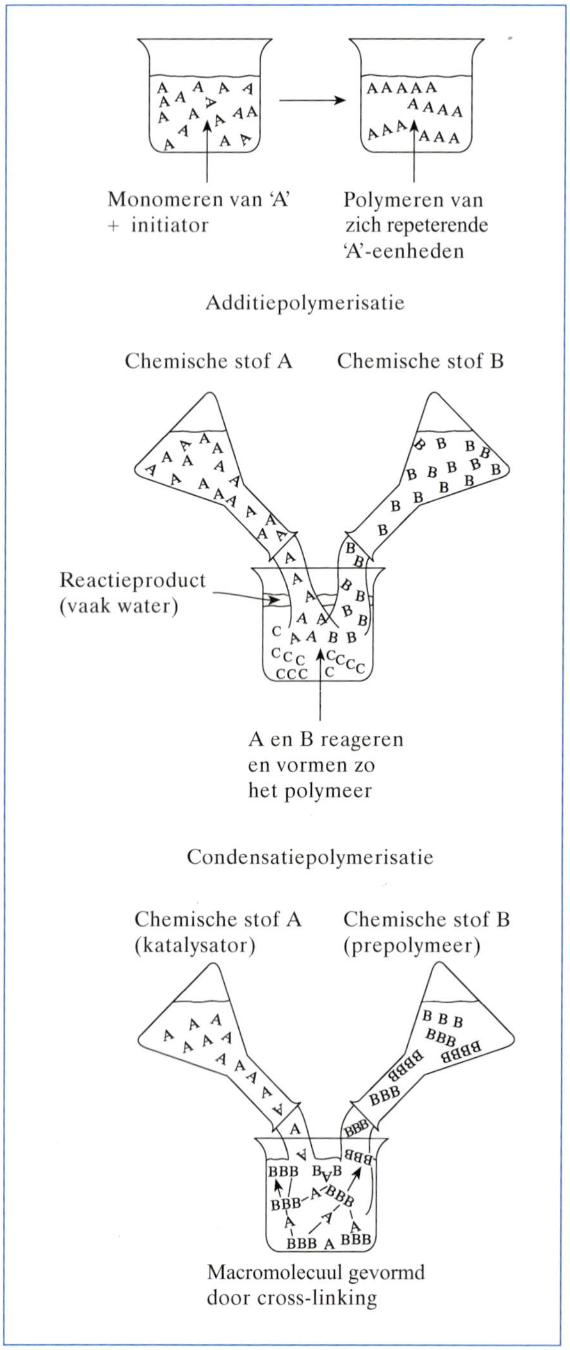

FIGUUR 7-2 Polymerisatiereacties

De onbezette bindingen op de koolstofatomen geven aan dat de moleculen covalente bindingen kunnen vormen met gelijksoortige moleculen om zo een polymeerketen te vormen. Talrijke polymeren kunnen worden gemaakt met een 'ruggengraat' van koolstofatomen die gelijk is aan die in polyethyleen. Om dit te bereiken is ingewikkelde procesapparatuur nodig, maar chemisch gezien gaat het gewoon om de vervanging van een of meer waterstofatomen door een ander element of chemische verbinding. We kunnen bijvoorbeeld in de polyethyleenmonomeer een van de waterstofatomen vervangen door een chlooratoom; dan krijgen we polyvinylchloride (PVC), beter bekend als vinyl:

Vervangen met Cl:

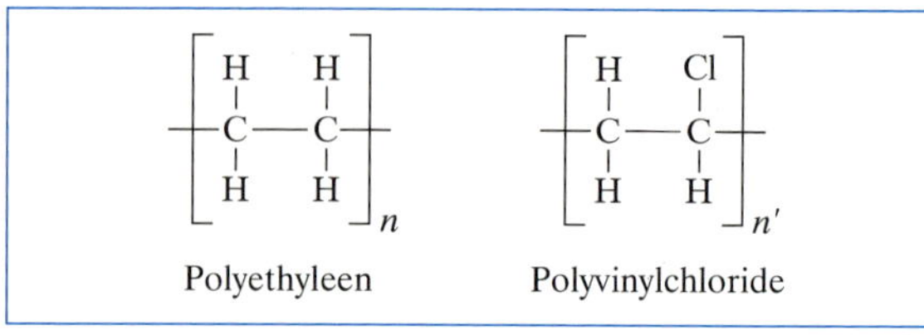

Chemische reactie:

$$CH_2{=}CH_2 \ (\text{Ethyleen}) + Cl_2 \ (\text{Chloorgas}) \xrightarrow[\text{260 °C in reactor}]{\text{verhitten tot}} CH_2{=}CHCl \ (\text{Polyvinylchloride-monomeer}) + HCl \ (\text{Zoutzuur})$$

We kunnen een waterstofatoom niet alleen door een element vervangen, maar ook door een wat ingewikkelder groep. Dit heet dan een *substituent* of *functionele groep*, gewoonlijk een groep atomen die werkt als een enkel atoom en als groep een bepaalde valentie heeft. In het polymeer polyvinylalcohol is in de ethyleenmonomeer bijvoorbeeld een waterstofatoom vervangen door een hydroxylsubstituent bestaande uit een zuurstofatoom en een waterstofatoom:

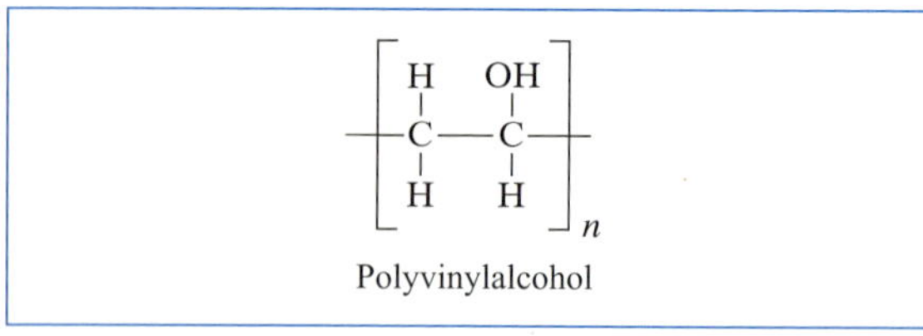

Sommige substituenten die we tegenkomen bij het beschrijven van polymeermoleculen zijn veel ingewikkelder en worden in de formule aangeduid door *R*. Deze substituenten worden zijgroepen genoemd. Het gaat ons in deze bespreking niet zozeer om de chemische aanduidingen voor polymeren als wel om het feit dat veel polymeren worden gevormd door het wijzigen van de structuur van een bestaand polymeer, waarbij een nieuw element of een substituentgroep wordt uitgewisseld.

Hoe worden de chemische structuur en het molecuulgewicht van een polymeer bepaald? De organische scheikundige heeft tal van hulpmiddelen ter beschikking om te bepalen uit welke atomen of functionele groepen een polymeerketen samengesteld is en waar deze zich bevinden. Wanneer het gaat om het bepalen van de substituenten en de fundamentele polymeergroep, maken de meeste analytische laboratoria gebruik van infraroodspectroscopie. Bij deze techniek wordt het polymeer opgelost in een geschikt oplosmiddel of omgezet in een film. Vervolgens wordt er infraroodstraling door de oplossing of film gezonden en wordt de doorgelaten straling gemeten en geregistreerd. Bij de modernste vorm van dit proces, *Fourier transform infrared spectroscopy* (FTIR), kunnen dunne films, organische coatings en kleine monsters van vaste stoffen worden geanalyseerd. Elke functionele component van de polymeerketen vertoont een karakteristieke piek die kan worden geïdentificeerd door hem te vergelijken met de pieken voor standaardmaterialen met een bekende samenstelling. Een kwantitatieve analyse is mogelijk met behulp van de amplitude van de piek. In figuur 7-3 zien we een typisch IR-spectrum.

De exacte atoomstructuur van een polymeer is lastig te bepalen. In veel gevallen wordt een nieuwe polymeer al commercieel toegepast voordat de analyse van de structuur voltooid is. Deze polymeerketens, die we zojuist als koolstof- en waterstof-'bollen' hebben geschetst, zijn in werkelijkheid ingewikkelde driedimensionale stoffen. Het molecuulgewicht van een polymeer is even belangrijk als de chemische aard ervan. Niet alle ketens in een polymeermateriaal hebben dezelfde lengte, dus er moet gebruikgemaakt worden van een gemiddelde. Een vaak gebruikte techniek voor het meten van het molecuulgewicht van thermoplastische stoffen is het meten van het volume van gesmolten polymeer bij een gegeven temperatuur dat door een gegeven opening kan stromen onder een geregelde hoogte en in een vooraf bepaald tijdsinterval. Het volume dat door de opening stroomt, hangt af van de viscositeit (stroperigheid) van het polymeer. De viscositeit van een bepaald type polymeer bij een voorgeschreven temperatuur is evenredig met het molecuulgewicht. Het nettoresultaat van deze test is de stroomsnelheid van de smelt. Hoe lager de stroomsnelheid, des te hoger het molecuulgewicht is. Deze eigenschap wordt algemeen de smeltindex genoemd en wordt gewoonlijk vermeld in polymeerinformatiebladen. In systemen waarbij polymeersterkte van belang is, kan de smeltindex waardevol zijn voor de materiaalkeuze. Voor de meeste polymeersystemen geldt dat mechanische eigenschappen zoals treksterkte en buigsterkte toenemen met het molecuulgewicht; een polymeer met een hoog molecuulgewicht is dus sterker dan hetzelfde polymeer met een laag molecuulgewicht. Aan de andere kant geldt dat de verwerkbaarheid (gieten, vormen) in het algemeen afneemt bij toenemend molecuulgewicht. Er bestaat dus een praktische grens voor de grootte van het molecuulgewicht.

Voordat we het onderwerp polymerisatiereacties afsluiten, bespreken we nog enkele aanvullende begrippen. *Copolymerisatie* is, zoals de naam al aangeeft, een polymeerproductieproces waarbij een polymeerketen ontstaat die twee verschillende monomeren bevat. Elke monomeer is op zichzelf in

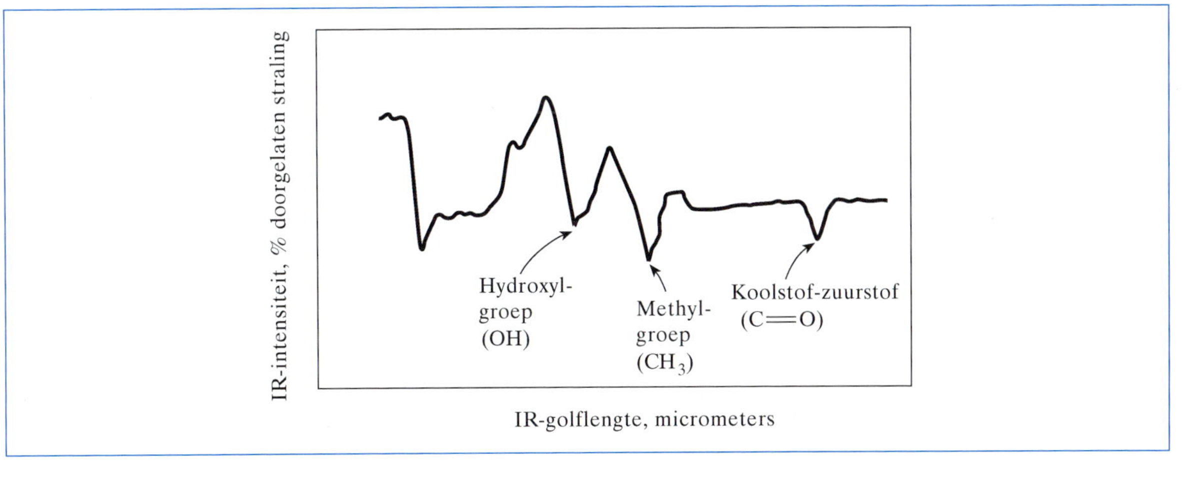

FIGUUR 7-3 Infraroodspectroscopie voor de analyse van polymeren

staat om een polymeerketen te vormen, maar wordt met opzet aan een andere monomeer gekoppeld. Er ontstaat dan een copolymeer waarin ketendelen van beide polymeren voorkomen. Een voorbeeld:

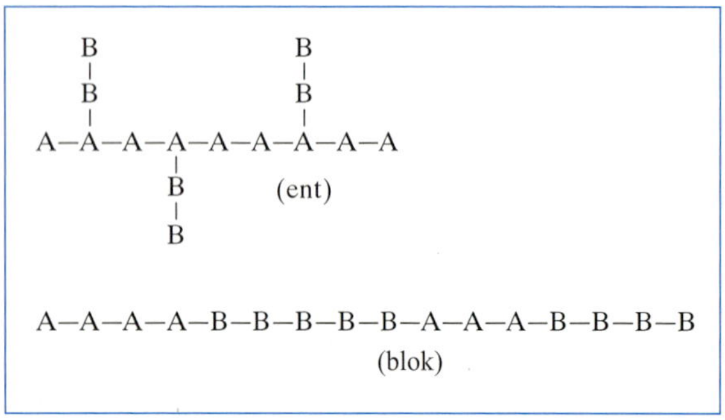

waarbij
A = monomeer met chemische samenstelling A
B = monomeer met chemische samenstelling B

De ketendelen van A en B hoeven niet per se dezelfde lengte en tussenruimte te hebben. Er bestaan technieken voor het maken van ent- en blokreacties op specifieke plaatsen in een polymeerketen en er kunnen aanvullende technieken (vaak met behulp van katalysatoren) worden gebruikt voor het ontwerpen van de ruimtelijke relatie van de enten en voor het regelen van de *stereospecificiteit*. Zijketens kunnen zich afwisselend aan beide zijden van een hoofdketen bevinden (syndiotactisch) of willekeurig geplaatst zijn (atactisch). Het belangrijkste aspect van copolymerisatie is dat het een manier is om de eigenschappen van een polymeer te verbeteren. Ook kan met behulp van copolymerisatie een vrijwel oneindig aantal soorten kunststoffen worden gemaakt. Het is commercieel dus van groot belang. Veel oudere polymeren zijn door copolymerisatie met andere polymeren verbeterd.

Mengsels

Vergelijkbaar met copolymerisatie is het gebruik van *kunststofmengsels* (*blends*). Mengsels worden gemaakt door fysische vermenging van twee of meer polymeren (ook wel *homopolymeren* genoemd). Er is minstens 5 procent van een ander polymeer nodig voor het maken van een mengsel, met als resultaat een aantal mogelijke microstructuren. Als de homopolymeren mengbaar zijn, ontstaat er een enkelfasemengsel. De eigenschappen van de afzonderlijke samenstellende componenten zijn daarin niet terug te vinden. Een enkelfasemengsel van een harde kunststof met een zachte kunststof kan een hardere kunststof opleveren. Een van de oudste van dit soort van materialen is een combinatie van polyvinylchloride en acrylaat. Dit materiaal wordt vaak gebruikt in de vorm van een folie voor warmvervormen en vergelijkbare toepassingen. Het mengsel bezit iets van de flexibiliteit van het vinyl en iets van de sterkte en zonlichtbestendigheid van de acrylaatcomponent: er bestaat synergisme.

Als de samenstellende polymeren niet mengbaar zijn, ontstaat er een multifasemengsel. Figuur 7-4 toont bijvoorbeeld de microstructuur van een tweefasekunststof. In zo'n mengsel zijn de afzonderlijke samenstellende componenten wel terug te vinden; de eigenschappen zijn een soort gemiddelde van de samenstellende delen. Een brosse, glanzende goed spuitgietbare thermoplast kan door een mengsel met een rubberachtige stof taaier, elastischer, doffer en slechter te spuitgieten zijn, omdat dat eigenschappen van het rubber zijn. De additieve polymeren kunnen bolletjes vormen in de oorspronkelijke matrix. Ze kunnen ook cilinders vormen die bij de verwerking gewoonlijk in de richting van de stroming georiënteerd zijn, of ze kunnen lamellen vormen (afwisselende lagen, zoals in multiplex). Een probleem met niet-mengbare mengsels is wel dat de afzonderlijke fasen verschillende glasovergangstemperaturen kunnen hebben, wat complicaties kan geven bij het gieten.

In de Engelse versie van dit boek, en in de Verenigde Staten in het algemeen, wordt gesproken van kunststof 'legeringen' (*alloys*), vooral met betrekking tot enkelfasemengsels. Om verschillende redenen wordt het gebruik van dit woord door de IUPAC (International Union of Pure and Applied Chemistry) afgeraden. In het Nederlands is het niet gebruikelijk het woord 'legering' voor kunststoffen te gebruiken.

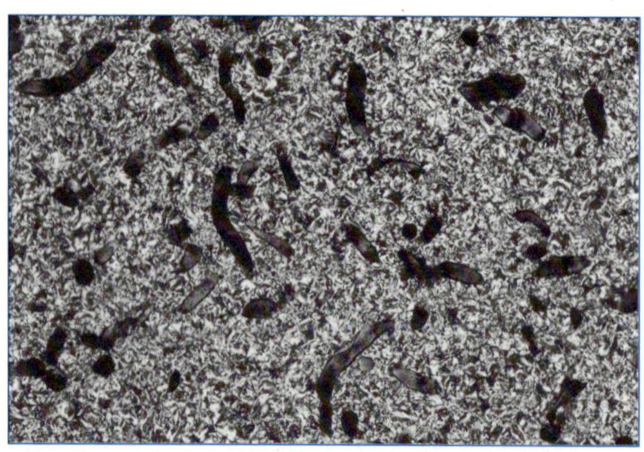

FIGUUR 7-4 Kunststofmengsel: acetaalmatrix, PTFE-additief (wormvormen) (x165)

Voor deze Nederlandse editie van dit boek blijven wij dan ook bij de woorden 'mengsels' en 'mengen'.

De technologie van vermengen is vaak geheim. Het is niet eenvoudig om verschillende polymeren te mengen met een synergetisch effect, maar sinds de jaren tachtig van de vorige eeuw is mengen een belangrijk hulpmiddel voor het verbeteren van de functionaliteit en toepasbaarheid van polymeren. De kosten van het ontwikkelen van een geheel nieuw polymeer kunnen heel hoog zijn en de ontwikkeling duurt soms vijf jaar. Daarentegen vormen de kosten van mengsels misschien maar een klein gedeelte van de kosten van een nieuw polymeer en de benodigde productietijd is mogelijk slechts een paar maanden. Ook de klantacceptatie is vaak beter. De mensen kennen de eigenschappen van de oorspronkelijke polymeer en wanneer ze dit polymeer kopen met een toevoeging verwachten ze eerder betere eigenschappen. De meeste van de nieuwe, sinds de jaren tachtig geïntroduceerde thermoplastische materialen zijn mengsels. Er bestaan ook *terpolymeren* (drie monomeren in een keten) en kunststofmengsels met verscheidene polymeeradditieven.

A–A–A–A–A–A–A

B–B–B–B–B   A–A–A   B–B–B–B

A–A–A–A–A–A–A–A   B–B–B–B

A–A–A–A–A–A–A–A–A

Polymeermengsel

De derde bij mengsels optredende mogelijkheid is dat de samenstellende polymeren in het mengsel gedeeltelijk mengbaar zijn. Deze soorten mengsels bestaan uit meer dan één fase, en de afzonderlijke fasen zijn mengsels van de componenten. De ene fase kan bijvoorbeeld rijk aan matrix zijn, met een kleine hoeveelheid van het toegevoegde polymeer. De andere fase kan rijk aan opgeloste stoffen zijn, met een kleine hoeveelheid van het matrixmateriaal in de oplossing.

Behalve de problemen met verschillende smelteigenschappen van de fasen moeten er potentiële problemen worden opgelost die verband houden met de adhesie van de fasen aan elkaar. Het creëren van een mengsel van polymeren met de gewenste verdraagbaarheid vereist uitgebreid onderzoek en een uitgebreide ontwikkeling, maar mengen en het wijzigen van polymeereigenschappen is toch nog altijd gemakkelijker en goedkoper dan de ontwikkeling van nieuwe polymeren. Daarom zal mengen ook in de eenentwintigste eeuw nog veel gebruikt worden. Oude, geaccepteerde polymeren worden gemengd voor het maken van nieuwe polymeergroepen, en nieuwe polymeren worden gemengd om nog meer polymeergroepen te creëren. Helaas worden de meeste van deze mengsels geheimgehouden door specifieke polymeerleveranciers. Dit is een probleem omdat kunststofgebruikers dan zijn aangewezen op de fabrikanten voor eigenschappeninformatie. De beste bescherming tegen gekleurde informatie is echter om alleen gegevens te accepteren die afkomstig zijn van een standaardtestprocedure. Ondanks de problemen bij de fabricage en het verkrijgen van eigenschappeninformatie, kunnen we stellen dat mengsels een belangrijk onderdeel van de polymeerversterkingsmechanismen vormen.

Interpenetrerende netwerken

We hebben opgemerkt hoe polymeermengsels worden gebruikt voor het produceren van synergetische effecten – polymeereigenschappen die beter zijn dan die van de componenten op zichzelf. Een verwant versterkingssysteem dat in het midden van de jaren tachtig in gebruik kwam, is het *interpenetrerende netwerk* (IPN, *interpenetrating network*). Een polymeer dringt binnen in een ander polymeer met cross-links, zodat de binnendringer de matrix wordt en het netwerkpolymeer lijkt op een driedimensionale versterking van het matrixpolymeer. Of polymeren met cross-links kunnen door cross-linking worden gekoppeld aan een ander polymeer binnen het netwerk van het eerste polymeer. In figuur 7-5 wordt een semi-interpenetrerend netwerk vergeleken met een volledig interpenetrerend netwerk. Semi-interpenetrerende netwerken worden gewoonlijk gevormd door het polymeriseren van een lineair polymeer binnen het netwerk van een polymeer met cross-links. Een volledig interpenetrerend netwerk kan worden gevormd door cross-linking van een tweede polymeer binnen het netwerk van een polymeer met cross-links. Dit vergroot de stijfheid van binnendringende structuren en de mechanische en andere eigenschappen, zoals chemische weerstand. Het gebruik van deze systemen staat nog in de kinderschoenen, maar er zijn vele toepassingen in de medische wereld.

Samenvattend kunnen we zeggen dat polymerisatie, het maken van polymeermoleculen met lange ketens, bereikt wordt door identieke monomeren aan elkaar te laten koppelen of door een condensatiereactie, waarbij een aantal chemische stoffen wordt gecombineerd om een polymeer te vormen, gepaard met enkele andere reactieproducten. Verschillende

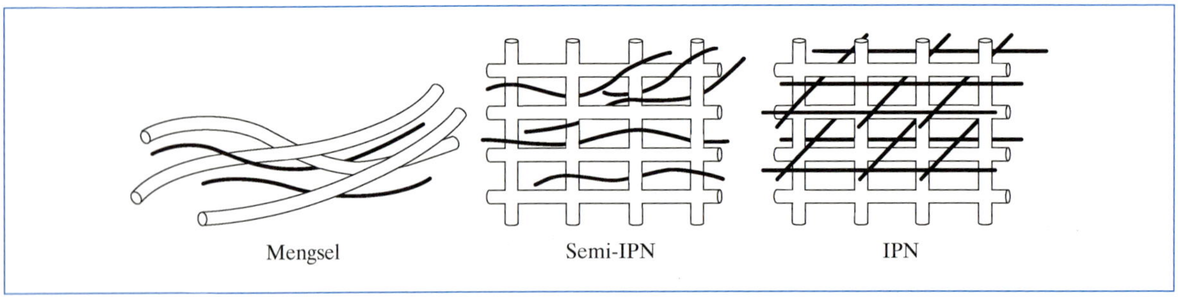

FIGUUR 7-5 Formatie van interpenetrerende netwerken, gevormd door binnendringend cross-linken van verschillende polymeren

polymeren kunnen worden gevormd door het substitueren van verschillende functionele groepen of elementen in een basiskoolstofketen. In alle polymerisatiereacties is het uiteindelijke molecuulgewicht belangrijk, omdat dit een grote invloed heeft op de mechanische en fysische eigenschappen en de verwerkbaarheid. Naast pogingen om polymeereigenschappen te verbeteren, hebben polymeerchemici ook manieren ontworpen voor het copolymeriseren van twee of meer verschillende monomeren en het mengen van twee of meer polymeren.

7.2 Basistypen van polymeren

Het onderwerp polymere materialen lijkt misschien overweldigend voor de gemiddelde materiaalgebruiker omdat er zoveel verschillende kunststoffen met verschillende eigenschappen en structuren bestaan. Hoe kan iemand nu alle verschillen onthouden en weten welk materiaal het beste gebruikt kan worden voor een specifieke toepassing? We gaan op het tweede deel van de vraag in bij onze bespreking van de materiaalkeuze, maar het antwoord op het eerste deel van de vraag luidt als volgt: door vertrouwd te raken met de belangrijke systemen.

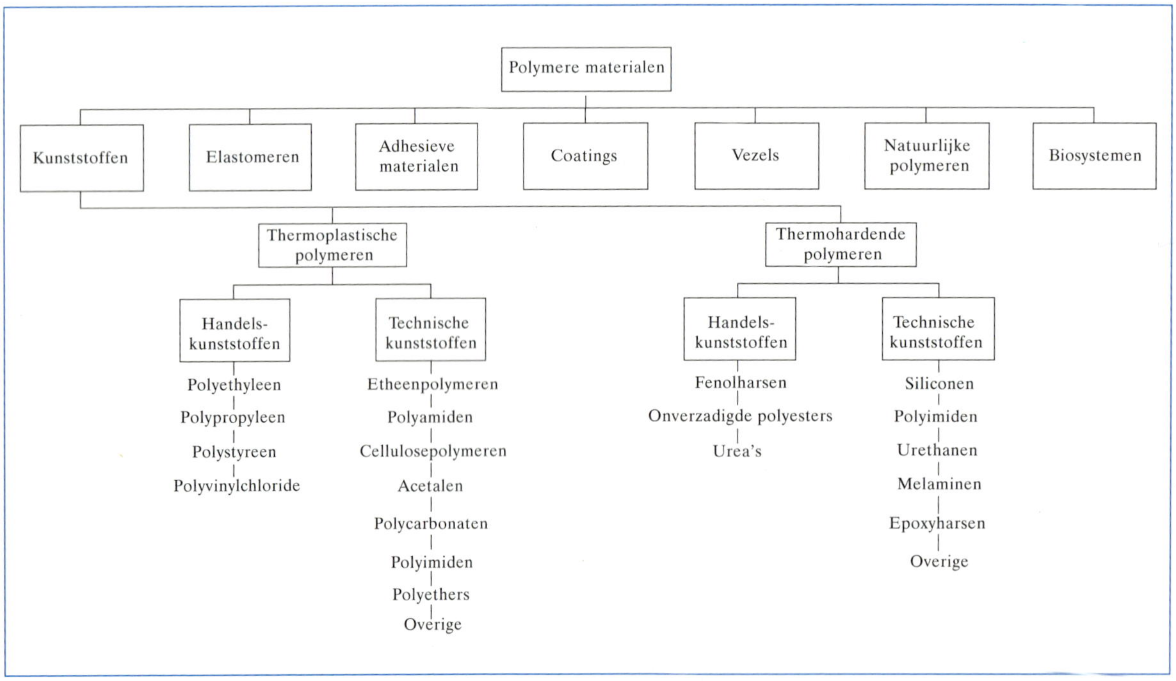

FIGUUR 7-6 Spectrum van polymere materialen en enkele van de belangrijke thermoplastische en thermohardende kunststofgroepen. Handelskunststoffen zijn de meest gebruikte kunststoffen en zijn in het algemeen goedkoper. Alle andere behoren tot de technische kunststoffen

Figuur 7-6 laat zien hoe het gebied van de polymere materialen kan worden onderverdeeld in diverse categorieën, aan de hand van gebruikseigenschappen en oorsprong. We bespreken deze categorieën afzonderlijk, met uitzondering van de polymeren die deel uitmaken van biologische systemen zoals het menselijk lichaam (enzymen, eiwitten en dergelijke). In dit hoofdstuk bespreken we de groep polymere materialen die bij de gebruikers bekendstaat als kunststoffen.

Kunststoffen kunnen worden onderverdeeld in twee categorieën aan de hand van hun eigenschappen bij hoge temperatuur. Kunststoffen zijn gewoonlijk *thermoplastisch* of *thermohardend*. Alle plastics gedragen zich ergens tijdens de verwerking als (stroperige) gesmolten materialen. Dit is een deel van de definitie van een plastic. Een thermoplastisch materiaal vloeit bij hoge temperaturen (amorfe materialen boven de *glasovergangstemperatuur*, kristallijne boven de smelttemperatuur) en het gestolde polymeer kan desgewenst altijd opnieuw worden verhit, en zal dan nog steeds hetzelfde doen. (De meeste kunststoffabrikanten recyclen daarom afgedankte onderdelen en de ongebruikte gedeelten van gietproducten.)

Thermohardende polymeren worden ook vloeibaar gevormd door gebruik te maken van een oplosmiddel of door een soort smeltgedrag gevolgd door uitharden. Als ze eenmaal gevormd zijn door gieten of vorming bij hoge temperatuur, kunnen ze niet meer worden gesmolten door opnieuw verhitten, en vloeien dus ook niet meer. De polymerisatie treedt op met sterke netwerkbindingen (cross-linking), geproduceerd door katalyse of de uitoefening van warmte en druk, en deze sterke bindingen verhinderen dat het materiaal opnieuw smelt. Wanneer deze materialen opnieuw worden verhit, zullen ze niet smelten maar verkolen, verbranden of in sommige gevallen sublimeren. Thermohardende materialen kunnen dan ook niet worden gerecycled, behalve als vulmiddel in composietmaterialen.

Thermoplastische polymeren bestaan meestal uit lange polymeerketens met een geringe breedte. Polymeren met dit type ketenstructuur worden ook wel *lineaire polymeren* genoemd. Tussen de ketens zitten secundaire (zwakkere) bindingen. Door temperatuurverhoging verdwijnen deze bindingen, waardoor het materiaal plastisch of zelfs vloeibaar wordt. Thermohardende polymeren hebben een structuur die wordt gekenmerkt door een driedimensionaal netwerk van moleculen. Bij de bespreking van fabricagetechnieken zullen we zien dat het verschil tussen de eigenschappen thermoplastisch en thermohardend van grote invloed is op de potentiele toepassingen van een polymeer. Er bestaan vele goedkope fabricagemogelijkheden voor thermoplastische materialen, maar voor de thermohardende materialen zijn vaak duurdere fabricageprocessen nodig.

De andere belangrijke manier om polymeren in te delen aan de hand van chemische groepen houdt in dat er verschillende polymeren kunnen worden gemaakt door de substituentgroepen van een bepaalde monomeer te wijzigen. Zo verandert bijvoorbeeld polyethyleen in polyvinylchloride door een chlooratoom te vervangen voor een waterstofatoom. Alle polymeergroepen die belangrijk zijn voor technische ontwerpen worden hieronder gedetailleerd besproken, maar de in figuur 7-6 geïllustreerde groepen zijn in de praktijk de belangrijkste. We vermelden negentien polymeergroepen. Binnen deze groepen zijn talloze specifieke kunststoffen commercieel verkrijgbaar. Zo is de welbekende kunststof nylon afkomstig uit de polyamidegroep. Er bestaan ongeveer tien verschillende soorten nylon. De samenstellers voegen er vulstoffen en andere additieven aan toe en de kunststofgebruiker kan ten slotte kiezen uit wel honderd soorten nylon. Als we mengsels in de lijst opnemen is het aantal opties nog groter. Als de gebruiker echter vertrouwd raakt met de gebruikseigenschappen van enkele van de nylon homopolymeren, is het mogelijk om verstandige beslissingen te nemen wat betreft het kiezen van een nylonsoort en het vergelijken van deze polymeergroep met andere groepen.

Ongeveer 75 procent van de geproduceerde kunststoffen is afkomstig uit slechts drie basispolymeergroepen: olefinen (polymeren die afgeleid zijn van ethyleen, met name polyethyleen en polypropyleen), vinylsoorten (met name PVC) en styrenen (met name polystyreen). *Technische kunststoffen* hebben een hogere sterkte en presteren goed. Ze maken slechts ongeveer 10 procent uit van het verwachte gebruik, maar ze zijn uiterst belangrijk, omdat dit de polymeergroepen zijn die in het verleden onmogelijke ontwerpen mogelijk maakten. Het gebruik van thermohardende harsen bedraagt ongeveer 20 procent van dat van thermoplasten, maar voor hun toepassing geldt een vergelijkbare situatie. Ongeveer 90 procent van de gebruikte soorten is afkomstig van een paar basisgroepen: fenolharsen, onverzadigde polyesters en urea's.

We willen duidelijk maken dat het onderwerp polymere materialen kan worden vereenvoudigd door de nadruk te leggen op polymeergroepen in plaats van te trachten de merknamen van de kunststoffen te onthouden. De gebruiker moet een idee hebben wat olefinen, polyamiden, styrenen, fenolharsen en andere belangrijke groepen zijn en kunnen. Zoals gezegd is geheimhouding van de producten helaas zeer gebruikelijk in de kunststofindustrie. Sommige kunststoffabrikanten hebben er zelfs moeite mee om het door hen gebruikte basispolymeersysteem te onthullen. Er zijn pogingen gedaan om te komen tot een algemeen identificatiesysteem voor specifieke kunststoffen. Zo'n systeem is bijvoorbeeld de Amerikaanse ASTM D 4000-specificatie. Deze specificatie laat zien hoe de gebruiker een alfanumerieke identificatie kan toepassen voor een specifiek type nylon of andere kunststof. Ook kan de fabrikant vulmaterialen, additieven en zelfs kleurstoffen laten zien. Helaas heeft dit systeem niet algemeen ingang gevonden in de industrie. Er wordt nog steeds de voorkeur gegeven aan specificatie door middel van merknamen. Het is niet waarschijnlijk dat de situatie in de nabije toekomst zal veranderen en we adviseren daarom om algemene specificaties te gebruiken waar mogelijk. Wanneer het gebruik van merknamen onvermijdelijk is, zorg er dan in ieder geval voor dat je weet wat het basispolymeer is en welke vulmaterialen en additieven het bevat. Er bestaan handboeken die de merknamen omzetten in algemene polymeergroepen. Gebruik deze zo nodig.

7.3 Wijzigen van polymeer-eigenschappen door structuurverandering

Enkele uitzonderingen daargelaten, is het versterken van polymeren de taak van de polymeerchemicus. Normaal gesproken heeft een kunststof bepaalde mechanische eigenschappen na de vormgeving en daarna kan niets meer worden gedaan om het materiaal sterker te maken. Een uitzondering vormt polyamide-imide, een technische kunststof waarvan de sterkte kan worden verhoogd door een warmtebehandeling na het gieten. Men maakt wel gebruik van vulmaterialen en additieven om de sterkte te wijzigen. Ook de keuze van de procescondities (temperatuur, druk, tijd, verstrekrichting) kunnen de sterkte-eigenschappen beïnvloeden. In deze paragraaf willen we de technieken beschrijven die samenstellers en polymeerfabrikanten gebruiken voor het regelen en verbeteren van mechanische en andere gebruikseigenschappen van basispolymeersystemen. Het begrijpen van deze factoren helpt de gebruiker bij het kiezen van kunststoffen die gewijzigd zijn ter verbetering van de eigenschappen.

Lineaire polymeren

We hebben al vermeld hoe het molecuulgewicht van polymeren van invloed is op de polymeereigenschappen. In het algemeen geldt dat treksterkte en druksterkte van een polymeer toenemen naarmate het molecuulgewicht hoger is. Ook copolymerisatie en menging kunnen de mechanische eigenschappen verbeteren. In sommige gevallen bevatten mengsels of composietpolymeren een zwakker polymeer dat een nadelige invloed heeft op de mechanische eigenschappen, maar wel het smeervermogen verhoogt of de wrijving reduceert. Wanneer polymeren een hoge sterkte en stijfheid hebben, komt dat meestal doordat er bindingen tussen de polymeerketens bestaan.

De eenvoudigste thermoplastische polymeren hebben een *lineaire* structuur. Zo'n structuur wordt afgebeeld in figuur 7-7. De polymeerketens zijn tweedimensionaal gerangschikt, waarbij elke keten zich als een afzonderlijke keten gedraagt. Dat betekent dat de keten weinig breedte, maar een significante lengte vertoont.

De binding tussen de polymeerketens is een gevolg van bijvoorbeeld de *Van der Waalskrachten* (de totale intermoleculaire kracht), de waterstofbinding of de wisselwerking van polaire groepen. In lineaire polymeren zijn de polymeerketens gewoonlijk zo flexibel dat ze zich verstrengelen. Dit type structuur is vergelijkbaar met een kom spaghetti. Afhankelijk van de zijgroepen, de mate van *ketenvertakking* of andere factoren kunnen lineaire polymeren een *amorfe* of een *kristallijne* structuur hebben.

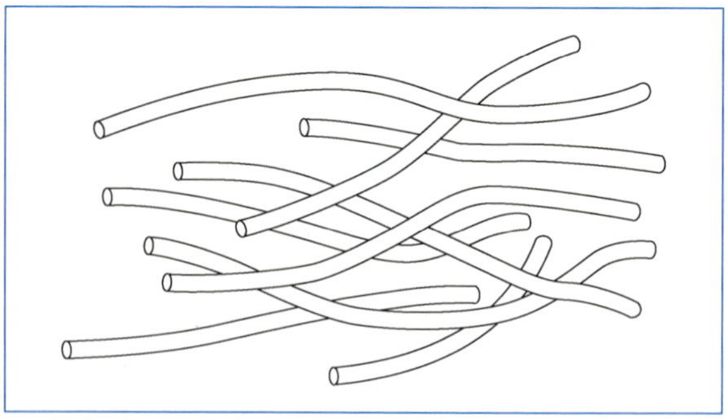

FIGUUR 7-7 Schematische weergave van polymeerketens in een lineair polymeer

Vertakte polymeren

Als een keten zich bij een polymerisatiereactie, bedoeld of onbedoeld, opsplitst en als twee ketens blijft groeien, heeft deze een *vertakte* structuur. Dit concept wordt geïllustreerd in figuur 7-8. Vertakkingen geven meestal een versterkte en stijvere structuur, omdat voor de vervorming van het polymeer een verplaatsing nodig is van ketens die veel meer verstrengeld zijn dan in lineaire polymeren. Er worden speciale katalysatoren en verwerkingstechnieken gebruikt om vertakking te controleren en te bevorderen. Vele elastomeren of polymere rubbersoorten hebben een vertakte structuur. Dit verklaart waarom ze zo veerkrachtig zijn en veel rek kunnen verdragen zonder te breken. De vervlochten ketens rekken uit bij spanningen, maar worden niet uit elkaar getrokken.

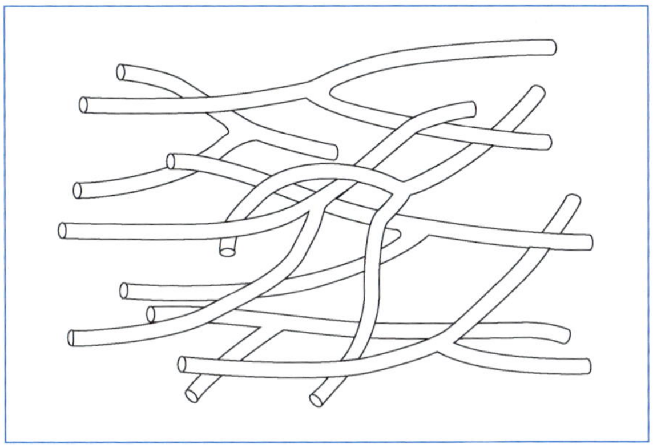

FIGUUR 7-8 Polymeerketens in een vertakt polymeer

Cross-linking

Als we ervoor konden zorgen dat de afzonderlijke ketens tijdens de polymerisatiereactie chemische bindingen met elkaar vormen, zou je verwachten dat er een structuur ontstaat die bijzonder sterk en stijf is. Dit is in feite wat er gebeurt in de meeste thermohardende polymeren. Bij het verschijnsel *cross-linking* gaat het om primaire bindingen tussen polymeerketens, zoals geïllustreerd in figuur 7-9.

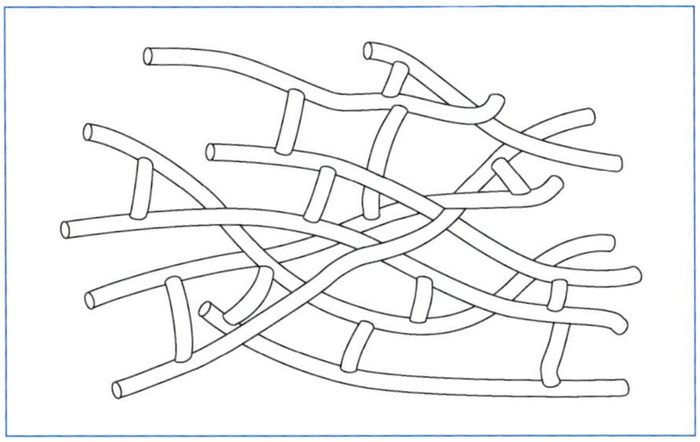

FIGUUR 7-9 Polymeer met cross-links

Het aldus gevormde polymeer kan gewoonlijk niet opnieuw worden gesmolten, omdat de bindingen tussen de ketens daarvoor te sterk zijn. Wisselwerkingen tussen polymeerketens, zoals vertakken en cross-linking, treden niet in dezelfde mate op in verschillende polymeren. Sommige polymeren zijn licht vertakt en andere sterk vertakt. Hetzelfde geldt voor cross-linking. Hoe meer cross-links, des te stijver het materiaal en des te minder het materiaal kan worden opgelost of opnieuw gesmolten.

Ketenverstijving

Een polymeerversterkingsmechanisme dat in belangrijke mate verschilt van de al besproken mechanismen is ketenverstijving, veroorzaakt door grote substituentgroepen op de monomeren waaruit een polymeerketen bestaat. We hebben geïllustreerd hoe lineaire polymeerketens zich kunnen verstrengelen en rond elkaar buigen. De koolstof-koolstofbindingen werken daarbij als spilpunten voor de buiging van de keten. Stel dat een polymeer een monomeer heeft die groot en asymmetrisch is. Het vermogen van een keten om te buigen wordt daardoor verminderd.

Polystyreen, een typisch voorbeeld van zo'n systeem, wordt afgebeeld in figuur 7-10. De basisketenstructuur is dezelfde als die van zacht en ductiel polyethyleen. De aanwezigheid van de grote benzeenring als een integraal deel van de polystyreenmonomeer veroorzaakt een vermindering van de beweeglijkheid van de keten. Grotere zijgroepen verhogen gewoonlijk de stijfheid en de sterkte. Polystyreen is een populaire kunststof, gebruikt voor wegwerpartikelen zoals plastic vorken, messen en lepels. Het is wel een stijf en betrekkelijk bros thermoplastisch materiaal, zoals ook verwacht mag worden op basis van zijn fysische structuur. De grootte van de zijgroepen wordt ook wel gerelateerd aan de zogeheten *sterische hindering*.

De sterkte en de stijfheid van een polymeer kunnen niet alleen worden gewijzigd door middel van de grootte van de zijgroepen op de keten, maar ook door middel van de locatie van de zijgroepen op de hoofdketen. In lineaire (*alifatische*) polymeren kunnen de zijgroepen op diverse manieren langs de keten gerangschikt zijn. Zoals in figuur 7-11 wordt weergegeven kunnen de methylgroepen (CH_3) in polypropyleen zich alle aan één zijde van de keten bevinden (*isotactisch*), afwisselend langs beide zijden van de keten (*syndiotactisch*) of willekeurig geplaatst zijn langs de keten (*atactisch*). De relatieve locatie

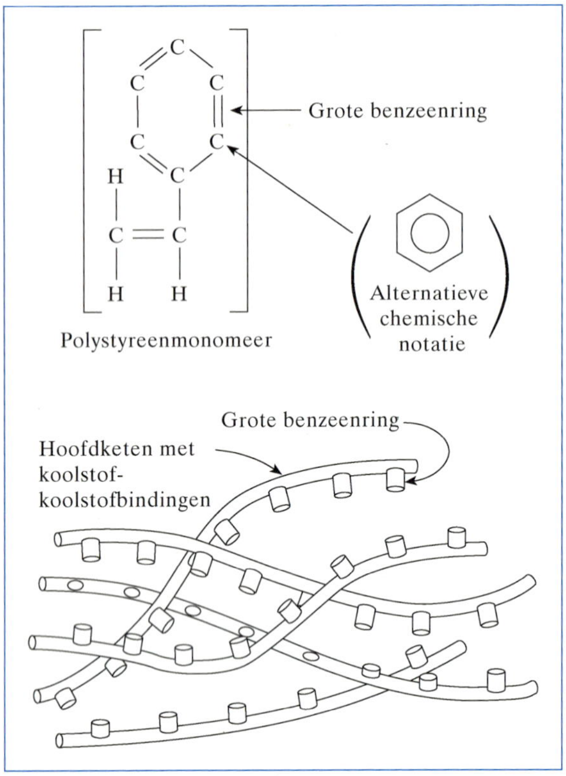

FIGUUR 7-10 Versterking door middel van het stijver maken van de ketens

van de zijgroepen heet *stereospecificiteit* of *tacticiteit.* Stereospecificiteit van de zijgroepen langs de koolstofruggengraat kan van invloed zijn op de mechanische eigenschappen van het polymeer. Polymeren met een grote mate van stereoregelmaat (orde) hebben de neiging kristallijn te zijn. Isotactisch polypropyleen is in hoge mate kristallijn. Syndiotactisch polypropyleen bezit minder *kristalliniteit* en lagere sterkte-eigenschappen vergeleken met isotactisch polypropyleen. Atactische vormen van polypropyleen zijn amorf, en betrekkelijk zacht en rubberachtig. Kunststoffen zoals polystyreen en polymethylmethacrylaat zijn meestal atactisch. Voor toepassingen zoals cd's kunnen syndiotactische soorten polystyreen, met een verbeterde dimensionele stabiliteit en kruipvastheid, geschikt zijn als vervanging voor duurdere kunststoffen als polycarbonaat.

Structurele kenmerken en smeltkenmerken van kristallijne en amorfe thermoplasten

Polymeren in vaste toestand kunnen een grotendeels *amorfe* structuur hebben of een *semikristallijne* structuur. Zoals we in hoofdstuk 2 gezien hebben, hebben kristallijne materialen atoombindingen die regelmatig zijn en zich op een specifieke en ordelijke manier herhalen. In het algemeen hebben amorfe

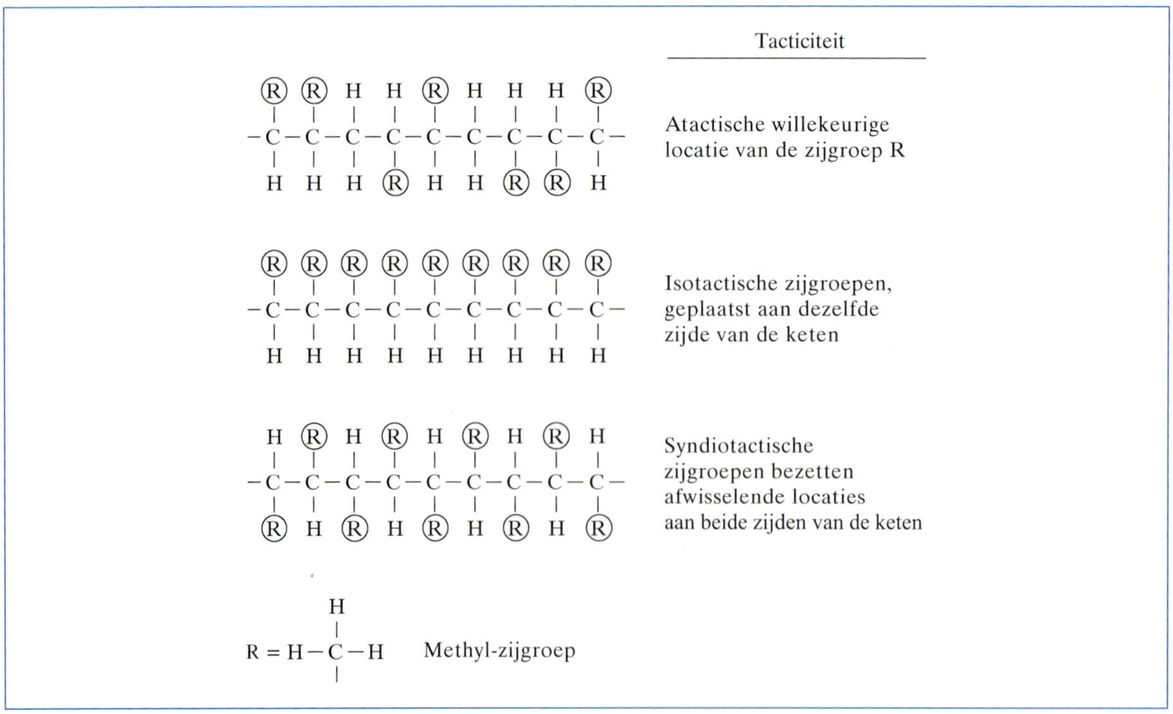

FIGUUR 7-11 De relatieve locatie van de methyl-zijgroep in polypropyleen is van grote invloed op de eigenschappen

materialen geen regelmatige, zich repeterende driedimensionale rangschikking van de atomen. Factoren zoals ketenvertakkingen, stereospecificiteit, polariteit, mate van cross-linking en sterische hindering zijn alle van invloed op de structuur van een polymeer.

Kristallijne polymeren hebben een regelmatige structuur met een rechte keten (lineair of *alifatisch*) en kleine zijgroepen. Sommige kristallijne polymeren hebben ringstructuren in de hoofdketen, maar geen grote zijgroepen. In figuur 7-12 laten we zien dat wanneer een kristallijn polymeer afkoelt vanuit de vloeibare toestand, de lange polymeerketens zich opvouwen als een accordeon en een regelmatige, zich repeterende structuur vormen. Deze regelmatige structuur vormt een kristal. Net als vele metalen zijn kristallijne polymeren in feite polykristallijn.

In vaste toestand is een kristallijn polymeer stijf en onbuigzaam met een zeer hoge *viscositeit*. Zoals in figuur 7-13 te zien is, daalt de viscositeit van het polymeer bij verhitten tot aan het smeltpunt aanzienlijk en abrupt naar een veel lager niveau.

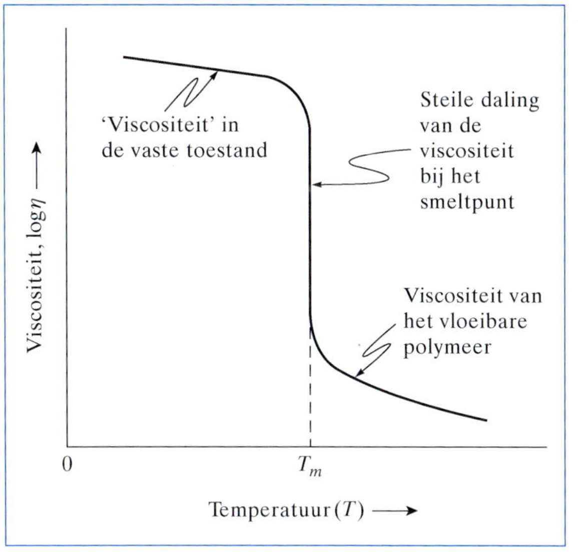

FIGUUR 7-13 Kromme van viscositeit tegen temperatuur voor een kristallijn thermoplastisch materiaal. Merk op hoe steil de viscositeit daalt bij het kristallijne smeltpunt

Als kunststoffen worden verwarmd, zetten ze net als andere stoffen uit. Het smeltpunt van kunststoffen is echter relatief laag en de uitzettingscoëfficiënt is hoog. Het thermische gedrag heeft hierdoor veel invloed op het mechanische gedrag. Vandaar dat het zinvol is de relatie tussen temperatuur en specifiek volume nauwkeurig in kaart te brengen. Dit wordt gedaan door het meten van het *soortelijk volume* in cm^3/g (de inverse van de dichtheid) als een functie van de temperatuur. Voor zulke metingen wordt een instrument als een *dilatometer* gebruikt. Zoals in figuur 7-14 te zien is, zet een kristallijn polymeer met

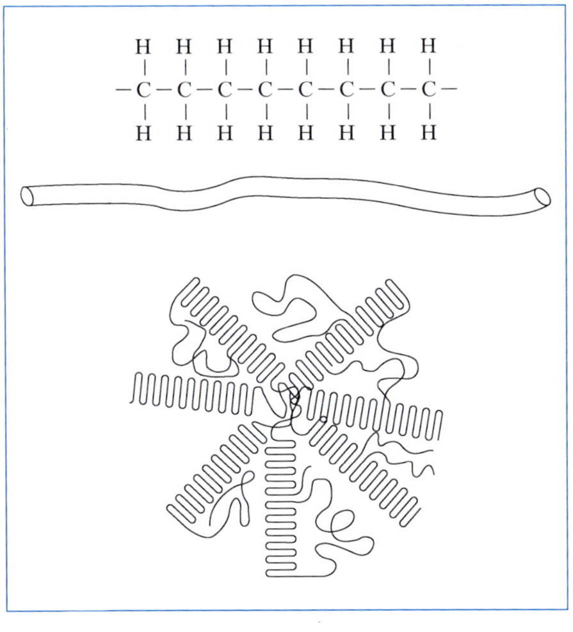

FIGUUR 7-12 Kristallijne polyethyleenpolymeer. Door de rechte keten en de afwezigheid van zijgroepen kan de keten zich vouwen tot een regelmatige, zich repeterende structuur

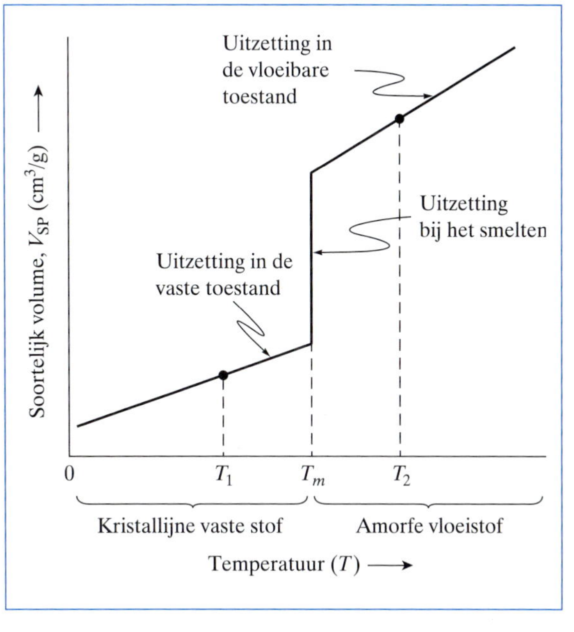

FIGUUR 7-14 Soortelijk volume van een kristallijne thermoplast als functie van de temperatuur. Let op de toename in soortelijk volume op het kristallijne smeltpunt

een bekend volume bij verhitting vanuit de vaste toestand uit met een bepaalde snelheid (gebaseerd op de thermische uitzettingscoëfficiënt). Bij de smelttemperatuur (ook bekend als het kristallijne smeltpunt, T_m) neemt het soortelijk volume van het polymeer aanzienlijk en abrupt toe. Deze volumetrische uitzetting treedt op omdat de in de vaste toestand dicht opeengepakte kristalstructuur een punt bereikt waarop de structuur verdwijnt en het polymeer verandert in een amorfe vloeistof. Bij het optreden van deze overgang neemt het inwendige volume, het *vrije volume*, van de polymeerstructuur spectaculair toe. Bij verdere verhitting zet het vloeibare polymeer uit met een snelheid die evenredig is met de thermische uitzettingscoëfficiënt van het vloeibare polymeer.

Zolang de temperatuur lager is dan het kristallijne smeltpunt, gedraagt het polymeer zich als een vaste of soms rubberachtige stof, zoals wordt weergegeven in de spanning-rekkromme in figuur 7-15. Boven de smelttemperatuur verandert het polymeer daarentegen in een vloeistof die niet in staat is om mechanische spanningen te ondersteunen.

Het kristalliseren is dus een kwestie van een soort netjes opvouwen van de keten. Als echter de structuur van een polymeer grote zijgroepen met significante ketenvertakkingen heeft of een stereospecificiteit, worden de ketens zo stijf en omvangrijk dat ze niet gemakkelijk kunnen opvouwen. In figuur 7-16 wordt weergegeven hoe atactisch polystyreen afkoelt vanuit een vloeibare toestand en hoe de polymeerketens condenseren en een vaste structuur met hoge viscositeit vormen. Het hardende effect vanwege de aangehechte grote benzeenring verhindert echter dat de ketens zich vouwen in een regelmatige, zich repeterende structuur. In plaats daarvan vormen de polymeerketens een betrekkelijk willekeurige structuur. Polymeren met deze morfologische structuurvorm worden amorfe polymeren genoemd.

Als een amorfe thermoplast zoals atactisch polystyreen wordt verhit, verandert deze aanvankelijk van een harde, brosse toestand in een leerachtige toestand. Bij extra verhitting wordt het materiaal zacht en betrekkelijk kleverig, alvorens zich te ontwikkelen tot een viskeuze vloeistof. Wanneer het polymeer nog verder wordt verhit, lijkt het te zijn 'gesmolten'. Er is echter geen scherpe overgang van een vaste naar een vloeibare toestand, maar een geleidelijke verandering over een groot temperatuurbereik, van hard/bros naar leerachtig naar een viskeuze vloeistof. Deze verandering in viscositeit als functie van de temperatuur wordt geïllustreerd in figuur 7-17. In feite hebben amorfe thermoplasten geen duidelijke smelttemperatuur, maar worden ze vloeibaar over een groot temperatuurgebied.

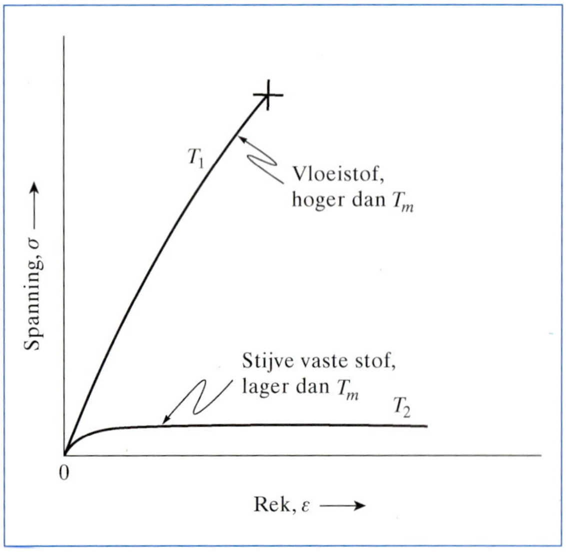

FIGUUR 7-15 Typische trek-rekkrommen voor een kristallijne thermoplast bij temperaturen T_1 en T_2, respectievelijk boven en onder de smelttemperatuur. Zie figuur 7-14 voor de locatie van de referentietemperaturen T_1 en T_2 op de kromme van soortelijk volume tegen temperatuur

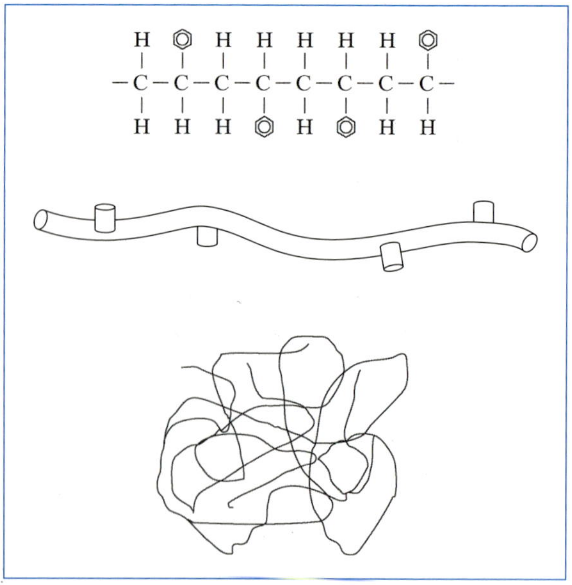

FIGUUR 7-16 Amorf polystyreenpolymeer. De omvangrijke atactische zijgroepen verhinderen dat de keten zich opvouwt in een regelmatige, zich repeterende structuur. De resulterende structuur heeft geen grootschalige orde

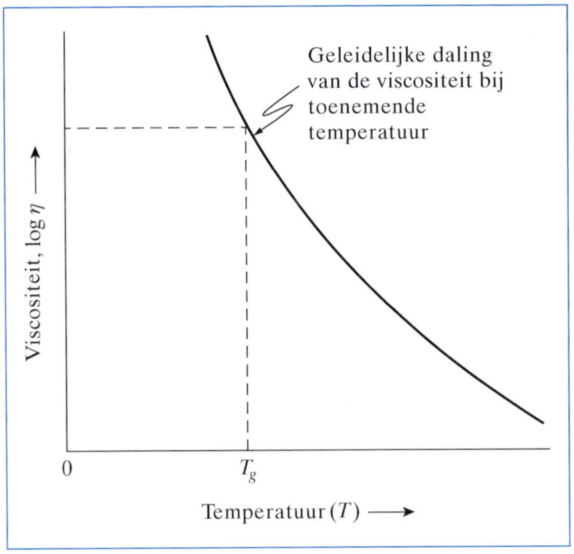

FIGUUR 7-17 Kromme van viscositeit tegen temperatuur voor een amorfe thermoplast. Merk de geleidelijke daling van de viscositeit bij toenemende temperatuur op. Er is geen merkbare viscositeitsovergang bij T_g

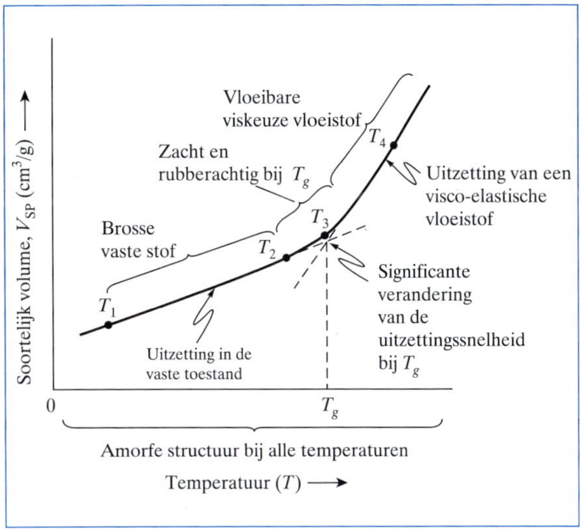

FIGUUR 7-18 Soortelijk volume van een amorfe thermoplast als functie van de temperatuur. Merk op hoe de helling van de soortelijkvolumekromme toeneemt bij de glasovergangstemperatuur, T_g. De temperaturen T_1–T_4 zijn de in figuur 7-19 aangegeven referentietemperaturen

Wanneer een vloeistof of een gesmolten amorf polymeer langzaam afkoelt, neemt het volume van het polymeermonster af op basis van de thermische uitzettingscoëfficiënt van het materiaal (zie figuur 7-18). De viscositeit van het polymeer neemt toe. Het materiaal wordt steeds stroperiger. In het begin kan er nog een ordening ontstaan, maar op een gegeven moment wordt het materiaal ineens echt stroperiger door krimp en toenemende aantallen secundaire bindingen en dan wordt de eindstructuur vastgelegd. Bij deze overgangstemperatuur verandert de helling van de kromme van soortelijk volume versus temperatuur. Deze hellingsverandering treedt op bij de *glasovergangstemperatuur*, T_g.

De glasovergangstemperatuur is de temperatuur, bij verwarmen of koelen, waarbij de moleculen van een amorf polymeer omkeerbaar hun beweeglijkheid zodanig wijzigen dat boven de T_g het polymeer 'rubberachtig' gedrag vertoont en zich onder T_g 'glasachtig' of stijver gedraagt. De wijziging treedt op over een klein temperatuurbereik, en het is algemeen gebruikelijk om een enkele temperatuur te gebruiken die in het midden ligt van het temperatuurbereik waarin de overgang plaatsvindt. De overgang wordt vergezeld door wijzigingen in thermische eigenschappen; zodoende is het gebruikelijk om de T_g van een polymeer vast te stellen met behulp van een analytisch instrument dat een dynamische *differentiële scanningcalorimeter* (DSC) heet. Warmte wordt afgegeven in de T_g-reactie (exotherm) en het DSC-instrument meet deze warmte terwijl het monster uniform wordt verwarmd. Voor vele kunststoffen is de T_g lager dan kamertemperatuur. Deze kunststoffen gedragen zich dus 'rubberachtig' bij kamertemperatuur (zie figuur 7-19). Bij voortdurende verwarming boven T_g wordt het materiaal visco-elastisch: het heeft viskeuze en elastische kenmerken, zoals gelatine.

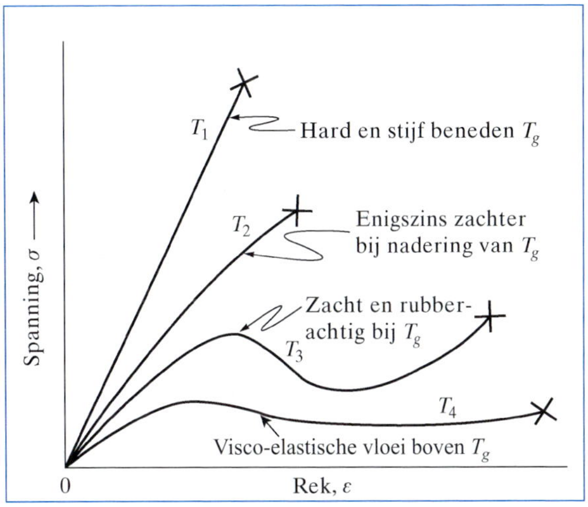

FIGUUR 7-19 Voorbeelden van spanning-rekkrommen voor een amorfe thermoplast bij diverse temperaturen boven en onder de glasovergangstemperatuur. Zie figuur 7-18 voor de locatie van de referentietemperaturen T_1-T_4 op de kromme van soortelijk volume versus temperatuur

Sommige amorfe polymeren verzetten zich tegen kristallisatie omdat hun ketens bestaan uit stijve segmenten van omvangrijke *pendantgroepen*. Deze fysische belemmeringen verhinderen dat de polymeerketens oprollen en een geordende structuur vormen.

Amorfe polymeren zijn meestal geheel amorf, maar de meeste kristallijne polymeren zijn in feite semikristallijn, waarbij het percentage kristalliniteit kan variëren van 40 tot 90 procent. Figuur 7-20 laat zien dat als de lange ketens in een kristallijn polymeer zich opvouwen in een regelmatige, zich repeterende structuur, er een hoeveelheid amorf materiaal aanwezig is om slechte aanpassing en andere defecten binnen de kristallen te compenseren. Figuur 7-21 laat de microstructuur zien van een kristallijn polypropyleenthermoplast. Semikristallijne polymeren hebben duidelijk gedefinieerde smeltpunten en een T_g (als gevolg van de invloed van de amorfe fase). Het niveau van kristalliniteit wordt bepaald door talrijke factoren, waaronder de afkoelingssnelheid en de aanwezigheid van *additieven* zoals *kiemvormingsmiddelen*. Als een kristallijne thermoplast bijvoorbeeld snel wordt afgekoeld van een vloeibare toestand naar een temperatuur beneden de T_g, domineert de amorfe fase de structuur. In de loop van de tijd kan een hoeveelheid amorfe fase echter worden omgezet naar een kristallijne fase. (Het materiaal krimpt tijdens de faseverandering.)

Grote ringstructuren (*aromatische ringen*) in de hoofdketen (*ruggengraat*) van een polymeer vergroten de sterkte en stijfheid van het polymeer en verhogen de T_g (zie figuur 7-22). De lineaire (alifatische) ketens in polyethyleen zijn bijvoorbeeld zeer flexibel. Door de flexibiliteit van de ruggengraat is de T_g zeer laag (lager dan kamertemperatuur). Daarentegen zijn polymeren met aromatische ringgroepen in de keten, zoals polycarbonaat, meestal stijver en hebben ze meestal een hogere T_g. Aromatische ringen langs de ruggengraat verhinderen dat de ruggengraat van het polymeer buigt, draait of andere vormen van segmentarische beweging vertoont. Ringgroepen in de ruggengraat van een polymeer maken de structuur stijver op een manier die analoog is aan het verbeteren van het web in een I-balk.

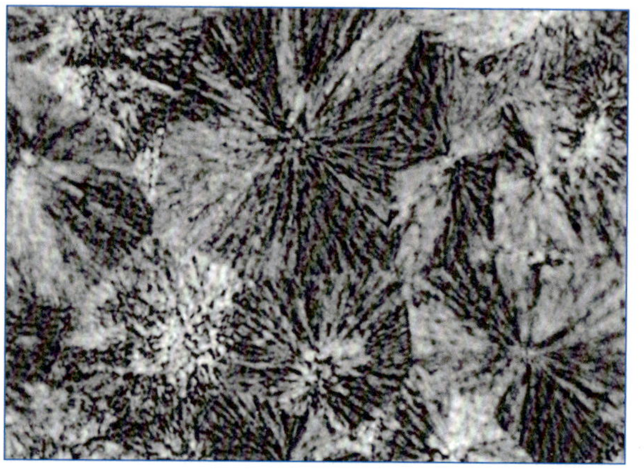

FIGUUR 7-21 Structuur van kristallijn isotactisch polypropyleen (×640)

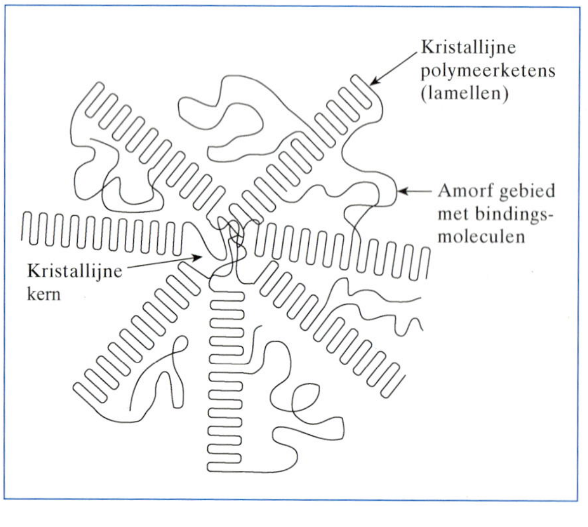

FIGUUR 7-20 Structuur van een semikristallijne polymeer. Grootschalige orde, veroorzaakt door het oprollen van de polymeerketens, creëert kristallijne lamellen. De bolvormige morfologische vorm wordt een *sferuliet* genoemd

Het mengen van polymeren (copolymeren) kan ook van invloed zijn op de structuur en de thermische eigenschappen van het polymeer. Wanneer bijvoorbeeld polyethyleen en polypropyleen (twee betrekkelijk kristallijne polymeren) worden gemengd, is het resulterende polymeer een zeer zacht, rubberachtig en amorf polymeer. Copolymerisatieprocessen die de regelmaat binnen de structuur reduceren, verhinderen meestal de kristallisatie.

De stereospecificiteit van een polymeer kan van invloed zijn op het kristallisatievermogen. Syndiotactische en isotactische versies van polypropyleen kristalliseren bijvoorbeeld gemakkelijk als gevolg van de regelmatige plaatsing van de methyl-zijgroepen. Atactisch polypropyleen daarentegen vormt een amorf polymeer vanwege de willekeurige locatie van zijgroepen die het moeilijk maakt voor de polymeerketen om zich op te vouwen in regelmatige kristallijne structuren. Polystyreen komen we tegen als een amorf polymeer met atactische benzeenring-zijgroepen. Een nieuwere vorm van polystyreen met syndiotactische zijgroepen kristalliseert juist vanwege de regelmatige rangschikking van de zijgroepen.

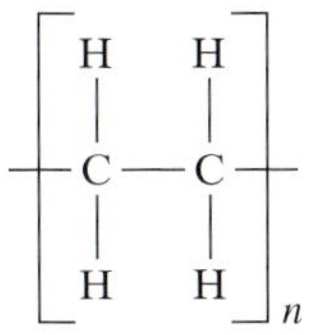

Polyethyleenmonomeer

- Door de zeer buigzame keten is de polyethyleenketen in staat om zich op te vouwen tot een semikristallijne structuur.
- Vanwege de grote buigzaamheid van de ketens is de T_g van polyethyleen zeer laag (ongeveer –120°C).

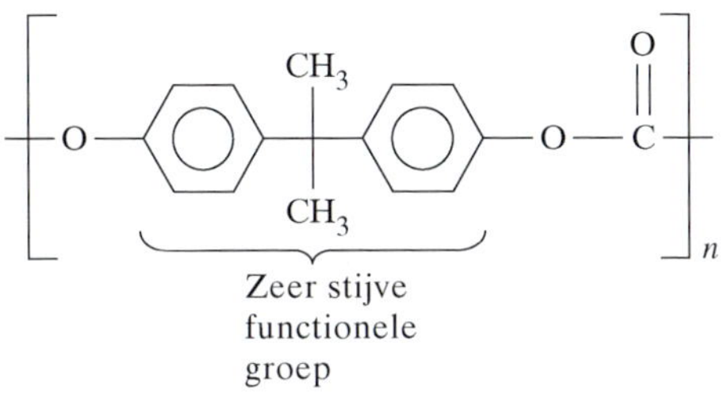

Polycarbonaatmonomeer

- De structuur van polycarbonaat is amorf omdat de ringstructuren in de hoofdketen de kristallisatie belemmeren.
- Ringstructuren in de hoofdketen verhogen de stijfheid van het polymeer en de T_g (ongeveer 149°C).

FIGUUR 7-22 Effect van aromatische functionele groepen in de hoofdketen op de stijfheid, de structuur en de T_g

De meeste thermohardende polymeren hebben een cross-linkstructuur die amorf is. De cross-links verhinderen dat de polymeerketens zich opvouwen of een regelmatige, zich repeterende structuur vormen. Polymeren met volledige cross-linking hebben geen smelttemperatuur. Ze vertonen echter wel een T_g. Voor een gegeven polymeermateriaal, zoals bisfenol A-epoxy, geeft een hogere T_g een grotere mate van cross-linking aan. Cross-linking vermindert het vrije volume in de polymeerstructuur, waardoor de ketens sterker verbonden zijn.

Samenvatting: amorfe polymeren

- Thermoplasten met uitgebreide ketenvertakkingen, grote zijgroepen en lage stereoregelmaat hebben een voorkeur voor een amorfe structuur.
- Thermohardende polymeren zijn amorf omdat cross-linking de kristallisatie belemmert.
- Thermoplastische en thermohardende amorfe polymeren vertonen glasovergangstemperaturen (T_g).
- De mechanische eigenschappen van amorfe polymeren verslechteren in grote mate bij de T_g.
- Amorfe thermoplasten smelten of worden vloeibaar over een uitgebreid temperatuurbereik.
- Thermohardende polymeren smelten niet, maar degenereren boven de T_g.

Samenvatting: semikristallijne polymeren

- Polymeren met lange, smalle alifatische ketens en minder ketenvertakkingen kristalliseren.
- Semikristallijne polymeren hebben een bepaalde smelttemperatuur (T_m). Op dit punt begint een vloeibare fase bij verwarming.
- De meeste kristallijne polymeren bevatten een zekere hoeveelheid amorf polymeer.
- Voor de in een kristallijn polymeer aanwezige amorfe fase kan een T_g worden geregistreerd.
- De amorfe fase in een kristallijn polymeer kan een grote invloed hebben op de mechanische eigenschappen van het polymeer.

De mate van kristalliniteit heeft veel invloed op de polymeereigenschappen. De kristalliniteit heeft een gunstige invloed op mechanische eigenschappen zoals treksterkte en hardheid, en vermindert de ductiliteit, taaiheid en verlenging. De in semikristallijne polymeren aanwezige amorfe fase kan evenwel de taaiheid verbeteren. De chemische permeabiliteit en oplosbaarheid nemen in het algemeen af bij toenemende kristalliniteit. Kristallijne polymeren zijn meestal optisch ondoorzichtig of doorschijnend, en amorfe polymeren hebben de grootste optische helderheid.

Semikristallijne thermoplasten krimpen gewoonlijk meer dan amorfe thermoplasten, bij afkoeling vanaf de spuitgiettemperatuur. In de loop van de tijd kan de kristalliniteit van een semikristallijn kunststof onderdeel toenemen, waardoor veranderingen in afmetingen worden veroorzaakt (krimp). Amorfe polymeren zijn gewoonlijk stabieler in hun afmetingen.

7.4 Wijzigen van polymeer-eigenschappen door toevoegingen

Additieven

Voor technische en andere kunststoffen, alsmede andere polymere materialen zoals verf- en kleefstoffen, wordt gebruikgemaakt van speciale toevoegmaterialen ter verbetering van hun eigenschappen en hun functioneren. Additieven verbeteren de mechanische eigenschappen, de thermische verwerkingsprocessen, de oppervlakte-eigenschappen en/of de chemische eigenschappen, en eventueel ook het uiterlijk en de esthetische eigenschappen.

Additieven kunnen op verschillende manieren in een polymeer worden ingevoegd. In thermohardende polymeren worden de meeste additieven bijvoorbeeld aan de hars toegevoegd door middel van speciale meng- en dispersieprocessen. De meeste thermoplasten worden aangeboden in de vorm van kleine korrels ofwel granulaat (zie figuur 7-23). Korrels en kralen worden gemaakt door een korrelmachine, waarin gesmolten polymeer wordt geëxtrudeerd door een plaat met vele kleine gaatjes. Het polymeerextrudaat verlaat de extrusiematrijs en het gesmolten polymeer wordt gelijktijdig afgekoeld in een vloeistofbad en met een mes in kleine korrels gesneden. De polymeerkorrels worden vervolgens uit het bad gehaald, gedroogd en ingepakt. Tijdens dit proces worden diverse additieven aan het polymeer toegevoegd. In tabel 7-1 wordt een aantal voorbeelden van typische polymeeradditieven vermeld.

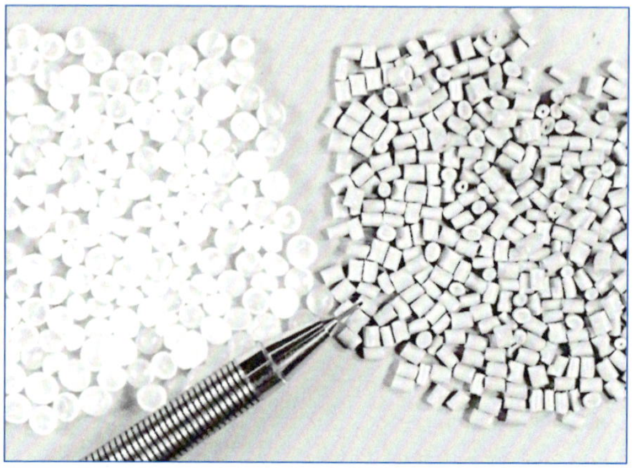

FIGUUR 7-23 Typische vormen van thermoplastische korrels of granulaten

TABEL 7-1 Additieven en modificatoren voor polymere materialen (afkomstig uit diverse bronnen)

ADDITIEFTYPE	DOEL	VOORBEELDEN
Modificatoren van mechanische eigenschappen		
Slagvastheidsmodificatoren	Verbeteren van de breuktaaiheid en slagvastheid	Polybutadieenrubber, EVA-copolymeren, SIS-blokcopolymeren
Weekmakers	Verbeteren van de flexibiliteit en taaiheid, verlagen van de modulus	Ftalaten, adipaten, trimellitaten, ricinolaten, acetoxystearaten, sebecaten
Kiemvormingsmiddelen	Regelen van de kristallisatiesnelheid	Benzoaten
Versterkingen	Verhogen van de sterkte	Koolstofvezel, glasvezel, textiel (katoen, canvas), mica
Vulmaterialen	Regelen van de krimp of verminderen van de harskosten	Houtmeel, titaandioxide, mica, aluinaarde, calciumcarbonaat, polymeer- of glasbolletjes, silica's, titanaten, pindadoppen of rijstdoppen, klei, talk
Modificatoren van oppervlakte-eigenschappen		
Inwendige smeermiddelen	Verbeteren van tribologische eigenschappen, vermijden dat het polymeer aan verwerkingsapparatuur vast gaat zitten	Siliconen, was, stearaten, vetzuuramiden, fluordispersies, glyceriden, petrolatum
Uitwendige smeermiddelen	Verbeteren van tribologische eigenschappen	PTFE, siliconen, molybdeendisulfide, grafiet, was, stearaten
Glij- en antiblokkeermiddelen	Reduceren van de tendens van films en laagjes om aan elkaar te hechten	Uitgescheiden silica, aluminiumsilicaten, vetzuren, stearaten
Antistatische middelen	Reduceren van de opbouw van statische elektriciteit	Pyrogenische aluinaarde, metaalpoeder, polyetherblokkeeramiden, koolstof, alkalizouten
Bevochtigingsmiddelen	Stabiliseren van dispersies van vulmaterialen	Organosilanen, stearaten, vetzuuresters
Antisluieringsmiddelen	Vochtdruppels op films verspreiden	Vetzuuresters of glycerol, sorbitan, vetalcohol

TABEL 7-1 (vervolg) Additieven en modificatoren voor polymere materialen (afkomstig uit diverse bronnen)

ADDITIEFTYPE	DOEL	VOORBEELDEN
Modificatoren van chemische eigenschappen		
Antioxidanten/warmte-stabiliseringsmiddelen	Vermijden van thermische of oxidatieve afbraak: ketensplitsing, cross-linking, haarscheurtjes bij gelachtige depolymerisatie	Gehinderde fenolharsen, mercaptobenzoïmidizolen, organofosfieten, organotinen
UV-stabiliseringsmiddelen	Matigen van afbraak door ultraviolette straling	Gehinderde aminen, hydroxyfenyl benzotriazolen, benzofenonen
Vuurremmende stoffen, synergiemiddelen	Onderdrukken van de ontvlambaarheid	Antimoonoxide, boraten, reactieve bromaten, uitzettende fosfaten
Rookonderdrukkings-middelen	Onderdrukken van rook	Aluminiumtrihydraat, magnesiumhydroxide, zinkoxide
Biociden, fungiciden, conserveermiddelen	Reduceren van microbenactiviteit, schimmelvorming	Biociden op zilver- of zwavelbasis, thiazinederivaten
Verwerkingsmodificatoren		
Weekmakers	Verlagen van de viscositeit tijdens de polymeerverwerking	Ftalaten, adipaten, trimellitaten, ricinolaten, acetoxystearaten, sebecaten
Smeermiddelen	Aangebracht op korrels om te voorkomen dat het polymeer aan de verwerkingsapparatuur hecht of dat dunne films aan elkaar vast gaan zitten	Siliconen, was, stearaten, vetzuuramiden, fluordispersies, glyceriden, petrolatum
Thixanten	Verhogen van de viscositeit – gebruikt bij kleefstoffen en coatings	Gerookte silica
Glijmiddelen	Verhinderen dat het polymeer aan zichzelf (bijvoorbeeld films) en aan verwerkingsapparatuur hecht	Amiden
Warmtestabiliserings-middelen	Vermijden van thermische afbraak tijdens de verwerking	Organofosfieten, organotinen
Schuimmiddelen	Polymeren laten schuimen	Tetrazolen op basis van azodicarbonamide, hydrazide
Reactieve verdunners	Reduceren van de viscositeit van vloeibare harsen	Glycidyl-ether
Activiteitsversterkers, katalysatoren en verhardingsmiddelen	Versterken of verhogen van de mate van cross-linking in thermohardende polymeren	Alifatische aminen, alifatische/aromatische polyamine adducten, organische peroxiden, organometallische complexen
Ontluchtingsmiddelen		
Matrijslossingsmiddelen (inwendig)	Gedeeltelijk hulpmiddel voor het losmaken uit het gereedschap	Was, siliconen, PTFE, stearaten, vetzuren
Modificatoren van esthetische eigenschappen		
Kleurstoffen, pigmenten	Regelen van de kleur, optische ondoorzichtigheid	Metaaloxiden, zwavelverbindingen, quinacridonen, azo/anthaquinone, kleurstoffen, koolstof, titaandioxide
Antisluieringsmiddelen	Verbeteren van de doorzichtigheid	Vetzuuresters of glycerol, sorbitan, vetalcohol
Kiemvormingsmiddelen	Regelen van de kristallisatiesnelheid en doorzichtigheid	Zie boven
Geurstoffen (odoranten)	Verstrekken van geurstof	Geurstofolie
Deodoranten	Vermijden van geuren	
Biociden	Vermijden van schimmel, zwammen en biologische aangroei	Triclosan-basis, oxybisfenoxarsine

Aan *volledig gecompoundeerde* harsen worden door de gehele hoeveelheid hars heen additieven toegevoegd in de juiste proporties. Soms worden er ook additieven toegevoegd aan een kunststof door het verspreiden van polymeerkorrels die additieven bevatten in een basishars (blanke korrels of kralen) voor het gieten. Polymeerkorrels met geconcentreerde additieven heten *masterbatch*-harsen. Kleurconcentraten worden bijvoorbeeld vaak toegevoegd als masterbatch-toevoegingen. In plaats van het aanschaffen van grote hoeveelheden harsen in diverse kleuren stelt het gebruik van kleurconcentraten een vormgever in staat om grote hoeveelheden basishars aan te schaffen en de kleur van diverse onderdelen te regelen door het toevoegen van een kleurconcentraat.

De sterkte van een polymeermateriaal kan worden verhoogd door het gebruik van *vulmaterialen* zoals koolstof, aramide (Kevlar®) vezels of glas. In figuur 7-24 wordt het effect van glasvezelversterking op de eigenschappen van een nylon thermoplast weergegeven. Een dwarsdoorsnede van zo'n materiaal ziet men in figuur 7-25. Minerale vulmaterialen, zoals talk, houtpulp, gemalen glas, mica en calciumcarbonaat, kunnen worden toegevoegd om de kosten van een polymeerhars te reduceren, of de afmetingsstabiliteit te verhogen en krimp te verminderen. Vezels op basis van plantmateriaal kunnen worden gebruikt bij het maken van biologisch afbreekbare polymeren. Kunststoffen op basis van cellulose zijn bijvoorbeeld biologisch afbreekbaar gemaakt door ze te vullen met sojavezels. De taaiheid van polymeren wordt vaak verhoogd door slagvastheidsmodificatoren op te nemen. Polystyreen met een grote slagvastheid bevat bijvoorbeeld kleine rubberdeeltjes (bijvoorbeeld van styreenbutadieenrubber) die op de polymeerketen geënt zijn. Deze rubberdeeltjes voorkomen dat haarscheurtjes en barstjes verder uitbreiden, en verhogen zo de taaiheid en breukweerstand van het materiaal.

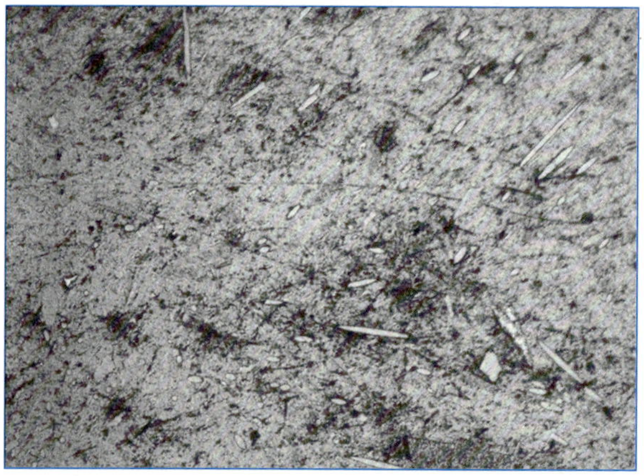

FIGUUR 7-25 Dwarsdoorsnede van een met glas (naalden) gevulde kunststof (x70)

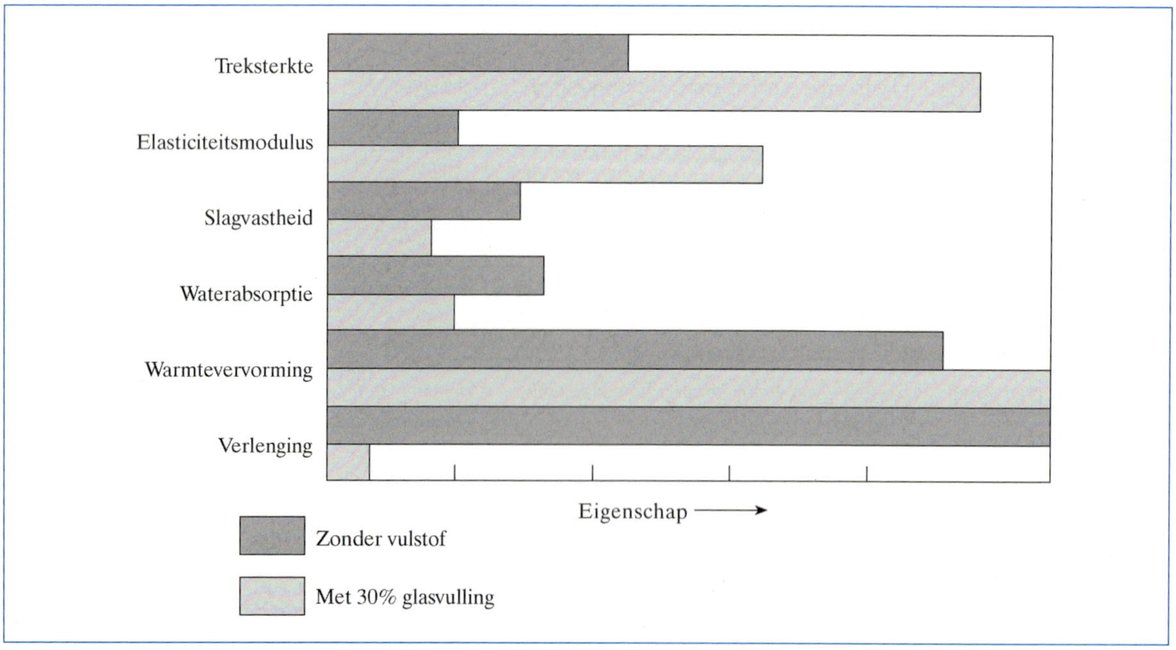

FIGUUR 7-24 Invloed van glasvezelversterking op de eigenschappen van nylon 6/6

Oog op duurzaamheid

Weekmakers en de gezondheid

De laatste jaren is er veel onderzoek gedaan dat aangeeft dat bepaalde weekmakers gezondheidsproblemen kunnen veroorzaken. De oplosbaarheid en de chemie van weekmakers in thermoplasten zijn belangrijk omdat weekmakers zich naar het oppervlak van een polymeer kunnen verplaatsen, waardoor vette films ontstaan, of vanaf het oppervlak kunnen verdampen, waardoor het materiaal bros wordt. Bepaalde ftalaatesters, zoals di(2-ethylhexyl)-ftalaat (DEHP), die werden gebruikt in medische apparaten, voedselverpakkingen en kinderspeelgoed, zijn inmiddels in vele producten verboden. Er zijn andere weekmakers ontwikkeld, die geen problemen zouden veroorzaken. In het algemeen dient de neiging van weekmakers of andere polymeeradditieven om een polymeeroppervlak te logen of er een waas op te vormen volledig te worden onderzocht voordat een dergelijk product op de markt wordt gebracht.

Smeermiddelen zoals molybdeendisulfide (MoS_2), grafiet, siliconenverbindingen of fluorpolymeren (Teflon®) maken een polymeer zelfsmerend voor slijtagetoepassingen zoals lagers. Andere smeermiddelen (of glijmiddelen), bijvoorbeeld vetzuuresters, verplaatsen zich naar het oppervlak om het polymeer mede te smeren bij de verwerking. Zo voorkomen ze dat het polymeer aan de verwerkingsapparatuur of aan zichzelf vast gaat zitten.

Weekmakers worden toegevoegd aan thermoplasten om de flexibiliteit en taaiheid te verhogen. Polyvinylchloride wordt bijvoorbeeld vaak geplastificeerd voor toepassingen zoals auto-interieurs. Wanneer ftalaat met een hoog molecuulgewicht wordt toegevoegd aan PVC, wordt het inwendige vrije volume van het polymeer vergroot, waardoor binnen de polymeerstructuur meer ruimte wordt gecreëerd voor grootschalige bewegingen van de polymeerketens. Weekmakers verhogen de flexibiliteit, maar reduceren de T_g, de smeltviscositeit en de treksterkte van een thermoplast (zie figuur 7-26).

De belangrijkste additieven zijn waarschijnlijk stabiliseringsmiddelen en antioxidanten. Als polymeren verouderen of blootgesteld worden aan een afbrekende omgeving, kan de structuur van het polymeer veranderen. Blootstelling aan bijvoorbeeld warmte, ultraviolette straling en chemicaliën kan een polymeerketen afbreken door processen zoals haarscheurtjes, hydrolyse of depolymerisatie. Een onderdeel kan ook vergelen of verkalken en de mechanische eigenschappen kunnen veranderen (ze kunnen bijvoorbeeld bros worden). Ook kan warmte tijdens het spuitgieten de grootte van de polymeerketen verminderen vanwege ketensplitsing. Het polymeer kan ook cross-linken, waarbij gelproppen in het onderdeel worden gevormd. Stabiliseringsmiddelen en antioxidanten stoppen deze afbraakprocessen.

Polymeeradditieven kunnen bij het verbeteren van de ene eigenschap tegelijkertijd andere eigenschappen verslechteren. Bij polymeervorming is het de kunst (en wetenschap) om een evenwicht te vinden in de samenstelling ter verbetering van de polymeereigenschappen en de schadelijke effecten tegelijkertijd zo klein mogelijk te houden. Polymeerleveranciers streven naar het ontwikkelen van polymeren met een goede balans tussen additieven voor een specifieke toepassing. Grovere vulmaterialen hebben vaak een schadelijk effect op de oppervlakteafwerking van gegoten panelen. Er wordt onderzoek gedaan naar klei-nanodeeltjes (gemiddelde diameter <100 nm) die gebruikt kunnen worden als vulmaterialen in kunststoffen voor autocarrosseriepanelen. Verschillen in polymeerstructuur alsmede in het toevoegingenpakket maken het moeilijk om polymeren van een vergelijkbare groep van verschillende leveranciers te substitueren. Het is mogelijk dat vergelijkbare polymeren van twee verschillende leveranciers niet op dezelfde manier verwerkt kunnen worden of niet hetzelfde functioneren vanwege verschillen in het toevoegingenpakket. Gewoonlijk zijn goede testen en een goed begrip van wat additieven doen vereist bij het kiezen of veranderen van polymeerleveranciers. ■

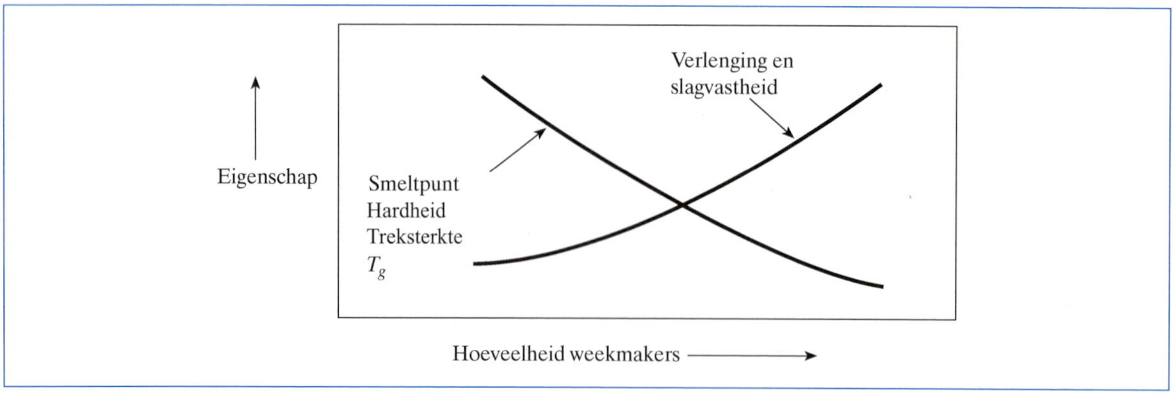

FIGUUR 7-26 Algemeen effect van weekmakers op materiaaleigenschappen

Samenvatting

In dit hoofdstuk hebben we de volgende onderwerpen behandeld: polymerisatie, basispolymeersystemen en het wijzigen van polymeereigenschappen. Met behulp van de structuureigenschaprelaties van polymeren worden de verschillen tussen de diverse polymeergroepen duidelijk, die we in hoofdstuk 8 nader zullen bekijken. Op het eerste gezicht kunnen polymeersystemen en hun structuren misschien ingewikkeld lijken. Maar als je de onderstaande punten onthoudt, zullen je zelfvertrouwen en begrip groeien:

- Kunststoffen uit verschillende groepen hebben verschillende moleculaire structuren.
- Alle kunststoffen zijn gemaakt van zich repeterende eenheden (monomeren) van een enkele molecuul, met andere woorden: kunststoffen zijn polymeren.
- Polymeren worden gemaakt door middel van polymerisatie, een soms ingewikkeld chemisch proces.
- Sommige kunststoffen zijn thermoplastisch: ze kunnen opnieuw worden gesmolten.
- De glasovergangstemperatuur (T_g) van een thermoplast is een maat voor het stijf worden bij afkoeling, en dit houdt verband met enkele mechanische eigenschappen.
- Sommige kunststoffen zijn thermohardend. Ze smelten niet opnieuw, maar verkolen of verbranden. Ze zijn om die reden moeilijker te recyclen.
- Thermohardende kunststoffen hebben vaak een temperatuursweerstand die veel beter is dan die van thermoplasten.
- Sommige kunststoffen hebben een amorfe structuur; andere zijn (semi)kristallijn.
- Amorfe polymeren hebben een willekeurige rangschikking van de polymeermoleculen.
- In kristallijne polymeren zijn de molecuulketens op lange afstand geordend.
- Veel thermohardende polymeren hebben chemische bindingen tussen de ketens en bestaan uit een driedimensionaal netwerk van macromoleculen.
- Mengsels zijn eenvoudige fysische vermengingen van twee of meer kunststoffen. Er bestaan geen chemische of moleculaire bindingen tussen de diverse polymeermoleculen.
- Cross-linking is een van de meest gebruikelijke methoden om polymeren te versterken en veel thermohardende polymeren hebben een structuur met cross-links.
- Gebruikers van polymeren dienen de diverse door de polymeerfabrikanten gebruikte versterkingstechnieken te begrijpen: vulmaterialen, mengen, interpenetrerende netwerken en kristalliniteit.
- Gebruikers van polymeren dienen ook te begrijpen hoe de diverse door de polymeerfabrikanten gebruikte additieven de eigenschappen van kunststoffen beïnvloeden.
- Voor het versterken van een polymeer kan men alleen specificeren welke vulmaterialen gebruikt moeten worden: glas, koolstofvezels en dergelijke.

Illustratief voorbeeld

Polymerisatie in situ om houtrot aan te pakken

Een unieke antieke zeilboot raakte geïnfecteerd met houtrot in diverse sleutelgedeelten van de constructie. De vorm van de aangetaste frames en hun locaties maakte het uiterst moeilijk om ze te vervangen. Het probleem werd opgelost door het verrotte hout om te zetten in kunststof. Polyesterhars heeft een honingachtige consistentie en kan in elke vorm worden gegoten. Door een paar druppels katalysator in een kopje hars wordt de gehele massa gehard in een 'macromolecuul' in 24 uur of minder behandeltijd. De polymeermoleculen maken zodanige cross-links met elkaar dat ze allemaal verbonden zijn; ze creeren een polymeer-macromolecuul.

Dit materiaal (en dit concept) werd gebruikt om de houtrot te herstellen door de hars met aceton te verdunnen tot een waterige consistentie. In deze vorm sijpelt het door in het poreuze rotte hout. De frames werden meerdere malen geverfd, waarbij men elke laag liet drogen. Na ongeveer zeven tot tien harsbehandelingen leken de geïnfecteerde gedeelten van nieuw hout te zijn en waren ze niet langer 'brandhout'.

Dezelfde soort polymerisatie wordt gebruikt in een aantal belangrijke polymeersystemen, zoals polyurethaan, siliconen, epoxyharsen en polysulfide rubbersoorten. De katalysator veroorzaakt het 'zelfverbinden' van polymeermoleculen. Dit polymerisatiesysteem wordt ook gebruikt in vezelversterkte kunststoffen (glasvezel), die we later nog zullen bespreken. In dit geval werd de antieke boot weer bruikbaar door een betrekkelijk goedkoop en gemakkelijk in-situpolymerisatieproces.

Termenlijst

additie: in polymerisatie de vorming van macromoleculen door het verlengen van molecuulketens
additief: toevoeging aan polymeren om bepaalde eigenschappen te veranderen
amorf: kunststoffen zonder langeafstandsordening tussen moleculen of ketens
condensatie: in polymerisatie de vorming van polymeren uit reactiebestanddelen die water produceren als bijproduct van de reactie
copolymerisatie: gelijktijdig groeiende molecuulketens die verschillende zich repeterende eenheden bevatten
cross-linking: de vorming van een driedimensionaal macromolecuul door bindingen tussen aangrenzende ketens van afzonderlijke moleculen
glasovergang: de verandering van een kunststof van rubberachtig in glasachtig bij verwarming of koeling
homopolymeer: slechts één soort molecuul in een kunststof
interpenetrerend netwerk: ongelijksoortige polymeren die met elkaar polymeriseren
kristalliniteit: in kunststoffen een eigenschap van polymeren waarbij de polymeerketens geordende posities innemen met betrekking tot elkaar (opvouwketen enzovoort)
kunststof: een polymeermateriaal in afgewerkte vorm
lignine: het natuurlijke polymeerbindmiddel in houtachtige planten (ongeveer 30 procent van de plant bestaat uit lignine)
lineaire polymeren: kunststoffen met tweedimensionale molecuulketens
monomeer: moleculaire eenheid van een polymeer/kunststof
polymeer: grote/lange moleculen van zich repeterende moleculaire eenheden (monomeren)
polymerisatie: het proces van de vorming van polymeren
stereospecificiteit: de eigenschap van functiegroepen met regelmatige, zich repeterende, driedimensionale posities op een polymeerketen
substituent: een atoom of een atoomgroep die de plaats inneemt van een waterstofatoom in een koolwaterstofmolecuul
technische kunststoffen: polymeren die niet standaard zijn (gewoonlijk duurder dan standaard kunststoffen, en met verbeterde eigenschappen)
terpolymeer: een polymeer met zich repeterende moleculen (*mers*) dat drie verschillende moleculen bevat
thermohardend: een polymeermateriaal dat niet smelt bij verwarming als het eenmaal gepolymeriseerd is (het verkoolt of verbrandt bijvoorbeeld)
thermoplastisch: een polymeermateriaal dat opnieuw kan worden gesmolten
vertakken: het proces waarbij polymeerketens zich plaatselijk verbinden met aangrenzende ketens
vulstof: vaste stof, toegevoegd aan polymeren om de kosten te verlagen of eigenschappen te veranderen
weekmaker: een toevoeging die de flexibiliteit van een polymeer verhoogt

Opgaven

1. Leg uit wat het het verschil is tussen additie- en condensatiepolymerisatie.
2. Leg uit wat cross-linking is.
3. Beschrijf covalente binding van koolstofatomen.
4. Wat is voor gebruikers de betekenis van het molecuulgewicht van een polymeer?
5. Leg uit wat er gebeurt bij copolymerisatie.
6. Wat is polymeerspecificiteit en wat is het belang ervan?
7. Wat onderscheidt een technische kunststof van een standaard kunststof?
8. Leg uit welke rol Van der Waalskrachten spelen in kunststoffen.
9. Wat is het verschil tussen vertakking en cross-linking?
10. Beschrijf ketenverstijving.
11. Leg uit wat het verschil is tussen een amorfe kunststof en een semikristallijne kunststof.
12. Wat is het verschil tussen T_m en T_g?
13. Wat is de betekenis van T_g?

14. Hoe bepaalt men of een kunststof een amorfe of een kristallijne structuur heeft?

15. Welk van de volgende stoffen is een additief dat gebruikt wordt om de sterkte van kunststoffen te verhogen?
    a. tricresylfosfaat
    b. Teflon
    c. butadieen
    d. mica

16. Hoe wordt glas gebruikt om kunststoffen te versterken, en wat is het versterkingsmechanisme?

17. Wat is een interpenetrerend netwerk?

18. Hoe wordt een kunststof kristallijn?

19. Welk van de volgende stoffen vormt een 'macromolecuul' bij vormgieten?
    a. nylon
    b. polystyreen
    c. fenol
    d. polyethyleen
    e. polyvinylchloride
    f. acryl

20. Welk van de volgende processen is geen polymeerversterkingsmechanisme?
    a. polymerisatie
    b. copolymerisatie
    c. vertakking
    d. mengen
    e. versterking
    f. cross-linking

21. Leg uit wat soortelijk volume is en het belang ervan.

22. Hoe bepaal je of een kunststof thermoplastisch of thermohardend is?

23. Leg uit wat het concept is van polymeerfamilies.

Hoofdstuk 8

Polymeergroepen

Auto's maken vaak gebruik van kunststoffen uit thermohardende en thermoplastische families. Thermohardende toepassingen zijn onder andere fenolverbindingen in remblokken, onverzadigde polyesters in FRP-vormen (vezelversterke kunststof), en elastomeren, banden en afdichtingen. Thermoplastische toepassingen zijn onder andere vinyl in bekleding, acryl in lamplenzen, thermoplastische elastomeren in stuurwielen, nylon in onderdelen onder de kap en polyesters in poedercoatings.

Doelstellingen

1. Begrip ontwikkelen van de polymeerchemie en de chemische overeenkomsten binnen polymeer- en elastomeergroepen.
2. Gevoel krijgen voor de relatieve verschillen tussen polymeergroepen.
3. Leren van een vereenvoudiging van de indeling van de kunststoffen met behulp van kennis van de polymeergroepen.

Er bestaan in elke categorie van technische materialen 'groepen'. In de oudheid bouwden de mensen met steen, hout en baksteen. De bouwers wisten wanneer en waar ze bepaalde materialen konden gebruiken, op basis van hun kennis van de groep waartoe een bepaald materiaal behoorde.

Tegenwoordig hebben we de beschikking over meer dan 15.000 commercieel verkrijgbare kunststoffen, en geen enkele ontwerper kan vertrouwd zijn met zoveel specifieke materialen. Maar alle kunststoffen behoren tot een van de slechts ongeveer twintig polymeergroepen. We hebben in het vorige hoofdstuk uitgelegd hoe polymeren zijn opgebouwd uit monomeren. Aan de hand van de monomeren kan men ook de verschillende kunststofgroepen benoemen, op een vergelijkbare manier als bij de metalen. Zoals je van staal gebaseerd op ijzer kunt spreken, zo kun je ook van polyethyleen als groep spreken, gebaseerd op de monomeer ethyleen.

Wanneer iemand enige kennis van metallurgie opdoet, kan hij of zij de samenstelling van een legering bekijken, en een idee krijgen van de eigenschappen ervan. In dit hoofdstuk hopen we voldoende informatie te presenteren om de lezer hetzelfde te laten doen met kunststoffen. We willen de lezer voldoende achtergrondinformatie geven over de chemie van veelvoorkomende kunststoffen, zodat als hij een monomeerstructuur voor een kunststof bekijkt, hij een goed idee heeft van de groep kunststoffen waartoe deze behoort en iets kan zeggen over de eigenschappen. We gaan ervan uit dat praktische kennis van de verschillen tussen deze polymeergroepen je vaardigheid in het kiezen van kunststoffen voor technische ontwerpopdrachten kan vergroten.

Zoals aan het begin van hoofdstuk 7 vermeld, wordt de 'oude' benoeming van polymeren en kunststoffen ook in dit hoofdstuk gehanteerd.

8.1 Identificatie van polymeergroepen

Polymeerchemie is een volledig curriculum op sommige universiteiten, dus we gaan er hier niet zeer gedetailleerd op in. Wel laten we zien wat de structuren van de veelvoorkomende kunststoffen zijn, en doen enkele beweringen over de eigenschappen van elk polymeer of elke polymeergroep.

In figuur 8-1 wordt weergegeven hoe *thermoplastische* en *thermohardende* kunststoffen qua belang kunnen worden onderverdeeld. De elastomeren zijn dus buiten beschouwing gelaten. Dit was de stand van zaken in de Verenigde Staten in 2008. Dit zal wel iets verschillen van de situatie in Europa in 2014, maar voor de doeleinden van dit hoofdstuk geeft deze figuur een goed overzicht van het gebruik van verschillende soorten kunststoffen. We zien onmiddellijk in figuur 8-1(a) dat de thermoplastische materialen veel vaker worden gebruikt dan de thermohardende materialen. Taartdiagrammen b en d laten zien dat slechts enkele kunststoffen het leeuwendeel uitmaken van de productie van zowel thermoplastische als thermohardende kunststoffen. Ongeveer 80 procent van de productie van thermoplasten wordt gevormd door slechts vier polymeren (zie figuur 8-1(b)): polyethyleen (PE – diverse soorten), polypropyleen (PP), polystyreen (PS) en polyvinylchloride (PVC). Een vergelijkbare situatie geldt voor de thermohardende polymeren. Slechts vier polymeergroepen worden daarbij het meest gebruikt: polyurethanen (PUR), fenolharsen, urea's en onverzadigd polyester. De wetenschap dat slechts acht kunststoffen ongeveer 80 procent van het gebruik van kunststoffen uitmaken, zou het onderwerp minder angstaanjagend moeten maken. Ook is duidelijk dat we vertrouwd moeten raken met deze acht populaire materialen.

Men maakt een onderscheid tussen zogenaamde technische kunststoffen met een grotere sterkte, grotere omgevingsweerstand of betere fysische eigenschappen, en andere standaard kunststoffen, zie figuur 8-1 (c en e). Laatstgenoemde worden onder andere gebruikt voor wegwerpartikelen zoals plastic bekertjes, maar het is niet zo dat hun eigenschappen niet goed genoeg zijn voor technische toepassingen. Onbuigzaam PVC is bijvoorbeeld een uitstekend materiaal voor chemische opslagtanks, afvoersystemen en vele andere chemische fabriekstoepassingen. Veel van de standaard kunststoffen zijn thermoplastisch, en goedkoper dan technische kunststoffen. Technische kunststoffen zijn vaak geschikter voor duurzame artikelen en voor speciale toepassingen.

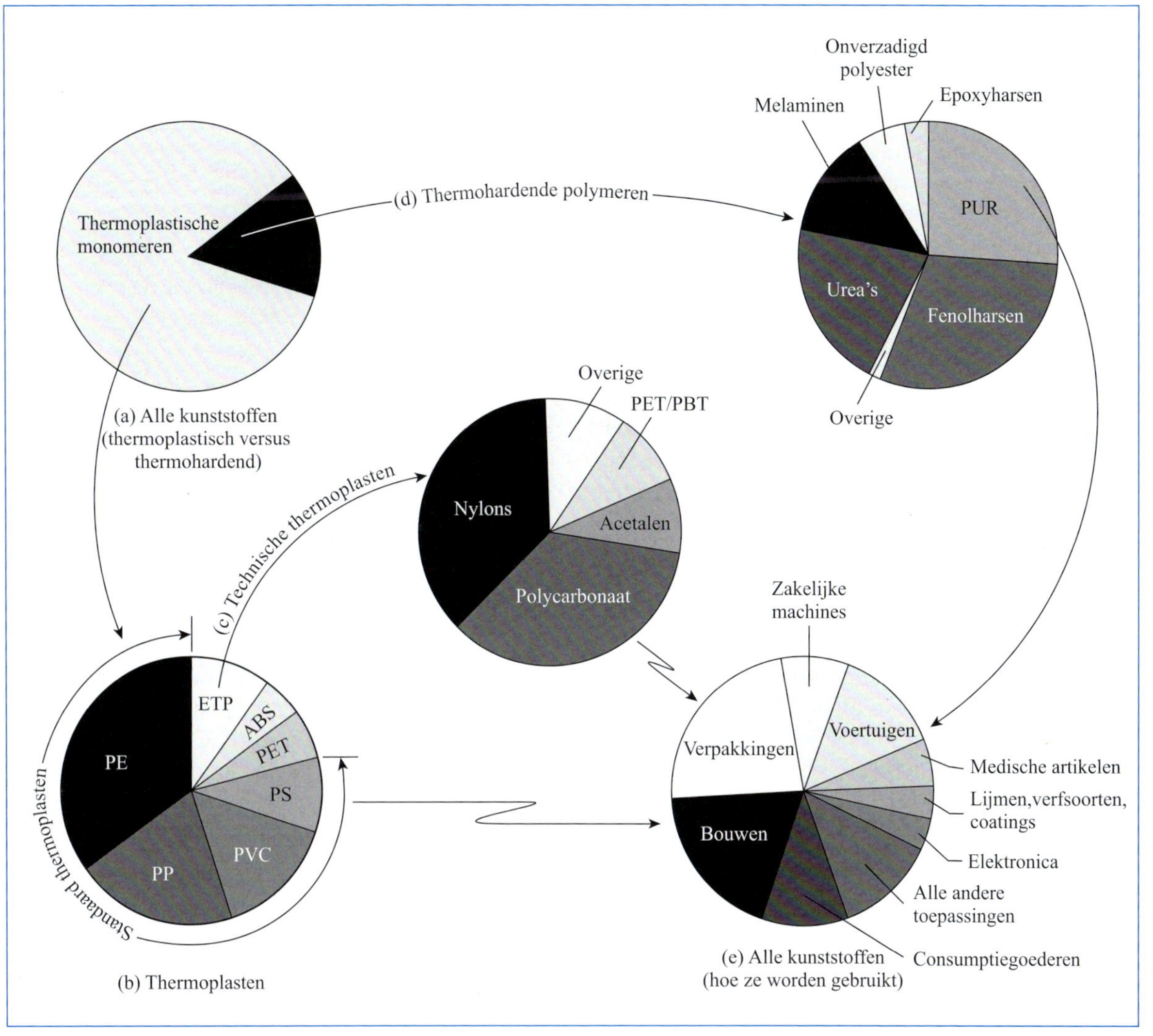

FIGUUR 8-1 Geschat relatief gebruik van thermoplastische en thermohardende kunststoffen in de Verenigde Staten in 2008

Standaard kunststoffen kosten minder dan 2 euro per kilo. Technische kunststoffen vinden we in verschillende prijscategorieën. Er zijn er vrij veel in de categorie van 1 tot 8 euro per kilo. Een groot aantal heeft prijzen in de categorie 15 tot 40 euro per kilo. En dan zijn er nog een paar met hoge prijzen, oplopend tot 800 euro per kilo. De prijs is een belangrijke factor bij de keuze van kunststoffen. Sommige zijn zo duur dat ze alleen in uiterste noodzaak worden gebruikt.

In de volgende paragrafen bespreken we de verschillen in chemische samenstelling en eigenschappen tussen belangrijke groepen thermoplastische en thermohardende kunststoffen, en tussen standaard kunststoffen en technische kunststoffen. We eindigen met een bespreking van elastomeren. Vergeet niet dat de meeste van de door ons besproken kunststoffen een polymeergroep vormen. Er bestaan bijvoorbeeld misschien wel 200 in de handel verkrijgbare soorten polycarbonaat. Sommige zijn versterkt. Andere bevatten vulstoffen. Sommige bevatten additieven ter vermindering van UV-absorptie. Sommige bevatten pigmenten. En weer andere zijn gemodificeerd wat betreft slagvastheid. Alle 200 bevatten dezelfde polymeermolecuulmatrix, maar in de kunststofdatabases van 15.000 kunststoffen worden ze beschouwd als afzonderlijke 'kunststoffen'. Probeer je telkens een voorstelling te maken van de basismonomeer dat een polymeergroep gemeen heeft, en probeer te onthouden welke een of twee belangrijke eigenschapsfactoren elke polymeergroep onderscheidt van de andere. Probeer zeker niet om alle 15.000 kunststoffen in de databases te leren kennen!

8.2 Standaard thermoplastische polymeren

In onze bespreking van versterkingsmechanismen hebben we laten zien dat de eigenschappen van een gegeven polymeer gewijzigd kunnen worden door middel van technieken als copolymerisatie, vulmaterialen en mengen. Een polymeer zonder additieven en zonder menging met een ander polymeer is een *homopolymeer*. Bij de bespreking van de eigenschappen van belangrijke polymeergroepen hebben we het dus over homopolymeren. Er bestaan zoveel mogelijkheden om polymeren te veranderen dat het onmogelijk is om bijvoorbeeld alle commerciële modificaties van polystyreen te bespreken. Wel zullen we enkele belangrijke copolymeren bespreken. Als een gebruiker de basishomopolymeer van een groep begrijpt, heeft hij of zij een zeer goed gevoel voor de eigenschappen die kunnen worden verkregen bij versterking of menging van zo'n materiaal.

We zullen polymeren aanduiden met hun chemische naam of met een algemeen geaccepteerde afkorting. De afkortingen vormen waarschijnlijk het enige algemene identificatiesysteem dat in brede kring wordt geaccepteerd en gebruikt. Homopolymeren en sommige mengsels, copolymeren en terpolymeren worden aangeduid met letters die een afkorting van hun naam vormen. Het systeem is niet ingericht op het vermelden van additieven, vulstoffen en versterking (in tegenstelling tot het ASTM D 4000-systeem). Als er een afkorting bestaat, zetten we deze naast de chemische naam:

PS	polystyreen
PA	polyamide
PC	polycarbonaat
SAN	styreenacrylonitril

Deze afkortingen variëren misschien enigszins in diverse landen, maar de door ons gebruikte afkortingen worden in het algemeen over de hele wereld aanvaard.

Ethyleenpolymeren

De term *ethyleen* geeft aan dat deze groep polymeren is opgebouwd uit een basismonomeer met een dubbele koolstof-koolstofbinding ($H_2C{=}CH_2$). Zoals eerder vermeld kan er een serie polymeren met uiteenlopende eigenschappen worden verkregen door een waterstofatoom te vervangen door een ander functioneel atoom of een andere groep atomen (substituentgroep). Het nieuwe polymeer ontstaat door andere grondstoffen te gebruiken of door gebruik te maken van andere procescondities. Het resultaat is een groep ethyleenpolymeren:

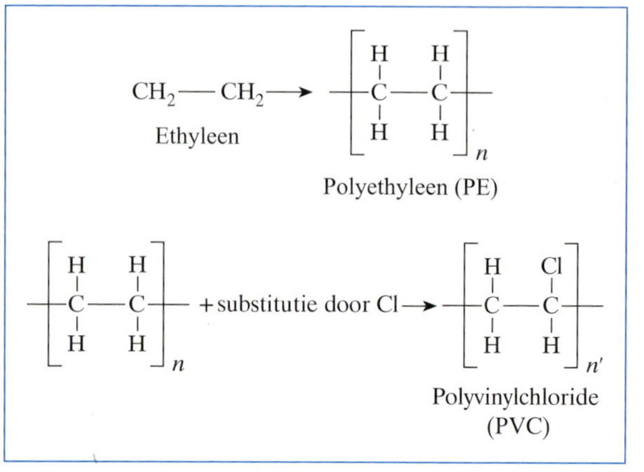

Tabel 8-1 vermeldt enkele van de op de ethyleenstructuur gebaseerde polymeren. De meeste standaard thermoplasten behoren tot deze polymeergroep. De belangrijkste – polyethylenen, zowel met lage dichtheid (LD) als met hoge dichtheid (HD), polypropyleen, polystyreen en PVC – kosten minder dan 2 euro per kilo. Enkele van de meest kostbare technische kunststoffen (vaak meer dan 15 euro per kilo) maken ook deel uit van deze groep.

Polyethyleen

Polyethyleen (PE) werd in de jaren veertig van de twintigste eeuw op de markt geïntroduceerd en de toepassingen en modificaties ervan zijn sindsdien alleen maar toegenomen. In de meeste industrielanden overtreft de productie van polyethyleen inmiddels die van alle andere kunststoffen. De basismonomeer is ethyleen. De polymeren die worden gemaakt van de ethyleenmonomeer kunnen variëren wat betreft molecuulgewicht (ketenlengte), kristalliniteit en vertakkingseigenschappen (vertakkingen tussen de ketens). Het dichtheidclassificatiesysteem voor polyethylenen geeft in feite een normale dichtheid in g/cm^3 van een specifieke hars. Op basis van dichtheid bestaan er vier klassen van polyethyleen:

Lage dichtheid	0,910–0,925 g/cm^3
Medium dichtheid	0,926–0,940 g/cm^3
Hoge dichtheid	0,941–0,959 g/cm^3
Zeer hoge dichtheid	0,959 g/cm^3 of hoger

Het basismateriaal waarvan polyethyleen wordt gemaakt, is aardolie of aardgas. Bij de eerste productieprocessen waren uiterst hoge drukken (200 MPa) en temperaturen tot 400 °C nodig. Hogedrukproces-

Polymeer	Substitutie
[a] Polyvinylchloride	[Cl][b]
Polyvinylideenchloride	[Cl] + [Cl]
[a] Polypropyleen	$[CH_3]$
Polyisobutyleen	$[CH_3]$ + $[CH_3]$
Polytetrafluorethyleen	[F] + [F] + [F] + [F]
Polytrifluorchloorethyleen	[F] + [F] + [F] + [Cl]
Polyvinylacetaat	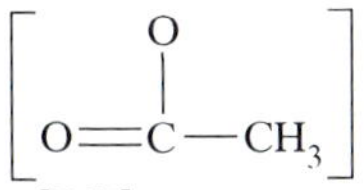
Polyvinylalcohol	[OH]
[a] Polystyreen  of	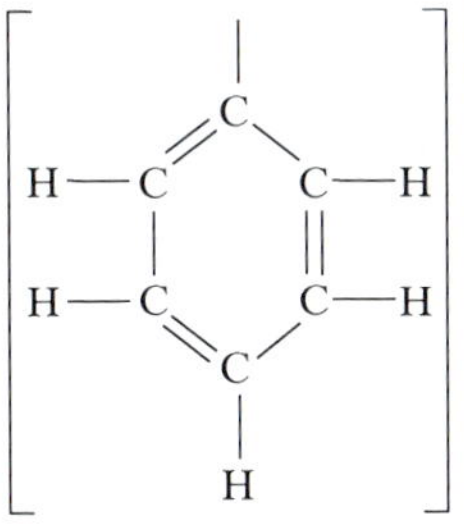
Polymethylmetacrylaat	$[CH_3]$ + $[COOH_3]$
Polyacrylnitril	[CN]

[a] Algemeen gebruikte kunststoffen
[b] Elk element of elke groep tussen haken vervangt een waterstofatoom

TABEL 8-1 Ethyleenpolymeren

sen worden nog steeds gebruikt en het aldus geproduceerde polymeer heet lagedichtheidpolyethyleen. Nieuwere processen produceren een polyethyleensoort die lineaire lagedichtheidpolyethyleen (LLDPE) genoemd wordt. Hogedichtheidpolyethyleen wordt gemaakt met een lage druk en lage temperatuur. De polymerisatie wordt tot stand gebracht met behulp van geavanceerde katalysetechnieken die vaak geheim zijn. De laatstgenoemde processen krijgen de voorkeur, omdat ze minder energie kosten. De plastic tassen in supermarkten zijn vaak gemaakt van hogedichtheidpolyethyleen.

Het belang van de dichtheidsklassen die voor polyethyleen gelden, is dat structuur, verwerkbaarheid en gebruikseigenschappen variëren met de dichtheid (zie figuur 8-2). Lagedichtheidsoorten vertonen een grote mate van lange en korte vertakkingen, wat een lagere smelttemperatuur, lagere sterkte en lagere elasticiteit tot gevolg heeft. Bij toenemende dichtheid wordt ook de lineariteit van de ketenoriëntatie groter. De hogedichtheidsoorten zijn meer kristallijn. Andere eigenschappen die zorgen voor een onderscheid tussen de verschillende soorten polyethyleen zijn de smeltindex en de molecuulgewichtsverdeling. Een hoge smeltindex betekent een grotere vloeibaarheid bij verwerkingstemperaturen. Bij toenemende molecuulgewichtsverdeling variëren de ketenlengtes meer. Soorten met hoge sterkte hebben gewoonlijk een lage molecuulgewichtsverdeling en een lage smeltindex.

Lagedichtheidsoorten in de vorm van een film zijn transparant en worden meestal gebruikt voor verpakkingsfolie, papiercoatings en dergelijke nietstructurele toepassingen. De hogedichtheidsoorten

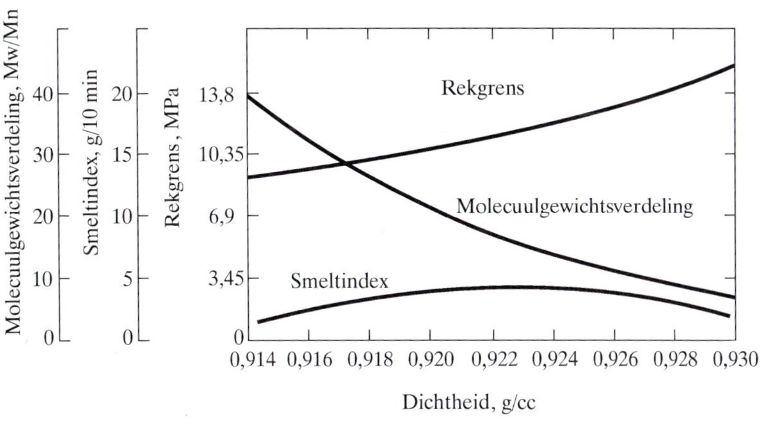

FIGUUR 8-2 Variatie van de vloeigrens van polyethyleen bij kamertemperatuur met de dichtheid

van polyethyleen worden grotendeels gebruikt voor spuitgegoten consumptieartikelen, geblazen flessen en ondergrondse pijpleidingen. De vloeitemperatuur van hogedichtheidpolyethyleen is rond 135 °C en de soorten met een lagere dichtheid worden gegoten bij een temperatuur rond 110 °C.

Polyethyleen met een ultrahoog molecuulgewicht (UHMWPE) is lineair polyethyleen met een molecuulgewicht van 3 tot 5 miljoen. Dit type polyethyleen is geschikt voor slijtvaste onderdelen in industriële machines. Het laat zich niet gemakkelijk vormen. Daarom wordt het meestal toegepast in geëxtrudeerde vorm. Dat het zich niet gemakkelijk laat vormen komt doordat UHMWPE niet smelt zoals de soorten met een laag molecuulgewicht. Bij 150 °C gedraagt het zich nog als een rubber. Dit materiaal wordt in geëxtrudeerde vorm veel gebruikt voor slijtstrips (figuur 8-3) die mechanisch kunnen worden bevestigd aan oppervlakken om abrasie of glijslijtage aan te pakken. Dit materiaal mag niet in overweging worden genomen voor dezelfde soort toepassingen als lage- of hogedichtheidpolyethyleen. Zijn beperkte vormbaarheid sluit uit dat het wordt gebruikt voor traditionele polyethyleentoepassingen. Het wordt wel veel gebruikt als wrijvend tegenoppervlak in kunstknieën, kunstheupen en kunstmatige wervelkolomcomponenten. UHMWPE is biocompatibel en kan in deze toepassingen wrijven tegen roestvast staal, titanium of keramische materialen.

UHMPWE heeft een lage glijwrijving in contact met vele materialen, en veel woonwinkels en bouwmarkten verkopen UHMWPE-schijven die onder de poten van zware meubelen en dergelijke kunnen worden gelegd om ze gemakkelijk te kunnen verplaatsen. De abrasieweerstand is vaak superieur aan die van koolstofstaal, en vanwege de gunstige abrasieweerstand wordt het vaak gebruikt voor de onderkant van ski's.

FIGUUR 8-3 Slijtstrip van polyethyleen met ultrahoog molecuulgewicht op een sneeuwschuiver

Samenvattend kunnen we zeggen dat UHMWPE een unieke vorm van polyethyleen is met belangrijke voordelige tribologische toepassingen, maar de technicus en de ontwerper moeten zich dan wel tevreden stellen met een beperkte vormbaarheid. Sommige voor spuitgieten geschikte polyethyleensoorten met hoge dichtheid hebben gebruikseigenschappen die die van UHMWPE benaderen. Deze kunnen voor de toepassing worden gebruikt als spuitgieten voor het betreffende ontwerp onontbeerlijk is.

De polyethylenen onderscheiden zich van andere polymeersystemen door hun chemische weerstand en flexibiliteit. Er bestaan polyethyleensoorten met cross-links die worden gebruikt voor flexibele heetwater- en koudwaterleidingen en verwarmingsinstallaties. Deze toepassingen vereisen een oneindige levensduur, omdat ze vaak in de muren van een gebouw worden ingebouwd. Ze zijn bestand tegen vele zuren en basen en kunnen worden gebruikt in contact met de meeste organische chemische stoffen en oplosmiddelen. Hun buigzaamheid houdt het midden tussen onbuigzame kunststoffen als polystyreen en zeer flexibele kunststoffen als geplastificeerde vinylsoorten. De toepassingen van polyethyleen worden waarschijnlijk het meest beperkt door zijn lage sterkte en geringe warmteweerstand, vergeleken met technische polymeren, en de mechanische eigenschappen in een vijandige omgeving, bijvoorbeeld blootstelling aan ultraviolette straling (UV-straling) van de zon.

Polypropyleen

De monomeer van *polypropyleen (PP)* bevat als substituent een methylgroep (CH_3):

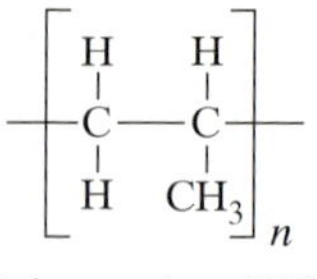

Polypropyleen (PP)

Er zijn minder soorten van polypropyleen dan van polyethyleen, en dit materiaal is stereospecifiek. Het wordt gemaakt van propyleengas, en er kunnen diverse driedimensionale wijzigingen in de ketenstructuur worden uitgevoerd door middel van katalyse en speciale verwerkingstechnieken. Deze structurele wijzigingen zijn van invloed op de gebruikseigenschappen. Hieronder een illustratie van een polypropyleenketen met een isotactische structuur; alle methylgroepen [$-CH_3$] bevinden zich aan dezelfde zijde van de keten:

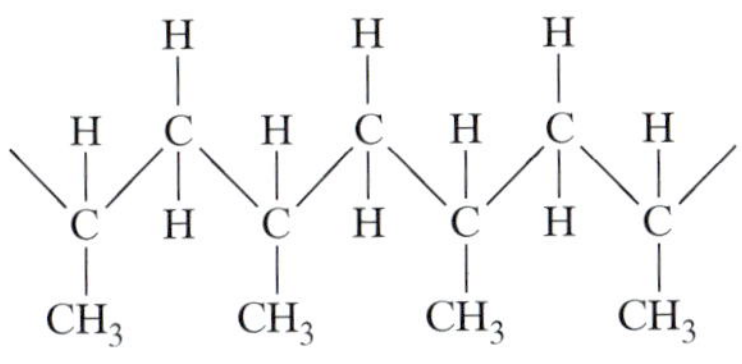

Polypropyleen lijkt op hogedichtheidpolyethyleen, maar door de mechanische eigenschappen is het geschikter voor gegoten onderdelen. Het is stijver, harder en vaak sterker dan veel soorten polyethyleen. Het heeft een uitstekende vermoeiingsweerstand en wordt vaak gebruikt voor gegoten onderdelen waarin een scharnier ingebouwd is. Een mooi voorbeeld hiervan zijn doosjes voor boren of schroevendraaiers of vergelijkbare broodtrommels. Bovendien heeft het een hogere gebruikstemperatuur dan HD-polyethyleen. Tegenover al deze voordelen staat het nadeel van een geringere taaiheid en hogere brosheid bij lage temperaturen dan polyethyleen.

De chemische weerstand van polypropyleen is vergelijkbaar met of iets beter dan die van polyethyleen, behalve in een oxiderende omgeving en bij blootstelling aan ultraviolet zonlicht. Voor toepassingen in de buitenlucht moet polypropyleen daarom eerst worden gestabiliseerd. Bij kamertemperatuur bestaat er voor polypropyleen geen oplosmiddel. Daarom is het geschikt voor gegoten flessen en tanks met chemicaliën.

Een unieke eigenschap van polypropyleen is de lage dichtheid. Het is een van de lichtste kunststoffen, zo niet de allerlichtste, met een dichtheid van 0,9 tot 0,915 g/cm^3. Deze eigenschap maakt polypropyleen bijvoorbeeld geschikt voor sleepkabels voor waterskiërs, want het blijft drijven.

De twee belangrijkste toepassingen van polypropyleen zijn spuitgegoten producten zoals bagagekoffers, accubakken en gereedschapskisten, en vezels of fijne draden. Deze laatste worden het meest gebruikt voor vloerbedekkingen en touwen.

PP-PE-blokcopolymeren

Van commerciële betekenis is een blokcopolymeer van polypropyleen en polyethyleen:

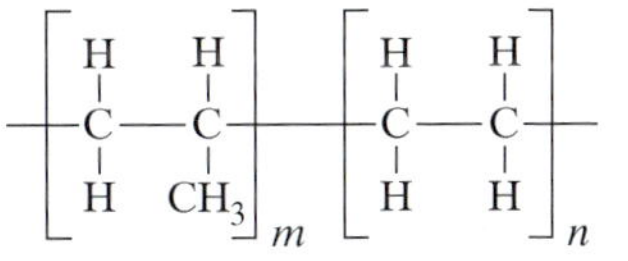

$m > n$

Een PP-PE-blokcopolymeer wordt in het Engels een *polyallomer* genoemd, een kristallijn copolymeer van *olefinen* (onverzadigde koolwaterstoffen met de algemene formule C_nH_{2n}). De eigenschappen kunnen worden veranderd door de ketenlengtecombinaties te variëren. In het algemeen hebben polyallomeren een hoge kristalliniteit, met een combinatie van de eigenschappen van polyethyleen en polypropyleen. Het polyallomeer laat zich net zo gemakkelijk vormen als polyethyleen, maar de hoge kristalliniteit geeft een uitstekende buigingsweerstand, vergelijkbaar met die van polypropyleen. De treksterkte en andere trekeigenschappen van polyallomeren houden gewoonlijk het midden tussen die van polyethyleen en polypropyleen. De dichtheid is ongeveer 0,9 g/cm^3, waarmee het een uiterst lichte kunststof is.

Het toepassingsgebied van PP-PE-polyallomeer is vergelijkbaar met dat van polypropyleen. Het wordt gebruikt voor een grote verscheidenheid aan gegoten producten. Het belangrijkste voordeel ten opzichte van de samenstellende homopolymeren is een betere combinatie van vormbaarheid en mechanische eigenschappen.

Polybutyleen

Polybutyleen wordt gemaakt van polyisobutyleen, een distillatieproduct van ruwe olie. Er bestaat een groot aantal soorten met verschillend molecuulgewicht, waardoor het een breed scala aan eigenschappen gegeven kan worden en in verschillende vormen voorkomt, van een kleverige vloeistof tot een rubberachtig materiaal. Het monomeermolecuul bevat twee methylgroepen (CH_3) die de plaats innemen van waterstofatomen in het basisethyleenmolecuul:

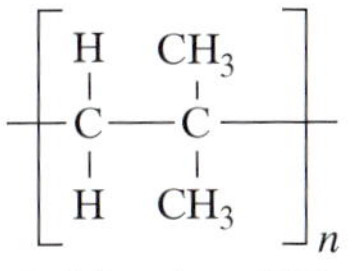

Polybutyleen (PB)

Butyleenrubber wordt gebruikt als een rubber, als additief voor afdichtverbindingen of als kleefstof. In de vorm van een kleverige vloeistof (polyisobutyleen) kan het worden gemengd met aardolie om een oliesoort te maken die niet van een oppervlak wegstroomt. Dit product wordt in de automobielhandel verkocht als een olieadditief. In machines zijn butyleenrubbers bruikbaar voor pakkingen en afdichtingen, en als een olieadditief voor de smering van assen van lineaire lagerbussen.

Polyvinylchloride

De algemeen gebruikelijke afkorting voor *polyvinylchloride* is PVC. Wat betreft het geproduceerde volume is het een van de meest gebruikte kunststoffen. PVC wordt gemaakt door acetyleengas (C_2H_2) te laten reageren met zoutzuur in aanwezigheid van een geschikte katalysator. In de monomeer wordt een waterstofatoom vervangen door een chlooratoom:

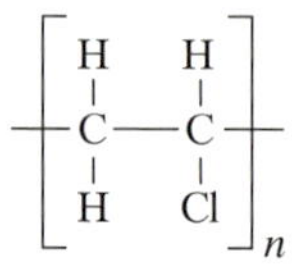

Polyvinylchloride (PVC)

Geplastificeerd PVC staat algemeen bekend als vinyl. In deze vorm heeft PVC een geringe sterkte en wordt het gebruikt voor imitatieleer, sierlaminaat, stoffering, wandbekleding en talrijke consumptieartikelen. In de industrie wordt het toegepast in slangen en corrosiebestendige coatings op metalen. Bij gebruik in coatings wordt PVC vaak sterk geplastificeerd of gedispergeerd. De dikke isolerende bekleding van de handgrepen van elektrisch gereedschap is bijvoorbeeld vaak een plastisol-PVC-coating. Ook het isolatiemateriaal op elektriciteitsdraden is meestal van PVC. Men geeft voor dit soort toepassingen aan PVC de voorkeur boven andere kunststoffen, omdat het niet brandbaar is. Het blijft niet uit zichzelf branden.

Stijf PVC (zonder weekmakers) heeft voldoende sterkte en stijfheid om voor een technische kunststof door te gaan. Het is thermoplastisch en kan goed worden gevormd en verwerkt. In geëxtrudeerde vorm wordt stijf PVC gebruikt voor goedkope pijpleidingen. Het is voor huishoudelijke leidingen verkrijgbaar in elke winkel met bouwbenodigdheden. Het is de gewoonte om PVC te gebruiken in leidingen voor koud water of chemicaliën en gechloreerd PVC (PVC-C) voor warmwaterleidingen (voor water met een temperatuur tot 82 °C). In de industrie kan stijf PVC worden gebruikt voor onderdelen die bestand moeten zijn tegen corrosie: beschermkappen, luchtkanalen, afzuigkappen en dergelijke. Het is zeer goed bestand tegen vele zuren en basen, maar niet tegen sommige organische oplosmiddelen en organische chemische stoffen. In dit opzicht zijn de olefinen geschikter. Een andere belangrijke beperking van stijf PVC is een geringe taaiheid en grote kerfgevoeligheid. Spanningsconcentraties in constructies dienen zorgvuldig te worden vermeden. Er zijn PVC-kunststoflegeringen verkrijgbaar met een verbeterde taaiheid. De eigenschappen van PVC kunnen behalve door legeringen ook worden gewijzigd door copolymerisatie met een aantal andere polymeren, waaronder vinylacetaat en acrylonitril.

Polyvinylideenchloride

De afkorting voor *polyvinylideenchloride* is PVDC. Het wordt gemaakt van trichloorethaan, een bekend oplosmiddel. De monomeer van PVDC heeft in het ethyleenmolecuul twee chlooratomen in plaats van waterstofatomen:

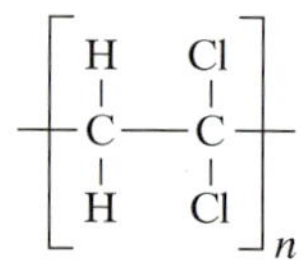

Polyvinylideenchloride (PVDC)

Een huishoudelijke toepassing van PVDC is het gebruik voor verpakkingen, bijvoorbeeld vershoudfolie. In de industrie wordt het gebruikt voor dezelfde soort doeleinden als PVC. Het heeft evenwel een grotere sterkte en is beter bestand tegen hoge temperaturen en oplosmiddelen dan PVC.

Polyvinylacetaat

De monomeer van polyvinylacetaat (PVA) is een ethyleenmolecuul waarin een waterstofatoom is vervangen door een acetaatsubstituent:

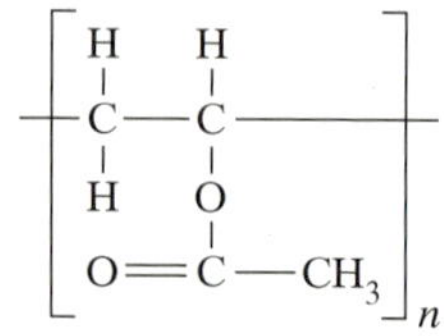

Polyvinylacetaat (PVA)

Polyvinylacetaten zijn relatief zachte thermoplasten die vooral worden gebruikt voor coatings en kleefstoffen en niet voor gegoten onderdelen. PVA is een populair polymeer voor huishoudelijke en

Oog op duurzaamheid

Polyvinylchloride (PVC) en het milieu

PVC is een van de meest gebruikte kunststoffen, maar tegelijkertijd is het een van de meest controversiële materialen als het om het milieu en de volksgezondheid gaat. Een van de meest genoemde nadelen van PVC is dat er in de productieketen tot en met de afvalfase allerlei chloorproducten worden gebruikt of vrij kunnen komen in het milieu. Als PVC verbrand wordt, worden er giftige chloorhoudende afgassen zoals dioxine geproduceerd. Sommige additieven die een risico vormen voor de gezondheid, zoals ftalaatweekmakers en zware metalen, kunnen ook vrijkomen. De levensduur van PVC is in principe zeer lang (25–30 jaar), waardoor het materiaal onder andere geschikt is voor pijpleidingen. Vele PVC-producten hebben desalniettemin een korte gebruikslevensduur, waarna ze toch als zwerfafval in het milieu terechtkomen. PVC is slecht afbreekbaar, al zijn mechanische en chemische technieken voor het recyclen van PVC in ontwikkeling. Het milieu is in ieder geval een punt van aandacht bij de keuze van PVC voor een bepaald ontwerp.

industriële latexverf. Als kleefstof is het de bekende houtlijm die in de meeste bouwmarkten verkrijgbaar is. Verder wordt het onder meer gebruikt voor textielvezels en textielafwerkingscoatings. Het wordt niet echt gebruikt als constructiemateriaal.

Polyvinylalcohol

Net als PVA wordt ook polyvinylalcohol (PVAL) vaak gebruikt voor coatings. In PVAL wordt een waterstofatoom in een ethyleenmolecuul vervangen door een hydroxil-substituent (OH):

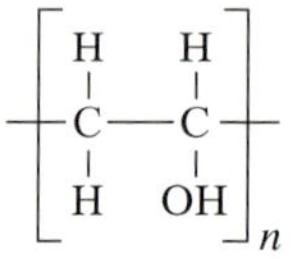

Polyvinylalcohol (PVAL)

Polyvinylalcohol is in water oplosbaar en heeft daarom beperkte toepassingsmogelijkheden. Het wordt soms gebruikt als een omhulsel voor pillen die in water oplosbaar moeten zijn. Het laat zich goed tot films vormen en wordt gebruikt voor diverse speciale coatings. Het kan ook worden gebruikt voor de kleefstof op bijvoorbeeld hersluitbare enveloppen. In de industrie wordt het soms gebruikt voor buizen die bestand moeten zijn tegen olie en organische oplosmiddelen. Het is zeer goed bestand tegen olie en vet. De mechanische eigenschappen zijn vergelijkbaar met die van geplastificeerd PVC.

Polystyreen

Deze kunststof maakt ongeveer 20 procent uit van alle thermoplasten in commerciële toepassingen. Het is goedkoop en wordt algemeen gebruikt in wegwerpartikelen (plastic tafelgerei, voedselcontainers en dergelijke) en speelgoed. Polystyreen wordt gemaakt van ethylbenzeen. Een grote benzeenring vervangt een waterstofatoom in een ethyleenmolecuul:

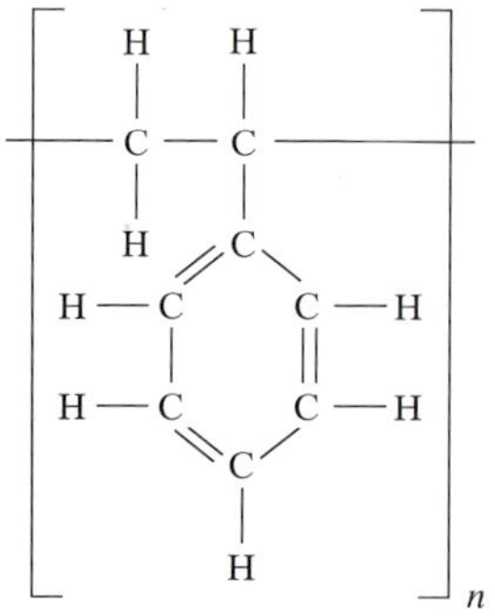

Polystyreen (PS)

Polystyrenen zijn hoofdzakelijk amorf en atactisch. De benzeenringen nemen willekeurige locaties op de polymeerketens in. De aanwezigheid van een groot molecuul (benzeen) als substituent op een koolstofketen veroorzaakt *ketenverstijving*. De wisselwerking van de benzeenringen en de naburige ketens bemoeilijkt vervorming door beweging van de ketens ten opzichte van elkaar. Dit structurele effect is verantwoordelijk voor de inherente brosheid en hardheid van deze kunststof. Vanwege de geringe slagvastheid kan polystyreen niet concurreren met technische kunststoffen op het gebied van toepassing in machines.

Polystyreen kan gemakkelijk worden omgevormd, want de smelttemperatuur is slechts 115°C, en er kan een onbuigzaam schuimplastic van worden gemaakt. De schuimplastics worden algemeen gebruikt voor warmte-isolatie en voor drijflichamen. Ongepigmenteerd polystyreen is transparant met een zeer goede lichtdoorlaatbaarheid, maar het wordt weinig gebruikt voor ruiten, omdat het bij herhaalde blootstelling aan UV-straling vergeelt. Het is daarnaast niet corrosiebestendig zoals polyethyleen en polypropyleen en wordt aangetast door talrijke oplosmiddelen. Daarnaast is het brandbaar, zeker als schuim.

Samenvatting: standaard ethyleenpolymeren

De meeste ethyleenpolymeren hebben een lineaire structuur, met een minimum aan vertakkingen en cross-links. De meeste zijn thermoplastisch en goed verwerkbaar. De uitzonderingen zijn enkele fluorkoolstoffen en polyethyleen met een ultrahoog molecuulgewicht. Vier ethyleenpolymeren (polypropyleen, polyethyleen, polyvinylchloride en polystyreen) worden zo algemeen gebruikt dat ze drie kwart van het tonnage aan toegepaste polymeren uitmaken. Alle ethyleenpolymeren zijn afgeleid van het ethyleenmolecuul, en de meeste zijn producten van ruwe olie. De mechanische eigenschappen lopen nogal uiteen: van een zeer geringe sterkte tot een sterkte die vergelijkbaar is met die van technische kunststoffen (zie figuur 8-4).

De volgende aanvulling is het waard om ook te onthouden:

- Polyethylenen kunnen sterk verschillende eigenschappen hebben, afhankelijk van het molecuulgewicht (de lengte van de moleculaire ketens).
- Polyethylenen hebben meestal een geringe sterkte, maar sommige soorten UHMWPE zijn wat betreft sterkte vergelijkbaar met technische kunststoffen.
- Polypropyleen is sterker dan de gewone polyethylenen.

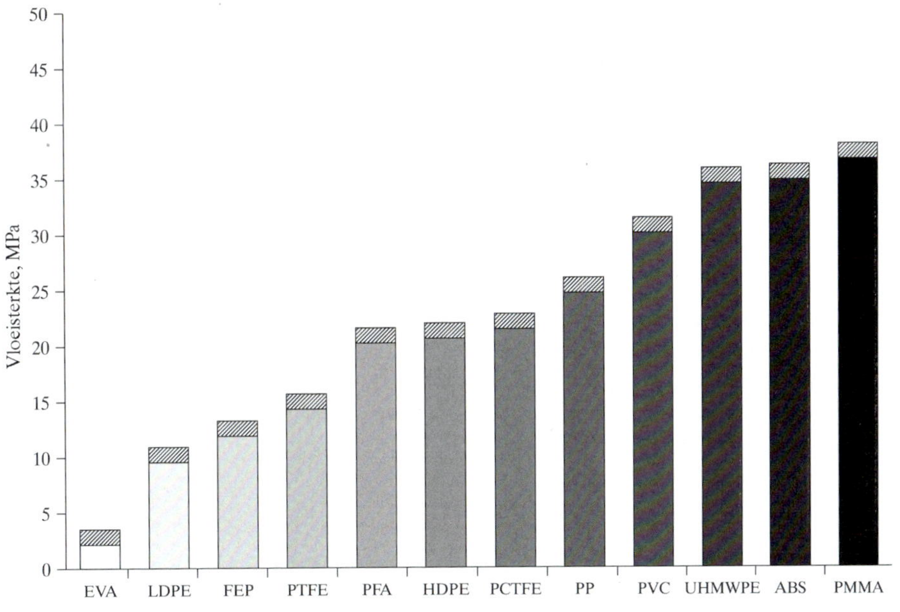

FIGUUR 8-4 Typische waarden voor de vloeigrens van ethyleenhomopolymeren

- Polystyrenen zijn goed omvormbaar en zijn vaak de eerste keus voor vormproducten die gerecycled worden (verpakkingen en dergelijke). Sommige soorten behoren tot de goedkoopste kunststoffen.
- Stijf PVC is zeer goed bestand tegen vele chemicaliën en wordt algemeen gebruikt voor leidingenstelsels.
- Geplastificeerd PVC is de meest gebruikte kunststof voor stoffering en als flexibele kunststoffilms voor een grote verscheidenheid aan toepassingen.

Er bestaan zoveel ethyleenpolymeren dat het moeilijk is om algemene uitspraken over hun gebruikseigenschappen te doen, maar we kunnen waarschijnlijk rustig beweren dat de groep van ethyleenpolymeren de belangrijkste is van de groepen die we hier bespreken.

8.3 Thermoplastische technische kunststoffen op ethyleenbasis

Polymethylpenteen

Dit polymeer bevat een korte koolstofketen als vervanging van één H-atoom per monomeer op een ethyleenmolecuul:

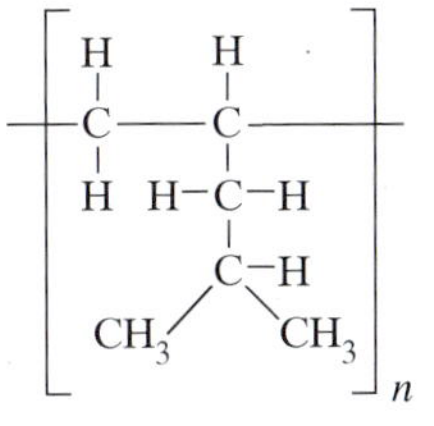

Polymethylpenteen (PMP)

Het is thermoplastisch, heeft een goede optische helderheid en kan tot een temperatuur van 150 °C worden gebruikt. De elektrische eigenschappen zijn vergelijkbaar met die van de fluorkoolstoffen. Vanwege de combinatie van doorzichtigheid, weerstand tegen hoge temperaturen en goede elektrische eigenschappen is deze kunststof geschikt voor onderdelen van verlichting en huishoudelijke apparaten. Een bijzonder toepassingsgebied is in disposables voor in ziekenhuizen.

Acrylonitrilbutadieenstyreen

Veel nadelen van polystyreen kunnen worden overwonnen door copolymerisatie. Belangrijke copolymeren van polystyreen zijn butadieenstyreen en acrylonitrilstyreen:

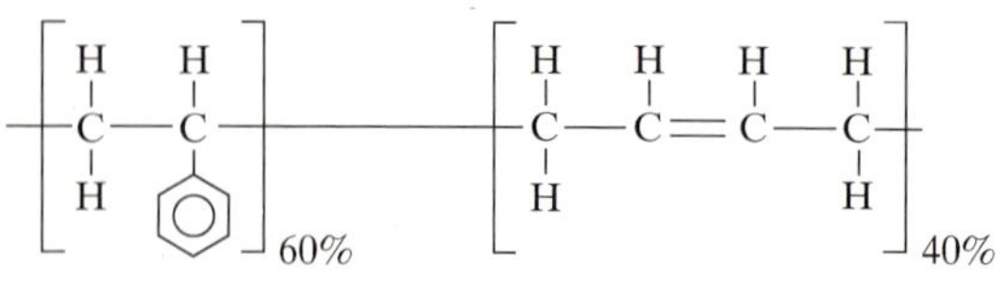

Butadieenstyreen (BS)

Styreenbutadieen wordt vaak gebruikt in latexverf en het is de basis van een belangrijk soort rubber. Door het toevoegen van weekmakers ontstaan er styrenen met een grote slagvastheid. Styreenacrylonitril (SAN) heeft een verbeterde slagvastheid, warmtebestendigheid en omgevingsweerstand ten opzichte van het styreenhomopolymeer. Het wordt onder andere toegepast in duurzame drinkbekers. Een modificatie van styreen die nog belangrijker is, is een combinatie van bovengenoemde copolymeren: een polystyreen-terpolymeer van acrylonitril, butadieen en styreen (ABS):

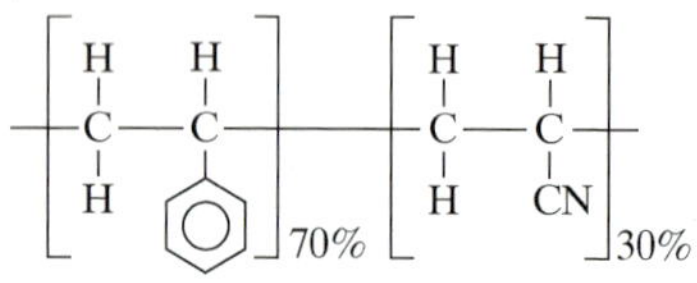

Styreenacrylonitril (SAN)

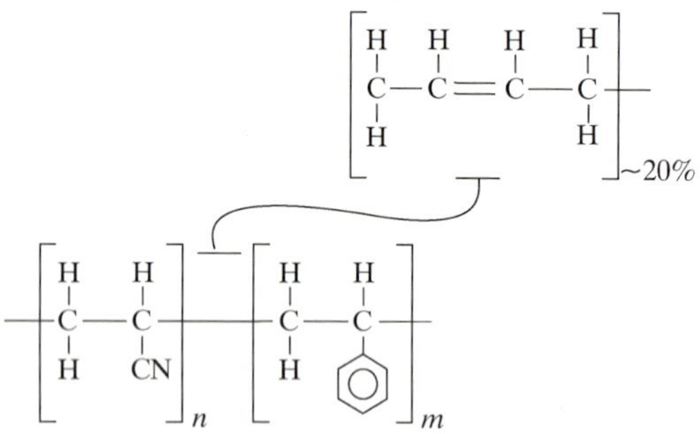

Acrylonitrilbutadieenstyreen (ABS)

Dit is een ent-terpolymeer, wat wil zeggen dat de butadieenketen gekoppeld is aan de zijkant van de acrylonitrilstyreenketen. ABS is een belangrijke thermoplast voor de fabricage van verbruiksartikelen. ABS heeft een uitstekende taaiheid en een redelijk hoge sterkte en stijfheid. Het heeft ook goede verwerkingseigenschappen. De meeste thermoplastische processen en vormingsprocessen kunnen erop worden toegepast, inclusief verwerking tot schuimplastic. Enkele soorten ABS kunnen zelfs goed gegalvaniseerd worden.

Polymethylmethacrylaat

Dit polymeer kent iedereen onder de merknamen Plexiglas®en Perspex®. *Polymethylmethacrylaat* (PMMA) is het transparante materiaal dat wordt gebruikt voor sommige ruiten en de goedkope lenzen in camera's, zaklantaarns en veiligheidsbrillen. Polymeren op basis van polymethylmethacrylaat horen bij de groep van acrylaten. Acrylaten worden verkregen door een zuur zoals methylacrylzuur [CH_2=C(CH_3)-$COOCH_3$] te laten reageren met een alcohol. De monomeer heeft een methylgroep (CH_3) in plaats van een waterstofatoom op een ethyleenmolecuul en een $COOCH_3$-substituent (afkomstig van het zuur) in plaats van een ander waterstofatoom:

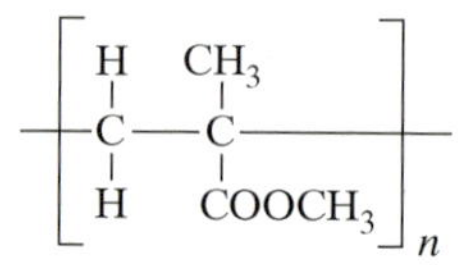

Polymethylmethacrylaat (PMMA)

De acrylaten zijn onbuigzaam en transparant en zijn daarom uitstekend bruikbaar voor beschermkappen, kijkglazen en afdekkingen. Een andere belangrijke industriële toepassing is als materiaal voor coatings. Acrylaten worden vaak gebruikt voor transparante lakken op decoratieve onderdelen, en, vermengd met pigmenten, als verfmateriaal. Enkele toepassingen van algemeen belang: de meeste kunstgebitten, lenzen van autolampen en horlogeglazen zijn gemaakt van acrylaten. Ze laten zich gemakkelijk spuitgieten. In een aantal toepassingen zijn acrylaten inmiddels wel verdrongen door het slagvastere polycarbonaat.

Fluorkoolstoffen

Fluorkoolstoffen vormen een groep van polymeren op basis van de substitutie van een fluoratoom voor elk van de waterstofatomen in een ethyleenmolecuul. Het oudste fluorkoolstofpolymeer, *polytetrafluorethyleen* (PTFE), is wellicht beter bekend onder de merknaam Teflon®. Het wordt gemaakt door polymerisatie van een gas met dezelfde chemische naam:

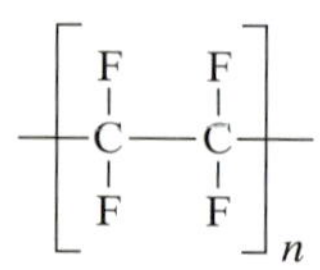

Polytetrafluorethyleen (PTFE)

PTFE is een van de meest chemisch inerte materialen en wordt daarom gebruikt voor afdichtingen, buizen en kleine vaten voor zeer agressieve chemicaliën. Door de relatief hoge maximumgebruikstemperatuur (ca. 280 °C) is het ook te gebruiken als anti-aanbaklaag in pannen.

PTFE heeft als belangrijkste nadelen dat het duur is, een geringe sterkte en kruipvastheid heeft, en moeilijk te fabriceren is. Het kan niet worden gebruikt voor constructieonderdelen. Het smelt en vloeit niet zoals de meeste thermoplasten (hoewel het gewoonlijk wel als thermoplastisch wordt beschouwd) en is niet vormbaar met de gebruikelijke technieken. De PTFE-vormen en -onderdelen worden als poeder geperst en gesinterd met technieken die doen denken aan die voor poedermetalen. Om deze vormgevingsmoeilijkheden te omzeilen is er een aantal verwerkbare fluorkoolstoffen ontwikkeld.

Polytrifluorchloorethyleen (PTFCE) is bijvoorbeeld wel geschikt voor spuitgieten en wordt gebruikt voor dezelfde soorten toepassingen als PTFE. Voor een verbeterde vormbaarheid worden een paar andere eigenschappen opgeofferd. Zo is de gebruikstemperatuur van PTFE niet hoger dan 200 °C, tegen de 280 °C voor PTFE, en de chemische weerstand is lager dan die van PTFE.

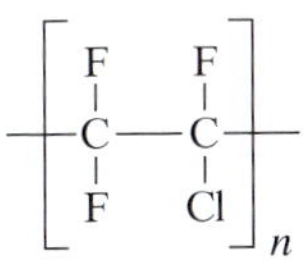

Polytrifluorchloorethyleen (PTFCE) [Kel-F®]

Gefluoreerd ethyleenpropyleen (FEP) is een copolymeer van PTFE en hexafluorpropyleen dat de eigenschappen van PTFE dichter benadert dan andere fluorkoolstoffen. Het wordt meestal toegepast in chemische behandelingen.

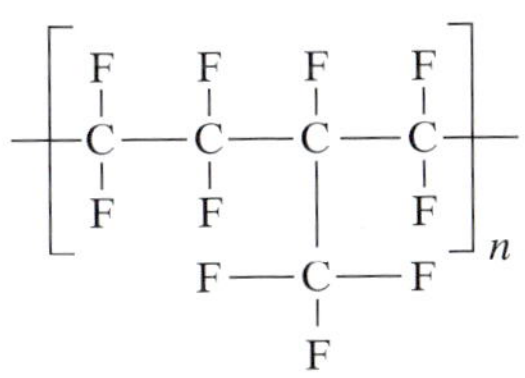

Gefluoreerd ethyleenpropyleen (FEP)

Geperfluoreerde alkoxy (PFA) is een nieuwere soort fluorkoolstof die geschikt is voor spuitgieten en een nog hogere gebruikstemperatuur (260 °C) heeft dan PTFCE en FEP, en een betere kruipvastheid dan PTFE. De chemische weerstand benadert die van PTFE.

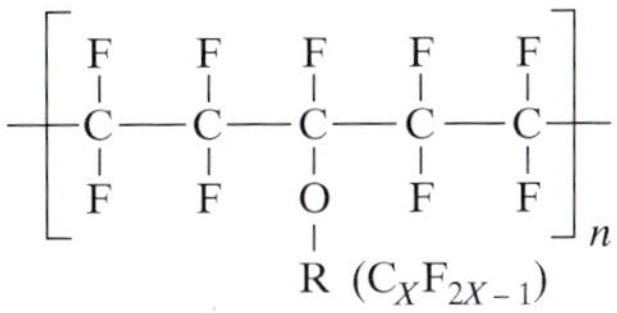

Geperfluoreerde alkoxy (PFA)

Polyvinylfluoride (PVF) heeft een geringere chemische weerstand en warmtebestendigheid dan PTFE, PTFCE, FEP of PFA, maar kan beter als smelt worden verwerkt. Het is geschikt voor gegoten producten, maar wordt vaker gebruikt voor de isolatie van elektrische draden en voor decoratieve en weerbestendige coatings. Wandbekledingen kunnen afwasbaar en vlekbestendig worden gemaakt met PVF-coatings. PVF-films worden ook gelamineerd op aluminium voor gevel- en architectuurpanelen.

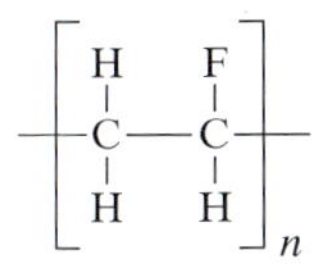

Polyvinylfluoride (PVF) [Tedlar®]

Vinylideenfluoride (PVDF) is een van de meest vormbare fluorkoolstoffen. Het wordt meestal gebruikt voor gegoten onderdelen die chemische weerstand moeten hebben. Het is niet zo corrosiebestendig als de andere fluorkoolstoffen (behalve PVF) en de maximale gebruikstemperatuur is slechts 150 °C.

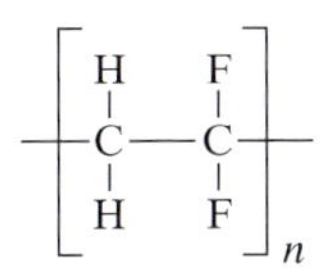

Vinylideenfluoride (PVDF) [Kynar®]

Ethyleentetrafluorethyleen (ETFE) is een PTFE-ethyleen copolymeer met uitstekende vormbaarheid. Het heeft een lagere dichtheid, grotere taaiheid en grotere sterkte dan PTFE en FEP. De maximale gebruikstemperatuur is echter veel lager: 180 °C.

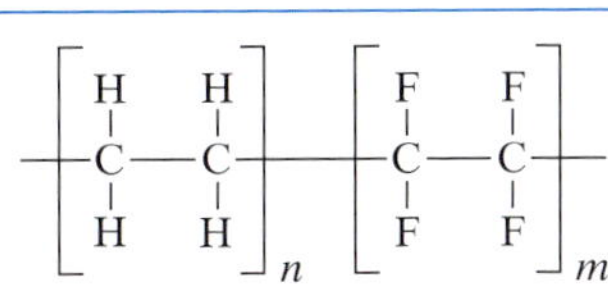

Ethyleentetrafluorethyleen (ETFE) [TEFZEL®]

Ethyleenchloortrifluorethyleen (ECTFE) is een copolymeer dat wat betreft vormbaarheid en toepassingen te vergelijken is met FEP. Het heeft een betere omgevingsweerstand en een iets hogere gebruikstemperatuur dan ETFE (200 °C).

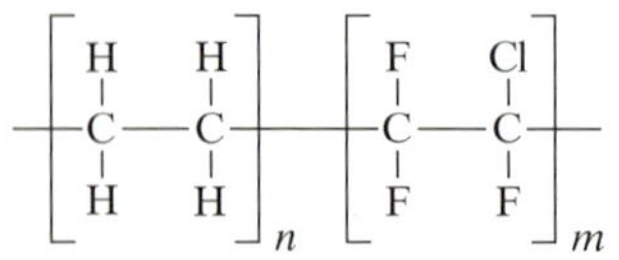

Ethyleenchloortrifluorethyleen (ECTFE) [HALAR®]

Er zijn nog een paar commercieel verkrijgbare fluorkoolstoffen, maar deze zijn in wezen aangepaste versies van de bovenstaande. De modificaties bestaan onder meer uit mengsels met andere polymeren en diverse versterkingen.

Samenvatting: technische kunststoffen op ethyleenbasis

Net als bij de standaard kunststoffen worden de ethyleenpolymeren het meest gebruikt. De substitutie van een functionele groep op de ethyleenmoleculen heeft gezorgd voor de goedkoopste standaard kunststoffen en ook voor de meest gebruikte kunststoffen in technische toepassingen. ABS, acrylaten, SAN en de fluorkoolstoffen maken gemakkelijk meer dan de helft uit van de productie van technische thermoplasten. Sommige mensen rekenen ABS, SAN en acrylaten niet tot de technische kunststoffen, maar ze worden zonder twijfel gebruikt voor technische toepassingen, naast toepassingen in allerlei huishoudproducten. PTFE is een betrekkelijk zwak materiaal, maar vanwege de lage wrijving bij combinaties met staal onder zware belasting wordt het gebruikt voor lagerplatforms ter ondersteuning van hoge gebouwen en bruggen in aardbevingsgebieden. Acrylaten worden in de architectuur gebruikt voor vele constructieonderdelen, maar een van de zwaarste toepassingen vinden we bij straalvliegtuigen (voorruiten en plafonds).

De mechanische eigenschappen variëren van opzettelijk zeer zwak in geplastificeerd vinyl (PVC) tot zeer sterk in de acrylaten. De chemische eigenschappen variëren van uiterst chemisch bestendige fluorkoolstoffen tot kunststoffen die in water oplossen (polyvinylalcohol, PVAL). De meest gebruikte ethyleenpolymeren vormen de goedkoopste kunststofcomponenten. Andere ethyleenpolymeren behoren tot de duurste kunststoffen. Deze polymeergroep is waarschijnlijk de belangrijkste thermoplastische groep, en ontwerpers dienen in ieder geval vertrouwd te raken met de door ons beschreven kunststoffen op ethyleenbasis.

8.4 Andere technische thermoplasten

Polyamiden

De polyamiden zijn een condensatieproduct van een zuur en een amine. Alle bevatten de karakteristieke amidegroep: CO—NH. De basisreactie bij het vormen van een polyamide is:

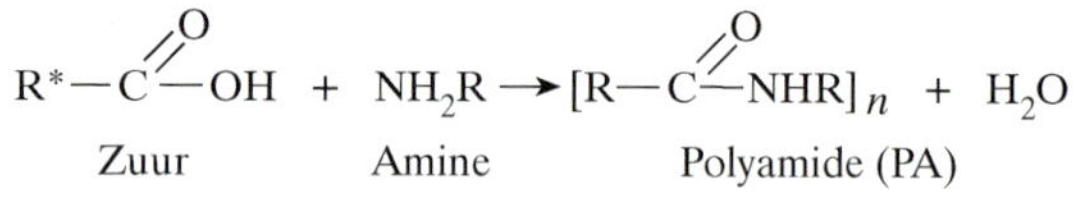

*Symbool voor functionele groep

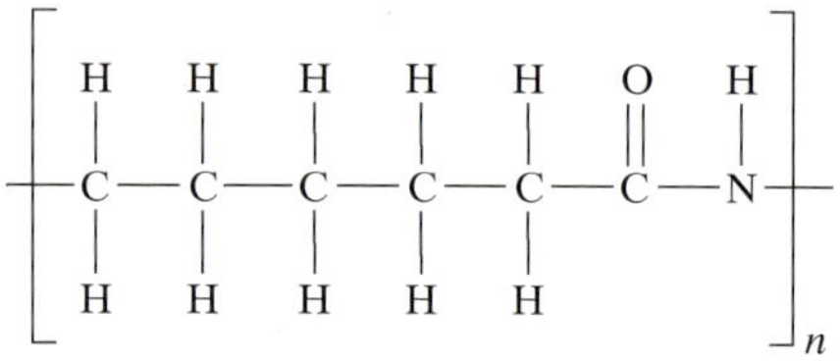

nylon 6

Er is een aantal veelgebruikte polyamiden. De diverse soorten worden gewoonlijk aangeduid als nylon 6, nylon 6/6, nylon 6/10, nylon 6/12, nylon 11 en nylon 12.

Deze achtervoegsels zijn verwijzingen naar het aantal koolstofatomen in de betreffende stoffen in het condensatiepolymerisatieproces. Ze zijn gehandhaafd voor de identificatie. Nylons met een punt tussen de getallen in het achtervoegsel zijn homopolymeren. Nylons met een schuine streep (/) tussen de getallen zijn copolymeren; nylon 6/12 is dus een copolymeer van de nylonsoorten 6 en 12.

Polyamide is de eigenlijke chemische naam voor deze groep polymeren, maar de term *nylon* wordt al zo lang gebruikt dat de merknaam een algemeen geaccepteerde soortnaam geworden is. Nylon was een van de eerste technische kunststoffen. Nylon 6 is ontwikkeld in de jaren dertig van de twintigste eeuw en werd in de Tweede Wereldoorlog belangrijk als vervanging voor parachutezijde. Nylons zijn kristallijne thermoplasten met goede mechanische eigenschappen en een goede verwerkbaarheid. De mechanische eigenschappen zijn zo goed dat het in constructieonderdelen kan worden gebruikt. De mechanische eigenschappen van nylon homopolymeren behoren tot de beste van de technische kunststoffen. Nylons hebben een treksterkte die vergelijkbaar is met die van sommige zachtere aluminiumlegeringen. De types 6 en 6/6 zijn het populairst. Samen maken die 90 procent uit van de totale nylonproductie (naar 60 procent type 6/6, en 30 procent nylon 6). Deze twee soorten hebben ook de grootste sterkte. De temperatuur waarbij ze continu kunnen worden gebruikt kan oplopen tot 120°C, maar de eigenschappen kunnen door oxidatie in de loop van de tijd achteruitgaan.

Het grootste nadeel van nylons als technische materialen is hun neiging om vocht te absorberen. Nylon 6 kan wel 10 procent van zijn eigen gewicht absorberen (evenwicht bij 20°C en 100 procent relatieve vochtigheid (RV)). Deze vochtabsorptie veroorzaakt een verlaging van de treksterkte en de stijfheid, maar een toename van de taaiheid. De nylons 11 en 12 bieden van deze groep de meeste weerstand. De vochtabsorptie-eigenschappen van de andere soorten bevinden zich tussen deze uitersten. Het vervelendste aspect van vochtabsorptie is niet het effect op de sterkte maar de verandering van de grootte bij gebruik en fabricage. Een vochtabsorptie van 10 procent in een onderdeel van nylon 6 kan leiden tot een vergroting van de afmetingen met wel 0,025 cm/cm. Daarom zijn nylons het meest geschikt voor toepassingen waarbij veranderingen van de grootte tijdens het gebruik niet leiden tot functionele defecten. Voorbeelden van zulke toepassingen zijn nylon coatings op afwasmachinerekken, draadbekleding, geëxtrudeerde slangen, wielen voor huishoudelijke apparaten, schoenzolen, zonweringen, touwen, autobandversterking, kledingtextiel en vloerbedekking.

Nylon wordt echter ook veel gebruikt voor tandwielen, nokken, schuiven en dergelijke in machines, waarbij een verandering van grootte wel degelijk invloed kan hebben op het functioneren. Bij deze toepassingen moeten de fabrikantgegevens betreffende de grootteverandering worden gebruikt voor het berekenen van de speling tijdens bedrijf.

Er worden nieuwe soorten nylons en nieuwe versterkingssystemen ontwikkeld om enkele beperkingen van de 6, 6/6, en 6/10 nylons te overwinnen. Aramidegranulaten (Nomex, Kevlar® – zie de *Modern Plastics Encyclopedia* voor de merknamen van plastics) zijn bijvoorbeeld polyamiden waarvan de monomeerstructuur twee aromatische functionele groepen bevat:

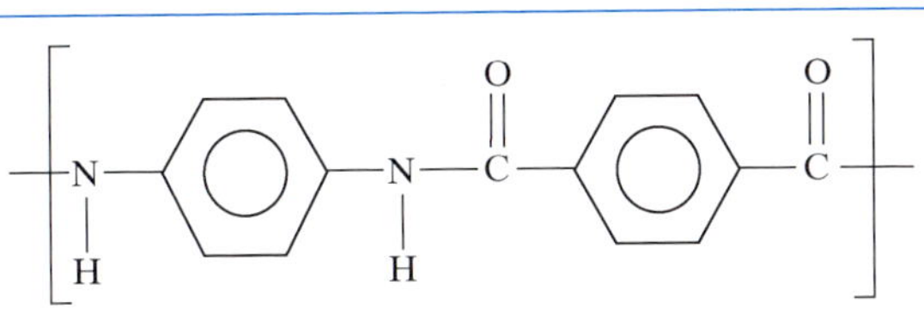

Aromatische polyamide (aramid) [Kevlar®]

Ze worden voornamelijk geproduceerd in de vorm van vezels en plaatmateriaal. Sommige aramiden hebben een hoge treksterkte en kunnen continu gebruikt worden bij temperaturen tot wel 260°C. Korte stukjes Nomex-vezels worden soms gebruikt ter vervanging van asbest als versterking in frictiematerialen voor koppelings- en remsystemen. Nomex-plaat wordt gebruikt voor isolatie van elektrische apparaten die aan hoge temperaturen blootstaan. Als garens worden Nomex-draden in brandwerend textiel verwerkt en in kogelvrije vesten. De aramiden en andere nieuwe soorten nylon garanderen dat deze groep polymeren wat betreft eigenschappen met recenter ontwikkelde polymeersystemen kan blijven concurreren. Wat betreft geproduceerd volume is nylon de belangrijkste technische kunststof.

Polyacetalen

Polyacetaal verschilt van de meeste andere polymeren doordat de polyacetaalmoleculen een koolstof-zuurstofbinding hebben in plaats van de gebruikelijke koolstof-koolstofbinding. Zo'n structuur wordt een *heteroketen* genoemd, in tegenstelling tot een koolstofketen. De basismonomeer is formaldehyde en de polymeerketens hebben eindgroepen:

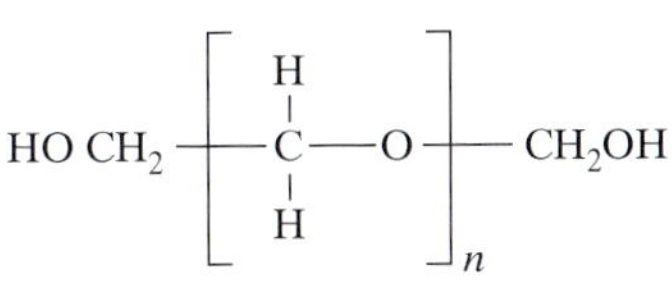

Polyoxymethyleen (POM)

Polyoxymethyleen is de juiste chemische term voor dit polymeer, maar de algemeen geaccepteerde aanduiding is acetaal.

Er worden drie soorten basisacetalen uitgebreid commercieel gebruikt: het homopolymeer (Delrin 500®), een copolymeer met trioxaan (Celcon®), en PTFE-gevulde versies (Delrin AF®, Acetron® enzovoort). Er worden nog een aantal andere soorten gefabriceerd, maar de varianten blijven in wezen gelijk: er is een ongesmeerde versie en een versie met PTFE-toevoeging ter verbetering van de tribologische eigenschappen. Alle soorten polyacetalen zijn sterk kristallijn, met mechanische eigenschappen die vergelijkbaar zijn met die van nylons. Zoals blijkt uit figuur 8-5 is deze groep polymeren sterker dan de meeste ethyleenpolymeren, al ligt de sterkte enigszins lager dan met nylons kan worden bereikt.

Het homopolymeer is sterker dan de copolymeren, maar de copolymeren zijn weer stabieler bij hoge temperaturen. De maximale temperatuur waarbij de copolymeren continu kunnen worden gebruikt is 105°C, vergeleken met 90°C voor het homopolymeer. Een van de voordelen van acetalen ten opzichte van nylons is een geringere neiging om vocht te absorberen en hierdoor van grootte te veranderen. Daardoor zorgen de acetalen voor een stabielere functie in nokken, tandwielen en andere mechanische apparaten die dezelfde afmetingen moeten houden. Het met PTFE gevulde acetaal vertoont nog minder vochtabsorptie en is in functie zelfs nog stabieler. De toevoeging van PTFE maakt het daardoor mogelijk om dit polymeer te gebruiken voor zelfsmerende lagerbussen en voor glijtoepassingen. Ongesmeerde nylons en acetalen leveren slechte lagers op.

Een nadeel dat de toepassingsmogelijkheden van acetalen beperkt, is de grote krimp bij spuitgieten. Het is moeilijk om onderdelen met nauwkeurige afmetingen te gieten van soorten zonder vulstof. Om de krimp zo klein mogelijk te houden is vaak versterking met glas en schuim nodig.

Er zijn dus voordelen en nadelen aan het gebruik van acetalen, maar in het algemeen behoren ze tot de belangrijkste technische kunststoffen en tot de meest gebruikte stoffen voor machines en voor structurele onderdelen van consumptieartikelen.

Cellulosepolymeren

Cellulose is een natuurlijke substantie en een belangrijk bestanddeel van plantaardig leven. Het cellulosemolecuul (een monomeer) is nogal ingewikkeld, en het polymeer wordt gevormd door middel van zuurstofbindingen:

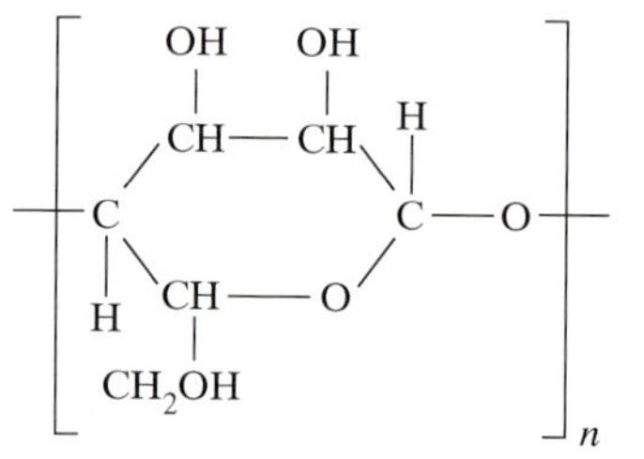

De meeste polymeren worden gemaakt met aardolie of aardgas als basismateriaal. De grondstoffen voor de fabricage van *cellulosepolymeren* zijn katoenpluis of houtpulp.

In het algemeen zijn cellulosepolymeren goedkope thermoplastische polymeren die zich goed laten vormen, goed kleurbaar zijn en een goede weerbestendigheid bezitten. Deze materialen worden vaker voor huishoudelijke artikelen gebruikt dan voor toepassingen in machines en de industrie. De meest gebruikte cellulosepolymeren zijn celluloseacetaat (CA), celluloseacetaat-butyraat (CAB) en celluloseacetaat-propionaat (CAP). De cellulosenitraten worden tegenwoordig nog maar zelden gebruikt vanwege hun ontvlambaarheid. Celluloseacetaat is een thermoplast die vaak wordt gebruikt voor films en vezels. Het is een ester die gemaakt wordt door cellulose met azijnzuur te laten reageren. Celluloseacetaat-propionaat en celluloseacetaat-butyraat zijn estermengsels met verbeterde fysische en mechanische eigenschappen ten opzichte van de celluloseacetaten. Ze worden vaak gebruikt in huishoude-

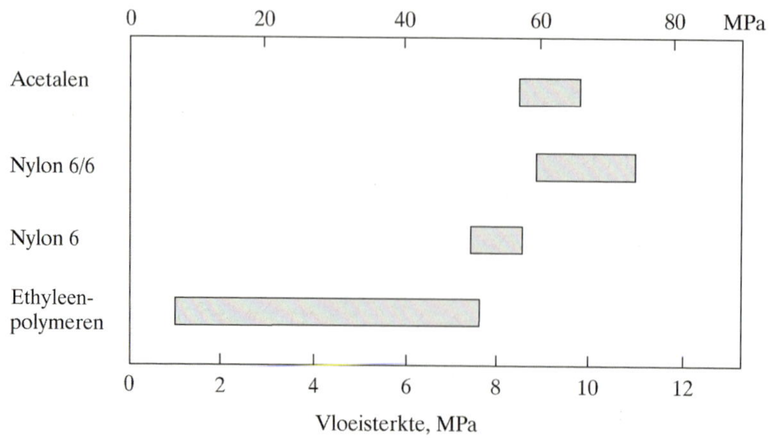

FIGUUR 8-5 Vloeigrens van nylon en acetaalhomopolymeren (bij benadering)

lijke artikelen die door middel van spuitgieten en vacuümvormen geproduceerd zijn. Daarnaast zijn de vertrouwde paaltjes met fluorescerend licht langs wegen meestal gemaakt door warmvormen van celluloseacetaat-butyraat.

Tot de algemeen bekende cellulosepolymeren behoren ook rayon en cellofaan, beide producten van het viskeuze celluloseregeneratieproces. Voorbeelden van toepassingen zijn textielen, folie en sigarettenfilters. Traditionele fotografische films hebben een drager van celluloseacetaat. Andere toepassingen met cellulosepolymeerfilms zijn veiligheidsbrillen, zonnebrillen, schroevendraaierhandgrepen en skibrillen. Voor brillen hebben ze goede mechanische eigenschappen: ze zijn niet bros en bieden een uitstekende weerstand tegen zonlicht.

Een groot aantal kunststoffen – mogelijk zelfs de meeste – kunnen niet goed tegen zonlicht. Ultraviolette straling veroorzaakt in veel kunststoffen chemische afbraak van moleculaire bindingen en bij herhaalde blootstelling kunnen er ongewenste dingen gebeuren: polyethylenen worden bros, veel elastomeren vertonen haarscheurtjes, geplastificeerde vinylsoorten raken hun weekmaker kwijt en onbuigzame vinylsoorten kunnen een poederachtig oppervlak vormen. In feite zijn de meeste kunststoffen niet geschikt voor gebruik buitenshuis. Dit is een van de eigenschappen waarmee cellulosepolymeren zich gunstig onderscheiden. Zij zijn namelijk goed bestand tegen UV-straling van de zon zonder substantieel verlies aan mechanische eigenschappen, kleur of doorzichtigheid.

Thermoplastische polyesters

Thermoplastische polyesters worden al ongeveer veertig jaar gebruikt, hoofdzakelijk voor verpakkingsfolie en als vezels, en voor structurele toepassingen in huishoudelijke apparaten, auto's en consumptieartikelen. Polyester kleding en polyester autobandversterking zijn bijvoorbeeld gemaakt van thermoplastische polyesters, meestal van polyethyleentereftalaat (PET):

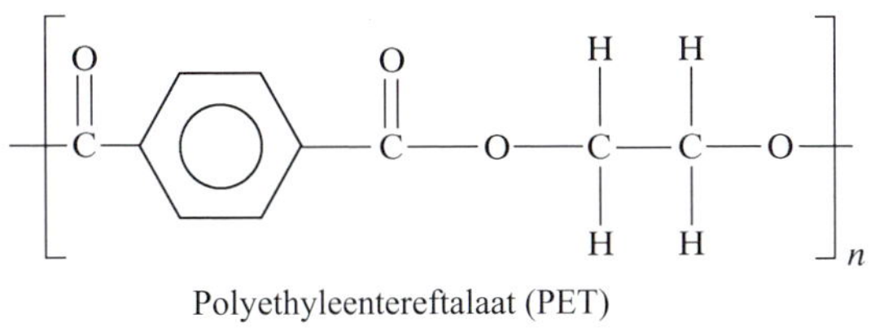

Polyethyleentereftalaat (PET)

PET alsmede PETG (glycol-gemodificeerd PET) wordt ook gebruikt voor flessen frisdrank en voor technische toepassingen, waaronder auto-onderdelen, tandwielen en nokken. Ongeveer 45 procent van de productie van PET wordt verwerkt in fotografische films, verpakkingen, textielvezels, buitenbandversterking en dergelijke. Een vergelijkbaar percentage van de productie in de VS wordt gebruikt voor geblazen frisdrankflessen. Dit polymeer wordt dus weinig gebruikt voor structurele toepassingen. Ongeveer 10 procent van de productie is van een type dat geschikt is voor spuitgieten en deze soorten worden gebruikt voor allerlei mechanische onderdelen.

Het andere basistype thermoplastisch polyester met ongeveer dezelfde technische toepassingen als PET is polybutyleentereftalaat (PBT):

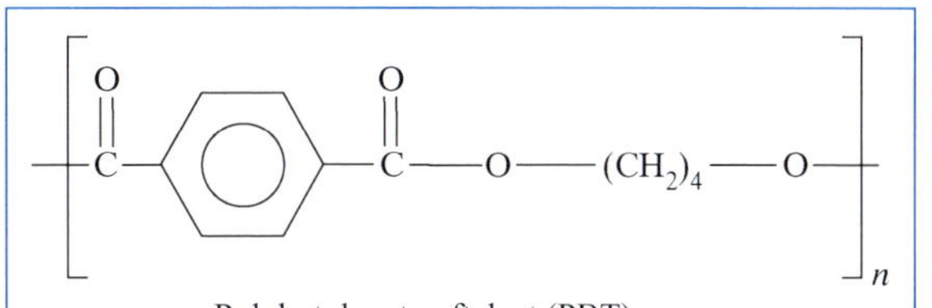

Polybutyleentereftalaat (PBT)

PBT laat zich goed spuitgieten en heeft ongeveer dezelfde mechanische eigenschappen als nylons. De gebruikstemperatuur is hoger dan die van de meeste nylons en PBT heeft geen vochtabsorptieproblemen. Vanwege de gebruikseigenschappen van thermoplastische polyesters is deze groep materialen goed te gebruiken voor structurele elementen, voor onderdelen in de auto-industrie en voor consumentenproducten.

PET en PBT zijn sterk verwante polymeren die wat hun gebruikseigenschappen betreft slechts kleine verschillen vertonen. PET is iets sterker en goedkoper. Sommige soorten PBT zijn beter te verwerken dan PET-soorten. In ieder geval hebben de voor technische toepassingen gebruikte soorten (inclusief versterkte soorten) eigenschappen die lijken op die van nylons. Deze eigenschappen maken PET en PBT concurrenten van nylons. Het grootste voordeel is dat zij geen van de problemen met vochtabsorptie hebben die inherent zijn aan het gebruik van nylons.

PBT wordt heel veel gebruikt in mengsels. Gemengd met PET wordt het op de markt gebracht als de groep Valox®-granulaten; gemengd met polycarbonaat vormt het Xenoy®; gemengd met polyfenyleen ether vormt het Gemax®-granulaten. Er zijn ook andere mengsels verkrijgbaar. PET en PBT zijn beide kristallijn en enigszins kerfgevoelig. Inspringende hoeken van mechanische onderdelen die van de technische soorten van deze materialen gemaakt zijn, dienen daarom een royale afrondingsstraal te hebben.

Om PET en PBT te versterken wordt vaak 15 procent tot 50 procent glasvezel of mineralen toegevoegd.

Polycarbonaten

Een *polycarbonaat* (PC) is in feite een polyester, omdat het een ester is van koolzuur en een aromatische bisfenolverbinding:

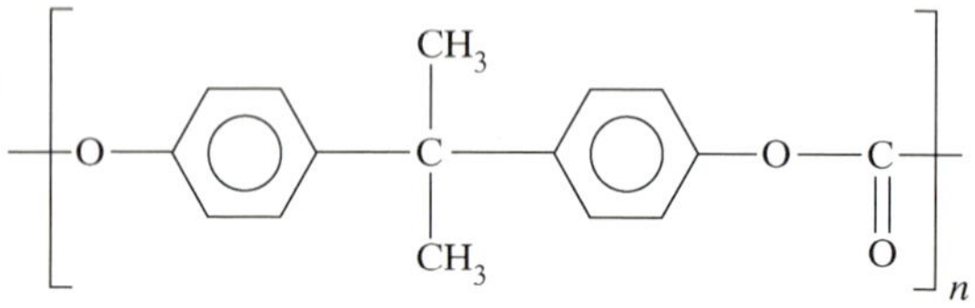

Polycarbonaat (PC)

Polycarbonaten zijn amorfe lineaire polyesters met een uitstekende vormbaarheid en slagvastheid. Vanwege de combinatie van slagvastheid, temperatuurweerstand en doorzichtigheid zijn ze geschikt voor dezelfde soorten toepassingen als de acrylaten: beschermkappen, kijkglazen en dergelijke. Polycarbonaat is een concurrent van de acrylaten (PMMA) op het gebied van veiligheidsglastoepassingen zoals helmen en gezichtsbeschermers. Het is duurder dan de acrylaten, maar de slagvastheid kan wel zestien keer zo hoog zijn. Voor structurele toepassingen heeft het ongeveer dezelfde eigenschappen als nylons en acetalen. Ook de rekeigenschappen van polycarbonaten zijn vergelijkbaar met die van nylons en acetalen, maar de slagvastheid kan wel tien keer zo hoog zijn. Daarom vervangen polycarbonaten vaak materialen zoals ABS en nylon in auto-onderdelen zoals dashboards, raamkrukken en kleine tandwielen.

Polycarbonaat is een belangrijke technische thermoplast voor industriële toepassingen en voor verbruiksartikelen zoals behuizingen voor elektrisch gereedschap, telefoontoestellen, mobiele telefoons en sportartikelen. Elke fabrikant van polycarbonaat heeft minstens een dozijn soorten op voorraad. Sommige hebben een speciale formule voor elektrische toepassingen, andere zijn ontworpen voor gebruik als transparant materiaal en weer andere voor mechanische toepassingen. Er zijn soorten beschikbaar met glas of een andere versterking en sommige soorten worden gesmeerd met PTFE of dergelijke materialen voor tribologische toepassingen. De bekendste toepassingen van polycarbonaten zijn waarschijnlijk transparant plaatmateriaal (Lexan® en andere), de lenzen van autolampen, cd-spelers en dvd-spelers en cd's en dvd's zelf.

De vormbare soorten van polycarbonaat hebben ongeveer dezelfde taaiheid, met een sterkte die vergelijkbaar is met die van acetalen, nylons en polyesters. Deze kunststoffen zijn ook geschikt voor gebruik in de buitenlucht omdat ze goed bestand zijn tegen UV-straling. Ruiten en transparante panelen van polycarbonaat gaan bij blootstelling aan de open lucht niet achteruit in helderheid en andere eigenschappen.

Vormproducten zoals computeronderdelen hebben een goede stabiliteit en kunnen met een grote nauwkeurigheid worden gegoten. De dikte of de segmentgrootte van onderdelen van polycarbonaat beïnvloeden echter wel de schijnbare taaiheid van het materiaal. Bij grotere diktes dan 2,5 millimeter kan polycarbonaat bros worden. Ook andere factoren, zoals restspanningen, kerven of warmtebehandelingen, kunnen de taaiheid van polycarbonaat reduceren. Polycarbonaten zijn gevoelig voor barsten als gevolg van omgevingsspanningen in bepaalde oplosmiddelen, en ze kunnen haarscheurtjes oplopen als de kruipspanningsgrenzen worden overschreden. Bij een ontwerp moet met deze factoren uiteraard rekening worden gehouden.

Polyimiden

De polyimiden (PI's) zijn technische kunststoffen die in de jaren zeventig van de twintigste eeuw in de handel kwamen. Ze hebben een zeer ingewikkelde structuur die wordt gekenmerkt door ketenverstijving als gevolg van de aanwezigheid van ringstructuren in de monomeer:

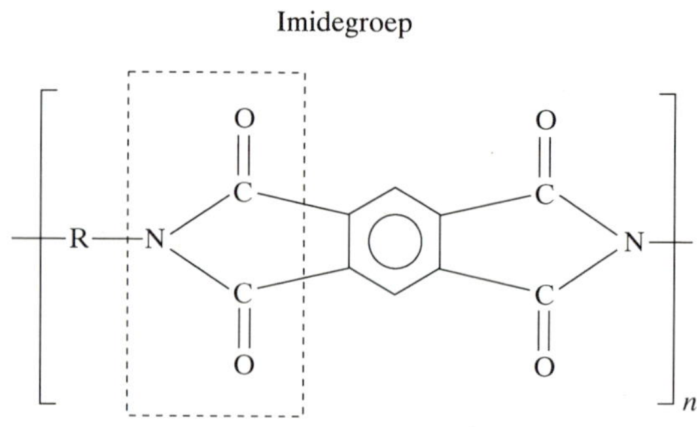

Polyimide (PI)

Een *polyimide* wordt gekenmerkt door de aanwezigheid van de imidegroep in de monomeerstructuur. De verschillen in de diverse soorten polyimiden hangen af van de reagerende stoffen. De thermoplastische soorten hebben een lineaire structuur, de thermohardende soorten een structuur met cross-links. Polyimiden worden meestal gemaakt door aromatische diaminen te laten reageren met dianhydriden. Het gemeenschappelijke kenmerk van deze groep polymeren is de weerstand tegen hoge temperaturen. De maximale temperatuur voor continu gebruik van sommige van deze materialen ligt tussen 260 en 315 °C. Bij deze temperaturen handhaven ze hun stabiliteit en hun mechanische eigenschappen. Er bestaan veel gegevens over de eigenschappen en met behulp van tabellen kan voorspeld worden hoe het materiaal zich bij deze hoge temperaturen zal gedragen.

Helaas creëert de stabiele aromatische structuur van deze materialen problemen bij de verwerking. De thermoplastische polyimidesoorten vereisen bij het gieten zeer hoge temperaturen die conventionele kunststofvormmachines maar net kunnen verdragen. Sommige polyimiden worden rechtstreeks gevormd bij ongeveer 425 °C met technieken die lijken op die voor poedermetalen. Poedervormig polyimide wordt samengeperst en onder druk in een matrijs gesinterd tot een gewenste vorm. Soms wordt gebruikgemaakt van vacuümsinteren. De poederdeeltjes smelten daarbij niet, maar worden wel zo plastisch dat ze open plekken opvullen en samenvloeien tot een massief onderdeel of een standaardvorm. Sommige polyimiden kunnen door middel van spuitgieten worden gevormd als dat voor het ontwerp nodig is. Een veelgebruikt polyimide, Vespel®, wordt aangeboden in direct gevormde standaardvormen die men door machinebewerking de voor het onderdeel gewenste vorm kan geven. Afzonderlijke onderdelen kunnen direct worden gevormd als er voldoende vraag is om het gebruik van het persgereedschap te rechtvaardigen.

Polyimiden hebben niet alleen bij hoge temperaturen, maar ook in het algemeen uitstekende mechanische eigenschappen. De treksterkte kan hoger zijn dan 100 MPa en de compressiesterkte hoger dan 205 MPa. Een van de redenen voor de thermische stabiliteit van polyimiden is de – voor kunststoffen – lage thermische uitzettingscoëfficiënt (slechts $4{,}9 \times 10^{-5}$ mm/mm-°C). Vanwege deze eigenschap zijn polyimiden geschikt voor precisieonderdelen die bij hoge temperaturen moeten functioneren.

Polyimiden zijn verkrijgbaar als granulaat voor het gieten, in direct gevormde standaardvormen voor machinale bewerking, als direct gevormde onderdelen, als films, als granulaten voor kleefstoffen en als een matrix voor geavanceerde composieten. Twee populaire additieven voor de soorten die voor gieten bestemd zijn, zijn grafiet en PTFE. Deze materialen worden toegevoegd aan soorten die bestemd zijn voor tribologische toepassingen. De smerende vulstoffen maken het mogelijk om deze materialen te gebruiken voor zelfsmerende lagers. Ze kunnen ook worden gebruikt voor structurele onderdelen die een goede mechanische sterkte moeten handhaven bij temperaturen die te hoog zijn voor veel andere kunststoffen. Dunne platen (Kapton®) worden gebruikt voor printplaten, waarvan de bedrijfstemperaturen te hoog zijn voor de conventionele fenolmaterialen.

Polyimiden zijn niet bijzonder stabiel in zonlicht en kunnen worden aangetast door oxiderende zuren. Het belangrijkste nadeel van deze groep kunststoffen is waarschijnlijk hun hoge prijs. Gegoten onderdelen kunnen in prijs concurreren met andere, meer conventionele kunststoffen, maar direct gevormde standaardproducten, zoals staaf- en plaatmateriaal, zijn uiterst duur. Afhankelijk van de vorm kan dit materiaal wel 200 euro per kilo kosten. Deze ogenschijnlijk hoge prijs is desondanks vaak gerechtvaardigd wanneer we de functionele voordelen ten opzichte van andere soorten materiaal bekijken. Zo blijken polyimiden vaak alsnog de goedkoopste oplossing voor toepassingen met hoge temperaturen, uitzonderlijke elektrische eigenschappen of ongewone tribologische eigenschappen.

Polyamide-imide

Zoals de naam aangeeft hebben *polyamide-imide*-polymeren (PAI's) een chemische structuur waarin een afwisselende combinatie van de kenmerkende stikstofbinding van een nylon (polyamide) en de ringstructuur van een polyimide voorkomt:

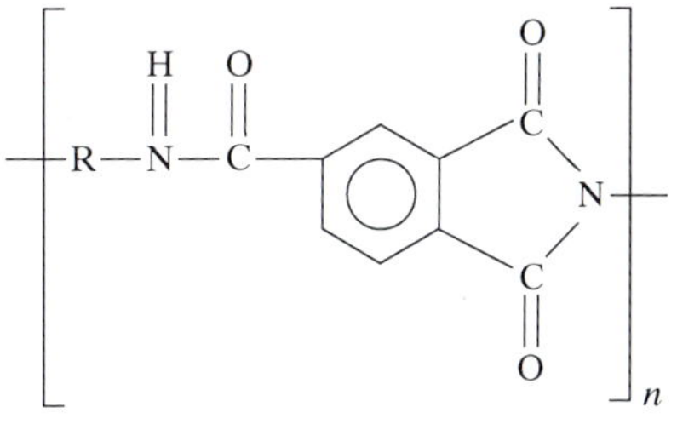

Polyamide-imide (PAI) [Torlon®]

Deze groep kunststoffen wordt gemaakt door een condensatiereactie tussen trimellietzuuranhydride en diverse diaminen. De meest gebruikte soorten zijn amorf en thermoplastisch. Polyamide-imiden zijn de enige veelgebruikte kunststoffen waarvan men de eindproducten na vorming kan versterken door middel van een warmtebehandeling. Een tot zes dagen naharden bij ongeveer 250 °C kan de treksterkte en het percentage verlenging verdubbelen. De doorbuigingstemperatuur kan 25 °C stijgen. De harding is een gevolg van extra polymerisatie (ketenverlenging). Zo'n warmtebehandeling wordt aanbevolen wanneer een hoge sterkte een selectiecriterium is.

Deze groep polymeren onderscheidt zich door een hoge sterkte en hoge maximale bedrijfstemperatuur (oplopend tot 275 °C). Een van de fabrikanten van deze polymeren claimt dat de soort zonder vulstoffen een hogere sterkte heeft dan enig andere onversterkte kunststofsoort (namelijk 158 MPa). Polyamide-imiden hebben daarnaast een hoge elasticiteitsmodulus (tot wel 10 GPa). De slagvastheid is vergelijkbaar met die van andere technische kunststoffen (3,6 J/m). In 24 uur absorberen ze ongeveer 1 procent vocht en op de lange termijn is vochtabsorptie bij evenwicht minder dan 2 procent.

Deze technische kunststoffen worden gebruikt voor allerlei toepassingen. Er zijn soorten verkrijgbaar zonder versterking, met glas, met koolstofvezels en met allerlei smeermiddelen. De laatstgenoemde zijn bestemd voor tribologische toepassingen en de gebruikelijke smeermiddelen zijn PTFE (tot wel 8 volumeprocent) en grafiet (tot wel 20 volumeprocent). De soorten met smering zijn bedoeld om te concurreren met de hierboven besproken polyimiden van het Vespel®-type. In de meeste is er sprake van een dragende belasting bij hoge temperaturen of van een combinatie van hoge temperatuur en elektriciteit. Sommige kunststof onderdelen van automotoren zijn gemaakt van deze materialen. In zulke toepassingen profiteren de gebruikers van de hoge sterkte bij hoge temperaturen van PAI's. Polyamide-imiden zijn niet goedkoop. De prijs ligt rond de 30 à 40 euro per kilo. Ze zijn goedkoper dan de polyimiden, maar toch veel duurder dan de standaard kunststoffen. Dit zijn echter wel technische kunststoffen van hoge kwaliteit. Ze moeten worden gebruikt wanneer er een materiaal nodig is met hoge sterkte bij hoge temperaturen dat voor spuitgieten geschikt is.

Polysulfon

Polysulfon-thermoplasten (PSU's) werden rond 1970 op de markt gebracht. De basismonomeer bevat een stabiele keten van benzeenringen:

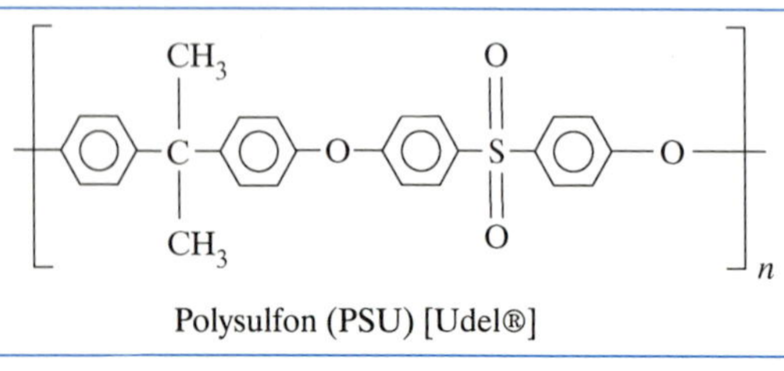

Polysulfon (PSU) [Udel®]

De mechanische eigenschappen van gegoten polysulfonen zijn bij kamertemperatuur ongeveer gelijk aan die van nylons, maar ze behouden een bruikbare sterkte en stijfheid tot een temperatuur van 180 °C. Gewone nylons kunnen slechts worden gebruikt tot 120 °C. Polysulfonen hebben een goede optische helderheid en absorberen minder vocht dan nylons.

Polysulfon is een amorf, onbuigzaam thermoplastisch materiaal dat wordt gemaakt van dichloordifenylsulfon en bisfenol A. De continue gebruikstemperatuur, 160 °C, is aanzienlijk hoger dan die van andere transparante kunststoffen zoals polystyreen, acrylaten (PMMA) en polycarbonaat (zie tabel 8-2). Polysulfon is duurder dan de andere materialen, maar minder duur dan sommige van de transparante technische kunststoffen zoals polyethersulfon.

TABEL 8-2 Verwekingstemperatuur van sommige thermoplasten

KUNSTSTOF	DOORBUIGINGS-TEMPERATUUR BIJ 1,8 MPa
PS	54 °C
PMMA	76 °C
PC	132 °C
PSU	173 °C

Vanwege de eigenschappencombinatie van een goede sterkte bij hoge temperaturen en doorzichtigheid is dit materiaal populair voor vershoudbakjes en kookgerei voor in magnetrons. Het wordt ook veel gebruikt voor medische instrumenten die bestand moeten zijn tegen vaak herhaalde sterilisatie. Polysulfon behoudt dezelfde sterkte na herhaalde autoclaafcycli, en het is zeer goed bestand tegen afbraak door heet water. Bepaalde soorten polysulfon zijn goedgekeurd door de U.S. Federal Drug Administration (FDA) voor herhaald gebruik in contact met voedsel. Omdat polysulfon goed bestand is tegen hoge temperaturen, wordt het ook gebruikt voor leidingen die chemicaliën vervoeren bij temperaturen die te hoog zijn voor de goedkopere buizen van PVC of PVC-C. De elektrische eigenschappen van polysulfon zijn goed genoeg om het te gebruiken voor printplaten en andere elektrische apparatuur, waarvoor men vroeger moeilijk te verwerken thermohardende harsen moest gebruiken. Polysulfon is verkrijgbaar met vezelversterking, maar de soorten zonder vulstof worden vaker gebruikt.

Polyethersulfon

Polyethersulfon (PES) is een amorfe, aromatische, warmtebestendige thermoplast met een etherachtige R—O—R-monomeerverbinding:

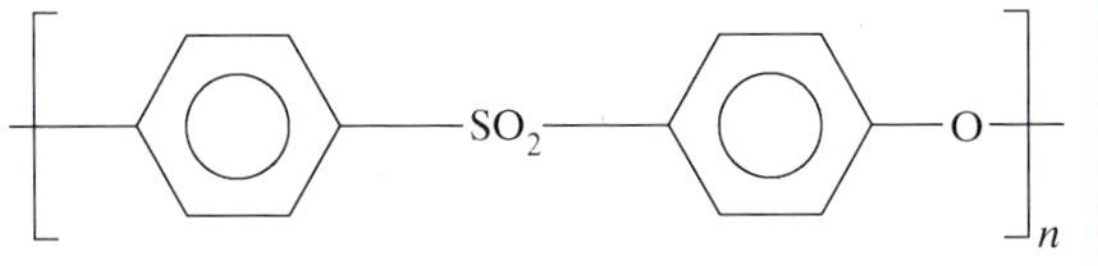

Polyethersulfon (PES)

De chemische aard en de eigenschappen van deze kunststof lijken op die van polysulfon. Het heeft een goede mechanische sterkte en behoudt deze bij hoge temperaturen. Het is tamelijk transparant (met een lichtdoorlaatbaarheid van 60 tot 90 procent), maar heeft een enigszins gele tint. PES kost circa 10 euro per kilo. Het is daarmee duurder dan polysulfon, maar wordt geacht langer mee te gaan.

De mechanische eigenschappen zijn ongeveer gelijk aan die van nylon en andere technische kunststoffen. Onder de thermoplasten heeft het echter een van de hoogste glasovergangstemperaturen, 220 °C. De gebruikstemperatuur kan dus oplopen tot 200 °C. Deze hoge glasovergangstemperatuur is waarschijnlijk ook verantwoordelijk voor de uitzonderlijke kruipvastheid van dit materiaal. Het heeft betere langetermijnkruipeigenschappen dan veel andere technische thermoplasten, waaronder nylon, polycarbonaat en acetaal.

Dit materiaal onderscheidt zich ook van andere technische kunststoffen door zijn vuurbestendigheid. De uitbreidingssnelheid van vuur is zeer laag, en de rookemissie is lager dan die van PC, PSU, PTFE, PS, PVC en enkele andere thermoplasten. De rookemissie is zelfs lager dan die van enkele thermohardende polymeren, zoals sommige fenolharsen.

Een beperkende eigenschap van PES is de vochtabsorptie. Het kan bij onderdompeling in water van 100 °C 2,3 procent water absorberen. Bij onderdompeling in heet water gaan de eigenschappen niet echt achteruit – in tegenstelling tot die van polysulfon – maar de absorptie van water verandert wel de afmetingen. Desondanks wordt PES net als polysulfon en polyfenyleenoxide vooral gebruikt voor toepassingen bij hoge temperaturen. Het wordt gebruikt in warmwaterleidingen en lagedrukstoomsterilisatieketels, waarin de gebruikstemperatuur kan oplopen tot 140 °C. PES is ook gebruikt voor gegoten printplaten (om thermohardende kunststoffen te elimineren). Deze toepassing vereist goede elektrische eigenschappen en een temperatuurbestendigheid die het mogelijk maakt om deze platen door golfsoldeermachines te voeren.

Polyfenyleensulfide

Polyfenyleensulfide (PPS) is een stijve kristallijne thermoplast met een stabiele structuur. De onbuigzaamheid is een gevolg van de ketenverstijving van de benzeenringen:

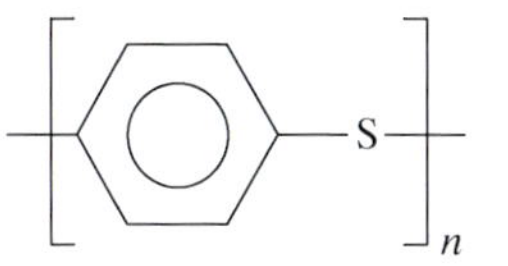

Polyfenyleensulfide (PPS)

Polyfenyleensulfide wordt gemaakt door *p*-dichloorbenzeen te laten reageren met natriumsulfide in aanwezigheid van een polair oplosmiddel. Het feitelijke polymerisatieproces is geheim. De mate van kristalliniteit hangt af van de omstandigheden bij het gieten, maar de meeste fabrikanten gebruiken omstandigheden die zorgen voor een overwegend kristallijne polymeer. Er zijn vier verschillende versies van PPS commercieel verkrijgbaar, met een verschillend vulmateriaal: glas, mineraal, PTFE en koolstofvezel. PPS was vroeger ook verkrijgbaar zonder vulstoffen, maar dat product is uit de handel gehaald. Tegenwoordig bevat de meest gebruikte soort 40 procent glas. Deze versie van PTFE wordt gebruikt voor tribologische toepassingen. De soorten met minerale vulstof worden gebruikt voor elektrische toepassingen (ze zijn daarvoor beter geschikt dan de met glas gevulde soorten), en de soorten met koolstofvezel zijn bedoeld voor toepassingen die zeer hoge sterkte en stijfheid vereisen. De normale glasgevulde soorten kosten ongeveer 8 euro per kilo, de met koolstofvezel versterkte soorten zijn duurder.

PPS concurreert met polyfenyleenoxide (PPO – zie een van de volgende paragrafen), polycarbonaat en andere technische kunststoffen als het gaat om toepassingen waarbij hoge temperaturen kunnen optreden. De maximale temperaturen voor continu gebruik van PPS kunnen oplopen tot 260 °C. De mechanische eigenschappen bij kamertemperatuur zijn vergelijkbaar met die van nylons, maar bij hoge temperaturen behoudt PPS zijn sterkte en kruipvastheid beter dan veel concurrerende thermoplasten. PPS heeft daarnaast een goede chemische weerstand. Het is goed bestand tegen brandstof en smeermiddelen, maar niet tegen UV-straling. Er zijn geen oplosmiddelen bekend voor dit materiaal bij temperaturen onder 204 °C. PPS is bestand tegen aantasting bij contact met water en heeft een uitzonderlijk hoge weerstand tegen vochtabsorptie (<0,05% bij 20 °C in 24 uur).

Deze kunststoffen zijn ondoorzichtig en hebben een geringe ontvlambaarheid. Door de lage ontvlambaarheid en goede weerstand tegen hoge temperaturen is PPS geschikt voor toepassingen in mechanische onderdelen van automotoren. De met 40 procent glas gevulde soorten laten zich gemakkelijk spuitgieten. Ze behoren tot de allersterkste thermoplasten en worden daarom vaak gebruikt als vervanging van metalen. Deze kunststoffen hebben een hele goede verwerkbaarheid met vulmaterialen, maar kunnen moeilijk worden gecombineerd met de meeste andere kunststoffen. Dit laatste feit verklaart waarom er in het algemeen geen mengsels verkrijgbaar zijn.

Polyetheretherketon

Eind jaren tachtig werd er een nieuwe groep polymeren ontwikkeld onder de afkorting *PEEK*, polyetheretherketon. De kunststoffen uit deze groep kunnen zeer hoge temperaturen verdragen en hebben een monomeerstructuur die lijkt op sommige van de andere hogetemperatuurkunststoffen:

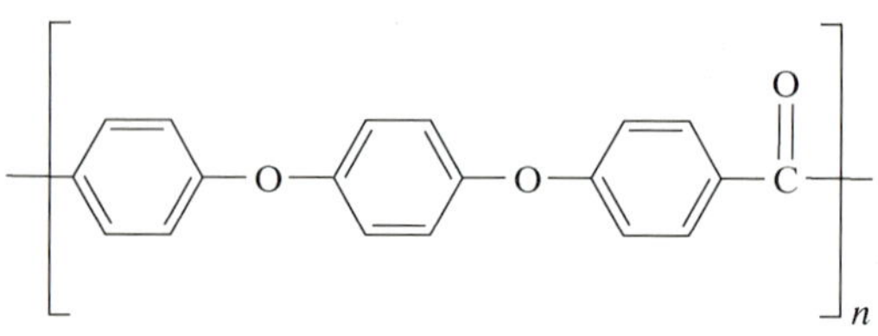

Polyetheretherketon (PEEK) [Victrex®]

De benzeenringen zijn gekoppeld aan een zuurstofbinding, waarmee de kenmerkende R–O–R-etherstructuur wordt gevormd. Deze kunststoffen zijn gedeeltelijk kristallijn en thermoplastisch en kunnen worden gevormd in conventionele apparatuur. De giettemperatuur kan wel 400 °C bedragen. PEEK's hebben een geringe ontvlambaarheid en ontwikkelen minder rook dan de meeste andere kunststoffen. De mechanische eigenschappen zijn even goed als of zelfs beter dan die van nylons, en PEEK's behouden hun afmetingen ook bij hoge temperaturen.

De gebruikelijke soorten granulaten zijn verkrijgbaar: zonder vulstof, met glas gevuld, met PTFE gesmeerd en met koolstofvezel gevuld. Deze kunststoffen worden bijvoorbeeld gebruikt voor mechanische en elektrische componenten die hoge temperaturen moeten kunnen verdragen. De continue gebruikstemperatuur kan oplopen tot 315 °C. De diverse soorten PEEK hebben een uitstekende weerstand tegen aantasting door heet water en lagedrukstoom, en zijn ook zeer goed bestand tegen talrijke andere chemicaliën, inclusief veel organische oplosmiddelen.

PEEK wordt ook gebruikt als matrixhars voor koolstofvezelcomposieten die een elasticiteitsmodulus vertonen van 125 GPa. Deze composiet heeft een stijfheid die veel groter is dan die van aluminium en vergelijkbaar is met die van titanium- en koperlegeringen. De specifieke stijfheid (modulus/dichtheid) is bijna drie keer zo groot als die van aluminium. Vanwege dit soort mechanische eigenschappen is deze groep kunststoffen geschikt voor toepassingen in lucht- en ruimtevaart, waar gewichtsvermindering zeer belangrijk is.

PEEK is geen goedkope kunststof; de prijs van de soorten van hoge kwaliteit kan wel meer dan 100 euro per kilo bedragen. Net als bij alle andere technische kunststoffen van hoge kwaliteit worden deze materialen alleen gebruikt wanneer de eigenschappen de hoge kosten rechtvaardigen.

Liquid crystal-polymeren (vloeibare kristallijne polymeren)

In chemisch opzicht kunnen de liquid crystal-polymeren geheel verschillende monomeren hebben. Het gemeenschappelijke kenmerk is dat ze kristallijn zijn, zowel in vloeibare of gesmolten toestand als in vaste toestand – vandaar de term *liquid crystal*. De aramidevezel (Kevlar®) met hoge sterkte die we in een vorige paragraaf over polyamiden hebben vermeld, is een voorbeeld van zo'n vloeibaar kristal. De vloeibare kristaltoestand van liquid crystals wordt bevorderd door een tussenschakel in hun structuur, hydroxybenzoëzuur (HBA). De monomeerstructuur van een van de vloeibare kristalsoorten is:

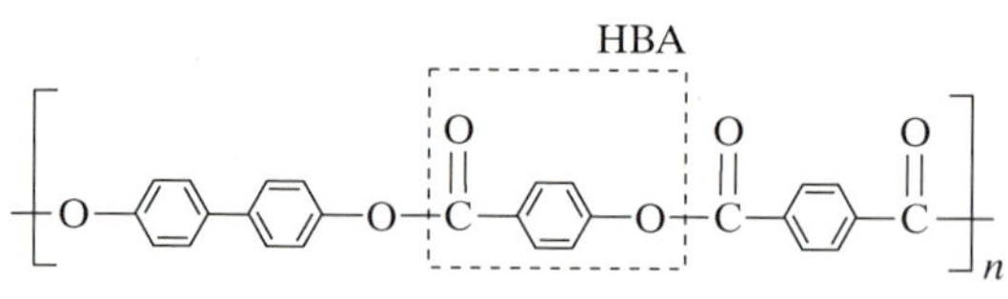

Vloeibaar kristallijn polymeer (LCP)

Andere monomeerstructuren zijn mogelijk. Het is de morfologie van het polymeer die ervoor zorgt dat het een vloeibaar kristal is. In de smelt van zo'n polymeer worden evenwijdige ketens gevormd, en de evenwijdigheid van deze ketens blijft in de vaste toestand behouden.

De eigenschappen van vloeibare kristallijne polymeren (of LCP's) hangen af van de door de reagerende stoffen gevormde monomeer. Materialen in deze groep onderscheiden zich echter hoe dan ook van andere polymeren door een hoge sterkte en warmtebestendigheid, zonder de moeilijkheden bij vormen en verwerken die kenmerkend zijn voor veel andere hogetemperatuurthermoplasten. Ze laten zich goed spuitgieten, ze hoeven niet na te harden in de matrijs voordat ze worden uitgestoten en ze behouden hun afmetingen. De mechanische eigenschappen zijn soms beter dan die van nylon, en glasversterking geeft ze een treksterkte van meer dan 140 MPa. De elasticiteitsmodulus kan hoger zijn dan 138 GPa bij een goede breuktaaiheid. LCP's concurreren met technische kunststoffen zoals PEEK, PO en enkele meer geavanceerde soorten standaardstoffen, zoals polyesters.

Aan het begin van deze eeuw lag de prijs van LCP's tussen de 10 en 20 euro per kilo, waarmee dit materiaal gunstig afsteekt tegen de technische kunststoffen van hoge kwaliteit, zoals polyimiden en polyfenyleensulfiden. LCP's zijn dus relatief goedkoop, zeker in verhouding met de uitstekende eigenschappen. Deze materialen worden vaak gebruikt in toepassingen op elektronisch en elektrisch gebied. LCP's hebben een goede stabiliteit, zijn gemakkelijk vormbaar en hebben een geringe ontvlambaarheid, goede elektrische eigenschappen bij hoge temperaturen en een zeer lage thermische uitzettingscoëfficiënt, wat zorgt voor bedrijfsstabiliteit. Door deze combinatie van eigenschappen, samen met de hoge sterkte, zijn LCP's geschikt voor talrijke mechanische onderdelen die meer vereisen dan een standaard kunststof kan bieden. Het aantal nieuwe toepassingen wordt steeds groter en er worden nieuwe LCP-soorten ontwikkeld om de kosten nog verder te reduceren. Veel van de kunststoffen met glasvulling die nu worden gebruikt als er een hoge sterkte nodig is, worden op den duur misschien wel vervangen door LCP's. Dit is een gunstige ontwikkeling, want glasversterking veroorzaakt grote slijtage in alle procesfasen.

Polyfenyleenoxide

De afkorting PPO (*polyfenyleenoxide*) is geregistreerd als handelsmerk voor de Noryl®-granulaten. Er bestaan ongeveer dertig verschillende soorten van. Andere fabrikanten van deze granulaten maken nog meer soorten en mengsels, inclusief copolymeren. De juiste naam voor deze groep granulaten is eigenlijk polyfenyleenether (PPE), want PPO en minstens een van de copolymeren hebben de voor ethers kenmerkende R—O—R-structuur. De gemodificeerde PPO-soorten zijn in feite mengsels van polyfenyleenether en polystyreen. De basismonomeer is:

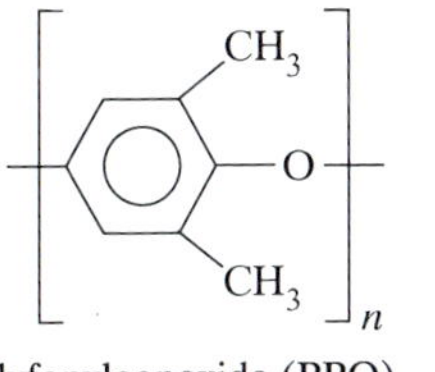

Polyfenyleenoxide (PPO)

Het PPO/PPE-homopolymeer is heel moeilijk te verwerken en wordt daarom eigenlijk nooit zelfstandig gebruikt. De materialen van deze groep polymeren met commerciële betekenis zijn de mengsels en copolymeren die samengesteld zijn om de verwerkingseigenschappen te verbeteren. Het homopolymeer is thermoplastisch, maar heeft als smelt geen goede stromingseigenschappen. De sterkte van PPO-mengsels komt overeen met die van ABS en van sommige soorten polycarbonaat. Ze zijn niet transparant en zijn dus niet te vergelijken met de acrylaten en andere materialen met deze eigenschap. Ze kunnen in prijs concurreren met thermoplasten als ABS en polycarbonaat. De soorten zonder vulstof hebben een doorbuigingstemperatuur bij 1,8 MPa van ongeveer 100 °C. PPO/PPE's hebben goede elektrische eigenschappen, maar de eigenschappen die deze groep kunststoffen met name onderscheidt van enkele van de andere groepen, zijn de hoge slagvastheid van 9,6 J/m bij kamertemperatuur en de geringe waterabsorptie. PPO/PPE's absorberen minder water dan de meeste andere kunststoffen (<1% bij evenwicht). Deze laatste eigenschap resulteert in gegoten onderdelen met een zeer goede maatvastheid.

Alle commercieel populaire soorten zijn thermoplastische materialen, en er bestaan verschillende mengsels. PPO/nylon is een verkrijgbaar mengsel met een verbeterde chemische weerstand ten opzichte van de andere mengsels. De verhouding van polyfenyleenethers en polystyreen is in een van de populaire mengsels 4 op 1 (20 procent PS). Vergelijkbare verhoudingen worden gebruikt voor een populair nylonmengsel. Om de mechanische eigenschappen te verbeteren kan tot 20 procent glas worden toegevoegd.

De materialen uit de PPO/PPE-kunststofgroep worden vaak gebruikt voor bijvoorbeeld behuizingen van huishoudelijke apparaten en computers. Ze zijn stabiel, taai en tamelijk goedkoop. Bovendien zijn er soorten waarop een metaalcoating kan worden aangebracht en soorten die geschuimd kunnen worden. Schuimen van deze materialen reduceert de kosten nog meer (meer volume per eenheid massa). Daarom zijn deze kunststoffen meestal bedoeld voor de productie van duurzame artikelen. Ze hebben betere eigenschappen dan de standaard kunststoffen, maar kosten minder dan de technische kunststoffen. Als mengsels en copolymeren kunnen ze goed verwerkt worden.

Polyetherimide

Polyetherimide (PEI) is in 1982 ontwikkeld door General Electric. Het is een thermoplastische polymeer met een hoge sterkte, samengesteld uit imidegroepen die verbonden zijn door bisfenol A- en etherbindingen (–O–groepen):

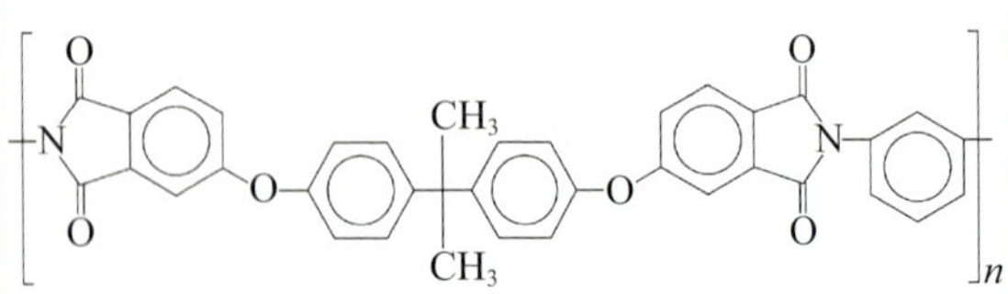

Polyetherimide (PEI)

Vanwege de etherbindingen in de ruggengraat van het polymeer kan PEI gemakkelijk als smelt worden verwerkt, terwijl de imidegroepen zorgen voor stijfheid, sterkte en warmtebestendigheid.

Hoewel de structuur van PEI heel regelmatig is, is het polymeer amorf. PEI wordt onder meer gekenmerkt door een hoge sterkte en hoge elasticiteitsmodulus bij hoge temperaturen, een inherente vuurweerstand, geringe rookontwikkeling, een hoge T_g (215 °C), een goede hydrolytische stabiliteit, uitstekende smeltverwerkbaarheid en uitstekende maatvastheid. Natuurlijk PEI zonder vulmiddel is oranje van kleur en doorzichtig.

PEI wordt gebruikt voor veel elektrische toepassingen vanwege de geringe ontvlambaarheid en het uitstekende isolerend vermogen, een hoog volumeweerstandsvermogen, hoge lichtboogweerstand en diëlektrische constante. Het wordt onder meer gebruikt in automotoren, printplaten, microgolfapparatuur, elektronische componenten voor consument en industrie en voor medische toepassingen.

PEI is zowel in glasversterkte als onversterkte toestand een van de sterkste thermoplasten op de markt. Zelfs bij hoge temperaturen (190 °C) behoudt PEI veel van de sterkte die het bij kamertemperatuur bezit. Ook de elasticiteitsmodulus van PEI is hoog ten opzichte van andere technische thermoplasten, maar het is bijzonder kerfgevoelig en gevoelig voor spanningsconcentraties. Als de granulaten vocht bevatten, kan dit de taaiheid van PEI ongunstig beïnvloeden, en dus moet deze hars voor het gieten eerst zorgvuldig worden gedroogd.

Polyftalamide

Polyftalamide (PPA) is een halfaromatische polyamide en is in wezen een nylonpolymeer met ringstructuren in de hoofdketen. De aromatische structuur van PPA ontstaat uit de polymerisatie van voornamelijk tereftaalzuur (met een kleine hoeveelheid isoftaalzuur) en een amine zoals hexamethyleendiamine (samen met adipinezuur):

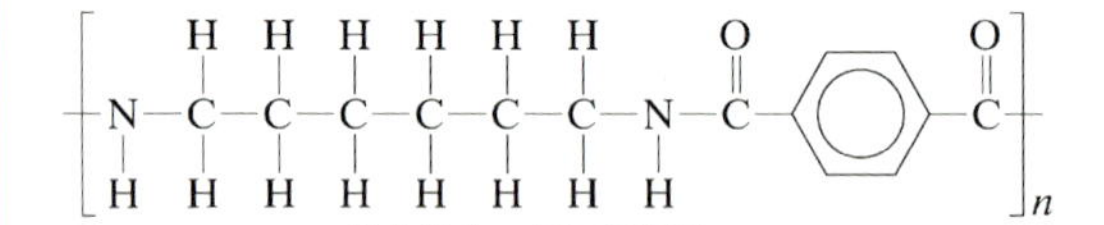

Polyftalamide (PPA)

Hoewel de meeste spuitgietsoorten van PPA semikristallijn zijn, bestaan er ook amorfe versies voor film- en coatingtoepassingen. PPA is enigszins gevoelig voor vocht tijdens het vormen en vereist droge korrels (<0,15% vocht).

PPA heeft betere thermische eigenschappen, een grotere sterkte en minder vochtabsorptie dan alifatische polyamiden zoals nylon 6/6, maar het heeft een kleinere slagvastheid (hoewel er ook versterkte soorten bestaan). Door de aromatische structuren of ringstructuren heeft PPA betere mechanische eigenschappen dan technische kunststoffen zoals polycarbonaat, nylon, polyester en acetaal, en het is minder duur dan speciale polymeren zoals liquid crystal-polymeren, polyfenyleensulfide en polyetherimide.

In wezen is PPA een vorm van nylon met een grotere sterkte, geschikt voor hogere temperaturen en met stabielere afmetingen. PPA wordt regelmatig gebruikt voor automotoren, leidingkoppelingen, tandwielen, ruimtevaartcomponenten, elektrische stekkers, behuizingen, componenten in elektrische motoren en kleine motoren. In elektrische toepassingen heeft PPA het voordeel dat het infrarode straling en dampfase-soldeertemperaturen kan verdragen. Er zijn ook slijtdelen van PPA, met vastestofsmeermiddelen zoals PTFE, verkrijgbaar voor lagers en andere tribologische toepassingen. Glasversterkte granulaten van PPA zijn soms sterker dan glasversterkte PEI's. PPA heeft een T_g van 127 °C.

Alifatisch polyketon

Alifatisch polyketon (PK) is een terpolymeer van polyethyleen, koolmonoxide en een kleine hoeveelheid polypropyleen. Het is een semikristallijne thermoplast met de volgende structuur:

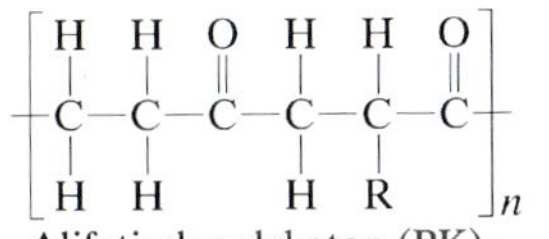

Alifatisch polyketon (PK)

Shell Chemical Company verkoopt alifatisch polyketon onder de merknaam Carilon®. PK is een materiaal van hoge kwaliteit, met een hoge chemische weerstand en een hoge permeatieweerstand, uitstekende slijtvastheid, hoge kruipbreuksterkte en uitstekende taaiheid. Bij het spuitgieten krimpt het iets minder dan polyacetaal. Alifatisch polyketon heeft een T_m van 220 °C en een T_g van 5 tot 20 °C. Alifatische polyketonen concurreren met nylon en polyacetaal op het gebied van tribologische toepassingen, en met andere ethyleenachtige polymeren zoals polypropyleen.

Samenvatting: thermoplastische technische kunststoffen

We hebben geprobeerd om te laten zien hoe de diverse thermoplastische technische kunststoffen chemisch van elkaar verschillen. Elke groep kunststoffen onderscheidt zich door bepaalde eigenschappen van andere kunststoffen. Met die verschillen dient rekening gehouden te worden bij de materiaalkeuze voor een bepaald ontwerp. De fluorkoolstoffen hebben in het algemeen een betere chemische weerstand dan andere kunststoffen, de polycarbonaten hebben uitstekende taaiheid, de polysulfonen kunnen goed tegen heet water enzovoort.

Dat deze kunststoffen thermoplastisch zijn betekent dat ze (enkele uitzonderingen daargelaten) door middel van spuitgieten kunnen worden gevormd. Dit is essentieel om te weten, omdat spuitgieten vaak de goedkoopste methode is om een polymeer om te vormen tot een bruikbaar eindproduct. Het betekent ook dat schroot en afval van deze kunststoffen opnieuw kunnen worden gesmolten voor hergebruik. Als er een methode is om het afval van de diverse kunststoffen gescheiden te houden, kan dit materiaal opnieuw worden gebruikt.

De kunststofgroepen die we hebben vermeld, zijn voldoende voor de meeste ontwerpsituaties. De gebruiker die een geschikte kunststof zoekt, dient om te beginnen een goed begrip te hebben van de chemische samenstelling van het materiaal, de eventueel aanwezige vulmaterialen, de verkrijgbare mengsels en legeringen en de morfologische vorm. Dit geldt in het bijzonder voor de thermoplasten die we hier niet genoemd hebben. De volgende stap is het bekijken van de eigenschappen om te bepalen of deze voldoende zijn voor de verwachte bedrijfsomstandigheden bij een potentiële toepassing. In de volgende hoofdstukken bespreken we het selectieproces.

8.5 Thermohardende polymeren

Ongeveer 15 procent van alle geproduceerde kunststoffen zijn thermohardende polymeren. In figuur 8-1 werden de relatieve marktaandelen van de diverse thermohardende kunststoffen geïllustreerd. Ongeveer twee derde van de productie wordt gevormd door vier groepen: urethanen, fenolharsen, onverzadigde polyesters en urea's. Het marktaandeel van de hightech- of hogekwaliteitskunststoffen is minder dan 10 procent. We concentreren ons in dit boek op de materialen die het meest worden gebruikt. De minder gangbare materialen worden slechts kort beschreven.

We zullen de chemische structuur en de eigenschappen van deze polymeren bespreken, maar eerst benadrukken we nog maar eens dat het verschil tussen de thermohardende groepen kunststoffen en de thermoplastische groepen bestaat uit de vormbaarheid. De thermohardende materialen worden minder gebruikt dan de thermoplastische materialen, vooral omdat ze niet door middel van spuitgieten kunnen worden gevormd en omdat de fabricageprocessen voor thermohardende materialen duurder zijn. Wanneer ze door middel van een matrijs of machinale bewerking een bepaalde vorm hebben gekregen, kunnen thermohardende onderdelen niet opnieuw worden gesmolten. Wanneer ze worden verhit, smelten ze niet en worden niet vloeibaar, maar verkolen. In het algemeen zijn ze onbuigzaam. De meeste thermohardende kunststoffen zijn harder en brosser dan thermoplastische materialen en worden gewoonlijk gebruikt met een of andere versterking of vulstof.

Sommige commercieel belangrijke rubbersoorten en elastomeren kunnen worden beschouwd als thermohardende polymeren. Deze worden besproken in paragraaf 8.7 over elastomeren. Bovendien zijn sommige polymeren die we hebben besproken in de paragraaf over thermoplastische materialen, ook verkrijgbaar in een thermohardende vorm. Dit zijn speciale materialen die we in deze paragraaf niet behandelen. Onthoud dat op elke regel uitzonderingen bestaan. Wat we zeggen over groepen geldt dus voor de meeste specifieke soorten in een groep, maar er zijn altijd enkele varianten die zich niet houden aan algemene kenmerken.

Polyurethanen

Polyurethanen (PUR's) zijn de reactieproducten van condensatiepolymerisatie die ontstaan bij de reactie van een isocyanaat (–NCO) en een alcohol (ROH) met een reactieve hydroxyl-functionele groep (OH):

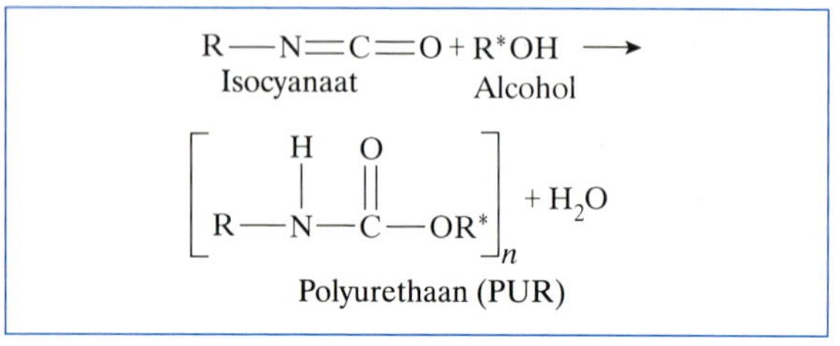

De alcohol wordt *polyol* genoemd en kan een polyesterpolyol of een polyetherpolyol zijn. De meeste polyurethanen worden gemaakt van polyethers. Er kunnen verschillende eigenschappen worden verkregen, afhankelijk van de reagerende stoffen en de reactiemethode. Polyurethanen hebben eigenschappen die variëren van een onbuigzaam thermohardend materiaal tot rubber of een *thermoplastische elastomeer*. Een waardevol effect van de condensatiereactie is dat sommige varianten kooldioxide opleveren als condensatieproduct. Daardoor kunnen sommige polyurethanen 'zelfschuimend' zijn. Als de schuimende reactiebestanddelen opgesloten worden in een gesloten matrijsvorm kunnen ze een kunststof vormen met een massieve huid en een kern van schuim, wat een geweldige gewichtsbesparing oplevert. In feite worden polyurethanen het meest gebruikt voor schuimplastics. Elastomere schuimplastics worden gebruikt voor meubelkussens, matrassen en autostoelen. Onbuigzame schuimplastics worden gebruikt voor warmte-isolatie. Reactiegevormde schuimplastics worden vaak gebruikt in auto's en trucks voor sierstrips, dashboards en zelfs bumpers. Polyurethanen worden ook al vele jaren gebruikt voor het maken van meubels die eruitzien en aanvoelen als van hout. De bouwindustrie in de Verenigde Staten heeft zo langzamerhand geen hout meer voor lijstwerk en ornamenten voor huizen. Gevormde polyurethanen vormen de oplossing.

De voor matrassen en kussens gebruikte elastomere polyurethaanschuimplastics worden gemaakt met verschillende dichtheden, afhankelijk van de toepassing. De schuimplastics met geringere dichtheid worden vaak gemaakt door gigantische 'schuimbollen' te vormen met behulp van een ongecontroleerde reactie van isocyanaat en polyol. Deze grote bollen worden vervolgens afgeschaafd met scheermesachtige messen om platen van verschillende diktes te maken. Er kunnen producten worden gemaakt door middel van reactiespuitgieten (RIM): de reactiebestanddelen worden in een gesloten matrijs gepompt en de dichtheid is een functie van de hoeveelheid reactiebestanddelen. De polyurethanen zijn in zoveel toepassingen geïntegreerd dat het moeilijk is om je een moderne maatschappij voor te stellen waarin ze ontbreken.

Fenolharsen

De *fenolharsen* zijn de oudste groep thermohardende kunststoffen. Hun geschiedenis gaat terug tot 1870. De basis van deze groep polymeren is de aanwezigheid van een alcohol met een ringstructuur, fenol, die de volgende formule heeft:

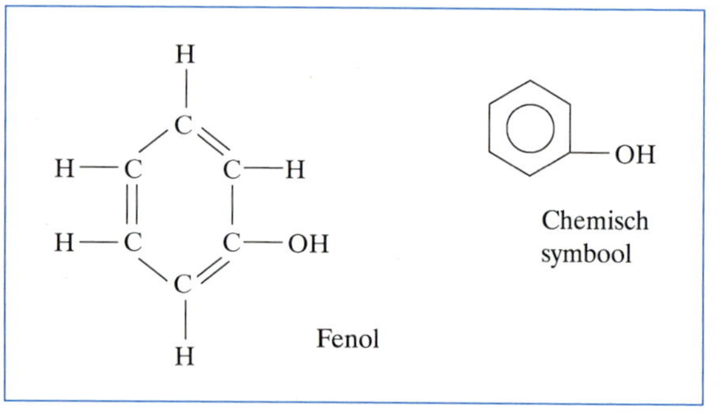

Dit basismateriaal voor de fenolpolymeren kan op verschillende manieren ontstaan, maar is meestal afkomstig van oliedistillaten (benzeen en propyleen). De fenolharsen voor vormproducten en laminaten zijn een product van de reactie tussen fenol en formaldehyde (CH_2O) en bevatten de volgende monomeren:

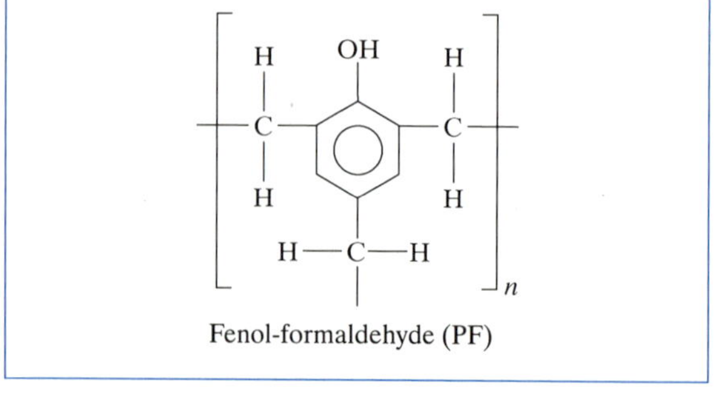

Deze monomeren vormen een stijve netwerkstructuur die op zijn beurt zorgt voor een harde, onbuigzame kunststof. De polymerisatie vindt plaats door cross-linking van deze monomeren tot een driedimensionaal netwerk. De cross-linkingreactie vereist warmte of een andere vorm van energie, maar veel thermohardende harsen kunnen voorkomen in diverse stadia. In stadium A is de cross-linking nog niet begonnen en de bestanddelen van de hars kunnen een tijdlang naast elkaar voorkomen zonder dat er noemenswaardige cross-linking optreedt. Dit tijdsinterval wordt ook wel *potlife* genoemd. Op den duur worden er toch langzamerhand cross-links gevormd: deze overgangsperiode wordt gezien als het B-stadium. Sommige thermohardende polymeren kunnen bij kamertemperatuur wel 24 maanden in deze toestand blijven, met behulp van koeling misschien nog wel langer.

De meeste thermohardende harsen zijn in het B-stadium rubberachtig en kleverig. In dit stadium worden ze vaak gemengd met versterkingsmateriaal en vulstoffen. Daarna wordt met behulp van verwarming de cross-linking voltooid en het C-stadium bereikt. Fenolharsen gedragen zich enigszins anders en vormen in het B-stadium een brosse vaste stof. Van dit materiaal kan een poeder worden gemaakt dat kan worden gebruikt als een vormingshars. De verhitting tijdens het vormproces zorgt voor volledige cross-linking.

De eerste commerciële fenol-formaldehydepolymeren werden in het begin van de twintigste eeuw geproduceerd onder de merknaam Bakelite (bakeliet). Om het materiaal de gewenste thermische en mechanische eigenschappen te geven, werd er als vulstof houtmeel of een mineraal aan toegevoegd. In deze vorm werd en wordt het op grote schaal gebruikt voor door middel van persgieten gevormde elektrische onderdelen zoals schakelaars en stroomverdeelkappen. Vormproducten van fenolharsen hebben goede diëlektrische eigenschappen, geringe vochtabsorptie en relatief hoge gebruikstemperaturen (iets boven 200 °C). Het belangrijkste nadeel van deze thermohardende harsen is dat ze betrekkelijk bros zijn.

De productie van fenolharsen is groter dan die van alle andere thermohardende harsen. Ze worden dus veel gebruikt, maar vooral voor toepassingen die niet direct opvallen. Ongeveer een derde deel wordt gebruikt als kleefstof in multiplex. Andere belangrijke toepassingen zijn onder meer kleefstoffen voor glasvezelisolatie, bindmiddelen in wrijvingsmaterialen voor remmen en koppelingen en bindmiddelen in andere technische toepassingen, zoals het inwendige deel van gietovens.

Een belangrijke elektrische toepassing van fenolharsen vindt plaats in printplaten. In deze toepassing worden ze gewoonlijk versterkt met katoen- of glasvezels en worden er door middel van persgieten vlakke platen van gemaakt. Waarschijnlijk nog belangrijker is dat ze bij blootstelling aan hoge temperaturen, bijvoorbeeld tijdens kortsluiting, niet smelten en branden, maar verkolen. Zelfs na aanzienlijke beschadiging door vonkontlading isoleren ze nog vrij behoorlijk. Dit is een eigenschap die deze groep harsen onderscheidt van concurrerende thermoplasten.

Behalve dat ze worden gebruikt in elektrische onderdelen, worden van fenolharsen vaak door persgieten standaardvormen gemaakt die vervolgens machinaal worden omgevormd tot een groot aantal verschillende machinecomponenten: rollen, tandwielen, nokken, tegels en talrijke mechanische apparaten. Fenolharsen hebben een uitstekende druksterkte, tot wel 275 MPa. Met een geweven versterking hebben deze materialen een uitstekende taaiheid en kunnen ze een aanzienlijke druk verdragen. Ze behoren bovendien tot de goedkoopste kunststoffen: de prijs per kilo ligt onder de 1 euro.

Alkydharsen

De term *alkyd* is afgeleid van al/cohol (al) en a/cid (kyd) en wordt gebruikt om een groep thermohardende polymeren aan te duiden die reactieproducten zijn van alcoholen en zuren. Ze zijn in feite polyesters, maar ze worden in de praktijk beschouwd als een groep die apart staat van de thermoplastische polyesters zoals polyethyleen-tereftalaat (PET) en thermohardende onverzadigde polyesterharsen die in vezelversterkte kunststoffen gebruikt zijn. Er kunnen veel verschillende zuren en alcoholen worden gebruikt, maar ftalaat en isoftalaat zijn de meest gebruikte zuren, en glycerine en ethyleenglycol de meest gebruikte alcoholen. Alkydharsen kunnen worden gebruikt voor persgieten, maar de meeste zijn vooral belangrijk als grondstof voor verf. Ze worden in dat geval gemengd met bepaalde oliesoorten (zoals lijnzaadolie) en met pigmenten (bijvoorbeeld titaniumdioxide). Gewoonlijk laat men de hars samen met de olie in een ketel polymeriseren en daarna wordt het resulterende materiaal verdund en gekleurd om er verf van te maken. Bij het drogen van de verf ontstaan zuurstofbindingen tussen de alkyd-oliepolymeerketens, waardoor er een duurzame laag wordt gevormd.

Melamineformaldehyde

Melamineformaldehyde (MF) is een stijve thermoharddende polymeer met een netwerkstructuur:

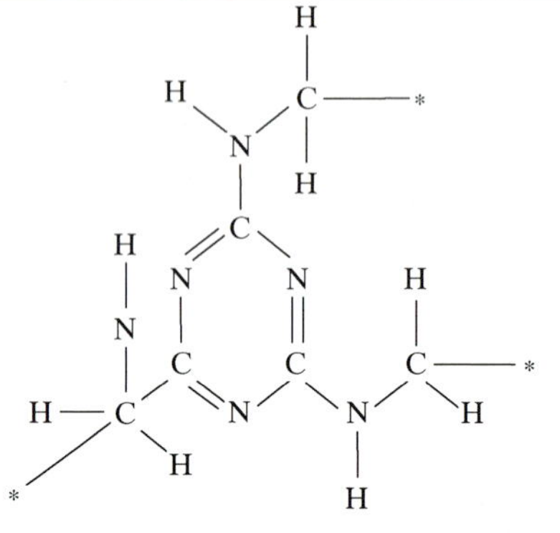

Melamineformaldehyde (MF)

Eenheden die vergelijkbaar zijn met de bovenstaande, maken verbindingen bij de sterretjes (*), en zo wordt een interpenetrerend netwerk gevormd. Van dit materiaal worden bijvoorbeeld veel plastic borden gemaakt. Het polymeer is gemakkelijk te vormen en is goedkoop, onbuigzaam, niet giftig en laat zich gemakkelijk kleuren. Het heeft een goede taaiheid en slijtweerstand en is bestand tegen temperaturen tot net onder 150 °C. Verder worden melaminekunststoffen vooral in elektrische apparaten en laminaatoppervlakken gebruikt.

Ureaformaldehyde

De gebruikseigenschappen van *ureaformaldehyde* (UF) lijken op die van melamineformaldehyde. Het heeft een andere repeterende structuur, maar het is ook een thermohardende netwerkpolymeer:

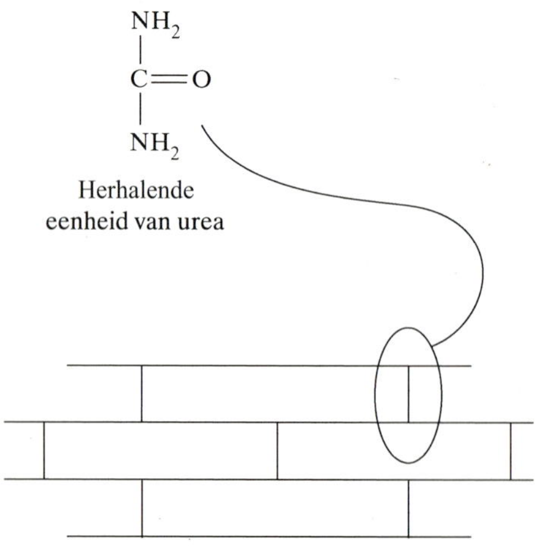

Netwerkstructuur van ureaformaldehyde (UF)

De ureaformaldehyden worden voor dezelfde soort toepassingen gebruikt als de melaminen en fenolharsen, onder andere in elektrische apparaten, stroomonderbrekers en schakelaars. Tot de technische toepassingen behoren het gebruik als toevoeging aan papier (om papieren handdoeken sterkte te geven als ze nat worden) en voor constructiekleefstoffen. Bij de hoge bouwactiviteit aan het begin van de jaren tachtig van de vorige eeuw in de Verenigde Staten werd wel 60 procent van ureaharsen gebruikt als kleefstoffen in spaanplaat, en voor grote voorgevormde bouwspanten en balken. Aan kleefstoffen van ureahars kunnen katalysatoren worden toegevoegd die ervoor zorgen dat ze bij kamertemperatuur naharden. Zo kunnen ook constructies worden gemaakt die niet in hardingsovens passen.

De urea's hebben mechanische eigenschappen die lijken op die van de melaminen, maar ze zijn niet zo goed bestand tegen UV-straling als de melaminen. Ze kunnen daarom niet buitenshuis worden gebruikt. Ze zijn wel goedkoper dan de melaminen. Het is niet waarschijnlijk dat deze groep kunststoffen door de doorsnee machineontwerper wordt gebruikt voor machineonderdelen. Er worden door de kunststofleveranciers over het algemeen geen urea's in standaardvormen aangeboden. In sommige vormtoepassingen hebben ze een prijsvoordeel of gunstige eigenschappen ten opzichte van andere thermohardende groepen (bijvoorbeeld fenolharsen en melaminen).

Onverzadigde polyesters

Zoals staal staat voor een groep metalen, staat polyester voor een groep kunststoffen. Beide groepen bestaan uit verschillende soorten, met sterk variërende eigenschappen. Sommige cellulosepolymeren zijn polyesters, net als een aantal al besproken andere kunststoffen. De polymeren die in deze bespreking aan bod komen, zijn diegene die in de industrie polyesters genoemd worden. Er bestaan twee groepen in deze categorie: (1) de thermohardende harsen, gewoonlijk met een cross-linkstructuur, en (2) de thermoplastische polyesters, die een sterk kristallijne structuur hebben en een relatief hoog smeltpunt.

Esters zijn de reactieproducten van de combinatie van een organisch zuur en een alcohol:

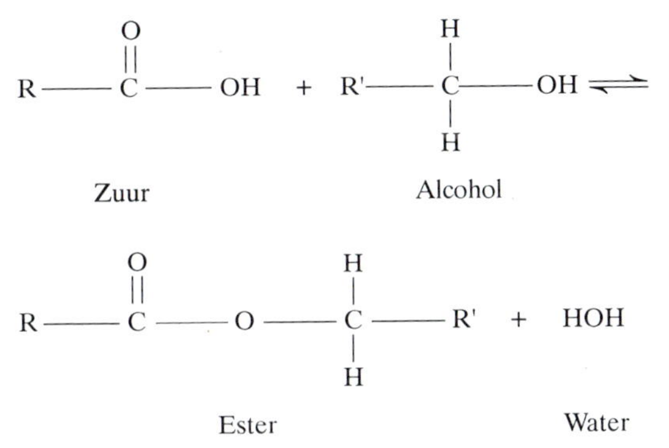

Bij het maken van polyesterharsen wordt het bij de reactie (verestering) geproduceerde water verwijderd om te voorkomen dat de reactie in omgekeerde richting gaat plaatsvinden. Op het gebied van technische materialen zijn de polyesterharsen die worden gebruikt als harsmatrix in versterkte composieten – de RTP's (*reinforced thermoset plastics*) – de belangrijkste.

Dit materiaal wordt gebruikt in boten, recreatievoertuigen en een groot aantal andere constructietoepassingen, zoals tanks en draagbaar onderdak. Deze algemene polyesterhars bevat gewoonlijk een ester die wordt geproduceerd door de reactie van ethyleenglycol (alcohol) met maleïnezuur. Deze ester is *onverzadigd*, wat wil zeggen dat de ester in staat is om zich te binden aan andere polymeren vanwege beschikbare bindingsplaatsen (op de dubbele koolstofbindingen). Het ethyleenglycolmaleaatpolyester laat men reageren met een styreenmonomeer en het resultaat is in wezen een copolymeer:

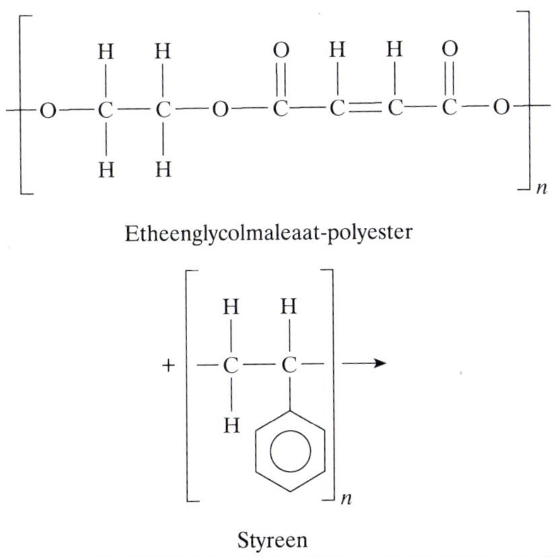

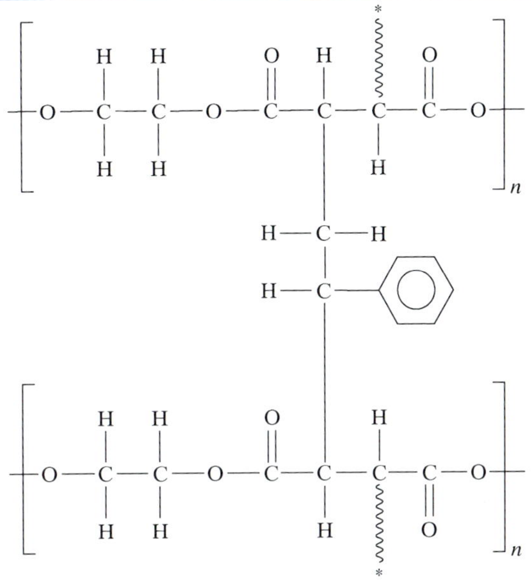

Styreenpolyester-copolymeer
(*plaatsen voor extra cross-linking)

Er worden ongeveer zes verschillende polyesterharsen gebruikt voor toepassing in composieten. Composieten kunnen met talrijke materialen worden versterkt, maar glasvezels worden het meest gebruikt. De eigenschappen van een composiet die gemaakt is met een *onverzadigd polyester* (UP, *unsaturated polyester*), hangen af van de aard van de ester. Wanneer verschillende zuren en alcoholen worden gebruikt, vormen ze verschillende monomeren. Zo levert de reactie van orthoftaalzuur en een alcohol orthoftaalpolyester op. Met andere reactiebestanddelen ontstaan andere polyesters.

Onverzadigde polyesterharsen worden verkocht in vloeibare vorm en hebben een katalysator nodig om te harden. De vloeibare hars is in feite een oplosmiddel dat polymeren bevat met een betrekkelijk laag molecuulgewicht (n = 200 tot 20.000). Een veelvoorkomend oplosmiddel is styreenmonomeer. Composieten worden gemaakt door het harsmengsel te katalyseren met een materiaal zoals MEK-peroxide (methylethylketonperoxide), waardoor de geweven versterking met de hars wordt verzadigd en het verzadigde materiaal kan harden. De naharding is in feite de cross-linkingreactie, en de moleculen met een laag molecuulgewicht gaan door cross-linking deel uitmaken van een enorm grote macromolecuul. Er is meestal slechts een heel kleine hoeveelheid katalysator nodig om de harding te laten beginnen (enkele milliliters per liter). De hardingstijd hangt af van de temperatuur en de hoeveelheid katalysator, maar het kan een paar minuten duren of een etmaal in beslag nemen. Als een gebruiker een toepassing met onverzadigde polyesterharsen nauwkeurig wil afstellen, dient hij de eigenschappen van de specifieke harsen te onderzoeken, samen met de invloed van de hoeveelheid glasversterking op deze harsen.

Het gebruik in boten, recreatie en de bouw zal zeker toenemen, net als het gebruik in de transportindustrie. Met het verlagen van de kosten van de fabricageprocessen gaat dit materiaal waarschijnlijk ook meer worden gebruikt in voertuigen. De prijs van dit materiaal varieert per maand met de marktprijzen, maar doorgaans kost het tussen de 60 eurocent en 1,80 euro per kilo.

Samenvatting: thermohardende polymeren

De werkpaarden onder de thermohardende polymeren zijn de fenolharsen, de urea's en de onverzadigde polyesters. Net als de standaard kunststoffen zijn ze goedkoop, maar ze kunnen eigenschappen hebben die even goed of beter zijn dan veel technische kunststoffen. Deze kunststoffen worden gebruikt wanneer thermoplasten eenvoudigweg niet tegen de taak opgewassen zijn. Er bestaan geavanceerde kunststoffen zoals polybenzimidazole (PBI) die een hoge gebruikstemperatuur hebben (een doorbuigingstemperatuur van 435°C), maar ook een prijs van 400 euro per kilo. Fenolharsen zijn beter bestand tegen warmte dan de meeste thermoplasten, en kosten minder dan 1 euro per kilo. Onverzadigde polyesters zijn meestal de keuze als hars voor 'glasvezel'-structuren, omdat ze goedkoop zijn (ongeveer 1,50 euro per kilo) en gemakkelijk te gebruiken. Urea's doen het 'vuile werk' (zoals het maken van multiplex). In hoofdstuk 9 behandelen we de epoxyharsen en enkele van de andere thermohardende polymeren die worden gebruikt bij het maken van composieten. We beëindigen deze bespreking van de thermohardende polymeren met het volgende advies: reserveer ze voor taken waar de thermoplasten moeite mee hebben. Dit enerzijds vanwege het milieu – thermoharder afval is nauwelijks te verwerken tot iets nuttigs – anderzijds vanwege het productiegemak. Diverse thermoplasten zijn gemakkelijker te verwerken tot allerlei producten dan thermohardende polymeren, bovendien met een veel grotere vormgevingsvrijheid.

8.6 Polymeren op biobasis

In 2008 heeft de wereldprijs voor olie voor het eerst de 100 dollar per barrel overschreden. Olie is het ruwe materiaal voor alle besproken kunststoffen, behalve dan voor celluloseverbindingen. Zowel de veranderlijkheid van de prijs als de niet-hernieuwbare aard van olie heeft geleid tot hernieuwde belangstelling voor polymeermaterialen die helemaal of gedeeltelijk geproduceerd worden uit hernieuwbare ruwe materialen (oftewel planten). Polymeren op biobasis zijn niet noodzakelijk biologisch afbreekbaar, maar sommige zijn dat wel, wat nog een ander argument is voor het gebruik van deze materialen. Geschat wordt dat 25 procent van al het afval op de wereld bestaat uit plastic verpakkingen die nooit zullen verdwijnen. De wereld heeft binnenkort dus geen plaats meer voor ons afval. De grootste stad in Canada, Toronto, exporteert al zijn vaste afval naar een staat in de Verenigde Staten honderden kilometers verderop (Michigan), omdat er in Canada geen plaats is voor het afval van Toronto – liever gezegd, er is geen gemeente in het land die een grote vuilnisbelt wil zijn.

Kunststoffen op biobasis zouden vergelijkbare eigenschappen hebben als onze vertrouwde kunststoffen. Ze zouden het probleem van de afhankelijkheid van olie kunnen oplossen. Als er alleen biologisch afbreekbare soorten gebruikt werden, zouden deze materialen bovendien een belangrijk gedeelte van het wereldwijde afvalprobleem oplossen. Dus waarom vervangen ze de kunststoffen op petroleumbasis niet? Het eenvoudige antwoord luidt: de prijs. De meeste biokunststoffen zijn duurder dan de petroleumkunststoffen die ze kunnen vervangen. Schaalvergroting zou de kosten drastisch kunnen verlagen, maar olie blijft waarschijnlijk het goedkoopste ruwe materiaal zolang het gemakkelijk verkrijgbaar is.

Ondanks de sociale en economische aspecten van biokunststoffen zijn ze al tientallen jaren commercieel verkrijgbaar in de vorm van celluloseverbindingen. Celluloseverbindingen worden voor het grootste deel gemaakt van hout of katoenvezel; andere gangbare bronnen van polymeren op biobasis zijn graan, aardappelen, rijst en tapioca. Cellulosenitraat was de eerste kunststof (zoals we kunststoffen tegenwoordig kennen). Het werd voor het eerst gemaakt in 1868 voor de productie van biljartballen, en was de eerste drager voor zilverhalide fotografische films. Cellulosetriacetaat is nog altijd de ondergrond voor traditionele fotografische film en dat zal het waarschijnlijk blijven totdat zilverhalidefilm van de aardbodem verdwijnt. De kunststoffen op cellulosebasis zijn met succes toegepast in talloze producten gedurende de 145 jaar van hun bestaan. Biopolymeren kunnen worden gemaakt door het modificeren van natuurlijke polymeren, zodat ze langere ketens vormen van cross-linkpolymeren (zetmeel enzovoort) uit monomeren op biobasis, door fermentatie en vervolgens polymerisatie (polymelkzuur), of door het rechtstreeks maken van biopolymeren in micro-organismen of in genetisch gemanipuleerde planten.

Biopolymeren kunnen worden gerangschikt in categorieën op basis van beginmateriaal of monomeer-familie, zoals weergegeven in figuur 8-6. Sommige vertrouwde kunststoffen kunnen een biobasis hebben: polyesters zoals PBT, polyurethaan (zoals in schuimsoorten), diverse soorten nylons en alle celluloseverbindingen. De kunststoffen op zetmeelbasis kunnen biologisch afbreekbaar zijn; daarom zijn ze in de commerciële productie gericht op de 'groene' markt. Biologisch afbreekbare verpakkingen zijn

Categorieën van kunststoffen op biobasis	Voorbeeld monomeer
Zetmeelsoorten	mais ⟶ malen ⟶ chemische modificatie 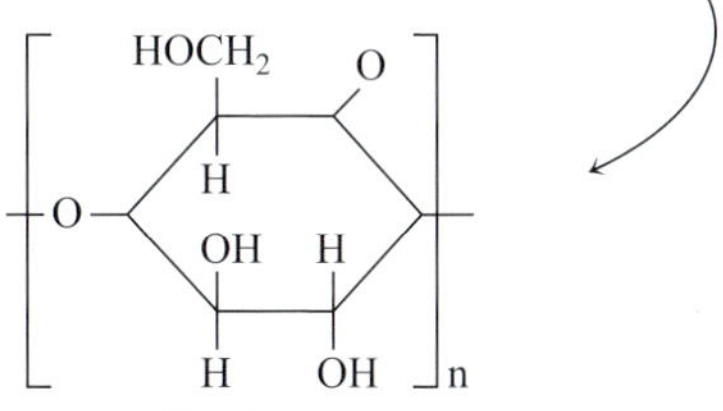
Polyesters (PTT, PBT, PBS)	maiszetmeel + bioproces + esterificatie 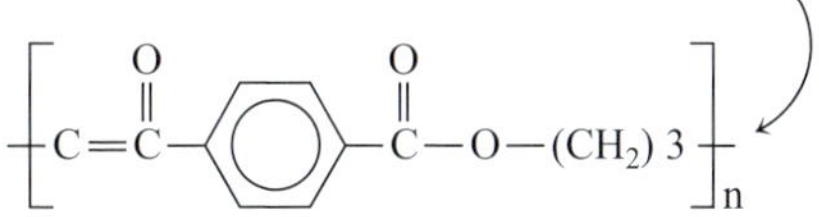 PTT
Polyhydroxyalkanoaten (PHA)	*corn steep liquor* ⟶ fermentatie ⟶ isolatie + zuivering ⟶ fabrieksgeheime monomeren
Polyurethanen (PUR)	castorolie + isocyanaat monomeer + katalysator 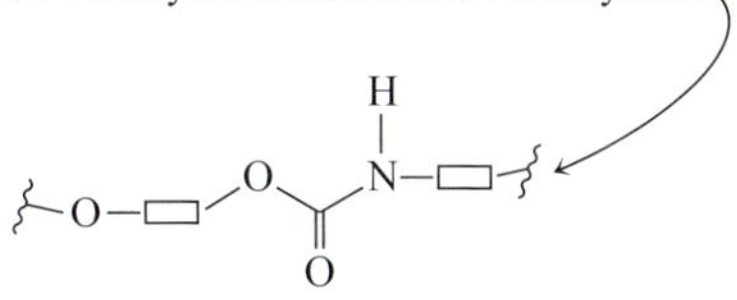
Nylons (PA)	biomassa ⟶ glucose ⟶ caprolactam 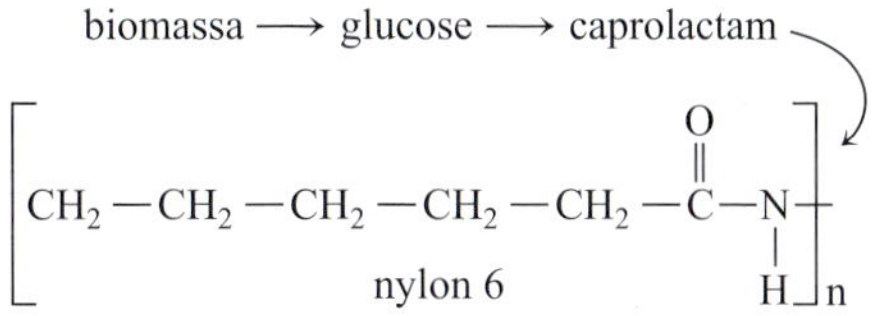
Celluloseverbindingen (CA, CAB enzovoort)	katoenvezels ⟶ acetylering ⟶ hydrolyse 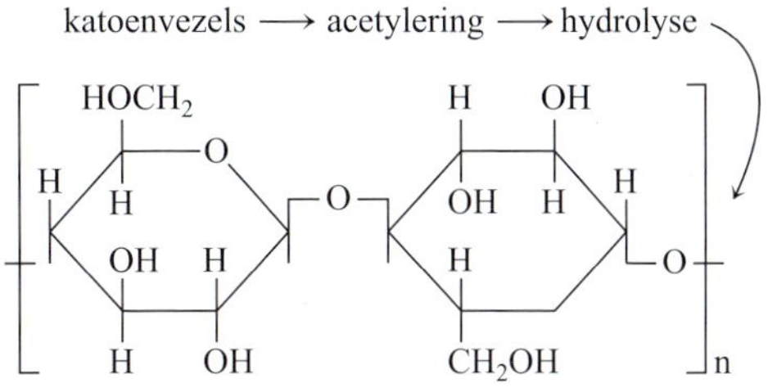

FIGUUR 8-6 Categorieën van kunststoffen op biobasis

producten die de kwestie van recyclebaar basismateriaal aanpakken, alsmede het afvalprobleem. Het is werkelijk een 'groen' product en de kosten benaderen inmiddels die van standaard kunststoffen die in gebruik zijn voor dezelfde toepassingen.

8.7 Elastomeren

De term *elastomeer* wordt gebruikt om een polymeer te beschrijven dat rubberachtige eigenschappen heeft. Het woord is afgeleid van *elastisch,* het vermogen van een materiaal om zijn oorspronkelijke afmetingen weer aan te nemen na verwijdering van de belasting, en *monomeer*, het basismolecuul van een polymeer. Een elastomeer is in principe een polymeer dat aanzienlijk kan worden uitgerekt en na verwijdering van de belasting snel en krachtig terugkeert naar zijn oorspronkelijke afmetingen. Dit wil zeggen dat het een hoge veerkracht heeft, het vermogen van een materiaal om zich na een elastische verbuiging te herstellen. De veerkracht is een maat voor de hoeveelheid energie die bij verbuiging verloren gaat. Vele elastomeren kunnen tot meer dan 100 procent van hun oorspronkelijke afmetingen elastisch worden uitgerekt, sommige wel meer dan 200 procent. Een materiaal met een goede veerkracht veert na een val van een bepaalde hoogte op een hard oppervlak daarnaast tot bijna de oorspronkelijke hoogte terug.

In figuur 8-7 wordt het relatieve gebruik van belangrijke soorten rubbers weergegeven. In de rest van deze paragraaf geven we een korte beschrijving van de belangrijkste synthetische rubbers of elastomeren. *Siliconen* en *polyurethanen* zijn opgenomen in de categorie 'Alle andere synthetische rubbers'.

Natuurrubber

In ruwe vorm is natuurrubber eenvoudigweg het sap van bepaalde bomen. Het vocht wordt uit de sap verwijderd door roken. Als zodanig is het kleverig, waardoor het geschikt is voor drukgevoelige kleefstoffen en dergelijke. Natuurrubber wordt, net als veel synthetische rubbers, omgezet in een bruikbaar product door het te mengen met additieven en vervolgens te vulkaniseren. Het mengen van de additieven vindt vaak plaats door het uitgangsmateriaal herhaaldelijk door een stel gladde rollen te laten lopen of het ruwe materiaal te kneden in een krachtige schoepenmengmachine. In dit proces kunnen ook kleurstoffen, hardingsmiddelen en inerte vulmaterialen worden toegevoegd. Zwavel wordt in de meeste natuurrubbers gebruikt om de vulkanisatie, de laatste stap in het fabricageproces, te bevorderen. Bij *vulkaniseren* wordt het gemengde ruwe uitgangsmateriaal in een stalen matrijs van de gewenste vorm verhit tot ongeveer 150 °C. Vertakkingen en cross-links worden gevormd die verantwoordelijk zijn voor de elastomeereigenschappen. De zwavel-

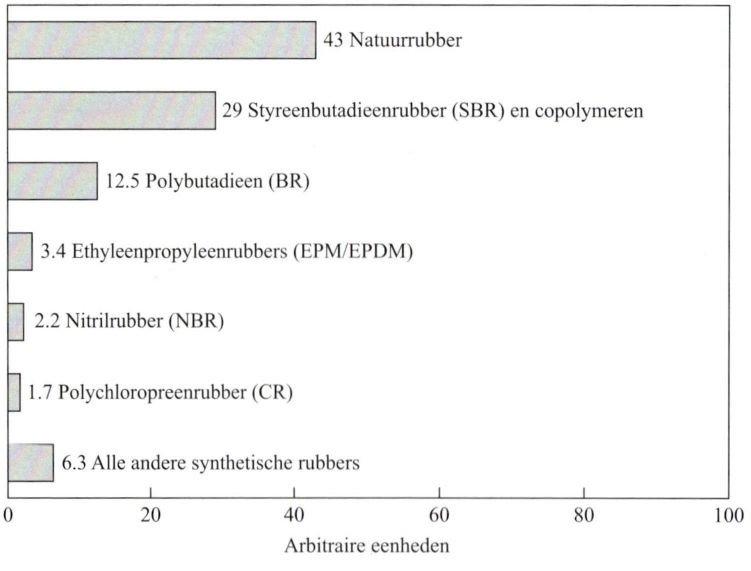

FIGUUR 8-7 Geschat relatief wereldwijd gebruik van nieuwe rubbersoorten in 2008

moleculen vormen cross-links tussen C=C-bindingen op naburige ketens, bijvoorbeeld:

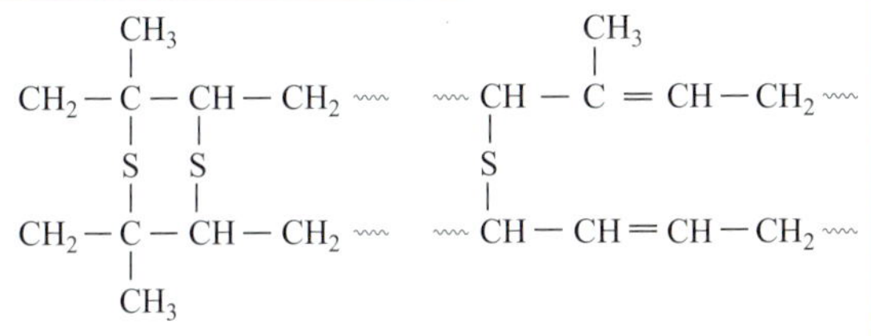

Natuurrubbers hebben goede elektrische eigenschappen, uitstekende veerkracht en een goede scheurweerstand. Ze worden zachter bij blootstelling aan zonlicht, en bij contact met bepaalde organische oplosmiddelen en enkele sterke zuren. Door de goede scheurweerstand en geringe hysterese (warmteopbouw bij buigen) zijn natuurrubbers zeer geschikt voor schokdempers en voor de banden van grote voertuigen. De gevoeligheid voor verwering kan worden verminderd door middel van bepaalde additieven. De beroemdste toepassing van natuurrubber is ongetwijfeld het elastiekje. Deze toepassing illustreert de elastische eigenschappen van rubber.

Polyisopreen

Tijdens de Tweede Wereldoorlog raakten de bronnen van natuurrubber (Maleisië en enkele andere landen) in het conflict betrokken. Om alsnog te kunnen voldoen aan de behoefte aan natuurrubber werd *polyisopreen* (IR) ontwikkeld. Het heeft dezelfde chemische structuur als natuurrubber, maar dan zonder de natuurlijke verontreinigingen:

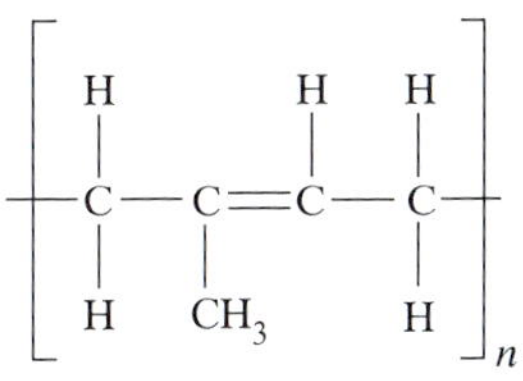

Polyisopreen (IR)

Het heeft ook dezelfde eigenschappen als natuurrubber, maar de processtappen die in het geval van natuurrubber nodig zijn ter verbetering en ter zuivering zijn niet nodig. Toch is het gebruik van natuurrubber vaak voordeliger. Daarom wordt synthetisch polyisopreen minder gebruikt dan natuurrubber.

Styreenbutadieenrubber

Styreenbutadieenrubber (SBR) is een copolymeer van polystyreen en polybutadieen:

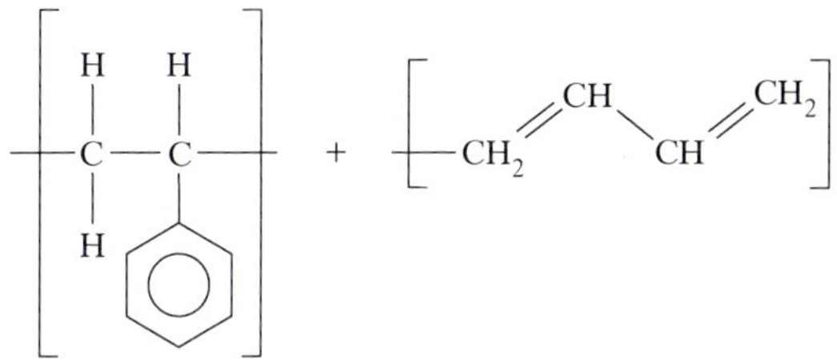

Polystyreen 1 deel Butadieen 3 delen

(SBR)

De butadieenmonomeer kan in diverse configuraties (isomeren) bestaan met hetzelfde aantal koolstof- en waterstofatomen. Deze rubbersoort (meestal buna S genoemd) wordt veel gebruikt voor onder andere slangen, riemen, pakkingen, stootkussens en de meeste autobanden. Dat komt vooral door de lage prijs.

Chloropreenrubber

Chloropreenrubber (CR) is algemeen bekend onder de merknaam *neopreen*. Het is een polymeer met een koolstofketen die chloor bevat:

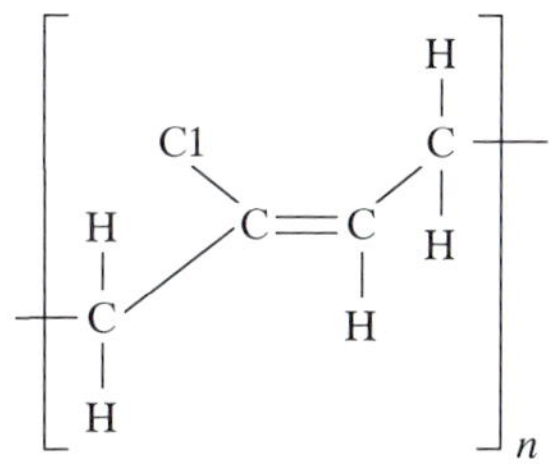

Polychloropreen (CR)

Het werd rond 1930 ontwikkeld en was de eerste commerciële synthetische rubbersoort. Het belangrijkste voordeel van chloropreen ten opzichte van natuurrubber is een betere weerstand tegen weersinvloeden, zonlicht en petroleumoliesoorten. Het wordt veel gebruikt in de industrie als een veelzijdig rubber voor pakkingen, stootkussens, afdichtingen en transportbanden. Chloropreenrubber wordt ook vaak gebruikt voor rubberslangen in auto's en andere automotoronderdelen. Het is zeer vuurbestendig, maar de elektrische eigenschappen zijn minder goed dan die van natuurrubber en veel andere rubbersoorten.

Polybutadieen

De eigenschappen van deze rubbersoort lijken op die van natuurrubber. Polybutadieen (BR) is een rechte koolstofketenelastomeer:

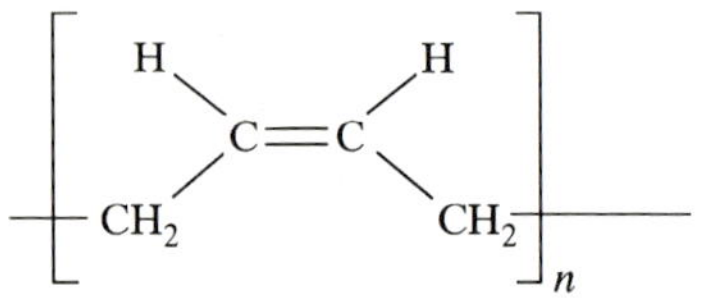

Polybutadieen (BR)

Polybutadieen is duurder om vorm te geven dan rubbers zoals SBR. Daarom wordt het meestal gebruikt als een additief (tot aan 75 procent) ter verbetering van de hysterese en scheurweerstand van andere rubbers. De kracht van BR is het afdichtingsvermogen. Daarom worden butylrubbersoorten gebruikt als gootafdichting en voor soortgelijke afdichtingstoepassingen.

Nitrilrubber

Deze rubbersoort is een copolymeer van butadieen en acrylonitril:

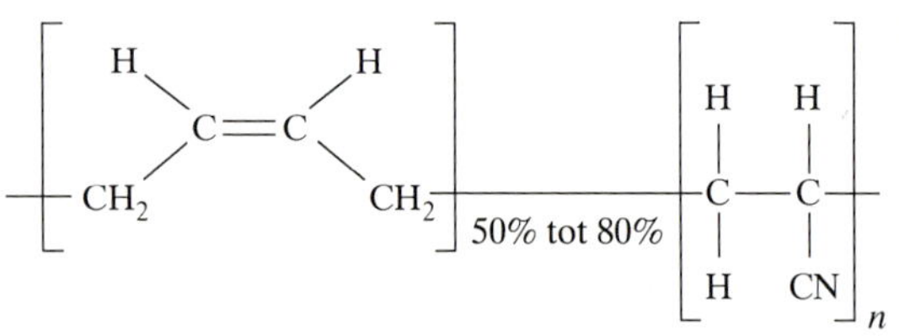

Butadieen   Acrylonitril

Nitrilrubber (NBR)

Nitrilrubbers (NBR's) worden vaak buna N-rubbers genoemd. Het zijn speciale rubbers die opmerkelijk genoeg bij onderdompeling in petroleumolie en -brandstof niet opzwellen. Ze worden gebruikt voor O-ringen in hydraulische installaties, voor benzineslangen, pompdiafragma's, pakkingen en afdichtingen in transmissies, en zelfs voor oliebestendige zolen van werkschoenen.

Butylrubber

Butylrubber (IIR) is een copolymeer van isobutyleen en isopreen:

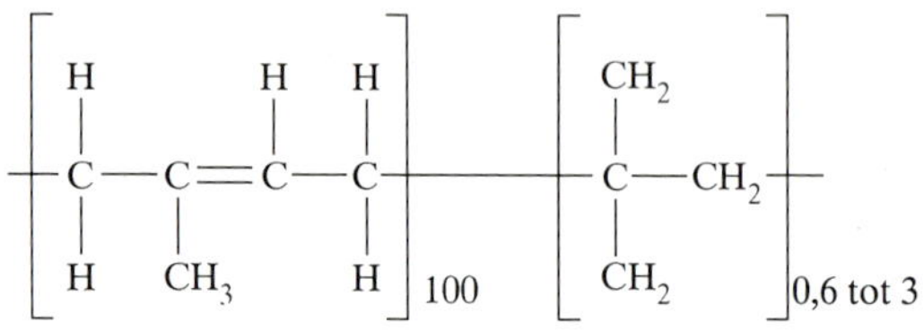

Isopreen   Isobutyleen

Butylrubber (IIR)

Butylrubber heeft een zeer lage luchtdoorlaatbaarheid en een uitstekende weerstand tegen veroudering en ozon. Vanwege deze twee eigenschappen wordt het veel gebruikt voor de binnenbekleding in antilekbanden en voor binnenbanden. De toevoeging van chloor aan butylrubber (chloorbutylrubber) is gunstig voor de weerstand tegen warmte en de verwerkbaarheid. Butylrubbers zijn niet goed bestand tegen olie. De chloor verbetert de olieweerstand, maar toch worden ook chloorbutylrubbers niet gebruikt voor toepassingen waarbij onderdompeling in olie voorkomt.

EPM- en EPDM-rubber

Ethyleen-propyleenrubber (EPM) is een copolymeer van polyethyleen en polypropyleen:

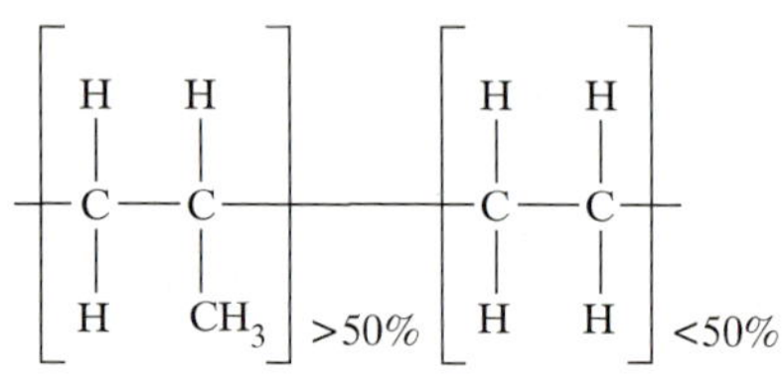

Polypropyleen   Polyethyleen

EPM-rubber

De toevoeging van een dieen-monomeer (polybutadieen) aan de copolymeer creëert EPDM-rubber, een ethyleen-propyleen-dieen-monomeer. Beide rubbergroepen zijn uitzonderlijk goed bestand tegen weersinvloeden en veroudering, hebben uitstekende elektrische eigenschappen en een goede warmteweerstand. Beide rubbers worden dan ook veel gebruikt voor draadisolatie, tochtstrips, transportbanden en andere toepassingen in de buitenlucht. EPDM wordt daarnaast gebruikt voor daktoepassingen (zie figuur 8-8) vanwege zijn bestendigheid tegen zonlicht en weer. Net als butylrubber is het niet bestand tegen petroleumoliesoorten, wat de toepassing in auto's beperkt.

FIGUUR 8-8 Groot dak bedekt met EPDM-rubber

Gesulfochloreerd polyethyleen

Veel van de andere besproken rubbers zijn copolymeren of terpolymeren. *Gesulfochloreerd polyethyleen* of CSM wordt gemaakt door gepolymeriseerd polyethyleen te behandelen met chloordioxide en zwaveldioxide om chloor en zwavel chemisch aan de monomeer toe te voegen:

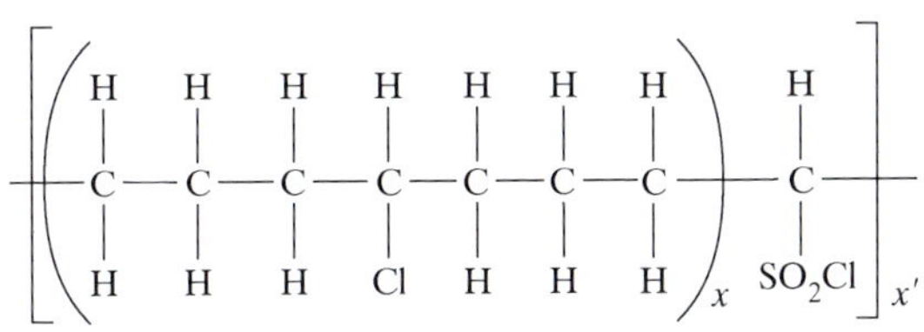

CSM-rubber (*x* en *x'* zijn variabel)

Vulmaterialen zoals roet en zwavel zijn niet nodig om bij vulkaniseren de nodige sterkte te bereiken. Deze rubbersoort heeft een uitstekende weerstand tegen verwering, warmte en abrasie. Een merknaam van dit rubber is Hypalon®. Het wordt gebruikt voor tankbekledingen en in veel toepassingen in de chemische industrie, alsmede voor elektrische isolatie van hoogspanningsleidingen. Het wordt beschouwd als een elastomeer van hoge kwaliteit en niet als een rubber voor algemeen gebruik.

Polysulfiderubber

Polysulfiden zijn technische elastomeren die worden gebruikt voor speciale toepassingen. Er is een groot aantal polysulfiderubbers met verschillende samenstellingen, maar ze hebben met elkaar gemeen dat ze bestaan uit een heteroketen van een koolstofgroep en zwavelatomen:

$$-\!\!\left[R - S - S \right]_n\!\!-$$

De functionele groep op koolstofbasis kan worden veranderd, evenals het aantal zwavelatomen. De opmerkelijkste eigenschappen van polysulfiderubbers zijn hun weerstand tegen oplosmiddelen en olie, ondoorlaatbaarheid voor gassen en vocht, en weerstand tegen weersinvloeden en veroudering. Ze hebben een minder goede treksterkte, veerkracht en scheurweerstand dan natuurrubber of SBR. Ze kunnen als tweecomponentensystemen worden gemaakt, waarbij na het mengen cross-linking optreedt. Ook kunnen ze gemaakt worden als systemen die naharden door oxidatie in lucht of door de invloed van vocht. Dit laatste betekent dat polysulfiden geschikt zijn als dichtingsverbindingen en afdichtmiddelen, en dat er gietproducten van kunnen worden gemaakt. Polysulfiderubber wordt veel gebruikt ter afdichting van scheepswindschermen en om dekapparatuur vast te zetten.

Siliconen

Siliconen zijn anorganische polymeren. In plaats van de normale koolstofruggengraat heeft deze groep materialen een structuur die wordt gekenmerkt door silicium-zuurstofbindingen. De repeterende structuur is vergelijkbaar met die van silicaten. (Zand is SiO_2.) In feite is het de silicium-zuurstofbinding die deze groep materialen zijn zeer goede thermische stabiliteit geeft. De Si—O-ruggengraat is grotendeels lineair en de eigenschappen kunnen worden gevarieerd door te variëren in de aard van de organische zijketens die met de siliciumatomen verbonden zijn. Een voorbeeld van een siliconenstructuur:

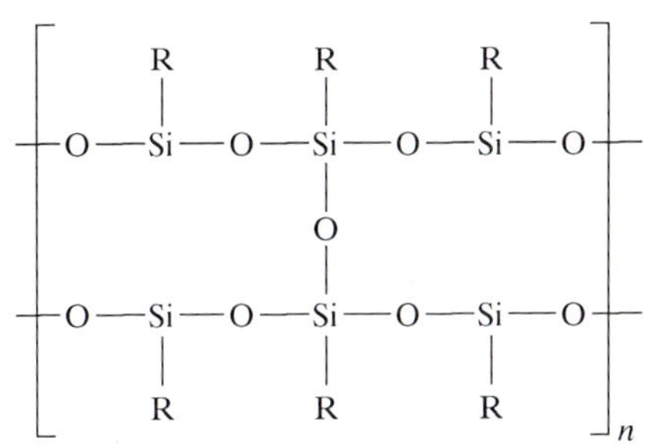

Siliconenmonomeer

Siliconen worden commercieel aangeboden als vloeistoffen en vetten (voor smering), als elastomeren en als onbuigzame vaste stoffen. De elastomeersoorten zijn verkrijgbaar als eencomponentsystemen die harden door de hydrolyse van functionele groepen onder invloed van vocht in de lucht (RTV-harsen, RTV staat voor *room temperature vulcanizing*) of als tweecomponentensystemen die uitharden als de componenten worden vermengd. Sommige elastomeersoorten harden net als bij vulkaniseren als ze worden verhit. Polymeercomposieten met siliconen als matrixmateriaal kunnen worden gemaakt op basis van de stijve elastomeersoorten. Elastomeercomposieten zijn meestal laminaten van siliconenrubbers met uiteenlopende hardheid en een geweven versterking zoals katoenweefsel. Een belangrijke toepassing van deze laminaten zijn drukpersplaten en warmtebestendige rubberdiafragma's. Siliconen zijn uiterst belangrijk in de grafische industrie, omdat de minder harde soorten een uniek vermogen hebben om inkt op andere materialen over te brengen: niets blijft eraan vastplakken. Siliconenafdichtingen zijn uitgebreid beschikbaar en worden gebruikt voor talloze afdichtingstoepassingen; ze harden door reactie met vocht in de lucht. Figuur 8-9 is een voorbeeld van een gegoten siliconenvorm.

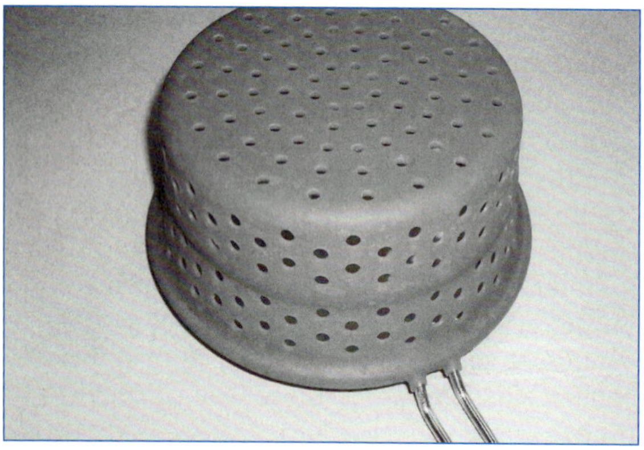

FIGUUR 8-9 Gegoten zeef van siliconenrubber

Polyurethaan

Polyurethanen zijn uniek omdat ze zich kunnen gedragen als elastomeren (rubbers), als onbuigzame, harde thermohardende polymeren, of als voor spuitgieten geschikte thermoplasten. Door de reagerende stoffen te variëren kan er een gietbare elastomeer worden gemaakt die geschikt is voor een bepaalde toepassing. Er kunnen eenvoudige metalen matrijzen worden gebruikt en de polymerisatie wordt tot stand gebracht door verhitting tot ongeveer 260 °C. Zo kan men bijvoorbeeld een rol van een elastomeerbekleding voorzien door de rol in een buis te plaatsen en de elastomeerhars in de tussenruimte te gieten. Vervolgens kan het geheel worden gebakken en geslepen. Platen en blokken kunnen worden gemaakt door de hars in goedkope, tijdelijke metalen gietvormen te gieten. Er kunnen hardheden van 30 tot 95 Shore A worden verkregen. Alle materialen met verschillende hardheden hebben elastomere eigenschappen en kunnen worden gebruikt voor matrijsveren, buigmatrijzen, slijtvaste bekledingen en dergelijke.

De voor spuitgieten geschikte urethanen worden gebruikt voor skischoenen en sportapparatuur. De slijtweerstand van polyurethaanelastomeren is een functie van de hardheid. Elastomeren met een lage Shore A-hardheid hebben een lage slijtweerstand, evenals de stijve polyurethanen met een hardheid op de Shore D-schaal. Een hardheid van 90 tot 95 Shore A produceert meestal de beste slijtweerstand.

Elastomeren voor speciale toepassingen

Naast de hierboven gedetailleerd besproken elastomeren, bestaan er enkele rubbers voor speciale toepassingen die het waard zijn om genoemd te worden.

Polyacrylrubber (ABR) is bestand tegen hete olie en oplosmiddelen, en wordt daarom gebruikt voor de isolatie van bougies en voor afdichtingen in versnellingsbakken.

Fluorelastomeren (FPM) zoals Viton®, dat een copolymeer is van vinylideenfluoride en hexafluorpropyleen, zijn uitstekend bestand tegen oplosmiddelen en chemicaliën en kunnen worden gebruikt bij een continue bedrijfstemperatuur van meer dan 200 °C. FPM is echter duur en niet zo veerkrachtig als de meeste rubbers. Het wordt gebruikt voor afdichtingen, en als er een goede warmtebestendigheid of chemische weerstand nodig is.

Epichloorhydrinerubber (ECO) is uitstekend bestand tegen olie en brandstof en kan bij zeer lage temperaturen worden gebruikt. Het is geschikt voor gebruik in sneeuwbehandelingsapparatuur en in recreatievoertuigen. *Polynorborneen* (PNB) is een zeer zacht rubber, dat gebruikt wordt voor trillingsabsorptie en -demping. Vanwege het vermogen om energie te absorberen en geconcentreerde krachten te verspreiden wordt het gebruikt voor lichaamsbescherming. PNB wordt normaal gesproken niet gebruikt boven 70 °C en is niet bestand tegen olie, koolwaterstoffen of ozon.

Thermoplastische elastomeren (TPE's)

Conventionele rubbers zoals EPDM, nitril en polybutadieen worden door middel van cross-linking of vulkaniseren gevormd of gefabriceerd. Van zulke rubbers worden vaak componenten gemaakt door middel van persgieten. Bovendien kunnen sommige rubbers, bijvoorbeeld siliconen, polyurethanen, polysulfiden en perfluorelastomeren (Viton®) gegoten worden uit een vloeibare hars en gehard door middel van cross-linking. Deze materialen kunnen, als ze eenmaal uitgehard zijn, niet opnieuw worden gesmolten of verwerkt. De fabricage van elastomere componenten is soms langzamer en ingewikkelder dan andere kunststoffabricageprocessen, zoals spuitgieten.

Thermoplastische elastomeren (TPE's) hebben niet alleen rubberachtige, maar ook thermoplastische eigenschappen. Het zijn buigzame rubbers, maar ze kunnen door smelten verwerkt worden, net als thermoplasten. Veel thermoplastische elastomeren hebben een *blok-copolymeerstructuur*. Blokcopolymeren bevatten stijve thermoplastische en zachte thermohardende polymeersegmenten binnen de polymeerketen. De stijve (thermoplastische) segmenten zorgen ervoor dat het materiaal door smelten verwerkt kan worden en de buigzame (thermohardende) rubbersegmenten geven het elastomere eigenschappen.

Figuren 8-10 en 8-11 laten de structuur zien van een thermoplastische elastomeer die gebaseerd is op een copolymeer van polystyreen en butadieenrubber. Zo'n TPE staat bekend als een styreenblokcopolymeer en wordt vaak aangeduid met de afkorting SBS. Voor de fabricage van SBS wordt een styreenmonomeer gepolymeriseerd met een alkyl-lithiuminitiator, waarmee een actieve polystyreensubgroep wordt gevormd, waarop een rubber zoals butadieen wordt gepolymeriseerd. Vervolgens wordt ter completering van de SBS-keten extra styreenmonomeer toegevoegd om het materiaal de eindstructuur te

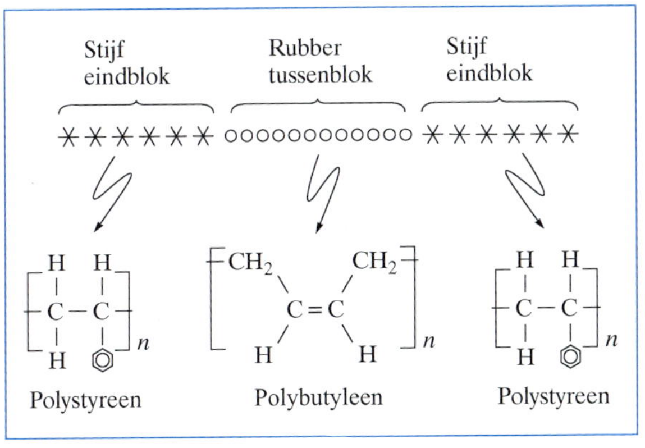

FIGUUR 8-10 Triblok-copolymeer van polystyreen- en polybutyleenrubber

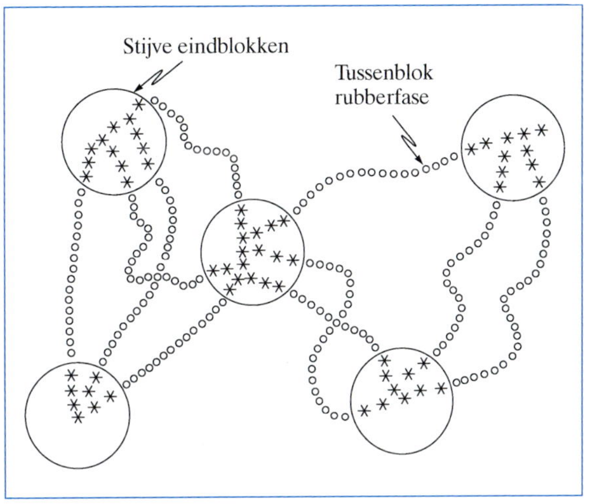

FIGUUR 8-11 Structurele morfologie van een blok-copolymeer

geven. TPE's worden ook gemaakt door het mengen van een rubber zoals EPDM met een thermoplast zoals polyethyleen of polypropyleen.

De meeste TPE's zijn verkrijgbaar in korrelvorm, in diverse kleuren en met diverse hardheden. Ze kunnen worden verwerkt met conventionele spuitgietmachines. TPE's hebben enkele voordelen vergeleken met conventionele thermohardende elastomeren:

1. Mengen/kneden is niet nodig.
2. Eenvoudiger verwerking en snellere cyclustijden worden verkregen.
3. Er vindt geen chemische cross-linking plaats.
4. Ze zijn verwerkbaar door middel van spuitgieten, smeltblazen, warmvormen en extruderen.
5. Er kunnen ook secundaire processen zoals warmlassen worden uitgevoerd.
6. Er kunnen onderdelen worden ontworpen met filmscharnieren.
7. Er zijn ondersnijdingen en ingewikkelde vormen mogelijk met eenvoudiger gereedschap.
8. Ze zijn geschikt voor co-extrusie en comolding.
9. Schroot en afval kunnen worden gerecycled.

Er zijn meer dan acht verschillende groepen TPE's commercieel verkrijgbaar, zoals tabel 8-3 laat zien. Sommige kunststofproducten worden gevormd met ingebouwde elastomeerhandgrepen. Zulke producten worden gemaakt door middel van een proces dat comolding of insert molding heet. Een stijf kunststof onderdeel wordt vormgegeven en vervolgens overgebracht naar een andere gietvorm, waar een TPE-handgreep aan het kunststoflichaam wordt gegoten. Producten voor persoonlijke hygiëne, zoals de

TABEL 8-3 Commercieel verkrijgbare thermoplastische elastomeren

	Elastomeertype	Samenstelling		Compressieweerstand	Abrasieweerstand	Relatieve kosten	Temperatuur	Chemische weerstand	Buigzaamheid/veerkracht	Sterkte	Toepassingen
TPE-mengsel	Gecompoundeerd thermoplastisch polyolefin	Mechanische mengsels van polypropyleen en ethyleenpropyleen of ethyleenpropyleen-dieenrubbers		G	R	L	G	G	R	R	Consumptie- en halfzware toepassingen: autobumpersierstrips, spoilers, meubelpanelen, kabel- en draadmantels
	Smeltverwerkbare rubbers	Polyethyleencopolymeren met gedeeltelijke cross-linking gecompoundeerd met gechloreerd polyolefinrubber		R	R	L	R	U	G	R	Halfzware toepassingen: afdichtingen, buizen, slangen, handgrepen, vijverbekleding, riemen
	Thermoplastische gevulkaniseerde materialen	Polyethyleen of polypropyleen mechanisch gecompoundeerd met EPDM-rubber dat dynamisch gevulkaniseerd wordt tijdens het mengen		G	R	M	G	U	G	G	Halfzware toepassingen: afdichtingen, buizen, handgrepen, draad- en kabelmanteling
		Stijf eindsegment	**Buigzaam tussensegment**								
Blokcopolymeer TPE	Reactorthermoplastisch polyolefin	Polypropyleen	EPDM-rubber	R	R	L	R	G	U	R	Consumptie- en halfzware toepassingen: autosierstrips en -bumpers, kabel- en draadmanteling
	Styreenblokcopolymeer	Polystyreen	Polybutadieen Polyisopreen Ethyleenbutyleenrubber Ethyleenpropyleenrubber	S	G	L	S	S	G	S	Consumptietoepassingen: handgrepen van wegwerpcamera's, scheermeshouders en medische apparaten, schoenzolen, kleefstoffen
	Thermoplastisch polyurethaan	Stijf polyesterpolyurethaan Stijf polyetherpolyurethaan	Langeketendiolen	U	U	H	G	G	U	U	Zware toepassingen: automotortoepassingen, schoenzolen, afdichtingen/pakkingen, kleefstoffen, transportbanden, casters/wielen
	Thermoplastisch copolyester	Polybutyleen-tereftalaat	Polytetramethyleen-ethertereftalaat	U	G	H	U	G	U	U	Zware toepassingen: afdichtingen, riemen en slangen
	Thermoplastisch polyamide	Polyetheresteramide (nylon) Polyesteramide	Polyetherpolyol	U	U	H	U	G	G	U	Zware toepassingen: afdichtingen, kabelmanteling, hoogkwalitatieve sportuitrustingen

U = uitstekend, G = goed, R = redelijk, S = slecht, H = hoog, M = medium, L = laag

steel van een scheermes of een tandenborstel, worden op deze manier gevormd.

Veel TPE's kunnen goed aan de thermoplastische basishars worden gebonden. Styreenblok-copolymeer-TPE's laten zich goed binden wanneer ze door comolding op een polystyreen product worden geplaatst. Comolding met een compatibele TPE zorgt er ook voor dat het materiaal kan worden hergebruikt. Een nadeel van TPE's is dat ze, als gevolg van hun smeltverwerkbaarheid, een lagere temperatuurweerstand kunnen hebben dan de meeste rubbers. Ook de kruipvastheid en compressiehardheid kunnen minder zijn dan die van thermohardende elastomeren.

Veel auto's hebben gekleurde bumpers en sierstrips die gevormd zijn uit thermoplastische polyolefine-elastomeren (TPO's). Veel TPO's kunnen gemakkelijk geverfd worden, al hebben sommige daarvoor eerst een speciale hechtversterker nodig. TPO's bezitten een uitstekende buigzaamheid en taaiheid bij lage temperaturen tot −30 °C en ze zijn bestand tegen de hogere temperaturen in verfbakovens. Thermoplastische polyolefine-elastomeren worden gewoonlijk gemaakt door het mengen van een rubber zoals EPDM met een olefine zoals polypropyleen. (Deze rubbers staan bekend als *gecompoundeerde* TPO's.) *Reactor*-TPO's worden gemaakt in een polypropyleenreactor door middel van een stapsgewijs copolymerisatieproces. De op deze manier gemaakte rubbers hebben een hoger rubbergehalte en grotere buigzaamheid dan gecompoundeerde TPO's.

Thermoplastische polyurethanen (TPU's) zijn TPE's van zeer hoge kwaliteit met een uitstekende slijtweerstand, compressieweerstand en taaiheid. Ze worden gebruikt in toepassingen die variëren van afdichtingen, lagerbussen en andere slijtcomponenten tot elastische kleding (Spandex®) en schoenzolen. TPU's bestaan uit stijve polyureasegmenten, gescheiden door elastomere polyolblokken. Er zijn zowel polyester- als polyether-TPU's in de handel. De polyolgroepen in TPU's kunnen aromatisch (met ringstructuren) of alifatisch (met lineaire ketens) zijn. De alifatische TPU's kunnen beter tegen UV-straling, maar zijn duurder.

Thermoplastische copolyesterelastomeren (COPE's) hebben de unieke eigenschap dat de stijve blokken gemakkelijk kristalliseren, waardoor de sterkte en temperatuurweerstand van het rubber toenemen. Thermoplastische copolyesters bestaan uit stijve segmenten van tetramethyleentereftalaat en zachte segmenten van polyether. COPE's hebben een goede weerstand tegen hoge temperaturen en een goede sterkte, chemische weerstand en kruipvastheid. TPE's worden behalve in de industrie en in auto's ook gebruikt als kleefstof met een hoge smelttemperatuur en drukgevoeligheid. ■

Samenvatting

Dit is met opzet een encyclopedisch hoofdstuk. Het moet dienen als referentie voor de diverse kunststoffen. Wanneer bijvoorbeeld polysulfon wordt aangeraden voor een bepaald onderdeel, kan de ontwerper de passage over dat materiaal herlezen en zo zijn of haar kennis van die kunststof of dat elastomeer opfrissen. De chemische formules werden benadrukt, want de gebruiker kan de verschillen tussen de diverse kunststoffen niet goed begrijpen zonder te weten hoe hun monomeren verschillen. Gebruikseigenschappen zijn niet voldoende voor het beschrijven van polymeren. Om kunststoffen effectief te kunnen gebruiken is begrip nodig van polymerisatie, van de vraag of kunststoffen thermohardend of thermoplastisch zijn, en van de structuur en de unieke eigenschappen van elke kunststof. Het is niet nodig om de structuur van elke door ons besproken kunststof uit het hoofd te leren, maar het is wel belangrijk om de polymeergroepen en basistypes te begrijpen. De ethyleenpolymeren, cellulosepolymeren, epoxyharsen, amiden, acetalen, polyesters, siliconen en fenolharsen hebben chemische overeenkomsten binnen de groep, maar de groepen vertonen fundamentele verschillen in de chemische samenstelling en gebruikseigenschappen. Probeer het materiaal te begrijpen en onderzoek de vulmaterialen en de versterkingen. Bekijk de eigenschappen op lange termijn, de taaiheid, de vormbaarheid, de omgevingsweerstand en de ontvlambaarheid. Zorg ervoor dat de functie-eisen passen bij de eigenschappen van de polymeren en elastomeren.

Zoals in de volgende hoofdstukken wordt aangegeven kan de technisch ontwerper kunststoffen al doelmatig gebruiken als hij of zij een betrekkelijk klein aantal polymeersystemen begrijpt en een gevoel ontwikkelt voor de eigenschappen van een tiental specifieke polymeren. Dit hoofdstuk dient dus vooral als referentie en als gids bij het selecteren van polymeren en elastomeren. Hieronder volgen enkele van de belangrijkste punten uit dit hoofdstuk:

- Polymeren kunnen op basis van hun toepassing worden ingedeeld in standaard kunststoffen en technische kunststoffen. In beide categorieën bevinden zich thermoplastische en thermohardende polymeren.
- Er zijn veel polymeergroepen in de handel. De eigenschappen van een polymeer houden rechtstreeks verband met de molecuulstructuur, met de additieven en met de verwerking.
- De meest gebruikte van alle typen kunststoffen zijn ethyleenpolymeren, PVC, PS, PP en PE. Ze worden gebruikt voor allerlei soorten consumptieartikelen en recyclebare artikelen. Ze hebben redelijke mechanische eigenschappen en kunnen ook gebruikt worden voor bepaalde constructietoepassingen.
- De term *technische kunststof* beschrijft kunststoffen die kunnen worden gebruikt voor toepassingen die een hoge sterkte en breukweerstand vereisen. Er zijn nog geen strenge criteria voor welke materialen als technische kunststoffen gelden, maar enkele thermoplastische materialen die geacht worden te behoren tot de technische kunststoffen zijn nylons, polycarbonaten, acetalen en polyesters.
- De duurdere technische thermoplasten zijn materialen zoals PPS, PI, PAI en PEEK. Deze kunststoffen hebben een ongeveer gelijke sterkte als de andere technische kunststoffen, maar ze zijn bestand tegen hogere temperaturen. Ze hebben vaak benzeenringen in hun chemische structuur.
- De fluorkoolstoffen maken deel uit van de ethyleengroep, en hun weerstand tegen chemische stoffen en hoge temperaturen is uniek. Ze kunnen gewoonlijk niet worden gebruikt voor constructies, omdat ze een relatief geringe sterkte hebben (vergeleken met de technische kunststoffen). Ze hebben gemeenschappelijk dat ze het element fluor in hun structuur hebben.
- Belangrijke transparante thermoplasten zijn PS, PC, PMMA, PSU en de cellulosepolymeren. Deze materialen hebben verschillende mechanische en chemische eigenschappen: PS is het goedkoopst; PMMA heeft een goede stijfheid en de beste lichtdoorlaatbaarheid; PC heeft de grootste taaiheid; en PSU heeft de hoogste temperatuurweerstand.
- De belangrijkste thermohardende harsen zijn de fenolharsen, de onverzadigde polyesters en de urea's. Deze materialen maken ongeveer 75 procent uit van de totale productie van thermohardende harsen in de Verenigde Staten.
- Fenolharsen worden algemeen gebruikt als wrijvingsmateriaal en voor printplaten. Ze hebben een goede stijfheid en sterkte, en goede elektrische eigenschappen.
- Urea's worden meestal gebruikt voor kleefstoffen en dergelijke toepassingen. Ze worden in het algemeen niet gebruikt als vormproducten.
- Onverzadigde polyesters worden algemeen gebruikt als matrixmateriaal voor glasvezelcomposieten. Ze worden gehard met behulp van een katalysator en er is daarbij geen compressie of verhoogde temperatuur nodig.
- De fenolharsen en de urea's hebben ringstructuren en de macromoleculen worden gevormd door middel van cross-links.
- Een elastomeer is een kunststof die bij kamertemperatuur aanzienlijk kan worden uitgerekt, soms zelfs tot meer dan 200 procent van de oorspronkelijke afmetingen. Na verwijdering van de belasting neemt het snel en krachtig de oorspronkelijke afmetingen weer aan. Rubbers zijn de bekendste elastomeren.
- Natuurrubber is waarschijnlijk het meest 'rubberachtige' rubber, maar het is vatbaar voor afbraak in vele omgevingen en daarmee kwetsbaar.
- Er zijn thermohardende en thermoplastische elastomeermaterialen verkrijgbaar.
- Thermoplastische elastomeren kunnen gemakkelijk als smelt worden verwerkt door middel van spuitgieten, extrusie en smeltblazen. Bovendien kunnen ze opnieuw worden verwerkt of gerecycled.

Illustratief voorbeeld

Kiezen van een slijtvaste elastomeer voor transportrollen

Een kantoorkopieermachine maakt gebruik van kleine rubberrollen om het papier door de machine te transporteren. Nabij de smelter van de machine (de smelter zorgt ervoor dat de inkt op het papier smelt om een permanent fotokopiebeeld te creëren) kan de temperatuur van de rollen oplopen tot meer dan 120 °C. De in de smelter gebruikte rollen zijn ontworpen om te draaien terwijl het papier op zijn plaats gehouden wordt (een toestand die 'overdrive' wordt genoemd). Transportrollen die gemaakt werden van polyetherpolyurethaan werden na ongeveer een maand kleverig en gomachtig, waardoor de fotokopieerapparaten defect raakten.

Analyse en laboratoriumonderzoek maakten duidelijk dat de hoge temperaturen en de tijdens de overdrive gecreëerde wrijvingswarmte de polymeerstructuur van het polyurethaan zodanig veranderden dat het terugkeerde naar een kleverige toestand met een laag molecuulgewicht. De lange ketenstructuur die polyurethaan zo flexibel maakt, maakt de keten ook vatbaar voor thermische afbraak en terugkeer naar een eerdere toestand.

Er werden alternatieve elastomeren getest onder gesimuleerde omstandigheden van warmte en slijtage. Een siliconenelastomeer van maalbare gom vertoonde een aanzienlijk lagere abrasieve slijtage dan het polyurethaan en de kinetische wrijvingscoëfficiënt was ongeveer gelijk aan die van het polyurethaan. De structuur van siliconenelastomeer is zeer goed bestand tegen hoge temperaturen en thermische afbraak. Na het vervangen van het rolmateriaal door siliconen is het papiertransport door de fotokopieermachine veel betrouwbaarder.

Termenlijst

NB Een complete lijst van alle acroniemen en namen van kunststoffen is te vinden achter in dit boek.

alkyd: polyesters, veel gebruikt in verf en lak
blok-copolymeren: lineaire kunststoffen met korte groepen (blokken) van diverse soorten op de molecuulketen
celluloseverbindingen: kunststoffen afgeleid van plantcellulose
elastomeren: een polymeermateriaal dat in ieder geval 100 procent verlenging en veerkracht heeft
ethyleenverbindingen: verwant met of afgeleid van ethyleen ($H_2C = CH_2$)
fenolverbindingen: thermohardende kunststoffen, afgeleid van formaldehyde
fluorkoolstof: kunststoffen gebaseerd op moleculen die fluor bevatten
ketenverstijving: de verstijvende actie, geproduceerd in kunststoffen door 'omvangrijke' moleculen in een monomeer
melaminen: thermohardende harsen, vaak gebruikt voor gegoten producten en aanrechten
natuurhars: een polymeermateriaal, afgeleid van levende planten
neopreen: een veelgebruikte rubbersoort met weerstand tegen olie
olefinen: aan ethyleen verwante kunststoffen
onverzadigd polyester: de familie van thermohardende harsen, veel gebruikt voor het maken van glasvezelcomposieten
polyacetaal: een familie van thermoplasten, gekenmerkt door een hetero-CH_2O-meer met eindgroepen
polyallomeer: kristallijne polymeren, geproduceerd uit twee of meer olefinepolymeren
polyesters: kunststoffen gevormd door de reactie van een organisch zuur en een alcohol
polyisopreen: de synthetische vervanging voor natuurrubber
siliconen: een familie van polymeren, gekenmerkt door Si–O-elementen in de mer
thermohardend: kunststoffen die niet opnieuw smelten bij verwarming (ze verkolen)
thermoplasten: elastomeer-rubbersoorten die met spuitgieten kunnen worden gemaakt
thermoplastische polyesters: een groep spuitgietbare kunststoffen, afgeleid van de reactie van een organisch zuur en een zout (ester)
urea's: thermohardende harsen op basis van formaldehyde, gebruikt voor handelstoepassingen zoals multiplex
vulkaniseren: harden (vertakken) van rubber door warmte en druk

Opgaven

1. Wat is het verschil tussen een polymeer en een plastic?
2. Wat is de betekenis van dichtheid in PE?
3. Wat is een kenmerkende eigenschap van PP, vergeleken met PE?
4. Noem vijf veelvoorkomende toepassingen van PVC.
5. Noem drie manieren om de slagvastheid van kunststoffen te verbeteren.
6. Beschrijf het condensatiepolymerisatieproces voor het maken van nylon.
7. Hoe verschillen acetalen van nylons?

8. Wat is het basismateriaal voor cellulosekunststoffen?

9. Hoe worden fenolverbindingen gebruikt in de elektronica?

10. Wat is een polyester?

11. Wat is een polymeer op biobasis?

12. Noem de drie meest gebruikte elastomeren.

13. Wat is een kenmerkende eigenschap van natuurrubber?

14. Beschrijf thermoplastische elastomeren en geef aan waarvoor ze worden gebruikt.

Hoofdstuk 9

Fabricageprocessen voor kunststoffen en polymeercomposieten

Ski's, snowboards en boten zijn ultieme voorbeelden van het effectief gebruik van composieten. Zij maken gebruik van thermoplasten, thermoharders, koolstofvezels, metalen honingraatstructuren, lagewrijvingcoatings en geavanceerde vormingsprocessen. Al deze producten worden blootgesteld aan zware gebruiksomstandigheden.

Doelstellingen

1. Begrijpen hoe producten worden gevormd van thermoplastische en thermohardende kunststoffen, en van polymeercomposieten.
2. Opbouwen van voldoende kennis van kunststoffabricageprocessen om het selecteren van een proces voor een ontwerp mogelijk te maken.
3. Het belang van recycling en van recyclingcodes op kunststoffen benadrukken.

De meest beperkende factor bij de toepassing van kunststoffen in een nieuw ontwerp is waarschijnlijk hoe de producten gemaakt moeten worden. Polytetrafluorethyleen (PTFE; Teflon®) is een kunststof voor toepassingen waarbij chemische weerstand van groot belang is, maar er worden maar weinig consumptieartikelen van deze kunststof gemaakt. Waarom? Producten van PTFE kunnen niet worden gemaakt door middel van spuitgieten, blazen, gieten of alle andere voor standaard kunststoffen belangrijke processen. De producten van PTFE worden alleen gemaakt door deeltjes daarvan onder aanzienlijke druk op elkaar te sinteren. Het probleem van de fabricage beperkt (samen met de hoge kosten) de toepassingen. Continue vezelversterkte kunststoffen hebben meestal een hogere stijfheid en sterkte dan onversterkte kunststoffen, maar net als bij PTFE zijn er maar weinig processen beschikbaar voor het toevoegen van continue vezelversterking aan kunststoffen. Geen van deze processen is zo goedkoop als spuitgieten.

Voor een goede keuze van kunststoffen in een ontwerpproces is het dus noodzakelijk om te begrijpen wat de fabricageprocessen zijn en in hoeverre deze mogelijk zijn voor verschillende kunststoffen. In het vorige hoofdstuk hebben we een overvloed aan kunststofsoorten gepresenteerd die je kunt gebruiken in diverse toepassingen. Dit hoofdstuk is bedoeld om de nieuwkomer in de kunststoftechnologie een idee te geven van de diverse processen die worden gebruikt om thermoplastische kunststoffen, thermohardende kunststoffen en polymeercomposieten te maken. De selectie van een fabricageproces is onlosmakelijk gekoppeld aan de materiaalkeuze, dus behandelen we ze samen in hoofdstuk 10.

9.1 Fabricageprocessen voor thermoplastische polymeren

Het vormgeven van het uiteindelijke onderdeel is bij kunststoffen gebruikelijker dan bij metalen. De reden daarvoor is vooral dat kunststoffen erg gemakkelijk te smelten zijn en dat er dus met metalen matrijzen kan worden gewerkt. Daarnaast kunnen de aansluitingen en uitlopers van het gieten die na het openen van de matrijs nog aan het product zitten gemakkelijk weggebroken worden en opnieuw worden omgesmolten. Gegoten metalen onderdelen hebben daarentegen vaak een tweede bewerking nodig om het aanvoermateriaal kwijt te raken. De onderdelen zijn niet gemakkelijk vrij te maken van de aansluitkanalen of giettrechters. Hiervoor is meestal een slijp- of stansbewerking nodig. Uiteindelijke vormen uit metaal kan men wel krijgen door middel van poedermetallurgie.

In deze paragraaf behandelen we thermoplastische materialen, kunststoffen die opnieuw kunnen worden gesmolten en hergebruikt. Tot de thermoplasten behoren kunststoffen zoals polystyreen en polyethyleen, evenals technische kunststoffen zoals nylon 6/6 en polyfenyleensulfide. De formaten van thermoplastische onderdelen variëren van knoppen met een diameter van 3 mm tot autodashboards van 2 meter lang. De gebruikte fabricageprocessen (zie figuur 9-1) variëren van spuitgieten, waarmee honderden onderdelen per minuut kunnen worden geproduceerd, tot het gieten van acrylaten, waarbij het mogelijk is dat een enkel onderdeel een heel etmaal nodig heeft om uit te harden. Er zijn over elk proces hele boeken geschreven, maar we volstaan hier met een korte beschrijving (en, in sommige gevallen, een tekening) om je enigszins bekend te maken met de diverse processen.

Spuitgieten

Bij spuitgieten wordt een polymeer in korrelvorm via een vultrechter in een verwarmde cilindrische ruimte gevoerd (zie figuur 9-2). Daar wordt het gesmolten, waarna het door een schroef of plunjer in een matrijs wordt geperst. De druk wordt gehandhaafd tot het onderdeel gestold is. De matrijs gaat vervolgens open en het onderdeel wordt via een bepaald mechanisme uitgestoten. Dit is verreweg de belangrijkste techniek voor massaproductie. Het proces heeft als belangrijkste nadelen dat niet alle polymeren op deze manier kunnen worden verwerkt (sommige thermohardende polymeren bijvoorbeeld niet) en dat de metalen matrijzen erg duur zijn.

Dit basisproces wordt ook gebruikt voor het *co-spuitgieten* van twee verschillende polymeren. Er zijn dan twee extrusievaten en twee invoersystemen. Er wordt een injectie gemaakt met het ene polymeer, en een tweede injectie met een tweede polymeer kan worden gebruikt om als omhulling of oppervlak te dienen van het met de eerste injectie gemaakte

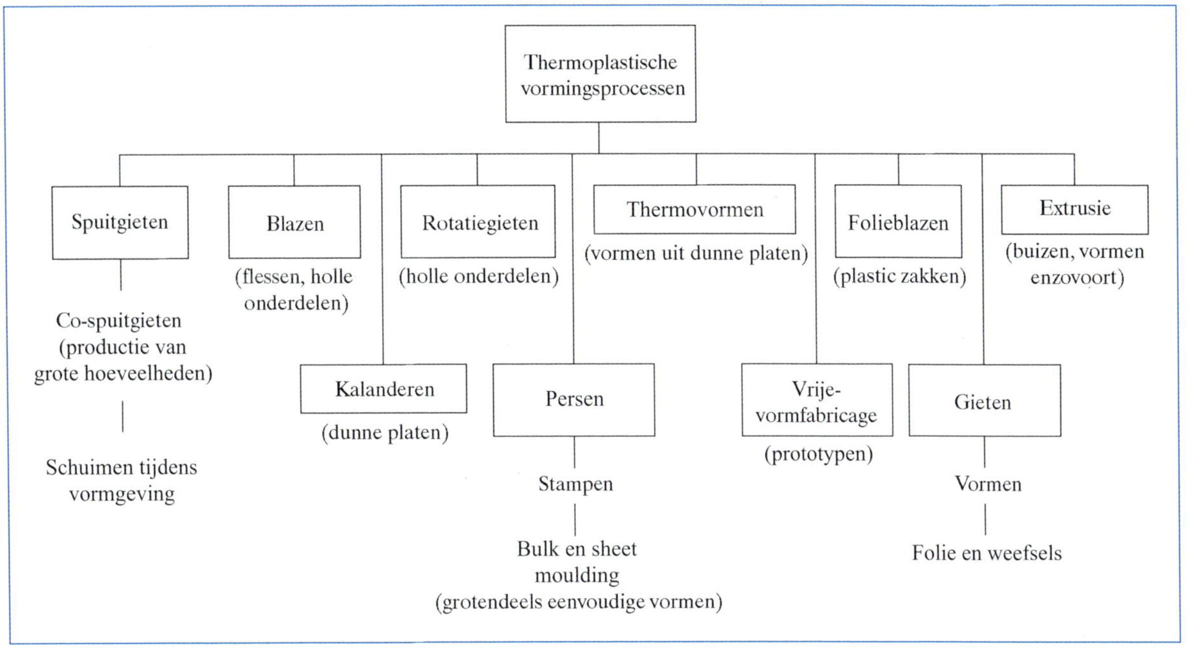

FIGUUR 9-1 Spectrum van vormingsprocessen voor thermoplastische materialen

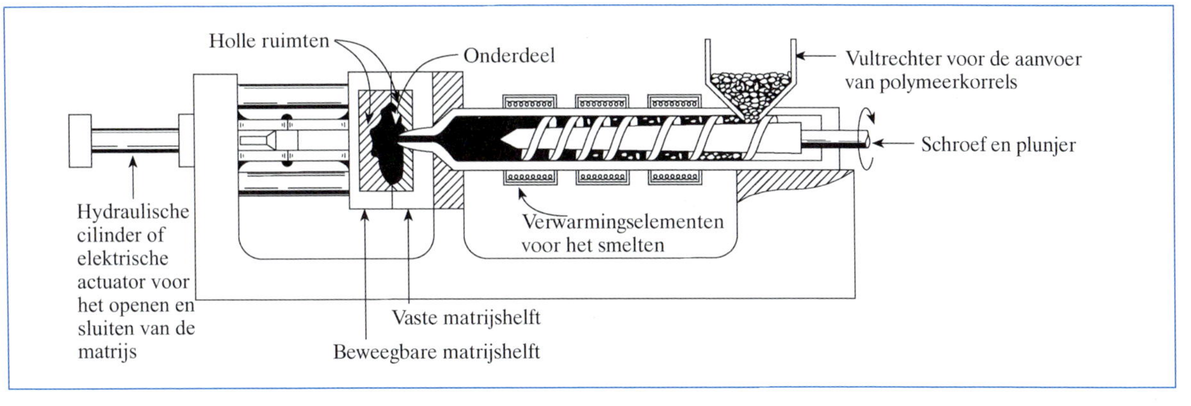

FIGUUR 9-2 Spuitgieten

onderdeel. Co-spuitgieten wordt vaak uitgevoerd om een bepaald uiterlijk effect te bereiken of om de gebruikseigenschappen te wijzigen. Zo kan bijvoorbeeld een thermoplastische elastomeer (TPE) worden spuitgegoten op alleen de handgreep van een kunststoflichaam van een boormachine, nadat het stijve kunststoflichaam gevormd is.

Een andere variant is het spuitgieten van structuurschuim. Polymeren met een schuimstructuur zijn lichter (en goedkoper) dan de niet-geschuimde tegenhangers, en de mechanische eigenschappen zijn vaak vergelijkbaar. Er worden diverse technieken gebruikt om plastic onderdelen te produceren die een huid hebben met een hoge dichtheid en een kern met een hoge porositeit (zie figuur 9-3). In het eenvoudigste proces wordt een metalen matrijs gevuld met harsen die tijdens de reactie schuimen en uitzetten. Door de uitzetting van de schuimende hars wordt de matrijs helemaal opgevuld. Het resultaat is een onderdeel dat een massieve huid heeft, maar door de ingesloten holle ruimtes toch licht van gewicht is. Bijkomende voordelen zijn vaak minder krimp en betere toleranties. Dit proces wordt vaak gebruikt voor polyfenyleenoxide, olefinen, vinylpolymeren, nylons en thermoplastische elastomeren. Standaard spuitgietmachines kunnen zo worden aangepast dat ze geschuimde onderdelen produceren. Er worden veel vergelijkbare processen gebruikt voor grote onderdelen, waarbij echter het polymeer in de holte wordt geïnjecteerd in plaats van in de matrijs geladen.

Blazen

Blazen is een proces waarmee holle voorwerpen worden gevormd (zie figuur 9-4). Gewoonlijk wordt in het midden van de gesloten matrijs een buis (een zogenaamde 'parison') van verwarmd polymeer geplaatst. Daarna wordt er lucht in geblazen en het verwarmde polymeer zet uit totdat er een tamelijk gelijkmatige laag is gevormd met de gewenste vorm. Dit is het proces waarmee plastic flessen en containers worden gemaakt. Het is een snel proces dat alleen wordt gebruikt voor thermoplastische materialen.

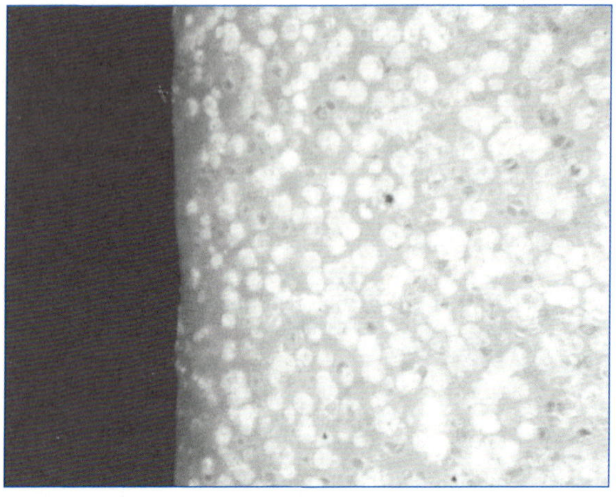

FIGUUR 9-3 Doorsnede van gevormde onderdelen met een schuimstructuur (×30). Let op de huid met hoge dichtheid aan het oppervlak

Kalanderen

Dit is een proces voor het maken van een plaat of folie door het materiaal tussen een serie verwarmde rollen door te leiden (zie figuur 9-5). De afstand tussen de laatste twee verwarmde rollen bepaalt de dikte van het plaatmateriaal. Het materiaal wordt meestal in afzonderlijke apparatuur gemengd en geplastificeerd. Elastomeerfolie, verpakkingen en vinyltegels voor vloerbedekkingen worden vaak op deze manier gemaakt. Het proces wordt ook gebruikt voor ongevulkaniseerd rubber om folies te maken voor autobanden die dan later in een pers te worden gevulkaniseerd.

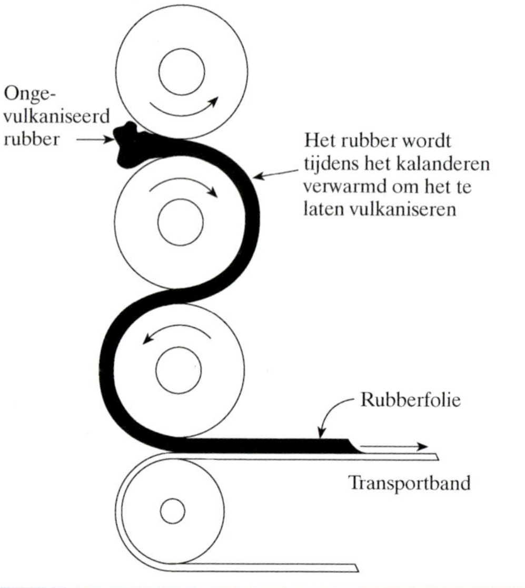

FIGUUR 9-5 Kalanderen

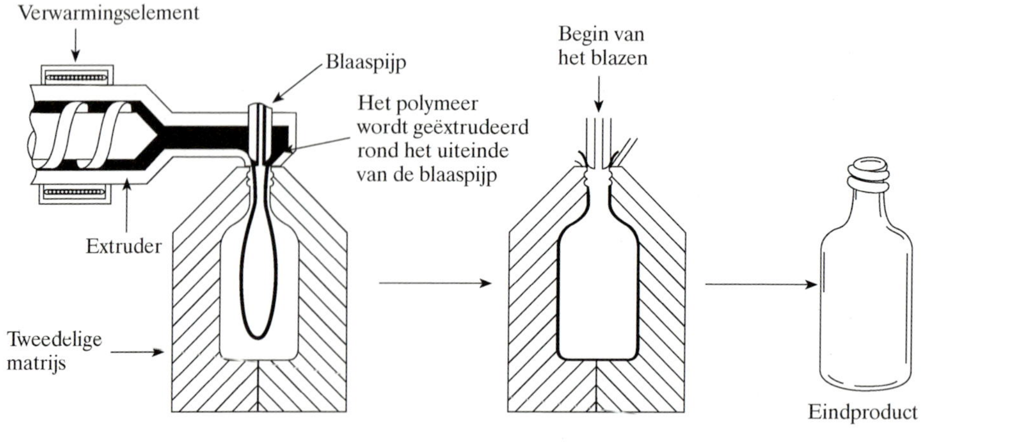

FIGUUR 9-4 Blazen

Rotatiegieten

Rotatiegieten wordt vaak gebruikt voor het maken van grote, holle producten zoals brandstoftanks, watertanks, kindertractors en drijflichamen (voor boten, visnetten). Een afgemeten hoeveelheid thermoplastische korrels wordt in een gesloten metalen matrijs geladen (zie figuur 9-6). De matrijs wordt met klemmen gesloten en in een apparaat geplaatst dat in staat is om de matrijs rond twee assen te laten draaien. De roterende matrijs wordt vervolgens verwarmd om de lading te laten smelten. Het gesmolten polymeer vormt een laag tegen de matrijswand en maakt zo het onderdeel. Daarna wordt de verwarming van de matrijs gestopt en wordt de matrijs door lucht of water gekoeld om het onderdeel eruit te kunnen halen. Een belangrijk voordeel van dit proces is dat het gebruikmaakt van betrekkelijk goedkope werktuigen, vergeleken met spuitgieten en andere geldverslindende processen.

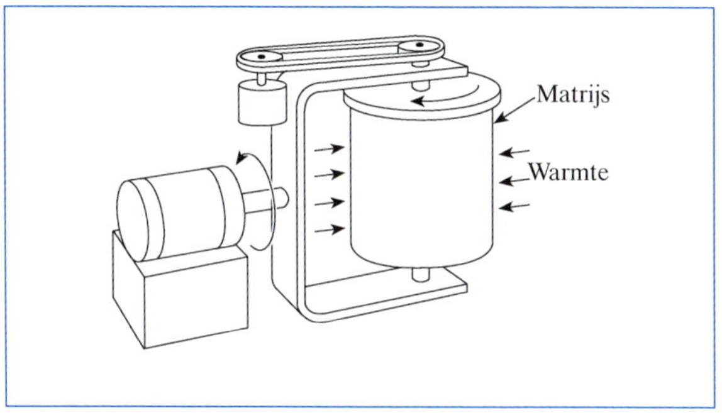

FIGUUR 9-6 Rotatiegieten

Dieptrekken

Bij dieptrekken (zie figuur 9-7) wordt een plaat of een dergelijke voorvorm verwarmd tot het punt waarop het materiaal zacht wordt, maar nog niet smelt, en vervolgens in een trekring geperst door een verwarmde gietvorm. De nog warme voorvorm wordt in de trekring verplaatst naar een gekoelde trekmatrijs en een plug trekt het onderdeel in de uiteindelijke vorm. Aan beide zijden van de voorvorm wordt een smeermiddel aangebracht om het trekken te vergemakkelijken. De dieptrekverhouding kan 1:5 of hoger zijn. Het vormen in de vaste fase wordt geacht een hogere sterkte op te leveren dan die van door smelttechnieken gevormde onderdelen.

Eenvoudiger vormen kunnen ook worden gemaakt door een plaat te verwarmen en te stampen in de vorm van bijvoorbeeld een boogsteun voor een schoen. Gevulde of versterkte thermoplasten of thermoharders, die *sheet* of *bulk molding compounds* worden genoemd (plaat of massieve grondstoffen), kunnen ook worden gevormd door het in vorm persen van het voorverwarmde materiaal.

Warm- of vacuümvormen

Dit is een soortgelijke methode als dieptrekken om uit polymeerplaten of -folie driedimensionale vormproducten te maken. De plaat wordt aan de matrijsrand vastgeklemd en verwarmd tot het materiaal zacht wordt en inzakt (zie figuur 9-8). Daarna wordt het door een vacuüm tegen de matrijs aangezogen en gekoeld terwijl het in contact blijft met de matrijs. Een vacuüm is niet altijd nodig. Soms wordt de plaat eenvoudig over een doorn gedrapeerd en soms wordt gebruikmaakt van tweedelige metalen matrijzen. Warmvormen is ideaal voor de kleinschalige

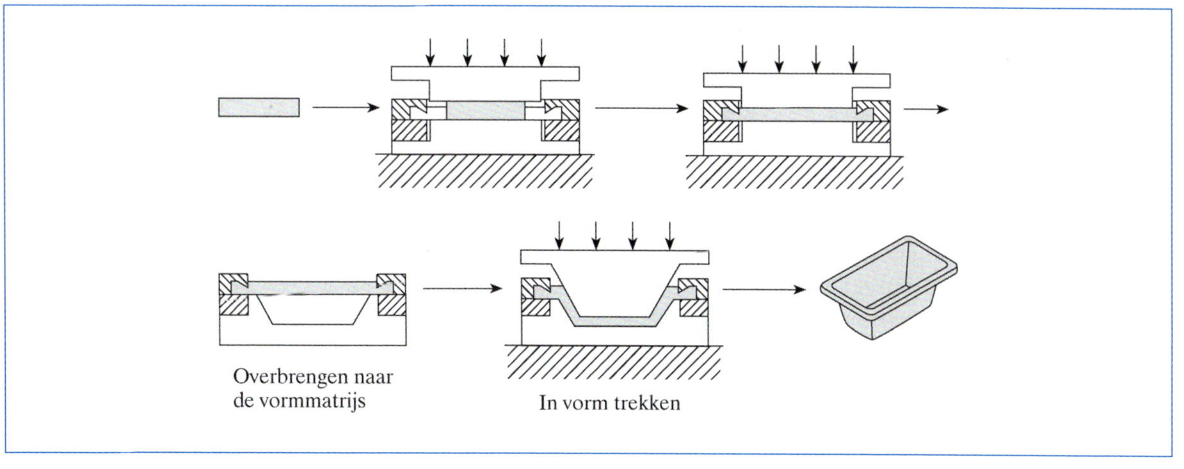

FIGUUR 9-7 Dieptrekken van getrokken kunststofproducten

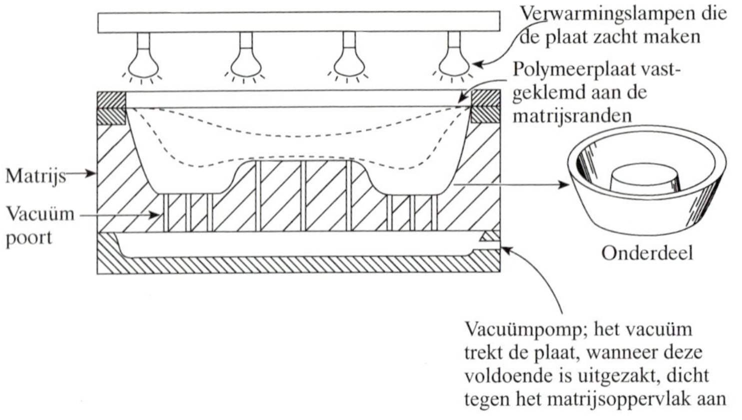

FIGUUR 9-8 Vacuümvormen

productie van containers, beschermkappen voor machines en andere onderdelen met een geschikte vorm.

Rapid prototyping

Sinds het verschijnen van de Engelse versie van dit boek is er veel gebeurd op het gebied van de fabricage van vrije vormen, oftewel *rapid prototyping*. Bij rapid prototyping kan een prototype of een enkel product opgebouwd worden op basis van een computermodel (CAD, *computer aided design*). Het prototype heeft de functionele vorm van het product, en heeft het grote voordeel dat men de gewone fabricagelijn niet hoeft te onderbreken om een prototype te maken. In Nederland is Eindhoven momenteel het centrum voor de ontwikkeling van rapidprototypingtechnieken.

Er zijn verschillende technieken beschikbaar voor rapid prototyping. Bij de zogenaamde stereolithografie (zie figuur 9-9) wordt een computergestuurde laser gebruikt voor het polymeriseren van een vloeibare hars om zo een onderdeel te vormen. Er wordt een dunne coating op een platform aangebracht door middel van onderdompelen of sproeien. De laser volgt de vorm van het onderdeel op een verticale hoogte van enkele microns. Daardoor wordt de hars gepolymeriseerd. De coating wordt vervolgens opnieuw aangebracht en het proces wordt herhaald op een andere hoogte. Dit proces wordt herhaald totdat er een driedimensionaal onderdeel verschijnt.

Een andere variatie van dit proces is het met de laser laten samensmelten van poeder. Op een platform wordt een dunne laag poeder aangebracht en de laser laat het poeder samensmelten in de vorm van het onderdeel. Op de zo gemaakte vorm wordt een nieuwe poederlaag aangebracht, de laser laat het poeder opnieuw samensmelten enzovoort, net zo lang tot het onderdeel af is.

Het gebruikelijke materiaal voor stereolithografie is een (stijve) polyurethaanhars die kan harden onder invloed van UV-straling. In het poederproces kan gebruikgemaakt worden van nylons, polycarbonaat en talrijke thermoplastische materialen.

Inmiddels kan men thermoplastische materialen ook laag voor laag spuiten tot een compleet product. Heel eenvoudig gezegd werkt dit als het opbouwen van een object met behulp van een soort tube tandpasta. Ook 3D-printen is inmiddels commercieel volop in ontwikkeling. Met behulp van een rooster van puntprintkoppen wordt aan de hand van een CAD-tekening was of een thermoplast met een laag smeltpunt aangebracht om een onderdeel te vormen. 3D-printers zijn vooral bedoeld voor gebruik in technische kantoren.

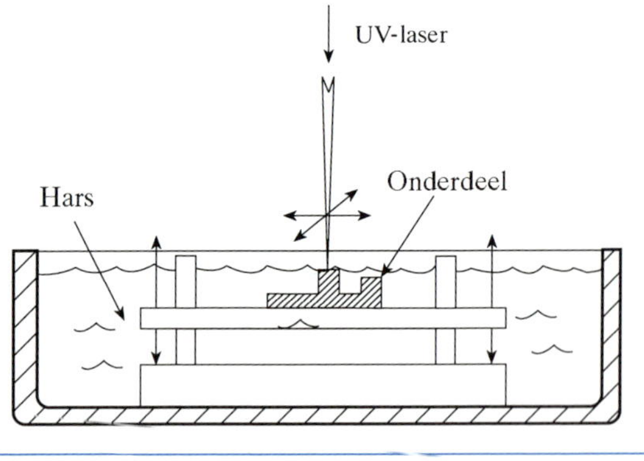

FIGUUR 9-9 Stereolithografie

Extrusie

Bij dit proces wordt een gesmolten polymeer door een metalen matrijs geperst om een continu eindproduct te vormen (zie figuur 9-10). *Extrusie* wordt gebruikt voor het maken van allerlei constructieonderdelen, zoals goten, staven, hoekstukken, rails, slangen, buizen, vezels en talloze andere producten. Het is een zeer snel proces en er worden meestal thermoplasten voor gebruikt. Met behulp van speciale technieken kunnen twee verschillende polymeren of hetzelfde polymeer in verschillende kleuren samen worden geëxtrudeerd. Tijdens het extrusieproces kunnen ook kunststoffen met een schuimstructuur worden gevormd. Dit proces wordt vaak gebruikt voor het maken van speciaal gevormde tochtstrips. Met een variant van het proces worden plastic zakken geblazen.

Samenvatting: processen voor thermoplastische polymeren

Voor het vormen van thermoplasten worden nog talrijke andere processen toegepast, maar de door ons geïllustreerde technieken worden het meest gebruikt. Voor de meeste van deze processen is zeer dure apparatuur nodig. Een machine voor spuitgieten, blazen of filmblazen kost vaak meer dan 100.000 euro. Extrusie- en rapidprototypingmachines zijn ongeveer even duur, hoewel er inmiddels ook rapidprototypingmachines 'voor thuis' worden aangeboden voor rond de 1000 euro. Warmvormen kan worden uitgevoerd met zeer eenvoudige apparatuur (zoals houten gietvormen, een stofzuiger en een oven). Ook rotatiegieten en andere persmethodes kunnen worden uitgevoerd zonder dure apparatuur. Een goede manier om de hoge apparatuurkosten die veel van deze processen met zich meebrengen wat omlaag te brengen, is door leveranciers te kiezen die gespecialiseerd zijn in bepaalde processen.

9.2 Fabricageprocessen voor thermohardende polymeren

Net als bij thermoplastische harsen zijn sommige thermohardende harsen commercieel verkrijgbaar als vast granulaat, kralen of korrels die de nodige additieven en vulmaterialen bevatten. Bij veel systemen met vloeibare harsen is het voor het starten van de cross-linking of harding nodig dat twee componenten worden vermengd. Een voorbeeld hiervan is vloeibare epoxyhars, waarvoor een polymeerhars (op basis van bijvoorbeeld bisfenol A en epichloorhydrin) en een hardingsmiddel zoals een polyamide vereist zijn. De hars en het hardingsmiddel dienen gemengd te worden om de cross-linking te laten starten. Een van beide is dun vloeibaar, en daarvan wordt gebruikgemaakt bij de vloeibare vormgeving door middel van gieten. Na het toevoegen van de harder begint het materiaal uit te harden en loopt de viscositeit op. Het uitharden kan vertraagd worden door het mengsel te koelen.

Een ander voorbeeld is een fenolverbinding die gemaakt wordt door fenolhars, formaldehyde en een alkaline katalysator in een vat te laten reageren bij een geregelde temperatuur (de door de reactie gecreëerde warmte moet worden afgevoerd). Men laat de reactie doorgaan totdat de viscositeit van de hars toeneemt. Op dat moment wordt het overtollige water van de reactie afgevoerd door een vacuüm, waarna er een viskeuze hars overblijft die oplost in oplosmiddelen (dit is *A-stadiumhars*). De A-stadiumhars wordt gekoeld totdat er een vaste toestand ontstaat, en tot een fijn poeder gemalen. Additieven zoals vulmaterialen, kleurstoffen en smeermiddelen worden met het poeder vermengd. Daarna wordt het poeder over verwarmde mengrollen geleid, waar enige cross-linking begint op te treden. Wanneer het polymeer bijna onoplosbaar in oplosmiddel is, maar

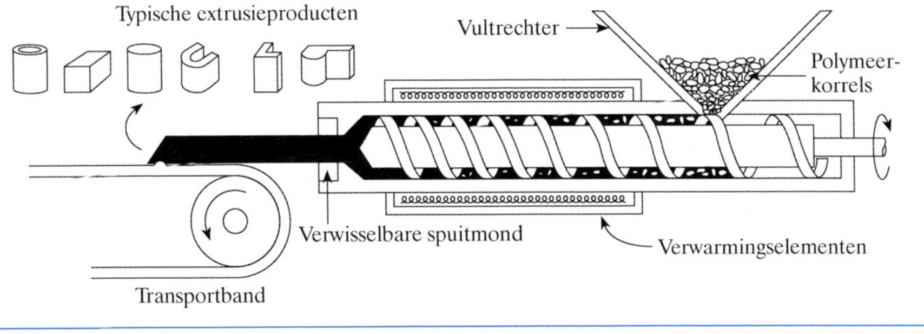

FIGUUR 9-10 Extrusie

toch door middel van warmte en druk smelt, stopt de reactie. Er is een *B-stadiumhars* ontstaan, die wordt gekoeld en gemalen tot granulaat of korrels. Om een onderdeel te vormen uit granulaat van B-stadiumhars wordt het verwarmd en vervolgens geconsolideerd in een matrijs door spuit- of persgieten (bijvoorbeeld). De vloeibare B-stadiumhars verandert op den duur in een stijve vaste stof. Het vloeibaar maken en uitharden wordt grafisch afgebeeld in figuur 9-11(a). De viscositeit stijgt eveneens langzaam maar zeker als een vloeibare hars uithardt bij een geregelde temperatuur, zoals te zien in figuur 9-11(b).

Eenmaal gevormd kunnen thermohardende polymeren niet opnieuw worden gesmolten. Dit maakt het schoonmaken van productiemachines zeer moeilijk en dat is de belangrijkste reden dat thermohardende polymeren vaak worden gevormd in apparatuur die eenvoudiger is dan de apparatuur die voor thermoplasten wordt gebruikt. Spuitgieten en extrusieprocessen worden wel gebruikt voor thermohardende polymeren, maar het is altijd nodig om bij het uitschakelen het polymeer geheel te verwijderen uit het systeem van vat en vultrechter. Als een extrusiemachine bijvoorbeeld wordt uitgeschakeld met een thermohardend materiaal nog in het vat, kan de schroef een integraal onderdeel van het vat worden. Schroeven kosten zo'n 20.000 euro en de vaten zijn twee keer zo duur.

Thermohardende polymeren kunnen dus worden gevormd door middel van enkele processen voor thermoplastische polymeren, maar er moeten speciale technieken worden gebruikt vanwege de onomkeerbare aard van deze materialen. Vele composieten worden gemaakt met thermohardende harsen. Deze komen aan bod in de volgende paragraaf. Deze paragraaf behandelt de processen die worden gebruikt voor thermohardende polymeren zonder continue versterking (zie figuur 9-12).

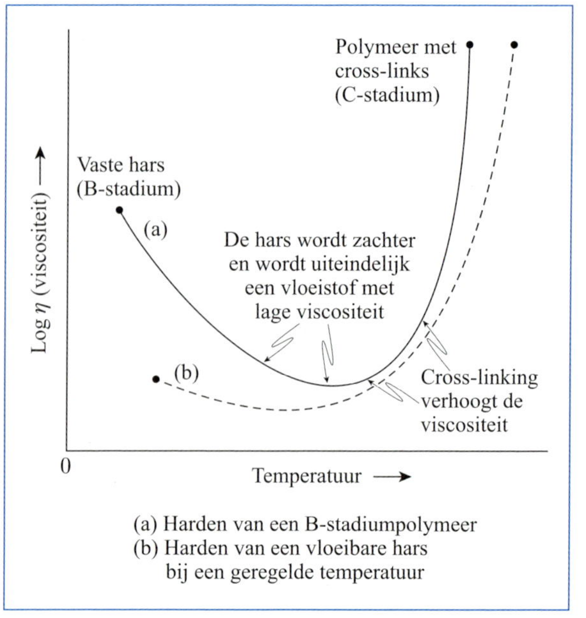

FIGUUR 9-11 Invloed van tijd en temperatuur op de harding van thermohardende harsen

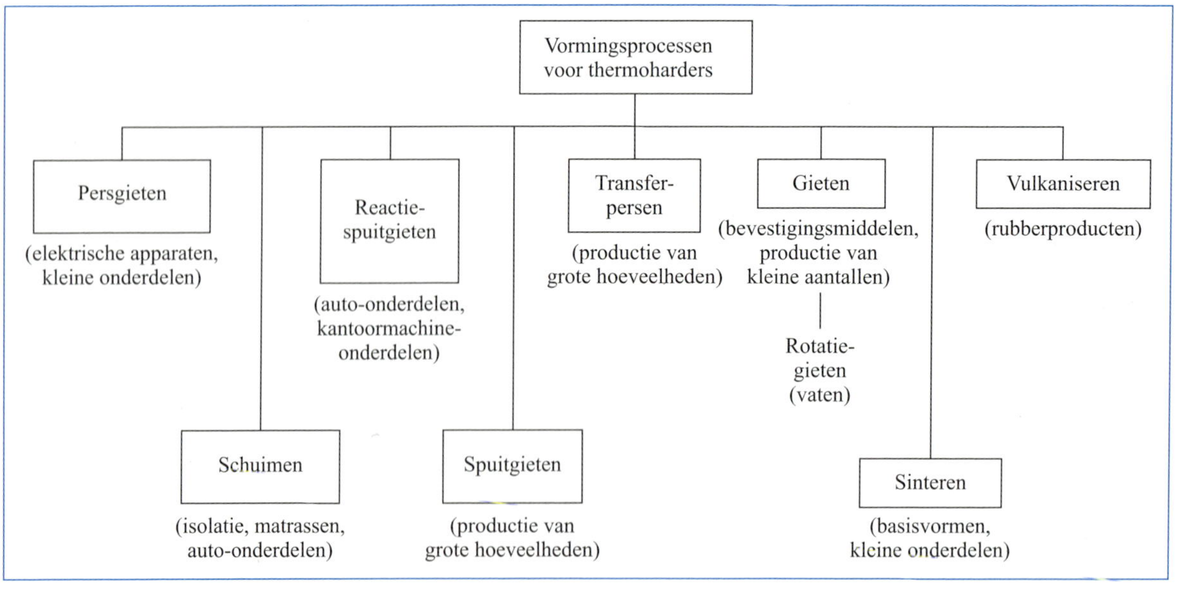

FIGUUR 9-12 Fabricageprocessen voor thermohardende polymeren

Persen

Het gietmateriaal, meestal verwarmd en afgemeten, wordt in een open matrijsholte geplaatst (zie figuur 9-13). Vervolgens wordt de matrijs gesloten met een bovendeksel of plug, waarna warmte en druk worden uitgeoefend en gehandhaafd totdat het materiaal de holte geheel heeft opgevuld en gehard is. Dit is het meest gebruikte proces voor thermohardende materialen. Omdat de harding van thermohardende polymeren tijd kost, is de cyclustijd gewoonlijk langer dan bij spuitgieten.

Spuitgieten

Spuitgieten kan voor thermohardende materialen worden gebruikt in toepassingen waarbij een hoog productieaantal wordt gehaald. Thermohardende spuitgietcycli zijn gewoonlijk twee- tot driemaal zo snel als persgietcycli, waardoor ze minder dure onderdelen leveren. Net als bij thermoplastische materialen wordt er een schroef of een plunjer gebruikt om het polymeer (gewoonlijk B-stadiumkorrels of -kralen) door een verwarmde cilinder te voeren (zie figuur 9-2). Bij een stijgende temperatuur neemt de viscositeit van een thermohardend polymeer aanvankelijk af. Op den duur neemt de viscositeit echter toe, vanwege de cross-links die in het polymeer ontstaan. Het is de bedoeling om het vloeibare polymeer in de matrijs te brengen als de viscositeit zijn laagste niveau bereikt. Eenmaal in de matrijs wordt het polymeer lang genoeg verwarmd om cross-linking in de hars te veroorzaken en een vast onderdeel te vormen. Daarna wordt het onderdeel uit de matrijs gestoten. Het is niet ongewoon om de onderdelen buiten de productielijn in een oven te verwarmen, zodat het polymeer verder kan harden (naharden). Dit zorgt voor de vereiste eigenschappen en afmetingsstabiliteit.

Schuimen

Thermohardende polymeren worden ook gebruikt in de vorm van schuim. Schuimplastics die gebruikt worden in meubels, matrassen, autozittingen en dergelijke worden gewoonlijk gemaakt van thermohardende polymeren die hun schuimstructuur buiten een matrijs gekregen hebben. De gebruikelijkste schuimplastics zijn polyether of polyester polyurethanen. De componenten worden bij elkaar gebracht om te reageren en op een lange transportband geplaatst. De reactiebestanddelen vormen een enorme 'schuimbol'. Er worden plakken van de bol afgesneden om tegels te maken. De bol kan ook met een fineermes in stukken worden gesneden om plaatmateriaal te maken.

Reactiespuitgieten (RIM, reaction injection molding)

Een schematische weergave van het RIM-proces is te zien in figuur 9-14. De reactiebestanddelen worden onder hoge druk in een mengkamer gepompt en stromen vervolgens in een matrijs bij atmosferische druk. De chemicaliën zetten uit, vullen de matrijs helemaal op en vormen het polymeer. De schuimende werking van de reagerende stoffen produceert de druk voor de replicatie van de matrijsdetails (tussen 200 en 480 kPa) en de reactiewarmte versnelt de harding van het polymeer. De cyclus duurt gewoonlijk minder dan twee minuten. Dit proces wordt het meest toegepast voor grote onderdelen (zwaarder dan 1 kilo) en polyurethaanschuimen zijn de populairste materialen. Veel grote auto-onderdelen, zoals raamlijsten, dashboards en bumpers, worden met dit proces vervaardigd. Aan de reagerende stoffen worden soms vulstoffen toegevoegd om de mechanische eigenschappen van de gegoten onderdelen te verbeteren.

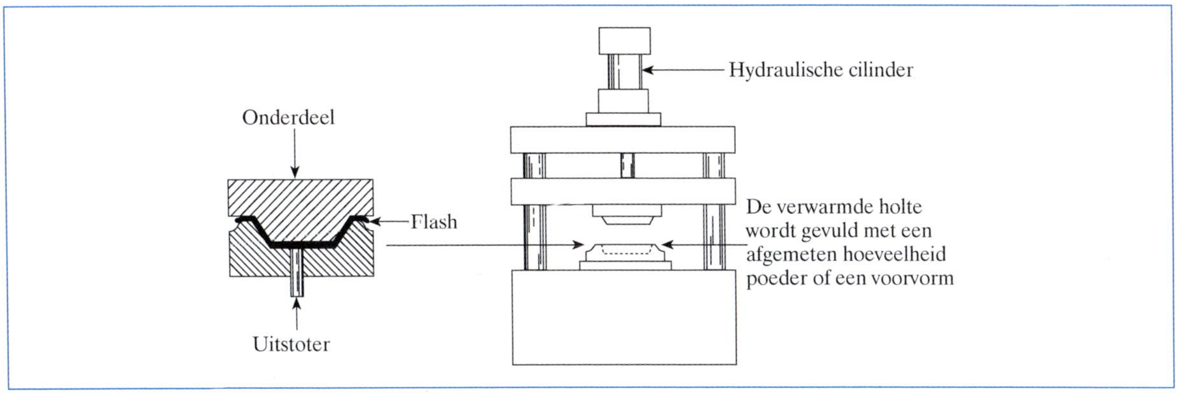

FIGUUR 9-13 Persen

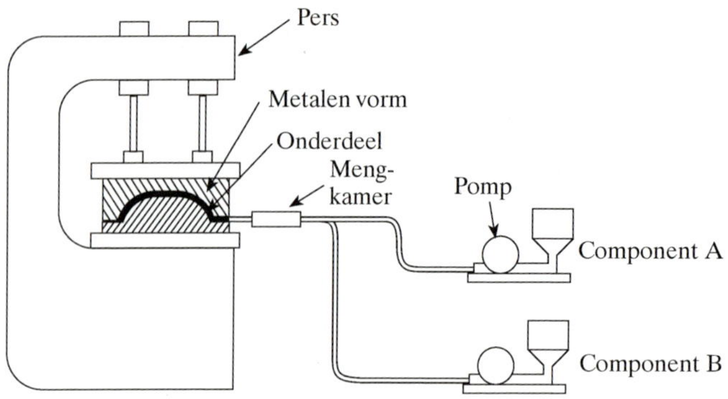

FIGUUR 9-14 Reactiespuitgieten

Transferpersen

Bij transferpersen wordt het te verwerken materiaal in een open cilinder geplaatst, verwarmd en onder druk in de holte voor het onderdeel gebracht (zie figuur 9-15). Het is een gemodificeerde variant van persen.

Gieten

Dit proces vormt een massief of hol product uit gesmolten polymeer of gekatalyseerde harsen. Het vloeibare materiaal wordt zonder veel druk in een matrijs gegoten en men laat het daar stollen of uitharden, zoals in figuur 9-16 te zien is. De matrijs is meestal aan de bovenkant open.

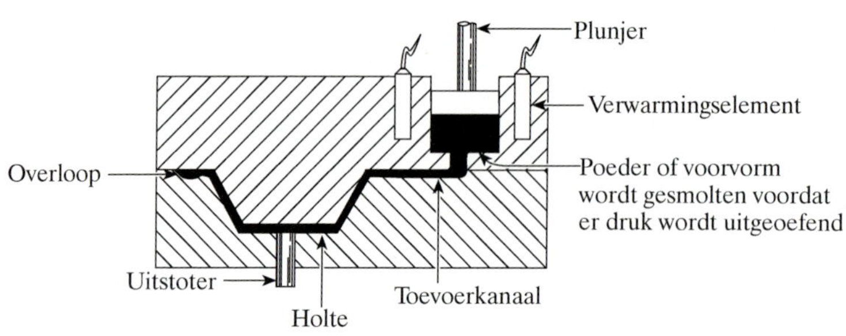

FIGUUR 9-15 Transferpersen

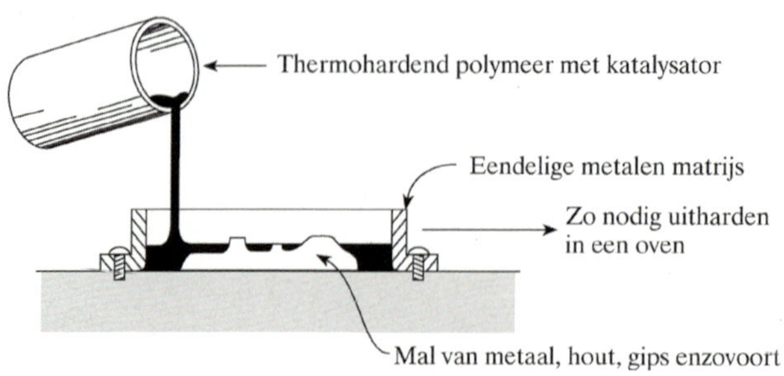

FIGUUR 9-16 Gieten

Polymeergieten wordt veel gebruikt voor urethaan- en siliconenelastomeren voor het maken van rolbekledingen, machineveren, plaatmateriaal en dergelijke. Het is ook geschikt voor het maken van mallen en bevestigingsmiddelen uit gevulde epoxy- of polyesterharsen.

Rotatiegieten is mogelijk in gelijksoortige werktuigen als worden gebruikt voor thermoplasten. De vloeibare reactiebestanddelen worden in een gesloten matrijs gegoten en men laat deze rond twee assen roteren totdat de harsen zijn uitgehard. Het is hierbij niet nodig om de matrijs te verwarmen, zoals bij het rotatiegieten van thermoplasten wel moet.

Sinteren

Sinteren is het aan elkaar vloeien van contactvlakken van poederdeeltjes door een combinatie van druk en temperatuur. Het wordt gebruikt voor sommige fluorkoolstoffen, polyimiden en andere hogetemperatuurkunststoffen. Van sommige polymeren met een hoge smelttemperatuur worden vormproducten gemaakt door de polymeerdeeltjes samen te persen en ze te verwarmen totdat de deeltjes zich samenvoegen. Ze smelten niet en stromen op dezelfde manier als bij gewoon persen en transferpersen.

Vulkaniseren

De meeste rubbers worden gevulkaniseerd om er een vormproduct van te maken. Het vulkanisatieproces hebben we in paragraaf 8.7 beschreven. Figuur 9-17 laat zien hoe een rubberbekleding voor een wals gemaakt wordt. Een lint van gedeeltelijk gereageerd rubber wordt rond de wals gewikkeld tot de gewenste dikte bereikt is. Het rubber met het lint wordt in een krimpfolie gewikkeld (om het te beschermen tegen oxidatie) en in een autoclaaf geplaatst. De met stoom verwarmde autoclaaf produceert zowel de warmte als de druk die nodig is om het lint te laten consolideren tot een massieve rubberlaag op de wals. Vervolgens wordt de gevulkaniseerde rubberlaag geslepen totdat de door de klant gespecificeerde diameter bereikt is. Dit proces wordt ook gebruikt voor autobanden en andere door ons als vanzelfsprekend ervaren artikelen van rubber.

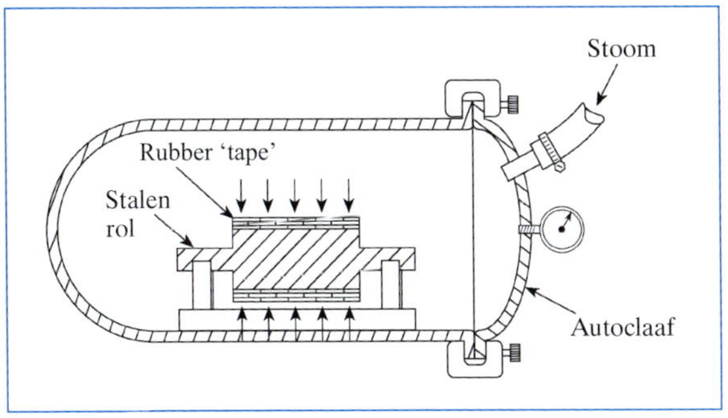

FIGUUR 9-17 Schematische weergave van het vulkaniseren van rubber om een rubberbeklede wals te maken

Samenvatting: vormingsprocessen voor thermohardende polymeren

Het is belangrijk om te onthouden dat de fabricageprocessen voor thermohardende materialen een langere productietijd vergen dan nodig is voor het maken van thermoplastische onderdelen. Thermohardende polymeren zijn iets moeilijker te vormen dan thermoplasten. Mede daarom is het gebruik van thermoplasten (in tonnen) groter. De benodigde apparatuur is gewoonlijk ook goedkoper. Op het gebied van warmtebestendigheid scoren de thermohardende polymeren echter gewoonlijk veel beter. In onze bespreking hebben we een aantal thermohardende processen overgeslagen, zoals het maken van multiplex en zachtboard en verwante constructieproducten die het grootste gedeelte van het gebruik van thermohardende polymeren uitmaken. Dit zijn echter in feite composieten en daarom komen ze in de volgende paragraaf aan bod.

9.3 Polymeercomposieten

In hoofdstuk 2 hebben we een *composiet* gedefinieerd als een materiaal dat is samengesteld uit twee of meer verschillende materialen en eigenschappen heeft die anders zijn dan de eigenschappen van de samenstellende materialen afzonderlijk. Volgens deze definitie zou een legering of een mengsel ook een composiet zijn. Bij een composiet zijn de eigenschappen van de verschillende materialen daarnaast echter herkenbaar en verbeteren ze het materiaal. In de handel gaat men ervan uit dat een composiet een matrix heeft van een van de volgende materialen: epoxy, onverzadigd polyester, enkele andere geschikte thermohardende polymeren en een paar thermoplasten. De *versterkingen* bestaan uit glas, grafiet, aramide, thermoplastische vezels en keramisch materiaal. Zulke versterkingsmaterialen zijn heel sterk en stijf, maar ook heel bros. De versterking kan continu zijn of bestaan uit een weefsel, uit deeltjes, of uit ingekorte vezels. De combinatie van de twee materialen geeft een composiet die beide eigenschappen combineert (zie figuur 9-18). De versterking geeft de hars bijvoorbeeld sterkte en stijfheid, terwijl de hars het

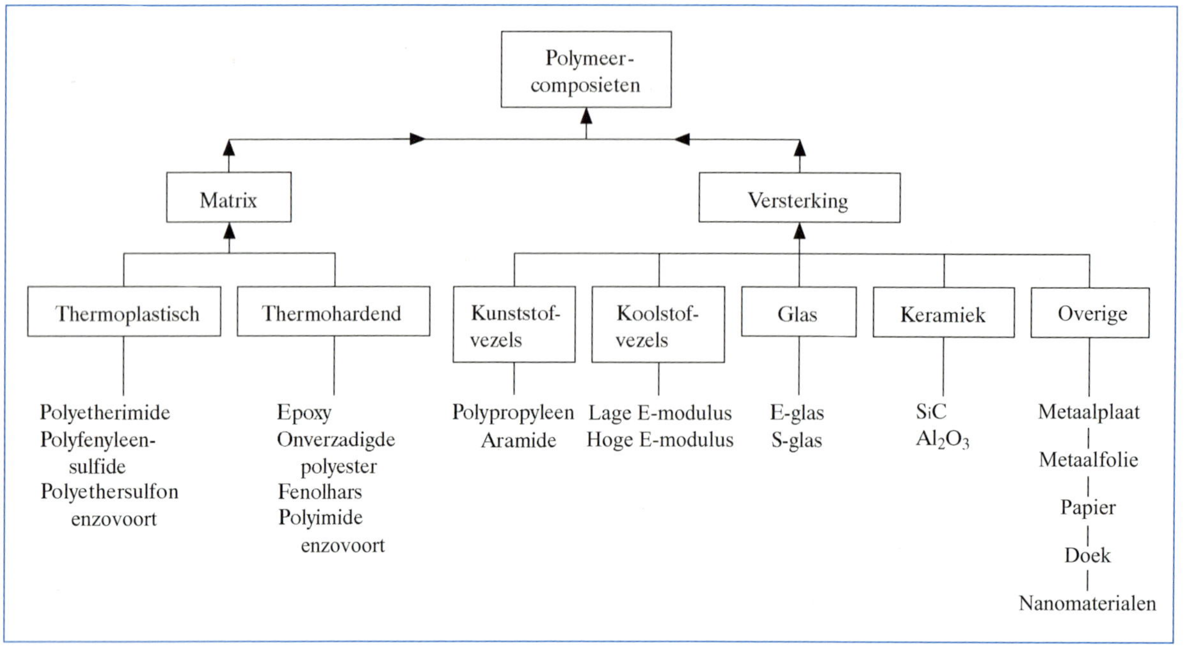

FIGUUR 9-18 Mogelijkheden voor matrix en versterking van polymeercomposieten

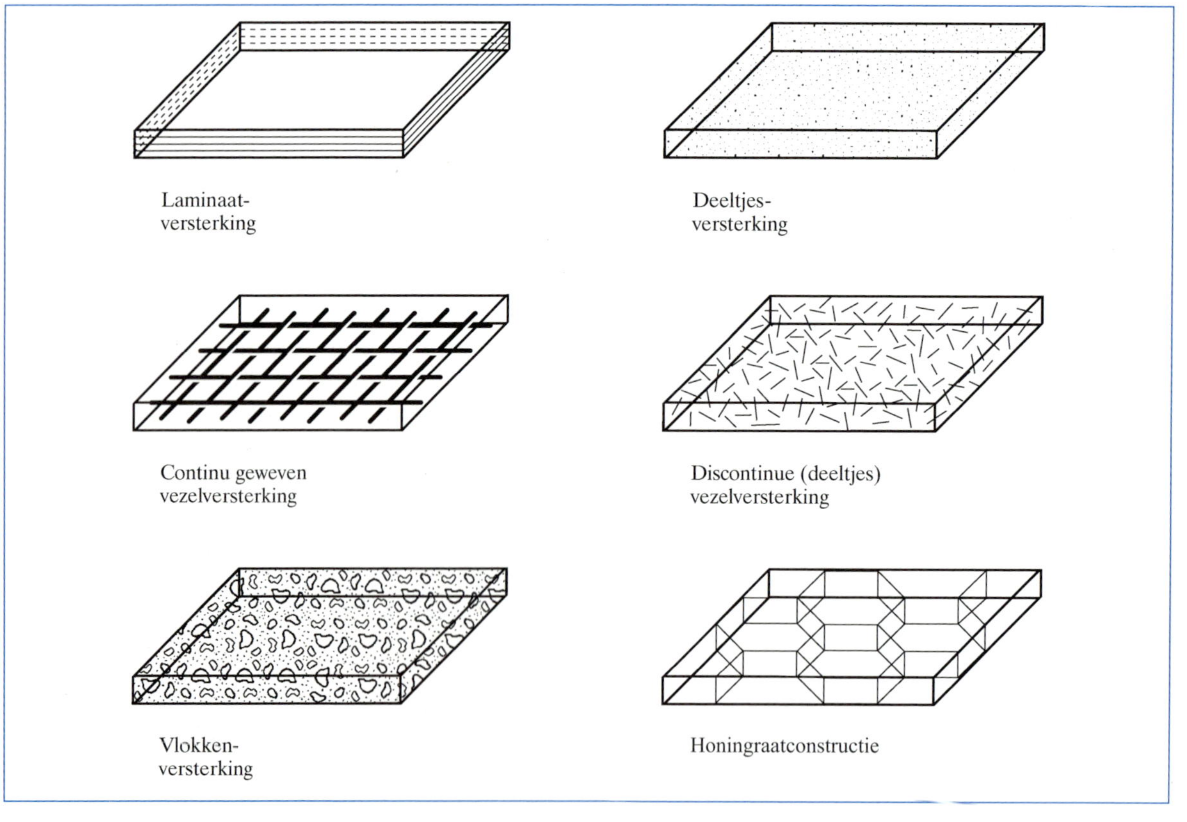

FIGUUR 9-19 Soorten versterkingen die worden gebruikt in polymeercomposieten

product chemische weerstand en een goede oppervlakteafwerking biedt en de versterking beschermt.

Conventionele composieten bevatten een gewichtspercentage van 20 tot 50 procent aan glas of een ander versterkingsmateriaal. In geavanceerde composieten kan de versterking wel 70 procent van het totale gewicht uitmaken. In deze materialen is het matrixmateriaal vaak epoxy en bestaat de versterking meestal uit grafietvezels. In figuur 9-19 worden enkele versterkingsschema's voor polymeercomposieten getoond.

Het toevoegen van versterkingen aan polymeren is meestal bedoeld om de mechanische eigenschappen te verbeteren. Gehakte vezels, vlokken, korrels en andere discontinue versterkingsmaterialen zijn voor vele toepassingen geschikt, maar continue versterking is effectiever met betrekking tot kruipvastheid en sterkte op lange termijn. Continue versterkingen dienen voor het verdelen van de uitgeoefende belastingen en spanningen over de gehele structuur. Deze laatste soort polymeercomposieten (FRP's, *fiber reinforced plastics*) kunnen concurreren met metalen in constructietoepassingen. Cellulosevezels versterken planten en zijn verantwoordelijk voor de opmerkelijke mechanische eigenschappen van hout. Hout is een natuurlijk composietmateriaal.

De eerste commerciële synthetische polymeercomposieten waren fenolpapierlaminaten die bedoeld waren voor elektrische isolatie (zie figuur 9-20). De belangrijkste momenten in de geschiedenis van het gebruik van versterkte kunststoffen waren waarschijnlijk de ontdekkingen van epoxyharsen, polyesterharsen en glasvezels. Door deze ontwikkelingen was het mogelijk om composieten te gebruiken voor constructieonderdelen in bijvoorbeeld boten, pijpleidingen en opslagvaten. Er zijn veel redenen voor het gebruik van polymeercomposieten, maar de belangrijkste is vaak dat ze erg sterk zijn en goed bestand tegen omgevingsinvloeden. Zoals figuur 9-21 laat zien, hebben polymeercomposieten van hoge kwaliteit (met de sterkste matrixmaterialen en continue versterkingen) een hogere specifieke treksterkte en specifieke stijfheid dan veel staalsoorten en aluminiumlegeringen. *Specifieke sterkte* is de treksterkte van een materiaal gedeeld door de dichtheid, en *specifieke stijfheid* is de elasticiteitsmodulus gedeeld door de dichtheid. Deze verhoudingen worden door ontwerpers gebruikt om te beslissen welk constructiemateriaal de gewenste sterkte of stijfheid heeft bij de laagste massa. Een I-balk van staal weegt bijvoorbeeld meer dan tweemaal zoveel als een I-balk van borium-epoxycomposiet met een equivalente stijfheid. Net zo is een hefapparaat van

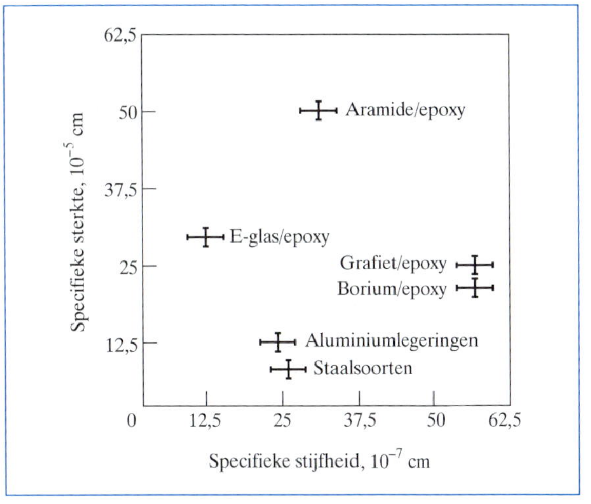

FIGUUR 9-21 Specifieke sterkte en stijfheid van enkele cross-ply epoxymatrixcomposieten (cross-ply = versterkt met weefsels van vezels)

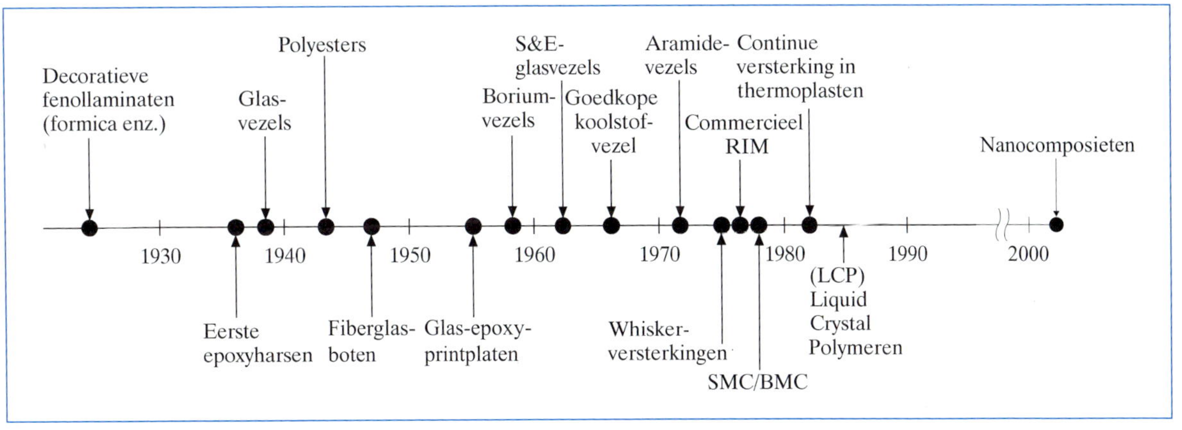

FIGUUR 9-20 Tijdlijn van de polymeercomposieten

aramide-epoxy vier keer zo sterk als een stalen apparaat met dezelfde massa. Voor constructieonderdelen van vliegtuigen die van aluminium en staal werden gemaakt, geeft men daarom tegenwoordig de voorkeur aan geavanceerde composieten. Ook in auto's worden metalen steeds vaker vervangen door polymeercomposieten die weliswaar minder sterk, maar lichter zijn en een goede weerstand hebben tegen corrosie door de atmosfeer of strooizout. In de rest van deze bespreking beschrijven we veelvoorkomende matrixmaterialen, versterkingen, fabricagetechnieken en een aantal toepassingsrichtlijnen.

Matrixmaterialen: thermohardende harsen

In 2008 maakte ongeveer 90 procent van de in de handel verkrijgbare kunststofcomposieten gebruik van thermohardende materialen. De matrix van een thermohardend polymeer wordt normaal gesproken gemaakt uit vloeistoffen met een lage viscositeit, waarin men cross-links laat ontstaan door het toevoegen van een katalysator of een of andere vorm van energie, bijvoorbeeld warmte of (UV-)straling. De eerste composieten werden gemaakt met een matrix van thermohardende fenolhars. Daarna kwamen de epoxyharsen en vervolgens de urea's, de onverzadigde polyesters en de siliconen. Tegenwoordig zijn er nog veel meer. Wij bespreken hier deze en een aantal andere belangrijke thermohardende matrixmaterialen.

Fenolharsen (PF's)

Fenolharsen zijn hard en onbuigzaam. Ze hebben een hogere elasticiteitsmodulus dan de meeste gewone kunststoffen, en ze hebben goede elektrische eigenschappen. Alle normale versterkingen kunnen met fenolharsen worden gebruikt. Omdat deze materialen echter veel worden toegepast voor printplaten, bestaan er een aantal versterkingsmaterialen die zijn afgestemd op de specifieke behoeften van de elektronica-industrie. Deze materialen worden NEMA-laminaten genoemd in de Verenigde Staten, maar zijn over de hele wereld verkrijgbaar (NEMA staat voor National Electrical Manufacturers Association). Er zijn soorten met papier (zogeheten hardpapier), met textiel en met glas als versterking, en sommige bedrijven leveren soorten met een versterking van aramidevezels.

Gebruikers kunnen fenolharsen kopen in de vorm van korrels met versterkingen naar keuze, waarna uit het mengsel van poeder en versterkingsmateriaal een product met de gewenste vorm kan worden geperst. De rem- en koppelingsvoering van auto's gemaakt van fenolharsen zijn vroeger versterkt met asbest. Door de gezondheidsrisico's wordt asbest langzaam vervangen door andere materialen zoals staal en koper in whisker- of poedervorm, of door keramiek of aramidevezels. Deze onderdelen hebben ook wrijvingsregulatoren, zoals molybdeendisulfide en grafiet.

Fenolharsen zijn uiterst bruikbaar in de machinebouw, omdat ze verkrijgbaar zijn in standaardvormen (staven, platen, stroken en vellen) die goed machinaal verwerkt kunnen worden tot allerlei soorten machineonderdelen, tandwielen, nokken en constructieonderdelen. De druksterkte van deze laminaten is hoger dan die van de meeste andere composieten (loodrecht op het vlak). De sterkte is soms hoger dan 215 MPa, en ze hebben een goede chemische stabiliteit.

Fenolharsen worden samen met de verwante melamineharsen en urea's veel gebruikt in decoratieve laminaten. Een bekende handelsnaam voor een van deze laminaten is Formica®, dat veel wordt gebruikt voor keukenaanrechten en andere werkbladen. Deze laminaten bestaan uit lagen van papierachtige producten en gedecoreerd papier die tot dunne platen worden geperst.

Een van de voordelen van fenolharsen in fabricagetoepassingen is dat ze kunnen worden aangeschaft als B-stadiumharsen. Dit betekent dat ze zich gedragen als thermoplasten totdat ze onder druk verwarmd worden tot een bepaalde temperatuur. De kunststof wordt dan vloeibaar en wordt door druk gevormd, waardoor de platen de gewenste oppervlaktetextuur krijgen. Daarna harden ze uit tot een uiteindelijke vorm. Fenolharsen zijn thermohardend. Ze kunnen dus niet meer opnieuw worden gesmolten.

Epoxyharsen

Epoxyharsen vormen waarschijnlijk het belangrijkste matrixmateriaal voor composieten met een structuur van hoge kwaliteit. Epoxyharsen ontlenen hun naam aan de epoxy-functionele groep aan het eind van de moleculen of binnen de structuur (zich repeterend of niet). Epoxyharsen zijn in feite polyethers, want de monomeer heeft de structuur van een ether met zuurstofbindingen, of R—O—R. Hieronder zie je de algemene structuur van epoxypolymeren:

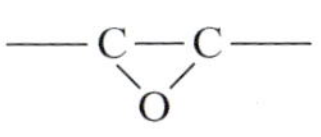

Epoxy-functionele groep

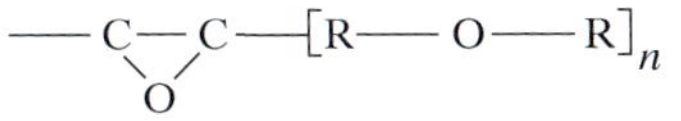

Algemene formule van een epoxyhars

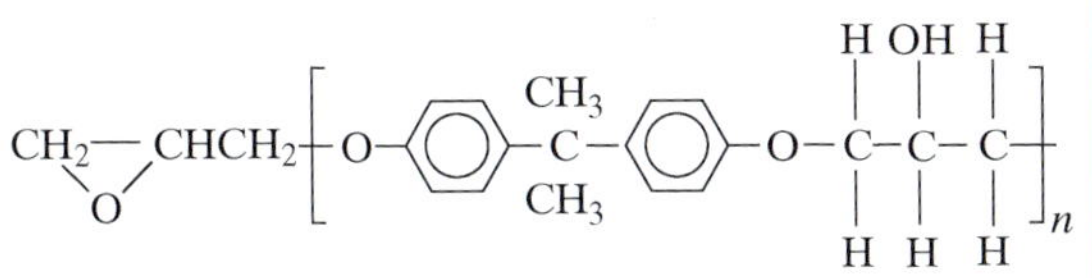

Epoxy gevormd uit bisfenol A en epichloorhydrine

In tegenstelling tot de meeste andere polymeren die we hebben besproken, is de ketenlengte van de epoxymoleculen voordat er cross-links ontstaan betrekkelijk kort – zo'n tien moleculen lang. Tijdens het harden vormen deze moleculen cross-links, waardoor er een driedimensionaal netwerk ontstaat en de katalysator of de reagerende stoffen deel gaan uitmaken van de structuur. Dat de katalysator in de structuur wordt opgenomen, is de oorzaak van een van de unieke eigenschappen van epoxyharsen: bij polymerisatie veranderen de afmetingen nauwelijks. Oplosmiddelen en condensatieproducten worden niet uitgestoten. De hoeveelheid krimp bedraagt soms niet meer dan 0,01 procent van de afmeting. Vanwege deze geringe krimp zijn epoxyharsen ideaal voor verbindingen met andere oppervlakken en versterkingsmateriaal. Als een materiaal bij de vorming de neiging heeft om sterk te krimpen, wordt als gevolg van de krimp de binding met andere oppervlakken immers onderworpen aan een sterke schuifspanning.

Er zijn vele verschillende soorten epoxyharsen in de handel. De eigenschappen van epoxyharsen variëren, afhankelijk van het soort epoxy en het soort hardingsmiddel. In feite is het mogelijk om een tamelijk breed scala van eigenschappen te verkrijgen met een gegeven hars, afhankelijk van het mengsel van hars en hardingsmiddel en het soort hardingsmiddel.

Epoxy is het matrixmateriaal dat de hoogste sterkte en stijfheid oplevert, vooral in combinatie met de sterkere versterkingsmaterialen zoals borium en grafiet. Het grote belang van epoxy is voornamelijk het gevolg van de hoge sterkte, de lage viscositeit voor bevochtiging, en de geringe krimpneiging. Er bestaan speciale epoxysoorten voor het functioneren bij hoge temperaturen tot ongeveer 176 °C, daarboven vervangen duurdere matrixharsen zoals polyimiden, siliconen en bismaleïmiden (BMI's) de epoxyharsen.

Onverzadigde polyesterharsen

Onverzadigde polyesterharsen zijn verreweg de belangrijkste materialen voor composietconstructies en -onderdelen voor algemeen gebruik. Deze materialen worden gebruikt voor de bekende fiberglasboten, de Corvette- en de Trabant-carrosserie, recreatievoertuigen, allerlei soorten opslagtanks, gepultrudeerde pijpleidingen, mobiele toiletten en talloze commerciële en militaire toepassingen. Ze zijn veel goedkoper dan de epoxyharsen (ongeveer 4 euro per kilo tegenover ongeveer 8 euro per kilo voor de goedkoopste epoxyharsen). Ze zijn wel iets minder sterk dan de de laatste.

Er worden verscheidene andere polyesterharsen gebruikt voor versterkte thermohardende kunststoffen, waaronder bisfenolcomposieten, HET-zuur en vinylesters en styreen-polyester-copolymeerharsen. Deze styreen-polyester-copolymeerharsen bevatten gewoonlijk remmers, met het voordeel dat de hars een jaar lang of langer als vloeistof kan worden opgeslagen. Eenmaal gekatalyseerd worden de harsen stijf, in een periode die uiteen kan lopen van een minuut tot enkele uren. De vinylesters worden gebruikt voor pijpleidingen en tanks met chemische bestendigheid. Ze hebben een betere corrosieweerstand dan de harsen voor algemeen gebruik. Bisfenolharsen kunnen zodanig worden aangepast dat ze een composiet enige veerkracht geven. De HET-zuren zijn warmtegestabiliseerd en vuurremmend. De vinylesters zijn in feite op epoxy gebaseerd en verschillen in hun chemische aard van de andere polyesters, maar worden gewoonlijk wel tot de groep van polyesterharsen gerekend. Ze worden gebruikt in omgevingen met agressieve chemische stoffen.

Polyester matrixmaterialen worden gebruikt in combinatie met alle mogelijke versterkingsmaterialen, maar glas is verreweg het gebruikelijkst. Grote boten worden vaak gemaakt door de lagen met de hand aan te brengen. Kleine boten worden gemaakt door polyester te mengen met ingekorte vezels in een speciaal spuitpistool. Het casco wordt gevormd door een mal te bespuiten totdat de huid de gewenste dikte heeft bereikt. Aan onverzadigde polyesters (UP, *unsaturated polyesters*) kunnen vulmaterialen worden toegevoegd om een gellaag te maken, waardoor de boot of een ander product een gladde gekleurde huid krijgt. Tanks en gelijksoortige constructies worden gemaakt door het wikkelen van een filament of bij grote exemplaren door de lagen met de hand aan te brengen (dit heet handlamineren of *hand-layup*). Pijpleidingen en vormproducten worden gemaakt door *pultrusie*. De versterkingsvezels en de hars worden daarbij gelijktijdig geëxtrudeerd uit een gietvorm. Uit plaatvormig UP-matrixmateriaal kunnen onderdelen worden gestanst. Onvolledig gepolymeriseerd polyester (B-stadium) komt als prepreg-vezelmatten die reeds met de polyester zijn geïnfiltreerd, die bij de vormgeving kan harden door middel van warmte.

In hun eenvoudigste vorm worden onverzadigde polyesters geleverd als een kleurloze of gepigmenteerde vloeistof met een tamelijk lage viscositeit (ongeveer als goedkope schenkstroop). De hars begint te harden na vermenging met een katalysator. Het katalysatorgehalte kan laag zijn, zo'n 50 milliliter per liter hars, afhankelijk van de mate van vermenging en van de temperatuur. Om iets te maken door het materiaal met de hand op te brengen, wordt het oppervlak van de mal met een laag gekatalyseerde hars bekleed. Op deze kleverige harslaag wordt het versterkingsweefsel aangebracht. Daarna wordt de versterking verzadigd met nog meer hars en laat men het onderdeel harden. De harding van het onderdeel kan een uur tot een etmaal in beslag nemen (afhankelijk van de hoeveelheid toegevoegde katalysator en van de temperatuur). Dit verklaart hopelijk waarom dit matrixmateriaal zo veel wordt gebruikt: de fundamentele processtappen kunnen op uiterst eenvoudige wijze worden uitgevoerd en er kan gebruikgemaakt worden van personeel met weinig scholing.

Wanneer er een optimaal ontwerp nodig is, dan vereist het veel technische kennis om te bepalen wat de juiste versterking is. Bij het bouwen van eenvoudige mobiele toiletten zijn geen uitgebreide berekeningen nodig betreffende het aantal lagen en de oriëntatie van de versterking. Als er een ligger voor een vliegtuig ontworpen moet worden, zijn zulke berekeningen echter waarschijnlijk wel nodig. Bij alle composiettoepassingen zijn onverzadigde polyesters bijna altijd de eerste keus, omdat ze het goedkoopst zijn. Blijken ze niet te voldoen aan de door het ontwerp gestelde eisen, dan kan het gebruik van duurdere epoxyharsen zoals polyimiden worden overwogen.

Siliconen

Siliconen worden gebruikt als composietmatrixhars voor speciale toepassingen. Siliconen zijn bestand tegen temperaturen van wel 315 °C. We hebben in paragraaf 8.7 al gezien dat siliconen met een lage hardheid kunnen worden gebruikt voor drukplaten, omdat deze de inkt geheel op andere oppervlakken overbrengen. Siliconen zijn ook verkrijgbaar als stijve thermohardende polymeren. De weerstand tegen hoge temperaturen van deze materialen wordt waarschijnlijk veroorzaakt door de silicium-zuurstofbindingen waaruit de ruggengraat van deze polymeren bestaat.

Polyimiden

Polyimiden worden net als siliconen gebruikt voor speciale toepassingen – gewoonlijk composieten voor hoge temperaturen. Er zijn polyimideprepregs verkrijgbaar die op dezelfde manier kunnen worden behandeld en vervaardigd als andere gedeeltelijk gepolymeriseerde matrixharsen. Men kan de prepregs in matrijzen plaatsen en door verwarming laten harden tot hun uiteindelijke vorm. De bedrijfstemperatuur kan wel 260 °C bedragen. Deze harsen zijn duurder dan epoxyharsen en onverzadigde polyesters, en daarom blijft het gebruik ervan beperkt tot bijvoorbeeld luchtvaarttoepassingen, waar de hogere prijs wellicht minder een probleem is.

Overige materialen

Andere thermohardende matrixmaterialen zijn onder andere urea's, melamineformaldehyden en allylmaterialen zoals diallylftalaten (DAP's). Melaminen worden veel gebruikt in combinatie met vulmaterialen voor het vertrouwde onbreekbare tafelservies. Urea's worden wel gebruikt voor het lamineren van harsen, maar het grootste gedeelte wordt gebruikt voor het lamineren van houtproducten zoals multiplex. Furanharsen zijn bruikbaar in de chemische verwerkingsindustrie voor het vasthouden van agressieve chemicaliën. Diallylftalaatharsen met glasversterking worden vaak gebruikt voor het persgieten van elektrische onderdelen. Ze hebben soms betere compressie-eigenschappen dan de fenolharsen. Composieten voor hoge temperaturen maken gewoonlijk gebruik van polyimide, siliconen of BMI-matrixharsen.

Matrixmaterialen: thermoplasten

Tot aan het eind van de twintigste eeuw werden thermoplastische materialen hoofdzakelijk versterkt met glasvezels. De glasversterking bestond gewoonlijk uit korte vezels (van een paar millimeter) die gemengd waren met matrixkorrels, en de onderdelen werden gegoten of gevormd met de conventionele technieken. Het glasgehalte bevindt zich gewoonlijk tussen de 10 en 40 procent. Composieten met dit soort versterking zijn niet zo sterk als composieten met dezelfde versterkingen in continu doorlopende vorm, dus met lange vezels of matten. Continue versterking van thermoplasten is een technologie die in de jaren negentig van de twintigste eeuw commerciële betekenis heeft gekregen, maar de markt groeit nog steeds en de mogelijke versterkingen en matrixproducten worden steeds beter.

Alle thermoplasten kunnen worden gebruikt, maar tot de thermoplasten die vaak versterkt worden behoren polyamiden, polycarbonaat, polystyreen, acetalen, ABS, acrylaten, polyethers, polyfenyleenoxide en de fluorkoolstoffen. Tot de veelvoorkomende matrixmaterialen voor continu vezelversterkte thermoplastische composieten behoren polyetherimide (PEI), polyfenyleensulfide (PPS) en thermoplastische polyimiden (PI's). Als er bij een toepassing bedrijfstemperaturen voorkomen die lager zijn dan ongeveer 100 °C, dan zijn de meest geschikte matrixmaterialen gewoonlijk onverzadigde polyester of epoxy.

Er zijn geen technische beperkingen voor wat betreft de variatie van harsen die kunnen worden gebruikt als matrix voor polymeercomposieten. Het te overwinnen technische probleem was het ontwikkelen van een technologie om de continue versterkingsvezels goed te voorzien van een gesloten deklaag van thermoplastisch materiaal, en die vervolgens in de uiteindelijke vorm van het product te krijgen. In de eerste systemen werd het versterkingsmateriaal, bijvoorbeeld glas, door een bad van gesmolten polymeer gehaald en het met polymeer bedekte filament in een weefsel of lint geweven ter versterking van de vormen. Een andere methode was het dopen van linten van voorgeweven materiaal in gesmolten polymeer, maar het bevochtigingsprobleem was hierbij nog groter.

Als het te vervaardigen product een eenvoudige vorm heeft, zoals een dienblad, dan wordt het met thermoplast beklede versterkingsmateriaal tegenwoordig als een vel geplaatst tussen een paar op elkaar passende persmatrijzen. Vervolgens worden warmte en druk toegepast en wordt het onderdeel uitgestoten nadat het in de matrijs een passende cyclus van verwarming en afkoeling heeft ondergaan. Het uitgangsmateriaal voor het maken van een thermoplastische composiet is een *prepreg*, oftewel vooraf geïmpregneerd weefsel dat door de leverancier met het gewenste matrixmateriaal verzadigd is. Om hiervan een onderdeel te maken moet het verwarmd worden (met om het even welke techniek) en dan net zo lang in de gewenste vorm worden gehouden totdat het door afkoeling stijf genoeg is geworden om te kunnen hanteren. De term *prepreg* wordt overigens ook gebruikt voor een versterking die geïmpregneerd is met gedeeltelijk gereageerde thermohardende matrixharsen. Deze laatste heeft een beperkte houdbaarheid in verband met het reactieve thermohardende materiaal en moet dus gekoeld bewaard worden. Het persen gebeurt in beide gevallen warm, maar de thermoplastische vezelversterkte materialen hoeven dus niet speciaal koud (wel droog) opgeslagen te worden.

Het trekken van vezels door gesmolten polymeer om ze te bekleden is geen probleemloos proces. Gesmolten kunststoffen hebben de stroperigheid van honing. Stel je voor dat je een stuk touw door een pot met honing moet trekken en je daarbij overal een even dunne laag honing op het touw moet zien te krijgen. Een ander probleem waarmee rekening moet worden gehouden, is de hoge temperatuur die nodig is om de viscositeit van het polymeer op een redelijk niveau te brengen. Sommige thermoplasten voor matrixmaterialen krijgen pas een viscositeit die laag genoeg is voor de coating van vezels als het gesmolten materiaal een temperatuur heeft van 343 °C. Bij zo'n hoge temperatuur ontstaan echter weer andere problemen, zoals oxidatie van het gesmolten polymeer, emissie van gevaarlijke dampen en daarmee samenhangende kwesties. Met andere woorden, het coaten van vezels in een bad van gesmolten polymeer gaat niet zonder problemen, maar het is toch een van de methoden die gebruikt worden om thermoplastische prepregs voor composieten te maken.

Een tweede systeem voor de coating van versterkingsmateriaal met thermoplasten is gebruikmaken van polymeren die kunnen worden opgelost in een oplosmiddel. De vezels worden door een bad van polymeeroplossing getrokken. Men laat het oplosmiddel verdampen en de coating die op de vezels overblijft bestaat uit alleen polymeer. Bij dit systeem worden de vezels beter bevochtigd, maar nu rijst het probleem van de verdamping van het oplosmiddel. Deze techniek wordt vaak gebruikt bij de amorfe thermoplasten, bijvoorbeeld polyamide-imide, polysulfon en polyetherimide. Prepregs die met een polymeeroplossing zijn geïmpregneerd, hebben ten opzichte van de met een smelt geïmpregneerde prepregs het voordeel dat ze beter vormbaar en kleverig zijn. De versterkingen die hun coating van een smelt hebben gekregen, zijn gewoonlijk erg stijf en dat geeft problemen bij de vormgeving. Als men bijvoorbeeld prepregs voor een dienblad met een stijve versterking op een open matrijs legde, zou het erop liggen als een stuk karton. Bij het sluiten van de matrijs kan het kartonachtige materiaal verschuiven, wat een incompleet onderdeel zou kunnen opleveren. Materialen met een oplossingscoating kunnen echter buigzamer zijn en een beetje kleverig, waardoor ze de vorm van de matrijs aannemen en op hun plaats blijven tijdens het sluiten van de matrijs.

Samengevat kunnen we zeggen dat thermoplastische composieten kunnen worden gemaakt van alle gebruikelijke versterkingsmaterialen en van talrijke thermoplastische matrixmaterialen. De meest voorkomende versterkingsmaterialen zijn glas, koolstofvezel en aramidevezel. De gebruikelijkste thermoplasten voor de matrix zijn polypropyleen, polyamide, polysulfon, polyetherimide, polyamide-imide, polyetheretherketon, polyethersulfon en polyfenyleensulfide. De van deze materialen gemaakte composieten hebben een sterkte en stijfheid die de sterkte en stijfheid van thermohardende composieten benaderen, en vaak een veel betere taaiheid. Ze kunnen bij goed gebruik voordelig worden verwerkt. Zo kunnen bijvoorbeeld onderdelen warmgestanst worden met snelheden die onmogelijk te bereiken zijn met thermohardende processen, waarbij de materialen langdurig moeten harden of voor de harding verwarmd moeten worden. Thermoplastische composieten zijn daardoor nog steeds in opkomst.

Versterkingen

Het spectrum van materialen die als versterking worden gebruikt in polymeercomposieten wordt in figuur 9-18 weergegeven. Zoals in het begin van de twintigste eeuw ook al het geval was (zie figuur 9-20), is het versterkingsmateriaal in fenollaminaten en elektrische toepassingen meestal papier, vanwege de gunstige warmtebestendigheid en het goede elektrische isolatievermogen. Staafvormige laminaten worden gemaakt door het met hars verzadigde papier op te rollen als een rol behang. Katoenweefsel ontwikkelde zich als het volgende belangrijke versterkingsmateriaal. Canvas-fenolcomposieten kwamen in de jaren dertig van de twintigste eeuw op de markt en nog altijd wordt katoenweefsel veel gebruikt als continue versterking in fenollaminaten. Er worden diverse soorten weefsel en vezeldiameters gebruikt en deze zijn verantwoordelijk voor de verschillende eigenschappen van een composiet. De grootste voordelen van papier- en katoenversterkingen zijn de lage prijs en het gemak waarmee ze machinaal bewerkt kunnen worden. Harde anorganische versterkingsmaterialen zoals glas en metaal veroorzaken bij secundaire bewerkingen overmatige slijtage aan gereedschappen. Ook bij glijdend contact van oppervlakken treedt er slijtage op. Papier en katoen zijn minder schurende versterkingsmaterialen.

Glas

De gebruikelijkste versterking voor polymeercomposieten is glasvezel (GVK, glasvezelversterkte kunststof). Glasvezels worden gemaakt door gesmolten glas door kleine gaatjes in een mal te laten stromen. Er zijn twee belangrijke soorten glasvezel die veel voor versterkingen worden gebruikt: E-glas, een borosilicaatglas dat veel wordt gebruikt in elektrische toepassingen, en S-glas (hoge sterkte), dat gemaakt wordt van magnesium-/aluminium-/siliciumoxiden en een hogere treksterkte heeft dan E-glas. De diameter van de vezels ligt gewoonlijk tussen 0,0002 en 5 tot 25 μm. Beide worden gebruikt voor dezelfde soorten toepassingen, maar E-glas is goedkoper omdat het bij lagere temperaturen kan worden gemaakt.

Glasversterkingen zijn in elke mogelijke vorm verkrijgbaar. De meest gebruikte vormen worden in figuur 9-22 getoond. Gehakte vezels worden veel gebruikt als versterking van thermoplasten en voor bulkmassa's, maar in composieten voor grote constructieonderdelen wordt gewoonlijk de voorkeur gegeven aan andere versterkingsvormen. De strengen bestaan meestal uit een groot aantal afzonderlijke draden en worden gebruikt voor draadwikkelen of voor het maken van weefsels. Versterkingsweefsels van glas zijn in ongeveer evenveel verschillende weefpatronen verkrijgbaar als kledingweefsels. De meeste zijn tweedimensionaal van aard en er wordt voortdurend gezocht naar nieuwe weeftechnieken. Tweedimensionale weefsels in laminaten geven vaak anisotrope sterkte-eigenschappen. Het materiaal is in de ene richting zwakker dan in de andere richting. Tegenwoordig wordt onderzocht of het mogelijk is om isotrope driedimensionale patronen te maken.

Een *vezelmat* wordt gemaakt van willekeurig vervlochten discontinue vezels met een gemiddelde lengte, enigszins als vilt. Glasvezelmatten vereisen meer hars voor de verzadiging dan een weefsel, maar geven ook een betere oppervlaktextuur na de vormgeving. Wanneer van een aantal bundels strengen een grote continue streng wordt gemaakt, ontstaat er een *garen*. Zware composieten worden vaak gemaakt van weefsels die geweven zijn van garens.

De binding tussen de glasversterking en de harsmatrix is een belangrijke factor die een composiet goede mechanische eigenschappen geeft. Als er geen goede binding bestaat tussen de versterking en het matrixmateriaal, worden de bedrijfsspanningen en vervormingen niet goed over de versterking verdeeld. De glasvezels worden vaak behandeld met middelen die deze hechting bevorderen. Silaan-

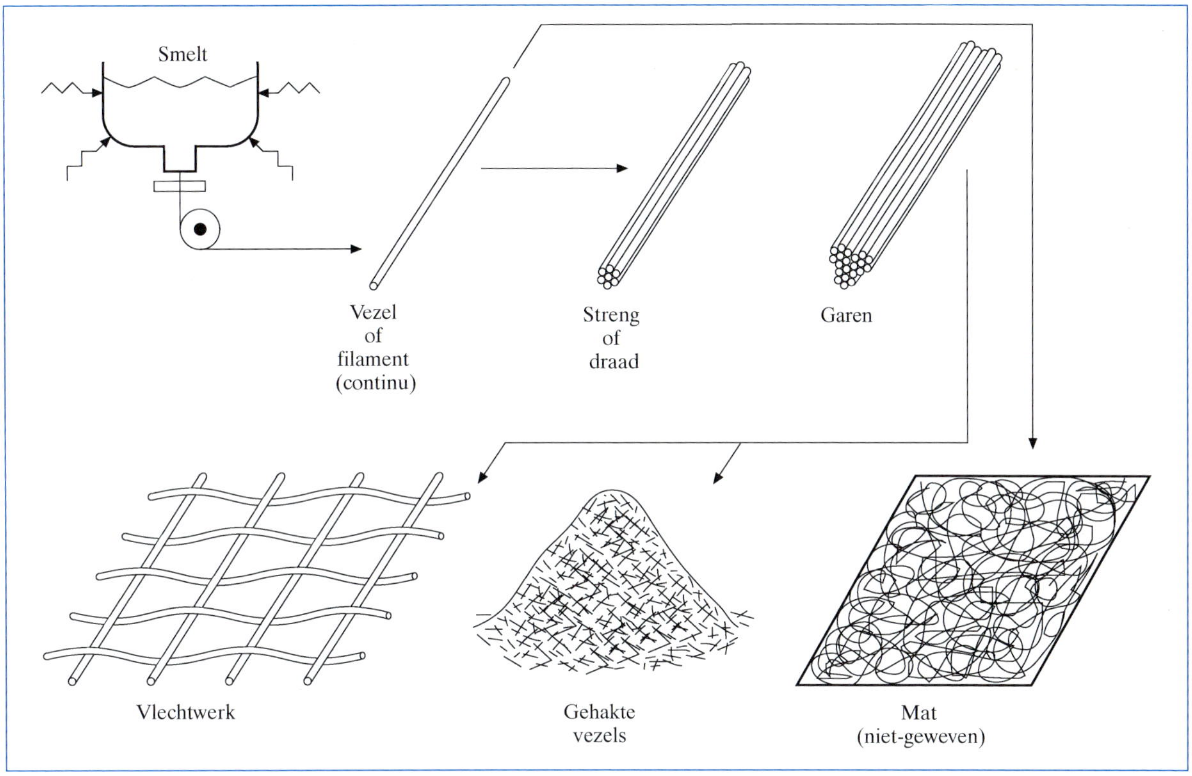

FIGUUR 9-22 Gebruikelijke vormen van glasvezels die worden gebruikt voor de versterking van composieten

verbindingen hebben de algemene formule A_3SiB, waarbij A een halogeen zoals chloor kan zijn. B is bij voorkeur een functionele groep die de neiging heeft om zich aan het matrixmateriaal te binden. Bij het gebruik van silaanbindingsmiddelen is het de bedoeling dat er aan het glas een Si—O-binding ontstaat met het andere einde van het molecuul, en dat een organisch molecuul zich aan de organische harsmatrix bindt. Er zijn ook andere types bindingsmiddelen in de handel, maar voor de gebruiker die een composiet van hoge kwaliteit nodig heeft kan dit een ontwerpfactor zijn. Bindingsmiddelen kunnen ook bij andere soorten versterkingen gebruikt worden.

Polymeren

In onze besprekingen van polymeerkristalliniteit hebben we reeds vermeld dat er veel onderzoek wordt gedaan naar de ontwikkeling van liquid crystal-polymeren met een uiterst hoge sterkte. Een aantal van deze materialen, inclusief een aantal olefinen, zijn gebruikt als versterking voor thermohardende en thermoplastische composieten. Een systeem van commerciële betekenis is Kevlar®, een aramidevezel met een treksterkte van ongeveer 3100 MPa. Het is verkrijgbaar als continue vezels, als geweven textiel en als ingekorte vezels. Deze vezels kunnen worden gebruikt ter versterking van thermoplastische en thermohardende polymeren. Ze hebben ten opzichte van glas het voordeel dat ze taaier en lichter zijn. Een 5 meter lange kano van Kevlar® en vinylester weegt bijvoorbeeld slechts 7,5 kilo. Kogelvrije vesten worden van Kevlar® gemaakt. Een ander polymeer versterkingsmateriaal is Nomex®, een hogetemperatuurnylon. Het is niet zo sterk als Kevlar®, maar het is gemakkelijker te verwerken en goedkoper.

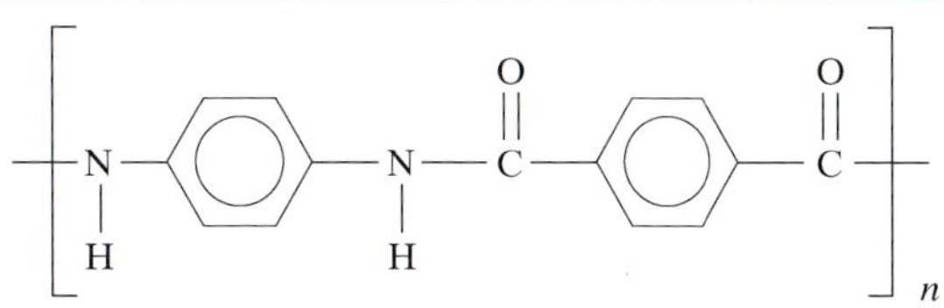

Kevlar®

Een oudere vorm van polymeerversterking bestaat uit continue vezels van polypropyleen, waarvan een textielweefsel wordt gemaakt voor de versterking van composieten van onverzadigd polyester en epoxyhars. Net als Kevlar® heeft dit soort materiaal het voordeel ten opzichte van glas dat het lichter en taaier is. De sterkte is vergelijkbaar met die van glas, maar het wordt niet gebruikt als vervanging van glasvezel. Polymeerversterkingen kunnen namelijk niet machinaal worden bewerkt en de glasversterkte composieten wel. De versterkingsvezels smelten vaak bij schuurbewerkingen en dergelijke.

Tot slot kan ook poreus schuim als versterking worden gebruikt door het met een hars te impregneren. Voor het bouwen van boten gebruikt men vaak een composietmateriaal van lagen glasvezel en hars, gescheiden door met matrixhars verzadigd kops-balsahout. Dit systeem produceert een hoge buigstijfheid en een lager gewicht dan een massieve opbouw van geweven glaslagen. Kops-balsahout is echter wel bijzonder duur, en daarom wordt het vaak vervangen door vormproducten van geschuimde olefinen en andere kunststoffen.

Koolstofgrafiet

Amorfe koolstof wordt verkregen door verhitting van organische materialen, meestal bij afwezigheid van lucht. Dit soort koolstof (koolstofzwart) wordt gebruikt voor het pigmenteren van kunststoffen en mede voor het vulkaniseren van rubber. De koolstofvezels die worden gebruikt ter versterking in polymeercomposieten, worden verkregen door voorlopervezels van organische materialen te verwarmen tot zeer hoge temperaturen bij afwezigheid van lucht en gewoonlijk onder druk. De uitgangsmaterialen zijn vezels van rayon, pek of polyacrylonitril (PAN). De pyrolisatietemperaturen kunnen variëren van 1100 °C tot wel 2925 °C. Bij de hogere temperaturen neemt het vezelmateriaal een grafietstructuur aan. Grafietkristallen hebben een hexagonale structuur met het grondvlak evenwijdig aan de as van de vezel. Wanneer vezels een grotendeels grafietachtige structuur hebben, hebben ze een uiterst hoge sterkte en elasticiteitsmodulus. De elasticiteitsmodulus (stijfheid) van PAN-koolstofvezels kan groter zijn dan 950 GPa. De vezels met de hoogste stijfheid hebben een gladder oppervlak dan de vezels met lagere stijfheid, en dit betekent dat de vezels behandeld moeten worden om ervoor te zorgen dat ze zich aan de polymeermatrix te hechten. De vezels met lagere stijfheid hebben ruwere oppervlakken en hechten beter aan de matrix. Daarom is het gebruikelijk om de vezels met een lagere modulus te gebruiken, tenzij de vezels met een hoge modulus voor de toepassing onontbeerlijk zijn.

Koolstofvezels groeien met diameters van minder dan 5 μm. Ze worden verwerkt tot garens die worden gevlochten of gewikkeld, en ze zijn ook verkrijgbaar als ingekorte garens voor gebruik in spuitgietharsen. De prijs van deze versterkingen varieert van circa 12 euro per kilo voor standaardvezels tot meer dan 600 euro per kilo voor de soort met een superhoge modulus. Ingekorte vezels zijn de goedkoopste vorm. Koolstofvezels worden gebruikt in toepassingen waarbij glasversterking niet de gewenste stijfheid of gewichtsvermindering kan leveren.

Keramische materialen

Keramische materialen zoals siliciumcarbide, aluminiumoxide en siliciumnitride kunnen worden gemaakt als dunne vezels met een kleine diameter, *whiskers*, of als deeltjes die te gebruiken zijn voor de versterking van polymeercomposieten. Whiskers zijn in feite éénkristallen met lengtes tot 10.000 keer hun diameter. Ze hebben een uiterst hoge treksterkte, maar hun lengte is gewoonlijk minder dan 10 millimeter, waardoor ze niet geschikt zijn voor continue versterking. Keramische versterkingen worden niet vaak gebruikt in polymeercomposieten, maar zijn wel populair in metaalmatrixcomposieten (zie onder andere paragraaf 19.10 over aluminiummatrixcomposieten).

Borium

Continue filamenten ter versterking van composieten worden gemaakt door chemische dampafzetting van borium op een wolfraam kern uit een gas dat rijk aan borium is. Deze boriumvezelversterkingen hebben een hogere elasticiteitsmodulus dan de meeste andere versterkingen, maar door hun hoge prijs blijft het gebruik beperkt tot de lucht- en ruimtevaart en militaire toepassingen.

Metalen

Een belangrijke techniek in verband met het gebruik van metalen in polymeercomposieten is het gebruik van metaalwapeningstructuren in de vorm van een honingraatpatroon. Honingraatpatronen worden vaak gemaakt van aluminium met de dikte van een folie. Deze honingraten vormen de kern van laminaten, met op de buitenkant van het laminaat een metaal of textielversterkte polymeer (zie figuur 9-23). Dit type structuren is lange tijd belangrijk geweest in de vliegtuigindustrie, soms voor constructieonderdelen van het vliegtuig, soms voor binnenpanelen zoals deuren, zittingen en hoofdsteunen. Ze kunnen uiterst licht zijn voor de stijfheid die nodig is voor zulke onderdelen. In feite zou het gebruik van kernen van metaalhoningraat wel eens de commercieel belangrijkste toepassing kunnen zijn van metaalversterking in polymeercomposieten. Metaaldraden of andere vormen worden niet vaak gebruikt. Metaal/kunststof/metaal-laminaten zijn ook in de handel. Deze laminaten functioneren ongeveer als een honingraatpatroon, maar zijn gemakkelijker te maken en minder duur. De nieuwste Airbus-vliegtuigen maken gebruik van een laminaat van aluminium en glasvezels in een thermoplastische binder. Europese autofabrikanten ontwikkelen metaal/kunststof/metaal-laminaten voor carrosseriepanelen zoals motorkappen, zodat ze kunnen worden gestanst en diepgetrokken zoals staalplaat.

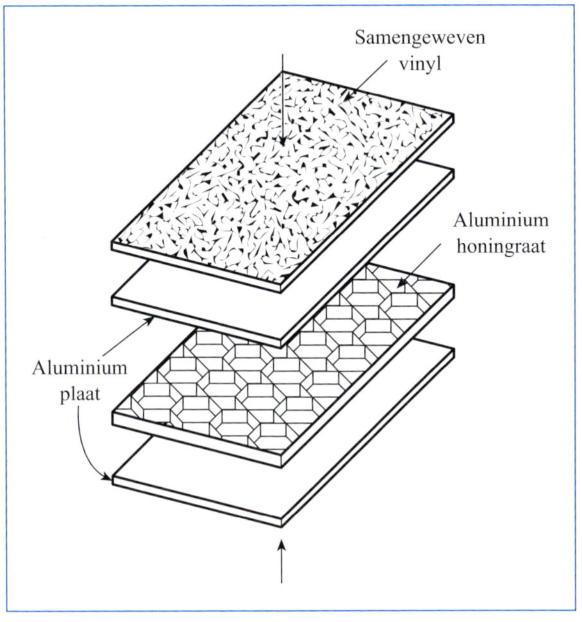

FIGUUR 9-23 Lichtgewicht composietpanelen kunnen met een epoxybinding van aluminiumpanelen een aluminium honingraatkern krijgen

Asbest

Voor de volledigheid vermelden wij hier dat tot een aantal jaar geleden asbest als versterkingsmateriaal werd gebruikt. Asbest is gewoonlijk crysotielasbest, een gehydrateerd magnesiumsilicaat ($3MgO \cdot 2SiO \cdot 2H_2O$). Het komt in de natuur voor als een mineraal met een vezelstructuur, waardoor het gemakkelijk kan worden bevochtigd met harsen met een lage viscositeit. Synthetische vezels missen de bladachtige structuur van deze materialen. Asbest kan nat worden in water en er kunnen vezels van gemaakt worden die in textiel kunnen worden geweven om er een versterkingsmateriaal van te maken. Dit materiaal kan worden gebruikt als enkeldraadsfilamenten of als deeltjes of vlokken. Het geldt als onbrandbaar en is chemisch betrekkelijk inert. In de jaren zeventig van de twintigste eeuw vormden fenolharsen met asbestversterking in de Verenigde Staten ongeveer 35 procent van de totale productie van polymeercomposieten (ongeveer 3,5 miljoen ton). Een groot deel van die productie was bestemd voor remblokken en koppelingsbekledingen in auto's. In de jaren tachtig begon men asbest echter uit alle producten te verwijderen, vanwege een aangetoond verband tussen asbest en longkanker. Het resultaat is dat asbest waar mogelijk is vervangen, meestal door glas in de vorm van korte vezels.

9.4 Fabricagetechnieken voor composieten

In de figuren 9-24 en 9-25 worden de diverse technieken getoond voor het versterken van harsen om een polymeer-glascomposiet te maken. Bij contactgieten of handlamineren/hand-layup wordt een matrijs of een gietvorm bekleed met een laag hars. Daarna wordt een laag glasversterking aangebracht en deze versterking wordt grondig verzadigd met hars. Dit proces wordt steeds herhaald totdat de composiet de gewenste dikte heeft. De polymeermatrix is gewoonlijk een polyester of epoxyhars.

De versterking kan ook worden aangebracht door *filamentwikkelen* met speciale machines die de glasvezeldraad rond een spil wikkelen. De versterking is een continue streng en wordt in een geïntegreerd harsbad met hars verzadigd. Door het wikkelpatroon te variëren kunnen de sterkte-eigenschappen van de composiet worden geregeld. Dit proces wordt veel gebruikt voor het maken van pijpleidingen en tanks die chemicaliën moeten verwerken. Door het wikkelen van filamenten te sturen met computers kunnen er steeds ingewikkelder onderdelen worden gemaakt en kunnen de gebruikseigenschappen van deze onderdelen worden verbeterd. De computer kan er bijvoorbeeld voor zorgen dat in gedeelten die aan hoge spanningen worden blootgesteld, extra lagen versterking worden toegevoegd. Ook kan het patroon worden gewijzigd. In geavanceerde systemen wordt het versterkingspatroon nauwkeurig afgestemd op de met de eindige-elementspanningsanalyse verkregen gegevens.

Persen is vergelijkbaar met het al beschreven proces voor onversterkte thermohardende polymeren. Alleen zijn er nu speciale technieken nodig om de glasversterking in de harsen te brengen. De hars moet worden gekatalyseerd en heeft daarna een beperkte *pot life*. In het *sheet molding*-proces wordt gekatalyseerd polyester of epoxyhars met behulp van rollen in de glasversterking gedrukt. Om de hars minder kleverig te maken worden er speciale vulmaterialen

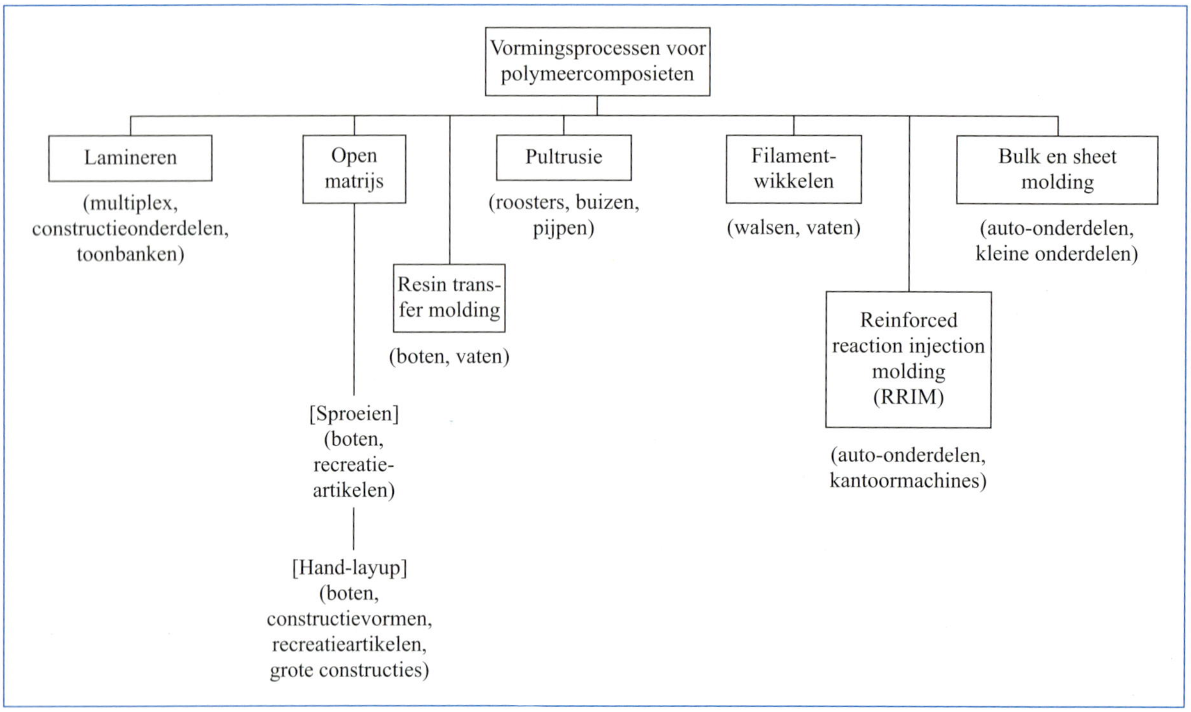

FIGUUR 9-24 Fabricageprocessen voor polymeercomposieten

toegevoegd. Bovendien voegt men remmers toe om de pot life van de gekatalyseerde hars te verlengen. Het voltooide 'sheet molding compound' (SMC) bestaat uit hars en versterking, en dit kan in stukken van gewenste grootte worden gesneden, die in een matrijs tot het eindproduct worden geperst. De matrijzen worden verwarmd om de cross-linking van de hars te voltooien.

Een vergelijkbaar product, een 'bulk molding compound' (BMC), ontstaat door verdikkingsmiddelen aan de hars toe te voegen. Vervolgens worden er gehakte vezels doorheen gekneed om er een persgietmateriaal van te maken dat lijkt op een klont deeg. Het verwarmen en persen gaat net zoals bij sheet molding. Beide processen kunnen worden gebruikt voor grote gietproducten zoals autobumpers.

Continue pultrusie is een proces voor het maken van glasversterkte producten die kunnen worden gecreëerd door met hars geïmpregneerde glasvezels door een gietvorm te trekken. Het glas wordt door een met hars gevuld bad getrokken. Het wordt gevormd en cross-linking vindt plaats als het door een gecombineerd verwarmde gietvorm en hardingsoven gaat. Op deze manier kunnen pijpen, goten, I-balken en andere vormen worden gemaakt. Er worden veel pultrusievormen gebruikt voor dekvloeren en in constructies rond tanks met corrosieve chemische stoffen.

Spuiten van gehakte vezels werkt op dezelfde manier als handlamineren, maar het gaat veel sneller. De twee componenten van de hars worden gemengd in een handspuitpistool en op het oppervlak van een matrijs gespoten. Het pistool bevat een ingebouwd snijmechanisme. Dit snijdt continue glasstrengen in korte stukken die dienen als versterking in de composieten. Dit proces kan worden gebruikt voor het vervaardigen van grote producten van versterkte composieten, zoals boten, douchecabines en badkuipen. Versterkingen van ingekorte vezels zijn evenwel niet zo sterk als de versterking die bestaat uit een glasvezelmat of geweven roving en die met de hand wordt aangebracht.

Hars-transferpersen is ontwikkeld als een manier om sneller contact te maken tussen de matrix en het versterkingsmateriaal en het eindproduct te verbeteren door twee afgewerkte oppervlakken beschikbaar te hebben in plaats van één. Dit proces vereist een nauwkeurig passende matrijs. In de open ondermatrijs wordt een laag glasversterking aangebracht met de gewenste vorm en dikte. Daarna wordt de matrijs gesloten en de lucht eruit gepompt. Van onderaf wordt nu gekatalyseerde hars in de matrijs gepompt. Wanneer de matrijs vol is, wordt de pomp uitgeschakeld en de harstoevoer stopgezet, waarna men het onderdeel laat harden. Dit proces wordt in toenemende mate belangrijk voor de productie van

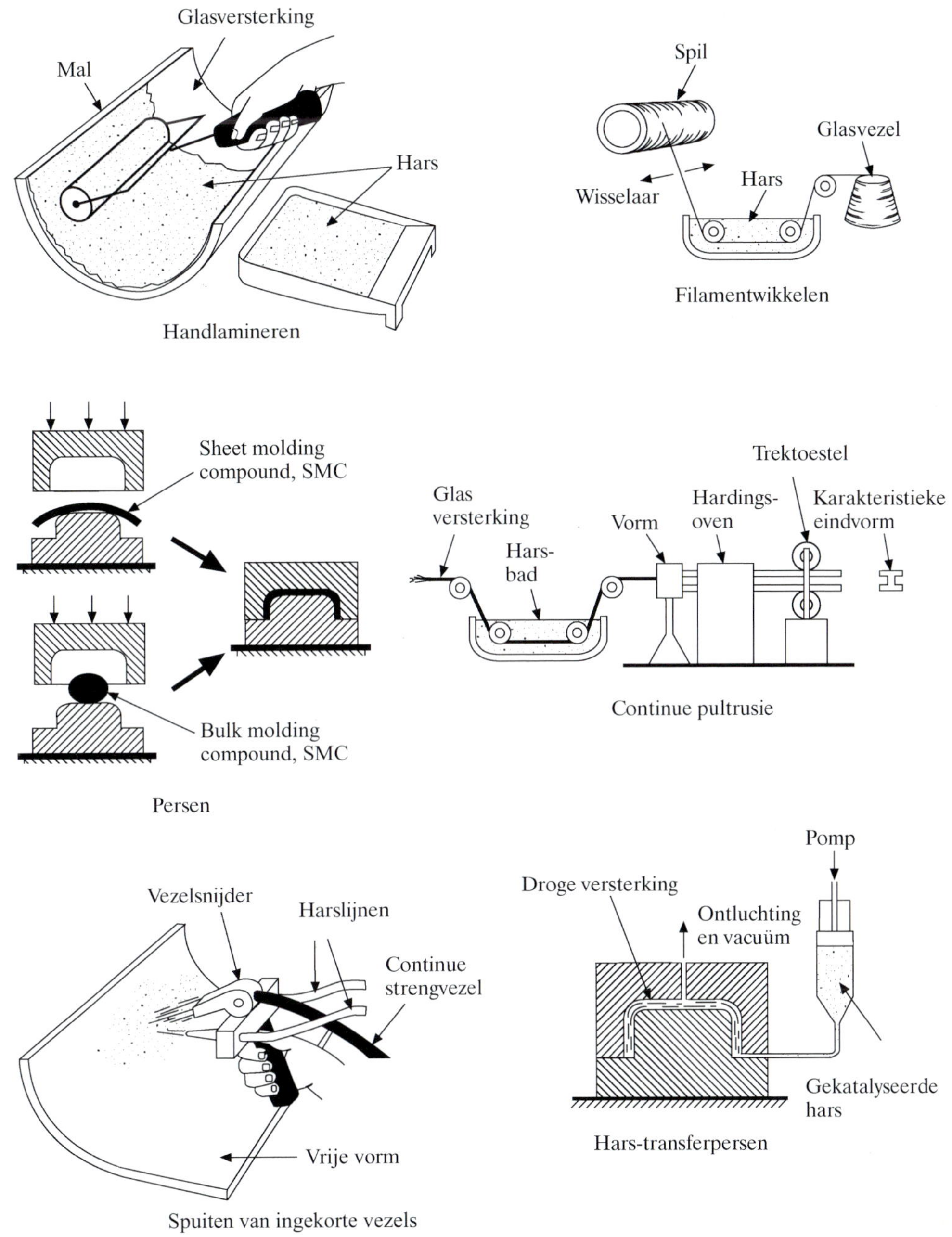

FIGUUR 9-25 Technieken voor de fabricage van vezelversterkte composieten

grote FRP-boten. Langzamerhand vervangt dit proces het handlamineren.

Vacuümplaatomvormen oftewel *vacuümpersen* (zie figuur 9-26) wordt gebruikt om plaatvormmaterialen om te vormen tot ingewikkelde producten. In dit proces vindt het vormen plaats bij atmosferische druk, zodat de hoge kosten van tweedelige metaalmatrijzen worden vermeden. Het is mogelijk om het SMC-materiaal te laten uitharden in de vacuümruimte met behulp van een vormblaas van siliconenrubber. Dit proces wordt echter vaker gebruikt om een voorgevormd product te maken en dit vervolgens te laten harden in een andere matrijs.

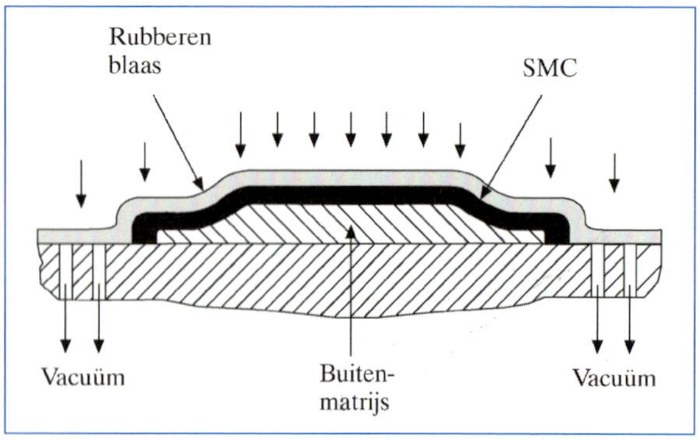

FIGUUR 9-26 Vacuümpersen

Samenvatting: versterken van composieten

Bij het versterken van thermoplastische materialen kunnen alle processen die gebruikmaken van korrels (bijvoorbeeld spuitgieten) worden gerekend tot fabricagetechnieken voor composieten. In het granulaat kunnen gehakte vezels en versterkingskorrels worden gemengd. Thermoplasten worden ook wel versterkt door het wikkelen van filamenten. Een versterkte strook wordt verwarmd, rond een verwarmde spil gewikkeld en vervolgens afgekoeld. Met vrijwel elke fabricagetechniek voor thermoplastische of thermohardende kunststoffen kunnen dus polymeercomposieten worden gemaakt. In de composieten van hoge kwaliteit gebruikt men waarschijnlijk bij voorkeur thermohardende harsen, waarbij gebruik wordt gemaakt van een van de technieken in figuur 9-25.

9.5 Hergebruik/recycling van kunststoffen

Een belangrijke bron van zorg bij het gebruik van kunststoffen voor verpakkingen en wegwerpartikelen is dat de storting van deze materialen op vuilstortplaatsen of, nog erger, als zwerfafval, honderden jaren lang van invloed is op het milieu. Over de hele wereld probeert men daarom recycling te stimuleren. Talrijke landen ontwikkelen recyclingprogramma's waarbij kunststofafval wordt ingezameld. Aanvankelijk werd minder dan 5 procent van de kunststoffen in gemeentelijk afval hergebruikt, hoewel papier en plastic meer dan een derde van al het vaste afval uitmaken. In 2011 werd 50 procent van de PET-flessen en 25 procent van het kunststofverpakkingsmateriaal in Europa ingezameld en op de een of andere manier hergebruikt. Ongeveer 20 procent van het papier wordt hergebruikt en metalen worden op grote schaal gerecycled. Meer dan 60 procent van alle gebruikte aluminium blikjes wordt gerecycled en het gerecyclede materiaal maakt ongeveer een derde van het aluminiumgebruik uit. In de Verenigde Staten worden metalen op veel grotere schaal hergebruikt dan kunststoffen. Er zijn al tientallen jaren lang speciale metaalafvalbedrijven actief en een belangrijk deel van het metaalgebruik is afkomstig van gerecycled metaalschroot: 40 procent van het koper, 60 procent van het staal, 45 procent van het nikkel, 65 procent van het lood en natuurlijk de algehele winnaar, goud, dat niemand willens en wetens weggooit. Geschat wordt dat meer dan 95 procent van al het goud dat aan de aardkorst is onttrokken nog steeds in gebruik is.

Er zijn twee belangrijke redenen voor het tegenvallende hergebruik van kunststoffen: (1) Sommige kunststoffen zijn thermohardend en kunnen niet worden hergebruikt (ze kunnen immers niet opnieuw worden gesmolten). (2) Er zijn duizenden soorten thermoplastische materialen en bij het omsmelten mogen ze niet worden vermengd. Sinds de jaren tachtig van de twintigste eeuw is er wel een coderingssysteem, maar het is ondoenlijk om elk stukje kunststof te sorteren. Dit was de eerste poging om het tweede probleem op te lossen. Inmiddels wordt gewerkt aan geavanceerde analysesystemen.

Er bestaan veel soorten kunststoffen, maar bijna 90 procent van de vervaardigde thermoplasten bestaat uit slechts zes soorten: polyethyleen (met een hoge en lage dichtheid), polystyreen, polyvinylchloride, polypropyleen en polyethyleentereftalaat. Dit zie je bijvoorbeeld ook terug in het materiaal waar containers van gemaakt zijn. Ongeveer 50 procent van de containers bestaat uit hogedichtheidpolyethyleen, ongeveer 26 procent uit PET (polyethyleentereftalaat) en 5 tot 10 procent uit elk van de volgende kunststoffen: polyvinylchloride, polypropyleen, lagedichtheidpolyethyleen en polystyreen. Alle andere kunststoffen maken slechts ongeveer 5 tot 10 procent van de totale hoeveelheid uit. Dit betekent dat als we zes kunststoffen kunnen recyclen, 90 procent van al het kunststofcontainermateriaal kan worden hergebruikt.

Er bestaan veel andere factoren die van invloed zijn op het mogelijke hergebruik. Er is slechts een beperkt aantal bedrijven dat in staat is om verontreinigd materiaal schoon te maken en opnieuw te polijsten. Sommige coatings op containers kunnen de containers ongeschikt maken voor hergebruik. Sommige containers zijn samengesteld uit verschillende kunststoffen. Er bestaan strenge overheidsvoorschriften voor het toelaatbare verontreinigingsniveau van kunststoffen die worden hergebruikt voor voedsel en dergelijke. Ondanks deze problemen is het initiatief om kunststoffen een code te geven voor de mogelijkheid van hergebruik een belangrijke stap in de richting van wereldwijde recycling van thermoplasten. Het systeem is erg eenvoudig. Er wordt geadviseerd bij de vormgeving van producten een symbool op de bodem aan te brengen, waarmee wordt aangegeven van welke soort kunststof ze gemaakt zijn. De voor dit doel vastgestelde symbolen worden weergegeven in figuur 9-27. Een uit drie pijlen bestaande driehoek bevat een cijfer en onder de driehoek bevindt zich een afkorting van de diverse kunststoffen. De afkorting PETE geeft aan dat het product gemaakt is van polyethyleentereftalaat. HDPE duidt hogedichtheidpolyethyleen aan. V betekent polyvinylchloride. LDPE betekent lagedichtheidpolyethyleen. PP is polypropyleen en PS polystyreen. 'Other' betekent een andere kunststof dan een van de bovenstaande.

Veel fabrikanten hebben besloten om al hun componenten van technische kunststof te markeren voor toekomstige recycling, terugwinning, hergebruik en afvalverwijdering. Het meest geaccepteerde protocol voor het merken van onderdelen is gepubliceerd in ISO 11469 en ISO 1043, deel 1-4. In het algemeen worden onderdelen van 50 gram of zwaarder gemarkeerd met een gestandaardiseerd stel symbolen tussen de tekens '>' en '<'. De merktekens worden gewoonlijk bij de vormgeving aangebracht op een niet-functioneel of voor het uiterlijk onbelangrijk oppervlak van het onderdeel. De identificatiecode kan ook op het oppervlak worden gestempeld of onuitwisbaar gedrukt. Hoewel het systeem compleet is, kan het gebruik of de ontcijfering van deze symbolen ingewikkeld zijn. Om dit systeem volledig te kunnen gebruiken is het onvermijdelijk om exemplaren aan te schaffen van de bovengenoemde ISO-specificaties. Voorbeelden van de symbolen worden in tabel 9-1 getoond. Symbolen voor de vulmaterialen vind je in tabel 9-2. Extra symbolen voor andere modificatoren worden in tabel 9-3 weergegeven.

TABEL 9-1 Voorbeelden van het ISO-identificatiesysteem voor kunststoffen

SAMENSTELLING	VOORBEELDMATERIAAL	IDENTIFICATIESYMBOOL
Enkel bestanddeel	Polybutyleenterftalaat	>PBT<
Polymeermengsel of -legering	Polycarbonaat en acrylonitrilbutadieenstyreen waarbij polycarbonaat het hoofdbestanddeel is	>PC + ABS<
Vulstoffen of versterkingsadditieven	Polypropyleen met 30 procent mineraalpoeder	>PP-MD30<
	Polypropyleen met 15 procent mineraalpoeder en 25 procent glasvezel	>PP-(GF25 + MD15)<
Weekmakers	Polyvinylchloride geplastificeerd met dibutylftalaat	>PVC-P(DBP)<
Brandvertragend	Polyamide 66 met brandvertragend middel	>PA66-FR<
Andere additieven	Polystyreen met hoge slagvastheid	>PS-HI<

Er wordt nog altijd uitgebreid gediscussieerd over de recycling van kunststoffen. Meer dan 70 procent van al het kunststofafval is afkomstig van verpakkingen voor voedsel. Gerecyclede kunststoffen worden gewoonlijk niet gebruikt voor voedselverpakkingen. Uiteindelijk ontstaat er een verkeerde verhouding van vraag en aanbod voor hergebruikte kunststofharsen, wat vaak leidt tot overtollig gerecyclede hars. In Europa wordt inmiddels steeds meer gerecyclede kunststof omgezet in brandstof in speciale vuilverbrandingsinstallaties. In de toekomst zal er waarschijnlijk een evenwicht ontstaan tussen recycling en energieterugwinning.

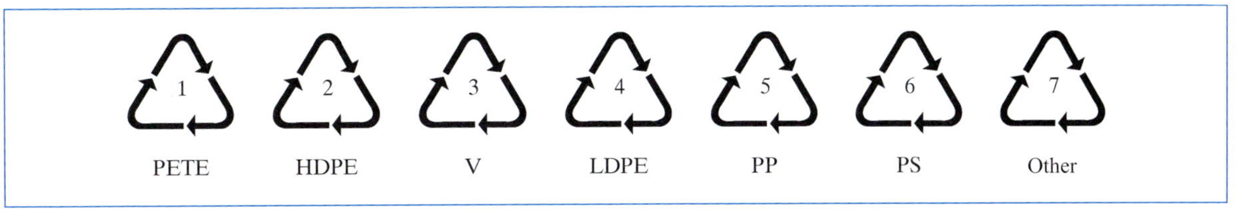

FIGUUR 9-27 Recyclingsymbolen. Op de kunststofcontainers moet een van deze symbolen zijn aangebracht als ze voor recycling gesorteerd moeten worden

Bron: Overgenomen met toestemming van de Society of the Plastics Industry.

TABEL 9-2 Gedeeltelijke lijst van ISO-symbolen voor vulstoffen (ISO 1043-2)

SYMBOOL	MATERIAAL	SYMBOOL	VORM
B	Borium	B	Kralen, bollen
C	Koolstof	C	Schilfers, afsnijdsels
E	Klei	D	Poeder
G	Glas	F	Vezel
K	Calciumcarbonaat	G	Aarde
L	Cellulose	H	Whisker
M	Mineraal	K	Gebreid textiel
Mx	Metaal, waarbij × het chemische symbool is van het metaal	L	Laag
P	Mica	M	Mat (dik)
Q	Siliciumdioxide	N	Niet-geweven textiel (dun)
R	Aramide	P	Papier
S	Synthetische organische stof	R	Garen
T	Talk	S	Schilfers, vlokken
W	Houtpulp	T	Streng
Z	Overige	W	Geweven textiel

TABEL 9-3 Geselecteerde ISO-symbolen voor speciale eigenschappen

SYMBOOL	BETEKENIS
B	Blok
C	Gechloreerd
D	Dichtheid
H	Hoog
I	Slagvastheid
L	Lineair
L	Laag
M	Medium
P	Geplastificeerd
U	Ongeplastificeerd
X	Met cross-links

Samenvatting

In dit hoofdstuk hebben we willen laten zien hoe kunststoffen worden omgevormd tot producten. We hebben een in eerdere edities afzonderlijk hoofdstuk over composieten in dit hoofdstuk opgenomen, omdat het maken van composieten een groot gedeelte van de technologie van kunststofmaterialen uitmaakt. Recycling is opgenomen omdat de meeste vormingsprocessen afval opleveren. Het recyclen van afval en afgekeurde onderdelen is een belangrijke factor in onze wereld van beperkte hulpbronnen en een achteruitgaand milieu.

In het algemeen geldt dat het maken van vormproducten van kunststoffen meer een 'nettovorm' oplevert dan voor andere materialen geldt. Van de meeste metalen kunnen zonder secundaire bewerkingen geen afgewerkte onderdelen worden gemaakt. Dit is niet het geval met vormbare kunststoffen. De meeste krijgen hun uiteindelijke vorm door middel van een van de in dit hoofdstuk beschreven processen. Wel is het nodig om het proces nauwkeurig te specificeren en te sturen, zodat men onderdelen kan krijgen die als vormproduct meteen bruikbaar zijn. We sluiten dit hoofdstuk graag af met een aansporing aan de ontwerper om kunststoffabricageprocessen grondig te onderzoeken alvorens een proces te kiezen. Zorg ervoor dat een bepaald fabricageproces de benodigde eigenschappen oplevert.

Tot slot nog enkele belangrijke punten uit dit hoofdstuk:

- Spuitgieten is meestal het goedkoopste kunststoffabricageproces, maar de investering kan kostbaar zijn. Spuitgieten vereist uitgebreide apparatuur (een spuitgietmachine en matrijzen) en lange productietijden voor het maken van gereedschappen.
- Gieten is vaak een goedkoop fabricageproces voor beperkte aantallen onderdelen.
- Warmvormen is een van de goedkoopste vormingsprocessen, uit het oogpunt van gereedschappen en apparatuur.
- Vulkaniseren is gewoonlijk het proces waaraan de voorkeur wordt gegeven voor rubbers, maar sommige rubbers (bijvoorbeeld thermoplastische elastomeren of TPE's) kunnen ook door middel van spuitgieten worden gevormd.
- Schuimen is een uitstekend hulpmiddel voor het reduceren van materiaalkosten.
- Rapid prototyping is een goed hulpmiddel om je een beeld te vormen van een ontwerp.
- Oppervlakken die gevormd zijn, kunnen defecten bevatten die moeten worden aangepakt door middel van een verflaag of andere technieken die extra kosten met zich meebrengen.
- Composieten zijn combinaties van technische materialen waarvan de eigenschappen met opzet verschillen van de eigenschappen van de samenstellende materialen.
- Composieten vereisen gewoonlijk meer fabricagestappen dan onversterkte kunststoffen.
- De best 'verkrijgbare' composieten gebruiken thermoplastische of thermohardende kunststoffen als matrixmateriaal.
- Glas en polyester vormen de goedkoopste thermohardende composieten, gevolgd door glas en epoxy. Composieten die versterkt zijn met aramide of koolstof zijn aanzienlijk duurder.
- Continue composietversterking vereist een goed materiaalontwerp (laden, richting, lagen van de versterking, matrixhars enzovoort).
- Aramideversterking levert gewoonlijk de beste trekeigenschappen op in een composiet. Borium en grafiet produceren de stijfste composieten.
- Toevoegingen van vezelversterking aan thermoplasten hebben een belangrijk effect op de vormbaarheid.
- Versterkte composieten kunnen slijtage veroorzaken van de gereedschappen die worden gebruikt bij de nabehandeling.
- Er kunnen overheidsvoorschriften gelden voor de bouw van grote composietconstructies zoals tanks en pijpleidingen.
- De veiligheidsfactoren voor constructieonderdelen die van composieten gemaakt zijn, zijn vaak hoger dan die voor traditionele bouwmaterialen. De veiligheidsfactoren kunnen wel 10 in spanning en 5 in buiging bedragen.
- Het versterken van thermoplasten kan van invloed zijn op de hergebruikmogelijkheden.
- Houd rekening met de mogelijkheid van hergebruik bij het selecteren van een kunststof en het fabricageproces. Thermohardende polymeren kunnen bijvoorbeeld niet worden hergebruikt.
- Vormingsprocessen voor kunststoffen die herbruikbaar zijn, dienen een mogelijkheid te bieden om gebruik te maken van recyclingcodes.

Illustratief voorbeeld

Gebruik van warmtevormen om te vereenvoudigen, geld te besparen en de functie te verbeteren

Sommige van de fotokiosken in drogisterijen en warenhuizen die digitale foto's omzetten in afdrukken, zijn gemaakt van houtcomposieten (vaak geperste houtdeeltjes en ureumhars). Stukken worden op de juiste grootte gezaagd met houtbewerkingsgereedschap, tot subeenheden gelijmd, afgewerkt en gevormd met computerbestuurde vijf-assenrobots met een bovenfrees, en ten slotte geverfd. Een subeenheid, de goot waarin de afgewerkte foto's terechtkomen, werd uit losse onderdelen in elkaar gezet. Dit was een van de ingewikkeldste en kostbaarste componenten van de kiosk. Daarom werd bestudeerd hoe het onderdeel kon worden vereenvoudigd en de kosten konden worden verminderd. Het resultaat was een enkel warmgevormd onderdeel, zie figuur 9-28. Daarmee hoefden niet langer vier stukken te worden gemaakt en was verven niet nodig. Bovendien was het duurzamer en krasbestendig, en waren de kosten veel lager. Het onderdeel werd warmgevormd van een gekleurde PVC-acryllegering, en er was geen probleem wat betreft het bekrassen of wegslijten van de verf. De apparatuur voor warmvormen was al voorhanden, dus deze wijziging vereiste geen kapitaalinvestering – alleen een eenvoudige houten matrijs of vorm om het plastic over te laten lopen en een trimapparaat.

Warmvormen is ideaal voor grote (en kleine) thermoplastische onderdelen waarbij het aantal stuks dat gemaakt moet worden niet groot genoeg is om spuitgieten te rechtvaardigen. Er worden enkele duizenden kioskonderdelen geproduceerd. Veel vliegtuiginterieurcomponenten, zoals bagagerekdeuren, worden ook niet in grote aantallen besteld. Gelukkig bestaan er kunststoffabricageprocessen die geschikt zijn voor elke hoeveelheid. Perstechnieken, bijvoorbeeld, zijn al mogelijk voor enkele stuks.

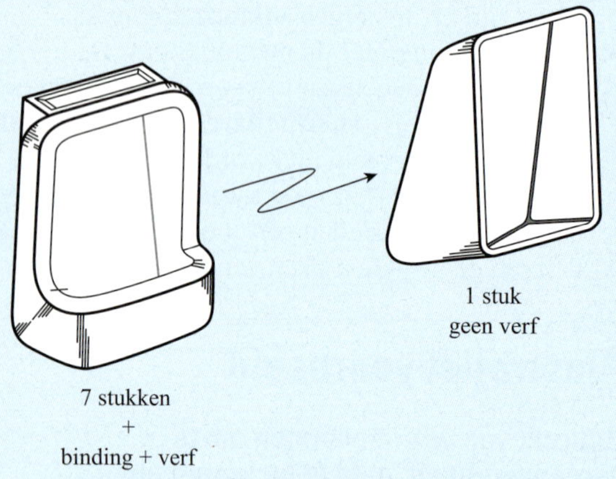

FIGUUR 9-28 Omzetten van een geverfd houtcomposietonderdeel in een warmgevormde kunststof

Termenlijst

aramidevezel: een nylonversterking met hoge sterkte en een hoge temperatuurweerstand
B-stadiumhars: een thermohardende kunststof die kan worden verwarmd en gegoten tot een onderdeel
blazen: het vormen van kunststofdelen door lucht te blazen in een gesmolten kunststof 'bel'
boriumvezel: een FRP-versterking, gemaakt van het element borium
bulk molding compound: een kunststof 'deeg' dat tot een onderdeel kan worden geperst
composiet: een materiaal gevormd uit twee of meer verschillende materialen dat bepaalde eigenschappen van elk van de verschillende materialen vertoont
co-spuitgieten: het proces van de vorming van kunststof onderdelen door spuitgieten met twee of meer verschillende polymeren in hetzelfde onderdeel
extrusie: het proces van het forceren van gesmolten kunststof door een matrijs om een continu profiel te vormen
filamentwikkelen: gebruikmaken van een draaimachine om composietversterking op een buis te rollen
filmblazen: de kunststoffabricagetechniek die wordt gebruikt om plastic zakken te maken
FRP: vezelversterkte kunststof (Engels: *fiber reinforced plastic*)
garen: een draad samengesteld uit meerdere vezels, gebruikt in FRP-versterking
handlamineren/hand-layup: het handmatige proces voor het toedienen van versterking en hars aan een FRP-vorm
hars: een monomeer of voorbereidende component voor het vormen van een composietpolymeer
kalanderen: het proces van de vorming van kunststof platen en folie door de kunststof tussen rollen te draaien
katalysator: chemische toevoeging gebruikt om vloeibare thermohardende harsen te laten harden
koolstofvezel: een versterking gemaakt van kunststofdraad dat is omgezet in grafiet
laminaat: lagen materiaal die verbonden zijn om een composiet te vormen
mat: vezels gemaakt in een niet-geweven stof
matrix: materiaal van een composiet dat versterkt wordt
persgieten: het proces van de vorming van een thermohardend onderdeel door de harsen in een matrijs te persen
polymeergieten: het proces van het gieten van een gekatalyseerde polymeerhars in een matrijs om een onderdeel te vormen
prepreg: een versterkings-/harsplaat of harsvorm die kan worden verwarmd in een matrijs om een onderdeel te maken
pultrusie: het proces van het trekken van een hars of versterkingsmengsel door een matrijs om een composietprofiel te vormen
rapid prototyping: de techniek van het gebruiken van onder andere CAD-bestuurde lasers, spuitgietprocessen of printers om driedimensionale testproducten (prototypen) in thermoplastische kunststof te produceren
reactiespuitgieten: het proces van het maken van een composietonderdeel door het pompen en mengen van reactiebestanddelen en die vervolgens spuitgieten in een matrijs

recyclebaarheid: het gemak waarmee een kunststof kan worden hergebruikt om nieuwe onderdelen te maken

sheet molding compound: een kunststof plaatmateriaal dat tot een onderdeel kan worden geperst

siliconen: een familie van polymeren, gekenmerkt door Si–O-bindingen in de mer

specifieke sterkte: treksterkte gedeeld door de dichtheid

specifieke stijfheid: elasticiteitsmodulus gedeeld door de dichtheid

spuitgieten: het proces van de vorming van kunststof onderdelen door gesmolten materiaal met een schroef of plunjer in een matrijs te drukken

transferpersen: een gietproces voor thermohardende harsen dat inhoudt dat hars in een matrijs geperst wordt

versterking: vezels en elk ander materiaal dat wordt gebruikt om de mechanische eigenschappen van polymeercomposieten te verbeteren

vezel: een afzonderlijke draad in een FRP-versterking

vulkaniseren: de methode van het persen en verwarmen van rubber om het te laten harden en een vorm te geven

whiskers: vezelversterkingsmaterialen die uit zeer kleine enkele kristallen groeien

Opgaven

1. Beschrijf het spuitgietproces voor kunststoffen. Waarin verschilt dat van andere thermoplastische vormingstechnieken?

2. Beschrijf blazen en geef aan waar het voor wordt gebruikt.

3. Leg uit hoe vrijevormfabricage kan worden gebruikt om een onderdeel te maken zonder werktuigen.

4. Welke van de producten/werktuigen/onderdelen behoren bij welk fabricageproces?

a. spuitgieten	1. parison
b. blazen	2. kanalen
c. kalanderen	3. prullenbak
d. rotatiegieten	4. bubbeltjesfolie
e. warmvormen	5. rubberen onderdelen
f. gieten	6. gerolde platen
g. extrusie	7. slijpsel van gerecycled materiaal

5. Welk thermoplastisch fabricageproces vereist gewoonlijk het minste gereedschap?
   a. spuitgieten
   b. blazen
   c. warmvormen
   d. extrusie

6. Waarin verschilt persgieten van spuitgieten?

7. Leg uit hoe PUR-bekledingsschuim wordt gemaakt.

8. Welk proces wordt gebruikt om autobumpers te maken?
   a. sinteren
   b. vulkaniseren
   c. reactiespuitgieten
   d. transferpersen

9. Wat is vulkaniseren en welk mechanisme hoort erbij?

10. Wat is een polymeercomposiet?

11. Wanneer is specifieke stijfheid belangrijker dan specifieke sterkte?

12. Beschrijf de verschillende stappen bij het maken van een thermoplastische composiet.

13. Wat zijn de meest gebruikte matrices voor thermohardende composieten?

14. Beschrijf het concept van een macromolecuul in verband met thermohardende composieten.

15. Wanneer zou je gebruikmaken van een epoxymatrix voor een thermohardende composiet?

16. Beschrijf laminaatcomposieten en geef aan wanneer ze worden gebruikt.

17. Leg uit wat het verschil is tussen vezelversterkingsmateriaal, strengversterkingsmateriaal, geweven versterkingsmateriaal en matversterkingsmateriaal.

18. Teken de SPI-recyclingsymbolen voor HDPE, PS en PBT.

19. Beschrijf waarom de recycling van technische kunststoffen en thermoharders beperkt is.

20. Je giet een blok epoxy van 10 cm × 20 cm × 30 cm. Welke lengte zal het blok hebben na het harden?
   a. 0,1 cm
   b. 90 mm
   c. 99 mm
   d. 9,5 cm

Hoofdstuk 10

Selecteren van kunststoffen, polymeermaterialen en polymere deklagen

Niet de juiste verf – een selectieprobleem

Doelstellingen

1. Begrijpen hoe een geschikte kunststof of kunstcomposiet voor een toepassing geselecteerd moet worden.
2. Begrijpen hoe men een fabricageproces voor deze materialen kiest.
3. Begrijpen wat lijmen zijn en hoe deze geselecteerd moeten worden.
4. Inzicht krijgen in wat verfstoffen zijn en hoe deze geselecteerd moeten worden.

De vorige hoofdstukken waren bedoeld om je inzicht te geven in de aard, de chemische samenstelling en de fabricage van kunststoffen en composieten. Nu is het tijd om dat verworven begrip van kunststoffen te gebruiken en te leren hoe je een specifieke kunststof voor een toepassing selecteert.

Als materiaalgebruiker zul je met zekerheid situaties tegenkomen waarbij je een kunststof nodig hebt om een langdurige of cyclische belasting te dragen. Welke kandidaten zijn er dan? Wat zijn de belangrijke selectiefactoren? De meeste ontwerpsituaties vereisen het gebruik van kunststoffen voor toepassingen waarbij ze blootgesteld zijn aan omgevingen die de kunststof kunnen aantasten. Zonlicht is bijvoorbeeld een van de ergste vijanden van veel kunststoffen.

Materiaalgebruikers zullen waarschijnlijk in hun loopbaan opdrachten krijgen waarin coatings en lijmen een rol spelen. Lijmen hebben ten onrechte een slechte reputatie. Dit komt deels door onvakkundige verwerking of een verkeerde toepassing. Verfsystemen en lijmkeuze spelen ook een rol in het dagelijks leven. Het onderhoud van een huis vereist altijd een goede keuze op het gebied van polymeercoatings (verf), kunststof vloerbedekkingen, lijmsoorten en constructieonderdelen van kunststof, legplanken, gevelplaten, vensters enzovoort. Ook in de minder zichtbare techniek in allerlei producten komen hemische, mechanische en fysische belastingen voor waarvoor kunststoffen een passende materiaalkeuze kunnen zijn.

In dit hoofdstuk geven we richtlijnen voor het gebruik van kunststoffen voor mechanische componenten, voor toepassingen waarbij chemische bestendigheid een overweging is, voor polymeercoatings en voor kleefstoffen. Verder geven we richtlijnen voor de selectie van de juiste fabricageprocessen.

10.1 Selectiemethodiek

Kunststoffen worden gebruikt voor zeer verschillende toepassingen: van verpakkingen tot kunstaderen tot kleding tot machineonderdelen tot mijnenvegers. In verpakkingen en kleding worden, qua volume, enorm veel kunststoffen gebruikt. Hoe gaat men te werk bij het kiezen van een of twee in aanmerking komende kunststoffen van de ongeveer vijftig die we in de voorgaande hoofdstukken hebben besproken? Aan het eind van dit boek bespreken we de materiaalkeuze gedetailleerd, maar hier geven we vast aan hoe de selectie van kunststoffen in zijn werk gaat voor toepassingen die hiervan het meest gebruikmaken: constructieonderdelen, lagers en slijtdelen – dus producten waarvoor omgevingsweerstand van belang is – en toepassingen waarbij de elektrische of thermische eigenschappen van kunststoffen een belangrijke factor zijn.

De selectiemethodiek leert dat je een lijst dient te maken met de eigenschappen die je noodzakelijk acht voor de beoogde toepassing en vervolgens van de eigenschappen die je graag zou hebben. Een eisen- en wensenlijstje dus. Deze eigenschappen die je 'moet' en 'wilt' hebben vergelijk je vervolgens met de eigenschappen die de diverse soorten beschikbare kunststoffen hebben. Figuren 3-1 en 4-1 geven de diverse fysische overwegingen, chemische overwegingen en maatvoeringsoverwegingen weer die een rol spelen bij de materiaalkeuze. Deze figuren kunnen dienen als een controlelijst van in aanmerking komende eigenschappen. Bekijk de lijst en markeer de eigenschappen waarvan jij vindt dat je ze moet en wilt hebben. Bekijk vervolgens de materiaalinformatiebladen om je lijst met gewenste eigenschappen te vergelijken met de verkrijgbare eigenschappen.

Er zijn heel veel eigenschapgegevens voor kunststoffen beschikbaar. De meest complete staan op cd-roms of op internet en worden geregeld bijgewerkt. Bij sommige databases is het mogelijk om de eigenschappen in te voeren in modellen. Ook talrijke kunststofleveranciers hebben hun eigen databases op internet en deze zijn op aanvraag gratis verkrijgbaar. De databases en catalogi van leveranciers variëren echter in kwaliteit en volledigheid, en ze zijn beperkt omdat ze gewoonlijk alleen informatie bevatten over de door de leverancier verkochte kunststoffen. Je zult dus de databases van diverse leveranciers moeten bekijken om vast te stellen welke leverancier de meest geschikte kunststof kan leveren. Dit probleem kan worden opgelost door gebruik te maken van algemene databases. We presenteren in dit hoofdstuk enkele beknopte eigenschapgegevens, maar het is een essentieel onderdeel van de selectieprocedure om betrouwbare eigenschapsinformatie te verkrijgen.

Een andere bron van zorg bij het gebruik van databases is de vraag of de door verschillende leveranciers geleverde testgegevens op dezelfde manier gemeten zijn. Tabel 10-1 laat enkele standaardtesten zien van de American Society for Testing and Materials (ASTM) die voor het meten van kunststofeigenschappen worden gebruikt. Kijk bij het vergelijken van de gegevens over beoogde kunststoffen goed of de eigenschapgegevens van dezelfde proeven afkomstig zijn en of de meeteenheden gelijk zijn. De meeste kunststoffendatabases geven een waardebereik voor de meeste eigenschappen. Als het bereik groot is, kan het nodig zijn om contact op te nemen met de leverancier voor nauwkeuriger gegevens. Veel databases hebben als voorbehoud dat de gegevens niet bestemd zijn voor gebruik bij ontwerpen. Dat geldt ook voor eigenschapgegevens in dit boek. We adviseren dan ook om voor de uiteindelijke keuze de eigenschapgegevens te controleren bij de eindleverancier en het materiaal indien mogelijk zelf te testen. Controleer bovendien volgens welke normen en leveringsvoorwaarden geleverd wordt. Kijk goed of de in de selectieprocedure gebruikte gegevens accuraat en up-to-date zijn.

Kunststoffen vormen een klasse van technische materialen die aanzienlijk verschilt van metalen, keramieken en andere technische materialen. Ze hebben zo hun eigenaardigheden waarmee men moet kunnen omgaan. Hieronder noemen we enkele opmerkelijke zaken:

1. Kunststoffen zetten bij toenemende temperatuur uit, gewoonlijk zo'n tien keer meer dan metalen (thermische uitzettingscoëfficiënt).
2. Staalsoorten zijn dertig keer zo stijf als de stijfste onversterkte kunststoffen (elasticiteitsmodulus).
3. Kunststoffen kunnen branden en geven daarbij soms giftige dampen af (ontvlambaarheid, giftigheid).
4. Kunststoffen kunnen achteruitgaan door klimaatveroudering en/of blootstelling aan zonlicht (omgevingsweerstand).
5. Kunststoffen zijn slechte geleiders van warmte (warmtegeleidbaarheid).
6. De hoogste gebruikstemperatuur voor 99 procent van alle kunststoffen is lager dan 260 °C (maximale gebruikstemperatuur).
7. Kunststoffen zijn zacht. De hardste kunststof is veel zachter dan de zachtste staalsoort (indrukkingshardheid).
8. Kunststoffen kunnen niet worden gevormd door middel van de voor de meeste metalen gebruikte koudvormingsprocessen.
9. Kunststoffen kunnen gewoonlijk niet worden gemaakt met de kleine afmetingstoleranties die veel voorkomen bij metalen. Ze zijn moeilijk machinaal te bewerken (machinale bewerkbaarheid, stabiliteit).
10. Kunststoffen kunnen inslag niet zo goed weerstaan als de meeste metalen (slagvastheid).
11. Kunststoffen kunnen onder langdurige belasting continu vervormen (kruipvastheid).
12. Kunststoffen kunnen onder langdurige belasting eventueel breken (spanningsbreuksterkte).
13. Kunststoffen zijn niet zo sterk als de meeste metalen (trek-, vloei- en afschuifsterkte).
14. Kunststoffen kunnen breken onder cyclische belastingen (vermoeiingssterkte).
15. Kunststoffen kunnen vocht absorberen uit hun omgeving en daardoor veranderen. De grootte of de eigenschappen kunnen worden beïnvloed (vochtabsorptie in 24 uur).

TABEL 10-1 Enkele vaak gespecificeerde ASTM-eigenschapsproeven

TEST	FYSISCHE EIGENSCHAPPEN
D 792	Test voor relatieve dichtheid en dichtheid door verplaatsing
D 570	Test voor waterabsorptie van kunststoffen
D 696	Test voor de lineaire thermische uitzettingscoëfficiënt van kunststoffen
C 177	Test voor stationaire warmteoverdrachtseigenschappen (warmtegeleidbaarheid)
D 635	Verbrandingssnelheid en/of verbrandingsgraad en verbrandingstijd (horizontale positie)
	MECHANISCHE EIGENSCHAPPEN
D 638	Trekeigenschappen van kunststoffen
D 695	Test voor de compressie-eigenschappen van stijve kunststoffen
D 790	Test voor de buigingseigenschappen van kunststoffen
D 256	Test voor de slagvastheid van kunststoffen
D 785	Rockwell-hardheidstest voor kunststoffen
D 648	Test voor de afbuigingstemperatuur van kunststoffen onder buigbelasting

TABEL 10-1 (vervolg) Enkele vaak gespecificeerde ASTM-eigenschapsproeven

TEST	ELEKTRISCHE EIGENSCHAPPEN
D 150	Test voor AC-verlieskenmerken en gemakkelijke terugvoer (diëlektrische constante)
D 149	Test voor diëlektrische breekspanning en diëlektrische sterkte
D 257	Test voor DC-weerstand of geleidbaarheid van isolatiematerialen

De genoemde eigenaardigheden hoeven overigens geen probleem te vormen voor de toepassingen van kunststoffen. Ze moeten in een ontwerp alleen wel worden herkend en op de juiste manier worden behandeld. Een vergelijkbare lijst kan worden opgesteld voor metalen, keramische materialen en composieten. Om kunststoffen recht te doen geven we hieronder ook een lijst met de kenmerken van kunststoffen waardoor ze het voorkeursmateriaal voor een nog steeds toenemend aantal nieuwe producten zijn:

1. Kunststoffen zijn lichter dan metalen (dichtheid).
2. Kunststoffen zijn elektrische isolatoren (elektrische weerstand, diëlektrische constante enzovoort).
3. De lage warmtegeleiding geeft een goede isolatie; kunststoffen kunnen goed gebruikt worden als isolatiemateriaal (warmtegeleidbaarheid).
4. De chemische resistentie maakt kunststoffen tot duurzame materialen (chemische resistentie).
5. De lage stijfheid van kunststoffen is voor sommige toepassingen een zegen; denk aan autobanden, kabelisolatie en tuinslangen (stijfheid).
6. Kunststoffen zijn goedkoop. De materiaalkosten zijn laag en ze kunnen vaak worden gevormd door middel van goedkope technieken (spuitgieten en dergelijke) (prijs).
7. Kunststoffen worden gewoonlijk gemaakt met processen die (bijna) een nettovorm opleveren. Er zijn vaak geen secundaire (machinale) bewerkingen zoals lasschaven nodig (bewerkbaarheid).
8. Door de lage smelttemperatuur en de lage hardheid zijn kunststoffen eenvoudig vorm te geven (vormbaarheid).
9. Kunststoffen hoeven niet altijd te worden geverfd; de kleur kan 'vrij' zijn en is over de hele dikte gelijk (kleur).
10. Men kan kunststoffen gemakkelijk een fraai uiterlijk geven door tijdens het vormingproces kleur en textuur aan te brengen (uiterlijk).

Uiteraard zijn er voor elk van deze beweringen uitzonderingen te geven, maar ze gelden wel voor de meest gebruikte kunststoffen. Om deze redenen worden kunststoffen vaak geselecteerd voor nieuwe toepassingen, zelfs al hebben ze enkele zwakheden ten opzichte van metalen.

Overwegingen bij het ontwerp

In de ontwerpprocedure dient met alle door ons vermelde eigenaardigheden rekening te worden gehouden. Als een onderdeel bijvoorbeeld transparant moet zijn, moet het gemaakt worden van een amorf polymeer zoals polystyreen, polycarbonaat of polymethylmethacrylaat. Componenten die een hoge chemische weerstand nodig hebben, worden gewoonlijk gemaakt van kristallijne kunststoffen zoals polyethyleen of polytetrafluoro-ethyleen. Voor spuitgegoten onderdelen waarvoor nauwe maattoleranties moeten gelden, geven amorfe thermoplasten een goede maatvastheid.

De meeste onderdelen van kunststof komen bij gebruik onder een of andere mechanische spanning te staan. Kunststoffen vormen een groep technische materialen die niet zo sterk en stijf zijn als veel andere technische materialen. In constructieonderdelen zoals tandwielen, hefarmen, nokken, beugels en frames wordt de belasting door hun functie op de componenten uitgeoefend. Onderdelen die geen deel uitmaken van de constructie, zoals behuizingen, afdekplaten of andere relatief onbelaste componenten, kunnen plaatselijk onder spanning komen te staan door bevestigingsmiddelen, perspassingen en klikverbindingen. In veel gevallen worden kunststofcomponenten onbedoeld belast. Stootbelastingen komen bijvoorbeeld vaak voor tijdens vervoeren of vallen. Producten moeten hierop getest worden. De ontwerpers moeten de toepassing inschatten en anticiperen op het soort krachten dat zou kunnen optreden. Ze moeten voorzien wat er in het ergste geval kan gebeuren.

Omdat polymeren bestaan uit lange koolwaterstofketens die bijeengehouden worden door covalente bindingen, zijn de eigenschappen van deze materialen gevoeliger voor de temperatuur en andere omgevingsinvloeden dan metalen of keramische materialen. Voor een bepaalde toepassing moeten daarom niet alleen de uitgeoefende krachten worden ingeschat, maar moet ook rekening worden gehouden met de duur van de belasting, cyclische belastingen en verwachte temperaturen. Als men een onderdeel bijvoorbeeld onbedoeld achterlaat in een gesloten auto die in de zon staat, dan dient het onderdeel gemaakt te zijn van een polymeer dat bestand is tegen een temperatuur van 90 °C, anders vervormt of smelt het.

Afgezien van de polymeerstructuur kunnen polymeereigenschappen worden gewijzigd met behulp

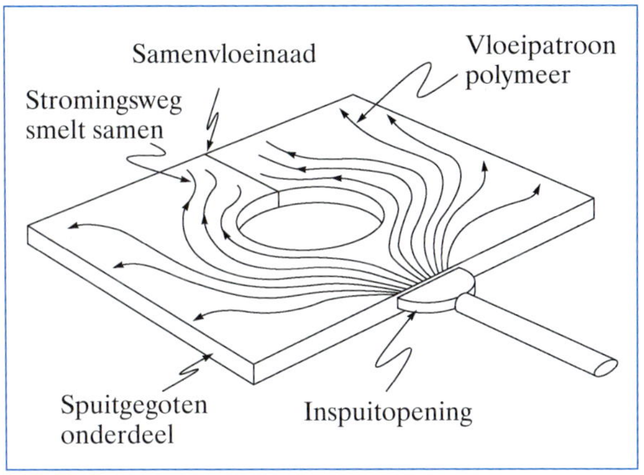

FIGUUR 10-1 Naden treden op in spuitgegoten onderdelen wanneer de stromingsweg in de matrijs van het product onderbroken wordt door een kern op de plek waar een gat moet komen en de kunststof vervolgens weer samensmelt. De materiaalsterkte bij de samenvloeinaad kan wel 25 procent minder zijn dan in de rest van het onderdeel. Onder slechte vormingsomstandigheden kan de naad zichtbaar zijn voor de klanten, waarbij de sterkte van een naad de nul nadert

van additieven en vulmaterialen, of door het copolymeriseren van het materiaal met andere polymeren. Als een polymeer bijvoorbeeld bestand moet zijn tegen blootstelling aan zonlicht en weersinvloeden, dan kan het toevoegen van bepaalde antioxidanten en stabiliseringsmiddelen de weerstand tegen afbraak helpen vergroten. Ook de verwerkingsmethoden moeten bekeken worden om de effecten van polymeeroriëntatie, restspanningen, oppervlakteafwerking, toevoeging van hergepolijst gerecycled plastic, lasnaden (zie figuur 10-1) en andere verwerkingsfactoren op het totaal van eigenschappen van de polymeer in te schatten. In tabel 10-2 worden de relatieve eigenschappen van amorfe en kristallijne thermoplasten vergeleken. In tabel 10-3 worden de structuur, de glasovergangstemperatuur (T_g) en de kristallijne smelttemperatuur (T_m) van diverse polymeren vermeld. Samenvattend kunnen we zeggen dat de selectie van kunststoffen idealiter op dezelfde manier wordt uitgevoerd als de selectie van andere technische materialen.

10.2 Kunststoffen voor mechanische toepassingen en constructietoepassingen

In deze paragraaf worden mechanische eigenschappen van kunststoffen voor constructietoepassingen bekeken, zowel voor de korte termijn als voor de lange termijn. Mechanische eigenschappen voor polymeren op de korte termijn zijn onder andere de treksterkte, buigsterkte, elasticiteits- of buigingsmodulus, slagvastheid en hardheid. Mechanische eigenschappen voor de lange termijn zijn onder meer kruipvastheid, kruipmodulus, vermoeiingssterkte en spanningsbreuksterkte.

TABEL 10-2 Vergelijking van de relatieve eigenschappen van amorfe en kristallijne thermoplasten

	RELATIEVE EIGENSCHAPPEN*	
KENMERK	**AMORF**	**KRISTALLIJN**
Treksterkte	Lager	Hoger
Elasticiteitsmodulus	Lager	Hoger
Ductiliteit	Lager	Hoger
Taaiheid	Lager	Hoger
Isotropie	Isotroop	Anisotroop
Kruipvastheid	Hoger	Lager
Maximale gebruikstemperatuur	Lager	Hoger
Slijtvastheid	Lager	Hoger
Krimp	Lager	Hoger
Vervorming	Lager	Hoger
Relatieve dichtheid	Lager	Hoger
Ondoorzichtbaarheid	Geleidelijke vloeiing boven T_g	Scherpe smeltovergang bij T_m
Smelteigenschappen	Transparant	Wazig tot opaak (ondoorzichtig)
Chemische bestendigheid	Lager	Hoger

*Er bestaan enkele uitzonderingen op deze algemene kenmerken.

TABEL 10-3 T_g, T_m en de structuur van geselecteerde polymeren

POLYMEER	AFKORTING	T_g(°C)	T_m (°C)	STRUCTUUR
Lagedichtheidpolyethyleen*	LDPE	–	109	Kristallijn
Mediumdichtheidpolyethyleen*	MDPE	–	125	Kristallijn
Hogedichtheidpolyethyleen*	HDPE	-120	140	Kristallijn
Polytetrafluoro-ethyleen	PTFE	-113	327	Kristallijn
Polyvinylideenfluoride	PVDF	-45	210	Kristallijn
Polypropyleen*	PP	-10	170	Kristallijn
Polyvinylchloride*	PVC	80	220	Kristallijn
Perfluoralkoxy	PFA	90	–	Kristallijn
Polystyreen*	PS	100	–	Amorf
Ethyleenchloortrifluorethyleen	ECTFE	100	240	Kristallijn
Polymethylmethacrylaat	PMMA	105	–	Amorf
Gefluoreerd ethyleenpropyleen	FEP	152	290	Kristallijn
Polyoxymethyleen (acetaal)	POM	-85	170	Kristallijn
Polyethyleenoxide	PEO	-67	69	Kristallijn
Polyamide (nylon)	PA 11	46	185	Kristallijn
	PA 6	50	228	Kristallijn
	PA 66	57	265	Kristallijn
Polyethyleentereftalaat	PET	69	265	Kristallijn
Polybutyleentereftalaat	PBT	80	232	Kristallijn
Polyfenyleensulfide	PPS	90	–	Kristallijn
Polyftalamide	PPA	127	310	Kristallijn
Polyetheretherketon	PEEK	143	–	Amorf
Polycarbonaat	PC	145	–	Amorf
Polysulfon	PSU	190	–	Amorf
Polyfenyleenoxide	PPO	210	–	Amorf
Polyethersulfon	PES	225	–	Amorf
Polyamide-imide	PAI	272	–	Kristallijn
Alifatisch polyketon	PK	5–20	220	Kristallijn
Polyimide	PI	330–360	–	Amorf
Polybenzimidizool	PBI	398	–	Amorf

*Standaard algemeen gebruikte kunststoffen

Stijfheid

Normaal gesproken wordt de stijfheid van een kunststof bepaald door de elasticiteitsmodulus gemeten met een trekproef. Vaak geven handboeken en kunststofleveranciers ook de stijfheid aan de hand van de buigingsmodulus. De meeste kunststoffen voldoen echter niet volledig aan de wet van Hooke. De trek-rekkrommen van vele kunststoffen tonen geen lineair elastisch gebied. In het algemeen wordt de elasticiteitsmodulus dus bepaald bij lage rek.

De stijfheid wordt bepaald door de structuur van een polymeer, en door de additieven en vulmaterialen. Polymeren met aromatische ringstructuren in de hoofdketen, zoals polyimide, polyetherimide en polyfenyleensulfide, zijn veel stijver dan alifatische polymeren met een rechte keten, zoals polyethyleen en polypropyleen. Grote zijgroepen, zoals in polystyreen, reduceren de segmentbeweging van de keten en verhogen de stijfheid. Vezelvulstoffen zoals glasvezels doen de stijfheid ook enorm toenemen. Vulmaterialen die uit korrels bestaan, bijvoorbeeld talk, mica en gemalen glas, zorgen voor een matige toename van de stijfheid van een kunststof. Additieven zoals weekmakers en slagvastheidsmodificatoren hebben de neiging om de modulus van een kunststof te reduceren. Hogere temperaturen en meer vocht in een kunststof verminderen de stijfheid.

Tabel 10-4 geeft typische modulusbereiken voor diverse kunststoffen. Zoals in deze gegevens te zien

TABEL 10-4 Mechanische eigenschappen van diverse kunststoffen bij kamertemperatuur (bij benadering)

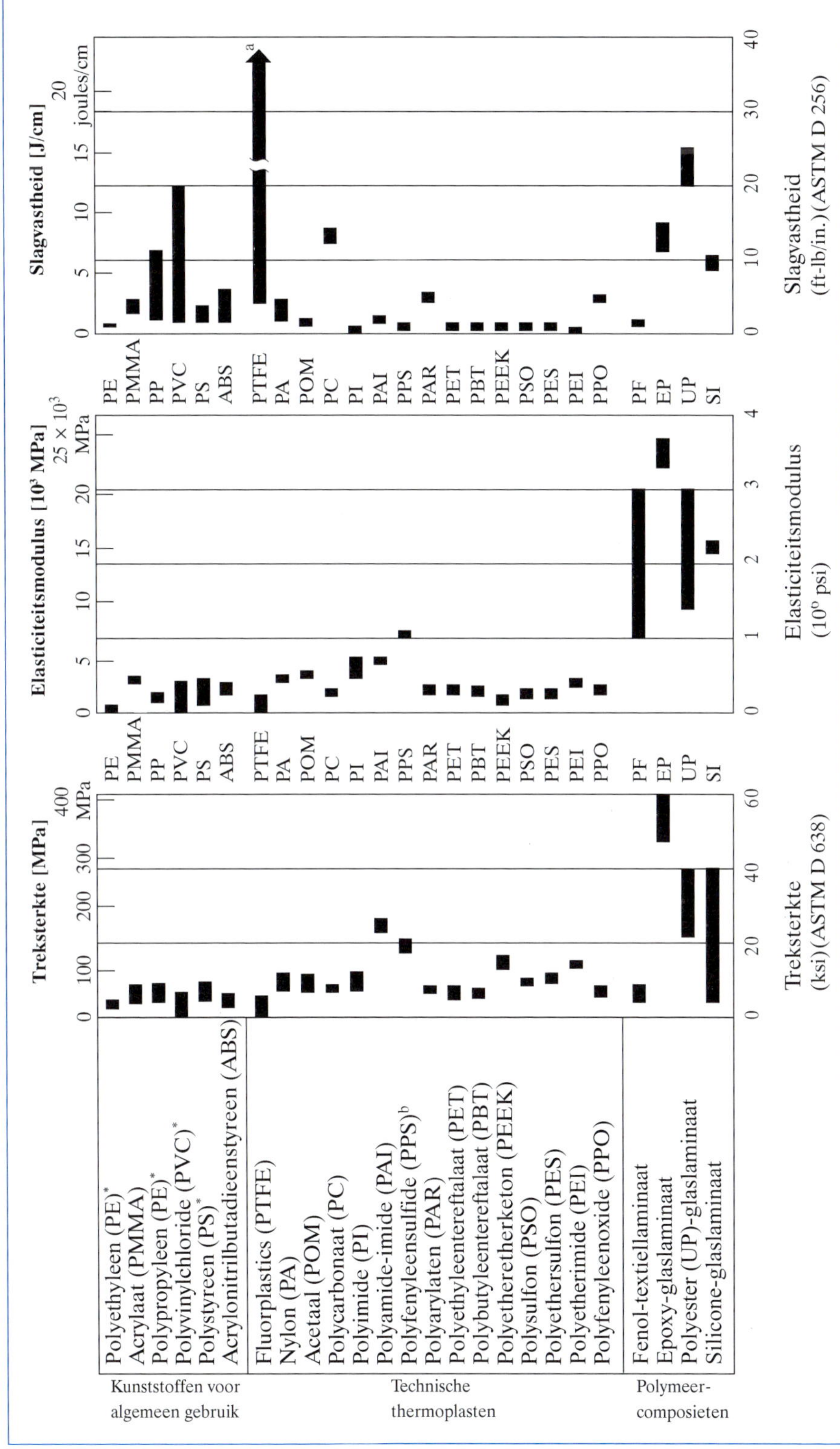

De eigenschappen van de kunststoffen voor algemeen gebruik en van de technische kunststoffen gelden voor ongevulde en onversterkte soorten.

[a] Geen breuk

[b] 40% glas

* Standaard kunststoffen

is, is polyimide met een modulus van 3–5 × 10^3 MPa de stijfste hier vermelde onversterkte kunststof. Aluminium, met een modulus van 69 × 10^3 MPa bevindt zich aan het lage uiteinde van het bereik van moduluswaarden voor metalen. Staalsoorten hebben een modulus van ongeveer 207 × 10^3 MPa. Wat het ontwerp betreft betekent dit dat als je een kunststof onderdeel de stijfheid van staal wilt geven, de kunststof vele malen dikker moet zijn dan het staal. Dat hoeft niet per se een probleem te zijn. Zoals we in hoofdstuk 9 over polymeercomposieten hebben gezien kan men kunststoffen versterken zodat de specifieke stijfheid gelijk of hoger is dan die van staal en aluminium. Overigens moet de oplossing 'dikker construeren ter compensatie van de stijfheid' niet letterlijk worden genomen. Men kan een dunwandige structuur bijvoorbeeld verstevigen met ribben.

Mechanische eigenschappen

In het algemeen is de uiteindelijke treksterkte en druksterkte van technische kunststoffen aanzienlijk lager dan die van metalen, in het bijzonder vergeleken met gereedschapsstaal en staalsoorten met een hoge sterkte. In vergelijking met metalen zoals aluminium, zink, koper en magnesium is het verschil in uiteindelijke mechanische sterkte echter veel kleiner. Tabel 10-4 vergelijkt de sterktebereiken van typische kunststoffen. Een treksterkte van hoger dan 700 MPa komt vaak voor bij staal, maar als we de specifieke sterkte berekenen en de materialen vergelijken, dan vinden we voor sommige versterkte polyesters en epoxyharsen hogere waarden dan voor verschillende staalsoorten.

De hardheid van kunststoffen is een mechanische eigenschap die moeilijk vergeleken kan worden met die van metalen, maar we kunnen wel zeggen dat zelfs de zachtste staalsoort harder is dan de hardste kunststof. Deze uitspraak kan echter niet worden gestaafd door onderzoeksgegevens, want er bestaat geen geaccepteerde hardheidstestmethode die voor zowel kunststoffen als metalen te gebruiken is. In figuur 10-2 wordt een vergelijking bij benadering getoond, zie hiervoor ook paragraaf 4.5. De betekenis van dit alles kan misschien het best worden gedemonstreerd aan de hand van de krasvastheid (ASTM

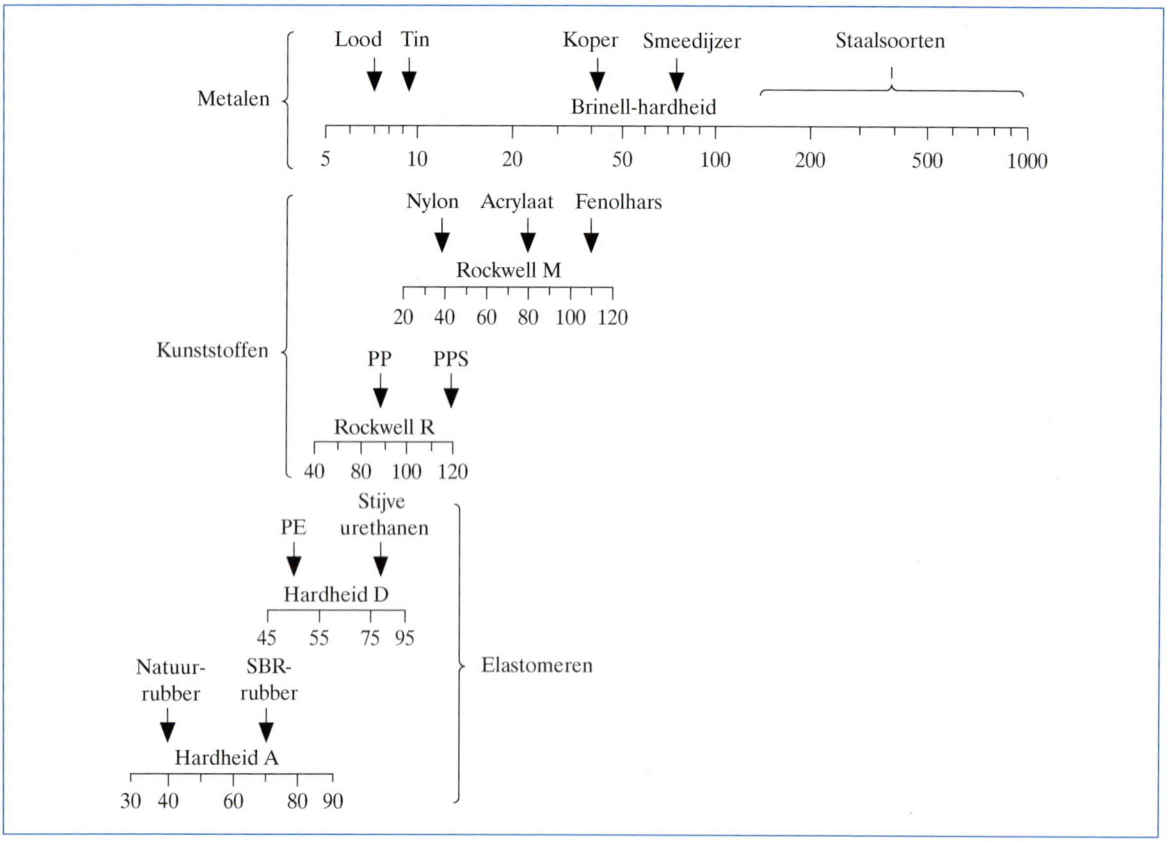

FIGUUR 10-2 Vergelijking bij benadering van de hardheidsschalen voor kunststoffen, metalen en elastomeren

G171). Ondanks de intrinsieke zachtheid van kunststoffen in vergelijking met metalen, gedragen ze zich in talrijke toepassingen heel bevredigend wat betreft krasvastheid en slijtweerstand. De thermohardende laminaten (melaminen en fenolharsen) die worden gebruikt voor tafelbladen en toonbanken kunnen bijvoorbeeld heel wat mishandeling verdragen en zijn ook uitstekend geschikt als werkoppervlakken voor machines.

Hoewel kunststoffen niet zo sterk of hard zijn als de meeste metalen, kunnen ze toch een betere keuze zijn als rekening wordt gehouden met hun andere eigenschappen, bijvoorbeeld lage relatieve dichtheid, prijs, vormbaarheid, en het feit dat ze niet altijd machinaal hoeven te worden bewerkt. Bij het ontwerpen kan gemakkelijk rekening worden gehouden met de lagere sterkte in berekeningen op segmentgrootte.

Kruip en de invloed van temperatuur

Polymeren gedragen zich net als veel metalen in het algemeen op een elastische manier bij kortdurende trekspanningen onder de elasticiteitsgrens. In paragraaf 4.7 hebben we gezien dat als materialen zoals kunststoffen langdurige trekbelastingen ondergaan of bij hoge temperaturen worden gebruikt, ze continu verder vervormen. De rek die geproduceerd wordt hangt af van de grootte van de uitgeoefende kracht, de duur van de belasting en de temperatuur. Deze verandering in rek als functie van de tijd wordt *kruip* of *visco-elastische vervorming* genoemd. Wanneer een component wordt onderworpen aan een rekbelasting, kan er een aanvankelijke elastische rek worden gemeten in het onderdeel (zie figuur 10-3). Op den duur neemt de rek in het onderdeel echter toe als gevolg van kruip (het onderdeel wordt dan langer). Kruip treedt ook op in onderdelen onder druk- of schuifbelastingen (of combinaties daarvan). De ketens in de kunststof gaan zich gaandeweg aanpassen aan de optredende spanningen.

Voor metalen luidt de algemene regel dat er kans is op het optreden van kruip als de temperatuur bij belastingen hoger is dan 0,4 maal de smelttemperatuur van de betreffende stof, waarbij de temperatuur in Kelvin wordt uitgedrukt. Als vuistregel voor kunststoffen geldt dat voor toepassingen bij hoge temperaturen de temperatuur minstens 50 °C onder de T_g moet blijven om de effecten van kruip zo klein mogelijk te houden. Glasversterking verbetert de kruipvastheid, maar bij kristallijne thermoplasten geven glasvezeltoevoegingen van meer dan ongeveer 10 procent geen extra toename van de kruipvastheid. Vaak geven informatiebladen over kunststoffen de doorbuigingstemperatuur onder belasting (HDT of HDTUL: *heat deflection temperature under load*). Deze waarde geeft de temperatuur waarbij een balk

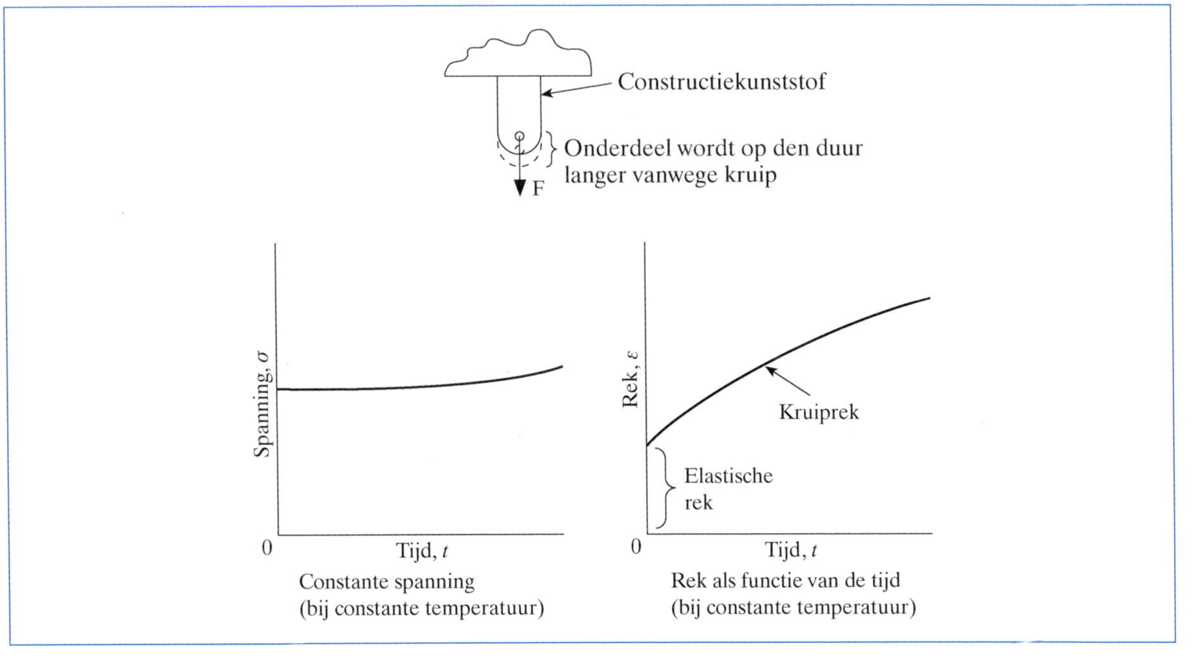

FIGUUR 10-3 Kruip van een constructie-element van kunststof onder een constante rekbelasting en hoge temperatuur

onder driepuntsbuiging een bepaalde doorbuiging vertoont bij een vooraf bepaalde tijd en belasting. Deze temperaturen kunnen worden gebruikt als startpunt bij het overwegen van polymeren voor hogetemperatuurtoepassingen, maar ze mogen niet worden gebruikt voor ontwerpberekeningen. Figuur 10-4 vergelijkt de doorbuigingstemperatuur en de glasovergangstemperatuur van enkele geselecteerde polymeren.

Het is ook mogelijk dat de uitgeoefende spanning op een polymeer op den duur afneemt (relaxeert). Het mechanisme is hetzelfde als bij kruip; de polymeerketens passen zich aan de spanning aan. Figuur 10-5 toont een bout-en-moerverbinding van kunststof. Aanvankelijk wordt de moer aangedraaid en wordt er een bepaalde spanning in de bout ontwikkeld. Als gevolg van kruip worden de spanningen in de bout op den duur echter minder. Dit verschijnsel heet *spanningsrelaxatie*. Spanningsrelaxatie treedt in het algemeen op wanneer een onderdeel onder een constante rekwaarde wordt belast. Spanningsrelaxatie kan ook optreden in componenten onder druk- of schuifbelasting. De drukkracht op een pakking van PTFE kan bijvoorbeeld op den duur minder worden als gevolg van drukspanningsrelaxatie. Na een bepaalde tijd kan er vervolgens bij de pakkingsluitvlakken een lek ontstaan.

Behalve door de tijd en de temperatuur wordt kruip ook beïnvloed door de omgeving, de versterkingen, de polymeeradditieven, het soort polymeer (kristallijn of amorf) en enkele andere factoren, die in tabel 10-5 worden weergegeven. Visco-elastische vervorming treedt op in alle technische kunststoffen, standaard kunststoffen, lijmen en andere organische materialen.

TABEL 10-5 Factoren die van invloed zijn op de kruip of spanningsrelaxatie van polymeren

Polymeerstructuur: kristallijn of amorf
Vulmaterialen en versterking
Secundaire fasen of copolymeren
Gebruikstemperatuur (ten opzichte van T_g, T_m)
Omgeving (vocht, vochtigheidsgraad, chemicaliën)
Spanningsniveau
Glasovergangstemperatuur
Doorbuigingstemperatuur onder belasting (HDTUL, *heat deflection temperature under load*)
Kruipmodulus

Visco-elastische kruipgegevens voor polymeren worden vaak vastgelegd als kruipmodulus of in de vorm van een isochrone spanning-rekkromme. Kruip onder

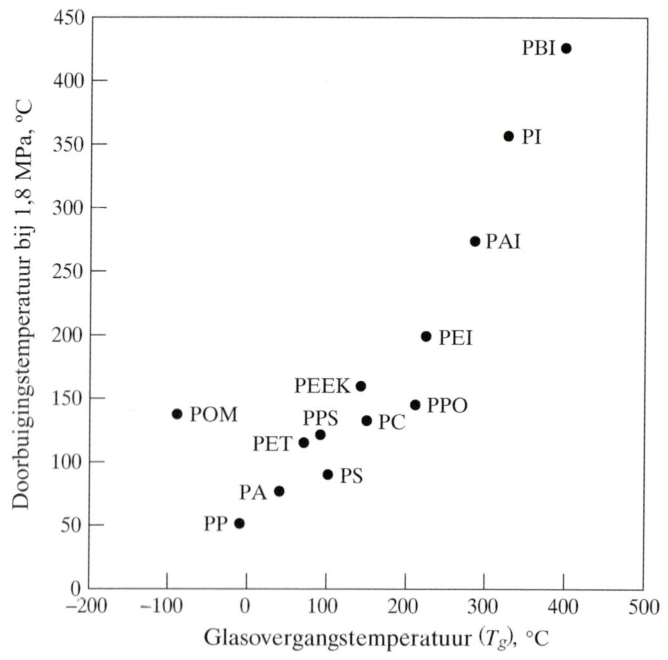

FIGUUR 10-4 Relatie tussen glasovergangstemperatuur en doorbuigingstemperatuur voor diverse kunststoffen

trekbelasting kan bijvoorbeeld worden gemeten volgens ASTM D 2990. Een standaardtrekstaaf wordt voorzien van een extensometer of rekspanningsmeter en op de proefstaaf wordt een constante belasting uitgeoefend. De visco-elastische rek als gevolg van kruip wordt gemeten en grafisch weergegeven als een functie van de tijd (zie figuur 10-6). Kruiptesten worden in het algemeen uitgevoerd bij veel verschillende belastingen (of moeten in ieder geval worden uitgevoerd voor de verwachte belasting op

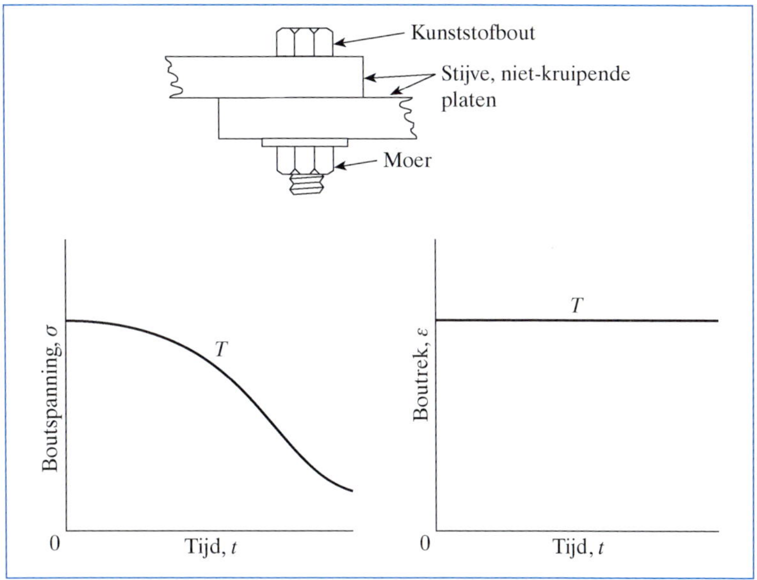

FIGUUR 10-5 Spanningsrelaxatie van een kunststofbout. De rek is constant; de spanning in de bout neemt af (bij constante temperatuur)

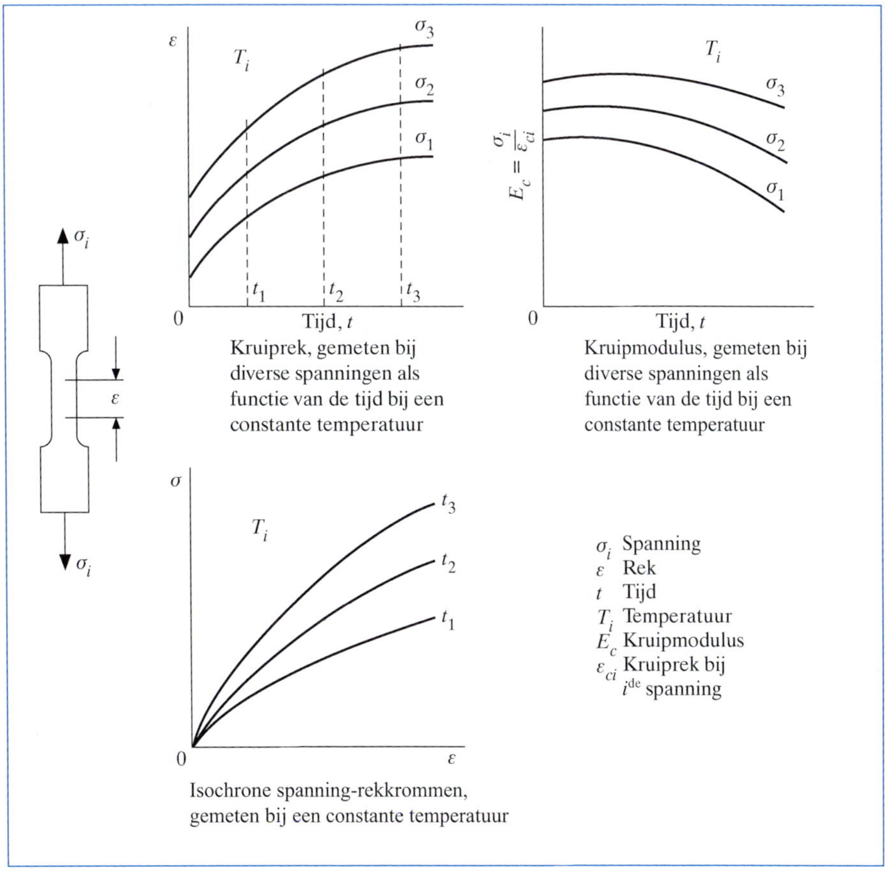

FIGUUR 10-6
Berekening van de kruipmodulus. Dit soort gegevens wordt vaak geleverd door kunststofproducenten

TABEL 10-6 Fysische eigenschappen van diverse kunststoffen

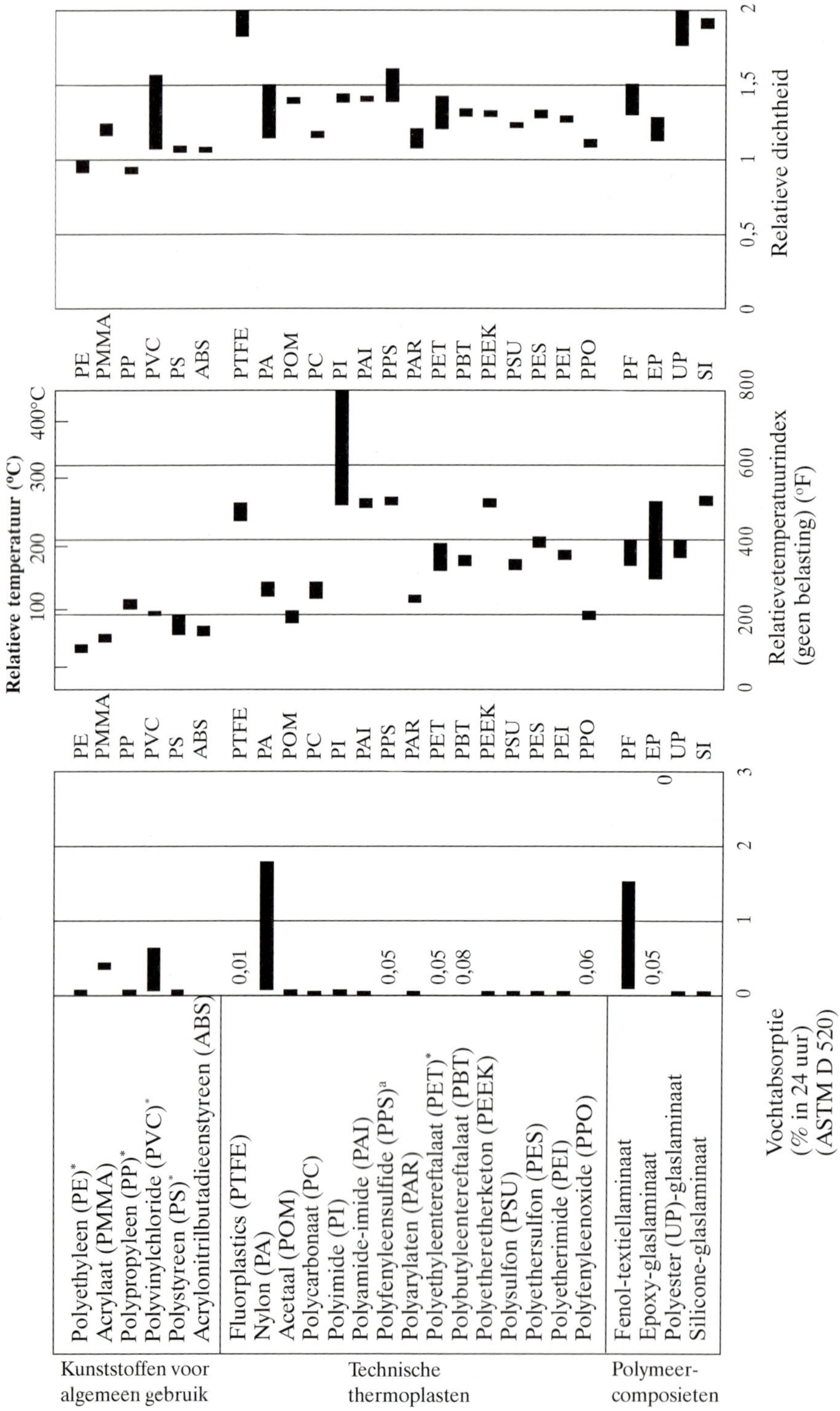

De eigenschappen van de kunststoffen voor algemeen gebruik en van de technische kunststoffen gelden voor ongevulde en onversterkte soorten.

[a] 40% glas

* Standaard kunststoffen

een bepaald onderdeel). Wanneer de kruiprek is gemeten als een functie van de tijd bij een gegeven belasting en temperatuur, kan de kruipmodulus op een bepaald tijdstip worden berekend door de uitgeoefende belasting te delen door de kruiprek op hetzelfde tijdstip. De meeste kunststofleveranciers geven kruipgegevens in de vorm van kruipmodulusgrafieken. Als de uitgeoefende belasting bekend is, kan de kruiprek bij een gegeven geplande levensduur berekend worden door de kruipspanning te delen door de kruipmodulus. Bij het selecteren van een kunststof voor kruiptoepassingen kunnen de kruipmoduli bij een gegeven verwachte levensduur, temperatuur en belasting worden gebruikt als selectiecriteria.

Een zogenaamde relatievetemperatuurindex (RTI: Amerikaanse UL 746B) of temperatuurindex (DIN EN 60216-1) wordt vaak gebruikt voor het voorspellen van de maximale bedrijfstemperatuur die een polymeer kan verdragen gedurende de levensduur van een onderdeel, zonder thermische afbraak. Een groot aantal polymeerproefmonsters (trekstaven en buigstaven) wordt kunstmatig verouderd in ovens bij verschillende temperaturen. De proefmonsters worden vervolgens op diverse tijdsintervallen uit de ovens verwijderd en vervolgens worden de treksterkte, de slagvastheid en de diëlektrische sterkte gemeten. Met deze gegevens wordt een grafiek getekend van de uitvaltijd (de verouderingstijd bij een gegeven temperatuur, waarbij de betreffende eigenschappen met 50 procent van hun meetwaarde achteruitgegaan zijn) tegen de inverse van de temperatuur (in Kelvin^{-1}). Deze grafiek, die bekendstaat als de *Arrhenius-grafiek*, wordt daarna geëxtrapoleerd om de temperatuur te bepalen waarbij in tien jaar een achteruitgang van 50 procent van de gemeten eigenschappen ontstaat. Deze temperatuurwaarde is de relatievetemperatuurindex. Een voorbehoud bij deze test is dat de proefmonsters tijdens de test niet worden belast. Tabel 10-6 vergelijkt de relatievetemperatuurindex voor diverse kunststoffen. In werkelijke producttoepassingen wordt het onderdeel waarschijnlijk wel belast (door middel van uitgeoefende spanning dan wel restspanning) onder blootstelling aan hoge temperaturen.

Het is verstandig om de RTI te gebruiken voor het rangschikken van de materialen, en niet voor het voorspellen van de feitelijke maximale gebruikstemperatuur van het materiaal. In enkele gevallen is de RTI veel hoger dan de T_g, wat aangeeft dat kruip een dominante factor is tijdens de levensduur van het onderdeel. Het is duidelijk dat het polymeer kan bezwijken aan kruip of spanningsbreuk voordat de eigenschappen achteruitgaan volgens de RTI-test. De RTI-waarden voor polymeren zijn overigens heel gevoelig voor additieven en voor fabricage- en verwerkingsfactoren.

Figuur 10-7 illustreert het effect van de temperatuur op de vloeigrens van acetaalhars op korte termijn. Vergelijkbare effecten treden op in de elasticiteitsmodulus, de druksterkte en de hardheid. In de meeste gevallen worden de slagvastheid en de verlenging beter. We willen duidelijk maken dat de gegevens voor mechanische eigenschappen bij kamertemperatuur (20 °C) niet kunnen worden gebruikt in ontwerpberekeningen als het onderdeel bij een andere temperatuur gebruikt gaat worden.

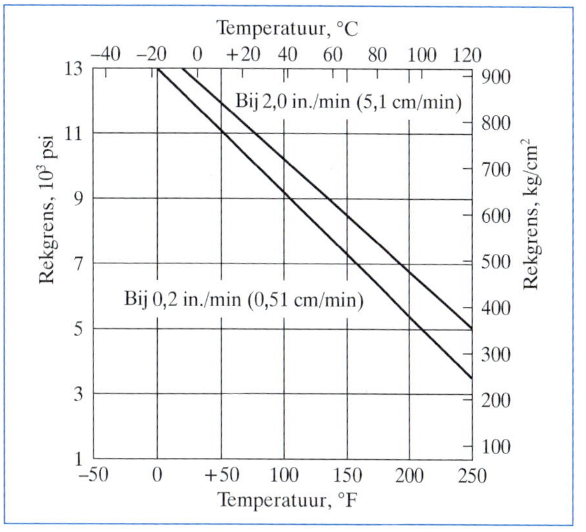

FIGUUR 10-7 Effect van de temperatuur op de rekgrens van acetaal op korte termijn

Bron: *Delrin Design Handbook*, E. I. du Pont de Nemours & Company.

Kruip, spanningsbreuk en spanningscorrosie

In veel ontwerpen zijn de spanningen en temperaturen laag genoeg om te voorkomen dat visco-elastische kruip een belangrijk effect heeft op de afmetingen of het functioneren van een component. Wanneer er evenwel langdurige trekspanningen worden uitgeoefend op polymeermaterialen, kunnen er op den duur enkele scheuren of haarscheurtjes ontstaan. De vorming van een netwerk van haarscheurtjes heet *crazing*. Deze scheuren breiden zich normaal gesproken uit, waardoor het onderdeel faalt. Dit defect raken wordt spanningsbreuk genoemd. Anders dan bij mechanische overbelasting bestaat er bij spanningsbreuk vrijwel geen mechanische vervorming. Defecten van dit type treden gewoonlijk op bij spanningen die aanzienlijk lager zijn dan de rekgrens of treksterkte van het polymeer.

Alle polymeermaterialen zijn vatbaar voor defecten door spanningsbreuk. Blootstelling aan chemische stoffen, temperatuur en omgeving kunnen ook van invloed zijn op de weerstand van een polymeer tegen spanningsbreuk. Onderzoek in de industrie geeft aan dat 30 tot 40 procent van alle defecten aan kunststof onderdelen het gevolg zijn van spanningscorrosie en spanningsbreuk. De tijd die nodig is om een onderdeel aan spanningsbreuk te laten bezwijken, wordt rechtstreeks beïnvloed door het niveau van de spanning, zoals in figuur 10-8 te zien is, en soms door gebeurtenissen bij het gieten, zoals te zien is in figuur 10-9.

De invloed van chemicaliën op spanningsbreuk wordt vaak spanningscorrosie genoemd: een combinatie van een chemische stof en een mechanische spanning leiden tot breuk bij een spanning lager dan de rekgrens. Men komt ook de Engelse term *environmental stress cracking* (ESC) wel in de Nederlandse literatuur tegen. Er zijn talrijke middelen die spanningscorrosie bij polymeren veroorzaken. Zeep en oppervlakteactieve stoffen veroorzaken spanningscorrosie in polyolefinen zoals polyethyleen. Talrijke chemicaliën, waaronder enkele lossingsmiddelen (voor het gemakkelijker lossen van een product van de matrijs), veroorzaken spanningsbreuk in polycarbonaten. Zelfs vocht of water kan de spanningsbreuksterkte van een polymeer verminderen.

Voor polymeren die gebruikt worden in mechanische ontwerpen bij verwachte continue spanningsbelastingen moet een kritische spanningsbreuksterkte voor spanningscorrosie (ESC) of spanningsbreuk (bij een gegeven verwachte levensduur) een ontwerpcriterium zijn, dit in plaats van rekgrens of treksterkte.

Andere bronnen van spanning op een polymeeronderdeel, afgezien van uitgeoefende spanningen, zijn restspanningen van de fabricage, assemblagespanningen van bevestigingsmiddelen, perspassingen, klikverbindingen en thermische spanningen.

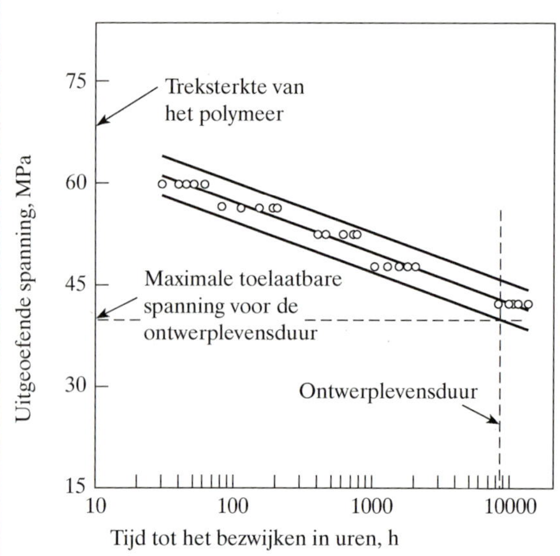

FIGUUR 10-8 Typische spanningsbreukgegevens voor een polymeermateriaal

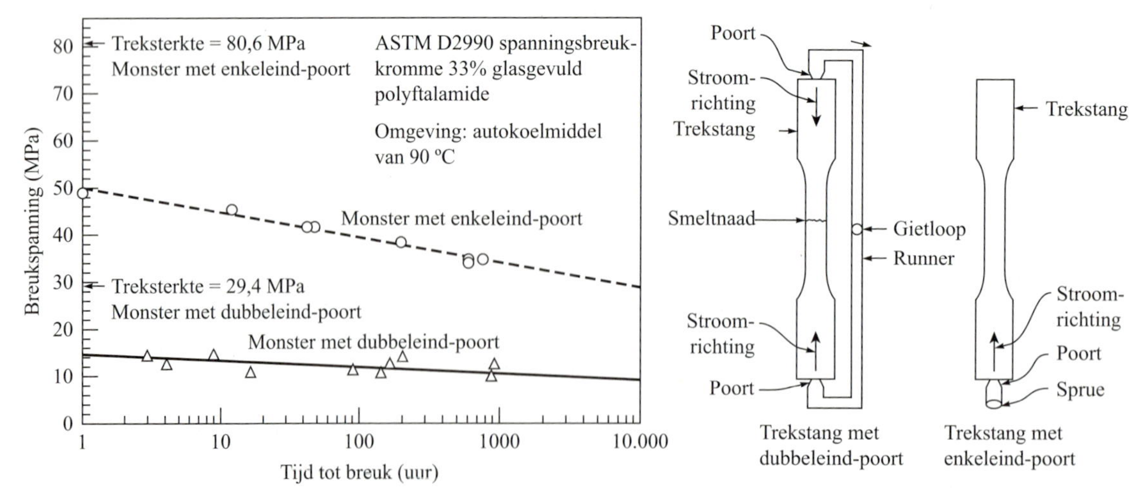

FIGUUR 10-9 Spanningsbreukkromme voor trekmonsters met een enkeleind-poort en dubbeleind-poort van 33 procent glasgevuld polyftalamide (PPA) in autokoelmiddel bij 90°C. De grens in het monster met dubbeleind-poort waar de twee materiaalstromen elkaar treffen is een soort van smelt- of lasnaad (Engels: knit line). Deze grens verlaagt op dramatische wijze de lastdraagcapaciteit van dit polymeer

Spanningsbreuk en spanningscorrosie treden vaak op bij spanningsconcentraties. Kunststof onderdelen hebben scherpe hoeken of vormingsdefecten zoals smeltnaden en porositeit die spanningsconcentraties kunnen veroorzaken.

De volgende maatregelen moeten worden overwogen voor het reduceren van spanningsbreuk en barsten vanwege omgevingsspanningen:

1. Lagere spanningen met waarden onder de kritische spanning. (Als er materiaal wordt toegevoegd om de segmentgrootte te vergroten, houd dan wel rekening met restspanningen door krimp.)
2. Geef de onderdelen een warmtebehandeling voor het ontlasten van restspanningen. (Warmtebehandelingen kunnen echter van invloed zijn op andere eigenschappen, zoals slagvastheid.)
3. Selecteer een alternatief polymeer (uit een andere polymeergroep of met een ander additievenpakket).
4. Maak gebruik van vezelversterking (bijvoorbeeld glas of koolstof).
5. Elimineer zo mogelijk de oorzaak van de spanningscorrosie.
6. Vermijd inkepingen, scherpe overgangen en andere mechanische spanningsconcentraties (zie figuur 10-10).
7. Ontwerp een werktuig zodanig dat spanningsconcentraties zoals smeltnaden worden verplaatst naar gebieden met lagere spanning.
8. Voer langetermijnproeven voor kruip of spanningsbreuk uit wanneer verwacht wordt dat een kunststof onderdeel continu onder spanningen staat die groter zijn dan 10 procent van de rekgrens.
9. Maak indien nodig en mogelijk gebruik van metalen componenten, en niet van een polymeer (gietstukken, precisiegietstukken en poedermetaalonderdelen zijn bijvoorbeeld verkrijgbaar voor onderdelen in bijna-nettovorm).

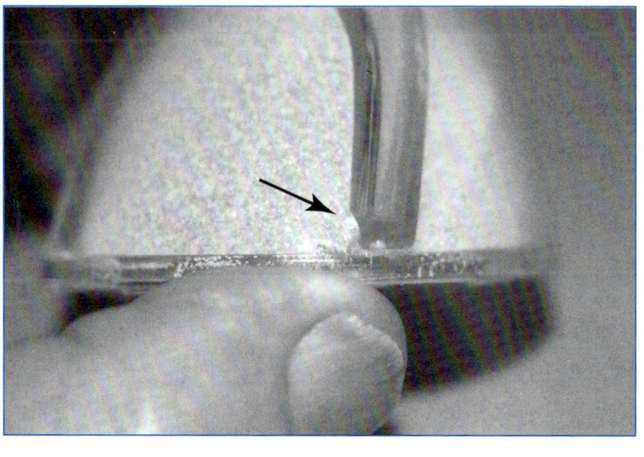

FIGUUR 10-10 Spanningsbreuk bij een spanningsconcentratie (van restgietspanningen in een spuitgegoten doorzichtig polycarbonaat onderdeel).

Helaas publiceren de meeste kunststofleveranciers heel weinig gegevens over spanningsbreuk en ESC, en dus zijn proefnemingen vaak vereist. Een groot deel van de proeven voor spanningscorrosie en spanningsbreuk zijn voor het eerst ontwikkeld voor polyolefine pijpleidingen. Deze proeven waren nodig om betrouwbare pijpleidingen te leveren voor aardgas en andere gevaarlijke chemische stoffen.

Er bestaat tegenwoordig een aantal standaardtestmethoden voor de weerstand van een polymeer tegen kruipbreuk en spanningscorrosie: ASTM D 1598, D 2837, D 2990, D 1693, D 2552, D 5419, F 1248, ISO 4599, ISO 4600, ISO 6252 en SAE J 2016. Proeven met constante spanning en constante rek worden hierin vaak gebruikt. Veel van deze proeven zijn echter specifiek bestemd voor polyolefinen. Voor kritische toepassingen moeten proeven worden uitgevoerd onder de verwachte spanning, omdat het mogelijk is dat de eenassige testgegevens niet conservatief genoeg zijn.

Bij het kiezen van materialen voor een toepassing waarin spanningsbreuk een potentiële bron van defecten is, kun je het beste de kandidaatmaterialen vergelijken op basis van een gereduceerde spanningsverhouding: spanningsbreuksterkte gedeeld door statische kortetermijnsterkte. In tabel 10-7 geven we de statische sterkte op korte termijn, de spanningsbreuksterkte en de gereduceerde spanning voor een aantal polymeren. Materialen met de hoogste gereduceerde spanning hebben de beste weerstand tegen spanningsbreuk. Een algemene vuistregel is een veiligheidsfactor van 6 tot 10 op de sterkte (de rekgrens voor ductiele kunststoffen of treksterkte voor brosse kunststoffen) van een polymeer. Dit geeft een arbeidssterkte met een waarde die het gevaar van spanningsbreuk verlaagt.

TABEL 10-7 Spanningsbreuksterkte van veelvoorkomende polymeren*

POLYMEERTYPE	STATISCHE BREUK-SPANNING, S_x [MPa]	SPANNINGSBREUK-SPANNING, S_n [MPa]	GEREDUCEERDE SPANNING S_n/S_x
POM-homopolymeer	75	30	0,40
POM-copolymeer	66	29	0,44
HDPE	32	8	0,25
PC	64	47	0,73
PP-homopolymeer	30	10	0,33
PP-copolymeer	24	10	0,41
PSU	81	42	0,52
PVC	68	35	0,51
PMMA (21 °C, 50% RV)	89	34	0,38

* Bron: naar Teoh, S. H. 'Predicting the life and design stresses of medical plastics under creep conditions'. In H. E. Kambie en A. I. Yokobori (red.). *Special Technical Publication 1173: Biomaterials mechanical properties*, pp. 77–86. Philadelphia, PA: American Society for Testing Materials, 1994.

TABEL 10-8 Factoren die van invloed zijn op de slagvastheid van kunststofcomponenten

CATEGORIE	FACTOREN	EFFECT
Component-ontwerp	Onderdeeldikte	Dikke onderdelen hebben een lagere schijnbare taaiheid; sommige polymeren (zoals PC) ondergaan een overgang van taai naar bros bij een kritische dikte.
	Spannings-concentraties	Scherpe hoeken, inkepingen, krassen, groeven en gereedschapsmerktekens kunnen de slagtaaiheid van een onderdeel reduceren (kerfgevoeligheid). Elke hoek dient een minimale straal te hebben van 0,5 mm of 60 procent van de segmentdikte.
	Onderdeelontwerp	Onderdelen die buigen of op andere wijze slagenergie absorberen, kunnen de weerstand tegen slagbreuk verbeteren.
Gebruik	Belastingsnelheid	Hogere belastingsnelheden kunnen tot brosse breuk leiden.
	Temperatuur	Kunststoffen ondergaan een relatieve overgang van taai naar bros met afnemende temperatuur.
	Omgeving	Onderdelen kunnen een verminderde slagvastheid hebben door veranderingen in het polymeer als gevolg van de omgeving (crazing, cross-linking, verlies van weekmaker).
Verwerking	Restspanningen	Hogere restspanningen verminderen de slagtaaiheid.
	Oriëntatie	Hogere polymeeroriëntatie verhoogt de slagtaaiheid.
	Lasnaad bij gieten, zie figuur 10-9	Lasnaden werken als spanningsconcentraties en verlagen zo de schijnbare materiaal-taaiheid.
	Mate van kristalliniteit	Hogere kristalliniteit verbetert de slagtaaiheid.
	Warmtebehandelingen	Warmtebehandelingen kunnen restspanningen reduceren; bepaalde polymeren zoals PC hebben echter een gereduceerde taaiheid na een warmtebehandeling. Het beste is om de effecten van warmtebehandelingen op de taaiheid te testen.
Materiaal	Materiaal	Bepaalde materialen, zoals PC, PP, PE, PTFE, fluorpolymeren, PC, ABS en HIPS, hebben een hogere slagtaaiheid.
	Slagvastheids-modificatoren	Slagvastheidsmodificatoren zoals geënt rubber of weekmakers verbeteren de slagtaaiheid.
	Vulmaterialen, versterking	Mechanische versterkingen zoals vezels of korrelige vulstoffen verminderen de slag-taaiheid.

Slagvastheid

Technische componenten worden vaak blootgesteld aan stootbelastingen. Communicatieapparatuur zoals mobiele telefoontoestellen moeten een val kunnen verdragen, autocomponenten moeten een botsing bij 8 kilometer per uur kunnen overleven, en helmen en beschermkappen moeten niet versplinteren bij een slag. Veel polymeren zijn in vergelijking met metalen intrinsiek bros bij snelle belastingen. Wanneer op een kunststof wordt geslagen tot het bezwijkt, breekt het op een brosse dan wel ductiele manier. In hoofdstuk 4 hebben we gezien dat in het algemeen omstandigheden die leiden tot brosse breuk minder inslagenergie vereisen dan omstandigheden die leiden tot ductiele breuk.

Hoewel polymeren net als de meeste materialen een bepaalde mate van slagtaaiheid hebben, houdt de totale taaiheid van een component ook verband met de fabricageprocessen en het ontwerp van het onderdeel. In tabel 10-8 wordt een aantal factoren gegeven die van invloed zijn op de slagtaaiheid van een kunststofcomponent. Kunststoffen kunnen een overgang meemaken van ductiele naar brosse breuk, wanneer er sprake is van afnemende temperatuur, toenemende segmentdikte en toenemende mate van belasting.

Polymeerleveranciers rapporteren de slagtaaiheid van een materiaal vaak in termen van notched Izod-slagvastheid (ASTM D 256) of Gardner-slagvastheid (ASTM D 3763). Zoals in hoofdstuk 4 is besproken meet de Izod-proef de energie die nodig is voor het breken van een balk met inkeping van een gegeven dikte en temperatuur. Izod-slagproeven kunnen ook worden uitgevoerd op proefbalken zonder inkeping. De slaggegevens worden gegeven in energie per proefmonsterdikte. De Gardner-slagproef meet de geabsorbeerde energie wanneer men een bolvormig voorwerp (met een gegeven potentiële energie) laat vallen door een schijf met een diameter van 3 inch (76,2 mm) en een dikte van 0,125 inch (3,2 mm) die rond de rand vastgeklemd is.

Bij het ontwerpen van een kunststofcomponent dient men slagvastheidsvereisten te bepalen. Als een product tijdens het gebruik kan vallen, moet het zo worden ontworpen dat het de verwachte val kan verwerken. Componenten en producten worden vaak blootgesteld aan hoge belastingen tijdens vervoeren en hanteren (bijvoorbeeld onder moeilijke omstandigheden zoals lage temperaturen). Het is niet altijd mogelijk om de slagvastheid van een component of product van kunststof te voorspellen alleen op basis van de intrinsieke taaiheid van het materiaal die is vastgesteld met behulp van een standaard slagproef. Dit is gedeeltelijk een gevolg van de in tabel 10-8 gegeven factoren. Vaak worden de onderdelen getest op slagvastheid op specifieke plaatsen op het onderdeel (punt van inslag of breukgevoelige gebieden) met behulp van een geïnstrumenteerd slagvastheidstestapparaat. De meting van de slagvastheid van feitelijke onderdelen door instrumenten maakt het mogelijk om de invloed te schatten van onder andere de geometrische vorm, de bij de vorming ingebouwde spanningen, de anisotropie en de oppervlakteafwerking.

De gebruikelijke materialen voor slagvastheidstoepassingen zijn onder meer polycarbonaat, polycarbonaat-ABS-mengsels, nylon, acetaal, ABS, polystyreen met hoge slagvastheid, gehard PVC en polyolefinen (PP, PE, PTFE). In tabel 10-4 worden de slagvastheidseigenschappen van diverse polymeren vergeleken.

Vermoeiing

Bij metalen wordt in de regel een bepaald percentage van de treksterkte gebruikt als de vermoeiingsgegevens voor een bepaalde legering niet beschikbaar zijn (zie paragraaf 4.7), of een bepaalde fractie van de vermoeiingssterkte kan worden gebruikt als ontwerpspanning. Bij kunststoffen kan dat niet. Vermoeiingsgegevens voor kunststoffen zijn helaas schaars, maar figuur 10-11 toont er enkele. Naast het gebrek aan vermoeiingsgegevens voor kunststoffen is er ook enige permanente rek bij cyclische belastingen, zelfs bij lage spanningen. Deze rek kan, in het bijzonder in volledige spanningsomkeringen (trek- en drukspanningen), resulteren in een hysterese-effect dat verwarming van de component veroorzaakt door interne wrijving van de kunststofketens onderling. Deze verwarming is des te dramatischer naarmate de wisselfrequentie hoger is, waardoor de kunststof weker wordt, nog meer vervormt, nog meer interne wrijving vertoont en uiteindelijk bezwijkt. Polymeren krijgen gewoonlijk vermoeiingsdefecten door scheurvorming, door beginnende smelting als gevolg van de temperatuurverhoging die wordt gecreëerd door hystereseverwarming, of door een combinatie van deze effecten.

Probeer te ontwerpen naar de vermoeiingssterkte als daar gegevens over beschikbaar zijn. Als dat niet het geval is, houd de ontwerpspanningen dan laag en houd rekening met de hysterese-effecten en effecten van de omgeving. Vermijd bovenal spanningsconcentraties door inkepingen en hoeken. Vaak is het voordelig om vermoeiingsproeven uit te voeren op echte onderdelen. Afgezien van het inschatten van de effecten van oppervlakteafwerking en restspanningen,

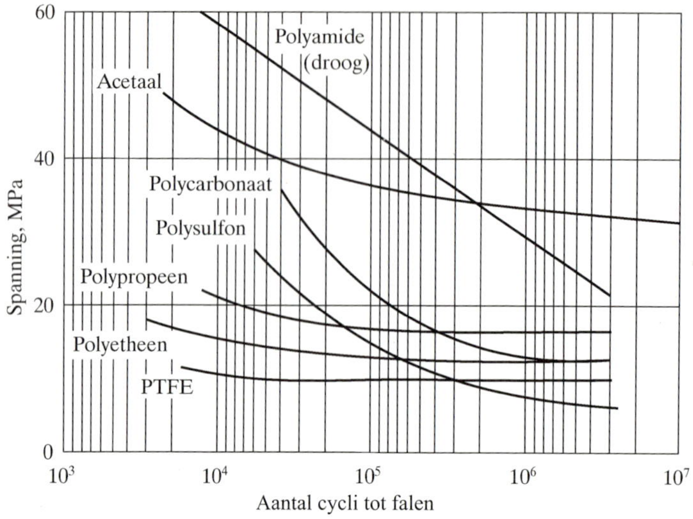

FIGUUR 10-11 Vermoeiingseigenschappen bij kamertemperatuur van geselecteerde kunststoffen (afkomstig uit diverse bronnen)

maakt het testen van echte onderdelen het mogelijk om de invloed van de geometrische vorm op de hystereseverwarming te evalueren.

Maatstabiliteit

De maatstabiliteit is in veel mechanische ontwerpen belangrijk. Tandwielen, nokken en lagers moeten bijvoorbeeld nauwkeurige afmetingen hebben die niet in de loop der tijd of door de omgeving veranderen. Een nadeel van kunststoffen is hun neiging om vocht uit de omringende lucht te absorberen en zodoende van grootte te veranderen. Zulke maatveranderingen kunnen het gebruik van kunststof voor een onderdeel uitsluiten, ook wanneer door andere eigenschappen de kunststof een betere keus zou zijn dan een metaal. Vochtabsorptie treedt in meer of mindere mate in alle kunststoffen op. De enige manier om dit probleem te omzeilen is om een materiaal te selecteren met de laagste absorptie en vervolgens te berekenen wat het effect van de volumeverandering op de kritische afmetingen is. Tabel 10-6 geeft typische vochtabsorptiewaarden voor technische kunststoffen. Vochtabsorptie in bepaalde harsen verslechtert vaak de eigenschappen van de gevormde delen. Deze materialen moeten daarom droog worden gehouden.

De structuur van polymeren is van invloed op de maatstabiliteit. Semikristallijne thermoplasten kunnen in de loop der tijd van afmeting veranderen. Na het vervaardigen van een onderdeel van semikristallijn polymeer (bijvoorbeeld door vormen of extruderen) zijn er zowel amorfe als kristallijne fasen in het polymeer aanwezig. Gewoonlijk verandert op den duur een gedeelte van de amorfe fase in een kristallijne fase. Omdat in de kristallijne fase de keten opgevouwen en geordend is, krimpt het volume van het polymeer, waardoor de afmetingen van het onderdeel afnemen. De afmetingen van een onderdeel van semikristallijn polymeer worden vaak gestabiliseerd door naharden bij een specifieke temperatuur en een specifieke tijdsduur. Polymeren die hoofdzakelijk amorf zijn, zijn in het algemeen stabieler op dit vlak.

Thermohardende polymeren, zoals epoxyharsen en fenolharsen, harden uit door een cross-linkmechanisme. De meeste van thermohardende harsen gemaakte onderdelen bereiken 95 procent van hun sterkte in een relatief korte hardingstijd, en dan kunnen de onderdelen worden gebruikt voor hun beoogde toepassing. In de loop van de tijd kan het polymeer verder harden en cross-links vormen. Deze voortgezette harding kan maatveranderingen in het onderdeel veroorzaken (gewoonlijk krimp). Thermohardende materialen worden vaak nagehard door het onderdeel langdurig te verwarmen (meestal 8 tot 24 uur lang) om dit verschijnsel tegen te gaan.

Restspanningen in een onderdeel van polymeer kunnen op den duur maatveranderingen en kromtrekken veroorzaken. Om restspanningen te reduceren en de afmetingen te stabiliseren wordt gewoonlijk gebruikgemaakt van warmtebehandelingen. Wellicht is opspannen nodig tijdens de warmtebehandeling om het onderdeel zijn juiste vorm te laten behouden.

Bij het ontwerpen van kunststof onderdelen kan de thermische uitzettingscoëfficiënt niet worden genegeerd. Als de kunststof aan metalen onderdelen gebonden of bevestigd is, kan er bij verhitting namelijk ernstige vervorming optreden. In lagers is dit een factor die kan leiden tot vastbranding. De uitzettingscoëfficiënt van metalen ligt tussen 9 tot 23 $\times 10^{-6}$ mm/mm-°C. Het bereik voor polymeermaterialen is 9 tot 290 $\times 10^{-6}$ mm/mm-°C. De meeste kunststoffen zonder vulling zetten dus tot tien keer zo veel uit als staal. Aan polymeren worden soms vulmaterialen zoals talk, mica en gemalen glas (fijne, zeer korte glasvezels) toegevoegd om de maatstabiliteit te verbeteren en thermische uitzetting te reguleren.

Anisotropie

De eigenschappen van veel versterkte kunststoffen variëren naargelang de richting van de meting. Dit principe noemen we *anisotropie*. Kunststoffen, maar ook metalen die continu in een richting met vezels zijn versterkt, zijn veel sterker en stijver in de vezelrichting dan in de dwarsrichtingen. Geweven versterking en matten zijn minder anisotroop, maar ook niet zo sterk. Bij het gebruik van vezelversterkte composieten moet de ontwerper dus rekening houden met de belastings- en de versterkingsrichtingen.

In onversterkte kunststoffen kan ook anisotropie optreden, maar dat veroorzaakt vaak alleen problemen wanneer bijvoorbeeld een schijf wordt geboord uit een dikke geëxtrudeerde plaat. Noch de schijf noch het gat zullen na de boring rond zijn, want bij het afkoelen vanuit de extrusietemperatuur kan onregelmatige afkoeling restspanningen creëren. Wanneer deze spanningen vrijkomen bij een machinale bewerking, treedt er vervorming op. Deze toestand kan gewoonlijk worden verholpen door een warmtebehandeling, net als bij spanningsontlasting in metalen (zie tabel 10-9).

Samenvattend kunnen we stellen dat veel kunststoffen eigenschappen hebben die variëren met betrekking tot de oriëntatie in een standaardvorm. Deze kunnen het best worden aangepakt door de lange as van een kunststofvorm te ontwerpen als de as van de voornaamste spanningen in het onderdeel, waarbij inwendige spanningen kunnen worden gereduceerd door spanningsontlasting.

TABEL 10-9 Voorbeelden van warmtebehandelingen (spanningsontlasting) voor diverse kunststoffen
NB Verifieer deze voor gebruik bij de kunststoffabrikant

POLYMEER (ONVERSTERKTE SOORTEN)	VERWARMINGS-SNELHEID	WARMTE-BEHANDELINGS-TEMPERATUUR	TIJD BIJ WARMTE-BEHANDELINGS-TEMPERATUUR	AFKOEL-SNELHEID	OMGEVING[a]
Acrylonitrilbutadieen-styreen	30°C/uur	De HDT[c] bij 1,8 MPa	5 min/mm dikte	25°C/uur	Lucht
Polycarbonaat[b]	30°C/uur	120°C	Zo kort mogelijk (flits- of infraroodgloeien). Eindgebruikproef vereist om de optimale tijd te bepalen.	25°C/uur	Lucht
Acetaal homopolymeer	40°C/uur	155°C	5 min/mm dikte	25°C/uur	Stikstof
Nylon 6	40°C/uur	150°C	5 min/mm dikte	25°C/uur	Stikstof of olie
Nylon 6/6	40°C/uur	175°C	5 min/mm dikte	25°C/uur	Stikstof of olie
PBT	30°C/uur	De HDT bij 1,8 MPa	5 min/mm dikte	25°C/uur	Lucht
Polyethyleentereftalaat	40°C/uur	175°C	5 min/mm dikte	25°C/uur	Stikstof of olie
Polysulfon	40°C/uur	165°C	5 min/mm dikte	25°C/uur	Lucht
Polyetherimide	50°C/uur	205°C 2 uur lang	5 min/mm dikte	25°C/uur	Lucht
PPS	50°C/uur	205°C 1 uur lang	5 min/mm dikte	25°C/uur	Lucht
Polyetheretherketon	75°C/uur	150°C 2 uur lang, daarna verwarmen tot 190°C bij 95°C/uur en 2 uur vasthouden	voor 3 mm/dikte	25°C/uur	Lucht

[a] Bij voorkeur moeten de onderdelen worden ondergedompeld in een warmteoverdrachtmiddel dat de kunststof niet aantast (olie, glycerine, glycol/water enzovoort). De onderdelen mogen elkaar niet raken. Opspannen kan vereist zijn om vervorming te vermijden. Bescherm de onderdelen tegen warmtestralingselementen, anders kunnen ze smelten. (Informatie afkomstig uit diverse bronnen.)
[b] Polycarbonaten kunnen slagvastheid verliezen bij warmtebehandelingen.
[c] Doorbuigingstemperatuur (HDT, *heat deflection temperature*) bij 1,8 MPa.

Ontvlambaarheid

De *ontvlambaarheid* van een kunststof kan een rol spelen als het te ontwerpen onderdeel in contact kan komen met open vuur. Kunststoffen zijn minder goed bestand tegen vuur dan metalen en in het ontwerp moet met deze factor rekening worden gehouden. Problematisch zijn dan kunststoffen die verder branden, giftige en/of zichtbelemmerende rook veroorzaken, of smeltende brandwondveroorzakende druppels kunnen afgeven. De thermohardende harsen zullen niet smelten zoals de thermoplasten doen, maar ze branden wel. Sommige branden uit zichzelf verder nadat de hittebron is verwijderd. Zogenaamde *zelfdovende* kunststoffen branden daarentegen niet verder als de hittebron wordt verwijderd.

Voor kunststoffen die uit zichzelf blijven branden, kan de brandbaarheid worden vastgesteld door middel van een vlamuitbreidingsproef (ASTM D 635). De uitbreiding van een vlam op een proefmonster van gegeven grootte wordt daarbij gemeten in inches per minuut. Figuur 10-12 illustreert het Amerikaanse UL-systeem (UL staat voor Underwriters Laboratory, een organisatie zoals de Nederlandse KEMA) voor de kwantificering van de ontvlambaarheid van kunststoffen. De beste kwalificatie in deze serie proeven is 94 V-0: het materiaal blijf niet uit zichzelf branden (is zelfdovend) en vormt geen druppels gesmolten materiaal die andere materialen vlam kunnen laten vatten. Deze kwalificaties worden ook in Europese specificaties gehanteerd.

De zuurstofindex (*limited oxygen index*, LOI) bepaalt het zuurstofniveau dat nodig is om een polymeer vlam te laten vatten bij blootstelling aan een kaarsvlam onder specifieke testomstandigheden. Omdat lucht ongeveer 21 procent zuurstof bevat, zijn polymeren die meer dan 21 procent zuurstof nodig hebben om te gaan branden waarschijnlijk bestand tegen verbranding in lucht (theoretisch gezien). Bij toenemende temperatuur neemt de LOI van een kunststof af. Als vuistregel geldt dat er een LOI van minstens 27 procent nodig is voor brandvertraging. Tabel 10-10 vergelijkt de LOI van enkele technische en standaard kunststoffen.

De verbrandingssnelheid en ontvlambaarheid worden beïnvloed door de samenstelling van het polymeer. Hoe hoger de waterstof-koolstofverhouding in het polymeer is, des te groter is bijvoorbeeld de neiging om te gaan branden. Copolymerisatie vermindert soms de verbrandingssnelheid. Styreen-acrylonitril, een copolymeer van polystyreen en acrylonitril, heeft een lagere verbrandingssnelheid dan de basis-styreenhars. Sommige polymeren kunnen gassen emitteren die verbranding onderdrukken.

Afgezien van de intrinsieke weerstand tegen ontvlambaarheid van een kunststof, worden er vaak vuurremmers toegevoegd om bepaalde ontvlambaar-

Kwalificatie	Maximale verbrandingssnelheid (proefmonsterdikte 0,12 tot 5 in.)	Maximale verbrandingssnelheid (proefmonsterdikte < 0,12 in.)	Maximale verbrande lengte
94 HB	1,5 in./min/3-in. breedte	3 in./min/3-in. breedte	4 in.

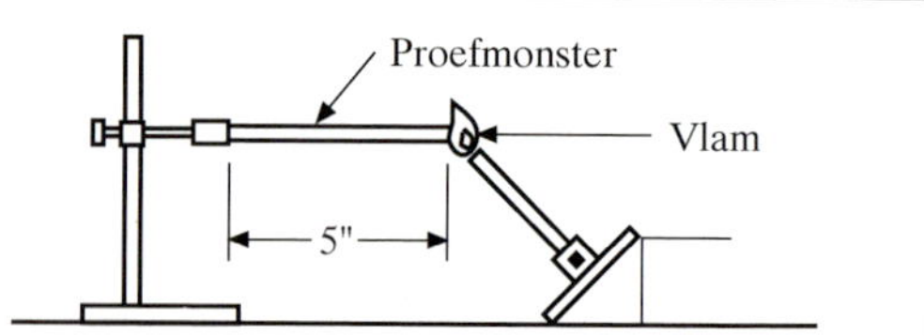

Kwalificatie	Maximale brandtijd per vlamcontact (s)	Maximale brandtijd voor tien maal vlamcontact (s)	Maximale lengte van verbrand stuk (in.)	Brandende druppels (die katoen doen ontbranden)	Gloeitijd na verwijdering van de vlam (s)
94 V-0	10	50	5	Geen	30
94 V-1	30	250	5	Geen	60
94 V-2	30	250	5	Ja	60

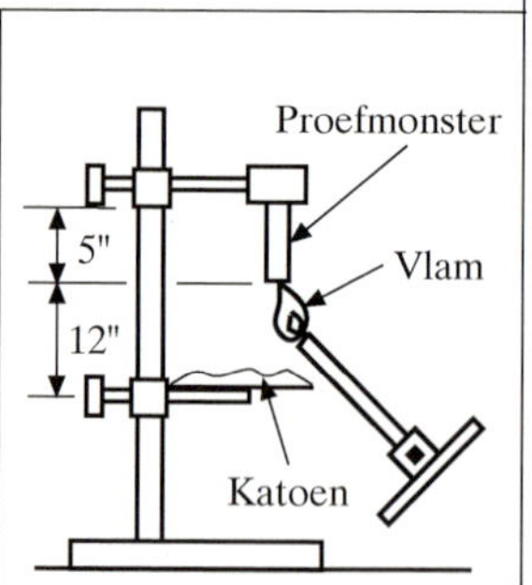

FIGUUR 10-12 ANSI-/UL-94-proeven* voor ontvlambaarheid van kunststofmaterialen voor onderdelen in toestellen en huishoudelijke apparaten (1 inch = 2,54 centimeter)

Bron: Underwriters Laboratories, Inc., herdukt met toestemming

* Het Duitse equivalent van deze proef is DIN 4102

TABEL 10-10 Zuurstofindex (LOI) van geselecteerde polymeren (gegevens afkomstig uit diverse bronnen)

POLYMEER	ZUURSTOFINDEX (%)
Polyoxymethyleen (acetaal)	15
Polypropyleen	17
Polyethyleen	17
Polybutyleentereftalaat	18
Polystyreen	18
Polyethyleentereftalaat	21
Polyamide (nylon 6/6)	25
Polyfenyleenoxide	32
Acrylonitrilbutadieenstyreen	32
Polysulfon	30
Gefluoreerd ethyleenpropyleen	34
Polyethersulfon	36
Polyvinylchloride	33
Polyamide-imide	46
Polyetherimide	46
Polytetrafluoro-ethyleen	90

heidskwalificaties te bereiken. Deze vuurremmers zijn bedoeld om de weerstand tegen ontbranding van de kunststof te verhogen en de verbrandingssnelheid te verminderen. Vuurremmers zijn onder meer chemische stoffen zoals gepolybromeerde difenyloxiden, gebromeerde ftalaatesters, aluminatetrahydraat en ammoniumpolyfosfaten. Kunststoffen met vuurremmers zoals gepolybromeerde bifenyls en gepolybromeerde difenylethers worden regelmatig onderzocht vanwege de aanwezigheid van dioxinen en furanen. Er moet altijd rekening worden gehouden met de gezondheidsaspecten van kunststofadditieven.

Een veelvoorkomende toepassing waarbij de smelteigenschappen of ontvlambaarheid van kunststoffen belangrijk zijn, vinden we in tanks en containers die gebruikt worden voor de opslag van brandgevaarlijke vloeistoffen. De meeste veiligheidsvoorschriften van de overheden staan niet toe dat hiervoor kunststoffen worden gebruikt. Bij brand zullen deze containers smelten of in brand vliegen, waarna de inhoud naar buiten stroomt en de brand zich uitbreidt.

Samenvatting: mechanische toepassingen en constructietoepassingen

We hebben een aantal kunststoffen besproken die met succes gebruikt kunnen worden voor constructiecomponenten. Maar welk van de ongeveer 25 besproken soorten moet worden gebruikt? Bij het selecteren van kunststoffen voor constructiecomponenten die aanzienlijke spanningen te verwerken krijgen, wordt de volgende procedure aangeraden: bekijk eerst welke fysische eigenschappen nodig zijn voor je toepassing en kies dan een kunststof die de vereiste eigenschappen wat betreft onder andere sterkte lijkt te hebben. Een voorbeeld: stel dat het te ontwerpen onderdeel een stel in elkaar grijpende rechte tandwielen is. Dan dient de ontwerper rekening te houden met de omgevingsomstandigheden en vast te stellen of chemische aantasting een factor is, of de vochtabsorptie een factor is, of de thermische uitzettingscoëfficiënt van belang is enzovoort. Als geen van deze factoren belangrijk is, dan kunnen de sterkte-eisen worden bekeken. De draagsterkte van de tandwieltanden kan worden berekend. Deze waarde kan worden vergeleken met de treksterkten van de kandidaat-kunststoffen. Als de tandwielen waarschijnlijk stoten te verwerken krijgen, kan de slagvastheid van de kandidaat-kunststoffen worden gewogen. Als eenmaal alle fysische en mechanische eigenschappen zijn overwogen, kan de ontwerper vervolgens evalueren of de kandidaat-materialen goed te fabriceren en te verkrijgen zijn. In figuren 10-13 en 10-14 zijn enkele typische voorbeelden te zien van constructietoepassingen van kunststoffen in machines.

Voor algemene doeleinden zijn de in tabel 10-25 (zie paragraaf 10.10) vermelde kunststoffen waarschijnlijk goed genoeg. Voor hogere belastingen moeten echter technische kunststoffen worden gebruikt. Nylons, acetalen en versterkte fenolharsen zijn meestal verkrijgbaar in standaardvormen. Daardoor krijgen deze de voorkeur als constructiekunststoffen voor kleine hoeveelheden machineonderdelen. Ze hebben alle drie uitstekende sterkte-eigenschappen. De versterkte fenolharsen hebben de hoogste sterkte, maar zijn sterk anisotroop. Ronde vormen zijn meestal alleen verkrijgbaar met papierversterking. Deze soorten hebben vaak meer inwendige holtes dan plaatmateriaal. Plaatmateriaal heeft

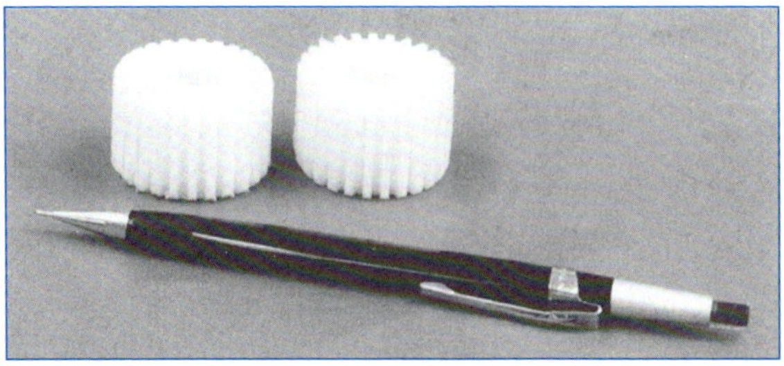

FIGUUR 10-13 Tandwielen van acetaal

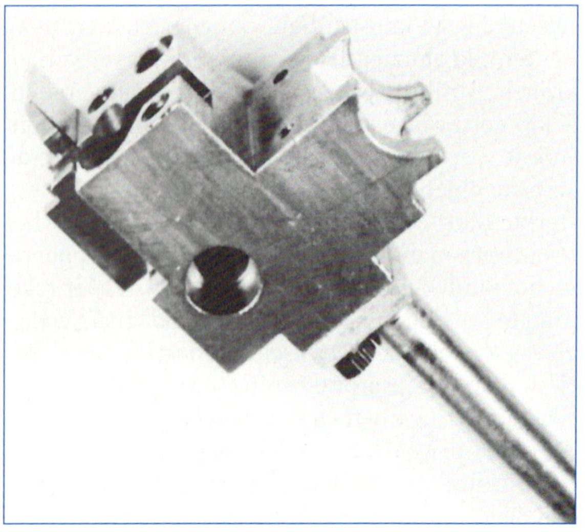

FIGUUR 10-14 Glijmechanisme van polyimide

goede eigenschappen bij belastingen op het vlakke oppervlak, maar de eigenschappen gaan sterk achteruit bij belastingen op de rand. Beide materialen hebben dus goede hogesterktecomponenten, maar er zijn wel wat factoren waarmee rekening moet worden gehouden.

Nylons hebben na de fenolharsen de hoogste sterkte. Een gemakkelijk verkrijgbare soort, 6/6, is echter zeer gevoelig voor vocht, waardoor het materiaal moeilijk te gebruiken is voor onderdelen die nauwkeurige afmetingstoleranties vereisen. Acetalen kunnen een compromis voor structurele onderdelen zijn, wanneer stabiliteit plus sterkte in het ontwerp vereist zijn.

10.3 Slijtage en wrijving bij kunststoffen

Zoals we in hoofdstuk 5 hebben gezien, zijn slijtage en wrijving systeemeigenschappen die horen bij een combinatie van twee of meer materialen die een onderlinge beweging doormaken, al dan niet voorzien van een smerend medium. Ondanks de beweringen in veel advertenties kan een materiaal dus op zichzelf geen lage slijtvastheid of lage wrijving hebben; er is meer dan een enkel materiaal nodig voor het creëren van slijtage of wrijving.

Abrasieve slijtvastheid

Kunststoffen worden niet algemeen gebruikt tegen abrasieve slijtage, maar kunststof onderdelen krijgen in tal van toepassingen onbedoeld te maken met abrasie. Zo hebben bijvoorbeeld alle kleine gereedschappen (boormachines, zagen, schuurmachines, freesmachines enzovoort) die door vakmensen worden gebruikt kunststof behuizingen. Deze gereedschappen worden over beton gesleept, in de achterbak van trucks gegooid enzovoort. Ze komen dus op veel manieren in contact met harde, scherpe zanderige deeltjes of oppervlakken.

Welke kunststoffen zijn het beste bestand tegen abrasie? Elastomeren staan bekend om hun zeer goede weerstand tegen abrasie. Wanneer er met een hard, scherp oppervlak op gedrukt wordt, vervormen ze in plaats van te breken. Dit is de reden dat onze auto's rubberen banden hebben.

In figuur 10-15 is te zien dat slechts enkele kunststoffen beter bestand zijn tegen abrasie door zand dan zacht roestvast staal. In feite hebben slechts twee materialen in deze test een betere abrasieweerstand dan het staal: polyethyleen met een ultrahoog molecuulgewicht (UHMWPE) en polyurethaan met een hardheid van 90 Shore A. Sommige zeer harde kunststoffen met een hoge sterkte hebben een zeer slechte abrasieweerstand. Glasversterkte epoxyharsen doen het niet goed, net zo min als textielversterkte fenolharsen. Deze kunststoffen zijn harder en stijver dan de meeste andere. Zelfs PEEK, een kunststof van hoge kwaliteit, presteert minder goed dan het relatief zachte en zwakke UHMWPE. De proeven die in figuur 10-15 samengevat zijn, suggereren dat slijtweerstand wordt bevorderd door het vermogen van een kunststof oppervlak om te vervormen bij het drukken op een abrasieve stof. Bovendien geldt dat als het oppervlak een lage wrijving met de abrasieve deeltjes heeft, de deeltjes over het oppervlak gaan glijden in plaats van dat ze een groef maken. Als het oppervlak een hoge wrijving met abrasieve deeltjes heeft, zoals het geval is bij polyurethaan, hebben de deeltjes de neiging om door het grensvlak te rollen en geen groef te maken.

De twee meest slijtvaste kunststoffen in deze laboratoriumproeven zijn ook de meest gebruikte kunststoffen op het gebied van slijtweerstand. Talrijke andere proeven hebben laten zien dat polyurethanen (met een hardheid van 60 tot 90 Shore A) en UHMWPE's een uitstekende abrasieve slijtweerstand hebben, vergeleken met andere kunststoffen. De beschikbare modellen geven geen volledige verklaring voor het feit dat deze materialen beter werken dan andere, maar ze worden evengoed gebruikt. Ze zijn echter niet bruikbaar bij veel hogere temperaturen dan kamertemperatuur.

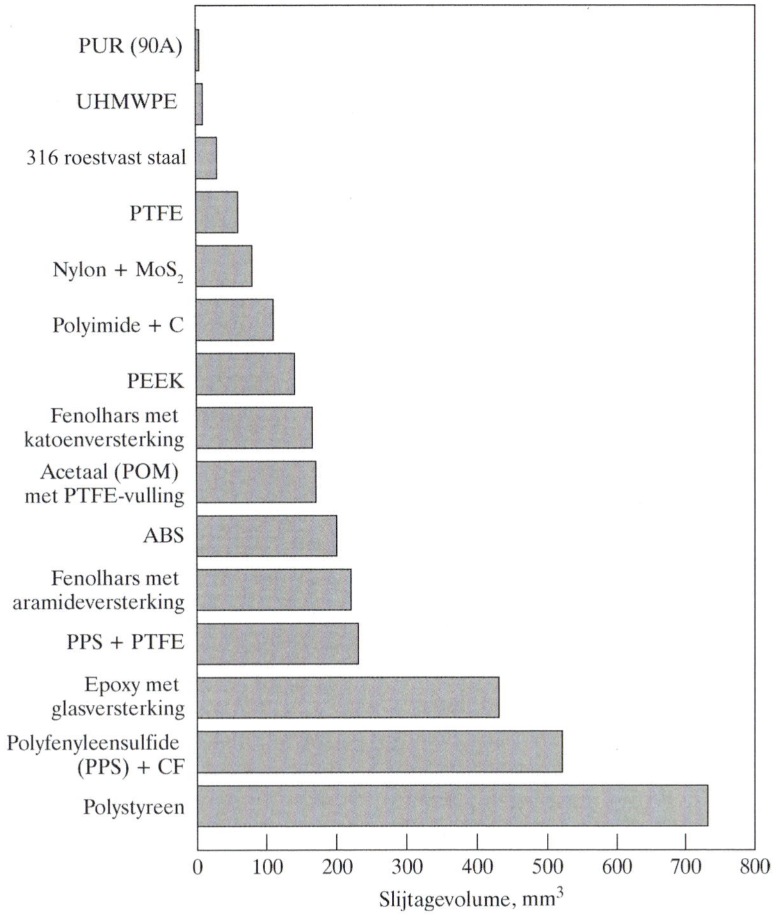

FIGUUR 10-15 Slijtagevolumes van diverse kunststoffen bij abrasie door 50-70-maas-kiezelzuurzand (ASTM G 65-test met aangepaste testtijd). Laag is beter

Erosie

Kunststoffen worden vaak gebruikt in systemen waarin erosie de belangrijkste vorm van slijtage is. Bijvoorbeeld voor dompelpompen die water vol met zand pompen. PVC-pijpen worden gebruikt voor afvalwaterleidingen in de meeste huizen en commerciële gebouwen. De meeste afwasmachines en wasmachines hebben kunststof pompen die blootgesteld worden aan deeltjes in water. Kunststoffen doen het vaak beter dan metalen in deze toepassingen, voornamelijk omdat ze immuun zijn voor de corrosiecomponent van erosie die vaak voorkomt in metaalsystemen (zie paragraaf 6.3). Zodoende zijn kunststoffen goed bestand tegen erosie door waterig slib en water met hoge snelheid. In het algemeen zijn kunststoffen zeer goed te gebruiken bij licht waterslib, maar bij zwaar waterslib en droge doorvoer van deeltjes (zoals zand) en poeder zijn kunststoffen gewoonlijk minder goed bestand tegen erosie dan een zachte koolstofstaalsoort. Zo is koolstofstaal beter bestand tegen erosie bij het mengen van beton dan de meeste kunststoffen.

Oppervlaktevermoeiing

Kunststoffen worden gebruikt voor kogels en ringen in rollagers en in veel soorten rollen waarin oppervlaktevermoeiing kan optreden. Taaie kunststoffen zoals nylon en acetaal gaan echter vrijwel nooit stuk door oppervlakteverbrossing; ze slijten gewoonlijk door een gelijkmatig slijtmechanisme. De diameters van kogels en rollen worden in het gebruik voortdurend kleiner. Barsten en splinteren komt meestal niet voor. Met andere woorden, de kunststoffen die gewoonlijk worden gebruikt voor tribologische toepassingen raken meestal niet defect door oppervlaktevermoeiing. Ze gaan stuk door bijvoorbeeld adhesieve slijtage en niet door een mechanisme dat scheuren en afschilferen van het oppervlak veroorzaakt.

Adhesieve slijtage

In hoofdstuk 5 hebben we gezien dat bij adhesieve slijtage lokale hechting van de twee oppervlakken in (glijdend) contact tot materiaaltransfer en verlies kan leiden. Vele systemen met elk materiaal – of het nu metaal, keramiek, kunststof of composiet is – kunnen dit soort slijtage vertonen. Kunststoffen zijn slechte geleiders van warmte. Glijden over een ander massief oppervlak creëert warmte, waardoor de kunststof afbreekt of gaat smelten.

De verdraagbaarheid van diverse kunststoffen met diverse massieve oppervlakken is niet erg voorspelbaar. Er bestaan geen algemeen geaccepteerde modellen voor het voorspellen van geschiktheid voor slijtagetoepassingen. De algemene slijtagevergelijking (Archard-vergelijking) vertelt een toekomstige kunststofgebruiker alleen dat de slijtage toeneemt met de druk en de totale glijafstand. Wat kan de ontwerper hiermee?

Kunststofleveranciers hebben gereageerd op de behoefte aan technische informatie over deze systemen door het uitvoeren van laboratorium-verdraagbaarheidsproeven. Kunststoffabrikanten hebben een overvloed aan testgegevens verzameld die ze gebruiken voor het voorspellen van de verdraagbaarheid van diverse glijparen. Kunststofinformatiebladen geven vaak informatie over de PV-grens en slijtagefactor. Additieven in de vorm van deeltjes, olie of versterkingsvezels worden gebruikt om kunststoffen beter bestand te maken tegen afbraak door slijtage. Kenmerkende slijtage- en wrijvingsadditieven zijn onder andere:

Smeermiddelen

- Molybdeendisulfide (MoS_2)
- Polytetrafluorethyleen (PTFE)
- Siliconenolie
- Grafiet

Versterkingen

- Glasvezel (afgekort en continu)
- Koolstofvezel (afgekort en continu)
- Aramidevezel (afgekort en continu)

Kunststoffen worden ook met elkaar gemengd ter verbetering van de tribologische eigenschappen. Figuur 10-16 illustreert de rol van additieven bij polycarbonaat (PC). De slijtagefactor is een maat voor de slijtagesnelheid in een specifiek glijsysteem en varieert van rond 500×10^{-7} voor de basishars tot 5×10^{-7} met een bepaalde combinatie van additieven.

Samengevat kunnen we zeggen dat kunststoffen gewoonlijk een hoge slijtage veroorzaken wanneer ze tegen elkaar of tegen andere oppervlakken glijden, tenzij ze gemodificeerd zijn zodat ze zelfsmerend of intrinsiek glibberig zijn, zoals de fluorkoolstoffen of polyethenen. Kunststofleveranciers maken materialen met samenstellingen die bestemd zijn voor diver-

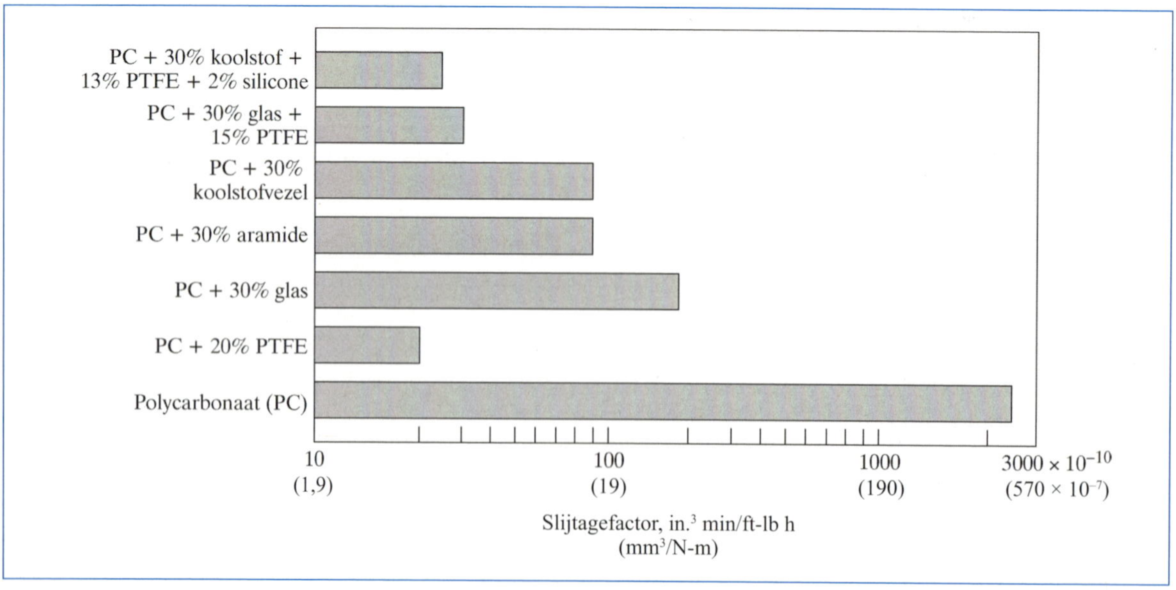

FIGUUR 10-16 Effect van vulmaterialen en versterkingen op de slijtage-eigenschappen van polycarbonaat versus staal in een drukschijftest (ASTM D 3702)
NB Waardes op de horizontale as bij benadering na het omrekenen vanuit Amerikaanse/Engelse eenheden

se tribosystemen. Potentiële gebruikers van kunststoffen voor tribosystemen moeten vertrouwd raken met kunststofslijtageproeven, PV-grenzen en slijtagefactoren. Dat zijn je hulpmiddelen bij de selectie.

Slijtageproeven voor kunststoffen

Een van de populairdere proeven die gebruikt worden voor het meten van de slijtage van kunststoffen tegen andere massieve oppervlakken, is de ringdruktest (ASTM D 3702) die wordt afgebeeld in figuur 10-17. Van de te onderzoeken kunststof wordt een bekervorm gemaakt door middel van vormen of machinaal bewerken. Deze beker, of drukring, draait tegen een cilinder van een te onderzoeken materiaal. Het meest gebruikte tegenoppervlak is 1020 staal (DIN C22 of werkstoffnummer 1.0402) met een oppervlakteruwheid van 12 µin. (0,3 µm). Er worden proeven uitgevoerd met diverse snelheden en schijnbare contactdrukken, en de slijtage op de schijf wordt gemeten. De proeven duren vaak honderden uren voor de 'betere' kunststoffen.

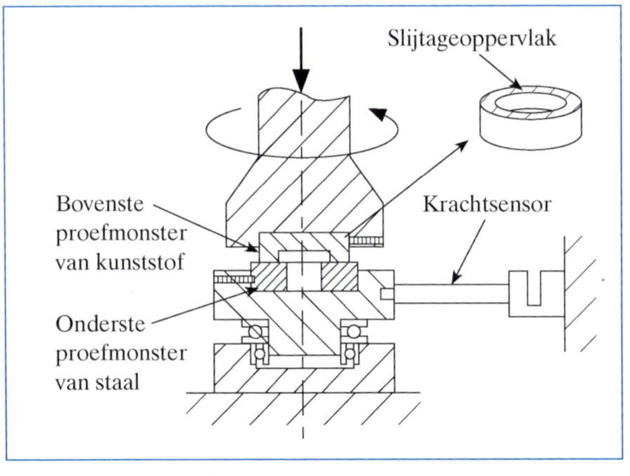

FIGUUR 10-17 Schematische weergave van de ringdruktest van ASTM voor kunststoffen

Kandidaat-kunststoffen voor glijlagers worden vaak getest op lagerbusslijtagetestapparaten. Deze proef gebruikt een lagerbus op een as met een bekende belasting en glijsnelheid. De testmaat is de slijtage op de lagerbus. De proeven duren vaak meer dan 500 uur.

Een van de standaard abrasieproeven voor kunststoffen maakt gebruik van een abrasieve afwerktape voor het schuren van kunststof coupons die tegen de tape worden geladen (ASTM G 174). Het massaverlies is de testmaat. Een andere abrasieproef gebruikt wielen van met een schuurmiddel gevuld rubber die over een vlak proefmonster wrijven om materiaal van het oppervlak te schuren. De proefmonsters zijn vlakke platen van 100 vierkante millimeter en een paar millimeter dikte. De schurende wielen maken een groef met een diameter van ongeveer 300 millimeter en een breedte van 25 millimeter. Het massaverlies van de vlakke kunststofplaat is de maat. Deze proef was oorspronkelijk bedoeld als een middel om de duurzaamheid van vloertegels te meten. Er bestaan veel andere kunststofslijtageproeven, maar de hier genoemde drie worden in de Verenigde Staten veel gebruikt om empirische slijtagegegevens voor kunststoffen te verkrijgen.

Slijtage van kunststof op kunststof

Er bestaan veel toepassingen waarin een kunststof over een andere kunststof moet glijden. Zoals men kan verwachten, zullen twee thermoplasten bij een grote wrijvingswarmteontwikkeling door wrijvingslassen de neiging hebben om samen te smelten. Als de elkaar rakende kunststoffen niet mengbaar zijn, is het mogelijk dat ze niet samensmelten, maar dat een van de twee grote hoeveelheden slijtageafval produceert. Met andere woorden, kunststof-op-kunststofglijsystemen veroorzaken hoge slijtage. Zulke systemen dienen gewoonlijk te worden getest om een elkaar verdragend materialenpaar te vinden. Hier volgen enkele richtlijnen voor het selecteren van testmaterialen:

1. Probeer gebruik te maken van gesmeerde soorten voor beide materialen.
2. Als een van de materialen versterkt is, moet het andere een smeermiddel bevatten (bijvoorbeeld PTFE).
3. Vermijd wrijvende glasversterkte materialen op ongevulde kunststoffen of op koolstofvezelversterkte kunststoffen. Het glas kan het koolstofvezelversterkte materiaal of onversterkte materiaal wegschuren.
4. Glasversterkte kunststoffen kunnen een glasversterkt tegenoppervlak nodig hebben.
5. De mogelijkheid dat kunststofparen vreetschade ondergaan, is aanzienlijk. Vreten is de oscillerende beweging met een kleine amplitude, zoals kan optreden bij het vervoeren van kunststof onderdelen per truck (als de kunststof onderdelen elkaar raken).

Probeer zo mogelijk te vermijden dat elkaar rakende kunststoffen in tribosystemen veel met grote snelheid langs elkaar glijden. Kunststof creditcards kunnen veel wrijven tegen de kunststof geleiders van de kaartleesapparaten verdragen, maar je kaart zou niet lang meegaan als het wrijven continu was. Een toepassing waarin kunststoffen vaak met succes op andere kunststoffen glijden, vinden we bij tandwielen. We bespreken deze toepassing in een volgende paragraaf. Sommige materiaalparen werken goed, andere niet. Onthoud vooral dat je het best kunt proberen om continu glijden van kunststof op kunststof te vermijden.

Slijtage van kunststof op metaal

Over metaal glijden is waarschijnlijk een van de belangrijkste toepassingen van kunststoffen, omdat kunststoffen zelfsmerend kunnen zijn. Dit bespaart de gebruiker niet alleen de tijd die aanvullende smering kost, maar het vermijdt ook de noodzaak van het monteren van een vetfitting of andere voorzieningen voor een petroleumsmeermiddel. Een gemiddelde auto bevat enkele tientallen kunststof-op-metaalglijsystemen, zoals lagerbussen. Welke kunststoffen moeten tegen welke metalen glijden? Zoals eerder gezegd dient de kunststof gesmeerd te worden, dus moet je een gesmeerde soort kunststof kiezen. Kunststoffen kunnen alle tegenoppervlakken verslijten (inclusief keramisch materiaal en gesinterd carbide), maar hoe harder het tegenoppervlak, des te lager de slijtage is. De meeste onversterkte kunststoffen, of kunststoffen met zachte versterkingen zoals aramidevezels, kunnen tegen tegenoppervlakken van gehard staal (60 HRC) schuiven met een lage systeemslijtage, maar glasversterkte kunststoffen moeten een tegenhanger hebben die harder is dan het glas, dat een hardheid heeft van ongeveer 700 HV. De enige metalen die harder zijn dan glas zijn diffusiebehandelde staalsoorten (zoals staalsoorten met boriumlagen of TiC-lagen). Met andere woorden, maak voor glasversterkte kunststoffen gebruik van zeer harde tegenoppervlakken.

Omgekeerd kunnen stalen assen een kunststof verslijten die tegen het staal wrijft, als het staal te ruw is. Proeven met tegenoppervlakken van verschillende ruwheid suggereren dat er in kunststof-op-metaalglijsystemen een optimale ruwheid voor het metaal bestaat. De slijtage is het laagst wanneer het metalen tegenoppervlak een ruwheid heeft van 0,2 tot 0,3 μm Ra en dus hoger bij gladdere of ruwere tegenoppervlakken. Het zou ideaal zijn als de oppervlakteruwheid van de kunststof zich in hetzelfde bereik bevindt. Als het oppervlak van een kunststof slijtonderdeel zeer ruw is, zal het snel slijten om een glad oppervlak te creëren, met een ruwheid in het door ons aanbevolen bereik. Aanzienlijke inbreukslijtage veroorzaakt overmatige speling in lagerbussen en kan vergelijkbare ongewenste effecten hebben op andere kunststof-op-metaaltribosystemen.

De kenmerken van een kunststof voor tribologische toepassingen worden algemeen vastgesteld door het bepalen van de PV-grens van de kunststof. Het concept van de PV-waarde hebben we in paragraaf 5.6 geïntroduceerd. PV is een afkorting van het product van een schijnbare druk (P in MN/m^2) en een glijsnelheid (V in m/s). Een PV-grens wordt bepaald door in een van de laboratoriumproeven de druk dan wel de snelheid constant te houden en de snelheid of druk (de andere grootheid) te verhogen totdat een defect (hoge slijtage) optreedt. Figuur 10-18 laat zien hoe het PV wordt bepaald op een versterkte PTFE. Er kan worden aangetoond dat de slijtage scherp toeneemt bij een PV van meer dan 0,35, dus wordt gezegd dat de PV-grens 0,35 bedraagt. Hoe hoger de PV-grens, des te groter is het vermogen van een bepaald materialenpaar om hoge glijsnelheden en hoge belastingen te weerstaan. Uiteraard moeten deze gegevens met enige voorzichtigheid worden gebruikt. Een PV van 0,35 betekent zeker niet dat het materiaalpaar dat vermeld is in figuur 10-18 kan worden gebruikt bij een glijsnelheid van 5 m/s als de belasting slechts 0,01 N/mm^2 is. PV-grenzen gelden namelijk alleen voor drukken en snelheden die vergelijkbaar zijn met de drukken en snelheden die gebruikt zijn in PV-grensproeven. De juiste manier om deze gegevens toe te passen is ze te gebruiken als hulpmiddel bij de vergelijking van kandidaat-materialen. Ze zijn

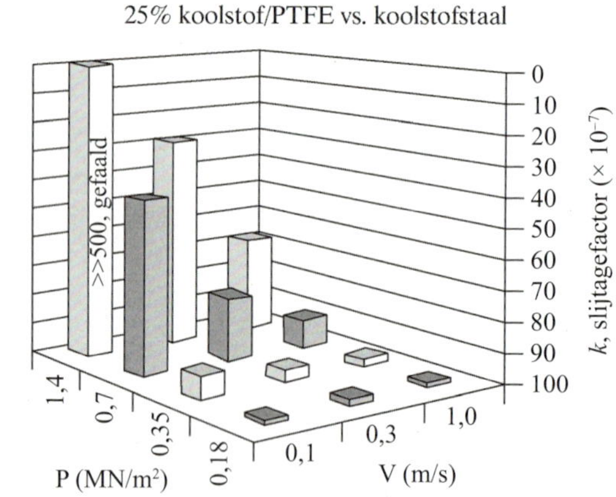

FIGUUR 10-18 Slijtagetestresultaten bij benadering betreffende PTFE met 25 procent koolstofvezelversterking, glijdend op staal met een laag koolstofgehalte bij variërende glij-omstandigheden. De PV-grens is 0,35 bij gebruik van internationale eenheden, of 10.000 bij gebruik van Engelse eenheden.

Bron: Afgedrukt met toestemming van LRI Lewis Research, Inc.

niet bedoeld om te worden gebruikt voor het berekenen van toelaatbare bedrijfsomstandigheden.

Een ander hulpmiddel bij het kiezen van kunststoffen voor slijtagetoepassingen is de slijtagefactor. De slijtagefactor is in wezen de constante in de slijtagerelatie:

$$\text{Slijtage} = k \times (\text{glijafstand}) \times (\text{belasting})$$

Er wordt een slijtageproef uitgevoerd op de drukschijf, de lagerbus of een ander testapparaat en k wordt berekend met behulp van het gemeten slijtagevolume. Hoe lager de slijtagefactor, des te beter de slijtvastheid, dat wil zeggen, des te lager zal de systeemslijtage zijn.

Slijtage door hoge temperaturen

Een van de voordelen van het gebruik van kunststoffen in tribosystemen bij relatief hogere temperaturen (circa 200 °C) is dat deze materialen soms kunnen worden gebruikt bij temperaturen die te hoog zijn voor petroleumsmeermiddelen. Gewone minerale oliesoorten veranderen vaak in teer bij temperaturen boven 200 °C. Zoals in tabel 10-6 te zien is, kunnen sommige kunststoffen werken boven 200 °C, maar de bovengrens voor gebruik was ongeveer 320 °C in 2008. Alle kunststoffen worden aanzienlijk minder sterk bij hoge temperaturen, maar sommige behouden voldoende sterkte om gebruik bij hoge temperaturen mogelijk te maken. De kristallijne materialen zijn in het algemeen beter bestand tegen hoge temperaturen dan de amorfe kunststoffen.

Voor gebruik bij hoge temperaturen wordt meestal de voorkeur gegeven aan koolstofvezel als versterking. Gehard staal (60 HRC) is het geprefereerde tegenoppervlak voor kunststof lagerbussen bij hoge temperaturen. De versterkte fluorkoolstoffen werken goed bij hoge temperaturen met zeer lichte belastingen en matige glijsnelheden. PTFE-glassoorten, PTFE-aramidetextiel of vergelijkbare composietlagers zijn betrekkelijk goedkoop en vormen goede materialen voor gebruik bij hoge temperaturen. PEEK is vaak beter dan andere thermoplastische lagermaterialen bij de uiterste grenzen van het maximale gebruikstemperatuurbereik. Polyimidecomposieten zijn gewoonlijk iets beter bestand tegen hoge temperaturen dan thermoplastische materialen. Versterkte fenolharsen werken goed bij temperaturen lager dan 200 °C. Voor de materiaalkeuze is het testen van de kandidaat-materialen meestal een vereiste als de bedrijfsomstandigheden de PV/temperatuurgrenzen van kunststoffen benaderen. We adviseren een onderzoek op basis van gegevens voor PV en temperatuureigenschappen. Tabel 10-11 geeft eigenschapinformatie voor enkele van de veelvoorkomende kunststoffen voor tribologische toepassingen.

Kunststof tandwielen

Het gebruik van kunststoffen voor tandwielen is misschien wel de nummer twee op een lijst van belangrijkste technische toepassingen van kunststoffen (achter de lagers). Kunststof tandwielen kunnen draaien zonder uitwendige smering, zijn stiller dan stalen tandwielen, hebben een lage inertie, corroderen niet en zijn vaak veel goedkoper dan metalen tandwielen. Ze kunnen meestal in een definitieve eindvorm worden vervaardigd. Voor een succesvol gebruik van kunststoffen voor tandwielen moet rekening worden gehouden met de PV-grenzen en slijtagefactoren, maar kunststof tandwielen worden zo algemeen gebruikt dat de meeste kunststofleveranciers soorten kunststoffen hebben waarvan ze weten dat ze goed werken als tandwielen. Enkele populaire kunststof tandwielmaterialen zijn:

- Nylon 6/6
- Fenolhars met textielversterking
- Acetaal homopolymeer
- Acetaal met PTFE-vulling
- Acetaal copolymeer
- PPS/40% glas
- PET/PBT-polyesters
- Nylon 6/6 + MoS_2

Het succesvolle gebruik van kunststof tandwielen vereist berekeningen om te bepalen of de specifieke kunststof voldoende sterkte en stijfheid voor de toepassing heeft. Het is bijna altijd beter om een kunststof tandwiel te combineren met een metalen tandwiel, omdat de meeste kunststof-metaalparen minder slijten dan kunststof-kunststofparen. Als er in de specifieke omstandigheden glasgevulde kunststoffen nodig zijn, is het misschien beter om alle tandwielen van versterkte kunststof te maken. Een glasgevuld tandwiel zal elk ander tandwiel immers verslijten, behalve een tandwiel van zeer hard metaal. Een andere overweging is het effect van vocht op de afmetingen van een tandwiel. Sommige kunststoffen, in het bijzonder nylons, vertonen een aanzienlijke volumevergroting bij een toename van vocht in de lucht. Soms is de selectie van kunststoffen voor tandwielen voorgeschreven door wat er bij kunststoftandwielfabrikanten verkrijgbaar is. Er zijn leveranciers die kunststof tandwielen met standaardgroottes maken (gewoonlijk van nylons

TABEL 10-11 Eigenschappen van kunststof lagermaterialen (klassieke studies die de uitgebreide tribologische gegevens over kunststoffen demonstreren)

	ONGEMODIFICEERDE POLYMEREN					GEMODIFICEERDE POLYMEREN				
Prestatiekenmerk of eigenschap	Nylon	Acetaal	Fluorkoolstof	Polyimide	Fenolhars	Nylon met grafietvulling	Acetaal met TFE-vezelvulling	Fluorkoolstof, grote variatie aan vulmaterialen	Polyimide met grafietvulling	Fenolhars met TFE-vulling
Maximale belasting, geprojecteerde opp. (snelheid nul, MPa)	34	36	6,9	69	28	6,9	12	14	69	28
Snelheid, continu bedrijf (belasting 2,27 kg), max m/min	61-32	152	30	305	305	61-32	244	305	305	305
PV voor continu bedrijf 0,127 mm slijtage in 1000 uur	1000	1000	200	300	100	1000	2500	2500 50.000[a]	3000	5000
Beperkende PV bij 30,5 m/min	4000	3000	1800	100.000	5000	4000	5500	30.000	100.000	40.000
Wrijvingscoëfficiënt	0,20-0,40	0,15-0,30	0,04-0,13	0,1-0,3	0,90-1,1	0,1-0,25	0,05-0,15	0,04-0,25	0,1-0,3	0,05-0,45
Slijtagefactor, cm^3 min/m-kg h	5905	5905	295.250	17.715	29.525 236.200	5905	2362	118,1-2362	1771,5	1181
Elasticiteitsmodulus, buiging, Pa	2,1	2,8	0,55	3,1	34	2,8	2,8	2,8	4,3	34
Kritische temperatuur op lageroppervlak, °C	204	149	260	316	149-209	204	149	260	316	149-209
Weerstand tegen vochtigheid	Redelijk	Goed	Uitstekend	Goed	Goed	Redelijk	Goed	Uitstekend	Goed	Goed
Weerstand tegen chemicaliën	Goed	Goed	Uitstekend	Goed	Goed	Goed	Goed	Uitstekend	Goed	Goed
Dichtheid, g/cm^3	1,2	1,43	2,15-2,20	1,42	1,4	1,2	1,54	2,15-2,25	1,49	1,4
Kostenindex voor basismateriaal	1,4	1	5	15	-	1,5	6	5	15	-

[a]Overschrijdt beperkende PV.

Bron: Uit R. P. Steijn, 'Friction and Wear of Plastics', *Metals Engineering Quarterly*, ASM, mei 1967. Overgenomen met toestemming van ASM International®. www.asminternational.org.

of acetaal). Als er voor een bepaalde toepassing een groot aantal tandwielen nodig is, moet de selectie worden gebaseerd op sterkte, PV-waarde, slijtagefactoren en produceerbaarheid (vormbaarheid).

Kunststof glijlagers

Zoals eerder vermeld is het gebruik van kunststoffen voor ongesmeerde glijlagers een van de belangrijkste toepassingen van kunststoffen in technische ontwerpen. De in de literatuur gepubliceerde slijtagefactoren kunnen worden gebruikt om de levensduur van kunststof lagerbussen te berekenen. Een vorm van de Archard-vergelijking (zie hoofdstuk 5) zou men kunnen oplossen voor de tijd dat een lagerbus in bedrijf meegaat. In de vergelijking kunnen de slijtagefactoren uit de literatuur worden gesubstitueerd voor *k*. Maar dit is nog steeds vrij empirisich en het is beter zelf testen uit te voeren voor specifieke systemen.

Een frequente oorzaak van het defect raken van kunststof glijlagers is vastbranding als gevolg van inadequate speling tijdens bedrijf. Kunststoffen vereisen grotere spelingen dan metaal-op-metaalglijsystemen. In figuur 10-19 worden enkele experimenteel vastgestelde richtlijnen weergegeven. Om te garanderen dat deze spelingen worden gehandhaafd, is het nodig om rekening te houden met de vermindering van de speling als gevolg van perspassing en thermische uitzetting. De meeste kunststof lagers worden vastgehouden door ze in een bepaald soort behuizing te perspassen. Omdat de meeste kunststoffen een stijfheid van minder dan een dertigste van die van staal hebben, gaat het gebruik van alle perspassingen ten koste van de speling in de boring.

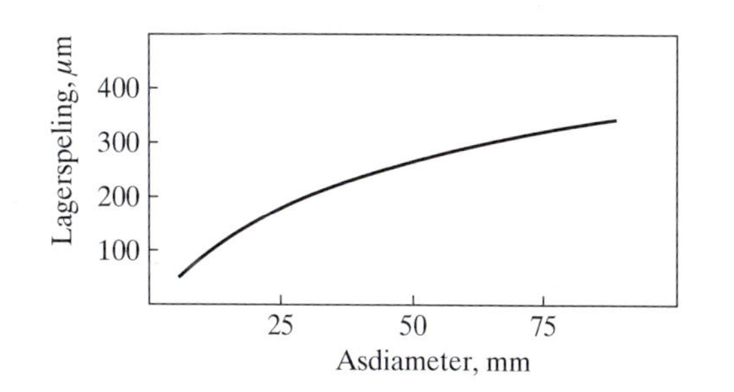

FIGUUR 10-19 Typische speling van kunststof glijlagers in bedrijf

Een manier om hiermee om te gaan is om de lagerbus machinaal ruimer te maken na de perspassing in de behuizing. Het is belangrijk om de lagerbus niet te overspannen tijdens de assemblage. Er bestaan perspassingsvergelijkingen die kunnen worden gebruikt om een goede perspassing te bepalen, maar er zijn ook richtlijnen, zoals 0,1 procent van de buitendiameterperspassing van een kunststof lagerbus in een metalen behuizing (en 0,01 procent voor een metalen lagerbus in een metalen behuizing). De voorkeur wordt echter gegeven aan berekeningen die rekening houden met de wanddikte van de lagerbus en de geometrische vorm van de behuizing.

Er kan rekening worden gehouden met temperatuureffecten door opnieuw aan te nemen dat een uitzetting van een lager als gevolg van temperatuurverhogingen tijdens bedrijf zich zal manifesteren als een vermindering in radiale speling. Figuur 10-20 geeft experimenteel vastgestelde effecten van de temperatuur op enkele typische kunststof

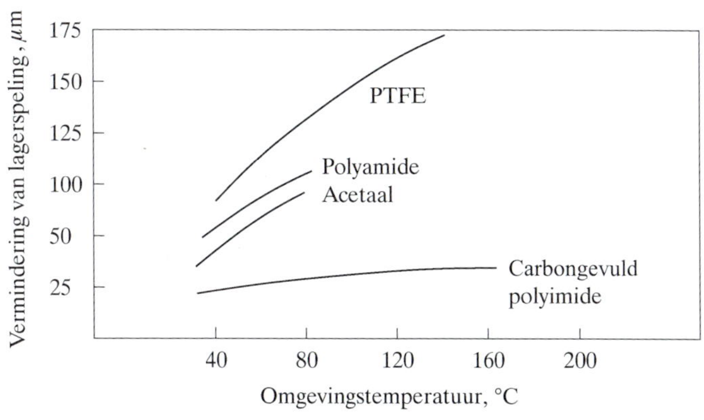

FIGUUR 10-20 Reductie in speling op kunststof lagers (wanddikte van 2,5 mm) in bedrijf die worden vastgehouden in een stalen behuizing)

lagermaterialen. Een bruikbare techniek om de problemen van thermische uitzetting in kunststof lagers tot een minimum te beperken, is de wanddikte zo klein mogelijk houden. Assen met een diameter van minder dan 12 millimeter kunnen een wanddikte hebben van 1,0 millimeter. Lagerbussen met een diameter van 250 millimeter kunnen worden gemaakt met een minimale wanddikte van slechts 7,9 millimeter.

Voor een succesvol gebruik van kunststoffen voor glijlagers moet dus rekening worden gehouden met factoren die de speling tijdens het bedrijf regelen. Kunststoffen zijn hiervoor zeer gevoelig en het negeren van deze richtlijnen leidt vaak tot vastbranding. In figuur 10-21 is een grote verscheidenheid aan kunststof glijlagers te zien die met succes gebruikt zijn in continubedrijf in fabricagemachines.

FIGUUR 10-21 Kunststof lagers, van links naar rechts: kogellager van vast polyimideacetaal, PTFE-weefselbekleed staal en nylonbekleed staal

Kunststoffen voor gecontroleerde wrijvingsoppervlakken

Sommige technische ontwerpen vereisen een lage wrijving tussen oppervlakken, sommige vereisen hoge wrijving, en andere vereisen een gecontroleerde waarde, of die nu hoog of laag is. De slijtvastheid van deze systemen is vaak minder belangrijk dan de wrijving. Bij nieuwe transportbanden voor de afwas in kantines worden dienbladen door elastomere banden gedragen. De banden moeten over diverse rollers glijden zonder stick-slipgedrag, en de dienbladen moeten worden meegesleept, ook zonder stick-slip. Vergelijkbare situaties doen zich voor bij onderdelen die over een rail glijden. Een gelijkmatige onderdeeltoevoer is in dit geval vaak belangrijker dan slijtage-eigenschappen. De rail kan dik worden gemaakt om aanzienlijke slijtage te overleven. Kunststoffen kunnen zeer bruikbaar zijn voor het maken van apparaten met gecontroleerde wrijving, maar het selecteren van de juiste kunststof voor een apparaat vereist vaak proefnemingen waarbij de bedrijfsomstandigheden worden gesimuleerd.

De mechanische eigenschappen van kunststoffen worden aanzienlijk beïnvloed door de temperatuur. Bij een toename van de glijsnelheid en druk treedt er verwarming op en nemen de afschuifsterkte en de hardheid af. De wrijving neemt toe (zie figuur 10-22). Dit is precies wat er gebeurt met de meeste kunststof-metaal- en kunststof-kunststofmateriaalparen. Bij hoge belastingen en snelheden heeft de *wrijvingscoëfficiënt* de neiging om asymptotisch een constante waarde te naderen.

FIGUUR 10-22 Wrijvingseigenschappen van diverse kunststoffen bij verschillende glijsnelheden; het andere materiaal is 1020 staal, normaalkracht 50 gram

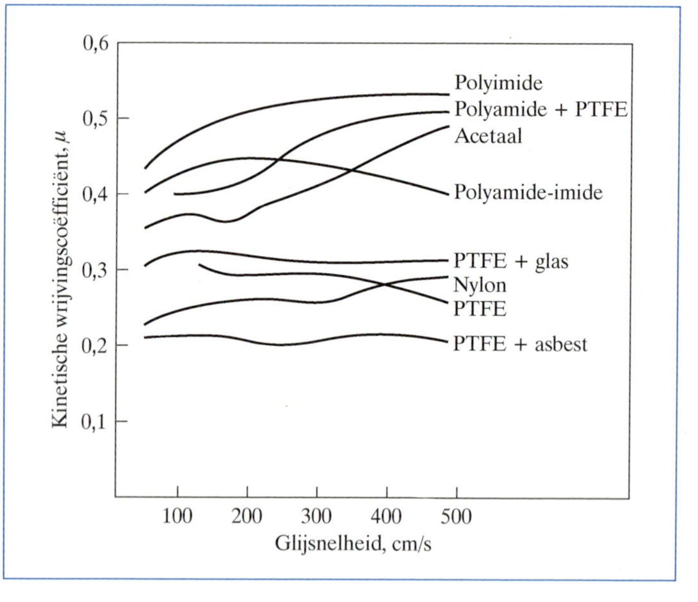

Bij het selecteren van kunststoffen voor gecontroleerde wrijvingsoppervlakken is het niet mogelijk om de diverse kunststoffen te rangschikken, omdat er een andere rangschikking zal bestaan voor elke combinatie van bedrijfsomstandigheden. Hieronder volgen enkele selectierichtlijnen, gebaseerd op ervaringen in fabricagemachines.

1. Vermijd het combineren van dezelfde kunststoffen bij hoge belastingen en snelheden, want hierbij kan vastbranding optreden.
2. Bij lage normaalkrachten (<100 gram) kan de oppervlaktetextuur van invloed zijn op de wrijving.
3. Lage normaalkrachten bevorderen stick-slip-gedrag.
4. De omgevingsomstandigheden – in het bijzonder vochtigheid – kunnen van invloed zijn op wrijving en slijtage van kunststoffen.
5. Maak zo mogelijk gebruik van simulatieproeven (bedrijfsomstandigheden) voor het selecteren van elkaar rakende materiaalparen.
6. Extrapoleer de gepubliceerde wrijvingsgegevens niet naar systemen die aanzienlijk verschillen van het voor de gepubliceerde gegevens gebruikte systeem.
7. Fluorkoolstoffen en polyethenen hebben meestal de laagste wrijvingscoëfficiënten tegen metalen en tegen andere kunststoffen (zie figuur 10-23).
8. Thermohardende materialen hebben gewoonlijk hogere wrijvingscoëfficiënten tegen metalen dan thermoplasten.

Dit zijn geen regels, maar slechts waarnemingen, afkomstig van laboratoriumproeven en van situaties met productieproblemen. Als er voor de ontwerpberekeningen nauwkeurige wrijvingsgegevens vereist zijn, dan zijn er proefnemingen nodig onder de werkelijke bedrijfsomstandigheden. (Zie ASTM G 115 voor testrichtlijnen.)

Kunststoffen voor slijtagetoepassingen

Het is onmogelijk om elk specifiek slijtagesysteem dat van toepassing zou kunnen zijn op kunststof slijtcomponenten, gedetailleerd te behandelen. Laten we deze bespreking daarom samenvatten met een vermelding van de meest gebruikte kunststoffen voor slijtagetoepassingen, samen met enkele algemene opmerkingen over hun tribologische eigenschappen.

Fluorkoolstoffen

In de handelsliteratuur zien we een overvloed aan artikelen waarin de wrijvingseigenschappen van fluorkoolstoffen worden geprezen. De waarheid is dat PTFE alleen een lage wrijving heeft onder bepaalde bedrijfsomstandigheden en met bepaalde tegenoppervlakken. De laagste wrijvingseigenschappen worden verkregen met harde tegenoppervlakken, zoals metalen en keramische materialen, en bij hoge belastingen.

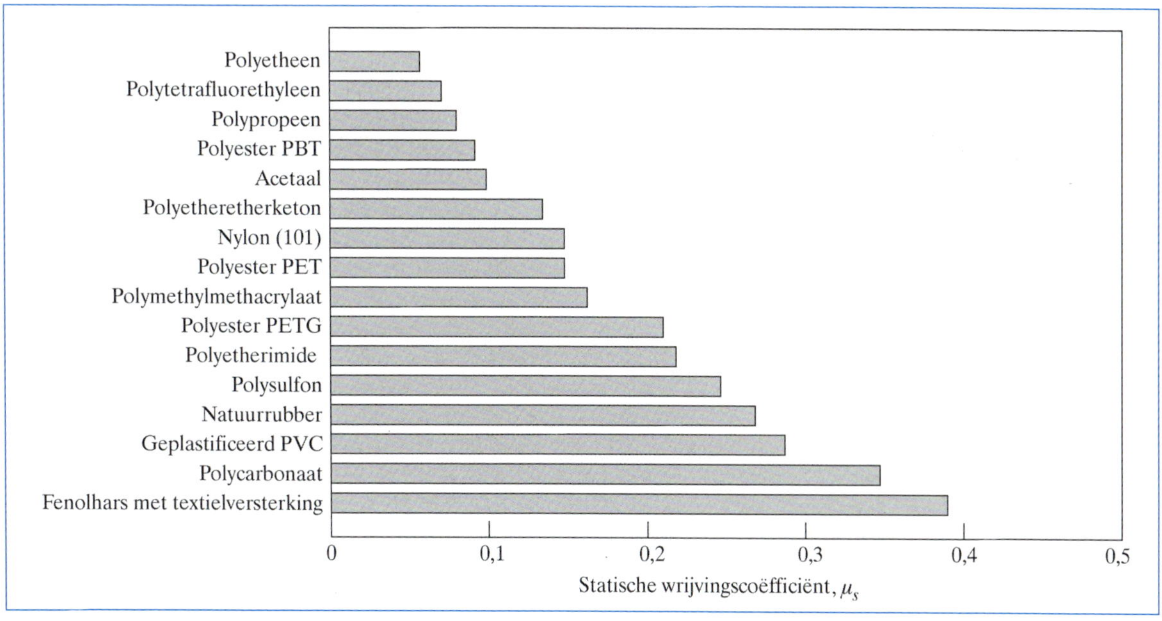

FIGUUR 10-23 Statische wrijvingscoëfficiënt van diverse kunststoffen die glijden tegen staal. Getest met ANSI-/ISO 5769-testmethode (160-g stalen schijf, Hertziaans contact)

Fluorkoolstoffen hebben betrekkelijk zwakke mechanische eigenschappen. Ze vertonen zelfs koude vloei onder matige belasting. De gebruikelijke oplossing van dit probleem is het toevoegen van vulstoffen, bijvoorbeeld glas, mica en keramische deeltjes. Deze verhogen de sterkte, maar maken de fluorkoolstof ook abrasief tegen alle tegenoppervlakken, behalve de zeer harde, zoals keramische materialen of cermets. PTFE-coatings zoals Teflon®-S zijn heel bruikbaar voor het verminderen van de slijtage en wrijving op zaagbladen, scheppen, messen en dergelijke. PTFE-weefselbeklede glijlagers zijn bruikbaar voor een grote verscheidenheid aan slijtagetoepassingen. Deze lagerbussen zijn commercieel verkrijgbaar en kunnen worden gebruikt bij betrekkelijk hoge PV's en in een vuile atmosfeer waarin vloeistofsmering niet mogelijk is.

Nylons

De polyamiden met smerende vulstof zijn jarenlang met behoorlijk succes gebruikt als glijlagers en andere slijtagecomponenten. Ze hebben zeer goede mechanische eigenschappen en zijn heel goed verwerkbaar. Hun belangrijkste nadeel is dat ze gemakkelijk vocht absorberen, dit gaat ten koste van de lagerspelingen. Deze verraderlijke eigenschap kan problemen geven in toepassingen met een hoge vochtigheid of onderdompeling in water. Dit probleem kan worden aangepakt door soorten te kiezen met een lage vochtabsorptie, zoals nylon 12, of dunwandige lagerbussen met tweedelige bekleding.

Fenolharsen

Net als nylons worden de fenollaminaten al jarenlang gebruikt voor slijtagecomponenten. Fenollaminaten met een weefselversterking zoals textiel of aramidevezels hebben een grotere druksterkte dan de meeste andere polymeren, maar geen goede eigenschappen voor ongesmeerde wrijving en slijtage. In systemen waarin het mogelijk is om veel smering te gebruiken, hebben ze een lange levensduur. Ze worden veel toegepast voor tweedelige glijlagers op grote drukrollen waarin de drukbelastingen zeer hoog zijn en de snelheden matig. Fenolverbindingen zijn thermohardend en daarom ook bestand tegen hoge bedrijfstemperaturen van wel 200 °C.

Acetalen

PTFE-gevulde acetalen zijn heel populaire materialen voor tribologische toepassingen. Ze hebben zeer goede mechanische eigenschappen. Ze hebben een grote stijfheid, zijn gemakkelijk machinaal te bewerken, geschikt voor spuitgieten en niet al te duur. Bovendien zijn ze minder gevoelig voor vocht dan nylons. Om al die redenen is acetaal een van de meest gebruikte kunststofmaterialen voor lagerbussen.

Polyimiden

Polyimiden zijn duur, maar door de goede tribologische eigenschappen wordt dit materiaal veel gebruikt voor ongesmeerde glijsystemen. De maximale continue gebruikstemperatuur is wel 280 °C en de mechanische eigenschappen zijn veel beter dan die van de fluorkoolstoffen. Gecompacteerde poeders worden gesinterd tot een uiteindelijk product of uiteindelijke vorm. Er zijn ook samenstellingen verkrijgbaar voor persgieten en spuitgieten. Dit materiaal is gemakkelijk machinaal te bewerken vanuit standaardvormen en heeft een goede afmetingsstabiliteit. Het is ook verkrijgbaar met smerende vulmaterialen zoals zilver, molybdeendisulfide, PTFE en grafiet. Dankzij hun weerstand tegen hoge temperaturen kunnen polyimiden werken bij hoge oppervlaktesnelheden. Als ze niet zo duur waren zou deze groep polymeren waarschijnlijk al snel veel van de andere in slijtagetoepassingen gebruikte polymeren vervangen.

Overige kunststoffen

Samenvattend kunnen we zeggen dat kunststoffen een plaats hebben veroverd als essentiële tribomaterialen. De hier vermelde groepen zijn de oudere slijtagekunststoffen en deze kunnen gebruikt worden voor ontwerpdoeleinden. Alle ontwerpers en materiaalgebruikers moeten vertrouwd zijn met ten minste de door ons besproken slijtagekunststoffen. Elk jaar komen er echter nieuwe soorten kunststoffen op de markt, waardoor de toepasbaarheid verder toeneemt. PPS met koolstofvezel (afgekort), PEEK en enkele van de gesmeerde soorten PAI kunnen inmiddels worden toegevoegd aan de lijst met kunststoffen die geschikt zijn voor glijlagers en glijslijtagetoepassingen (tegen hard staal of andere harde tegenoppervlakken).

Polyethyleen met een hoog molecuulgewicht heeft meestal de laagste wrijvingscoëfficiënt tegen stijve tegenoppervlakken en het is ook een van de beste kunststoffen voor slijtweerstand (samen met polyurethaan met een grote hardheid, zoals 90 A). Fluorkoolstofcoatings worden gebruikt wanneer kleefvrije oppervlakken of oppervlakken met lage wrijving nodig zijn.

10.4 Kunststoffen voor corrosiewering

Een van de opvallendste kenmerken van polymeermaterialen is hun betrekkelijke weerstand tegen chemicaliën en corrosie. In zeewater gaat staal roesten, aluminium vertoont putjes, hout gaat rotten en beton kan putjes en vlekken vertonen. Kunststoffen en polymeermaterialen hebben een lange geschiedenis in de corrosiewering. Kunststoffen zijn echter niet immuun voor omgevingsinvloeden, maar hoe ze beïnvloed worden verschilt van andere technische materialen. Corrosie wordt wel gedefinieerd als een *(elektrochemisch) proces tussen een materiaal en zijn omgeving dat leidt tot ongewenst verlies van materiaalsterkte door verandering van atomaire bindingen*. In die zin kunnen kunststoffen ook corroderen, al zijn de optredende processen niet altijd elektrochemisch van aard. In deze bespreking bekijken we enkele van de meest voorkomende vormen van kunststofafbraak.

Het is duidelijk dat als een onderdeel blootgesteld gaat worden aan een agressieve chemische oplossing, men dan moet controleren of het polymeer bestand is tegen de effecten van die omgeving. Ook andere, minder evident gevaarlijke omgevingen kunnen van invloed zijn op kunststoffen. Tabel 10-12 geeft enkele van de belangrijkste omgevingseffecten.

Zo kunnen bijvoorbeeld in een kantoor of in een woonhuis vochtige lucht en ultraviolette straling van fluorescerende lampen de levensduur van sommige kunststoffen spectaculair wijzigen. Zonnebrandcrème die van de handen van een gebruiker wordt overgebracht op de kunststof behuizing van een camera, kan tot gevolg hebben dat de verflaag van de camera kleverig wordt. Stoom- of stralingsterilisatie van polymere biomedische onderdelen kan het polymeer bros maken.

TABEL 10-12 Typische afbraakmechanismen voor polymeren

AFBRAAKMECHANISME	EFFECT OP KUNSTSTOF MATERIAAL OF ONDERDEEL
Absorptie	Er worden chemische stoffen geabsorbeerd in het polymeer, vaak gepaard gaand met gewichtstoename en zwelling.
Desorptie/oplossing	Bestanddelen van het polymeer worden uitgeloogd of opgelost in het oplosmiddel of de chemische stof. Vaak gaat oplossing gepaard met de fysische verwijdering van polymeerketens uit het polymeer.
Verbrossing	Door de blootstelling aan chemische stoffen verliest het polymeer rekbaarheid of taaiheid, gewoonlijk als gevolg van cross-linking, ketenafsnijding of crazing in het oppervlak.
Spanningscorrosie (ESC)	In componenten onder trekspanning kan blootstelling aan chemische stoffen de tijd verminderen die nodig is om barsten in het polymeer te doen ontstaan en te laten verbreiden.
Permeatie	Gassen en vloeistoffen diffunderen in en door de bovenlaag van een polymeer.
Verandering van eigenschappen: sterkte, hardheid, elasticiteitsmodulus, taaiheid	Sommige chemicaliën kunnen een polymeer plastificeren of zachter maken, andere kunnen juist een toename van de hardheid veroorzaken.
Warmteveroudering	Blootstelling van polymeren aan hoge temperaturen veroorzaakt fysische veroudering die kan leiden tot een spectaculaire verandering van de trek-, slag- en afmetingseigenschappen en van de elektrische eigenschappen.
Zwellen, verandering van volume of dikte	Absorptie van chemicaliën, oplosmiddelen en water veroorzaakt opzwellen van het polymeer, waardoor volume of dikte veranderen.
Crazing	Een netwerk van fijne haarscheurtjes ontwikkelt zich op het oppervlak of inwendig. Vaak zijn ze een gevolg van de gecombineerde effecten van spanning en ketenafsnijding, vermindering van molecuulgewicht of cross-linking. Bovendien kan de combinatie van spanningen en chemische blootstelling het ontstaan en uitbreiden van crazing veroorzaken.
Oxidatie	Oxidatie van polymeerketens, in het bijzonder bij het oppervlak, kan leiden tot verkalking (los, geschilferd oppervlak), barsten en crazing, en verlies van weekmaker (waardoor het onderdeel bros kan worden). Bovendien kan oxidatie leiden tot veranderingen van de oppervlakteafwerking, het uiterlijk en de kleur.

TABEL 10-12 (vervolg) Typische afbraakmechanismen voor polymeren

AFBRAAKMECHANISME	EFFECT OP KUNSTSTOF MATERIAAL OF ONDERDEEL
Ultraviolet licht (UV)	De energie van ultraviolette straling kan de chemische bindingen in een polymeer afbreken, waardoor het polymeer onder andere terugkeert naar een kleverige of vloeibare toestand. Blootstelling aan UV-straling kan ook stabiliseringsmiddelen in het polymeer aantasten. Ketenafsnijding, cross-linking en andere afbraakmechanismen veroorzaken defecten door verbrossing, haarscheurtjes en andere bezwijkprocessen.
Ozon	Blootstelling aan ozon kan leiden tot ketenafsnijding (en verzwakking) van polymeerketens, in het bijzonder koolstof met dubbele binding. In rubbers wordt soms een brosse huid gevormd.
Vlekken	De omgeving en chemische stoffen kunnen verkleuring van of vlekken op polymeren veroorzaken.
Hydrolyse	Water wordt in het polymeer geabsorbeerd, wat kan leiden tot verlies van sterkte en stijfheid, alsmede opzwellen. De meeste condensatiepolymeren zijn hygroscopisch; ze absorberen water door directe blootstelling aan waterdamp in de lucht.
Verbleken/kleurverandering/vergelen	De omgeving en chemische stoffen kunnen verbleken of kleurverandering van het polymeer veroorzaken. Bovendien kunnen thermoplastische vormingsomstandigheden leiden tot vergelen of kleurveranderingen als gevolg van het verlies van warmtestabiliseringsmiddelen.
Plastificering	Blootstelling aan chemische stoffen kan leiden tot een vermindering van de elastische eigenschappen van een polymeer, bijvoorbeeld de elasticiteitsmodulus, glijdingsmodulus en Poisson-verhouding.
Biologische afbraak	Schimmel- en zwamgroei op het oppervlak van het polymeer.
Reacties voor de vorming van nieuwe verbindingen	Onomkeerbare veranderingen van de chemische samenstelling van een polymeerketen kunnen veranderingen van de massa of mechanische eigenschappen veroorzaken.
Straling (bijvoorbeeld medische sterilisatie)	Ioniserende straling kan moleculaire wijzigingen veroorzaken, zoals molecuulketenafsnijding, wat kan leiden tot aanzienlijke veranderingen van mechanische en fysische eigenschappen.
Elektrische defecten als gevolg van de bijkomende effecten van elektrische velden en water, ionische verontreinigingen, chemicaliën	Polymeren kunnen water absorberen of hydrolyseren in aanwezigheid van vloeistoffen op waterbasis, wat kan leiden tot gereduceerde diëlektrische sterkte of ontlading.
Additievenafbraak	De omgeving kan de oorzaak zijn van het uitlogen of anderzijds beïnvloeden van bepaalde additieven in een polymeer, waardoor de levensduur vermindert of de sterkte beïnvloed wordt.

Absorptie

Talrijke polymeren zijn vatbaar voor absorptie van chemische stoffen. We hebben gezien dat veel polymeren hygroscopisch zijn; ze absorberen water door directe blootstelling aan waterdamp in de lucht. Hydrolyse kan een polymeer zachter en zwakker maken en zwelling en afmetingsveranderingen veroorzaken. Zuurrijke of basische omstandigheden kunnen hydrolyse bevorderen. Chemische absorptie volgend op oplossing kan selectieve uitloging van bestanddelen uit het polymeer veroorzaken. Natuurrubber in contact met kerosine zwelt bijvoorbeeld op tot enkele malen zijn oorspronkelijke volume.

Permeatie

De wisselwerking van een polymeer met de omgeving begint gewoonlijk met reacties bij het oppervlak. De lange ketens van de polymeermacromoleculen hebben een bepaalde hoeveelheid ruimte, of *vrij volume*, tussen de polymeermoleculen. Het oppervlak van het polymeer absorbeert vloeibare chemische stoffen door middel van diffusie in deze *interstices*, of vrijevolumeruimtes.

Kristallijne polymeren zijn vaak beter bestand tegen chemische permeatie, omdat de dichte rangschikking van de molecuulketens het vrije volume vermindert. Aan de andere kant hebben elastomeren meer vrij volume dan thermoplasten, waardoor ze meer permeabel zijn en ontvankelijker voor het absorberen van vloeistoffen en chemische stoffen. In sommige gevallen kan permeatie van een chemische stof leiden tot zwelling van het polymeer en maatveranderingen. Chemische permeatie kan er ook toe leiden dat een polymeer zacht wordt als gevolg van plastificering. Vaak worden voor voedsel- en drankverpakkingen zoals plastic frisdrankflessen diverse polymeerlagen gebruikt om ongewenste permeatie te voorkomen. (Lucht- en vochtpermeatie kan het voedsel muf doen smaken.) In de autoindustrie beperken de voorschriften de hoeveelheid benzine die in brandstofleidingen en -tanks mag doordringen. Er moeten materialen geselecteerd worden die de permeatie van koelmiddel (soms *lekemissies* genoemd) in airconditioningsystemen tot een minimum beperken. De materialen voor zulke toepassingen kunnen geselecteerd worden op basis van de mate van permeatie van de bedoelde chemische stof.

Hierbij moet ook worden opgemerkt dat kunststoffen ook door micro-organismen worden gepenetreerd. Bacteriën of schimmelsporen kunnen zich ophouden tussen de ketens en zich ontwikkelen in contact met een voedzame omgeving. Kunststoffen voor voedselverpakking of ander kwetsbaar organisch materiaal moeten dan ook vooraf zijn gesteriliseerd. Bijzondere aandacht verdient kunststof ingeplant in levend materiaal, omdat schadelijke bacteriën daarin kunnen penetreren en dan onbereikbaar worden voor het natuurlijke afweermechanisme van het materiaal.

Uitloging en oplosmiddelen

In sommige gevallen kunnen chemische stoffen de oplossing van de polymeerketens of gedeelten daarvan veroorzaken. Bovendien kunnen bepaalde bestanddelen zoals weekmakers of andere additieven selectief uit het polymeer worden uitgeloogd. Selectieve uitloging van weekmakers kan ertoe leiden dat een polymeer bros wordt. Selectieve uitloging van een additief zoals een stabiliseringsmiddel kan de weerstand van een polymeer tegen ketenafsnijding verlagen, wat ook tot gevolg kan hebben dat het polymeer zwak of bros wordt. De oplossing kan gepaard gaan met een verandering van de afmetingen van de polymeercomponent (meestal in de vorm van krimp). Het gebruik van sommige oplosmiddelen om het prijskaartje van een zonnebril van celluloseacetaat te verwijderen, kan er bijvoorbeeld toe leiden dat de kunststof oplost en een zonnebril stukgaat. Ook aceton en andere stickerverwijderaars zijn bekende huishoudelijke oplosmiddelen waar veel kunststoffen niet tegen bestand zijn.

Spanningscorrosie

Een andere vorm van chemische afbraak is spanningscorrosie. Bepaalde chemische stoffen doen polymeren voortijdig barsten (onder voldoende mechanische spanning). Dit hebben we besproken in paragraaf 10.2. Alle polymeren zijn meer of minder vatbaar voor spanningscorrosie. Thermoplasten in amorfe toestand zijn echter gevoeliger voor spanningscorrosie dan semikristallijne thermoplastische of thermohardende polymeren. Polymeren met dicht opeengepakte kristallen zijn veel beter bestand tegen spanningscorrosie.

Chemische aantasting

Chemische stoffen kunnen een polymeer aantasten door de moleculaire binding te breken met behulp van een proces dat *ketenafsnijding* genoemd wordt. Zulke reacties kunnen rechtstreeks optreden of door middel van katalytische reacties. In sommige gevallen kan een functionele groep worden vervangen door substituenten van de aantastende stof. Zo kunnen sulfaatradicalen, afkomstig van blootstelling aan zwavelzuur, waterstofatomen in de polymeerstructuur vervangen, waardoor de eigenschappen van het polymeer spectaculair veranderen. Nylon in salpeterzuur verandert de stof in een kleverige massa.

Fotolytische desintegratie

Dit is een vorm van chemische aantasting waarbij polymeermoleculen uiteenvallen door de elektromagnetische straling in licht, vooral ultraviolet licht of UV-licht. Hoe sterker het licht, des te sterker de neiging om uiteen te vallen. Sommige kunststoffen zijn gevoeliger voor dit verslechteringsproces dan andere. Slechts een paar kunststoffen (polycarbonaat, acrylverbindingen en celluloseverbindingen) worden uitgebreid geaccepteerd voor buitengebruik. De beste test voor gevoeligheid voor deze vorm van verslechtering is jaren van blootstelling boven op een dak of een zeekust-rek. Dat duurt echter erg lang, daarom worden er soms kamers voor versnelde veroudering gebruikt om lichteffecten op een kunststof te bepalen.

Fysische veroudering

Naast chemische afbraak ondergaan polymeren ook fysische veroudering. Bij fysische veroudering treedt er geen verandering op in de chemische structuur of het molecuulgewicht van het polymeer. In plaats daarvan worden eigenschappen zoals vrij volume en kristalliniteit beïnvloed. De kristalliniteit van sommige polymeren kan bijvoorbeeld in de loop der tijd blijven toenemen. Doordat een amorfe structuur meer ruimte inneemt dan een kristallijne structuur, betekent dit dat een polymeer in de loop der tijd en bij toenemende temperatuur wordt geconsolideerd of verdicht. Dit kan een probleem zijn voor nauwkeurig passende componenten, omdat krimp binding of vervorming kan veroorzaken. De toename in kristalliniteit kan de rekbaarheid verminderen en de slagtaaiheid verlagen. Fysische veroudering is bijvoorbeeld te zien bij oude autobanden. Zonder uitzondering zijn ze gebarsten en de oppervlakken geven een zwarte veeg als je eroverheen wrijft. Rubbers verouderen vaak slecht ten gevolge van blootstelling aan de buitenlucht.

Testen op chemische bestendigheid

Het is moeilijk om op basis van kortetermijnproeven te voorspellen wat blootstelling aan chemische stoffen op de lange termijn voor effect zal hebben op kunststoffen. Dit is een probleem dat geldt voor de hele industrie en nog moet worden opgelost. De meest praktische manier om de effecten van chemicaliën en omgeving op de levensduur en het functioneren van polymeren in te schatten, is het gebruik van onderdompeling of andere blootstellingsproeven. Proefmonsters zoals trekstaven of coupons worden gedurende diverse tijdsintervallen blootgesteld aan of ondergedompeld in de betreffende omgeving of chemicaliën. Vervolgens worden ze getest om het effect van de chemische stof te bepalen op de belangrijke mechanische en fysische eigenschappen die vereist of gewenst zijn.

Vaak wordt er een grafiek van de gegevens gemaakt om het effect van de tijd op de afbraak van het polymeer vast te stellen en trends te bekijken. Figuur 10-24 laat het effect zien van chemische blootstelling op de gewichtsverandering van een denkbeeldig polymeer. De veranderingen van de eigenschappen van een elastomeer na blootstelling aan chemische stoffen worden weergegeven in figuur 10-25. Tabel 10-13 geeft een richtlijn voor het beoordelen van de chemische weerstand van een polymeer na chemische blootstelling. Gewoonlijk worden proeven voor chemische bestendigheid op polymeren uitgevoerd in overeenstemming met ASTM-normen zoals D 1673, D 2990, G 23, D 794, D 1435, D 570, C 619 en C 581.

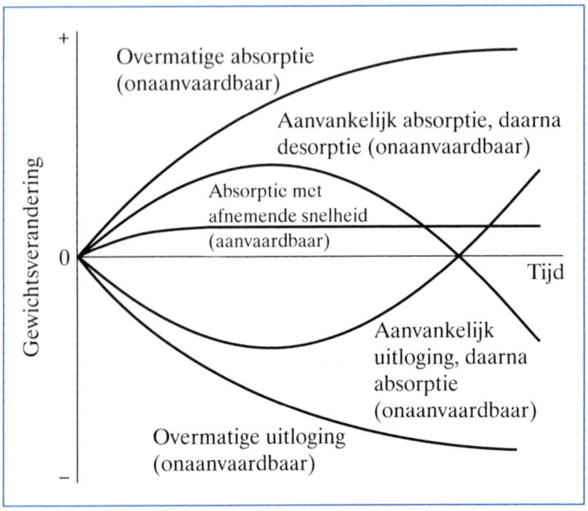

FIGUUR 10-24 Het gebruik van gewichtsverandering om te demonstreren wat de effecten zijn van chemische onderdompeling op de absorptie- en uitlogingseigenschappen van een polymeer

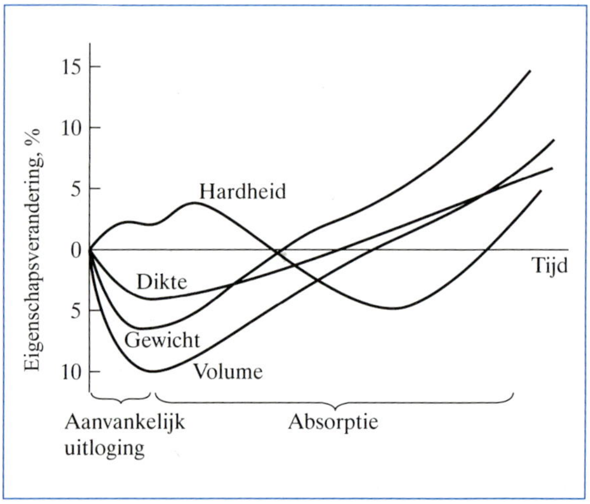

FIGUUR 10-25 Voorbeeld van eigenschapsveranderingen in een polymeer als functie van de tijd van onderdompeling in een chemische omgeving

TABEL 10-13 Richtlijn voor het inschatten van de relatieve weerstand van een polymeer tegen chemische afbraak op basis van een proef met 1000 uur chemische blootstelling

	GEWICHTS-TOENAME	GEWICHTS-VERLIES	DIKTE-VERANDERING	TREKSPANNINGS-EIGENSCHAPPEN	HARDHEID	UITERLIJK
Bestendig	< 2%	< 0,5%	< 5%	< 5%	< 5 punten	Geen verandering
Twijfelachtig	2% tot 5%	0,5% tot 2%	5% tot 10%	5% tot 20%	5 tot 10 punten	Geringe verandering
Niet bestendig	> 5%	> 2%	> 10%	> 20%	> 10 punten	Aanzienlijke verandering

Selectie

Bij het selecteren van een kunststof voor een toepassing moet de ontwerper zich altijd afvragen: heeft de bedrijfsomgeving een negatieve invloed op de levensduur van de component? Er zijn toepassingen met evidente chemische blootstelling, zoals een kunststof klep in een chemische fabriek, maar men moet ook rekening houden met indirecte, onbedoelde of secundaire aspecten van de blootstelling. Een smeermiddel dat op een polymeer wordt aangebracht tijdens de assemblage zou bijvoorbeeld spanningsbreuk van het polymeer kunnen veroorzaken. Metaalkationen van naburige oppervlakken kunnen chemische afbraakreacties in het polymeer katalyseren. Lijmen in ongeharde toestand kunnen spanningscorrosie van polymeren veroorzaken. Minerale oliesoorten die bij het machinaal bewerken worden gebruikt, kunnen ook spanningscorrosie veroorzaken. Voor een gegeven toepassing moet daarom elke bron van mogelijke chemische blootstelling worden onderzocht.

De selectie van een polymeer voor een toepassing met blootstelling aan chemicaliën of de omgeving is vaak gebaseerd op chemischeweerstandskaarten, oplosbaarheidsparameters en blootstellingsproeven. Hoewel oplosbaarheidsparameters buiten het bereik van dit boek vallen, kan deze methode worden gebruikt voor het bepalen van de relatieve oplosbaarheid van een polymeer in een specifieke omgeving. Chemischeweerstandstabellen die door kunststofleveranciers en andere bronnen gepubliceerd worden (zie tabel 10-14), zijn vaak een goed startpunt voor de selectie van een polymeer voor een toepassing. Zulke tabellen zijn echter vaak gebaseerd op beperkte gegevens, zoals de verandering in treksterkte na dertig dagen blootstelling. Bovendien kunnen kleine veranderingen in de samenstelling van een polymeer een grote invloed hebben op de chemische weerstand. Sommige leveranciers voegen een ultraviolet-stabiliseringsmiddel toe om een specifieke kunststof geschikt te maken voor blootstelling aan de buitenlucht, terwijl de handboekgegevens suggereren dat het homopolymeer ongeschikt is. Als er geen relevante gegevens beschikbaar zijn, kan een corrosietest noodzakelijk zijn.

TABEL 10-14 Effecten van diverse omgevingen op kunststoffen

MATERIAAL	ZUREN		BASEN		ORGANISCHE OPLOS-MIDDELEN	WATER-ABSORPTIE (%/24 UUR)	CONTINUE WARMTEWEER-STAND (°C)
	ZWAK	STERK	ZWAK	STERK			
ABS (acrylonitril-butadieenstyreen)	N	AO	N	N	A	0,4	88–110
Acetalen (copolymeren)	V	A	N	N	R	0,2	85–104
Acrylaten							
– Methylmethacrylaat	R	AO	R	A	A	0,3	60–93
– MMA-alfa-methylstyreen copolymeer	R	AO	R	R	A	0,2	93–110
– Acrylaat-PVC-legering	N	N	N	N	A	0,1	
Allylharsen							
– Allyldiglycolcarbonaat	N	AO	N	EA	R	0,2	100
– Diallylftalaat (mineraal of glasgevuld)	N	EA	EA	EA	N	0,3	149–2004
Celluloseverbindingen							
– Ethylcellulose	EA	A	N	EA	A	1	66–85
Celluloseacetaat, nitraat, propionaat en acetaat-butyraat	EA	A	EA	A	A	1–7	60–104
Gechloreerd polyether	N	AO	N	N	R	0,01	143
Epoxyharsen							
– Gegoten	N	V	N	EA	R	0,1	121–288
– Glasvezelgevulde vormverbindingen	N	R	N	N	N	0,1	149–260

Legenda: N = geen effect; R = resistent, algemeen; EA = enigszins aangetast; A = aangetast;
AO = aangetast door oxiderende zuren; V = variabel gedrag, afhankelijk van specifieke media.

TABEL 10-14 (vervolg) Effecten van diverse omgevingen op kunststoffen

MATERIAAL	ZUREN		BASEN		ORGANISCHE OPLOS-MIDDELEN	WATER-ABSORPTIE (%/24 UUR)	CONTINUE WARMTEWEER-STAND (°C)
	ZWAK	STERK	ZWAK	STERK			
Fluorkunststoffen							
- Polychloortrifluor-ethyleen	N	N	N	N	R	0,0	177–199
- Polytetrafluorethyleen	N	N	N	N	N	0,0	288
- FEP-fluorkunststof	N	N	N	N	N	0,01	204
- Polyvinylideenfluoride	V	R	N	N	R	0,04	149
Furan (met asbestvulling)	R	AO	N	R	R	0,1	129–166
Melamine-formaldehyde							
- Asbest vulmateriaal	R	A	R	EA	N	0,1	121–204
- Glasvezel vulmateriaal	N	A	N	R	N	0,1	149–204
- Methylpenteen polymeer	N	AO	N	R	A	0,01	121–160
Nylons							
- Type 6, gegoten	R	A	N	R	R	1,0	82–121
- Type 12, ongevuld	N	A	N	N	R	0,3	79–127
Fenol-formaldehyde-furfuralverbindingen	R	AO	EA	A	R	0,2	121
Fenyleenoxiden	N	N	N	N	A	1,07	79–104
Polyallomeer	N	AO	N	R	R	0,01	
Polyarylether	N	V	N	N	A	0,3	121–132
Polyarylsulfon	N	N	N	N	R	2,0	260
Polybutyleen	R	AO	R	R	–	0,01	121
Polycarbonaten							
- Ongevuld	N	EA	V	A	A	0,1	121
- ABS-polycarbonaat-legering	N	AO	N	EA	A	0,3	104–121
Polyesters							
- Lineair aromatisch polymeer	EA	EA	EA	A	R	0,02	316
- Alkyd, met asbestvulling	N	EA	N	EA	N	0,1	232
Polyethylenen (lage, medium, hoge dichtheid)	R	AO	R	R	R	0,01	82–121
Polyimiden	R	R	EA	A	R	0,3	260
Polyfenyleensulfiden	N	AO	N	N	R	–	204–260
Polypropylenen	N	AO	N	R	R	0,01	88–149
Polystyrenen	N	AO	N	N	A	0,1	66–93
Polysulfon	N	N	N	N	R	0,2	149–174
Siliconen	R	V	R	V	V	0,1	260–316
Urea-formaldehyde	A	A	V	A	R	0,5	77
Urethanen (gegoten)	EA	A	EA	V	V	1,0	88–121
Vinylpolymeren en copolymeren							
- Vinylchloride en vinyl-chlorideacetaat	N	R	N	N	V	0,5	66–79
- Vinylideenchloride	N	R	R	R	R	0,1	71–93
Gechloreerd polyvinyl-chloride	N	N	N	N	N	0,1	110

Legenda: N = geen effect; R = resistent, algemeen; EA = enigszins aangetast; A = aangetast; AO = aangetast door oxiderende zuren; V = variabel gedrag, afhankelijk van specifieke media.

Bron: Uit *Corrosion Engineering*. New York: McGraw-Hill Book Co., 3e ed. 1985.

10.5 Kunststoffen voor elektrische toepassingen

Kunststoffen worden gebruikt voor talloze elektrische apparaten: schakelaars, contactdozen, behuizingen voor elektrische huishoudelijke apparaten, elektrische gereedschappen enzovoort. In deze toepassingen werken kunststoffen als elektrische isolatoren. Niet alle kunststoffen zijn echter in dezelfde mate elektrisch isolerend. Voor elk type elektrische toepassing werken bepaalde kunststoffen beter dan andere. Figuur 10-26 geeft een vergelijking van drie verschillende elektrische eigenschappen van enkele veelvoorkomende kunststoffen. *Diëlektrische sterkte* is het uitgeoefende voltage dat een isolatiemateriaal kan weerstaan voordat het zijn isolerende vermogen verliest. De SI-eenheid voor deze eigenschap is volt per millimeter. De diëlektrische sterkte van dikke proefmonsters is meestal lager dan die van dunne proefmonsters van hetzelfde materiaal. Daarom is het in de gegevenshandboeken gebruikelijk om de dikte van het gebruikte materiaal te vermelden. De ontwerper dient een waarde te gebruiken die afkomstig is van een proef met een monster dat ongeveer even dik is als het te gebruiken materiaal. Hoe groter de diëlektrische sterkte, des te beter de isolator zal zijn.

Soortelijke weerstand oftewel *soortelijke volumeweerstand* is een maat voor het vermogen van het materiaal om elektrische stroom te verhinderen. De eenheid hiervoor is Ω-cm. Zoals in figuur 10-26 te zien is, bestaan er aanzienlijke verschillen in de soortelijke weerstand van sommige groepen kunststoffen. De variatie voor metalen is minder dan 100 μΩ-cm. De meeste kunststoffen zijn dus isolatoren in vergelijking met metalen, maar sommige kunststoffen zijn veel betere isolatoren dan andere. Daarom worden vaak verschillende proeven gebruikt voor metalen en voor isolatoren. De proeven worden meestal uitgevoerd op een blokvormig stuk kunststof met geleiders op twee evenwijdige vlakken. Voor kunststoffen en andere materialen worden ook proeven gebruikt die de soortelijke oppervlakteweerstand meten. Sommige elektrische apparaten, zoals eenheden voor RF-verhitting (RF staat voor *radio frequency*), produceren een stroom op het oppervlak in plaats van door het hele volume. Als zo'n situatie in een toepassing voorkomt, is dit de weerstand die voor kandidaat-kunststoffen geëvalueerd moet worden.

De *diëlektrische constante* is een maat voor het vermogen van een materiaal om als een condensator te werken. De diëlektrische constante wordt gemeten door de elektrische capaciteit van de betreffende isolator te vergelijken met de elektrische capaciteit van

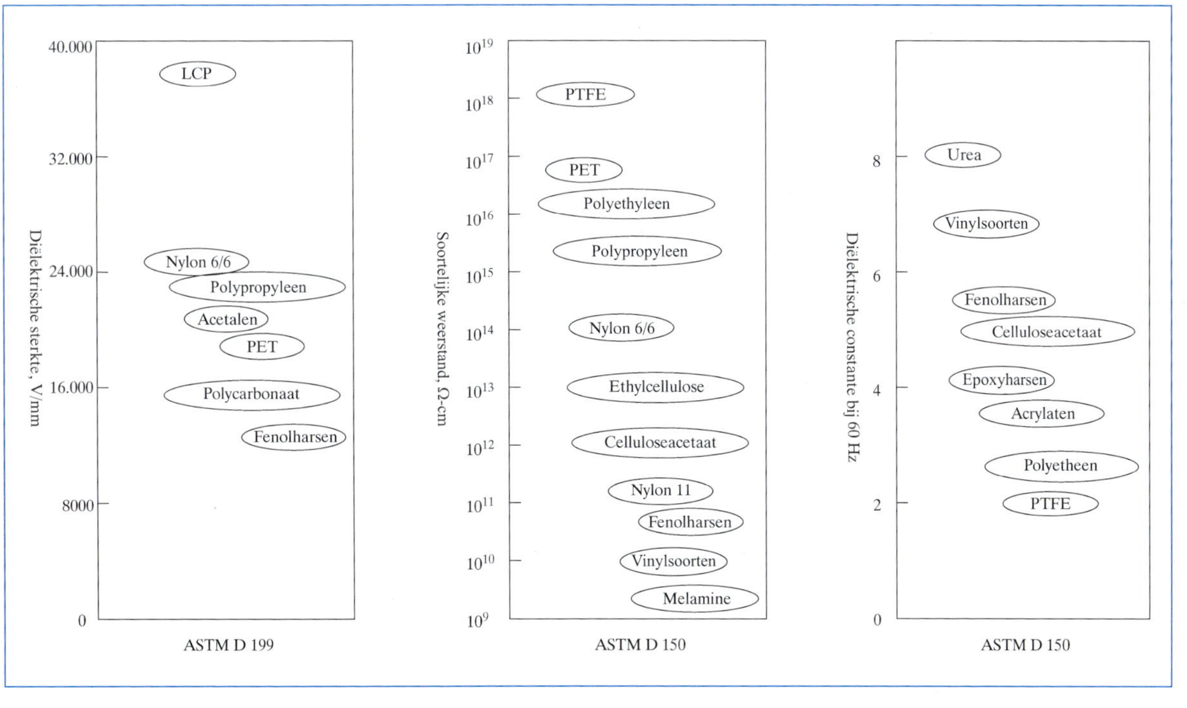

FIGUUR 10-26 Elektrische eigenschappen van geselecteerde kunststoffen

lucht (aangenomen dat dezelfde elektrodeconfiguratie wordt gebruikt). Verschillende groepen kunststoffen hebben aanzienlijk verschillende diëlektrische constanten. Een hoge waarde geeft aan dat het materiaal een goede condensator is. Een lage waarde is gewenst voor toepassingen bij hoge frequenties, want dat betekent dat het materiaal niet snel opwarmt door elektrische verhitting.

Andere eigenschappen die verband houden met het elektrisch functioneren van kunststoffen zijn de verliesfactor en de lichtboogweerstand. De *verliesfactor* is een maat voor de verhitting of het energieverlies wanneer het materiaal als condensator wordt gebruikt. Een lage waarde is gewoonlijk wenselijk. Als eenheden gebruikt men vaak tijd (s, seconden) per cycle-ohm-farad (mede volgens ASTM D 1531). De *lichtboogweerstand* is een maat voor het vermogen van een oppervlak om intact te blijven onder omstandigheden van elektrische spanning (een boog). De eenheden van deze eigenschap zijn gewoonlijk de tijd (s, seconden) dat een materiaal standhoudt bij de toepassing van een elektrische boogspanning.

Ook andere elektrische eigenschappen kunnen belangrijk zijn voor een specifieke toepassing, maar de door ons gedefinieerde eigenschappen worden het meest gebruikt. Deze eigenschappen mogen niet worden genegeerd als een ontwerp vraagt om een kunststof onderdeel dat een rol speelt in een of ander elektrisch apparaat. Hoe ingewikkelder het apparaat is, des te noodzakelijker kan het zijn om de toepasbaarheid van deze eigenschappen te onderzoeken. In materiaalhandboeken en in de door de kunststoffabrikanten verstrekte literatuur worden nog meer eigenschappen vermeld.

10.6 Polymeercoatings

Al honderden jaren lang wordt verf gebruikt voor decoratieve en beschermende coatings. Vroeger werd verf gemaakt van natuurlijke harsen, kleurstoffen en pigmenten. De verf die we tegenwoordig gebruiken is daarmee vergelijkbaar, maar het grote verschil is dat de natuurlijke harsen zijn vervangen door een groot aantal polymeren. Een *verf* is een suspensie van pigment in een vloeistof die door drogen of uitharden een film van vast materiaal vormt. Traditionele verfsoorten bevatten een bindmiddel, een oplosmiddel en pigment. Het bindmiddel vormt de film die het pigment vasthoudt. Het oplosmiddel vergemakkelijkt het aanbrengen van de verf.

Pigmenten zijn gewoonlijk fijne vaste stoffen zoals koolstofzwart, titaniumdioxide of zinkoxide. Pigmenten geven een verf niet alleen kleur en ondoorzichtigheid, maar beschermen de materialen vaak ook tegen UV-straling en verbeteren de weerbestendigheid. Te veel pigment kan de verflaag zwak en kalkachtig maken. Waar het bij het selecteren om gaat is dat er voor elke verfsoort een gewenste pigmentconcentratie bestaat. De gemiddelde verfgebruiker weet niet wat het kritische pigmentgehalte voor een verfsoort is, maar als de levensduur gering is, kan deze factor de oorzaak zijn.

De verschillen tussen de diverse coatingsystemen bestaan uit de methoden waarmee zij worden aangebracht, het mechanisme van filmvorming en het soort polymeer dat wordt aangebracht. Om een goede polymeercoating te produceren moet de voorbereiding van het oppervlak en de manier van aanbrengen aan allerlei eisen voldoen. We gaan hier slechts oppervlakkig op deze onderwerpen in, maar we proberen voldoende informatie over verfsystemen te geven, zodat een materiaalgebruiker na het lezen van deze passage in gewone ontwerpsituaties in staat is om basiscoatingsoorten te selecteren.

Mechanismen voor filmvorming

De diverse mechanismen voor de vorming van polymeercoatings worden geïllustreerd in figuur 10-27. Om een coatingsysteem te kunnen selecteren, is het goed begrijpen van deze mechanismen een noodzakelijke eerste stap. In sommige gevallen gaat de vorming van een coating gepaard met een chemische reactie, polymerisatie of cross-linking, bij andere gaat het alleen om het samensmelten van de polymeerdeeltjes.

De laklagen en andere coatings gevormd door de verdamping van een vluchtig oplosmiddel drogen snel. De meeste oplosmiddelen, bijvoorbeeld aceton en thinner, zijn zeer brandgevaarlijk. Cellulosenitraat is het polymeer in enkele *autolakken*. De verfsoorten die een coating vormen door oxidatie van een olie en verdamping van een oplosmiddel, staan bekend als olieverf. Zuurstof uit de lucht reageert met de oliebindmiddelen, waardoor crosslinks worden gevormd en een vaste deklaag ontstaat. Deze verfsoorten bevatten ook additieven zoals drogende olie om de filmvorming te bevorderen. *Vernis* is olieverf zonder pigment. De hardheid en de glans van de vernis hangen af van de verhouding tussen olie- en harsgehalte. Wanneer synthetische harsen worden gebruikt in plaats van natuurlijke harsen, wordt de verf vaak een alkydverf genoemd. *Alkydharsen* zijn in wezen polyesters.

Veel van de coatingfilms die ontstaan door een chemische reactie, cross-linking of polymerisatie

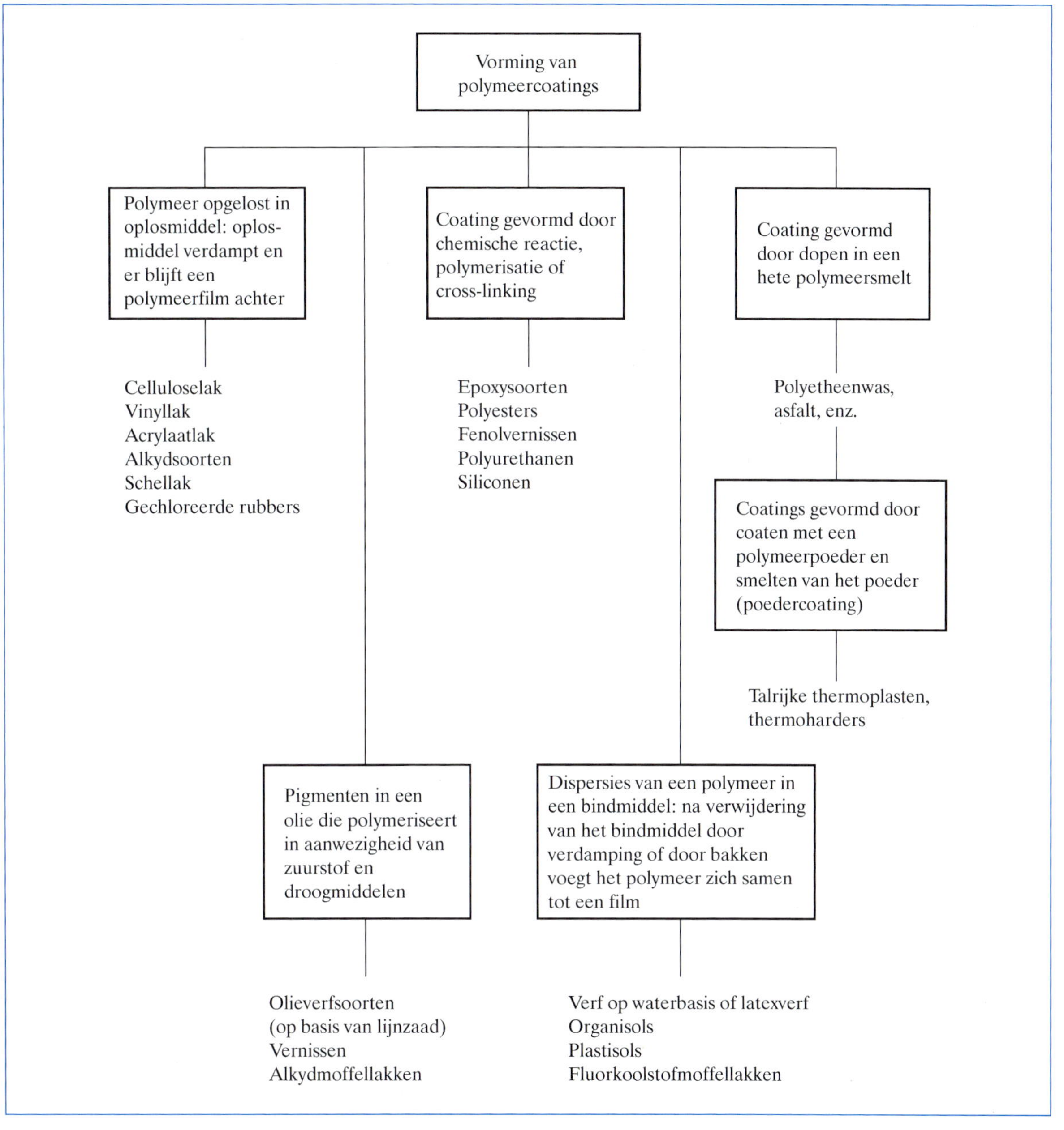

FIGUUR 10-27 Mechanismen voor polymeerfilmvorming

zijn tweecomponentensystemen. Epoxyharsen en polyestersystemen harden vaak bij kamertemperatuur uit door de werking van een katalysator. De katalysator kan een aanzienlijk, maar ook een onbelangrijk deel van de uitgeharde laag vormen. Tot deze klasse van filmvormingsmechanismen behoren coatings die een film vormen door cross-linking, met uitharding bij een hoge temperatuur en coatings die cross-links vormen bij blootstelling aan straling. Uitharding door straling heeft het voordeel dat milieuvervuiling door oplosmiddelen en katalysatoren geheel wordt vermeden. Bepaalde polymeren vormen een film doordat de energie voor de polymerisatie of cross-linking wordt geleverd door Röntgenstraling of gammastraling, door bestraling met een elektronenbundel of door blootstelling aan ultraviolette straling (*UV-harding*).

Coatings die gevormd worden uit dispersies van een polymeer in water, staan bekend als *latexverf*, of verf op waterbasis. Ze bevatten gewoonlijk meer vaste stof dan andere verfsoorten. De dispersie bestaat grotendeels uit kleine polymeerdeeltjes en pigmenten. Wanneer het water verdampt, voegen de polymeerdeeltjes zich samen tot een vaste film.

Organisols en *plastisols* zijn speciale soorten dispersies. In een organisol zijn de polymeerdeeltjes gedispergeerd in een organisch oplosmiddel. In een plastisol zijn de polymeerdeeltjes gedispergeerd in een weekmaker.

De laatste filmvormingsklasse bevat coatings die direct uit het polymeer, in gesmolten of vaste vorm, ontstaan. Deze soorten worden vooral gebruikt voor zware coatings (dikker dan 1 millimeter). Tot deze categorie behoren zware onderdompelingscoatings van polyethyleen of was. Een meer verfijnde variant is het verhitten van metalen onderdelen en deze onder te dompelen in een wervelbed van polymeerdeeltjes. *Poedercoating* brengt met zich mee dat de onderdelen bij kamertemperatuur elektrostatisch gesproeid worden en daarna in een oven samengesmolten. De gesmolten polymeerdeeltjes vormen coatings met variërende diktes van 25–50 mm (decoratief) tot wel 1 millimeter (corrosiebescherming). *Plasma-lichtboogspuiten* (PAS, *plasma arc spray*) wordt gebruikt voor het aanbrengen van dikke coatings (van 250 mm of meer) van thermoplastische materialen zoals polyethyleen of een thermoplastisch polyester. Vlamspuiten van kunststoffen zoals polyester en polyethyleen geniet een toenemende populariteit. Dikke kunststofcoatings kunnen worden geproduceerd zonder oplosmiddel- en bakproblemen.

In alle bovengenoemde systemen hangt de aard van de coating af van de verhouding tussen pigment en polymeer (hars) in de gedroogde laag. In het voorgaande hebben we al vermeld dat een coating zonder pigment een vernis of *transparante deklaag* is. Moffellakken bevatten een matige hoeveelheid pigment, sterk dekkende muurverf heeft een grote hoeveelheid pigment.

Selectie van een coating

Elke fabrikant van verf en polymeercoatings heeft zijn eigen samenstellingen. Er zijn geen normen voor grenzen aan de samenstelling van coatings. Hoe gaat men te werk bij het selecteren van een coating voor een specifieke toepassing? De eerste stap bij het kiezen van een coating is het maken van een lijst van de gebruikseisen waaraan de coating moet voldoen. Is de coating slechts bedoeld als een decoratieve laag, of moet ze bestand zijn tegen chemische stoffen of een andere speciale omgeving? Wordt de coating blootgesteld aan weersinvloeden (zie figuur 10-28)? Is onderdompeling waarschijnlijk, of wordt de coating alleen blootgesteld aan spatten en morsen? Welke temperatuurvariatie zal de coating te verduren krijgen? Is de prijs een factor? Is het nodig dat de coating buigzaam is of een goede slagvastheid heeft?

FIGUUR 10-28 Testopstelling in de buitenlucht voor het vaststellen van de weerbestendigheid van polymeercoatings

De volgende stap bij het selecteren van een coating is het vergelijken van je criteria met de eigenschappen van de belangrijkste soorten coatings. Het is hierbij niet raadzaam om een specifiek merk of polymeercoating te selecteren. Als je selectiecriteria overeenkomen met de eigenschappen van bijvoorbeeld een epoxysysteem, kun je beter de voordelen van diverse merken epoxyharsen wat betreft onder meer prijs, toepasbaarheid en prestaties bekijken, om daarna een uiteindelijke keus te maken. In de nu volgende coatingbeschrijvingen zijn de belangrijkste coatingsystemen opgenomen die in de handel verkrijgbaar zijn.

Vinylsoorten

Verfsoorten die gebruikmaken van PVC of een copolymeer van PVC en vinylacetaat of vinylbutyraat worden veel gebruikt voor algemene chemische weerstand. Ze zijn niet bestand tegen allerlei oplosmiddelen en hun maximale gebruikstemperatuur is 66 °C. Ze worden weerbestendig gemaakt door pigment toe te voegen, maar voor gebruik in de buitenlucht zijn andere coatings veel beter. Vinylcoatings kunnen met behulp van weekmakers uiterst buigzaam worden gemaakt, maar zoals bij alle coatings met weekmakers kan de coating bros worden wanneer de weekmaker zich bij het verouderen naar buiten verplaatst. Vinylsoorten zijn niet bijzonder hard of slijtvast.

De meeste industriële vinylverfsoorten zijn lakken die een film vormen door verdamping van het oplosmiddel. Ze worden gebruikt op buitenconstructies zoals tanks, pijpleidingen en stalen gebouwen.

Ze zijn verkrijgbaar in aangroeiwerende samenstellingen voor de onderkant van boten. Er zijn ook vinylsoorten verkrijgbaar in latexsystemen voor huishoudelijke verf. Die zijn goedkoper dan acrylaten, maar hebben niet dezelfde weerbestendigheid. Vinylsoorten worden gebruikt voor zware plastisol- en organisolcoatings op onder meer plaatophangstukken, appendages en gereedschapshandgrepen, en voor decoratieve poedercoatings op huishoudelijke apparaten en auto-onderdelen. Op de rol beklede metalen voor gestampte en getrokken onderdelen worden vaak voorzien van een coating van thermohardende vinylsoorten. In steeds meer landen wordt het gebruik van vinylverf ontmoedigd, omdat het chloor bevat en daarom geacht wordt nadelige milieueffecten te hebben.

Epoxysoorten

Epoxyverf is het werkpaard onder de industriële coatings. Deze verfsoorten zijn uitstekend bestand tegen chemische stoffen en oplosmiddelen, hebben een goede slijtweerstand en geven een goede hechting. Epoxyverf kan zelfs op de rol worden aangebracht op metalen, waaruit vervolgens onderdelen kunnen worden gestanst of gevormd. In de chemische procesindustrie worden kool-teer-epoxymengsels gebruikt ter bescherming van ondergrondse pijpleidingen en buizen. Epoxyverf kan door toevoeging van olie worden gemodificeerd tot verf die uithardt door oxidatie. De film kan worden gevormd door cross-linking met behulp van een katalysator of een bakoven. Omdat epoxyverf in de buitenlucht vaak rubberachtig wordt, wordt het in het algemeen niet toegepast voor de bescherming van buitenconstructies. Epoxyverf wordt wel veel gebruikt als *moffellak* op machines, als grondverf voor metaal en als coating voor apparatuur in chemische fabrieken.

Urethanen

Polyurethaancoatings kunnen uitharden door katalyseren (tweecomponenten), door absorptie en chemische reactie met vocht in de lucht, en door oxidatie in urethaanolie en alkydharsen. De eerstgenoemde systemen worden gewoonlijk gebruikt in industriële coatings, en het laatstgenoemde systeem wordt veel gebruikt als transparante houtlak. Zware urethaancoatings kunnen daarnaast ook worden gebruikt als slijtvaste vloerbedekking. Vanwege de chemische bestendigheid en slijtvastheid zijn urethanen populair als moffellak op machines. Hun slijtvastheid maakt ze zelfs geschikt als verf op vliegtuigen, waar de normale verfsoorten door regenerosie worden verwijderd. Transparante urethaancoatings zijn beter bestand tegen zonlicht dan de meest vernissen, maar aromatische polyurethanen hebben de neiging te verslechteren in zonlicht. Er zijn urethaan-acrylverbindingen en alifatische acrylcombinaties ontwikkeld voor gebruik buitenshuis. Deze coatings zijn bestand tegen UV-straling. Polyurethanen op basis van alifatische di-isocyanaten vertonen minder verkalking en verkleuring dan andere systemen. Urethanen op waterbasis (met water als oplosmiddel) die in de jaren tachtig ontwikkeld zijn, worden veel gebruikt als lak voor houten vloerbedekkingen. Door de afwezigheid van organische oplosmiddelen worden gezondheidsrisico's en uitstootproblemen gereduceerd.

Alkydharsen

Alkydharsen zijn polyesters waarvan de eigenschappen afhankelijk zijn van de aard van het organische zuur en de alcohol waaruit ze zijn gevormd. Veel verfsoorten die in ijzerwarenwinkels verkocht worden (vooral de aerosolen), zijn alkydsoorten met toegevoegde drogende oliesoorten. Industriële alkydsoorten hebben meestal lagere percentages van deze drogende oliesoorten. Ze vormen een goede verf voor algemeen gebruik, maar ze zijn niet bedoeld voor zware toepassingen waarbij bijvoorbeeld een goede weerstand tegen chemicaliën vereist is. Hun populariteit als decoratieverf is te danken aan hun glans en kleurvastheid.

Verf op oliebasis

De natuurlijke oliesoorten die worden gebruikt als basis voor olieverf, zijn onder andere lijnzaadolie, sojaolie, tungolie en castorolie. De meeste van deze verfsoorten harden uit door oxidatie. De olie geeft de decoratieve verflagen buigzaamheid en glans. Olieverf is duurzaam en afwasbaar. De gedroogde film bestaat uit natuurlijke harsen of een combinatie van natuurlijke harsen en synthetische harsen (alkydharsen). De meeste olieverfsoorten zijn minder goed bestand tegen oplosmiddelen en chemische stoffen dan industriële lakken zoals vinylsoorten en epoxyharsen. Deze verfsoorten worden veel gebruikt voor houtwerk buitenshuis en decoratieverf binnenshuis.

In de jaren tachtig van de twintigste eeuw werden beitsen populair voor de buitenste laag op houten gevelpanelen. Traditionele oliebeitsen bestonden uit kleurstoffen en pigmenten in lijnzaadolie of iets dergelijks, maar de nieuwe 'transparante' of 'stevige' beitsen zijn in feite verfsoorten met een minder dan normale hoeveelheid pigment. Verf bevat gewoonlijk 50 procent tot 60 procent vaste stof (bindmiddelen, pigmenten en additieven). Een stevige beitssoort bevat slechts ongeveer 35 procent vaste stof en een transparante beitssoort soms slechts 20 procent. Drogelaagdiktes zijn gewoonlijk respectievelijk 40 μm en 20 μm. De beste bescherming van hout buitenshuis wordt echter verkregen met een verflaagdikte van circa 100 μm. Dit is de reden dat beitsen niet dezelfde bescherming geven als verven.

Een bekende vervanging voor beitsen op oliebasis is *schellak*, een natuurlijke hars (een afscheiding van de schildluis) die verdund is in alcohol, en bruikbaar als industriële verf om veiligheidsstroken aan te geven. De verf kan desgewenst met alcohol worden verwijderd.

Verf op waterbasis

De vertrouwde latexverf wordt bijna overal zowel binnenshuis als buitenshuis gebruikt. De eigenschappen van de film hangen af van de aard van het polymeer dat de film vormt. De twee meest gebruikte polymeren zijn polyvinylacetaat (PVA) en acrylaat. Het gewichtsgehalte aan polymeer kan 60 procent bedragen. Het gebruik van coatings op waterbasis vermijdt de gezondheidsproblemen die vastzitten aan de organische oplosmiddelen in andere verfsoorten. In sommige staten in de VS is het gebruik van verf op waterbasis daarom bij wet voorgeschreven.

De verfsoorten op PVA-basis zijn goedkoper dan de acrylaten en hebben het vermogen om te ademen. Ze zijn vochtdoorlatend, wat afbladdering op hout helpt te voorkomen. Ze zijn uiterst geschikt als decoratieverf binnenshuis, maar de acrylaten zijn weerbestendiger en duurzamer als houtverf buitenshuis. Verfsoorten op waterbasis hebben de wenselijke eigenschap dat ze bij het drogen geen geuren of organische oplosmiddelen afgeven. Er wordt vooruitgang geboekt bij het ontwikkelen van coatings op waterbasis met geschikte eigenschappen voor industrieel gebruik. Sommige polyesters op waterbasis worden gebruikt voor op de rol bekleed staal, maar voor de omzetting van industriële coatings naar dit soort filmvormers zal nader onderzoek en ontwikkeling nodig zijn.

Voor beitsen op waterbasis geldt hetzelfde als voor beitsen op oliebasis: het zijn verfsoorten met minder vaste stof. Ze vormen daardoor een minder dikke laag dan de gewone latexverf.

Furan

Furancoatings zijn waarschijnlijk het moeilijkst aan te brengen (ze krimpen bij het uitharden). Ze worden gevormd door cross-linking van furfuralalcohol onder invloed van een zuur. De coating met crosslinks is uiterst hard en heeft een goede chemische bestendigheid. Omdat deze coatings zo moeilijk aan te brengen zijn, wordt het verven van tanks en andere chemische procesapparatuur vaak overgelaten aan gespecialiseerde bedrijven. Het zijn geen coatings voor algemeen industrieel gebruik.

Fenolsoorten

De eigenschappen van fenolcoatings lijken op die van de bekende fenolharsen waaruit vormproducten worden geperst. Ze zijn duurzaam en goed bestand tegen hoge temperaturen en chemische stoffen. Als coatings zijn ze verkrijgbaar in de vorm van vernissen die uitharden door oxidatie, of als industriële coatings die uitharden door een chemische reactie (katalytisch of bakken). De zuivere fenolcoatings die uitharden door cross-linking, worden onder andere gebruikt als tankbekleding. Ze zijn bros en niet goed bestand tegen bijtende stoffen, maar ze zijn wel geschikt voor allerlei chemische toepassingen.

Fluorkoolstoffen

Net als acrylverbindingen hebben fluorkoolstoffen een uitstekende weerstand tegen UV-straling en zijn ze geschikt voor gebruik buitenshuis. Fluorkoolstoffen kunnen worden aangebracht door spuiten of onderdompelen, en geven een coating met een zeer goede chemische weerstand, waar bovendien niets aan vast blijft plakken. Ze worden gewoonlijk alleen aangebracht op metalen, en ze zijn verkrijgbaar als zuivere PTFE, als PTFE-polyimidemengsels en als conventionele moffellakken die PTFE bevatten.

Fluorkoolstoffen zoals vinylideenfluoride (PVDF) worden gebruikt voor kleurvaste coatings op architectonische panelen waarbij van de coatings wordt verwacht dat ze dertig jaar of langer buiten meegaan. Soms worden deze materialen gemengd met acrylverbindingen (70% PVDF, 30% acrylverbinding). Voorgecoate PVDF-panelen zijn een veelvoorkomend decoratief element op scholen en soortgelijke openbare gebouwen die ontworpen zijn om tientallen jaren mee te gaan. Uiteraard zijn deze coatings duurder dan gewone verf, maar ze zijn al minstens veertig jaar in gebruik en er bestaan gegevens die aangeven dat ze het inderdaad zo lang kunnen volhouden. Hun extra kosten zijn daarom misschien gerechtvaardigd.

Polysiloxanen

Deze coatings zijn gebaseerd op siliconen met hun silicium-zuurstof-siliciumbindingen. Deze bindingen zijn stabiel in zonlicht en dus zijn de coatings geschikt voor langetermijnblootstelling daaraan buitenshuis. Ze worden soms gebruikt als toplaag over zinkrijke grondlagen. Zulke grondlagen zijn beladen met metallische zinkdeeltjes die anodisch zijn tegen staalsubstraten en het substraat beschermen tegen corrosie, zolang de zinkdeeltjes feitelijk het staal raken. Deze grondlagen zijn zwaar beladen – tot 95 procent zink – en hebben een bindmiddel dat niet alle zinkdeeltjes volledig omgeeft. De oppervlakvoorbereiding is uiterst essentieel. Daarom heeft het bindmiddel misschien niet de beste weerbestendigheid. Polysiloxane toplagen kunnen dit probleem oplossen. Ze kunnen de gewenste weerbestendigheid en UV-weerstand toevoegen. Daarom worden deze coatings vaak gebruikt op bruggen en watertorens, waar volledige blootstelling aan de zon waarschijnlijk is. Ze zijn ook kandidaten voor gebruik in chemische omgevingen. Het moet hier worden opgemerkt dat metallisch zink een concurrent is voor zinkhoudende verfstoffen als materiaal voor de bescherming van grote constructies, bijvoorbeeld bruggen.

Poedercoating

Poedercoating is het aanbrengen van kleine kunststofdeeltjes op een oppervlak, gevolgd door het samensmelten of uitharden door warmte of straling van deze deeltjes in een continue coating. De poeders kunnen op een oppervlak worden gespoten met gebruikmaking van elektrostatische krachten om de deeltjes op hun plaats te houden totdat ze worden verwarmd. De deeltjes nemen de statische lading op in de poederspuit, en de te coaten onderdelen bevinden zich op het aardepotentiaal. Het poeder komt zelfs op de achterkant van de onderdelen vanwege de elektrostatische krachten. De overspray van de poederspuiten kan worden gerecycled. Een tweede techniek voor het aanbrengen van het poeder is het gebruik van fluïdisatie. De onderdelen worden daarbij opgehangen in de gefluïdiseerde poederdeeltjes. De deeltjes kunnen blijven zitten door elektrostatische aantrekking, of de onderdelen kunnen worden voorverwarmd, waarop het gefluïdiseerde poeder smelt bij contact met de hete onderdelen.

Poedercoatings kunnen worden gevormd uit thermohardend of thermoplastisch poeder, maar de meest gebruikte zijn de thermoharders, vaak polyesters, epoxy's of epoxy-polyestermengsels (hybriden). Acrylverbindingen zijn algemeen gebruikte thermoplastische poedercoatings. De poeders worden gewoonlijk verwarmd tot ongeveer 200 °C (circa tien minuten lang) om samengesmolten of uitgehard te worden. Deze coatings hebben de neiging om dikker te zijn dan verflagen: 25 tot 60 µm. In feite kunnen dunne coatings, van minder dan 25 µm, een procesbeperking vormen. Het kenmerk van poedercoating dat de toepassing ervan heeft doen toenemen, is dat ze geen oplosmiddeldampen produceert, zoals vele vloeibare verfsoorten, dus al het materiaal dat niet op de onderdelen terechtkomt, kan worden hergebruikt. Het wordt daardoor beschouwd als een 'groen' proces.

De uitdaging bij het gebruik van poedercoatings is het laten hechten van de coatings. Als verftechniek is poedercoating uiterst belangrijk, maar gebruikers moeten nauwkeurig controleren of de coating hecht en op lange termijn een gebruiksomgeving doorstaat. Wanneer poedercoatings slecht hechten, kunnen ze volledig afvallen. Deze coatings kunnen ook snel afbladderen vanwege de grotere dikte. Zodoende hebben poedercoatings misschien meer voorbereidend werk nodig dan traditionele verf.

Metalen vormen de meest voorkomende substraten en nauwgezet reinigen, zandstralen en conversiecoatings kunnen nodig zijn om de gewenste bindingssterkte te krijgen. Geleidende kunststoffen kunnen ook een poedercoating vormen. De kunststof moet geleidend zijn om de elektrostatische processen te laten werken. Uiteraard moeten ze worden gemaakt van een hogetemperatuurkunststof zodat ze het uitharden kunnen doorstaan. Dezelfde temperatuurkwesties bestaan bij poedercoating voor hout, maar het vocht in het hout maakt het vaak geleidend genoeg om de elektrostatische technieken te kunnen toepassen.

Elastomeren

Er is ook een grote verscheidenheid aan rubbercoatings op basis van diverse elastomeersystemen. Deze coatings hebben dezelfde eigenschappen als de vormproducten van elastomeren met dezelfde naam.

Selectie en specificatie

We hebben in dit hoofdstuk de algemene eigenschappen besproken van minstens een dozijn polymeercoatings. Bij het selecteren van deze coatings voor een specifiek doel dient de ontwerper zijn lijst met coatingcriteria weer ter hand te nemen en vast te stellen welk coatingsysteem het beste past bij de toepassing. Tabel 10-15 geeft een kwalitatieve vergelijking die een kwalificatiegetal van 1 tot 10 (10 is het beste) toewijst aan diverse gebruikseigenschappen. Deze tabel is slechts een opinie; er zijn ook andere. In de chemische procesindustrie voldoen de in tabel 10-16 vermelde specifieke coatings aan de meeste eisen.

TABEL 10-15 Vergelijking van de weerstand van typische commerciële coatingsoorten tegen verschillende omgevingsfactoren (10 is het beste)

OMSTANDIGHEDEN	ALGEMEEN TYPE										
	NEOPREEN	VINYL	SARAN	EPOXY	GECHLOREERD RUBBER	STYREEN-COPOLYMEER-MENGSELS	FURAN	FENOL	ALKYD	ASFALT	OLIEVERF
Zonlicht en water	8	10	7	9	7	6	8	9	10	7	10
Spanningen en inslag	10	8	7	3	7	6	1	2	4	5	4
Abrasie	10	7	7	6	7	7	5	5	6	3	4
Warmte	10	7	7	9	5	6	9	10	8	4	7
Zouten	10	10	10	10	10	10	10	10	8	10	7
Oplosmiddelen	10	10	10	10	10	10	10	10	8	10	6
Basen	4	5	5	8	3	4	10	10	4	2	2
Zuren	10	10	10	10	10	10	10	10	6	10	1
Oxidatie	6	10	10	6	9	8	2	7	3	2	1
Totaal	88	87	81	80	78	77	75	75	63	60	43

Bron: Uit G. S. Weismantel, *Paint Handbook*. New York: McGraw-Hill Book Co., 1981.

TABEL 10-16 Coatings voor de chemische procesindustrie

TOEPASSING	COATING
Op metalen voor weerstand tegen zuren en basen en metaaloppervlakken buitenshuis	Polyvinylchloride (oplosmiddelsysteem)
Op metalen en andere oppervlakken voor weerstand tegen oplosmiddelen	Amine-epoxy (tweecomponenten)
Buitencoating op metselwerk en decoratieve coatings op binnenhout en metalen	Polyvinylacetaat (op waterbasis)
Semiglanzende of glanzende decoratieve coatings op hout en metaal binnenshuis	Alkyd (olieoxidatie)
Transparante coating en zijdeglanzende machinemoffellak	Vochthardend polyurethaan
Oliebestendige glanzende moffellak voor machines, tanks, pijpen enzovoort.	Tweecomponenten-polyurethaan

Het laatste aspect van het gebruik van polymeercoatings is het voorbereiden van het oppervlak en het aanbrengen. De meeste verfsoorten worden geleverd met specifieke instructies voor het aanbrengen. Er bestaan geen algemene richtlijnen voor, behalve dan het opvolgen van de aanbevelingen van de fabrikant wat betreft schoonmaken, ruwen en gronden. Het specificeren van de filmdikte is gewoonlijk de verantwoordelijkheid van de ontwerper. Algemene industriële omgevingen kunnen een beschermende coating vereisen van 125 μm. Constructiestaal in chemische fabrieken dat in de open lucht wordt gebruikt en dat gemorste chemische stoffen moet kunnen weerstaan kan een droge deklaag vereisen van meer dan 600 μm. Asfaltcoatings op ondergrondse pijpleidingen moeten ongeveer 2,25 millimeter dik zijn. Een richtlijn voor het gebruik van verf is deze: 1 liter van welke vloeistof dan ook die op een oppervlak wordt aangebracht tot een natte dikte van 25 mm (droog 12 mm) bedekt 150 m^2. Sommige coatings hebben mogelijk diktebeperkingen. Een te zware coating kan leiden tot barsten of afbladderen. Bij het selecteren van een coating is het volgende dus van belang: weten welke omgeving het betreft, bekijken van de eigenschappen van de diverse coatingsystemen en beoordelen van de aanbevelingen van verfcoatingleveranciers betreffende het selecteren en aanbrengen.

10.7 Lijmsoorten

Materiaalkeuze speelt een belangrijke rol bij het ontwerpen van een eenheid die door hechting bijeengehouden moet worden. Er worden veel verschillende technieken gebruikt om twee of meer componenten te verbinden. Deze worden samengevat in tabel 10-17. Mechanische verbindingsmethoden zijn onder meer schroeven, bevestigingsmiddelen en klikverbindingen. Hoewel mechanische verbindingsmethoden snel kunnen worden aangebracht en soms verwijdering van onderdelen mogelijk maken ter reparatie, vereisen ze vaak extra onderdelen die de kosten en het gewicht van de eenheid kunnen vergroten.

TABEL 10-17 Verbindingsmethoden

MECHANISCH	SAMENSMELTEN	LIJMEN
• Klikverbindingen • Bevestigingsmiddelen (schroeven, klinknagels enzovoort) • Insert molding of matrijsgieten	• Traditioneel lassen • Ultrasonisch lassen • Wrijvings-/inertielassen • Wamteuitzetting • Solderen	• Binden • Inkapselen

Lassen en adhesieve verbindingsprocessen zijn alternatieven voor mechanische verbindingen. Bij lassen worden de grensvlakken van de te verbinden materialen verwarmd tot de smelttemperatuur, waardoor de componenten kunnen samensmelten. Gelijke of elkaar goed verdragende soorten materialen worden vaak verbonden door middel van lassen.

Een *lijm* is een substantie die twee componenten samenbindt door oppervlaktehechting. De meeste lijmen zijn gebaseerd op polymere/organische materialen. Lijmen zijn bruikbaar wanneer sterk verschillende materialen met elkaar moeten worden verbonden (bijvoorbeeld een metaal met een kunststof) of voor materialen die niet gelast kunnen worden (thermohardende kunststoffen, schuimplastics, hout, papier). Hoewel (hard-)solderen ook kan gelden als een lijmmethode wordt dit niet hier behandeld, omdat het een wezenlijk ander proces is, waarbij verwarmen en smelten een rol spelen.

Lijmen vervullen ook andere functies. Zo worden bijvoorbeeld elastomeerlijmen zoals siliconen en polysulfiderubber gebruikt voor afdichtingen en voor het dempen van trillingen. De twee carterhelften in een automotor met een groot vermogen worden afgedicht met een hogetemperatuur-siliconenafdichtmiddel. Vliegtuigfabrikanten gebruiken lijmen voor het verbinden van componenten om het gewicht en de kosten van klinknagels en bevestigingsmiddelen te vermijden. Sommige autofabrikanten verbinden kunststof panelen met het ruimtelijk skelet van constructiestaal door middel van urethaanlijmen om het gewicht en de kosten van bevestigingsmiddelen te vermijden en een afgedichte verbinding zonder trillingsgeluiden te bereiken. Een probleem bij gekleefde en gelaste verbindingen waarmee soms rekening moet worden gehouden, is dat ze moeilijk te demonteren zijn. In deze paragraaf worden de belangrijkste lijmsystemen besproken en hun toepassingen in technische ontwerpen aangegeven.

Hechtingsmechanismen

Hechting oftewel adhesie is geen intrinsieke eigenschap van lijmen, maar een systeemeigenschap, een eigenschap van de twee materialen die aan elkaar gebonden zijn (net zoals slijtage een systeemeigenschap is). De mechanismen voor hechting zijn voor vele systemen nog niet helemaal goed verklaard, maar het gaat om de volgende mogelijkheden:

1. *Het mechanisch in elkaar haken van lijm en substraat (onderlaag):* Alle oppervlakken, zelfs gepolijste oppervlakken, bestaan uit microscopisch kleine heuvels en dalen. Wanneer een oppervlak wordt bevochtigd met lijm, kan de lijm op een mechanische manier inhaken in de microtopografie van het oppervlak. De ruwheid van een substraat kan van invloed zijn op de verdeling van de spanningen bij het grensvlak van de lijmverbinding en op de energiedissipatie tijdens een belasting. Een oppervlak met een grotere ruwheid zorgt ook voor een grotere contactoppervlakte. Het ruwen en voorbehandelen van het oppervlak kan daarnaast zorgen voor de verwijdering van zwakke oppervlaklagen en verontreinigingen die anders de sterkte van de verbinding zouden kunnen verminderen.
2. *Adsorptie en chemisorptie:* Er wordt een goed moleculair contact bereikt door het bevochtigen van de lijm bij het grensvlak. Daardoor ontstaan interatomaire en intermoleculaire krachten tussen de lijm en het oppervlak waaraan de lijm moet hechten. Meestal worden secundaire elektrostatische bindingen zoals waterstofbindingen en Van der Waalsbindingen geassocieerd met polymeerhechting (adsorptie). Soms kunnen er primaire bindingen, zoals covalente of metallische bindingen, worden gevormd (chemisorptie).
3. *Diffusie:* Een theorie bij sommige polymeren is dat er diffusie plaatsvindt tussen de lijm en de

oppervlakte van de materialen. Hiervoor moet er echter genoeg bewegingsvrijheid in de ketenstructuur van de materialen zijn om diffusieprocessen te laten plaatsvinden.

Oppervlaktevoorbereiding

De betrouwbaarheid van een lijmverbinding wordt enorm beïnvloed door de toestand van de oppervlakken van de te hechten voorwerpen. De bindingssterkte van veel materialen kan met speciale voorbehandelingen van het oppervlak vergroot worden. Oppervlakken moeten in ieder geval schoon zijn en vrij van verontreinigingen. Gewoonlijk worden oplosmiddelen in water gebruikt om de verontreinigingen te verwijderen. Bij polymeren moet men zich bewust zijn van een mogelijke aantasting van een oppervlak als gevolg van schoonmaakprocessen.

Een voorbeeld waarbij een oppervlaktebehandeling nodig is, is het lijmen van polyethyleen. Lijmen zijn in het algemeen niet in staat om het oppervlak van polyethyleen te bevochtigen of om er aanvaardbare verbindingen mee te vormen. De samenstelling van het oppervlak kan veranderd worden door het bloot te stellen aan corona (plasma) of aan een vlambehandeling. Hierdoor wordt het oppervlak reactiever, wat de hechting bevordert.

De betrouwbaarheid van een hechtingsverbinding met aluminium kan verbeterd worden door het aluminium voor het lijmen te anodiseren met fosforzuur. Het anodiseringsproces ruwt het oppervlak op en de verbeterde corrosieweerstand die door de anodische laag wordt geboden, vergroot de sterkte van de verbinding onder natte/vochtige omstandigheden of blootstelling aan chemische stoffen.

Onderdelen van koolstofstaal worden vaak voorbehandeld door het oppervlak te voorzien van een conversiecoating van zink of ijzerfosfaat. Conversiecoatings hebben op microscopisch niveau een ruw oppervlak dat zorgt voor een uitstekende mechanische hechting van een lijm. Conversiecoatingprocessen worden vaak uitgevoerd op veel onderdelen tegelijk, wat goedkoper is dan arbeidsintensieve oppervlaktebehandelingen zoals zandstralen of andere schoonmaakmethoden.

Dit zijn slechts enkele voorbeelden van het voorbehandelen van een oppervlak om de hechting te verbeteren. In tabel 10-18 wordt een korte samenvatting van voorbehandelingsprocessen gegeven. Wanneer de ontwerper een hechtingssysteem ontwikkelt voor een toepassing, moeten de voorbehandelingsprocessen in overleg met de lijmleverancier worden bekeken.

Het ontwerpen van een lijmverbinding

De sterkte van een lijmverbinding hangt af van de verdeling van spanningen binnen de verbinding. Figuur 10-29 laat vier methoden zien om een lijmverbinding te belasten. Figuur 10-30 geeft voorbeelden van de spanningsdistributie van enkele veelvoorkomende hechtingsverbindingen (uit figuur 10-29). In het algemeen zijn de verbindingen het sterkst als de belasting een schuifkracht is. De overlapverbinding is de meest uniforme. Lijmverbindingen zijn het minst bestand tegen lostrekkende belastingen. In het algemeen geldt dat de bindingsoppervlakte zo groot mogelijk moet zijn (spanning reduceren) en de uitgeoefende belasting zo veel mogelijk van het schuif- of druktype moet zijn (minimale afpel- of splijtkrachten).

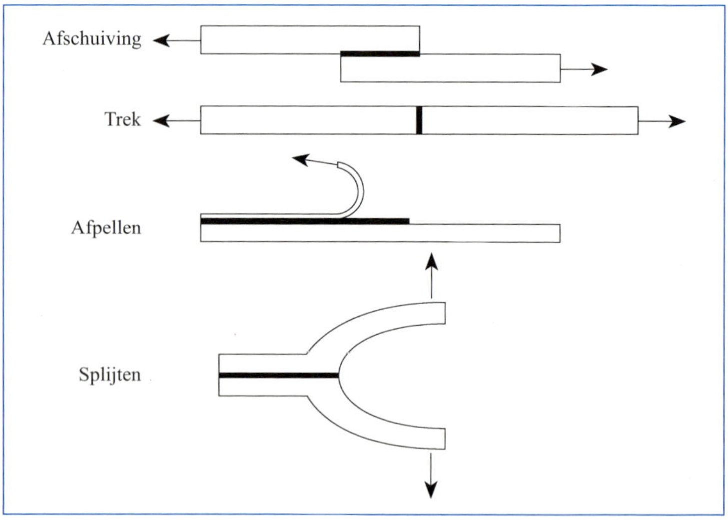

FIGUUR 10-29
Manieren waarop lijmverbindingen kunnen worden belast

TABEL 10-18 Oppervlaktevoorbehandelingen ter verbetering van de hechting van materialen

MATERIAAL-CATEGORIE	MATERIAAL	TYPISCHE OPPERVLAKTEVOORBEREIDINGSMETHODEN*
Metalen	Ferromaterialen	1. Zandstralen of schuren 2. Conversiecoating van zinkfosfaat 3. Conversiecoating van ijzerfosfaat 4. Metalliseren met zink-/ijzerfosfaat 5. Etsen met salpeterzuur/fosforzuur (ASTM D 2651)
	Aluminiumlegeringen	1. Zandstralen of schuren en ontvetten 2. Etsen met sulfochromaat (ASTM D 2654, D 2651) 3. Anodiseren met fosforzuur (ASTM D 3933, MIL-A-8625) 4. Anodiseren met zwavelzuur (MIL-A-8625)
	Magnesium	1. Zandstralen of schuren en ontvetten 2. Etsen met chroomzuur (ASTM D 2651) 3. Anodiseren (MIL-M-45202) 4. Conversiecoating van chromaat (MIL-M-3171)
	Koperlegeringen	1. Zandstralen of schuren en ontvetten 2. Etsen met salpeterzuur/ferrichloride (ASTM D 2651)
	Zinklegeringen en gegalvaniseerde metalen	1. Zandstralen of schuren en ontvetten 2. Conversiecoating van ijzerfosfaat
	Roestvaststaallegeringen	1. Zandstralen of schuren en ontvetten 2. Etsen met zuur (ASTM D 2651) 3. Conversiecoating van mangaanfosfaat
	Titaniumlegeringen	1. Etsen met salpeterzuur/vloeizuur (ASTM D 2651) 2. Geheime anodiseringsprocessen
Keramische materialen	Glas, kwarts, niet-optisch	1. Schuren, reinigen, 30 minuten lang drogen bij 210 °F (98 °C) 2. Combinatie van schuren en etsen met chroomzuur, 30 minuten lang drogen bij 210 °F (98 °C) en lijm aanbrengen wanneer het onderdeel nog heet is
	Glas, optisch	Alleen ontvetten/reinigen
	Keramische materialen	Oppervlak ruwen door schuren en ontvetten/reinigen
	Beton	1. Zandstralen (ASTM D 4259) 2. Etsen met zuur en neutraliseren (ASTM D 4260)
Thermoplasten	CA, CAB, PC, PVC, PS, PMMA, ABS, PA, PET	1. Reinigen, mechanisch schuren, opnieuw reinigen (ASTM D 2093) 2. Plasma- of coronabehandeling 3. Vlambehandeling 4. Jodiumbehandeling (PA)
	Polyethyleen, polypropyleen, POM	1. Behandeling met zwavelzuur/dichromaat (ASTM D 2093) 2. Coronabehandeling 3. Vlambehandeling
	Fluorpolymeren (PTFE, FEP, PFA, ECTFE en andere)	1. Kringontladingbehandeling 2. Etsen met natriumnaftalaat (ASTM D 2093) 3. Geheime etsmiddelen
Thermoharders	Epoxy, fenol, DAP, polyester, melamine, stijf PUR	Reinigen, mechanisch schuren, opnieuw reinigen
Elastomeren	Natuurlijke en synthetische rubbers, neopreen, chloropreen	1. Reinigen met methylalcohol 2. Etsen met zwavelzuur en neutraliseren in loog

* Het oppervlak moet goed ontvet worden alvorens het te schuren of te zandstralen (bijvoorbeeld met een oplosmiddel of ander reinigingsmiddel op waterbasis).

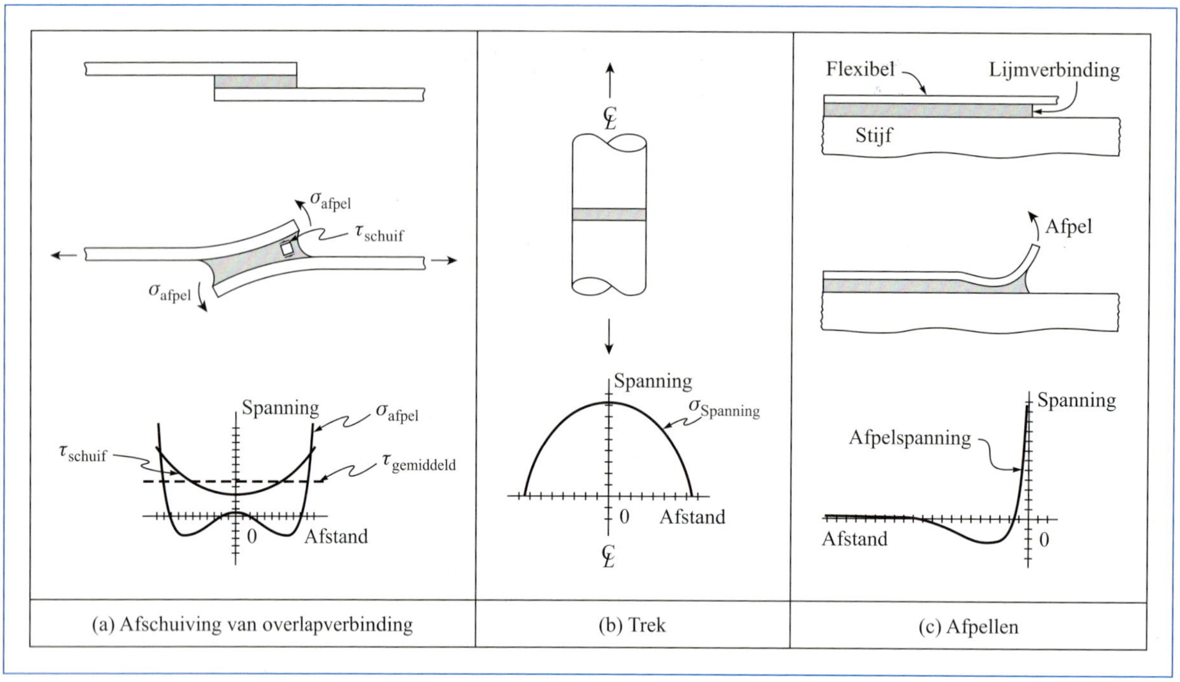

FIGUUR 10-30 Distributie van spanningen in diverse hechtverbindingsontwerpen. (a) Voorbeeld van de distributie van spanningen in een overlap-schuifverbinding. Er ontwikkelt zich een significante trek-afpelspanning in de overlapverbinding. (b) Voorbeeld van de spanningsdistributie van een hechtverbinding onder trekbelasting. (c) Voorbeeld van de spanningsdistributie van een hechtverbinding onder afpelbelasting

In figuur 10-31 wordt een aantal geprefereerde ontwerpen weergegeven. Een groot aantal van deze verbindingen zetten de uitgeoefende krachten om in schuif- of drukspanningen binnen de lijmverbinding. De eindtoestand kan veranderd worden om spanningsconcentraties minimaal te houden.

Wanneer de verbinding krachten tegen het lostrekken (afpellen) moet kunnen weerstaan, overweeg dan het gebruik van buigzame en taaie lijmen met een lage elasticiteitsmodulus. Zelfs bij louter schuifspanningen geven buigzame lijmen met een lage modulus in het algemeen een gelijkmatiger spanningsverdeling, wat leidt tot een hogere verbindingssterkte in vergelijking met brosse lijmen met een hoge modulus. In sommige gevallen zijn lijmen met een lage modulus niet bestand tegen de uitgeoefende belastingen zonder aanzienlijke vervorming van de verbinding.

Voor lijmhechting worden vaak overlapverbindingen gebruikt. Merk voor het ontwerpen van overlapverbindingen op dat de breedte van een overlapverbinding meer invloed heeft op de *verbindingssterkte* dan op de lengte van de overlap. (Voor een gegeven verbindingsoppervlakte is een brede verbinding sterker dan een lange verbinding.) Ook de dikte van de verbindingslijn is van invloed op de sterkte van een lijmverbinding. Er bestaat meestal een optimale verbindingslijndikte voor een gegeven lijmverbindingssysteem. Verbindingslijnen hebben in het algemeen diktes van 75–250 µm. Omdat lijmen gewoonlijk polymeren zijn, worden ze beïnvloed door de mate van belasting, de duur van de belasting en omgevingsfactoren zoals temperatuur en blootstelling aan water, vocht of chemicaliën.

Bij het ontwerpen van een verbinding moet rekening worden gehouden met de assemblagekosten en het ontwerp mag een doelmatig aanbrengen van de lijm op het substraat niet in de weg staan. De lijmrand die wordt gevormd door uitgedreven lijm werkt vaak mee om spanningsconcentraties te verminderen. Lijmranden met een kleine straal verhogen in het algemeen de lijmverbindingsspanningen. Bij het ontwerpen dienen de spanningen in een lijmverbinding te worden ingeschat. Er zijn veel empirische vergelijkingen ontwikkeld voor diverse verbindingsontwerpen. Eindig-elementspanningsanalyse kan helpen bij het kiezen van een lijmverbinding en de geometrische vorm ervan.

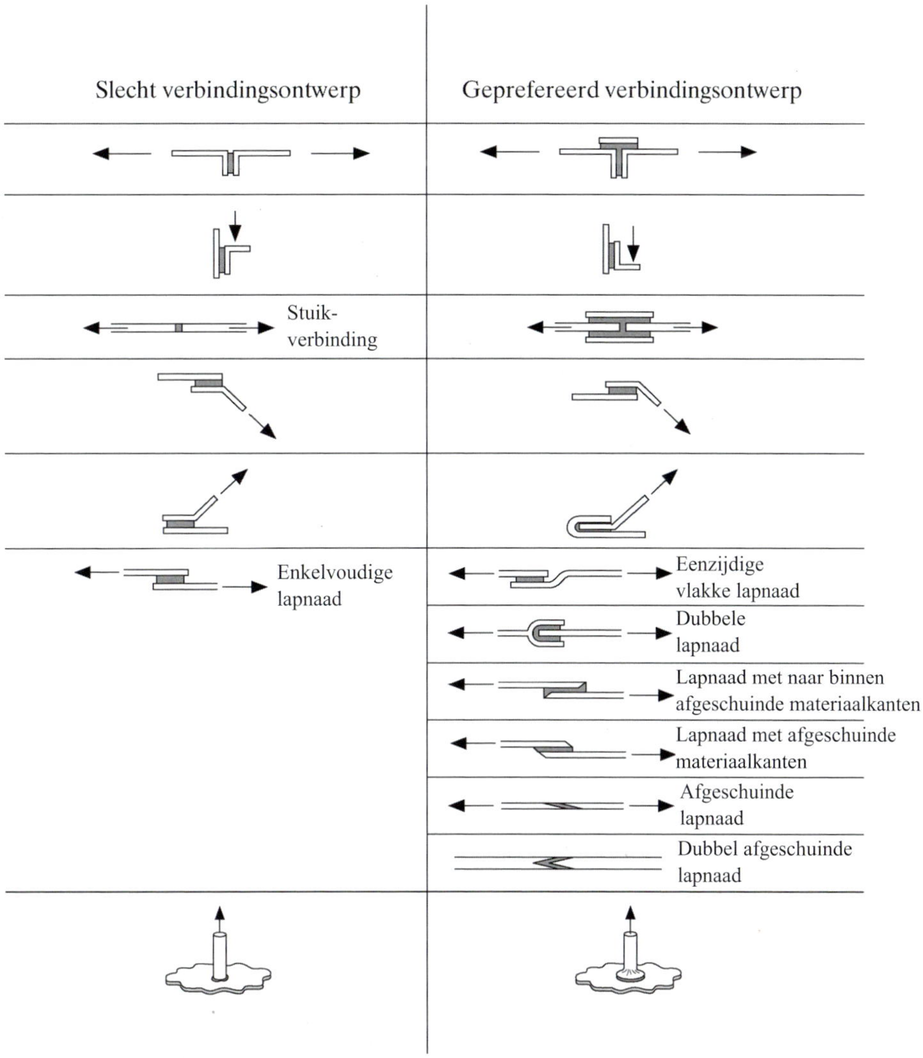

FIGUUR 10-31 Ontwerpen voor een hechtingsverbinding

Het kiezen van een lijmsoort

Bij het selecteren van een lijm moeten onder meer de volgende factoren worden bekeken: de verwachte bedrijfsomstandigheden, de eisen die aan de verbinding worden opgelegd, de fabricage- en assemblageprocessen, de kosten en de giftigheid. Tabel 10-19 geeft de factoren weer waarmee bij het kiezen van een lijm rekening moet worden gehouden. Er zijn veel lijmverbindingssystemen in de handel, maar het is in deze paragraaf niet mogelijk om deze allemaal te bespreken. Tabel 10-20 geeft wel een aantal typische lijmen voor technische toepassingen.

Op het gebied van epoxyharsen is er een soort tape verkrijgbaar waarvan de lijm uithardt door middel van warmte. Deze zogenaamde *hot-melt-* of *hete-smeltlijmen* zijn thermoplasten die worden gesmolten en aangebracht tussen de beide oppervlakken. Hun toepassing vermijdt de wachttijd voor het uitharden. Daardoor worden deze lijmen belangrijker in hogesnelheidsproductie. Een populaire hete-smeltlijm is vinylacetaat. Het kan met een wals worden aangebracht, wat leidt tot een onmiddellijke binding. Cellulosepolymeren en olefinen worden ook veel gebruikt. Deze systemen vermijden de problemen met oplosmiddelen. Daarom zal het gebruik van deze materialen voortdurend toenemen.

TABEL 10-19 Factoren bij het selecteren van een lijmverbinding

CATEGORIE	FACTOREN WAARMEE REKENING MOET WORDEN GEHOUDEN
Materialen	Te lijmen oppervlakken: samenstelling, kritische oppervlakenergie Behandeling van te lijmen oppervlakken Lijmsysteem Grondlaagmateriaal (indien vereist)
Verbindingsontwerp	Functie van de verbinding Type van de verbinding (splijt-, afpel-, schuif-, trek-, drukspanningen) Verbindingsspelingen (verbindingslijndikte) Uitgeoefende belastingen: kruip, spanningsbreuk, ESC, slag, vermoeiing Geometrische vorm van de verbinding
Omgeving	Temperatuur Chemische stoffen, omgeving Gecombineerde blootstelling Cyclische blootstelling
Assemblagefactoren	Methode van aanbrengen/verspreiden Klemmen en persen (logistiek en tijdsduur) Drogen/uitharden/verwarmen Open tijd/werkingstijd van de lijm Oppervlakteverontreiniging Variatie van lijmsamenstelling Nevenproducten van de uithardingsreactie kunnen uitgassing of corrosie veroorzaken
Overige aspecten	Prijs van de lijm, bindingsmethode en verspreidingsapparatuur Betrouwbaarheidsproeven Kwaliteitscontrole (Hoe weet je of de binding iedere keer goed is?)

Reactieve gemodificeerde acrylaten zijn geschikt voor een groot aantal metaal-op-metaal- en niet-metaalverbindingen. Dit zijn tweecomponentensystemen. De lijm kan op het ene oppervlak worden aangebracht, het activeringsmiddel op het andere, waarna de verbinding door de polymerisatie van vrije radicalen tot stand komt wanneer de twee oppervlakken elkaar raken. In sommige assemblagelijnen wordt ook wel gebruikgemaakt van tweecomponentenurethanen als constructielijmen.

De *thermohardende lijmen* zoals de urea's, melaminen, resorcinolen en fenolsoorten worden gebruikt voor een groot aantal toepassingen, maar als groep hebben ze ten opzichte van de meeste thermoplastische lijmen gemeen dat ze beter bestand zijn tegen hoge temperaturen. Polysulfiderubber is bruikbaar als zeer duurzame afdichtingslijm.

Anaerobe lijmen zijn populair voor het onmiddellijk verbinden van materialen. Zoals de naam al aangeeft, harden deze lijmen bij afwezigheid van lucht.

Contactlijmen zijn gebaseerd op rubber, en worden gebruikt voor toonbanken en dergelijke toepassingen. Ze verbinden een groot aantal oppervlakken, maar de verbindingssterkte benadert niet die van epoxysoorten of andere 'technische' lijmen.

Bij het selecteren van een lijm is het wenselijk om vertrouwd te raken met de hier vermelde lijmen en hun eigenaardigheden, eigenschappen en toepassingen. Tabel 10-20 kan worden gebruikt als gids bij de keuze. Als de lijm bestemd is om te worden onderworpen aan een andere omgeving dan kamertemperatuur en omgevingsvocht, is extra onderzoek naar de eigenschappen van de lijm echter nodig.

Het verbinden van kunststoffen

Bij het gebruik van lijmen voor kunststoffen dienen de volgende aspecten in overweging te worden genomen:

1. Inwendig of uitwendig toegepaste lossingsmiddelen die op polymere onderdelen aanwezig zijn, kunnen van invloed zijn op de betrouwbaarheid van de verbinding. Speciale reiniging kan vereist zijn om lossingsmiddelen te verwijderen.
2. Additieven in het polymeer die een waas op het oppervlak vormen, kunnen de hechting beïnvloeden. Weekmakers, oplosmiddelresten, stabiliseringsmiddelen en vuurremmers kunnen concentraties vormen op het oppervlak van een polymeer en de betrouwbaarheid van een hechting nadelig beïnvloeden. In zo'n geval kun je speciale reinigingsmethoden overwegen of het gebruik van lijmen die weekmakers tolereren.

TABEL 10-20 Samenvatting van de eigenschappen van veelvoorkomende technische lijmen

LIJM	VORMEN/AAN-BRENGMETHODEN	MATERIALEN	VOORDELEN	BEPERKINGEN
Epoxysoorten	Epoxysoorten zijn verkrijgbaar in één- en tweecomponentenvorm. Eéncomponent-epoxyharsen kunnen worden aangebracht in de vorm van pasta, poeders of een dunne plaat (een hogere temperatuur doet de lijm vloeien en uitharden). Vloeibare vormen en pastavormen worden aangebracht met de hand of door een automatische dispenser.	• Epoxyharsen zijn thermohardende polymeren op basis van bisfenol A met als uithardingsmateriaal amine, anhydride of amide. • Polybismaleïmidehars wordt gebruikt voor toepassingen bij hoge temperaturen.	• Verbindingen met een hoge sterkte • Kruipvast • Kan taaier worden gemaakt • Temperatuurbestendig • Chemisch bestendig • Veelzijdig, geschikt voor gemengde te lijmen oppervlakken • Spleettolerant • Sommige soorten harden snel en maken een hoge productie dus mogelijk • Syntactische schuimen kunnen worden gebruikt voor composiettoepassingen	• Kunnen hoge temperaturen vereisen voor het uitharden • Hardingstijd kan lang zijn (12 tot 48 uur) • Niet gemakkelijk te ontbinden • Tweecomponentensystemen vereisen zorgvuldige vermenging • Kunnen slechte afpelsterkte hebben • Kunnen bros zijn
Acrylaten	Eéncomponentvloeistoffen met variërende viscositeit. Snel hardende lijmen, hoge sterkte. Kunnen aangebracht worden met diverse doseersystemen.	Uithardingssystemen met acrylaten of cyanuraten of door ultraviolet- of elektronenstraalsystemen.	• Eéncomponentsystemen • Snel hardend, hoge productie • Optisch transparant • Hoge sterkte	• 100 procent vaste stof • Een van de oppervlakken moet transparant zijn voor UV-EB-uitharding • Niet uitgeharde lijm kan ESC of versluiering en verontreiniging veroorzaken
Hete-smelt-lijmen	Vaste ééncomponentlijmen, thermoplastische lijmen die worden gesmolten om de binding te activeren. Aangebracht door speciale hete-smelt-apparaten, als poeders of als oplosmiddelcoatings.	Thermoplastische polyamiden, polyesters, polyolefinen, polyvinylacetaat, polyurethaan.	• 100 procent vaste stof – geen oplosmiddelen • Snelle verbindingsvorming • Spleettolerant • Goed voor hoge productie • Gemakkelijke ontbinding	• Beperkte temperatuurbestendigheid • Geringe kruipvastheid • Korte open tijd • Lage doordringing
Drukgevoelige lijmen	Transfertapes kunnen worden gebruikt om de oppervlakken snel aan elkaar te binden door middel van druk.	Rubbers gecompoundeerd met kleefmiddelen: acrylaten, siliconen, SBR-rubber, natuurrubber.	• 100 procent vaste stof – geen oplosmiddelen • Snel beginnende verbindingsvorming • Goed voor hoge productie – gemakkelijk aan te brengen	• Beperkte spleetgevoeligheid • Beperkte warmtebestendigheid • Kruip mogelijk bij statische belasting
Elastomeren	Eén- en tweecomponentensystemen verkrijgbaar.	Gebaseerd op polyurethaan. Siliconen, butyl, polysulfide, Viton. Contactlijmen op basis van neopreen of nitrilrubber.	• Goede afdichting • Spleettolerant • Goede slagvastheid • Goede lagetemperatuurweerstand • Siliconen zijn goed bestand tegen hoge temperaturen • Buigzame, taaie verbindingen • Sommige bestaan uit 100 procent vaste stof	• Lange uithardingstijd (2 tot 48 uur) • Bij sommige systemen moeten twee componenten worden gemengd • Sommige systemen bevatten oplosmiddelen

TABEL 10-20 (vervolg) Samenvatting van de eigenschappen van veelvoorkomende technische lijmen

LIJM	VORMEN/AAN-BRENGMETHODEN	MATERIALEN	VOORDELEN	BEPERKINGEN
Op waterbasis	Eéncomponentsystemen op waterbasis. Elastomere afdichtingen, afdichtingsmiddelen, lijmen zoals houtlijm en contactcement.	• Harsen op basis van acrylaatcopolymeren, vinylacetaat, latex, vinylalcohol, diverse rubberemulsies en andere natuurlijke materialen. • Uitharding door waterverwijdering.	• Lage ordening, geen organische oplosmiddelen • Lage kosten en lage giftigheid • Sommige zijn contactlijmen	• Mogelijk geringe vochtweerstand • Sommige zijn mogelijk niet te gebruiken in combinatie met plastics • Drogen langzaam • Geringe kruipvastheid • Beperkte warmtebestendigheid • Mogelijke krimp
Reactief acrylaat (polyester)	Tweecomponentsysteem, thermohardend systeem in pastavorm. Lijm wordt aangebracht op het ene oppervlak en een uithardingsactiveringsmiddel op het andere.	Op basis van polymethylmethacrylaat met geënt nitrilrubber. Soms gemengd met epoxyharsen.	• Uitstekende afpelsterkte, slagvastheid en overlapschuifsterkte • Goede weerstand tegen vocht • Uitstekende verbinding met veel metalen • Tolerant voor verontreinigde oppervlakken • Uitharding bij kamertemperatuur	• Geringe sterkte bij hoge temperaturen • Mogelijke geur, giftigheid, ontvlambaarheid • Beperkte open tijd • Dispenser mogelijk vereist
Zelflijmen met oplosmiddel	Gebruikt om bepaalde polymeren met zichzelf te verbinden (bijvoorbeeld PMMA, PVC, PC, ABS, PS). Een oplosmiddel wordt aangebracht op beide oppervlakken, die vervolgens tegen elkaar worden geperst.	Diverse oplosmiddelen zoals methyleenchloride en waterige fenol worden gebruikt om het grensvlak op te lossen, zodat de oppervlakken zich met elkaar kunnen verbinden.	• Mogelijk transparante bindingen • Relatief snel beginnende verbindingsvorming	• Vereist een goed contact • Lage spleettolerantie • Hoog oplosmiddelgehalte • Kan spanningscorrosie veroorzaken • Beperkte te binden polymeren • Korte open tijd/beperkte tijd voor positioneren

3. Sommige lijmen kunnen in ongeharde toestand spanningscorrosie in polymeren veroorzaken. Zo kunnen bijvoorbeeld ABS, PC, PMMA en PS spanningscorrosie vertonen bij aanwezigheid van ongeharde cyanocrylaten. Het optreden van spanningscorrosie kan minimaal worden gehouden door het zo klein mogelijk houden van uitgeoefende en restspanningen, door snel en grondig uitharden van de lijm, of door het kiezen van een lijm die geen spanningscorrosie veroorzaakt.
4. Het is mogelijk dat sommige lijmen niet in staat zijn om polymeren met een lage oppervlakte-energie te bevochtigen. Voorbeelden van zulke polymeren zijn PE, PP, fluorpolymeren, PA en POM. Er zijn speciale oppervlaktebehandelingen (mogelijk in combinatie met grondlagen) nodig om bevredigende verbindingen te vormen met deze materialen.
5. Wanneer polymeren verwerkt worden door vormen of extruderen kan er een zwakke oppervlaktelaag worden gecreëerd, die van invloed is op de sterkte van de verbinding. Soms moeten de oppervlaktelagen van een polymeer mechanisch worden verwijderd.

Naast het gebruik van conventionele lijmen bestaat voor veel kunststoffen de mogelijkheid om ze te laten samensmelten of te verbinden door middel van oplosmiddelen. In tabel 10-21 laten we opties zien voor het hechten van een aantal veelvoorkomende kunststoffen. Een van de meest efficiënte manieren om een verbinding tussen kunststoffen te maken is door middel van diverse lasmethoden, waaronder ultrasoon lassen. Als men twee ongeveer gelijke polymeren samen laat trillen met een ultrasonische frequentie, zal het grensvlak smelten en ontstaat een samensmelting (las).

TABEL 10-21 Hechtingsmethoden voor veelvoorkomende kunststoffen

POLYMEERTYPE	OPLOSMIDDELBINDING	LASSEN	LIJMVERBINDING
Thermoplasten			
ABS	X	X	X
FEP		X	X[a]
PA	X	X	X
PAI			X[b]
PBT		X	X
PC	X	X	X
PE		X	X[a]
PEEK			X
PEI	X	X	X
PET	X	X	X
PES		X	X
PFA		X	X[a]
PMMA	X		X
POM		X	X[a]
PPS			X
PP		X	X[a]
PPO	X	X	X
PS	X	X	X
PTFE			X[a]
PVC	X	X	X
PVDF		X	X[a]
Thermoharders			
Epoxy			X
DAP			X
Melamine			X
Fenol			X
Polyester			X
Polyurethaan			X
Silicone			X[a]
Vinylester			X

[a] Polymeer met een lage oppervlakte-energie waarvoor een speciale voorbehandeling van het oppervlak vereist is om een aanvaardbare binding te verkrijgen.
[b] Speciale lijm vereist.

Testen van lijmen en hun betrouwbaarheid

Een van de grootste uitdagingen bij het gebruik van lijmen in technische toepassingen is het voorspellen hoe de verbinding zich houdt op de lange termijn. Selecteren van een lijmsysteem voor een toepassing kan een aanzienlijke onderneming zijn. Er moeten sterkteproeven voor de korte en de lange termijn worden uitgevoerd. De ontworpen experimenten dienen vast te stellen welk effect de verschillende fabricagetechnieken hebben op de betrouwbaarheid van de verbinding. Deze factoren moeten vooraf worden ingeschat bij het ontwikkelen van een nieuw product of nieuwe component. De testen moeten de belasting op de lijm goed simuleren. Tal van standaardtesten worden aangegeven door ASTM, bijvoorbeeld de peeltest (D1876), de afschuiftest voor overlapverbindingen (D3165-7) en de vermoeiingstest (D3166-99).

10.8 Het kiezen van elastomeren

Bij het selecteren van een elastomeer dat in grote hoeveelheden geproduceerd moet worden, is veel meer gedetailleerde informatie nodig dan men in dit boek vindt. Die moet worden ingewonnen bij leveranciers en opgezocht in handboeken. Tabel 10-22 bevat enige informatie over de eigenschappen van elastomeren die kan dienen als extra hulp bij de materiaalkeuze. De belangrijkste eigenschappen die men zal moeten onderzoeken, zijn de fysische en mechanische eigenschappen en de omgevingsweerstand. Als er een speciale combinatie van deze eigenschappen vereist is, dan kunnen speciale mengsels worden verkregen als de productiehoeveelheid voldoende is. Voor onderdelen die in significante hoeveelheden gemaakt moeten worden, is grondig onderzoek nodig naar het minst kostbare en best functionerende elastomeer.

Een machineontwerper die slechts een enkele keer een elastomeer nodig heeft, zal meestal voldoende hebben aan een vergelijking van de verdiensten van slechts enkele rubbers. De meeste O-ringen worden gemaakt van buna N-rubber, evenals veel pakkingen in oliecarters en dergelijke. Neopreen is een goed rubber voor algemeen gebruik dat enige blootstelling aan olie kan verdragen. Het werkt ook brandvertragend. Ook EPDM is geschikt voor algemeen gebruik, maar het is goedkoper en beter bestand tegen warmte dan neopreen. Gegoten polyurethanen zijn uitermate bruikbaar voor toepassingen in machines. Ze hebben een betere slijtvastheid en scheurweerstand dan vrijwel alle andere rubbers, en hebben daarnaast het geweldige voordeel dat ze in eenvoudige matrijzen kunnen worden gevormd, zonder dat er andere speciale werktuigen nodig zijn dan een hardingsoven. Ze zijn uiterst geschikt voor de bekleding van rollen, testafdichtingen, onderdeelbevestigingen en andere machinetoepassingen. De siliconen zijn ook gietbaar, maar

TABEL 10-25 Gemakkelijk verkrijgbare kunststoffen

KUNSTSTOFFEN VOOR ALGEMEEN GEBRUIK
Polyethyleen (HD, LD, UHMW) (PE)
Polypropyleen (PP)
Polyvinylchloride (PVC)
Polyester (PETG)
Polymethylmethacrylaat (PMMA)
Vinylideenfluoride (PVF)
Polystyreen (PS)
Acrylonitrilbutadieenstyreen (ABS)
TECHNISCHE KUNSTSTOFFEN
Nylon (PA)
Acetaal (POM)
Polycarbonaat (PC)
Polyimide (PI)
Polyamide-imide (PAI)
Polyfenyleensulfide (PPS)
Fenolhars (PF)
Fluorkoolstoffen (PTFE, FEP, PFA, ECTFE)
Polyfenyleenoxide (PPO)
Polyetheretherketon (PEEK)
Polysulfon (PS)
GIETHARSEN
Polyester (UP)
Epoxy (EP)
Siliconen (SI)
Polyurethaan (PUR)

In figuur 10-35 worden de factoren opgesomd die gelden voor de selectie van alle vormgevingsprocessen voor kunststoffen en polymeercomposieten behalve machinaal bewerken. Die figuur ziet er nogal ingewikkeld uit en is het ook. Het is erg moeilijk om een vormgevingsproces te specificeren voor onderdelen van kunststof en polymeercomposieten. Het is in feite veel moeilijker los te koppelen van de vereiste eigenschappen dan bij metalen en keramiek. De eerst stap bestaat reeds uit de beslissing welke soort kunststof de gewenste eigenschappen heeft. Hierbij komt men op een eerste selectie van materialen. Vervolgens kijkt men naar de andere factoren om de selectie in te perken. Grootte, vorm, prijs en benodigde aantal van het onderdeel bepalen vaak welk specifiek proces gebruikt moet worden, of reduceren in ieder geval het aantal keuzemogelijkheden tot een paar kandidaten. Als je bijvoorbeeld een vat maakt met een inhoud van 5000 liter, kijk je naar de weerstand van de materialen tegen de inhoud. Maar je bent ook onmiddellijk aangewezen op de paar processen die kunnen worden gebruikt voor de productie van grote holle containers (harstransfer van RTP, met de hand aanbrengen van RTP). Als je een auto-onderdeel ontwerpt, heb je wellicht een proces met een grote productie nodig, bijvoorbeeld spuitgieten. Hieronder volgen enkele overwegingen voor processelectie die gelden voor alle kunststoffen:

1. Versterkingen van ingekorte vezels en korrels verminderen de spuitgietmogelijkheden.
2. Continue versterking vereist het gebruik van processen voor thermohardende materialen en composietmaterialen.
3. Gevormde oppervlakken hebben andere eigenschappen dan het bulkmateriaal.
4. Gevormde oppervlakken kunnen cosmetische problemen hebben (hechtingsnaden, porositeit, fiber bloom enzovoort).
5. Gevormde oppervlakken nemen de oppervlaktextuur van de matrijs over (inclusief defecten).
6. Het fabricageproces kan van invloed zijn op de eigenschappen. Als de eigenschappen zeer belangrijk zijn, moet het fabricageproces grondig gespecificeerd worden.
7. Vormbare harsen vereisen voor het gebruik vaak een bepaalde voorbehandeling, zoals drogen. Deze eisen verhogen de kosten, daar dient rekening mee te worden gehouden.
8. Gebruik voor het vormingsproces waar mogelijk algemeen gebruikelijke of gepubliceerde normen.
9. Houd rekening met de mogelijkheid tot hergebruik van het procesafval en met de eventuele afvalverwijdering.

In feite is machinaal bewerken het enige gemakkelijk te specificeren proces. Alle andere processen behoeven waarschijnlijk specificatie van de bijzonderheden. De meeste bedrijven in de Verenigde Staten specificeren het materiaal voor kunststof onderdelen aan de hand van algemene materiaal- en handelsnamen en specificeren vervolgens een proces met alle details:

> Materiaal: Polystyreen met een hoge slagvastheid (Klasse A, 300 Ajax Corp., of Sanyu, Vespil Corp.) Zie processpecificatie X457 voor vormingsbijzonderheden.

De tekening behoort goedgekeurde leveranciers aan te duiden als het onderdeel door een externe leverancier gemaakt moet worden. Kunststoffabrikan-

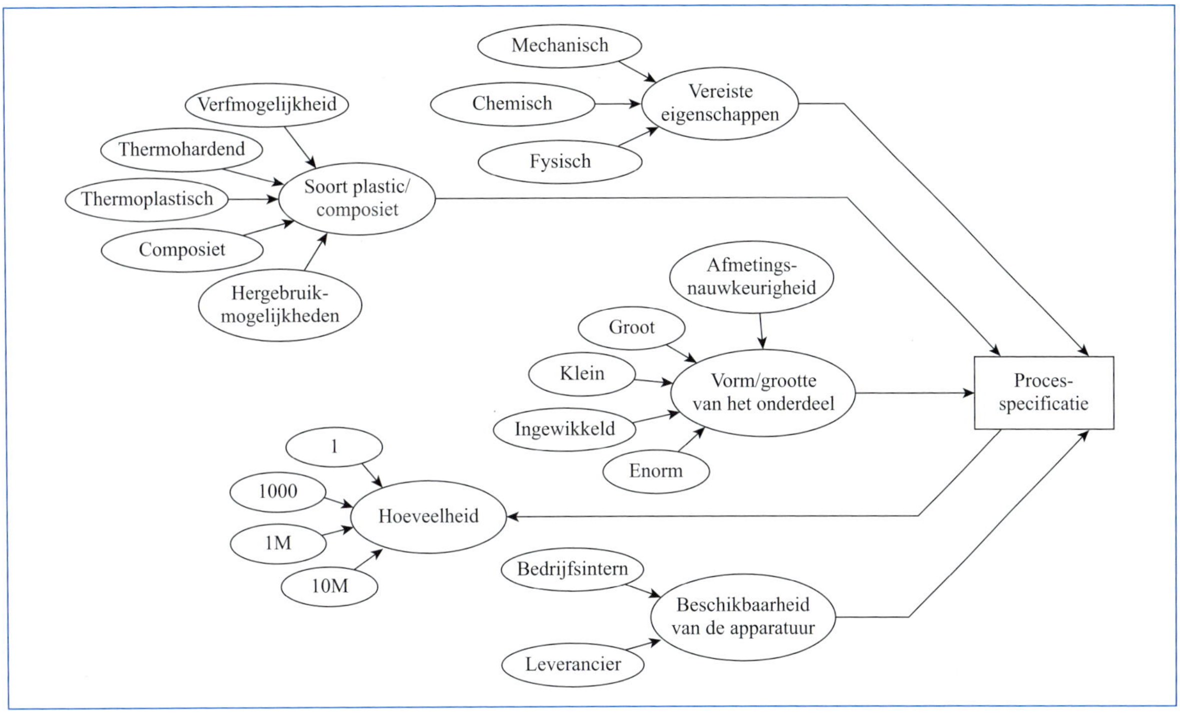

FIGUUR 10-35 Overwegingen bij de specificatie van kunststofprocessen

ten hebben altijd gedocumenteerde processpecificaties voor iedere kunststof waarmee ze werken. Consequent betrouwbare kunststof onderdelen vereisen gedetailleerde processpecificaties (op het gebied van giettemperatuur, druk, drogen, stilstandtijd, losmaken uit de matrijs, poorten, gieten, ventileren, voorverwarmen van de matrijs enzovoort). De bijzonderheden van een proces beïnvloeden de gebruikseigenschappen bij kunststoffen meer dan bij metalen en sommige andere materiaalsystemen. ■

Samenvatting

In dit hoofdstuk hebben we laten zien hoe een ontwerper kunststoffen en kunststofcomposieten kan gebruiken voor specifieke toepassingen. Een succesvol gebruik van kunststoffen in een ontwerp houdt in dat je de fundamenten van de polymeerchemie moet begrijpen en vertrouwd moet zijn met de eigenschappen van de kunststofgroepen. We hebben laten zien dat een paar kunststoffen van enkele veelvoorkomende kunststofgroepen voor de meeste ontwerpen voldoen, zie tabel 10-26. Je hoeft niet alle namen te leren van de 15.000 soorten die in de handel verkrijgbaar zijn. Wel is het belangrijk om enkele van de eigenaardigheden van kunststoffen te kennen waardoor ze zich onderscheiden van de andere technische materialen:

- Selecteren van kunststoffen vereist overweging van eigenschappen (fysische, mechanische enzovoort) als ontvlambaarheid en spanningsbreuksterkte, die bij metalen voor toepassingen bij hoge temperaturen kunnen worden genegeerd.
- Kunststoffen kunnen in een eindvorm worden geproduceerd. Ze kunnen echter niet machinaal worden bewerkt tot dezelfde toleranties als metalen. Hun grootte verandert aanzienlijk bij geringe veranderingen van de omgeving. Toleranties kleiner dan plusminus 0,5 procent zijn vaak niet realistisch.
- Kunststof constructiecomponenten moeten worden ontworpen voor sterkte op lange termijn. Gebruik liever de kruipvastheid en de vermoeiingssterkte dan kortetermijn-trekspannings-

eigenschappen. Van veel kunststoffen wordt de kruipvastheid of de sterkte op den duur minder.

- Bijna alle kunststoffen zijn minder taai dan metalen. Probeer zo veel mogelijk om spanningsconcentraties te vermijden.
- Zelfs de beste kunststoffen hebben een elasticiteitsmodulus van slechts 6,9 GPa, gering in vergelijking met de 207 GPa voor staal. Bij kunststoffen kun je meer afbuiging verwachten. Maar de specifieke stijfheid, vooral bij de composieten, is vaak hoger dan die van staal.
- Kunststoffen zetten bij verwarming uit in een mate die vaak tien keer zo hoog is als die van metalen. Bij assemblages moet hiermee rekening worden gehouden.
- Kunststoffen kunnen bruikbaar zijn voor corrosiewering, maar ze zijn niet immuun voor aantasting van hun omgeving. Gegevens hierover moeten worden geraadpleegd.
- Veel kunststoffen gaan snel achteruit in de buitenlucht vanwege UV-aantasting. Controleer de UV-weerstand alvorens een kunststof buitenshuis te gebruiken.
- Bij het selecteren van polymeercoatings is het belangrijk om vast te stellen wat het basispolymeer is in verfstoffen en dergelijke. Specificeer niet alleen maar een verfsoort op waterbasis of een olieverfsoort. Stel vast of het polymeer een vinylsoort is, of een acrylaat enzovoort. Controleer vervolgens de duurzaamheid van het basispolymeersysteem.
- Verfstoffen zijn eenvoudige kunststoffen die worden aangebracht als een film, en hun eigenschappen komen overeen met die van hun massieve tegenhangers.
- De tribologische eigenschappen van kunststoffen zijn zeer gevoelig voor additieven en voor de verwerkingsmethode. Voor het vaststellen van het ideale materiaal kunnen proefnemingen nodig zijn.
- Kunststoffen vormen geweldige zelfsmerende lagers, maar om goed te werken moeten ze ontworpen worden met een goede speling. Glijdende onderdelen vereisen een speling tijdens bedrijf die bij voorkeur ongeveer 0,25 millimeter per inch bedraagt. Kunststoffen kunnen niet worden ingepast met dezelfde toleranties als metalen.
- Lijmen moeten gespecificeerd worden volgens de gewenste sterkte.
- De meeste elastomeren hebben wel een eigenschap die hen gunstig onderscheidt van de andere elastomeren. Neopreen heeft een behoorlijke weerstand tegen olie. Butylrubber wordt gebruikt voor afdichtingen. EPDM is bestand tegen blootstelling aan de buitenlucht. Nitrilrubber kan goed tegen brandstoffen en olie. Siliconen zijn het beste bestand tegen hoge temperaturen. Polyurethanen hebben de beste slijtweerstand. SBR heeft een goede wrijvings- en slijtweerstand en kan daarom worden gebruikt voor banden. De thermoplastische elastomeren worden gebruikt wanneer spuitgieten onvermijdelijk is om de gewenste vorm te bereiken.
- Het is de verantwoordelijkheid van de materiaalgebruiker om bij het kiezen van een kunststof een fabricageproces te specificeren.

TABEL 10-26 Eigenschappen die bruikbare kunststoffen onderscheiden van andere materialen

	AFKORTING	MAXIMALE TEMPERATUUR (°C)[a]	KOSTENFACTOR[b]	GESCHIKT VOOR SPUITGIETEN	KARAKTERISTIEKE EIGENSCHAPPEN[c]
Handelsthermoplasten					
Polystyreen	PS	79	53	Ja	Stijf, gemakkelijk vormbaar (geringe krimp)
Polyvinylchloride	PVC	79	36	Ja	Goedkoop, kan stijf of buigzaam zijn, gemakkelijk te extruderen
Polyethyleen (LD)*	PE	100	45	Ja	Buigzaam, goede filmvormer, chemisch bestendig
Polypropyleen	PP	121	42	Ja	Buigzaam, betere sterkte dan PE, chemisch bestendig

TABEL 10-26 (vervolg) Eigenschappen die bruikbare kunststoffen onderscheiden van andere materialen

	AFKORTING	MAXIMALE TEMPERATUUR (°C)[a]	KOSTEN-FACTOR[b]	GESCHIKT VOOR SPUITGIETEN	KARAKTERISTIEKE EIGENSCHAPPEN[c]
Bruikbare technische kunststoffen					
Polyamide (nylon)	PA	149	420	Ja	Warmte- en oliebestendig, goede sterkte, maar absorbeert vocht
Polyoxymethyleen (acetaal)	POM	88	294	Ja	Goede chemische bestendigheid en mechanische eigenschappen (kruipvastheid)
Polycarbonaat	PC	121	560	Ja	Optisch transparant, grote taaiheid
Polymethyl-methacrylaat	PMMA	110	280	Ja	Optisch transparant, goedkoper dan PC
Polytetrafluor-ethyleen	PTFE	288	1400	Nee	Uitstekende warmtebestendigheid en chemische bestendigheid, maar lage sterkte
Perfluoralkoxy	PFA	260	4200	Ja	Vergelijkbaar met PTFE, maar geen porositeit; vormbaar, maar duurder
Acrylonitril-butadieenstyreen	ABS	104	112	Ja	Goede vormbaarheid en slagvast-heid
Polybutyleen-tereftalaat	PBT	177	518	Ja	Goede chemische bestendigheid en warmtebestendigheid
Polyimide	PI	316	> 7000	Nee[d]	Warmtebestendigheid behoort tot de beste, erg duur
Polyamide-imide	PAI	232	3500	Ja	Hogere warmtebestendigheid dan veel thermoplasten
Polyfenyleensulfide	PPS	204	448	Ja	Geen oplosmiddel bekend bij RT, heeft versterking nodig
Polyether-etherketon	PEEK	316	4200	Ja	Zeer goede warmtebestendigheid en slijtvastheid
Nuttige thermohardende kunststoffen					
Fenolformaldehyde	PF	204	140	Nee	Zeer hoge druksterkte en warmte-bestendigheid
Epoxy	EP	204	280	Nee	Lage krimp, goed voor inkapselen
Onverzadigd polyester	UP	177	210	Nee	Goedkoopste hars voor compo-sieten
Polyurethaan	PUR	88	154	Nee[d]	Kan stijve vaste stof zijn, schuim of elastomeer

* LD = lage dichtheid
[a] Geen belasting
[b] Bij benadering eurocent/kg (2008)
[c] Afkomstig van diverse bronnen
[d] Sommige soorten geschikt voor spuitgieten

Illustratief voorbeeld

Scharnierbreuk bij een Röntgenfilmcassette

Een Röntgenfilmcassette die ontworpen is voor medische toepassingen, bevat tijdens het Röntgenproces een Röntgenfilm in een lichtdichte omgeving. Deze cassettes worden gevormd uit ondoorzichtig polycarbonaat met koolstofvulling (koolstof wordt als vulstof gebruikt om het materiaal ondoorzichtig te maken, want het stoort de Röntgentransmissie niet). Een typische cassette, niet de cassette uit dit voorbeeld, is in figuur 10-36 te zien. De gebruiksomstandigheden in een ziekenhuis zijn ruwer dan de ontwerpers hadden verwacht. Hoewel de cassette door spuitgieten gevormd is uit een polycarbonaathars die is gekozen vanwege de grote slagtaaiheid, breekt het scharnier wanneer men de cassette laat vallen of op een andere manier mishandelt. Het gevolg was een aanzienlijk aantal garantieclaims.

Er werden slagproeven ontwikkeld die gebruikmaakten van een slagproefinstrument (waarmee breukenergiemetingen mogelijk zijn) om de scharnierbreuk te simuleren. De slagproeven meten de invloed van het vulstofgehalte en van de morfologische vorm, de inwendige spanningen en restspanningen, en de spuitgietomstandigheden. Er werden geen statistisch significante trends gevonden. Een analyse van de breukoppervlakken op de defecte onderdelen suggereerde dat het polycarbonaat brak op een brosse manier. Het begin van de breuk trad op bij een betrekkelijk scherpe hoek. Gesteld werd dat de gecombineerde effecten van de scherpe hoek en de betrekkelijke onbuigzaamheid van het scharnieruitsteeksel hoge spanningen veroorzaakten bij een val van de cassette, zodat de slageigenschappen van het polycarbonaat bros werden. De slagvastheid van polycarbonaat ondergaat een overgang van ductiel naar bros wanneer de effectieve materiaaldikte groter wordt dan ongeveer 2,5 tot 3,3 millimeter.

Om deze hypothese te bevestigen werden de proefmonsters gemodificeerd door de straal van de hoek met een machine aan te passen en het scharnieruitsteeksel van de cassette dunner te maken. De slagenergieën namen spectaculair toe en de breuktoestand veranderde van brosse breuk naar ductiele vervorming. De matrijs voor het onderdeel werd aangepast en opnieuw werden er slagproeven uitgevoerd om het succes van de veranderingen te meten. Het resultaat was dat het aantal garantieclaims daalde naar nul.

FIGUUR 10-36 Typische Röntgencassette uit kunststof

Termenlijst

alkydharsen: polyester coatings, populair voor industriële toepassingen vanwege hun chemische weerstand, en voor decoratieve toepassingen

anaeroob: een familie van kleefstoffen die in afwezigheid van lucht uitharden

anisotropie: het principe dat eigenschappen variëren met de belastingsrichting in een materiaal

bindingssterkte: de kracht die vereist is om een kleefverbinding uit elkaar te trekken, gedeeld door de schijnbare oppervlakte van de verbinding

contactlijm: een kleefstof op rubberbasis voor het verbinden van een laminaat met een ander oppervlak

crazing: een netwerk van fijne haarscheurtjes dat zich ontwikkelt op het oppervlak of in een kunststof

diëlektrische constante: de elektrische capaciteit van een kunststofverbinding vergeleken met die van lucht

diëlektrische sterkte: de doorslagspanning van een kunststofdraadcoating en dergelijke

hechtoppervlakken: de oppervlakken die met lijm verbonden zijn

hete smelt: een kunststof die gesmolten is tussen twee oppervlakken om ze te verbinden

kleefstof: een materiaal dat gebruikt wordt om vaste oppervlakken aan elkaar te binden

lak: een coating gemaakt van een polymeer in een vluchtig organisch oplosmiddel

latex: een water-polymeersuspensie

lijm: een meestal polymere substantie waarmee men twee oppervlakken aan elkaar kan hechten

moffellak: een gepigmenteerde lak

ontvlambaarheid: het gemak waarmee een materiaal in brand vliegt en blijft branden

oplosmiddelbinding: verbinden van materialen door wederzijds oplossen en drogen van aangrenzende oppervlakken

organisol: een coating gevormd door een onderdeel te dopen in een polymeer-/oplosmiddelvloeistof

plastisol: een coating gevormd door het dopen van een onderdeel in gesmolten kunststof

poedercoating: kunststofdeeltjes aangebracht op een substraat en gesmolten of gereageerd om een continue coating te vormen

PV-grens: het product van druk en snelheid, gebruikt als een maat voor 'glij-intensiteit' in de kunststoftribologie

schellak: een coatingmateriaal verkregen uit de

afscheiding van de lakschildluis, opgelost in alcohol

slijtagefactor: de constante in de Archard-vergelijking voor slijtage, en een maat van de gevoeligheid voor slijtage (hoe lager het getal, des te beter de slijtweerstand)

soortelijke volumeweerstand: de impedantie van een gegeven dikte van materiaal tot de geleiding van elektriciteit

speelruimte: het verschil (bijvoorbeeld in mm) tussen de buitendiameter van een astap en de binnendiameter van zijn lager

UV-harding: het uitharden van sommige coatings en kleefstoffen door een chemische reactie die wordt geïnitieerd door ultraviolette straling (UV-straling)

verf: een dunne coating (gewoonlijk polymeer), aangebracht op een vast oppervlak als een vloeistof

vernis: een coating gemaakt van een zuivere hars in een vloeibaar medium

zelfdovend: blijft niet branden

Opgaven

1. Waar of niet waar? Kristallijne materialen zijn harder dan amorfe materialen.

2. Leg uit hoe kristalliniteit een hogere temperatuurweerstand bevordert.

3. Wat veroorzaakt kruip in thermoplasten? En in thermoharders?

4. Wat is spanningsrelaxatie en hoe wordt zij aangepakt?

5. Welk van de volgende processen zou waarschijnlijk de meeste kruip produceren in polyethyleen?
   a. een aanhoudende compressiebelasting
   b. spanning/compressie
   c. een aanhoudende spanning
   d. fluctuerende spanning

6. Leg uit wat de kruipmodulus en de kruipsterkte is in kunststoffen.

7. Hoe test je de anisotropie in een kunststof?

8. Welk van de volgende waarden is de beste ontvlambaarheidswaarde?
   a. 94 HB
   b. 94 V-1
   c. 94 V-O
   d. 94 V-2

9. Verklaar de beperkte zuurstofindex van kunststoffen.

10. Wat is de betekenis van hardheid in kunststoffen?

11. Leg uit wat de specifieke slijtagesnelheid/slijtagefactor is in kunststoffen.

12. Stel, je wilt PVC gebruiken in contact met een waterige oplossing met een nieuwe chemische stof. Hoe zou je de geschiktheid van PVC bepalen voor zo'n opsluitingsvat met een ontwerplevensduur van 12 maanden?

13. Welk van de volgende materialen is de beste elektrische isolator?
    a. PF
    b. epoxy
    c. PS
    d. PTFE
    e. PA
    f. CA

14. Wat is het verschil tussen een waterverf en een verf op oliebasis?

15. Beschrijf het hechtmechanisme voor polymeren die worden gebruikt als kleefstof.

16. Welk van de volgende factoren draagt het minste bij aan hechtbindingssterkte?
    a. laagdikte
    b. oppervlaktextuur
    c. oppervlaktereinheid
    d. klemmen
    e. dekking
    f. aanbrengtechniek

17. Bespreek het gebruik van UV-harding voor polymeercoatings en polymeerkleefstoffen.

Hoofdstuk 11

Keramische materialen, cermets, glas en koolstofproducten

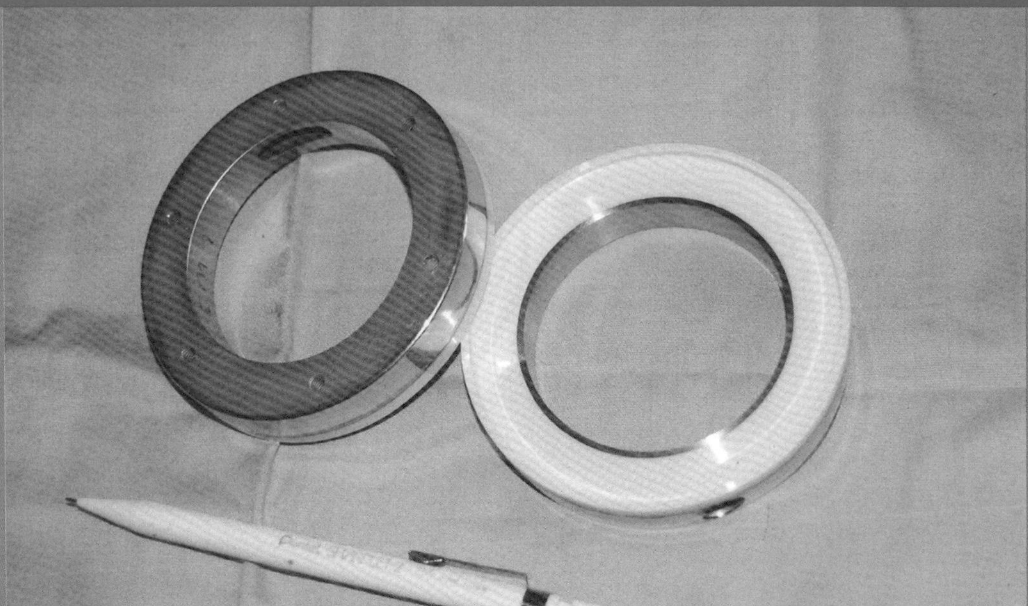

Snijmachinemessen van zirkoniumoxide

Doelstellingen

1. De samenstelling en structuur van keramische materialen, glas, koolstofproducten en gecementeerde carbiden begrijpen.
2. Praktische kennis opdoen van het selecteren en gebruiken van deze materialen voor het oplossen van ontwerpvraagstukken.

Keramische materialen en cermets vinden steeds meer toepassingen in industrieën waar vroeger bijna uitsluitend met metaal werd gewerkt. Gecementeerde carbiden hebben de slijtage in vele houtbewerkingsgereedschappen (zaagbladen, schaafbeitels enzovoort) grotendeels geëlimineerd. Gecoate gecementeerde carbiden hebben in snijgereedschap snelstaal vrijwel volledig verdrongen en bijna alle stansmatrijzen voor hoge productie maken gebruik van werktuigen van gecementeerd carbide. Keramische materialen nemen in veel apparaten taken voor hoge temperaturen over. Ze dienen als substraat voor computerchips en worden gebruikt voor protheses. Keramische materialen zijn gemakkelijk verkrijgbaar en veelzijdig genoeg om ook voor eenvoudige toepassingen te worden gebruikt. Glassoorten en koolstofproducten hebben talrijke toepassingen in technische ontwerpen en kunnen vele specifieke problemen oplossen, maar ontwerpers weten vaak niet waar ze te krijgen zijn of hoe ze precies gebruikt kunnen worden. Glas- en koolstofvezels worden steeds meer gebruikt als versterkingsmaterialen in composieten. Dit hoofdstuk houdt zich bezig met een klasse van technische materialen die behoren deel uit te maken van het repertoire van elke ontwerper. Ze bieden oplossingen voor (nieuwe) toepassingen die metalen en kunststoffen niet aankunnen.

11.1 De kenmerken van keramische materialen

Veel mensen zullen bij de term *keramiek* denken aan borden, porseleinen beeldjes en ander aardewerk. Figuur 11-1 laat echter zien wat er allemaal nog meer van keramische materialen gemaakt kan worden. In hoofdstuk 2 hebben we keramische materialen gedefinieerd als vaste materialen die samengesteld zijn uit verbindingen die zowel metallische als niet-metallische elementen bevatten, waarin de atomen bijeen worden gehouden door sterke atomaire krachten (ionbindingen of covalente bindingen).

Inmiddels zijn er vele soorten keramiek, en men maakt onderscheid tussen technische keramiek, fijn keramiek en geavanceerde keramiek. Wat al deze stoffen gemeenschappelijk hebben, is dat het kris-

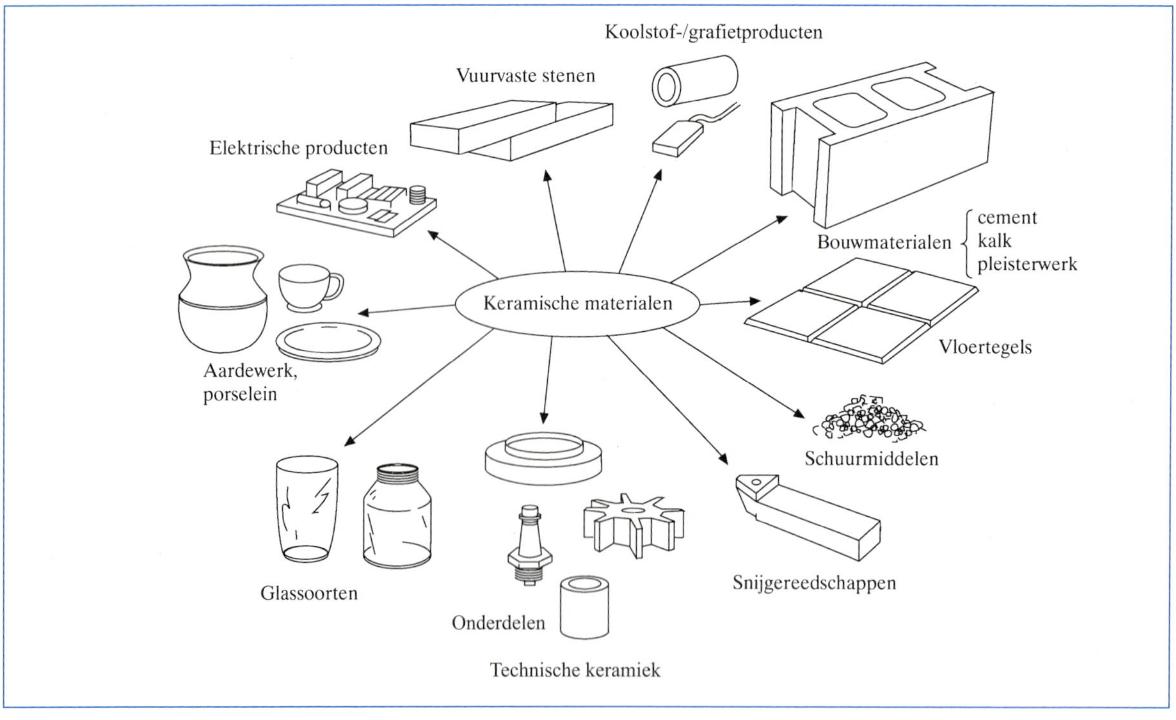

FIGUUR 11-1 Spectrum van toepassingen van keramische materialen

tallijne, brosse materialen zijn, die dankzij de kristalliniteit en een isotroop patroon van ionische of covalente bindingen zeer hard zijn. Een deel van de keramieken wordt gegoten, zoals glassoorten, maar de meeste hebben een dermate hoog smeltpunt dat ze worden vormgegeven door poeder te persen tijdens het bakken onder hoge druk: *poedersinteren*.

In dit hoofdstuk zullen we het ook over gecementeerde carbiden, glassoorten en koolstofgrafietmaterialen hebben. Deze drie groepen zijn volgens onze definitie eigenlijk geen keramische materialen, maar ze worden gebruikt voor dezelfde soort toepassingen als keramische materialen en ze hebben enkele eigenschappen met keramische materialen gemeen, waaronder de brosheid. Zoals figuur 11-2 laat zien, is de *breuktaaiheid* van keramische materialen vaak een of twee grootteordes lager dan die van metalen. Er zijn op het ogenblik geen vaste keramische materialen in de handel die bij kamertemperatuur net zo goed vervormbaar zijn als de meeste metalen. Alle materialen in figuur 11-1 zijn bros: betonblokken, keramiektegels, gereedschappen van carbide, keramische slijtdelen, glas, aardewerk, computerchips (bijvoorbeeld van silicium), bakstenen en koolborstels voor motoren.

11.2 Hoe keramische materialen worden gemaakt

De meeste vormproducten in figuur 11-1 worden tijdens hun fabricage op de een of andere manier bij een hoge temperatuur gebakken. Figuren 11-3 en 11-4 laten vereenvoudigde schema's zien van de fabricageprocessen die worden gebruikt voor enkele van de in dit hoofdstuk besproken materialen. Het uitgangsmateriaal voor de meeste keramische en verwante materialen is een poeder dat op de een of andere manier moet worden 'samengevoegd' tot een vaste stof. Het meest gebruikte fabricageproces voor keramisch materiaal is verdichten en sinteren (zie de onderste helft van figuur 11-3). Hierbij verbinden de poederdeeltjes zich met behulp van zelfdiffusie bij hoge temperatuur. Dit proces verwijdert de ruimtes tussen de deeltjes. Het proces bestaat uit de volgende stappen:

1. De gezuiverde keramische verbinding wordt fijngemalen tot de deeltjes de gewenste grootte hebben.
2. Het poeder kan gemengd worden met bindmiddelen en wordt vervolgens met behulp van diverse technieken samengeperst, dat wil zeggen verdicht, tot het product hanteerbaar, maar zwak is. Dit is de *groene toestand*. Er bestaan talrijke processen om vormproducten te maken. Buizen, cilinders en andere lange enkelvoudige vormen kunnen worden gemaakt door extrusie van een mengsel van keramisch materiaal en bindmiddel. Kleine producten met ingewikkelde vormen kunnen worden gemaakt door een mengsel van keramische poeders en plastische bindmiddelen te spuitgieten.
3. De bindmiddelen worden verwijderd door middel van warmtebehandelingen. Droogpersen met een enkel- of dubbelwerkende pers is een goedkope methode voor het maken van eenvoudige vormen. Isostatisch persen wordt gebruikt voor grote, ingewikkelde vormen. Poeder en bindmiddel worden in een mal of vormzak van rubber geplaatst en deze wordt onderworpen aan een vloeistofdruk om het poedermengsel tot een groene toestand te persen. In een ingewikkelder versie van dit proces wordt het poeder geplaatst in een persvorm van plaatmetaal en wordt het isostatisch geperst met een heet inert gas. De plaat-persvorm wordt eenmalig gebruikt. Dit proces wordt *heet isostatisch persen* (HIP) genoemd. Het kan de ovenbewerking vervangen bij gebruik voor glasachtige stoffen met een laag smeltpunt. HIP wordt bijvoorbeeld gebruikt voor het maken van infrarood-doorlatende lenzen van lithiumfluoride.

   Een gemodificeerde versie van het HIP-proces wordt gebruikt om reactiegebonden carbideonderdelen te verdichten. Groene onderdelen worden omgeven door gesmolten glas in een cilinder met een open uiteinde. Een zuiger slaat op het glas, waardoor het verandert in een vloeistof,

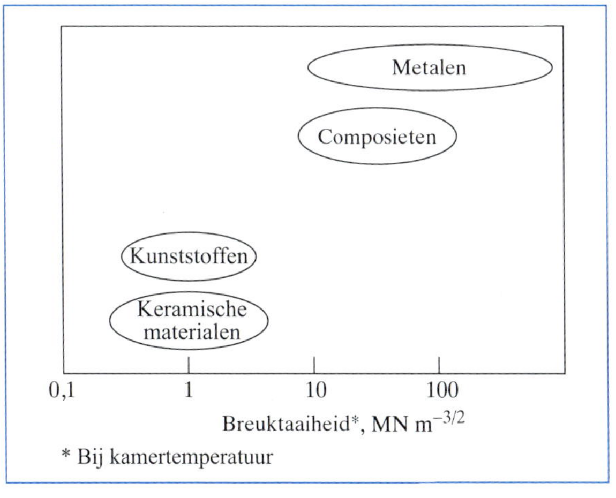

FIGUUR 11-2 Relatieve breuktaaiheid van technische materialen

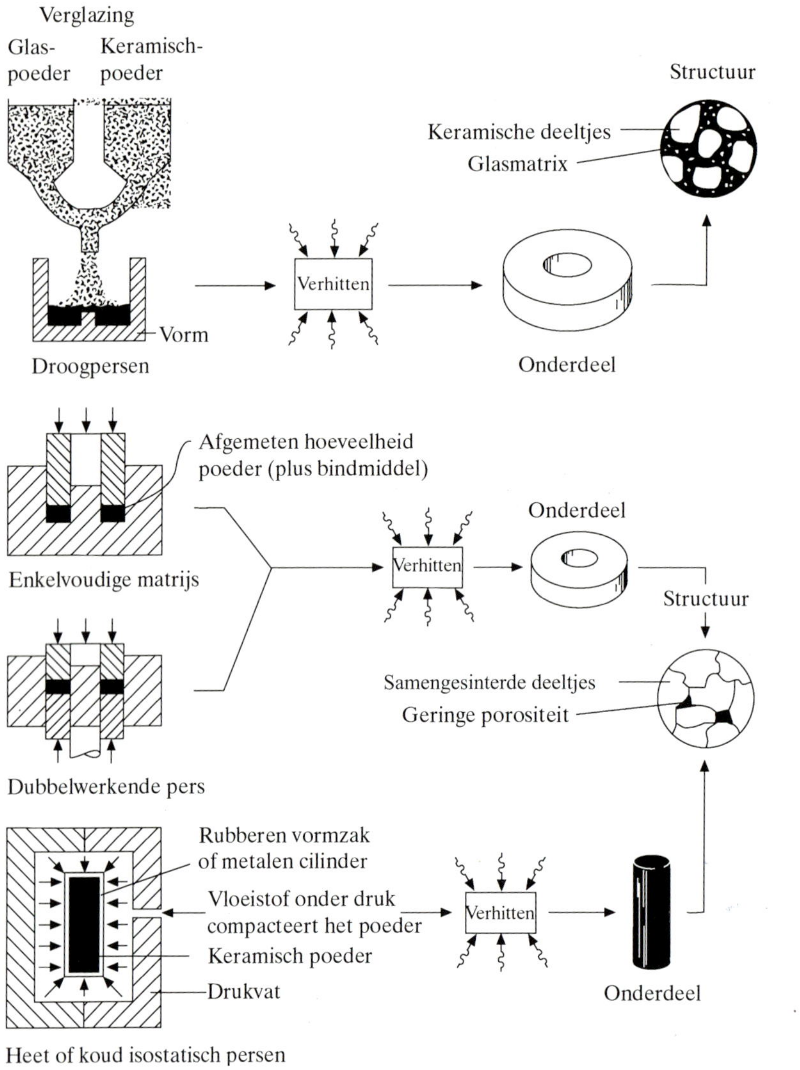

FIGUUR 11-3 Fabricage van keramische vormproducten

om vervolgens de HIP-werking op het in het glas zwevende onderdeel te produceren.

Borden, porselein en aardewerk worden meestal gemaakt door keramische poeders te mengen met water en bindmiddelen en dit mengsel te vormpersen of te bewerken met snel roterende apparaten. Vazen en andere holle producten worden gemaakt door middel van slibgieten. Het slib, dat bestaat uit keramisch materiaal in water, wordt in een gipsvorm gegoten. Het gips absorbeert het vocht van het slib, en wanneer zich een massieve huid van ontwaterd keramisch materiaal heeft gevormd, wordt de vorm gekeerd zodat het resterende slib eruit loopt. Deze processen worden ook gebruikt voor technische keramische materialen. Als het aantal te maken onderdelen groot genoeg is, gebruikt men vaak dezelfde technieken als voor kunststoffen, bijvoorbeeld extrusie en spuitgieten.

4. Nadat het onderdeel door middel van een van de genoemde processen vormgegeven is, moet het soms aan de lucht drogen of in een oven worden verhit om de bindmiddelen uit te drijven. Dit voorbakken maakt het materiaal dichter en verhoogt de sterkte van de groene toestand.
5. In dit stadium worden keramische onderdelen die vragen om schroefdraadgaten, parallelle oppervlakken en nauwkeurige afmetingen machinaal bewerkt. Hiervoor kunnen conventionele machines worden gebruikt met speciale gereed-

schappen (van carbide, keramisch materiaal of diamant). Zodoende kunnen speciale vormen worden gecreëerd.

6. *Sinteren*, of bakken, is de laatste stap in het keramisch verdichtingsproces. Meestal wordt het bakken uitgevoerd bij een temperatuur die onder het smeltpunt ligt, maar soms wordt ervoor gezorgd dat het oppervlak van de keramische deeltjes begint te smelten. Het bakproces vermindert de porositeit. Het levert ook de energie voor de processen die zorgen voor de samenvoeging van de keramische deeltjes tot een monolithische vaste stof. De deeltjes ondergaan viskeuze stroming en daardoor wordt de contactoppervlakte tussen de deeltjes groter. In het contactgebied diffunderen atomen van het ene deeltje naar andere deeltjes. De drijvende kracht achter deze diffusie wordt gevormd door de kleine chemische verschillen tussen de deeltjes en de neiging van een kristal om een vorm aan te nemen met een zo klein mogelijke oppervlakte. Naast de viskeuze stroming en de diffusieprocessen kunnen ook dampreacties en plaatselijke smeltreacties optreden, die er mede voor zorgen dat de poreuze openingen in de geperste vorm worden opgevuld. De diffusie tussen de deeltjes is waarschijnlijk het belangrijkste bindingsmechanisme.

Andere keramische materialen worden gemaakt door de poeders aan glas te laten hechten. Dit heet *verglazen* (zie de bovenste tekening in figuur 11-3). Verglazing wordt het meest gebruikt voor de fabricage van slijpstenen en andere vormen. Het wordt ook gebruikt voor het maken van *machinaal bewerkbaar keramisch materiaal*. Machinaal bewerkbare keramische materialen bestaan meestal uit mica dat gebonden is aan glas. Micaplaatjes vormen bindingen met een glasachtig bindmiddel. Het materiaal is behoorlijk poreus en het mica breekt gemakkelijk. Deze factoren geven het materiaal een brosse structuur, waardoor het bewerkt kan worden met gewone gereedschappen als boor- en snijmachines.

Andere fabricageprocessen voor keramiek zijn in figuur 11-4 te zien. De eerste afbeelding toont hoe keramiekproducten voor de bouw, zoals rioolbuizen en betonblokken, worden gemaakt door zand en aggregaat samen te voegen met cement. Wat het geproduceerde volume betreft zijn de cementen (metselmortel en Portland cement) waarschijnlijk de belangrijkste keramische materialen. Portland cement is een combinatie van dicalciumsilicaten en tricalciumaluminaten. Bij het harden vormen deze stoffen een verbinding met water en worden zodoende een integraal onderdeel van het betonproduct. Metselcement is grotendeels ongebluste kalk (calciumoxide). De uitgangsmaterialen voor deze soorten cement vinden we in overvloed in de natuur, wat de reden is dat ze zoveel worden gebruikt.

Op basis van de tonnage zijn bakstenen uiterst belangrijk, maar er is niet veel technologie nodig om ze te maken. Ze worden gewoon gemaakt door klei een vorm te geven en deze zo sterk te verhitten dat het anorganische materiaal een vaste stof wordt waarvan het karakter kan variëren van zwak en poreus tot glasachtig (afhankelijk van de baktemperatuur). Van grotere industriële betekenis zijn vuurvaste bakstenen, die soms bestaan uit ingewikkelde mengsels van klei en oxides. Vuurvaste bakstenen vormen vaak een beperkende factor voor metaalsmeltovens. Metaalfabrikanten zoeken al eeuwen naar manieren om de levensduur van bakstenen die worden gebruikt voor ovenbekledingen te verhogen.

We bespreken glas gedetailleerder in een volgende paragraaf, maar de meeste glassoorten zijn eenvoudig amorfe smeltproducten van anorganische materialen. Ze worden gevormd door zand samen te smelten met basische oxiden zoals natriumoxide. Het gesmolten glas wordt vervolgens in een vorm gegoten of door middel van blazen vormgegeven.

Eénkristallen van elementen zoals silicium, borium en germanium zijn uiterst belangrijk in de elektronica. Ze vormen het substraat voor computerchips. Ze groeien door middel van kiemvorming en gestuurde stolling. De kiemvorming houdt in dat een ondergrond zodanig wordt uitgevoerd dat op vastgelegde plaatsen de kristallen 'ontkiemen' ofwel beginnen te kristalliseren. Door de gestuurde stolling ontstaat reproduceerbaar elektrotechnisch gedrag. Men laat grote kristallen groeien (soms wel 400 millimeter in diameter) en deze worden vervolgens met diamantzagen in stukjes gesneden tot dunne schijfjes en vervolgens tot chips. Een betere naam voor deze materialen is *metalloïden*, materialen die zich kunnen gedragen als een metaal of als een isolator. Op deze manier werken ze in de elektronica. Een voorspanning geeft het materiaal de eigenschappen van een geleider of isolator.

Sommige uitgangsstoffen voor keramische materialen komen in betrekkelijk zuivere vorm uit de grond. Een voorbeeld hiervan is titaniumdioxide, dat wordt gebruikt voor gesinterde keramische onderdelen en ook voor wit pigment. Dit materiaal is eenvoudig wit strandzand. Helaas zijn andere grondstoffen voor keramische materialen niet zo gemakkelijk te vinden. Figuur 11-3 illustreert een methode voor het maken van siliciumcarbide (SiC). Zand, de bron van het silicium, wordt gemengd met cokes (C), waarna de hele massa lange tijd (enkele dagen) roodgloeiend wordt verhit om de diffusie tot siliciumcarbide mogelijk te maken. Het samengesmolten materiaal wordt daarna vergruisd tot deeltjes van verschillende grootte. Slijpstenen worden bijvoorbeeld van dit materiaal gemaakt. De vergruisde en naar grootte gesorteerde deeltjes worden gehecht aan een organisch bindmiddel (harsbinding) of de deeltjes worden verglaasd. Ze worden gebon-

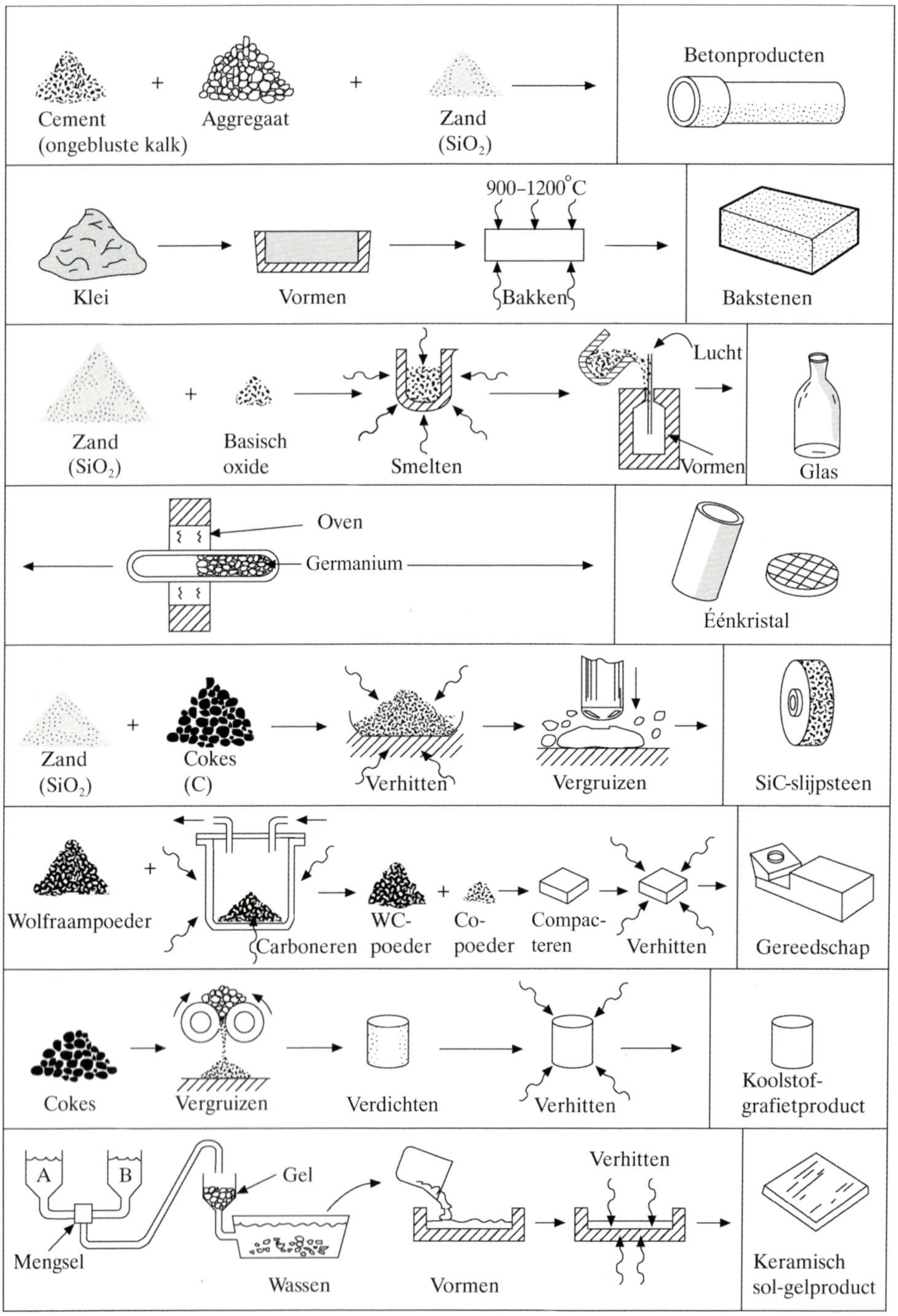

FIGUUR 11-4 Enkele fabricageprocessen voor keramische materialen

den door viskeuze stroming van een glasachtige substantie rond de deeltjes. Het glas wordt bij afkoeling hard, maar gewoonlijk niet kristallijn. Het wordt daardoor een integraal deel van de slijpsteen.

Wolfraamcarbide kan op ongeveer dezelfde manier worden gemaakt als siliciumcarbide, door middel van een diffusieproces. Wolfraampoeder wordt gecarboneerd. Daarna wordt er een vormproduct van gemaakt door de poederdeeltjes te laten binden met behulp van kobalt of een ander metaalbindmiddel.

Ook gecementeerde carbiden worden in wezen gemaakt door keramische materiaaldeeltjes aan elkaar te hechten, maar in dat geval is het hechtmiddel het metaal kobalt (en soms nikkel). De gebruikelijke naam voor deze categorie materialen is *cermets*. Dit zijn composieten die samengesteld zijn uit keramische materialen (cer, van *ceramic*) en metalen (met, van *metal*).

Koolstofgrafiet wordt in een volgende paragraaf gedetailleerder besproken, maar het wordt gemaakt door een organisch materiaal bij afwezigheid van lucht lange tijd bij zeer hoge temperaturen te verhitten.

In het laatste proces in onze afbeelding wordt het *sol-gelproces* gebruikt om een of meer vloeistoffen te laten geleren en de gel te laten harden. In onze afbeelding ondergaat vloeistof A een chemische reactie met vloeistof B, waardoor een *gel* wordt gevormd. Een *gel* is een materiaal dat geen vaste stof is en ook geen vloeistof, maar iets ertussenin. Gels kunnen vervolgens worden verhit om er een keramisch vormproduct van te maken. Dit is een technologie in opkomst. Met het sol-gelproces kunnen veelvoorkomende keramische materialen, zoals aluminiumoxide, worden gemaakt in uiterst zuivere, fijnkorrelige vorm. De uitgangsmaterialen zijn namelijk vloeistoffen in plaats van deeltjes die vergruisd moeten worden. Met het sol-gelproces worden onder andere aluminiumoxide schuurmiddelen commercieel vervaardigd. Dit is een belangrijke technologische doorbraak. Er kunnen nu fijne abrasieve deeltjes worden gemaakt zonder kostbare vergruizing. Bovendien kunnen de geproduceerde deeltjes veel kleiner zijn (<50 nm) dan met vergruizing mogelijk is, zogenaamde 'nanodeeltjes'.

Er bestaan talrijke manieren om keramische materialen te maken, waarvan we hier de belangrijkste hebben beschreven. De technische keramische materialen die met deze processen worden gemaakt, worden in tabel 11-1 onderverdeeld in oxiden, carbiden, sulfiden, nitriden, metalloïden en intermetallische verbindingen. *Intermetallische verbindingen* zijn verbindingen die ontstaan bij een combinatie van twee metalen. Het zijn geen legeringen, maar ze hebben soms metallische eigenschappen en soms eigenschappen die lijken op die van keramische materialen. In een volgende paragraaf zullen we er enkele bespreken.

TABEL 11-1 Typische keramische materialen voor technische toepassingen

GROEP	VOORBEELDEN	TOEPASSINGEN
Ongemengde oxiden	Aluminiumoxide (Al_2O_3)	Elektrische isolatoren
	Chroomoxide (Cr_2O_3)	Slijtvaste coatings
	Zirkoniumoxide (ZrO_2)	Warmte-isolatie
	Titaniumoxide (TiO_2)	Pigment
	Magnesiumoxide (MgO)	Slijtvaste onderdelen
	Siliciumdioxide (SiO_2)	Schuurmiddelen, glas, optische onderdelen
Gemengde oxiden	Kaoliniet ($Al_2O_3{\cdot}2SiO_2{\cdot}2H_2O$)	Kleiproducten
Carbiden	Vanadiumcarbide (VC)	Slijtvaste materialen
	Tantaalcarbide (TaC)	Slijtvaste materialen
	Wolfraamcarbide (WC)	Snijgereedschappen
	Titaniumcarbide (TiC)	Slijtvaste materialen
	Siliciumcarbide (SiC)	Schuurmiddelen, elektronische apparaten
	Chroomcarbide (Cr_3C_2)	Slijtvaste coatings
	Boriumcarbide (B_4C)	Schuurmiddelen
Sulfiden	Molybdeendisulfide (MoS_2)	Smeermiddelen
	Wolfraamdisulfide (WS_2)	Smeermiddelen

TABEL 11-1 (vervolg) Typische keramische materialen voor technische toepassingen

GROEP	VOORBEELDEN	TOEPASSINGEN
Nitriden	Boriumnitride (BN)	Isolator
	Siliciumnitride (Si_3N_4)	Slijtvaste onderdelen
	Aluminiumnitride (AlN)	Elektronische apparaten
Metalloïde elementen	Germanium (Ge)	Elektronische apparaten
	Silicium (Si)	Elektronische apparaten
Intermetallische verbindingen	Nikkelaluminide (NiAl)	Slijtvaste coatings

In verband met de fabricagemethoden voor keramische materialen zijn de volgende punten het waard om onthouden te worden:

1. De meeste keramische materialen zijn hard en bros. Er kunnen dus niet gemakkelijk onderdelen van worden gemaakt door middel van het machinaal bewerken van standaardvormen van gebakken materiaal. De ruwe machinale bewerking moet plaatsvinden in de groene, ongebakken toestand.
2. Het vormgeven van keramische materialen in een matrijs vereist meestal de fabricage van speciaal gereedschap voor een specifiek onderdeel, waardoor het maken van onderdelen in een kleine hoeveelheid kostbaar kan worden (de gereedschapskosten per product zijn hoog).
3. De aanwezigheid van bindmiddelen (zoals een glasfase) of porositeit in een gebakken keramisch materiaal vermindert de sterkte. Als sterkte een selectiefactor is, moet gespecificeerd en gecontroleerd worden hoeveel porositeit toelaatbaar is of welk percentage van de theoretische dichtheid gewenst is.
4. Sinteren van keramische onderdelen brengt een verandering van grootte met zich mee. Ze kunnen wel tot 30 procent krimpen. Daarom is het moeilijk om gebakken keramische materialen te maken die aan strenge afmetingseisen voldoen. (De toleranties bedragen gewoonlijk plusminus 1 procent, met een zekere speelruimte voor eventuele vervorming.)

11.3 De microstructuur van keramische materialen

We hebben al een aantal keer benadrukt dat de brosheid van keramische materialen een gevolg is van de covalente bindingen of ionbindingen die veel voorkomen in dit soort materialen. De strikte ordening van deze bindingen bemoeilijkt materiaalverplaatsingen op atomair niveau. In figuur 11-5 worden deze begrippen nog eens geïllustreerd aan de hand van het atoommodel van Bohr. Covalente bindingen worden gevormd doordat de atomen elektronen met elkaar delen om moleculen te vormen. In ons voorbeeld delen de twee waterstofatomen hun valentie-elektronen. Dit levert een twee-atomig waterstofgasmolecuul op. De meeste kunststoffen hebben covalente bindingen tussen de koolstofatomen, waardoor polymeermoleculen worden gevormd. Ook keramische materialen hebben vaak zo'n soort binding. Figuur 2-15 illustreert de covalente binding van aluminium- en zuurstofatomen om het keramische materiaal *aluminiumoxide* te vormen.

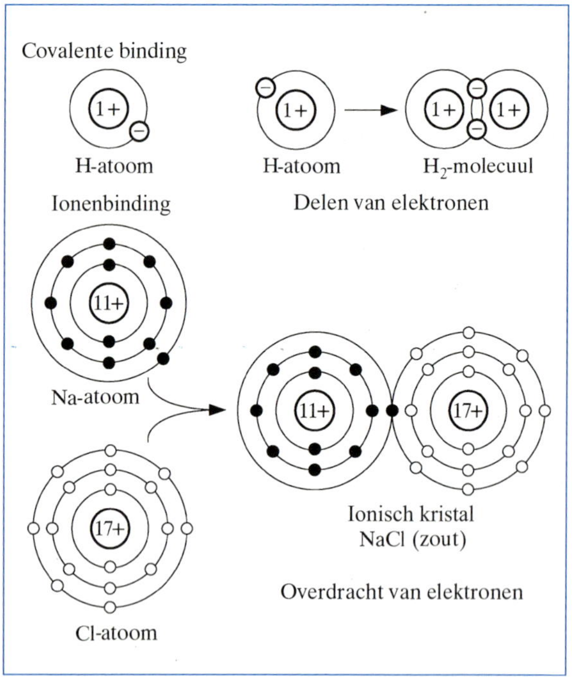

FIGUUR 11-5 Covalente bindingen en ionbindingen

In figuur 11-5 wordt de vorming van een ionisch kristal van keukenzout (natriumchloride) afgebeeld. Dit werd reeds beschreven in paragraaf 2.3. Het buitenste valentie-elektron van het natriumatoom wordt afgestaan aan het chlooratoom, dat daarmee zijn buitenste schil kan opvullen. Zo ontstaat een ionisch zoutkristal. Deze materialen hebben een hoog smeltpunt en geleiden een elektrische stroom niet, omdat de elektronenbindingen zo sterk zijn. Magnesiumoxide is een ionisch kristal van commerciële betekenis.

In kristallijne keramieken vormen de atomen een ordelijke geometrische configuratie met dezelfde soorten kristalstructuren als in metalen voorkomen, bijvoorbeeld fcc (kubisch vlakgecentreerd), bcc (kubisch ruimtelijk gecentreerd) of hcp (hexagonale dichte stapeling). In tegenstelling tot in metalen moeten in keramieken de samenstellende elementen een vaste verhouding tot elkaar handhaven, die wordt gedicteerd door de stoichiometrie van de verbinding in kwestie. Figuur 11-6 toont het fcc-rooster van magnesiumoxide. Dit laat zien hoe in kristallijne keramische materialen tegelijkertijd kan worden voldaan aan de eisen van de kristalstructuur en aan de chemische stoichiometrie. In vergelijking met een fcc-metaalrooster, zoals dat van zilver, moet de structuur van magnesiumoxide de een-op-eenverhouding van magnesiumatomen en zuurstofatomen handhaven. Afgezien van eventuele verontreinigingsatomen worden de plaatsen in de metaalstructuur bezet door dezelfde soorten atomen.

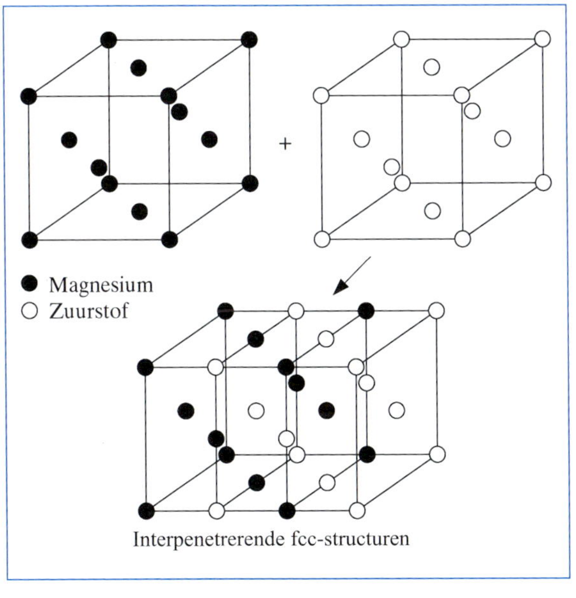

FIGUUR 11-6 Kristalstructuur van magnesiumoxide

Als een keramisch materiaal meer dan één bindingstype bevat, kan de kristalstructuur nog ingewikkelder worden. In verband met de structuur van keramische materialen moet je het volgende onthouden: de binding van de atomen bestaat grotendeels dankzij het delen van elektronen. De structuur is zodanig dat de aantallen van de verschillende atoomsoorten zich tot elkaar verhouden in overeenstemming met de chemische formule van de verbinding. In de praktijk blijken keramische materialen bros te zijn en goed bestand tegen zware omgevingsomstandigheden om twee redenen: 1) vanwege de sterke bindingskrachten tussen de atomen, en 2) doordat dislocatiebeweging heel moeilijk is omdat het kristal elektrisch neutraal moet blijven. In NaCl bijvoorbeeld kan men niet alleen de natriumatomen laten bewegen; het moet per se een NaCl-paar zijn.

De interessante kristalstructuren in diverse keramische materialen zijn van grote betekenis voor de keramist, die de eigenschappen kan veranderen door de kristalstructuur te wijzigen. De eigenschappen kunnen beïnvloed worden door de samenstelling, de aanwezige fasen en de microstructuur. De covalente bindingen in keramische materialen bestaan altijd uit enkele bindingen tussen twee naburige atomen. Dit kan leiden tot anisotropie, eigenschappen die van de richting afhangen. In keramische materialen kunnen net als in metalen verontreinigingsatomen in vaste oplossing voorkomen. Keramische materialen kunnen ook meerfasig zijn, bijvoorbeeld een mengsel van verschillende oxidesoorten. Een deel van een keramisch materiaal kan bestaan uit een enkele oxide en een andere fase zou dan kunnen bestaan uit een gemengde oxide. De volumegehalten van de aanwezige fasen kunnen worden bepaald met behulp van fasediagrammen, zoals die ook zijn ontwikkeld voor metaallegeringen (zie hoofdstuk 13). De invloed van microstructuur kan men bijvoorbeeld zien in boriumnitride. Met een hexagonale kristalstructuur is het een zacht, brokkelig, isolerend materiaal, maar in kubische vorm is het een van de hardste materialen die we kennen.

Voor de gebruiker zijn de belangrijkste aspecten van de microstructuur de korrelgrootte, de porositeit en de aanwezige fasen. De meeste technische keramische materialen hebben een polykristallijne microstructuur. De kristalliet- of korrelgrootte kan van invloed zijn op de eigenschappen. Normaal gesproken hebben fijnkorrelige polykristallijne keramische materialen een grotere mechanische sterkte dan grofkorrelige soorten. De meeste keramische materialen worden gemaakt door het sinteren van kristallieten en daardoor ontstaan vaak open ruimtes op plaatsen waar de korrels samenkomen (zie figuur 11-7(a)). De aanwezigheid van deze sinterporiën in een gebakken keramisch materiaal leidt bijna altijd tot een geringere sterkte. Hoe groter de porositeit, des te lager de sterkte zal zijn.

Figuur 11-7 geeft een aantal kenmerkende microstructuren die in keramische materialen kunnen voorkomen. Als we het oppervlak van een keramisch materiaal polijsten en etsen en het vervolgens onderzoeken met behulp van een optische microscoop of elektronenmicroscoop met een aanzienlijke vergroting (×2000 tot ×5000), zijn dit soort microstructuren misschien zichtbaar. Een enkelfase gesinterd polykristallijn keramisch materiaal zou er ongeveer uitzien als in figuur 11-7(a). In schuurmiddelen zijn de keramische korrels vaak aan elkaar gehecht door fenolhars of ureahars, of door een glasachtige fase (zie figuur 11-7(b)). De lijmfase wordt gewoonlijk klein gehouden omdat keramische materialen met organische bindmiddelen veel zwakker zijn dan met andere soorten bindmiddel, zoals glas of metaal. In gesinterde deeltjes bevindt zich soms maar heel weinig lijmfase (bindmiddel) tussen de deeltjes, maar de lijmfase kan ook wel een derde deel van de structuur uitmaken. Harsgebonden keramische materialen hebben een microstructuur als in figuur 11-7(b). In plaats van glas kan het bindmiddel organisch zijn. Aan de andere kant hebben éénkristallen en glassoorten geen kenmerken die met polijsten en etsen zichtbaar gemaakt kunnen worden. Er zijn in éénkristallen uiteraard geen korrelgrenzen.

Sommige microstructuren hebben misschien maar één enkele fase, met uitscheidingen van fijne deeltjes of naalden die een tweede fase vormen (zie figuur 11-7(c)). Sommige keramische materialen zijn versterkt met vezels van een ander keramisch materiaal. Siliciumnitride is bijvoorbeeld verkrijgbaar met een versterking van siliciumcarbidewhiskers. De structuur lijkt op die van een met afgekorte glasvezels of koolstofvezel versterkte kunststof. Als er meer dan één fase aanwezig is, dan zou de structuur kunnen lijken op die in figuur 11-7(d). Sommige keramische materialen hebben drie, vier of meer fasen of homogene componenten die samen de hele microstructuur vormen.

De gebruiker van keramische materialen kan de structuur niet veranderen door middel van nabehandelingen, zoals harden of zachtgloeien. Het is

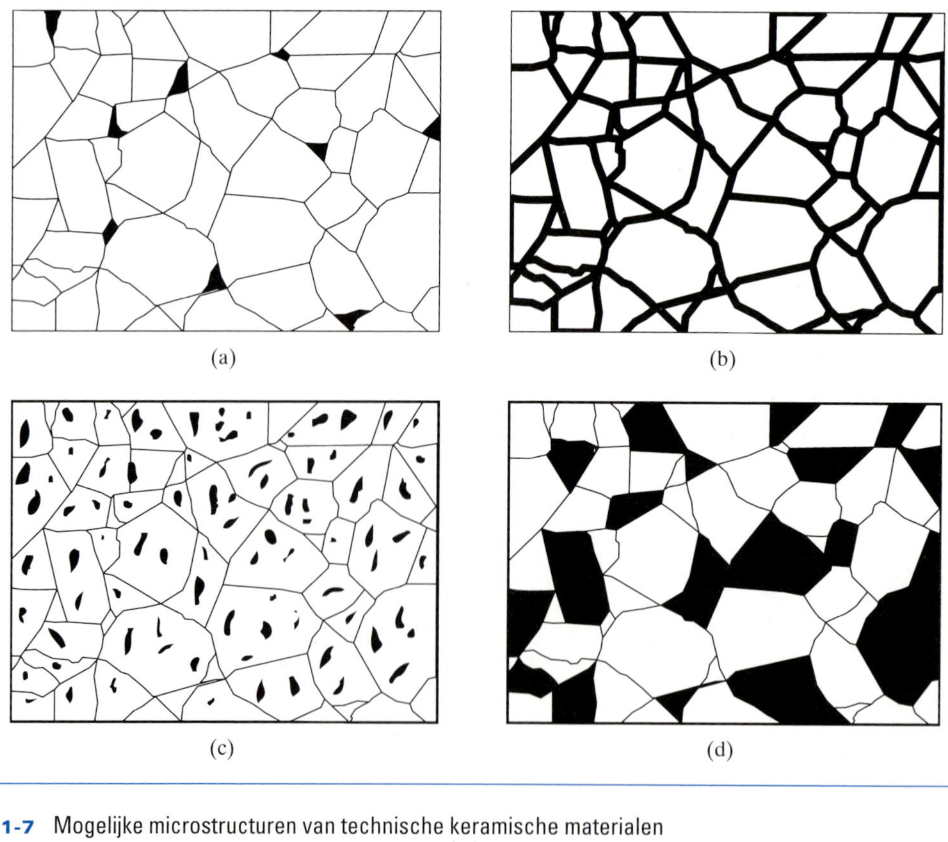

FIGUUR 11-7 Mogelijke microstructuren van technische keramische materialen

daarom belangrijk om in overleg met de fabrikant factoren als porositeit, korrelgrootte en samenstellingsgrenzen te bekijken. Het komt voor dat een ontwerper een bepaald keramisch materiaal met succes heeft toegepast op een specifiek onderdeel, maar dat hetzelfde onderdeel bij een nabestelling bij dezelfde fabrikant en gemaakt van hetzelfde keramisch materiaal bij gebruik gebreken vertoont. Een mogelijke verklaring hiervoor is gelegen in enkele van de zojuist vermelde structuurverschillen.

11.4 De eigenschappen van keramische materialen

Tabel 11-2 geeft een kwalitatieve vergelijking van een aantal gebruikelijke selectie-eigenschappen van keramieken, metalen en kunststoffen. Om een algemene indruk te krijgen van de eigenschappen van keramische materialen bespreken we eerst deze kwalitatieve gegevens. In de volgende paragrafen geven we meer informatie van kwantitatieve aard.

TABEL 11-2 Relatieve vergelijking van de eigenschappen van technische keramische materialen met andere technische materialen (in bulkmassavorm, niet in vezelvorm)

EIGENSCHAP	KERAMISCHE MATERIALEN	METALEN	KUNSTSTOFFEN
Mechanisch			
Treksterkte	Max. 100*	Max. 300*	Max. 30*
Vloeigrens	Geen vloei	Max. 250*	Max. 25*
Rek	Geen	Tot 50 procent	Kan 100 procent zijn
Druksterkte	Max. 600*	Max. 400*	Max. 40*
Slagvastheid	Slecht	Slecht tot uitstekend	Redelijk
Hardheid	Kan 2600 zijn*	Max. 900*	Max. 100*
Elasticiteitsmodulus	Kan 90×10^6 zijn*	Kan 40×10^6 zijn*	Kan 1×10^6 zijn*
Kruipvastheid	Uitstekend	Goed	Slecht
Vermoeiingssterkte†	OK bij compressie	Goed tot uitstekend	Slecht
Fysisch			
Dichtheid	0,1 tot 0,6*	0,06 tot 0,8*	0,03 tot 0,1*
Smelttemperatuur	>5000°C	Tot 2500°C	<500°C
Geleidingsvermogen			
Geleidbaarheid van warmte	Slecht tot redelijk	Goed tot uitstekend	Slecht
Geleidbaarheid van elektriciteit	Geen tot weinig	Uitstekend	Geen
Uitzettingscoëfficiënt	Laag	Hoog	Zeer hoog
Max. gebruikstemperatuur	1600°C	800°C	260°C
Waterabsorptie	Gering	Geen	Gering
Elektrische isolatie	Goed tot uitstekend	Geen	Goed tot uitstekend
Chemisch			
Kristalliniteit	Meestal wel	Meestal wel	Veelal geen
Chemische weerstand	Uitstekend	Slecht tot goed	Goed tot uitstekend
Samenstelling (ruwe grondstof)	In overvloed in de natuur	Sommige zijn duur	Uit olie
Microstructuur	Met een enkele of meer fasen	Met een enkele of meer fasen	Met een enkele of meer fasen
Verwerkbaarheid			
Plaatmateriaal	Geen	Uitstekend	Goed
Gietstukken	Geen	Uitstekend	Redelijk
Extrusiestukken	Geen	Uitstekend	Goed
Verspaanbaarheid	Geen	Goed tot uitstekend	Goed
Matrijsvorming	Redelijk	Alleen non-ferrometalen	Uitstekend

* Willekeurige eenheden

† Let op: Met het woord 'vermoeiing' (*fatigue*) bedoelen we hier 'cyclische belasting'. In de keramiekliteratuur heeft het begrip een andere betekenis, te weten: het tijdsafhankelijke falen van een keramisch materiaal onder constante belasting, vooral bij hogere temperaturen. Dit is ongeveer hetzelfde als 'kruip' voor metalen en kunststoffen.

Mechanische eigenschappen

We hebben al vermeld dat de taaiheid (slagvastheid) van keramische materialen niet groot is: ze zijn bros. Het is daarom uiterst moeilijk om de treksterkte van keramische materialen te meten omdat standaard trekproefmonsters voor metalen heel gevoelig zijn voor oppervlaktedefecten (kerfgevoelig). Het maken van monsters is dus heel kostbaar vanwege de fabricageprocessen (waaronder diamantslijpen) en omdat de trekmonsters vanwege hun grote hardheid moeilijk in de trekmachine vast te klemmen zijn. De kerfgevoeligheid leidt tot een grote spreiding in de meetresultaten. Er bestaan keramische vezels met treksterkten groter dan 3,4 GPa, maar in het algemeen zijn de treksterkten van technische keramische materialen lager dan 0,7 GPa; veel lager dan die van sommige metalen, maar hoger dan die van de meeste kunststoffen.

De eigenschap die vaak de plaats inneemt van de treksterkte, is de vierpuntsbuigsterkte. Deze is relevant in verband met de toepassingen van keramische materialen, want keramische producten worden normaal niet op trek belast, maar alleen op buiging of druk. In deze proef gebruikt men een relatief goedkope rechthoekige staaf met afmetingen van ongeveer $3 \times 5 \times 50$ millimeter. Deze wordt gebogen als een balk tot hij breekt. Vervolgens wordt berekend wat de trekspanning was in de buitenste vezels van de balk op het ogenblik van de breuk. Deze waarde wordt gebruikt als een maat voor de treksterkte en wordt gewoonlijk gerapporteerd als *buigsterkte*. Als de afbuiging van de balk met deze proef wordt gemeten, kunnen deze gegevens worden gebruikt voor het berekenen van een stijfheidsparameter: de buigingsmodulus. Deze eigenschap wordt vaak gebruikt ter vervanging van de (trek)elasticiteitsmodulus.

Keramische materialen hebben geen vloeigrens; ze vertonen geen plastische vervorming voordat ze hun treksterkte bereiken. Er is geen sprake van permanente verlenging of insnoering. Door deze eigenschap kunnen keramische materialen niet concurreren met metalen en kunststoffen voor toepassingen waarbij het materiaal wordt vormgegeven door plastische vervorming bij kamertemperatuur: dieptrekken, buigen, vormen enzovoort.

De druksterkte van technische keramische materialen kan uitstekend zijn, beter dan die van metalen, kunststoffen en composieten. Keramische materialen zijn de hardste van de technische materialen. Feitelijk heeft diamant (dat door bijna iedereen wordt beschouwd als een keramisch materiaal) van de bekende materialen de hoogste hardheid. Sommige keramische materialen zijn vanwege hun hoge hardheid geschikt voor gereedschappen die andere materialen kunnen bewerken, en voor slijtvaste componenten.

We hebben laten zien hoe moeilijk het is om de elasticiteitsmodulus van keramische materialen te meten, maar het wordt wel gedaan, en het blijkt dat keramische materialen van al onze technische materialen de hoogste stijfheid hebben. Gecementeerde carbiden zijn driemaal zo stijf als staal, en siliciumcarbide, boriumcarbide en titaniumdiboride zijn meer dan tweemaal zo stijf als staal. Deze eigenschap is dus een voordeel van technische keramische materialen. Wanneer een stalen onderdeel bij gebruik te veel doorbuigt en de grootte kan niet worden veranderd, dan is het probleem alleen op te lossen door een materiaal te gebruiken met een grotere stijfheid dan staal. Dan zijn er maar weinig andere keuzemogelijkheden dan keramische materialen of composieten die een keramische versterking hebben met een hoge modulus.

De langetermijneigenschappen van keramische materialen (vermoeiingsweerstand en kruipvastheid) zijn goed, op voorwaarde dat de onderdelen worden gemaakt en belast op een manier die gunstig is voor keramische materialen. (NB Let op je woorden als je met een keramist spreekt. Met het woord 'vermoeiing' bedoelen wij hier 'cyclische belasting'. Vele keramisten gebruiken het woord 'vermoeiing' echter met dezelfde betekenis als een metaalkundige het woord 'kruip' gebruikt: het tijdsafhankelijke falen bij hoge temperaturen onder constante belasting.) Bij trekbelasting hebben keramische materialen een geringe vermoeiingssterkte. Dat komt doordat de keramische materialen in het algemeen een lage treksterkte hebben. In een goed ontwerp wordt een keramisch materiaal nooit aan trekbelastingen onderworpen. Als het keramische materiaal wordt onderworpen aan drukbelastingen, zijn de kruipvastheid en spanningsbreuksterkte uitstekend. Keramische materialen in ovens kunnen werken bij temperaturen van 1100 °C.

Samengevat kunnen we stellen dat de mechanische eigenschappen van keramische materialen goed zijn bij drukbelastingen en dat keramische materialen enkele speciale mechanische eigenschappen kunnen hebben, met name een zeer hoge hardheid en een grotere stijfheid dan andere technische materialen. Hun zwakste punt is hun brosheid en *kerfgevoeligheid*, wat betekent dat ze in ontwerpen op dezelfde manier moeten worden gebruikt als glas. De meeste mensen kunnen zich wel voorstellen wat dat betekent: geen spanningsconcentraties, montage in veerkrachtig materiaal, niet buigen enzovoort. Als hiermee rekening wordt gehouden, kunnen keramische materialen voor vele toepassingen goed worden gebruikt.

Fysische eigenschappen

De dichtheid van enkele technische keramische materialen is een belangrijke eigenschap. Sommige technische keramische materialen – bijvoorbeeld siliciumcarbide en boriumcarbide – hebben een lagere theoretische dichtheid (bijna geen porositeit) in vergelijking met metalen en daarom hebben deze materialen een hogere specifieke stijfheid dan staal. Aan de andere kant, keramische materialen die zonder compressie zijn gesinterd, kunnen slechts 95 procent van de theoretische dichtheid hebben. Hierdoor kan de sterkte in het geding komen. De ontwerper moet een keramisch materiaal selecteren met een hoge theoretische dichtheid (99 procent) als de toepassing om structurele sterkte vraagt.

De smeltpunten en maximale gebruikstemperaturen van keramische materialen zijn hoger dan die van de meeste andere technische materialen. Dit is een van hun sterke punten en een reden dat keramische materialen bijvoorbeeld kunnen worden gebruikt voor smeltkroezen en vuurvaste bakstenen.

De warmtegeleidbaarheid en elektrische geleidbaarheid van keramische materialen vertonen een grote variatie. Het keramische supermateriaal diamant heeft de hoogste warmtegeleidbaarheid, maar van de meeste keramische materialen is de warmtegeleidbaarheid juist laag. Zij werken als warmte-isolatoren. Een lage warmtegeleidbaarheid brengt vaak een slechte thermoschokbestendigheid met zich mee. Dit is voor sommige toepassingen een beperkende factor. De meeste keramische materialen zijn elektrische isolatoren, maar sommige werken als halfgeleiders. In het algemeen zijn keramische materialen concurrenten van kunststoffen als elektrische isolatoren, maar bij bedrijfstemperaturen boven 200 °C scoren keramische materialen beter. Kunststoffen zijn niet goed bestand tegen hoge temperaturen of vonkontladingen. Keramische materialen zijn bij hoge temperaturen betere isolatoren dan andere materialen, maar sommige materialen, zoals siliciumcarbide, zijn bij hoge temperaturen in feite vrij goede elektrische geleiders. Om verrassingen te voorkomen moet elk keramisch materiaal worden gecontroleerd op de elektrische en thermische eigenschappen bij de verwachte bedrijfstemperatuur.

De warmte-uitzettingseigenschappen van keramische materialen variëren, maar ze zetten meestal minder uit dan metalen en kunststoffen. Er zijn glassoorten die een uitzettingscoëfficiënt van nul hebben.

Waterabsorptie is een eigenschap die vooral een rol speelt bij kunststoffen, maar het kan ook een factor zijn bij poreuze keramische materialen. Waterabsorptie is geen enkel probleem voor keramische materialen die dicht bij hun theoretische dichtheid zitten. Geabsorbeerd vocht kan voor poreuze keramische materialen een lager elektrisch isolatievermogen tot gevolg hebben. Het bevriezen van water in constructiematerialen kan tot barsten leiden.

Chemische eigenschappen

De chemische weerstand van keramische materialen is een van de sterke punten van deze groep materialen. De drijvende kracht achter corrosie is het feit dat de materialen ertoe neigen terug te keren naar de toestand waarin ze in de natuur voorkomen. Keramische materialen zijn vaak oxiden, nitriden of sulfiden – verbindingen die we ook in de natuur aantreffen – en daarom blijft de neiging tot corroderen beperkt. De technische keramische materialen, bijvoorbeeld aluminiumoxide, siliciumcarbide, zirkoniumoxide en siliciumnitride, zijn zeer goed bestand tegen chemische aantasting in talrijke oplossingen. De corrosieweerstand van keramische materialen is echter niet altijd even goed. Voor elk keramisch materiaal moeten de corrosiegegevens worden geraadpleegd met betrekking tot elke in aanmerking komende chemische stof, maar in het algemeen zijn deze materialen resistent. De corrosie-eigenschappen van veel keramische materialen zijn vergelijkbaar met die van glas. Glas is bestand tegen de meeste zuren, basen en oplosmiddelen, maar wordt snel aangetast door enkele stoffen, bijvoorbeeld fluorwaterstofzuur. Ook voor glas moeten daarom de corrosiegegevens worden geraadpleegd.

Het komt niet vaak voor dat de chemische samenstelling van keramische materialen wordt vermeld, zoals wel gebeurt voor metalen. Wanneer we een staallegering aanschaffen, is het gebruikelijk om een analysecertificaat te vragen waarin wordt aangegeven wat het gehalte van de in het staal aanwezige elementen is (C, Cr, Ni, Mo enzovoort). Voor keramische materialen wordt dit gewoonlijk niet gedaan. Op een tekening voor een keramisch materiaal zou waarschijnlijk ongeveer het volgende vermeld worden: aluminiumoxide, 99 procent theoretische dichtheid min. Sommige technische keramische materialen worden speciaal gemaakt volgens een bepaald proces van de fabrikant. Een fabrikant kan een mengsel van aluminiumoxide en magnesiumoxide maken met eigenschappen die nogal verschillen van die van zuivere aluminiumoxide. In zulke gevallen zit er weinig anders op dan de handelsnaam in de specificatie te vermelden. Hetzelfde geldt voor processen van de fabrikant die speciale behandelingen van een keramisch materiaal met zich meebrengen. Siliciumcarbide dat wordt gemaakt door chemische opdamping, kan andere gebruikseigenschappen hebben dan die van hetzelfde materiaal dat wordt gemaakt door traditioneel persen en sinteren. Heet isostatisch persen (HIP) van keramische materialen verhoogt de dichtheid en dit soort bewerking is van invloed op de gebruikseigenschappen. De microstructuur en porositeit kunnen variëren, afhankelijk van de fabricagemethode. Daarom is het niet gebruikelijk om bij het specificeren van keramische materialen de chemische samenstelling te vermelden.

Aangeraden wordt echter om wel de dichtheid, de verwerkingsmethode en de additieven aan te geven. Er zijn organisaties die alfanumerieke classificatiesystemen hebben ontwikkeld voor keramische materialen, zoals de ASTM C1286 Standard Classification for Advanced Ceramics, maar deze systemen worden niet veel gebruikt. Keramische materialen worden heel vaak gespecificeerd aan de hand van hun handelsnaam en fabrikant. In de praktijk is dit vrijwel de enige manier om er zeker van te zijn dat bij elke bestelling hetzelfde materiaal ontvangen wordt.

Verwerkbaarheid

Keramische materialen zouden veel vaker in ontwerpen van machines en andere industriële toepassingen worden gebruikt als ze niet zo moeilijk te vervaardigen waren, bijvoorbeeld door metaalplaatfabricageprocessen. Deze processen werken helemaal niet bij keramische materialen, die zich immers bij kamertemperatuur niet plastisch laten vervormen. Verder kunnen keramische materialen niet, zoals metalen, worden gesmolten en in een vorm gegoten, vooral niet vanwege de hoge smelttemperatuur van keramische materialen. Siliciumcarbide smelt bijvoorbeeld pas bij 3660 °C, aluminiumoxide bij 2015 °C. De gietvormen die men gebruikt voor metalen, zijn meestal gemaakt van keramisch materiaal. Gietvormen voor keramisch materiaal zouden dus om een nieuw soort materiaal vragen.

Machinale bewerking van keramische materialen is zo kostbaar dat het voor machineonderdelen vaak niet in aanmerking komt. Het is niet ongewoon dat er 250 euro betaald wordt voor een glijlager van aluminiumoxide met een buitendiameter van 25 millimeter, een lengte van 25 millimeter en een wanddikte van 4 millimeter. Als er grote hoeveelheden van een relatief klein onderdeel nodig zijn, dan kunnen die onderdelen worden gemaakt door middel van spuitgieten of extrusie en kan de prijs per onderdeel heel laag zijn. Helaas zijn er voor de meeste bedrijfstoepassingen geen 100.000 gelijke onderdelen per jaar vereist. Zo'n aantal is ongeveer nodig om de kosten van het benodigde gereedschap te rechtvaardigen.

Het beste voorbeeld van een succesvol goedkoop onderdeel van keramisch materiaal is waarschijnlijk de in auto's gebruikte gewone bougie. De isolator is aluminiumoxide (omdat keramische materialen elektrische isolatoren zijn die tegen hoge temperaturen bestand zijn). In de winkel kosten bougies minder dan 1,50 euro per stuk. De isolator van aluminiumoxide heeft een tamelijk ingewikkelde vorm. Hoe kan dit keramische onderdeel zo goedkoop worden geproduceerd? Het antwoord is dat de keramische isolatie rond de metalen componenten wordt aangebracht met een spuitgietmachine die ongeveer net zo werkt als die voor kunststoffen. Het aluminiumoxide wordt als een fijn poeder onder uiterst hoge druk in een vorm gespoten. Er is geen machinale bewerking nodig, de onderdelen krijgen hun grootte in de gietvorm en door sinteren. Ook veel elektrische onderdelen worden op deze manier gemaakt, maar algemeen geldt dat de kosten van de benodigde werktuigen voor het spuitgieten pas gerechtvaardigd zijn bij een productie van minstens een miljoen stuks per jaar. Keramische materialen krimpen veel bij het sinteren. Om ervoor te zorgen dat er na het sinteren een onderdeel met de juiste grootte tevoorschijn komt, moet de gietvorm worden gemaakt met een grote krimpspeling.

Samengevat kunnen we stellen dat er kostbare processen nodig zijn voor de verwerking van de meeste keramische materialen tot een bruikbare vorm. De goedkope processen zijn spuitgieten, extrusie en drukloos sinteren. Voor de vervaardiging van motoronderdelen en constructiecomponenten van hoge kwaliteit zijn kostbare apparatuur en dure processen nodig die voor kleine hoeveelheden onderdelen moeilijk te rechtvaardigen zijn. Mogelijk zal het sol-gelproces deze beperkingen ooit kunnen overwinnen. De onderdelen kunnen daarbij worden gevormd in gels die zich als kunststoffen gedragen, en vervolgens door sinteren worden omgezet in bruikbare keramische producten. Deze technologie wordt momenteel nog niet breed toegepast, alleen voor kleine onderdelen zoals optische lenzen.

11.5 Beton

Beton is in onze wereld verreweg het meest gebruikte technische materiaal. We vinden het overal: gebouwen, wegen, dammen enzovoort. Officieel valt het niet onder de keramische materialen, maar uit technisch oogpunt is het een meesterwerk van keramische techniek. Beton is een composiet van zand, aggregaat en cement. Het zand en het aggregaat worden geleverd door de natuur, het cement is het verbluffende onderdeel van het materiaal. Het bindt het aggregaat door de vorming van een keramiekachtige structuur rond elke zandkorrel en elk steenfragment. Metselspecie werd duizenden jaren geleden al ontdekt door de Grieken en de Egyptenaren. Zij maakten gebruik van ongebluste kalk dat ze maakten door het verhitten van kalk ($CaCO_3$) om dit om te zetten in CaO, dat hard wordt bij vermenging met water. De ongebluste kalk (CaO) reageert met water en vormt daarbij CaOH, dat op zijn beurt reageert met silica (SiO_2) of andere deeltjes om een verbinding te vormen. Deze verbinding wordt hard en kan bijvoorbeeld bakstenen en andere stenen aan elkaar binden en zo constructies mogelijk maken. Ook in moderne metselspecies is ongebluste kalk nog steeds een belangrijk bestanddeel.

Tot aan de negentiende eeuw bestonden de meeste gebouwen uit metselwerk, bij elkaar gehouden door cement op basis van ongebluste kalk. Toen werd *Portland cement* uitgevonden, waarmee beton kon worden gemaakt. Cementspecie is niet bijzonder sterk en daarom wordt het gewoonlijk gemengd met zand (SiO_2) en een klein percentage Portland cement voor extra sterkte. Bakstenen en bouwstenen zijn niet langer nodig voor grote gebouwen die uit beton kunnen worden 'gegoten'.

Portland cement is een complexe chemische verbinding van CaO, SiO_2, Al_2O_3, Fe_2O_3, MgO en een aantal andere verbindingen. Het wordt gemaakt door verhitting van de kalksoort $CaCO_3$ en een kleisoort tot een hoge temperatuur. Het verhitten van de klei en de kalk of kalksteen onttrekt water aan deze mineralen. Bij toevoeging van water ontstaat een chemische reactie waardoor de mineralen in feite een nieuwe vorm krijgen als 'gesteente'. De chemische reactie begint binnen een paar minuten en kan meer dan honderd dagen aanhouden. De sterkte van een bepaald mengsel is na dertig dagen bijna maximaal en de grootste sterkte wordt bereikt wanneer het beton in die tijd nat wordt gehouden. Beton bestaat dus uit zand en steentjes die zijn ingebed in een kunstmatig gesteente.

De diverse soorten beton kunnen een oneindig aantal samenstellingen hebben, maar met Portland cement hebben ze enkele van de volgende karakteristieke eigenschappen (ASTM C 150):

Dichtheid: 2,435 g/cm^3
Druksterkte na 28 dagen: 20 tot 35 MPa
Elasticiteitsmodulus: 30 tot 150 GPa
Treksterkte bij benadering: 4 MPa
Breuktaaiheid bij benadering: 0,5 MPa $m^{1/2}$

Beton is niet bedoeld om te worden gebruikt bij trekbelastingen. Voor bruggen en vloerplaten wordt er daarom een versterking van staal aan toegevoegd. Ondanks de brosheid is beton waarschijnlijk het belangrijkste materiaal op de wereld voor de constructie van infrastructuur en gebouwen.

11.6 Glassoorten

Structuur

Vaste stoffen die geen driedimensionale periodieke structuur hebben, worden amorf of glasachtig genoemd (zie figuur 11-8). Zulke materialen vertonen niet veel kristalliniteit. Talrijke soorten materialen zijn in staat om onder bepaalde omstandigheden amorfe of glasachtige structuren te vormen. Daartoe behoren metaallegeringen, organische polymeren, oxideverbindingen en non-oxideverbindingen. In deze bespreking richten we ons voornamelijk op de op oxide gebaseerde glassoorten.

Vanuit een gesmolten toestand kan glas worden gevormd door een snelle afkoeling om kristallisatie te verhinderen. Een oxideglas wordt op deze manier gemaakt. Omdat veel glasvormende oxiden zelfs bij hoge temperaturen een relatief hoge viscositeit hebben, zijn hun kristallisatiesnelheden tamelijk laag, wat de vorming van glasachtige structuren bij relatief langzame afkoeling mogelijk maakt. Sommige metaallegeringen kunnen ook metallische glassoorten vormen als ze in vloeibare toestand snel worden afgekoeld. Tot nu toe zijn er echter weinig toepassingen hiervoor.

Niet alle oxiden kunnen glassoorten vormen. De structurele relatie tussen de zuurstof en het *kation* van de oxideverbinding heeft een grote invloed op het glasvormend vermogen van het oxide. Zoals tabel 11-3 vermeldt, hebben de belangrijkste *glasvormende oxiden* SiO_2, B_2O_3, GeO_2 en P_2O_5 geschikte structuren en voldoende langzame kristallisatiesnelheden voor het vormen van glas bij relatief langzame afkoeling in vloeibare toestand. *Voorwaardelijk*

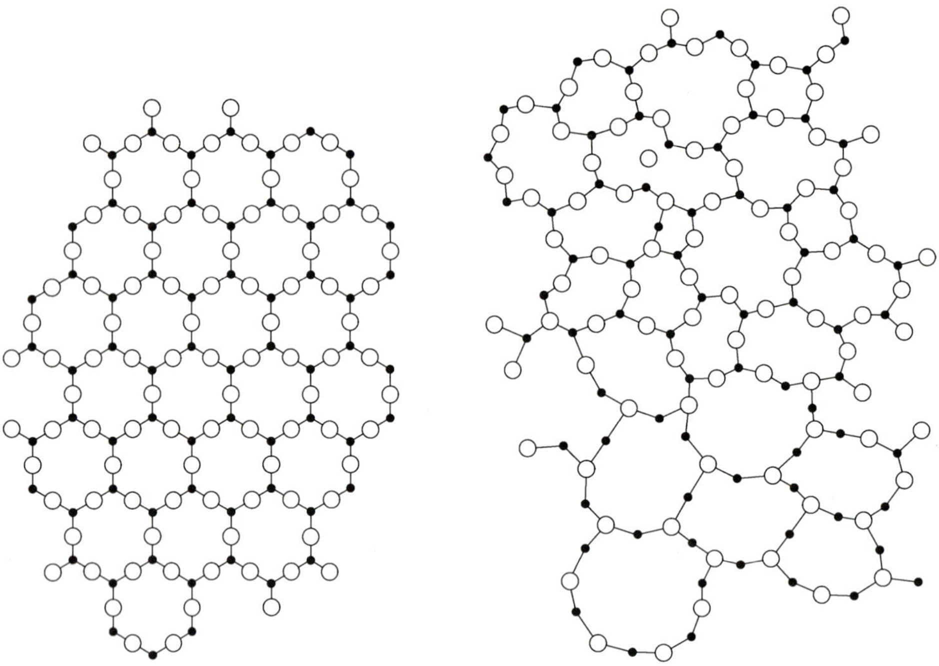

FIGUUR 11-8 Vergelijking van willekeurige en regelmatige structuren

glasvormende oxiden vormen glas onder bepaalde omstandigheden. *Oxiden met een tussenvorm* kunnen zelf geen glas vormen, maar vormen wel driedimensionale netwerken bij vermenging met glasvormende oxiden. *Netwerkmodificatoren* zijn zelf of bij vermenging met glasvormende oxiden niet in staat om een driedimensionaal glasachtig netwerk te vormen. Ze kunnen echter wel de eigenschappen van het glas wijzigen omdat ze het glasnetwerk kunnen verzwakken door invloed uit te oefenen op de Si–O-bindingen. Deze oxiden worden gebruikt voor het regelen van eigenschappen als het verwekingspunt of de hardheid. Oxiden met kristalstructuren zoals A_2O, AO, AO_4 en A_2O_7, waarbij A een kation voorstelt, zijn zo symmetrisch dat ze in het algemeen uit een smelt kristalliseren in plaats van een glas te vormen.

In het algemeen is de glasachtige toestand *metastabiel*. Omdat de amorfe toestand wordt 'afgeschrikt' door een vloeistof snel genoeg af te koelen om kristallisatie te verhinderen, ondervindt de glasachtige toestand een drijvende kracht om te veranderen in een kristallijne toestand. In veel glassoorten is de kinetiek voor de reactie zo langzaam dat de glasachtige toestand praktisch gesproken stabiel

TABEL 11-3 Beknopte lijst van oxiden die vaak in glas worden gebruikt

BELANGRIJKSTE GLASVORMENDE OXIDEN	VOORWAARDELIJK GLASVORMENDE OXIDEN	OXIDEN MET EEN TUSSENVORM	NETWERK-MODIFICATOREN
SiO_2	Al_2O_3	TiO_2	MgO
B_2O_3	Bi_2O_3	ZnO	Li_2O
GeO_2	WO_3	PbO	BaO
P_2O_5	MoO_3	Al_2O_3	CaO
	TeO_2	Zr_2O_3	Na_2O
			Y_2O_3
			K_2O

is. Sommige glassamenstellingen zijn in de loop der tijd of bij hogetemperatuurveroudering slechts marginaal stabiel. Het glas kan dan uit een amorfe toestand terugkeren naar een kristallijne toestand. Dit verschijnsel staat bekend als *ontglazing*. Bepaalde groepen keramische materialen, de zogenaamde *glaskeramische materialen*, zijn gebaseerd op dit ontglazingsmechanisme. Met glaskeramische materialen kan een product worden gevormd in de glasachtige toestand met processen zoals gieten of persgieten dat vervolgens door middel van ontglazing wordt omgezet in een hoofdzakelijk kristallijn keramisch materiaal. Glaskeramische materialen hebben soms betere mechanische eigenschappen dan geheel amorfe glassoorten.

Glas is bij kamertemperatuur in wezen een zeer viskeuze vloeistof (met een viscositeit die hoger is dan 10^{20} Pa.s). Ter vergelijking: water heeft een viscositeit van ongeveer 1 Pa.s (Pa.s staat voor Pascalseconde, een eenheid van viscositeit). De viskeuze stroming of kruip van glas is bij kamertemperatuur zo gering dat het alleen zichtbaar is op een geologische tijdschaal. Zoals te zien is in figuur 11-9, neemt bij toenemende temperatuur de viscositeit van glas af. Er zijn een aantal temperaturen, de *standaardpunten*, verbonden aan de viskeuze stroming of het 'smelten' van glas. Tabel 11-4 geeft een samenvatting van de standaardpunten voor glas. Het *vervormingspunt* is zo ongeveer de hoogste temperatuur waarbij een glassoort kan worden gebruikt voor constructietoepassingen. Boven het vervormingspunt vertoont glas een aanzienlijke kruip. De meeste glasvormende processen vinden plaats bij viscositeiten tussen het *verwekingspunt* en het *werkpunt*. Bij het verwekingspunt is glas betrekkelijk stijf, maar het vloeit en stroomt bij uitoefening van een relatief geringe kracht. Sommige persgietprocessen vinden plaats in dit temperatuurbereik. De viscositeit van glas bij het werkpunt lijkt veel op die van dikke honing of siroop. Glasgietprocessen kunnen plaatsvinden bij lagere viscositeiten dan 10 Pa.s. Glazen onderdelen voor machinecomponenten worden gewoonlijk gevormd in gesloten metalen matrijzen. Buizen worden gemaakt door middel van extrusie en flessen met een techniek die vergelijkbaar is met het blazen van kunststof containers. Plaatglas kan worden gemaakt door het glas in vormen voor vlakke platen te gieten. Het minder vlakke vensterglas wordt gemaakt door een plaat te trekken uit een gesmolten glasmassa. Glasvormen met nauwkeurige afmetingen, zoals lenzen, worden gemaakt door het glas te gieten en daarna te slijpen.

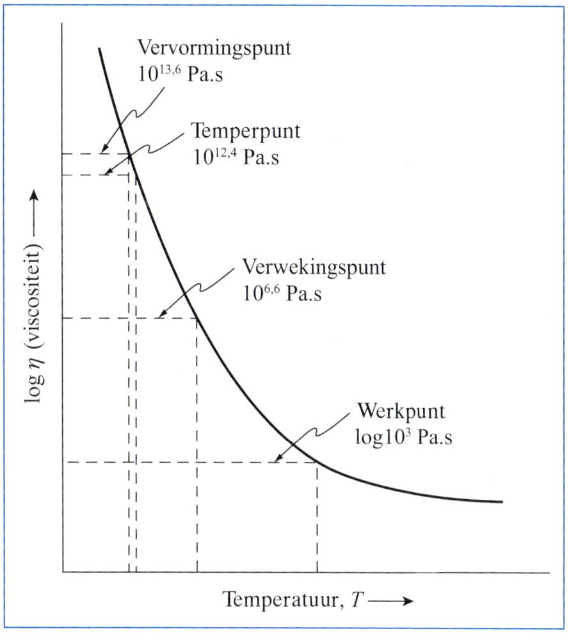

FIGUUR 11-9 Typische kromme van viscositeit versus temperatuur voor glas

TABEL 11-4 Standaardpunten voor glas

STANDAARDPUNT	VISCOSITEIT (PA.S)	FYSISCHE BESCHRIJVING
Vervormingspunt	$10^{13,6}$	Temperatuur waarbij inwendige spanning in het glas in uren verdwijnt
Temperpunt	$10^{12,4}$	Temperatuur waarbij inwendige spanning in het glas in minuten verdwijnt
Glasovergangstemperatuur	10^{12}	Temperatuurbereik waarbij het glas verandert van een vloeistof in een glasachtige vaste stof
Verwekingspunt	$10^{6,6}$	Temperatuur waarbij de viscositeit van glas zo laag is dat het onder zijn eigen gewicht inzakt
Werkpunt	10^{3}	Temperatuur waarbij de viscositeit van glas laag genoeg is voor vormen en afdichten

Is een glas eenmaal gevormd, dan wordt het afgekoeld tot een temperatuur die iets boven het vervormingspunt ligt, zodat het zijn vorm behoudt en weerstand biedt aan stroming. Op dit punt moet het glasproduct worden *getemperd* om eventuele inwendige spanningen te verwijderen. De cycli van het temperen kunnen heel ingewikkeld zijn en een deel ervan is gewoonlijk een fase waarin het onderdeel wordt afgekoeld tot kamertemperatuur. Glas dat niet goed getemperd is, zal breken of barsten bij afkoeling tot kamertemperatuur.

Wanneer vloeibaar of gesmolten glas langzaam afkoelt, krimpt het volume (gemeten als *specifiek volume* – de inverse van de dichtheid) op basis van de uitzettingscoëfficiënt van het materiaal (zie figuur 11-10). De viscositeit van het glas neemt bij lagere temperaturen toe (zie figuur 11-9). Als de viscositeit nog relatief laag is, kunnen structurele veranderingen (heroriëntatie) optreden met dezelfde snelheid als de afkoelingssnelheid. Naarmate de viscositeit van het glas toeneemt, neemt de structuur van het glas een nieuwe rangschikking in die dichter is. Op een bepaald moment neemt de viscositeit van het glas sneller toe dan de snelheid van de herschikking van de structuur. Bij deze overgangstemperatuur verandert de helling van de kromme van specifiek volume versus temperatuur (zie figuur 11-10). Deze hellingsverandering treedt op bij de *glasovergangstemperatuur*.

Siliciumdioxide (SiO_2), gezuiverd zand, is waarschijnlijk het meest gebruikte bestanddeel in de meeste commercieel belangrijke glassoorten. Siliciumdioxide is een uitstekende glasvormer en levert een goede basis voor veel glassamenstellingen. Glas op basis van siliciumdioxide heet *silicaatglas*. Glassoorten van zuivere siliciumdioxide, zoals silica of gesinterd kwartsglas, zijn tamelijk vuurvast; hun verwekingstemperatuur is heel hoog (1200 tot 1500°C of nog hoger). Toevoegingen van andere oxiden aan SiO_2, zoals CaO, Na_2O, en K_2O, laten het werkpunt en de viscositeit dalen naar veel lagere niveaus, waardoor een grotere variatie aan fabricageprocessen kan worden gebruikt. Gewoon vensterglas wordt bijvoorbeeld gemaakt van een mengsel van zand (SiO_2), kalksteen ($CACO_3$) en gegloeide soda (Na_2CO_3). Na het afkoelen heeft glas een samenstelling die bestaat uit een complex mengsel en een complexe structuur van oxiden (zie tabel 11-5). Andere glassoorten worden gemaakt door het variëren van de hoeveelheid silica (SiO_2) en door het toevoegen van andere oxiden. Gekleurde glassoorten worden gemaakt door het toevoegen van oxiden van specifieke metalen: kobaltoxide voor blauw glas, ijzeroxide (FeO) voor groen en zuiver selenium voor rood glas. Kristallijne glas-

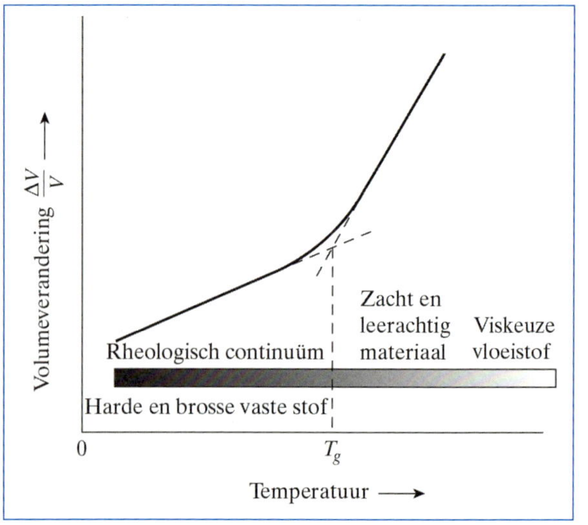

FIGUUR 11-10 Volumetrische uitzetting van glas als functie van de temperatuur. Er treedt een knik op bij het glasovergangspunt T_g

keramische materialen worden gemaakt van glassoorten die lithiumoxide, magnesiumoxide en aluminiumoxide bevatten. In een van de commerciële processen wordt kristalliniteit bereikt door het in de smelt introduceren van kleine kernen van titaniumdioxide, met een diameter van een paar Ångströms (10^{-10} m). Door geschikte thermische cycli activeren deze kernen de kristalgroei en na voltooiing van alle thermische cycli is het uiteindelijke materiaal 96 procent kristallijn. Glaskeramische materialen hebben mechanische eigenschappen en een aantal fysische eigenschappen die veel beter zijn dan die van amorfe glassoorten.

Eigenschappen

De eigenschappen van glassoorten hangen af van de samenstelling, maar er kunnen enkele algemene opmerkingen over worden gemaakt:

1. Glas is harder dan veel metalen (400 tot 600 kg/mm^2).
2. De meeste glassoorten hebben treksterkten tussen 25 en 70 MPa.
3. Glas heeft een geringe breukrek. Het is bros.
4. Glas heeft een lagere uitzettingscoëfficiënt (0,5 tot 10 × 10^{-6} 1/°C) dan veel metalen (10 tot 24 × 10^{-6} 1/°C) en kunststoffen (50 tot meer dan 100 × 10^{-6} 1/°C).
5. Glas heeft een lagere warmtegeleidbaarheid (1 tot 4 × 10^{-3} cal cm/s°C) dan metalen (staal 50 W/m-K).
6. De amorfe glassoorten hebben een elasticiteitsmodulus tussen 62 en 76 GPa.

TABEL 11-5 Samenstelling van commerciële glassoorten

TYPE	BELANGRIJK BESTANDDEEL (%)								OPMERKINGEN
	SiO_2	Al_2O_3	CaO	Na_2O	B_2O_3	MgO	PbO	OVERIGE	
Gesinterd kwartsglas	99								Zeer lage warmte-uitzetting, zeer hoge viscositeit
Borosilicaat	81	2	4	12					Lage warmte-uitzetting, lage ionenuitwisseling
Natronkalkglas (flessen)	74	1	5	15		4			Gemakkelijk verwerkbaar, hoge duurzaamheid
Vlakglas	72	1	13	13					Hoge duurzaamheid
Natronkalkglas (vensterglas)	72	1	10	14					Hoge duurzaamheid
Glasvezel	54	14	16		10	4			Laag alkaligehalte
Loodglas	67			6			7	K_2O	Hoge brekingsindex en dispersiecoëfficiënt

Bron: Uit A. K. Lyle, 'Glass Composition', Handbook of Glass. In F. V. Tooley, bew., Books for Industry, Inc., New York, 1974.

7. Veel glassoorten zijn goede elektrische isolatoren (de soortelijke weerstand is soms hoger dan 1015 Ω-cm).
8. Glas is bestand tegen veel zuren, oplosmiddelen en chemische stoffen.
9. Glas kan worden gebruikt bij tamelijk hoge temperaturen (zie tabel 11-6).
10. Glas wordt langzaam aangetast door water en sommige basische oplossingen.

TABEL 11-6 Verwekingstemperatuur van glas

GLASSOORT	VERWEKINGS-TEMPERATUUR °C
Gesinterd kwartsglas (silica)	1580
96% kwartsglas (Vycor®)	1500
Kristallijn (Pyroceram®)	1350
Natronkalkglas (vensterglas)	696
Borosilicaat (Pyrex®)	820

De optische eigenschappen van glas zijn in vele gevallen veel beter dan die van transparante kunststoffen. Het is het goedkoopste materiaal voor lenzen, brillenglazen en vensters, al komt hier de laatste tijd wel verandering in. De zeer lage uitzettingscoëfficiënten van de glassoorten met een hoog kwartsgehalte geven deze stoffen een uitstekende thermoschokbestendigheid. Deze glassoorten kunnen roodgloeiend worden verhit en zonder te barsten in water worden afgeschrikt. Dit maakt ze zeer geschikt voor laboratoriumglaswerk en ovenretorten. De kristallijne glassoorten hebben een elasticiteitsmodulus van ongeveer 140 × 10^3 MPa en een goede schokbestendigheid. Veiligheidsglas, dat in kleine stukjes breekt zonder uiteen te vallen, wordt gemaakt door glas te verhitten tot een temperatuur in de buurt van het smeltpunt (540 °C) en het daarna snel af te laten koelen. Dit heeft tot gevolg dat het oppervlak van het glas onder een drukspanning komt te staan, waardoor de neiging tot breken, en de manier van breken, verandert.

Toepassingen

De technische toepassingen van glas laten talrijke facetten zien. Uiteraard worden er ruiten van gemaakt, en glasvezels worden gebruikt voor isolatie, voor geluiddemping, als vulmaterialen of versterking in kunststoffen en kunststofcomposieten. Glas kan zowel voor het tegenhouden als het doorlaten van straling worden gebruikt. Uit lichtgevoelige glassoorten worden op chemische wijze ingewikkelde vormen gemaakt die dienen voor hydraulische toestellen in regelapparatuur voor machines. Glas wordt ook gebruikt als binnenbekleding van opslagtanks voor agressieve chemicaliën. Het wordt op grote schaal gebruikt in de voedselindustrie, omdat het goed afwasbaar is en bestand tegen chemische stoffen. Talrijke voedingsproducten worden verwerkt in tanks met glasbekleding. Glasbekleding heeft namelijk geen invloed op de smaak.

Een van de belangrijkste toepassingen van glas, als constructiemateriaal in de bouw, wordt vaak over het hoofd gezien. De meeste nieuwe hoge gebouwen bestaan grotendeels uit glas, dat sterk genoeg is om windbelastingen te verdragen en invloeden van de buitenlucht onbeperkt lang te weerstaan. Het onderhoud kan zich beperken tot zo nu en dan een wasbeurt. Chemisch versterkte glassoorten kunnen een treksterkte hebben van wel 345 MPa. Wanneer nog sterkere glassoorten in de handel komen, zal glas ongetwijfeld nog meer worden gebruikt in de bouw en de architectuur. Er is ook glaskeramisch materiaal verkrijgbaar voor bijvoorbeeld isolatoren in machines. Dit materiaal weerstaat continue gebruikstemperaturen tot wel 815°C. De glaskeramische materialen worden gebruikt voor kookplaten waarbij de verwarmingselementen zich onder het glas bevinden. Vlak boven een verwarmingselement kan het glas roodgloeiend zijn, terwijl het een paar centimeter ervandaan een veel lagere temperatuur heeft. Het glas kan deze thermoschok weerstaan zonder te breken dankzij de lage uitzettingscoëfficiënt.

Een van de belangrijkste toepassingen is de glasvezeltransmissie van digitale informatie. Glasvezelkabels kunnen veel meer informatie doorgeven dan elektrische geleiders. De informatietechnologie in het nieuwe millennium heeft zijn bestaan in feite te danken aan de glasvezeltechnologie.

11.7 Koolstofproducten

Koolstof is een ongewoon element. Met een valentie van 4 kan het zich gedragen als een metaal of als een niet-metaal. In kubische vorm is het ons hardste materiaal, *diamant*. In hexagonale vorm is het *grafiet*, een zachte, zwakke stof die wordt gebruikt als smeermiddel en in potloden. Het smerende vermogen is een gevolg van de vervorming van de grafietkristallen door afschuiving. De hexagonale kristallen glijden langs elkaar in hetzelfde vlak. Industriële koolstofgrafietproducten zijn meestal combinaties van amorfe koolstof, grafiet en een impregneermiddel om de sterkte te verhogen.

Het maken van vormproducten van koolstof

Grafiet wordt aangetroffen in de natuur en kan in mijnen worden gewonnen. In deze vorm wordt het gebruikt in koolstofgrafietproducten. Industriële koolstof wordt gewoonlijk gemaakt van cokes, dat ontstaat door onvolledige verbranding van steenkool. Petroleumoliesoorten die met onvoldoende zuurstof worden verbrand, vormen daarbij ook koolstof in de vorm van roet, maar van dit materiaal kan geen grafiet worden gemaakt. Koolstofproducten worden gemaakt door koolstof of koolstofgrafietmengsels te mengen met pek, waarbij een materiaal met een deegachtige consistentie ontstaat. In deze vorm kan het materiaal worden geëxtrudeerd tot onder andere platen en staven, of het kan tot ruwe eindproducten worden gevormd. Deze producten worden vervolgens gesinterd bij een temperatuur van ongeveer 1000°C. Bij deze bewerking worden de dampen van het bindmiddel en de verontreinigingen afgedreven. Het resulterende materiaal is nogal poreus. Dit gesinterde materiaal kan bestaan uit een mengsel van grafiet, as en amorfe koolstof, afhankelijk van het uitgangsmateriaal. De meeste koolstofgrafietproducten worden in grafiet omgezet door langdurige verhitting bij temperaturen van 2500 tot 2800°C. De gesinterde en gegrafitiseerde producten worden vervolgens geïmpregneerd met diverse materialen die de poriën opvullen en de mechanische eigenschappen verbeteren.

Er zijn honderden verschillende soorten koolstofgrafiet in de handel. Ze verschillen wat betreft uitgangsmateriaal, porositeit, mate van grafitisatie, soort impregneermiddel en/of oppervlaktebehandeling. Tabel 11-7 geeft de verschillende eigenschappen van een aantal soorten. De soorten met lage permeabiliteit bevatten verschillende soorten polymeerimpregneermiddelen. Het impregneren geeft minder verlies van hydrodynamische smering in toepassingen zoals lagerbussen. Deze koolstofgrafietsoorten kunnen echter tot 15 procent as bevatten, wat ertoe kan leiden dat ze tegen glijdende metalen oppervlakken abrasief werken. Geschikte slijtvaste tegenoppervlakken zijn geharde (>50 HRC) staalsoorten en verchroomd staal. In de soorten met een hoge warmtegeleidbaarheid worden anorganische impregneermiddelen gebruikt, die beter bestand zijn tegen hoge bedrijfstemperaturen dan de met polymeerharsen geïmpregneerde soorten. De soorten met een hoge sterkte bevatten minder grafiet dan de minder sterke soorten. Daardoor hebben ze in glijsystemen een abrasieve werking. De beste tegenoppervlakken voor deze koolstofgrafietsoorten zijn keramische materialen of cermets. Deze kunnen bestaan uit massief materiaal of uit een thermisch opgespoten deklaag.

Eigenschappen

Afhankelijk van het soort uitgangsmateriaal, de verwerking en het impregneermiddel kunnen de eigenschappen van koolstofgrafietproducten nogal uiteenlopen. De eigenschappen in tabel 11-7 geven de gebruiker een indruk van de karakteristieke eigenschappen, maar als groep hebben ze de volgende kenmerken:

TABEL 11-7 Eigenschappen van een aantal geselecteerde koolstofgrafietsoorten

KOOLSTOFSOORT	LAGE PERMEABILITEIT			HOOG WARMTEGELEIDINGSVERMOGEN	
IMPREGNEERMIDDEL	FENOLHARS	FURAN	POLYESTER	IN WATER OPLOSBAAR FOSFAAT	FOSFAATGLAS
VERGELIJKENDE EIGENSCHAPPEN					
Dichtheid (g/cc)	1,80	1,85	1,85	1,91	2,00
Open porositeit (vol %)	7	3	1	5	0,3
Permeabiliteit (μdarcy's)	300	0,5	<0,1	400	<0,1
Temperatuurgrens in lucht, °C	260	260	232	650	680
Hardheid (Shore-sclerescoop)	65	80	75	75	80
Sterkte, MN/m^2					
- Druksterkte	155	172	190	155	190
- Buigsterkte	55	69	72	55	76
- Treksterkte	38	52	55	41	52
Elasticiteitsmodulus 10^3 MN/m^2	3,1	3,1	3,3	2,0	2,4
Uitzettingscoëfficiënt tot aan temperatuurgrens 10^{-6} mm/mm-°C, 20°C	2,9	3,4	3,0	2,1	2,5
Warmtegeleidbaarheid W/m-°C	7	7	7	40	40
Soortelijke elektrische weerstand 10^{-3} Ω-cm	1,5	1,5	1,5	0,6	0,6

Bron: Uit Materials Engineering, maart 1983. (In deze referentie worden ook andere soorten vermeld.)

1. Ze zijn elektrische geleiders.
2. Ze kunnen gemakkelijk machinaal worden bewerkt.
3. Ze hebben een lage hardheid.
4. Ze hebben een lage treksterkte.
5. Ze zijn bros.
6. Bij gebruik in lucht bestaat er een duidelijke temperatuurgrens.
7. Sommige soorten behouden hun sterkte bij temperaturen tot 2200°C in vacuüm.
8. Ze sublimeren en smelten niet bij oververhitting.
9. Alle soorten zijn gemaakt met geheime recepten. Er zijn dus geen standaardsoorten.

Een uitzondering op de uitspraken over hardheid en machinale bewerkbaarheid vormen de siliciumgeharde soorten. Het oppervlak van deze soorten heeft een diffusiebehandeling met siliciummonoxidegas ondergaan bij temperaturen tot 1650°C. Daardoor is het oppervlak voor ongeveer 80 tot 90 procent omgezet in siliciumcarbide. De rest van het oppervlak is nog steeds grafiet. Deze soorten zijn moeilijk machinaal te bewerken, want het oppervlak is zeer hard. Het nog aanwezige grafiet zorgt voor de smering. Deze soorten worden gebruikt voor glijsystemen, maar ook hier kan een zeer hard tegenoppervlak nodig zijn.

Toepassingen

Industriële toepassingen van koolstofproducten zijn onder meer koolborstels voor motoren, elektroden, batterijkernen, verwarmingselementen, raketonderdelen en gietvormen. Ook van belang is het gebruik van koolstofproducten voor glijsystemen zoals lagerbussen, afdichtingen en slijtvaste inzetstukken. Voor machineontwerpers is vooral de laatstgenoemde toepassing belangrijk. Grafiet is jarenlang gebruikt als droog smeermiddel. Van grafietmateriaal gemaakte vaste stoffen kunnen ook zelfsmerende eigenschappen hebben. Ze kunnen worden gesmeerd met petroleumoliesoorten, maar slijtdelen van grafiet worden gewoonlijk alleen gebruikt als smering niet mogelijk is of bij bedrijfstemperaturen die zo hoog zijn dat smering met petroleumproducten niet in aanmerking komt. Lagers van grafiet kunnen meestal worden gebruikt bij temperaturen tot 315°C met weinig slijtage en een lange levensduur. Bij veel hogere temperaturen wordt de levensduur iets korter als gevolg van oxidatie. Voor een lange levensduur van koolstofgrafietproducten dienen deze tijdens het glijden tegen metaal grafietdeeltjes over te dragen aan het metaaloppervlak. Waterdamp en/of andere verontreinigende gassen zijn essentieel voor de vorming van een overbrengingsfilm. De grondregels voor het gebruik van koolstofproducten voor glijtoepassingen zijn dus: vervang gesmeerde lagers niet, tenzij daar een goede reden voor is, en gebruik ze alleen in een atmosfeer die gunstig is voor de vorming van een grafietfilm.

Wanneer koolstof- of grafietmateriaal bij afwezigheid van waterdamp, zuurstof of organische gassen tegen een schoon metaaloppervlak glijdt, slijt het zeer snel, en de wrijvingscoëfficiënt is erg hoog (~1,0). Aan de andere kant kunnen koolstofgrafietproducten in zulke omgevingen (bijvoorbeeld een vacuüm of inerte gassen) wel tegen zichzelf glijden met een lage wrijving (~0,3) en gunstige slijtageeigenschappen. Glijsystemen van grafiet tegen grafiet zijn in vacuüm gebruikt bij temperaturen tot 1650 °C (zie figuur 11-11). Geen enkel metaal en geen enkele kunststof is daartoe in staat. In de industrie is grafiet daarom bijna een standaardmateriaal voor mechanische afdichtingen (met een keramisch tegenoppervlak) op pompen, mengroertanks en vergelijkbare toepassingen. Grafiet is ook een uitstekend materiaal voor elektrische glijcontacten. Wanneer een grafietoppervlak glijdend contact maakt met een metaal, is het wenselijk om het metaal zo hard mogelijk te maken.

11.8 Gecementeerde carbiden

Wolfraamcarbide en enkele andere carbiden, zoals titaniumcarbide, worden gebruikt als composieten die bindingen vormen met een metaal of combinaties van metalen zoals nikkel, kobalt, chroom en molybdeen. Dit in tegenstelling tot aluminiumoxide en magnesiumoxide, die als een massief gesinterd keramisch materiaal worden gebruikt. Composieten van een metaal en een keramisch materiaal worden *cermets* genoemd. Het is in de Verenigde Staten echter gebruikelijk om de term *gecementeerd* oftewel *gecementeerd carbide* te gebruiken voor wolfraamcarbiden die gebonden zijn aan kobalt en nikkel, en de term *cermets* te gebruiken voor andere soorten metaalgebonden carbiden. 45 procent titaniumcarbide in een staalmatrix zou een cermet heten. 90 procent wolfraamcarbide, bijeengehouden door 10 procent kobaltbindmiddel heet een gecementeerde carbide. In Europa wordt de term *hardmetaal* veel gebruikt voor gecementeerde carbiden. De gecementeerde carbiden die het meest worden gebruikt in machines, bevatten wolfraamcarbide als het belangrijkste bestanddeel, maar ze kunnen ook carbiden van tantaal, titanium en zelfs niobium bevatten. De gebruikelijkste samenstelling is wolfraamcarbide met een kobaltbindmiddel (zie figuur 11-12).

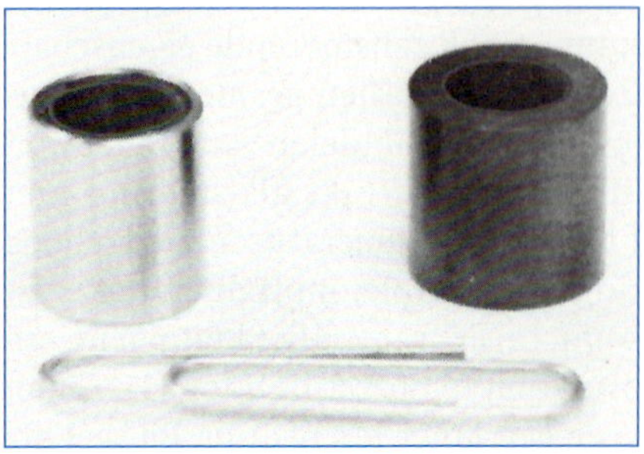

FIGUUR 11-11 Lagerbussen van massief grafiet en van staal met grafietbekleding

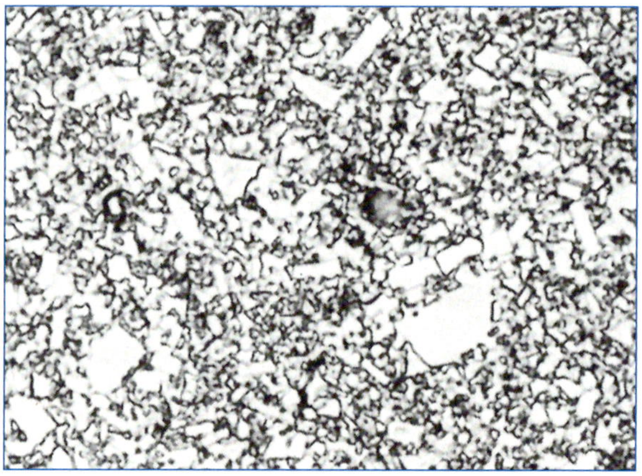

FIGUUR 11-12 Microstructuur van gecementeerd carbide (×1500). De lichte gebieden zijn carbidedeeltjes, de donkere gebieden zijn kobaltbindmiddel

Fabricagetechnieken

De fabricagestappen van de meeste gecementeerde carbiden worden in figuur 11-13 weergegeven. Cermets en gecementeerde carbiden worden gemaakt met behulp van compacteringstechnieken. Het uitgangsmateriaal voor het carbidegedeelte van de composiet is gewoonlijk fijn wolfraampoeder. Dit wordt omgezet in wolfraamcarbide door middel van gestuurd carboneren. Het wolfraamcarbidepoeder gaat samen met kobalt of een ander bindmetaal in een kogelmolen om de grootte van de carbidedeeltjes te verkleinen en het carbidepoeder te coaten met een laag bindmiddel. Uit het gecoate poeder worden nu de deeltjes met de juiste grootte geïsoleerd en deze worden hydrostatisch tot staven samengeperst of er worden door middel van persen onderdelen van gemaakt. Het verdichte materiaal wordt in vacuüm of in een waterstofatmosfeer gesinterd tot een gecementeerde carbidecomposiet. Heet isostatisch persen kan de porositeit in de gesinterde vormen eventueel verminderen. Sommige fabrikanten van gecementeerd carbide verdichten het materiaal met een sinter-HIP-proces. Het sinteren en heet isostatisch persen wordt gelijktijdig uitgevoerd. Een vormproduct zoals een staaf (in een stalen container) wordt verhit tot 1100 °C in een drukvat met een druk van ongeveer 1500 bar in argon. Bij sinter-HIP-verdichting worden de stappen

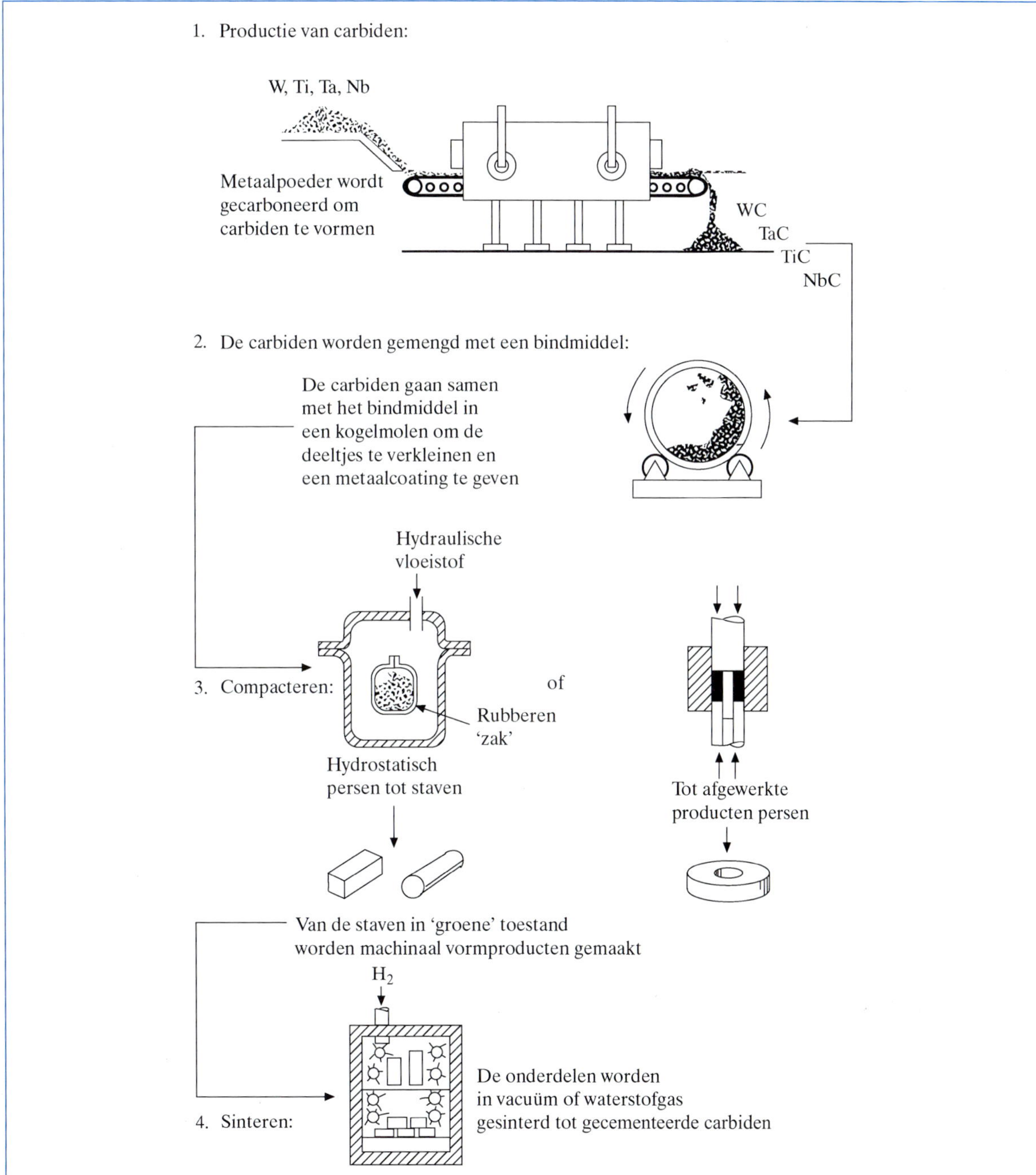

FIGUUR 11-13 De fabricage van producten van gecementeerde carbiden

3 en 4 in figuur 11-13 gecombineerd. Anders dan bij de meeste technische keramische materialen smelt het bindmiddel tijdens het sinteren. Het bindingsmechanisme lijkt op het hardsolderen van metalen. Het resultaat is echter een hechte samenvoeging van de carbidedeeltjes en het bindmiddel. De porositeit is verwaarloosbaar en het gesinterde materiaal heeft een unieke combinatie van hoge hardheid, hoge druksterkte en hoge elasticiteitsmodulus.

Reactiegebonden carbiden werden in 1994 op de markt gebracht. Dit zijn geen cermets (carbidedeeltjes die gebonden zijn aan een zacht metaal), maar wolfraamcarbidedeeltjes die gebonden zijn door een tweede soort carbide: molybdeencarbide. Deze specifieke combinatie van carbiden wordt gemaakt door middel van een speciaal HIP-proces dat ook kan worden gebruikt voor het maken van bijna-nettovormen. Deze carbide wordt geacht een veel hogere slijtvastheid te hebben dan WC-/Co-carbide omdat er geen sprake is van een zachte metaalmatrix. Beide carbidefasen zijn hard, en het bindingsmechanisme is diffusie en legeren van de twee carbidefasen. Een belangrijke toepassing voor deze carbidesoort is het gebruik in slibmondstukken, waarin het een minstens tien keer zo hoge slijtvastheid zou hebben als conventionele carbiden.

Een andere carbideontwikkeling in 1994 was de introductie op de markt van gecementeerd carbide uit nanokorrels. De poeders voor deze carbiden worden met chemische processen gemaakt, en de deeltjes kunnen een diameter hebben van minder dan 50 nm. De korrelgrootte in conventionele carbiden heeft een ondergrens van ongeveer 0,5 μm. De nanokorrelcarbiden worden geacht minder te slijten dan conventionele carbiden.

Eigenschappen

Gecementeerde carbiden zijn harder dan welke soort gereedschapsstaal dan ook en zijn dus uitstekend bestand tegen abrasieve slijtage bij lage spanning. Keramische materialen kunnen even hard zijn, maar men moet voorzichtig zijn bij het gebruik van keramische materialen als snijgereedschappen, matrijzen en machineonderdelen. Keramische materialen zijn namelijk veel brosser en brokkelen gemakkelijker af dan gecementeerde carbiden. Dankzij het bindmiddel van metaal is de slagvastheid van gecementeerde carbiden vaak beter dan die van keramische materialen, maar niet zo goed als die van gereedschapsstaal. De treksterkte van gecementeerde carbiden kan wel 1400 MPa zijn.

Gecementeerde carbiden kunnen worden gebruikt als slijtdelen tegen harde of zachte staalsoorten, vaak met aanzienlijk minder slijtage tot gevolg dan bij de meeste metaal-metaalsystemen. Sommige soorten kunnen tegen zichzelf glijden, andere niet. In de figuren 11-14 en 11-15 zijn enkele gereedschappen van carbide afgebeeld.

Er is een aantal gecementeerde carbiden commercieel verkrijgbaar. Ze onderscheiden zich van elkaar door het type, door de gewichtsverhouding van carbide en bindmiddel en door de grootte van de carbidedeeltjes. Een aantal van deze soorten wordt beschreven in tabel 11-8. De soorten met een hoog bindmiddelgehalte worden gebruikt voor toepassingen die om een hoge slagvastheid vragen. Omdat titaniumcarbide harder is dan wolfraamcarbide, is een soort met een hoger gehalte aan titaniumcarbide

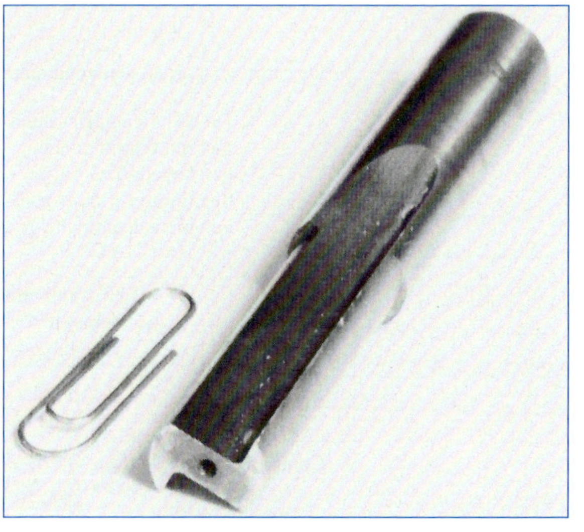

FIGUUR 11-14 Snijwerktuig van gecementeerd carbide

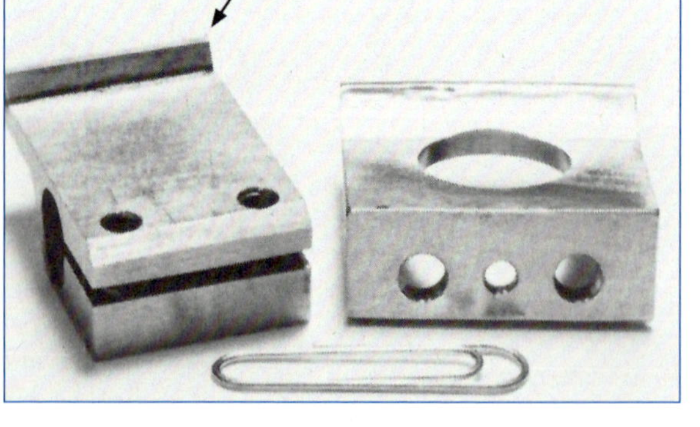

FIGUUR 11-15 Hardgesoldeerd inzetstuk van gecementeerd carbide dat een versleten stalen onderdeel (rechts) vervangt

beter bestand tegen abrasieve slijtage dan een soort met alleen wolfraamcarbide en bindmiddel. Ook een laag bindmiddelgehalte betekent een grotere slijtweerstand en de soorten zonder metaalbindmiddelen behoren een slijtvastheid te hebben die beter is dan alle WC-/Co-soorten.

De industriecodes in tabel 11-8 verwijzen naar een systeem dat in de auto-industrie in de VS ontwikkeld is. Hoewel het dus niet ontwikkeld is door carbidefabrikanten, passen de carbidesoorten van alle fabrikanten in een van de categorieën van het systeem.

TABEL 11-8 Een voorbeeld van een coderingssysteem voor carbiden

TOEPASSINGSGEBIED	CODE	AANBEVOLEN TOEPASSING	VOORBEELDEN VAN EIGENSCHAPPEN					
			SAMENSTELLING*				HARDHEID* (Ra)	DWARSBREUKSTERKTE* (MPa)
			WC	TiC	TaC	Co		
Machinaal bewerken van gietijzer, non-ferrometalen en niet-metalen	C-1	Opruwing	94	–	–	6	91	2000
	C-2	Algemeen gebruik	92	–	2	6	92	1550
	C-3	Afwerking	92	–	4	4	92	1520
	C-4	Precisieafwerking	96	–	–	4	93	1400
Machinaal bewerken van koolstof, legeringen en gereedschapsstaal	C-5	Opruwing	75	8	7	10	91	1870
	C-6	Algemeen gebruik	79	8	4	9	92	1650
	C-7	Afwerking	70	12	12	6	92	1750
	C-8	Precisieafwerking	77	15	3	5	93	1180
Slijtagetoepassingen	C-9	Geen stootbelasting	94	–	–	6	92	1520
	C-10	Lichte stootbelasting	92	–	–	8	91	2000
	C-11	Zware stootbelasting	85	–	–	15	89	2200
Toepassingen met slagbelasting	C-12	Licht	88	–	–	12	88	2500
	C-13	Middelzwaar	80	–	–	20	86	2600
	C-14	Zwaar	75	–	–	15	85	2750

*Samenstelling en eigenschappen zijn gemiddelden op basis van de gegevens van verscheidene fabrikanten.

Richtlijnen voor de selectie

De gecementeerde carbiden vormen een materiaalcategorie met unieke eigenschappen:

1. Grotere stijfheid dan staal (E = 400 tot 620 GPa).
2. Hogere dichtheid dan staal.
3. Grotere druksterkte dan de meeste technische materialen.
4. Hogere hardheid dan alle staalsoorten of andere metaallegeringen.
5. Treksterkte vergelijkbaar met die van staallegeringen (1400 MPa).

De waarden voor de dwarsbreuksterkte (*transverse rupture stress*) in tabel 11-8 zijn een maat voor de mechanische sterkte van de diverse carbidesoorten. Een hoge dwarsbreuksterkte betekent meestal dat het materiaal ook een hoge slagvastheid heeft. Figuur 11-16 geeft de kerftaaiheid van een aantal soorten die aangeschaft zijn voor dezelfde taak. Alle soorten brokkelden af tijdens het gebruik, behalve de soort met de hoogste slagvastheid. Alle soorten werden door hun fabrikanten aanbevolen voor deze toepassing. De kerftaaiheid blijkt af te hangen van het bindmiddelgehalte en de korrelgrootte. Een bindmiddelgehalte van 10 procent tot 15 procent blijkt nodig te zijn voor een scherpe snijrand, en grotere korrels lijken de taaiheid te verhogen. Hoewel er soorten zijn met een behoorlijke slagvastheid, hebben alle carbiden een lagere slagvastheid dan de meeste metalen.

Alle soorten zijn bij gebruik binnenshuis bestand tegen corrosie door de atmosfeer, maar er bestaan speciale soorten met nikkelchroom en andere bindmiddelen voor sterk corrosieve omgevingen. In de Verenigde Staten wordt C-2 beschouwd als de soort voor algemeen gebruik. Als er een staalsoort vervangen moet worden door gecementeerd carbide, is dit een geschikt uitgangsmateriaal.

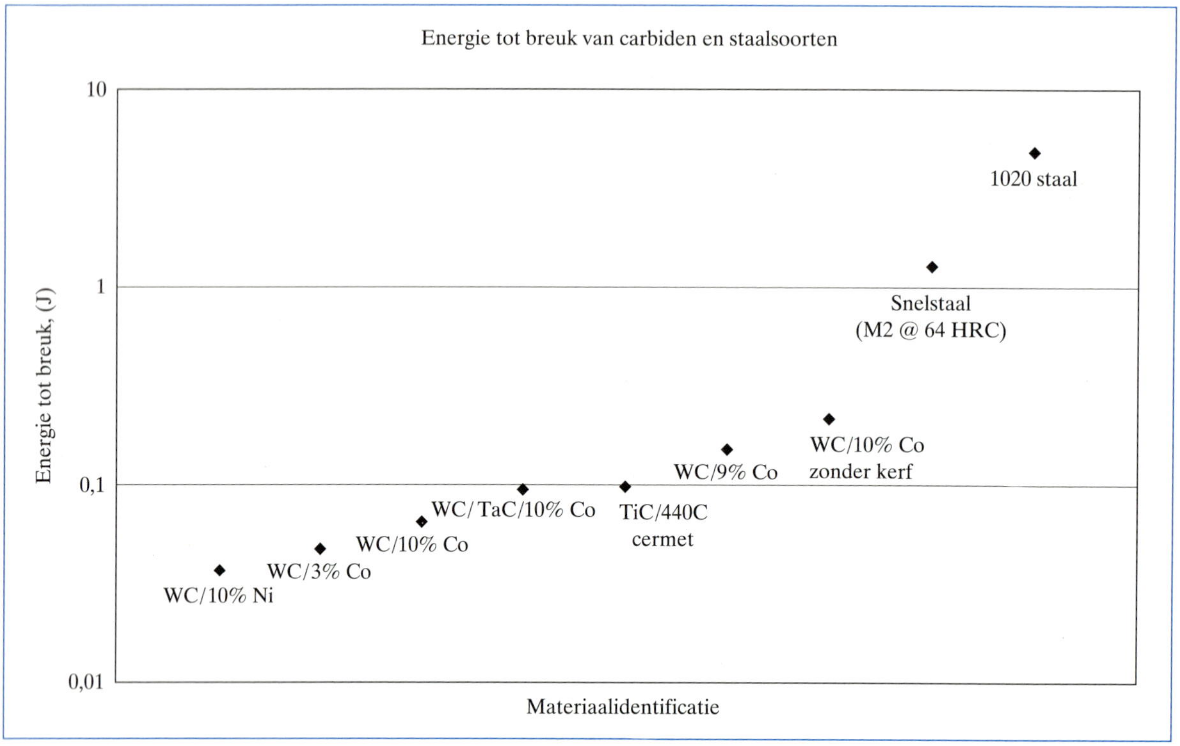

FIGUUR 11-16 C-kerftaaiheid van diverse carbidesoorten in vergelijking met M2 snelstaal en 1020 koolstofstaal voor een specifieke toepassing

Er is een aantal beperkingen. De belangrijkste beperking voor de ontwerper is waarschijnlijk de verwerkbaarheid. Na het sinteren kunnen carbiden niet worden geboord, gefreesd, gezaagd of van een schroefdraad worden voorzien. Ze kunnen slechts bewerkt worden door middel van slijpen of vonkerosie. Als er meer dan een paar onderdelen met een bepaalde vorm nodig zijn, is het misschien voordeliger om ze vorm te geven in metalen matrijzen. Dit brengt dan wel gereedschapskosten met zich mee. Een tweede mogelijkheid is het materiaal in groene toestand machinaal te laten bewerken (door de carbideleverancier) zodat het na het sinteren een bijna-nettovorm heeft die slechts weinig afwerking vereist. Verder hebben ze een lage uitzettingscoëfficiënt (minder dan de helft van staal). Voor gebruik in gereedschappen worden carbiden meestal door hardsolderen aan andere metalen vastgemaakt. Men dient bij het solderen en bij het gebruik voorzichtig te zijn vanwege het gevaar van scheuren door uitzettingsspanningen.

De maximale grootte van carbide onderdelen varieert per fabrikant, maar er worden af en toe onderdelen gemaakt met een diameter van 300 millimeter en een lengte van 1500 millimeter. De grens is afhankelijk van wat de fabrikant kan compacteren en sinteren. De mogelijke afmetingstoleranties bij onderdelen die gesinterd zijn of een HIP-behandeling hebben ondergaan, zijn ongeveer 0,8 procent voor elke afmeting. Typische rechtheidstoleranties zijn 0,003 tot 0,004 mm/mm lengte (0,3 tot 0,4 procent).

De gebruiker van gecementeerd carbide staat voor het dilemma welke soort te kiezen. Zoals we eerder hebben vermeld heeft elke fabrikant carbidesoorten met verschillende percentages kobalt: 6 procent, 10 procent, 15 procent, 20 procent en 30 procent. Ze bieden ook een groot assortiment aan mengsels (TaC, NbC, MoC, CbC gemengd met WC). 6 procent kobalt-wolfraamcarbidemateriaal met een korrelgrootte van 1 μm is een basiskwaliteit die in vele toepassingen zal werken. De andere kwaliteiten worden vaak overwogen als deze kwaliteit niet voldoet aan de service-eisen. Is het mogelijk om hetzelfde product bij drie verschillende leveranciers te krijgen? In elke situatie is er waarschijnlijk een bepaalde soort van een bepaalde fabrikant die het beste functioneert, maar het vinden van deze soort en deze fabrikant is gewoonlijk een kwestie van uitproberen en ervaring. Er bestaan verschillen in verwerking, en dit kan in de bedrijfsprestaties terug te vinden zijn.

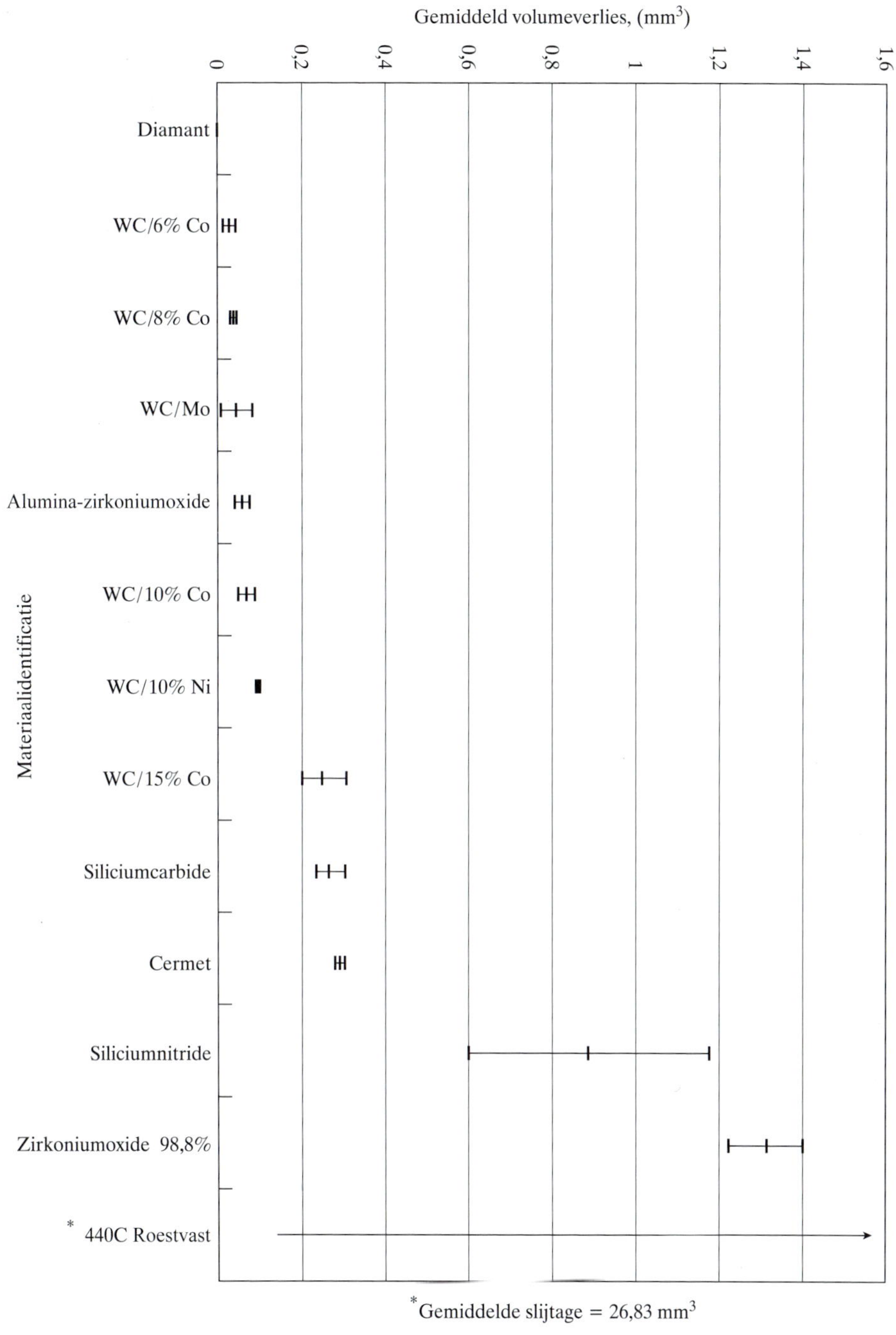

FIGUUR 11-17 Slijtweerstand van diverse gecementeerde carbiden (WC) in vergelijking met enkele keramische materialen en roestvast staal

In figuur 11-17 wordt de slijtweerstand (tegen aluminiumoxide) van een aantal soorten gecementeerd carbide vergeleken. De soorten met een laag bindmiddelgehalte en een fijne korrel (<1 μm) hebben de beste weerstand tegen *abrasie*. De soorten met een hoog bindmiddelgehalte hebben een lagere slijtweerstand, maar het verschil tussen 10 procent en 6 procent kobalt is niet significant. Het vermogen van verschillende carbidesoorten om tegen elkaar te glijden is niet voorspelbaar. Figuur 11-18 laat

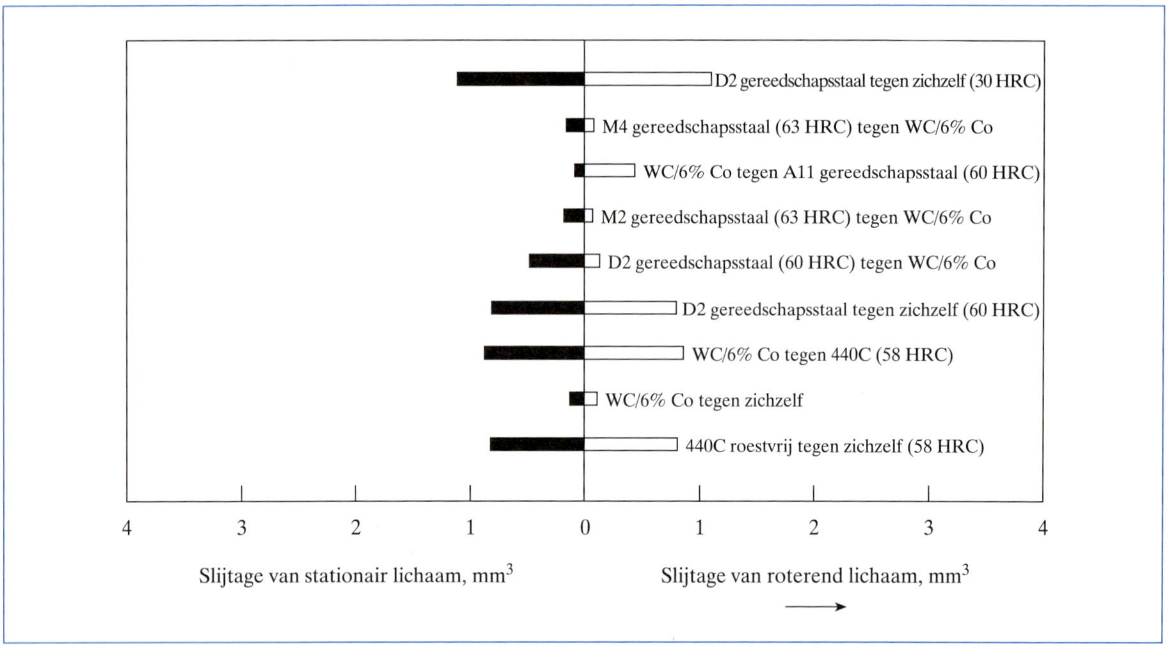

FIGUUR 11-18 Resultaten van een gekruiste-cilinderslijtageproef op carbide/staal, getest volgens ASTM G 83

de resultaten zien van enkele gekruistecilinderproeven op diverse carbide-staalcombinaties. Deze gegevens suggereren dat een geschikt tegenoppervlak voor een gecementeerd carbide alleen proefondervindelijk kan worden vastgesteld.

Tot slot moet men bij het gebruik van gecementeerde carbiden in een ontwerp rekening houden met de kosten. Veel ontwerpers nemen gecementeerde carbiden niet eens in overweging, omdat ze als duur bekendstaan. Gerekend per kilo lijken carbiden inderdaad nogal prijzig. Het wolfraamcarbidepoeder kostte in 2012 bijvoorbeeld meer dan 40 euro per kilogram. Als het gebruik van een carbide onderdeel echter een kostbaar slijtageprobleem oplost, kan zelfs twee keer zoveel een onbeduidende kostenpost voor een basismateriaal betekenen. Bij het bepalen of het gebruik van carbiden voor een toepassing gerechtvaardigd is, kan de volgende vuistregel hulp bieden: een onderdeel van carbide kost twee tot zes maal zoveel als een onderdeel van gehard gereedschapsstaal. Deze kostenfactor kan worden afgewogen tegen een mogelijk vijftig maal zo lange levensduur. Het gebruik van gecementeerd carbide moet dus worden overwogen wanneer er een materiaal nodig is voor een machineonderdeel dat wordt blootgesteld aan ernstige lagespanningabrasie of voor systemen waarin de andere unieke eigenschappen van carbiden voordelen bieden ten opzichte van andere materialen.

11.9 Keramische materialen voor constructietoepassingen

Het valt te betwijfelen of een keramisch materiaal als aluminiumoxide ooit zal worden gebruikt voor een H-balk in een gebouw, maar voor constructietoepassingen zijn de meest gebruikte materialen van het keramische type beton en glas. Keramische materialen worden dus gebruikt voor constructie, maar in deze paragraaf gaan we het over iets anders hebben. We bespreken het gebruik van keramische materialen voor onderdelen van machines of constructies, bijvoorbeeld pomprotors, waaiers voor turbocompressoren, tafels voor optische precisie-instrumenten, mondstukken voor extrusieapparaten, keerklepzittingen, kogels voor kogelafsluiters en soldeermatten. Keramische materialen zijn goede kandidaten voor dit soort toepassingen, omdat ze goed bestand zijn tegen de zware omstandigheden waarin deze onderdelen vaak moeten werken. Keramische materialen zullen hiervoor echter pas worden gebruikt als de ontwerpers overtuigd kunnen worden van de voor deze constructietoepassingen benodigde duurzaamheid op lange termijn van keramische stoffen. In het begin van de jaren negentig van de twintigste eeuw hadden talrijke onderzoekslaboratoria in de industrie programma's voor het ontwikkelen van toepassingen waarin keramische materialen rendabel zouden zijn en in de praktijk voordelen zouden hebben ten opzichte van andere materialen. Slechts een paar keramische materialen bleken geschikt voor industriële toepassingen: aluminiumoxiden, siliciumcarbiden, siliciumnitriden, zirkoniumoxiden en een paar andere keramische mengsels. Typische eigenschappen voor een aantal van deze materialen zijn in tabel 11-9 te zien. Andere kandidaten zijn gecementeerde carbiden en, in enkele gevallen, de machinaal bewerkbare keramische materialen (mica gebonden door glas). We zullen bespreken hoe een aantal van deze materialen voor machineonderdelen kunnen worden gebruikt. Het doel is daarbij om voldoende gebruiksinformatie en richtlijnen te geven, zodat deze materialen met succes toegepast kunnen worden.

Aluminiumoxide (Al_2O_3)

Aluminiumoxide wordt meestal gemaakt van het mineraal bauxiet, $Al_2O_3 \cdot 2H_2O$. Er bestaat een aantal polymorfe kristalvormen van aluminiumoxide, maar de meeste constructieonderdelen worden gemaakt van alfa-aluminiumoxide, dat een hexagonale structuur heeft, of van gamma-aluminiumoxide, dat een kubische kristalstructuur vertoont. Constructieonderdelen kunnen gefabriceerd worden door alle soorten hier besproken processen voor keramische materialen. Er bestaan diverse soorten met verschillende gehaltes aan verontreinigingen en verschillende porositeiten. Bij toepassing van aluminiumoxide als vuurvast materiaal worden er soms sponsachtige vormen gemaakt met een porositeit van meer dan 50 procent, maar de meeste constructiesoorten hebben een porositeit van 10 procent tot minder dan 0,5 procent. Zoals we kunnen verwachten neemt de sterkte van de verschillende soorten toe met afnemende porositeit. Tabel 11-9 geeft een aantal karakteristieke mechanische en fysische eigenschappen van een constructiesoort van aluminiumoxide (alumina). Opmerkelijke eigenschappen van aluminiumoxide voor constructietoepassingen zijn onder andere de elasticiteitsmodulus, de treksterkte, de druksterkte en de sterkte bij hoge temperaturen. De elasticiteitsmodulus van 365 GPa betekent dat aluminiumoxide een grotere stijfheid heeft dan staal. De druksterkte van ongeveer 2620 MPa betekent dat het bij compressie sterker is dan veel soorten gehard gereedschapsstaal. De treksterkte van 206 MPa steekt niet gunstig af bij die van metalen, maar dit getal is niet slecht voor een keramisch materiaal. Bij 1093 °C behoudt aluminiumoxide ongeveer 50 procent van de sterkte die het bij kamertemperatuur heeft. De omgevingsweerstand is heel goed. Aluminiumoxiden zijn, tenminste tot aan hun verwekingspunt, goed bestand tegen de meeste oxiderende en reducerende stoffen.

Keramische materialen mogen eigenlijk niet aan trekbelastingen worden onderworpen. Ze dienen alleen te worden gebruikt voor constructietoepassingen waarbij slechts drukbelastingen worden uitgeoefend. Slag- en stootbelastingen moeten worden vermeden. Aluminiumoxide is geschikt voor elk type toepassing waarin aan bovenstaande regels wordt voldaan. Het wordt gebruikt voor raketstraalbuizen, pomprotors, pompbekledingen, keerkleppen, spuitmondstukken die aan erosie blootstaan en zelfs voor steunelementen in elektrische en elektronische apparaten. Er worden vormproducten van gemaakt door het in matrijzen te vormen of door het in de groene toestand machinaal te bewerken en daarna te sinteren. De grootteverandering en vervorming die een gevolg zijn van het sinteren, kunnen gecorrigeerd worden door het af te werken met diamantslijpmachines. Aluminiumoxide is het oudste technische keramische materiaal. Momenteel wordt onderzocht of de treksterkte en taaiheid verbeterd kunnen worden door het te mengen met andere keramische materialen, zoals zirkoniumoxide.

Siliciumcarbide (SiC)

Siliciumcarbide is een oud keramisch materiaal dat herontdekt is voor constructietoepassingen. Er zijn twee belangrijke vormen van siliciumcarbide, alfa en bèta. De alfavorm heeft een voornamelijk hexagonale structuur en de bètavorm een kubische structuur. Net als aluminiumoxide wordt het al tientallen jaren gebruikt voor andere toepassingen dan constructietoepassingen. In figuur 11-4 hebben we gezien hoe siliciumcarbide wordt gemaakt voor het schurend materiaal van slijpstenen en op schuurpapier. Schuurmiddelen van siliciumcarbide zijn de hardste traditionele schuurmaterialen. Het heeft bij kamertemperatuur een hardheid van ongeveer 2400 HK en vergruist tot zeer scherpe deeltjes die bij machinaal schuren heel veel materiaal verwijderen. Het belangrijkste nadeel van siliciumcarbide is waarschijnlijk dat het niet bijzonder taai is. Helaas brokkelen de korrels van siliciumcarbide gemakkelijker af dan die van aluminiumoxide. Als gebonden schuurmateriaal verliezen ze hun snijdende werking snel. Ze worden dan ook niet gebruikt op gewone slijpstenen voor algemeen gebruik, maar enkel voor speciale toepassingen.

Siliciumcarbide wordt vaak gebruikt bij temperaturen tot 1500 °C in oxiderende omgevingen of tot 2000 °C in een inerte omgeving. Boven 2000 °C

TABEL 11-9 Eigenschappen van diverse technische keramische materialen

Eigenschap	Low-polytype sialon (glasachtige fase)	Heet geperst silicium-nitride	Reactie-gebonden siliciumnitride	Gesinterd silicium-carbide	Aluminium-oxide	Gedeeltelijk gestabiliseerd zirkoniumoxide (PSZ)
Breukmodulus bij kamertemperatuur, MPa	945	896	241	483	380	610
Karakteristieke Weibull-modulus	11	10–15	10–15	10	10	10–20
Treksterkte bij kamertemperatuur, MPa	450	~580	145	299	210	466
Druksterkte bij kamertemperatuur, MPa	>3500	>3500	1000	2000	2750	1850
Elasticiteitsmodulus bij kamertemperatuur	3×10^5	$3{,}1 \times 10^5$	$2{,}0 \times 10^5$	$4{,}1 \times 10^5$	$3{,}6 \times 10^5$	$2{,}0 \times 10^5$
Hardheid bij kamertemperatuur, kg/mm^2 (VPN, 0,5-kg-lading)	2000	2200	900–1000	2500	1600	1500
Breuktaaiheid (K_{IC}), MPa $m^{-1/2}$	7,7	5	1,87	3,0	1,75	9,5
Poisson-verhouding	0,23	0,27	0,27	0,24	0,27	0,3
Dichtheid, kg/m^3	3230–3260	3200	2500	3100	3980	5780
Uitzettingscoëfficiënt, m/m/K (0 tot 1000°C)	$3{,}04 \times 10^{-6}$	$3{,}2 \times 10^{-6}$	$3{,}2 \times 10^{-6}$	$4{,}3 \times 10^{-6}$	$9{,}0 \times 10^{-6}$	$10{,}6 \times 10^{-6}$
Soortelijke warmte, J/kg/K	620	710	710	1040	1040	543
Warmtegeleidingsvermogen bij kamertemperatuur, W/m/K	21,3	25	8–12	83,6	8,4	2
Thermoschokweerstand, ΔTK	~900	500/700	~500	300/400	200	~500

Bron: Uit *Advanced Materials and Processes*, januari 1986.

ondergaat het een allotrope faseovergang van de bètafase naar de alfafase. Het sublimeert bij 2700 °C. De uitzettingscoëfficiënt van SiC is zo laag dat thermoschok normaal gesproken geen probleem vormt. Herhaalde temperatuurcycli van 20 tot 800 tot 20 °C (gekoeld met inert gas) kunnen bij CVD-SiC fijne ribbels of barstjes veroorzaken. Siliciumcarbide is resistent tegen abrasie en enkele andere vormen van slijtage.

Constructieonderdelen, monolithische platen en vormen van siliciumcarbide worden gemaakt met behulp van een van de volgende vier processen: *drukloos sinteren, heet persen, reactiebinding* of *chemische opdamping* (CVD, *chemical vapor deposition*). Al deze processen behalve CVD maken gebruik van alfa-siliciumcarbide. Men kan onderdelen in bijna-nettovorm produceren of men kan staven of vormen vervaardigen waarvan onderdelen worden gemaakt door machinale bewerking met hardere materialen (bijvoorbeeld diamantsnijden en diamantslijpen). Met drukloos sinteren worden componenten gemaakt door SiC-poeder (plus sinterhulpmiddelen zoals borium en koolstof) te verdichten en te verhitten in een inert gas of in een vacuüm tot 2050 °C, waardoor de deeltjes zich samenvoegen. Gesinterd SiC heeft een porositeit van 3 tot 4 procent. Heetgeperst en reactiegebonden SiC heeft een porositeit van minder dan 1 procent.

Heet persen is een van de meer gebruikelijke manieren om SiC te maken. Verdicht SiC-poeder (plus sinterhulpmiddelen zoals C en B) wordt verdicht door éénassige druk tijdens het sinteren. Dit proces vindt gewoonlijk plaats in vacuüm of in argon bij 2150 °C met een druk van 30 MPa. Heet isostatisch persen lijkt op dit proces, maar de druk wordt dan in alle richtingen uitgeoefend.

In reactiebinding wordt siliciumpoeder samengeperst tot de gewenste vorm en laat men het reageren met koolstofhoudende gassen bij hoge temperaturen, zodat er een SiC-verbinding wordt gevormd. *Silicium-geïnfiltreerd* siliciumcarbide, een variant van het reactiebindingsproces, wordt gemaakt door het samenpersen van SiC en koolstofpoeder. De compacte massa wordt verwarmd tot boven de smelttemperatuur van silicium en blootgesteld aan vloeibaar of dampvormig silicium. Het silicium infiltreert in de poriën en reageert gedeeltelijk tot SiC. Er blijft wat overtollig silicium in de poriën achter. Dit tweefasige materiaal is geschikt voor bijzondere toepassingen.

Siliciumcarbide wordt ook door chemische opdamping (CVD) gevormd door een damp te laten reageren met een substraat, waardoor een bèta-siliciumcarbideverbinding wordt gevormd. De reactiebestanddelen worden als een deklaag op een grafietplaat of -hulpmiddel aangebracht. Vervolgens wordt deze laag van het grafiethulpmiddel afgetrokken, wat een monolithisch plaatmateriaal oplevert. Met deze methode worden vaak platen van 700 millimeter in het vierkant vervaardigd. CVD-SiC-onderdelen kunnen worden gemaakt in bijna-nettovorm door het materiaal als een deklaag op een grafiethulpmiddel aan te brengen en daarna het grafiethulpmiddel te oxideren, zodat de siliciumcarbidecomponent tevoorschijn komt. Op deze manier worden talrijke unieke componenten gemaakt, zoals speciale bevestigingen voor de halfgeleiderindustrie. Vergeleken met de meest technische keramische materialen (met uitzondering van de diverse koolstofvormen) heeft CVD-siliciumcarbide de hoogste warmtegeleidbaarheid. CVD-SiC kan worden gepolijst tot een oppervlakruwheid tot 5 Å R_a – beter dan vrijwel alle andere technische materialen. CVD- en silicium-geïnfiltreerd SiC worden veel gebruikt voor nauwkeurige optische spiegels vanwege de afmetingsstabiliteit en polijstbaarheid. Siliciumcarbide, en in het bijzonder de CVD-soort, heeft een zeer hoge chemische weerstand. Oppervlakken die gepolijst zijn tot een ruwheid van 5 Å kunnen herhaaldelijk worden ondergedompeld in sterke zuuroplossingen zonder dat het oppervlak significant ruwer of geëtst wordt. CVD-SiC heeft een porositeit van 'nul'.

Siliciumcarbide vezels worden gebruikt voor het versterken van metalen zoals titanium en aluminium. De vezels hebben een hogere treksterkte, stijfheid en hardheid dan aluminiumoxide, en een lagere dichtheid.

Siliciumnitride (Si_3N_4)

Eind jaren tachtig van de vorige eeuw werd er veel aandacht besteed aan siliciumnitride en de mogelijkheden om het te gebruiken voor constructietoepassingen. Er zijn een aantal fabrikanten en vele soorten van dit materiaal, maar er zijn in feite twee belangrijke opties: reactiegebonden materiaal dat een porositeit tot 20 procent kan hebben, en onder druk gesinterd materiaal (door heet persen, HIP, enzovoort) dat soms een theoretische dichtheid van 100 procent heeft. Het reactiegebonden materiaal heeft als voordeel dat het tijdens verhitten weinig van grootte verandert. Het nadeel van dit materiaal is de porositeit, waardoor de sterkte en andere mechanische eigenschappen minder goed zijn. Deze soort wordt vaak gebruikt voor ovenonderdelen en dergelijke, waarbij een hoge sterkte niet essentieel is. Snijgereedschappen, slijtdelen en constructievormen worden meestal gemaakt van de soorten met hoge dichtheid. Siliciumnitride onderscheidt zich van andere technische keramische materialen door de volgende eigenschappen:

1. Geen verlies van sterkte in lucht bij temperaturen tot 1000°C.
2. Grotere thermoschokbestendigheid dan veel andere keramische materialen.
3. Lagere dichtheid dan de meeste andere technische keramische materialen (een derde van het gewicht van staal).
4. Lage uitzettingscoëfficiënt.
5. Betere taaiheid dan siliciumcarbide en aluminiumoxide.
6. Stijver dan staal (50 procent).

Inzetstukken van dit materiaal voor snijgereedschap blijken beter te voldoen dan gecementeerde carbiden en andere keramische materialen voor machinale bewerking bij grote hoeveelheden producten van gietijzer en andere in de auto-industrie gebruikte metalen. Het wordt gebruikt voor gasturbineonderdelen die bestand moeten zijn tegen temperatuurcycli. Het gebruik van dit materiaal in wentellagers is een groot succes. Hybride lagers met siliciumnitride kogels en stalen ringen worden veel gebruikt voor veeleisende machinetoepassingen. De nieuwere fijnkorrelige soorten hebben een grote weerstand tegen oppervlaktevermoeiing, waardoor ze goede kandidaten zijn voor kogels, rolelementen en ringen voor lagers. Voorts wordt het gebruikt voor onderdelen van dieselmotoren, hete-extrusiematrijzen en pomponderdelen waarvoor chemische bestendigheid en slijtvastheid nodig zijn.

Gedeeltelijk gestabiliseerd zirkoniumoxide (PSZ)

Gedeeltelijk gestabiliseerd zirkoniumoxide is feitelijk zirkoniumoxide (ZrO_2) dat gemengd en gesinterd is met een ander oxide, zoals magnesiumoxide (MgO), calciumoxide (CaO) of yttriumoxide (Y_2O_3). Zirkoniumoxide zelf heeft bij kamertemperatuur een monoklinische kristalstructuur en bij hoge temperaturen een tetragonale structuur. De overgang van een monoklinische naar een tetragonale structuur betekent een volumetoename die wel 4 procent kan bedragen. Als deze volumeverandering wordt toegelaten (bijvoorbeeld bij heet persen of sinteren) zal het onderdeel waarschijnlijk breken. Door zirkoniumoxide te mengen met 3 tot 20 procent van een ander oxide, zoals MgO, ontstaat er een gestabiliseerde kubische structuur met roosterparameters die ongeveer het midden houden tussen monoklinische en tetragonale structuren. Dit geeft het opmerkelijk genoeg een betere breuktaaiheid dan de andere keramische materialen van hoge kwaliteit. Men denkt dat de uitzonderlijke taaiheid van PSZ wordt veroorzaakt doordat bij uitoefening van spanningen op de gedeeltelijk gestabiliseerde toestand een bepaald percentage van de structuur van tetragonaal overgaat naar monoklinisch. Als de volumeverandering waarmee deze overgang gepaard gaat optreedt bij het uiteinde van een scheur, dan verandert het spanningsveld op die plaats. Daardoor wordt de uitbreidingssnelheid van de scheur gereduceerd en de breuktaaiheid vergroot. PSZ wordt beschouwd als een materiaal dat transformatietaaiheid toont.

Er bestaan nog meer soorten zirkoniumoxide met transformatievertaaiing: tetragonaal polykristallijn zirkoniumoxide en mengsels van zirkoniumoxide en aluminiumoxide. De tetragonale fase wordt volledig gestabiliseerd door de toevoeging van additieven. Het doel van de mengsels van aluminiumoxide en zirkoniumoxide is de prijs te verlagen (aluminiumoxide is goedkoper dan zirkoniumoxide) en de hardheid enigszins te verhogen voor slijtagetoepassingen. Zirkoniumoxiden zijn zachter dan de andere keramische materialen waarmee ze concurreren (bijvoorbeeld SiC en Al_2O_3).

PSZ heeft een hogere treksterkte dan aluminiumoxide en enkele van de andere technische keramische materialen. Het heeft een van de laagste warmtegeleidingscoëfficiënten, waardoor het een goede warmte-isolator is. De uitzettingscoëfficiënt is vergelijkbaar met die van staal, net als de elasticiteitsmodulus. Door de taaiheid en staalachtige eigenschappen is PSZ een van de meest geschikte kandidaten voor de vervanging van metalen in motoren met inwendige verbranding. Op andere gebieden moet het concurreren met de in tabel 11-9 vermelde keramische materialen. Figuur 11-19 is een afbeelding van een breukvlak in fijnkorrelig zirkoniumoxide, gemaakt met een scanningelektronmicroscoop.

Sialon ($Si_3Al_3O_3N_5$)

Het low-polytype sialon dat in tabel 11-9 wordt vermeld, behoort tot een betrekkelijk nieuwe groep keramische materialen die gevormd worden door siliciumnitride, siliciumoxide en aluminiumnitride te mengen. Bij sinteren wordt er een glasachtige fase gevormd die de toepassing van dit materiaal bij hoge temperaturen enigszins beperkt, maar die het sinteren vergemakkelijkt. Het is mogelijk om structuren met 100 procent dichtheid te bereiken met drukloos sinteren. Dit is een belangrijk voordeel voor constructieonderdelen waarin een hoge dicht-

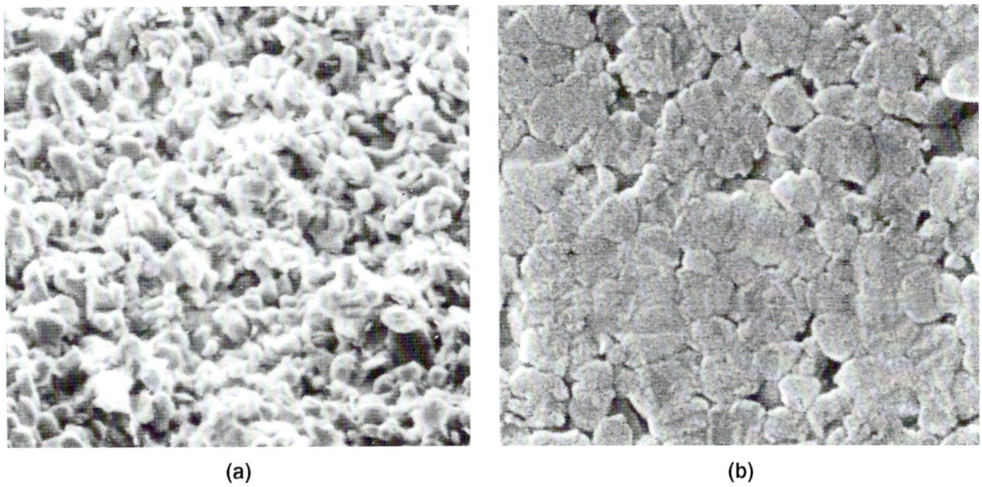

FIGUUR 11-19 Scanningelektronmicrofoto's van (a) een breukvlak van zirkoniumoxide (×500) en (b) een gepolijste en geëtste structuur van zirkoniumoxide (×20.000)

heid nodig is voor een goede taaiheid en breukweerstand. Dit materiaal heeft goede mechanische eigenschappen en is daarom een kandidaat voor talrijke constructietoepassingen.

Koolstof-koolstofcomposieten

Koolstofgrafietmaterialen kunnen in de vorm van koolstof-koolstofcomposieten worden gebruikt voor essentiële constructietoepassingen. De matrix is koolstofgrafiet en de versterking bestaat uit koolstofvezels, dezelfde die worden gebruikt om polymeermatrixcomposieten te versterken. De koolstof-koolstofcomposieten worden gebruikt voor toepassingen die vragen om een licht gewicht met weerstand tegen hoge temperaturen. In de juiste atmosfeer blijft koolstof een vaste stof bij hogere temperaturen (3600 °C) dan enig ander technisch materiaal. Lucht is geen geschikte atmosfeer voor koolstofgrafietproducten omdat ze in lucht gaan branden bij temperaturen hoger dan 600 °C. Oxidatie van koolstof-koolstofcomposieten wordt aangepakt door beschermende coatings van een ander soort keramisch materiaal.

Koolstof-koolstofcomposieten worden gemaakt van koolstofvezel-polymeercomposieten zoals koolstofvezel-fenolhars. Het materiaal wordt op de gebruikelijke manier in de vorm van een onderdeel neergelegd en de polymeermatrix wordt omgezet in koolstof door verhitting in een gecontroleerde atmosfeer (pyrolyse). Na deze bewerking is het onderdeel nogal poreus en de poreuze koolstofmatrix wordt verdicht door middel van intrusie van chemisch opgedampte koolstof of hars-/pek-impregnatie. Vervolgens wordt het onderdeel verhit in een geschikte atmosfeer om het impregneermiddel te pyrolyseren. Het is mogelijk dat het geïmpregneerde onderdeel een aantal impregnatie-/pyrolysebehandelingen nodig heeft. Als het onderdeel gebruikt moet worden bij hoge temperaturen, wordt het oppervlak tegen oxidatie beschermd door oppervlakcoatings van keramische materialen die door chemische opdamping of andere processen zijn ontstaan. Het eindproduct is een koolstof-koolstofcomposiet die een ingewikkelde driedimensionale vorm paart aan een grote specifieke sterkte, een sterkte die bij hogere temperaturen dan 1200 °C groter is dan die van superlegeringen.

Koolstof-koolstofcomposieten worden gebruikt voor de neusstukken en vleugelneuzen van spaceshuttles en voor minder exotische toepassingen zoals afbreekbekleding van grote vliegtuigen. Deze materialen zijn uiterst kostbaar en worden dus niet gebruikt voor alledaagse toepassingen.

Glaskeramiek

De mechanische eigenschappen van amorf vensterglas zijn redelijk, maar voor veel technische toepassingen ongeschikt. Men maakt daarvoor dus gebruik van glaskeramische materialen, verkregen door glas te modificeren met kiemvormingsmiddelen die de vorming van een geordende kristalstructuur bevorderen. Deze structuur bestaat uit siliciumdioxide of andere basisglasmoleculen. Nadat het onderdeel met een vormingsproces zijn gewenste vorm heeft gekregen, wordt de kristallisatie door een warmtebehandeling in gang gezet. De mate van kristallisatie kan vrijwel 100 procent zijn. De kristalgrootte is meestal minder dan een micron.

Glaskeramische materialen kunnen een zeer lage uitzettingscoëfficiënt hebben. Vanwege deze eigenschap kunnen ze gebruikt worden voor glas-op-metaalafdichtingen en andere toepassingen, waarbij de uitzettingscoëfficiënt moet passen bij die van metalen. De treksterkte van glaskeramische materialen kan driemaal die van het basisglas bedragen. Glaskeramische materialen kunnen worden aangepast voor slag- en stootbelastingen of thermoschokken. Ze worden gebruikt voor kookplaten waarin het glas vlak boven een verwarmingselement roodgloeiend kan worden en enkele centimeters verder koel blijft. Gewone glassoorten zijn niet bestand tegen een dergelijke temperatuurgradiënt. Samenvattend kunnen we stellen dat er glaskeramische materialen verkrijgbaar zijn met de handige vormingseigenschappen van glas, die kristalliseren na een warmtebehandeling en kunnen concurreren met keramische materialen voor constructietoepassingen.

Gecementeerde carbiden

Gecementeerde carbiden (zie paragraaf 11.8) worden in het algemeen niet beschouwd als constructiematerialen, hoewel hun mechanische eigenschappen veel beter zijn dan die van andere keramieken die in deze paragraaf zijn besproken. Hun superieure eigenschappen gelden echter alleen bij matige temperaturen en hun hoge dichtheid is nadelig voor constructietoepassingen. Voor constructies worden tegenwoordig materialen gebruikt met een hoge specifieke sterkte, dus een hoge sterkte per eenheid gewicht of dichtheid. Gecementeerde carbiden zijn wel vijfmaal zo zwaar als sommige keramische materialen waarmee ze concurreren.

Glasgebonden mica

Een van de grootste problemen bij het gebruik van keramische materialen en cermets voor constructiecomponenten is hun geringe machinale bewerkbaarheid. In de meeste industrieën wordt glasgebonden mica daarom veel gebruikt vanwege de goede bewerkbaarheid. Het biedt een betere weerstand tegen hoge temperaturen dan kunststoffen en de thermische eigenschappen zijn vergelijkbaar met die van keramische materialen. Deze materialen zijn verkrijgbaar als standaardvormen (dunne en dikke platen, staven) die machinaal kunnen worden bewerkt met gelijksoortige technieken als de technieken die worden gebruikt voor aluminium of andere gemakkelijk te bewerken metalen. Mica's zijn natuurlijke mineralen met verschillende chemische samenstellingen (muscoviet is bijvoorbeeld $H_2KAl_3(SiO_4)_3$), maar ze kunnen ook worden gesynthetiseerd. Ze hebben uitstekende diëlektrische eigenschappen. Glasgebonden mica wordt gemaakt door zeer kleine micakristallen te verglazen met diverse soorten glas. Het glas is discontinu en daardoor is het materiaal gemakkelijk machinaal bewerkbaar.

Er bestaan verschillende soorten van deze materialen, maar als groep hebben ze de volgende karakteristieke eigenschappen:

- Treksterkte van 40 tot 55 MPa.
- Elasticiteitsmodulus van 70 tot 83 × 10^4 MPa.
- Druksterkte van 200 tot 350 MPa.
- Maximale gebruikstemperatuur van 370 tot 700 °C.

Deze materialen worden veel gebruikt voor constructieonderdelen die vragen om elektrische isolatie of warmte-isolatie, waaronder ondersteuningen voor verwarmingselementen en hoogfrequentieapparaten, en omhullingen van elektrische onderdelen. Ook zijn ze geschikt voor elk onderdeel dat de eigenschappen van keramische materialen vraagt, maar waarbij het vervaardigen van een bepaalde vorm een probleem is (zie figuur 11-20).

FIGUUR 11-20 Onderdeel van glasgebonden mica dat in een vorm gedraaid en gefreesd is

Intermetallische verbindingen

Intermetallische verbindingen vormen een klasse van 'keramieken' die niet per definitie keramische materialen zijn, maar net als koolstof, beton en silicium passen ze in dit hoofdstuk omdat ze eigenschappen hebben die lijken op die van keramische materialen. De meeste zijn hard en bros. Intermetallische verbindingen worden gevormd door een chemische combinatie van twee metalen. Vele metaallegeringssystemen vormen intermetallische verbindingen bij een bepaalde combinatie van legeringselementen in een basismetaal. In paragraaf 20.1 en 20.3 bespreken we een aantal intermetallische fasen die in de industrie van belang zijn, met name de nikkelaluminiden NiAl en Ni_3Al, en de titaanaluminiden TiAl en Ti_3Al.

Samenvatting: keramische materialen voor constructietoepassingen

Samenvattend kunnen we zeggen dat keramische materialen tegenwoordig worden gebruikt voor constructieonderdelen wanneer de stijfheid, sterkte of weerstand tegen hoge temperaturen van metalen voor de toepassing niet voldoende zijn. Er zijn wel problemen met de vervanging van metalen door keramische materialen vanwege de inherente brosheid van deze groep materialen. Enkele praktische regels waarmee men bij het gebruik van keramische materialen in het ontwerp van constructieonderdelen rekening moet houden, zijn de volgende:

1. Probeer alleen drukbelastingen op het materiaal uit te oefenen. Keramische materialen hebben een betrekkelijk lage treksterkte.
2. Keramische materialen zijn kerfgevoelig. Alle inspringende hoeken moeten daarom worden afgerond.
3. Verbindingen met andere oppervlakken moeten van een meegevend materiaal gemaakt worden om buiging te voorkomen.
4. Houd bij hechting aan andere materialen rekening met de uitzettingscoëfficiënten.
5. Ontwerp de onderdelen zo dat er na het sinteren zo weinig mogelijk machinale bewerking nodig is.
6. Wanneer de vorm van het onderdeel geschikt is, kan het met een perspassing in staal vastgezet worden.

11.10 Keramische materialen voor slijtagetoepassingen

Steen, glas en kleiproducten worden al eeuwenlang gebruikt voor bijvoorbeeld bestrating, vloertegels, slijpmolens en vijzels vanwege hun slijtvastheid. In industriële toepassingen worden keramische materialen slechts op beperkte schaal gebruikt voor slijtagetoepassingen, maar er zijn enorme mogelijkheden voor hun gebruik. Als schuurmiddelen voor de afwerking van metalen en andere materialen worden keramische materialen in de vorm van losse of gebonden deeltjes al tientallen jaren gebruikt.

Vanwege hun hardheid en chemische bestendigheid zijn keramische materialen geschikt voor systemen met lagespanningabrasie en diverse vormen van corrosie. Ze kunnen worden ingezet op het gebied van gevormde of geperste slijtdelen voor mechanische componenten die blootstaan aan slijtage en in de vorm van slijtvaste coatings. Glijsystemen met keramisch materiaal op keramisch materiaal en keramisch materiaal op metaal bieden vaak slijtagevoordelen ten opzichte van andere materiaalsystemen. Voor de keuze van goede materiaalcombinaties moet men de beschikbare gegevens en ervaring in de literatuur goed bestuderen; er kunnen echter laboratoriumproeven nodig zijn om een geschikte combinatie te vinden (zie bijvoorbeeld figuur 11-18). Figuur 11-21 laat een sluitplaat van keramisch materiaal zien.

Lagespanningabrasie kan meestal worden verminderd door eenvoudigweg de hardheid van het slijtende oppervlak te verhogen. Als zand door een trechter wordt gestort, kan de slijtage van de trechter minimaal gehouden worden door deze te maken van een materiaal dat harder is dan zand. Dit werkt alleen bij matige contactspanningen. Het is moeilijk om aan te geven wat als matig kan worden beschouwd. Steenvergruizing wordt beschouwd als hogespanningabrasie, net als het delven van gesteente met een graafmachine. Een voorbeeld van lagespanningabrasie is slijtage bij het ploegen van een akker met een zandige bodem. Het belangrijkste verschil tussen de twee systemen bestaat erin dat de contactspanningen groter of kleiner zijn dan de vloeigrens of druksterkte van het slijtende materiaal.

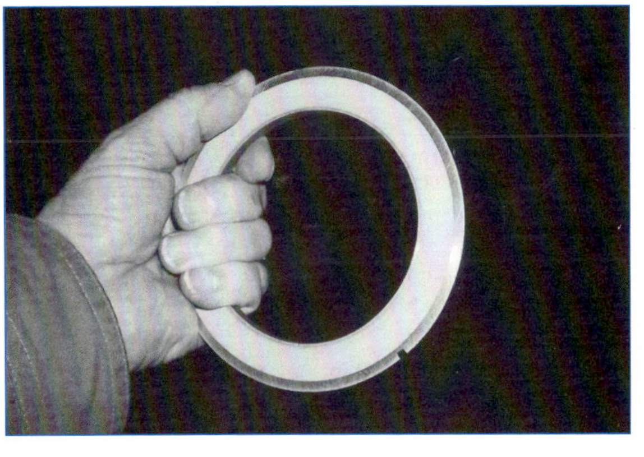

FIGUUR 11-21 Een sluitplaat van aluminiumoxide; koolstofgrafiet is een geschikt tegenoppervlak

Het gebruik van harde materialen om weerstand te bieden aan abrasieve slijtage levert een probleem op. Hoe vind je een materiaal dat harder is dan de abrasieve stof? In hoofdstuk 4 hebben we hardheidsproeven besproken en daar lieten we zien dat er veel te veel verschillende hardheidsschalen bestaan. Om een materiaal te vinden dat bestand is tegen de slijtage van gewoon zand, siliciumdioxide, is het nodig om de hardheid van zand af te zetten tegen de hardheid van staal. Voor het meten van de hardheid van keramische materialen is traditioneel gebruikgemaakt van de hardheidsschaal van Mohs (zie tabel 11-10). Dit is simpelweg het meten van welk materiaal in staat is een ander materiaal te bekrassen. Daarmee kunnen we echter niet kwantitatief aangeven wat de hardheid is van keramische materialen in vergelijking met andere technische materialen. Tabel 11-11 geeft bij benadering de hardheid van keramische materialen (indrukkingshardheid) in vergelijking met de hardheid van metalen op dezelfde hardheidsschaal.

TABEL 11-10 Hardheidsschaal van Mohs

MINERAAL	HARDHEID	SCORE OP DE HARDHEIDS-SCHAAL VAN MOHS
Talk	Door alles bekrasbaar	1
Gips	Bekrasbaar door vingernagel	2
Calciet	Bekrasbaar door koper	3
Fluoriet	Gemakkelijk bekrasbaar met mes	4
Apatiet	Nog net bekrasbaar met mes	5
Orthoklaas	Wordt net bekrast door een stalen vijl	6
Kwarts	Bekrast vensterglas	7
Topaas	Bekrast kwarts	8
Korund	Bekrast topaas	9
Diamant	Bekrast korund	10

TABEL 11-11 Vergelijking van de hardheid van keramische materialen en die van metalen en de hardheidsschaal van Mohs

MATERIAAL	HARDHEID (KG/MM^2)	SCORE OP DE HARDHEIDSSCHAAL VAN MOHS (BIJ BENADERING)
Polyamide kunststof	0,05	
Handelslood	3	
Industriële koolstof	15	
Type 1100 aluminium	20	
Gegloeid koper	40	
Gegloeid koolstofarm staal	80	2
Magnesiumoxide	700	6
Gehard gereedschapsstaal	740	6
Siliciumdioxide (zand)	820	
Chroomplaat	900	
Titaniumdioxide	1100	7
Zirkoniumoxide	1150	7
Tantaliumcarbide	1750	
Wolfraamcarbide	2000	8
Aluminiumoxide	2100	8
Siliciumnitride	2200	

TABEL 11-11 (vervolg) Vergelijking van de hardheid van keramische materialen en die van metalen en de hardheidsschaal van Mohs

MATERIAAL	HARDHEID (KG/MM^2)	SCORE OP DE HARDHEIDSSCHAAL VAN MOHS (BIJ BENADERING)
Titaniumcarbide	2500	
Boriumcarbide	2700	9
Siliciumcarbide	2800	
Kubisch boriumnitride	5000	
Diamant	8000	10

De meest gebruikte keramische materialen voor lagespanningabrasie zijn aluminiumoxide en chroomoxide. Ze zijn verkrijgbaar als gevormde onderdelen of als slijtplaten die op een metalen onderlaag kunnen worden gelijmd. Ook gecementeerde carbiden kunnen op deze manieren worden gebruikt. Nog gebruikelijker zijn keramische coatings die worden aangebracht door middel van plasmaspuittechnieken. Deze technieken maken het mogelijk een slijtvast oppervlak van keramisch materiaal aan te brengen op zeer grote onderdelen, op mechanische componenten onderworpen aan bedrijfsspanningen die massieve keramische materialen niet kunnen verdragen, of op onderdelen die te ingewikkeld zijn om ze met de voor keramische materialen beschikbare fabricagemethoden vorm te geven.

Figuur 11-22 laat enkele typische machinetoepassingen zien waarin slijtvaste keramische materialen worden gebruikt. Deze afbeeldingen kunnen dienen als richtlijn voor ontwerpers die keramische materialen in de praktijk willen toepassen. In tabel 11-12 worden enkele keramische coatings weergegeven die kunnen worden aangebracht door vlamspuiten. Een vergelijking van de slijtweerstand van diverse keramische materialen was te zien in figuur 11-17.

TABEL 11-12 Keramische materialen/cermets die met vlamspuiten kunnen worden aangebracht op de meeste metalen substraten

Chroomcarbide	**Hoofdzakelijk voor slijtagetoepassingen**
Chroomoxide	
Aluminiumoxide	
Titaniumoxide	
Titaniumcarbide	
Chroomoxiden/siliciumoxiden	
Wolfraamcarbide/kobalt	
Zirkoniumoxide	**Hoofdzakelijk voor fysische eigenschappen**
Magnesiumoxide	
Magnesiumzirkonaat	

11.11 Keramische materialen voor omgevingsweerstand

Glas en keramische materialen hebben een uitstekende weerstand tegen agressieve omgevingen, maar het is essentieel om te bepalen welke specifieke corrosieve stoffen er aanwezig zijn. Ze zijn namelijk niet tegen alle chemicaliën bestand. Tussen 260 en 1100 °C zijn sommige metalen wel te gebruiken, maar in het algemeen zijn bij deze temperaturen keramische stoffen de enige technische materialen die continu bestand zijn tegen veeleisende omgevingen.

Glas en glasachtige coatings worden veel gebruikt voor weerstand tegen omgevingsinvloeden bij temperaturen van 260 °C en lager. Glas is als coating of op zichzelf uitstekend bestand tegen de meeste minerale zuren, met uitzondering van fluorwaterstofzuur en heet fosforzuur. De weerstand tegen sterke zuren blijft bestaan tot temperaturen van 150 tot 180 °C. Borosilicaatglas wordt niet aangetast door de meeste organische zuren, ongeacht de concentratie. Bij kamertemperatuur is glazen apparatuur bestand tegen de meeste basische oplossingen. Deze weerstand neemt snel af bij toenemende temperatuur en in het algemeen kan glas beter niet worden gebruikt bij 100 °C voor oplossingen met een pH-waarde groter dan 10. Vrijwel geen enkele organische oplossing is in staat om glas aan te tasten bij kamertemperatuur. Om deze redenen zijn vaten met glasbekleding belangrijk in de chemische procesindustrie. Zolang de temperatuur laag is, zijn ze bestand tegen talrijke chemische stoffen. Aluminiumoxide en zirkoniumoxide zijn tamelijk goed bestand tegen oxiderende zuren en basen.

Keramische materialen worden in de vorm van vuurvaste stenen en gietvormen al jaren gebruikt voor het insluiten van gesmolten metalen. Dit is een zeer specialistisch gebied dat alleen van belang is voor producenten van basismetalen. Met de opkomst van strenge voorschriften voor de verwerking van chemisch afval zijn veel industrieën verplicht

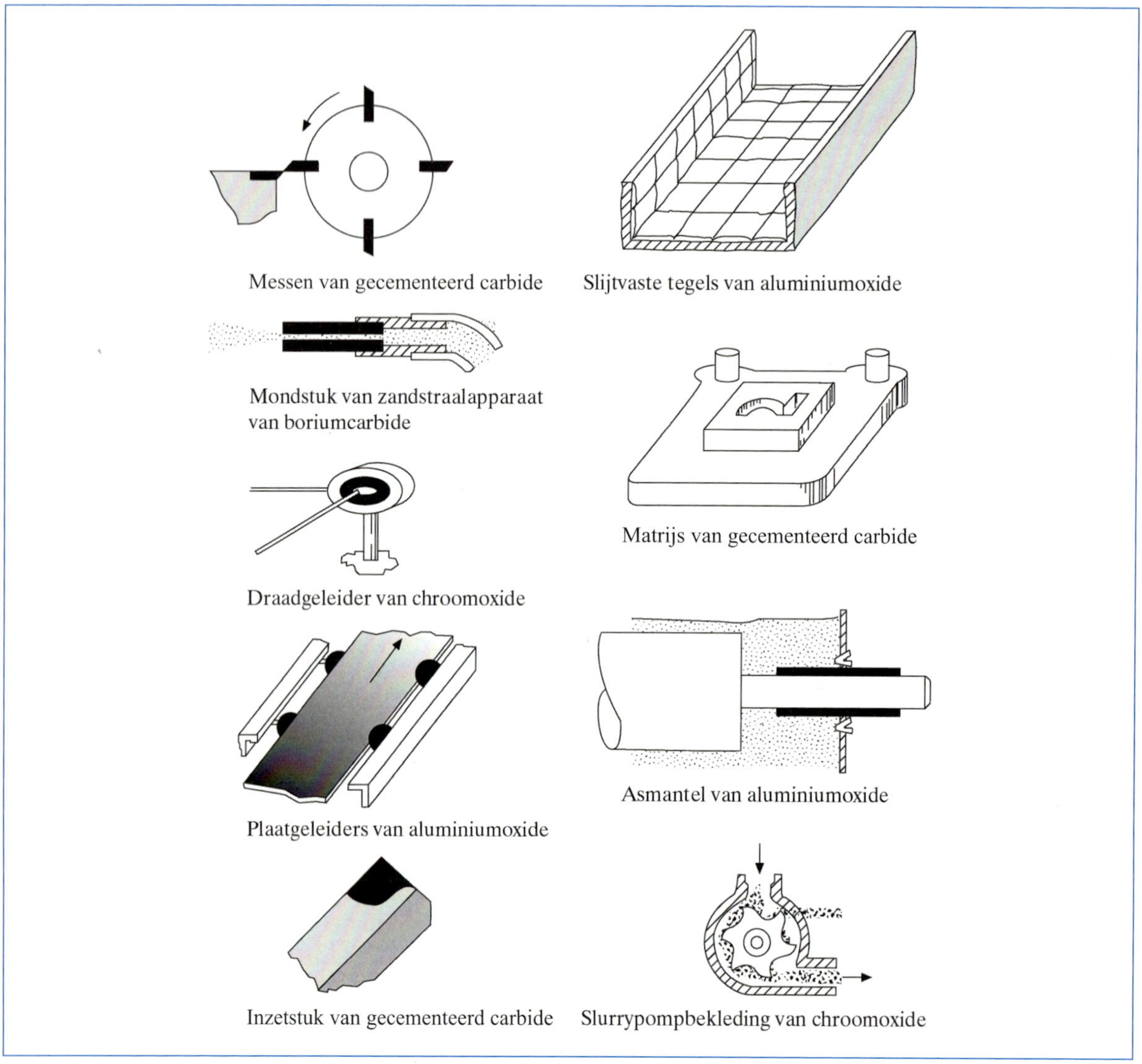

FIGUUR 11-22 Typische machinetoepassingen van keramische materialen en cermets

om bijvoorbeeld verbrandingsinstallaties te ontwikkelen voor talloze chemicaliën. De verbrandingstemperatuur kan hierbij oplopen tot 1200 °C en de gassen die vrijkomen bij de verbranding van ingewikkelde organische en anorganische chemicalien kunnen sterk corrosief zijn. Keramische stoffen zijn praktisch de enige technische materialen die bij deze temperaturen te gebruiken zijn. In een oxiderende atmosfeer kunnen de hittebestendige oxiden, zoals Al_2O_3, BeO, CaO en MgO, continue gebruikstemperaturen boven 1649 °C weerstaan. Sommige oxiden zijn niet bestand tegen een reducerende atmosfeer. Wat zuren en basen betreft zijn de meer basische oxiden, zoals MgO, BeO en $MgAl_2O_4$, goed bestand tegen basen, en de meer zure hittebestendige stoffen, zoals $ZrSiO_4$, SiO_2, SiC en Si_3N_4, tegen zuren. Bij zeer hoge temperaturen zoals te vinden in vliegtuigturbines wordt onder andere PSZ gebruikt als thermo-isolatiecoating. Dit wordt onder andere door elektronenstraalverdampen (EB-PVD) of plasmasputteren op bijvoorbeeld turbineschoepen aangebracht. Hierbij is wel een metallische hechtlaag nodig, bijvoorbeeld MCrAlY, waarbij M nikkel of kobalt is.

Voor het selecteren van een glassoort of keramisch materiaal met chemische bestendigheid dient men de te verwachten omgevingsinvloeden en bedrijfstemperaturen in te schatten en de corrosiegegevens van de kandidaat-materialen te vergelijken. Als er geen specifieke gegevens beschikbaar zijn, moet men zijn toevlucht nemen tot laboratoriumproeven.

11.12 Elektrische eigenschappen van keramische materialen

Als groep worden de keramische materialen beschouwd als elektrische isolatoren, omdat de door de atomen gedeelde elektronen worden vastgehouden door sterke covalente bindingen of ionbindingen. Onder de juiste omstandigheden kunnen alle niet-metalen echter elektriciteit geleiden. Sommige materialen van het keramische type, bijvoorbeeld grafiet, zijn goede elektrische geleiders. Andere hebben een hoge elektrische weerstand, maar deze eigenschap wordt nuttig gebruikt. Siliciumcarbide wordt bijvoorbeeld gebruikt voor verwarmingselementen in ovens. Daarvoor is het geschikt, omdat het de stroom wel geleidt maar warm wordt als gevolg van een hoge weerstand. Sommige keramische materialen zijn halfgeleiders; afhankelijk van de voorspanning gedragen ze zich als geleiders of als niet-geleiders.

Bij gebruik van keramische materialen als elektrische isolatoren is het nodig om goed te bekijken wat de diverse elektrische eigenschappen zijn om vast te stellen hoe goed ze isoleren. De *soortelijke volumeweerstand* is een maat voor de weerstand van een bekend volume isolatiemateriaal. Deze eigenschap wordt gemeten door een spanning aan te leggen over een bepaalde vorm met een bekend volume en de weerstand vervolgens te registreren in ohms. Het *weerstandsvermogen* (soortelijke weerstand) is gelijk aan de oppervlakte van de vorm, gedeeld door de dikte vermenigvuldigd met de weerstand ($\rho = \frac{A}{tR}$). De eenheid wordt dan ohm maal eenheid lengte (Ω-cm). Anders dan bij metalen neemt de soortelijke volumeweerstand van keramische materialen af bij toenemende temperatuur, voornamelijk omdat keramische materialen geleiders worden door de beweging van anionen of kationen. Anionen en kationen zijn groot in vergelijking met elektronen en daarom is er een aanzienlijke hoeveelheid energie nodig om ze te doen bewegen. Deze energie kan worden toegevoerd door middel van verhitting. Om een goede isolator te zijn dient een keramisch materiaal een hoge volumeweerstand te hebben bij de beoogde bedrijfstemperatuur. Een keramiek kan een geleider worden als de aangelegde spanning groot genoeg is.

De *diëlektrische sterkte* (doorslagspanning) van een isolator is een maat voor de spanning waarbij een isolator zijn weerstand verliest en elektriciteit gaat geleiden. Keramische materialen scoren op dit gebied minder goed dan kunststoffen. Bovendien kunnen vochtabsorptie, onzuiverheden en veel andere factoren de diëlektrische sterkte verlagen en van het keramisch materiaal een minder goede isolator maken.

De *diëlektrische constante* (relatieve permittiviteit) is een maat voor de capaciteit van een isolerend materiaal om elektrische energie op te slaan. Als je een keramisch materiaal wilt gebruiken als isolator, dient deze waarde zo laag mogelijk te zijn. Wanneer het keramisch materiaal moet worden gebruikt als diëlektricum in een condensator, dan moet deze waarde juist zo hoog mogelijk zijn. Bariumtitanaat heeft bijvoorbeeld een hoge diëlektrische constante.

Wanneer een keramisch materiaal wordt gebruikt als isolator in een elektrisch wisselveld, moet het een lage *verliesfactor* hebben. De verliesfactor is de verhouding tussen de niet-terugwinbare en de terugwinbare elektrische energie wanneer een elektrisch veld binnen het materiaal wordt aangelegd. De niet-terugwinbare energie gaat verloren in de vorm van warmte. Als een materiaal een hoge verliesfactor heeft, wordt het bij gebruik warm en is het daardoor mogelijk geen goede isolator. De verliesfactor van keramische materialen is sterk afhankelijk van de temperatuur, het verontreinigingsgehalte, de porositeit en de frequentie van de wisselspanning. Enkele isolerende materialen met een constante verliesfactor bij een variërende frequentie zijn polyethyleen, polystyreen en gesinterd kwartsglas.

Bij gebruik van keramische materialen voor elektrische toepassingen is het van belang om te bekijken hoe de beoogde materialen met deze eigenschappen zich gedragen bij de verwachte bedrijfstemperatuur en elektrische omstandigheden van de toepassing. In het algemeen zijn keramische materialen de beste isolatoren bij gebruikstemperaturen boven 150 °C. Bij lagere temperaturen zijn kunststoffen (de belangrijkste concurrenten op dit gebied) waarschijnlijk betere isolatoren. In figuur 11-23 worden de elektrische eigenschappen van enkele veelvoorkomende kunststoffen en enkele veelvoorkomende keramische materialen met elkaar vergeleken. Figuur 11-24 toont een typische isolerende toepassing van een keramisch materiaal (Al_2O_3).

Hoewel silicium een metalloïde is zoals koolstof, past het in een bespreking over de elektrische eigenschappen van keramische materialen omdat het door de elektrische, of liever gezegd *elektronische* eigenschappen momenteel het belangrijkste technische materiaal in onze eenentwintigste-eeuwse wereld is. Vrijwel alle computerchips hebben bijvoorbeeld éénkristalsilicium als substraat. Het kan zich gedragen als een metaal of als een niet-metaal.

Silicium komt als element zeer veel in de natuur voor, omdat het kan worden gewonnen uit zand

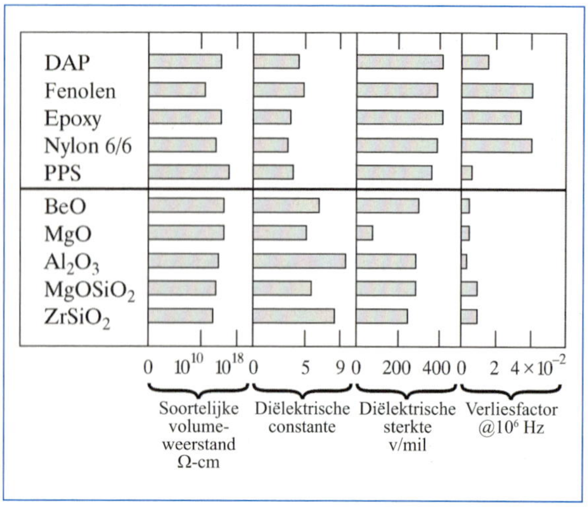

FIGUUR 11-23 Vergelijking van de elektrische eigenschappen van keramische materialen en kunststoffen bij 20°C (gegevens uit diverse bronnen)

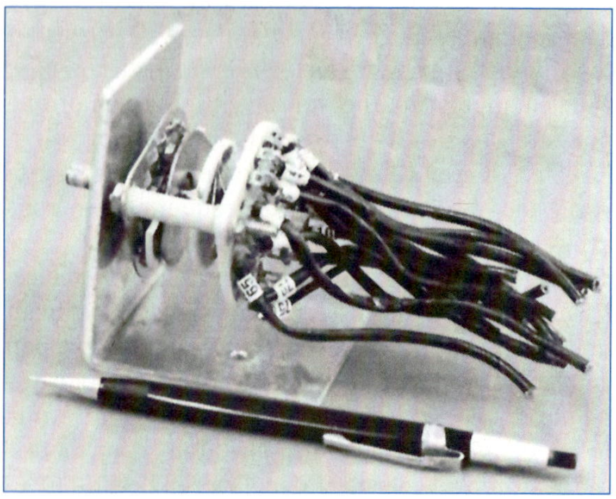

FIGUUR 11-24 Aluminiumoxide gebruikt als een elektrische isolator

(siliciumdioxide, SiO_2). Het kan chemisch uit zand worden gehaald, of het kan worden verkregen door zand te vlamboogsmelten in aanwezigheid van te veel koolstof. De reactie is eenvoudig:

$$C + SiO_2 \rightarrow Si + CO_2$$

Silicium smelt en wordt geklopt om klompjes te maken voor verdere verfijning en zuivering. Gewoon smelten produceert een polykristal. Maar om éénkristallen van silicium te maken voor gebruik als substraat voor computerchips moet het uiterst zuiver zijn. Er kan op een aantal manieren een éénkristal worden gemaakt, maar de meest voorkomende techniek is de zogenaamde *Czochralski-methode*. Een kiemkristal van silicium wordt hierbij bevestigd aan een trekstang. Polykristallijn silicium wordt gesmolten door inductiemethodes of op een andere manier. Het kiemkristal wordt in het gesmolten bad gedompeld, en vervolgens langzaam uit de smelt getrokken. Het stollende materiaal zal een éénkristal vormen met de kristallografische oriëntatie van het zaadkristal.

De elektronische eigenschap die silicium tot een halfgeleider maakt, is dat er smalle energieopeningen bestaan tussen de energiebanden van de elektronen die behoren bij het siliciumatoom. Elektrische isolatoren isoleren omdat de elektronen niet vrij kunnen bewegen in het materiaalvolume, maar gebonden zijn aan afzonderlijke atomen. Metalen zijn geleiders omdat er overlappende energiebanden zijn die bij de atomen behoren, waardoor de elektronen vrij kunnen bewegen door het materiaalvolume. Halfgeleiders hoeven slechts kleine energieopeningen te overwinnen om geleiders te worden. Silicium kan worden 'gemengd' of gelegeerd met andere elementen. Wanneer silicium goed gemengd is en van 'gates' voorzien, wordt het een heel kleine atomaire schakelaar die men kan laten geleiden of niet geleiden, miljoenen malen per seconde, om de computerbits te produceren die de code vormen waarmee computers in staat zijn om te rekenen.

Samenvattend: silicium en sommige andere keramische materialen hebben elektrische kenmerken die het mogelijk maken dat er transistors van worden gemaakt die ons de vastestofapparatenwereld hebben gebracht waarin we leven; er kunnen ook halfgeleiders van worden gemaakt.

11.13 Magnetische eigenschappen van keramische materialen

In de afgelopen tientallen jaren zijn een aantal keramieken ontwikkeld voor belangrijke toepassingen als harde en zachte magnetische materialen. Zij hebben een aantal voordelen ten opzichte van traditionele stalen magneten. Vele hebben betere magnetische eigenschappen, de meeste zijn lichter en minder gevoelig voor corrosie, en voor vele toepassingen zijn ze gemakkelijker te vervaardigen. *Zachte magnetische materialen* worden gemagnetiseerd wanneer ze in een magnetisch veld geplaatst worden, maar verliezen weer snel hun magnetisatie als het veld wordt verwijderd. Van *harde magnetische materialen* kunnen permanente magneten worden gemaakt. Voordat keramische materialen hiervoor werden gebruikt, waren zachte magnetische materialen hoofdzakelijk staalsoorten met een laag koolstofgehalte, en staalsoorten met veel silicium. Zachte magnetische materialen worden gebruikt voor de kernen van solenoïden en als ankerlaminaten van elektromotoren. Dit is een gespecialiseerd gebied, maar een omvangrijke toepassing vanwege het wijdverbreide gebruik van elektromotoren en solenoïden. Ook harde magnetische materialen worden gebruikt in elektrische apparaten, en ze worden daarnaast voor veel andere toepassingen gebruikt, bijvoorbeeld in machines, magnetische vergrendelingen, apparatuur voor materiaalscheiding en het vastklemmen van onderdelen. De belangrijkste eigenschappen voor het selecteren van magnetische materialen beschrijven we in de volgende alinea's.

Zachte magnetische keramische materialen

De keramische materialen die gebruikt worden voor de vervanging van ijzer in apparaten die vragen om gemakkelijke magnetisatie en demagnetisatie, zijn ferromagnetische oxiden met de algemene formule ($M^{2+}O \cdot Fe_2^{3+}O_3$), waarbij M^{2+} een metaalion is zoals Fe^{2+}, Ni^{2+}, Cu^{2+} of Mg^{2+}. Deze keramische verbindingen heten *ferrieten*. De belangrijke zachte magnetische materialen zijn voornamelijk gebaseerd op ijzeroxide, dat op zichzelf geen ferromagnetische eigenschappen heeft. Uit ferrieten kunnen vormproducten worden gemaakt door middel van traditionele technieken als poederpersen en bakken, of ze kunnen worden gecompoundeerd met bindmiddelen en vormgegeven door middel van spuitgieten. Deze laatste eigenschap is, samen met het lage gewicht, de reden dat ferrieten populair zijn geworden als zachte en harde magnetische materialen in kleine elektromotoren voor auto's (van de ramen, verwarming en zittingen). Ferrieten zijn ook vaak goedkoper en onder vele bedrijfsomstandigheden niet gevoelig voor corrosie.

De belangrijkste magnetische eigenschappen van zachte magnetische materialen zijn hoge *permeabiliteit* en laag *hystereseverlies*. In paragraaf 3.3 hebben we deze concepten al een keer besproken. Figuur 11-25 laat de karakteristieke vorm zien van een hystereselus die gemeten is in een standaardproef voor magnetische materialen. De helling van de aanvankelijke magnetisatiekromme is de permeabiliteit. Hoe groter de helling, des te gemakkelijker het materiaal gemagnetiseerd kan worden. De oppervlakte binnen de gesloten lus is een maat voor de energie die verloren gaat tijdens een complete magnetisatiecyclus. Als het materiaal niet mag opwarmen tijdens het gebruik, moet deze oppervlakte

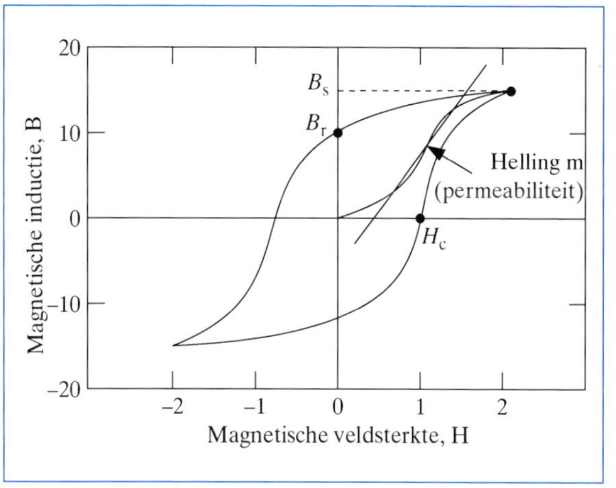

FIGUUR 11-25 Typische magnetisatiekromme van een zacht magnetisch materiaal

zo klein mogelijk zijn. Voor een gemakkelijk magnetiseerbaar (zacht magnetisch) materiaal moet de *verzadigingsmagnetisatie* B_s hoog zijn en de *restmagnetisatie* (permanente magnetisatie) B_r laag. Restmagnetisatie is niet wenselijk voor zachte magnetische materialen. Aan deze kromme wordt ook de *coërciefkracht* H_c ontleend. Dit is de magnetische kracht die nodig is om de geïnduceerde magnetisatie nul te maken. In zachte magnetische apparaten moet deze waarde laag zijn. Zachte ferrieten kunnen een combinatie bezitten van hoge permeabiliteit, lage coërciefkracht en weinig verlies bij een hoge frequentie.

Harde magnetische materialen

Harde magnetische materialen worden gebruikt voor permanente magneten. De keramische materialen die goede permanente magneten vormen, kunnen ferrieten ($BaO \times 6Fe_2O_3$) zijn, maar ook ingewikkelder keramische materialen zoals yttrium-aluminium-ijzergranaat. De populairste materialen zijn barium- en strontiumoxiden. De wenselijke eigenschappen van harde magnetische materialen zijn tegengesteld aan die van de zachte magnetische materialen. Een hoge coërciefkracht en restmagnetisatie zijn wenselijk. De kwaliteit van een permanente magneet kan worden gemeten via het *energieproduct*. Deze waarde is het product van de inductie *B* en de magnetische veldsterkte *H* in het tweede kwadrant van de hystereselus. Voor een goede permanente magneet moeten deze waarden zo hoog mogelijk zijn. Deze waarde wordt vaak vergeleken met de dichtheid. Een materiaal met een hoger energieproduct per gegeven volume zal minder ruimte innemen. De eenheden van het energieproduct in het

SI-stelsel zijn tesla-ampère/meter (TA/m). Een typische permanente magneet van Alnico (12 procent Al, 25 procent Ni, 3 procent Cu en de rest Fe) heeft bij kamertemperatuur een energieproduct van 1,35 TA/m. Het energieproduct van sommige magneten van keramisch materiaal is 3,5 TA/m. Daarom zijn keramische materialen soms betere permanente magneten dan de traditionele metalen. Een ander voordeel van harde keramische materialen ten opzichte van metalen is dat het keramische poeder gemengd kan worden met polymeren en elastomeren, en daarna geëxtrudeerd tot vormen zoals een gecombineerde afdichting en sluiting voor een koelkast.

Zowel zachte als harde keramische magnetische materialen hebben ook een aantal beperkingen. De gebakken keramische materialen zijn moeilijk machinaal te bewerken en ze zijn bros. Sommige materialen worden diamagnetisch – dat wil zeggen dat ze niet meer ferromagnetisch kunnen worden gemaakt – bij tamelijk lage temperaturen, het Curiepunt. Het Curiepunt van mangaan-zinkferrieten bedraagt bijvoorbeeld slechts 150 tot 205 °C. Bariumferriet en sommige keramische materialen van zeldzame aarden hebben Curietemperaturen van ongeveer 450 °C. Sommige Alnico-magneten hebben daarentegen Curietemperaturen van wel 1090 °C. ■

Samenvatting

Keramische materialen worden steeds vaker gebruikt voor industriële en medische toepassingen. Ze behoren deel uit te maken van het repertoire van elke materiaalgebruiker. Figuur 11-26 vergelijkt enkele van de technische keramische materialen met de concurrerende materialen. Zij bieden zeker voordelen wat betreft sommige eigenschappen. Bij hoge temperaturen zijn de sterkte-eigenschappen van keramische materialen zonder meer veel beter dan die van vele andere technische materialen. Er moet wel met veel factoren rekening worden gehouden bij het gebruik van keramische materialen, maar als groep kunnen ze van onschatbare waarde zijn voor het oplossen van levensduurproblemen onder zware bedrijfsomstandigheden. De volgende punten zijn belangrijk om in gedachten te houden bij het eventuele gebruik van keramische materialen in technische toepassingen:

- De meeste onderdelen uit keramiek moeten in hun uiteindelijke vorm worden gefabriceerd.
- Een grondige spanningsanalyse is belangrijk bij gebruik van keramische materialen voor constructietoepassingen.
- De meeste keramische materialen kunnen na het sinteren niet machinaal worden bewerkt (behalve door slijpen); hiermee moet in het ontwerp rekening worden gehouden.
- Keramische materialen kunnen niet door gewone lasprocessen aan elkaar of aan andere materialen worden verbonden. Keramische materialen moeten met een meegevend materiaal aan andere oppervlakken gehecht worden.
- Keramische materialen zijn bros; de breukrek is soms minder dan 0,1 procent, tegenover 20 procent voor een willekeurig metaal. Ze vertonen alleen elastisch gedrag.
- De eigenschappen van keramische materialen hangen af van de fabricagetechnieken.
- Keramische materialen kunnen een grotere stijfheid hebben dan staal.
- Keramische materialen hebben een lagere uitzettingscoëfficiënt dan metalen of kunststoffen.
- Keramische materialen hebben in het algemeen geen goede warmtegeleidbaarheid.
- De mechanische eigenschappen van keramische materialen hangen vaak af van de korrelgrootte, de porositeit na het bakken, en oppervlaktedefecten. De kritische kerfgrootte waarbij een keramisch materiaal breekt, kan heel klein zijn, soms slechts 10 μm. Maak gebruik van statistische waarden voor toelaatbare sterkten.
- Rond alle hoeken van keramische onderdelen af om spanningsconcentraties zo klein mogelijk te houden.
- Specificeer een grondige controle op beschadiging van essentiële onderdelen.
- Siliciumnitride, aluminiumoxide en siliciumcarbide zijn de gereedschapsmaterialen onder de keramische materialen.
- Glassoorten zijn amorfe producten van anorganische materialen. Ze bezitten een kleinschalige ordening van de atomen, maar geen grootschalige orde zoals kristallijne materialen.
- Glas kan nuttig zijn in ontwerpen vanwege de goede corrosieweerstand en enkele andere eigenschappen, zoals de lage uitzettingscoëfficiënt.

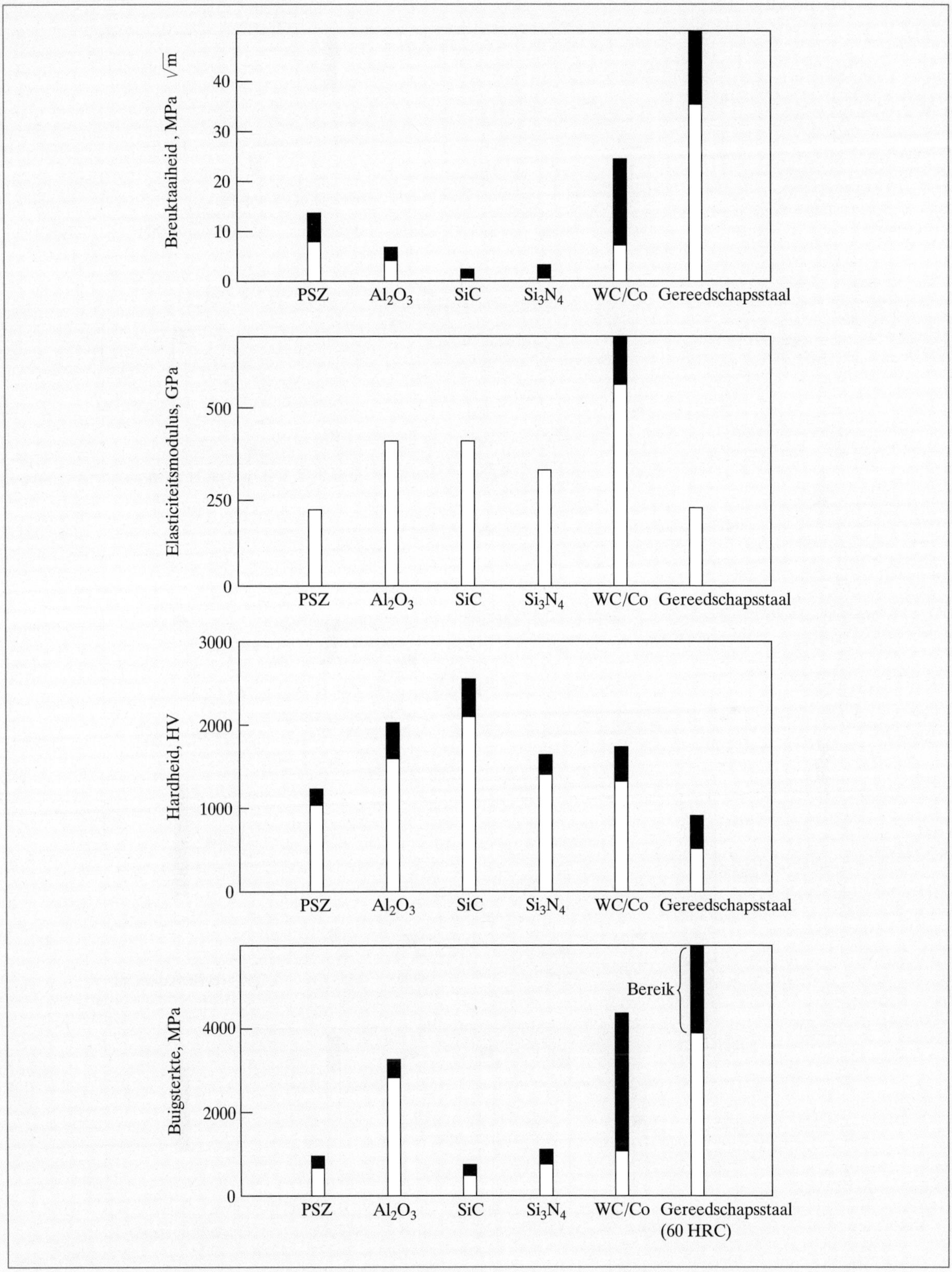

FIGUUR 11-26 Enkele eigenschappen van keramische materialen in vergelijking met gecementeerd carbide en gereedschapsstaal

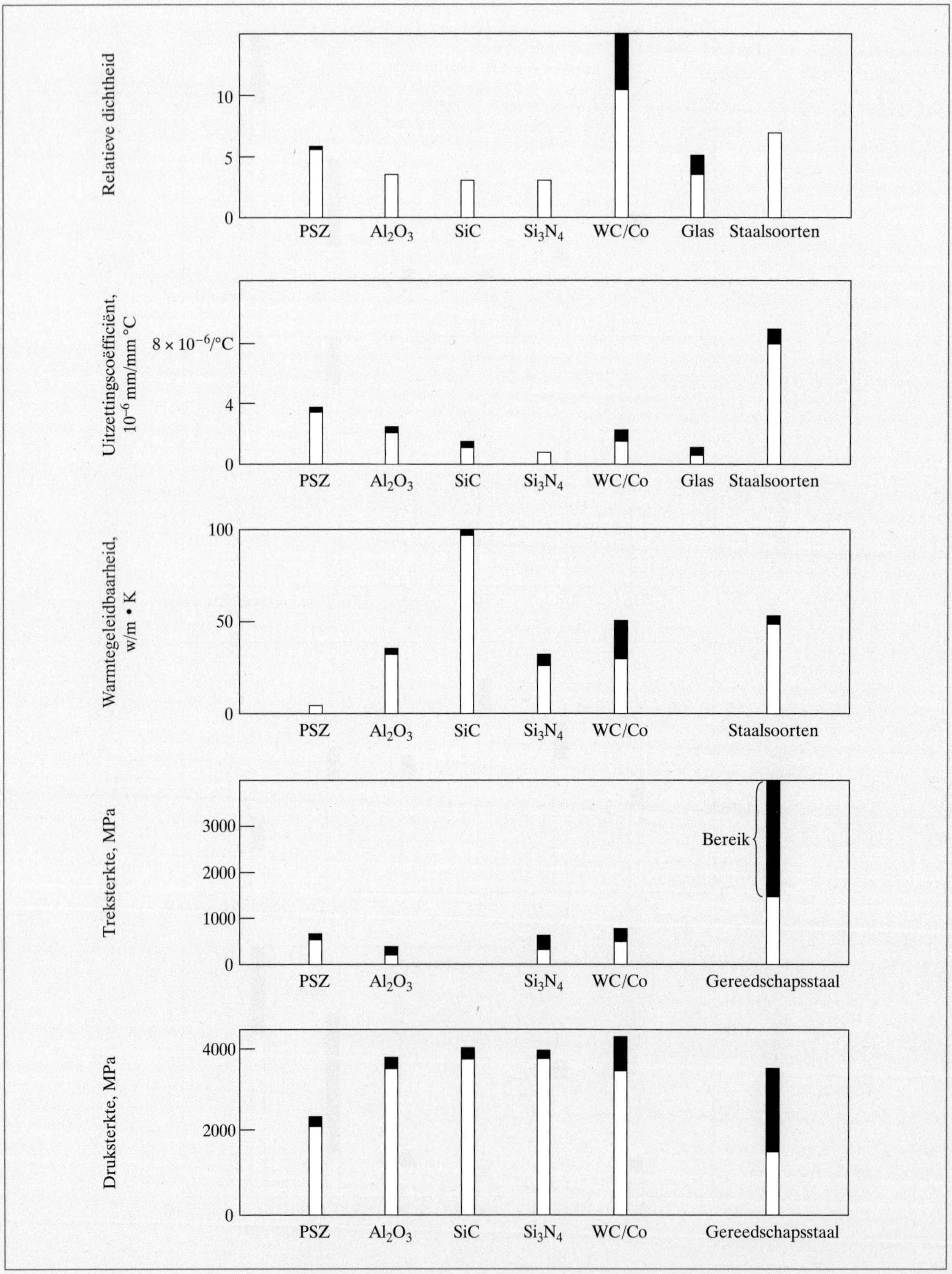

FIGUUR 11-26 Enkele eigenschappen van keramische materialen in vergelijking met gecementeerd carbide en gereedschapsstaal

- In combinatie met andere keramische materialen of metalen kunnen keramische materialen een hoge slijtage produceren. Compatibiliteitsproeven zijn vaak noodzakelijk.
- Koolstofgrafiet is een uitstekend materiaal voor glijlagers die bij juist gebruik geen smering nodig hebben.

Illustratief voorbeeld

Slijttegels van aluminiumoxide

Marmer en dergelijke stenen vloertegels worden afgewerkt tot hun uiteindelijke dikte in een natteriemslijpmachine. Er worden voortdurend tegels in de riemslijpmachine gevoerd door middel van een rubberen transportband. De transportband wordt ondersteund door een roestvaststalen plaat onder de slijpkop. De vlakheid van de steunplaat bepaalt de dikte-uniformiteit van de tegels. De zwakke schakel in het systeem was voorheen de riemsteunplaat. De rubberen transportband was aan beide zijden bedekt door een slib van marmerdetritus en los aluminiumoxide-grind. Dit erodeerde de plaat niet-uniform, wat invloed had op de dikte van de tegels. De plaat moest daarom bijna maandelijks worden vervangen. Een aantal hardere corrosiebestendige metalen werden uitgeprobeerd als steunplaat, maar de verbetering in slijtagelevensduur rechtvaardigde de kosten niet. Ten slotte werden aluminiumoxide slijttegels met epoxy aan de roestvaststalen steunplaat gehecht. Dat werkte, de slijtagelevensduur is nu langer dan een jaar. Keramische materialen zoals aluminiumoxide en siliciumcarbide zijn vaak de enige oplossing tegen abrasieve slijtage in agressieve omgevingen.

Termenlijst

abrasie: de slijtage geproduceerd door het wrijven van harde of scherpe uitsteeksels op een zachter oppervlak

absolute hardheid: indrukhardheid uitgedrukt als een spanning (belasting/oppervlakte van de inkeping)

aluminiumoxide: een keramisch materiaal gevormd door de combinatie van aluminium en zuurstof

bindmiddel: een materiaal dat wordt gebruikt om deeltjes in een gewenste vorm te houden

breuktaaiheid: de weerstand van een materiaal tegen breuk als gevolg van een reeds bestaand defect of een bestaande scheur; uitgedrukt als MPa $\sqrt{m}$

buigsterkte: de spanning die vereist is om een eenvoudig gesteunde balk van een materiaal te breken door een buigbelasting

carbidekwaliteit: classificatiesystemen voor gecementeerde carbiden (hardmetalen)

carbiden: verbindingen gevormd door chemische combinatie van koolstof en een metaal (WC, VC, Fe_3C enzovoort)

cermet: een materiaal samengesteld uit metaalgebonden keramische deeltjes (bijvoorbeeld TiC in staal)

gecementeerde carbiden (hardmetaal): carbidedeeltjes gebonden door een metaalbindmiddel

glas: een amorf samensmeltingsproduct

grafiet: de structuurvorm van koolstof met hexagonale kristallen

groene toestand: de toestand van geperst keramisch poeder en bindmiddel voorafgaand aan het sinteren

hard magnetisch materiaal: een stof die de neiging heeft om ferromagnetisch te blijven

hystereseverlies: energie die verloren gaat bij magnetiseren en demagnetiseren

intermetallische verbinding: een materiaal of fase gevormd door combinatie van twee of meer metalen (bijvoorbeeld NiAl)

keramisch materiaal: een verbinding gevormd door chemische combinatie van een metaal en een niet-metaal (AlO_2, MgO enzovoort)

kerfgevoeligheid: een verhoogde gevoeligheid om te breken bij spanningsconcentraties zoals oppervlaktedefecten

oxide: het product van de chemische reactie van een element met zuurstof

sinteren: voldoende verwarmen van poeders om mogelijk te maken dat de deeltjes samensmelten of een vastestofbinding vormen, wat een vaste stof oplevert

sol-gel: een materiaal gevormd door chemische combinatie van colloïdale dispersie (sol), dat een buigzame fase (gel) vormt die kan worden gegoten enzovoort

transformatietaaiheid: de toestand van een materiaal waarin scheuren de neiging hebben te stoppen door fasetransformatie op de scheurtip

verdichten: in keramische materialen het verdichten van poeder door het te persen

verglazen: het proces van het binden van deeltjes met glas

wolfraamcarbiden: het keramisch materiaal dat

gevormd wordt door de combinatie van koolstof en wolfraam

zacht magnetisch materiaal: een stof die gemakkelijk te magnetiseren is maar de magnetisatie ook gemakkelijk verliest

Opgaven

1. Wat maakt keramische materialen anders dan andere technische materialen, zoals metalen en kunststoffen?

2. Wat is glas en hoe verschilt het van een keramisch materiaal?

3. Leg uit wat heet isostatisch persen van gecementeerde carbiden of keramische materialen is.

4. Hoe worden keramische materialen met nauwe toleranties afgewerkt?

5. Waarom zijn keramische materialen bros?

6. Welk van de volgende gereedschappen of materialen is het hardst?
   a. een vijl
   b. een beitel van gecementeerd carbide
   c. een slijtdeel van zirkoniumoxide
   d. een koudbeitel
   e. marmer
   f. graniet

7. Waarom zijn vele keramische materialen zeer corrosiebestendig?

8. Leg uit hoe je een precisiecilinder van zirkoniumoxide zou maken met een diameter van 10 millimeter en een lengte van 40 millimeter.

9. Wat is beton?

10. Wat is het verschil tussen beton en mortel?

11. Waarvan wordt glas gemaakt?

12. Beschrijf vier toepassingen van gecementeerde carbiden en leg uit waarom deze werden verkozen boven andere materialen voor die toepassingen.

13. Beschrijf hoe je een precisie-as van gecementeerd carbide zou maken met een diameter van 12 millimeter en een lengte van 30 millimeter.

Hoofdstuk 12

Staalproducten

Productvormen op voorraad in een staalmagazijn

Doelstellingen

1. Begrijpen hoe staal wordt gemaakt.
2. Kennismaken met de staalproducten die in de handel zijn.
3. Kennismaken met de staalterminologie en de staalspecificatieprocedures.

Staalsoorten zijn een hulpmiddel bij het bouwen van onze infrastructuur, onze werktuigen, onze vervoersmiddelen, kortom: onze wereld. Constructieprofielen worden gebruikt om gebouwen en bruggen te bouwen. Gewalste staalsoorten in plaat- en bandvorm vormen de frames en carrosserieën van onze apparaten en voertuigen. Plaatstaal wordt gebruikt voor schepen. Alle verkrijgbare staalproducten zijn ooit ontwikkeld omdat ze nodig waren voor zulke ontwerpen. Staaldraad is ontwikkeld omdat het aanzienlijk zwaardere lasten kan dragen dan touwen die van organische materialen gemaakt zijn. H-balken en I-balken zijn ontwikkeld voor het vervangen van balken die gemaakt werden door platen met klinknagels aan elkaar vast te maken. Blik is ontwikkeld voor het vervangen van containers van glas en aardewerk.

Staalsoorten zijn per definitie een legering van ijzer en koolstof, waarbij het koolstofgehalte aan bepaalde grenzen gebonden is. Dit, voor ons zo gewone, metaal wordt verrassend genoeg pas 150 jaar op grote schaal gebruikt. IJzer zelf wordt al minstens 6000 jaar gebruikt. In de veertiende eeuw werd de technologie ontwikkeld om ijzer te smelten en in een bruikbare vorm te gieten en smeden. IJzer in gegoten vorm werd verscheidene eeuwen lang in toenemende hoeveelheden gebruikt, maar het koolstofgehalte in dat ijzer was hoog en het was absoluut niet zo gemakkelijk te smeden en te vormen als staal. In het midden van de negentiende eeuw werd het Bessemer-proces ontwikkeld om het gehalte aan onzuiverheden in ijzer te reduceren. Daarbij werd lucht geblazen door het onzuivere gesmolten ijzer. Deze ontwikkeling vormde de aanzet tot het staaltijdperk. Er konden nu smeedstukken worden gemaakt. Platen konden worden gewalst. Het ons bekende *staal* was er eindelijk! Dit proces wordt niet meer toegepast, maar het was de voorloper van het oxystaalproces (BOF, *basic oxygen furnace*), dat tegenwoordig overal wordt gebruikt. Er bestaat overigens niet zoiets als hét materiaal staal; er zijn inmiddels ruim duizend commercieel verkrijgbare staalsoorten.

Ontwerpers en materiaalgebruikers dienen te weten welke staalsoorten verkrijgbaar zijn, wat de staalterminologie is en welke producten op de markt zijn voor gebruik in een technisch ontwerp. Deze bespreking heeft als doel om de ontwerper vertrouwd te maken met de staalproductietechnieken, de staalproducten en de selectiefactoren. We zullen belangrijke termen (jargon) definiëren, zoals ongekalmeerd staal en continugieten. Aan het eind van dit hoofdstuk zou je in staat moeten zijn om het staalproduct dat je voor een toepassing nodig hebt, te definiëren.

12.1 Het winnen van ijzer uit ijzererts

De grondstof voor staal is een van de in de natuur voorkomende ijzeroxiden, vooral *hematiet* (Fe_2O_3) en *magnetiet* (Fe_3O_4). In sommige landen waar ijzerreserves zijn geslonken, zoals in de Verenigde Staten, wordt ook taconiet gebruikt, een siliciumhoudend gesteente met een tamelijk laag ijzergehalte. Het gebruik van deze laagwaardige ertsen heeft concentratie van het erts ter plaatse nodig gemaakt om het transportgewicht naar de staalfabrieken te reduceren. Het taconiet wordt bovengronds gewonnen en vergruisd, en de ijzerrijke delen worden geconcentreerd met behulp van flotatie en andere technieken. Daarna worden ze gesinterd tot kleine bolletjes met een diameter van rond de 10 tot 15 millimeter. Dit proces wordt *pelletiseren* genoemd. Het ijzergehalte van deze bolletjes kan 70 procent of meer zijn.

In de staalfabriek wordt het gepelletiseerde ijzeroxide gestort in een *hoogoven*, een soort chemische reactor. Het onzuivere materiaal gaat er aan de bovenkant in en onderaan komt het er gezuiverd uit. De lading bestaat uit ijzererts, cokes, kalksteen en lucht. Figuur 12-1 is een schematische voorstelling van een typische hoogoven.

De productie van ijzer is een vrij complex proces. Het kan met de volgende specifieke chemische reacties op een eenvoudige manier worden beschreven:

Productie van het reducerende gas

1. C (cokes) + O_2 (lucht) $\rightarrow$ CO_2 (kooldioxide)
2. CO_2 + C (overtollige cokes) $\rightarrow$ 2CO (koolmonoxide)

Reductie van het ijzeroxide

1. Fe_2O_3 (erts) + 3C (cokes) $\rightarrow$ 2Fe + $3CO_2$
2. Gelijktijdig met de vorige reactie: $Fe_2O_3 + 3CO \rightarrow 2Fe + 3CO_2$

De chemische stoffen die met het ijzeroxide reageren en het omzetten in metallisch ijzer, zijn dus koolmonoxide en koolstof, beide afkomstig uit de cokes.

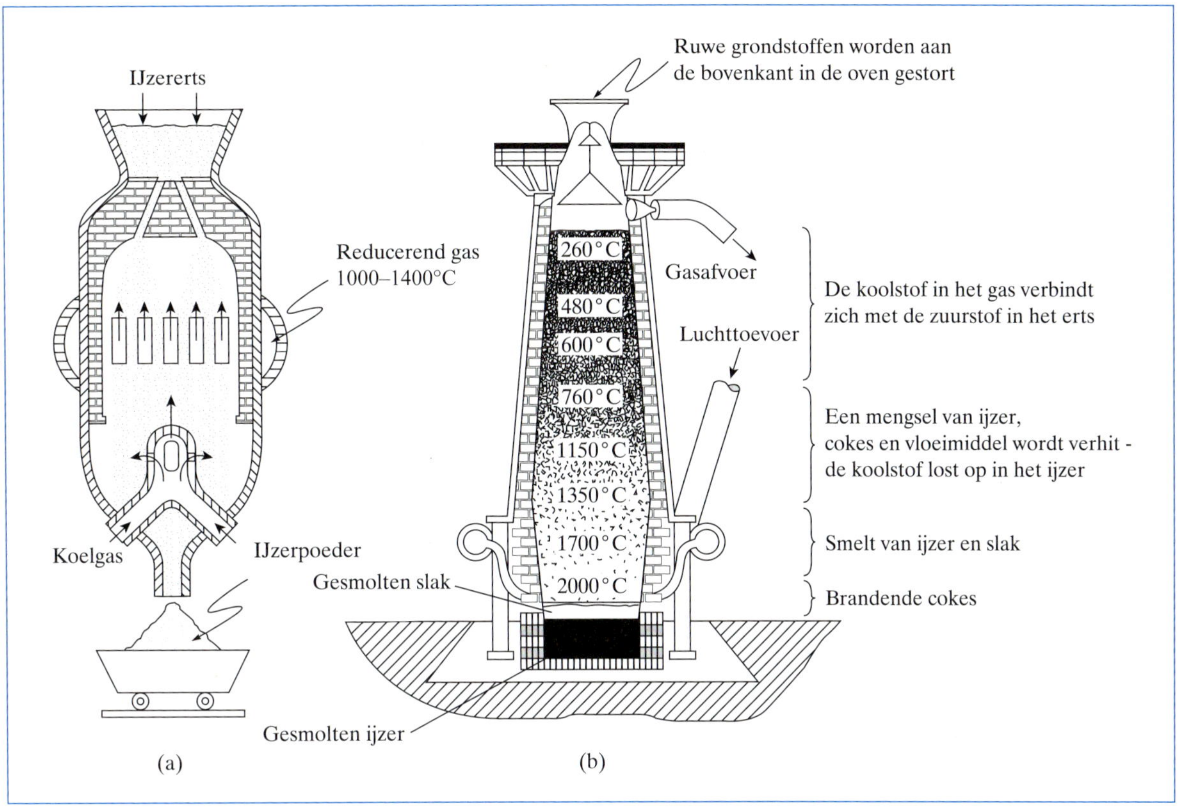

FIGUUR 12-1 Schematische voorstelling van een proces voor directe reductie (a) en een hoogoven (b)

De cokes in de oven zijn een bron van warmte en ook de bron van het reducerende gas dat op chemische wijze zuurstofatomen uit het ijzeroxide haalt en zodoende het gewenste ijzer voortbrengt. De kalksteen wordt aan het erts toegevoegd om te dienen als vloeimiddel en zuiveringsmiddel. Het helpt bij het verwijderen van de andere onzuiverheden uit het ijzererts. De lucht levert de zuurstof voor de verbranding van de cokes en bevordert de *chemische reductie* van het ijzeroxide.

Het metallische ijzer wordt aan de onderkant van de oven afgetapt. De slak die zich boven het ijzer ophoopt, wordt eveneens afgetapt en gebruikt voor bijvoorbeeld grondophoging of als betonaggregaat. Het metallische ijzer in deze toestand wordt *ruwijzer* genoemd. Het is nog onzuiver, want het heeft een hoog koolstofgehalte – vaak van 4 of 5 procent – en is niet geschikt voor het maken van technische materialen, omdat het uiterst bros en zwak is. Behalve veel koolstof kunnen er in ruwijzer ook silicium, zwavel, fosfor, mangaan en insluitsels van niet-metallische materialen uit het erts voorkomen. Het ruwijzer moet dus nog verder worden gezuiverd.

Op diverse plaatsen in alle delen van de wereld zijn inmiddels processen voor directe reductie (DRI) in gebruik (zie figuur 12-1). Het is mogelijk dat dit soort processen de hoogoven op den duur zullen vervangen, maar in 2008 waren ze nog slechts verantwoordelijk voor ongeveer 6 procent van de wereldstaalproductie.

12.2 Het bereiden van staal

Staalsoorten zijn legeringen van ijzer en koolstof met koolstofgehalten tussen ongeveer 0,06 en 2 procent. IJzer-koolstoflegeringen die bij kamertemperatuur minder dan 0,005 procent koolstof bevatten, worden beschouwd als zuiver ijzer. Zuiver ijzer is zacht, ductiel en betrekkelijk zwak. Vanwege de lage sterkte wordt het zelden gebruikt als technisch materiaal, maar wel voor speciale toepassingen, zoals magnetische toestellen en geëmailleerd staal (staal dat van een deklaag van glas voorzien is, zoals in badkuipen). De staalsoorten die commercieel van belang zijn, hebben minimaal een koolstofgehalte van ongeveer 0,06 procent. IJzer-koolstoflegeringen met meer dan 2 procent koolstof worden beschouwd als gietijzer. Voor ijzerlegeringen met een hoger koolstofgehalte – tot 2 procent – is gieten vrij-

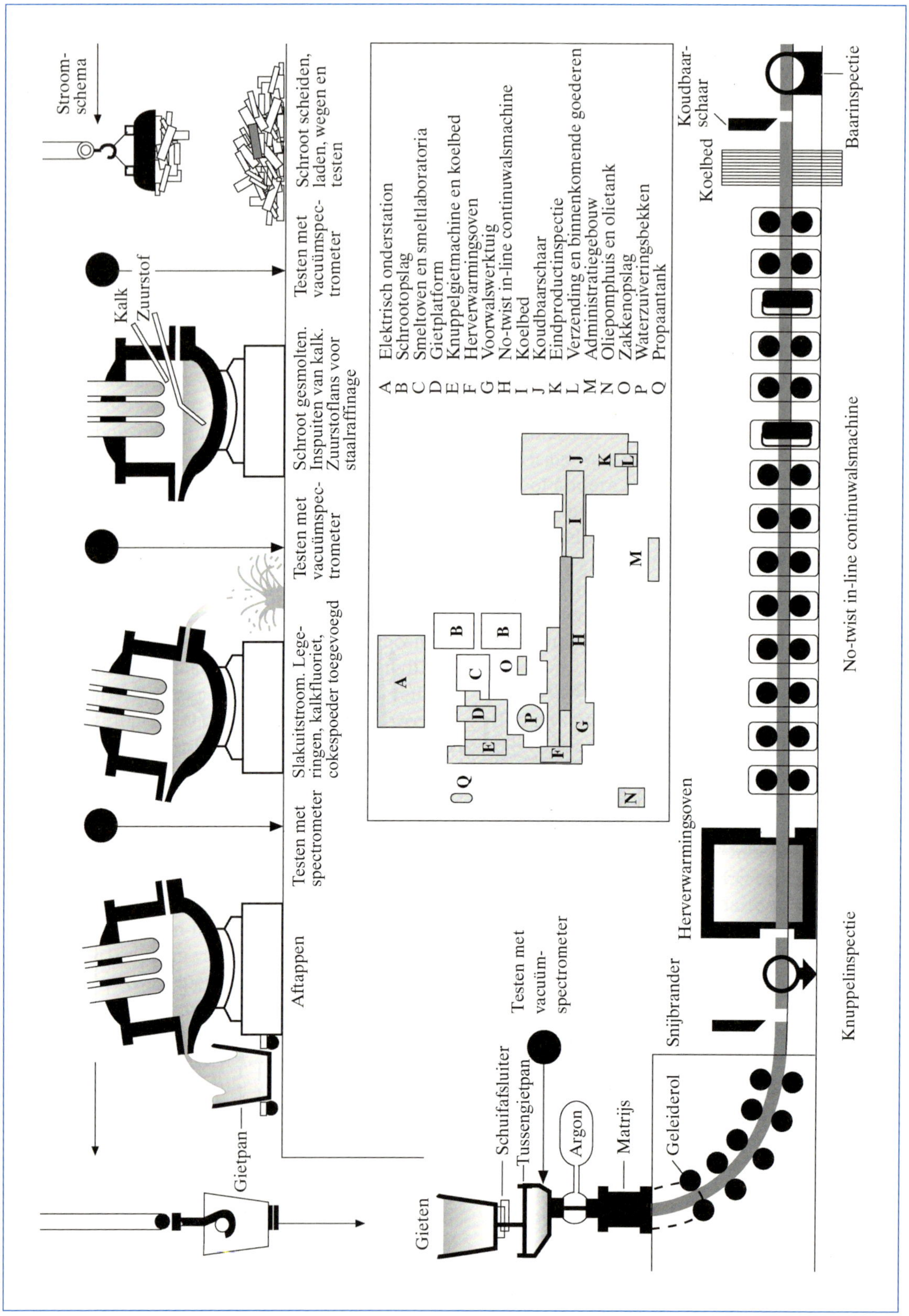

FIGUUR 12-3 Het maken van constructieprofielen uit schroot in een minifabriek

Bron: Overgenomen met toestemming van Austeel, Auburn Steel Co.

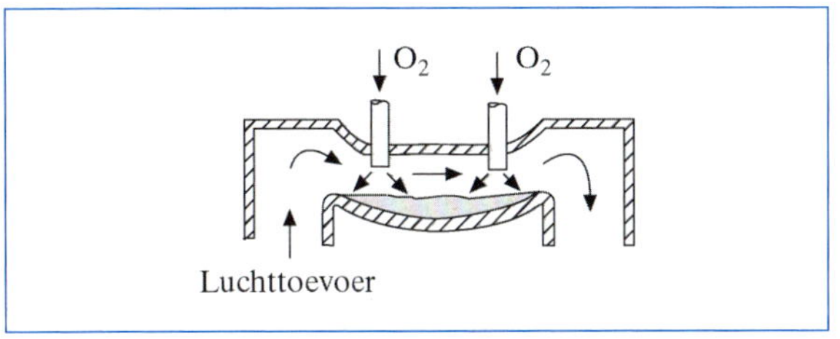

FIGUUR 12-4 Openhaardoven, vroeger gebruikt voor hoge productie van koolstofstaal

geblazen om een beschermende coating van slak op de hittebestendige bekleding te sproeien. Dit vermindert de slijtage van de bekleding tijdens het laden van het vat. Het toevoegen van legeringen vindt vaak plaats in de gietpan in plaats van in de oxystaaloven. De productie van de oxystaaloven wordt soms geleid naar secundaire raffinagebewerkingen, zoals vacuümontgassen, om het gehalte aan onzuiverheden verder te verminderen of de chemische samenstelling te wijzigen. Wat betreft tonnage is dit het belangrijkste staalraffinageproces.

Elektro-oven

De warmtebron in de elektro-oven (zie figuur 12-5) is een elektrische spanningsboog die getrokken wordt tussen de smelt en grafietelektroden. De oven kan worden geladen met schroot of massief ruwijzer. De spanningsboog smelt het metaal en het raffinageproces wordt uitgevoerd door een in de smelt ingebrachte zuurstoflans en door de werking van vloeimiddelen. De ovens kunnen klein zijn (met een inhoud van een paar ton) of enorm groot (met een inhoud tot wel 300 ton). Het aantrekkelijke van dit proces voor gelegeerd staal houdt verband met het feit dat het tussen het gebruik door kan worden uitgeschakeld. Metaalgieterijen smelten vaak ijzer in elektro-ovens die soms maar enkele uren per dag werken. Elektro-ovens worden gekanteld voor het gieten van het metaal en de slak in gietpannen. De gietpan met het hete metaal wordt vervolgens door een bovenloopkraan naar een continugietmachine of een blokgietplaats gebracht. Elektro-ovens worden vaak gebruikt in minifabrieken. Ze worden tegenwoordig ook gebruikt voor de bereiding van legeringen en speciale staalsoorten zoals gereedschapsstaal.

Secundaire staalbereiding

Staalsoorten die worden gebruikt voor constructieprofielen worden meestal alleen geraffineerd in oxystaalovens. Voor speciale staalsoorten, zoals interstitieelvrij plaatmetaal met een hoge vormbaarheid, zware platen voor drukvaten en staalsoorten voor cruciale pijpleidingtoepassingen, kunnen secundaire staalbereidingsbehandelingen nodig zijn. Deze zijn gericht op het veranderen van de chemische samenstelling en het verminderen van niet-metallische insluitsels. Uit veel onderzoek naar de sterkte van materialen blijkt dat bijvoorbeeld de vermoeiingslevensduur en de taaiheid van het staal rechtstreeks evenredig zijn met het gehalte en de grootte van niet-metallische insluitsels.

Deze insluitsels zijn normaal gesproken oxiden, silicaten, sulfiden of aluminiumoxiden die ontstaan tijdens het conventionele smelten en raffineren (zie figuur 12-6). De hoeveelheid insluitsels in een stuk staal kan worden gemeten door een dunne plak van het uiteinde van een staalprofiel te zagen en deze in een zuur te etsen. Een onzuiver soort staal laat

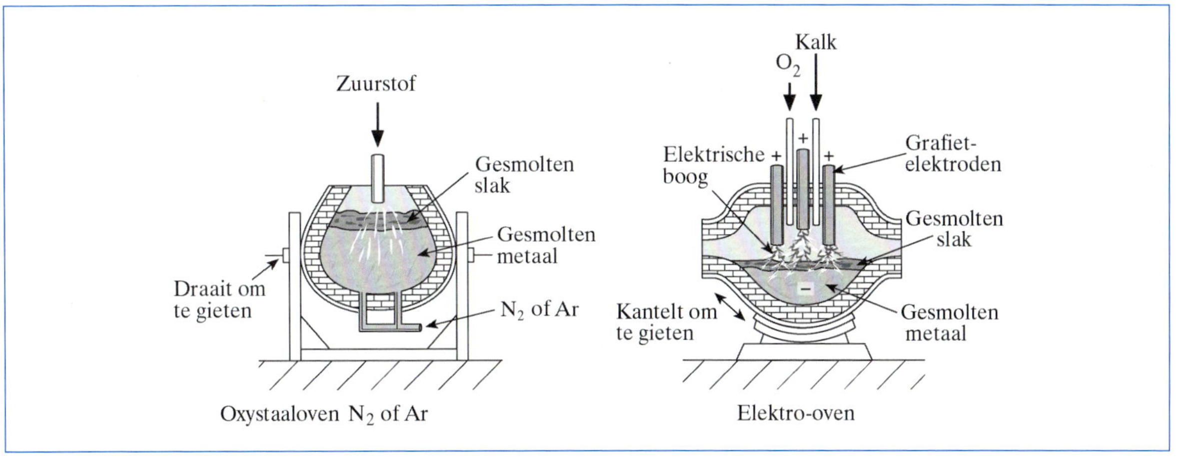

FIGUUR 12-5 Schematische voorstelling van staalraffinageovens

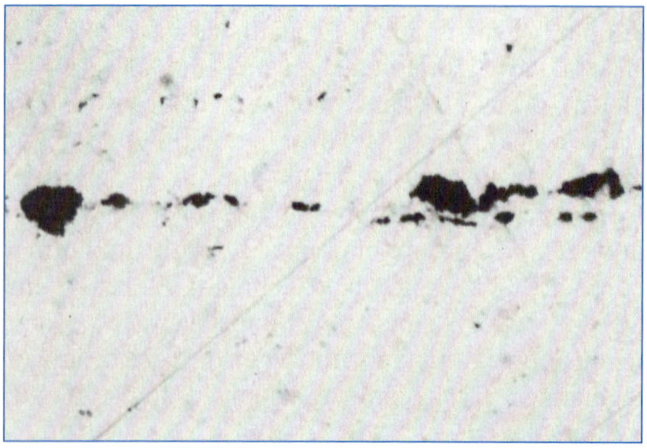

FIGUUR 12-6 Typische niet-metallische insluitsels in koolstofarm plaatmateriaal dat gemaakt is van blokgegoten staal (×500)

putjes zien waar de insluitsels weggeëtst zijn door het zuur. Er bestaan ook microzuiverheidsnormen voor staalsoorten, die gebruikmaken van de hoeveelheid insluitsels die gemeten worden in een gepolijst proefmonster met behulp van een microscoop. Deze waarden kunnen worden toegevoegd aan de aankoopspecificatie voor een staalsoort.

Figuur 12-7 illustreert enkele van de vele processen die worden gebruikt in secundaire staalbereiding. *Vacuümontgassen* wordt gebruikt voor het verwijderen van opgeloste gassen uit staal. De techniek in figuur 12-7 toont gesmolten metaal dat van een bovenste vat wordt geleid naar een onderste vat, dat zich in een geëvacueerd vat bevindt. *Gietpanraffinage* is een proces waarbij men argon uit een lans of uit een poort in de bodem van de pan door de smelt laat borrelen. Door het argon en de beweging worden zwavel en restzuurstof verwijderd. *Gietpanverhitting* wordt gebruikt om de temperatuur van het metaal in de gietpan te herstellen. Er bestaan ook extra secundaire staalbereidingsprocessen waarbij calcium, zeldzame aarden, gassen en zelfs legeringsdraad in de gietpan worden geïnjecteerd.

Speciale raffinageprocessen

Gelegeerd staal, roestvast staal, lagerstaal, gereedschapsstaal en andere speciale staalsoorten worden vaak onderworpen aan speciale raffinageprocessen die bedoeld zijn om de chemische samenstelling te veranderen en/of onzuiverheden te verwijderen. Deze processen worden geïllustreerd in figuur 12-8. Bij *vacuümboogomsmelten* (VAR, *vacuum arc remelting*), de meest gebruikte techniek, wordt het staal uit de oxystaal- of elektro-oven tot cilindrische blokken gegoten. Aan deze blokken wordt een asstomp gelast en vervolgens worden ze in een vacuüm opnieuw gesmolten door een boog te trekken tussen elk gietblok en een watergekoelde koperen matrijs. Het gietblok wordt zodoende een reusachtige laselektrode. Dit proces is een zeer effectieve manier om insluitsels te verwijderen. Elke druppel van het gietblok die langs de boog komt, wordt blootgesteld aan het vacuüm.

Vacuüminductiesmelten (VIM, *vacuum induction melting*) is een nieuwer proces dat wordt gebruikt om massief schroot of andere ladingen te smelten. De lading wordt in een smeltkroes geplaatst en verhit door middel van inductiestromen met een hoge frequentie. Er ontstaan dan convectiestromen die zorgen voor menging van de smelt. De gehele smeltkroes bevindt zich in een vacuüm, en de gietblokken worden ook in het vacuüm gegoten.

Bij *elektronenstraalraffinage* wordt gesmolten metaal via een tussenreservoir in een blokmatrijs gegoten. Trechter en matrijs bevinden zich in een vacuüm.

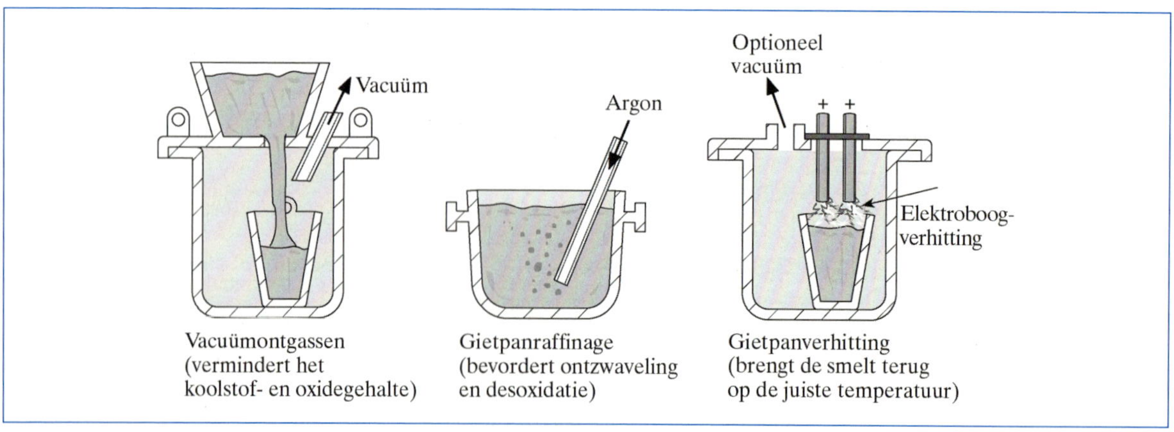

FIGUUR 12-7 Secundaire staalbereidingsprocessen

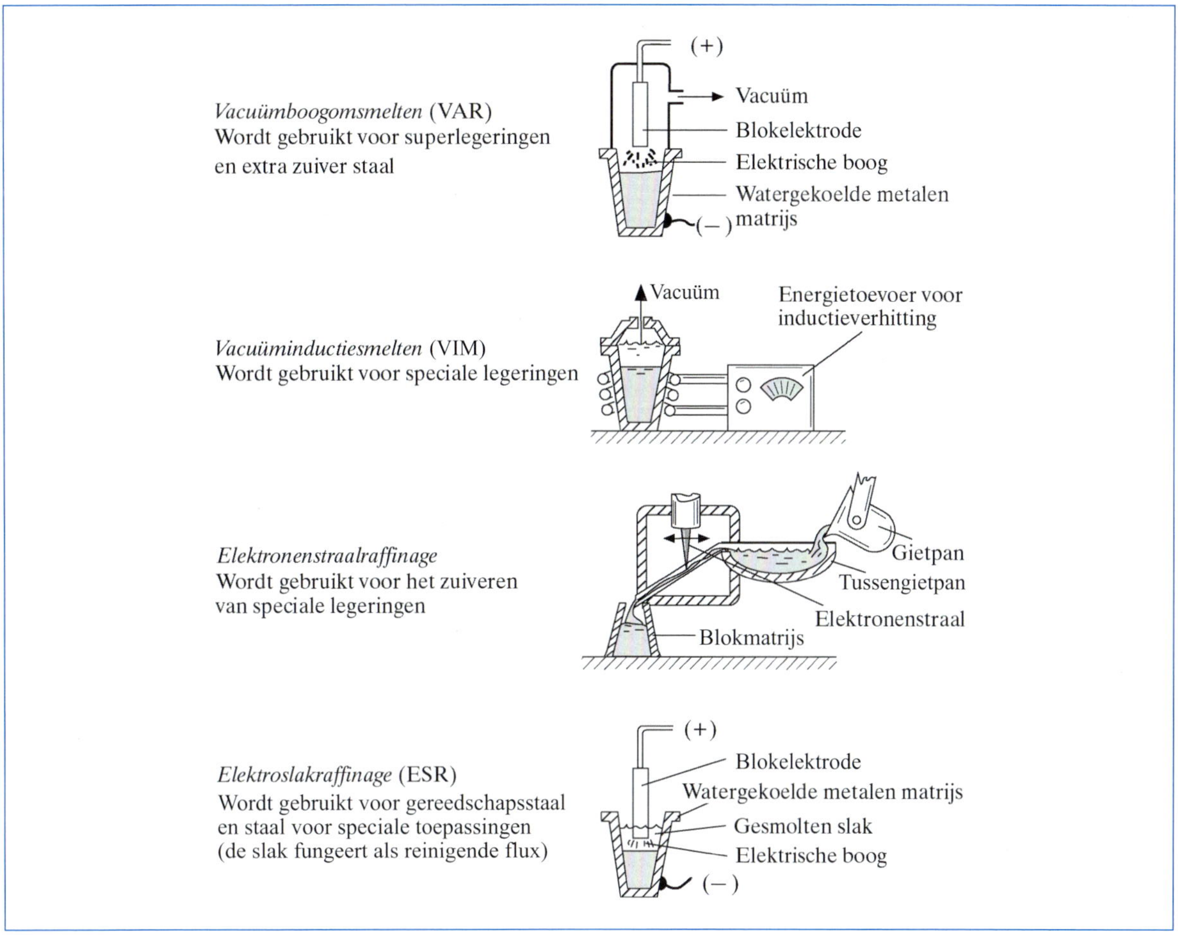

FIGUUR 12-8 Speciale raffinageprocessen

Terwijl het metaal door de trechter omlaagstroomt wordt het met een elektronenbundel bestraald. Daardoor verdampen de onzuiverheden en kunnen ze uit de luchtledige ruimte worden verwijderd.

Er zijn nog twee andere raffinageprocessen, die beide gebruikmaken van chemische reacties. Deze verschillen van de vacuümraffinagemechanismen in de zin dat de onzuiverheden hierbij worden verwijderd door een reactie met speciaal in de smelt gebrachte stoffen. Deze processen vinden niet in een vacuüm plaats. In het *AOD-proces* (AOD staat voor *argon oxygen decarburization*) worden argon en zuurstof geblazen in een smeltkroes met een gesmolten lading uit een elektro-oven of een oxystaaloven. De zuurstof reduceert het gehalte aan koolstof (ontkolen), sulfiden en andere onzuiverheden. De argon veroorzaakt veel beweging in de smelt zodat de oxiden verstrooid worden en kleiner worden gemaakt. De argon bevordert ook de verwijdering van opgeloste gassen.

Elektroslakraffinage (ESR) lijkt op VAR, maar wordt niet in een vacuüm uitgevoerd. Een smelt die met VIM of in een elektro-oven is gemaakt, wordt in blokgietvormen gegoten. Aan deze blokken wordt een as-stomp gelast, waardoor ze elektroden worden voor boogsmelten in een watergekoelde koperen matrijs. De zuivering vindt plaats wanneer het smeltende metaal van het blok door een gesmolten smeltmiddel stroomt dat werkt als een laselektrodeslak om onzuiverheden te verwijderen. In elektroslakraffinageblokken komen geen krimpholten voor.

Gieten van blokken

Nadat een lading staal is geraffineerd, wordt deze in een continugietmachine gegoten of in blokvormen. Minder dan 10 procent van het staal in de Verenigde Staten verlaat tegenwoordig de fabriek in de vorm van gietblokken; het meeste is continugegoten. Deze fase van het proces is dus in de loop der tijd minder belangrijk geworden. Ontwerpers en staalgebruikers komen echter nog steeds enorm veel termen tegen in verband met blokgieten.

De staalgebruiker moet bekend zijn met het feit dat giettechnieken van invloed kunnen zijn op de chemische homogeniteit en krimpholten in het staal. De metaalkundige vaktermen voor deze factoren zijn segregatie en slinkholten. *Segregatie* is een variatie in de chemische samenstelling van het materiaal. Het treedt op microscopische schaal op in de dendrieten die de stolling beginnen en op macroscopische schaal in de gegoten vorm. Een oorzaak van segregatie is gelegen in het feit dat een metaallegering over een bepaald temperatuurbereik stolt. In dit temperatuurtraject zal altijd een deel van het metaal vloeibaar zijn en een deel vast. In het geval van staal is het gedeelte dat het eerst stolt zuiverder dan het metaal dat later stolt. Gietblokken die stollen met een huid die zuiverder is dan het centrum, produceren *ongekalmeerd staal.*

Een *slinkholte* is een holte in de bovenkant van een gietblok die wordt gevormd doordat het metaal krimpt als het van een vloeibare toestand overgaat in vaste toestand (zie figuur 12-9). Soms worden er in staalplaat slinkholten en porositeit gewalst, waardoor er bij het omvormen delaminatie kan optreden.

Segregatie en slinkholten zijn dus eigen aan het stollingsproces. Beide blokdefecten kunnen voorkomen in het afgewerkte product als ze in de fabriek niet goed worden aangepakt. Gelukkig hebben staalfabrieken methoden gevonden om deze schadelijke effecten tot een minimum te beperken. Een gedeelte van het gietblok kan worden afgesneden om de slinkholten te verwijderen. Segregatie kan worden beperkt door aan het staal elementen zoals aluminium en silicium toe te voegen. Deze elementen verwijderen de opgeloste zuurstof uit het gesmolten metaal, waardoor de eigenschappen van het gietblok veranderen. Deze staalsoorten worden *gekalmeerd staal* genoemd, omdat het gesmolten metaal tijdens het stollen rustig is.

Bij gietblokken van gekalmeerd staal komen meestal minder problemen van deze aard voor. Continugegoten staalsoorten zijn gedesoxideerd of gekalmeerd, en porositeit als gevolg van slinkholten komt er dan ook veel minder in voor dan in blokgegoten staalsoorten.

Continugieten

In figuur 12-10 wordt een schematische voorstelling van continugieten (*concast*), ook bekend als streng-gieten, gegeven. Het staal wordt geraffineerd in de standaardelektro-oven en in een gietpan gegoten. De gietpan wordt vervolgens getransporteerd naar de gietinstallatie en het staal wordt in de trechter gegoten. De staalstroming in de gietmachine wordt geregeld met kleppen, zodat de trechter tot aan de bovenkant gevuld is. De trechter zorgt op zijn beurt voor de toevoer naar de gietmachine. De matrijs van de gietmachine bepaalt het halfproduct (semi) dat de gietmachine produceert. Figuur 12-10 bevat ook afbeeldingen van vaak gegoten profielen. De matrijs van de gietmachine wordt met water gekoeld, en het gesmolten staal blijft zo lang in de matrijs dat zich een massieve huid kan vormen. De huid op de streng wordt als het ware een continu bewegende blokmatrijs. De kern van de draad blijft tot op enige afstand van de uitgang van de matrijs vloeibaar (van een paar meter tot wel 30 meter). De streng heeft soms veel rollen ter ondersteuning nodig, soms maar een paar, afhankelijk van de vorm van de streng. Een streng met een doorsnede van 30 mm^2 heeft veel minder steunrollen nodig dan een plak van 25×200 millimeter. Wanneer de kern gestold is, wordt de streng in stukken van een bepaalde lengte gesneden. Dit

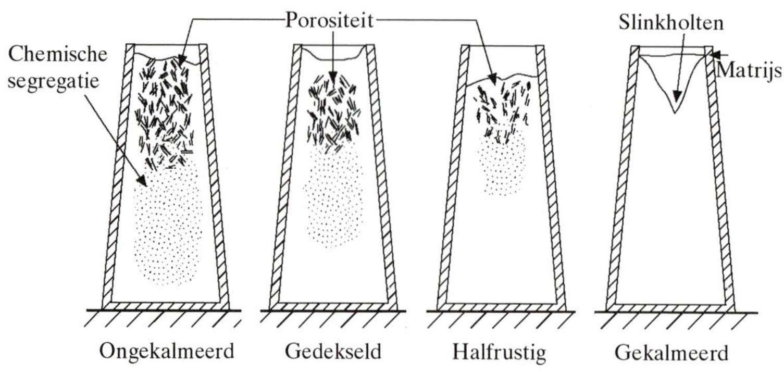

FIGUUR 12-9 Eigenschappen van blokken van diverse soorten staal

wordt meestal gedaan met zuurstofsnijbranders, of met warmscharen in het geval van kleine strengen.

Continugietmachines zien er niet altijd zo uit als in figuur 12-10. Ze kunnen verschillend gekromde paden voor de streng hebben en ze kunnen horizontaal of verticaal zijn. Verticale draadgietmachines komen overigens niet vaak voor. Ze worden alleen gebruikt voor het gieten van gelegeerd staal en andere metalen met beperkte ductiliteit. Brosse legeringen breken vrij snel bij hoge buigspanningen. Er kunnen spanningen ontstaan bij buiging van verticaal naar horizontaal, de richting waarin de meeste gietmachines werken. Gietmachines kunnen diverse strengen hebben; vier strengen is niet ongewoon. Deze machines zijn zeer kostbaar en in de meeste fabrieken zorgt men er daarom voor dat ze continu blijven draaien. Gietmachines worden opgestart door het plaatsen van een kort stuk gestolde draad – de startketting – in de matrijs en dan wordt er gesmolten staal op de gesloten matrijs gegoten om een continue streng te produceren. Wanneer de eenheid eenmaal draait, wordt de ene lading staal na de andere aangevoerd zodat de machine zelden een koude start meemaakt. Veel machines draaien 90 procent van de tijd en sommige machines verwerken wel 3000 ladingen na elkaar.

Net als bij blokgegoten staal kunnen er bij continugegoten staal kwaliteitsproblemen spelen. Er kunnen problemen zijn met insluitsels, porositeit, segregatie en korrelgrootte. Wel is een inherent voordeel van strenggieten ten opzichte van blokgieten dat de gesmolten kern het stollende metaal voedt, zodat er geen problemen voorkomen met slinkholten door de stolling (als de warmteoverdracht in het systeem tenminste goed is). Er hoeven dus geen slinkholten te worden verwijderd zoals bij blokgieten.

De metaalkunde van het gietproces

Als de strengen stollen krijgen ze een korrelstructuur die lijkt op de structuur in figuur 12-11. Wanneer een metaal stolt tegen een koude matrijs, vormen zich dendrieten, boomvormige driedimensionale structuren die, atoom voor atoom, aangroeien en zodoende een kristal vormen. Het is de stollingswijze van de natuur. De ijsbloemen op een ruit bestaan meestal uit tweedimensionale dendrieten.

Dendritische kristalgroei is een belangrijk deel van de fundamentele metaalkunde. Het verschijnsel treedt in alle metaalsystemen op. Dendrieten ontstaan op kiemen in de smelt, bijvoorbeeld een verontreiniging of een oneffenheid van de matrijswand. Dit proces gaat door totdat er overal in de

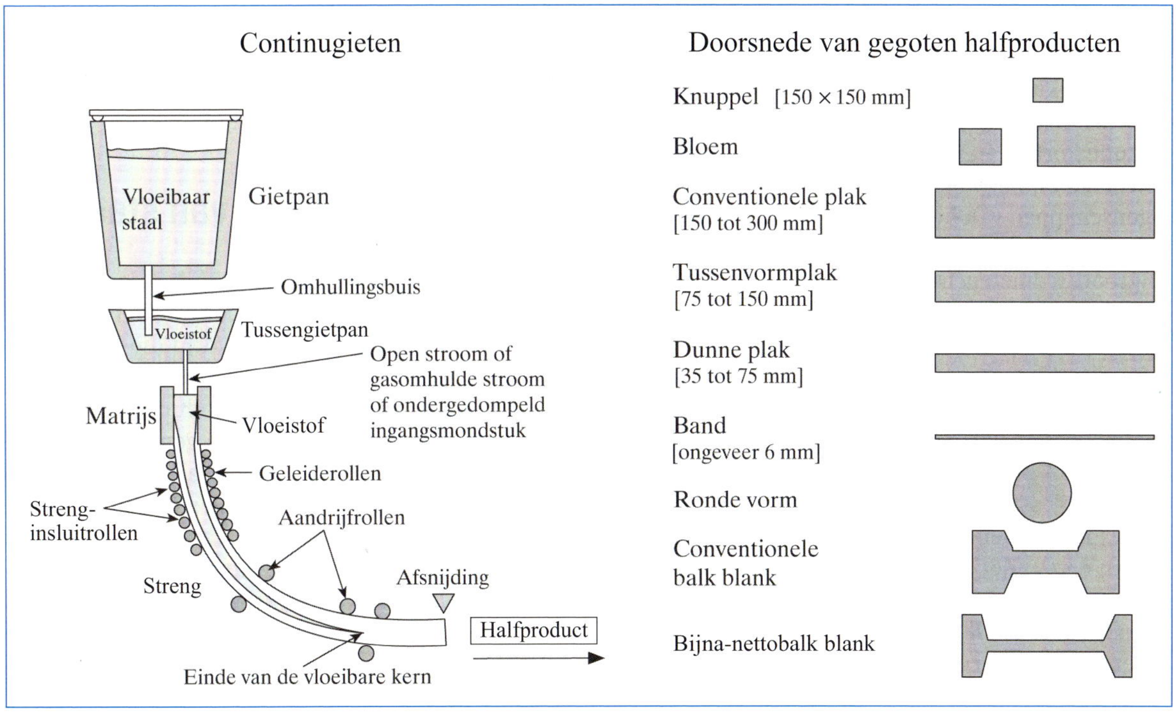

FIGUUR 12-10 Schematische voorstelling van het continugieten en enkele geproduceerde vormen (halfproducten)

Bron: Overgenomen met toestemming van E. S. Szekeres van Casting Consultants Inc.

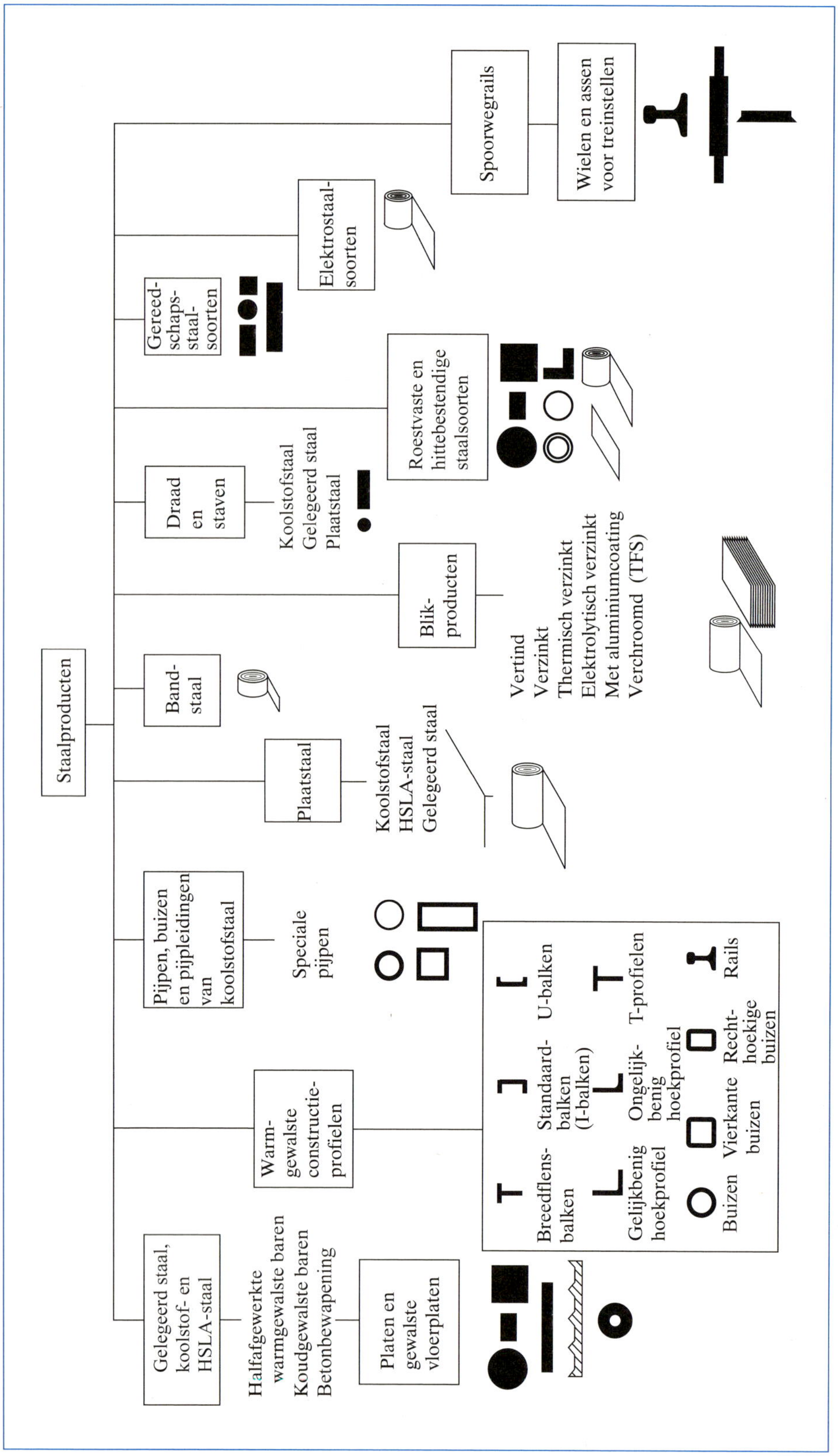

FIGUUR 12-14 Spectrum van staalproducten

De metaalkunde van het omvormproces

Met de reductie van staal en andere metalen in blokvorm of gegoten vorm tot een bruikbaar product zijn zeer belangrijke principes gemoeid. We hebben al gezien dat er een bepaalde microstructuur van korrels in het metaal ontstaat tijdens het stollingsproces. De rol van deze fundamentele begrippen voor het omzetten van staal in vormproducten bestaat uit het volgende. Stel dat een staalfabriek twee hoofdproducten maakt, warmgewalst staal en koudgewalst staal. Het verschil tussen deze twee producten ontstaat eenvoudigweg door wat er tijdens de verwerking gebeurt met de korrels in het staal. Wanneer een staalblok roodgloeiend wordt verhit en door een stel walsrollen of een ander werktuig gaat, worden de dendritische korrels platgedrukt. Als het staal roodgloeiend is, dan groeien er daarna onmiddellijk nieuwe korrels. Dit heet *rekristallisatie*, en wordt geïllustreerd in figuur 12-15. Als het staal in koude toestand wordt gewalst of op een andere manier wordt verwerkt, dan treedt er geen dynamische rekristallisatie op. De korrels worden platgewalst en hoe meer dat gebeurt, des te harder wordt het staal. De plastische vervorming in metalen vindt plaats door slip en vermeerdering van dislocaties in elke korrel in het stuk metaal. Op den duur wordt een punt bereikt waarop het staal niet meer vervormd kan worden. Bij een poging het staal nog verder te vervormen, scheurt het.

Warmwalsen

Bij het warmwalsen worden gietblokken of continugegoten vormen in roodgloeiende toestand uitgewalst tot kleinere producten zoals *bloemen* of *knuppels*. Een karakteristieke bloem heeft een doorsnede van 20 bij 20 centimeter. Knuppels zijn kleiner, met zijden van 5 tot 13 centimeter. *Plakken* zijn 5 tot 50 centimeter dik, met een breedte die 150 centimeter of meer kan zijn. Plakken zijn een normaal product van continugietmachines. Wanneer een van deze vormen wordt warmgewalst tot een product met een kleinere doorsnede, dan zullen de korrels dynamisch rekristalliseren en wordt het materiaal niet harder. Het blijft gemakkelijk walsbaar of omvormbaar. De dislocaties, die de vervormbaarheid van een materiaal verminderen, worden weggewerkt onder invloed van de door het roodgloeiende materiaal beschikbare energie. Warmgewalste vormen zijn onder meer platen, banden, plaatbaren, constructieprofielen en pijpen. Deze vormen kunnen een afgewerkt product zijn of een uitgangsmateriaal voor koudwalsen. Zoals figuur 12-13 laat zien, is het uitgangsmateriaal voor koudgewalst plaatstaal een rol warmgewalst staal. Warmgewalst staal kan bedekt zijn met een zwarte aanslag doordat het in roodgloeiende toestand aan de lucht is blootgesteld of een dof grijs oppervlak hebben dat overblijft als de aanslag verwijderd is door het roodgloeiende staal door middel van water af te koelen.

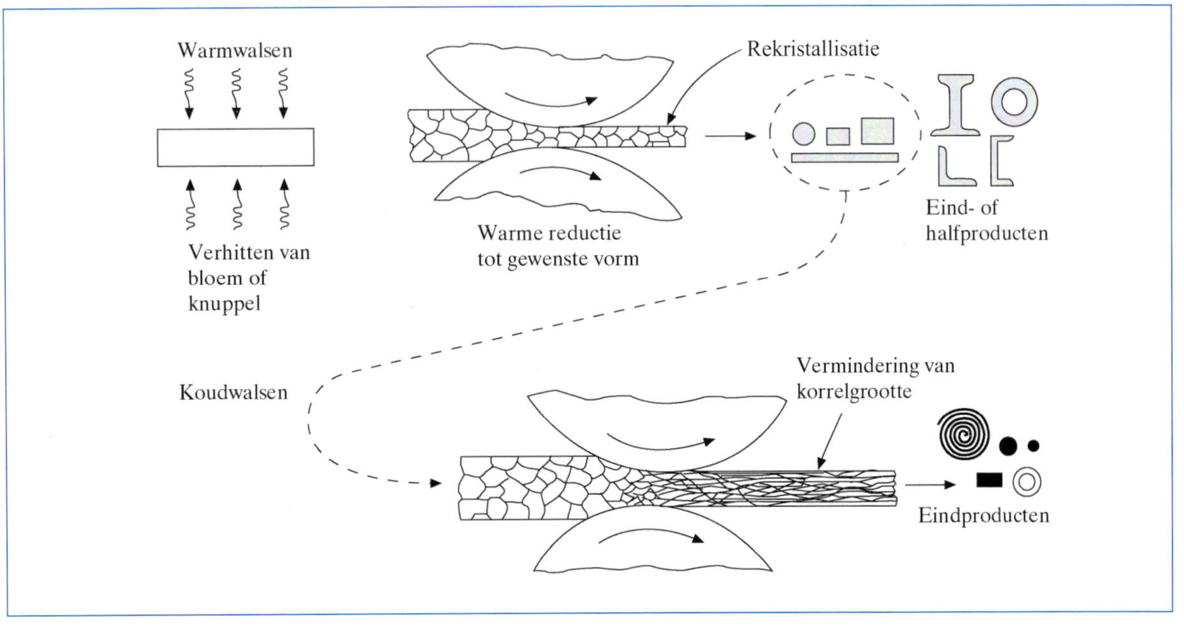

FIGUUR 12-15 Schematische voorstelling van warm- en koudwalsen van staal

Koudwalsen

Koudwalsen begint met het onderdompelen van het staal in een zuurbad om de oxidehuid te verwijderen die het bij het warmwalsen heeft opgelopen. De warmgewalste band wordt daarna bij kamertemperatuur tussen diverse soorten walsrollen door gevoerd. De dikte van de band kan daarbij met 10 tot 20 procent per walsbewerking afnemen. Voor elke staalsoort is er een grens aan de mate van koude reductie die deze kan weerstaan. Als de warmgewalste band van 2,5 millimeter dik bestaat uit 1020 staal, dan kan men het materiaal waarschijnlijk tot een dikte van 1,25 millimeter uitwalsen door het door een koudwalsinstallatie met vijf paar walsrollen te voeren. Het materiaal moet vervolgens gegloeid worden door het staal te verhitten in een batch-oven of in een oven die in de productielijn is gebouwd (*continugloeien*). Tijdens deze warmtebehandeling treedt er rekristallisatie op. Daarna kan er verder gewalst worden. Dit geldt voor alle soorten eindproducten: baren, draden en staven.

Voor ontwerpers is het gebruik van warm- dan wel koudgewalst staal een belangrijke overweging bij de selectie. *Warmgewalst* staal is zacht, en de mechanische eigenschappen zijn zo ongeveer zo laag mogelijk voor een bepaalde legering. Bovendien is het oppervlak dof grijs tot zwart en aangeslagen. Er is evenwel ook warmgewalste staalplaat verkrijgbaar met een gebeitst en geolied oppervlak dat geen aanslag en verkleuring vertoont. *Koudgewalste* staalsoorten kunnen veel sterker zijn en ze hebben een betere oppervlakteafwerking. Een warmgewalst koolstofarm staal kan bijvoorbeeld een treksterkte van 415 MPa hebben, maar volledig koudgewalst hard staal van dezelfde soort heeft een treksterkte van 830 MPa. Omdat het koudgewalste staal tweemaal zo sterk is, kan een ontwerper er eventueel voor kiezen om het onderdeel half zo zwaar te maken voor dezelfde bedrijfsbelasting. Dit werkt niet altijd, omdat er ook rekening gehouden moet worden met stijfheid en weerstandsmoment, maar in het algemeen kunnen we stellen dat de gewichtsvermindering van auto's in de afgelopen tien jaar te danken is aan het gebruik van koudgewalst staal.

12.4 Staalspecificaties

De selectie van staalsoorten vereist het raadplegen van eigenschapsgegevens en leveranciersinformatie over de verkrijgbaarheid. Als de ontwerper iets aan de informatie in de handboeken wil hebben, moet hij/zij vertrouwd raken met de termen die worden gebruikt bij het beschrijven van de verwerkingsprocessen. Er bestaan zoveel termen dat dit verwarrend kan zijn. In de termenlijst aan het eind van dit hoofdstuk zijn een aantal termen uit de staalproductie te vinden.

Deze lijst van staaltermen is geenszins compleet. Veel staalfabrieken produceren naast de door ons vermelde producten ook allerlei gelegeerde staalsoorten, zoals roestvaste en hittebestendige staalsoorten, gereedschapsstaalsoorten en speciale producten zoals elektrostaalsoorten, spoorwegrails, hogerekgrensstaalsoorten en allerlei gecoate staalsoorten. Deze kunnen warm- of koudgewalst zijn. Elk type staalproduct heeft zijn eigen eigenschappen en terminologie. Een grondig begrip van staalproducten en staalterminologie is essentieel voor een goede staalselectie.

Aanduiding

Je zult vertrouwd moeten raken met normen voor het aanduiden van staalsoorten. De aankooporder moet een beschrijving bevatten van het staalproduct, met gebruikmaking van de correcte staalterminologie. Een voorbeeld van een juiste beschrijving luidt:

> Staal, warmgewalst, koolstofarm, baar, ASTM A 29 klasse B

Talrijke organisaties hebben een specificatiesysteem om koolstofstaalsoorten en gelegeerde staalsoorten aan te duiden. Doordat dit boek van oorsprong Amerikaans is, worden vele aanduidingen volgens het systeem van het American Iron and Steel Institute, het AISI, en de Society of Automotive Engineers, SAE, gebruikt. De Nederlandstalige lezer zal echter eerder Europese normen moeten gebruiken zoals de ISO-norm, de Deutsche Industrie Norm (DIN) en de hiermee sterk samenhangende Euronorm (EN). De AISI-normaanduidingen zijn vaak vergelijkbaar met deze materiaalcodes. Voor koolstofstaal betekent bijvoorbeeld AISI/SAE 1020 een ongelegeerd koolstofstaal met 0,20 procent koolstof, hetzelfde als DIN C22 of Werkstoffnummer 1.0402. De omwerking naar andere normsystemen is eenvoudiger geworden dankzij het gebruik van internet, maar vele legeringen hebben geen equivalent in een ander systeem. Om de lezer te helpen worden in de volgende hoofdstukken over staal een aantal DIN-, EN- en/of ISO-aanduidingen aan de tabellen toegevoegd.

Sommige bedrijven kiezen ervoor om hun eigen normen of identificatiesysteem voor staalsoorten te maken. Dit wordt vooral gedaan als de aanschafeisen of kwaliteitsnormen strenger zijn dan de industrienormen. Welk identificatiesysteem er ook gebruikt wordt, enkele essentiële zaken moeten altijd worden aangegeven bij de aanschaf van een staalsoort. Dit zijn onder meer een beschrijving van de staalsoort, de hoeveelheid, vorm van de doorsnede, chemische samenstelling, toestand, warmtebehandeling, afwerking, kwaliteitseisen en speciale eisen.

Chemische samenstelling

Het gebruik van de aanduidingsnummers van AISI, ASTM, DIN, EN of een andere organisatie garandeert dat de gewenste staalsoort een bepaalde chemische samenstelling of een bepaalde gegarandeerde set van eigenschappen heeft. Als er om de een of andere reden een speciale chemische samenstelling nodig is, moet deze gespecificeerd worden in het aankoopdocument of standaardformulier van het bedrijf. Het gebruik van ongebruikelijke chemische samenstellingen mag niet lichtvaardig gebeuren. Het betekent namelijk vrijwel altijd dat er een hele lading staal gekocht moet worden. Soms is er een minimum van 10 ton (of zelfs 40 ton), en de fabriek zal het extra werk voor het uitvoeren van je bestelling doorberekenen. Probeer daarom standaard chemische samenstellingen te gebruiken en specificeer dat de fabriek een analysecertificaat moet afgeven als je bang bent dat de samenstelling niet goed is.

Mechanische eigenschappen

Als het belangrijk is dat een bepaald staalproduct aan bepaalde eisen voldoet wat betreft bijvoorbeeld treksterkte, hardheid of slagvastheid, moeten het toelaatbare waardebereik en de testmethode worden gespecificeerd. De mechanische eigenschappen hangen sterk samen met de warmtebehandeling en het omvormen van het staal, zaken die ook met een aanduidingssysteem te specificeren zijn.

Afmetingen

De aankooporder moet de vereiste afmetingen en hoeveelheid aangeven. Ook deze moeten worden verwoord met de termen uit de staalwoordenschat. Deels kunnen deze worden afgeleid uit leverancierscatalogi. Van belang is wel te controleren of de eventuele eigen handelsaanduidingen voor staalproducten die sommige leveranciers gebruiken, overeenkomen met de materiaalkeuze die je als constructeur maakt. Soms worden staalsoorten niet aangeboden in de vertrouwde maateenheden. Blikproducten bijvoorbeeld, zoals bierblikjes, worden in de Verenigde Staten verkocht in *pounds per base box*. Een base box is een afgesneden plaat met een bepaalde oppervlakte. Dit scheelt afval. Het kan dus lonend zijn uit te vinden of het gewenste staal geleverd kan worden in maten die passen bij de procesroute.

Afmetingstoleranties

De meeste regulerende instanties in de metaalindustrie houden zich aan de onderling overeengekomen afmetingstoleranties voor hun producten. Als deze voor een bepaalde toepassing geschikt zijn, dient men dit te vermelden. De tolerantietabellen staan in de handboeken van de betrokken instanties. Ook dimensionele factoren als welving, vlakheid, randtolerantie en bandrolbuiging moeten worden gespecificeerd, net als dikte, breedte en lengte.

Afwerking

Als je een staalproduct kunt gebruiken in de toestand waarin het van de fabriek komt, dus zonder dat je nog een eigen oppervlaktebewerking hoeft uit te voeren, kan dit een aanzienlijke kostenbesparing betekenen. Aspecten als ruwheid, krassen en korrelgrootte moeten daarvoor wel worden gespecificeerd. De meeste staalfabrieken hebben proefmonsters beschikbaar die hun standaardafwerking laten zien, maar een nauwkeurige specificatie van de oppervlakteafwerking dient ook de kwantitatieve grenzen aan oppervlakteruwheid en golving aan te geven. Een koudgewalste soort koolstofstaal kan bijvoorbeeld een oppervlakteruwheid hebben van 0,25 tot 1,5 μm. Als het voor een bepaalde toepassing belangrijk is, moeten er precieze afwerkingsgrenzen worden vermeld, alsmede de te gebruiken meetmethode daarvoor.

Bijzondere eisen

Het is soms nodig om naast de bovengenoemde factoren nog een aantal andere dingen te specificeren, zoals speciale warmtebehandelingen, coatings, korreloriëntatie, verpakking, corrosieproeven en omvormingsproeven. Het is de gewoonte om aan te geven wat de toelaatbare grenzen zijn voor bijvoorbeeld bandrollassen, spanen en randoneffenheden. Bijzondere eisen kunnen evenwel extra kosten met zich meebrengen.

Staalspecificaties of aankooporders hoeven niet lang te zijn, maar ze moeten wel alle door ons aangegeven factoren vermelden. Er is een trend zichtbaar om vooral gebruik te maken van algemene specificaties, zoals DIN en EN. Dit betekent dat de ontwerper of staalgebruiker nog nauwkeuriger te werk moet gaan bij het schrijven van aankoopdocumenten. ■

Samenvatting

In dit hoofdstuk hebben we beschreven hoe staalsoorten worden gemaakt, welke producten verkrijgbaar zijn en hebben we een aantal vaktermen en staalspecificaties laten zien. Uit deze bespreking van het gebruik van staal in een technisch ontwerp kunnen twee belangrijke regels worden afgeleid:

1. Weet welke producten verkrijgbaar zijn.
2. Specificeer de gewenste staalsoort nauwkeurig op een tekening en op de aankoopspecificaties.

Deze twee regels gelden voor alle metaalproducten en ook in zekere mate voor producten die niet van metaal gemaakt zijn.

Hieronder volgen enkele belangrijke zaken met betrekking tot staal uit dit hoofdstuk:

- Staal is een legering van koolstof en ijzer met grenzen aan het koolstofgehalte (<2 procent).
- Zuiver ijzer wordt weinig gebruikt in de industrie; het is te zwak en te zacht.
- Staal wordt gemaakt door het reduceren van ijzeroxide-ertsen.
- Tegenwoordig wordt het meeste staal gemaakt met behulp van het oxystaalproces. Een aanzienlijk deel van de productie wordt door middel van continugieten tot halfproducten verwerkt, waarvan vervolgens eindproducten worden gemaakt.
- Ruwijzer, het product van een hoogoven, wordt gebruikt voor het maken van staal, maar het is ook het uitgangsmateriaal voor gietijzer.
- De zuiverheid van staal is van belang voor de oppervlakteafwerking, sterkte, lasbaarheid en structuureigenschappen.
- Bij het stollen van een gietstuk vormen zich korrels. Wat er met deze korrels gebeurt tijdens de bewerking van het metaal heeft invloed op de uiteindelijke eigenschappen van het metaal.
- Warmgewalste staalsoorten ondergaan bij de fabricage geen vervormingsharding, omdat de hoge temperaturen zorgen voor dynamische rekristallisatie.
- Warmgewalste staalsoorten zijn minder sterk dan koudgewalste staalsoorten.
- Sommige staalsoorten hebben oppervlaktedefecten, die na het verven zichtbaar kunnen worden.
- Staalsoorten moeten worden aangeduid met een nummer uit een of ander systeem van een normenorganisatie. In Europa is dat vaak een ISO- of EN-nummer, maar ook de Amerikaanse AISI-, ASTM- en SAE-systemen worden gebruikt.
- Er bestaan 'standaard' staalproducten die over de hele wereld worden gemaakt (baar, draad, plaat, band, profielen), maar niet alle staalfabrieken hebben al deze producten in hun assortiment. Sommige hebben zich gespecialiseerd.
- Bij de aanschaf van een staalsoort voor een bepaalde toepassing moet de koper zich afvragen wat zijn eisen zijn wat betreft factoren als oppervlakteafwerking, afmetingstoleranties, samenstellingsgrenzen en mechanische eigenschappen.

Illustratief voorbeeld

Het verkrijgen van koudgewalst staal met een speciale oppervlakteafwerking

Een nieuw product vereiste het maken van elektrisch contact op een koudbewerkt stalen oppervlak. De contactsonde was van nikkelbekleed messing en het bij de staalfabriek gekochte staal had een dunne oppervlaktecoating van chroom. De coating was minder dan een micrometer dik, maar dat was voldoende om het staal te beschermen tegen roesten bij verzending en het had voldoende roestbescherming voor enkele toepassingen.

Het probleem dat de kop opstak bij het gebruik van dit staal als onderdeel van een elektrisch contact was dat, vanwege het lage betrokken voltage (1,5 V), de oppervlakteafwerking het elektrisch contact bleek te beïnvloeden. Staalsoorten van een aantal leveranciers werden voor deze toepassing uitgeprobeerd – sommige hadden succesvolle contactoppervlakken, andere niet. Er bestonden geringe verschillen in oppervlakteruwheid tussen het staal van de verschillende leveranciers, maar de oppervlaktetextuurparameter die blijkbaar zorgde voor succesvol elektrisch contact was ruwheid op het lage einde van het toelaatbare bereik voor het staal, in combinatie met een bepaald aantal pieken per eenheid lengte (PPI). Het matte oppervlak op het staal werd gecreëerd door gezandstraalde of EDM-behandelde rollen te gebruiken voor de laatste afwerkingsronde in de staalfabriek. Er werd vastgesteld dat elke fabriek verschillende straalmedia en -technieken gebruikte om deze rollen te produceren. Alle kandidaat-staalsoorten hadden hetzelfde macroscopische uiterlijk, maar bij kwantificatie met profilometrie en andere oppervlaktemeettechnieken bleken ze heel verschillend.

Het resultaat was dat het nodig was de fabrieken te bezoeken en te vragen om veranderingen in de oppervlaktetextuurprocedures voor de voor dit staal gebruikte rollen. Het staal werd daardoor een speciaal product en kreeg als zodanig een hogere prijs.

Het punt is dat de oppervlakteafwerking van een staalsoort soms een aanzienlijke invloed kan hebben op de prestaties en dat de oppervlakteafwerking van verschillende staalleveranciers aanzienlijk kan verschillen, zelfs als bij elke leverancier hetzelfde 'product' wordt besteld. Een ander belangrijk aspect om in gedachten te houden is dat je als materiaalgebruiker niet kunt vragen om speciaal staal uit een fabriek, tenzij je voldoet aan de minimumbestellingseisen van de fabriek voor speciaal staal (en de hogere prijs kunt betalen). Een minimumbestelling kan 20.000 kilo zijn, of wat de marktomstandigheden ook maar voorschrijven, mogelijk in combinatie met een langere levertijd. Zodoende moeten materiaalgebruikers in eerste instantie altijd proberen om standaard staalfabriekproducten te laten voldoen aan de toepassingseisen.

Termenlijst

AISI: American Iron and Steel Institute

automatenstaal: staal met voldoende toevoegingen van zwavel, lood, selenium of andere elementen, waardoor het gemakkelijker machinaal kan worden bewerkt dan onbehandelde soorten

baar: warm- of koudgewalste staven met een ronde, vierkante, hexagonale of rechthoekige doorsnede en dunne vormproducten. Ronde baren kunnen klein zijn, tot 6,4 millimeter diameter; platte baren hebben een minimale dikte van 5 millimeter; vormproducten hebben een maximale doorsnede van 75 millimeter

band: dun gewalst staal met een dikte van minder dan enkele millimeters

beitsen: het proces van het onderdompelen van warmgewalst staal in zuur om oxiden en aanslag te verwijderen

blik: koudgewalst staal, gewoonlijk met een dikte tussen 0,1 en 0,4 millimeter en eventueel vertind

BOF: *basic oxygen furnace* (oxystaalproces)

B-staal: staalsoorten waaraan kleine hoeveelheden borium zijn toegevoegd om als hardingsmiddel te dienen, in de Amerikaanse aanduiding aangegeven met een B tussen de eerste twee en de laatste twee cijfers van het viercijferige identificatienummer (xx B xx)

commerciële kwaliteit: staalsoorten die geproduceerd worden uit standaard ongekalmeerd, gedekseld, continugegoten of halfrustig staal, met een aanzienlijke segregatie en variatie in samenstelling. De mechanische eigenschappen worden niet nauwkeurig gegarandeerd (dit is de meest gebruikte soort)

concast: continugegoten staal

constructieprofielen: warmgewalste I-balken, U-balken, hoekstukken, breedflensbalken en andere constructieprofielen, waarvan minstens een van de doorsnedeafmetingen groter is dan 75 millimeter

continugieten: staalbereidingsproces waarbij het staal als warme draad continu wordt geproduceerd en niet in enkele gietblokken

desoxidatie: verwijdering van zuurstof uit gesmolten staal

dieptrekstaal: warm- of koudgewalst staal dat speciaal wordt geproduceerd of geselecteerd omdat het voldoet aan de verlengingseisen voor dieptrekken

draad: warm- of koudgetrokken opgerold rond draad met verschillende diameters die niet groter zijn dan ongeveer 6 millimeter

dunne plaat: gewalst staal met een dikte tussen 0,25 en 6 millimeter en een breedte van 600 millimeter of meer

EAF: *electric arc furnace* (vlamboogoven)

elektro-oven: oven voor staalbereiding waarbij een elektrische boog wordt getrokken tussen grafietelektroden en de smelt

ESR: elektroslakraffinage

E-staal: staalsoorten met het voorvoegsel E op de viercijferige aanduiding worden gesmolten in een elektro-oven (Amerikaanse aanduiding)

fase: een homogene component van een stof

gegalvaniseerd: staalproducten die van een zinklaag zijn voorzien door middel van vuurverzinken

gegloeid verzinkt: verzinkt staal dat een warmtebehandeling heeft ondergaan. Het verven van gewoon verzinkt staal levert zonder een goede voorbehandeling meestal moeilijkheden op. Een warmtebehandeling van gegalvaniseerd staal geeft het een oxidelaag waarop verf beter hecht

gekalmeerd: sterk gedesoxydeerd staal, meestal door chemische toevoegingen aan de smelt

gelegeerd staal: deze term kan verwijzen naar elke staalsoort die een aanzienlijk gehalte aan andere elementen dan koolstof bevat, maar in het algemeen hebben gelegeerde staalsoorten een gehalte aan toevoegingen van minder dan ongeveer 5 procent. Ze worden hoofdzakelijk gebruikt voor constructietoepassingen

gietblok: een gegoten vorm die verdere afwerking zal ondergaan
gietgal: een centrale stollingsslinkholte in een gietblok
hardingswalsen: veel staalsoorten vertonen lelijke reklijnen na het trekken of omvormen. Hardingswalsen is een eindbewerking voor gegloeid materiaal waarbij een geringe diktereductie optreedt, maar ook de reklijnen verdwijnen. Dit proces wordt soms gebruikt om het oppervlak van een staalproduct te verbeteren
hematiet: ijzererts (Fe_2O_3)
hoogoven: een verwarmd reactievat met meerdere verdiepingen om ijzererts te reduceren tot staal
H-staal: staalsoorten met het suffix H achter de aanduiding, gemaakt met de garantie dat het bij een warmtebehandeling tot een bepaalde diepte kan harden (Amerikaanse aanduiding)
koolstofstaal: een legering van koolstof en ijzer met een koolstofgehalte van minder dan ongeveer 2 procent. Het gehalte aan mangaan is maximaal 1,65 procent, aan silicium maximaal 0,60 procent, aan koper maximaal 0,60 procent en aan zwavel en fosfor maximaal 0,05 procent
koudbewerkt: staal gemaakt door het te bewerken op kamertemperatuur
koudvervormd: staal met verhoogde sterkte en hardheid, geproduceerd door koude vervorming van het metaal
koudgewalst: staal gewalst bij lage (kamer)temperatuur om het te harden tijdens de reductie
magnetiet: ferromagnetisch ijzererts (Fe_3O_4)
M-staal (handelskwaliteit): staalsoorten met het suffix M achter de aanduiding, niet bestemd voor constructietoepassingen vanwege de lage kwaliteit
ongekalmeerd: licht gedesoxydeerd staal dat bij het stollen een dikke buitenlaag op het gietblok heeft gekregen. Deze laag is arm aan onzuiverheden en van zeer goede kwaliteit. Doordat het oppervlak zo zuiver is kunnen deze staalsoorten zelfs na intensief bewerken een goede oppervlakteafwerking behouden
oxystaalproces: staalbereidingsproces waarbij het staal gezuiverd wordt door lucht te blazen door gesmolten ijzer
plaat: zware stalen platen, normaal gesproken meer dan 4,5 millimeter dik en meer dan 1,2 meter breed, of meer dan 5,8 millimeter dik en meer dan 152 millimeter breed; bovendien zijn er gewichtsvereisten
plakken: een tussenvorm in de productie van een vlakgewalst product
plat draad: warm- of koudgewalst staaldraad met een rechthoekige doorsnede, vaak gemaakt door koudwalsen van rondstaal
reductie: het proces van het verwijderen van zuurstof uit erts (ijzeroxide) om ijzer te produceren
rol: opgerold staal met de dikte van dunne plaat of band
ruwijzer: gereduceerd ijzer uit de hoogoven dat aanvullende bewerking nodig heeft
segregatie: gradiënt in het legeringsgehalte vanaf het oppervlak naar het midden van een stalen gietblok
slinkholten: holte in de bovenkant van een gegoten gietblok als gevolg van het krimpen van het metaal
smeedijzer: zuiver ijzer gemengd met slak uit rudimentaire ijzerfabricageprocessen
staal: een legering van ijzer en koolstof met in het algemeen een koolstofgehalte van minder dan 2 procent
strip: gewalst staal, overwegend met een dikte rond 6,5 millimeter en een breedte van 610 millimeter
taconiet: ijzererts van lage kwaliteit met tot 30 procent Fe_2O_3/Fe_3O_4
VAR: *vacuum arc remelted* (vacuümboogomgesmolten)
vlamboogoven: een klein (100 ton of minder) vat met warmtebestendige voering om staal te smelten door middel van vlambogen
vorm: een ander staalproduct dan vlakgewalste dunne plaat, strip of plaat
walsreductie: de diktevermindering bij het koudwalsen van dunne plaat en band
warmgewalst: staal gewalst bij hogere temperatuur, waarbij de microstructuur dynamisch rekristalliseert. Dit maakt het gemakkelijker om grotere reducties in dikte te bereiken

Opgaven

1. Wat is de chemische vergelijking voor de reductie van ijzererts tot ijzer?
2. Wat is een hoogoven en wat is zijn functie?
3. Ruwijzer is
   a. staal in blokvorm
   b. ijzer plus cokes
   c. hogekoolstofijzer
   d. staal plus silicaten
4. Wat is staal?

5. Wat is de functie van een oxystaaloven en een vlamboogoven in staalfabricage?

6. Wat is een geïntegreerde staalfabriek? En wat is een minifabriek?

7. Leg uit wat het continugieten van staal is.

8. Insluitsels zijn
   a. holten in staal
   b. afzonderlijke fasen
   c. staalverontreinigingen (bedoeld of onbedoeld)
   d. scheuren
   e. siliconen
   f. hydroxiden

9. Wanneer en waarom worden speciale staalsmeltprocessen zoals VIM, VAR en ESR gebruikt?

10. Wat is segregatie en wat is de oorzaak van segregatie in gietblokken en halfproducten (semi's)?

11. Hoe worden korrels geproduceerd en welke rol spelen ze?

12. Wat is het koolstofgehalte van B1112 staal?

13. Welk van de volgende staalvormen zijn verkoopbaar?
    a. gietblokken
    b. baren
    c. halfproducten
    d. plaat
    e. plakken
    f. geuzen

14. Wanneer krijgt warmbewerkt staal de voorkeur boven koudbewerkt staal?

15. Hoe wordt staalpijp gemaakt?

16. Rekristallisatie
    a. betekent vorming van dendrieten
    b. treedt op bij afschrikken
    c. is de opwekking van nieuwe korrels
    d. treedt spontaan op bij warmwalsen

17. Wat is de drijvende kracht achter rekristallisatie van koudbewerkt staal?

18. Welke staalproducten worden verkocht in gegloeide of warmgewalste toestand?
    a. TFS
    b. plakken
    c. wapening
    d. zwarte plaat
    e. plaat
    f. halfharde strip

19. Leg uit wat het verschil is tussen een gelegeerd staal en een koolstofstaal.

20. Wat is het verschil tussen een staalaanduiding en een staalspecificatie?

21. Wat is het verschil tussen een plaat en een strip?

22. Wanneer wordt een dunne plaat een plaat?

23. Wat is hardingswalsen en wat is het belang ervan?

24. Wanneer is het nodig om een sterktegraad te specificeren op een staal en hoe doe je dat?

Hoofdstuk 13

Warmtebehandeling van staal

Gasgestookte warmtebehandelingsoven

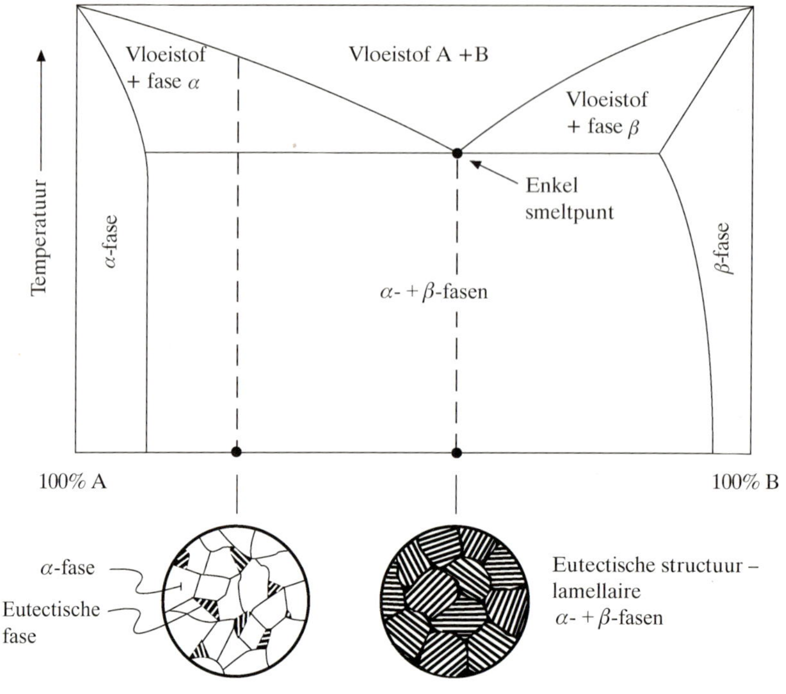

FIGUUR 13-3 Fasediagram van gedeeltelijk vaste oplosbaarheid

in het algemeen een vaste oplosbaarheid, zoals in figuur 13-2 te zien is.

Als we de voorgaande fasediagrammen nog eens bekijken, zien we nog een opmerkelijke samenstelling met een enkele smelttemperatuur – net als een zuiver metaal zou hebben – in plaats van een temperatuurtraject (vloeibaar en vast) bij de stolling. Een metaal met deze samenstelling wordt een *eutectische* legering genoemd. Eutectische legeringen hebben vaak een lamellaire structuur van de twee belangrijke fasen in die legering. Een soortgelijke transformatie kan ook plaatsvinden vanuit een vaste stof. In paragraaf 13.2 bespreken we een voorbeeld hiervan, namelijk de lamellaire perlietstructuur van ijzer-koolstoflegeringen, die uit de twee fasen ferriet en ijzercarbide bestaat (zie figuur 13-11(b)). De samenstelling van ijzer en koolstof die hiermee overeenkomt is de *eutectoïde* samenstelling.

Een laatste nog te vermelden concept bij het analyseren van fasediagrammen is de vorming van *intermetallische verbindingen*. In sommige metaallegeringssystemen kunnen twee metalen chemisch combineren en een chemische verbinding vormen met een vaste verhouding van het ene element tot het andere. Een voorbeeld van zo'n verbinding die in de meeste staalsoorten wordt gevormd, is Fe_3C, *ijzercarbide*. Als gevolg van de vaste verhouding tussen de atomen is ook het koolstofgehalte in deze verbinding vast, namelijk 6,7 gewichtsprocent. Een fasediagram voor een legeringssysteem dat een intermetallische verbinding vormt, wordt geïllustreerd in figuur 13-4. De intermetallische verbinding (A_xB_y) zal één fase zijn, net als de A-rijke fase (α) en de B-rijke fase (β). We hebben intermetallische verbindingen, gevormd van nikkel en aluminium, besproken in hoofdstuk 11 over keramische materialen. Ook in hoofdstuk 20 zullen we deze nog terugzien als we het hebben over nikkellegeringen. De weergegeven fasediagrammen illustreren hoe deze verbindingen worden gevormd.

We hebben fasediagrammen gedefinieerd als grafieken die toestanden in metaallegeringen laten zien. De eenvoudige afgebeelde diagrammen gelden voor legeringen die uit twee elementen bestaan (*binaire* legeringen). Er zijn ook diagrammen voor legeringen van drie belangrijke elementen (*ternaire* legeringen, zie figuur 13-5) en zelfs voor legeringen van vier belangrijke elementen (*quaternaire* legeringen). Voor keramische systemen bestaan vergelijkbare fasediagrammen.

Fasediagrammen worden verkregen door een legering van zuiver A en bijvoorbeeld 1 procent B te vormen, deze langzaam te laten afkoelen (tot bijvoorbeeld 100°C onder de smelttemperatuur) en

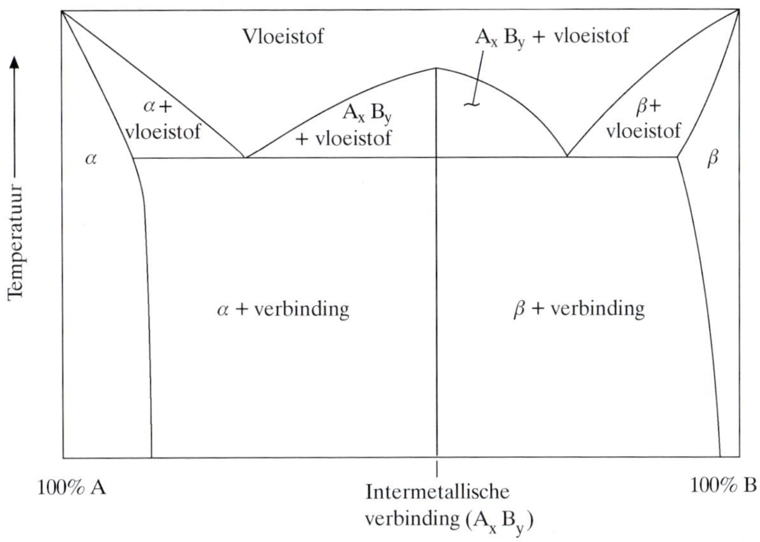

FIGUUR 13-4 Fasediagram met de intermetallische verbinding A_xB_y

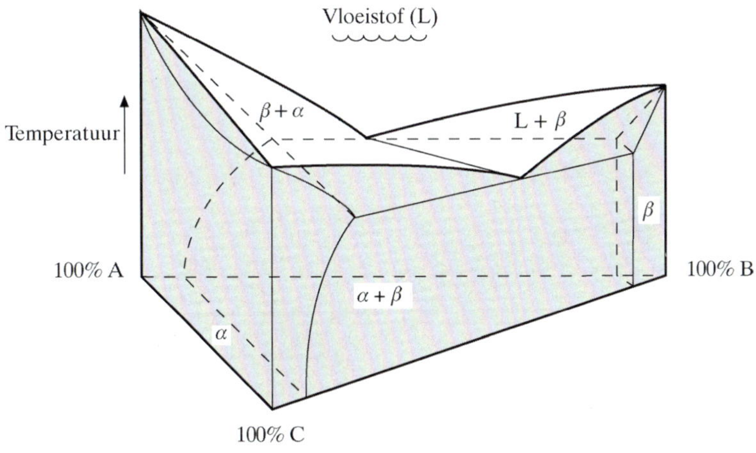

FIGUUR 13-5 Schematische voorstelling van een ternair fasediagram met drie belangrijke bestanddelen, de elementen A, B en C

daarna af te schrikken om de structuur die bij deze temperatuur bestaat te handhaven. De structuur van de op dat punt gevormde vaste stof wordt metallografisch en kristallografisch geanalyseerd, en de gegevens worden in een grafiek ingetekend. Deze procedure wordt herhaald tot de kamertemperatuur bereikt is. Vervolgens wordt een nieuwe legering gevormd met bijvoorbeeld 2 procent B in zuiver A en wordt de procedure herhaald. Dit gaat zo door totdat het diagram alle faserelaties laat zien die er bestaan, van zuiver A tot zuiver B.

Fasediagrammen worden ook gebruikt voor het berekenen van het percentage van de diverse fasen die in evenwicht aanwezig zijn in een gegeven legering bij een gegeven temperatuur. Om te illustreren hoe dit werkt geven we een paar numerieke waarden voor het hypothetische fasediagram in figuur 13-6. Als we de relatieve gehalten willen weten van de fasen die aanwezig zijn in een legering van 12 procent B bij een temperatuur van 750 °C, trekken we eerst een *knooppuntlijn* (*isotherm*) bij de temperatuur die van belang is, 750 °C. Deze lijn, *abc*, vertegenwoordigt de totale legering bij deze temperatuur, en het fasediagram zegt ons dat er twee fasen aanwezig zijn, α en vloeistof. Om het relatieve percentage van elke aanwezige fase te bepalen, zetten we een knooppunt bij de samenstelling van belang en delen we de knooppuntlijn in twee stukken. Het aanwezige α-gehalte is de lengte van de lijn rechts van het knooppunt *cb* gedeeld door de totale lengte van de lijn *ca*. Het percentage aanwezige vloeistof is de lengte van de knooppuntlijn links van het knooppunt *ba* gedeeld door de totale lengte van de lijn *ca*. In het tweede voorbeeld in figuur 13-6 controleren we de aanwezige fasen bij een andere temperatuur en een andere samenstelling. We hebben het gehalte van het aanwezige eutecticum en van β berekend, maar we kunnen de knooppuntlijn doortrekken naar de α-faselijn en de gehalten van α en β berekenen in plaats van die van β en eutecticum.

Deze faserelatieberekeningen worden *hefboomregelberekeningen* genoemd, omdat ze identiek zijn aan krachtenberekeningen aan de hand van een hefboom. Ze kunnen worden gebruikt voor alle metaalsystemen en legeringen met verschillende aanwezige fasen. Deze diagrammen zijn daarmee een hulpmiddel voor de metaalkundige bij het voorspellen van *microstructuren* die aanwezig zijn in een gegeven legering onder evenwichtsomstandigheden. Ze worden ook wel gebruikt om vast te stellen of een metaal of element oplosbaar is in een ander. Deze informatie is bruikbaar bij het lassen en bij het samenstellen van legeringen. Een voorbeeld: de fasediagrammen laten zien dat maar zeer weinig metalen een vaste oplosbaarheid in titanium hebben. Dit betekent dat titanium niet gelast kan worden aan een metaal met een lage oplosbaarheid. In wezen kan het slechts aan zichzelf worden gelast. Metaalkundigen gebruiken fasediagrammen voor het selecteren van materialen voor nieuwe legeringen. Een kandidaat-materiaal moet een aanzienlijke oplosbaarheid hebben. Ten slotte kunnen fasediagrammen helpen voorspellen wat de stabiliteit op lange termijn van een legering is. Als een fasediagram laat zien dat een bepaalde samenstelling geen stabiele *vaste oplossing* is, dan kan de structuur in de loop der tijd veranderingen ondergaan.

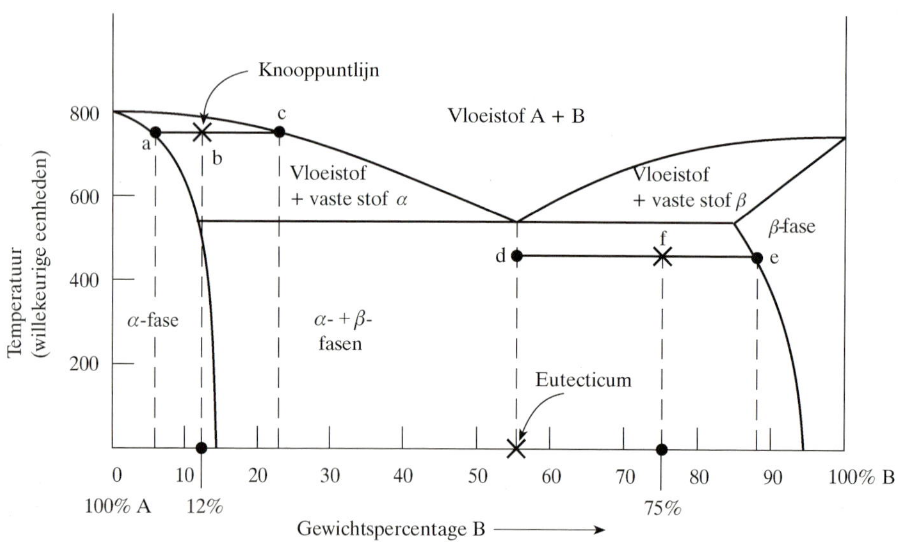

$$\%\ \alpha\text{-fase bij } 750^\circ = \frac{c-b}{c-a} = \frac{22-12}{22-5} = \frac{10}{17} = 58{,}8\%;\quad \text{vloeistof} = \frac{b-a}{c-a} = \frac{12-5}{22-5} = \frac{7}{17} = 41{,}2\%$$

in een legering met 12%B

$$\%\ \beta\text{-fase (primaire) bij } 420^\circ = \frac{f-d}{e-d} = \frac{75-55}{88-55} = \frac{20}{38} = 60{,}6\%;\quad \text{eutecticum} = \frac{e-f}{e-d} = \frac{88-75}{88-55} = \frac{13}{33} = 39{,}4\%$$

in een legering met 75%B

FIGUUR 13-6 Gebruik van knooppuntlijnen in fasediagrammen voor het berekenen van relatieve percentages van aanwezige fasen bij een bepaalde temperatuur

13.2 De morfologische bouw van staal

We hebben staal gedefinieerd als een legering van koolstof en ijzer, met een koolstofgehalte tussen 0,06 en 2,0 procent. De koolstof kan in vaste oplossing verkeren in ijzer met een bcc-kristalstructuur, *α-ferriet* of *δ-ferriet*, met een fcc-structuur, *γ-austeniet*, of in het ijzer aanwezig zijn in de vorm van een verbinding met de stoichiometrische samenstelling Fe_3C, *cementiet*. Dit zijn de belangrijkste stabiele fasen die in staal kunnen worden aangetroffen (zie ook tabel 13-1). De verhoudingen waarmee deze fasen in een bepaalde staallegering voorkomen, zijn van invloed op de meeste eigenschappen van het materiaal.

TABEL 13-1 Belangrijke stabiele fasen in staal

FASE	KRISTALSTRUCTUUR	EIGENSCHAPPEN
Ferriet	Bcc-ijzer met koolstof in vaste oplossing	Zacht, ductiel, magnetisch
Austeniet	Fcc-ijzer met koolstof in vaste oplossing	Zacht, matig sterk, niet-magnetisch
Cementiet	Verbinding van ijzer en koolstof, Fe_3C	Hard en bros

Het ijzer-koolstofdiagram (zie figuur 13-7) laat de aanwezigheid van deze fasen zien bij verschillende temperaturen en bij diverse koolstofgehalten. Men maakt meestal gebruik van het metastabiele ijzer-ijzercarbidediagram (vaste lijnen). Dit fasediagram laat zien dat de evenwichtstructuur bij kamertemperatuur moet bestaan uit een combinatie van *ferriet* en *cementiet*. In de praktijk is cementiet vaak aanwezig in lamellaire vorm, waarbij lagen ferriet en cementiet elkaar afwisselen. Deze microstructuur – een eutectoïdische microstructuur – wordt *perliet* genoemd. Figuur 13-8 illustreert de microstructuren van staalsoorten met een variërend koolstofgehalte. Figuur 13-9 toont een paar foto's van microstructuren. De microstructuren van staalsoorten bij kamertemperatuur kunnen dus variëren van vrijwel volledig ferriet of volledig perliet tot aan perliet plus vrij cementiet. Dit zijn de structuren die onder evenwichtsomstandigheden voorkomen. Een gegloeide structuur kan als evenwichtsstructuur worden beschouwd.

In de praktijk worden staal en ijzer gewoonlijk niet warmtebehandeld onder evenwichtsomstandigheden. Dit betekent dat fasediagrammen alleen worden gebruikt bij langzame verwarming en langzame afkoeling – vooral om de verwarmingstemperaturen te bepalen die nodig zijn voor het harden en ontharden.

Wat gebeurt er wanneer staal wordt verwarmd of afgekoeld onder niet-evenwichtsomstandigheden? Bij verwarming is het fasediagram vrijwel ongewijzigd van toepassing. Bij afkoeling is het resultaat echter volkomen anders. Afkoeling van ijzer-koolstoflegeringen onder niet-evenwichtsomstandigheden wordt gebruikt om ze harder en sterker te maken. In onze bespreking in hoofdstuk 2 van de aard van metalen hebben we het vermogen van staal om harder te worden toegeschreven aan het feit dat metalen hun kristalstructuur kunnen veranderen van bcc naar fcc bij hoge temperaturen (*allotropie*). De fcc-structuur kan meer koolstof vasthouden dan de bcc-structuur. Bij snelle afkoeling zou de ijzermatrix willen terugkeren naar zijn evenwichts-bcc-structuur, maar dat is niet mogelijk, vanwege de ingevangen koolstofatomen en de te beperkte tijd voor diffusie. Het uiteindelijke resultaat is een *tetragonaal ruimtelijk gecentreerd rooster* (bct), een fase die *martensiet* wordt genoemd. De veranderingen in de microstructuur die bij het harden van gewoon staal (0,6 procent koolstof) optreden, worden geïllustreerd met behulp van figuur 13-10. Let wel, figuur 13-10 laat een evenwichtsdiagram zien. Zodoende is het bijvoorbeeld niet mogelijk een martensietmicrostructuur hiermee te voorspellen. Martensiet is immers een niet-evenwichtsstructuur die men krijgt door het afschrikken van een staal.

Stel nu dat het gewenst is om staal met een zeer laag koolstofgehalte, bijvoorbeeld 0,01 procent, te harden. Zou *afschrikharden* dan mogelijk zijn? Het antwoord is nee. Om een volledig geharde structuur (60 HRC) van martensiet te verkrijgen in alle segmenten, behalve hele dunne, moeten koolstofstaalsoorten zonder toegevoegde legeringen een koolstofgehalte hebben van ongeveer 0,6 procent. We kunnen nu dus een paar basisvereisten voor het harden van koolstofstaalsoorten formuleren:

1. Verwarmen tot het austenitische temperatuurbereik.
2. Voldoende koolstofgehalte.
3. Snelle afkoeling om de vorming van evenwichtsproducten te vermijden.

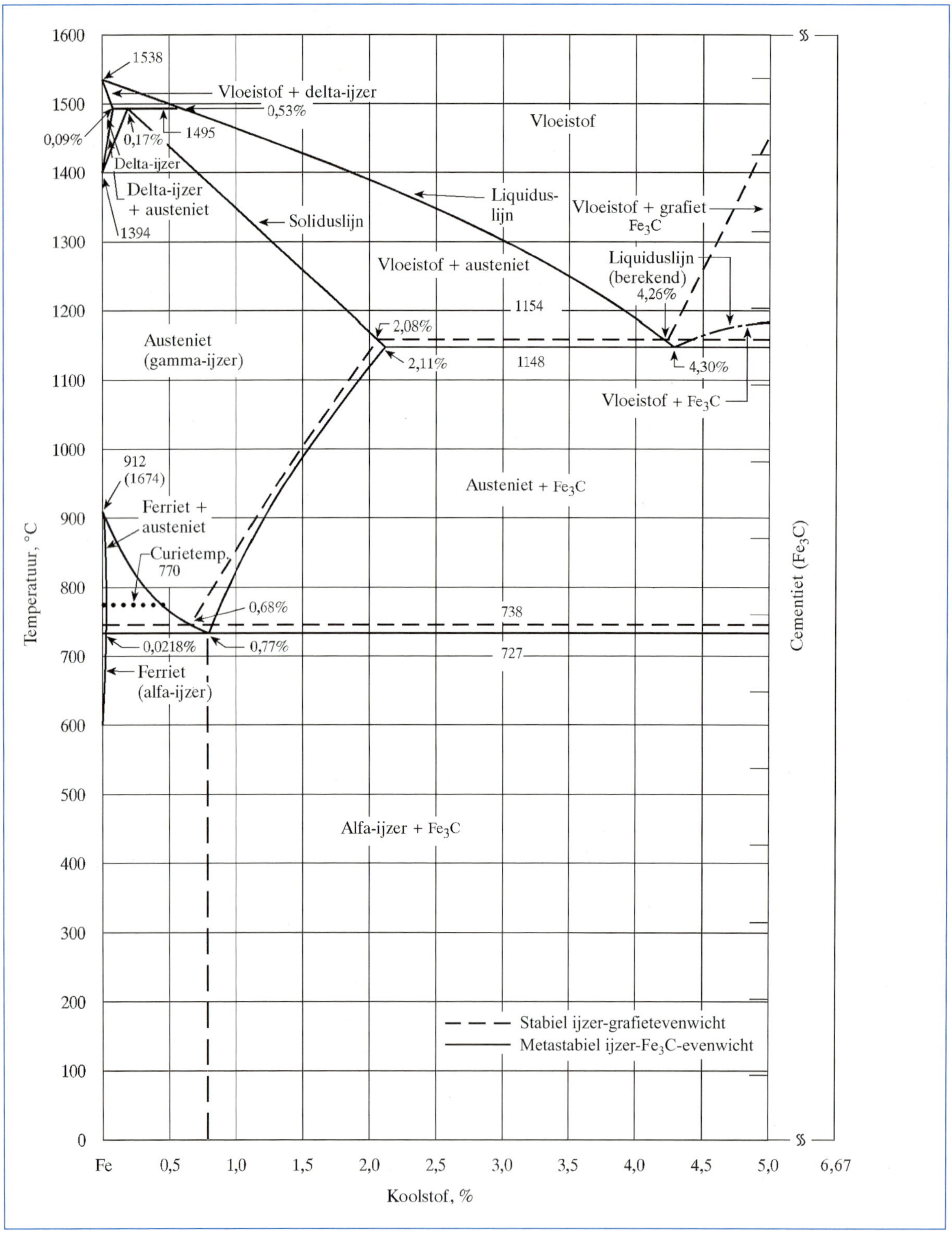

FIGUUR 13-7 IJzer-koolstoffasetoestandsdiagram

Bron: *Metal Progress*, 1975. Overgenomen met toestemming van ASM International®. Alle rechten voorbehouden. Zie www.asminternational.org.

Opmerking: Dit is slechts een gedeelte van het ijzer-koolstoffasetoestandsdiagram. Het uiteinde van de x-as is grafiet (100% koolstof). De rechte verticale as bij 6,67% koolstof is de samenstelling van cementiet.

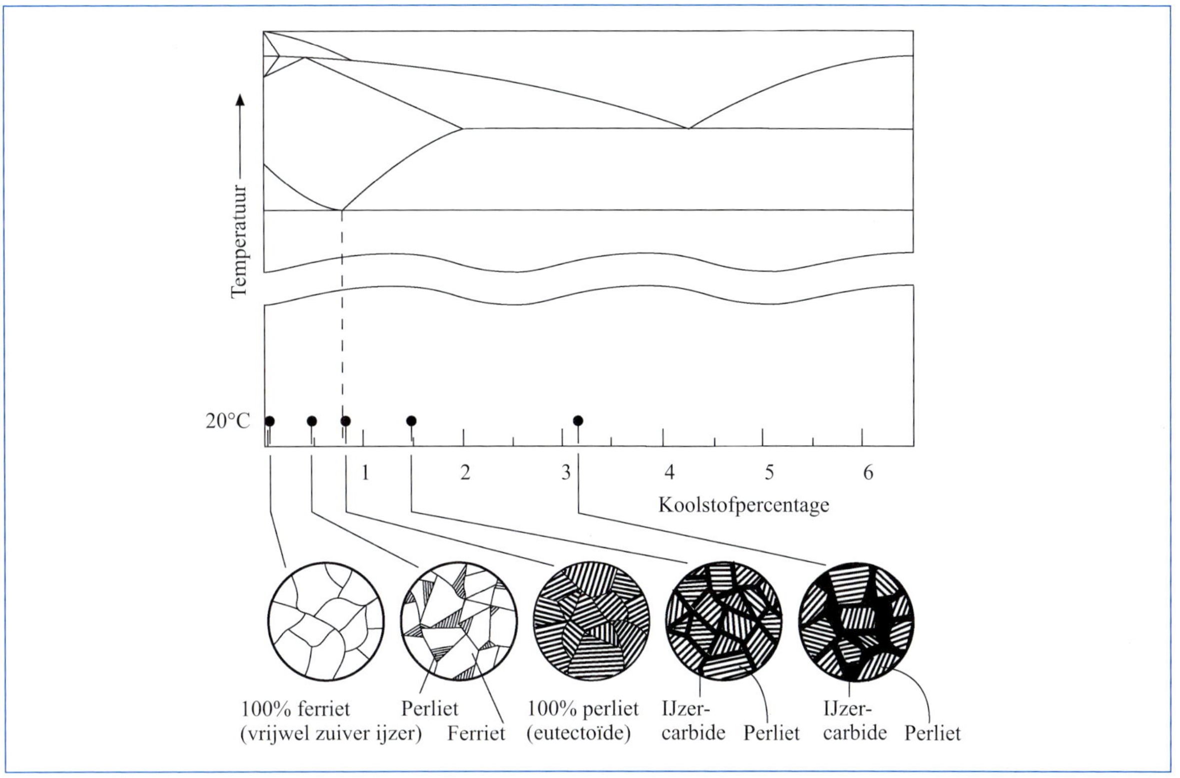

FIGUUR 13-8 Evenwichtsmicrostructuur van ijzer-koolstoflegeringen bij kamertemperatuur (ongeveer ×500)

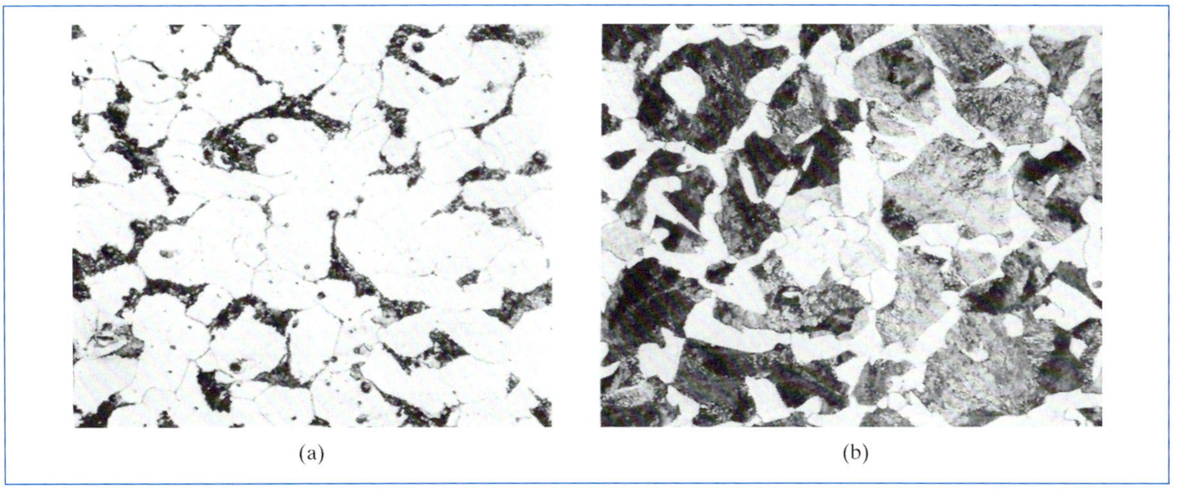

FIGUUR 13-9 Microstructuren van gegloeid koolstofstaal: (a) Ongeveer 0,2% koolstof; (b) Ongeveer 0,6% koolstof. De lichte gebieden zijn ferriet en de donkere gebieden zijn perliet (×400)

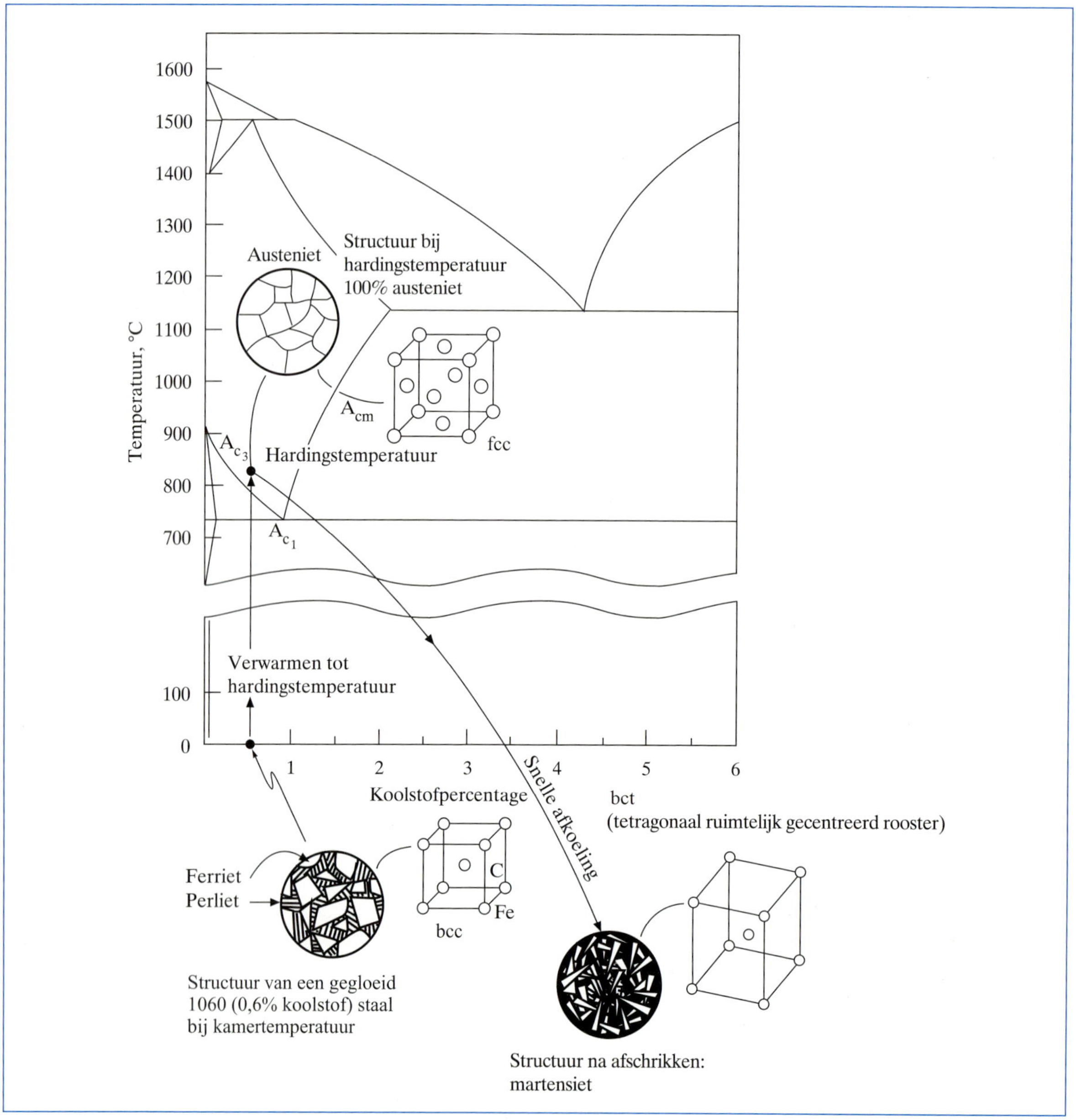

FIGUUR 13-10 Bepalen van de hardingstemperatuur voor een 0,6% koolstofstaal

We kunnen onze bespreking van de morfologische structuur van staal als volgt samenvatten: staal is zo'n bruikbaar metaal omdat de kristalstructuur kan veranderen van een zachte en machinaal bewerkbare toestand naar een zeer harde en sterke toestand. De fasediagrammen worden gebruikt voor het vaststellen van de hardingstemperatuur en gegloeide microstructuren. De meeste staalsoorten en ijzersoorten kunnen worden gehard als hun koolstofgehalte voldoende is en ze worden onderworpen aan de juiste temperatuurcycli. Staalsoorten die elk een andere warmtebehandeling hebben ondergaan, hebben verschillende microstructuren (zie figuur 13-11) en verschillende eigenschappen.

Morfologie van staal en de redenen voor warmtebehandeling

Nu we weten wat er bij warmtebehandelingen in een stuk staal kan gebeuren, kunnen we ons bezighouden met de redenen voor warmtebehandelingen.

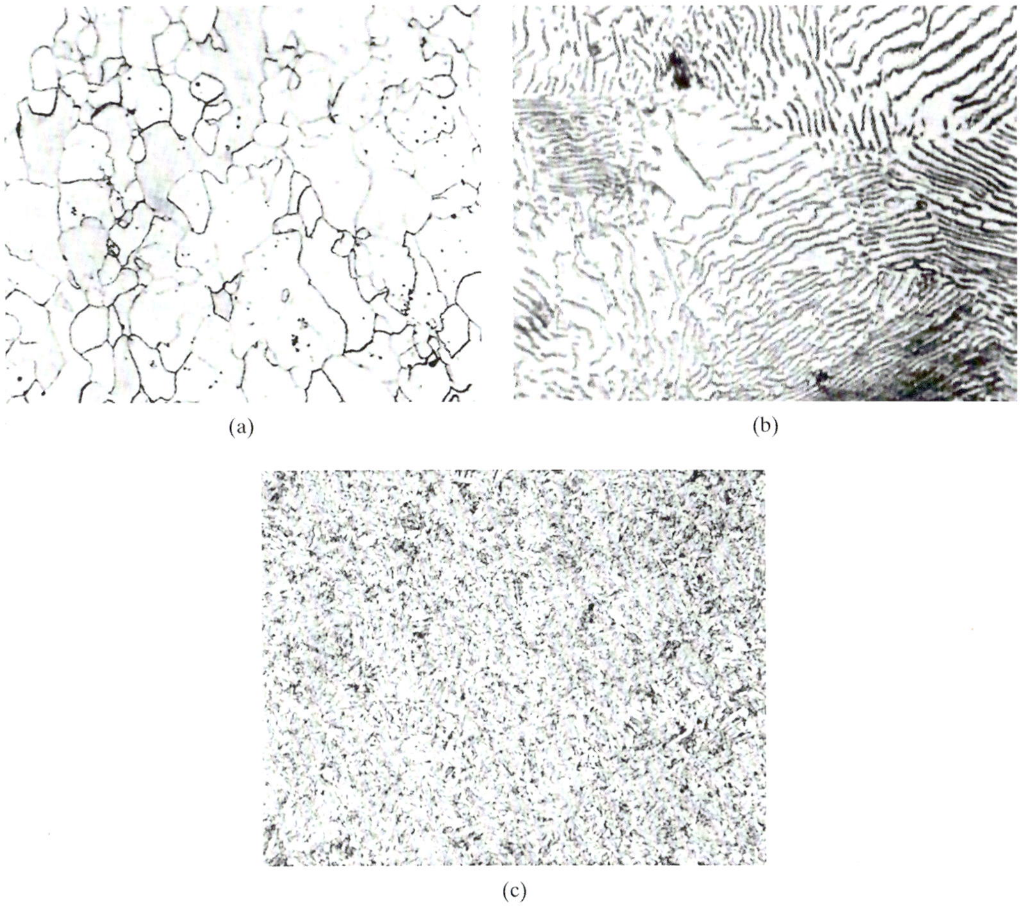

FIGUUR 13-11 Microstructuren van koolstofstaal: (a) Ferriet: zuiver ijzer en staal met weinig koolstof (×100). Austeniet heeft onder een microscoop ongeveer hetzelfde uiterlijk; (b) Perliet: een gegloeide staalsoort met 0,8 procent koolstof is 100 procent perliet. De donkere lijnen zijn Fe_3C; de lichte gebieden zijn ferriet (×1330); (c) Martensiet: door afschrikken geharde staalsoorten (×500)

In figuur 13-12 zijn de veelvoorkomende warmtebehandelingen voor staal in drie belangrijke categorieën onderverdeeld, op basis van de drie hoofdredenen voor warmtebehandeling van staal: harden (direct of via diffusiebehandeling), ontharden en conditionering. Er bestaan talrijke subcategorieën en veel specifieke warmtebehandelingsprocessen. Elk proces heeft een kenmerk waarmee het zich onderscheidt van de andere. Al deze processen zijn commercieel verkrijgbaar, en veel warmtebehandelingswerkplaatsen kunnen de meeste uitvoeren. We bespreken in de volgende paragrafen basisredenen voor warmtebehandeling en de bijzonderheden van specifieke processen.

13.3 Direct harden

Staal wordt gehard voor de meeste toepassingen waarbij het gebruikt moet worden als hulpmiddel om andere materialen te bewerken (boor, vormingswerktuig, zaagblad enzovoort). Harden kan ook nodig zijn voor een toepassing waarbij betere mechanische eigenschappen vereist zijn – de veren van een auto bijvoorbeeld, waarvoor een hoge vloeigrens en taaiheid nodig zijn. De spanning op een veer mag niet groter zijn dan de vloeigrens, want anders verandert de veer blijvend van vorm en komt de auto lager te liggen. Stalen veren worden vaak direct gehard tot boven de 60 HRC en dubbel ontlaten tot 47 HRC.

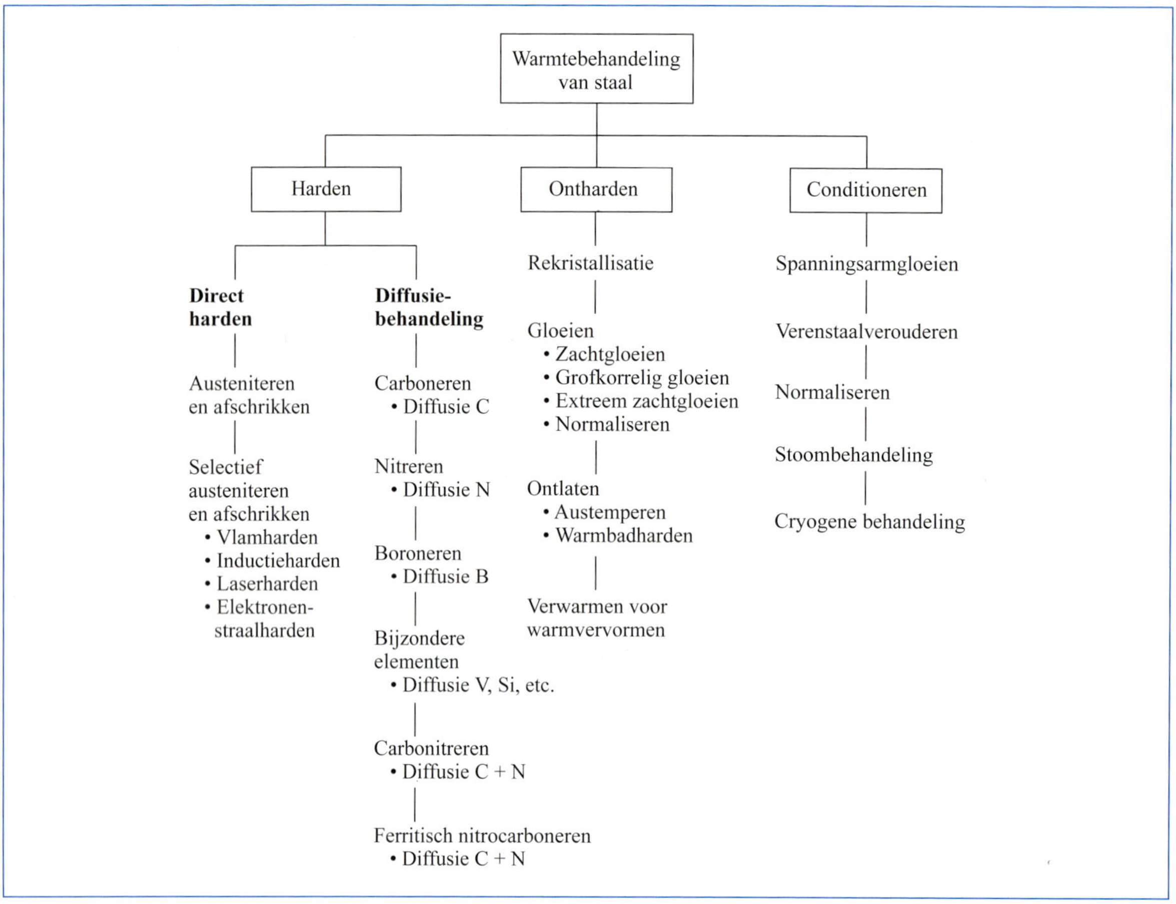

FIGUUR 13-12 Spectrum van warmtebehandelingen die worden gebruikt voor ferrometalen

Staal wordt soms alleen gehard om te zorgen voor onveranderlijke afmetingen. Meetblokjes en andere inspectiemeetinstrumenten moeten heel hard zijn (60–65 HRC), omdat anders hun afmetingen door slijtage en krassen zouden kunnen veranderen. Sommige roestvaste martensitische staalsoorten moeten gehard worden om een maximale corrosieweerstand te bereiken. Soms worden staalsoorten gehard om een fysische eigenschap te verbeteren, bijvoorbeeld de thermische uitzetting of een bepaalde magnetische eigenschap. Staalsoorten die worden gebruikt als permanente magneten worden gehard zodat ze de magnetische eigenschappen langer behouden. Kortom, er zijn talrijke redenen voor het harden van staal.

Staalsoorten met een voldoende koolstof- en legeringsgehalte kunnen direct worden gehard. Ze kunnen worden verwarmd tot de austenitiseringstemperatuur en vervolgens relatief snel afgekoeld om hard martensiet te vormen. Er zijn verschillende processen die kunnen worden gebruikt voor deze vorm van direct harden. Deze worden later beschreven.

Als een staalsoort geen voldoende koolstof- en legeringsgehalte heeft om direct te harden, dan is er een andere groep hardingsprocessen beschikbaar, de diffusiebehandelingen. Deze processen voegen chemische stoffen (elementen) toe aan het staal, zodat het oppervlak harder wordt. Het materiaal moet mogelijk worden afgeschrikt om het harden te voltooien. Diffusiebehandelingen worden in de volgende paragraaf, 13.4, besproken.

Voor het harden van staal door de vorming van martensiet moeten we het staal verwarmen tot binnen het *austenietgebied* of (austeniet + Fe_3C)-gebied. Uit het ijzer-koolstoftoestandsdiagram kunnen we afleiden tot welke temperatuur we staal met een bepaald koolstofgehalte moeten verwarmen om de fcc-structuur te krijgen. Een schematische weergave van het ijzer-koolstofdiagram, waarin het gebied van de hardingstemperatuur voor koolstofstaalsoorten wordt aangegeven, is te zien in figuur 13-13. De hardingstemperatuur bevindt zich dicht bij de transformatietemperatuur om zo veel mogelijk te vermijden dat de korrels grover worden.

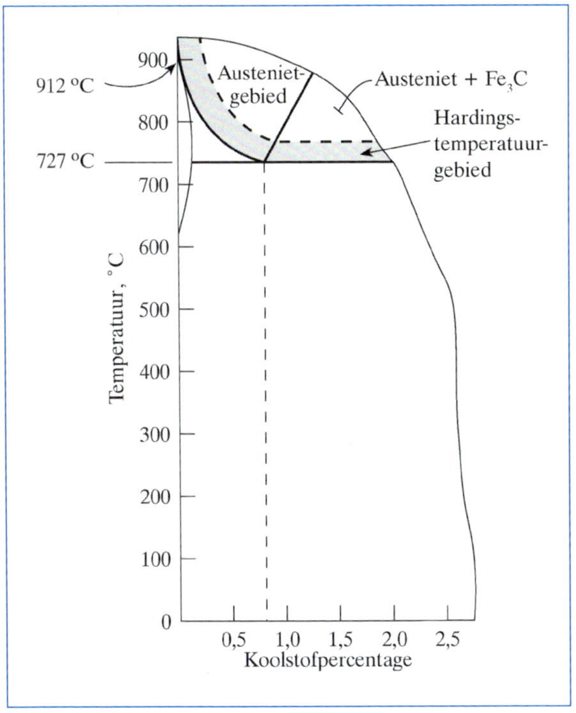

FIGUUR 13-13 Hardingstemperatuurgebied aangegeven in het ijzer-koolstofdiagram

In de door ons vermelde eisen voor het harden wordt ook een snelle afkoeling vermeld die ervoor zorgt dat er koolstof wordt opgesloten in de kristalstructuur. Eerder hebben we erop gewezen dat koolstofstalen een voldoende koolstofgehalte nodig hebben als ze moeten reageren op afschrikharden: ongeveer 0,6 procent koolstof is het minimale gehalte om 100 procent martensiet te bereiken in doorsneden van matige afmetingen. Als er snelle afschrikkingstechnieken worden gebruikt of als het onderdeel dun is, kan dit minimum lager zijn, bijvoorbeeld 0,4 procent koolstof. Met de juiste toevoegingen van legeringselementen kan dit koolstofminimum zelfs nog lager worden. Staalsoorten met een hoog gehalte aan legeringselementen (zoals sommige soorten gereedschapsstaal) vragen echter om een lange periode op de austenitiseringstemperatuur om de legeringstoevoegingen in oplossing te brengen.

Het afschrikken wordt uitgevoerd door het onderdeel na het austeniseren snel uit de oven te halen en het onder te dompelen in geagiteerde olie of water. Sommige staalsoorten kunnen worden gehard door het onderdeel uit de oven te halen en door middel van convectie in lucht te laten afkoelen bij kamertemperatuur. Het gemak waarmee een staalsoort bij afschrikken overgaat naar een geharde structuur wordt de *hardbaarheid* genoemd. Deze

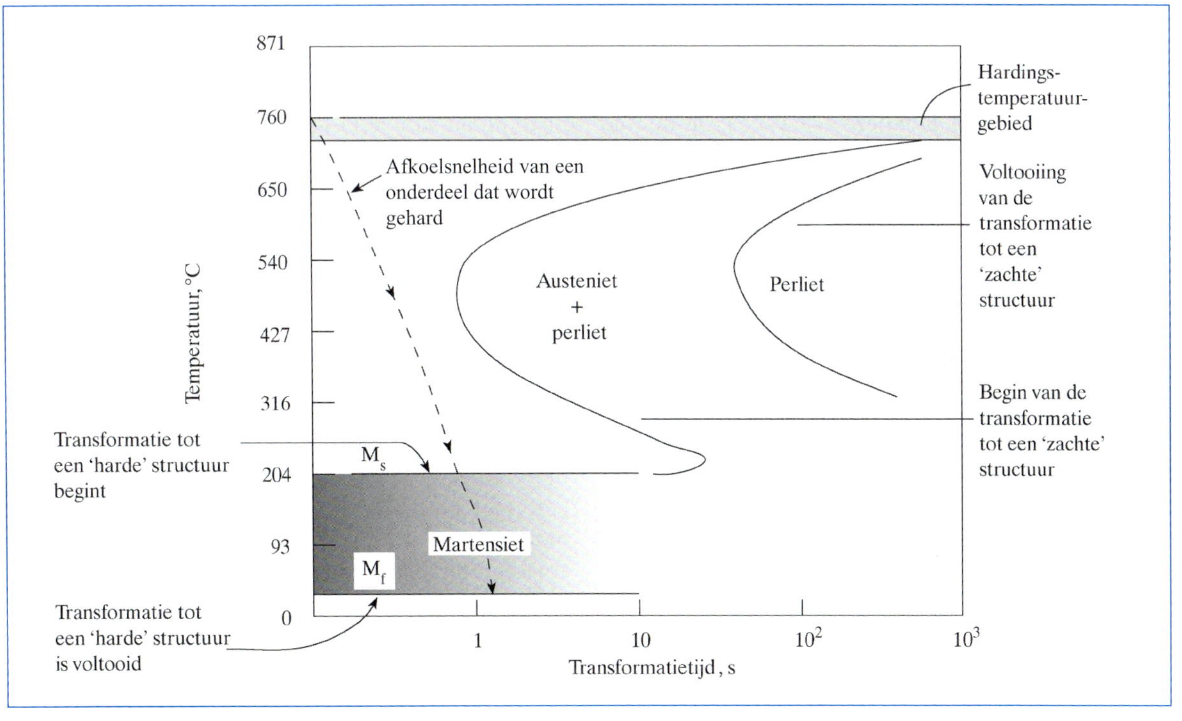

FIGUUR 13-14 Karakteristiek tijd-temperatuur-transformatiediagram (TTT-diagram)

hardbaarheid kan per staalsoort aanzienlijk variëren door toevoeging van legeringselementen.

De eisen voor het afschrikken van een bepaalde staalsoort kunnen worden afgeleid uit diagrammen die de faseveranderingen onder niet-evenwichtsomstandigheden weergeven, zogenaamde *isotherme-transformatiediagrammen*, oftewel *tijd-temperatuur-transformatiediagrammen (TTT-diagrammen)*. Dit is een veel door warmtebehandelaars gebruikt hulpmiddel voor het voorspellen van de afschrikreacties in staalsoorten. Het TTT-diagram laat zien welke microstructuur ontstaat als men vanuit het austenietgebied het staal tot een bepaalde temperatuur afschrikt, een tijd laat staan, en daarna verder afschrikt. Atlassen van TTT-diagrammen zijn gemakkelijk verkrijgbaar voor de meeste koolstofstalen en gelegeerde staalsoorten die door materiaalgebruikers worden gebruikt. Figuur 13-14 is een vereenvoudigde versie van het TTT-diagram voor 0,8% koolstofstaal.

Een ander soort diagram dat wordt gebruikt om afschrikreacties in staal te voorspellen is het *diagram voor continue afkoelingstransformatie*, het CCT-diagram (CCT staat voor *continuous cooling transformation*). Met CCT-diagrammen kan men voorspellen welke microstructuur men krijgt als men het staal continu afkoelt. De diagrammen lijken op de TTT-diagrammen, maar door de continue afkoeling wordt gewoonlijk het begin van de austeniettransformatie verschoven naar lagere temperaturen en latere tijdstippen. Een voordeel van de CCT-diagrammen ten opzichte van de TTT-diagrammen is dat vaak diverse afkoelsnelheden op de structuurveranderingsdiagrammen worden gesuperponeerd. Met deze gegevens kunnen we een afkoelsnelheid van een werkelijk onderdeel vergelijken met de afkoelsnelheden op het CCT-diagram en zodoende de structuurveranderingen nauwkeurig voorspellen.

Figuur 13-14 is verkregen door isotherme transformatie-experimenten, maar er is een continue-afkoelingskromme voor een hypothetisch onderdeel gesuperponeerd om te illustreren hoe beide soorten diagrammen door warmtebehandelaars worden gebruikt. De stippellijn in figuur 13-14 kan worden verkregen door een thermokoppel in te bedden in een onderdeel dat warmtebehandeling ondergaat. Het onderdeel wordt geaustenitiseerd bij ongeveer 770 °C en koelt in ongeveer 2 seconden af tot kamertemperatuur. Zoals het diagram laat zien is deze afkoelsnelheid voldoende om martensiet te vormen. Het onderdeel wordt gehard. Als de afkoelingskromme van het onderdeel wordt verschoven naar de rechterkant van de 'neus' van het zachte gebied (austeniet plus perliet), bestaat de resulterende structuur van het onderdeel uit harde plus zachte structuurgedeelten, of een volledig zachte structuur als de kromme voldoende naar rechts wordt verschoven.

De warmtebehandelaars controleren de temperatuur van te harden onderdelen meestal niet met behulp van thermokoppels. In de meeste gevallen bekijkt een warmtebehandelaar figuur 13-14 en merkt hij op waar de neus van de transformatiekromme zich op de tijdas bevindt. Het weergegeven diagram vertelt de warmtebehandelaar dat er slechts ongeveer 1 seconde tijd is om het onderdeel af te koelen van 760 °C tot ongeveer 316 °C. Hij of zij weet uit ervaring dat afschrikken met water de enige manier is om zo'n snelle afkoelsnelheid te bereiken. Als we bijvoorbeeld een stalen kubus van 100 millimeter per zijde willen harden, is het onmogelijk om het midden van de kubus binnen 1 seconde voldoende af te koelen. In dat geval wordt het oppervlak gehard, maar in de kern van de kubus zullen ongetwijfeld zachte transformatieproducten voorkomen. Dit wordt soms met opzet gedaan met zware onderdelen. Het harde oppervlak geeft het onderdeel slijtvastheid en de zachte kern geeft het onderdeel taaiheid.

Warmtebehandelaars en metaalkundigen gebruiken nog veel andere aspecten van TTT- en CCT-diagrammen bij het harden van staal, maar ontwerpers hoeven deze diagrammen doorgaans alleen te gebruiken om de hardbaarheid van staalsoorten te vergelijken. Een materiaalgebruiker die wil weten of de ene staalsoort een betere hardbaarheid heeft dan een andere staalsoort, hoeft alleen te bekijken waar op de tijdas van de TTT- en CCT-diagrammen de neus zich bevindt. Als de neus van de ene staalsoort bij 10 seconden ligt en van de andere bij 30 seconden, dan heeft de laatste een betere hardbaarheid. Het is dus gemakkelijker om aan de afschrikeisen van deze staalsoort te voldoen.

Als een TTT-diagram bijvoorbeeld aangeeft dat een staalsoort binnen 2 seconden moet worden afgeschrikt om het te laten harden, dan is er wellicht een krachtige afschrikking nodig. De snelheid van het *afschrikken* van een onderdeel in een warmtebehandelingscyclus hangt af van de voor het afschrikken gebruikte vloeistof en de mate van agitatie in het afschrikmiddel. Water geeft de snelste afkoelsnelheid bij afschrikken, gevolgd door olie, gesmolten zout en gas. Binnen deze categorieën zijn er vele afkoelsnelheden mogelijk. Als bijvoorbeeld 10 procent natriumhydroxide in water wordt gemengd, zal het water een afkoelsnelheid hebben die twee keer zo hoog kan zijn als die van water bij kamertemperatuur. Een vergelijkbaar effect wordt bereikt door zout aan het water toe te voegen (pekelafschrikking). Heftige agitatie maakt het afschrikken zelfs nog effectiever. Men kan oliesoorten of polymeren in water oplossen, waardoor het afschrikken langzamer verloopt dan in gewoon water. Hetzelfde effect bereikt men door het water te verwarmen. Bij afschrikken met olie is de afkoelsnelheid ongeveer minder dan de helft van die van water bij kamertemperatuur. Een gesmolten zout op 260 °C koelt langzamer dan zowel polymeerwater als olie, en stilstaande lucht of inert gas koelt nog langzamer af. De reden voor de grote verschillen in de mogelijke afkoelsnelheid bij afschrikken in vloeistoffen is de warmteoverdrachtsfilm die zich rond het roodgloeiende onderdeel vormt. De toevoeging van zouten (pekel), polymeren, olie en basen aan het water heeft een grote verandering van de zich rond het onderdeel vormende stoomwolk tot gevolg. Wanneer bijvoorbeeld een roodgloeiend onderdeel wordt afgeschrikt in vloeibare stikstof bij −195 °C, dan verloopt de afkoeling langzamer dan in lucht bij kamertemperatuur. In de stikstof vormt zich een dampwolk die het onderdeel isoleert.

Hoe langzamer het afschrikken, des te kleiner is de kans op vervormingen. Aan de andere kant, als de afkoeling te langzaam gaat, is het misschien niet mogelijk de gewenste hardheid te bereiken. Het vakmanschap van de warmtebehandelaar wordt onder andere duidelijk door het afschrikmiddel goed te kiezen. Materiaalgebruikers hoeven zich gewoonlijk niet zelf bezig te houden met afschrikmiddelen. Voor de meeste gelegeerde staalsoorten en gereedschapsstaalsoorten bestaat er een aanbevolen afschrikmiddel. De gebruikers moeten zich er wel van bewust zijn dat problemen met de vervorming of hardheid van een onderdeel veroorzaakt kunnen zijn door een verkeerd afschrikmiddel.

13.4 Selectief harden

Er zijn vele producten waarbij men alleen een deel van het product wil harden, bijvoorbeeld het lemmet van een mes. Hiervoor kan men gebruikmaken van selectieve hardingsprocessen. Als een staalsoort voldoende hardbaar is – dat wil zeggen, voldoende koolstof (meer dan ongeveer 0,4 procent) of koolstof plus legeringen bevat – zal het reageren op selectief afschrikharden. Het transformatiemechanisme is hetzelfde als bij doorharden en er kunnen toestandsdiagrammen worden gebruikt voor het vaststellen van austenitiseringstemperaturen. Het enige verschil is dat de twee andere vereisten voor het harden – verwarming tot de austenitiseringstemperatuur en afschrikken – alleen worden toegepast op de geselecteerde gebieden. Als alleen het lemmet van een mes wordt verwarmd tot de austenitiseringstemperatuur, zal bij afschrikken alleen het lemmet gehard worden. Legeringen die voor een langere periode op de austenitiseringstemperatuur moeten worden gehouden, zijn minder geschikt voor de snelle selectieve hardingsprocessen.

Vlamharden

Vlamharden is een selectief hardingsproces waarbij als warmtebron voor het austenitiseren een gasvlam wordt gebruikt. Omdat dit proces meestal wordt uitgevoerd op staalsoorten met een lage hardbaarheid, wordt het materiaal na de verwarming tot de transformatietemperatuur gewoonlijk snel afgeschrikt met water. Het afschrikken vindt dan vrijwel onmiddellijk plaats. De brandstof kan zuurstof-acetyleen zijn, zuurstof-fabrieksgas, of een andere combinatie van brandstofgassen die zorgt voor een redelijk snelle verhitting. De hardingstemperaturen zijn gelijk aan die voor harden in een oven. In figuur 13-15 worden enkele typische vlamhardingssystemen getoond.

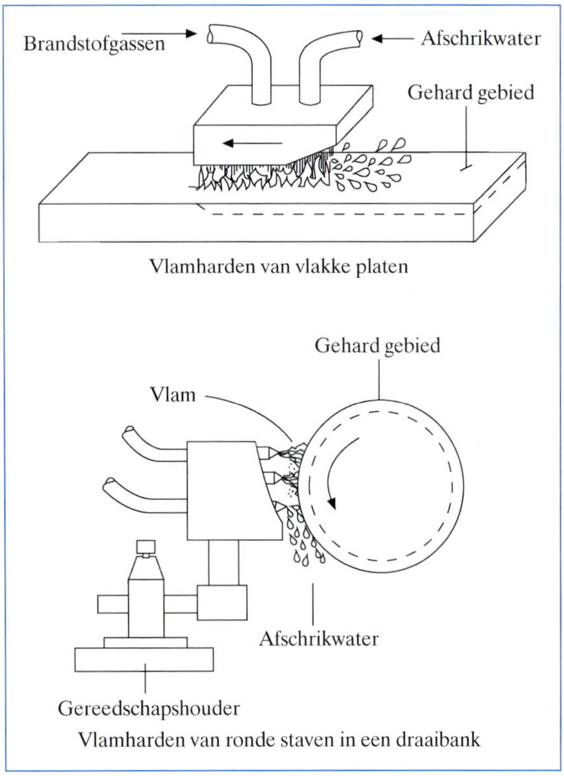

FIGUUR 13-15 Typische vlamhardingssystemen

Figuur 13-16 geeft een aantal vlamgeharde gebieden van machinecomponenten weer. De hardingsdiepte van een vlamgehard gebied kan variëren van 0,8 millimeter vanaf het oppervlak tot aan de hele doorsnede van een segment.

Tot de staalsoorten die geschikt zijn voor vlamhardingstechnieken, behoren de gewone koolstofstaalsoorten met een koolstofgehalte tussen 0,4 procent en 0,95 procent en laaggelegeerde staalsoorten. Soms worden legeringen met een hoog koolstofgehalte, zoals martensitisch roestvast staal en gereedschapsstaal, onderworpen aan selectief harden, maar deze soorten krijgen tijdens het vlamharden sneller barsten. In gelegeerd staal en gereedschapsstaal kan dit worden verminderd door de onderdelen voor het harden te verwarmen (tot ongeveer 150 °C) en door gebruik te maken van afschrikken met olie of een in water oplosbaar polymeer-watermengsel. Vanwege het brandgevaar van olieafschrikken wordt deze techniek echter niet zo vaak gebruikt. Vlamgeharde onderdelen moeten na het harden worden ontlaten. De daarbij gebruikte gloeitemperaturen zijn afhankelijk van de legering en de gewenste hardheid.

Ook gietstaalsoorten kunnen met vlamharden worden gehard. Vlamharden van gietijzer komt echter vaker voor. Door het grafiet in hun structuur zijn gietijzersoorten zeer geschikt voor zelfsmerende machinecomponenten, maar in de meest gevallen hebben ze een betrekkelijk lage hardheid. Deze lage hardheid kan worden verhoogd door middel van vlamharden. De materiaaleis voor het harden van gietijzer is eenvoudig een chemisch gebonden koolstofgehalte tussen ongeveer 0,4 en 0,8 procent. Meestal wordt grijs gietijzer met een matig gehalte aan legeringselementen gebruikt, maar vlamharden kan ook op de ductiele ijzersoorten worden toegepast.

Scheurvorming is verreweg het belangrijkste probleem bij vlamharden. Als het staal bij het harden barsten vertoont, kan een staalsoort met een lager koolstofgehalte worden gebruikt. Als de uiteindelijke hardheid te laag is, kun je juist beter kiezen voor een materiaal met een hoger koolstofgehalte. Aanbevolen wordt om legeringen te gebruiken met de laagste hardbaarheid waarmee nog de gewenste hardheid kan worden bereikt. Zelf selectief harden met een lasbrander en een emmer water zou wel eens kunnen mislukken. Aangeraden wordt daarom om ervaren warmtebehandelaars te raadplegen. Zij hebben technieken ontwikkeld om de neiging tot barsten te reduceren.

Inductieharden

Het mechanisme en het doel van *inductieharden* zijn gelijk aan die van vlamharden. Bij inductieharden wordt het werkstuk verwarmd door een geïnduceerde elektrische stroom. Een typisch systeem voor inductieharden is te zien in figuur 13-17. Rondom elke stroomvoerende elektrische geleider bevindt zich een magnetisch veld. Als we een draadspoel maken en een elektrische geleider binnen de spoel plaatsen, zal een elektrische stroom in de spoel een inductiestroom in de geleider veroorzaken door de magnetische flux van de spoel. Als de geleider een doodlopend circuit vormt, kan de inductiestroom nergens naartoe en dus is het netto-effect een verhitting van de draad. Als we in dit systeem een wisselstroom in de spoel laten lopen, verandert de rich-

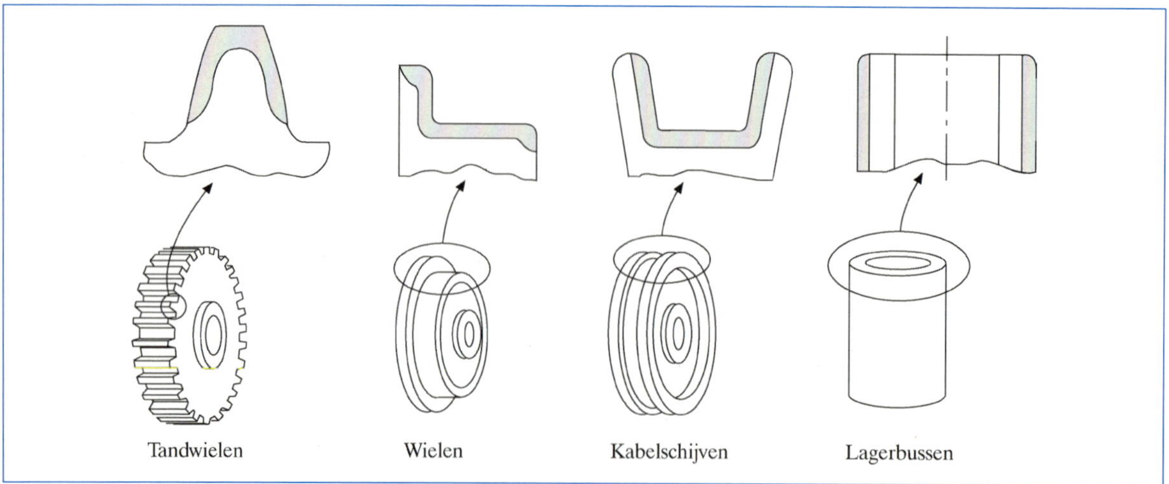

FIGUUR 13-16 Vlamhardingsprofielen (grijze gebieden) voor enkele typische mechanische componenten

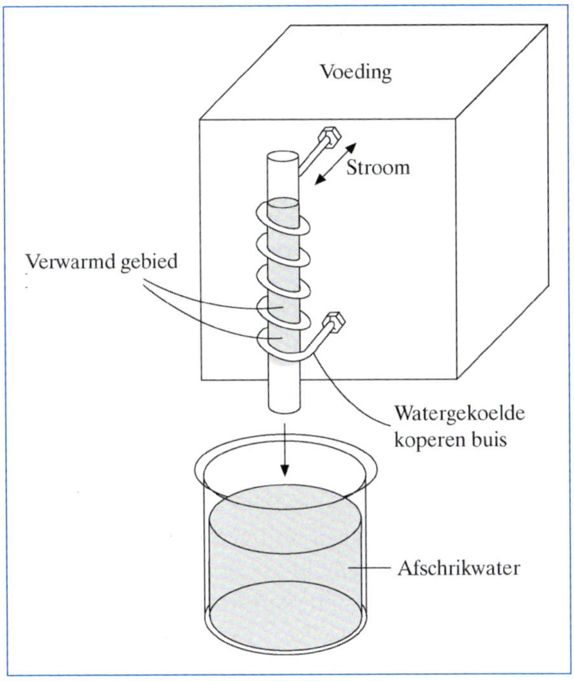

FIGUUR 13-17 Inductieharden

ting van de stroom snel. De inductiestroom in de geleider wisselt met een frequentie van 50 cycli per seconde tot miljoenen cycli per seconde. De verhitting gaat van buiten naar binnen. Lage frequenties produceren diepe verhitting, hoge frequenties produceren 'oppervlakkige' verhitting. Als er in plaats van een draad een ronde stalen staaf in de inductiespoel wordt geplaatst, kan men met de inductiestromen het stuk staal verhitten tot de austenitiseringstemperatuur. Vervolgens kan het door afschrikken worden gehard.

Een beperking van het systeem voor inductieharden is dat het werkstuk in een juiste positie moet worden geplaatst om geïnduceerde *wervelstromen* van de inductiespoel te kunnen ontvangen. De spoel is meestal gemaakt van een koperen buis (gevuld met stromend water om verhitting van de spoel te voorkomen) en kan daardoor gemakkelijk zo worden gevormd dat de wikkelingen om specifieke onderdelen passen. De stroomvoerende spoel moet zo dicht mogelijk bij het onderdeel worden geplaatst. Een gebruikelijke afstand is ongeveer 3 millimeter. De maximale afstand tussen het werkstuk en de spoel is een functie van het vermogen van de voeding van de eenheid, maar deze afstand is nooit groter dan enkele centimeters.

Een groot voordeel van dit proces ten opzichte van vlamharden is de verwarmingstijd. De verwarmingstijd voor een onderdeel van behoorlijke omvang (25 millimeter) is in de orde van grootte van 10 seconden. Bij kleine onderdelen is inductie ook beter te beheersen. Branders en afschrikkoppen zijn betrekkelijk groot en het harden van een klein stukje van bijvoorbeeld een as met een diameter van 6 millimeter is dan fysiek moeilijk. Er kan gemakkelijk een inductiespoel worden aangepast voor een kleine as. Het belangrijkste nadeel ten opzichte van vlamharden is dat de apparatuur erg duur is.

Met inductieharden kunnen dezelfde staalsoorten worden gehard als bij vlamharden. De staalsoort moet hardbaar zijn. Net als verwarming met een vlam kan dit proces ook worden gebruikt voor zachtgloeien (*process annealing*), hardsolderen of ontlaten. De hardingsdiepte kan heel gering zijn, tot 0,25 millimeter, of door het hele segment heen. Na afschrikken wordt het materiaal op de gewone manier ontlaten.

Laser- en elektronenstraalharden

In de laatste tien tot twintig jaar is de technologie van het selectief harden van staal door middel van lasers en elektronenbundels uitgerijpt. Deze methoden zijn zeer geschikt wanneer men een betrekkelijk klein gebied uit wil harden, bijvoorbeeld in kleine kogellagers of assen. Inmiddels is het mogelijk om oppervlakken van enkele vierkante millimeters te harden. Met behulp van een computer kan men ook een bepaald hardingspatroon op het onderdeel uitstippelen. Punten en strepen zijn de gebruikelijke patronen. Bij laser- en elektronenstraalharden zorgt de massa van de rest van het materiaal voor een snelle afkoeling. De afkoeling is uiterst snel, zodat de bereikte hardheid vaak hoger is dan bij conventioneel harden. De hardingsdiepte hangt af van de massa en de samenstelling van het onderdeel en de energiedichtheid. De geharde diepte is gewoonlijk ongeveer 1 tot 2 millimeter (zie figuur 13-18).

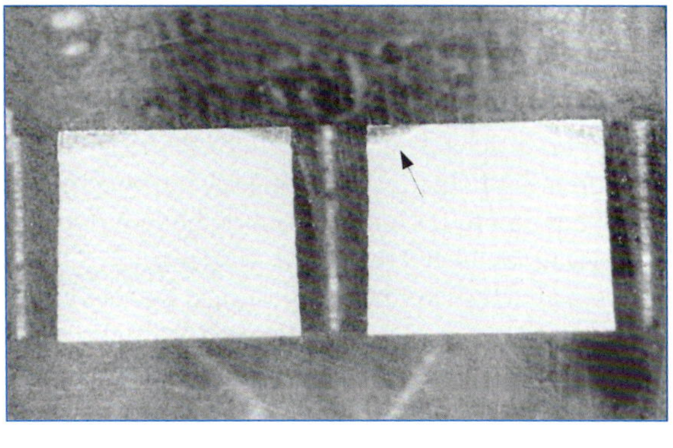

FIGUUR 13-18 Met een elektronenstraal gehard gebied rond een matrijsopening (0,75 mm) (×5)

Omdat voor *laserharden* geen vacuüm nodig is, zoals bij elektronenstraalharden, kan er gas gebruikt worden om af te schrikken.

Harden met een laser of elektronenstraal kan zeer snel uitgevoerd worden, tot wel een meter per minuut. Hierdoor is het echter mogelijk dat staalsoorten met een hoog legeringsgehalte niet reageren. Een ander probleem is dat bepaalde soorten laserstralen door glanzende metaaloppervlakken gereflecteerd worden. Dit kan worden opgelost door zwarte coatings, zoals conversiecoatings, op de onderdelen aan te brengen. Bij elektronenstraalharden is dit geen probleem. Laser- en elektronenstraalharden zijn niet meer zo kostbaar als in de ontwikkelingsjaren. Beide processen zijn verkrijgbaar via commerciële werkplaatsen.

13.5 Diffusiebehandelingen

Een staalsoort met een onvoldoende koolstofgehalte, of koolstof plus legeringselementen, om afschrikharden mogelijk te maken, kan toch gehard worden. Een diffusiebehandeling kan elementen toevoegen aan het oppervlak van het staal waardoor het hard wordt. Afschrikken achteraf is soms wel en soms niet nodig, afhankelijk van de aard van het diffunderende element. Het diffusieproces kan ook gebruikt worden voor de homogenisering van een metaal dat een concentratiegradiënt van een legeringselement heeft.

Diffusie is de spontane verplaatsing van atomen of moleculen in een stof om een gelijkmatige verdeling van elementen te bereiken. De drijvende kracht achter het diffusieproces is een concentratiegradiënt. Stel dat twee vaten, het ene met zout water en het andere met zuiver water, verbonden zijn via een eenvoudige buis met een kraan. Wanneer de kraan wordt geopend, treedt er onderlinge vermenging op, omdat het systeem ernaar streeft om de oplossing in elk vat even zout te maken. Ook in gassen en vaste stoffen treedt diffusie op. Als er in de keuken uien worden gebakken, verspreidt de geur zich spontaan door het hele huis. Kelders in woonhuizen zijn vaak vochtig omdat het vocht in de bodem door de kelderwanden heen trekt.

De principes van diffusie kunnen we toepassen op het harden van een staaloppervlak: als een koolstofarme staalsoort in een koolstofrijke atmosfeer wordt geplaatst, bijvoorbeeld koolmonoxide, heeft de koolstof in het gas de neiging om in het staal te diffunderen. De snelheid waarmee diffusie in metalen optreedt, hangt af van de aard van het metaal, de diffunderende stof, de concentratiegradiënt en de temperatuur.

Het klassieke model voor de diffusie in vaste stoffen wordt weergegeven in figuur 13-19(a). De eerste *wet van Fick* stelt dat de diffusie van een element in een ander materiaal een functie is van de *diffusiecoëfficiënt* en de *concentratiegradiënt*. De diffusiecoëfficiënt hangt af van de betrokken materialen en de temperatuur; het is een maat voor hoe snel een atoom van een materiaal door een ander materiaal heen beweegt. De concentratiegradiënt is eenvoudig de hoeveelheid van het oplossende element die je aan de ene zijde van het diffusiegrensvlak hebt, vergeleken met de hoeveelheid van hetzelfde element aan de andere zijde van het grensvlak. Bij carboneren is de concentratiegradiënt dus de hoeveelheid koolstof in de atmosfeer buiten het stuk staal, vergeleken met de hoeveelheid koolstof in het staal.

De diffusiecoëfficiënt kan worden gemeten door twee materialen met elkaar in contact te brengen, bijvoorbeeld door een materiaal op een ander materiaal te plateren. Door het enige tijd te verhitten diffundeert het geplateerde materiaal (op te lossen materiaal) in het onderliggende basismateriaal (vast 'oplosmiddel'). Het diffusieproces wordt gestopt door het materiaal uit de oven te halen, waarna wordt bepaald hoe diep het geplateerde metaal in het onderliggende materiaal is gediffundeerd. Dit doet men met behulp van bijvoorbeeld een electronenmicroscoop met spectrometer.

Er zijn verschillende manieren waarop een atoom van de oplossende stof in het vaste oplosmiddel kan diffunderen. In figuur 13-19(b) zien we kleine atomen van de opgeloste stof die zich vestigen in de ruimtes tussen de basisatomen. Dit is *interstitiële diffusie*, zoals we ook interstitiële vaste oplossingen hebben. Als we proberen om grote atomen in een basismateriaal te laten diffunderen, is het mogelijk dat ze te groot zijn om een interstitiële plaats te bezetten. In dat geval zal er waarschijnlijk *substitutionele diffusie* optreden. De diffunderende atomen vinden hun weg via de *vacatures* in het basismateriaal, lege roosterplaatsen waar zich eigenlijk een atoom zou moeten bevinden. Dit zijn fouten in het kristal die zich met de trillende atomen mee verplaatsen. De vacatures die het oppervlak bereiken worden opgevuld door een diffunderend atoom dat zich naar binnen verplaatst door van de ene substitutionele plaats naar een andere te gaan. Er zijn ook andere manieren waarop atomen in een basismateriaal kunnen diffunderen (bijvoorbeeld via kristaldefecten, zoals dislocaties en korrelgrenzen).

Diffusiebegrippen

(a) Model

Wet van Fick: $J = D\,\dfrac{dc}{dx}$

waarbij J = flux van de atomen (atomen/tijd/oppervlakte)
D = diffusiecoëfficiënt (oppervlakte/tijd)
$\dfrac{dc}{dx}$ = concentratiegradiënt (c = atomen/volume; x = afstand)

Diffusiecoëfficiënt: $D = D_0 e^{-\Delta H/RT}$
D_0 = een diffusieconstante van een materiaal
$\Delta H/RT$ = activeringsenergie voor het betreffende proces
ΔH hangt af van het materiaalsysteem,
R is een universele constante en
T is de absolute temperatuur

(b) Hoe het plaatsvindt

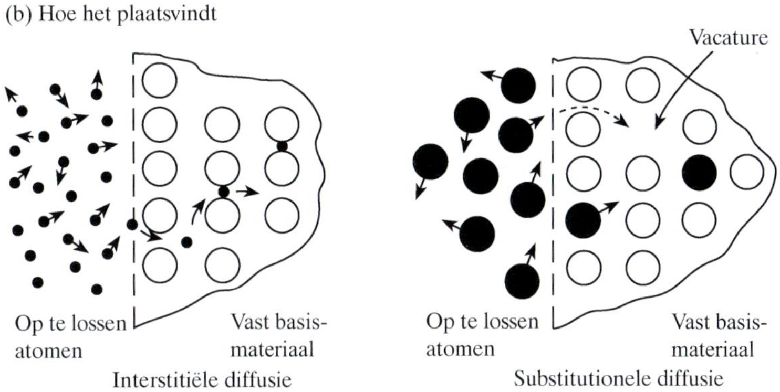

(c) Waar het wordt toegepast

	Op te lossen stof	Vast basismateriaal
Carboneren	C	Koolstofarme staalsoorten
Nitreren	N	Nitreerstaalsoorten
Carbonitreren	C + N	Koolstofarme staalsoorten
Boreren	B	Koolstofarme staalsoorten
Chromeren	Cr	Koolstofarme en koolstofrijke staalsoorten

FIGUUR 13-19 Basisbegrippen van diffusieprocessen

Zoals figuur 13-19(c) laat zien gaat het bij de in dit hoofdstuk besproken diffusieprocessen om een beperkt aantal diffunderende stoffen en basismaterialen. Hieronder volgen enkele praktische principes die uit de diffusietheorie kunnen worden afgeleid:

1. Diffusieprocessen voor het harden van staal vereisen temperaturen hoger dan 500 °C.
2. Om diffusie te laten optreden moet het basismetaal een lage concentratie van het diffunderende element hebben en moet er in de buurt van het oppervlak van het metaal een hoge concentratie van het diffunderende element aanwezig zijn.
3. Er treedt alleen diffusie op wanneer het diffunderende element en het basismetaal op dit punt bij elkaar passen. In de praktijk betekent dit dat de diffusiecoëfficiënt relatief hoog moet zijn en dat er een bepaalde oplosbaarheid moet zijn van het ene element in het andere element.

Carboneren

Procesbeschrijving

Carboneren is een warmtebehandeling waarbij een staaloppervlak door middel van diffusie wordt verrijkt met koolstof. Bij carboneren wordt een stuk koolstofarm staal geplaatst in een met koolstof verzadigde atmosfeer bij een hoge temperatuur. Koolstofdiffusie kan een oppervlak opleveren dat een koolstofgehalte heeft van 1 procent. Als het kernmateriaal een koolstofgehalte heeft van 0,2 procent, is de concentratiegradiënt groot genoeg om voor koolstofdiffusie naar binnen te zorgen. De koolstof diffundeert of dringt door in het staal, waardoor het staal gecarboneerd wordt. Typische temperaturen voor carboneren liggen tussen 840 en 950 °C. Ter informatie: als daarentegen een stuk staal met een betrekkelijk hoog koolstofgehalte wordt verwarmd in een oven met een koolstofvrije atmosfeer (lucht), dan zal de koolstof uit het staal diffunderen. Dit wordt *decarboneren* of ontkoling genoemd.

Carboneren heeft als doel om normaal gesproken niet-hardbaar staal toch een hardbaar oppervlak te geven. Het vergroot het koolstofgehalte tot een bepaalde diepte onder het oppervlak, tot het voldoende is voor afschrikharden. Er zijn diverse processen voor carboneren, die verschillen in de manier waarop koolstof naar het hete metaaloppervlak wordt gebracht.

Een van de oudste manier van carboneren is poedercarboneren. Poedercarboneren wordt geïllustreerd in figuur 13-20. Geactiveerde houtskool wordt hierbij gebruikt als de bron van koolstof, maar de koolstof voor de diffusie komt in feite van kooldioxide (CO_2), afgegeven door houtskool (C), dat geactiveerd is door een chemische stof zoals bariumcarbonaat ($BaCO_3$). Koolmonoxide (CO) is het reactiekoolstofproduct van CO plus te veel koolstof (C), en dit wordt het carboneergas. De koolmonoxide reageert met het koolstofarme staaloppervlak, waarbij atomaire koolstof wordt gevormd die in het staal diffundeert.

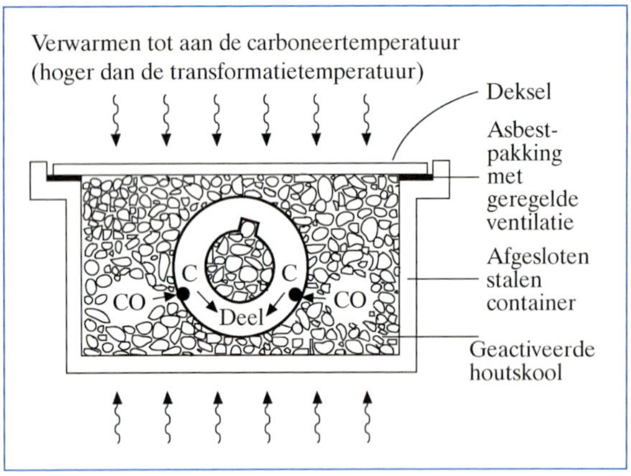

FIGUUR 13-20 Poedercarboneren

We hebben nu koolstof in het oppervlak laten diffunderen, maar hoe gaan we te werk om het in een container verpakte onderdeel te harden? We kunnen het onderdeel direct afschrikken als we het uit de container halen, maar aan het harden zijn evidente problemen verbonden. We moeten de verpakking openen, het onderdeel eruit trekken en het materiaal afschrikken voordat het is afgekoeld tot onder de austenitiseringstemperatuur. Meestal laat men daarom eerst de hele container langzaam afkoelen. Daarna worden de losse onderdelen gehard en ontlaten. Let op dat het nadeel van opnieuw verwarmen voor het harden is dat het resulteert in een iets zachtere *schil* (55 HRC). Een deel van de koolstof in de schil diffundeert naar binnen en de schil heeft een lager koolstofgehalte dan na de carboneerbewerking. In ieder geval heeft deze techniek een handig voordeel. Stel dat we willen dat een gedeelte van het oppervlak zacht blijft om het na het harden machinaal te kunnen bewerken – bijvoorbeeld om gaten te plaatsen voor assemblage. Het gecarboneerde oppervlak kan dan op die plaatsen worden weggeslepen zodat het na het harden zacht en bewerkbaar blijft. Ook is het mogelijk om bepaalde plaatsen op een onderdeel tegen carboneren af te schermen door deze te plateren met koper of nikkel of ze een speciale verflaag te geven. Deze technieken vergen echter veel handwerk en zijn vaak duurder dan poedercarboneren en machinaal bewerken.

Een ander carboneerproces is gascarboneren. *Gascarboneren* kan worden uitgevoerd met elk soort gas, maar aardgas, propaan of fabrieksgas worden het meest gebruikt. De bron van de diffunderende koolstof is CO dat uit het uitgangsgas, bijvoorbeeld CH_4 of C_3H_2, wordt gevormd. De meeste carboneergassen zijn brandgevaarlijk, zo niet explosief, en er zijn veiligheidsmaatregelen nodig om te voorkomen dat het carboneergas bij 950 °C in contact komt met lucht (zuurstof). Gascarboneren voor serieproductie wordt uitgevoerd in batch-type retortovens, in vacuümovens of in ovens die deel uitmaken van een transportbandsysteem. De eerste methode geeft problemen met afschrikken en de laatstgenoemde worden daarom meer gebruikt.

Vacuümcarboneren is afgeleid van gascarboneren. De onderdelen worden in een retortvacuümoven verwarmd tot de carboneertemperatuur (zie figuur 13-21). Wanneer de onderdelen op temperatuur zijn, wordt een afgemeten hoeveelheid gezuiverd aardgas, propaan of een ander koolwaterstofgas als koolstofbron in de oven gebracht. Dit gas is de bron van de koolstof die in het werkstuk moet diffunderen. De belangrijkste voordelen van vacuümcarboneren zijn aanslagvrije onderdelen en de behandelingstijden, die soms veel korter zijn dan bij gascarboneren, hoewel vergelijkbaar met die van poedercarboneren. Een ander voordeel van dit proces ten opzichte van poedercarboneren is dat er beter vanaf de carboneertemperatuur afgeschrikt kan worden. Het gebruik van *transportbandhaardovens* maakt afschrik-

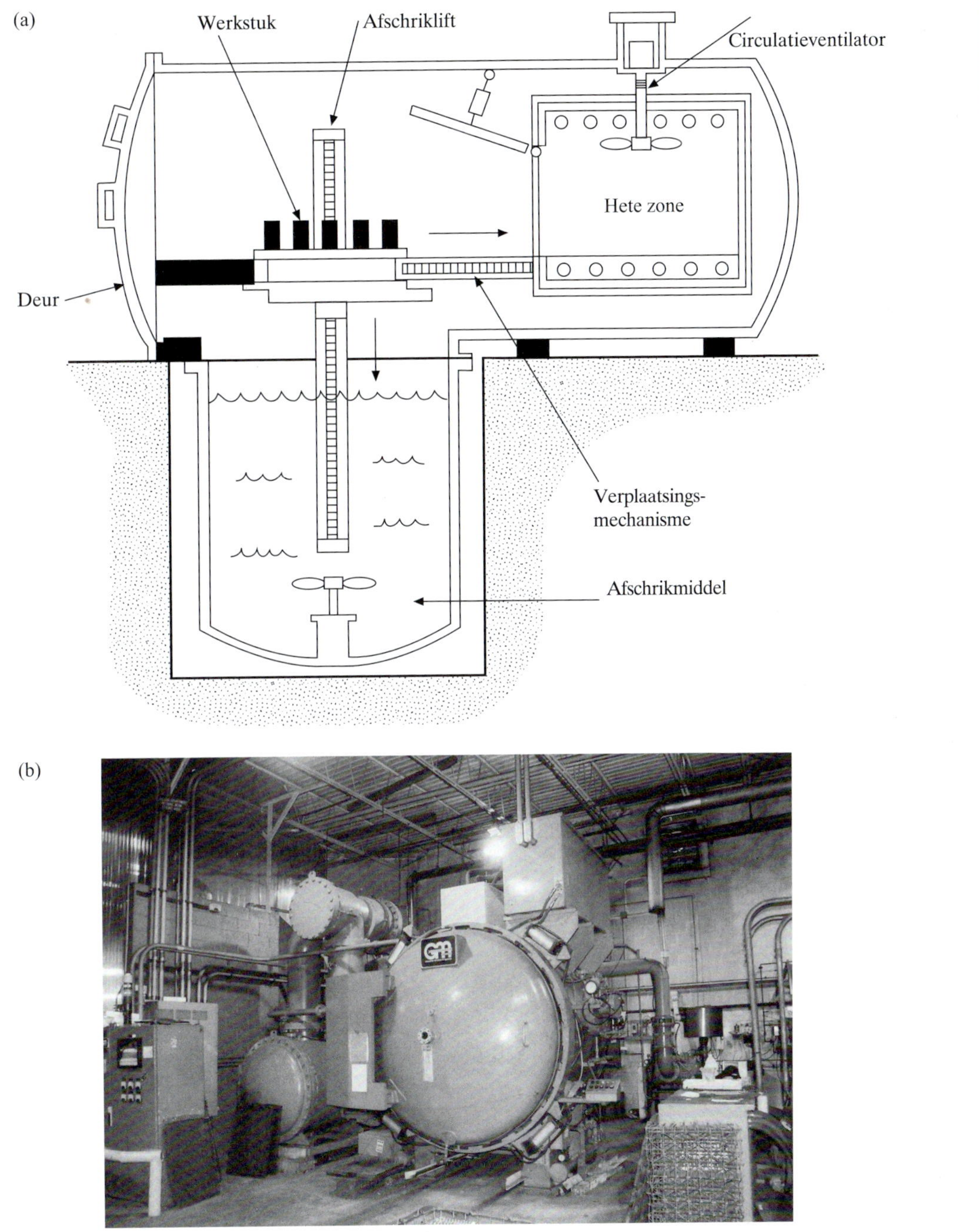

FIGUUR 13-21 (a) Vacuümoven met geïntegreerde afschriktank; (b) Vacuümoven met geïntegreerde drukgasafschriktank

ken in een gecontroleerde atmosfeer mogelijk. Een nadeel is de dure apparatuur.

Vloeistofcarboneren wordt uitgevoerd in uitwendig of inwendig verwarmde kroezen met gesmolten zout. Het carboneerzout bevat gewoonlijk cyanideverbindingen zoals natriumcyanide (NaCN). De koolstof van het cyanide is het diffunderende element. We komen hier nog op terug als we het hebben over *cyaneren*.

Bij alle carboneerprocessen (poeder-, gas-, vacuum- en zoutcarboneren) is afschrikken vanaf de carboneertemperatuur nodig. Opnieuw verwarmen en afschrikken is ook mogelijk. Daarna moeten de onderdelen ontlaten worden om ze de gewenste hardheid te geven. De bereikte schildiktes zijn bij de verschillende processen ongeveer gelijk. Welk proces (gas-, zout- of poedercarboneren) wordt gekozen hangt dan ook meer af van economische en niet-metallurgische overwegingen.

Alle koolstofstaalsoorten kunnen worden gecarboneerd. Er is uiteraard geen reden om de koolstofrijke soorten te carboneren, dus wordt carboneren het meest uitgevoerd op de soorten met een koolstofgehalte van 0,1 tot 0,3 procent. Ook koolstof-mangaanstaal en automatenstaal kunnen gemakkelijk worden gecarboneerd. Een grote massa is moeilijk af te schrikken en het is daarom wenselijk om bij segmentdiktes van meer dan 15 millimeter gebruik te maken van carboneerbare gelegeerde staalsoorten. Roestvast staal en gietijzer worden normaal gesproken niet gecarboneerd.

Schildikte

Een belangrijke vraag bij carboneren, en eigenlijk bij diffusiebehandelingen in het algemeen, is hoe we de *schildikte* van een gecarboneerd onderdeel kunnen bepalen. Een zeer eenvoudig hulpmiddel voor het meten van de schildikte is het carboneren van een stukje staal met een ingevijlde kerf. Dit wordt samen met het te harden onderdeel gecarboneerd en na carboneren en harden bij de kerf gebroken. De zichtbare indicatie van de geharde zone op het gebroken oppervlak wordt gemeten met een schuifmaat of een krompasser. De diepte van de oppervlakteharding kan nauwkeuriger worden gemeten met behulp van een serie *microhardheidsmetingen* langs een gepolijst segment van het onderdeel of een proefmonster. Hardheidsmetingen worden uitgevoerd met intervallen van ongeveer 100 μm van het oppervlak. Het punt waarop de hardheid lager wordt dan 50 HRC geeft de *effectieve dikte* aan van de geharde schil. De *totale schildikte* is de diepte vanaf het oppervlak waarbij de hardheid van de schil groter is dan de hardheid van de kern van het staal. Dit concept wordt in figuur 13-22 geïllustreerd.

Er is bij carboneren geen technische grens aan de hardingsdiepte, maar er wordt zelden dieper dan 2 millimeter gecarboneerd, tenzij het onderdeel meer slijtage kan tolereren of de contactbelastingen zo groot zijn dat een dunne geharde schil zou splinteren. De tijd die nodig is om tot verschillende dieptes te carboneren, hangt af van de carboneermiddelen, de diffusietemperatuur en de samenstelling van de legering. Hoge diffusietemperaturen versnellen het carboneerproces, maar daarbij kan korrelvergroting optreden, waardoor de mechanische eigenschappen van de kern minder goed worden. Figuur 13-23 geeft enkele karakteristieke carboneertijden.

Nitreren

Nitreren is een van de interessantste en bruikbaarste oppervlakhardingstechnieken voor staal. In dit proces diffundeert atomaire stikstof in het oppervlak van het behandelde staal. Door de reactie van de stikstof met het staal worden bijzonder harde stikstofverbindingen van ijzer en legeringselementen gevormd. De resulterende nitrideschil is soms zelfs harder dan het hardste gereedschapsstaal of gecarboneerd staal. Het enorme voordeel van dit proces ten opzichte van alle andere hiervoor besproken hardingsprocessen is dat er subkritische temperaturen worden gebruikt en dat de hardheid wordt bereikt zonder dat er afschrikken met olie, water of lucht nodig is zoals bij andere warmtebehandelingen. Een

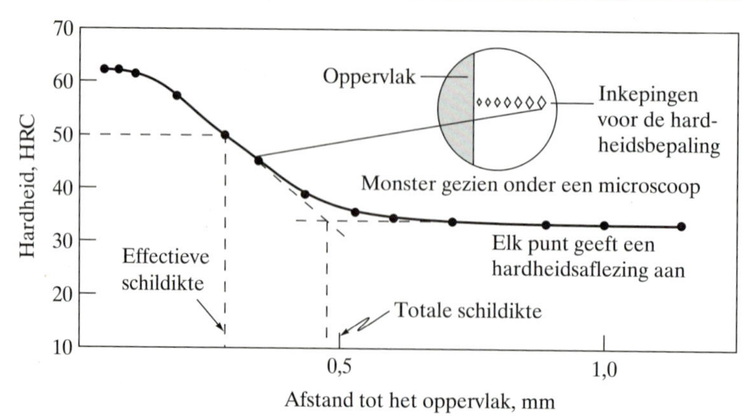

FIGUUR 13-22 Bepaling van de dikte van de gecarboneerde schil met behulp van microhardheidsmetingen

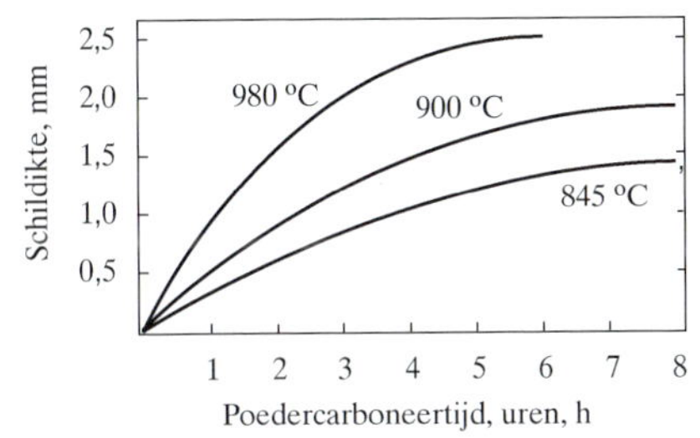

FIGUUR 13-23 Het effect van de carboneertemperatuur op de dikte van de schil

Bron: G. M. Enos en W. E. Fontaine. *Elements of Heat Treatment*. New York: John Wiley & Sons, Inc., 1963.

bijkomend voordeel is dat het harden plaatsvindt in een stikstofatmosfeer waarin geen aanslag optreedt.

De bron van de stikstof voor de diffusie is meestal ammoniak. De te nitreren onderdelen worden in een *retortoven* geplaatst (op rekken, zodat een goede gascirculatie mogelijk is). De oven wordt verwarmd tot aan de nitreertemperatuur, tussen 500 en 570 °C. Tijdens het opwarmen stroomt er stikstof of ammoniak de oven in. Bij de nitreertemperatuur dissocieert de ammoniak volgens de onderstaande reactie:

$$2NH_3 \rightarrow 2N + 3H_2 \uparrow$$

De stikstof diffundeert in het staal en de waterstof wordt afgevoerd. Figuur 13-24 laat een basisopstelling voor een nitreerinstallatie zien. In ons voorbeeld dissocieert de ammoniak wanneer het in contact komt met het hete onderdeel. Sommige warmtebehandelaars gebruiken een uitwendig dissociatieapparaat dat de ammoniak afbreekt tot atomaire stikstof en waterstof. Uitwendige *dissociatie* heeft als voordeel dat het proces nog beter te beheersen is.

Omdat afschrikken bij nitreren niet nodig is, kan men de onderdelen langzaam in de retortoven laten afkoelen. De hardingsdiepte van de schil is bij nitreren een functie van het soort staal, het potentiële stikstofgehalte van de atmosfeer, en de tijd die het onderdeel op de nitreertemperatuur doorbrengt.

Zoals we in onze bespreking van carboneren aangegeven hebben kan de schildikte het beste worden gemeten met behulp van microhardheidsmetingen langs een doorsnede van het onderdeel. Nitreren van het oppervlak geeft de schil enigszins andere eigenschappen dan de meeste andere oppervlakgeharde staalsoorten. Een typisch genitreerd oppervlak wordt afgebeeld in figuur 13-25. De schil bevat een *witte laag* die bros is en gemakkelijk splintert, een harde nitridelaag en een *diffusiezone* met afnemende hardheid.

De witte laag heeft een nadelige invloed op de vermoeiingseigenschappen van genitreerde onderdelen en wordt meestal vermeden of verwijderd bij onderdelen die in zware omstandigheden moeten werken. In de gevallen waar de witte laag wel aanwezig is, is de dikte 7,5 tot 50 μm, afhankelijk van de voorkeur van de warmtebehandelaar en de nitreertijd. Er bestaan manieren om de witte laag te controleren of te voorkomen. Bij bijvoorbeeld een bepaald

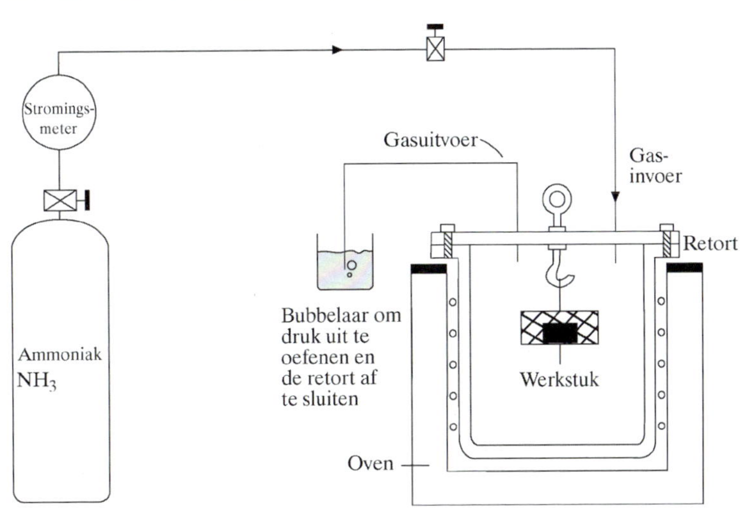

FIGUUR 13-24 Schematische voorstelling van een gasnitreersysteem

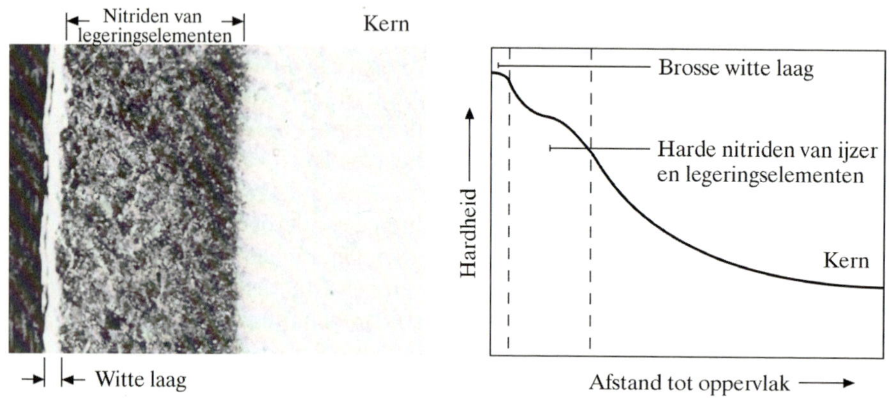

FIGUUR 13-25 Hardheid van een genitreerde schil

tweefasengas-nitreerproces, een gepatenteerd zoutnitreerproces en sommige plasmaprocessen vormt zich vrijwel geen witte laag. Als bepaalde delen van een werkstuk niet genitreerd moeten worden, kunnen ze afgeschermd worden met dezelfde methoden als bij carboneren. Koperplatering is de gebruikelijkste manier.

De keuze van het soort staal is bij nitreren van groot belang. Stikstofdiffusie en de vorming van harde nitriden worden bevorderd door de aanwezigheid van elementen als aluminium, chroom, molybdeen, vanadium en wolfraam. Gewone koolstofstaalsoorten, die geen aanzienlijke hoeveelheden van deze elementen bevatten, zijn niet bijzonder geschikt voor gasnitreren. De meeste genitreerde staalsoorten zijn chroom-molybdeenstaal en een groep legeringen die in de Verenigde Staten Nitralloys wordt genoemd. De laatstgenoemde legeringen bevatten ongeveer 1 procent aluminium, wat de vorming van harde nitriden enorm bevordert. Sommige bedrijven hebben eigen technieken voor het nitreren van roestvast staal, maar de corrosieweerstand kan daarbij gereduceerd zijn. De maximale hardheid in de gelegeerde staalsoorten SAE 4140 (EN19) en 4340 (EN24) is ongeveer 55 HRC, bij een bereikbare hardingsdiepte (meer dan 50 HRC) van ongeveer 0,125 millimeter. De Nitralloys kunnen een oppervlaktehardheid hebben van 70 HRC, bij een hardingsdiepte van wel 0,5 millimeter (meer dan 60 HRC). De nitreereigenschappen van deze staalsoorten worden vergeleken in figuur 13-26. Omdat alleen de eerste 25–50 micrometer van genitreerd staal erg hard is, wordt er na het nitreren geen enkele slijpbewerking uitgevoerd. Als de witte laag moet worden verwijderd, dient dit door middel van leppen te gebeuren. Aan het vermijden van de witte laag wordt de voorkeur gegeven.

Een zeer belangrijke factor bij het nitreren van staalsoorten is het voorharden van het staal. De genoemde hoge nitridehardheden kunnen niet worden bereikt met gegloeid materiaal. De laaggelegeerde staalsoorten en de Nitralloys moeten voor het nitreren worden voorverhard. De onderdelen moeten ontlaten worden bij een temperatuur die minstens 10 °C hoger is dan de nitreertemperatuur, om te voorkomen dat tijdens het nitreren de afmetingen veranderen. Gereedschapsstaalsoorten met een hoge ontlaattemperatuur (warmwalsstaal, snelstaal enzovoort) worden vaak genitreerd om ze een extra hard oppervlak te geven. Dit zou ook voor extra corrosieweerstand zorgen.

Nitreren kan ook worden uitgevoerd in zoutbaden. Dit process, *zoutnitreren*, wordt uitgevoerd met eigen samenstellingen van de fabrikanten. De processen staan bekend onder speciale namen als

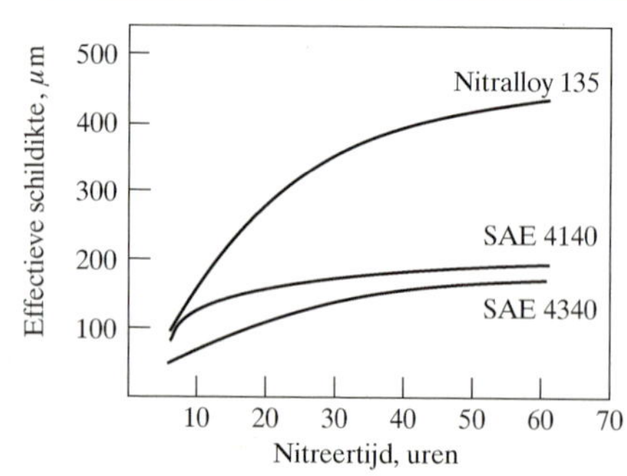

FIGUUR 13-26 Typische gasnitreertijden (voor het systeem in figuur 13-22)

Tufftriding®, Melonite® en Nu-Tride®. Het eerstgenoemde proces produceert op de meeste ferrometalen een nitrideschil zonder de witte laag die vaak voorkomt bij gasnitreren. Bovendien reageren legeringen die zich moeilijk laten gasnitreren vaak wel op dit proces. Tufftriding® en soortgelijke processen zijn bruikbaar voor het aanbrengen van dunne schillen op gereedschapsstaal, dat daarmee een betere schuurweerstand krijgt. Melonite® is een proces dat een oplossing tracht te bieden voor het afvalprobleem dat optreedt bij het gebruik van cyanidezouten als stikstofbron bij zoutnitreren. In dit proces worden de onderdelen in een afzonderlijke oven met een neutrale atmosfeer voorverwarmd tot de nitreertemperatuur van ongeveer 580 °C. Vervolgens worden ze overgebracht naar het nitrerende zoutbad, waar ze dankzij het voorverwarmen minder lang in hoeven te blijven. De laatste stappen worden gevormd door de onderdelen af te schrikken in zout van ongeveer 370 °C en in olie of lucht tot kamertemperatuur. De cyanide die eventueel aan de onderdelen is blijven zitten nadat ze uit het nitreerbad zijn gehaald, wordt bij het afschrikken in zout verwijderd. De toepassingen van dit proces zijn ongeveer dezelfde als die van Tufftriding®. Het voordeel ten opzichte van Tufftriding® is een reductie van vervuilend cyanide dat van de onderdelen moet worden gewassen. Dit proces levert een zwart oppervlak op dat een zekere mate van roestvastheid heeft. Er bestaan nog meer gepatenteerde oppervlaktehardingsprocessen, maar deze gaan allemaal gepaard met de diffusie van een element in het oppervlak ter verhoging van de hardheid of verbetering van andere oppervlakte-eigenschappen.

Eind jaren zeventig werd *plasmanitreren* (ook bekend als *ionnitreren*) geïntroduceerd. Plasmanitreren wordt uitgevoerd in apparatuur die in feite een materiaal opdampt door glimontlading. De onderdelen worden in rekken gelegd op een constructie die elektrisch verbonden is met een gelijkspanningsbron met een hoog voltage. Vervolgens worden ze in een vacuümoven geplaatst die inwendig of uitwendig verwarmd wordt. Wanneer de onderdelen op temperatuur zijn, 550 °C, worden de verwarmingselementen uitgeschakeld en wordt er een mengsel van waterstof en stikstof (ammoniak) in de oven gebracht. De gelijkspanning wordt ingeschakeld en deze veroorzaakt een plasmaveld rond de werkstukken (glimontlading). Het plasma levert de energie om de onderdelen op temperatuur te houden. Onder invloed van de gelijkspanning worden de procesgassen geïoniseerd. De werking van de stikstofionen en de atomaire stikstof in het plasma die tegen de werkstukken botsen, levert de stikstof die nodig is voor diffusie in het werkstuk.

De voordelen van dit proces ten opzichte van de ammoniakprocessen zijn kortere procestijden (60 procent tot 70 procent van de tijd die nodig is voor conventioneel nitreren), geen witte laag, een enigszins taaiere schil en een betere procesbeheersing. De belangrijkste nadelen van dit proces zijn de benodigde goede bevestigingen voor een goed elektrisch contact en onbelemmerde gasstroming, en de hoge kosten van de apparatuur. Ook bij plasmanitreren wordt er niet zo goed doorgedrongen in gaten en poriën als bij gasnitreren. Het heeft de neiging om minder diepe schillen te produceren dan gasnitreren. Op den duur zou ionnitreren of een variant ervan wel eens volledig de plaats kunnen gaan innemen van ammoniaknitreren.

Bij het gebruik van genitreerde oppervlakken moet wel rekening worden gehouden met de in deze processen optredende volumevergroting van de behandelde oppervlakken en dus de verandering van de afmetingen. Hoe groot deze verandering is, hangt af van de hoeveelheid in het staal gediffundeerde stikstof, maar voor normale schillen van 125 tot 500 μm zal de toename tussen 12,5 en 25 μm per oppervlak liggen. Boorgaten kunnen in grootte verminderen met 50 μm en buitendiameters kunnen met dezelfde waarde toenemen. De gewone manier om deze toename weg te werken is om na het nitreren van de oppervlakken 25 tot 75 μm af te slijpen. Daarbij wordt ook een eventueel gevormde witte laag verwijderd. De grootteveranderingen kunnen tot een minimum worden beperkt door de schillen dun te maken (25 tot 75 μm). Dunne schillen hebben slechts een minieme of helemaal geen witte laag.

Carbonitreren

Koolstofhoudende gassen kunnen zelfs in combinatie met stikstof worden gebruikt, waarmee carbonitreren mogelijk wordt. Het is een proces met weinig vervorming voor het maken van schillen met een hardheid van wel 70 HRC op allerlei staalsoorten. De slijtvastheid van deze schillen, die bestaan uit nitriden van ijzer en legeringselementen, kan veel hoger zijn dan die van de meeste andere staalsoorten. In figuur 13-27 wordt een typisch carbonitreersysteem afgebeeld. Het proces wordt uitgevoerd in een oven met een gasatmosfeer van bijvoorbeeld propaan of methaan, gemengd met enkele volumeprocenten ammoniak. Het organische gas dient als koolstofbron en de ammoniak zorgt voor de stikstof. Waarom worden deze twee basisprocessen gecombineerd? Carbonitreren wordt uitgevoerd

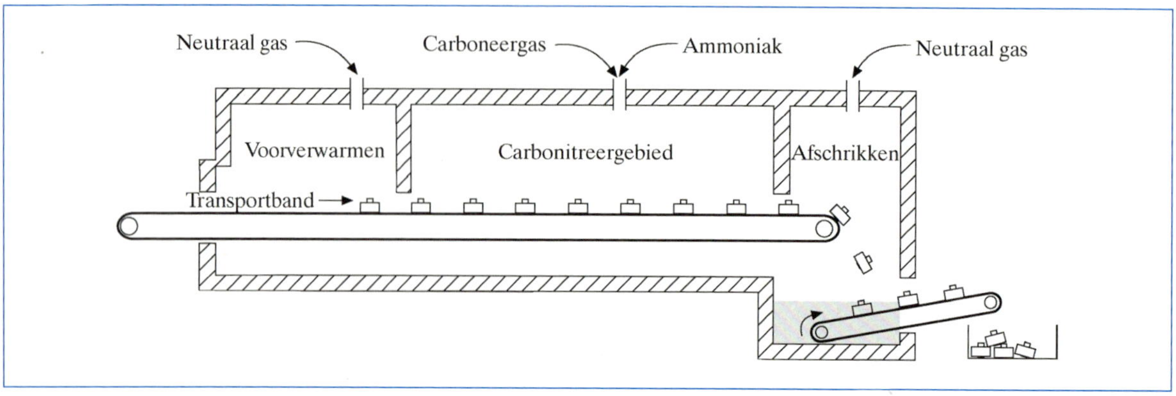

FIGUUR 13-27 Carbonitreren met een transportbandsysteem

bij hogere temperaturen dan de transformatietemperatuur van de behandelde staalsoorten (760 tot 870 °C). De stikstof zorgt ervoor dat er lagere temperaturen nodig zijn dan bij gascarboneren. Daarnaast is de procestijd korter en hoeft het materiaal minder drastisch te worden afgeschrikt. Vaak wordt gas gebruikt als afschrikmiddel, afschrikken met water is zelden nodig. Het gebruik van een minder drastisch afschrikmiddel verkleint de kans op vervorming aanzienlijk.

De hardheid van de schil die met carbonitreren bereikt kan worden, is ongeveer gelijk aan die bij carboneren, ongeveer 60 tot 65 HRC aan het oppervlak. Dit is minder hard dan genitreerde staalsoorten. De bereikbare hardingsdiepte hangt af van het soort staal en de procesparameters, maar in de meeste gevallen ligt de dikte van de schil tussen 0,07 en 0,75 millimeter. De schil bestaat uit harde stikstofverbindingen en harde martensiet. De koolstofarme gelegeerde en ongelegeerde staalsoorten worden het meest gecarbonitreerd. De veranderingen in afmetingen die bij dit proces optreden, zijn vergelijkbaar met de veranderingen die bij carboneren ontstaan. In het algemeen is carbonitreren niet geschikt voor onderdelen die nauwkeurige afmetingen moeten hebben. Gecarbonitreerde onderdelen worden normaal gesproken ontlaten om de brosheid te verminderen. In dit opzicht worden ze behandeld als gecarboneerde staalsoorten, maar er is wellicht een hogere ontlaattemperatuur nodig vanwege de aanwezigheid van nitriden in de microstructuur van de schil.

Kortom: carbonitreren is een gasdiffusieproces voor het harden van het oppervlak, waarbij zowel koolstof als stikstof in het staal diffunderen. De voordelen ten opzichte van carboneren zijn de lagere warmtebehandelingstemperaturen en een minder drastische afschrikmethode. Het voordeel ten opzichte van nitreren is dat er een aanzienlijke dikte van de schil kan worden bereikt (~0,25 millimeter) op gewoon koolstofstaal. Een nadeel ten opzichte van nitreren is dat er meer vervorming optreedt vanwege de verwarming boven de transformatietemperatuur, gevolgd door afschrikken. De methode van carbonitreren kan worden aangepast voor koolstofarme staalsoorten, gecompacteerd poederijzer en laaggelegeerde staalsoorten met een matig koolstofgehalte. Een ontwerper heeft misschien nog het meest aan carbonitreren bij het harden van grote hoeveelheden serieproducten.

Cyaneren

Net als carbonitreren is *cyaneren* een proces waarbij zowel koolstof als stikstof in het oppervlak van het te behandelen staal diffundeert. Cyaneren wordt uitgevoerd in een gesmolten zoutbad dat door ondergedompelde elektroden of van buitenaf wordt verwarmd. In het laatste geval zit het cyanidezout in een eenvoudige stalen kroes. Cyanidezouten zijn ook verkrijgbaar in poedervorm. Het carboneerzout bevat cyanideverbindingen zoals natriumcyanide, NaCN. (Voor zoutcarboneren of *vloeistofcarboneren* zijn er ook speciale koolstofbaden.)

Omdat verwarming door vloeistofconvectie sneller gaat dan verwarming door gasconvectie, zijn de cyclustijden voor vloeistofcarboneren korter dan die voor gas- of poedercarboneren. Dit is het grootste voordeel van vloeistofcarboneren ten opzichte van de gas- en poederprocessen. Deze behandeling wordt uitgevoerd bij hogere temperaturen dan de kritische temperatuur, tussen 760 en 870 °C. Afschrikken met olie of water is nodig om een hoge oppervlaktehardheid te bereiken.

Normaal gesproken worden alleen koolstofarme staalsoorten gecyaneerd. De dikte van de schil is gewoonlijk minder dan 0,25 millimeter, maar er kunnen ook diktes van 0,75 millimeter worden bereikt. De diffusietijd is meestal ongeveer een uur, aanzienlijk minder dan voor carbonitreren nodig is. Soms duurt het proces zelfs maar 15 minuten. Dit is een van de redenen voor de populariteit van dit proces voor het harden van machinecomponenten die bedoeld zijn om te werken bij matige slijtage en matige belastingen. Het is mogelijk om koolstofarm staal een dunne schil te geven door het onderdeel eenvoudig roodgloeiend te verhitten en het zout op het staal te sprenkelen of het staal onder te dompelen in het poeder en vervolgens af te schrikken. Met deze techniek kan het oppervlak van koolstofarme staalsoorten worden gehard met als enige apparatuur een zuurstofbrander of een heteluchtoven voor het verwarmen van het onderdeel.

De werkplaatsen voor warmtebehandelingen maken bij voorkeur gebruik van vloeistofcarboneren. Hun werk bestaat voor het grootste deel uit verwerking in charges. Er is minder apparatuur voor nodig dan voor gascarboneren, en de snelle cyclustijden zorgen voor een snelle onderdeelverwerking.

Het werken met charges kan een nadeel zijn. Transportbandsystemen voor serieproductie zijn niet gemakkelijk aan te passen. Een groter nadeel van vloeistofcarboneren is het verwijderen van het zoutafval. Op den duur wordt het rendement van het zoutbad minder en moet het vloeistofcarboneermiddel worden vervangen. Het milieuvriendelijk verwerken van gebruikte cyanideverbindingen is lastig en duur. De leveranciers van warmtebehandelingsapparatuur werken continu aan methoden waarbij milieuvriendelijke zouten worden gebruikt die geen cyanide bevatten. Deze ontwikkelingen kunnen het afvalprobleem misschien oplossen.

Dit hardingsproces wordt momenteel niet veel meer gebruikt. De schil is meestal erg dun en de vervorming duidelijk zichtbaar. Omdat er verwarmd moet worden tot boven de transformatietemperatuur en afschrikken met water of olie nodig is, kan er merkbare vervorming bij het harden optreden. Een ontwerper doet er daarom goed aan het gebruik van dit proces te vermijden, tenzij de productie-eisen het economisch aantrekkelijk maken. Nitreren geeft minder vervorming en carboneren een grotere schildikte.

Andere oppervlaktebehandelingen

Koolstofarme staalsoorten reageren meestal niet op gasnitreren met ammoniak bij lage temperaturen. Eind jaren zeventig van de vorige eeuw ontwikkelde een aantal ovenfabrikanten in de Verenigde Staten gasmengsels die de vorming van een dunne harde laag op koolstofarme staalsoorten en sommige roestvaste staalsoorten mogelijk maken. De geharde laag is meestal minder dan 25 μm dik, en de hardheid hangt af van de legering, maar er zijn hardheden van 45 tot 65 HRC geregistreerd. Dit proces staat bekend onder een aantal handelsnamen, maar de algemene naam is *ferritisch nitrocarboneren* (FNC). Het wordt uitgevoerd bij temperaturen onder 675 °C en meestal bij 570 °C. De te behandelen stalen hebben dus een ferritische structuur. Het proces wordt nitrocarboneren genoemd omdat het gepaard gaat met de diffusie van zowel koolstof als stikstof uit gasmengsels bestaande uit ammoniak en koolwaterstofgas.

Het proces duurt ongeveer 3 uur en wordt uitgevoerd in batch-ovens met een afkoelzone die een gecontroleerde atmosfeer heeft. Het wordt ook wel uitgevoerd in een wervelbedreactor. De verwarming is een gevolg van het contact met verwarmde gefluïdiseerde aluminiumoxidedeeltjes. De procesgassen (ammoniak en koolstofhoudend gas) zorgen ook voor de fluïdisering. Deze behandeling is soms sneller dan de verwerking met een gewone gasatmosfeer. Nitrocarboneren is het meest geschikt voor het 'huidharden' van grote hoeveelheden onderdelen van koolstofarm staal. Het is geen vervanging voor dikkere schillen die met conventionele processen worden geproduceerd.

Behalve koolstof en stikstof worden er nog andere elementen voor diffusie in de oppervlakte van stalen gebruikt. Een van de eerste commerciële processen voor oppervlakteharden met behulp van diffusie van een ander element was *chromeren*: diffusie van chroom in het staaloppervlak. Dit proces kan worden uitgevoerd door de onderdelen te verpakken in een vaste verbinding (*poedercementeren*) die bij de diffusietemperatuur (1100 °C) een chroomrijk gas afscheidt. Het is ook mogelijk om gebruik te maken van een retortoven en een gasatmosfeer. Chromeren van koolstofarm staal kan leiden tot een oppervlak met dezelfde corrosie-eigenschappen als die van ferritisch roestvast staal. Bij toepassing op koolstofrijk staal reageert het chroom met de koolstof in het staal en vormt daarbij een harde, slijtvaste schil met een dikte van 50 tot 150 μm.

Boreren is een vergelijkbaar proces dat meer aandacht krijgt dan andere processen van dit type. Het is een poedercementeringsproces dat gebruikmaakt van verbindingen die boriumrijke gassen produceren en zo de diffusie van borium in het oppervlak mogelijk maken. Het kan worden toegepast op vele staalsoorten, maar wordt het meest gebruikt om goedkopere koolstofarme staalsoorten een uiterst slijtvast oppervlak te geven. Hoewel de oppervlaktehardheid meer dan 70 HRC kan bedragen, heeft dit proces niet de plaats ingenomen van de klassieke carboneer- en nitreerprocessen. De behandelingstemperatuur ligt gewoonlijk in het austenietgebied en onderdelen die vanaf deze hoge temperaturen worden afgekoeld, vervormen vaak aanzienlijk.

Poedercementeren kan ook gebruikt worden voor de diffusie van aluminium, silicium en beryllium voor speciale toepassingen, zoals hogetemperatuuroxidatie. Het meest ongewone proces in deze categorie is *Metalliding*®. Bij dit proces wordt een metaal in een bad van gesmolten zout met bepaalde elementen gegalvaniseerd. De temperatuur van het bad wordt zodanig aangepast aan de galvaniseersnelheid van het element dat de laatste altijd gelijk is aan de diffusiesnelheid. Er ontstaat dus meestal geen coating, maar een oppervlak met een hoog gehalte van het diffunderende element. Met dit proces kunnen oppervlakken worden verrijkt met vrijwel elk element: Be, B, Al, Si, Ti, W en V. De zuiverheid van het zout en de atmosfeer is in dit proces uiterst moeilijk te handhaven. Het wordt daarom alleen gebruikt wanneer andere, eenvoudiger diffusieprocessen niet werken.

Het TD-proces (thermodiffusie) is in 1968 in Japan ontwikkeld en is sinds die tijd steeds meer in trek gekomen. Inmiddels is het gemakkelijk verkrijgbaar onder licentie bij harderijen. Het produceert een dunne harde schil van carbideverbindingen door middel van diffusie van hittebestendige metalen in koolstofhoudende substraten. Het gebruikte element is meestal vanadium en de schil is een ongeveer 25 μm dikke laag vanadiumcarbide. Het diffunderende element wordt toegevoegd aan een bad van borax ($Na_2B_4O_7$) dat op een temperatuur van 800 tot 1000°C wordt gehouden. De behandelingstijd varieert van minder dan een uur tot wel 10 uur en de gebruikelijke substraten zijn werktuigen van gereedschapsstaal, zoals matrijzen, snijgereedschap en andere apparaten die kunnen profiteren van een zeer harde schil op een gehard materiaal.

TD-procescoatings kunnen wedijveren met coatings van titaniumcarbide (TiC), die in Europa en de Verenigde Staten verkrijgbaar zijn sinds de jaren zeventig van de vorige eeuw. Coatings van titaniumcarbide worden aangebracht door middel van poedercementeren of chemische opdamping, maar al deze behandelingen worden uitgevoerd bij temperaturen op of boven de normale hardingstemperaturen voor de meeste gereedschapsmaterialen. De hoge behandelingstemperatuur levert bij het afkoelen vanaf de procestemperatuur een zeer grote kans op vervorming op. Omdat de coating zeer dun is (ongeveer (2,5 μm), is de hardingsdiepte gewoonlijk niet voldoende om de vervorming weg te werken door het onderdeel na de behandeling te slijpen. Deze behandeling wordt voornamelijk toegepast op gegloeide substraten en de behandelingstemperatuur is ook de hardingstemperatuur van het substraat. De onderdelen worden afgeschrikt door de gewone afschrikmethode voor de betrokken staalsoort en worden vervolgens ontlaten. Deze behandelingen geven gereedschappen een extra hoge weerstand tegen abrasieve slijtage (zie paragraaf 13.10, figuur 13-35), maar het gebruik blijft meestal beperkt tot gereedschappen die een vervorming van bijvoorbeeld 125 μm of meer kunnen verdragen zonder dat dit enige invloed heeft op hun functioneren. Deze diffusieprocessen bij hoge temperaturen kunnen slechts met grote moeite worden toegepast op precisiewerktuigen.

13.6 Ontlaten en spanningsarmgloeien

Staalproducten die worden gemaakt door middel van koudwalsen of koudtrekken, worden door vervorming hard en bros (werkversteviging). Staal is na het afschrikharden ook te bros om bruikbaar te kunnen zijn. Het lijkt wat dat betreft op glas totdat het enigszins zachter gemaakt is door middel van ontlaten. Staalsoorten moeten dus in de fabriek ontlaten om de omvormbaarheid te verbeteren voor de vormgevingsprocessen, om de taaiheid te verbeteren na afschrikharden, of om een nieuwe bewerking of lassen mogelijk te maken. Er bestaan verschillende processen voor zowel ontlaten als gloeien. De meeste daarvan worden in de volgende paragrafen gedetailleerder beschreven. We beginnen met de minst ingrijpende vorm, spanningsarmgloeien, en komen uiteindelijk uit bij het totaal veranderen van de bewerkte structuur.

Spanningsarmgloeien

Dit proces wordt waarschijnlijk vaker door ontwerpers en technici gebruikt dan gloeien of normaliseren. Ingewikkelde machineonderdelen vereisen vaak spanningsarmgloeien om te zorgen voor een goede afmetingsstabiliteit. Het is aan de ontwerper om te beslissen of spanningsarmgloeien nodig is of niet. Er zijn geen vaste regels waarop de beslissing gebaseerd kan worden, maar hier volgen een aantal veelvoorkomende voorbeelden waarbij spanningsarmgloeien nodig kan zijn:

1. Lasnaden die een machinale nabewerking vragen.
2. Machinaal bewerken van koudgewalste producten.
3. Gietstukken die machinaal bewerkt moeten worden.
4. Onderdelen met uiterst nauwkeurige afmetingen.
5. Lange, smalle onderdelen die door machinaal bewerken uit zwaardere vormen worden gemaakt.

Bij spanningsarmgloeien wordt het materiaal niet verwarmd tot de kritische transformatietemperatuur, zoals wel vereist is bij grofkorrelig gloeien en normaliseren. De temperaturen liggen bij spanningsarmgloeien gewoonlijk 40 tot 100°C onder de transformatietemperatuur. In werkplaatsen wordt spanningsarmgloeien soms uitgevoerd bij temperaturen die aanzienlijk lager zijn dan 500°C, maar bij deze temperaturen heeft het meestal weinig effect.

Het mechanisme van spanningsarmgloeien is het verplaatsen van dislocaties en defecten onder invloed van warmte om inwendige spanningen te verminderen, een proces dat *herstel* heet. In het geval van koudgewalste materialen treedt er doorgaans ook rekristallisatie op. Deze processen vereisen allebei veel energie. Zoals figuur 13-28 laat zien, verandert de sterkte van een gewone soort constructiestaal pas als de temperatuur oploopt tot ongeveer 500°C. Spanningsarmgloeien bij 300 of 400°C verwijdert slechts 10 tot 20 procent van de inwendige spanningen in een metaal. Bij verwarming tot temperaturen tussen 500 en 650°C kan in koolstofstaal tot 90 procent van alle inwendige spanningen worden verwijderd. Gelegeerd staal vereist wellicht nog hogere temperaturen.

Na het spanningsarmgloeien geeft men de voorkeur aan een gelijkmatige afkoeling in stilstaande lucht. Over hoelang de temperatuur voor het spanningsarmgloeien moet worden gehandhaafd, is men het niet altijd eens, maar meestal is het voldoende om een onderdeel gedurende minstens een uur op temperatuur (gemeten door een thermokoppel op het onderdeel) te houden.

Rekristallisatie en koudbewerking

In het vorige hoofdstuk werd erop gewezen dat bij koudwalsen de korrels vervormen en langer worden, en zodoende een metaal harder en sterker maken. Er is een grens aan de mate van koudwalsen waaraan een bepaald metaal kan worden onderworpen. Bij het walsen van staal in dunne platen kun je de doorsnede tot een bepaalde waarde reduceren, voordat het te hard wordt om nog verder te walsen. Op dat punt zou het wenselijk zijn om de oorspronkelijke vorm van de korrels te herstellen. Het staal wordt dan zachter gemaakt door het te gloeien. Dit gloeien is een proces waarbij de temperatuur van het staal langzaam wordt verhoogd tot net onder het punt waarbij het verandert in austeniet (en boven de Ac_3). Het staal wordt enige tijd op deze temperatuur gehouden om een evenwicht te garanderen en daarna langzaam afgekoeld (in de oven). Meestal worden partijen rollen bandstaal gegloeid, maar sommige fabrieken hebben de capaciteit om het staal continu te gloeien, zodat verdere diktevermindering kunnen plaatsvinden.

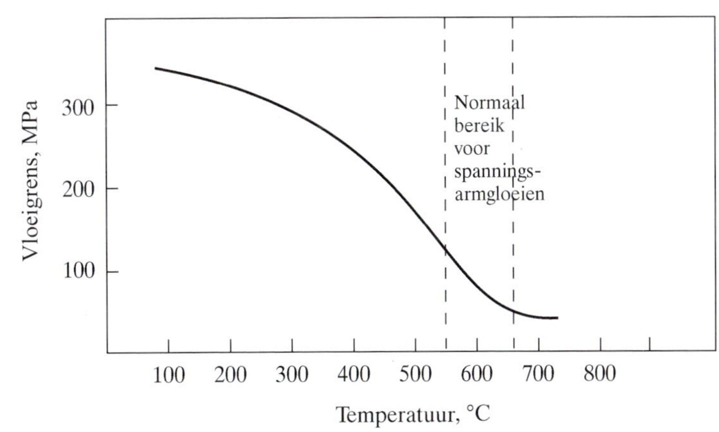

FIGUUR 13-28 Effect van de temperatuur op de vloeisterkte van 1020 staal

De transformatie van koudgewalste korrels tot onvervormde equiaxiale korrels volgt drie stappen: herstel, kristallisatie en korrelgroei. We hebben al gezien dat spanningsarmgloeien vooral een herstelproces is. Bij hogere temperaturen bewegen de dislocaties zodanig dat er nieuwe korrels gevormd worden, vandaar de naam rekristallisatie. Rekristallisatiewarmtebehandelingen zijn essentieel als het staal wordt onderworpen aan zware koudbewerkingen als koudwalsen en koudtrekken. Bij langere blootstelling of bij nog hogere temperaturen groeien de nieuwe korrels zo hard dat het materiaal de oorspronkelijke onvervormde microstructuur krijgt. Na het afkoelen kan men verdergaan met bijvoorbeeld koudwalsen.

De meeste door staalfabrieken geproduceerde halfproducten krijgen in ieder geval een ruwe vorm bij hoge temperaturen. Er is een warmtebehandeling nodig om de ruwe metalen vormproducten op de juiste temperatuur te brengen voor warmvervormen. Smeden, warmstuiken, warmwalsen, walslassen en dergelijke worden uitgevoerd bij temperaturen die zo hoog zijn dat er geen vervormde korrels ontstaan die het metaal harder zouden maken. Warmvervormingsbewerkingen vereisen dynamische rekristallisatie. Dit wordt gerealiseerd door bij de juiste warmvervormingstemperatuur te werken.

Ontlaten

Iedereen die wel eens een smid een stuk staal heeft zien smeden, weet dat het stuk staal na het afschrikken opnieuw wordt verwarmd. Al eeuwenlang is bekend dat staal dat door afschrikken gehard is, onbruikbaar is. Het is zo bros dat het bij de geringste slag- of buigbelasting breekt. *Ontlaten* oftewel *temperen* is een subkritische warmtebehandeling die wordt gebruikt om de taaiheid van door afschrikken geharde staalsoorten te verbeteren zonder dat de sterkte noemenswaardig afneemt. Vaak verliest het geharde onderdeel slechts 1 of 2 punten op de Rockwell C-hardheidsschaal, maar de taaiheid kan met een factor 10 toenemen. Ontlaten of temperen is in feite een onmisbaar onderdeel van het afschrikharden. Ontlaten is een variabele onthardingsbehandeling die gebruikt wordt om de staaleigenschappen (hardheid, sterkte en taaiheid) aan een bepaalde toepassing aan te passen.

Er zijn twee soorten ontlaten. Hoog ontlaten vindt plaats bij 400–600 °C. Laag ontlaten vindt plaats bij 200–400 °C. Indien deze processen na het harden worden uitgevoerd, leidt het hoog ontlaten tot snelle vorming van ε-carbiden overal in het materiaal. Het gecombineerde harden en hoog ontlaten heet veredelen, de stalen die zo ontstaan veredelingsstalen. In de Duitse literatuur spreekt men van *Vergütungstähle*, en in de Engelstalige literatuur van *quench and temper steels*. We noemen dit omdat deze staalsoorten van groot belang zijn voor zwaardere toepassingen, zodat men zich goed moet informeren over de te bereiken eindeigenschappen en over de hiervoor te gebruiken warmtebehandelingen. Het laag ontlaten na afschrikharden leidt tot de vorming van een grovere, minder homogene structuur.

De juiste ontlaattemperatuur voor een bepaalde staalsoort hangt af van de samenstelling van het staal en de gewenste eigenschappen. Zoals figuur 13-29 laat zien, heeft ontlaten invloed op de treksterkte, de ductiliteit, de hardheid en de slagvastheid. Het effect van zo'n ontlaatbewerking op de sterkte is gewoonlijk gering. Een werktuig dat door afschrikken een hardheid heeft gekregen van 62 HRC, kan door ontlaten voor gebruik teruggebracht worden naar 60 HRC. Aan de andere kant wordt een veer met een hardheid van 60 HRC na het afschrikken door ontlaten (gewoonlijk dubbel ontlaten) teruggebracht naar 47 HRC. Een constructieonderdeel zoals een bevestiging met hoge sterkte kan door ontlaten teruggebracht worden naar 36 HRC.

In de normale procedure voor ontlaten wordt het onderdeel afgeschrikt en terwijl het nog warm is in een oven geplaatst bij de gewenste ontlaattemperatuur. Wanneer de temperatuursensors aangeven dat het onderdeel op temperatuur is, wordt het nog ongeveer twee uur op die temperatuur gehouden en vervolgens aan de lucht gekoeld. De tijdsduur bij de ontlaattemperatuur is niet bijzonder kritisch. Na twee uur is verder verwarmen weinig effectief.

Wat precies het mechanisme van het ontlaten is, hangt in zekere mate af van de aard van het staal. In gewone koolstofstaalsoorten is aangetoond dat bij het ontlaten van martensiet koolstofatomen uit het martensiet diffunderen en dat daarbij carbideprecipitaat en gelijktijdig ferriet worden gevormd. Bij lage ontlaattemperaturen wordt een fijnkorrelig overgangscarbide (niet het evenwichtscarbide Fe_3C) evenwijdig aan de martensietplaatjes gedistribueerd. De meeste afgeschrikte structuren bevatten enig *restausteniet*. Bij het ontlaten wordt het restausteniet voor een deel omgezet in cementiet en ferriet. Bij hogere ontlaattemperaturen wordt het ε-overgangscarbide omgezet in het evenwichtscarbide Fe_3C. Als de hoge temperatuur nog langer wordt aangehouden (zachtgloeien), zullen de fijne carbiden zich samenvoegen en discrete Fe_3C-bolletjes vormen. Naast de austeniet- en carbidereacties kan bij ontlaten een afname in de rek van de vervorm-

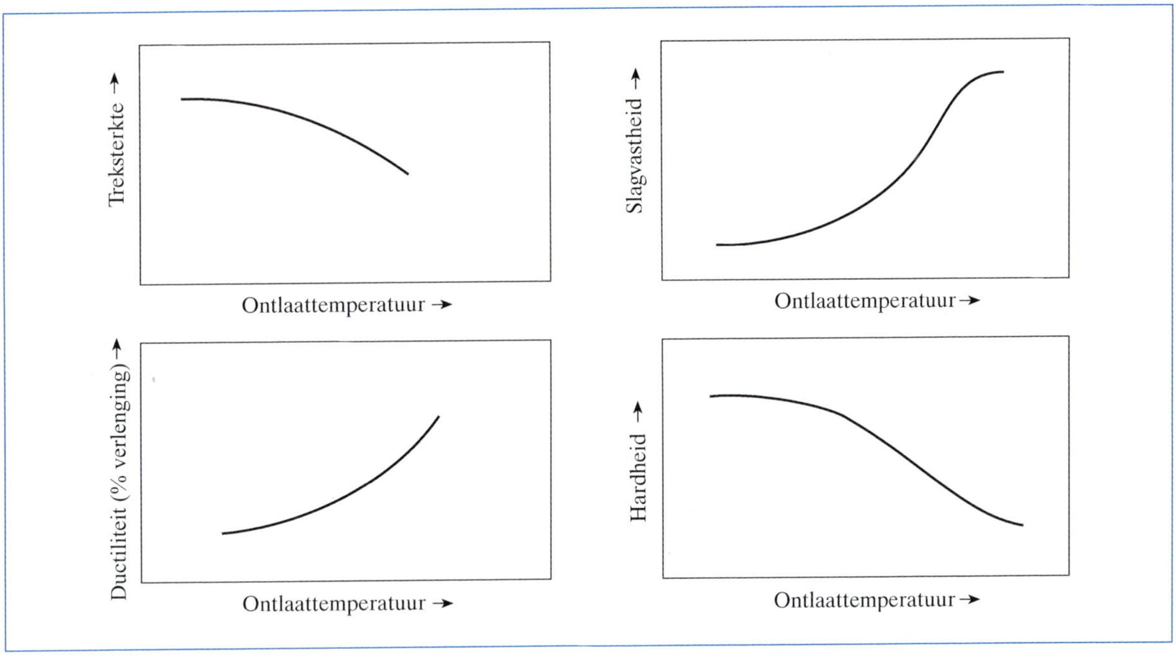

FIGUUR 13-29 Effect van ontlaten op de eigenschappen van afschrikgehard koolstofstaal (1040–1060; EN8 – EN43)

de martensiet optreden die wordt veroorzaakt door de dislocatieverplaatsing onder invloed van warmte.

In de praktijk is het belangrijk te weten dat ontlaten een verandering in grootte veroorzaakt van een door afschrikken gehard onderdeel. Deze grootteverandering is gewoonlijk krimp en ongetwijfeld het resultaat van de structuurverandering die heeft plaatsgevonden.

De ontwerper dient onderdelen te specificeren met hardheden die binnen het normale ontlaatbereik voor de geselecteerde legering vallen. Wanneer een gebruiker een bepaalde hardheid op een tekening specificeert, vertelt hij of zij de warmtebehandelaar welk ontlaatproces de voorkeur verdient. Soms vragen ontwerpers om zulke hoge hardheden dat de enige manier om deze te bereiken bestaat uit het gebruiken van het staal na afschrikken zonder ontlaten. Als een ontwerper niet zeker is van de normale ontlaten hardheid voor een staalsoort, dient hij de warmtebehandelaar of een handboek te raadplegen. Verwar de Engelse term *tempering* (ontlaten) overigens niet met *temper rolling* (hardingswalsen) van metalen. Dit zijn twee verschillende dingen. (Rolling tempers zijn een maat voor het koudbewerken.)

Gloeien

Gloeien wordt ook uitgevoerd op geharde staalsoorten, maar normaliter alleen wanneer er iets verkeerd gaat. Als een werkstuk machinaal bewerkt en gehard is en er wordt ontdekt dat een van de afmetingen fout is, dan kan het onderdeel door gloeien onthard worden, opnieuw machinaal bewerkt en opnieuw gehard. Dit wordt echter zelden gedaan, omdat de grootte van het onderdeel waarschijnlijk verandert tijdens het gloeien en opnieuw harden. Vaker komt het voor dat onderdelen gegloeid worden om iets te doen aan onverwachte resultaten van een warmtebehandeling. Als een onderdeel te veel ontlaten is, voldoet het niet aan de hardheidspecificatie op de tekening. Het is dan mogelijk het te gloeien en vervolgens opnieuw te harden. Als het onderdeel slijpsporen heeft op essentiële gedeelten, dan kan de grootteverandering worden aangepakt als deze optreedt.

In het gloeiproces wordt het staal verwarmd tot aan de austenitiseringstemperatuur en vervolgens zo langzaam afgekoeld dat er geen geharde structuur ontstaat. Een vuistregel voor de benodigde afkoelsnelheid voor gloeien is 50 °C per uur, maar voor sommige staalsoorten is de vereiste snelheid lager, tot 15 °C per uur – waarbij het aantal graden de temperatuur van het onderdeel aangeeft, niet die van de oven. Meestal kan de vereiste langzame afkoeling eenvoudig worden bereikt door, nadat het onderdeel lang genoeg op de ontlatingstemperatuur is gehouden, de oven uit te schakelen en te laten afkoelen tot de omgevingstemperatuur. Soms worden de onderdelen uit de oven gehaald, verpakt in zand of kalk en langzaam afgekoeld. De ontlatingstemperaturen voor koolstofstaalsoorten zijn gelijk aan de hardingstemperaturen. De structuur verandert bij de ontlatingstemperatuur in austeniet of austeniet plus cementiet. Een langzame afkoeling geeft bij benadering evenwichtsomstandigheden, dus de transformatieproducten bij kamertemperatuur zijn de producten die in het ijzer-koolstofdiagram worden aangegeven: ferriet en perliet, of perliet en cementiet. Gelegeerde staalsoorten gedragen zich op dezelfde manier, al zijn het fasediagram en de temperaturen verschillend.

Het staal wordt bij het gloeien zachter door middel van een aantal mechanismen. Als een onderdeel wordt gegloeid om de structuur te veranderen van harde martensiet in een machinaal bewerkbare structuur zoals ferriet en perliet, wordt het zachter doordat koolstof uit metastabiel martensiet diffundeert en bij de ontlatingstemperatuur in austeniet oplost. Bij deze temperatuur zijn alle vervormde korrels en inwendige spanningen verdwenen. Door het metaal een tijdje op de ontlatingstemperatuur te houden, wordt ook bereikt dat eventuele chemische gradiënten worden gehomogeniseerd. De diffusie gaat gemakkelijk en als het metaaloppervlak een lager of hoger koolstofgehalte heeft dan de kern, fungeert de koolstofgradiënt als een drijvende kracht voor homogenisering door diffusie.

Een gloeibewerking waarbij het materiaal verwarmd wordt tot in het austenietgebied wordt *grofkorrelig gloeien* genoemd. Een variant hierop is het goedkopere *zachtgloeien* (*process anneal*), waarbij het materiaal wordt verwarmd tot net onder de austenietovergangstemperatuur. Bij deze bewerking wordt het staal niet zo zacht als bij grofkorrelig gloeien, maar omdat er geen verandering in de kristalstructuur optreedt is er minder vervorming. De kortere procestijd betekent ook lagere kosten.

Vacuümontlaten is gloeien in een atmosfeer die niet reageert met het metaaloppervlak; onderdelen komen er helder uit. Het vacuüm moet zeer goed zijn om geen verkleuring te veroorzaken. Zelfs drukken van 10^{-5} torr zijn vaak niet voldoende. Gloeien in waterstof is zeer effectief. In feite kan het, als er nat waterstof wordt gebruikt, zelfs geringe oppervlakteoxidatie opruimen. De temperaturen voor vacuümontlaten zijn dezelfde als de temperaturen voor niet-vacuümontlaten. Dit proces moet worden gebruikt als het doel van het gloeien bijvoorbeeld is om een gebied op een afgewerkte spuitgietholte opnieuw machinaal te bewerken. Atmosfeergloeien zou essentiële matrijsoppervlakken ruïneren. Waterstofwarmtebehandeling is heel effectief, maar heeft de risico's die behoren bij de explosiviteit van waterstof wanneer het wordt gemengd met lucht (zuurstof) bij hoge temperaturen. Er zijn warmtebehandelingsbedrijven die gespecialiseerd zijn in waterstofwarmtebehandeling.

Andere ontlatingswarmtebehandelingen

De processen die tot nu besproken zijn, zijn de belangrijkste, maar er bestaan nog enkele andere processen die de ontwerper moet kennen. *Zachtgloeien* wordt gewoonlijk uitgevoerd bij subkritische temperaturen. Zoals we bij ontlaten al bespraken wordt dit proces gebruikt om ijzercarbide in de structuur van koolstofstaal een bolvorm te geven. Een metallografisch segment van extreem zachtgegloeid staal zou een tweede fase van bolvormige deeltjes laten zien. De meeste warmtebehandelaars passen het zelden toe, maar het proces wordt veel gebruikt in gereedschapsstaalfabrieken om de machinale bewerkbaarheid te verbeteren door de aanwezige legeringscarbiden te laten agglomereren. Gereedschapsstaal wordt vaak in zachtgegloeide toestand verkocht. Dit proces is te vergelijken met zachtgloeien (*process anneal*), maar hierbij houdt men het materiaal veel langer op de ontlatingstemperatuur.

Austemperen is in feite een afschriktechniek. Bij deze methode wordt hardbaar staal vanaf de austenitiseringstemperatuur afgeschrikt tot een temperatuur die iets hoger is dan die waarbij zich martensiet begint te vormen (*M_s-temperatuur*), en lager dan de temperatuur waarbij een gegloeid structuurtype zou ontstaan (Ac_3). Het onderdeel wordt op die temperatuur gehouden tot de transformatie voltooid is en vervolgens afgeschrikt of aan lucht gekoeld. De ontstane structuur is *bainiet*, dat onder een microscoop enigszins lijkt op martensiet, maar grover is. Kristallografisch gezien is het ferriet dat cementiet bevat. Austemperen wordt vaak gebruikt voor het reduceren van afschrikvervorming en om een taaie en sterke staalsoort te maken (zie figuur 13-30). Veren, sluitringen, onderdelen van veiligheidsriemen en grasmaaierbladen worden vaak door austemperen gehard. Omdat de hierdoor bereikte hardheid tus-

FIGUUR 13-30 Het onderdeel links is afgeschrikt in water, het andere is door austemperen gehard.

sen 30 en 50 HRC varieert, zijn door austemperen geharde staalsoorten niet zo slijtvast als volledig gehard (60 HRC) martensitisch staal. Alleen bepaalde koolstofstaalsoorten en gelegeerde staalsoorten zijn geschikt voor austemperen en er bestaan beperkingen wat betreft de dikte van het staal (meestal niet meer dan ongeveer 6 tot 9 millimeter).

Warmbadharden, of getrapt harden, lijkt op austemperen, behalve dat het onderdeel vanaf de austenitiseringstemperatuur wordt afgeschrikt tot een temperatuur die enkele graden hoger is dan die waarbij zich martensiet begint te vormen (M_s). Het wordt op die temperatuur gehouden tot de temperatuur in het onderdeel gelijkmatig is en vervolgens in olie of lucht afgeschrikt tot kamertemperatuur. Dit proces wordt gebruikt om afschrikvervorming zo klein mogelijk te houden. De warmteschok bij het afschrikken vanaf bijvoorbeeld 870 °C tot 200 °C is minder groot dan bij afschrikken vanaf 870 °C in olie bij kamertemperatuur. De voor austemperen en warmbadharden gebruikte middelen zijn meestal gesmolten zouten.

13.7 Warmtebehandelingen voor specifieke toepassingen

Er zijn warmtebehandelingen voor specifieke toepassingen die onder de noemer conditioneren vallen. *Conditioneren* is geen standaardterm voor warmtebehandelingen, maar wordt in deze bespreking gebruikt in collectieve zin om te verwijzen naar warmtebehandelingen waarvan het doel zeer verschillend kan zijn, maar die gemeenschappelijk hebben dat er temperatuurcycli worden gebruikt om de eigenschappen van een staalsoort te veranderen. We bespreken enkele van deze processen in detail, omdat ze belangrijk zijn bij technisch ontwerpen. Sommige staalconditioneringsprocessen zijn echter zeer gespecialiseerd, en het is waarschijnlijk voldoende om ze alleen te definiëren. Ontwerpers en materiaalgebruikers dienen vooral te weten dat ze verkrijgbaar zijn.

Verenstaalverouderen

Wanneer trek- of drukveren worden gewonden van koolstofrijke staaldraad, of zelfs van non-ferromaterialen, is het mogelijk dat ze in de loop van de tijd 'afgewonden' raken of op een andere manier van vorm veranderen. Deze tijdsafhankelijke beweging is een gevolg van inelastisch gedrag, *herstelbare rek*. Als de hoek aan het eind van een gewonden veer verandert, kan de veer onbruikbaar worden. Een eenvoudige conditioneringsbehandeling van 2 uur bij 315–370 °C verwijdert meestal het inelastische gedrag. Als de veer in de loop der tijd van vorm verandert, zorgt dit proces ervoor dat het nu meteen gebeurt. Nieuwe veren kunnen zodanig worden gemaakt dat ze zich aanpassen aan het op- en afwinden dat in de verouderingsbehandeling optreedt. Een warmtebehandeling die verenstaal veroudert wordt aangeraden voor alle veren en vormproducten die in de uiteindelijke vorm nauwkeurige afmetingen moeten hebben.

Normaliseren

Rekristallisatie kan ook zeer grote, grove korrels verfijnen. In het eerste geval is de drijvende kracht achter de vorming van nieuwe korrels de opgeslagen energie van het koudwalsen. In het tweede geval kan de overgang van de kristalstructuur van bcc naar fcc zorgen voor de vorming van nieuwe, fijnere korrels of kristallieten.

De gemiddelde staalgebruiker zal dit proces waarschijnlijk nooit specificeren, want het wordt gewoonlijk slechts uitgevoerd in staalfabrieken en metaalgieterijen. Bij *normaliseren* oftewel *normaalgloeien* wordt het staal verwarmd tot het een volledig austenitische structuur heeft (boven de Ac_3 of Ac_m in figuur 13-10), korte tijd op deze temperatuur gehandhaafd en vervolgens afgekoeld in lucht tot kamertemperatuur. Normaliseren wordt uitgevoerd op warmgewalste vormen om de eigenschappen en toegevoegde legeringen gelijkmatig te verdelen. Gietstukken koelen vaak op verschillende plaatsen met verschillende snelheid af, en dat resulteert in legeringsverschillen of korrelgrootteverschillen in het onderdeel. Normaliseren kan worden gebruikt om de korrelgrootte en de verdeling van legeringen gelijkmatiger te maken. Warmgewalste baren worden vaak genormaliseerd. De mechanische eigenschappen van genormaliseerd staal zijn beter dan de eigenschappen van gegloeide vormen, omdat de afkoeling, toegepast in lucht bij normaliseren, sneller verloopt dan de ovenafkoeling die wordt gebruikt bij gloeien. Snellere afkoeling zorgt voor een fijnere microstructuur en een hogere hardheid dan gloeien doet. Normaliseren kan door een ontwerper worden gespecificeerd om de eigenschappen van gietstukken gelijkmatig te maken, maar dit proces wordt niet vaak gespecificeerd voor staal dat gebruikt wordt voor machineonderdelen. Wanneer een materiaalgebruiker bijvoorbeeld een baar koolstofstaal met een diameter van 100 millimeter bestelt bij een staalleverancier, wordt deze waarschijnlijk geleverd in genormaliseerde toestand en niet in gegloeide toestand. Dit is meestal geen probleem, maar gebruikers moeten zich er wel van bewust te zijn dat de eigenschappen van genormaliseerd staal verschillen van die van gegloeid staal, en dat dit verschil in sommige situaties van belang kan zijn.

Stoombehandeling

Vuurwapens kunnen hun bekende diepzwarte uiterlijk krijgen door het staal te ontlaten in stoom bij een temperatuurbereik van 340 tot 650 °C. De exacte temperatuur hangt af van de legering en het gewenste uiterlijk. De zwarte kleur is een gevolg van gecontroleerde oxidatie van het staaloppervlak. De oxidelaag is meestal minder dan 1 μm diep, maar deze zorgt bij verzadiging met olie voor een gematigde atmosferische corrosieweerstand. Het proces wordt veel gebruikt voor bevestigingsmiddelen, boren en andere metaalsnijgereedschappen. Bij deze toepassingen is het bedoeld om te helpen vermijden dat er schilfers aan het oppervlak vastgelast raken. Er bestaan chemische dompelbaden, zogenaamde zwarte-oxidebehandelingen, toegepast bij temperaturen onder 250 °C, die dezelfde zwarte kleur opleveren. De meeste warmtebehandelingswerkplaatsen bieden een van deze processen (of beide) aan. Ze worden aangeraden voor koolstofarm en laaggelegeerd staal (met een chroomgehalte van minder dan een paar procent). Stoombehandelingen kunnen ook op andere legeringen worden toegepast. Ze worden vaak gebruikt voor onderdelen van poedermetaal. De stoom dringt door in de poriën en vermindert de porositeit enigermate. Stoomontlaten mag alleen worden gebruikt op staal dat gehard kan worden, en wanneer de stoombehandelingstemperatuur past bij de vereiste ontlaattemperatuur voor het onderdeel.

Cryogene behandeling

Commerciële cryogene behandeling, of *diepkoelen*, van staal en andere materialen begon in de jaren tachtig van de vorige eeuw. Het wordt gebruikt om ervoor te zorgen dat het staal vrij blijft van restausteniet. Bij het afschrikken van een hardbare staalsoort begint zich martensiet te vormen bij een temperatuur van rond 250 °C. Bij sommige staalsoorten kan de transformatie compleet zijn bij 100 °C, maar bij andere staalsoorten is de transformatie soms pas voltooid als een temperatuur van −50 °C is bereikt. Diepkoelen na afschrikken in olie of lucht wordt soms toegepast om te garanderen dat de structuur 100 procent martensiet is. Te veel restausteniet (2 procent tot 10 procent of meer) kan de hardheid na afschrikken verminderen, en ook van invloed zijn op de afmetingsstabiliteit. (De afmetingen van een onderdeel kunnen in de loop der tijd veranderen.) Bepaalde staalsoorten met een hoog legerings- of koolstofgehalte hebben een voorkeur voor het vasthouden van austeniet. Sommige gespecialiseerde warmtebehandelingsbedrijven claimen uitzonderlijke eigenschappen (voor diverse metalen) bij gebruik van een diepkoelbehandeling van −165 °C. De meeste warmtebehandelaars gebruiken −70 °C als een veilige temperatuur om restausteniet te vermijden. De onderdelen worden voor het diepkoelen bij een lage temperatuur, 150 °C, ontlaten om barsten tot een minimum te beperken, en na het diepkoelen worden ze dan op de normale manier ontlaten.

Een cryogene behandeling wordt ook soms toegevoegd aan harden en ontlaten, of indien mogelijk aan harden, ontlaten en diepvriezen bij −100 °C. In feite wordt een cryobehandeling uitgevoerd bij niet-hardende materialen zoals gietijzer, aluminium en zelfs kunststoffen. Er is geen overeenstemming over wat het doet in gietijzer en andere metalen, maar gebruikers claimen vele voordelen: een toename van de remlevensduur van 300 procent (gietijzeren rotoren), een langere vermoeiingslevensduur in veren, betere geleidbaarheid in koper, minder spanningsbreuk bij kunststoffen – en diverse andere voordelen. Er wordt ook gedacht dat het stabiliteit geeft aan kritische vormen. Materiaalgebruikers zullen zelf moeten beslissen of dit proces een bruikbaar voordeel kan bieden, maar hoe dan ook laat het proces een onderdeel aanzienlijk krimpen. De fysische eigenschap van thermische uitzetting en inkrimping geldt voor alle materialen. Net als het verwarmen tussen 540 tot 650 °C restspanningen opheft, zo kan afkoelen tot −150 °C theoretisch de toestand van restspanning in een materiaal wijzigen. Er is dus een technische basis voor cryobehandeling om in ieder geval iets te doen aan de restspanningen in waarschijnlijk elk materiaal.

Cryobehandeling wordt gewoonlijk uitgevoerd in een vrieskist (zie figuur 13-31). Een koeleenheid zorgt voor de koeling. De onderdelen worden bij kamertemperatuur in een vriezer geplaatst en langzaam in een uur of acht afgekoeld tot −70 °C of lager, tot 24 uur lang op die temperatuur gehouden, en vervolgens teruggebracht naar kamertemperatuur in een periode van circa acht tot vijftien uur. De koeling moet uiteraard op zo'n manier worden uitgevoerd dat er geen condensatie optreedt op de stalen onderdelen, want dat zou tot roest kunnen leiden. De kosten van cryobehandeling variëren, net als de meeste warmtebehandelingen, met de toepassing en de leverancier.

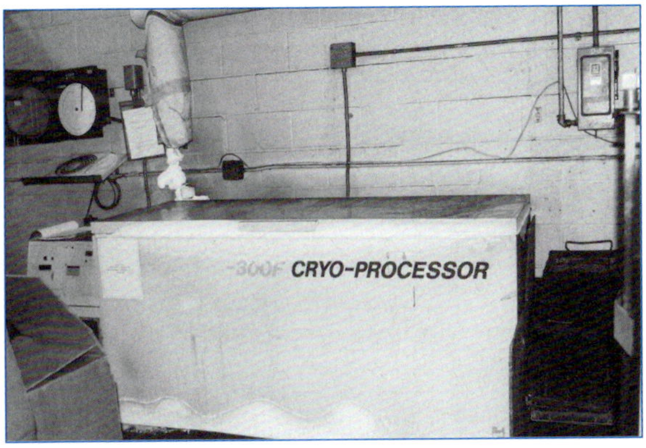

FIGUUR 13-31 Cryobehandelingskamer

13.8 Beheersing van de atmosfeer

Voor warmtebehandelingen worden veel soorten apparatuur gebruikt, maar de meeste processen vinden plaats in elektrische of gasgestookte ovens of in elektrisch verwarmde baden van gesmolten zout. Als een stalen onderdeel wordt verwarmd in een oven en daarbij in contact staat met de lucht, raakt het geoxideerd. Als de temperatuur hoger is dan ongeveer 550°C, vormt zich een aanzienlijke aanslag. Dit gebeurt bij normale austenitiseringstemperaturen en de oppervlakschade is soms wel 0,5 millimeter diep. Als het een onderdeel is met machinaal afgewerkte oppervlakken is het daarna niet meer bruikbaar. Daarom worden de meeste warmtebehandelingen bij hoge temperaturen (hoger dan 538°C) uitgevoerd in een *gecontroleerde atmosfeer*. Elektrische ovens kunnen ter voorkoming van oxidatie vacuüm worden gepompt of met een inert of niet-oxiderend gas worden gevuld. De hoeveelheid verbrandingsproducten in gasgestookte ovens kan geregeld worden om oxidatie tot een minimum te beperken en de samenstelling van zoutbaden kan zo worden gekozen dat ze neutraal zijn, niet-oxiderend of reducerend. Er wordt verder nog gebruikgemaakt van speciale technieken, zoals het verpakken van onderdelen in gietijzeren spanen of roestvaststalen zakken of folie, en verwarmen in speciale koolblokcontainers. Welke methode er ook wordt gebruikt, er dient iets gedaan te worden om het oppervlak tegen oxidatie te beschermen tijdens warmtebehandelingen bij hoge temperaturen.

Wanneer moet een ontwerper of materiaalgebruiker zich bezighouden met de atmosfeer bij warmtebehandeling? Als een onderdeel gehard moet worden en het duidelijk is dat oxidatie tijdens de warmtebehandeling de functionaliteit kan beïnvloeden, moet de gebruiker op de tekening of specificatie aangeven dat er gebruik moet worden gemaakt van een gecontroleerde atmosfeer. De meeste warmtebehandelaars zorgen uit zichzelf voor een goede atmosfeerbeheersing ter voorkoming van een losse, schilferige schil en ontharding als gevolg van het ontkolen van het oppervlak, maar hun klanten krijgen vaak een onderdeel met een dunne oxidelaag en enige verkleuring door warmtebehandelingen bij hoge temperaturen (of de aanslag wordt verwijderd door zandstralen of iets dergelijks). Als een onderdeel na machinale afwerking gehard moet worden, kan het nodig zijn om te vragen naar *vacuumharden*. Dit geldt in het bijzonder als het gebieden of hele onderdelen betreft die na de warmtebehandeling worden afgewerkt, maar die essentieel zijn voor de functionaliteit of het uiterlijk. In de meeste werkplaatsen voor warmtebehandeling betekent het gebruik van de termen *vacuümharden*, *vacuümontlaten* of *spanningsarmgloeien* dat de bewerking moet worden uitgevoerd in een vacuüm of een waterstofatmosfeer. Zo'n warmtebehandeling in een vacuüm geeft geen vermindering van de bij de warmtebewerking optredende vervorming en grootteveranderingen als gevolg van de vorming van martensiet, maar elimineert wel verkleuringen en grootteveranderingen als gevolg van oxidatie (zie figuur 13-32). De

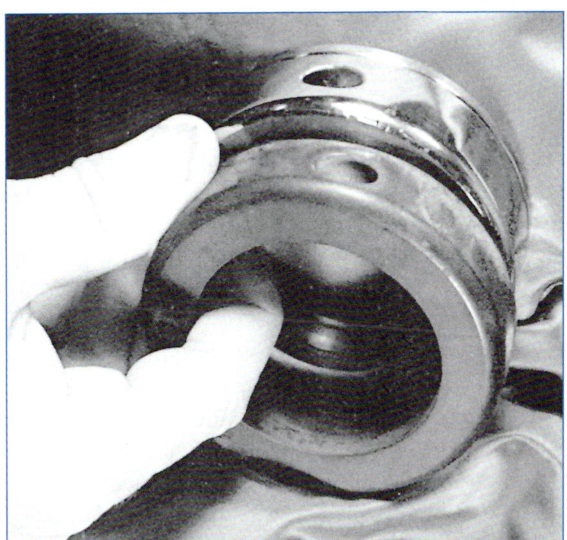

FIGUUR 13-32 Het in de hand gehouden onderdeel is gegloeid in een koolblok. De zwarte oxidelaag sluit nauw aan op het oppervlak, maar moet voor deze toepassing toch verwijderd worden. Het andere onderdeel is gehard in waterstof

ontwerper moet dus warmtebehandelingen in een vacuüm op een tekening specificeren als die het onderdeel ten goede komen. Als een onderdeel functionele gebieden heeft die niet worden gepolijst na het harden, kan het een kandidaat zijn voor vacuümharden.

13.9 De kosten van warmtebehandelingen

Veel metaalbewerkingsbedrijven voeren warmtebehandelingen zelf uit, maar soms wordt ook gebruikgemaakt van commerciële warmtebehandelaars. De meeste industriesteden hebben er een aantal. Sommige werkplaatsen zijn afdelingen van grote, nationaal georiënteerde warmtebehandelingsbedrijven, sommige hebben een plaatselijke eigenaar. Sommige warmtebehandelaars zijn gespecialiseerd in bepaalde types warmtebehandeling, bijvoorbeeld in vacuümharden of zoutnitreren, maar de meeste commerciële warmtebehandelaars bieden meerdere soorten aan. De faciliteiten voor eigen warmtebehandeling in grote fabrieken zijn afhankelijk van wat het bedrijf aan producten nodig heeft.

De kosten van warmtebehandelingen in eigen werkplaatsen worden bepaald door de arbeidskosten plus de overheadkosten, gedeeld door het aantal verwerkte onderdelen. Gewoonlijk kost een specifieke warmtebehandeling aan arbeid bijvoorbeeld 0,03 uur per onderdeel. De uurprijs van de fabriek bepaalt dan de kosten per onderdeel. Sommige commerciële warmtebehandelaars harden duizenden onderdelen tegelijk voor naburige metaalverwerkingsindustrieën. In zulke gevallen rekent de commerciële warmtebehandelaar vaak een prijs per warmtebehandeling per onderdeel. Een voorbeeld: onderdelen die zo klein zijn dat je er verscheidene van in je hand kunt houden, kunnen worden gehard tegen een prijs van tussen de 3 en 4 eurocent per stuk. Speciale processen hebben uiteraard vaak een aanzienlijk hogere prijs.

Commerciële warmtebehandelaars voeren ook warmtebehandelingen uit van afzonderlijke onderdelen en kleine hoeveelheden. Deze warmtebehandelingen worden vaak geprijsd per massa-eenheid, bijvoorbeeld in euro per kilo. Tabel 13-2 geeft een indruk van de ordegrootte van warmtebehandelingskosten.

Dit soort prijzen wordt meestal gebruikt voor werk dat wordt ontvangen van gereedschapsmakerijen, waarbij een normale opdracht bestaat uit het harden van kleine hoeveelheden gereedschapscomponenten. Voor een vacuümwarmtebehandeling wordt een toeslag van ongeveer 20 procent op de bovenstaande prijzen gerekend. De meeste commerciële warmtebehandelaars maken ook gebruik van minimumprijzen en servicetoeslagen, bijvoorbeeld voor een speciale warmtebehandeling die uitsluit dat er andere onderdelen in de oven worden geplaatst. Dit kan tussen 30 en 100 euro per uur kosten voor levering binnen een etmaal.

TABEL 13-2 Typische kosten voor warmtebehandelingen in 2008

Harden:* • Gelegeerd staal € 0,90/kg • Gereedschapsstaal € 1,60/kg • Gereedschapssnelstaal € 1,90/kg
Gloeien* € 0,90/kg
Spanningsarmgloeien* € 0,70/kg
Carboneren € 0,85/kg
Nitreren € 1,00/kg
Verouderingsharden (non-ferrometalen) € 0,90/kg

* 20% toeslag voor vacuümverwerking

Kortom, de kosten van warmtebehandelingen hangen af van de situatie. Soms zijn ze onbetekenend, soms aanzienlijk. Het harden van vele kleine stalen onderdelen kost meestal een paar eurocent (per stuk), maar het harden van een spuitgietmatrijs van gereedschapsstaal met een gewicht van 300 kilo kan behoorlijk duur zijn.

13.10 Selectie en specificatie van het proces

Dit hoofdstuk wordt als het ware samengevat in figuur 13-33, waarin temperatuurbereiken voor warmtebehandeling op het ijzer-koolstofdiagram worden gesuperponeerd, en in figuur 13-34, dat een schema laat zien van de temperatuurcycli voor veelvoorkomende warmtebehandelingsprocessen.

We hebben erop gewezen dat de ontwerper, onder normale omstandigheden, de warmtebehandelingstemperaturen niet hoeft te specificeren (in speciale gevallen uiteraard wel). De ontwerper is echter wel verantwoordelijk voor de keuze van het proces en de eventuele beperkingen van dat proces. Wat is de juiste specificatie op een tekening? Om deze vraag te beantwoorden geven we hieronder een voorbeeld. Stel dat het te behandelen materiaal een soort constructiekoolstofstaal is. In tabel 13-3 geven we de juiste notatie aan voor de diverse processen met hypothetische hardheden.

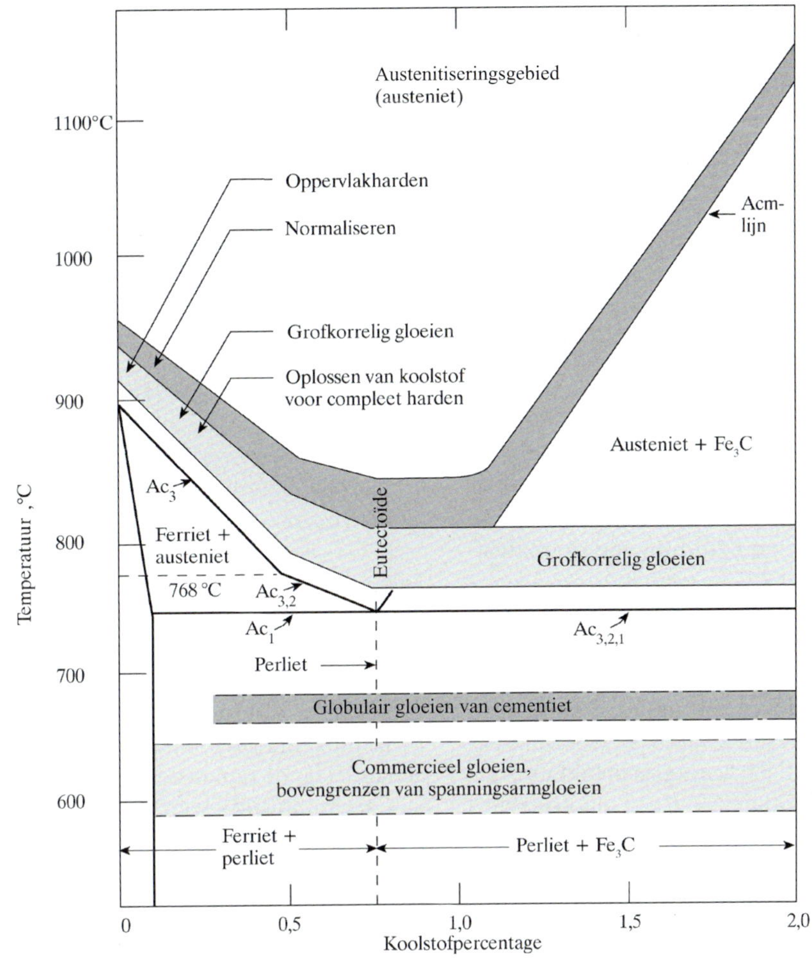

FIGUUR 13-33 Temperatuurbereiken voor diverse warmtebehandelingen

Bron: G. M. Enos en W. E. Fontaine, *Elements of Heat Treatment*, New York: John Wiley & Sons, Inc., 1963.

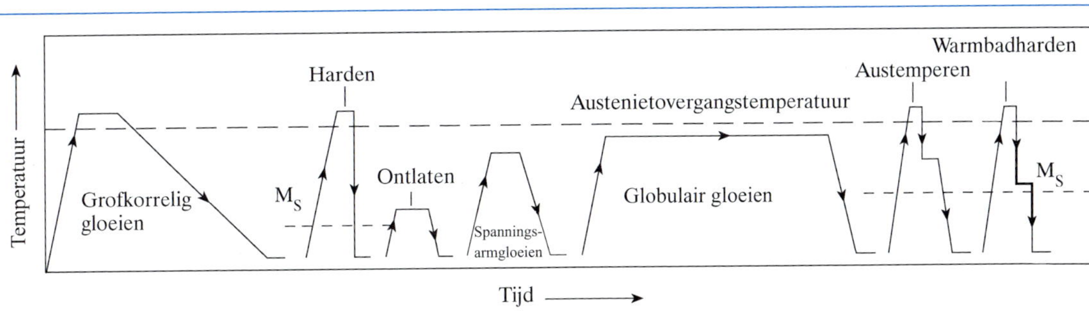

FIGUUR 13-34 Temperatuurcycli van warmtebehandelingen

TABEL 13-3 Voorbeeld van een specificatie voor de warmtebehandeling van een constructiekoolstofstaal

DOEL VAN WARMTEBEHANDELING	NOTATIE OP TEKENING
Een gehard onderdeel zacht maken	Grofkorrelig gloeien tot maximaal 95 HRB in een atmosfeer die carboneren of ontkolen vermijdt volgens AMS 2759.
Lasspanningen verwijderen	Spanningsarmgloeien in een inerte atmosfeer bij 645 tot 655 °C, 2 uur en 1 extra uur voor elke 25 mm materiaaldikte volgens AMS 2759. De maximale verwarmings- en afkoelsnelheid is 150 °C per uur.
Een onderdeel harden om het slijtvast te maken	Harden en ontlaten tot 58 à 60 HRC volgens AMS 2759.

Hierboven wordt in de warmtebehandelingsnotitie verwezen naar een (inter)nationaal erkende specificatie zoals de Aerospace Material Specification (AMS) om te garanderen dat de warmtebehandeling plaatsvindt volgens een goed beschreven proces. In plaats hiervan kan ook een standaard worden gegeven, of een fabrikantenaanduiding van de materiaalleverancier.

De andere warmtebehandelingen, zoals austemperen, globulair gloeien en warmbadharden, worden gewoonlijk alleen gebruikt voor speciale toepassingen, en dan kan het nodig zijn om op de tekening aanvullende bijzonderheden aan te geven. Deze behandelingen moeten alleen worden gebruikt na overleg met een warmtebehandelaar of een materiaaldeskundige. Ter informatie van de fabrikant is het vaak nuttig om een warmtebehandeling op te nemen in een compleet fabricageschema:

Fabricageschema

1. Machinaal voorbewerken
2. Spanningsarmgloeien
3. Machinaal bijwerken (+ slijpspeling)
4. Harden en ontlaten tot 58–60 HRC
5. Naslijpen

Zo'n schema helpt om duidelijk te maken hoe je wilt dat een onderdeel wordt gemaakt zonder de fabrikant te kleineren door hem precies te vertellen welke maat boor of draaibeitel hij moet gebruiken. Duid op de tekening altijd het soort staal aan, maar gebruik zover mogelijk geen handelsnamen. Als de warmtebehandelaar de samenstelling van het staal niet kent, kan hij onmogelijk voor een bevredigende warmtebehandeling zorgen. Zie tabel 13-4 voor voorbeelden van veelgebruikte warmtebehandelingspecificaties.

TABEL 13-4 Samenvatting van typische ferrohardingsprocessen

WARMTEBEHANDELING		VOORBEELD VAN EEN STAALSOORT[c]	VOORBEELD VAN EEN KARAKTERISTIEKE TEKENINGSPECIFICATIE (Hardheid, schildikte en andere parameters moeten worden aangepast voor specifieke toepassingen)
Onthardingsprocessen	Gloeien	Type 1018 (DIN C20; EN 1.1141, 1.0401, 1.0453: C15D of C18D)	Grofkorrelig gloeien tot maximaal 95 HRB in een atmosfeer die carboneren of ontkolen vermijdt volgens AMS[a] 2759 (zo nodig opmerking over bevestigingen bijvoegen).
	Spanningsarmgloeien	Type 1018 (DIN C20; EN 1.1141, 1.0401, 1.0453: C15D of C18D)	Spanningsarmgloeien in een inerte atmosfeer bij 645 tot 655 °C, 2 uur en 1 extra uur voor elke 25 mm materiaaldikte volgens AMS 2759. De maximale verwarmings- en afkoelsnelheid is 150 °C per uur. (Spanningsarmgloeien wordt meestal uitgevoerd tussen machinaal voorbewerken en bijwerken; zo nodig opmerking over bevestigingen bijvoegen.)

TABEL 13-4 (vervolg) Samenvatting van typische ferrohardingsprocessen

WARMTEBEHANDELING		VOORBEELD VAN EEN STAALSOORT[c]	VOORBEELD VAN EEN KARAKTERISTIEKE TEKENINGSPECIFICATIE (Hardheid, schildikte en andere parameters moeten worden aangepast voor specifieke toepassingen)
Doorhardingsprocessen	Neutraal harden	Type 4140 (EN 1.7223, 1.7225, 1.7227, 1.3563: 42CrMo4)	Harden en ontlaten tot 35–40 HRC volgens AMS 2759 (veel gebruikt voor gelegeerde staalsoorten en koolstofstaalsoorten).
		Type D2 (EN 1.2379: X153CrMoV12)	Harden en dubbel ontlaten (elk 2 uur) tot 58–60 HRC. Koelen tot −75 °C, 1 uur tussen het eerste en het tweede ontlaatproces (veel gebruikt voor sommige gereedschapsstaalsoorten).
		Type M4 (UNS T11304)	Harden en driemaal ontlaten (elk 2 uur) tot 60–62 HRC. Koelen tot −75 °C, 1 uur tussen het eerste en het tweede ontlaatproces (veel gebruikt voor gereedschapssnelstaal).
	Austemperen	Type 1075 (UNS G10700) ofwel DIN Ck75	Austemperen tot 40–45 HRC (voor bepaalde koolstof- en gelegeerde staalsoorten).
	Warmbadharden	Type E52100 (UNS G51320)	Warmbadharden tot 58–60 HRC
	Vacuümharden	Type 420 (UNS S42000)	Harden en dubbel ontlaten (elk 2 uur) tot 50–52 HRC volgens AMS 2759. Koelen tot −75 °C, 1 uur tussen het eerste en het tweede ontlaatproces. Het onderdeeloppervlak wordt zodanig beschermd tegen oxidatie dat de oppervlakken net zo blank zijn als in de ontvangen toestand (in speciale gevallen gebruikt voor gereedschapsstaal of roestvast staal).
Oppervlakhardingsprocessen[b]	Carboneren	Type 8620 (EN 1.6543, 1.6523: 20NiCrMo2-2)	Carboneren 0,75–1,00 mm diep volgens AMS 2759. Ontlaten bij 175 °C. Oppervlaktehardheid minimaal 60 HRC (of equivalent). Effectieve hardingsdiepte 50 HRC (of equivalent) bij 0,75–1,00 mm diep.
	Carbonitreren	Type 1018 (DIN C20; EN 1.1141, 1.0401, 1.0453: C15D of C18D)	Carbonitreren 0,13–0,25 mm diep volgens AMS 2759. Ontlaten bij 175 °C. Oppervlaktehardheid minimaal 60 HRC (of equivalent). Effectieve hardingsdiepte 50 HRC (of equivalent) bij 0,13–0,25 mm diep.
	Nitreren	Nitralloy® 135M (ASTM A355 Klasse A)	1. Machinaal voorbewerken. 2. Harden en ontlaten tot 24–32 HRC (of gebruik voorverhard Nitralloy 135M). 3. Machinaal afwerken. 4. Nitreren 0,25–0,40 mm diep volgens AMS 2759, naslijpen ter verwijdering van witte laag (0,025–0,05 mm).
	Ferritisch nitrocarboneren	Type 1018 (DIN C20; EN 1.1141, 1.0401, 1.0453: C15D of C18D)	Zoutbad-ferritisch nitrocarboneren, hardingszone 0,004–0,008 mm diep volgens AMS 2753. (Gewoonlijk uitgevoerd op machinaal afgewerkte onderdelen.)
	Gas-ferritisch nitrocarboneren	Type 1018 (DIN C20; EN 1.1141, 1.0401, 1.0453: C15D of C18D)	Ferritisch nitrocarboneren en afschrikken in olie, hardingszone 0,004–0,008 mm diep volgens AMS 2757 (verschillende afschrikmiddelen kunnen worden gebruikt, afhankelijk van het onderdeel, gewoonlijk uitgevoerd op machinaal afgewerkte onderdelen).
Selectieve hardingsprocessen	Vlamharden	Type 1095 (UNS G10950) ofwel DIN C100W	Vlamhardings- en ontlaatgebieden aangegeven 1–1,5 mm diep. Oppervlaktehardheid minimaal 58 HRC. Inspecteren op barsten.
	Inductieharden	Type 1095 (UNS 10950) ofwel DIN C100W	Inductiehardings- en ontlaatgebieden aangegeven 1–1,5 mm diep. Oppervlaktehardheid 58–62 HRC.

[a] Aerospace Material Specification, de Amerikaanse specificatie die het reinigen, de verwarmingssnelheid, temperatuurmeting, certificatie enzovoort specificeert.
[b] De meeste diffusieprocessen kunnen via het gebruik van afschermingen selectief zijn.
[c] De genoemde EN-equivalenten zijn voorbeelden; vraag de leverancier naar de exacte aanduiding.

Alle besproken diffusieprocessen plus een paar gepatenteerde processen worden samengevat in tabel 13-5. Deze tabel laat voorbeelden zien van oppervlaktehardingsmethoden. Bij selectief harden worden dezelfde soort notaties gebruikt, mogelijk aangevuld met inspectiemethoden. Tabel 13-5 geeft ook de schileigenschappen van de diverse oppervlaktehardingsprocessen. De slijtageweerstand van oppervlakken die behandeld zijn met sommige van deze processen, worden vergeleken in figuur 13-35. Elk proces heeft zijn voor- en nadelen, maar in het algemeen kan de ontwerper altijd wel voldoen aan de eisen voor diffusiebehandeling met een of andere vorm van carboneren of gasnitreren of ionnitreren. De andere processen kunnen worden gebruikt voor speciale toepassingen. Carboneren is vaak het beste proces voor oppervlakteharden van koolstofarme staalsoorten. Als het gaat om zware onderdelen, dan is een koolstofarme gelegeerde staalsoort een beter substraat. Nitreren geeft minder vervorming dan carboneren, maar vereist het gebruik van chroom-molybdeen gelegeerde staalsoorten of, bij voorkeur, substraten van Nitralloy-staal. De TD- en TiC-diffusieprocessen geven de beste slijtweerstand.

TABEL 13-5 Vergelijking van oppervlaktehardingsmethoden met diffusie

PROCES	DIFFUNDERENDE ELEMENTEN	PROCESTEMPERATUUR IN °C	SCHILDIKTEBEREIK	SCHILHARDHEID (IN HRC)	BRUIKBAAR BASISMETAAL	EIGENSCHAPPEN
Poedercarboneren	Koolstof	800–1100	0,25–3 mm	45–65	Koolstofarm staal en carboneerbaar gelegeerd staal	Te gebruiken voor schillen van meer dan 750 μm dik
Zoutcarboneren	Koolstof	780–900	0,07–3 mm	45–65	Koolstofarm staal en carboneerbaar gelegeerd staal	Nauwkeurige beheersing van de schildikte
Gascarboneren	Koolstof	800–1000	0,07–3 mm	45–65	Koolstofarm staal en carboneerbaar gelegeerd staal	Meest geschikt voor serieproductie
Carbonitreren (gas)	Koolstof + stikstof	700–900	25–750 μm	50–60	Koolstofarme en laaggelegeerde staalsoorten	Geschikt voor dunne schillen op grote hoeveelheden onderdelen
Cyaneren	Koolstof + stikstof	760–870	25–750 μm	50–60	Koolstofarme en laaggelegeerde staalsoorten	Dunne schillen; afschrikken met water nodig en misschien vervorming van de onderdelen
Gasnitreren	Stikstof	495–560	75–750 μm	50–70	Gelegeerd staal, gereedschapsstaal en sommige roestvaste staalsoorten	Het diffusieproces met de laagste vervorming; bij voorkeur nitreerstaalsoorten
Plasmanitreren (ionnitreren)	Stikstof	340–565	75–750 μm	50–70	Gelegeerde stalen, nitreerstalen	Sneller dan gas zonder de witte laag; dringt niet door in gaten
Chromeren	Chroom	800–1100	75–150 μm	40–70	Koolstofstaalsoorten	Produceert een harde schil op koolstofrijk staal en een corrosiewerend oppervlak op koolstofarm staal
Ferritisch nitrocarboneren	Koolstof + stikstof	510–675	2,5–25 μm	40–60	Koolstofstaal, gelegeerd staal en sommige roestvaste staalsoorten	Produceert een dunne harde schil voor schuurweerstand
Zoutnitreren	Stikstof	510–560	2,5–125 μm	50–70	Gereedschapsstaal, gelegeerd staal, koolstofstaal, roestvast staal	Gewoonlijk gebruikt voor hard gereedschapsstaal; bruikbaar op roestvaste staalsoorten, maar minder corrosieweerstand

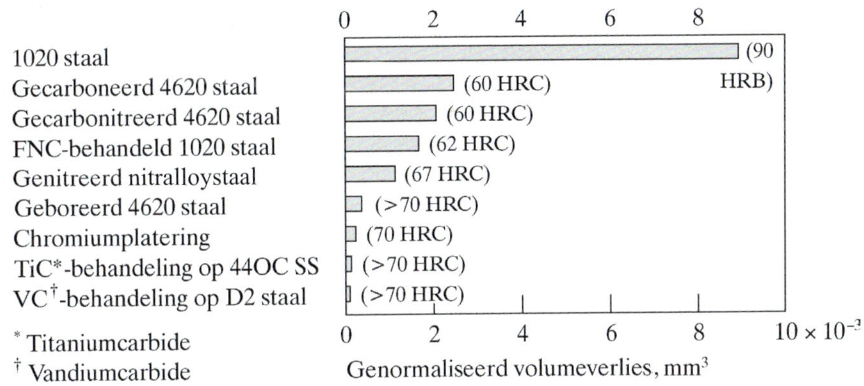

FIGUUR 13-35 Abrasieve slijtage van diffusieoppervlaktebehandelingen in vergelijking met 1020 staal. De gebruikte proef is de ASTM G 65-droogzand-rubberwielabrasietest, procedure C

Als er een dikke schil nodig is, komen vlam- en inductieharden eerder in aanmerking dan de diffusieprocessen. Vlamharden is het geprefereerde proces voor dikke schillen of het selectief harden van grote machinecomponenten. De dunste schil die bij vlamharden kan worden verkregen is ongeveer 1,5 millimeter. Inductieschillen kunnen dunner zijn, tot wel 0,25 millimeter. Inductieharden werkt het beste op onderdelen die klein genoeg zijn en de juiste vorm hebben om in de inductiespoel te passen. Het is vooral geschikt voor serieproducten. Een dikke schil is wenselijk voor toepassingen waarin oppervlaktevermoeiing een rol speelt, zoals bij slijtage door rolelementen.

In de tekeningspecificatie voor diffusiebehandelingen dient het volgende te worden opgenomen:

1. Basismetaal
2. Proces (en speciale behandelingsschema's)
3. Schildikte
4. Hardheid van de schil (als ontlaten een deel van het proces is)
5. Gewenste warmtebehandelingen
6. Afschermen (indien gewenst)

Elke ontwerper moet vertrouwd zijn met oppervlakteharden en selectief harden. De meeste machines bevatten onderdelen waarvoor een van deze processen nodig is. Het fundamentele voordeel van al deze technieken ten opzichte van doorharden is dat alleen de aan slijtage blootgestelde oppervlakken hard en bros zijn, en de rest van het onderdeel de taaiheid behoudt die nodig is voor een goede slagvastheid. Andere voordelen zijn dat een onderdeel vaak gemaakt kan worden van een goedkoper materiaal en de vervorming bij het harden minder is. ■

Samenvatting

Dit hoofdstuk beschrijft de basismetaalkunde die geldt voor de meeste staalsoorten. Het is uiterst belangrijk dat de materiaalgebruikers enig gevoel hebben voor wat warmtebehandelingen doen en hoe ze het functioneren van een onderdeel beïnvloeden. Het is ook belangrijk om te weten hoe warmtebehandelingen worden uitgevoerd, zodat ze op de juiste manier kunnen worden gespecificeerd en op de juiste plaats in een fabricageschema worden opgenomen. Hieronder volgt een opsomming van de belangrijkste punten uit dit hoofdstuk:

- Veel metalen van industriële betekenis bestaan uit verschillende fasen, en het relatieve gehalte van de diverse aanwezige fasen bepaalt mede de eigenschappen van de legering.
- Het concept van een vaste oplossing moet worden begrepen. Veel warmtebehandelingen zijn gebaseerd op de oplosbaarheidseigenschappen van metalen (afschrikharden, precipitatieharden en dergelijke).

- Fasediagrammen geven aan welke fasen aanwezig zijn bij bepaalde temperaturen en samenstellingen van legeringssystemen. Zij geven een indicatie van de warmtebehandelingstemperaturen, de te vermijden samenstellingen, de te vermijden temperaturen enzovoort.
- Het ijzer-koolstofdiagram is waarschijnlijk de belangrijkste referentie voor wat betreft de metaalkunde van koolstofstaalsoorten.
- De stabiele fasen in zacht staal bij kamertemperatuur zijn ferriet en cementiet; martensiet is de hardste fase.
- Fasediagrammen zijn evenwichtsdiagrammen. Om te bepalen wat gebeurt bij een bepaalde warmtebehandeling, bijvoorbeeld bij afschrikken, moet men TTT- of CCT-diagrammen raadplegen.
- De vereisten voor het harden van staal zijn (1) verwarmen tot de juiste temperatuur, (2) voldoende koolstofgehalte en (3) adequate afschrikking. Aan alle drie moet worden voldaan.
- Staal dat gehard is door afschrikken, moet altijd worden ontlaten vanwege de brosheid.
- Het koolstofgehalte is de belangrijkste factor om te bepalen of het staal door afschrikken kan worden gehard.
- Sommige staalsoorten kunnen direct worden gehard. Andere vereisen diffusieprocessen om het oppervlak hardbaar te maken (laag koolstofgehalte, <0,3 procent).
- Diffusieprocessen worden meestal toegepast op staalsoorten met een koolstofgehalte dat te laag is voor doorharden. Carboneren en nitreren zijn de bekende diffusiehardingsprocessen.
- Sommige metallische coatings, zoals gegalvaniseerd koper, vormen een belemmering voor de diffusie van koolstof en stikstof. Ze worden gebruikt voor het afschermen van gebieden die zacht moeten blijven. Er bestaan ook speciale verfsoorten die dezelfde functie vervullen.
- Diffusiebehandelingen en selectief harden worden het meest gebruikt wanneer doorharden het onderdeel te bros zou maken voor de beoogde toepassing.
- Carboneren zelf maakt staal niet hard. Na carboneren is afschrikken nodig om het staal te harden.
- Nitreren is het diffusiehardingsproces met de laagste temperatuur en afschrikken is niet nodig.
- Diffusieprocessen met andere elementen, zoals borium, chroom en vanadium, zijn beschikbaar voor bepaalde toepassingen.
- Vlam- en inductieharden zijn selectieve processen die alleen geschikt zijn voor hardbare staalsoorten.
- Inductieharden is het meest efficiënt bij kleinere onderdelen.
- Er zijn verschillende warmtebehandelingen om staal te ontharden na koudbewerking.
- Als het oppervlak of de afmetingen van een onderdeel van belang zijn, moeten alle warmtebehandelingen boven 550 °C in een beschermende atmosfeer worden uitgevoerd, om oxidatie te vermijden.

De meeste beslissingen bij warmtebehandeling (temperaturen, afschrikmiddelen enzovoort) worden genomen door de warmtebehandelaar. De ontwerper moet genoeg weten van beschikbare processen om de warmtebehandelaar in ondubbelzinnige bewoordingen te laten weten wat hij wenst. Als de specificatie op de tekening duidelijk is, zullen de onderdelen meestal op de gewenste manier worden behandeld.

Illustratief voorbeeld

Een warmtebehandelingsverzoek waaraan moeilijk te voldoen is

Een tribologieproject vereiste het testen van nieuw abrasiebestendig plaatwerk op 1045 staal op 40 HRC. Dit staal bevat niet genoeg koolstof om het volledig te harden. Het bevat slechts 0,45 procent koolstof en om volledig (martensitisch) hard staal te krijgen is normaal gesproken 0,6 procent koolstof vereist. Het probleem was nog groter, want de onderdelen die gehard en ontlaten moesten worden tot minimaal 45 HRC, hadden een dikte van 6,3 millimeter en een oppervlakte van 100 m^2. Dit soort geometrie is zeer gevoelig voor vervorming bij het harden als een vloeibaar afschrikmiddel wordt gebruikt. Er was dus sprake van een staalsoort met een slechte hardbaarheid, onderdelen die te dik waren om snel af te schrikken, en een vorm die gevoelig was voor vervorming bij het harden. Vlakke onderdelen zoals deze hebben de neiging om na het afschrikken de vorm aan te nemen van een aardappelchipje.

Wat te doen? We wisten dat vloeistofafschrikken onze enige hoop was op de vereiste 45 HRC. Om de vervorming bij het vloeistofafschrikken aan te pakken, bedachten we een toestel waardoor de dunne en vlakke delen gegarandeerd verticaal in het water kwamen te liggen, waarbij er voldoende ruimte was om adequate koeling tussen de delen mogelijk te maken. Er waren zestig delen vereist. De eerste partij van 20 produceerde 15 delen die tot de vereiste vlakheid en dikte konden worden geslepen. De tweede 20 produceerde er 13, en zo ging het door. Het probleem werd opgelost door genoeg extra delen te maken ter vervanging van de ongeveer 30 procent die vervormd raakte tot voorbij de acceptatiegrenzen.

Met dit voorbeeld willen we laten zien dat alle staalsoorten hardheidsbeperkingen hebben (een beperkt vermogen om te harden) en dat een ontwerper (een klant in dit geval) misschien vraagt om hardheid op een staalsoort die heel moeilijk te harden is in alles behalve plaatmetaaldikte. Ook was de onderdeelvorm in dit voorbeeld gevoelig voor vervorming. Deze onderdelen zouden gemakkelijk en goedkoop afgeschrikt en ontlaten kunnen worden tot 45 HRC als we toestemming zouden hebben om ze van een luchthardend gereedschapsstaal te maken. Het hardingsvermogen van een staal is een belangrijke selectiefactor bij het kiezen van een staalsoort.

Termenlijst

afschrikharden: snel koelen vanaf een verhoogde temperatuur om een hogere sterkte en hardheid te produceren

afschrikken: snelle verwijdering van warmte van een verwarmd onderdeel

allotropie: het vermogen om de kristalstructuur te wijzigen

austemperen: bij het afschrikken een hardbaar staal een tijdlang vasthouden op een temperatuur boven de *Ms*-temperatuur

austeniet: kubisch vlakgecentreerd ijzer (fcc)

binair fasediagram: fasediagram voor legering met slechts twee belangrijke atoomsoorten

boreren: verwarmen van staal in een atmosfeer die ertoe leidt dat B in het oppervlak diffundeert

carboneren: diffusie van koolstof in het oppervlak van een stalen onderdeel

carbonitreren: diffusie van koolstof plus stikstof in een staaloppervlak

CCT-diagram: (*continuous cooling transformation*) een grafiek van de afkoelsnelheid (temperatuur versus tijd) van een onderdeel gesuperponeerd op een TTT- of IT-diagram

cementiet: ijzercarbide (Fe_3C) als een fase in staal

chromeren: verwarmen van staal in een atmosfeer die ertoe leidt dat Cr in het oppervlak diffundeert

cryogene behandeling: behandeling bij lage temperaturen om restausteniet tot martensiet te laten transformeren, *zie* diepkoelen

cyaneren: gebruik van cyanidezout (CN-zout) als de bron van diffunderende soorten bij oppervlakharden

cyanidezout: vaste deeltjes of vloeibaar gesmolten zout dat kan worden gebruikt om C + N te produceren voor oppervlakharden

dendrieten: boomachtige microstructuren die groeien bij het stollen van een vloeistof

diepkoelen: koelen van een onderdeel tot onder kamertemperatuur als onderdeel van een warmtebehandelingsproces om restausteniet tot martensiet te laten transformeren

diffusie: de spontane beweging van oplossingsatomen in een basismateriaal

diffusiecoëfficiënt: de snelheidsconstante in de wet van Fick voor diffusie in vaste stoffen

diffusiezone: de diepte vanaf het oppervlak waarover een diffunderende soort zich verplaatst

dissociatie: wijzigen van de chemische samenstelling van warmtebehandelingsgassen door een thermisch geactiveerde chemische reactie

eutecticum: temperatuur en samenstelling van een binaire legering waarin een vloeistoffase naar twee vaste fasen transformeert

eutectoïde: temperatuur en samenstelling van een binaire legering waarin een vaste fase naar twee andere vaste fasen transformeert

fase: homogene component van een metaallegering

fasediagram: een grafiek van samenstelling versus temperatuur die de aanwezige fasen van een legering laat zien in evenwichtstoestand

ferriet: kubisch ruimgecentreerd ijzer (bcc)

ferritisch nitrocarboneren: een gasvormig proces bij een lage temperatuur voor de diffusie van C + N in een dunne oppervlaklaag

gecontroleerde atmosfeer: een warmtebehandelingsatmosfeer die noch oxiderend noch reducerend is

globulair gloeien: een subkritische staalwarmtebehandeling die tot de vorming van bolvormige carbiden leidt

gloeien: ontharden van een staal door verwarming tot net in het austenitische bereik

hardbaarheid: het vermogen van een staal om te worden gehard

ijzercarbide: een fase in koolstofstalen (Fe_3C)

inductieharden: selectief harden van staal door gebruik van inductiewisselstroom en afschrikken

interstitieel: tussen locaties; oplossingsatomen nemen locaties in een kristalrooster in tussen basisatoomlocaties

ionnitreren: diffusie van stikstof in een onderdeel met warmte plus plasmahulp

IT-diagram: TTT-diagram

knooppuntlijn: in een evenwichtsdiagram een horizontale lijn, getrokken tussen aangrenzende fasen
laserharden: selectief harden van staal door laserverwarming en zelfafschrikken
microhardheid: hardheid door inkepingen die klein genoeg zijn om te passen in dunne schillen van microbestanddelen
microstructuur: de distributie van fasen en kenmerken in de structuur van een materiaal, zoals te zien met een microscoop
Ms-temperatuur: de temperatuur waarbij martensiet zich begint te vormen in een staal bij afschrikken
nitreren: de diffusie van stikstof in het oppervlak van een stalen onderdeel om het oppervlak te harden
normaliseren: een warmtebehandeling om een materiaal te homogeniseren en samenstellingsgradiënten te reduceren
ontkolen: diffusie van koolstof uit een oppervlak tot een bepaalde diepte
ontlaten: opnieuw verwarmen van een gehard staal om de afgeschrikte hardheid en brosheid te reduceren
oplossing: verontreinigingsatomen (opzettelijk toegevoegd) in een basismetaal
oppervlakteharden: harden van alleen het oppervlak van een onderdeel
perliet: een fase in staal, samengesteld uit afwisselende lagen van Fe_3C en ferriet
poedercarboneren: gebruikmaken van geactiveerde houtskool als bron van koolstof voor diffusie in een staal
poedercementeren: verwarmen van onderdelen in een kist gevuld met vaste deeltjes die een diffusiesoort produceren om die soort in een onderdeel te diffunderen
rekristallisatie: vorming van nieuwe onvervormde korrels bij verwarming
retortoven: een afgedicht vat dat wordt gebruikt in warmtebehandeling
rooster: de repeterende atoomstructuur binnen een kristal
schil: de warmtebehandelingsterm voor een geharde oppervlaklaag
schildikte: de diepte onder het oppervlak bepaald door waar de hardheid hoger is dan 50 HRC of door andere criteria
selectief harden: harden van alleen een plaatselijk gebied van een onderdeel
spanningsarmgloeien: reductie van interne spanningen door toepassing van warmte
substitutioneel: atomen die in een kristalrooster plaatsen innemen die eerder werden ingenomen door basisatomen
transportbandhaard: warmtebehandelingsovens die gebruikmaken van een langzaam bewegende transportband door de oven
TTT-diagram: een grafiek van isotherme transformaties in een materiaal; ook wel IT-diagram genoemd
vacature: een ontbrekend atoom in een rooster; zoals een atoom kan deze zich verplaatsen door diffusie
vacuümharden: harden in een ovenatmosfeer die noch oxiderend noch reducerend is
vaste oplossing: oplossingsatomen verspreid in het rooster van vaste atomen
vlamharden: gebruikmaken van een zuurstofvlam of brandstofvlam als de verwarmingsbron voor het harden
vloeistofcarboneren: diffusie van koolstof in het oppervlak van een staal, met behulp van een gesmolten zout
warmbadharden: bij het afschrikken een hardbaar staal enige tijd vasthouden op een temperatuur enigszins boven de *Ms*-temperatuur
witte laag: een ongewenste buitenlaag van een ijzer-stikstofverbinding die zich bij nitreren op een oppervlak vormt
zachtgloeien: een subkritische warmtebehandeling van staal om het te ontharden zonder een fasewijziging

Opgaven

1. Een fasediagram is
   a. een grafiek van samenstellingen
   b. een grafiek van overgangstemperaturen
   c. een grafiek van reactietijden
   d. een grafiek van temperatuur, oplosbaarheid en samenstelling

2. Wat is het verschil tussen interstitiële en substitutionele vaste oplossing?

3. Bekijk figuur 13-2 nog eens. Hoeveel fasen zijn aanwezig in een legering van 50 procent A bij kamertemperatuur?
   a. geen
   b. twee
   c. drie
   d. één

4. Wat is een eutectische fase en waarom is het belangrijk?

5. Bereken met behulp van figuur 13-6 het percentage α-fase aanwezig bij kamertemperatuur in een 40 procent B-legering.

6. Wat is een eutectoïde?

7. Cementiet is
   a. Fe_2O_3
   b. FeC
   c. FeO
   d. $FeSO_4$
   e. Fe_3C
   f. Fe_3O_4

8. Wanneer heeft een staal een microstructuur van 100 procent ferriet?

9. Wanneer heeft een staal een microstructuur van 100 procent perliet?

10. Martensiet is
    a. getemperd austeniet
    b. bct-ijzer
    c. ferriet plus Fe_3C
    d. geordend Fe_3C

11. Welk koolstofgehalte is vereist om een koolstofstaal afschrikhardbaar te maken tot 100 procent martensiet?
    a. 0,3 procent
    b. 1,0 procent
    c. 0,6 procent
    d. 1,5 procent

12. Wat zijn de minimumeisen voor het afschrikharden van een staal?

13. Kun je een constructiestaal met een koolstofpercentage van 0,2 harden? Hoe?

14. Welke van de volgende processen worden gebruikt voor het doorharden van staal?
    a. laserglazuren
    b. austenitiseren en afschrikken
    c. elektronenstraal
    d. carboneren
    e. nitreren
    f. warmbadharden

15. Wanneer zou je een onthardende warmtebehandeling gebruiken op een staal?

16. Welke warmtebehandeling produceert rekristallisatie?
    a. ontlaten
    b. austenitiseren
    c. afschrikken
    d. normaliseren

17. Beschrijf het ontlaten van staal en laat zien hoe een staalgebruiker dit proces kan gebruiken.

18. Wat is staalhardbaarheid en hoe wordt dit gemeten?

19. Welk van de volgende processen is een selectief hardingsproces?
    a. warmbadharden
    b. rekristallisatie
    c. austemperen
    d. ontlaten
    e. inductie
    f. normaliseren

20. Wat is het doel van ontlaten na afschrikharden?

21. Wat zijn de begin- en eindtemperaturen van martensiet en waarom zijn die belangrijk?

Hoofdstuk 14

Koolstofstalen en gelegeerde staalsoorten

Een type machine dat voor veel onderdelen gebruikmaakt van gelegeerde stalen

Doelstellingen

1. De verschillen tussen de diverse koolstofstalen en gelegeerde staalsoorten leren kennen en het ontwikkelen van een repertoire van staalsoorten voor algemeen gebruik.
2. Begrijpen hoe koudwalsen en legeren de eigenschappen van staalsoorten veranderen.
3. Kennis opdoen van aanduidingensystemen voor koolstofstalen en gelegeerde staalsoorten.

In het vorige hoofdstuk over warmtebehandeling hebben we duidelijk gemaakt hoe belangrijk staal is als technisch materiaal. Geen enkel materiaal is van grotere betekenis. Dankzij staal hebben we onze maatschappij kunnen ontwikkelen tot waar we in nu staan. De belangrijkste soorten staal voor technische ontwerpen zijn zonder twijfel koolstofstaal, laaggelegeerd staal en gereedschapsstaal. Gereedschapsstaal is belangrijk genoeg om er een afzonderlijk hoofdstuk aan te wijden (hoofdstuk 15). Naast deze staalsoorten zijn er nog andere, zoals warmtebehandeld stafstaal (afgeschrikt en ontlaten of genormaliseerd) en ultrasterke staalsoorten alsmede hooggelegeerd gereedschapsstaal voor speciale toepassingen zoals drukvaten en boilers. Materiaalgebruikers en ontwerpers moeten weten wat de verschillen zijn tussen de verschillende staalsoorten, hoe ze gespecificeerd moeten worden en wat er gebeurt wanneer staalsoorten worden 'verbeterd' door het toevoegen van legeringselementen. Bovendien moet men aanduidingensystemen begrijpen om een bepaalde staalsoort te kunnen specificeren op een technische tekening of een aanschafdocument, zodat het onderdeel overal ter wereld kan worden gemaakt. Dit hoofdstuk en de volgende drie hoofdstukken geven de lezer de basiskennis om staalsoorten te kunnen selecteren en specificeren.

Dit hoofdstuk houdt zich voornamelijk bezig met het selecteren van koolstofstalen en laaggelegeerde staalsoorten. Koolstofstalen en gelegeerde staalsoorten worden het meest gebruikt, maar wanneer deze staalsoorten niet voldoen aan de eisen die het ontwerp stelt, moet een van de bijzondere staalsoorten worden gekozen. Alle in dit hoofdstuk besproken staalsoorten worden geacht smeedstaal te zijn. Roestvaste staalsoorten worden behandeld in hoofdstuk 16. Gietstaalsoorten worden behandeld in hoofdstuk 17.

14.1 Aanduiding van legeringen

Een van de tien grootste staalproducenten ter wereld plaatste ooit een advertentie in een vakblad met de kop: 'U kunt voor een stalen staaf kiezen uit een kwart miljoen combinaties van chemische samenstellingen en verwerkingen.' Dit is zonder twijfel waar, en het aantal combinaties zou zelfs nog groter zijn als HSLA-staal en ultrasterke staalsoorten werden meegerekend. Deze soorten voldoen aan de behoefte van de industrie aan gewichtsreductie, kwaliteitsverbetering en in veel gevallen lagere kosten. Het nadeel voor de ontwerper is dat het moeilijk is geworden om staalsoorten op een ordelijke manier in categorieën onder te brengen als hulpmiddel bij de materiaalkeuze. Eén indeling is in ieder geval helder. We spreken van gietlegeringen (gietijzersoorten, gietstaalsoorten) als het eindproduct een gietstuk is. We spreken van kneedlegeringen als het eindproduct door middel van een omvormbehandeling (walsen, extruderen, smeden) gemaakt is, eventueel nog gevolgd door een verspanende bewerking. De in onze inleiding gedefinieerde staalsoorten hebben hun toepassingsgebied gemeen; dit zijn de staalsoorten die worden gebruikt voor constructiecomponenten.

In figuur 14-1 is een poging gedaan om de staalsoorten schematisch in te delen. Ondanks de overvloed van bijzondere staalsoorten worden de algemeen genormeerde koolstofkneedstalen en gelegeerde staalsoorten het meest gebruikt, en dat zal nog wel enige tijd zo blijven. Gelukkig is er voor deze staalsoorten een aantal begrijpelijke en ordelijke aanduidingssystemen, volgens de Amerikaanse ASTM-, AISI- of SAE-normen, dan wel volgens de Europese en Duitse EN- en DIN-aanduidingen. We beschrijven een aantal Amerikaanse systemen gedetailleerd en maken een paar algemene opmerkingen over de andere staalsystemen in figuur 14-1.

Koolstofstaal en gelegeerd staal

Het meest gebruikte aanduidingssysteem voor koolstofstaal en gelegeerd staal in de Verenigde Staten is het systeem van de American Iron and Steel Institute (AISI) en de Society of Automotive Engineers (SAE). In tabel 14-1 worden de groepen staalsoorten in dit systeem aangegeven Dit systeem gebruikt gewoonlijk

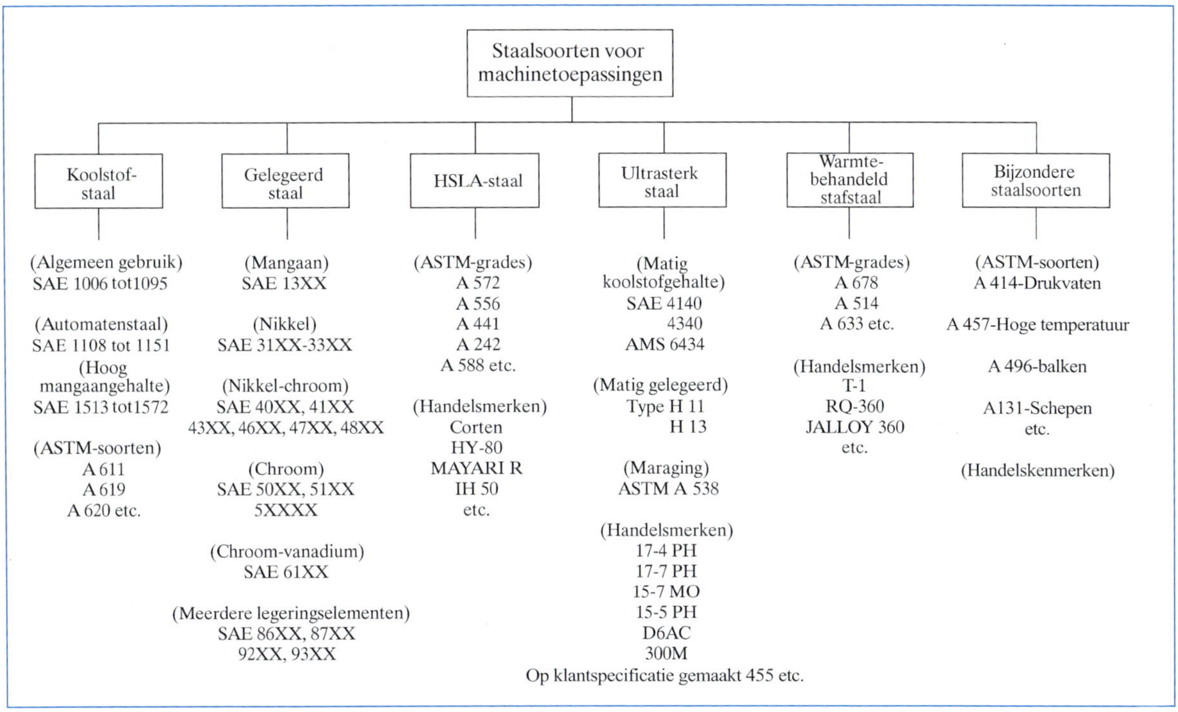

FIGUUR 14-1 Staalsoorten voor machineontwerpen (met uitzondering van gereedschapsstaal)

niet meer dan vier cijfers. Het eerste cijfer geeft aan bij welke groep van belangrijkste legeringselementen het staal ingedeeld is. Het cijfer 1 geeft bijvoorbeeld aan dat het belangrijkste legeringselement koolstof is. Het tweede cijfer geeft in sommige gevallen een indicatie van het gehalte waarmee het belangrijkste legeringselement in een bepaalde serie voorkomt. In de 2xxx-serie staalsoorten is nikkel het belangrijkste legeringselement. Een 23xx staal bevat ongeveer 3 procent nikkel, een 25xx staal bevat ongeveer 5 procent nikkel. De laatste twee cijfers (soms de drie laatste) geven het gehalte aan koolstof in honderdsten van een procent. Een 1040 staal bevat gewoonlijk 0,40 procent koolstof.

Voor of na de vier cijfers kunnen nog diverse letters worden toegevoegd, die aanvullende informatie geven over een specifieke staalsoort (zie tabel 14-2).

Er zijn ook AISI-/SAE-systemen voor andere groepen staalsoorten, zoals roestvast staal en gereedschapsstaal. Deze behandelen we later in dit boek.

ASTM International heeft voor veel soorten ferro- en non-ferrometalen specificaties gepubliceerd die door de industrie vrijwillig worden gebruikt. Elk specificatienummer duidt een specifieke legering of groep legeringen aan. Onder ASTM A 36 vallen bijvoorbeeld de koolstofstalen voor constructietoepassingen. Deze kan verder worden gespecificeerd door de soortaanduiding toe te voegen (bijvoorbeeld

TABEL 14-1 De hoofdgroepen in het SAE-staalaanduidingensysteem

GROEP	SAE-SERIE	BELANGRIJKSTE BESTANDDELEN
Koolstofstaal	10xx	Koolstofstaal
	11xx	Koolstofstaal met extra zwavel
Gelegeerde staalsoorten		
Mangaan	13xx	Mangaan 1,75%
	15xx	Mangaan 1,00%
Nikkel	23xx	Nikkel 3,50%
	25xx	Nikkel 5,00%
Nikkel-chroom	31xx	Nikkel 1,25%, chroom 0,65 of 0,80%
	33xx	Nikkel 3,50%, chroom 1,55%
Molybdeen	40xx	Molybdeen 0,25%
	41xx	Chroom 0,5 tot 0,95%, molybdeen 0,12 tot 0,20%
	43xx	Nikkel 1,80%, chroom 0,50 of 0,80%, molybdeen 0,25%
	46xx	Nikkel 1,80%, molybdeen 0,25%
	48xx	Nikkel 3,50%, molybdeen 0,25%
Chroom	51xx	Chroom 0,80, 0,88, 0,93, 0,95 of 1,00%
	52xxx	Chroom 1,45%
Chroom-vanadium	61xx	Chroom 0,80 of 0,95%, vanadium minimaal 0,10 of 0,15%

GROEP	SAE-SERIE	BELANGRIJKSTE BESTANDDELEN
Meerdere legerings-elementen	86xx	Nikkel 0,55%, chroom 0,50%, molybdeen 0,20%
	87xx	Nikkel 0,55%, chroom 0,50%, molybdeen 0,25%
	92xx	Silicium 2,00% of 1,40% en chroom 0,7%
	93xx	Nikkel 3,25%, chroom 1,20%, molybdeen 0,12%
	94xx	Mangaan 1,00%, nikkel 0,45%, chroom 0,40%, molybdeen 0,12%
	94Bxx*	Nikkel 0,45%, chroom 0,4%, molybdeen 0,12%

* Duidt borium aan

TABEL 14-2 Lettervoorvoegsels en -achtervoegsels bij de staalaanduidingen

VOORVOEGSEL	BETEKENIS
E	Gemaakt in een elektro-oven
X	Samenstelling wijkt af van de normale grenswaarden
ACHTERVOEGSEL	**BETEKENIS**
H	Staal voldoet aan bepaalde hardbaarheidseisen
ANDERE LETTERS	**BETEKENIS**
xxBxx	Staal met borium als legeringselement
xxLxx	Staal met loodtoevoegingen voor een betere machinale bewerkbaarheid

ASTM A 36 grade B). De laatste twee cijfers van een ASTM-nummer geven het jaar van de laatste revisie aan. Je kunt de meeste staalproducten in de ASTM-specificaties vinden: dunne plaat, band, draad en staalproducten voor constructietoepassingen zoals constructiebalken, pijlers, pijpleidingen, tanks en drukvaten. De ASTM-specificaties zijn verkrijgbaar in alle technische bibliotheken en in de meeste technische kantoren. De ASTM-aanduidingen voor koolstofstalen en gelegeerde stalen maken gebruik van de AISI-benamingen. AISI/SAE 1020 staal is bijvoorbeeld ASTM A 29 grade 1020.

In een poging om een aanduidingensysteem te ontwikkelen dat geldt voor alle metaallegeringen, inclusief staalsoorten, hebben de ASTM en de SAE een Unified Numbering System (UNS) ontworpen. In het UNS-systeem zijn geen specificaties voor samenstellingen en eigenschappen van legeringen opgenomen. Het geeft alleen een nummer om een legering aan te duiden die wordt beschreven door de specificaties van de AISI of een andere organisatie of handelsassociatie. Waar mogelijk wordt het vijfcijferige UNS-nummer voorafgegaan door een letter die aangeeft welk metaalsysteem wordt bedoeld: Axxxxx wordt gebruikt voor aluminiumlegeringen, Pxxxxx voor edelmetalen. De vijf cijfers komen vaak overeen met die van het aanduidingensysteem dat wordt vervangen. Zo heeft 1020 staal de UNS-aanduiding G10200 gekregen. De eerste vier cijfers zijn afkomstig van het AISI-/SAE-systeem, en als laatste cijfer is er een 0 toegevoegd. In tabel 14-3 wordt een overzicht van het Unified Numbering System gegeven.

TABEL 14-3 Overzicht van het Unified Numbering System voor metalen

UNS-NUMMER	LEGERINGSSYSTEEM
Axxxxx	Aluminium en aluminiumlegeringen
Cxxxxx	Koper en koperlegeringen
Exxxxx	Zeldzame aarden en andere zeldzame metalen en legeringen
Fxxxxx	Gietijzersoorten
Gxxxxx	Voormalige AISI- en SAE-koolstofstalen en gelegeerde stalen
Hxxxxx	Voormalige AISI- en SAE H-staalsoorten
Jxxxxx	Gietstaalsoorten (behalve gereedschapsstalen)
Kxxxxx	Diverse staalsoorten en ferrolegeringen
Lxxxxx	Metalen en legeringen met een laag smeltpunt
Mxxxxx	Diverse non-ferrometalen en legeringen
Nxxxxx	Nikkel en nikkellegeringen
Pxxxxx	Edelmetalen en edelmetaallegeringen
Rxxxxx	Reactieve en hittebestendige metalen en legeringen
Sxxxxx	Hittebestendige en corrosievaste (roestvaste) staalsoorten
Txxxxx	Smeed- en gietgereedschapsstalen
Zxxxxx	Zink en zinklegeringen

Het UNS-systeem wordt in detail beschreven in de ASTM-specificatie DS-56E. Het systeem wordt hier besproken omdat sommige eigenschappenhandboeken het gebruiken voor het aanduiden van legeringen. Alleen de U.S. Copper Development Association maakt echter gebruik van de UNS-nummers als officieel aanduidingensysteem voor alle koperlegeringen. We hebben ervoor gekozen om de UNS-nummers te laten zien, maar omdat het systeem niet zo gebruikelijk is behandelen we het niet verder.

Veel landen hebben hun eigen aanduidingssystemen. In Nederland worden inmiddels vaak DIN- of EN-aanduidingen gebruikt. Deze zijn gebaseerd op de Duitse DIN-Werkstoffnormen die jarenlang onder andere in de *Stahlschlüssel* te vinden waren. In dit boek laten we de Amerikaanse aanduidingen meestal ongemoeid. De DIN-EN-aanduiding voor ongelegeerd koolstofstaal is namelijk net zo eenvoudig als de AISI-aanduiding: AISI 1010 wordt C10, AISI 1060 wordt C60. Voor de roestvaste staalsoorten, de HSLA-staalsoorten en de gereedschapsstalen worden meestal de Amerikaanse aanduidingen gebruikt. We geven wel waar mogelijk voorbeelden van Europese aanduidingen om de lezer te helpen bij de vertaalslag tussen Amerikaanse en Europese aanduidingen. Echter, de EN-aanduidingen hebben niet altijd een Amerikaans equivalent, en de laaggelegeerde staalsoorten worden vaker met het DIN- of EN-systeem aangeduid.

HSLA-staal

Er is een aanzienlijke commerciële concurrentiestrijd gaande in deze groep staalsoorten. Vaak worden HSLA-staalsoorten aangeduid met handelsnamen, maar deze gewoonte kun je indien mogelijk beter vermijden. Deze legeringen worden gewoonlijk van elkaar onderscheiden op basis van de minimale treksterkte van een bepaalde doorsnede. Er worden chemische samenstellingen gepubliceerd, maar de variatie is groot en de legeringstoevoegingen worden gekozen om te voldoen aan bepaalde mechanische eigenschappen, niet aan samenstellingsgrenzen. Bij het specificeren van een van deze legeringen op een technische tekening is het een goed idee om gebruik te maken van het ASTM-aanduidingsnummer, gevolgd door de gewenste sterkte. De ASTM-specificaties A 242, A 440, A 441, A 588 en A 572 hebben betrekking op constructieprofielen van enkele van deze staalsoorten. De ASTM-specificaties A 606, A 607, A 715, A 568, A 656, A 633, A 714 en A 749 hebben betrekking op enkele van deze staalsoorten in de vorm van dunne plaat en band. Een typische notatie voor een van deze staalsoorten op een tekening is als volgt:

Materiaal: *Staal, ASTM* A 242, grade 70

Ultrasterk staal

De staalsoorten in deze groep onderscheiden zich door een hoge sterkte. De rekgrens is gewoonlijk groter dan 1200 MPa. Bepaalde gelegeerde staalsoorten (bijvoorbeeld 4140 en 4340) en sommige van de voormalige AISI-gereedschapsstalen (H11 en H13) worden tot deze groep gerekend. In die gevallen kan voor de aanduiding het SAE-systeem worden gebruikt. Sommige staalsoorten zijn handelsmerken (bijvoorbeeld D6AC, 300M en 17-4PH). In zo'n geval zit er niets anders op dan op de tekening de handelsnaam te gebruiken, samen met de naam en het adres van de fabrikant. Een zeer bruikbare groep ultrasterke constructiestaalsoorten wordt gevormd door de 18 procent *nikkel-maragingstaalsoorten*. ASTM-specificatie A 538 heeft betrekking op deze staalsoorten en deze specificatie kan worden gebruikt voor de aanduiding van de legering.

Warmtebehandeld stafstaal

Deze legeringen worden aangeduid in de ASTM-specificaties en met handelsnamen. De ASTM-specificaties hebben als aanduidingsmethode, opnieuw, de voorkeur. De ASTM-specificatie A 678 heeft betrekking op afgeschrikte en ontlaten platen van koolstofstaal voor constructietoepassingen. ASTM A 663 heeft betrekking op 'Genormaliseerd HSLA-constructiestaal', en A 514 op 'Afgeschrikt en ontlaten plaatmateriaal van gelegeerd staal dat een hoge rekgrens heeft en geschikt is voor lassen'. Er zijn slijtvaste soorten met een hardheid tussen ongeveer 300 en 400 HB, maar voor het specificeren van deze soorten wordt vaak gebruikgemaakt van handelsnamen.

Staal voor speciale toepassingen

Er is een groot aantal staalsoorten ontwikkeld voor speciale toepassingen. Er zijn staalsoorten die bestemd zijn voor gebruik bij hoge en lage temperaturen, voor veren, voor drukvaten, voor boilers, voor gebruik in beton, voor spoorwegen en voor allerlei soorten bedrijfsomstandigheden. Behalve staalsoorten voor bepaalde toepassingen zijn er ook staalsoorten met diverse bijzondere coatings (bijvoorbeeld coatings van tin, lood of aluminium). Deze kunnen op uiteenlopende manieren worden toegepast en bij het specificeren van deze materialen gaat het om het basismetaal en de eigenschappen van de coating. Er bestaat geen nummersysteem voor deze staalsoorten, en productinformatie kan in de Verenigde Staten het beste worden gehaald uit de *Steel Products Manual* en in Europa bij de leverancier. De ASTM heeft specificaties voor talrijke producten van gecoat staal, voor railstaalproducten en voor staalsoorten voor specifieke soorten toepassingen. Deze staalsoorten kunnen worden gespecificeerd door middel van het ASTM-specificatienummer, dat vaak ook in Europa wordt gebruikt, bijvoorbeeld voor spoormateriaal.

Er bestaat een ASTM-index waarin kan worden opgezocht voor welke staalsoorten specificaties verkrijgbaar zijn. Er zijn diverse concurrerende systemen voor legeringsaanduidingen ontwikkeld door overheidsinstanties, die onder andere betrekking hebben op staalsoorten voor bijzondere toepassingen en talrijke staalsoorten uit de andere categorieën. Deze systemen zijn gewoonlijk verplicht bij het werken voor de overheid, maar in de industrie worden de SAE- en ASTM-systemen het meest gebruikt om gelegeerde staalsoorten voor machines aan te duiden.

14.2 Koolstofstalen

In deze paragraaf bespreken we de zogenaamde *koolstofstaalsoorten* en *ongelegeerde staalsoorten*. Hoewel alle stalen koolstof bevatten, luidt de technische definitie van *koolstofstaalsoorten*: staalsoorten met maximaal 2 procent koolstof en slechts geringe hoeveelheden andere elementen, afgezien van de elementen die als desoxidatiemiddel toegevoegd zijn (bijvoorbeeld aluminium), en met maximaal 0,6 procent silicium, maximaal 0,6 procent koper en maximaal 1,65 procent mangaan. Andere namen voor deze groep staalsoorten zijn *gewoon koolstofstaal*, *zacht staal*, *koolstofarm staal* en *ongelegeerd koolstofstaal*. Deze staalsoorten vormen het grootste deel van de staalproductie. Ze zijn verkrijgbaar in vrijwel elke productvorm: dunne plaat, band, staaf, plaat, buis, pijp en draad. Ze worden gebruikt voor massaproductieartikelen zoals auto's en huishoudelijke apparaten, maar ze spelen ook een belangrijke rol in machines, bijvoorbeeld als materiaal voor grondplaten, behuizingen, stortgoten, constructie-elementen en talloze machinecomponenten. Ze heten ongelegeerd omdat er behalve het altijd aanwezige koolstof en mangaan geen andere bewust toegevoegde legeringselementen in zitten. Het koolstof is het meest effectieve legeringselement dat er is, maar levert te brosse materialen op, vandaar dat mangaan altijd aanwezig is om de ergste brosheid te vermijden.

We weten dat koolstofstaal wordt versterkt door in vaste oplossing te gaan, en als het koolstofgehalte hoog genoeg is, kan de legering door afschrikken worden gehard. Zoals we in hoofdstuk 2 hebben laten zien, kunnen alle metalen niet alleen versterkt worden door legeren, maar ook door middel van een mechanische bewerking, beter gezegd, door middel van koudomvormen. Een belangrijke selectiefactor is dus de vraag of er een koudgewalst of warmgewalst koolstofstaalproduct moet worden gebruikt. De ontwerper dient ook te beslissen of er gebruik moet worden gemaakt van een hardbare of niet-hardbare legering. We bespreken in deze paragraaf de selectiecriteria voor warmgewalste en koudgewalste koolstofstaalproducten en voor het harden van koolstofstaal.

Koudgewalste staalsoorten

In hoofdstuk 12 hebben we beschreven hoe koudwalsen leidt tot versteviging of versterking van het materiaal door toename van de dislocatiedichtheid, en vervolgens door bepaalde warmtebehandelingen en de reductie van de korrelgrootte. Dit verschijnsel treedt op in de meeste ductiele metalen.

Figuur 14-2 laat enkele geïdealiseerde ware spanning-rekdiagrammen zien voor een metaal (*abc*) en een keramisch (*ad*) materiaal. In hoofdstuk 4 hebben we een typisch technisch spanning-rekdiagram laten zien zoals wordt gemeten in een trekproef op een stuk koolstofarm staal. De kromme zou er ongeveer uitzien als *abg* in figuur 14-2. We hebben het verschil tussen de twee diagrammen reeds besproken. Voor onderstaande bespreking maken we gebruik van het ware trek-rekdiagram.

Wanneer een metaal op de een of andere manier wordt koudvervormd, wordt het in wezen onderworpen aan een trek- of drukproef. Als we moeten meten hoe het metaal op het koudvervormen reageert, werken we in het *bc*-gebied van de ware spanning-rekkromme *abc*. In het elastische deel van de kromme (*ab*) is de vervorming te herstellen. Als we de belasting opheffen, is de rek van het materiaal niet blijvend. In het plastische gebied van de spanning-rekkromme *bc* gebeurt van alles. Korrels worden uitgerekt en er ontstaan grote aantallen dislocaties. Deze snijden elkaar, ze botsen met legeringselementen, ze vermenigvuldigen zich spontaan, ze wisselen van glijvlak. Het netto-effect van al deze dislocatiewisselwerkingen is een versterking van het materiaal.

Figuur 14-3 toont de versterking die kan optreden in koolstofstaal als gevolg van koudwalsen. Verschillende metalen – waaronder verschillende soorten staal – gedragen zich verschillend bij plastische vervorming. De helling van de kromme voor plastische vervorming (op een ware spanning-rekkromme *bc*) wordt de exponent van vervormingsharding genoemd. De lengte van de kromme is ook een maat voor het vermogen van een materiaal om plastisch te vervormen. Een metaal dat in koude toestand goed vervormbaar moet zijn, moet tussen de rekgrens en de treksterkte veel rek kunnen verdragen. Metalen met een fcc-rooster en sommige metalen met een bcc-rooster hebben goede plastische vervormings-

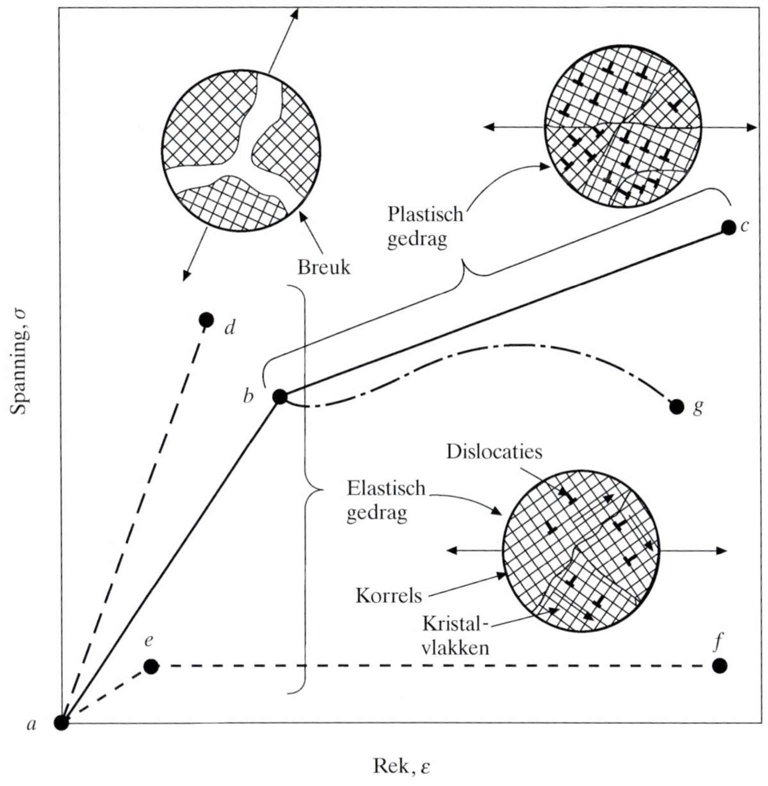

FIGUUR 14-2 Kromme *abg* is de spanning-rekkromme bij kamertemperatuur voor een ductiele staalsoort. Kromme *abc* is de ware spanning-rekkromme voor dezelfde staalsoort. Kromme *ad* is de ware spanning-rekkromme voor een keramisch materiaal. Kromme *aef* is de ware spanning-rekkromme voor een staalsoort bij warmwalstemperaturen

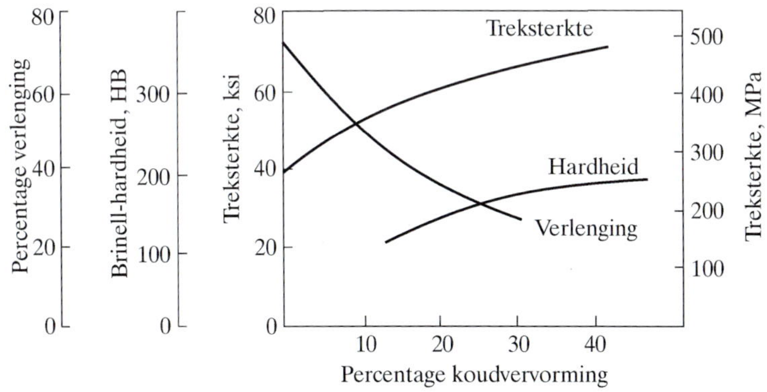

FIGUUR 14-3 Effect van mechanische vervorming op de eigenschappen van ijzer

eigenschappen. De metalen met een hcp, zoals magnesium en titanium, vertonen alleen dislocatieverplaatsing langs vlakken die evenwijdig zijn met de basisvlakken (de dichtst gestapelde vlakken). Deze metalen hebben een zeer beperkte vervormbaarheid.

Er ontstaan bij koudomvormen nog andere dislocatieverschijnselen, maar het is belangrijk om te onthouden dat het vermogen tot vervormingsharding een heel speciale eigenschap is die alleen bepaalde metalen bezitten. Koolstofstaal is zo bruikbaar omdat het zulke gunstige plastische vervormingseigenschappen heeft.

Staalfabrieken verkopen staal als dunne plaat, staaf, band en als speciale profielen met diverse gradaties van versterking door koudomvormen. Dit wordt bereikt door koud staalplaat door grote walsinstallaties te voeren of door trekstenen te trekken zodat hun doorsnede gereduceerd wordt. De dikte of diameter wordt kleiner, de plaat of band wordt langer, en de sterkte neemt toe, afhankelijk van de mate van diktereductie die bij het walsen wordt bereikt. De meeste producten van koolstofstaal zijn verkrijgbaar als *koudgewalst* product. Koudgewalste producten ondergaan vaak geen grotere diktereductie dan ongeveer 10 procent, maar het versterkingseffect kan een toename in treksterkte opleveren van wel 20 procent ten opzichte van de gegloeide toestand. De rekgrens (bij 10 procent reductie) kan wel met 50 procent toenemen. Als er een eenmalig onderdeel wordt ontworpen van koudgewalst materiaal en de sterkte is niet essentieel, dan is het waarschijnlijk voldoende om koudgewalst xxxx staal te specificeren. Als de sterkte wel van belang is, dan kan het nodig zijn om een bepaalde mate van koudwalsen te specificeren. Voor staaf- en plaatmateriaal zijn de systeemaanduidingen kwarthard, halfhard, driekwarthard, hard en licht walshard. Voor band- en blikproducten wordt gebruikgemaakt van een nummersysteem om de mate van koudwalsen aan te geven. Tabel 14-4 illustreert het verschil in mechanische eigenschappen voor de diverse soorten koudgewalste band. Het nummersysteem voor blikproducten is anders dan dat voor bandproducten. T1 is de zachtste soort. Dunne plaat is gewoonlijk niet verkrijgbaar in de hardere kwaliteiten, omdat voor het uitwalsen van brede platen buitengewone walsrollen nodig zijn.

Voor de verwerkbaarheid geldt dat hoe groter de werkversteviging is, des te moeilijker het is om het materiaal de gewenste vorm te geven door middel van koudomvormen. In het algemeen kunnen maximaal harde materialen zelfs niet 90 graden worden gebogen zonder een royale buigingsradius.

TABEL 14-4 Mechanische eigenschappen van koolstofstaalband met maximaal 0,25 procent koolstof

HARDHEID	ROCKWELL-HARDHEID (HRB)	NOMINALE TREKSTERKTE (MPa)
Nr. 1 hard	>85	620
Nr. 2 halfhard	70 tot 85	450
Nr. 3 kwarthard	60 tot 75	380
Nr. 4 licht walshard	<65	350
Nr. 5 zacht	<55	350

Hardingswalsen levert niet alleen een goede afwerking op, het werkt ook *reklijnen* weg. Reklijnen zijn lijnen die lijken op wegen op een wegenkaart, en soms op diepgetrokken plaat voorkomen. Figuur 14-4 illustreert het effect van hardingswalsen op de omvormbaarheid.

Alle staalsoorten kunnen worden koudgewalst, maar het is niet gebruikelijk om koolstofrijk of gelegeerd staal aan sterke koudomvorming te onderwerpen, want het is moeilijk uit te voeren. Het versterkende effect is niet zo duidelijk en koudomvorming gaat verloren als het staal vervolgens een warmtebehandeling krijgt. De meest gebruikte koudgewalste koolstofstaalsoorten zijn 1006 tot 1050 (Europese Cxx-serie), 1112, 1117 en andere soorten automatenstaal. De voordelen zijn kleinere afmetingstoleranties, betere mechanische eigenschappen en betere oppervlakteafwerking (zie figuur 14-5). De nadelen zijn een geringere ductiliteit, een grotere instabiliteit bij machinale bewerking en, mogelijk, een hogere prijs. Wanneer deze factoren tegen elkaar worden afgewogen, is het meestal wenselijk om algemene machineonderdelen zoals beugels, stortgoten, beschermkasten en grondplaten van koudgewalst staal te maken, tenzij het oppervlak van het onderdeel een uitgebreide machinale bewerking te wachten staat.

In tabel 14-5 worden de verschillende in de handel verkrijgbare soorten koudgewalst plaatstaal vermeld. Veel soorten plaatstaal worden gebruikt voor artikelen als behuizingen voor huishoudelijke apparaten en voor panelen van auto's. In dit soort toepassingen is een belangrijke vereiste voor het materiaal dat er producten van kunnen worden gemaakt door middel van omvormen of dieptrekken. Koudgewalst plaatstaal is daarom verkrijgbaar in vier basistypen die wat betreft omvormbaarheid en sterkte van elkaar verschillen. Alleen de constructiekwaliteit (SS, *Structural Steel*) voldoet aan nauwkeurige

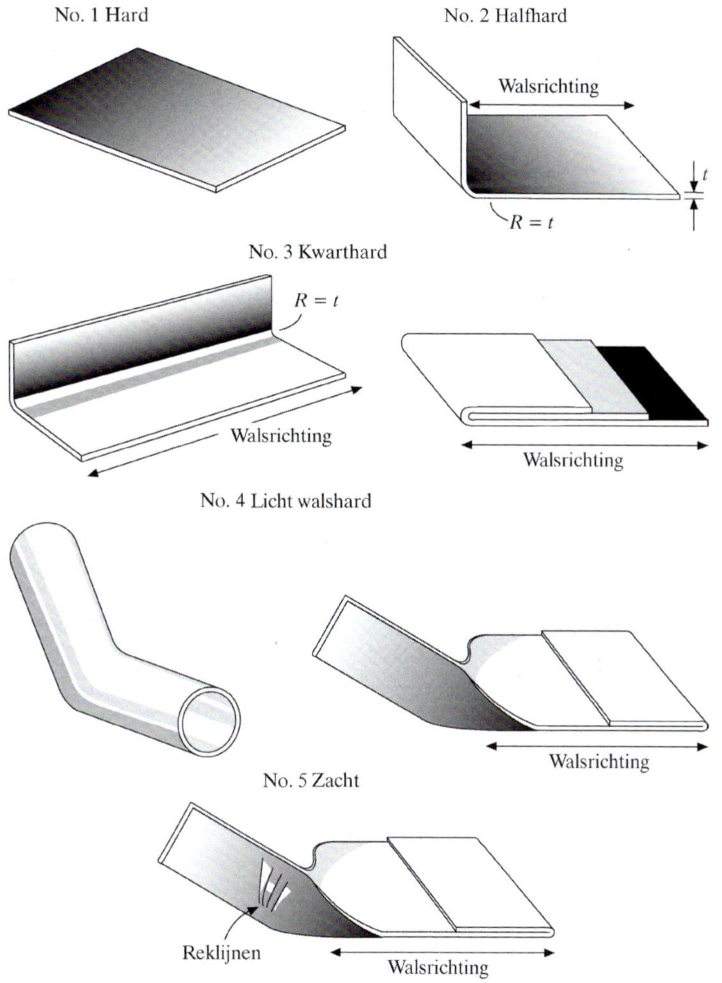

FIGUUR 14-4 De omvormbaarheid van staalband met maximaal 0,25 procent koolstof bij verschillende hardheden

Bron: *Steel Products Manual–Carbon Steel Strip*, © American Iron and Steel Institute, New York, 1971. Herdrukt met toestemming van de Association for Iron & Steel Technology.

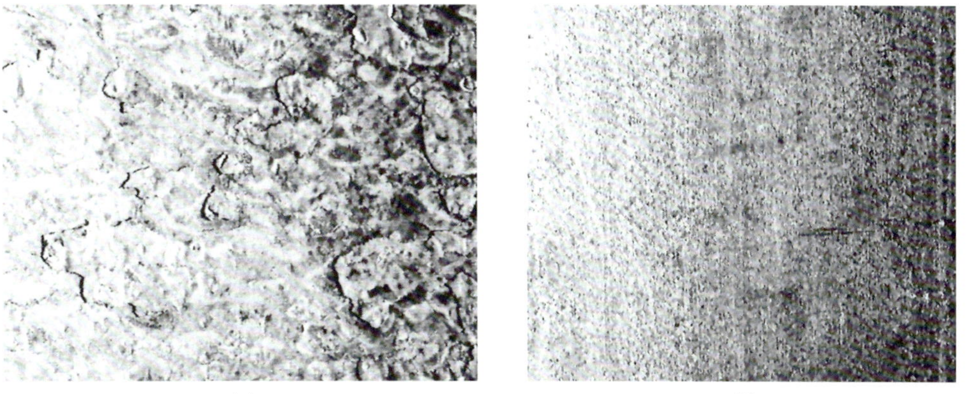

(a) (b)

FIGUUR 14-5 Oppervlakteafwerking van (a) warmgewalst en (b) koudgewalst 1020-staalplaat (EN C20 staal) ($\times 4$)

eisen betreffende de mechanische eigenschappen. De andere soorten hebben een verschillende mate van omvormbaarheid. In de praktijk wordt meestal gekozen voor de laagste (en goedkoopste) kwaliteit die aan de eisen voldoet. Plaatstaal met een hoge sterkte is verkrijgbaar voor toepassingen waarin gewichtsreductie van belang is. Deze staalsoorten worden besproken in paragraaf 14.5.

Als er in het ontwerp rekening gehouden moet worden met intensief dieptrekken, is er staalplaat verkrijgbaar met een zeer hoge verlenging (tot 50 procent) die misschien geschikt is. Interstitieelvrije staalsoorten (IF, *interstitial free*) zijn plaatstaalsoorten met een hoge omvormbaarheid die ontwikkeld zijn in de jaren negentig. Koolstof is de belangrijkste interstitiële legeringstoevoeging die invloed heeft op de sterkte van staal. IF-staalsoorten zijn niet werkelijk vrij van interstitiële koolstof, maar ze worden interstitieelvrij genoemd omdat het koolstofgehalte bijzonder laag is, minder dan 10 ppm (*parts per million*). Microlegeren met titanium of niobium wordt gebruikt om de rekgrens tussen 200 tot 300 MPa te handhaven. Er zijn soorten met een hoge sterkte verkrijgbaar. Andere bijzondere staalsoorten zijn onder meer moffelhardende staalsoorten die sterker worden bij het uitharden van de verf, dualfase hogesterktestaalsoorten (martensiet in een zachte ferrietmatrix) en ultrasterke staalsoorten die door middel van precipitatieharden een treksterkte kunnen krijgen van wel 980 MPa. Deze staalsoorten zijn ontwikkeld om het gewicht van auto's te verminderen.

TABEL 14-5 Verschillende kwaliteiten koudgewalst plaatstaal (AISI)

AISI-TYPE	ASTM-SPECIFICATIE (EN 10130)	BENADERDE HARDHEID (HRB)	EIGENSCHAPPEN
Handelskwaliteit (CS, *Commercial Steel*)	A 366 (DC03)	60 max	Voor matig buigen, dieptrekken en lassen
Dieptrekkwaliteit (DS, *Drawing Steel*)	A 619 (DC04) A 619M	50	Voor dieptrekken en intensief vormen
Dieptrekkwaliteit, speciaal gekalmeerd (EDDS, *Extra Deep Drawing Steel*)	A620 (DC05)	50	Voor intensief dieptrekken en vormen, niet-verouderend (gekalmeerd)
	A 620M	138 MPa min rekgrens	
Constructiekwaliteit (SS, *Structural Steel*)	A 611	6 soorten, rekgrens 175 tot 550 MPa	Minimale treksterkte en rekgrens

Verder zijn er vele blikproducten die koolstofarme staalsoorten zijn. In het algemeen hebben ze een dikte tussen 0,15 en 0,35 millimeter. Ze zijn tot een bepaalde hardheid koudgewalst, en al dan niet voorzien van een coating. Hieronder volgen enkele van de gebruikelijkste coatings:

Tinlaag: aan een of beide kanten vertind, dezelfde dikte aan beide kanten of op elke kant een verschillende dikte.

Chroomlaag: ook TFS (*tin-free steel*) genoemd. Er komt in het proces geen tin voor. Een zeer dunne chroomlaag van 7,5 nm aan beide kanten.

Dichromaatlaag: een dunne chemische conversiecoating voor een betere verfhechting.

Blikstaal zonder coating wordt *zwartplaat* genoemd. De coatings worden aangebracht door middel van continue web-elektrodepositie. Deze staalsoorten zijn verkrijgbaar in grote rollen (tot 8000 kilo) of in de vorm van gesneden dunne plaat. Het meeste blikstaal wordt gebruikt voor frisdrankblikjes, en voor deze toepassing wordt meestal gesneden dunne plaat geleverd. De eenheid voor een hoeveelheid met tin gecoat staal is in de Verenigde Staten de base box. Het gewicht kan variëren, maar een base box bestaat uit gesneden plaat met een totale oppervlakte van 217,78 ft^2 (circa 24 m^2). De dikte wordt gespecificeerd door een verschillend gewicht per base box (10-mil-materiaal heeft een gewicht van 90 lb per base box; 15-mil-materiaal wordt gespecificeerd als 135 lb per base box). Tabel 14-6 geeft de diverse verkrijgbare hardheden weer. Er zijn ook verschillende afwerkingen verkrijgbaar. Deze worden beschreven in de *Steel Products Manual – Tin Mill Products*.

TABEL 14-6 Verkrijgbare hardheden van blikstaalsoorten

NUMMER	BEOOGDE HARDHEID, HR 30T	BENADERDE REKGRENS* (MPa)	OMSCHRIJVING
T-1	46–52	172–289	Zacht, voor dieptrekken
T-2	50–56	234–317	Gematigd dieptrekken
T-3	54–60	275–358	Zwak dieptrekken
T-4 CA	58–64	330–414	Algemeen gebruik, enige stijfheid
T-5 CA	62–68	386–469	Verhoogde stijfheid
DR-8	73–gemiddeld	517–586	Beperkte ductiliteit
DR-9 CA	76–gemiddeld	586–724	Hoogste sterkte, zeer lage ductiliteit

* Longitudinaal.
CA: *continuously annealed* (continugegloeid)
DR: *double reduced* (dubbele reductie)

Warmomvormen

Warmomvormen betekent eenvoudig dat een staalproduct zijn vorm heeft gekregen door middel van een proces dat is uitgevoerd bij een hogere temperatuur dan de rekristallisatietemperatuur van de legering. Terugkijkend naar figuur 14-2, zou een spanning-rekkromme voor een roodgloeiend stuk staal er als *aef* kunnen uitzien. De vereiste spanning voor plastische vervorming is erg laag en er ontstaat geen *vervormingsharding* oftewel *werkversteviging*. Het is duidelijk dat bij hoge temperaturen veel gemakkelijker plastische vervorming te bereiken is. Dit is de reden dat staal vaak wordt vormgegeven wanneer het roodgloeiend is. Bij deze bewerking, die warmomvormen wordt genoemd, treedt dynamische rekristallisatie op en dislocaties en andere defecten worden opgeheven.

Warmwalsen van koolstofstaal vindt gewoonlijk plaats bij temperaturen tussen 815 en 1260 °C. Het staal heeft dan een austenitische structuur, die meer vervormingsmogelijkheden in het kristalrooster heeft dan de ferritische structuur. Daardoor kan er per stap meer reductie van de dikte plaatsvinden. Warmgewalste staalproducten zijn daarom goedkoper dan koudgewalste. Er zijn minder fabricagestappen mee gemoeid. Bij koudwalsen moet het warmgewalste materiaal eerst worden schoongebeitst en daarna opnieuw gewalst. Constructieprofielen zoals I-balken, U-balken, HE-balken, hoekstukken en zware platen worden vrijwel uitsluitend door middel van warmwalsen gemaakt. Elk staallegering kan in principe worden *warmgewalst*, maar de meerderheid van warmgewalst staal bestaat uit koolstofstaal met een koolstofgehalte van minder dan 0,25 procent. Warmgewalste producten hebben gewoonlijk een lagere sterkte dan koudgewalste producten. De korrelvervorming die verantwoordelijk is voor de versterking van koudgewalste producten, treedt immers niet op bij roodgloeiend staal; vervormde korrels worden bij warmomvormen onmiddellijk gerekristalliseerd en herwinnen hun oorspronkelijke vorm.

Het grootste nadeel van warmwalsen ten opzichte van koudwalsen is de slechte oppervlakteafwerking en een geringere beheersing van de afmetingen. Door de oxideaanslag op sommige warmgewalste producten zijn ze in de geleverde toestand ongeschikt voor gebruik in machinecomponenten die om enige nauwkeurigheid vragen. Dezelfde beperking geldt voor de afmetingen. Enkele voordelen van warmgewalste producten, afgezien van hun lage prijs, zijn een betere lasbaarheid en betere stabiliteit bij machinaal bewerken. De twee laatstgenoemde voordelen zijn belangrijke redenen voor het gebruik van deze staalsoorten in machines. Lassen van koudgewalste producten veroorzaakt plaatselijk gloeien en doet het versterkende effect van koudwalsen teniet. Machinaal bewerken van koudgewalste producten verstoort het evenwicht tussen de koudvervormingsspanningen, waardoor het onderdeel ernstig vervormd kan raken. Bij warmwalsen blijven er weinig restspanningen achter en daarom krijgen warmgewalste producten de voorkeur boven koudgewalste voor onderdelen die tijdens en na de machinale bewerking stabiel moeten zijn.

Koolstofstaalsoorten die veel worden gebruikt voor grondplaten, frames en constructieonderdelen van machines zijn SAE 1020 (EN 3A), 1025 en 1030 (EN 5D). Van gewoon warmgewalst staal met (handels)kwaliteit worden samenstelling of eigenschappen niet nauwkeurig gecontroleerd. In figuur 14-6 worden de mechanische eigenschappen van enkele constructiestaalsoorten aangegeven. Tabel 14-7 geeft de verkrijgbare soorten warmgewalst plaatstaal.

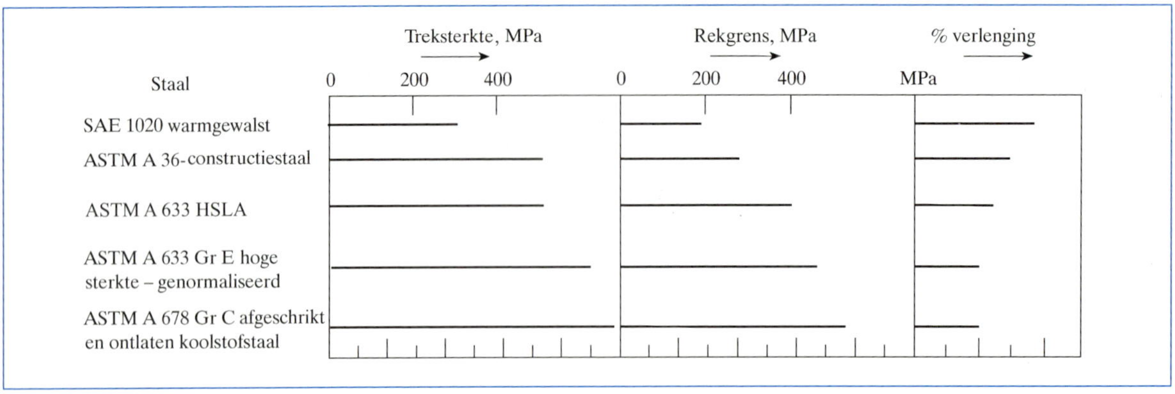

FIGUUR 14-6 Mechanische eigenschappen van constructiestaalsoorten

TABEL 14-7 Verschillende kwaliteiten warmgewalst plaatstaal

AISI-TYPE	BENADERDE REKGRENS (MPa)	EIGENSCHAPPEN
Handelskwaliteit	260	Kan oppervlakte-defecten vertonen
Dieptrekkwaliteit	185	Betere dieptrekeigenschappen dan handelskwaliteit; enige oppervlaktedefecten
Dieptrekkwaliteit, speciaal gekalmeerd	165	Beste dieptrekeigenschappen, enige oppervlaktedefecten
Constructie-kwaliteit	200 tot 345	Zelfde oppervlak als handelskwaliteit, maar gecontroleerde mechanische eigenschappen

Harden

In eerdere besprekingen van het harden van staal hebben we erop gewezen dat het staal ongeveer 0,6 procent koolstof nodig heeft om gehard te kunnen worden en om 100 procent martensiet te produceren in matig dikke segmenten. Dit betekent echter niet dat onderdelen van 1060 staal van elke grootte zich laten harden tot 60 HRC. Vele koolstofstaalsoorten hebben een slechte hardbaarheid en het is moeilijk om te voldoen aan de afschrikeisen. In onze bespreking van CCT-diagrammen hebben we erop gewezen dat elke staalsoort tijdens het afschrikken binnen een bepaalde tijd moet afkoelen om een geharde structuur te laten ontstaan. Deze diagrammen vertellen ons bijvoorbeeld dat een 1080 staal bij afschrikken in minder dan 1 seconde van zijn hardingstemperatuur van ongeveer 870 °C moet afkoelen naar een temperatuur die lager ligt dan ongeveer 530 °C. Deze hoge afkoelsnelheid kan worden bereikt in water met dunne segmenten metaalplaat en staven met een diameter tot 25 millimeter, maar bij dikkere segmenten wordt misschien alleen het oppervlak gehard. Bij een grotere staafdiameter of een langer segment zal zelfs het oppervlak niet harden. Zoals figuur 14-7 laat zien, neemt de hardbaarheid aanvankelijk toe als het koolstofgehalte toeneemt. Als de hardheid in het midden van de staaf wordt gemeten, dan blijkt zelfs een 1095 staal slechts een hardheid te bereiken van ongeveer 40 HRC. De hardbaarheid is maximaal bij ongeveer 0,8 procent koolstof. Bij een koolstofgehalte van meer dan 1 procent neemt de hardbaarheid weer enigszins af, want koolstof bevordert de vorming van ferriet.

Gewoon koolstofstaal heeft dus een lage hardbaarheid, en grote onderdelen zullen in het gunstigste geval alleen aan het oppervlak harden. Snel verhitten en snel afschrikken, zoals bij vlamharden of inductieharden, werkt goed bij deze staalsoorten en daarmee kan de beperkte hardbaarheid worden overwonnen. Dunne segmenten, zoals platte veren en draadveren, kunnen heel goed van koolstofstaal worden gemaakt. De staalsoorten SAE 1080 tot 1090 worden veel gebruikt voor bijvoorbeeld paspennen, veren, lemmetten van messen en rakels. Grote onderdelen die gemaakt zijn van 1040 tot 1060 staal of hun automatenstaalequivalenten worden vaak gehard door middel van vlamharden of inductieharden. Alle koolstofarme soorten (minder dan 0,3 procent koolstof) kunnen worden gecarboneerd, waarna het oppervlak wordt gehard door afschrikharden.

Fysische eigenschappen

We hebben ons tot nu toe geconcentreerd op de sterkte-eigenschappen omdat deze gewoonlijk een

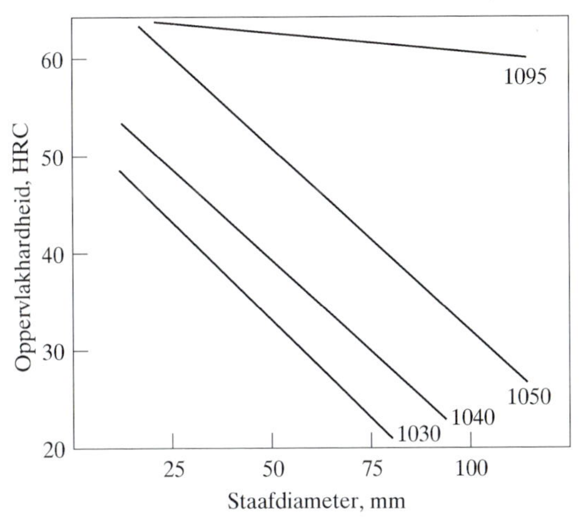

FIGUUR 14-7 Maximale oppervlaktehardheid (bij benadering) van koolstofstaal met variërende staafdiameters (afgeschrikt in water)

belangrijke selectiefactor vormen bij het gebruik van koolstofstaal en gelegeerd staal. Sommige fysische eigenschappen zijn het echter ook waard om te vermelden. Een van de meest bruikbare fysische eigenschappen van koolstofstaal en de meeste gelegeerde staalsoorten is ferromagnetisme, wat wil zeggen dat ze worden aangetrokken door een magneet. Daardoor kunnen ze worden gebruikt in magnetische apparaten, zoals elektromotoren en solenoiden, en kunnen ze tijdens een machinale bewerking worden vastgehouden tussen magneetplaten.

Het warmtegeleidingsvermogen van koolstofstaal en gelegeerd staal is ongeveer 47 W/m-K. Het elektrische geleidingsvermogen is ongeveer 15 procent van dat van zuiver koper. Deze staalsoorten zijn geen goede geleiders van warmte of elektriciteit, maar ze geleiden wel beter dan roestvast staal en sommige hooggelegeerde staalsoorten. De uitzettingscoëfficiënt bedraagt ongeveer 12.6×10^{-6} mm/mm/K. Al deze fysische eigenschappen zijn ongeveer gelijk voor HSLA-staal, veredeld staal en laaggelegeerde ultrasterke staalsoorten. Omdat de fysische eigenschappen bij het selecteren van staalsoorten vaak van minder belang zijn dan de mechanische eigenschappen, zullen we het hierbij laten. Als deze eigenschappen belangrijk zijn voor een specifieke toepassing, kunnen ze altijd in de handboeken worden opgezocht.

Samenvatting: koolstofstalen

De mechanische eigenschappen van koolstofstalen vertonen een grote variatie. Koudwalsen kan een aanzienlijke versterking opleveren en bij de hardbare soorten zijn de eigenschappen afhankelijk van de hardheid na hardingswalsen. Een ontwerper zal bij de selectie waarschijnlijk meestal gebruikmaken van de legeringen in tabel 14-8. Koudgewalste producten moeten worden gebruikt wanneer de hogere sterkte en de nauwkeurige afmetingstoleranties voordelig zijn. Warmgewalste vormen krijgen de voorkeur wanneer het materiaal vrij moet zijn van restspanningen en wanneer lassen wordt overwogen. De volgende overwegingen kunnen aanvullende hulp bieden bij de selectie:

1. Gebruik de staalsoorten 1006 tot 1020 wanneer de onderdelen intensieve omvorming vragen (hardingswalsen of gloeien).
2. De staalsoorten AISI 1030 tot 1060 worden soms gebruikt om een hogere sterkte te verkrijgen zonder warmtebehandeling. Deze staalsoorten mogen alleen worden gebruikt als de onderdelen niet gelast hoeven te worden (omdat er grote kans is op scheurvorming). HSLA-stalen zijn misschien een betere keuze.
3. Onderdelen die gemaakt zijn van koudgewalste staalsoorten moeten besteld worden onder vermelding van de gewenste hardheid.
4. Gebruik automatenstaal voor onderdelen die een uitgebreide machinale bewerking vragen, maar niet hoeven te worden gelast (omdat het staal scheurt als gevolg van warmbrosheid).
5. Gebruik de staalsoorten 1040 tot 1060 voor vlamharden of inductieharden (1040 = EN8; 1060 = EN43D).
6. Gebruik de staalsoorten 1080 tot 1095 voor kleine onderdelen die moeten worden doorgehard. Ze kunnen niet worden gelast.
7. Gebruik ASTM-soorten koolstofstaal voor pijpleidingen, gebouwen, boilers, drukvaten en dergelijke. Ze hebben gegarandeerde mechanische eigenschappen.
8. Staal dat een koolstofgehalte of koolstofequivalent van meer dan 0,3 procent heeft, mag alleen worden gelast met speciale technieken (zie paragraaf 14.8).
9. Staal dat meer dan 0,06 procent zwavel of meer dan 0,04 procent fosfor bevat, mag niet worden gelast.
10. Koudgewalste producten hebben de beste afwerking onder de verkrijgbare koolstofstaalproducten, en ze zijn beter machinaal bewerkbaar dan warmgewalste producten. Hun hogere hardheid voorkomt het 'rubberachtige' gedrag dat warmgewalste staalsoorten bij machinale bewerking vertonen.

TABEL 14-8 De meest gebruikte koolstofstalen met Europese equivalenten (EN)

NIET-HARDBAAR	AUTOMATEN-STAALSOORTEN	HARD-BAAR
SAE 1006/1010 (EN DC04/DC01) 1020 (EN 2C)	SAE 1112 1140 (hardbaar) 1150 (hardbaar)	SAE 1040 (EN8) 1045 (EN43B) 1050 1060 (EN43D) 1080 1095
ASTM constructie-soorten A 36, A 611 enzovoort (A36: EN 10025 S275)		
ASTM-plaat en -band A 651, A 794, A 621 enzovoort		

14.3 Gelegeerde staalsoorten

Gelegeerd staal is geen nauwkeurige term. In feite valt elk soort staal eronder dat geen koolstofstaal is, maar de term *laaggelegeerd staal* wordt algemeen gebruikt voor een groep staalsoorten met variërende koolstofgehalten tot ongeveer 1 procent en met een totaal gehalte aan legeringen van minder dan 5 procent. *Hooggelegeerde staalsoorten* bevatten meer dan 5 procent legeringselementen. Gelegeerde staalsoorten worden gedefinieerd als staalsoorten die een of meer van de volgende grenzen overschrijden: meer dan 1,65 procent mangaan, meer dan 0,60 procent silicium, meer dan 0,60 procent koper. Een staalsoort geldt ook als een gelegeerd staal als het een bepaalde gespecificeerde concentratie bevat van diverse andere elementen, onder meer aluminium, chroom (tot 3,99 procent), kobalt, molybdeen, nikkel en titanium. In deze paragraaf zullen we vooral de laaggelegeerde staalsoorten behandelen. Deze staalsoorten worden veel gebruikt voor constructieonderdelen die een warmtebehandeling hebben ondergaan om de slijtvastheid, sterkte en taaiheid te verbeteren. Voorbeelden hiervan zijn draagassen, tandwielen en handgereedschappen zoals hamers en beitels. Hooggelegeerde staalsoorten zijn bijvoorbeeld gereedschapsstalen en roestvaste stalen. Respectievelijk hoofdstuk 15 en 16 zijn hieraan gewijd.

Het is een goed idee om, voordat we de selectie van specifieke legeringen in dit systeem bespreken, eerst enkele basisbegrippen uit de metaalkunde te herhalen die betrekking hebben op gelegeerde staalsoorten. We hebben in hoofdstuk 3 al besproken wat de versterkingseffecten zijn als legeringselementen in oplossing gaan. De atomen kunnen willekeurige posities innemen in een substitutionele (zie figuur 14-8a) of interstitiële (zie figuur 14-8b) vaste oplossing. De atomen kunnen ook een verbinding vormen met de basismateriaalatomen in een bepaalde verhouding (zie figuur 14-8c), of ze kunnen op zichzelf blijven (zie figuur 14-8d). Hun aanwezigheid verhindert de dislocatieverplaatsing. De vorming van verbindingen in metalen komt vaak voor en kan een versterkend effect hebben, zoals geldt voor een perlietstructuur in staal (perliet is een verbinding van afwisselende lagen Fe_3C en ferriet), maar ze kan ook brosheid veroorzaken. Sommige intermetallische verbindingen kunnen een legering onbruikbaar maken als constructiemateriaal.

Wat er gebeurt bij het toevoegen van legeringselementen hangt af van een aantal thermodynamische factoren: de relatieve grootte van de opgeloste atomen in vergelijking met de basismateriaalatomen, de elektrochemische aard van de opgeloste atomen, en zelfs de valentie van de legeringsatomen. Gelegeerde staalsoorten zijn in feite nogal ingewikkeld, want de commerciële legeringen bevatten altijd meerdere belangrijke legeringselementen. Het precieze atomaire effect van het toevoegen van bijvoorbeeld mangaan, molybdeen en chroom om een gelegeerd staal uit de 4000-serie te maken, is nog niet helemaal begrepen, maar de netto-invloed van deze toevoegingen op het fase-evenwicht, de transformatietemperaturen en de eigenschappen is wel bekend. Voor de meeste gelegeerde staalsoorten zijn isotherme transformatiediagrammen bepaald en uit deze diagrammen kan het netto-effect van legeren op de afschrikeisen van een staal worden afgeleid. Figuur 14-9 laat TTT-diagrammen zien voor twee staalsoorten met hetzelfde koolstofgehalte, maar met verschillende belangrijke legeringselementen. Het diagram voor 1340 staal geeft aan dat de warmtebehandelaar het staal bij afschrikharden zeer snel moet afkoelen (binnen een seconde). Het toevoegen van een combinatie van nikkel, chroom en molybdeen vermindert de afschrikeisen. Afschrikken met olie voldoet waarschijnlijk aan de eis

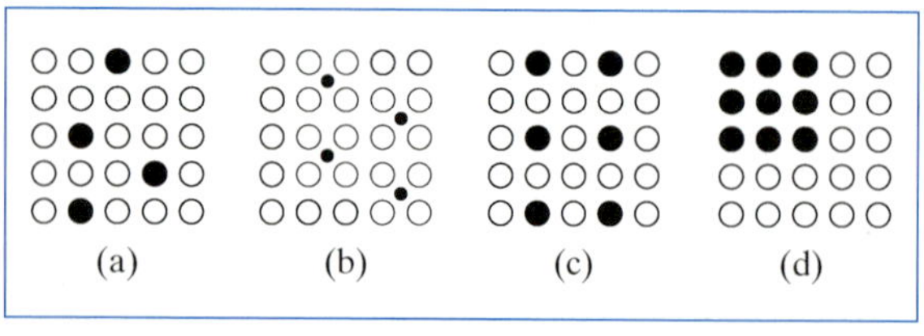

FIGUUR 14-8 Verdeling van legeringsatomen (zwart) in een atoomrooster van zuiver metaal: (a) Substitutionele oplossing (willekeurig); (b) Interstitiële oplossing (willekeurig); (c) Geordende substitutionele oplossing; (d) Ophoping van legeringsatomen

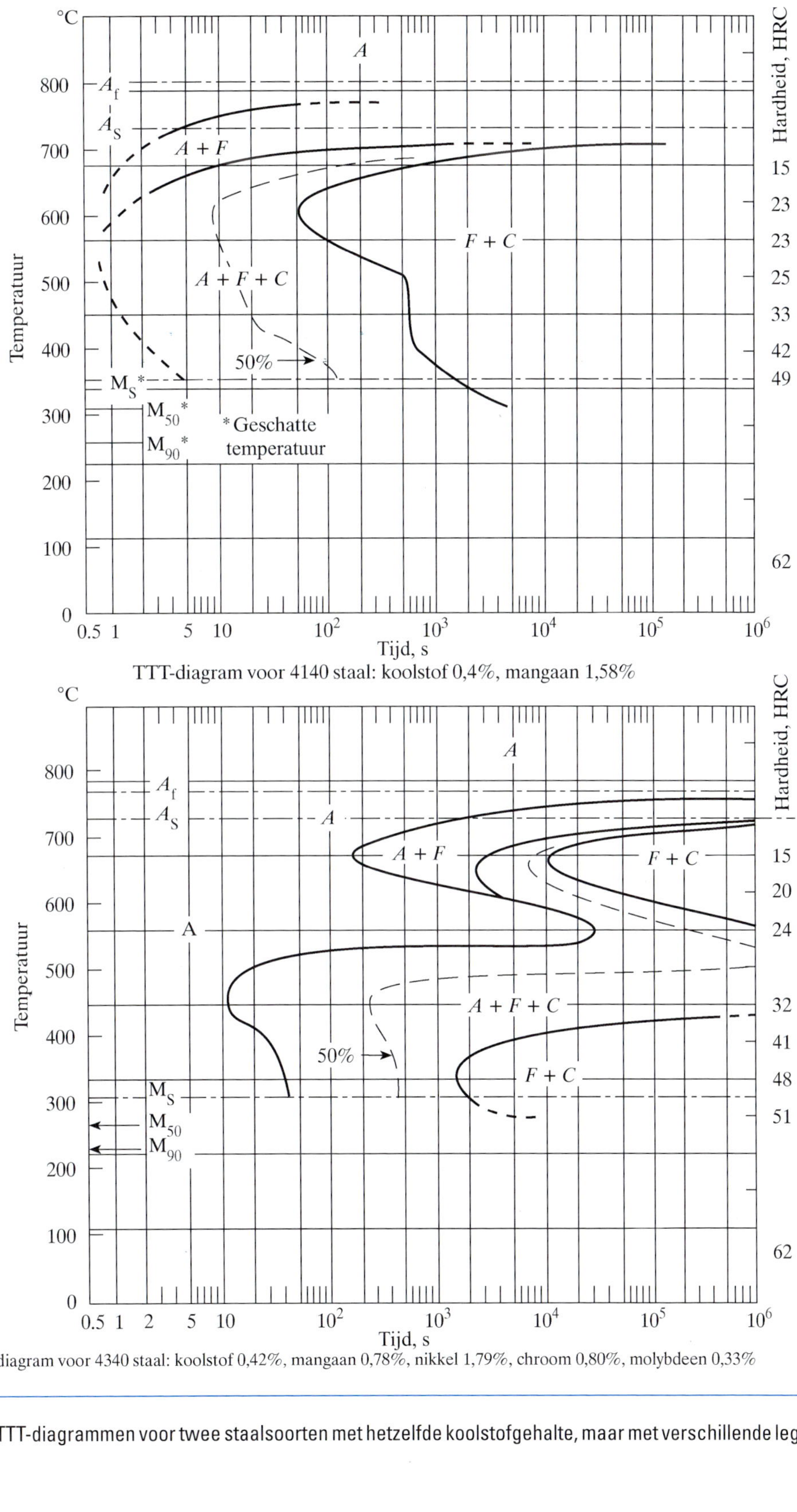

FIGUUR 14-9 TTT-diagrammen voor twee staalsoorten met hetzelfde koolstofgehalte, maar met verschillende legeringsgehalten

Bron: U.S. Steel

van 10 seconden die wordt aangegeven op de kromme voor het 4340 staal (EN 24).

Ook de fasediagrammen worden gewijzigd door legeringstoevoegingen. IJzer-koolstoflegeringen (koolstofstalen) zijn binaire legeringen. Wanneer een gelegeerd staal vier belangrijke legeringstoevoegingen bevat, is er een quaternair fasediagram nodig om de faserelaties te bepalen. De austenietovergangstemperatuur verandert, evenals de fasen die aanwezig kunnen zijn. De toestandsdiagrammen voor gelegeerde staalsoorten zullen waarschijnlijk nooit worden gebruikt door technisch ontwerpers, maar het is wel belangrijk dat ze zich realiseren dat warmtebehandelingstemperaturen voor gelegeerde staalsoorten verschillen van die voor koolstofstalen.

Het belangrijkste effect van het legeren van staal is waarschijnlijk een wijziging van de hardbaarheid. De TTT-diagrammen geven een indicatie van de hardbaarheid van een soort staal, maar een even nuttig hulpmiddel is de *Jominy-afschrikproef*. In deze proef wordt een staaf van bepaalde afmetingen onder voorgeschreven omstandigheden verwarmd tot een voorgeschreven austenitiseertemperatuur, en aan een uiteinde met water afgeschrikt terwijl de staaf in een speciale bevestiging vastgeklemd is. Het afgeschrikte uiteinde koelt snel af, maar de afkoelsnelheid wordt snel minder in de richting van het andere uiteinde van de staaf. Nadat de staaf is afgekoeld wordt er een plat vlakje aan geslepen en op verschillende afstanden van het afgeschrikte uiteinde wordt vervolgens de hardheid gemeten. Deze gegevens worden ingetekend op een grafiek van de hardheid tegen de afstand (zie figuur 14-10) en deze kromme dient als maat voor de hardbaarheid. De grafiek kan ook worden gebruikt voor het berekenen van de grootte van het segment van een gegeven legering dat doorgehard kan worden.

De factoren die de hardbaarheid bepalen, zijn het gehalte aan legeringselementen, de afkoelsnelheid en de korrelgrootte van het staal. Als het staal

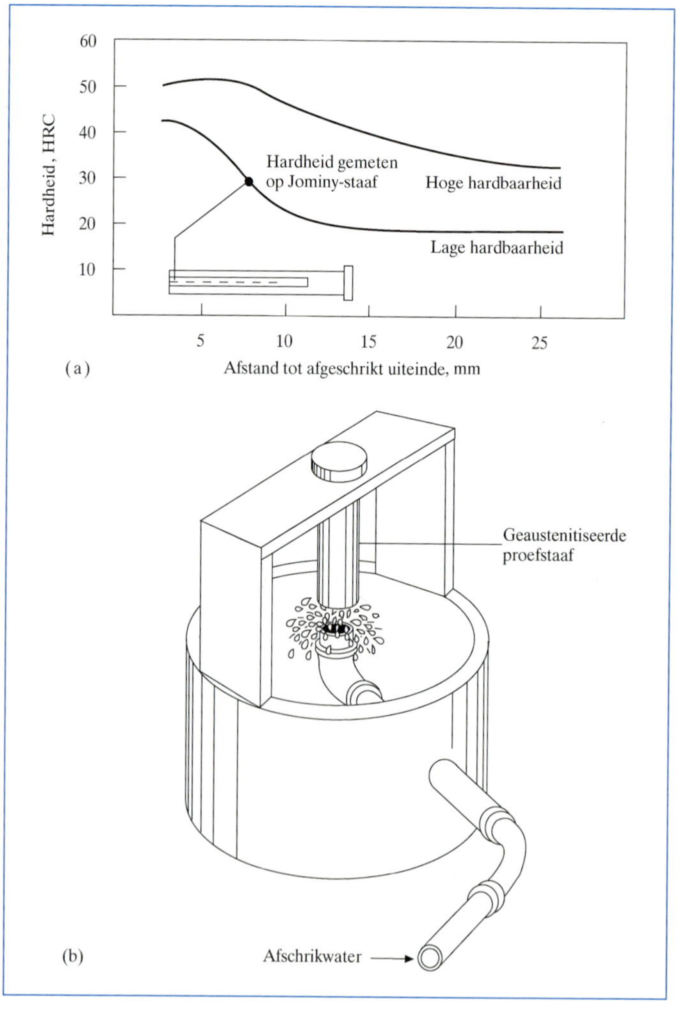

FIGUUR 14-10 (a) Gebruik van Jominy-gegevens voor het meten van de hardbaarheid. (b) Bevestiging van Jominy-staaf bij afschrikken aan het uiteinde (ASTM A 255 en A 304 beschrijven de testbijzonderheden)

slechts 0,20 procent koolstof bevat, maar ook 1 procent molybdeen, dan heeft het een koolstofequivalent van 0,45 (zie paragraaf 14.8) en een hardbaarheid van een staalsoort met 0,45 procent koolstof in plaats van die van staal met 0,2 procent koolstof. Deze vergelijking wordt gewoonlijk gebruikt bij het lassen om te bepalen of een bepaalde staalsoort voorverwarmd moet worden, maar laat ook duidelijk zien welke elementen belangrijk zijn voor het verbeteren van de hardbaarheid.

Een verbetering van de hardbaarheid is niet de enige reden voor het toevoegen van legeringselementen aan staal. Soms verbeteren ze de corrosie-eigenschappen, de fysische eigenschappen of de machinale bewerkbaarheid. Koper verbetert de corrosieweerstand. Het toevoegen van zwavel en fosfor verbetert de machinale bewerkbaarheid doordat ze kleine insluitsels in de structuur vormen die de vorming van spanen bevorderen. Aan de andere kant maakt een zwavelgehalte van meer dan ongeveer 0,06 procent een staalsoort onlasbaar als gevolg van warmbrosheid. Het toevoegen van legeringselementen heeft dus zowel goede als slechte effecten. Tabel 14-9 geeft een overzicht van de effecten van veelvoorkomende legeringselementen in gelegeerde staalsoorten.

TABEL 14-9 Effect van legeringselementen

	TYPISCHE GEHALTEN IN GELEGEERDE STAALSOORTEN (IN PROCENTEN)	BELANGRIJKSTE EFFECTEN
Aluminium	<2	Vergemakkelijkt nitreren Beperkt de korrelgroei Verwijdert zuurstof bij het smelten van staal
Zwavel en fosfor	<0,5	Verhoogt de machinale bewerkbaarheid Vermindert de lasbaarheid, ductiliteit en taaiheid
Chroom	0,3–4	Verhoogt de weerstand tegen corrosie en oxidatie Verhoogt de hardbaarheid (significant effect) Verhoogt de sterkte bij hoge temperaturen Kan met koolstof combineren tot harde, slijtvaste microbestanddelen
Nikkel	0,3–5	Bevordert een austenitische structuur Verhoogt de hardbaarheid (matig effect) Verhoogt de taaiheid
Koper	0,2–0,5	Bevordert de vorming van een hecht oxidelaagje dat de weerstand tegen atmosferische corrosie verbetert
Mangaan	0,3–2	Verhoogt de hardbaarheid, verlaagt de hardingstemperatuur Bevordert een austenitische structuur Combineert met zwavel en reduceert zo de nadelige effecten
Silicium	0,2–2,5	Verwijdert zuurstof bij staalbereiding Verbetert de taaiheid Verhoogt de hardbaarheid
Molybdeen	0,1–0,5	Bevordert korrelverfijning Verhoogt de hardbaarheid Verbetert de sterkte bij hoge temperaturen
Vanadium	0,1–0,3	Bevordert korrelverfijning Verhoogt de hardbaarheid Combineert met koolstof en vormt zodoende slijtvaste microbestanddelen
Borium	0,0005–0,003	Wordt in kleine hoeveelheden toegevoegd om de hardbaarheid te vergroten
Lood	<0,3	Wordt in kleine hoeveelheden toegevoegd om de machinale bewerkbaarheid te verbeteren
Stikstof	<0,1	Werkt als koolstof bij versterking

Elementen die austenietvorming bevorderen: Mn, Ni, N, Co, Cu, C
Elementen die ferrietvorming bevorderen: Cr, Mo, V, W, Ti, Zn, Cb, Ta, Si

Zoals te zien in de tabel zorgen de meeste legeringselementen in gelegeerde staalsoorten voor een toename van de hardbaarheid. Ze doen dat door de transformatietemperaturen te wijzigen en door de bij de transformatie naar een geharde structuur vereiste afkoelsnelheid te reduceren. Waarom wordt de nadruk gelegd op de hardbaarheid? Ten eerste, als een staal een zeer lage hardbaarheid heeft, is het mogelijk dat zware segmenten helemaal niet harden. Ten tweede leidt een snelle afkoeling tot vervormingen en scheuren.

14.4 Selecteren van gelegeerde staalsoorten

Zoals tabel 14-10 laat zien, zijn er talrijke gelegeerde staalsoorten in de handel. Deze lijst kan nog worden uitgebreid met H-staalsoorten (gecontroleerde hardbaarheid), boriumstalen, stikstofstalen en automatenstalen. Hoe gaat men te werk bij het selecteren van een van deze soorten voor een machinetoepassing? Ten eerste kunnen we deze staalsoorten verdelen in soorten die bestemd zijn voor doorharden en soorten die bestemd zijn voor carboneren. Alle soorten met een koolstofgehalte van ongeveer 0,2 procent of minder zijn bestemd voor carboneren. De rest van de legeringen kan doorharden, maar ze doen dat in verschillende mate, want ze hebben allemaal een verschillende hardbaarheid. De carboneerbare soorten hebben ook een verschillende hardbaarheid en een verschillende sterkte van de kern na carboneren. Er bestaan ook nog enkele bijzondere soorten, zoals de aluminiumhoudende soorten die bestemd zijn voor nitreren. Dit zijn de staalsoorten van het Nitralloy-type die we in hoofdstuk 13 hebben besproken.

De fysische eigenschappen van de meeste soorten verschillen slechts in geringe mate van die van koolstofstalen. De selectieprocedure kan dus worden gereduceerd tot het afwegen van de mechanische eigenschappen en de hardingseigenschappen. Als een gelegeerd staal gebruikt moet worden voor een lastdragend onderdeel, dan zijn de belangrijke eigenschappen misschien de vloeigrens en de taaiheid. Als het onderdeel bestemd is voor een slijtagetoepassing, dan wenst men wellicht een legering die bij een bepaalde segmentdikte aan het oppervlak kan harden tot 60 HRC. Met deze opmerkingen in het achterhoofd verdelen we de gelegeerde staalsoorten in doorhardende en carboneerbare soorten en bespreken de voor- en nadelen van enkele veelgebruikte soorten.

Doorhardende soorten

Gelegeerde staalsoorten vanaf 40 SAE worden beschouwd als doorhardend. Deze legeringen hebben een koolstofgehalte van meer dan ongeveer 0,3 procent (xx30). De verschillen in hardbaarheid van enkele veelgebruikte legeringen worden in figuur 14-11 weergegeven. Als er onderdelen met een grote doorsnede nodig zijn, dient een legering zoals 4340 te worden gebruikt, omdat ook dikke segmenten van deze legering doorharden. Kleine doorsneden van de vermelde legeringen hebben een ongeveer gelijke hardheid en sterkte. Opgemerkt moet worden dat een koolstofstaal met hetzelfde koolstofgehalte als de gelegeerde staalsoorten bij afschrikken in olie niet zal doorharden, ook niet in dunne segmenten. Bij afschrikken in water verschuiven alle krommen voor hardheid tegen staafdiameter in figuur 14-11 naar boven. Zelfs legeringen met slechts 0,3 procent koolstof ontwikkelen in dat geval soms een behoorlijke hardheid, maar het risico op scheuren en vervormen is zo groot dat afschrikken in water geen aanbeveling verdient, tenzij om economische redenen.

Wanneer het bij de selectie niet in de eerste plaats om de kosten maar om de functionaliteit gaat, heeft een ontwerper waarschijnlijk wel genoeg aan slechts twee legeringen: SAE 4140 en 4340 (respectievelijk EN 19 en EN 24). De mechanische eigenschappen van alle gelegeerde staalsoorten hangen af van de warmtebehandelingen (de hardheid na

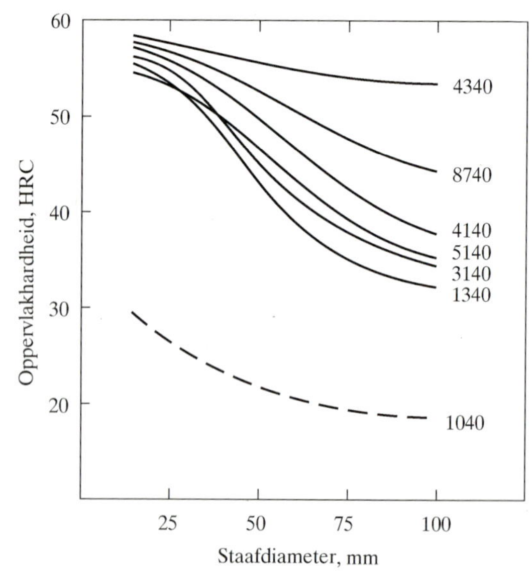

FIGUUR 14-11 Hardingseigenschappen van enkele gelegeerde staalsoorten, afgeschrikt in olie

ontlaten). Zoals in figuur 14-12 te zien is, hangen de mechanische eigenschappen enigszins af van de legering bij een gegeven hardheid, maar deze twee legeringen hebben een uitstekende sterkte en taaiheid bij de meeste hardheidsniveaus. Bij ongeveer 30 HRC is de taaiheid vergelijkbaar met die van koolstofarm staal, maar de vloeigrens is nog vier- of vijfmaal zo hoog als die van zacht staal. Deze twee legeringen, gehard en ontlaten tot 30 of 32 HRC, worden dan ook veel gebruikt voor krachtoverbrengingsonderdelen

TABEL 14-10 Chemische samenstelling van ASTM A 29-/SAE-staalsoorten

ASTM A 29-soort of SAE-nummer	UNS-nummer	C	Mn	Ni	Cr	Mo	Overige elementen
1330	G13300	0,28/0,33	1,60/1,90	—	—	—	—
1335	G13350	0,33/0,38	1,60/1,90	—	—	—	—
1340	G13400	0,38/0,43	1,60/1,90	—	—	—	—
4023	G40230	0,20/0,25	0,70/0,90	—	—	0,20/0,30	—
4027	G40270	0,25/0,30	0,70/0,90	—	—	0,20/0,30	—
4028	G40280	0,25/0,30	0,70/0,90	—	—	0,20/0,30	S 0,035/0,050
4037	G40370	0,35/0,40	0,70/0,90	—	—	0,20/0,30	—
4047	G40470	0,45/0,50	0,70/0,90	—	—	0,20/0,30	—
4118	G41180	0,18/0,23	0,70/0,90	—	0,40/0,60	0,08/1,15	—
4130	G41300	0,28/0,33	0,40/0,60	—	0,80/1,10	0,15/0,25	—
4137	G41370	0,35/0,40	0,70/0,90	—	0,80/1,10	0,15/0,25	—
4140	G41400	0,38/0,43	0,75/1,00	—	0,80/1,10	0,15/0,25	—
4142	G41420	0,40/0,45	0,75/1,00	—	0,80/1,10	0,15/0,25	—
4145	G41450	0,43/0,48	0,75/1,00	—	0.80/1.10	0,15/0,25	—
4147	G41470	0,45/0,50	0,75/1,00	—	0,80/1,10	0,15/0,25	—
4150	G41500	0,48/0,53	0,75/1,00	—	0,80/1,10	0,15/0,25	—
4320	G43200	0,17/0,22	0,45/0,65	1,65/2,00	0,40/0,60	0,20/0,30	—
4340	G43400	0,38/0,43	0,60/0,80	1,65/2,00	0,70/0,90	0,20/0,30	—
E4340		0,38/0,43	0,65/0,85	1,65/2,00	0,70/0,90	0,20/0,30	—
4617	G46170	0,15/0,20	0,45/0,65	1,65/2,00	—	0,20/0,30	—
4620	G46200	0,17/0,22	0,45/0,65	1,65/2,00	—	0,20/0,30	—
4720	G47200	0,17/0,22	0,50/0,70	0,90/1,20	0,35/0,55	0,15/0,25	—
4815	G48150	0,13/0,18	0,40/0,60	3,25/3,75	—	0,20/0,30	—
4820	G48200	0,18/0,23	0,50/0,70	3,25/3,75	—	0,20/0,30	—
5120	G51200	0,17/0,22	0,70/0,90	—	0,70/0,90	—	—
5130	G51300	0,28/0,33	0,70/0,90	—	0,80/1,10	—	—
5132	G51320	0,30/0,35	0,60/0,80	—	0,75/1,00	—	—
5140	G51400	0,38/0,43	0,70/0,90	—	0,70/0,90	—	—
5150	G51400	0,48/0,53	0,70/0,90	—	0,70/0,90	—	—
5160	G51600	0,56/0,64	0,75/1,00	—	0,70/0,90	—	—
E51100		0,98/1,10	0,25/0,45	—	0,90/1,15	—	—
E52100		0,98/1,10	0,25/0,45	—	1,30/1,60	—	—
6150	G61500	0,48/0,53	0,70/0,90	—	0,80/1,10	—	V 0,15/min
8615	G86150	0,13/0,18	0,70/0,90	0,40/0,70	0,40/0,60	0,15/0,25	—
8617	G86170	0,15/0,20	0,70/0,90	0,40/0,70	0,40/0,60	0,15/0,25	—
8620	G86200	0,18/0,23	0,70/0,90	0,40/0,70	0,40/0,60	0,15/0,25	—
8622	G86220	0,20/0,25	0,70/0,90	0,40/0,70	0,40/0,60	0,15/0,25	—
8630	G86300	0,28/0,33	0,70/0,90	0,40/0,70	0,40/0,60	0,15/0,25	—
8637	G86370	0,35/0,40	0,75/1,00	0,40/0,70	0,40/0,60	0,15/0,25	—
8640	G86400	0,38/0,43	0,75/1,00	0,40/0,70	0,40/0,60	0,15/0,25	—
8642	G86420	0,40/0,45	0,75/1,00	0,40/0,70	0,40/0,60	0,15/0,25	—
8645	G86450	0,43/0,48	0,75/1,00	0,40/0,70	0,40/0,60	0,15/0,25	—
8720	G87200	0,18/0,23	0,70/0,90	0,40/0,70	0,40/0,60	0,20/0,30	—
8822	G88220	0,20/0,25	0,75/1,00	0,40/0,70	0,40/0,60	0,30/0,40	—
9260	G92600	0,56/0,64	0,75/1,00	—	—	—	Si 1,80/1,20
9310		0,08/0,13	0,45/0,65	3,00/3,50	1,00/1,40	0,08/0,15	—

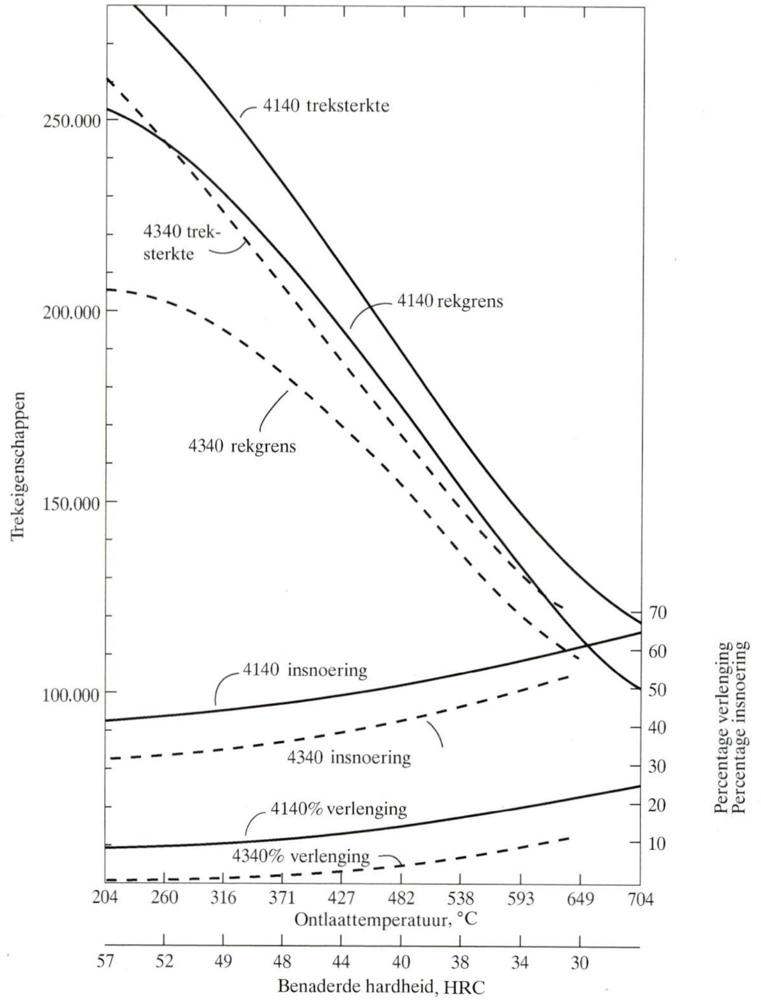

FIGUUR 14-12 Het effect van ontlaten op de mechanische eigenschappen van 4140- en 4340-staalsoorten (0,505-staaf, in olie afgeschrikt)

Bron: Gebaseerd op informatie uit *Modern Steels*, Bethlehem Steel Corp., 1980

zoals assen en tandwielen. Nog een ander voordeel: ze kunnen na het harden machinaal worden afgewerkt. Er is geen sprake van vervorming bij warmtebehandelingen. Waarom twee legeringen? SAE 4340 heeft een betere hardbaarheid dan 4140. Waarvoor hebben we 4140 dan nodig? Weliswaar zou 4340 voldoende zijn voor alle toepassingen, maar voor leveranciers is het gebruikelijk om 4140 op voorraad te hebben in de vorm van kleine producten waarbij een hoge hardbaarheid niet essentieel is, en 4340 in de vorm van producten met een grotere dikte. Deze twee legeringen, plus 4150 of 8740, geven een ontwerper eenvoudigweg wat meer armslag wat betreft beschikbare producten.

Carboneerbare soorten

Net zoals er een aantal ASTM-/SAE-doorhardende staalsoorten bestaat, zijn er ongeveer 20 gelegeerde staalsoorten die bestemd zijn voor carboneren. Ze doen allemaal ongeveer hetzelfde. Ze hebben een betere hardbaarheid dan koolstofarme staalsoorten en dus is het gemakkelijker om een dikke schil met een hoge hardheid te produceren. Bovendien hebben ze betere mechanische *kerneigenschappen* dan koolstofarme staalsoorten. In figuur 14-13 wordt de schilhardheid van twee carboneerbare gelegeerde staalsoorten vergeleken met 1020 staal (EN C20). Deze gegevens laten zien waarom gelegeerde staalsoorten nodig zijn voor dikke segmenten. Zelfs

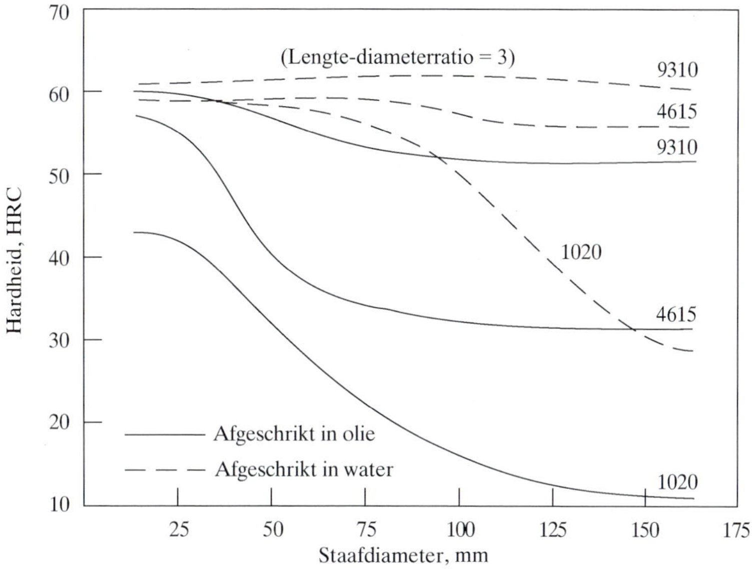

FIGUUR 14-13 Oppervlaktehardheid van staalsoorten die gecarboneerd zijn tot een diepte van 1 mm, afgeschrikt in olie of in water

afgeschrikt met water zal een staaf 1020 staal van 125 millimeter dik geen harde schil krijgen. Figuur 14-14 geeft de *kernsterkte* van gelegeerde staalsoorten in vergelijking met 1020 staal en opnieuw blijken ze duidelijk in het voordeel.

Van de ongeveer 40 verkrijgbare *oppervlakhardende legeringen* zijn de twee vermelde legeringen voldoende voor de meeste toepassingen. 8620 staal is gemakkelijker verkrijgbaar dan 9310 staal, maar de laatste heeft zo nodig een sterkere kern. Als 8620 staal (EN 20NiCrMo2-2) niet gemakkelijk verkrijgbaar is, zijn 4617, 4620, 8615, 8612 en 8622 geschikte vervangers. De 9310-legering staat enigszins op zichzelf en er zijn geen echte vervangers voor. Ontwerpers die een carboneerbaar staal zoeken, kunnen dus meestal volstaan met drie legeringen of hun

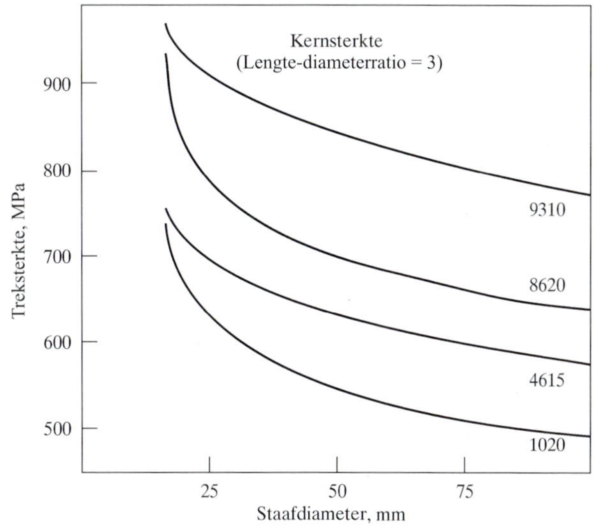

FIGUUR 14-14 Sterkte van de kern van gecarboneerde staalsoorten (afgeschrikt in olie)

equivalenten: 1020, 8620 en 9310. De 1020-legering is alleen geschikt voor dunne segmenten met een diameter van minder dan ongeveer 25 millimeter. Voor dikkere onderdelen moet de 8620-legering worden gebruikt. 9310 is geschikt voor onderdelen die een harde schil en de sterkste kern nodig hebben. Als men een carboneerbare staalsoort zoekt met de machinale bewerkbaarheid van automatenstaal, kan men kiezen voor de 11xx koolstofarme legeringen, en er zijn zelfs soorten gelegeerd staal van automatenstaalkwaliteit (41L40 met lood). Voor technische ontwerpen die vragen om gelegeerd staal, heeft men dus meestal voldoende aan een klein aantal legeringen.

H-staalsoorten

De meeste krachtoverbrengingsonderdelen in auto's worden gemaakt van gelegeerde staalsoorten. Deze staalsoorten zijn niet te duur en kunnen worden gehard om te zorgen voor de sterkte en de slijtvastheid die nodig zijn voor onderdelen zoals assen en tandwielen. Omdat een onderdeelfabrikant soms duizenden of zelfs miljoenen exemplaren van hetzelfde tandwiel of dezelfde nok maakt, is het van essentieel belang dat elke partij staal in dezelfde mate hardt als de vorige. Om staalsoorten te leveren met dezelfde hardbaarheid bij elke warmtebehandeling heeft de staalindustrie in de VS *H-staal* ontwikkeld, gelegeerde staalsoorten met gegarandeerde hardingseigenschappen. H-staalsoorten zijn verkrijgbaar in de meeste standaardsoorten, zoals 4140, 4340 en 1340, maar de samenstelling ervan kan worden aangepast om te voldoen aan de gewenste hardbaarheid. De H-staalsoorten worden aangegeven door het suffix H achter de standaardaanduiding, bijvoorbeeld 4140H. De UNS-aanduiding heeft een H als voorvoegsel: 4140H – UNS H41400. Deze staalsoorten moeten in plaats van standaard gelegeerd staal worden gebruikt wanneer bij massaproductie van onderdelen de hardingseigenschappen essentieel zijn.

B-staalsoorten

Borium en stikstof staan naast koolstof in het periodiek systeem en gedragen zich, zoals we mogen verwachten, als hardingsmiddel in staal net als koolstof. Er bestaat een groep van ongeveer tien SAE-staalsoorten die kleine hoeveelheden borium (0,0005 tot 0,003 procent) als legeringselement bevatten. Ze worden aangegeven door de standaard SAE-aanduiding, met in het midden van het legeringsnummer een B; 50B44 is dus een AISI 5044 staal waaraan borium is toegevoegd. De UNS-aanduiding voor boriumstaalsoorten heeft een G als voorvoegsel en een 1 achter het SAE-nummer: SAE 50B60 = UNS G50601.

Door aan staalsoorten met een laag tot middelmatig koolstofgehalte een uiterst kleine hoeveelheid borium toe te voegen, kan de hardbaarheid in dezelfde mate worden verbeterd als door het toevoegen van bijvoorbeeld 1 procent van een duur legeringselement als molybdeen of chroom. Bij massaproductie van onderdelen kan dit een aanzienlijke kostenbesparing opleveren. Let wel, borium verlaagt de hardbaarheid bij toevoeging aan koolstofrijke staalsoorten. Bij een teveel aan borium kunnen Fe_2B-verbindingen worden gevormd die de taaiheid verlagen. Het stikstofgehalte moet bovendien laag blijven, want anders verbindt de stikstof zich met borium tot boriumnitrideverbindingen. Vanwege deze factoren wordt boriumversterking weinig gebruikt, maar voor geschikte toepassingen kan de toevoeging van borium een hardbaar staal geven met een goede omvormbaarheid, een goede machinale bewerkbaarheid en goede warmtebehandelingseigenschappen, met aanzienlijk lagere materiaalkosten in vergelijking met standaardsoorten.

14.5 Plaatstaal met hoge sterkte

Sinds ongeveer 1975 bestaat er een trend om voertuigen lichter te maken, om brandstof te besparen. Omdat plaatstaal een belangrijk deel van het gewicht van auto's en trucks vormt (ongeveer 45 procent), zijn diverse staalproducenten begonnen met het commercieel produceren van plaatstaal met een hogere minimale rekgrens dan de 200 MPa die typerend is voor koolstofarm plaatstaal. Veel van deze staalsoorten zijn handelsmerken, maar de hogere sterkte wordt meestal bereikt door middel van microlegeren, smelttechnieken, warmtebehandelingen of combinaties van deze methoden. Voor een aantal van deze staalsoorten bestaan ASTM-specificaties: ASTM A 568, A 572, A 606, A 607, A 715 en A 816 en onder andere EN normen 10025 en 10130. Tegenwoordig wordt ultrasterk plaatstaal met een treksterkte van wel 1980 MPa ontwikkeld.

In de constructiestaalsoorten, de laaggelegeerde staalsoorten en de weerbestendige staalsoorten is versterking door vaste oplossing van legeringen een belangrijk deel van het versterkingsmechanisme. *Tweefasestaalsoorten* (*dual phase*) bevatten enkele legeringstoevoegingen zoals mangaan of silicium, maar het in deze staalsoorten gebruikte versterkende effect is de vorming van martensiet of bainiet in de ferrietmatrix. Na het koudwalsen wordt tweefaseplaatstaal verwarmd tot een temperatuur waarbij de structuur gedeeltelijk uit austeniet en gedeeltelijk uit ferriet bestaat (zie figuur 13-7 in hoofdstuk 13). De temperatuur ligt meestal tussen 730 en 760 °C. Vervolgens wordt het staal afgekoeld met een snelheid die voldoende is om het austeniet te laten overgaan in martensiet of laag bainiet. Dit resulteert in een zachte, ductiele ferrietmatrix met daarin eilandjes van door afschrikharden gevormd martensiet. Het versterkende effect is vrijwel recht evenredig met het volumepercentage harde structuur. De rekgrens kan worden verhoogd tot wel 700 MPa, terwijl het materiaal de omvormbaarheid handhaaft. Bovendien kunnen deze staalsoorten nog verder worden versterkt door precipitatieharding na het vormen.

Plaatstaal neemt in sterkte toe wanneer het voor korte tijd (tot 30 seconden) wordt verwarmd bij hoge temperaturen tussen 170 en 600 °C (in het Engels wordt dit proces *bake-hardening* genoemd). Deze staalsoorten hebben een zeer laag koolstofgehalte (interstitieelvrij) en bevatten tot 1,5 procent koper. Ze worden continugegloeid en vervolgens gehard door precipitatieharden, waarbij koperprecipitaten worden gevormd die het staal versterken. De treksterkte kan worden verhoogd van 420 MPa tot 660 MPa. Het meeste blokgegoten plaatstaal hardt door precipitatieharding tijdens bake-hardening, als gevolg van de terugkeer van koolstofatomen in de dislocaties, maar het versterkende effect is niet zo duidelijk als in deze koperhoudende staalsoorten.

Hogesterkteplaatstaal wordt meestal gebruikt voor constructiecomponenten als er gewichts- en materiaalkosten kunnen worden bespaard door het verminderen van de dikte van de onderdelen bij gelijkblijvende sterkte. Dit wordt mogelijk gemaakt door de hogere sterkte van deze staalsoorten. Als gewichtsbesparing van groot belang is, dient het gebruik van deze sterkere staalsoorten met behulp van staalwalserijen te worden onderzocht.

14.6 Laaggelegeerde hogesterktestaalsoorten

Staalsoorten die verwant zijn aan de algemene laaggelegeerde staalsoorten, maar toch ervan verschillen, zijn de laaggelegeerde hogesterktestaalsoorten, ook bekend onder de afkorting HSLA: *high-strength, low-alloy*. Deze staalsoorten worden gedefinieerd in de Amerikaanse *Steel Products Manual* als een 'groep staalsoorten met een chemische samenstelling die speciaal ontwikkeld is om het staal in vergelijking met gewoon koolstofstaal betere mechanische eigenschappen te geven en bepaalde soorten een grotere weerstand tegen atmosferische corrosie'. Helaas bestaan er per fabrikant aanzienlijke verschillen in de manier waarop de mechanische eigenschappen worden verbeterd. Meestal wordt hiervoor gevarieerd in de chemische samenstelling en de verwerkingsmethoden. Deze legeringen worden gemaakt om te voldoen aan een bepaalde sterkte, en niet aan een vaststaande chemische samenstelling.

In het algemeen worden HSLA-staalsoorten niet gehard door middel van warmtebehandelingen. Ze worden geleverd en gebruikt in de warmgewalste toestand. Ze hebben een laag koolstofgehalte (minder dan 0,2 procent) en een microstructuur die bestaat uit ferriet en perliet. Elk van deze staalsoorten bevat ongeveer 1 procent mangaan, dat in vaste oplossing zorgt voor versterking van ferriet, en ze bevatten gewoonlijk kleine concentraties (minder dan 0,5 procent) van andere elementen voor extra versterking of voor andere effecten. De toevoeging van kleine hoeveelheden legering ter versterking wordt *microlegeren* genoemd.

HSLA-staalsoorten zijn voornamelijk bestemd voor constructietoepassingen waarbij de lasbaarheid van belang is. Daarom is het koolstof- en legeringsgehalte van deze staalsoorten laag. Ze zijn niet zo goed hardbaar als gelegeerde staalsoorten en worden ook niet als zodanig beschouwd, hoewel ze aanzienlijke hoeveelheden legeringselementen (Mn) bevatten. Tabel 14-11 geeft enkele HSLA-staalsoorten weer, samen met enkele van de legeringselementen die voor de versterking worden gebruikt.

In de Verenigde Staten zijn talrijke constructies zoals bruggen gemaakt van middelsterke HSLA-staalsoorten met een rekgrens van minder dan 395 MPa. ASTM A 36 is het minst sterke constructiestaal. Het heeft een koolstofgehalte van ongeveer 0,3 procent en een rekgrens van ongeveer 250 MPa. Met het toevoegen van kleine percentages vanadium en niobium wordt dit staal ASTM A 572, Grade 50 met een minimale rekgrens van 345 MPa. Er kan een hogere sterkte van 690 MPa worden bereikt door microlegeren te combineren met het wijzigen van het proces, zoals snel afkoelen vanaf hoge walstemperaturen. Deze staalsoorten bieden een aanzienlijke gewichtsvermindering, maar er is ook een risico op lasproblemen. Lasbaarheid en taaiheid zijn nog meer van belang bij toenemende sterkte.

TABEL 14-11 ASTM-HSLA-staalsoorten

ASTM-TYPE	MINIMALE REKGRENS, MPa	BELANGRIJKE LEGERINGSELEMENTEN	TYPISCHE PRODUCTVORMEN
A 242 (2 soorten)	290–345	Mn, Cu, Cr, Ni	Constructiestaven, -platen, -profielen
A 440	290–345	Mn, Cu, Si	Constructiestaven, -platen, -profielen
A 441	275–345	Mn, V, Cu, Si	Constructiestaven, -platen, -profielen (dik)
A 572 (6 soorten)	290–450	Mn, Nb, V, N	Constructiestaven, -platen, -profielen
A 588 (10 soorten)	290–345	Mn, Nb, Cu, Cr, Si, Ti	Constructiestaven, -platen, -profielen
A 606 (4 soorten)	240–345	Mn	Dunne plaat en band
A 607 (6 soorten)	290–485	Mn, Nb, V, Ni, Cu	Dunne plaat en band
A 618 (3 soorten)	345	Mn, Nb, V, Si	Constructiebuizen
A 633 (5 soorten)	320–410	Mn, V, Cr, N, Cu	Constructieprofielen voor lage temperaturen
A 656 (2 soorten)	550	Mn, V, Al, N, Ti	Plaatmateriaal voor voertuigen
A 715 (4 soorten)	345–550	Mn, V, Cr, Nb, N	Dunne plaat en band

Koper is een van de belangrijkste legeringselementen in HSLA-staalsoorten. In lage concentraties (minder dan 0,5 procent) zorgt het in vaste oplossing voor de versterking van ferriet. Een nog belangrijker bijkomend voordeel is dat de weerstand tegen atmosferische corrosie van het staal met een factor 4 kan toenemen. Koperhoudende HSLA-staalsoorten worden soms weerbestendig genoemd (ASTM A 242) en ze bereiken hun verbeterde corrosieweerstand door de vorming van een taaie oxidefilm. Deze film neemt het uiterlijk aan van koper, maar het is in werkelijkheid een vorm van roest die niet barst en schilfert zoals gewone roest. Deze legeringen worden vaak aangevuld met chroom, nikkel en fosfor om de vorming van de beschermende oxidefilm te bevorderen. Als het kopergehalte hoger is dan ongeveer 0,75 procent, kunnen deze legeringen worden gehard door precipitatieharding, waarbij ze worden verwarmd tot temperaturen tussen 540 en 600 °C.

Deze staalsoorten worden veel gebruikt voor constructietoepassingen (bruggen, torens, relingen en trappen) en worden niet geverfd. De gedachte erachter is dat de gevormde roestlaag het staal beschermt tegen verdere corrosie. Na ongeveer twee decennia begint het gebruik in onbeschermde toestand echter af te nemen. Op plaatsen waar zich water kan verzamelen en in een zoutrijke atmosfeer blijft de roest niet beperkt tot de dunne oppervlaklaag en kan deze substantiëler worden. Tegenwoordig is het daarom gebruikelijk om deze staalsoorten, in ieder geval op plaatsen waar zich corroderende stoffen kunnen ophopen, tegen corrosie te beschermen.

In een groot aantal HSLA-staalsoorten (A 575, A 607) worden niobium, titanium, vanadium en stikstof gebruikt als microlegeringstoevoegingen. Het is de bedoeling dat deze elementen precipitaten vormen die de korrelgroei tijdens warmwalsen tegengaan. De concentraties van deze elementen bedragen meestal minder dan ongeveer 0,2 procent. Het gebruik van deze elementen voor versterking veroorzaakt geen wezenlijke toename van de fabricagekosten.

Om de eigenschappen van sommige soorten HSLA-staalsoorten te verbeteren, wordt gebruikgemaakt van desoxidatietechnieken. Zoals we in onze bespreking van smelttechnieken hebben vermeld, hebben gekalmeerde staalsoorten een fijnere korrel en minder chemische segregatie dan ongekalmeerd staal. In deze bespreking wordt verwezen naar het veranderen van de sulfide-insluitsels. Dit houdt in dat er processen zoals gietpan-enting worden gebruikt om de grootte en het volumepercentage van zwavelinsluitsels te verminderen. Calcium-argonontgassen is zo'n proces. In een elektro-oven gesmolten staal wordt overgebracht naar een ontgassingsvat. Er wordt calcium aan de smelt toegevoegd om de zwavel uit te spoelen en deze tot aan de slak omhoog te laten drijven. Daarna wordt er argon in de smelt geblazen om deze te mengen en in beweging te brengen, waardoor de sulfiden worden verspreid.

Zeldzame aarden zoals cerium, lanthanium en praseodymium worden in HSLA-staalsoorten gebruikt om invloed uit te oefenen op de vorm van sulfide- en oxide-insluitsels. Deze elementen verbinden zich graag met sulfiden en oxiden en verminderen zodoende hun plasticiteit, waardoor kan worden voorkomen dat de sulfiden tijdens warmwalsen uitrekken en snoeren gaan vormen. Uitgerekte sulfiden en oxiden leiden tot lamellaire scheuren bij lassen die aan hoge spanningen blootstaan. De bolvormige sulfiden en oxiden die ontstaan in deze gewijzigde staalsoorten zijn minder schadelijk. Aluminium en silicium worden ook gebruikt om het staal te kalmeren en chemische segregatie te verminderen. Silicium draagt ook bij aan de vasteoplossingsversterking van ferriet.

Samenvattend kunnen we zeggen dat warmgewalste HSLA-staalsoorten een minimale rekgrens hebben tussen 275 en 550 MPa en een treksterkte tussen 380 en 620 MPa, met een goede omvormbaarheid en een aanvaardbare lasbaarheid. Deze sterkteniveaus worden bereikt door belangrijke legeringstoevoegingen van mangaan, microlegeren, veranderen van de vorm van de insluitsels, korrelverfijning en gecontroleerd walsen. Het versterkingsmechanisme varieert van een eenvoudige vasteoplossingsversterking van ferriet tot aan ingewikkelde reacties tussen microlegeringstoevoegingen en dislocaties. Deze groep staalsoorten moet worden gebruikt in toepassingen waarbij de hoge sterkte of de corrosieweerstand een voordeel vormen. Veel legeringen die tot de HSLA-categorie worden gerekend, zijn handelsmerken, maar zo mogelijk moeten ze op technische tekeningen worden gespecificeerd door het ASTM-nummer of een andere erkende aanduiding en de gewenste sterkte.

14.7 Bijzondere staalsoorten

Austenitisch mangaanstaal

De staalsoorten uit deze groep worden soms ook wel Hadfield-staalsoorten genoemd, naar de uitvinder. Ze zijn in 1892 in de Verenigde Staten geïntroduceerd en worden nog steeds gebruikt voor speciale toepassingen. In onze bespreking van fasediagrammen hebben we erop gewezen dat legeringstoevoegingen aanzienlijke veranderingen in het fase-evenwicht teweeg kunnen brengen. Austenitisch mangaanstaal bevat tussen 1 procent en 1,4 procent koolstof en tussen 10 en 14 procent mangaan. Het hoge mangaangehalte zorgt ervoor dat de austenietfase, die gewoonlijk stabiel is in staal bij hogere temperaturen dan ongeveer 760 °C, stabiel is bij kamertemperatuur.

Austenitische mangaanstalen zijn verkrijgbaar als gietstukken, smeedstukken en warmgewalste profielen. Hun vloei- en treksterkte zijn vergelijkbaar met die van de HSLA-staalsoorten, maar ze hebben de unieke eigenschap dat ze in staat zijn om bij stootbelasting te harden. Ze worden geleverd met een hardheid in gegloeide toestand van ongeveer 200 HB. Bij stootbelasting kan de oppervlaktehardheid tot een diepte van 1 of 2 millimeter toenemen tot 500 HB.

Deze staalsoorten zijn lasbaar en worden gebruikt voor slijtplaten op machines als grondverzetapparatuur, steenbrekers en kogelmolens, waarbij veel gutsabrasie en stootslijtage voorkomt. Er zijn verschillende soorten van dit staal verkrijgbaar (ASTM A 128; EN 1.3401-X120Mn13), maar hun gebruikseigenschappen zijn ongeveer gelijk.

Speciaal fabrieksbehandeld staal

Voor bijzondere toepassingen worden bepaalde hoogsterke stalen geleverd in een toestand anders dan gewoon warmgewalst of warmgewalst en ontlaten. Dit zogenoemde fabrieksbehandeld staal (*mill-heat-treated steel*) wordt genormaliseerd dan wel afgeschrikt en ontlaten. De rekgrens kan wel 760 MPa bedragen. Een aantal soorten wordt gelegeerd met mangaan en silicium, sommige zijn gewone ongelegeerde koolstofstalen. Deze staalsoorten hebben een goede taaiheid en omvormbaarheid, en worden veel gebruikt in vrachtwagencarrosserieën en ertsverwerkingsapparatuur. In machines worden ze toegepast wanneer hun hoge sterkte kan worden gebruikt voor gewichtsvermindering. Bijzonder bruikbaar zijn de slijtvaste soorten in deze groep. Ze hebben een hardheid tussen 250 en 400 HB. Deze hardheid is niet hoog genoeg om bestand te zijn tegen krassen door harde deeltjes, maar de hoge rekgrens (690 MPa) geeft ze een goede weerstand tegen indeuking en gutsabrasie bij het verwerken van grove materialen als gesteente en steenkool. Ze zijn ook geschikt voor het maken van hoppers, stortgoten en laadplatforms, waarbij de slijtvaste soorten goed bestand zijn tegen een ruwe behandeling.

Net als bij de HSLA-staalsoorten wordt het koolstofgehalte laag gehouden om ervoor te zorgen dat het staal kan worden gelast. Ze hebben een hoofdzakelijk martensitische structuur en er zijn speciale lastechnieken nodig. In de vorm van platen met een hoge sterkte en taaiheid worden ze veel gebruikt voor drukvaten, kernreactoren en onderzeeërs.

Mill-heat-treated staalsoorten zijn verkrijgbaar in de meeste productvormen die geschikt zijn voor constructietoepassingen. Deze staalsoorten zijn vaak handelsmerken, maar sommige ASTM- en EN-specificaties kunnen voor de aanduiding worden gebruikt, onder andere ASTM A 514, A 577, A 633 en

A 678, en versies van EN10025 S355. Drie mill-heat-treated staalsoorten die veel gebruikt worden voor het maken van zeer sterke constructies, worden in de Verenigde Staten aangeduid als HY-80, HY-100 en HY-130 (HY staat voor *high yield*). De getallen geven de minimale rekgrens in ksi aan van deze legeringen (vermenigvuldigen met 6,94 levert de rekgrens in MPa op). De nominale samenstellingen van deze legeringen zijn in tabel 14-12 te zien.

TABEL 14-12 Chemische samenstelling van drie HY-soorten van mill-heat-treated steel

%	C	Mn	Si	P	Cr	Ni	Mo	OVERIGE
HY-80	0,18% max	0,25%	0,25%	0,25% max	1,4%	2,6%	0,4%	
HY-100	0,20 max	0,25	0,25	0,25 max	1,4	2,9	0,4	
HY-130	0,12 max	0,75	0,30	0,01 max	0,65	5,0	0,5	0,015 V%

Ultrasterke staalsoorten

Wanneer geen van de door ons besproken staalsoorten voldoet aan de gewenste sterkte, kan gebruikgemaakt worden van de ultrasterke staalsoorten. Dit is een soort overkoepelende categorie die gelegeerd staal, gereedschapsstaal, staal met een hoge concentratie legeringselementen en roestvast staal omvat. De doorhardende gelegeerde staalsoorten die we hebben aanbevolen voor algemeen gebruik, SAE 4140 en 4340 (respectievelijk EN 19 en EN 24), worden, als ze met een warmtebehandeling een hoge sterkte hebben gekregen, tot de ultrasterke staalsoorten gerekend. Ook sommige gemodificeerde versies van 4340 behoren tot deze categorie: AMS 6434, D6AC en 300M zijn de gebruikelijke aanduidingen. Twee warmgewalste soorten gereedschapsstaal, SAE H11 en H13, hebben voldoende sterkte en taaiheid om gebruikt te kunnen worden in constructietoepassingen. Deze staalsoorten worden besproken in hoofdstuk 15. De roestvaste staalsoorten komen in hoofdstuk 16 aan bod. In de hooggelegeerde categorie is een voor de ontwerper bijzonder bruikbare groep van staalsoorten de *18-procent-nikkel-maragingstalen*.

Ultrasterke staalsoorten hebben een hoge sterkte in combinatie met een meetbare taaiheid gemeen. De meest gereedschapsstalen hebben ook een hoge sterkte, maar zijn zo bros dat ze alleen bruikbaar zijn als ze niet worden gebogen. De rek van deze staalsoorten in een trekproef is zo klein dat deze vrijwel onmeetbaar is. In figuur 14-15 worden de sterkte- en taaiheidseigenschappen van enkele ultrasterke staalsoorten weergegeven.

De rekgrens van deze staalsoorten is zelfs in gegloeide toestand gewoonlijk enkele malen die van koolstofstaal en hun omvormbaarheid is dus beperkt. Lassen is riskant bij sommige legeringen, maar de nikkel-maragingstalen en de roestvaste staalsoorten zijn heel goed lasbaar. De laatstgenoemde staalsoorten worden door de fabriek gewoonlijk geleverd in martensitische of semi-austenitische toestand. Harden tot maximale sterkte is bij de meeste soorten mogelijk door middel van precipitatieharding bij lage temperatuur (430 tot 620 °C). Zoals tabel 14-13 laat zien, zijn er maragingstaalsoorten met verschillende

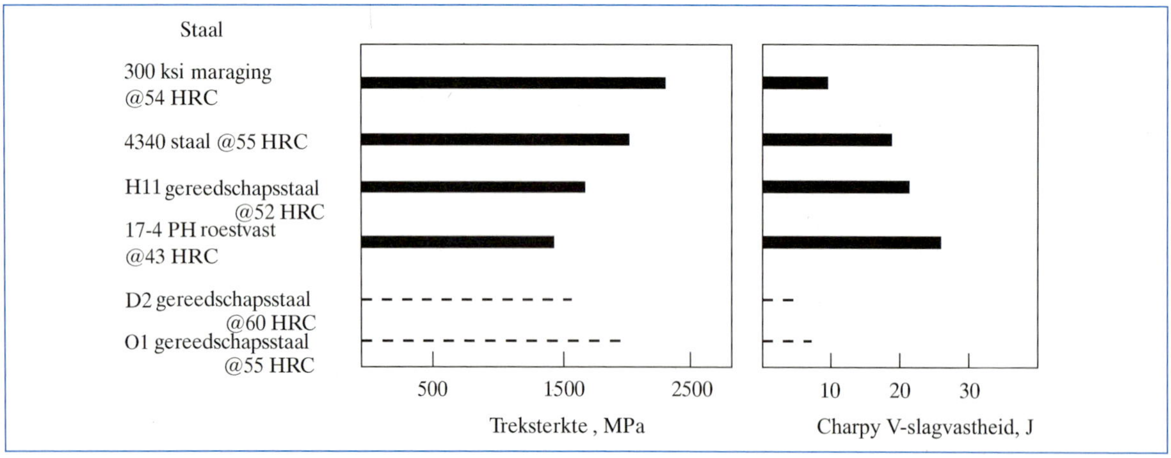

FIGUUR 14-15 Treksterkte en slagvastheid van ultrasterke staalsoorten, vergeleken met de gereedschapsstaalsoorten O1 (Werkstoffnr. 1.2510) en D2 (Werkstoffnr. 1.2379)

sterkten. Het is gebruikelijk om deze legeringen aan te duiden met hun treksterkte; een M300 maragingstaal is bijvoorbeeld een 18-procent-nikkelstaal met een minimale treksterkte van 2100 MPa. Het is echter beter om ze aan te duiden met de ASTM-specificatie en -klasse: ASTM A 538, Grade A, B of C.

TABEL 14-13 Samenstelling en eigenschappen van drie maragingstaalsoorten (ASTM A 538-specificatie)

CHEMISCHE EISEN (%)	KLASSE A (200)	KLASSE B (250)	KLASSE C (300)
Koolstof, maximaal	0,03	0,03	0,03
Nikkel	17,0–19,0	17,0–19,0	18,0–19,0
Kobalt	7,0–8,5	7,0–8,5	8,0–9,5
Molybdeen	4,0–4,5	4,6–5,1	4,6–5,2
Titanium	0,10–0,25	0,30–0,50	0,55–0,80
Silicium, maximaal	0,10	0,10	0,10
Mangaan, maximaal	0,10	0,10	0,10
Zwavel, maximaal	0,010	0,010	0,010
Fosfor, maximaal	0,010	0,010	0,010
Aluminium	0,05–0,15	0,05–0,15	0,05–0,15
Borium (toegevoegd)	0,003	0,003	0,003
Zirkonium (toegevoegd)	0,02	0,05	0,05
Calcium (toegevoegd)	0,05	0,05	0,05
Spanningseisen			
Treksterkte, MPa, minimaal	1448	1655	1930
Rekgrens, 0,2% rekgrens, MPa	1379–1619	1586–1793	1891–2100
Verlenging in 50 mm, % minimaal	6	6	6
Insnoering voor ronde proefstaven, % minimaal	40	35	30

Bron: Overgenomen met toestemming © ASTM International.

Van al deze staalsoorten zijn enkele standaard kneedvormen verkrijgbaar, maar de meeste worden geleverd als gesmede producten. Bij de productie worden veel van deze legeringen gesmolten, door middel van speciale technieken die gericht zijn op een grotere zuiverheid, zoals vacuümsmelten en VAR.

Omdat we het over verschillende staalsystemen hebben, is het moeilijk om een ordelijk selectieschema te geven. De ervaring heeft echter geleerd dat drie legeringen, 4340 en de M250- en M300-soorten van de 18-procent-nikkel-maragingstaalsoorten, aan de meeste behoeften voldoen. Met M250-maragingstaal zijn ontelbare breukproblemen in spuitgietmatrijzen opgelost. Het geeft ook wat extra taaiheid voor zwaarbelaste assen met onvermijdelijke spanningsconcentraties. Het heeft problemen opgelost bij componenten met bedrijfsspanningen van meer dan 690 MPa. Bij minder veeleisende bedrijfsomstandigheden is de gemakkelijker verkrijgbare en goedkopere gelegeerde staalsoort 4340 wellicht een betere keus.

14.8 Selectie en specificatie

We hebben een groot aantal staalsoorten besproken, maar hoe moet een ontwerper omgaan met zo'n reusachtige hoeveelheid staalsoorten? Hij of zij heeft er maar eentje nodig voor het onderdeel op zijn of haar *computer-aided design terminal*. Hieronder bespreken we een aantal factoren die je moet meenemen in de selectie van koolstofstalen, en vervolgens behandelen we een aantal specifieke staalsoorten uit diverse categorieën waarmee vele selectieproblemen opgelost kunnen worden.

Mechanische eigenschappen

Als de vloeigrens van belang is, zoals in figuur 14-16, dan overlappen de stalen elkaar. Als een ontwerp vraagt om een vloeigrens van bijvoorbeeld 690 MPa, dan is een hardbaar koolstofstaal geschikt. Als lage kosten een tweede criterium vormen, is dit wellicht ook de juiste keus. Als het ontwerp bestaat uit een grote constructie zoals een vat of een tank, dan kan

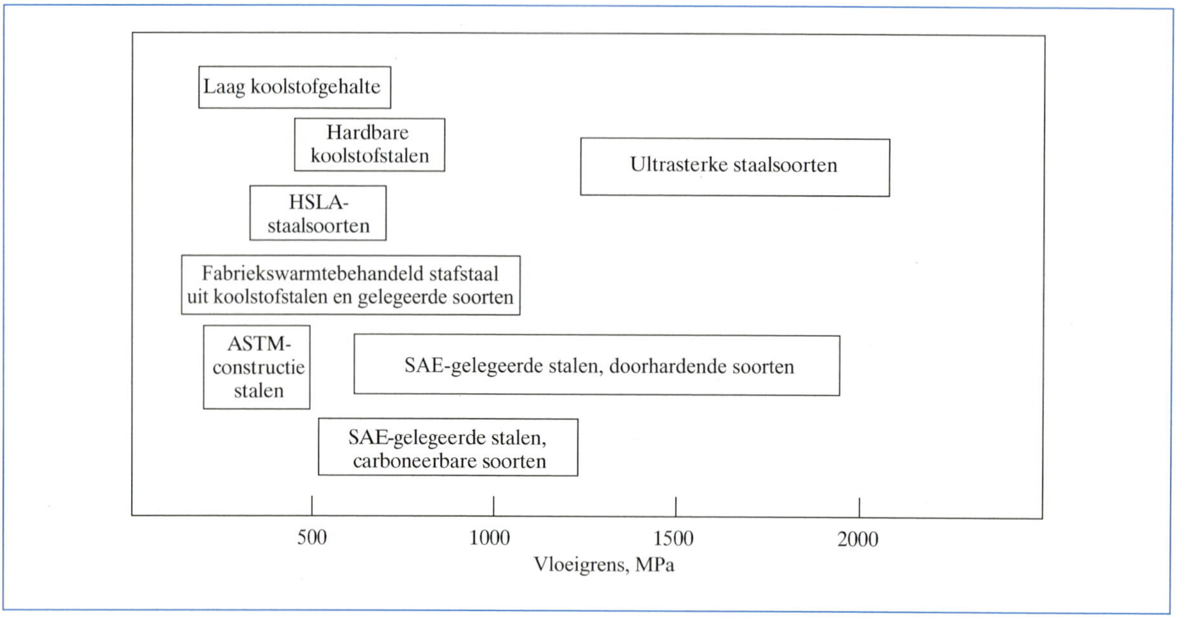

FIGUUR 14-16 Mogelijke rekgrens bij diverse staalsoorten

een veredelde staalsoort moeilijkheden bij de warmtebehandeling vermijden. Zijn de ontworpen onderdelen een paar krachtoverbrengingsassen, dan is gelegeerd staal een betere keus. Dat is duurder dan koolstofstaal, maar je loopt minder risico bij het harden, omdat er kan worden afgeschrikt in olie. De keuze van een materiaal moet altijd plaatsvinden na afweging van de voor- en nadelen.

Koolstofstaal en gelegeerd staal hebben een elasticiteitsmodulus van 207 GPa. Daarmee hebben deze materialen de grootste stijfheid onder de veelgebruikte technische metalen. De enige technische metalen met een nog grotere stijfheid zijn sommige nikkellegeringen, berylliumlegeringen, wolfraam en molybdeen.

Hardheid en slijtage

Als de toepassing in een ontwerp vraagt om een slijtvast oppervlak, dan moeten de hardingseigenschappen van verschillende soorten koolstofstaal en gelegeerd staal worden onderzocht (zie figuur 14-17). Als een toepassing vraagt om een tegenoppervlak voor een nokvolger of een stel rollen, is er een oppervlaktehardheid nodig tussen 60 en 62 HRC. Koolstofstaal kan slechts in dunne segmenten tot dit niveau worden gehard. Een keus die meer voor de hand ligt, is een gecarboneerde koolstofarme staalsoort of een carboneerbare soort gelegeerd staal. Gecarboneerde oppervlakken met een hardingsdiepte van 0,75 tot 1 millimeter zijn meestal voldoende voor dit soort toepassingen. Een alternatief is een vlamgehard of inductiegehard 4140 staal, als het onderdeel daarvoor geschikt is. Ultrasterkte staalsoorten zijn vanwege het lage koolstofgehalte niet bijzonder slijtvast, ook al hebben ze een hardheid van meer dan 50 Rockwell C. Voor slijtagetoepassingen kunnen ze beter worden vermeden. Veredelde abrasiebestendige staalsoorten met een hardheid tussen 30 en 40 HRC zijn geschikt voor de stootbelastingen en hogespanningabrasie in een transportband of vultrechter voor vaste stoffen. Daarentegen zijn ze geen goede keuze voor toepassingen met metaal-op-metaalslijtage. De overige staalsoorten, met lagere hardheden dan ongeveer 20 HRC (~200 HB), zijn niet geschikt voor slijtagetoepassingen.

Kosten

Als de kosten een belangrijke selectiefactor vormen, geeft het relatieve gehalte aan legeringselementen een goede indicatie van de materiaalkosten. Gewoon koolstofstaal is het goedkoopst, dan volgen de HSLA-staalsoorten en warmtebehandeld stafstaal, en daarna de gelegeerde staalsoorten. De duurste staalsoorten zijn de hooggelegeerde ultrasterke staalsoorten. Deze kunnen wel 20 euro per kilo kosten, tegen 4 euro per kilo voor gelegeerd staal.

Lasbaarheid

De *lasbaarheid* van een bepaalde metaalcombinatie geeft het gemak aan waarmee de las kan worden gemaakt en de kwaliteit van de gemaakte las. Alle metalen kunnen in theorie aan zichzelf worden gelast

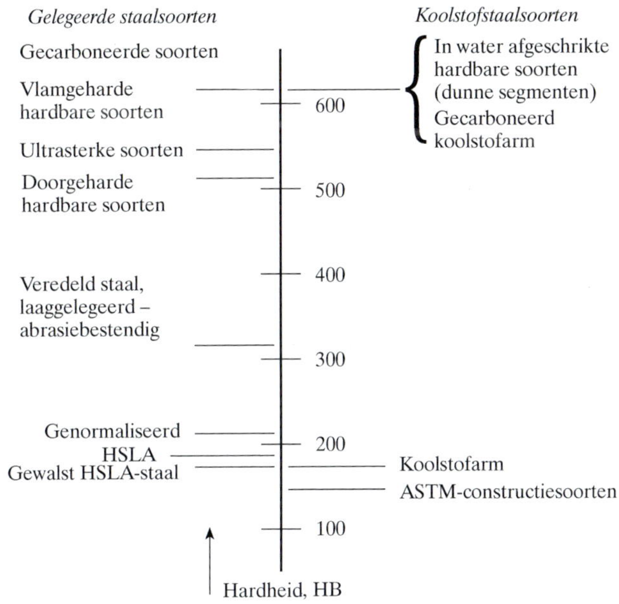

FIGUUR 14-17 Bereikbare hardheid in diverse staalsystemen

met in ieder geval een van de vele beschikbare processen. Gereedschapsstaal kan dus ook worden gelast, maar tenzij er speciale voorzorgsmaatregelen worden genomen, zal de las negen van de tien keer scheuren. De lasbaarheid van metaal verwijst naar dit soort effecten of de nawerkingen.

De belangrijkste factoren die de lasbaarheid van metalen bepalen, zijn de chemische samenstelling van het basismetaal en de samenstelling van het toegevoegde metaal, voor zover aanwezig. Een metaal kan ook aan elk ander metaal worden gelast, maar dat betekent nog niet automatisch dat de las ook bruikbare eigenschappen heeft. Twee verschillende metalen die niet in elkaar oplossen, kunnen niet door middel van een smeltlas met elkaar verbonden worden. Dit kan men bepalen met behulp van fasediagrammen. Als de fasediagrammen aangeven dat de metalen weinig in elkaar oplossen, dan kan de las waarschijnlijk niet worden gemaakt. De combinatie heeft dan een geringe lasbaarheid. Titanium kan bijvoorbeeld niet aan de meeste andere metalen (afgezien van enkele exotische) worden gelast, omdat het een beperkte oplosbaarheid heeft en brosse verbindingen vormt. Titanium kan met smeltlassen wel aan staal worden gelast, maar de resulterende las is breekbaar als glas.

Bij metalen die voldoende oplosbaarheid hebben om ze te kunnen smeltlassen, kan de lasbaarheid toch slecht zijn, bijvoorbeeld omdat de las of het verhitte gebied gemakkelijk scheuren, of omdat de las poreus of bros is. Er bestaan vele mogelijke oorzaken van lasbaarheidsproblemen. Van alle potentiële lasbaarheidsproblemen komen er twee het meest voor, en deze zijn ook het vervelendst:

1. Booglassen van staalsoorten met een verhoogd zwavelgehalte: 11xx koolstofstalen.
2. Booglassen van hardbare staalsoorten: de koolstofstalen 1030 tot 1090, gelegeerde staalsoorten met een *koolstofequivalent* (CE) van 0,3 procent.

Het lassen van roestige of vuile metalen kan leiden tot een poreuze las. Bij het lassen van koperverbindingen met een hoog zuurstofgehalte treedt verbrossing op. Het lassen van hardbare staalsoorten kan leiden tot scheuren in het verhitte gebied. Metalen met een hoog zwavelgehalte (bijvoorbeeld *automatenstaal*) zullen bij de las scheuren omdat de zwavel het stollende metaal een lage sterkte geeft (warmbrosheid). Staalsoorten met een hoog zwavelgehalte (meer dan 0,1 procent) worden wel veel gebruikt voor onderdelen die een uitgebreide machinale bewerking vereisen. Ze leveren een bijdrage aan het terugdringen van de kosten voor machinale bewerking. Er bestaat echter maar één manier om scheurvorming in lasverbindingen tussen deze staalsoorten te vermijden, en dat is door ze nimmer te booglassen. Hardsolderen en solderen zijn wel aanvaardbaar.

Het lassen van hardbare staalsoorten is een probleem, omdat er een groot risico bestaat op scheuren in de las of de directe omgeving ervan. Wanneer er een las wordt gemaakt, worden de las en het verhitte gebied onderworpen aan een temperatuurcyclus die weinig verschilt van die bij afschrikharden. Het maakt geen verschil of de onderdelen voor het lassen gehard dan wel zacht zijn. Voor het smelten van het staal is een temperatuur nodig van ongeveer 1650 °C. De hardings(austenitiseer)temperatuur ligt voor de meeste staalsoorten tussen 815 en 1100 °C. Het is dus duidelijk dat het metaal bij de las en in de directe omgeving daarvan tot in dit temperatuurbereik verwarmd moet worden. De massa van het stuk metaal dat gelast wordt, fungeert hierbij als afschrikmiddel. In de las en/of in de directe omgeving van de las vormt zich hard martensiet. Deze structuur is bros en kan niet vervormen. Het materiaal zal dus scheuren als de las onder druk staat. Figuur 14-18 illustreert met een *hardheidsprofiel* hoe zich bros martensiet kan vormen in de door warmte beïnvloede zone van een gehard staal.

Een voor de hand liggende manier om scheurvorming te voorkomen is door ervoor te zorgen dat de afkoeling die tot martensietvorming leidt, niet plaatsvindt. Het probleem kan worden opgelost door de las na te verwarmen of te ontlaten. Spanningsarmgloeien bij 590 tot 650 °C werkt nog beter.

Er zijn dus wel manieren om scheurvorming bij het lassen van hardbare staalsoorten te voorkomen, maar het risico is zo groot dat de ontwerper er goed aan doet om het smeltlassen van hardbare staalsoorten zo mogelijk geheel te vermijden. De staalsoorten die bij het lassen grote kans lopen op scheurvorming, zijn gelegeerde staalsoorten, gereedschapsstaalsoorten en koolstofstalen met meer dan 0,3 procent koolstof. Omdat gelegeerde staalsoorten beter hardbaar zijn dan koolstofstalen, spelen andere elementen een soortgelijke rol. Er kan bij het lassen een probleem ontstaan als het zogenaamde koolstofequivalent groter is dan ongeveer 0,3 procent.

$$\text{Koolstofequivalent (CE)} = \%C + \frac{\%Mn}{6} + \frac{\%Ni}{15} + \frac{\%Cr}{5} + \frac{\%Mo}{4} + \frac{\%V}{4} + \frac{\%Cu}{15}$$

Opmerking: Deze relatie is empirisch afgeleid voordat staalsoorten met een hoog borium- of stikstofgehalte algemeen in gebruik kwamen. Mogelijk kan de formule worden uitgebreid met B- en N-termen.

Repertoire van koolstofstalen

Bij het selecteren van koolstofstaal en gelegeerd staal vinden we dus een groot assortiment met uiteenlopende eigenschappen, prijzen en toepassin-

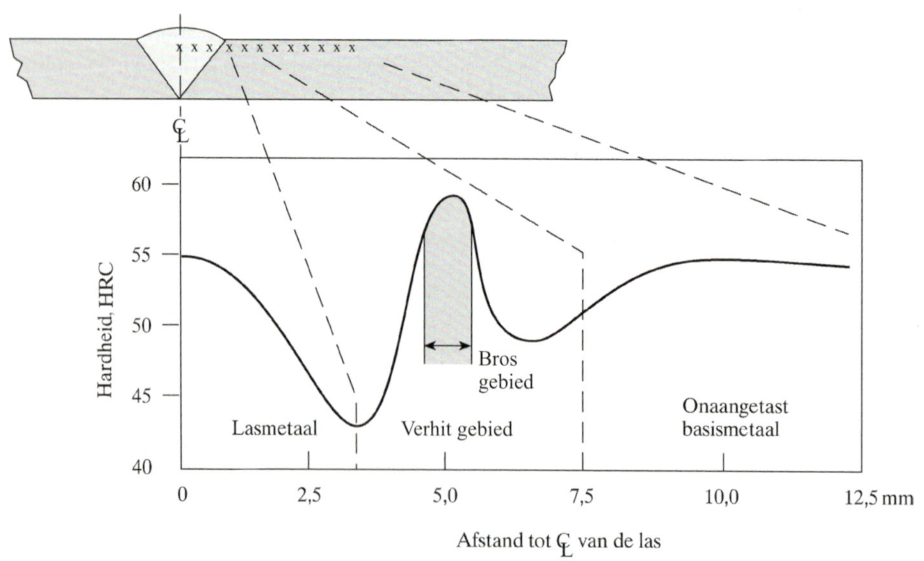

FIGUUR 14-18 Hardheidsprofiel door een autogene lasverbinding op A2 gereedschapsstaal

gen. De ontwerper kan kiezen uit acht categorieën en in elke categorie uit duizenden staalsoorten. Het kiezen van een staalsoort is echter minder moeilijk dan het op het eerste gezicht misschien lijkt. De meeste ontwerpers kunnen heel goed uit de voeten met een paar koolstofstalen, een paar gelegeerde staalsoorten en een paar soorten staal met hoge sterkte. De volgende soorten zijn de meest gebruikte koolstofstalen en gelegeerde stalen, met daarachter vermeld waar ze het meest voor gebruikt worden:

1. SAE 1010: onderdelen gevormd uit plaatmetaal.
2. SAE 1020 (EN3A): algemene machinetoepassingen.
3. SAE 1040: vlam- of inductiegeharde onderdelen.
4. ASTM A 36: constructiestaal.
5. SAE 4140 (EN19): machineonderdelen met hoge sterkte.
6. SAE 4340 (EN24): machineonderdelen met hoge sterkte.
7. SAE 8620: gecarboneerde slijtvaste onderdelen.

Dit is een kort lijstje, maar als je vertrouwd bent met deze staalsoorten, heb je een goed uitgangspunt voor het selecteren van koolstofstaal en gelegeerd staal.

Een koolstofstaal of gelegeerd staal kan op technische tekeningen goed worden gespecificeerd door middel van het aanduidingsnummer van DIN, SAE, ASTM of een andere instantie, met vermelding van de gewenste warmtebehandeling of kwaliteit. Hieronder volgen een aantal punten die van belang zijn bij het bestellen van staal:

1. Normspecificatienummer (DIN, ASTM, SAE).
2. Naam van het materiaal (bijvoorbeeld HSLA-plaatstaal).
3. Kwaliteit of hardheid (indien van toepassing).
4. Toestand (geolied of droog, naar wens).
5. Aard van de randen (gefreesd, gesneden, geknipt, gewalst enzovoort).
6. Afwerking (bijvoorbeeld koudgewalst, warmgewalst, mat of glanzend).
7. Afmetingen (dikte, breedte, lengte, grootte van gesneden plaat enzovoort).
8. Rolgrootte (binnendiameter, buitendiameter en maximaal gewicht).
9. Toepassing (inclusief tekening).
10. Verpakking (bijvoorbeeld rol op pallet, staven in kisten, gesneden plaat op pallets).

Voor diverse staalproducten zijn nog andere gegevens nodig, maar de ASTM-specificaties geven goede richtlijnen voor welke gegevens voor een specifiek soort product van belang zijn. Goede bestelinformatie vormt de laatste fase van de materiaalkeuze en er dient de nodige zorg aan te worden besteed. ■

Samenvatting

Dit hoofdstuk geeft informatie over de staalsoorten die door machineontwerpers het meest gebruikt worden. Deze staalsoorten worden gebruikt voor frames, grondplaten, hoekijzers, balken, assen, tandwielen, pijpen, buizen, veren en talloze andere onderdelen die deel uitmaken van machines, gebouwen of andere constructies. Koolstofstaal en gelegeerd staal vormen waarschijnlijk 90 procent van de gehele staalproductie.

We hebben gewezen op de verschillen tussen diverse soorten koolstofstaal en gelegeerd staal en we hebben laten zien hoe ze gespecificeerd moeten worden. In de Engelse versie van dit boek is er bewust voor gekozen de Amerikaanse aanduidingen van de staalsoorten te vermelden. In Europa zijn er de EN- en ISO-standaards, en het Duitse DIN-systeem is algemeen bekend. Maar men kan niet zonder meer een equivalent vinden voor alle aanduidingen. In deze versie zijn een aantal EN- of DIN-specificaties aangegeven om de Nederlandstalige lezer te helpen bij het zoeken naar de juiste aanduiding. Het wordt hoe dan ook aanbevolen om met de leverancier goed af te spreken welk materiaal en welke behandeling moeten worden gespecificeerd.

Hieronder geven we een aantal punten die het onthouden waard zijn:

- Er bestaan minstens tien soorten gelegeerde staalsoorten die corresponderen met verschillende toepassingen.
- Het toevoegen van legeringselementen kan diverse redenen hebben, maar de meeste verhogen de hardbaarheid en de sterkte.
- Fasediagrammen laten microstructuurveranderingen zien die optreden bij legeringstoevoegingen.
- Koolstofstalen en gelegeerde staalsoorten zijn

gewoonlijk goedkoper dan de meeste andere staalsoorten die geschikt zijn voor afschrikharden (als de prijs een selectiefactor is).

- Koudgewalst staal kan worden besteld met verschillende hardheidsgraden. De hardere soorten kunnen vaak kosten besparen.
- Warmgewalst staal is bij machinale bewerking stabieler en het is goedkoper dan koudgewalst staal. Een nadeel is de slechte oppervlakteafwerking.
- Er is een verschil tussen hardbaarheid en hardheid. Hardbaarheid is het gemak waarmee een materiaal kan worden gehard. Hardheid is simpelweg de mate van harding.
- De dikte van een segment heeft een grote invloed op de hardbaarheid van een stuk staal. Wanneer een segment dikker is dan 12 millimeter, moeten we rekening gaan houden met de hardbaarheid van het materiaal.

In de Verenigde Staten zijn de meest gebruikte aanduidingensystemen voor koolstofstalen en gelegeerde staalsoorten de SAE- en ASTM-systemen.

- SAE-staalsoorten die met een 1 beginnen zijn koolstofstalen. Als de aanduiding begint met een ander cijfer is het een gelegeerde staalsoort.
- De laatste twee cijfers van de SAE-aanduiding geven het koolstofgehalte in honderdsten van procenten; 20 is bijvoorbeeld 0,20 procent.
- De SAE-staalsoorten worden het meest gebruikt in machines. De soorten constructiestaal en staal voor specifieke toepassingen zijn te vinden in de ASTM-specificaties.
- De specificatie ASTM A 29 kan worden gebruikt voor het aanduiden van koolstofstaal en gelegeerd staal, maar deze specificatie verwijst slechts naar de SAE-aanduidingen; SAE 1020 staal is bijvoorbeeld ASTM A 29 grade 1020. Voor deze staalsoorten is het SAE-systeem het geprefereerde aanduidingensysteem in de Verenigde Staten. Voor internationale toepassingen geldt dat er goede afspraken gemaakt moeten worden met de leverancier over de aanduiding.
- Voor de meeste koolstofstalen en gelegeerde staalsoorten bestaan de UNS-nummers uit de SAE-aanduidingen met ervoor een G en erachter een 0; SAE 4140 staal is bijvoorbeeld UNS G 41400.

Illustratief voorbeeld

Bouten van gelegeerd staal

Een machine ter grootte van een voetbalveld voor het maken van polyester plaat gebruikte honderden stalen bouten voor het vasthouden van klemmen die de rand van de kunststof plaat grepen en deze zijwaarts straktrokken, terwijl de plaat in de lengte werd strakgetrokken door opneemrollen aan het eind van de machine. De bouten die de 'randgrijpers' aan een ketting hielden die langs de gehele lengte van de machine liep (aan beide zijden) begonnen binnen een paar maanden na het opstarten defect te raken.

De defecte bouten waren gemaakt van een lagesterktekoolstofstaal en de bouten braken bij een wijziging in diameter. De bouten waren ongeveer 10 centimeter lang; de hoofddiameter was 12 millimeter, die in stappen terugging naar 8 millimeter, en dan nog eens naar een dikte van 8 millimeter diameter. De defecten traden op bij de afmetingswijziging van 12 naar 8 millimeter. Het was een scherpe wijziging, omdat de diameterschouder van 12 millimeter in contact stond met een oppervlak. Het kon geen grote straal hebben. Bovendien sleet het onderdeel waar een component in de 12-millimeter-diameter ronddraaide.

De oplossing was om de bouten om te zetten van koolstofstaal in 4140 (EN 19) gelegeerd staal en het gelegeerde staal te nitreren voor slijtageweerstand. Het 4140 staal werd gehard tot 28 tot 32 HRC, gevolgd door nitreren tot 25-50 µm diepte. Bovendien werden radiusonderstukken geplaatst nabij de diameterschouder van 12 millimeter om de door de schouder geproduceerde spanningsconcentratie te reduceren. Zowel de slijtage- als de breukproblemen werden daarmee opgelost.

Legeringen zoals 4140 en 4340 (respectievelijk EN 19 en EN 24) staal zijn uiterst nuttig voor het aanpakken van problemen veroorzaakt door vermoeiing en overbelasting. Deze legeringen hebben een hoge sterkte, maar ze zijn niet bros bij gebruik en hebben hardheden in het bereik van 28 tot 32 HRC. Ze zijn uiterst schadetolerant. Het zijn daarom zeer nuttige legeringen om in een ontwerprepertoire te hebben.

Termenlijst

austenitiseren: een staal verwarmen tot een temperatuur waarbij kamertemperatuurstructuren in staal worden getransformeerd tot austeniet
automatenstaal: metalen die additieven bevatten om chipvorming te vergemakkelijken en de werktuiglevensduur te verbeteren
gelegeerd staal: een staalsoort met aangewezen toevoegingen van andere elementen
halfhard: koudbewerkt tot de helft van het maximum dat getolereerd kan worden
hardheidsprofiel: het proces van het nemen van microhardheidsaflezingen in kleine stappen naar binnen vanaf een oppervlakgehard oppervlak
HSLA-stalen: stalen met legeringstoevoegingen die versterken zonder de noodzaak van warmtebehandeling voor klanten
Jominy-afschrikproef: een hardbaarheidstest waarin het uiteinde van een verwarmde staaf met water wordt afgeschrikt
kerneigenschappen: de eigenschappen (sterkte, hardheid) van het substraat van een oppervlaktegehard staal
koolstofequivalent: de som van de legeringstoevoegingen die het harden bevorderen, vergelijkbaar met koolstof
koolstofstaal: een legering van ijzer en koolstof met een koolstofgehalte van minder dan 2 procent
korrelgrootte: de gemiddelde diameter van kristallieten in een metaal zoals bekeken in doorsnede
koudgewalst: staal gewalst bij kamertemperatuur
lasbaarheid: het gemak waarmee een materiaal met succes kan worden gelast
licht walshard: in geringe mate walsen van staal bij kamertemperatuur om groeven te voorkomen en de oppervlakteafwerking te verbeteren
maragingstaal: staal dat hardt door verwarming en koeling vanaf een betrekkelijk lage temperatuur (ongeveer 540 °C)
omvormbaarheid: het gemak en de kansen op succes (geen defecten) bij buigen en trekken enzovoort
oppervlakteharden: harden van alleen het oppervlak van een staal
SAE-aanduidingsnummer: het viercijferig nummersysteem voor stalen, begonnen door de AISI en SAE in de Verenigde Staten
samenstelling: de elementenopbouw van een materiaal (gewoonlijk uitgedrukt als gewichtspercentage)
tweefasestaal: hogesterkteplaatstaal met een ferrietmatrix en eilanden van martensiet
ultrahogesterktestaal: staal met vloeigrenzen groter dan ongeveer 1700 MPa
warmbewerkt: fabrieksvormen geproduceerd door hogetemperatuurprocessen (rode processen)
warmtebehandeld stafstaal: staal dat al gehard is bij aanschaf bij de fabrikant
weerbestendig staal: staal met kopertoevoegingen om de vorming te bevorderen van een standvastig oxide bij blootstelling buitenshuis

Opgaven

1. Wat betekent warmtebehandeld stafstaal?

2. Wat is het verschil tussen 4140 en 4340 staal?

3. Hoe verschillen gelegeerde staalsoorten van koolstofstaalsoorten?

4. Stel, je hebt een ronde staaf met een diameter van 30 millimeter nodig voor een zware krachtoverbrengingstaak. Welke van de volgende stalen zijn geschikte kandidaten? Leg uit waarom.
   a. warmtebehandeld stafstaal
   b. mangaanstaal
   c. ultrahogesterktestaal
   d. koolstofstaal
   e. 1040 staal
   f. 4140 staal

5. Leg uit hoe koudbewerken de sterkte van staal verhoogt.

6. Leg uit hoe de omvormbaarheid van een staal varieert met de mate van koudbewerken.

7. Wat zijn belangrijke verschillen tussen warm- en koudbewerkte staalproducten?

8. Welke staalproducten worden geproduceerd in een vertinnerij?

9. Wat zou het meest geschikte koolstofstaal zijn voor lassen? Waarom?
   a. Nr. 1-temper band
   b. DR-8 dunne plaat
   c. Nr. 2-temper band
   d. warmgewalste plaat
   e. koudgewalste plaat
   f. koudgewalste dunne plaat

10. Wat is hardbaarheid en hoe wordt deze beïnvloed door het legeringsgehalte?

11. Waarin verschillen de mechanische eigenschappen van gelegeerde staalsoorten en die van koolstofstaalsoorten? En de fysische eigenschappen?

12. Vergelijk de continue koelingkrommes voor 1340 en 4140 staal. Wat zijn de verschillen en wat betekenen die?

13. Leg uit hoe Jominy-testgegevens gebruikt kunnen worden voor het bepalen van hardbaarheid.

14. De lasbaarheid van staal kan worden verbeterd door
   a. gloeien
   b. carboneren
   c. zwavel in het staal
   d. warmwalsen
   e. koudwalsen
   f. afschrikken

15. Wat is de rol van de volgende elementen in gelegeerde staalsoorten?
   a. Cu
   b. Ni
   c. Mn
   d. S
   e. Cr
   f. Mo

16. Waarom zou men een gelegeerd staal gebruiken voor carboneren of nitreren?

17. Wat zijn E-, H- en B-stalen?

18. Wat is een weervast staal? Geef een voorbeeld van het gebruik ervan.

19. Beschrijf de volgende staalsoorten en geef aan waar je deze voor zou kunnen gebruiken: warmbehandeld stafstaal, ultrahogesterktestaal, austenitisch mangaan.

20. Wat zijn de beperkingen van de staalsoorten genoemd in opgave 19?

21. Stel, je bent een torsiesleutel-type werktuig aan het ontwerpen dat een balk nodig heeft met een diameter van 40 millimeter en een vloeigrens van 600 MPa. Selecteer een staal en beargumenteer je keuze.

22. Noem een gelegeerd staal dat gebruikt kan worden op een onderdeel dat gecarboneerd gaat worden.

Hoofdstuk 15

Gereedschapsstaalsoorten

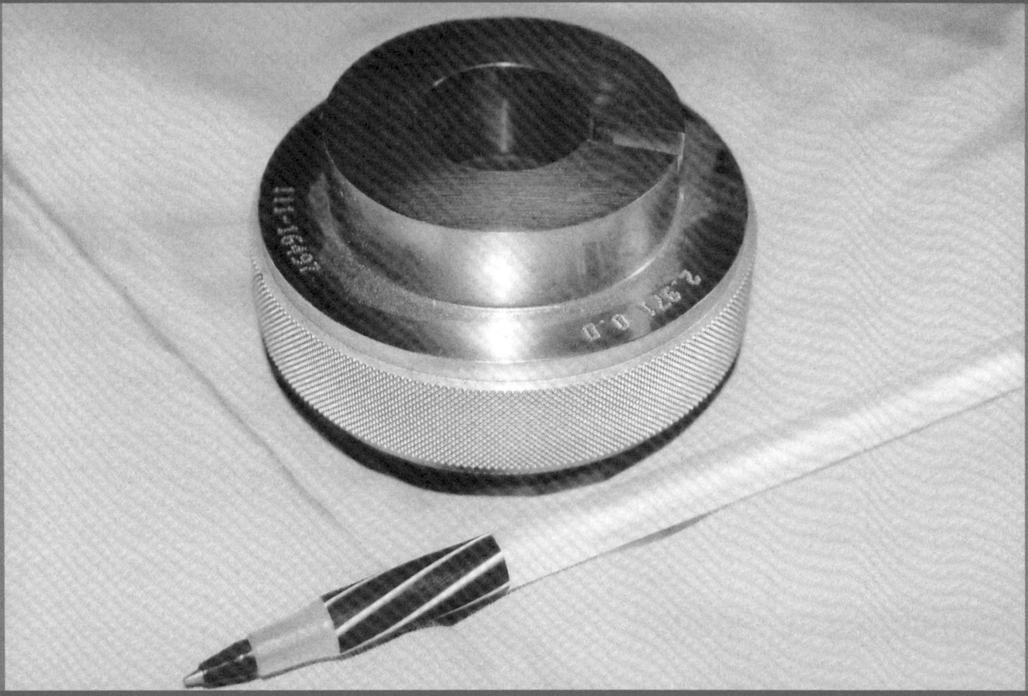

Kartelgereedschap

Doelstellingen

1. Inzicht krijgen in de metaalkunde van gereedschapsstaal.
2. Kennis opdoen van de eigenschappen van de diverse soorten gereedschapsstaal, als hulpmiddel bij de selectie.
3. Inzicht krijgen in hoe je gereedschapsstaal en de bijbehorende warmtebehandeling moet specificeren.

We hebben er al op gewezen dat koolstofstaal en gelegeerd staal het leeuwendeel van de staalproductie voor hun rekening nemen en we hebben uitgelegd hoe ze worden gebruikt in machines en producten. Nu gaan we verder met de staalsoorten die zich in de afgelopen honderd jaar hebben ontwikkeld tot de 'hoogwaardige staalsoorten', staalsoorten met een hardheid en taaiheid die koolstofstaal en gelegeerd staal niet bereiken. Deze staalsoorten worden gebruikt om de andere staalsoorten te bewerken.

Een ontwerper die de opdracht krijgt om een werktuig te ontwikkelen voor het perforeren van metaal, voor het vormgeven van een kunststof, voor het machinaal bewerken of buigen van een metaal – of zo ongeveer elke andere vormgevingsbewerking – gebruikt daarvoor een gereedschapsstaal. Kunststoffen hebben de toekomst, maar niet zonder gereedschapsstaal. Daarom wijden we een heel hoofdstuk aan deze groep staalsoorten. We laten zien in welk opzicht gereedschapsstalen verschillen van gelegeerde staalsoorten, dat er diverse categorieen zijn voor verschillende toepassingen, en hoe je ze selecteert. Gereedschapsstaal is meestal te duur om te gebruiken voor consumptieartikelen en constructies. Het is er voor bijvoorbeeld stanspersen, messen, matrijzen, ruimijzers, zagen, contourfrezen en draaibankbeitels, kortom voor de gereedschappen die je nodig hebt om ruw materiaal een vorm te geven die verkoopbaar is, of er een onderdeel van te maken dat in een eenheid gaat die verkocht wordt. Kennis van deze staalsoorten is voor ontwerpers en materiaalgebruikers heel belangrijk.

15.1 Aanduiding en indeling

Er zijn circa 150 verschillende gereedschapsstalen commercieel verkrijgbaar. Waarom zijn er zoveel soorten? Gereedschapsstaal is ontwikkeld uit onderzoek naar legeringen waarbij dikke segmenten konden worden gehard zonder al te drastische afschrikmiddelen te moeten gebruiken. Dat betekende een zoektocht naar staalsoorten met een zeer grote doorhardingsdiepte. Dat er zoveel soorten gereedschapsstaal zijn is gedeeltelijk een gevolg van een geleidelijke ontwikkeling gedurende 90 jaar. Een tweede reden is dat de toepassingen van deze staalsoorten een breed terrein bestrijken. Gereedschapsstaal heeft eigenschappen die het geschikt maken voor het snijden en vormgeven van metalen en andere materialen in zowel warme als koude toestand. Als een bepaalde soort niet voldeed, werd er weer een andere soort ontwikkeld. We zullen ons in dit boek proberen te concentreren op de meest gebruikte en gemakkelijkst verkrijgbare soorten. Van de 150 gereedschapsstalen zijn er circa 20 tot 30 gemakkelijk verkrijgbaar in de Verenigde Staten. We blijven soorten vermelden die niet langer worden gepromoot door producenten, om ontwerpers te helpen met het identificeren van gereedschapsstalen die op oude tekeningen gespecificeerd kunnen zijn. In onze bespreking zullen we steeds aangeven welke soorten het gemakkelijkst verkrijgbaar zijn.

Het staalclassificatiesysteem in de Verenigde Staten voor gereedschapsstalen is gebaseerd op gebruikseigenschappen. De naam gereedschapsstaal geeft dat ook al aan. Met gereedschap worden in dit geval geen handgereedschappen bedoeld, maar machinegereedschappen, oftewel gereedschappen die door machines bediend worden: matrijzen, beitels, boren, tappen, smeedhamers en messen.

Het Amerikaanse systeem wordt in Europa veel gebruikt, maar we geven ook een aantal voorbeelden van Duitse DIN-aanduidingen. Deze zijn gemakkelijk te vinden en worden vaak gebruikt. De Europese EN-aanduidingen zijn hierop gebaseerd.

De gebruikscategorieën voor gereedschapsstaal worden weergegeven in figuur 15-1. Tabel 15-1 geeft de aanduidingsletters voor specifieke legeringen. Er zijn vier basiscategorieën en elke categorie bevat soorten die voor speciale toepassingen bestemd zijn. Gereedschapsstalen die bestemd zijn voor gebruik in warme toestand, zoals smeedgereedschap, worden in een aparte categorie ondergebracht. Een andere categorie bestaat uit soorten die worden gebruikt in onder andere koud-werkmatrijzen en vormgereedschappen. De gebruikscategorie wordt aangegeven door een letter die voor het aanduidingsnummer komt, en de specifieke legering in een bepaalde categorie wordt aangeduid door één of twee cijfers. Het complete aanduidingsnummer voor een legering bestaat dus uit de letter die de gebruikscategorie aangeeft, gevolgd door het legeringsnummer:

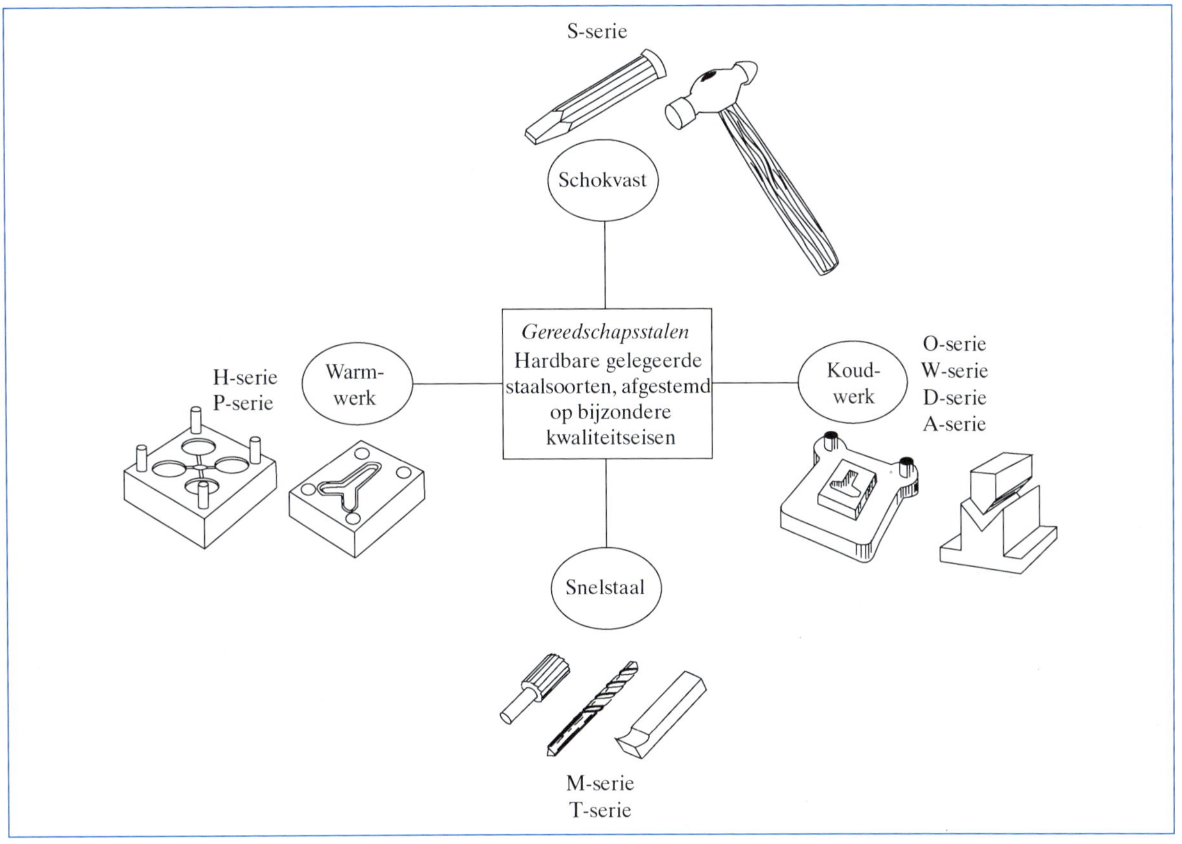

FIGUUR 15-1 Categorieën van gereedschapsstaal

S1	een schokvast gereedschapsstaal
D2	een koud-werkgereedschapsstaal
H11	een warm-werkgereedschapsstaal
M42	een snelstaal

Er zijn in de meeste staalproducerende landen gereedschapsstalen te vinden die vergelijkbaar zijn met die uit de VS, maar het is moeilijk om precieze equivalenten te vinden. Om ervoor te zorgen dat een in de Verenigde Staten ontworpen onderdeel ook in een ander land kan worden gemaakt, is het een goed idee om op de tekening de ASTM- of UNS-aanduidingen te gebruiken, in plaats van de alfanumerieke aanduiding die in de VS gebruikelijk is. ASTM-specificaties hebben een internationaal bereik. De specificatie ASTM A 681 heeft betrekking op alle AISI-gereedschapsstalen, met uitzondering van de W-, M- en T-series, ASTM A 686 op de W-serie, en ASTM A 600 op de M- en T-series. ASTM A 597 heeft betrekking op negen soorten gietgereedschapsstaal (A2, D2, D5, M2, S5, S7, H12, H13 en O1). De ASTM-specificaties maken in feite gebruik van de voormalige AISI-gereedschapsstaalaanduidingen. Zo kan AISI D2 gereedschapsstaal worden aangeduid als ASTM A 681, type D2 of ASTM A 681, type T30402. W1 gereedschapsstaal is ASTM A 686, type W1 (Grade A of C) of ASTM A 686, type T72301. Het laatste nummer is het UNS-nummer. Deze nummers zijn opgenomen in tabel 15-2. We hebben ervoor gekozen om in de volgende besprekingen gebruik te maken van de beter hanteerbare voormalige AISI-aanduidingen, maar onthoud dat een ASTM-aanduiding voor gereedschapsstaal ook geldig is.

TABEL 15-1 Gereedschapsstaalsoorten

	VOORVOEGSEL	SPECIFIEKE SOORTEN
Koud-werk	W (waterhardend)	W1, W2, W5
	O (oliehardend)	**O1**, O2, **O6**, O7
	A (*air*; medium gelegeerd, luchthardend)	**A2**, A4, **A6**, A7, A8, A9, A10, A11
	D (*die*; hoog C-gehalte, hoog Cr-gehalte).	**D2**, D3, D4, D5, D7

TABEL 15-1 (vervolg) Gereedschapsstaalsoorten

	VOORVOEGSEL	SPECIFIEKE SOORTEN
Schokvast	S (*shock resisting*)	S1, S2, S4, S5, S6, **S7**
Warm-werk	H (*hot work*)	H10-H19 chroomsoorten (**H11 en H13**) H20-H39 wolfraamsoorten H40-H59 molybdeensoorten
Snelstaal	M (molybdeen)	Molybdeensoorten: **M1**, **M2**, M3-1, M3-2, M4, M6, **M7**, **M10**, M33, M34, M36, M41, **M42**, M46, M50
	T (*tungsten*, wolfraam)	Wolfraamsoorten: T1, T4, T5, T6, T8, **T15**
Matrijzenstaal	P (*prehardened*, vooraf gehard)	Matrijzenstaalsoorten: P6, **P20**, P21
Voor speciale toepassingen	L (*low alloy*)	Staalsoorten voor speciale toepassingen: L2, L6

Opmerking: De gemakkelijkst verkrijgbare soorten staan in deze en de andere tabellen in dit hoofdstuk vetgedrukt.

15.2 De metaalkunde van gereedschapsstaal

Heden ten dage wordt door industrieën die op de internationale markt actief zijn gebruikgemaakt van gelegeerde staalsoorten, gereedschapsstaalsoorten, cermets en keramische materialen. Deze materialen hebben allemaal verschillende eigenschappen, voordelen en nadelen. Vooruitstrevende bedrijven gebruiken al deze materialen voor machineonderdelen en gereedschappen als buigstempels en dergelijke – dat wil zeggen, voor snijwerktuigen die andere materialen vorm kunnen geven. We hebben al besproken wat de eigenschappen zijn van keramische materialen, cermets, koolstofstalen en gelegeerde staalsoorten. Hier bespreken we de metaalkunde van gereedschapsstaal en vergelijken deze staalsoorten met de andere genoemde materialen

Gereedschapsstalen vormen een uitbreiding van het assortiment staalsoorten dat in het vorige hoofdstuk besproken is. Ze worden gedefinieerd in de *Steel Products Manual* als 'koolstofstalen of gelegeerde staalsoorten die gehard en ontlaten kunnen worden'. Talrijke gelegeerde staalsoorten voldoen aan deze ruime definitie. Gereedschapsstaal bevat meestal aanzienlijk meer legeringselementen dan gelegeerd staal. Wat gereedschapsstaal echter werkelijk onderscheidt van koolstofstaal of gelegeerd staal is de fabricagemethode. Gereedschapsstalen worden gesmolten in elektro-ovens, en sommige worden zelfs opnieuw gesmolten met behulp van vacuümboogomsmelten, vacuüminductieomsmelten of elektroslakomsmelten. Met deze smelttechnieken kunnen de zuiverheid en de legeringen beter beheerst worden dan met de smeltprocessen die worden gebruikt voor de meeste koolstofstalen en gelegeerde staalsoorten. Bovendien worden gereedschapsstalen gewoonlijk gemaakt in kleine hoeveelheden, waarbij de kwaliteit nauwkeuriger wordt gecontroleerd dan bij de voor de handel en voor constructie bestemde staalsoorten. In het algemeen zijn ze verkrijgbaar in de vorm van staven, stangen en grote gesmede producten. Soms worden staven gesneden uit platen. ASTM A 597 vermeldt specificaties voor negen gietgereedschapsstalen, maar deze zijn beperkt verkrijgbaar.

Er zijn zes belangrijke categorieën gereedschapsstaal: warm-werkstaal (Engels: *hot-work steel*), koudwerkstaal (*cold-work steel*), snelstaal, matrijzenstaal, soorten voor speciale toepassingen en schokvast staal. Een van de problemen bij een bespreking van de metaalkunde van gereedschapsstalen is dat er moeilijk uitspraken te doen zijn die gelden voor al deze staalsoorten. De samenstelling en eigenschappen van de staalsoorten in deze categorieën variëren aanzienlijk. Een gemeenschappelijk kenmerk is de eerdergenoemde kwaliteitsfactor. Knuppels worden, voordat ze kleiner worden gemaakt, vaak met de hand gepolijst om defecten te verwijderen. Sommige soorten krijgen speciale warmtebehandelingen om de carbiden een bolvorm te geven (extreem zachtgloeien), en ook in het algemeen geldt dat ze anders worden behandeld. Enkele bijkomende verschillen die gereedschapsstaal onderscheiden van koolstofstaal en gelegeerd staal zijn: ze kosten meer dan gelegeerde staalsoorten, ze hebben een betere hardbaarheid en in sommige gevallen een betere hittebestendigheid, de meeste kunnen gemakkelijker een warmtebehandeling ondergaan en ze zijn meestal moeilijker machinaal te bewerken. Bij elk van deze uitspraken is waarschijnlijk wel een gereedschapsstaal te vinden dat een uitzondering erop vormt, maar omdat er zulke uiteenlopende staalsoorten in dezelfde categorie voorkomen, is dit zo ongeveer alles wat we over gereedschapsstaal kunnen zeggen.

Figuur 15-2 is een poging om enkele van de metaalkundige verschillen tussen koolstofstaal, gelegeerd staal en gereedschapsstaal te illustreren. We hebben opgemerkt dat er in de fabricageprocedures

TABEL 15-2 UNS-aanduidingsnummers voor gereedschapsstalen in de VS

CATEGORIE GEREEDSCHAPSSTAAL	TYPE	UNS-NUMMER
Snelstaal		
ASTM A 600	Molybdeentype	
	M1	T11301
	M2	T11302
	M3/1	T11313
	M3/2	T11323
	M4	T11304
	M6	T11306
	M7	T11307
	M10	T11310
	M33	T11333
	M34	T11334
	M36	T11336
	M41	T11341
	M42	T11342
	M46	T11346
	M50	K88165
	Tungsten (wolfraam) type	
	T1	T12001
	T4	T12004
	T6	T12006
	T8	T12008
	T15	T12015
Staalsoorten voor hogere temperaturen		
ASTM A 681	Chroomtype	
	H10	T20810
	H11	T20811
	H12	T20812
	H13	T20813
	H19	T20819
	Wolfraamtype	
	H21	T20821
	H22	T20822
	H23	T20823
	H24	T20824
	H26	T20826
	Molybdeentype	
	H42	T20842
Koud-werkstaalsoorten		
ASTM A 686	Waterhardend	
	W1	T72301
	W2	T72302
	W5	T72305
ASTM A 681	Oliehardend	
	O1	T31501
	O2	T31502
	O6	T31506
	O7	T31507
	Luchthardend	
	A2	T30102
	A4	T30104
	A6	T30106
	A7	T30107
	A8	T30108
	A9	T30109
	A10	T30110
	Hoog koolstof- en chroomgehalte	
	D2	T30402
	D3	T30403
	D4	T30404
	D5	T30405
	D7	T30407
	Schokvast	
	S1	T41901
	S2	T41902
	S4	T41904
	S5	T41905
	S6	T41906
	S7	T41907
	Matrijzenstaal	
	P6	T51606
	P20	T51620
	P21	T51621
Voor speciale toepassingen	L2	T52621
	L6	T61206

verschillende manieren zijn om te voldoen aan de kwaliteitseisen. Zoals figuur 15-2 laat zien, is gereedschapsstaal meestal niet verkrijgbaar in alle productvormen van koolstofstaal en gelegeerd staal. De meeste gereedschapsstalen worden verkocht als warmgewalste producten, zoals ronde en vierkante staven. Een aantal legeringen is verkrijgbaar in de vorm van vlakke gepolijste platen. Koudgewalste platen zijn niet verkrijgbaar, omdat het te moeilijk is om deze materialen koud te walsen of op een andere

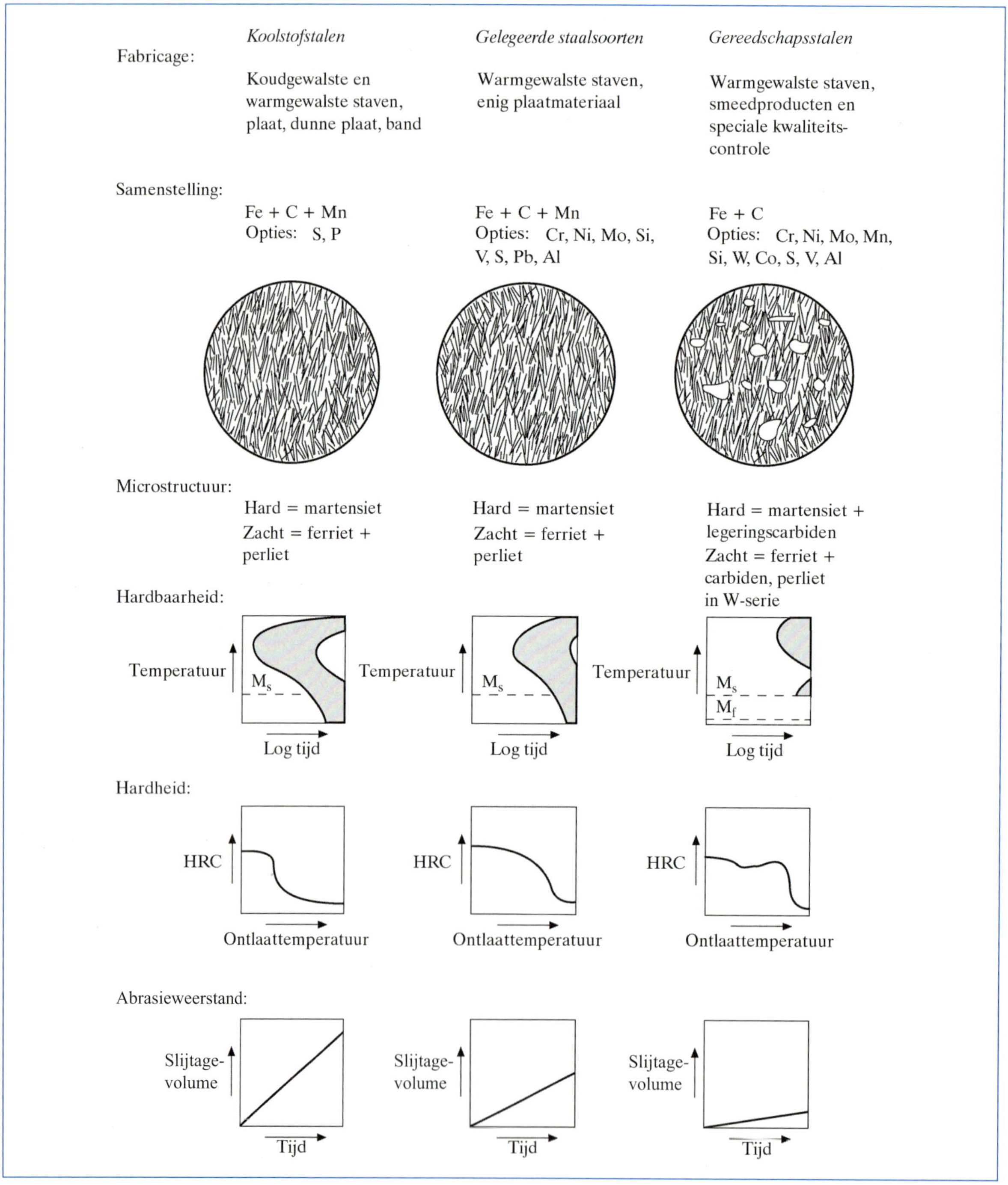

FIGUUR 15-2 Vergelijking van enkele metaalkundige eigenschappen van gereedschapsstaal met die van koolstofstaal en gelegeerd staal

manier koud te bewerken. De meest gebruikte vormen (ronde en vierkante staven, gepolijste platen) zijn ook verkrijgbaar in machinaal afgewerkte vorm. Gelegeerde staalsoorten worden meestal geleverd in warmgewalste vorm. Sommige legeringen zijn verkrijgbaar als plaatmateriaal (vooral abrasiebestendige legeringen en HSLA-soorten). Platen van gelegeerd staal worden gebruikt voor toepassingen als carrosserieën van terreinwagens, waarbij zware stootbelastingen voorkomen. Koolstofstalen daarentegen zijn verkrijgbaar als koudgewalste dunne plaat en band, en in allerlei productvormen (in feite allemaal fabrieksvormen).

De chemische samenstelling van de meeste gereedschapsstalen verschilt aanzienlijk van die van gelegeerde staalsoorten en koolstofstalen. Sommige gereedschapsstalen hebben een samenstelling die valt binnen de samenstellingsgrenzen die we voor koolstofstaal en gelegeerd staal hebben gedefinieerd, maar de meeste gereedschapsstalen hebben aanzienlijk hogere legeringsgehalten dan koolstofstaal en gelegeerd staal. De variatie aan legeringselementen is ook groter. Sommige soorten gereedschapsstaal bevatten elementen zoals wolfraam, kobalt en vanadium, die gewoonlijk niet voorkomen in gelegeerd staal. Koolstofstaal bevat geen significante hoeveelheden legeringselementen, afgezien van de elementen die worden toegevoegd voor een goede desoxidatie of verbetering van de machinale bewerkbaarheid. Een belangrijke factor waarmee rekening moet worden gehouden in verband met het legeringsgehalte van gereedschapsstalen, is dat deze legeringstoevoegingen het staal in de meeste gevallen geen corrosieweerstand geven. Hoewel sommige soorten een vergelijkbaar chroomgehalte hebben als roestvaste staalsoorten, kan geen van deze staalsoorten worden beschouwd als roestvast. Dat komt doordat de legeringselementen zich verbinden met koolstof en zodoende carbiden vormen. Het legeringselement verkeert dan niet in vaste oplossing en kan daardoor niet voor een corrosievast (gepassiveerd) oppervlak zorgen. Type D2 gereedschapsstaal is een speciaal geval, waarbij het chroom wel zorgt voor een zekere weerstand tegen atmosferische roest. In gegloeide toestand is het meeste chroom in D2 gebonden in de vorm van carbiden. Na het harden zijn de meeste kleinere carbiden opgelost in de matrix en helpen zo roestvorming in lucht tegen te gaan.

Het belangrijkste metaalkundige verschil tussen gereedschapsstalen en de andere staalsoorten is hun microstructuur. Figuur 15-3 geeft een schematisch overzicht van de microbestanddelen die in deze verschillende staalsoorten voorkomen, wanneer we een doorsnede bekijken met een microscoop die ongeveer 400 keer vergroot. Figuur 15-4 laat de feitelijke microstructuren zien van belangrijke gereedschapsstalen. In een volledig gehard koolstofstaal of gelegeerd staal bestaat de belangrijkste fase alleen uit martensiet. Sommige gereedschapsstalen hebben ook zo'n structuur, maar de slijtvaste soorten gereedschapsstaal (snelstaal en soorten voor lagere temperaturen) hebben een geharde structuur van martensiet met een paar volumeprocent legeringscarbiden. Het volumepercentage is soms slechts 1 procent en soms wel 30 procent. We bespreken dit later gedetailleerder, maar het punt is dat de aanwezigheid van legeringscarbiden in de microstructuur van vele soorten gereedschapsstaal een van de belangrijkste factoren is waarmee deze materialen zich onderscheiden van andere staalsoorten.

In figuur 15-2 is onder hardbaarheid schematisch weergegeven hoe de TTT-diagrammen van gereedschapsstaal verschillen van die van gelegeerd staal en koolstofstaal. Door het hogere legeringsgehalte hebben deze staalsoorten een beter hardbaarheid, en we merkten eerder al op dat deze staalsoorten gemakkelijker met een warmtebehandeling kunnen worden bewerkt. Om een volledig geharde structuur te bereiken hoeft er minder drastisch te worden afgeschrikt. Dit betekent minder vervorming en minder kans op scheurvorming. Gereedschapsstalen in geharde toestand hebben dezelfde hardheid als volledig geharde koolstofstalen en gelegeerde staalsoorten, maar de ontlaateigenschappen van de geharde structuren kunnen aanzienlijk verschillen (zie figuur 15-2). Gereedschapsstalen ontharden niet zo snel als ze gebruikt worden bij hoge temperaturen. Sommige gereedschapsstalen vertonen secundaire harding. Bij verwarming tot 425°C worden sommige gereedschapsstalen in feite harder. Gelegeerde stalen en koolstofstalen ontharden bij verwarming veel gemakkelijker. Ze hebben dusdanige ontlaateigenschappen dat ze gemakkelijk hun hardheid verliezen wanneer ze worden gebruikt bij hogere temperaturen dan ongeveer 200°C.

Tot slot laten de figuren 15-2 en 15-3 een aantal significante verschillen zien in carbidemorfologie. Deze verschillen zijn verantwoordelijk voor de veel betere slijtweerstand van gereedschapsstalen ten opzichte van andere staalsoorten. Niet alle soorten gereedschapsstaal bevatten massieve carbiden, maar de koud-werksoorten en de snelstaalsoorten wel, en deze staalsoorten hebben een aanzienlijk betere slijtweerstand dan koolstofstalen en gelegeerde staalsoorten. Deze carbidefasen kunnen bestaan uit vanadium-, chroom-, molybdeen- of wolfraam-

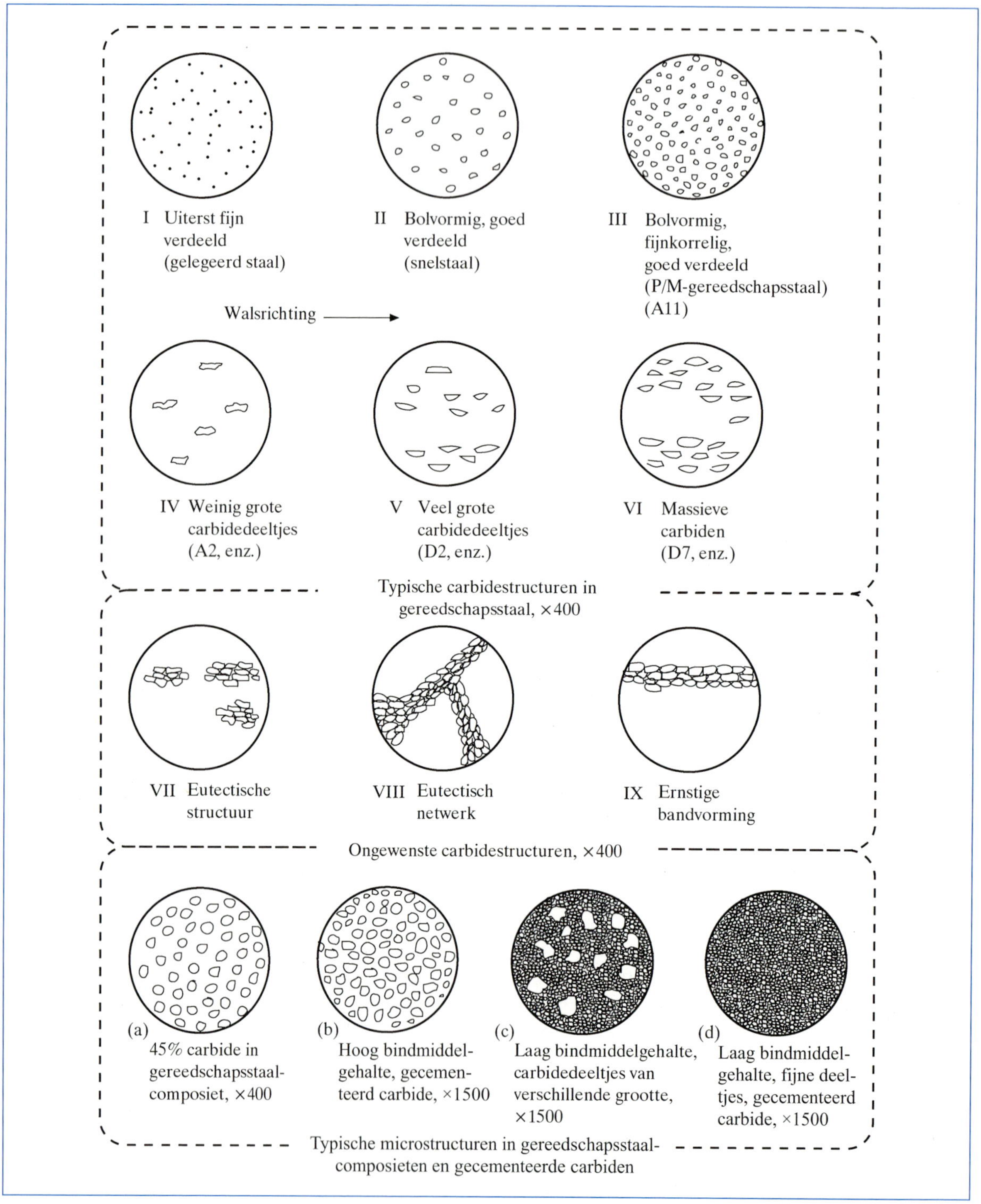

FIGUUR 15-3 De morfologie van carbidedeeltjes die veel voorkomen in diverse materialen: gereedschapsstalen (type I tot IX) en cermets (a) tot (d)

carbiden. Al deze carbiden zijn harder dan de martensietmatrix. Hoe hoger het gehalte aan carbiden, des te hoger de slijtweerstand. Hoe groter de carbidedeeltjes, des te hoger de weerstand tegen abrasie.

In figuur 15-3 hebben we typische microstructuren geschetst die kunnen voorkomen in gereedschapsstaal en in cermets, gereedschapsmaterialen die met gereedschapsstaal concurreren. De gereedschapsstalen met een samenstelling die lijkt op die van gelegeerde staalsoorten, hebben in hun martensietmatrix carbiden die zo fijn zijn dat ze gewoonlijk niet waarneembaar zijn met een microscoop bij een vergroting van ongeveer 400 keer (type I). Naarmate het gehalte aan legeringselementen en koolstof toeneemt, wordt het volumepercentage aan carbiden groter, maar ook de vorm van de carbidefase kan variëren. In sommige groepen gereedschapsstaal zijn de carbiden bolvormig (typen II en III), in andere zijn de carbiden blokvormig (typen IV, V en VI). Deze blokvormige carbiden zijn gewoonlijk in de walsrichting uitgerekt, en ze hebben de neiging banden te vormen evenwijdig aan de walsrichting. De carbiden in snelstaalsoorten zijn meestal van type II. De soorten gereedschapsstaal die met behulp van poedermetallurgietechnieken gemaakt zijn, hebben vaak nog fijnere bolvormige carbiden (type III). De koud-werkgereedschapsstalen hebben structuren van het type IV, V en VI. Hoe meer koolstof en legeringselementen er aanwezig zijn, des te hoger het carbidegehalte is. Sommige luchthardende gereedschapsstalen, zoals A7 en D7, hebben in hun structuur massieve carbiden van type VI, tenzij ze gemaakt zijn met poedermetallurgietechnieken (P/M). In de Verenigde Staten zijn legeringen als A7 en D7 met massieve carbiden grotendeels vervangen door poedermetaallegeringen als A11. Blokgietproducten van A7 en D7 waren namelijk zeer moeilijk te slijpen en hadden een geringe taaiheid. Figuur 15-4 toont microfoto's van enkele carbidepatronen in gereedschapsstaal.

De andere mogelijke carbidestructuren in figuur 15-3 (typen VII, VIII en IX) zijn in feite defecten in gesmede producten van gereedschapsstaal. Eutectische carbiden worden vaak gevormd bij het gieten. De eutectische structuur lijkt enigszins op de veel in koolstofstaal voorkomende perlietstructuur: afwisselende lagen van matrix en carbide. Warmwalsen of smeden wordt geacht de gegoten structuren in stukjes te breken en een gelijkmatige verdeling van de carbidefase (de deeltjes) te veroorzaken, maar ook de grootte van de staaf is van invloed op de carbideverdeling. Staven met een diameter van 150 millimeter hebben bijvoorbeeld vaak 'hoekige' carbiden, staven met een diameter van 50 millimeter vertonen vaak 'carbidebanen' en de carbiden in staven met een diameter van 25 millimeter zijn vaak goed verdeeld. Soms komt dit type structuur voor in de vorm van eilandjes (type VII), in andere gevallen volgt het eutecticum de korrelgrenzen en vormt zodoende een zogenaamd *carbidenetwerk*. Ten slotte laten we sterke *bandvorming* van blokvormige carbiden zien. Dit zijn allemaal ongewenste structuren die veroorzaakt zijn door gebrek aan warmwalsen (grote staven) of problemen bij het verwerken of legeren. Een hoog gehalte aan massieve carbiden leidt tot de beste slijtweerstand. De goed verdeelde carbiden zoals type II produceren een goede weerstand tegen *metaal-op-metaalslijtage*.

In de laatste vier afbeeldingen in figuur 15-3 worden de structuren weergegeven van sommige concurrenten van gereedschapsstaal. Figuur 15-3(a) toont de structuur van een carbidegereedschapsstaalcermet. Deze handelsproducten bestaan uit gereedschapsstaal met tot 50 procent volumepercentage carbiden die bij de fabricage worden toegevoegd (zie figuur 15-5). Dit zijn vaak bolvormige titaniumcarbidedeeltjes. Schokvaste soorten gecementeerd carbide kunnen ongeveer 20 procent kobaltbindmiddel bevatten en 80 procent carbide (meestal WC). Hun structuur lijkt op die in figuur 15-3(b). De soorten gecementeerd carbide met een laag gehalte aan bindmiddel, minder dan 10 procent kobalt, hebben vaak een structuur als de microstructuur in figuur 15-3(c) of (d). De carbiden kunnen allemaal even groot zijn of heterogeen – dat wil zeggen dat er enkele grote, blokvormige carbiden in een matrix zitten die grotendeels bestaat uit fijne carbiden. De beste slijtweerstand wordt meestal verkregen met de laatste structuur: gelijkmatig verdeelde fijne carbiden van ongeveer dezelfde grootte en weinig bindmiddel. De andere structuren kunnen echter bepaalde voordelen hebben ten opzichte van de fijne structuur, zoals een betere taaiheid.

Sinds een aantal jaar kan gereedschapsstaal worden gemaakt met behulp van poedermetallurgie (P/M). Daarmee kan het volumegehalte aan carbiden oplopen tot 50 procent. De samenstelling van de carbiden kan beter worden beheerst en er is vaak sprake van minder segregatie en een gelijkmatiger verdeling van de carbiden. Er wordt bij de bereiding van deze soorten gereedschapsstaal gebruikgemaakt van een aantal specifieke processen. Sommige worden gemaakt door carbidedeeltjes te binden in een matrix van gereedschapsstaal of een ander soort staal (staal-carbidecomposieten of cermets). Daarna worden ze gesinterd en door middel van heet isostatisch persen (HIP) omgezet in een materiaal

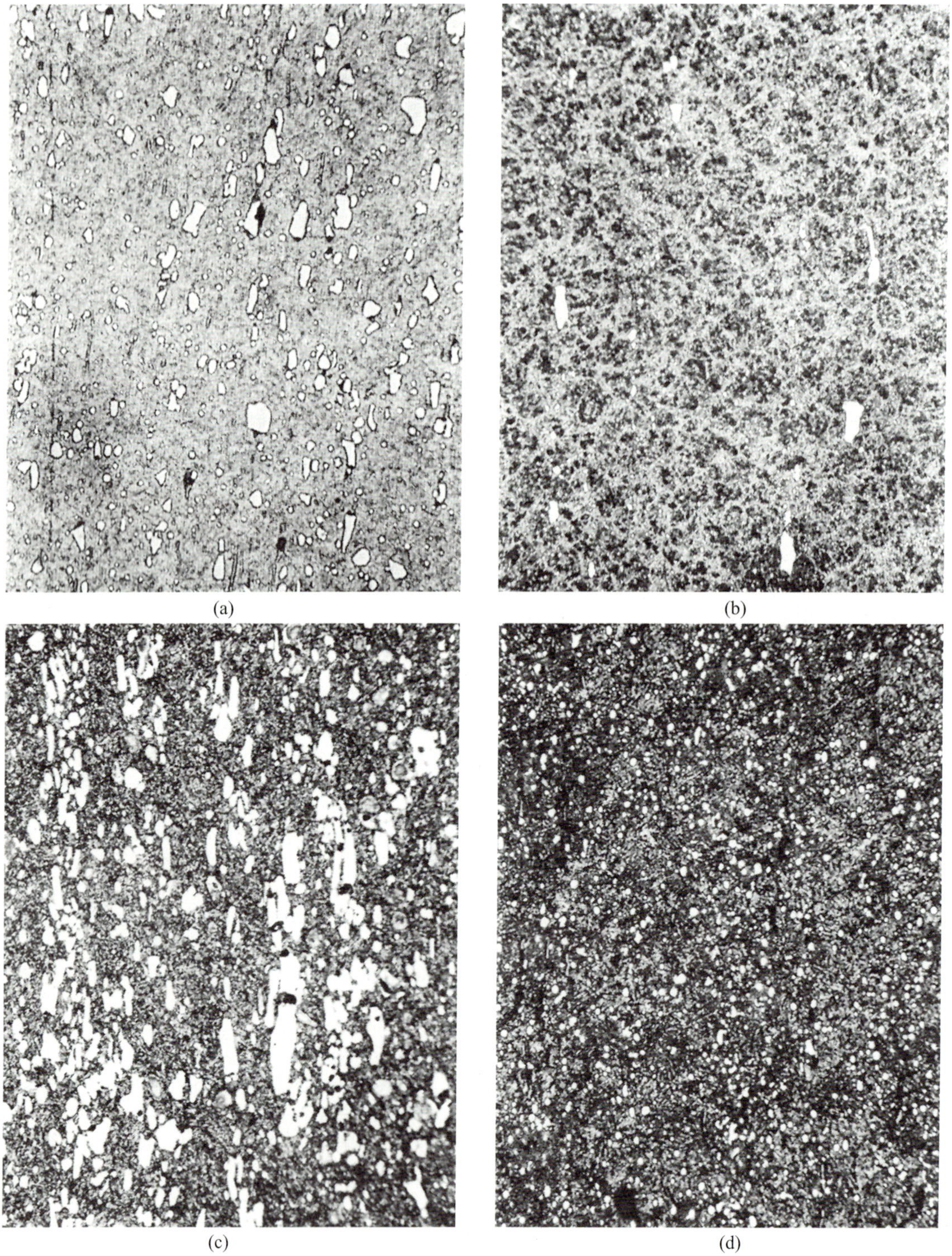

FIGUUR 15-4 De verdeling van carbidedeeltjes in een aantal gereedschapsstalen (×400): (a) type D2; (b) type A2; (c) type A7; (d) type M3. (De witte deeltjes zijn carbiden.)

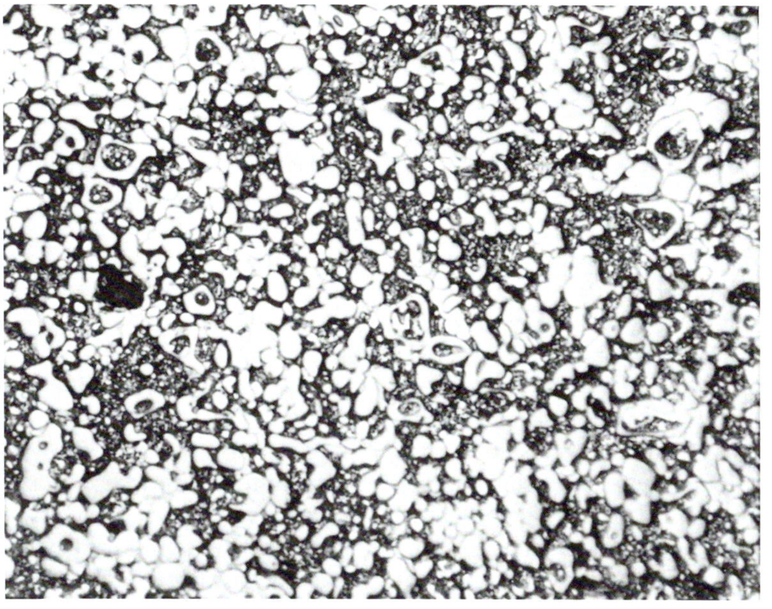

FIGUUR 15-5 Microstructuur van aan staal gebonden carbide (cermet) bij een vergroting van ×800. De matrix is een martensitisch roestvast staal (zwart). Er is een volumepercentage van ongeveer 45 procent titaniumcarbidefase (TiC) aanwezig om de slijtvastheid te verhogen. Het TiC is ongeveer tweemaal zo hard als de matrix van roestvast staal. Deze cermets zijn gemaakt met poedermetallurgietechnieken (P/M)

met een maximale dichtheid. Een andere techniek is om materiaal met de samenstelling van gereedschapsstaal te atomiseren tot kleine deeltjes, en de deeltjes in een container van metaal of glas tot een knuppel te persen door middel van HIP, of anders de atmosfeer rond de container samen te drukken. Uit de knuppel worden dan net als bij de gewone gereedschapsstaalbereiding vormproducten gemaakt door middel van smeden of bewerken. Het atomiseringsproces geeft de carbidedeeltjes een gelijke grootte, en de snelle afkoeling bij het atomiseren maakt het mogelijk om samenstellingen te maken die bij het conventionele gieten van blokken moeilijkheden opleveren. Het nettoresultaat van de poedermetallurgietechnieken is een gereedschapsmateriaal met fijnverdeelde carbiden van een type dat onmogelijk kan ontstaan bij de conventionele smeltmethoden voor de bereiding van gereedschapsstaal.

Laten we de metaalkunde van gereedschapsstaal, in vergelijking met koolstofstaal en gelegeerd staal, nog even samenvatten. Gereedschapsstalen kunnen een warmtebehandeling beter aan (betere hardbaarheid), ze hebben een veel betere slijtweerstand (aanwezigheid van carbiden), ze geven een grotere hardingsdiepte en veel soorten zijn minder vatbaar voor ontharding bij verwarming (ze hebben hogere ontlaattemperaturen). De slijtvaste soorten danken hun hoge slijtweerstand grotendeels aan de morfologie van de carbidefase. Ze hebben daardoor een langere levensduur dan koolstofstalen en gelegeerde staalsoorten. De soorten die geen grote volumepercentages aan carbiden hebben, zoals de matrijzenstalen, krijgen een samenstelling die andere gunstige eigenschappen oplevert, zoals hardingsdiepte, hittebestendigheid en vermoeiingssterkte.

15.3 De chemische samenstelling van gereedschapsstalen

Vijf groepen gereedschapsstaal hebben bepaalde samenstellingseigenschappen die ons in staat stellen om de verschillen in samenstelling van gereedschapsstalen duidelijk te maken. De soorten voor speciale toepassingen (L) laten we weg, want deze worden weinig gebruikt. De verschillen in chemische samenstelling van de diverse groepen zijn voornamelijk bedoeld om een verschillende hardbaarheid en verschillende microbestanddelen te verkrijgen. De gebruikseigenschappen van gereedschapsstaal worden in belangrijke mate bepaald door hun hardheidseigenschappen en door de aard van de aanwezige carbiden.

Figuur 15-6 geeft de overeenkomsten in samenstelling weer in elk van de belangrijke categorieën gereedschapsstaal. Dit maakt het eenvoudiger om een beeld te krijgen van de chemische samenstelling. De warm-werkstaalsoorten hebben een gemiddeld koolstofgehalte en bevatten uiteenlopende gehalten aan hittebestendige metalen zoals chroom, wolfraam en molybdeen. De schokvaste staalsoorten bevatten ongeveer 0,5 procent koolstof en een paar procent andere legeringselementen. De snelstaalsoorten bevatten ongeveer 1 procent koolstof. Er zijn soorten met wolfraam als het belangrijkste legeringselement (T-serie; T staat voor *tungsten*) en soorten met molybdeen als het belangrijkste legeringselement (M-serie). De matrijzenstalen hebben een zeer laag koolstofgehalte en bevatten slechts een geringe hoeveelheid andere legeringselementen. Het is niet nodig om de samenstelling van alle belangrijke legeringen uit je hoofd te leren om de chemie van gereedschapsstaal te kunnen begrijpen; het is waarschijnlijk voldoende om de in figuur 15-6 aangegeven overeenkomsten te onthouden. Wanneer de gereedschapsstalen van de A-serie worden besproken, bedenk dan dat deze 1 tot 2 procent koolstof bevatten en 5 procent chroom. Bij de bespreking van de staalsoorten van de T-serie moet je weten dat wolfraam het belangrijkste legeringselement is. Wanneer de warm-werkstaalsoorten worden besproken, moet je weten dat ze een betrekkelijk laag koolstofgehalte hebben, maar dat ze hittebestendige metalen bevatten om hun warmteweerstand te verbeteren.

Er zijn bijvoorbeeld vijf soorten matrijzenstaal van de D-serie algemeen verkrijgbaar. Ze hebben in feite alle vijf dezelfde microstructuur (massieve carbiden, maar in verschillende gehalten) en ze vertonen slechts kleine verschillen in chemische samenstelling. Ze bevatten tussen 1 en 2 procent koolstof en 12 procent chroom. Maar waarom zijn er dan vijf legeringen verkrijgbaar in plaats van maar één? De diverse legeringen werden ontwikkeld vanwege speciale verzoeken van gebruikers. Om economische redenen neemt het aantal soorten gereedschapsstaal af. Luchthardende gereedschapsstalen vervangen langzamerhand de olie- en waterhardende soorten, en D2 is bij sommige gereedschapsstaalproducenten nu al het enige verkrijgbare D-type.

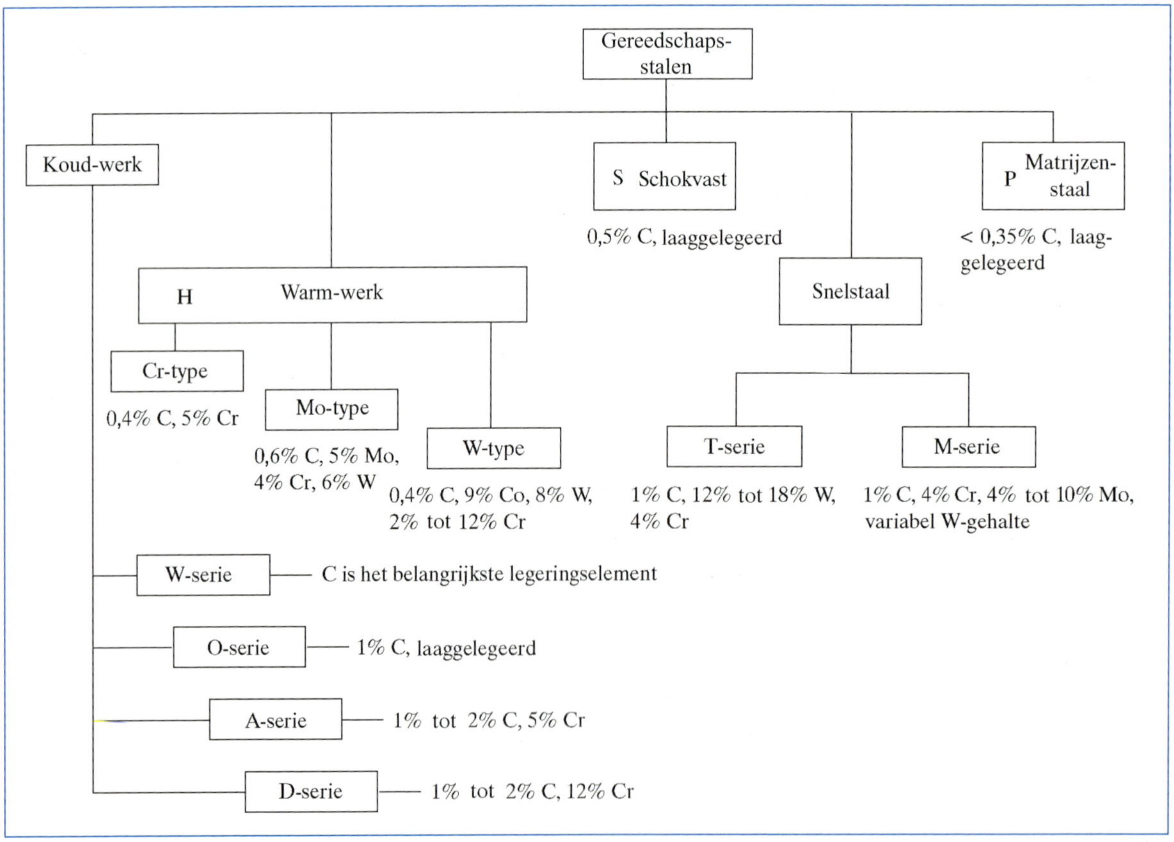

FIGUUR 15-6 Een vergelijking tussen de nominale chemische samenstellingen van gereedschapsstalen

In de volgende paar paragrafen zullen we enkele opmerkingen plaatsen over de verschillen tussen de veelgebruikte gereedschapsstaallegeringen. Houd daarbij echter wel de overeenkomsten wat betreft de samenstelling in het oog.

Koud-werk: waterhardende soorten

Er zijn drie soorten *waterhardend gereedschapsstaal* (W) die veel worden gebruikt (zie tabel 15-3). Deze staalsoorten zijn in wezen koolstofstaal. Ze bevatten geen legeringscarbiden in hun geharde structuur. Het vanadium in de legering W2 dient voor korrelverfijning en vermindert de kans op scheurvorming bij afschrikken. W5 bevat chroom ter verbetering van de hardbaarheid. Alle soorten W-gereedschapsstaal geven een geringe hardingsdiepte en vereisen water als afschrikmiddel.

TABEL 15-3 Waterhardende gereedschapsstalen

TYPE	NOMINALE SAMENSTELLING (GEW.%)*		
	C	Cr	V
W1†	0,6–1,4	–	–
W2	0,6–1,4	–	0,25
W5	1,1	0,5	–

*In deze en de volgende lijsten bestaat de rest uit ijzer.
† Makkelijkst verkrijgbaar.

Vanwege hun lage gehalte aan legeringselementen zijn de W-soorten de goedkoopste gereedschapsstalen. Ze moeten in water worden afgeschrikt en zijn daarom zeer vatbaar voor scheuren. Ze worden gebruikt voor toepassingen waarin de geringe hardingsdiepte een voordeel is, en voor sommige gereedschappen die het best werken met een zachte, taaie kern en een harde, slijtvaste schil. Het gebruik van staalsoorten van de W-serie neemt echter in vele industrieën af.

Koud-werk: oliehardende soorten

De *oliehardende gereedschapsstalen* die commercieel goed verkrijgbaar zijn ziet men in tabel 15-4. Deze legeringen hebben voldoende hardbaarheid om afschrikken in olie mogelijk te maken. De typen O1 en O2 (respectievelijk Werkstoffnummer 1.2510 en 1.2842) hebben vrijwel gelijke gebruikseigenschappen. Type O2 heeft een iets lagere austenitiseertemperatuur dan O1. Met een lage hardingstemperatuur is er minder vervorming bij afschrikken.

TABEL 15-4 Oliehardende gereedschapsstalen

TYPE	NOMINALE SAMENSTELLING (GEW.%)*					
	C	Mn	Si	W	Mo	Cr
O1	0,90	1,00	–	0,50	–	0,50
O2	0,90	1,60	–	–	–	–
O6	1,45	0,80	1,00	–	0,25	–
O7	1,20	–	–	1,75	–	0,75

O6-gereedschapsstaal heeft voldoende koolstof om ongeveer 0,3 procent vrij grafiet in de martensietmatrix van de geharde structuur te kunnen vormen. Deze staalsoort wordt ook wel grafitisch gereedschapsstaal genoemd. Het grafiet is bedoeld om de smering te bevorderen wanneer dit staal wordt gebruikt in glijsystemen van metaal-op-metaal, maar nog belangrijker is dat dit staal vanwege het grafiet gemakkelijk machinaal bewerkbaar is. Een werktuig van dit gereedschapsstaal kan goedkoper zijn dan hetzelfde werktuig van elk ander gereedschapsstaal.

Type O7 heeft een aanzienlijk gehalte aan wolfraam en daarom worden er veel wolfraamcarbiden gevormd, die de slijtvastheid bevorderen en de snijranden van snijgereedschappen scherp houden.

Van deze groep wordt type O1 het meest gebruikt, vooral in gereedschap voor kortlopend stanswerk.

Koud-werk: luchthardende soorten met gemiddeld legeringsgehalte

De meeste soorten luchthardend gereedschapsstaal van de A-serie bevatten in totaal 5 tot 10 procent legeringselementen, en hebben voldoende hardbaarheid om segmenten met een dikte tot 150 millimeter in lucht te laten harden. Er zijn in het algemeen acht legeringen in de handel (zie tabel 15-5).

TABEL 15-5 Luchthardende gereedschapsstalen

TYPE	NOMINALE SAMENSTELLING (GEW.%)							
	C	Mn	Si	W	Mo	Cr	V	N
A2	1,00	–	–	–	1,00	5,00	–	–
A4	1,00	2,00	–	–	1,00	1,00	–	–
A6	0,70	2,00	–	–	1,25	1,00	–	–
A7	2,25	–	–	–	1,00	5,25	4,75	–
A8	0,55	–	–	1,25	1,25	5,00	–	–
A9	0,50	–	–	–	1,40	5,00	1,00	1,50
A10	1,35	1,80	1,25	–	1,50	–	–	1,80
A11	2,45	0,50	0,90	–	1,30	5,29	9,75	–

Type A2 (Werkstoffnummer 1.2363) is het populairst en het gemakkelijkst verkrijgbaar. Chroom en molybdeen geven dit staal een goede hardbaarheid en bevorderen de vorming van legeringscarbiden in de microstructuur.

De types A4 en A6 hebben mangaan als het belangrijkste hardbaarheidsmiddel. Ze hebben lagere austenitiseertemperaturen dan de soorten met 5 procent chroom (minder vervorming). Type A6 is gemakkelijk verkrijgbaar.

Type A7 heeft een overmaat aan koolstof en een hoog vanadiumgehalte, zodat er massieve legeringscarbiden ontstaan die voor slijtvastheid zorgen. De prijs die voor de verbeterde slijtvastheid moet worden betaald, is een slechte machinale bewerkbaarheid. Deze legering is in beperkte mate verkrijgbaar.

De typen A8 en A9 hebben een lager koolstofgehalte vergeleken met de andere soorten en daarom een betere taaiheid. De legering A9 bevat 1 procent extra vanadium om bij slijtagetoepassingen voor een langere levensduur te zorgen.

Type A10 heeft net als type 06 een overmaat aan koolstof, waardoor er vrij grafiet in de geharde structuur voorkomt. Het is echter moeilijk verkrijgbaar.

Type A11 is een soort gereedschapsstaal dat eind jaren zeventig op de markt kwam. Het wordt gemaakt door middel van poedermetallurgische technieken en het bevat 10 procent vanadium om de vorming van slijtvaste vanadiumcarbiden in de microstructuur te bevorderen.

Koud-werk: hoog koolstof- en chroomgehalte

De soorten gereedschapsstaal van de D-serie hebben verschillende hardingseigenschappen. Sommige soorten zijn luchthardend, andere zijn oliehardend. Ze bevatten allemaal ongeveer 12 procent chroom en 1,5 procent koolstof (zie tabel 15-6).

TABEL 15-6 Koud-werkgereedschapsstalen met hoog koolstof- en chroomgehalte

TYPE	NOMINALE SAMENSTELLING (GEW.%)				
	C	Mo	Cr	V	Co
D2	1,50	1,00	12,00	1,00	–
D3	2,25	–	12,00	–	–
D4	2,25	1,00	12,00	–	–
D5	1,50	1,00	12,00	–	3,00
D7	2,35	1,00	12,00	4,00	–

Type D2 (Werkstoffnummer 1.2379) is de meest gebruikte staalsoort voor koud-werkgereedschap. Het hardt aan de lucht met geringe vervorming, zelfs bij segmentdiktes van meer dan 250 millimeter. Het bevat zeer grote chroomcarbiden in de geharde structuur, wat de slijtweerstand bevordert. Type D3 (Werkstoffnummer 1.2080) heeft een hoger koolstofgehalte en daardoor zelfs nog meer legeringscarbiden en slijtvastheid. Voor deze legering is afschrikken in olie vereist, waardoor de kans op vervorming toeneemt. D4 is een koolstofrijke en daardoor extra slijtvaste versie van D2. Aan D5 is kobalt toegevoegd om de weerstand tegen hardheidsverlies bij ontlaten te verbeteren. D7 is een chroomrijke versie van A7. Het bevat massieve legeringscarbiden. Sommige van de carbiden zijn van het VC-type en zijn harder dan de chroomcarbiden in D2. Het heeft een uitstekende slijtweerstand, maar is moeilijk machinaal bewerkbaar.

Van deze staalsoorten wordt de legering D2 het meest gebruikt en deze is het gemakkelijkst verkrijgbaar. D2 heeft uitstekende slijtage-eigenschappen en een uitstekende reputatie: weinig scheurvorming en minimale grootteverandering bij het harden. Dit type staal wordt over de hele wereld gebruikt.

Schokvast gereedschapsstaal

De gereedschapsstalen uit de S-serie werden oorspronkelijk ontwikkeld voor toepassingen zoals beitels, maar het aantal legeringen in deze categorie is uitgebreid met staalsoorten voor een grote variatie aan toepassingen. In de handboeken worden zes legeringen vermeld (zie tabel 15-7). De staalsoorten in deze groep bevatten minder koolstof in vergelijking met de koud-werkstaalsoorten. Ze bereiken nooit de hardheid van koud-werkstaalsoorten (maximaal 58 HRC), maar ze hebben een betere taaiheid. Aan S1 (Werkstoffnummer 1.2550) wordt wolfraam toegevoegd om de legering een betere slijtvastheid te geven. Dit is het oorspronkelijke beitelstaal. De typen S2, S4 en S6 bevatten silicium als het belangrijkste hardbaarheidsmiddel. Ze hebben vergelijkbare gebruikseigenschappen, maar subtiele verschillen in hardingseigenschappen.

Type S7 (Werkstoffnummer 1.2357) verschilt aanzienlijk van de andere staalsoorten in de S-serie. Het hoge chroom- en molybdeengehalte maakt dit staal luchthardend bij tamelijk dikke segmenten (100 millimeter). Vanwege de taaiheid en hardbaarheid in lucht is dit staal uiterst populair voor spuitgietmatrijzen. Het is het belangrijkste en gemakkelijkst verkrijgbare gereedschapsstaal uit de S-serie.

TABEL 15-7 Schokvaste gereedschapsstalen

TYPE	NOMINALE SAMENSTELLING (GEW.%)					
	C	Mn	Si	W	Mo	Cr
S1	0,50	-	-	2,50	-	1,50
S2	0,50	-	1,00	-	0,50	-
S4	0,55	0,80	2,00	-	-	-
S5	0,55	0,80	2,00	-	0,40	-
S6	0,45	1,40	2,25	-	0,40	1,50
S7	0,50	0,60	-	-	1,40	3,25

De staalsoorten in de S-serie hebben een lage slijtweerstand, want ze missen de hardheid en legeringscarbiden van koud-werkstaalsoorten; het koolstofgehalte is veel lager. Deze staalsoorten worden gebruikt voor toepassingen waarbij taaiheid belangrijker is dan slijtvastheid.

Warm-werkgereedschapsstaal

Er staan ongeveer 12 soorten warm-werkgereedschapsstaal (zie tabel 15-8). Ze worden naar het belangrijkste legeringselement in drie groepen onderverdeeld. De soorten met molybdeen of wolfraam zijn gericht op de primaire metaalbewerking. Ze worden gebruikt voor het bewerken van roodgloeiende gietblokken en bloemen en dergelijke. Door de toevoeging van hittebestendige metalen zoals W, Mo, Cr en V worden er bij het ontlaten carbiden gevormd die de verplaatsing van dislocaties belemmeren en het hardheidsverlies bij verwarmen verminderen. Deze metalen zorgen ook voor secundaire harding, een hardheidstoename bij ontlaten. We bespreken hier alleen de chroomtypen, want de W- en Mo-series worden niet vaak gebruikt.

De warm-werkgereedschapsstalen met chroom behouden hun hardheid bij temperaturen tot 430 °C en de wolfraam- en molybdeensoorten bij temperaturen tot 620 °C. De samenstellingen van de soorten H10 (Werkstoffnummer 1.2365) tot H13 lijken erg op elkaar, ze hebben vergelijkbare hardings- en gebruikseigenschappen. H14 en H19 bevatten veel wolfraam, dat zorgt voor een betere hardheid en erosieweerstand bij hoge temperaturen. Ze worden gebruikt voor smeedmatrijzen. H11 en H13 (respectievelijk Werkstoffnummer 1.2343 en 1.2344) zijn de meest gebruikte soorten warmbewerkt gereedschapsstaal. H11 wordt ook gebruikt voor constructietoepassingen en H13 wordt overal in de industrie gebruikt voor algemene toepassingen met warmbewerkt staal, en voor toepassingen zoals spuitgietmatrijzen voor kunststoffen en non-ferrometalen en extrusiematrijzen. H13 is het populairste en ook het gemakkelijkst verkrijgbare warm-werkgereedschapsstaal, en het voldoet aan de meeste behoeften. In gehomogeniseerde toestand heeft het de taaiheid van een 'hoogwaardig' staal.

TABEL 15-8 Warm-werkgereedschapsstaal

	NOMINALE SAMENSTELLING (GEW.%)						
	C	Si	W	Mo	Cr	V	Co
Chroomtypen							
H10	0,40	1,0	-	2,50	3,25	0,40	-
H11	0,35	1,0	-	1,50	5,00	0,40	-
H12	0,35	1,0	1,50	1,50	5,00	0,40	-
H13	0,35	1,0	-	1,50	5,00	1,00	-
H14	0,40	1,0	5,00	-	5,00	-	-
H19	0,40	-	4,25	-	4,25	2,00	4,25
Wolfraamtypen							
H21	0,35	-	9,00	-	3,50	0,50	-
H22	0,35	-	11,00	-	2,00	0,40	-
H23	0,30	-	12,00	-	12,00	1,00	-
H24	0,45	-	15,00	-	3,00	0,50	-
H26	0,50	-	18,00	-	4,00	1,00	-
Molybdeentypen							
H42	0,60	-	6,00	5,00	4,00	2,00	-

Snelstaalsoorten

De naam *snelstaal* is afgeleid van de oorspronkelijke toepassing, het maken van gereedschappen waarmee andere metalen met hoge snelheden machinaal bewerkt kunnen worden. Deze staalsoorten bevatten een hoger percentage aan legeringselementen dan alle andere soorten gereedschapsstaal. In de jaren negentig werden meer dan dertig verschillende legeringen gemaakt in de Verenigde Staten, sommige met molybdeen als belangrijkste legeringselement (M-serie) en andere met wolfraam als het belangrijkste legeringselement (T-serie). Enkele snelstaalsoorten zijn in tabel 15-9 opgesomd.

TABEL 15-9 Snelstaalsoorten

TYPE	NOMINALE SAMENSTELLING (GEW.%)					
	C	W	Mo	Cr	V	Co
M1	0,85	1,50	8,50	4,00	1,00	–
M2	0,85[a]	6,00	5,00	4,00	2,00	–
M3-1	1,05	6,00	5,00	4,00	2,40	–
M3-2	1,20	6,00	5,00	4,00	3,00	–
M4	1,30	5,50	4,50	4,00	4,00	–
M7	1,00	1,75	8,75	4,00	2,00	–
M42[b]	1,10	1,50	9,50	3,75	1,15	8,00
M50	0,85	–	4,00	4,00	1,00	–
T15	1,50	12,00	–	4,00	5,00	5,00

[a] Andere koolstofgehaltes verkrijgbaar.
[b] Verkrijgbaar met 0,3% of 0,55% silicium.

Alle snelstaalsoorten kunnen een hogere hardheid krijgen dan andere gereedschapsstalen (62 tot 67 HRC) en ze bevatten fijne, goed verdeelde carbidedeeltjes voor een betere slijtvastheid. Bovendien handhaven ze hun hardheid bij gebruikstemperaturen tot 540 °C. De koolstof en het chroom in deze legeringen geven het staal een goede hardbaarheid. Vanadium zorgt in gehaltes tot ongeveer 1 procent voor korrelverfijning. Hogere vanadiumgehaltes bevorderen de vorming van vanadiumcarbiden die de slijtvastheid verbeteren. Wolfraam wordt gebruikt om ervoor te zorgen dat het staal niet zacht wordt bij hoge temperaturen. Zelfs de M-serie bevat een aanzienlijke hoeveelheid wolfraam. De typen M42 (Werkstoffnummer 1.3247) en T15 bevatten kobalt, dat ertoe dient om het hardheidsverlies bij verwarmen tegen te gaan. Dit wordt voornamelijk bereikt door versterking van de matrix, en niet door de vorming van carbiden.

Type M1 (Werkstoffnummer 1.3346) is het oorspronkelijke molybdeensnelstaal. M2 (Werkstoffnummer 1.3343) bevat meer koolstof en vanadium dan M1, en heeft daardoor een betere slijtvastheid. Type M3-1 is ontwikkeld als een beter polijstbare staalsoort dan M2. Type M3-2 is ontwikkeld om een staalsoort ter beschikking te hebben met een betere slijtvastheid dan M3-1 (meer koolstof en vanadium) en type M4 wordt geacht de hoogste slijtvastheid onder de genoemde M-soorten te hebben (deze soort bevat het hoogste gehalte aan koolstof en vanadium).

In de industrie zijn snelstaalsoorten de standaardmaterialen voor snijwerktuigen. De typen M1, M2, M7 (Werkstoffnummer 1.3348) en M42 zijn waarschijnlijk de populairste en meest gebruikte staalsoorten voor schroefboren. Type M50 is een laaggelegeerde snelstaalsoort die vaker voor rollagers wordt gebruikt dan voor gereedschappen. Een aantal M-soorten en T15 worden gewoonlijk gemaakt met P/M-technieken. Type M3-1 en T2 zijn in feite verouderd.

Matrijzenstaal

In de industrie wordt een groot aantal soorten matrijzen gebruikt, maar de matrijzen waar in de naam van deze groep naar wordt verwezen, zijn spuitgietmatrijzen voor kunststoffen, opspanblokken en aanverwant gereedschap. De commercieel belangrijke staalsoorten uit de P-serie zijn in tabel 15-10 aangegeven.

TABEL 15-10 Matrijzenstaalsoorten

TYPE	NOMINALE SAMENSTELLING (GEW.%)				
	C	Mo	Cr	Ni	Al
P6	0,10	–	1,50	3,50	–
P20	0,35	0,40	1,70	–	–
P21	0,20	–	–	4,00	1,20

Type P6 heeft een zeer laag koolstofstofgehalte. Het kan niet door afschrikken worden gehard. Het koolstof- en legeringsgehalte is zo laag dat door middel van persen matrijsdetails kunnen worden aangebracht. De gewenste matrijsvorm wordt in het staal geperst met behulp van een stijve doorn die meestal gemaakt is van gehard snelstaal. Op deze manier kunnen matrijzen worden gemaakt zonder machinale bewerking. Deze matrijzen worden vervolgens gecarboneerd om een spuitgietmatrijs voor productie te maken.

Type P20 (Werkstoffnummer 1.2311) is de meest gebruikte soort matrijzenstaal. Het staal heeft een voldoende hoog koolstof- en legeringsgehalte om dikke segmenten te kunnen laten doorharden tot ongeveer 30 HRC. In deze toestand wordt het veel gebruikt om massieve opspanblokken te maken voor gietvormen en spuitgietmatrijzen.

Type P21 kan door afschrikken en oplosgloeien worden gehard tot ongeveer 25 HRC en vervolgens tot ongeveer 40 HRC door precipitatie van intermetallische aluminiumverbindingen in de geharde staalmatrix. Het is een legering voor speciale toepassingen.

Gereedschapsstaal voor speciale toepassingen

De gereedschapsstalen van de L-serie worden meestal gebruikt voor constructietoepassingen en minder voor gereedschap. Er zijn twee soorten commercieel goed verkrijgbaar (zie tabel 15-11). Type L2 (Werkstoffnummer 1.2210) is verkrijgbaar in een aantal soorten met een uiteenlopend koolstofgehalte, dat zorgt voor een verschillende mate van hardbaarheid. Zowel L2 als L6 (Werkstoffnummer 1.2714) worden gewoonlijk in olie gehard tot een hardheid tussen 30 en 45 HRC, en ze worden gebruikt voor toepassingen zoals kantpersstempels, moersleutels en klinkgereedschap.

TABEL 15-11 Gereedschapsstalen voor speciale toepassingen

TYPE	NOMINALE SAMENSTELLING (GEW.%)				
	C	Mo	Cr	V	Ni
L2	0,50–1,10[a]	–	1,00	0,20	–
L6	0,70	0,25[b]	0,75	–	1,50

[a] Er zijn diverse koolstofgehalten verkrijgbaar.
[b] Optioneel.

15.4 De eigenschappen van gereedschapsstalen

Voordat we de bijzonderheden van het selecteren van gereedschapsstaal bespreken, moeten we eerst een aantal eigenschapscriteria vaststellen. Als een ontwerper of andere materiaalgebruiker een stansmatrijs wil ontwerpen, moet hij of zij in het ontwerp rekening houden met allerlei functie-eisen. Deze factoren zijn ook van toepassing op constructiematerialen. Als je de opdracht krijgt een stansmatrijs te maken die per minuut 50 gaten in een stuk staal moet maken, dan moet je niet alleen een geschikt mechanisme ontwerpen, maar ook een gereedschapsstaal selecteren dat bestand is tegen zulke zware bedrijfsomstandigheden. Om te bepalen welk gereedschapsstaal aan de eisen voldoet, vergelijk je de eigenschappen van elk soort gereedschapsstaal. In de Verenigde Staten is een systeem ontwikkeld dat door veel gereedschapsstaalgebruikers wordt gehanteerd. Het vergelijkt alle gereedschapsstalen met elkaar op basis van een tiental eigenschappen die betrekking hebben op de harding en het gebruik.

Wat betreft de hardingseigenschappen wordt een staalsoort beoordeeld op het gemak waarmee deze gehard kan worden, de neiging tot scheurvorming, de vervorming en de weerstand tegen ontkoling.

Wat betreft de gebruikseigenschappen worden factoren als slijtvastheid, machinale bewerkbaarheid, ontharding en taaiheid vergeleken. In de rest van deze paragraaf leggen we uit wat de betekenis van deze afzonderlijke staaleigenschappen is.

Hardingseigenschappen

Veiligheid bij harden

Met deze eigenschap wordt gereedschapsstaal beoordeeld naar de waarschijnlijkheid van scheurvorming tijdens het harden. Een aantal staaldefecten, zoals slijpbrand en ontkoling, kan leiden tot scheurvorming bij het harden, maar sommige staalsoorten, in het bijzonder de waterhardende soorten, zijn zelfs zonder defecten gevoelig voor scheurvorming. De scheurvorming bij warmtebehandeling is voornamelijk een gevolg van de volumeverandering bij de overgang van austeniet naar martensiet. Als bij een dun segment van een onderdeel de transformatie en de bijbehorende volumetoename eerder plaatsvinden dan bij een dikker segment van hetzelfde onderdeel, kunnen er plaatselijk hoge spanningen ontstaan die op hun beurt scheurvorming tot gevolg kunnen hebben. Iets eenvoudigs als een gat in een as kan bij harden ook al leiden tot scheurvorming.

Zoals verwacht mag worden, hangt deze eigenschap samen met het afschrikmiddel dat voor een bepaalde staalsoort gebruikt moet worden. Waterhardende staalsoorten scheuren zeer gemakkelijk, oliehardende staalsoorten zijn minder gevoelig en luchthardende staalsoorten hebben het minst last van scheurvorming tijdens het harden.

Hardingsdiepte

Deze eigenschap is een maat voor de hardbaarheid die de gebruiker vertelt tot welke diepte onder het oppervlak een onderdeel zal harden. De gereedschapsstalen met een hoog gehalte aan legeringselementen hebben meestal een goede hardingsdiepte, terwijl de laaggelegeerde gereedschapsstaalsoorten minder diep harden. Legeringstoevoegingen kunnen staal door middel van een combinatie van mechanismen een grote hardingsdiepte geven. Sommige legeringstoevoegingen leiden tot verfijning van de korrelgrootte, sommige verhogen de austeniteertemperatuur, en andere bevorderen de vorming van legeringscarbiden. Het gewenste netto-effect is dat de transformatie naar zachte structuren trager verloopt, waardoor het afschrikken van dikke segmenten mogelijk wordt zonder dat de kern zacht wordt.

Diephardend staal is wenselijk bij veeleisende toepassingen zoals stansmatrijzen, gietvormen en soortgelijke gereedschappen. Ondiephardende staalsoorten worden vaak geprefereerd voor onderdelen die bij het gebruik blootstaan aan stootbelastingen, zoals assen, paspennen en tandwielen. De zachte kern zorgt voor een zekere mate van taaiheid die in de doorhardende staalsoorten ontbreekt.

In het algemeen kunnen we zeggen dat onderdelen die aan hoge bedrijfsspanningen blootgesteld staan, moeten worden doorgehard. Figuur 15-7 geeft de relatieve hardbaarheid van enkele veelgebruikte soorten gereedschapsstaal.

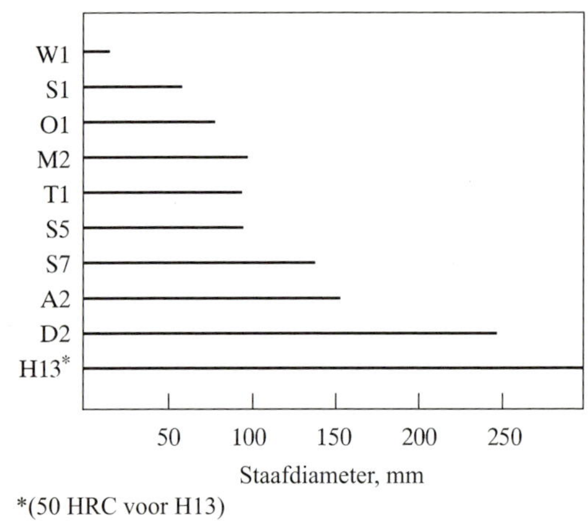

FIGUUR 15-7 Geschatte diameter waarbij een staaf zal doorharden tot 55 HRC

Maatverandering bij het harden

Deze eigenschap heeft betrekking op de nettomaatverandering van een onderdeel na harden en ontlaten. Het is een van de belangrijkste eigenschappen van gereedschapsstaal, maar waarschijnlijk ook de eigenschap waarover het moeilijkst kwantitatieve informatie te vinden is. We kunnen laten zien dat bij de overgang van een zachte structuur naar 100 procent martensiet de grootte theoretisch met ongeveer 4 procent toeneemt, maar in werkelijkheid zijn er zelfs staalsoorten die krimpen. De nettomaatverandering hangt af van de ontlaattemperatuur, de geometrische vorm en de anisotropie. De literatuur over gereedschapsstaal bevat vaak gegevens over de maatverandering van staalsoorten met een standaardvorm. Figuur 15-8 geeft een typische grafiek van de verandering van maat. Het probleem met en het gevaar van het gebruik van deze gegevens is dat ze alleen gelden voor die bepaalde geometrische vorm. Elke andere vorm vertoont een andere verandering van grootte.

Wat is nu het nut van deze eigenschap? Hoewel de gegevens niet kwantitatief zijn voor verschillende vormen, weerspiegelen ze wel de ervaringen in talrijke bedrijfsvoorbeelden. De krommen van grootteverandering versus ontlaattemperatuur zijn nuttig bij het selecteren van een staalsoort met een ontlaattemperatuur die de minste grootteverandering veroorzaakt.

Weerstand tegen ontkoling

In onze bespreking van warmtebehandeling hebben we erop gewezen dat het verwarmen van staal in lucht tot aan de hardingstemperatuur ernstige problemen kan opleveren in de vorm van oxidatie van

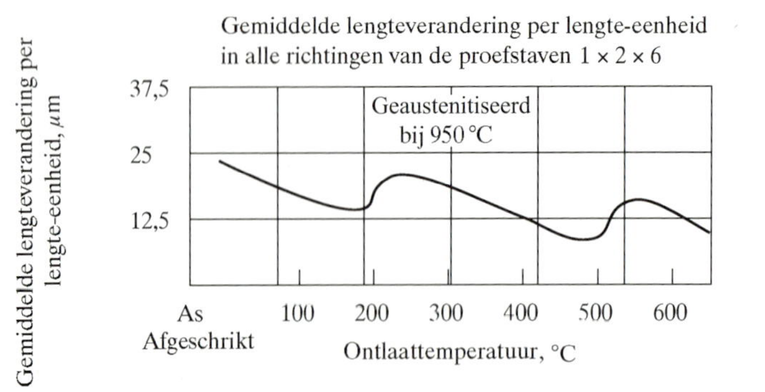

FIGUUR 15-8 Maatverandering tijdens het harden van type A2 gereedschapsstaal

Bron: Overgenomen met toestemming van Latrobe Steel Company

het oppervlak, gepaard met koolstofverlies of ontkolen van het oppervlak. Deze eigenschap van gereedschapsstaal beïnvloedt het vermogen om weerstand te bieden tegen koolstofverlies in het oppervlak bij het harden. Waarom is dit schadelijk? Het antwoord is eenvoudig: het oppervlak van een gereedschapsstaal dat ontkoold is, heeft oppervlakte-eigenschappen die niet veel beter zijn dan die van een stuk gewoon 1020 staal; het is zacht. Een voorbeeld van een ontkoold oppervlak is te zien in figuur 15-9.

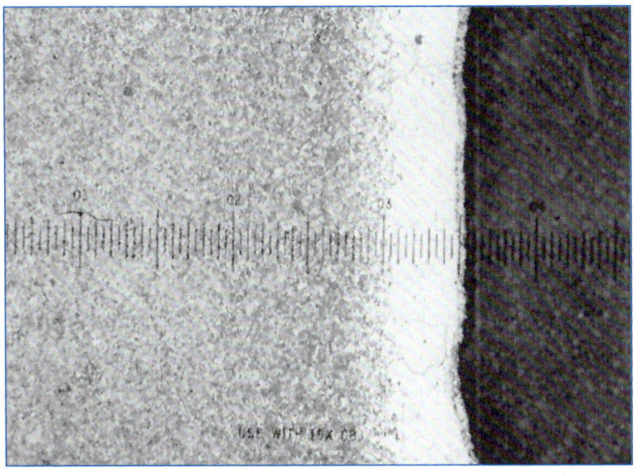

FIGUUR 15-9 Ontkoling 0,125 mm diep op 4140 staal; het witte gebied is zacht (×100)

Een ontkoold oppervlak maakt het staal niet alleen zacht, maar kan bij het afschrikken gemakkelijk scheuren. Omdat het oppervlak een andere chemische samenstelling heeft dan de kern, zullen de fasetransformatie en de bijbehorende maatverandering bij het oppervlak eerder of later plaatsvinden dan in de kern. Daarbij ontstaan er hoge inwendige spanningen en is er dus kans op scheurvorming.

Sommige ontwerpers beweren dat het de taak is van de warmtebehandelaar om te zorgen voor een beschermende atmosfeer en zodoende ontkoling te voorkomen. Dat is misschien wel zo, maar warmtebehandelingen worden vaak uitgevoerd door gespecialiseerde bedrijven en hun klanten kunnen zich niet voor elk stuk gereedschapsstaal een geavanceerde atmosfeercontrole veroorloven. Deze selectiefactor is niet zo belangrijk als sommige andere, maar mag ook niet worden genegeerd. Warmtebehandelaars hebben alle hulp nodig die ze kunnen krijgen. Als twee gereedschapsstalen allebei geschikt zijn, maar de ene soort een betere weerstand tegen ontkoling heeft dan de andere, wordt het gebruik van de eerste soort aanbevolen.

Gebruikseigenschappen

Weerstand tegen hardheidsverlies bij verwarming

Ontlaten wordt gebruikt om gereedschapsstaal iets zachter en minder bros te maken. Warmte bij het gebruik kan onbedoeld leiden tot overmatige ontharding. Iedereen die wel eens aan een draaibank diepe groeven in een stuk staal heeft gemaakt, weet hoe hoog de temperatuur kan oplopen bij de bewerking van metalen met gereedschapsstaal. Het is niet ongewoon dat er bij zo'n bewerking roodgloeiende spanen van een staaf in de draaibank afkomen. Kun je nagaan wat de temperatuur van het oppervlak van het gereedschapsstaal is dat de spanen veroorzaakt.

Dit is een veeleisende toepassing, maar zelfs het gereedschapsstaal van een werkende stanspers kan aan het oppervlak behoorlijk heet worden. Als de temperatuur van het oppervlak hoger wordt dan de oorspronkelijke ontlaattemperatuur van het staal, wordt het staal zachter en gaan de mechanische eigenschappen en de slijtvastheid achteruit. Deze eigenschap hangt nauw samen met de ontlaateigenschappen van het gereedschapsstaal. Figuur 15-10 laat het effect zien van de temperatuur op de hardheid van een aantal gereedschapsstalen.

Een belangrijke factor bij het selecteren is de hardheid die het staal handhaaft bij een hoge temperatuur. Als deze informatie niet gemakkelijk verkrijgbaar is, dan kunnen de ontlaateigenschappen een indicatie geven van de hardheid bij hoge temperaturen, de zogenaamde roodhardheid. Snelstaalsoorten hebben een uitzonderlijke warmhardheid in vergelijking met andere gereedschapsstalen. De laaggelegeerde W-serie doen het in dit opzicht slecht. De warmhardheid is een belangrijke selectiefactor bij warmvervormingsbewerkingen, machinale bewerkingen en talrijke metaalbewerkingen bij massaproductie.

Slijtvastheid

Deze eigenschap van gereedschapsstaal spreekt op het eerste gezicht voor zich. In de praktijk betekent het echter vaak niet meer dan een subjectieve mening over de tijd die een gereedschap bij gebruik meegaat. Er bestaat geen standaardtest voor de slijtage van gereedschapsstaal, en waarschijnlijk ook geen toepassing waarin alle bekende soorten gereedschapsstaal gebruikt zijn, zodat we hun weerstand tegen slijtage met elkaar kunnen vergelijken. Deze eigenschap moet daarom eigenlijk met een korrel zout worden genomen. De catalogi van de gereedschapsstaalleveranciers geven altijd een beoordeling

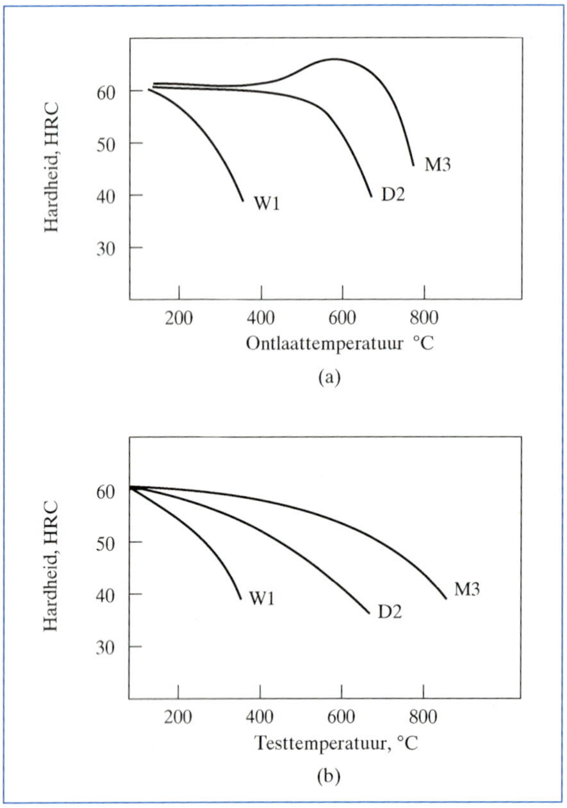

FIGUUR 15-10 (a) Effect van ontlaten op de hardheid; (b) Hardheid bij hoge temperaturen

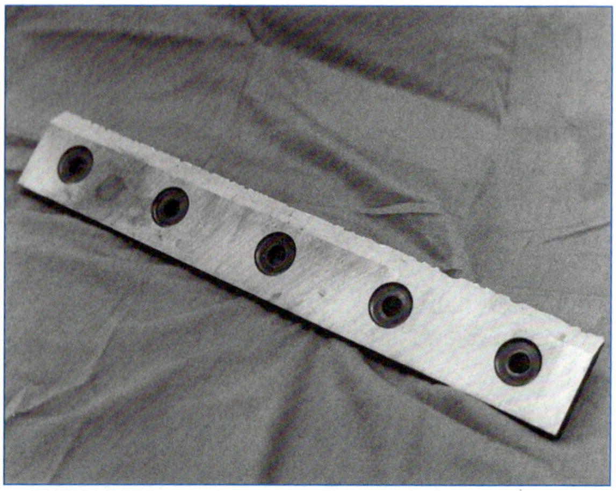

FIGUUR 15-11 Afgeschilferd papiermes

van de relatieve slijtvastheid, maar gereedschapsstaal vertoont niet simpelweg 'slijtage'. Zoals we in hoofdstuk 5 hebben laten zien, bestaan er immers veel verschillende soorten slijtage.

We kunnen niet zeggen dat een bepaald soort gereedschapsstaal beter bestand is tegen slijtage dan een andere soort, zonder ons af te vragen hoe het gereedschap zal slijten. Stel eerst vast welk soort slijtage verwacht kan worden en bekijk dan hoe diverse gereedschapsstalen dit soort slijtage zullen weerstaan. Heel vaak 'slijten' snijwerktuigen door microbreuk (of door breuk die niet zo micro is; zie figuur 15-11) van een snijrand. De randen zijn niet versleten, maar gebroken. De oplossing is in dit geval niet het gebruik van een harder, abrasiebestendiger gereedschapsstaal, maar een staalsoort met een betere taaiheid. Soms worden snijranden stomp bij de fabricage. Ze schilferen af bij randslijpen. Ook dan is een taaier staal de oplossing.

Figuur 15-12 toont laboratoriumtestgegevens over de metaal-op-metaalslijtage-eigenschappen van diverse gereedschapsstalen die glijden tegen harde tegenoppervlakken van roestvast staal. Deze testresultaten zouden anders zijn als er een tegenoppervlak van een ander materiaal gebruikt was. Met een tegenoppervlak van 1020 staal zou de slijtsnelheid van beide oppervlakken hoger zijn, met een tegenoppervlak van gecementeerd carbide juist lager. De gegevens laten zien dat alle gereedschapsstalen met een hoge hardheid zich op dezelfde manier gedragen. Dit is het geval bij tegenoppervlakken met een hoge hardheid. In het algemeen is het zo dat de combinaties van gereedschapsstaal die goed werken in metaal-op-metaalglijsystemen fijne legeringscarbiden bevatten en een hoge hardheid (hoger dan 60 HRC) hebben. De slijtage van het tegenoppervlak is hoog als een gereedschapsstaal met massieve carbiden glijdend contact maakt met een staal dat fijne carbiden bevat. Als de typen A7 of D7 met massieve carbiden gebruikt moeten worden, dan alleen met een tegenoppervlak van hetzelfde materiaal. De ASTM G 83-gekruistecilinderslijtageproeven geven aan dat er een lage systeemslijtage kan worden bereikt met een M2- of M4-gereedschapsstaal bij 62–64 HRC in combinatie met een gecementeerd carbide (6 procent Co). Ook type-D2-gereedschapsstaal bij 60 HRC is een geschikt tegenoppervlak voor gecementeerd carbide. In het algemeen geldt dat als geharde gereedschapsstalen tegen elkaar glijden, een gecementeerd carbide een goed tegenoppervlak is voor geringe slijtage.

Het meeste gereedschap voor metaalbewerking slijt voornamelijk door abrasie en oppervlaktevermoeiing. Bij het stansen van staal in een stanspers wordt abrasie veroorzaakt door vuildeeltjes op het met olie bedekte staal en door harde insluitsels in het staal (Fe_3C, oxiden enzovoort). De combinatie

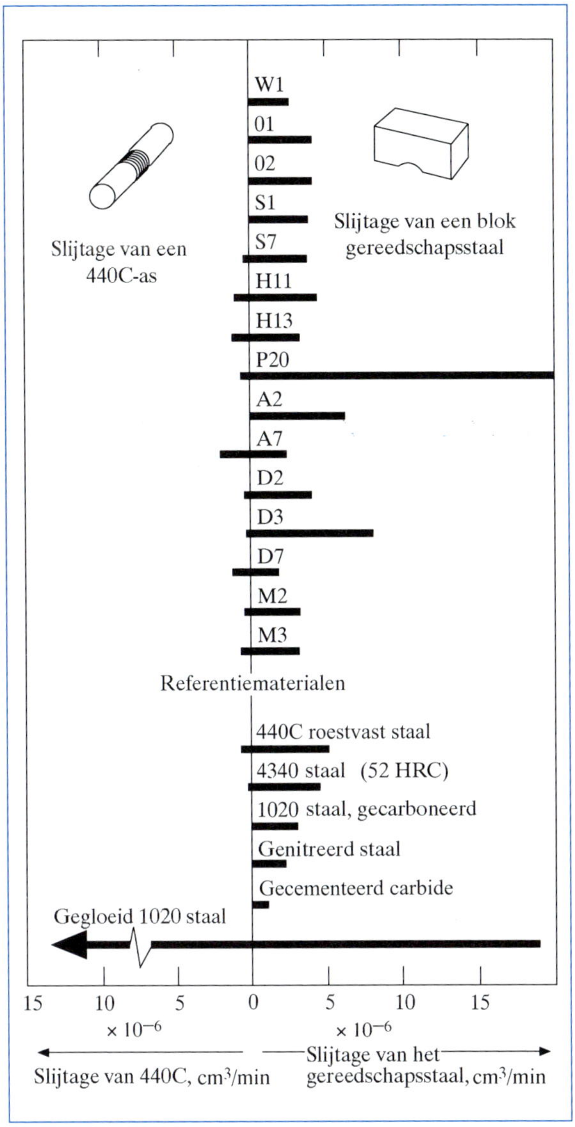

FIGUUR 15-12 Metaal-op-metaalslijtage-eigenschappen van diverse gereedschapsstalen (bij maximale werkhardheid) tegen 440C staal bij 58 HRC

van abrasie en repeterende drukspanningen veroorzaakt een microscopische oppervlaktevermoeiing in de matrijsranden. Figuur 15-13 geeft een overzicht van enkele laboratoriumtestgegevens met betrekking tot de slijtweerstand van sommige soorten gereedschapsstaal, gemeten in een droogschuurabrasieproef. Uit deze proeven is gebleken dat de abrasieweerstand evenredig is met de hardheid van het staal, de hardheid van de carbiden in de staalstructuur, de grootte van de carbidedeeltjes en het volumegehalte aan carbiden. Als twee staalsoorten dezelfde hardheid hebben, waarbij de ene een aanzienlijk carbidegehalte heeft en de andere geen carbiden bevat, dan heeft de eerste staalsoort een grotere slijtweerstand. Als het ene staal hoofdzakelijk chroomcarbiden bevat met een hardheid van 1800 HK_{500}, heeft het minder abrasieweerstand dan een gereedschapsstaal met hetzelfde volumegehalte aan vanadiumcarbide met een hardheid van 2400 HK_{500}. Tegenwoordig wordt bij het ontwerpen van een gereedschapsstaal steeds vaker voor de carbidestructuur gekozen. Sommige koud-werkstaalsoorten (A11) en snelstaalsoorten worden tegenwoordig gemaakt met behulp van poedermetallurgietechnieken waarmee type, grootte, volumegehalte en verdeling van de carbiden (zie figuur 15-14) behoorlijk goed kunnen worden beheerst.

Zoals we in figuur 15-4 hebben laten zien, bevatten de conventionele gereedschapsstalen variërende volumepercentages carbiden. De gereedschapsstalen uit de H-, P-, L- en S-serie hebben geharde structuren die in hoofdzaak bestaan uit ontlaten martensiet met legeringselementen in vaste oplossing. In de structuur komen geen grote carbidedeeltjes voor die de slijtweerstand zouden kunnen verbeteren. De staalsoorten van de W- en O-serie bevatten een betrekkelijk klein volumegehalte aan zeer fijne carbiden, slechts 2 of 3 procent. Deze carbiden zijn soms van het type Fe_3C met een hardheid van minder dan 1000 kg/mm². De staalsoorten uit de A-serie hebben meer en grotere carbiden, bijvoorbeeld van legeringselementen zoals chroom. De staalsoorten uit de D-serie bevatten meer dan 10 procent massieve chroomcarbiden met een hardheid van wel 2000 kg/mm². De snelstaalsoorten bevatten ongeveer hetzelfde volumegehalte aan carbiden als de staalsoorten uit de D-serie, maar dit zijn vaak vanadium- of wolfraamcarbiden. A11 gereedschapsstaal bevat meer dan 10 procent VC-carbide. Hoe hoger het volumegehalte en de hardheid van de carbiden, des te groter de abrasieweerstand.

Gereedschapsstalen die gemaakt zijn met behulp van poedermetallurgie hebben meer dan het normale gehalte aan carbiden, die ook nog eens gelijkmatig verdeeld zijn. Bovendien kan de slijtweerstand worden verhoogd als de carbiden harder zijn dan de carbiden in conventioneel gereedschapsstaal. Zoals in figuur 15-15 te zien is, hebben de hardste staalsoorten een massahardheid van ongeveer 900 op de absolute hardheidsschaal. Als een ontwerp een materiaal vereist dat bestand is tegen abrasie door titaniumdioxide (een veelvoorkomend wit pigment in kunststoffen), dan moeten we een gereedschapsmateriaal gebruiken dat harder is. TiO_2 heeft een hardheid van

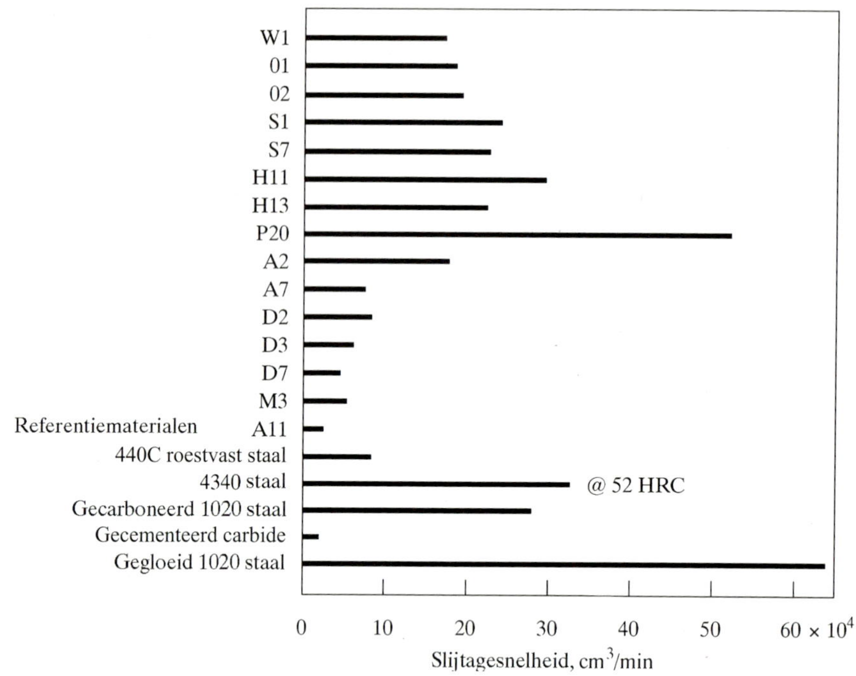

FIGUUR 15-13 Abrasiesnelheid van gereedschapsstalen (bij maximale werkhardheid) tegen 60-mesh-siliciumdioxide (ASTM G 65)

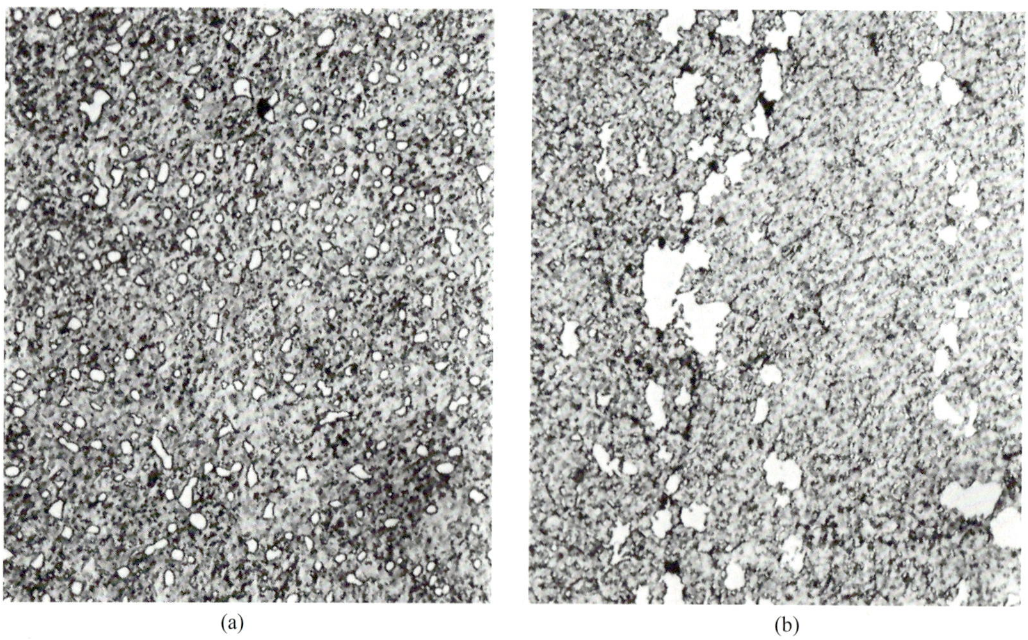

FIGUUR 15-14 Microstructuur van type 440C roestvast staal (×800) gemaakt met (a) een poedermetallurgieproces en (b) conventioneel smelten en walsen

ongeveer 1100 kg/mm², maar er bestaat geen staal met een hogere massahardheid dan 900. Wat te doen? Als er een gereedschapsstaal wordt ontworpen met een aanzienlijk volumegehalte aan wolfraamcarbiden, vanadiumcarbiden of chroomcarbiden, zou dit staal alvast een behoorlijke weerstand tegen het abrasieve titaniumdioxide hebben. Dit is wat er gebeurt bij de bereiding van gereedschapsstaal met poedermetallurgie en bij het maken van staal-carbidecomposieten. Er worden structuren ontworpen met carbidefasen die de slijtvastheid verhogen. Al het A11 gereedschapsstaal bevat 10 procent vanadium, waardoor slijtvastheidsverhogende vanadiumcarbiden worden gevormd. Met gelijksoortige methoden worden andere soorten gereedschapsstaal, snelstaal en roestvast staal gemaakt. Sommige

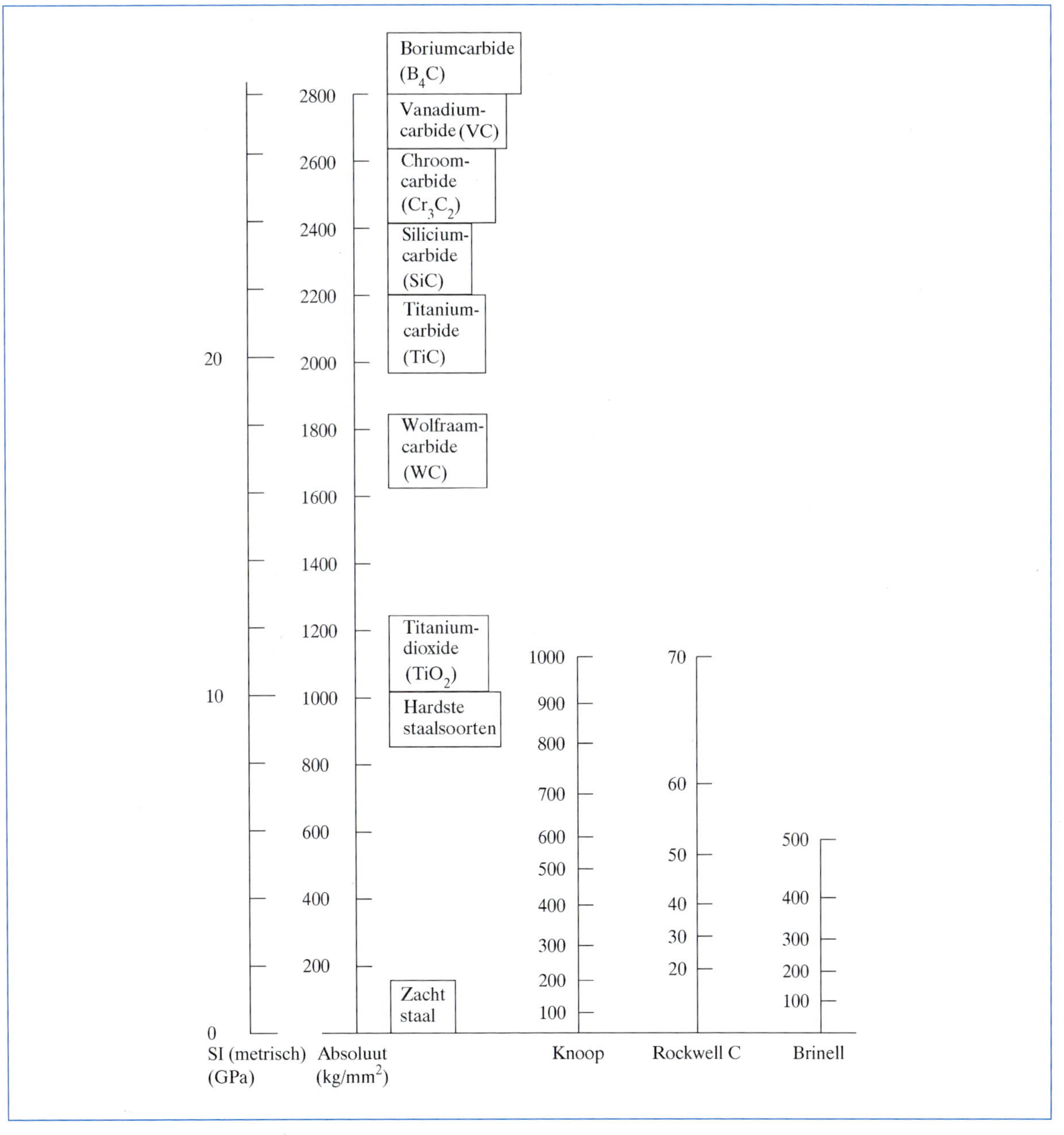

FIGUUR 15-15 Gebruikelijke hardheidsschalen en hun relatie met de absolute hardheid en de hardheid van diverse slijtvaste materialen. De Knoop- en Vickersschalen zijn afkomstig van verschillende hardheidsmetingen, maar de uitkomsten verschillen nog geen 10 procent (300 tot 1004 VHN = 311 tot 946 KHN)

staal-carbidecomposieten hebben een matrix van gereedschapsstaal met tot 50 procent titaniumcarbide in de structuur. Deze materialen vormen een essentieel deel van de moderne gereedschapsmaterialen en ze worden gebruikt wanneer de conventionele staalsoorten met hoge hardheid uit de D-serie en de snelstaalsoorten niet de gewenste slijtweerstand bezitten. Wel zijn er aan deze materialen hogere kosten verbonden, want de prijs is soms 15 euro per kilo of hoger en ze zijn moeilijker te slijpen. Met deze factoren moet bij de selectie rekening worden gehouden.

Taaiheid

Taaiheid is een andere voor zichzelf sprekende eigenschap. In onze eerdere bespreking over het meten van de slagvastheid merkten we op dat er voor het meten van de taaiheid een aantal proeven wordt gebruikt:

1. De Charpy V-kerfslagproef.
2. De Izod-slagproef met of zonder kerf.
3. De dynamische scheurproef.

TABEL 15-12 Vergelijking van de Charpy V-kerfproef en Izod-proef op gereedschapsstaal

STAAL	CHARPY V (J)	IZOD, ONGEKERFD (J)
D2 bij 60 HRC	2,7	40,7
M3 bij 64 HRC	6,8	67,8
H13 bij 50 HRC	13,6	210
S7 bij 56 HRC	20,3	350

De meeste gereedschapsstalen zijn bros. Hun kerfslagwaarde is haast onmeetbaar klein. Bij een meting zonder kerf kan er een meetbare waarde voor de slagvastheid worden vastgesteld, maar deze gegevens kunnen misleidend zijn. In tabel 15-12 worden voor enkele gereedschapsstalen de uitkomsten van de Charpy V- en Izod-proeven met elkaar vergeleken. Eerder hebben we een brosse staalsoort gedefinieerd als een staal waarvan de slagvastheid lager is dan 20,3 J bij kamertemperatuur. We mogen daarom zeggen dat alle gereedschapsstalen bros zijn, tenzij in een Charpy V-proef het tegendeel wordt aangetoond. Een vergelijking van de taaiheid van gereedschapsstalen is meestal gebaseerd op ongekerfde Izod-waarden, als de taaiheid al op proeven gebaseerd is. Deze proeven zijn waardevol bij het kiezen van de beste ontlaattemperatuur en voor een onderlinge vergelijking van gereedschapsstalen, maar als een bepaalde staalsoort bij deze vergelijking de 'beste taaiheid' krijgt toegewezen, wil dat nog niet zeggen dat het staal even goed tegen stootbelastingen bestand is als een stuk koolstofstaal. De schokvaste staalsoorten en sommige soorten matrijzenstaal en warmbewerkt gereedschapsstaal hebben een meetbare Charpy V-taaiheid, maar de andere gereedschapsstalen kunnen beter niet worden mishandeld. In situaties met aanzienlijke dynamische belastingen mogen ze geen scherpe hoeken en kerven vertonen. In figuur 11-16 in hoofdstuk 11 werd de kerftaaiheid van een aantal gereedschapsmaterialen vergeleken. Gecementeerde carbiden bleken ongeveer tien keer zo bros als snelstaal, en snelstaal was op zijn beurt ongeveer tien keer zo bros als ongehard koolstofstaal.

Machinale bewerkbaarheid

De machinale bewerkbaarheid van gereedschapsstaal is net als slijtvastheid en taaiheid gemakkelijk te begrijpen, maar tegelijkertijd ook vaag. Er bestaat geen door de industrie erkende beoordelingsproef voor de machinale bewerkbaarheid van metalen, net zomin als voor andere materialen. De beoordeling van de machinale bewerkbaarheid is dus kwalitatief, maar weerspiegelt wel de ervaring van de gebruikers en men kan er daarom met redelijk vertrouwen gebruik van maken.

Beoordelingscijfers voor machinale bewerkbaarheid (zie bijvoorbeeld figuur 15-17) worden verkregen door het combineren van de gegevens voor machinale bewerking en polijsten uit de catalogi van gereedschapsstaalfabrikanten. De gereedschapsmaterialen worden hierbij tegen elkaar afgezet. Het gereedschapsstaal O1 wordt als het beste beoordeeld. De kosten van machinale bewerking van dit staal zijn echter wel twee keer zo hoog als die voor de machinale bewerking van het staal dat als standaard geldt voor gemakkelijke verspaanbaarheid, type-1112-koolstofstaal met zwavel. Met andere woorden, als de machinale bewerkingskosten voor een machineonderdeel van 1112 staal 1 euro bedragen, zijn die kosten voor hetzelfde onderdeel van O1 gereedschapsstaal 2 euro. De machinale bewerkingskosten voor hetzelfde onderdeel van A11 zouden ongeveer 8 euro zijn, en het zou zelfs nog meer kosten om het onderdeel van gecementeerd carbide te maken.

Materiaalgebruikers moeten er rekening mee houden dat de carbidefasen die we nodig lijken te hebben voor een betere slijtweerstand, het gereedschapsstaal ook moeilijker machinaal bewerkbaar maken. Deze carbiden zijn nog steeds aanwezig in gereedschapsstaal dat gegloeid is. Ze geven de gereedschappen een dof uiterlijk en maken dat de machinale bewerking van gereedschapsstaal in het algemeen duurder is dan die van staal zonder een aanzienlijk volumegehalte aan carbiden.

Vergelijking van de eigenschappen van gereedschapsstalen

We hebben de aard van gereedschapsstalen besproken en laten zien dat er enkele tientallen AISI-typen gereedschapsstaal bestaan, elk met verschillende eigenschappen. Sommige verschillen zijn subtiel, andere zijn aanzienlijk. Laten we nu deze staalsoorten vergelijken aan de hand van de in de voorgaande passage besproken eigenschappen. Tabel 15-13 geeft de eigenschapskwalificaties van de staalindustrie in de VS voor de meest gebruikte gereedschapsstalen. In deze gegevens worden de gereedschapsstalen vergeleken met elkaar, en dus niet met andere staalsoorten, zoals koolstofstalen of gelegeerde staalsoorten.

We kunnen verscheidene conclusies trekken uit de vergelijking van de eigenschappen van gereedschapsstalen:

1. Staalsoorten binnen een bepaalde groep (bijvoorbeeld W of A) hebben in wezen dezelfde eigenschappen.
2. De luchthardende soorten gereedschapsstaal vertonen de beste veiligheid bij harden en de minste vervorming. Waterhardende staalsoorten doen het wat dit betreft slecht en de oliehardende staalsoorten bevinden zich tussen deze uitersten.
3. Snelstaalsoorten hebben als groep de minste taaiheid en machinale bewerkbaarheid.
4. De staalsoorten in de groepen A, D en H en de snelstaalsoorten zijn diephardend.
5. De weerstand tegen ontkoling loopt zelfs binnen de groepen van staalsoorten uiteen en is het meest van invloed op de verwerking in de fabriek. De meeste warmtebehandelaars weten hoe ze ontkoling bij het harden moeten voorkomen.
6. De staalsoorten in de groepen H en D en de snelstaalsoorten hebben de beste weerstand tegen ontharden bij verhitting.
7. De snelstaalsoorten en de staalsoorten uit de D-serie zijn alle zeer goed bestand tegen abrasieve slijtage.

We kunnen nog andere conclusies trekken, maar de bovenstaande zijn algemene beweringen over de diverse groepen gereedschapsstaal die iedereen zou moeten kennen.

Andere belangrijke eigenschappen

Hoewel de selectiecriteria in tabel 15-13 in de Verenigde Staten en elders al lang worden gehanteerd, zijn er nog andere eigenschappen die belangrijk zijn bij de selectie van gereedschapsstalen. Wij bespreken er hier drie.

Lasbaarheid

In de volgende paragraaf melden we in figuur 15-17 dat sommige gereedschapsmaterialen niet lasbaar zijn. Gecementeerd carbide kan eenvoudig niet worden gelast met conventionele methoden, want het is samengesteld uit keramische deeltjes die bij elkaar worden gehouden door een metallisch bindmiddel. Het is uiterst bros en niet bestand tegen de temperatuurschok die optreedt bij lassen. Er bestaat een groot risico dat het materiaal zal scheuren bij het afkoelen vanaf de lastemperatuur. Voor de andere soorten is het risico op scheurvorming evenredig met de in figuur 15-17 gegeven beoordeling. Afkoeling vanaf de lastemperatuur is hetzelfde als afschrikken vanaf de hardingstemperatuur. Zoals we hebben gezien zijn sommige materialen zeer gevoelig voor scheurvorming bij drastisch afschrikken. Wanneer een las afkoelt doordat de warmte zich over de massa van het onderdeel verspreidt, kan hetzelfde gebeuren als bij afschrikken in een vloeistof. De brosse structuur die ontstaat na snel afkoelen, vervormt en kan scheuren door de krimpspanningen die zich tijdens het stollen van de las ontwikkelen.

De beste aanpak van het lassen van gereedschapsstaal is simpelweg om het nooit te doen. Als er toch gelast moet worden, bijvoorbeeld om een verkeerd verspaand onderdeel te redden, dan moet er rekening mee worden gehouden dat er een grote kans op scheurvorming is en dat er speciale procedures moeten worden gevolgd. Hardbare staalsoorten kunnen het best in gegloeide toestand worden gelast. Na het lassen moet het onderdeel langzaam worden afgekoeld en daarna opnieuw gegloeid. Als de onderdelen al gehard zijn, moeten ze voor het lassen worden voorverwarmd tot hun oorspronkelijke ontlaattemperatuur. Tijdens het lassen moeten ze op deze temperatuur worden gehouden. Na het lassen worden de onderdelen langzaam afgekoeld tot handwarm en onmiddellijk weer ontlaten bij de oorspronkelijke ontlaattemperatuur. Gebruik zo mogelijk een niet-hardbaar lasmetaal zoals type 310 roestvast staal. Als de eigenschappen van de las moeten aansluiten bij die van het staal, maak dan gebruik van een lasmetaal waarvan de samenstelling overeenkomt met die van het staal. Controleer na het lassen altijd op scheuren door middel van een penetratiekleurstof. Las nooit gereedschapsstaal van automatenstaalkwaliteit, want dit scheurt door warmbrosheid. De las is zwak bij afkoelen vanaf de lastemperatuur.

TABEL 15-13 Eigenschappen van gereedschapsstalen*

TYPE GEREEDSCHAPSSTAAL (PLUS WERKSTOFFNUMMER)	AFSCHRIKMIDDELEN	VEILIGHEID BIJ HARDEN	HARDINGSDIEPTE	WEERSTAND TEGEN ONTKOLING	VERVORMING BIJ HARDEN	WEERSTAND TEGEN HARDHEIDSVERLIES BIJ VERWARMING	SLIJTVASTHEID	TAAIHEID	MACHINALE BEWERKBAARHEID
Koudbewerkt									
W1	Water	Slechtst	Ondiep	Hoogst	Hoog	Laag	Redelijk	Hoog	Het best
O1 (1.2510)	Olie	Goed	Gemiddeld	Hoog	Laag	Laag	Gemiddeld	Gemiddeld	Goed
A2 (1.2363)	Lucht	Het best	Diep	Gemiddeld	Laagst	Hoog	Goed	Gemiddeld	Redelijk
D2 (1.2379)	Lucht	Het best	Diep	Gemiddeld	Laagst	Hoog	Zeer goed	Laag	Slecht
Schokvast									
S1 (1.2550)	Olie	Goed	Gemiddeld	Gemiddeld	Gemiddeld	Gemiddeld	Redelijk	Zeer goed	Redelijk
S7 (1.2357)	Lucht	Het best	Diep	Gemiddeld	Laagst	Hoog	Redelijk	Zeer goed	Redelijk
Snelstaal									
M1 (1.3346)	Olie, lucht, zout	Redelijk	Diep	Laag	Lucht of zout: laag; olie: matig	Zeer hoog	Zeer goed	Laag	Redelijk
M2 (1.3343)	Olie, lucht, zout	Redelijk	Diep	Gemiddeld	Lucht of zout: laag; olie: matig	Zeer hoog	Zeer goed	Laag	Redelijk
M3 (1.3342)	Olie, lucht, zout	Redelijk	Diep	Gemiddeld	Lucht of zout: laag; olie: matig	Zeer hoog	Zeer goed	Laag	Redelijk
M4 (1.3351)	Olie, lucht, zout	Redelijk	Diep	Gemiddeld	Lucht of zout: laag; olie: matig	Zeer hoog	Het best	Laag	Slecht tot redelijk
Warmbewerkt									
H11 (1.2343)	Lucht	Het best	Diep	Gemiddeld	Zeer laag	Hoog	Redelijk	Zeer goed	Redelijk tot goed
H12 (1.2606)	Lucht	Het best	Diep	Medium	Zeer laag	Hoog	Redelijk	Zeer goed	Redelijk tot goed
H13 (1.2344)	Lucht, zout	Het best	Diep	Medium	Zeer laag	Hoog	Redelijk	Zeer goed	Redelijk tot goed
Matrijzenstaal									
P20 (1.2311)	Olie	Goed	Gemiddeld	Hoog	Laag	Laag	Redelijk	Goed	Redelijk

* De complete tabel staat afgedrukt in de *Steel Products Manual – Tool Steels*, The Iron and Steel Society, Warrendale, PA, 1988.

Als de genoemde voorzorgsmaatregelen worden genomen, dan zijn twee van de gereedschapsmaterialen in onze lijst in feite goed lasbaar. Dit zijn het gereedschapsstaal H13 en type 420-roestvast staal. Hun gunstige laseigenschappen zijn een belangrijke reden voor hun populariteit als matrijzenstaal. Matrijzen worden nogal eens gewijzigd, bijvoorbeeld vanwege veranderingen in het ontwerp. Het gebruik van gereedschappen met een aanvaardbare lasbaarheid maakt deze wijzigingen mogelijk. Soms is lasbaarheid een belangrijke selectiefactor, en daarom hebben we deze eigenschap toegevoegd aan onze selectie-informatie.

Kosten

De prijzen van gereedschapsstaal veranderen met de dag en beweringen als 'A2 kost 2 euro per kilo' en 'H13 kost 2,25 euro per kilo' hebben dus weinig zin. De prijsverhouding tussen de diverse gereedschapsstalen blijft echter waarschijnlijk tamelijk constant, aangenomen dat er geen onvoorziene schaarste van legeringen ontstaat. Als 1020-koolstofstaal wordt verkocht voor 1 euro per kilo, kost een staal met een gemiddeld koolstofgehalte wellicht 2 euro per kilo, een standaard gelegeerd staal zoals 4140 3 euro per kilo, een oliehardend gereedschapsstaal 4 euro per kilo en hooggelegeerde luchthardende staalsoorten 6 euro per kilo. Gecementeerde carbiden worden meestal speciaal besteld en het is mogelijk dat er matrijskosten bijkomen voor de vormgeving. Aangenomen dat er geen matrijskosten zijn, is de prijs per kilogram misschien 20 euro. Met de prijs van een gereedschapsstaal hoeft eigenlijk geen rekening te worden gehouden, tenzij het gaat om gereedschap dat enkele duizenden kilogram weegt. Als je een matrijs bouwt die 15 kilo weegt, maakt het heel weinig verschil of je materiaal 60 euro of 10 euro kost, of enkele duizenden dollars, want in de machinale bewerking van de matrijs gaat waarschijnlijk arbeidsloon zitten. Het is veel economischer om een staal te gebruiken met een lange levensduur en goede warmtebehandelingseigenschappen dan om een gereedschapsstaal van lage kwaliteit te gebruiken met het risico dat het gereedschap niet voldoet.

Werkhardheid

Het laatste te behandelen onderwerp dat te maken heeft met de eigenschappen van gereedschapsstalen is de werkhardheid waarbij elk gereedschapsstaal moet worden gebruikt. Ontwerpers vragen vaak om een hardheid die met een bepaald soort staal niet bereikbaar is. Soms willen ontwerpers taaiheid en vragen dan om een lagere hardheid dan voor een bepaalde staalsoort gebruikelijk is. Daar is op zich niets op tegen, behalve dat sommige gereedschapsstalen brosser zijn bij 50 HRC dan bij 60 HRC.

Een veelvoorkomend misverstand is dat twee soorten gereedschapsstaal in glijdend contact ongelijke hardheden moeten hebben. In het algemeen geldt dat de slijtage het laagst is als beide staalsoorten gehard zijn tot hun maximale werkhardheid (en gesmeerd zijn). Soms worden elkaar rakende onderdelen gemaakt met een verschillende hardheid om het minder dure onderdeel sneller te laten slijten dan het andere oppervlak in het glijsysteem. Het glijden van een 50 HRC-oppervlak tegen een 60 HRC-oppervlak heeft gewoonlijk tot gevolg dat beide oppervlakken sneller slijten dan wanneer ze allebei een hardheid hebben van 60 HRC. Bij 50 HRC is het staal met de lagere hardheid gevoeliger voor adhesieve slijtage, waardoor beide materialen beschadigd worden. Als het de bedoeling is om het ene oppervlak van een glijsysteem sneller te laten slijten dan het andere, gebruik dan voor beide materialen de maximale werkhardheid, maar gebruik verschillende legeringstypen. Maak bijvoorbeeld het duurdere onderdeel van M3-2-snelstaal bij 63 HRC en het andere onderdeel van O1 gereedschapsstaal bij 60 HRC. Deze harde staalsoorten slijten gewoonlijk door polijsten in plaats van door adhesieve slijtage of versmeren, zoals zou gebeuren als een van de materialen een hardheid van 50 HRC had. Het snelstaalmateriaal zal gewoonlijk toch minder snel slijten dan het O1 staal, want het heeft meer harde carbiden in de microstructuur dan het O1 staal. Een veiliger manier om een duur slijtoppervlak te beschermen is om dit te maken van een hard gereedschapsmateriaal (harder dan 60 HRC) en het tegenoppervlak van een goede soort brons of gietijzer (met goede smering) of van een zelfsmerende kunststof.

Een ander probleem bij het zonder meer verlagen van de hardheid is dat sommige hardheden, uit het oogpunt van warmtebehandeling, onmogelijk te bereiken zijn. Figuur 15-16 geeft de ontlaatkromme voor A2 gereedschapsstaal. Deze staalsoort wordt gewoonlijk ontlaten bij 260 °C, wat een hardheid oplevert tussen 58 en 62 HRC. Als een gereedschapsstaalgebruiker een hardheid specificeert van 50 HRC, betekent dat voor de warmtebehandelaar dat er ontlaten moet worden bij een temperatuur van 600 °C. De temperatuur hoeft dan echter maar 18 °C extra te stijgen en je blijft zitten met een hardheid van slechts 45 HRC. Oventemperaturen kunnen niet zo nauwkeurig worden geregeld. Het is dus niet verstandig om met werkhardheden te experimenteren

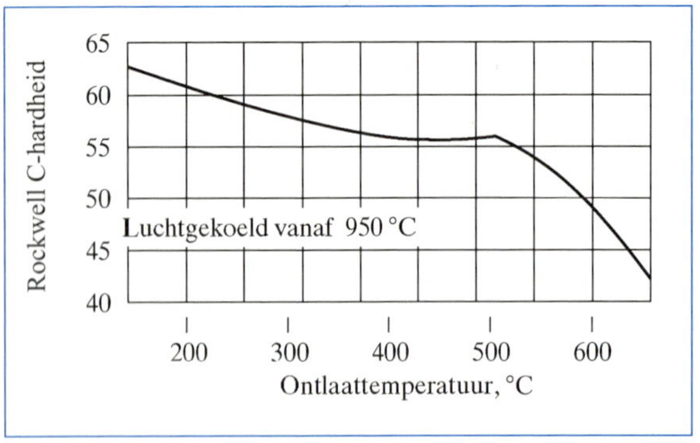

FIGUUR 15-16 Ontlaateigenschappen van A2 gereedschapsstaal

Bron: Overgenomen met toestemming van Latrobe Steel Company.

zonder informatie te hebben over de taaiheid en hardheid in samenhang met de ontlaattemperatuur.

15.5 Het selecteren van gereedschapsstaal

De informatie in tabel 15-13 is bedoeld om te worden gebruikt bij het selecteren van gereedschapsstaal. Deze lijst bevat slechts de populairste gereedschapsstaallegeringen. De complete tabel is gepubliceerd in de Verenigde Staten in de paragraaf Tool Steels van de *Steel Products Manual* door de Iron and Steel Society en bevat ongeveer zeventig gereedschapsstalen. De aanbevolen procedure voor het selecteren van een gereedschapsstaal voor een specifieke toepassing is een lijst maken van de vereiste eigenschappen en vervolgens nagaan welke legering daar het beste bij past. Tabel 15-13 geeft vijf selectiefactoren die betrekking hebben op de warmtebehandelingseigenschappen en vier die betrekking hebben op de bedrijfsomstandigheden.

Een voorbeeld van een ontwerpvraagstuk is: selecteer een staalsoort voor een stansstempel en stansmatrijs die worden gebruikt voor een kortdurende stansbewerking. Er hoeven slechts 3000 speciale platte sluitringen van 1010 staal met een dikte van 1 millimeter te worden gestanst.

Om dit vraagstuk aan te pakken moet je een lijst maken van de vereiste eigenschappen voor het gereedschap en vervolgens het staal zoeken dat het beste bij de lijst past. De eigenschappenlijst zou er als volgt uit kunnen zien:

1. Het staal moet goedkoop zijn.
2. Het moet hard genoeg zijn om een scherpe rand te kunnen maken.
3. Het moet sterk en taai genoeg zijn om tijdens het gebruik niet te breken.

Dit is een kort lijstje, maar het is voldoende. Tabel 15-13 heeft de beperking dat het geen kwantitatieve waarden voor de eigenschappen geeft, maar de tabel vergelijkt wel de eigenschappen van de diverse gereedschapsstalen met elkaar.

Wij adviseren om bij het selecteren een lijst te maken van de vereiste eigenschappen en vervolgens de groep kandidaat-materialen steeds verder te verkleinen door middel van vragen als de volgende:

1. Heb ik corrosieweerstand nodig?
2. Heb ik lasbaarheid nodig?
3. Is de prijs van het materiaal een belangrijke factor?
4. Zijn de kosten van machinale bewerking belangrijk?
5. Wordt het onderdeel blootgesteld aan stootslijtage?
6. Is een goede weerstand tegen hoge temperaturen nodig?
7. Is slijtvastheid belangrijk?
8. Zo ja, wat is de soort slijtage?
9. Kunnen er problemen ontstaan door grootteveranderingen bij het harden?
10. Welke hardheid heb ik nodig?
11. Wat is de verwachte levensduur?
12. Hoe veeleisend zijn de bedrijfsomstandigheden?
13. Kan het onderdeel na het harden geslepen worden?
14. Is hoge sterkte een factor?
15. Hoeveel van deze onderdelen zijn er nodig?
16. Moet er een dik segment worden doorgehard?

Er zouden nog andere vragen kunnen worden gesteld, maar het gaat ons om het feit dat je door middel van zulke vragen een lijst met gebruikseisen kunt samenstellen. Let wel dat je niet meer vraagt dan voor een toepassing nodig is.

Geen enkele materiaalgebruiker of metaalkundige is voldoende vertrouwd met alle commercieel goed verkrijgbare gereedschapsstalen. De meeste gebruikers en metaalkundigen bouwen een lijst, of repertoire, op van gereedschapsmaterialen waarmee ze vertrouwd zijn geraakt en selecteren vervolgens steeds uit deze beknopte lijst. Hier stellen wij een repertoire voor dat goed werkt voor vele industrieën. Voor een specifieke industrie zou de lijst er wellicht anders uitzien.

Een repertoire van gereedschapsmaterialen voor ontwerpers

Gereedschapsstalen

1. O1 (Werkstoffnummer 1.2510): matige slijtvastheid, oliehardend.
2. A2 (Werkstoffnummer 1.2363): matige slijtvastheid, luchthardend.
3. D2 (Werkstoffnummer 1.2379): goede slijtvastheid, luchthardend.
4. A11: uitstekende slijtvastheid, harden door afschrikken in zout of onder druk (vanuit vacuüm).
5. S7 (Werkstoffnummer 1.2357): luchthardend, schokvast.
6. H13 (Werkstoffnummer 1.2344; EN X 40CrMoV5-1): warmbewerkt matrijzenstaal.
7. M2 (Werkstoffnummer 1.3343): snelstaal voor algemeen gebruik.

Niet-gereedschapsstalen

8. 4140 (EN 19) gelegeerd staal: constructiestaal.
9. 4340 (EN 24) gelegeerd staal: constructiestaal.
10. 420 (EN X20Cr13) roestvast staal: matrijzenstaal.
11. 440C roestvast staal: corrosiebestendig gereedschapsmateriaal.
12. C2 gecementeerd carbide: uitstekende slijtweerstand.

In figuur 15-17 geven we een semikwantitatieve vergelijking van de door ons geselecteerde gereedschapsstalen. Vergeleken met de tabel van de *Steel Products Manual* (tabel 15-13) is het aantal warmtebehandelingsfactoren kleiner en zijn er enkele eigenschapscategorieën toegevoegd:

1. Slijtweerstand
2. Machinale bewerkbaarheid
3. Lasbaarheid
4. Kostenfactor
5. Aanbevolen werkhardheid

We hebben het aantal warmtebehandelingsfactoren verminderd. Vooral vanwege ruimtegebrek, maar ook omdat de moderne warmtebehandelingsmethoden het risico op scheurvorming en ontkoling aanzienlijk hebben gereduceerd. De door ons toegevoegde eigenschappen spreken min of meer voor zichzelf, maar men kan er indien gewenst meer over lezen in de vorige paragraaf.

Slechts zeven staalsoorten in deze lijst zijn gereedschapsstalen. De overige soorten zijn materialen uit andere groepen die met de gereedschapsstalen concurreren. Als een ontwerper aan verscheidene metaalkundigen vraagt: 'Als u de eigenaar van een gereedschaps- en machinebedrijf was, welke staalsoorten zou u dan in voorraad houden om aan 90 procent van de behoeften te kunnen voldoen?', zou elke metaalkundige andere soorten noemen, maar iedereen zou veel minder dan zeventig gereedschapsstalen noemen. De bovenstaande lijst is daarom slechts een voorbeeld. De lijst zal niet voldoen voor alle industrieën, maar is voor de meeste afdoende. Sommige materialen op de lijst zijn misschien niet altijd nodig. In een fabriek voor auto-onderdelen hoeft men zich bijvoorbeeld geen zorgen te maken over corrosie, want zowel onderdelen als gereedschappen zijn gewoonlijk bedekt met olie, afkomstig van machinale bewerking en smeermiddelen. Het is dus niet nodig om roestvaststalen gereedschappen te gebruiken. Aan de andere kant beschikt de autofabriek waarschijnlijk over apparatuur voor het spuitgieten van kunststoffen en is het 420 roestvast staal een geschikt materiaal voor watergekoelde spuitgietmatrijzen.

We hebben een oliehardend staal in ons repertoire van gereedschapsmaterialen opgenomen omdat het gemakkelijker machinaal te bewerken is dan de andere koud-werkstaalsoorten en de slijtage-eigenschappen voldoende zijn voor gereedschappen met een korte levensduur en voor machineonderdelen in normaal bedrijf. Het belangrijkste nadeel is dat het meer vervormt bij het harden dan luchthardende staalsoorten, maar de maatverandering is onbelangrijk bij onderdelen met een dikke en gelijkmatige doorsnede.

Een van de beste staalsoorten voor stanspersen en stansmatrijzen is D2 staal. Omdat het luchthardend is, vervormt of scheurt het zelden bij het harden. Het heeft voldoende slijtvastheid voor onderdelen die met zware bedrijfsomstandigheden te maken krijgen. Het is moeilijk machinaal te bewerken, dus moet het alleen gebruikt worden als de gebruikseisen erom vragen. Type A2-gereedschapsstaal is veel beter machinaal bewerkbaar dan D2 en ook deze staalsoort is luchthardend (geringe vervorming). Dit staal vormt dus een compromis tussen de O-serie en de D-serie.

Het A11-staal is beter bestand tegen abrasie dan de andere koud-werkstaalsoorten vanwege de aanwezigheid van een aanzienlijk volumepercentage aan vanadiumcarbide. De slijtvastheid van dit staal houdt het midden tussen de andere koud-werkstaalsoorten en gecementeerde carbiden of andere cermets (zie figuur 15-17). Het wordt gebruikt wanneer staalsoorten als D2 geen voldoende lange levensduur kunnen bieden en we geen last willen hebben van de

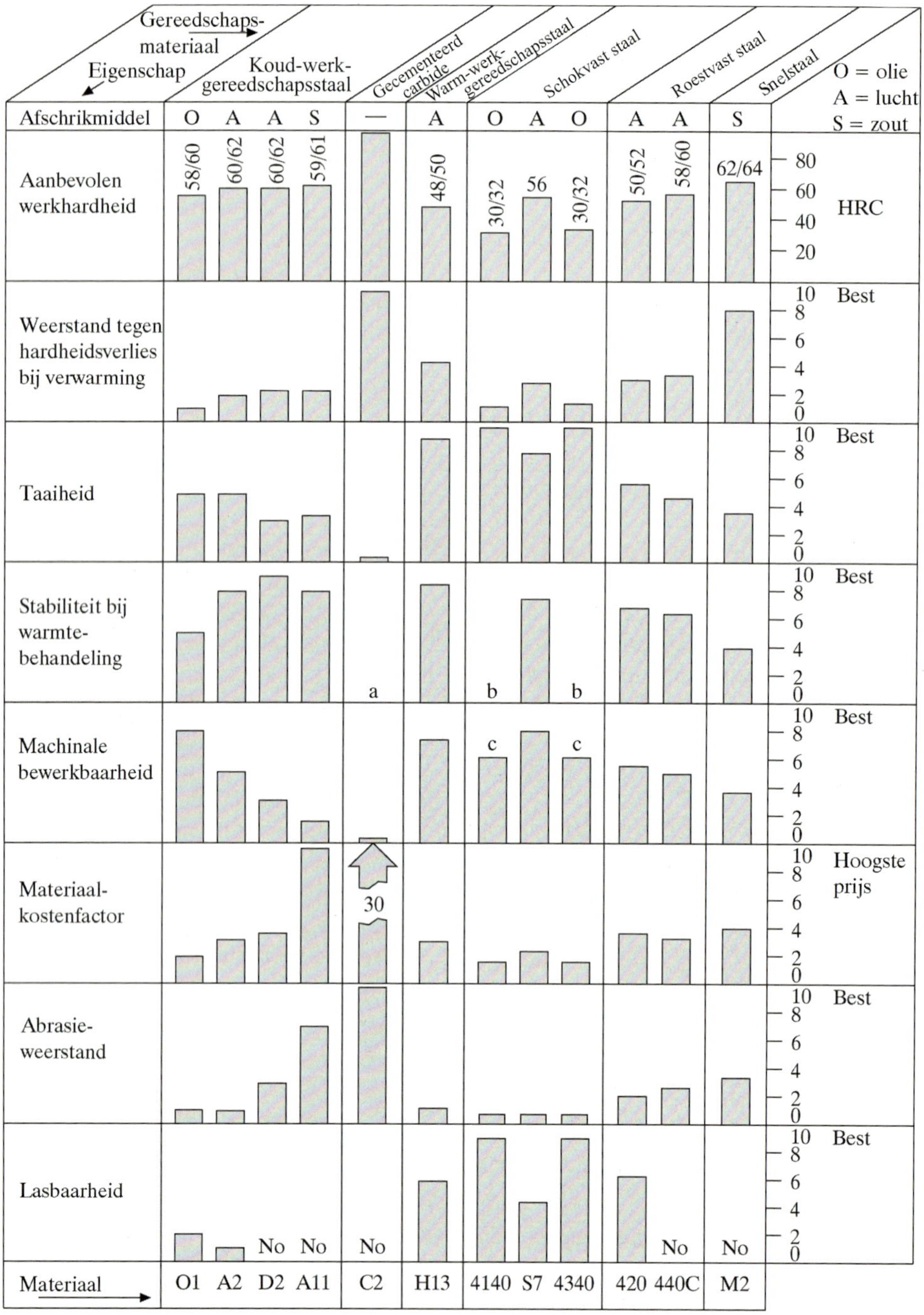

[a] Hoeft niet gehard te worden.
[b] Voor te harden tot 30 HRC.
[c] Bij 30 HRC.

FIGUUR 15-17 Vergelijking van de gebruikseigenschappen van diverse gereedschapsmaterialen. De beoordelingen gelden voor materialen die door middel van een warmtebehandeling zijn gehard tot de aanbevolen werkhardheid

fabricageproblemen die met het gebruik van carbiden samenhangen.

Gecementeerde carbiden zoals C2 in onze lijst van staal-carbidecermets worden algemeen gebruikt wanneer men werkt met een zeer abrasieve stof, of wanneer men zo'n 50 miljoen onderdelen wil maken zonder het gereedschap tussendoor te hoeven slijpen. De vervaardiging is duur, maar voor sommige toepassingen zijn de kosten gerechtvaardigd. Carbide kan niet machinaal worden bewerkt en vereist diamantslijpen of vonkverspaning, ook wel EDM-bewerking genoemd (EDM staat voor *electrical discharge machining*). Staal-carbidecomposieten kunnen wel machinaal worden bewerkt voordat ze gehard worden, maar dat is niet gemakkelijk.

Het is wenselijk om een gereedschapsstaal uit de S-serie bij de hand te hebben voor gebruik in machinecomponenten die aan stootslijtage blootstaan. Dit is een beitelstaal. S7 wordt meestal gebruikt met een hardheid van 56-58 HRC, maar het is desondanks niet bijzonder slijtvast. Alle koud-werk- en snelstaalsoorten zijn bros. Dit materiaal is minder bros.

Warmvervormingsbewerkingen vormen een specialistisch gebied. Bewerkingen als smeden, klinken en warmextrusie vereisen zeer speciaal gereedschap. Veel fabrieken gebruiken voor de vormgeving van kunststof, zink of aluminium matrijzen die worden onderworpen aan cyclische temperatuurswisselingen. Een staalsoort uit de H-serie, zoals H13, is een materiaal voor algemeen gebruik dat heel geschikt is voor deze matrijzen. Deze staalsoort is niet bijzonder slijtvast, maar heeft een goede taaiheid en een redelijke machinale bewerkbaarheid.

Elke materiaalgebruiker dient in ieder geval één snelstaalsoort in zijn/haar materiaalrepertoire te hebben. Voor snijwerktuigen worden meestal snelstaalsoorten uit de M-serie gebruikt – in het bijzonder M1, M2 en M3. Van de soorten uit de M-serie hebben we M2 alleen geselecteerd omdat de ervaring heeft geleerd dat het een goede staalsoort is voor speciale snijwerktuigen, messen en hakbijltjes. Het heeft een iets grotere slijtvastheid dan M1 en M10, maar is iets minder goed machinaal bewerkbaar. De eigenschapstabellen laten zien dat de snelstaalsoorten superieur zijn wat betreft warmhardheid. De ontlaattemperaturen voor de warmtebehandeling van snelstaalsoorten liggen meestal tussen 540 en 600 °C. Deze staalsoorten kunnen dus, zonder merkbare ontharding, worden gebruikt bij temperaturen tot aan dit gebied. Ze worden gewoonlijk niet gebruikt voor warmvervormingsbewerkingen, vanwege hun slechte taaiheid en omdat ze zeer moeilijk machinaal te bewerken zijn in vergelijking met de staalsoorten uit de H-serie.

De schijnbare overvloed aan snelstaalsoorten (meer dan 30) is waarschijnlijk een gevolg van het feit dat gebruikers die vaak speciale repeterende machinale bewerkingen moeten uitvoeren, altijd op zoek zijn naar gereedschappen met een langere levensduur. Er wordt zelfs gezocht naar subtiele verschillen, en dus modificeren en veranderen de fabrieken processen en materialen om een bepaalde gebruiker te helpen. Het resultaat is weer een nieuwe soort. Voor moeilijke machinale bewerkingen is het waarschijnlijk de moeite waard om te experimenteren met de diverse verkrijgbare snelstaalsoorten, maar de materiaalgebruiker die slechts af en toe een snelstaal nodig heeft, kan wel toe met een enkele soort. In figuur 15-18 wordt de levensduur van een aantal snelstaalsoorten vergeleken voor het

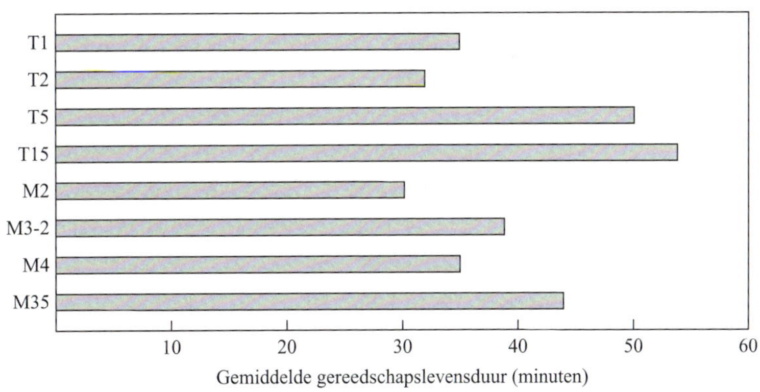

FIGUUR 15-18 Vergelijking van de gemiddelde levensduur van gereedschap van snelstaal in een draaibank bij de bewerking van 1020 staal

machinaal bewerken van 1020 staal. De rangorde zou anders kunnen zijn voor andere te bewerken materialen.

De niet-gereedschapsstalen op onze lijst, 4140 en 4340, zijn onmisbare materialen voor een ontwerper. Met een hardheid van rond 30 HRC zijn ze zeer geschikte materialen voor assen. Type 4140 wordt gebruikt voor diameters of diktes van minder dan 40 millimeter en 4340 wordt gebruikt voor grotere diameters of diktes. Ze hebben een taaiheid die vergelijkbaar is met die van koolstofarme staalsoorten, en een hardheid en druksterkte waarmee nauwkeurige afmetingen kunnen worden gehandhaafd en die zorgen dat het staal bestand is tegen de belastingen van stelschroeven en opgeperste lagers. Ze zijn verkrijgbaar in plaatvorm als reservemateriaal voor onder andere messen, stansstempels en matrijzen. Er zijn ook automatenstaaltypen verkrijgbaar.

Zoals eerder vermeld kunnen roestvaste staalsoorten weggelaten worden uit het repertoire van een ontwerper als corrosie nooit een factor van belang zou zijn, maar het 420 staal, gehard tot 52 HRC, is zeer populair voor kunststofspuitgietmatrijzen. De roestvastheid voorkomt aanslag tijdens de afkoelfase en maakt een kortere spuitgietcyclus mogelijk. Type 440C is een roestvast staal voor snijgereedschap. Sommige messen in je keuken zouden wel eens van dit materiaal gemaakt kunnen zijn. Het heeft slijtage-eigenschappen die die van D2 benaderen en het bijkomende voordeel van roestvastheid. Het is gebleken dat dit een groot voordeel is bij apparaten met scherpe randen die ernstig zouden worden aangetast door roestvorming in lucht met een hoge vochtigheidsgraad.

Voorbeelden van selectievraagstukken

Na het vaststellen van een gereedschapsstaalrepertoire (of het overnemen van het aanbevolen repertoire) wordt de gereedschapsstaalgebruiker geconfronteerd met de vraag welke van de ongeveer elf materialen te selecteren voor een bepaald machine- of werktuigonderdeel. Hieronder volgen een aantal voorbeelden van selectievraagstukken voor enkele typische ontwerpen.

Vraagstuk

Materiaal voor een stanspersmatrijs: 1010 staal met een dikte van 0,75 millimeter, moet een standtijd van 5 miljoen onderdelen hebben.

Oplossing

In onze aangepaste selectietabel, figuur 15-17, kijken we meteen naar de koud-werkmaterialen. Waarom zouden we geen O1 gebruiken? Olieharden geeft meer vervorming dan luchtharden, en O1 heeft een lagere slijtvastheid dan A2, D2 en carbiden. Is A2 geschikt? Misschien, maar D2 heeft nog betere vervormingseigenschappen en een betere slijtvastheid (abrasieweerstand). Zijn carbiden beter? Er is niet voldoende productie om de kosten te rechtvaardigen. De beste keus is dus D2.

Vraagstuk

Een as voor een tandwielpakket: de as moet hoge belastingen kunnen verdragen en moet snel kunnen stoppen.

Oplossing

De eis 'moet snel kunnen stoppen' betekent dat we een schokvast materiaal nodig hebben. Is S1 een geschikt materiaal? Heb je een hardheid nodig van 45 HRC? Waarschijnlijk niet. De staalsoorten 4140 en 4340 bij 30 HRC hebben een veel grotere taaiheid dan S1 en ze hebben het bijkomende voordeel dat ze na het harden machinaal kunnen worden bewerkt. Een eventuele vervorming tijdens het harden is dus niet zo'n bezwaar. Welk van deze twee staalsoorten is beter? Als de as een diameter heeft van minder dan 40 millimeter, gebruik dan 4140. Gebruik 4340 als de diameter van as groter is dan 40 millimeter.

Vraagstuk

Een materiaal voor een spuitgietmatrijs voor de verwerking van polystyreen zonder vulmateriaal.

Oplossing

Intuïtief zou je kunnen denken aan de warm-werksoorten gereedschapsstaal, maar matrijzen voor kunststoffen bezwijken niet vaak door thermische vermoeiing en dus kunnen ook koud-werkstaalsoorten met een hoge ontlaattemperatuur worden gebruikt. Desondanks adviseren we toch H13, niet zozeer op grond van de hittebestendigheid, als wel omdat het een veel betere taaiheid heeft dan de luchthardende gereedschapsstalen. De vervormingen die optreden als gevolg van het vastklemmen en de persdruk, zouden tot scheurvorming kunnen leiden bij gebruik van een bros gereedschapsstaal. Als er sprake is van een kunststof met een vulstof die bekende abrasieve eigenschappen heeft, zou het meer slijtvaste A2 staal onze keus zijn. Als de matrijs wordt gebruikt voor het maken van een product dat weinig nauwkeurigheid vereist en goedkoop is, zoals een wegwerpdisplay, dan zouden we de goedkoopste staalsoort kiezen, een voorgehard P20 staal met een hardheid van 30 HRC. We kiezen dus voor

H13, maar bij een ander soort materiaal en andere spuitgietomstandigheden zouden we misschien een andere staalsoort hebben geselecteerd.

Vraagstuk

Een gereedschapsmateriaal voor het ontbramen van boorgaten in staalplaat.

Oplossing

Uit vrijwel elk koud-werkgereedschapsstaal kan gereedschap gemaakt worden waarmee zonder dat het bot wordt, staal kan worden gesneden, maar de beste staalsoorten voor snijwerk zijn de snelstaalsoorten. Deze blijven beter en langer scherp. Daarom selecteren we M2. Als er 50 miljoen gaten ontbraamd moeten worden en de braam een eenvoudige vorm heeft, zou het gebruik van carbide gerechtvaardigd zijn.

15.6 Het specificeren van gereedschapsstaal

Hardheid

Welke informatie moet er na het rituele invullen van het vak 'Materiaal' nog meer op de tekening worden aangegeven? Zonder meer de hardheid, en dan niet alleen als een enkele waarde, maar als een bereik van minstens twee punten HRC. De gespecificeerde hardheid moet de aanbevolen werkhardheid van het materiaal zijn en geen ander hardheidsbereik, tenzij daar een goede reden voor is. Controleer de ontlaatgegevens om er zeker van te zijn dat de speciale hardheid waar je om vraagt, niet onredelijk is uit het oogpunt van de warmtebehandeling.

De grootte van halfproducten

Als van je verwacht wordt dat je specificeert wat de grootte van de halfproducten van het gereedschapsstaal voor het gewenste onderdeel is, dan is het belangrijk om rekening te houden met de toeslag voor aanslag en ontkoling (ontkolingstoeslag). Warmgewalst materiaal uit de staalfabriek heeft zeker een ontkoold oppervlak. Zelfs koudgewalste materialen kunnen een enigszins ontkoold oppervlak hebben. Als je een gereedschapsstaal gaat harden, moet je het oppervlak dus machinaal bewerken om het ontkoolde deel weg te halen. Dit zal immers niet hard worden. De enige uitzondering hierop is wanneer je een van de commercieel verkrijgbare ontkolingsvrije halfproducten hebt gespecificeerd. Deze worden machinaal bewerkt door de fabriek of het opslagbedrijf. Hoeveel materiaal moet er worden verwijderd om het ontkoolde gebied kwijt te raken? Tabel 15-14 geeft de maximale ontkolingsdiepte die voor staven van uiteenlopende grootte verwacht kan worden. Wie deze gegevens bekijkt, ziet meteen dat je bij het gebruik van warmgewalste staalsoorten niet kunt uitgaan van de grootte van de onbewerkte halfproducten. Bij het gebruik van koudgewalste staven zijn

TABEL 15-14 Minimale toeslag voor de machinale bewerking van warmgewalste vierkante en platte staven; minimale toeslag per zijde voor machinale bewerking voorafgaand aan een warmtebehandeling

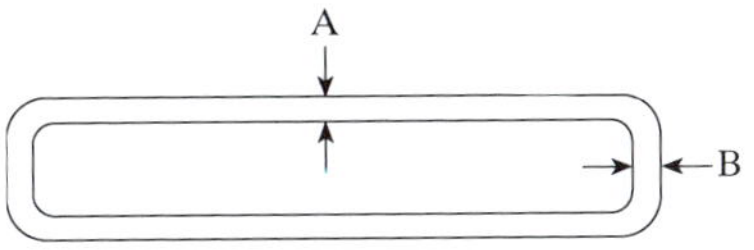

Gespecificeerde dikte (mm)		Gespecificeerde breedte (mm)				
		0-12,5	12,5-25	25-50	50-75	75-100
0-12,5	A	0,64	0,64	0,76	0,89	1,02
	B	0,64	0,89	1,02	1,27	1,65
12,5-25	A	—	1,14	1,14	1,27	1,40
	B	—	1,14	1,27	1,52	1,90
25-50	A	—	—	1,65	1,65	1,78
	B	—	—	1,65	1,78	2,16
50-75	A	—	—	—	2,16	2,16
	B	—	—	—	2,16	2,54
75-100	A	—	—	—	—	2,92
	B	—	—	—	—	2,92

Bron: Uit *Steel Products Manual – Tool Steels*, Warrendale, PA, 1988. Herdrukt met toestemming van de Association for Iron & Steel Technology.

de ontkolingsgrenzen minder groot, maar ook dan kan tabel 15-14 dienen als een veilige richtlijn voor de hoeveelheid materiaal die verwijderd moet worden alvorens een gereedschapsstaal te harden.

Warmtebehandeling

Wanneer op een tekening een gereedschapsstaal wordt gespecificeerd, dient minimaal 'Harden en ontlaten tot xx HRC' te worden aangegeven. Als de verhouding tussen lengte en diameter of doorsnede groter is dan 10 (bijvoorbeeld diameter 25 millimeter, lengte 250 millimeter) is er een grote kans dat het onderdeel tijdens het harden vervormt. De neiging tot vervorming kan worden verminderd door het gebruik van een luchthardend staal, maar het kan nuttig zijn om het onderdeel na machinaal voorbewerken spanningsarm te gloeien. Op de tekening, met type A2 gereedschapsstaal als voorbeeld, wordt dan het volgende vermeld:

Schema

1. Machinaal voorbewerken.
2. Spanningsarmgloeien in een inerte atmosfeer, 2 uur lang bij 645 tot 655°C en 1 uur extra voor elke 25 mm materiaaldikte volgens AMS (Aerospace Material Specification – United States) 2759. De maximale verwarmings- en afkoelsnelheid is 150°C per uur.
3. Machinaal afwerken, rekening houdend met de slijptoeslag.
4. Harden en dubbel ontlaten (elk 2 uur) tot 58-60 HRC. Koelen tot −75°C, 1 uur tussen het eerste en tweede ontlaatproces.
5. Naslijpen.

Figuur 15-19 laat enkele typische vormproducten zien waarvoor spanningsarmgloeien noodzakelijk kan zijn. Bij een warmtebehandeling vormt zich aanslag en verandert de grootte. Dan rijst de vraag hoeveel materiaal er moet worden behouden voor het naslijpen. Deze beslissing wordt gewoonlijk overgelaten aan de bewerker, maar tabel 15-15 geeft een aantal typische waarden voor oliehardende staalsoorten. Voor luchthardende staalsoorten kunnen deze waarden waarschijnlijk gehalveerd worden.

Verder moet men rekening houden met de vorming van rest-austeniet, wat we in hoofdstuk 13 al hebben besproken. Het hoge gehalte aan koolstof en legeringselementen in sommige soorten gereedschapsstaal kan ervoor zorgen dat de martensitische reactie traag verloopt. Het gevolg kan zijn dat er wat austeniet overblijft in de martensitische microstructuur. Als er geen maatregelen worden genomen om het rest-austeniet in een onderdeel te reduceren, kan het bij het gebruik transformeren, waardoor de afmetingen van het onderdeel veranderen. Vaak wordt dubbel ontlaten (elk 2 uur) met diepkoelen tussen het eerste en tweede ontlaatproces uitgevoerd op koud-werkgereedschapsstaal om zeker te zijn van

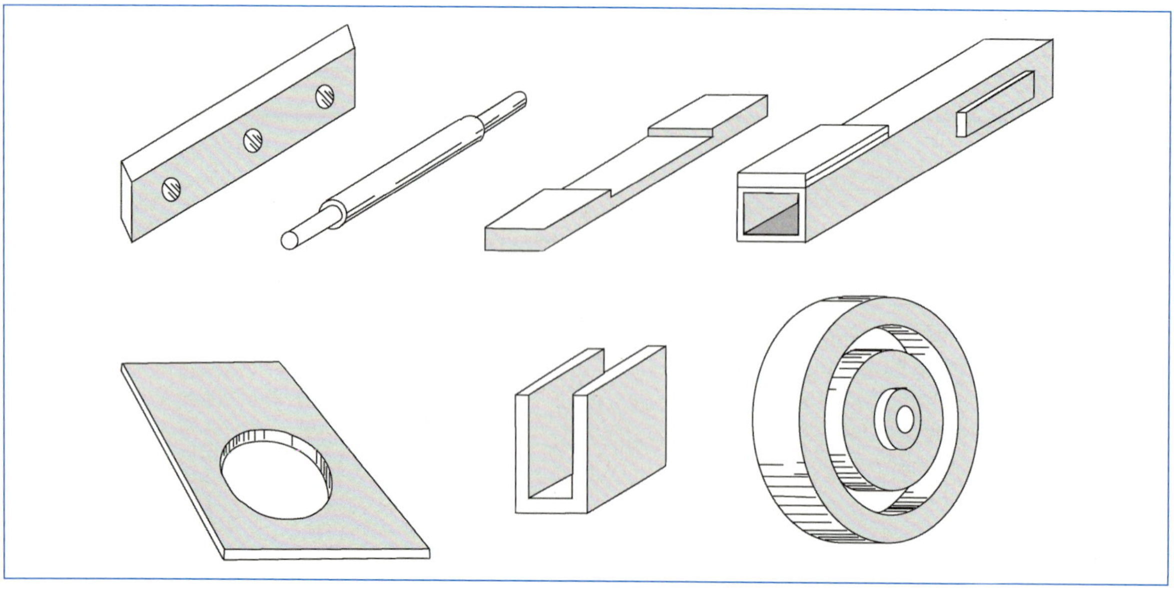

FIGUUR 15-19 Typische onderdelen waarvoor spanningsarmgloeien misschien nodig is

TABEL 15-15 Slijptoeslagen voor vervorming bij het harden van oliehardende gereedschapsstalen

BUITENOPPERVLAKKEN										
Slijpdiameter (mm)	**Lengte van het onderdeel (mm)**									
	75	150	225	300	450	600	750	900	1200	1500
	Totale materiaaltoeslag voor te harden onderdelen (mm)									
Tot aan 12,5	0,350	0,450	0,500	0,550	0,600	0,650	0,700			
18,75	0,350	0,400	0,450	0,500	0,550	0,600	0,650			
25	0,350	0,400	0,450	0,500	0,550	0,600	0,650	0,900		
37,5	0,350	0,400	0,450	0,500	0,550	0,600	0,650	0,900		
50	0,350	0,350	0,450	0,450	0,500	0,500	0,600	0,650	0,750	
75	0,350	0,350	0,400	0,400	0,450	0,450	0,500	0,600	0,750	
100	0,350	0,350	0,400	0,400	0,450	0,450	0,500	0,600	0,750	0,900
	Totale materiaaltoeslag voor onderdelen die niet worden gehard (mm)									
Alle	0,250	0,250	0,4	0,400	0,400	0,625	0,625	0,625	0,625	0,625

BINNENOPPERVLAKKEN Steltolerantie ± 0,025 mm voor gaten tot een diameter van 25 mm; ± 0,050 mm voor gaten met een diameter van meer dan 25 mm							
Gatdiameter (mm)	**Gatlengte (mm)**						
	25	50	75	100	125	150	175
	Totale materiaaltoeslag voor te harden onderdelen (mm)						
Tot aan 12,5	0,200	0,250					
25	0,250	0,300	0,350				
75	0,350	0,400	0,450	0,500	0,600		
100	0,450	0,500	0,550	0,550	0,650		
100–200	0,550	0,600	0,650	0,700	0,750	0,800	
200–300	0,750	0,800	0,850	0,900	0,950	1,050	
300–400	0,950	1,000	1,050	1,100	1,150	1,250	1,375
425–500	0,950	1,050	1,100	1,150	1,200	1,300	1,450
	Totale materiaaltoeslag voor onderdelen die niet worden gehard (mm)						
75	0,200	0,250	0,350	0,400	0,400	0,400	
100–200	0,400	0,400	0,400	0,400	0,400	0,400	
200–500	0,500	0,500	0,500	0,500	0,500	0,500	0,500

PLATTE OPPERVLAKKEN						
Materiaal-dikte (mm)	**Lengte van het onderdeel (mm)**					
	25 tot 100	100 tot 225	225 tot 350	350 tot 475	475 tot 600	600 tot 750
Tot 4,7	0,300	0,375				
4,7–7,8	0,300	0,375	0,450			
7,8–12,5	0,300	0,375	0,450	0,550		
12,5–18,75	0,300	0,375	0,450	0,500	6,000	
18,75–31,25	0,300	0,375	0,400	0,450	0,500	
31,25–50	0,300	0,375	0,400	0,450	0,500	0,600
	Totale materiaaltoeslag voor onderdelen die niet worden gehard (mm)					
Alle	0,300	0,375	0,450	0,500	0,550	0,600

weinig rest-austeniet, verbeterde afmetingsstabiliteit en verhoogde slijtvastheid. Na de eerste keer ontlaten en diepkoelen gaat een deel van het rest-austeniet over in martensiet. De tweede keer ontlaten dient om het door het rest-austeniet gevormde extra martensiet te ontlaten. Snelstaalsoorten worden vaak driemaal ontlaten (elk 2 uur) om zeker te zijn van minimale rest-austenietniveaus en maximale hardheid. Opnieuw is diepkoelen tussen het eerste en tweede ontlaatproces gebruikelijk.

Als je een onderdeel ontwerpt met een ingewikkelde vorm, zoals een spuitgietmatrijs met veel ingefreesde contouren, kan het zijn dat er geen mogelijkheid bestaat tot slijpen na het harden. Als je moet harden tot de eindgrootte, zal vacuümharden in ieder geval de mogelijkheid van maatverandering als gevolg van aanslagvorming elimineren. Alle staalsoorten ondergaan bij het harden een volumeverandering en ook vacuümharden kan dat niet verhinderen, maar afschrikken in een vacuüm- of waterstofoven is gewoonlijk minder drastisch dan in andere hardingsprocessen, en daardoor blijft de afschrikvervorming tot een minimum beperkt. Wanneer er gehard moet worden tot de eindgrootte, helpt het beslist om vacuümharden te specificeren. De enige manier om werkelijk tot de eindgrootte te harden is door een onderdeel te maken, het in een beschermende atmosfeer te harden, de maatverandering te meten en de afmetingen op je machine voor de volgende onderdelen bij te stellen.

Als laatste moet men in gedachten houden dat sommige onderdelen door hun vorm zeer gevoelig zijn voor scheurvorming bij afschrikken. De belangrijkste regel bij het ontwerpen met gereedschapsstaal is het vermijden van scherpe binnenhoeken en oppervlaktespanningsconcentraties zoals stempelsporen. Figuur 15-20 toont enkele typische voorbeelden van productvormen die gemakkelijk scheuren. In de meeste van de getoonde voorbeelden wordt de neiging tot scheuren veroorzaakt door scherpe hoeken en door dikke segmenten die verbonden zijn door dunne segmenten. Het dunne segment transformeert eerder dan het dikke segment en als gevolg van de door de volumeverandering veroorzaakte vervormingen vormen zich scheuren in de gebieden met spanningsconcentraties, namelijk de scherpe hoeken. Figuur 15-21 toont scheuren door een poging om een gehard onderdeel met een vlam recht te maken.

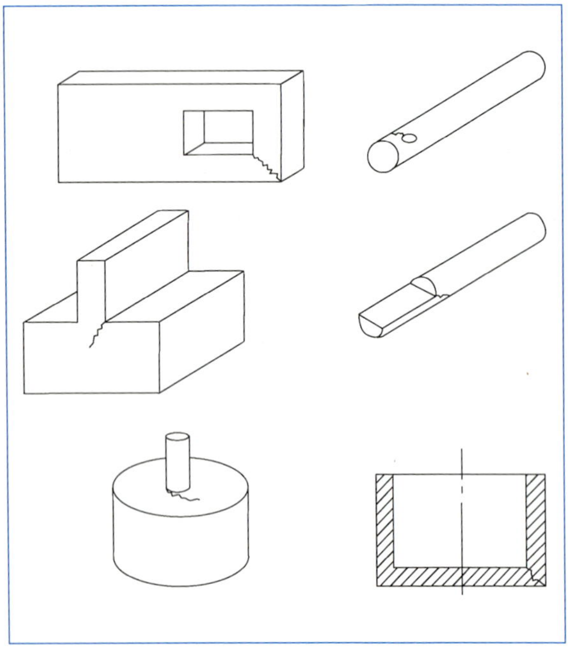

FIGUUR 15-20 Typische vormen die gemakkelijk scheuren

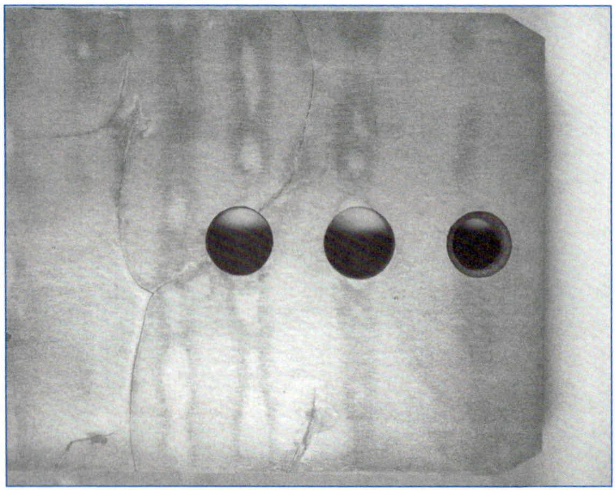

FIGUUR 15-21 Scheuren in een gehard onderdeel door een poging om het onderdeel met vuur recht te maken ter correctie van vervorming door het harden

15.7 Defecten in gereedschapsstaal

Het komt af en toe voor dat een onderdeel van gereedschapsstaal schadelijke defecten vertoont. Vrijwel elke ontwerper van gereedschap wordt tijdens zijn loopbaan wel een keer geconfronteerd met een defect gereedschapsstaal. Het is dus verstandig om in ieder geval te vertellen hoe deze defecten kunnen

worden ontdekt en voorkomen. Mogelijke fabricagedefecten zijn:
1. Naden en lappen
2. Smeedscheuren
3. Insluitsels
4. Lamellaire structuur
5. Overmatige ontkoling

Van deze defecten komt ontkoling het vaakst voor. Controle op ontkoling vereist metallografisch onderzoek of het verwijderen van materiaal van het oppervlak (ongeveer 0,1 millimeter) en hernieuwde controle van de hardheid. De andere eventuele defecten manifesteren zich waarschijnlijk (indien aanwezig) door de wijze van scheurvorming tijdens het harden. De enige manier waarop men zich kan wapenen tegen dergelijke defecten is door middel van niet-destructieve testmethoden zoals radiografie en ultrasonisch onderzoek.

De meest verraderlijke bron van problemen bij het gebruik van gereedschapsstaal zijn de door de gebruiker veroorzaakte defecten:
1. Slijpbrand
2. Beschadigingen door EDM (*electrical discharge machining*)
3. Waterstofverbrossing

In paragraaf 15.4 hebben we de negatieve invloed besproken van de gebruikstemperatuur maar ook van machinale bewerking op de hardheid. *Slijpbrand* is een voorbeeld van deze laatste factor. Het ontstaat doordat het staal vanwege al te zwaar slijpen opnieuw gehard wordt. De meeste soorten matrijzenstaal kunnen niet meer dan 25 mm materiaalverwijdering per passage van de schijf verdragen. Als de bewerkers proberen om 125 mm materiaal weg te slijpen, is er een kans dat het oppervlak zwart wordt. Dit is voor hen geen probleem, want na enig bijwerken ziet het oppervlak er weer goed uit. Op dat moment is de schade echter misschien al aangericht. De grote hitte die bij te zwaar slijpen ontstaat, kan de temperatuur van het oppervlak doen stijgen tot binnen het bereik van de hardingstemperatuur. Bij afkoeling van het oppervlak wordt opnieuw martensiet gevormd, maar dit is ongetemperd martensiet, dat uiterst bros is. Vaak vormen zich in het brosse, opnieuw geharde oppervlak fijne scheurtjes die met het blote oog onzichtbaar zijn. Figuur 15-22 laat een typisch 'verbrand' oppervlak zien. Tijdens het gebruik planten de slijpbrandscheurtjes zich gewoonlijk voort tot je verscheidene delen hebt in plaats van één. De remedie voor dit door de gebruiker veroorzaakte defect ligt voor de hand: voorzichtig slijpen. Als je slijpschade vermoedt (bijvoorbeeld vanwege een verkleuring) kun je het oppervlak van het onderdeel met een penetratiekleurstof onderzoeken op scheurtjes, of een etsmiddel aanbrengen dat aan het licht brengt of het oppervlak opnieuw gehard is.

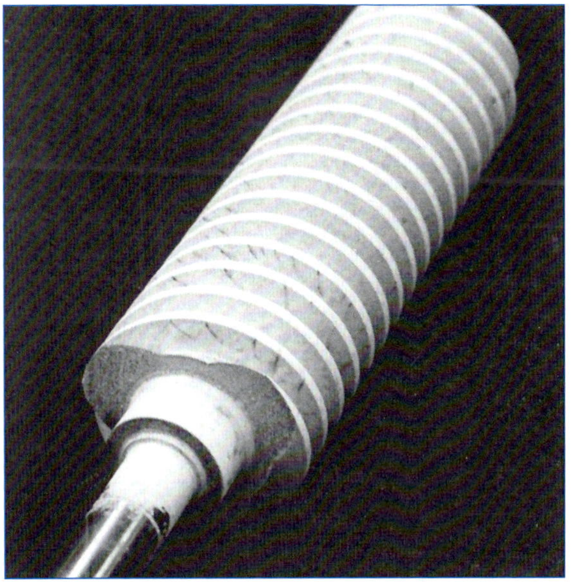

FIGUUR 15-22 Slijpbrandscheurtjes (donkere lijnen) in een wormschroef van gereedschapsstaal

Schade door *vonkverspanen* ofwel *electrical discharge machining (EDM)* lijkt op slijpbrand als je kijkt naar het oppervlak van een gereedschapsstaal. Dit proces wordt veel gebruikt voor het vormgeven van moeilijk te bewerken gereedschapsstaal. Het brengt een vonkontladingsboog tussen de elektrode en het werkstuk met zich mee. Daarbij wordt er materiaal verwijderd doordat een dunne laag van het oppervlak smelt en wordt weggespoeld door de diëlektricumstroming vanaf de elektrode. Op het oppervlak wordt een opnieuw gegoten laag (zie figuur 15-23) gevormd die in feite bestaat uit opnieuw gehard, ongetemperd martensiet. Deze laag is poreus, ruw, bevat scheurtjes en vormt een spanningsconcentratie.

De beste manier om te voorkomen dat onderdelen door EDM-schade bezwijken, is circa 0,1 millimeter van het oppervlak af te slijpen. Als je een massief onderdeel hebt zonder scherpe hoeken dat niet wordt blootgesteld aan hoge bedrijfsspanningen of vermoeiing, dan hoef je je over deze oppervlaktebeschadiging niet druk te maken. De meeste gereedschapsmakers proberen de beschadigde laag te verwijderen door het oppervlak te leppen of te polijsten. Een etsproces kan worden gebruikt als het op de juiste manier wordt bestuurd. Het gaat hier vooral om het feit dat deze beschadiging ertoe kan

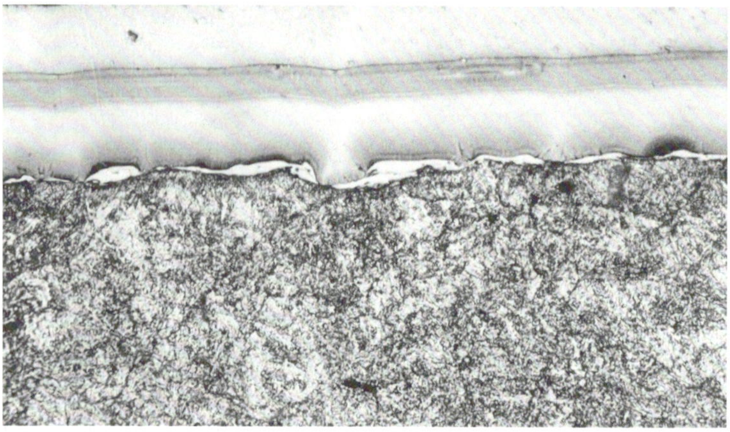

FIGUUR 15-23 EDM-schade (wit) op 420 roestvast staal (×400)

leiden dat onderdelen die blootstaan aan hoge spanningen kunnen bezwijken, en dat de beschadiging maar het beste kan worden verwijderd.

Het laatste door de gebruiker veroorzaakte defect dat we hier bespreken, is *waterstofverbrossing*. Als een gehard gereedschapsstaal of een koolstofstaal met hoge sterkte wordt onderworpen aan een galvaniseerbewerking, zal het waarschijnlijk enige waterstof opnemen die vrijkomt bij de galvaniseerreactie. Dit veroorzaakt verbrossing. Deze brosheid kan gemakkelijk worden verminderd door het staal te verwarmen tot 150-200 °C en het 4 uur lang op die temperatuur te houden. Aangeraden wordt om elk gehard staal dat gegalvaniseerd is, te verwarmen om de verbrossing te vermijden. ■

Samenvatting

In deze bespreking hebben we, net als overal in dit boek, geprobeerd te benadrukken dat een ontwerper die effectief gebruik wil maken van materialen een fundamenteel begrip moet hebben van de materiaalsystemen en vertrouwd moet zijn met enkele materialen in elk systeem. De oplossing voor een effectief gebruik van gereedschapsstaal is dus begrijpen wat ze zijn (een groep gelegeerde staalsoorten), wat de verschillen zijn tussen de groepen (belangrijkste legeringselementen), waarom ze als gereedschap beter presteren dan andere staalsoorten (harde microbestanddelen en, in sommige gevallen, niet meer dan een taaie microstructuur). Hieronder volgen nog een aantal punten die het onthouden waard zijn:

- Bij het vervaardigen van gereedschapsstalen wordt uitgegaan van andere kwaliteitsnormen dan bij het maken van koolstofstaal en gelegeerd staal.
- Gereedschapsstalen worden onderverdeeld volgens de gebruikseigenschappen (koud-werk, warm-werk, schokbestendigheid, enzovoort).
- Gereedschapsstalen, gecementeerde carbiden, cermets en in mindere mate keramische materialen zijn de standaardmaterialen voor de constructie van gereedschappen die andere materialen vormgeven en al dan niet machinaal bewerken. Van deze materialen is gereedschapsstaal het goedkoopst.
- Het is de aard van de carbidefase die gereedschapsstalen onderscheidt van andere staalsoorten en van elkaar.
- De eigenschappen van koud-werk- en snelstaalsoorten hangen sterk af van de morfologie van de carbiden.
- De gereedschapsstalen uit de P-, L-, H- en S-serie bevatten geen grote carbidedeeltjes, die wel aanwezig zijn in de koud-werk- en snelstaalsoorten.
- Gereedschapsstalen uit de P-serie hebben een laag koolstofgehalte en worden gebruikt met een

hardheid van ongeveer 30 HRC, of hun oppervlak wordt gehard.

- De belangrijkste sterke punten van warm-werk-gereedschapsstaal zijn de weerstand tegen hardheidsverlies en de taaiheid.
- Er bestaan veel koud-werkgereedschapsstalen, maar ze zijn allemaal bestemd voor toepassingen als stanspersen en matrijzen.
- Schokvaste staalsoorten bevatten ongeveer 0,5 procent koolstof en enkele procenten aan legeringselementen. Ze kunnen meestal tot meer dan 56-58 HRC worden gehard.
- De snelstaalsoorten zijn harder dan alle andere gereedschapsstalen (65 tot 68 HRC). Ze zijn bestemd voor metaalsnijwerktuigen.
- Probeer gebruik te maken van de gemakkelijkst verkrijgbare soorten. (Dit is gewoonlijk goedkoper.)
- De meeste soorten gereedschapsstaal vertonen hun beste eigenschappen bij de aanbevolen werkhardheid.
- Probeer altijd na te gaan welk soort slijtage een gereedschap zal ondergaan en kies een staalsoort die goed bestand is tegen deze specifieke slijtagevorm.
- De slijtweerstand van gereedschapsstaal hangt af van het carbidegehalte en van de grootte, de hardheid en de verdeling van de carbidedeeltjes.
- De slijtweerstand van P/M-gereedschapsstaal ligt meestal tussen die van carbiden en andere soorten gereedschapsstaal.
- Gecementeerde carbiden en soortgelijke cermets hebben gewoonlijk een langere levensduur dan gereedschapsstaal, maar de fabricagekosten zijn hoger.
- Slijptoeslagen en materiaaltoeslagen voor ontkoling zijn vaak de verantwoordelijkheid van de ontwerper.
- Ontwerp geen onderdelen die bij het harden kunnen scheuren.
- Maak nooit een ontwerp waarin lassen van gereedschapsstaal nodig is. Vermijd lassen zo veel mogelijk.

Illustratief voorbeeld

Versmeren van tandwielen van gereedschapsstaal

Twee grote rechte tandwielen, met een steekdiameter van 150 millimeter en een oppervlakbreedte van 200 millimeter, regelden de timing van een zeer kritisch ponspersbedrijf. De tandwielen waren gemaakt van D2 gereedschapsstaal, ze waren geslepen met de best beschikbare precisie, en ze werden gesmeerd met speciale tandwielolie uit een bijbehorend smeersysteem. Bijna tien van deze systemen hadden enkele jaren lang met succes de klok rond gedraaid. Een nieuw gebouwde machine met dezelfde tandwielen werd in bedrijf gesteld en na slechts een maand werd de machinetiming onregelmatig. De machine werd stilgelegd en gedemonteerd om het probleem te ontdekken. Er werd vastgesteld dat ongeveer een dozijn tanden tussen de twee tandwielen begonnen te versmeren. De tandoppervlakken lieten plastische vervorming en uitstulpingen zien, er welde materiaal op uit wrijfgroeven op de tanden. Dit omhoogverplaatste materiaal was voldoende om de timingfunctie van het tandwiel te bederven.

Er werd een onderzoek uitgevoerd aan de tandwielen om te bepalen of er een of andere metallurgische verklaring voor de tandversmering was. De tandwielen hadden een hardheid van 56 HRC. Deze tandwielen werden gewoonlijk gehard tot 59 à 61 HRC, de normale werkhardheid voor D2. Zou vier punten lager op de Rockwell C-schaal de reden zijn voor het versmeren? Er werd een laboratoriumonderzoek uitgevoerd naar versmering op D2 gereedschapsstaalmonsters, met behulp van de ASTM G98-knop-op-blokversmeringstest. De test bepaalt de drempelversmeerspanning voor een materiaalpaar. Een pin wordt aan het uiteinde belast op een vlak en 360 graden geroteerd onder toenemende belasting. Als een paar niet versmeert bij bijvoorbeeld 68,9 MPa, wordt de belasting verhoogd tot 137,8 MPa. Als er nog steeds geen versmering optreedt, wordt de belasting opnieuw verhoogd, net zo lang totdat het paar versmeert. De druk net voor het versmeren wordt de drempelversmeerspanning genoemd. Het D2-versus-D2-monster van 60 HRC versmeerde niet bij een druk van 275,6. De D2-monsters van 56 HRC versmeerden aanzienlijk bij minder dan 102,4 MPa. Dit hardheidsverschijnsel werd ook waargenomen in andere gereedschapsstalen (A2, A11).

Hardheid is essentieel voor weerstand tegen versmering. De gereedschapsstalen van 60 HRC of hoger versmeerden niet; ze versmeerden allemaal bij 56 HRC. Dit voorbeeld is een aanbeveling voor het gebruiken van de maximale aanbevolen werkhardheid van gereedschapsstalen. Sommige gebruikers denken dat het gebruik van een lagere hardheid de taaiheid en levensduur verhoogt. Vaak is de taaiheid minder bij 56 HRC dan bij 60 HRC en hetzelfde geldt voor metaal-op-metaalslijtage en abrasieweerstand. Het is bijna altijd het beste om de werkhardheid te gebruiken die wordt aanbevolen door de staalfabrikant.

Termenlijst

afschrikscheuren: scheuren die optreden in een stalen onderdeel tijdens het afschrikstadium van een hardingsbewerking

bandvorming: in gereedschapsstaal de vorming van microscopische banden van carbidedeeltjes tijdens fabrieksbewerking. Dit verschijnsel is zichtbaar door metallografisch onderzoek. Banden zijn een ongewenste vorm van segregatie

carbiden: verbindingen van koolstof en een of meer metallische elementen

diepharden: een staal met dit kenmerk zal doorharden in zware segmenten

gereedschapsstalen: een groep stalen, aangeduid door staalfabrikanten (*U.S. Steel Products Manual*) als geschikt voor werktuigmaterialen. Deze stalen zijn gemaakt met speciale kwaliteitseisen. Andere landen hebben vergelijkbare kwaliteitseisen, maar gebruiken hun eigen aanduidingssystemen

hardingsdiepte: een eigenschap die betrekking heeft op het vermogen van een staal om door te harden in zware segmenten; een maat voor de hardbaarheid

hergietlaag: een beschadigde oppervlaklaag, achtergelaten door plaatselijk smelten wegens vonkverspanen; opnieuw gegoten laag

luchthardende stalen: stalen met voldoende hardbaarheid om door te harden in de meeste segmenten met afschrikken aan de lucht (A- en D-serie)

machinale bewerkbaarheid: het gemak (kosten) van het machinaal bewerken van een materiaal

matrix: de belangrijkste fase of het belangrijkste aggregaat waarin een ander bestanddeel is geïntegreerd

microbestanddelen: microscopische fasen in materialen

oliehardende stalen: stalen met gemiddelde hardbaarheid. Deze stalen hoeven niet zo drastisch afgeschrikt te worden als waterhardende stalen, maar de hardbaarheidsbeperkingen staan luchtafschrikken niet toe. Olieafschrikken is het afschrikproces dat normaal gesproken toegepast wordt (O-serie)

ontkolingstoeslag: het teveel aan materiaal dat moet worden verwijderd van gereedschapsstaal en gelegeerde staalvormen ter verwijdering van oppervlaktegebreken en decarbonering

ontlaatkromme: een grafiek die de effecten laat zien van de ontlaattemperatuur op de hardheid van een afschrikgehard staal

rode hardheid: een eigenschap van gereedschapsstalen met betrekking tot hun vermogen om hun oorspronkelijke hardheid te handhaven bij blootstelling aan hoge bedrijfstemperaturen

slijpbrand: niet ontlaten martensiet op een oppervlak, geproduceerd door opnieuw harden van het oppervlak tijdens het slijpen. Scheuren valt gewoonlijk samen met slijpbrand

slijptoeslag: het teveel aan materiaal op een onderdeel dat wordt verwijderd door slijpen na een warmtebehandeling van het onderdeel

snelstalen: een groep stalen die legeringstoevoegingen bevatten die een hoge hardheid en weerstand tegen ontlaatontharding hebben (M- en T-serie)

vervorming (distortie): in warmtebehandeling een ongewenste wijziging van grootte of vorm na bewerking

vonkverspanen: een metaalverwijderingsproces door plaatselijk smelten geproduceerd door 'vonken' tussen een elektrode en het werkstuk. Het werkstuk en de elektrode zijn ondergedompeld in een diëlektrische oplossing

waterhardende stalen: stalen met een zodanige hardbaarheid dat waterafschrikken gewoonlijk nodig is om een tevredenstellende oppervlaktehardheid te bereiken (W-serie)

werkhardheid: de ontlaten hardheidswaarde die gewoonlijk het meest gewenste compromis geeft tussen slijtageweerstand en taaiheid

Opgaven

1. Geef aan welke van de volgende gereedschapsstaalaanduidingen en beschrijvingen bij elkaar horen (bijvoorbeeld a = 2):

a. D2	1. Snelstaal
b. A2	2. Waterhardend
c. S1	3. Luchthardend koud-werk
d. T15	4. Hoge koolstof, hoge chroom, luchthardend, koud-werk
e. M50	
f. W1	5. Wolfraamsnelstaal
g. P20	6. Schokbestendig
h. H13	7. Warm-werk
i. 01	8. Vormstaal
	9. Oliehardend koud-werk

2. Wat zijn gereedschapsstalen en waarin verschillen ze van gelegeerde stalen?

3. Wat is de betekenis van de begrippen koud-werk, warm-werk, schokbestendig en snel bij gebruik voor gereedschapsstalen?

4. Leg uit wat harde fasen zijn (carbiden enzovoort) in gereedschapsstalen. Waar komen ze vandaan en wat is hun rol?

5. Hoeveel beter is de hardbaarheid van gereedschapsstalen dan die van gelegeerde stalen? Leg ook uit waarom gereedschapsstalen beter zijn.

6. Wat is een cermet? Wat is de volumefractie van een carbidefase?

7. Wanneer zou je W1, 01, A2 en D2 gebruiken en waarom zou je de ene soort selecteren ten koste van de andere?

8. Beschrijf de volgende gereedschapsstaaleigenschappen:
   a. veiligheid bij harden
   b. weerstand tegen ontkoling
   c. afschrikmedia
   d. taaiheid
   e. warmtebestendigheid
   f. vervorming en groottewijziging bij harden

9. Hoe selecteer je een geschikte werkhardheid (ontlaattemperatuur) voor een gereedschapsstaal?

10. Hoe wordt de taaiheid van gereedschapsstalen gemeten?

11. Noem vier belangrijke bedrijfseigenschappen voor een ponspersmatrijs en vermeld welke gereedschapsstalen deze eigenschappen hebben.

12. Noem vier bedrijfsvereisten voor een plastic spuitgietholte en vermeld welke gereedschapsstalen deze eigenschappen hebben.

13. Leg uit wanneer vacuümharden moet worden gebruikt.

14. Wanneer heeft een gereedschapsstaal spanningsarmgloeien nodig? Beschrijf een volgorde voor machinaal bewerken met daarin spanningsarmgloeien.

15. Wat zijn afschrikscheuren en hoe kunnen ze worden vermeden?

16. Wat is slijpbrand en wat is de oorzaak ervan?

17. Wat is het effect van het vormen van een gehard gereedschapsstaal met een EDM-proces? Zijn er voorzorgsmaatregelen nodig?

18. Leg uit wat de risico's zijn van het plateren met geharde gereedschapsstalen.

19. Wanneer moet je het gebruik van gecementeerd carbide overwegen in plaats van gereedschapsstalen?

Hoofdstuk 16

Roestvaste staalsoorten

Back to the Future – De droom van iedereen, een auto die niet roest. Links een Ford uit 1936, rechts een DeLorean uit 1981–1982

Doelstellingen

1. Kennis opdoen van roestvast staal, de metaalkunde daarvan, de basissoorten en hun verschillen.
2. Richtlijnen geven voor de selectie van roestvaste staalsoorten in een ontwerp.

Het valt niet iedereen op, maar roestvaste stalen maken de vele instrumenten mogelijk die nodig zijn voor de steriele omstandigheden in de voedingsindustrie en de medische industrie. Ze ondersteunen de offshoreboorplatforms die aardolie leveren. Ze maken deel uit van vele soorten energiecentrales.

Roestvaste stalen (RVS) hebben voldoende corrosieweerstand om in talloze toepassingen bestand te zijn tegen roest. Ze zijn beter bestand tegen hoge temperaturen dan de meeste andere materialen en ze hebben zodanige fabricage-eigenschappen dat ze gebruikt kunnen worden als koudvervormde producten, als gelaste producten, als machinaal bewerkte producten en als gegoten producten.

Roestvaste staalsoorten zijn legeringen van ijzer, chroom en andere elementen die in veel omgevingen bestand zijn tegen corrosie. In de volksmond worden roestvaste stalen vaak 'roestvrij' genoemd. Dit is in feite een onjuiste benaming. Onder de juiste gebruiksomstandigheden lijkt een bepaalde RVS-soort niet te corroderen. Maar eigenlijk vindt er wel een corrosieproces plaats, alleen zo langzaam dat men dat niet merkt en denkt dat een product of constructie er geen last van heeft.

Een staal krijgt het etiket 'roestvast' als het minstens 10,5 procent chroom bevat en in oxiderende omgevingen zogenaamd passief gedrag vertoont. In figuur 16-1 wordt het effect van chroom op de corrosie van staal in water weergegeven. Als de corrosieniveaus van staalsoorten met een verschillend chroomgehalte worden gemeten in oxiderende omgevingen, lijkt de corrosiesnelheid af te nemen naarmate het chroomgehalte toeneemt. Roestvaste staallegeringen ontlenen hun corrosieweerstand voornamelijk aan de vorming van een zeer dunne oppervlaktelaag van chroomoxide, een *passiverende film*. Let wel, sommige soorten gereedschapsstaal hebben een chroomgehalte van 12 procent, maar gelden desalniettemin niet als roestvast, omdat het hoge koolstofgehalte en andere legeringstoevoegingen passivering verhinderen.

In dit hoofdstuk leggen we allereerst uit wat de aard van roestvast staal is. Vervolgens beschrijven we de verschillende soorten, en laten we zien hoe een ontwerper roestvaste staalsoorten voor technische toepassingen kan selecteren.

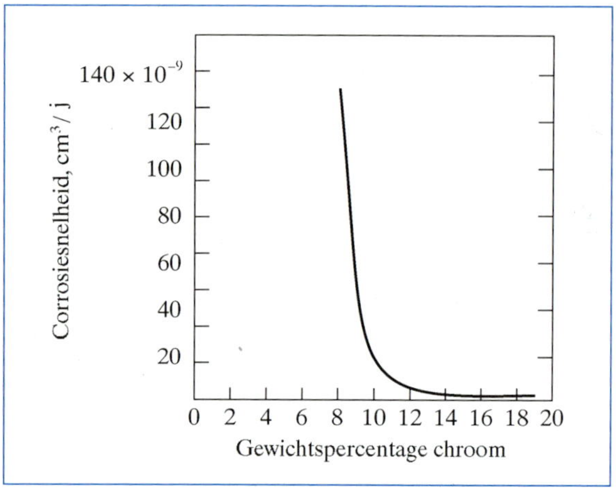

FIGUUR 16-1 Corrosiesnelheid van ijzer-chroomlegeringen bij kamertemperatuur wanneer het metaal met tussenpozen met water wordt bespoten

Bron: W. Whitman en E. Chappel, *Industrial and Engineering Chemistry Fundamentals*, vol. 18 (1926), p. 533-535, tabel 11 (deels overgenomen).

16.1 De metaalkunde van roestvast staal

Zoals aangegeven in onze besprekingen van het ijzer-koolstofdiagram, zijn de belangrijkste mogelijke componenten in de microstructuur van staal ferriet (bcc), cementiet (Fe_3C), perliet (lamellaire menging van ferriet en cementiet), austeniet (fcc) en martensiet (bct). Naast het toestandsdiagram van ijzer en koolstof kennen ook chroom en ijzer een eigen toestandsdiagram, met eigen toestanden en structuren. Dit ijzer-chroomfasediagram wordt weergegeven in figuur 16-2. Natuurlijk is de lijn voor 100 procent ijzer hetzelfde als in het ijzer-koolstofdiagram. Vanaf deze lijn beginnen ook weer een austeniet- en een ferrietgebied. Bij kamertemperatuur hebben ijzer-chroomlegeringen een ferritische structuur met ongeveer 20 procent chroom. Vanaf dit chroomgehalte begint er een fase te verschijnen die 'sigma' genoemd wordt. De *sigmafase* is een harde, brosse verbinding van 50 procent atomair ijzer en 50 procent atomair chroom. Dit is een ongewenste fase die de corrosieweerstand en de mechanische eigenschappen vermindert. Wanneer nikkel wordt toegevoegd aan een ijzer-chroomlegering, kan austeniet de evenwichtsstructuur bij kamertemperatuur worden. Nikkel is dus een austenietstabiliserend element.

Roestvaste staalsoorten kunnen – metaalkundig gezien – bijzonder ingewikkeld zijn. Ze bevatten soms aanzienlijke gehalten van acht of meer verschillende elementen. Het is moeilijk om je een beeld te

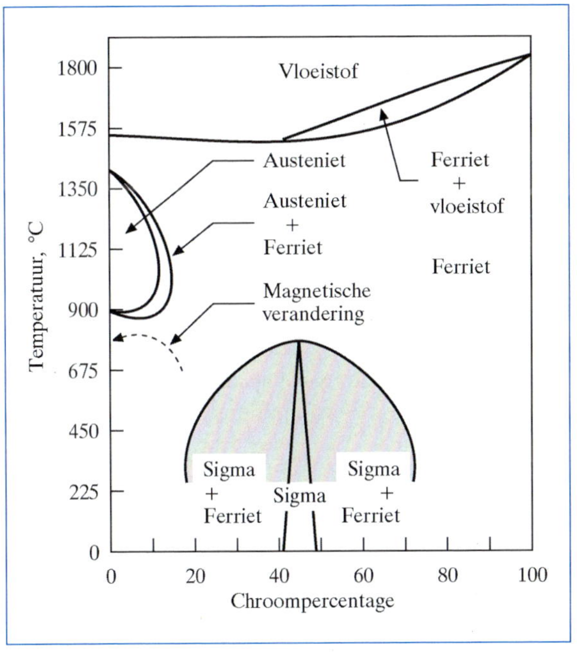

FIGUUR 16-2 IJzer-chroomdiagram

Bron: A. W. Grosvenor, *Basic Metallurgy*, 1962. Overgenomen met toestemming van ASM International®. Alle rechten voorbehouden. www.asminternational.org.

vormen van een achtdimensionaal fasediagram. Gebruikers van roestvast staal dienen in ieder geval te weten dat er diverse groepen bestaan, die worden onderverdeeld aan de hand van hun microstructuren (zie figuur 16-3).

1. *Ferritische soorten:* ijzer-chroom + laag koolstofgehalte
2. *Martensitische soorten:* ijzer-chroom + hoog koolstofgehalte
3. *Austenitische soorten:* ijzer-chroom-nikkel + laag koolstofgehalte
4. *PH-soorten:* ijzer-chroom-nikkel + laag koolstofgehalte + precipiterend element
5. *Duplexsoorten:* deels austeniet, deels ferriet

Behalve 'standaardsoorten' zijn er ook nog minstens 100 speciale legeringen. Sommige van deze legeringen hebben duplexstructuren, en sommige hebben structuren die zelfs nog ingewikkelder zijn. Ze worden vaak ontwikkeld voor een specifieke toepassing.

Ferritische soorten

Ferritische roestvaste staalsoorten hebben een ferritische bcc-microstructuur, een laag koolstofgehalte (minder dan 0,2 procent) en een chroomgehalte dat meestal 16 tot 20 procent bedraagt. Voor een complete beschrijving van de aanwezige evenwichtsfasen zou een *ternair diagram* nodig zijn, een fasediagram voor variërende gehalten van drie elementen (C-Fe-Cr). Koolstof en ook stikstof hebben het effect dat het *gammagebied*, het hogetemperatuurbereik dat de aanwezigheid van austeniet laat zien, groter wordt. Figuur 16-4 toont de grotere gammalus die veroorzaakt is door toevoeging van ongeveer 0,2 procent koolstof. Zoals te zien is, is de evenwichtsstructuur van ferritisch roestvast staal met weinig koolstof en stikstof ferritisch bij kamertemperatuur en bij alle temperaturen tot aan het smeltpunt. In het algemeen gelden deze staalsoorten als niet-hardbaar, ook niet door afschrikken. Het evenwichtsdiagram laat zien dat er bij meer dan 20 procent chroom een sigmafase kan optreden. Er is een nauwkeurige analyse en procesbeheersing nodig om de neiging tot sigmafasevorming tot een minimum te beperken. Een manier om deze fase te vermijden is te zorgen dat het staal nooit langdurig hoog in het sigmagebied verblijft. Dit kan door het materiaal na opwarming, bijvoorbeeld door lassen, relatief snel af te koelen. Indien er toch een sigmafase is ontstaan, moet het materiaal opnieuw worden gegloeid tot boven het sigmagebied en vervolgens snel afgekoeld worden.

Martensitische soorten

Martensitische roestvaste staalsoorten hebben een chroomgehalte tussen ongeveer 12 en 18 procent en een hoog koolstofgehalte dat wel 1,2 procent kan bedragen. Het hogere koolstofgehalte is bedoeld om de gammalus nog verder te vergroten, zodat deze staalsoorten bij verwarming overgaan naar austeniet, waardoor afschrikharden mogelijk is (zie figuur 16-5). In onze bespreking van koolstofstaal gaven we al aan dat voor een volledig martensitische structuur een koolstofgehalte van minstens 0,6 procent nodig is. Door het hoge chroomgehalte van de martensitische roestvaste staalsoorten wordt de hardbaarheid in zo'n mate verbeterd dat 100 procent martensitische structuren mogelijk zijn met een koolstofgehalte van slechts 0,07 procent. De martensitische soorten met ongeveer 1 procent koolstof hebben voldoende koolstof om 100 procent martensiet te kunnen vormen met ook een hoog volumepercentage harde *chroomcarbiden* in de structuur. Er is in dat geval sprake van een overschot aan koolstof.

Austenitische soorten

Austenitische roestvaste staalsoorten zijn aanzienlijk ingewikkelder van aard dan de ferritische en martensitische soorten, want ze bevatten minstens vier belangrijke legeringselementen: ijzer, chroom, koolstof en nikkel. Het koolstofgehalte is het laagste gehalte dat nog commercieel haalbaar is. Het chroomgehalte varieert van 16 tot 26 procent en het nikkelgehalte is minstens 8 procent, maar kan hoger zijn, tot wel 24 procent. De aanwezigheid van nikkel is bedoeld om een volledig austenitische structuur te bevorderen. Figuur 16-6 geeft een schatting van de verhouding tussen de fasen voor legeringen met 18 procent chroom en een variërend nikkelgehalte. Het nikkel, en in sommige gevallen ook het mangaan, zorgt voor het ontstaan van de austenitische structuur. Ook mangaan is een austenietstabiliserend element. In het gebied van 8 tot 10 procent nikkel bestaat de evenwichtsstructuur volgens het fasediagram uit austeniet en ferriet. In de praktijk hebben de meeste austenitische roestvaste staalsoorten een geheel austenitische structuur. Het verschil tussen het toestandsdiagram en de werkelijkheid is een gevolg van het feit dat alle commerciële legeringen in een niet-evenwichtstoestand worden vervaardigd. Vaak is daaraan afschrikken in water verbonden, en daardoor is de austenitische structuur onvermijdelijk. In feite is austeniet metastabiel, maar bij normale gebruikstemperaturen blijft de structuur austenitisch. Austenitische roestvaste staalsoorten hebben een sterke neiging tot koudvervormen of vervormingsharden. De energie van de vervorming bevordert de transformatie van het metastabiele austeniet tot martensiet.

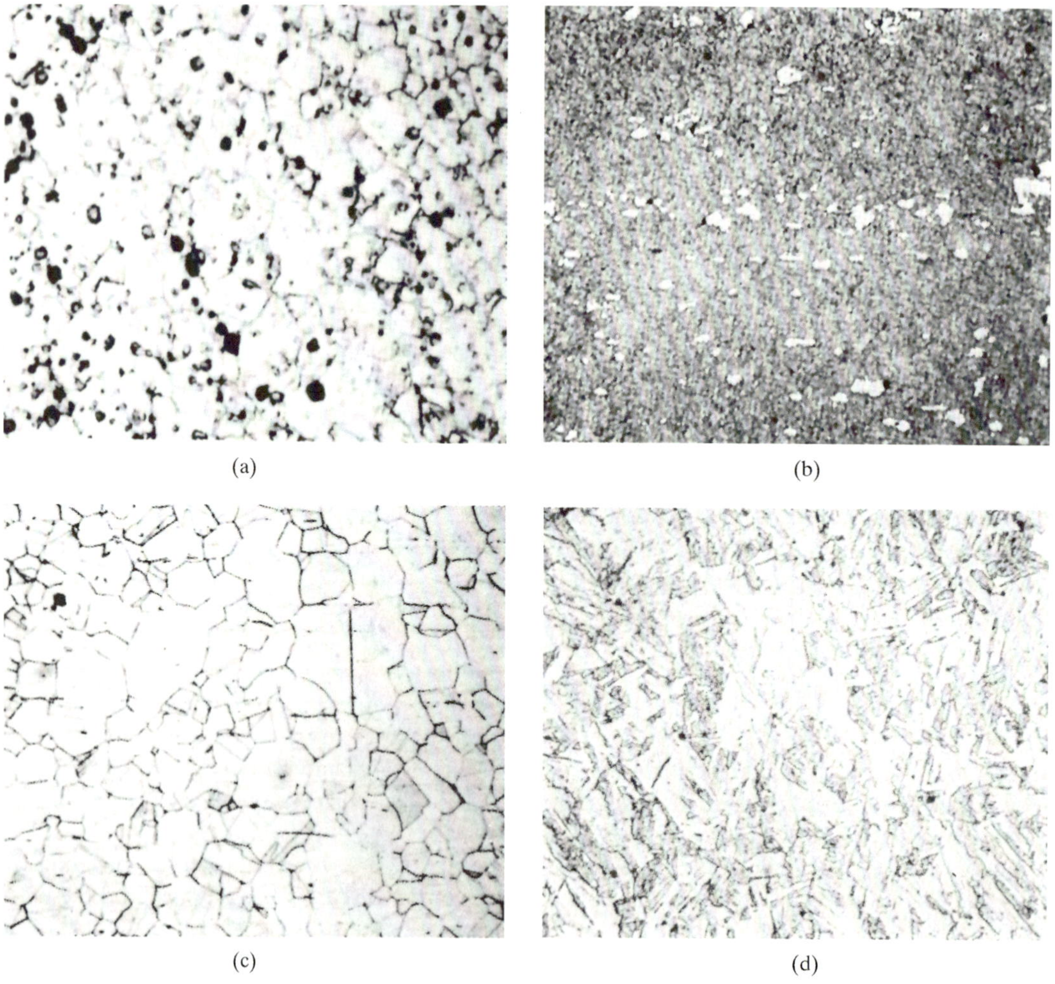

FIGUUR 16-3 Microstructuur van roestvast staal: (a) Type 430 ferritisch (ferriet + carbiden; ×1200); (b) Type 440 martensitisch (martensiet + carbiden; ×500); (c) Type 316 austenitisch (austenietkorrels; ×150); (d) Type 15-5PH (koolstofarme martensiet; ×250)

PH-legeringen

De term *PH* is een veelgebruikte afkorting voor *precipitatiehardend*. *PH-legeringen* bestaan sinds ongeveer zestig jaar, en er zijn verscheidene typen: martensitische, semi-austenitische en austenitische. De martensitische soorten zijn koolstofarme chroom-nikkellegeringen met een chroom-nikkelverhouding van 13 tot 8, 15 tot 5 en 17 tot 4. De samenstelling van sommige van deze legeringen is zo gekozen dat ze in gegloeide toestand een hoofdzakelijk martensitische structuur hebben (meestal aan de lucht gekoeld vanaf de gloeitemperatuur). Dit is een koolstofarm martensiet (het koolstofgehalte is minder dan 0,1 procent) en de hardheid na ontlaten is betrekkelijk

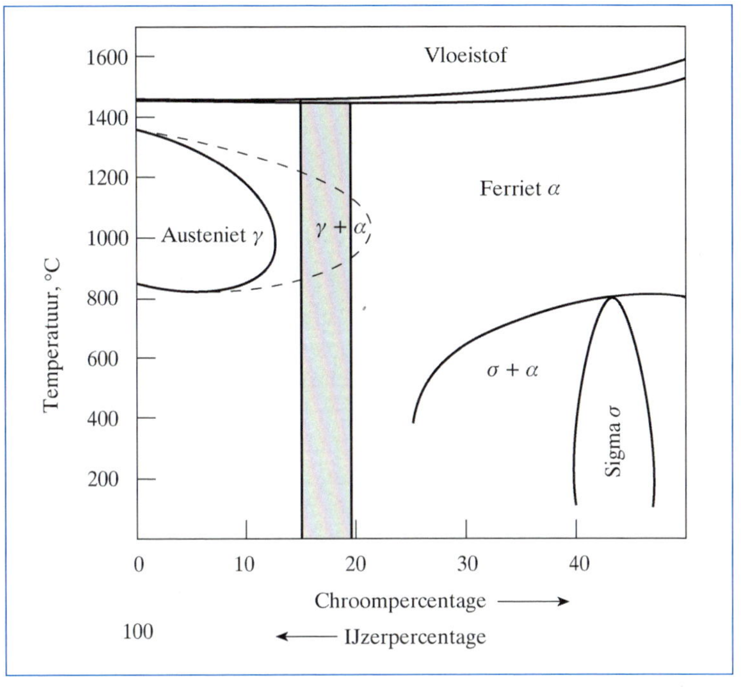

FIGUUR 16-4 IJzer-chroomfasediagram voor legeringen met een koolstofgehalte van ongeveer 0,2 procent; het grijze gebied is de samenstelling voor ferritische roestvaste staalsoorten

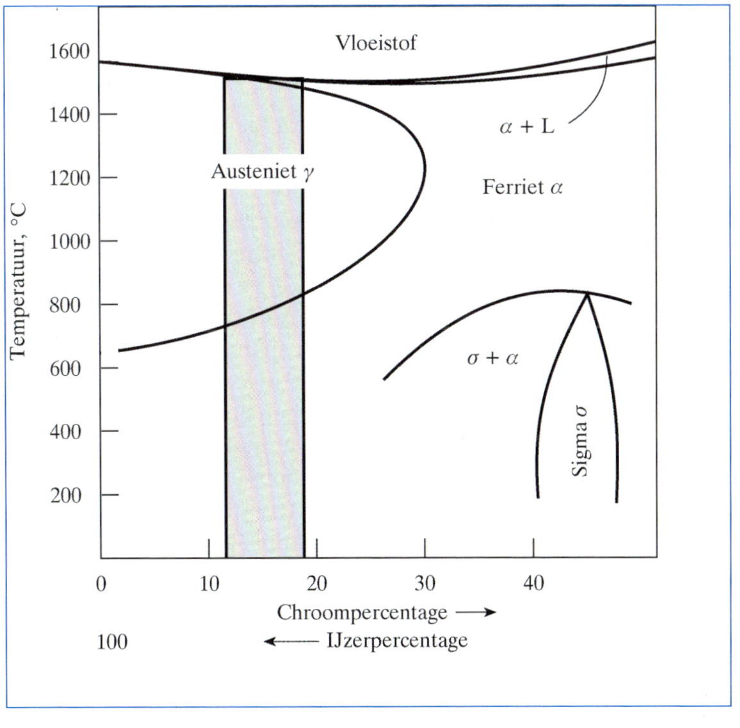

FIGUUR 16-5 IJzer-chroomfasediagram voor legeringen met ongeveer 1 procent koolstof; het grijze gebied is de samenstelling voor martensitische roestvaste staalsoorten

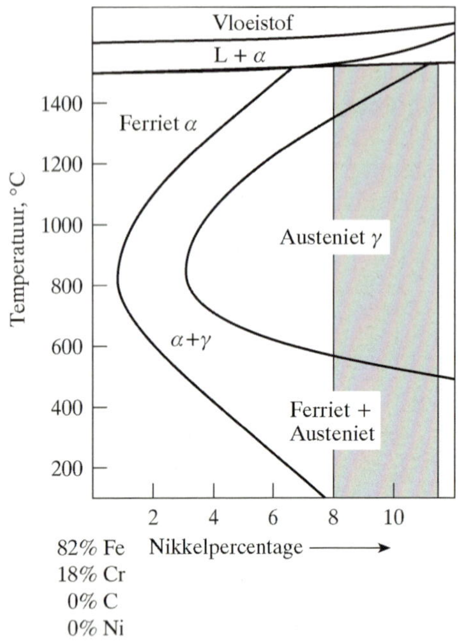

FIGUUR 16-6 Gedeelte van het ternaire Fe-Cr-Ni-diagram voor een legering met 18 procent chroom; het grijze gebied is het samenstellingsgebied voor austenitisch roestvast staal

laag (slechts 25 HRC). Deze legeringen kunnen op deze hardheid worden gemaakt en daarna verouderd tot een hogere hardheid en sterkte door middel van veroudering bij lage temperaturen rond 540°C. Veroudering, of anders gezegd precipitatieharding, vindt plaats door het toevoegen van elementen als titanium, aluminium of koper in kleine percentages (enkele procenten). Bij de ontlaattemperatuur verkeren de precipiterende elementen in oplossing in het austeniet, maar wanneer ze deel uitmaken van de lagetemperatuurfase, martensiet, hebben ze de neiging om uit oplossing te komen. De warmtebehandeling voor precipitatieharding zorgt ervoor dat de precipitatie plaatsvindt. De precipitaten zetten het bct-martensietrooster verder onder druk en het staal wordt gehard en versterkt. De theorie van precipitatieharding wordt in meer detail besproken in paragraaf 19.4 met betrekking tot het precipitatieharden oftwel verouderen van aluminiumlegeringen.

De semi-austenitische PH-legeringen hebben chroom-nikkelverhoudingen van 17 tot 7 en 25 tot 7. De warmtebehandeling voor deze legeringen is veel ingewikkelder dan die voor de martensitische PH-legeringen. De meeste zijn in gegloeide toestand austenitisch. Ze worden martensitisch gemaakt door middel van conditioneren en diepkoelen. Vervolgens worden ze net als de martensitische PH-staalsoorten precipitatiegehard. Ze kunnen een hogere sterkte en hardheid bereiken dan de martensitische PH-legeringen.

De laatste groep PH roestvaste staalsoorten bestaat uit de precipitatiehardende austenitische soorten. Ze hebben een austenitische structuur en bij precipitatieharding vormt zich uit aluminium, titanium of andere legeringselementen een coherent precipitaat dat soms metallografisch zichtbaar kan worden gemaakt. Het versterkingseffect is echter minimaal, en dus worden deze legeringen niet vaak gebruikt.

Duplexlegeringen

We hebben tot nu toe de nadruk gelegd op de betekenis van chroom èn nikkel in de fasen in roestvaste staalsoorten, maar ook veel andere elementen hebben een aanzienlijke invloed op de microstructuur van deze staalsoorten. Elementen als chroom, silicium, molybdeen, vanadium, aluminium, niobium, titanium en wolfraam bevorderen de vorming van ferriet. Nikkel, kobalt, mangaan, koper, koolstof en stikstof bevorderen de vorming van austeniet. Zoals we mogen verwachten levert het toevoegen van zowel ferrietvormende als austenietvormende elementen een structuur op die deels ferriet en deels austeniet is. Al jaren wordt de samenstelling van gietlegeringen en lasmetalen zo gekozen dat enig ferriet (tot wel 50 procent) in de structuur gevormd wordt. Dit gebeurt om scheurvorming bij hoge temperaturen tegen te gaan.

Eind jaren zeventig van de vorige eeuw verschenen er een aantal nieuwe speciale kneedlegeringen met een ferriet-austenietstructuur op de markt. Deze worden *duplexlegeringen* genoemd. De aanwezigheid van ferriet in een austenitische legering kan de vloeisterkte verhogen tot wel twee keer die van een volledig austenitisch staal. Andere voordelen zijn een grotere weerstand tegen spanningscorrosie en een verbeterde lasbaarheid. De meeste duplexlegeringen, of *tweefaselegeringen*, hebben een zeer laag koolstofgehalte (0,03 procent of nog minder), bevatten tussen 20 en 30 procent chroom en ongeveer 5 procent nikkel. Om de gewenste structuur te krijgen worden nog andere ferrietvormende en austenietvormende elementen toegevoegd. Moderne duplexlegeringen bevatten ook ongeveer 0,12 procent stikstof, dat er mede voor zorgt dat er geen corrosieverschillen tussen de austeniet- en ferrietfasen bestaan. De chemische samenstellingen wordt gewoonlijk zo gekozen dat de percentages ferriet en austeniet in de legering tussen 40 en 60 procent liggen.

Deze legeringen zijn niet helemaal immuun voor spanningscorrosie en in sommige omgevingen leidt de aanwezigheid van ferriet tot een snellere aantasting. Duplexlegeringen zijn dus niet zonder nadelen, maar naarmate er meer bekend wordt over de corrosie-eigenschappen beginnen ze een belangrijke rol te spelen in de groep roestvaste staalsoorten. Momenteel worden duplexlegeringen, net als de bijzondere ferritische soorten, voornamelijk gebruikt voor speciale toepassingen. Sommige legeringen worden ontworpen voor specifieke toepassingen, zoals offshoreboorplatforms. Zogenaamde superduplexstalen met meer dan 25 procent chroom hebben een bijzondere hoge weerstand tegen putcorrosie.

Speciale legeringen

In de jaren zeventig en tachtig van de vorige eeuw ging men bij de productie van roestvaste staalsoorten nieuwe smelttechnieken gebruiken, waaronder argon-zuurstofontkoling (AOD). Daardoor werd het mogelijk om samenstellingen te produceren die voorheen moeilijk te verkrijgen waren. Het koolstofgehalte kon nu bijvoorbeeld verlaagd worden tot 0,02 procent. Met dit lage koolstofgehalte konden sommige lasproblemen bij ferritische soorten worden verminderd. Ook konden er austenitische soorten worden gemaakt die minder gevoelig zijn voor sensitisatie bij lassen, spanningsarmgloeien en gebruik bij hoge temperaturen.

Het lagere koolstofgehalte heeft dus enkele problemen opgelost, maar ook een paar nieuwe moeilijkheden gecreëerd. De koolstofarme legeringen hebben een merkbaar lagere treksterkte en vloeisterkte dan de klassieke soorten roestvast staal. Dit laatste probleem is opgelost met behulp van de apparatuur die ook wordt gebruikt in het AOD-proces voor de verlaging van het koolstofgehalte. Na de desoxidatie werd gietpan-enting van stikstof ontwikkeld. Stikstoftoevoegingen versterken zowel de duplexlegeringen als de austenitische soorten en ook bevordert de stikstof de gewenste ferriet-austenietverhouding in de duplexlegeringen. In de duplex-merklegeringen en de *superaustenitische soorten* is een stikstofgehalte van wel 0,3 procent gebruikt. Daarentegen moet in de meeste ferritische soorten het stikstofgehalte laag zijn, vanwege de nadelige effecten van stikstof op de ductiliteit. Tabel 16-1 geeft een overzicht van de samenstelling van commercieel verkrijgbare merklegeringen.

Tijdens het onderzoek naar de mogelijkheid om met het AOD-proces zuiverder roestvaste staalsoorten te produceren, ontdekte men dat de toevoeging van stikstof een gunstig effect had op de weerstand tegen sommige vormen van corrosie. Ook kon bij het gebruik van stikstof het molybdeengehalte verhoogd worden tot 6 procent (superaustenitische soorten). Het is bekend dat molybdeen de gevoeligheid voor putcorrosie in roestvast staal reduceert. Door het koolstofgehalte te verlagen en stikstof en molybdeen toe te voegen, zijn er dus groepen roestvaste staalsoorten gecreëerd met een betere weerstand tegen spanningscorrosie en putcorrosie. Naar schatting zijn ongeveer de helft van de corrosieproblemen van roestvast staal terug te voeren op spanningscorrosie (SCC, wat staat voor *stress corrosion cracking*) of putcorrosie. Er zijn dus goede economische redenen voor het ontwikkelen van legeringen met een verbeterde weerstand tegen deze vormen van corrosie. Midden jaren tachtig waren er meer dan 50 commercieel verkrijgbare speciale legeringen voor veeleisende omstandigheden. De meeste van deze legeringen zijn intussen opgenomen in internationale aanduidingssystemen. Sommige legeringen zijn nog zo nieuw dat hun weerstand tegen specifieke omgevingen van geval tot geval moet worden onderzocht. We adviseren potentiële gebruikers om grondig na te gaan of de gewenste productvormen verkrijgbaar zijn voordat ze deze legeringen gaan gebruiken voor grote installaties. Als je bijvoorbeeld een tank wilt bouwen van deze materialen, is het niet handig als je later in het proces pas ontdekt dat buizen en kleppen niet in de gekozen legering verkrijgbaar zijn.

16.2 Aanduiding van legeringen

Roestvaste kneedstaalsoorten worden in de Verenigde Staten vaak aangeduid met het driecijferige systeem dat afkomstig is van het American Iron and Steel Institute (AISI). Het eerste cijfer geeft de samenstelling aan. De 200-serie heeft als belangrijke legeringselementen chroom, nikkel en mangaan. De 300-serie bestaat uit chroom-nikkellegeringen. De 400-serie bestaat uit zuivere chroomlegeringen.

De 500-serie bestaat uit legeringen met een laag chroomgehalte die niet genoeg chroom bevatten om tot de roestvaste staalsoorten te worden gerekend. Ze zijn bestemd voor toepassingen bij hoge temperaturen en worden daarom niet opgenomen in de lijsten met roestvaste legeringen. De PH roestvaste staalsoorten werden oorspronkelijk aangeduid met nummers uit de 600-serie, maar eind jaren zeventig

TABEL 16-1 Nominale samenstellingen van enkele speciale of roestvaste merkstaalsoorten die ontwikkeld zijn voor een verbeterde functionaliteit ten opzichte van gewone soorten

UNS-aanduiding	Type	Samenstelling (Maximale gewichtspercentage tenzij anders vermeld)*									Toepassingen
		C	Mn	P	S	Si	Cr	Ni	Mo	Overige	
Austenitische soorten											
N08020	20 Cb-3	0,06	2,00	0,035	0,035	1,00	19/21	32,5/35	2/3	3/4 Cu	Veel beter bestand tegen spanningscorrosie
N08024	20 Mo-4	0,03	1,00	0,035	0,035	0,50	22,5/25	35/40	3,5/5	0,15/0,35 Cb	Beter bestand tegen putcorrosie dan 20 Cb-3
N08026	20 Mo-6	0,03	1,00	0,03	0,03	0,50	22/26	33/37	5/6,7	2/4 Cu, 0,1/0,16 N	Bestand tegen hete chloriden, lage pH
N08028	Alloy 28	0,03	2,50	0,03	0,03	1,00	26/28	30/34	3/4	0,6/1,4 Cu	
N08031	Alloy 31	0,015	2,00	0,02	0,01	0,30	26/28	30/32	6/7	1,0/1,4 Cu, 0,15/0,25 N	
N08366	AL-6X	0,03	2,00	0,04	0,04	1,00	20/22	23,5/25,5	6/7		Bestand tegen putcorrosie door chloride
N08367	AL-6XN	0,03	2,00	0,04	0,03	1,00	20/22	23/25,5	6/7	0,18/0,25 N, 0,75 Cu	Bestand tegen putcorrosie door chloride
N08700	JS700	0,04	2,00	0,04	0,03	1,00	19/23	24/26	4,3/5	8× C/0,40 Cb	Bestand tegen spanningscorrosie
N08904	904L	0,02	2,00	0,045	0,035	1,00	19/23	23/28	4/5	1/2 Cu, 0,1 N	Bestand tegen reducerende zuren
N08925		0,02	1,00	0,045	0,03	0,50	19/21	24/26	6/7	0,8/1,5 Cu, 0,1/0,2 N	
S20910	22 Cr, 13 Ni, 5 Mn	0,06	4,00/6,00	0,04	0,03	1,00	20,5/23,5	11,5/13,5	1,5/3	0,2/0,4 N, 0,10/0,3 V 0,1/0,3 Cb	Hoge sterkte, goede corrosiebestendigheid
S21000	SCF-19	0,03	5,00	0,025	0,003	0,40	20	18	5	0,85N	Hoge sterkte, bestand tegen spanningscorrosie
S21300	15-15 CC	0,25	15,0/18,0	0,025	0,003	0,40	16/21	1,10	1,10	1,4 N, 0,56 Cu	Verbeterde weerstand tegen spanningscorrosie
S21904	21 Cr, 6 Ni, 9 Mn	0,03	8,0/10,0	0,04	0,03	1,00	19/215	1,10	—	0,15/0,40 N	Bestand tegen oxidatie bij hoge temperaturen
S24100	18 Cr, 2 Mo, 12 Mn	0,15	11,00/14,00	0,06	0,03	1,00	16,5/19	5,5/7,5	—	0,45 N	Hogere sterkte dan 304
S28200	18-18 Plus	0,15	17,00/19,00	0,04	0,03	1,00	17/19	0,5/2,5	0,75/1,25	0,4/0,6 N	2 × sterkte van 304

TABEL 16-1 (vervolg) Nominale samenstellingen van enkele speciale of roestvaste merkstaalsoorten die ontwikkeld zijn voor een verbeterde functionaliteit ten opzichte van gewone soorten

UNS-aanduiding	Type	Samenstelling (Maximale gewichtspercentage tenzij anders vermeld)*									
		C	Mn	P	S	Si	Cr	Ni	Mo	Overige	Toepassingen
S31254	254 SMO	0,02	1,00	0,03	0,01	0,75	19,50/20,50	17,50/18,50	6/6,5	0,5/1,0 Cu, 0,18/0,22 N	
S32654	654 SMO	0,02	2/4	0,03	0,005	0,50	24/25	21/23	7/8	0,3/0,6 Cu, 0,45/0,55 N	
S34565	45655	0,03	5/7	0,03	0,01	1,00	23/25	16/18	4/5	0,1 Cb, 0,4/0,6 N	
Ferritische soorten											
S44627	E-Brite	0,1	0,4	0,02	0,02	0,4	25/27	0,5	0,75/1,5	0,15 N, 0,05/0,2 Cb, 0,2 Cu 0,5 Ni + Cu	Bestand tegen spanningscorrosie
S44735	29-4C	0,3	1,0	0,04	0,03	1,0	28/30	1,0	3,6/4,2	0,045 Ti + Cb = 6 × (C + N) min.	Bestand tegen chloriden
S44660	SC-1	0,03	1,0	0,04	0,03	1,0	25/28	1/3,5	3/4	0,04 N, 0,2/1,0 Ti + Cb, 6 × (C + N) Ti + Cb	Bestand tegen zeewater
S44800	29-4-2	0,01	0,3	0,25	0,02	0,2	28/30	2/2,5	3,5/4,2	0,02 N, 0,15 Cu, 0,025 C + N	Bestand tegen zeewater
Hardbare soorten											
S35500	Legering 355	0,1/0,15	0,5/1,25	0,04	0,03	0,5	15/16	4/5	2,5/3,25	0,07/0,13 N	Kan gehard worden door afschrikken of precipitatie
S45000	Custom 450	0,05	1,0	0,03	0,03	1,0	14/16	5/7	0,5/1	1,25/1,75 Cu	Hoge sterkte, weerstand als 304
S45500	Custom 455	0,05	0,5	0,04	0,03	0,5	11/12,5	7,5/9,5	0,5	1,5/2,5 Cu, 0,1/0,5 Cb, 0,8/1,4 Ti	Hogere sterkte dan 450
S35000	Legering 350	0,07/0,11	0,5/1,25	0,04	0,03	0,5	16/17	4/5	2,5/3,25	0,07/0,13 N	Kan gehard worden door afschrikken of precipitatie
Duplexsoorten											
S31803	AL 2205	0,03	2,0	0,03	0,02	1,0	21/23	4,5/6,5	2,5/3,5	0,08/0,2 N	Hoge sterkte, austeniet + ferriet
S32550	Legering 2855	0,04	1,5	0,04	0,03	1,0	27/28	4,5/6,5	2,9/3,9	0,1/0,25 N, 1,5/2,5 Cu	Goed in reducerende zuren
S32950	7-Mo Plus	0,03	2,0	0,035	0,10	0,6	26/29	3,5/5,2	1,0/2,5	0,15/0,35 N	40% austeniet in ferriet, tegen spanningscorrosie

*De rest is ijzer.

liet men deze aanduiding vallen ten gunste van de UNS-nummers.

Er zijn UNS-nummers voor alle soorten legeringen, maar voor de meeste legeringen worden de 200-, 300- en 400-serienummers nog steeds veel gebruikt door staalleveranciers en hun klanten. De UNS-nummers beginnen met een S, gevolgd door het AISI-typenummer en twee nullen. Het UNS-nummer voor 316 roestvast staal is bijvoorbeeld S31600. Er bestaan ook ASTM-aanduidingen voor roestvaststaallegeringen, maar sommige normen gelden voor specifieke soorten toepassingen. ASTM A 480 heeft bijvoorbeeld betrekking op koudgewalst plaat en band; ASTM A 313 heeft betrekking op draad, ASTM A 268 op ferritische roestvaste buizen. De ASTM-specificaties worden meestal gebruikt wanneer de fabricage wordt uitgevoerd onder jurisdictie van een code-instantie in de VS.

In Nederland en in de rest van de Europese Unie is het AISI-systeem bekend, en in Nederland wordt het ook nog in de technische spreektaal gebruikt. Om de handel binnen de Europese Unie te vereenvoudigen worden staalaanduidingen echter ook vastgelegd in een Europese norm, de EN-norm, in Nederland de NEN-EN-norm. De nieuwe aanduidingen voor stalen vertonen veel overeenkomsten met de oude Duitse DIN-aanduidingen, de zogenaamde Werkstoffnummers. Tabel 16-2 geeft een vergelijking van de aanduidingen voor veelvoorkomende roestvaste staalsoorten in de VS en Europa, alsmede de oudere aanduidingen van een aantal andere landen. Verschillende leveranciers hanteren verschillende aanduidingen, ook binnen Nederland. Uitgebreide vergelijkingen van de verschillende systemen zijn in handboeken en bij vele leveranciers en andere instanties op het internet te vinden.

Tabel 16-3 geeft een overzicht van de meest gebruikte roestvaste kneedstalen. Deze tabel laat zien dat er een basissamenstelling bestaat voor ferritische, martensitische en austenitische soorten. Wat echter tot verwarring zou kunnen leiden, is dat de ferritische en martensitische legeringen beide tot de 400-serie behoren. De gebruikseigenschappen zijn echter zeer verschillend. Wie een hardbare legering wil hebben moet zorgvuldig selecteren, zodat hij niet per ongeluk een ferritische soort kiest.

TABEL 16-2 Internationale aanduidingen voor roestvaste staalsoorten

VERENIGDE STATEN (AISI)	EUROPA (NEN-EN 10088-2 EN -3 VAN 2005)		GROOT-BRITTANNIË	FRANKRIJK	JAPAN
	STAALNR.	BENAMING			
403	1.4000	X6Cr13	403 S 17	Z 6 C 13	SUS 403
410S	1.4001	X7Cr14		Z 3 C 14	SUS 410 S
420	1.4021	X20Cr13	420 S 37	Z 20 C 13	SUS 420 J 1
440C	1.4125	X105CrMo17		Z 100 CD 17	SUS 440 C
409	1.4512	X5CrTi12	409 S 19	Z 6 CT 12	SUH 409
430	1.4016	X6Cr17	430 S 15	Z 10 CAS 18	SUS 430
434	1.4113	X6CrMo17-1	434 S 17	Z 8 CD 17.01	SUS 434
304	1.4301	X5CrNi18-10	304 S 15	Z 6 CN 18.09	SUS 304
304L	1.4306	X2CrNi19-11	304 S 12	Z 2 CN 18.10	SUS 304L
309S	1.4328	X15CrNiSi20-12	309 S 24	Z 15 CNS 20.12	SUS 309S
314	1.4841	X15CrNiSi25-20		Z 12 CNS 25.20	
316	1.4436	X5CrNiMo17-3-3	316 S 16	Z6 CND 17.12	SUS316
316L	1.4435	X2CrNiMo18-14-3	316 S 11	Z 2 CND 17.13	SUS 316L
317	1.4449	X5CrNiMo1815	317 S 16		SUS 317
317L	1.4438	X2CrNiMo1816-4	317 S 12	Z 2 CND 19.15	SUS 317L
321	1.4541	X6CrNiTi1810	321 S 12	Z 6 CNT 18.10	SUS 321
347	1.4550	X6CrNiNb1810	347 S 17	Z 6 CNNb 18.10	SUS 347
330	1.4864	X12NiCrSi3616		Z 12 NCS 35.16	SUH 330

TABEL 16-3 Roestvaste staalsoorten, ingedeeld volgens structuur en chemische samenstelling

GROEP	ALGEMENE EIGENSCHAPPEN	HARDBAARHEID	TYPE	ANALYSE OPGEBOUWD UIT HET BASISTYPE
Chroom-ijzer	Martensitische soorten: niet-roestende gereedschappen en constructie-onderdelen	Hardbaar door middel van warmte-behandeling	403	12% Cr, aangepast voor speciale fysische eigenschappen
			410	Basistype, 12% Cr
			414	Ni toegevoegd ter verbetering van de corrosieweerstand en fysische eigenschappen
			416	S toegevoegd voor betere machinale bewerkbaarheid
			416Se	Se toegevoegd voor betere machinale bewerkbaarheid
			420	Meer C voor snijtoepassingen
			420F	S toegevoegd voor betere machinale bewerkbaarheid
			422	Mo, V en W toegevoegd voor sterkte tot 650 °C
			431	Meer Cr en Ni toegevoegd voor betere corrosieweerstand en fysische eigenschappen
			440A	Meer C voor snijtoepassingen
			440B	Meer C voor snijtoepassingen
			440C	Nog meer C voor slijtvastheid
	Ferritische soorten: gebruikt bij hoge temperaturen en voor niet-roestende bouw-componenten	Niet hardbaar	405	Al toegevoegd om harding te voorkomen
			409	Weinig Cr voor auto-uitlaten
			429	Minder Cr voor betere lasbaarheid dan 430
			430	Basistype, 17% Cr
			430F	S toegevoegd voor betere machinale bewerkbaarheid
			430F Se	Se toegevoegd voor betere machinale bewerkbaarheid
			434	Mo toegevoegd voor weerstand tegen putcorrosie
			436	Mo, Cb en Ta toegevoegd voor hittebestendigheid
			439	Cr toegevoegd voor betere corrosieweerstand
			442	Meer Cr voor betere weerstand tegen korstvorming
			444	Gestabiliseerd voor lasbaarheid
			446	Veel meer Cr voor verbeterde weerstand tegen korstvorming
Chroom-nikkel	Austenitische soorten: gebruikt voor chemische bestendigheid	Hardbaar door koudbewerken	301	Minder Cr en Ni voor meer vervormingsharding
			302	Basistype, 18% Cr, 8% Ni
			302B	Meer Si voor meer weerstand tegen korstvorming
			303	S toegevoegd voor betere machinale bewerkbaarheid
			303Se	Se toegevoegd voor betere machinale bewerkbaarheid
			304	Minder C om carbideprecipitatie te vermijden
			304L	Minder C voor lastoepassingen
			304N	N toegevoegd om de sterkte te verhogen
			304LN	Weinig C, N toegevoegd
			305	Meer Ni voor minder vervormingsharding
			308	Meer Cr en Ni bij laag C-gehalte, voor meer weerstand tegen corrosie en korstvorming
			309	Nog meer Cr en Ni voor nog meer weerstand tegen corrosie en korstvorming
			309S	Minder C dan 309
			310	Maximale hoeveelheid Cr en Ni voor meer weerstand tegen korstvorming

TABEL 16-3 (vervolg) Roestvaste staalsoorten, ingedeeld volgens structuur en chemische samenstelling

GROEP	ALGEMENE EIGENSCHAPPEN	HARDBAARHEID	TYPE	ANALYSE OPGEBOUWD UIT HET BASISTYPE
Chroom-nikkel (vervolg)	Austenitische soorten: gebruikt voor chemische bestendigheid (vervolg)	Hardbaar door koudbewerken (vervolg)	310S	Minder C dan 310
			314	Meer Si voor meer weerstand tegen korstvorming
			316	Mo toegevoegd voor meer corrosieweerstand
			316F	0,1% S voor betere machinale bewerkbaarheid
			316L	Minder C voor lastoepassingen
			316N	N toegevoegd voor hogere sterkte
			316LN	Weinig C, N toegevoegd
			317	Mo hoger voor meer corrosieweerstand en sterkte bij hoge temperaturen
			317L	Weinig C voor lastoepassingen
			318	Cb en Ta toegevoegd om carbideprecipitatie te vermijden
			321	Ti toegevoegd om carbideprecipitatie te vermijden
			332	Ni toegevoegd om carboneren tegen te gaan
			347	Cb en Ta toegevoegd om carbideprecipitatie te vermijden
			348	Vergelijkbaar met 347, maar laag Ta-gehalte (0,10%)
			384	Veel Ni voor gemakkelijker koudvervormen
Chroom-nikkel-mangaan			201	Ni gedeeltelijk vervangen door N en Mn
			202	Basistype, 18% Cr, 5% Ni, 8% Mn
			205	Ni gedeeltelijk vervangen door N en Mn
Precipitatie-hardende soorten (PH)	Martensitische en semi-austenitische soorten; combinatie van chemische bestendigheid en hoge sterkte	Hardbaar door middel van precipitatie-warmtebehandeling	S17400	17% Cr, 4% Ni (17-4), hogesterktelegering
			S17700	17% Cr, 7% Ni (17-7), hogere sterkte dan 17-4
			S15500	Minder Ni dan 17-4 om ferrietvorming te verminderen
			S13800	Minder Cr, meer Ni dan 17-4 voor gereduceerde anisotropie
Duplex	Austeniet en ferriet	Gewoonlijk niet hardbaar door middel van warmtebehandeling	329	Basistype, 25% Cr, 4% Ni, lijkt op 316, maar minder spanningscorrosie
			S32550	3% Mo voor weerstand tegen putcorrosie
			S32950	Hogere sterkte dan 316

Bron: Steel Founders' Society of America.

Het in de Verenigde Staten meest gebruikte aanduidingssysteem voor roestvaste gietstaalsoorten is het systeem van het Alloy Casting Institute (ACI). Roestvaste staallegeringen die hoofdzakelijk worden gebruikt voor corrosietoepassingen worden aangeduid met alfanumerieke nummers die met een C beginnen. Legeringen met weerstand tegen hoge temperaturen of oxidatie worden aangeduid met twee letters waarvan de eerste een H is. ASTM International geeft gedetailleerde specificaties die betrekking hebben op de analyse en eigenschappen van roestvast gietstaal: ASTM A 296, 'Corrosion-Resistant Iron-Chromium and Iron-Chromium-Nickel Alloy Castings for General Applications' bijvoorbeeld, en ASTM A 297, 'Heat-Resistant Iron-Chromium and Iron-Chromium-Nickel Alloy Castings for General Applications'. Zoals tabel 16-4 laat zien, hebben de meeste gietlegeringen corresponderende kneedlegeringen, maar op een tekening of aankooporder moet altijd het gietlegeringsnummer of UNS-nummer worden gespecificeerd. Als het om een kneedlegering gaat, dan is het ASTM-nummer of het driecijferige typenummer de juiste aanduiding op een tekening. De chemische samenstellingen van de kneedlegeringen worden in tabel 16-5 weergegeven.

TABEL 16-4 Kneedequivalenten van roestvaste staalsoorten (C) en hittebestendige staalsoorten (H)

GIETLEGERINGS-AANDUIDING ASTM A 743 SOORT	KNEEDLEGERINGS-TYPE	GIETLEGERINGS-AANDUIDING ASTM A 297 SOORT	KNEEDLEGERINGS-TYPE
CA-15	410	HA	-
CA-40	420	HC	446
CB-30	431, 442	HD	327
CB-7Cu	17-4PH	HE	-
CC-50	446	HF	302B
CD-4MCu	-	HH	309
CE-30	312	HI	-
CF-3	304L	HK	310
CF-8	304	HL	-
CF-20	302	HN	-
CF-3M	316L	HT	330
CF-8M	316	HU	-
CF-8C	347		
CF-16F	303		
CG-8M	317		
CH-20	309		
CK-20	-		

Bron: Steel Founders' Society of America.

16.3 Fysische eigenschappen

De fysische eigenschappen van de diverse roestvaste staallegeringen variëren per legering. Een aantal fysische eigenschappen zijn belangrijk in veel ontwerptoepassingen en daarom bespreken we die hier.

Dichtheid

Omdat deze legeringen gebaseerd zijn op ijzer, is de dichtheid ongeveer gelijk aan die van koolstofstalen of laaggelegeerde staalsoorten.

Magnetisme

We hebben er al op gewezen dat roestvaste staalsoorten een ferritische structuur, een martensitische structuur of een duplexstructuur hebben. Voor de ontwerper is de structuur meestal van belang voor zover deze invloed heeft op de mechanische eigenschappen. Het feit dat sommige roestvaste legeringen een austenitische structuur hebben, betekent dat deze legeringen niet ferromagnetisch zijn. Ze zijn dus ongeschikt als er een materiaal nodig is dat op een magnetisch veld moet reageren. Austenitische roestvaste staalsoorten zijn daarnaast moeilijk te slijpen op machines met magnetische klemmen. De ferritische, martensitische en PH roestvaste staalsoorten zijn wel ferromagnetisch.

Geleidingsvermogen

Roestvaste staalsoorten zijn, vergeleken met koolstofstalen, tamelijk slechte geleiders van warmte en elektriciteit. Het thermisch geleidingsvermogen is voor de meeste soorten minder dan de helft van dat van koolstofstaal. De soortelijke weerstand van roestvast staal kan wel zes keer zo hoog zijn als die van koolstofstaal. Hiermee moet rekening gehouden worden bij toepassingen waarin warmteoverdracht of elektrische stroom een rol spelen.

Uitzettingscoëfficiënt

Deze eigenschap heeft een aantal toepassingsproblemen veroorzaakt. De austenitische legeringen hebben een thermische uitzettingscoëfficiënt die soms 50 procent hoger is dan die van koolstofstaal. Het is niet ongewoon om een ontwerper te horen klagen dat een roestvast onderdeel instabiel is en tijdens het gebruik van vorm verandert. Als het onderdeel mechanisch bevestigd is aan een onderdeel van koolstofstaal, wordt het geheel een bimetaaleenheid, die zal verbuigen als ze bij gebruik een beetje warm

TABEL 16-5 Chemische samenstelling van roestvaste kneedstaalsoorten

Austenitische roestvaste staalsoorten (Chemische samenstelling, maximumpercentage tenzij anders vermeld)										
UNS-nummer	Type-nummer	C	Mn	P	S	Si	Cr	Ni	Mo	Overige elementen
(S20100)	201	0,15	5,50/7,50	0,060	0,030	0,75	16,00/18,00	3,50/5,50		N 0,25
(S20200)	202	0,15	7,50/10,00	0,060	0,030	0,75	17,00/19,00	4,00/6,00		N 0,25
(S20300)	203	0,08	5,00/6,50	0,040	0,18/0,35	1,00	16,00/18,00	5,00/6,50	0,50	Cu 1,75/2,25
(S20500)	205	0,12/0,25	14,00/15,50	0,060	0,030	0,75	16,50/18,00	1,00/1,75		N 0,32/0,40
(S30100)	301	0,15	2,00	0,045	0,030	0,75	16,00/18,00	6,00/8,00	—	N 0,10
(S30200)	302	0,15	2,00	0,045	0,030	0,75	17,00/19,00	8,00/10,00	—	N 0,10
(S30215)	302B	0,15	2,00	0,045	0,030	2,00/3.00	17,00/19,00	8,00/10,00	—	
(S30300)	303	0,15	2,00	0,20	0,15 (min)	1,00	17,00/19,00	8,00/10,00	—	
(S30323)	303Se	0,15	2,00	0,20	0,060	1,00	17,00/19,00	8,00/10,00	—	Se 0,15 min
(S30400)	304	0,08	2,00	0,045	0,030	0,75	18,00/20,00	8,00/10,50	—	N 0,10
(S30403)	304L	0,030	2,00	0,045	0,030	0,75	18,00/20,00	8,00/12,00	—	N 0,10
(S30409)	304H	0,04/0,10	2,00	0,045	0,030	0,75	18,00/20,00	8,00/10,50	—	N 0,10
(S30430)	304Cu	0,08	2,00	0,045	0,030	0,75	17,00/19,00	8,00/10,00	—	Cu 3,00/4,00
(S30451)	304N	0,08	2,00	0,045	0,030	0,75	18,00/20,00	8,00/10,50	—	N 0,10/0,16
(S30453)	304LN	0,030	2,00	0,045	0,030	0,75	18,00/20,00	8,00/12,00	—	
(S30500)	305	0,12	2,00	0,045	0,030	0,75	17,00/19,00	10,50/13,00	—	
(S30800)	308	0,08	2,00	0,045	0,030	1,00	19,00/21,00	10,00/12,00	—	
(S30900)	309	0,20	2,00	0,045	0,030	1,00	22,00/24,00	12,00/15,00	—	
(S30908)	309S	0,08	2,00	0,045	0,030	1,00	22,00/24,00	12,00/15,00	—	
(S31000)	310	0,25	2,00	0,045	0,030	1,50	24,00/26,00	19,00/22,00	—	
(S31008)	310S	0,08	2,00	0,045	0,030	1,50	24,00/26,00	19,00/22,00	—	
(S31600)	316	0,08	2,00	0,045	0,030	0,75	16,00/18,00	10,00/14,00	2,00/3,00	N 0,10
(S31603)	316L	0,030	2,00	0,045	0,030	0,75	16,00/18,00	10,00/14,00	2,00/3,00	N 0,10
(S31609)	316H	0,04/0,10	2,00	0,045	0,030	0,75	16,00/18,00	10,00/14,00	2,00/3,00	N 0,10
(S31620)	316F	0,08	2,00	0,20	0,10 (min)	1,00	16,00/18,00	10,00/14,00	1,75/2,50	N 0,10
(S31651)	316N	0,08	2,00	0,045	0,030	0,75	16,00/18,00	10,00/14,00	2,00/3,00	N 0,10/0,16
(S31653)	316LN	0,030	2,00	0,045	0,030	0,75	16,00/18,00	10,00/14,00	2,00/3,00	N 0,10/0,16
(S31700)	317	0,08	2,00	0,045	0,030	0,75	18,00/20,00	11,00/15,00	3,00/4,00	N 0,10
(S31703)	317L	0,030	2,00	0,045	0,030	0,75	18,00/20,00	11,00/15,00	3,00/4,00	N 0,10
(S31725)		0,03	2,00	0,045	0,030	0,75	18,00/20,00	13,50/17,50	4,0/5,0	N 0,10 Cu 0,75
(S32100)	321	0,08	2,00	0,045	0,030	0,75	17,00/19,00	9,00/12,00	—	Ti 5(C + N) min 0,70 max
(S32109)	321H	0,04/0,10	2,00	0,045	0,030	0,75	17,00/19,00	9,00/12,00	—	Ti 4(C + N) min 0,70 max
(S32900)	329	0,08	2,00	0,040	0,030	0,75	23,00/28,00	2,50/5,00	1,00/2,00	
	332	0,08	2,00	0,040	0,030	0,75	19,00/23,00	30,00/34,00	—	Ti 0,60 Al 0,60
	334	0,08	1,00	0,040	0,030	0,75	18,00/22,00	18,00/22,00	—	Ti 0,60 Al 0,60
(S34700)	347	0,08	2,00	0,045	0,030	0,75	17,00/19,00	9,00/13,00	—	Cb 10 × C min 1,00 max
(S34709)	347H	0,04/0,10	2,00	0,045	0,030	0,75	17,00/19,00	9,00/13,00	—	Cb 8 × C min 1,00 max
(S34800)	348	0,08	2,00	0,045	0,030	0,75	17,00/19,00	9,00/13,00	—	Cb + Ta 10 × C min 1,00 max Ta 0,10 max Co 0,20 max

TABEL 16-5 (vervolg) Chemische samenstelling van roestvaste kneedstaalsoorten

(S34809)	348H	0,04/0,10	2,00	0,045	0,030	0,75	17,00/19,00	9,00/13,00	—	Cb + Ta × C min 1,00 max
(S38400)	384	0,08	2,00	0,045	0,030	1,00	15,00/17,00	17,00/19,00	—	
Ferritische roestvaste staalsoorten (Chemische analyse, maximumpercentage tenzij anders vermeld)										
(S40500)	405	0,08	1,00	0,040	0,030	1,00	11,50/14,50	0,6		0,10/0,30 Al
(S40900)	409	0,08	1,00	0,045	0,045	1,00	10,50/11,75	0,5		(6 × C) Ti, min 0,75 max
(S42900)	429	0,12	1,00	0,040	0,030	1,00	14,00/16,00	0,75		
(S43000)	430	0,12	1,00	0,040	0,030	1,00	16,00/18,00			
(S43020)	430F	0,12	1,25	0,060	0,15 (min)	1,00	16,00/18,00			
(S43400)	434	0,12	1,00	0,040	0,030	1,00	16,00/18,00		0,75/1,25	
(S43600)	436	0,12	1,00	0,040	0,030	1,00	16,00/18,00		0,75/1,25	(5 × C) Cb min, 0,7 max
(S44200)	442	0,20	1,00	0,040	0,030	1,00	18,00/23,00			
(S44600)	446	0,20	1,50	0,040	0,030	1,00	23,00/27,00			0,25 N
Austenitische roestvaste staalsoorten (Chemische analyse, maximumpercentage tenzij anders vermeld)										
(S40300)	403	0,15	1,00	0,040	0,030	0,50	11,50/13,00	0,75		
(S41000)	410	0,15	1,00	0,04	0,030	1,00	11,50/13,00	1,25/2,50		
(S41008)	410H	0,08	1,00	0,040	0,030	1,00	11,50/13,50	0,6		
(S41400)	414	0,15	1,00	0,040	0,030	1,00	11,50/13,50			
(S41500)	415	0,05	0,5/1,00	0,30	0,30	0,60	11,50/14,00	3,5/5,5	0,5/1,00	
(S41600)	416	0,15	1,25	0,060	0,15 (min)	1,00/3,00	12,00/14,00			
(S42000)	420	0,15 (min)	1,00	0,040	0,030	1,00	12,00/14,00			
(S42010)	420	0,15/0,30	1,00	0,040	0,030	1,00	13,00/15,00	0,25/1,00	0,4/1,00	
(S42020)	420F	0,15 (min)	1,25	0,060	0,15 (min)	1,00	12,00/14,00		0,60	
(S42200)	422	0,20/0,25	0,5/1,00	0,025	0,025	0,50	11,00/12,50	0,50/1,00	0,9/1,25	0,20/0,30 V
(S43100)	431	0,20	1,00	0,040	0,030	1,00	15,00/17,00	1,25/2,50		0,75/1,25 W
(S44002)	440A	0,60/0,75	1,00	0,040	0,030	1,00	16,00/18,00		0,75	
(S44003)	440B	0,75/0,95	1,00	0,040	0,030	1,00	16,00/18,00		0,75	
(S44009)	440C	0,95/1,20	1,00	0,040	0,030	1,00	16,00/18,00		0,75	
Precipitatiehardende roestvaste staalsoorten (Chemische analyse, maximumpercentage tenzij anders vermeld)										
(S13800)	13-8	0,05	0,10	0,010	0,008	0,10	12,25/13,25	7,50/8,50	2,00/2,50	0,90/135 Al 0,010 N
(S15500)	15-5	0,07	1,00	0,04	0,03	1,00	14,00/15,50	3,50/5,50		2,50/4,50 Cu 0,15/0,45 Cb
(S15700)	15-7	0,09	1,00	0,04	0,03	1,00	14,00/16,00	6,50/7,75	2,00/3,00	0,75/1,5 Al
(S17400)	17-4	0,07	1,00	0,040	0,030	1,00	15,50/17,50	3,00/5,00		0,15/0,45 Cb 3,00/5,00 Cu
(S17700)	17-7	0,09	1,00	0,040	0,040	1,00	16,00/18,00	6,50/7,75		0,75/1,50 Al

Zie voor een complete lijst Steel Products Manual, Stainless and Heat Resisting Steels.

Bron: Overgenomen met toestemming van de Association for Iron & Steel Technology.

wordt. Van de ferritische soorten, de martensitische soorten en de PH-soorten is de uitzettingscoëfficiënt ongeveer gelijk aan die van koolstofstalen.

16.4 Mechanische eigenschappen

Het grootste deel van de productie van roestvast staal wordt gebruikt in de chemische procesindustrie voor het opslaan van corrosieve materialen of voor corrosiebestendige constructies. Chemische fabrieken gebruiken roestvast staal voor onder meer opslagtanks, pijpleidingen, drukvaten, destilleertoestellen, kleppen, pompen en luchtkanalen. Dit soort toepassingen vereist naast goede corrosie-eigenschappen een goede sterkte, taaiheid en omvormbaarheid. In de nucleaire industrie wordt veel roestvast staal gebruikt in pijpleidingen en warmtewisselaars bij hoge spanningen en vaak bij hoge temperaturen.

Sterkte

In figuur 16-7 worden de mechanische eigenschappen van roestvaste stalen vergeleken, en daaruit blijkt dat hun treksterkte, ductiliteit en taaiheid veel beter zijn dan die van zacht staal. Het is belang-

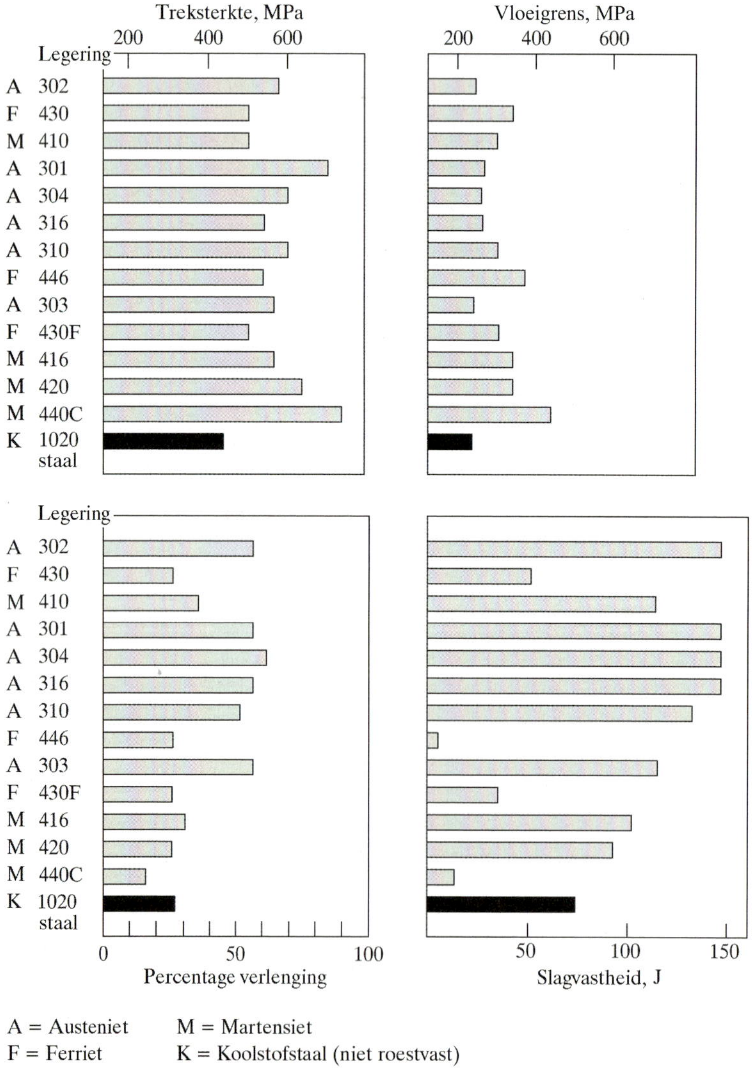

FIGUUR 16-7 Mechanische eigenschappen van sommige roestvaste staalsoorten. Typische waarden voor gegloeide staven en platen

rijk om te onthouden dat vanwege de verschillen in microstructuur sommige roestvaste staalsoorten door afschrikken precipitatiegehard kunnen worden en andere niet.

De roestvaste staalsoorten die in de chemische industrie het meest worden gebruikt, zijn de austenitische soorten uit de 300-serie. De soorten 304 en 316 worden, gerekend naar tonnage, het meest verkocht. De ductiliteit (het percentage verlenging) van sommige ferritische soorten is minder dan die uit de 300-serie, en de taaiheid is op zijn best middelmatig te noemen. De austenitische legeringen kunnen alleen worden gehard met behulp van koudbewerken, maar het versterkende effect kan, zoals tabel 16-6 laat zien, aanzienlijk zijn. Een volledig gehard 301-staal heeft een hardheid van ongeveer 40 HRC en een treksterkte van 1250 MPa. Koudgewalste dunne plaat en band worden veel gebruikt voor veren en allerlei bevestigingsmiddelen en opsluittoepassingen. De 301-legering heeft het hoogste vermogen tot vervormingsharding. Het vermogen tot vervormingsharding neemt af als het nikkelgehalte toeneemt tot meer dan ongeveer 9 procent. Type 305 met 12 procent nikkel wordt beschouwd als een automatenstaal (het heeft een lage snelheid van vervormingsharding).

Twee martensitische soorten, 420 en 440C, hebben een lagere ductiliteit en taaiheid dan de austenitische soorten, maar deze legeringen worden meer gebruikt als gereedschapsstaal dan voor constructies en krijgen gewoonlijk door middel van een warmtebehandeling een hoge hardheid. De geringe taaiheid in dit soort legeringen is dus niet onverwacht. Type 440C heeft na het harden een treksterkte van 1724 MPa en een hardheid van 57 tot 60 HRC. De 440-groep en de 420-staalsoorten worden vanwege hun sterkte en slijtvastheid gebruikt in snijwerktuigen, stansapparatuur en spuitgietmatrijzen. Tabel 16-6 geeft een overzicht van de mechanische eigenschappen in geharde toestand. De andere martensitische legeringen, 403, 410, 414, 416 en 431, bereiken niet de sterkte en hardheid van 420 en 440. De maximale hardheid is ongeveer 42 HRC (zie figuur 16-8). Ze worden meer gebruikt voor constructietoepassingen dan voor slijtagetoepassingen.

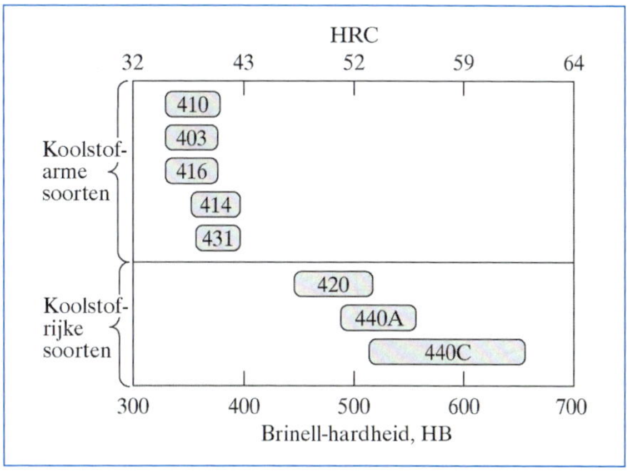

FIGUUR 16-8 Hardheidsbereik voor diverse roestvaste staalsoorten; typische waarden voor gehard staaf- en plaatmateriaal

Bron: Overgenomen met toestemming van de Republic Steel Corporation.

TABEL 16-6 Mechanische eigenschappen van koudvervormde austenitische en warmtebehandelde martensitische roestvaste staalsoorten

MECHANISCHE EIGENSCHAPPEN VAN GEHARD EN ONTLATEN STAAL (STAAFMATERIAAL)				
AISI-typenummer	**410**	**416**	**420**	**440-C**
Vloeisterkte, MPa	480–1040	480–1040	480–1040	620–1725
Treksterkte, MPa	655–1375	655–1375	760–1690	900–1825
Rek over 50 mm	30–10%	25–10%	25–7%	12–2%
Hardheid, Brinell	200–425	200–425	250–550	275–600
Slagvastheid, (J)	150–27	81–27	81–7	13–4
MECHANISCHE EIGENSCHAPPEN VAN KOUDVERVORMD STAAL (DUNNE PLAAT EN BAND), TYPEN 201 EN 301 (MINIMUMWAARDEN)				
Walshardheid	**Kwarthard**	**Halfhard**	**Driekwarthard**	**Volledig gehard**
Vloeigrens, MPa	515	760	930	965
Treksterkte, MPa	860	1030	1200	1275
Rek over 50 mm	25%	15%	12%	8%
Hardheid, Rockwell C	25	32	37	41

Bron: Overgenomen met toestemming van de Republic Steel Corporation.

De PH-soorten zijn de belangrijkste legeringen geworden voor toepassingen waarbij een hoge sterkte van belang is. Deze legeringen kunnen een treksterkte hebben van ongeveer 1880 MPa en toch een goede taaiheid en weerstand tegen scheurverbreiding hebben. Ze worden veel gebruikt voor constructiecomponenten in de vliegtuigbouw en ruimtevaartindustrie. In machines zijn ze zeer bruikbaar voor grondplaten, veren en constructieonderdelen die blootstaan aan hoge spanningen. Ze vervangen vaak legeringen als 410 en 416. Het voordeel ten opzichte van deze legeringen is de eenvoudige warmtebehandeling. Afschrikharden is niet nodig. PH-soorten kunnen met een warmtebehandeling een hardheid krijgen van wel 48 HRC, maar zijn vanwege hun lage koolstofgehalte niet zo slijtvast als de koolstofrijkere martensitische soorten (zelfs bij gelijke hardheid).

Figuur 16-9 geeft de bereikbare treksterkte in de diverse groepen roestvast staal.

Elasticiteitsmodulus

De elasticiteitsmodulus van roestvaste staalsoorten is iets lager dan die van koolstofstalen en gelegeerde staalsoorten, 190-200 GPa vergeleken met 207 GPa. Vergelijkbare segmentdiktes van roestvast staal vertonen iets meer elastische afbuiging dan de meeste staalsoorten. Austenitische legeringen die intensief koudvervormd zijn, bijvoorbeeld getrokken draad, hebben soms een modulus van slechts 151 GPa.

Bij spiraalveren en platte veren die van deze legeringen gemaakt zijn, ontstaan door deze lagere stijfheid vaak problemen. Het is mogelijk dat een ontwerper roestproblemen ondervindt met een stalen veer en een oplossing probeert te vinden door een veer van roestvast staal te gebruiken. Deze levert evenwel niet dezelfde prestaties vanwege de lagere modulus. In toepassingen waarbij elastische buiging van belang is, moet men voorzichtig zijn met het vervangen van het staal door een roestvaste soort.

Nog een laatste opmerking over mechanische eigenschappen: omdat roestvaste staalsoorten goed bestand zijn tegen oxidatie, worden ze vaak gebruikt in ovens waar ze lasten moeten dragen bij hoge temperaturen. Zoals figuur 16-10 laat zien, hebben de austenitische soorten veel betere kruipeigenschappen dan koolstofstalen of ferritische soorten. Ze kunnen in dit opzicht zelfs concurreren met sommige legeringen die speciaal voor hoge temperaturen worden samengesteld.

16.5 Fabricage

De techniek voor de succesvolle fabricage van roestvast staal bestaat uit het smelten van koolstofarm staalschroot (soms met ijzerertstoevoegingen) in een elektrische oven en het toevoegen van chroom in de vorm van koolstofarm ferrochroom. Ferrochroom is een harde, brosse verbinding met ongeveer 80 procent chroom en 20 procent ijzer. In de huidige technologie wordt dit proces uitgevoerd samen met argon-zuurstofontkoling (AOD, *argon-oxygen decarbu-*

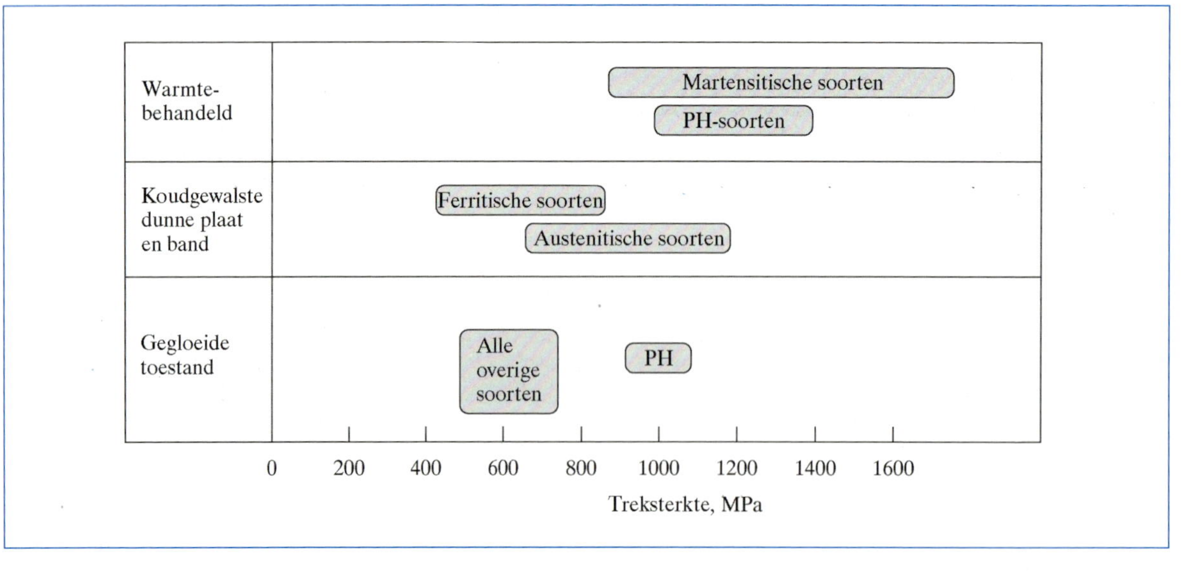

FIGUUR 16-9 Treksterktebereik voor de diverse groepen roestvaste staalsoorten

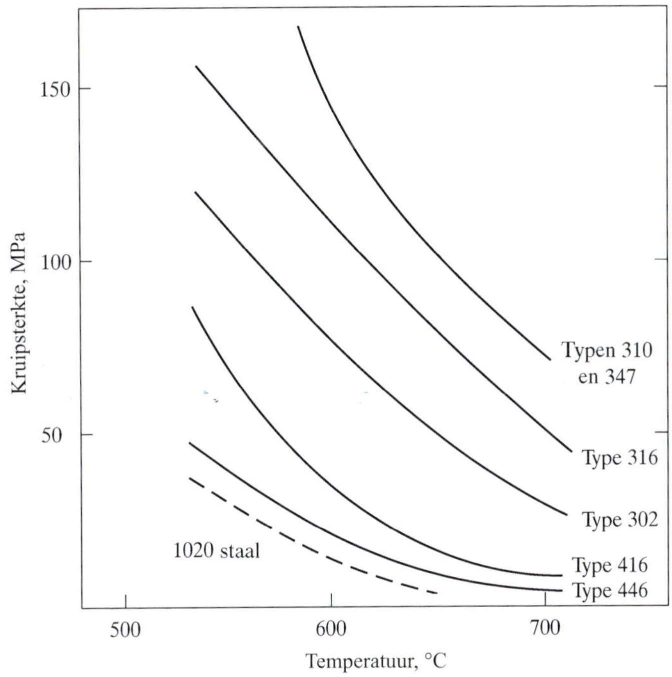

FIGUUR 16-10 Kruipvastheid van roestvaste staalsoorten (de spanning die 1 procent rek veroorzaakt na 10.000 uur belasting)

Herdrukt met toestemming van de Association for Iron & Steel Technology.

rization) en gietpanbehandelingen om het koolstof- en stikstofgehalte te kunnen regelen.

Roestvaste kneedstalen zijn voor het grootste deel verkrijgbaar als halfproducten in dezelfde vormen als koolstofstalen: staven, platen, bandmateriaal, buizen, pijpen enzovoort. Ze worden met behulp van een groot aantal verschillende processen verwerkt tot onderdelen en constructies. De meeste fabrikanten rekenen meer voor de fabricage van een onderdeel van roestvast staal dan voor een onderdeel van koolstofstaal. Sommige roestvaste staalsoorten (de soorten die gemakkelijk vervormingsharden) vereisen namelijk zware gereedschappen en speciale technieken. We behandelen hieronder een paar eigenaardigheden van roestvaste staalsoorten op het gebied van omvormen, machinaal bewerken, lassen en warmtebehandeling, om gebruikers een idee te geven van de fabricagekosten.

Omvormen

Zoals in figuur 16-7 te zien is, vertonen de meeste austenitische roestvaste legeringen een grote breukrek. De ferritische roestvaste soorten zijn als groep niet zo gemakkelijk omvormbaar als de koolstofstalen van dieptrekkwaliteit. De meeste legeringen, met uitzondering van de door afschrikken hardbare 400-serie, kunnen in dunne segmentdiktes dubbel worden gebogen. Er bestaat daarbij wel een probleem: de meeste roestvaste legeringen hebben een hogere vloeisterkte dan koolstofstalen, wat betekent dat ze na vervormen sterker terugveren. Om dit te compenseren moet er bij het omvormen een grotere kracht worden uitgeoefend (soms 50 procent extra) dan nodig is bij koolstofstaal. Voor dieptrekken en stampen is soms 150 tot 200 procent extra perscapaciteit nodig dan bij koolstofstaal. De hogere krachten veroorzaken ook een hogere slijtage aan het gereedschap. De typen 304 en 316 hebben goede trekeigenschappen. Diepe vaten worden vaak gemaakt van deze legeringen. Op trekmatrijzen heeft roestvast staal de neiging om te versmeren of afzettingen op te pikken. Dit kan tot een minimum worden beperkt door trekmatrijzen te bekleden met aluminiumbrons.

De PH-legeringen zijn slechts in beperkte mate omvormbaar. Trekken is niet mogelijk, en scherpe bochten van 90 graden zijn bij koudgewalste hardheden (conditie C) een probleem.

Ondanks deze beperkingen worden roestvaste staalsoorten toch heel vaak koudvervormd, en met geschikte apparatuur doen zich weinig moeilijkheden voor. Bij het omvormen van roestvaste plaat en band is het nuttig dat er speciale fabrieksafwerkingen verkrijgbaar zijn. Als er een grote container van plaatstaal gemaakt moet worden, zoals een kookketel voor een instelling, waarbij de binnenkant goed afgewerkt moet zijn om deze goed te kunnen reinigen, dan kan er bijvoorbeeld plaatmateriaal met een 2B-afwerking worden besteld. Dit wordt geleverd in beschermend papier en heeft een glanzend oppervlak met een oppervlakteruwheid van minder dan 0,2 μm. Tabel 16-7 geeft enkele afwerkingen die voor het vervaardigen van onderdelen uit roestvast staal met een goede afwerking verkrijgbaar zijn.

TABEL 16-7 Oppervlakteafwerkingen van roestvast staal in de vorm van dunne en dikke plaat en band na EN 10088/2[1]

	SYMBOOL[2]	PRODUCTIEMETHODE	OPPERVLAKTETOESTAND
Warmgewalst	1U	Warmgewalst, niet warmtebehandeld, niet van walshuid ontdaan	Warmgewalst, niet warmtebehandeld, niet van walshuid ontdaan
	1C	Warmgewalst, warmtebehandeld, niet van walshuid ontdaan	Warmgewalst, warmtebehandeld, niet van walshuid ontdaan
	1E	Warmgewalst, warmtebehandeld, mechanisch van walshuid ontdaan	Warmgewalst, warmtebehandeld, mechanisch van walshuid ontdaan
	1D	Warmgewalst, warmtebehandeld, gebeitst	Warmgewalst, warmtebehandeld, gebeitst
Koudgewalst	2H	Koudverstevigd	Blank
	2C	Koudgewalst, warmtebehandeld, niet van walshuid ontdaan	Glad, met walshuid van de warmtebehandeling
	2E	Koudgewalst, warmtebehandeld, mechanisch van walshuid ontdaan	Ruw en dof
	2D	Koudgewalst, warmtebehandeld, gebeitst	Glad
	2B	Koudgewalst, warmtebehandeld, gebeitst, koud nagewalst	Gladder dan 2D
	2R	Koudgewalst, blankgegloeid[3]	Glad, blank, reflecterend
	2Q	Koudgewalst, gehard en ontlaten, van walshuid ontdaan	Zonder walshuid
Speciale afwerkingen	1G of 2G	Geslepen[4]	Zie voetnoot 5
	1J of 2J	Geborsteld of mat gepolijst[4]	Gladder dan geslepen. Zie voetnoot 5
	1K of 2K	Zijdemat gepolijst[4]	Zie voetnoot 5
	1P of 2P	Blank gepolijst[4]	Zie voetnoot 5
	2F	Koudgewalst, warmtebehandeld, koud nagewalst met opgeruwde walsen	Gelijkvormig, niet reflecterend mat oppervlak
	1M 2M	Patroon aangebracht	Ontwerp overeen te komen, tweede oppervlak glad
	2W	Golfplaat	Ontwerp overeen te komen
	2L	Geverfd[4]	Kleur overeen te komen
	1S of 2S	Oppervlak bekleed[4]	

Bron: Bijlage B. EN 10088/2, *Gids voor afwerkingen in roestvaststaal*, Euro Inox, 2002, p. 20–21.

[1] Niet alle methoden van afwerking en oppervlaktegesteldheid zijn beschikbaar voor alle staalsoorten.
[2] Eerste positie, 1 – warmgewalst, 2 – koudgewalst.
[3] Kan nagewalst zijn.
[4] Slechts één oppervlak, tenzij uitdrukkelijk anders overeengekomen bij de bestelling.
[5] Binnen iedere afwerkingsbeschrijving kunnen de eigenschappen van het oppervlak variëren en kan het noodzakelijk zijn nauwkeurigere afspraken te maken bij de bestelling tussen producent en koper (bijv. slijppoeder of oppervlakteruwheid).

Machinale bewerking

De roestvaste legeringen die niet aangepast zijn ter verbetering van de machinale bewerkbaarheid, hebben minder dan 50 procent van de machinale bewerkbaarheid van AISI B1112-staal, het traditionele staal voor draaibanken. De legeringen uit de 400-serie met automatenstaalkwaliteit, 416 en 430F, hebben 90 procent van de machinale bewerkbaarheid van B1112. Type 303, de austenitische soort van automatenstaalkwaliteit, heeft ongeveer 60 procent van de machinale bewerkbaarheid van B1112.

Het merendeel van de gepubliceerde informatie over machinale bewerkbaarheid is verkregen op automatische draaibanken en voor machines waarop alle bewerkingen zorgvuldig worden gecontroleerd en gemeten. In werkplaatsen is de machinale bewerking van roestvaste staalsoorten bij goede uitvoering geen probleem. Lage snelheden, scherpe gereedschappen en een positieve aanzet vormen de sleutel tot een goede machinale bewerking van roestvaste staalsoorten. De ferritische soorten zijn kleverig en daarom is een stijve gereedschapsopstelling nodig. De austenitische soorten hebben een neiging tot vervormingsharden en daarom is een continue aanzet essentieel. Het gebeurt vaak dat onervaren bewerkers bij het boren aarzelen bij de diepte-aanzet. Als dit het geval is ben je meteen 'uitgewerkt'. De punt van de boor zorgt voor een vervormingsharding tot wel 50 HRC, en verder boren is onmogelijk. Als de bewerker niet aarzelt bij de diepte-aanzet gebeurt dit niet. Bij freesbewerkingen is een positieve spaanbelasting essentieel; 'kussen' van het oppervlak leidt al tot versterking en vervorming.

De PH-legeringen hebben in de toestand waarin ze worden geleverd een hoge hardheid (zo kan 17-7 in conditie C een hardheid van 47 HRC hebben) en vereisen carbidegereedschap en nauwkeurige beheersing van snelheden en aanzetten. Het is zeer moeilijk om in zulk materiaal gaten te boren en te tappen die kleiner zijn dan schroefdraad nr. 6.

De martensitische legeringen, de ferritische legeringen en de PH-legeringen kunnen worden geslepen, maar door de niet-ferromagnetische aard van de austenitische soorten zijn er speciale vastklemmethoden nodig bij slijpbewerkingen aan het oppervlak.

Wanneer een staal uitgebreid machinaal bewerkt moet worden, zou een roestvast staal van automatenstaalkwaliteit (de typen 430F, 416 en 303) een goede keuze zijn. De zwaveltoevoegingen maken bewerking gemakkelijker. Het grootste nadeel van deze soorten is dat ze in sommige omgevingen meer corroderen dan de soorten zonder zwavel.

Beitsen en passiveren

Voor een maximale corrosievastheid van roestvast staal dient de chroomoxidelaag (de passiverende film) gelijkmatig te zijn, continu en vrij van defecten. Defecten zoals ijzerverontreiniging of lasaanslag onderbreken de passiverende film en vormen plaatsen waar corrosie kan optreden. Vrij ijzer kan zich op het oppervlak van roestvast staal afzetten door bewerking met stalen gereedschappen, zoals boren met een stalen boor of omvormen in een stalen matrijs. Het vrije ijzer is onzichtbaar, maar eenmaal blootgesteld aan water of andere oplossingen gaat het roestvast staal gemakkelijk roesten. Ook verkleurde aanslag van een warmtebehandeling of een las gaat roesten, als men het op het oppervlak van roestvast staal laat zitten. Tabel 16-8 geeft een overzicht van veelvoorkomende oppervlaktedefecten die de corrosieweerstand van roestvast staal kunnen verminderen

Afhankelijk van de mate van oppervlakteverontreiniging kan *beitsen* of *passiveren* vereist zijn. In sommige gevallen kan het materiaal ook mechanisch of elektrochemisch worden gereinigd. Beitsen, of zuurbeitsen, wordt vaak uitgevoerd om zware, sterk hechtende oxidefilms te verwijderen die soms worden veroorzaakt door warmtebehandelingen, lassen, warmomvormen en andere hogetemperatuurprocessen. Het wordt ook toegepast om roestafzettingen te verwijderen. In het algemeen worden voor het beitsen oplossingen met zwavelzuur of salpeter-fluorwaterstofzuur gebruikt. Beitsen verwijdert niet alleen de oxideverontreinigingen, maar soms ook een beetje basismetaal en kan op die manier onderdelen met nauwkeurige toleranties (plusminus 0,01 millimeter of minder) enigszins opruwen. In gevallen waarbij de oppervlakteafwerking van austenitische roestvaste staalsoorten essentieel is, kunnen speciale oplossingen voor het beitsen worden gebruikt. Zo verwijdert een oplossing van fosforzuur en een oppervlakactieve stof de roest en aanslag zonder nadelige invloed op de oppervlakteafwerking.

Voor grotere onderdelen of in gevallen waarbij waterhoudende beitsoplossingen niet kunnen worden gebruikt, zijn er beitspasta's en beitssprays in de handel. De aangetaste gebieden worden plaatselijk bedekt met de pasta, die dan mag reageren met het oppervlak. Nadat er genoeg tijd verstreken is, wordt er een neutraliserende pasta aangebracht. Als de neutraliserende reactie verlopen is, kan de pasta met water worden weggespoeld.

TABEL 16-8 Oppervlaktedefecten die de corrosieweerstand van roestvast staal verminderen

OPPERVLAKTEDEFECT	OORZAKEN	GEBRUIKELIJKE REINIGINGSMETHODE
Vrij ijzer	Machinale bewerking met stalen gereedschappen Persomvormen of stansen met stalen gereedschappen Bewerken met stalen apparatuur Zandstralen of glasparelstralen met verontreinigde middelen Bewerken met gereedschappen van roestvast staal die daarvoor staal hebben bewerkt Reinigen met stalen artikelen, zoals staalborstels of staalwol Walsen bij de staalproducent Tuimelen, ontbramen en leppen	Passiveren
Warmtebehandelingsaanslag	Spanningsarmgloeien, harden, gloeien, walsaanslag	Beitsen
Las- en snijwerkaanslag	Warmte-aanslag (verkleuring), spetters, boogtrekken, ondersnijden, smelten, lasersnijden, snijbranden, puntlassen	Beitsen
Mechanische defecten	Krassen, slijpsporen, metaalspanen en bramen	Mechanisch of elektrolytisch polijsten
Roest	Roestplekken op roestvast staal gaan verder roesten totdat roest wordt verwijderd	Beitsen
Gietdefecten	Koolstofafzetting van gietmatrijzen vermindert de corrosieweerstand aan het oppervlak	Beitsen
Overige verontreinigingen	Vet, olie, houtskool of vetstiftsporen	Basisch reinigen

Passivering wordt het meest gebruikt om ijzerverontreiniging op roestvast staal te verwijderen. Oplossingen van salpeterzuur, fosforzuur, citroenzuur en andere organische zuren worden routinematig gebruikt voor het passiveren van roestvast staal. In de meeste gevallen zal passivering niet het basismetaal oplossen of het oppervlak ruwer maken. Passiveringsoplossingen verwijderen geen oxideaanslag zoals warmteverkleuring of roest.

Bij beitsen en passiveren worden sterke zuuroplossingen gebruikt die speciale voorzorgsmaatregelen vereisen. Ook moet rekening gehouden worden met de verwerking van oplossingenafval dat chroom, ijzer, nikkel en molybdeen bevat. Er moet dus goed worden nagedacht voordat men roestvast staal behandelt met chemische passiveringsmiddelen. Stel dat er bijvoorbeeld roestvast staal in gepassiveerde toestand bij de staalfabriek gekocht wordt. Daarna wordt het onderdeel gemaakt met behulp van snijwerktuigen en slijpstenen met carbiden. Dan is het misschien niet nodig om het onderdeel te passiveren. In zulke gevallen is een goed basisch reinigingsmiddel waarschijnlijk voldoende.

Verschillende roestvaste staalsoorten vereisen verschillende beits- en passiveringsoplossingen voor het reinigen en passiveren van het oppervlak. Austenitisch roestvast staal uit de 200- en 300-serie kan bijvoorbeeld gepassiveerd worden in een salpeterzuuroplossing bij 55 °C. Automatenstaalversies van deze legeringen moeten echter worden gepassiveerd in een salpeterzuuroplossing met natriumchromaat om corrosie te voorkomen. Zonder de toevoeging van chromaat krijgen de onderdelen bij onderdompeling een zwart/grijs uiterlijk, waarbij de passiverende oppervlakfilm vernietigd wordt.

Een andere manier om oppervlakken van roestvast staal te reinigen is elektrolytisch polijsten. Met behulp van speciale chemicaliën en een elektrische stroom wordt het oppervlak van het onderdeel gelijkmatig weggecorrodeerd, waarna er een glad afgewerkt oppervlak zonder verontreiniging overblijft. Elektrolytisch polijsten verwijdert verontreinigingen van vrij ijzer en creëert een glad, gepolijst oppervlak. De zeer goed gepolijste oppervlakken die het resultaat zijn van elektrolytisch polijsten, zijn beter bestand tegen corrosie dan ruwe oppervlakken. Aanslag zoals warmteverkleuring en roest moet verwijderd worden met mechanische middelen of door beitsen voorafgaand aan elektrolytisch polijsten.

Het is mogelijk om oxideaanslag als gevolg van warmtebehandelingen, lassen en andere processen bij hoge temperatuur te verwijderen met mechanische middelen zoals zandstralen, glasparelstralen, staalborstels en slijpen. Roestafzettingen kunnen op dezelfde manieren worden verwijderd. Sommige reinigingsprocessen, zoals zandstralen, kunnen het oppervlak ruwer maken. Ruwe oppervlakken kunnen de corrosieweerstand van roestvast staal verminderen. Ook te zwaar slijpen kan de corrosieweerstand verlagen. Na het mechanisch reinigen worden onderdelen vaak gebeitst of gepassiveerd om alle sporen van ijzerverontreiniging of aanslag te verwijderen.

Door de vorming van aanslag tijdens de fabricage te verhinderen kan ook een goede corrosieweerstand worden bereikt. In gelaste roestvaststalen pijpleiding- en luchtkanaalsystemen kan bijvoorbeeld een inert gas zoals stikstof of argon gebruikt worden om aanslagvorming aan de binnenkant van de pijpleiding te voorkomen, terwijl de pijpleiding langs de buitendiameter wordt TIG-gelast. Bij warmtebehandelingen kan een vacuüm of een inert gas worden gebruikt om aanslagvorming te voorkomen.

Men kan bij het specificeren van een reinigingsprocedure voor roestvast staal het beste gebruikmaken van een gepubliceerde norm, bijvoorbeeld ASTM: 'Passiveren volgens ASTM 380 Code F' of EN 2516:1997 en 'Beitsen volgens ASTM 380 Code E'. Bovendien is het van belang om in de specificatie de gewenste reinheid aan te geven, bijvoorbeeld: 'Na de afwerking dient het onderdeel schoon en glanzend te zijn, en vrij van ijzerverontreinigingen, roest, warmteaanslag, lasspetters en lassmelt, vuil, rommel, olieverontreiniging, organische verontreinigingen of andere schadelijke defecten.' Er kunnen ook proeven worden gedaan voor het evalueren van de oppervlaktereinheid (zie tabel 16-9). Het is belangrijk om te onthouden dat de onderdelen na het passiveren of beitsen opnieuw verontreinigd kunnen raken. In de aanschafspecificatie moet daarom opgenomen worden dat er maatregelen genomen moeten worden om opnieuw verontreinigen te voorkomen.

TABEL 16-9 Proeven voor het evalueren van de reinheid van roestvast staal

TESTMETHODE	BEKNOPTE PROCEDURE	REACTIE
Bevochtigen met water en drogen	Het onderdeel wordt 24 uur lang onderworpen aan cycli van bevochtigen en drogen.	Al het vrije ijzer zal gaan roesten.
Hogevochtigheidsproef	Het onderdeel wordt 24-26 uur blootgesteld aan 95 tot 100% relatieve vochtigheid bij 38-44 °C.	Al het vrije ijzer zal gaan roesten.
Kopersulfaatproef	Het onderdeel wordt ondergedompeld in of bedekt met een kopersulfaatoplossing.	Vrij ijzer of ijzeroxidehuid krijgt een koperkleur. Werkt goed voor PH-, ferritisch en austenitisch roestvast staal. Martensitische soorten of ferritische soorten met een laag Cr-gehalte (<16% Cr) reageren niet goed.
Ferroxylproef	Het onderdeel wordt ondergedompeld in of bedekt met een oplossing van kaliumferricyanide en salpeterzuur.	Vrij ijzer, roest en oxidehuid worden blauw. Deze proef is bijzonder gevoelig.

Lassen

Bij de verschillende soorten roestvaste stalen doen zich allerlei lasproblemen voor. Er worden jaarlijks duizenden tonnen gelast met weerstands- en booglassen voor de uitlaatsystemen van auto's, maar het zijn de ferritische soorten die meestal gevoelig zijn voor korrelgroei bij lastemperaturen. Dit maakt het metaal zwak en daardoor kunnen er scheuren ontstaan bij stolling. Ten tweede heeft een basismetaal dat door verhitting korrelvergroting heeft opgelopen mogelijk een zeer slechte slagvastheid. Ten derde ondergaat gewoon roestvast chroomstaal 475 °C-verbrossing en sigmafasevorming. Bepaalde bijzondere ferritische soorten kunnen gemakkelijk worden gelast, maar over de lasbaarheid van elke legering moet informatie worden ingewonnen bij de leverancier.

De martensitische soorten zijn, in tegenstelling tot de ferritische soorten, niet gevoelig voor 475 °C-verbrossing of sigmafasevorming. Het probleem bij deze soorten is de vorming van gehard martensiet tijdens het afkoelen na het lassen, waardoor scheuren kunnen ontstaan. De 440-groep moet beschouwd worden als niet lasbaar, maar speciale verbindingstechnieken zoals laserfusie kunnen worden gebruikt om 440-stalen te lassen aan beter lasbare stalen. Daarnaast kunnen er in de automatenstaalversies van gewoon roestvast chroomstaal, 430F en 416, door warmbrosheid scheuren in de las optreden. Smeltlassen is mogelijk bij de moderne ferritische soorten.

Al deze problemen kunnen worden overwonnen en de ferritische en martensitische soorten worden met succes gelast, maar er kunnen zich problemen voordoen. Deze soorten mogen daarom eigenlijk alleen worden gelast met door de fabrikant goedgekeurde lasprocedures.

De austenitische soorten, afgezien van de automatenstaalsoorten (onder andere type 303), zijn met vrijwel alle lasprocessen uitstekend lasbaar. Men moet hierbij wel oppassen voor *sensitisatie*. In hoofdstuk 6 over corrosie hebben we laten zien dat het verwarmen van roestvast staal tot temperaturen tussen ongeveer 400 en 850°C plaatselijke chroomverarming veroorzaakt door de vorming van chroomcarbiden, met als gevolg dat de corrosiebescherming afneemt. Alle roestvaste legeringen zijn tijdens lassen en warmtebehandelingen gevoelig voor sensitisatie. De mate van sensitisatie hangt af van het legeringstype (ferritisch, martensitisch enzovoort), het koolstofgehalte, de tijdsduur dat het materiaal blootgesteld was aan de sensitisatietemperatuur en of de legering *gestabiliseerd* is met kleine hoeveelheden Ti, Nb of een ander element. Figuur 16-11 laat het benaderde sensitisatiegebied zien voor twee legeringen, 304 en 304L. Deze gegevens tonen aan dat het gebruik van L-soorten helpt bij het vermijden van sensitisatie. De L-versie is minder gevoelig voor sensitisatie doordat zij minder koolstof bevat, dus minder chroomcarbidevorming. De L-soort wordt wel gesensitiseerd bij spanningsarmgloeien van de las na het lassen.

Het is nu waarschijnlijk wel duidelijk dat roestvast staal gemakkelijk gesensitiseerd wordt door lassen of een warmtebehandeling. Sensitisatie betekent echter niet dat het materiaal alle corrosieweerstand kwijtraakt. Als een onderdeel alleen bestand moet zijn tegen atmosferische roestvorming, zijn de meeste roestvaste soorten ook in gesensitiseerde vorm geschikt. Hetzelfde geldt voor roesten in de buitenlucht. Als een gesensitiseerd roestvast staal gebruikt moet worden in een chemische omgeving, moet het eerst in die omgeving worden getest op aantasting in gesensitiseerde toestand. Het kan wel of niet bestendig zijn. Als een onderdeel moet worden gelast of spanningsarmgegloeid en vervolgens in een chemische omgeving gebruikt moet worden, is het in het algemeen een goed idee om L-soorten of gestabiliseerde soorten (321 en 347) roestvast staal te gebruiken.

De PH-soorten kunnen zonder al te veel problemen worden gelast. Staven met een gelijke samenstelling krijgen de voorkeur en als de las even sterk moet zijn als het basismetaal is er na het lassen een warmtebehandeling nodig. Deze soorten worden normaal gesproken in de precipitatiegeharde toestand gelast en daarna opnieuw precipitatiegehard. Dit proces geeft een verbindingsrendement van ongeveer 75 procent.

Weerstandslassen is bij alle soorten mogelijk, maar toch dienen alle genoemde voorzorgen te worden genomen. Het kan ook nodig zijn om nauw aansluitende oppervlakken te schuren om de oxidefilms af te breken.

Snijbranden van roestvaste staalsoorten is bijzonder moeilijk vanwege het hittebestendige oxide dat zich in de buurt van het smeltgebied vormt. Normaal snijbranden kan beter niet worden toegepast. Als snijbranden nodig is, werken plasma-snijeenheden – die een veel hogere temperatuur hebben – goed. In ieder geval is het een goede gewoonte om

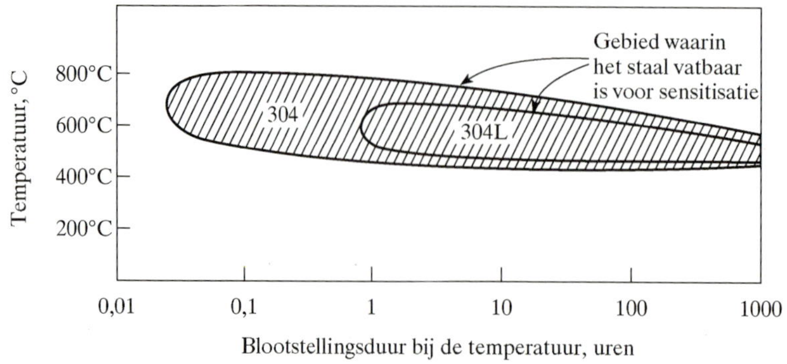

FIGUUR 16-11 Blootstellingsduur bij hoge temperaturen waarbij sensitisatie van 304 en 304L roestvast staal optreedt. Deze gebieden moeten bij lassen en warmtebehandeling worden gemeden

gesneden oppervlakken die gesmolten waren weg te slijpen om mogelijke verontreiniging te voorkomen. Laser- en elektronenstraalsnijden zijn mogelijk bij dunne segmenten. Ook waterstraalsnijden (met een abrasieve stof) werkt goed.

Warmtebehandeling

Bij austenitisch roestvast staal worden normaal gesproken slechts twee warmtebehandelingen gebruikt: gloeien en spanningsarmgloeien. Gloeien wordt uitgevoerd bij temperaturen tussen 1000 en 1100 °C, gevolgd door afschrikken in water. Het afschrikken is noodzakelijk om sensitisatie te voorkomen. De meeste producten van roestvast staal worden in gegloeide toestand aangeschaft. Aldus vermijden de meeste mensen deze warmtebehandeling. Het afschrikken van machinaal bewerkte onderdelen in water leidt tot ernstige vervorming. Bij een ingewikkelde machinaal bewerkte vorm of las is spanningsarmgloeien wellicht nodig voor stabiliteit. Uit angst voor sensitisatie worden soms lagetemperatuurprocessen (340 tot 450 °C) gebruikt, maar deze hebben in feite weinig effect. Effectief spanningsarmgloeien vereist hogere temperaturen dan 870 °C, gevolgd door afkoeling met de grootste snelheid die het onderdeel kan verdragen. Er zal dan enige sensitisatie optreden, maar het gebruik van L-soorten of gestabiliseerde legeringen beperkt dit effect tot een minimum. De ontwerper dient zich al in de ontwerpfase af te vragen of spanningsarmgloeien van een onderdeel nodig is. Als spanningsarmgloeien nodig lijkt, moet er een koolstofarme of gestabiliseerde soort roestvast staal worden gespecificeerd.

Een recente ontwikkeling (sinds circa 2005) bij het harden van austenitisch roestvast staal is lagetemperatuurcarboneren. Dit relatief nieuwe proces wordt uitgevoerd bij temperaturen van ongeveer 400 tot 550 °C, en naar verluidt verbetert het de corrosieweerstand van een austenitisch roestvast staal. Het harde oppervlak wordt door sommige gebruikers *S-fase* genoemd (*single phase*). De S-fasebehandelde roestvaste staalsoorten waren in 2008 commercieel veel in gebruik en het proces wordt aangeboden door commerciële warmtebehandelaars als ‘lagetemperatuurdiffusieharden van austenitische roestvaste staalsoorten’. Als austenitische roestvaste staalsoorten slijten in een toepassing en als blijkt dat een harde laag op het oppervlak daartegen kan helpen, dan moet een S-fasebehandeling worden overwogen.

Bij ferritische soorten en duplexsoorten is spanningsarmgloeien oftewel ontlaten de enige bruikbare warmtebehandeling. Dit wordt gedaan om spanningen op te heffen. Men moet ervoor zorgen dat sigmavorming en 475 °C-brosheid niet voorkomen. Meestal worden de onderdelen langzaam gekoeld tot ongeveer 600 °C en vervolgens afgeschrikt.

Bij martensitische roestvaste staalsoorten worden dezelfde soorten warmtebehandelingen gebruikt als bij gelegeerd staal en gereedschapsstaal. De typen 403, 410, 414 en 416 harden in olie, de andere soorten kunnen in lucht worden gehard. Gelegeerde staalsoorten worden ontlaten om de ductiliteit en taaiheid te verhogen. Hierbij wordt restausteniet naar ferriet getransformeerd en overtollige koolstof in de martensietstructuur vormt carbides. Tabel 16-10 geeft enkele typische warmtebehandelingen voor martensitische roestvaste staalsoorten. De meest gebruikte warmtebehandelingen bestaan uit harden, gevolgd door spanningsarmgloeien. Alle andere processen hebben de neiging om het roestvaste staal te sensitiseren en de corrosieweerstand te verlagen.

TABEL 16-10 Warmtebehandeling voor martensitische roestvaste staalsoorten

BEHANDELING	DOEL	PROCES
Austenitiseren	Maximaal ontharden	800 tot 900 °C, langzaam afkoelen
Zachtgloeien	Geharde onderdelen zachter maken	650 tot 800 °C, afkoelen in lucht
Harden	Harden en versterken	920 tot 1050 °C, afschrikken in lucht of olie
Spanningsarmgloeien	Verhoogt de taaiheid van geharde onderdelen	120 tot 400 °C, afkoelen in lucht
Ontlaten	Omzetten van restausteniet	520 tot 650 °C, afkoelen in lucht

Voor PH-soorten bestaan heel specifieke recepten, waar men zich strikt aan moet houden. De typen 17-4, 15-5 en 13-8 worden behandeld met oplosgloeien, afschrikken en precipitatieharden. De temperatuur voor het precipitatieharden kan worden aangepast om verschillende sterktes en taaiheden te bereiken. De typen 17-7 en 15-7 vereisen oplosgloeien, conditioneren, diepkoelen en precipitatieharden. Ook hier kan de precipitatieharding worden gevarieerd. Er zijn ook variaties in de conditioneringsbehandeling mogelijk. In figuur 16-12 worden enkele typische warmtebehandelingen voor PH-soorten van roestvast staal weergegeven. Twee belangrijke opmerkingen over de warmtebehandeling van deze legeringen: (1) er treden merkbare maatveranderingen op, en (2) de typen 17-7 en 17-5 vertonen aanslag als gevolg van conditioneren bij hoge temperaturen als dit in een luchtoven wordt uitgevoerd. De problemen kunnen gemakkelijk worden overwonnen als ze worden herkend. De grootteveranderingen worden eenvoudig ingecalculeerd in de toeslagen voor machinale bewerking. Het probleem van de aanslagvorming wordt normaal opgelost door de conditionering uit te voeren op ruwbewerkte onderdelen. Precipitatieharding veroorzaakt zelfs in luchtovens nauwelijks verkleuring. De beste aanpak van PH-soorten roestvast staal is volledig harden en vervolgens machinaal afwerken. De koolstofarme martensietstructuur kan bewerkt worden met gereedschap van gesinterd carbide.

16.6 Corrosie-eigenschappen

Roestvaste staalsoorten hebben hun corrosieweerstand te danken aan het in vaste oplossing verkerende chroom. Chroom bindt zich gemakkelijk aan zuurstof en bevordert in vaste oplossing in roestvast staal de vorming van een passiverende oppervlak-

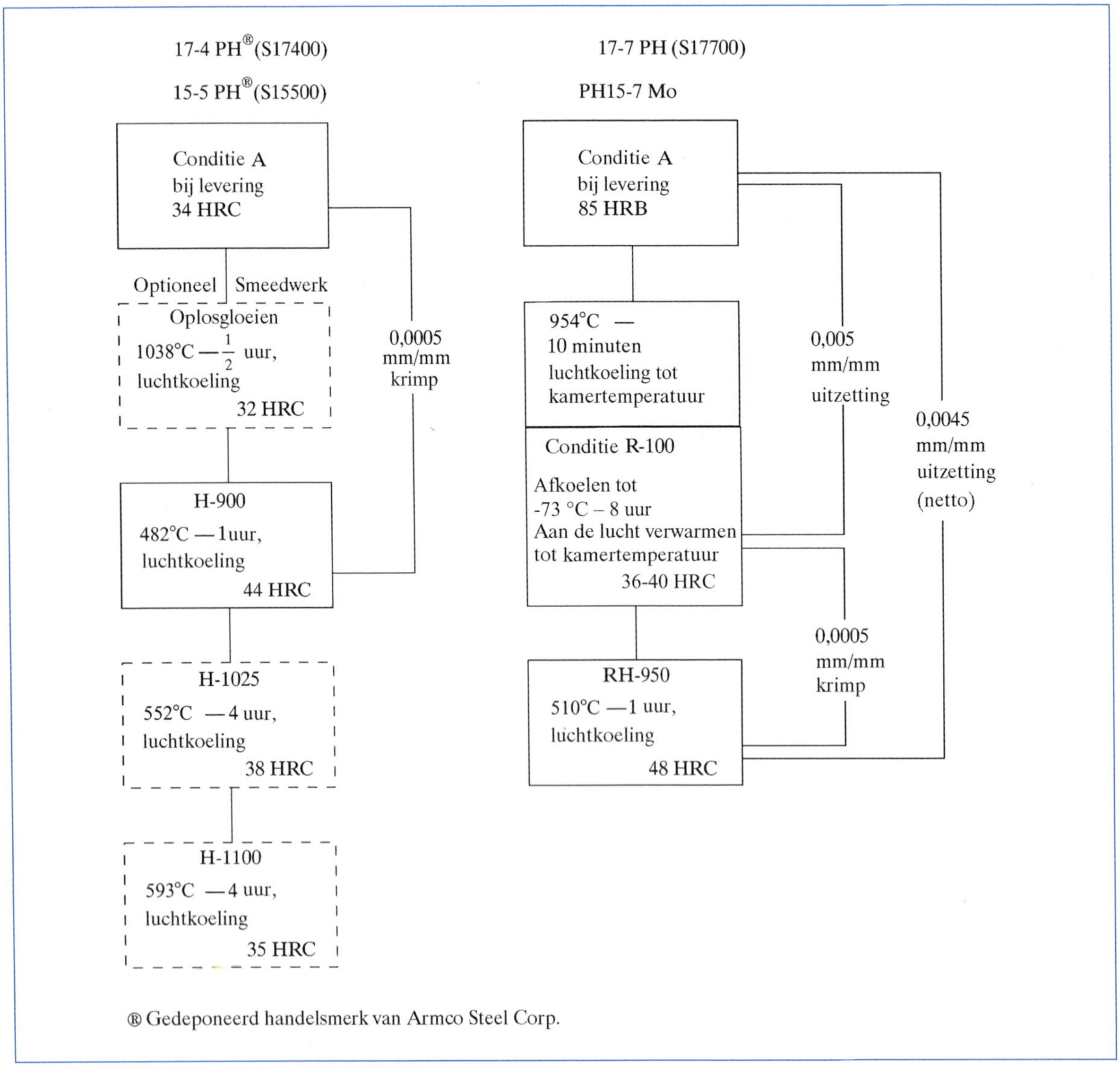

FIGUUR 16-12 Typische warmtebehandelingen voor PH-soorten roestvast staal. Zie ASTM A 564 voor aanvullende bijzonderheden over warmtebehandelingen

Bron: Overgenomen met toestemming van AK Steel Corporation, opvolger van Armco Steel Corporation.

film die corrosie remt. De diverse chemische samenstellingen van roestvaste staalsoorten leveren verschillende corrosie-eigenschappen op.

Elke legering is ontworpen voor bepaalde corrosieve omgevingen. We zouden tot in het oneindige kunnen doorgaan met het opsommen van specifieke omgevingen, maar in deze bespreking kunnen we het beste enkele algemene uitspraken doen over de beperkingen aan de corrosieweerstand van roestvast staal en daarna enkele opmerkingen maken over hun geschiktheid in sommige veelvoorkomende omgevingen. Alvorens een bepaalde soort roestvast staal voor een specifieke omgeving te kiezen, wordt aanbevolen eerst de corrosiegegevens te raadplegen (bijvoorbeeld in de *NACE Corrosion Data Survey*), of onderzoek te doen naar specifieke corrosiegegevens zoals die in hoofdstuk 6 over corrosie genoemd zijn.

In hoofdstuk 6 werden acht vormen van corrosie beschreven. In een aantal van de voorbeelden die daar gebruikt zijn om deze processen te beschrijven, ging het over roestvaste staalsoorten. Dit lijkt misschien tegenstrijdig met de term roestvast, maar andere metalen zouden in veel corrosieve omgevingen nog veel meer gebreken vertonen. Tabel 16-11 geeft wat informatie over de algemene weerstand van bepaalde legeringen in enkele omgevingen. De belangrijke beperkingen of zwakheden van roestvaste staalsoorten zijn de volgende:

1. Roestvaste staalsoorten zijn in sommige omgevingen gevoelig voor putcorrosie.
2. Ze zijn gevoelig voor spleetcorrosie.
3. Ze worden gemakkelijk aangetast door chlorideoplossingen en reducerende zuren.
4. Sommige soorten zijn gevoelig voor spanningscorrosie in een atmosfeer met haliden – vooral chloriden (denk aan zeewater) – en bepaalde andere stoffen.
5. In gesensitiseerde toestand zijn roestvaste staalsoorten zeer gevoelig voor interkristallijne aantasting.
6. Ze zijn gevoelig voor galvanische corrosie op microschaal wanneer hun structuur bestaat uit twee fasen (bijvoorbeeld ferriet in austeniet).

Verder hebben de koolstofrijke legeringen een lagere corrosieweerstand dan de koolstofarme soorten. Nikkeltoevoegingen veranderen de structuur en maken het mogelijk dat het chroomgehalte wordt verhoogd, zonder dat de lagere sterkte tot problemen leidt. Toevoegingen van zwavel of selenium, om de machinale bewerking gemakkelijker te maken, verlagen de corrosieweerstand. Toevoegingen van niobium, tantaal en titanium voorkomen sensitisatie. Molybdeentoevoegingen reduceren de neiging tot putcorrosie.

Roestvaste staalsoorten scoren in corrosieve omgevingen beter dan alle andere materiaalsystemen. In de volgende subparagrafen wordt kort samengevat hoe roestvaste staalsoorten reageren op bepaalde omgevingen waarmee ontwerpers vaak te maken krijgen. Met een goed ontwerp en goede materiaalkeuze zijn corrosieproblemen goed te vermijden.

Atmosferische corrosie

Alle roestvaste staalsoorten hebben een uitstekende weerstand tegen blootstelling aan de buitenlucht, tenzij er corrosieve gassen zoals chloor of zwavel aanwezig zijn. Er zijn proefmonsters 50 jaar lang blootgesteld aan landelijke omgevingen zonder enige meetbare achteruitgang. Als de lokale omgeving aggressief is, bijvoorbeeld in de buurt van een (kunst)mestopslag, kan er echter sprake zijn van sterke corrosie. De atmosfeer bij de zee kan aantasting veroorzaken bij bepaalde soorten roestvast staal vanwege de aanwezigheid van chloriden. Er zijn legeringen verkrijgbaar die bestand zijn tegen deze aantasting.

Oxidatie bij hoge temperaturen

Figuur 16-13 maakt duidelijk dat sommige soorten roestvast staal geschikt zijn voor continubedrijf in een oxiderende atmosfeer bij temperaturen tot 1100 °C, bijvoorbeeld in heteluchtovens. De temperaturen bij gebruik met tussenpozen zijn iets lager. De veilige temperaturen in reducerende brandstofgassen zijn vergelijkbaar.

Zuren

Type 316 heeft een goede weerstand tegen azijnzuur bij lagere temperaturen dan het kookpunt. De concentratie mag hoog zijn, wel 98 procent.

In zwavelzuur bij kamertemperatuur vertonen de typen 316 en 317 een lage corrosiesnelheid bij lage concentraties (minder dan 10 procent) en bij zeer hoge concentraties (meer dan 95 procent). Bij hogere temperaturen zijn ze alleen bestand tegen zeer verdunde oplossingen (minder dan 1 procent).

In salpeterzuur kan type 430 bij kamertemperatuur worden gebruikt in concentraties tot 80 procent. De typen 321 en 347 kunnen bij kamertemperatuur worden gebruikt in alle concentraties. Type 316 gedraagt zich ongeveer net zo. Bij een concentratie van 70 procent of minder kunnen temperaturen worden gebruikt tot aan het kookpunt.

De meeste soorten zijn bij kamertemperatuur bestand tegen verdunde oplossingen van fosforzuur.

TABEL 16-11 Relatieve corrosieweerstand van AISI roestvaste staalsoorten*

AISI-type	UNS-nummer	Lichte blootstelling aan atmosfeer en zoet water	Atmosfeer		Zout water	Chemicaliën		
			Industrie	Zee		Mild	Oxiderend	Reducerend
201	S20100	×	×	×	—	×	×	—
202	S20200	×	×	×	—	×	×	—
205	S20500	×	×	×	—	×	×	—
301	S30100	×	×	×	—	×	×	—
302	S30200	×	×	×	—	×	×	—
302B	S30215	×	×	×	—	×	×	—
303	S30300	×	×	—	—	×	—	—
303 Se	S30323	×	×	—	—	×	—	—
304	S30400	×	×	×	—	×	×	—
304L	S30403	×	×	×	—	×	×	—
304Cu	S30430	×	×	×	—	×	×	—
304N	S30451	×	×	×	—	×	×	—
305	S30500	×	×	×	—	×	×	—
308	S30800	×	×	×	—	×	×	—
309	S30900	×	×	×	—	×	×	—
309S	S30908	×	×	×	—	×	×	—
310	S31000	×	×	×	—	×	×	—
310S	S31008	×	×	×	—	×	×	—
314	S31400	×	×	×	—	×	×	—
316	S31600	×	×	×	×	×	×	×
316F	S31620	×	×	×	×	×	×	×
316L	S31603	×	×	×	×	×	×	×
316N	S31651	×	×	×	×	×	×	×
317	S31700	×	×	×	×	×	×	×
317L	S31703	×	×	×	×	×	×	—
321	S32100	×	×	×	—	×	×	—
329	S32900	×	×	×	×	×	×	×
330	N08330	×	×	×	×	×	×	×
332	S33200	×	×	×	—	×	×	—
334	S33400	×	×	×	—	×	×	—
347	S34700	×	×	×	—	×	×	—
348	S34800	×	×	×	—	×	×	—
384	S38400	×	×	×	—	×	×	—
403	S40300	×	—	—	—	×	—	—
405	S40500	×	—	—	—	×	—	—
409	S40900	×	—	—	—	×	—	—
410	S41000	×	—	—	—	×	—	—
414	S41400	×	—	—	—	×	—	—
416	S41600	×	—	—	—	—	—	—
420	S42000	×	—	—	—	—	—	—
420F	S42020	×	—	—	—	—	—	—
422	S42200	×	—	—	—	—	—	—
429	S42900	×	×	—	—	×	×	—
430	S43000	×	×	—	—	×	×	—
430F	S43020	×	×	—	—	×	—	—
431	S43100	×	×	×	—	×	—	—
434	S43400	×	×	×	—	×	×	—
436	S43600	×	×	×	—	×	×	—
440A	S44002	×	—	—	—	×	—	—
440B	S44003	×	—	—	—	—	—	—
440C	S44004	×	—	—	—	—	—	
442	S44200	×	×	—	—	×	×	
444	S44400	×	×	×	—	×	×	
446	S44600	×	×	×	—	×	×	
—	S13800	×	×	—	—	×	×	
—	S15500	×	×	×	—	×	×	
—	S17400	×	×	×	—	×	×	
—	S17700	×	×	×	—	×	×	

* Een × geeft weerstand tegen een omgeving aan. Dit is een leidraad en geen vervanging voor kwantitatieve corrosiegegevens.

Bron: *Steel Products Manual – Stainless and Heat-Resisting Steels*, The Iron and Steel Society, november 1990.

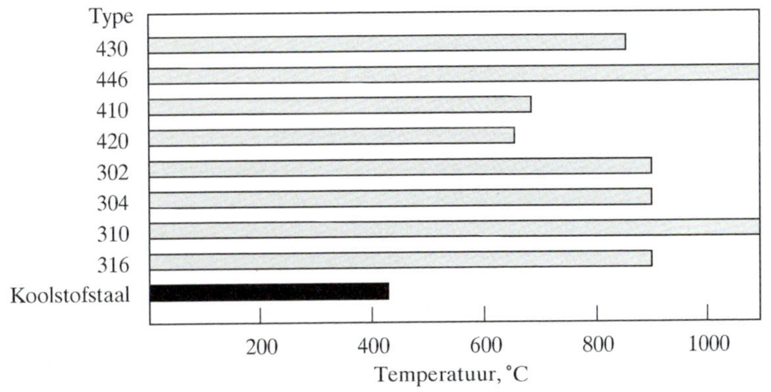

FIGUUR 16-13 Maximale continue bedrijfstemperatuur voor roestvaste staalsoorten zonder overmatige aanslag in een oxiderende omgeving

Bron: Overgenomen met toestemming van de Republic Steel Corporation.

De meeste concentraties van zoutzuur veroorzaken een snelle aantasting van de meeste soorten roestvast staal. Er zijn speciale legeringen verkrijgbaar voor gebruik bij de meeste zuren onder allerlei omstandigheden.

Het wordt niet aangeraden om roestvaste staalsoorten te gebruiken in fluorwaterstofzuuroplossingen, ongeacht de concentratie.

Neutraal water

De meeste soorten roestvast staal (304, 316, 410, 430) worden niet aangetast door water, ook niet door gedestilleerd water. Pijpleidingen en pompen van austenitisch roestvast staal kunnen stroomsnelheden verdragen tot 30 m/s. Er wordt een minimumsnelheid van 2 m/s aanbevolen ter voorkoming van verontreinigingen die corrosie onder afzettingen en putcorrosie kunnen veroorzaken. Een chloridegehalte van slechts 30 ppm kan leiden tot spanningscorrosie in austenitische soorten.

Voedingsproducten

De austenitische soorten roestvast staal hebben een goede corrosieweerstand tegen vruchten- en groentesap, en de meeste soorten zijn ook bestand tegen aantasting door zuivelproducten. De aanwezigheid van chloriden kan putcorrosie veroorzaken.

Gebruik in chloriden

Veel bedrijfsomgevingen bevatten *chloriden*, bijvoorbeeld zeewater, brak water, drinkwater en bleekmiddelen. Chloriden en chloorhoudende ionen kunnen putcorrosie en spleetcorrosie veroorzaken in roestvaste legeringen. Als de chloridehoudende omgeving een temperatuur heeft die hoger is dan ongeveer 50 °C kan er ook spanningscorrosie optreden (bij aanwezigheid van trekspanningen). Type 316 is redelijk bestand tegen chloridehoudende omgevingen, hoewel het wel gevoelig is voor putcorrosie. Type 304 is niet geschikt bij een chlorideconcentratie boven ongeveer 50 ppm. Dit type is ongeschikt voor zeewater. Ferritische legeringen en PH-legeringen worden in het algemeen niet aanbevolen voor gebruik in chloriden, in het bijzonder in stilstaande omstandigheden. Sommige speciale superaustenitische en superferritische soorten roestvast staal hebben een uitzonderlijke weerstand tegen putcorrosie, spleetcorrosie en spanningscorrosie in chloridehoudende omgevingen (zie tabel 16-1). Een aanduiding voor de relatieve weerstand tegen putcorrosie van roestvaste staallegeringen is het *Pitting Resistance Equivalent Number* (PREN). Het PREN is weliswaar empirisch van karakter, maar berekent de weerstand tegen putcorrosie van austenitische legeringen en duplexlegeringen op basis van de hoeveelheid chroom, molybdeen en stikstof in de legering (deze bestanddelen hebben de sterkste invloed op de weerstand tegen putcorrosie) als volgt:

$$\text{PREN} = \%\text{Cr} + 3{,}3(\%\text{Mo}) + 16(\%\text{N})$$

Hoewel er voor specifieke omgevingen verscheidene vormen van de vergelijking bestaan (waarbij de stikstofcoëfficiënt kan liggen tussen 11 en 30), wordt bovenstaande vergelijking het meest gebruikt. Figuur 16-14 geeft het PREN van diverse hoogwaardige roestvaste staalsoorten. Sommige toepassingen in zeewater vereisen bijvoorbeeld een roestvaste staallegering met een PREN die hoger is dan 40.

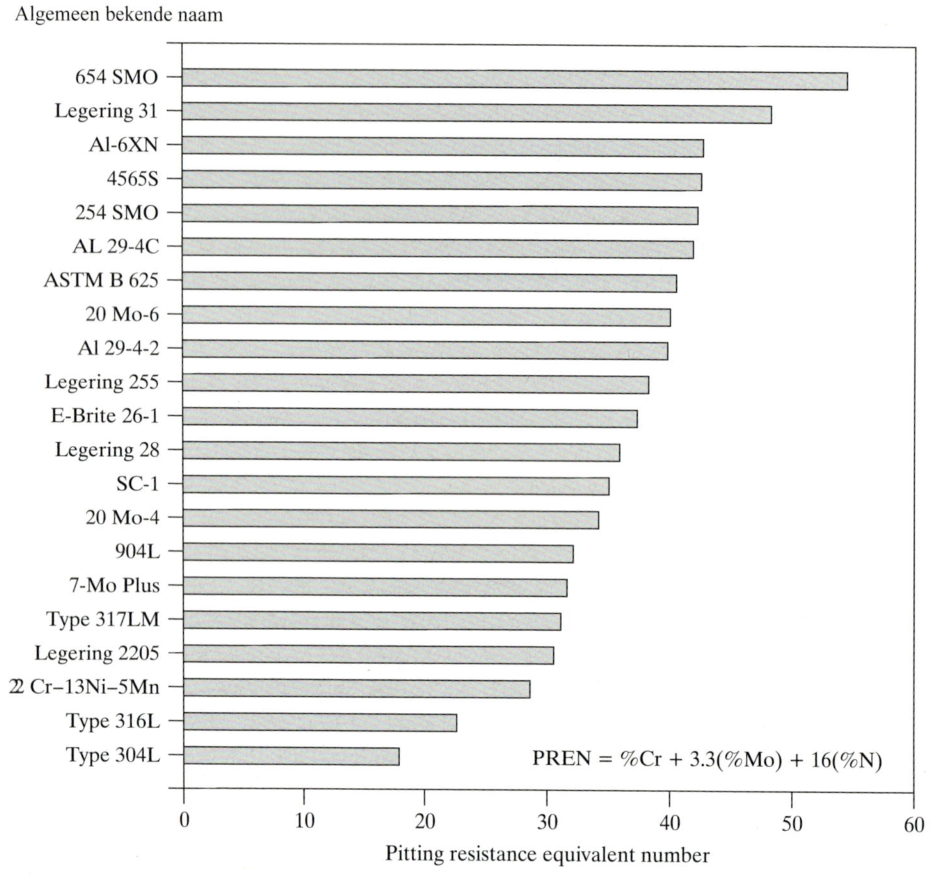

FIGUUR 16-14 Relatieve weerstand tegen putcorrosie van hoogwaardige roestvaste staallegeringen. Hogere PREN-waarden geven een grotere weerstand tegen putcorrosie aan

Bleekmiddelen

Alle soorten en typen roestvast staal kunnen worden aangetast door bleekmiddelen en het gebruik van roestvast staal in combinatie met bleekmiddelen wordt dan ook niet aanbevolen. Sommige superferritische en superaustenitische soorten zijn desalniettemin aanvaardbaar voor sommige oplossingen.

Organische oplosmiddelen

Alle soorten roestvast staal zijn bestand tegen organische oplosmiddelen, zolang deze niet verontreinigd zijn.

Benzine

De typen 410, 416 en 430 hebben een redelijke weerstand. De typen 302, 304 en 316 hebben een uitstekende weerstand, tenzij de benzine verontreinigd is met bijvoorbeeld water.

Basische oplossingen

Alle soorten en typen zijn bij kamertemperatuur resistent. Bij hoge temperaturen gebruikt men bij voorkeur de soorten met een hoog nikkelgehalte (austenitische soorten).

16.7 Het selecteren van legeringen

Een ontwerprepertoire

Het is inmiddels vast wel duidelijk dat roestvast staal een zeer bruikbaar materiaal is in technische ontwerpen. De mechanische eigenschappen vertonen een grote variatie en de weerstand tegen corrosie en oxidatie van deze legeringen is beter dan die van de meeste andere materiaalsystemen. Hoe selecteer je de juiste legering voor een bepaalde toepassing? Figuur 16-15 geeft een overzicht van de roestvaste staallegeringen en hun belangrijkste toepassingsgebieden.

In de figuur zijn enkele legeringstypen omcirkeld. Deze legeringen worden ook vermeld op het eind van deze paragraaf in tabel 16-12 met een opmerking over de voordelen van de betreffende legering ten opzichte van de andere. De lijst kan waarschijnlijk nog verder gereduceerd worden, maar deze legeringen liggen meestal op de plank bij elke leverancier van roestvast staal. Met deze lijst kan de ontwerper aan 90 procent van de behoeften voldoen.

Algemene eigenschappen

Het is natuurlijk belangrijk de juiste legering voor een bepaalde toepassing te kiezen. Hieronder beschrijven we de algemene eigenschappen van ongeveer 40 roestvaste staallegeringen. Bij het specificeren van een legering op een technische tekening dient het driecijferige legeringstype of de juiste aanduiding (AISI, EN enzovoort) te worden gebruikt. In een volledige specificatie moet ook worden vermeld welke warmtebehandelingen en oppervlakteafwerking er nodig zijn.

De ferritische legeringen zijn iets goedkoper dan de andere legeringen (zie figuur 16-16) en daarom worden ze veel gebruikt voor niet-constructietoepassingen. Type 430 wordt veel gebruikt voor toepassingen als huishoudelijke apparaten en sierstrippen op auto's. Type 430F is een automatenstaal en wordt dus gebruikt voor bevestigingsmiddelen en andere onderdelen die op een draaibank moeten worden bewerkt. Type 446 heeft een zeer goede weerstand tegen *oxidatie* en wordt daarom gebruikt voor ovenonderdelen. Ferritische roestvaste staalsoorten

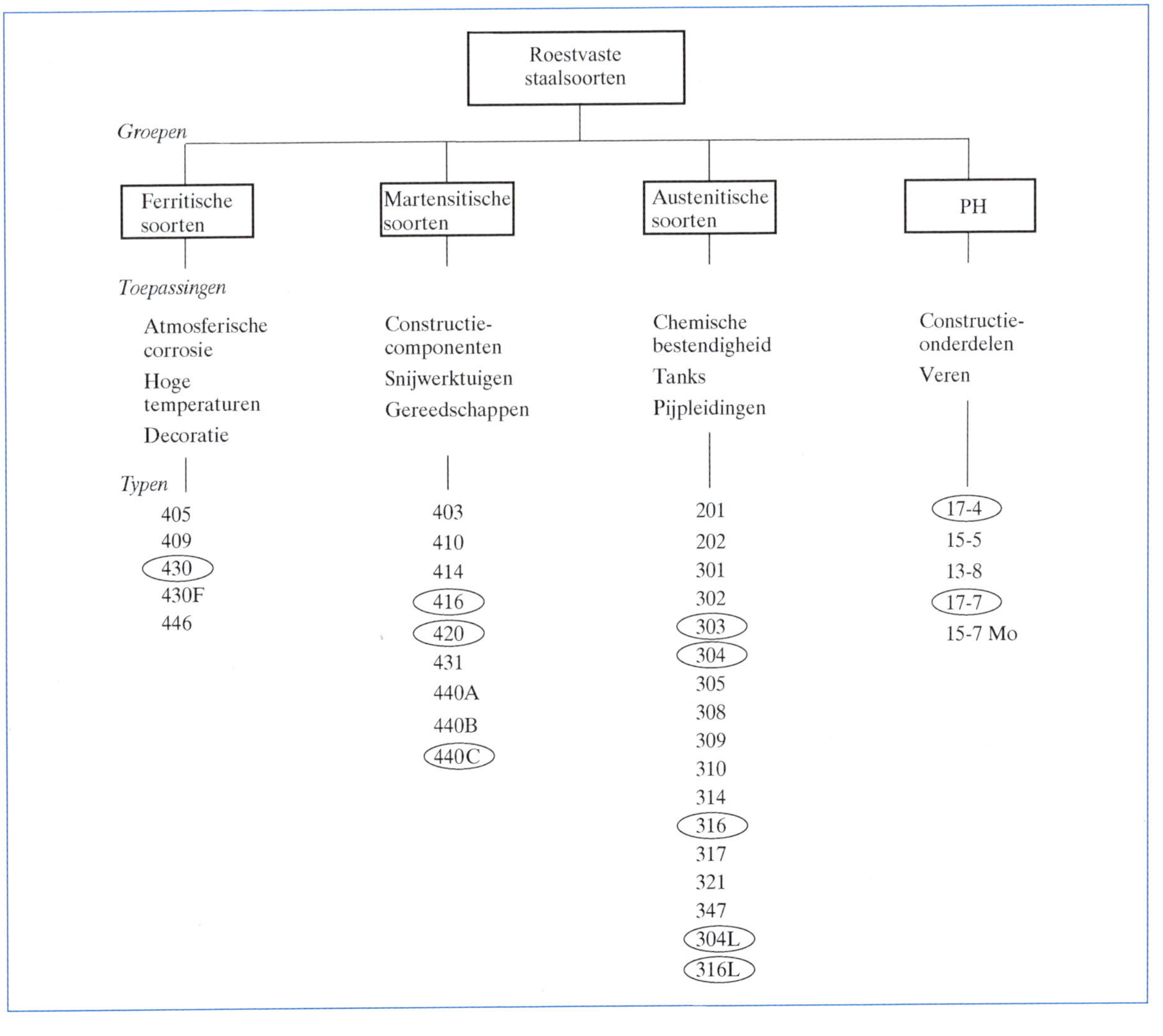

FIGUUR 16-15 Veelgebruikte soorten roestvast staal

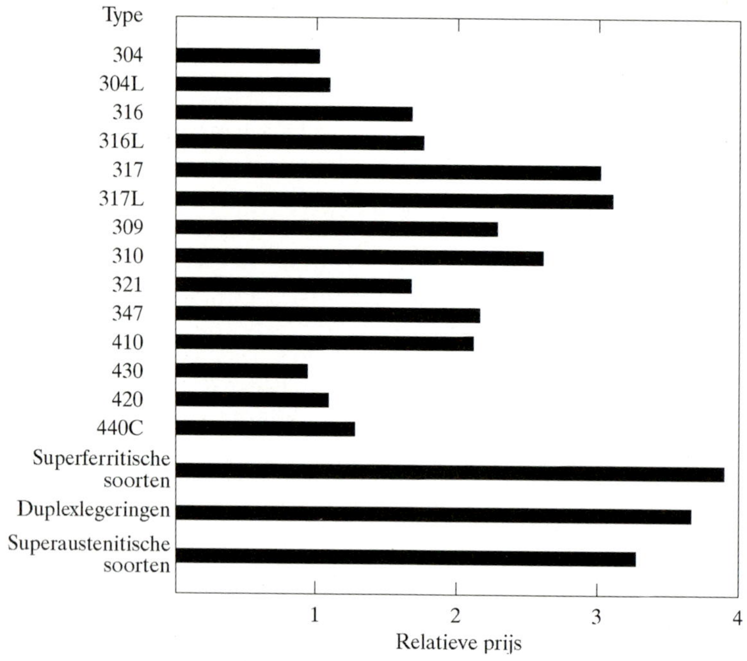

FIGUUR 16-16 Relatieve prijzen voor diverse soorten roestvast staal (warmgevormde staven)

Bron: Overgenomen met toestemming van de Republic Steel Corporation.

worden weinig gebruikt voor pijpleidingen, tanks en constructiecomponenten vanwege hun slechte lasbaarheid en hun kerfgevoeligheid.

Dat men vaak toch de voorkeur geeft aan ferritische roestvaste staalsoorten boven de gemakkelijker te vervaardigen austenitische roestvaste staalsoorten, komt omdat ze minder gevoelig zijn voor spanningscorrosie. In de jaren zeventig werden nieuwe staalbereidingsmethoden ontwikkeld die enkele van de lasbaarheidsbeperkingen van de ferritische soorten tot een minimum terugbrachten. Er zijn zes speciale ferritische legeringen waarbij het koolstof- en stikstofgehalte wordt gereduceerd tot beneden de 100 ppm. Hierbij krijgen de lassen een betere ductiliteit en vertonen een minimale sensitisatie als gevolg van carbideprecipitatie. Deze ferritische soorten hebben een uitstekende corrosieweerstand in bepaalde omgevingen, zoals zeewater, en ze zijn betrekkelijk immuun voor spanningscorrosie. Ze zijn alleen verkrijgbaar in betrekkelijk dunne segmenten. Voor het lassen en vervaardigen van deze legeringen gelden nog wel een paar beperkingen.

Van de martensitische soorten wordt type 403 gebruikt voor turbine-onderdelen die bij hoge temperaturen moeten werken. De typen 410, 414 en 420 worden gebruikt in keukengerei, chirurgische instrumenten en bepaalde gereedschappen. Type 416 is een automatenstaal en wordt daarom gebruikt voor bevestigingsmiddelen en dergelijke. Type 431 heeft binnen deze groep de beste corrosieweerstand. Het wordt gebruikt in toepassingen die sterkte en corrosieweerstand vragen. De 440-groep wordt gebruikt voor gereedschappen.

Slechts twee roestvaste staalsoorten hebben voldoende hardheid en een hoog genoeg koolstofgehalte om bruikbaar te zijn voor slijtagetoepassingen: de typen 440C en 420. In figuur 16-17 wordt de slijtweerstand van enkele roestvaste staalsoorten vergeleken met die van een koolstofstaal en een gereedschapsstaal. De 440C-legering heeft een hogere hardheid (58 tot 60 HRC) en slijtweerstand dan enig ander roestvast staal. De typen 420 en 440C zijn verkrijgbaar als speciale legeringen die met behulp van P/M-processen en veranderingen in de samenstelling gemodificeerd zijn voor een verbeterde slijtweerstand. Zo heeft 420 roestvast staal met ongeveer 6 procent vanadium een betere slijtweerstand dan sommige gereedschapsstalen. Deze legeringen worden veel gebruikt voor snijwerktuigen en messen.

Er zijn veel austenitische staallegeringen, maar de meeste zijn modificaties van de oorspronkelijke 18-8, een chroom-nikkelsamenstelling. De typen 201 en 301 zijn gemakkelijk te versterken door vervormingsharding. Ze worden vaak gebruikt in de vorm

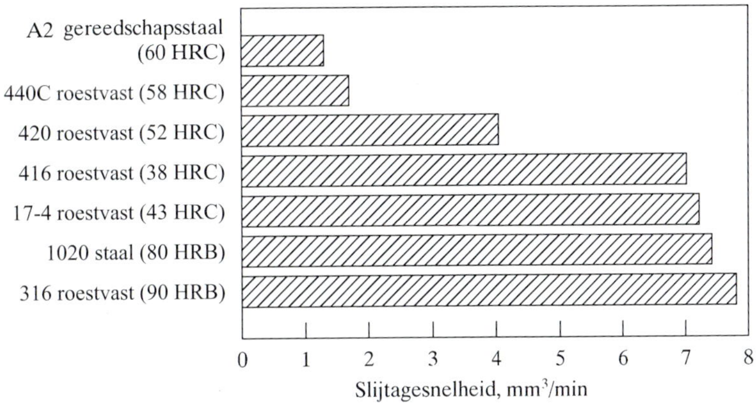

FIGUUR 16-17 Relatieve slijtagesnelheid van roestvaste staalsoorten, gemeten met een droogschuur-rubberwielabrasietest (aangepaste ASTM G 65-procedure)

van koudgewalste dunne plaat en band voor platte veren en in de vorm van koudgetrokken draad voor corrosiebestendige draadveren. Type 201 heeft ongeveer dezelfde eigenschappen als de 301-legering, maar heeft in plaats van nikkel mangaan als austenietvormend element.

De typen 302 en 202 zijn de basislegeringen van de 18-8-staalsoorten en kunnen samen met type 304 beschouwd worden als legeringen voor algemene doeleinden. Ze worden gebruikt voor tanks, bouwproducten, pijpleidingen en andere onderdelen van sanitaire voorzieningen, en voor allerlei andere toepassingen. Ze kunnen niet zo gemakkelijk door vervormingsharding worden versterkt als de typen 301 en 201, en daarom kunnen ze worden gebruikt voor diepgetrokken onderdelen. Type 304 heeft een lager koolstofgehalte dan 301 of 201 en is minder gevoelig voor sensitisatie tijdens het lassen. Het is, gemeten naar tonnage, de meest gebruikte soort roestvast staal, met als enige concurrent type 409, een speciale soort die is ontwikkeld voor uitlaatsystemen in auto's (katalysatoren en dergelijke).

Aan type 303 is zwavel toegevoegd om het machinaal bewerkbaar te maken. Het kan niet worden gelast of gemakkelijk gebeitst, maar wordt vanwege de automatenstaaleigenschappen gebruikt voor bouten, assen en moeren en voor mechanische componenten die erg veel machinale bewerking vragen of in grote aantallen geproduceerd moeten worden. De chemische weerstand is lager dan die van de austenitische soorten zonder zwavel. De corrosiesnelheid moet zorgvuldig worden gecontroleerd voordat het staal wordt gebruikt.

De typen 304L en 316L zijn de meest gebruikte roestvaste staalsoorten voor toepassingen in de chemie, waarbij sensitisatie een probleem kan zijn. Als je een constructie hebt die om spanningsarmgloeien vraagt, zijn dit de meest geschikte soorten. Hetzelfde geldt als een bepaalde constructie met veel warmtetoevoer moet worden gelast. Wanneer de te lassen onderdelen een middelmatige dikte hebben, levert booglassen in een beschermende atmosfeer de laagste warmtetoevoer.

Type 305 heeft een hoog nikkelgehalte, dat vervormingsharding tot een minimum beperkt. Het wordt beschouwd als een automatenlegering. Dat wil zeggen dat er gedraaide producten van kunnen worden gemaakt zonder dat men bang hoeft te zijn voor overmatige vervormingsharding. Het wordt ook gebruikt voor bevestigingsmiddelen die moeten werken bij lage temperaturen.

Type 308 bevat relatief hoge percentages chroom en nikkel, wat een hogere corrosieweerstand oplevert dan de legeringen van het type 302 en 304. Het wordt veel gebruikt als lasmetaal voor de soorten 302 en 304.

De typen 309 en 310 bevatten zelfs nog meer chroom en nikkel dan type 308. Ze worden gebruikt voor speciale apparatuur in de chemische procesindustrie. Ze hebben een betere corrosieweerstand dan de meeste austenitische soorten, maar ze zijn ook duurder (zie figuur 16-16). Type 310 wordt vaak gebruikt als 'universeel' lasmetaal. Omdat het altijd austenitisch blijft en scheurvorming tegengaat, wordt het vaak gebruikt om koolstofstaal aan roestvast staal te lassen, alsmede voor het lassen van andere ongelijksoortige metaalcombinaties. Deze legeringen worden ook gebruikt om de weerstand tegen oxidatie te verbeteren.

Type 314 is in wezen een type 310 met toevoeging

van ongeveer 2 procent silicium ter verbetering van de weerstand tegen zwavelzuur en vergelijkbare stoffen.

Type 316 is de meest gebruikte legering voor chemische toepassingen. Het bevat ongeveer 2 procent molybdeen ter verbetering van de corrosie-eigenschappen in reducerende stoffen en de weerstand tegen putcorrosie. In de chemische procesindustrie wordt het gebruikt voor alle mogelijke toepassingen die je je maar kunt voorstellen.

Type 317 is een 'opgevoerde' versie van 316 met hogere percentages chroom, nikkel en molybdeen. Het heeft een betere weerstand tegen putcorrosie dan 316, maar het is duurder en niet zo gemakkelijk in alle productvormen verkrijgbaar.

De typen 321 en 347 zijn eigenlijk 18-8 roestvast staal (net als type 302) met daaraan toegevoegd stabiliserende elementen om de sensitisatie bij het lassen te reduceren.

De precipitatiehardende legeringen hebben een uiteenlopende chemische weerstand, maar ze hebben een betere corrosieweerstand dan de martensitische en ferritische soorten en zijn bijna even goed als de austenitische soorten.

Type 17-4 was een van de eerste PH-legeringen. Het heeft vaak een tweefasestructuur die anisotropie veroorzaakt. Type 15-5 is wat dat betreft een verbetering ten opzichte van 17-4 en type 13-8 is zelfs nog beter. Al deze legeringen zijn bijzonder geschikt voor constructieonderdelen die worden ondergedompeld in chemicaliën, zoals assen en roerinrichtingen. Door hun sterkte en stabiliteit zijn ze ook bruikbaar voor algemene machinetoepassingen.

Type 17-7 wordt meer gebruikt voor corrosiebestendige constructiecomponenten die moeten worden gemaakt van dunne plaat, band of draad. Onderdelen die gemaakt worden uit staal in koudbewerkte toestand (conditie C), zoals veren, kunnen worden gehard door middel van een eenvoudige precipitatieharding van 1 uur bij 480 °C. Vervorming en verkleuring zijn verwaarloosbaar.

De PH-soorten hebben ondanks een hardheid van meer dan 40 HRC slechte slijtage-eigenschappen bij de meeste vormen van abrasie en glijdende wrijving.

We hebben de meeste roestvaste kneedlegeringen nu in het kort besproken. Als er een equivalente kneedlegering is voor een gietlegering, geldt voor de laatste alles wat we hierboven over de eerste hebben gezegd. ■

TABEL 16-12 Een repertoire van roestvaste staalsoorten

TYPE	TOEPASSINGEN
430	Voor roestweerstand van decoratieve en niet-functionele onderdelen (raamlijsten, naamplaatjes enzovoort)
416	Harden tot 30 HRC, wordt gebruikt voor mallen, bevestigingen en grondplaten
420	Harden tot 50-52 HRC, wordt gebruikt voor gereedschappen die niet al te veel slijtvastheid vragen (spuitgietmatrijzen, mondstukken, opspanblokken enzovoort)
440C	Harden tot 57-60 HRC, wordt gebruikt voor snijwerktuigen, stansapparatuur en matrijzen
303	Voor bevestigingsmiddelen en assen waarbij alleen bestendigheid tegen roesten, morsen en spatten nodig is
304 en 304L	Voor onderdompeling in alle soorten chemische stoffen (L-soorten voor lassen)
316 en 316L	Voor onderdompeling in alle soorten chemische stoffen wanneer 304 niet voldoet (L-soorten voor lassen)
17-4 PH	Voor zwaarbelaste bevestigingsmiddelen, assen, roerinrichtingen en machinesteunen; precipitatieharden
17-7 PH	Harden tot conditie CH900, wordt gebruikt voor chemisch bestendige veren

Samenvatting

Roestvaste stalen vormen een van de belangrijkste metaallegeringen die in de industrie worden gebruikt, vooral vanwege hun corrosiebestendigheid in vele omgevingen. Het grootste deel van het geproduceerde roestvast staal (60 procent) wordt gebruikt in consumptieartikelen, de rest in de chemische procesindustrie. Elke ontwerper moet deze legeringen kennen en weten wat ze wel en niet kunnen. Roestvaste stalen zijn niet altijd 'roestvrij'. Wie deze materialen met succes wil gebruiken, moet zorgvuldig nagaan aan welke omstandigheden het ontworpen onderdeel zal worden blootgesteld en de betreffende corrosiegegevens raadplegen om er zeker van te zijn dat die omstandigheden niet zullen leiden tot spanningscorrosie, putcorrosie, spleetcorrosie of tot een andere verraderlijke vorm van corrosie. In het algemeen kan men het volgende zeggen over roestvaste stalen:

- Een ijzer-koolstof-chroomlegering moet in staat zijn een passiverend oppervlak te vormen om te gelden als roestvast staal.
- Er zijn vier belangrijke categorieën roestvast staal (ferritische, martensitische en austenitische soorten en PH-soorten) en elke categorie heeft verschillende gebruikseigenschappen.
- Elke roestvaste staalsoort heeft zijn eigen corrosie-eigenschappen, en de selectie moet worden gebaseerd op corrosiegegevens voor de betreffende legering in de betreffende omgeving.
- Alle soorten zijn bestand tegen atmosferische corrosie en oxiderende omgevingen.
- Roestvaste staalsoorten zijn vaak gevoelig voor plaatselijke corrosie in de vorm van onder andere putcorrosie, spleetcorrosie, spanningscorrosie en interkristallijne corrosie.
- De austenitische soorten hebben voor de meeste toepassingen de beste combinatie van corrosieweerstand en verwerkbaarheid.
- Type 304 is het meest gebruikte type.
- Situaties die sensitisatie kunnen veroorzaken (bijvoorbeeld bij lassen), moeten worden vermeden, of er moet een geschikte legering worden geselecteerd.
- Roestvaste staalsoorten zijn meestal niet bestand tegen halogenide omgevingen, reducerende omgevingen en bleekmiddelen.
- Speciale legeringen van roestvast staal worden gebruikt wanneer gebleken is dat standaardsoorten niet aan de verwachtingen voldoen.
- Gegloeide austenitische soorten zijn niet ferromagnetisch, ferritische soorten en hardbare en koudvervormde austenitische soorten wel.
- De meeste roestvaste staalsoorten hebben fabricage-eigenschappen waarmee in de processpecificaties rekening moet worden gehouden.
- Roestvaste staalsoorten zijn aanzienlijk duurder dan koolstofstalen.

Illustratief voorbeeld

Mengapparatuur

Vele chemische processen vereisen het mengen van vloeistoffen, het verteren van vaste stoffen in vloeistoffen, en zelfs het invangen van gassen in vloeistoffen (aeratie). Wanneer de te mengen stoffen de potentie hebben om te corroderen, moeten de constructiematerialen van de mengapparatuur worden gemaakt van een materiaal dat bestand is tegen de stof. Roestvaste staalsoorten zijn de meest gebruikte materialen voor deze apparatuur. De meeste chemische mengapparaten bestaan uit een vat, een in het vat ondergedompelde rotor, een as die de rotor aandrijft, en een motor en tandwielkast om de rotor in het vat aan te drijven. De kleinste chemische mengers lijken op een huishoudmixer. De motor is rechtstreeks gekoppeld aan een as met een rotor (propeller) aan het uiteinde (zie figuur 16-18). Deze kunnen klein genoeg zijn om aan een vat te worden geklemd. Andere zien er ongeveer hetzelfde uit, maar de rotor-as kan 200 millimeter in diameter zijn en 10 meter lang, gekoppeld aan een massieve tandwielkast.

Voor de assen en rotoren zijn er vele soorten roestvast staal verkrijgbaar die aangepast zijn aan diverse corroderende stoffen. De austenitische roestvaste staalsoorten zijn niet giftig, zodat ze kunnen worden gebruikt in voedsel, en de meeste zijn bovendien heel goed lasbaar. De soorten 304L en 316L zijn bestand tegen de meeste chemicaliën, en de andere roestvaste legeringen (naast legeringen op nikkelbasis en titaniumlegeringen) pakken de lastige corroderende stoffen aan.

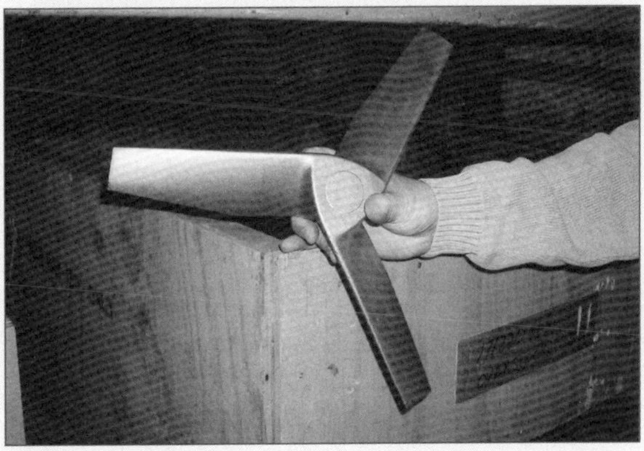

FIGUUR 16-18 Verloren-modelgegoten roestvast stalen mengerrotor

De belangstelling voor biokunststoffen en biobrandstoffen heeft de vraag doen toenemen naar grote mengers voor vaten die maïs en andere gewassen verteren waarvan de natuurlijke suikers uit de cellulosebestanddelen verwijderd moeten worden. Zodoende was er in 2008 voor zulke nieuwe toepassingen veel vraag naar roestvaste staalsoorten, omdat ze reeds de werkpaardmaterialen van de chemische procesindustrieën waren – de sleutel tot de fabricage van alles, van ethanol tot pindakaas.

Termenlijst

anisotropie: de variatie van eigenschappen in een materiaal met de oriëntatie (bijvoorbeeld longitudinaal versus transversaal)
austenitisch: roestvaste staalsoorten met een microstructuur van voornamelijk fcc-austeniet
automatenstaal: soorten roestvast staal met zwavel of andere toevoegingen om te helpen met chipbreuk bij machinaal bewerken
beitsen: het onderdompelen van een metaal in een zuur of een andere stof om oppervlakteverontreinigingen en oxiden te verwijderen
chloriden: de industrieterm voor het chloorgehalte in een corroderende stof
chroomcarbiden: ongewenste microbestanddelen in roestvast staal, geproduceerd door verwarming tussen ongeveer 400 °C en 650 °C
dubbelfase: een roestvast staal met twee belangrijke fasen in de microstructuur
ferritisch: roestvaste staalsoorten met hoofdzakelijk een bcc-ferriet-microstructuur
gammagebied: het gedeelte van het ijzer-chroom-nikkel-fasediagram waar fcc-austeniet bestaat (de gammafase)
gestabiliseerd: het toevoegen van elementen aan roestvast staal om verlies van corrosieweerstand tijdens het lassen te voorkomen
koudbewerking: plastische vervorming van een metaal bij kamertemperatuur
koudomvormen: hetzelfde als koudbewerken; het doen toenemen van hardheid en dergelijke door deformatie
martensitisch: roestvaste staalsoorten die kunnen worden afgeschrikt om een martensietmicrostructuur te vormen
metastabiel: fasen in roestvaste staalsoorten en andere legeringen die de neiging hebben om in iets anders te transformeren (maar een of ander energetisch proces nodig hebben om dat te laten gebeuren)
oxidatieweerstand: het vermogen om een chemische combinatie met zuurstof te weerstaan
passivering: onderdompeling van roestvast staal in een oxiderend medium (zoals salpeterzuur) om de ontwikkeling van een beschermende oxidelaag te bevorderen
precipitatieharden (PH): harding door een verouderingsproces bij subkritische temperatuur
reducerende media: corroderende stoffen die de neiging hebben om het aantal valentie-elektronen in metaalatomen te reduceren
roestvast staal: een legering van C, Fe en Cr, met in ieder geval 10,5% Cr en aangetoonde passivering
selectievefaseaantasting: corrosie van een bepaalde fase in een multifasemateriaal
sensitiseren: ongewenste chroomdepletie in roestvast staal door het te verwarmen tot een bepaald temperatuurbereik
sigmafase: een ongewenste hogetemperatuurfase in roestvast staal die moet worden vermeden
ternair: fasediagrammen met drie elementen, bijvoorbeeld C, Cr, Ni
verbrossing: verlies van taaiheid door diverse oorzaken

Opgaven

1. Wat is een roestvast staal? Hoe wordt het gemaakt?

2. Wat is een sigmafase en hoe wordt deze fase veroorzaakt?

3. Een staal heeft een samenstelling van 0,01 procent koolstof, 16% chroom en de rest ijzer. Welk type microstructuur zal het hebben?

4. Waarom kunnen ferritische roestvaste staalsoorten niet gehard worden door afschrikken?

5. Wat is 475 °C-verbrossing?

6. Geef aan welke 'basislegering' hoort bij welk type roestvast staal (bijvoorbeeld a = 1).

a. austenitisch	1. 17-4
b. ferritisch	2. 302
c. martensitisch	3. 430
d. nikkelvrij austenitisch	4. 202
e. PH	5. 410

7. Welk van de volgende eigenschappen is *geen*

opmerkelijke fysische eigenschap van austenitische roestvaste staalsoorten?
a. betere thermische geleidbaarheid dan C-staal
b. hogere thermische uitzettingscoëfficiënt dan C-staal
c. lagere modulus dan staal
d. ferromagnetisch
e. hogere dichtheid dan staal

8. Beschrijf sensitisatie en hoe het kan worden voorkomen.

9. Geef aan welke roestvaste staalsoorten horen bij welke omgevingen waar ze tegen bestand zijn (bijvoorbeeld a = 1).

a. 316 L	1. spanningscorrosie
b. 430	2. zeewater
c. superferritisch	3. reducerende zuren
d. 304	4. oxiderende zuren
e. 430	5. atmosferische corrosie

10. Wat is het PREN van 304 L roestvast staal?

11. Welke roestvaste staalsoorten zijn geschikt voor gebruik in zeewater?

12. Hoe vermijd je spanningscorrosie (SCC) in roestvaste staalsoorten?

13. Waarin verschilt beitsen van passiveren?

Hoofdstuk 17

Gietijzer, gietstaal en poedermetallurgie

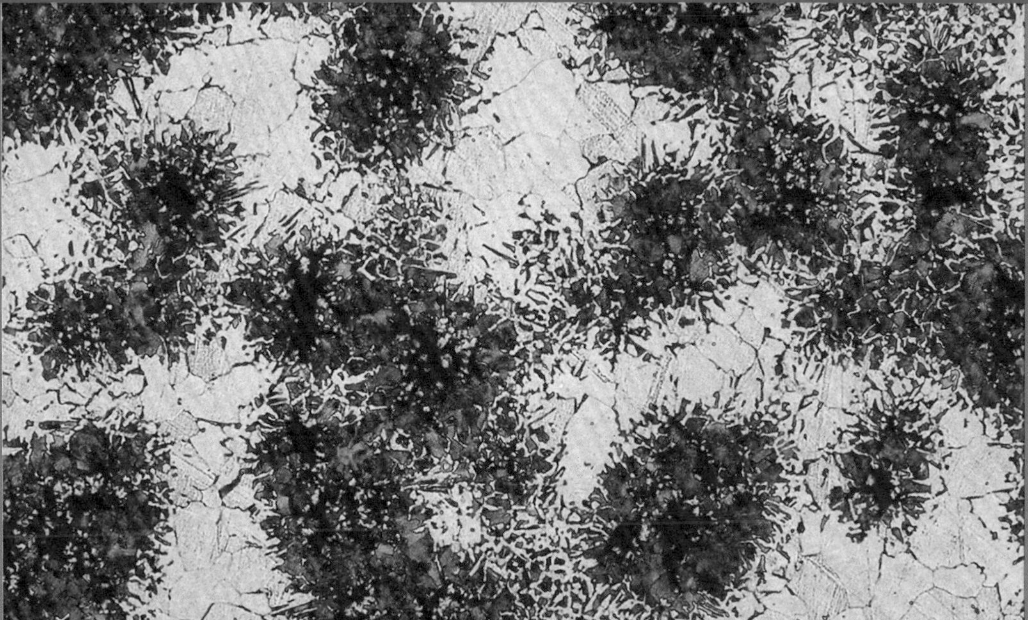

Microstructuur van een ferritische matrix in smeedbaar ijzer met een ferrietmatrix, laat temperkool zien bij ×100

Doelstellingen

1. Kennis opdoen van de manier waarop gietproducten worden gemaakt.
2. Richtlijnen presenteren voor het ontwerpen van gietproducten.
3. Begrip kweken van de diverse soorten gietijzer en gietstaal.
4. Kennis opdoen van poedermetalen.
5. Selectie-informatie presenteren over ferrogietproducten en onderdelen van poedermetaal.

Alle technici zullen op de een of andere manier te maken krijgen met gietijzer, gietstaal en metalen onderdelen die gemaakt zijn met behulp van poedermetallurgietechnieken. We presenteren twee verschillende processen – gieten en poedermetallurgie – hier samen omdat beide worden gebruikt om producten te maken in hun verkoopbare eindvorm, of ten minste bijna in hun eindvorm (*near-net shape*).

Uiteraard kunnen de meeste metalen in een bepaalde vorm worden gegoten, maar wat tonnage betreft zijn gietijzer en gietstaal de belangrijkste vormen. Gietijzer is nog altijd een sleutelmateriaal voor de auto (motorblokken) en voor talloze pijpleidingen en pomptoepassingen. Gietstaal wordt overal gebruikt in de spoorwegen (in wielen, schakelinrichtingen enzovoort). Het verdichten van een metaalpoeder in een matrijs en dit in een bepaalde vorm sinteren is een proces dat wordt gebruikt voor de fabricage van talloze kleine onderdelen in apparaten die we in ons dagelijks leven gebruiken – bijvoorbeeld deursloten, verborgen onderdelen in auto's zoals glijlagers, mechanismen voor het openen van ramen en scharnieren. Als je een metalen onderdeel ontwerpt dat door middel van gieten gemaakt lijkt te kunnen worden, zou je ook poedermetaal kunnen overwegen. Voor onderdelen die zo klein zijn dat je er een paar van in je hand kunt houden, komen metaalspuitgieten (MIM, *metal injection molding*) en P/M-processen beide in aanmerking.

In dit hoofdstuk willen we de ontwerper en metaalgebruiker vertrouwd maken met de meest gebruikte gietprocessen en ferrogietlegeringen. Het doel is om zoveel informatie te verstrekken dat de ontwerper een intelligente beslissing kan nemen over de te gebruiken giettechniek en gietlegering voor het geval hij of zij besluit een gietproduct te ontwerpen. We bespreken daartoe eerst de gietprocessen en ontwerptechnieken, en richten ons daarna op de belangrijkste gietmetaalsystemen: gietijzer en gietstaal. De non-ferrogietmetalen zoals aluminium en koper worden in de volgende hoofdstukken behandeld. We sluiten dit hoofdstuk af met een bespreking van poedermetallurgie, een concurrent van gieten als fabricageproces voor kleine onderdelen.

17.1 Gietprocessen

Een *gietstuk* is simpelweg een product dat zijn vorm krijgt door vloeistof te laten stollen in een gietvorm. Het gietstuk neemt de vorm aan van de gietvorm. Er zijn talrijke manieren waarop metaal kan worden gesmolten om het te kunnen gieten. Gietijzersoorten worden vaak gesmolten in een *koepeloven* (zie figuur 17-1). Andere smeltovens zijn onder meer vlamboogovens, inductieovens, openhaardovens en vlamovens (zie hoofdstuk 12). Gietproducten kunnen worden gemaakt in zandvormen, metalen matrijzen, grafietvormen en gipsvormen, met behulp van spuitgieten bij lage of hoge druk, met behulp van centrifugaalgieten enzovoort. Het gietproces heeft invloed op het ontwerp, de legering, de degelijkheid en zelfs de oppervlakteafwerking van een onderdeel. Daarom dient de ontwerper op fundamenteel niveau te weten hoe elk gietproces werkt. Zonder in te gaan op onnodige details worden de meest gebruikte gietprocessen weergegeven in figuur 17-2.

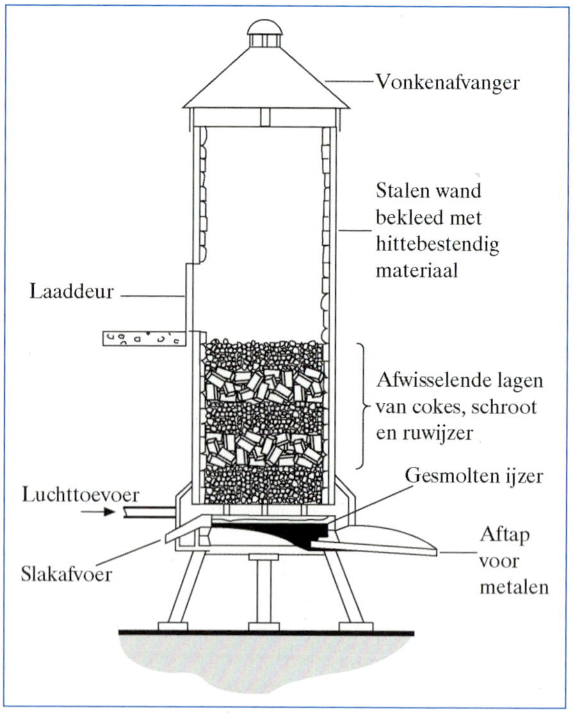

FIGUUR 17-1 Koepeloven die gebruikt wordt voor het smelten van gietijzer

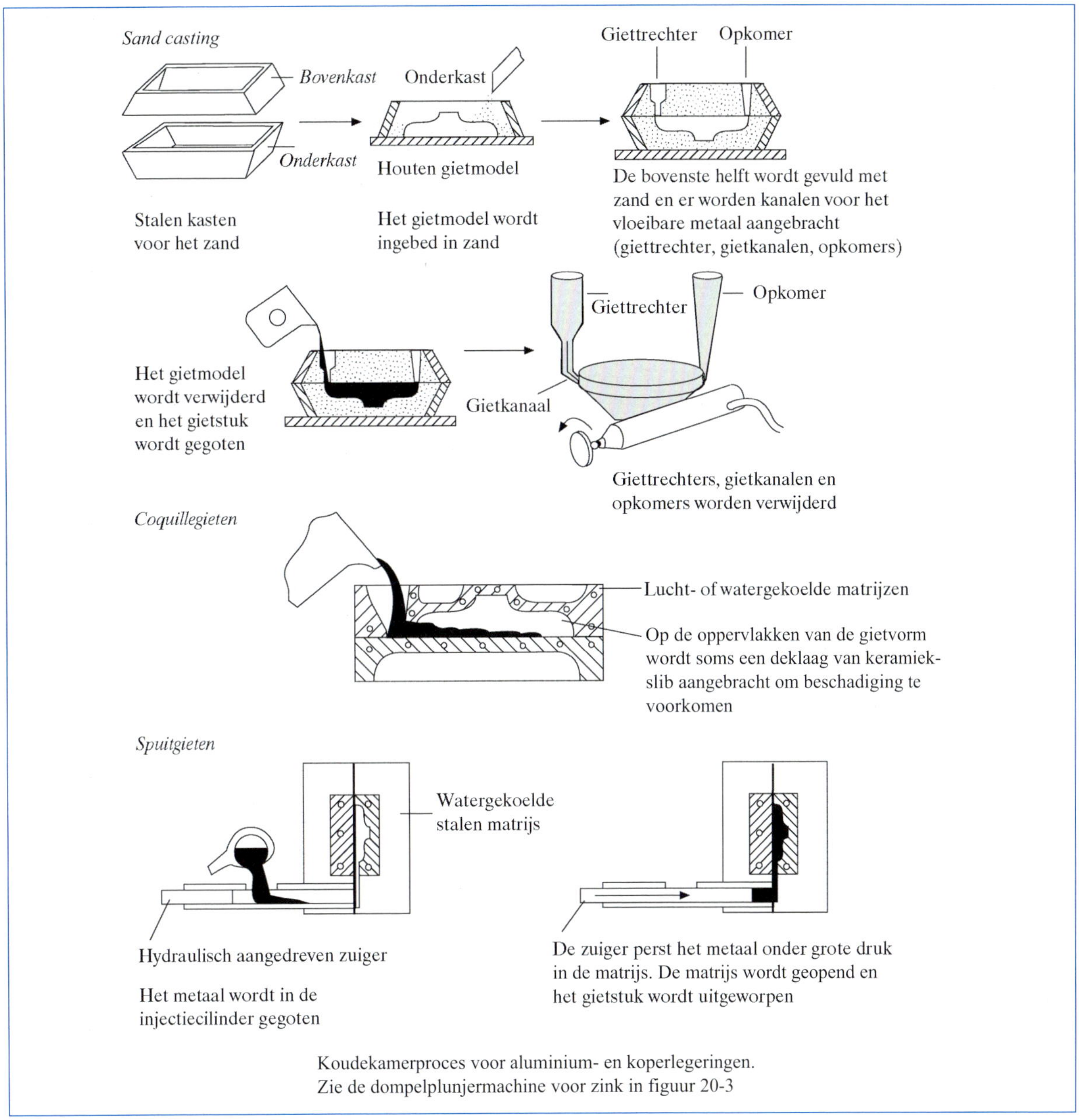

FIGUUR 17-2 Veelgebruikte gietprocessen

Meestal is de technisch ontwerper verantwoordelijk voor het kiezen van het gietproces. In een complete tekening van een gietstuk worden het proces en de legering aangegeven, alsmede welke behandelingen na het gieten nodig zijn. Elk proces heeft voordelen en nadelen. Enkele parameters waarmee bij het evalueren van een gietproces rekening moet worden gehouden, zijn de volgende:

1. Toleranties
2. Oppervlakteafwerking
3. Maatbeperkingen
4. Materialen die gegoten kunnen worden
5. Gietkosten
6. Verkrijgbaarheid
7. Verwachte hoeveelheden
8. Wanddikte

Elk beschreven gietproces heeft wat betreft deze parameters verschillende eigenschappen. Het selecteren van een proces moet gebaseerd worden op een vergelijking van deze factoren. Het verdient aanbeveling om met de gieterij te overleggen of de gewenste parameters goed af te stemmen zijn op het pakket

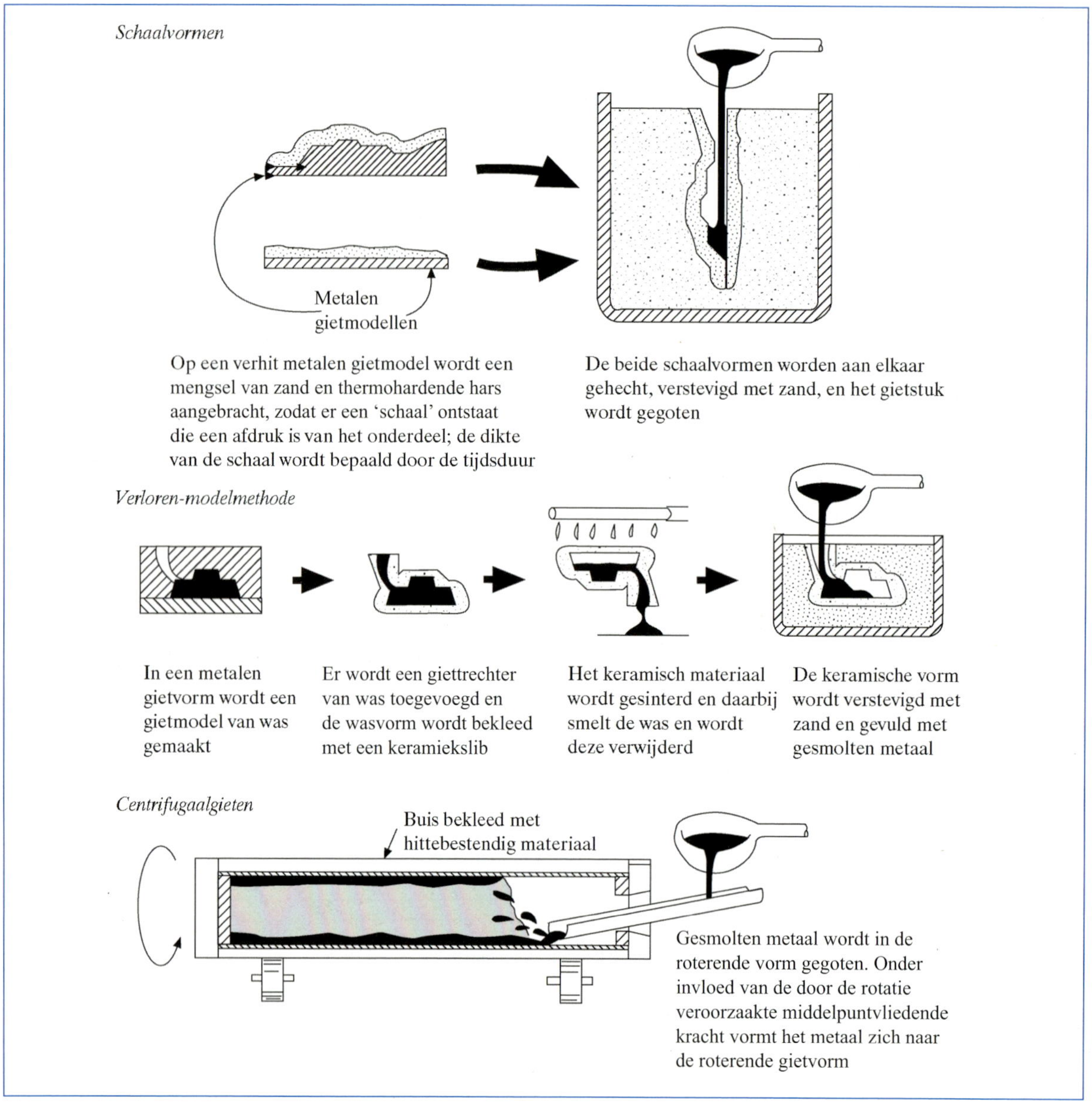

FIGUUR 17-2 (vervolg) Veelgebruikte gietprocessen

van eisen. Met deze factoren in gedachten bespreken we in het kort de veelgebruikte gietprocessen.

Toleranties

Tabel 17-1 geeft de commerciële toleranties voor enkele gietprocessen. De mogelijke toleranties hangen af van de aard van het proces en, in veel gevallen, van de aard van het gegoten metaal (smeltpunt, krimp). De gegevens in tabel 17-1 laten verschillende toleranties zien voor zandgietproducten en spuitgietproducten van verschillende metalen. De reden dat de tolerantie afhangt van de aard van de legering is gelegen in het feit dat sommige metalen tijdens het stollen sterk krimpen en andere veel minder. De te verwachten krimp moet worden verrekend in de afmetingen van het gietmodel. In tabel 17-2 worden *krimptoeslagen* gegeven voor het zandgieten van metalen. De krimp is soms maar 1 procent, maar kan ook wel 5 procent zijn.

Voor spuitgieten gelden lagere toleranties dan voor enig ander gietproces. Helaas kunnen, voor commerciële productie, bij dit proces alleen nonferrometalen worden gebruikt. De verloren-wasmethode geeft voor processen die zowel ferro- als non-ferrometalen verwerken, de laagste toleranties. *Zandgieten* heeft de grootste tolerantie.

TABEL 17-1 Toleranties voor verschillende gietprocessen (kleine onderdelen)

Zandgietproducten (diverse metalen)		Zandgietproducten (grijs ijzer)	
Legering	**Tolerantie, mm**	**Afmeting , mm**	**Tolerantie, mm**
Aluminium	0,79	Tot aan 200	1,6
Berylliumkoper	1,57	Tot aan 350	2,4
		Tot aan 600	4,0
		Tot aan 900	4,8
Koperlegeringen	2,32	Meer dan 900	6,4
Staalsoorten	1,57	Tegenover de scheidslijn toevoegen van	
Magnesium	0,78	0,37 tot 1,62	
Smeedbaar ijzer	0,78		

Schaalvormen (meeste legeringen)		Verloren-wasgietproducten (meeste legeringen)	
Afmeting , mm	**Tolerantie, mm**	**Afmeting, mm**	**Tolerantie, μm**
		0 tot 12,5	75
0 tot 25	0,25	12,5 tot 25	125
25 tot 75	0,41	25 tot 38	175
75 tot 150	0,76	50 en hoger	0,005 mm/mm
150 tot 300	1,57	Rechtheid	0,005 mm/mm
> 300	2,36	Gatpositionering	0,005 mm/mm

Spuitgietproducten			
	Commerciële tolerantie	**Extra tolerantie, μm**	
Legeringen	**tot aan 25 mm**	**25 tot 300 mm**	**Meer dan 300 mm**
Zink	75	25	25
Aluminium	100	37	25
Koper	175	50	
Magnesium	100	37	25

Extra toleranties moeten worden toegevoegd tegenover gietnaden en voor grote oppervlakten. (Informeer bij gietverenigingen naar gedetailleerde tolerantietabellen.)

Bron: *Machine Design*, augustus 1949. Herdukt met toestemming van Penton Media Inc.

TABEL 17-2 Krimptoeslagen voor zandgietproducten

MATERIAAL	KRIMPTOESLAG CM/M
Grijs gietijzer	0,106
Brons	0,158
Nikkel	0,212
Aluminium	0,32
Koper	0,264
Hooggelegeerd staal	tot aan 0,264
Magnesium	0,132
Koolstofstaal	0,212
Roestvast staal	0,212
Titanium	0,264
Zink	0,0102

Oppervlakteafwerking

De oppervlakteafwerking is voor de ontwerper van belang als bepaalde oppervlakken van het gietstuk zonder verdere bewerking gebruikt moeten worden, of als het gietproduct een lage ruwheid moet hebben vanwege bijvoorbeeld reiniging of uiterlijk. Alle gietproducten die gegoten zijn in een gietvorm met een oppervlak van grof zand, hebben een oppervlak met een hoge ruwheid. Tabel 17-3 geeft typische oppervlakteruwheden voor enkele gietprocessen. Kleine producten die gemaakt zijn met behulp van spuitgieten of de verloren-wasmethode, hebben vaak een lagere oppervlakteruwheid dan aangegeven. Het is niet ongewoon dat de gietproducten zo'n glad oppervlak hebben dat ze meteen tot een eenheid kunnen worden gemonteerd. Het gebeurt maar zelden dat de oppervlakken van zandgietproducten goed genoeg zijn om er andere onderdelen goed passend aan te kunnen bevestigen. Figuur 17-3 geeft een mogelijke oppervlakteafwerking die met een typische *verloren-wasmethode* bereikt kan worden.

TABEL 17-3 Oppervlakteruwheden voor enkele gietprocessen

PROCES	RUWHEID VAN ONBEWERKT GIETSTUK (Ra), μM
Spuitgieten	0,5-2,5
Verloren-wasmethode	1,25-2,5
Schaalvormen	6,25-17
Zandgieten	6,25-25

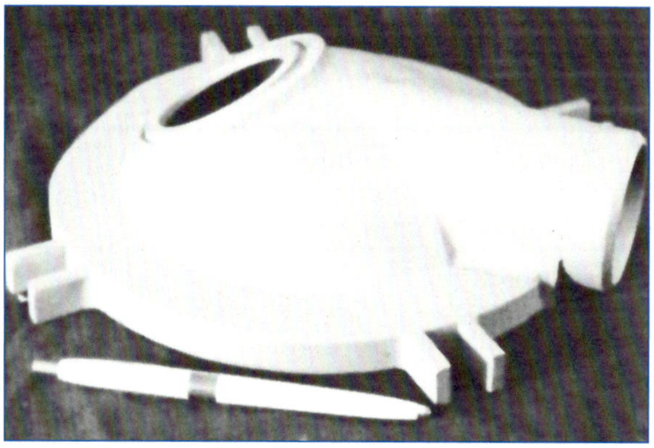

FIGUUR 17-3 Een product van roestvast staal, gemaakt met de verloren-wasmethode

Maatbeperkingen

De gietprocessen met de beste toleranties en oppervlakteafwerking zijn niet geschikt voor grote onderdelen. Een uiterst groot gietstuk kan 18 kilo wegen. Verloren-wasgietproducten zijn zelden zwaarder dan 13 kilo, behalve bij toepassingen in de lucht- en ruimtevaart. Als er een onderdeel moet worden ontworpen dat meer weegt, is er een kans dat er een ander proces moet worden overwogen.

Ook met de lengte moet rekening worden gehouden. Verloren-wasgietproducten zijn zelden langer dan 450 millimeter. Er zijn spuitgietproducten gemaakt van 1,5 meter lang, maar dit gietwerk is ongewoon duur. De apparatuur voor het spuitgieten van autodashboards kan wel 2 miljoen euro kosten en de prijs van de matrijs is niet veel lager. Er is in principe geen grens aan de grootte van zandgietproducten. Met schaalvormen worden meestal geen grote onderdelen gemaakt, omdat dan de harsgebonden schaal moeilijk te hanteren is. Een typisch voorbeeld van onderdelen die met schaalvormen worden gemaakt, zijn nokkenassen van auto's.

Gietijzeren pijpen worden meestal gemaakt met behulp van centrifugaalgieten. Een typische lengte is 6 meter en een diameter van wel 600 millimeter is niet ongebruikelijk. De grootte van het product wordt bij centrifugaalgieten beperkt door het ronddraaimechanisme van de gietvormen. In Europa loopt de toepassing van deze pijpen echter terug ten gunste van keramische en kunststof pijpen.

Materialen

Sommige metalen, zoals wolfraam en molybdeen, veroorzaken gietproblemen vanwege hun hoge smelttemperatuur (zie figuur 17-4). Ze kunnen niet met de gewone technieken worden gesmolten. Zoals eerder opgemerkt wordt *spuitgieten* zelden gebruikt voor ferrometalen. Stalen matrijzen zijn niet bestand tegen de hoge temperatuur van het gesmolten metaal en daarom zijn er dure matrijzen van hittebestendig metaal nodig. *Coquillegieten* en *centrifugaalgieten* van ferrometalen is wel mogelijk, want de achteruitgang van het oppervlak van de stalen of gietijzeren matrijs kan worden voorkomen door deze met een hittebestendig materiaal te bekleden. Alle veelvoorkomende metaalsystemen kunnen worden gegoten door middel van *schaalvormen*, verloren-wasgieten, zandgieten, centrifugaalgieten en coquillegieten.

De verschillende metalen hebben niet alleen verschillende smelteigenschappen, maar verschillen ook in gietbaarheid. Als een gelegeerd kneedstaal zoals 4130 (EN 25CrMo4) wordt gesmolten en tot een product wordt gegoten, kan het vol holten zitten of incompleet zijn omdat de matrijs niet helemaal is opgevuld. Het kan eventueel zelfs scheuren, en dit alles duidt op een slechte gietbaarheid. Sommige metalen gedragen zich in gesmolten toestand niet zoals we zouden willen. Het is het beste om voor het gieten van onderdelen alleen gietlegeringen te gebruiken. De chemische samenstelling van veel metalen wordt aangepast om ze beter gietbaar te maken. Er worden elementen toegevoegd om de vloeibaarheid te verhogen en krimp te reduceren. Voor veel kneedlegeringen bestaan gelukkig ongeveer equivalente gietlegeringen. Deze legeringen moeten door de ontwerper worden gespecificeerd. Alleen als er geen equivalente gietlegering bestaat, kun je eventueel een kneedlegering specificeren.

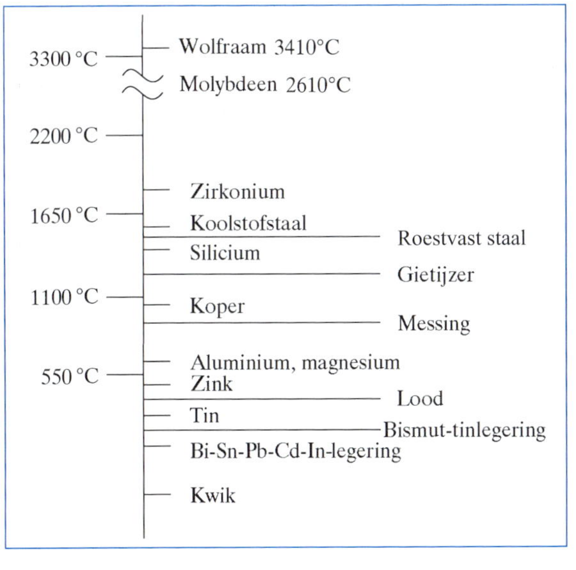

FIGUUR 17-4 Benaderde smelttemperaturen van enkele veelgebruikte metalen

Gietkosten

Ontwerpers worden vaak geconfronteerd met de vraag wat de voordeligste methode is om een onderdeel te maken: gieten, machinaal vervaardigen of een lasproduct. Er is geen vanzelfsprekend antwoord op deze vraag, het beste is om voor elke fabricagemethode eenvoudig een offerte te vragen van diverse gieterijen. Wel kunnen er enkele opmerkingen worden gemaakt over wat de verschillende technieken voor het maken van een gietstuk met zich mee brengen.

Tabel 17-4 geeft een overzicht van de voor sommige gietprocessen benodigde gereedschappen. Bij al deze processen is een metalen matrijs nodig, met uitzondering van zandgieten. Dit betekent meestal hoge gereedschapskosten. Wat de productiviteit betreft komt zandgieten waarschijnlijk op de laatste plaats. Een zandgietproduct van 10 kilo moet urenlang afkoelen voordat het koel genoeg is om uit de vorm te kunnen worden geschud, maar het heeft alleen een houten gietmodel nodig. Bij centrifugaalgieten en coquillegieten zijn de cyclustijden meestal korter. Bij verloren-wasgieten worden er een paar tot enkele honderden producten in één keer gegoten. Spuitgieten is verreweg het snelste gietproces. De verwerkingscyclus duurt soms maar 10 seconden en door verschillende gietholten te gebruiken kan in een bepaalde cyclus elk gewenst aantal onderdelen worden gemaakt.

Als er slechts een paar onderdelen nodig zijn, is zandgieten dus wellicht het goedkoopste proces. De lange cyclustijd is in zo'n geval aanvaardbaar. De

TABEL 17-4 Benodigde gereedschappen voor gietprocessen

GIETPROCES	BENODIGD GEREEDSCHAP
Zandgieten	Houten gietmodel van het onderdeel
Verloren-wasmethode	Metalen matrijs (op elkaar passende helften) voor het gieten van het wasmodel
Centrifugaalgieten	Metalen matrijs (gewoonlijk in twee helften) van de te roteren vorm
Coquillegieten	Beklede of watergekoelde metalen matrijs en een mechanisme voor het activeren van de gietkernen en het openen van de matrijs
Spuitgieten	Watergekoelde metalen gietholten, metalen opspanblokken en een uitstootmechanisme
Schaalvormen	Voor het maken van de schaalvormen is vaak een metalen mal nodig

gereedschapskosten voor verloren-wasgieten kunnen er vaak na 50 keer gieten al worden uitgehaald. Ook centrifugaalgieten kan verantwoord zijn bij een kleine productie. De andere gietprocessen vereisen aantallen van duizenden stuks om de hoge gereedschapskosten te rechtvaardigen.

Verkrijgbaarheid

Omdat voor sommige van de besproken gietprocessen het benodigde gereedschap speciaal gemaakt moet worden, ontstaan er vaak problemen met de levertijd. Er is tijd nodig voor het bouwen van een spuitgietmatrijs. Bij zandgieten, het eenvoudigste proces, wordt een houten gietmodel gebruikt voor proefproducten en staal voor de productie. Men kan gebruikmaken van stereolithografie en aanverwante processen om snel een gietmodel van kunststof te maken voor de proefproducten. Er moet rekening mee worden gehouden dat de levertijd van een zandgietproduct soms een maand is en van een verloren-wasgietproduct drie maanden. Voor producten van spuitgieten en coquillegieten kan de levertijd oplopen tot zes maanden.

17.2 Het ontwerpen van gietproducten

De meeste metaalproducten beginnen als gegoten metaal. Alle kneedmetalen ontstaan uit gegoten blokken. Wat er tijdens het stollingsproces in een matrijs gebeurt, kan van invloed zijn op de eigenschappen. De mechanische en thermische verwerkingsstappen van het maken van kneedmetaalproducten kunnen het effect van het gietproces tenietdoen. Als een gietproduct echter zonder verdere bewerking wordt gebruikt, moet rekening worden gehouden met de effecten van het gietproces.

Stollingsmechanisme

De stolling van metalen hebben we in hoofdstuk 12 en 13 besproken. Bij het stollen van een gietproduct gebeuren er drie belangrijke dingen: (1) er worden korrels gevormd, (2) tijdens het stollen ontstaan lokale veranderingen in de chemische samenstelling in de smelt en (3) er treedt krimp op. De vorming van dendrieten en korrels is belangrijk omdat dit van invloed is op de eigenschappen. Op het koude oppervlak van een matrijs kunnen zich dendrieten gaan vormen. Het is mogelijk dat ze vanuit onzuiverheden groeien, maar er kunnen zich ook op willekeurige wijze kiemen vormen. Als de dendrieten aan de matrijswand beginnen te groeien, kan er een *stengelvormige* structuur ontstaan (zie figuur 17-5). Als de dendrieten zich op willekeurige wijze vormen, dan ontstaat er in het gietstuk een willekeurig korrelpatroon, zoals in figuur 17-6. Als het gietproduct zeer langzaam stolt, ontstaat er een grofkorrelige structuur. Meestal zijn grove korrels en een stengelvormige structuur ongewenst, omdat ze de mechanische eigenschappen richtingafhankelijk maken (zie figuur 17-7). Soms is een georiënteerde structuur wel

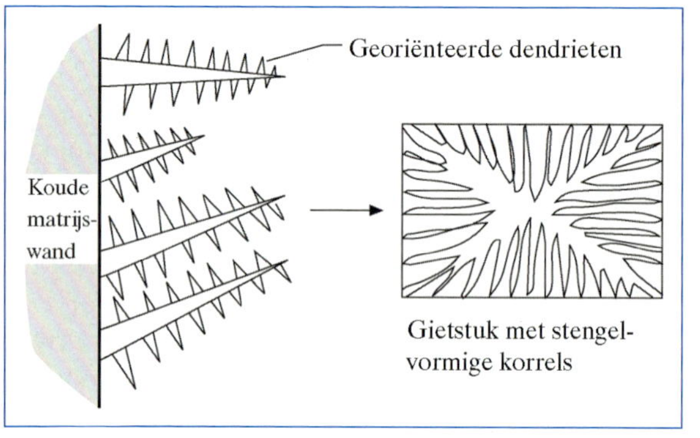

FIGUUR 17-5 Georiënteerde dendrieten

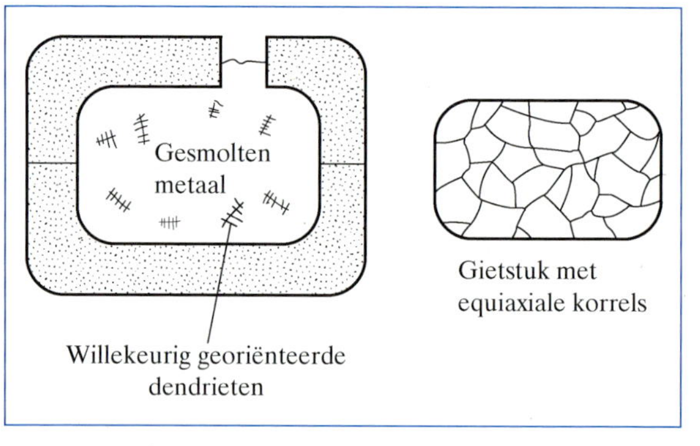

FIGUUR 17-6 Willekeurig georiënteerde dendrieten

FIGUUR 17-7 Een gebroken gietstuk met een stengelvormige korrelstructuur

gewenst. Turbineschoepen laat men bijvoorbeeld zodanig stollen dat er stengelvormige korrels ontstaan in de lengterichting.

Het tweede belangrijke verschijnsel bij stolling is dat de chemische samenstelling niet homogeen is. Wanneer metalen stollen is het metaal dat het eerst stolt zuiverder dan het metaal dat het laatst stolt. Vreemde elementen worden bij de stolling uitgescheiden. In zuivere metalen is dit van geen belang, maar technische metalen zijn niet zuiver. Ze bevatten allemaal andere elementen. Het nettoresultaat van dit verschijnsel is *segregatie* (verschil in chemische samenstelling op microscopische schaal). Segregatie is belangrijk, want het verandert lokaal de fysische en mechanische eigenschappen van het materiaal. Een gietstuk dat overal op hetzelfde tijdstip stolt, heeft fijne dendrieten (korrels) en vertoont weinig segregatie. Dit type stolling is echter moeilijk te bereiken en daarom vormt segregatie een probleem. De gebruiker van een gietproduct is wat betreft de korrelgrootte en segregatie vaak afhankelijk van de gieterij, maar de ontwerper dient rekening te houden met deze factoren, want ze kunnen problemen geven bij het functioneren van een onderdeel.

Het laatste verschijnsel bij het stollingsproces, krimp, is om een aantal redenen van grote betekenis. We hebben in de vorige paragraaf al laten zien dat de krimptoeslagen voor sommige metalen veel groter zijn dan voor andere. Een hoge mate van krimp maakt het moeilijker om de maatveranderingen bij het gieten te voorspellen. Bovendien neemt de kans toe dat er na het afkoelen vanaf de giettemperatuur ingewikkelde inwendige spanningen in het gietstuk ontstaan.

Porositeit is ook een belangrijke bron van gietdefecten. Figuur 17-8 geeft een schematisch overzicht van de oorzaken van porositeit en krimp. Porositeit kan ontstaan als er tijdens het gieten gasbellen in het gesmolten metaal worden ingesloten. Er kan ook microporositeit voorkomen wanneer de vertakkingen van de dendrieten zich verstrengelen en de aanvoer van gesmolten metaal afsluiten. Er ontstaan grote stollingskrimpholten wanneer de belangrijke toevoerkanalen van het metaal stollen voordat de rest van het gietproduct stolt.

De beste oplossing om stollingskrimpholten te voorkomen is het gietstuk zo te ontwerpen dat de toevoerkanalen en opkomers het laatst stollen. Dat is een kwestie van goed vakmanschap, maar moderne metaalgieterijen maken ook gebruik van computermodellen vanuit de warmteleer om het krimpgedrag te voorspellen.

Afweging van de eigenschappen

Er dient een lijst gemaakt te worden van de eisen waaraan een onderdeel moet voldoen. Op grond van deze eisen wordt er een gietlegering geselecteerd. Zoals we nog zullen zien in de bespreking van specifieke gietlegeringen, verschillen de mechanische en fysische eigenschappen van gietmetalen vaak van vergelijkbare kneedlegeringen. Gietproducten zijn echter niet altijd bros, al denken sommige ontwerpers van wel. Een fijnkorrelig gietproduct kan na het gieten een normaliseerbehandeling ondergaan om de chemische segregatie te reduceren en heeft dan mechanische eigenschappen die gelijk zijn aan die van de equivalente kneedlegering. Het is belangrijk dat voor gietproducten dezelfde afwegingen en

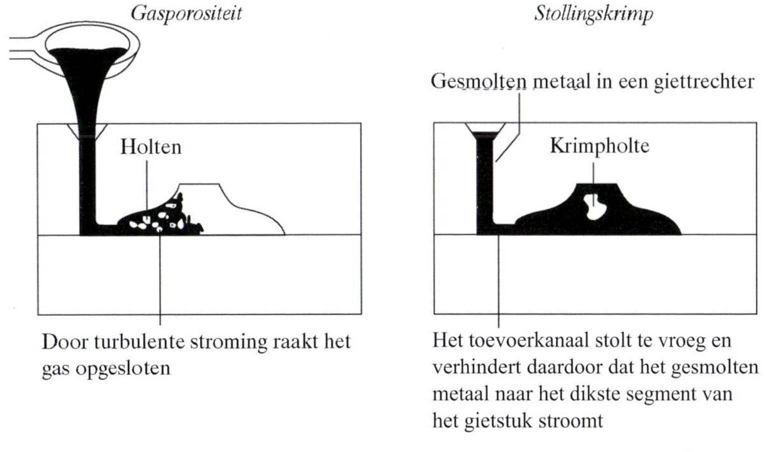

FIGUUR 17-8 Oorzaken van gietdefecten

ontwerpberekeningen worden gemaakt als voor elke andere component.

Tips voor het ontwerpen van gietproducten

De ervaring leert dat veel problemen bij het gieten samenhangen met het ontwerp, en het gieterijpersoneel ziet vaak dezelfde ontwerpfouten steeds weer terugkeren. De ontwerper moet proberen te voorspellen hoe het metaal de matrijs zal opvullen om tot de gewenste vorm te komen. De doorsnede van de toevoerkanalen moet zo gelijkmatig mogelijk zijn. Wanneer dikke segmenten worden gekoppeld aan dunne segmenten, kan dit leiden tot gietspanningen en stollingsholten (zie figuur 17-9). Figuur 17-10 geeft een aantal methoden voor het verbeteren van gietstukontwerpen.

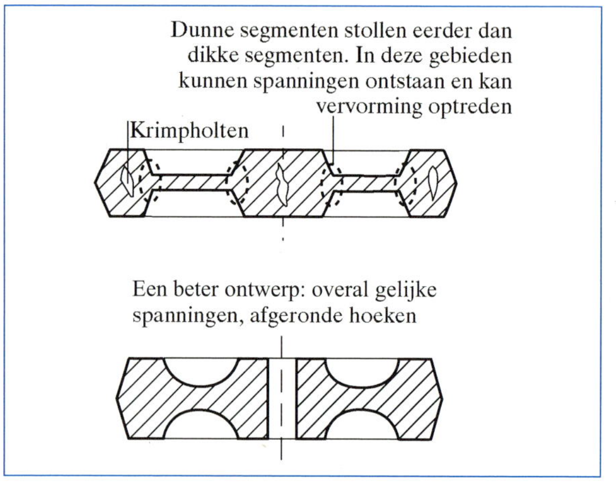

FIGUUR 17-9 Krimp in dikke segmenten

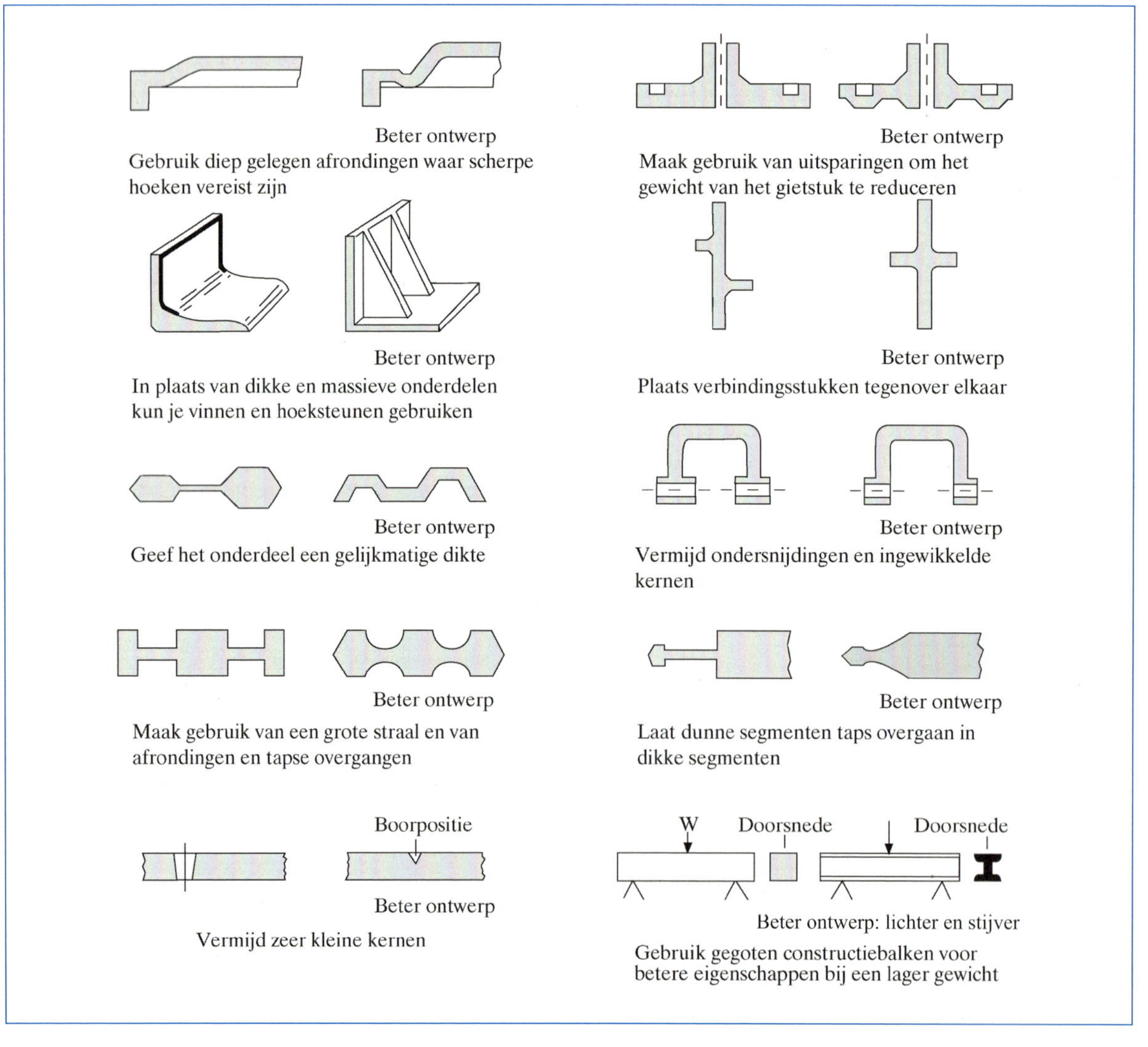

FIGUUR 17-10 Methoden om een gietstukontwerp te verbeteren

17.3 Grijs gietijzer

Inleiding

Gietijzer als technisch materiaal gaat op zijn minst terug tot de veertiende eeuw. Grijs gietijzer is de oudste soort, maar wordt nog altijd veel gebruikt. Tegenwoordig verwijst de term *gietijzer* naar een groep legeringen van ijzer, koolstof en silicium, waarin het koolstofgehalte groter is dan in vaste oplossing kan bestaan. Er is meestal ook een grafietfase of een ijzercarbidefase aanwezig. Er zijn vijf belangrijke soorten gietijzer (zie figuur 17-11). Figuur 17-12 rangschikt deze soorten op basis van chemische samenstelling. *Grijs gietijzer* is een koolstofrijke legering van ijzer, koolstof en silicium. *Smeedbaar gietijzer* heeft een vergelijkbare chemische samenstelling als grijs gietijzer, maar de structuur is door middel van warmtebehandelingen gewijzigd om het ijzer een meetbare ductiliteit te geven. *Wit gietijzer* heeft na het gieten een harde structuur. *Ductiel gietijzer* heeft een met smeedbaar gietijzer vergelijkbare ductiliteit, maar deze ductiliteit wordt bereikt door middel van gietpantoevoegingen. *Gelegeerde gietijzersoorten* zijn gewoonlijk grijze of witte gietijzersoorten die gewijzigd zijn door het toevoegen van legeringselementen die het ijzer hard of corrosiebestendig maken. De term *gietijzer* slaat dus niet

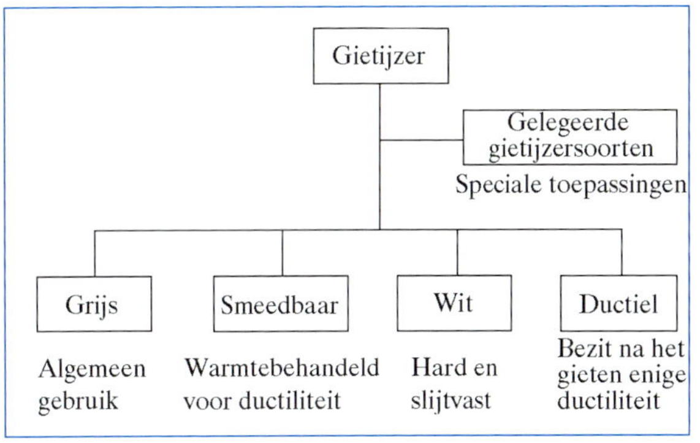

FIGUUR 17-11 Overzicht van de gietijzersoorten

op een specifiek materiaal, maar wordt gebruikt om een groep ijzer-koolstoflegeringen aan te geven. We bespreken de verschillende soorten in de volgende paragrafen uitgebreider.

De metaalkunde van grijs gietijzer

We hebben in hoofdstuk 13 gezien dat ijzer en koolstof twee verschillende evenwichten kennen die beschreven zijn door het stabiele diagram en door het metastabiele diagram (zie figuur 13.7). Volgens het eerste diagram is er evenwicht met ijzer en grafiet, volgens het tweede diagram is er evenwicht met ijzer en cementiet. Het ijzer-koolstoftoestandsdiagram laat zien dat cementiet een belangrijke fase

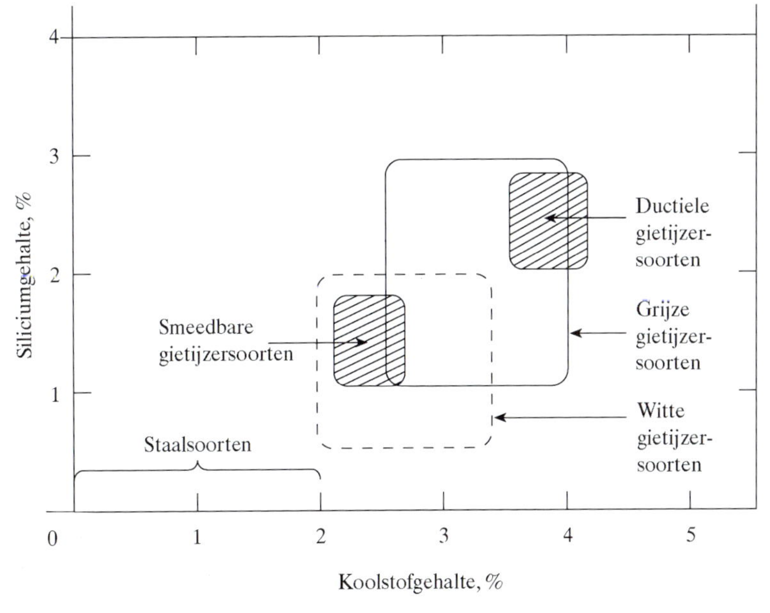

FIGUUR 17-12 Benaderde grenzen van de koolstof- en siliciumgehalten in diverse soorten gietijzer

is in koolstofrijke (meer dan 2 procent) ijzer-koolstoflegeringen. Als dit diagram geprojecteerd werd tot 100 procent koolstof, zou men het toch een ijzer-grafietdiagram kunnen noemen. Grafiet is immers in feite de thermodynamisch stabiele vorm van koolstof in alle ijzer-koolstoflegeringen.

In grijs gietijzer komt men beide evenwichten tegen. Alle gietijzersoorten hebben gemeen dat ze een koolstofgehalte hebben van meer dan ongeveer 2 procent. Het totaal aan koolstof in grijs gietijzer kan worden onderverdeeld in het gedeelte dat in oplossing verkeert in het cementiet (gebonden koolstof) en het gedeelte dat aanwezig is in de vorm van grafiet. Het is de gewoonte om zowel het *totale koolstofgehalte* als het *gehalte aan gebonden koolstof* te vermelden. Grijs gietijzer kan worden beschouwd als perlitisch staal dat grafiet bevat.

In grijs gietijzer bevindt zich in totaal 2 tot 4 procent koolstof en minstens 1 procent silicium (zie figuur 17-12). Het grafiet vormt driedimensionale roosachtige structuren, maar in metallografisch onderzoek ziet men het grafiet als vlokken, omdat daarbij een dwarsdoorsnede van het proefmonster bekeken wordt (zie figuur 17-13). De vorm, de grootte en de verdeling van de grafietvlokken kan invloed hebben op de eigenschappen van het ijzer. Dit wordt dus door het gieterijpersoneel nauwkeurig in de gaten gehouden.

Het silicium in grijs gietijzer bevordert de vorming van grafiet. Bij commercieel gebruik van grijs gietijzer worden de chemische samenstelling en de afkoelsnelheid zo gekozen dat de vorming van cementietrijke fasen (ledeburiet) wordt verhinderd. De belangrijke soorten grijs gietijzer bestaan uit een staalmatrix met daarin grafietvlokken met een variërende grootte en volumeverdeling. De matrix heeft gewoonlijk een koolstofgehalte van minder dan 1 procent. Grijs gietijzer met een ferrietmatrix heeft een lage sterkte, grijs gietijzer met een perlietmatrix een hogere sterkte, en de sterkste soorten grijs gietijzer hebben een martensietmatrix, verkregen door afschrikharden van een ijzersoort met een hoog koolstofgehalte. Figuur 17-14 laat de structuur zien van perlitisch grijs gietijzer voor en na afschrikharden. De perlitische structuur geeft een hardheid van 180 HB, de martensitische structuur een hardheid van 600 HB.

Aanduiding van legeringen

Het is niet gebruikelijk om de diverse soorten grijs gietijzer aan te duiden met hun chemische samenstelling, omdat hun microstructuur even belangrijk is. In de industrie in de Verenigde Staten wordt veel gebruikgemaakt van een systeem dat de legeringen van grijs gietijzer indeelt in een aantal klassen (ASTM A 48). Er bestaat een klasse 20, een klasse 30 enzovoort. Het getal 20 staat voor de minimale treksterkte in ksi. Tabel 17-5 geeft een overzicht van de veelgebruikte soorten. In Europa worden inmiddels de standaarden EN 1560 en EN 10027 (NEN-EN 1560 en 10027 voor Nederland) gebruikt om alle soorten aan te duiden, waarbij GG xx de aanduiding is voor grijs gietijzer met een bepaalde treksterkte. GG 30 is bijvoorbeeld een grijs gietijzer met een minimumtreksterkte van 300 MPa, wat ongeveer gelijk is aan ASTM klasse 45. GG 20 is ongeveer klasse 30.

Een complete ASTM-legeringsaanduiding heeft een A, B, C of S als achtervoegsel. Deze letters geven de grootte aan van de proefstaaf die is gebruikt bij het meten van de treksterkte. Terecht of niet, het

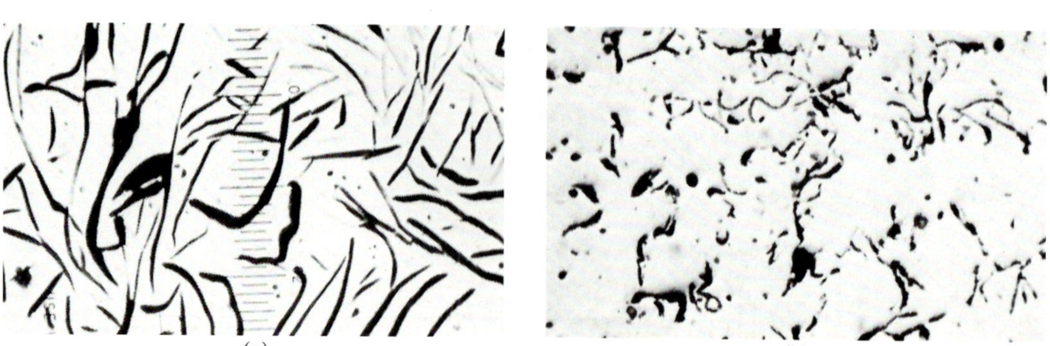

(a) (b)

FIGUUR 17-13 (a) Grove en (b) fijne grafiet in grijs gietijzer (×100). ASTM-specificatie A 247 geeft een interpretatie van de grafietmorfologie

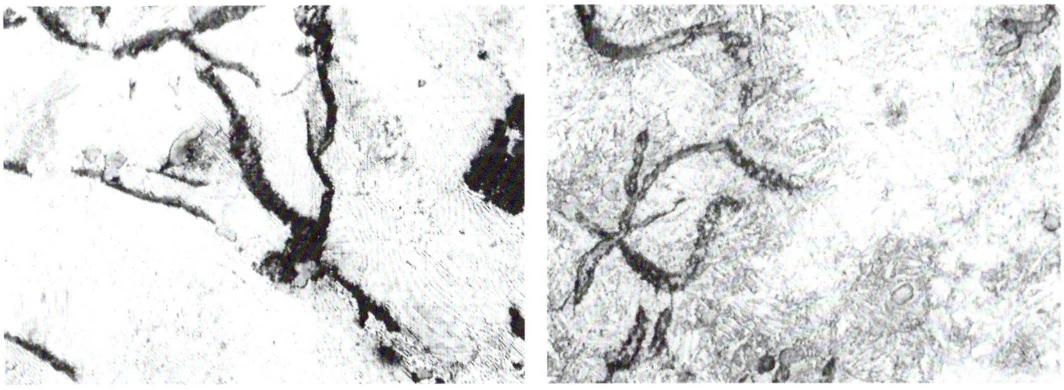
(a) (b)

FIGUUR 17-14 Microstructuur van perlitisch grijs gietijzer (a) voor afschrikharden en (b) na afschrikharden (×500)

is de gewoonte om dit achtervoegsel te negeren, althans in besprekingen van deze legeringen. Op een tekening van een gietproduct kan de aanduiding voor een grijs gietijzer als volgt luiden:

> Materiaal: *Grijs gietijzer*, ASTM A 48 klasse 20 (Vermeld hier het gietproces: zandgieten, verloren-wasmethode enzovoort.)

TABEL 17-5 Soorten legeringen van grijs gietijzer

KLASSENR.	MINIMALE TREKSTERKTE (PSI)	MPa
20	20.000	138
25	25.000	172
30	30.000	207
35	35.000	241
40	40.000	276
45	45.000	310
50	50.000	344
55	55.000	380
60	60.000	414

Fysische eigenschappen

Omdat grijs gietijzer staal is dat grafiet bevat, zijn sommige fysische eigenschappen vergelijkbaar met die van gewoon koolstofstaal. Het warmtegeleidingsvermogen en de thermische uitzettingscoëfficiënt zijn bijna gelijk aan die van staal. De aanwezigheid van grafiet in de structuur is echter van invloed op enkele andere fysische eigenschappen, bijvoorbeeld dempingsvermogen, soortelijke weerstand, magnetische eigenschappen en zelfs corrosieweerstand.

De term *dempingsvermogen* komt men vaak tegen in besprekingen van gietijzer. Hiermee bedoelt men het vermogen van een materiaal om elastische doorbuigingen of trillingen te onderdrukken. Er bestaat zeer weinig kwantitatieve informatie over deze eigenschap, maar omdat grijs gietijzer een volumegehalte grafiet heeft tot 10 procent, is het dempingsvermogen volgens zeggen hoog. Grafiet absorbeert trillingen. Vanwege deze eigenschap is gietijzer altijd in trek geweest voor toepassingen als grondplaten voor machines.

Een ander effect van grafiet in de microstructuur van grijs gietijzer is dat het op den duur van maat kan veranderen: perliet kan overgaan in grafiet en ferriet, waarbij de omvang toeneemt. Bij hoge temperaturen kan de omvang toenemen door inwendige oxidatie van het grafiet. Zolang de bedrijfstemperaturen niet hoger zijn dan ongeveer 400 °C kan dit verschijnsel worden genegeerd.

De soortelijke weerstand van grijs gietijzer wordt beïnvloed door de aard van het aanwezige grafiet. Grafiet met een grove structuur geeft een hogere weerstand dan grafiet met een fijne structuur. Alle grafiethoudende gietijzersoorten hebben een hogere soortelijke weerstand dan koolstofstalen.

Alle veelgebruikte soorten grijs gietijzer zijn ferromagnetisch, maar er bestaat ook austenitisch gietijzer, en dit is uiteraard niet ferromagnetisch. De andere magnetische eigenschappen, zoals permeabiliteit, coërciviteit en hystereseverlies, worden beïnvloed door het type grafietstructuur in de specifieke soort grijs gietijzer.

De corrosieweerstand van grijs gietijzer is in de meeste omgevingen beter dan die van koolstofstaal. Wanneer de corrosie begint, lost er een beetje materiaal van de staalmatrix op, waardoor de grafietvlokken boven het oppervlak uitsteken. Grafiet is edeler dan de matrix. Dit reliëfeffect bevordert de vorming van een taaie oppervlaktefilm die op zijn beurt de totale aantasting vertraagt. Dit geldt in het bijzonder als de film niet oplosbaar is in de corrosieve stof.

Grijs gietijzer is veel gebruikt voor pijpleidingsystemen. Het is goed bestand tegen basische omgevingen, zeewater en sommige zuren. Het is om die reden bijna een standaardmateriaal voor de constructie van drinkwater- en bluswaterleidingen. Het is niet ongewoon dat zulke leidingen vijftig jaar meegaan en sommige oude steden hebben zelfs leidingnetten van gietijzer die al honderden jaren continu dienst doen. De meeste oudere huizen in de Verenigde Staten zijn via gietijzeren buizen op het riool aangesloten. In de Verenigde Staten wordt gietijzer tegenwoordig herontdekt als materiaal voor sanitaire afvoerleidingen in nieuwe constructies. Vanwege de dempingseigenschappen maken deze leidingen minder geluid dan pijpleidingen van kunststof bij het doortrekken en afvoeren van water.

Mechanische eigenschappen

We hebben het al gehad over de grenzen van de treksterkte in grijs gietijzer. Het nummer dat de klasse aangeeft, komt overeen met de minimale treksterkte. Het zal je misschien opvallen dat informatie over de vloeigrens van grijs gietijzer ontbreekt, maar dat komt omdat grijs gietijzer bros is. De plastische vervorming in een trekproef is verwaarloosbaar, en de vloeigrens en treksterkte zijn in de meeste gevallen gelijk. Figuur 17-15 toont een typisch spanning-rekdiagram voor een trekproef met zacht staal en grijs gietijzer. Opvallend is dat de spanning-rekkromme voor grijs gietijzer nergens echt lineair is, en voorafgaand aan de breuk is er geen significante plastische rek. Grijs gietijzer gehoorzaamt dus nauwelijks aan de wet van Hooke. Het grafiet in de structuur veroorzaakt bij alle spanningsniveaus microslip en vertoont geen echt elastisch gedrag. De elasticiteitsmodulus van grijs gietijzer (de helling van de kromme) is lager dan die van staal. Omdat de spanning-rekkromme niet lineair is, kan de elasticiteitsmodulus niet worden bepaald met de methode die voor staal wordt gebruikt.

De elasticiteitsmodulus (*secans-modulus*) wordt afgeleid van een raaklijn door de oorsprong en kan variëren van 80 tot 140 GPa. Grijs gietijzer kan beter niet worden gebruikt in toepassingen met trekbelastingen.

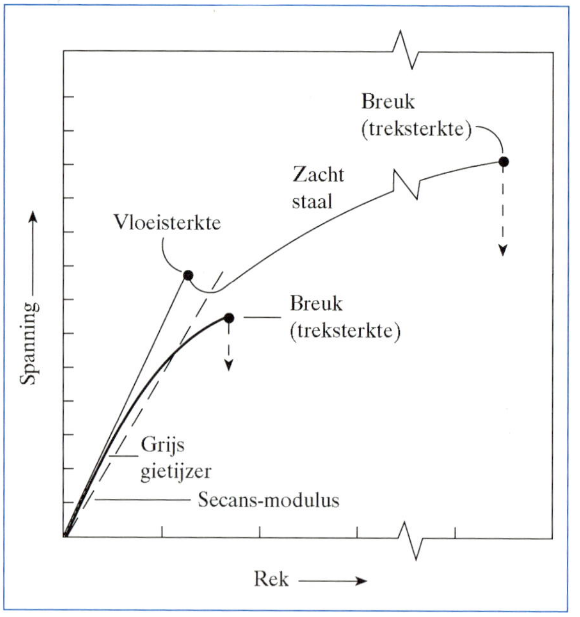

FIGUUR 17-15 Vergelijking van de spanning-rekkromme voor staal en grijs gietijzer

Aan de andere kant is de druksterkte een van de betere mechanische eigenschappen van grijs gietijzer. De druksterkte is vaak drie tot vijf keer zo groot als de treksterkte. De afschuifsterkte is ongeveer gelijk aan de treksterkte (circa een tot anderhalf maal zo groot).

Gegloeid ferritisch grijs gietijzer heeft gewoonlijk een hardheid tussen 110 en 140 HB. De hardheid van de perlitische soorten in klasse 30 en 40 ligt tussen ongeveer 140 en 190 HB. IJzer van klasse 60 kan een hardheid hebben van 350 HB en de door afschrikken geharde witte soorten gietijzer hebben soms een hardheid van wel 600 HB.

Grijs gietijzer heeft niet alleen een geringe ductiliteit, maar ook een zeer lage taaiheid. De taaiheid is te laag om te kunnen meten met een gewone gekerfde staaf in een slingermachine. Er zijn wel ongekerfde slagproeven uitgevoerd en voor de diverse soorten zijn gegevens beschikbaar, maar het beste is om grijs gietijzer nooit te gebruiken voor onderdelen die stootbelastingen moeten ondergaan. Ook spanningsconcentraties dienen te worden vermeden, evenals scherpe inspringende hoeken.

De vermoeiingseigenschappen van grijs gietijzer lijken op die van koolstofstaal. Een typische vermoeiingssterkte bedraagt ongeveer 40 procent van de treksterkte.

Voor een ontwerper is een van waardevolste eigenschappen van grijs gietijzer de slijtvastheid. Grijs gietijzer scoort wat betreft weerstand tegen abrasie, vreten en sommige vormen van corrosieslijtage niet beter dan een koolstofstaal met een gemiddeld koolstofgehalte, maar het grafiet in de structuur biedt meer weerstand tegen adhesieve slijtage. Grafiet is zelf een smeermiddel, en wanneer er als gevolg van slijtage grafiet uit het oppervlak verdwijnt, werkt het overblijvende gat als een smeermiddelreservoir. Geen enkel glijsysteem van metaal op metaal werkt goed zonder smering en gietijzer vormt daarop geen uitzondering. In systemen met een minimale smering zorgt grafiet wel degelijk voor een verbetering van de prestaties.

Grijs gietijzer is zeer resistent tegen vastbranding bij gebruik in toepassingen als schroefdraad, glijsystemen en wormschroeven. In een glijsysteem met een gehard staal als tegenoppervlak en met smering vertoont grijs gietijzer een zeer geringe slijtage. Dat grijs gietijzer nog altijd wordt gebruikt voor motorblokken in auto's getuigt van de grote slijtvastheid in metaal-op-metaalsystemen.

Ook tandwielen vormen een typische slijtagetoepassing voor gietijzer. Zeer grote tandwielen van grijs gietijzer worden vaak gebruikt in combinatie met een drijfwiel van gehard staal. Voor dit soort toepassingen wordt ook door afschrikken gehard gietijzer gebruikt. Tandwieltanden worden soms vlamgehard.

Warmtebehandelingen

Alle warmtebehandelingen die gebruikt worden voor koolstofstaal, kunnen ook toegepast worden op grijs gietijzer. De diverse warmtebehandelingen zijn gebaseerd op toestandsdiagrammen en TTT-krommen. Omdat grijs gietijzer silicium en andere legeringselementen bevat, is het ijzer-koolstofdiagram echter anders. Grijze gietijzersoorten zijn in feite op zijn minst ternaire legeringen. Het in de microstructuur aanwezige grafiet heeft bepaalde effecten die enkele opmerkingen over sommige warmtebehandelingen nodig maken.

Normaliseren

Het belangrijkste doel van normaliseren is het verhogen van de sterkte en de hardheid. De legering wordt verhit tot boven de betreffende kritische temperatuur, en aan de lucht gekoeld. Normaliseren wordt gewoonlijk toegepast voor korrelverfijning. Omdat de eigenschappen van grijs gietijzer meestal niet afhangen van de korrelgrootte, bestaat het effect van normaliseren uit het verwijderen van inwendige spanningen en het verminderen van segregatie in de matrix, waardoor de sterkte toeneemt.

Gloeien

Gietproducten van grijs gietijzer worden gegloeid om inwendige spanningen te verwijderen en om het onderdeel zo goed mogelijk machinaal bewerkbaar te maken. Grijs gietijzer met een structuur van ferriet en grafiet is beter machinaal bewerkbaar dan elk ander ferrometaal. Er wordt wel gezegd dat het 20 procent beter bewerkbaar is dan B1112-automatenstaal. Gloeien zet vrij cementiet en gebonden koolstof om in grafiet. Een gietstuk met een perlietstructuur of zelfs een structuur met vrij cementiet kan dus worden omgezet in ferriet en grafiet, als het lang genoeg op de gloeitemperatuur wordt gehouden.

Gloeien verlaagt de treksterkte mogelijk met 25 procent, maar de ontwerper kan hier rekening mee houden bij de keus voor een bepaald gietijzer en er zo voor zorgen dat het toch aan de ontwerpeisen voldoet. Gloeien kan essentieel zijn als er zich bij de machinale bewerking moeilijkheden voordoen als gevolg van de aanwezigheid van vrij cementiet. In tabel 17-6 worden enkele typische gloeicycli weergegeven.

TABEL 17-6 Typische gloeitemperaturen

TYPE IJZER	GLOEI-TEMPERATUUR, °C	DOEL
Gewoon of laaggelegeerd	700-760	Omzetting van perliet in ferriet + grafiet
Gelegeerde ijzersoorten	790-900	Omzetting van perliet in ferriet + grafiet
Gemêleerd, fris- of temperijzer	900-955	Maximale machinale bewerkbaarheid

Spanningsarmgloeien

Inwendige spanningen in gietproducten hebben meestal een van de volgende oorzaken:

1. Ongelijkmatige afkoeling van segmenten met een verschillende doorsnede.
2. Ongelijkmatige afkoeling door de aanwezigheid van vrij cementiet in de gietvorm.
3. Krimp van een gietstuk rond een stijve kern.

Spanningsarmgloeien is een minimale voorwaarde voor een gietstuk dat een intensieve machinale bewerking moet ondergaan of veeleisende bedrijfsomstandigheden tegen zal komen. Waar het bij de huidige toepassingen van grijs gietijzer om gaat, is dat deze materialen op den duur bij kamertemperatuur vervormen als er binnen het gietstuk grote spanningen bestaan. Als de afmetingsstabiliteit van belang is, is het wenselijk om gietproducten voor de machinale bewerking spanningsarm te gloeien. Spanningsarmgloeien wordt gewoonlijk uitgevoerd bij temperaturen tussen 400 en 620 °C. Bij deze temperaturen wordt ongeveer 75 procent van de restspanningen verwijderd. Bij 650 °C worden alle restspanningen verwijderd, maar dan bestaat het risico dat er perliet oplost en er grafiet gevormd wordt. Als de sterkte een belangrijke factor is in een ontwerp, wordt gewoonlijk een temperatuur van 538 tot 565 °C aanbevolen.

Afschrikharden

Omdat gietijzer per definitie een hoog koolstofgehalte heeft (van meer dan 2 procent), kunnen alle soorten door afschrikken worden gehard. De beste hardingseigenschappen zijn evenwel voorbehouden aan ijzersoorten die tussen 0,5 en 0,7 procent gebonden koolstof bevatten. Een matrix van 100 procent perliet met fijn grafiet is de optimale structuur voor het harden. Als de structuur bestaat uit ferriet plus grafiet, zoals bij de zwakke soorten grijs gietijzer het geval is, dan is het wellicht nodig langdurig te gloeien bij een hoge austenitiseertemperatuur. Omdat er niet voldoende koolstof in ferriet aanwezig is om een volledig martensitische structuur te vormen (ongeveer 0,6 procent), zal de koolstof moeten komen van opgelost grafiet. Zulke legeringen kunnen niet worden vlamgehard of inductiegehard, omdat daarbij de tijd op de austenitiseertemperatuur te kort is om het grafiet te laten oplossen. Hieruit volgt dat soorten met een hoge sterkte of gelegeerde gietijzersoorten met een perlietmatrix het meest geschikt zijn om te harden.

De voordelen van afschrikharden bestaan uit een hogere sterkte, hardheid en slijtvastheid. Er moet evenwel zorgvuldig op gelet worden dat er na het harden goed wordt ontlaten. Anders dan voor koolstofstalen is de sterkte van afgeschrikt grijs gietijzer lager. Alleen ontlaten zorgt voor een hogere sterkte. De effecten van afschrikharden op de mechanische eigenschappen van gietijzer worden weergegeven in figuur 17-16.

De juiste ontlaattemperatuur voor een specifieke soort grijs gietijzer hangt af van de klasse, maar temperaturen tussen 370 en 430 °C zijn gebruikelijk. Een veelgebruikte warmtebehandeling om de sterkte en slijtvastheid te verhogen en de verwerkbaarheid te verbeteren, is harden en ontlaten tot 300 à 350 HB. Met deze methode kunnen de sterkte en taaiheid van het onderdeel met 50 procent worden verhoogd, maar kan het desondanks machinaal bewerkt worden. De vervorming die het gevolg is van de warmtebehandeling wordt bij de machinale bewerking geëlimineerd. Onderdelen van grijs gietijzer kunnen tijdens afschrikharden met 0,5 procent uitzetten.

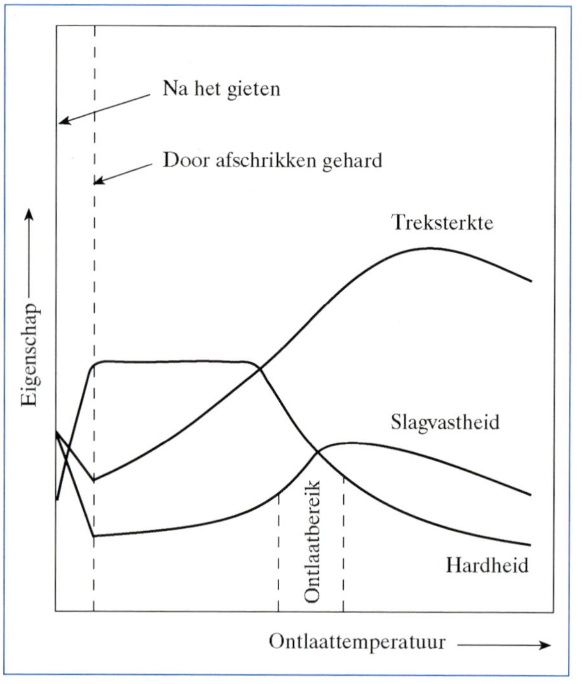

FIGUUR 17-16 Effect van de ontlaattemperatuur op de eigenschappen van door afschrikken gehard grijs gietijzer

Op gietijzer kunnen speciale warmtebehandelingen worden toegepast, bijvoorbeeld austemperen en warmbadharden, maar voordat deze en andere speciale afschrikhardingsmethoden worden gebruikt, dient eerst met de gieterij te worden overlegd. Elke gietijzerlegering heeft immers zijn eigen warmtebehandelingseigenschappen.

Grijs gietijzer is een uitstekend materiaal voor nokken, tandwielen en geleidingen in machines. Voor deze toepassingen is het raadzaam om in ieder geval spanningsarm te gloeien voordat het gietstuk de laatste machinale bewerking krijgt. Als een gietstuk goede slijteigenschappen moet hebben, gebruik het dan in de afgeschrikte en ontlaten toestand van 300 tot 350 HB. Als er een maximale slijtvastheid nodig is, kan vlamharden of inductieharden van de slijtgevoelige oppervlakken worden overwogen. Gloeien wordt toegepast wanneer machinale bewerkbaarheid belangrijker is dan mechanische eigenschappen.

Lassen

Gietijzer is gevoelig voor scheurvorming bij lassen, om redenen die al besproken zijn toen we het hadden over gereedschapsstaal en gelegeerd staal. Een ontwerp waarbij het nodig is om gietijzer te lassen, moet daarom worden afgekeurd. Als een gietstuk breekt, probeert men het vaak door middel van lassen te repareren. Het risico dat er dan nog meer scheuren ontstaan, is groot, maar lassers die veel ervaring hebben met het lassen van gietijzer kunnen dit soort reparaties toch succesvol uitvoeren. Twee processen die veel worden gebruikt, zijn booglassen met een nikkelrijk metaal en solderen met een metaal op koperbasis. Booglassen gaat als volgt in zijn werk: voorverwarmen tot ongeveer 370°C, lassen met minimale lasgrootte, de afzetting verwijderen, langzaam laten afkoelen tot kamertemperatuur en ontlaten bij ongeveer 315°C.

Solderen is ook een mogelijkheid voor gietijzer. Voorverwarmen en naverwarmen zijn bij solderen niet nodig, want tegen de tijd dat het onderdeel heet genoeg is om de soldeerlegering te laten smelten, is het al voldoende voorverwarmd. Het geheim van een succesvolle verbinding met dit proces is het gehele onderdeel langzaam en gelijkmatig te verhitten tot op zijn minst 370°C alvorens de soldeerverbinding aan te brengen. Ook is het belangrijk om een geschikt soldeermiddel te gebruiken. Na het solderen moet men het onderdeel langzaam laten afkoelen, maar ontlaten is normaal gesproken niet nodig, omdat er bij langzame verhitting weinig kans is dat er plaatselijke harding door afschrikken zal optreden. In het algemeen moet lassen van gietijzer dus worden vermeden, maar wanneer het onvermijdelijk is, moeten dit soort procedures worden gebruikt.

17.4 Smeedbaar gietijzer

Per definitie is *smeedbaar gietijzer* een soort gietijzer dat door middel van een thermische behandeling een aanzienlijke ductiliteit gekregen heeft. In de Verenigde Staten wordt smeedbaar gietijzer gemaakt door wit gietijzer om te zetten in een ferritische of perlitische matrix, waarbij de overtollige koolstof aanwezig is in de vorm van kleine, bloemachtige nodulen, die *temperkool* worden genoemd. Figuur 17-17 toont de structuur van ferritisch smeedbaar gietijzer.

Metaalkunde

De smeedbare gietijzersoorten zijn ijzer-koolstof-siliciumlegeringen, met gewoonlijk een koolstofgehalte tussen 2 en 3 procent en een siliciumgehalte van 1 tot 1,8 procent. De grondstoffen voor smeedbaar gietijzer zijn schroot van wit gietijzer (gieterijafval), schrootijzer en staalafval, en ruwijzer. Het smelten vindt plaats in een koepeloven of een andere geschikte oven. Het is belangrijk om de chemische samenstelling van de smelt zo te regelen dat bij het gieten producten van wit gietijzer worden gevormd. Wit gietijzer bestaat uit perliet en vrij cementiet, en is bijzonder hard en bros. Omdat deze gietproducten zo bros zijn, is het mogelijk om de gietkanalen, giettrechters en opkomers af te breken. De warmtebehandeling waarbij wit gietijzer wordt omgezet in smeedbaar gietijzer, wordt weergegeven in figuur 17-18. De gietstukken worden langzaam verwarmd tot een temperatuur die aanzienlijk hoger is dan de kritische transformatietemperatuur, mogelijkerwijze tussen 870 en 980°C. Dit is de *eerste grafitisatietrap*. Vrij cementiet en perliet lossen op in austeniet. Op den duur beginnen zich grafietnodulen (temperkool) te vormen. Wanneer er nog verder verwarmd werd, zou er vlokkengrafiet ontstaan. Daarom worden de gietstukken afgekoeld tot een temperatuur in het kritische temperatuurbereik of iets lager. Met deze afkoeling begint de *tweede grafitisatietrap* en wordt er temperkool en ferriet gevormd. De gietstukken worden vervolgens aan de lucht gekoeld dan wel in olie afgeschrikt, al naargelang de gewenste sterkte. Door uit te gaan van gelegeerd materiaal of door met andere snelheden te verwarmen en af te koelen, kan men ervoor zorgen dat de structuur na het gloeien uit perliet en temperkool bestaat in plaats van uit ferriet en temperkool. Het eerstgenoemde structuur-

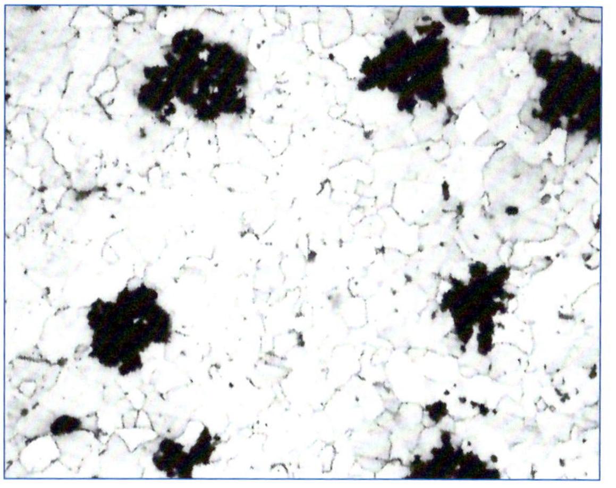

FIGUUR 17-17 Ferritisch smeedbaar gietijzer: de zwarte vlekken zijn 'temperkool' (grafiet); de matrix bestaat uit ferriet (×150)

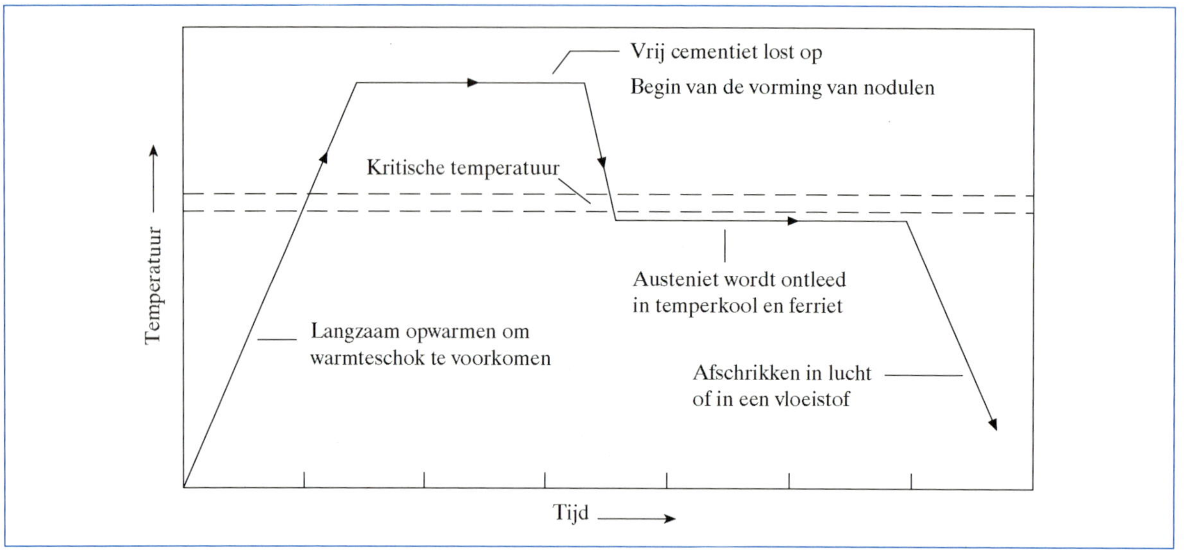

FIGUUR 17-18 Karakteristieke warmtebehandelingscyclus voor het gloeien van wit gietijzer

type is geschikter voor aansluitend vlamharden of afschrikharden.

Een factor die het gebruik van smeedbaar gietijzer beperkt tot een of twee gietproducten is dat de warmtebehandeling een zeer nauwkeurige regeling van de temperatuurcycli vereist, en dat deze lang duurt. De primaire grafitisatie kan 40 uur of langer duren. Secundaire grafitisatie voegt daar nog eens 30 uur aan toe. De gehele gloeicyclus kan langer dan 100 uur duren. Die paar gietproducten worden dan wel erg duur.

Aanduiding van legeringen

Het aanduidingssysteem voor smeedbaar gietijzer in de Verenigde Staten wordt beschreven in ASTM-specificatie A 47, 'Malleable Iron Castings' ('Smeedbare IJzeren Gietstukken'), en in Nederland (Europa) in NEN EN-1560. Het aanduidingssysteem in de ASTM-specificatie geeft elke legering een getal van vijf cijfers, waarbij de eerste drie cijfers de minimale vloeigrens aangeven in ksi en de vierde en vijfde cijfers het minimale percentage verlenging. Een 32510 smeedbaar gietijzer heeft bijvoorbeeld een minimale vloeisterkte van 32,5 ksi oftewel circa 225 MPa, ongeveer gelijk aan GG20, en minimaal 10 procent verlenging. Type 35018 heeft een minimale vloeigrens van 35 ksi oftewel circa 240 MPa en minimaal 18 procent verlenging. Er zijn aanvullende ASTM-specificaties beschikbaar voor perlitisch smeedbaar gietijzer (A 220), pijpkoppelingen (A 338), in koepelovens gemaakt smeedbaar gietijzer (A 197) en producten van smeedbaar gietijzer voor auto's (A 602).

Eigenschappen

De meeste fysische eigenschappen van smeedbaar gietijzer zijn vergelijkbaar met die van grijs gietijzer. Daarentegen zijn de mechanische eigenschappen van smeedbaar gietijzer veel beter dan die van grijs gietijzer. Met een ductiliteit tot 20 procent kan smeedbaar gietijzer buigen zonder te breken. Het kan trekbelastingen verdragen en is bestand tegen stootbelastingen. De treksterkte van ferritisch smeedbaar gietijzer kan 365 MPa bedragen. De perlitische soorten hebben soms een treksterkte van wel 689 MPa. De Charpy V-kerfslagwaarde van ferritisch smeedbaar gietijzer kan wel 20 Joule zijn. Perlitisch smeedbaar gietijzer heeft soms een slagvastheid van 7 tot 13 Joule.

De elasticiteitsmodulus voor smeedbaar gietijzer is ook beter. Een elasticiteitsmodulus van 170 GPa is typisch voor ferritische soorten en deze waarde is soms wel 185 GPa voor perlitisch smeedbaar gietijzer. Dat betekent dat de stijfheid van smeedbaar gietijzer ongeveer gelijk is aan die van staal, wat voor een ontwerper van belang is om te weten.

De machinale bewerkbaarheid van smeedbaar gietijzer is uitstekend, zolang de hardheid lager is dan 300 HB. Daarmee is het vergelijkbaar met B1112 staal. Het is ook uiterst stabiel als gevolg van de lange warmtebehandelingen.

Desondanks zijn de slijteigenschappen goed vanwege de temperkool in de microstructuur. De perlitische soorten smeedbaar gietijzer kunnen worden gehard tot 500 HB voor een betere weerstand tegen eventuele metaal-op-metaalslijtage en abrasie.

De vermoeiingssterkte kan wel 60 procent van de treksterkte zijn, en onbewerkt smeedbaar gietijzer kan een druksterkte hebben van viermaal de treksterkte. Na een warmtebehandeling kan de druksterkte wel 2750 MPa bedragen.

Warmtebehandeling

Omdat smeedbaar gietijzer bij de bereiding uitvoerig wordt gegloeid, is afschrikharden de enige warmtebehandeling die vaak wordt gebruikt. Smeedbaar gietijzer kan net als staal worden gehard door middel van vlamharden, inductieharden en afschrikken. Afschrikharden wordt toegepast op de perlitische soorten. Na het harden moet er worden ontlaten met behulp van dezelfde procedures als voor grijs gietijzer.

Spanningsarmgloeien kan op dezelfde manier worden uitgevoerd als bij grijs gietijzer, maar is meestal niet nodig omdat de meeste restspanningen al worden verwijderd tijdens de gloeibehandeling.

17.5 Ductiel gietijzer

Ductiel gietijzer werd rond 1948 ontwikkeld om zowel de brosheid van grijs en wit gietijzer als de langdurige warmtebehandelingen van smeedbaar gietijzer te vermijden. Ductiel gietijzer heeft, zoals de naam al doet vermoeden, in onbewerkte vorm een goede ductiliteit.

Metaalkunde

Ductiel gietijzer is gietijzer met grafietnodulen of -bolletjes. De nodulen lijken op die in smeedbaar gietijzer (temperkool), maar ze zijn meer bolvormig. Chemisch gezien is ductiel gietijzer een koolstof-ijzer-siliciumlegering met een koolstofgehalte tussen 3 en 4 procent en een siliciumgehalte tussen 2 en 3 procent. Aan veel soorten ductiel gietijzer wordt bovendien een aanzienlijke hoeveelheid nikkel toegevoegd. Ductiel gietijzer kan worden gesmolten in een koepeloven en in de meeste andere voor grijs gietijzer gebruikte ovens. De grondstof bestaat meestal uit schroot, ruwijzer en afval van ductiel gietijzer. Omdat de samenstelling vergelijkbaar is met die van grijs gietijzer, zou het gesmolten ijzer bij de stolling normaal gesproken wit of grijs gietijzer vormen met vlokkengrafiet. Om nodulair ijzer te vormen wordt er aan de smelt magnesium of cerium toegevoegd in een verhouding van een paar kilogram per ton. De temperatuur van de smelt is veel hoger dan zelfs de kooktemperatuur van magnesium, en de reactie is zeer heftig.

Vaak worden er nog andere materialen, zoals ferrosilicium, toegevoegd om de grafitisatie te bevorderen en de grootte van de nodulen te regelen. Dit wordt meestal gedaan door middel van gietpanenting. Het nettoresultaat van deze toevoegingen is de vorming van bolvormig grafiet in een matrix die ferritisch, perlitisch of zelfs martensitisch kan zijn, al naargelang de chemische samenstelling van de smelt en de procesparameters. De juiste structuur kan alleen worden verkregen als zowel de chemische samenstelling als de smeltmethode zorgvuldig worden gestuurd.

Aanduiding van legeringen

Net als bij de andere gietijzergroepen hebben talrijke instanties een aanduidingssysteem voor ductiel gietijzer. In ASTM-specificatie A 536 wordt elke soort aangegeven met een reeks door streepjes gescheiden getallen die corresponderen met de minimale mechanische eigenschappen. Er wordt onderscheid gemaakt tussen vijf soorten ductiel gietijzer:

1. Type 5 (60-40-18)
2. Type 4 (65-45-12)
3. Type 3 (80-55-06)
4. Type 2 (100-70-03)
5. Type 1 (120-90-02)

De eerste twee of drie cijfers staan voor de minimale treksterkte in ksi, de middelste cijfers voor de minimale vloeigrens in ksi en de laatste twee cijfers voor het percentage verlenging in een trekproef. Er zijn aanvullende ASTM-specificaties betreffende austenitische ductiele gietijzersoorten:

- A 396: ferritisch ductiel gietijzer voor drukbegrenzingsonderdelen (hoge temperatuur)
- A 439: austenitisch ductiel gietijzer
- A 476: gietproducten van ductiel gietijzer voor droogrollen in papierfabrieken
- A 571: austenitisch ductiel gietijzer voor drukbegrenzingsonderdelen (lage temperatuur)
- A 716: duikerbuizen van ductiel gietijzer

Eigenschappen

De opvallendste verschillen tussen de fysische eigenschappen van grijs gietijzer en ductiel gietijzer betreffen de magnetische en elektrische eigenschappen. Zo is bijvoorbeeld de soortelijke weerstand van ductiel gietijzer veel lager dan die van grijs gietijzer. Een overzicht van het aanduidingssysteem geeft een goed beeld van de belangrijke verschillen tussen de mechanische eigenschappen van ductiel gietijzer en de andere gietijzergroepen. De waarden van de treksterkte en vloeisterkte lopen sterk uiteen en de ferritische soort 60-10-18 is bijna even ductiel als zacht staal. De hardheid kan variëren van 140 tot 350 HB. De waarde van de elasticiteitsmodulus ligt tussen 160 en 170 GPa. De druksterkte bedraagt ongeveer tweemaal de treksterkte. De slagvastheid van de soorten met een lagere sterkte is bijna even goed als die van zacht staal en alle soorten hebben een betere slagvastheid dan grijs gietijzer. De vermoeiingssterkte ligt tussen 40 en 50 procent van de treksterkte.

De corrosieweerstand is ongeveer gelijk aan die van grijs gietijzer. Het grafiet in de structuur bevordert in veel omgevingen de corrosiebestendigheid. Veel gelegeerde soorten ductiel gietijzer hebben een goede corrosieweerstand in allerlei omgevingen.

De machinale bewerkbaarheid hangt af van de hardheid, maar de ferritische soorten zijn bijna even goed machinaal bewerkbaar als B1112 automatenstaal.

Warmtebehandeling

Alle warmtebehandelingen die worden toegepast op grijs gietijzer, zijn ook geschikt voor ductiel gietijzer. Gloeien, spanningsarmgloeien, normaliseren en afschrikharden zijn dus allemaal mogelijk. De eigenschappen voor afschrikharden hangen af van het gehalte aan gebonden koolstof. Net als bij alle andere soorten gietijzer geeft een perlitische matrix de beste resultaten. Met afschrikharden zijn hardheden tot 600 HB te bereiken. Voor afschrikharden gebruikt men bij voorkeur de soorten 80-55-06 en 100-70-03.

Een warmtebehandeling is soms een onderdeel van de bereiding van een bepaald soort ductiel gietijzer. Type 60-40-18 wordt gegloeid, 100-70-03 verkeert in genormaliseerde toestand, 120-90-02 wordt door afschrikken gehard en ontlaten, 65-45-12 en 80-55-06 worden gebruikt zonder verdere bewerking.

Een nieuwe ontwikkeling op dit gebied, *austempered* ductiel gietijzer (ADI, *austempered ductile iron*), kwam in het begin van de jaren tachtig op de markt. ADI is een heel systeem voor het maken van gietproducten met de sterkte van gehard en ontlaten staal, maar met een ductiliteit en taaiheid die zelfs nog veel beter kunnen zijn dan die van staal. Eerder hebben we al besproken dat bij austemperen een hardbare staalsoort wordt geaustenitiseerd, oftewel afgekoeld tot een temperatuur die hoger is dan de temperatuur waarbij martensiet wordt gevormd (M_s). Daarna wordt deze temperatuur gehandhaafd tot de structuur transformeert tot bainiet, een fijn mengsel van ferriet en cementiet. Dergelijke staalsoorten staan bekend om hun uitstekende taaiheid. ADI wordt gemaakt door middel van een soortgelijke warmtebehandeling, maar er ontstaat een andere structuur en aan ductiel gietijzer moeten mogelijk legeringselementen als nikkel en molybdeen worden toegevoegd om de gewenste ADI-structuur te bereiken.

In de ASTM-specificatie A 897 worden vijf basistypen ADI genoemd die kunnen ontstaan bij het austenitiseren van ductiel gietijzer. Deze typen worden aangeduid door middel van hun nominale mechanische eigenschappen. Zo heeft type 1 (125-80-10) een treksterkte van 860 MPa, een vloeisterkte van 550 MPa en minimaal 10 procent verlenging.

Een typische warmtebehandeling voor het produceren van ADI is de volgende: 1,5 tot 2 uur austenitiseren bij 815 tot 825 °C, gevolgd door afkoelen tot 355 à 385 °C, deze temperatuur 30 tot 45 minuten handhaven en vervolgens aan de lucht afkoelen tot kamertemperatuur. Er ontstaat dan een grove naaldvormige of bainitische structuur. Voor soorten met een hogere sterkte gebruikt men lagere afschriktemperaturen en andere austenitiseertemperaturen. Deze soorten hebben een fijnere bainitische of martensitische structuur. Martensiet is echter niet wenselijk en er worden daarom methoden gebruikt om de vorming ervan te onderdrukken.

In tabel 17-7 worden de mechanische eigenschappen van ADI vergeleken met die van traditioneel ductiel gietijzer en enkele staalsoorten. Deze gegevens maken duidelijk wat de voordelen van deze warmtebehandeling zijn. ADI-gietproducten kunnen een treksterkte hebben van wel 1585 MPa. Gietstukken van type 125-80-10 hebben soms een hardheid tussen 269 en 321 HB, die van type 200-155-1 hebben een hardheid van 388 tot 471 HB. Gietproducten van type 200-155-1 worden gebruikt voor tandwielen en krachtoverbrengingsonderdelen. Ze hebben veel betere slijteigenschappen dan geharde en ontlaten stalen tandwielen met een hardheid van 600 HB. Gietproducten van type 125-180-10 worden gebruikt voor toepassingen die een hogere taaiheid en betere vermoeiingsweerstand vragen. Onderdelen van deze groep materialen kunnen eventueel een goedkopere vervanging vormen voor dure onderdelen van gehard en ontlaten gesmeed staal. Deze materialen worden gespecificeerd met behulp van het nummer en type van ASTM:

Materiaal: Zandgietproduct van austempered ductiel gietijzer, ASTM A 897 type 125-80-10

TABEL 17-7 Vergelijking van de mechanische eigenschappen van austempered ductiel gietijzer (ADI) met die van gietijzer en gietstaal

		GIETIJZER			STAAL	
	ADI	GRIJS (A48)	SMEEDBAAR (A47)	DUCTIEL (80-55-06)	GIETSTAAL (A27)	GESMEED STAAL (AISI 8620)
Hardheid, Brinell	269–555	140–290	110–156	196–255	131	341–388
Treksterkte	860–1590	140–380	345–365	550–690	435	1150–1300
Vloeigrens	655–1300	–	225–240	380–520	240	825–1025
Verlenging (%)	<1–10	–	10–18	–	30	12–14

Uit *Materials Engineering*. Overgenomen met toestemming van Penton Media Inc.

17.6 Witte gietijzerlegeringen

Wit gietijzer ontleent zijn naam aan het breukoppervlak, dat er wit uitziet, zoals grijs gietijzer een grijze kleur heeft. Ongelegeerd wit gietijzer bevat 2 tot 4 procent koolstof, 0,5 tot 2 procent silicium en ongeveer 0,5 procent mangaan. Bij het stollen vormen deze ijzersoorten een grafietvrije structuur met diktes van minder dan ongeveer 10 centimeter. De structuur bestaat hoofdzakelijk uit vrij cementiet en perliet, mogelijk met enig austeniet (zie figuur 17-19). De hardheid kan wel 600 HB bedragen. Grijs gietijzer vormt bij snel afkoelen vanaf de giettemperatuur een structuur van wit gietijzer. In dat geval wordt het *frisijzer* of *temperijzer* genoemd. Dit is een belangrijk materiaal voor de technisch ontwerper. Na het gieten kunnen er zonder verdere bewerking onderdelen als walsrollen, slijtplaten, pompbekledingen en kogels van worden gemaakt die een uiterst slijtvast oppervlak hebben. Frisijzer of temperijzer kan worden gemaakt door gieten in matrijzen van metaal of grafiet, of door gieten in zandvormen waarin metalen inzetstukken aangebracht zijn (zie figuur 17-20). Wanneer er aan bepaalde gietijzersoorten legeringselementen zoals nikkel, molybdeen en chroom worden toegevoegd, is het mogelijk om in dikke segmenten een hardeschilstructuur te laten ontstaan. Er is een grote groep lasmetalen voor harde oppervlakken die bestaan uit wit gietijzer met 10 tot 30 procent chroom. Deze legeringen zijn zeer slijtvast en ze worden veel gebruikt voor abrasietoepassingen in mijnen en de landbouw. Het is onmogelijk om een beschrijving te geven van alle in de handel verkrijg-

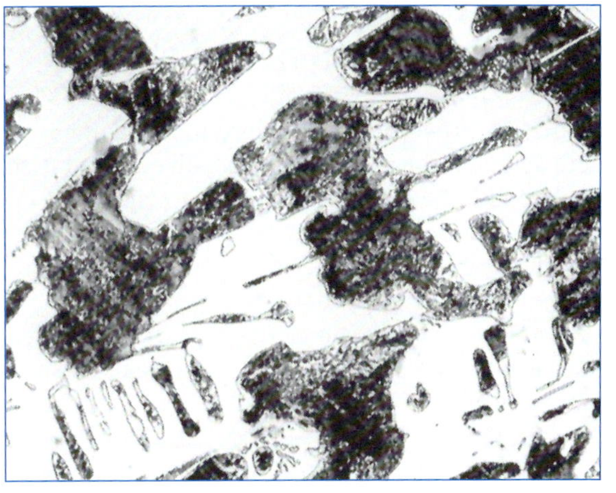

FIGUUR 17-19 Microstructuur van wit gietijzer; fijnkorrelige perliet (donker) en vrij cementiet (licht); hardheid 62 HRC (×750)

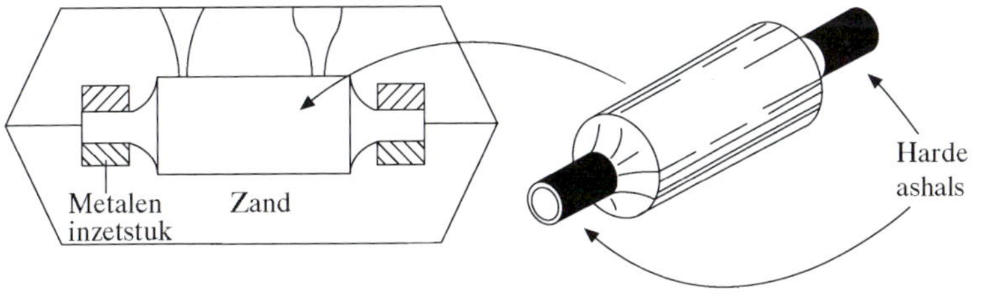

FIGUUR 17-20 Gieten van fris- of temperijzer

bare gelegeerde gietijzersoorten. Er zijn er gewoon te veel. Sommige legeringen zijn ontworpen voor corrosieweerstand, andere voor weerstand tegen oxidatie, weer andere voor kruipvastheid enzovoort. Een van de vaak gebruikte soorten gelegeerde gietijzersoorten is NI-Hard. Dit gietijzer heeft een hardheid tussen 525 en 600 HB en wordt gebruikt voor onderdelen als slijtplaten, slijpkogels en walsrollen. De ASTM-specificatie A 532 behandelt acht soorten gietijzer met abrasieweerstand. Deze legeringen worden aangeduid met het ASTM-typenummer:

Materiaal: Abrasiebestendig gietijzer, ASTM A 532 Type A Ni–Cr–HiC.

17.7 Gietproducten van staal

Sommige ontwerpers en andere materiaalgebruikers aarzelen om gietijzer te gebruiken, omdat ze denken dat alle soorten gietijzer bros zijn. Grijs en wit gietijzer zijn inderdaad bros, maar we hebben gezien dat ductiel en smeedbaar gietijzer niet bros hoeven te zijn. Toch gelden er wel enkele beperkingen voor het gebruik van gietijzer. Alle soorten gietijzer hebben een lagere stijfheid dan staal, en staal kan ook een veel betere taaiheid en ductiliteit bereiken (zie figuren 17-21 en 17-22). Stalen gietproducten kunnen worden gebruikt wanneer geen van de beschikbare gietijzersoorten de juiste eigenschappen heeft om aan de eisen van het ontwerp te kunnen voldoen.

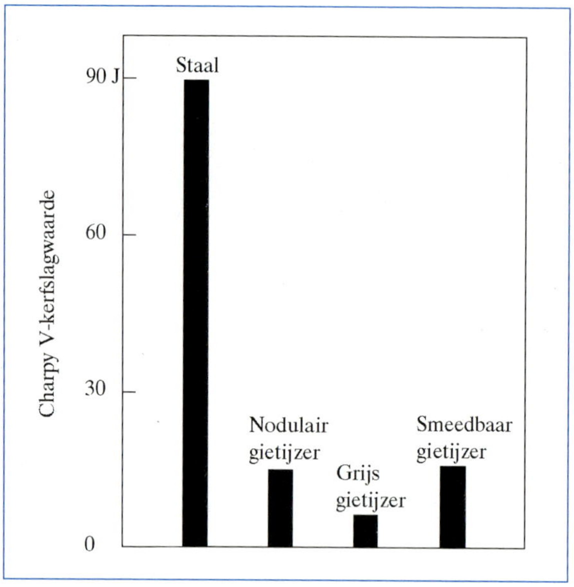

FIGUUR 17-22 Charpy V-slagvastheid van gegoten ferrometalen bij 21,1°C
Bron: C. W. Briggs, *Steel Castings Handbook*, Steel Founders' Society of America.

Alle soorten staal kunnen worden gegoten en daarom is het onmogelijk om in enkele paragrafen de metaalkunde van stalen gietproducten te behandelen. Voor alle smeedstaalproducten is gieten de eerste stap bij de vervaardiging. Staal is echter

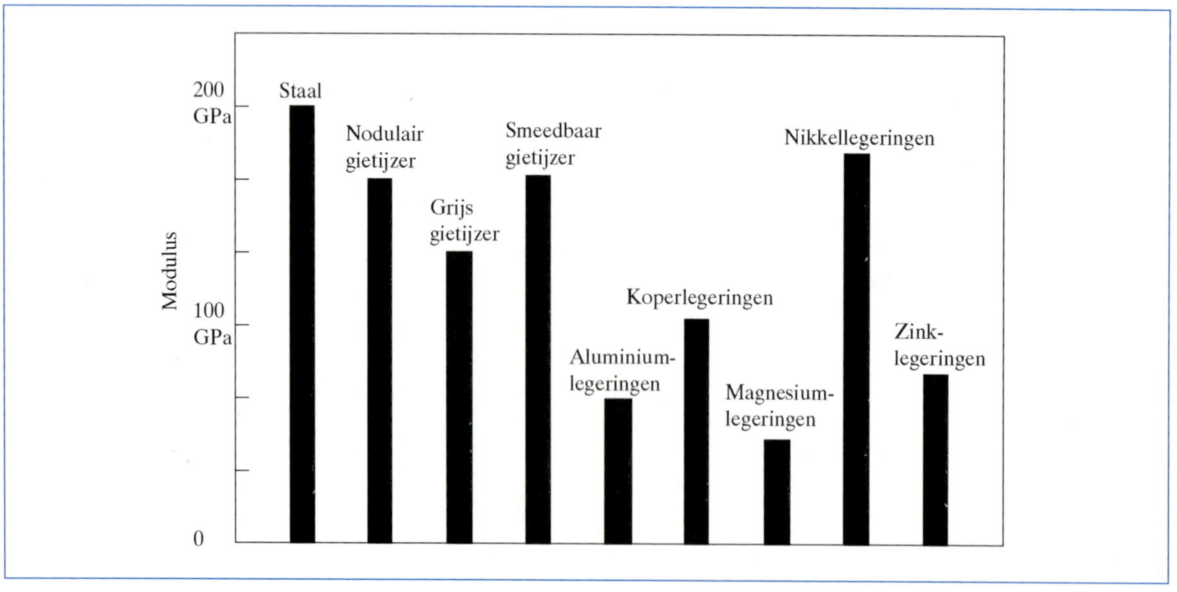

FIGUUR 17-21 De elasticiteitsmodulus van diverse gietmetalen
Bron: C. W. Briggs, *Steel Castings Handbook*, Steel Founders' Society of America.

moeilijker te gieten dan gietijzer en wordt daarom minder vaak voor gietproducten gebruikt. Gietijzersoorten smelten bij lagere temperaturen dan staal. Ze vertonen minder krimp en hebben als gevolg van het koolstof- en siliciumgehalte een hogere viscositeit. Bij gietijzer is er minder kans op dichtvriezen van gietkanalen, incomplete opvulling en krimpholten dan bij staal.

Er bestaan gietstalen die lijken op de in de VS veelgebruikte koolstofstalen en gelegeerde staalsoorten (voormalige AISI-soorten), maar met een iets gewijzigde chemische samenstelling ter verbetering van de gieteigenschappen. In de meeste gevallen bevatten de gietstaalsoorten 0,30 tot 0,65 procent silicium en 0,5 tot 1 procent mangaan. De gebruikelijke kneedstalen bevatten meestal minder silicium en het mangaangehalte kan verschillen. De ASTM-specificatie A 148 behandelt gelegeerde staalsoorten die lijken op bijvoorbeeld de SAE-kneedlegeringen 1030, 1330, 4135 en 4335. Deze specificatie heeft betrekking op 15 soorten hardbaar gelegeerd staal met verschillende sterktes. De verschillende soorten worden aangeduid met nummers die hun treksterkte en vloeisterkte aangeven. ASTM A 148 type 105-85 is gelegeerd gietstaal met een treksterkte van 725 MPa en een vloeisterkte van 585 MPa. Om de gespecificeerde gietsoort te kunnen maken, varieert de leverancier de chemische samenstelling en de warmtebehandeling. Het nummer en de soort in de ASTM-specificatie vormen de juiste aanduiding voor gietstaallegeringen.

Er zijn minstens 20 ASTM-specificaties die betrekking hebben op gietstaalsoorten, en vele zijn geschreven voor diverse toepassingseisen. Net als voor andere gietijzersoorten is NEN EN 1560 in Nederland van toepassing. ASTM A 757 heeft betrekking op gietproducten voor gebruik bij lage temperaturen, A 56 op gietproducten voor stoomturbines, A 217 op gietproducten voor gebruik bij hoge temperaturen, A 486 op gietproducten voor autosnelwegbruggen, en A 487 op gietproducten voor druktoepassingen. En er zijn er nog veel meer. Tabel 17-8 geeft de ASTM-specificaties voor de gietlegeringen die overeenkomen met de AISI-kneedlegeringen. Tabel 17-9 geeft de aanduidingsnummers en de eigenschappen van een aantal gietstalen voor algemeen gebruik (ASTM A 27). Voor de meeste legeringen komen de aanduidingsnummers overeen met de treksterkte en vloeigrens in ksi.

TABEL 17-8 Equivalente kneedlegeringen van gietstaalproducten

ASTM-SPECIFICATIES	EQUIVALENTE KNEEDLEGERINGEN
A 426	Koolstofarme staalsoorten: 1010, 1020
A 352 A 356	Staalsoorten met middelhoog koolstofgehalte: 1030, 1040, 1050
A 217	
A352-LC3 A426- CP2, 5, 5b, 11, 12, 15, 21	Laaggelegeeerde koolstofarme staalsoorten: 1320, 4110, 8020, 2315, 4120, 8620, 2320, 4320
A 27, A 356 A 148, A 389 A 216, A 486 A 217, A 487	Laaggelegeerde staalsoorten met een middelhoog koolstofgehalte: 1330, 1340, 2325, 2330, 4125, 4130, 4140, 4330, 4340, 8030, 8040, 8630, 8640, 9530, 9535
A 352 A 297, A 608 A 743, A 744	Roestvaste staalsoorten en chroomrijke legeringen
A 890	

ASTM A 27 type 60-30 heeft een minimale treksterkte van 60 ksi (415 MPa) en een vloeigrens van 30 ksi (205 MPa).

Welke eigenschappen een gietstaalproduct heeft en welke warmtebehandelingen geschikt zijn, hangt af van de specifieke legering. In het algemeen zijn deze echter gelijk aan die voor kneedlegeringen. Een voordeel van gietstaal ten opzichte van gietijzer is een betere lasbaarheid. Gegoten koolstofarm staal, roestvast staal en laaggelegeerd staal kunnen gemakkelijk worden gelast. Bij het lassen van alle soorten gietijzer is er vanwege het hoge koolstofgehalte een groot risico op scheuren.

Het gieten van gereedschapsstaal, gelegeerd staal en HSLA-staal is populair bij ontwerpen. De meeste gieterijen die met de verloren-wasmethode werken, gieten gereedschapsstaal, en dit proces is vaak voordelig voor het maken van kleine slijtvaste onderdelen. Pijpkoppelingen, kleppen, pompen en dergelijke worden vaak gemaakt van gegoten roestvast staal. Elk van de veelvoorkomende gietprocessen kan worden gebruikt. Deze materialen moeten worden aangeduid met de klasse en het type van de ASTM.

TABEL 17-9 Eigenschappen van ASTM A 27 gietstaalproducten

Chemische samenstelling (maximale percentages tenzij bereik is aangegeven)										
Specificatie	**Type**	**C**	**Mn**	**P**	**S**	**Si**	**Ni**	**Cr**	**Mo**	**Overige elementen**
ASTM A 27	N-1	0,25	0,75	0,05	0,06	0,80	0,50	0,40	0,20	Cu 0,30
	N-2	0,35	0,60	0,05	0,06	0,80	0,50	0,40	0,20	Cu 0,30
	U-60-30	0,25	0,75	0,05	0,06	0,80	0,50	0,40	0,20	Cu 0,30
	60-30	0,30	0,60	0,05	0,06	0,80	0,50	0,40	0,20	Cu 0,30
	65-35	0,30	0,70	0,05	0,06	0,80	0,50	0,40	0,20	Cu 0,30
	70-36	0,35	0,70	0,05	0,06	0,80	0,50	0,40	0,20	Cu 0,30
	70-40	0,25	1,20	0,05	0,06	0,80	0,50	0,40	0,20	Cu 0,30

Specificatie en warmtebehandeling			Mechanische eigenschappen (min. waarde tenzij bereik is aangegeven)			
Specificatie	**Type**	**Warmtebehandeling**	**Treksterkte MPa**	**Vloeisterkte MPa**	**Verlenging in 50 mm. (%)**	**Insnoering (%)**
ASTM A 27	N-1	—	—	—	—	—
	N-2	A, N, NT of QT	—	—	—	—
	U-60-30	—	414	207	22	30
	60-30	A, N, NT of QT	414	207	24	35
	65-35	A, N, NT of QT	448	241	24	35
	70-36	A, N, NT of QT	483	248	22	30
	70-40	A, N, NT of QT	483	276	22	30

Bron: Steel Founders' Society of America.

17.8 Het selecteren van een gietmetaal

We hebben laten zien dat er diverse groepen gietijzer en gietstaal zijn: grijs gietijzer, wit gietijzer, ductiel gietijzer, smeedbaar gietijzer, koolstofstaal, gelegeerd staal enzovoort. Elke categorie bestaat uit een groot aantal specifieke legeringen. Hoe gaat een ontwerper te werk bij het kiezen van een specifieke legering uit een aanbod van honderden? In een repertoire van ferrogietmetalen dienen van elke groep een of twee legeringen opgenomen te zijn. Tabel 17-10 geeft een lijst met negen gietlegeringen waarmee kan worden voldaan aan de meeste toepassingseisen.

Grijs gietijzer moet worden overwogen voor machineonderdelen die vragen om een gemakkelijk verkrijgbaar materiaal met een goede machinale bewerkbaarheid, een goede stabiliteit en een goed dempingsvermogen (zie figuur 17-23) dat niet wordt blootgesteld aan schokbelastingen, buiging of hoge spanningen. Bij uitstek een eigenschap van grijs gietijzer is het zelfsmerend vermogen in glijsystemen van metaal op metaal. Grijs gietijzer kan ook worden gehard voor extra slijtvastheid. Ductiel gietijzer is uiterst geschikt voor machineframes, montageplaten, tandwielen, nokken en andere mechanische componenten die af en toe worden onderworpen aan schokbelastingen. Het heeft in onbewerkte toestand een hogere sterkte dan grijs gietijzer en vele soorten zacht staal. De machinale bewerkbaarheid en slijteigenschappen zijn goed, maar niet zo goed als die van grijs gietijzer. Figuur 17-24 toont een voorbeeld van een machineonderdeel van ductiel gietijzer. Deze materialen zijn bijzonder geschikt voor grote onderdelen met dikke wanden.

Smeedbaar gietijzer is minder gemakkelijk verkrijgbaar dan grijs gietijzer of ductiel gietijzer. Het is een speciaal gietmateriaal dat het meest geschikt is voor kleine dunwandige onderdelen. Als er grote aantallen van een onderdeel moeten worden gemaakt, geeft smeedbaar gietijzer een betere combinatie van machinale bewerkbaarheid en stabiliteit dan alle andere ferrogietlegeringen.

TABEL 17-10 Een vergelijking van de eigenschappen van gietproducten van ferrometalen

MATERIAAL	TREKSTERKTE, MPa	VLOEIGRENS, MPa	DRUKSTERKTE, MPa	PERCENTAGE VERLENGING, %	ELASTICITEITS-MODULUS, GPa	MINIMALE[a] DOORSNEDE GIETSTUK, MM	HB[b]	EIGENSCHAPPEN
Grijs gietijzer - ASTM A 48								
Klasse 20	138	–	655	0	83	3,1	175	Geschikt voor gietproducten met kleine doorsnede en lage sterkte
Klasse 35	241	–	931	0	110	4,7	200	Voor constructieonderdelen, pompen, pijpen, grondplaten enzovoort
Klasse 40	276	–	931	0	124	6,3	210	Voor gietproducten met gemiddelde sterkte; kan worden gehard
Ductiel gietijzer - ASTM A 536								
Type 5 60-45-18	414	310	827	18	172	4,7	175	Uitstekende mechanische eigenschappen; kan worden gebogen
Type 3 80-55-06	552	414	1103	6	172	4,7	235	Hoge sterkte, enige ductiliteit; hardbaar
Smeedbaar gietijzer								
ASTM A 47-77 Type 32510	345	221	1406	10	179	3,1	125	Ferritisch, vrij van gietspanningen
ASTM A 220-76 Type 60004	552	414	1655	3	179	3,1	225	Perlitisch, vrij van gietspanningen; hardbaar
Wit gietijzer								
ASTM A 532 Type A, Nitr-HiC	310	–	–	0	172	6,3	550	Zeer grote slijtweerstand; slijpkogels, slurrypompen enzovoort
Stalen gietproducten								
ASTM A 27 Type 60-30	414	207	345	24	207	6,3	156	Voor hoge stijfheid, schokbelastingen en voor gelaste producten

[a] Neemt toe bij grote gietproducten.
[b] HB = Brinell-hardheid.

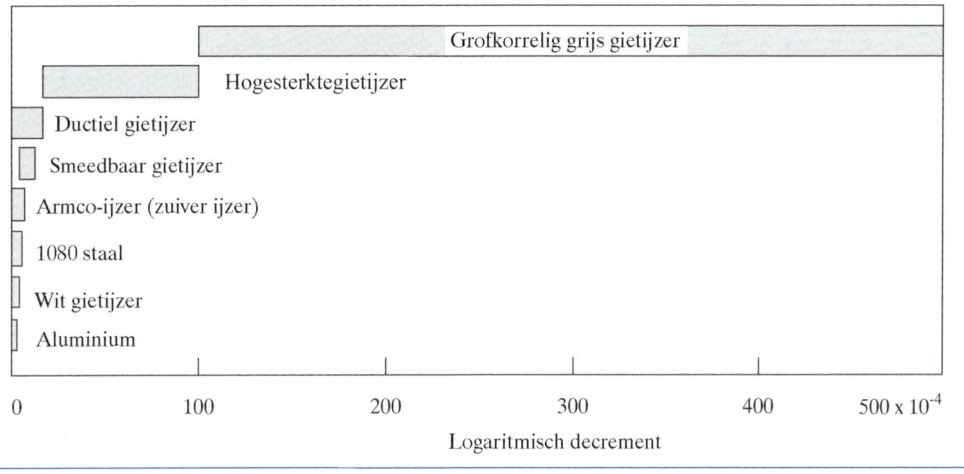

FIGUUR 17-23 Dempingsvermogen van gietijzersoorten, gemeten bij de demping van opeenvolgende trillingen

FIGUUR 17-24 Behuizing van ductiel gietijzer voor een as met een diameter van 100 mm

Wit gietijzer is een materiaal voor speciale toepassingen. Het wordt gebruikt voor onderdelen die aan zware slijtage blootstaan, want het heeft vooral een goede weerstand tegen abrasie. Het wordt in machines bijvoorbeeld op grote schaal gebruikt voor rollen met een hard oppervlak.

Stalen gietproducten worden gekozen wanneer de ontwerper er zeker van is dat gietijzer niet voldoet. Vooral bij lastige problemen met het materiaal valt de keus vaak op gietstaal.

17.9 Poedermetalen

Poedermetallurgie is een deelgebied van de technische materiaalkunde dat zich bezighoudt met het maken van onderdelen en producten met metaalpoeder als uitgangsmateriaal. Dit idee is al heel oud. Al eeuwenlang worden producten van edelmetaal gemaakt door metaalpoeder in een bepaalde vorm te persen en die vorm vervolgens te verwarmen. Daardoor gaan de metaaldeeltjes aan elkaar vastzitten zonder dat het poeder daadwerkelijk smelt. De deeltjes vormen een vastestofbinding of hechten zich aan elkaar door oppervlakkig smelten bij de contactpunten. De poedermetallurgieprocessen (P/M-processen) die tegenwoordig in de industrie worden gebruikt, vinden hun oorsprong in de jaren twintig in de Verenigde Staten, toen er met deze methode bronzen glijlagers werden gemaakt. Bronspoeders werden op zo'n manier verdicht en gesinterd dat het lager een porositeit had van 30 procent. Daarna werden de poriën in een vacuüm geïmpregneerd met olie, wat een levenslang zelfsmerend lager opleverde. De Tweede Wereldoorlog bracht schaarste van talrijke technische materialen met zich mee en er werd ontdekt dat gesinterd ijzerpoeder kon worden gebruikt voor allerlei mechanische onderdelen. Sterker nog, de gesinterde P/M-ijzersoorten hadden eigenschappen die vrijwel even goed waren als die van bewerkte kneedstaalsoorten.

Poedermetallurgie is een groeiende bedrijfstak, en deze methode zal blijven concurreren met de productie van onderdelen door middel van gieten, machinaal bewerken, stempelen en fijnstansen. Behalve P/M-ijzersoorten zijn er nog minstens een dozijn andere metalen en legeringen waarvan met behulp van poedermetallurgische technieken producten worden gemaakt. Hieronder beschrijven we hoe met behulp van poedermetallurgie vormproducten kunnen worden gemaakt, waarna we overgaan tot het bespreken van de verkrijgbare materialen, belangrijke aanwijzingen voor de ontwerper, en enkele karakteristieke toepassingen.

Grondslagen van de poedermetallurgie

De grondslagen van de poedermetallurgie zijn gelijk aan de principes die we kennen van het werken met keramische materialen en cermets (zie hoofdstuk 11). Een keramisch vormproduct wordt gemaakt door keramisch poeder te mengen met een bindmiddel zoals was, het geheel koud te verdichten en tot een bepaalde vorm te sinteren. P/M-vormproducten worden op een vergelijkbare manier gemaakt, maar er wordt meestal geen gebruik gemaakt van een bindmiddel, en het verdichten vindt plaats met behulp van speciale, meestal mechanisch aangedreven persen. In figuur 17-25 worden de verschillende stappen in het proces aangegeven. Gegloeide metaalpoeders, met een deeltjesgrootte van 10 tot 80 μm, worden in de gewenste verhoudingen gemengd en aangevuld met smeermiddelen die het verdichten bevorderen. Het verdichten vindt plaats in gereedschap van gehard staal of gecementeerd carbide, dat men machinaal de gewenste vorm heeft gegeven. Het poeder wordt via een vultrechter automatisch in de open matrijs gevoerd, waarbij overtollig poeder wordt verwijderd door een mechanisch aangedreven arm. Daarna wordt het poeder gelijktijdig door de bovenste en onderste helft van de persmachine samengeperst met een persdruk tussen 70 en 400 MPa. Het bovenste verdichtingsstempel trekt zich terug, en het onderste stempel komt omhoog om het geperste onderdeel uit te stoten. Dit onderdeel bevindt zich in de zogenaamde groene toestand. Het product is relatief zwak, maar sterk genoeg om zonder schade door stortgoten en vultrechters te vallen. Het groene onderdeel wordt vervolgens gesinterd in een reducerende atmosfeer bij

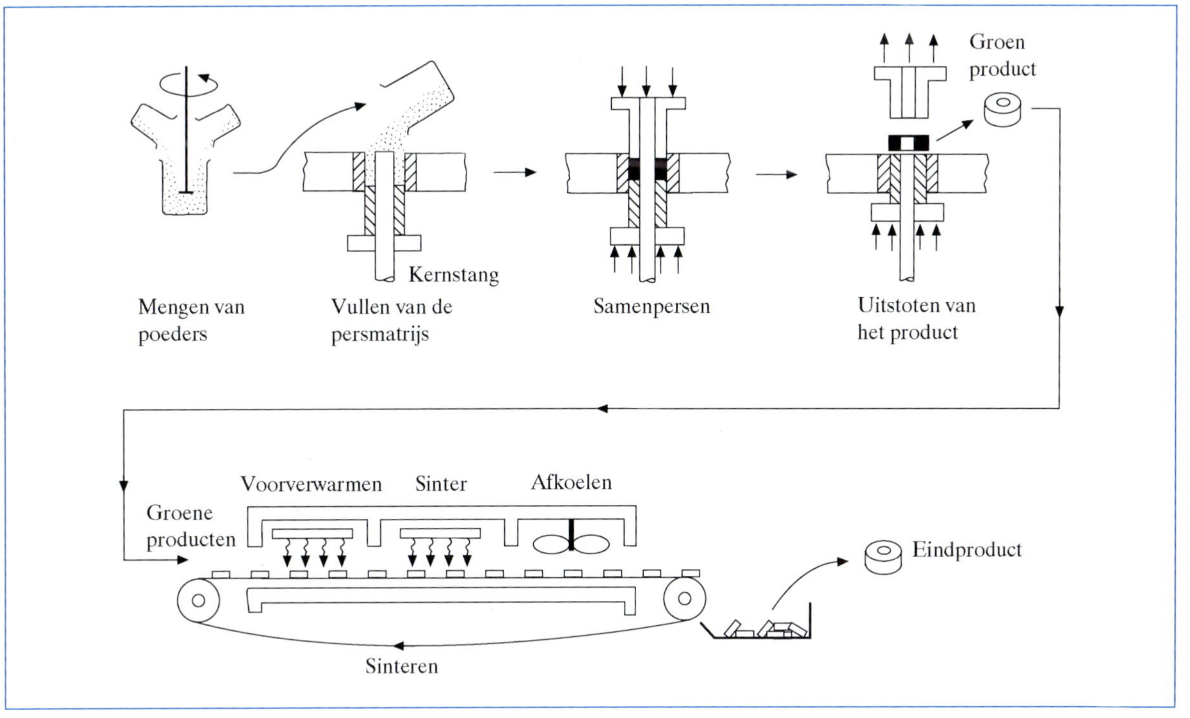

FIGUUR 17-25 De belangrijkste stappen bij het maken van producten met behulp van poedermetallurgie

een temperatuur die ver onder het smeltpunt van het poeder ligt.

Het bindingsmechanisme is vergelijkbaar met het sinteren van keramische materialen. De persdruk veroorzaakt een plastische vervorming van de poeders, waardoor het contactoppervlak tussen de deeltjes wordt vergroot. De poeders smelten samen bij de contactpunten door onderlinge diffusie of, in sommige gevallen, door beginnend smelten van het poeder of een bestanddeel van het poedermengsel. Het aan het poeder toegevoegde smeermiddel verhoogt de dichtheid door het verdichten te bevorderen, en voorkomt dat het poeder zich aan het gereedschap hecht. Als het smeermiddel een stearaat is (en dat is vaak het geval), dan ontsnapt het tijdens het sinteren. Als er grafiet wordt gebruikt als smeermiddel, kan het worden opgenomen in het gecompacteerde product en soms dienen om het koolstofgehalte van ijzerpoeder te verhogen, wat het product sterker maakt. Het sinteren vindt meestal plaats in een gecontroleerde gasatmosfeer. IJzerpoeders kunnen gesinterd worden in waterstof; gedissocieerd ammoniak; stikstof en waterstof; een mengsel van CO, CO_2, stikstof en waterstof (*endogas*); of in een vacuüm. Hoe de atmosfeer ook samengesteld is, deze moet in staat zijn om oxidatie te verhinderen en eventuele oxiden aan het oppervlak van het poeder te reduceren. Het eindproduct kan een onderling verbonden porositeit hebben van wel 30 procent. De porositeitsgraad hangt af van de aard van het poeder, de mate van smering en de verdichtingsdruk (zie figuur 17-26). Het is de verantwoordelijkheid van de gebruiker om de gewenste porositeit te specificeren door een bepaalde dichtheid in gram per kubieke centimeter en het percentage onderling

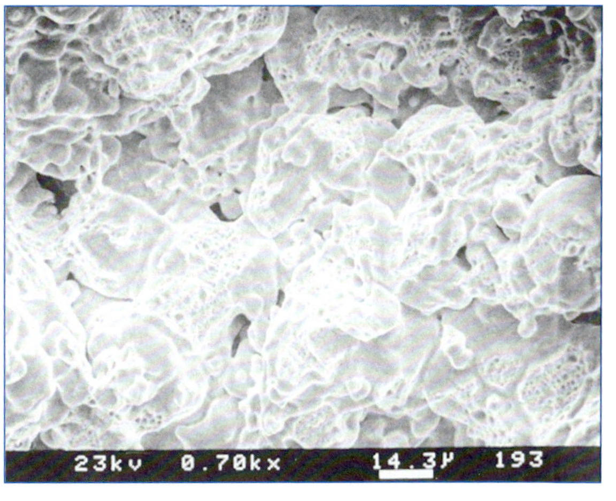

FIGUUR 17-26 Scanning-elektronenmicroscoopfoto (×700 oorspronkelijke vergroting) van het oppervlak van een poedermetallurgisch stalen onderdeel. Let op de korrels en de poreuze structuur

verbonden porositeit aan te geven. Zo heeft bijvoorbeeld ijzer met een porositeit van nul een dichtheid van 7,8 g/cc, in essentie de dichtheid van ijzer. Een verdicht product met een dichtheid van 6,2 g/cm^3 heeft een totale porositeit van 20 procent. De onderling verbonden porositeit kan minder dan 20 procent zijn.

P/M-materialen

Ongeveer twee derde van de in de Verenigde Staten gebruikte metaalpoeders bestaat uit ferrometalen. 5 tot 10 procent zijn legeringen op basis van koper of zuiver koper, ongeveer 10 procent zijn aluminiumpoeders, en de rest van de geproduceerde poeders bestaat uit roestvast staal, materialen op basis van nikkel of kobalt, en mengsels van hittebestendige metalen. Uit deze cijfers blijkt duidelijk dat de poeders van ferrometaal in de industrie de belangrijkste zijn.

Poeders voor P/M-onderdelen worden op allerlei manieren gemaakt. Een van de eenvoudigste processen om poeder te maken is het atomiseren van gesmolten metaal. Gesmolten metaal wordt uit een gietpan in een opening aan de bovenkant van een hageltoren, een soort cilindervormige schoorsteen, gegoten. Gasjets rond de opening bevorderen de atomisering. Waterstralen of convectie zorgen ervoor dat het poeder bij het omlaagvallen afkoelt tot een vaste toestand. De resulterende deeltjes hebben grotendeels een ronde vorm. Een andere wijdverbreide methode is de chemische reductie van ijzererts tot ijzer. Het ijzererts – gewoonlijk Fe_3O_4 – wordt daarbij verpulverd tot zeer fijne deeltjes die door een behandeling bij hoge temperatuur met een reducerend middel, bijvoorbeeld CO, worden gereduceerd tot vrijwel zuiver ijzer. Dit lijkt op het proces dat in een hoogoven plaatsvindt. De met deze methode gemaakte ferrodeeltjes zijn sponsachtig en onregelmatig van vorm, meer dan geatomiseerde poeders. Deze vormen hebben de voorkeur wanneer het groene product een goede sterkte moet hebben. Poeders kunnen met talrijke andere technieken worden gemaakt, bijvoorbeeld door vermalen (brosse materialen worden verpulverd door rollen) of elektrisch neerslaan (er vormen zich dunne afzettingen op elektroden en deze worden in deeltjesvorm afgeschraapt).

De meest gebruikte ferropoedermaterialen zijn zuiver geatomiseerd ijzer met een koolstofgehalte van minder dan 0,03 procent, koolstofarme staalsoorten met een koolstofgehalte van ongeveer 0,3 procent, staalsoorten met een middelhoog koolstofgehalte van 0,5 tot 0,8 procent, en twee soorten roestvast staal, type 316 en type 410. De koolstofarme ijzersoorten kunnen worden gebruikt voor magnetische toepassingen, want het lage koolstofgehalte is nodig voor goede magnetische eigenschappen. De koolstofarme staalsoorten worden gebruikt voor algemene doeleinden, en de koolstofrijkere poeders worden gebruikt voor toepassingen waarin een hogere mechanische sterkte vereist is. Met behulp van warmtebehandelingen kunnen treksterkten worden bereikt van meer dan 1000 MPa. De roestvaste staalsoorten worden gebruikt wanneer corrosieweerstand van belang is en aluminiumpoeders worden soms gebruikt vanwege hun lichte gewicht en weerstand tegen atmosferische corrosie. De poeders van zuiver koper worden gebruikt voor motorborstels en andere toepassingen waarbij een hoog elektrisch geleidingsvermogen nodig is. Bronspoeders worden gebruikt voor de bekende met olie geïmpregneerde glijlagers.

Veel poedermengsels worden gemaakt volgens recepten die eigendom van de fabrikant zijn en deze worden op tekeningen aangeduid met de handelsnamen. Er bestaan twee systemen voor het specificeren van poeders: MPIF- en ASTM-nummers. MPIF is een afkorting van Metal Powder Industries Federation, een overkoepelende organisatie voor handelsverenigingen en technische maatschappijen die zich bezighouden met poedermetallurgie. In algemene specificaties kan gebruik worden gemaakt van het MPIF-nummer of het ASTM-nummer. Beide worden herkend door poederleveranciers en P/M-werkplaatsen. Tabel 17-11 geeft een overzicht van de ASTM-poederspecificaties.

De ASTM-specificaties geven aan welke mechanische eigenschappen kunnen worden verwacht van specifieke poeders die zijn verdicht en gesinterd tot een bepaalde dichtheid. De mechanische eigenschappen kunnen met behulp van warmtebehandelingen worden gewijzigd, en als het voor de toepassing van belang is kan ook de deeltjesgrootte van het poeder worden gespecificeerd. Een complete specificatie geeft het poedertype aan, de dichtheid van het gecompacteerde product, het percentage van de onderling verbonden porositeit en de behandelingen na het sinteren. De MPIF-norm 35 geeft een aanduidingssysteem voor metaalpoeders aan de hand van de chemische samenstelling en de minimale sterkte:

F-000-10 is een P/M van zuiver ijzer met een minimale vloeigrens van 10 ksi (70 MPa).
FC-0205-30 is een P/M van ijzer-koolstof-koper met een minimale vloeigrens van 30 ksi (205 MPa).

Dit systeem wordt in de Verenigde Staten gebruikt voor constructieonderdelen van ferropoedermetaal en het is opgenomen in een aantal P/M-normen van de ASTM. Onderdelen van non-ferropoedermetaal kunnen worden gespecificeerd met een ASTM-aanduiding (zie tabel 17-11).

TABEL 17-11 ASTM-specificaties voor gesinterde P/M-materialen

ASTM-AANDUIDING	BESCHRIJVING
B 255	Gesinterd brons, constructieonderdelen
B 282	Gesinterd messing, constructieonderdelen
B 438	Gesinterd brons, lagers (met olie geïmpregneerd)
B 439	Gesinterd metaal op basis van ijzer, lagers (met olie geïmpregneerd)
B 458	Gesinterd nikkel-zilver, constructieonderdelen
B 612	Gesinterd ijzer-brons, lagers (met olie geïmpregneerd)
B 715	Gesinterd koper, constructieonderdelen met een hoog elektrisch geleidingsvermogen
B 782	Gesinterd ijzer-grafiet, lagers (met olie geïmpregneerd)
B 783	Materialen voor constructieonderdelen van ferropoedermetaal
B 817	Constructieonderdelen van een titaniumlegeringspoeder
B 823	Materialen voor constructieonderdelen van non-ferropoedermetaal

P/M-warmtebehandelingen

Het koolstofgehalte dat wordt vermeld voor P/M-producten is meestal het totale koolstofgehalte. Dit omvat dus de koolstof die in vaste oplossing verkeert in de poederdeeltjes en de koolstof in de vorm van grafiet die bij het verdichten als smeermiddel is toegevoegd. Als het koolstofgehalte of het gehalte aan koolstof en legeringselementen in de deeltjes van een P/M-onderdeel voldoet aan de eisen voor afschrikharden, kan het gesinterde onderdeel op dezelfde manier worden gehard als kneedstalen. De porositeit sluit het gebruik van bepaalde warmtebehandelingen echter uit, onder andere de behandelingen die onderdompeling in een zoutbad met zich meebrengen, of het afschrikken in olie. Het zout kan namelijk opgesloten raken in de poriën en soortgelijke problemen kunnen optreden bij afschrikken in olie. Daarom kan het materiaal het beste worden afgeschrikt door afkoeling aan de lucht in ovens of in water. Voor het harden van P/M-onderdelen wordt veel gebruikgemaakt van diffusieprocessen. Geschikte processen zijn onder meer carboneren, nitreren en carbonitreren. De porositeit van P/M-onderdelen kan ook moeilijkheden opleveren bij het galvaniseren. De chemicaliën kunnen op de duur worden uitgeloogd en de aangebrachte laag aantasten of oplichten. P/M-onderdelen die een galvaniseerbewerking vereisen, worden gewoonlijk geïmpregneerd met een polymeer die de poriën binnendringt en daar uithardt zonder een oppervlakhuid te vormen die het galvaniseren zou kunnen bemoeilijken.

Vanwege hun porositeit is de effectiviteit van een hardingsmethode moeilijk te meten met behulp van de gewone testmethoden met een indruklichaam. De afzonderlijke deeltjes kunnen een hardheid hebben van 60 HRC, maar het is mogelijk dat een Rockwell C-test aangeeft dat het gehele product een hardheid heeft van slechts 40 HRC. De meest effectieve controle van een hardingsmethode is het maken van een metallografische doorsnede, waarna de hardheid van de deeltjes gemeten wordt met microhardheidsindruktechnieken. Op die manier wordt zowel de hardheid van de deeltjes als die van het gehele product gemeten.

Impregneren met een smeermiddel gebeurt na het sinteren. Dit gebeurt normaal gesproken door middel van drukimpregnatie. De onderdelen worden met partijen tegelijk geplaatst in een korf die zich bevindt in een impregnatievat. Het vat wordt luchtledig gepompt en in het vacuüm worden de onderdelen in de olie ondergedompeld, waarna in het vat een hoge druk tot stand wordt gebracht. Door de afwisseling van vacuüm en druk wordt het smeermiddel in de onderling verbonden poriën gedwongen.

P/M-productieprocessen

De meeste P/M-onderdelen worden gemaakt in mechanische persen zoals te zien in figuur 17-25. Figuur 17-27 geeft een typisch voorbeeld van een in zo'n pers gemaakt onderdeel. De meeste P/M-onderdelen zijn klein en hebben een geometrische vorm zonder ondersnijdingen. In het algemeen hebben ze een diameter van minder dan 50 millimeter en wegen ze slechts een paar gram. Ze worden meestal gemaakt met een zekere porositeit. Met een gewone pers kan men gaten maken in de richting waarin geperst wordt, maar producten met ondersnijdingen kunnen niet uit de matrijs gestoten worden. Verdichtingspersen hebben gewoonlijk geen voorzieningen

FIGUUR 17-27 Typisch P/M-onderdeel, een klein tandwiel voor een cameramechanisme

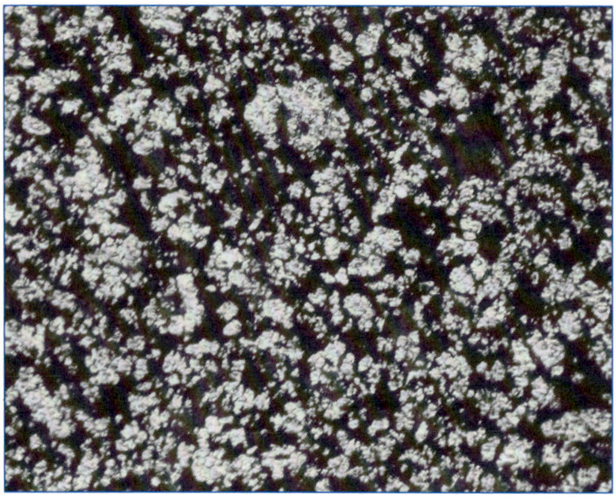

FIGUUR 17-29 Oppervlak van een met behulp van poedermetallurgie gemaakt stalen onderdeel. De donkere vlekken zijn poriën en de lichte gebieden bestaan uit ferriet met perliet (ongeëtst, ×70 oorspronkelijke vergroting)

om kernen te trekken, zoals voor onderdelen met ondersnijdingen nodig zou zijn. Figuur 17-28 laat een paar typische P/M-onderdelen zien. Merk op dat deze onderdelen geen ondersnijdingen hebben.

De oppervlakte van een P/M-onderdeel is te zien in figuur 17-29. P/M-onderdelen hebben een geprojecteerde oppervlakte (het gebied dat door het uiteinde van het verdichtingsstempel wordt gezien) van minder dan 130 cm². De factor die een grens stelt aan de grootte van een onderdeel in een mechanische pers is de persdruk die nodig is om een groen product een redelijke sterkte te geven. Bij een verdichtingsdruk van 200 MPa vereist een onderdeel met een geprojecteerde oppervlakte van 130 cm² een perskracht van 2,7 × 10⁶ N. Daar zou een zeer grote pers voor nodig zijn.

Een methode die steeds meer in trek komt in de poedermetaalindustrie is het spuitgieten (MIM, *metal injection molding*) van P/M-onderdelen met ondersnijdingen en ingewikkelde vormen, vergelijkbaar met de vormen die worden gemaakt met het spuitgieten van kunststoffen. In dit proces wordt het metaalpoeder gemengd met een speciale kunststof of was en geïnjecteerd alsof het een kunststof is. Het bindmiddel van kunststof of was wordt vervolgens verwijderd door het onderdeel te sinteren of door chemische processen, en daarna wordt het onderdeel gesinterd tot de uiteindelijke dichtheid (94 tot 99 procent van de theoretische waarde) bereikt is. De deeltjes in MIM-poeders zijn gewoonlijk fijner dan die bij gewone poedermetallurgie worden gebruikt. Figuur 17-30 toont een typisch ijzeren onderdeel dat met spuitgieten gemaakt is (met ondersnijdingen en bijzonderheden die niet mogelijk zijn met gewone P/M-poederverdichtingstechnieken). Dit proces werd voor het eerst op commerciële basis toegepast in de jaren tachtig en het belang ervan nam daarna snel toe. De legeringen die geschikt zijn voor spuitgieten

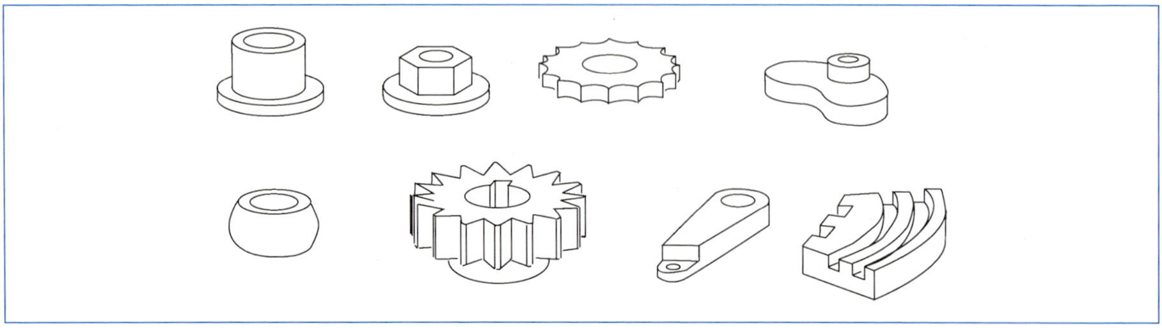

FIGUUR 17-28 Enkele typische productvormen die met een P/M-verdichtingspers kunnen worden gemaakt

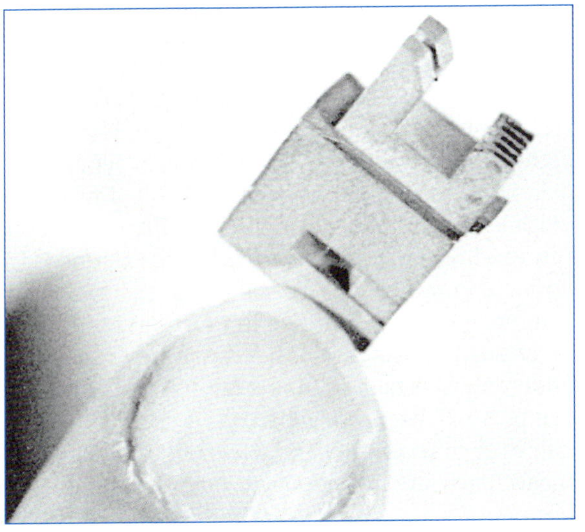

FIGUUR 17-30 IJzeren P/M-onderdeel dat met behulp van spuitgieten (MIM) gemaakt is

lijken op die voor conventionele P/M (17-4 roestvast staal, 414 staal, koolstofstaal, gereedschapsstaal enzovoort), maar poeders van bijvoorbeeld keramische materialen die moeilijk te persen zijn, zijn gemakkelijk te spuitgieten. De meeste MIM-onderdelen zijn klein (ze wegen minder dan 150 gram en zijn minder dan 125 millimeter lang), hebben een ingewikkelde vorm en nauwkeurige afmetingseisen (0,3/0,5%), en vereisen een goede oppervlakteafwerking. De economische situatie is gelijk aan die voor het spuitgieten van kunststoffen; er is voldoende productie nodig om de gereedschapskosten eruit te halen, en dat betekent meestal enkele duizenden onderdelen. De gereedschapskosten zijn ongeveer gelijk aan die voor het spuitgieten van kunststoffen, en het proces is uitstekend geschikt voor ingewikkelde geometrische vormen waarvoor machinale bewerking of een andere secundaire bewerking niet meer nodig is.

Met heet of koud isostatisch persen kunnen zeer grote P/M-onderdelen worden gemaakt. Met het heet isostatisch persen (HIP) van poeder kan men blokken vormen met een diameter van 250 millimeter en een lengte van 2,5 meter. Het poeder wordt in een stalen bus gegoten die wordt dichtgelast en in een drukvat geplaatst. De druk wordt opgevoerd tot ongeveer 140 MPa en het vat wordt inwendig verwarmd tot ongeveer 1100 °C. Het medium dat de druk overbrengt is een inert gas zoals argon. Door middel van deze techniek kunnen onderdelen worden gemaakt met een dichtheid van 90 tot 100 procent.

Koud isostatisch persen kan worden gebruikt voor het verdichten van grote P/M-vormproducten. Deze producten worden daarna op de gewone manier gesinterd. Uit poeders die worden verwarmd en geëxtrudeerd, kunnen buizen worden gevormd op een manier die enigszins lijkt op de methoden voor het maken van pijpleidingen van kunststof. Poeders kunnen tot dunne platen worden gewalst die worden gesinterd en vervolgens koudgewalst. Een andere manier om onderdelen met een maximale dichtheid te produceren is deze met de gewone technieken te verdichten en te sinteren, en daarna in een batchproces heet isostatisch te persen. Men kan onderdelen ook een maximale dichtheid geven door deze na gewoon verdichten en sinteren heet of koud te smeden. Sinds de jaren tachtig is er veel belangstelling voor het maken van P/M-onderdelen met maximale dichtheid voor toepassingen in auto's, zoals tandwielen en drukplaten. Een maximale dichtheid is vaak nodig om het onderdeel vermoeiingsweerstand te geven. De porositeit in conventionele P/M-onderdelen veroorzaakt spanningsconcentraties die een nadelig effect hebben op de vermoeiingssterkte en breuktaaiheid. Welke toepassing ook overwogen wordt, de eigenschappen die met de verschillende P/M-technieken kunnen worden bereikt, zijn goed gedocumenteerd en voldoen aan een grote verscheidenheid aan toepassingseisen.

17.10 Proceskeuze

In dit hoofdstuk hebben we het grootste deel van de commercieel belangrijke gietprocessen beschreven en de ferrogietmaterialen – met name gietijzer en gietstaal – besproken. We hebben de poedermetallurgieprocessen behandeld die met gieten concurreren op het gebied van de fabricage. Gietijzer, gietstaal en poedermetaal maken deel uit van de technische materialen waarover ontwerpers en technici het een en ander dienen te weten. In deze afsluitende paragraaf bekijken we een paar factoren die van belang zijn bij het selecteren van een gietproces.

Er is geen duidelijk omschreven methode voor het selecteren van een bepaald proces. Het al dan niet gebruiken van gietproducten is vaak een kwestie van persoonlijke voorkeur. Sommige ontwerpers gebruiken ze graag, andere juist niet. Er zijn ook industrieën die grote aantallen gietproducten gebruiken, terwijl andere dat zelden doen. De huidige lastechnologie maakt deze keus mogelijk. Ingewikkelde onderdelen kunnen gemaakt worden als laswerk, als smeedstuk, als gietwerk of als poedermetallurgisch product. Kostenbesparing zou de factor moeten zijn die de keus tussen gietproductstuk en lasfabricage bepaalt. Soms is één exemplaar genoeg om de kosten van het benodigde gietgereedschap te rechtvaardigen. Als het erg veel tijd gaat kosten om een onderdeel machinaal te maken, of wanneer de eigenschappen van een gietlegering voordelen bieden ten opzichte van een kneedlegering, dient de ontwerper de mogelijkheid van gieten te overwegen.

Aanbevolen wordt evenwel om je af te vragen wat de eisen zijn betreffende elk van de door ons besproken factoren (toleranties, oppervlakteafwerking, grootte). Dit kan aangeven wat een geschikt proces is voor een bepaald onderdeel.

De toleranties van gietstukken lopen uiteen van wel circa 2,5 millimeter tot slechts circa 0,075 millimeter. De laatstgenoemde toleranties zijn het resultaat van de verloren-wasmethode, de eerstgenoemde zijn kenmerkend voor zeer grote zandgietproducten van ijzer. Als de onderdelen klein zijn geeft P/M de laagste toleranties. Voor de oppervlakteafwerking geldt een vrijwel identiek patroon. De gietproducten die gemaakt zijn met de verloren-wasmethode en P/M hebben de beste oppervlakteafwerking, zandgietproducten hebben het ruwste oppervlak. De grootte van gietproducten loopt uiteen van vele tonnen voor zandgietproducten tot enkele grammen voor kleine verloren-wasgietproducten. Verloren-wasgietproducten wegen gewoonlijk niet meer dan 25 kilo en P/M-onderdelen zelden meer dan 15 kilo (behalve P/M-blokken en andere halfproducten). Gietijzer is beter gietbaar dan de meeste andere ferrometalen en dat is de reden dat op basis van tonnage gietijzer het meest wordt gebruikt. Poeders van ferrometalen worden het meest gebruikt voor P/M-onderdelen omdat ze een hogere sterkte hebben dan de non-ferrometalen en omdat ze goedkoper zijn dan de andere poedermaterialen.

De poedermetallurgie past op twee manieren in het spectrum van fabricageprocessen. Persen van poedermetaal is een goedkope methode voor kleine onderdelen (onderdelen die klein genoeg zijn om er een paar van in je hand te houden). Processen die geschikt zijn voor grote onderdelen (HIP, isostatisch vormen enzovoort) kunnen worden gebruikt voor het produceren van bijna-nettovormen die wat kosten en eigenschappen betreft kunnen concurreren met smeedstukken en gietstukken, en met onderdelen die door machinaal bewerken van massief metaal worden geproduceerd. De belangrijkste concurrent voor kleine P/M-onderdelen is de verloren-wasmethode. Die heeft het voordeel van een maximale dichtheid, maar de nadelen dat deze langzamer is, met minder controle over de afmetingstoleranties, en dat de onderdelen vaak een nabewerking nodig hebben. De meeste P/M-onderdelen kunnen na persen en sinteren meteen gebruikt worden. Bronzen P/M-onderdelen vereisen soms na het sinteren een bewerking om de afmetingen te corrigeren. De productiesnelheid met een typische P/M-verdichtingspers is minstens 50 onderdelen per minuut (een pers van 800 ton) en soms wel 100 of meer onderdelen per minuut (een pers van 100 ton). Het is een geschikt proces voor de productie van onderdelen waar er miljoenen van nodig zijn, vooral als continu proces door te sinteren in transportbandovens. De uitrustingskosten voor het P/M-persen van kleine onderdelen bestaan uit de uitgaven voor het maken van persmatrijzen van gehard staal. Deze matrijzen zijn in feite inzetstukken die aan het algemene gereedschap worden toegevoegd. Voor veel onderdelen kunnen de beide matrijshelften worden gemaakt door de gewenste vorm met behulp van EDM te maken uit standaardinzetstukken met een diameter en een lengte van 10 centimeter. Met andere woorden, het gereedschap is niet ingewikkeld, en de gereedschapskosten voor een nieuw onderdeel bedragen misschien maar 1000 tot 10.000 euro.

Grote P/M-onderdelen die met het HIP-proces worden gemaakt, worden meestal per stuk behandeld, en daarbij kunnen de gereedschaps- en verwerkingskosten hoog zijn. Deze technieken zijn het meest geschikt voor toepassingen waarbij gietproducten of smeedstukken niet de gewenste gebruikseigenschappen geven. Schoepen van turbines die met het HIP-proces worden gemaakt, hebben bijvoorbeeld veel betere mechanische eigenschappen dan dezelfde onderdelen van gesmeed of gegoten metaal. Ze vertonen niet de anisotropie die inherent is aan de laatstgenoemde materialen.

De kosten van het maken van onderdelen met behulp van gieten of P/M hangen af van het proces en het benodigde aantal onderdelen. Elk proces vereist specifiek gereedschap, waarvan de kosten moeten worden doorberekend in de prijs van de onderdelen. Als er weinig onderdelen nodig zijn, kunnen deze gereedschapskosten een belangrijke selectiefactor zijn. Als er miljoenen stuks van een onderdeel gemaakt moeten worden, zijn de fabricageprocessen die een eindproduct opleveren dat geen bewerking meer nodig heeft, misschien wel de goedkoopste. P/M-onderdelen kunnen na sinteren meteen worden gebruikt. Wat dat betreft heeft dit proces een voorsprong op alle gietprocessen, want bij deze processen moeten in ieder geval altijd nog vultrechters en opkomers worden verwijderd. Spuitgieten maakt ingewikkelde P/M-vormen mogelijk.

In tabel 17-12 worden enkele gietprocessen op basis van een aantal selectiefactoren met elkaar

TABEL 17-12 Vergelijking van verschillende gietprocessen

	METALEN	AFMETINGEN	TOLERANTIES[a]	GEREEDSCHAPS-KOSTEN[b]	PRIJS VAN EEN ONDERDEEL[b]	ONTWERP-VRIJHEID[b]	OPPERVLAKTE-RUWHEID	NORMALE MINIMUM-DIKTE VAN EEN SEGMENT[c]	SERIEGROOTTE
Verloren-wasmethode	Meeste gietbare metalen	1 gram tot 75 kg	± 0,075 mm op 5 mm ± 0,1 mm op 12 mm ± 5 mm per mm tot 75 mm ± 3 mm voor elke extra mm	3	1	1	1,6–3,2 RMS[d]	0,75 mm (kleine gebieden) 1,5 mm (grotere gebieden)	Aluminium: gewoonlijk minder dan 1000 Ander materiaal: elk aantal
Poeder-metallurgie	IJzer en ijzer-legeringen, koper, bronssoorten, messing, roestvast staal, aluminium	Beperking voor de oppervlakte (maximaal 100 cm^2) van ferrometalen; non-ferrometalen kunnen een grotere oppervlakte hebben	Met maataanduiding ± 5 mm/mm Zonder maataanduiding ± 4 mm/mm In de persrichting ± 5 mm/mm	3	4–5	5	Equivalent aan 0,4–2,3 RMS in massieve metalen	0,75–2,5 mm (afhankelijk van de verhouding tussen dichtheid en lengte)	Gewoonlijk 10.000 en meer; grotere onderdelen soms maar 1000
Gipsvormen	Aluminium, messing, brons, zink, beryllium, koper	Gewoonlijk tot aan een oppervlakte van 0,3 m^2; sommige gieterijen kunnen nog veel grotere maken	Een kant van de deelnaad, ± 75 mm op 50 mm Bij meer dan 50 mm, voeg ± 2 mm/mm toe Tegenover deelnaad, voeg ± 0,25 mm toe	4	1	2	1,6–3,2 RMS	1,778 mm	Gewoonlijk laag; vaak gebruikt voor proefmodellen van spuitgietproducten. Gemiddeld 50 tot 250 stuks
Vormen van keramisch materiaal	Meeste gietbare metalen	2,5 tot 175 kg	Een kant van deelnaad, ± 75 mm op 50 mm Bij meer dan 50 mm, voeg ± 4 mm/mm toe Tegenover deelnaad, voeg ± 0,25 mm toe (aangenomen dat het om een model van epoxy of metaal gaat)	Hout: 5 Epoxy of metaal: 4	1	3	2,0–3,2 RMS	3 mm	Laag tot middelgroot; vaak gebruikt voor gereedschap voor andere gietmethoden, smeedmatrijzen, spuitgietmatrijzen, speciale machineonderdelen

[a] Deze toleranties gelden voor kritische afmetingen en moeten alleen gespecificeerd worden als dat nodig is.
[b] 1 is het hoogst, 5 het laagst.
[c] Hangt af van grootte en oppervlakte.
[d] RMS (*root mean square*), ruwheid in micrometer.

TABEL 17-12 (vervolg) Vergelijking van verschillende gietprocessen

	METALEN	AFMETINGEN	TOLERANTIES[a]	GEREEDSCHAPS-KOSTEN[b]	PRIJS VAN EEN ONDERDEEL[b]	ONTWERP-VRIJHEID[b]	OPPERVLAKTE-RUWHEID	NORMALE MINIMUM-DIKTE VAN EEN SEGMENT[c]	SERIEGROOTTE
Spuitgieten	Aluminium, zink, magnesium en in beperkte mate messing	Gewoonlijk niet meer dan 0,2 m², sommige gieterijen kunnen grotere maken	Aluminium en magnesium: ± 2 mm/mm Zink: ± 0,0015 in./in. Messing: ± 5 mm/mm Voeg al naargelang de grootte ± 25 tot ± 400 mm toe tegenover de deelnaad	1	5	4	0,8–1,6 RMS	Aluminium: 0,75 mm voor kleine onderdelen, 1,5 mm voor middelgrote onderdelen Magnesium: 0,75 mm voor kleine onderdelen, 1,1 mm voor middelgrote onderdelen Zink: 0,6 mm voor kleine onderdelen, 1 mm voor middelgrote onderdelen	Gewoonlijk 2500 en meer
Coquillegieten	Aluminium, zink, enig messing, brons, lood en grijs gietijzer	Belangrijkste beperking is de gieterijcapaciteit, gietwerk op basis van aluminium en koper: 50 gram tot 50 kg; ferro: max. 30 kg	Aluminium: standaard ± 0,4 mm Voeg ± 2 mm/mm toe Indien tegenover deelnaad, voeg ± 0,25 mm tot ± 0,75 mm toe, al naargelang de grootte Koperbasis: net als verloren was; ijzer: ± 0,75 mm standaard	2	Non-ferro: 3–4 Ferro: 4	Non-ferro: 3 Ferro: 5	Aluminium: 3,8–6,4 RMS Koperbasis: 3,8–5,1 RMS Ferro: 5,1–8,9 RMS	Aluminium: 2,5 mm voor kleine gebieden, tot aan 5 mm of meer voor grote gebieden Koperbasis: 1,5 mm Ferro: 4 mm voor kleine gebieden, 6 mm normaal	Minimumproductie van één dag (100–1000 al naargelang de grootte)
Metaal-spuitgieten	Grotendeels ferro- en koperbasis	0,5 tot 100 g	± 5 mm/mm	2	1	1	1,1 RMS	0,4 mm (kleine gebieden)	Gewoonlijk 10.000 en meer
Oliecoatzand-gieten	Meeste gietbare metalen	Normaal maximaal 0,5 m² bruikbare matrijsoppervlakte; hangt af van de uitrusting van de gieterij	Non-ferro: ± 8 mm/mm afnemend met de grootte Ferro: ± 10 mm/mm Voeg ± 0,1 tot ± 2,5 mm toe tegenover deelnaden	2	2	2	Non-ferro: 3,2–6,4 RMS Ferro: 5,1–8,9 RMS	Non-ferro: 0,1 mm Ferro: 3 mm	Non-ferro: gewoonlijk 100 en meer Ferro: gewoonlijk 1000 en meer

[a] Deze toleranties gelden voor kritische afmetingen en moeten alleen gespecificeerd worden als dat nodig is.
[b] 1 is het hoogst, 5 het laagst.
[c] Hangt af van grootte en oppervlakte.
[d] RMS (*root mean square*), ruwheid in micrometer.

Bron: Overgenomen met toestemming van Talbot Associates, Inc.; omgerekend naar het metrisch systeem.

en met de P/M-fabricage van onderdelen vergeleken. Deze gegevens kunnen als leidraad dienen voor de selectie van gietprocessen. Al deze processen zijn commercieel beschikbaar. De processen waarvoor het gereedschap het eenvoudigst is, vereisen de minste productietijd. Bij processen als P/M en de verloren-wasmethode, die machinaal vervaardigd metalen gereedschap vereisen, kan een langere voorbereidingstijd nodig zijn. Spuitgietmatrijzen zijn het ingewikkeldst om te maken en spuitgieten kan dan ook een productietijd van 12 tot 22 weken vergen. Aan het andere uiteinde van het spectrum bevindt zich zandgieten, waarvoor alleen een houten vorm nodig is. De productietijd is soms dan ook maar 2 weken. Metaalgieterijen die zich hebben gespecialiseerd in gietijzer zijn overal ter wereld te vinden. Niet elke stad heeft gieterijen voor nonferrometalen, werkplaatsen voor spuitgieten en P/M-leveranciers, maar ze zijn wel beschikbaar in Nederland en in vele andere landen in Europa. Er bestaan wat de beschikbaarheid betreft dus weinig tot geen beperkingen. ■

Samenvatting

Samenvattend kunnen we zeggen dat gieten en P/M in materiaaltechnische zin essentiële processen zijn, en dat ontwerpers en materiaalgebruikers een idee moeten hebben van wat de diverse processen voor hen kunnen betekenen. Voor vrijwel elk ontwerp kan het gebruik van deze processen worden overwogen. Soms is gieten zelfs de goedkoopste oplossing wanneer er slechts één onderdeel nodig is. Gieten is de oudste manier om metalen vorm te geven en gietproducten zijn altijd kandidaten voor een onderdeel dat omvangrijke en moeilijke machinale bewerking vraagt. P/M is altijd een concurrent voor dezelfde soort toepassingen. Hieronder volgen een aantal belangrijke punten op het gebied van gietprocessen die het waard zijn om te onthouden:

- Voor vrijwel elk type toepassing bestaat een gietijzersoort. Deze soorten kunnen veel verschillende eigenschappen krijgen door middel van procesparameters, regeling van de samenstelling en warmtebehandelingen van een basislegering van ijzer-koolstof en silicium.
- Gietijzersoorten vormen een groep ijzer-koolstof-siliciumlegeringen met sterk uiteenlopende eigenschappen, die afhangen van de structuur.
- Gietijzer heeft betere gieteigenschappen dan de meeste andere metalen (waaronder zelfs non-ferrometalen); voor gietproducten van ferrometalen dient men bij voorkeur gietijzer te gebruiken.
- De diverse soorten gietijzer hebben uiteenlopende eigenschappen, vanwege variërende silicium- en koolstofgehalten en verschillende warmtebehandelingen.
- Elke soort gietijzer heeft zijn eigen toepassingsgebied, want elke soort heeft wel bepaalde voordelen ten opzichte van de andere soorten.
- Alle soorten gietijzer kunnen door afschrikken worden gehard, maar de beste microstructuur voor harden is een matrix van fijnkorrelig perliet.
- Gietstalen vormen een aanvulling op gietijzer. Ze worden gebruikt als de stijfheid of taaiheid van gietijzer onvoldoende is. Gietstaal kan dezelfde stijfheid, taaiheid en lasbaarheid hebben als kneedstaal.
- Gietstaal geeft een hogere stijfheid dan gietijzer.
- Elk gietproces stelt beperkingen aan de grootte en de afmetingstoleranties. Dit is waarschijnlijk het belangrijkste verschil tussen de diverse processen.
- Elk gietproces brengt kosten met zich mee voor gereedschap, gietvormen en aanverwante uitrusting. Met deze kosten moet bij de selectie van een gietproces rekening worden gehouden.
- Het is belangrijk dat de ontwerper probeert om een gietproduct overal dezelfde wanddikte te geven. Vermijd overgangen van dikke naar dunne segmenten en omgekeerd. In een ideaal ontwerp is het gietkanaal het laatste gedeelte van het gietstuk dat stolt.
- Alle gietijzersoorten zijn bij lassen vatbaar voor scheurvorming. Lassen moet als het even kan dan ook worden vermeden.
- Gietstukken moeten op technische tekeningen worden gespecificeerd met hun ASTM-nummer of een soortgelijk aanduidingsnummer.
- Bij kleine onderdelen kan poedermetallurgie concurreren met gieten, want onderdelen van poedermetaal hebben weinig of geen nabewerkingen nodig.

- Metaalpoeders zijn gewoonlijk van ijzer-, brons-, nikkel- of aluminiumlegeringen.
- De meeste poedermetallurgieprocessen leveren geen producten met 100 procent dichtheid, en dat reduceert vaak de taaiheid.
- Gieten wordt gewoonlijk gebruikt voor het maken van producten die nauwelijks nabewerkt hoeven te worden. Onderdelen die helemaal geen nabewerkingen vragen, zijn meestal gemaakt van poedermetaal.
- De beslissing om gietproducten dan wel poedermetaalonderdelen te gebruiken is vaak afhankelijk van de benodigde aantallen.

Illustratief voorbeeld

Pijpen van ductiel ijzer

Een grote chemische fabriek had zeer hoge onderhoudskosten vanwege defecten aan de ondergrondse pijpleidingen voor proceswater en brandbestrijdingswater. De pijpen hadden een diameter van 30 tot 45 centimeter. Ze waren gemaakt van grijs gietijzer. Veel defecten traden op onder wegen. De reparatiekosten waren minstens 7500 dollar per defect. Een metallurgische studie over de oorzaken van deze defecten toonde aan dat acht van de tien werden veroorzaakt door mechanische breuk van de pijpen. Twee van de tien werden veroorzaakt door corrosie – grafitisatie van het gietijzer, om precies te zijn. De mechanische defecten traden vaak op door verbuiging wegens verzakking van de weg. Soms gingen de pijpen door onbuigzame bouwwanden en verzakte de aarde aan de buitenkant, waardoor de pijp werd verbogen. Helaas verdraagt grijs gietijzer verbuiging slecht.

De metallurgische studie stelde voor om alle defecte pijpsecties (meestal 6 meter) te vervangen door secties van ductiel ijzer. In gebieden waar de metingen van de soortelijke weerstand van de grond een corrosieve aarde aangaf, werden de vervangende pijpen van ductiel ijzer omwikkeld met polyethyleen om contact met de grond te verminderen. De aanpak werkte perfect voor het vermijden van nieuwe defecten, en alle nieuwe installaties werden voortaan van ductiel ijzer gemaakt.

Ductiel ijzer lost de brosheidskwesties met grijs gietijzer op. Het is in aanschaf duurder, maar het is rendabel voor ondergrondse pijpleidingen, waar defecten uiterst duur en storend kunnen zijn. Grijs gietijzer is prima bij drukbelasting, maar als er verbuiging mogelijk is in een toepassing, heeft ductiel of smeedbaar ijzer de voorkeur.

Termenlijst

centrifugaalgietstuk: een vorm geproduceerd door het gieten van gesmolten metaal in een roterende matrijs

coquillegieten: een met keramiek beklede metalen matrijs wordt gebruikt voor het gieten van ijzeren vormen

dempingsvermogen: het vermogen van een materiaal om opgewekte trillingsenergie te laten vervallen of te verspreiden

ductiel gietijzer: gietijzer met meetbare ductiliteit, geproduceerd door gietpan-enting van onder andere magnesium

gietpan-enting: toevoegen van een materiaal aan een gietpan vol met gesmolten metaal

gietstuk: een vorm geproduceerd door stolling van een vloeibaar metaal in een matrijs

giettrechters: trechtervormige gaten in een matrijs waarin het vloeibare metaal wordt gegoten

grafiet: de hexagonale kristalvorm van koolstof

grafitisatie: omzetting in grafiet van opgeloste of gecombineerde koolstof in ijzer

grijs gietijzer: een gietbare legering van ijzer, koolstof en silicium die grafiet produceert in een staalachtige matrix

kernen: vormen geplaatst in een gietmatrijs om geometrische vormen te kunnen gieten die met alleen mannelijke of vrouwelijke modellen niet mogelijk zijn

koepeloven: een oven voor het smelten van staal en ruwijzer om gietijzer te produceren

krimptoeslag: verhogen van onderdeelafmetingen, rekening houdend met een volumereductie die optreedt bij stolling

metaalspuitgieten (MIM): het proces waarbij metaalpoeders worden gemengd met organische bindmiddelen, geïnjecteerd in matrijzen, en vervolgens gesinterd om een metalen vorm te vormen

opkomers: verticale gaten in de bovenste helft van een matrijs om het teveel aan metaal in te laten opstijgen

schaalvormen: het gieten van gesmolten metaal in matrijzen die gemaakt zijn van dunne gebonden zandvormen

secans-modulus: een maat voor de stijfheid van gietijzers

smeedbaar gietijzer: gietijzer met silicium, geproduceerd door lange gloeicycli van wit ijzer om de ductiliteit te verhogen

spuitgietvorm: een vorm die wordt geproduceerd door injectie onder druk van gesmolten metaal in een watergekoelde metalen matrijs
stengelvorm: een soort gietkorrels die loodrecht op matrijswanden groeien
stollingskrimp: krimp door interne gietholten die ontstaan wanneer een metaal overgaat van vloeibaar naar vast
temperkool: samengevoegde 'grafietbloemen' in smeedbaar ijzer
verloren-wasgietstuk: een vorm geproduceerd in een keramiekschaal, gemaakt door het slibcoaten van een wassen 'onderdeel' en het bakken van de was uit de vorm om een matrijs te produceren
vrij cementiet: een afzonderlijke fase in gietijzer, samengesteld uit Fe_3C
wit gietijzer: een gietbare legering van ijzer, koolstof en silicium met een hogekoolstofmatrix
zandgietstuk: een vorm die wordt geproduceerd door het gieten van gesmolten metaal in een matrijs die van zand gemaakt is

Opgaven

1. Beschrijf hoe gietijzer wordt gemaakt in een koepeloven.

2. Een belangrijk voordeel van coquillegieten vergeleken met zandgieten is
   a. snellere cyclus
   b. geen matrijs
   c. niet uitschudden
   d. opnieuw bruikbare matrijs
   e. geen giettrechter
   f. geen opkomers

3. Welk gietproces is het snelst?
   a. zandgieten
   b. coquillegieten
   c. verloren-wasgieten
   d. spuitgieten
   e. centrifugaalgieten
   f. schaalvormen

4. Beschrijf de stappen bij het maken van een verloren-wasgietstuk.

5. Wat is de vormbeperking bij centrifugaalgieten?

6. Welk gietproces heeft de grootste toleranties?
   a. coquillegieten
   b. spuitgieten
   c. zandgieten
   d. verloren-wasgieten

7. Welk gietproces kan de grootste gietstukken maken?
   a. spuitgieten
   b. verloren-wasgieten
   c. coquillegieten
   d. centrifugaalgieten

8. Welk van de volgende gietprocessen kan een typische oppervlakteruwheid produceren van minder dan 1 μm Ra?
   a. centrifugaalgieten
   b. schaalvormen
   c. verloren-wasgieten
   d. zandgieten

9. Hoe worden krimptoeslagen aangepakt vanuit het ontwerpstandpunt?

10. Wat is segregatie en waardoor wordt het veroorzaakt?

11. Wat is de rol van de 'vlokkengrootte' van grafiet in grijze gietijzersoorten?

12. Hoe wordt ductiel gietijzer gemaakt?

13. Wat is smeedbaar gietijzer en hoe wordt het gemaakt?

14. Waarin verschilt ductiel gietijzer van smeedbaar gietijzer?

15. Wat is austempered ductiel gietijzer en waar wordt het voor gebruikt?

16. Wat is wit gietijzer en waar wordt het voor gebruikt?

17. Wat zijn de voordelen van stalen gietstukken in vergelijking met gietijzer?

18. Beschrijf de stappen die horen bij het maken van onderdelen van metaalpoeder.

19. Wat is HIP?

20. Wanneer is P/M goedkoper dan gieten?

Hoofdstuk 18

Koper en koperlegeringen

Koperen dak op een kerk in Cleveland, Ohio, in de Verenigde Staten

Doelstellingen

1. Begrijpen wat de aard is van koper en koperlegeringen, de metaalkunde, en de verkrijgbare producten.
2. Kennismaken met de aanduidingen en de eigenschappen van koper en koperlegeringen.
3. Richtlijnen presenteren voor het selecteren van koper en koperlegeringen voor een technisch ontwerp.

Historisch gezien is koper een van de oudste technische metalen, omdat het, anders dan de meeste andere metalen, in de natuur niet alleen als erts voorkomt, maar ook in metallische vorm. In de oudheid had men alleen edelmetalen en een paar zachte metalen ter beschikking. Wanneer apparatuur en gereedschappen om sterkte vroegen, kon men koperlegeringen (bronssoorten) gebruiken. Voor kookpotten en dergelijke was een goede omvormbaarheid nodig en kon men gebruikmaken van zuiver koper. Bovendien hebben koperlegeringen het voordeel dat ze niet corroderen en niet gemakkelijk in kwaliteit achteruitgaan als gevolg van omgevingsinvloeden.

Koperlegeringen zijn om dezelfde redenen nog altijd zeer belangrijk in de materiaalkunde, en daarom is er een heel hoofdstuk van dit boek aan gewijd. In de eenentwintigste eeuw is koper echter vooral belangrijk vanwege het hoge elektrische geleidingsvermogen. Veel voor ons vanzelfsprekende elektrische apparaten zouden zonder koperen geleiders onmogelijk kunnen bestaan. Er is op dat punt nog weinig concurrentie van andere materialen. Alleen aluminium komt voor lichtgewicht geleiders in de buurt, maar als gewicht geen rol speelt, is het niet geschikt. In onze huidige maatschappij is koper ook onvervangbaar in toepassingen als glijlagers (groot, klein, P/M) en koperen drinkwaterleidingen. Veel koperlegeringen zijn diep verborgen in apparatuur of constructies. Ontwerpers dienen vertrouwd te zijn met de eigenschappen van koperlegeringen en te weten waarvoor ze gebruikt moeten worden.

In dit hoofdstuk bespreken we de metaalkunde en de eigenschappen van de meest gebruikte koperlegeringen. Daarna behandelen we twee van de belangrijkste toepassingsgebieden van koperlegeringen: slijtvastheid en corrosiebestendigheid.

18.1 Extractie van koper uit kopererts

Massief koper kan eenvoudig worden verkregen door koperhoudend gesteente te vergruizen en de stukjes koper eruit te halen. Tegenwoordig is er op aarde nog maar weinig koper in deze vorm over. Bijna al het koper wordt uit kopererts gewonnen die in het gunstigste geval een gewichtspercentage van 1,5 procent koper bevatten (zie figuur 18-1). Dit is waarschijnlijk de reden voor de hoge prijs van koper, vergeleken met die van staal en gietijzer.

Koper wordt in een aantal stappen gewonnen uit laagwaardige sulfide-ertsen:

FIGUUR 18-1 Een opengroevekopermijn in Utah in de Verenigde Staten. De zwarte vlekken in het midden van de foto zijn vrachtwagens, die elk 300 ton erts vervoeren

1. Concentreren van het vergruisde en gemalen erts door middel van flotatie en andere fysische scheidingstechnieken.
2. Het erts wordt in speciale ovens geroost om de vluchtige stoffen te verwijderen en een soort erts te verkrijgen dat geschikter is voor verdere concentratie. Het erts wordt in dit proces niet gesmolten, maar verandert chemisch van aard.
3. Het erts wordt omgesmolten tot een sulfidemengsel dat ongeveer 30 procent koper bevat. Het omsmelten vindt plaats in een gecontroleerde atmosfeer en zorgt ervoor dat het erts nog verder gezuiverd wordt, bijvoorbeeld door ijzer om te zetten in een sulfide dat vervolgens door oxidatie verwijderd kan worden.
4. Het omzetten van het gesmolten kopersulfidemengsel (Cu_2S) tot metallisch koper gebeurt door er lucht of zuurstof doorheen te blazen in ovens die lijken op de ovens die worden gebruikt bij de staalbereiding. Het mechanisme van de zuivering is oxidatie van de kopersulfiden, waarbij metallisch koper wordt gevormd. De omzetting produceert *blisterkoper* met enige opgeloste zuurstof en andere onzuiverheden. Het resulterende product bestaat uit 98 tot 99 procent koper.
5. Verdere zuivering vindt plaats door elektrolyse. Er worden anodes gemaakt van blisterkoper en het koper slaat neer op de kathode. Zodoende verkrijgt men een materiaal dat voor 99,9 procent (inclusief Ag) uit zuiver koper bestaat. Wanneer de koperkathodes worden gesmolten en gegoten als knuppels of draadstaven, staat het resultaat bekend als *elektrolytisch zuurstofhoudend* (ETP, *electrolytic tough pitch*) koper.

Laagwaardige sulfide-ertsen kunnen ook worden omgezet in koper door *oplosmiddelextractie*, waarbij zuren de koper uit het erts logen. Na een paar concentratiestappen wordt de koperhoudende vloeistof gebruikt als de elektrolyt in zogenoemde *neerslagcellen*. Er wordt vrijwel zuiver (99,5 procent) koper afgezet op kathodes van koper, roestvast staal of titanium.

18.2 Fabricage

Bijna 80 procent van al het geproduceerde koper wordt gebruikt in de vorm van zuiver koper voor waterleidingen, elektrische bedrading en bouwkundige toepassingen. Hierbij zijn machinale bewerking en andere fabricageprocessen minder van belang. De rest wordt gebruikt in de vorm van talrijke legeringen.

Zuiver koper en kneedlegeringen van koper zijn verkrijgbaar als halfproducten in de vorm van dunne plaat, band, vierkante staven, profielen, ronde staven, draad, buizen en pijpen. Alle kneedlegeringen van koper bezitten als dunne plaat en band een goede omvormbaarheid. Producten van plaat- en bandmateriaal zijn te verkrijgen in verschillende gradaties van koudvervorming (kwarthard, halfhard, driekwarthard en hard), en er zijn ook verharde soorten. Zelfs in walsharde toestand zijn de meeste dunne segmenten van messingsoorten en koperlegeringen, inclusief berylliumkoper, gemakkelijk te verwerken tot vormproducten. Als de dikte groter is dan ongeveer 1,5 millimeter, moeten de buigingstoeslagen worden verhoogd, maar in het algemeen zijn kneedsoorten van koper, messing, brons, kopernikkel, fosforbrons en nikkelzilver goed smeedbaar.

Het is de verantwoordelijkheid van de gebruiker om de benodigde walshardheid of fabricagebehandeling te kiezen en deze te specificeren op aankoopdocumenten en tekeningen. De behandelingseisen worden meestal bepaald door de benodigde mechanische eigenschappen. Als een van dunne plaat gemaakt onderdeel aanzienlijke omvorming vraagt, wil de gebruiker waarschijnlijk gebruikmaken van een gloeibehandeling. Gietlegeringen worden normaal gesproken niet omgevormd, maar als het een keertje nodig is, kunnen de vormbaarheidsgegevens van de specifieke legering in de vakliteratuur over koper worden opgezocht.

Koudgewalste dunne plaat en band hebben een schoon, aanslagvrij oppervlak dat in het geval van producten met een geringe dikte bijna gepolijst lijkt. De enige veelgebruikte afwerkingsspecificatie is 'koudgewalst'. Ook de dikkere halfproducten, zoals plaat- en buismateriaal, hebben een aanslagvrij oppervlak en kunnen vaak zonder verdere bewerking gebruikt worden.

De walshardheden en oppervlakteafwerkingen van kneedlegeringen gelden uiteraard niet voor gietproducten, maar die laatste hebben meestal wel een schoon, aanslagvrij oppervlak. Het uiterlijk van het oppervlak hangt af van het gebruikte gietproces. Koperlegeringen worden gegoten met alle bekende gietprocessen, inclusief spuitgieten. Koppelstukken voor leidingen worden vaak gemaakt door middel van zandgieten en hebben een betrekkelijk ruw oppervlak. Aan de andere kant heeft koper dat is gegoten met de verloren-wasmethode een oppervlak dat geschikt is voor decoratieve toepassingen en zelfs voor sieraden.

Alle koperlegeringen worden wel eens machinaal bewerkt en de diverse legeringen hebben wat dat betreft verschillende eigenschappen. Figuur 18-2 geeft de machinale bewerkbaarheid van enkele koperlegeringen, afgezet tegen die van loodhoudend automatenstaal. In het algemeen kunnen alle koperlegeringen met gewone bewerkingsmethoden worden bewerkt, maar bij de legeringen zonder lood is het veel moeilijker dan bij de loodhoudende legeringen. Loodhoudende messingsoorten zijn uitstekend machinaal te bewerken. De beste koperlegering, automatenmessing, kan veel gemakkelijker op de draaibank worden bewerkt dan het beste koolstofstaal. De laaggelegeerde kopersoorten behoren daarentegen tot de slechtst verspaanbare metalen. Ze hebben de neiging om de gereedschappen 'vast te houden' en vereisen een uiterst stijve machineopstelling. Voor het draaien van grote koperen cilinders maakt men vaak gebruik van diamantgereedschappen. Deze zijn bestand tegen adhesieve slijtage en gaan de vorming van lassen tegen, twee verschijnselen waar men bij de bewerking van laaggelegeerd koper vaak last van heeft. Bronssoorten waaraan geen lood is toegevoegd, zijn ook niet gebruiksvriendelijk. Toevoegingen van bismut en selenium verbeteren de machinale bewerkbaarheid van loodvrije koperlegeringen.

Opgemerkt moet worden dat beryllium gezondheidsproblemen kan veroorzaken. Berylliumkopersoorten bevatten minder dan 2,5 procent beryllium, maar sommige overheidsinstanties passen voor berylliumkoper dezelfde regels toe als voor zuiver beryllium. Voor werkplaatsen waar met beryllium wordt gewerkt, stelt de Amerikaanse gezondheidsorganisatie OSHA verplicht dat het deeltjesniveau in de lucht wordt gecontroleerd en beheerst. Aanbevolen wordt om geen bewerkingen uit te voeren zoals droogslijpen, waarbij zwevende deeltjes ontstaan. Als de onderdelen bij de machinale bewerking met een koelvloeistof worden natgehouden, dan is er weinig kans dat er zwevende deeltjes worden geproduceerd, maar sommige industrieën controleren uit voorzorg niettemin de lucht.

Koperlegeringen kunnen worden gelast, maar de kans op succes verschilt daarbij per legering. Tabel 18-1 geeft de lasbaarheid van koper en andere metalen, en laat zien hoe de lasbaarheid verschilt bij verschillende processen. De gegevens in tabel 18-1 gelden voor het lassen van een legering aan zichzelf. Koperlegeringen kunnen niet aan staalsoorten worden gelast, maar wel aan legeringen op nikkelbasis. Koper is beperkt oplosbaar in staal en veel andere metalen, en de lasbaarheid hangt af van de oplosbaarheid.

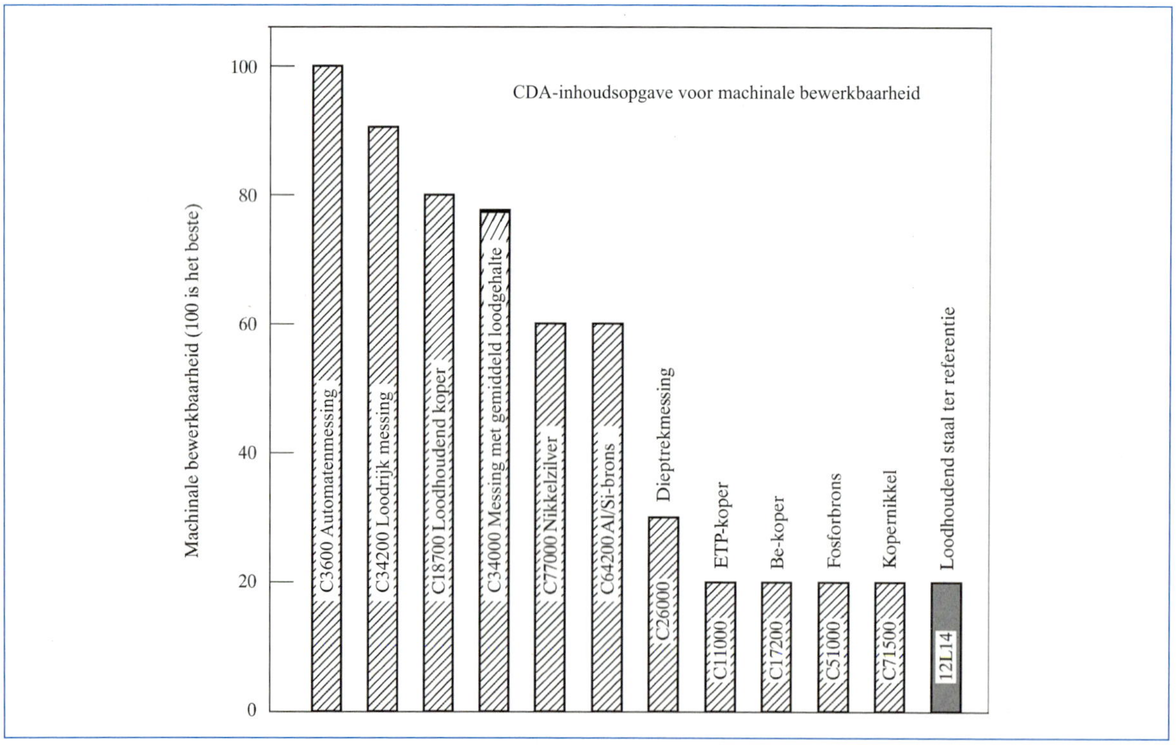

FIGUUR 18-2 Relatieve machinale bewerkbaarheid van een aantal geselecteerde koperlegeringen

TABEL 18-1 Lasbaarheid van enkele metalen

	Lasprocessen								
Gelaste basismetalen	**Booglassen met beklede elektrode**	**TIG-lassen**	**Plasmabooglassen**	**Onderpoederlassen**	**MIG-lassen**	**Lassen met gevulde draad**	**Elektroslaklassen**	**Solderen**	**Gaslassen**
Aluminiumsoorten	C	A	A	Nee	A	Nee	Exp	B	B
Koperlegeringen									
Messingsoorten	Nee	C	C	Nee	C	Nee	Nee	A	A
Bronssoorten	A	A	B	Nee	A	Nee	Nee	A	B
Koper	C	A	A	Nee	A	Nee	Nee	A	A
Kopernikkel	B	A	A	Nee	A	Nee	Nee	A	A
IJzersoorten									
Smeedbaar, nodulair gietijzer	C	Nee	Nee	Nee	C	Nee	Nee	A	A
Smeedijzer	A	B	B	A	A	A	Nee	A	A
Lood	Nee	B	B	Nee	Nee	Nee	Nee	Nee	A
Magnesium	Nee	A	B	Nee	A	Nee	Nee	Nee	Nee
Nikkellegeringen									
Inconel	A	A	A	Nee	A	Nee	Nee	A	B
Nikkel	A	A	A	C	A	Nee	Nee	A	A
Nikkelzilver	Nee	C	C	Nee	C	Nee	Nee	A	B
Monel	A	A	A	C	A	Nee	Nee	A	A
Edelmetalen	Nee	A	A	Nee	Nee	Nee	Nee	A	B
Staalsoorten									
Koolstofarm staal	A	A	A	A	A	A	A	A	A
Laaggelegeerd staal	B	B	B	B	B	B	A	A	A
Hoog en middelhoog koolstofgehalte	C	C	C	B	C	C	A	A	A
Gelegeerd staal	C	C	C	C	C	C	A	A	A
Roestvast staal (austenitisch)	A	A	A	A	A	B	A	A	C
Gereedschapsstaal	Nee	C	C	Nee	Nee	Nee	Nee	A	A
Titanium	Nee	A	A	Nee	A	Nee	Nee	Nee	Nee
Wolfraam	Nee	B	A	Nee	Nee	Nee	Nee	Nee	Nee
Zink	Nee	C	C	Nee	Nee	Nee	Nee	Nee	C

Beoordeling van metaal of proces: A, aanbevolen of gemakkelijk lasbaar; B, aanvaardbaar, maar niet de beste keus of lasbaar met voorzorgsmaatregelen; C, wellicht bruikbaar, maar niet populair of beperkt toepasbaar of moeilijk lasbaar; Nee, niet aanbevolen of niet lasbaar; Exp, experimenteel.

Bron: Cary, Howard en Scott Helzer, *Modern Welding Technology*, 6e ed., © 2005.
Elektronisch gereproduceerd met toestemming van Pearson Education, Inc., Upper Saddle River, New Jersey.

Koper kan wel aan staal gesoldeerd worden en koperlegeringen kunnen ook zonder noemenswaardige problemen aan elkaar gesoldeerd worden. Voor het solderen van koperlegeringen worden twee soorten soldeer gebruikt: zilverlegeringen die smelten bij temperaturen tussen ongeveer 590 en 760°C, en koper-fosforlegeringen en koper-siliciumlegeringen die smelten bij temperaturen tussen 760 en 900°C. Beide hardsoldeermiddelen geven uitstekende resultaten en worden normaal gesproken aangebracht met behulp van een autogeenbrander.

Koperen buizen worden vaak door middel van solderen gekoppeld. Tin-loodsoldeer is jarenlang gebruikt, maar loodhoudende soldeermiddelen zijn vaak niet langer toegestaan vanwege het gezondheidsrisico van lood. Tegenwoordig worden tin-antimoonlegeringen of andere tinlegeringen gebruikt als vervangingsmiddel voor tin-loodsoldeer.

Bij de fabriek zijn diverse oppervlakteafwerkingen voor kneedlegeringen van koper verkrijgbaar, en daarnaast kunnen er nog vele extra cosmetische afwerkingen worden toegepast. Koper is een uitstekend substraat voor galvanische coatings van bijvoorbeeld chroom en nikkel. Er bestaan geen andere diffusiebehandelingen voor het harden van het oppervlak van koperlegeringen, behalve sommige minder gebruikelijke processen, zoals *metalliding*.

18.3 Warmtebehandeling

Meestal worden zuiver koper en koperlegeringen gebruikt in de toestand waarin ze worden geleverd, maar een enkele keer is er een warmtebehandeling nodig om bepaalde eigenschappen te wijzigen. Wanneer zich moeilijkheden voordoen bij de omvormbaarheid, worden kneedlegeringen gegloeid bij temperaturen die tussen 430 en 650 °C liggen.

Spanningsarmgloeien wordt gebruikt om onderdelen waarvoor een uitvoerige machinale bewerking nodig is afmetingsstabiliteit te geven. Deze behandeling wordt ook toegepast om restspanningen te verwijderen in onderdelen die bestemd zijn voor toepassingen in een atmosfeer die spanningscorrosie kan veroorzaken. Spanningsarmgloeien wordt normaal gesproken ongeveer 1 uur lang uitgevoerd bij 200 tot 260 °C. Bij koudgewalste legeringen moet het proces zorgvuldig geregeld worden om aanzienlijke achteruitgang van de sterkte te vermijden.

Sommige koperlegeringen, onder andere berylliumkoper, kunnen versterkt worden door precipitatieharding. De theorie over precipitatieharding ofwel veroudering vindt men in paragraaf 19.4. Tabel 18-2 geeft een overzicht van de precipitatiehardingsbehandelingen voor berylliumkoper. Andere legeringen die geschikt zijn voor oplosgloeien en precipitatieharden zijn chroomkoper en zirkoniumkoper. Bij oplosgloeien kan de temperatuur oplopen tot 980 °C en precipitatieharding wordt uitgevoerd bij temperaturen tussen 315 en 480 °C. Het versterkende effect van precipitatieharden op deze andere legeringen is echter niet zo groot als op berylliumkoper. Alle precipitatiehardende legeringen, met uitzondering van C82000 en C82200 (zie paragraaf 18.5 voor meer informatie over deze aanduidingen), bereiken een hardheid van ongeveer 40 HRC+ bij precipitatieharding tot maximale sterkte. Aluminiumbrons wordt door afschrikken gehard en vormt daarbij een 'kopermartensiet'. Het kan na het afschrikken zonder verdere bewerking worden gebruikt of het kan eerst nog worden ontlaten.

18.4 Soorten legeringen

Het element koper heeft een fcc-kristalrooster. Het is een uitstekende geleider, het is smeedbaar en kan gemakkelijk worden gegoten en omgevormd. Zoals eerder vermeld wordt koper al beïnvloed door zeer kleine hoeveelheden verontreinigingselementen. De commerciële definitie van zuiver koper is koper met minstens 99,88 procent koper, waarbij zilver als koper meegeteld wordt. Sommige koperertsen bevatten zilver als een natuurlijke verontreiniging. Zilver is uitstekend oplosbaar in koper. Het zilver blijft tijdens de raffinage zitten, waardoor zilverhoudend zuiver koper ontstaat, dat beter bestand is tegen hitte dan andere kopersoorten. Het totale gehalte aan

TABEL 18-2 Standaardwerkwijze voor oplosgloeien en precipitatieharden van berylliumkoperlegeringen

UNS-nr.	Nominale samenstelling	Temperatuur bij oplosgloeien °C	Temperatuur bij precipitatieharden °C	Tijd (uren)	Verwachte treksterkte MPa
Kneedlegeringen					
C17000	Cu–1,7Be–0,25Co	775–800	300–345	2–3	1240–1380
C17200	Cu–1,9Be–0,25Co	775–800	300–345	2–3	1310–1490
C17300	Cu–1,9Be–0,4Pb–0,25Co	775–800	300–345	2–3	1310–1490
C17500	Cu–2,5Co–0,5Be	900–955	455–480	2–3	830–1040
C17510	Cu–1,8Ni–0,5Be	900–955	455–480	2–3	830–1040
Gietlegeringen					
C82400	Cu–1,7Be–0,25Co	775–800	345	3	1070 min.
C82500	Cu–2Be–0,5Co	775–800	345	3	1070 min.
C82510	Cu–2Be–1Co	775–800	345	3	1070 min.
C82800	Cu–2,75Be–0,5Co	775–800	345	3	1040 min.
C82000	Cu–2,5Co–0,5Be	900–955	455–480	3	660 min.
C82200	Cu–1,8Ni–0,4Be	900–955	455–480	3	660 min.

legeringstoevoegingen in zuiver koper overschrijdt zelden 1 procent.

Zuiver koper wordt gelegeerd met vele andere elementen om bepaalde eigenschappen te veranderen. Zwavel, tellurium, selenium en lood worden toegevoegd ter verbetering van de machinale bewerkbaarheid. Kleine hoeveelheden van deze elementen zijn oplosbaar en de machinale bewerkbaarheid wordt verbeterd door de werking van fijn verdeelde sulfiden, telluriden en loodinsluitsels. Chroom wordt toegevoegd ter versterking, evenals enkele andere elementen, zoals zirkonium, cadmium en tin.

Veel legeringselementen beïnvloeden, zelfs in zeer lage concentraties, het geleidingsvermogen van zuiver koper (zie linksboven in figuur 18-3). Wanneer aan koper ter versterking een klein percentage van een legeringselement wordt toegevoegd, ontstaan er zogenaamde laaggelegeerde koperlegeringen. De belangrijkste legeringselementen in laaggelegeerd koper zijn beryllium, chroom, zirkonium en tellurium. Al deze laaggelegeerde kopersoorten bestaan uit één fase met een fcc-rooster en de legeringselementen verkeren gewoonlijk in substitutionele vaste oplossing, behalve wanneer zij precipitatiehardend zijn. Als er aan koper hoge concentraties zink of aluminium worden toegevoegd, kan er een tweede fase ontstaan. In koper-zinklegeringen wordt deze tweede fase bèta genoemd. Deze heeft een bcc-structuur (zie figuur 18-4).

Voor bepaalde toepassingen is de zuurstofconcentratie in koper van groot belang. Onder andere voor toepassingen bij hoge temperaturen of in (ultra-)hoge vacuümsystemen is juist een laag zuurstofgehalte belangrijk. Zuurstofhoudend koper bevat ongeveer 0,04 procent zuurstof (afkomstig van de raffinage). Zuurstof is relatief onoplosbaar in koper en het is in het koper aanwezig in de vorm van koperoxide. Grote hoeveelheden zuurstof, zoals 1 procent in blisterkoper, kunnen het koper bros maken. Zelfs als het zuurstofgehalte zeer laag is, bijvoorbeeld 0,04 procent in zuurstofhoudend koper, kan er *verbrossing* optreden door inwendige oxidatie of reductie van sulfiden, wanneer de legering wordt verwarmd tot hogere temperaturen dan ongeveer 370 °C in een reducerende omgeving. Dit kan plaatsvinden in ovenonderdelen of bij lassen of solderen. Een waterstofatmosfeer kan waterstofziekte van het zuurstofhoudende koper veroorzaken. De waterstof diffundeert dan in het koper en reageert met de zuurstof tot waterdamp. Er ontstaat een hoge druk en er verschijnen blaasjes op het metaaloppervlak.

Koperproducenten gaan zeer ver om het zuurstofgehalte laag te houden in koperproducten die zouden kunnen worden gebruikt bij hoge temperaturen. Om de zuurstof te verwijderen kan er ongeveer 0,02 procent fosfor worden toegevoegd. Het resultaat is *fosfor-gedesoxideerd koper (DHP)*. Zoals de naam al aangeeft, is er ook in *fosforbrons* fosfor aanwezig. De oplosbaarheid van fosfor in koper is slechts ongeveer 0,5 procent. Het fosforgehalte wordt zeer laag gehouden om de vorming van fosforhoudende microstructuurbestanddelen te voorkomen. Kleine toevoegingen van fosfor verhogen de treksterkte enigszins, maar reduceren het elektrisch geleidingsvermogen op drastische wijze.

Er zijn speciale *zuurstofvrije kopersoorten* verkrijgbaar die niet gedesoxideerd zijn door de toevoeging van fosfor. Deze kopersoorten – OFC (*oxygen free copper*) of OFHC (*oxygen free high thermal conductivity copper*) – hebben het hoogste elektrische geleidingsvermogen van alle kopersoorten en zijn ook geschikt voor processen waarbij een hoog vacuüm nodig is, bijvoorbeeld in de halfgeleiderindustrie. Omdat het zuurstofgehalte zeer laag is (minder dan 10 ppm), worden deze legeringen niet bros bij hoge temperaturen en kunnen ze gemakkelijk gelast of gesoldeerd worden.

Berylliumkoper

Door de toevoeging van kleine hoeveelheden beryllium aan koper ontstaat een groep laaggelegeerde koperlegeringen die een even hoge sterkte hebben als gelegeerd staal. Deze hoge sterkte wordt bereikt door *precipitatieharding (PH)*, net als bij de PH-soorten van roestvast staal. Er zijn minstens twintig elementen die in theorie geschikt zijn om een precipitatiehardende koperlegering te maken, maar de enige systemen die commerciële betekenis hebben, zijn koper-chroom en koper-beryllium. Figuur 18-4 geeft een gedeelte van het koper-berylliumfasediagram weer.

Men ziet dat de oplosbaarheid van beryllium in koper ongeveer 2,7 procent is bij 870 °C. Bij kamertemperatuur is de oplosbaarheid slechts ongeveer 0,5 procent. Als een legering met tussen 1,5 en ongeveer 2,0 procent beryllium vanaf de gloeitemperatuur van ongeveer 800 °C in water wordt afgeschrikt, zit er een overtollige hoeveelheid beryllium in oplossing gevangen. De vaste oplossing is dus metastabiel en het overtollige beryllium kan door een warmtebehandeling bij ongeveer 315 °C tot precipitatie worden gebracht. Bij het precipiteren vervormen de berylliumatomen het kristalrooster, waardoor de legering gehard en versterkt wordt. In het geval van berylliumkoper neemt ook het elektrisch geleidingsvermogen toe.

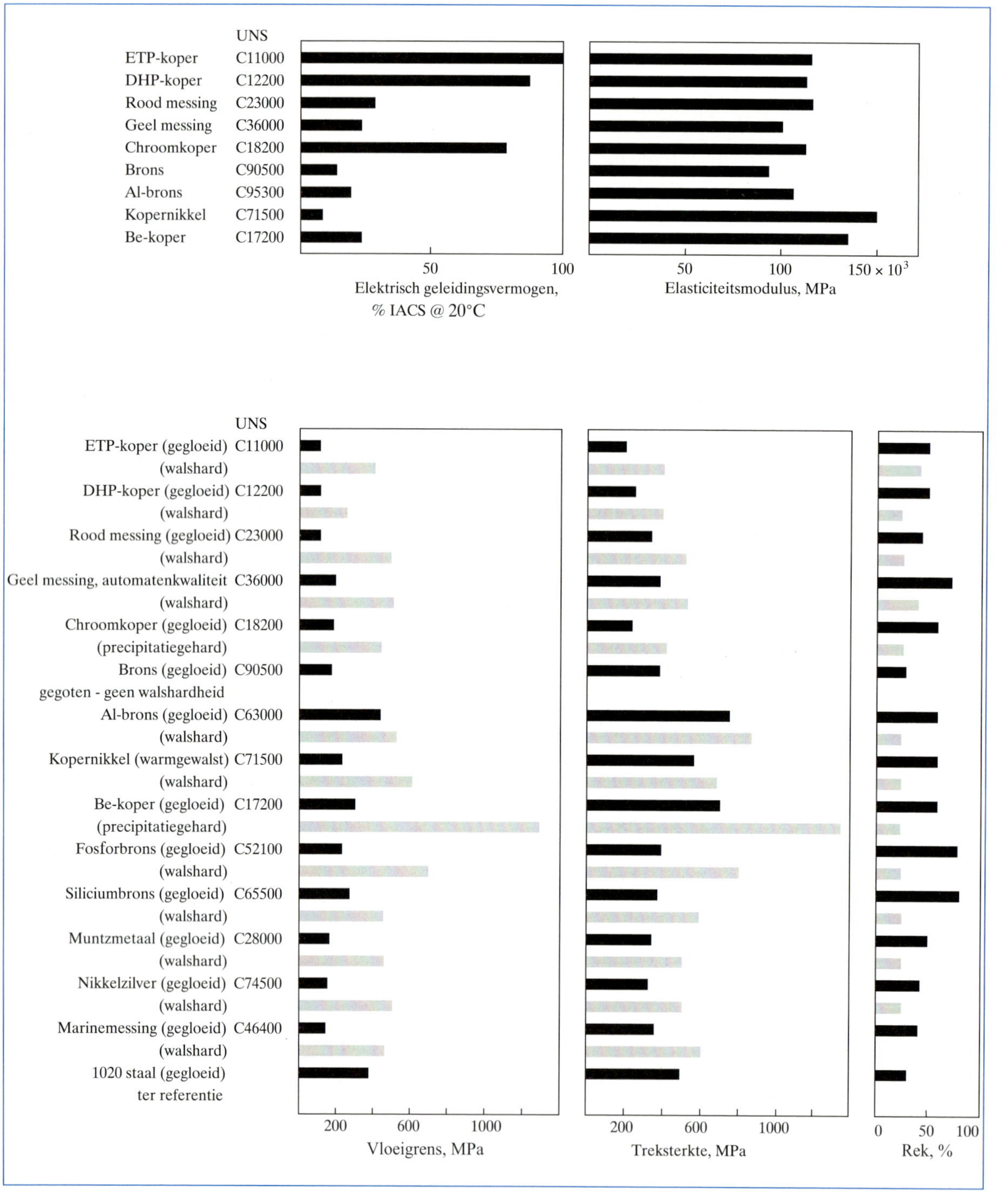

FIGUUR 18-3 Eigenschappen van enkele koperlegeringen

Messing

Messing is een binaire legering van koper en zink. Er zijn twee verschillende soorten kristalstructuren voor messing. *Alfamessing* is een vaste oplossing van koper en minder dan ongeveer 38 procent zink met een fcc-kristalstructuur. Bij hogere zinkgehalten begint zich een bètastructuur te vormen met een bcc-structuur. Messing met een zinkgehalte rond 40 procent kan een structuur hebben waarin zowel alfa als bèta voorkomt, maar bij ongeveer 50 procent zink is de structuur volledig bèta. De alfa-bètastructuren verschillen nogal in eigenschappen. De

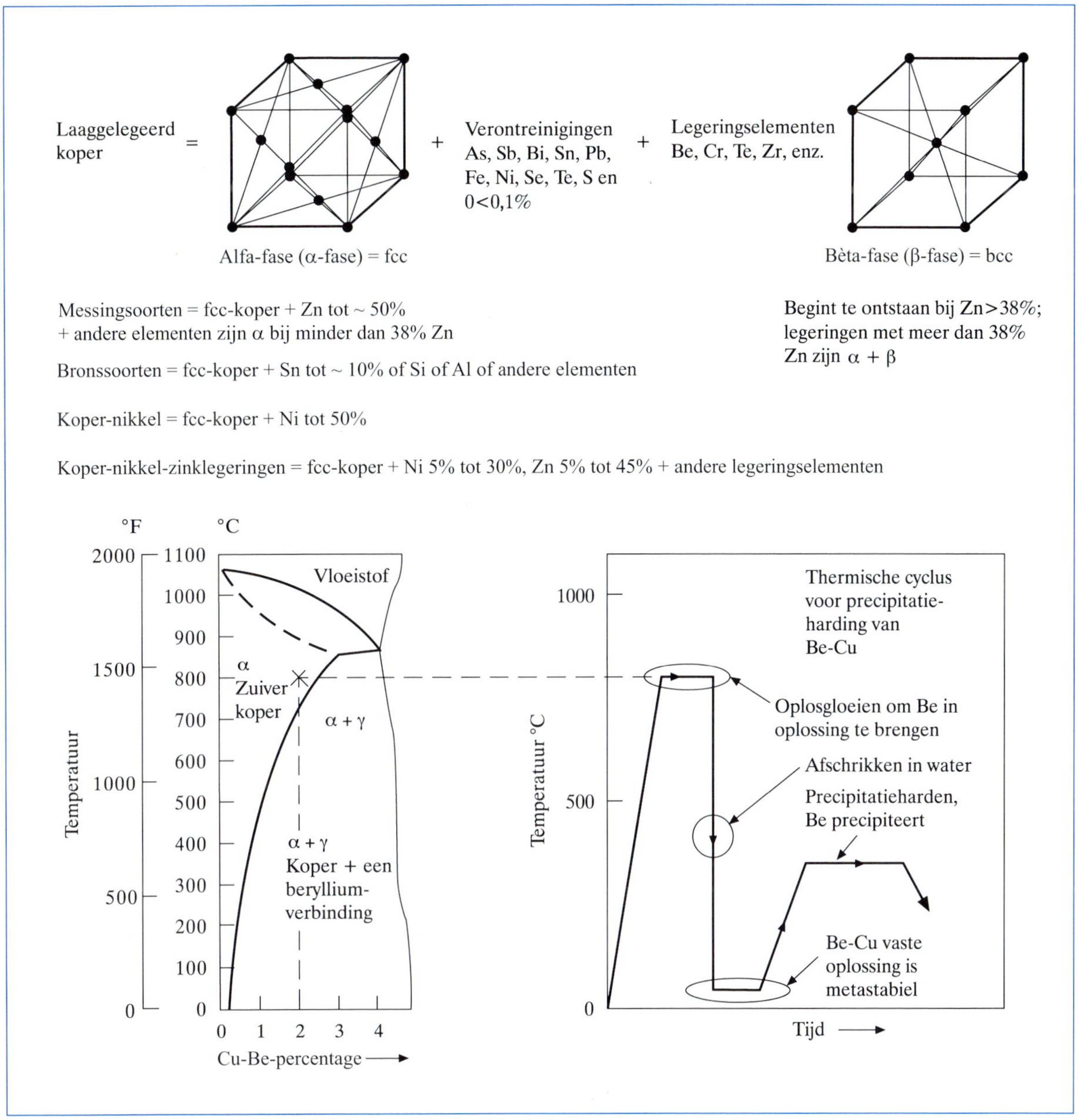

FIGUUR 18-4 Metaalkunde van koperlegeringen. Structuren en samenstellingen; precipitatieharding van Be-Cu-legeringen

alfamessingsoorten met een hoog zinkgehalte staan bekend als *geel messing*. Het meest voorkomende *bètamessing*, met een samenstelling van 60 procent koper en 40 procent zink, heet *Muntzmetaal*.

Geel messing wordt vaak gelegeerd met enkele procenten lood om de machinale bewerkbaarheid te verbeteren (met als resultaat loodhoudend geel messing). Het lood is betrekkelijk onoplosbaar en heeft weinig invloed op de faserelaties.

Rood messing bevat traditioneel ongeveer 15 procent zink en/of andere elementen. Met zo'n laag zinkgehalte is de legering eerder koperkleurig dan geel – vandaar de term *rood messing*. Een typische gegoten roodmessinglegering bevat 85 procent koper, 5 procent zink, 5 procent tin en 5 procent lood.

Veel soorten messing voor speciale doeleinden bevatten ook andere legeringselementen, zoals aluminium, tin, nikkel en arsenicum.

Brons

De traditionele definitie van brons is een legering van koper en tin, maar het woord brons wordt tegenwoordig ook gebruikt voor vele andere (gegoten) koperlegeringen. De basiskoper-tinlegeringen worden soms aangeduid met de naam *fosforbrons*, omdat ze vaak een aanzienlijke hoeveelheid fosfor bevatten (ongeveer 0,3 procent), een gevolg van de raffinage. Tin is betrekkelijk moeilijk oplosbaar in koper. Bij kamertemperatuur kan koper slechts ongeveer 1 procent tin in vaste oplossing houden. Wanneer het tingehalte toeneemt tot ongeveer 10 procent, kan de deltafase, een harde, brosse koperverbinding, een afzonderlijke fase vormen. Deze fase is ook al aanwezig bij tinconcentraties vanaf ongeveer 1 procent, maar is vaak niet zichtbaar te maken met metallografische technieken. De deltafase vervormt het kristalrooster en daardoor wordt de legering versterkt en gehard.

Siliciumbrons is een belangrijke legering voor toepassingen in de scheepsbouw en voor zeer sterke bevestigingsmiddelen. Silicium is tot een gehalte van ongeveer 4 procent oplosbaar in koper. De meeste soorten siliciumbrons op de markt bevatten minder dan deze hoeveelheid silicium en daarnaast kleine hoeveelheden andere elementen die de vorming van ingewikkelder structuren bevorderen. In het algemeen maakt silicium de legering harder, sterker en corrosiebestendiger.

Aluminiumbrons bevat geen tin en tegenwoordig wordt het daarom aangeduid met de nauwkeuriger benaming koper-aluminium-ijzerlegering. Aluminium is tot ongeveer 8 procent oplosbaar in koper en zolang het aluminiumgehalte lager is, wordt er een vaste oplossing met één fase gevormd. Bij een aluminiumgehalte van 8 tot 12 procent ontstaat er een tweefaselegering. Door toevoeging van ijzer wordt aluminiumbrons sterker en harder. De ternaire legeringen van koper-aluminium-ijzer kunnen door afschrikken en gloeien worden gehard.

Koper-nikkellegeringen

Nikkel is volledig oplosbaar in koper. Elke combinatie van deze twee elementen levert een vaste oplossing met een enkele fase op, iets wat in de metaalkunde zelden voorkomt (zie figuur 13-2 in hoofdstuk 13). Deze legeringen zijn ductiel en worden door koudvervormen gehard en versterkt. De belangrijkste koper-nikkellegeringen bevatten tussen 10 en 30 procent nikkel en kleine hoeveelheden ijzer. Ze hebben in zeewater een betere corrosieweerstand dan veel andere koperlegeringen.

Nikkelzilver

Koper-nikkel-zinklegeringen is de juiste benaming voor deze legeringen, die samengesteld zijn uit 45 tot 75 procent koper, 5 tot 30 procent nikkel en 5 tot 45 procent zink. Met de juiste verhouding van nikkel en zink kunnen er legeringen worden verkregen met het uiterlijk van zilver – vandaar de naam nikkelzilver. Ternaire koper-nikkel-zinklegeringen hebben in het algemeen een structuur die lijkt op die van messing. De legeringen die uit één fase bestaan, zijn ductiel en zacht. De tweefaselegeringen zijn minder ductiel en harder. Nikkel-zilverlegeringen hebben in koudvervormde toestand een matige sterkte en worden daarom toegepast als veren en mechanische componenten. Ze worden ook veel gebruikt voor esthetische doeleinden, bijvoorbeeld voor naamplaatjes, raamlijsten, brilmonturen, verzilverd tafelgerei en zilverwerk. Als er sprake is van een galvanische zilverlaag die afslijt, valt dat niet merkbaar op, want nikkelzilver heeft ongeveer dezelfde kleur.

18.5 Aanduiding van legeringen

Er zijn tegenwoordig ongeveer 200 koperen kneedlegeringen en 130 gietlegeringen in de handel. Het is in de Verenigde Staten gebruikelijk om koperlegeringen aan te duiden met UNS-nummers of ASTM-specificaties die ook gebruikmaken van de UNS-nummers. Het gebruik van UNS-nummers dateert van 1968 en is gebaseerd op een nummeringsysteem dat is ontwikkeld door de Copper Development Association (CDA), een organisatie van koper- en messingproducenten in de VS. De aanduidingsnummers bestaan uit een C met vijf cijfers erachter, waarbij de laatste twee meestal nullen zijn. Op zich bevatten de nummers geen gedetailleerde informatie over de eigenschappen of de samenstelling van een legering. Bepaalde klassen van legeringen zijn echter wel te vinden op basis van hun aanduidingsnummers. Zo hebben bijvoorbeeld alle kneedlegeringen nummers van C10100 tot C79900, en alle gietlegeringen nummers van C80100 tot C99750. Ook zijn bepaalde groepen legeringen enigszins te herkennen aan hun CDA-nummer (zie tabel 18-3 (kneedlegeringen) en tabel 18-4 (gietlegeringen)).

TABEL 18-3 Nominale samenstelling van enkele kneedlegeringen van koper

Kopersoorten (min. 99,3% Cu)		Chemische samenstelling (%)	
UNS-nr.	**Beschrijving**	**Min. Cu-gehalte**	**Andere elementen**
C11000	Elektrolytisch zuurstof-houdend koper (ETP)	99,9	
C12200	Fosfor-gedesoxideerd (DHP)	99,9	0,015–0,04 P
C15000	Zirkoniumkoper	99,8	0,10–0,2 Zr

Laaggelegeerd koper (min. 96% Cu)		Cu	Andere elementen
C16200	Cadmiumkoper	Rest	0,5–1,2 Cd
C17000	Berylliumkoper	Rest	0,2 Si, 1,6–1,79 Be, 0,2 Al
C17200	Berylliumkoper	Rest	0,2 Si, 1,8–2 Be, 0,2 Al
C17500	Berylliumkoper	Rest	0,1 Fe, 2,4–2,7 Co, 0,2 Si, 0,4–0,7 Be, 0,2 Al
C18000	Hogesterktekoper	96,4	2,5 Ni, 0,7 Si, 0,4 Cr
C18200	Chroomkoper	99,8 min.	0,6–1,0 Cr, 0,1 Fe, 0,1 Si, 0,05 Pb

Koper-zinklegeringen (messingsoorten)		Cu	Pb	Fe	Zn	P	Andere elementen
C23000	Rood messing 85%	84–86	0,05	0,05	Rem[a]		
C26000	Dieptrekmessing 70%	68,5–71,5	0,07	0,05	Rem	0,02–0,05	
C27000	Geel messing 65%	63–68,5	0,1	0,07	Rem		
C28000	Muntzmetaal	59–63	0,3	0,07	Rem		
C32000	Loodhoudend rood messing	83,5–86,5	1,5–2,2	0,1	Rem		0,25 Ni
C36000	Automatenmessing	60–63	2,5–3,7	0,35	Rem		
C37000	Automaten-Muntzmetaal	59–62	0,8–1,5	0,15	Rem		
C38500	Sierbrons	55–59	2,5–3,5	0,35	Rem		
C44300	Admiraliteitmessing, arsenicum	70–73	0,07	0,06	Rem		0,8–1,2 Sn, 0,02–0,06 As
C46500	Marinemessing, arsenicum	59–62	0,2	0,1	Rem		0,5–1,0 Sn, 0,02–0,06 As
C48500	Marinemessing, lood	59–62	1,3–2,2	0,1	Rem		0,5–1 Sn
C66700	Mangaanmessing	68,5–71,5	0,07	0,1	Rem		0,5–1,5 Mn
C69400	Siliciumhoudend rood messing	80–83	0,3	0,2	Rem		3,5–4,5 Si

Bronssoorten		Cu	Pb	Fe	Sn	Zn	P	Andere elementen
C50500	Fosforbrons 1,25%	Rest	0,05	0,05	1–1,7	0,3	0,03–0,35	
C51000	Fosforbrons 5%	Rest	0,05	0,10	4,2–5,8	0,3	0,03–0,35	
C52400	Fosforbrons 10%	Rest	0,05	0,10	9–11	0,2	0,03–0,35	
C54400	Loodhoudend fosforbrons 5%	Rest	3,5–4,5	0,10	3,4–4,5	1,5–4,5	0,01–50	
C60800	Aluminiumbrons 5%	Rest	0,1	0,10				5–6,5 Al, 0,02–0,35 As
C61400	Aluminiumbrons D	Rest	0,01	1,5–3,5		0,2	0,015	6–8 Al, 1 Mn
C65100	Siliciumarm brons B	Rest	0,05	0,1	1,2–1,6	0,2		0,1 Al, 0,8/2,0 Si
C65500	Siliciumrijk brons A	Rest	0,05	0,8		1,5		0,5/1,3 Mn, 2,8/3,8 Si

Koper-nikkellegeringen		Cu	Pb	Fe	Zn	Ni	Mn	Andere elementen
C70600	Kopernikkel 10%	Rest	0,05	1–1,8	1,0	9–11	1,0	
C71000	Kopernikkel 20%	Rest	0,05	1,0	1,0	19–23	1,0	
C71600	Kopernikkel 30%	Rest	0,05	0,5	0,05	29–33	1,0	

Koper-nikkel-zinklegeringen		Cu	Pb	Fe	Zn	Ni	Mn	Andere elementen
C74500	Nikkelzilver 65–10	63,5–66,5	0,1	0,25	Rem	9–11	0,5	
C75200	Nikkelzilver 65–18	63,5–66,5	0,05	0,25	Rem	16,5–19,5	0,5	
C77000	Nikkelzilver 55–18	53,5–56,5	0,05	0,25	Rem	16,5–19,5	0,05–0,35	

TABEL 18-4 Nominale samenstelling van enkele gietlegeringen van koper

Kopersoorten (min. 99,3% Cu)			Chemische samenstelling (%)
UNS-nr.	**Beschrijving**	**Min. Cu-gehalte**	**Andere elementen**
C80100	Zuiver koper	99,95	

Laaggelegeerd koper (min. 96% Cu)			Ag	Be	Co	Si	Ni	Fe	Al	Sn	Pb	Zn	Cr
C81500	Berylliumkoper	95		0,45–0,8	2,4–2,7	0,15	0,2	0,1	0,1	0,1	0,02	0,1	0,1
C82000	Chroomkoper	98				0,15		0,1	0,1	0,1	0,02	0,1	0,4/1,5
C82500	Berylliumkoper	95,5		1,9–2,15	0,35–0,7	0,2/0,35	0,2	0,25	0,15	0,1	0,02	0,1	0,1

Koper-zinklegeringen (messingsoorten)		Cu	Sn	Pb	Zn	Fe	Ni	P	Al	Si	Andere elementen
C83300	Zinkarm messing	92–94	1–2	1–2	2–6						
C83600	Rood messing 5-5-5	84–86	4–6	4–6	4–6	0,3	1	0,05	0,005	0,005	0,25 Sb, 0,08 S
C84500	Semi-rood messing	77–79	2–4	6–7,5	10–14	0,4	1	0,02	0,005	0,005	0,25 Sb, 0,08 S
C85200	Loodhoudend geel messing	70–74	0,7–2	1,5–3,8	20–27	0,6	1	0,02	0,005	0,005	0,2 Sb, 0,05 S
C85500	Geel messing	59–63	0,2	0,2	Rest	0,2	0,2			0,05	0,2 Mm
C85700	Loodhoudend geel messing	58–64	0,5–1,5	0,8–1,5	32–40	0,7	1		0,8		
C86300	Mangaanmessing	60–66	0,2	0,2	22–28	2–4	1		5–7,5		2,5–5 Mn
C87500	Siliciummessing	79 min.		0,5	12–16				0,5	3–5	

Bronssoorten		Cu	Sn	Pb	Zn	Fe	Sb	Ni	S	P	Al	Si	Mn
C86100	Mangaanbrons	66–68	0,2	0,2	Rest	2–4					4,5–5,5		1,5–5
C86700	Loodhoudend mangaanbrons	55–60	1,5	0,5–1,5	30–38	1–3		1			1–3		1–3,5
C87300	Siliciumbrons	94 min.		0,2	0,25	0,2						3,5–4,5	0,8–1,5
C90200	Tinbrons	91–94	6–8	0,3	0,5	0,2	0,2	0,5	0,05	0,05	0,005	0,005	
C90300	Tin-zinkbrons	86–89	7,5–9	0,3	3–5	0,2	0,2	1,0	0,05	0,05	0,005	0,005	
C92410	Loodhoudend brons	Rest	6–8	2,5–3,5	1,5–3	0,2	0,25	2,0			0,005	0,005	
C94300	Loodrijk brons	68,5–73,5	4,5–6	22,25	0,8	0,15	0,8	1,0	1,0	0,08	0,005	0,005	
C94800	Nikkelbrons	84–89	4,5–6	0,3–1	1–2,5	0,25	0,15	4,5–6	0,05	0,05	0,005		0,2
C95200	Aluminiumbrons	86 min.				2,5–4					8,5–9,5		
C95500	Nikkel-aluminium-brons	78 min.				3–5		3–5,5			10–11,5		3,5

Koper-nikkellegeringen		Cu	Pb	Fe	Ni	Mn	Si	Nb	C
C96200	Kopernikkel 10%	84,5–87	0,03	1–1,8	9–11	1,5	3	1	0,1
C96300	Kopernikkel 20%	Rest	0,03	0,4–1	18–22	1,0	0,7	1	
C96400	Kopernikkel 30%	65–69	0,03	2,5–1,5	28–32	1,5	0,5	0,5–1,5	0,15

Loodhoudende kopersoorten		Cu	Sn	Pb	Fe	Ag
C98200	Loodhoudend koper	73–79	0,5	21–27	0,35	
C98600	Loodhoudend koper	60–70	0,5	30–40	0,35	1,5

Koper-nikkel-zinklegeringen		Cu	Sn	Pb	Zn	Fe	Sb	Ni	S	P	Al	Mn	Si
C97300	Nikkelzilver (loodrijk)	53–58	1,5–3	8–11	17–25	1,5	0,35	11–14	0,08	0,05	0,005	0,5	0,15
C97400	Nikkelzilver	58–61	2,5–3,5	4,5–5,5	Rest	1,5		15,5–17				0,5	
C97800	Nikkelzilver (loodarm)	64–67	4,5–5,5	1–2,5	1–4	1,5	0,2	24–27	0,08	0,05	0,005	1	0,15

In Europa gebruikt men onder andere de aanduidingen van de ISO-norm 1190-1 of de Europese norm EN 1412. In dit hoofdstuk wordt veel gebruikgemaakt van de UNS-aanduidingen. In tabel 18-5 zijn een aantal UNS-aanduidingen die in de tekst van dit hoofdstuk worden vermeld vertaald naar de bijbehorende ISO- en EN-aanduiding. Merk op dat niet alle aanduidingen van een systeem een vergelijkbare aanduiding hebben in een ander systeem.

TABEL 18-5 UNS-, EN- en ISO-aanduidingen voor een aantal koperlegeringen

UNS (VS)	EN 1412	ISO 1190-1
C11000	CW004A	Cu-ETP
C12200	CW024A	Cu-DHP
C17200	CW101C	CuBe2
C23000	CW502L	CuZn15
C26000	CW505L	CuZn30
C36000	CW603N	CuZn36Pb3
C44300	CW706R	CuZn28Sn1
C46500	CW717R	CuZn39Sn1
C46600	-	CuZn38Sn1
C63000	CA104	CuAl10Ni5Fe4
C65500	CW116C	CuSi3Mn1
C83600	CDA836	CuZn5P5Pb5
C93700	CC495K	CuSn10Pb10
C94300	-	CuSn5Pb20

Er bestaan ook belangrijke ASTM-, ISO- en EN-specificaties over koperlegeringen die gelden voor warmtebehandelingen en voor specifieke productvormen. ASTM B 36 behandelt bijvoorbeeld negen koper-zink-messingsoorten als dunne en dikke plaat, bandmateriaal en gewalst staafmateriaal. ASTM B 148 heeft betrekking op zandgietproducten van aluminiumbrons, ASTM B 176 op spuitgietproducten van koperlegeringen enzovoort. Het is mogelijk dat een bepaalde UNS-legering in een andere vorm, bijvoorbeeld als draad, wordt behandeld door een andere ASTM-specificatie.

Zoals voor alle materialen die behandeld worden in dit boek geldt dat het belangrijk is materialen precies te specificeren voor een ontwerp. Een voorbeeld van een goede tekeningspecificatie (Amerikaanse aanduidingen) is:

Materiaal: ASTM B 36, UNS C22000, H 01 staaf ($\frac{1}{4}$-hard), 10 mm × 10 mm × 3 m

Het achtervoegsel H 01 verwijst naar de behandelingsaanduiding die uit de ASTM-specificatie B 601 gehaald is (zie tabel 18-6). Deze specificatie geeft een alfanumeriek systeem voor het identificeren van 145 verschillende walshardheden of fabricagebehandelingen. Het gebruik van deze behandelingsnummers levert de nauwkeurigste materiaalaanduiding op. In gedetailleerde aanschafdocumenten voor kneedstaven en halfproducten van koperlegeringen moet worden verwezen naar de ASTM-specificatie B 249, want deze bevat door de industrie aanvaarde toleranties voor deze producten. Op een tekening kan een UNS-, ISO- of EN-nummer worden aangegeven, maar dit nummer is geen echte specificatie; het duidt slechts een chemische samenstelling aan. Verdere specificaties zijn nodig om de eigenschappen en de toleranties van een materiaal volledig te kunnen specificeren.

TABEL 18-6 Een selectie van de behandelingsaanduidingen in ASTM B 601 voor koper en koperlegeringen

Koudvervormd	
H 01	Kwarthard
H 02	Halfhard
H 03	Driekwarthard
H 04	Hard
Koudvervormd en spanningsarm gegloeid	
HR 01	H 01 + spanningsarm gegloeid
HR 02	H 01 + spanningsarm gegloeid
HR 03	H 01 + spanningsarm gegloeid
HR 04	H 01 + spanningsarm gegloeid
Eindproducten zonder verdere bewerking	
M 01	Zandgegoten
M 06	Verloren-modelmethode
M 07	Continugegoten
M 10	Warmgesmeed en aan de lucht gekoeld
M 11	Warmgesmeed en afgeschrikt
M 20	Warmgewalst
Gegloeid	
010	Gegoten en gegloeid
025	Warmgewalst en gegloeid
030	Warmgeëxtrudeerd en gegloeid
061	Gegloeid
070	Zeer zacht gegloeid
080	Gegloeid tot 1/8-hard
081	Gegloeid tot 1/4-hard
082	Gegloeid tot 1/2-hard
Oplosgegloeid	
TB 00	
Precipitatiegehard	
TF 00	TB 00 + precipitatiegehard
Behandelingen na afschrikken	
TQ 00	Afschrikgehard
TQ 50	Afschrikgehard en ontlaten

De definities voor de legeringen van messing, brons, koper-nikkel, koper-nikkel-zink en laaggelegeerde kopersoorten gelden in het algemeen voor zowel kneedlegeringen als gietlegeringen van koper. Zoals tabel 18-4 laat zien zijn de legeringscategorieën vrijwel gelijk, maar de gietlegeringen hebben vaak chemische samenstellingen die aanzienlijk verschillen van die van hun tegenhangers in de kneedcategorie. Een veelvoorkomende soort rood messing heeft bijvoorbeeld een samenstelling van 85 procent koper en 15 procent zink. De populaire gietlegering van rood messing heeft een samenstelling van 85 procent koper, 5 procent lood, 5 procent tin en 5 procent zink. De tabellen 18-3 en 18-4 laten zien dat veel koperlegeringen lood bevatten.

18.6 Eigenschappen

Fysische eigenschappen

Naar schatting ongeveer 50 procent van al het in de industriële wereld gebruikte koper wordt gebruikt in draad- of kabelvormige elektrische geleiders. Bij deze toepassing is elektrisch geleidingsvermogen meestal de belangrijkste selectiefactor. Het geleidingsvermogen wordt meestal niet aangegeven als een soortelijke weerstand, maar als *% IACS*, dat wil zeggen als percentage van de *International Annealed Copper Standard*. Zoals te zien is in de eigenschappentabel – linksboven in figuur 18-3 – heeft zuurstofhoudend koper (ETP) een waarde van 100 procent. DHP-koper dat slechts ongeveer 0,02 procent fosfor bevat, heeft een geleidingsvermogen van slechts ongeveer 80 procent IACS. Daarom wordt voor geleiders gewoonlijk gebruikgemaakt van ETP of zuiver koper. Chroomkoper is sterker dan ETP bij hoge temperaturen en wordt gebruikt voor de elektroden bij weerstandslassen, want het bezit nog altijd ongeveer 80 procent van het geleidingsvermogen van zuiver koper. Geel messing heeft een betrekkelijk gering geleidingsvermogen. Berylliumkoper, chroomkoper en chroom-zirkoniumkoper worden veel gebruikt voor veren en contacten die elektriciteit moeten kunnen geleiden. Vanwege dit soort toepassingen wordt ongeveer 60 procent van de productie van berylliumkoper als bandmateriaal geleverd.

Enkele andere belangrijke fysische eigenschappen zijn kleur, vonkweerstand, niet-magnetiseerbaarheid en smelttemperatuur. De aangename kleur van koperlegeringen is een reden om ze te gebruiken voor decoratieve en bouwkundige toepassingen. De mogelijke kleuren lopen sterk uiteen, afhankelijk van de legeringselementen die de kleur bepalen. Precipitatiegehard berylliumkoper en nikkel-aluminiumbrons (C63000) worden gebruikt voor handgereedschap in chemische fabrieken waar met het oog op de veiligheid vonkvrij moet worden gewerkt. De betrekkelijk lage smelttemperaturen van koperlegeringen vereenvoudigen de fabricage door middel van gieten, warmomvormen of smeltlassen. Het smeltgebied bevindt zich in het algemeen tussen 815 en 1100 °C. Spuitgieten en extruderen zijn mogelijk en de nodige smeedmatrijzen hebben dankzij de lage temperaturen een lange levensduur.

Koperlegeringen worden veel gebruikt om ongelijksoortige metalen door middel van hardsolderen aan elkaar vast te maken, en de koperlegeringen zelf laten zich gemakkelijk smeltlassen met alle conventionele processen. Een uitzondering wordt gevormd door de legeringen met een hoog gehalte aan lood, zink of zuurstof (bijvoorbeeld ETP). Als de lassen ductiel en op volle sterkte moeten zijn, kan men het beste zuurstofvrije soorten gebruiken. Lassen van loodrijke legeringen moet worden vermeden.

Mechanische eigenschappen

Zuiver koper heeft een lagere treksterkte dan alle legeringen in figuur 18-3. Meestal is het de taak van de diverse legeringselementen in kopersystemen om de sterkte en hardheid te verhogen. Alle ductiele koperlegeringen kunnen worden koudvervormd ter verhoging van de sterkte, maar berylliumkoper is de legering met de hoogste sterkte. In precipitatiegeharde toestand bedraagt de treksterkte soms wel 1380 MPa.

De elasticiteitsmodulus van de meeste koperlegeringen is ongeveer 115 GPa. Koper-nikkellegeringen hebben de hoogste modulus: ongeveer 150 GPa. Dit betekent dat koperlegeringen wat stijfheid betreft tussen aluminium en staal in zitten.

De ductiliteit van kneedlegeringen van koper hangt af van de mate van koudvervormen. In gegloeide toestand hebben ze alle een goede omvormbaarheid. Een kneedlegering van berylliumkoper heeft na een warmtebehandeling een geringe ductiliteit, maar in gegloeide of koudgewalste toestand is omvormen meestal wel mogelijk. Sommige soorten gietbrons hebben zo'n geringe ductiliteit dat ze niet meer dan 5 procent rek vertonen.

Zoals figuur 18-5 laat zien, leidt de mogelijkheid om deze legeringen koud te vervormen binnen elke belangrijke legeringengroep tot nogal uiteenlopende sterkten. Koperlegeringen krijgen nooit een echt grote hardheid, zoals ook te zien is in de figuur. Berylliumkoper kan een hardheid bereiken van 40 HRC. Een van de meest veeleisende mechanische toepassingen van een koperlegering is het gebruik van berylliumkoper voor de vormholten in spuitgietmatrijzen. De vormholte moet bestand zijn tegen hoge drukbelastingen en spuitgietdrukken die kunnen oplopen tot 140 MPa, maar in deze toepassing is hardheid minder belangrijk dan druksterkte en treksterkte.

Lage temperaturen hebben weinig invloed op de ductiliteit van koperlegeringen. Ze worden niet bros. De meeste koperlegeringen worden zachter bij hogere temperaturen dan 200 °C en de zuurstofhoudende soorten verbrossen bij blootstelling aan een reducerende atmosfeer. Toepassing bij hoge temperaturen vereist een zorgvuldige afweging van de betreffende eigenschappen. Naast dat de sterkte afneemt, vertonen koper en koperlegeringen een aanzienlijke oxidatie in lucht bij temperaturen boven 260 °C. Wie deze legeringen bij hoge temperaturen wil gebruiken, dient met deze factor rekening te houden.

18.7 Slijtvastheid

Koperlegeringen worden al eeuwen gebruikt voor slijtagetoepassingen. Nog steeds vormen deze een van de belangrijkste toepassingsgebieden. Glijlagers van koperlegeringen worden gebruikt in kleine motoren en in de scheepsbouw. Ook de zeer grote, zwaarbelaste ashalslagers van de rollen die men in papierfabrieken gebruikt, de lagers van treinen en rollagers in staalfabrieken zijn vaak van koper. Kneedlegeringen van koper worden onder andere gebruikt voor gestampte tandwielen, nokken, echappementraderen van klokken, tijdmechanismen, tandwielen van schakelaars en camera's. Messing, brons en berylliumkoper zijn de meest gebruikte koperlegeringen voor slijtdelen. Zoals eerder in hoofdstuk 5 benadrukt is, zijn er verschillende soorten slijtage en een technisch ontwerper moet altijd nagaan wat de belangrijkste soort slijtage voor een bepaald materiaal zal zijn. Koperlegeringen worden vaak blootgesteld aan cavitatie en andere vormen van corrosieve slijtage, maar in machines zijn abrasie en adhesieve slijtage de belangrijkste vormen van slijtage. In deze bespreking concentreren we ons dan ook op die laatste slijtagesoorten.

Abrasie/erosie

In toepassingen met blootstelling aan abrasieve stoffen zijn koperlegeringen niet bijzonder goed bestand tegen abrasie of deeltjeserosie. De hardheid van koperlegeringen kan variëren van ongeveer 30 tot 400 HB (zie figuur 18-5). Experimentele gegevens laten zien dat de hardheid geen goede aanwijzing is voor

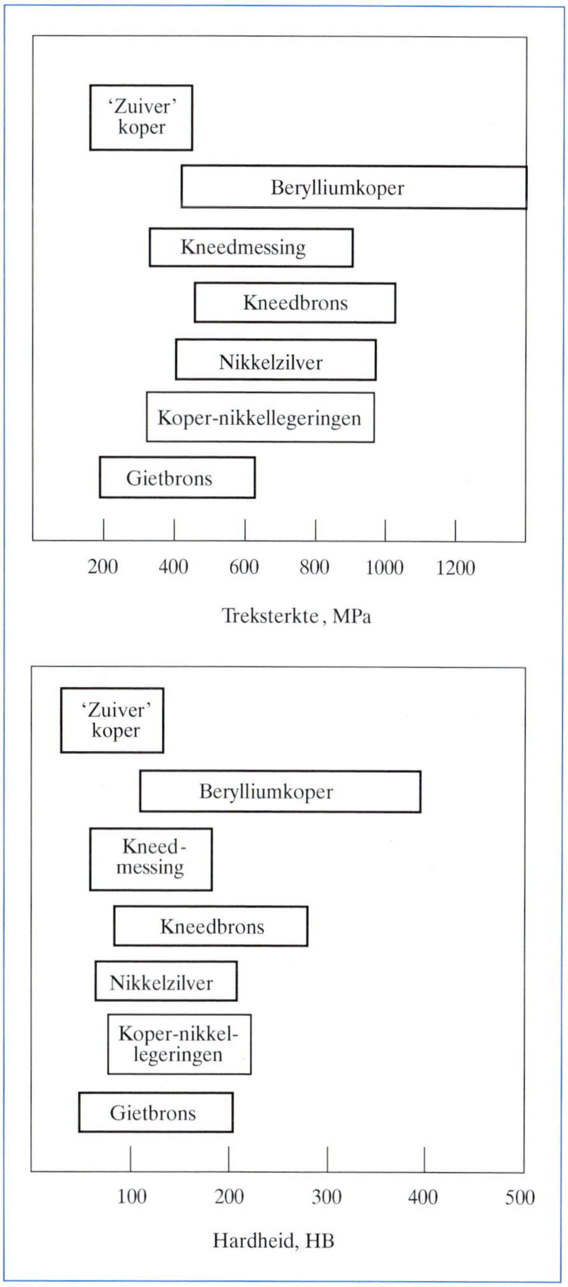

FIGUUR 18-5 Treksterkte- en hardheidsbereiken van diverse koperlegeringssystemen bij kamertemperatuur

de slijtweerstand van koperlegeringen. Gegloeid 1020 staal (met een hardheid van 180 HB) heeft een betere slijtweerstand dan zelfs de hardste koperlegeringen. De toepassing van koperlegeringen kan echter niet altijd vermeden worden door de ontwerper. Voor toepassingen als buizen die slib vervoeren, en kleppen of rotoren in pompen die met zand gevuld water verwerken, kunnen koperlegeringen worden blootgesteld aan erosie door harde deeltjes.

Bij sommige toepassingen is de lagere hardheid wel een voordeel. Vaak worden koperlegeringen gebruikt voor glijlagers in vervuilde machines, waarbij het belangrijk is dat het materiaal vuildeeltjes kan opnemen. Als er gruis in een lager komt, zal dat lager niet vastlopen als het gruis zich kan inbedden in de zachte lagermaterialen.

Adhesieve slijtage

De meest gebruikte koperlegeringen voor systemen met adhesieve slijtage zijn de bronssoorten. Berylliumkoper en brons met een hoge sterkte in geharde toestand worden gebruikt voor glijlagers in vliegtuigen omdat ze de hoge lagerdrukken kunnen weerstaan. Gele messingsoorten worden gebruikt voor een grote verscheidenheid aan toepassingen in consumptieartikelen. De populairste bronslegeringen zijn tinbrons, loodrijk en loodhoudend brons, aluminiumbrons en brons in de vorm van gesinterd poedermetaal (P/M). De P/M-legeringen worden gemaakt met de in het vorige hoofdstuk beschreven technieken. Gesinterd P/M-brons heeft een hoge porositeit (zie figuur 18-6), waardoor impregnatie van smeermiddelen mogelijk is. Het bronspoeder kan uit elke legering bestaan, maar er wordt bij voorkeur gebruikgemaakt van tinbrons.

In wezen worden bronssoorten en vergelijkbare koperlegeringen gebruikt als glijlagermaterialen omdat ze, bij contact met een stalen as, minder neiging tot versmeren hebben dan een combinatie van staal op staal heeft. Ze moeten om goed te kunnen functioneren worden gesmeerd en de slijtage die optreedt als gevolg van het contact bij het opstarten en uitschakelen hangt af van de legeringscombinatie.

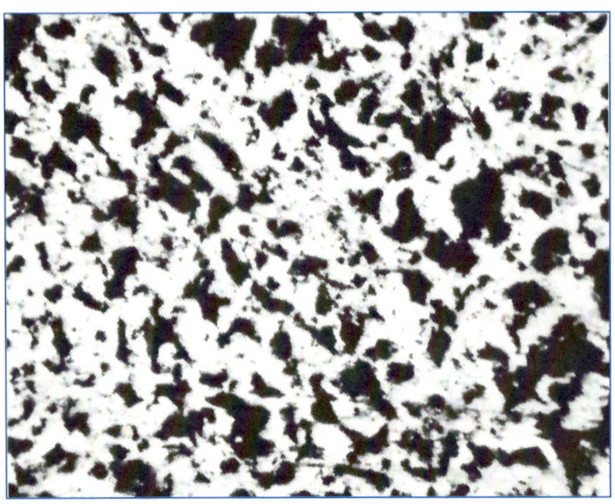

FIGUUR 18-6 Porositeit in een P/M-brons (donkere gebieden) (×20)

Er bestaat geen eenvoudig antwoord op de vraag welke bronssoort de beste weerstand heeft tegen adhesieve slijtage. De weerstand van koperlegeringen tegen adhesieve slijtage hangt sterk af van de chemische samenstelling en de aard van de microstructuur. Toevoeging van lood, tin of zink zou de weerstand tegen adhesieve slijtage verhogen, maar onderzoekers zijn er nog niet over uit of dit echt zo is en in welke mate dan.

Figuur 18-7 toont enkele experimentele gegevens over de eigenschappen van een aantal koperlegeringen bij adhesieve slijtage in glijdend contact met gehard staal. Zoals verwacht mag worden, vertoont oliegeïmpregneerd P/M-brons de laagste slijtage, zowel van zichzelf als van het materiaal van het tegenoppervlak. Wanneer er als tegenoppervlak een zacht 1020 staal werd gebruikt, verkreeg men ongeveer dezelfde rangorde (niet in figuur 18-7 te zien). De slijtagesnelheid was in dat geval echter veel hoger en de bronssoorten veroorzaakten een merkbare slijtage van het tegenoppervlak. Dit was ongetwijfeld een gevolg van de aanwezigheid van een harde deltafase.

Proeven voor het meten van de wrijvingseigenschappen tegen gehard staal lieten zien dat de wrijvingscoëfficiënt de neiging had af te nemen bij een toenemende glijsnelheid en normaalkracht. Aluminiumbrons en gewoon brons vertoonden echter een aanzienlijke toename van de wrijving bij een toenemende snelheid en normaalkracht.

In tabel 18-7 worden enkele specifieke legeringen vermeld die kunnen worden gebruikt voor slijtagetoepassingen. De tabel geeft aan dat P/M-brons voldoet aan alle voorwaarden met betrekking tot adhesieve slijtage. Helaas is het P/M-proces alleen rendabel zolang de onderdelen – vooral lagers – klein genoeg zijn. Ook kunnen de slijtoppervlakken van P/M-onderdelen niet machinaal worden bewerkt

TABEL 18-7 Koperlegeringen voor slijtagetoepassingen

LEGERING (%)	TOEPASSING
C90700 (89 Cu, 11 Sn)	Adhesieve slijtage versus gehard staal, goed gesmeerd
C94300 (70 Cu, 25 Pb, 5 Sn)	Adhesieve slijtage versus zacht staal en slecht gesmeerde systemen
P/M-bronssoorten, met olie geïmpregneerd	Adhesieve slijtage versus hard of zacht staal zonder uitwendige smering [maximale toelaatbare lagerdruk 10,3 N/mm^2; maximale PV = 1,75 (N/mm^2 · m/s^2) voor continu toerental, 0,7 voor variabel toerental, 0,35 voor een druklager]

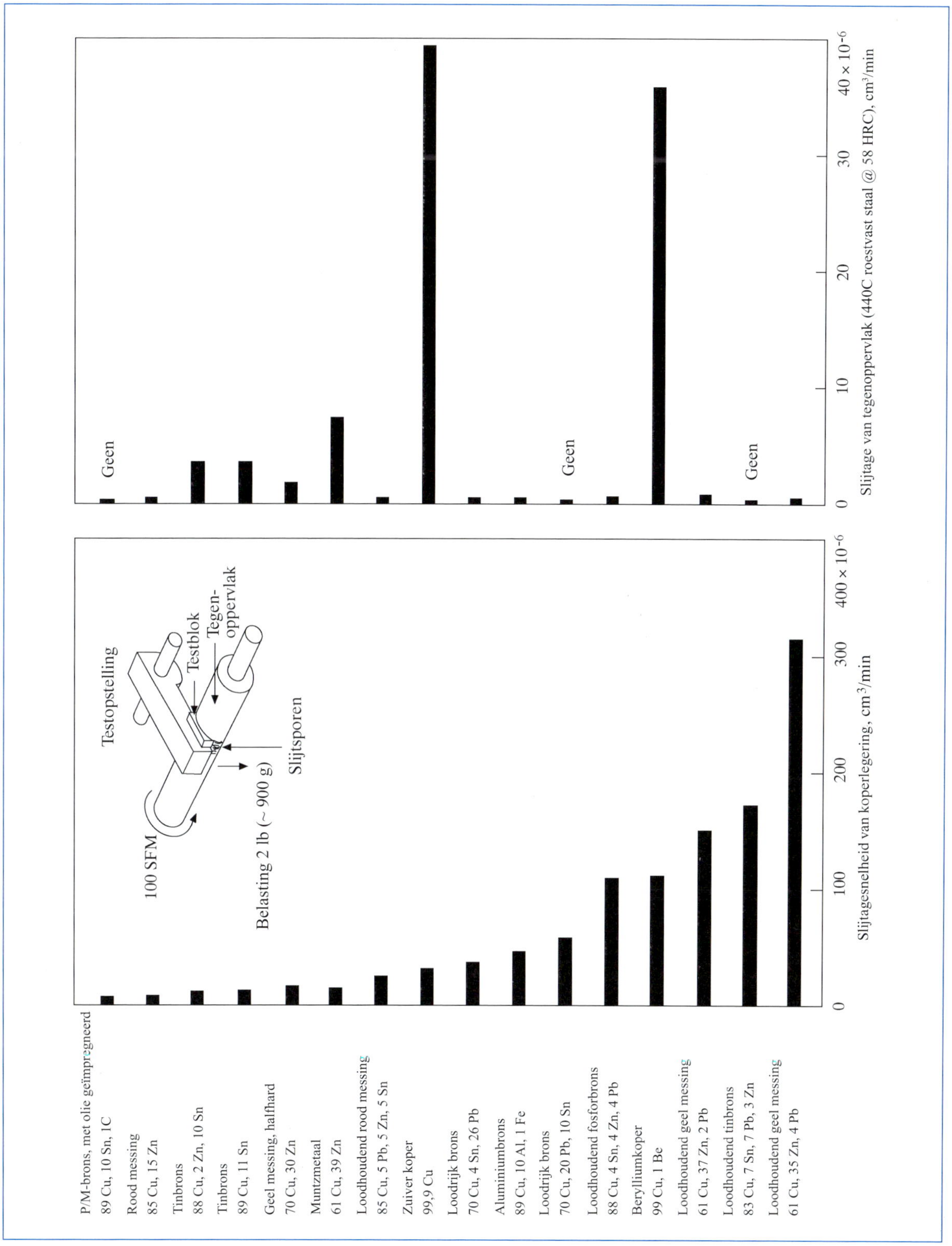

FIGUUR 18-7 Slijtage van koperlegeringen die glijden tegen 440C roestvast staal bij 58 HRC

zonder dat de poriën die het smeermiddel bevatten worden dichtgesmeerd. Voor onderdelen die groot zijn of een uitgebreide machinale bewerking vereisen, zijn giet- of kneedlegeringen nodig.

Uit dergelijke laboratoriumproeven en praktijkervaring kunnen de volgende richtlijnen worden opgesteld voor de selectie van koperlegeringen voor toepassingen met adhesieve slijtage:

1. Als tegenoppervlak van koperlegeringen is een gehard staal (60 HRC) het meest geschikt.
2. Als een tegenoppervlak van zacht staal onvermijdelijk is, dan moet er een loodrijke bronssoort worden gebruikt.
3. Glijsystemen van koperlegeringen tegen staal moeten altijd voldoende gesmeerd worden.
4. Als tegenoppervlak van gehard staal gebruikt men bij voorkeur een loodvrij P/M-, giet- of kneedbrons dan wel aluminiumbrons in plaats van andere koperlegeringen.
5. Als een lage wrijvingscoëfficiënt tegen staal van belang is, is een loodrijke soort brons het meest geschikt.
6. Voor systemen met adhesieve of abrasieve slijtage is het beter om zuiver koper en geel messing te vermijden.

De zojuist geschetste richtlijnen zullen niet alle toepassingsproblemen van koperlegeringen oplossen, maar ze kunnen wel dienen om de keuze uit enkele honderden verkrijgbare koperlegeringen tot een paar te beperken. Zoals in het hoofdstuk reeds vermeld is, verdient het aanbeveling literatuurgegevens te raadplegen en/of testen uit te voeren die de specifieke bedrijfsomstandigheden goed weergeven.

18.8 Corrosie

Ongeveer een derde van alle geproduceerde koperlegeringen wordt gebruikt voor buizen en pijpen die stoffen vervoeren die op de een of andere manier corrosief zijn. Koperlegeringen worden ook gebruikt in elektrische apparaten en in bouwkundige toepassingen waar ze blootgesteld worden aan atmosferische corrosie. Koperlegeringen worden veel gebruikt in de scheepsbouw (schroeven, lagerbussen, uitrusting en warmtewisselaars), waar de materialen bestand moeten zijn tegen aantasting door zeewater. In de chemische procesindustrie worden koperlegeringen blootgesteld aan een grote variatie van zuren, basen en organische oplossingen. In al deze toepassingen is de corrosieweerstand van koperlegeringen een belangrijk selectiecriterium.

Koperlegeringen zijn gevoelig voor een aantal soorten corrosie: gelijkmatige corrosie, putcorrosie, interkristallijne corrosie, selectieve corrosie, cavitatie en spanningscorrosie. In de corrosieliteratuur zijn vele specifieke gegevens te vinden en die moet dan ook worden geraadpleegd voor alle belangrijke selectievraagstukken. De ervaring in de chemische procesindustrie heeft bijvoorbeeld geleerd dat erosie en ontzinking in neutraal water de meest voorkomende oorzaak van corrosieschade aan koperlegeringen is. Beide vormen van corrosieschade kunnen gemakkelijk worden voorkomen. Erosie is te voorkomen door de snelheid van het water laag te houden (lager dan 1,5 m/s) of door bijvoorbeeld koper-nikkellegeringen te gebruiken. Zoals we al een aantal keren hebben benadrukt, moet men voor de corrosie-eigenschappen van een specifieke legering in een specifieke omgeving gedetailleerde corrosiegegevens raadplegen, maar het is wel mogelijk om enkele algemene uitspraken te doen over de belangrijkste legeringssystemen: zuiver koper, messing, brons en kopernikkelsoorten.

Zuiver koper

De meeste waterleidingnetten zijn gemaakt van DHP-koper (legering C12200). Ze zijn zeer goed bestand tegen niet al te hard neutraal water. De corrosiesnelheid is meestal lager dan 25 μm per jaar. Bij een zeer hoge watersnelheid treedt er erosie op, maar niet als de snelheid van het water lager blijft dan ongeveer 1,2–1,5 m/s. Koper is goed bestand tegen zeewater. De corrosiesnelheid is ongeveer 25 tot 50 μm per jaar en iets hoger in zeewater dat in beweging is.

Zuiver koper wordt al eeuwen gebruikt voor dakbedekkingen, goten en andere bouwkundige toepassingen. De enige aantasting in de meeste soorten atmosfeer is de vorming van een groen *patina*. Deze verkleuring is voornamelijk een gevolg van zwavelverbindingen in de lucht, voor het merendeel sulfaten. In het algemeen verdwijnt er niet meer dan enkele mils materiaal per eeuw, maar het is mogelijk dat daken van koperlegeringen vanwege putvormige corrosie (door chemische stoffen in de lucht) of defecte soldeerverbindingen na circa 100 jaar gerepareerd moeten worden.

Bij hoge temperaturen in oxiderende omgevingen oxideert koper gemakkelijk. Er kunnen dikke oxidelagen ontstaan en er kan inwendige oxidatie optreden. Bij temperaturen van meer dan 815 °C kan de aanslag loslaten, zodat er sprake is van enorm materiaalverlies. De oxidegroei is echter te verwaarlozen bij lagere temperaturen dan ongeveer 250 °C. Koper is resistent tegen lage concentraties van bepaalde niet-oxiderende luchtvrije zuren, zoals HCl en H_2SO_4, maar niet tegen oxiderende zuren en hete of beluchte reducerende zuren.

Koper is goed bestand tegen basische oplossingen, met uitzondering van ammoniumhydroxide. De weerstand tegen de meeste organische oplossingen en oplosmiddelen is over het algemeen aanvaardbaar. Benzine veroorzaakt geen noemenswaardige aantasting. In de spanningsreeks staat koper in de buurt van roestvast staal. Laaggelegeerd koper is betrekkelijk edel, maar moet niet gecombineerd worden met koolstofstaal, aluminium of andere actieve metalen. Bronzen schroeven op stalen schepen vereisen speciale behandelingen om galvanische aantasting van het staal in de buurt van de schroefas te voorkomen.

Een van de bruikbaarste eigenschappen van laaggelegeerd koper in water is de weerstand tegen *aangroei* van microben en pokken op schepen. Het historische Amerikaanse schip U.S.S. Constitution heeft een onderkant van koperen platen. Na meer dan 200 jaar is het nog steeds niet nodig geweest om de onderkant in een droogdok schoon te maken. De koperen romp voorkomt de aangroei van zeeorganismen. Een in water ondergedompeld koperen oppervlak corrodeert langzaam en geeft daarbij metaalionen (Cu^{2+}) af. Deze metaalionen vergiftigen de organismen die zowel in zoet als in zout water de neiging hebben om zich te vestigen op elk ondergedompeld object. Zuiver koper heeft de beste aangroeiwerende eigenschappen, maar de meeste laaggelegeerde kopersoorten scoren in dit opzicht veel beter dan alle andere metalen. Vanwege de aangroeiwerende eigenschappen zijn koperlegeringen ook geschikt voor wateropslagvaten en waterpompen die slechts af en toe gebruikt worden. Zuiver koper is niet bijzonder gevoelig voor spanningscorrosie.

Messing

Messingsoorten met minder dan ongeveer 15 procent zink hebben ongeveer dezelfde corrosie-eigenschappen als zuiver koper. Als het zinkgehalte hoger wordt dan 15 procent, neemt de gevoeligheid voor *ontzinking* en spanningscorrosie toe (zie figuur 6-18 in hoofdstuk 6). Ontzinking is een van de meest verraderlijke vormen van corrosie in messing. Het treedt op in zeewater, in neutraal water bij hoge temperaturen of in stilstaand water. Vooral bèta- of alfa-bètamessingsoorten met meer dan 37 procent zink zijn zeer gevoelig voor ontzinking, in het bijzonder in zeewater. Ontzinking komt het meest voor in kranen, klepstelen en klepzittingen van geel messing in warmwatersystemen. Dit soort problemen kan worden opgelost door rood messing, laaggelegeerd koper of messingsoorten met remmende stoffen te gebruiken.

Een van de meest gebruikte gietlegeringen voor toepassingen als waterleidingkranen en pompbehuizingen waar ontzinking zou kunnen voorkomen, is rood messing met een samenstelling van 85 procent koper, 5 procent lood, 5 procent tin en 5 procent zink (C83600). Ontzinking kan ook worden vermeden door legeringen met een remmende stof te gebruiken (C44300, C44400, C46500, C46600).

Naast de mogelijkheid van ontzinking is er bij messingsoorten met een hoog zinkgehalte in diverse omgevingen de kans dat ze spanningscorrosie ondergaan. Het is bekend dat omgevingen met ammoniak spanningscorrosie veroorzaken in geel messing, vooral in producten met veel restspanningen. Diepgetrokken producten kunnen gaan scheuren wanneer ze oud worden (ook wel seizoensziekte of seizoensscheurvorming genoemd), zonder dat ze ooit aan een andere omgeving dan lucht zijn blootgesteld. Geel messing is in feite geen geschikt materiaal voor langdurig gebruik in omgevingen die ontzinking of spanningscorrosie kunnen veroorzaken.

Er is een corrosievoordeel verbonden aan het gebruik van zinkrijke messingsoorten. Ze hebben minder neiging tot druppelerosie/-corrosie. Muntzmetaal, admiraliteitsmetaal, marinemessing en andere koperlegeringen met ongeveer 40 procent zink worden gebruikt voor buizen in warmtewisselaars die bestand moeten zijn tegen druppelslagcorrosie. Een hoog zinkgehalte verhoogt echter wel de kans op spanningscorrosie. Dit maakt de selectie moeilijk.

Bronssoorten

Bronssoorten met meer dan 5 procent tin zijn, in vergelijking met zuiver koper, bijzonder goed bestand tegen druppelerosie. Ook hebben ze een betere weerstand tegen spanningscorrosie dan messingsoorten. Bronssoorten zijn goed bestand tegen zeewater en neutraal water. Bronzen (behalve de soorten die meer dan 15 procent zink bevatten) zijn niet gevoelig voor ontzinking.

Aluminiumbrons heeft meer weerstand tegen oxidatie bij hoge temperaturen dan de meeste andere koperlegeringen. Ook de weerstand tegen druppelerosie/-corrosie is beter dan die van messing.

Siliciumbrons heeft ongeveer dezelfde corrosie-eigenschappen als zuiver koper, maar betere mechanische eigenschappen en een redelijke lasbaarheid (er is enige kans op scheurvorming). Daarom zijn deze legeringen geschikt voor gebruik in gelaste tanks en opslagvaten.

Koper-nikkellegeringen

Er zijn diverse koper-nikkellegeringen, maar de meest gebruikte zijn 70 procent koper met 30 procent nikkel (C71500) en 90 procent koper met 10 procent nikkel (C70600). Deze legeringen hebben een betere algemene weerstand tegen corrosie in een waterige omgeving dan alle andere veelgebruikte koperlegeringen. Ze zijn zeer goed bestand tegen druppelerosie/-corrosie en spanningscorrosie en worden daarom veel gebruikt voor buizen in warmtewisselaars.

18.9 Het selecteren van legeringen

Er zijn vele soorten koperlegeringen op de markt. De koperindustrie is al bezig het aantal verkrijgbare legeringen te verminderen. De gemiddelde ontwerper kan de meeste toepassingsvraagstukken echter oplossen met de volgende acht legeringen (een aantal ISO- en EN-aanduidingen zijn in tabel 18-5 te vinden):

1. ETP-koper, C11000 (99,9% Cu)
2. DHP-koper, C12200 (99,9% Cu, 0,027% P)
3. Berylliumkoper, C17200 (98% Cu, 2% Be)
4. Rood messing, C23000 (85% Cu, 15% Zn)
5. Geel messing, C26000 (70% Cu, 30% Zn)
6. Automatenmessing, C36000 (62% Cu, 35% Zn, 3% Pb)
7. Brons, C90700 (89% Cu, 11% Sn)
8. Loodrijk brons, C94300 (70% Cu, 5% Sn, 25% Pb)

Wanneer de prijs een belangrijke selectiefactor is of wanneer er sprake is van een ongewone omgeving, kan het nodig zijn een specifieke soort uit te zoeken. Hieronder laten we enkele veelvoorkomende toepassingen van koperlegeringen zien.

Tanks en opslagvaten

Rood messing (C23000) is een goed materiaal voor dit soort toepassingen vanwege zijn geringe neiging tot ontzinking. Het laat zich gemakkelijk solderen, lassen en hardsolderen. Siliciumbrons (C65500) is misschien nodig als een gelast onderdeel een hoge sterkte moet hebben. Beide legeringen hebben een goede weerstand tegen microbenaangroei.

Buizen, pijpen en warmtewisselaars

Zuiver koper DHP (C12200) is het gemakkelijkst verkrijgbaar en het meest geschikt, tenzij er een goede reden is om het niet te gebruiken. Als de snelheid van het water hoog is, gebruikt men bij voorkeur Muntzmetaal (C28000), marinemessing of kopernikkellegeringen.

Mechanische componenten met hoge sterkte en hoog geleidingsvermogen

Chroomkoper (C16200) heeft ongeveer 80 procent van het geleidingsvermogen van zuiver koper, en een hogere sterkte. Berylliumkoper (C17200) heeft de hoogste sterkte, maar slechts ongeveer 30 procent van het geleidingsvermogen van zuiver koper.

Veren en elektrische contacten

Koudgewalst ETP-koper (C11000) heeft het beste elektrische geleidingsvermogen. Berylliumkoper (C17200) is wat betreft sterkte en vermoeiingsweerstand veruit het beste materiaal voor spiraalveren en platte veren. Voor goedkopere veren, waarbij de kosten van warmtebehandelingen ongewenst zijn, kunnen fosforbrons (C51000), siliciumbrons (C65500), nikkelzilver en geel messing (C26000) in koudbewerkte toestand worden gebruikt.

Slijtonderdelen

In glijsystemen werken de bronssoorten (C90300 tot en met C93700) het best met een tegenoppervlak van gehard staal. Bronssoorten in poedermetaalvorm zijn uitstekend geschikt voor met olie geïmpregneerde glijlagers. Aluminiumbrons wordt vanwege de weerstand tegen versmeren gebruikt voor wormschroeven en trekmatrijzen van roestvast staal. Het wordt ook veel gebruikt als opgelast materiaal bij de revisie van versleten nokken, matrijzen, rails enzovoort. Berylliumkoper kan worden gebruikt in gesmeerde glijsystemen waarin zeer hoge belastingen voorkomen. Het wordt zelfs vaak gebruikt voor de vormholten van kunststof spuitgietmatrijzen. Koperlegeringen zijn het meest geschikt voor systemen met adhesieve slijtage. Zij zijn in het algemeen niet bestand tegen abrasieve slijtage. Zuiver koper, laaggelegeerd koper en geel messing kunnen beter niet worden gebruikt in slijtagetoepassingen.

Kleppen, koppelstukken, zware gietstukken

Loodhoudend rood messing is een veelgebruikt materiaal voor het gieten van koperen pijpen, kleppen en koppelstukken. Met staal als tegenoppervlak is het ook een goed materiaal voor gesmeerde lagers. Voordat men zulke legeringen specificeert dient men na te gaan of er relevante voorschriften bestaan met betrekking tot het gebruik van lood.

Draaibankonderdelen

Automatenmessing (C36000) is een uitstekend materiaal voor onderdelen die een uitgebreide machinale bewerking vragen. Op plaatsen waar deze onderdelen slijtvast moeten zijn, kunnen inzetstukken van gehard staal of meer slijtvaste legeringen worden aangebracht. Bij het gebruik van deze materialen moet rekening gehouden worden met ontzinking en spanningscorrosie. Voordat men loodhoudende legeringen specificeert, dient men na te gaan of er relevante voorschriften bestaan.

Elektrische geleiders

ETP-koper (C11000) wordt veel gebruikt voor verzamelrails en contactklemmen en dergelijke. Er bestaan soorten zuiver koper met een nog hoger geleidingsvermogen dan ETP voor situaties waarbij de toepassing de extra kosten rechtvaardigt. ■

Samenvatting

Samenvattend kunnen we zeggen dat koper en koperlegeringen onmisbare technische materialen zijn. Ze hebben unieke corrosie-eigenschappen, een sterkte die soms groter is dan die van staal en een hoger elektrisch en thermisch geleidingsvermogen dan de meeste andere technische materialen. In een juiste specificatie van een koperlegering dienen opgenomen te zijn: het aanduidingsnummer, de productvorm (plaat, band enzovoort), de nominale afmetingen, de afmetingstoleranties, de hardheid en eventuele bijzondere vereisten, zoals ontbraamde randen. De volgende punten op het gebied van de metaalkunde en eigenschappen van koper zijn het waard om te onthouden:

- Koper is het oudste technische metaal en heeft eigenschappen die het nog altijd onmisbaar maken (hoog geleidingsvermogen, goede omvormbaarheid en goede corrosieweerstand).
- De belangrijkste legeringscategorieën zijn laaggelegeerd koper, messing, brons, koper-nikkellegeringen en koper-nikkel-zinklegeringen.
- Koperlegeringen worden het meest gebruikt als materiaal voor elektrische geleiders en waterleidingbuizen. In deze toepassingen hebben ze weinig concurrentie als het gaat om geschikte eigenschappen voor een redelijke prijs.
- Het elektrische en thermische geleidingsvermogen van koper wordt aanzienlijk verminderd door de aanwezigheid van onzuiverheden en legeringselementen.
- Sommige koperlegeringen hebben een uitzonderlijke weerstand tegen corrosie door zeewater.
- Koper heeft een uitstekende weerstand tegen aangroei door allerlei organismen.
- Houd rekening met milieu-/gezondheidsvoorschriften bij het gebruik van loodhoudende legeringen voor drinkwater.
- Koperlegeringen zijn goed machinaal bewerkbaar, maar de beste machinale bewerkbaarheid hebben de loodhoudende legeringen of de nieuwe bismuthoudende automaatlegeringen.
- Koperlegeringen zijn niet goed bestand tegen abrasie, maar sommige (de bronssoorten) hebben een goede weerstand tegen adhesieve slijtage in gesmeerde glijsystemen.
- Koperlegeringen zijn niet bijzonder geschikt voor hoge temperaturen (hoger dan 260 °C).
- De meeste koperlegeringen hebben een fcc-kristalstructuur en zijn eenfasig. Bètamessing met een hoog zinkgehalte en sommige soorten brons kunnen bestaan uit twee fasen.
- De soorten berylliumkoper hebben de hoogste sterkte omdat ze door middel van precipitatie gehard kunnen worden. Andere precipitatiehardende legeringen zijn chroomkoper en zirkoniumkoper.
- Aluminiumbronssoorten kunnen via afschrikken worden gehard door martensiettransformatie. Als het gaat om sterkte moeten ze alleen berylliumkoper voor zich dulden.

Illustratief voorbeeld

Materiaal voor balansgewichten

Een nieuw testmachineontwerp vereiste een arm op een spil voor het dragen van een testmonster dat tangentiaal contact maakte met een bewegende abrasieriem. Het ontwerp vereiste dat de belastingsarm in staat was om neutraal te balanceren en om contactkrachten uit te oefenen van 1 tot 10 N. Het ontwerp liet zien dat balanceren kon worden bereikt door een beweegbaar gewicht op een arm. De testkracht zou worden uitgeoefend door een stationair gewicht direct boven de lijn van testmonstercontact. De vraag was waarvan deze gewichten gemaakt moesten worden. De kandidaten waren onder andere roestvast staal, gietijzer, staal en koperlegeringen. Kunststoffen en aluminium gewichten zouden te groot zijn. Keramische materialen zouden te duur zijn. Roestvast staal zou te moeilijk machinaal bewerkbaar zijn. Staal en gietijzer zouden corrosiebescherming nodig hebben. De gewichten moesten er aantrekkelijk uitzien, want ze zouden het richtpunt van de machineactie zijn. Automaten-geelmessing C36000 was de uiteindelijke ontwerpkeuze. Het is uiterst gemakkelijk machinaal te bewerken – het neemt een bijna gepolijste afwerking aan bij machinaal bewerken – het corrodeert niet en het heeft een hogere dichtheid dan alle andere kandidaatmaterialen.

Deze materiaalkeuze bleek zeer succesvol. Blijkbaar is dit waarom messing en brons al honderden, mogelijk duizenden jaren gebruikt worden voor weegschaal- en balansgewichten. Ze veranderen niet van massa door andere oorzaken dan oxidatie, en die kan worden voorkomen door zorgvuldige opslag.

Termenlijst

alfamessing: een koper-zinklegering met een fcc-kristalstructuur
aluminiumbrons: een legering van koper, aluminium en ijzer
berylliumkoper: een legering van koper en beryllium (en mogelijk kobalt)
bètamessing: een koper-zinklegering met meer dan 38 procent zink en een bcc-kristalstructuur
brons: een legering van koper en tin (traditionele definitie)
CDA: Copper Development Association, een Amerikaanse organisatie gericht op koper
DHP: fosfor-gedesoxideerd ('zuiver') koper
ETP: elektrolytisch zuurstofhoudend ('zuiver') koper
fosforbrons: een legering van koper en tin met enig fosfor
geel messing: een legering van koper en zink met meer dan 15 procent zink
% IACS: percentage van de gegloeide koperstandaard (voor elektrische geleidbaarheid)
kopernikkel: een legering van koper en nikkel
loodhoudend tinbrons: een legering van koper, lood en tin
messing: een legering van koper en zink
nikkelzilver: een legering van koper, nikkel en zink
OFHC-koper: koper met minder dan 0,001 procent zuurstof
ontzinking: selectieve aantasting (verwijdering) van zink in messing
P/M-brons: poedermetaalbrons (poreus)
patina: een groenachtige verkleuring van koper, veroorzaakt door blootstelling aan zwavel in de lucht
rood messing: een legering van zink en koper met minder dan 15 procent zink
siliciumbrons: een legering van koper en silicium
smelten: smelten van onzuiver koper als een stap in de zuivering
zuiver koper: een commercieel verkrijgbare koperlegering met minstens 99,8 procent koper

Opgaven

1. 'Zuiver' koper bevat ook
   a. N
   b. H
   c. O
   d. Ca
   e. S
   f. Fe

2. Leg uit wat het effect is van zuurstof op de eigenschappen van zuiver koper.

3. Beschrijf precipitatieharden van berylliumkoper. Wat is het hardingsmechanisme?

4. Een messingsoort is een legering van koper en
   a. Pb
   b. Zn
   c. Ca
   d. Zr
   e. Te
   f. Ni

5. Een bronssoort is een legering van koper en
   a. C
   b. Ni
   c. Mo
   d. N
   e. Sn
   f. Cr

6. Welk van de volgende koperlegeringen is het gemakkelijkst machinaal bewerkbaar?
   a. rood messing
   b. DHP-koper
   c. BeCu
   d. loodhoudend geel messing
   e. Muntzmetaal
   f. tinbrons

7. Welk van de volgende koperlegeringen is het best glijdende tegenoppervlak (veroorzaakt de laagste systeemslijtage) voor gesmeerd gehard staal?
   a. loodhoudend geel messing
   b. berylliumkoper
   c. P/M-brons
   d. fosforbrons

8. Bespreek de geschiktheid van koperlegeringen voor gebruik in zeewater.

9. Wat is ontzinking en welke koperlegeringen zijn er gevoelig voor?

10. Welke koperlegering wordt algemeen gebruikt vanwege de weerstand tegen versmeren?
    a. BeCu
    b. tinbrons
    c. C36000
    d. chroomkoper
    e. aluminiumbrons
    f. siliciumbrons

11. Waardoor wordt koper buitenshuis op den duur groen?

Hoofdstuk 19

Aluminium en aluminiumlegeringen

Deze 78 meter lange autoveerboot, geheel van aluminium, kan 220 auto's, 10 bussen en 250 passagiers vervoeren met een snelheid van 50 knopen vanwege het lage gewicht en de krachtige motoren

Doelstellingen

1. Begrijpen hoe aluminiumlegeringssystemen in elkaar zitten en hoe de legeringen worden aangeduid.
2. Praktische kennis opdoen van de warmtebehandeling en eigenschappen van aluminiumlegeringen.
3. Richtlijnen presenteren voor het selecteren van aluminiumlegeringen.

De technische betekenis van aluminium voor onze wereld wordt waarschijnlijk alleen overtroffen door die van staal. Aluminium kan staal op veel plaatsen vervangen. Aluminium maakt constructies en gereedschappen mogelijk die te zwaar zouden zijn als ze van staal werden gemaakt, zoals vliegtuigen, snelle veerboten, projectielen en satellieten. Het is ook corrosiebestendiger en het is een betere geleider van warmte en elektriciteit.

Ongeveer 25 procent van al het geproduceerde aluminium wordt gebruikt voor containers en verpakkingen die sterk, licht, corrosiebestendig en niet-giftig moeten zijn. Ongeveer 20 procent van de aluminiumproductie wordt gebruikt voor bouwkundige toepassingen zoals vensterprofielen en muurbekledingen. Ook in deze toepassingen wordt aluminium vooral gebruikt vanwege de corrosie-eigenschappen. Tien procent van de aluminiumproductie wordt gebruikt voor elektrische geleiders en de rest voor duurzame artikelen in de industrie, consumptieartikelen, voertuigen en vliegtuigen.

Aluminiumlegeringen zijn essentiële technische materialen en een ontwerper moet dus iets weten over hun eigenschappen, hoe ze op tekeningen aangeduid moeten worden en hoe ze gebruikt moeten worden, zodat ze volgens verwachting functioneren.

19.1 Bereiding van aluminium

In de natuur is aluminium het meest voorkomende metaal. Ongeveer 8 procent van het gewicht van de aardkorst bestaat uit aluminium. Het erts waaruit het meeste aluminium wordt gewonnen, *bauxiet*, is een gehydrateerd aluminiumoxide. Aluminium werd in 1825 voor het eerst in een laboratorium geproduceerd door middel van de reductie van aluminiumchloride. Tot ongeveer 1890 werd aluminium op kleine schaal geproduceerd door middel van ingewikkelde en dure chemische reductie van aluminiumverbindingen. In 1850 kostte aluminium ongeveer 1000 euro per kilo. Dankzij verbeteringen van de verwerkingsmethoden daalde de prijs tot ongeveer 50 euro per kilo in 1860, maar met deze prijs was aluminium nog altijd bijna een edelmetaal. In 1886 werd er een octrooi verleend aan Martin Hall voor een proces waarmee aluminiumoxide-erts kon worden gereduceerd tot aluminium door middel van elektrolyse in een gesmolten zout. In dit proces wordt kryoliet, een natrium-aluminium-fluorverbinding (Na_3AlF_6), gesmolten en aluminiumoxide (Al_2O_3) opgelost in het gesmolten zout. Het zout bevat nu aluminiumionen (Al^{3+}). Vervolgens plaatst men koolstofelektroden in het zoutbad, en laat men een stroom tussen de elektroden lopen. Aan de kathode worden de aluminiumionen gereduceerd tot metallisch aluminium, terwijl er aan de anode zuurstof wordt gevormd. Omdat het zout een hoge temperatuur heeft (ongeveer 953 °C), smelt het aan de kathode gevormde aluminium (het smeltpunt van zuiver aluminium is 659 °C) en verzamelt het zich op de bodem van de cel. Het zakt naar de bodem omdat aluminium een hogere dichtheid heeft dan het gesmolten zout. Figuur 19-1 geeft een schema van de zogenoemde *Hall-cel*.

Door het gebruik van dit type cel daalde de prijs van aluminium en werd commerciële exploitatie van bauxiet mogelijk. Tot aan de Tweede Wereldoorlog werd aluminium nog relatief weinig gebruikt. Door de oorlog werd de aluminiumproductie opgevoerd. Er verschenen andere producenten op het toneel, en het gebruik is sindsdien elk jaar gestaag toegenomen. In 2012 kostte een gietblok van zuiver aluminium ongeveer 1,20 per kilo. Dankzij verbeteringen in de raffinagetechniek is aluminium dus een redelijk betaalbaar technisch materiaal geworden.

19.2 Producten van aluminium

Er zijn honderden aluminiumlegeringen in de handel, maar de gemakkelijkst verkrijgbare legeringen staan vermeld in figuur 19-2. Hierin zien we dat aluminiumlegeringen met alle gewone technieken gegoten kunnen worden. De legeringen in de categorie coquillegieten worden ook gebruikt voor de verloren-wasmethode. Allerlei aluminiumproducten worden gegoten, van motorblokken tot cameraonderdelen.

De halfproducten van aluminiumkneedlegeringen zijn onder meer folie, dunne en dikke plaat, vierkante en ronde staaf, draad, buis, poedermetalen en constructieprofielen zoals I-balken, U-balken en hoekstukken. Voor toepassingen in de lucht- en ruimtevaart worden veel smeedproducten, met open of gesloten matrijs, gebruikt. Ongeveer 10 tot 20 pro-

Oog op duurzaamheid

Aluminium

Naar schatting neemt de productie van aluminium van bauxieterts bijna drie procent van het stroomgebruik van de hele wereld in beslag, om nog maar niet te spreken van de gevolgen voor het landschap van het winnen van bauxiet. In Australië, een van 's werelds grootste producenten van aluminium, is dat meer dan 10 procent van het stroomgebruik van het land. Het is dus geen wonder dat er veel gebruik wordt gemaakt van gerecycled aluminium. Aluminium kan van andere afvalmaterialen worden gescheiden met behulp van wervelstroomsystemen. Brazilië is wereldleider in het recyclen van aluminium: bijna 100 procent van alle aluminium blikjes wordt gerecycled.

Foto: Apeland/Katrine Lunke, Norsk Resirk

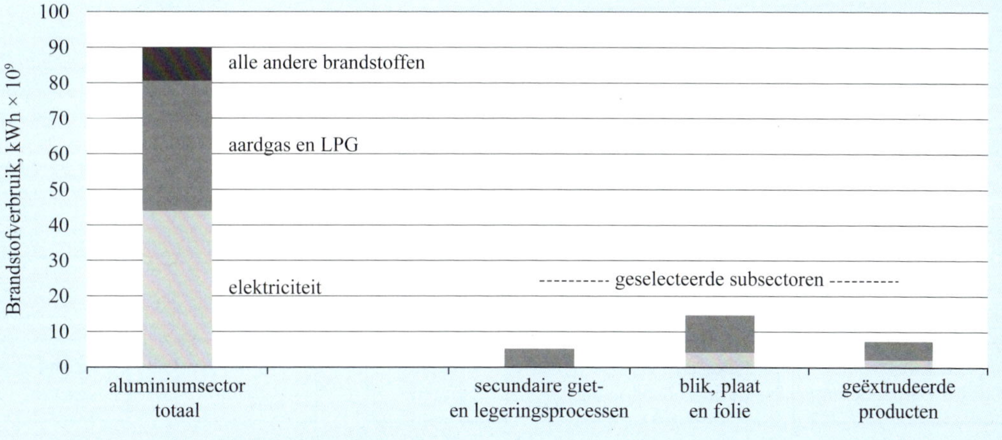

Energieverbuik per vorm in de aluminiumsector en geselecteerde subsectoren

Bron: U.S. Energy Information Administration, Manufacturing Energy Consumption Survey 2006, via www.eia.gov.

cent van alle aluminiumproducten zijn *extrusieproducten*. Deze worden gebruikt voor speciale vormen voor van alles, van potloden tot masten voor zeilboten. Ze kunnen uiterst nuttig zijn in machineontwerpen voor goten en trechters, en voor gietstukken.

De halfproducten van aluminiumkneedlegeringen zijn verkrijgbaar met allerlei speciale afwerkingen. Deze kunnen worden onderverdeeld in mechanische afwerkingen, chemische afwerkingen en coatings. Mechanische afwerkingen zijn onder meer koudwalsen, polijsten en textureren. Chemische afwerking kan bestaan uit etsen, chemisch polijsten en het aanbrengen van chemische conversiecoatings. De categorie coatings bevat onder andere anodiseren, verven, plateren en chemische conversiecoating. Als een voorgestelde toepassing kan profiteren van een voorbehandeld oppervlak, is een fabrieksafwerking een onderzoek waard.

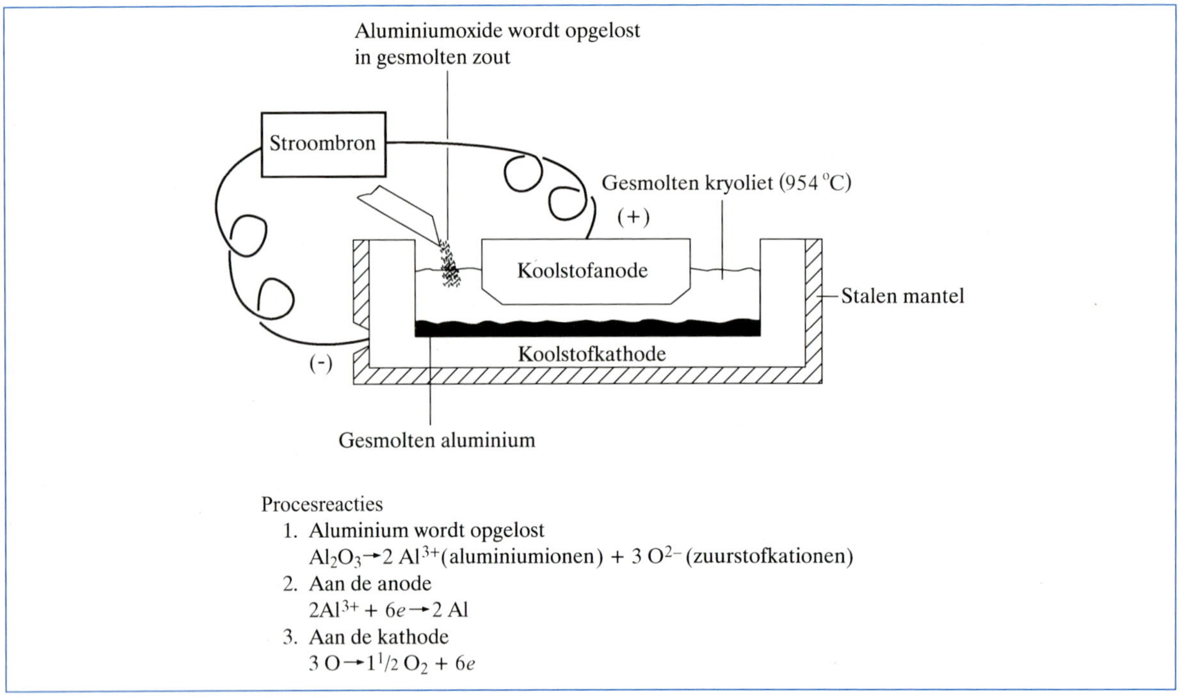

FIGUUR 19-1 Celreductie van aluminiumoxide tot aluminium

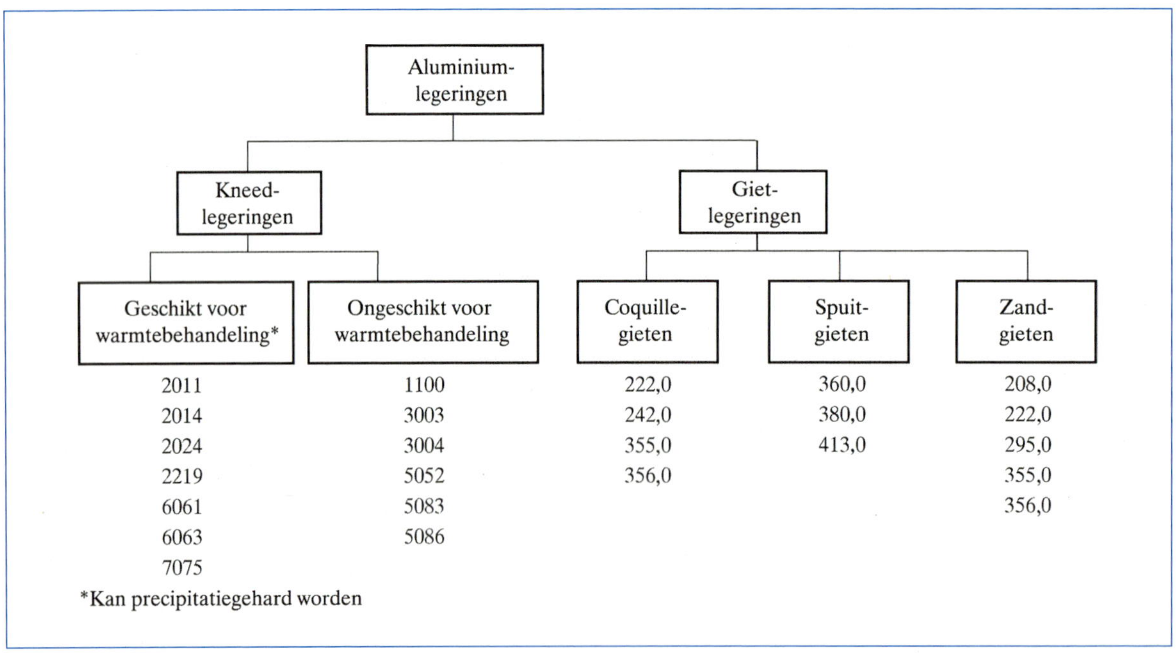

FIGUUR 19-2 Bruikbare giet- en kneedlegeringen van aluminium

NB De aanduidingen zijn afkomstig van de Aluminum Association (zie ook paragraaf 19.5).

19.3 Metaalkundige eigenschappen

Aluminium heeft een fcc-kristalrooster. In vloeibare toestand is aluminium met vele metalen mengbaar, maar geen enkel element is in vast aluminium geheel oplosbaar. Het gehalte aan legeringselementen in bruikbare aluminiumlegeringen is niet groter dan ongeveer vijftien procent. Door toevoeging van elementen zoals koper, mangaan, silicium, magnesium en zink ontstaan belangrijke aluminiumlegeringen met twee of meer fasen.

De binaire fasediagrammen voor deze elementen vertonen allemaal bepaalde overeenkomsten. Ze laten zien dat alle legeringselementen bij hoge temperaturen goed oplosbaar zijn, maar bij kamertemperatuur een geringe oplosbaarheid hebben. Figuur 19-3 geeft een deel van het fasediagram weer voor aluminium-koper. Het grijze gedeelte, aangegeven met α, is het gebied waarin het legeringselement (koper) volledig oplosbaar is in vast aluminium. In het voorbeeld van aluminium-koper is koper bij de eutectische temperatuur van 548 °C tot 5,65 procent oplosbaar. Bij kamertemperatuur bedraagt de oplosbaarheid minder dan 0,02 procent. Deze beperkte oplosbaarheid bij kamertemperatuur betekent dat precipitatieharden (PH) mogelijk is op dezelfde manier als bij berylliumkoper en PH roestvast staal, die we eerder hebben behandeld. Dit bespreken we in de volgende paragraaf.

Op dezelfde manier zorgen de andere belangrijke legeringselementen in aluminium (silicium, magnesium, mangaan en zink) voor versterking. Wanneer ze in combinaties worden toegevoegd, zoals in de 6xxx-serie, moeten de ternaire diagrammen worden geraadpleegd voor de feitelijke oplosbaarheidsvoorwaarden en -temperaturen. Ook bij dat soort complexe legeringen is het precipitatieverschijnsel een gevolg van de zojuist beschreven oplosbaarheidsvoorwaarden. Tabel 19-1 geeft de specifieke oplosbaarheidsgrenzen van belangrijke aluminiumlegeringselementen.

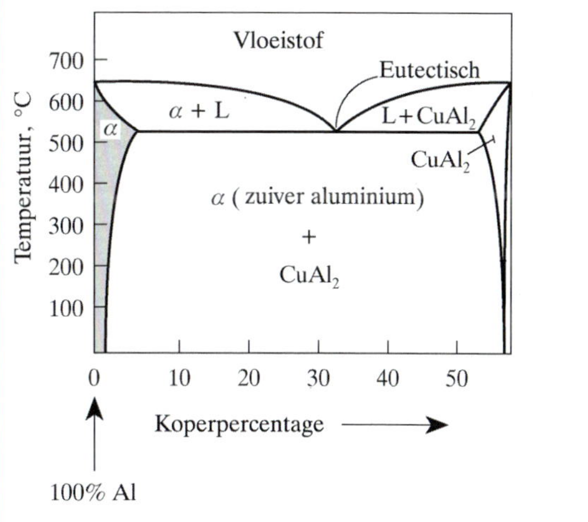

FIGUUR 19-3 Gedeelte van het aluminium-kopertoestandsdiagram

Legeringselementen in aluminium zijn niet alleen belangrijk vanwege hun rol bij het precipitatieharden, maar ze zorgen ook voor effecten als oplossingsversterking, verbeterde machinale bewerkbaarheid en corrosieweerstand. Tabel 19-2 laat een aantal gunstige en ongunstige effecten zien van enkele legeringselementen in aluminium. Vaak ongunstig zijn onder andere de intermetallische verbindingen die ontstaan bij een hoog gehalte aan legeringselementen. Deze legeringselementen zijn meestal hard en bros, en kunnen een onvoordelig effect op de mechanische eigenschappen hebben.

Er worden ook andere elementen toegevoegd voor speciale doeleinden, maar de bovengenoemde elementen zijn de belangrijkste vanwege hun invloed op de verwerkbaarheid en de versterking. In figuur 19-4 zie je een karakteristieke microstructuur van een aluminiumlegering.

TABEL 19-1 Oplosbaarheidsgrenzen van de belangrijkste aluminiumlegeringselementen

LEGERINGS-ELEMENT	OPLOSBAARHEID IN ZUIVER ALUMINIUM BIJ KAMERTEMPERATUUR (%)	OPLOSBAARHEID BIJ DE STOLLINGSTEMPERATUUR, °C
Cu	0,02 (gewichtsprocent)	5,65% bij 548
Mg	2,5	14,9% bij 450
Mn	0,3	1,8% bij 659
Si	0,1	1,65% bij 577
Zn	2	82% bij 382
Li	0,02	7% bij 600

TABEL 19-2 De effecten van de legeringselementen

LEGERINGS-ELEMENT	EFFECTEN
IJzer	Komt van nature in aluminiumerts voor als verontreiniging; in kleine percentages verhoogt het de sterkte en hardheid van sommige legeringen en vermindert het de kans op warmscheuren in gietproducten; vermindert plakken in matrijsvormholten.
Koper	Tot ongeveer 12 procent verhoogt het de sterkte, hogere concentraties veroorzaken brosheid; verbetert de hogetemperatuureigenschappen en machinale bewerkbaarheid; concentraties van meer dan 5 procent reduceren de mogelijkheden voor hardcoaten.
Mangaan	Wordt gebruikt in combinatie met ijzer ter verbetering van de gietbaarheid; wijzigt de aard van de intermetallische verbindingen en reduceert krimp; verbetert de ductiliteit en slagvastheid.
Silicium	Verhoogt de vloeibaarheid van giet- en laslegeringen en vermindert de neiging tot warmscheuren bij stolling; verbetert de corrosieweerstand; toevoegingen van meer dan 13 procent maken de legering uiterst moeilijk machinaal te bewerken.
Magnesium	Verhoogt de sterkte door oplossingsversterking; legeringen met meer dan ongeveer 3 procent (0,5 procent bij toevoeging van 0,5 procent silicium) laten zich precipitatieharden; aluminium-magnesiumlegeringen zijn moeilijk te gieten, want de gesmolten legering heeft de neiging een oxidehuid te vormen in contact met lucht.
Zink	In combinatie met andere elementen bevordert zink een zeer hoge sterkte; verlaagt de gietbaarheid; legeringen met een hoog zinkgehalte zijn gevoelig voor warmscheuren en hoge krimp; percentages van meer dan 10 procent veroorzaken een neiging tot spanningscorrosie; lage concentraties in binaire legeringen (minder dan 3 procent) produceren geen nuttige effecten.
Chroom	Verbetert de geleidbaarheid van sommige legeringen, en werkt in kleine concentraties korrelverfijning in de hand.
Lithium	Wordt toegevoegd aan sommige ruimtevaartlegeringen (brandstoftanks van de spaceshuttle) om het gewicht te verminderen. Deze legeringen hebben bij het gieten een beschermende atmosfeer nodig.
Lood/bismut	Wordt toegevoegd aan sommige legeringen ter verbetering van de machinale bewerkbaarheid; 2011 en 6062 zijn voorbeelden hiervan.
Titanium	Komt van nature voor in aluminiumerts, maar het wordt met opzet toegevoegd aan sommige legeringen om korrelverfijning te bevorderen.
Zirkonium	Wordt gebruikt voor korrelverfijning in sommige ruimtevaartlegeringen.

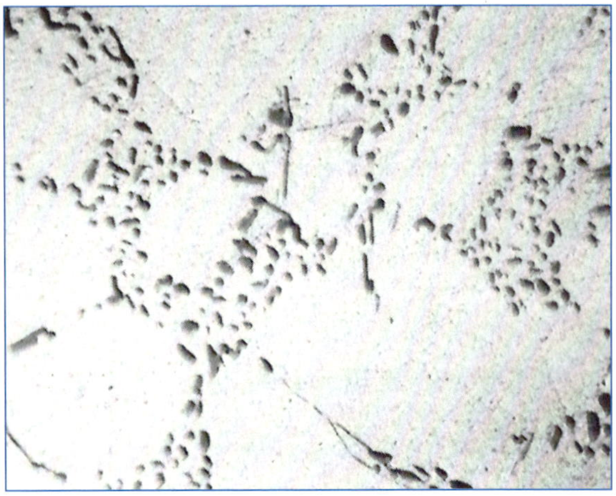

FIGUUR 19-4 Ongeëtste microstructuur van een aluminiumgietlegering (355) met tussen de korrels *intermetallische* verbindingen. Deze tweede fasen worden gevormd als gevolg van de lage oplosbaarheid van vele legeringselementen in aluminium

19.4 Warmtebehandeling

In figuur 19-5 worden typische temperatuurcycli voor warmtebehandelingen van aluminium weergegeven. Deze figuur is bedoeld als illustratie, niet als warmtebehandelingsreferentie. De hoge warmtegeleidbaarheid van aluminium staat abrupte verhitting en afkoeling toe. De enige warmtebehandeling die een zeer langzame afkoeling vereist, is de gloeibehandeling. De onderdelen worden gewoonlijk afgekoeld tot ongeveer 260 °C met een snelheid van 25 °C per uur. Voor de specificatie van warmtebehandelingen moet men zo mogelijk de achtervoegsels (behandelingsaanduidingen) volgens de norm gebruiken (zie paragraaf 19.5).

Gloeien wordt uitgevoerd op koudvervormde legeringen ter verbetering van de omvormbaarheid, (zie A in figuur 19-5). Bij het dieptrekken van onderdelen van plaatmateriaal moet het dieptrekken soms worden afgewisseld met een gloeibehandeling. Gietproducten met een variërende doorsnede stollen soms tot verschillende structuren vanwege de verschillen in afkoelsnelheid. Gloeien maakt de structuur homogener zodat de mechanische eigenschappen gelijkmatiger worden.

Precipitatieharden is waarschijnlijk de belangrijkste warmtebehandeling voor aluminiumlegeringen. Vooral bij aluminiumlegeringen noemt men dit proces ook wel veroudering. Oplosgloeien is de eerste stap in het precipitatiehardings-/verouderingsproces (zie C in figuur 19-5). Het doel is de precipiterende elementen in vaste oplossing te brengen door verwarming tot hoog in het tweefasegebied (zie figuur 19-3). Door afschrikken in water worden deze elementen in vaste oplossing gevangen. Het is mogelijk dat het afschrikken in water na oplosgloeien vervorming veroorzaakt. Daarom is het verstandig om kneedlegeringen in precipitatiegeharde toestand te bestellen bij de fabriek, want die heeft de apparatuur om de vervorming te herstellen. Wanneer oplosgloeien na machinale bewerking nodig is, moet er voor de laatste bewerking voor een royale materiaaltoeslag worden gezorgd. Om aan te geven dat het materiaal een oplosgloeibehandeling gekregen heeft, wordt er een W achter het aanduidingsnummer geplaatst (zie paragraaf 19.5). Dit is een onstabiele toestand en de onderdelen worden meestal niet in deze toestand gebruikt, omdat de eigenschappen in de loop der tijd veranderen. Uitzondering zijn legeringen die spontaan bij kamertemperatuur natuurlijk verouderen. In de vliegtuigindustrie geeft men klinknagels soms een *oplosgloeibehandeling*, waarna ze koud worden opgeborgen om precipitatieharding te voorkomen, en vervolgens in koude toestand worden gebruikt. In deze W-toestand kunnen ze gemakkelijk worden gehamerd en na de montage krijgen ze door natuurlijke veroudering hun maximale hardheid (T3).

Een aluminium-koperlegering met bijvoorbeeld 4 procent koper kan worden precipitatiegehard door verwarming tot een temperatuur waarbij een

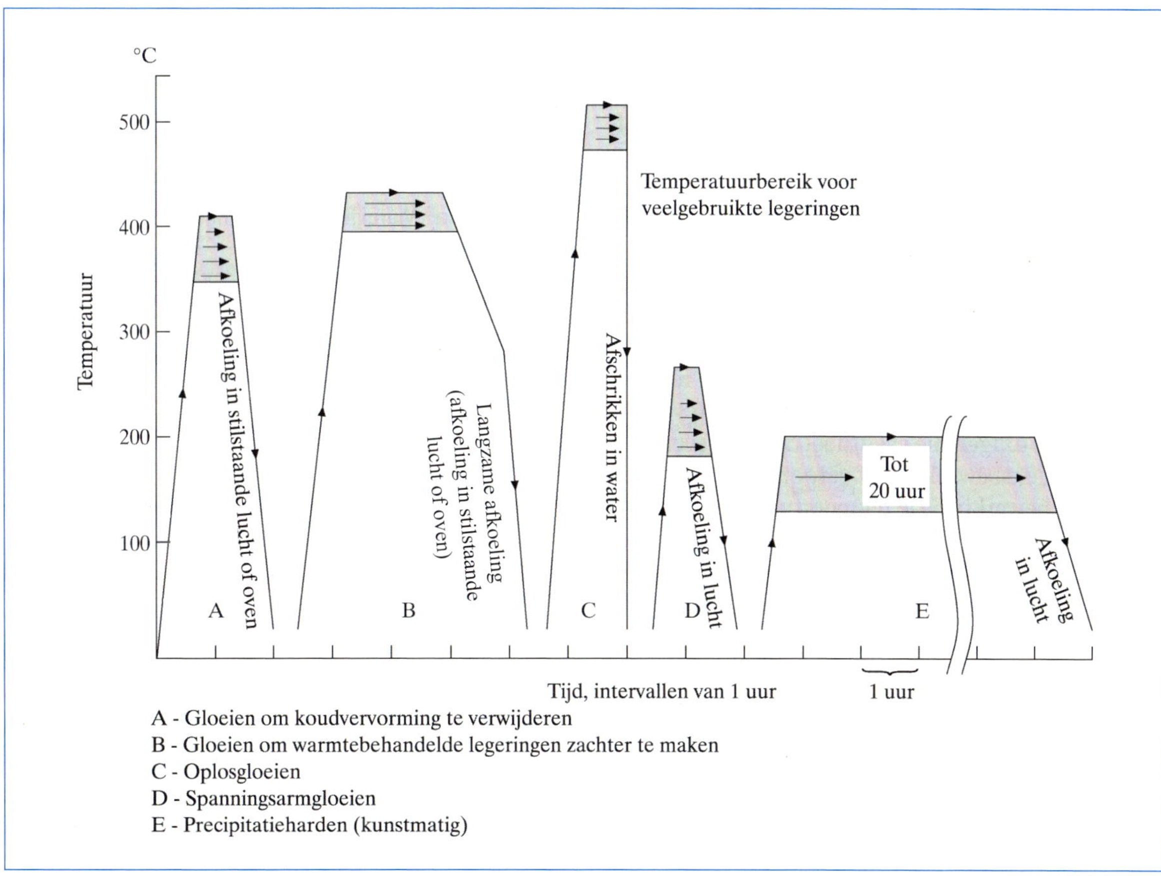

FIGUUR 19-5 Typische warmtebehandelingscycli voor aluminiumlegeringen

Gietlegeringen

Een vergelijking tussen de verschillende aanduidingssystemen voor aluminiumgietlegeringen is helaas niet zo eenvoudig. Omdat dit boek van Amerikaanse oorsprong is, worden in dit hoofdstuk de aanduidingen voor gietlegeringen van de Aluminum Association aangehouden. Deze aanduidingen bestaan uit een viercijferig aanduidingsnummer, waarbij het vierde cijfer wordt voorafgegaan door een decimaalpunt. Soms wordt er voorafgaand aan de vier cijfers een letter toegevoegd om de grenzen van de legeringselementen of onzuiverheden aan te geven. Het eerste cijfer geeft de legeringsgroep aan. Het tweede en derde cijfer duidt een legering binnen een groep aan, en het laatste cijfer de productvorm. Een 0 als laatste cijfer betekent dat het gaat om een gietproduct, het cijfer 1 dat het een gietblok betreft. Tabel 19-9 laat zien hoe de verschillende groepen gietlegeringen in dit systeem worden aangeduid. Soortgelijke achtervoegsels als bij kneedlegeringen worden gebruikt om warmtebehandelingen aan te geven. Een complete legeringsspecificatie moet ook dit achtervoegsel vermelden – bijvoorbeeld 355.0-T6. Het achtervoegsel voor oplosgloeien en precipitatieharden in een oven (kunstmatig) is T6. Bij de aanduiding van gietlegeringen gebruikt men in de VS ook UNS-nummers voor het aangeven van de legering en de behandelingsaanduidingen van de Aluminum Association/ASTM (bijvoorbeeld ASTM B 108 legering A03550-T5). ASTM B 108 vermeldt legeringen die geschikt zijn voor coquillegieten, ASTM B 85 de spuitgietlegeringen, ASTM B 26 de zandgietlegeringen en ASTM B 686 heeft betrekking op de hogesterktelegeringen.

TABEL 19-9 Aanduidingen voor gegoten aluminiumlegeringen van de Aluminum Association

AANDUIDING VAN GIETLEGERING	BELANGRIJKSTE LEGERINGSELEMENTEN
1–99 (oud systeem)	Aluminium + silicium
1xx.x	Minimaal 99,5% aluminium
2xx.x	Koper
3xx.x	Silicium + koper of magnesium
4xx.x	Silicium
5xx.x	Magnesium
6xx.x	Ongebruikte serie
7xx.x	Zink
8xx.x	Tin
9xx.x	Ander element

In Europa is de standaard EN-1780 van toepassing voor de aanduiding van aluminiumgietlegeringen. Deze standaard kent een vijfcijferig nummer voorafgegaan door de letters EN AC-, bijvoorbeeld EN AC-42000. Deze zijn in tabel 19-10 te zien. Soms volgt nog een letter die het soort gietproces aangeeft. De aanduidingen voor behandelingen zijn voorgeschreven door de Europese standaard EN 1706 en bevatten soortgelijke letters als de kneedlegeringen (zie tabel 19-11).

TABEL 19-10 EN 1780-aanduidingen voor gegoten aluminiumlegeringen

BELANGRIJKSTE LEGERINGS-ELEMENT	EERSTE CIJFER	TWEEDE CIJFER	ALGEMENE BENAMING
Koper (Cu)	2xxxx	21xxx	AlCu
Silicium (Si)	4xxxx	41xxx	AlSiMgTi
		42xxx	AlSi7Mg
		43xxx	AlSi10Mg
		44xxx	AlSi
		45xxx	AlSi5Cu
		46xxx	AlSi9Cu
		47xxx	AlSi(Cu)
		48xxx	AlSiCuNiMg
Magnesium (Mg)	5xxxx	51xxx	AlMg
Zink (Zn)	7xxxx	71xxx	AlZnMg

TABEL 19-11 EN 1706-aanduidingen voor de behandeling van aluminiumgietlegeringen

xxxxx-F	Gegoten toestand, geen speciale behandelingen
xxxxx-O	Oplosgegloeid
xxxxx-T1	Afgekoeld na gieten en natuurlijk verouderd bij kamertemperatuur
xxxxx-T4	Oplosgegloeid en natuurlijk verouderd bij kamertemperatuur
xxxxx-T 5	Afgekoeld na gieten en kunstmatig verouderd of oververouderd
xxxxx-T 6	Oplosgegloeid en kunstmatig verouderd
xxxxx-T 64	Oplosgegloeid en kunstmatig verouderd
xxxxx-T 7	Oplosgegloeid en kunstmatig oververouderd (gestabiliseerd)

NB xxxx is de vijfcijferige legeringsaanduiding uit tabel 19-10.

Ontwerpers zijn uiteraard meestal niet betrokken bij de feitelijke warmtebehandelingen van aluminiumonderdelen, maar ze zijn wel verantwoordelijk voor de specificatie van warmtebehandelingen en behandelingsaanduidingen. Koop aluminiumlegeringen zo mogelijk in warmtebehandelde toestand en beperk de eigen behandelingen tot eenvoudig spanningsarmgloeien.

19.6 Fysische en chemische eigenschappen

Aluminium heeft enkele eigenschappen die het een bijzondere plaats geven tussen de andere metalen. Ten eerste is het lichter dan alle andere technische metalen behalve magnesium en beryllium (zie figuur 19-6). Het heeft een dichtheid van ongeveer 2,7 g/cm^3. De relatieve dichtheid van kneedlegeringen ligt tussen ongeveer 2,65 en 2,80 g/cm^3; voor gietlegeringen is het bereik ongeveer 2,50 tot 2,95 g/cm^3 (2,5 g/cm^3 of minder voor Li-Al-legeringen). Dit is een derde van de dichtheid van staal.

Een tweede belangrijke eigenschap van aluminium is de thermische en elektrische geleidbaarheid. Aluminium is een goede elektrische geleider. De geleidbaarheid is ongeveer 60 procent van die van zuiver koper (IACS). Vanwege de lagere dichtheid heeft aluminium een hogere geleidbaarheid per eenheid van massa dan koper. Een aluminiumdraad met een diameter van 10 millimeter heeft dezelfde weerstand als een koperdraad met een diameter van 6 millimeter, en is toch dertien procent lichter dan de koperdraad. De *specifieke weerstand* van aluminiumlegeringen is dus lager dan die van koper. Dit is een belangrijke overweging bij lange kabels voor hoogspanningsleidingen. De uitzettingscoëfficiënten van kneedlegeringen variëren van ongeveer 20 tot 23 × 10^{-6} mm/mm-°C; voor gietlegeringen is het bereik ongeveer 18,7 tot 25 × 10^{-6} mm/mm-°C. Voor toepassingen waarin warmtegeleiding of elektrische geleiding van belang is, kan het nodig zijn de gegevens over geleidbaarheid zorgvuldig door te nemen (zie figuur 19-7). Zoals te verwachten is, heeft de EC-kwaliteit (EC staat voor *electrical conductor*, elektrische geleider) de beste geleidbaarheid

De derde eigenschap die verantwoordelijk is voor de uitgebreide toepassing van aluminiumlegeringen is corrosieweerstand. Aluminium wordt niet vaak gebruikt vanwege chemische bestendigheid, maar voor toepassingen waarbij weerstand tegen atmosferische corrosie belangrijk is, is het waarschijnlijk het meest gebruikte metallische materiaal. Bouwkundige toepassingen van aluminium zien we overal: relingen, vensters, frames, deuren, voegmateriaal enzovoort. De corrosieweerstand van aluminium bespreken we in detail in de volgende paragraaf.

De mechanische eigenschappen van aluminiumlegeringen zijn ook heel belangrijk en worden in paragraaf 19.9 apart besproken. Andere belangrijke eigenschappen van aluminium zijn het hoge reflectievermogen en het feit dat het niet magnetisch is.

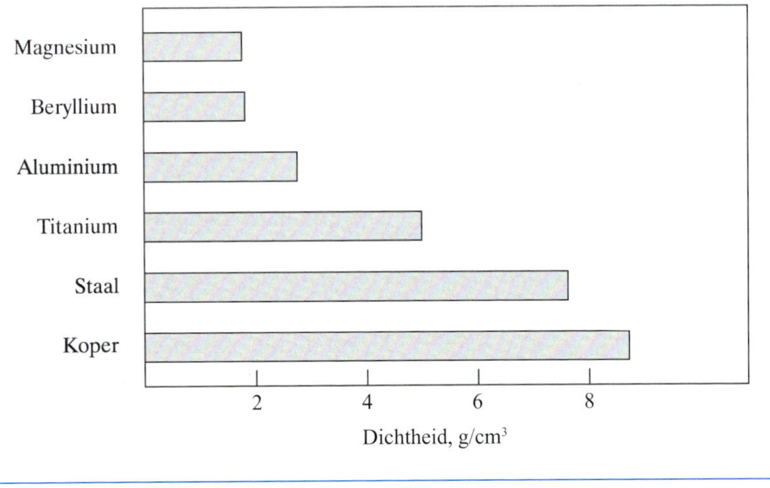

FIGUUR 19-6 Dichtheid van aluminium in vergelijking met andere metalen

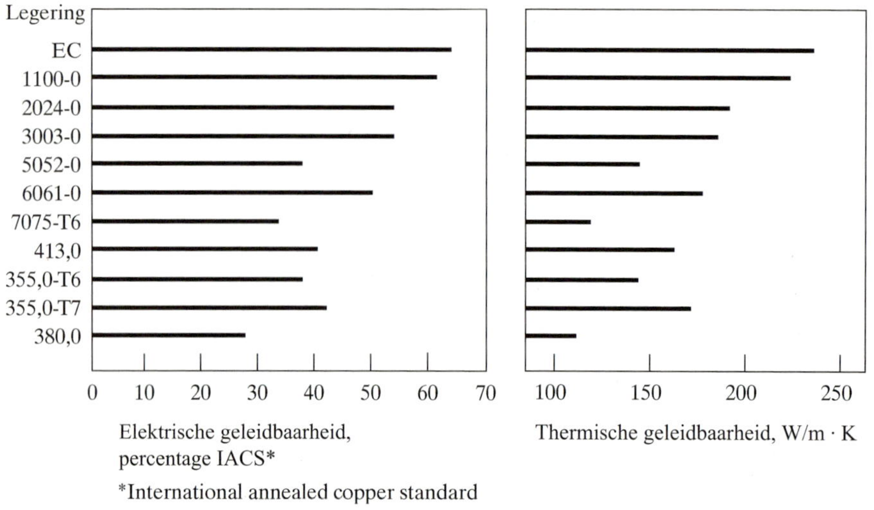

FIGUUR 19-7 Elektrische en thermische eigenschappen van aluminiumlegeringen

19.7 Corrosie

De omgevingen waarmee aluminiumlegeringen te maken kunnen krijgen, kunnen worden onderverdeeld in drie soorten: de atmosfeer binnen- en buitenshuis, water en chemicaliën. In deze bespreking beperken we ons tot een paar opmerkingen over elk van deze gebieden afzonderlijk. Voor specifieke omgevingen dient men gedetailleerde corrosiegegevens te raadplegen.

Atmosferische corrosie

Aluminium en aluminiumlegeringen zijn zeer goede kandidaten om te worden gebruikt voor toepassingen waarbij atmosferische corrosie van belang is. Dit verklaart waarom deze legeringen zoveel in de bouw worden gebruikt. In een typische fabrieksomgeving wordt geen enkele aluminiumlegering aangetast, ook niet na zeer lange tijd. Elke huiseigenaar kent wel een voorbeeld dat deze uitspraak ondersteunt. Op veel huishoudelijke apparaten is aluminium aangebracht in de vorm van sierstrippen, handgrepen, behuizingen of naamplaatjes. Zelfs op de oudste apparaten is het aluminium vaak nog als nieuw.

Buitenshuis hangt de weerstand van aluminium tegen aantasting af van de chemische stoffen in de lucht en de luchtvochtigheid. Corrosietestpanelen die over de hele wereld op stranden staan, laten echter zien dat de corrosiesnelheden in zouthoudende lucht (zeelucht) uiterst laag zijn. In de meeste kneedlegeringen is de corrosie na twintig jaar blootstelling niet verder doorgedrongen dan ongeveer 125 μm. Dit is ongeveer gelijk aan de corrosie in een industriele omgeving. In de buitenlucht is de corrosiesnelheid zo'n twee jaar lang hoog, totdat het oppervlak als gevolg van deze corrosie overal bedekt is met is met een oxidelaag, het *patina*. Als deze laag eenmaal gevormd is, is de corrosiesnelheid zeer laag.

Gietlegeringen gedragen zich op dezelfde manier als bovengenoemde plaatmaterialen, hoewel de corrosiesnelheid iets hoger is. Het materiaalverlies op testrekken aan de kust is na 20 jaar soms wel 0,5 mm. Net als bij kneedlegeringen is er weinig verschil tussen de verschillende legeringen. In bijna alle corrosietoepassingen van aluminiumlegeringen blijkt dat zuiver aluminium de beste weerstand heeft tegen atmosferische corrosie en ook tegen vrijwel alle andere corroderende omgevingen.

Alle legeringen met aanzienlijke hoeveelheden koper, silicium, zink of magnesium zijn vatbaar voor spanningscorrosie, maar zuiver aluminium en de legeringen met lage concentraties legeringselementen gelden als immuun. Het meest vatbaar zijn de legeringen in de 2xxx- en 7xxx- series. Spanningscorrosie kan optreden in vochtige en halogeenhoudende omgevingen. Zeewater veroorzaakt naast spanningscorrosie ook putcorrosie. Alle aluminiumlegeringen worden aangetast door onderdompeling in of besproeiing met zout water, zoals auto's op met zout bestrooide wegen ondervinden. In vochtige omgevingen kunnen de onderdelen vaak tegen spanningscorrosie worden beschermd door de restspanningen te verwijderen. Het gebruik van aluminium in spanningsarmgegloeide toestand (Tx5x) levert meestal voldoende bescherming. Extrusieproducten worden vaak in deze toestand geleverd. Bij de fabrieksverwerking en de extrusie worden de producten vaak kromgetrokken. Bij het rechttrekken worden de extrusieproducten enkele procenten uitgerekt. Het gevolg van deze axiale rek (en de daaropvolgende terugvering) is dat de spanningen overal in het extrusieproduct geëgaliseerd en verlaagd worden. Er bestaan beoordelingscijfers voor de corrosieweerstand van veel legeringen en de beste voorzorg is het raadplegen van deze gegevens. De legeringen in de series 1xxx, 3xxx en 6xxx zijn zeer goed bestand tegen corrosie. (Met name AA 6061 is corrosiebestendig.)

Er moet rekening worden gehouden met de invloed van de omgeving in de 2xxx- en 7xxx-legeringen, die algemeen worden gebruikt in de lucht- en ruimtevaart. Als deze legeringen in een licht corrosieve omgeving aan spanningen worden onderworpen, vertonen ze na lange tijd scheuren door spanningscorrosie of corrosievermoeiing. Er is veel onderzoek gedaan om scheurgroei te kunnen voorspellen, om vervolgens de tijd tussen inspecties en onderhoudsbeurten vast te leggen. Vliegtuigen hebben onder andere last van zeelucht, bijvoorbeeld bij het regelmatig aandoen van luchthavens in de buurt van de zee, zoals Schiphol.

Corrosie door water en zeewater

Aluminium wordt weinig gebruikt voor waterleidingsystemen, want water met ionen van zware metalen zoals koper, lood, tin en nikkel veroorzaakt putcorrosie. Dit geldt zelfs voor neutraal water. In het algemeen is aluminium wel bestand tegen waterige oplossingen met een pH tussen 4,5 en 8,5. Aluminium wordt niet aangetast door gedestilleerd en gedeïoniseerd water, omdat de ionen van zware metalen daaruit gedestilleerd zijn. Alle aluminiumlegeringen, zelfs die met een geanodiseerd oppervlak, worden aangetast door water met een hoge pH-waarde. Er zijn onderdelen volkomen verwoest door kortdurende schoonmaakbewerkingen met een reinigingsmiddel. De meeste reinigingsmiddelen, zelfs gewone zeep, kunnen de pH-waarde zodanig verhogen dat er zichtbaar aantasting optreedt. Coatings zoals een geanodiseerd oppervlak reduceren de schade wel, maar kunnen deze niet verhinderen.

De legeringen uit de 5xxx-serie zijn aanvaardbaar voor gebruik in zeewater, maar aluminiumlegeringen zijn in zeewater vatbaar voor putcorrosie. Er worden op zee veel aluminium boten en buitenboordmotoren gebruikt, maar voor een complete corrosiebescherming is vaak kathodische bescherming of een coating of verflaag nodig. Sommige fabrikanten van scheepsmotoren adviseren om na gebruik te spoelen met zoet water. Afbladderingscorrosie is een ander probleem voor de legeringen 2xxx en 7xxx. De proef voor afbladdering, te vinden in ASTM G 34, wordt uitgevoerd door de proefmonsters eenvoudigweg onder te dompelen in een sterke zoutoplossing. De proef is bedoeld om jarenlange blootstelling aan een zeekustomgeving te simuleren.

Zoals blijkt uit de eerder besproken spanningsreeks is aluminium anodisch ten opzichte van de meeste metalen. Men dient aluminium en aluminiumlegeringen daarom niet te gebruiken in combinatie met andere metalen bij onderdompeling in water of een elektrolyt. Het staat in de spanningsreeks het dichtst bij magnesium en zink, en aan deze metalen kan aluminium dan ook het veiligst gekoppeld worden. Bevestigingsmiddelen en aanzetstukken van roestvast staal geven in aluminiumconstructies normaal gesproken geen problemen bij een gunstige verhouding tussen de oppervlakken van anode en kathode (een aluminium anode met een grote oppervlakte en een roestvaststalen kathode met een kleine oppervlakte (schroeven)).

Chemische corrosie

Zuiver aluminium is bij kamertemperatuur resistent tegen geconcentreerde oplossingen (meer dan 80 procent). Als gevolg van de oxiderende aard van dit zuur ontstaat er blijkbaar een beschermende oxidefilm die een effectieve versperring vormt tegen verdere corrosie. Zuiver aluminium is ook bestand tegen ammoniakoplossingen van allerlei concentraties, veel organische zuren, zwavelhoudende gassen en fluor-koolstofkoelmiddelen. Bij kamertemperatuur zijn de meeste aluminiumlegeringen resistent tegen allerlei petroleumproducten en oplosmiddelen (alcoholen, aceton, ethyleenglycol, methylethylketon, benzine en tolueen). Wanneer aluminium in contact komt met gechloreerde oplosmiddelen, zoals methyleenchloride en koolstoftetrachloride, bestaat echter het gevaar dat er zich een exotherme reactie ontwikkelt. Droge halogeengassen hebben weinig invloed op aluminium, maar als deze gassen vochtig zijn, veroorzaken ze wel aantasting. Sterke basische oplossingen zijn waarschijnlijk de ergste vijanden van aluminiumlegeringen, maar ook oxiderende of reducerende minerale zuren zorgen voor aantasting. Een uitzondering hierop is salpeterzuur.

Aluminium wordt veel gebruikt voor de verwerking van voedingsproducten. Het wordt niet aangetast door vele voedselsoorten, maar nog belangrijker is dat het wordt beschouwd als niet-giftig in vele fabricagesectoren. Iedereen kent wel aluminium potten en pannen, frisdrankcontainers en folieverpakkingen.

Het onderwerp chemische weerstand kan niet met algemene uitspraken worden afgedaan, maar het is voor een ontwerper in ieder geval belangrijk om te onthouden dat zuiver aluminium een betere corrosieweerstand heeft dan alle aluminiumlegeringen. Microbestanddelen van de legering schaden de beschermende oxidefilm. Als de microbestanddelen zich bij de korrelgrenzen geconcentreerd hebben, dat wil zeggen, als ze segregeren, kan er spanningscorrosie ontstaan. De bijbehorende scheurvorming kan optreden in omgevingen die gewoonlijk gelden als slechts licht corroderend.

19.8 Oppervlaktebehandelingen

Aluminium en aluminiumlegeringen kunnen beschermd worden met de gewone galvanische en organische coatings die ook op de meeste andere metalen kunnen worden aangebracht: verf, glasachtig email, organische deklagen enzovoort. Maar anders dan veel andere metalen kan aluminium daarnaast beschermd worden door een taaie en tamelijk dikke coating van zijn eigen oxide. Dit wordt bereikt door het aluminium de anode te maken in een elektrochemische cel zoals voor galvaniseren wordt gebruikt. Dit proces heet *anodiseren*, en is de meest toegepaste oppervlaktebehandeling voor aluminium.

In figuur 19-8 wordt een karakteristieke anodiseeropstelling weergegeven. Het mechanisme bij anodiseren is dat het aluminiumoppervlak elektrochemisch wordt omgezet van metallisch aluminium in *aluminiumoxide*, Al_2O_3. Het anodiseren vindt plaats in zwavelzuur bij kamertemperatuur. Bij het anodiseren van het oppervlak gaat een kleine hoeveelheid aluminium in oplossing. Bij een dunne coating blijkt dan dat er door oplossing en volumetoename een laag gevormd wordt die voor een derde boven het oorspronkelijke oppervlak ligt en voor twee derde eronder. Bij dikke anodische coatings (*hardcoatings*) ligt de laag voor de helft onder en voor de helft boven het oorspronkelijke oppervlak. Dit is een zeer belangrijk punt voor de ontwerper, want hij moet rekening houden met een verandering van de afmetingstoleranties (zie figuur 19-9). De hoge hardheid van aluminiumoxide speelt hierbij ook een rol. Het aluminiumoxide dat door anodiseren ontstaat, is poreus, zodat het moeilijk is om de hardheid nauwkeurig te meten, maar vrijwel altijd is het harder dan het hardste staal (harder dan 1000 kg/mm²). Als de coating na anodiseren machinaal bewerkt moet worden, krijgen de snijwerktuigen het dus zwaar te verduren. Daarom is het de gewoonte om bij de afmetingen van het onderdeel ook rekening te houden met de dikte van de coating, zodat er na het anodiseren geen machinale bewerking nodig is. Voor schroefgaten kunnen de gaten tijdens het anodiseren afgedekt worden, daarna kan de schroef worden ingedraaid.

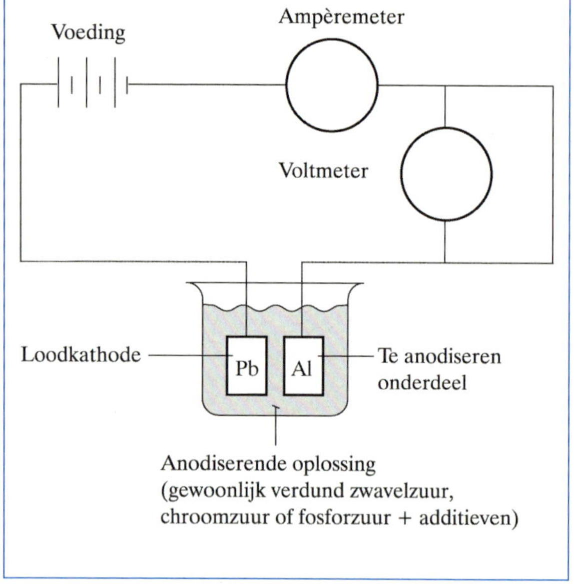

FIGUUR 19-8 Typische anodiseeropstelling

Bijna alle aluminiumlegeringen kunnen met behulp van anodiseren een dunne oppervlaktelaag krijgen (dunner dan 25 μm). Maar legeringen met meer dan 3 procent koper (2011, 2017, 2024) en legeringen met meer dan 5 procent silicium (319, 333, de meeste spuitgietlegeringen, 328) krijgen niet gemakkelijk een dikke geanodiseerde laag (hardcoating). In plaats daarvan verkleuren ze en ontwikkelen soms een vuil, donker oppervlak.

Een speciale manier van anodiseren is *hardcoating*. Een typisch hardcoatbad bestaat uit oplossingen van zwavelzuur en oxaalzuur die worden afgekoeld tot ongeveer 4°C. Er wordt een hogere stroomdichtheid gebruikt dan bij gewoon anodiseren. De coating kan een dikte krijgen van 50 μm of meer en heeft een zwarte tot grijszwarte kleur. De geschiktheid van een legering voor hardcoating varieert (zie tabel 19-12). Het schadelijke effect van silicium betekent dat men veel gietlegeringen niet goed kan hardcoaten. Tabel 19-13 laat een paar typische diktes zien die ontstaan bij anodiseren en bij

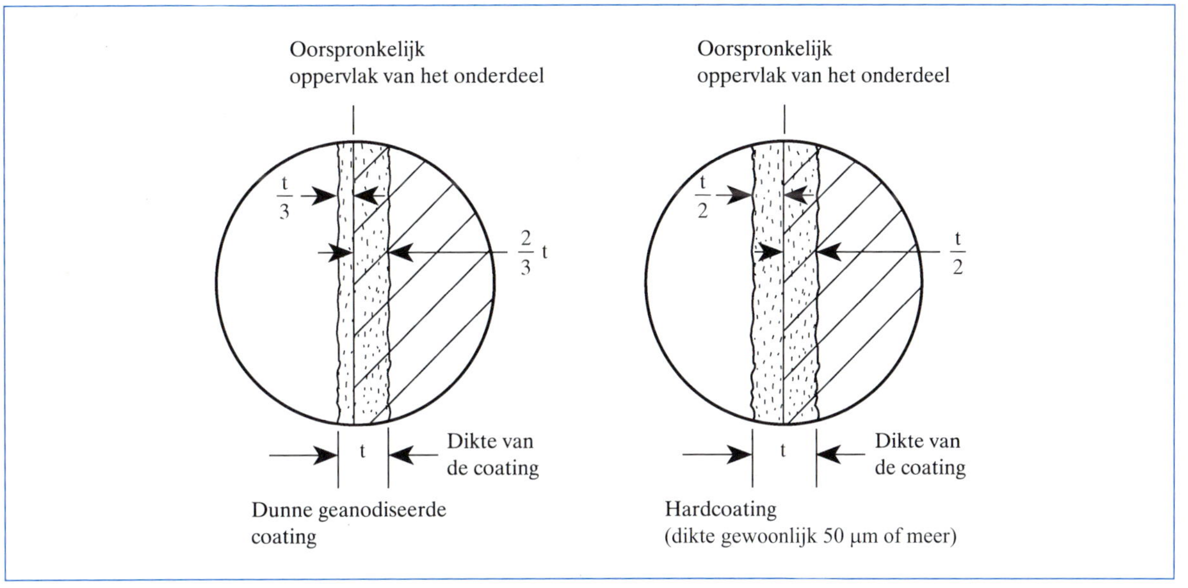

FIGUUR 19-9 Afmetingsveranderingen bij anodiseren en hardcoaten

hardcoating. Als een ontwerp vraagt om aluminium met de meest slijtvaste en dikste coating, dient dit op de tekening als volgt gespecificeerd te worden:

> 50-µm dikke hardcoat op de aangegeven gebieden (of op het gehele oppervlak)

TABEL 19-12 Geschiktheid voor hardcoating (AA-aanduiding)

GESCHIKT VOOR HARDCOATING	MINDER GESCHIKT
5052	2024
6061	355 (gietlegering)
1100	7075
3003	

TABEL 19-13 Leidraad voor diktes en geschikte legeringen

TOEPASSING	DIKTE VAN ANODISCHE COATING (µm)
Decoratief	2,5 tot 7,6
Licht industrieel	7,6 tot 12,7
Zwaar industrieel	12,7 tot 17,7
Slijtvastheid	38,1 tot 51 (hardcoating)

Geanodiseerde coatings groeien loodrecht op het oppervlak en zijn dun op scherpe hoeken. Voor de beste levensduur moeten alle uitwendige hoeken daarom worden afgerond. Hoe dikker de gewenste coating, des te royaler moet de straal zijn. Een typische straal is 0,76 millimeter voor een coating van 25 µm. Een coating van 50 µm dik vereist een straal van 1,5 millimeter.

Helaas verhoogt hardcoating de oppervlakteruwheid. Een oppervlak met een ruwheid van 0,12 µm Ra zou kunnen toenemen tot 0,5 µm Ra op een dikke (0,05 millimeter) gehardcoate deklaag. Op dunne coatings (dunner dan 0,025 millimeter) is deze toename van de ruwheid niet altijd van belang. De grotere ruwheid van een dikke geanodiseerde coating kan voor constructietoepassingen en bouwkundige toepassingen worden genegeerd, maar als de hardcoating bedoeld is voor een slijtoppervlak in een machine, kan het ruwe oppervlak van aluminiumoxide snelle slijtage van het metalen tegenoppervlak veroorzaken. Daarom is hardcoating niet geschikt voor lagerbussen met roterende assen. De roterende as zou te snel slijten. Hardcoating kan wel met succes worden gebruikt voor lagerbussen en spieen met een lineaire beweging, omdat de slijtoppervlakte daarbij gewoonlijk groter is. Geanodiseerde oppervlakken worden meestal niet gebruikt tegen rolelementen, kogels en rollen, want dan wordt het aluminiumsubstraat vervormd, wat leidt tot scheuren in de coating.

Geanodiseerde coatings hebben een uiteenlopende porositeitsgraad (zie figuur 19-10). Voor de beste corrosieweerstand kan men de porositeit verminderen door middel van een afdichtbewerking. Wanneer de geanodiseerde coating in heet water wordt ondergedompeld, wordt het oxide omgezet in een gehydrateerde vorm. Daarbij zwelt het oppervlak op en worden de poriën kleiner (*afgedicht*). Als er een *kleurstof* in het water wordt gedaan, trekt de kleur in de coating. Bouwproducten en sierstrippen van auto's worden vaak met behulp van dit proces gekleurd. Deze coatings schilferen of bladderen niet af, zoals verf wel doet, want ze maken een integraal deel uit van het metaaloppervlak.

FIGUUR 19-10 Doorsnede van een gehardcoat aluminium onderdeel (zwart gebied) (×400)

Een oppervlaktebehandeling is lang niet in alle toepassingen mogelijk. Voorbeelden van ongeschikte toepassingen zijn grote constructies, onderdelen die bij de montage machinaal bewerkt of omgevormd moeten worden, en onderdelen waarbij coatings de elektrische geleidbaarheid kunnen beïnvloeden (een geanodiseerde coating is een isolator).

Aluminiumlegeringen kunnen ook door middel van conversiecoatings worden beschermd. Onderdelen kunnen bijvoorbeeld ondergedompeld worden in een chroomhoudende oplossing. Door de reactie worden zij gechromateerd. Deze coatings geven niet alleen corrosiebescherming, maar kunnen ook dienen als hechtingslaag voor andere coatings.

Rond 2000 werd een plasmagesteund hardcoatingproces commercieel verkrijgbaar in Europa en de Verenigde Staten. Het proces levert diktes van 200 μm of meer, en de coating is kristallijn in plaats van amorf zoals een conventionele hardcoating. Laboratoriumproeven hebben aangetoond dat deze hardcoating meer weerstand geeft tegen abrasie en erosie dan conventioneel anodiseren en hardcoaten. Dit soort coatings kan echter niet op alle aluminiumlegeringen worden opgebracht. Ook kan de coating ruwer zijn (hogere Ra) dan een conventionele hardcoating, maar het is een interessante mogelijkheid voor toepassingen waarbij bekend is dat conventionele hardcoatings niet voldoen aan de verwachtingen.

Ten slotte willen we graag opmerken dat er weliswaar nummeraanduidingssystemen zijn voor coatings en oppervlakteafwerkingen, maar dat er zoveel van zulke afwerkingen zijn dat de beste manier om er iets over te weten te komen bestaat uit het aanvragen van een afwerkingenhandboek bij een aluminiumleverancier.

19.9 Mechanische eigenschappen

Tabel 19-14 geeft een overzicht van de mechanische eigenschappen van populaire aluminiumlegeringen. De belangrijkste factor bij het selecteren van aluminiumlegeringen voor constructietoepassingen is waarschijnlijk de elasticiteitsmodulus. De elasticiteitsmodulus varieert van 70 tot 80 GPa. Uit figuur 19-11 blijkt dat aluminiumlegeringen niet zo stijf zijn als staalsoorten. Bij het vervangen van stalen onderdelen door aluminium moet men hiermee rekening houden. De elastische vervorming is drie keer zo groot als bij staal met dezelfde doorsnede. Koper en titanium hebben een grotere stijfheid dan aluminium, maar er bestaat geen enkele kunststof (afgezien van kunststoffen met een versterking van koolstof- en boriumvezels) die de stijfheid van aluminium zelfs maar benadert. Soms wil een ontwerper een onderdeel lichter maken en kiest dan voor aluminium. Als er een kleinere doorsnede kan worden gekozen, kan een onderdeel van staal net zo licht gemaakt worden als een onderdeel van aluminium, want staal heeft een hogere modulus en een grotere sterkte. De specifieke stijfheid (modulus/dichtheid) van aluminium is ongeveer gelijk aan die van staal. De modulus hangt niet noemenswaardig af van de legering, behalve in het geval van aluminium-lithiumlegeringen (AA 2196, AA 2050, AA 2198 enzovoort). Deze legeringen kunnen tot 3 procent lithium bevatten, dat veel lichter is dan aluminium (een soortelijk gewicht van 0,53 vergeleken met 2,7 voor aluminium). De modulus van deze legeringen kan

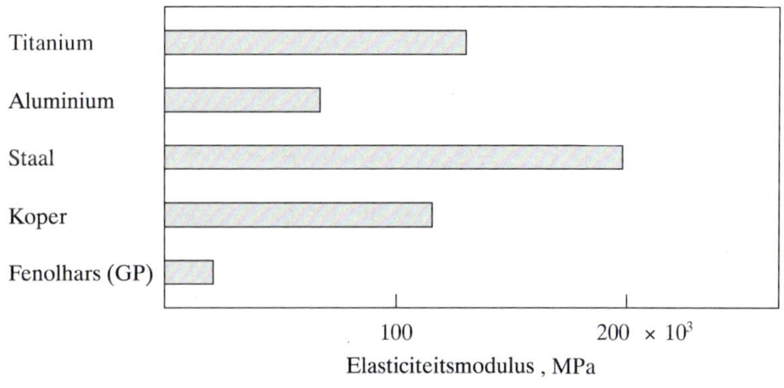

FIGUUR 19-11 De stijfheid van aluminium vergeleken met die van andere technische materialen

hoog zijn, tot 80 GPa; deze hoge modulus, gekoppeld aan de lagere dichtheid, maakt de specifieke stijfheid van aluminium-lithiumlegeringen hoger dan die van andere aluminiumlegeringen. Om deze redenen worden aluminium-lithiumlegeringen steeds vaker gebruikt in vliegtuigen, waarvoor specifieke stijfheid van belang is.

De hardheid van aluminiumlegeringen varieert van ongeveer 20 HB tot ongeveer 120 HB, maar speelt voor het selecteren van een legering op grond van de mechanische eigenschappen meestal geen rol van betekenis. De hardste aluminiumlegering is zachter dan een zacht soort staal. Hardheid zegt niet alles over de slijtvastheid. Het is zelfs moeilijk om de hardheid van aluminium te gebruiken voor het vaststellen van de warmtebehandelings- of koudvervormingstoestand. Het belangrijkste nut van de hardheidswaarde is dat deze aangeeft hoe het met de machinale bewerkbaarheid staat. Een legering met een hoge hardheid is waarschijnlijk beter machinaal bewerkbaar dan een legering met een lage hardheid. Anodiseren en hardcoating geven aluminium een oppervlaktehardheid die vergelijkbaar is met die van de hardste staalsoorten. Deze oppervlaktehardheid geeft het materiaal een zekere slijtvastheid, maar betekent wel dat het materiaal niet machinaal bewerkt kan worden. In een glijsysteem vormen een gehardcoat oppervlak en een gehard gereedschapsstaal of een ander gehardcoat oppervlak wat de slijtage betreft een aanvaardbare combinatie. Omdat anodiseren een oppervlak ruwer maakt, is het niet raadzaam om geanodiseerd aluminium tegen een zacht metaal te laten glijden. Het zachte metaal zal dan tegen het ruwe oppervlak afslijten. Ook in toepassingen zoals lagerbussen kan men beter geen geanodiseerde oppervlakken gebruiken.

Kneedlegeringen

De treksterkte van aluminiumlegeringen loopt uiteen van 90 MPa voor zuiver aluminium (1100) tot wel 675 MPa voor een zink-koper-magnesiumlegering in precipitatiegeharde toestand (7001-T6). De verschillende soorten zuiver aluminium, 1350 en 1100, worden gebruikt voor toepassingen waarbij sterkte niet bijzonder belangrijk is. De 1350-soorten (elektrische geleider) worden gebruikt voor bedrading en verzamelrails en dergelijke. Type 1100 wordt gebruikt voor reflectoren, naamplaten, voegmateriaal, dakbedekking en voor toepassingen waarbij een goede corrosieweerstand van belang is.

De andere legeringen die niet geschikt zijn voor warmtebehandelingen, de 3xxx- en 5xxx-series, hebben een treksterkte tussen 110 MPa en ongeveer 345 MPa. De 3003-legering is een legering voor algemeen gebruik die een goede omvormbaarheid, lasbaarheid en corrosieweerstand heeft. Deze legering wordt gebruikt als plaatmateriaal voor machines (bedekkingen, stortgoten, beschermkasten, kabelgoten, schakelkasten en dergelijke).

Als dit soort eigenschappen gewenst zijn, maar er een hogere sterkte nodig is, dan is de 5xxx-serie een goede keus. Type 5052 wordt veel gebruikt voor opslagtanks, constructieonderdelen en onderdelen die corrosiebestendig moeten zijn.

In de groep warmtebehandelbare soorten geldt de 6xxx-serie als middelmatig sterk en gelden de 2xxx- en 7xxx-series als hogesterktelegeringen. De prijs voor deze hogere sterkte is een mindere verwerkbaarheid. Legeringen zoals 6061 en 6063 hebben een goede lasbaarheid en een matige omvormbaarheid, legeringen 2024 en 7075 hebben een geringere lasbaarheid en slechte omvormbaarheid. De eerstgenoemde legeringen worden gebruikt voor

TABEL 19-14 Typische waardes voor de eigenschappen van veelgebruikte kneedlegeringen en gietlegeringen van aluminium[a] (aanduidingen van de Aluminum Association)

Aluminium-legering	Nominale chemische samenstelling %	Typische[b] treksterkte MPa	Typische[b] rekgrens MPa	Typische %[b] verlenging	Typische elasticiteitsmodulus[b] GPa	Typische toepassingen
1060 UNS A91060	99,60 min. Al	70 130	30 125	43 6	69	Gelaste tanks, chemische uitrusting
1100 UNS A91100	99,0 min. Al, 0,12 Cu	90 165	35 150	35 5	69	Onderdelen van plaatmetaal (luchtkanalen, beschermplaten enz.)
1145 UNS A91145	99,45 min. Al	75 165	35 145		69	Folie, warmtewisselaarlamellen
2014 UNS A92014	4,4 Cu, 0,8 Si, 0,8 Mn, 0,50 Mg, Bal Al	185 485	95 415	18 13	73	Voertuig- en vliegtuigframes
2024 UNS A92024	4,4 Cu, 1,5 Mg, 0,6 Mn, Bal Al	185 495	75 395	22 13	73	Bevestigingsmiddelen, vliegtuigonderdelen
2219 UNS A92219	6,3 Cu, 0,3 Mg, 0,06 Ti, Bal Al	170 475	75 395	18 10	73	Zeer sterke lassen – gebruiken tot aan 315 °C
3003 UNS A93003	1,2 Mn, 0,12 Cu, Bal Al	110 200	40 185	35 7	69	Onderdelen van plaatmetaal (luchtkanalen, beschermplaten, motorkappen enzovoort)
3004 UNS A93004	1,2 Mn, 1,0 Mg, Bal Al	180 215	70 170	22 16	69	Onderdelen van plaatmetaal, tanks
4043 UNS A94043	5,2 Si, Bal Al					Lasmetaal
5052 UNS A95052	2,5 Mg, 0,25 Cr, Bal Al	195 260	90 215	27 12	70	Onderdelen van plaatmetaal, buizen
5083 UNS A95083	4,4 Mg, 0,7 Mn, 0,15 Cr, Bal Al	290 315	145 230	22 16	71	Drukvaten, boten, vliegtuigonderdelen
5086 UNS A95086	4,0 Mg, 0,45 Mn, 0,15 Cr, Bal Al	260 290	115 205	22 12	71	Drukvaten, boten, vliegtuigonderdelen
6061 UNS A96061	1,0 Mg, 0,6 Si, 0,28 Cu, 0,20 Cr, Bal Al	125 310	55 275	27 13	69	Bevestigingen, frames, rollen, assen
6063 UNS A96063	0,7 Mg, 0,4 Si	150 240	90 215	12	69	Geëxtrudeerde productvormen – bouwproducten, pijpen, buizen, U-balken enzovoort
355.0 (cast) UNS A03550	0,25 Cr, 1,2 Cu, 0,6 Fe Max, 0,5 Mn, 5 Si, Bal Al	140 425	220 170	2	—	Zandgiet- en coquillegietproducten voor algemeen gebruik
380 (spuitgieten) UNS A03800	3,5 Cu, 2 Fe, 8,5 Si, 0,5 Mn Max, Bal Al	160	320	2,5	—	Spuitgietproducten voor algemeen gebruik
201 (cast) UNS A02010	0,1 Si, 4,6 Cu, 0,45 Mn, 0,35 Mg, 0,25 Ti, Bal Al	345	415	3	—	Hogesterktezandgietproducten – zie ASTM B 686

a Bij diverse warmtebehandelingen, O, H18, T6 enzovoort.
b Uit diverse bronnen – niet bedoeld voor ontwerpen.

constructieonderdelen, tenzij de sterkte van de legeringen van de 2xxx- of 7xxx-series onontbeerlijk is. De onderdelen die gemaakt worden van de precipitatiehardende legeringen lopen uiteen van machineframes tot ultrasone transducers.

Gietlegeringen

De sterkte van de gietlegeringen van aluminium hangt af van de gietmethode. Bij het gieten in een metalen matrijs, een proces waarbij een snelle afkoeling optreedt, ontstaat er een sterker product dan bij het zandgieten van dezelfde legering. Tot de gietlegeringssystemen behoren legeringen van aluminium en Si, Cu-Si, Si-Mg, Zn-Mg en Si-Ni-Mg-Cu. Sommige legeringen kan men precipitatieharden (333.0, 355.0, 356.0, 520.0), maar de treksterkte in precipitatiegeharde toestand is toch nog lager dan die van veel kneedlegeringen. Bovendien is ook de ductiliteit vaak lager (minder dan 10 procent rek) dan de norm is voor kneedlegeringen. Voor een ontwerper of gebruiker die slechts een enkele keer een aluminium gietproduct nodig heeft, is de legering 355.0 voldoende. Dit is een precipitatiehardbare legering voor algemeen gebruik die geschikt is voor zandgieten of coquillegieten. Deze legering is goed lasbaar en machinaal bewerkbaar, en heeft een redelijke sterkte. Het is een legering met 5 procent silicium, 1,3 procent koper en 0,5 procent magnesium.

Als er voor een gewone toepassing een spuitgietproduct nodig is, dan is de legering 380.0 meestal geschikt. Deze is goed gietbaar en heeft na het gieten een treksterkte van wel 330 MPa.

Aluminium-lithiumlegeringen

In de jaren zeventig en tachtig werd er tamelijk veel onderzoek gedaan naar mogelijkheden om de mechanische eigenschappen van aluminiumlegeringen te verbeteren. Er stonden voor dit onderzoek vele wegen open, waarvan er twee in het midden van de jaren tachtig tot commercieel succesvolle legeringen leidden: aluminium-lithiumlegeringen en metaalmatrixcomposieten met aluminium als de matrix.

Lithium is met een dichtheid van 0,53 g/cm^3 het lichtste metaal (de dichtheid van aluminium bedraagt 2,7 g/cm^3). Het toevoegen van 1 procent lithium aan een aluminiumlegering kan de dichtheid met 6 procent verlagen. In de luchtvaartindustrie is men voortdurend op zoek naar manieren om vliegtuigframes lichter te maken. Dankzij aluminiumlithiumlegeringen met 2 tot 3 procent lithium zijn veel vliegtuigonderdelen 10 procent lichter geworden. Lithium wordt toegevoegd aan standaard giet- en kneedlegeringen zoals 2024. Lithium in kleine hoeveelheden verhoogt de elasticiteitsmodulus van aluminiumlegeringen, maar het kan een ongunstig effect hebben op de breuktaaiheid en de ductiliteit. Veel van het onderzoek naar aluminiumlithiumlegeringen is gericht op het oplossen van het breuktaaiheidsvraagstuk. Eind jaren tachtig hadden de aluminiumlegeringen met 2 tot 3 procent lithium ongeveer dezelfde sterkte als hun tegenhangers zonder lithium en een elasticiteitsmodulus van ongeveer 80 GPa, tegenover 70 GPa voor de gewone aluminiumlegeringen. De breuktaaiheid en ductiliteit waren iets lager dan die van hun tegenhangers zonder lithium. Er zijn tegenwoordig minstens 10 aluminium-lithiumlegeringen in de handel, die gebruikt worden voor gewichtsreductie in vliegtuigen en ruimtevaartuigen. De meeste van deze legeringen bevatten tussen 1 en 2 procent lithium, bijvoorbeeld EN AW-8090.

19.10 Aluminiummatrixcomposieten

Sinds de jaren zestig van de vorige eeuw worden metalen sterker en stijver gemaakt door er versterkingen in op te nemen in de vorm van deeltjes, whiskers of continue vezels. In de jaren zeventig en tachtig werd er overal in de auto-industrie naar gestreefd om het gewicht van auto's te reduceren, waardoor het gebruik van aluminium in auto's in deze periode sterk toenam. Als er een soort aluminium gemaakt kon worden met de sterkte en taaiheid van staal, zouden de meeste auto-onderdelen van dat materiaal worden gemaakt. Dit is een van de bestaansredenen van aluminium-metaalmatrixcomposieten.

Aluminium versterkt met SiC-deeltjes werd ontwikkeld voor bijvoorbeeld velgen en motoronderdelen. In 1995 waren er een aantal autofabrikanten die in hun productiemotoren gebruikmaakten van drijfstangen van SiC-versterkt aluminium. Bij aluminiumfabrieken zijn aluminiumstaven met een versterking van siliciumcarbidewhiskers verkrijgbaar. Deeltjes of partikels hebben een grootte in de orde van tientallen micrometers. Het toevoegen van deeltjes op nanometerschaal aan metalen werd *dispersieharding* genoemd. Dispersieversterkt (bijvoorbeeld met 15 volumeprocent Al_2O_3) zuiver aluminium voor hoogspanningsleidingen kan een gelijke sterkte en kruipvastheid hebben als koper, maar is lichter bij dezelfde stroomcapaciteit.

Vezels van onder meer aluminiumoxide, siliciumcarbide en koolstof worden aan aluminium toegevoegd om dezelfde functie te vervullen als glasvezels in vezelversterkte kunststoffen. De versterkingen zijn veel sterker dan de matrix en het is de functie van de matrix om de belasting over te brengen op de sterkere en stijvere versterkingen. Polymeercomposieten kunnen zeer sterk en stijf worden gemaakt, maar omdat ze een polymeermatrix hebben, zijn ze niet bestand tegen de hoge temperaturen die vaak voorkomen in allerlei toepassingen, met name in automotoren. Dit is om die reden het toepassingsgebied voor de metaalmatrixcomposieten.

Een van de eenvoudigste manieren om aluminiumcomposieten te versterken is een gietvorm op te vullen met bijvoorbeeld gevlochten koolstofvezels en het aluminium vervolgens onder druk te gieten, zodat het in de versterking doordringt. Versterkingen in de vorm van whiskers of deeltjes kunnen aan aluminium worden toegevoegd door middel van P/M-technieken, waarna de gesinterde onderdelen direct worden gebruikt of door middel van HIP (heet isostatisch persen) tot maximale dichtheid worden geperst. Deze techniek kan ook worden gebruikt om blokken te maken die met normale wals- en warmvervormingstechnieken verder worden bewerkt. Continue vezels kunnen als versterking aan aluminium worden toegevoegd met een techniek die op pultrusie lijkt. Koolstof- of boriumvezels worden door een bad van gesmolten aluminium getrokken, waarna van de gevormde draden door middel van warmvervormen platen of andere bruikbare productvormen worden gemaakt.

Met een volumepercentage van 35 procent SiC-vezels is een treksterkte bereikt van wel 1725 MPa. De elasticiteitsmodulus van deze composiet is 214 GPa, meer dan driemaal de stijfheid van gewoon aluminium. De dichtheid van de meeste aluminiummetaalmatrixcomposieten is ongeveer gelijk aan die van onversterkt aluminium. Dankzij de verhoogde sterkte en stijfheid van deze materialen hebben ze een hogere specifieke sterkte en stijfheid dan met gewone, onversterkte metalen haalbaar is.

Aan het toevoegen van versterkingen aan aluminium zijn dezelfde problemen verbonden als aan het versterken van polymeercomposieten: hechting van de matrix aan de vezels, de prijs van zeer sterke vezels en de richtingsafhankelijkheid van bepaalde eigenschappen. Ter verbetering van de binding tussen versterking en matrix worden vaak PVD-coatings gebruikt. De prijs van de versterking wordt bepaald door de markt, maar sinds het begin van de jaren tachtig is de prijs van koolstofvezels en sommige andere versterkingsmaterialen gestaag gezakt. Het vraagstuk van de richtingsafhankelijkheid moet aangepakt worden met een goed ontwerp – van de versterking of van de belasting van onderdelen die richtingsafhankelijke eigenschappen hebben. Het proces is inmiddels een commerciële realiteit en versterkt aluminium moet dan ook worden overwogen wanneer blijkt dat de gewenste sterkte of stijfheid niet bereikt kan worden met gewone aluminiumlegeringen. Aluminiummatrixcomposieten kosten echter nog veel meer dan kneedlegeringen, dus vormen de kosten een selectiefactor.

19.11 Het selecteren van legeringen

Alle (meer dan 400) aluminiumlegeringen die in de handel zijn, hebben een bepaalde bestaansreden. Elk van die legeringen doet wel iets beter dan andere legeringen, maar voor de ontwerper is het een hele opgave om vertrouwd te raken met zoveel legeringen. Eerder hebben we erop gewezen dat aluminiumlegeringen kunnen worden onderverdeeld op basis van hun geschiktheid voor warmtebehandeling. Ook een indeling volgens giettechniek is mogelijk. Binnen elk van deze categorieën kan bovendien een aantal legeringssystemen worden onderscheiden. De gemiddelde ontwerper en gebruiker kan waarschijnlijk voldoen aan de meeste eisen met een repertoire van een zevental kneedlegeringen, aangevuld door een legering voor zandgieten, een legering voor coquillegieten en een spuitgietlegering. (Een asterisk geeft een precipitatiehardbare legering aan.)

1. *Kneedlegeringen:* (AA- of EN AW-aanduiding)
   1100 (zuiver Al)
   2024* (4,4% Cu, 0,6% Mn, 1,5% Mg)
   3003 (1,2% Mn, 0,12% Cu)
   5052 (2,5% Mg, 0,25% Cr)
   6061* (0,6% Si, 0,27% Cu, 1,0% Mg, 0,20% Cr)
   6063* (0,4% Si, 0,7% Mg)
   7075* (2,5% Mg, 1,6% Cu, 0,3% Cr, 5,6% Zn)
2. *Zandgietlegering:* (aanduiding van de Aluminum Association)
   355.0* (5,0% Si, 1,2% Cu, 0,5% Mg, 0,25% Cr)
3. *Spuitgietlegering:* (aanduiding van de Aluminum Association)
   380.0 (8,5% Si, 2,0% Fe, 3,5% Cu, 3,0% Zn)

We hebben ook in dit hoofdstuk geprobeerd te laten zien dat er weliswaar zeer veel verschillende aluminiumlegeringen met dito eigenschappen verkrijgbaar zijn, maar dat een ontwerper in de meeste gevallen wel voldoende heeft aan een klein repertoire van legeringen. De relatieve machinale bewerkbaarheid van enkele legeringen wordt in figuur 19-12 weergegeven. Als er bewerkingen aan de draaibank nodig zijn, kan de aluminiumlegering van automatenkwaliteit 2013 aan dit repertoire worden toegevoegd. De lasbaarheid van aluminiumlegeringen is aanvaardbaar, met uitzondering van 2024, 7075 en 380. Bij het lassen van aluminiumlegeringen wordt als lasmetaal meestal legering 4043 gebruikt. Als de hierboven beschreven eigenschapsgegevens niet voldoende zijn, is er een overvloed aan aanvullende gegevens over mechanische eigenschappen te vinden in aluminiumhandboeken. ■

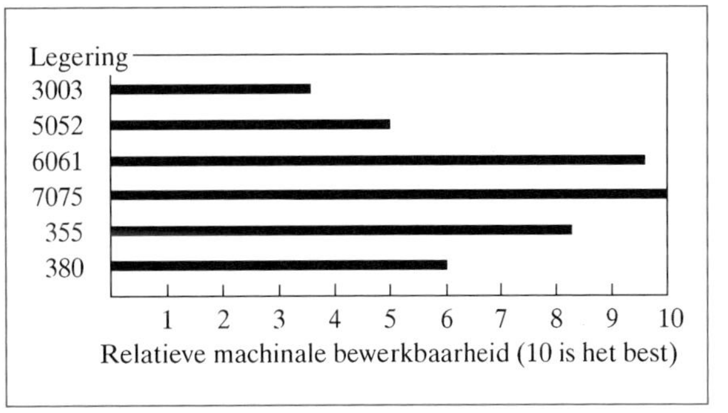

FIGUUR 19-12 Machinale bewerkbaarheid van aluminiumlegeringen in precipitatiegeharde toestand of volledig walsgeharde toestand

Samenvatting

Als technisch materiaal is aluminium bijna onmisbaar geworden. Het wordt veel gebruikt in machines voor allerlei constructieonderdelen (zie figuur 19-13). Het is ook een belangrijk materiaal voor consumptieartikelen vanwege de goede verwerkbaarheid en het aantrekkelijke uiterlijk. In bouwkundige toepassingen is aluminium nog steeds sterk vertegenwoordigd op de markt van raam- en deurkozijnen. Voor hoogspanningsleidingen heeft aluminium het duurdere en zwaardere koper vrijwel geheel vervangen. Door het streven naar gewichtsreductie is het gebruik van aluminium in auto's sterk toegenomen. Aluminiumlegeringen zijn dus essentieel en gebruikers zullen met minstens een paar daarvan vertrouwd moeten zijn.

De volgende punten over aluminium en aluminiumlegeringen zijn het waard om te onthouden:

- Aluminium is lichter dan de meeste andere metalen, maar ook minder stijf.
- Aluminiumlegeringen hebben een hogere elektrische en thermische geleidbaarheid dan de meeste andere metalen, en ze zijn gewoonlijk goedkoper dan de betere geleiders (koper, zilver, goud enzovoort).
- Ze hebben uitstekende mechanische eigenschappen doordat vele legeringen precipitatiegehard kunnen worden.
- Aluminium is zeer gemakkelijk te extruderen. De meeste staven en constructieprofielen worden geëxtrudeerd en daarna rechtgetrokken. Dit geeft ze goede afmetingseigenschappen.
- Aluminium laat zich gemakkelijk spuitgieten. Spuitgieten moet worden overwogen voor ingewikkelde onderdelen die in grote hoeveelheden geproduceerd worden.
- De meeste precipitatiegeharde aluminiumlegeringen zijn beter machinaal bewerkbaar dan de aluminiumlegeringen die geen warmtebehandeling hebben ondergaan.
- Als een hoge sterkte van belang is, dienen precipitatiegeharde legeringen niet lang blootgesteld te worden aan temperaturen van meer dan 100 °C. Ze verliezen namelijk hun hardheid bij betrekkelijk lage temperaturen.
- Aluminium heeft een beperkte oplosbaarheid voor andere metalen. Het is met de meeste processen niet mogelijk om het aan die metalen te lassen.
- Aluminium vormt een beschermende oxidelaag en is goed bestand tegen atmosferische corrosie.

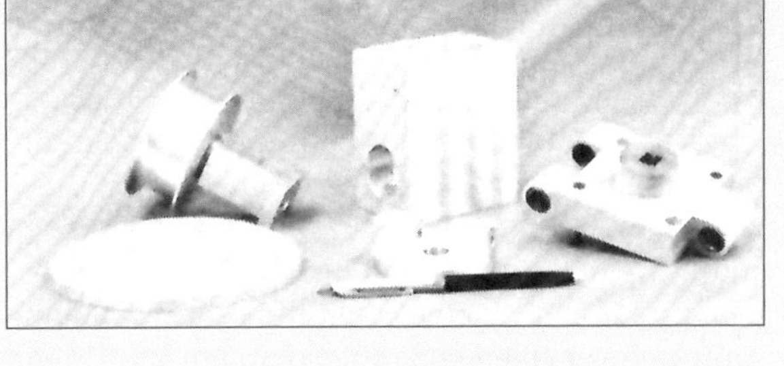

FIGUUR 19-13 Typische machineonderdelen van aluminium

- Aluminiumlegeringen met grotere hoeveelheden koper, silicium, zink of magnesium zijn gevoelig voor spanningscorrosie. Zuiver aluminium en legeringen met lage concentraties van de genoemde elementen gelden daarentegen als immuun.
- Aluminium is in zeewater en halogeenhoudende omgevingen vatbaar voor putcorrosie en versnelde corrosie. Deze omgevingen moeten worden vermeden, of er moet een geschikte legering worden gekozen.
- Anodiseren en hardcoaten zijn goede manieren om aluminium te beschermen tegen corrosie.
- Hardcoaten geeft de beste bescherming tegen abrasie, maar niet alle legeringen kunnen worden gehardcoat.
- Aluminiumlegeringen moeten worden gespecificeerd met behulp van een aanduidingssysteem dat de specifieke walshardheid of warmtebehandeling aangeeft. (De achtervoegsels zijn hierbij belangrijk.)

Illustratief voorbeeld

Een reddingsboot van 47 foot

De kustwacht van een land is verantwoordelijk voor de kustbewaking, alsmede voor het redden van schepen in nood in kustwateren en enkele binnenlandse wateren. Voor deze taken zijn verschillende schepen beschikbaar, maar een betrekkelijk nieuwe standaard reddingsboot is een 47 foot (14,3 meter) lange gelaste aluminium boot, ontworpen om stormachtige omstandigheden en een betrekkelijk zware branding te trotseren. De boot heeft een volledig dichte stuurhut, een klein achterdek en slaapaccommodatie voor een bemanning van vier personen. De vorm van het schip is zodanig dat het zichzelf in het geval van omslaan met behulp van een soort koprol weer kan oprichten.

Een ongewoon aspect van deze boot is dat het aluminium zowel aan de binnenkant als aan de buitenkant niet geverfd is. De romp en de bovenbouw zijn gemaakt van AA 5456 (EN AW-5456), dat geacht wordt voldoende corrosieweerstand te hebben om ongeverfd in zoet water te gebruiken. De romp is 9,5 millimeter dik, het dek is 12,5 millimeter dik, en voor de bovenbouw werden diverse diktes gebruikt. Dit schip is een voorbeeld van het gebruik van aluminiumlegeringen voor toepassingen met blootstelling aan weersomstandigheden en een geweldig voorbeeld van het fabricagevermogen van aluminium en de omvormbaarheid ervan.

Termenlijst

afdichting: het proces van het uitzetten van een geanodiseerde coating om deze minder poreus te maken

anode: de 'gecorrodeerde' of opgeloste elektrode in een elektrochemische cel

anodiseren: het proces van het produceren van een elektrochemische conversiecoating op aluminium

atmosferische corrosie: omgevingsafbraak van een materiaal door blootstelling buitenshuis

bauxiet: het voornaamste erts voor aluminium

deeltjesversterking: toevoegen van vaste deeltjes of andere microscopische vormen (zoals partikels of whiskers met een grootte van tientallen micrometers) om de (gewoonlijk mechanische) eigenschappen van een materiaal te verbeteren

dispersieharding: versterking van aluminiumlegeringen door fijne partikels, bijvoorbeeld aluminiumoxide met groottes op nanometerschaal

extrusieproducten: vormen die geproduceerd worden door het forceren van verwarmd materiaal door een matrijs

hardcoating: elektrochemisch proces voor een dikkere (en gewoonlijk zwarte) geanodiseerde coating

kleuren: poreuze coatings kunnen worden gekleurd door het laten intrekken van kleurstoffen

MIM: metaalspuitgieten (*metal injection moulding*)

MMC: metaalmatrixcomposiet

natuurlijk verouderd: aluminiumlegeringen versterkt door blootstelling aan kamertemperatuur (door precipitatie van een legering)

oplosgegloeid: aluminium verwarmd tot een temperatuur die hoog genoeg is om legeringselementen op te lossen

oververouderen: doorgaande verwarming op een precipitatiehardingstemperatuur om ontharding (of stabiliteit) te krijgen

precipitaat: microscopische accumulaties van oplossingsatomen in een basismetaal

precipitatieharden: een aluminiumlegering blootstellen aan een specifieke temperatuur-tijdcyclus

thermisch verouderen: een lagetemperatuur-warmtebehandeling voor aluminium om precipitatie van een opgeloste legering te produceren en vervolgens versteviging

werkversteviging: koudvervorming van aluminium (door uitrekken enzovoort) om de treksterkte te verhogen

Opgaven

1. Leg het Hall-proces voor het maken van aluminium uit.

2. Door de elektrische geleidbaarheid van aluminium zou het een kandidaat moeten zijn voor bedrading in elektronische apparatuur. Wat is een beperkende factor bij het gebruik van aluminium als bedrading?

3. Wat betekent de aanduiding 6061-T651?

4. Welke serie legeringen kan precipitatiegehard worden?

5. Het primaire doel van een oplossingsbehandeling is
   a. ontharden
   b. homogeniseren
   c. spanningsarmgloeien
   d. legeringsatomen oplossen
   e. normaliseren
   f. rekristalliseren

6. Wat gebeurt er metallurgisch gezien in de thermische en natuurlijke verouderingscycli?

7. Beschrijf hoe anodiseren in zijn werk gaat.

8. Wat is het verschil tussen anodiseren en hardcoaten?

9. Welke van de volgende legeringen kunnen niet worden gehardcoat?
   a. 6061-T6
   b. 3003-H14
   c. 3003-H24
   d. 5056-T6
   e. 4043-T3
   f. 1100-H38

10. Welke bewering is *niet* juist?
   a. Hardcoaten verhoogt de oppervlakteruwheid.
   b. Hardcoaten verhoogt de oppervlaktehardheid.
   c. Hardcoaten verhoogt de oppervlaktegeleidbaarheid.
   d. Een hardcoating is gewoonlijk grijs tot zwart.

11. Aluminium wordt niet aangetast door
   a. zout water
   b. basische oplossingen
   c. water met ionen van zware metalen
   d. benzine

12. De eigenschap die aluminium geschikt maakt voor contact met voedsel is dat
   a. het een biocide is
   b. het snel opwarmt
   c. het een vochtblokkering vormt
   d. het niet giftig is

13. Aluminium is geschikt voor gebruik in water met een pH van
   a. 2 tot 4
   b. 6 tot 8
   c. 8 tot 10
   d. 10 tot 12

14. Leg uit welke rol aluminium-lithiumlegeringen kunnen spelen bij gewichtsreductie in vliegtuigen.

15. Wat is de betekenis van de hardheid van aluminiumlegeringen? Wanneer is de hardheid van belang?

16. Wat maakt sommige aluminiumlegeringen beter machinaal bewerkbaar dan andere?

17. Wat is de spanning in de aluminiumlaag van een 5 millimeter dikke aluminium bekleding op 30 millimeter dik staal dat wordt verwarmd van 20 °C tot 55 °C?

Hoofdstuk 20

Nikkel, zink, titanium, magnesium en metalen voor speciale toepassingen

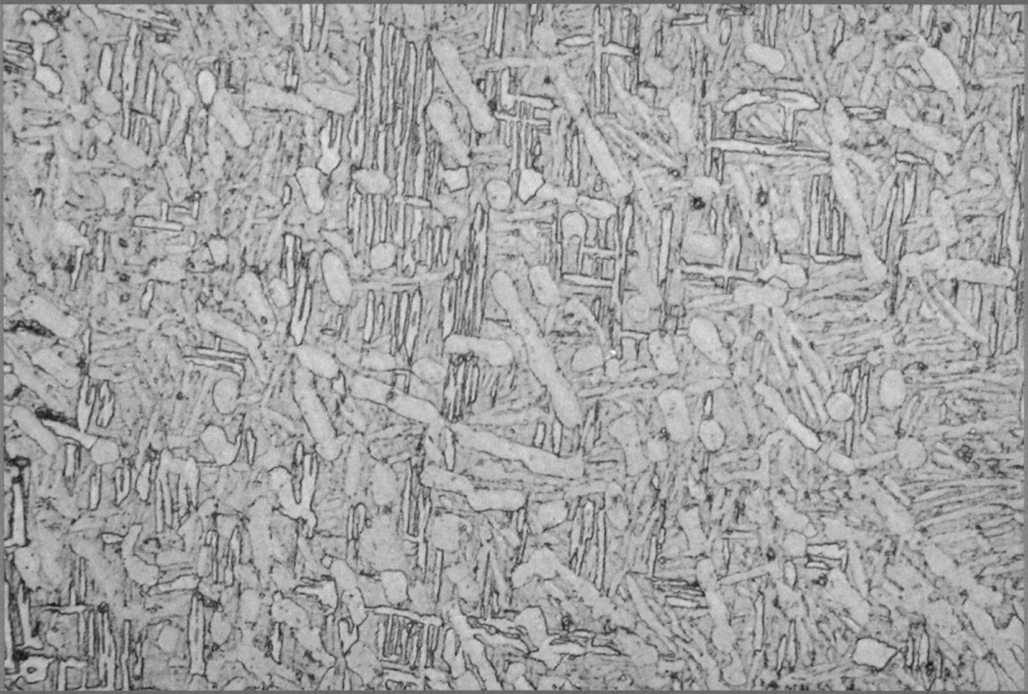

Titanium (Ti-6A1-4V-legering) (400×). De Ti-6A1-4V-legering wordt vaak gebruikt in ruimtevaartuigen, vanwege de hogesterkte-gewichtverhouding. Er zijn twee fasen aanwezig, en deze legering heeft een warmtebehandeling ondergaan voor hoge sterkte

Doelstellingen

1. Inzicht krijgen in de metaalkunde en de eigenschappen van een aantal minder vaak gebruikte maar belangrijke metalen.
2. Informatie geven over het selecteren van deze metalen en hoe ze kunnen worden gebruikt voor het oplossen van ontwerpvraagstukken.

Ontwerpers en technici kunnen met de tot nu toe besproken materialen voldoen aan de meeste eisen betreffende technische materialen. Dit zijn een groot aantal kunststoffen, enkele keramische materialen en cermets, alle veelvoorkomende soorten staal en gietijzer, en de belangrijke aluminium- en koperlegeringen. In de dagelijkse ontwerppraktijk zul je waarschijnlijk voor 90 procent gebruikmaken van deze materialen. Vandaar dat we aan elk van deze materiaalsystemen een apart hoofdstuk hebben gewijd. Er zullen echter ook toepassingen zijn waarbij deze traditionele technische materialen niet aan de eisen voldoen. Gelukkig zijn er nog andere metalen in de handel die gebruikt kunnen worden om tegemoet te komen aan speciale ontwerpeisen.

We zouden bijvoorbeeld geen straalmotoren hebben zonder de op nikkel gebaseerde superlegeringen voor de motoronderdelen. Of vangrails langs de autowegen zonder de goedkope corrosiebescherming van staal door zinkcoatings. Kilometers ondergrondse pijpleidingen worden door magnesiumanoden beschermd tegen corrosie. Draden in gloeilampen bestaan uit het hittebestendige metaal wolfraam. Veel orthopedische protheses zijn gemaakt van titaniumlegeringen. Lichtgewichtreflectoren in communicatiesatellieten zijn gemaakt uit beryllium. Uiteraard zouden er talloze dingen anders zijn in de wereld en in ons dagelijks leven zonder de edelmetalen, waaronder goud en zilver.

In dit hoofdstuk bespreken we in het kort een aantal metalen die wel industriële betekenis hebben, maar door de meeste ontwerpers niet dagelijks worden gebruikt.

20.1 Nikkel

Nikkel werd in 1750 als element ontdekt, maar werd weinig gebruikt totdat het in de twintigste eeuw een essentieel legeringselement werd in roestvast staal en hooggelegeerde metaalsoorten. De wereldproductie van nikkel is voor een belangrijk deel afkomstig van afzettingen in Ontario en andere Canadese provincies. Nikkel komt in de natuur voor in de vorm van sulfiden of oxiden. Het erts wordt in diepbouw gewonnen en door middel van flotatie- en concentratieprocessen geconcentreerd tot een uitgangsmateriaal voor het bereiden van metallisch nikkel. Het ertsvoorbereidingsproces lijkt op dat van koper. Het sulfide-erts wordt eerst geroost om het sulfide om te zetten in oxide. Daarna wordt het oxide gesmolten tot een matte (raffinageproduct) van nikkel en ijzer. Dit raffinageproduct wordt met behulp van hoogoventechnieken verwerkt om het ijzer te verwijderen en het nikkel verder te concentreren. De laatste stap is het elektrolytisch zuiveren van het nikkel door het galvanisch te laten neerslaan op kathodeplaten. Het gezuiverde nikkel wordt vervolgens tot blokken gegoten. Ongeveer 60 procent van alle nikkel wordt gebruikt in austenitisch roestvast staal. Ongeveer 10 procent wordt gebruikt als galvanische deklaag en de rest wordt gebruikt in nikkellegeringen, speciale metalen met een hoog nikkelgehalte, koper-nikkellegeringen en ferrolegeringen waaraan nikkel is toegevoegd.

Fabrieksproducten en aanduidingen

De standaardproducten van nikkel zijn onder meer dunne plaat, band, ronde en vierkante staven, en buizen. Van alle belangrijke legeringssystemen zijn wel een aantal producten verkrijgbaar. Nikkellegeringen zijn ook verkrijgbaar als smeedstukken, gietstukken en poeders voor P/M-onderdelen.

Er bestaan ongeveer 220 UNS-nummers en meer dan 100 ASTM-specificaties voor nikkellegeringen, maar omdat er weinig nikkelfabrikanten zijn worden de legeringen in de praktijk meestal aangegeven met de handelsnaam. Er zijn minstens acht nikkellegeringssystemen van aanzienlijk commercieel belang:

1. Zuiver nikkel: Nikkel 200, 201, 211, 270, 210, 213, 305 en Duranickel 301.
2. Nikkel-koperlegeringen: Monel 400, Monel K-500, Ni-Cu-legeringen 410, 505 en 506.
3. Nikkel-chroomlegeringen: Inconel 600, 601, 702, X750, 690, 671, Incoloy 804, Nichrome.
4. Nikkel-ijzerlegeringen: Hy-mu 80, Permalloy, Ni span C, Invar, Elinvar, NiResist type 3 en 5.
5. Nikkel-molybdeenlegeringen: Hastelloy B, B-2, N, Chlorimet 2.
6. Nikkel-chroom-molybdeenlegeringen: Hastelloy C, 276, C-4, C-22, X, F, Inconel 625, Chlorimet 3.
7. Nikkel-chroom-molybdeen-ijzer-koperlegeringen: Hastelloy G, G30, Inconel 825.
8. Superlegeringen op nikkelbasis: Inconel 600, 601, 617, 718, X750, Udimet 500, 700, Waspaloy, Hastelloy S, Mar-M-200, PS Mar-M-200.

Er bestaan diverse soorten zuiver nikkel, omdat de eigenschappen enigszins variëren al naargelang het gehalte aan onzuiverheden. Alle 'zuivere' nikkellegeringen bevatten minstens 95 procent nikkel. Elk van deze legeringen bestaat uit een enkele fase met een fcc-kristalstructuur. Al deze legeringen kunnen door middel van koudvervorming sterker worden gemaakt en sommige legeringen (Duranickel) kunnen worden versterkt door precipitatieharding. Nikkel is geheel oplosbaar in koper en vice versa. Ook de nikkel-koperlegeringen hebben één enkele fase en worden in de Verenigde Staten *Monels* genoemd. Sommige Monels (bijvoorbeeld K-500) kunnen precipitatiegehard worden.

Nikkel gaat gemakkelijk in vaste oplossing in ijzer, chroom, mangaan, molybdeen, wolfraam en zink. De nikkel-chroomlegeringen, de nikkel-ijzerlegeringen en andere legeringsgroepen zijn meestal vaste oplossingen die uit een enkele fase bestaan. Sommige kunnen precipitatiegehard worden. Een veelvoud aan verschillende legeringen ontstond om te kunnen voldoen aan variërende eisen wat betreft sterkte en corrosie-eigenschappen. De superlegeringen op nikkelbasis (*Inconels* en *Incoloys*) kunnen wel een dozijn verschillende legeringselementen bevatten. De meeste van deze legeringen werden ontwikkeld om te kunnen voldoen aan bepaalde zeer veeleisende voorwaarden, zoals een hoge sterkte en goede kruipeigenschappen bij hoge temperaturen voor gasturbines en straalmotoren. De sterkte komt onder andere door de precipitatie van een Ni_3Al-fase (een zogenaamde *gamma-prime*). Inconel 718 heeft bijvoorbeeld een treksterkte van 825 MPa bij 760 °C.

In de Verenigde Staten worden veel nikkellegeringen behandeld in specificaties van bepaalde instanties (ASTM, AMS, SAE, MIL, UNS). De ASTM-specificatie A 494 behandelt bijvoorbeeld 14 soorten gietproducten van nikkellegeringen. Een tekeningspecificatie voor een Monel-gietproduct zou er als volgt uit kunnen zien:

Materiaal: *ASTM A 494*; type M35-1

Gietlegeringen bezitten vaak andere eigenschappen dan de equivalente kneedlegeringen en hebben ook vaak een andere samenstelling. Tabel 20-1 geeft een overzicht van de handelsnamen, UNS-nummers en aanduidingen van het Alloy Casting Institute (ACI) (een organisatie van de gietproductenindustrie in de VS) voor een aantal belangrijke nikkellegeringen.

TABEL 20-1 ACI-aanduidingen voor enkele gietlegeringen van nikkel (zie ook ASTM A 494)

HANDELSNAAM	WERKSTOFFNR. (DIN)	UNS-NUMMER	EQUIVALENTE ACI-GIETLEGERING
Hastelloy C-4	2.4610	N06455	CW2M
Inconel 625	2.4856	N06625	CW6MC
Inconel 600	2.4816	N06600	CY40
Nikkel 200	2.4066	N02200	CZ100
Monel 400	2.4360	N04400	M35-1
Hastelloy B2	2.4617	N10665	N7M
Hastelloy C22	2.4602	N06022	-
Carpenter 20	2.4660	N08020	CN7M

In Europa worden naast handelsnamen benamingen gebruikt zoals nicrofer en chronifer, evenals de oude DIN-aanduidingen (Werkstoffnr.). In tabel 20-1 zijn ook een aantal equivalente Werkstoffnummers voor de UNS-aanduidingen aangegeven.

Fysische eigenschappen

Nikkel en de meeste legeringen met een hoog nikkelgehalte hebben hetzelfde uiterlijk als staal. De fysische eigenschappen van zuiver nikkel zijn, grotendeels, ongeveer gelijk aan die van de kneedstalen, met uitzondering van de elektrische en thermische geleidbaarheid. *Zuiver nikkel* heeft een smelttemperatuur van 1455 °C en een elasticiteitsmodulus van 205 GPa. Deze twee eigenschappen zijn ongeveer gelijk aan die van staal. Nikkel is ferromagnetisch tot aan 360 °C en de dichtheid is 8,9 g/cm^3, tegenover 7,85 g/cm^3 voor de meeste staalsoorten. De uitzettingscoëfficiënt verschilt weinig van die van staal: 13 tegenover 12 × 10^{-6} mm/mm-°C. De warmtegeleidbaarheid van zuiver nikkel is met 90 W/m-K hoger dan die van staal: 47 W/m-K. De elektrische geleidbaarheid is ongeveer 16 procent van die van zuiver koper. Vanwege de relatief goede elektrische geleidbaarheid wordt nikkel vaak gebruikt voor elektrische geleiders bij hoge temperaturen en voor verbindingselementen voor draden.

Nikkellegeringen worden vaak gebruikt omdat ze bepaalde unieke fysische eigenschappen hebben. Sommige nikkelrijke nikkel-ijzerlegeringen (80-20, 50-50) hebben een zeer hoge magnetische permeabiliteit, waardoor ze bij uitstek geschikt zijn voor de magnetische afscherming van elektronische apparaten. Sommige legeringen zijn buitengewoon geschikt als magnetisch materiaal voor de koppen van oude bandrecorders. Legeringen van ijzer en nikkel worden gebruikt voor onderdelen waarvan de thermische uitzetting geregeld moet kunnen worden. *Invar* (ijzer met 36 procent nikkel) heeft van alle metalen een van de laagste uitzettingscoëfficiënten (2×10^{-6} mm/mm-°C). Andere ijzer-nikkellegeringen hebben een uitzettingscoëfficiënt vergelijkbaar met die van glas, en worden gebruikt voor glas-metaalafdichtingen.

Nikkellegeringen met chroom als het belangrijkste legeringselement (80 procent Ni, 20 procent Cr; 75 procent Ni, 20 procent Cr + andere elementen; 70 procent Ni, 30 procent Cr) worden veel gebruikt voor elektrische verwarmingselementen. Ze hebben een hoge soortelijke weerstand en zijn goed bestand tegen oxidatie. Deze groep legeringen wordt vaak aangegeven met de handelsnaam Nichrome, maar ze worden door een aantal producenten vervaardigd.

Corrosieweerstand

Zuiver nikkel heeft een aantal unieke corrosie-eigenschappen. Het is buitengewoon bestendig tegen basen, ongeacht de concentraties en bij temperaturen tot boven 150 °C. Nikkel is bestand tegen neutraal water en zeewater. De weerstand tegen zuren loopt uiteen en men kan daarom het beste gedetailleerde corrosiegegevens raadplegen.

De nikkel-chroomlegeringen van het Inconel- en Hastelloy-type staan bekend om hun weerstand tegen corrosie bij hoge temperaturen. Het hoofdmetaal in deze legeringen is nikkel, maar het chroomgehalte kan oplopen tot wel 40 procent. De corrosieweerstand wordt in het algemeen groter als het chroomgehalte toeneemt. Inconel 600 biedt weerstand aan oxidatie in een ovenatmosfeer tot aan 1170 °C. Het is bijzonder resistent tegen spanningscorrosie in een chloridehoudende atmosfeer. Inconel 625 heeft een goede weerstand tegen chemische corrosie en de opmerkelijke eigenschap dat er bij het lassen geen carbideprecipitatie optreedt, zodat het materiaal niet gevoelig is voor interkristallijne aantasting.

Incoloy 825, een nikkel-ijzer-chroomlegering, is resistent tegen allerlei reducerende zuren en oxiderende chemicaliën. Het is buitengewoon bestendig tegen zwavelzuur, fosforzuur en zeewater.

Monel, een nikkel-koperlegering, is al in hoofdstuk 6 genoemd vanwege de weerstand tegen zeewater, maar wordt ook gebruikt voor toepassingen met zwavelzuur en zoutzuur, en heeft een ongewoon goede weerstand tegen ontlucht fluorwaterstofzuur.

Een aantal nikkellegeringen van het Hastelloy-type wordt veel gebruikt voor het oplossen van bijzonder lastige corrosieproblemen. Hastelloy B-2, een nikkel-molybdeenlegering, is resistent tegen alle concentraties zoutzuur bij temperaturen tot aan het kookpunt. Van alle nikkel-chroom-molybdeenlegeringen heeft Hastelloy C-22 de beste totale corrosieweerstand. Het heeft een uitzonderlijk goede weerstand tegen putcorrosie en spanningscorrosie en is bovendien bestand tegen zowel oxiderende als reducerende omgevingen.

Deze legeringen zijn verkrijgbaar als lasmetalen die zo zijn gemodificeerd dat er bij het lassen geen sensitisatie optreedt. De meeste van de genoemde legeringen kunnen worden bewerkt met de voor austenitisch roestvast staal gebruikte technieken voor lassen, machinaal bewerken en omvormen. Dus worden ze veel gebruikt voor opslagtanks, warmtewisselaars, ovenonderdelen, rookkanalen en algemene chemische procesapparatuur. Voor al deze legeringen bestaan goede corrosiegegevens en het is niet moeilijk om vast te stellen hoe ze zich gedragen in zeer specifieke omgevingen.

Bij hoge temperaturen in gasturbines en straalmotoren zijn vele superlegeringen gevoelig voor hogetemperatuursulfidatie. Om dit probleem te vermijden worden hoge eisen gesteld aan de zuiverheid van de brandstoffen.

Mechanische eigenschappen

Naast corrosieweerstand bieden nikkellegeringen een interessant scala aan mechanische eigenschappen. Sommige nikkellegeringen hebben ongeveer gelijke sterkte-eigenschappen als gelegeerde staalsoorten in gegloeide toestand. De nikkellegeringen met hoge sterkte zijn precipitatiegehard. De warmtebehandeling voor precipitatieharden is ongeveer gelijk aan die voor koper en aluminium: oplosgloeien, afschrikken en precipiteren. De temperaturen voor precipiteren zijn relatief hoog, 620 tot 870 °C. De meeste nikkellegeringen kunnen door koudvervormen een hogere sterkte krijgen, die ergens tussen die van koolstofstaal en austenitisch roestvast staal ligt.

Naast precipitatieharden kunnen ook andere warmtebehandelingen worden toegepast, zoals gloeien om een maximale ontharding te bereiken, of spanningsarmgloeien bij lage temperatuur (260 tot 480 °C) om koudvervormingsspanningen gedeeltelijk te verwijderen.

De meeste nikkellegeringen bereiken nooit een hoge hardheid. Zelfs de hardheid van precipitatiegehard Inconel en Monel is nooit veel hoger dan 300 HB. De uitzonderingen zijn lasmetalen op nikkelbasis voor het lassen van harde oppervlakken. Deze legeringen bevatten chroom en borium (nikkel-chroom-boriumlegeringen) en kunnen een hardheid hebben van 600 HB. Ze hebben een uitstekende weerstand tegen abrasie en adhesieve slijtage. Zuiver nikkel, Inconels, Incoloys en Hastelloys worden normaal gesproken niet gebruikt voor slijtagegevoelige toepassingen. Sommige zachtere nikkellegeringen hebben de reputatie dat ze een goede weerstand hebben tegen versmeren. Gegoten siliciumnikkel wordt gebruikt voor kleppen en regelapparatuur wanneer de weerstand tegen corrosie en versmeren van belang is. Figuur 20-1 illustreert het gebruik van 3 procent siliciumnikkel in een grote moer die versmeren tegen zacht roestvast staal tegen moet gaan. Voor dit soort toepassingen worden ook Illium®, een nikkel-chroom-molybdeen-koperlegering, en Waukesha®-legeringen gebruikt.

Zoals reeds vermeld hebben superlegeringen op nikkelbasis hun sterkte bij hoge temperaturen te danken aan de vorming van de intermetallische Ni_3Al-gamma-primefase. In de tweede helft van de jaren tachtig werd er veel onderzoek gedaan naar de mogelijkheid om intermetallische verbindingen als materialen te kunnen gebruiken. Op zich zijn intermetallische verbindingen bros, maar er werd ontdekt dat dit brosheidsprobleem overwonnen kon worden door het toevoegen van kleine percentages borium (ongeveer 200 ppm). Dankzij deze ontdekking kunnen er nu nikkelaluminiden worden geproduceerd die bruikbare technische eigenschappen hebben.

Een op de markt gebrachte intermetallische verbinding is Ni_3Al (76 procent nikkel, 24 procent aluminium). Deze intermetallische verbinding heeft net als nikkel een fcc-structuur, en de aluminiumatomen nemen een plaats in op de hoekpunten van de kubus. Als de atomen van een legeringselement specifieke roosterplaatsen bezetten, spreken we van een *geordende structuur*. Het unieke kenmerk van deze legering is dat de rekgrens verdubbelt tot 900 MPa als de temperatuur wordt verhoogd tot ongeveer 800 °C. De meeste metaallegeringen worden juist zwakker bij verhoging van de temperatuur (zie

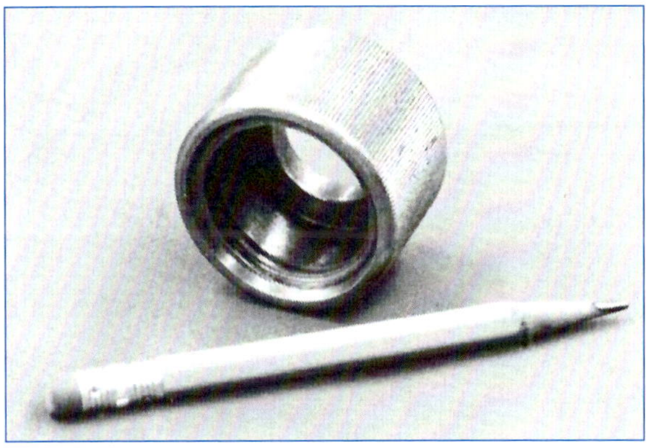

FIGUUR 20-1 Moer van siliciumnikkel

figuur 20-2). Er is geen warmtebehandeling nodig om nikkelaluminide een hoge sterkte te geven. Het zal nog enige tijd duren voordat dit materiaal algemeen gebruikt wordt, maar in de lucht- en ruimtevaartindustrie is er al sinds 1990 belangstelling voor.

Om de weerstand tegen kruip te verhogen worden turbineschoepen wel uit éénkristallen nikkelaluminiumlegeringen gegoten. Hierdoor zijn er geen korrelgrenzen, die gevoelig zijn voor kruip.

Het selecteren van legeringen

Zoals eerder opgemerkt wordt nikkel het meest gebruikt als legeringselement in austenistisch roestvast staal, staal, koper en andere metalen. Het gebruik van nikkellegeringen beperkt zich tot speciale toepassingsgebieden, waarvan weerstand tegen corrosie en hoge temperaturen de belangrijkste zijn. Inconel X750 wordt bijvoorbeeld gebruikt vanwege de mechanische eigenschappen bij hoge temperaturen (zie figuur 20-2). Het is kruipvast bij bedrijfstemperaturen tot ruim 800 °C. Voor selectiedoeleinden noemen we hieronder de meest gebruikte legeringen en de toestand waarin ze gebruikt kunnen worden (zie tabel 20-2). In deze tabel kan men zien dat de legeringen op nikkelbasis vooral worden gebruikt vanwege hun corrosieweerstand.

De door ons verstrekte gegevens zijn misschien onvoldoende voor toepassing op specifieke onderdelen. Het is echter vooral onze bedoeling om de ontwerper erop te wijzen dat corrosieproblemen waartegen roestvast staal en andere legeringen niet opgewassen zijn, eventueel op te lossen zijn met legeringen op nikkelbasis. Er zijn ook nikkellegeringen met bijzonder nuttige eigenschappen voor geavanceerde magnetische en elektrische apparaten. Verder worden nikkellegeringen veel gebruikt voor lastige corrosievraagstukken, en voor toepassingen bij hoge temperaturen zoals turbineschoepen in

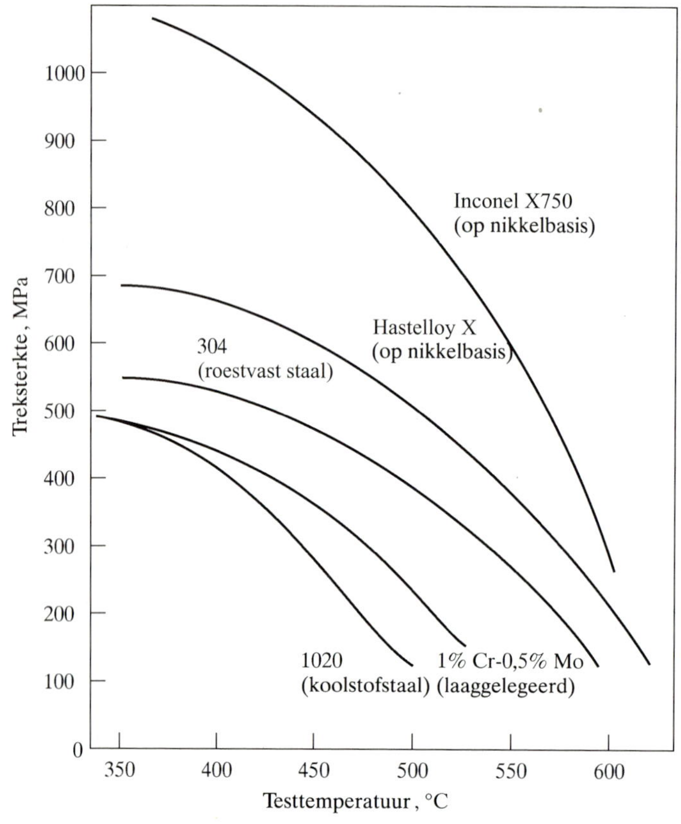

FIGUUR 20-2 Korteduurtreksterkte van diverse legeringen

straalmotoren die om superlegeringen vragen. Als je wordt geconfronteerd met een veeleisende toepassing, is het dus mogelijk dat een legering op nikkelbasis aan de eisen voldoet.

20.2 Zink

Zink werd al eeuwen gebruikt voordat het officieel 'ontdekt' werd. Zinkerts werd in combinatie met kopererts geraffineerd om de legering die wij tegenwoordig messing noemen te produceren. Rond 1750 werd zink als zuiver metaal herkend. Zink komt in de natuur vooral voor in sulfide-ertsen die een paar procent zink bevatten. De ertsvoorbereiding gaat meestal op dezelfde manier als in het geval van koper: de sulfide-ertsen worden geroost om het sulfide om te zetten in een oxide, en het oxide wordt door middel van uit steenkool afkomstige koolstof gereduceerd tot het metaal plus CO of CO_2. Omdat zinkertsen vaak ook andere metalen bevatten, zoals lood en cadmium, is er een verdere zuivering nodig om deze metalen te verwijderen. Tegenwoordig wordt het zink door middel van uitloging met zuren uit het erts gehaald. Vervolgens laat men het opgeloste zink galvanisch neerslaan op elektroden.

Zink heeft een hexagonale dichtgestapelde structuur (hcp). Het gaat slechts in beperkte mate in vaste oplossing in andere elementen en alleen 'zuivere' zinksoorten hebben een structuur die uit een enkele fase bestaat. De smelttemperaturen van zinklegeringen variëren van ongeveer 370 tot 480 °C. Zuiver zink heeft een dichtheid van 7,14 g/cm^3, tegenover 7,85 g/cm^3 voor staal. Alle zinklegeringen zijn zacht (zachter dan 150 HB). Er worden normaal gesproken geen thermische of mechanische hardingsprocessen toegepast, en ze worden meestal gebruikt in de toestand waarin ze gegoten of gevormd zijn.

Zuiver zink en legeringen met een hoog zinkgehalte (meer dan 98 procent zink) kunnen worden koudgewalst, tot draad worden getrokken en geëxtrudeerd. De zuivere zinksoorten bevatten meestal een fractie van een procent aan koper of titanium. Zink wordt gelegeerd met aluminium, koper, lood en

TABEL 20-2 Eigenschappen van enkele belangrijke nikkellegeringen

		BELANGRIJKE ELEMENTEN (%)	
LEGERINGSGROEP	**UNS-NUMMER/ HANDELSNAAM**	**NOMINALE SAMENSTELLING**	**OPMERKINGEN**
Zuiver nikkel	N02200 / Nikkel 200[a]	minimaal 99,0 Ni	Bestand tegen sterke basen ASTM B 160 (vierkante en ronde staven), B 161 (pijpen), B 162 (dunne platen)
Nikkel-koper	N04400 / Monel 400[a]	63 Ni, 31 Cu, maximaal 2,5 Fe, maximaal 2 Mn	Bestand tegen neutraal water, zeewater en sommige zuren ASTM B 127 (platen), B 165 (buizen), B 164 (staven)
	N05500 / Monel K500[a]	66 Ni, 1 Fe, 29,5 Cu, 2,7 Al	Precipitatiehardende soort Monel 400 ASTM F 467, F 468 (medisch)
Nikkel-chroom	N06600 / Inconel 600[a]	72 Ni, 15,5 Cr, 8 Fe	Bestand tegen oxiderende en reducerende atmosferen bij hoge temperaturen ASTM B 166 (staven), B 168 (platen), B 167 (buizen)
	N06625 / Inconel 625[a]	61 Ni, 21,5 Cr, 2,5 Fe, 9 Mo + 3,6 Cb en Ta	Hoge sterkte en taaiheid tot aan 980°C ASTM B 443 (dunne platen), B 444 (pijpen), B 446 (staven)
	N07718 /Inconel 718[a]	52,5 Ni, 19 Cr, 18,5 Fe, 3 Mo, 5 Cb en Ta	Precipitatiehardbaar, oxidatieweerstand tot 980°C ASTM B 670 (platen)
	N07750 / Inconel 718[a]	73 Ni, 15,5 Cr, 7 Fe, 2,5 Ti	Precipitatiehardbaar met goede corrosie- en oxidatieweerstand ASTM B 637 (staven, smeedstukken)
	N06004 / Nichrome 60	60 Ni, 16 Cr, 1 Mn, rest Fe	Hoge oxidatieweerstand en hoge weerstand voor elektrische verwarmingselementen ASTM B 344
	N07041 / Rene 41[b]	60 Ni, 20 Cr, 11 Co, 10 Mo, 5 Fe, 1 Al, 3 Ti	Goede weerstand tegen oxidatie en sulfidevorming van turbine-/straalmotorlegering
Nikkel-chroom-ijzer	N08800 / Incoloy 800	32,5 Ni, 46 Fe, 21 Cr, 0,4 Cu	Hoge sterkte, bestand tegen oxideren, carboneren en sulfideren ASTM B 407 (pijpen), B 408 (staven), B 409 (platen)
	N08825 / Incoloy 825	42 Ni, 21,5 Cr, 30 Fe, 3 Mo, 2,2 Cu	Bestand tegen allerlei chemicaliën (reducerende en oxiderende) ASTM B 423 (pijpen), B 424 (dunne platen), B 425 (staven)
Nikkel-molybdeen	N10665 / Hastelloy B2[b]	65 Ni, 28 Mo, 2 Fe	Bestand tegen zoutzuur en andere reducerende zuren ASTM B 333 (platen), B 335 (staven)
Nikkel-chroom-molybdeen	N06455 / Hastelloy C4[b]	62 Ni, 16 Cr, 3 Fe, 16 Mo	Bestand tegen oxiderende en reducerende zuren, goede stabiliteit bij hoge temperaturen ASTM B 574 (staven), B 575 (platen), B 619 (pijpen), B 622 (buizen)
	N10276 / Hastelloy C276[b]	48 Ni, 16 Cr, 16 Mo, 6 Fe, 4 W	Bestand tegen chloorhoudende koolwaterstoffen en oxiderende en reducerende zuren ASTM B 366 (koppelstukken), B 564 (smeedstukken), B 575 (platen)

[a] Gedeponeerd handelsmerk van Huntington Alloys.
[b] Gedeponeerd handelsmerk van Haynes International.

cadmium, maar deze metalen zijn in zink zeer slecht oplosbaar. Ze worden toegevoegd ter versterking of om het zink beter verwerkbaar te maken. Kneedlegeringen van zink worden gebruikt voor deksels, diepdrukplaten, bouwkundige panelen en diverse andere toepassingen waarbij de corrosieweerstand belangrijk is. Er zijn bovengrenzen voor de legeringselementen zoals ijzer, lood, cadmium en tin (respectievelijk 0,1 procent, 0,005 procent, 0,004 procent en 0,003 procent). Hogere concentraties hebben een nadelig effect op de corrosieweerstand. In bepaalde omgevingen kan er interkristallijne aantasting optreden, waardoor spuitgietproducten uiterst zwak worden.

Een aantal superplastische kneedlegeringen van zink bevatten 20 tot 24 procent aluminium. Bandmateriaal en dunne platen van deze legeringen kunnen worden warmvervormd door middel van vacuümvormen en andere plastische omvormingsbewerkingen. Ze vertonen daarbij soms enorme verlengingen van meer dan 100 procent.

De in de handel verkrijgbare zinklegeringen worden in de Verenigde Staten in het algemeen aangeduid met UNS-nummers en ASTM-specificaties. In Europa gebruikt men onder andere de standaarden EN 1179 (commercieel zuiver zink) en EN 12844 (gietlegeringen) om zinklegeringen aan te duiden. ASTM B 69 vermeldt zeven legeringen, maar de doorsnee ontwerper zal zink waarschijnlijk in slechts twee vormen gebruiken: als spuitgietproduct en als coating voor corrosiewering. In de rest van deze paragraaf zullen we ons daarom concentreren op deze toepassingen.

Mechanische eigenschappen

Een belangrijk aspect van het gebruik van zinklegeringen in technische ontwerpen is dat ze zich, in tegenstelling tot de meeste andere metalen, onder invloed van spanning nooit elastisch gedragen. Vanwege hun lage smeltpunt vertonen ze kruip bij elk spanningsniveau en iedere temperatuur, en ze hebben geen welbepaalde elasticiteitsmodulus (tenminste niet volgens de klassieke definities). De pseudomoduluswaarde die in berekeningen wordt gebruikt, bedraagt ongeveer 20 GPa. Er zijn uitgebreide kruipgegevens van zinklegeringen beschikbaar, en met het gebrek aan elastisch gedrag kan rekening worden gehouden door aan de hand van kruipgegevens de afbuiging per tijdseenheid vast te stellen.

De kruip van gietlegeringen van zink is aangepakt door middel van de ontwikkeling van nieuwe legeringen. In de jaren tachtig werd er door onderzoekers in de auto-industrie een legering ontwikkeld, toen 'A Cu Zinc' genoemd, van aluminium (3 procent), koper (5,5 procent) en zink. A Cu Zinc heeft een tienmaal zo hoge kruipvastheid als de gewone legering AG 40A (EN-12844 ZP-3), vanwege een koperrijke fase in de zinkmatrix. De treksterkte kan wel 400 MPa bedragen en de rekgrens is 338 MPa, waarmee deze zinklegering sterker is dan de meeste andere zinklegeringen.

Spuitgietproducten

Zinklegeringen kunnen gegoten worden in matrijzen van allerlei materialen: gips, metaal, grafiet en zelfs siliconenrubber. *Spuitgieten* is verreweg het belangrijkste gietproces, maar er zijn ook legeringen verkrijgbaar voor gewoon gieten. De legeringen voor gewoon gieten bevatten 8 tot 28 procent aluminium en tot 2,5 procent koper, en sommige staan bekend onder de naam Zamak. Ze hebben een treksterkte tussen 200 en 415 MPa met een redelijke ductiliteit en slagvastheid (ASTM B 791 en B 792).

Het grote voordeel van zink ten opzichte van de andere metalen die geschikt zijn voor spuitgieten, zoals magnesium, aluminium en koperlegeringen, is dat het gieten plaatsvindt bij lage temperaturen (380 °C). Dit maakt het mogelijk om lagedrukspuitgietmachines te gebruiken (zie figuur 20-3) en geeft de vormholten van de matrijs een lange levensduur. Bij het spuitgieten van aluminium, magnesium of koperlegeringen moeten injecteersysteem en vormholten soms al na zo'n 100.000 keer injecteren vervangen worden, als gevolg van thermische vermoeiing. Vormholten voor zink zijn daarentegen 25 jaar lang continu gebruikt voor het maken van miljoenen onderdelen per jaar, zonder tekenen van achteruitgang als gevolg van thermische vermoeiing of vloeistof-metaalerosie. Spuitgietproducten van zink kunnen mede daardoor zeer goedkoop zijn.

Spuitgietproducten van zink worden vaak in ontwerpen toegepast. Ze zijn goedkoop en hebben mechanische eigenschappen die in veel opzichten veel beter zijn dan die van kunststoffen. Ze kunnen worden gebruikt voor allerlei machineonderdelen en voor bijvoorbeeld behuizingen en montageframes in consumptieartikelen (zie figuur 20-4). Er is een aantal spuitgietlegeringen in de handel, maar de meest gebruikte legeringen zijn de ASTM B 86-soorten AG 40A (EN-12844 ZP-3) en AC 41A (UNS Z35531) (zie tabel 20-3). Zeventig procent van alle spuitgietproducten van zink in de Verenigde Staten wordt gemaakt van de legering AG 40A. In het materiaalrepertoire van een ontwerper zijn de twee genoemde gietlegeringen afdoende. De ASTM B 86-legering AG 40A wordt gekenmerkt door een uitstekend behoud van slagvastheid en een goede maatstabiliteit op lange termijn. De legering AC 41A heeft een hogere sterkte en is beter gietbaar dan AG 40A. Als kruipvastheid van belang is, kan de A Cu Zinc-legering een goede kandidaat zijn. Een nieuwe legering, ZCA-9, werd ontwikkeld om zeer dunne spuitgietwanddiktes mogelijk te maken.

Onthoud dat spuitgieten vaak niet rendabel is voor de productie van kleine aantallen. Het gereedschap kan duur zijn, maar in veel werkplaatsen voor spuitgieten worden modulaire vormholten gebruikt, waarmee het gebruik van dit proces betaalbaar is, zelfs bij een productie van slechts 500 eenheden. De ontwerper moet dus eerst nagaan wat de gereedschapskosten zijn alvorens dit proces te specificeren. Ook wie zelf geen spuitgietproducten van zink ontwerpt, kan ermee te maken krijgen, want in veel machines worden een behoorlijk aantal spuitgiet-

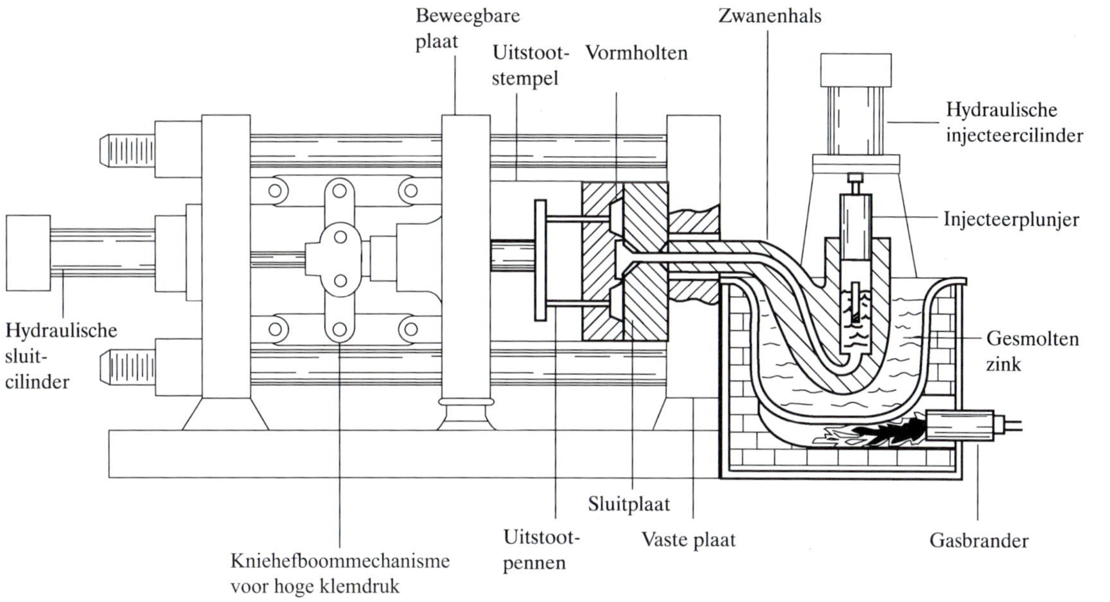

FIGUUR 20-3 Machine voor het spuitgieten van zink: de injecteerplunjer injecteert het gesmolten metaal, en de uitstoot-pennen drukken het onderdeel uit de matrijs wanneer deze opengaat

TABEL 20-3 Veelgebruikte spuitgietlegeringen met typische waardes voor eigenschappen

LEGERINGSGROEP	LEGERINGEN					
	ZINK				ZINK-ALUMINIUM	ALUMINIUM
	ASTM B 86				ASTM B 791	ASTM B 85
Legeringsaanduiding	Gr. AG 40A	Gr. AC 41A	Gr. 40B	Gr. AC 43A	Gr. ZA 8	Gr. 380
UNS-nummer	Z 33520	Z 35531	Z 33523	Z 35541	Z 35635	A 03800
EN 12844-nummer	ZP-3	ZP-5	ZP-7	ZP-2	ZP-8	–
EN 1780-nummer	–	–	–	–	–	46500
Mechanische eigenschappen						
Treksterkte, MPa	283	328	283	359	374	324
Rekgrens, MPa (0,2%)	221	269	221	283	290	159
Rekgrens (druk), MPa	414	600	414	641	600	–
Afschuifsterkte, MPa	214	262	214	317	276	186
Rek, mm/mm	10	7	13	8	8	3,5
Hardheid, BHN	82	91	80	100	103	80
Slagvastheid, J (Charpy)	58	65	58	48	42	4,1
Fysische eigenschappen						
Dichtheid, g/cm³	6,6	6,6	6,6	6,6	6,3	2,71
Smelttraject, °C	381 387	380 386	381 387	379 390	375 404	538 593
Thermische uitzettingscoëfficiënt, µm/mm-°C	27,4	27,4	27,4	27,7	23,3	21,2
Thermische geleidbaarheid, W/m-K	113	108,9	113	104,7	114,7	96
Elektrische geleidbaarheid, % IACS	27	26	27	25	27,7	27

Bron: Bewerkte en aangevulde tabel uit *Design News*, 20 juni 1988. Met toestemming overgenomen.

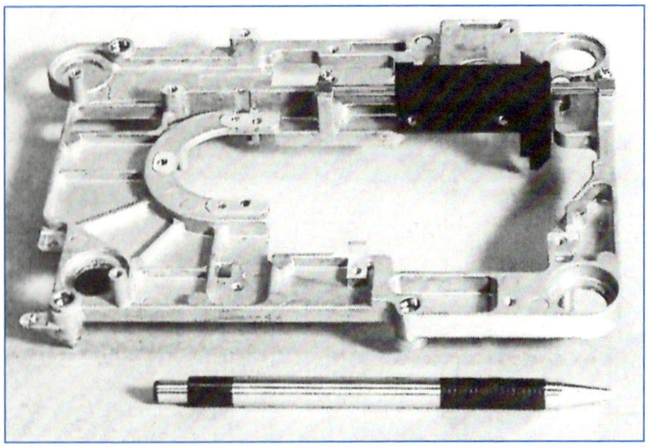

FIGUUR 20-4 Spuitgegoten montageframe van zink. Let op de uitzonderlijke aandacht voor details op de ribben, kerngaten, nokken en dunne wanden voor een laag gewicht. Dit is een goed gietontwerp

producten van zink gebruikt in de vorm van knoppen, elektrische elementen, klemmen, veiligheidsvoorzieningen en zelfs scharnieren.

Corrosie en zinkcoatings

Ondergedompeld in neutraal water heeft zink een redelijke weerstand tegen corrosie. In hard water bij kamertemperatuur is de corrosiesnelheid laag, ongeveer 25 μm per jaar. Vroeger waren verzinkte buizen de standaard voor drinkwaterleidingen in huizen. Verder wordt zink niet aangetast door de meeste oplosmiddelen en organische brandstoffen. Het wordt wel aangetast door zuren en sterke basen. Aangeraden wordt daarom om zink alleen te gebruiken in waterige oplossingen met een pH tussen 7 en 12.

Vooral als coatingmateriaal biedt zink voordelen met betrekking tot corrosie. Coatings vormen traditioneel gezien dan ook het grootste toepassingsgebied van zink. Meer dan 50 procent van de wereldproductie wordt gebruikt in coatings. Zinkcoatings worden al heel lang gebruikt en blijven een effectief hulpmiddel voor de bestrijding van atmosferische corrosie.

Zuiver zink heeft in een gewone stadsatmosfeer een corrosiesnelheid van minder dan 2,5 μm per jaar. Onbekleed staal roest met een snelheid die wel 30 keer zo hoog is. Daarom worden zinkcoatings al vele jaren gebruikt om staal te beschermen tegen atmosferische corrosie. Voor het aanbrengen van zink op staaloppervlakken gebruikt men thermisch verzinken, galvanisch verzinken, diffusiecoaten, metaalspuiten of zinkrijke verfsoorten. Omdat zink een lage corrosiesnelheid heeft, kan een coating van 75 μm

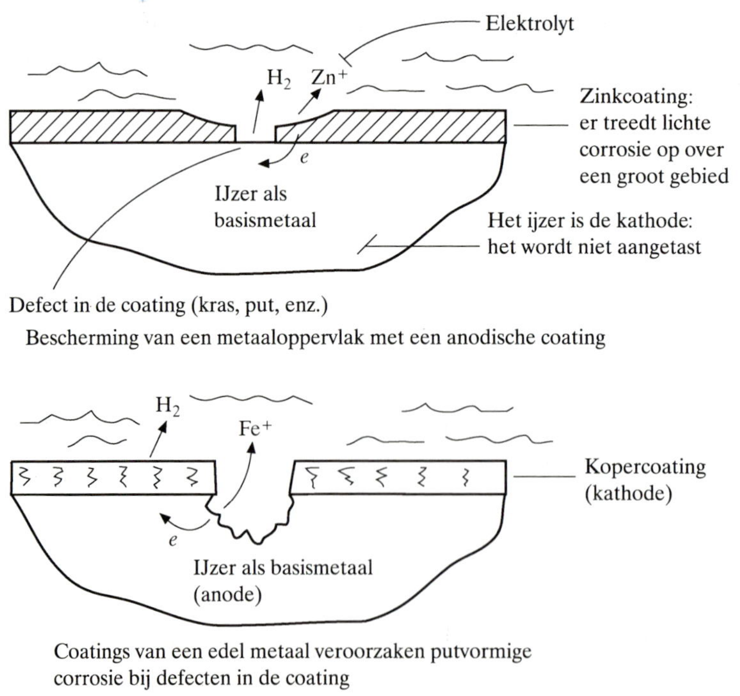

FIGUUR 20-5 Corrosiebescherming met behulp van zinkcoatings

wel dertig jaar bescherming bieden in een niet-industriële omgeving die niet te dicht bij zee ligt. Nog belangrijker, in onze bespreking van de spanningsreeks van metalen hebben we erop gewezen dat zink anodisch is ten opzichte van de meeste andere metalen, waaronder ijzer. Wanneer een zinkcoating op een onderdeel een defect vertoont, zoals een kras op een machinaal bewerkt gedeelte, dan wordt het blootliggende staal beschermd door het anodische karakter van de zinkcoating. Het zink corrodeert en niet het blootliggende staal. Dit wordt weergegeven in figuur 20-5. Coatings van metalen die edeler zijn dan zink, zoals koper of nikkel, geven het omgekeerde effect. Bij defecten treedt putcorrosie op. Wanneer het zinkoppervlak rond een kras of een ander defect groot is, is de corroderende celwerking op het zink gering. Er is sprake van een gunstige verhouding tussen de oppervlakten van anode en kathode. Zinkcoatings zijn vanwege het opofferende karakter erg geschikt voor toepassingen waarbij de kans op krassen en defecten groot is.

Bij het ontwerpen met zinkcoatings is het gebruikelijk om voor thermisch verzinken een coatingdikte van ongeveer 125 µm te specificeren. Staalfabrieken leveren galvanisch verzinkt staal met verschillende coatingdiktes. De dikte van zinkcoatings op plaatmateriaal wordt tegenwoordig gespecificeerd door het gewicht van de zinkcoating per eenheidsoppervlakte te vermelden (in gram per vierkante meter). Zulke specificaties kunnen tot verwarring leiden als de coating maar aan één kant zit, of als het om walsproducten gaat. Men kan de volgende richtlijnen aanhouden: (1) in de fabriek gegalvaniseerde staalplaat heeft gewoonlijk een coating met een dikte van 25 µm, (2) een coating van 300 gram/m^2 komt overeen met een dikte van 43 µm.

Thermisch verzinken is geschikt voor walsproducten en betrekkelijk kleine machineonderdelen. Grote constructies kunnen van een zinkcoating worden voorzien door middel van metaalspuiten of verven met zinkrijke verf. Verven geeft een minder goede bescherming dan galvaniseren. Veel verfsoorten hechten niet goed aan vers aangebrachte zinkcoatings. Voor het gebruik van zink onder een verflaag leveren veel fabrieken warmtebehandelde *gemetalleerde* producten. Thermisch verzinkt plaatmateriaal wordt gegloeid bij een temperatuur die hoog genoeg is om het zink om te zetten in een beschermend zinkoxide. Het zink verliest bij dit proces zijn karakteristieke glinstering.

Veel carrosseriepanelen van auto's en constructieonderdelen worden voor het verven van een zinkcoating voorzien. Sinds de jaren negentig wordt in elke wagen 225 kilo staal met een zinkcoating gebruikt. 80 procent van die hoeveelheid is thermisch verzinkt, 20 procent is elektrolytisch verzinkt (gegalvaniseerd). Het galvaniseren met een zinklegering met 55 procent aluminium en 1,5 procent silicium (ASTM A 792) geeft metalen gebouwen en stalen daken volgens zeggen een betere corrosiebescherming dan een gewone zinkcoating. Galfan (ASTM A 875) is een legering met 95 procent zink en 5 procent aluminium, en heeft naar verluidt een betere corrosieweerstand en omvormbaarheid dan conventioneel gegalvaniseerd materiaal. Het is bestemd voor onderdelen die een uitvoerige vormbewerking nodig hebben.

20.3 Titanium

Titanium is waarschijnlijk het meest recente technische metaal. Als element werd het in 1791 ontdekt, maar pas in 1910 werd het in metallische vorm geproduceerd. Het bleef een curiositeit uit het laboratorium tot er in de jaren veertig commerciële bereidingsmethoden voor werden ontwikkeld.

Titanium komt veel voor in de natuur; ongeveer 1 procent van de aardkorst bestaat uit titanium. Afzettingen van zuiver TiO_2, rutiel, komen tamelijk veel voor en daarom is dit mineraal een van de belangrijke titaniumertsen. Dat de technologie van de bereiding van metallisch titanium zo lang op zich liet wachten, is een gevolg van het feit dat dit metaal uiterst reactief is. Het reageert gemakkelijk met vele andere elementen en vormt daarbij verbindingen die als technisch materiaal onbruikbaar zijn. Tijdens de Tweede Wereldoorlog werd het Kroll-proces zo ver ontwikkeld dat commerciële productie van titanium mogelijk was. In dit proces wordt TiO_2 op chemische wijze omgezet in titaniumtetrachloride, $TiCl_4$. Daarna wordt het $TiCl_4$-gas in een inertgasretort met natrium of gesmolten magnesium gereduceerd tot metallisch titanium. Het zo geproduceerde titanium is betrekkelijk onzuiver en wordt door middel van chemische uitloging of vacuümtechnieken gezuiverd. De productieprocessen zijn aanzienlijk verbeterd en de prijs van het metaal is inmiddels laag genoeg om titanium te kunnen gebruiken voor talrijke bijzondere ontwerpsituaties. In 2012 kostte titanium tussen 18 en 21 euro per kilo.

Eigenschappen

Zuiver titanium heeft een hoger smeltpunt dan staal (1671 °C), een dichtheid van 4,5 g/cm^3, een uitzettingscoëfficiënt van $10{,}8 \times 10^{-6}$ mm/mm-°C, een warmtegeleidbaarheid van 20 W/m-K en een elasticiteitsmodulus van rond 125 GPa.

De belangrijkste fysische eigenschappen zijn de dichtheid en de elasticiteitsmodulus. Het soortelijk gewicht van titanium is ongeveer de helft van dat van staal, 4,5 tegenover 7,87 g/cm^3. De mechanische eigenschappen kunnen die van veel gelegeerde staalsoorten overtreffen en titanium heeft dus een zeer hoge specifieke sterkte. Hetzelfde geldt voor de stijfheid. Het heeft een veel hogere elasticiteitsmodulus dan de andere lichte metalen magnesium en aluminium.

Vergeleken met de andere lichte metalen heeft titanium ook een goede sterkte bij hoge temperaturen. Aluminium en magnesium kunnen beter niet worden gebruikt bij hogere temperaturen dan ongeveer 120 °C, maar titanium kan in lucht worden gebruikt tot ongeveer 425 °C (zie figuur 20-6). Hogere temperaturen leiden tot zuurstofverbrossing.

Sommige titaniumlegeringen worden gebruikt bij hogere temperaturen (tot 600 °C), onder andere voor compressoronderdelen in straalmotoren. Zij kunnen echter niet worden beschouwd als hittebestendig metaal, ondanks het feit dat ze in het periodiek systeem tussen de andere metalen met een hoge smelttemperatuur staan (zie figuur 20-7). De oxidatie en corrosie van titaniumlegeringen bij temperaturen hoger dan 600 °C is slecht in vergelijking met andere hittebestendige metalen, zoals sommige ijzer- en nikkellegeringen, en dit heeft een nadelige invloed op de levensduur van deze materialen.

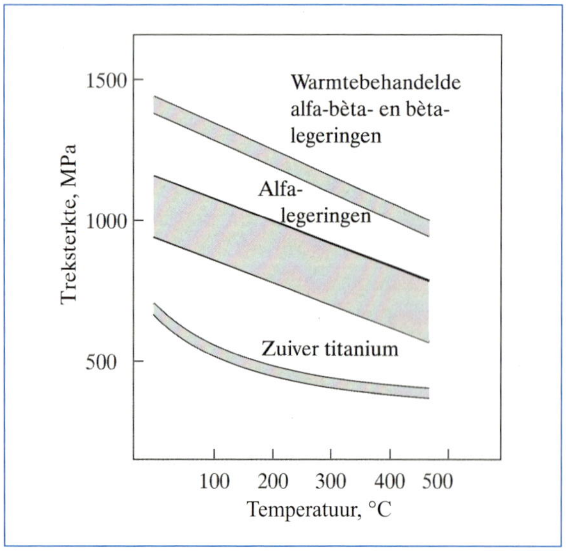

FIGUUR 20-6 Treksterkte van titaniumlegeringen bij hoge temperaturen

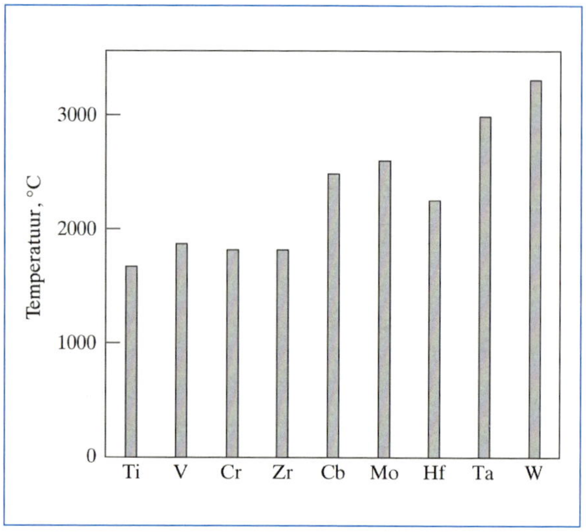

FIGUUR 20-7 Smeltpunten van hittebestendige metalen

Metaalkunde

Bij kamertemperatuur heeft zuiver titanium een hcp-kristalstructuur. Deze structuur, *alfa-fasetitanium* genoemd, is stabiel tot ongeveer 880 °C. Bij hogere temperaturen verandert de structuur in bcc, de *bèta-fase*. Slechts enkele metalen hebben dit vermogen om bij verwarming de kristalstructuur te wijzigen (allotrope transformatie). Titanium toont een martensitische transformatie zoals bij staal, maar het versterkende effect is minder uitgesproken.

Er zijn diverse soorten zuiver titanium in de handel, en de verschillen in fysische en mechanische eigenschappen hangen af van de chemische samenstelling. Elementen als koolstof, zuurstof, stikstof en waterstof kunnen in titanium in interstitiële vaste oplossing gaan en zodoende voor versterking zorgen. De verschillende soorten zuiver titanium hebben toenemende concentraties van deze interstitiele elementen, en de sterkte neemt daarmee toe. De sterkste soort zuiver titanium bevat ongeveer één gewichtsprocent aan deze interstitiële elementen.

De titaniumlegeringen worden in groepen verdeeld op basis van de verschillende microstructuren: zuiver titanium, door vaste oplossing versterkte alfa-fase, gecombineerde alfa- en bèta-fase, bèta-fase, of overgangsstructuren die bijna-alfa en bijna-bèta worden genoemd.

Alfasoorten bestaan uit zuiver titanium dat versterkt is door vaste oplossing van kleine hoeveelheden aluminium, tin, nikkel of koper. Deze legeringen kunnen niet door afschrikken worden gehard, maar ze hebben een hogere sterkte dan de commerciële soorten zuiver titanium. Zuiver titanium en alfalegeringen zijn niet geschikt voor precipitatieharden, maar vele andere legeringen wel.

Alfa-bètalegeringen zijn, zoals de naam al aangeeft, titaniumlegeringen met gedeeltelijk een alfastructuur en gedeeltelijk een bètastructuur. Toevoeging van elementen zoals molybdeen, vanadium, niobium en tantaal aan zuiver titanium bevordert bij kamertemperatuur de aanwezigheid van een bèta-fase. Een legering zoals Ti-6Al-4V, die 6 procent aluminium en 4 procent vanadium bevat, heeft een tweefasestructuur, met ongeveer gelijke delen alfa- en bèta-fase. Bij verwarming tot een temperatuur van ongeveer 955 °C wordt deze legering geheel in de bètastructuur omgezet. Wanneer de legering vervolgens door afschrikken in water op kamertemperatuur wordt gebracht, dan is een deel van de bèta-fase *metastabiel*: het materiaal wil overgaan naar de alfastructuur, maar afschrikken in water verhindert dat. Dit wordt *oplosgloeien* genoemd. De legering heeft in deze toestand een hoge sterkte, maar hardheid en sterkte kunnen nog worden verhoogd door 4 uur lang precipitatieharden bij ongeveer 540 °C. Hierbij precipiteren vanuit de metastabiele bèta-fase afzonderlijke zones van de alfa-fase. Alfa-bètalegeringen worden dus gerekend tot de precipitatiehardende legeringen. Er bestaan diverse alfa-bètalegeringen met verschillende sterktes en zelfs verschillende precipitatiehardingsmechanismen, maar de belangrijkste legering binnen de groep is Ti-6Al-4V. Een versie van deze legering met lagere gehalten aan legeringselementen (3 procent aluminium, 2,5 procent vanadium) heeft een betere omvormbaarheid, maar een lagere sterkte (80 procent van Ti-6Al-4V).

Bètalegeringen worden gemaakt door het toevoegen van grotere hoeveelheden van bètastabiliserende elementen als molybdeen en vanadium, wat tot gevolg heeft dat bèta de stabiele fase bij kamertemperatuur is. Bètalegeringen hebben een goede ductiliteit en omvormbaarheid wanneer ze geen warmtebehandeling krijgen. Sommige bètalegeringen kunnen precipitatiegehard worden, waarbij er precipitatie van de alfa-fase of van intermetallische verbindingen optreedt. Op deze manier is een zeer hoge sterkte te bereiken, maar worden de ductiliteit en taaiheid gereduceerd. Een veelgebruikte bètalegering heeft een samenstelling van 13 procent vanadium, 11 procent chroom en 3 procent aluminium.

Titanium gaat in beperkte mate in vaste oplossing in andere metalen, maar het heeft een sterke neiging om met andere metalen brosse intermetallische verbindingen te vormen. Titanium kan aan staal worden gelast, maar het lasgebied is net zo bros als glas. Dit komt doordat de las verandert in een intermetallische verbinding van titanium en ijzer. Titanium kan dus niet door smeltlassen aan andere metalen worden bevestigd, en legeringstoevoegingen aan zuiver titanium moeten zo worden gekozen dat er geen intermetallische verbindingen worden gevormd.

Overigens zijn er wel bruikbare toepassingen voor intermetallische verbindingen van titanium. Er zijn P/M-technieken ontwikkeld voor de bereiding van titaniumaluminiden die ongeveer dezelfde eigenschappen hebben als de eerdergenoemde nikkelaluminiden. Twee intermetallische verbindingen die worden gebruikt voor toepassingen bij hoge temperaturen zijn TiAl (titanium met 40 procent aluminium) en Ti_3Al (titanium met 16 procent aluminium). Giet- en kneedsoorten van titaniumaluminiden van de tweede en derde generatie blijken geschikt te zijn voor toepassing in turbines en verbrandingsmotoren bij hoge temperaturen.

Fabricage

De minder sterke soorten titanium zijn redelijk omvormbaar, maar de legeringen met hoge sterkte vereisen het gebruik van buigstralen van wel vijfmaal de dikte. Vaak moet het omvormen worden uitgevoerd bij temperaturen tussen 200 en 315 °C. De hardheid van minder sterke soorten zoals zuiver titanium is vergelijkbaar met die van zachte staalsoorten. De hardheid van gelegeerde soorten is meestal groter dan 30 HRC, waardoor machinale bewerking soms problemen geeft. Alle legeringen kunnen gemakkelijk worden gedraaid, maar frezen en boren zijn moeilijker. Het is moeilijk om in titaniumlegeringen kleine gaten te boren of draad te tappen. Enige voorzorg is nodig bij bewerkingen waarbij fijne titaniumdeeltjes vrijkomen, want deze kunnen in brand vliegen. Slijpen en abrasief afsnijden kunnen het best met behulp van een koelvloeistof uitgevoerd worden.

Titanium en titaniumlegeringen kunnen niet in de lucht worden gelast. Bij verhitting in lucht ontstaat er een brosse titanium-zuurstofverbinding en worden de mechanische eigenschappen beïnvloed. Lassen van titanium op titanium moet worden uitgevoerd in een vacuüm of een inert gas. Zuiver titanium kan met de juiste beschermprocedures goed worden gelast. Ti-6Al-4V heeft een redelijke lasbaarheid en de lasbaarheid van andere legeringen varieert van uitstekend tot onlasbaar. TIG-lassen (*tungsten inert gas welding*) met een beveiliging van inert gas is de gebruikelijke lastechniek. Zoals reeds besproken kan titanium niet aan andere metalen worden gelast vanwege de vorming van brosse verbindingen.

De warmtebehandelingen die op titanium worden toegepast, zijn gloeien, spanningsarmgloeien, oplosgloeien en precipitatieharden. De temperatuur varieert bij gloeien van ongeveer 700 tot 815 °C, bij spanningsarmgloeien van 530 tot 650 °C, en oplosgloeien wordt uitgevoerd bij ongeveer 950 °C, gevolgd door snel afschrikken. Bij precipitatieharden wordt gewoonlijk gedurende enkele uren een temperatuur van ongeveer 540 °C gehandhaafd. De aanslag van de warmtebehandelingen laat zich wat moeilijk verwijderen, want beitsen in een bad met salpeterzuur of fluorwaterstofzuur tast het titanium aan. Het meest effectieve middel is een bad met gesmolten zouten.

Fabrieksproducten en aanduidingen

Er zijn vier soorten zuiver titanium en ongeveer 40 legeringen verkrijgbaar. Ongeveer 70 procent van alle titanium wordt gebruikt in de vorm van de alfabètalegering Ti-6Al-4V. Het grootste deel van de resterende 30 procent bestaat uit de vier soorten commercieel zuiver titanium (CP, *commercially pure*). Titanium en titaniumlegeringen worden geproduceerd in de vorm van staaf, draad, dunne en dikke plaat, band, buizen en extrusieproducten, en als gegoten of gesmede materialen. De verkrijgbaarheid van deze standaardproducten hangt af van de legering, maar de groothandel heeft normaal gesproken slechts een paar legeringen op voorraad, hoofdzakelijk als dunne en dikke plaat en als staafmateriaal.

Internationaal worden legeringen vaak aangeduid door de belangrijkste legeringselementen aan te gegeven met de chemische symbolen en de concentraties met cijfers, bijvoorbeeld:

Ti-6Al-4V = 6 procent Al, 4 procent V, rest Ti
Ti-8Al-1Mo-1V = 8 procent Al, 1 procent Mo, 1 procent V, rest Ti

Dit systeem is aanvaardbaar, maar niet erg precies wat betreft de nominale analyses en warmtebehandeling. Het biedt ook geen mogelijkheid om de diverse soorten zuiver titanium aan te geven. Men maakt daarom ook gebruik van de aanduidingsnummers van ASTM-specificaties. ASTM-specificatie B 265 heeft betrekking op dunne en dikke platen en bandmateriaal van de meest gebruikte titaniumlegeringen (zie tabel 20-4). Aanbevolen wordt om goed na te denken welke legering en welke behandeling voor een bepaald ontwerp nodig zijn, en met mogelijke leveranciers door te nemen hoe het ontwerp moet worden gespecificeerd. Bijvoorbeeld:

Materiaal: *ASTM B 265* Grade 5 (Ti-6Al-4V)

TABEL 20-4 Specificaties voor titaniumlegeringen

LEGERING	ASTM-AANDUIDING
Commercieel zuiver titanium	ASTM B 265* Type 1
	ASTM B 265 Type 2
	ASTM B 265 Type 3
	ASTM B 265 Type 4
Ti-6Al-4V	ASTM B 265 Type 5
Ti-5Al-2,5Sn	ASTM B 265 Type 6
Ti-0,15 Pd	ASTM B 265 Type 7
Ti-0,15 Pd	ASTM B 265 Type 11
Ti-0,3Mo-0,8Ni	ASTM B 265 Type 12
Overige specificaties	
ASTM B 299	Titaniumspons
ASTM B 337	Naadloze en gelaste pijpen
ASTM B 338	Naadloze en gelaste buizen
ASTM B 348	Staven en knuppels
ASTM B 363	Lasfittingen
ASTM B 367	Titaniumgietstukken
ASTM B 381	Titaniumsmeedstukken
ASTM B 600	Reinigen en verwijderen van aanslag
ASTM F 67	Chirurgische implantaten (zuiver Ti)
ASTM F 136	Chirurgische implantaten (6Al-4V ELI)

*ASTM B 265 behandelt dunne en dikke plaat en bandmateriaal van 16 titaniumlegeringen.

Corrosieweerstand

Titanium en titaniumlegeringen hebben een uitstekende weerstand tegen corrosie door zeewater en waterige chlorideoplossingen bij zeer uiteenlopende temperaturen en concentraties. De meeste legeringen zijn bestand tegen allerlei oxiderende stoffen, zoals salpeterzuur, maar worden wel aangetast door reducerende zuren zoals zoutzuur en zwavelzuur. De weerstand tegen licht reducerende zuren kan worden verhoogd door titanium te legeren met edelmetalen zoals palladium. Titanium is niet giftig en wordt vaak gebruikt voor corrosieproblemen bij de verwerking van voedingsproducten en voor prothesen.

Omdat titanium edel is ten opzichte van de meeste andere metalen in de spanningsreeks, worden metalen die, ondergedompeld in een elektrolyt, aan titanium worden gekoppeld, snel aangetast. Als onderdompeling in een elektrolyt een gebruiksvoorwaarde is, kan titanium beter niet aan andere metalen worden gekoppeld.

Titanium corrodeert in enkele omgevingen waartegen austenitisch roestvast staal wel bestand is, maar in veel gevallen heeft titanium een betere corrosieweerstand. Vanwege de goede corrosie-eigenschappen wordt titanium veel gebruikt in de chemische procesindustrie.

Het selecteren van legeringen

Titaniumlegeringen worden bijna allemaal gebruikt om de volgende twee redenen: (1) hun specifieke sterkte en (2) hun corrosieweerstand. De specifieke sterkte van titaniumlegeringen is groter dan die van alle andere metaallegeringen. Legeringen voor corrosietoepassingen moeten worden geselecteerd aan de hand van gedetailleerde corrosiegegevens.

Het selecteren van legeringen op grond van de mechanische eigenschappen kan verwarrend zijn vanwege het grote aantal legeringen. Vele zijn ontwikkeld voor specifieke toepassingen. De gemiddelde ontwerper heeft genoeg aan vijf legeringen (zie tabel 20-5). De soorten 1 en 2 zijn het meest geschikt als de omvormbaarheid een belangrijk criterium is. Is dat niet het geval, dan kunnen de sterkere soorten worden gebruikt. Voor corrosietoepassingen zijn de soorten zuiver titanium het meest geschikt, tenzij de omgeving een legering vereist. De sterkere soorten zuiver titanium en de legering Ti-6Al-4V (soort 5) zijn geschikt wanneer een hoge sterkte nodig is.

TABEL 20-5 Eigenschappen van titaniumlegeringen

	KENMERKENDE EIGENSCHAPPEN[a]				
LEGERING	UNS	TREKSTERKTE, MPa	REKGRENS, MPa	VERLENGING, %	HARDHEID
Grade 1	R50250	276	207	25	70 HRB
Grade 2	R50400	345	276	22	80 HRB
Grade 3	R50550	448	379	20	90 HRB
Grade 4	R50700	552	483	15	100 HRB
Grade 5	R56400	896	827	10	35 HRB
Grade 5[b]	R56400	1103	1034	8	37 HRB

[a] Bij kamertemperatuur
[b] Oplosgegloeid en precipitatiegehard

Alle titaniumlegeringen tonen ongunstig slijtagegedrag. Ze zijn slecht bestand tegen abrasie, adhesieve slijtage en erosie door vaste deeltjes. Wel zijn ze zeer bestendig tegen vloeistoferosie en cavitatie. Titanium wordt dan ook vaak gebruikt voor ultrasone apparaten die in corrosieve vloeistoffen moeten werken.

Er zijn volop toepassingsmogelijkheden voor titanium. Waar corrosie een rol speelt, kan het worden gebruikt voor opslagtanks, pijpleidingsystemen en luchtkanalen. Zelfs in de kostenbewuste auto-industrie wordt titanium gebruikt voor automatische soldeermachines en voor de rekken en klemmen die nodig zijn bij het galvaniseren. Titanium en titaniumlegeringen worden veel gebruikt in vliegtuigen vanwege hun sterkte en vermoeiingsweerstand. In industriële machines kunnen ze worden gebruikt wanneer hoge sterkte nodig is bij een zo gering mogelijke massa: frames voor zwevende scharen, snel roterende rollen, snel werkende vergrendelingen, pomp-assen, koppelingen, hogetemperatuurveren, torsiestangen en dergelijke. Titanium is geen exotisch metaal meer en kan door de gemiddelde ontwerper prima worden gebruikt.

20.4 Magnesium

Ongeveer 2 procent van de aardkorst bestaat uit het element magnesium. Het komt in aanzienlijke hoeveelheden voor in zeewater en in veel gewone gesteenten zoals kalksteen en schalie. Het werd in 1755 als element geïdentificeerd, maar wordt pas sinds 1920 op commerciële basis geproduceerd. Het uitgangsmateriaal voor de magnesiumproductie kan bestaan uit magnesiumchloride uit zeewater of zoutmijnen, of uit gesteenten die complexe magnesiumverbindingen bevatten. Er zijn een aantal commerciële processen in gebruik voor de bereiding van magnesium. Bij de elektrolyse van gesmolten magnesiumchloride wordt zuiver magnesium afgezet op de kathode en ontstaat er chloorgas aan de anode. Bij thermische processen wordt het erts (dolomiet) in retorten verwarmd, en magnesium wordt vervolgens gewonnen als een gecondenseerd gas.

Fysische eigenschappen

Magnesium komt de onderscheiding toe het lichtste constructiemateriaal te zijn (afgezien van exotische metalen als beryllium en lithium) met een dichtheid van 1,738 g/cm^3. Het heeft ook een van de hoogste uitzettingscoëfficiënten voor een metaal (25 × 10^{-6} mm/mm-°C) en een redelijk hoge elektrisch geleidbaarheid (~31 IACS) en warmtegeleidbaarheid (137 W/m-K). De smelttemperatuur is 650°C. Magnesium heeft een witte kleur.

Metaalkunde

Als zuiver metaal is magnesium zeer zwak. De treksterkte bedraagt soms niet meer dan 70 MPa. Daarom wordt in technische toepassingen van magnesium meestal een legering gebruikt. De belangrijkste legeringselementen zijn aluminium, mangaan en zink, maar er wordt ook wel gebruikgemaakt van minder bekende elementen als thorium, zirkonium en zeldzame aarden. Deze elementen hebben alle een betrekkelijk geringe oplosbaarheid. De oplosbaarheid van aluminium, mangaan en zink neemt af bij dalende temperatuur. Dit betekent dat precipitatieharden mogelijk is, net als bij legeringen van aluminium, koper en andere non-ferrometalen. Aluminium is waarschijnlijk het belangrijkste legeringselement. Het heeft een oplosbaarheid van 12,7 procent bij de eutectische temperatuur, en van slechts 2 procent bij kamertemperatuur. In kleine concentraties zorgt het voor oplossingsversterking. Legeringen met een hoog aluminiumgehalte kunnen precipitatiegehard worden.

Magnesium heeft een hcp-kristalstructuur. In een dergelijke structuur zijn er minder vlakken waarlangs de dislocaties zich kunnen verplaatsen dan in bijvoorbeeld koper, dat een fcc-structuur heeft. Voor de gebruiker betekent dit dat magnesium minder gemakkelijk dan koper plastisch vervormt door de verplaatsing van dislocaties. Het gevolg is een geringe ductiliteit van het materiaal, dat zich daardoor moeilijk laat walsen en vormen. In feite is koudwalsen slechts in beperkte mate mogelijk. Als er een product moet worden gemaakt uit dunne plaat, is warmwalsen de enige mogelijkheid. Een eenvoudige bocht van 90 graden is zelfs met een straal van twee keer de materiaaldikte normaal gesproken niet mogelijk, omdat het metaal dan scheurt. Voor sommige toepassingen is de slechte omvormbaarheid van magnesium een beperkende factor.

De toevoeging van een klein percentage zink (minder dan 1 procent) verbetert de gietbaarheid en de corrosieweerstand. De zeldzame aarden en andere elementen worden in kleine concentraties toegevoegd voor oplossingsversterking en voor het verbeteren van de hogetemperatuureigenschappen.

Producten en aanduiding van magnesium

Meer dan de helft van de magnesiumproductie in de Verenigde Staten wordt als poeder en in de vorm van gietblokken gebruikt als legeringselement voor aluminium. Ongeveer 30 procent wordt gebruikt voor chemische processen en andere niet-constructietoepassingen. Het merendeel van de rest wordt gebruikt in de vliegtuigindustrie, de auto-industrie en in duurzame consumptieartikelen in alle gebruikelijke vormen: alle soorten gietproducten, dunne en dikke plaat, band, staaf, draad, extrusieproducten en smeedproducten. Magnesium laat zich gemakkelijk lassen met de processen die gebruikmaken van een beschermend gas.

Het aanduidingssysteem voor legeringen dat in de Verenigde Staten het meest wordt gebruikt, is dat van ASTM International. Er zijn specificaties voor plaatmateriaal (B 90), smeedwerk (B 91), gietblokken (B 92) en gietproducten (B 93, B 94, B 199, B 403). Het systeem voor de legeringsaanduiding maakt gebruik van cijfers en letters (zie tabel 20-6). De eerste twee letters geven de belangrijkste legeringselementen aan, en de twee cijfers zeggen iets over de concentratie van de twee elementen in de legering.

TABEL 20-6 Elementcodes voor de aanduiding van magnesiumlegeringen volgens ASTM

A	Al	M	M
B	Bi	N	Ni
C	Cu	P	Pb
D	Cd	Q	Ag
E	zeldzame aarden	R	Cr
F	Fe	S	Si
H	Th	T	Sn
K	Zr	Z	Zn
L	Li		

Sommige legeringen hebben meerdere versies met dezelfde hoeveelheid van de twee belangrijkste elementen. Deze versies worden onderscheiden door een letter na de cijfers. Achter de legeringsaanduiding volgt na een koppelteken – net als in het systeem voor aluminium – een combinatie van letters en cijfers die de toestand van het materiaal en de warmtebehandelingen aangeven (zie tabel 20-7). Een voorbeeld is de legering AZ63A-T6. Aluminium (A) en zink (Z) zijn de belangrijkste legeringselementen in deze legering, en de legering bevat hiervan nominaal

TABEL 20-7 Typische achtervoegsels voor magnesiumlegeringen volgens ASTM

F	Als gefabriceerd
0	Gegloeid
H1X	12 = 1/2-hard, 14 = 1/4-hard, 16 = 3/4-hard, 18 = hard
H2X	22, 24, 26 en 28, vervormingsgehard en gedeeltelijk gegloeid
T4	Oplosgegloeid
T5	Alleen kunstmatig precipitatiegehard
T6	Oplosgegloeid en kunstmatig precipitatiegehard

6 procent aluminium en 3 procent zink. Het is de eerste versie van deze legering (toevallig ook A). De tweede versie zou AZ63B zijn. T6 betekent dat de legering oplosgegloeid en precipitatiegehard is. Er zijn ISO-aanduidingen voor sommige maar niet voor alle legeringen die in het ASTM-systeem worden onderscheiden.

Mechanische eigenschappen

Tabel 20-8 geeft enkele veelgebruikte magnesiumlegeringen en hun eigenschappen. De elasticiteitsmodulus van de meeste legeringen is ongeveer 45 GPa en ze hebben naar verluidt een hoog dempingsvermogen. De treksterkte is vergelijkbaar met die van veel aluminiumlegeringen, maar de ductiliteit is geringer. Bij de vorming van plaatmateriaal moet het materiaal verwarmd worden tot temperaturen tussen 200 en 315°C om een goede omvormbaarheid te bereiken.

TABEL 20-8 Magnesiumlegeringen

LEGERING	UNS-NUMMER	VORM	NOMINALE SAMENSTELLING (%)	KENMERKENDE EIGENSCHAPPEN		
				TREKSTERKTE, MPa	REKGRENS, MPa	REK, %
AZ 31B-H24	M11311	Dunne en dikke plaat	3 Al, 1 Zn	290	220	7
AZ 91A-F	M11911	Spuitgietproducten	9 Al, 0,7 Zn	227	152	5
AZ 91C-T6	M11914	Zandgietproducten	9 Al, 0,7 Zn	276	159	3
AZ 31B-F*	M11311	Extrusieproducten	3 Al, 1 Zn	262	200	8

* AZ 31B = ISO MgAl3Zn1(25)

Een andere factor die de toepassing van magnesium beperkt, is dat aluminium een hogere specifieke sterkte heeft dan magnesium. Als je de treksterkte van de sterkste magnesiumlegering, 300 MPa, deelt door de dichtheid, 1,738 g/cm^3, dan krijg je een specifieke sterkte van 0,172. Vergelijk dit met 7075-T6-aluminium, dat een specifieke sterkte heeft van 0,203. Doe hetzelfde met de elasticiteitsmodulus, en het resultaat is 0,0259 voor magnesium en 0,0255 voor aluminium. Magnesium heeft dus een iets hogere specifieke stijfheid dan de meeste andere metalen, inclusief staal, maar vaak rechtvaardigt dit niet de hogere kosten van magnesium ten opzichte van aluminium. Magnesium kostte ongeveer 2,50 euro per kilo in 2012.

Magnesium heeft wel het voordeel van een lager gewicht ten opzichte van andere metalen zolang de doorsnede klein is. Hogesterktealuminium mag dan een hogere specifieke sterkte hebben dan magnesium, deze hoge sterkte kan voor lange, dunne onderdelen niet worden gebruikt. Een minimale doorsnede is nodig om te vermijden dat een onderdeel knikt.

Naast een laag soortelijk gewicht heeft magnesium nog een voordelige eigenschap: het is goed machinaal bewerkbaar, beter dan elk ander metaal, veel beter dan het automatenstaal B1112.

Corrosie

Magnesium heeft niet zo'n goede weerstand tegen atmosferische corrosie als aluminium, maar een betere weerstand dan staal, en het wordt vaak in de open lucht gebruikt. Onder invloed van een zeekustatmosfeer of in contact met zouten kan er snel putcorrosie optreden. In koude klimaten, waar vaak zout op de wegen wordt gestrooid, kunnen magnesiumstrippen van auto's in één winter onherstelbaar beschadigd raken. Om de aantasting zo veel mogelijk te beperken, wordt gebruikgemaakt van het zeer zuivere AZ91D (ISO MgAl5Mn), maar ook dit materiaal moet soms van een coating worden voorzien om corrosie door strooizout te voorkomen. Magnesium wordt aangetast door de meeste zuren, behalve fluorwaterstofzuur. Het is tamelijk resistent tegen basen en veel oplosmiddelen en brandstoffen. Mangaan verbetert de corrosieweerstand. De corrosieweerstand kan ook verbeterd worden door een chemische conversiecoating.

Magnesium is het meest actieve technische metaal in de spanningsreeks en mag dus niet aan andere metalen gekoppeld worden, tenzij het als opofferingsanode wordt gebruikt, zoals bij kathodische bescherming van ondergrondse pijpleidingen en watertanks.

Sommige magnesiumlegeringen hebben betere hogetemperatuureigenschappen dan aluminium. Magnesium wordt gebruikt bij bedrijfstemperaturen van wel 370 °C. Bij verhitting van magnesium tot zeer hoge temperaturen zijn voorzorgsmaatregelen nodig, want het is brandbaar. Als vijlsels, poeders of spanen van magnesium vlam vatten, ontwikkelen ze een zeer grote hitte en het vuur kan niet worden geblust met water. Er zijn speciale blustechnieken nodig. Bij machinaal bewerken en slijpen van een onderdeel van magnesium moet het met koelvloeistof nat worden gehouden. Vanwege de brandbaarheid wordt magnesium wel voor vuurwerk gebruikt.

Selecteren

Ondanks dat het enkele minder gunstige eigenschappen heeft, is magnesium een materiaal dat eventueel kan worden gebruikt als een geringe traagheid of gewichtsreductie vereist is. De vier legeringen genoemd in tabel 20-8 zijn voldoende voor een incidentele gebruiker. Uit elke productcategorie zijn dit de meest gebruikte legeringen.

De populariteit van elektronische apparaten op zakformaat in de jaren negentig heeft de belangstelling voor het gebruik van magnesium doen toenemen. Apparaten als laptops, mobiele telefoons en camera's zijn vaak gemaakt van gegoten magnesium, voor het grootste deel spuitgietwerk. Magnesium heeft vaak veel betere mechanische eigenschappen dan kunststoffen: het is licht en het biedt een goede afscherming tegen elektromagnetische straling. Een verbetering van de spuitgietmethode die veel bijdraagt aan het toegenomen gebruik van spuitgegoten magnesium is de toepassing van thixotroop gieten. Er zijn machines ontwikkeld die het metaal niet in gesmolten toestand injecteren, maar als een soort 'pap' – rond 60 procent vaste stof en 40 procent vloeibaar. De injectie-eigenschappen van deze pap lijken meer op die van een kunststof, en de vormgietmachines lijken op spuitgietmachines voor kunststoffen. De stroming van de pap is minder turbulent dan die van gesmolten metaal en de gietproducten zijn minder poreus. Wanddiktes van slechts 1 millimeter zijn mogelijk. De meeste gewone spuitgietlegeringen kunnen hiervoor gebruikt worden.

20.5 Refractaire metalen

Refractaire metalen vormen een groep hittebestendige metalen met smeltpunten hoger dan 1650 °C (zie figuur 20-7). Commercieel gezien zijn de meest gebruikte refractaire metalen zirkonium, molybdeen, wolfraam en tantaal. Wolfraam en molybdeen kunnen continu worden gebruikt, respectievelijk tot 2800 °C en 1900 °C. Niobium wordt in aanzienlijke hoeveelheden gebruikt als legeringselement in andere metalen: staal, koperlegeringen, molybdeen, titanium en aluminium. In de vorm van 'zuiver' metaal wordt niobium gebruikt in kernreactoren vanwege de chemische weerstand en de doorlaatbaarheid voor neutronen.

Zirkonium

Zirkonium werd ontdekt aan het eind van de achttiende eeuw en geïsoleerd in de jaren twintig van de negentiende eeuw. Van Arkel en De Boer produceerden in de jaren twintig van de twintigste eeuw gezuiverd zirkonium met behulp van het zogenaamde jodide-ontledingsproces. In de jaren veertig werd de magnesiumreductie van zirkoniumtetrachloride geperfectioneerd als een middel om zeer zuiver zirkonium te produceren.

De productie van zirkonium begint met zirkoniumhoudend duinzand dat wordt gescheiden met behulp van standaard ertsbereidingstechnieken, en vervolgens gechloreerd om zirkoniumtetrachloride te produceren. Dit wordt op zijn beurt met behulp van magnesium gereduceerd tot zirkoniummetaal. Omdat het uitgangsmateriaal voor de zirkoniumwinning ook hafnium bevat, is er een speciale hafniumverwijderingsbewerking nodig voor zirkonium dat gebruikt moet worden in kernreactoren. Hafnium is namelijk niet transparant voor neutronen.

Daarmee hebben we het belangrijkste toepassingsgebied van zirkonium genoemd: watergekoelde kernreactoren. De op één na belangrijkste toepassing is chemische procesapparatuur, gevolgd door brandgranaten en gettertoepassingen (opvangen van gassen). Zirkonium is verkrijgbaar in halfproducten die door een aantal ASTM-specificaties worden behandeld: B 495 (gietblokken), B 523 (buizen), B 550 (staaf, draad), B 551 (vlakgewalste producten), B 653 (koppelstukken), B 658 (pijpen) en B 752 (gietproducten). In Europa worden deze specificaties gehandhaafd, maar het is ook verkrijgbaar onder verschillende merknamen, zoals Zircaloy.

Eigenschappen

Zirkonium is een ductiel, goed verwerkbaar metaal. Het kan machinaal worden bewerkt, omgevormd en gelast. De dichtheid is 6,477 g/cm^3 (ongeveer 17 procent lager dan staal). De warmtegeleidbaarheid van zirkonium bedraagt ongeveer een derde van die van staal. Zirkonium heeft een lage uitzettingscoëfficiënt (ongeveer de helft van die van koolstofstaal) en een lage elasticiteitsmodulus (ongeveer de helft van die van koolstofstaal).

Net als titanium heeft zirkonium een alfa-fase met een hcp-kristalstructuur bij kamertemperatuur die bij ongeveer 870 °C een transformatie ondergaat naar een bèta-fase met een bcc-structuur. Kleine hoeveelheden verontreinigingen – met name zuurstof – hebben een grote invloed op de transformatietemperatuur. De aanwezigheid van alfa-stabiliserende elementen (bijvoorbeeld Al, Sn, Hf, N en O) leidt tot een verhoging van de transformatietemperatuur. De aanwezigheid van bèta-stabiliserende elementen (bijvoorbeeld Fe, Cr, Ni, Mo en Nb) leidt tot een verlaging van de transformatietemperatuur.

De meest gebruikte zirkoniumlegeringen, Zircalloy-2 en Zircalloy-4, worden toegepast in kernreactoren, gebruikmakend van de uitstekende weerstand van het materiaal tegen corrosie door hete stoom en oververhit water, en het feit dat het gemakkelijk neutronen doorlaat. Ook de legering Zr-2.5 Nb, alsmede hafniumvrij ongelegeerd Zr, worden in kernreactoren gebruikt.

Voor industriële toepassingen is ongelegeerd zirkonium de geprefereerde samenstelling. Het heeft een tamelijk hoge sterkte: een rekgrens van 200 tot 345 MPa en een treksterkte van 380 tot 550 MPa. Zirkonium is net als titanium een reactief metaal, waardoor lassen moet worden uitgevoerd in een plaatselijk beschermend inert gas.

Zirkonium heeft een uitstekende weerstand tegen corrosie door zuren, organische verbindingen en zoutoplossingen. Het heeft met name een uitstekende weerstand tegen HCl (≤ 40%, ≤ 100 °C), HNO_3 (≤ 95%, 204 °C) en H_2SO_4 (≤ 70%, ≤ kookpunt). Lasgebieden en door lashitte beïnvloede zones zijn iets minder resistent tegen aantasting in H_2SO_4 dan het oorspronkelijke metaal. Zirkonium heeft een uitstekende weerstand tegen gewoon zeewater, chloridezoutoplossingen en brak water (op voorwaarde dat er geen ijzer- of koperionen in voorkomen).

Zirkonium is niet bestand tegen fluorwaterstofzuur (alle concentraties). Het ondergaat spanningscorrosie in methanolisch HCl, in mengsels van methanol en jood, in oplossingen die ijzer- of koperionen bevatten, in geconcentreerd HNO_3 en in vloeibaar kwik.

Procesapparatuur van zirkonium (zoals kolommen, reactoren, warmtewisselaars, gasreinigers en mengers) worden in het algemeen geproduceerd in een massieve of een beklede constructie. Zirkonium is goedgekeurd in de Verenigde Staten voor gebruik in de bouw onder de ASME Boiler and Pressure Vessel Code.

Molybdeen

Ongeveer 90 procent van het geproduceerde molybdeen wordt als legeringselement gebruikt in staalfabrieken. 5 procent wordt gebruikt in de chemische industrie en de rest wordt tot metaalproducten verwerkt. De fysische eigenschappen waardoor molybdeen bruikbaar is, zijn: een lage uitzettingscoëfficiënt ($5{,}3 \times 10^{-6}$ mm/mm-°C), ongeveer de helft van die van staallegeringen, een goede thermische en elektrische geleidbaarheid, 30 procent van die van koper, een grotere stijfheid dan staal (E = 317 GPa), en een hoog smeltpunt, dat molybdeen een goede sterkte geeft bij hoge temperaturen. Molybdeen is zwaarder dan staal (zie figuur 20-8). De dichtheid is 10,2 tegenover 7,9 voor staal, maar deze eigenschap is in de meeste toepassingen niet van groot belang.

Molybdeen is verkrijgbaar in de meeste gebruikelijke vormen: draad, buizen, staven, smeedstukken,

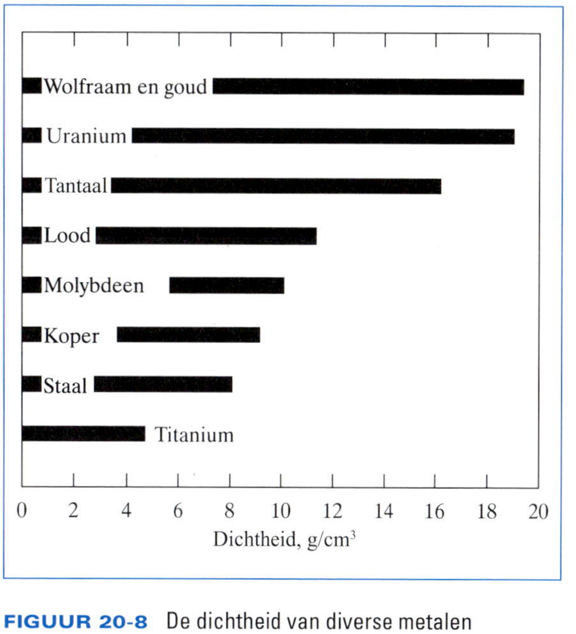

FIGUUR 20-8 De dichtheid van diverse metalen

gietwerk en P/M-producten. Zuiver molybdeen heeft een goede sterkte en ductiliteit. De treksterkte kan bij kamertemperatuur wel 690 MPa bedragen, en het kan met gewoon gereedschap worden omgevormd en machinaal bewerkt. De hardheid ligt tussen 150 en 185 HB. Er bestaan enkele molybdeen-wolfraamlegeringen, maar de legering met de meeste commerciële betekenis is TZM, dat 0,5 procent titanium, 0,07 procent zirkonium en 0,03 procent koolstof bevat. TZM is bij de meeste temperaturen wel 5 procent sterker dan zuiver molybdeen. De aanduiding TZM is ook in Europa bekend en wordt gebruikt door onder andere Duitse leveranciers van molybdeenlegeringen.

Molybdeen behoudt zijn sterkte bij hoge temperaturen en meestal wordt het in de industrie gebruikt vanwege deze eigenschap. Zoals figuur 20-9 laat zien, houdt TZM goede trekeigenschappen bij hogere temperaturen dan 1100 °C. Geen enkele staalsoort of superlegering op nikkelbasis kan wat dit betreft worden vergeleken met molybdeen.

Een probleem is dat dit materiaal bij deze temperaturen niet in lucht kan worden gebruikt. Als molybdeen in lucht wordt gebruikt bij hogere temperaturen dan 760 °C, oxideert het snel en sublimeert het oxide. Het wordt onmiddelijk aangetast. Molybdeen en TZM worden dus wel gebruikt bij hoge temperaturen, maar uitsluitend in vacuüm, een inerte atmosfeer, of wanneer het beschermd wordt door oxidatiebestendige coatings. In de industrie wordt molybdeen gebruikt in allerlei onderdelen van tl-buizen en andere lampen. Het wordt ook gebruikt voor schuitjes van vacuümverdampers, omkledingen van thermokoppels en stralingsschilden. Het is een uiterst belangrijk materiaal in vacuümovens voor warmtebehandelingen, waar het wordt gebruikt voor afschermingen, roosters en constructieonderdelen.

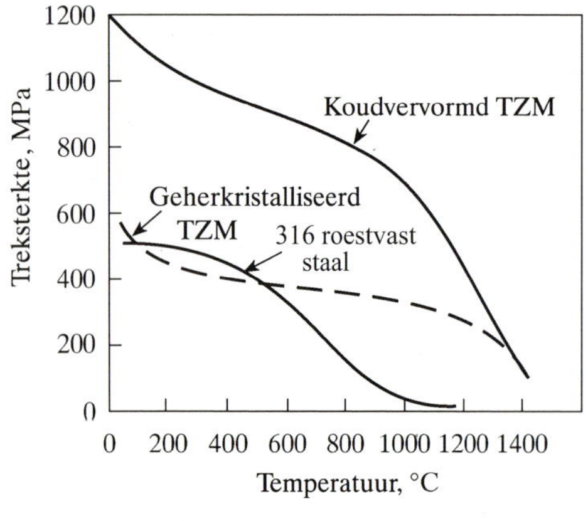

FIGUUR 20-9 Korteduurtreksterkte van TZM tegenover die van type 316 roestvast staal

Grote producten van TZM worden gebruikt in de spuitgietvormholten voor zink, aluminium en messing. TZM is beter bestand tegen metaalerosie dan de staalsoorten. Het wordt veel toegepast in gietvormen voor de glasfabricage en wordt ook gebruikt voor extrusie- en smeedmatrijzen. Het wordt zelfs gebruikt als draadmateriaal voor vlamspuiten. Molybdeen heeft dus allerlei toepassingen en het is goed mogelijk dat de gemiddelde ontwerper het af en toe kan gebruiken. De ASTM-specificaties B 386 en B 387 kunnen worden gebruikt voor het aanduiden van molybdeenlegeringen op tekeningen. Deze specificaties behandelen zes soorten 'zuiver' molybdeen, alsmede de TZM-legering. In 2008 was de prijs van molybdeen ongeveer 60 euro per kilo.

Wolfraam

Als zuiver metaal heeft wolfraam (*tungsten* in het Engels) een aantal unieke fysische eigenschappen. Het is het zwaarste technische materiaal (zie figuur 20-8), het heeft van alle metalen het hoogste smeltpunt en het heeft de hoogste elasticiteitsmodulus (406 GPa). Op het gebied van de mechanische eigenschappen onderscheidt wolfraam zich door het feit dat het harder is dan elk ander zuiver metaal, in gegloeide toestand tot wel 600 HB. Vanwege de sterkte bij hoge temperaturen is wolfraam geschikt voor oventoepassingen, maar omdat het duur is (ongeveer 35 euro per kilo in 2012) en moeilijk verwerkbaar, krijgt molybdeen meestal de voorkeur.

Ongeveer twee derde van de wolfraamproductie wordt verwerkt tot wolfraamcarbide, dat gebruikt wordt voor het vervaardigen van gesinterde carbiden. Ongeveer 15 procent wordt gebruikt als legeringselement, 15 procent voor standaardproducten van wolfraam en de rest voor allerlei andere toepassingen.

Wolfraam is het materiaal dat wordt gebruikt voor de gloeidraden in gloeilampen, maar in de industrie is wolfraam ook belangrijk als materiaal voor elektroden bij TIG-lassen en bij vonkerosie. Wolfraam wordt steeds belangrijker als materiaal voor apparaten met een hoge massatraagheid en voor contragewichten. Vanwege de hoge dichtheid heeft een vliegwiel of contragewicht van wolfraam slechts een derde van het volume dat een even zwaar onderdeel van staal zou hebben. Dit is vaak de oplossing als de grootte beperkt moet blijven. Het gebruik van wolfraam voor apparaten met een grote traagheid is gemakkelijker geworden door de ontwikkeling van wolfraam-nikkel-koperlegeringen, legeringen met tot 10 procent koper en/of nikkel. Ze zijn veel beter machinaal bewerkbaar dan zuiver wolfraam en de dichtheid is toch nog ongeveer 17 g/cm^3. De ontwerper kan wolfraam dus gebruiken in betrekkelijk normale situaties. Dikke en dunne plaat en folie van wolfraam kunnen worden gespecificeerd met behulp van ASTM B 760. De beter bewerkbare soorten (vier) kunnen worden aangeduid met behulp van ASTM B 777; de legering van type 1 bevat 90 procent wolfraam en de legering van type 4 bevat 97 procent wolfraam. In Europa worden materialen voor wolfraamelektroden aangeduid volgens ISO 6848.

Tantaal

Tantaal heeft net als wolfraam een hoge dichtheid (zie figuur 20-8) en een hoog smeltpunt, maar wordt vooral gebruikt in de elektronica-industrie als materiaal voor condensatoren (folie en draad). Tantaal en tantaallegeringen worden in de industrie veel gebruikt vanwege de uitstekende corrosieweerstand. Een opkomend militair gebruik van tantaal met hoge dichtheid en tantaallegeringen heeft te maken met pantserprojectielen. De fabrieksproducten van tantaal worden behandeld in de ASTM-specificaties B 364 (gietblokken), B365 (staaf en draad) en B 708 (vlakgewalste producten). In Europa moet men de aanduiding bij de leverancier opvragen.

Zeer zuiver tantaal dat met een elektronenstraal of in een vlamboog gesmolten is, is goed smeedbaar, maar heeft een betrekkelijk geringe sterkte (rekgrens ~140 MPa; treksterkte ~200 MPa). De sterkte kan worden verhoogd door koudwalsen of, wat gebruikelijker is, door legeren met wolfraam (2,5 of 10 gewichtsprocent) of niobium (40 procent gewichtsprocent).

Tantaal en tantaallegeringen hebben een uitstekende corrosieweerstand, een relatief goede warmtegeleidbaarheid, en ze kunnen betrekkelijk gemakkelijk verwerkt worden. Vanwege deze combinatie van eigenschappen is dit materiaal geschikt voor de constructie van speciale chemische opslagvaten, pijpleidingen en warmtewisselaars. Net als voor andere reactieve metalen geldt voor tantaal dat lassen moet plaatsvinden in afwezigheid van lucht en vocht. Lassen gebeurt door plaatselijk afschermen met een inert gas. Tantaal en tantaallegeringen worden zelden gebruikt voor massieve metaalonderdelen vanwege hun hoge prijs (tot rond de 250 euro per kilo) en hoge dichtheid. Het is echter wel economisch verantwoord om tantaal te gebruiken in de vorm van buismateriaal of dunne plaat, of als bekleding op een massief stalen onderlaag.

Een andere manier om de hoge kosten van tantaal te omzeilen is door het te gebruiken als coating. Er zijn bedrijven in de Verenigde Staten en elders die gebruikmaken van metalliseren voor het bekleden van het oppervlak van onderdelen met een continue laag van 125 tot 375 µm tantaal (onder andere Metalating®).

Tantaal is bij kamertemperatuur inert voor vrijwel alle organische en anorganische verbindingen. Uitzonderingen zijn sterke basen, rokend zwavelzuur, HF (waterstoffluoride), heet oxaalzuur en zuren die fluoriden bevatten. De chemische weerstand van tantaal neemt bij hogere temperaturen af, maar is dan nog altijd beter dan die van de meeste roestvaste staalsoorten, titanium, zirkonium en superlegeringen. Het gebruik van een metaal voor toepassingen die om chemische weerstand vragen, vereist raadpleging van specifieke corrosiegegevens. Dit geldt ook voor tantaal. Tantaal of tantaallegeringen zijn mogelijke kandidaatmaterialen voor toepassingen die een metaal vereisen met een betere corrosieweerstand dan roestvast staal. In de chemische procesindustrie is tantaal bijna het standaardmateriaal voor het bijwerken van met glas beklede vaten. Het heeft ten aanzien van vele stoffen dezelfde inertheid als glas.

Niobium

Niobium (ook wel *colombium* genoemd) is een element uit groep 5, net als tantaal. Daarom hebben niobium en tantaal een vergelijkbare uitzettingscoefficiënt en thermische geleidbaarheid. Beide elementen hebben een bcc-structuur en zijn bijna even ductiel en smeedbaar. Merk wel op dat niobium een aanzienlijk lager smeltpunt heeft dan tantaal en een ongeveer half zo lage dichtheid. De verkrijgbare halfproducten van niobium worden behandeld door de ASTM-specificaties B 391 (gietblokken), B392 (staaf, draad), B 393 (vlakgewalste producten) en B 394 (buizen).

Niobium wordt gebruikt als legeringselement in bijzondere staalsoorten en in nikkel- en kobaltlegeringen. Het wordt ook toegepast in de lucht- en ruimtevaart en in nucleaire programma's. Niobium, niobium-titaniumlegeringen en niobium-tinlegeringen worden gebruikt als supergeleiders. Vanwege de lagere prijs en lagere dichtheid kan niobium een goedkoper alternatief vormen voor tantaal. De toepassingsgebieden, vervaardigingsprocessen en lastechnieken zijn voor niobium dezelfde als voor tantaal.

Niobium biedt een goede corrosieweerstand in talrijke procesomgevingen. In het algemeen is de corrosieweerstand ongeveer gelijk aan die van tantaal, maar beperkt tot enigszins lagere temperaturen en concentraties. Vanwege de uitstekende weerstand tegen corrosie door vloeibare metalen wordt niobium gebruikt in natriumlampen voor de verlichting van autowegen.

20.6 Kobalt

Kobalt is een essentieel metaal voor de industrie omdat het een belangrijke rol speelt in gesinterde carbiden, slijtvaste legeringen en chemisch bestendige legeringen. In het periodiek systeem bevindt het zich tussen ijzer en nikkel in, dus het heeft eigenschappen die vergelijkbaar zijn met die van deze materialen. Kobalt wordt op verschillende manieren gewonnen uit diverse ertsen, maar het is vaak een nevenproduct van andere mijnoperaties, zoals de winning van koper, zink en nikkel. Kobalt ziet eruit en voelt aan als staal. De dichtheid is 8,71 g/cm^3 tegenover 7,87 g/cm^3 voor ijzer. De elektrische geleidbaarheid is ongeveer 16 procent van die van koper. Het is ferromagnetisch en wat betreft de uitzettingseigenschappen, de elasticiteitsmodulus, de warmtegeleidbaarheid en het smeltpunt lijkt het op ijzer. De mechanische eigenschappen van zuiver kobalt lijken op die van staal. Het heeft een goede ductiliteit, en de trek- en rekgrens zijn ongeveer gelijk aan die van ongehard staal.

Kobalt wordt niet vaak als zuiver metaal gebruikt voor constructieonderdelen, omdat het betrekkelijk duur is (soms meer dan 30 euro per kilo), en soms schaars op de wereldmarkt. Het heeft bij temperaturen lager dan 417 °C een hcp-kristalstructuur en tot aan het smeltpunt van 1495 °C een fcc-structuur. Het is belangrijk als bindmiddel voor de fabricage van gesinterde carbiden. Gesinterde carbiden worden bij voorkeur gebruikt als materiaal voor gereedschappen in de metaalbewerking. Zulke materialen kunnen 3 tot 30 procent kobalt bevatten als bindmiddel voor wolfraamcarbide of andere carbidedeeltjes.

Jarenlang werd een legering op basis van kobalt, *Vitallium*, gebruikt voor allerlei soorten medische protheses. Kobalt wordt ook gebruikt in tandheelkundige apparaten en medische instrumenten. Het heeft de nodige *in-vitro* corrosieweerstand, duurzaamheid en stijfheid.

Slijtvaste en chemisch bestendige kobaltlegeringen zijn bruikbaar in machines en voor algemeen gebruik. Stellites® vormen een groep kobalt-chroom-wolfraamlegeringen die resistent zijn tegen allerlei soorten slijtage: abrasie, adhesieve slijtage, versmeren, vloeistoferosie en cavitatie. De legeringen met een lagere hardheid hebben een betere weerstand tegen corrosie/erosie, en de hardere legeringen hebben de beste slijtweerstand. Bovendien hebben ze een grote chemische weerstand, meestal beter dan die van austenitisch roestvast staal. Zuiver kobalt heeft een geringe corrosieweerstand, maar als het wordt gecombineerd met chroom, wordt de weerstand zeer goed. Ook koolstofarme legeringen worden voornamelijk gebruikt voor chemische weerstand.

Er zijn zo'n twaalf Stellites® in de handel. Een aantal daarvan worden in tabel 20-9 genoemd. Slechts twee daarvan, de legeringen 6B en 6K, zijn verkrijgbaar als kneedlegering. De andere zijn verkrijgbaar als gietproducten en poeders voor P/M-onderdelen. Legering 6B heeft een hardheid van 43 HRC, en 6K heeft gewalst een hardheid van ongeveer 48 HRC. Warmtebehandeling is niet nodig en deze legeringen worden niet zacht als ze worden verwarmd voor hardsolderen en dergelijke. Ze kunnen een hardheid hebben van ongeveer 30 tot 65 HRC, al naargelang de legering en het koolstofgehalte. Deze legeringen zijn ook verkrijgbaar als staven met een hard oppervlak voor lasdepositie. Enkele belangrijke corrosiebestendige kobaltlegeringen zijn in tabel 20-10 te zien.

TABEL 20-9 Chemische samenstelling van Stellites® (kobaltlegeringen)

STELLITE®-LEGERING	UNS	CHEMISCHE SAMENSTELLING (GEW. %)									KARAKTERISTIEKE HARDHEID NA HET GIETEN
		Cr	Ni	Fe	Mo	W	Si	Mn	C	Co	
6 B/6	R30006	30	2,5	3	1,5	4	0,7	1,4	1	Rest	39–43 HRC
12	R30012	30	3	3	1	8,3	2	1	1,4	Rest	47–51 HRC
1	R30001	31	3	3	1	12,5	2	1	2,4	Rest	50–55 HRC
3		31	3	3	1	12,5	1	1	2,4	Rest	51–58 HRC

TABEL 20-10 Chemische samenstelling van een aantal corrosiebestendige kobaltlegeringen

LEGERING	UNS	NORMALE CHEMISCHE SAMENSTELLING (GEW. %)								
		Cr	Ni	Fe	Mo	W	Si	MN	C	Co
Haynes 25 (L605)	R30605	20	10	3		15	0,4	1,5	0,1	Rest
Ultimet	R21233	26	9	3	5	2	0,3	0,8	0,06	Rest + (0,08N)
Haynes 188	R30188	22	22	3		14	0,4	1,25	0,1	Rest + (0,03La)

20.7 Beryllium

In hoofdstuk 18 hebben we erop gewezen dat het legeren van koper met beryllium een metaal oplevert met zeer bruikbare eigenschappen voor veren. Beryllium heeft evenwel een paar ongewone eigenschappen die het in zuivere vorm een belangrijk metaal maken. De eigenschappen waarmee beryllium zich onderscheidt van andere metalen zijn:

1. Het is het op één na lichtste metaal (dichtheid van 1,85 g/cm^3 tegenover 1,74 g/cm^3 voor magnesium en 2,7 g/cm^3 voor aluminium).
2. Het heeft een hogere stijfheid dan elk ander licht metaal (290 GPa).
3. Het laat gemakkelijk Röntgenstralen door en heeft nog andere bruikbare 'nucleaire' eigenschappen.

Vanwege al deze eigenschappen is beryllium een zeer belangrijk materiaal voor ruimtevaart- en defensietoepassingen. Het heeft de hoogste specifieke stijfheid en sterkte van alle toepasbare metalen, vergelijkbaar met die van hogesterktealuminium. Als een stalen onderdeel toch nog te zwaar is voor een bepaalde toepassing, dan is beryllium misschien het enige geschikte metaal. Het nadeel van beryllium is dat het zo duur is (puur beryllium kostte in 2010 tot 600 euro per kilo). Bovendien kan het in de vorm van korreltjes gevaar opleveren voor de gezondheid, en daarom is in sommige landen bij het werken met beryllium een voortdurende controle van de lucht waarin het fabricageproces plaatsvindt verplicht. Ondanks deze nadelen is beryllium van belang voor de industrie als een licht, stijf metaal, ook al blijft het gebruik ervan vanwege de hoge kosten beperkt.

20.8 Goud

Goud is altijd een hooggewaardeerd metaal geweest. Er zijn gouden voorwerpen gevonden in Egyptische tomben van 3000 jaar oud of nog ouder. Dat dit metaal zo hooggewaardeerd werd, ligt aan het fraaie uiterlijk en de duurzaamheid. Het gaat niet achteruit in de loop der tijd, het verandert zelfs helemaal niet. Het oxideert niet en wordt niet aangetast door zuren of basen (alleen door koningswater, een mengsel van salpeterzuur en zoutzuur). Een meer praktische reden voor de populariteit van goud in vroegere beschavingen was dat het in de natuur voorkwam in metallische vorm. Al vroeg kwam men erachter dat de klompjes die in de rivierbeddingen werden gevonden, konden worden omgesmolten tot grotere voorwerpen en gemakkelijk verwerkt konden worden tot decoratieve objecten. Er wordt beweerd dat koning Croesus van goud kleine schijfjes met een gelijk gewicht maakte als basis voor ruilhandel, het uitkeren van beloningen en het vergaren van rijkdom. Hij vond rond 550 v. Chr. een muntstelsel uit. Het goud dat Croesus uit een nabijgelegen rivier haalde bevatte ook zilver, waarop hij ook zilveren munten maakte, waarschijnlijk met een lagere waarde. Hij zuiverde goud door het in zout te verhitten om zilver en koper te verwijderen. 2000 jaar later wordt in essentie nog steeds hetzelfde proces gebruikt.

Machineontwerpers zullen waarschijnlijk geen goede managementbeoordeling krijgen als ze goud specificeren voor motorstoelen, maar er zijn wel plaatsen waar goud een essentieel technisch materiaal is. Het kan zeer goedkoop in het gebruik zijn als elektrode, folie of inlegstuk. Het heeft unieke eigenschappen (zie tabel 20-11) waarmee het zich van andere metalen onderscheidt:

1. In lucht oxideert goud niet.
2. Het is een van de beste elektrische geleiders, het geleidt elektriciteit veel beter dan vele koperlegeringen.
3. Het is uitermate goed smeedbaar. Een goudstaaf van 10 gram kan tot een draad van 2 kilometer lang worden uitgetrokken.
4. Het kan gemakkelijk elektrolytisch neerslaan.
5. Het weerspiegelt 90 procent of meer van de erop vallende IR-straling.

TABEL 20-11 Eigenschappen van zilver en goud

	ZILVER	GOUD
Relatieve dichtheid	10,5 g/cm^3	19,32 g/cm^3
Smeltpunt	962°C	1063°C
Warmtegeleidingsvermogen	4,29 W/cm-K	3,19 W/cm-K
Uitzettingscoëfficiënt	18,6 × 10^{-6} mm/mm-°C	14,2 × 10^{-6} mm/mm-°C
Elasticiteitsmodulus	61 GPa	83 GPa
Treksterkte (gegloeid)	152 MPa	131 MPa

Al deze eigenschappen zijn nuttig als elektrische contactpunten in vele apparaten die deel uitmaken van ons dagelijks leven in het nieuwe millennium. De onderdelen die in een computer worden geplaatst (aan de binnen- en buitenkant), functioneren meestal niet goed zonder elektrische contacten met een lage weerstand. Vaak is goud nodig om deze lage weerstand te bereiken.

De omvormbaarheid van goud is een gevolg van de fcc-kristalstructuur en de aard van de elektronenconfiguratie. Ondanks de hoge prijs (die elke dag anders is) kan het worden gebruikt wanneer er unieke eigenschappen nodig zijn. Goud is een essentieel materiaal in de ruimtevaart. Gouden contacten zijn bestand tegen de veeleisende ruimte-omgeving, en gouden reflectoren worden gebruikt om instrumenten te beschermen tegen de stralingsenergie van de zon, en om deze energie te benutten voor het opwekken van elektrische energie. Goud kan worden gelegeerd met veel andere elementen om soldeer- en lasmetalen te maken met smelttemperaturen van ongeveer 370 tot 870°C. Deze legeringen zijn bijzonder bruikbaar voor het aan elkaar hechten van metalen die beperkte gebruikstemperaturen hebben. De term *karaat* geeft in verband met goud het goudgehalte aan in vierentwintigsten. Een 10-karaats goudlegering bevat 10/24, oftewel 41 procent goud. Zuiver goud is dus 24-karaats. Het resterende materiaal in goudlegeringen kan bestaan uit elk metaal, maar koper en zilver zijn de gebruikelijkste toevoegingen.

Kortom, goud is een essentieel onderdeel van technische materialen en het kan worden gespecificeerd voor veel 'gewone' technische toepassingen. Het heeft intussen waarschijnlijk meer waarde voor de mensheid vanwege de technische toepassingsmogelijkheden dan vanwege het mooie uiterlijk. Juweliers (en onze echtgenotes) zouden het echter wel eens oneens kunnen zijn met deze uitspraak.

20.9 Zilver

Net als goud kan zilver in metallische vorm in de natuur voorkomen, maar het meeste zilver wordt gewonnen als een bijproduct van de ertsvoorbereiding van andere metalen, waaronder koper, lood en zink. Zilver heeft de volgende karakteristieke eigenschappen:

1. Het heeft een hogere warmtegeleidbaarheid dan enig ander metaal.
2. Het heeft een hogere elektrische geleidbaarheid dan enige ander metaal.
3. Het is de beste reflector van zichtbaar licht.
4. Zilverhaliden zijn lichtgevoelig.

Zilver heeft veel eigenschappen die vergelijkbaar zijn met die van goud (zie tabel 20-11). De omvormbaarheid van zilver is vergelijkbaar met die van goud. Zilver werd net als goud al in de oudheid gebruikt voor sieraden, munten en als een maat voor rijkdom. De reden dat zilver ook tegenwoordig nog minder waard is dan goud, is waarschijnlijk dat zilver in lucht dof wordt. Het reageert met zwavel in de lucht en vormt daarbij zilversulfide, dat een zwarte kleur heeft. Daarom is het niet zo 'edel' als goud.

In de industrie wordt zilver veel gebruikt als soldeermetaal voor het aan elkaar verbinden van metalen. Vanwege de thermische en elektrische geleidbaarheid is zilver geschikt voor elektrische toepassingen. Sinds de uitvinding van de fotografie in 1839 wordt zilver in aanzienlijke mate gebruikt in de vorm van zilverhaliden, als lichtgevoelig bestanddeel. Ondanks de ontwikkeling van de digitale fotografie is de waarde van zilverhalidefotografie in de industrie en voor de consument nog steeds welbekend.

Er bestaan talrijke zilverlegeringen, vooral voor sieraden. Sterling zilver, oftewel eerstegehaltezilver, betekent dat 92,5 procent van het metaal bestaat uit zilver. De rest kan uit elk ander metaal bestaan, maar koper is het gebruikelijkst. Zilver wordt veel gebruikt voor het bekleden van decoratieve artikelen en het gebruik in tandheelkundig amalgaam is ook een belangrijke toepassing. Hoewel het een edelmetaal is, wordt het gebruikt om machines te laten draaien en is het essentieel voor het maken van vele commerciële producten. Machineontwerpers moeten eraan denken dat zilver kan worden gebruikt wanneer de elektrische geleidbaarheid of warmtegeleidbaarheid beperkende factoren kunnen worden. Het is ook bruikbaar als galvanische laag ter voorkoming van het versmeren van bevestigingsmiddelen met schroefdraad en op andere plaatsen waar olieachtige smeermiddelen niet kunnen worden gebruikt. Tot slot vermelden we dat in veel industriële toepassingen de voorkeur wordt gegeven aan zilversoldeer voor processen zoals het aanbrengen van toppen van gesinterd carbide op stalen gereedschappen. ■

Samenvatting

In dit hoofdstuk hebben we niet meer dan 13 van de ongeveer 80 metaalsystemen besproken. De hier besproken metalen worden door ontwerpers wel regelmatig, maar waarschijnlijk niet bijzonder vaak gebruikt. Nikkellegeringen hebben vele verschillende toepassingen vanwege hun karakteristieke kenmerken: weerstand tegen hoge temperaturen, corrosieweerstand en speciale fysische eigenschappen. Titanium is bruikbaar voor het oplossen van corrosieproblemen en als constructiemateriaal. Magnesium is geschikt voor gewichtsreductie, en zink is belangrijk voor spuitgietproducten en als coating voor de weerstand tegen atmosferische corrosie. De hittebestendige metalen worden gebruikt voor weer andere gespecialiseerde toepassingen. Hoe zelden een ontwerper deze metalen ook gebruikt, ze dienen deel uit te maken van zijn of haar materiaalrepertoire, want ze kunnen uitkomst bieden bij problemen die met de gewone metalen niet op te lossen zijn. De volgende punten zijn het waard om te onthouden:

- Nikkel is een betere geleider van warmte en elektriciteit dan staal. Zilver is de beste elektrische geleider.
- Nikkellegeringen kunnen vaak corrosieproblemen oplossen die optreden bij het gebruik van roestvast staal.
- Sommige nikkellegeringen worden gebruikt als superlegeringen voor veeleisende omstandigheden bij hoge temperaturen.
- Van alle metalen laat zink zich het gemakkelijkst spuitgieten. Spuitgietproducten van zink zijn voor sommige toepassingen goedkoper dan kunststoffen.
- Zinkcoatings zijn anodisch ten opzichte van koolstofstaal en bieden een betere bescherming tegen atmosferische corrosie dan de meeste andere coatings.
- Titanium is een licht metaal met een treksterkte vergelijkbaar met die van een gehard gelegeerd staal.
- Titanium is stijver dan aluminium en magnesium.
- Magnesium is het lichtste veelvoorkomende metaal. (Lithium is het lichtste metaal, maar het is te zwak en reactief voor gebruik in constructies.)
- Magnesium heeft een slechte omvormbaarheid en kan het best gebruikt worden in gegoten vorm of voor machinaal te bewerken onderdelen.
- Magnesium heeft vaak de voorkeur boven aluminium voor toepassingen waarbij gewichtsreductie van belang is.
- Beryllium is het constructiemetaal met de hoogste specifieke stijfheid.
- De hittebestendige metalen kunnen bruikbaar zijn in toepassingen bij hoge temperaturen en bij sommige corrosievraagstukken.
- Kobaltlegeringen hebben unieke slijtage- en corrosie-eigenschappen.
- Molybdeen heeft bruikbare hogetemperatuureigenschappen als de verhitting plaatsvindt in afwezigheid van lucht.
- Tantaal is uiterst corrosiebestendig en kan een kandidaat zijn voor veeleisende toepassingen.
- Wolfraam is een van de zwaarste metalen en kan in machines gebruikt worden voor onderdelen met een grote massatraagheid.
- Het gebruik van edelmetalen in machines is vanwege hun unieke eigenschappen soms gerechtvaardigd.

Illustratief voorbeeld

Invar voor surveillancesatellieten

Satellieten die foto's nemen vanuit de ruimte hebben optische platforms waaraan alle lenzen, sensoren en camera's zijn bevestigd. Deze platformen mogen niet variëren in vlakheid en afmetingen tijdens de temperatuurvariaties in de ruimte. Het optische platform en de component-steunconstructie zijn gemaakt van een Invar-soort (ijzer-nikkellegering) met een zo laag mogelijke thermische uitzettingscoëfficiënt ($<1 \times 10^{-6}$ in./in.).

Helaas heeft Invar ongeveer dezelfde dichtheid als staal en zijn zware constructies ongewenst voor dit soort toepassingen. Het gewichtsprobleem van Invar is in dit geval opgelost door het gebruik van fotofabricagetechnieken om de Invar dunner te maken, zodat het nog wel steun biedt en invariabel is, maar niet langer te zwaar. Vrijwel elke component ziet eruit als een I-profiel. Zulke vormen zijn zeer stijf, maar toch licht.

Dit is een voorbeeld van een materiaal voor een speciaal doel dat een bepaalde technologie mogelijk maakt: foto's nemen vanuit de ruimte, wat niet mogelijk zou zijn zonder de unieke thermische uitzettingseigenschappen van Invar.

Termenlijst

alfa-fasetitanium: titanium met een hcp-structuur
anodische coating: een metallische coating die minder edel is dan het substraat
bèta-fasetitanium: titanium met een bcc-structuur
edele coatings: metalen coatings die edeler zijn dan het substraat
ertsvoorbereiding: bewerken van erts om metalen te maken
galvaniseren: een zinkcoating op staal
gemetalleerd: een zinkcoating die thermisch is omgezet in een oxidecoating
Hastelloys: legeringen op nikkelbasis met aanzienlijke Cr- en Mo-toevoegingen
hittebestendig metaal: metalen met een smeltpunt boven 1650 °C
holte: de 'matrijs' in een spuitgietsysteem
Incoloys: legeringen op nikkelbasis met aanzienlijke toevoegingen van Cr en Fe
Inconels: legeringen op nikkelbasis met ijzer als een aanzienlijke legeringstoevoeging
Invar: ijzer-nikkellegeringen met lage thermische uitzetting
metastabiel: een instabiele structuur
Monels: koper-nikkellegeringen
Ni Cr B: een serie nikkellegeringen die een hoge hardheid kunnen verkrijgen (60 HRC)
NiChrome: nikkel-chroomlegeringen voor weerstandsverwarming
oplossingsbehandeling: verwarming tot een hoge temperatuur om elementen in oplossing te doen gaan
spuitgieten: het vormen van onderdelen door gesmolten metalen onder druk te injecteren in metalen matrijzen
thermische vermoeiing: scheuren en/of breuk vanwege herhaalde thermische cycli
TZM: een molybdeenlegering met zirkonium- en wolfraamadditieven
versmeren: een ernstige vorm van adhesieve slijtage, gekenmerkt door oppervlakuitstulpingen
zuiver nikkel: nikkel zonder opzettelijke legeringstoevoegingen

Opgaven

1. Leg de rol van nikkel in roestvaste staalsoorten uit.

2. Leg het verschil uit tussen een dompelplunjerspuitgietmachine en een koudinjectiespuitgietmachine.

3. Wat zijn de onderscheidende voordelen van zinkspuitgieten ten opzichte van de metaalgietprocessen?

4. Leg uit waarom galvaniseren staal beter beschermt dan nikkel- en koperplateren.

5. Welke van de volgende metalen zijn hittebestendig?
   a. Al
   b. Fe
   c. Ni
   d. Cu
   e. Mo
   f. Co

6. Leg uit hoe Ti6Al4V kan worden warmtebehandeld om de sterkte en hardheid te verhogen. Wat is het hardingsmechanisme?

7. Wanneer krijgt CP-titanium de voorkeur boven titaniumlegeringen?

8. Noem vier toepassingen waarbij de hoge kosten van titaniumlegeringen gerechtvaardigd zijn.

9. Magnesium heeft een hexagonale kristalstructuur; waarom is dit van belang voor de selectie?

10. Bereken de specifieke stijfheid van magnesium en vergelijk deze met die van aluminium en titanium.

11. Magnesium is bestand tegen
    a. zeewater/zoutspray
    b. zuren
    c. basen
    d. corrosie buitenshuis

12. Noem vier toepassingen die het gebruik van hittebestendige metalen rechtvaardigen.

13. Waarbij wordt niobium gebruikt?

14. Beschrijf een onderscheidende chemische eigenschap van goud en de betekenis ervan.

Hoofdstuk 21

Oppervlaktebehandelingen

Een filmgietwiel met een diameter van 18 foot (5,5 meter), geplateerd met dik koper, dan nikkel, dan chroom. De assen waren thermisch gespoten met een harde staallegering

Doelstellingen

1. Kennis opdoen van oppervlaktebehandelingsprocessen.
2. Begrijpen hoe coatings, oppervlaktebehandelingen en oppervlaktemodificaties met elkaar in verband staan.
3. Begrijpen wanneer de verschillende coatings en oppervlaktebehandelingen gebruikt moeten worden en hoe ze gespecificeerd moeten worden.

Oppervlaktebehandeling is een term die de vele processen en materialen omvat die men gebruikt om functionele oppervlakken in machines en producten te veranderen. Oppervlaktebehandelingen geven een ontwerper materiaalopties die met bulkmaterialen niet betaalbaar of praktisch zouden zijn. Het stelt ondernemingen vaak in staat om meer te doen met minder.

Oppervlaktebehandelingen omvatten een aantal multidisciplinaire technische activiteiten die gericht zijn op het aanpassen van de eigenschappen van de oppervlakken van technische materialen om zodoende de functie of de levensduur te verbeteren. In figuur 21-1 worden de gebruikelijkste redenen om het oppervlak van een materiaal te wijzigen opgesomd. De ontwerper moet bijvoorbeeld een beslissing nemen over de gewenste textuur op een onderdeel van een gegoten keramisch materiaal of kunststof, over de verf of vernis op een houten onderdeel, over de oppervlakteafwerking van een machinaal bewerkt onderdeel of over de deklaag of corrosiebescherming op een stalen onderdeel. Het kan zijn dat het budget niet toestaat om een onderdeel van een of ander exotisch (duur) materiaal te maken, maar een goedkopere wijziging van het oppervlak wel mogelijk is. Soms is er geen massief materiaal voor de taak voorhanden. Titaniumnitridecoatings worden bijvoorbeeld veel gebruikt voor het verbeteren van de slijteigenschappen van een onderdeel, maar titaniumnitride is op het ogenblik niet verkrijgbaar als massief materiaal. Ontwerpers kunnen een gatenpons een deklaag van diamant geven om de slijtvastheid te verbeteren, maar het is onmogelijk om de pons van massief diamant te maken.

In feite hebben alle gefabriceerde onderdelen een behandeling nodig om hun oppervlak te verbeteren, al bestaat die misschien alleen maar uit schoonmaken. Er zijn vele processen voor het uitvoeren van deze oppervlaktebehandelingen. Dit hoofdstuk zal de meest gebruikte processen beschrijven. We zullen enkele procesdetails en selectie-informatie presenteren over de processen die de meeste materiaalgebruikers zullen tegenkomen. Het hoofdstuk sluit af met enkele selectierichtlijnen voor oppervlaktetechnieken. Hierbij merken we op dat onder oppervlaktebehandeling ook procedures vallen als sterilisatie om medische redenen, of verven en kleuren om esthetische redenen. We beperken onze bespreking tot de aspecten van oppervlaktebehandelingen die verband houden met machine-, product- en constructieontwerpen: hoe je een oppervlak harder, corrosiebestendiger of duurzamer maakt, of hoe je een fysische eigenschap wijzigt.

1. Aanpassen van het uiterlijk
   - Kleur
   - Oppervlakstructuur/glans
   - Textuur
   - Reinigen/verwijderen van oxide, roest enzovoort
2. Veranderen van de afmetingen
   - Opnieuw aanbrengen van versleten oppervlakken
   - Toevoegen van een beschermende laag
   - Herstellen van machinale bewerkingsfouten
3. Wijzigen van eigenschappen
   - Verbeteren van de slijtvastheid
   - Verbeteren van de hittebestendigheid
   - Verbeteren van de vermoeiingsweerstand
   - Verbeteren van de corrosieweerstand
   - Wrijvingseigenschappen
   - Biologische toestand
   - Optische eigenschappen
4. Kosten
   - Lagere kosten
   - Waardevermeerdering

FIGUUR 21-1 Redenen voor oppervlaktebehandeling

21.1 Anatomie van een vast oppervlak

Vaste oppervlakken bestaan uit diverse onderdelen, zie figuur 21-2(a). Een oppervlak heeft een topografie met ruwheid en golving. Alle oppervlakken worden blootgesteld aan geadsorbeerde gassen uit de omgeving. Vochtigheid in de lucht produceert op alle oppervlakken een waterfilm die invloed kan hebben op de oppervlakte-eigenschappen. Een alledaags voorbeeld van het effect van geabsorbeerde stoffen op

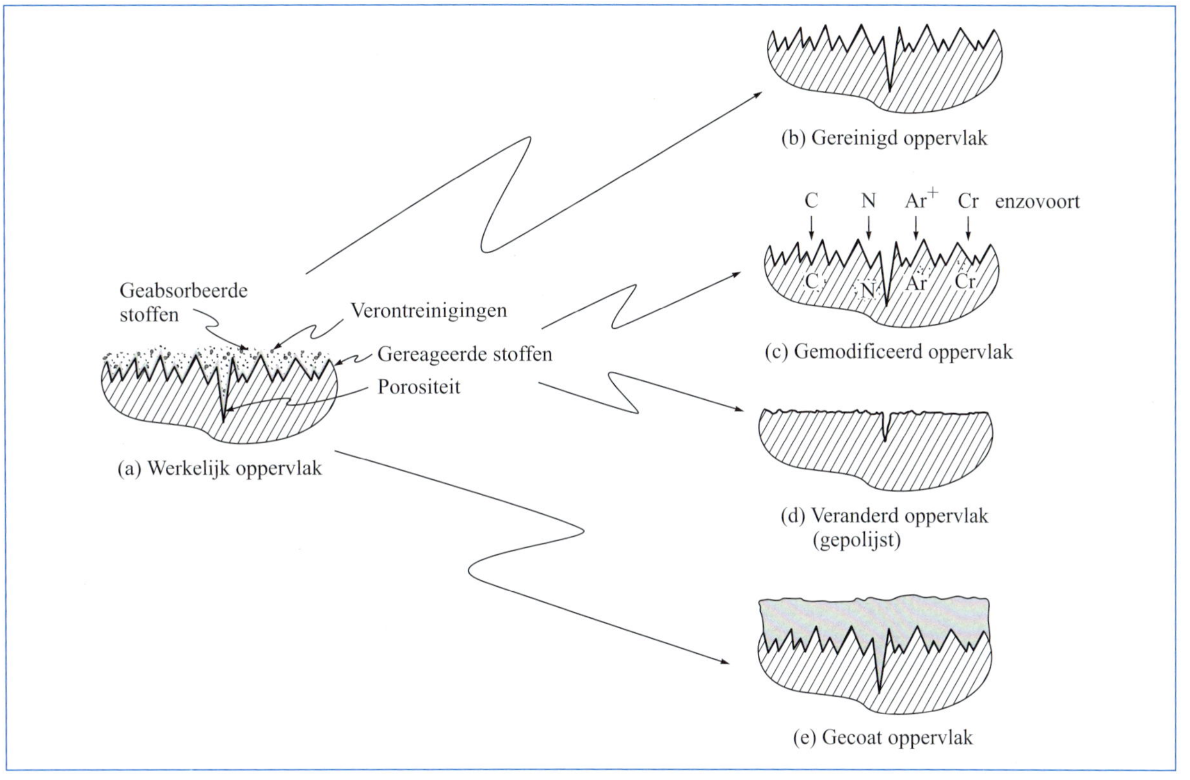

FIGUUR 21-2 Oppervlaktetechnieken

vaste oppervlakken is de invloed van vochtigheid (waterdamp) op haar. Vrouwen met kunstmatig gekruld haar merken vaak dat de krullen verdwijnen bij hoge luchtvochtigheid. Het oppervlak van het haar heeft een aanzienlijke laag waterdampgehalte gekregen, wat de opgelegde haarvervorming die de krullen produceerde tegenwerkt.

Op vele metalen wordt een oxidelaag gevormd door reactie van het metaaloppervlak met lucht of een andere 'chemische stof' (zie figuur 21-2(a)). Zulke films hebben we reeds in hoofdstuk 6 en 16 besproken. Kunststoffen kunnen films hebben die gevormd worden door bijvoorbeeld migratie van weekmakers in de kunststof naar het oppervlak. Soms zijn gegoten kunststoffen bedekt met siliconen die resteren van het losmaken uit de matrijs bij spuitgieten. Alle oppervlakken kunnen verontreinigingen bevatten. Deze verontreinigingen kunnen bestaan uit vaste stoffen zoals stof, vloeistoffen zoals vingerafdrukolie, of zelfs atomaire of moleculaire lagen van andere materialen die geproduceerd zijn door tribotransfer van andere oppervlakken. Oppervlakken zijn dus gecompliceerder dan ze op het eerste gezicht lijken.

Oppervlakken kunnen worden gemodificeerd door de mechanismen die worden geïllustreerd in figuur 21-2. We kunnen oppervlakken reinigen, modificeren, compleet veranderen en coaten. Ten eerste kunnen oppervlakken worden gereinigd van films en verontreinigingen zonder de fysische vorm (microtopografie) van het oppervlak te veranderen (zie figuur 21-2(b)). Er zijn ontelbare processen voor reinigen. Het oppervlak kan gemodificeerd worden op atomair of moleculair niveau (zie figuur 21-2(c)). We kunnen atomen laten diffunderen in een oppervlak dat verschilt van de basismaterialen. We kunnen andere atomen/ionen inbedden door processen die oppervlakken bombarderen. We kunnen de kristalstructuur wijzigen (harden) van het oppervlak van sommige metalen (stalen) door verwarming en afschrikken. Zelfs straling kan oppervlakken beïnvloeden op atomair of moleculair niveau, ze kan bijvoorbeeld de splitsing van polymeerketens veroorzaken. Ten slotte kunnen we een nieuw oppervlak creëren door het verlagen of verhogen van de bestaande oppervlakmicrotopografie (zie figuur 21-2(d)), het oppervlak smelten of vervormen, of het gereinigde oppervlak coaten vanaf atomaire tot macroscopische dikte (zie figuur 21-2(e)). In de volgende alinea's bespreken we een aantal algemene eigenschappen van oppervlakken. Vervolgens gaan we in de daaropvolgende paragrafen uitgebreider in op verschillende methodes voor de behandeling van oppervlakken. Deze zijn in figuur 21-3 samengevat.

Films en hun samenstelling

De fysische verontreinigingen die zich op oppervlakken kunnen bevinden zijn soms niet evident en niet waarneembaar met gewone middelen. De aanwezigheid van verontreinigingsfilms kunnen soms worden herkend door bevochtigingsproeven – spuiten van water op een oppervlak en waarnemen of het water opborrelt. Sommige verontreinigingen kunnen echter bijna op atomair niveau aanwezig zijn. Siliconen zijn hier een voorbeeld van. Als siliconen-matrijsvrijmaakmiddelen worden gebruikt op kunststofmatrijzen, kan het kunststof onderdeel een siliconenlaag hebben die niet wordt verwijderd door de meeste reinigingstechnieken. Hoe weet een materiaalgebruiker of een oppervlak verontreinigd is? De in figuur 21-4 geïllustreerde analytische technieken worden gebruikt om de chemische stoffen op vaste oppervlakken te identificeren.

Bij een oppervlaktebehandeling is goede kennis van het chemische of atomaire karakter van een oppervlak, en zelfs de spanningstoestand (restspanningen) noodzakelijk. Bij alle door ons in dit boek besproken coatingprocessen is het van belang dat het oppervlak schoon is. Als de hechting van een deklaag een probleem is, zijn er talloze oppervlakteanalysemethoden die bij het onderzoek naar de oorzaak gebruikt kunnen worden.

In principe werken oppervlakteanalysetechnieken door het bombarderen van oppervlakken met elektronen, fotonen, ionen of allerlei vormen van elektromagnetische straling, waarna de reactie van het materiaal wordt gemeten door detectoren die dezelfde deeltjes registreren: elektronen, fotonen, ionen, Röntgenstraling enzovoort. De verschillen tussen de diverse technieken hangen af van welke deeltjes voor het bombarderen worden gebruikt, en van wat er wordt gedetecteerd. Elke techniek heeft wel een bepaald voordeel ten opzichte van de andere. De meeste oppervlakteanalyselaboratoria heb-

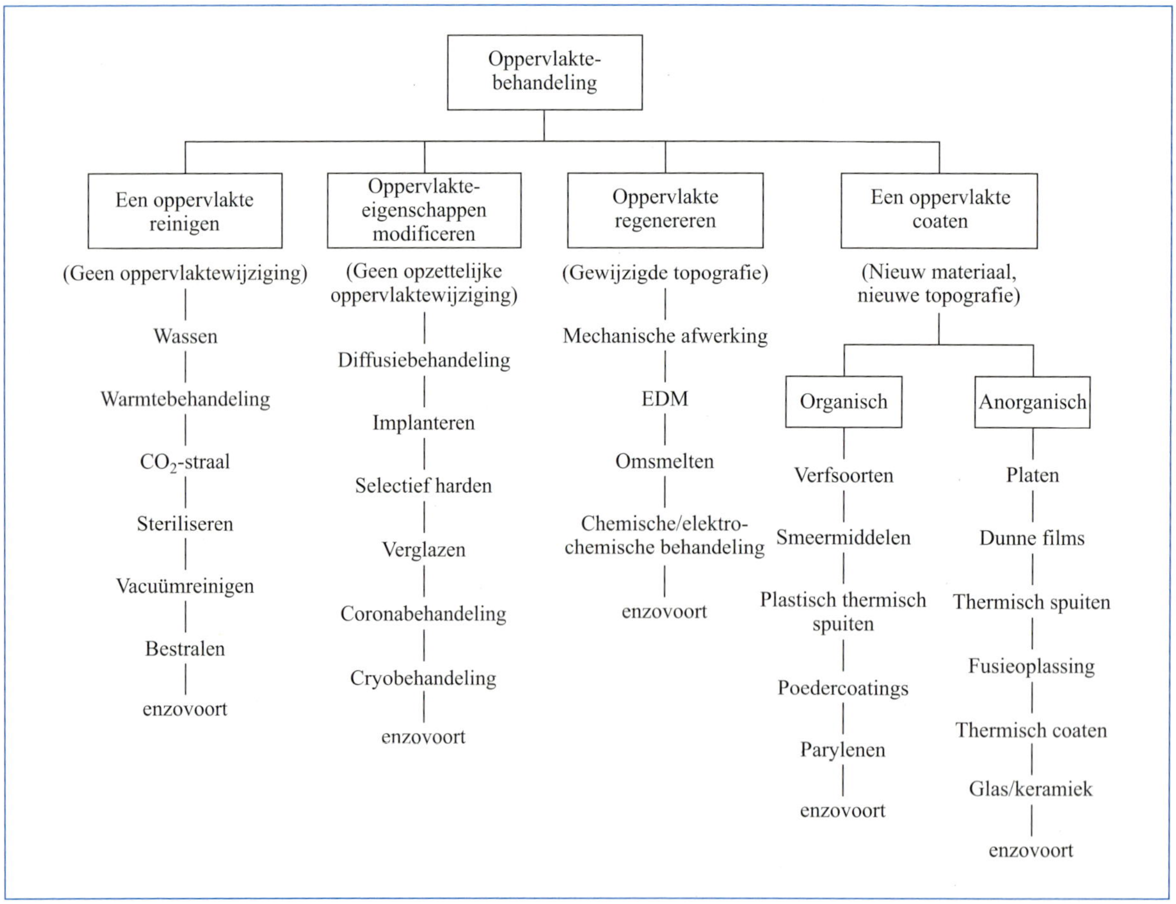

FIGUUR 21-3 Het spectrum van technieken voor de behandeling van oppervlakken

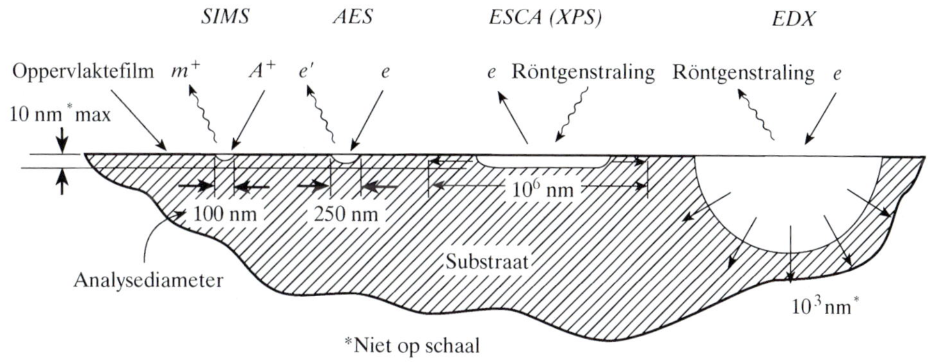

FIGUUR 21-4 Vergelijking van het analysevolume van verschillende oppervlakteanalysetechnieken. Het analysevolume is de doordringingsdiepte maal de oppervlakte waarover de analyse zich uitstrekt. De analysediameters zijn niet op schaal

ben diverse technieken tot hun beschikking en ze gebruiken de techniek die het beste is voor de vermoedelijke verontreinigende stof of het oppervlaktebestanddeel. Gebruikers van oppervlaktebehandelingen hebben misschien een keer de mogelijkheid om coatingmoeilijkheden of andere oppervlakteproblemen te onderzoeken. Hieronder beschrijven we in het kort enkele gebruikelijke technieken om hen te helpen bij de keuze en het gebruik ervan.

Scanning-elektronenmicroscopen (*SEM*) worden op dezelfde manier als optische microscopen gebruikt om eenvoudig de topologische kenmerken van oppervlakken te bekijken. Door het gebruik van een elektronenstraal in plaats van licht kunnen ze echter een vergroting laten zien die ver buiten het bereik van optische microscopen ligt (meer dan 1000 tot 300.000×). Veel SEM-eenheden zijn tegenwoordig uitgerust met de mogelijkheid van *energie-dispersieve spectroscopie* (EDS of EDX, *energy dispersive x-ray*), die kwantitatieve informatie geeft over de samenstelling van oppervlakken. Het te analyseren oppervlak wordt gebombardeerd door een elektronenstraal en de geproduceerde Röntgenstraling wordt vervolgens gebruikt om de elementen te identificeren die voorkomen op de plaats waar de elektronenstraal aangekomen is. Zoals te zien is in figuur 21-4 is het geanalyseerde gebied van het oppervlak klein in vergelijking met sommige andere technieken, maar de diepte van de analyse is zo groot, ongeveer 1 μm, dat deze techniek in feite ook het substraat analyseert. Deze techniek is het meest effectief op metallische substraten en wordt meestal gebruikt voor het analyseren van deeltjes of fasen die aan de oppervlakte komen.

Bij *elektronenspectroscopie voor chemische analyse* (*ESCA*), ook bekend als *x-ray photoelectron spectroscopy* (XPS), wordt het oppervlak bestraald met Röntgenstralen met lage energie, waardoor foto-elektronen worden uitgezonden die worden verzameld en geanalyseerd om informatie te verkrijgen over de bindingstoestand van elementen in het oppervlak. De analysediepte is een paar nanometer en het analysegebied varieert van een aantal vierkante millimeter tot slechts een aantal vierkante micrometer voor de modernste instrumenten. Het proces kan gebruikt worden voor het analyseren van alle soorten films op de meeste soorten substraat. Deze techniek wordt veel gebruikt voor de analyse van onder andere dunnecorrosiefilms, coatings en katalytische reacties in de chemische industrie.

Een hieraan gerelateerde techniek is *Auger-elektronenspectroscopie* (*AES*), ook SAM (*scanning Auger microprobe*) genoemd (zie figuur 21-4). Het oppervlak wordt hierbij gebombardeerd met een elektronenstraal en de werking van deze straal veroorzaakt veranderingen in de elektronenconfiguratie van de getroffen atomen. Het nettoresultaat is dat er Auger-elektronen worden uitgestoten die karakteristiek zijn voor het element dat ze heeft uitgezonden. Vanwege de kleine analysediepte en de kleine grootte van de doelplek is deze techniek veel nauwkeuriger dan SEM en sneller dan XPS. XPS geeft echter veel betere informatie over de chemische toestand (bindingen) in dunne films.

Naast de in figuur 21-4 getoonde technieken zijn er nog twee technieken – *Fourier transform infrared analysis* (*FTIR*) en *Raman-spectroscopie* – die bruikbaar zijn voor het identificeren van organische verontreinigingen op een oppervlak. Röntgendiffractie (XRD, *x-ray diffraction*) wordt gebruikt voor het analyseren van de toestand van de restspanningen in een oppervlak of het identificeren van een onbekende chemische stof (in het oppervlak of in het lichaam).

Oppervlaktetopografie

In hoofdstuk 4 en 5 hebben we gezien dat de ruwheid van oppervlakken belangrijk kan zijn voor vele materiaaltoepassingen. Oppervlakteruwheid (Ra enzovoort) is een deel van de totale topografie van een oppervlak, en oppervlaktetopografie is belangrijk bij alle oppervlaktetechnieken. Er bestaan diverse technieken om de oppervlakteruwheid te beschrijven, afhankelijk van de interesseschaal zoals weergegeven in figuur 21-5.

Oppervlakken van technische materialen hebben textuur-, golving- en ruwheidscomponenten in hun topografie (zie figuur 4-37 in hoofdstuk 4). De textuur heeft een macroscopische schaal en kan vaak met het blote oog of met een eenvoudige loep worden vastgesteld. De ruwheid en de golving worden gemeten met zogenaamde profilometers, die elektronisch het oppervlak aftasten met een naald of laser (zie figuren 21-6 en 21-7). De eenvoudigste soorten profilometers leveren alleen gegevens voor de ruwheid.

De ruwheidscomponent wordt gedefinieerd als de gemiddelde hoogtekenmerken die zich herhalen binnen een bepaalde afstand (meetlengte; *cutoff*) die is vastgesteld door een overkoepelend lichaam zoals de American Society of Mechanical Engineers (ASME) in de Verenigde Staten. Deze is 0,75 millimeter in de Verenigde Staten en ongeveer 1 millimeter in de meeste andere landen. Golving heeft afmetingen van hoogte en helling – de gemiddelde hoogte

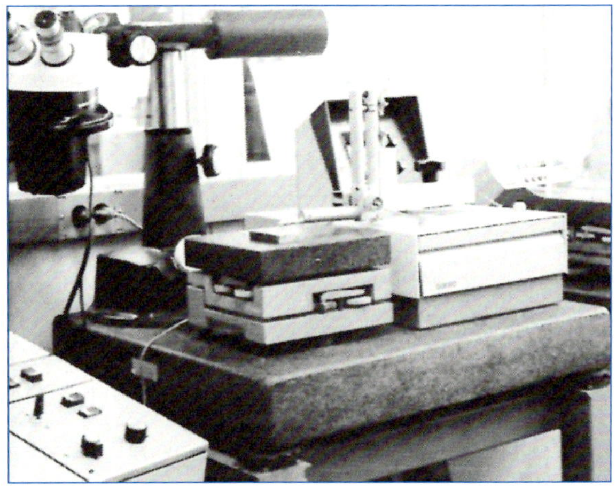

FIGUUR 21-6 Profilometer met registreerpen

van de golfvormen en de gemiddelde afstand. Golving bepaalt de vlakheid; ruwheid bepaalt het uiterlijk, de fijne kenmerken en de textuur en dergelijke.

De meeste profilometers bepalen het gemiddelde van de oppervlakteruwheid over een vaste naaldverplaatsing (zie figuur 21-7). Dit is de *meetlengte*. Alle pieken en dalen over deze afstand worden geïntegreerd en leveren samen een enkele waarde voor de ruwheid, zoals het rekenkundig gemiddelde (R_a) van de afstand tussen pieken en dalen in het profiel van de oneffenheden, uitgedrukt in micrometer (μm). Omdat een profilometernaald een eindige straal heeft (typische stralen zijn 2, 5 of 10 μm), bereikt

Oppervlaktetopografietoepassing	Kenmerkgroottes
Gepolijste oppervlakken	Ruwheid in nanometers 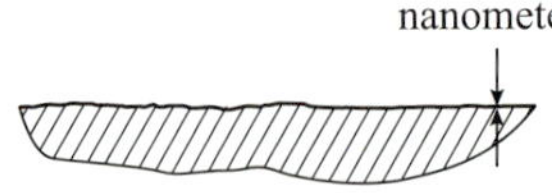
Machinaal bewerkte oppervlakken	Ruwheid in micrometers 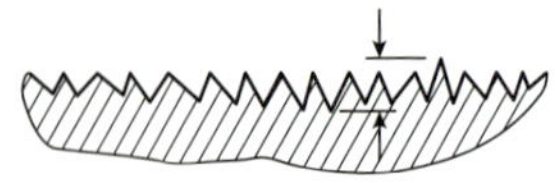
Gesmede platen	Golvingsbreedte mm+ Golvingshoogte Micrometer tot mn 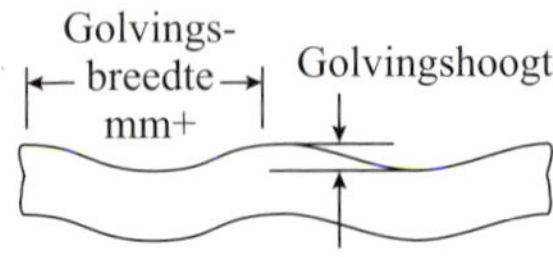

FIGUUR 21-5 Schaal van kenmerken van oppervlakken voor veelvoorkomende toepassingen

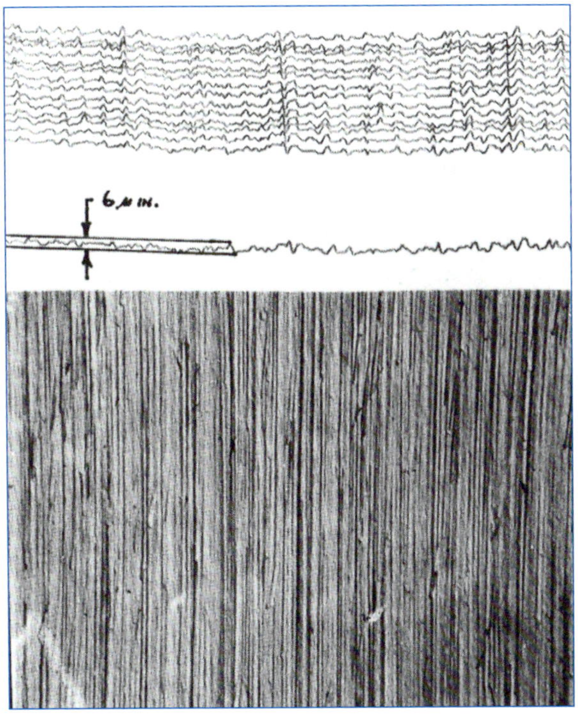

FIGUUR 21-7 Profilometerkaart van een gepolijst oppervlak (boven), ruwheidsprofiel (midden) en een microfoto bij ×200 (onder)

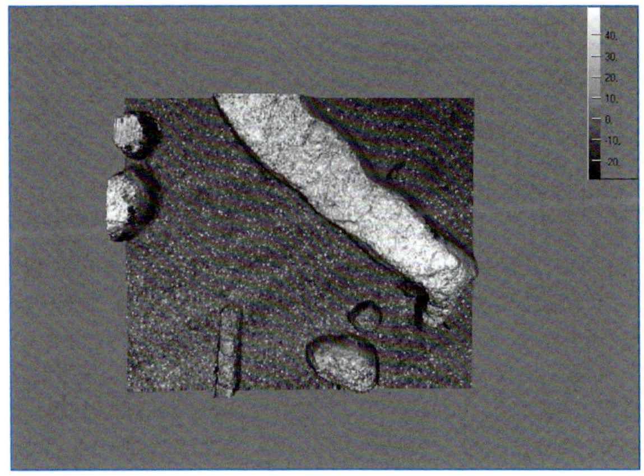

Foto: W. Wei.

FIGUUR 21-8 Ruwheidstopografie van de oppervlakte (2 x 2 mm) van een munt van 10 eurocent (Italië), gemeten met een confocale witlichtprofilometer. De grijsschaal geeft de waardes van de ruwheid aan: wit is hoog, donkergrijs/zwart is diep. Het hoogteverschil is circa 60 μm

deze niet de bodem van de dalen in het oppervlakteprofiel. Hij kan dus de werkelijke diepte niet meten. De Ra-waarde voor de ruwheid is ongeveer 25 procent van het werkelijke hoogteverschil tussen pieken en dalen op een gelijkmatig oppervlak.

Bij elk naaldtoestel is het mogelijk dat het te meten oppervlak wordt bekrast, dus zijn contactloze oppervlakmeetinstrumenten soms noodzakelijk. Sommige contactloze toestellen passen laserdriehoeksmeting toe om de oppervlak-kenmerkhoogte te meten. Sommige maken gebruik van lichtinterferentietechnieken (interferometrie). In 1990 kwamen confocale witlichtprofilometers algemeen in gebruik en deze zijn nu beschikbaar met hoogte-/diepteresoluties van enkele nanometers, zeer klein in vergelijking met enkele micrometers voor conventionele profilometers. Deze apparaten maken gebruik van lichtinterferentietechnieken, en produceren betere weergaven van de oppervlaktekenmerken, waaronder contourkaarten (zie bijvoorbeeld figuur 21-8), oppervlakteprofielen van een enkele lijn, en gegevens voor de gemiddelde ruwheid. De meeste systemen leveren tot 20 oppervlakteparameters – de populairste oppervlakteparameters worden gedefinieerd in figuur 21-9.

Het beginoppervlak moet worden gekenmerkt door een van deze technieken als het een eis is voor het gebruik van een bepaalde oppervlaktetechniek. Helaas meten vele meetinstrumenten oppervlakgolving niet adequaat. Dat is jammer, omdat golving de conformabiliteit bepaalt en het werkelijke contactgebied tussen elkaar rakende lichamen. Oneffenheden die de fijne kenmerken bepalen, zijn onderdeel van de contactvergelijking, maar golving is vaak de belangrijkste overweging (zie figuur 21-10). De oneffenheden die de fijne oppervlaktekenmerken bepalen, kunnen volledig worden weggewerkt door deformatie onder belasting, dus is het niet de hoogte van de oneffenheid die het werkelijke contactgebied bepaalt, maar de golving. Het punt is dat wanneer oppervlaktopografie geacht wordt om overeen te komen met enkele service-eisen, deze moet worden gekarakteriseerd met behulp van een geschikt instrument en gegeven afmetingen (ruwheid, golving enzovoort), zodat het kan worden herhaald en gehandhaafd.

Porositeit

De meeste kneedmetaaloppervlakken hebben geen aanzienlijke porositeit, maar gegoten metalen en vele kunststoffen en keramische materialen kunnen poreus zijn (het gaat dan om diepe holten die aan de oppervlakte komen). Soms is porositeit met opzet aangebracht in oppervlakken, zoals in die van P/M-metalen en gesinterde kunststoffen. Gietijzer heeft driedimensionale grafiet-microbestanddelen die 'doorgesneden' zijn op machinaal bewerkte

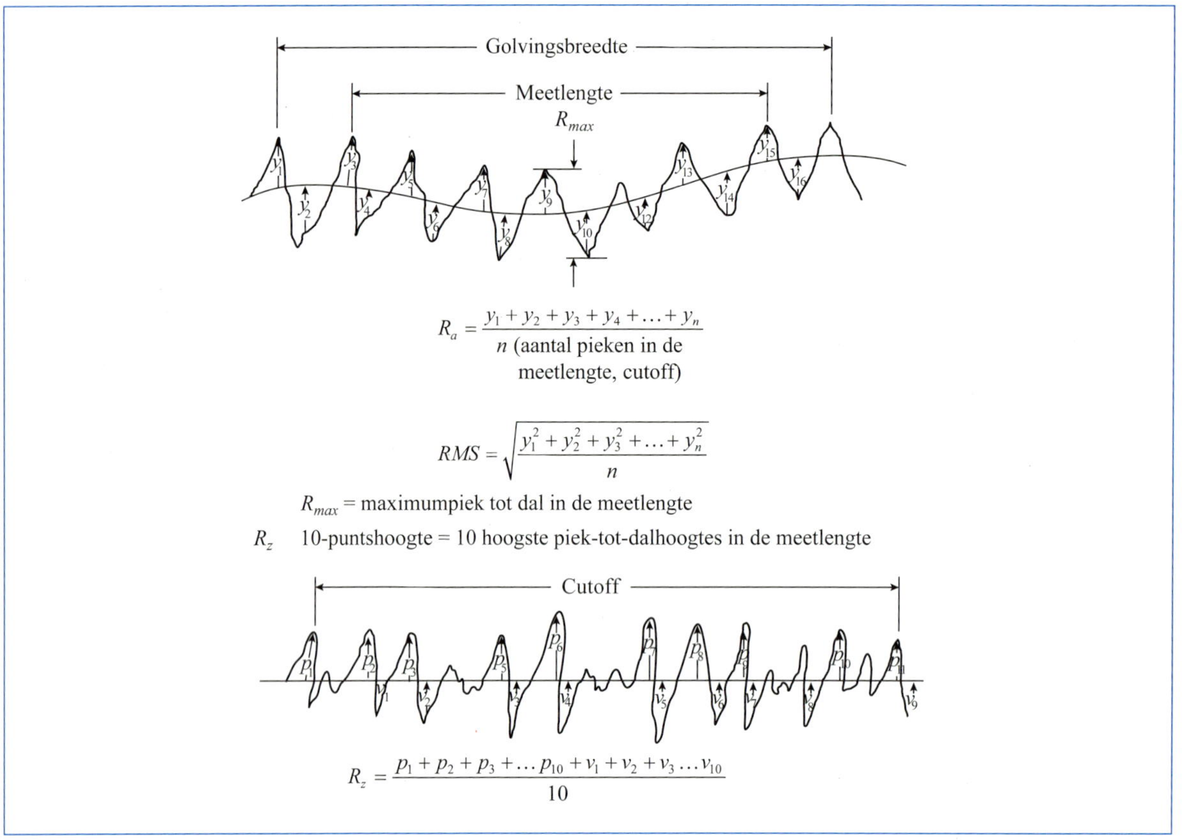

FIGUUR 21-9 Belangrijke oppervlaktextuurparameters: R_a, RMS, R_{max} en R_z

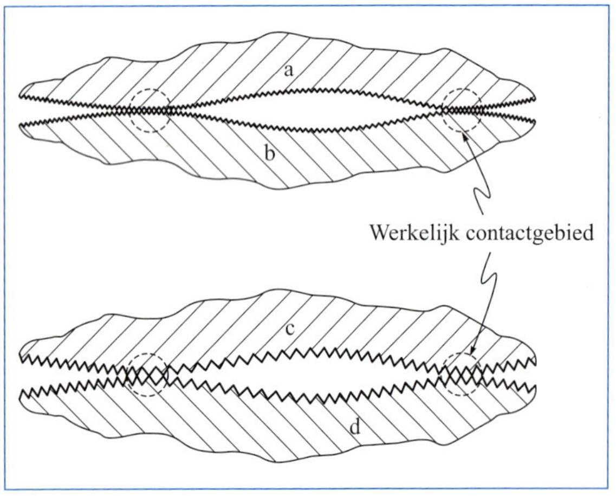

FIGUUR 21-10 Het werkelijke contactgebied voor oppervlakken met lage *a*/*b*- en hoge *c*/*d*-ruwheid. Oppervlakgolving heeft de meeste controle

oppervlakken, en deze grafietholtes produceren inherente oppervlakteporositeit. Oppervlakteporositeit kan een belangrijke overweging zijn bij vacuümkamers en toestellen die in een vacuüm werken. Gepolijste roestvaste staalsoorten en geplateerde metalen moeten voor deze toepassingen worden gebruikt omdat ze de minste kans hebben op oppervlakteporositeit. De meeste vaste oppervlakken hebben geen grote porositeit, maar als een poreus oppervlak ongewenst is, zijn er analytische processen die kunnen worden gebruikt voor het meten van oppervlakteporositeit. Een oppervlak kan bijvoorbeeld worden gepolijst en onderzocht met optische microscopen of SEM-microscopen. Er kan een doordringende kleurstof worden toegepast (zie paragraaf 4.9) om alle poriën te vergroten en zichtbaar te maken. Ten slotte zijn er geabsorbeerdgastechnieken zoals die gebruikt worden in poedermetallurgie die oppervlakteporositeit kunnen kwantificeren. Een belangrijke overweging met betrekking tot oppervlakteporositeit is dat sommige leveranciers van oppervlaktebehandelingen claimen dat ze het oppervlak 'impregneren' om hun voordelen te produceren. Materiaalgebruikers moeten de geloofwaardigheid van zulke claims op de proef stellen bij oppervlakken zoals kneedstaal en aluminium, die daarvoor gewoonlijk onvoldoende oppervlakteporositeit hebben.

21.2 Reinigen

Het reinigen van constructiematerialen wordt elk jaar technischer, omdat milieuvoorschriften allerlei vroeger gebruikte chemische stoffen en oplosmiddelen verbieden. Metalen onderdelen die machinaal bewerkt zijn, moeten worden gereinigd van machinevloeistoffen voordat ze worden geverfd. Onderdelen van kunststof of keramische materialen moeten wellicht worden schoongemaakt voor het hechten (zoals waterleidingkoppelstukken van PVC). Doelmatig reinigen van oppervlakken om vuil, olie, vingerafdrukken en zelfs oxiden te verwijderen, kan nodig zijn voor sommige toepassingen en coatingprocessen zoals opdamping van dunne films. Uitvoeren en controleren van de reiniging moet deel uitmaken van het proces als een goede hechting van belang is voor het functioneren van een onderdeel.

Er bestaan in principe maar een paar manieren om materiaal van een vaste stof te verwijderen: oplossen, afschuren, afbranden of afdampen. Om verontreinigingen van een oppervlak op te lossen, worden oplosmiddelen gebruikt. Deze kunnen organisch zijn, waterig, of zelfs bestaan uit vloeibaar gemaakte gassen. Afschuren als reinigingsproces wordt uitgevoerd door middel van zandstralen. Voordat constructieonderdelen zoals bruggen worden geverfd, is het meestal nodig om ze te zandstralen tot 'blank metaal'. De abrasieve stoffen schuren daarbij de verontreinigingen van het oppervlak af. Er zijn processen die reinigen door het oppervlak bloot te stellen aan een straal deeltjes van droog ijs (CO_2). Zo'n proces is een oplossing voor problemen met emissies en resterend straalafval. De deeltjes gaan na de inslag over in een gas. Verontreinigingen van oppervlakken door afbranden gebeurt vaak in zelfreinigende ovens, vergelijkbaar met gewone huishoudovens. In de industrie is het gebruikelijk om kunststof af te branden van extruderschroeven en filters die niet meer worden gebruikt. Reinigen door middel van een vacuüm werkt door middel van een mechanisme waarmee verontreinigingen worden omgezet in een gas, dat vervolgens wordt weggepompt.

Er zijn voor- en nadelen verbonden aan al deze reinigingsmethoden, en elke methode heeft waarschijnlijk toepassingen waarvoor het de goedkoopste techniek is. Jarenlang gebruikte men voor het reinigen van machinaal bewerkte onderdelen bij voorkeur dampontvetting met een gechloreerd oplosmiddel zoals trichloorethyleen. De onderdelen worden daarbij in draadmanden boven het kokende oplosmiddel gehangen. Het oplosmiddel vormt een damp en de verontreinigingen blijven in de vloeistof achter. De damp condenseert op de onderdelen en druppelt weer terug in de tank met oplosmiddel. Alleen schone damp bereikt de onderdelen, de verontreinigingen blijven in de vloeistof. Er zijn aantoonbare milieu- en gezondheidsrisico's verbonden aan het gebruik van gechloreerde organische oplosmiddelen en ze worden dan ook steeds minder gebruikt. Bepaalde gechloreerde organische oplosmiddelen zijn inmiddels in sommige landen bij wet verboden. Ze worden vervangen door reinigingsmiddelen op waterbasis en minder vervuilende oplosmiddelen. Sommige industrieën hebben het schoonmaken met oplosmiddelen vervangen door eerder vermelde methoden waarvoor meer apparatuur nodig is: cryogene vloeistoffen en vacuüminstallaties.

De doelmatigheid van een bepaalde reinigingsmethode kan worden vastgesteld met oppervlakteanalysetechnieken die we zojuist hebben besproken. Eén techniek, ultraviolette foto-elektronenemissie (UPS), is speciaal ontwikkeld voor het meten van de aanwezigheid van films (niet de samenstelling). Het werkt volgens hetzelfde principe als XPS, alleen wordt ultraviolet licht in plaats van Röntgenstraling gebruikt. Figuur 21-11 geeft een vergelijking van de films die worden achtergelaten door diverse organische oplosmiddelen op aluminiumfolie dat na het walsen nooit is blootgesteld aan welke omgeving dan ook. Deze gegevens duiden erop dat veel reinigingsoplossingen de oppervlakken verontreinigen door na verdamping een residu achter te laten. Dit geldt voor de meeste schoonmaakmiddelen. Als een oppervlak voor een bepaalde toepassing atomair schoon moet zijn, kan het daarom nodig zijn om analytische technieken zoals Auger, UPS en XPS te gebruiken, want deze kunnen de aanwezigheid van zeer dunne verontreinigende films (dunner dan 50 nm) aantonen.

21.3 Oppervlakte-modificatieprocessen

De meeste oppervlaktebehandelingstechnieken veranderen de oppervlakte van een materiaal. Een fundamentele processelectieparameter bij oppervlaktetechnieken wordt bepaald door het beantwoorden van de volgende vragen: maakt de toepassing een wijziging in oppervlaktetopografie of onderdeelafmetingen mogelijk? Zo ja, is de mate van wijziging toelaatbaar? Als het antwoord op de tweede vraag nee is, dan kun je alleen processen gebruiken die geen wijzigingen produceren. Bij reinigen mag

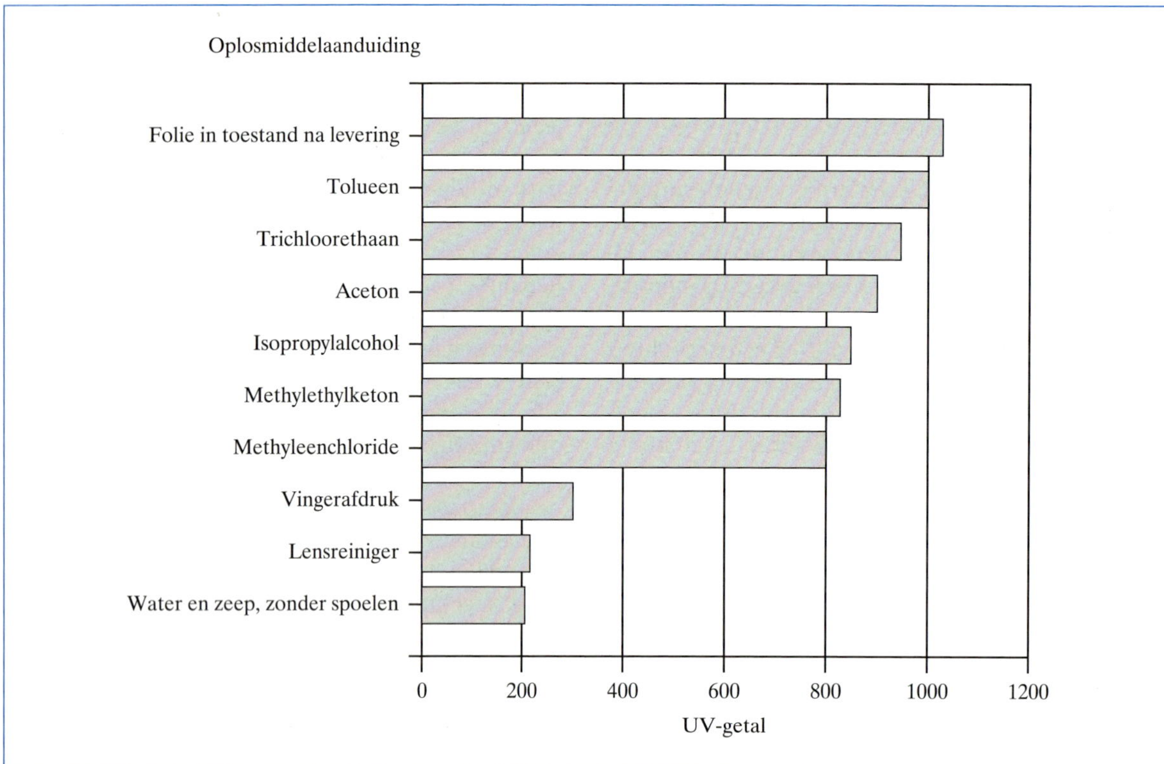

FIGUUR 21-11 De neiging van diverse oplosmiddelen om een verontreinigende film op aluminiumfolie achter te laten. Hoe lager het UV-getal, des te dikker de resterende film na het reinigen. Tolueen liet de dunste film achter

de topografie van het beginoppervlak niet wijzigen. Technieken zoals diffusiebehandelingen wijzigen de topografie van een oppervlak niet, maar er kunnen wel volumeveranderingen optreden, die de afmetingen van een onderdeel kunnen wijzigen. Machinale bewerking kan de oppervlakteruwheid sterk of volledig veranderen, van een paar micron tot millimeter.

Diffusiebehandeling

In hoofdstuk 13 hebben we uitgebreid de diffusiebehandeling van staalsoorten besproken. We kunnen deze behandelingen indelen in twee categorieën: dun en dik (zie figuur 21-12). Ook hebben we voor iedere categorie een aantal typische processen genoemd. Al deze processen (carboneren, nitreren, carbonitreren enzovoort) zijn oppervlaktebehandelingen. Ze concurreren met coatings en andere oppervlaktebewerkingen op het gebied van slijtagetoepassingen en andere toepassingen die om een hard oppervlak vragen. Carboneren, carbonitreren en ferritisch nitrocarboneren geven oppervlakken een hardheid die vergelijkbaar is met die van gehard staal wat betreft slijtage-eigenschappen. Nitreren van een nitreerstaalsubstraat kan een oppervlaktehard-

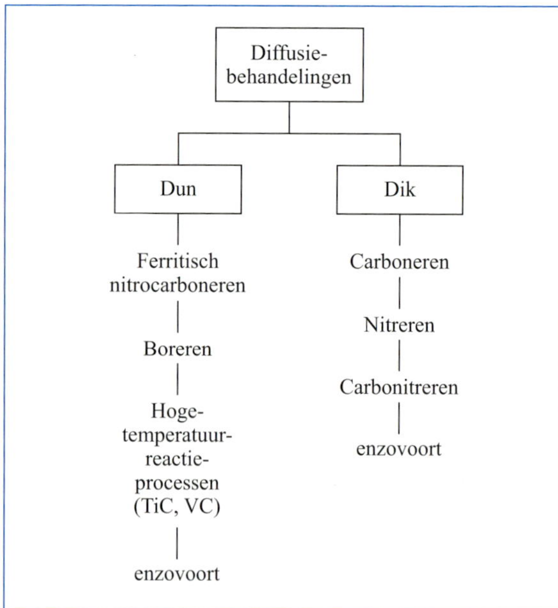

FIGUUR 21-12 Diffusiebehandelingen voor staaloppervlakken

heid opleveren van 70 HRC. Dit is het hardste staaloppervlak. Genitreerde oppervlakken op nitreerstaal concurreren wat betreft hardheid met verchroomd staal. Als een toepassing een nog hogere abrasieweerstand vereist, dan zijn boreren of een diffusiebehandeling met hittebestendige materialen (titaniumcarbide (TiC) en vanadiumcarbide (VC)) mogelijkheden. Deze processen leveren uiterst harde deklagen met een diepte van ongeveer 2,5 µm. Deze coatings zijn zelfs aanzienlijk harder dan genitreerde oppervlakken en hebben een enorme abrasieweerstand. Een diffusiebehandeling met titaniumcarbide geeft een oppervlakteaangroei van ongeveer 1,25 µm, en nitreren een toename die afhangt van de schildikte, maar gesteld kan worden dat diffusieprocessen grotendeels in het substraatoppervlak plaatsvinden. Ze kunnen worden gebruikt wanneer een diktetoename van een oppervlak, zoals door een coating veroorzaakt wordt, onaanvaardbaar is.

We hebben in hoofdstuk 13 en 15 gezien dat diffusiebehandelde oppervlakken meestal een microstructuurwijziging inhouden (bijvoorbeeld van ferriet naar martensiet), waarbij er sprake is van een volumewijziging in de getransformeerde laag. Zodoende wijzigen deze processen misschien niet de topografie van het beginoppervlak, maar er kan wel een meetbare maatwijziging (uitzetting) in het onderdeel ontstaan waarmee rekening moet worden gehouden.

Selectief harden

Selectief harden wordt toegepast op allerlei soorten staal en gietijzer (zie tabel 21-1). Zoals we in hoofdstuk 13 al zeiden, is het mogelijk dat de hardingsdiepte niet groter is dan 250 µm vanaf het oppervlak, maar ook een harding over de hele dikte komt voor. Met vlamharden kunnen grote hardingsdiepten worden bereikt en dit is het meest geschikte proces voor voorwerpen die te groot zijn voor een oven. Inductieharden is geschikter voor het harden van kleine onderdelen, want de onderdelen moeten in een verwarmingsspoel passen. Ook is het proces geschikt voor grote series producten, meer dan voor afzonderlijke onderdelen. Vlamharden en inductieharden concurreren met carboneren en andere diffusieprocessen, met coatings en met doorharden. Vlamharden en inductieharden vereisen speciale apparatuur. Hiermee moet bij het berekenen van de kosten voor deze processen rekening worden gehouden. Het grote voordeel van selectief harden ten opzichte van andere oppervlaktebehandelingen is dat er een aanzienlijke hardingsdiepte geproduceerd wordt, waarbij de afmetingen van het onderdeel niet in belangrijke mate veranderen. Net als bij diffusiebehandeling is de enige maatwijziging een geringe expansie in volume door de structuurwijziging van zacht naar hard.

TABEL 21-1 Materialen die gewoonlijk gehard worden met vlamharden, inductieharden, elektronenstraalharden of laserharden

KOOLSTOFSTAAL	HARDHEID (HRC)
AISI 1025 tot 1030	(40–45)
1035 tot 1040 (EN8)	(45–50)
1045 (EN43B)	(52–55)
1050	(55–61)
1045	(52–55)
1060 (EN43D)	(60–63)
GEREEDSCHAPSSTAAL	**HARDHEID (HRC)**
AISI O1 (Werkstoffnr. 1.2510)	(58–60)
S1 (Werkstoffnr. 1.2550)	(50–55)
P20 (Werkstoffnr. 1.2311)	(45–50)
GELEGEERD STAAL	**HARDHEID (HRC)**
AISI 4140 (EN19)	(50–60)
3140	(50–60)
4340 (EN 24)	(54–60)
6145	(54–62)
52100	(58–62)
GIETIJZER	**HARDHEID (HRC)**
Klasse 30 (GG 20)	(45–55)
Klasse 45 (GG 30)	(55–62)
Ductiel 80-60-03	(55–62)

Laserbehandeling

Lasers (en elektronenbundels) kunnen worden gebruikt voor het selectief harden van oppervlakken (zie tabel 21-1), of voor het omsmelten van een oppervlak om bepaalde eigenschappen te veranderen. Lijnen of andere geharde patronen kunnen worden geproduceerd op glijdende oppervlakken om ze ook selectief te kunnen harden. Gepulste lasers (zoals excimer) worden gebruikt om getransfereerde kunststof te verdampen en voor het verwijderen van rollen voor het kalanderen van kunststoffen. Krachtige gepulste lasers kunnen oppervlakken een schok geven om laser-hameren te produceren. De laserschok brengt een toestand van drukspanning teweeg in het onderdeeloppervlak, en dit verbetert de vermoeiingsweerstand van de behandelde oppervlakken. Het heeft mechanisch hameren inmiddels vervangen in enkele luchtvaarttoepassingen.

Laserverglazen wordt gebruikt voor het veranderen van oppervlakte-eigenschappen zoals tribologische compatibiliteit. Bij laserverglazen worden gebieden op de oppervlakte snel verwarmd door de laser en vervolgens zelf-afgeschrikt door de eigen massa van het behandelde materiaal. Het oppervlak wordt niet gesmolten, maar slechts verwarmd tot 10 of 20 procent van het smeltpunt. De verwarmen-en-afschrikkencyclus leidt niet tot harden; in feite wordt dit proces gewoonlijk gebruikt bij niet-hardbare metalen, en de voordelen kunnen bestaan uit korrelverfijning (rekristallisatie), verandering van punt- en lijndefecten (dislocaties) of een amorf oppervlak. De verwarmde diepte ligt in de orde van grootte van 100 µm, en er is een koelsnelheid van meer dan 100 °C per seconde nodig om een amorfe structuur te bereiken.

Als omsmelten wordt uitgevoerd op materialen die door afschrikken gehard kunnen worden, dan wordt het oppervlak misschien wel gehard, maar zal het ook een nieuwe topografie hebben. Smelten treedt alleen op op de plaats van de laserstraalbundel, dus de heersende oppervlaktetopografie zal bestaan uit heuvels en dalen in een baan achter de laserstraal. Soms wordt het omsmelten van oppervlakken door middel van een laser of elektronenstraal gedaan om ophogingen (kralen) te produceren voor tractie. Het zou een effect kunnen hebben op fysische eigenschappen zoals magnetische eigenschappen of thermische geleidbaarheid. Sommige gereedschapsstalen reageren slechts langzaam op plaatselijke oppervlakteharding. Er is onvoldoende tijd voor koolstof in carbidevorm om op te lossen en de matrix te harden. Plaatselijk omsmelten produceert vaak het gewenste hardingseffect. Zodoende is oppervlakomsmelten een nuttig oppervlaktetechnisch hulpmiddel, maar het produceert wel een nieuwe oppervlaktetopografie.

Coronabehandeling

Coronabehandeling (of corona-ontlading) is een tientallen jaren oud proces dat veel gebruikt wordt op de oppervlakte van kunststoffolie die misschien gecoat of gebonden wordt. Een coronabehandeling ziet er enigszins uit als een fluorescentielamp: het apparaat werkt met hoogspanningselektriciteit, en er ontstaat een gloed, of corona, bij een van de elektroden. Het oppervlak van de folie wordt blootgesteld aan de corona, wat ketensplitsing op het oppervlak veroorzaakt en mogelijk ook enige verruwing. De gecombineerde effecten maken oppervlaktebevochtiging mogelijk voor de hechting van een coating en acceptatie van bindingsmiddelen. Dit proces komt deels overeen met een plasmabehandeling, en plasma dat oppervlakken met ionen en elektronen bombardeert, wordt ook gebruikt voor het verbeteren van oppervlaktebevochtiging en hechting bij de ontwikkeling van buiten-vacuümplasmatechnologie.

Ionenimplantatie

Bij *ionenimplantatie* worden ionen op het oppervlak van een materiaal afgevuurd met voldoende energie (snelheid) om ervoor te zorgen dat de ionen zich in de atoomstructuur van het substraat inbedden (zie figuur 21-13). Dit proces wordt in een vacuümkamer uitgevoerd. Er zijn veel verschillende soorten appa-

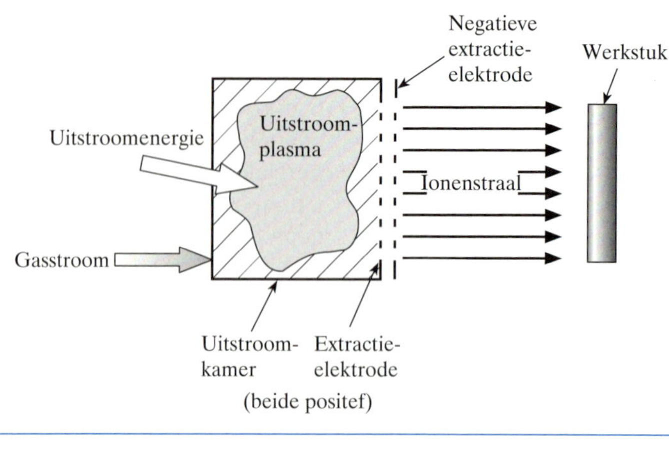

FIGUUR 21-13 Schematische voorstelling van ionenimplantatie

Bron: Overgenomen met toestemming van prof. Paul J. Wilbur, Colorado State University.

ratuur voor beschikbaar, maar één manier om ionen te produceren is door een gas door een plasma te laten stromen. De gasatomen worden ionen door de botsingen met de elektronen of met de deeltjes in het plasma. De geproduceerde ionen zijn niet magnetisch neutraal. Ze kunnen door magnetische spoelen versneld worden en op het oppervlak gericht worden, waarna ze inslaan. Daardoor ontstaan roosterfouten (en enige legeringsactiviteit), waardoor het oppervlak gehard en versterkt wordt. De ionenimplantatiediepte is gewoonlijk slechts ongeveer 0,1 μm, maar de 'invloedssfeer' ervan strekt zich mogelijk uit tot een micrometer diep.

Er kunnen ionen worden geïmplanteerd bij verschillende elementen, maar gewoonlijk gebruikt men stikstof, koolstof, borium en chroom. Implantatiebedrijven kunnen de tribologische en mechanische eigenschappen sterk verbeteren, en ook de chemische en soms de fysische eigenschappen van de oppervlakken kunnen worden gewijzigd. Ionenimplantatie wordt meestal toegepast op harde materialen zoals gereedschapsstaal om de slijtvastheid en aanverwante eigenschappen te verbeteren. De onderdelen hoeven meestal niet veel verwarmd te worden, de meeste onderdelen worden niet warmer dan 150°C. Het voordeel van ionenimplantatie varieert per toepassing. Ionenimplantatie wordt ook commercieel veel gebruikt voor het doteren van halfgeleidermaterialen.

Mechanische afwerking

Onze definitie van mechanische afwerking is een opzettelijke wijziging van de oppervlaktetextuur of de eigenschappen van een oppervlak door middel van de mechanische werking van een of meer ermee in contact komende vaste stoffen. Figuur 21-14 noemt een aantal voorbeelden van processen die kunnen worden beschouwd als mechanische afwerking. Het mechanisme van de oppervlakteverandering kan bestaan uit plastische vervorming of het verwijderen van materiaal. De oppervlaktevervorming kan bestaan uit kleine deuken of groeven. Deze behandelingen kunnen worden gebruikt om de functie van een oppervlak te verbeteren (wrijving, reflectie, hechting enzovoort) of om eenvoudigweg het uiterlijk te wijzigen.

Machinaal bewerken

Machinaal bewerken wordt gebruikt om onderdelen te vormen, maar het genereert ook een oppervlaktetopografie en een spanningstoestand onder het oppervlak die uniek zijn voor elk proces. Soms is het gegenereerde oppervlak uniek voor een bepaalde machine. In hoofdstuk 4 hebben we een illustratie laten zien (figuur 4-40) die het bereik van

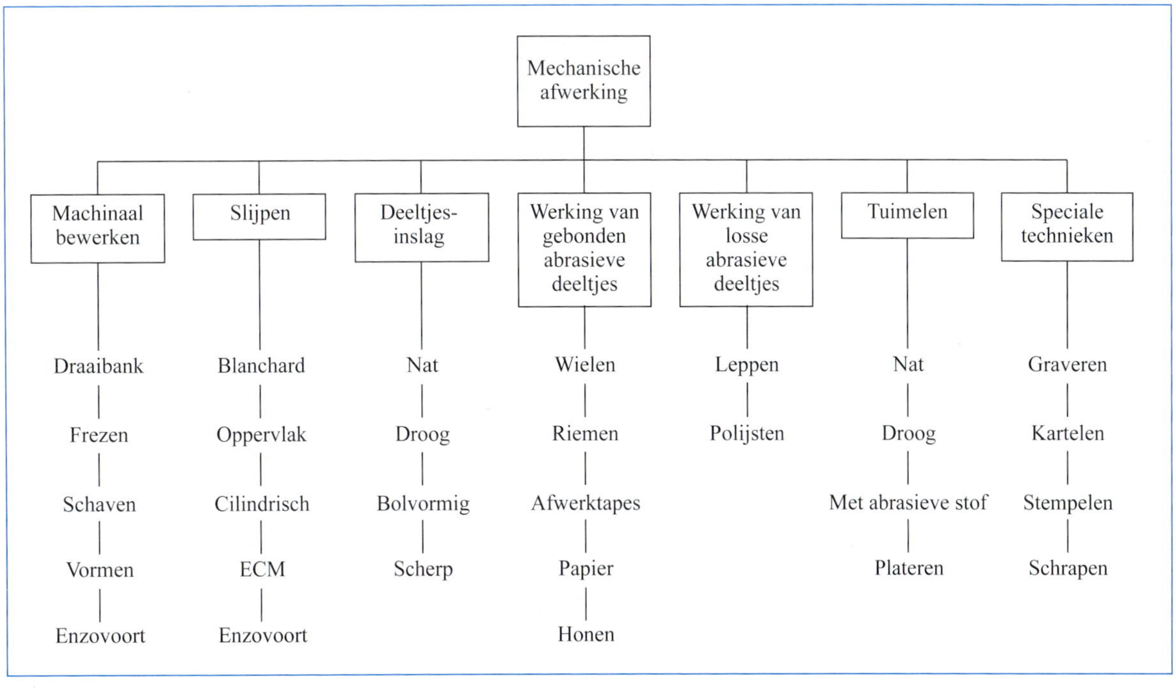

FIGUUR 21-14 Processen voor mechanische afwerking

de oppervlakteruwheid toont voor diverse technieken van machinaal bewerken. Elk machinaal proces, en misschien wel elk afzonderlijk machinaal werktuig, genereert echter unieke kenmerken voor oppervlaktegolving. Werktuigtrillingen, vloervibraties en machinestijfheid resulteren in heel verschillende oppervlaktetopografieën. Een gefreesd oppervlak heeft een andere textuur dan een geschaafd oppervlak en een op een draaibank gedraaid oppervlak. Deze verschillende texturen zijn in wezen verschillende golvingspatronen en deze oppervlakteparameter kan vaak heel belangrijk zijn voor de werking van een onderdeel.

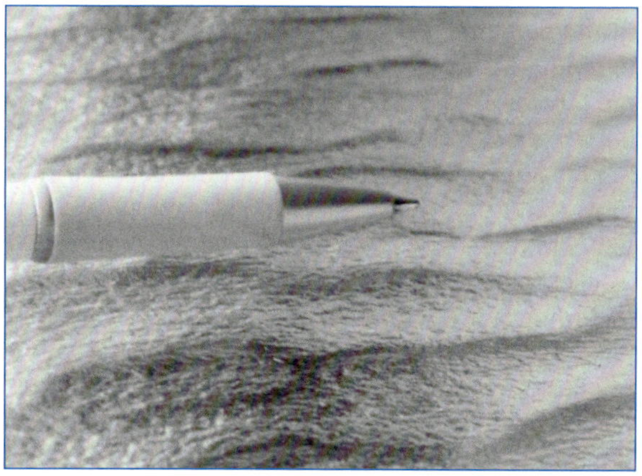

FIGUUR 21-15 Een glazen tafelblad dat opzettelijke oppervlakgolving en -ruwheid laat zien voor uiterlijke effecten

Slijpen

Het slijpen van een oppervlak creëert een textuur die net als bij machinaal bewerken uniek kan zijn voor het type slijpmachine, het type slijpwiel, de wielsnelheid, de wieluitvoer, de wielinvoer, de tafelsnelheid, het koelmiddeltype, de koelmiddelstroomsnelheid, de machinestijfheid en de gebouwtrillingen. Geslepen oppervlakken zijn minder ruw dan machinaal bewerkte oppervlakken, maar ze hebben waarschijnlijk golvingsparameters die bijzonder procesafhankelijk zijn. Vlakheid wordt dus een aanvullende oppervlakteparameter op geslepen oppervlakken. Het is een oppervlakteafwijking voor de gehele vorm. Het in figuur 21-15 afgebeelde glazen tafelbladoppervlak had bijvoorbeeld een fijne ruwheid om het glas doorschijnend te maken. De ruwheid was ongeveer 1 μm, de golvingen hadden een hoogte van ongeveer 0,5 millimeter en een breedte van 20 millimeter, en het tafelblad was vlak binnen 3 millimeter over het gebied van 1,5 m^2 (met een diameter van 140 centimeter). De vlakheid van zulke voorwerpen wordt vaak gemeten door het voorwerp te plaatsen op een oppervlakteplaat met een bekende vlakheid en de mate waarin de vlakheid afwijkt te meten met behulp van voelers of andere technieken. Slijpen tot een gespecificeerde ruwheid is dus niet altijd een adequate oppervlaktespecificatie. Het kan daarom noodzakelijk zijn om textuur, golving en vlakheid naast de ruwheid te specificeren.

Textureren met gebonden abrasieve deeltjes

Slijpen met een slijpwiel en het gebruik van slijpbanden en schuurpapier behoort tot deze categorie. Bandschuren met automatische machines wordt veel gebruikt om verschillende kraspatronen te bereiken op een of beide zijden van plaatmateriaal. Eenmalige abrasieve afwerktapes kunnen op een cilindrisch oppervlak worden gelegd met behulp van een tape-nadraaikop die bevestigd is aan een gereedschapshouder van een draaibank. Afwerktape kan fijn genoeg zijn om spiegelafwerkingen (reflecterend) te produceren, of het kan een ruwheid hebben van wel 4 μm Ra. Het oppervlak wordt gewijzigd door het krassen van deeltjes.

Honen is de term voor het gebruik van schuurstenen met gebonden abrasieve deeltjes om het uiteindelijke oppervlak op een metalen onderdeel te verkrijgen. Cilinderwanden worden vaak gehoond met veerbelaste stenen om de grootte te wijzigen of een bepaalde textuur te bereiken. Automotoren hebben bijvoorbeeld vaak een oppervlak dat gehoond is tot een gekruist kraspatroon dat olie vasthoudt en zodoende ringslijtage vermindert. De laatste bewerking bij het scherpen van een mes wordt vaak honen genoemd. De snijkant wordt zorgvuldig bewerkt met een fijne steen om de ruwheid te verlagen en alle bramen te verwijderen die bij gebruik zouden kunnen breken en inkepingen zouden kunnen veroorzaken.

Afwerken van oppervlakken met gebonden abrasieve deeltjes is in feite de meest gebruikte mechanische afwerkingsmethode. De ontwerper moet er bij het specificeren van dit proces aan denken om alleen de benodigde ruwheid te vragen, en als het belangrijk is voor de functie de oriëntatie van de oppervlaktextuur aan te geven.

Drielichamenabrasie

Drielichamenabrasie textureert door de werking van harde deeltjes die over een oppervlak rollen en schuiven. Dit soort mechanische afwerking met losse abrasieve deeltjes behoort tot de noodzakelijke, maar moeilijker te beheersen oppervlaktebehandelingen. De deeltjes die het oppervlak vervormen, worden op het te behandelen oppervlak aangebracht door een ander lichaam, meegevend of hard. Abrasieve deeltjes die op het oppervlak worden aangebracht met een lapblok (metaal) veroorzaken vaak een dof oppervlak: er treedt putvorming op. Wanneer de abrasieve stof vastgelegd wordt, zoals in gietijzeren lapblokken, begint het textureermechanisme meer te lijken op dat van gebonden abrasieve deeltjes. *Polijsten* kan ook plaatsvinden met losse of gebonden abrasieve deeltjes. Veel werkplaatsen polijsten met polijstpoeder op een schaapsvel of lappenschijf. Dit soort polijsten produceert een golvend oppervak en een verkeerde vorm. Polijsten wordt bij voorkeur uitgevoerd met gebonden, in grootte afnemende abrasieve deeltjes. Op de meeste metalen bereik je bijvoorbeeld een spiegelend oppervlak met de volgende reeks gebonden abrasieve deeltjes:

240-korrel-siliciumcarbide, nat schuurpapier
320-korrel-siliciumcarbide, nat schuurpapier
400-korrel-siliciumcarbide, nat schuurpapier
600-korrel-siliciumcarbide, nat schuurpapier
6 mm-aluminiumoxide of diamant, lepschijf of polijstdoek
3 mm-aluminiumoxide of diamant, lepschijf of polijstdoek
>1 mm-aluminiumoxide, polijstdoek

Voor kunststoffen en keramische materialen is de reeks abrasieve deeltjes misschien anders, maar de procedure is gelijk: schuur het oppervlak met de grootste abrasieve deeltjes tot het oppervlak gelijkmatig bedekt is met krassen. Herhaal dit met de volgende in de reeks, en daarna met de daaropvolgende. De laatste soort, die een submicrongrootte heeft, kan worden gebruikt op een meegevend materiaal zoals textiel, maar deze abrasieve deeltjes zijn te klein om afmetingveranderingen te veroorzaken, dus ontstaan er geen golvingen en vormfouten zoals bij de bovengenoemde polijstbewerking.

Leppen is een methode die een vlak en glad oppervlak moet opleveren. Op een geslepen oppervlak (0,5 μm) kan de afstand tussen toppen en dalen van de oneffenheden wel 2 μm bedragen. Als je dan de dikte meet met een meetapparaat dat soms contact maakt met de oppervlaktepieken en soms met de dalen, krijg je een onnauwkeurigheid van 4 μm. Gietijzer met ingebedde abrasieve deeltjes is het traditionele lepmateriaal. De abrasieve deeltjes hebben de neiging in de grafietvlokken te blijven hangen. Leppen kan een mat oppervlak met putjes opleveren of een gepolijst oppervlak, al naargelang het gebruikte materiaal en de gebruikte procedure. Als een vlak oppervlak gewenst is, zijn er speciale technieken nodig om ongelijkmatige slijtage van het lapblok te voorkomen.

Tuimelen

Tuimelen is een gebruikelijke techniek voor productafwerking. Als mechanische afwerking moet tuimelen worden gereserveerd voor toepassingen met veel kleine onderdelen. Het is een zeer doelmatig proces voor het veranderen van het uiterlijk en het verwijderen van scherpe randen. Men plaatst de onderdelen in een roterende trommel of iets dergelijks en laat ze daar een tijdje met elkaar botsen. Tuimelen verwijdert bramen en rondt de randen af. Op vlakke oppervlakken ontstaan kleine graafsporen en krassen door de botsingen met de randen van andere onderdelen. Het kan nat of droog worden uitgevoerd, en men kan stenen of andere materialen aan de 'lading' toevoegen voor een ander uiterlijk. Tuimelen wordt zelden uitgevoerd met kleine aantallen onderdelen, want er zijn alleen al voor het vullen van de tuimeleenheid veel onderdelen nodig. Het wordt ook zelden gebruikt voor grote onderdelen of onderdelen van kunststof. Spuitgietmatrijzen kunnen zo worden aangepast dat ze een spiraalvormige oppervlaktetextuur of afgeronde onderdeelranden produceren.

Een nieuwe toepassing van tuimelen is het coaten van onderdelen met een deklaag van zacht metaal door aan de tuimelende onderdelen in de trommel een poeder van zacht metaal toe te voegen. Als poeders van bijvoorbeeld aluminium, cadmium en zink worden toegevoegd aan de onderdelen in het tuimelapparaat, hecht het poeder zich door de botsingen aan de onderdelen. Alle oppervlakken die gelijkmatige botsingen ondergaan, worden op die manier gecoat. Dit proces wordt *mechanisch plateren* genoemd en kan worden gebruikt voor onderdelen van gehard staal die bros worden in chemische galvaniseermiddelen (waterstofbrosheid).

Deeltjesinslag/stralen

Tot deze categorie mechanische afwerking behoren processen die een oppervlak wijzigen door de mechanische werking van deeltjes die met kracht op een oppervlak inslaan, gedreven door een gas of vloeistof. Zandstralen is het eenvoudigste voorbeeld van dit mechanische afwerkingsproces. Het kan leiden tot oppervlakken met een willekeurige ruwheid tussen 0,1 μm en 8 μm Ra. Deze oppervlakken hebben meestal een dof uiterlijk. Fijne abrasieve deeltjes (minder dan 10 μm in diameter) veroorzaken meestal geen verandering van metalen oppervlakken wanneer ze worden voortgeblazen door een gasstraal. De luchtweerstand vertraagt ze te veel. Fijne deeltjes in een water- of luchtstroom hebben genoeg energie om een oppervlak dof te maken, maar de ruwheid blijft laag, mogelijk minder dan 0,1 μm. Aan het uiteinde van de groep 'straalprocessen' vinden we kogelstralen, waarbij bolletjes op de oppervlakken inslaan. Soms wordt gebruikgemaakt van grote kogels en wordt het oppervlak koudvervormd en getextureerd.

Speciale processen

Graveren is het mechanisch aanbrengen van een patroon of textuur op een oppervlak door een werktuig in het oppervlak te drukken en het zodoende te vervormen. Walsrollen worden vaak gegraveerd voor het aanbrengen van een textuur op plaatmateriaal of folie. Wanneer zulke rollen worden gebruikt voor het aanbrengen van een patroon op een werkstuk (stempelen of pregen), wordt het patroon als reliëf in de rollen gebracht. Veel samengestelde bouwmaterialen krijgen een reliëf met patronen als houtnerven. *Kartelen* is een aanverwant proces dat wordt toegepast op onderdelen die rondgedraaid kunnen worden. Een kartel is een cilindrisch werktuig dat wordt gemaakt door machinaal ondiepe groeven, meestal onder een hoek, op de rotatie-as aan te brengen.

Vonkverspanen (EDM)

Het EDM-proces (EDM staat voor *electrical discharge machining*, het proces is ook bekend als vonkerosie) wordt veel gebruikt om geharde gereedschapsmaterialen te vormen tot drevels, mallen, matrijzen en andere werktuigen. Het is evenwel ook uiterst nuttig als een manier om een nieuw oppervlak met 'speciale eigenschappen' te creëren. EDM-gegenereerde oppervlakken bestaan uit overlappende vlamboogkraters. De energie-instellingen van de machine kunnen worden afgesteld op het produceren van kraters die klein genoeg zijn om gladder te zijn dan geslepen oppervlakken (Ra < 0,25 μm) of uiterst ruw (Ra > 2 μm). De ruwheid is willekeurig, en EDM-gegenereerde oppervlakken hebben een mat uiterlijk. Deze matte oppervlakken worden vaak gebruikt als decoratie op spuitgegoten kunststof onderdelen. De willekeurige ruwheid is ook nuttig voor het produceren van een oppervlak met hoge tractie op rollen die worden gebruikt in transportmachines voor kunststoffolie. Bijna alle staalfabriekswalsen worden getextureerd (voor tractie) door speciale EDM-machines die specifiek ontworpen zijn voor textureren en het produceren van cilindriciteit in grote walsen die zorgen voor koudafwerking van stalen. Het vertrouwde saaie uiterlijk op gewalst staalplaat en staalband komt van de repeterende EDM-textuur op de afwerkingswalsen. Als een matte oppervlaktetextuur nodig is op een werktuig, kan het worden geproduceerd door zandstralen of EDM-textureren. Het laatste is vaak veel beter regelbaar. EDM-textureren is een zeer nuttig oppervlaktetechnisch hulpmiddel.

Chemische/elektrochemische oppervlaktebehandeling

Zoals in de inleiding van dit hoofdstuk is gezegd, is oplossen een manier om materiaal van een oppervlak te verwijderen. Een oppervlak kan worden veranderd door etsen, beitsen of een elektrochemische behandeling. Etsen houdt beperkte oppervlakteoplossing in, en het wordt gebruikt om oppervlakken te textureren en af te werken. Het etsen van metalen door een stencil kan bijvoorbeeld decoratieve beelden produceren of een mat oppervlak, of een oppervlak met een handelsmerk of identificatienummer. Decoratief etsen van glas is een voorbeeld van een oppervlaktetechniek met een ets. Beitsen is een agressievere vorm van behandeling die het verwijderen van tien micrometer van een oppervlak kan inhouden, en zelfs putvorming. Warmgewalste stalen worden gebeitst om de dikke aanslag te verwijderen die bij warmwalsen wordt geproduceerd. Soms worden gegoten metalen verkocht met een gegoten en gebeitst oppervlak. De vlekken, indeukingen en verkleuringen door het gieten, uitschudden en gietloopslijpen worden na het beitsen gemengd tot er een uniforme doffe afwerking ontstaat.

Elektrolytisch polijsten

Elektrolytisch polijsten of *elektrisch etsen* heeft dezelfde functie als etsen of beitsen, behalve dat er stroom wordt gebruikt om het proces te versnellen en te regelen. Het is een elektrochemisch proces dat analoog is aan galvaniseren (zie paragraaf 21.5) en wordt gebruikt voor het polijsten van het oppervlak van metalen onderdelen. De onderdelen worden in rekken geplaatst en ondergedompeld in speciale elektrolyten. Anders dan bij galvaniseren fungeren bij elektrolytisch polijsten de onderdelen als anode, en wordt er voor de kathode roestvast staal (of een ander metaal zoals lood) gebruikt. De stroom van de spanningsbron wordt dus gebruikt om metaal van het oppervlak van de onderdelen te verwijderen in een gecontroleerd elektrolytisch oplossingsproces.

In dit proces wordt het oppervlak geëgaliseerd en gladder gemaakt. Het onderdeel krijgt tegelijkertijd een glanzende, spiegelende oppervlakteafwerking. De metaalverwijdering wordt nauwkeurig geregeld met behulp van de elektrische stroomsterkte en de spanning. Gewoonlijk wordt 2,5 tot 63 μm materiaal van een oppervlak verwijderd.

Aluminium, roestvast staal, koperlegeringen, staal en nikkellegeringen worden vaak elektrolytisch gepolijst. Vaak wordt elektrolytisch polijsten gebruikt voor het polijsten van onderdelen van roestvast staal waarvoor corrosieweerstand en reinigingsmogelijkheden van groot belang zijn (bijvoorbeeld in de voedingsmiddelen- en zuivelindustrie en de medische, farmaceutische en fotografische industrie). Tanks, opslagvaten en zelfs de binnenkant van pijpen en buizen worden routinematig elektrolytisch gepolijst. Sterk gepolijste oppervlakken van roestvast staal zijn in het algemeen corrosiebestendiger dan ruwe oppervlakken, vooral tegen plaatselijke corrosie zoals putvorming.

Elektrolytisch polijsten wordt soms gebruikt om speciale of breekbare onderdelen te ontbramen. Een van de kenmerken waarmee elektrolytisch polijsten zich onderscheidt is dat het kan worden gebruikt voor onregelmatig of ingewikkeld gevormde onderdelen (zie figuur 21-16). Het is meestal niet zo arbeidsintensief als mechanisch polijsten en kan worden aangepast voor massaproductie. Het in de rekken plaatsen en vastmaken van de onderdelen vormt vaak een belangrijk deel van de aan elektrolytisch polijsten verbonden kosten. Zo mogelijk kan elektrolytisch polijsten worden uitgevoerd op veel onderdelen tegelijk in roterende manden.

Elektrisch etsen wordt uitgevoerd bij elektrochemisch machinaal bewerken (ECM). Een ECM-'slijper' ziet eruit als een oppervlakslijper, behalve dat het slijpwiel vervangen is door een koperen wiel dat elektrisch verbonden is met een grote DC-voeding.

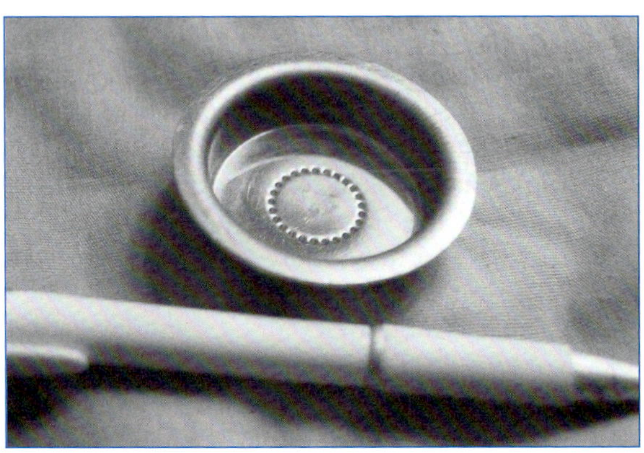

FIGUUR 21-16 Een elektrolytisch gepolijste roestvast stalen draadspindop. Gesmolten kunststof wordt geforceerd uit gaten met uitgangsdiameters van een paar micrometer

Het werkstuk wordt anodisch tot het wiel gemaakt, en een zoutoplossing in plaats van een koelmiddel levert het elektrische pad voor de stroom tussen het werkstuk en het roterende koperen wiel. Grote stromen helpen om het materiaal op te lossen als het koperen wiel de producten van de oppervlakteoplossing wegdrijft. Dit proces leidt uiteindelijk op elektrochemische wijze tot een geëtst oppervlak.

Chemisch mechanisch polijsten (CMP)

CMP is een polijstbewerking die chemische oplossing gebruikt in combinatie met abrasief polijsten om vlakke en gladde oppervlakken te produceren voor elektronische toepassingen. Het is tegenwoordig een van de belangrijkste oppervlaktetechnieken, omdat het wordt gebruikt om computerchips en andere apparaten te maken die zo ongeveer alles besturen wat we tegenwoordig doen. Een computerchip of -circuit begint als een wafer van silicium, uitgesneden uit een enkelkristal met een grote diameter (200 tot 400 millimeter) dat 'groeide' in een kristalgroeiapparaat. De wafers worden gepolijst en vlak gemaakt (geplanariseerd) door machines voor automatisch polijsten die de wafer tegen een polijstblok drukken (zoals een poreus dicht polyurethaan of een ander materiaal). Een slurrie van abrasieve en chemische stoffen wordt ingebracht tussen het roterende blok en de contraroterende wafer. Het polijsten wordt versneld door de chemische reactie (oplossen) tussen de wafer en de slurrievloeistof. Als de wafer eenmaal gepolijst is, wordt deze gecoat met metalen en diëlektrische stoffen in bepaalde patronen en wordt het CMP-proces herhaald na elke laagafzetting. Er worden fotoresisttechnieken gebruikt om patronen op de diverse coatings aan te brengen. Op den duur wordt de schijf versneden tot vele 'chips' om elektronische apparaten te besturen. De abrasieve stof kan bestaan uit diamant, aluminium, silica of ceriumoxide. Het vloeibare gedeelte van de slurrie varieert ook, afhankelijk van wat er wordt gepolijst.

Het proces is niet voor algemeen gebruik in ontwerpen, tenzij je chips maakt, maar materiaalgebruikers moeten beseffen dat polijsten en het gepolijst en vlak maken van andere oppervlakken vaak dit type technologie vereist. Handleppen en polijsten leiden gewoonlijk niet tot de beste resultaten. De vlakheid zal dan waarschijnlijk niet goed zijn. Het polijsten van glazen lenzen wordt meestal gedaan met CMP, omdat er dan sprake is van een chemische reactie tussen glas en water.

Foto-etsen

Foto-etsen is een techniek die gebruikt wordt om langs chemische weg heel fijne en nauwkeurige elementen in een oppervlak te etsen. Het oppervlak van het onderdeel wordt afgedekt met een lichtgevoelige verf (*fotoresist*), tape of polymeerfilm. De fotoresistlaag wordt blootgesteld aan een afbeelding met een hoog contrast of een binaire afbeelding, en wordt op dezelfde manier ontwikkeld als een fotonegatief. Al naargelang het soort fotoresist worden voor de belichting verschillende vormen van energie gebruikt, waaronder lasers, UV-licht, infrarood licht, wit licht en Röntgenstraling. Gewoonlijk worden harde negatieven, metallische mastersjablonen of lasers gebruikt voor de belichting van de fotoresist. Eenmaal ontwikkeld blijft het sjabloon op zijn plaats op gebieden die niet geëtst hoeven te worden, en wordt elders de fotoresist opgelost. Vervolgens wordt het onderdeel met de ontwikkelde fotoresistlaag in een geschikte etsoplossing geplaatst, zoals ferrichloride bij 60 °C. Wanneer de blootgestelde oppervlakken tot de gewenste diepte geëtst zijn, wordt het onderdeel verwijderd en afgespoeld om het etsproces te beëindigen. Daarna wordt de resterende fotoresist van het oppervlak van het onderdeel verwijderd.

Met deze techniek kunnen heel fijne en nauwkeurige elementen worden gemaakt. Elementen van slechts 10 µm zijn niet ongewoon. Figuur 21-17 laat een voorbeeld zien van een fotogeëtst onderdeel. Wel wordt in sommige gevallen het oppervlak van het metaal door het foto-etsproces ruwer.

Foto-etsen is een zeer belangrijk fabricageproces in de elektronica-industrie. Om kopercircuitsporen te maken op een printplaat (PCB, *printed circuit board*) wordt het oppervlak van het PCB-substraat (vaak een epoxy-glasvezelcomposiet) geheel gecoat met koper, en wordt er daarna een fotoresist op het oppervlak aangebracht. De fotoresist wordt belicht en ontwikkeld om de gewenste circuitpaden zichtbaar te maken. Daarna wordt de plaat in een zuuroplossing geplaatst om het ongewenste koper op te lossen. Zelfs voor de sporen van microcircuits en geïntegreerde circuits worden foto-etsmethoden gebruikt.

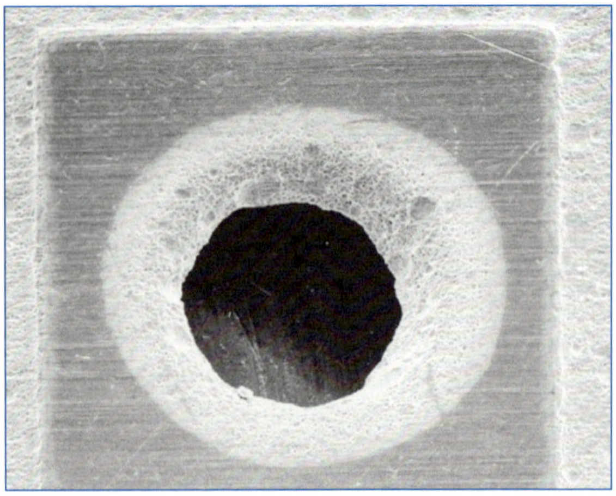

FIGUUR 21-17 Zeer klein element (0,2-mm gaatje), aangebracht met behulp van foto-etsen in 304 roestvast staal

Andere toepassingen van foto-etsen zijn onder meer drukplaten (bijvoorbeeld voor kranten), speelgoedmodellen en hobbymodellen, flexibele printplaten, trofeeën, plaquettes en richtingsborden. Zeer grote onderdelen kunnen op deze manier worden bewerkt. Soms worden grote vliegtuigconstructies bijvoorbeeld gefoto-etst om materiaal te verwijderen en om bepaalde geometrische patronen aan te brengen die met machinale bewerking moeilijk of alleen tegen hoge kosten te realiseren zijn. Foto-etsen gaat betrekkelijk snel en kan worden aangepast voor massaproductie.

21.4 Organische coatings

In hoofdstuk 10 hebben we de beschikbare soorten verf en aanverwante organische coatings besproken die worden gebruikt om oppervlakken te beschermen. Er zijn ook kleefstoffen die kunnen worden aangebracht als harde oplassingen. Dit zijn vaak epoxysoorten met een vulling van harde deeltjes. Er zijn polyurethanen die op een oppervlak kunnen worden gegoten en zodoende dikke afdichtingslagen vormen die abrasie- of corrosiebestendig zijn. Vinyllaminaten kunnen oppervlakken van metaal en andere materialen beschermen tegen krassen en het uiterlijk verbeteren of nog andere functies vervullen.

Poedercoatings van thermoplastische materialen kunnen worden aangebracht tot een dikte van ongeveer 75 µm om het uiterlijk en de corrosieweerstand van een materiaal te verbeteren. Ze worden op het oppervlak gespoten met elektrostatische apparatuur, waarna het onderdeel wordt gesinterd, wat een afgewerkte coating oplevert. Plasmaspuiten komt elk jaar meer in trek voor het aanbrengen van dikke coatings (250 µm) van geselecteerde thermoplastische materialen (nylons, polyesters enzovoort) voor corrosietoepassingen. De coatings die met *plasmaspuiten* worden aangebracht, hoeven niet te worden gesinterd en zijn daarom waarschijnlijk milieuvriendelijker dan andere organische coatings. De verhitte deeltjes smelten samen bij de inslag op het substraat en vormen zodoende een coating.

Droogsmeermiddelen worden net zo aangebracht als verf. De meeste soorten bevatten bindmiddelen die aan de lucht drogen of worden gesinterd om uit te harden. Droogsmeermiddelen zijn meestal handelsmerken. Ze bevatten vaak intercalatieve smeermiddelen (kristallijne stoffen met gemakkelijk schuivende of vervormende atomaire vlakken) zoals grafiet, molybdeendisulfide of wolfraamdisulfide. De smerende kristallen zijn aan het oppervak gebonden met verschillende bindmiddelen zoals epoxyhars, fenolhars of cellulosevernis. Ze worden gewoonlijk aangebracht met een dikte van niet meer dan 50 μm en ze maken het mogelijk dat sommige glijsystemen van metaal op metaal (of een andere vaste stof op vaste stof) zonder een ander smeermiddel kunnen werken. Deze coatings worden in feite vaak verwijderd door het gebruik van vloeibare smeermiddelen. Omdat deze coatings handelsmerken zijn, is voor het selecteren overleg nodig met fabrikanten of bedrijven die gespecialiseerd zijn in de toepassing van deze materialen. Tabel 21-2 is een lijst met een aantal droogsmeermiddelen en lossingslagen die worden gebruikt in machines.

TABEL 21-2 Organische coatings die veel worden gebruikt bij oppervlaktebehandelingen

COATING	GEBRUIKT VOOR
Fluorkoolstoffen	
Polytetrafluorethyleen (PTFE)	Losmaken, corrosiebescherming tot 320 °C
Teflon (PTFE-PI-mengsel)	Slijtage-/wrijvingsvermindering – duurzamer dan PTFE, lagere gebruikstemperatuur
PTFE/mica (micavulling)	Losmaken, duurzamer dan PTFE
Moffellak met PTFE-vulling	Slijtage-/wrijvingsvermindering, lagere hardingstemperatuur dan PTFE
Siliconen	Losmaken
Droge smeermiddelen	
MoS_2/organisch bindmiddel	Smering van glijsystemen
Grafiet/organisch bindmiddel	Smering van glijsystemen
Geleidende verf	Statische dissipatie, elektrische geleiding
Parylene	Isoleert metalen (medische toestellen) van contact met biologische vloeistoffen en vaste stoffen

21.5 Anorganische coatings – galvaniseren

In onze bespreking van corrosieverschijnselen in hoofdstuk 6 lieten we zien dat er bij corrosie van een metaal metaalionen in oplossing gaan. Een ion is een atoom dat niet langer elektrisch neutraal is. Het is niet zichtbaar, maar maakt deel uit van de oplossing. Normaal drinkwater bevat een zeer geringe hoeveelheden ionen van allerlei metalen. Als metaalionen met chemische of elektrochemische methoden gereduceerd worden, keren ze terug naar een metallische vorm. In elk van de drie belangrijke coatingmethoden (*galvaniseren*, *autokatalytisch plateren* en *stroomloos plateren*) worden opgeloste metaalionen omgezet in metaalatomen die op het oppervlak neerslaan. Deze systemen onderscheiden zich van elkaar door de wijze waarop de reductie van metaalionen tot stand komt en door de eigenschappen van de coating. Sommige metalen, zoals nikkel, kunnen met behulp van alle drie de processen als coating worden aangebracht. Het gemak waarmee dat gaat en de eigenschappen van de nikkelcoating hangen af van het gekozen systeem. Daarom bespreken we deze coatingsystemen afzonderlijk.

De theorie van galvaniseren

Omdat veel voorwerpen in ons dagelijks leven voorzien zijn van een galvanische deklaag, hebben we de neiging om het proces als iets vanzelfsprekends te zien. Galvaniseren wordt echter nog niet zo lang op commerciële schaal toegepast. Het kwam aan het eind van de negentiende eeuw in gebruik, toen ook elektriciteit belangrijk werd. De uitvinding wordt niet toegeschreven aan één persoon, maar de fundamentele wetten achter het proces werden aan het begin van de negentiende eeuw ontdekt door Michael Faraday. Een galvaniseeropstelling bestaat in principe uit twee elektroden die in een elektrolyt zijn ondergedompeld en aangesloten op een spanningsbron (zie figuur 21-18). Metaal A is de anode. Metaal B is de kathode en het materiaal dat gecoat wordt. Als de elektrolyt en het metaal een gunstige combinatie vormen, gaat metaal A in oplossing en vormt daarbij A^+-ionen. Het potentiaalverschil tussen de elektroden dat in stand wordt gehouden door een accu of een andere geschikte gelijkspanningsbron, zorgt ervoor dat de gevormde ionen zich van A naar B verplaatsen. De A^+-ionen worden gereduceerd doordat ze een elektron van metaal B opnemen. Merk op dat dit een soortgelijke opstelling is als de opstelling voor corrosieproeven (zie figuur 6-21 in hoofdstuk 6).

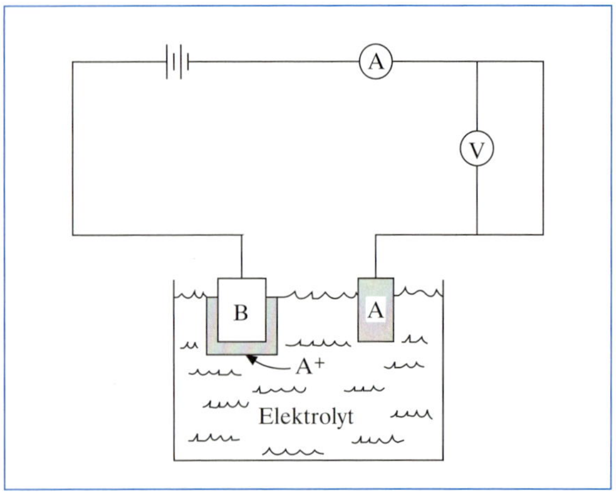

FIGUUR 21-18 Schema van een galvaniseercel

Faraday ontdekte een wet die zegt dat de hoeveelheid metaal die er tijdens deze reactie wordt afgezet, afhangt van de stroomsterkte in het systeem (gemeten met de ampèremeter A) en van het elektrochemische equivalent van het metaal dat gecoat wordt:

Gewicht van het reagerende metaal = kIt

waarbij
k = het elektrochemische equivalent van het anodemateriaal
I = de stroomsterkte in ampères
t = de tijd

Het elektrochemische equivalent van een element is gelijk aan het atoomgewicht van dat element gedeeld door de schijnbare valentie (de valentie in de betreffende reactie). Cadmium heeft bijvoorbeeld een atoomgewicht van 112 en een valentie van 2. Het elektrochemische equivalent is dus 112/2 oftewel 56. Het elektrochemische equivalent van nikkel is 59/2 oftewel 29,5. Volgens de *wet van Faraday* zal er dus per gegeven hoeveelheid stroom in ampère-uren bijna tweemaal zoveel cadmium worden afgezet als nikkel, aangenomen dat de processen een gelijk rendement hebben. Waar het om gaat is dat de galvaniseersnelheid afhangt van de aard van het metaal dat gecoat wordt. Met behulp van de wet van Faraday kunnen we voor verschillende metalen bij benadering de theoretische tijd (*afzettingssnelheid*) berekenen die nodig is voor de afzetting van een deklaag met een dikte van 25 μm:

1. Zilver: 6 minuten.
2. Cadmium: 10 minuten.
3. Koper: 18 minuten.
4. Nikkel: 19 minuten.
5. Chroom: 26 minuten (driewaardig).
6. Chroom: 1 uur (zeswaardig).

We nemen daarbij aan dat de oppervlakte en de stroomdichtheid (de hoeveelheid stroom per eenheid van oppervlakte) in alle gevallen gelijk zijn en dat het rendement 100 procent is. In de praktijk hebben galvanische baden geen hoog rendement en daarom worden al deze metalen, met uitzondering van chroom, met ongeveer dezelfde snelheid van 25 μm per uur afgezet. In chroombaden is de afzettingssnelheid ongeveer 7,5 μm per uur.

Elektrolyten

Een goede elektrolyt voor galvaniseren moet aan de volgende eisen voldoen:

1. Het te coaten metaal moet erin oplossen.
2. De elektrolyt moet een goede geleider van elektriciteit zijn.
3. De elektrolyt mag geen verontreinigingen bevatten die samen met het aan te brengen metaal zouden kunnen worden afgezet.

De elektrolyten voor galvaniseren zijn meestal waterige oplossingen van een zout van het aan te brengen metaal. Voor verkoperen wordt bijvoorbeeld kopersulfaat ($CuSO_4$) opgelost in water als elektrolyt gebruikt. Hierdoor worden koper- en sulfaationen, Cu^{2+} en SO_4^{2-}, gevormd. De zoutconcentratie die voor een bepaald coatingproces nodig is, kan worden gevonden in handboektabellen met recepten. De meeste galvaniseerelektrolyten zijn proefondervindelijk ontwikkeld. Sommige galvaniseerelektrolyten bevatten zo'n hoge concentratie metaalionen dat het zelfs niet nodig is om de anode te maken van het materiaal dat de deklaag moet vormen. Er kan een inerte elektrode van koolstof worden gebruikt.

De stroombron die men bij galvaniseren gebruikt kan van alles zijn, van een accu tot een motorgenerator. Gewoonlijk wordt er gelijkstroom gebruikt, maar voor speciale toepassingen werkt men met wisselstroom. Een galvaniseerbad werkt alleen goed als er een bepaalde stroomdichtheid wordt gehandhaafd. De stroomdichtheid is simpelweg de hoeveelheid stroom die er loopt, gedeeld door de oppervlakte van het te coaten voorwerp. Als een te coaten onderdeel een oppervlakte heeft van 100 cm^2 en de stroomsterkte in de galvaniseercel 100 A bedraagt, dan is de stroomdichtheid 1 A/cm^2. Het is belangrijk dat de stroomdichtheid overal gelijk is, want alleen dan ontstaat er een deklaag met een gelijkmatige dikte. De stroomdichtheid heeft de neiging om hoog te zijn bij hoeken en laag bij gaten. Daarom is de deklaag vaak dik bij de hoeken en vaak niet goed 'doorgezet' in gaten. Sommige galvaniseerelektrolyten hebben een beter verspreidingsvermogen dan andere, en dat kan een selectiefactor zijn bij het kiezen van een galvaniseerproces.

Metalen voor het plateren

Er zijn slechts ongeveer 30 metalen die galvanisch kunnen worden afgezet vanuit waterige oplossingen, waarvan er 10 in de industrie van groot belang zijn: koper, chroom, goud, ijzer, zilver, tin, zink, nikkel, cadmium en platina. Ook sommige legeringen van deze metalen kunnen galvanisch worden afgezet, maar bij het galvanisch afzetten van een legering moeten de elektrochemische equivalenten van de legeringselementen ongeveer gelijk zijn. Messing- en bronssoorten kunnen als legering worden afgezet omdat de legeringselementen aan deze eis voldoen (koper 64/2, zink 65/2, tin 119/4). Met het in hoofdstuk 13 besproken Metalliding®-proces kunnen ongebruikelijke elementen als yttrium en tellurium worden afgezet.

Substraten voor plateren

Alle bovengenoemde metalen kunnen galvanisch worden afgezet op elk ander metaal, maar de bindingssterkte hangt af van het chemische karakter van het *substraat*. Een goede galvanische deklaag heeft een zodanige bindingssterkte dat deze een afschuifspanning van meer dan 140 MPa kan verdragen. De hechting van de deklaag is een moeilijk te meten parameter, maar kan op een eenvoudige manier worden getest door de rand van een afzetting af te slijpen met een grove slijpschijf. Een slecht hechtende deklaag zal onder invloed van de slijpkrachten afschilferen.

Over het mechanisme dat voor de hechting zorgt is weinig bekend, maar het staat wel vast dat galvanische afzettingen nooit zo goed hechten als een vastgesmolten afzetting. IJzer dat op ijzer wordt afgezet, hecht dus minder goed dan een laag ijzer die door middel van lassen wordt aangebracht. De galvanische hechting is waarschijnlijk een combinatie van mechanische binding en atoombinding. Om de wisselwerking tussen de atomen van de deklaag en het substraat te laten ontstaan, mogen er op het oppervlak van het substraat geen vreemde atomen voorkomen, zoals geadsorbeerde oxidelagen of een ander soort film.

Om het te galvaniseren oppervlak op atomaire schaal schoon te krijgen, wordt het vlak voor het galvaniseren schoongebeitst of elektrochemisch gereinigd. Zeer corrosiebestendige metalen als titanium, roestvast staal, tantalium en zelfs aluminium hebben vaak een gepassiveerd oppervlak dat uit een oxidefilm bestaat. Deze films zijn moeilijk te verwijderen en dus zijn deze metalen moeilijk te galvaniseren. Speciale technieken zijn hiervoor nodig. Kunststoffen kunnen worden voorzien van een galvanische deklaag als ze eerst door onderdompeling of autokatalytische metaalafzetting geleidend worden gemaakt. De kunststoffen die het meest geschikt zijn voor galvaniseren zijn ABS, polypropyleen, polysulfon, polycarbonaat, polyester en nylon.

De fysische aard van een oppervlak (ruwheid, golving en dergelijke) bepaalt hoe de galvanische deklaag eruit zal zien. Als een glanzende chroomdeklaag nodig is, moet het metaal voorafgaand aan het galvaniseren gepolijst worden. De meeste galvanische deklagen zorgen niet voor een geëgaliseerd oppervlak en grote insluitsels of defecten worden niet overbrugd. Gehard staal (met een hardheid van meer dan 30 HRC) is vatbaar voor *waterstofbrosheid* door het galvaniseren. Waterstof diffundeert in het staal en maakt het bros. Wanneer harde staalsoorten een galvanische deklaag krijgen, moeten ze na het coaten worden gesinterd bij ongeveer 260 °C. Deze oplossing is echter niet 100 procent effectief, dus is het beter om galvaniseren van gehard staal te vermijden.

Eigenschappen van deklagen

Fysische en mechanische eigenschappen kunnen door galvanische afzetting worden gewijzigd. Wat betreft de elektrische eigenschappen en corrosiekenmerken kan de ontwerper aannemen dat een deklaag dezelfde eigenschappen heeft als het zuivere metaal.

Sommige galvanische deklagen zijn poreus, sommige vertonen microscheurtjes, andere bevatten onzuiverheden en in weer andere zitten putjes. Het optreden van deze in het algemeen ongewenste verschijnselen hangt af van de omstandigheden tijdens het galvaniseren.

Sommige metalen krijgen bij galvanische afzetting een hoge hardheid. Chroom heeft als zuiver metaal een hardheid van slechts 150 kg/mm^2. Als galvanische deklaag kan het een hardheid hebben van wel 900 kg/mm^2, hoger dan enig ander metaal. Nikkel gedraagt zich op dezelfde manier, evenals ijzer. Deze harding is een gevolg van inwendige microvervormingen die tijdens het galvaniseren ontstaan. Hoe de harding precies in zijn werk gaat is niet bekend, maar galvaniseerbedrijven weten wel hoe ze met de hardheid om moeten gaan. Galvanische deklagen van nikkel of ijzer kunnen worden gespecificeerd met een hardheid tussen 100 kg/mm^2 en 600 kg/mm^2.

Chroomdeklagen zijn te verkrijgen met een hardheid tussen ongeveer 500 en 900 kg/mm^2. Om de hardheid in de hand te houden, wordt aan nikkelbaden de kunstmatige zoetstof sacharine toegevoegd. Zachtere chroomlagen worden verkregen met een hoge temperatuur van het bad. De galvaniseerafdelingen kunnen de gebruiker dus voorzien van deklagen met verschillende hardheden (binnen bepaalde grenzen).

Een ander effect van galvaniseren is het ontstaan van macroscopische spanningen in de afgezette laag. Als een dunne metalen strip aan één zijde wordt afgeschermd en aan de andere kant wordt gecoat, dan kan deze vlak blijven, concaaf kromtrekken of convex kromtrekken. Bij het vormen van de deklaag kan een onderdeel dus vervormen. Ook kan er een deklaag ontstaan waarin een hoge trekspanning voorkomt, zodat de laag tijdens het gebruik kan scheuren. Zo werd er bijvoorbeeld een aluminium rol met een nikkelcoating in heet water gewassen, waarop de deklaag losliet. Blijkbaar heerste er in de deklaag een grote trekspanning en veroorzaakte de extra spanning als gevolg van de uitzetting van het aluminiumsubstraat versplintering. Voor een ontwerper is het van belang om te weten dat als macroscopische spanningen in een galvanische deklaag ongewenst zijn, het proces misschien zo kan worden gestuurd dat er een andere spanningstoestand ontstaat. Met een aantal metalen kunnen spanningsvrije afzettingen worden bereikt.

Ontwerpoverwegingen

Een van de belangrijkste factoren die de toepassingsmogelijkheden van het galvaniseerproces beperken, is *hoekaangroei*. Als vuistregel geldt dat de galvanische deklaag bij de hoeken of aan het uiteinde van het onderdeel tweemaal zo dik is als in het midden (zie figuur 21-19). Als de afmetingen belangrijk zijn, moeten dikke afzettingen dus machinaal worden nabewerkt of bijgeslepen. Over het algemeen geldt dat

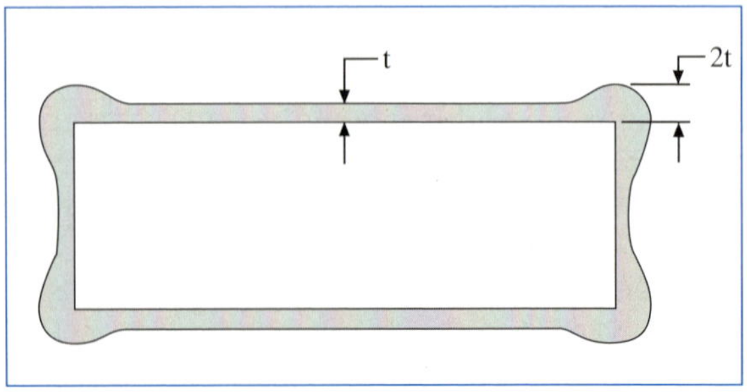

FIGUUR 21-19 Hoekaangroei

de dikte van de deklaag het best beperkt kan worden tot 25 μm. Er zal dan nog steeds randaangroei optreden, maar als aan de uiteinden 25 μm wordt gemeten, is de laag in het midden 12,5 μm. Dat is meestal geen probleem. Figuren 21-19 en 21-20 geven een voorbeeld van randaangroei. Verder kan randaangroei worden beperkt door de randen af te ronden, zodat de hoge stroomdichtheden die de hoekaangroei veroorzaken worden voorkomen (zie figuur 21-21).

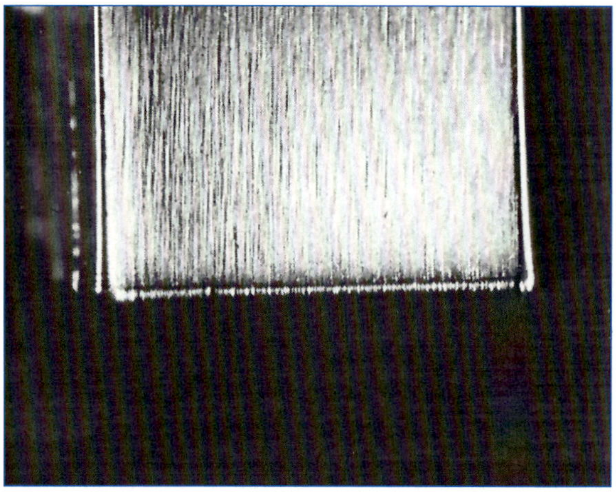

FIGUUR 21-20 Randaangroei op een chroomplaat met een dikte van 3 mils (75 μm) (×4)

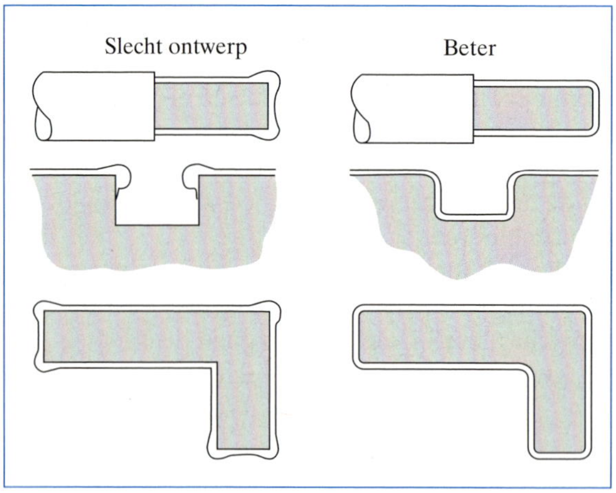

FIGUUR 21-21 Manieren om hoekaangroei te reduceren

Voor het coaten van uitsparingen is het nodig de opening te vergroten of een stroomloos proces te gebruiken, waarin het *spreidingsvermogen* van elektriciteit geen rol speelt. Het afschermen van onderdelen om afzetting te voorkomen is voor een galvaniseerbedrijf gemakkelijker als de ontwerper een paar eenvoudige richtlijnen volgt:

1. Zorg dat het niet nodig is om kleine schroefgaten af te schermen. Grote gaten kunnen goedkoop en gemakkelijk met rubberen stoppen worden afgedekt. Kleine gaten brengen meer handwerk met zich mee.
2. Vermijd het coaten van eenheden die uit verschillende metalen bestaan. In sommige gevallen kan galvanische corrosie optreden, maar nog belangrijker is dat verschillende metalen voor het galvaniseren misschien een verschillende oppervlaktevoorbehandeling vereisen.
3. Vermijd coatingspecificaties die vereisen dat sommige stukken van het onderdeel ter afdekking met de hand geverfd moeten worden. Dat is duur en onnauwkeurig. Probeer het onderdeel zo te ontwerpen dat deze stukken kunnen worden afgeschermd door het onderdeel met tape te omwikkelen.
4. Zorg dat er een gebied is waar de elektrische aansluitingen kunnen plaatsvinden. Als een onderdeel voor 100 procent bedekt moet worden, dan kan dit alleen door naaldachtige elektrische verbindingen te gebruiken. Bij de naaldaansluitingen kunnen vonkontladingen plaatsvinden. Een tapboutgat of ringboutgat zal de taak vergemakkelijken. Zoals figuur 21-22 laat zien, worden te coaten onderdelen vaak aan haken opgehangen. Ontwerpers moeten rekening houden met de manier waarop het te coaten onderdeel moet worden opgehangen.
5. Als een onderdeel te groot is of een te ingewikkelde vorm heeft en daardoor niet in een galvaniseertank past, maak dan gebruik van *selectief plateren* of *plaatselijk plateren*. Een pomp stuurt de elektrolyt daarbij naar een koolstofanode die in de nabijheid van het te coaten gebied wordt gebracht (zie figuur 21-23). De elektrolyt wordt in een druippan verzameld en opnieuw gecirculeerd. Dit proces is bruikbaar voor het reviseren van bijvoorbeeld versleten assen.

FIGUUR 21-22 Galvaniseertank met onderdelen in rekken

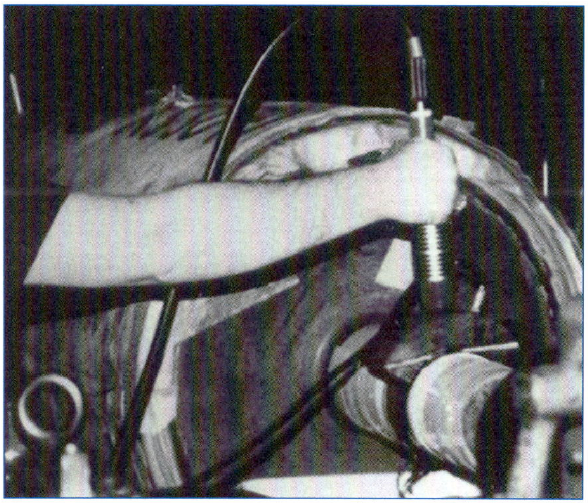

FIGUUR 21-23 Selectief galvaniseren van nikkel op de versleten asuitloop van een papierbereidingsrol

Een laatste factor waarmee in een ontwerp rekening moet worden gehouden, is het *naspoelen*. Veel galvaniseeroplossingen zijn corrosief. Als zo'n oplossing in een gecoat onderdeel opgesloten raakt, kan deze op den duur uitlogen, waardoor het onderdeel kan verkleuren of misschien onbruikbaar raakt. Hechtlasrupsen kunnen worden voorzien van afvoergaten. Op lasconstructies zijn lasafdichtingen nodig als de spleet breder is dan 25 millimeter. Spleten die slechts aan één kant kunnen worden gespoeld, mogen niet breder zijn dan 12,5 millimeter.

21.6 Anorganische coatings – andere metallische deklagen

Plateren door onderdompeling

Plateren door het te coaten voorwerp in een bad met coatingmateriaal te onderdompelen is het eenvoudigste coatingproces. Het voorwerp wordt gecoat zonder stroom of uitwendige energie. Op zich zijn dit soort stroomloos gevormde deklagen te dun om bruikbaar te zijn. Ze hebben geen goede eigenschappen en hechten niet goed. In de industrie worden ze echter soms gebruikt als de eerste stap bij het galvaniseren van moeilijk te coaten metalen, zoals aluminium of magnesium, en van kunststoffen. Het klassieke voorbeeld is het coaten van staal met een koperlaag in een bad met kopersulfaat. Het ijzer lost op door de kopersulfaatoplossing. De ijzerionen die door deze corrosie ontstaan, nemen de plaats in van de koperionen in de oplossing en de koperionen worden op hun beurt gereduceerd tot metallisch koper doordat ze elektronen van het corroderende ijzer overnemen.

Op dezelfde manier kan een nikkellaag in een bad van nikkelchloride ontstaan. Zowel de koperlaag als de nikkellaag hecht niet bijzonder goed en is dan ook op zichzelf niet erg nuttig, maar het is vaak de eerste stap bij galvaniseren, een voorbehandeling.

Autokatalytisch (stroomloos) plateren

Rond 1945 werd een proces voor stroomloos vernikkelen gepatenteerd, zogenaamd autokatalytisch plateren. Dit proces is niet hetzelfde als onderdompelen, want het mechanisme van het coaten is een chemisch opgewekte reductie van metaalionen. Bij autokatalytisch vernikkelen wordt nikkel afgezet vanuit een waterige oplossing met nikkelzouten, een reduceermiddel, en chemische stoffen die de pH-waarde en de reactiesnelheden regelen. Wanneer een geschikt substraat in het bad wordt geplaatst, werkt het als een katalysator en zorgt het ervoor dat de nikkelionen door het reduceermiddel worden gereduceerd. De ionen nemen geen elektronen van de kathode op, zoals bij galvaniseren het geval is. Het reduceermiddel zorgt ervoor dat de metaalionen gereduceerd worden en het te coaten metaal werkt als de katalysator. De reactie in een nikkelsulfaatbad met natriumhypofosfiet als reduceermiddel is

$$NiSO_4 + 2NaH_2PO_2 + H_2O \rightarrow \text{nikkeldeklaag} + 2NaH_2PO_3 + H_2SO_4$$

De beste katalysatoren voor dit proces zijn ijzer, nikkel, kobalt en palladium, maar de meeste metalen reageren op stroomloos vernikkelen, want er vormt zich een nikkelafzetting en het nikkeloppervlak wordt dan de katalysator voor de reductie. Vandaar de term *autokatalytisch*. Het afzetten houdt niet op wanneer het oppervlak helemaal bedekt is met nikkel, maar gaat gewoon verder. De afzettingssnelheid ligt tussen 12,5 en 25 µm per uur. De warmte die deel uitmaakt van de reactie is afkomstig van de oplossing, die een temperatuur heeft in de buurt van het kookpunt van water (100 °C).

Stroomloos aangebrachte nikkeldeklagen hebben een hoge dichtheid en zijn betrekkelijk hard (43 tot 55 HRC). Ze bestaan niet uit zuiver nikkel, maar uit nikkel-fosforlegeringen met 4 tot 12 procent fosfor. Ze reageren op warmtebehandelingen. Ongeveer 2 uur lang precipitatieharden bij 343 °C verhoogt de hardheid tot ongeveer 65 HRC. De coating heeft een gelijkmatige dikte, en alle bevochtigde oppervlakken, inclusief blinde gaten, worden gecoat.

Tegenwoordig worden er naast stroomloos vernikkelen ook andere stroomloze systemen gebruikt, maar het nikkelsysteem is buitengewoon nuttig voor technisch ontwerpers. Bij reparatie van de afmetingen is er geen randaangroeiprobleem. Nikkel heeft een betere corrosieweerstand dan cadmium en zink en is bovendien duurzamer vanwege de hardheid. Het wordt veel gebruikt om weerstand tegen atmosferische corrosie te geven aan machineframes, grondplaten, fittingen en allerlei machineonderdelen. Vanwege de lage afzettingssnelheid maakt men de deklaag gewoonlijk niet dikker dan 50 µm. Een coating van ongeveer 25 µm is meestal voldoende voor normale industriële toepassingen.

De deklaag die bij stroomloos vernikkelen ontstaat, kan worden gevuld met allerlei deeltjes om een samengestelde coating te vormen. Als twee metalen tegen elkaar glijden en er geen gewone olie- of vetsoorten gebruikt kunnen worden, dan kan er een nikkeldeklaag met 15 tot 40 procent PTFE op één of beide oppervlakken worden aangebracht om de slijtage te verminderen. De nikkellaag kan ook worden gevuld met harde deeltjes van bijvoorbeeld siliciumcarbide, boriumcarbide, aluminiumoxide en diamant. Deze coatings zijn bestemd voor toepassingen met adhesieve slijtage. Het normale deeltjesgehalte is ongeveer 15 procent. De coatings zijn verkrijgbaar via galvaniseerbedrijven. De gebruikelijke dikte is 10 tot 25 µm.

21.7 Anorganische coatings – conversiecoatings

Veel coatings worden gemaakt door de oppervlakte van het voorwerp te laten reageren met een chemische stof of chemische omgeving. Het oppervlak wordt omgezet in een functionele deklaag, een zogenaamde conversiecoating. Hieronder bespreken we de meest voorkomende.

Oxideconversiecoatings

Een van de oudste en eenvoudigste oxidecoatings voor metalen is de oxidelaag die ontstaat als stalen onderdelen bij ongeveer 370 °C worden verhit in een stoomatmosfeer. Door de reactie van de stoom met het staal ontstaat er een dun, sterk hechtend oxidelaagje met een te verwaarlozen dikte. Dit soort deklagen hebben maar weinig corrosieweerstand of slijtvastheid, maar geven het oppervlak microporositeit, zodat het olie kan absorberen. In geoliede toestand geeft de oxidelaag enige weerbestendigheid.

Hetzelfde type coating kan ook worden gerealiseerd door metalen onder te dompelen in bepaalde chemische baden. Op koper, staal en de meeste soorten roestvast staal kan op die manier een zwarte oxidecoating worden aangebracht die in feite een corrosieproduct is. Deze chemische baden veroorzaken zeer lichte corrosie van het oppervlak en het corrosieproduct is een dun (2,5 μm) oxidelaagje met een goede hechting. Koolstofstaal kan men op deze manier een zekere mate van bestendigheid geven tegen roesten binnenshuis en deze coatings worden op roestvast staal en koperlegeringen meestal gebruikt om esthetische redenen of om de lichtweerkaatsing te verminderen.

De zwarteoxidebehandelingen worden gewoonlijk uitgevoerd in chemische stoffen waarvan de samenstelling een handelsmerk van de fabrikant is. Er zijn pasta's in de handel waarmee men staaloppervlakken kan inwrijven en die ook een dergelijke coating opleveren. Deze coatings mogen niet verward worden met zwarte anodiseercoatings op aluminium. Een anodiseerdeklaag is een oxide dat geproduceerd wordt door middel van elektrochemische conversie, en is veel dikker, corrosiebestendiger en slijtvaster dan de oxidecoatings die door middel van chemische conversie worden aangebracht.

Fosfaatconversiecoatings

Fosfaatcoatings zijn dunne, hechtende deklagen die men aanbrengt door langs chemische weg een metaaloppervlak in een fosfaatverbinding om te zetten. Fosfateerlagen vormen een van de nuttigste niet-metallische coatings (zie figuur 21-24). Deze coatings worden tot stand gebracht door het metaaloppervlak door middel van spuiten of onderdompelen in contact te brengen met een verhitte (maar niet kokende) oplossing van verdund fosforzuur met additieven waarvan de samenstelling meestal eigendom van de fabrikant is. Meestal gebruikt men een oplossing die minder dan 1 procent fosforzuur bevat. Deze tast het metaaloppervlak aan en daarbij gaat een geringe hoeveelheid metaal in oplossing. De metaalionen neutraliseren een oppervlaklaagje van de fosfaterende oplossing, waardoor metaalfosfaatkristallen op het metaaloppervlak neerslaan. Omdat de deklaag vanuit het oppervlak wordt gevormd, heeft deze een zeer goede hechting en een porositeit die afhangt van de aard van de gevormde kristallen.

Chemisch gezien kunnen de fosfaatkristallen die op het onderdeel gevormd worden, bestaan uit ijzer-, zink- of mangaanfosfaten. Verschillende baden produceren verschillende soorten fosfaatcoatings. Deklagen van zinkfosfaat zijn meestal kristallijn van aard en dikker dan coatings van ijzerfosfaat. De dikte van de deklaag bepaalt men door de gewichtstoename te meten en te vertalen naar de laagdikte in μm. Een tweede eenheid is het aantal gram gewichtstoename per vierkante meter. Sommige coatings hebben een dikte van wel 30 g/m^2 (50 μm). Geïmpregneerd met olie of was kunnen deze deklagen een zekere mate van weerstand tegen atmosferische corrosie geven.

FIGUUR 21-24 Scanning-elektronenmicroscoopfoto van een conversiecoating van zinkfosfaat (×1500)

Coatings van ijzerfosfaat zijn gewoonlijk veel dunner dan die van zink- en mangaanfosfaat (0,3 g/m^2 tot 1 g/m^2). De natuurlijke porositeit van deze deklagen zorgt voor een betere hechting van verf aan metalen oppervlakken.

Coatings van mangaanfosfaat zijn de dikste van de groep (10–50 g/m^2). Ze worden vooral gebruikt als slijtdeklaag voor onderdelen die nog moeten inlopen. Wrijvende machineonderdelen zoals tandwielen, nokken, kettingwielen en glijblokken zijn nooit precies passend als ze gemaakt zijn. Er zijn altijd wel een paar hoge punten, grove bewerkingssporen of andere defecten. Alle fosfaatcoatings zijn poreus. Een gefosfateerd machineonderdeel heeft dus een zwakke, sponsachtige oppervlaktelaag. Deze laag absorbeert olie ter verbetering van de smering en dankzij het sponsachtige karakter worden krassen en golvingen op het oppervlak hersteld. Putjes in het metaaloppervlak worden opgevuld met een samengedrukte fosfaatdeklaag en deze effecten zorgen ervoor, in combinatie met de impregnatie van olie, dat contact van metaal op metaal wordt voorkomen. Nadat de machine enige tijd heeft gedraaid, verdwijnen de fosfaatdeklagen van de slijtoppervlakken, maar dankzij het conditionerende effect van de coating is de totale levensduur van een gefosfateerd onderdeel vaak wel tweemaal zo lang als die van stalen onderdelen zonder deklaag.

Alle fosfaatcoatings zullen oppervlakteconformering bevorderen, maar voor slijtagetoepassingen wordt meestal mangaanfosfaat gebruikt. Zo'n deklaag heeft een aangenaam zwart uiterlijk en geïmpregneerd met olie is deze vaak de enige roestwering op machineonderdelen. Als maatveranderingen onaanvaardbaar zijn, dient de ontwerper dat te laten weten. De maattoleranties van het onderdeel bepalen de dikte van de coating. Als een onderdeel een maattolerantie van circa 12,5 μm heeft, dan moet de deklaag zo dun worden gemaakt dat maatveranderingen binnen de toleranties blijven.

Fosfaatcoatings kunnen worden aangebracht op gietijzer, koolstofstaal, laaggelegeerde staalsoorten, zink, cadmium, aluminium en zelfs blik, maar ze worden meestal aangebracht op staalsoorten. Hoe hoger het legeringsgehalte, des te moeilijker is het om een goede deklaag aan te brengen. Roestvast staal, gereedschapsstaal en andere hooggelegeerde staalsoorten kunnen zelfs helemaal niet worden gecoat, want ze zijn immuun voor fosforzuur. Om een goede deklaag te verkrijgen, moet men met veel factoren rekening houden (reinigen, beitsen, chemische samenstelling van de oplossing, afspoelen). Bij de vormgeving van het product moet in gedachten worden gehouden dat spoelmiddelen goed op alle plaatsen moeten kunnen komen, evenals de deklaag.

Chromaatcoatings

Iedereen die wel eens schroeven, scharnieren of elektrische apparatuur heeft gekocht, heeft een typische toepassing gezien van een chromaatconversiecoating. De geelbruine kleur van veel ijzerwaren wordt veroorzaakt door een *chromaatcoating*. Zo'n deklaag beschermt metaal tegen atmosferische corrosie. De film ontstaat door de reactie van het metaal met een waterige oplossing van chroomzuur of chroomzouten zoals natrium- of kaliumdichromaat. De deklaag wordt gevormd wanneer de oplossing het te coaten metaal aantast, waarbij metaalionen in oplossing gaan en elektronen afgeven. De elektronen zorgen voor de reductie van chroomionen, waardoor een amorfe film op het metaaloppervlak wordt gevormd. De film is enigszins oplosbaar en zou dus bij een te lang verblijf in het chromateerbad weer in oplossing gaan. De onderdompelingstijd is daarom kort, gewoonlijk een paar seconden, en de deklaag is kwetsbaar zolang hij niet is opgedroogd. De dikte van de coating kan wel 12,5 μm bedragen.

Deze coating kan worden aangebracht op zink, cadmium, magnesium en aluminium en wordt zelfs gebruikt als nabehandeling voor gefosfateerde oppervlakken. Chromaatcoatings worden veel gebruikt op gietproducten van zink, magnesium en aluminium, en ook op galvanisch aangebrachte deklagen van zink en cadmium, en op gegalvaniseerd staal. De corrosiebescherming die door deze coatings wordt geboden, hangt af van de dikte, maar ze hebben een uitstekende weerstand tegen atmosferische corrosie zolang het onderdeel niet continu ondergedompeld wordt. Chromaatcoatings zijn enigszins oplosbaar.

Omdat chromaatcoatings snel worden gevormd en kunnen worden aangebracht door middel van onderdompelen, borstelen of insmeren, is het meestal een goedkope coating. Dit maakt chromaatcoatings geschikt voor grote hoeveelheden onderdelen. Conversiecoatings variëren van chromaatdeklagen met een dikte van minder dan een micrometer voor corrosiebescherming tot gehardcoate aluminiumdeklagen (elektrochemische conversiecoatings) met een dikte van 150 μm voor slijtagetoepassingen.

21.8 Dunne coatings

Dunne coatings zijn een standaardhulpmiddel geworden bij oppervlaktebehandeling. Ze spelen nu al een sleutelrol bij de fabricage van veel elektronische onderdelen, onder andere voor het aanbrengen van bijvoorbeeld doteerstof en afdichtingen op chips en andere micro-elektronicaonderdelen. Bij het ontwerpen van producten kunnen dunne PVD-coatings van zuiver metaal het uiterlijk van kunststof onderdelen verbeteren. Dunne coatings worden door het opdampen van het coatingmateriaal geproduceerd, door het fysiek neerslaan van het materiaal (*physical vapor deposition*, PVD) of het neerslaan in combinatie met een chemische reactie (*chemical vapor deposition*, CVD).

Fysische opdamping (physical vapor deposition – PVD)

Het acroniem voor *physical vapor deposition* is PVD. Er zijn talrijke PVD-processen en ze hebben met elkaar gemeen dat er op een massief substraat een afzetting ontstaat van atoom op atoom, molecuul op molecuul of ionen van verschillende materialen. De in de industrie meest gebruikte PVD-processen zijn thermische sublimatie, sputteren en ionenimplantatie. Al deze processen worden uitgevoerd in een vacuüm, en zijn dus batchprocessen.

Thermische sublimatie is het oudste en eenvoudigste PVD-proces. Het wordt schematisch geïllustreerd in figuur 21-25. Bij *thermische sublimatie* wordt

Oog op duurzaamheid

Galvanische coatings en het milieu

De productie van veel anorganische coatings vereist het gebruik van allerlei giftige chemicaliën en oplossingen. Dit is aan strenge milieuregels gebonden. De emissie van chroom (en veel andere zware metalen) in lucht en water wordt gecontroleerd door overheidsinstanties zoals de milieudienst. Chromateringsprocessen met zeswaardige chroomverbindingen zijn inmiddels verboden, omdat dat soort verbindingen kankerverwekkend zijn. Om de emissies door galvaniseer- en conversiecoatingbaden te verminderen, zijn dampzuiveringstoestellen verplicht. Ook bestaan er strikte grenzen voor de chroomconcentratie in industrieel afvalwater. Recente ontwikkelingen op het gebied van chromaatcoatings zijn onder andere het gebruik van driewaardige chroomverbindingen en het gebruik van coatings die 'ter plaatse drogen'. In dit proces wordt de chromaatoplossing met een rol op het product (bijvoorbeeld metaalplaat of -band) aangebracht, waarna men de coating op het oppervlak laat drogen als een deklaag van verf. Hierbij zijn de onderdompelingsbaden met het daaraan verbonden afvalverwijderingsprobleem niet nodig. PVD en poedercoatings worden ook onderzocht als alternatieve 'schonere' coatingmethodes.

het coatingmetaal in een van hittebestendig metaal gemaakte schuit of kroes geplaatst. De schuit wordt verhit of er wordt een elektronenstraal op gericht om het coatingmateriaal te laten smelten. Het coatingmateriaal vormt een atomaire wolk die alle oppervlakken tegenover de schuit of kroes van een deklaag voorziet. Dit proces wordt veel gebruikt om onderdelen van kunststof te voorzien van een dunne (0,5 mm) decoratieve deklaag die zou moeten lijken op glanzend metaal. Veel sierstrippen op auto's zijn bijvoorbeeld gemaakt van kunststof met een PVD-coating van aluminium. Daaroverheen wordt

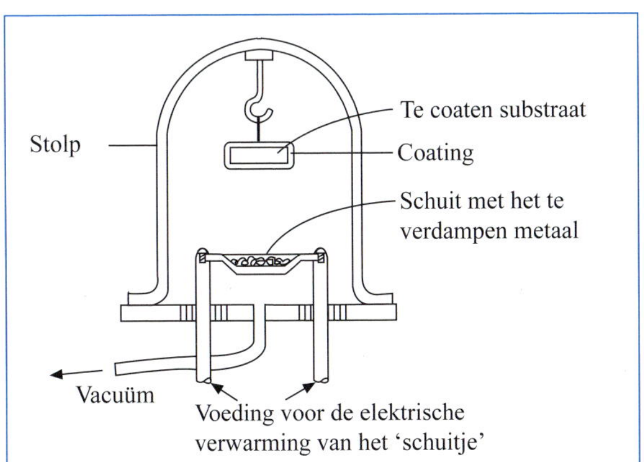

FIGUUR 21-25 Schema voor een coating door thermische sublimatie

een laklaag aangebracht om enige bescherming te geven tegen corrosie.

Het andere uiterste van dit proces is het aanbrengen van relatief dikke (1 millimeter) coatings van hittebestendige materialen, zoals MCrAlY's, legeringen van een metaal (M), chroom (Cr), aluminium (Al) en yttrium (Y), op onderdelen van straalmotoren. Deze coatings worden door de gemiddelde machineontwerper niet zo vaak gebruikt. Maar als een bepaald ontwerp bijvoorbeeld vraagt om een decoratieve coating of een coating op een optisch onderdeel, dan komt een oppervlaktebehandeling met thermische sublimatie in aanmerking.

Deklagen van hightechmaterialen, zoals keramische materialen, metaallegeringen en organische en anorganische verbindingen, worden aangebracht door middel van *sputteren*. Bij sputteren worden het werkstuk en het coatingmateriaal aangesloten op een bron die een hoge gelijkspanning levert. Wanneer de vacuümkamer leeggepompt is, brengt men een zodanige hoeveelheid argon of ander gas in deze ruimte dat er een druk van ongeveer 10^{-2} tot 10^{-3} millibar ontstaat. De stroomtoevoer wordt geactiveerd, waardoor tussen het werkstuk en het coatingmateriaal de gasatomen (gewoonlijk argon) worden geïoniseerd (plasma). De daardoor geproduceerde ionen bombarderen het aan te brengen materiaal (doelmateriaal). Door de energie van de inslaande ionen worden er atomen uit het doelmateriaal weggeslagen die door het plasma naar het werkstuk worden getransporteerd en daar een coating vormen. Gelijkstroomsputteren wordt gebruikt wanneer het coatingmateriaal (doelmateriaal) elektrisch geleidend is. Is het doelmateriaal geen geleider maar bijvoorbeeld een polymeer, dan gebruikt men radiofrequentiesputteren (RF), waarbij in plaats van de gelijkspanningsbron een RF-spanningsbron wordt gebruikt.

Een derde variant van het PVD-proces is *ionenimplantatie*. In dit proces laat men net als bij thermische sublimatie een metaal verdampen, maar laat men ook een plasma ontstaan om het verdampte materiaal te ioniseren. De ionen bombarderen het substraat met zoveel energie dat ze fysisch in het substraat worden geïmplanteerd, waardoor er een deklaag wordt gevormd die buitengewoon sterk aan het substraat gebonden is.

Sputteren en ionenimplantatie worden in ontwerpen gebruikt voor het aanbrengen van zeer dunne coatings (dunner dan 3 μm) voor elektrische en optische toepassingen en voor slijtagetoepassingen. Harde dunne deklagen (dunner dan 3 μm) worden veel gebruikt om de slijteigenschappen van gereedschappen te verbeteren.

Als een werktuig zoals een stanspersmatrijs sneller slijt dan verwacht, dan kan het oppervlak van de matrijs gecoat worden met TiN om de abrasieweerstand te verhogen. TiN is harder dan het hardste metaal.

De PVD-coatings die in machines het meest gebruikt worden, zijn titaniumnitride (TiN), titaniumcarbonitride (TiCN) en diamantachtige koolstof (DLC, *diamond-like carbon*). De laatstgenoemde coatings noemt men ook wel amorfe gehydrogeniseerde koolstofcoatings (AHC, *amorphous hydrogenated carbon*) omdat ze vaak niet dezelfde atoombinding hebben als diamant en tot 30 procent waterstof kunnen bevatten (afkomstig van het koolwaterstofgas dat wordt gebruikt om deze coatings te produceren). Veel leveranciers brengen deze deklagen op hun producten aan. Ze worden aangebracht op ponsen en matrijzen, snijwerktuigen, vormgereedschap, spuitgietgereedschap en talloze andere werktuigen. Meestal worden ze aangebracht om een reeds hard substraat nog harder te maken, maar sommige versies van deze coatings zijn bedoeld om glijsystemen met slijtage te smeren.

Titaniumnitride is goudkleurig en de DLC-coatings (of AHC-coatings) zijn vaak zwart. Op gereedschappen geeft men vaak de voorkeur aan de gekleurde coatings, omdat de gebruikers dan goed kunnen zien wanneer ze in het gebruik zijn afgesleten. De hardheid van een aantal coatings wordt in tabel 21-3 vergeleken.

TABEL 21-3 Hardheid van PVD-coatings

COATING	HARDHEID (HV)	KLEUR
Titaniumnitride	2900	Goudkleurig
Zirkoniumnitride	2800	Goudkleurig
Titaniumaluminium-nitride	2600	Bruin
Titaniumcarbonitride	4000	Zilverkleurig
Chromiumnitride	2500	Zilverkleurig
Amorf DLC	1000 tot 5000	Zwart

Deze coatings hebben meestal een dikte tussen 1 en 2 μm. Ze worden vaak aangebracht over andere deklagen heen, zodat er geen sprake is van een dunne deklaag op een veel zachter substraat, zoals een dun laagje ijs op 15 centimeter sneeuw. Een deklaag van titaniumnitride op H13 gereedschapsstaal met een hardheid van 53 HRC is bijvoorbeeld veel gevoeliger voor vermoeiingsdefecten dan dezelfde deklaag over een 25 μm dikke nitridelaag op H13. Gelaagde coatings reduceren de effecten van niet bij elkaar passende eigenschappen. Er bestaan modellen die kunnen helpen bij het selecteren van coatings en dikten als de relatieve hardheid en elasticiteitsmodulus in het model worden ingevoerd.

Veel coatingprocessen met sputteren, vooral waarin het coatingmateriaal met een vlamboog wordt gesmolten, veroorzaken microscopische nodulen (zie figuur 21-26) op het gecoate oppervlak. Deze nodulen hebben soms diameters van wel enkele micrometers en ze maken het gecoate oppervlak abrasief ten opzichte van tegenoppervlakken. De aanwezigheid van zulke oppervlaktekenmerken is een selectiecriterium bij het kiezen van een coatingleverancier. Macro's zijn meestal ongewenst in glijsystemen van metaal op metaal. Aan de andere kant zijn ze meestal gunstig voor een coating op snijgereedschap. De nodulen reduceren de kans dat spanen aan het gecoate oppervlak vastsmelten.

De coatingtemperatuur is een andere selectiefactor. Sommige coatingprocessen worden uitgevoerd bij 150°C, andere vereisen 425°C. De processen bij hogere temperaturen leveren gewoonlijk optimale coatingeigenschappen, maar een coatingtemperatuur van 425°C maakt veel substraten van gereedschapsstaal zacht. De meeste gesinterde carbiden

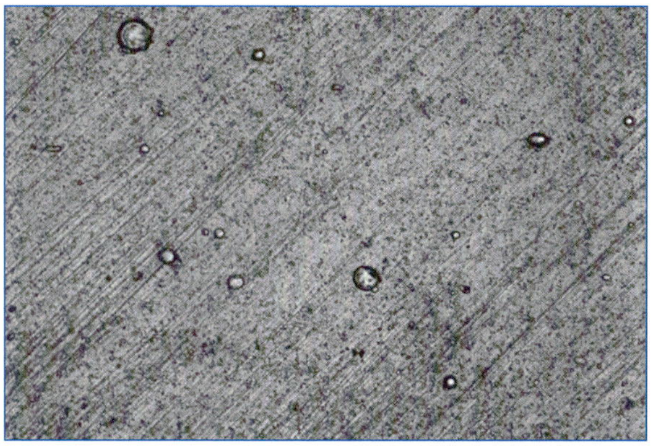

FIGUUR 21-26 Nodulen van TiN op PVD-gecoat TiN. Deze nodulen kunnen abrasief werken in een glijsysteem met een zachter materiaal

kunnen deze coatingtemperatuur zonder ongunstige effecten verdragen. Als het ontharden van het substraat niet aanvaardbaar is, mag de coatingtemperatuur niet hoger zijn dan de oorspronkelijke ontlaattemperatuur van het te coaten onderdeel. Deze coatings kunnen op tekeningen worden gespecificeerd met het type coating, de dikte en de toelaatbare procestemperatuur:

> Het aangegeven gebied coaten met 1 tot 2 μm titaniumnitride, maximale procestemperatuur 150°C. (Aanbevolen leverancier is Wiedanook B.V.)

De DLC-/AHC-coatings zijn in de handel misschien niet zo bekend als de gesputterde TiN- en TiCN-coatings. De coatings die een aanzienlijke hoeveelheid waterstof bevatten, worden beïnvloed door de luchtvochtigheid. Sommige coatings bevatten extra elementen zoals silicium om de gevoeligheid voor luchtvochtigheid te verminderen. Er zijn geen standaard genormeerde DLC- of AHC-coatings. Elke leverancier produceert een coating met verschillende eigenschappen, structuur en hechting. Er zijn vele tientallen coatings in de handel en de gebruikers dienen zelf te beslissen welke coating voldoet aan hun eisen.

Chemische opdamping (chemical vapor deposition – CVD)

CVD heeft ten opzichte van andere coatingsystemen het voordeel dat er dikke coatings kunnen worden aangebracht op zowel metalen als niet-metalen zoals glas en kunststoffen. De metaalcoatings kunnen een hoge dichtheid hebben, zijn ductiel en hechten goed. De belangrijkste voorwaarde voor dit proces is dat men over een metaalverbinding beschikt die bij een betrekkelijk lage temperatuur verdampt en die bij contact met een substraat dat een hogere temperatuur heeft uiteenvalt en de coating vormt. Een schematisch overzicht van de voor dit proces benodigde apparatuur is weergegeven in figuur 21-27.

Een voorbeeld van een CVD-systeem is de afzetting van nikkel uit nikkelcarbonyl ($NiCO_4$). Met deze methode kunnen deklagen van wel 2,5 millimeter dik worden aangebracht met een snelheid tot 0,25 millimeter per uur. Een toepassing die wellicht in machines gebruikt gaat worden, is een dikke nikkeldeklaag (~2,5 millimeter) op glazen containers om ze resistent te maken tegen exploderen of vergruizelen.

In de jaren negentig werden CVD-coatings van diamant op snijwerktuigen populair. Het CVD-proces heeft ten opzichte van het PVD-proces het voordeel dat de onderdelen zich niet in het zicht van het

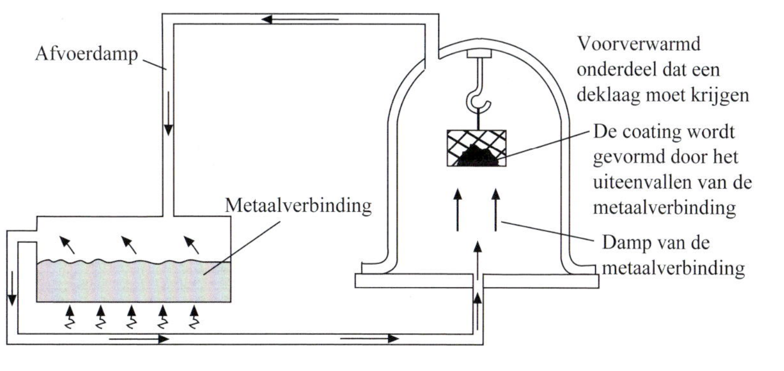

FIGUUR 21-27 Een CVD-systeem

coatingmateriaal hoeven te bevinden. Alle oppervlakken in de reactieruimte worden gecoat. Er zijn ook nadelen: voor elke coating moet een afzonderlijk proces en een geschikte reactie worden ontwikkeld. Enkele van de gebruikte gassen zijn uiterst giftig en gevaarlijk. Het grootste nadeel is waarschijnlijk dat de reacties voor het aanbrengen van de coatings alleen kunnen plaatsvinden bij hogere temperaturen dan 700 °C. Deze temperatuur maakt de meeste staalsoorten zachter. De meest geschikte substraten voor dit soort CVD-coatings zijn daarom gesinterde carbiden, want deze behouden bij hoge temperaturen hun hardheid.

Bij sommige CVD-processen wordt gebruikgemaakt van plasma's, daarom heten deze processen *plasmagesteunde chemische opdamping*. Deze processen worden gebruikt voor het aanbrengen van diamantcoatings en diamantachtige koolstofdeklagen. Sommige processen vinden plaats bij zeer lage temperaturen. Een voorbeeld hiervan zijn de processen voor het aanbrengen van sperlagen van siliciumcarbide op kunststof films en halfgeleiders. De harde slijtlagen hebben meestal een dikte van 1 tot 4 μm. Het andere uiterste is het gebruik van CVD voor de fabricage van massieve producten van zeer zuiver siliciumcarbide. Het materiaal wordt afgezet op een wand van de reactieruimte tot er een enkele tientallen millimeters dikke laag is ontstaan. Daarna wordt de laag van de wand afgetrokken en tot productvormen gesneden om als keramische onderdelen te worden gebruikt. Er kunnen zelfs diamantlagen gecreeerd worden.

Plasmagesteunde chemische opdamping kende in 2008 vele varianten – verschillende manieren om een plasma te produceren, verschillende gassen en verschillende procedures. Het gezamenlijke kenmerk is in vele processen dat de resulterende dunne films gebaseerd zijn op het element koolstof (zie figuur 21-28). Een koolstofhoudend gas zoals acetyleen (C_2H_2) wordt in een reactor gebracht. Een of andere vorm van energie – plasma, laser, warmte, microgolven enzovoort – zet het gas om in koolstof

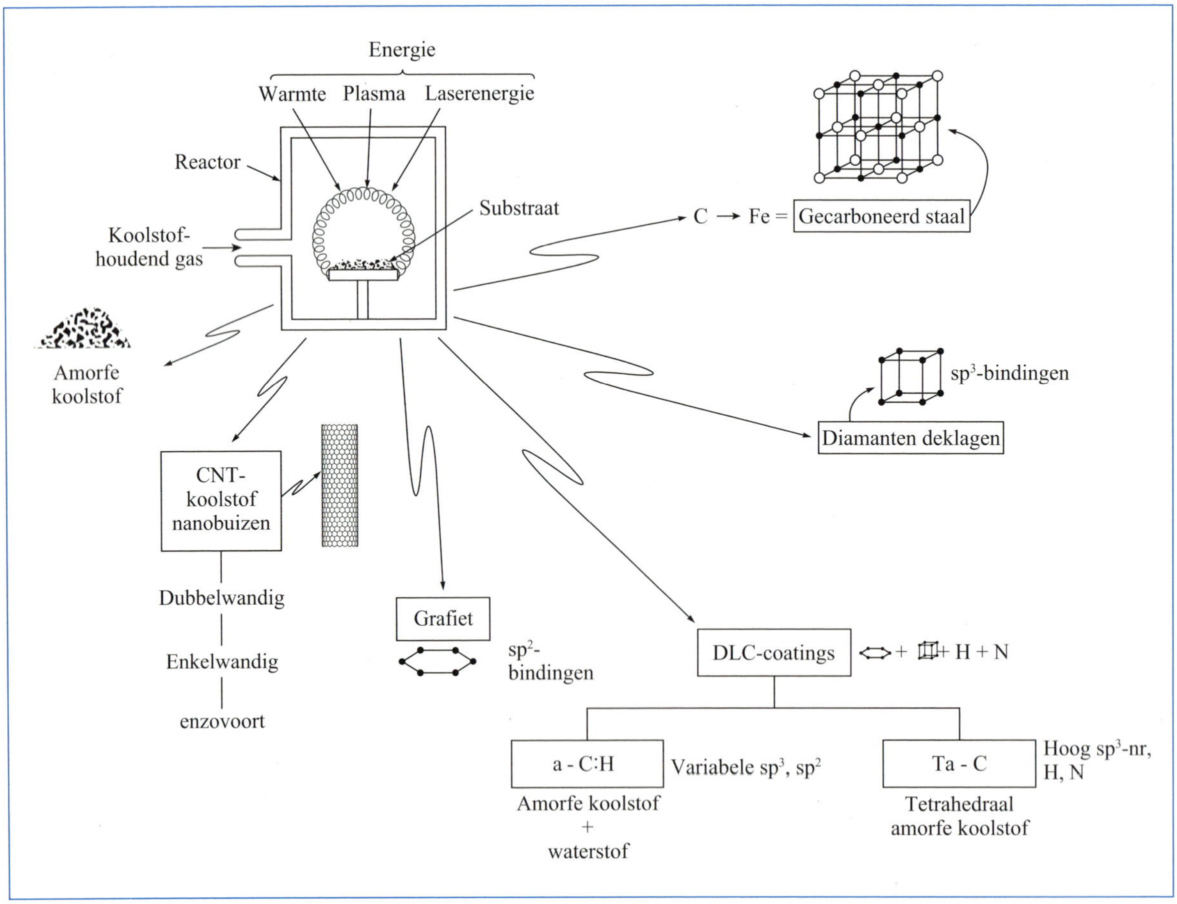

FIGUUR 21-28 Coatings op koolstofbasis en verwante 'producten'

plus waterstof, stikstof enzovoort en de koolstof wordt gericht op een substraat. Zoals we hebben besproken in het hoofdstuk over warmtebehandeling kan de koolstof in staal diffunderen om afschrikharden mogelijk te maken. De koolstof zou kunnen worden afgezet als amorfe koolstof zoals roet; de koolstof kan grafietachtige buisstructuren vormen die nanobuizen worden genoemd; het kan grafietplaten vormen, of het kan DLC-coatings vormen. Het reactieproces kan ook een polykristallijne diamantcoating produceren. Wat er uit de reactor komt, hangt af van het proces en de reactiebestanddelen.

De meetmethode die wordt gebruikt om te bepalen of een coating diamant is of DLC, is gewoonlijk Raman-spectroscopie. Belangrijk voor de gebruiker is dat DLC-coatings afkomstig van verschillende bronnen zeer uiteenlopende eigenschappen kunnen hebben. Gebruikers moeten daarom vaak kandidaten van verschillende leveranciers evalueren.

TABEL 21-4 Enkele smelt-oplasprocessen

	PROCES	AMERIKAANS (NEDERLANDS) ACRONIEM
Booglassen	Booglassen met gecoate elektrode	SMAW (BMBE)
	Lassen met gevulde draad (MIG-lassen)	FCAW
	MIG-lassen	GMAW
	TIG-lassen	GTAW
	Onderpoederlassen	SAW (OP)
	Plasmabooglassen	PAW
Gaslassen	Autogeenlassen	OFW
Overige processen	Laserlassen	LBW
	Elektronenstraallassen	EBW
	Elektroslaklassen	ESW
	Ovensolderen	FB

21.9 Oplassen

Bij *oplassen* wordt met behulp van lastechnieken materiaal aangebracht dat veel betere eigenschappen heeft dan het materiaal waarop het wordt aangebracht (substraat). In de Verenigde Staten werd in de jaren zeventig de term 'hardfacing' bedacht door de Welding Research Council, en het was de bedoeling dat daar zowel smeltlasprocessen als niet-smeltlasprocessen onder zouden vallen. Bij smeltprocessen smelten zowel de aangebrachte laag als het substraat, bij niet-smelten alleen het aangebrachte materiaal (terwijl het op het substraat gespoten wordt). *Thermisch spuiten* is de term die wordt gebruikt voor het beschrijven van coatings die worden gesmolten en opgespoten of koud worden opgespoten met behulp van lastechnieken. In tabel 21-4 zijn enkele smelt-oplasprocessen te zien met afkortingen.

Thermisch spuiten bespreken we uitgebreider in paragraaf 21.10.

In principe hebben de booglasprocessen betrekking op het smelten van een staaf, draad of elektrode (de lasdraad) en het samensmelten daarvan met het substraat. Hierbij treedt verontreiniging op van in ieder geval de eerste laag van de opgelaste laag en de gesmolten laag van het substraat. De mate van verontreiniging hangt af van het proces. Autogeenlassen geeft de minste verontreiniging. Het is gebruikelijk om twee lagen aan te brengen om de verontreiniging in de buitenste laag te beperken. De *aangroeimaterialen* die voor de lasdraad toegepast kunnen worden, variëren van dure legeringen op kobaltbasis tot relatief goedkope gelegeerde staalsoorten. Er zijn technisch gezien geen grenzen aan de dikte van de opgelaste laag, maar gebruikelijk is een afgewerkte dubbele laag met een minimale dikte van 3 millimeter. De deklagen kunnen na het oplassen meteen worden gebruikt voor graafmachines en dergelijke, en in zulke gevallen bedraagt de dikte van de deklaag 6 millimeter of meer. De opgelaste deklagen zijn hard. Oplassen is bijzonder nuttig wanneer het gaat om het verbeteren van de slijtvastheid en misschien ook de corrosieweerstand op bepaalde plaatsen in een machine (zie figuur 21-29). Men moet wel rekening houden met de lasbaarheid van het substraat en de massa van het onderdeel, om vervorming tot een minimum te beperken. Harde, dikke deklagen zijn gevoelig voor *microkrimpscheuren*, kleine scheuren als gevolg van laskrimpspanningen. Dit kan een selectiecriterium zijn.

De belangrijkste groepen voor oplassen gebruikte legeringen zijn in tabel 21-5 te zien. Geschikte substraten bestaan uit materialen die een goede lasbaarheid hebben in combinatie met deze legeringen. Koolstofarm staal is het gebruikelijkste substraat en de twee populairste oplasmaterialen zijn ijzer-chroomlegeringen en nikkellegeringen.

TABEL 21-5 Legeringen voor het oplassen van coatings

MATERIAAL	TOEPASSING
Gereedschapsstaal	Voor dezelfde toepassingen als kneedlegeringen
Mangaanstaal	Voor mineraalwinning en slijtage door harde deeltjes
Koperlegeringen	Voor herstel van versleten machine-onderdelen
Composieten (staal of WC)	Voor slijtage bij hoge bedrijfsspanningen
Kobaltlegeringen	Voor toepassingen waarbij slijtage en corrosie tegelijkertijd optreden
Nikkellegeringen	Voor toepassingen met glijsystemen van metaal op metaal
IJzer-chroomlegeringen	Voor slijtage bij hoge spanningen en harde deeltjes

FIGUUR 21-29 Snijranden, gerepareerd door middel van autogeen-oplassen met een harde legering (Rco-Cr-A)

21.10 Thermisch spuiten

Sinds de jaren negentig is *thermisch spuiten* op grote schaal beschikbaar. Het is in de meeste industrieën inmiddels een standaardhulpmiddel voor het verbeteren van oppervlakken. Bij thermisch spuiten wordt een gesmolten materiaal in kleine druppeltjes met grote snelheid op een substraat geblazen, waardoor er een continue deklaag wordt gevormd. De gesmolten druppels koelen bij de inslag op het substraat af, en de deklaag wordt gevormd door een overlapping van de spetters. De coatings kunnen poreus zijn en ongesmolten materiaal en oxiden bevatten. Ongesmolten materiaal en oxiden worden beschouwd als coatingdefecten, maar porositeit is inherent aan alle niet-smeltprocessen. Sommige processen veroorzaken minder porositeit dan andere. De hogesnelheidsprocessen produceren de minste porositeit (zie figuur 21-30). Het bindingsmechanisme is hetzelfde als bij plateren: gedeeltelijk atomaire wisselwerking, gedeeltelijk mechanische koppeling. De meeste spuitprocessen moeten voorafgegaan worden door zandstralen of door het aanbrengen van een tussenlaag om de coating zo goed mogelijk te laten hechten. De afschuifsterkte van de binding is ongeveer 70 MPa op goede deklagen. Er zijn technisch gezien geen grenzen aan de dikte, maar de duurdere coatings zijn gewoonlijk een aantal micrometers dik. De goedkopere materialen, aangebracht met snelle-afzettingpistolen, kunnen tot een dikte van 2,5 millimeter rendabel zijn. De gebruikelijkste spuitprocessen zijn in tabel 21-6 te zien.

TABEL 21-6 Spuitprocessen voor coatings

PROCES	BESCHRIJVING
Vlamspuiten (FLSP) Gastemperatuur 3000 °C	Poeder, staaf of draad worden gesmolten met een autogeenbrander.
Vlamboogspuiten (EASP)	De draden worden door een elektromotor op elkaar gedreven en gesmolten door een vlamboog. De gesmolten druppels worden door een gas op het substraat geblazen.
Plasmaspuiten (PSP) 14.000 °C	Poeder wordt gesmolten door een vlamboogplasma in het pistool.
Detonatiepistool (d-Gun) 3000 °C	Poeder wordt gesmolten door vonkontsteking van een explosief gas. Deeltjessnelheid is 3000 m/s.
Hogesnelheidsautogeen (HVOF) 2500 °C	Poeder wordt gesmolten in een verbrandingskamer met zuurstof, waterstof en een brandstofgas (bijvoorbeeld methaan). De deeltjessnelheid is 750 m/s.
Koudspuiten	Deeltjes smelten niet en hechten als gevolg van inslag met hoge snelheid.

Vlamspuiten en plasmaspuiten worden in figuur 21-31 weergegeven. *Vlamspuiten* is het oudste spuitproces. Bij plasmaspuiten is het idee hetzelfde, behalve dat de warmtebron een plasma is met een temperatuur van meer dan 14.000 °C, tegenover slechts ongeveer 2760 °C voor een acetyleenbrander.

Plasmaspuiten zorgt voor deklagen met een hogere dichtheid, minder porositeit en een betere hechting. Het is geschikter voor het spuiten van keramische materialen. Veel metalen en keramische materialen kunnen op vrijwel elk metaalsubstraat worden aangebracht. Het substraat wordt maar wei-

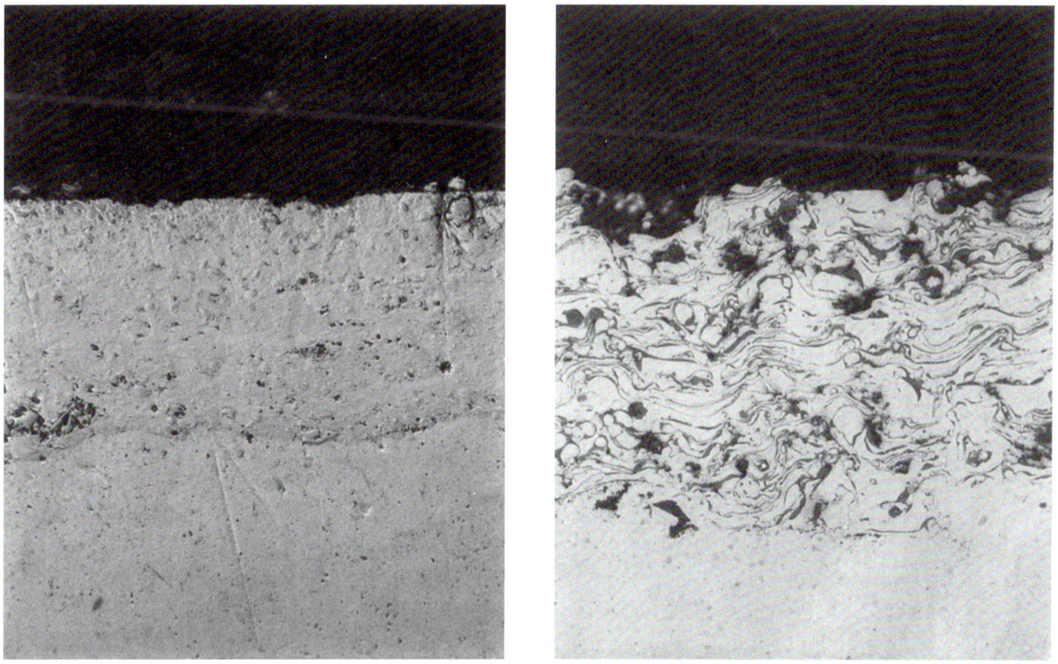

FIGUUR 21-30 Vergelijking van de microstructuur na detonatiepistoolcoating op een WC/Co-coating (links) en WC/Co aangebracht door plasmaspuiten (rechts). (Foto's met ×400 vergroting.)

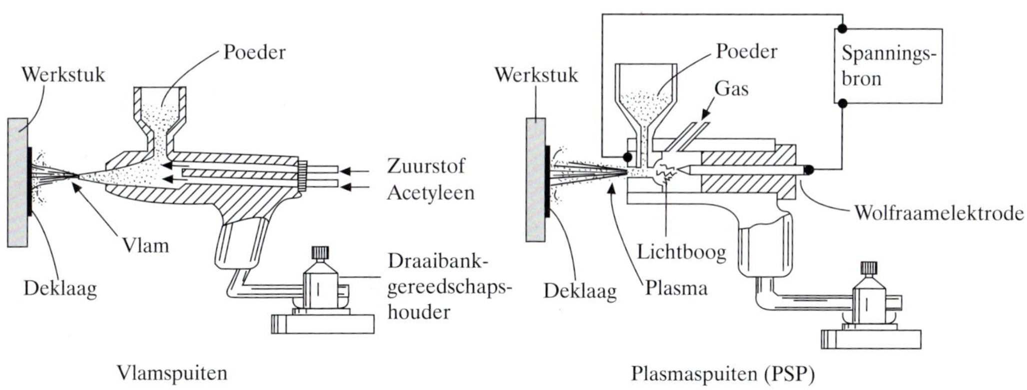

FIGUUR 21-31 Niet-smeltprocessen: vlamspuiten en plasmaspuiten

nig verhit; de temperatuur van het onderdeel wordt zelden hoger dan 150 °C. Het is zelfs mogelijk om thermohardende kunststoffen een keramische deklaag te geven.

Het spuiten van metalen en keramische materialen is nuttig om onderdelen dikker te maken en om ze een slijtvast oppervlak te geven. Door de porositeit van deze coatings zijn ze geschikt om met olie geïmpregneerd te worden. De afschuifsterkte van de bindingen ligt meestal tussen 70 en 140 MPa.

Spuitprocessen met zeer hoge snelheden zoals HVOF en detonatiepistoolcoating worden gewoonlijk voor dezelfde doeleinden gebruikt als de plasmaprocessen, maar ze geven in het algemeen een betere bindingssterkte en minder porositeit. Ze worden vooral gebruikt voor het aanbrengen van slijtvaste deklagen van carbiden of van keramische materialen.

Spuitprocessen concurreren soms met plateren voor de bescherming tegen atmosferische corrosie. Stalen tanks en andere grote uitrustingsstukken kunnen voor de bescherming tegen roesten worden bespoten met materialen als zink of nikkel. Met behulp van vlamspuiten van anodische coatings, zoals deklagen van zink of aluminium (met draadgevoede vlamboogpistolen), kunnen zeer grote constructies worden beschermd tegen atmosferische corrosie. Watertanks, televisiemasten en zelfs lange bruggen kunnen door middel van spuiten van een deklaag worden voorzien. Een 125 μm dikke zinkcoating die door middel van spuiten aangebracht is, kan een brug zo'n dertig jaar roestvast houden. In Japan wordt dit proces gebruikt voor bruggen met een spanwijdte van 1000 meter of meer.

Koudspuiten is een variant van de hogesnelheidsprocessen waarin de opgespoten deeltjes helemaal niet worden gesmolten. De deeltjes worden in geringe mate verwarmd (minder dan 50 °C) en dan op het substraat geblazen door de uitzetting van een hogedrukgas (gewoonlijk helium bij circa 50 bar) via een divergerend mondstuk. De deeltjessnelheid kan oplopen tot mach 3 of hoger, en de deeltjes (met een diameter van 10 tot 30 μm) hechten aan het oppervlak bij de vervorming tot spetters met een dikte van ongeveer 20 procent van hun diameter. De deklaag kan dikker zijn dan 25 millimeter, waardoor dit proces geschikt is voor het maken van producten (onderdelen, proefmodellen, werktuigen). Het nadeel van dit proces is dat het alleen werkt met ductiele metalen die bij de inslag kunnen vervormen tot een laag 'spetters'. Op het ogenblik is het mogelijk om deklagen van zink en aluminium aan te brengen voor corrosieweerstand, of deklagen van koper voor bijvoorbeeld EMI-afscherming van elektrische geleiders.

21.11 Proces-/materiaalrepertoire

De figuren 21-32 en 21-33 illustreren enkele beschikbare processen voor het wijzigen van oppervlakken en noemen voor elk proces ook een aantal eigenschappen waarmee ze zich van de andere onderscheiden. Deze inzichten zijn gebaseerd op ervaringen in de industrie, en zijn alleen bedoeld om als leidraad te dienen voor ontwerpers die nog niet de gelegenheid hebben gehad om een bepaald proces te gebruiken.

Bruikbare materialen

Tabel 21-7 geeft enkele bruikbare processen en materialen voor diverse soorten toepassingen. Figuur 21-34 laat zien hoe ons repertoire kan aansluiten bij de diverse doelstellingen van het gebruik van oppervlaktebehandelingen. Deze illustratie laat zien dat sommige processen (bijvoorbeeld plateren) kunnen worden gebruikt in alle toepassingscategorieën. Ook thermisch spuiten wordt om diverse redenen gebruikt. Dit weerspiegelt het belang van de verschillende processen. In de rest van deze paragraaf maken we een paar opmerkingen over de toepasbaarheid van de processen en materialen voor diverse soorten toepassingen.

Voor het uiterlijk

Als een fraai uiterlijk bepalend is voor de keuze van een oppervlaktebehandeling, dan komen decoratieve deklagen, PVD-coatings, zwart oxideren, verven enzovoort in aanmerking. Anodiseren wordt waarschijnlijk het meest gebruikt voor het verbeteren van het uiterlijk van aluminiumoppervlakken. Men kan geanodiseerde coatings allerlei kleuren geven, en dit soort oppervlakken wordt veel gebruikt in de bouw. Zwart oxideren wordt gebruikt om het uiterlijk van machineonderdelen te verbeteren, maar de deklaag is niet erg duurzaam. Poedercoatings en verven kunnen een duurzaam en aangenaam uiterlijk opleveren, bijvoorbeeld voor kantoormeubelen. PVD-titaniumnitride is goudkleurig en dit proces wordt gebruikt om sieraden van een deklaag te voorzien. Onzuiverheden in het vacuüm kunnen ervoor zorgen dat het goudkleurige titaniumnitride gaat iriseren. Deze coatings op titanium kunnen bijvoorbeeld aantrekkelijke oorbellen opleveren.

Voor corrosiewering

Metallische deklagen en conversiecoatings worden veel gebruikt voor corrosiewering, maar men moet bij het gebruik ervan voorzichtig zijn. In onze bespreking van galvanische aantasting in hoofdstuk 6 hebben we er al op gewezen dat als er een defect voorkomt in een coating die edeler is dan het substraat, er ernstige putvormige corrosie zal optreden. Als een coating wordt gebruikt voor bescherming tegen een chemische stof die het basismateriaal kan aantasten, zal er ook zonder galvanische activiteit ernstige putvorming optreden bij de onvolkomenheden in de coating.

De meeste metallische deklagen zijn bestand tegen atmosferische corrosie. Binnenshuis zal staal niet corroderen zolang de relatieve luchtvochtigheid niet hoger is dan 20 procent. In de meeste fabrieken is de luchtvochtigheid aanzienlijk hoger, en daarom hebben machineonderdelen die bij corrosie minder goed functioneren bescherming nodig. Buitenshuis is de noodzaak van een beschermende coating evident. De belangrijkste metallische deklagen voor bescherming tegen atmosferische corrosie zijn

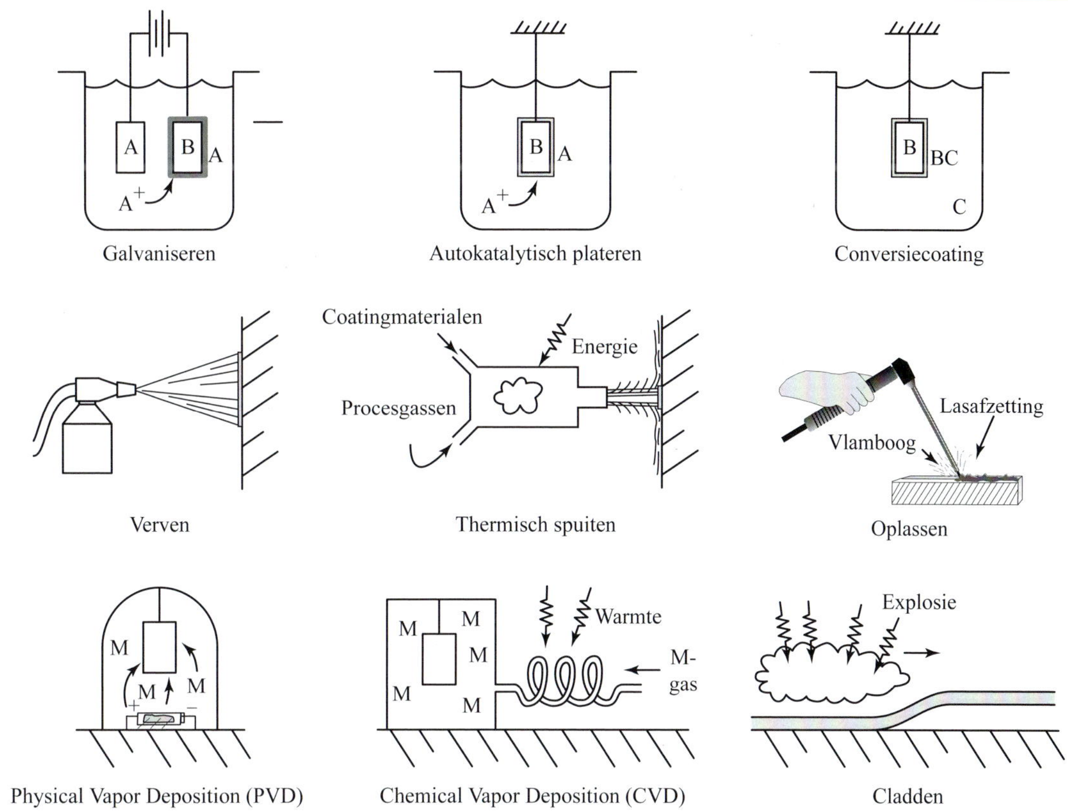

Bewerking		Onderscheidende kenmerken
Galvaniseren	—	Kan het hardste metaal aanbrengen, chroom
Autokatalytisch plateren	—	Bekleedt alle vochtige oppervlakken, kan PDFE mede afzetten, enz.
Chemische conversiecoating	—	Goedkoop 'dompelproces'
Verven	—	Talloze materiaal- en kleuropties, kan droogsmeermiddelen aanbrengen
Thermisch spuiten	—	Veel materiaalopties, toepasbaar op veel substraten
Oplassen	—	Veel materiaalopties, kan heel dik zijn
PVD	—	Gemakkelijk verkrijgbaar voor toepassing op dunne films
CVD	—	Kan zeer speciale materialen aanbrengen, waaronder diamant
Cladden	—	Kan speciale metalen aanbrengen op grote substraatgebieden

FIGUUR 21-32 Belangrijke oppervlaktebehandelingen waarmee een coating kan worden aangebracht

cadmium, chroom, zink, stroomloos vernikkelen, anodiseren, zwart oxideren, chromateren en fosfateren. Cadmium en zink vormen beide opofferingscoatings op ferrosubstraten. Roesten van krassen en defecten wordt vermeden door het anodische gedrag van de coating. Bij gelijke dikte en in vergelijkbare omgevingen hebben beide coatings ongeveer gelijke corrosie-eigenschappen. Zink is misschien iets beter in industriële omgevingen, en cadmium in omgevingen in de buurt van de zee. Een coatingdikte van 12 tot 25 μm is gewoonlijk voldoende voor gebruik binnenshuis. Het gebruik van cadmium neemt af vanwege de milieuvoorschriften voor het gebruik van zware metalen.

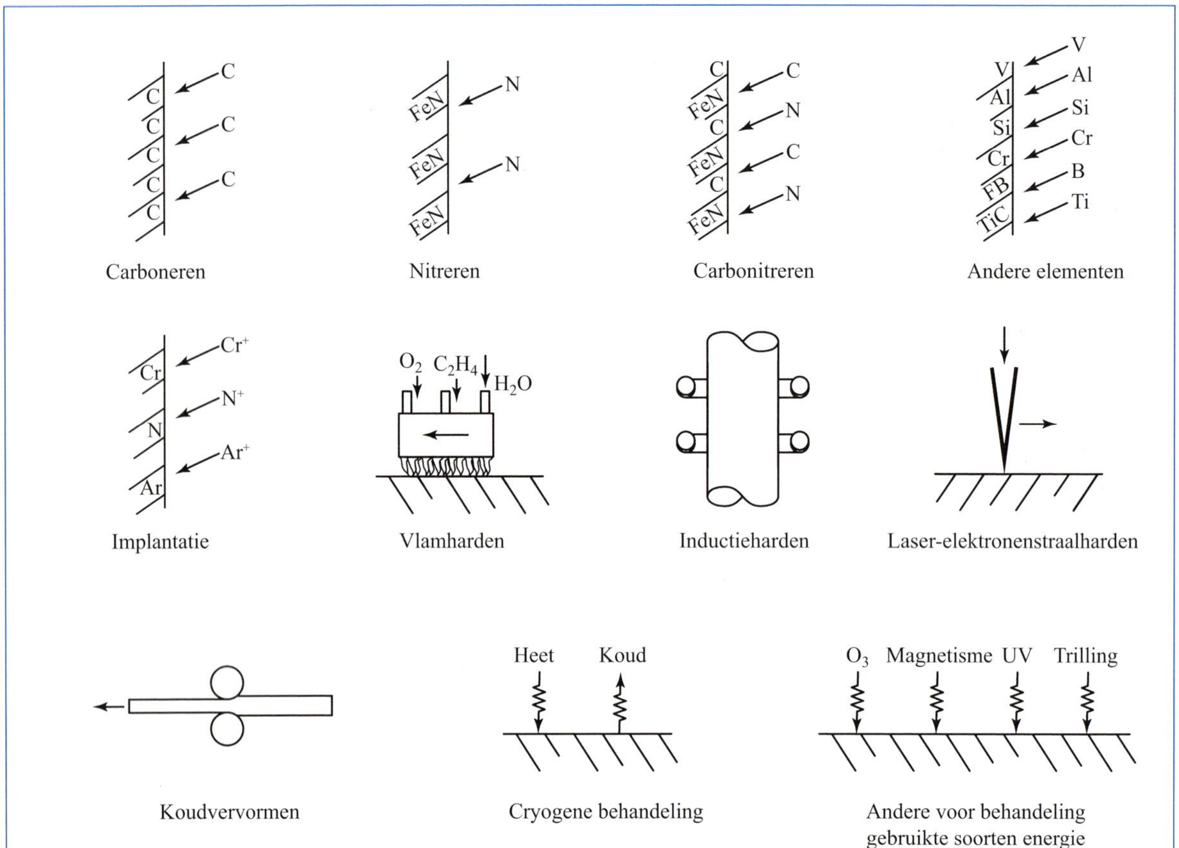

Bewerking		Onderscheidende kenmerken
Carboneren	—	Gemakkelijkst verkrijgbare diffusieproces
Nitreren	—	Oppervlakharding bij de laagste temperatuur
Carbonitreren	—	Harder dan carboneren en een lagere procestemperatuur
Chromeren/boreren enz.	—	Speciale eigenschappen, bijv. corrosieweerstand
Ionenimplantatie	—	Verwaarloosbare maatverandering
Vlamharden	—	Kan plaatselijke gebieden op grote onderdelen harden
Inductieharden	—	Kan zeer snel kleine onderdelen harden
Laser-/elektronenstraal-harden	—	Kan kleine/ingewikkelde modellen harden
Koudvervormen	—	Snel productieproces voor draad, band, enz.
Cryogene behandeling	—	Kan spanningen verwijderen en hardheid wijzigen
Trillingsbehandeling, magnetische behandeling, enz.	—	Kan speciale eigenschappen bieden

FIGUUR 21-33 Belangrijke oppervlaktebehandelingen

TABEL 21-7 Processen/materialen voor oppervlaktebehandeling

	TYPISCHE DIKTE[a] μm	BENADERDE HARDHEID (kg/mm²)	GEBRUIK
Metallische deklagen			
Chroom	Glans 1 tot 2 Gem. 2 tot 25 Dik 12 tot 63	900	Decoratieve oppervlakken, slijtdelen
Koper	Gem. 12 tot 25 Dik 50 tot 127	150	Geleidend oppervlak, onderlagen
Goud	0,8 tot 2	80	Elektrische contacten
Nikkel (zacht) Nikkel (hard)	2 tot 10 18 tot 31 Dik 50 tot 1270	250 500	Weerstand tegen atmosferische corrosie, duurzame oppervlakken
Zilver	2 tot 7	100	Weerstand tegen versmeren
Zink	5 tot 12	100	Roestbescherming op staal
Stroomloos vernikkelen + PTFE	12 tot 25 12 tot 25	450 zonder verdere bewerking 650 verouderd	Weerstand tegen atmosferische corrosie, slijtoppervlakken
Conversiecoatings			
Anodiseren	10 tot 13	1100	Corrosiebescherming
Hardcoating	25 tot 75	1100	Abrasieweerstand
Fosfaat/chromaat	0,02 tot 10	–	Verbeterde roestweerstand
Zwart oxideren	0,02 tot 25	150	Uiterlijk
Dunne coatings			
PVD TiN/TiCN	1,2 tot 2,5	800 tot 1800	Abrasieweerstand
PVD zuivere metalen	0,1 tot 0,25	–	Decoratief
DLC	0,5 tot 2	Varieert	Metaal-op-metaalslijtage/kunststoffen
Oplassen			
ERCoCr–A (op basis van kobalt[a])	2500 tot 5000	420	Versmeren/corrosie
420 roestvast staal	2500 tot 5000	550	Corrosie/slijtage
RFe Cr–A1 (ijzer/chroom)	3150 tot 6250	600	Hogespanningabrasie
Thermisch spuiten			
Wolfraamcarbide (WC/Co)	75 tot 125	1500	Slijtoppervlak
Chroomoxide	75 tot 125	1800	Slijtoppervlak
420 roestvast staal	125 tot 250	550	Oppervlaktoename
Diffusiebehandelingen			
Carboneren	50 tot 500	600	Slijtoppervlakken
Nitreren	25 tot 250	900	Slijtoppervlakken
TiC/VC	1,5 tot 2,5	2000	Slijtoppervlakken
Selectief harden			
Laser/elektronenstraal	50 tot 250	700[b]	Dunne slijtoppervlakken
Vlamharden	1500 tot 6250	600[b]	Slijtoppervlakken op grote onderdelen
Inductieharden	250 tot 1600	600[b]	Kleine onderdelen
Andere behandelingen			
Verven	25 tot 75		Corrosiebescherming
Reparatiekleefstoffen	1250 tot 5000		Corrosieve slijtage
Droogsmeermiddelen	25 tot 50		Glijsystemen
Ionenimplantatie	0,1 tot 0,15		Corrosiebescherming, slijtoppervlakken
Laser-/elektronenstraalverglazen	125 tot 250		Speciale toepassingen
CVD-coatings	0,5 tot 250		Slijtoppervlakken

[a] American Welding Society-aanduiding volgens AWS A5.13-80
[b] Op 1045-staal

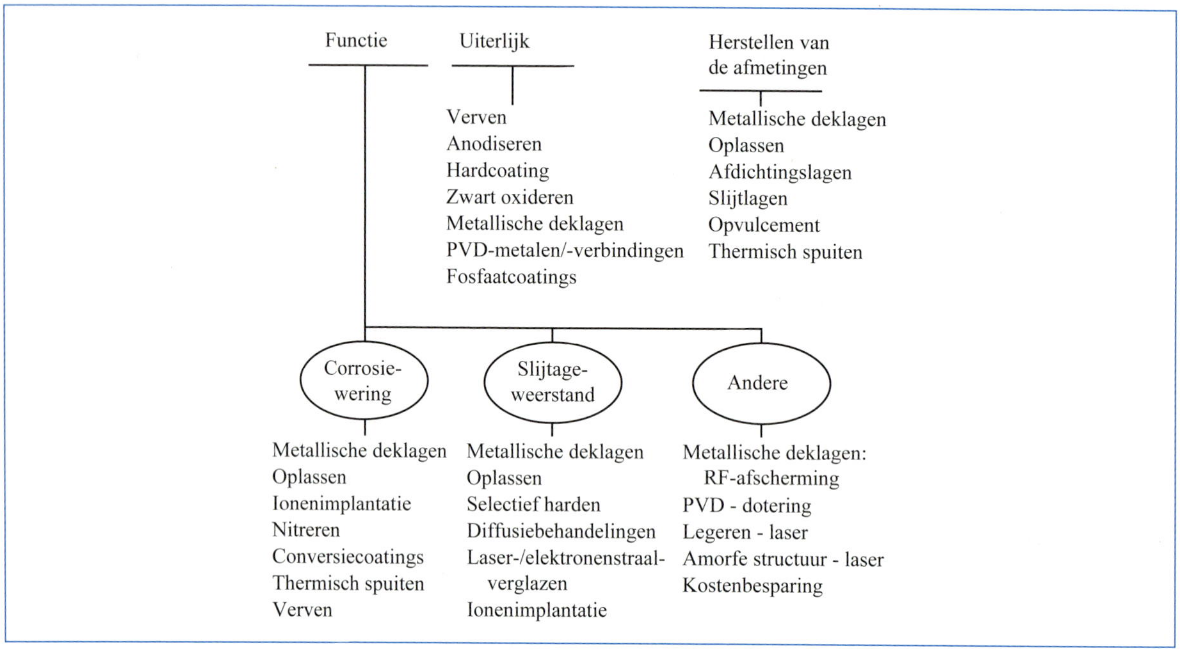

FIGUUR 21-34 Redenen voor het gebruik van oppervlaktebehandelingen

Chroom wordt gebruikt voor de bescherming van industriële machineonderdelen. De optimale dikte van een chroomdeklaag hangt af van de toepassing. Walsrollen in een staalfabriek kunnen een glansafzetting van 2 μm hebben en papierfabriekrollen een laagdikte van 125 μm. In de industrie wordt chroom niet gebruikt in machines, tenzij men een krasvrij oppervlak nodig heeft. Chroom is beter bestand tegen mishandeling en zware belastingen dan andere metallische deklagen.

Een chroomdeklaag heeft voor de afzetting geen onderlaag van koper en/of nikkel nodig. Chroom kan direct op staal worden aangebracht, maar alle harde chroomdeklagen bevatten microscopische scheurtjes, waardoor corrosieve stoffen het te beschermen substraat bereiken. Het gebruik van een onderlaag vermindert de kans op een continu pad voor de corrosieve stof via de scheurtjes in het chroom naar het substraat. Als corrosiebescherming het voornaamste doel van de coating is, kan het gebruik van koper en nikkel als onderlaag voor chroom dus worden aangeraden. Zonder een onderlaag is er voor de weerstand tegen roest wellicht een chroomdikte tussen 6 en 25 μm nodig.

Autokatalytisch vernikkelen met laagdikten van 12,5 tot 17,5 μm is een in toenemende mate populaire coating voor machineonderdelen. Het is in vergelijking met cadmium en zink een edele coating, maar deze is van zichzelf beter bestand tegen corrosie. De belangrijke voordelen van dit proces zijn de gelijkmatigheid van de coating en het vermogen om gaten en uitsparingen te bedekken. De hardheid zonder verdere bewerking is ongeveer 43 HRC, zodat de deklaag bijzonder krasbestendig en duurzaam is.

De voordelen van anodiseren en hardcoating hebben we al uitgebreid besproken in paragraaf 19.8. In vergelijking met de andere coatings op onze lijst zijn ze zonder twijfel de beste coatings op aluminium onderdelen voor weerstand tegen atmosferische corrosie. Chromateren is een sneller en goedkoper proces, maar niet zo effectief. Chromateren in plaats van anodiseren komt daarom alleen in aanmerking als de kosten belangrijker zijn dan duurzaamheid.

Zwart oxideren biedt zelfs binnenshuis slechts een marginale bescherming tegen atmosferische corrosie op staal. Als roesten van invloed is op het functioneren van het materiaal, komt het dus niet in aanmerking.

Fosfateren werkt minder goed tegen atmosferische corrosie, maar een dikke zinkfosfaatlaag werkt ongeveer even goed als een dunne cadmium- of zinklaag, zolang de te coaten onderdelen niet vaak gehanteerd worden. Met olie of was geïmpregneerde fosfaatcoatings geven staal een redelijke bescherming tegen roest (zie figuur 21-35). Ze worden vaak gebruikt op tandwielen, nokken en mechanische onderdelen, waar het fosfaat inloopslijtage tegengaat. De met olie geïmpregneerde fosfaatcoating

Gewicht zinkfosfaatcoating g/m^2	Toegevoegde coating	Sproeitijd met zout tot 5% rode roest (ASTM B 119)
11	Geen	<8
11	Was op waterbasis	24
11	Beschermende olie	72
11	Verf	72
>11	Was/olie-emulsie	96–240

FIGUUR 21-35 Corrosieweerstand van zinkfosfaatconversiecoatings op staal

voorkomt gewoonlijk roesten tijdens opslag. Eenmaal gemonteerd op een machine zorgt de machineolie voor een levenslange bescherming van het onderdeel tegen roest.

Voor slijtvastheid

Het lijdt geen twijfel dat een van de belangrijkste toepassingen van de hier besproken coatings het verminderen van slijtage in glijsystemen is. Vrijwel elke in een machine gebruikte schakelketting wordt geleverd met een conversiecoating. Het is inmiddels gebruikelijk om snijwerktuigen te voorzien van een metallische deklaag om de levensduur te verhogen. Veel handgereedschappen krijgen een metallische deklaag om abrasie te verminderen. Automotoren met een hoog vermogen hebben geplateerde motorcilinderringen, krukassen enzovoort.

De resultaten van laboratoriumproeven betreffende de invloed van metallische deklagen op de slijtage in metaal-op-metaalglijsystemen worden in figuur 21-36 weergegeven. Hier is te zien dat coatings van zwart nikkel, cadmium, tin, zacht nikkel, chromium en zilver de slijtage van een tegenblok uit 440C staal (En 10088 X105CrMo17) verminderen. De meeste coatings, behalve zilver, slijten echter harder. De slijtage van de chromium lagen is vergelijkbaar met onbehandeld 440C.

Hard geanodiseerd aluminium veroorzaakte ernstige slijtage van het tegenoppervlak. Bij galvanische afzettingen van zwart nikkel, tin en cadmium was er geen slijtage van het tegenoppervlak, maar de deklagen zelf vertoonden een zeer hoge slijtagesnelheid.

Hoewel ze niet opgenomen zijn in de slijtproefresultaten voor metallische deklagen, zijn de fosfaatconversiecoatings heel effectief in het reduceren van adhesieve slijtage. In slijtagesystemen worden normaal gesproken geen chromaatcoatings en oxiden gebruikt, want ze zijn zo dun dat ze in bijna elk glijsysteem snel weggesleten zijn. Voor glijsystemen van metaal op metaal zijn deklagen van zilver, hard nikkel en chroom de beste keus. De dikte dient dan wel minstens 50 μm te zijn. Gebruik geen harde geanodiseerde deklaag voor een lagerbus of een ander onderdeel dat contact maakt met een roterende as, want dan zal de as slijten. Een harde deklaag is gewoonlijk wel geschikt voor lineaire lagerbussen en glijsystemen. In figuur 21-37 zijn enkele gegevens te zien van laboratoriumproeven op het gebied van de abrasieweerstand van metallische deklagen. Chroom kwam als beste uit de bus. Nog een voorzorgsmaatregel om aan te denken voor het gebruik van deklagen voor slijtagesystemen: gebruik geen coatings op oppervlakken die aan punt- of lijnbelasting worden onderworpen, want dan kan de coating splinteren.

De slijtvastheid van opgespoten coatings komt overeen met die van het aangebrachte materiaal. Zuivere metalen zoals koper hebben slechte slijtage-eigenschappen en harde materialen zoals keramische materialen en cermets hebben een uiterst hoge slijtvastheid. Slijtvastheid is een belangrijke reden om thermisch spuiten te gebruiken en hetzelfde geldt voor oplassen. De slijtage-eigenschappen kunnen even goed zijn als die van een gereedschapsstaal of een staal-carbidecomposiet. Beide materialen kunnen door middel van oplassen worden aangebracht. In het algemeen zijn metallische deklagen de meest praktische keus voor slijtoppervlakken met een dikte van minder dan 250 μm. Harde oplassingen worden gebruikt voor lagen van ongeveer 250 μm dik tot 25 millimeter of meer. Technisch gezien zijn er geen grenzen aan de dikte van opgespoten deklagen, maar ze worden gewoonlijk gebruikt voor slijtlagen met een dikte tussen 50 en 250 μm in afgewerkte toestand. HVOF-coatings van wolfraamcarbide (WC/10

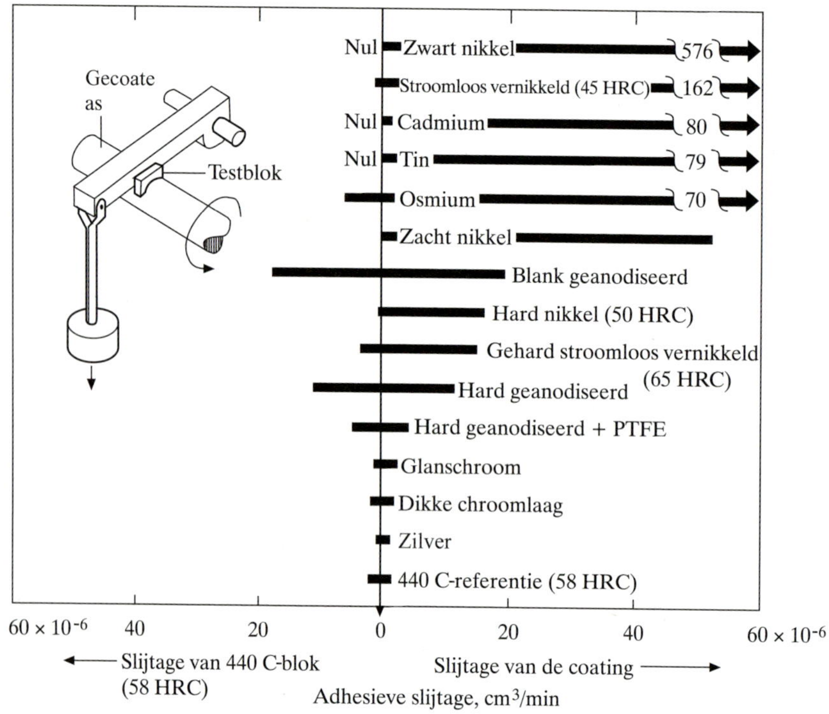

FIGUUR 21-36 Slijtage-eigenschappen van diverse coatings in een glijsysteem van metaal op metaal

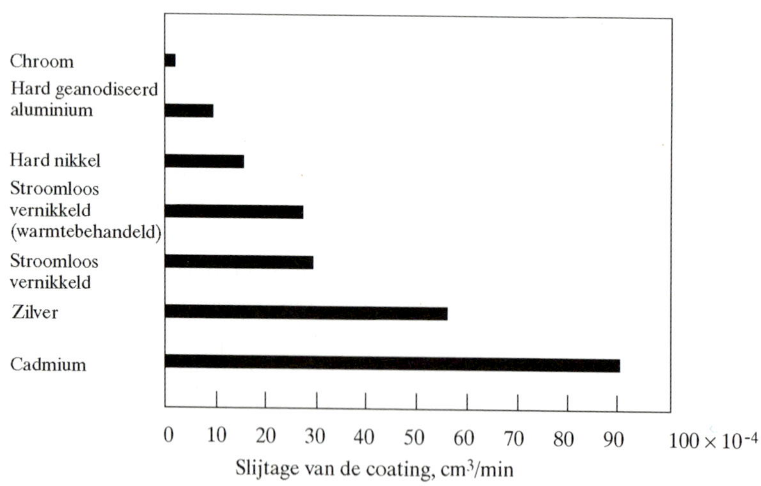

FIGUUR 21-37 De weerstand van coatings tegen abrasie door 60-mesh siliciumoxide (gemodificeerde ASTM G 65-test)

procent Co) en chroomcarbide (CrC/25 procent NiCr) blijken te kunnen concurreren met chroom voor dikke deklagen (dikker dan 25 μm) op grote onderdelen. Thermisch spuiten is meestal niet rendabel voor kleine onderdelen zoals bouten en assen, die in partijen op rekken kunnen worden gecoat. Thermisch spuiten vereist een afzonderlijke behandeling van elk onderdeel en hiermee moet rekening worden gehouden bij de selectie van een proces.

Als laatste noemen we nogmaals diffusiebehandelingen voor de verbetering van de duurzaamheid van een oppervlak (slijtage en schade) zonder de afmetingen te veranderen. Zulke behandelingen hebben we reeds in hoofdstuk 13 besproken. Ontwerpers moeten zich realiseren dat voor wat betreft oppervlaktebehandelingen in het ontwerp vooral rekening moet worden gehouden met de procestemperatuur. Zoals blijkt uit figuur 21-38 vereisen de diffusiebehandelingen temperaturen tussen 870 en 1100 °C. Als een oppervlaktebehandeling verhitting van het substraat vereist tot temperaturen rond of boven de spanningsarmgloeitemperatuur van het materiaal, dan is er een grote kans op vervorming van het onderdeel.

Voor herstel van de afmetingen

Oppervlaktebehandelingen worden voor een belangrijk deel gebruikt voor de revisie van versleten onderdelen. IJzer-chroomlegeringen die in onbewerkte toestand na het aanbrengen een hardheid hebben tussen 55 en 60 HRC, zijn in trek voor toepassingen in de mineraalwinning en voor graafmachines. Carbidehoudende deklagen worden gebruikt voor toepassingen met zware slijtage, maar weinig stootbelastingen. Thermisch spuiten en plateren hebben we al genoemd. Oplassen, het aanbrengen van een bovenlaag van lasafzettingen, is een proces van onschatbare waarde voor grondverzetmachines en in de mijnbouw. Dit soort toepassingen zouden opgespoten en metallische deklagen waarschijnlijk doen versplinteren. Bovendien zijn ze veel minder dik dan nodig is. Het blad van een grondschuiver kan 10 millimeter slijtage verdragen en toch nog werken. Wanneer ze gereviseerd worden met behulp van oplassingen, krijgen ze dus gewoonlijk twee of meer lagen, waardoor de uiteindelijke dikte ongeveer 10 millimeter is. Laserbeplating wordt gebruikt voor het revise-

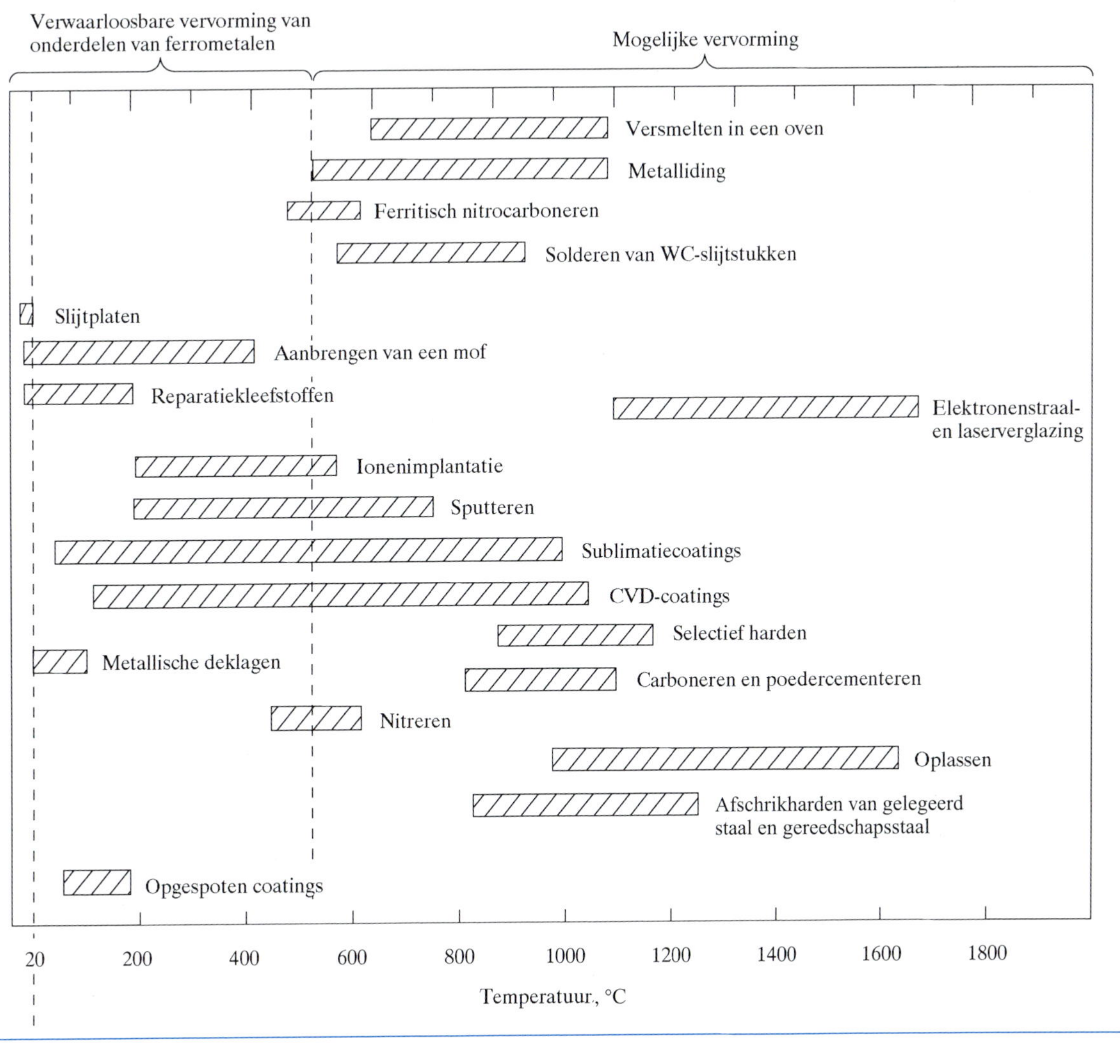

FIGUUR 21-38 Temperaturen die voorkomen bij diverse oppervlaktebehandelingen

ren van de ashalzen en de oppervlakken van walsrollen, waar het proces geautomatiseerd kan worden.

Deklagen van metaalmatrix met carbide zijn populair voor laserbeplating, en 420 roestvast staal dat in onbewerkte toestand na het afzetten een hardheid heeft van ongeveer 50 HRC, is in de Verenigde Staten populair voor het reviseren van walsrollen in bijvoorbeeld staalfabrieken.

21.12 Het selecteren van processen/materialen

Methodiek

De methodiek die we aanbevelen voor het selecteren van een oppervlaktebehandeling, bevat de volgende punten:

1. Vaststellen en kwantificeren van je doelstelling.
2. Definiëren van de eigenschappen en kenmerken die je met de coating of oppervlaktebehandeling wilt bereiken. Besluiten of je er behoefte aan hebt om de beginoppervlaktetopografie te handhaven. Oftewel, kun je een compleet veranderd oppervlak tolereren?
3. Bekijken welke kandidaatprocessen en -materialen aan deze 'wensen' voldoen.
4. Een keuze maken.

Soms is het nodig om voorafgaand aan stap 4 proeven uit te voeren voor het evalueren van een voorgestelde verandering in een oppervlak of een bepaalde oppervlaktebehandeling. In veel toepassingen kan een defect tijdens het gebruik zeer kostbaar of gevaarlijk zijn, of leiden tot garantieclaims. Figuur 21-39 is een controlelijst die je kan helpen bij het opstellen van je lijst met gewenste eigenschappen en kenmerken.

Bij sommige oppervlaktebehandelingen is er geen aanvullende materiaalkeuze nodig, bij andere wel. Als je besluit om een staaloppervlak te carboneren, heb je het 'aan te brengen' materiaal al geselecteerd, namelijk koolstof. Als je echter een coating van een bepaald materiaal wilt aanbrengen, moet je niet alleen het materiaal specificeren, maar ook het proces. Er zullen in eerste instantie vaak minstens tien mogelijke processen en honderden mogelijke materialen in aanmerking komen. De selectieprocedure kan worden vereenvoudigd als je systematisch te werk gaat. Bedenk eerst welke materialen aan je eisen voldoen en dan met welke processen je ze kunt aanbrengen. Dan bekijk je of de processen ook de eigenschappen brengen die je wilt hebben, of in ieder geval de eigenschappen van het materiaal niet negatief beïnvloeden. Hierdoor kom je uit bij een kleiner aantal geschikte combinaties van materiaal en proces. De eerste stap in de selectiemethodiek is dus, indien mogelijk, het combineren van proces en materiaal voor je keuze. De rest van deze paragraaf is gewijd aan de afzonderlijke selectiestappen.

1. Ik wil met deze behandeling bereiken dat ______________________

____

2. Mijn eisen voor het substraat zijn: ______________________

____

3. Mijn eisen voor de dikte/diepte zijn: ______________________

____

4. Mijn eisen voor de maatverandering zijn: ______________________

____

5. Mijn overwegingen betreffende kosten, verkrijgbaarheid en hoeveelheid zijn: ______________________

____

6. Ik heb deze eigenschappen nodig: ______________________

____

7. De levensduur moet zijn: ______________________

____

FIGUUR 21-39 Controlelijst voor een oppervlaktebehandeling

Doel en eigenschappen

Deze stap lijkt bij het selecteren van een oppervlaktebehandeling misschien vanzelfsprekend. Je wilt roesten van een onderdeel voorkomen, je wilt het een hogere slijtvastheid geven of een bepaalde kleur, je wilt dat het glanzend of dof is. Een ontwerper dient evenwel goed na te denken over het doel en moet altijd proberen om het zo goed mogelijk te kwantificeren. Je wilt roestvorming verhinderen: hoelang wil je het onderdeel roestvast houden? Als je deze vraag beantwoordt met: 'Tot het onderdeel verkocht is', dan kun je het in olie dopen of een dunne chemische conversiecoating geven. Maar als je zegt: 'Vijf gebruiksjaren lang, als keukengerei, met vele malen afspoelen', dan heb je een heel andere coating nodig – mogelijk een dikke laag kunststof van organisol of plastisol. Een situatie waarbij roestbescherming alleen nodig is zolang het product op de plank ligt, doet zich voor in het geval van verbruiksmateriaal voor de bouw en grote aantallen bevestigingsmiddelen zoals spijkers. Spijkers voor binnengebruik worden vaak verkocht met een laagje olie erop dat overgebleven is na het trekken en vormen. Als de olie de plaats inneemt van vocht kunnen de spijkers jarenlang roestvast blijven – maar niet als ze nat worden. Als er kans is dat ze nat worden, kun je ze daarom beter galvaniseren of verzinken. Bij elke oppervlaktebehandeling is het zaak een redelijke verwachte levensduur vast te stellen.

Soms is er een speciale eigenschap nodig die de selectieprocedure in een bepaalde richting stuurt. Je wilt bijvoorbeeld een hard oppervlak aanbrengen op een austenitisch roestvast staal dat niet ferromagnetisch mag worden. Daardoor valt nitreren af, want nitreerprocessen hebben de neiging de genitreerde laag ferromagnetisch te maken. Als je het gepolijste oppervlak van een gehard meetblokje harder wilt maken zonder dat de grootte verandert, is er weinig kans op succes. Misschien dat ionenimplantatie helpt, maar de meeste processen veroorzaken een meetbare grootteverandering.

Levensduur en duurzaamheid

Je moet bekijken waaraan een behandeld of gecoat oppervlak tijdens het gebruik kan bezwijken. Wat baart je de meeste zorgen: slijtage, corrosie, splinteren, of zelfs kleurverandering? Alles dat kan leiden tot een garantieclaim, afkeuring van een onderdeel of een defect aan een grote machine, moet beschouwd worden als een selectiefactor. Sommige machines in de auto-industrie worden slechts ontworpen voor één model en draaien misschien maar drie jaar. Dat betekent dat een lange levensduur betreffende slijtage en corrosie minder van belang is. Slijtweerstand is niet zo eenvoudig als het misschien lijkt. Je moet nadenken over het soort slijtage en de verwachte levensduur. Geen enkel glijdend onderdeel gaat eeuwig mee.

Een van de belangrijkste overwegingen bij elke coating is de hechting. Bij de coatings die voor de hechting afhankelijk zijn van mechanische binding, is er altijd een risico dat de binding loslaat. De hechtingseigenschappen van de coatings die bij oppervlaktebehandelingen ontstaan, hangen af van het mechanisme dat bij de vorming van de coating een rol speelt.

We zeiden al dat de gebruikelijkste coatings een mechanische binding hebben met het oppervlak. De beste mechanische bindingen zijn minder sterk dan een smeltbinding, een vorm van metallurgisch binden. Smeltbindingen worden beschouwd als de beste binding. Een oplassing vormt een smeltbinding. Een vastestofbinding zoals beplating is ook een metallurgische binding, maar kan defecten vertonen die de binding verhinderen. Als bijvoorbeeld een roestvast staal met een wals op koolstofstaal wordt aangebracht, is het mogelijk dat er geen goede binding ontstaat op de plaats waar zich voor het walsen een verontreiniging op het oppervlak bevond. Dunne oppervlakken hechten beter dan dikke. Chromaatconversiecoatings en elektrochemische conversiecoatings zoals die bij anodiseren ontstaan, verliezen bijvoorbeeld zelden hun binding met het substraat zolang de dikte zich in het normale bereik bevindt. Wanneer een coating wordt gebruikt voor het verbeteren van de eigenschappen van een oppervlak, is de bindingssterkte altijd een essentiële selectiefactor voor de ontwerper.

Bij de meeste oppervlaktebehandelingen die geen coating met zich meebrengen, bestaan er geen zorgen over de hechting. Op een selectief gehard wiel zal de behandelde diepte waarschijnlijk nooit versplinteren, maar metallische deklagen kunnen bij het eerste gebruik wegraken. Mechanisch gebonden coatings doen het gewoonlijk niet goed bij Hertziaanse belasting en voor deze toepassingen kunnen ze dan ook beter worden vermeden. Er zijn enkele kogellagers met een chroomdeklaag in de handel, maar het ontwikkelen van een geschikt productieproces daarvoor nam jaren in beslag.

Substraatoverwegingen

Het materiaal van het substraat staat meestal vast, zodat elk proces dat niet geschikt is voor het gekozen substraat afvalt. Soms is de grootte van het substraat een factor. Als je de levensduur van het blad van een grondschuiver wilt verhogen, zul je waarschijnlijk geen PVD- of CVD-proces kiezen dat wordt uitgevoerd in een vacuümkamer of -retort. Veel ruimtes voor deze processen meten immers niet meer dan een kubieke meter.

Praktisch gezien is anodiseren alleen van toepassing op aluminium en niet alle legeringen zijn geschikt voor hardcoaten. Titanium en aluminium kunnen niet met gewone processen gegalvaniseerd worden. Zulke substraatbeperkingen komen veel voor. Vrijwel elk substraat kent temperatuurbeperkingen. Als je een bepaalde temperatuur overschrijdt, kunnen de eigenschappen van het substraat negatief beïnvloed worden (zie figuur 21-38). Bij een substraat van aluminium kun je alle processen met een hogere procestemperatuur dan 650 °C onmiddellijk schrappen, omdat het aluminium dan smelt. Deze films worden gewoonlijk aangebracht op gereedschapsstaal. Sommige processen voor dunne coatings vinden plaats bij temperaturen die gehard gereedschapsstaal zachter maken.

Een andere essentiële overweging bij elke oppervlaktebehandeling is of het oorspronkelijke substraatoppervlak moet worden gehandhaafd. Elk proces bevat een risico op het veranderen van de beginoppervlaktetextuur. In figuur 21-40 zijn de gebruikelijke oppervlaktebehandelingen ingedeeld aan de hand van hoe ze het beginoppervlak wijzigen. Als het antwoord ja is, moet misschien het proces met het minste risico op het veranderen van de oppervlaktetextuur worden geselecteerd. Deze processen zijn oplosmiddelreiniging, dan ionenimplantatie, dan coronabehandeling, dan selectief harden, dan diffusiebehandeling enzovoort. Als een sterk veranderd oppervlak toelaatbaar is, moet een beslissing worden genomen over hoeveel oppervlaktewijziging kan worden getolereerd. Mag er materiaal van het oppervlak worden verwijderd door slijpen, polijsten of zandstralen? Of wil je het oppervlak wellicht opruwen met behulp van laser- of EB-textureren of zandstralen?

Dikte/diepte

De dikte van de coating ofwel hoe diep in het oppervlak wordt doorgedrongen is misschien wel de meest essentiële beslissing bij het selecteren van een oppervlaktebehandeling. Zoals figuur 21-41 laat zien, heeft elk proces een bepaald bereik voor wat betreft de normale dikte en/of diepte. Commerciële dunne coatings worden bijna altijd aangebracht met een dikte tussen 1 en 2 μm. Het is daarentegen moeilijk om met behulp van SMAW-lassen een oplassing aan te brengen die dunner is dan 3 μm. Ontwerpers moeten bij behandelingen die in het oorspronkelijke oppervlak doordringen strikte grenzen voor de coatingdikte of de diepte aangeven.

Maatverandering

Bij de dikte hoort ook een beslissing over hoeveel vervorming, aangroei, krimp of variatie het proces mag veroorzaken. Oplassen veroorzaakt bijvoorbeeld bijna altijd een meetbare vervorming. We hebben maatveranderingen bij het harden van gereedschapsstalen – meestal aangroei, maar soms krimp – besproken in hoofdstuk 15, zie bijvoorbeeld paragraaf 15.4 en 15.6.

Zakelijke overwegingen

Er zijn vrijwel altijd een paar essentiële zakelijke overwegingen. De hoeveelheid is altijd een van de belangrijkste overwegingen. Als je een oppervlaktebehandeling moet toepassen op een miljoen onderdelen, kies je allicht een heel ander proces dan wanneer je één speciaal tandwiel te behandelen hebt.

De meeste door ons besproken processen kunnen geschikt worden gemaakt voor het behandelen van grote aantallen kleine onderdelen, maar grote onderdelen vormen een probleem in processen waarbij de onderdelen afzonderlijk in rekken moeten worden geplaatst. Plateren of verven van een miljoen auto-onderdelen per maand vereist een enorme investering in machines, terwijl het plateren of verven van een miljoen schroeven heel goedkoop is; daarvoor kunnen batchprocessen worden gebruikt. Het aanbrengen van PVD-coatings op kleine boortjes of freesbeitels is goedkoop, maar het aanbrengen van dezelfde coating op moersleutels zou wel eens te duur kunnen zijn. Boortjes kunnen immers gemakkelijk bevestigd en gedraaid worden, moersleutels niet. PVD is een proces waarbij alle te coaten oppervlakken in het zicht van de coatingsbron moeten liggen.

Sommige gepatenteerde oppervlaktebehandelingen zijn kostbaar vanwege de benodigde speciale apparatuur of de ingewikkelde bewerkingsstappen. Sommige computerchipfabrikanten passen 250 oppervlaktebehandelingen toe op een schijf waaruit afzonderlijke chips worden gemaakt. Al deze processen worden uitgevoerd in speciale schone ruimtes (*clean rooms*). Dat maakt het duur. Sommige diamanten of diamantachtige koolstofdeklagen (DLC) zijn uniek, en dus brengen hun leveranciers extra kosten in rekening voor de kenmerken waarmee ze zich onderscheiden.

Tot slot: de verkrijgbaarheid is van invloed op elke dienst en elk product. Als er op de wereld slechts één bedrijf is dat hyperbarisch nitreren op titanium kan uitvoeren, zal het waarschijnlijk hoge kosten in

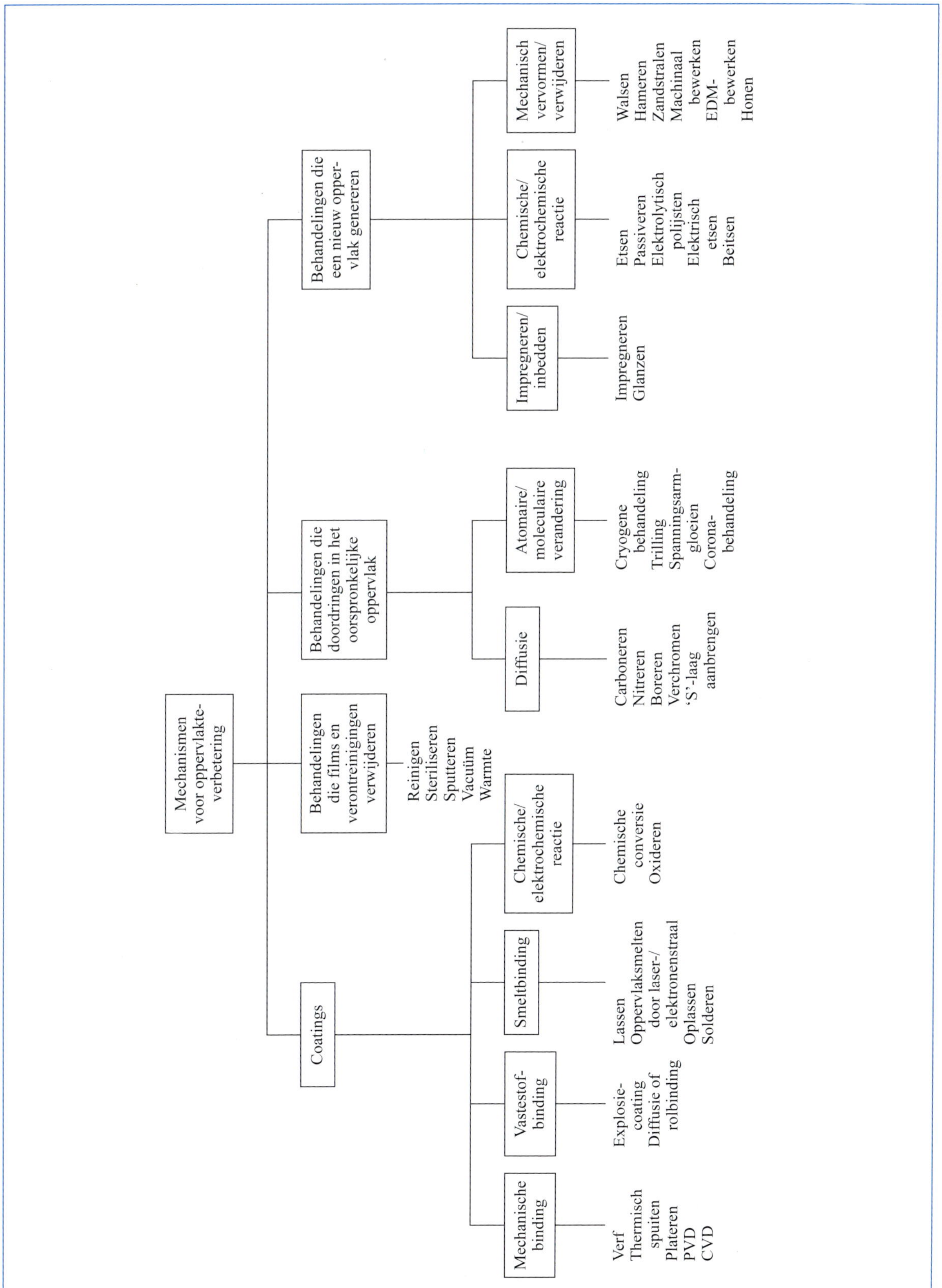

FIGUUR 21-40 Gebruikelijke oppervlaktebehandelingen, ingedeeld naar hoe ze het beginoppervlak wijzigen

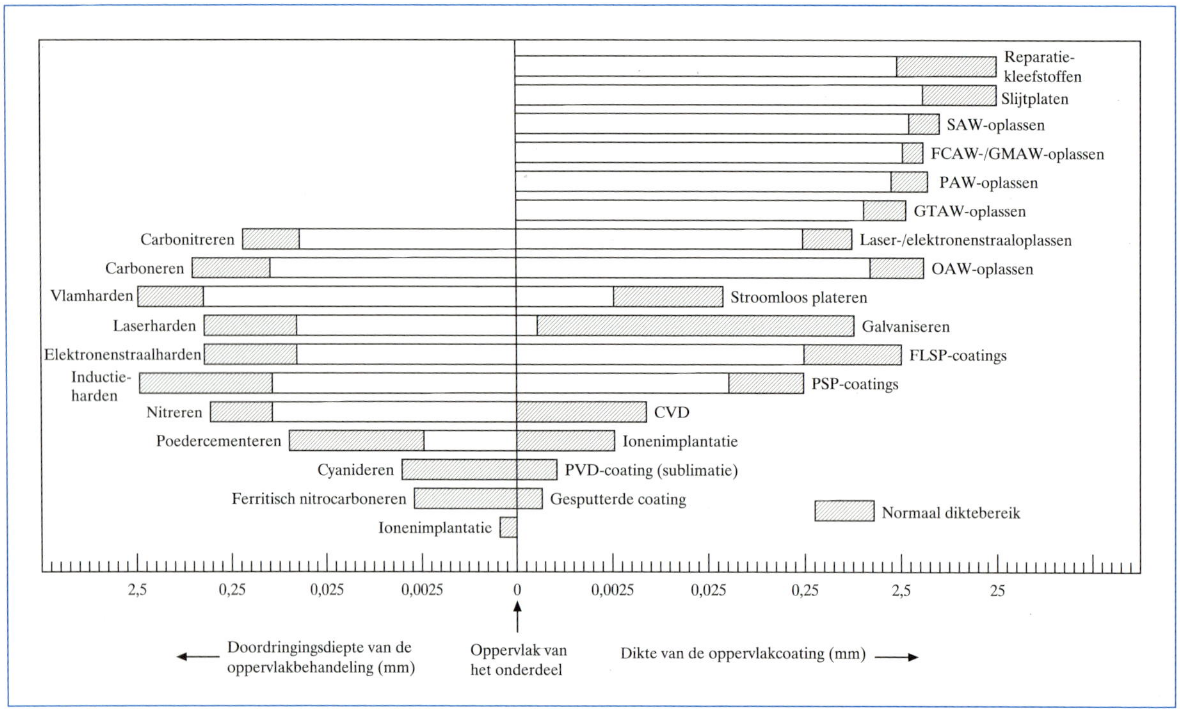

FIGUUR 21-41 Normale bereiken voor dikte/diepte bij diverse oppervlaktebehandelingen

rekening brengen voor het proces. Het andere uiterste is carboneren van staal, dat waarschijnlijk door zo ongeveer elke warmtebehandelaar op de wereld wordt aangeboden. Daardoor is het een 'handelsproces' en voor de meeste onderdelen relatief goedkoop.

Ook milieufactoren behoren tot de zakelijke kwesties. Sommige fabrikanten kiezen ervoor om galvaniseren te vermijden, omdat de afvalverwerking van de oplossingen een milieuprobleem schept. Sommige processen, waaronder zandstralen, vormen een potentieel gezondheidsrisico (ze kunnen bijvoorbeeld stoflongen veroorzaken) en kunnen leiden tot boetes. Veel spuitprocessen maken enorm veel lawaai en vereisen daarom geluiddichte ruimtes. Elke situatie is natuurlijk anders, maar er zijn waarschijnlijk altijd wel enkele zakelijke overwegingen van belang bij het selecteren van een bepaalde oppervlaktebehandeling.

21.13 Specificaties

De gegeven selectierichtlijnen zouden voldoende moeten zijn voor het kiezen van een proces/materiaal. Blijft over de vraag hoe je de gewenste behandeling op een technische tekening specificeert. Een volledige specificatie voor een deklaag moet de volgende punten bevatten:

1. Het type coating/behandeling
2. De gewenste dikte (geef een bereik aan)
3. De gebieden die gecoat/behandeld moeten worden
4. De hardheid (als er verschillende hardheden verkrijgbaar zijn)
5. Eventuele nabehandelingen

Een typische specificatie voor een deklaag ziet er als volgt uit:

> Het gehele oppervlak coaten met een harde chroomlaag met een dikte van 75 tot 125 μm en een hardheid van 65 tot 70 HRC. Warmtebehandeling onmiddellijk na het coaten 4 uur lang bij 200 °C om waterstofbrosheid te verhinderen.

Een PVD- of CVD-coating heeft gewoonlijk geen nabehandeling nodig en de hardheid is niet variabel. Een typische specificatie van een dergelijke coating ziet er als volgt uit:

> Het gehele oppervlak coaten met een deklaag van titaniumnitride, 1 tot 2 μm dik, door middel van kathodisch boogsputteren. Max. nodulegrootte 1 μm.

In specificaties voor thermisch spuiten dienen het

proces en zonodig de punten 1 tot 5 van de bovenstaande lijst te worden aangegeven:

> Asuitloopoppervlakken coaten met een laag chroomoxide van 125 tot 200 μm dik, door middel van plasmaboogspuiten. Naslijpen tot de opgegeven afmetingen. Minimale dikte na het slijpen 125 μm.

Oplassingen met smeltlassen vereisen de vermelding van de legering en het proces, en ook de lasplaatsen. Vaak is een tekening nodig:

> Asverjonging machinaal bewerken tot 45 mm. Oplassen met twee lagen RCoCrA van elk minimaal 2,5 mm dik. Slijpen tot een diameter van 50 tot 50,05 mm. Minimale hardheid 43 HRC.

Sommige legeringen kunnen na het oplassen spanningsarmgloeien verdragen, andere niet.

Mechanische oppervlaktebehandelingen wijzigen de oppervlaktetextuur en de normale specificaties voor afwerking zijn van toepassing.

> *Zandstralen:* Abrasief stralen met 120-korrel aluminiumoxide, 100 procent inslagdichtheid, uiteindelijke oppervlakteruwheid 50 tot 55 μm Ra.
> *Leppen:* Oppervlak vlak leppen tot één lichte band, uiteindelijke oppervlakteruwheid 0,05 tot 0,1 μm.
> *Slijpen:* G 0,08-0,12 μm.

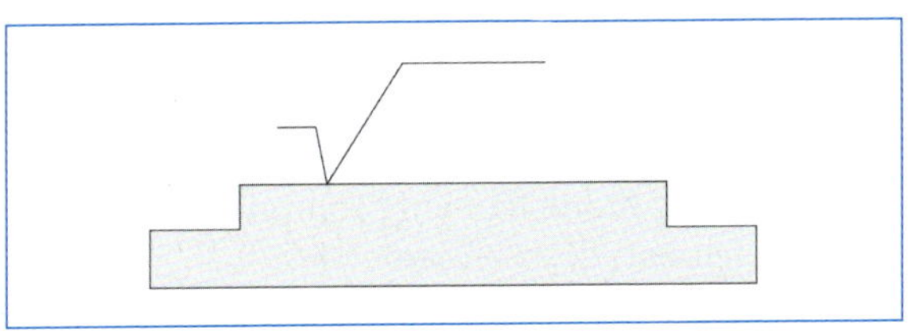

> *Electrical discharge machine (EDM):* EDM-getextureerde gebieden ('A' en 'C'), uiteindelijke oppervlakteruwheid 100 tot 200 μm Ra.

Bij het specificeren van fluorkoolstofinbedden en andere 'spuitbusbehandelingen' dient nauwkeurig te worden aangegeven hoe de bewerking moet plaatsvinden:

> Oppervlak A behandelen met M21 PTFE-spray (Bud Labs, Rochester, NY, USA). Dunne deklaag aanbrengen, laten drogen, in het oppervlak wrijven met katoenen flanellen doek. Driemaal herhalen.

Verven en poederdeklagen moeten altijd worden gespecificeerd met hun uiteindelijke dikte na het drogen of uitharden:

> Het gehele oppervlak coaten met Valspun 1030; dikte van de gedroogde deklaag moet 5 tot 10 μm zijn.

Verven vereist vaak zandstralen van het substraat voor de beste hechting. Stralen van het substraat kan van invloed zijn op de ruwheid en de textuur van de deklaag. Specificeer zaken als de glans en de uiteindelijke textuur Ra, als dit een factor is.

Coatings van droogsmeermiddelen vereisen het precies opvolgen van de toepassingsspecificaties van de fabrikant. Bijvoorbeeld:

> Gebied A coaten met 25 tot 40 μm Slip-140 (Bud Labs, Rochester, NY, USA), met behulp van toepassingsspecificatie Mil-403.

Ionenimplantatie heeft grondregels die enigszins verschillen van die van de meeste andere oppervlaktebehandelingen. Je moet aangeven wat het substraat is, het te implanteren element, het te behandelen gebied en de diepte. Momenteel staat de techniek geen grotere diepte toe dan ongeveer 0,1 μm.

Bij conversiecoatings moet de ontwerper misschien de dikte aangeven. Gewoonlijk wordt de dikte genegeerd als er alleen een bevestigingsmiddel of een werktuig behandeld moet worden. Als de coating aangebracht gaat worden op een miljoen productieonderdelen per maand, dan wordt er wel een coatingdikte (gewicht) gespecificeerd:

> *Eén keer:* Het gehele oppervlak zwart oxideren.
> *Productie:* Het gehele oppervlak coaten met een chromaatconversiecoating, 10 mg/m^2.

Bij anodiseren moet de dikte altijd gespecificeerd worden:

> *Anodiseren:* Het gehele oppervlak anodiseren, 12,5 μm tot 25 μm dik, kleur zwart.
> *Hardcoat:* Het gehele oppervlak hardcoaten, 25/50 μm dik. ■

Samenvatting

Oppervlaktebehandelingen kunnen worden toegepast om gebruikseigenschappen te creëren die een substraat niet bezit. Coatings en oppervlaktebehandelingen zijn essentiële onderdelen van de moderne materiaalkunde. Ontwerpers moeten daarom weten hoe ze deze moeten gebruiken. Hieronder volgen enkele samenvattende opmerkingen over oppervlaktebehandelingen:

- Elke oppervlaktebehandeling heeft wel een toepassingsgebied waarvoor deze beter geschikt is dan de andere.
- De gebruikers van coatings en oppervlaktebehandelingen moeten nagaan of deze geschikt zijn voor de beoogde toepassing. Niet alle oppervlaktebehandelingen die in de handel zijn werken op alle substraten. De gebruikers moeten onderzoeken of deklaag en substraat compatibel zijn. Vaak zijn proeven hiervoor noodzakelijk.
- Houd altijd rekening met de procestemperatuur van de oppervlaktebehandeling en de geschiktheid van het substraat.
- Sommige oppervlaktebehandelingen veranderen het oorspronkelijke oppervlak.
- Houd bij de afmetingen van onderdelen rekening met coatingaangroei. Specificeer de afmetingen voor of na het coaten.
- Oppervlakken kunnen niet dieper worden geïmpregneerd dan de textuur, tenzij het substraat porositeit vertoont die tot aan het oppervlak reikt.
- Elektrolytisch polijsten kan aanzienlijke hoeveelheden metaal verwijderen. Controleer of het onderdeel de afmetingenreductie kan verdragen.
- Galvanische deklagen, PVD-coatings en gespoten afzettingen zijn niet aan het oppervlak van het substraat vastgesmolten. De bindingssterkte van de coating is een ontwerpfactor.
- Galvaniseren levert geen gelijkmatige deklaag op. Aan de randen is de deklaag dikker en hiermee moet bij de afmetingen van het onderdeel rekening worden gehouden.
- Bij galvaniseren worden gaten en uitsparingen zonder speciale technieken niet gecoat.
- Sommige metalen, zoals aluminium, titanium en magnesium, kunnen niet met behulp van gewone technieken gegalvaniseerd worden.
- Anodiseren en hardcoaten zijn de beste processen voor het verbeteren van de duurzaamheid van aluminium, maar niet alle legeringen zijn geschikt voor hardcoaten.
- Anodiseren kan wel worden toegepast op aluminium, magnesium en titanium.
- Autokatalytische deklagen coaten alle bevochtigde oppervlakken, inclusief gaten.
- Conversiecoatings zijn waarschijnlijk de goedkoopste deklagen.
- PVD-coatings zoals TiN kunnen gebruikt worden voor cosmetische doeleinden.
- Bij het gebruik van PVD-/CVD-coatings moet rekening worden gehouden met hechting, procesruwheid en procestemperatuur.
- Smerende PVD- en CVD-coatings en coatings van droogsmeermiddelen zijn bruikbaar voor het creëren van zelfsmerende oppervlakken.
- Gebieden die door middel van PVD gecoat moeten worden, moeten in de coatingsruimte in het zicht van de bron van het coatingmateriaal worden geplaatst.
- Veel PVD- en CVD-processen kunnen tot gevolg hebben dat warmtegevoelige materialen als gehard staal hun hardheid verliezen. Voordat je een proces kiest, moet je eerst weten wat de procestemperatuur is.
- Vermijd het afwerken van dunne PVD-coatings; er is een kans dat ze verwijderd worden.
- DLC-/AHC-coatings kunnen worden beïnvloed door vocht, zoals een hoge relatieve luchtvochtigheid (%RV), en door de temperatuur.
- PVD-coatings bevatten soms nodulen die ze abrasief maken ten opzichte van tegenoppervlakken in een glijsysteem.
- Een product kan alleen gecoat worden door middel van een PVD-proces of ionenimplantatie als het in een vacuümkamer of behandelingsvat past.
- Ionenimplantatie kan enig vooronderzoek vereisen (element, dosis enzovoort).
- Als een chroomdeklaag niet genoeg abrasieweerstand geeft, overweeg dan het gebruik van harde re PVD- of CVD-deklagen en diffusiebehandelingen of thermisch spuiten.
- Controleer de hechting van verf. Veel factoren kunnen hierop een negatief effect hebben.
- Veel verfsoorten zijn niet bestand tegen langdurige blootstelling aan UV- en IR-straling. Acrylaten en cellulosepolymeren hebben aangetoond dat ze de buitenlucht kunnen weerstaan.
- Hetzelfde materiaal kan verschillende eigenschappen hebben, al naargelang het spuitproces waarmee de coating aangebracht is.
- Gespoten deklagen kunnen poreus zijn en moeten worden afgedicht om ze ondoordringbaar te maken.

- Opgespoten deklagen kunnen brokkelen bij gebruik voor een snijrand. Voor een dergelijke toepassing worden ze daarom meestal niet aanbevolen.
- EDM is een zeer bruikbare manier om een matte oppervlaktextuur te bereiken.
- Zandstralen kan de textuur van een oppervlak veranderen en kan niet zo goed worden beheerst als EDM.
- Oplassingen zijn meestal geschikt voor toepassing op slijtoppervlakken die enkele millimeters slijtage moeten kunnen verdragen.
- Als een onderdeel zware stootbelasting zal ondergaan, is een oplassing beter dan een coating die gebaseerd is op mechanische binding.
- Met booglassen aangebrachte hardere oplassingen (harder dan 60 HRC) ontwikkelen kleine scheurtjes en dit kan in sommige toepassingen een bezwaar zijn.
- Laser- en elektronenstraaloplassingen zijn gewoonlijk minder dan 1 millimeter dik.

Illustratief voorbeeld

Rollen gecoat met een detonatiepistool (d-gun)

De fabricage van papier vereist het transporteren van het ruwe papier door meervoudige rollen als het wordt gevormd, gekalanderd (verdicht) en in sommige gevallen gecoat. De bij het kalanderen en coaten van papier gebruikte rollen werden traditioneel gemaakt van staal met een dikke koperen platering (150 μm) en een dikke chroomplatering (100 μm). De rollen werden geslepen tot spiegelafwerking (Ra meer dan 0,1 μm) voor enkele producten. Zulke rollen ontwikkelden 'verplaatsingslijnen' waar het papierweb eindigde op beide zijden van de rol. Dit was geen probleem zolang de verwerkingsmachines alleen producten met volle breedte verwerkten – producten met bijna de breedte van de rollen. Om zakelijke redenen werd het echter noodzakelijk om producten te verwerken met vele verschillende breedtes. Deze proceswijziging leidde tot het optreden van verplaatsingslijnen van producten met een kleine breedte die zichtbaar waren bij het verwerken van grotere breedtes. De verplaatsingslijnen werden veroorzaakt door abrasie van kleideeltjes en andere 'harde' bestanddelen in het papier.

Het probleem met de verplaatsingslijnen werd opgelost door de voor verplaatsingslijnen vatbare rollen te voorzien van een wolfraamcarbide-kobalt-detonatiepistoolcoating met een dikte van ongeveer 75 μm. De platering werd verwijderd van de bestaande rollen en deze werden opnieuw geslepen, van een detonatiepistoolcoating voorzien en met diamant geslepen. De carbidecoating was tweemaal zo hard als de chroomcoating en daarmee ook veel harder dan het abrasieve materiaal in het papier. Een oppervlaktetechniek loste zo een zeer moeilijk probleem op tegen lagere kosten dan die voor herplateren.

Termenlijst

afzettingssnelheid: hoe snel een deklaag op een substraat ontstaat

Auger-elektronenspectroscopie (AES): techniek voor de chemische analyse van de bovenste atoomlagen van een oppervlak

autokatalytisch (stroomloos) plateren: een metalen coating die geproduceerd wordt door gekatalyseerde reductie tussen het substraat en de platering

chromaatcoating: conversiecoating die geproduceerd wordt door de reactie van een oppervlak met chromaathoudende oplossingen

conversiecoatings: oppervlakfilms die worden geproduceerd door een reactie van het oppervlak met een chemische stof of chemische omgeving

doordringingsvermogen: het vermogen van een platering om in gaten en in dalen door te dringen

EDX: energie-dispersieve Röntgenanalyse (*energy-dispersive x-ray analysis*) – ook bekend als EDS (energie-dispersieve spectroscopie) voor de identificatie en kwantificatie van atoomsoorten op een oppervlak

ESCA: techniek voor de analyse van chemische verbindingen in de bovenste atoomlagen van een oppervlak, ook bekend als XPS

fosfaatcoating: conversiecoatings die worden geproduceerd door de reactie van een oppervlak met fosfaatoplossingen

FTIR: *Fourier transform infrared radiation*, spectroscopie voor de identificatie van kunststoffen

fysische opdamping (PVD, physical vapor deposition): het verdampen van een materiaal in een vacuüm om een coating op een substraat te vormen

galvaniseren: elektrochemische methode voor het opbrengen van een metallische coating op een ander metaal

hoekaangroei: ongewenste dikkere deklaag op de hoeken van een onderdeel

ionenimplantatie: versnelling van ionen op een op-

pervlak om deze in te bedden en eigenschappen te laten veranderen
koudspuiten: het drijven van metaalpoeders op een oppervlak met voldoende snelheid om een hechtingscoating te produceren
microscheurtjes: microscopische scheuren in plateringen en coatings door restspanningen
oplassen: met lastechnieken opbrengen van een materiaal met eigenschappen die veel beter zijn dan die van het substraat
plasma: een materietoestand die wordt gekenmerkt door mobiele ionen en elektronen
selectief plateren: elektrodepositie met een opgepompte elektrolyt en een plaatselijk aangebrachte anode
SEM: scanning-elektronenmicroscoop voor het bestuderen van oppervlakken bij veel meer vergroting dan mogelijk is met optische microscopie
sputteren: aanbrengen van een dunne coating door energetisch verplaatsen van oppervlakteatomen/-moleculen van een doelmateriaal
substraat: het te coaten of te behandelen materiaal
thermisch spuiten: het smelten van poeders, draden of staven in een lasbrander om deze op een oppervlak te drijven en zo een coating te vormen
thermische verdamping: een PVD-coatingproces waarbij het te coaten materiaal wordt verwarmd, bijvoorbeeld met een elektronenstraal, totdat het transformeert in een gas dat op het substraat condenseert
vlamboogspuiten: het smelten van draden in een vlamboog en het drijven van de druppels op een oppervlak om zo een coating te vormen
vlamspuiten: het smelten van poeders in een oxyfuel-vlam en het drijven van de druppels op een oppervlak om zo een coating te vormen
waterstofbrosheid: een potentieel brosheidsprobleem bij de elektrodepositie van geharde staalsoorten
wet van Faraday: een wiskundige vergelijking voor de elektrodepositiesnelheid
XPS: techniek voor de analyse van chemische verbindingen in de bovenste atoomlagen van een oppervlak, ook bekend als ESCA
XRD: Röntgendiffractie voor identificatie van chemische verbindingen en type kristalstructuur

Opgaven

1. Welk van de volgende behandelingen is gewoonlijk geen onderdeel van oppervlaktetechnieken?
   a. reinigen
   b. coaten
   c. carboneren
   d. zandstralen
   e. precipitatieharden
   f. oplassen

2. Wat vormt een oppervlak, vanuit fysisch en chemisch oogpunt?

3. Hoe wordt kristalliniteit gedetecteerd?

4. Hoe wordt oppervlaktereinheid gemeten?

5. Welk van de volgende processen is geen oppervlaktereinigingsproces?
   a. ultrasone behandeling
   b. spoelen met water
   c. zandstralen
   d. sputteren
   e. siliconenspuiten
   f. weken in een corrosieve stof

6. Een typerende ionenimplantatiediepte is
   a. 1 mm
   b. 100 μm
   c. 10 μm
   d. 100 nm
   e. 1 mil
   f. 10 nm

7. Welk van de volgende elementen wordt niet vaak geïmplanteerd?
   a. Ar
   b. N
   c. Cr
   d. Fe

8. Alle onderstaande processen behoren tot de mechanische afwerkingen, op een na. Welk proces is dat?

a. slijpen
b. tappen
c. polijsten
d. hameren
e. sputteren
f. honen

9. Noem drie voorbeelden waarbij zandstralen wordt gebruikt om een nieuw oppervlak te genereren. Geef voor elk proces aan waarom het wordt geprefereerd boven andere processen.

10. Wat is EDM en hoe genereert het een nieuw oppervlak?

11. Leg uit hoe elektrolytisch polijsten de oppervlakteruwheid vermindert.

12. Leg uit hoe fabricage met foto-etsprocessen werkt en hoe het wordt gebruikt om speciale oppervlaktetexturen te genereren.

13. Wat bepaalt de afzettingssnelheid bij galvaniseren?

14. Wat zijn drie basisvereisten voor een geschikte elektrolyt voor galvaniseren?

15. Noem vier belangrijke ontwerptips voor het verkrijgen van een succesvolle galvanisering.

16. Wat is het afzettingsmechanisme bij autokatalylisch plateren?

17. Een typerende chromaatconversiecoating is ________ dik.
a. 10 μm
b. 100 μm
c. 1 mil
d. 10 nm
e. 25 μm
f. 2 mils

18. Tot de dunnefilmcoatings behoren alle onderstaande processen behalve
a. thermische verdamping
b. sputteren
c. plasmagesteunde CVD
d. ionplateren
e. chemische opdamping
f. thermisch spuiten

19. Wat is PVD? En wat is CVD?

20. Welk metaalspuitproces zou je gebruiken om een WC/Co-coating met een dikte van 2 mil te produceren op een stalen wals met een diameter van 30 mm en een lengte van 1,2 m?
a. thermisch spuiten
b. metalliseren
c. detonatiepistool
d. vlamspuiten

21. Leg het verschil uit tussen plasmaspuiten, detonatiepistoolspuiten en HVOF-depositie.

22. Leg uit wat de rol is van de procestemperatuur bij het selecteren van een oppervlaktetechniek.

23. Noem vier coatings die belangrijke kandidaten zijn voor het vervangen van harde chroomplatering.

Hoofdstuk 22

De methodologie van de materiaalkeuze

Bij een gebouw komen vele materiaalkeuze-uitdagingen kijken, niet alleen esthetisch zoals bij het Gasuniegebouw in Groningen, maar ook onder andere met betrekking tot (plaatselijke) corrosiebestendigheid, weerstand tegen extreme weersomstandigheden, mechanische eigenschappen, oppervlaktebewerking, energie-efficiëntie (warmtegeleiding), thermische uitzetting en verkrijgbaarheid

Doelstellingen

1. Methodiek presenteren die helpt bij het onderzoeken van kandidaat-materialen om uit te komen bij de juiste keuze.
2. Begrijpen welke rol de kosten, de verkrijgbaarheid en de eigenschappen spelen bij de materiaalkeuze.

Het voor een ontwerp gebruikte materiaal is net zo belangrijk als het ontwerp zelf. Als er bij het testen van een ontwerp fouten worden ontdekt, kan het ontwerp worden aangepast en opnieuw getest tot het goed werkt. Als de materiaalkeuze echter te laat in het ontwerpproces erbij wordt betrokken en/of als het verkeerde materiaal geselecteerd is, komt het vaak 'onderweg' tevoorschijn als een defect bij het gebruik door de klant. Dit hoofdstuk gaat over een methodologie voor het bekijken van eigenschappen aan de hand van opgedane kennis en referentie-informatie over materiaaleigenschappen, over het vaststellen van de eisen voor het materiaal in een ontwerp, en over het vergelijken van de eisen met de eigenschappen, om zodoende bij het juiste materiaal uit te komen.

Dit is in feite waarom we dit boek geschreven hebben. Het doel van alle materiaalkundige kennis is snappen hoe een materiaal zou kunnen voldoen aan de gestelde eisen voor een product. We willen de lezers leren om een materiaal voor een toepassing te selecteren zodat de toepassing werkt zoals ze bedoeld is. Dit hoofdstuk gaat over het nemen van de juiste technische beslissingen.

In de voorgaande 21 hoofdstukken hebben we theorie en kenmerken laten zien van de meeste technische materialen die ingenieurs en materiaalgebruikers zullen gebruiken in hun loopbaan. We hebben een repertoire van specifieke materialen aanbevolen voor elke materiaalcategorie. Dit is gedaan om het fundamentele probleem bij technische materialen te verkleinen: er is te veel keuze.

1. Er zijn meer dan 65.000 metaallegeringen commercieel verkrijgbaar.
2. Er zijn meer dan 15.000 kunststoffen commercieel verkrijgbaar.
3. Er kunnen op talloze manieren composieten worden gemaakt met behulp van metalen, kunststoffen en keramische materialen.

Hoe komt een potentiële materiaalgebruiker tot de keuze van één materiaal voor een bepaald onderdeel wanneer hij of zij kan kiezen uit duizenden kandidaten? Het repertoire van materialen dat we in elk hoofdstuk over diverse materiaalsystemen naar voren hebben gebracht, kan worden overgenomen om metalen, kunststoffen en keramische materialen te beperken tot misschien 100 of 200 materialen. Maar gebruikers die een specifiek onderdeel behandelen, hebben nog steeds behoefte aan slechts één materiaal, niet aan honderden. Dit hoofdstuk zal een voorstel doen voor een selectiemethodologie om uit een grote hoeveelheid technische materialen één enkel materiaal (of een materiaal plus coating) te destilleren.

We zullen de nodige selectiestappen bespreken, en het gebruik van een selectiematrix behandelen. Verder introduceren we het grafische selectiegereedschap van M.F. Ashby, en sluiten af met een lijst van veelgebruikte materialen voor diverse machinecomponenten en selectievoorbeelden. Figuur 22-1 illustreert de selectiestappen die zullen worden besproken in dit hoofdstuk.

22.1 Het ontwerpproces en de materiaalkeuze

De meeste ontwerpers en technici beschouwen het ontwerpen van onderdelen als een aspect van hun dagelijkse werkpraktijk. Civieltechnische en bouwkundige ingenieurs ontwerpen autowegen en gebouwen, chemici ontwerpen procesroutes en definiëren de apparatuur. Elektrotechnici ontwerpen machinebesturingen en elektronische instrumenten, werktuigbouwkundigen ontwerpen machines en producten enzovoort. Ontwerpen is de rode draad die door alle technische vakgebieden loopt. Het samengaan van ontwerp en materiaalkeuze behoort al vroeg een integraal deel van de ontwerpprocedure te zijn. Helaas willen aan de ene kant veel ontwerpers een snel antwoord halen uit een handboek zonder al het 'academische gedoe', terwijl aan de andere kant veel materiaaldeskundigen hun expertise niet eenvoudig kunnen vertalen naar de praktijk. In deze paragraaf willen we laten zien hoe de materiaalkeuze integraal in zijn werk zou moeten gaan.

Opdrachten voor technische ontwerpen ontstaan op veel manieren, maar meestal vanwege een bestaande of waargenomen behoefte. De verfafdeling neemt krassen waar op dashboards die naar de droogovens worden getransporteerd. Een technicus/ontwerper wordt gevraagd een oplossing voor dit probleem te bedenken. Een audio-/videozaak heeft het gevoel dat er een markt is voor een apparaat dat met 'touchscreens' werkt. Er zijn het afgelopen jaar verscheidene ongelukken gebeurd op een bepaalde kruising op een autoweg en er wordt aan een civiel-

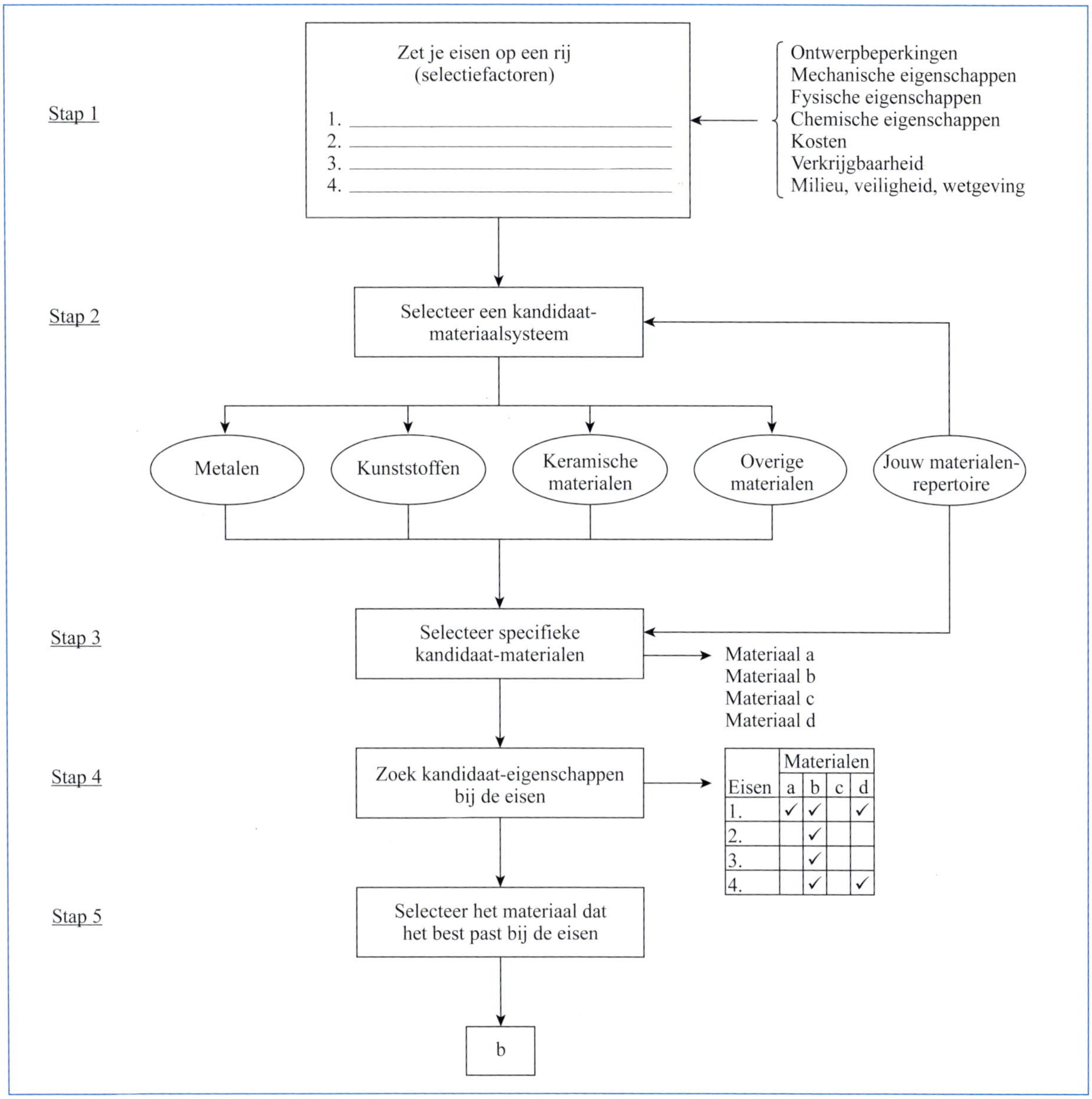

FIGUUR 22-1 Het selectieproces

technisch ingenieur gevraagd hoe dat in de toekomst voorkomen kan worden. Een chemicus wordt gevraagd om de opbrengst van een chemisch poeder te verhogen, wat het ontwerpen van procesverbeteringen met zich meebrengt.

In figuur 22-2 laten we de afzonderlijke stappen in een ontwerpprocedure zien. Hoewel het misschien lijkt alsof we een bepaalde volgorde aangeven, lopen vele stappen parallel en iteratief. In veel industrietakken wordt gebruikgemaakt van teams in plaats van individuele werknemers. In de teams zijn vaak werkvoorbereiders, vertegenwoordigers van de klant, een statisticus en/of een bedrijfskundige opgenomen. Zo'n teamsamenstelling maakt het mogelijk om alle verschillende taken gelijktijdig uit te voeren; er is sprake van *concurrent engineering*. Let extra op de stappen die vetgedrukt staan in de figuur. Deze hebben allemaal betrekking op de materiaalkeuze, en worden soms vrij vroeg in het ontwerpproces onder de aandacht gebracht.

Schets

Als eerste stap in de ontwerpprocedure wordt een grove schets gemaakt van de functies en van een mogelijke lay-out van het product. Er wordt bovendien vastgesteld op welke manier of volgens welke principes

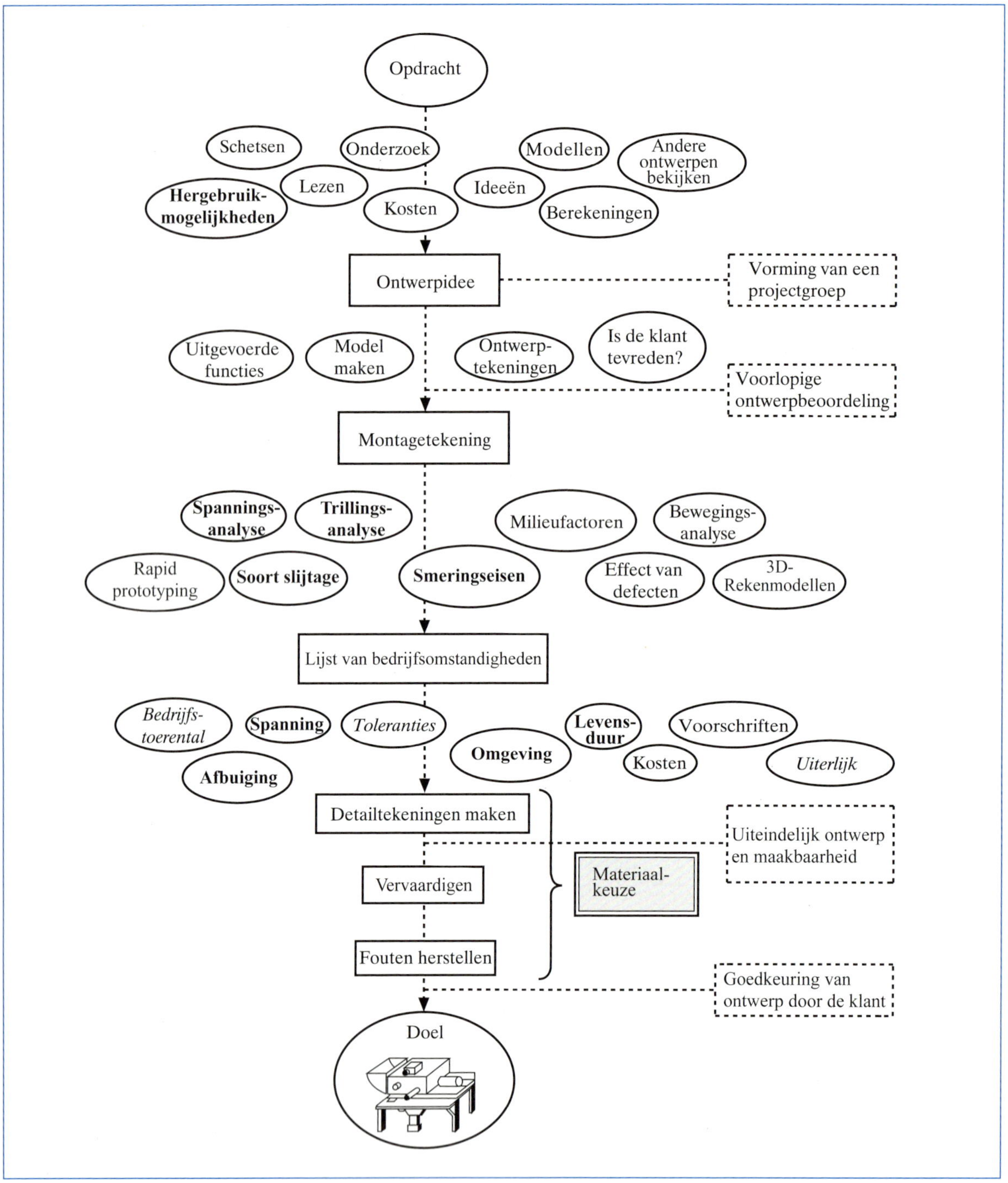

FIGUUR 22-2 De rol van de materiaalkeuze in de ontwerpprocedure. De vakken tussen de stippellijnen laten zien welke plaats de teams en de taakverdeling innemen in de ontwerpprocedure

het product gaat werken. Er komen ideeën tevoorschijn die worden uitgewerkt aan de hand van bijvoorbeeld tekeningen, literatuuronderzoek, modellen en besprekingen met de klant. Gebruiksscenario's worden doorgenomen en er ontstaat een eerste idee over de gebruiks- en onderhoudsfase van het product.

De werkvoorbereider begint al in de ontwerpfase te onderzoeken hoe elk onderdeel van het product gebouwd moet worden. De bedrijfskundige of inkoper duikt in de kosten en de verkrijgbaarheid; de automatiseringsdeskundige ontwikkelt software en regelapparatuur. Op computers zijn vaak hulpmiddelen bij het ontwerpen te vinden. Expertsystemen sturen de selectieprocedures, op internet kan naar informatie worden gezocht die verband houdt met het ontwerp, eindige-elementenrekenmodellen kunnen worden gebruikt voor het onderzoeken van spanningen, stromingskenmerken, warmteoverdracht en dergelijke. Voor het selecteren van onderdelen van een te ontwerpen product wordt in catalogi op cd-roms of websites gezocht. Voor elk detail van het ontwerp moet een beslissing worden genomen over materialen. Als je een handgreep voor een apparaat aanschaft, moet je het materiaal voor de handgreep specificeren, evenals de bevestigingsmiddelen die nodig zijn voor het monteren ervan. Materiaalkeuze maakt dus duidelijk deel uit van de ontwerpprocedure.

Productdefinitie

Als de fase van het nadenken iets oplevert, kan in de tweede stap een ontwerpidee een bepaalde vorm aannemen. De feitelijke productdefinitie begint hier. De groottes worden vastgesteld, wanddiktes worden doorgerekend, bevestigingsprincipes worden uitgewerkt. Men vormt zich een beeld van de aandrijf- en activeringssystemen. Op dit punt moeten allerlei vragen worden gesteld: Worden alle gewenste functies uitgevoerd? Blijven de geraamde kosten binnen het budget voor het ontwerp? Zijn de gewenste toerentallen of productiesnelheden mogelijk? Wat worden de koopdelen, wat worden de maakdelen? Voor de ontwerper begint het apparaat langzamerhand vorm te krijgen.

Modellen en prototypen

In stap 3 wordt een montagetekening gemaakt om uit te vinden of het idee werkt, ofwel op papier of op de computer. Aan de hand van zichtmodellen en prototypen kunnen gebruiksaspecten worden geëvalueerd. Het kan op dit moment nodig zijn om weer bij het begin te beginnen. Is de montagetekening voltooid en blijkt uit een bewegingsanalyse dat de onderdelen bewegen zoals de bedoeling is en elkaar niet in de weg zitten, dan is het tijd voor echte technische wetenschap: spanningen, trillingen, versnellingsanalyse enzovoort. Het is ook niet te vroeg om nu alvast te denken aan bijvoorbeeld de manier van slijten, de smering, de bedrijfsomgeving en het effect van defecten aan onderdelen.

Mogelijke eisen

De volgende stap is het vaststellen van alle bedrijfseisen voor elk onderdeel in het apparaat. Welke onderdelen moeten hard zijn? Wat is de optredende spanning (buigspanning) in deze as? Hoeveel afbuiging van deze as is toelaatbaar? Hoe vlak moet de grondplaat zijn? Is corrosie in het invoermechanisme een probleem? Kan deze arm slijtage verdragen? Al dit soort factoren moeten worden vastgesteld.

Heeft de ontwerper de eisen van elk onderdeel eenmaal goed in gedachten, dan is het tijd om detailtekeningen te maken. Materiaalkeuze speelt in deze stap van de ontwerpprocedure een sleutelrol. Er moet een stel tekeningen worden gemaakt die de vorm, de afmetingen, het constructiemateriaal en de uitvoerbare behandelingen of speciale fabricagevolgorde laten zien.

De laatste stappen in het proces zijn de productie, het eruit halen van fouten, en het product in bedrijf stellen. In deze stappen komt de materiaalkeuze voor in de verwerkbaarheid en in de eventuele vervanging van materialen die bij het herstellen van de fouten in de onderdelen afgekeurd zijn. Waar het vooral om gaat is dat de ontwerper al vrij vroeg moet gaan nadenken over de constructiematerialen en, belangrijker nog, zich moet realiseren dat een doelmatige materiaalkeuze gebaseerd is op de kennis van de bedrijfseisen van elk onderdeel. Je kunt nu eenmaal geen materiaal selecteren voor een onderdeel waarvan je niet weet wat het moet doen.

Als een technische opdracht vereist dat een machineonderdeel wordt aangeschaft (koopdelen) of dat een constructie of voorziening wordt uitbesteed (logistieke partners), zien sommige stappen in de ontwerpprocedure (zie figuur 22-2) er anders uit. In plaats van montage- en detailtekeningen te maken zal de ontwerper in dat geval waarschijnlijk ontwerpspecificaties moeten schrijven. De materiaalkeuze dient deel uit te maken van deze specificaties. Wanneer de leverancier met voorstellen komt, worden de bestaande specificaties aangepast en is de materiaalkeuze opnieuw belangrijk. De leverancier wil bijvoorbeeld de pompbehuizing waarvoor jij CF-8 gegoten roestvast staal gespecificeerd hebt, van grijs gietijzer (GG) maken. Moet je dat toestaan?

De materiaalkeuze maakt dus altijd deel uit van de technische procedure, ook al ontwerp je de machine niet zelf. Als je verantwoordelijk bent voor het goed functioneren van een bepaald onderdeel, moet je bij het evalueren van het ontwerp van iemand anders rekening houden met alle factoren die in je eigen ontwerp van belang zouden zijn. Als het grijze gietijzer na zes maanden doorgeroest is, is dat jouw fout en niet die van de pompfabrikant. Jij hebt de apparatuur gekocht en het is jouw verantwoordelijkheid om iets te kopen dat geschikt is voor de beoogde gebruiksomgeving.

22.2 Selectiefactoren

Er bestaan letterlijk honderden verschillende materiaaleigenschappen. De belangrijkste eigenschappen waarmee je bij het selecteren van een materiaal voor een gegeven onderdeel rekening moet houden, zijn de eigenschappen die essentieel zijn voor het functioneren van het onderdeel. We gaan straks nog gedetailleerd in op de eigenschappen, maar de meeste ontwerpers achten eigenschappen, verkrijgbaarheid en kosten even belangrijk. Het heeft geen zin om het gebruik van een bepaald materiaal te specificeren als het niet verkrijgbaar is binnen de tijd die voor het project uitgetrokken is. Daarnaast hoef je geen materiaal te overwegen dat duurder is dan het budget van het project kan dragen.

Tot slot, het is onverstandig om een wegwerpbeker van polystyreenschuim te ontwerpen als je weet dat dit materiaal een afvalprobleem schept en er in het schuimverwekkende middel stoffen zitten die de ozonlaag aantasten. Met andere woorden, *duurzaamheid* zou een belangrijke rol moeten spelen in de materiaalkeuze. Je zult verder moeten kijken dan alleen inkoopprijs, functionaliteit en beschikbaarheid. De gehele levenscyclus van een product moet meegewogen worden en dat levert een veelheid aan materiaalkeuzeaspecten op.

Figuur 22-3 geeft de belangrijkste selectiefactoren: eigenschappen, verkrijgbaarheid, kosten, milieu- en veiligheidskwesties en nog enkele relevante subfactoren.

Verkrijgbaarheid

Wanneer een ontwerper het gebruik van een bepaald materiaal overweegt, is vaak een van zijn eerste vragen of het materiaal direct voorhanden is. Een ontkennend antwoord leidt tot de vraag wanneer we het dan wel kunnen krijgen. Is het antwoord op die vraag aanvaardbaar, dan is de volgende vraag: moeten we een minimale hoeveelheid bestellen? Er zijn meer dan 15.000 kunststoffen in de handel, waarvan echter slechts een tiental bij groothandels verkrijgbaar is in standaardvormen. Hoe goed verkrijgbaar is de kunststof die we overwegen? Is de kunststof alleen verkrijgbaar als spuitgietkorrels?

Een andere relevante vraag: is het materiaal verkrijgbaar bij meer dan één leverancier? Als de onderdelen in kwestie over vijf jaar waarschijnlijk opnieuw gemaakt moeten worden, is het niet verstandig om een materiaal te gebruiken dat door slechts één bedrijf geleverd kan worden. Hetzelfde geldt als er heel veel onderdelen nodig zijn. In zulke gevallen is het niet verstandig om wat prijs en levertijd betreft overgeleverd te zijn aan de genade van één leverancier.

Soms gebeurt het dat een fabricagetechniek van de grondstoffen de verkrijgbaarheid beperkt. Het is bijvoorbeeld niet ongewoon dat voor speciale smeedstukken een levertijd geldt van veertig weken. In rustige perioden zijn gietproducten soms in vier weken verkrijgbaar, als het druk is kan de levertijd oplopen tot twaalf weken. Dit zijn allemaal belangrijke selectiefactoren in de categorie verkrijgbaarheid. Het is de verantwoordelijkheid van de ontwerper om te bepalen binnen welke termijn de materialen binnen moeten zijn, en als blijkt dat een geschikt materiaal niet op tijd te krijgen is, zal er een ander materiaal gebruikt moeten worden.

Het is raadzaam om – voor zover mogelijk – materialen te selecteren die gemakkelijk verkrijgbaar zijn. Zoals figuur 22-4 laat zien bestond anno 2008 ongeveer een derde van het gebruikte roestvast staal uit type 304. Dit geeft aan dat het gemakkelijker is om een 1,5 millimeter dik roestvast staal met een 2B-afwerking van type 304 te vinden dan van type 321. De meer in trek zijnde legeringen zijn ook gemakkelijker verkrijgbaar. De meeste materialen in ons voorgestelde repertoire behoren tot de gemakkelijk te verkrijgen materialen.

Kosten

Als we aannemen dat kan worden voldaan aan een vastgestelde levertermijn, dan moet de ontwerper zich gaan bezighouden met de kosten van een materiaal. Bewust of onbewust gebruikt elke ontwerper de kosten van materialen als een belangrijke selectiefactor. Let wel, soms is het gerechtvaardigd om een materiaal te gebruiken dat op zichzelf erg duur is, omdat het unieke en voor de toepassing voordelige eigenschappen bezit, of omdat het goedkoper in gebruik is dan andere materialen die minder kosten. Een ontwerp kan bijvoorbeeld vereenvoudigd worden en is daarom goedkoper te maken.

Hoe verhouden zich de kosten van de door de ontwerpers gebruikte materialen tot elkaar? In geen enkel land zijn alle metalen, alle keramische verbindingen of de grondstoffen voor alle polymeren uit voorraad leverbaar. De aanvoer van deze goederen hangt af van allerlei factoren, van droogteperioden tot oorlogen. Ook de vraag varieert met het economische klimaat en daarom fluctueren de prijzen dagelijks als reactie op vraag en aanbod. In onze snel veranderende wereld is het dus onmogelijk om te zeggen wat een bepaalde hoeveelheid van een materiaal precies kost. In dit boek hebben we een aantal

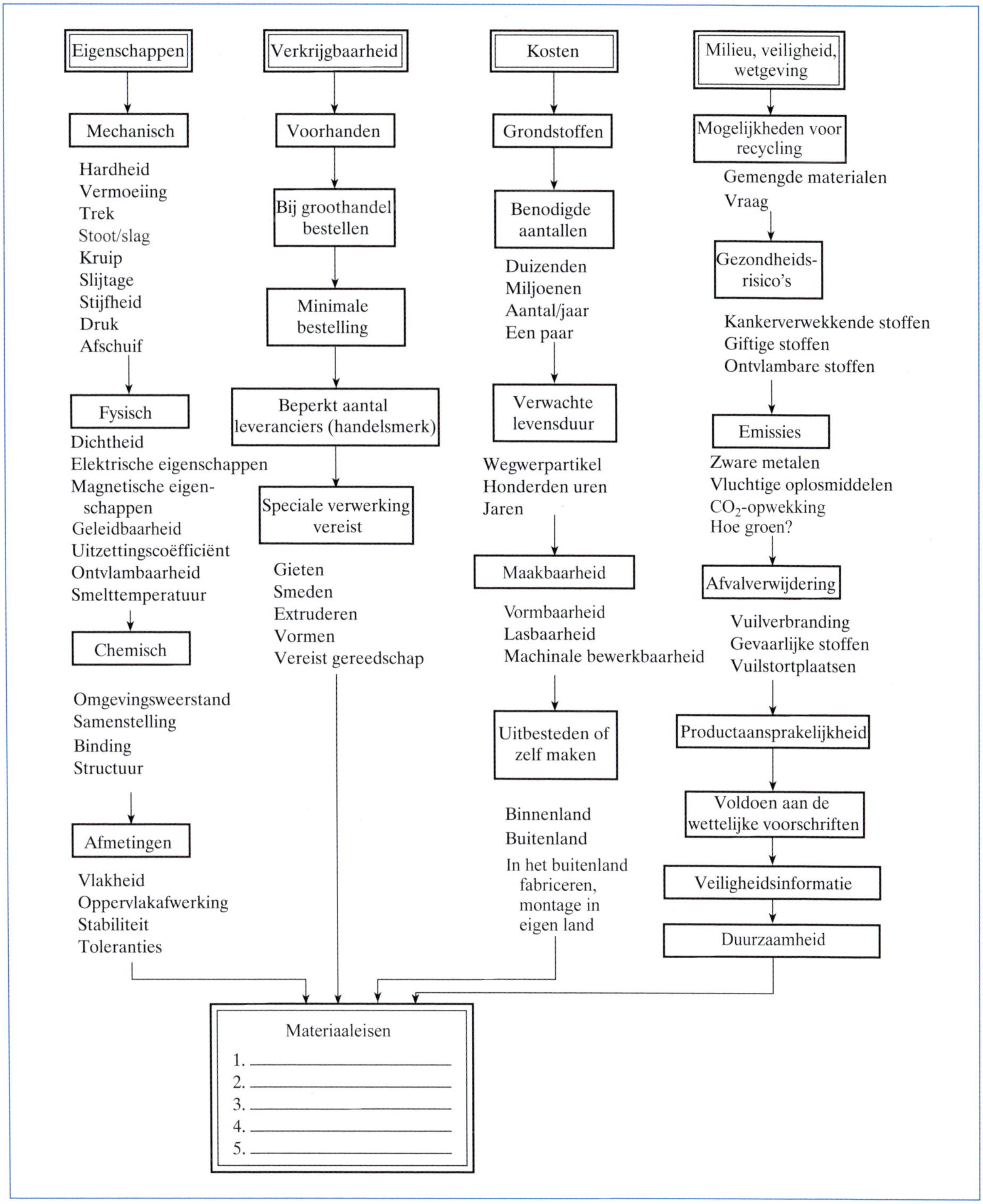

FIGUUR 22-3 Controlelijst voor de materiaalkeuze

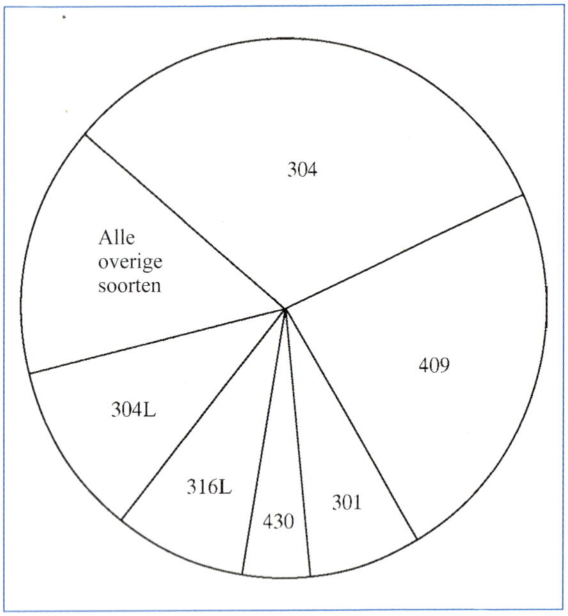

FIGUUR 22-4 Relatief gebruik van roestvaste staalsoorten in de Verenigde Staten in 2008 (diverse bronnen)

prijzen weergegeven voor bepaalde materialen voor de periode 2008-2013. Ter illustratie is in figuur 22-5 aangegeven hoe de prijzen van enkele door ons besproken materialen zich ongeveer tot elkaar verhielden toen de Engelse versie van dit boek werd geschreven (anno 2008).

Het moet worden opgemerkt dat een vergelijking van de prijs per kilogram van verschillende materialen misleidend kan zijn. Wanneer je een onderdeel ontwerpt dat in grote hoeveelheden geproduceerd moet worden en het lijkt erop dat een polymeermateriaal, een keramisch materiaal en een metaal alle drie geschikt zijn, dan is het bij het vergelijken van de materiaalkosten vaak verhelderend om te kijken naar de *prijzen per eenheid volume*. 45 euro per kilogram lijkt een heleboel geld voor een kunststof, maar als die kunststof een relatieve dichtheid van 1,5 heeft tegenover 7,8 voor staal, dan krijg je meer volume in een kilo kunststof dan in een kilo staal; de 45 euro wordt veel minder als je het bedrag deelt door het volume. Figuur 22-6 geeft de prijs per eenheid volume – ook anno 2008 – van enkele veelvoorkomende technische materialen. Je ziet dat de volgorde van de lijst deels verandert. Veel kunststoffen lijken goedkoper. Het goedkoopste constructiemateriaal is een kunststof. Gietijzer is altijd het goedkoopste metaal geweest.

In deze bespreking van de grondstofkosten gaat het er vooral om dat de prijs niet de enige selectiefactor behoort te zijn bij het kiezen van een materiaal voor een bepaald ontwerp. Als er slechts een paar machineonderdelen moeten worden gemaakt, zijn de materiaalkosten soms van ondergeschikt belang. Wanneer er grote hoeveelheden materiaal nodig zijn, dan dient er grondig onderzoek te worden gedaan naar de materiaalkosten, gebaseerd op actuele prijzen.

Andere relevante economische factoren zijn de verwachte *levensduur* en de vervaardigingskosten. Als een te ontwerpen machine onbeperkt lang moet meegaan, kan het economisch verantwoord zijn om dure grondstoffen te gebruiken, wanneer deze materialen door hun veel grotere sterkte, slijtvastheid of andere goede eigenschappen bijdragen aan een onbeperkte levensduur. Er zijn voorbeelden van ontwerpen met een onbeperkte levensduur te vinden bij de distributie van stroom naar fabrieken. Stoomturbines die in de negentiende eeuw in gebruik zijn genomen, leveren nog altijd energie aan veel oude gebouwen. Het andere uiterste vinden we bijvoorbeeld bij machines die worden gebruikt voor de vervaardiging van dashboards in de auto van dit jaar. Als er een nieuw model op stapel staat, hoeft zo'n machine maar een jaar mee te gaan. De ontwerper die een materiaal moet kiezen, dient dus af te wegen hoeveel hij extra wil betalen voor een lange levensduur.

Een andere belangrijke economische factor is de *maakbaarheid*, het gemak waarmee een ruw materiaal zich tot een eindproduct laat verwerken. De verwerking van een materiaal dat zich moeilijk machinaal laat bewerken, kost meer dan de verwerking van een materiaal met een goede *machinale bewerkbaarheid*. Sommige materialen, zoals gesinterde carbiden, kunnen helemaal niet machinaal worden bewerkt. Ze worden direct tot eindproduct gevormd of moeten bewerkt worden met behulp van speciale technieken, zoals slijpen, EDM of ECM. Hetzelfde geldt voor de meeste keramische materialen, die zelfs met behulp van EDM niet te bewerken zijn.

Van titanium, magnesium en enkele andere metalen kunnen in plaat- of bandvorm geen producten worden gemaakt zonder speciaal gereedschap of speciale warmomvormtechnieken. Daarom is het gebruik van deze metalen duurder dan dat van ductiel koolstofarm staal of aluminiumlegeringen.

Ook de vervaardigingskosten van polymeermaterialen kunnen een factor van belang vormen. Er is slechts een beperkt aantal kunststoffen verkrijgbaar in standaardvormen zoals staven en platen. Als er maar een paar onderdelen van een speciaal soort kunststof nodig zijn, worden er wellicht spuitgietkosten in rekening gebracht.

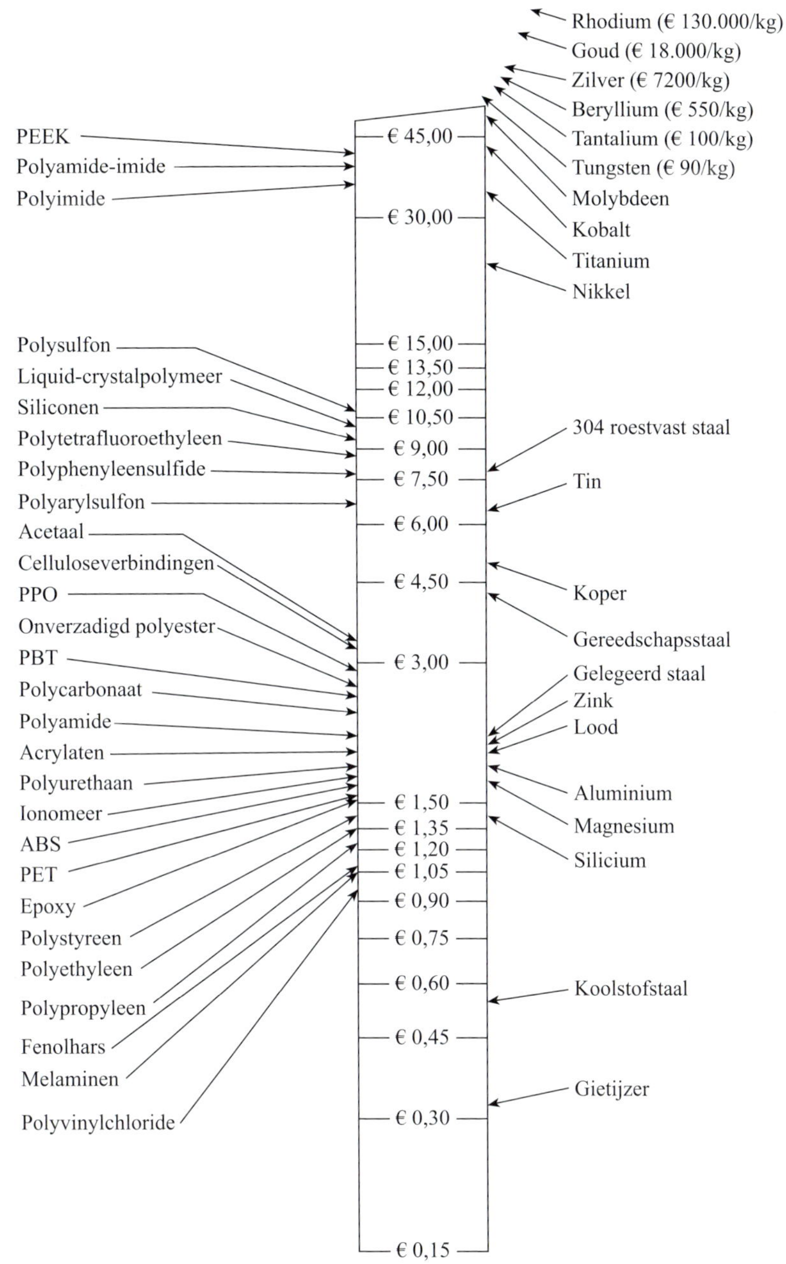

FIGUUR 22-5 Vergelijking tussen de prijzen in euro per kilogram van technische materialen in maart 2008 in de Verenigde Staten. De kunststoffen zijn harsen zonder vulstof, de prijzen van de metalen zijn gebaseerd op fabrieksproducten in een bepaalde hoeveelheid van één partij

Soms zijn zelfs de bewerkingskosten van gemakkelijk machinaal te bewerken kunststoffen hoog, omdat ze de neiging hebben bij een machinale bewerking te vervormen. Sommige acetalen behoren tot deze categorie. Als de nauwkeurigheid van de afmetingen van belang is, kan het nodig zijn om de machinale bewerking enkele malen te onderbreken voor spanningsarmgloeien, waardoor de bewerkingskosten flink kunnen oplopen.

Lasbaarheid als kosten- en selectiefactor betekent gewoon dat sommige materialen alleen met speciale kostenverhogende technieken gelast kunnen worden. Titanium kan bijvoorbeeld niet in lucht worden gelast en vereist dus een lasruimte met een inert gas

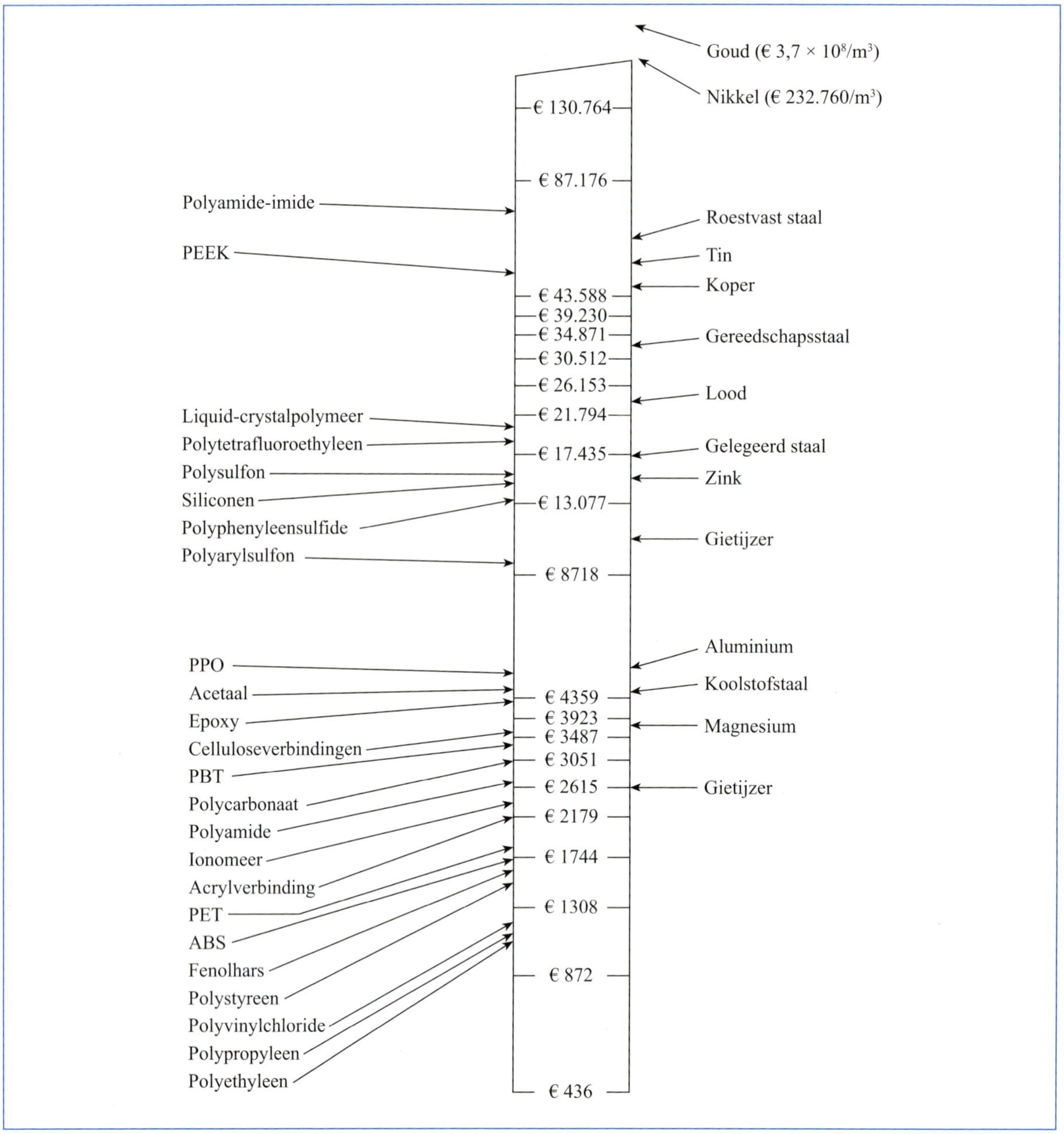

FIGUUR 22-6 Prijs van enkele technische materialen in euro per kubieke meter in maart 2008; deze prijzen veranderen frequent. Deze waarden zijn illustratief. Zoek bij het ontwerpen altijd de actuele prijzen op

of speciale afscherming. Wrijvingslassen en explosielassen zijn de enige gebruikelijke technieken om aluminium aan staal te verbinden. Deze processen brengen kostbare apparatuur en speciale technieken met zich mee. Een veelvoorkomend voorbeeld van verhoogde kosten door slechte lasbaarheid zien we bij het lassen van laaggelegeerd staal, veredelingsstaal en gereedschapsstaal. Daarbij zijn speciale procedures en warmtebehandelingsapparatuur nodig.

De laatste keuzefactor in de kostenkolom in figuur 22-3 is uitbesteden of niet. *Uitbesteden* is een zakelijke term die in de jaren negentig aan populariteit won. Het betekent dat een andere onderneming de opdracht krijgt een onderdeel te vervaardigen en/of te onderhouden. Dit wordt inmiddels veel gedaan, zij het in verschillende ondernemingen in verschillende mate. Sommige bedrijven met een omzet van meer dan een miljard dollar aan consumptieartikelen, hebben geen enkele fabricagefaciliteit, maar besteden alles uit. Gewoonlijk wordt de beslissing om uit te besteden genomen op een ander niveau dan dat van de technicus, ontwerper of inkoper. Maar het is belangrijk, vooral als werk wordt uitbesteed in het buitenland, om de specificaties, eisen en gebruikte standaards goed en duidelijk vast te leggen in overleg met de leverancier.

De kostenfactoren samenvattend kunnen we zeggen dat de beste basis voor een vergelijking van de kandidaat-materialen voor een onderdeel de prijs per stuk is na de fabricage. In dit bedrag zijn de materiaalkosten per eenheid (kosten/hoeveelheid) opgenomen, plus de fabricagekosten. Tabel 22-1 toont de relatieve kosten van enkele machinale bewerkingen, afkomstig van een fabricagewerkplaats. Dit soort fabricagekostenfactoren wordt gebruikt in de ramingen van de kosten voor opdrachten en onderdelen. Ze kunnen worden gebruikt in combinatie met figuur 22-5 voor het vergelijken van de kosten van afgewerkte onderdelen voor diverse materialen.

TABEL 22-1 Kostenfactoren voor de machinale bewerking van diverse metalen*

MATERIAAL	KOSTEN-INDEX VOOR MACHINALE BEWERKING	MATERIAAL	KOSTEN-INDEX VOOR MACHINALE BEWERKING
Warmgewalst 1020 staal	1,5	303 roestvast staal	1,5
Afgewerkt 1020 staal	1,0	420 roestvast staal	2,3
Koudgewalst 1213 staal	1,0	440C roestvast staal	3,4
Koudgewalst 12L13 staal	0,7	17-4 roestvast staal	5,1
Afgewerkt 1040 staal	2,0	CF 8M roestvast gietstaal	5,1
Voorgehard 4150 staal (30 HRC)	3,4	Messingsoorten	0,7
Warmgewalst 4140 staal	2,3	C95300 brons	1,5
Gelegeerd nitreerstaal	3,4	Monel 400 N04400	2,3
O1 gereedschapsstaal	2,3	Monel 405 N04405	1,5
Decarb-vrij D2/A2 gereedschapsstaal	3,4	Nikkel N02200	2,3
Warmgewalst M2 gereedschapsstaal	3,4	Nikkelgietstukken (ASTM A 743/CZ100)	3,4
Klasse 25 grijs gietijzer	1,0	Aluminiumlegeringen (niet-hard)	0,7
Klasse 45 grijs gietijzer	2,3	Aluminiumlegeringen T6	0,4
Ductiel gietijzer type 120-90-02	3,4	Magnesium en magnesiumlegeringen	0,4
304/316 roestvast staal	3,4	Zuiver titanium (4 soorten)	3,4
317 roestvast staal	5,1	Titanium 6A1–4V	5,1

* Als de machinale bewerking van een onderdeel van 1020-staal € 1,00 kost, dan kost de machinale bewerking van hetzelfde onderdeel van titanium 6A1–4V € 5,80. Dit zijn de cijfers van één werkplaats voor machinale bewerking, andere werkplaatsen hanteren misschien andere waarden.

Eigenschappen

We hebben twee hele hoofdstukken besteed aan de beschrijving van materiaaleigenschappen (hoofdstuk 3 en 4) en in de daaropvolgende hoofdstukken de relatieve eigenschappen van de diverse materiaalsystemen besproken. De in figuur 22-3 opgesomde eigenschappen kunnen worden gebruikt als leidraad voor het opstellen van een lijst met materiaaleigenschappen die van invloed zijn op het functioneren van een te ontwerpen onderdeel. Denk na over je bedrijfsomstandigheden en vraag jezelf dan af welke mechanische eigenschappen belangrijk zijn. Als een apparaat cyclisch belast wordt, wil je een materiaal met voldoende vermoeiingssterkte. Als je een ondersteuning ontwerpt, is de druksterkte een belangrijke eigenschap. Apparaten die worden onderworpen aan schokbelastingen, hebben een goede slagvastheid nodig. Assen vereisen voldoende afschuifsterkte om het overgebrachte koppel goed te kunnen verdragen. Stijfheid (elasticiteitsmodulus) is belangrijk bij veren, kruipvastheid is belangrijk in apparaten die bij hoge temperaturen worden gebruikt. Slijtage kan van invloed zijn op veel verschillende soorten apparaten. Die laatste eigenschap moet bovendien worden onderverdeeld naar soort: abrasie, adhesieve slijtage, erosie of oppervlaktevermoeiing.

Dezelfde gedachtegang is van toepassing op de fysische en chemische eigenschappen, en het behouden van afmetingen en toleranties. Het geleidingsvermogen van het oppervlak is soms een belangrijke eigenschap, bijvoorbeeld voor toestellen die te maken hebben met radiofrequentiestromen. Vaak is het nodig dat onderdelen ferromagnetisch of juist niet-magnetisch zijn. Soms vereisen kunststof onderdelen een bepaalde mate van zelfdovend vermogen (ontvlambaarheid). De uitzettingscoëfficiënt wordt vaak vergeten, maar deze eigenschap is altijd belangrijk als ongelijksoortige materialen aan elkaar worden vastgemaakt en verwarmd. Soms kan een betrekkelijk onopvallende eigenschap belangrijk worden wanneer er eens grondig wordt nagedacht over die groep eigenschappen.

Een van de belangrijkste chemische eigenschappen is weerstand tegen de omgeving. Is corrosie door chemische stoffen belangrijk? Zal de vorming van corrosieproducten het functioneren van een onderdeel beïnvloeden? Als vastgesteld wordt dat corrosie belangrijk is, kan het raadzaam zijn om een aanvaardbare corrosiesnelheid te bepalen.

De chemische samenstelling is niet alleen belangrijk voor de corrosiebestendigheid. Metaallegeringen die kobalt bevatten, kunnen niet worden gebruikt in onderdelen van kernreactoren, want door de straling kan kobalt een radioactieve isotoop vormen met een behoorlijke halveringstijd. Dit schept een afvalprobleem als het onderdeel ooit vervangen moet worden. Soms kan het chemische karakter van een oppervlak een selectiefactor zijn. Koper-, zink- en loodlegeringen vormen geen hechtingsbindingen. Hetzelfde geldt voor veel kunststoffen.

De kristalstructuur van sommige materialen kan belangrijk zijn. Eerder hebben we al vermeld dat boriumnitride in hexagonale vorm zacht en zwak is, maar in kubische vorm hard. Koolstof in kubische vorm is harde diamant, en in hexagonale vorm grafiet, een smeermiddel. Amorfe koolstof heeft weer andere eigenschappen dan diamant en grafiet.

Als een onderdeel een spiegelend oppervlak moet krijgen, is ruwheid een selectiefactor. Bij sommige materialen kan men nooit de lage oppervlakteruwheid bereiken die nodig is voor een spiegelend oppervlak. Grijs gietijzer behoort tot deze materialen, de grafietinsluitsels verhinderen de mogelijkheid van een spiegelend oppervlak. Hetzelfde geldt voor weefselversterkte kunststoffen, poreuze keramische materialen en enkele grofkorrelige gietmetalen.

De laatste categorie eigenschappen die we bekijken, de afmetingen, is van toepassing op alle onderdelen. De ontwerper moet toleranties aangeven en eisen aan de oppervlakteafwerking stellen. Als vastgesteld is dat er ongewone eisen aan de nauwkeurigheid van de afmetingen gesteld moeten worden, is dit een selectiefactor. Sommige technische materialen zijn bij machinale bewerking stabieler dan andere. Voor een kunststof is het gewenst dat deze niet gevoelig is voor maatverandering door vochtabsorptie. Als het te ontwerpen onderdeel lang en dun is, kunnen koudgewalste metalen beter worden vermeden, want deze zijn berucht vanwege de verbuiging bij machinaal bewerken.

Milieu, veiligheid en regelgeving

In de Verenigde Staten en sommige Europese en Aziatische landen kunnen milieuvoorschriften, veiligheid en regelgeving net zo belangrijk of zelfs belangrijker zijn dan economische factoren. Figuur 22-3 geeft een aantal van de kwesties aan waarmee ontwerpers te maken krijgen bij de materiaalkeuze. Een bepaald materiaal kan misschien alleen gebruikt worden als het voorkomt op de lijst met goedgekeurde materialen van een of andere instantie. In de Verenigde Staten heeft de Food and Drug Administration regels opgesteld voor de constructiematerialen die mogen worden gebruikt voor protheses. Er zijn verzekeringsvoorschriften die bepalen welke constructiematerialen toegestaan zijn in sommige typen drukvaten. Machines die in Europa worden verkocht moeten voldoen aan de regels van de Europese Unie (EU). Het negeren van deze factoren kan op verschillende manieren kostbaar zijn. Als een ontwerper of fabrikant een regel negeert, kan dat leiden tot boetes of zelfs gevangenisstraf. Als milieuregels worden overtreden, kan dit de reputatie en de omzet van het bedrijf schade berokkenen. Als een product niet deugt, kan een rechtszaak wegens productaansprakelijkheid leiden tot het bankroet van de fabrikant. In de nu volgende bespreking zullen we enige opmerkingen wijden aan een aantal belangrijke punten op dit vlak.

Recycling en herbruik worden elk jaar belangrijker. Landen met veel consumptiegoederen hebben afvalstromen die langzamerhand onbeheersbaar worden. De gemeenten hebben geen plaats meer voor vuilstortplaatsen. Recycling is een poging om de afvalstroom in te dammen en het wordt een selectiefactor omdat sommige materialen gemakkelijker te recyclen zijn dan andere. Thermoplasten zijn gemakkelijker te recyclen dan thermohardende materialen. Het combineren van kunststoffen bij de montage schept daarom een probleem voor de recycling. Een kunststof die versierd is met bijvoorbeeld goudinkt, is misschien ongeschikt voor recycling. Houd bij de meeste ontwerpen rekening met de mogelijkheid van hergebruik. Dat is zakelijk gezien verstandig.

Bij de materiaalkeuze is gezondheid op verschillende manieren van belang. Bij de bereiding van sommige materialen worden kankerverwekkende stoffen gebruikt. Sommige materialen zijn giftig, daar moet rekening mee worden gehouden bij het ontwerpen van een consumptieartikel. Materialen die het gebruik van vluchtige organische verbindingen met zich meebrengen, kunnen beter worden vermeden. Veel overheden hebben regels opgesteld voor het gebruik van vluchtige organische verbindingen. Sommige materialen zijn lichter ontvlambaar dan andere. Als een product de kans loopt om blootgesteld te worden aan open vuur of een andere bron van grote hitte, is het beter om een materiaal te selecteren met een geringe ontvlambaarheid, zodat het risico daarop vermindert. Het is een goede oefening om bij het ontwerpen van een product te proberen je alle mogelijke manieren voor te stellen waarop een bepaald materiaal een gezondheidsrisico zou kunnen vormen of gevaarlijk afval zou kunnen opleveren. Als daarbij iets aan het licht komt, is dat meteen een selectiefactor. Er zijn handboeken die de giftigheid en gezondheidsrisico's van de meeste technische materialen vermelden.

Tegenwoordig zijn emissies door fabricageprocessen een belangrijke factor. Onder andere groene productie en de vermindering van de uitstoot van broeigassen (CO_2 enzovoort) worden van steeds groter belang. Er bestaat een groeiende trend in de richting van 'rookloze' fabrieken. Bij de materiaalselectie moet je overwegen of het gebruik van dat materiaal emissies in de atmosfeer met zich meebrengt. Als je een onderdeel ontwerpt dat tot een product kan worden gestempeld of gegoten, dan dien je te bedenken hoe je de olie van het gestempelde product moet verwijderen. Als de reiniging plaatsvindt met behulp van gechloreerde oplosmiddelen, is het misschien goedkoper om een gietproduct te gebruiken dat niet van olie hoeft te worden ontdaan. Het hanteren en verwijderen van organische oplosmiddelen is wereldwijd een enorm probleem geworden. Als je overweegt om een materiaal te gebruiken dat harding in een zoutbad vereist, en je wilt dat in je eigen bedrijf doen, zul je moeten bekijken hoe je het afval van het zout gaat verwijderen. In sommige landen is booglassen aan strenge voorschriften gebonden vanwege de metaaldampen die daarbij vrijkomen. Het is misschien eenvoudiger om een mechanisch bevestigde eenheid te gebruiken dan rekening te moeten houden met de emissies die samenhangen met het lassen.

Afvalverwijdering lijkt misschien geen vanzelfsprekende selectiefactor, maar het kan zeker wel een selectiefactor zijn. Alle fabricagebewerkingen produceren immers afval en het kan moeilijk zijn om dat weg te werken. Als je bijvoorbeeld onderdelen ontwerpt die corrosiebescherming nodig hebben, kun je voor een chroomdeklaag kiezen. In sommige gemeenten is het echter vrijwel onmogelijk om toestemming te krijgen voor het lozen van afgewerkte galvaniseeroplossingen in het riool. Cadmiumdeklagen zijn in de westerse wereld vrijwel verdwenen vanwege de problemen met afvalverwijdering. Polyethyleen wordt veel gebruikt in laminaatmaterialen. Dunne lagen gesmolten polymeer worden gebruikt om materialen aan elkaar vast te maken en composieten te vormen. De polyethyleenbrokken die bij het opstarten en uitschakelen in druippannen onder de polymeer-extruder ontstaan, zijn zeer moeilijk als afval kwijt te raken. Soms worden ogenschijnlijk onschuldige zaken als afval van kleefstoffen beschouwd als gevaarlijke stoffen.

Productaansprakelijkheid is vooral in de Verenigde Staten een zakelijke kwestie van grote betekenis. In 1965 werd er een wet aangenomen die was gericht op het verhogen van de veiligheid van consumptieartikelen. Een direct, maar onbedoeld effect van deze wet was het ontstaan van een miljardenindustrie voor advocaten. Als bij een ongeluk een consumptieartikel betrokken is, dagen de advocaten niet alleen de fabrikant van het product voor de rechter, maar ook de fabrikanten van alle afzonderlijke onderdelen in het product. Soms kunnen zelfs ontwerpers worden vervolgd. De aanklager probeert te bewijzen dat er een ontwerpfout of een materiaaldefect in het product zat bij het verlaten van het bedrijf van de fabrikant, of dat er een fout is gemaakt bij de marketing van het product. In Europa komen dit soort aansprakelijkheidsvraagstukken eraan.

Een ontwerpfout is snel gemaakt, bijvoorbeeld als de ontwerper niet heeft gecontroleerd wat de slagvastheid van een materiaal bij lage temperaturen is. 'Marketingdefect' is een juridische term die aangeeft dat de montage, de reiniging of de gebruiksinstructies onvoldoende waren, of dat niet alle risico's van het gebruik van het product vastgesteld zijn. Een klassiek voorbeeld hiervan is de fabrikant van een helm voor American football die werd aangeklaagd door een speler die tijdens een wedstrijd een nekblessure had opgelopen. De fabrikant had geen waarschuwing op de helm aangebracht dat de helm nekblessures niet zou voorkomen. Het selecteren van materialen met productaansprakelijkheid in het achterhoofd vereist een zorgvuldige afweging van alle eigenschappen die verband houden met eventuele defecten of risico's. Als onderdelen bij defecten kunnen leiden tot verwondingen bij de gebruiker, is het aan te raden om te overleggen met een veiligheidsexpert. Vraag dan meteen advies voor het opstellen van geschikte risico- en gebruiksinstructies.

Duurzaamheid is een toevoeging uit 2008 in figuur 22-3. Veel van bovengenoemde concepten vallen onder 'duurzaam ontwerpen'. Het gaat er daarbij om producten zodanig te ontwerpen, produceren, gebruiken en recyclen dat ze geen blijvende belasting vormen van het milieu en de aarde. Als een of ander proces of product 'duurzaam' wordt genoemd, kan het een gunstige materiaalkeuzefactor zijn. Houten vloeren zijn hiervan een goed voorbeeld. Bamboe vloeren worden op de markt gebracht als een duurzaam product omdat ze worden gemaakt van bamboebomen die in twee jaar groeien uit zaden tot bruikbare grootte, terwijl eiken vloeren geen duurzaam product zijn. Het kan 100 jaar duren voordat een eik groot genoeg is om voor vloeren en meubels gekapt te worden, en omdat de meeste gekapte eiken nooit worden vervangen, vormen ze geen duurzaam product. Eiken vloeren worden simpelweg niet meer gemaakt als de bestaande bomen er niet meer zijn. Dit is in de afgelopen 50 jaar gebeurd met kastanje- en walnoothout in de Verenigde Staten: zeer populaire houtsoorten voor lijsten en meubels binnenshuis van 1910 tot 1925. Deze houtsoorten zijn nu in wezen verdwenen als commercieel verkrijgbaar timmerhout; de bomen zijn allemaal gekapt. Een ander voorbeeld van een duurzaamheidsprobleem is het huidige gebruik van koper, voor van alles, van elektriciteitsdraad tot sanitair. Als de wereldwijde gebruikssnelheid van koper even hoog blijft als in 2008, kunnen de bekende reserves op de wereld rond circa 2050 opgebruikt zijn. Het is dus niet zonder meer de reden dat diefstal van koper een groot probleem is geworden.

Samenvatting: selectiefactoren

Figuur 22-3 geeft wellicht de indruk dat er bij de materiaalkeuze rekening moet worden gehouden met veel te veel factoren, maar ondanks deze wellicht wat ontmoedigende indruk is het minder ingewikkeld dan het lijkt. We hebben geprobeerd te laten zien wat de belangrijkste selectiefactoren zijn: eigenschappen, verkrijgbaarheid, kosten en zakelijke kwesties. De materiaaltechnicus die een tekening krijgt voorgelegd van een ontwerper die een potentieel materiaalprobleem heeft gevonden, stelt meestal de volgende vragen:

1. Wat is de functie van dit onderdeel/deze machine?
2. Hoeveel ga je er maken?
3. Is corrosie een factor?
4. Glijdt het onderdeel tegen iets aan; is slijtage of wrijving een factor?
5. Krijgt het onderdeel schokbelastingen te verduren?
6. Hoelang moet het meegaan?
7. Wanneer heb je het nodig?

Deze korte lijst illustreert de algemene selectiekwesties. De vragen over slijtage, corrosie en slagvastheid zijn gericht op de drie meest voorkomende oorzaken van een defect. In feite stellen we vijf vragen:

1. Wat zijn de belangrijke eigenschappen ('vereist' en 'gewenst')?
2. Wanneer moet het onderdeel gereed zijn (levering)?
3. Hoeveel zijn er nodig?
4. Hoelang moet het onderdeel meegaan?
5. Hoe belangrijk zijn de kosten?

22.3 Een repertoire van materialen

We hebben de ontwerpprocedure en de selectiefactoren bekeken. De ontwerper heeft nu de tekening van het apparaat dat gemaakt of gekocht moet worden, een lijst met de bedrijfsomstandigheden voor het apparaat, en een lijst met de belangrijkste selectiefactoren.

De volgende stap in de selectieprocedure is het selecteren van een materiaalsysteem. Schrijven de belangrijke eisen voor het onderdeel een kunststof, een metaal, een keramisch materiaal of zelfs een composiet voor? Het antwoord op deze vraag vinden we door de eigenschappen van de verschillende materiaalsystemen in gedachten met elkaar te vergelijken. We hebben de relatieve materiaalkosten bekeken in figuren 22-5 en 22-6, en in de betreffende paragrafen van dit boek vind je tabellen met de belangrijke eigenschappen van alle belangrijke materiaalsystemen. Figuur 22-7 geeft een vergelijking van enkele materiaaleigenschappen. Zo'n soort vergelijkingsdiagram kan ook worden gemaakt voor andere materiaaleigenschappen. Veel materiaalhandboeken bevatten uitgebreide tabellen waarin eigenschappen worden vergeleken. In paragraaf 22.6 bespreken we een alternatieve grafische methode om dit te doen. De lezer moet inmiddels wel een zeker inzicht hebben ontwikkeld in de relatieve

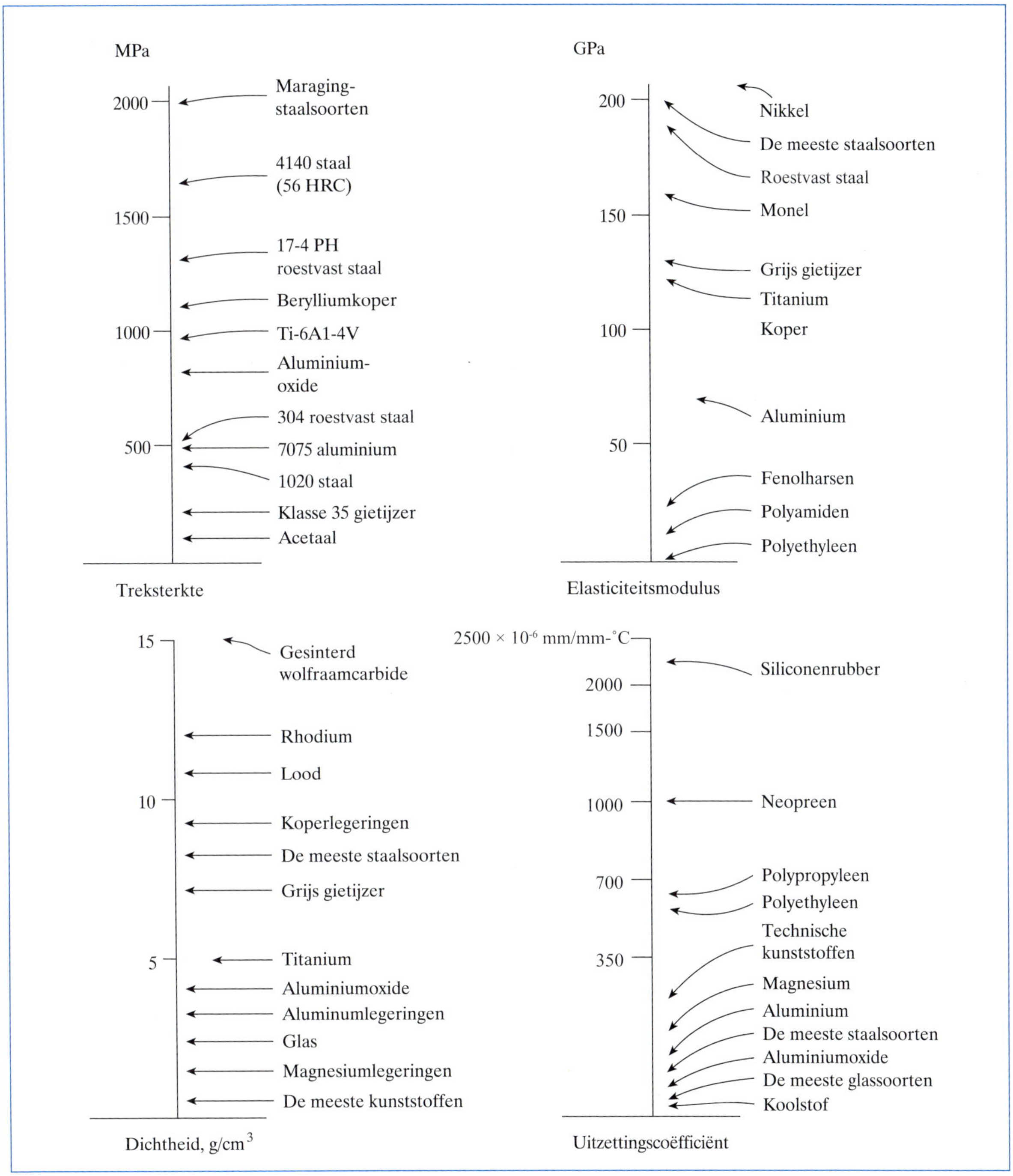

FIGUUR 22-7 Vergelijking tussen de eigenschappen van diverse materiaalsystemen bij kamertemperatuur

eigenschappen van de gebruikelijke materiaalsystemen. Hij zou nu zijn eigen repertoire van technische materialen moeten kunnen doornemen en een specifiek materiaal selecteren. De materialen die we hebben aanbevolen, zijn bruikbaar voor de meeste ontwerpsituaties. Ze worden in figuur 22-8 nog eens weergegeven. We hebben ongeveer zeventig materialen vermeld, wat misschien een beetje veel lijkt. Deze lijst is echter veel korter dan de lijst met 65.000 metaallegeringen, 15.000 kunststoffen en honderden keramieken die in de handel zijn

Vaak heeft het selectieproces te maken met overwegingen over materialen met coatings en andere oppervlaktebehandelingen alsmede materialen

- **Kunststoffen**
  - Polyethyleen
  - Polyvinylchloride
  - Polytetrafluorethyleen
  - Polymethylmethacrylaat
  - Polyacetaal
  - Fenolharsen
  - Polyimiden
  - Polyamiden
  - Polycarbonaten
  - Elastomeren
    - Urethanen
    - Siliconen
    - Polychloropreen
  - Polyamide-imide
  - Polyfenyleensulfide
- **Keramische materialen**
  - Aluminiumoxide
  - Siliciumnitride (Si_3N_4)
  - Siliciumcarbide (SiC)
  - Plasma, d-gun (detonatiepistool)
  - HVOF-coatings
    - Chroomoxide
    - Wolfraamcarbide
    - Titaniumcarbide
    - Chroomcarbide
  - Gesinterde carbiden
  - Verglaasd mica
  - Koolstofproducten
- **Metalen**
  - Koolstofstaalsoorten: 1010, 1020, 1040, 1050, 1090, B1112
  - Gereedschapsstaalsoorten: 01, A2, D2, S1, H13, M2, A11
  - Gietijzersoorten: Klasse 20, Klasse 35, Ductiel 60-45-18
  - Koperlegeringen: ETP koper C11000, DHP koper C12200, Brons C90500, Berylliumkoper C17200, Geel messing C36000, Fosforbrons C52100
  - Nikkellegeringen: Monel, Hastelloys, Ni-, Cr-, B-legeringen, Zuiver nikkel, Inconels
  - Gelegeerde staalsoorten: 4140, 4340, 8620, 9310
  - Speciale staalsoorten: Nitralloy 135M, Maragingstaal 200-350, Weerbestendige staalsoorten
  - Roestvaste staalsoorten: 303, 304 (CF-8), 316 (CF-8M), 420, 440C, 17-4 PH (CB-7Cu)
  - Aluminiumlegeringen: 3003, 5052, 6061, 7075, 355, 380
  - Zink: ASTM B86, AG 40-A
  - Titanium: Zuiver Ti (type 1-3), Ti-6A1-4V
  - Magnesium: AZ31B, AZ63

FIGUUR 22-8 Mogelijk repertoire van technische materialen voor ontwerpers

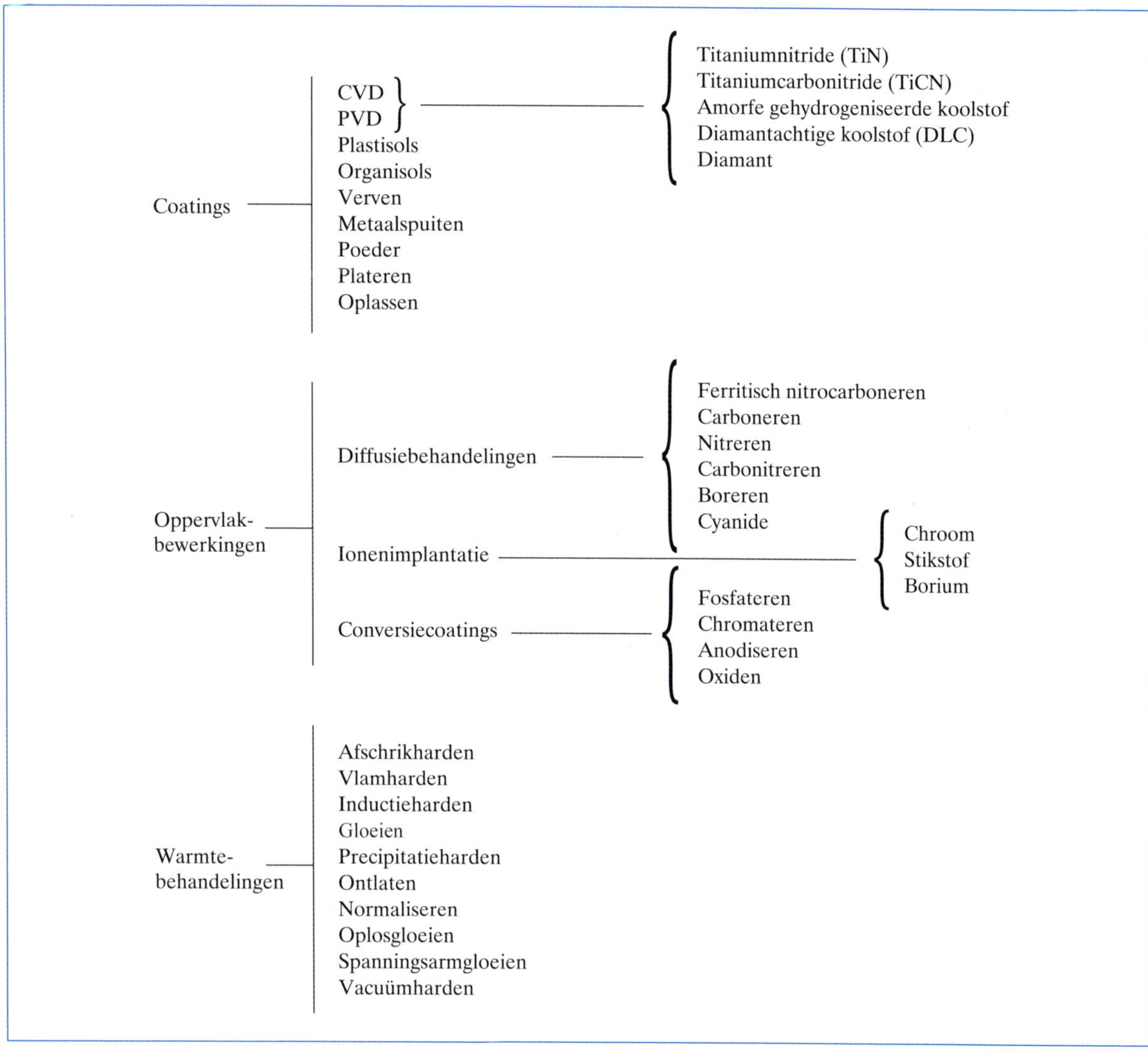

FIGUUR 22-9 Materiaalbehandelingen

zonder. Waarom zou je een duur bulkmateriaal gebruiken wanneer een goedkoop materiaal met een bepaalde oppervlaktebehandeling de taak kan uitvoeren? Een goede materiaalkeuze moet rekening houden met alle technische kandidaat-materialen en toepasbare coatings en behandelingen – alle hulpmiddelen die er zijn. Figuur 22-9 bevat een lijst met de diverse coatings en andere behandelingen die we hebben besproken. Dit is je repertoire van oppervlaktetechnieken. Elke manier van ondernemen zal waarschijnlijk een ander repertoire van materialen, coatings en behandelingen met zich meebrengen, maar dit repertoire is noodzakelijk. Het moet worden uitgebreid met nieuwe coatings en behandelingen als deze verkrijgbaar worden, en het moet geraadpleegd worden bij elke selectie.

Het oproepen van je materialenrepertoire is een noodzakelijk onderdeel van het kiezen van een materialensysteem en een specifiek materiaal (zie figuur 22-1). Op vele manieren hangt het succes van een selectie af van de kwaliteit en de kwantiteit van je materialenrepertoire. Als je bijvoorbeeld niet weet dat 4140 staal gemakkelijk verkrijgbaar is in een voorgeharde toestand, kun je veel geld verspillen aan een ruwe machinale bewerking of warmtebehandeling van een materiaal dat ook zo uit voorraad zou kunnen worden gekocht. Sommige materiaalgebruikers hebben nooit te maken gehad met de P/M-soorten gereedschapsstalen, die gemakkelijker machinaal bewerkt kunnen worden en minder slijten dan equivalente kneedsoorten. Zij zouden de kosten aanzienlijk kunnen verlagen als deze stalen in hun repertoire zaten. Als materiaalgebruiker is het belangrijk om op de hoogte te blijven van materiaalvooruitgang en -verkrijgbaarheid, kosten en alle materiaalinnovaties die van toepassing zijn op jouw gebied. Het moet worden beschouwd als een beroepsvereiste.

22.4 Selectiemethodiek

In een aantal hoofdstukken hebben we reeds onze selectiemethodiek geïntroduceerd. Kort samengevat, men stelt een lijst van eisen en wensen samen, men zoekt naar kandidaat-materialen of materiaalsystemen, en vervolgens maakt men een vergelijking om tot een geschikt materiaal te komen. Het is uiteraard niet altijd zo eenvoudig. Vaak maakt men daarom gebruik van een zogenaamde selectiematrix, alsmede van wegingsfactoren. In onderstaand voorbeeld laten we zien hoe dat werkt

Een ontwerper wil een zogenaamde Wiebol-as maken voor een hypothetisch apparaat, een printerkop. De tekening voor dit apparaat wordt weergegeven in figuur 22-10. (NB In dit voorbeeld hebben we de Engelse eenheden aangehouden. Het heeft geen zin om precieze waarden om te rekenen in SI-eenheden. Het gaat in dit geval om een voorbeeld van het selectieproces.) De lijst met bedrijfsomstandigheden ziet er als volgt uit:

Bedrijfsomstandigheden voor de Wiebol-as

1. 30 mm-diameter, moet passen in X522-kogellager.
2. Kleinste diameter zal een koppel van 130 J ondervinden en een afschuifspanning van 10 ksi (~70 MPa).
3. Mogelijke schokbelasting 20 J.
4. Het kleinste uiteinde moet bestand zijn tegen het regelmatig verwijderen van een met een spie bevestigd tandwiel.
5. Geen traagheidseisen.
6. Oppervlakteruwheid maximaal 32 min. (0,8 μm) Ra.
7. Diameters moeten concentrisch zijn binnen 0,001 in. (0,025 mm).

Op basis van deze bedrijfsomstandigheden en de beperkingen op het gebied van tijd en geld die aan het project verbonden zijn, wordt een lijst met belangrijke onderdeeleisen opgesteld.

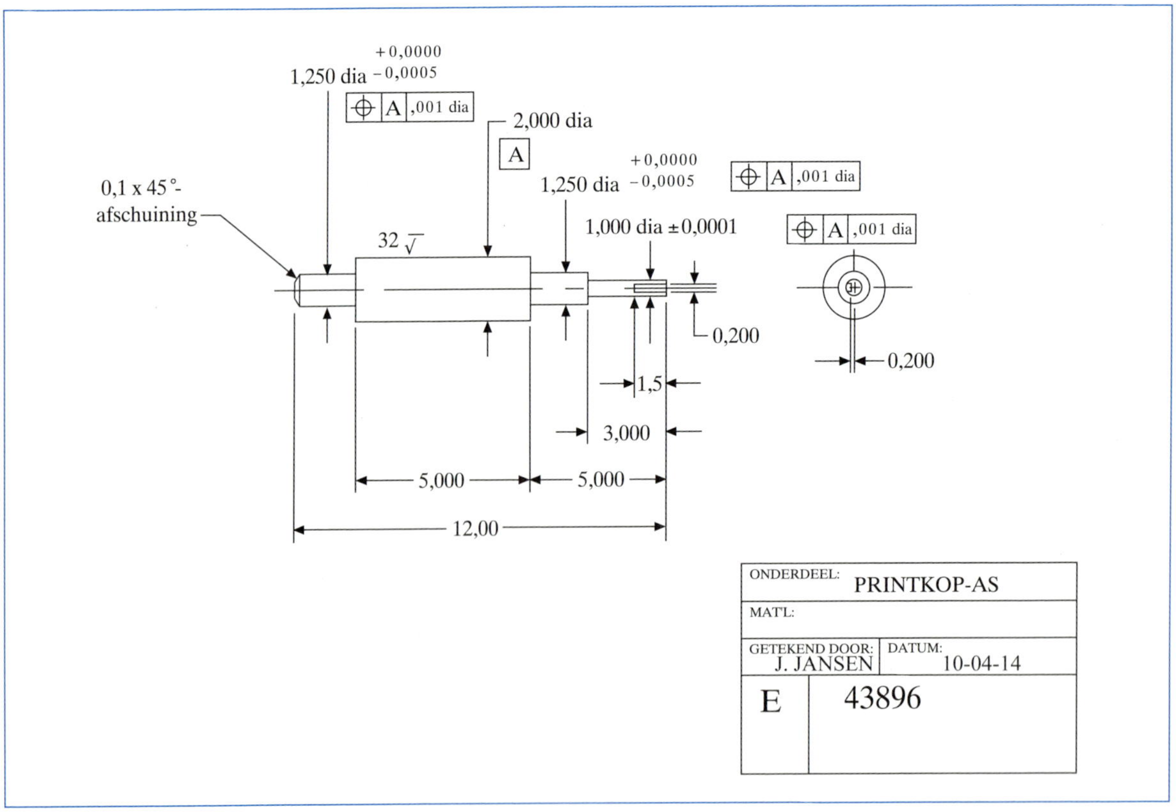

FIGUUR 22-10 Detailtekening van een typisch machineonderdeel

Belangrijke selectiefactoren

1. Er is een hardheid nodig van minstens 30 HRC.
2. De vermoeiingssterkte moet minstens 30 ksi (~200 MPa) bedragen.
3. De slagvastheid moet hoog zijn.
4. De stijfheid moet zo hoog mogelijk zijn.
5. Diameter (A) mag niet corroderen in kamerlucht met 50 procent RV.
6. De as moet stabiel en recht zijn binnen 0,025 mm.
7. Het onderdeel moet binnen een week gereed zijn.
8. Er zijn drie exemplaren nodig.
9. De maximale prijs per onderdeel is 20 euro.
10. De verwachte levensduur is vijf jaar.

De lijst met eisen is opgesteld met behulp van figuur 22-3 als controlelijst. De ontwerper neemt gewoon de controlelijst punt voor punt door en noteert de eigenschappen die van toepassing zijn. Er kunnen extra eigenschappen worden toegevoegd of men kan een eigen controlelijst opstellen.

Selecteren van een materiaalsysteem

Wat is het geschikte materiaalsysteem voor onze Wiebol-as? Een kunststof? Dit materiaalsysteem kan onmiddellijk worden verworpen omdat, zoals we hebben gezien (in de hoofdstukken 7 tot 10), kunststoffen een stijfheid (elasticiteitsmodulus) hebben die 100 keer minder kan zijn dan die van stalen. Hoe staat het met keramische materialen? We hebben gezien dat keramische materialen stijver kunnen zijn dan stalen. Dat is waar, maar we hebben ook gezien dat keramische materialen bros zijn, dus wordt de eis van een hoge slagvastheid een probleem.

En een composiet dan? Onze lijst met eisen liet zien dat er slechts drie eenheden hoeven te worden gemaakt. De meeste composieten worden speciaal gemaakt voor een bepaalde toepassing. Er is geen 'composietleverancier' met een assortiment composieten voor algemeen gebruik. Er bestaan zeer nuttige standaardvormen voor enkele polymeercomposieten, maar ook hierbij is de lage elasticiteitsmodulus of anisotropie een probleem.

We selecteren dus metalen als het materiaalsysteem voor onze Wiebol-as, maar bij een goede materiaalkeuze moeten we alle materiaalsystemen overwegen. Bij deze selectie vallen keramische materialen en kunststoffen af, maar dat hoeft in andere gevallen natuurlijk niet zo te zijn.

Lijst met kandidaat-materialen

We besloten onze materiaalkeuze voor de Wiebol-as te richten op het materiaalsysteem van de metalen. Welke metalen moeten we overwegen? Belangrijke vereisten in onze lijst waren de volgende:

- 30 HRC hardheid
- hoge slagvastheid
- een minimale vermoeiingssterkte
- hoge stijfheid
- lage kosten

Al deze eisen wijzen op een staalsoort. Maar welke moeten we nemen? Voorgehard 4140? Deze soort kan worden aangeschaft met de vereiste 30 HRC, en hij heeft een goede slagvastheid en vermoeiingssterkte. We kunnen deze soort daarom beschouwen als een kandidaat. Waarom maken we anders geen gebruik van 1020 staal? We hebben immers gezien dat het het goedkoopste staal is en het kan met oppervlakteharden op de vereiste 30 HRC worden gebracht. Ook dit staal kan een kandidaat zijn. Misschien moeten we gezien onze 'geen corrosie'-eis ook kijken naar roestvaste staalsoorten? We hebben gezien dat PH roestvaste staalsoorten veel gebruikt worden op 30 HRC, dus waarom maken we 17-4 PH, het best verkrijgbare PH roestvaste staal, geen kandidaat? Ook kunnen we vanwege de corrosieweerstand de titanium 6A14V-legering beschouwen als een geschikte kandidaat. Deze legering heeft een hardheid van 30-34 HRC bij aanschaf.

Zouden we niet ook enkele gemakkelijker machinaal te bewerken metalen overwegen, zoals messing en aluminium? Type C36000 loodhoudend geel messing is tamelijk sterk en stijf en zeer gemakkelijk machinaal te bewerken. Hetzelfde geldt voor 6061-T6 aluminium. Laten we beide materialen toevoegen aan onze kandidatenlijst, die er nu als volgt uitziet:

voorgehard 4140-staal
oppervlaktegehard 1020-staal
17-4 PH roestvast staal
titanium 6A14V
6061-T6-aluminium
C36000 geel messing

Dit is het aanbevolen gedachteproces om tot een lijst met kandidaat-materialen terecht te komen. Raadpleeg je kennis van technische materialen, hun eigenschappen, kosten, verkrijgbaarheid en hun vermogen om oppervlaktebehandelingen te ondergaan. Betrek ook je ervaring met materiaaltoepassingen en je repertoire van technische materialen bij het proces.

Zoeken van kandidaat-eigenschappen bij de eisen

Een ervaren materiaaltechnicus kan een lijst met eisen en een kandidatenlijst van materialen in gedachten met elkaar vergelijken, om zo uiteindelijk tot een materiaalkeuze te komen. Voor onze Wiebol-as zou die er zo uit kunnen zien:

> Materiaal: AISI 4140 staal voorgehard tot 28–32 HRC
> Stroomloos vernikkelen diameter A 0,00015/0,001 in. (12 tot 15 μm) dik. Alle andere gebieden maskeren.

Zelfs ervaren materiaaltechnici gebruiken echter vaak een selectiematrix bij deze stap. Daarbij zet je je eisen op een rij in een kolom van een spreadsheet en de kandidaat-materialen ernaast in andere kolommen; vervolgens geef je elk materiaal een waardering voor hoe goed het past bij elke behoefte. Je kunt die waardering formuleren zoals je wilt, maar om het systeem gemakkelijk te kunnen gebruiken, is het gebruik van een waardesysteem van 0 tot 10 aan te raden, waarbij 10 de hoogste waarde is. Figuur 22-11 laat een selectiematrix zien voor onze Wiebol-as. De waarden voor elk materiaal kunnen beoordelingen zijn op basis van onze ervaring en kennis, of de cijfers van 0 tot 10 kunnen kwantitatief gemaakt worden. De hardheidswaarden kunnen bijvoorbeeld in wezen laag zijn ten opzichte van de absolute hardheid van de kandidaat-metalen. We hebben 4140 een 10 gegeven omdat het wordt aangeschaft met 30 HRC (ons doel); we weten dat de hardheid van Ti-6A14V bij ontvangst ook minimaal 30 HRC is, dus krijgt dat materiaal ook een 10. We hebben 17-4

10 is het best

	Kandidaat-materialen					
Vereisten	Messing C36000	Aluminium 6061-T6	Titanium Ti6A14V	Roestvast staal 17-4 PH	Koolstof-staal 1020	Voorgehard staal 4140 bij 30 HRC
Minimaal 30 HRC	5	3	10	10	8	10
30 ksi (200 MPa) duurzaamheidsgrens	4,4	2,6	10	9,3	4,4	10
Charpy V-slagvastheid > 15ft lb (20 J)	8	7	10	10	10	10
Hoge elasticiteits-modulus *(×3 factor)	18 (6 × 3)	10 (3.3 × 3)	18 (6 × 3)	27 (9 × 3)	30 (10 × 3)	30 (10 × 3)
Roestvast	8	8	10	10	3	3
Materiaalkosten €/kg	6	9	0,5	5	10	9
Kosten van behandeling/ machinaal bewerken €	10	10	10	5	5	5
Zal 5 jaar meegaan	10	10	10	10	10	10
Score	69,4	59,6	78,5	86,3	80,4	87

* Schaalfactor voor hoger belang.

FIGUUR 22-11 Selectiematrix voor een Wiebol-as

eveneens een 10 gegeven, omdat het kan worden gehard tot minimaal 30 HRC. Messing heeft daarentegen een hardheid van ongeveer 150 kg/mm², vergeleken met de 300 kg/mm² van 4140, dus krijgt dit materiaal een 5 voor hardheid. Type 6061 aluminium heeft een hardheid van minder dan 100 kg/mm², dus hebben we het een 3 gegeven op dit punt.

De vereiste duurzaamheidsgrens van 30 ksi (200 MPa) werd kwantitatief gemaakt door handboekwaarden om te zetten in cijfers van 0 tot 10 met behulp van verhoudingen.

Waarde
C36000 messing = 20 ksi (4,4)
6061-T6 = 12 ksi (2,6)
Ti-6A4V = 45 ksi (10)
17-4 SS = 42 ksi (9,3)
1020 = 20 ksi (9,4)
4140 @ 30 = 45 ksi (10)
aangenomen 45 ksi =10, dan $20/x = 45/10$, x =4,4, enzovoort

Alle handboekeigenschappen kunnen worden ingeschaald op 0 tot 10 of een ander waardesysteem. Soms kan een rij gevuld worden met experimenteel bepaalde testgegevens voor abrasieve slijtage in kubieke millimeters:

Waarde
Aluminium = 30 mm³ (1,3)
Messing =20 mm³ (2)
4140 = 4 mm³ (10)

Als 4 mm³ de laagste slijtagesnelheid is, scoort het bijbehorende materiaal op dit punt een 10. De rest van de testgegevens kan vervolgens gewaardeerd worden op basis van de volgende formule:

Slijtageweerstand = 1/ slijtage × 40

Het is ook mogelijk om een eigenschap te wegen. Laten we aannemen dat een hoge elasticiteitsmodulus de belangrijkste selectiefactor is. We kunnen onze waarde van 0 tot 10 dan vermenigvuldigen met een bepaalde wegingsfactor. We hebben de elasticiteitsmodulus in de matrix van onze Wiebol-as bijvoorbeeld belangrijker gemaakt dan de andere eigenschappen met een factor 3. We waardeerden de kandidaten van 0 tot 10, waarbij een 10 stond voor 30×10^6 psi (200 GPa). Aluminium met een modulus van slechts 10×10^6 psi (70 GPa) kreeg daardoor een waarde van 3,3. Aldus hebben we alle kandidaten op een rij gezet met behulp van handboekwaarden voor hun elasticiteitsmodulus, en vervolgens hebben we de waarde vermenigvuldigd met drie. De waarde ‘roestvast’ is subjectief, maar weerspiegelt het waargenomen corrosiegedrag in lucht. We weten dat titanium en 17-4 roestvast staal absoluut niet zullen corroderen in kamerlucht. Staal wel. Messing en aluminium worden dof, dus verlaagden we hun waarde een beetje ten opzichte van die van roestvast staal en titanium. De waarden voor de materiaalkosten zijn gebaseerd op de prijs per pond in 2008. We hebben 1020 staal een 10 gegeven vanwege de prijs van 3 €/kg en titanium een waarde van 0,05 vanwege de prijs van 60 €/kg. De andere cijfers weerspiegelen prijzen van ongeveer 9 €/kg voor messing, 3,60 €/kg voor aluminium en 15 €/kg voor roestvast staal. Het 4140 staal kostte ook ongeveer 3,60 €/kg. De behandelingskosten zijn beoordeeld op basis van het feit dat roestvast staal en 1020 staal warmtebehandelingskosten met zich meebrengen en 4140 plateringskosten om het roestvast te maken. De materialen zijn in de matrix niet beoordeeld op onze laatste eis, een levensduur van vijf jaar. Alle kandidaten zijn immers bekend in machineontwerpen, en zullen zeker vijf jaar meegaan als de spanningen lager zijn dan de duurzaamheidsgrenzen.

Om de selectiematrix zijn taak te laten uitvoeren, moet je nu de eigenschapswaarden voor elke kandidaat bij elkaar optellen. De kandidaat 4140 staal lijkt op het eerste gezicht de beste te zijn, maar de matrix laat zien dat 17-4 roestvast staal een gelijkwaardige kandidaat is. In feite is het zelfs zo dat als we nu de firmaprijzen voor warmtebehandeling van roestvast staal en platering van 4140 zouden opvragen, we zouden kunnen concluderen dat 17-4 toch een betere keuze is.

Samenvattend: selectiematrices zijn nuttige hulpmiddelen bij het evalueren van kandidaat-materialen en behandelingen voor een specifieke toepassing. Hoe meer de waarde gekwantificeerd is, des te waardevoller de matrix en des te succesvoller het resultaat.

Figuur 22-12 laat een selectiematrix zien voor een materiaal dat gepaard moest worden met type 303 roestvast staal in een systeem van het schroef-moertype. De moer moest type 303 roestvast blijven, en de primaire selectiefactor was systeemslijtage in wederzijds ongesmeerd contact. Kunststoffen en keramische materialen konden niet worden gebruikt vanwege fysische eigenschapsverschillen (geluidssnelheid). Meer dan 90 materialen werden getest, en er werden selectiematrices gebruikt voor diverse metaalsystemen, staalsoorten, koperlegeringen, roestvaste staalsoorten en verscheidene metalen (kobalt, op nikkelbasis, op zirkoniumbasis enzovoort). Een

Materiaal (vs303)	Systeemslijtweerstand 300/slijtvolume (in^3×10^{-8})	Vrij van deeltjes 10-test slijtmateriaal (mg)	Systeemwrijving COF × 10	Gemak van draadvorming (opinie)	Corrosieweerstand (opinie)	Geschikte mechanische eigenschappen	Geschikte fysische eigenschappen	Goedkope materialen + behandelingen	Totaalscore	
303 SS	0,4	5	6,8	3	8	9	7	3	42,2	← Controle
A2 gereedschapsstaal	0,7	8	7,6	2	2	6	8	3	37,3	
P brons	2,2	9	6,9	7	7	7	6	8	53,1	
544 brons	7	9	4,7	8	7	7	6	7	55,7	

FIGUUR 22-12 Beslissingsmatrix voor kandidaat-materialen (10 is het best; hoe hoger de som, des te beter de kandidaat)

gehard roestvast staal uit de 400-serie bleek uiteindelijk de beste keuze.

Deze matrices kunnen ook worden gebruikt voor oppervlaktebehandelingen. Figuur 22-13 is een matrix voor de coating van een spil op een machine. De eisen waren dat deze zwart moest zijn, slijtbestendig en goedkoop, en moest hechten op loodhoudend lagekoolstofstaal. Het zwarte nitreerproces kwam tevoorschijn als de beste kandidaat.

Selecteren van de best overeenkomende kandidaat en deze specificeren

Als een selectiematrix wordt gebruikt, wordt de beste selectiekandidaat duidelijk geïdentificeerd. Deze zal de hoogste numerieke waarde hebben. Je bent dan echter nog niet helemaal klaar, want deze laatste stap houdt ook in het specificeren van het gekozen materiaal of materiaal plus coating of behandeling. Dat is geen triviale taak. Een goede tekening of aanschafdocumentspecificatie moet de volgende elementen bevatten:

1. Een over de hele wereld erkende materiaalaanduiding
2. Het fabricageproces en de toepasbare normen
3. De oppervlaktetextuur (als daar verschillende opties voor zijn)
4. Coatings (indien van toepassing), waaronder
   a. Wereldwijd erkende aanduiding
   b. Gewenst diktebereik
   c. Te coaten gebieden
   d. Andere eisen (machinaal bewerken, oppervlaktetextuur enzovoort)
5. Behandelingen (indien van toepassing) – keuze uit alle in figuur 22-9 aangegeven behandelingen
6. Details over de warmtebehandeling:
   a. Hoe hard?
   b. Doordikte?
   c. Oppervlakharden?
   d. Inductieharden?
   e. Diepte?
   f. Te harden gebieden?
   g. Enzovoort
7. Andere behandelingsdetails: ionenimplantatieflux, vibratiespanningsarm maken, precipitatie enzovoort

Elke materiaalfactor die van belang is voor de bruikbaarheid, moet worden vermeld in de materiaalspecificatie. Figuur 22-14 geeft typerende tekeningspecificaties voor materialen van diverse materiaalsystemen. Aarzel niet om de materiaaldetails te geven in een afzonderlijke notitie bij de tekening. Veel technische tekeningen zitten vaak zo vast in een protocol dat een verkoper die biedt op een bepaald onderdeel haast een onderzoeksproject moet starten om het constructiemateriaal op een tekening te vinden. Laat duidelijk zijn dat het verkrijgen van het juiste materiaal met geschikte coating en behandeling net zo belangrijk is als het beschikken over een helder ontwerp.

	(10 is het best; 5 is neutraal)		Proces/materiaal		Kandidaten
Benodigde kenmerken	Zwarte verf	Zwart oxideren	Zwart nitreren	Zwarte nikkelplaat	Zwarte chroomplaat
Roestweerstand	8	2	7	9	10
Slijtweerstand	2	1	10	4	5
Automatenstaal-substraat	5	5	5	5	5
Geen afmetings-wijziging	1	10	9	8	8
Dikte < 1 mil (25 μm)	5	5	5	5	5
Kosten < € 15	4	10	8	2	2
Totale score	25	33	44	33	35

FIGUUR 22-13 Selectiematrix voor het vergelijken van oppervlaktechniekkandidaten met een lijst van gewenste kenmerken/voordelen

Kunststoffen	Materiaal: polyacetaal (Delrin 500-Dupont Corp.) Spanningsarmgloeien voorafgaand aan machinale bewerking
Keramische materialen	Materiaal: aluminiumoxide (type 90A-Coors Corp.)
Metalen	Materiaal: SAE 4140 staal (EN19) Gehard en ontlaten tot 28-32 HRC

FIGUUR 22-14 Tekeningspecificaties voor diverse technische materialen

22.5 Materialen voor typische machineonderdelen

In ons voorbeeld van de hypothetische printerkop hebben we een matrix gesuggereerd voor een grondig materiaalkeuzeonderzoek. In de meeste machines zitten echter onderdelen die ook in veel andere machines voorkomen. Veel machines maken bijvoorbeeld gebruik van bepaalde soorten assen. Hetzelfde geldt voor tandwielen, lagerbussen, bevestigingsmiddelen enzovoort. Er is een klein aantal materialen dat vaak wordt gebruikt voor dit soort onderdelen. In tabel 22-2 hebben we een aantal van deze veelvoorkomende machineonderdelen onder elkaar gezet en een aantal materialen vermeld die voor deze onderdelen kunnen worden gebruikt. Met deze tabel willen we de ontwerper of materiaalgebruiker op weg helpen bij het selecteren van materialen voor een te ontwerpen onderdeel.

Voor elk onderdeel zijn diverse materialen aangegeven, want voor elk onderdeel is er altijd meer dan één geschikt materiaal. Het eerste materiaal is gewoonlijk het goedkoopst of het minst slijtvast. De andere materialen worden vermeld op volgorde van toenemende hardheid, sterkte of slijtweerstand.

TABEL 22-2 Materialen voor machineonderdelen (*selectiedatabase*)

ONDERDEEL OF WERKTUIG	KANDIDAAT-MATERIALEN*
Afdichtingen, assen	PTFE versus aluminiumoxide, grafiet versus brons, grafiet versus aluminiumoxide
Afdichtingen, loopvlak	Grafiet versus aluminiumoxide, polyimide versus 440C roestvast staal
Afschermkappen	PVC, acrylaat, polycarbonaat, geëxpandeerd metaal
Assen	1020, 4140, 4340 staal, 17-4 PH roestvast staal, genitreerd Nitralloy
Beitels	S1, S7 gereedschapsstaal
Boorbussen	O1, A2 gereedschapsstaal
Boorwerktuigen	M2, M3-2, T15 gereedschapsstaal, gesinterd carbide
Boren	M42, M3-2, T15 gereedschapsstaal
Bouten	Acetaal, 1020 staal, 1040 staal, 4140 staal
Buigmatrijzen	O1, A2, D2 gereedschapsstaal
Buigwalsen	4340 staal
Draadtrekmatrijzen	D2, M2 gereedschapsstaal, gesinterd carbide
Draadveren	Fosforbrons, 1080 staal (pianodraad), koudgetrokken 301 roestvast staal, 17-7 PH roestvast staal
Draaibankgereedschap	M2, M2-3, T15 gereedschapsstaal, gesinterde carbiden
Goten	PVC, UHMWPE, 1020 staal, 304 roestvast staal
Graveerrollen	D2 gereedschapsstaal
Grondplaten	Aluminium modelplaat, 1020 staal, grijs gietijzer
Hakmessen	A2, D2, M2 gereedschapsstaal
Hamers	1080 staal, S7 gereedschapsstaal
Kalanderwalsen	Hardeschilgietijzer
Kantpersmatrijzen	4140 staal, S7 gereedschapsstaal
Koppelstukken	Epoxy met vulstof, 6061 T6 aluminium, O1, A2 gereedschapsstaal
Lagerbussen	PTFE-gevuld acetaal, textielversterkte fenolhars, PTFE-weefsel, loodhoudend brons, P/M-brons, P/M-ijzer, polyimide
Machinevoetstukken	1020, A36 staal, grijs gietijzer, ductiel gietijzer
Messen, corrosief materiaal	440 C roestvast staal, gesinterd carbide, zirkoniumoxide
Messen, papier	A2, D2, M2-3 gereedschapsstaal, gesinterd carbide
Messen, staal knippen	S1, S7 gereedschapsstaal
Messen, staal snijden	A2, D2, M2 gereedschapsstaal, gesinterd carbide
Messen, vierkante doorslag	Vlamgehard 1045 staal, D2 gereedschapsstaal
Opspanblokken (vormholte)	P20 gereedschapsstaal
Paspennen	W1, A2 gereedschapsstaal
Persstempels	M2, M2-3, T15 gereedschapsstaal
Pignons	Gecarboneerd 8620 staal, A2 gereedschapsstaal
Platte veren	Fosforbrons, berylliumkoper, 1080 staal, 6150 staal, 17-7 PH roestvast staal
Pneumatische werktuigen	S1, S7 gereedschapsstaal
Ponsen	W1, A2, D2 gereedschapsstaal
Ruimdoorns	M2, M3-2 gereedschapsstaal
Ruimers	M2, T15 gereedschapsstaal
Schroefdraadmatrijzen	M2, M3-2 gereedschapsstaal
Schroevendraaiers	S1, S7 gereedschapsstaal
Sensoren	Acetaal, A2 gereedschapsstaal, gesinterd carbide
Slagwerktuigen	S1, S7 gereedschapsstaal
Spieën	Acetaal, geel messing, 1020 staal, 4140 staal
Spuitgietmatrijzen (zink, aluminium)	H13 gereedschapsstaal
Spuitgietvormholten	P20, H13, A2 gereedschapsstaal, 420 roestvast staal
Stansmatrijzen	O1, A2, D2, A11 gereedschapsstaal, gesinterd carbide
Steeksleutels	1050 staal, S1, S7 gereedschapsstaal
Tandwielen	MoS_2-gevuld nylon, acetaal, textielversterkte fenolhars, grijs gietijzer, ductiel gietijzer, 1020 staal, gecarboneerd 4615 staal, vlamgehard 1045 staal, 4340 staal, gecarboneerd 9310 staal
Transportrollen	6061 T6 aluminium, 1020 staal, polyurethaan, bekleed staal
Trekmatrijzen	O1, A2, D2 gereedschapsstaal, gesinterd carbide
Warmsmeedmatrijzen	Warm 4340 staal, H13, H21 gereedschapsstaal
Wormwielen	Fosforbrons, aluminiumbrons

* Hardbare metalen krijgen de aanbevolen werkhardheid door middel van een warmtebehandeling.

De betere duurzaamheid van de laatste materialen brengt gewoonlijk hogere kosten met zich mee voor het materiaal, de verwerking of beide. De ontwerper moet dus nog de relatieve voordelen van alle materialen tegen elkaar afwegen alvorens een definitieve keuze te maken. Zo staan er bijvoorbeeld bij de veren vier materialen vermeld: fosforbrons, 1080-staal en de typen 301 en 17-7 roestvast staal. Fosforbrons heeft de laagste sterkte, maar is uitstekend verwerkbaar en roest niet. Type 1080 staal, het zogenoemde pianodraad, wordt gebruikt voor waarschijnlijk 90 procent van alle draadveren. Type 301 roestvast staal wordt gebruikt voor toepassingen waarin corrosiebestendigheid belangrijk is. Type 17-7 draad wordt gebruikt wanneer de bedrijfsspanningen te hoog zijn voor type 301, en wanneer weerstand tegen hoge temperaturen of corrosie van belang is.

22.6 Selectiesoftware – de Ashby-methode

In paragraaf 22.4 hebben we een integrale maar vooral systematische methodiek beschreven voor de selectie van materialen voor een bepaalde toepassing. We hebben daarbij de volgende stappen in detail doorgenomen:

1. Stel een lijst samen van eisen en wensen (selectiefactoren) voor de materialen op basis van de bedrijfsomstandigheden voor het product.
2. Maak een eerste selectie van kandidaat-materialen
3. Vergelijk de kandidaat-materialen en kom tot een uiteindelijke selectie.

Aan de hand van gegevens over materiaaleigenschappen en het gebruik van een selectiematrix hebben we gezien hoe men bij de materiaalselectie stap voor stap en systematisch te werk gaat. We hebben echter ook gezien dat dit een moeizaam proces kan zijn, vooral als men helemaal of bijna helemaal vanaf nul moet beginnen. Met andere woorden, als men een nieuw of innovatief ontwerp heeft en niet weet waar te beginnen met de materiaalkeuze, of als men een traditioneler ontwerp heeft waarbij men het gevoel heeft dat er betere materiaaloplossingen zijn dan de traditionele. Met het grote aanbod aan materialen, coatings en behandelingen wordt het werken met tabellen en selectiematrices bijna onmogelijk, vooral bij stap 2, de eerste selectie van kandidaat-materialen.

In de laatste jaren zijn er een aantal softwareprogramma's op de markt gekomen die kunnen helpen bij deze eerste selectie. Een van de bekendste programma's is de CES Selector™ van M.F. Ashby (University of Cambridge, Engeland). Deze software maakt gebruik van de grafische weergave van materiaaleigenschappen om de materiaalgebruiker te helpen de materiaalselectie te visualiseren. Zoals in een tabel kan men een specifieke eigenschap bekijken voor alle materialen en meteen zien welke materialen aan de eisen voor die eigenschap voldoen. Maar men kan ook combinaties van eigenschappen vergelijken, alsmede situaties onder de loep nemen waarin bepaalde eigenschappen tegenstrijdig zijn. Hoe dit in zijn werk gaat beschrijven we kort aan de hand van voorbeelden van zulke diagrammen in de figuren 22-15 tot en met 22-19.

Stel dat de stijfheid van een constructie of product een belangrijke selectiefactor is. De materiaaleigenschap die hiermee te maken heeft is de elasticiteitsmodulus (E-modulus). In figuur 22-15 ziet men een grafiek waarin de waarden van E-moduli voor alle klassen materialen worden vergeleken. Men ziet dat er een balk verschijnt voor iedere materiaalklasse. Deze geeft de bandbreedte weer voor de waardes van alle specifieke soorten materialen binnen een klasse, bijvoorbeeld alle koperlegeringen of alle kunststoffen op polyurethaanbasis. Het gaat op dit punt dus nog niet om de keuze voor een specifiek materiaal maar een voorselectie van bepaalde materiaalklassen. Als men bijvoorbeeld een stijfheid van meer dan 10 GPa eist van het materiaal, dan trekt men een horizontale lijn bij de waarde 10. Alle materialen die daaronder liggen vallen af.

Tegenwoordig wil men vaak lichter bouwen. We hebben al gezien dat men daarvoor gebruikmaakt van specifieke eigenschappen, in ons voorbeeld de specifieke stijfheid: de E-modulus gedeeld door de dichtheid van het materiaal, E/ρ. In figuur 22-16 zien we een ander soort Ashby-diagram waarbij twee eigenschappen tegen elkaar worden afgezet: de E-moduli van de verschillende klassen van materialen en de materiaaldichtheid. Materialen met een hoge specifieke stijfheid staan linksboven in het diagram. Als wij in ons voorbeeld niet alleen materiaalklassen met een E-modulus van ten minste 10 GPa eisen maar ook een dichtheid van minder dan 3000 kg/m^3 (3 g/cm^3), dan trekken we een horizontale lijn ten hoogte van 10 GPa, en een verticale lijn bij 3000 kg/m^3. Linksboven in het diagram zien we dan dat composieten en bepaalde soorten natuurlijke polymeren, keramische materialen en metalen aan deze twee eisen voldoen.

Tot nu toen hebben we de E-modulus en de dichtheid apart bekeken, hoewel ze in hetzelfde diagram

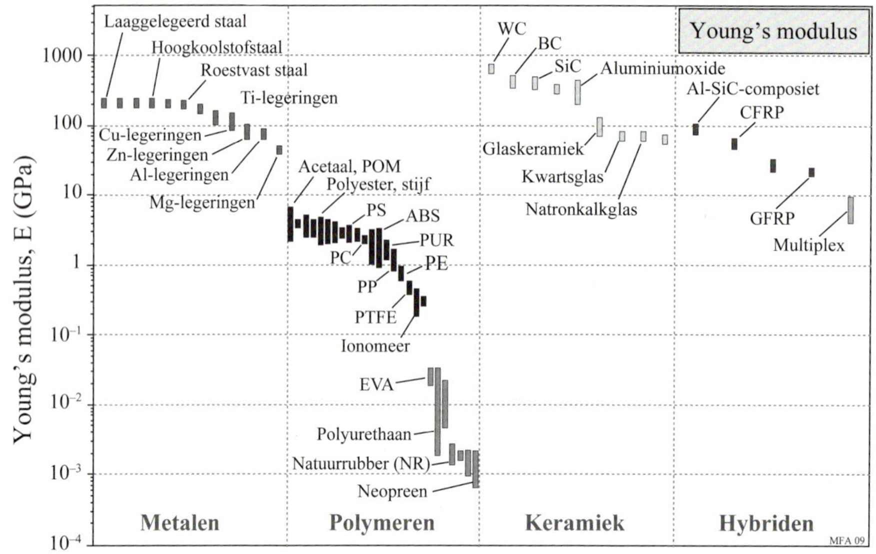

FIGUUR 22-15 Ashby-diagram voor de E-modulus voor alle klassen van materialen

Bron: M.F. Ashby, *Material Selection in Mechanical Design*, 4ᵉ ed. (2011), Butterworth-Heineman, Burlington, MA, USA, blz. 60, figuur 4.1. Oorspronkelijke afbeelding gemaakt met CES EduPack, www.grantadesign.com.

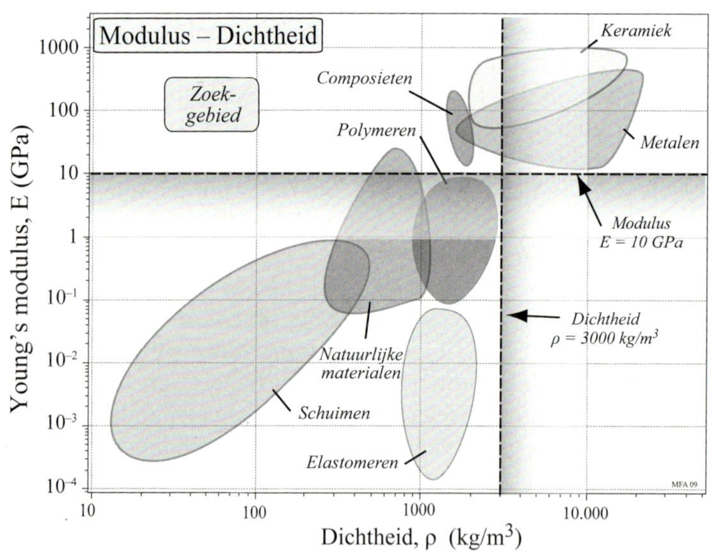

FIGUUR 22-16 Ashby-diagram waarbij de E-modulus tegen materiaaldichtheid wordt uitgezet (1 kg/m³ = 1000 g/cm³)

Bron: M.F. Ashby, *Material Selection in Mechanical Design*, 4ᵉ ed. (2011), Butterworth-Heineman, Burlington, MA, USA, blz. 117, figuur 5.8. Oorspronkelijke afbeelding gemaakt met CES EduPack, www.grantadesign.com.

te zien zijn (zie figuur 22-16). Maar eigenlijk hebben we vooral eisen gesteld aan de specifieke stijfheid, dat wil zeggen, de verhouding tussen E/ρ. Hierbij zijn twee punten van belang. Ten eerste geldt de verhouding E/ρ alleen voor onderdelen die onder trekbelasting staan. Bij de berekening van de stijfheid van een balk onder buigbelasting is de verhouding tussen de E-modulus en de materiaaldichtheid $E^{1/2}/\rho$, en voor de buiging van een dunne plaat door een puntbelasting in het midden van de plaat is de verhouding

$E^{1/3}/\rho$. In het Ashby-diagram van E-modulus tegen dichtheid, figuur 22-16, kan men rechte lijnen uitzetten (de diagrammen zijn logaritmisch) met constante waarden voor de drie verhoudingen (zie figuur 22-17). Hier ziet men dat het veel uitmaakt of men spreekt van een specifieke stijfheid voor een balk onder trekbelasting, of een balk of plaat onder buigbelasting. De laatste stelt met een verhouding van $E^{1/3}/\rho$ veel strengere eisen dan een balk onder trekbelasting E/ρ. De verschillende verhoudingen tussen E en ρ zijn zogenaamde materiaalkengetallen.

Het tweede belangrijke punt, eigenlijk een valkuil, is dat je niet aan moet nemen dat alle materialen met een bepaalde verhouding aan onze eisen voldoen. In figuur 22-18 zien we hetzelfde Ashby-diagram als in figuur 22-16 (behalve dat de eis voor de E-modulus nu 50 GPa is). Een diagonale lijn wordt uitgezet voor $E^{1/3}/\rho = 2\ (GPa)^{1/3}/(Mg/m^3)$. Alle materialen op en linksboven van deze lijn voldoen aan deze verhouding. Maar vergeet niet dat de absolute waarde van de E-modulus boven 50 GPa moet zijn. Hierdoor vallen alle plastics alsnog af.

Een ander voordeel van de Ashby-methodiek is de mogelijkheid tegenstrijdige eisen te behandelen. In figuur 22-19 ziet men het kengetal $\rho/E^{1/2}$ uitgezet tegen het kengetal 1/E. Dit diagram wordt gebruikt voor een tafelpoot die zo licht mogelijk moet zijn, dat wil zeggen zo dun mogelijk zonder dat hij knikt. We gaan hier niet in op de details van de berekening van de kengetallen, maar het kengetal $\rho/E^{1/2}$ is bepalend voor het gewicht. Als $\rho/E^{1/2}$ laag is, dan is de tafelpoot dun. (Je kunt het ook zien als het kengetal $E^{1/2}/\rho$ dat we eerder hebben gebruikt. Een hoge specifieke stijfheid betekent dat men met minder materiaal kan ontwerpen.) Het kengetal 1/E is bepalend voor knik. Als 1/E laag is, of als de E-modulus hoog is, is de constructie stabieler. Maar als $\rho/E^{1/2}$ te laag wordt, wordt 1/E te hoog en loopt men het gevaar dat de tafelpoot knikt. Andersom, als 1/E laag is, is er minder risico op knikken, maar wordt de tafelpoot al snel te dik en zwaar. De oplossing is een materiaal te vinden dat net de overgang raakt in het Ashby-diagram. In dit geval zijn dat de koolstofcomposieten. Dat soort materialen zijn echter duur, dus moet men met andere diagrammen werken om de kostenfactor ook mee te nemen.

Deze voorbeelden laten zien dat een grafische methode voor de selectie van materialen heel nuttig kan zijn, vooral als meerdere factoren moeten worden gewogen. In de Ashby-software zijn veel materiaalgegevens verwerkt die een voorselectie van materiaalklassen en soms specifieke materialen mogelijk

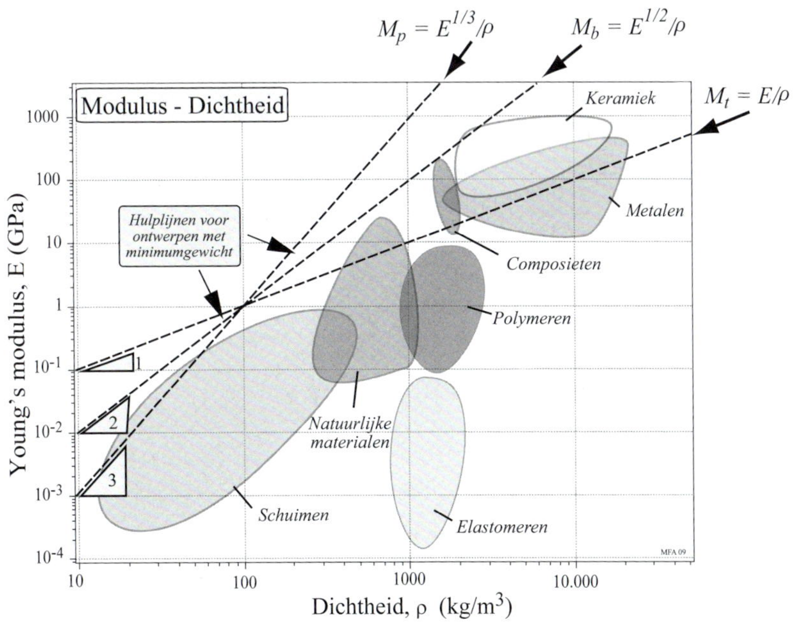

FIGUUR 22-17 Ashby-diagram van figuur 22-16 met lijnen voor gelijke waarden van specifieke stijfheid als E/ρ, $E^{1/2}/\rho$ en $E^{1/3}/\rho$ ($1\ kg/m^3 = 1000\ g/cm^3$)

Bron: M.F. Ashby, *Material Selection in Mechanical Design*, 4e ed. (2011), Butterworth-Heineman, Burlington, MA, USA, blz. 118, figuur 5.9. Oorspronkelijke afbeelding gemaakt met CES EduPack, www.grantadesign.com.

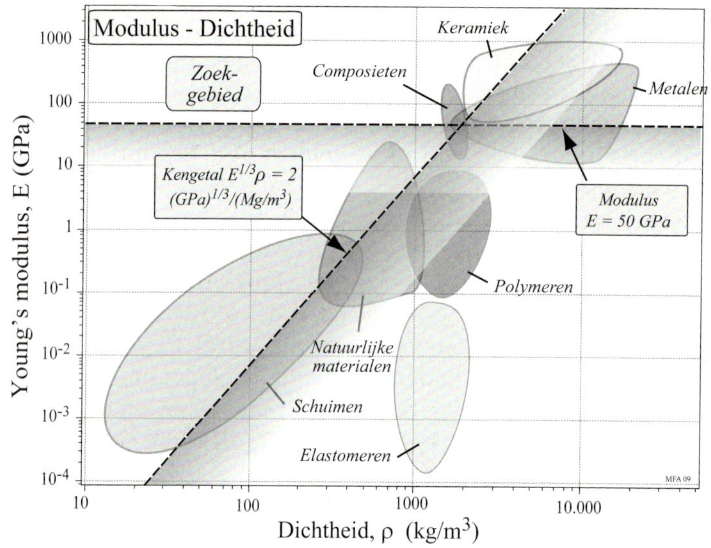

FIGUUR 22-18 Ashby-diagram van figuur 22-16 met de combinatie van eisen van een E-modulus van minimaal 50 GPa (in plaats van 10 GPa) en $E^{1/3}/\rho = 2\ (GPa)^{1/3}/(Mg/m^3)$

Bron: M.F. Ashby, *Material Selection in Mechanical Design*, 4e ed. (2011), Butterworth-Heineman, Burlington, MA, USA, blz. 120, figuur 5.11. Oorspronkelijke afbeelding gemaakt met CES EduPack, www.grantadesign.com.

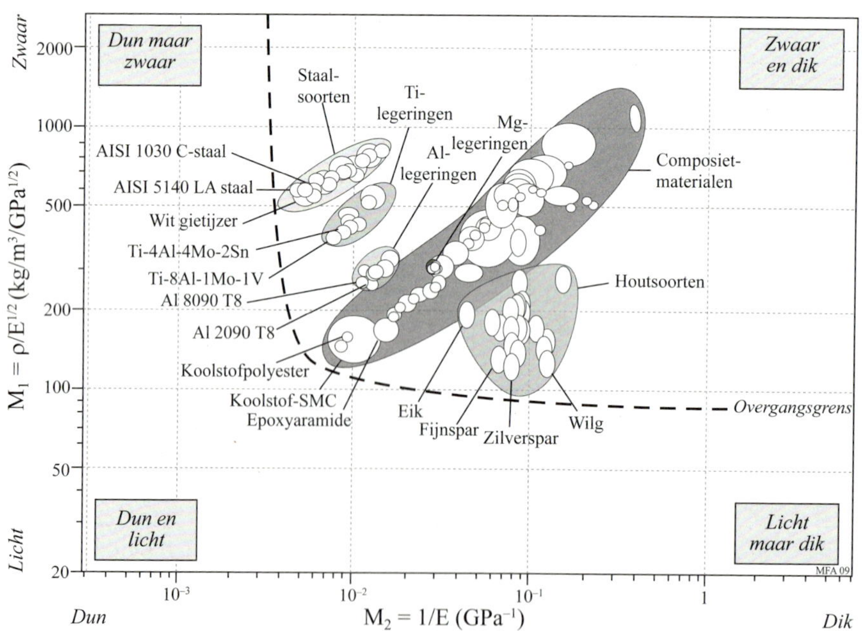

FIGUUR 22-19 Ashby-diagram met twee tegenstrijdige kengetallen, één voor gewicht op de verticale as en één voor weerstand tegen knik op de horizontale as

Bron: M.F. Ashby, *Material Selection in Mechanical Design*, 4e ed. (2011), Butterworth-Heineman, Burlington, MA, USA, blz. 233, figuur 8.9. Oorspronkelijke afbeelding gemaakt met CES EduPack, www.grantadesign.com.

maken. Ook is er veel documentatie over verschillende materialen in de software ingebouwd. Ook Ashby waarschuwt echter heel duidelijk dat alleen het gebruik van de software niet voldoende is om tot een uiteindelijke materiaalkeuze te komen. Het maakt de voorselectie gemakkelijker, maar men moet toch andere documentatie zoeken, tests uitvoeren en misschien met een selectiematrix werken. Dit is onder andere het geval bij een keuze op het gebied van corrosie, wrijving en slijtage en specifieke warmtebehandelingen. ■

Samenvatting

In onze besprekingen van de diverse materiaalsystemen hebben we genoeg informatie gegeven om de ontwerper in staat te stellen de kandidaat-materialen kwantitatief met elkaar te vergelijken en selecties te maken. De selectieprocedure voor een materiaal bij het ontwerp van een machine- of constructieonderdeel dient zo vroeg mogelijk te beginnen. Voor een goede materiaalkeuze is het opstellen van een controlelijst van de vereiste eigenschappen voor een goed functionerend ontwerp heel belangrijk. Is er eenmaal vastgesteld welke gebruikseigenschappen nodig zijn, dan kunnen ontwerpers en materiaalgebruikers door het repertoire van verkrijgbare technische materialen door te lopen een of meer kandidaat-materialen en -behandelingen selecteren. Vervolgens kun je een lijst maken van de 'gewenste' eigenschappen. Deze eigenschappen zou je graag willen, maar het onderdeel blijft zonder die eigenschappen wel functioneren. Het spreekt vanzelf dat de benodigde hoeveelheid, de verkrijgbaarheid en de kosten de selectie beïnvloeden.

Onze selectievoorbeelden laten zien welke selectieprocedure wij voorstaan: vaststellen wat de functie van een onderdeel is, een lijst maken van de eigenschappen op volgorde van de betekenis voor het onderdeel en vervolgens in je repertoire zoeken naar een materiaal met de juiste eigenschappen.

Voor het vergelijken van de eigenschappen kun je de hulp inroepen van de beschikbare expertsystemen zoals die van M.F. Ashby en computerdatabases. Computers kunnen sneller scannen dan stervelingen zoals wij. Wel moet je voorzichtig zijn bij het gebruik van deze hulpmiddelen. Ten eerste houden ze gewoonlijk geen rekening met allerlei beperkingen, ten tweede zijn ze geprogrammeerd en van gegevens voorzien door mensen met bepaalde theorieën, ervaring en kennis die niet altijd toepasbaar of juist zijn. Expertsystemen en databases zijn niet onfeilbaar. Je moet ze daarom beschouwen als nuttige hulpmiddelen die desalniettemin een verkeerd antwoord zouden kunnen geven.

De volgende punten zijn het waard om te onthouden:

- Denk bij je ontwerpideeën alvast na over de mogelijke constructiematerialen.
- Onderzoek de voor een ontwerp belangrijke eigenschappen zo grondig mogelijk en gebruik deze eigenschappen als basis voor de selectie.
- Laat de klant altijd een verwachte levensduur aangeven.
- Bereken de spanningen op een onderdeel en controleer of het geselecteerde materiaal deze spanningen kan verdragen.
- Bekijk of slijtage, corrosie en stootbelastingen selectiefactoren zijn.
- Bekijk of lasbaarheid een selectiefactor kan zijn (bijvoorbeeld voor reparaties).
- Houd rekening met warmtebehandelingen en coatings bij de vergelijking van de kosten.
- Vergeet niet om bij de materiaalkeuze rekening te houden met kwesties over milieu, veiligheid en regelgeving.
- Kunststoffen, keramische materialen, metalen en composieten van deze materialen behoren gelijke kansen te krijgen als kandidaten voor een bepaald ontwerp.
- Bekijk hoe je de materialen en onderdelen gaat controleren op defecten.
- Je moet niet alleen kijken naar de prijs van het gebruikte materiaal, maar ook naar de totale kosten van het gebruik van dat materiaal. De fabricagekosten zijn vaak hoger dan de prijs van het ruwe materiaal.
- Bij het vervaardigen van een onderdeel kunnen de kosten per eenheid van massa even belangrijk blijken als de nettomateriaalkosten.
- Technische materialen die weinig worden gebruikt, zijn vaak niet verkrijgbaar bij de groothandel. Gebruik zo mogelijk populaire legeringen, kunststoffen en keramische materialen, want de

groothandels hebben deze materialen gewoonlijk op voorraad.

- Voor bepaalde productvormen van een materiaal kunnen lange levertijden gelden (gietproducten, smeedstukken enzovoort). Als dit een probleem is, kun je beter naar alternatieven uitkijken.
- Wanneer het lijkt of meerdere materialen voldoen aan de eisen voor een selectievraagstuk, gebruik dan een selectiematrix om tot een keuze te komen.
- Je tekeningspecificaties bepalen welk materiaal je ontvangt. Specificeer daarom zo goed mogelijk.
- Geef volledige specificaties van materialen, behandelingen en coatings. Gebruik geen handelsnamen zonder verwijzing naar het bedrijf dat eigenaar is van die handelsnaam.
- Het is geen slecht idee om tussentijds een ander constructiemateriaal te kiezen als het ontwerp zich ontwikkelt en er meer bekend is over de bedrijfsomstandigheden.

Illustratief voorbeeld

Het selecteren van een tegenmateriaal

Bij het testen van de levensduur van een product ontdekte een fabrikant van een nieuw elektromechanisch toestel dat het nieuw ontwikkelde product niet kon voldoen aan de bedoelde ontwerplevensduur van 100.000 bewegingen. Geen van de circa 20 toestellen waarvan de levensduur werd getest, kwam verder dan 50.000 bewegingen. De toestellen faalden omdat twee onderdelen die over elkaar gleden vastliepen vanwege de opbouw van slijtagedeeltjes. Beide onderdelen vertoonden aanzienlijke slijtage. De onderdelen van roestvast staal waren niet compatibel, en de situatie verhinderde het gebruik van petroleumsmeermiddelen om de systeemslijtage te verminderen.

Er werd begonnen met een laboratoriumstudie om een materialenpaar te vinden voor de wrijvende onderdelen dat de wrijvingskenmerken van het oorspronkelijke materialenpaar zou hebben zonder overmatige slijtage.

Een bureau-topslijtagetest die de toepassing simuleerde, werd opgesteld om kandidaat-tegenmaterialen te laten wrijven tegen een onderdeel dat gemaakt was van het oorspronkelijke roestvaste staal. 79 tegenoppervlakken werden op deze manier getest, en 8 materialen werden aangeduid als materialen met dezelfde wrijvingskenmerken als het oorspronkelijke materialenpaar die voldeden aan het testcriterium van verminderde slijtage.

Op dit punt werd er een selectiematrix opgesteld om de relatieve voordelen te wegen van de acht tegenoppervlakken die waren aangegeven in het testprogramma. Het paar met de hoogste score in de selectiematrix werd geplaatst in een groep toestellen waarvan vervolgens de levensduur werd getest. De strategie werkte en het levensduurprobleem was opgelost. Soms hebben materiaalkeuzesituaties meer nodig dan informatie uit handboeken en moet het testen van materiaal deel uitmaken van het selectieproces.

Termenlijst

Ashby-methode: bekend softwareprogramma om materialen en eigenschappen grafisch te kunnen vergelijken
carcinogenen: stoffen waarvan klinisch gebleken is dat ze kanker bevorderen
gevaarlijk afval: materiaal dat wordt geproduceerd door een proces dat is onderworpen aan afvalverwijderingsvoorschriften
giftigheid: hoeveel schade een materiaal kan veroorzaken aan iemands gezondheid
productaansprakelijkheid: de verantwoordelijkheid van de leverancier voor de kwaliteit en goede werking van een product of onderdeel
recyclebaarheid: het gemak waarmee een materiaal kan worden hergebruikt
selectiematrix: tabel om te helpen met het vergelijken en selecteren van een aantal kandidaatmaterialen
toelaatbare spanning: de maximale spanning waaraan een onderdeel bij gebruik onderworpen mag zijn
veiligheidsinformatiebladen: informatie over potentiële gezondheidsrisico's van een materiaal
verkrijgbaarheid: het gemak waarmee een materiaal verkregen kan worden

Opgaven

1. Maak een lijst van materiaaleisen voor een nieuwe braadpan.

2. Stel, je ontwerpt een ijskrabber voor een voorruit. Welke van de volgende eisen zijn waarschijnlijk van toepassing?
   a. goedkoop metaal
   b. UV-resistent
   c. hoge veerkracht
   d. hoge hardheid

e. mag geen krassen maken op glas
f. kan worden geplateerd

3. Leg uit hoe en wanneer een materiaaleisenlijst het ontwerpproces moet binnenkomen.

4. Noem vijf selectiefactoren die behoren bij de verkrijgbaarheid van een materiaal.

5. Noem vijf selectiefactoren die behoren bij de kosten van een materiaal.

6. Noem vijf selectiefactoren die behoren bij kwesties die te maken hebben met milieu, veiligheid en regelgeving.

7. Leg uit wanneer en waarom je gebruik zou maken van kosten per eenheidsvolume in plaats van kosten per pond of kilo bij het selecteren van een bepaald materiaal voor een toepassing.

8. Leg uit hoe duurzaamheid een selectiefactor kan zijn.

9. Noem vijf fysische, chemische of mechanische eigenschappen die van toepassing zijn op het constructiemateriaal voor een steeksleutel.

10. Zet de stijfheid van de volgende materialen op een rij, van het stijfst tot het minst stijf:
a. PF
b. gietijzer (klasse 30)
c. koolstofstaal
d. messing
e. titanium
f. austenitisch roestvast staal

11. Noem 10 coatings/behandelingen die worden gebruikt op auto's en vermeld ook waarom ze worden gebruikt.

12. Stel, je wilt een kinderwagen maken. Noem vijf kandidaat-materialen.

13. Stel, je wilt een product met een hoge slagvastheid. Welke van de volgende eigenschappen zou je noemen als selectiefactoren?
a. hardheid
b. spanningsbreuk
c. Charpy V
d. K_1C
e. treksterkte
f. verlenging

14. Welke van de volgende eigenschappen hebben betrekking op afmetingsstabiliteit op lange termijn?
a. thermische geleidbaarheid
b. thermische uitzettingscoëfficiënt
c. vochtabsorptie in 24 uur
d. hardheid
e. elasticiteitsmodulus
f. Poisson-verhouding

15. Stel een selectiematrix op voor het aanduiden van een materiaal voor een badkamerzeepbakje. Het moet corrosie weerstaan, er goed uitzien, slagvastheid hebben, geen krassen maken op aanrechten en gootstenen en goedkoop zijn.

16. Welk van deze materialen zou de beste kandidaat zijn voor een goedkoop schroevendraaierblad? Motiveer je antwoord.
a. 1020 staal
b. 4140 staal
c. S1 gereedschapsstaal
d. 1080 staal
e. titanium 6A14V
f. klasse 30 grijs ijzer

17. Schrijf een aanschafspecificatie voor het schroevendraaierblad uit opgave 16. Je gaat de fabricage uitbesteden.

18. Schrijf een aanschafspecificatie voor een TiC-coating op het schroevendraaierblad uit opgave 16.

19. Noem kandidaat-materialen voor een kunststof spuitgietholte.

20. Leg uit hoe je ervan overtuigd kunt zijn dat een bepaalde materiaalkeuze bij gebruik zou werken.

21. Leg de rol uit van 'kwantiteit' in materiaalkeuze.

22. Hoe bepaal je de verwachte levensduur van een nieuw product?

Hoofdstuk 23

Materiaalontwikkelingen wereldwijd

De vraag naar nieuwe materialen wordt vaak gedreven door de ontwikkeling van nieuwe producten

Tussen het schrijven van de vorige Engelse editie van dit boek in 2008 en deze Nederlandse bewerking ligt ruim vijf jaar. Een korte periode, zou men kunnen zeggen, maar laat ons een aantal willekeurige ontwikkelingen uit deze periode noemen. Politieke veranderingen en oorlog in Afghanistan, Irak, Libië, het Midden-Oosten, Noord-Korea, de economische opkomst van onder andere China, India en Brazilië, globalisering, de economische crisis, olierampen in de Golf van Mexico en in Nigeria, BlueRay en HDTV, de iPhone en de iPad, lichte laptops van een kilo, Facebook, Skype en Twitter, draagbare harde schijven met terabytes aan geheugen, groene energie, hybride en volledig elektrische auto's, vezelversterkte kunststoffen in de nieuwste Airbus- en Boeing-vliegtuigen maar ook in de sport, zonnepanelen, windenergie, Bucky-balls en nanotechnologie.

De wereld van de eenentwintigste eeuw verandert ontzettend snel, vooral door de mogelijkheden die geavanceerde communicatietechnieken, informatietechnologie en onderzoeksapparatuur bieden. Hiermee verandert ook de wereld van de materiaalkunde. Nieuwe toepassingen vragen om steeds meer innovatie in de ontwikkeling van nieuwe materialen. Defensietoepassingen zijn – helaas – nog steeds een van de drijvende krachten achter de ontwikkeling van nieuwe en geavanceerde materialen. Kijk alleen al naar koolstofvezelversterkte composieten in zogenaamde Stealth-vliegtuigen, die inmiddels hun weg hebben gevonden naar passagiersvliegtuigen, kogelwerend materiaal voor defensie en politie en halfgeleidertechnologie voor geavanceerde communicatiesystemen. Ook de consumptiemaatschappij vraagt echter steeds naar 'beter', 'sneller', 'lichter', 'mooier', 'innovatiever', 'hogere resolutie' en gelukkig ook steeds vaker naar 'duurzamer'. Nieuwe toepassingen vragen om nieuwe fabricagemethodes die wederom nieuwe uitdagingen voor materialen zijn.

Het is niet zo dat nieuwe, 'innovatieve' materialen noodzakelijk zijn voor alle nieuwe, 'innovatieve' ontwerpen. Al proberen vele onderzoekers en materiaalontwikkelaars aan universiteiten en in onderzoekslaboratoria je daar maar al te graag van te overtuigen.

Voor veel van zulke toepassingen kunnen vaak bestaande materialen worden gebruikt. Jij als materiaalgebruiker moet de principes van de materiaalkunde goed onder de knie hebben om te begrijpen wat noodzakelijk is en te weten of dat wat aangeboden wordt ook echt werkt. Niet alles wat van de universiteiten komt is academisch hobbywerk, maar het is aan jou te kijken of dat wel of niet het geval is. En als iets veelbelovend lijkt te zijn, moet je goed na kunnen denken over hoe je het gaat toepassen.

De politieke en economische wereld verandert razendsnel. Ook de technische ontwikkelingen gaan in rap tempo door. Het is dus niet zinvol om voorspellingen te doen over alle gebieden waar materialen een rol spelen, noch over ontwikkelingen in het hele vakgebied materiaalkunde. Tot het verschijnen van een volgende editie van dit boek zal er waarschijnlijk weer heel veel veranderen, maar zullen er ook beloftes niet waargemaakt worden. In de volgende alinea's kijken we kort naar een aantal actuele ontwikkelingen op het gebied van de materiaalkunde waar je mee te maken zou kunnen krijgen als ingenieur, ontwerper en materiaalgebruiker. Je moet zelf beslissen op basis van je eigen kennis, ervaring en intuïtie of je iets aan deze ontwikkelingen hebt. Ook vermelden we een aantal uitdagingen op het gebied van de politiek en het milieu.

Nanotechnologie

Sinds het jaar 2000 wordt *nanotechnologie* genoemd als dé materiaaltechnologie van de toekomst. Het 'nano'-voorvoegsel wordt gebruikt en misbruikt bij een overvloed van technologieën die te maken hebben met kleine grootteschalen. Wellicht doordat we nu microscopen en instrumenten hebben die ons in feite materialen op nanogrootte laten zien, kunnen we nu de potentie van nanotechnologie waarderen.

Vele ingenieurs zullen nanomaterialen en nanotechnologie wel eens in hun loopbaan tegenkomen. Nanomaterialen en nanotechnologie hebben te maken met het creëren, manipuleren en gebruiken van materialen in het groottebereik van 1 tot 100 nanometer (nm). Een nanometer is 10^{-9} meter. Het is misschien nuttig om de relatieve grootteschalen van welbekende dingen eens opnieuw te bekijken, te beginnen met relatieve afmetingschalen zoals weergegeven in tabel 23-1 en figuur 23-1.

TABEL 23-1 Relatieve grootteschaal in nanometers

AFMETING-SCHAAL	EQUIVALENTE NANOMETERS (NM)	
km (kilometer)	1.000.000.000.000 nm	10^3 m
m (meter)	1.000.000.000 nm	1 m
mm (millimeter)	1.000.000 nm	10^{-3} m
μm (micrometer)	1000 nm	10^{-6} m
nm (nanometer)	1 nm	10^{-9} m
Å (Angstrom)	0,1 nm	10^{-10} m
pm (picometer)	0,0001 nm	10^{-12} m

Figuur 23-1 laat voorbeelden zien van dingen in de natuur die verschillende grootteschalen illustreren. De kleinste veelvoorkomende insecten, zoals vlooien, muggen of fruitvliegjes, zijn betrekkelijk groot ten opzichte van de nanoschaal, met afmetingen van 0,5 tot 1 mm. Fijne haartjes op het lichaam van de vlo of de fruitvlieg beginnen evenwel de nanometergrootteschalen te benaderen. Zelfs een enkele zoutkorrel of een dun ooghaartje wordt nog beschouwd als microschaal en niet als nanoschaal.

Hoewel de grenzen van het menselijk gezichtsvermogen in het bereik van 10 μm, of 10.000 nm, liggen, is het fijnste materiaal dat nog door mensen kan worden waargenomen (wellicht verbeterd door

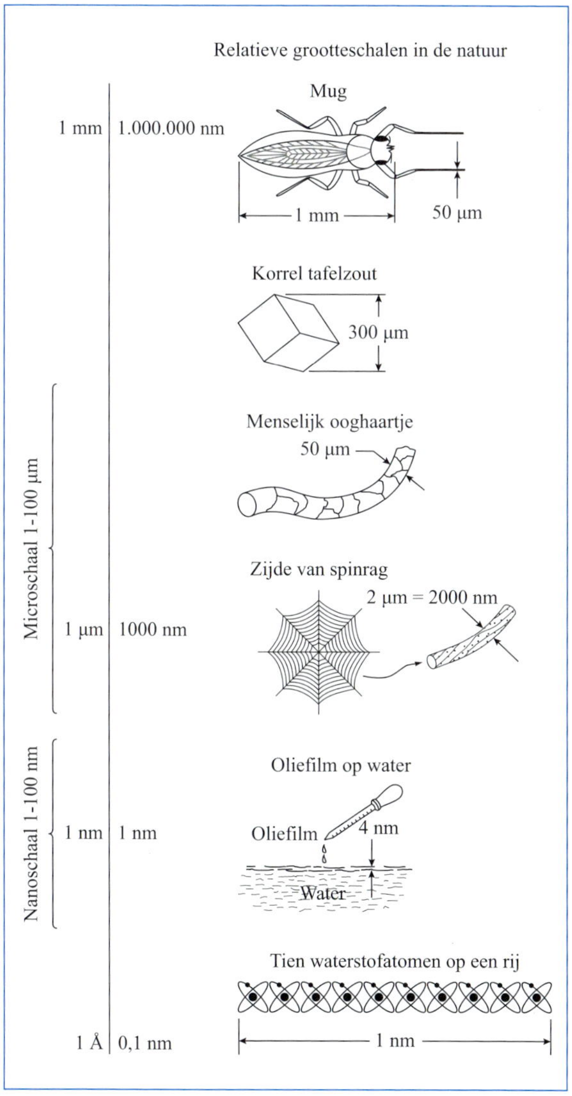

FIGUUR 23-1 Voorbeelden van bekende natuurverschijnselen op nanoschaal

lichtdiffractie) een enkele draad van een spinnenweb. Zulke draden kunnen zo dun zijn als 2 μm, wat overeenkomt met 2000 nm. Men is geïnteresseerd in spinrag omdat het ontzettend sterk is. Rook is een ander voorbeeld van deeltjes van minder dan 1 μm groot die zichtbaar zijn voor het menselijk oog. (Rook bestaat uit deeltjes van nanometergrootte.) De fijnheid van spinzijde kan iemand een idee geven van hoe klein de nanowereld is.

Iedereen heeft waarschijnlijk wel eens een dunne oliefilm zien drijven op water, gewoonlijk aangeduid door een 'regenboog' op het wateroppervlak. Het regenboogeffect wordt veroorzaakt door interferentiekleuren die worden gecreëerd door de wisselwerking van lichtgolven met een verschillende brekingsindex tussen het water en de dikte van de olie. Deze oliefilm is evenwel slechts ongeveer 4 nm dik en geeft een echt nanoschaalmateriaal weer dat zichtbaar is met het blote oog.

Als de deeltjesgroottes en de laagdiktes de nanometerschaal naderen, beginnen speciale eigenschappen tevoorschijn te komen. Als nanodeeltjes bijvoorbeeld kleiner in diameter worden, ligt een groter percentage van de atomen in het deeltje aan het oppervlak van het deeltje. Zo ligt bij een platinadeeltje met een diameter van 2 nm 50 procent van de atomen in het deeltje aan het oppervlak van het deeltje. De meeste van de atomen aan het oppervlak van een 2-nm-deeltje hebben meer vrijheid omdat ze minder begrenzingen hebben. Vanuit kwantummechanisch oogpunt zijn ze actiever. Bovendien is bij kleinere deeltjes hun relatieve oppervlakte groter, waardoor ze ook chemisch actiever zijn. Dit heeft grote consequenties voor de ontwikkeling van katalytische processen en dunne coatings. Voorbeelden van de speciale eigenschappen van nanomaterialen zijn onder andere:

1. Edele materialen zoals platinum en goud worden zeer reactief en zijn in staat om katalysatoren te worden voor chemische reacties.
2. Stabiele metalen zoals aluminium worden brandbaar.
3. Ondoorzichtige materialen zoals koper worden transparant.
4. Materialen zoals koolstofvezels en koolstofbuisjes bereiken een zeer hoge sterkte en stijfheid.
5. Zwaartekrachteffecten worden minimaal, terwijl Van der Waalskrachten en andere bindingseffecten uitgesproken worden. Ook oppervlakspanningseffecten worden meer uitgesproken.
6. Als de deeltjesgroottes het atomaire niveau naderen, worden kwantummechanische effecten belangrijk.

Tegenwoordig bevindt nanotechnologie zich nog steeds in het precompetitieve ontwikkelingsstadium. Dit betekent dat het beperkt commercieel wordt gebruikt en toegepast. De realiteit van het bedrijfsleven doet vele beloftes uit het laboratorium teniet. Rond het eind van de twintigste eeuw werden bijvoorbeeld nanopoeders ontwikkeld voor het vervaardigen van vliegtuigmotoronderdelen met P/M-technieken. Hoe kleiner de poeder is, hoe beter de verdichting. Een kleine korrelgrootte is immers goed voor de sterkte van een materiaal. Bij hoge temperaturen vindt echter korrelgroei plaats, wat betekent dat het nanokarakter van het materiaal snel verloren gaat. Vele anticorrosie- en antislijtagecoatings kunnen met behulp van nanotechnologie veel betere eigenschappen krijgen dan meer traditionele coatings. Maar de vraag is wat de levensduur van zo'n dunne coating is, vooral in verband met mechanische beschadiging.

In de halfgeleiderindustrie en de elektronische industrie spelen nanotechnologie en subnanotechnologie reeds een belangrijke rol. Snelle computers, steeds kleinere chips met meer dan een terabyte (1000 gigabyte) geheugen en kleinere apparatuur zoals smartphones en tablets vragen om snelle ontwikkelingen op nanogebied. Ontwikkelingen op het gebied van de optica zijn nodig om onder andere optische datadragers te kunnen lezen. In de medische wereld is klein steeds belangrijker geworden. Kleinere implantaten worden ontwikkeld om chronische ziektes direct in organen en bloedvaten te kunnen beheersen. In de metaalkunde en metaalindustrie helpen nanohardheidsmetingen om de kwaliteit van nieuwe legeringen beter te controleren. Nanohardheidsmetingen kunnen de hardheid van specifieke fases in een materiaal bepalen en zodoende tot verbeteringen op microschaal leiden. Andere toepassingen waarvoor nanomaterialen worden onderzocht zijn nanocomposieten, nanokleistoffen, katalysatoren, brandstofcellen en een in Nederland ontwikkelde antireflectiecoating.

'Smart' materialen

Een doel van vele ontwerpers is het aantal bewegende en regelende onderdelen in complexe systemen te minimaliseren. Ook ziet men graag dat onderdelen zelf dingen regelen, zodat men minder afhankelijk is van gevoelige automatiserings- en regelsystemen. Hiervoor zoekt men zogenaamde 'smart' (slimme) materialen.

Het beste voorbeeld van 'smart' materialen zijn zogenaamde vormgeheugenmaterialen (*shape memory alloys* – SMA). Dit zijn materialen, vooral bepaalde titanium-nikkellegeringen, die zich hun oorspronkelijke vorm herinneren nadat zij vervormd worden. Zij werken op basis van de martensietreactie die we voor staal hebben gezien in hoofdstuk 13. In staal vormt zich martensiet door het afschrikken van het materiaal uit het austenitisch gebied. Hierbij ondergaat de kristalstructuur een transformatie van het austenistische fcc-rooster naar het martensitische bct-rooster. Er ontstaat ook een permanente vervorming door het verschil in grootte tussen de twee structuren. Om terug te komen naar de austenitische structuur moet men het staal warmtebehandelen, wat lang duurt en de diffusie van koolstof nodig heeft.

Bij vormgeheugenmaterialen kan de martensitische reactie niet alleen plaatsvinden door afschrikken, maar ook door deformatie. Dat wil zeggen dat als TiNi wordt vervormd, de austeniet tot martensiet transformeert. Als men nu het materiaal weer opwarmt tot boven de transformatietemperatuur, ontspant het en transformeert het tot zijn oorspronkelijke vorm.

De bekendste toepassing voor vormgeheugenmaterialen voor de gewone consument zijn beugels voor tanden (zie figuur 23-2). Een vormgeheugendraad wordt eerst warm in de juiste vorm van het gebit gebogen. Daarna wordt de draad koud geplaatst op de scheve tanden van de patiënt. Hier ondergaat het materiaal de spanningsgeïnduceerde martensiettransformatie. De mond van de patiënt is echter warm genoeg om de terugtransformatie te bevorderen. De draad wil naar zijn oorspronkelijke 'goede' vorm teruggaan en oefent dus een constante druk uit op de tanden. Hierdoor hoeft men niet zo vaak naar de orthodontist voor het opnieuw spannen van de beugel als in de tweede helft van de twintigste eeuw het geval was.

Het gebruik van vormgeheugenmaterialen is ook voor de luchtvaart van groot belang. Ze worden onder andere onderzocht als vervanging voor actuatoren voor de flappen op vleugels. Als men een flap wil gebruiken, heeft men daarvoor hydraulische actuatoren nodig, met alle problemen van gewicht, vele onderdelen, smering en lekkage van dien. Als men hiervoor vormgeheugenmaterialen kon gebruiken, zou men alleen een verwarmingsdraad nodig hebben om een SMA-actuator te activeren. Verder denkt men bijvoorbeeld aan het gebruik van SMA's om de buig- en draaibelastingen op de bladen van windmolens tegen te gaan.

Een andere soort 'smart' materiaal dat je tegen zou kunnen komen zijn zogenaamde 'zelfhelende' (*self-healing*) materialen. Dit zijn vaak polymeren die zichzelf kunnen repareren na mechanische bescha-

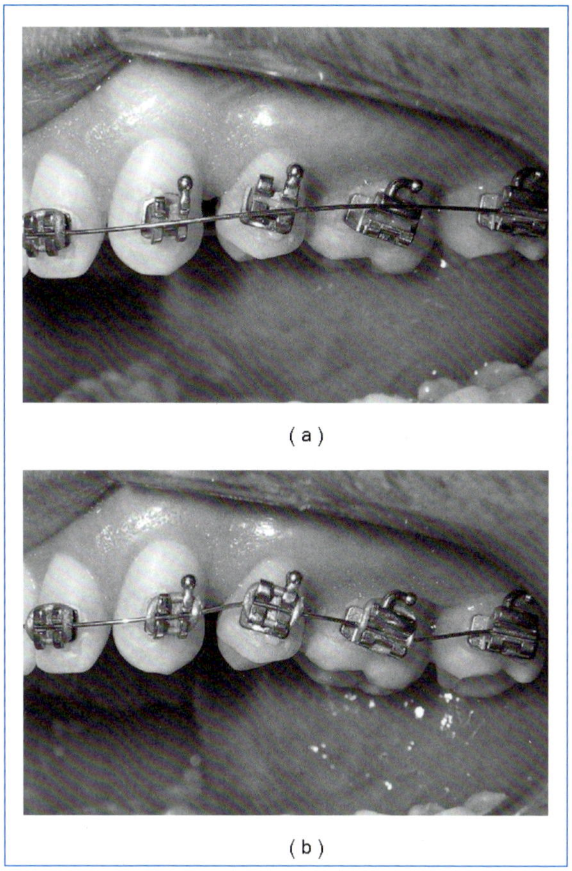

FIGUUR 23-2 Gebruik van vormgeheugendraad voor beugels: (a) TiNi-draad voordat het aan de tanden wordt gefixeerd, en (b) daarna. Let op hoe sterk vervormd de draad is na het fixeren. De draad oefent druk uit op de tanden door middel van de warmte in de mond van de patiënt

diging. Zoals vele andere ontwikkelingen in de nanotechnologie vindt men zulke materialen vooralsnog alleen in het laboratorium.

Loodvrij ontwerpen

Het is al lang bekend dat lood schadelijk voor de gezondheid is. Daarom vindt men in de Verenigde Staten en Europa bijna nergens meer verf op basis van lood. Loden pijpleidingen in drinkwatersystemen worden ook vervangen. In 2006 ging in Californië een wet van kracht die het gebruik van koper met meer dan 0,25 procent lood verbiedt voor drinkwatersystemen. Sindsdien wordt veel onderzoek gedaan om koperlegeringen te vinden die loodbrons en andere loodhoudende legeringen kunnen vervangen. Lood is niet oplosbaar in koper en verbetert dus de bewerkbaarheid ervan. Lood is ook een probleem voor gieterijen vanwege de gezondheidsrisico's voor de medewerkers. Bismut, selenium en andere elementen zijn mogelijke kandidaten om lood te vervangen. Maar bismut is een zogenaamd strategisch materiaal (zie onder). Het is een nevenproduct van de winning van lood en wordt slechts in drie landen geproduceerd.

Een ander groot probleem met lood dat nog bestaat is het recyclen en vervangen van alle tin-loodsoldeerverbindingen die men in allerlei elektronische apparatuur en op talloze PCB's (*printed circuit boards*) vindt. Er wordt veel onderzoek gedaan naar loodvrije soldeermiddelen, maar het is moeilijk dezelfde goede soldeereigenschappen te vinden als tinloodsoldeermiddelen hebben, vooral wat betreft de lage smelttemperatuur – rond 190 °C. Ook moet de vorming van intermetallische verbindingen worden vermeden. Tin-zilver-koperlegeringen zijn een mogelijkheid met een iets hogere smelttemperatuur, rond 210 °C. De toevoeging van een vierde element zoals zink of mangaan wordt onderzocht om de afkoelsnelheid te reduceren en dus de bewerkbaarheid te verbeteren.

Corrosie, wrijving en slijtage

In hoofdstuk 5 en 6 hebben we veel aandacht besteed aan de onderwerpen corrosie, wrijving, slijtage en combinaties daarvan. Dit kan vrij complexe materie zijn. Maar als men de basisprincipes begrijpt en er goed mee omgaat bij het ontwerpen, zijn de meeste problemen te voorkomen. Veel onderzoek wordt gedaan naar nieuwe metalen, kunststoffen en coatings ter vermindering van de nadelige effecten van corrosie, maar men probeert ook de oorzaak van corrosie te begrijpen. Ook wordt er veel gedaan op het gebied van tribologie en smeerstoffen. Dit soort onderzoek zal waarschijnlijk nooit eindigen, en het lijkt misschien alsof men nooit echt tot een oplossing zal komen. Maar veel problemen had men kunnen voorkomen bij het originele ontwerp, als men beter over de materiaalkeuze en bedrijfsomgeving had nagedacht. Er is veel informatie en ervaring beschikbaar, onder ander via de NACE (National Association of Corrosion Engineers), de ASME (American Society for Mechanical Engineering – Tribology Division) en ASM International in de Verenigde Staten, de Bond voor Materialenkennis, de KCBI (Kennistransfer Centrum Bouw & Industrie) en de Universiteit Twente (Vakgroep Tribologie) in Nederland.

Strategische materialen

We hebben in hoofdstuk 22 en ook in een aantal andere hoofdstukken in dit boek over de verkrijgbaarheid van materialen gesproken. Niet alle materialen komen overal in de natuur voor, en daarom zijn er door de geschiedenis heen vele ruzies en oorlogen hierover geweest. Veel materialen worden gezien als 'strategische' materialen, dat wil zeggen, materialen waarvan de grondstoffen zich bevinden in politiek gevoelige landen, in de ogen van het land zelf of in de perceptie van andere landen.

Olie is het meest voor de hand liggende voorbeeld van een grondstof die politiek gevoelig ligt. Momenteel voelt de consument bij de benzinepomp in de eigen portemonnee hoe politiek gevoelig olie is. Vele kunststoffen en plastics hebben hun oorsprong echter in grondstoffen uit de petroleumindustrie. Het maken van kunststoffen uit petroleum is een uitgerijpte wetenschap, maar petroleum is zo'n vluchtig artikel geworden op de internationale markt dat er een zeer ernstige behoefte is ontstaan aan polymeermaterialen die net zo goedkoop zijn als kunststoffen op petroleumbasis, maar die geen gebruikmaken van petroleum als basismateriaal.

Een businesstrend die invloed heeft op de handelskunststoffen is de snelle verspreiding van kunststoffen vanuit waar ook ter wereld. Het is denkbaar dat een gebruiker in de Verenigde Staten polyethyleen geleverd krijgt uit China, Venezuela, India of Saoedi-Arabië. Dat betekent dat gebruikers alert moeten zijn op specificaties, zodat de gewenste eigenschappen dezelfde zijn van elke bron. Wanneer additieven nodig zijn, kan dat een hachelijke kwestie worden. Je kunt polycarbonaat zo ongeveer bij elke leverancier op de wereld krijgen, maar bij zeer weinig toepassingen is een zuiver polymeer zonder additieven of versterking betrokken. Zodoende is het belangrijk om ervoor te zorgen dat de details goed gespecificeerd zijn. De aard van een UV-stabilisator in China kan bijvoorbeeld verschillen van die in Portugal, en kunststoffen afkomstig van diverse bronnen hebben misschien geen identieke eigenschappen vanwege verschillende additieven.

Een andere trend in technische kunststoffen is consolidatie. Twee van de grootste fabrikanten van technische kunststoffen in de VS zijn bijvoorbeeld overgenomen door een bedrijf in het Midden-Oosten. Veel onderzoek naar en ontwikkeling van nieuwe kunststoffen vindt nu plaats op de hoofdkantoren van de grote corporaties die de kleinere bedrijven hebben overgenomen – en dus worden er waarschijnlijk minder nieuwe kunststoffen ontwikkeld. De meeste technischekunststofbedrijven zijn bezig om bestaande kunststoffen te verbeteren in plaats van nieuwe te ontwikkelen, omdat ze geloven dat het gemakkelijker is om een verbeterde kunststof op de markt te brengen dan een gloednieuwe. Polyimiden, bijvoorbeeld, werden al tientallen jaren gebruikt als hogetemperatuurkunststoffen, en hun maximale gebruikstemperatuur was ongeveer 300 °C. Een verbeterde versie kan nu worden gebruikt tot 400 °C.

Een aantal metalen kan ook als strategische materialen worden beschouwd. China is de grootste producent en gebruiker van aluminium ter wereld geworden. Consolidaties blijven het aantal fabrikanten reduceren: het aandeel van de Verenigde Staten op de wereldmarkt is bijvoorbeeld teruggelopen van 17 procent in 1995 tot 8 procent in 2005. De olieproducerende landen in het Midden-Oosten zijn bezig belangrijke fabrikanten van aluminium te worden vanwege het beschikbare aardgas in die landen. De productie van aluminium is bijzonder energie-intensief. Er is 16 kWh elektriciteit nodig om 1 kilo van het metaal te produceren. Dat is 40 procent van de kosten. In 2007 produceerde het Midden-Oosten 8 procent van al het aluminium op de wereld. Het grootste gedeelte hiervan was bestemd voor de export.

Chroom kan ook als strategisch materiaal worden beschouwd, althans voor de westerse wereld. Chroom is belangrijk omdat het het element is dat roestvast staal corrosiebestendig maakt. Het wordt vooral geproduceerd in Zuid-Afrika, Kazachstan en India, en in kleinere hoeveelheden ook in landen als Afghanistan, Iran en Zimbabwe. Er is nog geen vervanging voor chroom gevonden voor gebruik in roestvast staal. Men zoekt dus momenteel naar aluminium- en titaniumlegeringen, alsmede roestvaste stalen met minder chroom, die ook voldoende corrosiebestendig kunnen zijn voor bepaalde toepassingen.

Kijk ten slotte eens even naar je smartphone. We hebben al een aantal keer gezegd dat soms een klein detail voor grote problemen kan zorgen. In iedere smartphone en soortgelijke apparaten zitten kleine hoeveelheden van de zeldzame aarden cerium, lanthaan en neodymium. Deze elementen zijn erg lastig te winnen en veroorzaken grote milieuproblemen. Daarom worden ze bijna uitsluitend in China gewonnen.

Milieu

We hebben het net over milieuproblemen bij het winnen van zeldzame aarden voor gebruik in smartphones en dergelijke gehad. Maar recycling en het milieu zijn reeds tientallen jaren een zorg voor zowel de industrie als de klant. Een aantal materiaalkundige ontwikkelingen die we in dit boek tot nu toe nog niet hebben behandeld zijn het waard om hier te vermelden.

Een belangrijke mondiale kwestie bij kunststoffen is de mogelijkheid tot recycling en afvalverwijdering. Sommige Europese landen eisen dat bij producten die verkocht worden binnen hun grenzen

Oog op duurzaamheid

Plastic

Hoewel er grote vooruitgang wordt geboekt in de recycling en het hergebruik van plastics (zie paragraaf 9.5 en figuur 9-27), is er nog veel te veel zwerfplastic in de wereld. Bij de bewerking van deze editie van dit boek is het bewustzijn over dit probleem sterker geworden, maar desondanks wordt het probleem steeds groter. In de oceanen drijven enorme eilanden van plastic, sommige zo groot als een aantal Europese landen. Foto's van dieren die een ellendige dood zijn gestorven door het opeten van plastic zijn intussen wereldwijd bekend. Het grootste deel van dit plastic wordt niet direct in het water gegooid, maar komt via het land en de wind terecht in stromend water dat na een tijd zijn weg vindt naar de zee. Bioafbreekbare oftewel *biodegradable* plastics zouden een oplossing kunnen zijn voor zwerfvuil, maar ook dat blijven plastics; het duurt ook lang voordat ze afgebroken worden. Er wordt wel gewerkt aan nog betere oplossingen, in de vorm van composteerbare bioplastics op basis van onder andere PLA (polymelkzuur), TBS (thermoplastisch zetmeel) en PHA/PHB (polyhydroxyalkanoaat/poly-3-hydroxybutyraat). Verpakkingen die uit dit soort materialen zijn gemaakt composteren in veel kortere tijd, in enkele weken tot twee maanden. Zulke plastics mogen daarom het kiemplantlogo dragen.

composteerbaar

Het kiemplantlogo is eigendom van European Bioplastics, zie EN 13432

Bioplastic in het plastic landschap

		EINDPRODUCT	
		NIET-BIOAFBREEKBAAR	**BIOAFBREEKBAAR**
OORSPRONG GRONDSTOF	**NIET-HERNIEUWBAAR**	Tradionele kunststoffen (PE, PP, PET, ...)	PBS PBAT PCL
	HERNIEUWBAAR	Eco-LDPE Rilsan (PA 11) Sorona (PTT 37%)	PLA PHA/PHB TPS

Bron: Jaap van Heemst/Tosaf Benelux BV (2012). Bioplastics, van granulaat tot product: een ABC-tje, Kunststoffen 2012, Veldhoven.

een plan hoort voor wat er met het constructiemateriaal in een product gedaan wordt als het niet langer wordt gebruikt. In Nederland wordt een verwijderingsbijdrage geïnd voor iedere nieuwe auto om de kosten van recycling te dekken bij de eventuele sloop van de auto. Als je bijvoorbeeld PEEK specificeert voor een onderdeel, hoe wordt dit materiaal dan verwijderd als het onderdeel buiten gebruik wordt gesteld? Dit soort voorschriften heeft de interesse gewekt voor biologisch afbreekbare kunststoffen op biobasis, bijvoorbeeld kunststoffen die afgeleid zijn van graan, zoals polymelkzuur (PLA). Sommige kunststofleveranciers bieden kwaliteiten van gerecyclede spuitgietkunststoffen bij wijze van groene inspanning. Het punt, vanuit het standpunt van de gebruiker, is dat er bij elke toepassing rekening moet worden gehouden met groene overwegingen: hoe groen is je materiaalkeuze? Is dit van belang bij je ontwerp?

Er zijn vele pogingen gedaan om kunststoffen op biobasis en biologisch afbreekbare kunststoffen te ontwikkelen, maar geen enkel materiaal slaagde er in 2008 in de Verenigde Staten in om verder te komen dan de testmarktfase. In Europa en in andere delen van de wereld waar de 'groene' trend verder ontwikkeld is, zijn er al wel bepaalde markten ontgonnen, vooral op het gebied van verpakkingen.

Ook voor traditionele materialen zoals staal zijn er nog ontwikkelingen gaande. Op diverse plaatsen in alle delen van de wereld zijn processen voor directe reductie (DRI) in gebruik (zie figuur 12-1 in hoofdstuk 12). Kostbare en milieuvervuilende hoogovens zorgen nu voor het grootste deel van het niet-gerecyclede staal. De processen in de cokesovens die noodzakelijkerwijs deel uitmaken van de hoogoventechnologie, zijn milieutechnisch heel moeilijk in de hand te houden. Gedeeltelijke verbranding van cokes produceert methaan en koolstofmonoxide, en deze gassen moeten worden opgesloten. Dat is duur. Het is mogelijk dat DRI-processen de hoogoven op den duur zullen vervangen, maar in 2008 was hun gebruik slechts verantwoordelijk voor ongeveer 6 procent van de wereldstaalproductie. In een van deze DRI-processen laat men ijzererts, steenkool en zuurstof (afkomstig van een lans) in een enkel smeltvat reageren. Het eindproduct is staal in plaats van ijzer en dit gaat direct naar de gietpannen en wordt in blokken of een continugietmachine gegoten. In een ander proces, het ijzercarbideproces, maakt men het ijzererts in fijne poedervorm vloeibaar en laat men het reageren met methaan en waterstof bij ongeveer 600 °C. De waterstof reduceert het oxide tot metallisch ijzer, dat op zijn beurt koolstof (ongeveer 6 procent) van het methaan betrekt. Het eindproduct is de intermetallische verbinding ijzercarbide. Dit ijzercarbide kan worden opgelost in gesmolten ijzer, en de koolstof in de massa wordt vervolgens met behulp van zuurstof gereduceerd totdat het voor staal gewenste gehalte is bereikt.

Materiaalkeuze op internet

Als laatste punt in dit hoofdstuk willen we aandacht besteden aan de voor- en vooral de nadelen van het gebruik van internet voor de materiaalkeuze (en eigenlijk voor alles). Je moet niet vergeten dat iedereen bijna alles op internet kan zetten. Bij gedrukte literatuur kan men ook niet altijd weten of informatie betrouwbaar is, maar er zijn over de jaren heen wel protocollen voor peer reviews ontwikkeld en er is veel kennis beschikbaar over wat wel en geen goede informatie is.

Internationaal gezien is er nog geen overeenstemming over hoe men de kwaliteit van informatie op internet kan controleren en beoordelen. Men moet dus zelf goed nadenken, controleren of wat men leest betrouwbaar is of niet, zelf testen uitvoeren en andere informatiebronnen raadplegen. Zoals in paragraaf 22.6 werd benadrukt, geeft M.F. Ashby dit ook aan bij zijn eigen grafische methodiek. Internet is een goede en snelle manier om je te oriënteren op materialen en materiaalkeuze. Maar laat je niet verleiden door alle professioneel uitziende websites en de vele 'wiki's' die op het web te vinden zijn. Ze zijn goed om een idee te krijgen van wat er gaande is, maar betrouwbaar zijn ze nog helemaal niet. Vaak spreken sites elkaar tegen en als je vaker informatie op internet zoekt, zal je zien hoe bepaalde gegevens van materiaaleigenschappen klakkeloos van een of andere (openbare) bron worden overgenomen door meerdere leveranciers. Je ziet dat bijvoorbeeld doordat de gegevens van de verschillende leveranciers precies overeenkomen, ook bijvoorbeeld met betrekking tot het formaat van de tabel, of dat de gegevens tot de statistische afwijkingen aan toe exact hetzelfde zijn. Zelf controleren is altijd vereist bij de materiaalkeuze. ■

Samenvatting

In dit hoofdstuk hebben we een aantal materiaalontwikkelingen aangesneden die in 2014 actueel zijn. Er vinden zeker nog veel meer ontwikkelingen plaats, in vele bedrijfs- en industrietakken. Het belangrijke punt is dat men zich bij de materiaalkeuze bewust moet zijn van de ontwikkelingen rondom materialen en hun toepassingen, en dat men – op basis van de principes in dit boek – goed na moet denken over het gebruik daarvan. Niet alle nieuwe ontwikkelingen zijn academische dromen, maar men moet ook niet blind geloven wat er op internet te lezen valt over de meest recente veelbelovende materiaaloplossingen.

Appendix

Eigenschappen van geselecteerde technische materialen

In deze appendix wordt een aantal handige referentietabellen opgenomen, gevolgd door tabellen met typische eigenschappen van de volgende technische materialen:

- Kunststoffen zonder vulling/versterking
- Keramische en aanverwante materialen zonder versterking
- Koolstofstalen en gelegeerde staalsoorten
- Gereedschapsstalen
- Gietijzersoorten
- Roestvaste staalsoorten
- Aluminiumlegeringen
- Koperlegeringen
- Nikkellegeringen
- Hittebestendige metalen
- Diverse metalen

Conversie naar SI-eenheden volgens ASTM E 380

		SI-EENHEID
Volume		
1 gallon (U.S. liquid) (gal)	= $3{,}785 \times 10^{-3}$ m³	kubieke meter
inch³ (in.³)	= $1{,}638 \times 10^{-5}$ m³	kubieke meter
liter (l)	= 1×10^{-3} m³	kubieke meter
cubic foot (ft³)	= 0,0283 m³	kubieke meter
Snelheid		
foot/minute (ft/min)	= $5{,}080 \times 10^{-3}$ m/s	meter/seconde
mile/hour (mph)	= $4{,}470 \times 10^{-1}$ m/s	meter/seconde
Druk/spanning		
kips[a]/inch² (ksi)	= 6,894 MPa	megapascal
pounds/inch² (psi)	= $6{,}894 \times 10^{-3}$ MPa	megapascal
kilogram/millimeter² (kg/mm²)	= 9.8067 MPa	megapascal
Pascal	= Newton/(meter)²	Pascal
Kracht		
pound (force)	= 4,448 N	Newton
kilogram (kracht)	= 9,806 N	Newton
Newton	= 101,91 gF	
Massa		
pound (lb)	= 0,4536 kg	kilogram
ton (kort)	= 907,1847 kg	kilogram
Oppervlakte		
square foot (ft²)	= 0,0929 m²	vierkante meter
square inch (in.²)	= 6.4516×10^{-4} m²	vierkante meter
Lengte		
meter (m)	= 39,37 in.	meter
inch (in.)	= $25{,}4 \times 10^{-3}$ m	meter
micrometer (μm)	= $39{,}37 \times 10^{-2}$ in.	meter
foot (ft)	= 0,3048 m	meter
angstrom (Å)	= 1×10^{-10} m	meter
microinch (μin.)	= 0,0254 μm	micrometer
angstrom (Å)	= 0,10 nm	nanometer
micron (μm)	= 1×10^{-6} m	meter
nanometer (nm)	= 1×10^{-9} m	
Botsingsenergie		
foot pound (ft-lb)	= 1,356 J	Joule
Temperatuur		
graad Kelvin (K)	= $T_C^{b} + 273{,}15$ $T_C = \dfrac{graden\ Fahrenheit - 32}{1{,}8}$	Kelvin
Warmte		
Btu in./h ft² °F	= $1{,}441 \times 10^{-1}$ W/m · K	Watt/meter · Kelvin

[a] 1 kip = 1000 pounds
[b] T_C = temperatuur Celsius (°C)

Eenheidsconversiereferentie

Het is de bedoeling dat in alle technische teksten alleen SI-eenheden worden gebruikt om standaardisatie in de wetenschappelijke literatuur te bevorderen. Helaas zijn sommige SI-eenheden onhandig in het gebruik bij fabricage en andere zakelijke situaties. Wij adviseren om in gepubliceerde teksten en dergelijke SI-eenheden te gebruiken, maar de eenheden van voorkeur in jouw discipline in interne of informele documenten. Conversie van de ene eenheid in een andere is gemakkelijk en snel geworden door eenheidsconversierekenaars en -software (bijvoorbeeld unitconversion.org). De sleutel tot handmatige eenheidsconversie is altijd het kiezen van de te berekenen eenheid als de teller in de eenheidsopheffing.

Chemische referentietabellen*

Standaardtemperatuur en -druk

NAAM	WAARDE	EENHEID
Standaard	101,3 kPa	kilopascal
Druk	1 atm	atmosfeer
Standaard	273 K	Kelvin
Temperatuur	0°C	graden Celsius

Fysische constanten voor water

Stollingswarmte	334 J/g
Verdampingswarmte	2260 J/g
Soortelijke warmtecapaciteit van H_2O (vloeistof)	4,18 J/g°C

Geselecteerde voorvoegsels

FACTOR	VOORVOEGSEL	SYMBOOL
10^{12}	tera-	T
10^{9}	giga-	G
10^{6}	mega-	M
10^{3}	kilo-	k
10^{-1}	deci-	d
10^{-2}	centi-	c
10^{-3}	milli-	m
10^{-6}	micro-	μ
10^{-9}	nano-	n
10^{-12}	pico-	p

* Uit: *Reference Tables for Physical Setting Chemistry*, New York State Department of Education, 2002.

Kunststoffen zonder vulling/versterking

Mechanische eigenschappen

TYPE (ACRONIEM)	TREK-STERKTE, MPa	VERLENGING, %	BUIG-STERKTE, MPa	ELASTICITEITS-MODULUS, GPa	SLAG-STERKTE, J/m	SPUIT-GIETBAAR
Polytetrafluorethyleen (PTFE)	31	300	–	0,35	88	Nee
Polybutyleentereftalaat (PBT)	55	150	83	–	23,6	Ja
Polysulfon (PSU)	70	75	106	2,48	38,3	Ja
Polymethylmetacrylaat (PMMA)	72	5	110	2,93	8,8	Ja
Polyamide-imide (PAI)	179	15	207	5,17	73,7	Ja
Fenolhars (PF)	69	<1	76	7,3	10,3	Nee
Polyimide (PI)	90	4	124	4,3	22	Meeste nee, sommige ja
Epoxy (EP)	72	4	110	3,1	8,8	Nee
Polystyreen (PS)	51,7	1,5	86	3,3	8,8	Ja
Polyethyleen (PE)	13	600	–	0,16	–	Ja
Polyvinylchloride (PVC) (stijf)	44,8	6	89	2,6	118	Ja
Polypropyleen (PP)	34	200	44,8	1,3	38	Ja
Acrylonitrilbutadieenstyreen (ABS)	55	12	76	2,3	88	Ja
Polycarbonaat (PC)	62	110	89,6	2,28	442	Ja
Acetaal (POM)	68,9	35	96	3,6	44	Ja
Nylon 6 (PA)	62	27	72,4	2,75	56	Ja

Fysische eigenschappen*

TYPE (ACRONIEM)	DICHT-HEID, g/cm³	UITZETTINGS-COËFFICIËNT, 10^{-6}mm/mm-°C	WARMTE-GELEIDBAAR-HEID, W/m °C	SOORTELIJKE WEERSTAND, Ω-CM	SOORTELIJKE WARMTE, J/kg °C
Polytetrafluorethyleen (PTFE)	2200	72	0,25	10^{18}	926
Polybutyleentereftalaat (PBT)	1310	42	0,15	20×10^{15}	1894
Polysulfon (PSU)	1240	56	0,26	5×10^{16}	1010
Polymethylmetacrylaat (PMMA)	1190	70	0,21	$>10^{17}$	1473
Polyamide-imide (PAI)	1400	36	0,29	$1{,}2 \times 10^{17}$	–
Fenolhars (PF)	1400	36	0,03	10^{11}	1557
Polyimide (PI)	1430	49	0,66	10^{15}	1220
Epoxy (EP)	1150	59	0,34	$6{,}1 \times 10^{15}$	1894
Polystyreen (PS)	1050	72	0,13	$>10^{16}$	1300
Polyethyleen (PE)	920	180	0,33	10^{18}	2273
Polyvinylchloride (PVC) (stijf)	1440	54	0,15	10^{15}	–
Polypropyleen (PP)	900	86	0,18	$>10^{17}$	1894
Acrylonitrilbutadieenstyreen (ABS)	1050	68	0,22	$2{,}7 \times 10^{16}$	–
Polycarbonaat (PC)	1210	67	0,2	8×10^{16}	1263
Acetaal (POM)	1425	81	0,22	1×10^{15}	1473
Nylon 6 (PA)	1100	90	0,17	$4{,}5 \times 10^{15}$	1689

* De eigenschappen hangen sterk af van het fabricageproces. De weergegeven waarden zijn kamertemperatuurgemiddelden, afkomstig van diverse fabrikanten. Gebruik deze waarden niet voor een ontwerp, maar maak gebruik van de gegevens van de fabrikant van het specifieke toegepaste materiaal.

Keramische en aanverwante materialen zonder versterking

Mechanische eigenschappen*

MATERIAAL	BUIGSTERKTE, MPa	DRUKSTERKTE, MPa	HARDHEID, HV	ELASTICITEITS-MODULUS, GPa	BREUKTAAI-HEID, K_{IC} MPa $\sqrt{m}$
Aluminiumoxide, Al_2O_3	345	2300	1900	360	5
Siliciumnitride, Si_3N_4	800	620	1750	310	5
Siliciumcarbide, SiC	500	2950	2550	405	3
Taai zirkoniumoxide, ZrO_2	1050	1370	1300	204	10
Amorf glas (silica)	98	1860	600	69	–
Bewerkbaar glaskeramiek	103	344	250	64	–
Koolstof-grafiet	55	110	<100	10	–
Gesinterd carbide, WC/6%Co	1400	4000	1600	612	15

Fysische eigenschappen*

MATERIAAL	DICHTHEID, g/cm³	WARMTE-GELEIDBAAR-HEID, W/m °C	UITZETTINGS-COËFFICIËNT 20–100 °C, 10^{-6}mm/mm-°C	SOORTELIJKE WEERSTAND, Ω-CM	MAXIMALE GEBRUIKSTEMPE-RATUUR ZONDER BELASTING, °C
Aluminiumoxide	3920	34	7,4	10^{14}	1650
Siliciumnitride	3200	33	3,1	10^{12}	1260
Siliciumcarbide	3200	60	4,5	–	1260
Taai zirkoniumoxide	6000	6	8,5	$>10^{10}$	–
Amorf glas	2200	1,4	1	10^{9}	–
Bewerkbaar glaskeramiek	2500	1,7	9,4	10^{14}	980
Koolstof-grafiet	1700	86	9,6	$2,3 \times 10^{-4}$	315
Gesinterd carbide	17200	86	7,4	6×10^{-6}	–

* De eigenschappen hangen sterk af van het fabricageproces. De weergegeven waarden zijn kamertemperatuurgemiddelden, afkomstig van diverse fabrikanten. Gebruik deze waarden niet voor een ontwerp, maar maak gebruik van de gegevens van de fabrikant van het specifieke toegepaste materiaal.

Koolstofstalen en gelegeerde staalsoorten

Mechanische eigenschappen bij de aangegeven hardheid (gegloeid)[a]

TYPE (UNS-NUMMER)	TREK-STERKTE, MPa	REKGRENS, MPa	VERLENGING, %	HARDHEID, HV	ELASTICITEITS-MODULUS, GPa	BEWERK-BAARHEIDS-INDEX[b] (GEGLOEID)
1010 (G10100)	380	275	35	110	206	100
1020 (G10200)	400	296	34	120	206	150
1040 (G10400)	517	351	30	150	206	150
4140 (G41400)	655	413	25	200	206	230
4340 (G43400)	758	482	20	220	206	230
8620 (G86200)	538	386	30	148	206	330
A36	482	248	21	150	206	150

Fysische eigenschappen[a]

TYPE (UNS-NUMMER)	DICHTHEID, g/cm^3	WARMTE-GELEIDBAAR-HEID, W/m °C	UITZETTINGS-COËFFICIËNT, 10^{-6}mm/mm-°C	SOORTELIJKE WEERSTAND, 10^{-6} Ωcm	FERROMAGNETISCH (BIJ KAMER-TEMPERATUUR)
1010 (G10100)	7,87	47	11,9	20	Ja
1020 (G10200)	7,87	47	11,9	20	Ja
1040 (G10400)	7,87	47	11,3	19	Ja
4140 (G41400)	7,87	47	12,3	20	Ja
4340 (G43400)	7,87	47	12,3	20	Ja
8620 (G86200)	7,87	47	11,9	18	Ja
A36	7,87	47	11,3	20	Ja

a Gemiddelde waarden voor de eigenschappen bij kamertemperatuur, afkomstig van diverse bronnen. Gebruik deze waarden niet voor een ontwerp, maar maak gebruik van de gegevens van de fabrikant van het specifieke toegepaste materiaal.

b SAE 1117 automatenstaal heeft een index van 100. Een hogere waarde betekent dat sommige bewerkingen duurder kunnen zijn dan geldt voor 1117-staal. Deze index is gebaseerd op ervaringen in een bepaalde werkplaats. Andere werkplaatsen hanteren mogelijk andere waarden voor de machinale bewerkbaarheid.

Gereedschapsstalen

Typische mechanische eigenschappen bij de aangegeven hardheid[a]

TYPE (UNS-NUMMER)	TREKSTERKTE, MPa	REKGRENS, MPa	ELASTICITEITS-MODULUS, GPa	HARDHEID, HV	BEWERKBAARHEIDSINDEX[b] (GEGLOEID)
S7 (T41907)	2344	1896	207	560	230
M2 (T11302)	–	–	207	630	340
H13 (T20813)	1778	1641	207	510	230
A2 (T30102)	1737	1344	203	500	320
D2 (T30402)	3012	1516	203	610	340
O1 (T31501)	1930	1875	217	535	230

Fysische eigenschappen[a]

TYPE (UNS-NUMMER)	DICHTHEID, g/cm^3	UITZETTINGSCOËFFICIËNT, 10^{-6}mm/mm-°C
S7 (T41907)	7,83	12,59
M2 (T11302)	8,12	10,08
H13 (T20813)	7,76	12,2
A2 (T30102)	7,87	13,1
D2 (T30402)	7,70	10,2
O1 (T31501)	7,80	10,8

a Gemiddelde waarden voor de eigenschappen bij kamertemperatuur, afkomstig van diverse bronnen. Gebruik deze waarden niet voor een ontwerp, maar maak gebruik van de gegevens van de fabrikant van het specifieke toegepaste materiaal.

b SAE 1117 automatenstaal heeft een index van 100. Een hogere waarde betekent dat sommige bewerkingen duurder kunnen zijn dan geldt voor 1117-staal. Deze index is gebaseerd op ervaringen in een bepaalde werkplaats. Andere werkplaatsen hanteren mogelijk andere waarden voor de machinale bewerkbaarheid.

Gietijzersoorten

Mechanische eigenschappen (bij de aangegeven hardheid)[a]

ASTM-AANDUIDING	TREK-STERKTE, MPa	REK-GRENS, MPa	VERLENGING, %	HARDHEID, HV	ELASTICITEITS-MODULUS, GPa	BEWERK-BAARHEIDS-INDEX[b] (GEGLOEID)
A48 Klasse 20 grijs gietijzer	138	38	Nil	175	82	100
A48 Klasse 35 grijs gietijzer	241	241	Nil	200	110	120
A48 Klasse 40 grijs gietijzer	275	275	Nil	210	124	140
A536 type 5 60-45-18 ductiel gietijzer	413	310	18	175	172	210
A536 type 3 80-55-06 ductiel gietijzer	551	413	6	235	172	230
A47-type 32510 smeedbaar gietijzer	344	220	10	125	179	100
A220 type 60004 smeedbaar gietijzer	551	413	3	225	179	120
A532 type A wit gietijzer	310	310	Nil	550	172	Gewoonlijk niet machinaal bewerkt
A27 type 60-30 gietstaal	413	206	24	156	206	120

Fysische eigenschappen[a]

ASTM-AANDUIDING	DICHTHEID, g/cm³	WARMTE-GELEID-BAARHEID, W/m °C	UITZETTINGS-COËFFICIËNT, 10^{-6}mm/mm-°C	SOORTELIJKE WEERSTAND, 10^{-6} Ωcm	FERRO-MAGNETISCH BIJ KAMER-TEMPERATUUR	SOORTE-LIJKE WARMTE, J/kg °C
A48 Klasse 20 grijs gietijzer	7,0	51	10,8	100	Ja	550
A48 Klasse 35 grijs gietijzer	7,0	51	10,8	100	Ja	–
A48 Klasse 40 grijs gietijzer	7,2	51	10,8	80	Ja	–
A536 type 5 60-45-18 ductiel gietijzer	7,2	34	11,8	66	Ja	51
A536 type 3 80-55-06 ductiel gietijzer	7,0	30	11,8	68	Ja	–
A47 type 32510 smeedbaar gietijzer	7,2	50	9	35,8	Ja	–
A220 type 60009 smeedbaar gietijzer	7,3	50	13,5	40,9	Ja	–
A27 type 60-30 gietstaal	7,8	46	14,7	15–20	Ja	460

a Gemiddelde waarden voor de eigenschappen bij kamertemperatuur, afkomstig van diverse bronnen. Gebruik deze waarden niet voor een ontwerp, maar maak gebruik van de gegevens van de fabrikant van het specifieke toegepaste materiaal.

b SAE 1117 automatenstaal heeft een index van 100. Een hogere waarde betekent dat sommige bewerkingen duurder kunnen zijn dan geldt voor 1117-staal. Deze index is gebaseerd op ervaringen in een bepaalde werkplaats. Andere werkplaatsen hanteren mogelijk andere waarden voor de machinale bewerkbaarheid.

Roestvaste staalsoorten

Mechanische eigenschappen bij de aangegeven hardheid (gegloeid)[a]

TYPE (UNS-NUMMER)	TREK-STERKTE, MPa	REKGRENS, MPa	VERLENGING, %	HARDHEID, HV	ELASTICITEITS-MODULUS, GPa	BEWERK-BAARHEIDS-INDEX[b] (GEGLOEID)
430 (S43000)	482	275	20	260	199	165
416 (S41600)	517	275	22	260	199	150
420 (S42000)	517	275	25	240	199	300
440C (S44004)	758	448	14	260	199	375
303 (S30300)	517	206	35	260	193	190
304 (S30400)	517	206	40	260	193	340
316 (S31600)	517	206	40	260	193	340
17-4 PH (S17400)	1034	861	19	280	196	350
17-7 PH (S17700)	1206	1068	12	280	199	350

Fysische eigenschappen[a]

TYPE (UNS-NUMMER)	DICHT-HEID, g/cm³	WARMTE-GELEIDBAAR-HEID, W/m °C	UITZETTINGS-COËFFICIËNT, 10^{-6}mm/mm-°C	SOORTELIJKE WEERSTAND, 10^{-6} Ωcm	FERRO-MAGNETISCH BIJ KAMER-TEMPERATUUR	SOORTE-LIJKE WARMTE, J/kg °C
430 (S43000)	7,8	26	10,5	60	Ja	460
416 (S41600)	7,8	25	9,9	70	Ja	460
420 (S42000)	7,8	25	10,26	55	Ja	460
440C (S44004)	7,8	24	10,1	60	Ja	460
303 (S30300)	8,0	16	17,3	72	Nee	500
304 (S30400)	8,0	16	17,3	72	Nee	500
316 (S31600)	8,0	16	16	74	Nee	500
17-4 PH (S17400)	7,8	18	10,8	100	Ja	460
17-7 PH (S17700)	7,8	17	10,1	82	Ja	460

a Gemiddelde waarden voor de eigenschappen bij kamertemperatuur, afkomstig van diverse bronnen. Gebruik deze waarden niet voor een ontwerp, maar maak gebruik van de gegevens van de fabrikant van het specifieke toegepaste materiaal.
b SAE 1117 automatenstaal heeft een index van 100. Een hogere waarde betekent dat sommige bewerkingen duurder kunnen zijn dan geldt voor 1117-staal. Deze index is gebaseerd op ervaringen in een bepaalde werkplaats. Andere werkplaatsen hanteren mogelijk andere waarden voor de machinale bewerkbaarheid.

Aluminiumlegeringen

Mechanische eigenschappen (bij de aangegeven toestand)[a]

TYPE (UNS-NUMMER)	TREK-STERKTE, MPa	REK-GRENS, MPa	VERLENGING, %	HARDHEID, HV	ELASTICITEITS-MODULUS, GPa	BEWERKBAARHEIDSINDEX[b] (BIJ DE AANGEGEVEN TOESTAND)
1100-H14 (A91100)	124	117	9	26	69	180
2024-14 (A92024)	469	324	19	120	73	110
3003-H14 (A93003)	152	145	8	40	69	160
5052-H34 (A95052)	262	214	10	68	70	150
6061-T6 (A96061)	310	276	12	95	69	110
6063-T6 (A96063)	241	214	12	73	69	110
7075-T6 (A97075)	572	503	11	150	72	100
355-T6 (A03550)	250	214	2	85	69	110
380 (A03800)	302	276	2	80	69	130

Fysische eigenschappen[a]

TYPE (UNS-NUMMER)	DICHT-HEID, g/cm^3	WARMTE-GELEIDBAARHEID, W/m °C	UITZETTINGS-COËFFICIËNT, 10^{-6}mm/mm-°C	SOORTELIJKE WEERSTAND, 10^{-6} Ωcm	FERRO-MAGNETISCH BIJ KAMER-TEMPERATUUR	SOORTE-LIJKE WARMTE, J/kg °C
1100-H14 (A91100)	2,71	210	23,6	2,8	Nee	920
2024-T4 (A92024)	2,77	116	23,2	3,4	Nee	920
3003-14 (A93003)	2,73	150	23,2	4,2	Nee	920
5052-H34 (A95052)	2,68	132	23,8	4,9	Nee	920
6061-T6 (A96061)	2,70	190	23,6	4,0	Nee	960
6063-T6 (A96063)	2,70	190	23,4	3,3	Nee	960
7075-T6 (A97075)	2,80	130	23,6	5,2	Nee	960
355 (A03550)	2,77	150	22,3	–	Nee	920
380 (A03800)	2,73	100	21,1	–	Nee	920

a Gemiddelde waarden voor de eigenschappen bij kamertemperatuur, afkomstig van diverse bronnen. Gebruik deze waarden niet voor een ontwerp, maar maak gebruik van de gegevens van de fabrikant van het specifieke toegepaste materiaal.
b SAE 1117 automatenstaal heeft een index van 100. Een hogere waarde betekent dat sommige bewerkingen duurder kunnen zijn dan geldt voor 1117-staal. Deze index is gebaseerd op ervaringen in een bepaalde werkplaats. Andere werkplaatsen hanteren mogelijk andere waarden voor de machinale bewerkbaarheid.

Koperlegeringen

Mechanische eigenschappen (voor de aangegeven toestanden/hardheid)[a]

TYPE (UNS-NUMMER)	TREK-STERKTE, MPa	REK-GRENS, MPa	VERLENGING, %	HARDHEID, HV	ELASTICITEITS-MODULUS, GPa	BEWERKBAAR-HEIDSINDEX[b] (BIJ DE AANGEGEVEN TOESTAND)
ETP koper (C11000) [H08][d]	379	344	4	60	117	150
DHP koper (C12200) [H08]	379	344	8	60	117	150
Be koper (C17200) (precipitatiegehard)	1400	1172	10	410	131	100
Rood messing (C23000) [H02]	393	337	12	65	117	70
Geel messing (C26000) [H02]	427	358	25	70	110	90
Geel messing (automatenkwaliteit) (C36000) [H02]	400	310	25	78	96	70
Brons (C90700)	310	145	20	70	103	150
Loodhoudend brons (C93700)	241	124	20	65	76	100

Fysische eigenschappen[a]

TYPE (UNS-NUMMER)	DICHT-HEID, g/cm³	WARMTE-GELEIDBAAR-HEID, W/m °C	UITZETTINGS-COËFFICIËNT, 10^{-6}mm/mm-°C	SOORTELIJKE WEERSTAND[c], % IACS	FERRO-MAGNETISCH BIJ KAMER-TEMPERATUUR	SOORTE-LIJKE WARMTE, J/kg °C
ETP koper (C11000)	8,94	391	17,7	101	Nee	385
DHP koper (C12200)	8,94	339	17,7	85	Nee	385
Be koper (C17200) (C23000)	8,25	107	17,8	22	Nee	425
Geel messing (C26000)	8,52	121	20,1	28	Nee	380
Geel messing (automatenkwaliteit) (C36000)	8,50	116	20,6	26	Nee	380
Brons (C90700)	8,78	72	18,4	9,6	Nee	380
Loodhoudend brons (C93700)	8,95	40	15,5	10	Nee	380

a Gemiddelde waarden voor de eigenschappen bij kamertemperatuur, afkomstig van diverse bronnen. Gebruik deze waarden niet voor een ontwerp, maar maak gebruik van de gegevens van de fabrikant van het specifieke toegepaste materiaal.
b SAE 1117 automatenstaal heeft een index van 100. Een hogere waarde betekent dat sommige bewerkingen duurder kunnen zijn dan geldt voor 1117-staal. Deze index is gebaseerd op ervaringen in een bepaalde werkplaats. Andere werkplaatsen hanteren mogelijk andere waarden voor de machinale bewerkbaarheid.
c Koper = $3{,}82 \times 10^{-8}$ Ω/m maal % IACS geeft elektrisch weerstandsvermogen in 10^{-8} Ω/m.
d Toestand.

Nikkellegeringen

Mechanische eigenschappen (bij de aangegeven hardheid)[a]

TYPE (UNS-NUMMER)	TREK-STERKTE, MPa	REK-GRENS, MPa	VERLENGING, %	HARDHEID, HV	ELASTICITEITS-MODULUS, GPa	BEWERKBAARHEIDSINDEX[b] (BIJ DE AANGEGEVEN TOESTAND)
Zuiver nikkel (N02200)	469	186	50	170	207	340
Monel 400 (N04400)	565	269	45	137	179	340
Inconel 600 (N06600)	683	310	43	160	213	300
Inconel 625 (N06625)	896	483	50	183	205	300
Inconel X 750 (N07750)	1241	827	25	360	213	360
Incoloy 800 (N08800)	586	290	45	155	195	320
Incoloy 825 (N08825)	690	310	45	155	205	320
Hastelloy B-2 (N10665)	951	524	53	240	216	340
Hastelloy C-276 (N10276)	792	351	60	210	205	340

Fysische eigenschappen[a]

TYPE (UNS-NUMMER)	DICHTHEID, g/cm^3	WARMTEGELEIDBAARHEID, W/m °C	UITZETTINGSCOËFFICIËNT, 10^{-6}mm/mm-°C	SOORTELIJKE WEERSTAND, 10^{-6} Ωcm	FERROMAGNETISCH BIJ KAMERTEMPERATUUR	SOORTELIJKE WARMTE, J/kg °C
Zuiver nikkel (N02200)	8,89	70,2	15,5	11	Ja	454
Monel 400 (N04400)	8,80	46	16,3	47	Ja (alleen bij kamertemperatuur)	534
Inconel 600 (N06600)	8,50	14,6	12,2	–	Ja	–
Inconel 625 (412) (N06625)	8,44	9,8	12,8	126	Ja	0,098
Inconel X 750 (N07750)	8,28	12	12,6	126	Ja	–
Incoloy 800 (N08800)	7,44	11,5	14,4	91	Ja	505
Incoloy 825 (N08825)	8,14	11,1	14	110	Ja	–
Hastelloy B-2 (N10665)	9,24	12,2	11,2	137	Ja	374
Hastelloy C-276 (N10276)	8,90	12,9	11,2	130	Ja	429

a Gemiddelde waarden voor de eigenschappen bij kamertemperatuur, afkomstig van diverse bronnen. Gebruik deze waarden niet voor een ontwerp, maar maak gebruik van de gegevens van de fabrikant van het specifieke toegepaste materiaal.
b SAE 1117 automatenstaal heeft een index van 100. Een hogere waarde betekent dat sommige bewerkingen duurder kunnen zijn dan geldt voor 1117-staal. Deze index is gebaseerd op ervaringen in een bepaalde werkplaats. Andere werkplaatsen hanteren mogelijk andere waarden voor de machinale bewerkbaarheid.

Hittebestendige metalen

Mechanische eigenschappen (bij de aangegeven hardheid)[a]

TYPE (UNS-NUMMER)	TREKSTERKTE, MPa	REKGRENS, MPa	HARDHEID, HV	ELASTICITEITS-MODULUS, GPa	BEWERKBAARHEIDSINDEX[b] (BIJ DE AANGEGEVEN TOESTAND)
Zirkonium (R60701)	448	310	110	99	320
Molybdeen (R03604)	655	551	220	324	430
Wolfraam (R07005)	1516	1516	480	407	520
Tantaal (R05200)	413	331	150	186	320
Hafnium (R02001)	531	220	110	137	500
Columbium/Niobium (R04200)	345		60	103	320

Fysische eigenschappen[a]

TYPE (UNS-NUMMER)	DICHTHEID, g/cm³	WARMTEGELEIDBAARHEID, W/m °C	UITZETTINGSCOËFFICIËNT, 10^{-6}mm/mm-°C	SOORTELIJKE WEERSTAND, 10^{-6} Ωcm	FERROMAGNETISCH BIJ KAMERTEMPERATUUR	SOORTELIJKE WARMTE, J/kg °C
Zirkonium (R60701)	6,50	22,4	5,76	40	Nee	2863
Molybdeen (R03604)	10,28	147	5,04	5,2	Nee	2736
Wolfraam (R07005)	19,32	166	4,5	–	Nee	1431
Tantaal (R05200)	16,68	53	6,48	12,5	Nee	1516
Hafnium (R02001)	13,06	–	5,9	30	Nee	1473
Columbium/Niobium (R04200)	8,50	43	7,38	15	Nee	–

a Gemiddelde waarden voor de eigenschappen bij kamertemperatuur, afkomstig van diverse bronnen. Gebruik deze waarden niet voor een ontwerp, maar maak gebruik van de gegevens van de fabrikant van het specifieke toegepaste materiaal.

b SAE 1117 automatenstaal heeft een index van 100. Een hogere waarde betekent dat sommige bewerkingen duurder kunnen zijn dan geldt voor 1117-staal. Deze index is gebaseerd op ervaringen in een bepaalde werkplaats. Andere werkplaatsen hanteren mogelijk andere waarden voor de machinale bewerkbaarheid.

Diverse metalen

Mechanische eigenschappen (bij de aangegeven hardheid)[a]

TYPE (UNS-NUMMER)	TREK-STERKTE, MPa	REKGRENS, MPa	VERLENGING, %	HARDHEID, HV	ELASTICITEITS-MODULUS, GPa	BEWERK-BAARHEIDS-INDEX[b]
Magnesium AZ31B-H24 (M11311)	262	179	12	50	44,8	50
Magnesium AZ91A-F (M11911)	227	152	3	63	44,8	50
Beryllium (R19800)	289	–	3	–	303,4	520
Titanium ongele-geerd (R50250)	413	310	20	150	104	460
Titanium Ti-6A1-4V (R56401)	1103	965	8	360	114	510
Zink ASTM B86 Gr. AG 40A (Z33520)	283	221	10	90	0,085	80
Zink ASTM B 86 Gr. AC 41A (Z35531)	331	228	7	91	0,085	80

Fysische eigenschappen[a]

TYPE (UNS-NUMMER)	DICHT-HEID, g/cm³	WARMTE-GELEIDBAAR-HEID, W/m °C	UITZETTINGS-COËFFICIËNT, 10^{-6}mm/mm-°C	SOORTELIJKE WEERSTAND, 10^{-6} Ωcm	FERRO-MAGNETISCH BIJ KAMER-TEMPERATUUR	SOORTE-LIJKE WARMTE, J/kg °C
Magnesium AZ31B-H24 (M11311)	1,77	76	25,2	9,2	Nee	1030
Magnesium AZ91A-F (M11911)	1,80	69	26	9,3	Nee	1050
Beryllium (R19800)	1,86	172	11,3	–	Nee	–
Titanium ongele-geerd (R50250)	4,50	15	9,54	55	Nee	538
Titanium Ti-6A1-4V (R56401)	4,50	7,2	9,54	177	Nee	560
Zink ASTM B86 Gr. AG 40A (Z33520)	6,60	113	27,4	6,3	Nee	420
Zink ASTM B86 Gr AC 41A (Z35531)	6,70	111	27,4	6,5	Nee	420

a Gemiddelde waarden voor de eigenschappen bij kamertemperatuur, afkomstig van diverse bronnen. Gebruik deze waarden niet voor een ontwerp, maar maak gebruik van de gegevens van de fabrikant van het specifieke toegepaste materiaal.

b SAE 1117 automatenstaal heeft een index van 100. Een hogere waarde betekent dat sommige bewerkingen duurder kunnen zijn dan geldt voor 1117-staal. Deze index is gebaseerd op ervaringen in een bepaalde werkplaats. Andere werkplaatsen hanteren mogelijk andere waarden voor de machinale bewerkbaarheid.

Symbolen en namen van elementen

SYMBOOL	NAAM
Ac	Actinium
Ag	Zilver
Al	Aluminium
Am	Americium
Ar	Argon
As	Arsenicum
At	Astatium
Au	Goud
B	Boor
Ba	Barium
Be	Beryllium
Bh	Bohrium
Bi	Bismut
Bk	Berkelium
Br	Broom
C	Koolstof
Ca	Calcium
Cd	Cadmium
Ce	Cerium
Cf	Californium
Cl	Chloor
Cm	Curium
Co	Kobalt
Cr	Chroom
Cs	Cesium
Cu	Koper
Db	Dubnium
Dy	Dysprosium
Er	Erbium
Es	Einsteinium
Eu	Europium
F	Fluor
Fe	IJzer
Fm	Fermium
Fr	Francium
Ga	Gallium
Gd	Gadolinium
Ge	Germanium
H	Waterstof
He	Helium

SYMBOOL	NAAM
Hf	Hafnium
Hg	Kwik
Ho	Holmium
Hs	Hassium
I	Jodium
In	Indium
Ir	Iridium
K	Kalium
Kr	Krypton
La	Lanthanium
Li	Lithium
Lr	Lawrencium
Lu	Lutetium
Lv	Livermorium
Md	Mendelevium
Mg	Magnesium
Mn	Mangaan
Mo	Molybdeen
Mt	Meitnerium
N	Stikstof
Na	Natrium
Ne	Neon
Nb	Niobium
Nd	Neodymium
Ni	Nikkel
No	Nobelium
Np	Neptunium
O	Zuurstof
Os	Osmium
P	Fosfor
Pd	Palladium
Po	Polonium
Pb	Lood
Pt	Platina
Pr	Praseodymium
Pm	Promethium
Pu	Plutonium
Pa	Protactinium
Ra	Radium
Rb	Rubidium

SYMBOOL	NAAM
Re	Renium
Rf	Rutherfordium
Rg	Roentgenium
Rh	Rhodium
Rn	Radon
Ru	Ruthenium
S	Zwavel
Sb	Antimoon
Sc	Scandium
Se	Seleen
Sg	Seaborgium
Si	Silicium
Sm	Samarium
Sn	Tin
Sr	Strontium
Ta	Tantaal
Tb	Terbium
Tc	Technetium
Te	Telluur
Th	Thorium
Ti	Titaan
Tl	Thallium
Tm	Thulium
U	Uranium
Uub	Ununbium
Uuh	Ununhexium
Uun	Ununnilium
Uuo	Ununoctium
Uup	Ununpentium
Uuq	Ununquadium
Uus	Ununseptium
Uut	Ununtrium
V	Vanadium
W	Wolfraam
Xe	Xenon
Y	Yttrium
Yb	Ytterbium
Zn	Zink
Zr	Zirkonium

Referenties

Bronnenlijst

Hoofdstuk 1

Ashby, M. F., en D. R. H. Jones. *Engineering Materials 1*, 2e ed. Oxford: Butterworth/Heinemann, 1998.

Campbell, F., Jr. *Elements of Metallurgy and Engineering Alloys.* Materials Park OH: ASM International, 2008.

Dym, J. B. *Product Design with Plastics*. New York: Industrial Press, Inc., 1983.

Entwistle, K. M. *Basic Principles of the Finite Element Method*. Londen: IOM Communications Ltd., 1999.

Hoofdstuk 2

Boikers, R. S., en E. Edelson. *Chemical Principles*. New York: Harper & Row Publishing Co., 1978.

Dorin, H. *Chemistry: The Study of Matter*. Newton, MA: Cebco, Division of Allyn & Bacon, Inc., 1982.

Concise Encyclopedia of Chemical Technology, 5e ed. New York: Wiley, 2007.

Fuhlman, B. D. *Materials Chemistry*. New York: Springer, 2007.

Hall, N., (red.). *The New Chemistry*. Cambridge: Cambridge University Press, 2000.

Horath, L. *Fundamentals of Materials Science for Technologists*. Upper Saddle River, NJ: Prentice Hall, Inc., 1995.

Hume-Rothery, W., en G. V. Raynor. *The Structure of Metals and Alloys*. Londen: Institute of Metals, 1962.

Kaxiras, E., *Atomic Structure of Solids*. New York: Cambridge University Press, 2002.

Lide, D. K., (red.). *CRC Handbook of Chemistry and Physics*, 73e ed. Boca Raton, FL: CRC Press, Inc., 1992.

Martin, J. W., (red.). *The Structure of Material.* Oxford: Elsevier, 2007.

Pollack, D. D. *Physics of Engineering Materials*. Upper Saddle River, NJ: Prentice Hall, Inc., 1990.

Puddephatt, R. J., en P. K. Monaghan. *The Periodic Table of the Elements*, 2e ed. Oxford: Clarendon Press, 1986.

Read, W. T., Jr. *Dislocations in Crystals*. New York: McGraw-Hill, Inc., 1953.

Shackelford, J. F. *Introduction to Materials Science*. New York: Macmillan Publishing Co., 1988.

Hoofdstuk 3

Ashby, M. F., en D. R. H. Jones. *Engineering Materials*, 2e ed. Oxford: Butterworth-Heinemann, 1996.

Callister, W. D. *Material Science and Engineering*, 2e ed. New York: John Wiley, 2006.

Carey, F. A. *Organic Chemistry*, 7e ed. New York: McGraw-Hill, 2008.

Dieter, G. E. *Mechanical Metallurgy*, 2e ed., New York: McGraw-Hill Book Co., 1976.

Driscoll, S. D., (red.). *The Basics of Testing Plastics: Mechanical Properties, Flame Exposure, and General Guidelines*. West Conshohocken, PA: ASTM International, 1998.

Martin, J. W. *The Chemical Properties of Materials.* Oxford: Elsevier, 2007.

Schaffer, J. P. *The Science and Design of Engineering Materials*, 2e ed. New York: McGraw-Hill, 1999.

Shackelford, J. F., en W. Alexander. *Material Science and Engineering Handbook.* Boca Raton, FL: CRC Press LLC, 2000.

Index

A

B

C

D

E

F

G

H

I

J

K

P

R

S

T

U

V

W

Z